BALZAC

La Comédie humaine

XII

ÉTUDES ANALYTIQUES
ÉBAUCHES RATTACHÉES
À « LA COMÉDIE HUMAINE »
INDEX, BIBLIOGRAPHIE GÉNÉRALE
TABLES

ÉDITION PUBLIÉE SOUS LA DIRECTION
DE PIERRE-GEORGES CASTEX
AVEC, POUR CE VOLUME, LA COLLABORATION DE
MADELEINE AMBRIÈRE-FARGEAUD, PIERRE BARBÉRIS,
ROLAND CHOLLET, PIERRE CITRON, ROSE FORTASSIER,
RENÉ GUISE, ANNE-MARIE MEININGER, NICOLE MOZET,
ROGER PIERROT, MAURICE REGARD, JEAN-LOUIS TRITTER

GALLIMARD

CE VOLUME CONTIENT :

ÉTUDES ANALYTIQUES *(fin)*

PETITES MISÈRES DE LA VIE CONJUGALE
Texte présenté, établi et annoté par Jean-Louis Tritter

PATHOLOGIE DE LA VIE SOCIALE

Traité de la vie élégante
Théorie de la démarche
Traité des excitants modernes

Textes présentés, établis et annotés par Rose Fortassier

ÉBAUCHES RATTACHÉES
« LA COMÉDIE HUMAINE »

Avertissement, par P.-G. Castex

ÉTUDES DE MŒURS :
SCÈNES DE LA VIE PRIVÉE

SŒUR MARIE DES ANGES
Texte présenté, établi et annoté par Roger Pierrot

LA COMÉDIENNE DE SALON
Texte présenté, établi et annoté par Anne-Marie Meininger

VALENTINE ET VALENTIN
Texte présenté, établi et annoté par Roland Chollet

PERDITA
Texte présenté, établi et annoté par Anne-Marie Meininger

LE PROGRAMME D'UNE JEUNE VEUVE
Texte présenté, établi et annoté par Roland Chollet

SCÈNES DE LA VIE DE PROVINCE

LES HÉRITIERS BOIROUGE
OU FRAGMENTS D'HISTOIRE GÉNÉRALE
Texte présenté, établi et annoté par Madeleine Ambrière-Fargeaud

UN GRAND HOMME DE PARIS EN PROVINCE
Texte présenté, établi et annoté par Nicole Mozet

LA GLOIRE DES SOTS
Texte présenté, établi et annoté par Anne-Marie Meininger

LES MÉFAITS D'UN PROCUREUR DU ROI
Texte présenté, établi et annoté par Madeleine Ambrière-Fargeaud

UN CARACTÈRE DE FEMME
Texte présenté, établi et annoté par Anne-Marie Meininger

SCÈNES DE LA VIE PARISIENNE

ÉCHANTILLON DE CAUSERIE FRANÇAISE
Texte présenté, établi et annoté par Roger Pierrot

LA FIN D'UN DANDY
Texte présenté, établi et annoté par Roland Chollet

ENTRE SAVANTS

L'HÔPITAL ET LE PEUPLE
Textes présentés, établis et annotés par Madeleine Ambrière-Fargeaud

LE THÉÂTRE COMME IL EST
Texte présenté, établi et annoté par René Guise

LA FEMME AUTEUR
Texte présenté, établi et annoté par Maurice Regard

SCÈNES DE LA VIE POLITIQUE

MADEMOISELLE DU VISSARD
OU LA FRANCE SOUS LE CONSULAT
Texte présenté, établi et annoté par Pierre Barbéris

SCÈNES DE LA VIE MILITAIRE

LA BATAILLE
Texte présenté et établi par Roland Chollet

SCÈNES DE LA VIE DE CAMPAGNE

LES DEUX AMIS
Texte présenté, établi et annoté par Nicole Mozet

ÉTUDES PHILOSOPHIQUES

LES MARTYRS IGNORÉS
Texte présenté, établi et annoté par Madeleine Ambrière-Fargeaud

AVENTURES ADMINISTRATIVES D'UNE IDÉE HEUREUSE
Texte présenté, établi et annoté par Anne-Marie Meininger

LE PRÊTRE CATHOLIQUE
Texte présenté, établi et annoté par Nicole Mozet

LA FRÉLORE
Texte présenté, établi et annoté par René Guise

ADAM-LE-CHERCHEUR
Texte présenté, établi et annoté par Madeleine Ambrière-Fargeaud

ÉTUDES ANALYTIQUES

ANATOMIE DES CORPS ENSEIGNANTS
Texte présenté, établi et annoté par René Guise

Histoire des textes, documents, variantes, notes,
indications bibliographiques

Index des personnages fictifs
de *La Comédie humaine*

Cet index, établi d'après celui de F. Lotte,
a été revu et augmenté par
Pierre Citron et Anne-Marie Meininger.

Index des personnes réelles
et des personnages historiques ou de la mythologie,
de la littérature et des Beaux-arts
cités par Balzac dans *La Comédie humaine*

établi par Anne-Marie Meininger
avec le concours de Pierre Citron

Index des œuvres citées par Balzac
dans *La Comédie humaine,*

établi par Pierre Citron
avec le concours d'Anne-Marie Meininger.

Index des œuvres des personnages fictifs
de *La Comédie Humaine*
par Pierre Citron et Anne-Marie Meininger.

PETITES MISÈRES
DE LA VIE CONJUGALE

INTRODUCTION

I

La plupart des commentateurs passent rapidement sur les Petites misères de la vie conjugale. *Livre « d'une désolante facilité*[1] *», écrit Pierre Citron : cette opinion résume le sentiment le plus répandu. La gestation de l'ouvrage fut pourtant longue et, en sa dernière phase, laborieuse. Les textes dont il se compose ont été créés en quatre vagues*[2]. *Or si ceux des deux premières, égrenés à l'origine dans un hebdomadaire, portent effectivement la marque de quelque improvisation, ceux des deux dernières étaient des travaux de commande destinés à des éditeurs exigeants, Hetzel ou Chlendowski. Hâte ou contrainte, ou les deux à la fois : jamais le climat où furent ébauchées, étoffées et achevées les* Petites misères de la vie conjugale *n'a été propice à une grande création littéraire.*

En outre, l'écart entre les dates diverses de la rédaction a entraîné des disparates dans le ton ou la conduite de l'ouvrage. L'homme usé par le labeur qui accumulait la copie pour aboutir aux quatre cents pages in-octavo prescrites par son contrat avec Chlendowski était différent du jeune journaliste qui, en 1830, donnait une première chronique à La Caricature *d'Aubert et Philipon, ou même de l'écrivain encore en pleine force qui, neuf ou dix ans plus tard, dans une feuille du même nom, mais dirigée par Armand Dutacq, inaugurait, d'une plume légère, la formule des « petites misères », en songeant vaguement à un livre futur.*

1. *La Comédie humaine,* aux éditions du Seuil, coll. « L'Intégrale », t. VII, p. 502.
2. Pour le détail des épisodes de cette création, voir l' « Histoire du texte », p. 851 et suiv.

Ce livre, enfin bouclé, se présente en deux parties, chacune introduite par une « préface », et qui semblent se balancer. Mais Balzac reprend dans la première ses articles anciens et y ajoute la séquence composée en 1844 pour Le Diable à Paris d'Hetzel; *quant à la seconde, dont les lecteurs de* La Presse *eurent la primeur en décembre 1845, il l'a écrite dans une perspective nouvelle. Ne nous étonnons pas de rencontrer, çà et là, du flottement, des incohérences, particulièrement sensibles dans la seconde partie.*

Faudrait-il donc dédaigner les Petites misères de la vie conjugale *? M. Per Nykrog y incline, estimant d'ailleurs qu'elles n'ont « rien à voir avec le plan de l'ensemble » de* La Comédie humaine; *aussi regrette-t-il que les éditeurs les maintiennent parmi les* Études analytiques *: cet usage, assure-t-il, « est manifestement contraire aux idées du romancier [...]¹ ».* *L'avis de Per Nykrog s'appuie sur deux constatations, auxquelles on ne peut passer outre sans les avoir énoncées. En premier lieu, l'ouvrage ne se trouve pas dans le tome XVI de l'édition Furne, paru en août 1846, qui, cependant, contient la section des* Études analytiques *: sous ce titre collectif n'est publiée, paradoxalement, qu'une œuvre unique, la* Physiologie du mariage, *et c'est l'éditeur Houssiaux, successeur de Furne, qui prendra l'initiative d'y ajouter, en 1855, les* Petites misères, *dans un tome XVIII posthume. D'autre part, le titre* Petites misères de la vie conjugale *ne figure pas dans le* Catalogue *de 1845, où est arrêté le programme d'une deuxième édition de* La Comédie humaine.

En réalité, la Correspondance *et les papiers d'affaires de Balzac montrent qu'en achevant d'écrire, pour Chlendowski, les* Petites misères de la vie conjugale, *Balzac comptait bien les incorporer à* La Comédie humaine. *La présence dans les* Petites misères de la vie conjugale *d'une douzaine de « personnages reparaissants », dont plusieurs sont ajoutés en décembre 1845 dans le feuilleton de* La Presse², *témoigne dans le même sens. Seules des raisons de calendrier, selon toute vrai-*

1. P. Nykrog, *La Pensée de Balzac*, Munksgaard, 1965, p. 19 et 20.
2. Voir variante *b*, p. 113 (baronne Schinner); var. *a*, p. 114 (Léon de Lora); var. *a*, p. 117 (Navarreins, d'Espard).

semblance[1], *ont empêché Balzac de confier son œuvre à Furne en vue du tome XVI. D'autre part, si Balzac n'a pas mentionné les* Petites misères de la vie conjugale *dans le programme d'une deuxième édition de* La Comédie humaine, *c'est qu'il projetait de les englober dans la* Physiologie du mariage : *le premier traité avec Chlendowski, en février 1845, reconnaît à Balzac le droit d'opérer cette réunion, après la publication séparée du nouveau texte*[2], *et une convention verbale postérieure stipule que Chlendowski pourrait la réaliser lui-même, en intitulant les* Petites misères, *dans une autre édition, « si bon lui semblait :* Physiologie du mariage, *tomes trois et quatre*[3] *».*

II

Il existe, de fait, entre la Physiologie du mariage *et les* Petites misères de la vie conjugale *une incontestable continuité. Dans la seconde œuvre comme dans la première, l'écrivain fait le tour des problèmes qui se posent, des situations qui se présentent dans les multiples circonstances de la vie à deux, et en dégage des enseignements avec un didactisme semi-plaisant, qui recourt volontiers à la forme de l'* « axiome ». *Dans la* Physiologie du mariage, *après une première partie riche en développements généraux, nourris de considérations historiques ou sociologiques, les anecdotes tendent à occuper une place de plus en plus grande, mais l'ouvrage demeure un traité, articulé en « Méditations ». Dans les* Petites misères de la vie conjugale, *Balzac introduit des scènes, animées par les aventures d'* « Adolphe » *et de* « Caroline », *qui s'étalent sur un certain nombre d'années; sans négliger d'énoncer des aphorismes ou des principes d'apparence scientifique, selon la loi qu'il s'est donnée pour ses* Études analytiques, *il recourt aux procédés de la création romanesque et même à ceux de la création dramatique. Mais si l'élément descriptif ou narratif devient prépondérant, jamais n'est remise en cause l'intention initiale de fixer les règles d'une sagesse pra-*

---

1. Voir « Histoire du texte », p. 867 et suiv.
2. *Ibid.*, p. 858.
3. *Ibid.*, p. 865.

tique dont pourraient s'inspirer tous les époux bourgeois. Balzac
déclare lui-même que cette œuvre « eſt à la Physiologie du
mariage ce que l'Hiſtoire eſt à la Philosophie, ce qu'eſt le Fait
à la Théorie[1] », et n'a d'ailleurs pas manqué de renvoyer d'un
livre à l'autre pour souligner cette solidarité.

Ainsi relève-t-on dans la première partie des Petites misères
de la vie conjugale *deux rappels précis de la Méditation*
« *Des premiers symptômes* ». Balzac évoquait, dans la Physiologie du mariage, le glissement vers la prise de possession
exclusive, par l'épouse, des objets communs du ménage : « *Puis
votre femme commence à dire : " Ma chambre, mon lit, mon
appartement[2] " »; dans les* Petites misères de la vie conjugale, le thème reparaît, légèrement développé et commenté :
« *[...] vous arrivez à elle en lui disant à l'oreille : " Qu'as-tu ?
| — Demandez ma voiture. " | Ce* ma *eſt l'accompliſſement
du mariage. | Pendant deux ans on a dit la* voiture de Monsieur,
la *voiture*, notre *voiture*, et enfin ma *voiture[3]*. » En un autre
chapitre sont donnés des exemples du détachement dont témoigne
Caroline vis-à-vis d'Adolphe après quelque temps de mariage[4],
et le passage eſt à rapprocher des dernières pages de la même
Méditation de la Physiologie du mariage[5], où étaient déjà
énumérés des signes d'une chute de la température amoureuse,
chez l'épouse, lorsque a pris fin la lune de miel.

Dans la Deuxième Partie des Petites misères de la vie
conjugale, *Balzac renvoie plusieurs fois explicitement à la*
Physiologie du mariage. On lit sous la plume d'Adolphe :
« *Le bonheur conjugal eſt fondé, comme celui des peuples, sur
l'ignorance. C'eſt une félicité pleine de conditions négatives. | Si
je suis heureux avec ma petite Caroline, c'eſt par la plus ſtricte
observance de ce principe salutaire sur lequel a tant insiſté la*
Physiologie du mariage[6] ». Effectivement, ces quelques lignes
font écho à la Méditation intitulée « De l'inſtruction en ménage » :
« *Vous devez avoir horreur de l'inſtruction chez les femmes [...]*

1. Voir p. 178.
2. *Physiologie du mariage*, t. XI, p. 994.
3. Voir p. 44.
4. Voir p. 64 et suiv.
5. *Physiologie du mariage*, t. XI, p. 996 et suiv.
6. Voir p. 141.

Une nation abrutie est heureuse : si elle n'a pas le sentiment de la liberté, elle n'en a ni les inquiétudes ni les orages [...] Qui produit cette merveille humaine ? L'ignorance [...] le bonheur en ménage est, comme en politique, un bonheur négatif[1]. » Ailleurs, Caroline joue à son mari la comédie de la maladie nerveuse, et le narrateur écrit tout simplement : « *(voyez la* Physiologie du mariage, *Méditation XXVI, paragraphe des "Névroses")*[2] ».

On a d'ailleurs la surprise de lire, dans ce « *paragraphe* » de la Physiologie du mariage, *un passage, ajouté pour l'édition Furne, où Balzac, s'adressant au lecteur à la seconde personne pour l'associer directement à son propos, comme il le fait souvent dans les* Petites misères de la vie conjugale, *lui attribue une Caroline :* « *Vous êtes attendri. Vous suppliez votre Caroline de parler [...] elle vous étourdit de ses larmes et de ses idées confuses et saccadées[3] [...]* » Un Adolphe est nommé aussi : « *Adolphe, tu es un monstre si tu ne dis pas ce que tu vas faire[4]... »* Un autre Adolphe, que sa femme vient de tromper, tombe à ses genoux après avoir chassé l'amant d'un regard, et s'écrie : « *Eh quoi! ma chère Caroline, je n'ai pas su t'aimer[5]!... »* Une autre épouse infidèle commet l'étourderie d'appeler son mari « cher Alphonse » au lieu de « cher Adolphe[6] ». Enfin, dans un dialogue en forme comme il y en aura beaucoup dans les Petites misères de la vie conjugale, « *un mari* » annonce à sa femme qu'ils sont invités au concert « *par Mme de Fischtaminel[7]* », qui est l'amie du couple dans les Petites misères de la vie conjugale. Ces quelques jalons, tous posés en *1846* dans l'ultime version de la Physiologie du mariage, témoignent d'une vérité évidente : les deux œuvres sont conjointes; au prix de quelques aménagements, elles pourraient n'en faire qu'une; en tout cas, elles se complètent.

D'ailleurs, si elles étaient mises bout à bout et distribuées en quatre volumes, comme il en avait été question entre Balzac et

---

1. *Physiologie du mariage*, t. XI, p. 1017-1018.
2. *Ibid.*, p. 1166.
3. *Ibid.*, p. 1168.
4. *Ibid.*, p. 1094.
5. *Ibid.*, p. 1116.
6. *Ibid.*, p. 1119.
7. *Ibid.*, p. 1093.

Chlendowski, elles présenteraient une certaine cohérence de structure. On sait que, dans la Physiologie du mariage, *après une première partie favorable à la cause des femmes, le « jeune célibataire » passe résolument du côté des maris. Au contraire, dans l'autre ouvrage, les « petites misères » de la première partie sont celles que la femme inflige à l'homme, et l'auteur, convenant au seuil de la deuxième partie que la femme a les siennes, annonce qu'après avoir présenté le « côté mâle du livre », il va en aborder le « côté femelle*[1] ». *Cette disposition en chiasme amène le lecteur qui va d'un livre à l'autre à parcourir deux fois à deux points de vue différents le champ entier des vicissitudes conjugales.*

III

Dès le début des Petites misères de la vie conjugale, *Balzac déclare, en présentant Adolphe et Caroline, qu'on doit voir en eux des types, plutôt que des personnages. Le prénom Caroline désignera, « comme toujours, une charmante jeune personne »; le prénom Adolphe s'appliquera à tout mari possédant la vertu essentielle d'être « le fils unique d'un riche propriétaire*[2] », *définition un peu restrictive, à vrai dire, et qui limite, comme dans la* Physiologie du mariage, *à une catégorie sociale la portée de l'analyse. Un avertissement analogue est donné aux lecteurs de* La Presse, *dans une note de la Deuxième Partie : « Caroline est, dans le livre, le type de la femme, comme Adolphe est celui du mari; l'auteur a pris, pour les maris et pour les femmes, le parti que les journaux de modes ont pris pour les robes en créant une figurine*[3]. »

Une telle conception n'allait pas sans difficulté. Adolphe et Caroline, pour retenir notre attention, doivent vivre sous nos yeux, révéler leurs humeurs, leurs préoccupations, leurs habitudes; mais, pour prendre une valeur d'exemple, ils doivent aussi incarner la « vie conjugale » en général : leurs « petites misères », quoique évoquées par un certain nombre de traits particuliers et pittoresques, figureront ainsi celles de tous les couples bourgeois.

1. P. 102.
2. P. 22.
3. Voir la variante *c* de la page 109.

Gageure malaisée à tenir; fort irrégulièrement tenue, d'ailleurs, dans les deux sections de l'ouvrage.

Dans la *Première Partie*, Adolphe et Caroline sont décrits avec légèreté, sans doute, mais non sans cohérence ni continuité. Adolphe est dans les affaires, Caroline n'a pas d'emploi. Ils jouissent d'une fort honnête aisance. Au début de leur union, ils vont en tilbury; puis ils achètent une voiture plus importante, tirée par un « bon gros cheval normand[1] », où doivent trouver place, pour la promenade, l'époux, l'épouse, la belle-mère, deux enfants, avec un domestique et une petite bonne; ils ont palefrenier, cuisinière et femme de chambre. Toutefois, ils ne pourront aller jusqu'à l'équipage et demeureront des bourgeois. Ils invitent ou sont invités à des bals, à des soirées, à des dîners, mais demeurent toujours dans le même cercle de relations. Si Adolphe, pour arracher Caroline à ses mélancolies, décide, un moment, de lui faire mener une vie plus brillante, en la conduisant aux Variétés, aux Italiens, à l'Opéra-Comique, au Grand Opéra, ou en l'amenant « sucer des écrevisses, gober des cailles au gratin, tortiller l'aile d'un coq de bruyère[2] » chez Borrel ou chez Véry, ces coûteuses fantaisies ne durent guère, et Caroline est d'ailleurs la première à s'en lasser : tous deux reviennent, d'un commun accord, au train ordinaire d'une table simple, sinon frugale (« deux entrées, le bœuf, un poulet, une salade et des légumes[3] »); aux habitudes d'une existence rangée, quoique sans étroitesse.

Leurs amis sont bourgeois comme eux, et, comme eux, typiques. Mme de Fischtaminel est une femme jeune encore, distinguée, élégante, et peu fidèle, semble-t-il, à un mari falot; Mme Deschars, unie en troisièmes noces à un ancien notaire, « un gros homme commun, rougeaud[4] », modèle du mari bourgeois, est plus mûre, « traîne des cascades de chair à la Rubens[5] » et affiche, après un passé agité, une pruderie réfrigérante; Mme Foullepointe, la femme d'un digne quinquagénaire à l'aspect silénique[6], est une « jolie brune, la vraie Parisienne, une

1. P. 37.
2. P. 67.
3. P. 89.
4. P. 65.
5. P. 69.
6. P. 96.

*femme cambrée, mince, au regard brillant étouffé par de longs
sourcils[1] ».*

Tout un petit monde évolue ainsi autour des deux protagonistes, compose avec eux une société et concourt à les faire exister,
en dépit de leur insignifiance : dans leur banalité même, leurs
aventures sont représentatives. Caroline, enviant le ménage Deschars, qui se pavane dans une villa de banlieue, persuade Adolphe
d'en acheter une, lui aussi, car « la maison de campagne est une
maladie particulière à l'habitant de Paris[2] »; mais bientôt, elle
s'y ennuie à longueur de journée et nourrit des soupçons sur la
conduite d'Adolphe, que ses affaires appellent à la ville : Adolphe
devra revendre sa villa à perte, pour retrouver la paix conjugale. Voilà une saynète parmi d'autres, la plus intéressante
sans doute, et d'une saveur réaliste nourrie des souvenirs personnels de Balzac : le jardin d'Adolphe et de Caroline à Ville-
d'Avray fait songer à cet espace vert dont il a rêvé non loin de
là pour ses Jardies; comme eux, il a été bientôt désenchanté du
paradis rustique; il a appris qu'à la campagne le lait, la viande,
les fruits, les légumes coûtent plus cher, que les arbustes d'ornement sont lents à pousser, que la mise en place d'un verger exige
beaucoup de dépense et quelques années.

Dans ce décor campagnard ou parisien, dans cette atmosphère
bourgeoise, a été créé un climat de vérité parfois futile, parfois
aussi incisive ou cruelle. Adolphe et Caroline vivent devant nous
leur lune de miel, leur lune rousse, leur été de la Saint-Martin.
Ils se transforment au fil des années. Caroline, si sotte dans les
premiers mois du mariage, « s'est familiarisée avec le monde [...]
devient spirituelle[3] », et Adolphe constate à ses dépens tout
l'esprit que sa femme acquiert. Après les froissements, les
heurts, les crises de leur jeunesse, tous deux s'acheminent vers
une maturité plus calme et désabusée. Nous ne saurions certes
assigner une chronologie serrée à leur histoire : au chapitre VII,
leur petit aîné est près d'entrer au collège, et au chapitre XVIII
ils ne sont mariés que depuis cinq ans[4]. Mais ce léger flottement
n'arrête guère le lecteur, associé aux épisodes d'un récit quelque

1. P. 96.
2. P. 76.
3. P. 65.
4. P. 48 et 95.

peu décousu, mais, dans l'ensemble, cohérent et plausible. La Première Partie des Petites misères de la vie conjugale *peut bien passer pour le roman, vivement écrit, de la vie d'un couple, mêlé de quelques axiomes qui en soulignent la portée générale.*

Dans la Deuxième Partie, cependant, l'ouvrage semble revenir en arrière et prendre un nouveau départ. Aussitôt après la « Seconde Préface », nous lisons que « deux amies de pension, Caroline et Stéphanie, intimes au pensionnat de Mlle Mâchefer, une des plus célèbres maisons d'éducation du faubourg Saint-Honoré[1] », se rencontrent au bal chez Mme de Fischtaminel. Or elles sont toutes deux « jeunes mariées », et les petites misères dont elles se font mutuelle confidence tiennent aux débuts de la vie en ménage. « Caroline » est-elle encore l'héroïne de la Première Partie ? Le lecteur incline à le croire, mais il doit admettre, dès lors, que l'auteur remonte le cours du temps.

Voici, maintenant, de nouveau, « Adolphe », mais un Adolphe inattendu. Il s'appelle « de Chodoreille[2] » et il est encore garçon. C'est un ancien « grand homme de province », natif de Viviers dans l'Ardèche, et qui piétine à Paris, depuis onze ans, dans la « jeune littérature[3] ». Chodoreille mène une existence besogneuse, jusqu'au jour où il épouse une héritière de vingt-sept ans, provinciale comme lui, et née elle aussi à Viviers, Caroline Heurtault. Cette Caroline n'a pas été élevée au faubourg Saint-Honoré, mais dans sa province, où elle conserve une camarade d'enfance, mariée avant elle, avec le président du tribunal. Claire et Caroline échangent des lettres, comme Renée et Louise dans les Mémoires de deux jeunes mariées. *Elles sont, toutes deux, insatisfaites ou désabusées. Claire pense pouvoir envier Caroline, car elle croit que son amie mène à Paris une vie brillante, en compagnie de son « grand homme ». Or Caroline s'est aperçue que ce grand homme était, irrémédiablement, un médiocre. Grâce à une succession, elle a pu le tirer de sa « profonde misère », l'aider à s'assurer une place décente dans le journalisme. Mais il stagne parmi les « utilités » de la littérature.*

1. P. 103.
2. P. 107.
3. P. 108.

Nous voilà loin de la jeune parisienne et du jeune parisien qui nous avaient été présentés au début de l'ouvrage. L'Adolphe de la Première Partie, fils de famille, s'est introduit sans difficulté dans la vie sociale et s'est lancé, tout naturellement, dans les affaires ; il n'a rien d'un homme de lettres. Dans la Deuxième Partie, Adolphe de Chodoreille apparaît comme un de ces « cinq cents jeunes gens occupés à polir en ce moment les pavés de Paris[1] » dont Illusions perdues *a déjà fourni, avec Lucien de Rubempré, monté d'Angoulême à Paris, un exemple inoubliable ; le titre même du chapitre des* Petites misères de la vie conjugale *où nous le découvrons, « Les Ambitions trompées », rappelle celui du grand roman, auquel Balzac fait d'ailleurs une allusion. Ainsi l'origine sociale des personnages, le milieu où ils évoluent, le décor de leur existence ont changé du tout au tout, comme si nous entrions dans une autre histoire.*

Ces personnages, sans doute, demeurent Adolphe et Caroline. Ils vont avoir d'autres aventures, où nous retrouvons leur petit monde des Fischtaminel, des Deschars et des Foullepointe. Balzac prend soin, pour rendre son ouvrage plus consistant, d'apporter quelques touches nouvelles aux portraits de ces comparses et, notamment, de Mme de Fischtaminel, qui, dans une lettre à sa mère, évoque le désert de sa propre vie conjugale : « Il était nécessaire, explique-t-il, de vous faire connaître la femme que vous n'avez encore vue que de profil dans la première partie de ce livre [...] Cette lettre est son absolution[2]. » De même, dans le dessein d'introduire un peu de cohérence et de continuité dans son ouvrage, il jette quelques passerelles entre les deux parties, renvoie, dans le chapitre « Les indiscrétions », au chapitre « Les découvertes » ; dans le chapitre « La fumée sans feu », au chapitre « La misère dans la misère » ; dans le chapitre « Faire four », au chapitre « Solo de corbillard[3] ». D'ailleurs, beaucoup d'aventures racontées dans la Deuxième Partie demeurent dans la ligne de celles qu'on a pu lire dans la Première et peuvent bien être rapportées aux mêmes héros : celle de l'épouse qui, délaissée pour Mme de Fischtaminel, accepte, par représailles,

---

1. P. 109.
2. P. 131.
3. P. 134, 150 et 167.

*les hommages d'un vieux beau ou, en un autre passage, se laisse
tenter par quelque Ferdinand; celle de la domestique renvoyée
qui se venge en dénonçant à son ancienne maîtresse l'inconduite
de l'époux; celle des attentions culinaires perdues, celle des leçons
de cheval refusées, celle du juge libertin et du gaillard syndic, qui
monnaient en galanteries auprès de la femme le traitement bienveillant sollicité pour le mari[1].*

*Mais comment reconnaîtrions-nous la charmante étourdie du
début dans cette Caroline bas-bleu du chapitre « Les révélations
brutales », cultivée et même pédante, ou dans cette Caroline
« pieuse, maigre et couperosée[2] » du chapitre « Partie remise »,
qui se tourmente de manquer un office ? Balzac est d'ailleurs
conscient des contradictions où il s'est ainsi engagé. Par endroits,
il cherche à les réduire : il suggère que le temps écoulé, la maturité acquise peuvent expliquer certaines métamorphoses; montrant une Caroline courageuse, réfléchie, expérimentée, bonne
conseillère, il observe qu'elle n'est pas « la niaise Caroline des
premières années, mais Caroline devenue femme de trente ans[3] ».
Dans d'autres passages, au contraire, il présente délibérément
des Carolines distinctes et fait du prénom un nom commun. Il en
use de même avec le prénom d'Adolphe, qui s'applique à des
personnages différents. Il écrit couramment « une Caroline »,
« un Adolphe », « l'Adolphe », et « sa Caroline » ou « son
Adolphe ». Plus l'œuvre avance, plus l'intrigue perd de sa fragile unité; avec une plus grande fréquence, de brèves anecdotes en
interrompent le fil et dispersent l'attention du lecteur.*

*La lassitude, la hâte d'en finir peuvent expliquer dans une
certaine mesure cette détérioration d'un récit qui était incontestablement plus suivi dans sa première partie. Mais l'écrivain, après
tout, n'a jamais donné son étude analytique pour un roman en
forme et l'a lui-même définie comme une « collection de sujets
nosographiques[4] ». Il est logique avec son dessein, quand il sacrifie la continuité narrative à la multiplicité des exemples démons-
tratifs. Il entend aller jusqu'au bout de son entreprise, qui
consiste à faire le tour des « petites misères » possibles et, vers*

1. P. 147, 167 et suiv., 159, 160.
2. P. 145.
3. P. 120.
4. P. 102.

la fin, se donne un satisfecit en se flattant « d'avoir épuisé les principales[1] ».

IV

À la vérité, quand on parcourt l'édition Chlendowski des Petites misères de la vie conjugale, *les particularités d'une exécution cahotée ou indécise ne créent pas une grande gêne. Le texte est soutenu, porté, entraîné par des illustrations d'une verve constante. Balzac avait souvent souhaité le concours de dessinateurs pour souligner la valeur pittoresque de ses descriptions ou de ses portraits; il avait compté sur Delloye et Lecou, qui, en 1836-1837, projetaient une édition abondamment illustrée de son œuvre romanesque en cinquante volumes, sous le titre* Études sociales; *mais l'entreprise avait dû se limiter à* La Peau de chagrin[2]. *Depuis 1842, l'édition Furne de* La Comédie humaine *lui apportait quelque satisfaction en incorporant à chaque roman un petit nombre de planches. Mais les* Petites misères de la vie conjugale, *dont le sujet et la structure scénique se prêtaient particulièrement au commentaire par l'image, bénéficièrent, à cet égard, d'une chance exceptionnelle.*

L'initiateur fut Hetzel, qui, en 1844, commença par inclure, parcimonieusement, trois vignettes dans la séquence du Diable à Paris; *l'ensemble du texte était surmonté, en outre, d'un bandeau de Bertall, représentant un jeune couple rivé à la chaîne d'un contrat. Lorsque le même éditeur, l'année suivante, reprit le texte en une publication séparée sous le titre* Paris marié, *il s'adressa à Gavarni et lui fit une commande plus importante : quarante vignettes et vingt grands dessins hors texte. La couverture montre deux époux dos à dos : la femme tricote et porte chignon; l'homme a un bonnet de coton et fume la pipe; ils sont assis sur un socle commun. Les vignettes, au fil des pages, figurent, par exemple, un « saint Deschars », un « Adolphe singe et martyr », une Caroline sortant d'une boîte à surprise. Les grands dessins représentent, non seulement les personnages*

---

1. P. 174.
2. Voir t. X, p. 1228.

principaux, mais la plupart des comparses, y compris « un ami de Ferdinand » et « une femme de quarante ans sans emploi ». Plusieurs seront repris dans l'édition Houssiaux.

Mais la grande réalisation vint de Bertall, qui orna l'édition Chlendowski d'une cinquantaine de grands dessins et d'environ deux cent cinquante vignettes. Le frontispice fut tiré en une affiche de librairie, aujourd'hui fort recherchée; on y voit un homme ployé en deux, appuyé sur une canne, encombré d'une épouse nonchalamment juchée sur son dos, de deux enfants, d'un petit chien, et taquinée par un diablotin. La Correspondance montre que Balzac, au début, a voulu collaborer avec son illustra- teur en lui donnant des idées : « Mon cher Bertall, lui écrivait-il le 2 avril 1845, il faudrait grouper deux cornes d'abondance la conque en haut et la pointe en bas, il sortirait du haut des enfants et des joujoux, d'un côté Adolphe, de l'autre Caroline, Caroline timide, Adolphe très joyeux. | En bas, il faudrait ren- verser les cornes, mettre les pointes en haut, et faire sortir les ennuis de la vie, Caroline impérieuse, agressive et Adolphe défait et penaud[1]. *» Bertall, en l'occurrence, n'a pas suivi la suggestion de Balzac, mais il paraît s'en être quelque peu inspiré, dans le cul-de-lampe placé sous la Préface, représentant un petit amour, campé sur un socle, d'où il déverse le contenu hétéroclite d'une corne d'abondance.*

D'une manière générale, Bertall a fort bien rendu l'esprit rail- leur de l'œuvre qu'il illustrait. D'entrée, il souligne abondamment la vivacité pimpante et pittoresque de la Préface en l'accompa- gnant d'une douzaine de vignettes, qui montrent deux amis en conversation, puis la jeune personne, la belle-mère et le père du jeune homme, les deux notaires, le maire, le suisse, et qui concourent à étaler en cinq pages grand in-octavo un texte fort bref[2]. *La profusion de l'imagerie ne se dément guère dans la suite du volume; l'illustration est distribuée avec une grande diversité en dessins de pleine page, en lettrines de dimensions variées, en bandeaux, en culs-de-lampe. Au départ du chapitre final, qui*

---

1. *Corr.,* t. IV, p. 791.
2. De ce texte, M. Thierry Bodin a retrouvé une épreuve, cor- rigée par Balzac, qui, semble-t-il, l'avait envoyée à Bertall avec sa lettre du 2 avril (voir " Petites misères d'une préface ", dans *L'Année balzacienne 1980*).

rassemble les membres de la petite société, un Balzac violoniste au large front, chevelu, ventru, mène gaiement une ronde de deux hommes et de deux femmes, image de ce ménage à quatre dont la formule est proposée, à la dernière ligne, comme la condition du bonheur. Mais une autre image, peu joyeuse, celle-là, face au titre général de l'ouvrage, paraît marquer le terme véritable et fatal de la destinée conjugale : elle représente un couple de vieux bourgeois de profil, en buste, racornis, désabusés, inexpressifs, dérisoirement couronnés d'une guirlande par deux amours : voilà le point, dit la légende, « où cessent les petites misères ». Il faut se souvenir de ce commentaire par l'image, consubstantiel, pour Balzac, à son livre, et dont les éditions courantes perdent beaucoup à être privées.

V

Mais le dessinateur avait seulement souligné la saveur ou la verve d'un texte qui, même privé d'images, garde sa vertu et qui, quoique inégal, porte la marque de Balzac. Si, au premier aspect, ce texte ne se distingue guère, par la manière et par le ton, des chroniques de mœurs ou d'actualité répandues dans les journaux, périodiques ou recueils de l'époque, il témoigne, à l'examen, d'une acuité d'observation, d'une habileté narrative, d'un brio verbal où se reconnaît l'écrivain de race. Les Petites misères de la vie conjugale n'ont sans doute ni l'unité ni le souffle d'une création romanesque ; elles se présentent comme un album de croquis, une juxtaposition de saynètes ou de tableautins : tel était bien le dessein de Balzac, et on ne saurait lui reprocher de s'y être limité. Mais dans le cadre qu'il s'est assigné, il a eu des trouvailles et des réussites.

Ces petites scènes de la vie conjugale sont conduites avec limpidité et vivacité. Que Balzac décrive un jeu de société, une promenade en voiture ou une aventure immobilière, le lecteur ne s'ennuie pas ; le récit, nourri de détails piquants ou pittoresques, semé de réflexions ou d'observations ingénieuses, épouse le mouvement d'une phrase ductile, qui varie ses effets, recourant volontiers au style indirect libre subtilement mêlé à la narration[1] ou

---

1. Voir, par exemple, p. 36, le paragraphe qui commence par « Vous vous levez en grommelant... ».

incorporant des bribes de langage parlé. Parfois, le narrateur, délibérément, se transforme en dialoguiste et s'efface devant ses personnages, comme s'il écrivait pour la scène; son sens du dialogue se révèle alors aussi sûr que son art du récit. Il y a dans le chapitre « La logique des femmes » une longue suite de répliques où s'agite entre Adolphe et Caroline la décision à prendre pour une éventuelle entrée en pension de leur petit Charles[1] *: ces répliques se pressent de façon à la fois rigoureuse et tumultueuse, engendrées par cette mécanique de l'extravagance dont on fera honneur à Georges Feydeau d'avoir appliqué les recettes au théâtre.*

Ailleurs, Balzac, pour éviter la monotonie, suspend la succession systématique des tableaux ordonnés autour de deux protagonistes et introduit dans l'ouvrage des éléments d'une autre nature, eux-mêmes diversifiés : dans la Deuxième Partie, après les longues lettres mélancoliques des épouses désenchantées, on peut lire un message d'Adolphe à son ami Hector, ou encore les courts billets des compagnes d'aventure, découverts par Caroline dans la correspondance d'Adolphe, celui de la grisette sans orthographe, celui de la mondaine raffinée, celui de la bourgeoise prétentieuse, celui de l'actrice désinvolte[2]*. Ces billets, Balzac les a composés avec humour, comme des exercices de style. Même lorsque la fatigue et la nécessité l'accablent, même lorsqu'il a hâte d'en finir avec une œuvre qui traîne en longueur, comme c'est le cas pour la fin des* Petites misères de la vie conjugale, *il retrouve, par endroits, les ressources de son invention verbale, plus soutenue dans la Première Partie.*

Abordant la description satirique de la vie conjugale, Balzac s'est volontiers abandonné à la pente rabelaisienne de son génie. Les mots, appelés les uns par les autres, cliquettent sous sa plume : « marins ou maris »; « une épée [...] ou [...] une épingle »; « des gravures ou des gravelures »[3]*. Ils éclatent en évocations imagées : un ciel « lacté » de nuages, un poil « moutonné » par la sueur, une épouse « bastionnée » d'ignorance*[4]*; en*

1. P. 48-50.
2. P. 163, 164.
3. P. 62, 64, 94.
4. P. 75, 38, 46.

titres accrocheurs : « Le Taon conjugal[1] », « Le solo de corbil-
lard[2] »; en comparaisons subtiles : « un mari de velours », « un
tilbury léger comme votre cœur »[3].

   La création métaphorique est, dans ce texte, d'une richesse
exceptionnelle, prenant appui sur toutes les sortes de vocabu-
laires : politique (« le dix-huit Brumaire des ménages »);
militaire (« la campagne de France »); théâtral (« le grand
opéra du mariage »); musical (« l'allegro sautillant du céliba-
taire » et le « grave andante du père de famille »); maritime
surtout (l'océan conjugal, l'équipage, la voilure, la mousson, la
force des courants, la latitude et la longitude, le point, « la haute
mer de la lune de miel », « la marée basse de la lune rousse », et
jusqu'aux « quatre points cardinaux de la rose des soupçons »)[4].
Création filée quelquefois avec insistance, comme dans ce passage
où prend vie un être imaginaire, ce Sphinx dont tout un salon
s'évertue à déchiffrer l'énigme :

> « Pour vous, homme d'esprit, le Sphinx déploie ses
> coquetteries, il étend ses ailes, les replie; il vous montre
> ses pattes de lion, sa gorge de femme, ses reins de che-
> val, sa tête intelligente; il agite ses bandelettes sacrées,
> il se pose et s'envole, revient et s'en va, balaie la place
> de sa queue redoutable; il fait briller ses griffes, il les
> rentre; il sourit, il frétille, il murmure; il a des regards
> d'enfant joyeux, de matrone grave; il est surtout
> moqueur[5]. »

   La facilité est l'écueil d'une telle générosité d'écriture. Elle se
manifeste par des références banales (l'épée de Damoclès, les
Fourches Caudines, le treizième travail d'Hercule); par des
clichés usés (frétiller « comme une anguille », une bienveillance
« à faire damner un saint »)[6]; par des associations incohérentes
(« steppes meublés d'orties[7] »); par des rapprochements
baroques (des bottes « tendent leurs bouches noires » et « hérissent
leurs oreilles »; le vieux linge « bâille comme un portier ou

---

1. P. 62.
2. P. 97.
3. P. 106, 37.
4. P. 83, 92, 71, 37, 58, 150.
5. P. 31.
6. P. 45, 44.
7. P. 73.

comme la porte cochère »)[1]*; par des images forcées : « Un pli du cœur eſt un abîme comme un pli de terrain dans les Alpes : à diſtance, on ne s'en figurerait jamais la profondeur ni l'étendue*[2]*. » C'eſt en iſolant des expressions hasardeuses de ce genre qu'on a pu mettre en queſtion le ſtyle de Balzac. Mais l'analyse vétilleuse méconnaît le jaillissement de la création et le mouvement de la leſture qui les emportent.*

D'une manière générale, la virtuosité ſtyliſtique de l'écrivain ajoute à l'intérêt d'un ouvrage qui s'inscrit bien dans la lignée de la Physiologie du mariage. On peut, sans le surfaire, lui donner sa vraie place. Dans les premières « Méditations » de la Physiologie du mariage, *Balzac posait de grands problèmes et exerçait sa réflexion à une hauteur où, à vrai dire, il n'avait pas pu se maintenir dans la suite, plus anecdotique, de cet ouvrage. Avec les* Petites misères de la vie conjugale *succédaient aux anecdotes démonſtratives de menus épisodes réaliſtes, qui se prêtaient mal à un commentaire grave ou à une conclusion morale. L'écrivain n'oubliait sans doute pas son propos primitif. Mais, de toute manière, il ne croyait plus guère à la possibilité d'exercer une influence sur les mœurs, et le règne de Louis-Philippe avait ruiné son eſpoir d'une réforme profonde de l'inſtitution matrimoniale. Le ſpeſtacle du mariage bourgeois l'inclinait dès lors vers une sagesse indulgente, désabusée, consciente des faiblesses de la nature humaine et des vices de l'état social, en accord, d'ailleurs, avec cet eſprit de dérision qui domine les* Études analytiques.

JEAN-LOUIS TRITTER.

1. P. 33.
2. P. 93.

PETITES MISÈRES
DE LA VIE CONJUGALE

PREMIÈRE PARTIE

PRÉFACE

OÙ CHACUN RETROUVERA SES IMPRESSIONS DE MARIAGE

Un ami vous[1] parle d'une jeune personne :

« Bonne famille, bien élevée, jolie, et trois cent mille francs comptant. »

Vous avez désiré rencontrer cet objet charmant.

Généralement, toutes les entrevues fortuites sont préméditées. Et vous parlez à cet objet devenu très timide.

VOUS : « Une soirée charmante ?...

ELLE. — Oh! oui, monsieur. »

Vous êtes admis à courtiser la jeune personne.

LA BELLE-MÈRE *(au futur)* : « Vous ne sauriez croire combien cette chère petite fille est susceptible d'attachement. »

Cependant les deux familles sont en délicatesse à propos des questions d'intérêt.

VOTRE PÈRE *(à la belle-mère)* : « Ma ferme vaut cinq cent mille francs, ma chère dame!...

VOTRE FUTURE BELLE-MÈRE. — Et notre maison, mon cher monsieur, est à un coin de rue. »

Un contrat s'ensuit, discuté par deux affreux notaires : un petit, un grand.

Puis les deux familles jugent nécessaire de vous faire

passer à la mairie, à l'église, avant de procéder au coucher de la mariée, qui fait des façons.

Et après[a]!... il vous arrive une foule de petites misères imprévues, comme ceci[b] :

LE COUP DE JARNAC[c]

Est-ce une petite, est-ce une grande misère ? je ne sais ; elle est grande pour les gendres ou pour vos belles-filles, elle est excessivement petite pour vous[1].

« Petite, cela vous plaît à dire ; mais un enfant coûte énormément ! » s'écrie un époux dix fois trop heureux qui fait baptiser son onzième, nommé *le petit dernier,* — un mot avec lequel les femmes abusent leurs familles.

Quelle est cette misère ? me direz-vous. Eh bien ! cette misère est, comme beaucoup de petites misères conjugales : un bonheur pour quelqu'un.

Vous avez, il y a quatre mois, marié votre fille, que nous appellerons du doux nom de CAROLINE, pour en faire le type de toutes les épouses.

Caroline est, comme toujours, une charmante jeune personne, et vous lui avez trouvé pour mari :

Soit un avoué de première instance, soit un capitaine en second, peut-être un ingénieur de troisième classe ; ou un juge suppléant ; ou encore un jeune vicomte. Mais plus certainement, ce que recherchent le plus les familles sensées, l'idéal de leurs désirs : le fils unique d'un riche propriétaire !... (Voyez la Préface.)

Ce phénix, nous le nommerons ADOLPHE, quels que soient son état dans le monde, son âge, et la couleur de ses cheveux[d].

L'avoué, le capitaine, l'ingénieur, le juge, enfin le gendre, Adolphe et sa famille ont vu dans Mlle Caroline :

1° Mlle Caroline ;

2° Fille unique de votre femme et de vous.

Ici, nous sommes forcés de demander, comme à la Chambre, la division[e2] :

I. DE VOTRE FEMME

Votre femme doit recueillir l'héritage d'un oncle maternel, vieux podagre qu'elle mitonne, soigne, caresse et emmitoufle; sans compter la fortune de son père à elle. Caroline a toujours adoré son oncle, son oncle qui la faisait sauter sur ses genoux, son oncle qui... son oncle que..., son oncle enfin dont la succession est estimée deux cent mille francs.

De votre femme, personne bien conservée, mais dont l'âge a été l'objet de mûres réflexions et d'un long examen de la part des aves et ataves[1] de votre gendre. Après bien des escarmouches respectives entre les belles-mères, elles se sont confié leurs petits secrets de femmes mûres.

« Et vous, ma chère dame ?

— Moi, Dieu merci! j'en suis quitte, et vous ?

— Moi, je l'espère bien! » a dit votre femme.

« Tu peux épouser Caroline, a dit la mère d'Adolphe à votre futur gendre, Caroline héritera seule de sa mère, de son oncle et de son grand-père[a]. »

II. DE VOUS

Qui jouissez encore de votre grand-père maternel, un bon vieillard dont la succession ne vous sera pas disputée : il est en enfance, et dès lors incapable de tester.

De vous, homme aimable, mais qui avez mené une vie assez libertine dans votre jeunesse[b]. Vous avez d'ailleurs cinquante-neuf ans, votre tête est couronnée, on dirait d'un genou qui passe au travers d'une perruque grise.

3º Une dot[2] de trois cent mille[c] francs!...

4º La sœur unique de Caroline, une petite niaise de douze ans, souffreteuse et qui promet de ne pas laisser vieillir ses os.

5º Votre fortune à vous, beau-père (dans un certain monde, on dit le *papa beau-père*)[d], vingt mille livres de rente, qui s'augmenteront d'une succession sous peu de temps.

6º La fortune de votre femme, qui doit se grossir de deux successions : l'oncle et le grand-père.

Trois successions et les économies, ci . .	750 000 f.
Votre fortune.	250 000
Celle de votre femme	250 000
Total	1 250 000 f.

qui ne peuvent s'envoler[a] !...

Voilà l'autopsie de tous ces brillants hyménées qui conduisent leurs chœurs dansants et mangeants, en gants blancs, fleuris à la boutonnière, bouquets de fleurs d'oranger, cannetilles[1], voiles, remises[2] et cochers allant de la mairie à l'église, de l'église au banquet, du banquet à la danse, et de la danse dans la chambre nuptiale, aux accents de l'orchestre et aux plaisanteries consacrées que disent les restes de dandies ; car n'y a-t-il pas, de par le monde, des restes de dandies, comme il y a des restes de chevaux anglais ?

Oui, voilà l'ostéologie des plus amoureux désirs.

La plupart des parents ont dit leur mot sur ce mariage.

Ceux du côté du marié :

« Adolphe a fait une bonne affaire. »

Ceux du côté de la mariée :

« Caroline a fait un excellent mariage. Adolphe est fils unique, et il aura soixante mille francs de rente, *un jour ou l'autre*[b] !... »

Un jour, l'heureux juge, l'ingénieur heureux, l'heureux capitaine ou l'heureux avoué, l'heureux fils unique d'un riche propriétaire, Adolphe enfin, vient dîner chez vous, accompagné de sa famille.

Votre fille Caroline est excessivement orgueilleuse de la forme un peu bombée de sa taille. Toutes les femmes déploient une innocente coquetterie pour leur première grossesse. Semblables au soldat qui se pomponne pour sa première bataille, elles aiment à faire la pâle, la souffrante ; elles se lèvent d'une certaine manière, et marchent avec les plus jolies affectations. Encore fleurs, elles ont un fruit : elles anticipent alors sur la maternité.

Toutes ces façons sont excessivement charmantes... la première fois.

Votre femme, devenue la belle-mère d'Adolphe, se soumet à des corsets de haute pression. Quand sa fille rit, elle pleure; quand sa Caroline étale son bonheur, elle rentre le sien. Après dîner, l'œil clairvoyant de la co-belle-mère a deviné l'œuvre de ténèbres.

Votre femme est grosse! la nouvelle éclate, et votre plus vieil ami de collège vous dit en riant : « Ah! vous avez fait des nôtres[a]? »

Vous espérez dans une consultation qui doit avoir lieu le lendemain. Vous, homme de cœur, vous rougissez, vous espérez une hydropisie; mais les médecins ont confirmé l'arrivée d'un *petit dernier!*

Quelques maris timorés[b] vont alors à la campagne ou mettent à exécution un voyage en Italie. Enfin une étrange confusion règne dans votre ménage. Vous et votre femme, vous êtes dans une fausse position.

« Comment! toi, vieux coquin, tu n'as pas eu honte de... ? vous dit un ami sur le boulevard.

— Eh bien oui! fais-en autant, répliquez-vous enragé.

— Comment, le jour où ta fille ?... mais c'est immoral! Et une vieille femme ? mais c'est une infirmité! »

« Nous avons été volés comme dans un bois », dit la famille de votre gendre.

Comme dans un bois! est une gracieuse expression pour la belle-mère[c].

Cette famille espère que l'enfant qui coupe en trois les espérances de fortune sera, comme tous les enfants des vieillards, un scrofuleux, un infirme, un avorton. Naîtra-t-il viable ?

Cette famille attend l'accouchement de votre femme avec l'anxiété qui agita la maison d'Orléans pendant la grossesse de la duchesse de Berry : une seconde fille procurait le trône à la branche cadette, sans les conditions onéreuses de Juillet; Henri V raflait la couronne. Dès lors, la maison d'Orléans a été forcée de jouer quitte ou double : les événements lui ont donné la partie[1].

La mère et la fille accouchent à neuf jours de distance.

Le premier enfant de Caroline est une pâle et maigrichonne petite fille qui ne vivra pas.

Le dernier enfant de sa mère est un superbe garçon, pesant douze livres, qui a deux dents, et des cheveux superbes.

Vous avez désiré pendant seize[d] ans un fils. Cette misère conjugale est la seule qui vous rende fou de joie.

Car votre femme rajeunie rencontre, dans cette gros-

sesse, ce qu'il faut appeler l'*été de la Saint-Martin*[1] des
femmes : elle nourrit, elle a du lait! son teint est frais,
elle est blanche et rose.

À quarante-deux ans[a], elle fait la jeune femme, achète
des petits bas, se promène suivie d'une bonne, brode des
bonnets, garnit des béguins. Alexandrine[b] a pris son parti,
elle instruit sa fille par l'exemple; elle est ravissante, elle
est heureuse.

Et cependant c'est une misère, petite pour vous, grande
pour votre gendre. Cette misère est des deux genres,
elle vous est commune à vous et à votre femme. Enfin,
dans ces cas-là, votre paternité vous rend d'autant plus
fier qu'elle est incontestable, mon cher monsieur[c]!

LES DÉCOUVERTES[d]

Généralement, une jeune personne ne découvre son
vrai caractère qu'après deux ou trois années de mariage.
Elle dissimule, sans le vouloir, ses défauts au milieu des
premières joies, des premières fêtes. Elle va dans le
monde pour y danser, elle va chez ses parents pour vous
y faire triompher, elle voyage escortée par les premières
malices de l'amour, elle se fait femme. Puis elle devient
mère et nourrice, et dans cette situation pleine de jolies
souffrances, qui ne laisse à l'observation ni une parole
ni une minute, tant les soins y sont multipliés, il est
impossible de juger d'une femme.

Il vous[2] a donc fallu trois ou quatre ans de vie intime
avant que vous ayez pu découvrir une chose horriblement triste, un sujet de perpétuelles terreurs.

Votre femme, cette jeune fille à qui les premiers
plaisirs de la vie et de l'amour tenaient lieu de grâce
et d'esprit, si coquette, si animée, si vive, dont les
moindres mouvements avaient une délicieuse éloquence,
a dépouillé lentement, un à un, ses artifices naturels.

Enfin, vous avez aperçu la vérité! Vous vous y êtes
refusé, vous avez cru vous tromper; mais non : Caroline
manque d'esprit, elle est lourde, elle ne sait ni plaisanter
ni discuter, elle a parfois peu de tact. Vous êtes effrayé.
Vous vous voyez pour toujours obligé de conduire *cette*

chère Minette[a] à travers des chemins épineux où vous laisserez votre amour-propre en lambeaux.

Vous avez été déjà souvent atteint par des réponses qui, dans le monde, ont été poliment accueillies : on a gardé le silence au lieu de sourire; mais vous aviez la certitude qu'après votre départ les femmes s'étaient regardées en se disant : « Avez-vous entendu Mme Adolphe[b] ?...

— Pauvre petite femme, elle est...

— Bête comme un chou.

— Comment, lui, qui certes est un homme d'esprit, a-t-il pu choisir ?...

— Il devrait former sa femme, l'instruire, ou lui apprendre à se taire. »

AXIOMES[c]

Un homme est, dans notre civilisation, responsable de toute sa femme.

Ce n'est pas le mari qui forme la femme[d].

Un jour, Caroline aura soutenu *mordicus* chez Mme de Fischtaminel[e], une femme très distinguée, que le petit dernier ne ressemblait ni à son père ni à sa mère, mais à l'ami de la maison. Elle aura peut-être éclairé M. de Fischtaminel[f], et inutilisé les travaux de trois années, en renversant l'échafaudage des assertions de Mme de Fischtaminel[g], qui, depuis cette visite, vous marque de la froideur, car elle soupçonne chez vous une indiscrétion faite à votre femme[h].

Un soir, Caroline, après avoir fait causer un auteur sur ses ouvrages, aura terminé en donnant le conseil à ce poète déjà fécond de travailler enfin pour la postérité.

Tantôt elle se plaint de la lenteur du service à table chez des gens qui n'ont qu'un domestique et qui se sont mis en quatre pour la recevoir.

Tantôt elle médit des veuves qui se remarient, devant Mme Deschars, mariée en troisièmes noces à un ancien notaire, à Nicolas-Jean-Jérôme-Népomucène-Ange-Marie-Victor-Anne-Joseph Deschars, l'ami de votre père[i].

Enfin vous n'êtes plus vous-même dans le monde avec votre femme. Comme un homme qui monte un cheval ombrageux et qui le regarde sans cesse entre les deux oreilles, vous êtes absorbé par l'attention avec laquelle vous écoutez votre Caroline.

Pour se dédommager du silence auquel sont condamnées les demoiselles, Caroline parle, ou mieux, elle babille; elle veut faire de l'effet, et elle en fait : rien ne l'arrête; elle s'adresse aux hommes les plus éminents, aux femmes les plus considérables; elle se fait présenter, elle vous met au supplice. Pour vous, aller dans le monde, c'est aller au martyre.

Elle commence à vous trouver maussade : vous êtes attentif, voilà tout ! Enfin, vous la maintenez dans un petit cercle d'amis, car elle vous a déjà brouillé avec des gens de qui dépendaient vos intérêts.

Combien de fois n'avez-vous pas reculé devant la nécessité d'une remontrance, le matin, au réveil, quand vous l'aviez bien disposée à vous écouter! Une femme écoute très rarement. Combien de fois n'avez-vous pas reculé devant le fardeau de vos obligations magistrales ?

La conclusion de votre communication ministérielle ne devait-elle pas être : « Tu n'as pas d'esprit. »

Vous pressentez l'effet de votre première leçon, Caroline se dira : « Ah! je n'ai pas d'esprit! »

Aucune femme ne prend jamais ceci en bonne part. Chacun de vous tirera son épée et jettera le fourreau. Six semaines après, Caroline peut vous prouver qu'elle a précisément assez d'esprit pour vous *minotauriser*[1] sans que vous vous en aperceviez.

Effrayé de cette perspective, vous épuisez alors les formules oratoires, vous les interrogez, vous cherchez la manière de dorer cette pilule.

Enfin, vous trouvez le moyen de flatter tous les amours-propres de Caroline, car :

AXIOME

Une femme mariée a plusieurs amours-propres[a].

Vous dites être son meilleur ami, le seul bien placé pour l'éclairer; plus vous y mettez de préparation, plus elle est attentive et intriguée. En ce moment, elle a de l'esprit.

Vous demandez à votre chère Caroline, que vous tenez

par la taille^a, comment elle, si spirituelle avec vous, qui
a des réponses charmantes (vous lui rappelez des mots
qu'elle n'a jamais eus, que vous lui prêtez, qu'elle accepte
en souriant), comment elle peut dire ceci, cela, dans le
monde. Elle est sans doute, comme beaucoup de femmes,
intimidée dans les salons.

« Je connais, dites-vous, bien des hommes fort distingués qui sont ainsi. »

Vous citez d'admirables orateurs de petit comité
auxquels il est impossible de prononcer trois phrases à
la tribune. Caroline devrait veiller sur elle; vous lui
vantez le silence comme la plus sûre méthode d'avoir
de l'esprit. Dans le monde, on aime qui nous écoute.

Ah! vous avez rompu la glace, vous avez patiné sur
ce miroir sans le rayer; vous avez pu passer la main sur
la croupe de la Chimère la plus féroce et la plus sauvage,
la plus éveillée, la plus clairvoyante, la plus inquiète, la
plus rapide, la plus jalouse, la plus ardente, la plus violente, la plus simple, la plus élégante, la plus déraisonnable, la plus attentive du monde moral : LA VANITÉ
D'UNE FEMME!...

Caroline vous a saintement serré dans ses bras, elle
vous a remercié de vos avis, elle vous en aime davantage;
elle veut tout tenir de vous, même l'esprit; elle peut être
sotte, mais ce qui vaut mieux que de dire de jolies
choses, elle sait en faire!... elle vous aime. Mais elle
désire être aussi votre orgueil! Il ne s'agit pas de savoir
se bien mettre, d'être élégante et belle; elle veut vous
rendre fier de son intelligence.

Vous êtes l'homme le plus heureux du monde d'avoir
su sortir de ce premier mauvais pas conjugal.

« Nous allons ce soir chez Mme Deschars, où l'on
ne sait que faire pour s'amuser; on y joue à toutes sortes
de jeux innocents à cause du troupeau de jeunes femmes
et de jeunes filles qui y sont; tu verras!... » dit-elle.

Vous êtes si heureux que vous fredonnez des airs en
rangeant toutes sortes de choses chez vous, en caleçon
et en chemise. Vous ressemblez à un lièvre faisant ses
cent mille tours sur un gazon fleuri, parfumé de rosée[1].
Vous ne passez votre robe de chambre qu'à la dernière
extrémité, quand le déjeuner est sur la table.

Pendant la journée, si vous rencontrez des amis, et si
l'on vient à parler femmes, vous les défendez; vous

trouvez les femmes charmantes, douces; elles ont quelque
chose de divin.

Combien de fois nos opinions nous sont-elles dictées
par les événements inconnus de notre vie ?

Vous menez votre femme chez Mme Deschars.
Mme Deschars est une mère de famille excessivement
dévote, et chez qui l'on ne trouve pas de journaux à lire;
elle surveille ses filles, qui sont de trois lits différents, et
les tient d'autant plus sévèrement qu'elle a eu, dit-on,
quelques petites choses[a] à se reprocher pendant ses deux
précédents mariages. Chez elle, personne n'ose hasarder
une plaisanterie. Tout y est blanc et rose, parfumé de
sainteté, comme chez les veuves qui atteignent aux
confins de la troisième jeunesse. Il semble que ce soit la
Fête-Dieu tous les jours.

Vous, jeune mari, vous vous unissez à la société juvénile des jeunes femmes, des petites filles, des demoiselles
et des jeunes gens qui sont dans la chambre à coucher
de Mme Deschars.

Les gens graves, les hommes politiques, les têtes à
whist et à thé sont dans le grand salon.

On joue à deviner des mots à plusieurs sens, d'après
les réponses que chacun doit faire à ces questions.

« Comment l'aimez-vous ?

— Qu'en faites-vous ?

— Où le mettez-vous ? »

Votre tour arrive de deviner un mot, vous allez dans
le salon, vous vous mêlez à une discussion, et vous revenez appelé par une rieuse petite fille. On vous a cherché
quelque mot qui puisse prêter aux réponses les plus
énigmatiques. Chacun sait que, pour embarrasser les
fortes têtes, le meilleur moyen est de choisir un mot
très vulgaire, et de comploter des phrases qui jettent
l'Œdipe de salon[b] à mille lieues de chacune de ses pensées.

Ce jeu remplace difficilement le lansquenet ou le
creps[c][1], mais il est peu dispendieux.

Le mot MAL a été promu à l'état de Sphinx[2]. Chacun
s'est promis de vous dérouter.

Le mot, entre autres acceptions, a celle de *mal,* substantif qui signifie, en esthétique, le contraire du bien;

De *mal,* substantif qui prend mille expressions pathologiques;

Puis *malle*[1], la voiture du gouvernement;

Et enfin *malle,* ce coffre, varié de forme, à tous crins, à toutes peaux, à oreilles, qui marche rapidement, car il sert à emporter les effets de voyage, dirait un homme de l'école de Delille[2].

Pour vous, homme d'esprit, le Sphinx déploie ses coquetteries, il étend ses ailes, les replie; il vous montre ses pattes de lion, sa gorge de femme, ses reins de cheval, sa tête intelligente; il agite ses bandelettes sacrées, il se pose et s'envole, revient et s'en va, balaie la place de sa queue redoutable; il fait briller ses griffes, il les rentre; il sourit, il frétille, il murmure; il a des regards d'enfant joyeux, de matrone grave; il est surtout moqueur.

« Je l'aime d'amour[3].

— Je l'aime chronique[a].

— Je l'aime à crinière fournie.

— Je l'aime à secret.

— Je l'aime dévoilé.

— Je l'aime à cheval.

— Je l'aime comme venant de Dieu, a dit Mme Deschars.

— Comment l'aimes-tu ? dites-vous à votre femme.

— Je l'aime légitime. »

La réponse de votre femme est incomprise, et vous envoie promener dans les champs constellés de l'infini, où l'esprit, ébloui par la multitude des créations, ne peut rien choisir.

On le place.

« Dans une remise.

— Au grenier.

— Dans un bateau à vapeur.

— Dans la presse.

— Dans une charrette.

— Dans les bagnes.

— Aux oreilles.

— En boutique[b]. »

Votre femme vous dit en dernier : « Dans mon lit. »

Vous y étiez, mais ne savez aucun mot qui aille à cette réponse, Mme Deschars n'ayant pu rien permettre d'indécent.

« Qu'en fais-tu ?

— Mon seul bonheur », dit votre femme après les

réponses de chacun, qui toutes vous ont fait parcourir le monde entier des suppositions linguistiques.

Cette réponse frappe tout le monde, et vous particulièrement; aussi vous obstinez-vous à chercher le sens de cette réponse.

Vous pensez à la bouteille d'eau chaude enveloppée de linge que votre femme fait mettre à ses pieds dans les grands froids,

À la bassinoire, surtout!...

À son bonnet,

À son mouchoir,

Au papier de ses papillotes,

À l'ourlet de sa chemise,

À sa broderie,

À sa camisole,

À votre foulard,

À l'oreiller,

À la table de nuit, où vous ne trouverez rien de convenable.

Enfin, comme le plus grand bonheur des répondants[1] est de voir leur Œdipe mystifié, que chaque mot donné pour le vrai les jette en des accès de rire, les hommes supérieurs aiment mieux, en ne voyant cadrer aucun mot à toutes les explications, s'avouer vaincus que de dire inutilement trois substantifs. D'après la loi de ce jeu innocent, vous êtes condamné à retourner dans le salon après avoir donné un gage; mais vous êtes si excessivement intrigué par les réponses de votre femme, que vous demandez le mot.

« Mal », vous crie une petite fille.

Vous comprenez tout, moins les réponses de votre femme : elle n'a pas joué le jeu.

Mme Deschars, ni aucune des jeunes femmes, n'a compris.

On a triché.

Vous vous révoltez, il y a émeute de petites filles, de jeunes femmes. On cherche, on s'intrigue. Vous voulez une explication, et chacun partage votre désir.

« Dans quelle acception as-tu donc pris ce mot, ma chère ? demandez-vous à Caroline.

— Eh bien, mâle[2] ! »

Mme Deschars se pince les lèvres et manifeste le plus grand mécontentement; les jeunes femmes rougissent et baissent les yeux; les petites filles agrandissent les leurs, se poussent les coudes et ouvrent les oreilles.

Vous restez les pieds cloués sur le tapis et vous avez tant de sel dans la gorge que vous croyez à une répétition inverse de l'accident qui délivra Loth de sa femme[a1].

Vous apercevez une vie infernale : le monde est impossible. Rester chez vous avec cette triomphante bêtise, autant aller au bagne.

AXIOME[b]

Les supplices moraux surpassent les douleurs physiques de toute la hauteur qui existe entre l'âme et le corps.

Vous renoncez à éclairer votre femme.

Caroline est une seconde édition de Nabuchodonosor, car un jour, de même que la chrysalide royale, elle passera du velu de la bête à la férocité de la pourpre impériale[2].

LES ATTENTIONS D'UNE JEUNE FEMME[c]

Au nombre des délicieuses joyeusetés[3] de la vie de garçon, tout homme compte l'indépendance de son lever. Les fantaisies du réveil compensent les tristesses du coucher. Un garçon se tourne et se retourne dans son lit; il peut bâiller à faire croire qu'il se commet des meurtres, crier à faire croire qu'il se commet des joies excessives.

Il peut manquer à ses serments de la veille, laisser brûler son feu allumé dans sa cheminée et sa bougie dans les bobèches, enfin se rendormir malgré des travaux pressés.

Il peut maudire ses bottes prêtes qui lui tendent leurs bouches noires et qui hérissent leurs oreilles,

Ne pas voir les crochets d'acier qui brillent éclairés par un rayon de soleil filtré à travers les rideaux,

Se refuser aux réquisitions sonores de la pendule obstinée,

S'enfoncer dans sa ruelle[1] en se disant : « Hier, oui, hier c'était bien pressé, mais aujourd'hui, ce ne l'est plus. Hier est un fou, aujourd'hui est le sage ; il existe entre eux deux la nuit qui porte conseil, la nuit qui éclaire... Je devrais y aller, je devrais faire, j'ai promis... Je suis un lâche... ; mais comment résister aux ouates de mon lit ? J'ai les pieds mous, je dois être malade, je suis trop heureux... Je veux revoir les horizons impossibles de mon rêve, et mes femmes sans talons[2], et ces figures ailées et ces natures complaisantes. Enfin, j'ai trouvé le grain de sel à mettre sur la queue de cet oiseau qui s'envolait toujours. Cette coquette a les pieds pris dans la glu, je la tiens... »

Votre domestique lit vos journaux, il entrouvre vos lettres, il vous laisse tranquille. Et vous vous rendormez bercé par le bruit vague des premières voitures. Ces terribles, ces pétulantes, ces vives voitures chargées de viande, ces charrettes à mamelles de fer-blanc pleines de lait, et qui font des tapages infernaux, qui brisent les pavés, elles roulent sur du coton, elles vous rappellent vaguement l'orchestre de Napoléon Musard[3]. Quand votre maison tremble dans ses membrures et s'agite sur sa quille, vous vous croyez comme un marin bercé par le zéphyr.

Toutes ces joies, vous seul les faites finir en jetant votre foulard comme on tortille sa serviette après le dîner, en vous dressant sur votre... ah ! cela s'appelle *votre séant*. Et vous vous grondez vous-même en vous disant quelque dureté, comme : « Ah ! ventrebleu[a] ! il faut se lever. — Chasseur diligent, — mon ami, qui veut faire fortune doit se lever matin, — tu es un drôle, un paresseux[b]. »

Vous restez sur ce temps. Vous regardez votre chambre, vous rassemblez vos idées. Enfin, vous sautez hors du lit,

Spontanément !

Avec courage !

Par votre propre vouloir !

Vous allez au feu, vous consultez la plus complaisante de toutes les pendules, vous interjetez des espérances ainsi conçues :

« Chose est paresseux, je le trouverai bien encore !

— Je vais courir.

— Je le rattraperai, s'il est sorti.

— On m'aura bien attendu.

— Il y a un quart d'heure de grâce dans tous les rendez-vous, même entre débiteur et créancier. »

Vous mettez vos bottes avec fureur, vous vous habillez comme quand vous avez peur d'être surpris peu vêtu, vous avez les plaisirs de la hâte, vous interpellez vos boutons; enfin, vous sortez comme un vainqueur, sifflotant, brandissant votre canne, secouant les oreilles, galopant.

« Après tout, dites-vous, vous n'avez de compte à rendre à personne, vous êtes votre maître! »

Toi, pauvre homme marié, tu as fait la sottise de dire à ta femme : « Ma bonne, demain... (quelquefois elle le sait deux jours à l'avance), je dois me lever de grand matin. »

Malheureux Adolphe, vous avez surtout prouvé la gravité de ce rendez-vous : « Il s'agit de... et de... et encore de..., enfin de... »

Deux heures avant le jour, Caroline vous réveille tout doucement, et vous dit tout doucement :

« Mon ami, mon ami!...

— Quoi ? le feu, le...

— Non, dors, je me suis trompée, l'aiguille était là, tiens! il n'est que quatre heures, tu as encore deux heures à dormir. »

Dire à un homme : Vous n'avez plus que deux heures à dormir, n'est-ce pas, en petit, comme quand on dit à un criminel : Il est cinq heures du matin, ce sera pour sept heures et demie ? Ce sommeil est troublé par une pensée grise, ailée qui vient se cogner aux vitres de votre cervelle, à la façon des chauves-souris[1].

Une femme est alors exacte comme un démon venant réclamer une âme qui lui a été vendue. Quand cinq heures sonnent, la voix de votre femme, hélas! trop connue, résonne dans votre oreille; elle accompagne le timbre, et vous dit avec une atroce douceur : « Adolphe, voilà cinq heures, lève-toi, mon ami.

— Ouhouhi... ououhoin...

— Adolphe, tu manqueras ton affaire, c'est toi-même qui l'as dit.

— Ououhouhin, ouhouhi... »

Vous vous roulez la tête avec désespoir.

« Allons, mon ami, je t'ai tout apprêté hier... Mon

chat, tu dois partir ; veux-tu manquer le rendez-vous ?
Allons donc, lève-toi donc, Adolphe[a] ! va-t'en. Voilà le
jour. »

Caroline se lève en rejetant les couvertures : elle tient
à vous montrer qu'elle peut se lever, sans barguigner.
Elle va ouvrir les volets, elle introduit le soleil, l'air du
matin, le bruit de la rue. Elle revient.

« Mais, mon ami, lève-toi donc ! Qui jamais aurait pu
te croire sans caractère ? Oh ! les hommes !... Moi, je ne
suis qu'une femme, mais ce que je dis est fait. »

Vous vous levez en grommelant, en maudissant le
sacrement du mariage. Vous n'avez pas le moindre mérite
dans votre héroïsme ; ce n'est pas vous, mais votre
femme qui s'est levée. Caroline vous trouve tout ce qu'il
vous faut avec une promptitude désespérante ; elle prévoit tout, elle vous donne un cache-nez en hiver, une
chemise de batiste à raies bleues en été, vous êtes traité
comme un enfant ; vous dormez encore, elle vous habille,
elle se donne tout le mal ; vous êtes jeté hors de chez
vous. Sans elle tout irait mal ! Elle vous rappelle pour
vous faire prendre un papier, un portefeuille. Vous ne
songez à rien, elle songe à tout !

Vous revenez cinq heures après, pour le déjeuner,
entre onze heures et midi. La femme de chambre est
sur la porte, dans l'escalier, sur le carré, causant avec
quelque valet de chambre ; elle se sauve en vous entendant ou vous apercevant. Votre domestique met le couvert sans se presser, il regarde par la croisée, il flâne, il
va et vient en homme qui sait avoir son temps à lui. Vous
demandez où est votre femme, vous la croyez sur pied.

« Madame est encore au lit », dit la femme de chambre.

Vous trouvez votre femme languissante, paresseuse,
fatiguée, endormie.

Elle avait veillé toute la nuit pour vous éveiller, elle
s'est recouchée, elle a faim.

Vous êtes cause de tous les dérangements.

Si le déjeuner n'est pas prêt, elle en accuse votre départ.
Si elle n'est pas habillée, si tout est en désordre, c'est
votre faute.

À tout ce qui ne va pas, elle répond : « Il a fallu te
faire lever si matin ! »

« Monsieur s'est levé si matin ! » est la raison universelle.

Elle vous fait coucher de bonne heure, parce que vous vous êtes levé matin.

Elle ne peut rien faire de la journée, parce que vous vous êtes levé matin.

Dix-huit mois après, elle vous dit encore : « Sans moi, tu ne te lèverais jamais. »

À ses amies, elle dit : « Monsieur se lever!... Oh! sans moi, si je n'étais pas là, jamais il ne se lèverait. »

Un homme dont la tête grisonne lui dit : « Cela fait votre éloge, madame. »

Cette critique, un peu leste, met un terme à ses vanteries.

Cette petite misère, répétée deux ou trois fois, vous apprend à vivre seul au sein de votre ménage, à n'y pas tout dire, à ne vous confier qu'à vous-même; il vous paraît souvent douteux que les avantages du lit nuptial en surpassent les inconvénients[a].

LES TAQUINAGES[b][1]

Vous avez passé de l'allégro sautillant du célibataire au grave andante du père de famille.

Au lieu de ce joli cheval anglais cabriolant, piaffant entre les brancards vernis d'un tilbury léger comme votre cœur, et mouvant sa croupe luisante sous le quadruple lacis des rênes et des guides que vous savez manier, avec quelle grâce et quelle élégance, les Champs-Élysées le savent! vous conduisez un bon gros cheval normand à l'allure douce.

Vous avez appris la patience paternelle, et vous ne manquez pas d'occasions de le prouver. Aussi votre figure est-elle sérieuse.

À côté de vous, se trouve un domestique évidemment à deux fins, comme est la voiture.

Cette voiture à quatre roues, et montée sur des ressorts anglais, a du ventre et ressemble à un bateau rouennais; elle a des vitrages, une infinité de mécanismes économiques. Calèche dans les beaux jours, elle doit être un coupé les jours de pluie[2]. Légère en apparence, elle est alourdie par six personnes et fatigue votre unique cheval.

Au fond, se trouvent étalées comme des fleurs votre jeune femme épanouie, et sa mère, grosse rose trémière à beaucoup de feuilles. Ces deux fleurs de la gent femelle gazouillent et parlent de vous, tandis que le bruit des roues et votre attention de cocher, mêlée à votre défiance paternelle, vous empêchent d'entendre le discours.

Sur le devant, il y a une jolie bonne proprette qui tient sur ses genoux une petite fille; à côté brille un garçon en chemise rouge plissée qui se penche hors de la voiture, veut grimper sur les coussins, et s'est attiré mille fois des paroles qu'il sait être purement comminatoires, le : « Sois donc sage, Adolphe », ou : « Je ne vous emmène plus, monsieur! » de toutes les mamans.

La maman est en secret superlativement ennuyée de ce garçon tapageur; elle s'est irritée vingt fois, et vingt fois le visage de la petite fille endormie l'a calmée.

« Je suis mère », s'est-elle dit.

Et elle a fini par maintenir son petit Adolphe[1].

Vous avez exécuté la triomphante idée de promener votre famille. Vous êtes parti le matin de votre maison, où les ménages mitoyens se sont mis aux fenêtres en enviant le privilège que vous donne votre fortune d'aller aux champs et d'en revenir sans subir les voitures publiques. Or, vous avez traîné l'infortuné cheval normand à Vincennes à travers tout Paris, de Vincennes à Saint-Maur, de Saint-Maur à Charenton[2], de Charenton en face de je ne sais quelle île qui a semblé plus jolie à votre femme et à votre belle-mère que tous les paysages au sein desquels vous les avez menées.

« Allons à Maisons!... » s'est-on écrié.

Vous êtes allé à Maisons, près d'Alfort. Vous revenez par la rive gauche de la Seine, au milieu d'un nuage de poussière olympique très noirâtre. Le cheval tire péniblement votre famille; hélas! vous n'avez plus aucun amour-propre, en lui voyant les flancs rentrés, et deux os saillants aux deux côtés du ventre; son poil est moutonné par la sueur sortie et séchée à plusieurs reprises, qui, non moins que la poussière, a gommé, collé, hirsuté le poil de sa robe. Le cheval ressemble à un hérisson en colère, vous avez peur qu'il ne soit fourbu, vous le caressez du fouet avec une sorte de mélancolie qu'il comprend, car il agite la tête comme un cheval de coucou[3] fatigué de sa déplorable existence.

Vous y tenez, à ce cheval; il est excellent; il a coûté douze cents francs. Quand on a l'honneur d'être père de famille, on tient à douze cents francs autant que vous tenez à ce cheval. Vous apercevez le chiffre effrayant des dépenses extraordinaires dans le cas où il faudrait faire reposer Coco[a].

Vous prendrez pendant deux jours des cabriolets de place pour vos affaires.

Votre femme fera la moue de ne pouvoir sortir; elle sortira, et prendra une remise.

Le cheval donnera lieu à des extra que vous trouverez sur le mémoire de votre unique palefrenier, un palefrenier unique, et que vous surveillez comme toutes les choses uniques.

Ces pensées, vous les exprimez dans le mouvement doux par lequel vous laissez tomber le fouet le long des côtes de l'animal engagé dans la poudre noire qui sable la route devant la Verrerie[1].

En ce moment, Adolphe, qui ne sait que faire dans cette boîte roulante, s'est tortillé, s'est attristé dans son coin, et sa grand-mère inquiète lui a demandé :

« Qu'as-tu ?

— J'ai faim, a répondu l'enfant.

— Il a faim, a dit la mère à sa fille.

— Et comment n'aurait-il pas faim ? il est cinq heures et demie, nous ne sommes seulement pas à la barrière, et nous sommes partis depuis deux heures !

— Ton mari aurait pu nous faire dîner à la campagne.

— Il aime mieux faire faire deux lieues de plus à son cheval et revenir à la maison.

— La cuisinière aurait eu son dimanche. Mais Adolphe a raison, après tout. C'est une économie que de dîner chez soi, répond la belle-mère.

— Adolphe, s'écrie votre femme stimulée par le mot économie, nous allons si lentement que je vais avoir le mal de mer, et vous nous menez ainsi précisément dans cette poussière noire. À quoi pensez-vous ? ma robe et mon chapeau seront perdus.

— Aimes-tu mieux que nous perdions le cheval ? demandez-vous en croyant avoir répondu péremptoirement.

— Il ne s'agit pas de ton cheval, mais de ton enfant qui se meurt de faim : voilà sept heures qu'il n'a rien pris. Fouette donc ton cheval! En vérité, ne dirait-on pas que tu tiens plus à ta rosse qu'à ton enfant ? »

Vous n'osez pas donner un seul coup de fouet au cheval, il aurait peut-être encore assez de vigueur pour s'emporter et prendre le galop.

« Non, Adolphe tient à me contrarier, il va plus lentement, dit la jeune femme à sa mère. Va, mon ami, va comme tu voudras. Et puis, tu diras que je suis dépensière en me voyant acheter un autre chapeau. »

Vous dites alors des paroles perdues dans le bruit des roues.

« Mais quand tu me répondras par des raisons qui n'ont pas le sens commun », crie Caroline.

Vous parlez toujours en tournant la tête vers la voiture et la retournant vers le cheval, afin de ne pas faire de malheur.

« Bon! accroche! verse-nous, tu seras débarrassé de nous. Enfin, Adolphe, ton fils meurt de faim, il est tout pâle!...

— Cependant, Caroline, dit la belle-mère, il fait ce qu'il peut... »

Rien ne vous impatiente comme d'être protégé par votre belle-mère. Elle est hypocrite, elle est enchantée de vous voir aux prises avec sa fille; elle jette, tout doucement et avec des précautions infinies, de l'huile sur le feu.

Quand vous arrivez à la barrière, votre femme est muette, elle ne dit plus rien, elle tient ses bras croisés, elle ne veut pas vous regarder.

Vous n'avez ni âme, ni cœur, ni sentiment. Il n'y a que vous pour inventer de pareilles parties de plaisir. Si vous avez le malheur de rappeler à Caroline que c'est elle qui, le matin, a exigé cette partie au nom de ses enfants et de sa nourriture (elle nourrit sa petite), vous serez accablé sous une avalanche de phrases froides et piquantes.

Aussi acceptez-vous tout *pour ne pas aigrir le lait d'une femme qui nourrit, et à laquelle il faut passer quelques petites choses,* vous dit à l'oreille votre atroce belle-mère.

Vous avez au cœur toutes les furies d'Oreste.

À ces mots sacramentels dits par l'Octroi : « *Vous n'avez rien à déclarer...*

— Je déclare, dit votre femme, beaucoup de mauvaise humeur et de poussière. »

Elle rit, l'employé rit, il vous prend envie de verser votre famille dans la Seine.

Pour votre malheur, vous vous souvenez de la joyeuse et perverse fille qui avait un petit chapeau rose et qui frétillait dans votre tilbury quand, six ans auparavant, vous aviez passé par là pour aller manger une matelote. Une idée! Mme Schontz[1] s'inquiétait bien d'enfants, de son chapeau dont la dentelle a été mise en pièces dans les fourrés! elle ne s'inquiétait de rien, pas même de sa dignité, car elle indisposa le garde champêtre de Vincennes par la désinvolture de sa danse un peu risquée.

Vous rentrez chez vous, vous avez hâté rageusement votre cheval normand, vous n'avez évité ni l'indisposition de votre animal, ni l'indisposition de votre femme.

Le soir, Caroline a très peu de lait. Si la petite crie à vous rompre la tête en suçant le sein de sa mère, toute la faute est à vous, qui préférez la santé de votre cheval à celle de votre fils qui mourait de faim, et de votre fille dont le souper a péri dans une discussion où votre femme a raison, *comme toujours!*

« Après tout, dit-elle, les hommes ne sont pas mères. »

Vous quittez la chambre, et vous entendez votre belle-mère consolant sa fille par ces terribles paroles : « Ils sont tous égoïstes, calme-toi; ton père était absolument comme cela. »

LE CONCLUSUM[a]

Il est huit heures, vous arrivez dans la chambre à coucher de votre femme. Il y a force lumières. La femme de chambre et la cuisinière voltigent. Les meubles sont encombrés de robes essayées, de fleurs rejetées.

Le coiffeur est là, l'artiste par excellence, autorité souveraine, à la fois rien et tout. Vous avez entendu les autres domestiques allant et venant; il y a eu des ordres donnés et repris, des commissions bien ou mal faites. Le désordre est au comble. Cette chambre est un atelier d'où doit sortir une Vénus de salon.

Votre femme veut être la plus belle du bal où vous allez. Est-ce encore pour vous, seulement pour elle, ou

pour autrui ? Questions graves! Vous n'y pensez seulement pas.

Vous êtes serré, ficelé, harnaché dans vos habits de
bal; vous allez à pas comptés, regardant, observant,
songeant à parler d'affaires sur un terrain neutre avec un
agent de change, un notaire ou un banquier à qui vous
ne voudriez pas donner l'avantage d'aller les trouver
chez eux.

Un fait bizarre que chacun a pu observer, mais dont
les causes sont presque indéterminables, est la répugnance particulière que les hommes habillés et près
d'aller en soirée manifestent pour les discussions ou pour
répondre à des questions. Au moment du départ, il est
peu de maris qui ne soient silencieux et profondément
enfoncés dans des réflexions variables selon les caractères. Ceux qui répondent ont des paroles brèves et
péremptoires.

En ce moment les femmes, elles, deviennent excessivement agaçantes, elles vous consultent, elles veulent
avoir votre avis sur la manière de dissimuler une queue
de rose, de faire tomber une grappe de bruyère, de tourner une écharpe. Il ne s'agit jamais de ces brimborions,
mais d'elles-mêmes.

Suivant une jolie expression anglaise, elles pêchent les
compliments à la ligne[1], et quelquefois mieux que des
compliments.

Un enfant qui sort du collège apercevrait la raison
cachée derrière les saules de ces prétextes; mais votre
femme vous est si connue, et vous avez tant de fois
agréablement badiné sur ses avantages moraux et physiques, que vous avez la cruauté de dire votre avis briè-
vement, en conscience; et vous forcez alors Caroline
d'arriver à ce mot décisif, cruel à dire pour toutes les
femmes, même celles qui ont vingt ans de ménage :

« Il paraît que je ne suis pas à ton goût ? »

Attiré sur le vrai terrain par cette question, vous lui
jetez des éloges qui sont pour vous la petite monnaie à
laquelle vous tenez le moins, les sous, les liards de votre
bourse.

« Cette robe est délicieuse! — Je ne t'ai jamais vue si
bien mise. — Le bleu, le rose, le jaune, le ponceau (choisissez) te va à ravir[a]. — La coiffure est très originale.
— En entrant au bal, tout le monde t'admirera. — Non

seulement tu seras la plus belle, mais encore la mieux mise. — Elles enrageront toutes de ne pas avoir ton goût. — La beauté, nous ne la donnons pas; mais le goût est comme l'esprit, une chose dont nous pouvons être fiers...

— Vous trouvez ? est-ce sérieusement, Adolphe ? »

Votre femme coquette avec vous. Elle choisit ce moment pour vous arracher votre prétendue pensée sur telle ou telle de ses amies, et pour vous glisser le prix des belles choses que vous louez. Rien n'est trop cher pour vous plaire. Elle renvoie sa cuisinière.

« Partons », dites-vous.

Elle renvoie la femme de chambre après avoir renvoyé le coiffeur, et se met à tourner devant sa psyché, en vous montrant ses plus glorieuses beautés.

« Partons, dites-vous.

— Vous êtes bien pressé », répond-elle.

Et elle se montre en minaudant, en s'exposant comme un beau fruit magnifiquement dressé dans l'étalage d'un marchand de comestible.

Comme vous avez très bien dîné, vous l'embrassez alors au front, vous ne vous sentez pas en mesure de contresigner vos opinions. Caroline devient sérieuse.

La voiture est avancée. Toute la maison regarde madame s'en allant; elle est le chef-d'œuvre auquel chacun a mis la main, et tous admirent l'œuvre commune.

Votre femme part enivrée d'elle-même et peu contente de vous. Elle marche glorieusement au bal, comme un tableau chéri, pourléché dans l'atelier, caressé par le peintre, est envoyé dans le vaste bazar du Louvre, à l'Exposition[1].

Votre femme trouve, hélas! cinquante femmes plus belles qu'elle; elles ont inventé des toilettes d'un prix fou, plus ou moins originales; et il arrive pour l'œuvre féminine ce qui arrive au Louvre pour le chef-d'œuvre : la robe de votre femme pâlit auprès d'une autre presque semblable dont la couleur, *plus voyante,* écrase la sienne. Caroline n'est rien, elle est à peine remarquée. Quand il y a soixante jolies femmes dans un salon, le sentiment de la beauté se perd, on ne sait plus rien de la beauté. Votre femme devient quelque chose de fort ordinaire. La petite ruse de son sourire perfectionné ne se comprend plus parmi les expressions grandioses, auprès de femmes à regards hautains et hardis. Elle est effacée, elle n'est pas invitée à danser. Elle essaie de se grimer pour jouer le contentement, et comme elle n'est pas contente, elle entend dire : « Mme Adolphe a bien mauvaise mine. » Les femmes lui demandent hypocritement si elle souffre; pourquoi ne pas danser. Elles ont un répertoire de malices couvertes de bonhomie, plaquées de bienveillance à faire damner un saint, à rendre un singe sérieux[a] et à donner froid à un démon.

Vous, innocent, qui jouez, allez et venez, et qui ne voyez pas une des mille piqûres d'épingle par lesquelles on a tatoué l'amour-propre de votre femme, vous arrivez à elle en lui disant à l'oreille : « Qu'as-tu ?

— Demandez *ma* voiture. »

Ce *ma* est l'accomplissement du mariage[1].

Pendant deux ans on a dit *la* voiture de Monsieur, *la* voiture, *notre* voiture, et enfin *ma* voiture.

Vous avez une partie engagée, une revanche à donner, de l'argent à regagner.

Ici l'on concède, Adolphe, que vous êtes assez fort pour dire oui, disparaître et ne pas demander la voiture.

Vous avez un ami, vous l'envoyez danser avec votre femme, car vous en êtes à un système de concessions qui vous perdra : vous entrevoyez déjà l'utilité d'un ami.

Mais vous finissez par demander la voiture. Votre femme y monte avec une rage sourde, elle se flanque dans son coin, s'emmitoufle dans son capuchon, se croise les bras dans sa pelisse, se met en boule comme une chatte, et ne dit mot.

Ô maris! sachez-le, vous pouvez en ce moment tout réparer, tout raccommoder, et jamais l'impétuosité des amants qui se sont caressés par de flamboyants regards pendant toute la soirée n'y manque! Oui, vous pouvez la ramener triomphante, elle n'a plus que vous, il vous reste une chance, celle de violer votre femme. Ah! bah! vous lui dites votre imbécile, niais et indifférent : « Qu'as-tu ? »

AXIOME[b]

Un mari doit toujours savoir ce qu'a sa femme, car elle sait toujours ce qu'elle n'a pas.

« Froid, dit-elle.

— La soirée a été superbe.

— Ouh! ouh! rien de distingué! l'on a la manie, aujourd'hui, d'inviter tout Paris dans un trou. Il y avait des femmes jusque sur l'escalier; les toilettes s'abîment horriblement, la mienne est perdue.

— On s'est amusé.

— Vous autres, vous jouez, et tout est dit. Une fois mariés, vous vous occupez de vos femmes comme les lions s'occupent de peinture.

— Je ne te reconnais plus, tu étais si gaie, si heureuse, si pimpante en arrivant!

— Ah! vous ne nous comprenez jamais. Je vous ai prié de partir, et vous me laissez là, comme si les femmes faisaient jamais quelque chose sans raison. Vous avez de l'esprit, mais dans certains moments vous êtes vraiment singulier, je ne sais à quoi vous pensez... »

Une fois sur ce terrain, la querelle s'envenime. Quand vous donnez la main à votre femme pour descendre de voiture, vous tenez une femme de bois; elle vous dit un merci par lequel elle vous met sur la même ligne que son domestique.

Vous n'avez pas plus compris votre femme avant qu'après le bal, vous la suivez avec peine, elle ne monte pas l'escalier, elle vole. Il y a brouille complète.

La femme de chambre est enveloppée dans la disgrâce; elle est reçue à coups de *non* et *oui* secs comme des biscottes de Bruxelles, et qu'elle avale en vous regardant de travers.

« Monsieur n'en fait jamais d'autres! » dit-elle en grommelant.

Vous seul avez pu changer l'humeur de madame. Madame se couche, elle a une revanche à prendre; vous ne l'avez pas comprise, elle ne vous comprend point.

Elle se range dans son coin de la façon la plus déplaisante et la plus hostile; elle est enveloppée dans sa chemise, dans sa camisole, dans son bonnet de nuit, comme un ballot d'horlogerie qui part pour les Grandes-Indes. Elle ne vous dit ni bonsoir, ni bonjour, ni mon ami, ni Adolphe; vous n'existez pas, vous êtes un sac de farine.

Votre Caroline, si agaçante cinq heures auparavant dans cette même chambre où elle frétillait comme une anguille, est du plomb en saumon[1]. Vous seriez le Tro-

pique en personne, à cheval sur l'Équateur, vous ne fon-
driez pas les glaciers de cette petite Suisse personnifiée
qui paraît dormir, et qui vous glacerait de la tête aux
pieds, au besoin. Vous lui demanderiez cent fois ce
qu'elle a, la Suisse vous répond par un *conclusum,* comme
le *vorort* ou comme la Conférence de Londres[a1].

Elle n'a rien, elle est fatiguée, elle dort.

Plus vous insistez, plus elle est bastionnée d'ignorance,
garnie de chevaux de frise. Quand vous vous impatien-
tez, Caroline a commencé des rêves! Vous grognez, vous
êtes perdu.

AXIOME[b]

Les femmes sachant toujours bien expliquer leurs
grandeurs, c'est leurs petitesses qu'elles nous laissent à
deviner.

Caroline daignera vous dire peut-être aussi qu'elle se
sent déjà très indisposée; mais elle rit dans ses coiffes
quand vous dormez, et profère des malédictions sur
votre corps endormi.

LA LOGIQUE DES FEMMES[c]

Vous croyez avoir épousé une créature douée de raison, vous vous êtes lourdement trompé, mon ami.

AXIOME

Les êtres sensibles ne sont pas des êtres sensés.

Le sentiment n'est pas le raisonnement, la raison n'est
pas le plaisir, et le plaisir n'est, certes, pas une raison.
« Oh! monsieur! »

Dites : « Ah! » Oui, ah! Vous lancerez[d] ce ah! du plus
profond de votre caverne thoracique en sortant furieux
de chez vous, ou en rentrant dans votre cabinet, aba-
sourdi.

Pourquoi ? comment ? qui vous a vaincu, tué, renversé ? La logique de votre femme, qui n'est pas la
logique d'Aristote,

Ni celle de Ramus,
Ni celle de Kant,
Ni celle de Condillac,
Ni celle de Robespierre,
Ni celle de Napoléon;
Mais qui tient de toutes les logiques, et qu'il faut appeler la logique de toutes les femmes, la logique des femmes anglaises comme celle des Italiennes, des Normandes et des Bretonnes (oh! celles-ci sont invaincues), des Parisiennes, enfin des femmes de la lune, s'il y a des femmes dans ce pays nocturne avec lequel les femmes de la terre s'entendent évidemment, anges qu'elles sont!

La discussion s'est engagée après le déjeuner. Les discussions ne peuvent jamais avoir lieu qu'en ce moment dans les ménages.

Un homme, quand il le voudrait, ne saurait discuter au lit avec sa femme : elle a trop d'avantages contre lui, et peut trop facilement le réduire au silence.

En quittant le lit conjugal où il se trouve une jolie femme, on a faim, quand on est jeune. Le déjeuner est un repas assez gai, la gaieté n'est pas raisonneuse. Bref, vous n'entamez l'affaire qu'après avoir pris votre café à la crème ou votre thé.

Vous avez mis dans votre tête d'envoyer, par exemple, votre enfant au collège.

Les pères sont tous hypocrites, et ne veulent jamais avouer que leur sang les gêne beaucoup quand il court sur deux jambes, porte sur tout ses mains hardies, et frétille comme un têtard dans la maison.

Votre enfant jappe, miaule et piaule; il casse, brise ou salit les meubles, et les meubles sont chers; il fait sabre de tout, il égare vos papiers, il emploie à ses cocottes le journal que vous n'avez pas encore lu.

La mère lui dit : « Prends! » à tout ce qui est à vous; mais elle dit : « Prends garde! » à tout ce qui est à elle.

La rusée bat monnaie avec vos affaires pour avoir sa tranquillité. Sa mauvaise foi de bonne mère est à l'abri derrière son enfant, l'enfant est son complice. Tous deux s'entendent contre vous comme Robert Macaire et Bertrand[1] contre un actionnaire. L'enfant est une hache avec laquelle on fourrage tout chez vous.

L'enfant va triomphalement ou sournoisement à la

maraude dans votre garde-robe; il reparaît caparaçonné
de caleçons sales, il met au jour des choses condamnées
aux gémonies de la toilette. Il apporte à une amie que
vous cultivez, à l'élégante Mme de Fischtaminel, des
ceintures à comprimer le ventre, des bouts de bâtons à
cirer les moustaches, de vieux gilets déteints aux entournures, des chaussettes légèrement noircies aux talons et
jaunies dans les bouts. Comment faire observer que ces
maculatures sont un effet du cuir ?

Votre femme rit en regardant votre amie, et vous
n'osez pas vous fâcher, vous riez aussi, mais quel rire!
les malheureux le connaissent.

Cet enfant vous cause, en outre, des peurs chaudes
quand vos rasoirs ne sont plus à leur place. Si vous vous
fâchez, le petit drôle sourit et vous montre deux rangées
de perles; si vous le grondez, il pleure. Accourt la mère!
Et quelle mère! une mère qui va vous haïr si vous ne
cédez pas. Il n'y a pas de *mezzo termine*[1] avec les femmes :
on est un monstre, ou le meilleur des pères.

Dans certains moments, vous concevez Hérode et ses
fameuses ordonnances sur le massacre des innocents, qui
n'ont été surpassées que par celles du bon Charles X[a2]!

Votre femme est revenue sur son sofa, vous vous promenez, vous vous arrêtez, et vous posez nettement la
question par cette phrase interjective :

« Décidément, Caroline, nous mettrons Charles[3] en
pension.

— Charles ne peut pas aller en pension, dit-elle d'un
petit ton doux.

— Charles a six ans, l'âge auquel commence l'éducation des hommes.

— À sept ans, d'abord, répond-elle. Les princes ne
sont remis par leur gouvernante au gouverneur qu'à
sept ans. Voilà la loi et les prophètes. Je ne vois pas
pourquoi l'on n'appliquerait pas aux enfants des bourgeois les lois suivies pour les enfants des princes. Ton
enfant est-il plus avancé que les leurs ? Le roi de Rome...

— Le roi de Rome n'est pas une autorité.

— Le roi de Rome n'est pas le fils de l'Empereur ?...
(Elle détourne la discussion.) En voilà bien d'une autre !
Ne vas-tu pas accuser l'impératrice ? elle a été accouchée
par le docteur Dubois[4], en présence de...

— Je ne dis pas cela...

— Tu ne me laisses jamais finir, Adolphe.

— Je dis que le roi de Rome... (ici vous commencez à élever la voix), le roi de Rome, qui avait à peine quatre ans lorsqu'il a quitté la France, ne saurait servir d'exemple.

— Cela n'empêche pas que le duc de Bordeaux n'ait été remis à sept ans à M. le duc de Rivière, son gouverneur[1]. (Effet de logique.)

— Pour le duc de Bordeaux, c'est différent...

— Tu conviens donc alors qu'on ne peut pas mettre un enfant au collège avant l'âge de sept ans ? dit-elle avec emphase. (Autre effet.)

— Je ne dis pas cela du tout, ma chère amie. Il y a bien de la différence entre l'éducation publique et l'éducation particulière.

— C'est bien pour cela que je ne veux pas mettre encore Charles au collège, il faut être encore plus fort qu'il ne l'est pour y entrer.

— Charles est très fort pour son âge.

— Charles ?... oh! les hommes! Mais Charles est d'une constitution très faible, il tient de vous. (Le *vous* commence.) Si vous voulez vous défaire de votre fils, vous n'avez qu'à le mettre au collège... Mais il y a déjà quelque temps que je m'aperçois bien que cet enfant vous ennuie.

— Allons! mon enfant m'ennuie, à présent; te voilà bien! Nous sommes responsables de nos enfants envers eux-mêmes! il faut enfin commencer l'éducation de Charles; il prend ici les plus mauvaises habitudes; il n'obéit à personne; il se croit le maître de tout; il donne des coups et personne ne lui en rend. Il doit se trouver avec des égaux, autrement il aura le plus détestable caractère.

— Merci; j'élève donc mal mon enfant ?

— Je ne dis pas cela; mais vous aurez toujours d'excellentes raisons pour le garder. »

Ici le *vous* s'échange, et la discussion acquiert un ton aigre de part et d'autre.

Votre femme veut bien vous affliger du *vous,* mais elle se blesse de la réciprocité.

« Enfin, voilà votre mot! vous voulez m'ôter mon enfant, vous vous apercevez qu'il est entre nous, vous êtes jaloux de votre enfant, vous voulez me tyranniser à votre aise, et vous sacrifiez votre fils! Oh! j'ai bien assez d'esprit pour vous comprendre.

— Mais vous faites de moi Abraham tenant son couteau¹! Ne dirait-on pas qu'il n'y a pas de collèges? Les collèges sont vides, personne ne met ses enfants au collège.

— Vous voulez me rendre aussi par trop ridicule, reprend-elle. Je sais bien qu'il y a des collèges, mais on ne met pas des garçons au collège à six ans, et Charles n'ira pas au collège.

— Mais, ma chère amie, ne t'emporte pas.

— Comme si je m'emportais jamais! Je suis femme et sais souffrir.

— Raisonnons.

— Oui, c'est assez déraisonner.

— Il est bien temps d'apprendre à lire et à écrire à Charles; plus tard, il éprouverait des difficultés qui le rebuteraient. »

Ici, vous parlez pendant dix minutes sans aucune interruption, et vous finissez par un : « Eh bien ? » armé d'une accentuation qui figure un point interrogant extrêmement crochu.

« Eh bien! dit-elle, il n'est pas encore temps de mettre Charles au collège. »

Il n'y a rien de gagné.

« Mais, ma chère, cependant M. Deschars a mis son petit Jules au collège à six ans. Viens voir des collèges, tu y trouveras énormément d'enfants de six ans. »

Vous parlez encore dix minutes sans aucune interruption, et quand vous jetez un autre : « Eh bien ?

— Le petit Deschars est revenu avec des engelures, répond-elle.

— Mais Charles a des engelures ici.

— Jamais », dit-elle d'un air superbe.

La question se trouve, après un quart d'heure, arrêtée par une discussion accessoire sur : « Charles a-t-il eu ou n'a-t-il pas eu des engelures ? »

Vous vous renvoyez des allégations contradictoires, vous ne vous croyez plus l'un l'autre, il faut en appeler à des tiers.

AXIOME

Tout ménage a sa Cour de cassation qui ne s'occupe jamais du fond et qui ne juge que la forme.

La bonne est mandée, elle vient, elle est pour votre femme.

Il est acquis à la discussion que Charles n'a jamais eu d'engelures.

Caroline vous regarde, elle triomphe et vous dit ces ébouriffantes paroles : « Tu vois bien qu'il est impossible de mettre Charles au collège. »

Vous sortez suffoqué de colère. Il n'y a aucun moyen de prouver à cette femme qu'il n'existe pas la moindre corrélation entre la proposition de mettre son enfant au collège, et la chance d'avoir ou de ne pas avoir des engelures.

Le soir, devant vingt personnes, après le dîner, vous entendez cette atroce créature finissant avec une femme sa longue conversation par ces mots : « Il voulait mettre Charles au collège, mais il a bien vu qu'il fallait encore attendre. »

Quelques maris, dans ces sortes de circonstances, éclatent devant tout le monde, ils se font minotauriser six semaines après ; mais ils y gagnent ceci, que Charles est mis au collège le jour où il lui échappe une indiscrétion. D'autres cassent des porcelaines en se livrant à une rage intérieure. Les gens habiles ne disent rien et attendent.

La logique de la femme se déploie ainsi dans les moindres faits, à propos d'une promenade et d'un meuble à placer, d'un déménagement.

Cette logique, d'une simplicité remarquable, consiste à ne jamais exprimer qu'une seule idée, celle qui formule leur volonté. Comme toutes les choses de la nature femelle, ce système peut se résoudre par ces deux termes algébriques : Oui — Non.

Il y a aussi quelques hochements de tête qui remplacent tout.

JÉSUITISME DES FEMMES[a]

Le jésuite le plus jésuite des jésuites est encore mille
fois moins jésuite que la femme la moins jésuite, jugez
combien les femmes sont jésuites! Elles sont si jésuites,
que le plus fin des jésuites lui-même ne devinerait pas à
quel point une femme est jésuite, car il y a mille manières
d'être jésuite, et la femme est si habile jésuite, qu'elle a
le talent d'être jésuite sans avoir l'air jésuite. On prouve
à un jésuite, rarement, mais on lui prouve quelquefois
qu'il est jésuite; essayez donc de démontrer à une femme
qu'elle agit ou parle en jésuite? elle se ferait hacher avant
d'avouer qu'elle est jésuite[1].

Elle, jésuite! elle, la loyauté, la délicatesse même! Elle,
jésuite! Mais qu'entend-on par : Être jésuite? Connaît-
elle ce que c'est que d'être jésuite? Qu'est-ce que les
jésuites? Elle n'a jamais vu ni entendu de jésuites.
« C'est vous qui êtes un jésuite!... » et elle vous le
démontre en expliquant jésuitiquement que vous êtes un
subtil jésuite.

Voici un des mille exemples du jésuitisme de la femme,
et cet exemple constitue la plus horrible des petites
misères de la vie conjugale, elle en est peut-être la plus
grande.

Poussé par les désirs mille fois exprimés, mille fois
répétés de Caroline, qui se plaignait d'aller à pied,

Ou de ne pas pouvoir remplacer assez souvent son
chapeau, son ombrelle, sa robe, quoi que ce soit de sa
toilette;

De ne pas pouvoir mettre son enfant en matelot, en
lancier, en artilleur de la Garde nationale, — en Écossais, les jambes nues, avec une toque à plumes, — en
jaquette, — en redingote, — en sarrau de velours, — en
bottes, — en pantalon;

De ne pas pouvoir lui acheter assez de joujoux, des
souris qui trottent toutes seules, — de petits ménages
complets, etc.;

Ou rendre à Mme Deschars ni à Mme de Fischtaminel
leurs politesses : — un bal, — une soirée, — un dîner;

Ou prendre une loge au spectacle, afin de ne plus se placer ignoblement aux galeries entre des hommes trop galants, ou grossiers à demi;

D'avoir à chercher un fiacre à la sortie du spectacle :

« Tu crois faire une économie, tu te trompes, vous dit-elle; les hommes sont tous les mêmes! Je gâte mes souliers, je gâte mon chapeau, mon châle se mouille, tout se fripe, mes bas de soie sont éclaboussés. Tu économises vingt francs de voiture, — non pas même vingt francs, car tu prends pour quatre francs de fiacre, — seize francs donc! et tu perds pour cinquante francs de toilette, puis tu souffres dans ton amour-propre en voyant sur ma tête un chapeau fané; tu ne t'expliques pas pourquoi : c'est tes damnés fiacres. Je ne te parle pas de l'ennui d'être prise et foulée entre des hommes, il paraît que cela t'est indifférent! »

De ne pouvoir acheter un piano au lieu d'en louer un.

Ou suivre les modes. (Il y a des femmes qui ont toutes les nouveautés, mais à quel prix ?... Elle aimerait mieux se jeter par la croisée que de les imiter, car elle vous aime, elle pleurniche. Elle ne comprend pas ces femmes-là!)

De ne pouvoir s'aller promener aux Champs-Élysées, dans sa voiture, mollement couchée, comme Mme de Fischtaminel. (En voilà une qui entend la vie! et qui a un bon mari, et bien appris, et bien discipliné, et heureux! sa femme passerait dans le feu pour lui!...)

Enfin, battu dans mille scènes conjugales, battu par les raisonnements les plus logiques (feu Tripier, feu Merlin[1] ne sont que des enfants, la misère précédente vous l'a maintes fois prouvé), battu par les caresses les plus chattes, battu par des larmes, battu par vos propres paroles; car, dans ces circonstances, une femme est tapie entre les feuilles de sa maison comme un jaguar; elle n'a pas l'air de vous écouter, de faire attention à vous; mais s'il vous échappe un mot, un geste, un désir, une parole, elle s'en arme, elle l'affile, elle vous l'oppose cent et cent fois... battu par des singeries gracieuses : « Si tu fais cela, je ferai ceci. » Elles deviennent alors plus marchandes que les Juifs, les Grecs (de ceux qui vendent des parfums et des petites filles), les Arabes (de ceux qui vendent des petits garçons et des chevaux), plus marchandes que les Suisses, les Genevois, les banquiers, et, ce qui est pis que tout cela, que les Génois[1]!

Enfin, battu comme on est battu, vous vous déterminez à risquer, dans une entreprise, une certaine portion de votre capital.

Un soir, entre chien et loup, côte à côte, ou un matin au réveil, pendant que Caroline est là, à moitié éveillée, rose dans ses linges blancs, le visage riant dans ses dentelles, vous lui dites : « Tu veux ceci! Tu veux cela! Tu m'as dit ceci! Tu m'as dit cela!... »

Enfin, vous énumérez, en un instant, les innombrables fantaisies par lesquelles elle vous a maintes et maintes fois crevé le cœur, car il n'y a rien de plus affreux que de ne pouvoir satisfaire le désir d'une femme aimée! et vous terminez en disant :

« Eh bien! ma chère amie, il se présente une occasion de quintupler cent mille francs, et je suis décidé à faire cette affaire. »

Elle se réveille, elle se dresse sur ce qu'on est convenu d'appeler *son séant,* elle vous embrasse, oh! là... bien!

« Tu es gentil », est son premier mot.

Ne parlons pas du dernier : c'est une énorme et indicible onomatopée assez confuse.

« Maintenant, dit-elle, explique-moi ton affaire! »

Et vous tâchez d'expliquer l'affaire.

D'abord, les femmes ne comprennent aucune affaire, elles ne veulent pas paraître les comprendre; elles les comprennent, où, quand, comment? elles doivent les comprendre, à leur temps, — dans la saison, — à leur fantaisie. Votre chère créature, Caroline ravie, dit que vous avez eu tort de prendre au sérieux ses désirs, ses gémissements, ses envies de toilette. Elle a peur de cette affaire, elle s'effarouche des gérants, des actions, et surtout du fonds de roulement, le dividende n'est pas clair...

AXIOME

Les femmes ont toujours peur de ce qui se partage.

Enfin, Caroline craint des pièges; mais elle est enchantée de savoir qu'elle peut avoir sa voiture, sa loge, les habits variés de son enfant, etc. Tout en vous détournant

de l'affaire, elle est visiblement heureuse de vous voir
y mettant vos capitaux.

Première époque

« Oh! ma chère, je suis la plus heureuse femme de la
terre; Adolphe vient de se lancer dans une magnifique
affaire. — Je vais avoir un équipage, — oh! bien plus
beau que celui de Mme de Fischtaminel : le sien est
passé de mode; le mien aura des rideaux à franges...
— Mes chevaux seront gris de souris, les siens sont des
alezans, communs comme des pièces de six liards.
    — Madame, cette affaire est donc ?...
    — Oh! superbe, les actions doivent monter; il me
l'a expliquée avant de s'y jeter : car — Adolphe! —
Adolphe ne fait rien sans prendre conseil de moi...
    — Vous êtes bien heureuse.
    — Le mariage n'est pas tolérable sans une confiance
absolue, et Adolphe me dit tout. »

Vous êtes, vous ou toi, Adolphe[1], le meilleur mari
de Paris, un homme adorable, un génie, un cœur, un
ange. Aussi êtes-vous choyé à en être incommodé. Vous
bénissez le mariage. Caroline vante les hommes, — ces
rois de la création! — les femmes sont faites pour eux,
— l'homme est généreux, — le mariage est la plus belle
institution.

Durant trois mois, six mois, Caroline exécute les
concertos, les solos les plus brillants sur cette phrase
adorable : « Je serai riche! — j'aurai mille francs par
mois pour ma toilette. — Je vais avoir un équipage!... »

Il n'est plus question de l'enfant que pour savoir dans
quel collège on le mettra.

Deuxième époque

« Eh bien! mon cher ami, où donc en est cette affaire ?

« Que devient ton affaire ?

« Et cette affaire qui doit me donner une voiture, etc. ?...

« Il est bien temps que ton affaire finisse!...

« Quand se terminera l'affaire ?

« Elle est bien longtemps^a à se faire, cette affaire-là.

« Quand l'affaire sera-t-elle finie ?

« Les actions montent-elles ?

« Il n'y a que toi pour trouver des affaires qui ne se terminent pas. »

Un jour, elle vous demande : « Y a-t-il une affaire ? »

Si vous venez à parler de l'affaire, au bout de huit à dix mois, elle répond :

« Ah! cette affaire!... Mais il y a donc vraiment une affaire ? »

Cette femme, que vous avez crue sotte, commence à montrer incroyablement d'esprit quand il s'agit de se moquer de vous.

Pendant cette période, Caroline garde un silence compromettant quand on parle de vous.

Ou elle dit du mal des hommes en général : « Les hommes ne sont pas ce qu'ils paraissent être : on ne les connaît qu'à l'user. — Le mariage a du bon et du mauvais. — Les hommes ne savent rien finir. »

TROISIÈME ÉPOQUE

Catastrophe

Cette magnifique entreprise qui devait donner cinq capitaux pour un, à laquelle ont participé les gens les plus défiants, les gens les plus instruits, des pairs et des députés, des banquiers, — tous chevaliers de la Légion d'honneur, — cette affaire est en liquidation! Les plus hardis espèrent dix pour cent de leurs capitaux. Vous êtes triste.

Caroline vous a souvent dit : « Adolphe, qu'as-tu ? — Adolphe, tu as quelque chose. »

Enfin, vous apprenez à Caroline le fatal résultat; elle commence par vous consoler.

« Cent mille francs de perdus! Il faudra maintenant la plus stricte économie », dites-vous imprudemment.

Le jésuitisme de la femme éclate alors sur ce mot économie. Le mot économie met le feu aux poudres.

« Ah! voilà ce que c'est que de faire des affaires!
— Pourquoi donc, *toi, si prudent,* es-tu donc allé[a] compromettre cent mille francs ? — J'étais contre l'affaire sou-
viens-t'en! *Mais* TU NE M'AS PAS ÉCOUTÉE!... »
Sur ce thème la discussion s'envenime.

Vous n'êtes bon à rien, — vous êtes incapable, — les
femmes seules voient juste. — Vous avez risqué le pain
de vos enfants, — elle vous en a dissuadé. — Vous ne
pouvez pas dire que ce soit pour elle. Elle n'a, Dieu
merci, aucun reproche à se faire[1].

Cent fois par mois elle fait allusion à votre désastre :
— Si monsieur n'avait pas jeté ses fonds dans une
telle entreprise, je pourrais avoir ceci, — cela.

— Quand tu voudras faire une affaire, une autre fois,
tu m'écouteras!

Adolphe est atteint et convaincu d'avoir perdu cent
mille francs à l'étourdie, sans but, comme un sot, sans
avoir consulté sa femme.

Caroline dissuade ses amies de se marier. Elle se plaint
de l'incapacité des hommes qui dissipent la fortune de
leurs femmes. Caroline est vindicative! elle est sotte, elle
est atroce!

Plaignez Adolphe! Plaignez-vous, ô maris! Ô garçons,
réjouissez-vous!

SOUVENIRS ET REGRETS[b]

Marié depuis quelques années[c], votre amour est devenu
si placide, que Caroline essaie quelquefois le soir de
vous réveiller par de petits mots piquants. Vous avez
ce je ne sais quoi de calme et de tranquille qui impatiente
toutes les femmes légitimes. Les femmes y trouvent une
sorte d'insolence; elles prennent la nonchalance du
bonheur pour la fatuité de la certitude, car elles ne
pensent jamais au dédain de leurs inestimables valeurs :
leur vertu est alors furieuse d'être prise au mot.

Dans cette situation, qui est le fond de la langue de
tout mariage, et sur laquelle homme et femme doivent
compter, aucun mari n'ose dire que le pâté d'anguille
l'ennuie[2]; mais son appétit a certainement besoin des

condiments de la toilette, des pensées de l'absence, des irritations d'une rivalité supposée.

Enfin, vous vous promenez alors très bien avec votre femme sous le bras, sans serrer le sien contre vos flancs avec la craintive et soigneuse cohésion de l'avare tenant son trésor. Vous regardez, à droite et à gauche, les curiosités sur les Boulevards, en gardant votre femme d'un bras lâche et distrait, comme si vous étiez le remorqueur d'un gros bateau normand. Allons, soyez francs, mes amis! si, derrière votre femme, un admirateur la pressait par mégarde ou avec intention, vous n'avez aucune envie de vérifier les motifs du passant; d'ailleurs, nulle femme ne s'amuse à faire naître une querelle pour si peu de chose. Ce peu de chose, avouez-nous encore ceci, n'est-il pas excessivement flatteur pour l'un comme pour l'autre?

Vous en êtes là, mais vous n'êtes pas allé plus loin. Cependant vous enterrez, au fond de votre cœur et de votre conscience, une horrible pensée : Caroline n'a pas répondu à votre attente.

Caroline a des défauts qui, par la haute mer de la lune de miel, restaient sous l'eau, et que la marée basse de la lune rousse a découverts. Vous vous êtes heurté souvent à ces écueils, vos espérances y ont échoué plusieurs fois, vos désirs de jeune homme à marier (où est ce temps!) y ont vu se briser leurs embarcations pleines de richesses fantastiques : la fleur des marchandises a péri, le lest du mariage est resté. Enfin, pour se servir d'une locution de la langue parlée, en vous entretenant de votre mariage avec vous-même, vous vous dites, en regardant Caroline : *Ce n'est pas ce que je croyais!*

Un soir, au bal, dans le monde, chez un ami, n'importe où, vous rencontrez une sublime jeune fille, belle, spirituelle et bonne; une âme, oh! une âme céleste! une beauté merveilleuse! Voilà bien cette coupe inaltérable de figure ovale, ces traits qui doivent résister longtemps à l'action de la vie, ce front gracieux et rêveur. L'inconnue est riche, elle est instruite, elle appartient à une grande famille; partout elle sera bien ce qu'elle doit être, elle saura briller ou s'éclipser; elle offre enfin, dans toute sa gloire et dans toute sa puissance, l'être rêvé, votre femme, celle que vous vous sentez le pouvoir d'aimer toujours : elle flattera toujours vos vanités, elle enten-

drait et servirait admirablement vos intérêts. Enfin, elle
eſt tendre et gaie, cette jeune fille qui réveille toutes vos
passions nobles! qui allume des désirs éteints!

Vous regardez Caroline avec un sombre désespoir,
et voici les fantômes de pensées qui frappent, de leurs
ailes de chauve-souris, de leur bec de vautour, de leur
corps de phalène, les parois du palais où, comme une
lampe d'or, brille votre cervelle, allumée par le Désir[a].

PREMIÈRE STROPHE

Ah! pourquoi me suis-je marié? ah! quelle fatale idée!
je me suis laissé prendre à quelques écus! Comment?
c'eſt fini, je ne puis avoir qu'une femme. Ah! les Turcs
ont bien de l'esprit! On voit que l'auteur du Coran a
vécu dans le désert!

IIᵉ STROPHE

Ma femme eſt malade, elle tousse quelquefois le matin.
Mon Dieu, s'il eſt dans les décrets de votre sagesse de
retirer Caroline du monde, faites-le promptement pour
son bonheur et pour le mien. Cet ange a fait son temps.

IIIᵉ STROPHE

Mais je suis un monſtre! Caroline eſt la mère de mes
enfants!

Votre femme revient avec vous en voiture, et vous
la trouvez horrible; elle vous parle, vous lui répondez
par monosyllabes. Elle vous dit : « Qu'as-tu donc ? »
Vous lui répondez : « Rien. »

Elle tousse, vous l'engagez à voir, dès demain, le
doĉteur. La médecine a ses hasards.

IVe STROPHE

On m'a dit qu'un médecin, maigrement payé par des héritiers, s'écria très imprudemment : « Ils me rognent mille écus, et me doivent quarante mille livres de rentes ! » Oh ! je ne regarderais pas aux honoraires, moi !

« Caroline, lui dites-vous à haute voix, il faut prendre garde à toi ; croise ton châle, soigne-toi, mon ange aimé. »

Votre femme est enchantée de vous, vous paraissez vous intéresser énormément à elle.

Pendant le déshabiller de votre femme, vous restez étendu sur la causeuse.

Quand tombe la robe, vous contemplez la divine apparition qui vous ouvre la porte d'ivoire des châteaux en Espagne. Extase ravissante ! vous voyez la sublime jeune fille !... Elle est blanche comme la voile du galion qui entre à Cadix chargé de trésors, elle en a les merveilleux bossoirs qui fascinent le négociant avide.

Votre femme, heureuse d'être admirée, s'explique alors votre air taciturne. Cette jeune fille sublime ! vous la voyez les yeux fermés ; elle domine votre pensée, et vous dites alors :

V^e ET DERNIÈRE STROPHE

Divine ! adorable ! Existe-t-il deux femmes pareilles ?
Rose des nuits !
Tour d'ivoire !
Vierge céleste !
Étoile du soir et du matin !

Chacun a ses petites litanies, vous en avez dit quatre.

Le lendemain, votre femme est ravissante, elle ne tousse plus, elle n'a pas besoin de docteur ; si elle crève, elle crèvera de santé ; vous l'avez maudite quatre fois au nom de la jeune fille, et quatre fois elle vous a béni.

Caroline ne sait pas qu'il frétillait, au fond de votre

cœur, un petit poisson rouge de la nature des crocodiles, enfermé dans l'amour conjugal comme l'autre dans un bocal, mais sans coquillages.

Quelques jours auparavant, votre femme avait parlé de vous, en termes assez équivoques, à Mme de Fischtaminel; votre belle amie vient la voir, et Caroline vous compromet alors par des regards mouillés et longtemps arrêtés; elle vous vante, elle se trouve heureuse.

Vous sortez furieux, vous enragez, et vous êtes heureux de rencontrer un ami sur le Boulevard, pour y exhaler votre bile.

« Mon ami, ne te marie jamais! Il vaut mieux voir tes héritiers emportant tes meubles pendant que tu râles, il vaut mieux rester deux heures sans boire, à l'agonie, assassiné de paroles testamentaires par une garde-malade comme celle que Henri Monnier met si cruellement en scène dans sa terrible peinture des derniers moments d'un célibataire[1]! Ne te marie sous aucun prétexte! »

Heureusement vous ne revoyez plus la sublime jeune fille! Vous êtes sauvé de l'enfer où vous conduisaient de criminelles pensées, vous retombez dans le purgatoire de votre bonheur conjugal; mais vous commencez à faire attention à Mme de Fischtaminel, que vous avez adorée sans pouvoir arriver jusqu'à elle quand vous étiez garçon[a].

OBSERVATION[b]

Arrivé à cette hauteur[c] dans la latitude ou la longitude de l'océan conjugal, il se déclare un petit mal chronique, intermittent, assez semblable à des rages de dents... Vous m'arrêtez, je le vois, pour me dire : « Comment relève-t-on la hauteur dans cette mer ? Quand un mari peut-il se savoir à ce point nautique; et peut-on en éviter les écueils ? »

On se trouve là, comprenez-vous ? aussi bien après dix mois de mariage qu'après dix ans : c'est selon la marche du vaisseau, selon sa voilure, selon la mousson, la force des courants, et surtout selon la composition de l'équipage. Eh bien, il y a cet avantage que les marins n'ont qu'une manière de prendre le point, tandis que les maris en ont mille de trouver le leur.

EXEMPLES

Caroline, votre ex-biche, votre ex-trésor, devenue tout bonnement votre femme, s'appuie beaucoup trop sur votre bras en se promenant sur le Boulevard, ou trouve beaucoup plus distingué de ne plus vous donner le bras;

Ou elle voit des hommes plus ou moins jeunes, plus ou moins bien mis, quand autrefois elle ne voyait personne, même quand le Boulevard était noir de chapeaux et battu par plus de bottes que de bottines;

Ou, quand vous rentrez, elle dit : « Ce n'est rien, c'est Monsieur! » au lieu de : « Ah! c'est Adolphe! » qu'elle disait avec un geste, un regard, un accent qui faisaient penser à ceux qui l'admiraient : « Enfin, en voilà une heureuse! » (Cette exclamation d'une femme implique deux temps : celui pendant lequel elle est sincère, celui pendant lequel elle est hypocrite avec : « Ah! c'est Adolphe. » Quand elle s'écrie : « Ce n'est rien, c'est Monsieur! » elle ne daigne plus jouer la comédie.)

Ou, si vous revenez un peu tard (onze heures, minuit), elle... ronfle!! odieux indice!

Ou, elle met ses bas devant vous... (Dans le mariage anglais, ceci n'arrive qu'une seule fois dans la vie conjugale d'une lady; le lendemain, elle part pour le continent avec un *captain* quelconque, et ne pense plus à mettre ses bas.)

Ou... mais restons-en là[1].

Ceci s'adresse à des marins ou maris familiarisés avec *la connaissance des temps*[2].

LE TAON CONJUGAL[a]

Eh bien! sous cette ligne voisine d'un signe tropical[3] sur le nom duquel le bon goût interdit de faire une plaisanterie vulgaire et indigne de ce spirituel ouvrage, il se déclare une horrible petite misère ingénieusement appelée le Taon conjugal, de tous les cousins, moustiques, taracanes[1], puces et scorpions, le plus impatientant, en ce qu'aucune moustiquière[2] n'a pu être inventée pour s'en préserver.

Le Taon ne pique pas sur-le-champ : il commence à tintinnuler[3] à vos oreilles, et *vous ne savez pas encore ce que c'est.*

Ainsi, à propos de rien, de l'air le plus naturel du monde, Caroline dit : « Mme Deschars avait une bien belle robe, hier...

— Elle a du goût, répond Adolphe sans en penser un mot.

— C'est son mari qui la lui a donnée, réplique Caroline en haussant les épaules.

— Ah !

— Oui, une robe de quatre cents francs ! Elle a tout ce qui se fait de plus beau en velours...

— Quatre cents francs ! s'écrie Adolphe en prenant la pose de l'apôtre Thomas.

— Mais il y a deux lés de rechange et un corsage...

— Il fait bien les choses, M. Deschars ! reprend Adolphe en se réfugiant dans la plaisanterie.

— Tous les hommes n'ont pas de ces attentions-là, dit Caroline sèchement.

— Quelles attentions ?...

— Mais, Adolphe... penser aux lés de rechange et à un corsage pour faire encore servir la robe quand elle ne sera plus de mise, décolletée... »

Adolphe se dit en lui-même : « Caroline veut une robe. »

Le pauvre homme !...!...!

Quelque temps après, M. Deschars a renouvelé la chambre de sa femme.

Puis M. Deschars a fait remonter à la nouvelle mode les diamants de sa femme.

M. Deschars ne sort jamais sans sa femme, ou ne laisse sa femme aller nulle part sans lui donner le bras.

Si vous apportez quoi que ce soit à Caroline, ce n'est jamais aussi bien que ce qu'a fait M. Deschars.

Si vous vous permettez le moindre geste, la moindre parole un peu trop vifs; si vous parlez un peu haut, vous entendez cette phrase sibilante et vipérine :

« Ce n'est pas M. Deschars qui se conduirait ainsi !
Prends donc M. Deschars pour modèle. »

Enfin, l'imbécile M. Deschars apparaît dans votre
ménage à tout moment et à propos de tout.

Ce mot : « Vois donc un peu si M. Deschars se permet
jamais... » est une épée de Damoclès, ou ce qui est pis,
une épingle ; et votre amour-propre est la pelote où votre
femme la fourre continuellement, la retire et la refourre,
sous une foule de prétextes inattendus et variés, en se
servant d'ailleurs des termes d'amitié les plus câlins ou
avec des façons assez gentilles.

Adolphe, taonné jusqu'à se voir tatoué de piqûres,
finit par faire ce qui se fait en bonne police, en gouvernement, en stratégie. (Voyez l'ouvrage de Vauban sur
l'attaque et la défense des places fortes[1].) Il avise Mme de
Fischtaminel, femme encore jeune, élégante, un peu
coquette, et il la pose (le scélérat se proposait ceci depuis
longtemps) comme un moxa[2] sur l'épiderme excessivement chatouilleux de Caroline.

Ô vous qui vous écriez souvent : « Je ne sais pas ce
qu'a ma femme !... » vous baiserez cette page de philosophie transcendante, car vous allez y trouver *la clef
du caractère de toutes les femmes !...* Mais les connaître aussi
bien que je les connais, ce ne sera pas les connaître beaucoup : elles ne se connaissent pas elles-mêmes ! Enfin,
Dieu, vous le savez, s'est trompé sur le compte de la
seule qu'il ait eue à gouverner et qu'il avait pris le soin
de faire.

Caroline veut bien piquer Adolphe à toute heure,
mais cette faculté de lâcher de temps en temps une
guêpe au conjoint (terme judiciaire) est un droit exclusivement réservé à l'épouse. Adolphe devient un monstre
s'il détache sur sa femme une seule mouche. De Caroline,
c'est de charmantes plaisanteries, un badinage pour
égayer la vie à deux, et dicté surtout par les intentions
les plus pures ; tandis que, d'Adolphe, c'est une cruauté
de Caraïbe, une méconnaissance du cœur de sa femme
et un plan arrêté de lui causer du chagrin. Ceci n'est rien.

« Vous aimez donc bien Mme de Fischtaminel ?
demande Caroline. Qu'a-t-elle donc dans l'esprit ou
dans les manières de si séduisant, cette araignée-là ?

— Mais, Caroline...

— Oh ! ne prenez pas la peine de nier ce goût bizarre,

dit-elle en arrêtant une négation sur les lèvres d'Adolphe, il y a longtemps que je m'aperçois que vous me préférez cet échalas (Mme de Fischtaminel est maigre). Eh bien, allez... vous aurez bientôt reconnu la différence. »

Comprenez-vous ? Vous ne pouvez pas soupçonner Caroline d'avoir le moindre goût pour M. Deschars (un gros homme commun, rougeaud, un ancien notaire[a]), tandis que vous aimez Mme de Fischtaminel ! Et alors Caroline, cette Caroline dont l'innocence vous a tant fait souffrir, Caroline qui s'est familiarisée avec le monde, Caroline devient spirituelle : vous avez deux Taons au lieu d'un.

Le lendemain elle vous demande, en prenant un petit air bon enfant : « Où en êtes-vous avec Mme de Fischtaminel ?... »

Quand vous sortez, elle vous dit : « Va, mon ami, va prendre les eaux ! »

Car, dans leur colère contre une rivale, toutes les femmes, même les duchesses, emploient l'invective, et s'avancent jusque dans les tropes[1] de la Halle ; elles font alors arme de tout.

Vouloir convaincre Caroline d'erreur et lui prouver que Mme de Fischtaminel vous est indifférente, vous coûterait trop cher. C'est une sottise qu'un homme d'esprit ne commet pas dans son ménage : il y perd son pouvoir et il s'y ébrèche.

Oh! Adolphe, tu es arrivé malheureusement à cette saison si ingénieusement nommée *l'été de la Saint-Martin du mariage*. Hélas! il faut, chose délicieuse! reconquérir ta femme, ta Caroline, la reprendre par la taille, et devenir le meilleur des maris en tâchant de deviner ce qui lui plaît, afin de faire à son plaisir au lieu de faire à ta volonté! Toute la question est là désormais.

LES TRAVAUX FORCÉS[b]

Admettons ceci, qui, selon nous, est une vérité remise à neuf :

AXIOME

La plupart des hommes ont toujours un peu de l'esprit qu'exige une situation difficile, quand ils n'ont pas tout l'esprit de cette situation.

Quant aux maris qui sont au-dessous de leur position, il est impossible de s'en occuper : il n'y a pas de lutte, ils entrent dans la classe nombreuse des *Résignés*.

Adolphe se dit donc : « Les femmes sont des enfants : présentez-leur un morceau de sucre, vous leur faites danser très bien toutes les contredanses que dansent les enfants gourmands ; mais il faut toujours avoir une dragée, la leur tenir haut, et... que le goût des dragées ne leur passe point. Les Parisiennes (Caroline est de Paris) sont excessivement vaines, elles sont gourmandes !... On ne gouverne les hommes, on ne se fait des amis, qu'en les prenant tous par leurs vices, en flattant leurs passions : ma femme est à moi ! »

Quelques jours après, pendant lesquels Adolphe a redoublé d'attention pour sa femme, il lui tient ce langage :

« Tiens, Caroline, amusons-nous ! il faut bien que tu mettes ta nouvelle robe (la pareille à celle de Mme Deschars), et... ma foi, nous irons voir quelque bêtise aux Variétés[1]. »

Ces sortes de propositions rendent toujours les femmes légitimes de la plus belle humeur. Et d'aller ! Adolphe a commandé pour deux, chez Borrel, au Rocher de Cancale[2], un joli petit dîner fin.

« Puisque nous allons aux Variétés, dînons au cabaret ! » s'écrie Adolphe sur les Boulevards en ayant l'air de se livrer à une improvisation généreuse.

Caroline, heureuse de cette apparence de bonne fortune, s'engage alors dans un petit salon où elle trouve la nappe mise et le petit service coquet offert par Borrel aux gens assez riches pour payer le local destiné aux grands de la terre qui se font petits pour un moment.

Les femmes, dans un dîner prié, mangent peu : leur secret harnais les gêne, elles ont le corset de parade, elles sont en présence de femmes dont les yeux et la langue sont également redoutables. Elles aiment, non pas la bonne, mais la jolie chère : sucer des écrevisses, gober

des cailles au gratin, tortiller l'aile d'un coq de bruyère,
et commencer par un morceau de poisson bien frais
relevé par une de ces sauces qui font la gloire de la cuisine française. La France règne par le goût en tout : le
dessin, les modes, etc. La sauce est le triomphe du goût,
en cuisine. Donc, grisettes, bourgeoises et duchesses
sont enchantées d'un bon petit dîner arrosé de vins
exquis, pris en petite quantité, terminé par des fruits
comme il n'en vient qu'à Paris, surtout quand on va
digérer ce petit dîner au spectacle, dans une bonne loge,
en écoutant des bêtises, celles de la scène, et celles qu'on
leur dit à l'oreille pour expliquer celles de la scène. Seulement l'addition du restaurant est de cent francs, la loge
en coûte trente, et les voitures, la toilette (gants frais,
bouquet, etc.) autant. Cette galanterie monte à un total
de cent soixante francs, quelque chose comme quatre
mille francs par mois, si l'on va souvent à l'Opéra-
Comique, aux Italiens et au grand Opéra[1]. Quatre mille
francs par mois valent aujourd'hui deux millions de
capital. Mais tout *honneur conjugal* vaut cela.

Caroline dit à ses amies des choses qu'elle croit excessivement flatteuses, mais qui font faire la moue à un
mari spirituel.

« Depuis quelque temps, Adolphe est charmant. Je
ne sais pas ce que j'ai fait pour mériter tant de gracieu-
setés, mais il me comble. Il ajoute du prix à tout par
ces délicatesses qui nous *impressionnent* tant, nous autres
femmes... Après m'avoir menée lundi au Rocher de
Cancale, il m'a soutenu que Véry[2] faisait aussi bien la
cuisine que Borrel, et il a recommencé la partie dont je
vous ai parlé, mais en m'offrant au dessert un coupon
de loge à l'Opéra. L'on donnait *Guillaume Tell*[3], qui, vous
le savez, est ma passion.

— Vous êtes bien heureuse, répond Mme Deschars
sèchement, et avec une évidente jalousie.

— Mais une femme qui remplit bien ses devoirs
mérite, il me semble, ce bonheur... »

Quand cette phrase atroce se promène sur les lèvres
d'une femme mariée, il est clair qu'elle *fait son devoir,* à
la façon des écoliers, pour la récompense qu'elle attend.
Au collège, on veut gagner des exemptions; en mariage,
on espère un châle, un bijou. Donc, plus d'amour!

« Moi, ma chère (Mme Deschars est piquée), moi, je

suis raisonnable. Deschars faisait de ces folies-là...*, j'y
ai mis bon ordre. Écoutez donc, ma petite, nous avons
deux enfants, et j'avoue que cent ou deux cents francs
sont une considération pour moi, mère de famille.

— Eh! madame, dit Mme de Fischtaminel, il vaut
mieux que nos maris aillent en partie fine avec nous que...

— Deschars ?... » dit brusquement Mme Deschars en
se levant et saluant.

Le sieur Deschars (homme annulé par sa femme) n'entend pas alors la fin de cette phrase, par laquelle il
apprendrait qu'on peut manger son bien avec des femmes
excentriques.

Caroline, flattée dans toutes ses vanités, se rue alors
dans toutes les douceurs de l'orgueil et de la gourmandise, deux délicieux péchés capitaux. Adolphe regagne
du terrain; mais, hélas! (cette réflexion vaut un sermon
de Petit Carême[1]) le péché, comme toute volupté,
contient son aiguillon. De même qu'un Autocrate, le
Vice ne tient pas compte de mille délicieuses flatteries
devant un seul pli de rose qui l'irrite. Avec lui, l'homme
doit aller *crescendo!*... et toujours.

AXIOME

Le Vice, le Courtisan, le Malheur et l'Amour ne
connaissent que le *présent*.

Au bout d'un temps difficile à déterminer, Caroline
se regarde dans la glace, au dessert, et voit des rubis
fleurissant sur ses pommettes et sur les ailes si pures de
son nez. Elle est de mauvaise humeur au spectacle, et
vous ne savez pas pourquoi, vous, Adolphe, si fièrement
posé dans votre cravate! vous qui tendez votre torse en
homme satisfait.

Quelques jours après, la couturière arrive, elle essaie
une robe, elle rassemble ses forces, elle ne parvient pas
à l'agrafer... On appelle la femme de chambre. Après
un tirage de la force de deux chevaux, un vrai treizième
travail d'Hercule, il se déclare un hiatus de deux pouces.

---

* Mensonge à triple péché mortel (mensonge, orgueil, envie)
que se permettent les dévotes, car Mme Deschars est une dévote
atrabilaire; elle ne manque pas un office à Saint-Roch[2] *depuis qu'elle
a quêté avec la reine.* NOTE DE L'AUTEUR.

L'inexorable couturière ne peut cacher à Caroline que sa taille a changé. Caroline, l'aérienne Caroline, menace d'être pareille à Mme Deschars. En terme vulgaire, elle épaissit.

On laisse Caroline atterrée.

« Comment avoir, comme cette grosse Mme Deschars, des cascades de chairs à la Rubens ? Et c'est vrai... se dit-elle, Adolphe est un profond scélérat. Je le vois, il veut faire de moi une mère Gigogne! et m'ôter mes moyens de séduction! »

Caroline veut bien désormais aller aux Italiens, elle y accepte un tiers de loge, mais elle trouve *très distingué* de peu manger, et refuse les parties fines de son mari.

« Mon ami, dit-elle, une femme comme il faut ne saurait aller là souvent... On entre une fois, par plaisanterie, dans ces boutiques; mais s'y montrer habituellement ?... fi donc! »

Borrel et Véry, ces illustrations du Fourneau, perdent chaque jour mille francs de recette à ne pas avoir une entrée spéciale pour les voitures. Si une voiture pouvait se glisser sous une porte cochère, et sortir par une autre en jetant une femme au péristyle d'un escalier élégant, combien de clientes leur amèneraient de bons, gros, riches clients!...

AXIOME

La coquetterie tue la gourmandise.

Caroline en a bientôt assez du théâtre, et le diable seul peut savoir la cause de ce dégoût. Excusez Adolphe! un mari n'est pas le diable.

Un bon tiers des Parisiennes s'ennuie au spectacle, à part quelques escapades, comment aller rire et mordre au fruit d'une indécence, — aller respirer[a] le poivre long d'un gros mélodrame, — s'extasier à des décorations, etc. Beaucoup d'entre elles ont les oreilles rassasiées de musique, et ne vont aux Italiens que pour les chanteurs, ou, si vous voulez, pour remarquer des différences dans l'exécution. Voici ce qui soutient les théâtres : les femmes y sont un spectacle avant et après la pièce. La vanité seule paie du prix exorbitant de quarante francs trois heures d'un plaisir contestable, pris en mauvais air et à grands frais, sans compter les rhumes attrapés en sortant.

Mais se montrer, se faire voir, recueillir les regards de cinq cents hommes!... quelle franche lippée! dirait Rabelais.

Pour cette précieuse récolte, engrangée par l'amour-propre, il faut être remarquée. Or, une femme et son mari sont peu regardés. Caroline a le chagrin de voir la salle toujours préoccupée des femmes qui ne sont pas avec leurs maris, des femmes excentriques. Or, le faible loyer qu'elle touche de ses efforts, de ses toilettes et de ses poses ne compensant guère à ses yeux la fatigue, la dépense et l'ennui, bientôt il en est du spectacle comme de la bonne chère : la bonne cuisine la faisait engraisser, le théâtre la fait jaunir.

Ici Adolphe (ou tout homme à la place d'Adolphe) ressemble à ce paysan du Languedoc qui souffrait horriblement d'un *agacin*[1] (en français, cor; mais le mot de la langue d'Oc n'est-il pas plus joli ?). Ce paysan enfonçait son pied de deux pouces dans les cailloux les plus aigus du chemin, en disant à son agacin : « *Troun de Diou*[a]*! de bagasse!* si tu mé fais souffrir, jé té lé rends bien. »

« En vérité, dit Adolphe profondément désappointé le jour où il reçoit de sa femme un refus non motivé, je voudrais bien savoir ce qui peut vous plaire... »

Caroline regarde son mari du haut de sa grandeur, et lui dit, après un temps digne d'une actrice : « Je ne suis ni une oie de Strasbourg, ni une girafe.

— On peut, en effet, mieux employer quatre mille francs par mois, répond Adolphe.

— Que veux-tu dire ?

— Avec le quart de cette somme, offert à d'estimables forçats, à de jeunes libérés, à d'honnêtes criminels, on devient un personnage, un Petit-Manteau-Bleu[2]! reprend Adolphe, et une jeune femme est alors fière de son mari. »

Cette phrase est le cercueil de l'amour! aussi Caroline la prend-elle en très mauvaise part. Il s'ensuit une explication. Ceci rentre dans les mille facéties du chapitre suivant, dont le titre doit faire sourire les amants aussi bien que les époux. S'il y a des rayons jaunes[3], pourquoi n'y aurait-il pas des jours de cette couleur excessivement conjugale ?

DES RISETTES JAUNES[a]

Arrivé dans ces eaux, vous jouissez alors de ces petites scènes qui, dans le grand opéra du mariage, représentent les intermèdes, et dont voici le type.

Vous êtes un soir seuls, après dîner, et vous vous êtes déjà tant de fois trouvés seuls que vous éprouvez le besoin de vous dire de petits mots piquants, comme ceci, donné pour exemple.

« Prends garde à toi, Caroline, dit Adolphe, qui a sur le cœur tant d'efforts inutiles, il me semble que ton nez a l'impertinence de rougir à domicile tout aussi bien qu'au restaurant.

— Tu n'es pas dans tes jours d'amabilité!... »

RÈGLE GÉNÉRALE

Aucun homme n'a pu découvrir le moyen de donner un conseil d'ami à aucune femme, pas même à la sienne.

« Que veux-tu, ma chère! peut-être es-tu trop serrée dans ton corset, et l'on se donne ainsi des maladies... »

Aussitôt qu'un homme a dit cette phrase à n'importe quelle femme, cette femme (elle sait que les buscs sont souples) saisit son busc par le bout qui regarde en contrebas, et le soulève en disant, comme Caroline :

« Vois, on peut y mettre la main! jamais je ne me serre.

— Ce sera donc l'estomac...

— Qu'est-ce que l'estomac a de commun avec le nez ?

— L'estomac est un centre qui communique avec tous nos organes.

— Le nez est donc un organe ?

— Oui.

— Ton organe te sert bien mal en ce moment... (Elle lève les yeux et hausse les épaules.) Voyons! que t'ai-je fait, Adolphe ?

— Mais rien, je plaisante, et j'ai le malheur de ne pas te plaire, répond Adolphe en souriant.

— Mon malheur, à moi, c'est d'être ta femme. Oh! que ne suis-je celle d'un autre!

— Nous sommes d'accord!

— Si, me nommant autrement, j'avais la naïveté de dire, comme les coquettes qui veulent savoir où elles en sont avec un homme : " Mon nez est d'un rouge inquiétant! " en me regardant à la glace avec des minauderies de singe, tu me répondrais : " Oh! madame, vous vous calomniez! D'abord, cela ne se voit pas; puis c'est en harmonie avec la couleur de votre teint... Nous sommes d'ailleurs tous ainsi après dîner! " et tu partirais de là pour me faire des compliments... Est-ce que je dis, moi, que tu engraisses, que tu prends des couleurs de maçon, et que j'aime les hommes pâles et maigres?... »

On dit à Londres : *Ne touchez pas à la hache*[1]! En France, il faut dire : Ne touchez pas au nez de la femme...

« Et tout cela pour un peu trop de cinabre naturel! s'écrie Adolphe. Prends-t'en au bon Dieu, qui se mêle d'étendre de la couleur plus dans un endroit que dans un autre, non à moi... qui t'aime... qui te veux parfaite, et qui te crie : Gare!

— Tu m'aimes trop, alors, car depuis quelque temps tu t'étudies à me dire des choses désagréables, tu cherches à me dénigrer sous prétexte de me perfectionner... J'ai été trouvée parfaite, il y a cinq ans...

— Moi, je te trouve mieux que parfaite, tu es charmante!...

— Avec trop de cinabre? »

Adolphe, qui voit sur la figure de sa femme un air hyperboréen, s'approche, se met sur une chaise à côté d'elle. Caroline, ne pouvant pas décemment s'en aller, donne un coup de côté sur sa robe comme pour opérer une séparation. Ce mouvement-là, certaines femmes l'accomplissent avec une impertinence provocante; mais il a deux significations : c'est, en terme de whist, ou *une invite au roi,* ou *une renonce*[2]. En ce moment, Caroline renonce.

« Qu'as-tu? dit Adolphe.

— Voulez-vous un verre d'eau et de sucre? demande Caroline en s'occupant de votre hygiène et prenant (en charge) son rôle de servante.

— Pourquoi?

— Mais vous n'avez pas la digestion aimable, vous

devez souffrir beaucoup. Peut-être faut-il mettre une
goutte d'eau-de-vie dans le verre d'eau sucrée ? Le
docteur a parlé de cela comme d'un remède excellent...

— Comme tu t'occupes de mon estomac !

— C'est un centre, il communique à tous les organes,
il agira sur le cœur, et de là peut-être sur la langue. »

Adolphe se lève et se promène sans rien dire, mais il
pense à tout l'esprit que sa femme acquiert ; il la voit
grandissant chaque jour en force, en acrimonie ; elle
devient d'une intelligence dans le taquinage et d'une
puissance militaire dans la dispute qui lui rappelle
Charles XII et les Russes[1]. Caroline, en ce moment, se
livre à une mimique inquiétante : elle a l'air de se trouver
mal.

« Souffrez-vous ? dit Adolphe pris par où les femmes
nous prennent toujours, par la générosité.

— Ça fait mal au cœur, après le dîner, de voir un
homme allant et venant comme un balancier de pendule.
Mais vous voilà bien : il faut toujours que vous vous
agitiez... Êtes-vous drôles... Les hommes sont plus ou
moins fous... »

Adolphe s'assied au coin de la cheminée opposé à celui
que sa femme occupe, et il y reste pensif : le mariage
lui apparaît avec ses steppes meublés[2] d'orties.

« Eh bien ! tu boudes ?... dit Caroline après un demi-
quart d'heure donné à l'observation de la figure maritale.

— Non, j'étudie, répond Adolphe.

— Oh ! quel caractère infernal tu as !... dit-elle en
haussant les épaules. Est-ce à cause de ce que je t'ai dit
sur ton ventre, sur ta taille et sur ta digestion ? Tu ne
vois donc pas que je voulais te rendre la monnaie de
ton cinabre ? Tu prouves que les hommes sont aussi
coquets que les femmes... (Adolphe reste froid[a].) Sais-tu
que cela me semble très gentil à vous de prendre nos
qualités... (Profond silence.) On plaisante, et tu te
fâches... (elle regarde Adolphe[b]), car tu es fâché... Je ne
suis pas comme toi, moi : je ne peux pas supporter l'idée
de t'avoir fait un peu de peine ! Et c'est pourtant une
idée qu'un homme n'aurait jamais eue, que d'attribuer
ton impertinence à quelque embarras dans ta digestion.
Ce n'est plus *mon Dodofe* ! c'est son ventre qui s'est trouvé
assez grand pour parler... Je ne te savais pas ventriloque,
voilà tout... »

Caroline regarde Adolphe en souriant : Adolphe se tient comme gommé.

« Non, il ne rira pas... Et vous appelez cela, dans votre jargon, avoir du caractère... Oh! comme nous sommes bien meilleures! »

Elle vient s'asseoir sur les genoux d'Adolphe, qui ne peut s'empêcher de sourire. Ce sourire, extrait à l'aide de la machine à vapeur, elle le guettait pour s'en faire une arme.

« Allons, mon bon homme, avoue tes torts! dit-elle alors. Pourquoi bouder? Je t'aime, moi, comme tu es! Je te vois tout aussi mince que quand je t'ai épousé... plus mince même.

— Caroline, quand on en arrive à se tromper sur ces petites choses-là... quand on se fait des concessions et qu'on ne reste pas fâché, tout rouge... sais-tu ce qui en est ?...

— Eh bien ? dit Caroline inquiète de la pose dramatique que prend Adolphe.

— On s'aime moins.

— Oh! gros monstre, je te comprends : tu restes fâché pour me faire croire que tu m'aimes. »

Hélas! avouons-le! Adolphe dit la vérité de la seule manière de la dire : en riant.

« Pourquoi m'as-tu fait de la peine ? dit-elle. Ai-je un tort ? ne vaut-il pas mieux me l'expliquer gentiment plutôt que de me dire grossièrement (elle enfle sa voix) : "Votre nez rougit!" Non, ce n'est pas bien! Pour te plaire, je vais employer une expression de ta belle Fischtaminel : *Ce n'est pas d'un gentleman!* »

Adolphe se met à rire et paye les frais du raccommodement; mais au lieu d'y découvrir ce qui peut plaire à Caroline et le moyen de se l'attacher, il reconnaît par où Caroline l'attache à elle.

NOSOGRAPHIE[1] DE LA VILLA[a]

Est-ce un agrément de ne pas savoir ce qui plaît à sa femme, quand on est marié ?... Certaines femmes (cela se rencontre encore en province) sont assez naïves pour dire assez promptement ce qu'elles veulent ou ce qui leur plaît. Mais, à Paris, presque toutes les femmes éprouvent une certaine jouissance à voir un homme aux écoutes de leur cœur, de leurs caprices, de leurs désirs, trois expressions d'une même chose! et tournant, virant, allant, se démenant, se désespérant, comme un chien qui cherche un maître.

Elles nomment cela *être aimées,* les malheureuses!... Et bon nombre se disent en elles-mêmes, comme Caroline : « Comment s'en tirera-t-il ? »

Adolphe en est là. Dans ces circonstances, le digne et excellent Deschars, ce modèle du mari bourgeois, invite le ménage Adolphe et Caroline à inaugurer une charmante maison de campagne. C'est une occasion que les Deschars ont saisie par son feuillage, une folie d'homme de lettres, une délicieuse villa où l'artiste a enfoui cent mille francs, et vendue à la criée onze mille francs. Caroline a quelque jolie toilette à essayer, un chapeau à plumes en saule pleureur : c'est ravissant à montrer en tilbury. On laisse le petit Charles à sa grand-mère. On donne congé aux domestiques. On part avec le sourire d'un ciel bleu, lacté de nuages, uniquement pour en rehausser l'effet. On respire le bon air, on le fend par le trot du gros cheval normand, sur qui le printemps agit. Enfin l'on arrive à Marnes, au-dessus de Ville-d'Avray, où les Deschars se pavanent dans une villa copiée sur une villa de Florence, et entourée de prairies suisses, sans tous les inconvénients des Alpes.

« Mon Dieu! quelles délices qu'une semblable maison de campagne! s'écrie Caroline en se promenant dans les bois admirables qui bordent Marnes et Ville-d'Avray[1]. On est heureux par les yeux comme si l'on y avait un cœur! »

Caroline, ne pouvant prendre qu'Adolphe, prend alors Adolphe, qui redevient son Adolphe. Et de courir comme une biche, et de redevenir la jolie, naïve, petite, adorable pensionnaire qu'elle était!... Ses nattes tombent! elle ôte son chapeau, le tient par ses brides. La voilà *rejeune,* blanche et rose. Ses yeux sourient, sa bouche est une grenade douée de sensibilité, d'une sensibilité qui paraît neuve.

« Ça te plairait donc bien, ma chérie, une campagne!... dit Adolphe en tenant Caroline par la taille, et la sentant qui s'appuie comme pour en montrer la flexibilité.

— Oh! tu serais assez gentil pour m'en acheter une ?... Mais, pas de folies!... Saisis une occasion comme celle des Deschars.

— Te plaire, savoir bien ce qui peut te faire plaisir, voilà l'étude de ton Adolphe. »

Ils sont seuls, il peuvent se dire leurs petits mots d'amitié, défiler le chapelet de leurs mignardises secrètes.

« On veut donc plaire à sa petite fille ?... » dit Caroline en mettant sa tête sur l'épaule d'Adolphe, qui la baise au front en pensant : « Dieu merci, je la tiens! »

AXIOME

Quand un mari et une femme se tiennent, le diable seul sait celui qui tient l'autre.

Le jeune ménage est charmant, et la grosse Mme Deschars se permet une remarque assez décolletée pour elle, si sévère, si prude, si dévote :

« La campagne a la propriété de rendre les maris très aimables. »

M. Deschars indique une occasion à saisir. On veut vendre une maison à Ville-d'Avray, toujours pour rien. Or, la maison de campagne est une maladie particulière à l'habitant de Paris. Cette maladie a sa durée et sa guérison. Adolphe est un mari, ce n'est pas un médecin. Il achète la campagne, et il s'y installe avec Caroline redevenue sa Caroline, sa Carola, sa biche blanche, son gros trésor, sa petite fille, etc.

Voici quels symptômes alarmants se déclarent avec une effrayante rapidité :

On paye une tasse de lait vingt-cinq centimes quand il est baptisé, cinquante centimes quand il est *anhydre*[1], disent les chimistes.

La viande est moins chère à Paris qu'à Sèvres[2], expérience faite des qualités.

Les fruits sont hors de prix. Une belle poire coûte plus prise à la campagne que dans le jardin (anhydre!) qui fleurit à l'étalage de Chevet[3].

Avant de pouvoir récolter des fruits chez soi, où il n'y a qu'une prairie suisse de deux centiares, environnée de quelques arbres verts, qui ont l'air d'être empruntés à une décoration de vaudeville, les autorités les plus rurales consultées déclarent qu'il faudra dépenser beaucoup d'argent, et — attendre cinq années[1]!...

Les légumes s'élancent de chez les maraîchers pour rebondir à la Halle. Mme Deschars, qui jouit d'un jardinier-concierge, avoue que les légumes venus dans son terrain, sous ses bâches, à force de terreau, lui coûtent deux fois plus cher que ceux achetés à Paris chez une fruitière qui a boutique, qui paie patente, et dont l'époux est électeur.

Malgré les efforts et les promesses du jardinier-concierge, les primeurs ont toujours à Paris une avance d'un mois sur celles de la campagne.

De huit heures du soir à onze heures, les époux ne savent que faire, vu l'insipidité des voisins, leur petitesse et les questions d'amour-propre soulevées à propos de rien.

M. Deschars remarque, avec la profonde science de calcul qui distingue un ancien notaire, que le prix de ses voyages à Paris cumulé avec les intérêts du prix de la campagne, avec les impositions, les réparations, les gages du concierge et de sa femme, etc., équivalent à un loyer de mille écus! Il ne sait pas comment lui, ancien notaire, s'est laissé prendre à cela!... Car il a maintes fois fait des baux de châteaux avec parcs et dépendances pour mille écus de loyer.

On convient à la ronde, dans les salons de Mme Deschars, qu'une maison de campagne, loin d'être un plaisir, est une plaie vive...

« Je ne sais pas comment on ne vend que cinq centimes, à la Halle, un chou qui doit être arrosé tous les jours, depuis sa naissance jusqu'au jour où on le coupe, dit Caroline.

— Mais, répond un petit épicier retiré, le moyen de se tirer de la campagne, c'est d'y rester, d'y demeurer, de se faire campagnard, et alors tout change... »

Caroline, en revenant, dit à son pauvre Adolphe :

« Quelle idée as-tu donc eue là, d'avoir une maison de campagne ? Ce qu'il y a de mieux, en fait de campagne, est d'y aller chez les autres... »

Adolphe se rappelle un proverbe anglais qui dit : « N'ayez jamais de journal, de maîtresse, ni de campagne ; il y a toujours des imbéciles qui se chargent d'en avoir pour vous... »

« Bah! répond Adolphe, que le Taon conjugal a
définitivement éclairé sur la logique des femmes, tu as
raison; mais aussi, que veux-tu ?... l'enfant s'y porte
à ravir. »

Quoique Adolphe soit devenu prudent, cette réponse
éveille les susceptibilités de Caroline. Une mère veut
bien penser exclusivement à son enfant, mais elle ne veut
pas se le voir préférer. Madame se tait; le lendemain,
elle s'ennuie à la mort. Adolphe étant parti pour ses
affaires, elle l'attend depuis cinq heures jusqu'à sept, et
va seule avec le petit Charles jusqu'à la voiture. Elle
parle pendant trois quarts d'heure de ses inquiétudes.
Elle a eu peur en allant de chez elle au bureau des voitures[1]. Est-il convenable qu'une jeune femme soit là,
seule ? Elle ne supportera pas cette existence-là.

La villa crée alors une phase assez singulière, et qui
mérite un chapitre à part.

LA MISÈRE DANS LA MISÈRE[a]

AXIOME

La misère fait des parenthèses.

EXEMPLE

On a diversement parlé, toujours en mal, du point
de côté; mais ce mal n'est rien, comparé au point dont
il s'agit ici, et que les plaisirs du regain conjugal font
dresser à tout propos, comme le marteau de la touche
d'un piano. Ceci constitue une misère picotante, qui ne
fleurit qu'au moment où la timidité de la jeune épouse
a fait place à cette fatale égalité de droits qui dévore
également le ménage et la France. À chaque saison ses
misères!...

Caroline, après une semaine où elle a noté les absences
de monsieur, s'aperçoit qu'il passe sept heures par jour
loin d'elle. Un jour, Adolphe, qui revient gai comme un
acteur applaudi, trouve sur le visage de Caroline une

légère couche de gelée blanche. Après avoir vu que la froideur de sa mine est remarquée, Caroline prend un faux air amical dont l'expression bien connue a le don de faire intérieurement pester un homme, et dit : « Tu as donc eu beaucoup d'affaires, aujourd'hui, mon ami ?

— Oui, beaucoup !

— Tu as pris des cabriolets ?

— J'en ai eu pour sept francs...

— As-tu trouvé tout ton monde ?...

— Oui, ceux à qui j'avais donné rendez-vous...

— Quand leur as-tu donc écrit ? L'encre est desséchée dans ton encrier : c'est comme de la laque ; j'ai eu à écrire, et j'ai passé une grande heure à l'humecter avant d'en faire une bourbe compacte avec laquelle on aurait pu marquer des paquets destinés aux Indes. »

Ici, tout mari jette sur sa moitié des regards sournois.

« Je leur ai vraisemblablement écrit à Paris...

— Quelles affaires donc, Adolphe ?...

— Ne les connais-tu pas ?... Veux-tu que je te les dise ?... Il y a d'abord l'Affaire Chaumontel...

— Je croyais M. Chaumontel en Suisse...

— Mais n'a-t-il pas ses représentants, son avoué ?...

— Tu n'as fait que des affaires ?... » dit Caroline en interrompant Adolphe.

Elle jette alors un regard clair, direct, par lequel elle plonge à l'improviste dans les yeux de son mari : une épée dans un cœur.

« Que veux-tu que j'aie fait ?... De la fausse monnaie, des dettes, de la tapisserie ?...

— Mais, je ne sais pas. Je ne peux rien deviner, d'abord ! Tu me l'as dit cent fois : je suis trop bête.

— Bon ! voilà que tu prends en mauvaise part un mot caressant. Va, ceci est bien femme.

— As-tu conclu quelque chose ? dit-elle en prenant un air d'intérêt pour les affaires.

— Non, rien...

— Combien de personnes as-tu vues ?

— Onze, sans compter celles qui se promenaient sur les Boulevards.

— Comme tu me réponds !

— Mais aussi tu m'interroges comme si tu avais fait pendant dix ans le métier de juge d'instruction...

— Eh bien! raconte-moi toute ta journée, ça m'amusera. Tu devrais bien penser ici à mes plaisirs! Je m'ennuie assez quand tu me laisses là, seule, pendant des journées entières.

— Tu veux que je t'amuse en te racontant des affaires ?...

— Autrefois, tu me disais tout... »

Ce petit reproche amical déguise une espèce de certitude que veut avoir Caroline touchant les choses graves dissimulées par Adolphe. Adolphe entreprend alors de raconter sa journée. Caroline affecte une espèce de distraction assez bien jouée pour faire croire qu'elle n'écoute pas.

« Mais tu me disais tout à l'heure, s'écrie-t-elle au moment où notre Adolphe s'entortille, que tu as pris pour sept francs de cabriolets, et tu parles maintenant d'un fiacre ? Il était sans doute à l'heure ? Tu as donc fait tes affaires en fiacre ? dit-elle d'un petit ton goguenard.

— Pourquoi les fiacres me seraient-ils interdits ? demande Adolphe en reprenant son récit.

— Tu n'es pas allé chez Mme de Fischtaminel ? dit-elle au milieu d'une explication excessivement embrouillée où elle vous coupe insolemment la parole.

— Pourquoi y serais-je allé ?...

— Ça m'aurait fait plaisir; j'aurais voulu savoir si son salon est fini...

— Il l'est!

— Ah! tu y es donc allé ?...

— Non, son tapissier me l'a dit.

— Tu connais son tapissier ?...

— Oui.

— Qui est-ce ?

— Braschon[1].

— Tu l'as donc rencontré, le tapissier ?...

— Oui.

— Mais tu m'as dit n'être allé qu'en voiture ?...

— Mais, mon enfant, pour prendre des voitures, on va les cherc...

— Bah! tu l'auras trouvé dans le fiacre...

— Qui ?

— Mais, le salon — ou — Braschon! Va, l'un comme l'autre est aussi probable.

— Mais tu ne veux donc pas m'écouter ? s'écrie Adolphe en pensant qu'avec une longue narration il endormira les soupçons de Caroline.

— Je t'ai trop écouté. Tiens : tu mens depuis une heure, comme un commis voyageur.

— Je ne dirai plus rien.

— J'en sais assez, je sais tout ce que je voulais savoir. Oui, tu me dis que tu as vu des avoués, des notaires, des banquiers : tu n'as vu personne de ces gens-là ! Si j'allais faire une visite demain à Mme de Fischtaminel, sais-tu ce qu'elle me dirait ? »

Ici, Caroline observe Adolphe ; mais Adolphe affecte un calme trompeur, au beau milieu duquel Caroline jette la ligne afin de pêcher un indice.

« Eh bien ! elle me dirait qu'elle a eu le plaisir de te voir... Mon Dieu ! sommes-nous malheureuses ! Nous ne pouvons jamais savoir ce que vous faites... Nous sommes clouées là, dans nos ménages, pendant que vous êtes à vos affaires ! Belles affaires !... Dans ce cas-là, je te raconterais, moi, des affaires un peu mieux machinées que les tiennes !... Ah ! vous nous apprenez de belles choses !... On dit que les femmes sont perverses... Mais qui les a perverties ?... »

Ici, Adolphe essaie, en arrêtant un regard fixe sur Caroline, d'arrêter ce flux de paroles. Caroline, comme un cheval qui reçoit un coup de fouet, reprend de plus belle et avec l'animation d'une *coda*[1] rossinienne.

« Ah ! c'est une jolie combinaison ! mettre sa femme à la campagne pour être libre de passer la journée à Paris comme on l'entend. Voilà donc la raison de votre passion pour une maison de campagne ! Et moi, pauvre bécasse, qui donne dans le panneau !... Mais vous avez raison, monsieur : c'est très commode, une campagne ! elle peut avoir deux fins. Madame s'en arrangera tout aussi bien que monsieur. À vous Paris et ses fiacres !... à moi les bois et leurs ombrages !... Tiens, décidément, Adolphe, cela me va, ne nous fâchons plus... »

Adolphe s'entend dire des sarcasmes pendant une heure.

« As-tu fini, ma chère ?... » demande-t-il en saisissant un moment où elle hoche la tête sur une interrogation à effet.

Caroline termine alors en s'écriant : « J'en ai bien

assez de la campagne, et je n'y remets plus les pieds!...
Mais je sais ce qui m'arrivera : vous la garderez, sans
doute, et vous me laisserez à Paris. Eh bien! à Paris, je
pourrai du moins m'amuser pendant que vous mènerez
Mme de Fischtaminel dans les bois. Qu'est-ce qu'une
villa Adolphini[1] où l'on a mal au cœur quand on s'est
promené six fois autour de la prairie ? où l'on vous a
planté des bâtons de chaise et des manches à balai, sous
prétexte de vous procurer de l'ombrage[2] ?... On y est
comme dans un four : les murs ont six pouces d'épaisseur! Et monsieur est absent sept heures sur les douze
de la journée! Voilà le fin mot de la villa!

— Écoute, Caroline...

— Encore, dit-elle, si tu voulais m'avouer ce que tu
as fait aujourd'hui ?... Tiens, tu ne me connais pas : je
serai bonne enfant, dis-le-moi!... Je te pardonne à
l'avance tout ce que tu auras fait. »

Adolphe *a eu des relations* avant son mariage; il connaît
trop bien le résultat d'un aveu pour en faire à sa femme,
et alors il répond : « Je vais tout te dire...

— Eh bien! tu seras gentil... je t'en aimerai mieux!

— Je suis resté trois heures...

— J'en étais sûre... chez Mme de Fischtaminel ?...

— Non, chez notre notaire, qui m'avait trouvé un
acquéreur; mais nous n'avons jamais pu nous entendre :
il voulait notre maison de campagne toute meublée, et,
en sortant, je suis allé chez Braschon pour savoir ce que
nous lui devions...

— Tu viens d'arranger ce roman-là pendant que je
te parlais!... Voyons, regarde-moi!... J'irai voir Braschon
demain. »

Adolphe ne peut retenir une contraction nerveuse.

« Tu ne peux pas t'empêcher de rire, vois-tu! vieux
monstre!

— Je ris de ton entêtement.

— J'irai demain chez Mme de Fischtaminel.

— Hé! va où tu voudras!...

— Quelle brutalité! » dit Caroline en se levant et s'en
allant son mouchoir sur les yeux.

La maison de campagne, si ardemment désirée par Caroline, est devenue une invention diabolique d'Adolphe,
un piège où s'est prise la biche.

Depuis qu'Adolphe a reconnu qu'il est impossible de

raisonner avec Caroline, il lui laisse dire tout ce qu'elle veut.

Deux mois après, il vend sept mille francs une villa qui lui coûte vingt-deux mille francs! Mais il y gagne de savoir que la campagne n'est pas encore ce qui plaît à Caroline.

La question devient grave : orgueil, gourmandise, deux péchés de moine y ont passé! La nature avec ses bois, ses forêts, ses vallées, la Suisse des environs de Paris, les rivières factices ont à peine amusé Caroline pendant six mois. Adolphe est tenté d'abdiquer, et de prendre le rôle de Caroline.

LE DIX-HUIT BRUMAIRE DES MÉNAGES[a]

Un matin, Adolphe est définitivement saisi par la triomphante idée de laisser Caroline maîtresse de trouver elle-même ce qui lui plaît. Il lui remet le gouvernement de la maison en lui disant : « Fais ce que tu voudras. » Il substitue le système constitutionnel au système autocratique, un ministère responsable au lieu d'un pouvoir conjugal absolu. Cette preuve de confiance, objet d'une secrète envie, est le bâton de maréchal des femmes. Les femmes sont alors, selon l'expression vulgaire, maîtresses à la maison.

Dès lors, rien, pas même les souvenirs de la lune de miel, ne peut se comparer au bonheur d'Adolphe pendant quelques jours. Une femme est alors tout sucre, elle est trop sucre! Elle inventerait les petits soins, les petites attentions, les chatteries et la tendresse, si toute cette confiturerie conjugale n'existait pas depuis le Paradis Terrestre. Au bout d'un mois, l'état d'Adolphe a quelque similitude avec celui des enfants vers la fin de la première semaine de l'année. Aussi Caroline commence-t-elle à dire, non pas en paroles, mais en action, en mines, en expressions mimiques : « On ne sait que faire pour plaire à un homme!... »

Laisser à sa femme le gouvernail de la barque est une idée excessivement ordinaire, qui mériterait peu l'expression de triomphante, décernée en tête de ce chapitre, si elle n'était pas doublée de l'idée de destituer Caroline. Adolphe a été séduit par cette pensée, qui s'empare et s'emparera de tous les gens en proie à un malheur quelconque, savoir jusqu'où peut aller le mal! expérimenter ce que le feu fait de dégât quand on le laisse à lui-même, en se sentant ou en se croyant le pouvoir de l'arrêter. Cette curiosité nous suit de l'enfance à la tombe. Or, après sa pléthore de félicité conjugale, Adolphe, qui se donne la comédie chez lui, passe par les phases suivantes.

Première époque

Tout va trop bien. Caroline achète de jolis petits registres pour écrire ses dépenses, elle achète un joli petit meuble pour serrer l'argent, elle fait vivre admirablement bien Adolphe, elle est heureuse de son approbation, elle découvre une foule de choses qui manquent dans la maison, elle met sa gloire à être une maîtresse de maison incomparable. Adolphe, qui s'érige lui-même en censeur, ne trouve pas la plus petite observation à formuler.

S'il s'habille, il ne lui manque rien. On n'a jamais, même chez Armide[1], déployé de tendresse plus ingénieuse que celle de Caroline. On renouvelle, à ce phénix des maris, le caustique sur son cuir à repasser ses rasoirs. Des bretelles fraîches sont substituées aux vieilles. Une boutonnière n'est jamais veuve. Son linge est soigné comme celui du confesseur d'une dévote à péchés véniels. Les chaussettes sont sans trous.

À table, tous ses goûts, ses caprices même sont étudiés, consultés : il engraisse!

Il a de l'encre dans son écritoire, et l'éponge en est toujours humide. Il ne peut rien dire, pas même, comme Louis XIV : « J'ai failli attendre[2]! » Enfin, il est à tout propos qualifié d'*un amour d'homme*. Il est obligé de gronder Caroline de ce qu'elle s'oublie : elle ne pense pas assez à elle. Caroline enregistre ce doux reproche.

DEUXIÈME ÉPOQUE

La scène change, à table. Tout est bien cher. Les légumes sont hors de prix. Le bois se vend comme s'il venait de Campêche[1]. Les fruits, oh! quant aux fruits, les princes, les banquiers, les grands seigneurs seuls peuvent en manger. Le dessert est une cause de ruine. Adolphe entend souvent Caroline disant à Mme Deschars : « Mais comment faites-vous ?... » On tient alors devant vous des conférences sur la manière de régir les cuisinières.

Une cuisinière, entrée chez vous sans nippes, sans linge, sans talent, est venue demander son compte en robe de mérinos bleu, ornée d'un fichu brodé, les oreilles embellies d'une paire de boucles d'oreilles enrichies de petites perles, chaussée en bons souliers de peau qui laissaient voir des bas de coton assez jolis. Elle a deux malles d'effets et son livret à la Caisse d'Épargne[2].

Caroline se plaint alors du peu de moralité du peuple ; elle se plaint de l'instruction et de la science de calcul qui distingue les domestiques. Elle lance de temps en temps de petits axiomes comme ceux-ci : « Il y a des écoles qu'il faut faire! — Il n'y a que ceux qui ne font rien qui font tout bien. — Elle a les soucis du pouvoir. Ah! les hommes sont bien heureux de ne pas avoir à mener un ménage. — Les femmes ont le fardeau des détails. »

Caroline a des dettes. Mais, comme elle ne veut pas avoir tort, elle commence par établir que l'expérience est une si belle chose, qu'on ne saurait l'acheter trop cher. Adolphe rit, dans sa barbe, en prévoyant une catastrophe qui lui rendra le pouvoir.

TROISIÈME ÉPOQUE

Caroline, pénétrée de cette vérité qu'il faut manger uniquement pour vivre[3], fait jouir Adolphe des agréments d'une table cénobitique.

Adolphe a des chaussettes lézardées ou grosses du lichen des raccommodages faits à la hâte, car sa femme n'a pas assez de la journée pour ce qu'elle veut faire. Il porte des bretelles noircies par l'usage. Le linge est vieux et bâille comme un portier ou comme la porte cochère. Au moment où Adolphe est pressé de conclure une affaire, il met une heure à s'habiller en cherchant ses affaires une à une, en dépliant beaucoup de choses avant d'en trouver une qui soit irréprochable. Mais Caroline est très bien mise. Madame a de jolis chapeaux, des bottines en velours, des mantilles[1]. Elle a pris son parti, elle administre en vertu de ce principe : Charité bien ordonnée commence par elle-même. Quand Adolphe se plaint du contraste entre son dénuement et la splendeur de Caroline, Caroline lui dit : « Mais tu m'as grondée de ne rien m'acheter !... »

Un échange de plaisanteries plus ou moins aigres commence à s'établir alors entre les époux. Caroline, un soir, se fait charmante, afin de glisser l'aveu d'un déficit assez considérable, absolument comme quand le Ministère se livre à l'éloge des contribuables, et se met à vanter la grandeur du pays en accouchant d'un petit projet de loi qui demande des crédits supplémentaires. Il y a cette similitude que tout cela se fait dans la Chambre, en gouvernement comme en ménage. Il en ressort cette vérité profonde que le système constitutionnel est infiniment plus coûteux que le système monarchique. Pour une nation comme pour un ménage, c'est le gouvernement du juste-milieu[2], de la médiocrité, des chipoteries, etc.

Adolphe, éclairé par ses misères passées, attend une occasion d'éclater, et Caroline s'endort dans une trompeuse sécurité.

Comment arrive la querelle ? sait-on jamais quel courant électrique a décidé l'avalanche ou la révolution ? elle arrive à propos de tout et à propos de rien. Mais enfin, Adolphe, après un certain temps qui reste à déterminer par le bilan de chaque ménage, au milieu d'une discussion, lâche ce mot fatal : « Quand j'étais garçon !... »

Le temps de garçon est, relativement à la femme, ce qu'est le : « Mon pauvre défunt ! » relativement au nouveau mari d'une veuve. Ces deux coups de langue font des blessures qui ne se cicatrisent jamais complètement.

Et alors Adolphe de continuer comme le général Bonaparte parlant aux Cinq-Cents : « Nous sommes sur un volcan[1]! — Le ménage n'a plus de gouvernement, — l'heure de prendre un parti est arrivée. — Tu parles de bonheur, Caroline, tu l'as compromis, — tu l'as mis en question par tes exigences, tu as violé le Code civil en t'immisçant dans la discussion des affaires, — tu as attenté au pouvoir conjugal. — Il faut réformer notre intérieur. »

Caroline ne crie pas, comme les Cinq-Cents : *À bas le dictateur*[2]! car on ne crie jamais quand on est sûr de l'abattre.

« Quand j'étais garçon, je n'avais que des chaussures neuves! je trouvais des serviettes blanches à mon couvert tous les jours! Je n'étais volé par le restaurateur que d'une somme déterminée! Je vous ai donné ma liberté chérie!... qu'en avez-vous fait ?

— Suis-je donc si coupable, Adolphe, d'avoir voulu t'éviter des soucis ? dit Caroline en se posant devant son mari. Reprends la clef de la caisse... mais qu'arrivera-t-il ?... j'en suis honteuse, tu me forceras à jouer la comédie pour avoir les choses les plus nécessaires. Est-ce là ce que tu veux ? avilir ta femme, ou mettre en présence deux intérêts contraires, ennemis... »

Et voilà, pour les trois quarts des Français, le mariage parfaitement défini.

« Sois tranquille, mon ami, reprend Caroline, en s'asseyant dans sa chauffeuse comme Marius sur les ruines de Carthage[3]! je ne te demanderai jamais rien, je ne suis pas une mendiante! Je sais bien ce que je ferai... tu ne me connais pas.

— Eh bien! quoi ?... dit Adolphe, on ne peut donc, avec vous autres, ni plaisanter, ni s'expliquer ? Que feras-tu ?...

— Cela ne vous regarde pas!...

— Pardon, madame, au contraire. La dignité, l'honneur...

— Oh!... soyez tranquille à cet égard, monsieur... Pour vous, plus que pour moi, je saurai garder le secret le plus profond.

— Eh bien! dites ? voyons, Caroline, ma Caroline, que feras-tu ?... »

Caroline jette un regard de vipère à Adolphe, qui recule et va se promener.

« Voyons, que comptes-tu faire ? demande-t-il après
un silence infiniment trop prolongé.

— Je travaillerai, monsieur ! »

Sur ce mot sublime, Adolphe exécute un mouvement
de retraite, en s'apercevant d'une exaspération enfiellée,
en sentant un mistral dont l'âpreté n'avait pas encore
soufflé dans la chambre conjugale.

L'ART D'ÊTRE VICTIME[a]

À compter du Dix-Huit Brumaire, Caroline vaincue
adopte un système infernal, et qui a pour effet de vous
faire regretter à toute heure la victoire. Elle devient
l'Opposition !... Encore un triomphe de ce genre, et
Adolphe irait en cour d'assises accusé d'avoir étouffé sa
femme entre deux matelas, comme l'Othello de Shakespeare[b]. Caroline se compose un air de martyre, elle est
d'une soumission assommante. À tout propos elle assassine Adolphe par un : « Comme vous voudrez ! »
accompagné d'une épouvantable douceur. Aucun poète
élégiaque ne pourrait lutter avec Caroline, qui lance
élégie sur élégie : élégie en actions, élégie en paroles,
élégie à sourire, élégie muette, élégie à ressort, élégie
en gestes, dont voici quelques exemples où tous les
ménages retrouveront leurs impressions.

――――――

APRÈS DÉJEUNER

« Caroline, nous allons ce soir chez les Deschars, une
grande soirée, tu sais...

— Oui, mon ami. »

――――――

APRÈS DÎNER

« Eh bien ! Caroline, tu n'es pas encore habillée ?... »
dit Adolphe, qui sort de chez lui magnifiquement mis.

Il aperçoit Caroline vêtue d'une robe de vieille plaideuse, une moire noire à corsage croisé. Des fleurs, plus artificieuses qu'artificielles, attristent une chevelure mal arrangée par la femme de chambre. Caroline a des gants déjà portés.

« Je suis prête, mon ami...

— Et voilà ta toilette ?...

— Je n'en ai pas d'autre. Une toilette fraîche aurait coûté cent écus.

— Pourquoi ne pas me le dire ?

— Moi, vous tendre la main !... après ce qui s'est passé[a] !...

— J'irai seul, dit Adolphe, ne voulant pas être humilié dans sa femme.

— Je sais bien que cela vous arrange, dit Caroline d'un petit ton aigre, et cela se voit assez à la manière dont vous êtes mis. »

Onze personnes sont dans le salon, toutes priées à dîner par Adolphe ; Caroline est là comme si son mari l'avait invitée : elle attend que le dîner soit servi.

« Monsieur, dit le valet de chambre à voix basse à son maître, la cuisinière ne sait où donner de la tête.

— Pourquoi ?

— Monsieur ne lui a rien dit ; elle n'a que deux entrées, le bœuf[1], un poulet, une salade et des légumes.

— Caroline, vous n'avez donc rien commandé ?...

— Savais-je que vous aviez du monde, et puis-je d'ailleurs prendre sur moi de commander ici ?... Vous m'avez délivrée de tout souci à cet égard, et j'en remercie Dieu tous les jours. »

Mme Fischtaminel[2] vient rendre une visite à Mme Caroline, elle la trouve toussotant et travaillant le dos sur un métier à tapisserie.

« Vous brodez ces pantoufles-là pour votre cher Adolphe ? »

Adolphe est posé devant la cheminée en homme qui fait la roue.

« Non, madame, c'est pour un marchand qui me les paye ; et, comme les forçats du bagne, mon travail me permet de me donner de petites douceurs. »

Adolphe rougit; il ne peut pas battre sa femme, et
Mme de Fischtaminel le regarde en ayant l'air de lui
dire : « Qu'est-ce que cela signifie ? »

« Vous toussez beaucoup, ma chère petite!... dit
Mme de Fischtaminel.

— Oh! répond Caroline, que me fait la vie[a]!... »

Caroline est là, sur sa causeuse, avec une femme de
vos amies à la bonne opinion de laquelle vous tenez
excessivement. Du fond de l'embrasure où vous causez
entre hommes, vous entendez, au seul mouvement des
lèvres, ces mots : *Monsieur l'a voulu!...* dits d'un air de
jeune Romaine allant au cirque[1]. Profondément humilié
dans toutes vos vanités, vous voulez être à cette conversation tout en écoutant vos hôtes; vous faites alors des
répliques qui vous valent des : « À quoi pensez-vous ? »
car vous perdez le fil de la conversation, et vous piétinez
sur place en pensant : « Que lui dit-elle de moi ?... »

Adolphe est à table chez les Deschars, un dîner de
douze personnes, et Caroline est placée à côté d'un joli
jeune homme appelé Ferdinand, cousin d'Adolphe.
Entre le premier et le second service, on parle du bonheur
conjugal.

« Il n'y a rien de plus facile à une femme que d'être
heureuse, dit Caroline en répondant à une femme qui
se plaint.

— Donnez-nous votre secret, madame, dit agréablement M. de Fischtaminel.

— Une femme n'a qu'à ne se mêler de rien, se regarder
comme la première domestique de la maison ou comme
une esclave dont le maître a soin, n'avoir aucune volonté,
ne pas faire une observation : tout va bien. »

Ceci, lancé sur des tons amers et avec des larmes dans
la voix, épouvante Adolphe, qui regarde fixement sa
femme.

« Vous oubliez, madame, le bonheur d'expliquer son
bonheur », réplique-t-il en lançant un éclair digne d'un
tyran de mélodrame.

Satisfaite de s'être montrée assassinée ou sur le point
de l'être, Caroline détourne la tête, essuie furtivement

une larme, et dit : « On n'explique pas le bonheur. »

L'incident, comme on dit à la Chambre, n'a pas de suites, mais Ferdinand a regardé sa cousine comme un ange sacrifié.

———

On parle du nombre effrayant de gastrites, de maladies innommées dont meurent les jeunes femmes.

« Elles sont trop heureuses! » dit Caroline en ayant l'air de donner le programme de sa mort.

———

La belle-mère d'Adolphe vient voir sa fille. Caroline dit : « Le salon de monsieur! — la chambre de monsieur! » Tout, chez elle, est à monsieur.

« Ah çà! qu'y a-t-il donc, mes enfants ? demande la belle-mère; on dirait que vous êtes tous les deux à couteaux tirés ?

— Eh! mon Dieu, dit Adolphe, il y a que Caroline a eu le gouvernement de la maison et n'a pas su s'en tirer.

— Elle a fait des dettes ?...

— Oui, ma chère maman.

— Écoutez, Adolphe, dit la belle-mère après avoir attendu que sa fille l'ait laissée seule avec son gendre, aimeriez-vous mieux que ma fille fût admirablement bien mise, que tout allât à merveille chez vous, et qu'il ne vous en coûtât rien ?... »

Essayez de vous représenter la physionomie d'Adolphe en entendant cette *déclaration des droits de la femme*[a]!

———

Caroline passe d'une toilette misérable à une toilette splendide. Elle est chez les Deschars : tout le monde la félicite sur son goût, sur la richesse de ses étoffes, sur ses dentelles, sur ses bijoux.

« Ah! vous avez un mari charmant!... » dit Mme Deschars.

Adolphe se rengorge et regarde Caroline.

« Mon mari, madame!... je ne coûte, Dieu merci, rien à monsieur! Tout cela me vient de ma mère. »

Adolphe se retourne brusquement, et va causer avec Mme de Fischtaminel.

———

Après un an de gouvernement absolu, Caroline adou-
cie dit un matin :

« Mon ami, combien as-tu dépensé cette année ?...

— Je ne sais pas.

— Fais tes comptes. »

Adolphe trouve un tiers de plus que dans la plus
mauvaise année de Caroline.

« Et je ne t'ai rien coûté pour ma toilette », dit-elle.

———

Caroline joue les mélodies de Schubert. Adolphe
éprouve une jouissance en entendant cette musique admirablement exécutée ; il se lève et va pour féliciter Caroline : elle fond en larmes.

« Qu'as-tu ?...

— Rien ; je suis nerveuse.

— Mais je ne te connaissais pas ce vice-là.

— Oh ! Adolphe, tu ne veux rien voir... Tiens,
regarde : mes bagues ne me tiennent plus aux doigts,
tu ne m'aimes plus, je te suis à charge... »

Elle pleure, elle n'écoute rien, elle repleure à chaque
mot d'Adolphe.

« Veux-tu reprendre le gouvernement de la maison ?

— Ah ! s'écrie-t-elle en se dressant en pieds comme
une surprise[1], maintenant que tu as assez de tes expériences ?... Merci ! Est-ce de l'argent que je veux ? Singulière manière de panser un cœur blessé... Non, laissez-
moi...

— Eh bien ! comme tu voudras, Caroline. »

Ce : « Comme tu voudras ! » est le premier mot de
l'indifférence en matière de femme légitime ; et Caroline
aperçoit un abîme vers lequel elle a marché d'elle-même[a].

———

LA CAMPAGNE DE FRANCE[b]

Les malheurs de 1814 affligent toutes les existences.
Après les brillantes journées, les conquêtes, les jours où
les obstacles se changeaient en triomphes, où le moindre
achoppement devenait un bonheur, il arrive un moment
où les plus heureuses idées tournent en sottises, où le

courage mène à la perte, où la fortification fait trébucher. L'amour conjugal, qui, selon les auteurs, est un cas particulier d'amour, a, plus que toute autre chose humaine, sa Campagne de France, son funeste 1814. Le diable aime surtout à mettre sa queue[a] dans les affaires des pauvres femmes délaissées, et Caroline en est là.

Caroline en est à rêver aux moyens de ramener son mari! Caroline passe à la maison beaucoup d'heures solitaires, pendant lesquelles son imagination travaille. Elle va, vient, se lève, et souvent elle reste songeuse à sa fenêtre, regardant la rue sans y rien voir, la figure collée aux vitres, et se trouvant comme dans un désert au milieu de ses Petits-Dunkerques[1], de ses appartements meublés avec luxe.

Or, à Paris, à moins d'habiter un hôtel à soi, sis entre cour et jardin, toutes les existences sont accouplées. À chaque étage d'une maison, un ménage trouve dans la maison située en face un autre ménage. Chacun plonge à volonté ses regards chez le voisin. Il existe une servitude d'observation mutuelle, un droit de visite commun auxquels nul ne peut se soustraire. Dans un temps donné, le matin, vous vous levez de bonne heure, la servante du voisin fait l'appartement, laisse les fenêtres ouvertes et les tapis sur les appuis : vous devinez alors une infinité de choses, et réciproquement. Aussi, dans un temps donné, connaissez-vous les habitudes de la jolie, de la vieille, de la jeune, de la coquette, de la vertueuse femme d'en face, ou les caprices du fat, les inventions du vieux garçon, la couleur des meubles, le chat du second ou du troisième[b]. Tout est indice et matière à divination. Au quatrième étage, une grisette surprise se voit, toujours trop tard, comme la chaste Suzanne[2], en proie aux jumelles ravies d'un vieil employé à dix-huit cents francs, qui devient criminel gratis. Par compensation, un beau surnuméraire[3], jeune de ses fringants dix-neuf ans, apparaît à une dévote dans le simple appareil d'un homme qui se barbifie. L'observation ne s'endort jamais, tandis que la prudence a ses moments d'oubli. Les rideaux ne sont pas toujours détachés à temps. Une femme, avant la chute du jour, s'approche de la fenêtre pour enfiler une aiguille, et le mari d'en face admire alors une tête digne de Raphaël, qu'il trouve digne de lui, garde national imposant sous les armes[4].

Passez place Saint-Georges, et vous pouvez y surprendre les secrets de trois jolies femmes, si vous avez de l'esprit dans le regard. Oh! la sainte vie privée, où est-elle ? Paris est une ville qui se montre quasi nue à toute heure, une ville essentiellement courtisane et sans chasteté. Pour qu'une existence y ait de la pudeur, elle doit posséder cent mille francs de rente. Les vertus y sont plus chères que les vices[a].

Caroline, dont le regard glisse parfois entre les mousselines protectrices qui cachent son intérieur aux cinq étages de la maison d'en face, finit par observer un jeune ménage plongé dans les joies de la lune de miel, et venu nouvellement au premier devant ses fenêtres. Elle se livre aux observations les plus irritantes. On ferme les persiennes de bonne heure, on les ouvre tard. Un jour, Caroline, levée à huit heures, toujours par hasard, voit la femme de chambre apprêtant un bain ou quelque toilette du matin, un délicieux déshabillé. Caroline soupire. Elle se met à l'affût comme un chasseur : elle surprend la jeune femme la figure illuminée par le bonheur. Enfin, à force d'épier ce charmant ménage, elle voit monsieur et madame ouvrant la fenêtre, et légèrement pressés l'un contre l'autre, accoudés au balcon, y respirant l'air du soir. Caroline se donne des maux de nerfs en étudiant sur les rideaux, un soir que l'on oublie de fermer les persiennes, les ombres de ces deux enfants se combattant, dessinant des fantasmagories explicables ou inexplicables. Souvent la jeune femme, assise, mélancolique et rêveuse, attend l'époux absent, elle entend le pas d'un cheval, le bruit d'un cabriolet au bout de la rue, elle s'élance de son divan, et, d'après son mouvement, il est facile de voir qu'elle s'écrie : « C'est lui!... »

— « Comme ils s'aiment! » se dit Caroline.

À force de maux de nerfs, Caroline arrive à concevoir un plan excessivement ingénieux : elle invente de se servir de ce bonheur conjugal comme d'un topique pour stimuler Adolphe. C'est une idée assez dépravée, une idée de vieillard voulant séduire une petite fille avec des gravures ou des gravelures; mais l'intention de Caroline sanctifie tout!

« Adolphe, dit-elle enfin, nous avons pour voisine en face une femme charmante, une petite brune...

— Oui, réplique Adolphe, je la connais. C'est une amie de Mme Fischtaminel, Mme Foullepointe, la femme d'un agent de change, un homme charmant, un bon enfant, et qui aime sa femme : il en est fou! Tiens ?... il a son cabinet, ses bureaux, sa caisse dans la cour, et l'appartement sur le devant est celui de madame. Je ne connais pas de ménage plus heureux. Foullepointe parle de son bonheur partout, même[a] à la Bourse : il en est ennuyeux.

— Eh bien! fais-moi donc le plaisir de me présenter M. et Mme Foullepointe! Ma foi, je serais enchantée de savoir comment elle s'y prend pour se faire si bien aimer de son mari... Y a-t-il longtemps qu'ils sont mariés ?

— Absolument comme nous, depuis cinq ans...

— Adolphe, mon ami, j'en meurs d'envie! Oh! lie-nous toutes les deux. Suis-je aussi bien qu'elle ?

— Ma foi!... je vous rencontrerais au bal de l'Opéra, tu ne serais pas ma femme, eh bien! j'hésiterais...

— Tu es gentil aujourd'hui. N'oublie pas de les inviter à dîner pour samedi prochain.

— Ce sera fait ce soir. Foullepointe et moi, nous nous voyons souvent à la Bourse. »

« Enfin, se dit Caroline, cette femme[b] me dira sans doute quels sont ses moyens d'action. »

Caroline se remet en observation. À trois heures environ, à travers les fleurs d'une jardinière qui fait comme un bocage à la fenêtre, elle regarde et s'écrie : « Deux vrais tourtereaux!... »

Pour ce samedi, Caroline invite M. et Mme Deschars, le digne M. Fischtaminel, enfin les plus vertueux ménages de sa société. Tout est sous les armes chez Caroline : elle a commandé le plus délicat dîner, elle a sorti ses splendeurs des armoires; elle tient à fêter le modèle des femmes.

« Vous allez voir, ma chère, dit-elle à Mme Deschars au moment où toutes les femmes se regardent en silence, vous allez voir le plus adorable ménage du monde[c], nos voisins d'en face : un jeune homme blond d'une grâce infinie, et des manières... une tête à la lord Byron, et un vrai don Juan, mais fidèle! il est fou de sa femme. La femme est charmante et a trouvé des secrets pour perpétuer l'amour, aussi peut-être devrai-je un regain de bonheur à cet exemple; Adolphe, en les voyant, rougira de sa conduite, il... »

On annonce : « M. et Mme Foullepointe. »

Mme Foullepointe, jolie brune, la vraie Parisienne, une femme cambrée, mince, au regard brillant étouffé par de longs cils, mise délicieusement, s'assied sur le canapé. Caroline salue un gros monsieur à cheveux gris assez rares, qui suit péniblement cette Andalouse de Paris[a], et qui montre une figure et un ventre siléniques[1], un crâne beurre frais, un sourire papelard et libertin sur de bonnes grosses lèvres, un philosophe enfin! Caroline regarde ce monsieur d'un air étonné.

« M. Foullepointe, ma bonne, dit Adolphe en lui présentant ce digne quinquagénaire[b].

— Je suis enchantée, madame, dit Caroline en prenant un air aimable, que vous soyez venue avec votre beau-père (profonde sensation); mais nous aurons, j'espère, votre mari...

— Madame... »

Tout le monde écoute et se regarde. Adolphe devient le point de mire de tous les yeux; il est hébété d'étonnement; il voudrait faire disparaître Caroline par une trappe, comme au théâtre[c].

« Voici M. Foullepointe, mon mari », dit Mme Foullepointe.

Caroline devient alors d'un rouge écarlate en comprenant *l'école*[2] qu'elle a faite, et Adolphe la foudroie d'un regard à trente-six becs de gaz[d].

« Vous le disiez jeune, blond... », dit à voix basse Mme Deschars.

Mme Foullepointe, en femme spirituelle, regarde audacieusement la corniche[3].

Un mois après, Mme Foullepointe et Caroline deviennent intimes. Adolphe, très occupé de Mme Fischtaminel, ne fait aucune attention à cette dangereuse amitié, qui doit porter ses fruits; car, sachez-le!

AXIOME

Les femmes ont corrompu plus de femmes que les hommes n'en ont aimé.

LE SOLO DE CORBILLARD[a1]

Après un temps dont la durée dépend de la solidité des principes de Caroline, elle paraît languissante; et quand, en la voyant étendue sur les divans comme un serpent au soleil, Adolphe, inquiet par décorum, lui dit : « Qu'as-tu, ma bonne ? que veux-tu ?

— Je voudrais être morte !

— Un souhait assez agréable et d'une gaieté folle...

— Ce n'est pas la mort qui m'effraie, moi, c'est la souffrance...

— Cela signifie que je ne te rends pas la vie heureuse !... Et voilà bien les femmes ! »

Adolphe arpente le salon en déblatérant; mais il est arrêté net en voyant Caroline étanchant de son mouchoir brodé des larmes qui coulent assez artistement.

« Te sens-tu malade ?

— Je ne me sens pas bien. (Silence.) Tout ce que je désire, ce serait de savoir si je puis vivre assez pour voir ma petite mariée, car je sais maintenant ce que signifie ce mot si peu compris des jeunes personnes : *le choix d'un époux!* Va, cours à tes plaisirs : une femme qui songe à l'avenir, une femme qui souffre, n'est pas amusante; va te divertir...

— Où souffres-tu ?

— Mon ami, je ne souffre pas; je me porte à merveille, et n'ai besoin de rien! Vraiment, je me sens mieux... — Allez, laissez-moi. »

Cette première fois, Adolphe s'en va presque[b] triste.

Huit jours se passent pendant lesquels Caroline ordonne à tous ses domestiques de cacher à Monsieur l'état déplorable où elle se trouve : elle languit, elle sonne quand elle est près de défaillir, elle consomme beaucoup d'éther. Les gens apprennent enfin à Monsieur l'héroïsme conjugal de Madame, et Adolphe reste un soir après dîner et voit sa femme embrassant à outrance sa petite Marie.

« Pauvre enfant! il n'y a que toi qui me fais regretter mon avenir! Oh! mon Dieu, qu'est-ce que la vie ?

— Allons, mon enfant, dit Adolphe, pourquoi se chagriner ?...

— Oh! je ne me chagrine pas !... la mort n'a rien qui m'effraie... je voyais ce matin un enterrement, et je trouvais le mort bien heureux! Comment se fait-il que je ne pense qu'à mourir ?... Est-ce une maladie ?... Il me semble que je mourrai de ma main. »

Plus Adolphe tente d'égayer Caroline, plus Caroline s'enveloppe dans les crêpes d'un deuil à larmes continues. Cette seconde fois, Adolphe reste et s'ennuie. Puis à la troisième attaque à larmes forcées[1], il sort sans aucune tristesse. Enfin, il se blase sur ces plaintes éternelles, sur ces attitudes de mourant, sur ces larmes de crocodile. Et il finit par dire : « Si tu es malade, Caroline, il faut voir un médecin...

— Comme tu voudras! cela finira plus promptement ainsi, cela me va... Mais alors, amène un fameux médecin. »

Au bout d'un mois, Adolphe, fatigué d'entendre l'air funèbre que Caroline lui joue sur tous les tons, amène un grand médecin. À Paris, les médecins sont tous des gens d'esprit, et ils se connaissent admirablement en Nosographie conjugale.

« Eh bien! madame, dit le grand médecin, comment une si jolie femme s'avise-t-elle d'être malade ?

— Oui, monsieur, de même que le nez du père Aubry, j'aspire à la tombe[2]... »

Caroline, par égard pour Adolphe, essaie de sourire.

« Bon! cependant vous avez les yeux vifs : ils souhaitent peu nos infernales drogues...

— Regardez-y bien, docteur, la fièvre me dévore, une petite fièvre imperceptible, lente... »

Et elle arrête le plus malicieux de ses regards sur l'illustre docteur, qui se dit en lui-même : « Quels yeux !... »

« Bien, voyons la langue ? » dit-il tout haut.

Caroline montre sa langue de chat entre deux rangées de dents blanches comme celles d'un chien.

« Elle est un peu chargée, au fond; mais vous avez déjeuné..., fait observer le grand médecin, qui se tourne vers Adolphe.

— Rien, répond Caroline, deux tasses de thé... »

Adolphe et l'illustre docteur se regardent, car le doc-

teur se demande qui, de madame ou de monsieur, se
moque de lui.

« Que sentez-vous ? demande gravement le docteur à
Caroline.

— Je ne dors pas.

— Bon!

— Je n'ai pas d'appétit...

— Bien!

— J'ai des douleurs, là... »

Le médecin regarde l'endroit indiqué par Caroline.

« Très bien, nous verrons cela tout à l'heure...
Après ?...

— Il me passe des frissons par moments...

— Bon!

— J'ai des tristesses, je pense toujours à la mort, j'ai
des idées de suicide.

— Ah! vraiment ?

— Il me monte des feux à la figure, tenez, j'ai constamment des tressaillements dans la paupière...

— Très bien : nous nommons cela un *trismus*[1]. »

Le docteur explique pendant un quart d'heure, en
employant les termes les plus scientifiques, la nature du
trismus, d'où il résulte que le *trismus* est le *trismus;* mais
il fait observer avec la plus grande modestie que, si la
science sait que le *trismus* est le *trismus,* elle ignore entièrement la cause de ce mouvement nerveux, qui va, vient,
passe, reparaît... « Et, dit-il, nous avons reconnu que
c'était purement nerveux.

— Est-ce bien dangereux ? demande Caroline inquiète.

— Nullement. Comment vous couchez-vous ?

— En rond.

— Bien; sur quel côté ?

— À gauche.

— Bien; combien avez-vous de matelas à votre lit ?

— Trois.

— Bien; y a-t-il un sommier ?

— Mais, oui...

— Quelle est la substance du sommier ?

— Le crin.

— Bon. Marchez un peu devant moi!... Oh! mais naturellement, et comme si nous ne vous regardions pas... »

Caroline marche à la Elssler[2], en agitant *sa tournure*
de la façon la plus andalouse[a].

« Vous ne sentez pas un peu de pesanteur dans les genoux ?

— Mais... non... (Elle revient à sa place.) Mon Dieu, quand on s'examine... il me semble maintenant que oui...

— Bon. Vous êtes restée à la maison depuis quelque temps ?

— Oh! oui, monsieur, beaucoup trop... et seule.

— Bien, c'est cela. Comment vous coiffez-vous pour la nuit ?

— Un bonnet brodé, puis quelquefois par-dessus un foulard...

— Vous n'y sentez pas des chaleurs... une petite sueur ?...

— En dormant, cela me semble difficile.

— Vous pourriez trouver votre linge humide à l'endroit du front en vous réveillant ?

— Quelquefois.

— Bon. Donnez-moi votre main. »

Le docteur tire sa montre.

« Vous ai-je dit que j'ai des vertiges ? dit Caroline.

— Chut!... fait le docteur qui compte les pulsations. Est-ce le soir ?...

— Non, le matin.

— Ah! diantre, des vertiges le matin, dit-il en regardant Adolphe.

— Eh bien! que dites-vous de l'état de madame ? demande Adolphe.

— Le duc de G... n'est pas allé à Londres[1], dit le grand médecin en étudiant la peau de Caroline, et l'on en cause beaucoup au faubourg Saint-Germain.

— Vous y avez des malades ? demande Caroline.

— Presque tous les miens y sont... Eh! mon Dieu! j'en ai sept à voir ce matin, dont quelques-uns sont en danger... »

Le docteur se lève.

« Que pensez-vous de moi, monsieur ? dit Caroline.

— Madame, il faut des soins, beaucoup de soins, prendre des adoucissants, de l'eau de guimauve, un régime doux, viandes blanches, faire beaucoup d'exercice. »

« En voilà pour vingt francs », se dit en lui-même Adolphe en souriant.

Le grand médecin prend Adolphe par le bras, et

l'emmène en se faisant reconduire; Caroline les suit sur la pointe du pied.

« Mon cher, dit le grand médecin, je viens de traiter fort légèrement madame, il ne fallait pas l'effrayer, ceci vous regarde plus que vous ne pensez... Ne négligez pas trop madame; elle est d'un tempérament puissant, d'une santé féroce. *Tout cela* réagit sur elle. La nature a ses lois, qui, méconnues, se font obéir. Madame peut[a] arriver à un état morbide qui vous ferait cruellement repentir de l'avoir négligée... Si vous l'aimez, aimez-la; si vous ne l'aimez plus, et que vous teniez à conserver la mère de vos enfants, la décision à prendre est un cas d'hygiène, mais elle ne peut venir que de vous!... »

« Comme il m'a comprise[1]!... » se dit Caroline. Elle ouvre la porte et dit : « Docteur, vous ne m'avez pas écrit les doses!... »

Le grand médecin sourit, salue et glisse dans sa poche une pièce de vingt francs en laissant Adolphe entre les mains de sa femme, qui le prend, et lui dit : « Quelle est la vérité sur mon état ?... faut-il me résigner à mourir ?...

— Eh! il m'a dit que tu as trop de santé! » s'écrie Adolphe impatienté.

Caroline s'en va pleurer sur son divan.

« Qu'as-tu ?

— J'en ai pour longtemps... Je te gêne, tu ne m'aimes plus... Je ne veux plus consulter ce médecin-là... Je ne sais pas pourquoi Mme Foullepointe m'a conseillé de le voir, il ne m'a dit que des sottises!... et je sais mieux que lui ce qu'il me faut...

— Que te faut-il ?...

— Ingrat, tu le demandes ? » dit-elle en posant sa tête sur l'épaule d'Adolphe.

Adolphe, effrayé, se dit : « Il a raison, le docteur, elle peut devenir d'une exigence maladive, et que deviendrai-je, moi ?... Me voilà forcé d'opter entre la folie physique de Caroline ou quelque petit cousin. »

Caroline chante alors une mélodie de Schubert avec l'exaltation d'une hypocondriaque[b].

DEUXIÈME PARTIE[a]

SECONDE PRÉFACE[b]

Si[1] vous[2] avez pu comprendre ce livre... (et l'on vous fait un honneur infini par cette supposition : l'auteur le plus profond ne comprend pas toujours, l'on peut même dire ne comprend jamais les différents sens de son livre, ni sa portée, ni le bien ni le mal qu'il cause), si donc vous avez prêté quelque attention à ces petites scènes de la vie conjugale, vous aurez peut-être remarqué leur couleur...

« Quelle couleur ? demandera sans doute un épicier, les livres sont couverts en jaune, en bleu, revers de botte, vert pâle, gris perle, blanc. »

Hélas! les livres ont une autre couleur, ils sont teints par l'auteur, et quelques écrivains empruntent leur coloris. Certains livres déteignent sur d'autres. Il y a mieux. Les livres sont blonds ou bruns, châtain clair ou roux. Enfin ils ont un sexe aussi! Nous connaissons des livres mâles et des livres femelles, des livres qui, chose déplorable, n'ont pas de sexe, ce qui, nous l'espérons, n'est pas le cas de celui-ci, en supposant que vous fassiez à cette collection de sujets nosographiques l'honneur de l'appeler un livre[c].

Jusqu'ici, toutes ces misères[d] sont des misères infligées uniquement par la femme à l'homme. Vous n'avez donc encore vu que le côté mâle du livre. Et, si l'auteur a réellement l'ouïe qu'on lui suppose, il a déjà surpris plus d'une exclamation ou d'une déclamation de femme furieuse :

« On ne nous parle que des misères souffertes par ces messieurs, aura-t-elle dit, comme si nous n'avions pas nos petites misères aussi!... »

Ô femmes! vous avez été entendues, car si vous n'êtes pas toujours comprises, vous vous faites toujours très bien entendre!...

Donc, il serait souverainement injuste de faire porter sur vous seules les reproches que tout être social mis sous le joug *(conjungium*[1]*)* a le droit d'adresser à cette institution nécessaire, sacrée, utile, éminemment conservatrice, mais tant soit peu gênante, et d'un porter difficile aux entournures, ou quelquefois trop facile aussi.

J'irai plus loin! Cette partialité serait évidemment du crétinisme.

Un homme, non écrivain, car il y a bien des hommes dans un écrivain, un auteur donc, doit ressembler à Janus : voir en avant et en arrière, se faire rapporteur, découvrir toutes les faces d'une idée, passer alternativement dans l'âme d'Alceste et dans celle de Philinte, ne pas tout dire et néanmoins tout savoir, ne jamais ennuyer, et...

N'achevons pas ce programme, autrement nous dirions tout, et ce serait effrayant pour tous ceux qui réfléchissent aux conditions de la littérature.

D'ailleurs un auteur qui prend la parole au milieu de son livre fait l'effet du bonhomme dans *Le Tableau parlant*[2], quand il met son visage à la place de la peinture. L'auteur n'oublie pas qu'à la Chambre on ne prend point la parole *entre deux épreuves*[3]. Assez donc!

Voici maintenant le côté femelle du livre; car, pour ressembler parfaitement au mariage, ce livre doit être plus ou moins androgyne.

LES MARIS DU SECOND MOIS[a]

Deux jeunes mariées, deux amies de pension, Caroline et Stéphanie, intimes au pensionnat de Mlle Mâchefer, une des plus célèbres maisons d'éducation du faubourg Saint-Honoré, se trouvaient au bal chez Mme de Fischtaminel, et la conversation suivante eut lieu dans l'embrasure d'une croisée du boudoir.

Il faisait si chaud qu'un homme avait eu, bien avant les deux jeunes femmes, l'idée de venir respirer l'air de la nuit ; il s'était placé dans l'angle même du balcon, et, comme il se trouvait beaucoup de fleurs devant la fenêtre, les deux amies purent se croire seules[1].

Cet homme était le meilleur ami de l'auteur.

L'une des deux jeunes mariées, posée à l'angle de l'embrasure, faisait en quelque sorte le guet en regardant le boudoir et les salons.

L'autre avait pris position dans l'embrasure en s'y serrant de manière à ne pas recevoir le courant d'air, tempéré d'ailleurs par des rideaux de mousseline et des rideaux de soie[a].

Ce boudoir était désert, le bal commençait, les tables de jeu restaient ouvertes, offrant leurs tapis verts et montrant des cartes encore serrées dans le frêle étui que leur impose la Régie.

On dansait la seconde contredanse.

Tous ceux qui vont au bal connaissent cette phase des grandes soirées où tout le monde n'est pas arrivé, mais où les salons sont déjà pleins, et qui cause un moment de terreur à la maîtresse de la maison. C'est, toute comparaison gardée, un instant semblable à celui qui décide de la victoire ou de la perte d'une bataille.

Vous comprenez alors comment ce qui devait être un secret bien gardé peut avoir aujourd'hui les honneurs de l'impression.

« Eh bien ! Caroline ?

— Eh bien ! Stéphanie ?

— Eh bien ?

— Eh bien ? »

Un double soupir.

« Tu ne te souviens plus de nos conventions ?...

— Si...

— Pourquoi donc n'es-tu pas venue me voir ?

— On ne me laisse jamais seule, nous avons à peine le temps de causer ici...

— Ah ! si mon Adolphe prenait ces manières-là ! s'écria Caroline.

— Tu nous as bien vus, Armand et moi, quand il me faisait ce qu'on nomme, je ne sais pourquoi, la cour...

— Oui, je l'admirais, je te trouvais bien heureuse, tu trouvais ton idéal, toi ! un bel homme, toujours si bien mis, en gants jaunes, la barbe faite, bottes vernies, linge blanc, la propreté la plus exquise, aux petits soins...

— Va, va, toujours.

— Enfin un homme comme il faut; son parler était d'une douceur féminine, pas la moindre brusquerie. Et des promesses de bonheur, de liberté! Ses phrases étaient plaquées de palissandre. Il meublait ses paroles de châles et de dentelles. On entendait rouler[a] dans les moindres mots des chevaux et des voitures. Ta corbeille était d'une magnificence millionnaire. Armand me faisait l'effet d'un mari de velours, d'une fourrure en plumes d'oiseaux dans laquelle tu allais t'envelopper.

— Caroline, mon mari prend du tabac.

— Eh bien! le mien fume...

— Mais le mien en prend[1], ma chère, comme en prenait, dit-on, Napoléon, et j'ai le tabac en horreur; il l'a su, le monstre, et s'en est passé pendant sept mois...

— Tous les hommes ont de ces habitudes, il faut absolument qu'ils prennent quelque chose.

— Tu n'as aucune idée des supplices que j'endure. La nuit, je suis réveillée en sursaut par un éternuement. En m'endormant, j'ai fait des mouvements qui m'ont mis le nez sur des grains de tabac semés sur l'oreiller, je les aspire, et je saute comme une mine. Il paraît que ce scélérat d'Armand est habitué à cette *surprise*[2], il ne s'éveille point. Je trouve du tabac partout, et je n'ai pas, après tout, épousé la Régie.

— Qu'est-ce que c'est que ce petit inconvénient, ma chère enfant, si ton mari est un bon enfant et d'un bon naturel!

— Ah bien! il est froid comme un marbre, compassé comme un vieillard, causeur comme une sentinelle, et c'est un de ces hommes qui disent oui à tout, mais qui ne font rien que ce qu'ils veulent.

— Dis-lui non.

— C'est essayé.

— Eh bien?

— Eh bien! il m'a menacée de réduire ma pension de ce qui lui serait nécessaire pour se passer de moi...

— Pauvre Stéphanie! ce n'est pas un homme, c'est un monstre...

— Un monstre calme et méthodique, à faux toupet, et qui, tous les soirs...

— Tous les soirs?...

— Attends donc!... qui tous les soirs prend un verre
d'eau pour y mettre sept fausses dents.

— Quel piège que ton mariage! Enfin Armand est
riche ?...

— Qui sait!

— Oh! mon Dieu! mais tu me fais l'effet de devenir
avant peu très malheureuse... ou très heureuse.

— Et toi, ma petite ?

— Moi, jusqu'à présent je n'ai qu'une épingle qui me
pique dans mon corset; mais c'est insupportable.

— Pauvre enfant! tu ne connais pas ton bonheur.
Allons, dis. »

Ici la jeune femme parla si bien à l'oreille de l'autre,
qu'il fut impossible d'entendre un seul mot. La conversation recommença ou plutôt finit par une sorte de
conclusion.

« Ton Adolphe est jaloux ?

— De qui ? nous ne nous quittons pas, et c'est là,
ma chère, une misère. On n'y tient pas. Je n'ose pas
bâiller, je suis toujours en représentation de femme
aimante. C'est fatigant.

— Caroline ?

— Eh bien ?

— Ma petite, que vas-tu faire ?

— Me résigner. Et toi ?

— Combattre la Régie... »

Cette petite misère tend à prouver qu'en fait de
déceptions personnelles, les deux sexes sont bien quittes
l'un envers l'autre[a].

LES AMBITIONS TROMPÉES[b]

§ I. L'ILLUSTRE CHODOREILLE[c]

Un jeune homme a quitté sa ville natale au fond de
quelque département marqué par M. Charles Dupin[1] en
couleur plus ou moins foncée. Il avait pour vocation la
gloire, n'importe laquelle : supposez un peintre, un romancier, un journaliste, un poète, un grand homme d'État.

Pour être parfaitement compris, le jeune Adolphe de Chodoreille[1] voulait faire parler de lui, devenir célèbre, être quelque chose. Ceci donc s'adresse à la masse des ambitieux amenés à Paris par tous les véhicules possibles, soit moraux, soit physiques, et qui s'y élancent un beau matin avec l'intention hydrophobique[2] de renverser toutes les renommées, de se bâtir un piédestal avec des ruines à faire, jusqu'à ce que désillusion s'ensuive.

Comme il s'agit de formuler ce fait normal qui caractérise notre époque, prenons de tous ces personnages celui que l'auteur a nommé ailleurs[3] UN GRAND HOMME DE PROVINCE.

Adolphe a compris que le plus admirable commerce est celui qui consiste à payer chez un papetier une bouteille d'encre, un paquet de plumes et une rame de papier coquille douze francs cinquante centimes, et de revendre les deux mille feuillets que fournit la rame, en coupant chaque feuille en quatre, quelque chose comme cinquante mille francs, après toutefois y avoir écrit sur chaque feuillet cinquante lignes pleines de style et d'imagination.

Ce problème, de douze francs cinquante centimes métamorphosés en cinquante mille francs, à raison de vingt-cinq centimes chaque ligne, stimule bien des familles, qui pourraient employer leurs membres utilement au fond des provinces, à les lancer dans l'enfer de Paris.

Le jeune homme, objet de cette exportation, semble toujours à toute sa ville avoir autant d'imagination que les plus fameux auteurs. Il a toujours fait d'excellentes études, il écrit d'assez jolis vers, il passe pour un garçon d'esprit; enfin il est souvent coupable d'une charmante nouvelle insérée dans le journal de l'endroit, laquelle a soulevé l'admiration du département[4].

Comme ces pauvres parents ignoreront éternellement ce que leur fils vient apprendre à grand-peine à Paris, à savoir :

Qu'il est difficile d'être un écrivain et de connaître la langue française avant une douzaine d'années de travaux herculéens[a];

Qu'il faut avoir fouillé toute la vie sociale pour être un vrai romancier, vu que le roman est l'histoire privée des nations[5];

Que les grands conteurs (Ésope, Lucien, Boccace,

Rabelais, Cervantes, Swift, La Fontaine, Lesage, Sterne, Voltaire, Walter Scott, les Arabes inconnus des *Mille et Une Nuits*) sont tous des hommes de génie autant que des colosses d'érudition.

Leur Adolphe fait son apprentissage en littérature dans plusieurs cafés, devient membre de la société des Gens de lettres[1], attaque à tort et à travers des hommes à talent qui ne lisent pas ses articles, revient à des sentiments plus doux en voyant l'insuccès de sa critique, apporte des nouvelles aux journaux qui se les renvoient comme sur des raquettes; et, après cinq ou six années d'exercices plus ou moins fatigants, d'horribles privations très coûteuses à ses parents, il *arrive à une certaine position*.

Voici quelle est cette position.

Grâce à une sorte d'assurance mutuelle des faibles entre eux, et qu'un écrivain assez ingénieux a nommée la *camaraderie*[2], Adolphe voit son nom souvent cité parmi les noms célèbres, soit dans les prospectus de la librairie, soit dans les annonces des journaux qui promettent de paraître.

Les libraires impriment le titre d'un de ses ouvrages à cette menteuse rubrique : SOUS PRESSE, qu'on pourrait appeler la ménagerie typographique des ours*.

On comprend quelquefois Chodoreille parmi les hommes d'espérance de la jeune littérature.

Adolphe de Chodoreille reste onze ans dans les rangs de la jeune littérature : il devient chauve en gardant sa distance dans la jeune littérature; mais il finit par obtenir ses entrées aux théâtres, grâce à d'obscurs travaux, à des critiques dramatiques; il essaye de se faire prendre pour un *bon enfant;* et à mesure qu'il perd des illusions sur la gloire, sur le monde de Paris, il gagne des dettes et des années.

Un journal aux abois lui demande un de ses ours corrigé par des amis[b], léché, pourléché de lustre en lustre, et qui sent la pommade de chaque genre à la mode et

---

* On appelle un *ours* une pièce refusée à beaucoup de théâtres, et qui finit par être représentée dans certains moments où quelque directeur éprouve le besoin d'un ours. Ce mot a nécessairement passé de la langue des coulisses dans l'argot du journalisme, et s'est appliqué aux romans qui se promènent. On devrait appeler ours blanc celui de la librairie, et les autres des ours noirs[a].

oublié. Ce livre devient pour Adolphe ce qu'est pour le caporal Trim[1] ce fameux bonnet qu'il met toujours en jeu, car pendant cinq ans *Tout pour une femme* (titre définitif)[a] sera l'un des plus charmants ouvrages de notre époque[b].

En onze ans, Chodoreille passe pour avoir publié des travaux estimables, cinq à six nouvelles dans des revues nécropoliques, dans des journaux de femmes, dans des ouvrages destinés à la plus tendre enfance.

Enfin, comme il est garçon, qu'il possède un habit, un pantalon de casimir noir, qu'il peut se déguiser quand il le veut en diplomate élégant, qu'il ne manque pas d'un certain air intelligent, il est admis dans quelques salons plus ou moins littéraires, il salue les cinq ou six académiciens qui ont du génie, de l'influence ou du talent, il peut aller chez deux ou trois de nos grands poètes, il se permet dans les cafés d'appeler par leur petit nom les deux ou trois femmes célèbres à juste titre de notre époque; il est d'ailleurs au mieux avec les bas-bleus du second ordre, qui devraient être appelées des chaussettes, et il en est aux poignées de main et aux petits verres d'absinthe avec les astres des petits journaux.

Ceci est l'histoire des médiocrités en tout genre, auxquelles il a manqué ce que les titulaires[2] appellent le bonheur.

Ce bonheur, c'est la volonté, le travail continu, le mépris de la renommée obtenue facilement, une immense instruction, et la patience qui, selon Buffon, serait tout le génie, mais qui certes en est la moitié[3].

Vous n'apercevez pas encore trace de petite misère pour Caroline[c]. Vous croyez que cette histoire de cinq cents jeunes gens occupés à polir en ce moment les pavés de Paris est écrite en façon d'avis aux familles des quatre-vingt-six départements; mais lisez ces deux lettres échangées entre deux amies différemment mariées, vous comprendrez qu'elle était nécessaire, autant que le récit par lequel jadis commençait tout bon mélodrame, et nommé l'avant-scène... Vous devinerez les savantes manœuvres du paon parisien faisant la roue au sein de sa ville natale et fourbissant dans des arrière-pensées matrimoniales les rayons d'une gloire qui, semblables à ceux du soleil, ne sont chauds et brillants qu'à de grandes distances[d].

DE MADAME CLAIRE DE LA ROULANDIÈRE, NÉE JUGAULT,
À MADAME ADOLPHE DE CHODOREILLE, NÉE HEURTAUT

« Viviers[a]1.

« Tu ne m'as pas encore écrit, ma chère Caroline, et c'est bien mal à toi. N'était-ce pas à la plus heureuse de commencer et de consoler celle qui restait en province !

« Depuis ton départ pour Paris, j'ai donc épousé M. de La Roulandière, le président du tribunal. Tu le connais, et tu sais si je puis être satisfaite en ayant le cœur *saturé* de nos idées. Je n'ignorais pas mon sort : je vis entre l'ancien président, l'oncle de mon mari, et ma belle-mère, qui de l'ancienne société parlementaire d'Aix n'a gardé que la morgue, la sévérité de mœurs. Je suis rarement seule, je ne sors qu'accompagnée de ma belle-mère ou de mon mari. Nous recevons tous les gens graves de la ville le soir. Ces messieurs font un whist à deux sous la fiche, et j'entends des conversations dans ce genre-ci : " M. Vitremont est mort, il laisse deux cent quatre-vingt mille francs de fortune..., dit le substitut, un jeune homme de quarante-sept ans, amusant comme le mistral. — Êtes-vous bien certain de cela ?... "

« Cela, c'est les deux cent quatre-vingt mille francs. Un petit juge pérore, il raconte les placements, on discute les valeurs, et il est acquis à la discussion que, *s'il n'y a pas deux cent quatre-vingt mille francs, on en sera bien près...*

« Là-dessus concert général d'éloges donnés à ce mort, pour avoir tenu le pain sous clef, pour avoir *plaçoté* ses économies, mis sou sur sou, afin probablement que toute la ville et tous les gens qui ont des successions à espérer battissent ainsi des mains en s'écriant avec admiration : " Il laisse deux cent quatre-vingt mille francs !... " Et chacun a des parents malades de qui l'on dit : " Laissera-t-il quelque chose d'approchant ? " et l'on discute le *vif* comme on a discuté le *mort*[b].

« On ne s'occupe que des probabilités de fortune, ou des probabilités de vacance dans les places, et des probabilités de récolte.

« Quand, dans notre enfance, nous regardions ces jolies petites souris blanches à la fenêtre du savetier de la rue Saint-Maclou, faisant tourner la cage ronde où elles étaient enfermées, pouvais-je savoir que ce serait une fidèle image de mon avenir ?...

« Être ainsi, moi qui de nous deux agitais le plus mes ailes, dont l'imagination était la plus vagabonde! j'ai péché plus que toi, je suis la plus punie. J'ai dit adieu à mes rêves : je suis madame la présidente *gros comme le bras,* et je me résigne à donner le bras à ce grand diable de M. de La Roulandière pendant quarante ans, à vivre menu de toute manière et à voir deux gros sourcils sur deux yeux vairons dans une figure jaune, laquelle ne saura jamais ce qu'est un sourire.

« Mais toi, ma chère Caroline, toi qui, soit dit entre nous, étais dans les *grandes* quand je frétillais dans les *petites,* toi qui ne péchais que par orgueil, à vingt-sept ans, avec deux cent mille francs de fortune, tu captures et tu captives un grand homme, un des hommes les plus spirituels de Paris, un des deux hommes à talent que notre ville ait produits!... quelle chance !

« Maintenant tu te trouves dans le milieu le plus brillant de Paris. Tu peux, grâce aux sublimes privilèges du génie, aller dans tous les salons du faubourg Saint-Germain, y être bien accueillie. Tu jouis des jouissances exquises de la société des deux ou trois femmes célèbres de notre temps, où il se fait tant d'esprit, dit-on, où se disent ces mots qui nous arrivent ici comme des fusées à la Congreve[1]. Tu vas chez le baron Schinner[2], de qui nous parlait tant Adolphe, où vont tous les grands artistes, tous les illustres étrangers. Enfin, dans quelque temps tu seras une des reines de Paris, si tu le veux. Tu peux aussi recevoir, tu verras chez toi les lionnes, les lions[3] de la littérature, du grand monde et de la finance, car Adolphe nous parlait de ses amitiés illustres et de ses liaisons avec les favoris de la mode en de tels termes, que je te vois fêtée et fêtant.

« Avec tes dix mille francs de rente et la succession de ta tante Carabès[4], avec[a] les vingt mille francs que gagne ton mari, vous devez avoir équipage; et, comme tu vas à tous les théâtres sans payer, comme les journalistes sont les héros de toutes les inaugurations ruineuses pour qui veut suivre le mouvement parisien, qu'on les invite tous les jours à dîner, tu vis comme si tu avais soixante mille francs de rente!... Ah! tu es heureuse, toi! aussi m'oublies-tu!

« Eh bien, je comprends que tu n'as pas un instant à toi. Ton bonheur est la cause de ton silence, je te pardonne. Allons, un jour, si, fatiguée de tant de plaisirs, du haut de ta grandeur, tu penses encore à ta pauvre Claire, écris-moi, raconte-moi ce qu'est un mariage avec un grand homme... peins-moi ces grandes dames de Paris, surtout celles qui écrivent... oh! je voudrais bien savoir *en quoi elles sont faites,* enfin n'oublie rien, si tu n'oublies pas que tu es aimée *quand même* par ta pauvre

« CLAIRE JUGAULT. »

Réponse

MADAME ADOLPHE DE CHODOREILLE À MADAME
LA PRÉSIDENTE DE LA ROULANDIÈRE, À VIVIERS

« Paris...

« Ah! ma pauvre Claire, si tu savais combien de petites douleurs ta lettre ingénue a réveillées, non, tu ne me l'aurais pas écrite. Aucune amie, une ennemie même, en voyant à une femme un appareil[1] sur mille piqûres de moustiques, ne l'arrache pas pour s'amuser à les compter[2]...

« Je commence par te dire que, pour une fille de vingt-sept ans, d'une figure encore passable, mais d'une taille un peu trop empereur Nicolas[3] pour l'humble rôle que je joue, je suis heureuse!... Voici pourquoi :

« Adolphe, heureux des déceptions qui sont tombées sur moi comme une grêle, panse les plaies de mon amour-propre par tant d'affection, par tant de petits soins, tant de charmantes choses, qu'en vérité les femmes voudraient, en tant que femmes, trouver à l'homme qu'elles épousent des torts si profitables; mais tous les gens de lettres (Adolphe est, hélas! à peine un homme de lettres), qui sont des êtres non moins irritables, nerveux, changeants et bizarres que les femmes, ne possèdent pas des qualités aussi solides que celles d'Adolphe, et j'espère qu'ils n'ont pas été tous aussi malheureux que lui.

« Hélas! nous nous aimons assez toutes les deux pour que je te dise la vérité. J'ai sauvé mon mari, ma chère, d'une profonde misère habilement cachée. Loin de toucher vingt mille francs par an, il ne les a pas gagnés dans les quinze années qu'il a passées à Paris. Nous sommes logés à un troisième étage de la rue Joubert, qui nous coûte douze cents francs, et il nous reste sur nos revenus environ huit mille cinq cents francs, avec lesquels je tâche de nous faire vivre honorablement.

« Je lui porte bonheur : Adolphe, depuis son mariage, a eu la direction d'un feuilleton et trouve quatre cents[a] francs par mois dans cette occupation, qui, d'ailleurs, lui prend peu de temps. Il a dû cette place à un placement. Nous avons employé les soixante-dix mille francs de succession de ma tante Carabès au cautionnement du journal, on nous donne neuf pour cent, et nous avons en outre des actions. Depuis cette affaire, conclue depuis dix mois, nos revenus ont doublé, l'aisance est venue.

« Je n'ai pas plus à me plaindre de mon mariage comme affaire d'argent que comme affaire de cœur. Mon amour-propre a seul souffert, et mes ambitions ont sombré. Tu vas comprendre toutes les petites misères qui m'ont assaillie, par la première.

« Adolphe nous avait paru très bien avec la fameuse baronne Schinner[b], si célèbre par son esprit, par son influence, par sa fortune et par ses liaisons avec les hommes célèbres; j'ai cru qu'il était reçu chez elle en qualité d'ami; mon mari m'y présente, je suis reçue assez froidement. J'aperçois des salons d'un luxe effrayant; et au lieu de voir Mme Schinner me rendre ma visite, je reçois une carte, à vingt jours de date et à une heure insolemment indue.

« À mon arrivée à Paris, je me promène[c] sur les boulevards, fière de mon grand homme anonyme; il me donne un coup de coude et me dit en me désignant à l'avance un gros petit homme, assez mal vêtu : " Voilà un tel! " Il me nomme une des sept ou huit illustrations européennes de la France[1]. J'apprête mon air admiratif, et je vois Adolphe saluant avec une sorte de bonheur le vrai grand homme, qui lui répond par le petit salut écourté qu'on accorde à un homme avec lequel on a sans doute à peine échangé quatre paroles en dix ans. Adolphe avait quêté sans doute un regard à cause de moi.

« " Il ne te connaît pas ? dis-je à mon mari. — Si,

mais il m'aura pris pour un autre ", me répond Adolphe.

« Ainsi des poètes, ainsi des musiciens célèbres, ainsi des hommes d'État. Mais, en revanche, nous causons pendant dix minutes devant quelque passage avec MM. Armand du Cantal, Georges Beaunoir, Félix Verdoret, de qui tu n'as jamais entendu parler. Mmes Constantine Ramachard, Anaïs Crottat et Lucienne Vouillon viennent nous voir et me menacent de leur amitié *bleue*[1]. Nous recevons à dîner des directeurs de journaux inconnus dans notre province. Enfin, j'ai eu le douloureux bonheur de voir Adolphe refusant une invitation à une soirée de laquelle j'étais exclue.

« Oh! ma chère, le talent est toujours la fleur rare, croissant spontanément, et qu'aucune horticulture de serre chaude ne peut obtenir. Je ne m'abuse point : Adolphe est une médiocrité connue, jaugée; il n'a pas d'autre chance, comme il le dit, que de se caser dans les *utilités* de la littérature. Il ne manquait pas d'esprit à Viviers; mais, pour être un homme d'esprit à Paris, on doit posséder tous les genres d'esprit à des doses désespérantes.

« J'ai pris de l'estime pour Adolphe; car après quelques petits mensonges, il a fini par m'avouer sa position, et, sans s'humilier outre mesure, il m'a promis le bonheur. Il espère arriver, comme tant de médiocrités, à une place quelconque, à un emploi de sous-bibliothécaire, à une gérance de journal. Qui sait si nous ne le ferons pas nommer député plus tard à Viviers.

« Nous vivons obscurément; nous avons cinq ou six amis et amies qui nous conviennent, et voilà cette brillante existence que tu dorais de toutes les splendeurs sociales.

« De temps en temps j'essuie quelque bourrasque, j'attrape quelque coup de langue. Ainsi, hier, à l'Opéra, dans le foyer, où je me promenais, j'entends un des plus méchants hommes d'esprit, Léon de Lora[a], disant à l'un de nos plus célèbres critiques : " Avouez qu'il faut être bien Chodoreille pour aller découvrir au bord du Rhône le peuplier de la Caroline[2]! — Bah! a répondu l'autre, il est bourgeonné ". Ils avaient entendu mon mari me donnant mon petit nom. Et moi, qui passais pour belle à Viviers, qui suis grande, bien faite et encore assez grasse pour faire le bonheur d'Adolphe!... Voilà comment j'apprends qu'il en est à Paris de la beauté des femmes comme de l'esprit des hommes de province[a].

« Enfin, si c'est là ce que tu veux savoir, je ne suis rien; mais si tu veux apprendre jusqu'où va ma philosophie, eh bien! je suis assez heureuse d'avoir rencontré dans mon faux grand homme un homme ordinaire.

« Adieu, chère amie, de nous deux, comme tu le vois, c'est encore moi qui, malgré mes déceptions et les petites misères de ma vie, suis la mieux partagée; Adolphe est jeune, et c'est un homme charmant.

« CAROLINE HEURTAULT[1]. »

La réponse de Claire, entre autres phrases, contenait celle-ci : « J'espère que le bonheur anonyme dont tu jouis se continuera, grâce à ta philosophie. » Claire, comme toutes les amies intimes, se vengeait de son président sur l'avenir d'Adolphe.

§ II. UNE NUANCE DU MÊME SUJET[b]

(Lettre trouvée dans un coffret, un jour qu'elle me fit long-temps attendre en son cabinet pendant qu'elle essayait de renvoyer une amie importune qui n'entendait pas le français sous-entendu dans le jeu de la physionomie et dans l'accent des paroles. J'attrapai un rhume, mais j'eus cette lettre.)

Cette note pleine de fatuité se trouvait sur un papier que les clercs de notaire jugèrent sans importance lors de l'inventaire de feu M. Ferdinand de Bourgarel[c], que la politique, les arts, les amours ont eu la douleur de pleurer récemment, et en qui la grande maison des Borgarelli de Provence a fini, car Bourgarel est, comme on sait, la corruption de Borgarelli, comme les Girardin français celle des Gherardini de Florence[2].

Un lecteur intelligent reconnaîtra sans peine à quelle époque de la vie d'Adolphe et de Caroline se rapporte cette lettre[d].

« Ma chère amie[e],

« Je croyais me trouver heureuse en épousant un artiste aussi supérieur par ses talents que par ses moyens

personnels, également grand et comme caractère et
comme esprit, plein de connaissances, en voie de s'élever
par la route publique sans être obligé d'aller dans les
chemins tortueux de l'intrigue ; enfin, tu connais Adolphe,
tu l'as apprécié : je suis aimée, il est père, j'idolâtre nos
enfants. Adolphe est excellent pour moi, je l'aime et je
l'admire ; mais, ma chère, dans ce complet bonheur, il
se trouve une épine. Les roses sur lesquelles je suis
couchée ont plus d'un pli. Dans le cœur des femmes, les
plis deviennent promptement des blessures. Ces blessures saignent bientôt, le mal augmente, on souffre, la
souffrance éveille des pensées, les pensées s'étalent et
se changent en sentiment. Ah ! ma chère, tu le sauras, et
c'est cruel à se dire, mais nous vivons autant par la
vanité que par l'amour. Pour ne vivre que d'amour, il
ne faudrait pas habiter Paris. Que nous importerait de
n'avoir qu'une robe de percale blanche, si l'homme que
nous aimons ne voyait pas d'autres femmes mises autrement, plus élégamment que nous, et inspirant des idées
par leurs manières, par un ensemble de petites choses
qui font de grandes passions ? La vanité, ma chère, est
chez nous cousine germaine de la jalousie, de cette belle
et noble jalousie qui consiste à ne pas laisser envahir son
empire, à être seule dans une âme, à passer notre vie
tout heureuse dans un cœur. Eh bien ! ma vanité de
femme[a] souffre. Quelque petites que soient ces misères,
j'ai malheureusement appris qu'il n'y a pas de petites
misères en ménage. Oui, tout s'y agrandit par le contact
incessant des sensations, des désirs, des idées. Voilà le
secret de cette tristesse où tu m'as surprise, et que je ne
voulais pas expliquer. Ce point est un de ceux où la
parole va trop loin, et où l'écriture retient du moins la
pensée en la fixant. Il y a des effets de perspective morale
si différents entre ce qui se dit et ce qui s'écrit ! Tout est
si solennel et si grave sur le papier ! On ne commet plus
aucune imprudence. N'est-ce pas là ce qui fait un trésor
d'une lettre où l'on s'abandonne à ses sentiments ? Tu
m'aurais crue malheureuse, je ne suis que blessée. Tu
m'as trouvée seule, au coin de mon feu, sans Adolphe.
Je venais de coucher mes enfants, ils dormaient. Adolphe,
pour la dixième fois, était invité dans un monde où je
ne vais pas, où l'on veut Adolphe sans sa femme. Il est
des salons où il va sans moi, comme il est une foule de

plaisirs auxquels on le convie sans moi. S'il se nommait
M. de Navarreins et que je fusse une d'Espard[a], jamais
le monde ne penserait à nous séparer, on nous voudrait
toujours ensemble. Ses habitudes sont prises, il ne
s'aperçoit pas de cette humiliation qui oppresse le cœur.
D'ailleurs, s'il soupçonnait cette petite souffrance que
j'ai honte de ressentir, il laisserait là le monde, il deviendrait plus impertinent que ne le sont envers moi ceux
ou celles qui me séparent de lui. Mais il entraverait sa
marche, il se ferait des ennemis, il se créerait des obstacles
en m'imposant à des salons qui me feraient alors directement mille maux. Je préfère donc mes souffrances à ce
qui nous adviendrait dans le cas contraire. Adolphe
arrivera! il porte mes vengeances dans sa belle tête
d'homme de génie. Un jour le monde me payera l'arriéré
de tant d'injures. Mais quand ? Peut-être aurai-je alors
quarante-cinq ans. Ma belle jeunesse se sera passée au
coin de mon feu, avec cette pensée : Adolphe rit, il
s'amuse, il voit de belles femmes, il cherche à leur plaire,
et tous ces plaisirs ne viennent pas de moi.

« Peut-être à ce métier finira-t-il par se détacher de
moi!

« Personne ne souffre, d'ailleurs, impunément le
mépris, et je me sens méprisée, quoique jeune, belle et
vertueuse. D'ailleurs, puis-je empêcher ma pensée de
courir ? Puis-je réprimer mes rages en sachant Adolphe
à dîner en ville sans moi ? je ne jouis pas de ses triomphes,
je n'entends pas ses mots spirituels ou profonds, dits
pour d'autres! Je ne saurais me contenter des réunions
bourgeoises d'où il m'a tirée en me trouvant distinguée,
riche, jeune, belle et spirituelle. C'est là un malheur, il
est irréparable.

« Enfin, il suffit que, par une cause quelconque, je
ne puisse entrer dans un salon, pour désirer y aller. Rien
n'est plus conforme aux habitudes du cœur humain. Les
anciens avaient bien raison avec leurs gynécées. La col-
lision des amours-propres de femmes qu'a produite leur
réunion, qui ne date pas de plus de quatre siècles, a coûté
bien des chagrins à notre temps et coûté de bien san-
glants débats aux sociétés.

« Enfin, ma chère, Adolphe est bien fêté quand il
revient chez lui; mais aucune nature n'est assez forte
pour attendre avec la même ardeur toutes les fois. Quel

lendemain que celui de la soirée où il sera moins bien
reçu!

« Vois-tu ce qu'il y a dans le pli dont je te parlais ? Un
pli du cœur est un abîme comme un pli de terrain dans
les Alpes : à distance, on ne s'en figurerait jamais la
profondeur ni l'étendue. Il en est ainsi entre deux êtres,
quelle que soit leur amitié. On ne soupçonne jamais la
gravité du mal chez son amie. Ceci semble peu de chose,
et néanmoins la vie en est atteinte dans toute sa profondeur et sur toute sa longueur.

« Je me suis raisonnée; mais plus je me faisais de
raisonnements, plus je me prouvais à moi-même l'étendue
de cette petite douleur. Je me laisse donc aller au courant
de la souffrance.

« Deux Voix se disputent le terrain, quand, par un
hasard encore rare heureusement, je suis seule dans mon
fauteuil attendant Adolphe.

« L'une, je le gagerais, sort du *Faust* d'Eugène Delacroix[1], que j'ai sur ma table. Méphistophélès[a] parle, le
terrible valet qui dirige si bien les épées, il a quitté la
gravure et se pose diaboliquement devant moi, riant
par la fente que ce grand peintre lui a mise sous le nez,
et me regardant de cet œil d'où tombent des rubis, des
diamants, des carrosses, des métaux, des toilettes, des
soieries cramoisies et mille délices qui brûlent.

« "N'es-tu pas faite pour le monde ? Tu vaux la plus
belle des plus belles duchesses; ta voix est celle d'une
sirène, tes mains commandent le respect et l'amour!...
Oh! comme ton bras chargé de bracelets se déploierait
bien sur le velours de ta robe! Tes cheveux sont des
chaînes qui enlaceraient tous les hommes; et tu pourrais
mettre tous ces triomphes aux pieds d'Adolphe, lui
montrer ta puissance et n'en jamais user! Il aurait des
craintes là où il vit dans une certitude insultante. Allons!
viens! avale quelques bouffées de mépris, tu respireras
des nuages d'encens. Ose régner! N'es-tu pas vulgaire
au coin de ton feu ? Tôt ou tard la jolie épouse, la femme
aimée mourra, si tu continues ainsi, dans sa robe de
chambre. Viens, et tu perpétueras ton empire par l'emploi de la coquetterie! Montre-toi dans les salons, et ton
joli pied marchera sur l'amour de tes rivales. "

« L'autre Voix sort de mon chambranle de marbre
blanc, qui s'agite comme une robe. Je crois voir une

vierge divine couronnée de roses blanches, une palme
verte à la main. Deux yeux bleus me sourient.

« Cette Vertu si simple me dit : " Reste ! sois toujours
bonne, rends cet homme heureux, c'est là toute ta mission. La douceur des anges triomphe de toute douleur.
La foi dans soi-même a fait recueillir aux martyrs du
miel sur les brasiers de leurs supplices. Souffre un
moment ; après, tu seras heureuse. "

« Quelquefois, Adolphe revient en cet instant, et je
suis heureuse. Mais, ma chère, je n'ai pas autant de
patience que d'amour ; il me prend des envies de mettre
en pièces les femmes qui peuvent aller partout, et dont
la présence est désirée autant par les hommes que par
les femmes. Quelle profondeur dans ce vers de Molière :

Le monde, chère Agnès, est une étrange chose[1] !

Tu ne connais pas cette petite misère, heureuse Mathilde ;
tu es une femme bien née ! Tu peux beaucoup pour moi.
Songes-y ! Je puis t'écrire là ce que je n'osais te dire.
Tes visites me font grand bien, viens souvent voir ta
pauvre

« CAROLINE[a]. »

« Hé bien, dis-je au clerc, savez-vous ce qu'a été cette
lettre pour feu Bourgarel[b] ?
— Non.
— Une lettre de change. »
Ni le clerc, ni le patron n'ont compris. Comprenez-
vous, vous ?

SOUFFRANCES INGÉNUES[c]

« Oui, ma chère, il vous arrivera, dans l'état de
mariage, des choses dont vous vous doutez très peu ;
mais il vous en arrivera d'autres dont vous vous doutez
encore moins. Ainsi... »

L'auteur (peut-on dire ingénieux ?) *qui castigat ridendo
mores*[2], et qui a entrepris les *Petites misères de la vie conjugale*,
n'a pas besoin de faire observer qu'ici, par prudence,

il a laissé parler *une femme comme il faut*[1], et qu'il n'accepte pas la responsabilité de la rédaction, tout en professant la plus sincère admiration pour la charmante personne à laquelle il doit la connaissance de cette petite misère.

« Ainsi... », dit-elle.

Cependant, il éprouve la nécessité d'avouer que cette personne n'est ni Mme Foullepointe[a], ni Mme de Fischtaminel, ni Mme Deschars.

Mme Deschars est trop collet monté, Mme Foullepointe est trop absolue dans son ménage, elle sait cela d'ailleurs, que ne sait-elle pas ? elle est aimable, elle voit la bonne compagnie, elle tient à ce qu'il y a de mieux; on lui passe la vivacité de ses traits d'esprit, comme, sous Louis XIV, on passait à Mme Cornuel[2] ses mots. On lui passe bien des choses : il y a des femmes qui sont les enfants gâtés de l'opinion.

Quant à Mme de Fischtaminel, qui d'ailleurs est en cause, comme on va le voir, incapable[b] de se livrer à la moindre récrimination, elle récrimine en faits, elle s'abstient de paroles.

Nous laissons à chacun la liberté de penser que cette interlocutrice est Caroline, non pas la niaise Caroline des premières années, mais Caroline devenue femme de trente ans[c].

« Ainsi vous aurez, s'il plaît à Dieu, des enfants[d]...

— Madame, lui dis-je, ne mettons point Dieu dans ceci, à moins que ce mot ne soit une allusion...

— Vous êtes un impertinent, me dit-elle, on n'interrompt point une femme...

— Quand elle s'occupe d'enfants, je le sais; mais il ne faut pas, madame, abuser de l'innocence des jeunes personnes. Mademoiselle va se marier, et, si elle comptait sur cette intervention de l'Être Suprême, elle serait induite dans une profonde erreur. Nous ne devons pas tromper la jeunesse. Mademoiselle a passé l'âge où l'on dit aux jeunes personnes que le petit frère a été trouvé sous un chou.

— Vous voulez me faire dire des sottises, reprit-elle en souriant et montrant les plus belles dents du monde, je ne suis pas assez forte pour lutter contre vous, je vous prie de me laisser continuer avec Joséphine. Que te disais-je ?

— Que, si je me marie, j'aurai des enfants, dit la jeune personne.

— Eh bien, je ne veux pas te peindre les choses en noir, mais il est extrêmement probable que chaque enfant te coûtera une dent. À chaque enfant j'ai perdu une dent.

— Heureusement, lui dis-je, que chez vous cette misère a été plus que petite, elle a été minime (les dents perdues étaient de côté). Mais remarquez, mademoiselle, que cette petite misère n'a pas un caractère normal. La misère dépend de l'état et de la situation de la dent. Si votre enfant détermine la chute d'une dent qui vous faisait souffrir, d'une mauvaise dent, d'une dent cariée, vous avez le bonheur d'avoir un enfant de plus et une mauvaise dent de moins. Ne confondons pas les bonheurs avec les misères. Ah! si vous perdiez une de vos belles *palettes*[1]... Encore y a-t-il plus d'une femme qui échangerait la plus magnifique incisive contre un bon gros garçon?

— Eh bien, reprit-elle en s'animant, au risque de te faire perdre tes illusions, pauvre enfant, je vais t'expliquer une petite misère, une grande! Oh! c'est atroce! Je ne sortirai pas des chiffons auxquels monsieur nous renvoie... »

Je protestai par un geste.

« J'étais mariée depuis environ deux ans, dit-elle en continuant, et j'aimais mon mari; je suis revenue de mon erreur, je me suis conduite autrement pour son bonheur et pour le mien; je puis me vanter d'avoir l'un des plus heureux ménages de Paris. Enfin, ma chère, j'aimais le monstre, je ne voyais que lui dans le monde. Déjà, plusieurs fois, mon mari m'avait dit : " Ma petite, les jeunes personnes ne savent pas très bien se mettre, ta mère aimait à te fagoter, elle avait ses raisons. Si tu veux me croire, prends modèle sur Mme de Fischtaminel[a], elle a bon goût. " Moi, bonne bête du bon Dieu, je n'y entendais point malice. Un jour, en revenant d'une soirée, il me dit : " As-tu vu comme Mme de Fischtaminel était mise ? — Oui, pas mal. " En moi-même, je me dis : Il me parle toujours de Mme de Fischtaminel, il faut que je me mette absolument comme elle. J'avais bien remarqué l'étoffe, la façon de la robe et l'ajustement des moindres accessoires. Me voilà tout heureuse, trot-

tant, allant, mettant tout en mouvement pour me procurer les mêmes étoffes. Je fais venir la même couturière. " Vous habillez Mme de Fischtaminel ? lui dis-je.
— Oui, madame. — Eh bien! je vous prends pour ma
couturière, mais à une condition : vous voyez que j'ai
fini par trouver l'étoffe de sa robe, je veux que vous me
fassiez la mienne absolument pareille à la sienne. "
J'avoue que je ne fis pas attention tout d'abord au
sourire assez fin de la couturière, je le vis cependant, et
plus tard, je me l'expliquai. " Pareille, lui dis-je; mais à
s'y méprendre! "

« Oh! dit l'interlocutrice en s'interrompant et me
regardant, vous nous apprenez à être comme des arai-
gnées au centre de leur toile, à tout voir sans avoir l'air
d'avoir vu, à chercher l'esprit de toute chose, à étudier
les mots, les gestes, les regards! Vous dites : Les femmes
sont bien fines! Dites donc : Les hommes sont bien faux!

« Ce qu'il m'a fallu de soins, de pas et de démarches
pour arriver à être le sosie de Mme de Fischtaminel!...
— Enfin, c'est nos batailles à nous, ma petite, dit-elle
en continuant et revenant à Mlle Joséphine. Je ne trouvais pas un certain petit châle de cou, brodé : une merveille! enfin, je finis par découvrir qu'il a été fait exprès.
Je déniche l'ouvrière, je lui demande un châle pareil à
celui de Mme de Fischtaminel. Une bagatelle! cent
cinquante francs. Il avait été commandé par un monsieur
qui l'avait offert à Mme de Fischtaminel. Mes économies
y passent. Nous sommes toutes, nous autres Parisiennes,
extrêmement tenues en bride à l'article toilette. Il n'est
pas un homme de cent mille livres de rente à qui le whist
ne coûte dix mille francs par hiver, qui ne trouve sa
femme dépensière et ne redoute ses chiffons! Mes économies, soit! me disais-je. J'avais une petite fierté de femme
qui aime : je ne voulais pas lui parler de cette toilette,
je voulais lui en faire une surprise, bécasse que j'étais!
Oh! comme vous nous enlevez notre sainte niaiserie!... »

Ceci fut encore dit pour moi qui n'avais rien enlevé
à cette dame, ni dent, ni quoi que ce soit des choses
nommées et innommées qu'on peut enlever à une femme.

« Ah! il faut te dire, ma chère, qu'il me menait chez
Mme de Fischtaminel, où je dînais même assez souvent.
J'entendais cette femme disant : " Mais elle est bien,
votre femme! " Elle avait avec moi un petit ton de pro-

tection que je souffrais; mon mari me souhaitait d'avoir l'esprit de cette femme et sa prépondérance dans le monde. Enfin ce phénix des femmes était mon modèle, je l'étudiais, je me donnais un mal horrible à n'être pas moi-même... Oh! mais c'est un poème qui ne peut être compris que par nous autres femmes! Enfin, le jour de mon triomphe arrive. Vraiment le cœur me battait de joie, j'étais comme un enfant! tout ce qu'on est à vingt-deux ans. Mon mari m'allait venir prendre pour une promenade aux Tuileries; il entre, je le regarde toute joyeuse, il ne remarque rien... Eh bien! je puis l'avouer aujourd'hui, ce fut un de ces affreux désastres... Non, je n'en dirai rien, monsieur que voici se moquerait. »

Je protestai par un autre geste.

« Ce fut, dit-elle en continuant (une femme ne renonce jamais à ne pas tout dire), de voir s'écrouler un édifice bâti par une fée. Pas la moindre surprise. Nous montons en voiture. Adolphe me voit triste, il me demande ce que j'ai; je lui réponds comme nous répondons quand nous avons le cœur serré par ces petites misères : "Rien!" Et il prend son lorgnon, et il lorgne les passants le long des Champs-Élysées, nous devions faire un tour de Champs-Élysées avant de nous promener aux Tuileries. Enfin, l'impatience me prend, j'avais un petit mouvement de fièvre et, quand je rentre, je me compose pour sourire. "Tu ne m'as rien dit de ma toilette? — Tiens, c'est vrai, tu as une robe à peu près pareille à celle de Mme de Fischtaminel." Il tourne sur ses talons et s'en va. Le lendemain je boudais un peu, vous le pensez bien. Arrive, au moment où nous avions fini de déjeuner dans ma chambre au coin de mon feu, je m'en souviendrai toujours, arrive l'ouvrière qui venait chercher le prix du petit châle de cou, je la paie; elle salue mon mari comme si elle le connaissait. Je cours après elle sous prétexte de lui faire acquitter sa note, et je lui dis : "Vous lui avez fait payer moins cher le châle de Mme de Fischtaminel. — Je vous jure, madame, que c'est le même prix, monsieur n'a pas marchandé." Je suis revenue dans ma chambre, et j'ai trouvé mon mari sot comme... »

Elle s'arrêta, reprit : « Comme un meunier qu'on vient de faire évêque[1]. "Je comprends, mon ami, que je ne serai jamais qu'à peu près pareille à Mme de Fischta-

minel. — Je vois ce que tu veux me dire à propos de
ce châle! Eh bien, oui, je le lui ai offert pour le jour
de sa fête. Que veux-tu ? nous avons été très amis autrefois... — Ah! vous avez été jadis encore plus liés
qu'aujourd'hui ? " Sans répondre à cela, il me dit :
Mais c'est purement moral. Il prit son chapeau, s'en alla,
et me laissa seule sur cette belle déclaration des droits
de l'homme. Il ne revint pas pour dîner, et rentra fort
tard. Je vous le jure, je restai dans ma chambre à pleurer
comme une Madeleine, au coin de mon feu. Je vous permets de vous moquer de moi, dit-elle en me regardant,
mais je pleurai sur mes illusions de jeune mariée, je
pleurai de dépit d'avoir été prise pour une dupe. Je me
rappelai le sourire de la couturière! Ah! ce sourire me
remit en mémoire les sourires de bien des femmes qui
riaient de me voir petite fille chez Mme de Fischtaminel;
je pleurai sincèrement. Jusque-là je pouvais croire à
bien des choses qui n'existaient plus chez mon mari,
mais que les jeunes femmes s'obstinent à supposer.
Combien de grandes misères dans cette petite misère!
Vous êtes de grossiers personnages! Il n'y a pas une
femme qui ne pousse la délicatesse jusqu'à broder des
plus jolis mensonges le voile avec lequel elle vous
couvre son passé, tandis que vous autres... Mais je me
suis vengée.

— Madame, lui dis-je, vous allez trop instruire mademoiselle.

— C'est vrai, dit-elle, je vous dirai la fin dans un
autre moment.

— Ainsi, mademoiselle, vous le voyez, dis-je, vous
croyez acheter un châle, et vous trouvez une petite
misère sur le cou; si vous vous le faites donner...

— C'en est une grande, dit la femme comme il faut.
Restons-en là. »

La morale de cette fable est qu'il faut porter son châle
sans y trop réfléchir. Les anciens prophètes appelaient
déjà ce monde une vallée de misère. Or, dans ce temps
les Orientaux avaient, avec la permission des autorités
constituées, de jolies esclaves, outre leurs femmes!
Comment appellerons-nous la vallée de la Seine entre
le Calvaire[1] et Charenton, où la loi ne permet qu'une
seule femme légitime!

L'AMADIS-OMNIBUS[a]

Vous comprenez que je me mis à mâchonner le bout de ma canne, à consulter la corniche, à regarder le feu, à examiner le pied de Caroline, et je tins bon jusqu'à ce que la demoiselle à marier fût partie.

« Vous m'excuserez, lui dis-je, je suis resté chez vous, malgré vous peut-être; mais votre vengeance perdrait à être dite plus tard, et si elle a constitué pour votre mari quelque petite misère, il y a pour moi le plus grand intérêt à la connaître, et vous saurez pourquoi...

— Ah! dit-elle, ce mot : *c'est purement moral!* donné comme excuse, m'avait choquée au dernier point. Belle consolation de savoir que j'étais dans son ménage un meuble, une chose; que je trônais entre les ustensiles de cuisine, de toilette et les ordonnances de médecin; que l'amour conjugal était assimilé aux pilules digestives, au sirop de mou de veau, à la moutarde blanche; que Mme de Fischtaminel avait à elle l'âme de mon mari, ses admirations, et charmait son esprit, tandis que j'étais une sorte de nécessité purement physique! Que pensez-vous d'une femme ravalée jusqu'à devenir quelque chose comme la soupe et le bouilli, sans persil, bien entendu? Oh! dans cette soirée, je fis une catilinaire...

— Dites une philippique[1].

— Je dirai tout ce que vous voudrez, car j'étais furieuse, et je ne sais plus tout ce que j'ai crié dans le désert de ma chambre à coucher. Croyez-vous que cette opinion que les maris ont de leur femme, que le rôle qu'ils nous donnent, ne soient pas pour nous une étrange misère? Nos petites misères, à nous, sont toujours grosses d'une grande misère. Enfin il fallait une leçon à mon Adolphe. Vous connaissez le vicomte de Lustrac, un amateur effréné de femmes, de musique, un gourmet, un de ces ex-beaux de l'Empire qui vivent sur leurs succès printaniers, et qui se cultivent eux-mêmes avec des soins excessifs, pour obtenir des regains.

— Oui, lui dis-je, un de ces gens pincés, corsés, busqués à soixante ans, qui abusent de la finesse de leur

taille, et sont capables d'en remontrer aux jeunes dandies.

— M. de Luſtrac, reprit-elle, eſt égoïſte comme un
roi; mais galant, prétentieux, malgré sa perruque noire
comme du jais.

— Il se teint aussi les favoris.

— Il va le soir dans dix salons; il papillonne.

— Il donne d'excellents dîners, des concerts, et protège des cantatrices encore neuves...

— Il voltige autour de tous les plaisirs et travaille
énormément à s'amuser[a].

— Il prend le mouvement pour la joie.

— Oui, mais il s'enfuit à tire-d'aile dès que le chagrin
point quelque part. Vous êtes en deuil, il vous fuit. Vous
accouchez, il attend les relevailles pour venir vous voir :
il eſt d'une franchise mondaine, d'une intrépidité sociale
qui méritent l'admiration.

— Mais n'y a-t-il pas du courage à être ce qu'on eſt ?
lui demandai-je.

— Eh bien, reprit-elle après avoir échangé nos observations, ce jeune vieillard, cet Amadis-omnibus[1], que
nous avons nommé entre nous le chevalier *Petit-
Bonhomme-vit-encore*[2], devint l'objet de mes admirations.

— Il y avait de quoi! un homme capable de faire à
lui tout seul sa figure et ses succès!

— Je lui fis quelques-unes de ces avances qui ne
compromettent jamais une femme, je lui parlai du bon
goût de ses derniers gilets, de ses cannes, et il me trouva
de la dernière amabilité. Moi, je trouvai mon chevalier
de la dernière jeunesse; il vint me voir; je minaudai, je
feignis d'être malheureuse en ménage, d'avoir des chagrins. Vous savez ce que veut dire une femme en parlant
de ses chagrins, en se prétendant peu comprise. Ce vieux
singe me répondit beaucoup mieux qu'un jeune homme,
j'eus mille peines à ne pas rire en l'écoutant. "Ah! voilà
les maris, ils ont la plus mauvaise politique, ils respeċtent
leur femme, et toute femme eſt, tôt ou tard, furieuse de
se voir respeċtée, et sans l'éducation secrète à laquelle
elle a droit. Vous ne devez pas vivre, une fois mariée,
comme une petite pensionnaire ", etc. Il se tortillait, il
se penchait, il était horrible; il avait l'air d'une figure
de bois de Nuremberg[3], il avançait le menton, il avançait
sa chaise, il avançait la main... Enfin, après bien des

marches, des contremarches, des déclarations angéliques...

— Bah!

— Oui, *Petit-Bonhomme-vit-encore* avait abandonné le classique de sa jeunesse pour le romantisme à la mode; il parlait d'âme, d'ange, d'adoration, de soumission, il devenait d'un éthéré bleu foncé. Il me conduisait à l'Opéra et me mettait en voiture. Ce vieux jeune homme allait là où j'allais, il redoublait de gilets, il se serrait le ventre, il mettait son cheval au grand galop pour rejoindre et accompagner ma voiture au bois; il me compromettait avec une grâce de lycéen, il passait pour fou de moi; je me posais en cruelle[1], mais j'acceptais son bras et ses bouquets. On causait de nous. J'étais enchantée! J'arrivai bientôt à me faire surprendre par mon mari, le vicomte sur mon canapé, dans mon boudoir, me tenant les mains et moi l'écoutant avec une sorte de ravissement extérieur. C'est inouï ce que l'envie de nous venger nous fait dévorer! Je parus contrariée de voir entrer mon mari, qui, le vicomte parti, me fit une scène : " Je vous assure, monsieur, lui dis-je après avoir écouté ses reproches, que c'est *purement moral*. " Mon mari comprit, et n'alla plus chez Mme de Fischtaminel. Moi, je ne reçus plus M. de Lustrac.

— Mais, lui dis-je, Lustrac, que vous prenez, comme beaucoup de personnes, pour un célibataire, est veuf et sans enfants.

— Bah!

— Aucun homme n'a plus profondément enterré sa femme; Dieu ne la retrouvera pas au jugement dernier. Il s'est marié avant la révolution, et votre *purement moral* me rappelle un mot de lui que je ne puis me dispenser de vous répéter. Napoléon nomma Lustrac à des fonctions importantes, dans un pays conquis : Mme de Lustrac, abandonnée pour l'administration, prit, quoique ce fût purement moral, pour ses affaires particulières, un secrétaire intime; mais elle eut le tort de le choisir sans en prévenir son mari. Lustrac rencontra ce secrétaire à une heure excessivement matinale et fort ému, car il s'agissait d'une discussion assez vive, dans la chambre de sa femme. La ville ne demandait qu'à rire de son gouvernement[2], et cette aventure fit un tel tapage que Lustrac demanda lui-même son rappel à l'Empereur. Napoléon tenait à la moralité de ses représentants, et la sottise[1] selon lui devait déconsidérer un homme. Vous savez que l'Empereur, entre toutes ses passions malheureuses, a eu celle de vouloir moraliser sa cour et son gouvernement. La demande de Lustrac fut donc admise, mais sans compensation. Quand il vint à Paris, il y reparut dans son hôtel, avec sa femme; il la conduisit dans le monde, ce qui, certes, est conforme aux coutumes aristocratiques les plus élevées; mais il y a toujours des curieux. On demanda raison de cette chevaleresque protection. " Vous êtes donc remis, vous et Mme de Lustrac, lui dit-on au foyer du théâtre de l'Impératrice, vous lui avez tout pardonné. Vous avez bien fait. — Oh! dit-il d'un air satisfait, j'ai acquis la certitude... — Ah! bien, de son innocence, vous êtes dans les règles. — Non, je suis sûr que c'était purement physique. " »

Caroline sourit.

« L'opinion de votre adorateur réduit cette grande misère à n'en être, en ce cas, comme dans le vôtre, qu'une très petite.

— Une petite misère! s'écria-t-elle, et pour quoi prenez-vous les ennuis de coqueter avec un M. de Lustrac, de qui je me suis fait un ennemi! Allez! les femmes paient souvent bien cher les bouquets qu'on leur donne et les attentions qu'on leur prodigue. M. de Lustrac a dit de moi à M. de Bourgarel* : " Je ne te conseille pas de faire la cour à cette femme-là, elle est trop chère[a]... " »

SANS PROFESSION[b]

MADAME LA COMTESSE DE CYRUS-KAROLA NÉE VERMINI, À MENTHON (ÉTATS SARDES)[2]

Paris, 183...

« Vous me demandez, ma chère maman, si je suis heureuse avec mon mari. Assurément M. de Fischtaminel

---

* Le même Ferdinand de Bourgarel, que la politique, les arts et les amours ont eu la douleur de pleurer récemment, selon le discours prononcé sur la tombe par Adolphe.

n'était pas l'être de mes rêves. Je me suis soumise à votre volonté, vous le savez. La fortune, cette raison suprême, parlait d'ailleurs assez haut. Ne pas déroger, épouser monsieur le comte de Fischtaminel doué de trente mille francs de rente, et reſter à Paris, vous aviez bien des forces contre votre pauvre fille. M. de Fischtaminel, enfin, eſt un joli homme pour un homme de trente-six ans; il eſt décoré par Napoléon sur le champ de bataille, il eſt ancien colonel[1], et sans la Reſtauration, qui l'a mis en demi-solde, il serait général : voilà des circonſtances atténuantes.

« Beaucoup de femmes trouvent que j'ai fait un bon mariage, et je dois convenir que toutes les apparences du bonheur y sont... pour la société. Mais avouez que, si vous aviez su le retour de mon oncle Cyrus et ses intentions de me laisser sa fortune, vous m'auriez donné le droit de choisir.

« Je n'ai rien à dire contre M. de Fischtaminel : il n'eſt pas joueur, les femmes lui sont indifférentes, il n'aime point le vin, il n'a pas de fantaisies ruineuses; il possède, comme vous le disiez, toutes les qualités négatives qui font les maris passables; mais qu'a-t-il ? Eh bien! chère maman, il eſt inoccupé. Nous sommes ensemble pendant toute la sainte journée!... Croiriez-vous que c'eſt pendant la nuit, quand nous sommes le plus réunis, que je puis être le moins avec lui. Je n'ai que son sommeil pour asile, ma liberté commence quand il dort. Non, cette obsession me causera quelque maladie. Je ne suis jamais seule. Si M. de Fischtaminel[a] était jaloux, il y aurait de la ressource. Ce serait alors une lutte, une petite comédie; mais comment l'aconit de la jalousie aurait-il poussé dans son âme ? il ne m'a pas quittée depuis notre mariage. Il n'éprouve aucune honte à s'étaler sur un divan et il y reſte des heures entières.

« Deux forçats rivés à la même chaîne ne s'ennuient pas, ils ont à méditer leur évasion; mais nous n'avons aucun sujet de conversation, nous nous sommes tout dit. Enfin il en était, il y a quelque temps, réduit à parler politique. La politique eſt épuisée, Napoléon étant, pour mon malheur, décédé, comme on sait, à Sainte-Hélène.

« M. de Fischtaminel a la lecture en horreur. S'il me voit lisant, il arrive et me demande dix fois dans une demi-heure : " Nina, ma belle, as-tu fini ? "

« J'ai voulu persuader à cet innocent persécuteur de monter à cheval tous les jours, et j'ai fait intervenir la suprême considération pour les hommes de quarante[1] ans, sa santé! Mais il m'a dit qu'après avoir été pendant douze ans à cheval[2], il éprouvait le besoin de repos.

« Mon mari, ma chère mère, est un homme qui vous absorbe, il consomme le fluide vital de son voisin, il a l'ennui gourmand : il aime à être amusé par ceux qui viennent nous voir, et après cinq ans de mariage nous n'avons plus personne : il ne vient ici que des gens dont les intentions sont évidemment contraires à son honneur, et qui tentent, sans succès, de l'amuser, afin de conquérir le droit d'ennuyer sa femme.

« M. de Fischtaminel, ma chère maman, ouvre cinq ou six fois par heure la porte de ma chambre, ou de la pièce où je me réfugie, et il vient à moi d'un air effaré, me demandant : " Eh bien! que fais-tu donc, ma belle ? " (le mot de l'Empire) sans s'apercevoir[a] de la répétition de cette question, qui pour moi devient comme la pinte que versait autrefois le bourreau dans la torture de l'eau.

« Autre supplice! Nous ne pouvons plus nous promener. La promenade sans conversation, sans intérêt, est impossible. Mon mari se promène avec moi pour se promener, comme s'il était seul. On a la fatigue sans avoir le plaisir.

« De notre lever à notre déjeuner, l'intervalle est rempli par ma toilette, par les soins du ménage, je puis encore supporter cette portion de la journée; mais du déjeuner au dîner, c'est une lande à labourer, un désert à traverser[3]. L'inoccupation de mon mari ne me laisse pas un instant de repos, il m'assomme de son inutilité, son inoccupation me brise. Ses deux yeux ouverts à toute heure sur les miens me forcent à tenir mes yeux baissés. Enfin ses monotones interrogations :

« " Quelle heure est-il, ma belle ? "

« " Que fais-tu donc là ? "

« " À quoi penses-tu ? "

« " Que comptes-tu faire ? "

« " Où irons-nous ce soir ? "

« " Quoi de nouveau ? "

« " Oh! quel temps! "

« " Je ne vais pas bien, etc. ";

« Toutes ces variations, de la même chose (le point

d'interrogation), qui composent le répertoire Fischtaminel, me rendront folle.

« Ajoutez à ces flèches de plomb incessamment déco-
chées un dernier trait qui vous peindra mon bonheur,
et vous comprendrez ma vie.

« M. de Fischtaminel, parti sous-lieutenant en 1799,
à dix-huit ans[1], n'a d'autre éducation que celle due à la
discipline, à l'honneur du noble et du militaire; s'il a
du tact, le sentiment du probe, de la subordination, il
est d'une ignorance crasse, il ne sait absolument rien,
et il a horreur d'apprendre quoi que ce soit. Oh! ma
chère maman, quel concierge accompli ce colonel aurait
fait s'il eût été dans l'indigence! je ne lui sais aucun gré
de sa bravoure, il ne se battait pas contre les Russes, ni
contre les Autrichiens, ni contre les Prussiens : il se
battait contre l'ennui. En se précipitant sur l'ennemi, le
capitaine Fischtaminel éprouvait le besoin de se fuir lui-
même. Il s'est marié par désœuvrement.

« Autre petit inconvénient : monsieur tracasse tellement les domestiques, que nous en changeons tous les
six mois.

« J'ai tant envie, chère maman, d'être une honnête
femme, que je vais essayer de voyager six mois par
année. Pendant l'hiver, j'irai tous les soirs aux Italiens,
à l'Opéra, dans le monde; mais notre fortune est-elle
assez considérable pour fournir à de telles dépenses ?
Mon oncle de Cyrus devrait venir à Paris, j'en aurais
soin comme d'une succession.

« Si vous trouvez un remède à mes maux, indiquez-le
à votre fille, qui vous aime autant qu'elle est malheureuse,
et qui aurait bien voulu se nommer autrement que

« NINA FISCHTAMINEL. »

Outre la nécessité de peindre cette petite misère qui
ne pouvait être bien peinte que de la main d'une femme,
et quelle femme! il était nécessaire de vous faire connaître
la femme que vous n'avez encore vue que de profil
dans la première partie de ce livre, la reine de la société
particulière où vit Caroline, la femme enviée, la femme
habile qui, de bonne heure, a su concilier ce qu'elle doit
au monde avec les exigences du cœur. Cette lettre est
son absolution[a].

LES INDISCRÉTIONS[a]

>   Les femmes sont
>   Ou chastes,
>   Ou vaniteuses,
>   Ou simplement orgueilleuses.

Toutes peuvent donc être atteintes par la petite misère que voici.

Certains maris sont si ravis d'avoir une femme à eux, chance uniquement due à la légalité, qu'ils craignent une erreur chez le public, et ils se hâtent de marquer leur épouse, comme les marchands de bois marquent les bûches au flottage, ou les propriétaires de Berry leurs moutons. Devant tout le monde, ils prodiguent à la façon romaine *(columbella)* à leurs femmes des surnoms pris au règne animal, et ils les appellent[b] :

>   « Ma poule »,
>   « Ma chatte »,
>   « Mon rat »,
>   « Mon petit lapin »;

Ou, passant au règne végétal, ils la nomment :

>   « Mon chou »,
>   « Ma figue » (en Provence seulement),
>   « Ma prune » (en Alsace seulement)[c],

Et jamais : « Ma fleur! » remarquez cette discrétion[d];
Ou, ce qui devient plus grave!

>   « Bobonne »,
>   « Ma mère »,
>   « Ma fille »,
>   « La bourgeoise »,
>   « Ma vieille! » (quand la femme est très jeune).

Quelques-uns hasardent des surnoms d'une décence douteuse, tels que :

>   « Mon bichon »,
>   « Ma niniche »,
>   « Tronquette! »

Nous avons entendu un de nos hommes politiques le plus remarquable par sa laideur[1] appelant sa femme : *Moumoutte!*...

« J'aimerais mieux, disait à sa voisine cette infortunée, qu'il me donnât un soufflet. »

« Pauvre petite femme, elle est bien malheureuse! reprit la voisine en me regardant quand Moumoutte fut partie; lorsqu'elle est dans le monde avec son mari, elle est sur les épines, elle le fuit. Un soir, ne l'a-t-il pas prise par le cou en lui disant : " Allons, viens, ma grosse! " »

On prétend que la cause d'un très célèbre empoisonnement d'un mari par l'arsenic¹ provenait des indiscrétions continuelles que subissait la femme dans le monde. Ce mari donnait de légères tapes sur les épaules de cette femme conquise à la pointe du Code, il la surprenait par un baiser retentissant, il la déshonorait par une tendresse publique assaisonnée de ces fatuités grossières dont le secret appartient à ces sauvages de France, vivant au fond des campagnes, et dont les mœurs sont encore peu connues malgré les efforts des naturalistes du roman*ᵃ*².

Ce fut, dit-on, cette situation choquante qui, bien appréciée par des jurés pleins d'esprit, valut à l'accusée un verdict adouci par les circonstances atténuantes.

Les jurés se dirent :

« Punir de mort ces délits conjugaux, c'est aller un peu loin; mais une femme est très excusable quand elle est si molestée!... »

Nous regrettons infiniment, dans l'intérêt des mœurs élégantes, que ces raisons ne soient pas généralement connues. Aussi Dieu veuille que notre livre ait un immense succès, les femmes y gagneront d'être traitées comme elles doivent l'être, en reines.

En ceci, l'amour est bien supérieur au mariage, il est fier des indiscrétions, certaines femmes les quêtent, les préparent, et malheur à l'homme qui ne s'en permet pas quelques-unes!

Combien de passion dans un *tu* égaré!

J'ai entendu, c'était en province, un mari qui nommait sa femme : Ma berline... Elle en était heureuse, elle n'y voyait rien de ridicule; elle l'appelait son fiston!... Aussi ce délicieux couple ignorait-il qu'il existât des petites misères.

Ce fut en observant cet heureux ménage que l'auteur trouva cet axiome :

AXIOME

Pour être heureux en ménage, il faut être ou homme de génie marié à une femme tendre et spirituelle, ou se trouver, par l'effet d'un hasard qui n'est pas aussi commun qu'on pourrait le penser, tous les deux excessivement bêtes.

L'histoire un peu trop célèbre de la cure par l'arsenic d'un amour-propre blessé prouve qu'à proprement parler, il n'y a pas de petites misères pour la femme dans la vie conjugale.

AXIOME[a]

La femme vit par le sentiment, là où l'homme vit par l'action.

Or, le sentiment peut à tout moment faire d'une petite misère soit un grand malheur, soit une vie brisée, soit une éternelle infortune.

Que Caroline commence, dans l'ignorance de la vie et du monde, par causer à son mari les petites misères de sa bêtise (relire LES DÉCOUVERTES), Adolphe a, comme tous les hommes, des compensations dans le mouvement social : il va, vient, sort, fait des affaires. Mais, pour Caroline, en toutes choses il s'agit d'aimer ou de ne pas aimer, d'être ou de ne pas être aimée.

Les indiscrétions sont en harmonie avec les caractères, les temps et les lieux. Deux exemples suffiront.

Voici le premier.

Un homme est de sa nature sale et laid; il est mal fait, repoussant. Il y a des hommes, et souvent des gens riches, qui, par une sorte de constitution inobservée, salissent des habits neufs en vingt-quatre heures. Ils sont nés dégoûtants. Il est enfin si déshonorant pour une femme de ne pas être uniquement l'épouse de ces sortes d'Adolphe, qu'une Caroline avait depuis longtemps exigé la suppression des tutoiements modernes et tous les insignes de la dignité des épouses. Le monde était habitué depuis cinq ou six ans à cette tenue, et croyait madame et monsieur d'autant plus séparés qu'il avait remarqué l'avènement d'un Ferdinand II.

Un soir, devant dix personnes, monsieur dit à sa femme : « Caroline, passe-moi les pincettes. »

Ce n'est rien, et c'est tout. Ce fut une révolution domestique.

M. de Lustrac, l'Amadis-Omnibus, courut chez Mme de Fischtaminel, publia cette petite scène le plus spirituellement qu'il le put, et Mme de Fischtaminel prit un petit air Célimène pour dire : « Pauvre femme, dans quelle extrémité se trouve-t-elle !

— Bah ! nous aurons le mot de cette énigme dans huit mois », répondit une vieille femme qui n'avait plus d'autre plaisir que celui de dire des méchancetés.

On ne vous parle pas de la confusion de Caroline, vous l'avez devinée.

Voici le second[a].

Jugez de la situation affreuse dans laquelle s'est trouvée une femme délicate qui babillait agréablement à sa campagne, près de Paris, au milieu d'un cercle de douze ou quinze personnes, lorsque le valet de chambre de son mari vint lui dire à l'oreille : « Monsieur vient d'arriver, madame.

— Bien, Benoît. »

Tout le monde avait entendu le roulement de la voiture. On savait que monsieur était à Paris depuis lundi, et ceci se passait le samedi à quatre heures.

« Il a quelque chose de pressé à dire à Madame », reprit Benoît.

Quoique ce dialogue se fît à mi-voix, il fut d'autant plus compris que la maîtresse de la maison passa de la couleur des roses du Bengale au cramoisi des coquelicots. Elle fit un signe de tête, continua la conversation, et trouva moyen de quitter la compagnie sous prétexte d'aller savoir si son mari avait réussi dans une entreprise importante ; mais elle paraissait évidemment contrariée du manque d'égards de son Adolphe envers le monde qu'elle avait chez elle.

Pendant leur jeunesse, les femmes veulent être traitées en divinités, elles adorent l'idéal : elles ne supportent pas l'idée d'être ce que la nature veut qu'elles soient.

Quelques maris, de retour aux champs, font pis : ils saluent la compagnie, prennent leur femme par la taille, vont se promener avec elle, paraissent causer confidentiellement, disparaissent dans les bosquets, s'égarent et reparaissent une demi-heure après.

Ceci, mesdames, sont de vraies petites misères pour les jeunes femmes; mais pour celles d'entre vous qui ont passé quarante ans, ces indiscrétions sont si goûtées, que les plus prudes en sont flattées; car[1]

Dans leur dernière jeunesse, les femmes veulent être traitées en mortelles, elles aiment le positif : elles ne supportent pas l'idée de ne plus être ce que la nature a voulu qu'elles fussent.

AXIOME

La pudeur est une vertu relative : il y a celle de vingt ans, celle de trente ans, celle de quarante-cinq ans.

Aussi l'auteur disait-il à une femme qui lui demandait quel âge elle avait : « Vous avez, madame, l'âge des indiscrétions. »

Cette charmante jeune personne de trente-neuf ans affichait beaucoup trop un Ferdinand, tandis que sa fille essayait de cacher son Ferdinand I[er][a].

LES RÉVÉLATIONS BRUTALES[b]

PREMIER GENRE

Caroline adore Adolphe;
Elle le trouve bien,
Elle le trouve superbe, surtout en garde national,
Elle tressaille quand une sentinelle lui porte les armes,
Elle le trouve moulé comme un modèle,
Elle lui trouve de l'esprit,
Tout ce qu'il fait est bien fait,
Personne n'a plus de goût qu'Adolphe,
Enfin, elle est folle d'Adolphe.

C'est le vieux mythe du bandeau de l'amour qui se blanchit tous les dix ans et que les mœurs rebrodent, mais qui depuis la Grèce est toujours le même.

Caroline est au bal, elle cause avec une de ses amies. Un homme connu par sa rondeur, et qu'elle doit connaître plus tard, mais qu'elle voit alors pour la première fois, M. Foullepointe[1], est venu parler à l'amie de Caroline. Selon l'usage du monde, Caroline écoute cette conversation, sans y prendre part.

« Dites-moi donc, madame, demande M. Foullepointe, quel est ce monsieur si drôle qui vient de parler cour d'assises devant monsieur un tel dont l'acquittement a fait tant de bruit; qui patauge, comme un bœuf dans un marais, à travers les situations critiques de chacun. Madame une telle a fondu en larmes parce qu'il a raconté la mort d'un petit enfant devant elle, qui vient d'en perdre un il y a deux mois.

— Qui donc ?

— Ce gros monsieur, habillé comme un garçon de café, frisé comme un apprenti coiffeur... tenez, celui qui tâche de faire l'aimable avec Mme de Fischtaminel...

— Taisez-vous donc, dit à voix basse la dame effrayée, c'est le mari de la petite dame à côté de moi!

— C'est monsieur votre mari ? dit M. Foullepointe, j'en suis ravi, madame, il est charmant, il a de l'entrain, de la gaieté, de l'esprit, je vais m'empresser de faire sa connaissance. »

Et Foullepointe exécute sa retraite en laissant dans l'âme de Caroline un soupçon envenimé sur la question de savoir *si son mari est aussi bien qu'elle le croit.*

SECOND GENRE

Caroline, ennuyée de la réputation de Mme la baronne Schinner[a], à qui l'on prête des talents épistolaires, et qualifiée de *la Sévigné du billet*[b]; de Mme de Fischtaminel, qui s'est permis d'écrire un petit livre in-32[c] sur l'éducation des jeunes personnes, dans lequel elle a bravement réimprimé Fénelon[2] moins le style[d], Caroline travaille pendant six mois une nouvelle à dix piques au-dessous de Berquin[3], d'une moralité nauséabonde et d'un style épinglé.

Après des intrigues, comme les femmes savent les ourdir dans un intérêt d'amour-propre, et dont la ténacité, la perfection feraient croire qu'elle ont un troisième sexe dans la tête, cette nouvelle, intitulée *Le Mélilot,* paraît en trois feuilletons dans un grand journal quotidien. Elle est signée : SAMUEL CRUX[4].

Quand Adolphe prend son journal, à déjeuner, le cœur de Caroline lui bat jusque dans la gorge ; elle rougit, pâlit, détourne les yeux, regarde la corniche. Dès que les yeux d'Adolphe s'abaissent sur le feuilleton, elle n'y tient plus : elle se lève, elle disparaît, elle revient, elle a puisé de l'audace on ne sait où.

« Y a-t-il un feuilleton ce matin ? demande-t-elle d'un air qu'elle croit indifférent et qui troublerait un mari encore jaloux de sa femme.

— Oui ! d'un débutant, Samuel Crux. Oh ! c'est un pseudonyme ; cette nouvelle est d'une platitude à désespérer les punaises, si elles pouvaient lire... et d'une vulgarité !... c'est pâteux ; mais c'est... »

Caroline respire.

« C'est ?... dit-elle.

— C'est incompréhensible, reprend Adolphe[a]. On aura payé quelque chose comme cinq à six cents francs à Chodoreille[b1] pour insérer cela... ou c'est l'œuvre d'un bas-bleu du grand monde qui a promis à Mme Chodoreille de la recevoir, ou peut-être est-ce l'œuvre d'une femme à laquelle s'intéresse le gérant... une pareille stupidité ne peut s'expliquer que comme cela... Figure-toi, Caroline, qu'il s'agit d'une petite fleur cueillie au coin d'un bois[2] dans une promenade sentimentale, et qu'un monsieur du genre Werther avait juré de garder, qu'il fait encadrer, et qu'on lui redemande onze ans après... (il aura sans doute déménagé trois fois, le malheureux). C'est d'un neuf qui date de Sterne, de Gessner[3]. Ce qui me fait croire que c'est d'une femme, c'est que leur première idée littéraire à toutes consiste toujours à se venger de quelqu'un[c]. »

Adolphe pourrait continuer à déchirer *Le Mélilot,* Caroline a des tintements de cloche dans les oreilles, elle est dans la situation d'une femme qui s'est jetée pardessus le pont des Arts[4], et qui cherche son chemin à dix pieds au-dessous du niveau de la Seine.

AUTRE GENRE

Caroline a fini par découvrir, dans ses paroxysmes de jalousie, une cachette d'Adolphe, qui, se défiant de sa femme et sachant qu'elle décachette ses lettres, qu'elle fouille ses tiroirs, a voulu pouvoir sauver des doigts crochus de la police conjugale sa correspondance avec Hector.

Hector est un ami de collège, marié dans la Loire-Inférieure.

Adolphe soulève le tapis de sa table à écrire, tapis dont la bordure est faite au petit point par Caroline, et dont le fond est en velours bleu, noir ou rouge, la couleur est, comme vous le verrez, parfaitement indifférente, et il glisse ses lettres à Mme de Fischtaminel, à son camarade Hector, entre la table et le tapis.

L'épaisseur d'une feuille de papier est peu de chose, le velours est une étoffe bien moelleuse, bien discrète... Eh bien, ces précautions sont inutiles. À diable mâle*a*, diable femelle; l'enfer en a de tous les genres. Caroline a pour elle Méphistophélès, ce démon qui fait jaillir du feu de toutes les tables, qui, de son doigt plein d'ironie, indique le gisement des clefs, le secret des secrets!

Caroline a reconnu l'épaisseur d'une feuille de papier à lettre entre ce velours et cette table : elle tombe sur une lettre à Hector au lieu de tomber sur une lettre à Mme de Fischtaminel, qui prend les eaux de Plombières, et elle lit ceci :

« Mon cher Hector,

« Je te plains, mais tu agis sagement en me confiant les difficultés dans lesquelles tu t'es mis à plaisir.

« Tu n'as pas su voir la différence qui distingue la femme de province de la Parisienne. En province, mon cher, vous êtes toujours face à face avec votre femme, et par l'ennui qui vous talonne, vous vous jetez à corps perdu dans le bonheur. C'est une grande faute : le bonheur est un abîme, on n'en revient pas en ménage quand on a touché le fond*b*.

« Tu vas voir pourquoi; laisse-moi prendre, à cause de ta femme, la voie la plus courte, la parabole.

« Je me souviens d'avoir fait un voyage en coucou de Paris à Villeparisis[1] : distance, sept lieues; voiture très lourde, cheval boiteux; cocher, enfant de onze ans. J'étais dans cette boîte mal close avec un vieux soldat.

« Rien ne m'amuse plus que de soutirer à chacun, à

l'aide de ce foret nommé l'interrogation, et de recevoir au moyen d'un air attentif et jubilant la somme d'instruction, d'anecdotes, de savoir, dont tout le monde désire se débarrasser; et chacun a la sienne, le paysan comme le banquier, le caporal comme le maréchal de France.

« J'ai remarqué combien ces tonneaux pleins d'esprit sont disposés à se vider quand ils sont charriés par des diligences ou des coucous, par tous les véhicules que traînent les chevaux, car personne ne cause en chemin de fer.

« À la manière dont la sortie de Paris s'exécuta, nous allions être pendant sept heures en route : je fis donc causer ce caporal pour me divertir. Il ne savait ni lire ni écrire, tout était inédit. Eh bien! la route me sembla courte. Le caporal avait fait toutes les campagnes, il me raconta des faits inouïs dont ne s'occupent jamais les historiens.

« Oh! mon cher Hector, combien la pratique l'emporte sur la théorie! Entre autres choses, et sur une de mes questions relatives à la pauvre infanterie, dont le courage consiste bien plus à marcher qu'à se battre, il me dit ceci, que je te dégage de toute circonlocution :

« "Monsieur, quand on m'amenait des Parisiens à notre 45e, que Napoléon avait surnommé *le Terrible* (je vous parle des premiers temps de l'Empereur, où l'infanterie avait des jambes d'acier, et il en fallait), j'avais une manière de connaître ceux qui resteraient dans le 45e... Ceux-là marchaient sans aucune hâte, ils vous faisaient leurs petites six lieues par jour, ni plus ni moins, et ils arrivaient à l'étape prêts à recommencer le lendemain. Les crânes qui faisaient dix lieues, qui voulaient courir à la victoire, ils restaient à l'hôpital à mi-route. "

« Ce brave caporal parlait là mariage en croyant parler guerre, et tu te trouves à l'hôpital à mi-chemin, mon cher Hector.

« Souviens-toi des doléances de Mme de Sévigné comptant cent mille écus à M. de Grignan pour l'engager à épouser une des plus jolies personnes de France! " Mais, se dit-elle, il devra l'épouser tous les jours, tant qu'elle vivra! Décidément, cent mille écus, ce n'est pas trop! " Eh bien! n'est-ce pas à faire trembler les plus courageux ?

« Mon cher camarade, le bonheur conjugal est fondé, comme celui des peuples, sur l'ignorance. C'est une félicité pleine de conditions négatives.

« Si je suis heureux avec ma petite Caroline, c'est par la plus stricte observance de ce principe salutaire sur lequel a tant insisté la *Physiologie du mariage*[1]. J'ai résolu de conduire ma femme par des chemins tracés dans la neige jusqu'au jour heureux où l'infidélité deviendra très difficile.

« Dans la situation où tu t'es mis, et qui ressemble à celle de Duprez quand, dès son début à Paris, il s'est avisé de chanter à pleins poumons, au lieu d'imiter Nourrit[2] qui donnait de sa voix de tête juste ce qu'il en fallait pour charmer son public, voici, je crois, la marche à tenir pour[a]... »

La lettre en était restée là; Caroline la replace en songeant à faire expier à son cher Adolphe son obéissance aux exécrables préceptes de la *Physiologie du mariage*.

PARTIE REMISE[b]

Cette misère[c] doit arriver assez souvent et assez diversement dans l'existence des femmes mariées pour que ce fait personnel devienne le type du genre.

La Caroline dont il est ici question[d] est fort pieuse, elle aime beaucoup son mari, le mari prétend même qu'il est beaucoup trop aimé d'elle; mais c'est une fatuité maritale, si toutefois ce n'est pas une provocation : il ne se plaint qu'aux plus jeunes amies de sa femme.

Quand la conscience catholique est en jeu, tout devient excessivement grave. Mme de *** a dit à sa jeune amie, Mme de Fischtaminel, qu'elle avait été forcée[e] de faire à son directeur une confession extraordinaire, et d'accomplir des pénitences, son confesseur ayant décidé qu'elle s'était trouvée en état de péché mortel.

Cette dame, qui[f] tous les matins entend une messe, est une femme de trente-six ans, maigre et légèrement couperosée. Elle a de grands yeux noirs veloutés, une lèvre supérieure bistrée; néanmoins, elle a la voix douce, des manières douces, la démarche noble, elle est femme de qualité.

Mme de Fischtaminel, de qui Mme de ✶✶✶ a fait son amie (presque toutes les femmes pieuses protègent une femme dite légère en donnant à cette amitié le prétexte d'une conversion à faire), Mme de Fischtaminel prétend que ces avantages sont, chez cette Caroline du Genre Pieux, une conquête*a* de la religion sur un caractère assez violent de naissance.

Ces détails sont nécessaires pour poser la petite misère dans toute son horreur.

L'Adolphe avait été forcé de quitter sa femme pour deux mois, en avril, précisément après les quarante jours de carême que Caroline observe rigoureusement.

Dans les premiers jours de juin, madame attendait donc monsieur, elle l'attendait donc de jour en jour. Elle atteignit, d'espoirs en espoirs,

Conçus tous les matins et déçus tous les soirs[1],

jusqu'au dimanche, jour où le pressentiment, monté au paroxysme, lui fit croire que le mari désiré viendrait de bonne heure.

Quand une femme pieuse attend son mari, que ce mari manque au ménage depuis près de quatre[2] mois, elle se livre à des toilettes infiniment plus minutieuses que celles d'une jeune fille attendant son premier promis.

Cette vertueuse Caroline fut si complètement absorbée dans ces préparatifs entièrement personnels, qu'elle oublia d'aller à la messe de huit heures. Elle s'était proposé d'entendre une messe basse, mais elle trembla de perdre les délices du premier regard si son cher Adolphe arrivait de grand matin. Sa femme de chambre, qui laissait respectueusement Madame dans le cabinet de toilette, où les femmes pieuses et couperosées ne laissent entrer personne, pas même leur mari, surtout quand elles sont maigres, sa femme de chambre l'entendit plus de trois fois s'écriant : « Si c'est Monsieur, avertissez-moi. »

Un bruit de voiture ayant fait trembler les meubles, Caroline prit un ton doux pour cacher la violence de son émotion légitime.

« Oh! c'est lui! Courez, Justine[a]! dites-lui que je l'attends ici. »

Caroline se laissa tomber sur une bergère, elle tremblait trop sur ses jambes.

Cette voiture était celle d'un boucher.

Ce fut dans cette anxiété que coula, comme une anguille dans sa vase, la messe de huit heures.

La toilette de Madame fut reprise, car Madame en était à se vêtir.

La femme de chambre avait déjà reçu par le nez, lancée du cabinet de toilette, une chemise de simple batiste magnifique, à simple ourlet, semblable à celle qu'elle donnait depuis trois mois.

« À quoi pensez-vous donc, Angélique[1]? Je vous ai dit de prendre dans les chemises sans numéro. »

Les chemises sans numéro n'étaient que sept ou huit, comme dans les trousseaux les plus magnifiques. C'est[2] des chemises où brillent les recherches, les broderies; il faut être une reine, une jeune reine, pour avoir la douzaine. Chacune de celles de Madame était bordée de valenciennes par en bas, et encore plus coquettement garnie par le haut. Ce détail de nos mœurs servira peut-être à faire soupçonner dans le monde masculin le drame intime que révèle cette chemise exceptionnelle[b].

Caroline avait mis des bas de fil d'Écosse et de petits souliers de prunelle à cothurne[3], et son corset le plus menteur. Elle se fit coiffer de la façon qui lui seyait le mieux, et mit un bonnet de la dernière élégance. Il est inutile de parler de la robe du matin. Une femme pieuse qui demeure à Paris et qui aime son mari sait choisir, tout aussi bien qu'une coquette, ces jolies petites étoffes rayées, coupées en redingote, attachées par des pattes à des boutons qui forcent une femme à les rattacher deux ou trois fois en une heure avec des façons plus ou moins charmantes.

La messe de neuf heures, la messe de dix heures, toutes les messes passèrent dans ces préparatifs, qui sont pour les femmes aimantes un de leurs douze travaux d'Hercule.

Les femmes pieuses vont rarement en voiture à l'église, elles ont raison. Excepté le cas de pluie à verse, de mauvais temps intolérable, on ne doit pas se montrer orgueilleux là où l'on doit s'humilier. Caroline craignit donc de compromettre la suavité de sa toilette, la fraîcheur de ses bas, de ses souliers.

Hélas! ces prétextes cachaient une raison.

« Si je suis à l'église quand Adolphe arrivera, je perdrai tous les bénéfices de son premier regard : il pensera que je lui préfère la grand-messe... »

Elle fit à son mari ce sacrifice en vue de lui plaire, intérêt horriblement mondain : préférer la créature au Créateur! un mari à Dieu! Allez écouter un sermon, et vous saurez ce que coûte un pareil péché[a].

« Après tout[b], la société, se dit madame d'après son confesseur, est basée sur le mariage, que l'Église a mis au nombre des sacrements. »

Et voilà comment l'on détourne au profit d'un amour aveugle, bien que légitime, les enseignements religieux.

Madame refusa de déjeuner, et ordonna de tenir le déjeuner toujours prêt, comme elle se tenait elle-même toujours prête à recevoir l'absent bien-aimé.

Toutes ces petites choses peuvent faire rire : mais d'abord elles arrivent chez tous les gens qui s'adorent, ou dont l'un adore l'autre; puis, chez une femme aussi contenue, aussi réservée, aussi digne que cette dame, ces aveux de tendresse dépassaient toutes les bornes imposées à ses sentiments par le haut respect de soi-même que donne la vraie piété. Quand Mme de Fischtaminel raconta cette petite scène de la vie dévote en l'ornant de détails comiques, mimés comme les femmes du monde savent mimer leurs anecdotes, je pris la liberté de lui dire que c'était le Cantique des Cantiques mis en action[c].

« Si Monsieur n'arrive pas, dit Justine au cuisinier, que deviendrons-nous ?... Madame m'a déjà jeté sa chemise à la figure. »

Enfin, Caroline entendit les claquements de fouet d'un postillon, le roulement si connu d'une voiture de voyage, le bruit produit par l'allure des chevaux de poste, les sonnettes!... Oh! elle ne douta plus de rien, les sonnettes la firent éclater.

« La porte! ouvrez donc la porte! voilà Monsieur!... Ils n'ouvriront pas la porte!... »

Et la femme pieuse frappa du pied et cassa le cordon de sa sonnette.

« Mais, madame, dit Justine avec la vivacité d'un

serviteur qui fait son devoir, c'est des gens qui s'en vont. »

« Décidément, se dit Caroline honteuse, je ne laisserai jamais Adolphe voyager sans que je l'y accompagne... »

Un poète de Marseille (on ne sait qui de Méry ou de Barthélemy[1]) avouait qu'à l'heure du dîner, si son meilleur ami ne venait pas exactement, il attendait patiemment cinq minutes; à la dixième minute, il se sentait l'envie de lui jeter la serviette au nez; à la douzième, il lui souhaitait un grand malheur; à la quinzième, il n'était plus le maître de ne pas le poignarder de plusieurs coups de couteau.

Toutes les femmes qui attendent sont poètes de Marseille, si l'on peut comparer toutefois les tiraillements vulgaires de la faim au sublime Cantique des Cantiques d'une épouse catholique espérant les délices du premier regard d'un mari absent depuis trois mois[a2]. Que tous ceux qui s'aiment et qui se sont revus après une absence mille fois maudite veuillent bien se souvenir de leur premier regard : il dit tant de choses que souvent, quand on se retrouve devant des importuns, on baisse les yeux!.. On se craint de part et d'autre, tant les yeux jettent de flammes! Ce poème, où tout homme est aussi grand qu'Homère, où il paraît un Dieu à la femme aimante, est pour une femme pieuse, maigre et couperosée, d'autant plus immense, qu'elle n'a pas, comme Mme de Fischtaminel, la ressource de le tirer à plusieurs exemplaires. Son mari, pour elle, c'est tout!

Aussi, ne soyez pas étonnés d'apprendre que[b] Caroline manqua toutes les messes et ne déjeuna point. Cette faim de revoir Adolphe, cette espérance contractait violemment son estomac. Elle ne pensa pas une seule fois à Dieu pendant le temps des messes ni pendant celui des vêpres.

Elle n'était pas bien assise, elle se trouvait fort mal sur ses jambes : Justine lui conseilla de se coucher.

Caroline, vaincue, se coucha sur les cinq heures et demie du soir, après avoir pris un léger potage; mais elle recommanda de tenir un bon petit repas prêt à dix heures du soir.

« Je souperai vraisemblablement avec Monsieur », dit-elle.

Cette phrase fut la conclusion de catilinaires terribles

intérieurement fulminées : elle en était aux plusieurs coups de couteau du poète marseillais; aussi cela fut-il dit d'un accent terrible.

À trois heures du matin, Caroline dormait du plus profond sommeil quand Adolphe arriva, sans qu'elle eût entendu ni voiture, ni chevaux, ni sonnette, ni porte s'ouvrant !...

Adolphe, qui recommanda de ne point éveiller Madame, alla se coucher dans la salle d'ami.

Quand le matin Caroline apprit le retour de son Adolphe, deux larmes sortirent de ses yeux : elle courut à la chambre d'ami sans aucune toilette préparatoire; sur le seuil, un affreux domestique lui dit que Monsieur, ayant fait deux cents lieues et passé deux nuits sans dormir, avait prié qu'on ne le réveillât point : il était excessivement fatigué.

Caroline, en femme pieuse, ouvrit violemment la porte sans pouvoir éveiller l'unique époux que le ciel lui avait donné, puis elle courut à l'église entendre une messe d'actions de grâces.

Comme Madame fut visiblement atrabilaire pendant trois jours, Justine répondit à propos d'un reproche injuste, et avec la finesse d'une femme de chambre : « Mais cependant, madame, Monsieur est revenu !

— Il n'est encore revenu qu'à Paris », dit la pieuse Caroline.

LES ATTENTIONS PERDUES[a]

Mettez-vous à la place d'une pauvre femme, de beauté contestable,

Qui doit à la pesanteur de sa dot un mari longtemps attendu,

Qui se donne des peines infinies et qui dépense beaucoup d'argent pour être à son avantage et suivre les modes,

Qui se dévoue à tenir richement et avec économie une maison assez lourde à mener,

Qui par religion, et par nécessité peut-être, n'aime que son mari,

Qui n'a pas d'autre étude que le bonheur de ce précieux mari,

Qui joint, pour tout exprimer, le sentiment maternel *au sentiment de ses devoirs.*

Cette circonlocution soulignée est la paraphrase du mot amour dans le langage des prudes.

Y êtes-vous ? Eh bien! ce mari trop aimé a dit par hasard, en dînant chez son ami M. de Fischtaminel, qu'il aimait les champignons à l'italienne.

Si vous avez observé quelque peu la nature féminine dans ce qu'elle a de bon, de beau, de grand, vous savez qu'il n'existe pas pour une femme aimante de plus grand petit plaisir que celui de voir l'être aimé gobant les mets préférés par lui. Cela tient à l'idée fondamentale sur laquelle repose l'affection des femmes : être la source de tous les plaisirs de l'être aimé, petits et grands. L'amour anime tout dans la vie, et l'amour conjugal a plus particulièrement le droit de descendre dans les infiniment petits.

Caroline a pour deux ou trois jours de recherches avant de savoir comment les Italiens accommodent les champignons. Elle découvre un abbé corse qui lui dit que chez Biffi[1], rue Richelieu, non seulement elle saura comment s'arrangent les champignons à l'italienne, mais qu'elle aura même des champignons milanais.

Notre Caroline pieuse remercie l'abbé Serpolini, et se promet de lui envoyer en remerciements un bréviaire.

Le cuisinier de Caroline va chez Biffi, revient de chez Biffi, montre à madame la comtesse des champignons larges comme les oreilles du cocher.

« Ah! bon! dit-elle, et il vous a bien expliqué comment on les accommode ?

— Ce n'est rien du tout, pour nous autres! » a répondu le cuisinier.

Règle générale, les cuisiniers savent tout, en fait de cuisine, excepté comment un cuisinier peut voler.

Le soir, au second service, toutes les fibres de Caroline tressaillent de plaisir en voyant une certaine timbale que sert le valet de chambre.

Elle a véritablement attendu ce dîner, comme elle avait attendu Monsieur.

Mais entre attendre avec incertitude et s'attendre à un plaisir certain, il existe pour les âmes d'élite, et tous

les physiologistes comprennent parmi les âmes d'élite
une femme qui adore un mari, il existe entre ces deux
modes de l'attente[1] la différence qu'il y a entre une belle
nuit et une belle journée.

On présente au cher Adolphe la timbale, il y plonge
insouciamment la cuiller, et il se sert, sans apercevoir
l'excessive émotion de Caroline, quelques-unes de ces
rouelles grasses, dadouillettes[2], que pendant longtemps
les touristes qui viennent à Milan ne savent pas reconnaître, et qu'ils prennent pour un mollusque quelconque.

« Eh bien! Adolphe ?

— Eh bien! ma chère ?

— Tu ne les reconnais pas ?

— Quoi ?

— Tes champignons à l'italienne.

— Ça, des champignons ? je croyais... Eh! oui, ma
foi, c'est des champignons...

— À l'italienne ?

— Ça!... c'est de vieux champignons conservés, à la
milanaise... je les exècre.

— Qu'est-ce donc que tu aimes ?

— Des *fungi trifolati*[3]. »

Remarquons, à la honte d'une époque qui numérote
tout, qui met en bocal toute la création, qui classe en
ce moment cent cinquante mille[a] espèces d'insectes et
les nomme en *us*, de façon à ce que, dans tous les pays,
un *Silbermanus*[4] soit le même individu pour tous les
savants qui recroquevillent ou décroquevillent des pattes
d'insectes avec des pinces, qu'il nous manque une
nomenclature pour la chimie culinaire qui permette à
tous les cuisiniers du globe de faire exactement leurs
plats. On devrait convenir diplomatiquement que la
langue française serait la langue de la cuisine, comme
les savants ont adopté le latin pour la botanique et
l'entomologie, à moins qu'on ne veuille absolument les
imiter, et avoir réellement le latin de cuisine[b].

« Eh! ma chère, reprend Adolphe en voyant jaunir
et s'allonger le visage de sa chaste épouse, en France
nous appelons ce plat des champignons à l'italienne, à
la provençale, à la bordelaise. Les champignons se
coupent menu, sont frits dans l'huile avec quelques
ingrédients dont le nom m'échappe. On y met une
pointe d'ail, je crois... »

On parle de désastres, de petites misères!... ceci, voyez-vous, est au cœur d'une femme ce qu'est pour un enfant de huit ans la douleur d'une dent arrachée.

Ab uno disce omnes[1], ce qui veut dire : Et d'une! cherchez les autres dans vos souvenirs; car nous avons pris cette description culinaire comme prototype de celles qui désolent les femmes aimantes et mal aimées.

LA FUMÉE SANS FEU[a]

La femme pleine de foi en celui qu'elle aime est une fantaisie de romancier. Ce personnage féminin n'existe pas plus qu'il n'existe de riche dot. La fiancée est restée; mais les dots ont fait comme les rois. La confiance de la femme brille peut-être pendant quelques instants, à l'aurore de l'amour, et elle s'éteint aussitôt comme une étoile qui file.

Pour toute femme qui n'est ni Hollandaise, ni Anglaise, ni Belge, ni d'aucun pays marécageux, l'amour est un prétexte à souffrance, un emploi des forces surabondantes de son imagination et de ses nerfs.

Aussi, la seconde idée qui saisit une femme heureuse, une femme aimée, est-elle la crainte de perdre son bonheur; car il faut lui rendre la justice de dire que la première, c'est d'en jouir. Tous ceux qui possèdent des trésors craignent les voleurs; mais ils ne prêtent pas, comme la femme, des pieds et des ailes aux pièces d'or.

La petite fleur bleue de la félicité parfaite n'est pas si commune, que l'homme béni de Dieu qui la tient, soit assez niais pour la lâcher.

AXIOME

Aucune femme n'est quittée sans raison.

Cet axiome est écrit au fond du cœur de toutes les femmes, et de là vient la fureur de la femme abandonnée.

N'entreprenons pas sur les petites misères de l'amour; nous sommes dans une époque calculatrice où l'on quitte peu les femmes, quoi qu'elles fassent; car, de toutes les femmes, aujourd'hui, la légitime (sans calembour) est la moins chère[1].

Or, chaque femme aimée a passé par la petite misère du soupçon. Ce soupçon, juste ou faux, engendre une foule d'ennuis domestiques, et voici le plus grand de tous.

Un jour, Caroline finit par s'apercevoir que l'Adolphe chéri la quitte un peu trop souvent pour une affaire, l'éternelle affaire Chaumontel, qui ne se termine jamais.

AXIOME

Tous les ménages ont leur affaire Chaumontel[a]. (Voir *La Misère dans la misère*[b].)

D'abord, la femme ne croit pas plus aux affaires que les directeurs de théâtre et les libraires ne croient à la maladie des actrices et des auteurs.

Dès qu'un homme aimé s'absente, l'eût-elle rendu trop heureux, toute femme imagine qu'il court à quelque bonheur tout prêt.

Sous ce rapport, les femmes dotent les hommes de facultés surhumaines. La peur agrandit tout, elle dilate les yeux, le cœur : elle rend une femme insensée.

« Où va Monsieur ?

— Que fait Monsieur ?

— Pourquoi me quitte-t-il ?

— Pourquoi ne m'emmène-t-il pas ? »

Ces quatre questions sont les quatre points cardinaux de la rose des soupçons, et régissent la mer orageuse des soliloques.

De ces tempêtes affreuses qui ravagent les femmes, il résulte une résolution ignoble, indigne, que toute femme, la duchesse comme la bourgeoise, la baronne comme la femme d'agent de change, l'ange comme la mégère, l'insouciante comme la passionnée, exécute aussitôt. Toutes, elles imitent le gouvernement, elles espionnent. Ce que l'État invente dans l'intérêt de tous, elles le trouvent légitime, légal et permis dans l'intérêt de leur amour. Cette fatale curiosité de la femme la jette dans la nécessité d'avoir des agents, et l'agent de toute femme qui se respecte encore dans cette situation, où la jalousie ne lui laisse rien respecter,

Ni vos cassettes,

Ni vos habits,

Ni vos tiroirs de caisse ou de bureau, de table ou de commode,

Ni vos portefeuilles à secrets,

Ni vos papiers,

Ni vos nécessaires de voyage,

Ni votre toilette (une femme découvre alors que son mari se teignait les moustaches quand il était garçon, qu'il conserve les lettres d'une ancienne maîtresse excessivement dangereuse, et qu'il la tient ainsi en respect, etc., etc.),

Ni vos ceintures élastiques;

Eh bien! son agent, le seul auquel une femme se fie, est sa femme de chambre, car sa femme de chambre la comprend, l'excuse et l'approuve.

Dans le paroxysme de la curiosité, de la passion, de la jalousie excitée, une femme ne calcule rien, n'aperçoit rien, ELLE VEUT TOUT SAVOIR.

Et Justine[a] est enchantée; elle voit sa maîtresse se compromettant avec elle, elle en épouse la passion, les terreurs, les craintes et les soupçons avec une effrayante amitié.

Justine et Caroline ont des conciliabules, des conversations secrètes. Tout espionnage implique ces rapports. Dans cette situation, une femme de chambre devient la maîtresse du sort des deux époux. Exemple : lord Byron[1].

« Madame, vient dire un jour Justine, Monsieur sort effectivement pour aller voir une femme... »

Caroline devient pâle.

« Mais que Madame se rassure, c'est une vieille femme...

— Ah! Justine, il n'y a pas de vieilles pour certains hommes, les hommes sont inexplicables.

— Mais, madame, ce n'est pas une dame, c'est une femme, une femme du peuple.

— Ah! Justine, lord Byron aimait à Venise une poissarde[2], c'est la petite Mme Fischtaminel qui me l'a dit[b]. »

Et Caroline fond en larmes.

« J'ai fait causer Benoît.

— Eh bien! que pense Benoît ?...

— Benoît croit que cette femme est une intermédiaire, car Monsieur se cache de tout le monde, même de Benoît. »

Caroline vit pendant huit jours dans l'enfer, toutes ses économies passent à solder des espions, à payer des rapports.

Enfin, Justine va voir cette femme appelée Mme Mahuchet[1], elle la séduit, elle finit par apprendre que Monsieur a gardé de ses folies de jeunesse un témoin, un fruit, un délicieux petit garçon qui lui ressemble, et que cette femme est la nourrice, la mère d'occasion qui surveille le petit Frédéric, qui paye les trimestres du collège, celle par les mains de qui passent les douze cents francs, les deux mille francs perdus annuellement au jeu par Monsieur.

« Et la mère! » s'écrie Caroline.

Enfin, l'adroite Justine, la providence de Madame, lui prouve que Mlle Suzanne Beauminet[a], une ancienne grisette devenue Mme Sainte-Suzanne, est morte à la Salpêtrière, ou bien a fait fortune et s'est mariée en province, ou se trouve placée si bas dans la société qu'il n'est pas probable que Madame puisse la rencontrer.

Caroline respire, elle a le poignard hors du cœur, elle est heureuse; mais si elle n'a que des filles, elle souhaite un garçon.

Ce petit drame du soupçon injuste, la comédie de toutes les suppositions auxquelles la mère Mahuchet[b] donne lieu, ces phases de la jalousie tombant à faux, sont posés ici comme étant le type de cette situation dont les variantes sont infinies comme les caractères, comme les rangs, comme les espèces.

Cette source de petites misères est indiquée ici pour que toutes les femmes assises sur cette page y contemplent le cours de leur vie conjugale, la remontant, ou le descendent, y retrouvent leurs aventures secrètes, leurs malheurs inédits, la bizarrerie qui causa leurs erreurs et les fatalités particulières auxquelles elles doivent un instant de rage, un désespoir inutile, des souffrances qu'elles pouvaient s'épargner, heureuses toutes de s'être trompées!...

Cette petite misère a pour corollaire la suivante, beaucoup plus grave et souvent sans remède, surtout lorsqu'elle a sa cause dans des vices d'un autre genre et qui ne sont pas de notre ressort, car, dans cet ouvrage, la femme est toujours censée vertueuse... jusqu'au dénouement[c].

LE TYRAN DOMESTIQUE[a]

« Ma chère Caroline, dit un jour Adolphe à sa femme, es-tu contente de Justine ?

— Mais, oui, mon ami.

— Tu ne trouves pas qu'elle te parle d'une façon qui n'est point convenable ?

— Est-ce que je fais attention à une femme de chambre ? il paraît que vous l'observez, vous ?

— Plaît-il ?... » demande Adolphe d'un air indigné qui ravit toujours les femmes.

En effet, Justine est une vraie femme de chambre d'actrice, une fille de trente ans frappée par la petite vérole de mille fossettes où ne se jouent pas les amours, brune comme l'opium, beaucoup de jambes et peu de corps, les yeux chassieux et une tournure à l'avenant. Elle voudrait se faire épouser par Benoît, elle a dix mille francs ; mais à cette attaque inopinée Benoît a demandé son congé.

Tel est le portrait du tyran domestique intronisé par la jalousie de Caroline.

Justine prend son café, le matin, dans son lit, et s'arrange de manière à le prendre aussi bon, pour ne pas dire meilleur, que celui de Madame.

Justine sort quelquefois sans en demander la permission, elle sort mise comme la femme d'un banquier du second ordre. Elle a le bibi[1] rose, une ancienne robe de Madame refaite, un beau châle, des brodequins en peau bronzée et des bijoux apocryphes.

Justine est quelquefois de mauvaise humeur et fait sentir à sa maîtresse qu'elle est aussi femme qu'elle, sans être mariée. Elle a ses *papillons noirs,* ses caprices, ses tristesses. Enfin, elle ose avoir des nerfs !...

Elle répond brusquement, elle est insupportable aux autres domestiques, enfin ses gages ont été considérablement augmentés.

« Ma chère, cette fille devient de jour en jour plus insupportable, dit un jour Adolphe à sa femme en s'apercevant que Justine écoute aux portes ; et, si vous ne la renvoyez pas, je la renverrai, moi !... »

Caroline, épouvantée, est obligée, pendant que Monsieur est dehors, de chapitrer Justine.

« Justine, vous abusez de mes bontés pour vous : vous avez ici d'excellents gages, vous avez des profits, des cadeaux : tâchez d'y rester, car Monsieur veut vous renvoyer. »

La femme de chambre s'humilie, elle pleure ; elle est si attachée à Madame ! Ah ! elle passerait dans le feu pour elle, elle se ferait hacher, elle est prête à tout faire.

« Vous auriez quelque chose à cacher, madame, je le prendrais sur mon compte[a].

— C'est bien, Justine, c'est bien, ma fille, dit Caroline effrayée ; il ne s'agit pas de cela ; sachez seulement vous tenir à votre place. »

« Ah ! se dit Justine, Monsieur veut me renvoyer ?... Attends, je m'en vais te rendre la vie dure, vieux pistolet[b] ! »

Huit jours après, en coiffant sa maîtresse, Justine regarde dans la glace pour s'assurer que Madame peut voir toutes les grimaces de sa physionomie ; aussi Caroline lui demande-t-elle bientôt :

« Qu'as-tu donc, Justine ?

— Ce que j'ai, je le dirais bien à Madame, mais Madame est si faible avec Monsieur...

— Allons, voyons, dis ?

— Je sais bien, madame, pourquoi Monsieur veut me mettre lui-même à la porte : Monsieur n'a plus confiance qu'en Benoît, et Benoît fait le discret avec moi...

— Eh bien ! qu'y a-t-il ? A-t-on surpris quelque chose ?

— Je suis sûre qu'à eux deux ils manigancent quelque chose contre Madame », répond la femme de chambre avec autorité.

Caroline, que Justine observe dans la glace, est devenue pâle ; toutes les tortures de la petite misère précédente reviennent, et Justine se voit devenue nécessaire autant que les espions le sont au gouvernement quand on découvre une conspiration.

Cependant les amies de Caroline ne s'expliquent pas pourquoi elle tient à une fille si désagréable, qui prend des airs de maîtresse, qui porte chapeau, qui fait l'impertinente...

On parle de cette domination stupide chez Mme Des-

chars, chez Mme de Fischtaminel, et l'on en plaisante.
Quelques femmes entrevoient des raisons monstrueuses
et qui mettent en cause l'honneur de Caroline.

AXIOME

Dans le monde, on sait mettre des paletots à toutes
les vérités, même les plus jolies.

Enfin l'*aria della calumnia* s'exécute absolument comme
si Bartholo le chantait[1].

Il est avéré que Caroline ne peut pas renvoyer sa
femme de chambre.

Le monde s'acharne à trouver le secret de cette
énigme. Mme de Fischtaminel se moque d'Adolphe,
Adolphe revient chez lui furieux, fait une scène à Caroline et renvoie Justine.

Ceci produit un tel effet sur Justine, que Justine tombe
malade, elle se met au lit. Caroline fait observer à son
mari qu'il est difficile de jeter dans la rue une fille dans
l'état où se trouve Justine, une fille qui, d'ailleurs, leur
est bien attachée et qui est chez eux depuis leur mariage.

« Dès qu'elle sera rétablie, qu'elle s'en aille! » dit
Adolphe.

Caroline, rassurée sur Adolphe et indignement grugée
par Justine, en arrive à vouloir s'en débarrasser; elle
applique sur cette plaie un remède violent, et elle se
décide à passer par les fourches caudines d'une autre
petite misère que voici.

LES AVEUX[a]

Un matin, Adolphe est ultra-câliné. Le trop heureux
mari cherche les raisons de ce redoublement de tendresse,
et il entend Caroline qui, d'une voix caressante, lui dit :
« Adolphe ?

— Quoi! répond-il effrayé du tremblement intérieur
accusé par la voix de Caroline.

— Promets-moi de ne pas te fâcher ?

— Oui.

— De ne pas m'en vouloir...

— Jamais! Dis ?

— De me pardonner et de ne jamais me parler de cela...

— Mais dis donc!...

— D'ailleurs, tous les torts sont à toi...

— Voyons ?... ou je m'en vais...

— Il n'y a que toi qui puisses me faire sortir de l'embarras où je suis... et à cause de toi!...

— Mais voyons...

— Il s'agit de...

— De ?

— De Justine.

— Ne m'en parle pas, elle est renvoyée, je ne veux plus la voir, sa manière d'être expose votre réputation...

— Et que peut-on dire ? que t'a-t-on dit ? »

La scène tourne, il en résulte une sous-explication qui fait rougir Caroline dès qu'elle aperçoit la portée des suppositions de ses meilleures amies, enchantées toutes de trouver des raisons bizarres à sa vertu.

« Eh bien! Adolphe, c'est toi qui me vaux tout cela! Pourquoi ne m'as-tu rien dit de Frédéric...

— Le Grand ? le roi de Prusse ?

— Voilà bien les hommes!... Tartufe, voudrais-tu me faire croire que tu aies oublié, depuis si peu de temps, ton fils[a], le fils de Mlle Suzanne Beauminet!

— Tu sais...

— Tout!... Et la mère Mahuchet, et tes sorties pour faire dîner le petit quand il a congé. »

Quelquefois, l'Affaire-Chaumontel est un enfant naturel, c'est l'espèce la moins dangereuse des Affaires-Chaumontel.

« Quels chemins de taupe vous savez faire, vous autres dévotes! s'écrie Adolphe épouvanté[b].

— C'est Justine qui a tout découvert.

— Ah! je comprends maintenant la raison de ses insolences[c]...

— Ah! va, mon ami, ta Caroline a été bien malheureuse, et cet espionnage dont la cause est mon amour insensé pour toi, car je t'aime... à devenir folle... Non, si tu me trahissais, je m'enfuirais au bout du monde... Eh bien, cette jalousie à faux m'a mise sous la domination de Justine... Ainsi, mon chat, tire-moi de là!

— Que cela t'apprenne, mon ange, à ne jamais te servir de tes domestiques si tu veux qu'ils te servent. C'est la plus basse des tyrannies. Être à la merci de ses gens!... »

Adolphe profite de cette circonstance pour épouvanter Caroline, car il pense à ses futures Affaires-Chaumontel, et voudrait bien ne plus être espionné.

Justine est mandée, Adolphe la renvoie immédiatement sans vouloir qu'elle s'explique.

Caroline croit sa petite misère finie. Elle prend une autre femme de chambre.

Justine, à qui ses douze ou quinze mille francs ont mérité les attentions d'un porteur d'eau à la voie, devient Mme Chavagnac et entreprend le commerce de la fruiterie.

Dix mois après, Caroline reçoit par un commissionnaire, en l'absence d'Adolphe, une lettre écrite sur du papier écolier, en jambages qui voudraient trois mois d'orthopédie, et ainsi conçue :

Madam!

Vous êt hindigneuman trompai[1] *parre msieu poure mame deux Fischtaminelle, ile i vat tou lé soarres, ai vous ni voilliez queu du feux; vous n'avet queu ceu que vou mairitté, jean sui contant, ai j'ai bien éloneure*[a] *de vou saluair.*

Caroline bondit comme une lionne piquée par un taon; elle se replace d'elle-même sur le gril du soupçon, elle recommence sa lutte avec l'inconnu.

Quand elle a reconnu l'injustice de ses soupçons, il arrive une autre lettre qui lui offre de lui donner des renseignements sur une Affaire-Chaumontel que Justine a éventée.

La petite misère des Aveux, souvenez-vous-en, mesdames, est souvent plus grave que celle-ci[b].

HUMILIATIONS[c]

À la gloire des femmes, elles tiennent encore à leurs maris, quand leurs maris ne tiennent plus à elles, non

seulement parce qu'il existe, socialement parlant, plus
de liens entre une femme mariée et un homme qu'entre
cet homme et sa femme; mais encore, parce que la
femme a plus de délicatesse et d'honneur que l'homme,
la grande question conjugale mise à part, bien entendu.

AXIOME[a]

Dans un mari, il n'y a qu'un homme; dans une femme
mariée, il y a un homme, un père, une mère et une
femme.

Une femme mariée a de la sensibilité pour quatre, et
pour cinq même, si l'on y regarde bien.

Or, il n'est pas inutile de faire observer ici que, pour
les femmes, l'amour est une absolution générale :
l'homme qui aime bien peut commettre des crimes, il
est toujours blanc comme neige aux yeux de celle qui
aime, s'il l'aime bien.

Quant à la femme mariée, aimée ou non, elle sent si
bien que l'honneur, la considération de son mari sont
la fortune de ses enfants, qu'elle agit comme la femme
qui aime, tant l'intérêt social est violent.

Ce sentiment profond engendre pour quelque Caroline des petites misères qui, par malheur pour ce livre,
ont un côté triste.

Adolphe s'est compromis. N'énumérons pas toutes
les manières de se compromettre, ce serait tomber dans
des personnalités[1]. Ne prenons pour exemple que, de
toutes les fautes sociales, celle que notre époque excuse,
admet, comprend et commet le plus souvent, *le vol*
honnête, la concussion bien déguisée, une tromperie
excusable quand elle a réussi, comme de s'entendre
avec qui de droit pour vendre sa propriété le plus cher
possible à une ville, à un département, etc.

Ainsi, dans une faillite[b], pour *se couvrir* (ceci veut dire
récupérer sa créance), Adolphe a trempé dans des actes
illicites qui peuvent mener un homme à témoigner en
cour d'assises. On ne sait même pas si le hardi créancier
ne sera pas considéré comme complice.

Remarquez que, dans toutes les faillites, pour les
maisons les plus honorables, *se couvrir* est regardé comme
le plus saint des devoirs; mais il s'agit de ne pas laisser

trop voir, comme dans la prude Angleterre, le mauvais côté de *la couverture*.

Adolphe embarrassé, car son conseil lui a dit de ne paraître en rien, a recours à Caroline; il lui fait la leçon, il l'endoctrine, il lui apprend le Code, il veille à sa toilette, il l'équipe comme un brick envoyé en course, et il l'expédie chez un juge, chez un syndic.

Le juge est un homme en apparence sévère, qui cache un libertin; il garde son sérieux en voyant entrer une jolie femme, et il dit des choses excessivement amères sur Adolphe.

« Je vous plains, madame, vous appartenez à un homme qui peut vous attirer bien des désagréments; encore quelques affaires de ce genre, et il sera tout à fait déconsidéré. Avez-vous des enfants? pardonnez-moi cette question; vous êtes si jeune, qu'il est bien naturel... »

Et le juge se met le plus près possible de Caroline.

« Oui, monsieur.

— Oh! bon Dieu! quel avenir! Ma première pensée était pour la femme; mais maintenant, je vous plains doublement, je songe à la mère... Ah! combien vous avez dû souffrir en venant ici... Pauvres, pauvres femmes!

— Ah! monsieur, vous vous intéressez à moi, n'est-ce pas?...

— Hélas! que puis-je? fait le juge en sondant Caroline par un regard oblique[a]. Ce que vous me demandez est une forfaiture, je suis magistrat avant d'être homme...

— Ah! monsieur, soyez homme seulement...

— Savez-vous bien ce que vous dites-là,... ma belle dame?... »

Là, le magistrat consulaire prend en tremblant la main de Caroline.

Caroline, en songeant qu'il s'agit de l'honneur de son mari, de ses enfants, se dit en elle-même que ce n'est pas le cas de faire la prude, elle laisse prendre sa main, elle résiste assez pour que le galant vieillard (c'est heureusement un vieillard) y trouve une faveur.

« Allons! allons! belle dame, ne pleurez pas, reprend le magistrat, je serais au désespoir de faire couler les larmes d'une si jolie personne, nous verrons, vous viendrez demain soir m'expliquer l'affaire, il faut voir toutes les pièces; nous les compulserons ensemble...

— Monsieur...

— Mais il le faut...

— Monsieur...

— N'ayez pas peur, belle dame, un juge peut savoir accorder ce qu'on doit à la justice, et... (il prend un petit air fin) à la beauté.

— Mais, monsieur...

— Soyez tranquille, dit-il en lui tenant les mains et les pressant[a], et ce grand délit, nous tâcherons de le changer en peccadille. »

Et il reconduit Caroline atterrée d'un rendez-vous ainsi proposé.

Le syndic[1] est un jeune homme gaillard, qui reçoit Mme Adolphe en souriant. Il sourit à tout, et il la prend par la taille en souriant avec une habileté de séducteur qui ne permet pas à Caroline de se révolter, d'autant plus qu'elle se dit : « Adolphe m'a bien recommandé de ne pas irriter le syndic[b]. »

Néanmoins Caroline, ne fût-ce que dans l'intérêt du syndic, se dégage et lui dit le : « Monsieur!... » qu'elle a répété trois fois au juge[c].

« Ne m'en voulez pas, vous êtes irrésistible, vous êtes un ange, et votre mari est un monstre; car dans quelle intention envoie-t-il une sirène à un jeune homme qu'il sait inflammable ?

— Monsieur, mon mari n'a pu venir lui-même; il est au lit, bien souffrant, et vous l'avez menacé d'une si terrible façon, que l'urgence...

— Il n'a donc pas d'avoué, d'agréé[2]... »

Caroline est épouvantée de cette observation, qui dévoile une profonde scélératesse chez Adolphe.

« Il a pensé, monsieur, que vous auriez des égards pour une mère de famille, pour des enfants...

— Ta, ta, ta, répond le syndic[d]. Vous êtes venue pour attenter à mon indépendance, à ma conscience, vous voulez que je vous livre les créanciers; eh bien, je fais plus, je vous livre mon cœur, ma fortune; il veut sauver son honneur, votre mari; moi, je vous donne le mien...

— Monsieur, dit-elle en essayant de relever le syndic, qui s'est mis à ses pieds, vous m'épouvantez! »

Elle joue la femme effrayée et gagne la porte, en sortant de cette situation délicate comme savent en sortir les femmes, c'est-à-dire en ne compromettant rien.

« Je reviendrai, dit-elle en souriant, quand vous serez plus sage.

— Vous me laissez ainsi... prenez garde ! votre mari pourra bien s'asseoir sur les bancs de la Cour d'assises ; il est le complice d'une banqueroute frauduleuse, et nous savons de lui bien des choses qui ne sont pas honorables. Ce n'est pas sa première incartade ; il a fait des affaires un peu sales, des tripotages indignes, vous ménagez bien l'honneur d'un homme qui se moque de son honneur comme du vôtre. »

Caroline, effrayée de ces paroles, lâche la porte, la ferme et revient.

« Que voulez-vous dire, monsieur ? dit-elle furieuse de cette brutale bordée.

— Eh bien ! l'affaire...

— Chaumontel ?

— Non, cette spéculation sur les maisons qu'il faisait bâtir par des gens insolvables[a]. »

Caroline se rappelle l'affaire entreprise par Adolphe (voyez JÉSUITISME DES FEMMES) pour doubler ses revenus ; elle tremble. Le syndic a pour lui la curiosité.

« Asseyez-vous donc là. Tenez, à cette distance je serai sage, mais je pourrai vous regarder... »

Et il raconte longuement cette conception due à Du Tillet le banquier[b], en s'interrompant pour dire : « Oh ! quel joli pied, petit, menu... MADAME seule a le pied aussi petit que cela... *Du Tillet donc transigea...* — Et quelle oreille... vous a-t-on dit que vous aviez l'oreille délicieuse ?... — *Et Du Tillet eut raison, car il y avait déjà jugement.* — J'aime les petites oreilles... laissez-moi faire mouler la vôtre, et je ferai tout ce que vous voudrez. — *Du Tillet profita de cela pour faire tout supporter à votre imbécile de mari...* — Oh ! la jolie étoffe, vous êtes divinement mise[c]...

— Nous en étions, monsieur ?...

— Est-ce que je sais ce que je dis en admirant une tête raphaélesque comme la vôtre ? »

Au vingt-septième éloge, Caroline trouve de l'esprit au syndic : elle lui fait un compliment et s'en va sans connaître à fond l'histoire de cette entreprise qui, dans le temps, a dévoré trois cent mille francs.

Cette petite misère a d'énormes variantes.

Exemple :

Adolphe est brave et susceptible; il est à la promenade aux Champs-Élysées, il y a foule, et dans cette foule certains jeunes gens sans délicatesse se permettent des plaisanteries à la Panurge, Caroline les souffre sans avoir l'air de s'en apercevoir pour éviter un duel à son mari.

Autre exemple :

Un enfant, du genre Terrible, dit devant le monde : « Maman, est-ce que tu laisserais Justine me donner des gifles ?

— Non, certes...

— Pourquoi demandes-tu cela, mon petit homme ? dit Mme Foullepointe.

— C'est qu'elle vient de donner un fameux soufflet à papa, qui est bien plus fort que moi. »

Mme Foullepointe se met à rire, et Adolphe, qui pensait à faire la cour à Mme Foullepointe, se voit plaisanté cruellement par elle après avoir eu (voir les DERNIÈRES QUERELLES[1]) une première-dernière querelle avec Caroline.

LA DERNIÈRE QUERELLE[a]

Dans tous les ménages, maris et femmes entendent sonner une heure fatale. C'est un vrai glas, la mort de la jalousie, une grande, une noble, une charmante passion, le seul véritable symptôme de l'amour, s'il n'est pas toutefois *son double.* Quand une femme n'est plus jalouse de son mari, tout est dit, elle ne l'aime plus. Aussi, l'amour conjugal s'éteint-il dans la dernière querelle que fait une femme.

AXIOME

Dès qu'une femme ne querelle plus son mari, le minotaure est assis dans un fauteuil au coin de la cheminée de la chambre à coucher, et il tracasse avec le bout de sa canne ses bottes vernies.

Toutes les femmes doivent se rappeler leur dernière querelle, cette suprême petite misère qui souvent éclate à propos d'un rien, ou plus souvent encore à l'occasion d'un fait brutal, d'une preuve décisive. Ce cruel adieu à la croyance, aux enfantillages de l'amour, à la vertu même, est en quelque sorte capricieux comme la vie.

Comme la vie, il n'est le même dans aucun ménage. Ici peut-être l'auteur doit-il chercher toutes les variétés de querelles, s'il veut être exact.

Ainsi, Caroline aura découvert que la robe judiciaire du syndic de l'Affaire-Chaumontel cache une robe d'une étoffe infiniment moins rude, d'une couleur agréable, soyeuse; qu'enfin Chaumontel a des cheveux blonds et des yeux bleus.

Ou bien Caroline, levée avant Adolphe, aura vu le paletot jeté sur un fauteuil à la renverse, et la ligne d'un petit papier parfumé, sortant de la poche de côté, l'aura frappée de son blanc, comme un rayon de soleil entrant par une fente de la fenêtre dans une chambre bien close;

Ou elle aura fait craquer ce petit billet en serrant Adolphe dans ses bras et lui tâtant cette poche d'habit;

Ou elle aura été comme instruite par le parfum étranger qu'elle sentait depuis quelque temps sur Adolphe, et elle aura lu ces quelques lignes :

Haingra, séje ce que tu veu dire avaic Hipolite[1], *vien e tu vairas si j'eu thême.*

Ou ceci :

« Hier, mon ami, vous vous êtes fait attendre, que sera-ce demain ? »

Ou ceci :

« Les femmes qui vous aiment, mon cher monsieur, sont bien malheureuses de vous tant haïr quand vous n'êtes pas près d'elles; prenez garde, la haine qui dure pendant votre absence pourrait empiéter sur les moments où l'on vous voit. »

Ou ceci :

« Faquin de Chodoreille[a2], que faisais-tu donc hier sur le boulevard avec une femme pendue à ton bras ?

Si c'est ta femme, reçois mes compliments de condo-
léance sur tous ses charmes qui sont absents, elle les a
sans doute mis au Mont-de-Piété; mais la reconnaissance
en est perdue. »

Quatre[a] billets émanés de la grisette, de la dame, de
la bourgeoise prétentieuse[b] ou de l'actrice parmi lesquelles
Adolphe a choisi *sa belle* (selon le vocabulaire Fischtaminel).

Ou bien Caroline, amenée voilée, par Ferdinand, au
Ranelagh[1], a vu de ses yeux Adolphe se livrant avec
fureur à la polka, tenant dans ses bras une des dames
d'honneur de la reine Pomaré[2];

Ou bien Adolphe se sera pour la septième fois trompé
de nom et aura, le matin en s'éveillant, appelé sa femme
Juliette, Charlotte ou Lisa;

Ou bien un marchand de comestibles, un restaurateur,
envoie, en l'absence de Monsieur, des notes accusatrices
qui tombent entre les mains de Caroline.

PIÈCES DE L'AFFAIRE-CHAUMONTEL

DOIT A PERRAULT[3] M. ADOLPHE

Livré chez Mme Schontz[c], le 6 janvier 184.,
un pâté de foie gras.	22 fr. 50 c.
Six bouteilles de divers vins	70 fr. »
Fourni à l'hôtel du Congrès[4], le 11 février,	
n° 21, un déjeuner fin, prix convenu .	100 fr. »
Total	192 fr. 50 c.

Caroline étudie les dates et retrouve dans sa mémoire
des rendez-vous relatifs à l'Affaire-Chaumontel.

Adolphe avait désigné le jour des Rois pour une
réunion où l'on devait enfin toucher la collocation de
l'Affaire-Chaumontel.

Le 11 février, il avait rendez-vous chez le notaire pour signer une quittance dans l'Affaire-Chaumontel.

Ou bien...

Mais vouloir formuler tous les hasards, c'est une entreprise de fou.

Chaque femme se rappellera comment le bandeau qu'elle avait sur les yeux est tombé; comment, après bien des doutes, des déchirements de cœur, elle est arrivée à ne faire une querelle que pour clore le roman, pour mettre le signet au livre, stipuler son indépendance, ou commencer une nouvelle vie.

Quelques femmes sont assez heureuses pour avoir pris les devants, elles font cette querelle en manière de justification.

Les femmes nerveuses éclatent et se livrent à des violences.

Les femmes douces prennent un petit ton décidé qui fait trembler les plus intrépides maris.

Celles qui n'ont pas encore de vengeance prête pleurent beaucoup.

Celles qui vous aiment pardonnent. Ah! elles conçoivent si bien, comme la femme appelée ma berline, que leur Adolphe soit aimé des Françaises, qu'elles sont heureuses de posséder légalement un homme dont raffolent toutes les femmes[a].

Certaines femmes à lèvres serrées comme des coffres-forts, à teint brouillé, à bras maigres, se font un malicieux plaisir de promener leur Adolphe dans les fanges du mensonge, dans les contradictions; elles le questionnent (voir *La Misère dans la misère*) comme un magistrat qui questionne le criminel, en se réservant la jouissance fielleuse d'aplatir ses dénégations par des preuves directes à un moment décisif.

Généralement, dans cette scène capitale de la vie conjugale, le beau sexe est bourreau là où, dans le cas contraire, l'homme est assassin.

Voici comment.

Cette dernière querelle (vous allez savoir pourquoi l'auteur l'a nommée *dernière*) se termine toujours par une promesse solennelle, sacrée, que font les femmes délicates, nobles, ou simplement spirituelles, c'est dire toutes les femmes, et que nous donnons sous sa plus belle forme.

« Assez, Adolphe! nous ne nous aimons plus; tu m'as trahie, et je ne l'oublierai jamais. On peut pardonner, mais oublier, c'est impossible. »

Les femmes ne se font implacables que pour rendre leur pardon charmant : elles ont deviné Dieu[a].

« Nous avons à vivre en commun comme deux amis, dit Caroline en continuant. Eh bien! vivons comme deux frères, deux camarades. Je ne veux pas te rendre la vie insupportable, et je ne te parlerai jamais de ce qui vient de se passer... »

Adolphe tend la main à Caroline : celle-ci prend la main, la lui serre à l'anglaise.

Adolphe remercie Caroline, entrevoit le bonheur : il s'est fait de sa femme une sœur, et il croit redevenir garçon.

Le lendemain, Caroline se permet une allusion très spirituelle (Adolphe ne peut pas s'empêcher d'en rire) à l'Affaire-Chaumontel. Dans le monde, elle lance des généralités qui deviennent des particularités sur cette dernière querelle.

Au bout d'une quinzaine, il ne se passe pas de jour où Caroline n'ait rappelé la dernière querelle en disant : « C'était le jour où j'ai trouvé dans ta poche la facture Chaumontel »;

Ou : « C'est depuis notre dernière querelle... »;

Ou : « C'est le jour où j'ai vu clair dans la vie », etc.

Elle assassine Adolphe, elle le martyrise! Dans le monde, elle dit des choses terribles.

« Nous sommes heureuses, ma chère, le jour où nous n'aimons plus : c'est alors que nous savons nous faire aimer... »

Et elle regarde Ferdinand.

« Ah! vous avez aussi votre Affaire-Chaumontel », dit-elle à Mme Foullepointe[b].

Enfin, la dernière querelle ne finit jamais, d'où cet axiome :

Se donner un tort vis-à-vis de sa femme légitime, c'est résoudre le problème du mouvement perpétuel[c].

FAIRE FOUR[a]

Les femmes, et surtout les femmes mariées, se fichent des idées dans leur *dure-mère*[1] absolument comme elles plantent des épingles dans leur pelote; et le diable, entendez-vous ? le diable ne les pourrait pas retirer; elles seules se réservent le droit de les y piquer, de les dépiquer et de les y repiquer.

Caroline est revenue un soir de chez Mme Foullepointe dans un état violent de jalousie et d'ambition.

Mme Foullepointe, la *lionne*...

Ce mot exige une explication. C'est le néologisme à la mode, il répond à quelques idées, fort pauvres d'ailleurs, de la société présente : il faut l'employer pour se faire comprendre, quand on veut dire une femme à la mode.

Cette lionne donc monte à cheval tous les jours, et Caroline s'est mis en tête d'apprendre l'équitation.

Remarquez que, dans cette phase conjugale, Adolphe et Caroline sont dans cette saison que nous avons nommée LE DIX-HUIT BRUMAIRE DES MÉNAGES, ou qu'ils se sont déjà fait deux ou trois DERNIÈRES-QUERELLES[b].

« Adolphe, dit-elle, veux-tu me faire plaisir ?

— Toujours...

— Tu me refuseras ?

— Mais, si ce que tu me demandes est possible, je suis prêt...

— Ah! déjà... Voilà bien le mot d'un mari... si...

— Voyons ?

— Je voudrais apprendre à monter à cheval.

— Mais, Caroline, est-ce possible ? »

Caroline regarde par la portière, et tente d'essuyer une larme sèche.

« Écoute-moi ? reprend Adolphe : puis-je te laisser aller seule au manège ? puis-je t'y accompagner au milieu des tracas que me donnent en ce moment les affaires ? Qu'as-tu donc ? Je te donne, il me semble, des raisons péremptoires. »

Adolphe aperçoit une écurie à louer, l'achat d'un poney, l'introduction au logis d'un groom et d'un cheval de domestique, tous les ennuis de la *lionnerie*[1] femelle.

Quand on donne à une femme des raisons au lieu de lui donner ce qu'elle veut, peu d'hommes ont osé descendre au fond de ce petit gouffre appelé le cœur, pour y mesurer la force de la tempête qui s'y fait subitement.

« Des raisons ! Mais si vous en voulez, en voici, s'écrie Caroline. Je suis votre femme : vous ne vous souciez plus de me plaire. Et la dépense donc ! Vous vous trompez bien, en ceci, mon ami ! »

Les femmes ont autant d'inflexions de voix pour prononcer ces mots : *Mon ami,* que les Italiens en ont trouvé pour dire : *Amico;* j'en ai compté vingt-neuf qui n'expriment encore que les différents degrés de la haine.

« Ah ! tu verras, reprend Caroline. Je serai malade, et vous payerez à l'apothicaire et au médecin ce que vous aurait coûté le cheval. Je serai chez moi claquemurée, et c'est tout ce que vous voulez. Je m'y attendais. Je vous ai demandé cette permission, sûre d'un refus : je voulais uniquement savoir comment vous vous y prendriez pour le faire.

— Mais... Caroline.

— Me laisser seule au manège ! dit-elle en continuant sans avoir entendu. Est-ce une raison ? Ne puis-je y aller avec Mme de Fischtaminel ? Mme de Fischtaminel apprend à monter à cheval, et je ne crois pas que M. de Fischtaminel l'accompagne.

— Mais... Caroline.

— Je suis enchantée de votre sollicitude, vous tenez beaucoup trop à moi, vraiment. M. de Fischtaminel a plus de confiance en sa femme que vous en la vôtre. Il ne l'y accompagne pas[2], lui ! Peut-être est-ce à cause de cette confiance que vous ne voulez pas me voir au manège, où je puis être témoin du vôtre avec la Fischtaminel[a]. »

Adolphe essaie de cacher l'ennui que lui donne ce torrent de paroles, qui commence à moitié chemin de son domicile et qui ne trouve pas de mer où se jeter.

Quand Caroline est dans sa chambre, elle continue toujours :

« Tu vois que si des raisons pouvaient me rendre la santé, m'empêcher de souhaiter un exercice que la nature m'indique, je ne manquerais pas de raisons à me donner,

que je connais toutes les raisons à donner, et que je me
les suis données avant de te parler. »

Ceci, mesdames, peut d'autant mieux s'appeler le prologue du drame conjugal, que c'est rudement débité,
commenté de gestes, orné de regards et autres vignettes
avec lesquels vous illustrez ces chefs-d'œuvre.

Caroline, une fois qu'elle a semé dans le cœur
d'Adolphe l'appréhension d'une scène à demande continue, a senti sa haine *de côté gauche* redoublée contre son
gouvernement[1].

Madame boude, et boude si sauvagement, qu'Adolphe
est forcé de s'en apercevoir, sous peine d'être *minotaurisé,* car tout est fini, sachez-le bien, entre deux êtres
mariés par monsieur le maire, ou seulement à Gretna-
Green[2], lorsque l'un d'eux ne s'aperçoit plus de la bouderie de l'autre.

AXIOME

Une bouderie rentrée est un poison mortel.

C'est pour éviter ce suicide de l'amour que notre
ingénieuse France inventa les boudoirs. Les femmes ne
pouvaient pas avoir les saules de Virgile[3] dans le système
de nos habitations modernes. À la chute des oratoires,
ces petits endroits devinrent des boudoirs.

Ce drame conjugal a trois actes. L'acte du prologue :
il est joué. Vient l'acte de la fausse coquetterie : c'est
un de ceux où les Françaises ont le plus de succès.

Adolphe vague par la chambre en se déshabillant; et,
pour un homme, se déshabiller, c'est devenir excessivement faible.

Certes, à tout homme de quarante ans, cet axiome
paraîtra profondément juste :

AXIOME

Les idées d'un homme qui n'a plus de bretelles ni de
bottes ne sont plus celles d'un homme qui porte ces
deux tyrans de notre esprit.

Remarquez que ceci n'est un axiome que dans la vie
conjugale. En morale, c'est ce que nous appelons un
théorème relatif.

Caroline mesure, comme un jockey sur le terrain des courses, le moment où elle pourra distancer son adversaire. Elle s'arrange alors pour être d'une séduction irrésistible pour Adolphe.

Les femmes possèdent une mimique de pudeur, une science de voltige, des secrets de colombes effarouchées, un registre particulier pour chanter, comme Isabelle au quatrième acte de *Robert-le-Diable*[1] : *Grâce pour toi! grâce pour moi!* qui laissent les entraîneurs de chevaux à mille piques au-dessous d'elles. Comme toujours, le Diable succombe. Que voulez-vous ? c'est l'histoire éternelle, c'est le grand mystère catholique du serpent écrasé, de la femme délivrée qui devient la grande force sociale, disent les fouriéristes. C'est en ceci surtout que consiste la différence de l'esclave orientale à l'épouse de l'occident.

Sur l'oreiller conjugal, le second acte se termine par des onomatopées qui sont toutes à la paix. Adolphe, de même que les enfants devant une tarte, a promis tout ce que voulait Caroline.

TROISIÈME ACTE

(Au lever du rideau, la scène représente une chambre à coucher extrêmement en désordre. Adolphe, déjà vêtu de sa robe de chambre, essaie de sortir et sort furtivement sans éveiller Caroline, qui dort d'un profond sommeil.)

Caroline, extrêmement heureuse, se lève, va consulter son miroir, et s'inquiète du déjeuner.

Une heure après, quand elle est prête, elle apprend que le déjeuner est servi.

« Avertissez Monsieur!

— Madame, Monsieur est dans le petit salon. »

« Que tu n'es ben gentil, mon petit homme, dit-elle en allant au-devant d'Adolphe et reprenant le langage enfantin, câlin, de la lune de miel.

— Et de quoi ?

— Eh bien! de n'avoir permis que ta Liline monte à dada... »

OBSERVATION

Pendant la lune de miel, quelques époux très jeunes ont pratiqué des langages que, dans l'Antiquité, Aristote

avait déjà classés et définis (voir sa *Pédagogie*). Ainsi donc
on parle en *youyou*, on parle en *lala,* on parle en *nana,*
comme les mères et les nourrices parlent aux enfants.
C'est là une des raisons secrètes, discutées et reconnues
dans de gros in-quarto par les Allemands, qui déter-
minèrent les Cabires[1], créateurs de la mythologie grecque,
à représenter l'Amour en enfant. Il y a d'autres raisons
que connaissent les femmes, et dont la principale est,
selon elles, que l'amour chez les hommes est toujours
petit[a].

   « Où donc as-tu pris cela, ma belle ? sous ton bonnet ?
   — Comment ?... »
   Caroline reste plantée sur ses jambes ; elle ouvre des
yeux agrandis par la surprise. Épileptique en dedans,
elle n'ajoute pas un mot : elle regarde Adolphe.
   Sous les feux sataniques de ce regard, Adolphe accomplit un quart de conversion vers la salle à manger ; mais
il se demande en lui-même s'il ne faut pas laisser Caroline
prendre une leçon, en recommandant à l'écuyer de la
dégoûter de l'équitation par la dureté de l'enseignement.
   Rien de terrible comme une comédienne qui compte
sur un succès, et qui *fait four*.
   En argot de coulisses, faire four, c'est ne voir personne dans la salle ni recueillir aucun applaudissement,
c'est beaucoup de peine prise pour rien, c'est l'insuccès
à son apogée.
   Cette petite misère (elle est très petite) se reproduit
de mille manières dans la vie conjugale, quand la lune
de miel est finie, et que les femmes n'ont pas une fortune
à elles.

SUR LE MÊME SUJET

   Malgré la répugnance de l'auteur à glisser des anecdotes dans un ouvrage tout aphoristique, dont le tissu
ne comporte que des observations plus ou moins fines
et très délicates, par le sujet du moins, il lui semble
nécessaire d'orner cette page d'un fait dû d'ailleurs à
l'un de nos premiers médecins.
   Cette répétition du sujet renferme une règle de
conduite à l'usage des docteurs parisiens.
   Un mari se trouvait dans le cas de notre Adolphe. Sa

Caroline, ayant fait four une première fois, s'entêtait à triompher, car souvent Caroline triomphe! Celle-là jouait la comédie de la maladie nerveuse (voyez la *Physiologie du mariage,* Méditation XXVI, paragraphe *Des névroses*). Elle était depuis deux mois étendue sur son divan, se levant à midi, renonçant à toutes les jouissances de Paris.

Pas de spectacles... Oh! l'air empesté, les lumières! les lumières surtout!... le tapage, la sortie, l'entrée, la musique... tout cela, funeste! d'une excitation terrible!

Pas de parties de campagne... Oh! c'était son désir; mais il lui fallait *(desiderata)* une voiture à elle, des chevaux à elle... Monsieur ne voulait pas lui donner un équipage. Et aller en *locati*[1], en fiacre... rien que d'y penser elle avait des nausées!

Pas de cuisine... la fumée des viandes faisait soulever le cœur à Madame.

Madame buvait mille drogues que sa femme de chambre ne lui voyait jamais prendre.

Enfin une dépense effrayante en effets, en privations, en poses, en blanc de perle pour se montrer d'une pâleur de morte, en machines, absolument comme quand une administration théâtrale répand le bruit d'une mise en scène fabuleuse.

On en était à croire qu'un voyage aux eaux, à Ems, à Hombourg, à Carlsbad[2], pourrait à peine guérir Madame; mais elle ne voulait pas se mettre en route sans aller dans sa voiture.

Toujours la voiture!

Cet Adolphe tenait bon, et ne cédait pas.

Cette Caroline, en femme excessivement spirituelle, donnait raison à son mari.

« Adolphe a raison, disait-elle à ses amies, c'est moi qui suis folle; il ne peut pas, il ne doit pas encore prendre voiture; les hommes savent mieux que nous où en sont leurs affaires... »

Par moments cet Adolphe enrageait! les femmes ont des façons qui ne sont justiciables que de l'enfer.

Enfin, le troisième mois, il rencontre un de ses amis de collège, sous-lieutenant dans le corps des médecins, ingénu comme tout jeune docteur, n'ayant ses épaulettes que d'hier et pouvant commander feu!

« Jeune femme, jeune docteur », se dit notre Adolphe.

Et il propose au Bianchon futur de venir lui dire la vérité sur l'état de Caroline.

« Ma chère, il est temps que je vous amène un médecin, dit le soir Adolphe à sa femme, et voici le meilleur pour une jolie femme. »

Le novice étudie en conscience, fait causer Madame, la palpe avec discrétion, s'informe des plus légers diagnostics, et finit, tout en causant, par laisser fort involontairement errer sur ses lèvres, d'accord avec ses yeux, un sourire, une expression excessivement dubitatifs, pour ne pas dire ironiques. Il ordonne une médication insignifiante sur la gravité de laquelle il insiste, et il promet de revenir en voir l'effet.

Dans l'antichambre, se croyant seul avec son ami de collège, il fait un haut-le-corps inexprimable.

« Ta femme n'a rien, mon cher, dit-il; elle se moque de toi et de moi.

— Je m'en doutais...

— Mais, si elle continue à plaisanter, elle finira par se rendre malade : je suis trop ton ami pour faire cette spéculation, car je veux qu'il y ait chez moi, sous le médecin, un honnête homme...

— Ma femme veut une voiture. »

Comme dans le Solo de Corbillard, cette Caroline avait écouté à la porte.

Encore aujourd'hui, le jeune docteur est obligé d'épierrer son chemin des calomnies que cette charmante femme y jette à tout moment; et, pour avoir la paix, il a été forcé de s'accuser de cette petite faute de jeune homme en nommant son ennemie afin de la faire taire.

LES MARRONS DU FEU[a1]

On ne sait pas combien il y a de nuances dans le malheur, cela dépend des caractères, de la force des imaginations, de la puissance des nerfs. S'il est impossible de saisir ces nuances si variables, on peut du moins indiquer les couleurs tranchées, les principaux accidents.

L'auteur a donc réservé cette petite misère pour la

dernière, car c'est la seule qui soit comique dans le malheur.

L'auteur se flatte d'avoir épuisé les principales. Aussi les femmes arrivées au port, à l'âge heureux de quarante ans, époque à laquelle elles échappent aux médisances, aux calomnies, aux soupçons, où leur liberté commence ; ces femmes lui rendront-elles justice en disant que dans cet ouvrage toutes les situations critiques d'un ménage se trouvent indiquées ou représentées.

Caroline a son Affaire-Chaumontel. Elle sait susciter à son mari des sorties imprévues, elle a fini par s'entendre avec Mme de Fischtaminel.

Dans tous les ménages, dans un temps donné, les Mme de Fischtaminel deviennent la providence des Carolines.

Caroline câline Mme de Fischtaminel avec autant de soin que l'armée d'Afrique choie Abd el-Kader ; elle lui porte la sollicitude qu'un médecin met à ne pas guérir un riche malade imaginaire. À elles deux, Caroline et Mme de Fischtaminel inventent des occupations au cher Adolphe quand ni Mme de Fischtaminel ni Caroline ne veulent de ce demi-dieu dans leurs pénates. Mme de Fischtaminel et Caroline, devenues par les soins de Mme Foullepointe les meilleures amies du monde, ont fini même par connaître et employer cette franc-maçonnerie féminine dont les rites ne s'apprennent dans aucune initiation.

Si Caroline écrit la veille à Mme de Fischtaminel ce petit billet :

« Mon ange, vous verrez vraisemblablement demain Adolphe, ne me le gardez pas trop longtemps, car je compte aller au bois avec lui sur les quatre heures ; mais, si vous teniez beaucoup à le conduire, je l'y reprendrais. Vous devriez bien m'apprendre vos secrets d'amuser ainsi les gens ennuyés. »

Mme de Fischtaminel se dit : « Bien ! j'aurai ce garçon-là sur les bras depuis midi jusqu'à cinq heures. »

AXIOME

Les hommes ne devinent pas toujours ce que signifie

chez une femme une demande positive, mais une autre femme ne s'y trompe jamais : elle fait le contraire.

Ces petits êtres-là*[a]*, surtout les Parisiennes, sont les plus jolis joujoux que l'industrie sociale ait inventés : il manque un sens à ceux qui ne les adorent pas, qui n'éprouvent pas une constante jubilation à les voir arrangeant leurs pièges comme elles arrangent leurs nattes, se créant*[b]* des langues à part, construisant de leurs doigts frêles des machines à écraser les plus puissantes fortunes.

Un jour, Caroline a pris les plus minutieuses précautions, elle écrit la veille à Mme Foullepointe d'aller à Saint-Maur avec Adolphe pour examiner une propriété quelconque à vendre, Adolphe ira déjeuner chez elle. Elle habille Adolphe*[c]*, elle le lutine sur le soin qu'il met à sa toilette, et lui fait des questions saugrenues sur Mme Foullepointe.

« Elle est gentille, et je la crois bien ennuyée de Charles : tu finiras par l'inscrire sur ton catalogue, vieux don Juan; mais tu n'auras plus besoin de l'Affaire-Chaumontel : je ne suis plus jalouse, tu as ton passeport, aimes-tu mieux cela que d'être adoré ?... Monstre! vois combien je suis gentille... »

Dès que*[d]* Monsieur est parti, Caroline, qui la veille a pris soin d'écrire à Ferdinand de venir déjeuner, fait une toilette que, dans ce charmant dix-huitième siècle, si calomnié par les républicains, les humanitaires[1] et les sots*[e]*, les femmes de qualité nommaient leur habit de combat.

Caroline a tout prévu. L'Amour est le premier valet de chambre du monde : aussi la table est-elle mise avec une coquetterie diabolique. C'est du linge blanc damassé, le petit déjeuner bleu, le vermeil, le pot au lait sculpté, des fleurs partout*[f]*!

Si c'est en hiver, elle a trouvé des raisins, elle a fouillé la cave pour y découvrir*[g]* des bouteilles de vieux vins exquis. Les petits pains viennent du boulanger le plus fameux. Les mets succulents, le pâté de foie gras, toute cette victuaille élégante aurait fait hennir Grimod de la Reynière[2], ferait sourire un escompteur, et dirait à un professeur de l'ancienne Université de quoi il s'agit.

Tout est prêt. Caroline, elle, est prête de la veille : elle contemple*[h]* son ouvrage. Justine soupire et arrange les meubles. Caroline ôte*a* quelques feuilles jaunies aux fleurs des jardinières. Une femme déguise alors ce qu'il faut appeler les piaffements*b* du cœur par ces occupations niaises où les doigts ont la puissance des tenailles, où les ongles roses brûlent, et où ce cri muet râpe le gosier : « Il ne vient pas*c*!... »

Quel coup de poignard que ce mot de Justine : « Madame, une lettre! »

Une lettre au lieu d'un Ferdinand! comment se décachette-t-elle? que de siècles de vie épuisés en la dépliant! Les femmes savent cela! Quant aux hommes, quand ils ont de ces rages, ils assassinent leurs jabots*d*.

« Justine, M. Ferdinand est malade!... » crie Caroline, envoyez chercher une voiture.

Au moment où Justine descend l'escalier, Adolphe monte.

« Pauvre Madame! se dit Justine, il n'y a sans doute plus besoin de voiture.

— Ah çà! d'où viens-tu ? » s'écrie Caroline en voyant Adolphe en extase devant ce déjeuner quasi voluptueux.

Adolphe, à qui sa femme ne sert plus depuis longtemps de festins si coquets, ne répond rien. Il devine ce dont il s'agit en retrouvant écrites sur la nappe les charmantes idées que, soit Mme de Fischtaminel, soit le syndic de l'Affaire-Chaumontel, lui dessinent sur d'autres tables non moins élégantes.

« Qui donc attends-tu ? dit-il en interrogeant à son tour.

— Et qui donc ? ce ne peut être que Ferdinand, répond Caroline.

— Et il se fait attendre...

— Il est malade, le pauvre garçon. »

Une idée drolatique passe par la tête d'Adolphe, et il répond en clignant d'un œil seulement : « Je viens de le voir.

— Où ?

— Devant le Café de Paris[1] avec des amis...

— Mais pourquoi reviens-tu ? répond Caroline, qui veut déguiser une rage homicide.

— Mme Foullepointe, que tu disais ennuyée de Charles, est depuis hier matin avec lui à Ville-d'Avray.

— Et M. Foullepointe ?

— Il a fait un petit voyage d'agrément pour une nouvelle Affaire-Chaumontel, une jolie petite... difficulté qui
lui est survenue; mais il en viendra sans doute à bout. »

Adolphe s'est assis en disant : « Ça se trouve bien,
j'ai l'appétit de deux loups... »

Caroline s'attable en examinant Adolphe à la dérobée :
elle pleure en dedans, mais elle ne tarde pas à demander
d'un son de voix qu'elle a pu rendre indifférent : « Avec
qui donc était Ferdinand ?

— Avec des drôles qui lui font voir mauvaise compagnie. Ce jeune homme-là se gâte : il va chez Mme Schontz,
chez des lorettes, tu devrais écrire à son oncle. C'était
sans doute quelque déjeuner provenu d'un pari fait chez
Mlle Malaga[a]... »

Il regarde sournoisement Caroline, qui baisse les yeux
pour cacher ses larmes.

« Comme tu t'es faite jolie ce matin, reprend Adolphe.
Ah! tu es bien la femme de ton déjeuner... Ferdinand
ne déjeunera certes pas si bien que moi... » etc.

Adolphe manie si bien la plaisanterie, qu'il inspire à
sa femme l'idée de punir Ferdinand. Adolphe, qui se
donne pour avoir l'appétit de deux loups, fait oublier
à Caroline qu'il y a pour elle une citadine[1] à la porte.

La portière de Ferdinand arrive sur les deux heures,
au moment où Adolphe dort sur un divan.

Cette Iris des garçons[2] vient dire à Caroline que
M. Ferdinand a bien besoin de quelqu'un.

« Il est ivre ? demande Caroline furieuse.

— Il s'est battu ce matin, madame. »

Caroline tombe évanouie, se relève et court chez Ferdinand, en dévouant Adolphe aux dieux infernaux.

Quand les femmes sont les victimes de ces petites
combinaisons, aussi spirituelles que les leurs, elles
s'écrient alors : « Les hommes sont d'affreux monstres[b]! »

ULTIMA RATIO[c3]

Voici notre dernière observation. Aussi bien, cet
ouvrage commence-t-il à vous paraître fatigant, autant
que le sujet lui-même, si vous êtes marié.

Cette œuvre, qui, selon l'auteur[a], est à la *Physiologie du mariage* ce que l'Histoire est à la Philosophie, ce qu'est le Fait à la Théorie, a eu sa logique, comme la vie prise en grand a la sienne.

Et voici quelle est cette logique fatale, terrible.

Au moment où s'arrête la première partie de ce livre plein de plaisanteries sérieuses, Adolphe est arrivé, vous avez dû vous en apercevoir, à une indifférence complète en matière matrimoniale.

Il a lu des romans dont les auteurs conseillent aux maris gênants tantôt de s'embarquer pour l'autre monde, tantôt de bien vivre avec les pères de leurs enfants, de les choyer, de les adorer; car, si la littérature est l'image des mœurs, il faudrait admettre que les mœurs reconnaissent les défauts signalés par la *Physiologie du mariage* dans cette institution fondamentale. Plus d'un grand talent a porté des coups terribles à cette base sociale sans l'ébranler.

Adolphe a surtout beaucoup trop lu sa femme, et il déguise[b] son indifférence sous ce mot profond : l'indulgence. Il est indulgent pour Caroline, il ne voit plus en elle que la mère de ses enfants, un bon compagnon, un ami sûr, un frère.

Au moment où finissent ici les petites misères de la femme, Caroline, beaucoup plus habile, est arrivée à pratiquer cette profitable indulgence; mais[c] elle ne renonce pas à son cher Adolphe. Il est dans la nature de la femme de ne rien abandonner de ses droits.

DIEU ET MON DROIT... CONJUGAL! est, comme on sait, la devise de l'Angleterre, surtout aujourd'hui[d].

Les femmes ont un si grand amour de domination qu'à ce sujet nous raconterons une anecdote qui n'a pas dix ans. C'est une très jeune anecdote.

Un des grands dignitaires de la Chambre des pairs avait une Caroline, légère comme presque toutes les Carolines.

Ce nom porte bonheur aux femmes.

Ce dignitaire, alors très[e] vieillard, était d'un côté de la cheminée et Caroline de l'autre. Caroline atteignait à ce lustre pendant lequel les femmes ne disent plus leur âge. Un ami vint leur apprendre le mariage d'un général qui jadis avait été l'ami de leur maison.

Caroline entre dans un désespoir à larmes vraies; elle

jette les hauts cris, elle rompt si bien la tête au grand dignitaire qu'il essaie de la consoler.

Au milieu de ses phrases, le comte s'échappe jusqu'à dire à sa femme[a] : « Enfin, que voulez-vous, ma chère, il ne pouvait cependant pas vous épouser! »

Et c'était un des plus hauts fonctionnaires de l'État, mais un ami de Louis XVIII, et nécessairement un peu Pompadour.

Toute la différence de la situation d'Adolphe et de Caroline existe donc en ceci : que, si Monsieur ne se soucie plus de Madame, elle conserve le droit de se soucier de Monsieur.

Maintenant, écoutons ce qu'on nomme le *qu'en dira-t-on ?* objet de la conclusion de cet ouvrage[b].

COMMENTAIRE[c]
OÙ L'ON EXPLIQUE LA FELICHITTA DES FINALE[d]

Qui n'a pas entendu dans sa vie un opéra italien quelconque ?... Vous avez dû, dès lors, remarquer l'abus musical du mot *felichitta*[1], prodigué par le poète et par les chœurs à l'heure où tout le monde s'élance hors de sa loge ou quitte sa stalle.

Affreuse image de la vie. On en sort au moment où l'on entend la *felichitta*.

Avez-vous médité sur la profonde vérité qui règne dans ce *finale*, au moment où le musicien lance sa dernière note et l'auteur son dernier vers, où l'orchestre donne son dernier coup d'archet, sa dernière insufflation, où les chanteurs se disent : « Allons souper! » où les choristes se disent : « Quel bonheur, il ne pleut pas!... » Eh bien, dans tous les états de la vie on arrive à un moment où la plaisanterie est finie, où le tour est fait, où l'on peut prendre son parti, où chacun chante la *felichitta* de son côté. Après avoir passé par tous les *duos,* les *solos,* les *strettes,* les *coda,* les morceaux d'ensemble, les *duettini,* les *nocturnes,* les phases que ces quelques scènes, prises dans l'océan de la vie conjugale, vous indiquent, et qui sont des thèmes dont les variations auront été devinées par les gens d'esprit tout aussi bien que par les niais (en fait de souffrances, nous sommes tous égaux!), la plupart des ménages parisiens arrivent, dans un temps donné, au chœur final que voici :

L'ÉPOUSE *(à une jeune femme qui en est à l'été de la Saint-Martin conjugal[a])* : « Ma chère, je suis la femme la plus heureuse de la terre. Adolphe est bien le modèle des maris : bon, pas tracassier, complaisant. N'est-ce pas, Ferdinand ?

(Caroline s'adresse au cousin d'Adolphe, jeune homme à jolie cravate, à cheveux luisants, à bottes vernies, habit de la coupe la plus élégante, chapeau à ressorts, gants de chevreau, gilet bien choisi, tout ce qu'il y a de mieux en moustaches, en favoris, en virgule à la Mazarin[1], et doué d'une admiration profonde, muette, attentive pour Caroline.)

LE FERDINAND. — Adolphe est si heureux d'avoir une femme comme vous! Que lui manque-t-il ? Rien.

L'ÉPOUSE. — Dans les commencements, nous étions toujours à nous contrarier; mais maintenant nous nous entendons à merveille. Adolphe ne fait plus que ce qui lui plaît, il ne se gêne point, je ne lui demande plus ni où il va ni ce qu'il a vu. L'indulgence, ma chère amie, là est le grand secret du bonheur. Vous en êtes encore aux petits taquinages, aux jalousies à faux, aux brouilles, aux coups d'épingle. À quoi cela sert-il ? Notre vie, à nous autres femmes, est bien courte! Qu'avons-nous ? dix belles années; pourquoi les meubler d'ennui ? J'étais comme vous; mais, un beau jour, j'ai connu Mme Foullepointe, une femme charmante, qui m'a éclairée et m'a enseigné la manière de rendre un homme heureux... Depuis, Adolphe a changé du tout au tout : il est devenu ravissant. Il est le premier à me dire avec inquiétude, avec effroi même[b], quand je vais au spectacle et que sept heures nous trouvent seuls ici : "Ferdinand va venir te prendre, n'est-ce pas ? " N'est-ce pas, Ferdinand ?

LE FERDINAND. — Nous sommes les meilleurs cousins du monde.

LA JEUNE AFFLIGÉE. — En viendrais-je donc là ?...

LE FERDINAND. — Ah! vous êtes bien jolie, madame, et rien ne vous sera plus facile.

L'ÉPOUSE *(irritée)*. — Eh bien, adieu, ma petite. *(La jeune affligée sort.)* Ferdinand, vous me payerez ce mot-là.

L'époux (*sur le boulevard Italien*[a]). — Mon cher (*il tient M. de Fischtaminel par le bouton du paletot*), vous en êtes encore à croire que le mariage est basé sur la passion. Les femmes peuvent, à la rigueur, aimer un seul homme[b], mais nous autres!... Mon Dieu, la Société ne peut pas dompter la Nature. Tenez, le mieux, en ménage, est d'avoir l'un pour l'autre une indulgence plénière, à la condition de garder les apparences. Je suis le mari le plus heureux du monde. Caroline est une amie dévouée, elle me sacrifierait tout, jusqu'à mon cousin Ferdinand s'il le fallait... oui, vous riez, elle est prête à tout faire pour moi. Vous vous entortillez encore dans les ébouriffantes idées de dignité, d'honneur, de vertu, d'ordre social[c]. La vie ne se recommence pas, il faut la bourrer de plaisir. Voici deux ans qu'il ne s'est dit entre Caroline et moi le moindre petit mot aigre. J'ai dans Caroline un camarade avec qui je puis tout dire, et qui saurait me consoler dans les grandes circonstances. Il n'y a pas entre nous la moindre tromperie, et nous savons à quoi nous en tenir. Nos rapprochements sont des vengeances, comprenez-vous ? Nous avons ainsi changé nos devoirs en plaisirs[d]. Nous sommes souvent plus heureux alors que dans cette fadasse saison appelée la lune de miel. Elle me dit quelquefois : " Je suis grognon, laisse-moi, va-t'en. " L'orage tombe sur mon cousin[e]. Caroline ne prend plus ses airs de victime, et dit du bien de moi à l'univers entier. Enfin! elle est heureuse de mes plaisirs. Et, comme c'est une très honnête femme, elle est de la plus grande délicatesse dans l'emploi de notre fortune. Ma maison est bien tenue. Ma femme me laisse la disposition de ma réserve sans aucun contrôle. Et voilà. Nous avons mis de l'huile dans les rouages; vous, vous y mettez des cailloux, mon cher Fischtaminel. Il n'y a que deux partis à prendre : le couteau du More de Venise[1], ou la bisaiguë de Joseph[2]. Le turban d'Othello, mon cher, est très mal porté; moi, je suis charpentier, en bon catholique[f].

Chœur (*dans un salon au milieu d'un bal*).

— Mme Caroline est une femme charmante!

Une femme à turban. — Oui, pleine de convenance, de dignité.

Une femme qui a sept enfants. — Ah! elle a su prendre son mari.

UN AMI DE FERDINAND. — Mais elle aime beaucoup
son mari. Adolphe est, d'ailleurs, un homme très distingué, plein d'expérience.

UNE AMIE DE MME DE FISCHTAMINEL. — Il adore sa
femme. Chez eux, point de gêne, tout le monde s'y
amuse.

M. FOULLEPOINTE. — Oui, c'est une maison fort
agréable.

UNE FEMME DONT ON DIT BEAUCOUP DE MAL. — Caroline est bonne, obligeante, elle ne dit du mal de personne.

UNE DANSEUSE *qui revient à sa place*. — Vous souvenez-
vous comme elle était ennuyeuse dans le temps où elle
connaissait les Deschars ?

MME DE FISCHTAMINEL. — Oh! elle et son mari, deux
fagots d'épines... des querelles continuelles. *(Mme de
Fischtaminel s'en va.)*

UN ARTISTE. — Mais le sieur Deschars se dissipe, il va
dans les coulisses ; il paraît que Mme Deschars a fini par
lui vendre sa vertu trop cher.

UNE BOURGEOISE, *effrayée pour sa fille de la tournure que
prend la conversation.* — Mme de Fischtaminel est charmante ce soir.

UNE FEMME DE QUARANTE ANS SANS EMPLOI. —
M. Adolphe a l'air aussi heureux que sa femme.

LA JEUNE PERSONNE. — Quel joli jeune homme que
M. Ferdinand! *(Sa mère lui donne vivement un petit coup
de pied[a].)*

UNE DAME TRÈS DÉCOLLETÉE, *à une autre non moins
décolletée (Sotto voce[1].)* — Ma chère, tenez, la morale de
tout cela, c'est qu'il n'y a d'heureux que les ménages
à quatre[b]. »

PATHOLOGIE
DE LA VIE SOCIALE

TRAITÉ DE LA VIE ÉLÉGANTE
THÉORIE DE LA DÉMARCHE
TRAITÉ DES EXCITANTS MODERNES

INTRODUCTION

*C'eſt dans une lettre à Armand Pérémé du mardi 4 dé-
cembre 1838 que se lit pour la première fois le titre* Pathologie
de la vie sociale : « *[...] j'ai sur les bras :* Le Curé de
village, *dans* La Presse; Une fille d'Ève, *au* Siècle; Qui
a terre a guerre, *ailleurs, et deux ouvrages sous presse pour
le même libraire; sans compter une préface à la* Physiologie
du goût *et mon grand ouvrage de la* Pathologie de la vie
sociale, *vendu hier huit mille francs à deux mille exemplaires*[1]. »
*Mais l'idée même d'analyser dans un grand traité théorique les
maladies physiques et morales qui naissent de la vie en société
remonte à la première jeunesse de Balzac. Dès 1820, si on l'en
croit, il aurait formé « le projet de concentrer dans quatre
ouvrages de morale politique, d'observations scientifiques, de
critique railleuse, tout ce qui concernait la vie sociale analysée
à fond*[2] ».

Un seul de ces quatre ouvrages fut achevé, la Physiologie
du mariage. *Cependant, il continua à songer aux trois autres,
qui, vers 1833, devaient, dans son eſprit, s'intituler* Anatomie
des corps enseignants, Monographie de la vertu *et*
Traité complet de la vie extérieure (ou de la vie élégante)[3]. *L'*Anatomie des corps enseignants, *la* Monographie de la vertu *ne furent jamais écrites. Maís, en 1838,
pour saisir la chance que lui offrait Charpentier, il résolut d'englober, sous le titre* Pathologie de la vie sociale, *avec les*

---

1. *Corr.*, t. III, p. 475.
2. Voir p. 303.
3. Voir la Notice de P.-G. Caſtex aux *Études analytiques*, t. XI,
p. 1714-1732.

deux essais antérieurement publiés Traité de la vie élégante *et*
Théorie de la démarche, *qui entraient dans le cadre du* Traité
complet de la vie extérieure, *d'autres écrits analytiques.*
Ainsi fut bientôt rédigé un Traité des excitants modernes.

Le préambule à ce dernier traité, publié le 11 mai 1839
en appendice à une nouvelle édition Charpentier de la Physiologie du goût *de Brillat-Savarin, spécifiait que la* Pathologie
de la vie sociale *viendrait, dans la série des* Études analytiques, *en troisième position, après l'*Anatomie ou Analyse
des corps enseignants *et la* Physiologie du mariage,
puisqu'elle devait être consacrée à l'homme déjà « élevé » et
déjà « marié », mais avant la Monographie de la vertu,
où seraient déterminées « les lois de la conscience sociale¹ ».
À la Pathologie de la vie sociale, *Balzac manifeste l'in-*
tention formelle d'incorporer le Traité de la vie élégante *et*
la Théorie de la démarche, *déjà parus, en ajoutant « sous*
peine d'être incomplet » le Traité des excitants modernes.
Mais il indique en outre, pour cette Pathologie de la vie
sociale, *un sous-titre développé, qui laisse attendre d'autres*
ouvrages : « Méditations mathématiques, physiques, chimiques
et transcendantes sur les manifestations de la pensée, prise sous
toutes les formes que lui donne l'état social, soit par le vivre
et le couvert, soit par la démarche et la parole, etc. » Il définit
encore le livre à venir comme une « Anthropologie complète »,
comme « une œuvre où fourmillent des théories ou des traités
sur toutes les vanités sociales qui nous affligent ou nous rendent
heureux ». Il annonce des Principes d'hippiatrique, *une*
Économie et nomenclature des voix...

Balzac n'est pas allé jusqu'au bout de son grand dessein. Il
existe certes diverses études ressortissant à cette œuvre et qui
ont été publiées dans des périodiques dès 1830 : Des mots
à la mode, Nouvelle théorie du déjeuner, Physiologie
gastronomique, Physiologie du cigare, De la mode en
littérature... *Mais on tomberait dans la conjecture et la gra-*
tuité en joignant à la Pathologie de la vie sociale *ces textes*
satellites de second ordre. Aussi nous en tenons-nous aux trois

1. Tous les textes de Balzac cités dans le présent paragraphe
sont empruntés à ce préambule (*infra,* p. 303 à 306).

ouvrages que Balzac a expressément désignés pour en faire partie : le Traité de la vie élégante, la Théorie de la démarche *et le* Traité des excitants modernes.

I. TRAITÉ DE LA VIE ÉLÉGANTE

Au premier regard, le Traité de la vie élégante *est seulement une œuvre journalistique et d'actualité, commandée, en 1830, par le directeur et rédacteur en chef de* La Mode[1], *Émile de Girardin. La version originale du texte désigne ce personnage par de transparentes initiales*[2], *dans une table ronde où sont réunis à ses côtés les autres rédacteurs de la revue, Lautour-Mézeray son alter ego, Eugène Sue, peut-être Hippolyte Auger, et naturellement Balzac. En somme, ce traité ouvre aux lecteurs (ou aux lectrices) de* La Mode *les coulisses du journalisme jeune et conquérant. Il les invite à humer un parfum d'encre fraîche, en même temps que de camaraderie et de bohème chic. Il leur donne le plaisir de surprendre dans des attitudes privées et familières ceux dont ils ne connaissent que les signatures au bas d'articles : au retour de chez l'oncle à héritage, prenant le thé, fumant, bavardant, fabriquant la livraison du samedi suivant. Et il est vrai que le* Traité de la vie élégante *reflète le travail d'une équipe, met au service de la presse tous les procédés amusants appris chez Brillat-Savarin et dans la littérature de physiologies : néologismes, références plaisamment savantes à la science ou à la théologie, axiomes et aphorismes; il cite les maîtres noms de l'actualité, Jacotot, Dupin et Cousin; il « anecdote » les développements, multiplie les mises en scène; invente enfin l'*interview — *imaginaire ici* — *de personnage célèbre, qui sera, après 1836, un des charmes de* La Presse, *puis des journaux de Villemessant et de ses émules.*

1. On lit dans le dossier manuscrit (voir Histoire du texte, p. 923) : « L'auteur de cet ouvrage croit nécessaire de déclarer aux lecteurs de *La Mode* que la publication de cette théorie est due aux instances de M. le rédacteur en chef de ce journal. »
2. Voir var. *a*, p. 217.

*Mais il faut aller plus loin que le plaisir vif procuré par une
œuvre divertissante, cynique parfois, expression d'un joyeux*
brain-truſt. *Balzac, déjà pathologiſte de la vie sociale, s'y
élève au-dessus de ses devanciers et camarades. Si, comme le
veulent les circonſtances qui l'ont vu naître, le* Traité de la vie
élégante *se met au goût du jour, il aborde aussi des sujets
politiques, philosophiques et eſthétiques qui seront présents dans
l'œuvre entière, des idées sur lesquelles repose la conception même
et le plan de la future* Comédie humaine.

*Balzac n'a pas attendu les sollicitations de Girardin pour
s'intéresser à l'élégance et à ses recettes. Le précoce romancier de*
Sténie *donnait déjà à ses deux héros des préoccupations qui
ont été aussi celles du jeune ermite de la rue Lesdiguières rêvant
de luxe. Mais c'eſt sans doute la leſture de Lavater qui a révélé
à Balzac, comme à beaucoup de ses contemporains, l'importance de l'apparence. Toute une littérature d'observation, qui se
présente sous une forme à la fois didaſtique et humoriſtique,
naît entre 1825 et 1830 de cet intérêt nouveau pour l'apparence révélatrice : codes, arts de ..., physiologies, manuels.
Balzac a collaboré anonymement, aux côtés de Raisson et de
Romieu, à la confeſtion de ces codes. On lui attribue aujourd'hui
sans conteſtation le* Code des gens honnêtes *(1825); on
lui prête un rôle important dans la rédaſtion du* Code gourmand « *par l'auteur du* Code des gens honnêtes » *(1827)*[1],
qui commence, comme le Traité de la vie élégante, *par des
prolégomènes, qui continue par des aphorismes, des applications,
des anecdotes et qui contient une phrase reprise en épigraphe
par Raisson dans son* Code de la toilette[2] : *or le plan du code
de Raisson annonce un peu celui du* Traité de la vie élégante,
*et cette ressemblance ne saurait surprendre, quand on connaît
les rapports qui ont exiſté entre Raisson et Balzac. En revanche,
le* Traité de la vie élégante *ne doit rien au* Manuel du
fashionable ou Guide de l'élégance *d'Eugène Ronteix, paru*

    1. Voir à ce propos l' « Hiſtoire du texte » de la *Physiologie du
mariage* par R. Guise, t. XI, p. 1739 et suiv.
    2. Horace Raisson, *Code de la toilette, manuel complet d'élégance
et d'hygiène contenant les lois, règles, applications et exemples de l'art de
soigner sa personne, et de s'habiller avec goût et méthode* (1828).

quelques mois auparavant, non plus qu'à l'anonyme Manuel de l'homme du monde, Guide de la politesse, de la toilette et du bon ton.

C'est aussi que le Traité de la vie élégante *n'appartient pas à cette littérature alimentaire. Balzac ne procède que de lui-même. Dans la ligne du* Droit d'aînesse, *du* Code des gens honnêtes *et d'écrits plus récents comme* La Vie de château, Des mots à la mode *et la* Nouvelle théorie du déjeuner, *cet ouvrage imite surtout et continue la* Physiologie du mariage. *L'ironique classification sociale qui, dans celle-ci, permettait de calculer le nombre des « femmes honnêtes » en écartant d'entrée de jeu le troupeau des pauvres, se retrouve dans celle qu'on lit au début du* Traité de la vie élégante. *Comme la* Physiologie du mariage, *le traité reconnaît l'existence d'une classe sacrifiée, déformée par le travail. Il reconnaît aussi l'existence d'une « démocratie de riches[1] ». Car, avant d'être une fantaisie sur le chiffon, le* Traité de la vie élégante *se présente comme une analyse — et une critique — du monde comme il va. Analyse conçue à partir d'un vaste panorama de l'élégance dans la société française, depuis la féodalité jusqu'au règne bourgeois de Louis-Philippe; et pas seulement — comme il serait normal pour une œuvre publiée trois mois après la Révolution de 1830 — à partir de la nouvelle situation créée par les trois journées de Juillet. Comme les articles que Balzac publiera en 1831, le* Traité de la vie élégante *proclame en effet, avec un cynisme qui est aussi de l'amertume, que ces journées (traditionnellement nommées les Trois Glorieuses) n'ont rien changé en profondeur, qu'elles n'ont fait qu'entériner la toute-puissance de l'argent. C'est 1789 qui a opéré le grand bouleversement, la substitution à l'aristocratie d'ancien régime de la triple aristocratie de la naissance, de la fortune et du talent; qui a remplacé la force brutale par l'intelligence comme moyen de domination de l'homme par l'homme. Cependant que continuent de s'affronter — et à jamais, dit Balzac — les pauvres et les riches. Opposition autrement intéressante que celle de l'aristocratie et du républicanisme, thème obligé des journaux après Juillet. Toute la*

1. P. 222.

*politique, irritante mais réaliste, du « médecin de campagne »
Benassis naîtra de cette constatation d'octobre 1830.*

Dans le Traité de la vie élégante, *cette constatation
entraîne celle du caractère inéluctable des distinctions, qui
reconstituent constamment les hiérarchies; d'une vie mondaine
qui renaît de tous les bouleversements sociaux et même de « la
brusque absence d'étiquette[1] », car elle se fonde sur la vanité
et le désir trop humain de se distinguer des autres.*

Ces prolégomènes justifient Balzac de se faire le professeur
d'élégance d'une société qui ne changera pas. C'est déjà pour
la classe oisive qu'il aménageait dans la Physiologie du
mariage *cette institution sociale en légiférant sur les accessoires de la vie. C'est encore pour la classe oisive qu'il aménage
ici le loisir. En même temps, le* Traité de la vie élégante
*jette un cri d'alarme. Conçu avant Juillet pour les mondaines
aristocratiques, abonnées de* La Mode, *qui bouderont l'élégance
pendant deux hivers dans leurs châteaux, le* Traité de la vie
élégante *s'adresse maintenant à la fleur des invitées de ce
Palais-Royal où l'on entre comme dans un moulin. Volant au
secours de l'élégance, il conjure les périls d'une « simplicité qui
manquerait de grandeur » en leur enseignant un « luxe de
simplicité[2] ». Tout en rappelant, à l'occasion, que le luxe du
riche oisif nourrit le travailleur pauvre.*

Ainsi, cette philosophie mondaine s'appuie sur la réalité
sociale d'une époque où successivement la Révolution de 1789,
la vente des biens nationaux et la suppression du droit d'aînesse
ont divisé les fortunes, supprimé la famille, aboli les longs
projets. En sorte que l'art monumental et perdurable des grandes
civilisations va devoir céder la place à l'élégance — notion toute
nouvelle — ornement du quotidien et vanité de l'individu.*

Mais le Traité de la vie élégante *élève cette élégance
nouvelle-née à la hauteur d'un art de vivre, en montrant
qu'elle a partie liée non seulement avec l'oisiveté et l'argent,
mais avec l'intelligence. Ouvert par des axiomes sur la mode,
le chapitre des principes s'épanouit en une description idéale*

---

1. *La Mode*, t. IV, août 1830, p. 133 (note d'un rédacteur anonyme).
2. P. 254.

*d'un monde élégant qui retrouverait la douce égalité inscrite
dans le credo aristocratique d'antan; et dans le portrait de
l'être mondain, idéal lui aussi, perfection de grâce et même de
naturel, portrait qui anticipe sur celui d'Antoinette de Langeais.
Car à cette classe oisive dont il dit ailleurs les misères et le vide,
Balzac confère, dans sa hiérarchie, le rôle de « pensée d'une
société[1] ». Comme il s'agit déjà d'une* étude analytique, *nous
ne croyons pas forcer le texte en superposant à la classification
sociale du traité celle, implicite, que Balzac fait des esprits :
si la classe occupée y figure les* instinctifs, *l'artiste, occupé et
oisif tout à la fois, et qui sait faire la théorie de l'élégance, y
oue le rôle d'*abstractif, *cependant que l'oisif, qui a l'intuition
de l'élégance, en est comme le* spécialiste. *Cette grille ne
conviendra plus à la société de* La Fille aux yeux d'or, *où
les distinctions spirituelles se fondront dans le diabolique mouvement que commande la soif de l'or et du plaisir[2]. Dans le*
Traité de la vie élégante, *au contraire, le grand mot est celui
de « pensée ».* Mens agitat molem : *la pensée meut tout,
qu'il s'agisse de gouvernement ou d'élégance; elle est la « cause
interne » de tous les mouvements du corps. Aussi le Conseil
des* modiphiles *prévoit-il un plan du traité qui ira de ce qui
procède directement de l'esprit — parole, démarche — à ce
qui n'en vient que* médiatement[3] : *il faut toute l'autorité de
Brummell pour infléchir cet ordre en faveur de la toilette[4].
Le* Traité de la vie élégante *annonce, comme on le verra,
les graves préoccupations de la* Théorie de la démarche.

*Il ne faudrait pas croire qu'en descendant des causes aux
effets, en passant des fondements de la vie élégante aux modalités
de l'exécution couturière, le traité perde de sa force et de sa
profondeur. Car, chez Balzac, le modiphile ne pense pas
autrement que le philosophe et l'esthéticien. Au-delà de la
triade simplicité-propreté-harmonie, l'auteur du traité découvre*

---

1. *La Duchesse de Langeais,* t. V, p. 925.
2. Voir t. V, p. 1039 et suiv.
3. P. 234.
4. P. 234-235. Voir notre article « Interview d'un dandy (1830) »,
dans *AB 1967.*

*en effet comme principe constitutif de l'élégance cette nécessaire
unité qui régit tout le système balzacien.*

Si le Traité de la vie élégante *avait été achevé, cette unité
serait apparue dans le rapport du vêtement aux meubles, à la
voiture, et même à la conversation, qui est, comme tout discours
mondain, « la partie morale de la toilette[1] ». Tel qu'il est, le
traité légifère surtout sur le vêtement. En 1829 et au début
de 1830, la question est plus que jamais d'actualité : elle se trouve,
à la cour aussi bien que chez les artistes, au premier plan des
préoccupations. Les bals costumés de Mme de Gontaut, gouvernante des enfants royaux, puis ceux de la duchesse de Berry,
précipitent les dames du Petit-Château au Dépôt des Estampes,
où elles copient, avec l'aide de peintres comme Garnerey, des
costumes historiques. Même souci de reconstitution historique
dans les drames romantiques comme* Henri III et sa cour.
*Achille Deveria commence sa célèbre galerie de costumes histo-
riques, cependant que paraissent en 1829 la* Collection des
costumes, armes et meubles pour servir à l'histoire de
France depuis le commencement de la monarchie
jusqu'à nos jours, *par le comte Horace de Viel-Castel,* et
Costumes des XIIIe, XIVe et XVe siècles, extraits des monuments les plus authentiques de peinture et de sculpture.

*Le goût du déguisement ou la coquetterie ne suffisent pas à
expliquer cet intérêt général pour le costume. Il y faut ajouter,
à l'époque de la bataille romantique, puis de la révolution, le
désir de se distinguer du philistin ou de l'adversaire politique.
Au chapeau rouge du* bousingot, *au chapeau à la Buridan
de l'artiste, au port de la moustache, de l'impériale, des favoris
ou de la barbe s'attachent, comme à la couleur et à la coupe de
l'habit, des significations politiques.*

*Il en résulte une belle anarchie, et le problème se pose dans
les termes suivants : l'élégance sera-t-elle recherche tapageuse,
couleurs flamboyantes, gilet romantique cachant impitoyablement
le linge ? ou bien noir distingué, pour faire ressortir la blancheur
éblouissante du linge ? Balzac, fréquentant les élégants dandys
Lautour-Mézeray et Eugène Sue, initié à l'art de la décoration
par Latouche et Auger, se trouve au cœur du débat. Il découvre*

1. *La Duchesse de Langeais,* t. V, p. 961.

aussi dans les livraisons de La Mode *déjà parues tout un corps de doctrine. Le dossier manuscrit du* Traité de la vie élégante *montre bien qu'il a puisé à pleines mains dans les articles dus à Auger, à des anonymes, à lui-même peut-être. Or* La Mode *s'est déclarée pour la sobriété, c'est-à-dire à la fois contre les excès romantiques et contre le mauvais goût de M. de la Mésangère, rédacteur du* Journal des dames et des modes; *elle prêche les usages de Londres, et Balzac s'inspire de Brummell, qui avait d'ailleurs consigné ses idées dès 1822 dans un traité sur l'élégance vestimentaire. Le « Beau » s'y faisait le théoricien et le législateur de la mode dans deux chapitres intitulés « Principles of costume » et consacrés l'un au costume féminin, l'autre au costume masculin; au fil des années, il avait illustré son ouvrage de gravures découpées dans des livres et des journaux, collées sur des feuilles blanches et quelquefois coloriées ensuite à l'aquarelle. Ce traité, resté inédit jusqu'en 1932[1], Balzac ne pouvait le connaître, mais sans doute les axiomes de Brummell avaient-ils filtré, inspirant* La Mode, *qui avait consacré au manuscrit trois longs articles anonymes, intitulés* Principes du costume, Harmonie de couleur, Costumes d'hommes : *ces articles reproduisent presque littéralement Brummell, dont le nom n'est pourtant jamais prononcé. Balzac utilise aussi Brummell, mais il lui rend hommage. Un assez long développement du « Beau » portait sur les rapports entre le costume et l'architecture d'une part, sur l'harmonie des couleurs de l'autre : or le dossier manuscrit du traité montre que les principes de l'architecture s'appliquent presque tous à la toilette[2], idée qu'on retrouve quatre ans plus tard dans le* Sartor resartus, Vie et

---

1. Brummell (George Bryan). *Male and female costume; Grecian and Roman costume; British costume from the Roman invasion until 1822 and the principles of costume applied to the improved dress of the present day,* edited by Eleanor Parker, Garden City, New York, 1932, in-4°, 316 p. Les illustrations n'ont pas été reproduites.
2. « Les préceptes de l'architecture s'appliquent presque tous à la toilette. En effet, elle est en quelque sorte l'architecture de la personne. Ainsi toute toilette doit être dominée par ces principes fondamentaux que rien ne peut y entrer qui ne soit fondé sur un besoin, que tout ornement inutile est de mauvais goût, que les proportions entre l'ornement et l'ensemble doivent être sévèrement gardées et que la simplicité l'emporte sur la richesse. » (Dossier A 224, f° 12.)

opinions de Herr Teufesdroeckh, *de Carlyle, inspiré aussi de Brummell*[1]. *Balzac suit encore Brummell et ses disciples de* La Mode *en plaidant pour le vêtement large, en considérant comme des castrations le port de la cravate et du pantalon ajusté, le sacrifice de la barbe et celui de la moustache sur l'autel de la mode*[2]; *en récusant la multiplicité et la violence des couleurs comme étant de mauvais goût*[3], *en une année où, dans le costume masculin, « flamme d'enfer » n'est pas la couleur la plus agressive parmi celles que prônent les journaux; en condamnant les parfums*[4]; *en exigeant pour son fashionable le droit à une voiture; en exigeant aussi que ce fashionable sache passer inaperçu; en insistant enfin sur le* maintien, *condition de l'élégance féminine.*

À suivre ainsi les doctrines de Brummell et de La Mode *réunies, l'auteur du* Traité de la vie élégante *s'élève à cent piques au-dessus de la littérature journalistique qui, à son époque, prétend définir la beauté couturière pour de pauvres lectrices brodant elles-mêmes leur tablier*[5], *et se rangeant ainsi parmi les damnées de l'élégance!* La Mode *avait déjà élevé le débat. Mais Balzac, en prônant l'harmonie d'une élégance à laquelle rien n'échappe, qui règle le décor et ses accessoires comme le maintien et le costume, fonde une sorte de morale sensitive à l'usage des mondains; en proposant à l'homme extérieur des règles de conduite qui assurent son unité, il donne en même temps à l'homme intérieur une chance d'assurer la sienne. « Rien ne ressemble moins à l'homme qu'un homme », dit le Brummell du* Traité de la vie élégante[6], *et Balzac*

---

1. « Sous toutes ses modes, sous tous ses essais d'habillement, nous trouvons cachées des idées architecturales; son corps et le drap sont l'assiette et les matériaux sur quoi le bel édifice de tout son personnage doit être construit » (éd. Aubier, Paris, 1904, p. 50).

2. « Le pantalon, la barbe rasée et la cravate sont trois grandes erreurs dont l'humanité reviendra, car ce sont trois sortes de castrations » (dossier A224, f° 18).

3. Feuillets 12 (verso) et 16 du dossier manuscrit.

4. « Jamais de parfums! a dit cet homme célèbre, mais beaucoup de beau linge et qu'il soit extrêmement blanc » (f° 25); et encore : « Point de parfums, mais beaucoup de beau linge. C'est l'unité de blanc qui fait le beau linge » (f° 10).

5. « La femme qui brode son tablier ne sera jamais élégante » (f° 12).

6. P. 232.

*est de son avis, qui voit dans l'homme ou la femme, oisif ou
artiste, parfaitement élégant et conscient de l'harmonie qu'il a
créée en lui et autour de lui, un être réconcilié, remodelé par la
civilisation.*

En élevant la mode éphémère à la hauteur d'un style de vie
qui a ses principes et ses lois, en créant une sorte de matéria-
lisme de l'homme du monde fondé sur la même idée que le
matérialisme du sage, le Traité de la vie élégante *donne la
chiquenaude initiale à une littérature de mode d'inspiration
dandy; il permet à des poètes et à des romanciers de parler
chiffons et chiffonniers sans craindre de déroger. Nous ne citons
que pour mémoire Eugène Chapus et sa* Théorie de l'élégance
(1844), le baron Mortemart de Boisse et sa Vie élégante à
Paris *(1857), ou, dans un passé beaucoup plus récent, Eugène
Marsan, auteur d'un* Savoir vivre en France et savoir
s'habiller *(1926), qui prennent tous Balzac élégantologue
comme saint patron. Mais nous retenons les grands noms :
Barbey d'Aurevilly, éditeur en 1855 du* Traité de la vie élégante *de Balzac, biographe de Brummell dans* Du dandysme
et de George Brummell, *et qui fut, un temps, critique de
modes sous le pseudonyme de Maximilienne de Syrène; Baudelaire, qui se déclare tapissier et décorateur, revendique comme un
amusement de l'imagination le goût des beaux décors de la vie,
veut que l'on parle de l'harmonie d'une chambre comme on parle
de l'harmonie d'un tableau, et traduit en 1852 un texte de Poe
sous le titre* Philosophie de l'ameublement *(Balzac avait
parlé de* philosophie des meubles). *Mais c'est en Mallarmé
que Balzac trouve son meilleur disciple, quand, déguisé en
Mme Marguerite de Ponty ou en Miss Satin, le poète entend
« intéresser aux habitudes du beau ordinaire[1] » les lectrices de*
La Dernière Mode, *préludant ainsi à la fois au mouvement*
Arts and crafts *et aux subtiles recherches que Huysmans prête
à Des Esseintes, dans* À rebours.

*Mais Balzac ne fut-il pas lui-même son meilleur élève ?
En effet, le théoricien de la mode prépare la voie au romancier
du grand monde. Ses mondaines exemplaires, la duchesse de*

1. Mallarmé, *Œuvres complètes*, Bibl. de la Pléiade, p. 718.

Langeais, la marquise d'Espard, semblent avoir lu le Traité de la vie élégante, *elles qui, en créant autour d'elles le décor qui s'harmonise avec leurs traits, leur robe, leur conversation, et jusqu'à leur migraine, savent admirablement « s'encadrer dans leur analogie*[1] *». Cependant que, se détachant comme une lumineuse figure sur le fond grimaçant des physionomies parisiennes (ainsi que, dans le* Traité de la vie élégante, *l'artiste ou l'oisif sur la masse des damnés de l'élégance), paraît dans* La Fille aux yeux d'or *le roi des dandys, ce de Marsay auquel sert en partie de modèle le bohème élégant et insolent du traité, Saint-Charles de Lautour-Mézeray*[2]. *C'est aussi dans le* Traité de la vie élégante *que de Marsay trouve un autre parrain, illustre celui-ci : Brummell lui-même. Comme le « Beau », nous le surprenons à son petit lever et le voyons procéder à une toilette minutieuse de fat. Mais ce fat, comme Brummell, se révèle capable de faire à son ami Paul de Manerville, pour sa gouverne, et sur le mode ironique, la théorie de l'élégance et de la haute fatuité.*

II. THÉORIE DE LA DÉMARCHE

Le chapitre sur la démarche prévu pour le Traité de la vie élégante *parut en 1833 dans* L'Europe littéraire *sous la forme d'une* Théorie *complète et autonome. Les axiomes jetés sur le papier dès 1830 y trouvaient tout naturellement place, mais le code du « marcheur » qu'ils constituent n'apparaît dans la* Théorie de la démarche *que comme l'effet des principes qui commandent le mouvement, l'illustration d'un exposé plus général sur la pensée et la volonté. La* Théorie de la démarche, *Janus bifrons, à l'imitation de l'*homo duplex *qui intéresse ici Balzac, envisage successivement l'homme intérieur et l'homme extérieur. Au premier, elle propose les formules du pouvoir et de la longévité; au second, elle se charge*

1. L'expression est de Baudelaire (*Le Spleen de Paris*, XVIII, « L'invitation au voyage ») : « Ne serais-tu pas encadrée dans ton analogie [...] ? »
2. Voir notre article « MM. de Cobentzell ou l'acte de naissance de de Marsay », dans *AB 1978*.

*plus modeſtement d'apprendre à arpenter le boulevard de Gand
avec autant d'élégance que le prince de Montmorency et le
vicomte de Chateaubriand. L'œuvre commence comme une étude
philosophique à prétention médicale et s'achève en code Raisson.*

Le calendrier de l'écrivain, à l'automne *1832* et au début de
l'année *1833*, explique les préoccupations philosophiques du
théoricien de la démarche. *En septembre 1832, il écrit sa* Notice
biographique sur Louis Lambert, *songe à un* Essai sur
les forces humaines*; en novembre, il donne à la* Revue de
Paris *sa* Lettre à Charles Nodier. *Au début de 1833, il
mène de front la correction de* La Peau de chagrin, *la rédaction de la* Théorie de la démarche *et la révision de la* Notice
biographique sur Louis Lambert, *qui reparaît en février,
sous le titre* Hiſtoire intellectuelle de Louis Lambert. *Cet
ouvrage fournit d'ailleurs à la* Théorie de la démarche *une
épigraphe, qui résume les propos parallèles des deux œuvres
jumelles : dans* Louis Lambert, *on voyait la volonté « fou-
droyer les obſtacles*[1] *»; la* Théorie de la démarche *la mon-
trerait « filtr[ant] malgré nos hypocrisies, au travers de
l'enveloppe humaine ». La* Théorie de la démarche *apparaît
en quelque sorte comme la version laïque, mondaine, journa-
liſtique et humoriſtique de* Louis Lambert, *comme la vulgarisation d'une pensée ésotérique.*

À l'origine de la démarche eſt le mouvement. *C'eſt par
ce mot, essentiel à l'énergétique balzacienne, que débutait* Falthurne[2], *en 1820. Et sans doute faudrait-il même pouvoir
remonter plus haut dans le temps, pour découvrir, chez le
pensionnaire de Vendôme, les premières réflexions qui abou-
tiront aux idées développées dans* La Peau de chagrin, *dans
la* Lettre à Charles Nodier *et dans notre* Théorie de la
démarche : *le mouvement eſt cet abîme où se perd, en une
perpétuelle contemplation, le « mécanicien » Planchette*[3]. *Si le
philosophe de la démarche ne résout pas mieux que les philo-*

1. T. XI, p. 633.
2. « Le mouvement que la Nature a reçu ne laisse rien de
ſtable » (*Falthurne*, manuscrit de l'abbé Savonati, éd. de P.-G. Castex, Librairie José Corti, 1950, p. 3).
3. T. X, p. 243-244.

sophes antiques, Héraclite ou Zénon, et tant d'autres après eux, le problème de l'origine du mouvement et de sa relation à la substance, du moins peut-il lui assigner sa place exacte dans la Création. Et c'est la première. Car c'est la Pensée pure qui, émue, se résout en Verbe et de là en Geste; au second stade, la Voix humaine émane tout droit de l'âme; au troisième, la démarche exprime tout le corps : dans la Théorie de la démarche *tient en quelques lignes le résumé d'une doctrine exposée dans* Louis Lambert, *où se voient les rapports du Mouvement et du Nombre, et ceux de la Pensée et de la Volonté, médiatisés respectivement en idées et en volitions*[1].

On retrouvera aussi dans la Théorie de la démarche *l'idée, chère à l'auteur des* Études philosophiques, *de la* vis humana, *de ce fluide vital dont les individus peuvent faire des emplois divers, mais inconciliables : en digestions ou en roulades, en entrechats ou en émotions, en passions ou en cogitations. Les écrits médicaux — et le martyrologe — avaient dès longtemps fourni à Balzac des exemples de la concentration de cette puissance vitale, comme de ses brusques ruptures :* la Théorie de la démarche, *dans son début, se présente comme une vaste enquête sur les causes de la vie et de la mort. Enquête qui ne peut conclure : elle s'achève sur un dilemme que la gérontologie d'aujourd'hui a repris et cherche à résoudre, sur les bienfaits du mouvement et ceux du repos, pour qui veut terminer ses jours avec toute sa tête.*

De la théorie du mouvement, Balzac descend au décryptage, à partir de la démarche, de la condition et du caractère. Tout mouvement nous découvre, disait déjà Montaigne. La liste serait longue des écrivains aimés de Balzac qui ont attiré son attention sur le langage de la démarche, avant Lavater distinguant la physiognomonie, *science des signes des facultés, qui étudie les traits au repos, de la* pathognomonie, *interprétation des passions, qui s'attache aux gestes.*

Balzac n'a pas non plus attendu Lavater pour noter le maintien de ses personnages. Ses auteurs favoris, Molière et surtout La Bruyère[2], *lui donnaient l'exemple. Dans* Falthurne

---

1. P. 270.
2. « Qui pourrait les [Cimon et Clitandre] représenter exprimerait l'empressement, l'inquiétude, la curiosité, l'activité, saurait

et dans Sténie, *nombreuses sont déjà les notations sur la démarche révélatrice. Le* Code des gens honnêtes *(1825) conseille de considérer la démarche et les geſtes pour juger des gens. Les observations sur le boulevard de Gand, la collaboration à* La Silhouette *et à* La Caricature, *le goût pour Hoffmann et pour les automates, expliquent l'intérêt toujours plus grand que Balzac manifeſte à partir de 1830 pour les attitudes, dont il note l'élégance ou le ridicule, en cherchant le secret de la grâce.*

Certaines femmes ont dû le lui révéler. Marcel, le grand maître de danse, lui fournit des axiomes. Quelques hommes illuſtres lui enseignent de quel côté il faut pencher la tête, et Brillat-Savarin comment garder son ventre « au majeſtueux ». Mais, dans l'ensemble, le code du maintien le cède, dans la Théorie de la démarche, *à un genre bien représenté dans ces années 1830, et avec lequel Balzac aime à rivaliser, la caricature.*

En un contre-sujet, mais presque plus important que le sujet même, la Théorie de la démarche *propose la démarche de la pensée, c'eſt-à-dire la biographie de l'œuvre qu'on eſt en train de lire. C'eſt ce qu'avait déjà esquissé l'auteur de la* Physiologie du mariage, *de l'article «* Des artiſtes *», de* La Peau de chagrin *et de la* Notice biographique sur Louis Lambert. *Cette étude de genèse, quoique menée ici sur le mode plaisant, juſtifie, en quelque manière, celles auxquelles nous nous livrons maintenant sur* La Comédie humaine, *en partant de la conception de l'œuvre, pour suivre le cheminement des divers thèmes qui convergent dans l'œuvre achevée. Cette curiosité de Balzac pour l'hiſtoire d'une idée, peut-être suscitée par Diderot, annonce les recherches d'un* Valéry *sur la méthode, et la croyance du poète de* Palmes *en la nécessaire et lente maturation d'une pensée. Comme son devancier et comme son successeur, Balzac ne se contente pas, en effet, d'une confidence personnelle, de mémoires intellectuels ou d'un autoportrait de l'auteur au travail. Allant de lui aux autres, selon un mot du* Médecin de campagne[1], *il sent que sa pensée s'inscrit dans*

---

peindre le mouvement » (La Bruyère, *Les Caraċtères*, « De la Cour », 19, éd. R. Garapon, Classiques Garnier, p. 225-226).
1. T. IX, p. 549.

une vaste histoire des idées. Comme Vico, Condorcet, Comte,
Saint-Simon et surtout Ballanche, il dessine, dans le cadre
modeste de sa théorie, l'arbre généalogique de la pensée humaine.
Il fait mieux : comme chez l'antiquaire de La Peau de chagrin,
tous les siècles défilent ici, sous les espèces des grands hommes
cités, de Pythagore à Ballanche, de Démosthène à Mirabeau,
de Charlemagne à Napoléon ; les diplomates et les banquiers,
l'aristocratie et le peuple, les ministres de toutes les sciences
et les prêtres des sept arts. Faisant modestement concurrence à
la Biographie des frères Michaud et à ses trente mille noms,
l'auteur de la Démarche nous offre, avec ses quelque cent
cinquante noms (pour quarante pages !), un véritable « Répertoire des hommes de génie à travers les siècles ».

De ce génie, il connaît les heurs et malheurs. A-t-il lu,
en *1830*, dans la Revue des Deux Mondes, l'article « Du
génie », où Abel Hugo jetait un cri d'alarme, lui qui savait
de famille comme la folie en est proche ? Cela est probable.
Mais, de toute façon, Balzac pouvait se contenter de son expérience personnelle. Louis Lambert *traduit l'obsession de qui
a senti rôder la folie ; puis, l'angoisse endormie, restent l'émer-
veillement et la curiosité. Du génie, l'auteur de la Théorie de
la démarche *entreprend de cerner la définition, de faire comme
chimiquement l'analyse. Dès *1828*, l'*Avertissement du Gars
définissait l'homme de génie, selon le mot de Leibniz, comme
un « miroir concentrique de l'univers[1] », et parlait de
« contemplation perpétuelle », d' « intuition profonde des
choses[2] ». Ces dons appartiennent à tous ceux que Balzac
nomme artistes ; mot accueillant, puisqu'il s'applique en même
temps à Descartes, Raphaël, Gutenberg et Christophe Colomb !
À ces dons, la Théorie de la démarche ajoute ceux d'analyse
et d'observation, la perfection des sens, la mémoire, la puissance
dans la conception, la persévérance dans la réalisation.

En somme, chaque grand homme représente une des qualités

---

1. T. VIII, p. 1675. *Speculum concentrationis.* Cette formule leibnizienne a été vulgarisée par Voltaire. Voir J. Deprun, « Mystique,
lumières, romantisme : jalons pour une histoire des *miroirs vivants* »,
dans *Approche des lumières* (Mélanges offerts à Jean Fabre), Paris,
Klincksieck, 1974, p. 123-132.

2. *Ibid.,* p. 1672.

que Balzac sent en lui, et que nous reconnaissons à l'auteur de
La Comédie humaine. *Dépassant le pittoresque que promet
l'histoire d'une idée née à la descente de la diligence, dans la
cour des Messageries, l'auteur de la* Théorie de la démarche
*nous livre le total en partie double (comme en quelque portrait
moral à l'antique) des dons antithétiques qu'il possède, lui qui
est à la fois l'homme de l'analyse et de la synthèse, de l'observation et de l'imagination, du raisonnement et de l'intuition,
le fou et le sage, le savant et le poète. Finalement, les divers
feux du génie convergent sur le seul Balzac, le révélant à lui-
même et lui montrant la route.*

*Mais l'homme de génie n'oublie pas pour autant ce qu'on
attend d'un journaliste. Pour remonter le fleuve des idées
jusqu'à ses sources antiques, la* Théorie de la démarche *n'en
est pas moins un article qui porte sa date de 1833. L'actualité
fournit son tribut. C'est la reprise du* Mosè *de Rossini dans
sa version italienne qui engage la pensée de l'auteur, vivement
émue par la puissance de la voix humaine, dans de nouvelles
réflexions sur le mouvement. À son lecteur, Balzac rappelle du
même coup les grandes heures qu'il doit à la voix de Rubini
ou de la Pasta, au violon de Paganini ou aux entrechats de la
Taglioni. Les noms propres, les anecdotes ou faits divers
sautent de l'actualité dans l'article de* L'Europe littéraire.
*La campagne (soutenue par la revue) pour l'érection d'une
statue du Petit Caporal donne lieu à une page mordante contre
le pouvoir. Car 1833, c'est pour tous les écrivains et penseurs
une année de bilans politiques désenchantés. Balzac ne fait pas
exception, et ses allusions politiques inquiètent même Alphonse
Royer (fondateur avec Bohain de* L'Europe littéraire), *qui
plaide pour qu'on les supprime. Vainement, d'ailleurs. Et,
pour passer de la physique à la politique, l'auteur de la* Théorie
de la démarche *n'a pas même besoin de changer de vocabulaire.
N'a-t-il pas, l'année précédente, utilisé le mot de* mouvement
*dans un libelle politique? Ici, en notant le nom d'un jeune
ministre qui a du même coup étouffé les voix extrêmes des
républicains et des carlistes, il vise le parti de la* résistance.
*Une fournée de pairs roturiers offre l'occasion d'une grinçante
satire contre le journalisme, l'université et le commerce, servi-*

teurs et favoris de Louis-Philippe. Le légitimiste se donne le malin plaisir de vanter la belle démarche d'un bon duc qui a suivi son vieux roi en exil, laissant le boulevard de Gand aux épiciers enrichis et aux grotesques divers. Car M. Prudhomme *triomphe, à qui l'auteur de la* Théorie de la démarche, *brusquant sa conclusion, abandonne le mot de la fin. De « pantagruélique », la plaisanterie s'est faite polémique. La théorie savante et le code élégant se sont aiguisés en pamphlet.*

III. TRAITÉ DES EXCITANTS MODERNES

Le Traité des excitants modernes, *publié pour la première fois en mai 1839, avec un préambule, à la suite d'une nouvelle édition, par Charpentier, de la* Physiologie du goût *de Brillat-Savarin, représente l'aboutissement d'une longue méditation sur ce que Balzac appelait en 1832, dans le* Voyage de Paris à Java[1], *du nom bénin de « stimulants ». Il en dénombrait quatre : l'opium, le vin, le thé et le café. Sur le premier son attention avait sans doute été attirée par la traduction qu'avait donnée Musset du livre de Thomas De Quincey, sous le titre* L'Anglais mangeur d'opium. *Bien que cette édition soit presque passée inaperçue, elle avait eu un lecteur en Balzac qui, sous le pseudonyme de « comte Alex. de B. », avait donné à* La Caricature, *en 1830, un article sur « L'opium ». Il est possible que Balzac doive également à Musset, traducteur de De Quincey, l'idée de raconter, dans le* Voyage de Paris à Java, *les hallucinations dont il avait été victime pour avoir trop fait honneur au vin ; ce morceau de bravoure qu'est la « soirée aux Bouffons » passera du* Voyage *au* Traité[2]. *Il a pu lire aussi un autre ouvrage anglais, traduit en 1820, où il était question des effets de l'opium[3].*

L'opium *est seulement cité, dans le* Traité des excitants modernes, *peut-être parce que réservé aux riches, alors que*

---

1. *Revue de Paris*, t. XLIV, 1832, p. 217 à 250.
2. P. 312 à 314.
3. *Anastase ou Mémoires d'un Grec*, écrits à la fin du XVIIIe siècle, Paris, 1820, 2 vol. in-8°, traduction par Defauconpret d'*Anastasius*, roman de Thomas Hope. Th. De Quincey contredit Hope.

*Balzac veut s'attaquer aux poisons qui, par-delà une classe de
privilégiés, tendent à ravager toute la société, à en compromettre la survie. Les boissons inspiratrices qu'il nommait
stimulants, il les appelle maintenant* excitants. *Excitants
comme les effets de la Pensée ou les violences de la Passion (ou
la réunion des deux), dont le romancier des* Études philosophiques *n'a cessé de dire qu'ils dévoraient l'énergie vitale.
En sept ans, sa vision s'est singulièrement assombrie. S'il
célèbre encore les charmes de l'ivresse, n'est-ce pas parce qu'il
a un texte à réutiliser ? Dans le* Voyage de Paris à Java,
le narrateur dit s'être enivré seul, et avec du vin; dans le Traité
des excitants modernes, *c'est un ami qui s'est fait fort de
l'enivrer, et qui n'y parvient qu'en conjuguant les maléfices du
vin et du cigare. Dans la première version de la « soirée », le
narrateur avoue sa dette de reconnaissance au vin, dont il célèbre
la puissance et les vertus poétiques variées selon les crus, comme
l'avaient fait Hoffmann et, à sa suite, Musset[1]; dans la seconde
version, il le condamne comme un poison. D'ailleurs, dans le*
Traité des excitants modernes, *il s'agit moins du vin que
des eaux dites de vie ou des liqueurs, déjà dénoncées dans* La
Fille aux yeux d'or, *et qui causeront, dans* La Rabouilleuse,
*la mort de Flore Brazier[2]. Peut-être Balzac doit-il à Parent-
Duchatelet[3] sa connaissance des problèmes de l'alcoolisme et
des ravages de ce fléau chez les prostituées.*

Le thé, qui, en 1832, dans le Voyage de Paris à Java,
*était célébré comme un puissant narcotique hallucinatoire, et
qui, dans* Le Médecin de campagne, *finissait par tuer le
docteur Benassis, retient peu l'attention de l'auteur du* Traité
des excitants modernes, *parce qu'il ne voit plus dans ce
breuvage qu'une tisane amollissante et réservée, en France, à un
petit nombre de femmes. On ne s'étonnera pas, en revanche, de
voir Balzac s'arrêter aux effets du café : on sait de quelles nuits
studieuses dues au café est née* La Comédie humaine :
« Extraordinaire métamorphose d'une liqueur noire en une

---

1. *Revues fantastiques,* dans *Œuvres complètes en prose,* Bibl. de la
Pléiade, p. 759.
2. T. IV, p. 537.
3. Parent-Duchatelet, *De la prostitution dans la ville de Paris,* 1837,
2 vol. in-16.

autre liqueur noire », écrit P.-G. Castex[1]. Si l'auteur du Traité des excitants modernes *n'a donc qu'à faire appel à sa riche expérience, il suit aussi Brillat-Savarin, qu'il devait préfacer; mais comme on est loin des pages aimablement gastronomiques ou gastrolâtres du bon Brillat! Il y a quelque chose d'horrible dans ces recettes de café moulu, foulé, froid et presque anhydre, qui ne tend pas à flatter un palais gourmet, mais, en excitant cruellement la paroi de l'estomac, à fouetter — au prix de la santé et de la vie — le cerveau du romancier harassé. En mars 1836, Balzac avait souffert d'une violente inflammation des muqueuses pour avoir abusé du café : « [...] je ne digère pas sans d'horribles souffrances[2] », écrivait-il alors à Mme Hanska; il lui avait fallu se mettre à l'eau de poulet et de gomme. En octobre 1838, l'accoutumance qui résulte de l'abus a fait perdre au poison jusqu'à sa vertu[3].*

À la liste de 1832 viennent s'ajouter en 1839 deux autres poisons qui sont en train de se répandre : le sucre (seulement nommé) et le tabac. C'est à la suite d'Eugène Sue et de Lautour-Mézeray, ses confrères de La Mode, que Balzac, dès 1830, s'était intéressé, entre autres stimulants, au tabac. Le premier avait chanté dans La Salamandre la poésie du tabac, du café, et de l'opium dont il usait; au second, fumeur impénitent, Balzac emprunte l'une des épigraphes de la Physiologie du cigare (1831) : « Fumer, c'est voyager dans un fauteuil », et dans La Fille aux yeux d'or, de Marsay, qui procède pour une part de Lautour-Mézeray, tirera du cigare de grandes voluptés[4]. Mais vers 1838 ce plaisir des raffinés a étendu sa clientèle : la « vapeur cigarière », comme dit Delphine de Girardin dans ses Lettres parisiennes, consignée naguère dans les cercles et les clubs, a envahi les salons. Balzac lui-même fut tenté, après une expérience chez George Sand[5]. Dans

---

1. « Balzac et Baudelaire », *Revue des sciences humaines*, 1958, p. 149.
2. *Lettres à Mme Hanska*, t. I, p. 406, 27 mars 1836.
3. *Corr.*, t. III, p. 445.
4. T. V, p. 1093.
5. *LH*, t. I, p. 588 (2 mars 1838); « Je n'ai pas été impunément à Nohant, j'en ai rapporté un énorme vice, elle m'a fait fumer un houka et du Lataki; c'est devenu tout à coup un besoin pour moi, cette transition me permettra de quitter le café, de varier les

Béatrix, *publié en 1839, la même année que le* Traité des excitants modernes, *Félicité Des Touches use d'un tabac opiacé pour calmer son chagrin (car le houka eſt un « passe-chagrin¹ »); le sombre Felipe, des* Mémoires de deux jeunes mariées, *demande aussi des consolations au cigare, dont l'abus entretient la paresse de Louſteau, car « [...] si le tabac endort le chagrin, il engourdit infailliblement l'énergie² ». Balzac sait même qu'à la longue, il tue, et dut apprendre par son ami le doĉteur Nacquart que Broussais était mort pour en avoir abusé.*

Nés, comme les personnages de Béatrix, *la même année que le* Traité des excitants modernes, *les trois personnages masculins de* Massimilla Doni *et le musicien qui donne son nom à* Gambara *illuſtrent par leur malheur les théories de Balzac : Cataneo recourt au vin, Vendramin à l'opium, Émilio cherche la mort dans l'abus du café, cependant que Gambara s'enivre pour oublier l'abîme qui le hante. Tous paient ces excès en tombant dans l'impuissance physique ou intelleĉtuelle. On saisit là comment les* Études analytiques *s'articulent sur les* Études philosophiques : *les ravages produits par la pensée trouvent une correspondance dans la deſtruĉtion causée par les drogues qui excitent les syſtèmes nerveux, muqueux et lymphatique. Des deux côtés, le mal, c'eſt l'impuissance, que Balzac, en 1839, dans son traité, considère, d'autre part, en* généticien.

Il y a longtemps que le narrateur de Triſtram Shandy *avait*

---

excitants dont j'ai besoin pour le travail [...] » Mais le témoignage de Théophile Gautier donne à penser que Balzac ne fut jamais un vrai fumeur : « Il ne pouvait souffrir le tabac, sous quelque forme que ce fût ; il anathématisait la pipe et proscrivait le cigare. Il n'admettait même pas le léger papelito espagnol ; le narghilé asiatique trouvait seul grâce devant lui, et encore ne le souffrait-il que comme bibelot curieux et à cause de sa couleur locale [...] il ne fuma jamais. Sa *Théorie des excitants* contient un réquisitoire en forme à l'endroit du tabac, et nul doute que s'il eût été sultan, à Amurath, il n'eût fait couper la tête aux fumeurs relaps et obſtinés. Il réservait toutes ses prédileĉtions pour le café, qui lui fit tant de mal et le tua peut-être, quoiqu'il fût organisé pour devenir centenaire. »

1. *LH*, t. I, p. 608.
2. *La Muse du département*, t. IV, p. 760.

nourri l'intérêt de Balzac pour les problèmes de la génération, en écrivant plaisamment (tout au début du roman) que ses parents auraient pu faire attention à ce qu'ils faisaient, quand ils l'ont conçu. D'ailleurs, à l'exemple de son père Bernard-François, le jeune auteur des Notes philosophiques s'était posé, de bonne heure, des questions sur l'hérédité. Dans la Physiologie du mariage, *Balzac s'indignait qu'on eût si peu d'observations physiologiques sur la conception, hésitait à proposer ses méditations sur un sujet délicat*[1], mais une note du Traité de la vie élégante *rappelait que Sterne (lui encore) avait peut-être raison de mettre l'art d'accoucher en avant de toutes les sciences et philosophies*[2]. L'Enfant maudit s'insurgeait contre l'idée contemporaine que le fœtus « reste sur un terrain neutre où les émotions de la mère ne pénètrent pas[3] ». On sait que ces questions d'eugénisme, étayées par les statistiques des naissances, auraient sans doute précédé celles de callipédie dans l'Anatomie (ou Analyse) des corps enseignants *qui, selon les programmes de 1839 et de 1845, devait ouvrir les Études analytiques. Balzac connaît les* Recherches statistiques de la Ville de Paris et du département de la Seine pour l'année 1827, *dues au docteur Villermé, publiées par le préfet Chabrol de Volvic, et qui contiennent d'intéressantes considérations sur la fécondité. Un passage de* Pensées, sujets, fragments *propose déjà la recette qui permet d'avoir à volonté un héritier ou une héritière, et anticipe sur les débats de notre temps (l'intelligence est-elle innée ou fonction du milieu ?) en affirmant :* « Le grand homme existe a priori[4]. » *Il va sans dire que Balzac s'inspire de travaux scientifiques et médicaux. Deux études ont dû retenir son attention : en 1829 ont en effet paru deux ouvrages de vulgarisation,* L'Anthropogenèse ou Génération de l'homme, *de J.-B. Demangeon, réédité en 1834 sous le titre plus évocateur de* Génération de l'homme ou De la production des sexes; *et celui d'un médecin au nom balzacien avant la lettre, Morel de Rubempré,* Les Secrets de la génération *(« secrets » qui mettent les parents en possession de*

---

1. T. XI, p. 1061-1064.
2. Voir p. 223.
3. T. X, p. 873.
4. *Lov.* A 182, f⁰ 88.

*produire des petits génies, ou du moins de perpétuer leur nom
par un héritier mâle). Ces ouvrages reprenaient des travaux
plus anciens de Procope, de Couteau, de Robert, de Venette et
de Millet*[1]*. Balzac suit ces travaux en cherchant dans l'alimentation la solution à ces problèmes de mégalanthropie et de sexe.
Il a fait siens aussi les aphorismes de son maître Brillat-Savarin
qui, traduisant un proverbe allemand, mettait en épigraphe à son
livre : «* Dis-moi ce que tu manges, je te dirai ce que tu es* »,
et, élargissant la question de l'individu aux peuples, professait :
«* La destinée des nations dépend de la manière dont elles se
nourrissent*[2]*. »*

   Ainsi le Traité des excitants modernes, *dépassant le
problème de la* drogue, *envisage la question de l'hygiène alimentaire, que résolvait dans son village le docteur Benassis en
faisant passer ses administrés du blé noir au froment et à la
viande : «* Un boucher, déclare-t-il à Génestas, annonce dans un
pays autant d'intelligence que de richesses*[3]*. » Toute une époque,
en effet, avec le docteur Virey*[4]*, distingue la nourriture riche, qui
produit les garçons, qui assure ensuite leur croissance en force et
en intelligence, et la nourriture débilitante, qui donne des filles,
puis de faibles femmes. Opposition que Balzac traduit librement, mais avec originalité et énergie : «* La marée donne des
filles, la boucherie fait les garçons*[5]*. »*

   *Il est trop facile de montrer que Balzac se trompait. Non,
il n'est pas acquis à la science que la diète ichthyophagique
influe sur les produits de la génération. Ni les Japonais ni les
Hollandais n'ont à craindre de devenir un peuple d'Amazones.
Et, déjà du temps de Balzac, Villermé reconnaissait qu'en
statistique «* un des éléments les moins variables est le rapport
du nombre des naissances de garçons au nombre des naissances*

1. Millet a publié en 1806 *L'Art de procréer les sexes à volonté.*
2. *Physiologie du goût,* Charpentier, éd. de 1839, p. 11.
3. T. IX, p. 419.
4. Auteur du *Régime alimentaire des Anciens.*
5. P. 214. Le *Traité* reprend d'ailleurs certains développements et
aphorismes du texte que nous avons publié dans *L'Année balzacienne 1968* sous le titre catalogué dans la collection Lovenjoul
« *Sur Brillat-Savarin* » et de l'alimentation dans la génération » et
repris par Jean-A. Ducourneau sous le titre « En marge de Brillat-
Savarin ». Voir à ce propos P.-G. Castex : « Balzac et Brillat-
Savarin. Sur une préface à la *Physiologie du goût* », *AB 1979.*

de filles ». Il est trop facile aussi de s'indigner, en notre fin du
XX*e siècle, que Balzac fasse naître le deuxième sexe, non pas*
même de l'onde comme Vénus, mais du fade poisson. Mieux
vaut admirer qu'à travers une équation fausse il ait rendu
compte de l'extraordinaire importance moderne de la diététique,
et dit pittoresquement marée *et* boucherie, *là où les généti-*
ciens parlent maintenant de base *et d'*acide. *Mieux vaut aussi*
passer condamnation pour l'antiféminisme de la formule, en
rappelant l'ignorance où est la science du temps quant au pro-
cessus de la fécondation et à l'hérédité. Sans entrer vraiment
dans le débat où s'affrontent ovistes *et* animalculistes *(ou*
spermatistes), *Balzac ne peut guère que suivre Virey, qui*
assimile le féminin au froid, à l'humide, au blanc, au lisse, et
le masculin au chaud, au sec, au brun et au velu. Ce qui nous a
déjà valu cet aphorisme raturé du manuscrit de L'Interdiction :
« La femme à la mode est la poésie de la lymphe, et l'homme
d'état est la poésie du sang[1]. »

Il faut admirer, au total, que le grand romancier ne se
passionne pas seulement pour ses personnages, mais aussi pour
l'humanité réelle, qu'il réclame pour elle une attention et des
égards qu'on ne refuse pas aux chiens de race et aux chevaux
de course[2]. Avec le Traité des excitants modernes, *nous*
voici loin de l'« élégant badinage », comme disait Balzac, de
la Physiologie du goût[3]. *On ne peut guère, il est vrai, badiner*
sur des poisons. Baudelaire, vingt ans plus tard, partant lui
aussi de Brillat-Savarin, — pour qui il n'a point assez de
termes de mépris! — célébrera les « voluptés foudroyantes »
et les « enchantements énervants » du vin et du hachisch, mais
il reconnaîtra qu'ils suppriment chez l'individu toute « énergie
dans l'action ». « Punition méritée, ajoute-t-il, de la prodigalité
impie avec laquelle vous avez fait une si grande dépense de
fluide nerveux[4]. »

1. T. III, p. 1385.
2. *Lov.* A 182, f° 86.
3. Article sur la partie mythologique de la *Biographie universelle*, dans *La Quotidienne* du 22 août 1833.
4. *Du vin et du hachisch*, in *Œuvres complètes*, éd. C. Pichois, Bibl. de la Pléiade, t. I, p. 395.

Combien doux et bénins, pourtant, les poisons que dénonce Balzac, à côté de la noire pharmacopée du xxᵉ siècle à son déclin. Mais, une fois de plus, il a saisi dans son temps, qu'il s'agisse de révolutions, de doctrines ou de drogues, tout ce qu'elles avaient d'avenir! Il a deviné, ce qui est maintenant un truisme, que les civilisations étaient mortelles, et il a donné l'alarme. Quant à lui-même, qu'il ait ou non, au cours de la soirée du 22 décembre 1845 à l'hôtel Pimodan, goûté aux enchantements du hachisch, Baudelaire a raison de dire qu' « il est difficile de se figurer le théoricien de la volonté, ce jumeau spirituel de Louis Lambert, consentant à perdre une parcelle de cette précieuse substance[1] ».*

ROSE FORTASSIER.

---

1. « *Le poème du hachisch* », *Les Paradis artificiels*, éd. cit., t. I, p. 1439.

TRAITÉ DE LA VIE ÉLÉGANTE

Première partie

GÉNÉRALITÉS

Mens agitat molem.

VIRGILE[1].

L'esprit d'un homme se devine à la manière dont il porte sa canne.

Traduction fashionable[2].

CHAPITRE PREMIER

PROLÉGOMÈNES[3]

La civilisation a échelonné les hommes sur trois grandes lignes... Il nous aurait été facile de colorier nos catégories à la manière de M. Ch. Dupin[4]; mais comme le charlatanisme serait un contresens dans un ouvrage de philosophie chrétienne, nous nous dispenserons de mêler la peinture aux X de l'algèbre, et nous tâcherons, en professant les doctrines les plus secrètes de la vie élégante, d'être compris même de nos antagonistes, les gens en bottes à revers[5].

Or, les trois classes d'êtres créés par les mœurs modernes sont :

L'homme qui travaille,
L'homme qui pense,
L'homme qui ne fait rien.

De là, trois formules d'existence assez complètes pour exprimer tous les genres de vie, depuis le roman poétique et vagabond du *Bohème,* jusqu'à l'histoire monotone et somnifère des rois constitutionnels :

La vie occupée,
La vie d'artiste,
La vie élégante.

§ I

DE LA VIE OCCUPÉE

Le thème de la vie occupée n'a pas de variantes. En faisant œuvre de ses dix doigts, l'homme abdique toute une destinée, il devient un moyen ; et malgré toute notre philanthropie, les résultats obtiennent seuls notre admiration. Partout l'homme va se pâmant devant quelques tas de pierres ; et, s'il se souvient de ceux qui les ont amoncelés, c'est pour les accabler de sa pitié ; si l'architecte leur apparaît encore comme une grande pensée, ses ouvriers ne sont plus que des espèces de treuils, et restent confondus avec les brouettes, les pelles et les pioches.

Est-ce une injustice ? non. Semblables aux machines à vapeur, les hommes enrégimentés par le travail se produisent tous sous la même forme et n'ont rien d'individuel. L'homme-instrument est une sorte de zéro social, dont le plus grand nombre possible ne composera jamais une somme s'il n'est précédé par quelques chiffres[1].

Un laboureur, un maçon, un soldat sont les fragments uniformes d'une même masse, les segments d'un même cercle, le même outil dont le manche est différent. Ils se couchent et se lèvent avec le soleil : aux uns, le chant du coq ; à l'autre, la diane ; à celui-ci, une culotte de peau, deux aunes de drap bleu et des bottes ; à ceux-là, les premiers haillons trouvés ; à tous, les plus grossiers aliments : battre du plâtre ou battre des hommes, récolter des haricots ou des coups de sabre, tel est, en chaque saison, le texte de leurs efforts. Le travail semble être pour eux une énigme dont ils cherchent le mot jusqu'à leur dernier jour. Assez souvent le triste *pensum* de leur existence est récompensé par l'acquisition d'un petit banc de bois où ils s'asseyent à la porte d'une chaumière sous un sureau poudreux, sans craindre de s'entendre dire par un laquais :

« Allez-vous-en, bonhomme, nous ne donnons aux pauvres que le lundi. »

Pour tous ces malheureux, la vie est résolue par *du pain dans la huche,* et l'élégance, par un bahut où il y a des hardes.

Le petit détaillant, le sous-lieutenant, le commis-rédacteur sont des types moins dégradés de la vie occupée; mais leur existence est encore marquée au coin de la vulgarité. C'est toujours du travail, et toujours le treuil, seulement le mécanisme en est un peu plus compliqué, et l'intelligence s'y engrène avec parcimonie.

Loin d'être un artiste, le tailleur se dessine toujours dans la pensée de ces gens-là sous la forme d'une impitoyable facture; ils abusent de l'institution des faux cols; se reprochent une fantaisie comme un vol fait à leurs créanciers; et, pour eux, une voiture est un fiacre dans les circonstances ordinaires, un remise[1] les jours d'enterrement ou de mariage.

S'ils ne thésaurisent pas comme les manouvriers, afin d'assurer à leur vieillesse le vivre et le couvert, l'espérance de leur vie d'abeille ne va guère au-delà; car c'est la possession d'une chambre bien froide au quatrième, rue Boucherat[2]; puis une capote et des gants de percale écrue pour la femme, un chapeau gris et une demi-tasse[3] de café pour le mari, l'éducation de Saint-Denis[4] ou une demi-bourse pour les enfants, du *bouilli*[5] persillé deux fois la semaine pour tous. Ni tout à fait zéros, ni tout à fait chiffres, ces créatures-là sont peut-être des décimales.

Dans cette cité *dolente*[6], la vie est résolue par une pension ou quelque rente sur le Grand-Livre[7], et l'élégance, par des draperies à franges, un lit en bateau et des flambeaux sous verre.

Si nous montons encore quelques bâtons de l'échelle sociale, sur laquelle les gens occupés grimpent et se balancent comme les mousses dans les cordages d'un grand bâtiment[8], nous trouvons le médecin, le curé, l'avocat, le notaire, le petit magistrat, le gros négociant, le hobereau, le bureaucrate, l'officier supérieur, etc.

Ces personnages sont des appareils merveilleusement perfectionnés, dont les pompes, les chaînes, les balanciers, dont tous les rouages enfin, soigneusement polis, ajustés, huilés, accomplissent leurs révolutions sous d'honorables caparaçons brodés[1]. Mais cette vie est toujours une vie de mouvement où les pensées ne sont encore ni libres, ni largement fécondes. Ces messieurs ont à faire journellement un certain nombre de tours inscrits sur des *agenda*. Ces petits livres remplacent *les chiens de cour*[2] qui les harcelaient naguère au collège, et leur remettent à toute heure en mémoire qu'ils sont les esclaves d'un être de raison mille fois plus capricieux, plus ingrat qu'un souverain.

Quand ils arrivent à l'âge du repos, le sentiment de la *fashion*[3] s'est oblitéré, le temps de l'élégance a fui sans retour. Aussi la voiture qui les promène est-elle à marchepieds saillants à plusieurs fins[4], ou décrépite comme celle du célèbre Portal[5]. Chez eux, le préjugé du cachemire vit encore[6]; leurs femmes portent des rivières et des girandoles; leur luxe est toujours une épargne; dans leur maison tout est *cossu*, et vous lisez au-dessus de la loge : *Parlez au Suisse*[7]. Si dans la somme sociale ils comptent comme chiffres, ce sont des unités.

Pour les parvenus de cette classe, la vie est résolue par le titre de baron, et l'élégance par un grand chasseur bien emplumé ou par une loge à Feydeau[8].

Là cesse la vie occupée. Le haut fonctionnaire, le prélat, le général, le grand propriétaire, le ministre, le valet* et les princes sont dans la catégorie des oisifs, et appartiennent à la vie élégante.

Après avoir achevé cette triste autopsie du corps social, un philosophe éprouve tant de dégoût pour les préjugés qui amènent les hommes à passer les uns près des autres en s'évitant comme des couleuvres, qu'il a besoin de se dire : « Je ne construis pas à plaisir une nation, je l'accepte toute faite... »

Cet aperçu de la société prise en masse doit aider à concevoir nos premiers aphorismes, que nous formulerons ainsi :

---

* Le valet est une espèce de bagage essentiel à la vie élégante.

APHORISMES

I

Le but de la vie civilisée ou sauvage est le repos.

II

Le repos absolu produit le *spleen*.

III

La vie élégante est, dans une large acception du terme, l'art d'animer le repos.

IV

L'homme habitué au travail ne peut comprendre la vie élégante.

V

COROLLAIRE. Pour être fashionable, il faut jouir du repos sans avoir passé par le travail; autrement, gagner un quaterne[1], être fils de millionnaire, prince, sinécuriste ou cumulard.

§ II

DE LA VIE D'ARTISTE

L'artiste est une exception : son oisiveté est un travail, et son travail est un repos; il est élégant et négligé tour à tour; il revêt à son gré la blouse du laboureur, et décide du frac porté par l'homme à la mode; il ne subit pas de lois : il les impose. Qu'il s'occupe à ne rien faire ou médite un chef-d'œuvre sans paraître occupé; qu'il conduise un cheval avec un mors de bois[2] ou mène à grandes guides les quatre chevaux d'un britschka[3]; qu'il n'ait pas vingt-cinq centimes à lui ou jette de l'or à pleines mains, il est toujours l'expression d'une grande pensée et domine la société.

Quand M. Peel entra chez M. le vicomte de Chateaubriand, il se trouva dans un cabinet dont tous les meubles étaient en bois de chêne : le ministre trente fois millionnaire vit tout à coup les ameublements d'or ou d'argent massif qui encombrent l'Angleterre écrasés par cette simplicité[1].

L'artiste est toujours grand. Il a une élégance et une vie à lui, parce que chez lui tout reflète son intelligence et sa gloire. Autant d'artistes, autant de vies caractérisées par des idées neuves. Chez eux la *fashion* doit être sans force : ces êtres indomptés façonnent tout à leur guise. S'ils s'emparent d'un magot, c'est pour le transfigurer.

De cette doctrine se déduit un aphorisme européen :

VI

Un artiste vit comme il veut, ou... comme il peut.

§ III

DE LA VIE ÉLÉGANTE

Si nous omettions de définir ici la vie élégante, ce traité serait infirme ; un traité sans définition est comme un colonel amputé des deux jambes : il ne peut plus guère aller que cahin-caha. Définir, c'est abréger. Abrégeons donc.

DÉFINITIONS

La vie élégante est la perfection de la vie extérieure et matérielle :
Ou bien,
L'art de dépenser ses revenus en homme d'esprit ;
Ou encore,
La science qui nous apprend à ne rien faire comme les autres, en paraissant tout faire comme eux ;
Mais mieux, peut-être,
Le développement de la grâce et du goût dans tout ce qui nous est propre et nous entoure ;

Ou plus logiquement,

Savoir se faire honneur de sa fortune.

Selon notre honorable ami A-Z[a1], ce serait,

La noblesse transportée dans les choses.

D'après P.-T. Smith[2],

La vie élégante est le principe fécondant de l'industrie.

Suivant M. Jacotot[3], un traité sur la vie élégante est inutile, attendu qu'il se trouve tout entier dans *Télémaque* (voir la Constitution de Salente).

À entendre M. Cousin, ce serait dans un ordre de pensées plus élevé :

L'exercice de la raison nécessairement accompagné de celui des sens, de l'imagination et du cœur qui, se mêlant aux institutions primitives, aux illuminations immédiates de l'animalisme, va teignant la vie de ses couleurs. (Voyez page 44 du *Cours de l'histoire de la philosophie,* si le mot *vie élégante* n'est pas véritablement celui de ce rébus[4].)

Dans la doctrine de Saint-Simon,

La vie élégante serait la plus grande maladie dont une société puisse être affligée, en partant de ce principe : une grande fortune est un vol[5].

Suivant Chodruc[6],

Elle est un tissu de frivolités et de billevesées.

La vie élégante comporte bien toutes ces définitions subalternes, périphrases de notre aphorisme III ; mais elle renferme, selon nous, des questions plus importantes encore, et pour rester fidèle à notre système d'abréviation, nous allons essayer de les développer.

Un peuple de riches est un rêve politique impossible à réaliser : une nation se compose nécessairement de gens qui produisent et des gens qui consomment. Comment celui qui sème, plante, arrose et récolte est-il précisément celui qui mange le moins ? Ce résultat est un mystère assez facile à dévoiler, mais que bien des gens se plaisent à considérer comme une grande pensée providentielle[7]. Nous en donnerons peut-être l'explication plus tard en arrivant au terme de la voie suivie par l'humanité. Pour le moment, au risque d'être accusé d'aristocratie, nous dirons franchement qu'un homme placé au dernier rang de la société ne doit pas plus demander compte à Dieu de sa destinée qu'une huître de la sienne.

Cette remarque, tout à la fois philosophique et chrétienne, tranchera sans doute la question aux yeux des

gens qui méditent quelque peu les chartes constitutionnelles ; et comme nous ne parlons pas à d'autres,
nous poursuivrons.

Depuis que les sociétés existent, un gouvernement a
donc toujours été nécessairement un contrat d'assurance
conclu entre les riches contre les pauvres[1]. La lutte
intestine produite par ce prétendu partage *à la Montgomery*[2] allume chez les hommes civilisés une passion
générale pour la *fortune,* expression qui prototype[3] toutes
les ambitions particulières ; car du désir de ne pas appartenir à la cause souffrante et vexée, dérivent la noblesse,
l'aristocratie, les distinctions, les courtisans, les courtisanes, etc.

Mais cette espèce de fièvre qui porte l'homme à voir
partout des mâts de cocagne et à s'affliger de ne s'y être
juché qu'au quart, au tiers ou à moitié, a forcément
développé l'amour-propre outre mesure, et engendré la
vanité. Or, comme la vanité n'est que l'art de s'endiman-
cher tous les jours, chaque homme a senti la nécessité
d'avoir, comme un échantillon de sa puissance, un signe
chargé d'instruire les passants de la place où il perche
sur le grand mât de cocagne, au sommet duquel les rois
font leurs exercices[4]. Et c'est ainsi que les armoiries,
les livrées, les chaperons, les cheveux longs, les
girouettes, les talons rouges, les mîtres, les colombiers[5],
le carreau[6] à l'église et l'encens par le nez, les particules,
les rubans, les diadèmes, les mouches, le rouge, les
couronnes, les souliers à la poulaine, les mortiers, les
simarres, le menu-vair[7], l'écarlate, les éperons, etc., etc.,
étaient successivement devenus des signes matériels du
plus ou du moins de repos qu'un homme pouvait
prendre ; du plus ou du moins de fantaisies qu'il avait
le droit de satisfaire, du plus ou du moins d'hommes,
d'argent, de pensées, de labeurs qu'il lui était possible
de gaspiller. Alors un passant distinguait, rien qu'à le
voir, un oisif d'un travailleur, un chiffre d'un zéro.

Tout à coup, la révolution ayant pris d'une main
puissante toute cette garde-robe inventée par quatorze
siècles, et l'ayant réduite en papier monnaie, amena
follement un des plus grands malheurs qui puissent
affliger une nation. Les gens occupés se lassèrent de travailler tout seuls ; ils se mirent en tête de partager la
peine et le profit par portions égales, avec de malheureux

riches qui ne savaient rien faire, sinon se gaudir[1] en
leur oisiveté !...

Le monde entier, spectateur de cette lutte, a vu ceux-là
mêmes qui s'étaient le plus affolés de ce système, le
proscrire, le déclarer subversif, dangereux, incommode
et absurde, sitôt que de travailleurs ils se furent métamorphosés en oisifs.

Aussi, de ce moment, la société se reconstitua, se
rebaronifia, se recomtifia, s'enrubanisa, et les plumes de
coq[2] furent chargées d'apprendre au pauvre peuple ce
que les perles héraldiques lui disaient jadis : *vade retro,
Satanas !*... Arrière de nous, PÉQUINS[3] !... La France, pays
éminemment philosophique, ayant expérimenté par cette
dernière tentative la bonté, l'utilité, la sécurité du vieux
système d'après lequel se construisaient les nations,
revint d'elle-même, grâce à quelques soldats, au principe
en vertu duquel la Trinité a mis en ce bas monde des
vallées et des montagnes, des chênes et des graminées.

Et en l'an de grâce 1804, comme en l'an MCXX[4], il
a été reconnu qu'il est infiniment agréable pour un
homme ou une femme de se dire en regardant ses
concitoyens : « Je suis au-dessus d'eux ; je les éclabousse ;
je les protège ; je les gouverne ; et chacun voit clairement
que je les gouverne, les protège et les éclabousse ; car
un homme qui éclabousse, protège ou gouverne les
autres, parle, mange, marche, boit, dort, tousse, s'habille,
s'amuse autrement que les gens éclaboussés, protégés
et gouvernés. »

Et la VIE ÉLÉGANTE a surgi !...

Et elle s'est élancée toute brillante, toute neuve, toute
vieille, toute jeune, toute fière, toute pimpante, tout
approuvée, corrigée, augmentée et ressuscitée par ce
monologue merveilleusement moral, religieux, monarchique, littéraire, constitutionnel, égoïste :

« J'éclabousse, je protège, je... », etc.

Car les principes d'après lesquels se conduisent et
vivent les gens qui ont du talent, du pouvoir ou de
l'argent, ne ressembleront jamais à ceux de la vie vulgaire.

Et personne ne veut être vulgaire !...

La vie élégante est donc essentiellement la science des
manières.

Maintenant la question nous semble suffisamment
abrégée, et aussi subtilement posée que si S. S. le comte

Ravez s'était chargé de la proposer à la première chambre septennale[1].

Mais à quelle gent commence la vie élégante et tous les oisifs sont-ils aptes à en suivre les principes ?

Voici deux aphorismes qui doivent résoudre tous les doutes, et servir de point de départ à nos observations fashionables :

VII

Pour la vie élégante, il n'y a d'être complet que le *centaure*[2], l'homme en tilbury.

VIII

Il ne suffit pas d'être devenu ou de naître riche pour mener une vie élégante, il faut en avoir le sentiment.

Ne fais pas le prince, a dit avant nous Solon, si tu n'as pas appris à l'être[3].

CHAPITRE II

DU SENTIMENT DE LA VIE ÉLÉGANTE

La complète entente du progrès social peut seule produire le sentiment de la *vie élégante* : cette manière de vivre n'est-elle pas l'expression des rapports et des besoins nouveaux créés par une jeune organisation déjà virile ? Pour s'en expliquer le sentiment, et le voir adopté par tout le monde, il est donc nécessaire d'examiner ici l'enchaînement des causes qui ont fait éclore la vie élégante du mouvement même de notre révolution ; car autrefois elle n'existait pas.

En effet, jadis le noble vivait à sa guise, et restait toujours un être à part. Seulement, les façons du courtisan remplaçaient, au sein de ce peuple à talons rouges, les recherches de notre vie fashionable. Encore le ton de la cour n'a-t-il daté que de Catherine de Médicis. Ce furent nos deux reines italiennes[4] qui importèrent en France les raffinements du luxe, la grâce des manières et les féeries de la toilette. L'œuvre que commença Catherine en introduisant l'étiquette (*voir ses lettres à Charles IX*), en entourant le trône de supériorités intellectuelles, fut continuée par les reines espagnoles[1], influence puissante qui rendit·la cour de France arbitre et dépositaire des délicatesses inventées tour à tour et par les Maures et par l'Italie.

Mais jusqu'au règne de Louis XV, la différence qui distinguait le courtisan du noble ne se trahissait guère que par des pourpoints plus ou moins chers, par des bottines plus ou moins évasées, une fraise, une chevelure plus ou moins musquée, et par des mots plus ou moins neufs. Ce luxe, tout personnel, n'était jamais complété par un ensemble dans l'existence. Cent mille écus profusément jetés dans un habillement, dans un équipage, suffisaient pour toute une vie. Puis, un noble de province pouvait se mal vêtir, et savoir élever un de ces édifices merveilleux, notre admiration d'aujourd'hui et le désespoir de nos fortunes modernes; tandis qu'un courtisan, richement mis, eût été fort embarrassé de recevoir deux femmes chez lui. Une salière de Benvenuto Cellini, achetée au prix de la rançon d'un roi, s'élevait souvent sur une table entourée de bancs.

Enfin, si nous passons de la vie matérielle à la vie morale, un noble pouvait faire des dettes, vivre dans les cabarets, ne pas savoir écrire ou parler, être ignorant, stupide, prostituer son caractère, dire des niaiseries, il demeurait noble. Le bourreau et la loi le distinguaient encore de tous les exemplaires de Jacques Bonhomme (l'admirable type des gens occupés) en lui tranchant la tête, au lieu de le pendre. On eût dit le *civis romanus*[2] en France; car, véritables esclaves, les Gaulois* étaient devant lui comme s'ils n'existaient pas[3].

Cette doctrine fut si bien comprise, qu'une femme de qualité s'habillait devant ses gens comme s'ils eussent été des bœufs; ne se déshonorait pas en *chippant* l'argent des bourgeois (voir la conversation de la duchesse de Tallard, dans le dernier ouvrage de M. Barrière[4]); que la comtesse d'Egmont ne croyait pas commettre d'infidélité en aimant un vilain[5]; que Mme de Chaulnes affirmait qu'une duchesse n'avait pas d'âge pour un roturier[6]; et que M. Joly de Fleury considérait logiquement les

---

* Gentilhomme voulait dire : *l'homme de la nation, gentis homo.*

vingt millions de corvéables comme un accident dans l'État[1].

Aujourd'hui les nobles de 1804 ou de l'an MCXX ne représentent plus rien. La révolution n'était qu'une croisade contre les privilèges, et sa mission n'a pas été tout à fait vaine; car si la chambre des pairs, dernier lambeau des prérogatives héréditaires, devient une oligarchie territoriale, elle ne sera jamais une aristocratie hérissée de droits hostiles. Mais, malgré l'amélioration apparente imprimée à l'ordre social par le mouvement de 1789, l'abus nécessaire que constitue l'inégalité des fortunes s'est régénéré sous de nouvelles formes. N'avons-nous pas, en échange d'une féodalité risible et déchue, la triple aristocratie de l'argent, du pouvoir et du talent, qui, toute légitime qu'elle soit, n'en jette pas moins sur la masse un poids immense, en lui imposant le patriciat de la banque, le ministérialisme, et la balistique des journaux ou de la tribune, marchepieds des gens de talent? Ainsi, tout en consacrant, par son retour à la monarchie constitutionnelle, une mensongère égalité politique, la France n'a jamais que généralisé le mal; car nous sommes une démocratie de riches. Avouons-le? La grande lutte du dix-huitième siècle était un combat singulier entre le Tiers-État et les ordres : le peuple n'y fut que l'auxiliaire des plus habiles. Aussi, en octobre 1830, il existe encore deux espèces d'hommes : les riches et les pauvres, les gens en voiture et les gens à pied, ceux qui ont payé le droit d'être oisifs et ceux qui tentent de l'acquérir. La société s'exprime en deux termes; mais la proposition reste la même : les hommes doivent toujours les délices de la vie et le pouvoir au hasard qui, jadis, créait les nobles; car le talent est un bonheur d'organisation, comme la fortune patrimoniale en est un de naissance.

L'oisif gouvernera donc toujours ses semblables : après avoir interrogé, fatigué les choses, il éprouve l'envie de JOUER AUX HOMMES. D'ailleurs, celui-là dont l'existence est assurée pouvant seul étudier, observer, comparer, le riche déploie l'esprit d'envahissement, inhérent à l'âme humaine, au profit de son intelligence; et alors, le triple pouvoir du temps, de l'argent et du talent lui garantit le monopole de l'empire, car l'homme armé de la pensée a remplacé le banneret bardé de fer. Le mal a perdu de sa force en s'étendant; l'intelligence est devenue le pivot de notre civilisation : tel est tout le progrès acheté par le sang de nos pères.

L'aristocratie et la bourgeoisie vont mettre en commun, l'une, ses traditions d'élégance, de bon goût et de haute politique ; l'autre, ses conquêtes prodigieuses, dans les arts et les sciences ; puis, toutes deux, à la tête du peuple, elles l'entraîneront dans une voie de civilisation et de lumière. Mais les princes de la pensée, du pouvoir ou de l'industrie qui forment cette caste agrandie, n'en éprouveront pas moins une invincible démangeaison de publier, comme les nobles d'autrefois, leur degré de puissance ; et, aujourd'hui encore, l'homme social fatiguera son génie à trouver des distinctions. Ce sentiment est, sans doute, un besoin de l'âme, une espèce de soif ; car le sauvage même, a ses plumes, ses tatouages, ses arcs travaillés, ses cauris[1], et se bat pour des verroteries. Alors, comme le dix-neuvième siècle s'avance sous la conduite d'une pensée dont le but est de substituer l'exploitation de l'homme par l'intelligence à l'exploitation de l'homme par l'homme*, la promulgation constante de notre supériorité devra subir l'influence de cette

---

* Cette expression métaphysique du dernier progrès fait par l'homme peut servir à expliquer la structure de la société et à trouver les raisons des phénomènes offerts par les existences individuelles. Ainsi, LA VIE OCCUPÉE n'étant jamais *qu'une exploitation de la matière par l'homme,* ou *une exploitation de l'homme par l'homme*[2], tandis que LA VIE D'ARTISTE et LA VIE ÉLÉGANTE supposent toujours une *exploitation de l'homme par la pensée,* il est facile, en appliquant ces formules au plus ou moins d'intelligence développé dans les travaux humains, de s'expliquer la différence des fortunes. En effet, en politique, en finance, comme en mécanique, le résultat est toujours en raison de la puissance des moyens, c. q. e. à d. (voyez page 12[3]). Ce système doit-il nous rendre un jour tous millionnaires ?... Nous ne le pensons pas. Malgré le succès de M. Jacotot, c'est une erreur de croire les intelligences égales. Elles ne peuvent l'être que par une similitude de force, d'exercice ou de perfection, impossible à rencontrer dans les organes ; car, chez les hommes civilisés surtout, il serait difficile de rassembler deux organisations homogènes. Ce fait immense prouve que Sterne avait peut-être raison de mettre l'*art d'accoucher* en avant de toutes les sciences et des philosophies[4]. Alors les hommes resteront donc toujours, les uns, pauvres, les autres, riches ; seulement, les intelligences supérieures étant dans une voie de progrès, le bien-être de la masse augmentera, comme le démontre l'histoire de la civilisation depuis le seizième siècle, moment où la pensée a triomphé en Europe, par l'influence de Bacon, de Descartes et de Bayle.

haute philosophie et participera bien moins de la matière, que de l'âme.

Hier, encore, les Francs sans armures, peuple débile et dégénéré, continuaient les rites d'une religion morte et levaient les étendards d'une puissance évanouie; maintenant, chaque homme, qui va se dresser, s'appuiera sur sa propre force. Les oisifs ne seront plus des fétiches, mais de véritables dieux. Alors l'expression de notre fortune résultera de son emploi, et la preuve de notre élévation individuelle se trouvera dans l'ensemble de notre vie; car princes et peuples comprennent que le signe le plus énergique ne suppléera plus le pouvoir. Ainsi, pour chercher à rendre un système par une image, il ne reste pas trois figures de Napoléon en habits impériaux, et nous le voyons partout, vêtu de son petit uniforme vert, coiffé de son chapeau à trois cornes et les bras croisés. Il n'est poétique et vrai que sans le charlatanisme impérial. En le précipitant du haut de sa colonne, ses ennemis l'ont grandi[1]. Dépouillé des oripeaux de la royauté, Napoléon devient immense : il est le symbole de son siècle, une pensée de l'avenir : l'homme puissant est toujours simple et calme.

Du moment où deux livres de parchemin ne tiennent plus lieu de tout, où le fils naturel d'un baigneur[2] millionnaire et un homme de talent ont les mêmes droits que le fils d'un comte, nous ne pouvons plus être distinctibles que par notre valeur intrinsèque. Alors dans notre société les différences ont disparu : il n'y a plus que des nuances. Aussi, le savoir-vivre, l'élégance des manières, le *je ne sais quoi,* fruit d'une éducation complète, forment la seule barrière qui sépare l'oisif de l'homme occupé. S'il existe un privilège, il dérive de la supériorité morale. De là, le haut prix attaché par le plus grand nombre à l'instruction, à la pureté du langage, à la grâce du maintien, à la manière plus ou moins aisée dont une toilette est portée, à la recherche des appartements, enfin à la perfection de tout ce qui procède de la personne. N'imprimons-nous pas nos mœurs, notre pensée sur tout ce qui nous entoure et nous appartient ? « Parle, marche, mange ou habille-toi et je te dirai qui tu es ? » a remplacé l'ancien proverbe, expression de cour, adage de privilégié[3]. Aujourd'hui un maréchal de Richelieu est impossible[4]. Un Pair de France, un prince même, risquent de tomber au-dessous d'un électeur à cent écus, s'ils se déconsidèrent; car il n'est permis à personne d'être impertinent ou débauché. Plus les choses ont subi l'influence de la pensée, et plus les détails de la vie se sont ennoblis, épurés, agrandis.

Telle est la pente insensible par laquelle le christianisme de notre révolution a renversé le polythéisme de la féodalité, par quelle filiation un sentiment vrai a respiré jusque dans les signes matériels et changeants de notre puissance; et voilà comment nous sommes revenus au point d'où nous sommes partis — à l'adoration du veau d'or. Seulement, l'idole parle, marche, pense; en un mot, elle est un géant. Aussi, le pauvre Jacques Bonhomme est-il bâté pour longtemps[1]; une révolution populaire est impossible aujourd'hui : si quelques rois tombent encore, ce sera, comme en France, par le froid mépris de la classe intelligente.

Pour distinguer notre vie par de l'élégance, il ne suffit donc plus aujourd'hui d'être noble ou de gagner un quaterne à l'une des loteries humaines, il faut encore avoir été doué de cette indéfinissable faculté (l'esprit de nos sens peut-être!) qui nous porte toujours à choisir les choses vraiment belles ou bonnes, les choses dont l'ensemble concorde avec notre physionomie, avec notre destinée. C'est un tact exquis, dont le constant exercice peut, seul, faire découvrir soudain les rapports, prévoir les conséquences, deviner la place ou la portée des objets, des mots, des idées et des personnes; car, pour nous résumer, le principe de la vie élégante est une haute pensée d'ordre et d'harmonie destinée à donner de la poésie aux choses. De là cet aphorisme :

IX

Un homme devient riche, il naît élégant.

Appuyé sur de telles bases, vu de cette hauteur, ce système d'existence n'est donc plus une plaisanterie éphémère, un mot vide, dédaigné par les penseurs comme un journal lu. La *vie élégante* repose au contraire sur les déductions les plus sévères de la constitution sociale. N'est-elle pas l'habitude et les mœurs des gens supérieurs qui savent jouir de la fortune et obtenir du peuple le pardon de leur élévation en faveur des bienfaits répandus par leurs lumières ? N'est-elle pas l'expression des progrès faits par un pays, puisqu'elle en représente tous les genres de luxe. Enfin, si elle est l'indice d'une nature perfectionnée, tout homme ne doit-il pas désirer d'en étudier, d'en surprendre les secrets ?

Alors il n'est donc plus indifférent de mépriser ou d'adopter les fugitives prescriptions de LA MODE; car *mens molem agitat*[1] : l'esprit d'un homme se devine à la manière dont il tient sa canne. Les distinctions s'avilissent, ou meurent en devenant communes; mais il existe une puissance chargée d'en stipuler de nouvelles, c'est l'opinion; or, la mode n'a jamais été que l'opinion en matière de costume. Le costume étant le plus énergique de tous les symboles, la révolution fut aussi une question de mode, un débat entre la soie et le drap. Mais aujourd'hui LA MODE n'est plus restreinte au luxe de la personne. Le matériel de la vie, ayant été l'objet du progrès général, a reçu d'immenses développements. Il n'est pas un seul de nos besoins qui n'ait produit une encyclopédie, et notre vie animale se rattache à l'universalité des connaissances humaines. Aussi, en dictant les lois de l'élégance, la mode embrasse-t-elle tous les arts. Elle est le principe des œuvres comme des ouvrages. N'est-elle pas le cachet dont un consentement unanime scelle une découverte ou marque les inventions qui enrichissent le bien-être de l'homme ? Ne constitue-t-elle pas la récompense toujours lucrative, l'hommage décernés au génie ? En accueillant, en signalant le progrès, elle se met à la tête de tout : elle fait les révolutions de la musique, des lettres, du dessin et de l'architecture. Or, un traité de la vie élégante, étant la réunion des principes incommutables qui doivent diriger la manifestation de notre pensée par la vie extérieure, est en quelque sorte *la métaphysique des choses*.

CHAPITRE III

PLAN DE CE TRAITÉ

« J'arrive de Pierrefond où je suis allé voir mon oncle[2] : il est riche, il a des chevaux, il ne sait seulement

pas ce que c'est qu'un *tigre,* un *groom,* un *britschka,* et va
encore dans un cabriolet à pompe[1]!...

— Hé quoi! s'écria tout à coup notre honorable
ami[a2], en déposant sa pipe entre les bras d'une *Vénus à
la tortue* qui décore sa cheminée[3]; hé quoi! s'il s'agit de
l'homme en masse, il y a le code du droit des gens;
d'une nation, code politique; de nos intérêts, code civil;
de nos différends, code de procédure; de notre liberté,
code d'instruction; de nos égarements, code pénal; de
l'industrie, code du commerce; de la campagne, code
rural; des soldats, code militaire; des nègres, code noir;
de nos bois, code forestier; de nos coquilles pavoisées,
code maritime... Enfin, nous avons tout formulé, depuis
le deuil de cour, depuis la quantité de larmes que nous
devons verser pour un roi, un oncle, un cousin, jusqu'à
la vie et le pas d'un cheval d'escadron...

— Hé bien, quoi? lui dit A-Z[4] en ne s'apercevant
pas que notre honorable ami reprenait haleine.

— Hé bien, répliqua-t-il, quand ces codes-là ont été
faits, je ne sais quelle épizootie (il voulait dire épidémie)
a saisi les cacographes, et nous avons été inondés de
codes... La politesse, la gourmandise, le théâtre, les
honnêtes gens, les femmes, l'idemnité, les colons, l'administration, tout a eu son code. Puis, la doctrine de
Saint-Simon a dominé cet océan d'ouvrages, en prétendant que la *codification* (voyez *L'Organisateur*) était une
science spéciale[5]... Peut-être le typographe s'est-il trompé,
et n'a-t-il pas bien lu *caudification,* de *cauda,* queue?...
mais n'importe!

— Je vous demande, ajouta-t-il, en arrêtant un de
ses auditeurs et le tirant par un bouton, n'est-ce pas un
vrai miracle que la *Vie élégante* n'ait pas trouvé de législateurs parmi tout ce monde écrivant et pensant[6]? Ces
manuels, même ceux du garde champêtre, du maire et
du contribuable, ne sont-ils pas des fadaises auprès d'un
traité sur LA MODE? La publication des principes qui
rendent la vie poétique n'est-elle pas d'une immense
utilité? Si, en province, la plupart de nos fermes, closeries, borderies, maisons, métairies, bordages, etc., sont
de véritables chenils; si le bestial[7], et surtout les chevaux,
obtiennent en France un traitement indigne d'un peuple
chrétien, si la science du *confortable,* si le briquet de
l'immortel *Fumade*[8], si la cafetière de Lemare[9], si les

tapis à bon marché sont inconnus à soixante lieues de
Paris, il eſt bien certain que ce manque général des plus
vulgaires inventions dues à la science moderne vient
de l'ignorance dans laquelle nous laissons croupir la petite
propriété! L'élégance se rattache à tout. Elle tend à
rendre une nation moins pauvre, en lui inspirant le goût
du luxe; car un grand axiome eſt certes celui-ci :

x

La fortune que l'on acquiert eſt en raison des besoins
que l'on se crée.

Elle donne (toujours l'élégance) un aspeĉt plus pittoresque à un pays! et perfeĉtionne l'agriculture; car, des
soins apportés au vivre, au couvert des animaux, dépend
la beauté des races et de leurs produits. Or, allez voir
dans quels trous les Bretons logent leurs vaches, leurs
chevaux, leurs moutons et leurs enfants[1], et vous
avouerez que, de tous les livres à faire, un traité sur
l'élégance eſt le plus philanthropique et le plus national!
Si un miniſtre a laissé son mouchoir et sa tabatière sur
la table de Louis XVIII[2], si les miroirs dans lesquels un
jeune élégant se fait la barbe, chez un vieux campagnard,
lui donnent l'air d'un homme prêt à tomber en apoplexie[3],
et si enfin votre oncle va encore dans un cabriolet à
pompe, c'eſt assurément faute d'un ouvrage classique
sur LA MODE!...

Notre honorable ami parla longtemps et très bien avec
cette facilité d'élocution que les envieux nomment *bavardage;* puis, il conclut en disant : « L'élégance dramatise
la vie... »

Oh! alors ce mot éveilla un *hourra* général. Le sagace
[A-Z] prouva que le drame ne pouvait guère ressortir
de l'uniformité imprimée, par l'élégance, aux mœurs d'un
pays; et, mettant en regard l'Angleterre et l'Espagne, il
démontra sa thèse en enrichissant son argumentation
des couleurs locales que lui fournirent les habitudes des
deux contrées. Enfin il termina ainsi :

« Il eſt facile, messieurs, d'expliquer cette lacune dans
la science. Hé! quel homme, jeune ou vieux, serait assez
hardi pour assumer sur sa tête une aussi accablante
responsabilité ? Pour entreprendre un traité de la vie

élégante, il faudrait avoir un fanatisme d'amour-propre inimaginable; car ce serait vouloir dominer les personnes élégantes de Paris, qui, elles-mêmes, tâtonnent, essaient et n'arrivent pas toujours à la grâce.

En ce moment, d'amples libations ayant été faites en l'honneur de la fashionable déesse du thé, les esprits s'étaient élevés au ton de l'illuminisme. Alors, un des plus élégants* rédacteurs de LA MODE[1] se leva en jetant un regard de triomphe sur ses collaborateurs :

« Cet homme existe!... » dit-il.

Un rire général accueillit cet exorde; mais le silence de l'admiration y succéda bientôt quand il eut ajouté :

« BRUMMELL!... Brummell est à Boulogne, banni de l'Angleterre par de trop nombreux créanciers oublieux des services que ce patriarche de la *fashion* a rendus à sa patrie[2]!... »

Et alors la publication d'un traité sur la vie élégante parut facile et fut unanimement résolue *comme étant un grand bienfait* pour l'humanité, comme un pas immense dans la voie des *progrès*[3].

Il est inutile d'ajouter que nous devons à Brummell les inductions philosophiques par lesquelles nous sommes arrivés à démontrer dans les deux précédents chapitres combien la vie élégante se liait fortement à la perfection de toute société humaine : les anciens amis de cet immortel créateur du luxe anglais auront, nous l'espérons, reconnu sa haute philosophie à travers la traduction imparfaite de ses pensées.

Il nous serait difficile d'exprimer le sentiment qui s'empara de nous lorsque nous vîmes ce prince de la mode : c'était tout à la fois du respect et de la joie. Comment ne pas se pincer épigrammatiquement les lèvres en voyant l'homme qui avait inventé la philosophie des meubles, des gilets, et qui allait nous léguer des axiomes sur les pantalons, sur la grâce et sur les harnais ?

Mais aussi comment ne pas être pénétré d'admiration pour le plus intime ami du roi George IV; pour le fashionable qui avait imposé des lois à l'Angleterre, et donné au prince de Galles ce goût de toilette et de *confortabilisme* qui valut tant d'avancement aux officiers

* Ici l'élégance s'applique au costume.

bien vêtus* ? N'était-il pas une preuve vivante de l'influence exercée par la mode ? Mais quand nous pensâmes que Brummell avait, en ce moment, une vie pleine d'amertume, et que Boulogne était son rocher de Sainte-Hélène, tous nos sentiments se confondirent dans un respectueux enthousiasme.

Nous le vîmes au moment de son lever. Sa robe de chambre portait l'empreinte de son malheur; mais tout en s'y conformant, elle s'harmoniait admirablement avec les accessoires de l'appartement. Brummell, vieux et pauvre, était toujours Brummell. Seulement, un embonpoint égal à celui de George IV avait rompu les heureuses dispositions de ce corps-modèle, et l'ex-dieu du dandysme portait une perruque[1]!... Effrayante leçon! Brummell ainsi!... N'était-ce pas Sheridan ivre mort au sortir du Parlement, ou saisi par des recors[2] ?

Brummell en perruque; Napoléon en jardinier[3]; Kant en enfance[4]; Louis XVI en bonnet rouge[5], et Charles X à Cherbourg[6]!... voilà les cinq plus grands spectacles de notre époque[7].

Le grand homme nous accueillit avec un ton parfait. Sa modestie acheva de nous séduire. Il parut flatté de l'apostolat que nous lui avions réservé; mais tout en nous remerciant, il nous déclara qu'il ne se croyait pas assez de talent pour accomplir une mission aussi délicate.

« Heureusement, nous dit-il, j'ai pour compagnons à Boulogne quelques gentlemen d'élite conduits en France par la manière trop large dont ils concevaient, à Londres, la vie élégante... — *Honneur au courage malheureux!*... ajouta-t-il en se découvrant et nous lançant un regard aussi gai que railleur.

« Alors, reprit-il, nous pourrons former ici un comité assez illustre, assez expérimenté pour décider en dernier ressort des difficultés les plus sérieuses de cette vie, si frivole en apparence; et, lorsque *vos amis de Paris* auront admis ou rejeté nos maximes, espérons que votre entreprise prendra un caractère monumental!... »

Ayant dit, il nous proposa de prendre le thé avec lui.

---

* Quand George IV voyait un militaire mis avec soin, il manquait rarement de le distinguer et de l'avancer. Aussi recevait-il fort mal les gens sans élégance.

Nous acceptâmes. Une miſtress élégante encore, malgré son embonpoint, étant sortie de la chambre voisine pour faire les honneurs de la théière, nous nous aperçûmes que Brummell avait aussi sa marquise de Conyngham[1]. Alors, le nombre seul des *couronnes* pouvait le diſtinguer de son royal ami George IV. Hélas! ils sont maintenant *ambo pares*[2], morts tous deux, ou à peu près[3].

Notre première conférence eut lieu pendant ce déjeuner dont la recherche nous prouva que la ruine de Brummell serait une fortune à Paris.

La queſtion dont nous nous occupâmes était une queſtion de vie ou de mort pour notre entreprise.

En effet, si le sentiment de la vie élégante devait résulter d'une organisation plus ou moins heureuse, il s'ensuivait que les hommes se partageaient pour nous en deux classes : les poètes et les prosateurs, les élégants et le commun des martyrs; partant, plus de traité : les premiers sachant tout, les derniers ne pouvant rien apprendre.

Mais, après la plus mémorable des discussions, nous vîmes surgir cet axiome consolateur :

XI

Quoique l'élégance soit moins un art qu'un sentiment, elle provient également de l'inſtinct et d'une habitude.

« Oui, s'écria sir William Crad...k, le compagnon fidèle de Brummell[4], rassurez la population craintive des *country-gentlemen* (petits propriétaires), des marchands et des banquiers!... Tous les enfants de l'ariſtocratie ne naissent pas avec le sentiment de l'élégance, avec le goût qui sert à donner à la vie une poétique empreinte; et cependant, l'ariſtocratie de chaque pays s'y diſtingue par ses manières et par une remarquable entente de l'exiſtence! — Quel eſt donc son privilège ?... L'éducation, l'habitude. Frappés dès le berceau de la grâce harmonieuse qui règne autour d'eux, élevés par des mères élégantes, dont le langage et les mœurs gardent toutes les bonnes traditions, les enfants des grands seigneurs se familiarisent avec les rudiments de notre science, et il faut un naturel bien revêche pour résiſter à un conſtant aspect de choses véritablement belles. Aussi le spectacle

le plus hideux pour un peuple est-il un grand tombé
au-dessous d'un bourgeois!

Si toutes les intelligences ne sont pas égales, il est
rare que nos sens ne soient pas égaux; car l'intelligence
résulte d'une perfection intérieure; or, plus nous élar-
gissons la forme, et plus nous obtenons d'égalité : ainsi,
les jambes humaines se ressemblent bien mieux que les
visages, grâce à la configuration de ces membres qui
offrent des lignes étendues. Or, l'élégance, n'étant que
la perfection des objets sensibles, doit être accessible à
tous par l'habitude... L'étude peut conduire un homme
riche à porter des bottes et un pantalon aussi bien que
nous les portons nous-mêmes, et lui apprendre à savoir
dépenser sa fortune avec grâce... Ainsi du reste. »

Brummell fronça légèrement le sourcil. Nous devi-
nâmes qu'il allait faire entendre cette voix prophétique
à laquelle obéissait naguère un peuple de riches.

« L'axiome est vrai, dit-il, et j'approuve une partie
des raisonnements dus à l'honorable préopinant; mais
j'improuve fortement de lever ainsi la barrière qui sépare
la vie élégante de la vie vulgaire; et d'ouvrir les portes
du temple au peuple entier.

— Non!... s'écria Brummell, en frappant du poing
sur la table; non, toutes les jambes ne sont pas appelées
à porter de même une botte ou un pantalon... Non,
Milords. N'y a-t-il pas des boiteux, des gens contrefaits
ou ignobles à toujours ? Et n'est-ce pas un axiome que
cette sentence, mille fois prononcée par nous dans le
cours de notre vie :

XII

Rien ne ressemble moins à l'homme qu'*un homme*[1].

« Donc, reprit-il, après avoir consacré le principe
favorable qui laisse aux catéchumènes de la vie élégante
l'espoir de parvenir à la grâce par l'habitude, reconnaissons aussi les exceptions, et cherchons-en les formules,
de bonne foi!... »

Après bien des efforts, après de nombreuses observations savamment débattues, nous rédigeâmes les axiomes
suivants :

XIII

Il faut avoir été au moins jusqu'en rhétorique, pour mener une vie élégante.

XIV

Sont en dehors de la vie élégante, les détaillants, les gens d'affaires et les professeurs d'humanités.

XV

L'avare est une négation.

XVI

Un banquier arrivé à quarante ans sans avoir déposé son bilan, ou qui a plus de trente-six pouces de tour, est le damné de la vie élégante : il en verra le paradis, sans jamais y entrer.

XVII

L'être qui ne vient pas souvent à Paris ne sera jamais complètement élégant.

XVIII

L'homme impoli est le lépreux du monde fashionable*.

« Assez! dit Brummell. Si nous ajoutions un seul aphorisme, ce serait rentrer dans l'enseignement des principes généraux qui doivent être l'objet de la seconde partie du traité. »

Alors il daigna poser lui-même les limites de la science, en divisant ainsi notre ouvrage.

« Si vous examinez avec soin, dit-il, toutes les traductions matérielles de la pensée dont se compose la vie élégante, vous serez sans doute frappés comme moi du

---

* La connaissance des lois les plus vulgaires de la politesse étant un des éléments de notre science, nous saisissons cette occasion de rendre un hommage public à M. l'abbé Gaultier, dont l'ouvrage sur la politesse doit être considéré comme l'œuvre la plus complète en cette matière, et comme un admirable traité de morale. Ce petit livre se trouve chez J. Renouard[1].

rapprochement plus ou moins intime qui existe entre
certaines choses et notre personne. Ainsi, la parole, la
démarche, les manières sont des actes qui procèdent
immédiatement de l'homme, et qui sont entièrement soumis aux lois de l'élégance. La table, les gens, les chevaux,
les voitures, les meubles, la tenue des maisons ne dérivent,
pour ainsi dire, que *médiatement*[1] de l'individu. Quoique
ces accessoires de l'existence portent également le cachet
d'élégance que nous imprimons à tout ce qui procède
de nous, ils semblent, en quelque sorte, éloignés du
siège de la pensée et ne doivent occuper que le second
rang dans cette vaste théorie de l'élégance. N'est-il pas
naturel de refléter la grande pensée qui meut notre siècle
dans une œuvre destinée, peut-être, à réagir sur les mœurs
des ignorantins de la *fashion ?* Convenons donc ici que
tous les principes qui se rattacheront immédiatement à
l'intelligence auront la première place dans les distri-
butions de cette encyclopédie aristocratique.

« Cependant, Messieurs, ajouta Brummell, il est un
fait qui domine tous les autres. L'homme s'habille avant
d'agir, de parler, de marcher, de manger. Les actions
qui appartiennent à la mode, le maintien, la conversation, etc., ne sont jamais que les conséquences de notre
toilette. Sterne, cet admirable observateur, a proclamé de
la manière la plus spirituelle que les idées de l'homme
barbifié n'étaient pas celles de l'homme barbu[2]. Nous
subissons tous l'influence du costume. L'artiste en toilette ne travaille plus. Vêtue d'un peignoir ou parée
pour le bal... une femme est bien autre. Vous diriez deux
femmes ! »

Ici Brummell soupira.

« Nos manières du matin ne sont plus celles du soir,
reprit-il. Enfin George IV, dont l'amitié m'a si fort
honoré, s'est bien certainement cru plus grand le jour
de son couronnement que le lendemain ! La toilette est
donc la plus immense modification éprouvée par l'homme
social, elle pèse sur toute l'existence ! Or je ne crois pas
violer la logique en vous proposant d'ordonner ainsi
votre ouvrage.

« Après avoir dicté dans votre seconde partie les lois
générales de la vie élégante, reprit-il, vous devriez
consacrer la troisième aux choses qui procèdent immédiatement de l'individu, et mettre la toilette en tête.

Enfin, selon moi, la quatrième partie serait destinée aux choses qui procèdent immédiatement de la personne et que je regarde comme des ACCESSOIRES!... »

Nous excusâmes la prédilection de Brummell pour la toilette : elle avait fait sa gloire. C'est peut-être l'erreur d'un grand homme ; mais nous n'osâmes pas la combattre. Au risque de voir cette heureuse classification rejetée par les élégantologistes[1] de tous les pays, nous résolûmes de nous tromper avec Brummell.

Alors les matières à traiter dans la seconde partie furent adoptées à l'unanimité par cet illustre parlement de modiphiles sous le titre de PRINCIPES GÉNÉRAUX de la vie élégante.

La troisième partie, concernant LES CHOSES QUI PROCÈDENT IMMÉDIATEMENT DE LA PERSONNE, fut divisée en plusieurs chapitres.

Le premier comprendra *la toilette dans toutes ses parties.* Un premier paragraphe sera consacré à *la toilette des hommes;* un second à *la toilette des femmes;* un troisième offrira *un essai sur les parfums, sur les bains* et *sur la coiffure.*

Un autre chapitre donnera *une théorie complète de la démarche et du maintien*[2].

Un de nos meilleurs amis, M. E. Sue[3], aussi remarquable par l'élégance de son style et l'originalité de ses aperçus que par un goût exquis des choses, par une merveilleuse entente de la vie, nous a promis la communication de ses remarques pour un chapitre intitulé : *De l'impertinence considérée dans ses rapports avec la morale, la religion, la politique, les arts et la littérature*[4].

La discussion s'échauffa sur les deux dernières divisions. Il s'agissait de savoir si le chapitre des *manières* devait passer avant celui de *la conversation.*

Brummell mit fin au débat par une improvisation que nous avons le regret de ne pouvoir communiquer en entier. Il termina ainsi :

« Messieurs, si nous étions en Angleterre, les actions passeraient nécessairement avant la parole, car mes compatriotes sont assez généralement taciturnes; mais j'ai eu l'occasion de remarquer qu'en France vous parliez toujours beaucoup avant d'agir. »

La quatrième partie, consacrée aux ACCESSOIRES, comprendra les principes qui doivent régir les appartements, les meubles, *la table,* les chevaux, les gens, les

voitures, et nous terminerons par un traité sur *l'art de
recevoir soit à la ville, soit à la campagne, et sur l'art de se
conduire chez les autres.*

Ainsi, nous aurons embrassé l'universalité de la plus
vaste de toutes les sciences : celle qui embrasse tous les
moments de notre vie, qui gouverne tous les actes de
notre veille et les instruments de notre sommeil; car
elle règne encore même pendant le silence des nuits.

Deuxième partie

PRINCIPES GÉNÉRAUX

> Songez aussi, madame, qu'il y a des
> perfections révoltantes.
>
> MONOGRAPHIE DE LA VERTU,
> ouvrage inédit de l'auteur[1].

CHAPITRE IV

DOGMES

L'Église reconnaît sept péchés capitaux et n'admet
que trois vertus théologales. Nous avons donc sept
principes de remords contre trois sources de consolation! Triste problème que celui-ci : $3 : 7^2 :: $ l'homme : X !...
Aussi nulle créature humaine, sans en excepter sainte
Thérèse ni saint François d'Assise, n'a-t-elle pu échapper
aux conséquences de cette proposition fatale !

Malgré sa rigueur, ce dogme gouverne le monde
élégant, comme il dirige l'univers catholique. Le mal
sait stipuler des accommodements, le bien suit une ligne
sévère. De cette loi éternelle nous pouvons extraire un
axiome, confirmé par tous les dictionnaires *des cas de
conscience*[3].

XIX

Le bien n'a qu'un mode, le mal en a mille.

Ainsi la vie élégante a ses péchés capitaux et ses trois vertus cardinales. Oui, l'élégance est une et indivisible comme la Trinité, comme la Liberté, comme la Vertu. De là, résultent les plus importants de tous nos aphorismes généraux :

XX

Le principe constitutif de l'élégance est l'*unité*.

XXI

Il n'y a pas d'unité possible sans la propreté, sans l'harmonie, sans la *simplicité relative*.

Mais ce n'est point la simplicité plutôt que l'harmonie, ni l'harmonie plutôt que la propreté qui produisent l'élégance, elle naît d'une concordance mystérieuse entre ces trois vertus primordiales : la créer partout et soudain est le secret des esprits nativement distingués.

En analysant toutes les choses de mauvais goût qui entachent les toilettes, les appartements, les discours ou le maintien d'un inconnu, les observateurs trouveront toujours qu'elles pèchent par des infractions, plus ou moins sensibles, à cette triple loi de l'unité.

La vie extérieure est une sorte de système organisé qui représente un homme aussi exactement que les couleurs du colimaçon se reproduisent sur sa coquille. Aussi, dans la vie élégante, tout s'enchaîne et se commande. Quand M. Cuvier aperçoit l'os frontal, maxillaire ou crural de quelque bête, n'en induit-il pas toute une créature, fût-elle antédiluvienne, et n'en reconstruit-il pas aussitôt un individu classé, soit parmi les sauriens ou les marsupiaux, soit parmi les carnivores ou les herbivores ?... Jamais cet homme ne s'est trompé : son génie lui a révélé les lois unitaires de la vie animale[1].

De même, dans la vie élégante, une seule chaise doit déterminer toute une série de meubles, comme l'éperon fait supposer un cheval. Telle toilette annonce telle

sphère de noblesse et de bon goût. Chaque fortune a sa
base et son sommet. Jamais les Georges Cuvier de
l'élégance ne s'exposent à porter des jugements erronés :
ils vous diront à quel nombre de zéros, dans le chiffre
des revenus, doivent appartenir les galeries de tableaux,
les chevaux de race pure, les tapis de la Savonnerie, les
rideaux de soie diaphane, les cheminées de mosaïque,
les vases étrusques et les pendules surmontées d'une
statue échappée au ciseau des David[a1]! Apportez-leur
enfin une seule patère !... ils en déduiront tout un boudoir,
une chambre, un palais[2].

Cet ensemble, rigoureusement exigé par l'unité, rend
solidaires tous les accessoires de l'existence; car un
homme de goût juge, comme un artiste, sur un rien.
Plus l'ensemble est parfait et plus un barbarisme y est
sensible. Il n'y a qu'un sot ou un homme de génie qui
puissent mettre une bougie dans un martinet[3]. Les applications de cette grande loi fashionable furent bien
comprises de la femme célèbre (Mme T★★★[4]) à laquelle
nous devons cet aphorisme :

XXII

On connaît l'esprit d'une maîtresse de maison en
franchissant le seuil de sa porte.

Cette vaste et perpétuelle image qui représente* votre
fortune ne doit jamais en être le spécimen infidèle; car
vous seriez placé entre deux écueils : l'avarice ou l'impuissance. Or, trop vain comme trop modeste, vous
n'obéissez plus à cette unité, dont la moindre des conséquences est d'amener un heureux équilibre entre vos
forces productrices et votre forme extérieure.

Une faute aussi capitale détruit toute une physionomie.

Premier terme de cette proposition, l'avarice a déjà
été jugée; mais, sans pouvoir être accusés d'un vice
aussi honteux, beaucoup de gens, jaloux d'obtenir deux
résultats, tâchent de mener une vie élégante avec économie; ceux-là parviennent sûrement à un but : ils sont
ridicules. Ne ressembleront-ils pas, à tout moment, à

---

* Ces mots : *bien représenter, la représentation,* n'ont pas d'autre
origine.

des machinistes inhabiles dont les décorations laissent apercevoir les ressorts, les contrepoids et les coulisses[1]; manquant ainsi à ces deux axiomes fondamentaux de la science :

XXIII

L'effet le plus essentiel de l'élégance est de cacher les moyens.

XXIV

Tout ce qui révèle une économie est inélégant.

En effet l'économie est un moyen. Elle est le nerf d'une bonne administration, mais elle ressemble à l'huile qui donne de la souplesse et de la douceur aux roues d'une machine : il ne faut ni la voir ni la sentir.

Ces inconvénients ne sont pas les seuls châtiments dont les gens parcimonieux soient punis. En restreignant le développement de leur existence, ils descendent de leur sphère; et, malgré leur pouvoir, se mettent au niveau de ceux que la vanité précipite vers l'écueil opposé. Qui ne frémirait pas de cette épouvantable fraternité ?

Que de fois n'avez-vous pas rencontré, à la ville ou à la campagne, les bourgeois semi-aristocrates qui, parés outre mesure, sont obligés, faute d'un équipage, de calculer leurs visites, leurs plaisirs et leurs devoirs d'après Mathieu Laensberg[2]. Esclave de son chapeau, madame redoute la pluie et monsieur craint le soleil ou la poussière. Impressibles comme des baromètres, ils devinent le temps, quittent tout et disparaissent à l'aspect d'un nuage. Mouillés et crottés, ils s'accusent réciproquement au logis de leurs misères, gênés partout, ils ne jouissent de rien.

Cette doctrine a été résumée par un aphorisme applicable à toutes les existences, depuis celle de la femme forcée de retrousser sa robe pour s'asseoir en voiture jusqu'au petit prince d'Allemagne qui veut avoir des bouffes[3] :

XXV

De l'accord entre la vie extérieure et la fortune, résulte l'aisance.

L'observation religieuse de ce principe permet seule
à un homme de déployer, jusque dans ses moindres actes,
une liberté sans laquelle la grâce ne saurait exister. S'il
mesure ses désirs sur sa puissance, il reste dans sa sphère
sans avoir peur d'en déchoir. Cette sécurité d'action,
qu'on pourrait nommer la *conscience du bien-être,* nous
préserve de tous les orages occasionnés par une vanité
mal entendue.

Ainsi les experts de la vie élégante ne tracent pas de
longs chemins en toile verte sur leurs tapis, et ne
redoutent pas, pour eux, les visites d'un vieil oncle
asthmatique[1]. Ils ne consultent pas le thermomètre pour
sortir avec leurs chevaux. Également soumis aux charges
de la fortune comme à ses bénéfices, ils ne paraissent
jamais contrariés d'un dommage; car, chez eux, tout se
répare avec de l'argent, ou se résout par le plus ou moins
de peine que prennent leurs gens. Mettre un vase, une
pendule en cage, couvrir ses divans de housses, ensacher
un lustre, n'est-ce pas ressembler à ces bonnes gens qui,
après avoir fait des tirelires pour s'acheter des candélabres, les habillent aussitôt d'une gaze épaisse?
L'homme de goût doit jouir de tout ce qu'il possède.
Comme Fontenelle, *il n'aime pas les choses qui veulent être
par trop respectées*[2]. À l'exemple de la Nature, il ne craint
pas d'étaler, tous les jours, sa splendeur : il peut la reproduire. Aussi n'attend-il pas que, semblables aux vétérans
du Luxembourg[3], ses meubles lui attestent leurs services
par des nombreux chevrons, pour en changer la destination; et ne se plaint-il jamais du prix excessif des
choses, car il a tout prévu. Pour l'homme *de la vie occupée,*
les réceptions sont des solennités : il a ses *sacres* périodiques pour lesquels il fait ses déballages, vide ses
armoires, et décapuchonne ses bronzes; mais l'homme
de la vie élégante sait recevoir à toute heure, sans se laisser
surprendre. Sa devise est celle d'une famille dont la
gloire s'associe à la découverte du nouveau monde, il
est *semper paratus*[4], toujours prêt, toujours semblable à
lui-même. Sa maison, ses gens, ses voitures, son luxe
ignorent le préjugé du dimanche. Tous les jours sont
des jours de fête. Enfin, *si magna licet componere parvis*[5],
il est comme le fameux *Dessein*[6] qui répondait sans se
déranger, en apprenant l'arrivée du duc d'York :
« Mettez-le au numéro quatre. »

Ou comme la duchesse d'Abrantès qui, priée la veille par Napoléon de recevoir la Reine de Westphalie, au Raincy, dit à son maître d'hôtel : « J'ai demain une reine[a] », et donne, le lendemain, les plaisirs d'une chasse royale, d'opulents festins et un bal somptueux à des souverains[1].

Tout fashionable doit imiter, dans sa sphère, cette large entente de l'existence. Il obtiendra facilement ces merveilleux résultats par une constante recherche, par une exquise fraîcheur dans les détails. Le soin perpétue la bonne grâce de l'ensemble, et de là vient cet axiome anglais :

XXVI

L'entretien est le *sine qua non* de l'élégance.

L'entretien n'est pas seulement cette condition vitale de la propreté qui nous oblige d'imprimer aux choses leur lustre journalier, ce mot exprime tout un système.

Du moment où la finesse et la grâce des tissus ont remplacé, dans le costume européen, la lourdeur des draps d'or et les cottes armoriées du laborieux Moyen Âge, une révolution immense a eu lieu dans les choses de la vie. Au lieu d'enfouir un fonds dans un mobilier périssable, nous en avons consommé l'intérêt en objets plus légers, moins chers, faciles à renouveler, et les familles n'ont plus été déshéritées du capital*.

Ce calcul, d'une civilisation avancée, a reçu ses derniers développements en Angleterre. Dans cette patrie du *confortable,* le matériel de la vie est considéré comme un grand vêtement, essentiellement muable et soumis aux caprices de la *fashion.* Les riches changent annuellement leurs chevaux, leurs voitures, leurs ameublements ; les diamants mêmes sont remontés ; tout prend une forme nouvelle. Aussi, les moindres meubles sont-ils fabriqués dans cet esprit : les matières premières y sont sagement

---

* L'habit de Bassompierre, que nous citons à cause de la vulgarité du fait, coûtait cent mille écus de notre monnaie actuelle[2]. Aujourd'hui, l'homme le plus élégant ne dépense pas 15.000 fr[ancs] pour sa toilette, et renouvelle ses habits à chaque saison. La différence du capital employé constitue des différences de luxe qui ne détruisent pas cette observation : elle s'applique à la toilette des femmes et à toutes les parties de notre science.

économisées. Si nous ne sommes pas encore parvenus à ce degré de science, nous avons cependant fait quelques progrès. Les lourdes menuiseries de l'Empire sont entièrement condamnées, ainsi que ses voitures pesantes et ses sculptures, demi-chefs-d'œuvre qui ne satisfaisaient ni l'artiste, ni l'homme de goût. Nous marchons enfin dans une voie d'élégance et de simplicité. Si la modestie de nos fortunes ne permet pas encore des mutations fréquentes, nous avons au moins compris cet aphorisme qui domine les mœurs actuelles :

XXVII

Le luxe est moins dispendieux que l'élégance.

Et nous tendons à nous éloigner du système en vertu duquel nos aïeux considéraient l'acquisition d'un meuble comme un placement de fonds; car chacun a senti instinctivement qu'il est tout à la fois plus élégant et plus confortable de manger dans un service de porcelaine unie, que de montrer aux curieux une coupe sur laquelle Constantin a copié la *Fornarina*[1]. Les arts enfantent des merveilles que les particuliers doivent laisser aux rois, et des monuments qui n'appartiennent qu'aux nations. L'homme assez niais pour introduire dans l'ensemble de sa vie un seul échantillon d'une existence supérieure cherche à paraître ce qu'il n'est pas, et retombe alors dans cette impuissance dont nous avons tâché de flétrir les ridicules. Aussi, nous avons rédigé la maxime suivante pour éclairer les victimes de la manie des grandeurs :

XXVIII

La vie élégante étant un habile développement de l'amour-propre, tout ce qui révèle trop fortement la vanité y produit un pléonasme[2].

Chose admirable!... Tous les principes généraux de la science ne sont que des corollaires du grand principe que nous avons proclamé; car l'entretien et ses lois sont en quelque sorte la conséquence immédiate de *l'unité*.

Bien des personnes nous ont objecté l'énormité des dépenses nécessitées par nos despotiques aphorismes...

Quelle fortune, nous a-t-on dit, pourrait suffire aux exigences de vos théories ? Le lendemain du jour où une maison a été remeublée, retapissée, où une voiture a été restaurée, où la soie d'un boudoir a été changée, un fashionable ne vient-il pas insolemment appuyer sa tête pommadée sur une tenture ? Un homme en colère n'arrive-t-il pas exprès pour souiller un tapis ? Des maladroits n'accrochent-ils pas la voiture ? Et peut-on toujours empêcher les impertinents de franchir le seuil sacré du boudoir ?...

Ces réclamations, présentées avec l'art spécieux dont les femmes savent colorer toutes leurs défenses, ont été pulvérisées par cet aphorisme :

XXIX

Un homme de bonne compagnie ne se croit plus le maître de toutes les choses qui, chez lui, doivent être mises à la disposition des autres.

Un élégant ne dit pas tout à fait comme le Roi : *notre* voiture, *notre* palais, *notre* château, *nos* chevaux ; mais il sait empreindre toutes ses actions de cette délicatesse royale, heureuse métaphore, à l'aide de laquelle un homme semble convier à sa fortune tous ceux dont il s'entoure. Aussi, cette noble doctrine implique-t-elle un autre axiome non moins important que le précédent :

XXX

Admettre une personne chez vous, c'est la supposer digne d'habiter votre sphère.

Alors les prétendus malheurs, dont une petite maîtresse demanderait raison à nos dogmes absolus, ne peuvent procéder que d'un défaut de tact impardonnable. Une maîtresse de maison peut-elle jamais se plaindre d'un manque d'égards ou de soin ? N'est-ce pas sa faute ? N'existe-t-il pas, pour les gens comme il faut, des signes maçonniques à la faveur desquels ils doivent se reconnaître ? En ne recevant dans son intimité que ses égaux, l'homme élégant n'a plus d'accidents à redouter : s'il en survient, ce sont de ces coups du sort que personne n'est dispensé de subir. L'antichambre est une institution. En Angleterre, où l'aristocratie a fait de si grands progrès, il est peu de maisons qui n'aient un parloir. Cette pièce est destinée à donner audience à tous les inférieurs. La distance plus ou moins grande qui sépare nos oisifs des hommes occupés est représentée par l'étiquette. Les philosophes, les frondeurs, les rieurs, qui se moquent des cérémonies, ne recevraient pas leur épicier, fût-il électeur du grand collège, avec les attentions dont ils entoureraient un marquis. Il ne s'ensuit pas de là que les fashionables méprisent les travailleurs. Bien loin, ils ont pour eux une admirable formule de respect social :

« Ce sont des *gens estimables...* »

Il est aussi maladroit à un élégant de se moquer de la classe industrielle, que de tourmenter des mouches à miel, que de déranger un artiste qui travaille : cela est de mauvais ton.

Les salons appartiennent donc à ceux qui ont le *pied élégant,* comme les frégates à ceux qui ont le *pied marin.* Si vous n'avez pas refusé nos prolégomènes, il faut en accepter toutes les conséquences.

De cette doctrine, dérive un aphorisme fondamental :

XXXI

Dans la vie élégante, il n'existe plus de supériorités : on y traite de puissance à puissance.

Un homme de bonne compagnie ne dit à personne : « J'ai l'honneur, etc. » Il n'est *le très humble serviteur* d'aucun homme.

Le sentiment des convenances dicte aujourd'hui de nouvelles formules que les gens de goût savent approprier aux circonstances. Sous ce rapport, nous conseillons aux esprits stériles de consulter les *Lettres de Montesquieu*[1]. Cet illustre écrivain a déployé une rare souplesse de talent dans la manière dont il terminait ses moindres billets, en horreur de l'absurde monographie du « J'ai l'honneur d'être... »

Du moment où les gens de la vie élégante représentent les aristocraties naturelles d'un pays, ils se doivent réciproquement les égards de l'égalité la plus complète. Le talent, l'argent et la puissance donnant les mêmes droits,

l'homme en apparence faible et dénué auquel vous adres-
sez maladroitement un léger coup de tête sera bientôt
au sommet de l'État, et celui que vous saluez obséquieu-
sement va rentrer demain dans le néant de la fortune
sans pouvoir.

Jusqu'ici l'ensemble de nos dogmes a plutôt embrassé
l'esprit que la forme des choses. Nous avons en quelque
sorte présenté l'*Esthétique* de la vie élégante. En recherchant les lois générales qui régissent les détails, nous
avons été moins étonné que surpris de découvrir une
sorte de similitude entre les vrais principes de l'architecture et ceux qu'il nous reste à tracer. Alors nous nous
sommes demandé si, par hasard, la plupart des objets
qui servent à la vie élégante n'étaient pas dans le domaine
de l'architecture. Le vêtement, le lit, le coupé, sont des
abris de la personne, comme la maison est le grand vêtement qui couvre l'homme et les choses à son usage. Il
semble que nous ayons employé tout, jusqu'au langage,
comme l'a dit M. de Talleyrand, pour cacher une vie,
une pensée qui, malgré nos efforts, traverse tous les
voiles[1].

Sans vouloir donner à cette règle plus d'importance
qu'elle n'en mérite, nous consignerons ici quelques-unes
de ces règles :

XXXII

L'élégance veut impérieusement que les moyens soient
appropriés au but.

De ce principe, dérivent deux autres aphorismes, qui
en sont la conséquence immédiate.

XXXIII

L'homme de goût doit toujours savoir réduire le
besoin au simple.

XXXIV

Il faut que chaque chose paraisse ce qu'elle est.

XXXV

La prodigalité des ornements nuit à l'effet.

XXXVI

L'ornement doit être mis en haut.

XXXVII

En toute chose, la multiplicité des couleurs sera de mauvais goût.

Nous ne chercherons pas à démontrer ici, par quelques applications, la justesse de ces axiomes ; car dans les deux parties suivantes, nous en développerons plus rationnellement les conséquences, en signalant leurs effets à chaque détail. Cette observation nous a conduit à retrancher de cette partie les principes généraux qui devaient dominer chacune des divisions subsidiaires de la science, pensant qu'ils seraient mieux placés, en forme de sommaires, au commencement des chapitres dont ils régissent plus spécialement les matières.

Du reste, tous les préceptes que nous avons déjà proclamés, et auxquels nous serons forcé de recourir souvent par la suite, pourront paraître vulgaires à bien des gens.

Nous accepterions au besoin ce reproche comme un éloge. Cependant, malgré la simplicité de ces lois que plus d'un élégantologiste aurait peut-être mieux rédigées, déduites ou enchaînées, nous n'achèverons pas sans faire observer aux néophytes de la *fashion* que le bon goût ne résulte pas encore tant de la connaissance de ces règles, que de leur application. Un homme doit pratiquer cette science avec l'aisance qu'il met à parler sa langue maternelle. Il est dangereux de balbutier dans le monde élégant. N'avez-vous pas souvent vu de ces demi-fashionables qui se fatiguent à courir après la grâce, sont gênés s'ils voient un pli de moins à leur chemise, et suent sang et eau pour arriver à une fausse correction, semblables à ces pauvres Anglais tirant à chaque mot leur *Pocket*[1] ? Souvenez-vous, pauvres crétins de la vie élégante, que de notre XXXIIIe aphorisme, résulte essentiellement cet autre principe, votre condamnation éternelle :

XXXVIII

L'élégance travaillée est à la véritable élégance ce qu'est une perruque à des cheveux.

Cette maxime implique, en conséquence sévère, le corollaire suivant :

XXXIX

Le *Dandysme* est une hérésie de la vie élégante.

En effet le Dandysme est une affectation de la mode. En se faisant Dandy, un homme devient un meuble de boudoir, un mannequin[1] extrêmement ingénieux qui peut se poser sur un cheval ou sur un canapé, qui mord ou tète habilement le bout d'une canne[2]; mais un être pensant ?... jamais. L'homme qui ne voit que la mode dans la mode est un sot. La vie élégante n'exclut ni la pensée, ni la science; elle les consacre. Elle ne doit pas apprendre seulement à jouir du temps, mais à l'employer dans un ordre d'idées extrêmement élevé.

Puisque nous avons, en commençant cette seconde partie de notre traité, trouvé quelque similitude entre nos dogmes et ceux du christianisme, nous la terminerons en empruntant à la théologie des termes scolastiques propres à exprimer les résultats obtenus par ceux qui savent appliquer nos principes avec plus ou moins de bonheur.

Un homme nouveau se produit. Ses équipages sont de bon goût, il reçoit à merveille, ses gens ne sont pas grossiers, il donne d'excellents dîners, il est au courant de la mode, de la politique, des mots nouveaux[3], des usages éphémères, il en crée même; enfin, chez lui, tout a un caractère de confortabilisme exact. Il est en quelque sorte le *méthodiste* de l'élégance, et marche à la hauteur du siècle. Ni gracieux ni déplaisant, vous ne citerez jamais de lui un mot inconvenant et il ne lui échappe aucun geste de mauvais ton... N'achevons pas cette peinture, cet homme a la *grâce suffisante*.

Ne connaissons-nous pas tous un aimable égoïste qui possède le secret de nous parler de lui sans trop nous déplaire ? Chez lui, tout est gracieux, frais, recherché, poétique même. Il se fait envier. Tout en vous associant à ses jouissances, à son luxe, il semble craindre votre manque de fortune. Son obligeance, toute en discours, est une politesse perfectionnée. Pour lui, l'amitié n'est qu'un thème dont il connaît admirablement bien la richesse, et dont il mesure les modulations au diapason de chaque personne.

Sa vie est empreinte d'une personnalité perpétuelle, dont il obtient le pardon, grâce à ses manières : artiste avec les artistes, vieux avec un vieillard, enfant avec les enfants, il séduit sans plaire; car il nous meut dans son intérêt et nous amuse par calcul. Il nous garde et nous câline parce qu'il s'ennuie; et si nous nous apercevons aujourd'hui que nous avons été joués, demain, nous irons encore nous faire tromper... Cet homme a la *grâce essentielle*.

Mais il est une personne dont la voix harmonieuse imprime au discours un charme également répandu dans ses manières. Elle sait et parler et se taire; s'occupe de vous avec délicatesse; ne manie que des sujets de conversation convenables, ses mots sont heureusement choisis; son langage est pur, sa raillerie caresse et sa critique ne blesse pas. Loin de contredire avec l'ignorante assurance d'un sot, elle semble chercher, en votre compagnie, le bon sens ou la vérité. Elle ne disserte pas plus qu'elle ne dispute, elle se plaît à conduire une discussion, qu'elle arrête à propos. D'humeur égale, son air est affable et riant, sa politesse n'a rien de forcé, son empressement n'est pas servile; elle réduit le respect à n'être plus qu'une ombre douce; elle ne vous fatigue jamais et vous laisse satisfait d'elle et de vous. Entraîné dans sa sphère par une puissance inexplicable, vous retrouvez son esprit de bonne grâce empreint sur les choses dont elle s'environne : tout y flatte la vue, et vous y respirez comme l'air d'une patrie. Dans l'intimité, cette personne vous séduit par un ton naïf. Elle est naturelle. Jamais d'effort, de luxe, d'affiche. Ses sentiments sont simplement rendus parce qu'ils sont vrais. Elle est franche sans offenser aucun amour-propre. Elle accepte les hommes comme Dieu les a faits; pardonnant aux défauts et aux ridicules; concevant tous les âges et ne s'irritant de rien, parce qu'elle a le tact de tout prévoir. Elle oblige avant de consoler; elle est tendre et gaie, aussi l'aimerez-vous irrésistiblement. Vous la prenez pour type et lui vouez un culte.

Cette personne a la *grâce divine et concomitante*.

Charles Nodier a su personnifier cet être idéal dans son OUDET[1], gracieuse figure à laquelle la magie du pinceau n'a pas nui; mais ce n'est rien de lire la notice, il faut entendre Nodier lui-même, racontant certaines particularités qui tiennent trop à la vie privée pour être écrites; et alors vous concevriez la puissance prestigieuse de ces créatures privilégiées...

Ce pouvoir magnétique est le grand but de la vie élégante. Nous devons tous essayer de nous en emparer; mais la réussite est toujours difficile, car la cause du succès est dans une belle âme. Heureux ceux qui l'exercent, il est si beau de voir tout nous sourire, et la nature et les hommes...

Maintenant les sommités sont entièrement parcourues, nous allons nous occuper des détails.

Troisième partie

DES CHOSES QUI PROCÈDENT IMMÉDIATEMENT DE LA PERSONNE

> « Croyez-vous qu'on puisse être homme de talent, sans toutes ces niaiseries ?
> — Oui, monsieur; mais vous serez un homme de talent plus ou moins aimable, bien ou mal élevé », répondit-elle.
>
> Inconnus causant dans un salon.

CHAPITRE V

DE LA TOILETTE DANS TOUTES SES PARTIES

Nous devons à un jeune écrivain[a] dont l'esprit philosophique a donné de graves aspects aux questions les plus frivoles de la Mode une pensée que nous transformerons en axiome :

XL

La toilette est l'expression de la société[1].

Cette maxime résume toutes nos doctrines et les contient si virtuellement que rien ne peut plus être dit qui ne soit un développement plus ou moins heureux de ce savant aphorisme.

L'érudit ou l'homme du monde élégant qui voudrait rechercher, à chaque époque, les costumes d'un peuple, en ferait ainsi l'histoire la plus pittoresque et la plus nationalement vraie. Expliquer la longue chevelure des Francs, la tonsure des moines, les cheveux rasés du serf, les perruques de Popocambou[2], la poudre aristocratique et les titus de 1790, ne serait-ce pas raconter les principales révolutions de notre pays ? Demander l'origine des souliers à la poulaine, des aumônières, des chaperons, de la cocarde, des paniers, des vertugadins, des gants, des masques, du velours, c'est entraîner un *modilogue* dans l'effroyable dédale des lois somptuaires, et sur tous les champs de bataille où la civilisation a triomphé des mœurs grossières importées en Europe par la barbarie du Moyen Âge. Si l'Église excommunia successivement les prêtres qui prirent des culottes et ceux qui les quittèrent pour des pantalons; si la perruque des chanoines de Beauvais occupa jadis le parlement de Paris pendant un demi-siècle[3], c'est que ces choses, futiles en apparence, représentaient ou des idées ou des intérêts. Soit le pied, soit le buste, soit la tête, vous verrez toujours un progrès social, un système rétrograde ou quelque lutte acharnée se formuler à l'aide d'une partie quelconque du vêtement. Tantôt la chaussure annonce un privilège; tantôt le chaperon, le bonnet ou le chapeau signalent une révolution; là, une broderie, ou une écharpe; ici des rubans ou quelque ornement de paille expriment un parti; et alors vous appartenez aux Croisés, aux Protestants, aux Guises, à la Ligue, au Béarnais ou à la Fronde.

Avez-vous un bonnet vert ?... Vous êtes un homme sans honneur.

Avez-vous une roue jaune en guise de crachat à votre surcot ? Allez, paria de la chrétienté!... Juif, rentre dans ton clapier à l'heure du couvre-feu, ou tu seras puni d'une amende.

Ah! jeune fille, tu as des *annels* d'or, des colliers miri-fiques, et des pendants d'oreille qui brillent comme tes yeux de feu ?... prends garde! Si le sergent de ville t'aper-çoit, il te saisira et tu seras emprisonnée pour avoir ainsi *dévallé* par la ville, courant, folle de ton corps, à travers les rues où tu fais étinceler les yeux des vieillards dont tu ruines les escarcelles!...

Avez-vous les mains blanches ?... Vous êtes égorgé aux cris de : « Vive Jacques Bonhomme, mort aux seigneurs!... »

Avez-vous une croix de Saint-André ?... Entrez sans crainte à Paris : Jean-Sans-Peur y règne[1].

Portez-vous la cocarde tricolore ?... Fuyez!... Mar-seille vous assassinerait; car les derniers canons de Waterloo nous ont craché la mort et les vieux Bourbons.

Pourquoi la toilette serait-elle donc toujours le plus éloquent des styles, si elle n'était pas réellement tout l'homme, l'homme avec ses opinions politiques, l'homme avec le texte de son existence, l'homme hiéroglyphié ? Aujourd'hui même encore, la *vestignomie* est devenue presque une branche de l'art créé par Gall et Lavater. Quoique maintenant nous soyons à peu près tous habillés de la même manière, il est facile à l'observateur de retrouver, dans une foule, au sein d'une assemblée, au théâtre, à la promenade, l'homme du Marais, du faubourg Saint-Germain, du Pays Latin, de la Chaussée d'Antin[2], le prolétaire, le propriétaire, le consommateur et le pro-ducteur, l'avocat et le militaire, l'homme qui parle et l'homme qui agit.

Les intendants de nos armées ne reconnaissent pas les uniformes de nos régiments avec plus de promptitude que le physiologiste ne distingue les livrées imposées à l'homme par le luxe, par le travail ou la misère.

Dressez là un portemanteau, mettez-y des habits!... Bien. Pour peu que vous ne vous soyez pas promené comme un sot qui ne sait rien voir, vous devinerez le bureaucrate à cette flétrissure des manches, à cette large raie horizontalement imprimée dans le dos par la chaise sur laquelle il s'appuie si souvent en pinçant sa prise de tabac ou en se reposant des fatigues de la fainéantise. Vous admirerez l'homme d'affaires dans l'enflure de la poche aux carnets; le flâneur, dans la dislocation des goussets où il met souvent ses mains; le boutiquier, dans l'ouverture extraordinaire des poches qui bâillent toujours, comme pour se plaindre d'être privées de leurs paquets habituels. Enfin, un collet plus ou moins propre, poudré, pommadé, usé, des boutonnières plus ou moins flétries, une basque pendante, la fermeté d'un bougran[1] neuf sont les diagnostics infaillibles des professions, des mœurs, ou des habitudes. Voilà l'habit frais du Dandy, l'Elbeuf du rentier, la redingote courte du courtier marron, le frac à boutons d'or sablé d'un Lyonnais arriéré, ou le spencer crasseux d'un avare!...

Brummell avait donc bien raison de regarder la TOILETTE comme le point culminant de la Vie Élégante; car elle domine les opinions, elle les détermine, elle règne!... C'est peut-être un malheur, mais ainsi va le monde. Là où il y a beaucoup de sots, les sottises se perpétuent; et, certes, il faut bien reconnaître alors cette pensée pour un axiome :

XLI

L'incurie de la toilette est un suicide moral.

Mais si la toilette est tout l'homme, elle est encore bien plus toute la femme. La moindre incorrection dans une parure peut faire reléguer une duchesse inconnue dans les derniers rangs de la société.

En méditant sur l'ensemble des questions graves dont se compose la science du vêtement, nous avons été frappé de la généralité de certains principes qui régissent en quelque sorte tous les pays et la toilette des hommes aussi bien que celle des femmes; puis, nous avons pensé qu'il fallait, pour établir les lois du costume, suivre l'ordre même dans lequel nous nous habillons; et alors, certains faits prédominent l'ensemble; car de même que l'homme s'habille avant de parler, d'agir, de même, il se baigne avant de s'habiller. Les divisions de ce chapitre résultent donc d'observations consciencieuses, qui ont ainsi dicté l'ordonnance de la matière vestimentaire.

§ Ier. Principes œcuméniques de la toilette.
§ II. De la propreté dans ses rapports avec la toilette.
§ III. De la toilette des hommes.

§ Ier

PRINCIPES ŒCUMÉNIQUES DE LA TOILETTE

Les gens qui s'habillent à la manière du manouvrier dont le corps endosse quotidiennement et avec insouciance la même enveloppe, toujours crasseuse et puante, sont aussi nombreux que ces niais allant dans le monde pour n'y rien voir, mourant sans avoir vécu, ne connaissant ni la valeur d'un mets, ni la puissance des femmes, ne disant ni un bon mot ni une sottise ; mais *mon Dieu, pardonne-leur, car ils ne savent ce qu'ils font*[1]!...

S'il s'agit de les convertir à l'élégance, pourront-ils jamais comprendre ces axiomes fondamentaux de toutes nos connaissances ?

XLII

La brute se couvre, le riche ou le sot se parent, l'homme élégant s'habille[2].

XLIII

La toilette est, tout à la fois, une science, un art, une habitude, un sentiment.

En effet, quelle est la femme de quarante ans qui ne reconnaîtra pas une science profonde dans la toilette ? N'avouerez-vous pas qu'il ne saurait exister de grâce dans le vêtement si vous n'êtes accoutumés à le porter ? Y a-t-il rien de plus ridicule que la grisette en robe de cour ? Et quant au sentiment de la toilette !... Combien, par le monde, compterez-vous de dévotes, de femmes et d'hommes auxquels sont prodigués l'or, les étoffes, les soieries, les créations les plus merveilleuses du luxe et qui s'en servent pour se donner l'air d'une idole japonaise. De là, suit un aphorisme également vrai, que même les coquettes émérites et les professeurs de séduction doivent toujours étudier :

XLIV

La toilette ne consiste pas tant dans le vêtement que dans une certaine manière de le porter[1].

Aussi n'est-ce pas tant le chiffon en lui-même que l'esprit du chiffon qu'il faut saisir. Il existe au fond des provinces, et même à Paris, bon nombre de personnes capables de commettre, en fait de modes nouvelles, l'erreur de cette duchesse espagnole qui, recevant une précieuse cuvette de structure inconnue, crut, après bien des méditations, entrevoir que sa forme la destinait à paraître sur la table, offrant aux regards des convives une daube truffée; n'alliant pas des idées de propreté avec la porcelaine dorée de ce meuble nécessaire[2].

Aujourd'hui, nos mœurs ont tellement modifié le costume qu'il n'y a plus de costume, à proprement parler. Toutes les familles européennes ont adopté le drap, parce que les grands seigneurs comme le peuple ont compris instinctivement cette grande vérité : il vaut beaucoup mieux porter des draps fins et avoir des chevaux, que de semer sur un habillement les pierreries du Moyen Âge et de la monarchie absolue. Alors, réduite à la toilette, l'élégance consiste en une extrême recherche dans les détails de l'habillement : c'est moins la simplicité du luxe qu'un luxe de simplicité. Il y a bien une autre élégance... Mais elle n'est que la vanité dans la toilette. Elle pousse certaines femmes à porter des étoffes bizarres pour se faire remarquer, à se servir d'agrafes en diamants pour attacher un nœud, à mettre une boucle brillante dans la coque d'un ruban, de même que certains martyrs de la mode, gens à cent louis de rente, habitant une mansarde et voulant *se mettre dans le dernier genre,* ont des pierres à leurs chemises, le matin, attachent leurs pantalons avec des boutons d'or, retiennent leurs fastueux lorgnons par des chaînes, et vont dîner chez Tabar[3]!... Combien de ces Tantales parisiens ignorent, volontairement peut-être, cet axiome :

XLV

La toilette ne doit jamais être un luxe.

Beaucoup de personnes, même de celles auxquelles nous avons reconnu quelque diſtinction dans les idées, de l'inſtruction, et de la supériorité de cœur, savent difficilement connaître le point d'interſection qui sépare la toilette de pied et la toilette de voiture!...

Quel plaisir ineffable pour l'observateur, pour le connaisseur, de rencontrer par les rues de Paris, sur les boulevards, ces femmes de génie qui, après avoir signé leur nom, leur rang, leur fortune dans le sentiment de leur toilette, ne paraissent rien aux yeux du vulgaire et sont tout un poème pour les artiſtes, pour les gens du monde occupés à flâner. C'eſt un accord parfait entre la couleur du vêtement et les dessins, c'eſt un fini dans les agréments qui révèle la main induſtrieuse d'une adroite femme de chambre. Ces hautes puissances féminines savent merveilleusement bien se conformer à l'humble rôle du piéton, parce qu'elles ont maintes fois expérimenté les hardiesses autorisées par un équipage, car il n'y a que les gens habitués au luxe du carrosse qui savent se vêtir pour aller à pied.

C'eſt à l'une de ces ravissantes déesses parisiennes que nous devons les deux formules suivantes :

XLVI

L'équipage eſt un passeport pour tout ce qu'une femme veut oser[1].

XLVII

Le fantassin a toujours à lutter contre un préjugé.

D'où il suit que l'axiome suivant doit, avant tout, régler les toilettes des prosaïques piétons :

XLVIII

Tout ce qui vise à l'effet eſt de mauvais goût, comme tout ce qui eſt tumultueux.

Brummell a, du reſte, laissé la maxime la plus admirable sur cette matière et l'assentiment de l'Angleterre l'a consacrée :

XLIX

Si le peuple vous regarde avec attention vous n'êtes pas bien mis, vous êtes trop bien mis, trop empesé, ou trop recherché[1].

D'après cette immortelle sentence, tout fantassin doit passer inaperçu. Son triomphe est d'être à la fois vulgaire et distingué, reconnu par les siens et méconnu par la foule. Si Murat s'est fait nommer le *Roi-Franconi*[2], jugez de la sévérité avec laquelle le monde poursuit un fat ? Il tombe au-dessous du ridicule. Le trop de recherche est peut-être un plus grand vice que le manque de soin, et l'axiome suivant fera frémir sans doute les femmes à prétention :

L

Dépasser la mode, c'est devenir caricature.

Maintenant, il nous reste à détruire la plus grave de toutes les erreurs qu'une fausse expérience accrédite chez les esprits peu accoutumés à réfléchir ou à observer; mais nous donnerons despotiquement et sans commentaires notre arrêt souverain, laissant aux femmes de bon goût et aux philosophes de salon le soin de discuter.

LI

Le vêtement est comme un enduit, il met tout en relief, et la toilette a été inventée bien plutôt pour faire ressortir des avantages corporels que pour voiler des imperfections.

D'où suit ce corollaire naturel :

LII

Tout ce qu'une toilette cherche à cacher, dissimuler, augmenter et grossir plus que la nature ou la mode ne l'ordonnent ou ne le veulent, est toujours censé vicieux[3].

Aussi, toute mode qui a pour but un mensonge est essentiellement passagère et de mauvais goût.

D'après ces principes dérivés d'une jurisprudence exacte, basés sur l'observation, et dus au calcul le plus sévère de l'amour-propre humain ou féminin, il est clair qu'une femme mal faite, déjetée, bossue ou boiteuse, doit essayer, par politesse, à diminuer les défauts de sa taille; mais elle serait moins qu'une femme si elle s'imaginait produire la plus légère illusion. Mlle de Lavallière boitait avec grâce[1], et plus d'une bossue sait prendre sa revanche par les charmes de l'esprit, ou par les éblouissantes richesses d'un cœur passionné. Nous ne savons pas quand les femmes comprendront qu'un défaut leur donne d'immenses avantages!... L'homme ou la femme parfaits sont les êtres les plus nuls.

Nous terminerons ces réflexions préliminaires, applicables à tous les pays, par un axiome qui peut se passer de commentaires :

LIII

Une déchirure est un malheur, une tache est un vice.

THÉORIE DE LA DÉMARCHE

> À quoi, si ce n'est à une substance
> électrique, peut-on attribuer la magie
> avec laquelle la volonté s'intronise si
> majestueusement dans le regard pour
> foudroyer les obstacles aux comman-
> dements du génie, ou filtre, malgré
> nos hypocrisies, au travers de l'enve-
> loppe humaine ?
>
> *Histoire intellectuelle*
> *de Louis Lambert*[1].

Dans l'état actuel des connaissances humaines, cette
théorie est, à mon avis, la science la plus neuve, et partant la plus curieuse qu'il y ait à traiter. Elle est quasi
vierge. J'espère pouvoir démontrer la raison coefficiente[2] de cette précieuse virginité scientifique par des
observations utiles à l'histoire de l'esprit humain. Rencontrer quelque curiosité de ce genre, en quoi que ce
soit, était déjà chose très difficile au temps de Rabelais;
mais il est peut-être plus difficile encore d'en expliquer
l'existence aujourd'hui : ne faut-il pas que tout ait dormi
autour d'elle, vices et vertus ? Sous ce rapport, sans être
M. Ballanche, Perrault aurait, à son insu, fait un mythe
dans *La Belle au bois dormant*[3]. Admirable privilège des
hommes dont le génie est tout naïveté! Leurs œuvres
sont des diamants taillés à facettes, qui réfléchissent et
font rayonner les idées de toutes les époques[4]. Lautour-
Mézeray, homme d'esprit, qui sait mieux que personne
traire la pensée, n'a-t-il pas découvert dans *Le Chat botté*
le mythe de l'*Annonce,* celle des puissances modernes,
qui escompte ce dont il est impossible de trouver la

valeur à la Banque de France, c'est-à-dire tout ce qu'il y a d'esprit dans le public le plus niais du monde, tout ce qu'il y a de crédulité dans l'époque la plus incrédule, tout ce qu'il y a de sympathie dans les entrailles du siècle le plus égoïste[1] ?

Or, dans un temps où, par chaque matin, il se lève un nombre incommensurable de cerveaux affamés d'idées, parce qu'ils savent peser ce qu'il y a d'argent dans une idée, et pressés d'aller à la chasse aux idées, parce que chaque nouvelle circonstance sublunaire crée une idée qui lui est propre, n'y a-t-il pas un peu de mérite à trouver à Paris, sur un terrain si bien battu, quelque gangue dont se puisse encore extraire une paillette d'or ? Ceci est prétentieux; mais pardonnez à l'auteur son orgueil : faites mieux ? avouez qu'il est légitime. N'est-il pas réellement bien extraordinaire de voir, que, depuis le temps où l'homme marche, personne ne se soit demandé pourquoi il marche, comment il marche, s'il marche, s'il peut mieux marcher, ce qu'il fait en marchant, s'il n'y aurait pas moyen d'imposer, de changer, d'analyser sa marche : questions qui tiennent à tous les systèmes philosophiques, psychologiques et politiques dont s'est occupé le monde.

Eh quoi! feu M. Mariette[2], de l'Académie des sciences, a calculé la quantité d'eau qui passait, par chaque division la plus minime du temps, sous chacune des arches du pont Royal, en observant les différences introduites par la lenteur des eaux, par l'ouverture de l'arche, par les variations atmosphériques des saisons! Et il n'est entré dans la tête d'aucun savant de rechercher, de mesurer, de peser, d'analyser, de formuler, le binôme aidant, quelle quantité fluide l'homme, par une marche plus ou moins rapide, pouvait perdre ou économiser de force, de vie, d'action, de ce je ne sais quoi que nous dépensons en haine, en amour, en conversation et en digression!...

Hélas! une foule d'hommes, tous distingués par l'ampleur de la boîte cervicale et par la lourdeur, par les circonvolutions de leur cervelle; des mécaniciens, des géomètres enfin ont déduit des milliers de théorèmes, de propositions, de lemmes, de corollaires sur le mouvement appliqué aux choses, ont révélé les lois du mouvement céleste, ont saisi les marées dans tous leurs caprices et les ont enchaînées dans quelques formules d'une incontestable sécurité marine; mais personne, ni physiologiste, ni médecin sans malades, ni savant désœuvré, ni fou de Bicêtre, ni statisticien fatigué de compter ses grains de blé, ni quoi que ce soit d'humain, n'a voulu penser aux lois du mouvement appliqué à l'homme!...

Quoi! vous trouveriez plus facilement le *De pantouflis veterum,* invoqué par Charles Nodier, dans sa raillerie toute pantagruélique de l'*Histoire du roi de Bohême*[1], que le moindre volume *De re ambulatoria*[2]!...

Et cependant, il y a déjà deux cents ans, le comte Oxenstiern s'était écrié :

« Ce sont les marches qui usent les soldats et les courtisans[3]! »

Un homme déjà presque oublié, homme englouti déjà dans l'océan de ces trente mille noms célèbres[4], au-dessus desquels surnagent à grand-peine une centaine de noms, Champollion, a consumé sa vie à lire les hiéroglyphes, transition des idées humaines naïvement configurées à l'alphabet chaldéen trouvé par un pâtre, perfectionné par des marchands; autre transition de la vocalisation écrite à l'imprimerie, qui a définitivement consacré la parole[5]; et nul n'a voulu donner la clef des hiéroglyphes perpétuels de la démarche humaine!...

À cette pensée, à l'imitation de Sterne qui a bien un peu copié Archimède, j'ai fait craquer mes doigts; j'ai jeté mon bonnet en l'air[6], et je me suis écrié : *Eurêka*[7]! (« J'ai trouvé »).

Mais pourquoi donc cette science a-t-elle eu les honneurs de l'oubli? N'est-elle pas aussi sage, aussi profonde, aussi frivole, aussi dérisoire, que le sont les autres sciences? N'y a-t-il donc pas un joli petit nonsens, la grimace des démons impuissants, au fond de ses raisonnements? Ici, l'homme ne sera-t-il pas toujours aussi noblement bouffon qu'il peut l'être ailleurs? Ici, ne sera-t-il pas toujours Monsieur Jourdain, faisant de la prose sans le savoir[8], marchant sans connaître tout ce que sa marche soulève de hautes questions? Pourquoi la marche de l'homme a-t-elle eu le dessous, et pourquoi s'est-on préférablement occupé de la marche des astres? Ici, ne serons-nous pas, comme ailleurs, tout aussi heureux, tout aussi malheureux (sauf les dosages

individuels de ce fluide nommé si improprement imagination), soit que nous sachions, soit que nous ignorions
tout de cette nouvelle science ?

Pauvre homme du dix-neuvième siècle! En effet,
quelles jouissances as-tu définitivement extraites de la
certitude où tu es d'être, suivant Cuvier, le dernier venu
dans les espèces, ou l'être progressif[1], suivant Nodier?
de l'assurance qui t'a été donnée du séjour authentique
de la mer sur les plus hautes montagnes ? de la connaissance irréfragable qui a détruit le principe de toutes les
religions asiatiques, le bonheur passé de tout ce qui fut,
en déniant au soleil, par l'organe d'Herschell, sa chaleur
et sa lumière[2] ? Quelle tranquillité politique as-tu distillée
des flots de sang répandus par quarante années de révolutions ? Pauvre homme! tu as perdu les marquises, les
petits soupers, l'Académie française[3]; tu ne peux plus
battre tes gens, et tu as eu le choléra[4]. Sans Rossini[5],
sans Taglioni[6], sans Paganini[7], tu ne t'amuserais plus; et
tu penses néanmoins, si tu n'arrêtes le froid esprit de
tes institutions nouvelles, à couper les mains à Rossini,
les jambes à Taglioni, l'archet à Paganini. Après quarante années de révolutions, pour tout aphorisme politique, Bertrand Barrère a naguère publié celui-ci :

« N'interromps pas une femme qui danse pour lui
donner un avis[8]!... »

Cette sentence m'a été volée. N'appartenait-elle pas
essentiellement aux axiomes de ma théorie ?

Vous demanderez pourquoi tant d'emphase pour
cette science prosaïque[9], pourquoi emboucher si fort la
trompette à propos de l'art de lever le pied ? Ne savez-
vous donc pas que la dignité en toute chose est toujours
en raison inverse de l'utilité ?

Donc cette science est à moi! Le premier j'y plante la
hampe de mon pennon, comme Pizarre, en criant : *Ceci
est au roi d'Espagne!* quand il mit le pied sur l'Amérique.
Il aurait dû cependant ajouter quelque petite proclamation d'investiture en faveur des médecins[10].

Cependant Lavater a bien dit, avant moi, que tout
étant homogène dans l'homme, sa démarche devait être
au moins aussi éloquente que l'est sa physionomie; la
démarche est la physionomie du corps. Mais c'était une
déduction naturelle de sa première proposition : *Tout,
en nous, correspond à une cause interne.* Emporté par le vaste

cours d'une science qui érige en art distinct les observations relatives à chacune des manifestations particulières de la pensée humaine, il lui était impossible de développer la théorie de la démarche, qui occupe peu de place dans son magnifique et très prolixe ouvrage. Aussi les problèmes à résoudre en cette matière restent tout entiers à examiner, ainsi que les liens qui unissent cette partie de la vitalité à l'ensemble de notre vie individuelle, sociale et nationale.

... Et vera incessu patuit dea...
La déesse se révéla par sa démarche.

Ces fragments de vers de Virgile[1], analogues d'ailleurs à un vers d'Homère[2], que je ne veux pas citer, de peur d'être accusé de pédantisme, sont deux témoignages qui attestent l'importance attachée à la démarche par les anciens. Mais qui de nous, pauvres écoliers fouettés de grec, ne sait pas que Démosthène reprochait à Nicobule de marcher *à la diable,* assimilant une pareille démarche, comme manque d'usage et de bon ton, à un parler insolent[3] ?

La Bruyère a écrit quelques lignes curieuses sur ce sujet; mais ces quelques lignes n'ont rien de scientifique, et n'accusent qu'un de ces faits qui abondent par milliers dans cet art : « Il y a, dit-il, chez quelques femmes, une grandeur artificielle attachée au mouvement des yeux, à un air de tête, aux façons de marcher[4] », etc.

Cela dit, pour témoigner de mon soin à rendre justice au passé, feuilletez les bibliographes, dévorez les catalogues, les manuscrits des bibliothèques; à moins d'un palimpseste qui soit récemment gratté, vous ne trouverez rien de plus que ces fragments, insouciants de la science en elle-même[5]. Il y a bien des traités sur la danse, sur la mimique; il y a bien le *Traité du mouvement des animaux,* par Borelli[6]; puis quelques articles spéciaux faits par des médecins récemment effrayés de ce mutisme scientifique sur nos actes les plus importants; mais, à l'exemple de Borelli, ils ont moins cherché les causes que constaté les effets : en cette matière, à moins d'être Dieu même, il est bien difficile de ne pas retourner à Borelli. Donc rien de physiologique, de psychologique, de transcendant, de péripatéticiennement philosophique,

rien! Aussi donnerais-je pour le *cauris*[1] le plus ébréché
tout ce que j'ai dit, écrit, et ne vendrais-je pas, au prix
d'un globe d'or, cette théorie toute neuve, jolie comme
tout ce qui est neuf. Une idée neuve est plus qu'un
monde; elle donne un monde, sans compter le reste. Une
pensée nouvelle! quelles richesses pour le peintre, le
musicien, le poète!

Ma préface finit là. Je commence.

Une pensée a trois âges. Si vous l'exprimez dans toute
la chaleur prolifique de sa conception, vous la produisez
rapidement par un jet plus ou moins heureux, mais
empreint, à coup sûr, d'une verve pindarique. C'est
Daguerre s'enfermant vingt jours pour faire son admirable tableau de l'île Sainte-Hélène, inspiration toute
dantesque[2].

Mais si vous ne saisissez pas ce premier bonheur de
génération mentale, et que vous laissiez sans produit ce
sublime paroxysme de l'intelligence fouettée, pendant
lequel les angoisses de l'enfantement disparaissent sous
les plaisirs de la surexcitation cérébrale, vous tombez
soudain dans le gâchis des difficultés : tout s'abaisse,
tout s'affaisse; vous vous blasez; le sujet s'amollit; vos
idées vous fatiguent. Le fouet de Louis XIV, que vous
aviez naguère pour mener votre sujet en poste, a passé
aux mains de ces fantasques créatures; alors ce sont vos
idées qui vous brisent, vous lassent, vous sanglent[3] des
coups sifflants aux oreilles, et contre lesquels vous regim-
bez. Voilà le poète, le peintre, le musicien qui se promène, flâne sur les boulevards, marchande des cannes,
achète de vieux bahuts, s'éprend de mille passions
fugaces, laissant là son idée, comme on abandonne une
maîtresse plus aimante ou plus jalouse qu'il ne lui est
permis de l'être.

Vient le dernier âge de la pensée. Elle s'est implantée,
elle a pris racine dans votre âme; elle y a mûri; puis,
un soir ou un matin, quand le poète ôte son foulard,
quand le peintre bâille encore, lorsque le musicien va
souffler sa lampe, en se souvenant d'une délicieuse roulade, en revoyant un petit pied de femme ou l'un de ces
je ne sais quoi dont on s'occupe en dormant ou en
s'éveillant, ils aperçoivent leur idée dans toute la grâce
de ses frondaisons, de ses floraisons, l'idée malicieuse,

luxuriante, luxueuse, belle comme une femme magnifiquement belle, belle comme un cheval sans défaut! Et
alors, le peintre donne un coup de pied à son édredon,
s'il a un édredon, et s'écrie :

« C'est fini! je ferai mon tableau! »

Le poète n'avait qu'une idée, et il se voit à la tête
d'un ouvrage.

« Malheur au siècle!... » dit-il en lançant une de ses
bottes à travers la chambre[1].

Ceci est la théorie de la démarche de nos idées.

Sans m'engager à justifier l'ambition de ce programme
pathologique, dont je renvoie le système aux Dubois,
aux Maygrier[2] du cerveau, je déclare que la *Théorie de la
démarche* m'a prodigué toutes les délices de cette conception première, amour de la pensée ; puis tous les chagrins
d'un enfant gâté dont l'éducation coûte cher et n'en
perfectionne que les vices.

Quand un homme rencontre un trésor, sa seconde
pensée est de se demander par quel hasard il l'a trouvé.
Voici donc où j'ai rencontré la *Théorie de la démarche,*
et voici pourquoi personne jusqu'à moi ne l'avait aperçue[3]...

Un homme devint fou pour avoir réfléchi trop profondément à l'action d'ouvrir ou de fermer une porte[4].
Il se mit à comparer la conclusion des discussions
humaines à ce mouvement qui, dans les deux cas, est
absolument le même, quoique si divers en résultat.
À côté de sa loge était un autre fou qui cherchait à
deviner si l'œuf avait précédé la poule ou si la poule
avait précédé l'œuf[5]. Tous deux partaient, l'un de sa
porte, l'autre de sa poule, pour interroger Dieu sans
succès.

Un fou est un homme qui voit un abîme et y tombe.
Le savant l'entend tomber, prend sa toise, mesure la
distance, fait un escalier, descend, remonte et se frotte
les mains, après avoir dit à l'univers :

« Cet abîme a dix-huit cent deux pieds de profondeur,
la température du fond est de deux degrés plus chaude
que celle de notre atmosphère. » Puis il vit en famille.
Le fou reste dans sa loge. Ils meurent tous deux. Dieu
seul sait, qui du fou, qui du savant, a été le plus près
du vrai. Empédocle est le premier savant qui ait cumulé[6].

Il n'y a pas un seul de nos mouvements, ni une seule
de nos actions qui ne soit un abîme où l'homme le plus

sage ne puisse laisser sa raison et qui ne puisse fournir au savant l'occasion de prendre sa toise et d'essayer à mesurer l'infini. Il y a de l'infini dans le moindre *gramen*.

Ici, je serai toujours entre la toise du savant et le vertige du fou. Je dois en prévenir loyalement celui qui veut me lire : il faut de l'intrépidité pour rester entre ces deux asymptotes[1]. Cette *Théorie* ne pouvait être faite que par un homme assez osé pour côtoyer la folie sans crainte et la science sans peur.

Puis je dois encore accuser, par avance, la vulgarité du premier fait qui m'a conduit, d'inductions en inductions, à cette plaisanterie lycophronique[2]. Ceux qui savent que la terre est pavée d'abîmes, foulée par des fous et mesurée par des savants, me pardonneront seuls l'apparente niaiserie de mes observations. Je parle pour les gens habitués à trouver de la sagesse dans la feuille qui tombe, des problèmes gigantesques dans la fumée qui s'élève, des théories dans les vibrations de la lumière, de la pensée dans les marbres, et le plus horrible des mouvements dans l'immobilité[3]. Je me place au point précis où la science touche à la folie, et je ne puis mettre de garde-fous. Continuez.

En 1830, je revenais de cette délicieuse Touraine, où les femmes ne vieillissent pas aussi vite que dans les autres pays[4]. J'étais au milieu de la grande cour des Messageries, rue Notre-Dame-des-Victoires[5], attendant une voiture, et sans me douter que j'allais être dans l'alternative d'écrire des niaiseries ou de faire d'immortelles découvertes. De toutes les courtisanes, la pensée est la plus impérieusement capricieuse : elle fait son lit, avec une audace sans exemple, au bord d'un sentier; couche au coin d'une rue; suspend son nid, comme l'hirondelle, à la corniche d'une fenêtre; et avant que l'amour n'ait pensé à sa flèche, elle a conçu, pondu, couvé, nourri un géant. Papin allait voir si son bouillon avait des yeux quand il changea le monde industriel en voyant voltiger un papier que ballottait la vapeur au-dessus de sa marmite. Faust[6] trouva l'imprimerie en regardant sur le sol l'empreinte des fers de son cheval, avant de le monter. Les niais appellent ces foudroiements de la pensée un hasard, sans songer que le hasard ne visite jamais les sots.

J'étais donc au milieu de cette cour, où trône le mouvement, et j'y regardais avec insouciance les différentes scènes qui s'y passaient, lorsqu'un voyageur tombe de la rotonde[1] à terre, comme une grenouille effrayée qui s'élance à l'eau. Mais en sautant, cet homme fut forcé, pour ne pas choir, de tendre les mains au mur du bureau près duquel était la voiture, et de s'y appuyer légèrement. Voyant cela, je me demandai pourquoi. Certes, un savant aurait répondu : « Parce qu'il allait perdre son centre de gravité. » Mais pourquoi l'homme partage-t-il avec les diligences le privilège de perdre son centre de gravité ? Un être doué d'intelligence n'est-il pas souverainement ridicule quand il est à terre, par quelque cause que ce soit ? Aussi le peuple, que la chute d'un cheval intéresse, rit-il toujours d'un homme qui tombe.

Cet homme était un simple ouvrier, un de ces joyeux faubouriens, espèce de Figaro sans mandoline et sans résille, un homme gai, même en sortant de diligence, moment où tout le monde grogne. Il crut reconnaître un de ses amis dans le groupe des flâneurs qui regardent toujours l'arrivée des diligences, et il s'avança pour lui appliquer une tape sur l'épaule, à la façon de ces gentilshommes campagnards ayant peu de manières, qui, pendant que vous rêvez à vos chères amours, vous frappent sur la cuisse en vous disant : « Chassez-vous ?...»

En cette conjoncture, par une de ces déterminations qui restent un secret entre l'homme et Dieu, cet ami du voyageur fit un ou deux pas. Mon faubourien tomba, la main en avant, jusqu'au mur, sur lequel il s'appuya; mais, après avoir parcouru toute la distance qui se trouvait entre le mur et la hauteur à laquelle arrivait sa tête quand il était debout, espace que je représenterais scientifiquement par un angle de quatre-vingt-dix degrés, l'ouvrier, emporté par le poids de sa main, s'était plié, pour ainsi dire, en deux. Il se releva la face turgide et rougie, moins par la colère que par un effort inattendu[2].

« Voici, me dis-je, un phénomène auquel personne ne pense, et qui ferait bouquer[3] deux savants. »

Je me souvins en ce moment d'un autre fait, si vulgaire dans son éventualité, que nous n'en avons jamais esgoussé[4] la cause, quoiqu'elle accuse de sublimes merveilles. Ce fait corrobora l'idée qui me frappait alors si

vivement, idée à laquelle la science des riens est redevable
aujourd'hui de la *Théorie de la démarche*.

Ce souvenir appartient aux jours heureux de mon
adolescence, temps de délicieuse niaiserie, pendant lequel
toutes les femmes sont des *Virginies*, que nous aimons
vertueusement, comme aimait *Paul*. Nous apercevons
plus tard une infinité de naufrages, où, comme dans
l'œuvre de Bernardin de Saint-Pierre, nos illusions se
noient; et nous n'amenons qu'un cadavre sur la grève.

Alors, le chaste et pur sentiment que j'avais pour ma
sœur n'était troublé par aucun autre, et nous portions
à deux la vie en riant. J'avais mis trois ou quatre cents
francs en pièces de cent sous dans le nécessaire où elle
serrait son fil, ses aiguilles et tous les petits ustensiles
nécessaires à son métier de jeune fille essentiellement
brodeuse, parfileuse, couseuse et festonneuse[1]. N'en
sachant rien, elle voulut prendre sa boîte à ouvrage,
toujours si légère; mais il lui fut impossible de la soulever du premier coup, et il lui fallut émettre une seconde
dose de force et de vouloir pour enlever sa boîte. Ce
n'est pas la compromettre que de dire combien elle
mit de précipitation à l'ouvrir, tant elle était curieuse de
voir ce qui l'alourdissait. Alors je la priai de me garder
cet argent. Ma conduite cachait un secret, je n'ai pas
besoin d'ajouter que je fus obligé de le lui confier. Bien
involontairement, je repris l'argent sans l'en prévenir;
et, deux heures après, en reprenant sa boîte, elle l'enleva
presque au-dessus de ses cheveux, par un mouvement
plein de naïveté qui nous fit tant rire, que ce bon rire servit précisément à graver cette observation physiologique
dans ma mémoire.

En rapprochant ces deux faits si dissemblables, mais
qui procédaient de la même cause, je fus plongé dans
une perplexité pareille à celle du philosophe à camisole
qui médita si profondément sur sa porte.

Je comparai le voyageur à la cruche pleine d'eau qu'une
fille sérieuse rapporte de la fontaine. Elle s'occupe à
regarder une fenêtre, reçoit une secousse d'un passant,
et laisse perdre une lame d'eau. Cette comparaison vague
exprimait grossièrement la dépense de fluide vital que
cet homme me parut avoir faite en pure perte. Puis, de
là, jaillirent mille questions qui me furent adressées, dans
les ténèbres de l'intelligence, par un être tout fantastique,

par ma *Théorie de la démarche* déjà née. En effet, tout à coup mille petits phénomènes journaliers de notre nature vinrent se grouper autour de ma réflexion première et s'élevèrent en foule dans ma mémoire comme un de ces essaims de mouches qui s'envolent, au bruit de nos pas, de dessus le fruit dont elles pompent les sucs au bord d'un sentier.

Ainsi je me souvins en un moment, rapidement, et avec une singulière puissance de vision intellectuelle :

Et des craquements de doigts, et des redressements de muscles, et des sauts de carpe, que, pauvre écolier, moi et mes camarades, nous nous permettions comme tous ceux qui restent trop longtemps en étude, soit le peintre dans son atelier, soit le poète dans ses contemplations, soit la femme plongée dans son fauteuil;

Et de ces courses rapides subitement arrêtées comme le tournoiement d'un soleil fini, auxquelles sont sujets les gens qui sortent de chez eux ou de *chez elles* en proie à un grand bonheur;

Et de ces exhalations produites par des mouvements excessifs, et si actives, que Henri III a été pendant toute sa vie amoureux de Marie de Clèves pour être entré dans le cabinet où elle avait changé de chemise, au milieu d'un bal donné par Catherine de Médicis[1];

Et de ces cris féroces que jettent certaines personnes poussées par une inexplicable nécessité de mouvement et pour exercer peut-être une puissance inoccupée;

Et des envies soudaines de briser, de frapper quoi que ce soit, surtout dans des moments de joie, et qui rendent Odry si naïvement beau dans son rôle du maréchal ferrant de *L'Éginhard de campagne,* quand il tape au milieu d'un paroxysme de rire son ami Vernet, en lui disant : « Sauve-toi, ou je te tue[2]. »

Enfin plusieurs observations, que j'avais précédemment faites, m'illuminèrent, et me tenaillèrent l'intelligence si vigoureusement que, ne songeant plus ni à mes paquets, ni à ma voiture, je devins aussi distrait que l'est M. Ampère[3], et revins chez moi, féru par le principe lucide et vivifiant de ma *Théorie de la démarche.* J'allais admirant une science, incapable de dire quelle était cette science, nageant dans cette science, comme un homme en mer, qui voit la mer, et n'en peut saisir qu'une goutte dans le creux de sa main.

Ma pétulante pensée jouissait de son premier âge.

Sans autre secours que celui de l'intuition qui nous a valu plus de conquêtes que tous les sinus et les cosinus de la science, et sans m'inquiéter ni des preuves, ni du *qu'en dira-t-on,* je décidai que l'homme pouvait projeter en dehors de lui-même, par tous les actes dus à son mouvement, une quantité de force qui devait produire un effet quelconque dans sa sphère d'activité[1].

Que de jets lumineux dans cette simple formule !

L'homme aurait-il le pouvoir de diriger l'action de ce constant phénomène auquel il ne pense pas ? Pourrait-il économiser, amasser l'invisible fluide dont il dispose à son insu, comme la seiche du nuage d'encre au sein duquel elle disparaît ? Mesmer, que la France a traité d'empirique, a-t-il raison, a-t-il tort ?

Pour moi, dès lors, le MOUVEMENT comprit la Pensée, action la plus pure de l'être humain ; le Verbe, traduction de ses pensées ; puis la Démarche et le Geste, accomplissement plus ou moins passionné du Verbe. De cette effusion de vie plus ou moins abondante, et de la manière dont l'homme la dirige, procèdent les merveilles du toucher, auxquelles nous devons Paganini, Raphaël, Michel-Ange, Huerta le guitariste[2], Taglioni, Liszt, artistes qui tous transfusent leurs âmes par des mouvements dont ils ont seuls le secret. Des transformations de la pensée dans la voix, qui est le *toucher* par lequel l'âme agit le plus spontanément, découlent les miracles de l'éloquence, et les célestes enchantements de la musique vocale. La parole n'est-elle pas en quelque sorte la démarche du cœur et du cerveau ?

Alors, la Démarche étant prise comme l'expression des mouvements corporels, et la voix comme celle des mouvements intellectuels, il me parut impossible de faire mentir le mouvement. Sous ce rapport, la connaissance approfondie de la Démarche devenait une science complète.

N'y avait-il pas des formules algébriques à trouver pour déterminer ce qu'une cantatrice dépense d'âme dans ses roulades, et ce que nous dissipons d'énergie dans nos mouvements ? Quelle gloire de pouvoir jeter à l'Europe savante une arithmétique morale avec les solutions de problèmes psychologiques aussi importants à résoudre que le sont ceux-ci :

La cavatine du *Tanti palpiti*[1] est à la vie de la Pasta[2], comme I est à X.

Les pieds de Vestris[3] sont-ils à sa tête, comme 100 est à 2 ?

Le mouvement digestif de Louis XVIII a-t-il été à la durée de son règne, comme 1814 est à 93 ?

Si mon système eût existé plus tôt, et qu'on eût cherché des proportions plus égales entre 1814 et 93, Louis XVIII régnerait peut-être encore.

Quels pleurs je versai sur le *tohu-bohu* de mes connaissances, d'où je n'avais extrait que de misérables contes, tandis qu'il pouvait en sortir une physiologie humaine ! Étais-je en état de rechercher les lois par lesquelles nous envoyons plus ou moins de force du centre aux extrémités ; de deviner où Dieu a mis en nous le centre de ce pouvoir ; de déterminer les phénomènes que cette faculté devait produire dans l'atmosphère de chaque créature ?

En effet, si, comme l'a dit le plus beau génie analytique, le géomètre qui a le plus écouté Dieu aux portes du sanctuaire, une balle de pistolet lancée au bord de la Méditerranée cause un mouvement qui se fait sentir jusque sur les côtes de la Chine[4], n'est-il pas probable que, si nous projetons en dehors de nous un luxe de force, nous devons, ou changer autour de nous les conditions de l'atmosphère, ou nécessairement influer, par les effets de cette force vive qui veut sa place, sur les êtres et les choses dont nous sommes entourés ?

Que jette donc en l'air l'artiste qui se secoue les bras, après l'enfantement d'une noble pensée qui l'a tenu longtemps immobile ? Où va cette force dissipée par la femme nerveuse qui fait craquer les délicates et puissantes articulations de son cou, qui se tord les mains, en les agitant, après avoir vainement attendu ce qu'elle n'aime pas à trop attendre ?

Enfin, de quoi mourut le fort de la halle, qui, sur le port, dans un défi d'ivresse, leva une pièce de vin ; puis, qui, gracieusement ouvert, sondé, déchiqueté brin à brin par messieurs de l'Hôtel-Dieu, a complètement frustré leur science, filouté leur scalpel, trompé leur curiosité, en ne laissant apercevoir la moindre lésion ni dans ses muscles, ni dans ses organes, ni dans ses fibres, ni dans son cerveau ? Pour la première fois peut-être, M. Dupuytren, qui sait toujours pourquoi la mort est venue, s'est demandé pourquoi la vie était absente de ce corps. La cruche s'était vidée[1].

Alors il me fut prouvé que l'homme occupé à scier du marbre n'était pas bête de naissance, mais bête parce qu'il sciait du marbre. Il fait passer sa vie dans le mouvement des bras, comme le poète fait passer la sienne dans le mouvement du cerveau[2]. Tout mouvement a ses lois. Kepler, Newton, Laplace et Legendre sont tout entiers dans cet axiome. Pourquoi donc la science a-t-elle dédaigné de rechercher les lois d'un mouvement qui transporte à son gré la vie dans telle ou telle portion du mécanisme humain, et qui peut également la projeter en dehors de l'homme ?

Alors, il me fut prouvé que les chercheurs d'autographes, et ceux qui prétendent juger le caractère des hommes sur leur écriture, étaient des gens supérieurs.

Ici, ma *théorie de la démarche* acquérait des proportions si discordantes avec le peu de place que j'occupe dans le grand râtelier d'où mes illustres camarades du dix-neuvième siècle tirent leur provende, que je laissai là cette grande idée, comme un homme effrayé d'apercevoir un gouffre. J'entrais dans le second âge de la pensée.

Néanmoins je fus si curieusement affriandé par la vue de cet abîme, que, de temps en temps, je venais goûter toutes les joies de la peur, en le contemplant au bord, et m'y tenant ferme à quelques idées bien plantées, bien feuillues. Alors je commençai des travaux immenses et qui eussent, selon l'expression de mon élégant ami Eugène Sue[3], décorné un bœuf moins habitué que je ne le suis à marcher dans mes sillons[4], nuit et jour, par tous les temps, nonchalant[5] de la bise qui souffle, des coups, et du fourrage injurieux que le journalisme nous distribue[6].

Comme tous ces pauvres prédestinés de savants, j'ai compté des joies pures. Parmi ces fleurs d'étude, la première, la plus belle, parce qu'elle était la première, et la plus trompeuse, parce qu'elle était la plus belle, a été d'apprendre, par M. Savary de l'Observatoire[7], que, déjà, l'Italien Borelli avait fait un grand ouvrage *De actu animalium*[8] (« Du mouvement des animaux »).

Combien je fus heureux de trouver un Borelli sur le quai ; combien peu me pesa l'in-4° à rapporter sous le bras ; en quelle ferveur je l'ouvris ; en quelle hâte je le

traduisis! Je ne saurais vous dire ces choses. Il y avait
de l'amour dans cette étude. Borelli était pour moi ce que
Baruch fut pour La Fontaine[1]. Comme un jeune homme
dupe de son premier amour, je ne sentais de Borelli ni
la poussière accumulée dans ses pages par les orages
parisiens, ni la senteur équivoque de sa couverture, ni
les grains de tabac qu'y avait laissés le vieux médecin
auquel il appartint jadis, et dont je fus jaloux en lisant
ces mots écrits d'une main tremblante : *Ex libris Angard*[2].

Brst! quand j'eus lu Borelli, je jetai Borelli, je maudis
Borelli, je méprisai le vieux Borelli, qui ne me disait
rien *de actu*, comme plus tard le jeune homme baisse la
tête en reconnaissant sa première amie, l'ingrat! Le
savant italien, doué de la patience de Malpighi[3], avait
passé des années à éprouver, à déterminer la force des
divers appareils établis par la nature dans notre système
musculaire. Il a évidemment prouvé que le mécanisme
intérieur de forces réelles, constitué par nos muscles,
avait été disposé pour des efforts doubles de ceux que
nous voulions faire.

Certes, cet Italien est le machiniste le plus habile de
cet opéra changeant, nommé l'homme. À suivre, dans
son ouvrage, le mouvement de nos leviers et de nos
contrepoids, à voir avec quelle prudence le créateur nous
a donné des balanciers naturels pour nous soutenir en
toute espèce de pose, il est impossible de ne pas nous
considérer comme d'infatigables danseurs de corde[4]. Or
je me souciais peu des moyens, je voulais connaître les
causes. De quelle importance ne sont-elles pas ? Jugez.
Borelli dit bien pourquoi l'homme, emporté hors du
centre de gravité, tombe; mais il ne dit pas pourquoi
souvent l'homme ne tombe pas, lorsqu'il sait user d'une
force occulte, en envoyant à ses pieds une incroyable
puissance de *rétraction*.

Ma première colère passée, je rendis justice à Borelli.
Nous lui devons la connaissance de l'*aire* humaine : en
d'autres termes, de l'espace ambiant dans lequel nous
pouvons nous mouvoir sans perdre le centre de gravité.
Certes, la dignité de la démarche humaine doit singulièrement dépendre de la manière dont un homme se
balance dans cette sphère au-delà de laquelle il tombe.
Nous devons également à l'illustre Italien des recherches
curieuses sur la dynamique intérieure de l'homme. Il a

compté les tuyaux par lesquels passe le fluide moteur,
cette insaisissable volonté, désespoir des penseurs et des
physiologistes; il en a mesuré la force; il en a constaté
le jeu; il a donné généreusement à ceux qui monteront
sur ses épaules pour voir plus loin que lui dans ces
ténèbres lumineuses, la valeur matérielle et ordinaire des
effets produits par notre vouloir; il a pesé la pensée, en
montrant que la machine musculaire est en disproportion
avec les résultats obtenus par l'homme, et qu'il se trouve
en lui des forces qui portent cette machine à une puissance incomparablement plus grande que ne l'est sa
puissance intrinsèque.

Dès lors je quittai Borelli, certain de ne pas avoir fait
une connaissance inutile en conversant avec ce beau
génie; et je fus attiré vers les savants qui se sont occupés
récemment des forces vitales. Mais hélas! tous ressemblaient au géomètre qui prend sa toise et chiffre l'abîme;
moi je voulais voir l'abîme, et en pénétrer tous les secrets.

Que de réflexions n'ai-je pas jetées dans ce gouffre,
comme un enfant qui lance des pierres dans un puits
pour en écouter les retentissements! Que de soirs passés
sur un mol oreiller à contempler les nuages fantastiquement éclairés par le soleil couchant! Que de nuits
vainement employées à demander des inspirations au
silence! La vie la plus belle, la mieux remplie, la moins
sujette aux déceptions, est certes celle du fou sublime
qui cherche à déterminer l'inconnue d'une équation à
racines imaginaires.

Quand j'eus tout appris, je ne savais rien, et je mar-
chais!... Un homme qui n'aurait pas eu mon thorax, mon
cou, ma boîte cérébrale, eût perdu la raison en désespoir
de cause. Heureusement ce second âge de mon idée vint
à finir. En entendant le duo de Tamburini et de Rubini,
dans le premier acte de *Mosé*[1], ma théorie m'apparut
pimpante, joyeuse, frétillante, jolie, et vint se coucher
complaisamment à mes pieds, comme une courtisane
fâchée d'avoir abusé de la coquetterie, et qui craint
d'avoir tué l'amour.

Je résolus de constater simplement les effets produits
en dehors de l'homme par ses mouvements de quelque
nature qu'ils fussent, de les noter, de les classer; puis,
l'analyse achevée, de rechercher les lois du beau idéal
en fait de mouvement, et d'en rédiger un code pour les

personnes curieuses de donner une bonne idée d'elles-
mêmes, de leurs mœurs, de leurs habitudes[1] : la démarche
étant, selon moi, le prodrome exact de la pensée et de la
vie.

J'allai donc le lendemain m'asseoir sur une chaise du
boulevard de Gand[2], afin d'y étudier la démarche de tous
les Parisiens qui, pour leur malheur, passeraient devant
moi pendant la journée.

Et ce jour-là, je récoltai les observations les plus profondément curieuses que j'aie faites dans ma vie. Je
revins chargé comme un botaniste qui, en herborisant,
a pris tant de plantes qu'il est obligé de les donner à la
première vache venue. Seulement la *Théorie de la démarche*
me parut impossible à publier sans dix-sept cents planches
gravées, sans dix ou douze volumes de texte, et des
notes à effrayer feu l'abbé Barthélemy[3] ou mon savant
ami Parisot[4].

Trouver en quoi péchaient les démarches vicieuses ?

Trouver les lois à l'exacte observation desquelles
étaient dues les belles démarches ?

Trouver les moyens de faire mentir la démarche,
comme les courtisans, les ambitieux, les gens vindicatifs,
les comédiens, les courtisanes, les épouses légitimes, les
espions, font mentir leurs traits, leurs yeux, leur voix ?

Rechercher si les anciens marchaient bien, quel peuple
marche le mieux entre tous les peuples; si le sol, si le
climat est pour quelque chose dans la démarche ?

Brrr! les questions jaillissaient comme des sauterelles!
Sujet merveilleux! Le gastronome, soit qu'il saisisse sa
truelle pour soulever la peau d'un lavaret du lac d'Aix[5],
celle d'un surmulet de Cherbourg, ou d'une perche de
l'Indre; soit qu'il plonge son couteau dans un filet de
chevreuil, comme il s'en élabore quelquefois dans les
forêts, et s'en perfectionne dans les cuisines; ce susdit
gastronome n'éprouverait pas une jouissance comparable à celle que j'eus en possédant mon sujet. La frian-
dise intellectuelle est la passion la plus voluptueuse, la
plus dédaigneuse, la plus hargneuse : elle comporte la
Critique, expression de l'amour-propre jaloux des jouissances qu'il a ressenties.

Je dois à l'Art d'expliquer ici les véritables causes de
la délicieuse virginité littéraire et philosophique qui
recommande à tous les bons esprits la *Théorie de la*

démarche; puis la franchise de mon caractère m'oblige à dire que je ne voudrais pas être comptable de mes bavardages sans les faire excuser par d'utiles observations.

Un moine de Prague, nommé Reuchlin, dont l'histoire a été recueillie par Marcomarci[1], avait un odorat si fin, si exercé, qu'il distinguait une jeune fille d'une femme; et une mère, d'une femme inféconde[2]. Je rapporte ces résultats entre ceux que sa faculté sensitive lui faisait obtenir, parce qu'ils sont assez curieux pour donner une idée de tous les autres.

L'aveugle qui nous a valu la belle lettre de Diderot[3], faite, par parenthèse, en douze heures de nuit, possédait une connaissance si approfondie de la voix humaine, qu'il avait remplacé le sens de la vue, relativement à l'appréciation des caractères, par des diagnostics pris dans les intonations de la voix.

La finesse des perceptions correspondait chez ces deux hommes à une égale finesse d'esprit, à un talent particulier. La science d'observation tout exceptionnelle dont ils avaient été doués me servira d'exemple pour expliquer pourquoi certaines parties de la psychologie ne sont pas suffisamment étudiées, et pourquoi les hommes sont contraints de les déserter.

L'observateur est incontestablement homme de génie au premier chef. Toutes les inventions humaines procèdent d'une observation analytique dans laquelle l'esprit procède avec une incroyable rapidité d'aperçus. Gall, Lavater, Mesmer, Cuvier, Lagrange, le docteur Mereaux que nous avons récemment perdu[4], Bernard de Palissy, le précurseur de Buffon[5], le marquis de Worcester[6], Newton, enfin le grand peintre et le grand musicien, sont tous des observateurs. Tous vont de l'effet à la cause, alors que les autres hommes ne voient ni cause, ni effet.

Mais ces sublimes oiseaux de proie qui, tout en s'élevant à de hautes régions, possèdent le don de voir clair dans les choses d'ici-bas, qui peuvent tout à la fois abstraire et spécialiser, faire d'exactes analyses et de justes synthèses, ont, pour ainsi dire, une mission purement métaphysique. La nature et la force de leur génie les contraint à reproduire dans leurs œuvres leurs propres qualités. Ils sont emportés par le vol audacieux de leur génie, et par leur ardente recherche du vrai, vers les formules les plus simples. Ils observent, jugent et laissent des principes que les hommes minutieux prouvent, expliquent et commentent.

L'observation des phénomènes relatifs à l'homme, l'art qui doit en saisir les mouvements les plus cachés, l'étude du peu que cet être privilégié laisse involontairement deviner de sa conscience, exigent et une somme de génie et un rapetissement qui s'excluent. Il faut être à la fois patient comme l'étaient jadis Muschenbroek et Spallanzani[1]; comme le sont aujourd'hui MM. Nobili[2], Magendie, Flourens, Dutrochet[3] et tant d'autres; puis il faut encore posséder ce coup d'œil qui fait converger les phénomènes vers un centre, cette logique qui les dispose en rayons, cette perspicacité qui voit et déduit, cette lenteur qui sert à ne jamais découvrir un des points du cercle sans observer les autres, et cette promptitude qui mène d'un seul bond du pied à la tête.

Ce génie multiple, possédé par quelques têtes héroïques justement célèbres dans les annales des sciences naturelles, est beaucoup plus rare chez l'observateur de la nature morale. L'écrivain, chargé de répandre les lumières qui brillent sur les hauts lieux, doit donner à son œuvre un corps littéraire, et faire lire avec intérêt les doctrines les plus ardues, et parer la science. Il se trouve donc sans cesse dominé par la forme, par la poésie, et par les accessoires de l'art. Être un grand écrivain et un grand observateur, Jean-Jacques et le Bureau des Longitudes, tel est le problème; problème insoluble. Puis, le Génie, qui préside aux découvertes exactes et physiques, n'exige que la vue morale; mais l'esprit de l'observation psychologique veut impérieusement et l'odorat du moine et l'ouïe de l'aveugle. Il n'y a pas d'observation possible, sans une éminente perfection de sens, et sans une mémoire presque divine.

Donc, en mettant à part la rareté particulière des observateurs qui examinent la nature humaine sans scalpel, et veulent la prendre sur le fait, souvent l'homme doué de ce microscope moral, indispensable pour ce genre d'étude, manque de la puissance qui exprime, comme celui qui saurait s'exprimer manque de la puissance de bien voir. Ceux qui ont su formuler la nature, comme le fit Molière, devinaient vrai, sur simple échantillon; puis ils volaient leurs contemporains et assassinaient ceux d'entre eux qui criaient trop fort. Il y a dans tous les temps un homme de génie qui se fait le secrétaire[1] de son époque : Homère, Aristote, Tacite, Shakespeare, l'Arétin, Machiavel, Rabelais, Bacon, Molière, Voltaire, ont tenu la plume sous la dictée de leurs siècles.

Les plus habiles observateurs sont dans le monde[2], mais ou paresseux, ou insouciants de gloire, ils meurent ayant eu de cette science ce qu'il leur en fallait pour leur usage, et pour rire le soir, à minuit, quand il n'y a plus que trois personnes dans un salon. En ce genre, Gérard aurait été le littérateur le plus spirituel s'il n'eût pas été grand peintre; sa touche est aussi fine quand il fait un portrait que lorsqu'il le peint[3].

Enfin, souvent, ce sont des hommes grossiers, des ouvriers en contact avec le monde, et forcés de l'observer, comme une femme faible est contrainte d'étudier son mari pour le jouer, qui, possesseurs de remarques prodigieuses, s'en vont, faisant banqueroute de leurs découvertes au monde intellectuel. Souvent aussi la femme la plus artiste, qui, dans une causerie familière, étonne par la profondeur de ses aperçus, dédaigne d'écrire, rit des hommes, les méprise, et s'en sert.

Ainsi le sujet le plus délicat de tous les sujets psychologiques est resté vierge sans être intact. Il voulait et trop de science et trop de frivolité peut-être.

Moi, poussé par cette croyance en nos talents, la seule qui nous reste dans le grand naufrage de la Foi, poussé sans doute encore par un premier amour pour un sujet neuf, j'ai donc obéi à cette passion : je suis venu me placer sur une chaise; j'ai regardé les passants; mais, après avoir admiré les trésors, je me suis sauvé d'abord, pour m'en amuser en emportant le secret du *Sésame ouvre-toi*[4]!...

Car il ne s'agissait pas de voir et de rire; ne fallait-il pas analyser, abstraire et classer ?

Classer, pour pouvoir codifier!

Codifier, faire le code de la démarche. En d'autres termes, rédiger une suite d'axiomes pour le repos des intelligences faibles ou paresseuses, afin de leur éviter la peine de réfléchir et les amener, par l'observation de quelques principes clairs, à régler leur mouvement. En étudiant ce code, les hommes progressifs, et ceux qui tiennent au système de la perfectibilité, pourraient paraître aimables[a], gracieux, distingués, bien élevés, fashionables, aimés, instruits, ducs, marquis ou comtes; au lieu de sembler vulgaires, stupides, ennuyeux, pédants, ignobles, maçons du roi Philippe ou barons de l'Empire. Et n'est-ce pas ce qu'il y a de plus important chez une nation dont la devise est : *Tout pour l'enseigne ?*

S'il m'était permis de descendre au fond de la conscience de l'incorruptible journaliste, du philosophe éclectique, du vertueux épicier, du délicieux professeur, du vieux marchand de mousseline, de l'illustre papetier qui, par la grâce moqueuse de Louis-Philippe, sont les derniers pairs de France venus[b1], je suis persuadé d'y trouver ce souhait écrit en lettres d'or :

Je voudrais bien avoir l'air noble!

Ils s'en défendront, ils le nieront, ils vous diront : « Je n'y tiens pas! cela m'est égal! Je suis journaliste, philosophe, épicier, professeur, marchand de toiles, ou de papier! » Ne les croyez pas! Forcés d'être pairs de France, ils veulent être pairs de France; mais s'ils sont pairs de France au lit, à table, à la Chambre, dans le Bulletin des Lois, aux Tuileries, dans leurs portraits de famille, il leur est impossible d'être pris pour des pairs de France lorsqu'ils passent sur le boulevard. Là, ces messieurs redeviennent Gros-Jean, comme devant. L'observateur ne cherche même pas ce qu'ils peuvent être; tandis que si M. le duc de Laval[2], si M. de Lamartine, si M. le duc de Rohan[3] viennent à s'y promener, leur qualité n'est un doute pour personne; et je ne conseillerais pas à ceux-là de suivre ceux-ci.

Je voudrais bien n'offenser aucun amour-propre. Si j'avais involontairement blessé l'un des derniers pairs venus, dont j'improuve l'intronisation patricienne, mais dont j'estime la science, le talent, les vertus privées, la probité commerciale, sachant bien que le premier et le dernier ont eu le droit de vendre, l'un son journal, l'autre son papier, plus cher qu'ils ne leur coûtaient, je crois pouvoir jeter quelque baume sur cette égratignure, en leur faisant observer que je suis obligé de prendre mes exemples en haut lieu pour convaincre les bons esprits de l'importance de cette théorie.

Et en effet, je suis resté pendant quelque temps stupéfié par les observations que j'avais faites sur le boulevard de Gand, et surpris de trouver au mouvement des couleurs aussi tranchées ; de là ce premier aphorisme :

I

La démarche est la physionomie du corps.

N'est-il pas effrayant de penser qu'un observateur profond peut découvrir un vice, un remords, une maladie en voyant un homme en mouvement ? Quel riche langage dans ces effets immédiats d'une volonté traduite avec innocence ! L'inclination plus ou moins vive d'un de nos membres ; la forme télégraphique dont il a contracté, malgré nous, l'habitude ; l'angle ou le contour que nous lui faisons décrire, sont empreints de notre vouloir, et sont d'une effrayante signification. C'est plus que la parole, c'est la pensée en action. Un simple geste, un involontaire frémissement de lèvres peut devenir le terrible dénouement d'un drame caché longtemps entre deux cœurs. Aussi de là cet autre aphorisme :

II

Le regard, la voix, la respiration, la démarche sont identiques ; mais comme il n'a pas été donné à l'homme de pouvoir veiller à la fois sur ces quatre expressions diverses et simultanées de sa pensée, cherchez celle qui dit vrai : vous connaîtrez l'homme tout entier.

EXEMPLE

M. S. n'est pas seulement chimiste et capitaliste[1], il est profond observateur et grand philosophe.

M. O. n'est pas seulement un spéculateur, il est homme d'État. Il tient et de l'oiseau de proie et du serpent ; il emporte des trésors et sait charmer les gardiens[2].

Ces deux hommes aux prises ne doivent-ils pas offrir un admirable combat, en luttant ruse contre ruse, dires contre dires, mensonge à outrance, spéculation au poing, chiffre en tête ?

Or ils se sont rencontrés un soir, au coin d'une cheminée, sous le feu des bougies, le mensonge sur les lèvres, dans les dents, au front, dans l'œil, sur la main; ils en étaient armés de pied en cap. Il s'agissait d'argent. Ce duel eut lieu sous l'Empire[1].

M. O.[a2], qui avait besoin de 500 000 francs pour le lendemain, se trouvait, à minuit, debout à côté de S.[b3].

Voyez-vous bien S., homme de bronze, vrai Shylock qui, plus rusé que son devancier, prendrait la livre de chair avant le prêt ? le voyez-vous accosté par O., l'Alcibiade[4] de la banque, l'homme capable d'emprunter successivement trois royaumes sans les restituer, et capable de persuader à tout le monde qu'il les a enrichis[5] ? Suivez-les! M. O. demande légèrement à M. S. 500 000 francs pour vingt-quatre heures, en lui promettant de les lui rendre en telles et telles valeurs.

« Monsieur, dit M. S. à la personne de qui je tiens[c] cette précieuse anecdote, quand O. me détailla les valeurs, le bout de son nez vint à blanchir, du côté gauche seulement, dans le léger cercle décrit par un méplat qui s'y trouve[6]. J'avais déjà eu l'occasion de remarquer que toutes les fois que O. mentait, ce méplat devenait blanc. Ainsi je sus que mes 500 000 francs seraient compromis pendant un certain temps...

— Hé bien! lui demanda-t-on.

— Hé bien! » reprit-il.

Et il laissa échapper un soupir.

« Hé bien, ce serpent me tint pendant une demi-heure; je lui promis les 500 000 francs, et il les eut.

— Les a-t-il rendus ?... »

S. pouvait calomnier O. Sa haine bien connue lui en donnait le droit, à une époque où l'on tue ses ennemis à coups de langue. Je dois dire, à la louange de cet homme bizarre, qu'il répondit :

« Oui. » Mais ce fut piteusement. Il aurait voulu pouvoir accuser son ennemi d'une tromperie de plus.

Quelques personnes disent M. O. encore plus fort en fait de dissimulation que ne l'est M. le prince de Bénévent. Je le crois volontiers. Le diplomate ment pour le compte d'autrui, le banquier ment pour lui-même. Eh bien! ce moderne Bourvalais[7], qui a pris l'habitude d'une admirable immobilité de traits, d'une complète insignifiance dans le regard, d'une imperturbable égalité dans la voix, d'une habile démarche, n'a pas su dompter le bout de son nez. Chacun de nous a quelque méplat où triomphe l'âme, un cartilage d'oreille qui rougit, un nerf qui tressaille, une manière trop significative de déplier les paupières, une ride qui se creuse intempestivement, une parlante pression de lèvres, un éloquent tremblement dans la voix, une respiration qui se gêne. Que voulez-vous ? le Vice n'est pas parfait.

Donc mon axiome subsiste. Il domine toute cette théorie ; il en prouve l'importance. La pensée est comme la vapeur. Quoi que vous fassiez, et quelque subtile qu'elle puisse être, il lui faut sa place, elle la veut, elle la prend, elle reste même sur le visage d'un homme mort. Le premier squelette que j'aie vu était celui d'une jeune fille morte à vingt-deux ans.

« Elle avait la taille fine et devait être gracieuse », dis-je au médecin.

Il parut surpris. La disposition des côtes, et je ne sais quelle bonne grâce de squelette, trahissaient encore les habitudes de la démarche. Il existe une *anatomie comparée* morale, comme une *anatomie comparée* physique[1]. Pour l'âme, comme pour le corps, un détail mène logiquement à l'ensemble. Il n'y a certes pas deux squelettes semblables ; et, de même que les poisons végétaux se retrouvent en nature, dans un temps voulu, chez l'homme empoisonné, de même les habitudes de la vie reparaissent aux yeux du chimiste moral, soit dans les sinus du crâne, soit dans les *attachements* des os de ceux qui ne sont plus.

Mais les hommes sont beaucoup plus naïfs qu'ils ne le croient, et ceux qui se flattent de dissimuler leur vie intime sont des faquins. Si vous voulez dérober la connaissance de vos pensées, imitez l'enfant ou le sauvage, ce sont leurs maîtres.

En effet, pour pouvoir cacher sa pensée, il faut n'en avoir qu'une seule. Tout homme complexe se laisse facilement deviner. Aussi tous les grands hommes sont-ils joués par un être qui leur est inférieur.

L'âme perd en force centripète ce qu'elle gagne en force centrifuge.

Or, le sauvage et l'enfant font converger tous les rayons de la sphère dans laquelle ils vivent, à une idée, à un désir ; leur vie est monophile, et leur puissance gît dans la prodigieuse unité de leurs actions.

L'homme social est obligé d'aller continuellement du centre à tous les points de la circonférence; il a mille passions, mille idées, et il existe si peu de proportion entre sa base et l'étendue de ses opérations, qu'à chaque instant il est pris en flagrant délit de faiblesse.

De là le grand mot de William Pitt : « Si j'ai fait tant de choses, c'est que je n'en ai jamais voulu qu'une seule à la fois[1]. »

De l'inobservation de ce précepte ministériel procède le naïf langage de la démarche. Qui de nous pense à marcher en marchant ? personne. Bien plus, chacun se fait gloire de marcher en pensant.

Mais lisez les relations écrites par les voyageurs qui ont le mieux observé les peuplades improprement nommées sauvages; lisez le baron de la Hontan, qui a fait les *Mohicans* avant que Cooper n'y songeât, et vous verrez, à la honte des gens civilisés, quelle importance les barbares attachent à la démarche[2]. Le sauvage, en présence de ses semblables, n'a que des mouvements lents et graves; il sait, par expérience, que plus les manifestations extérieures se rapprochent du repos, et plus impénétrable est la pensée. De là cet axiome :

III

Le repos est le silence du corps.

IV

Le mouvement lent est essentiellement majestueux.

Croyez-vous que l'homme dont parle Virgile, et dont l'apparition calmait le peuple en fureur, arrivât devant la sédition en sautillant[3] ?

Ainsi nous pouvons établir en principe que l'économie du mouvement est un moyen de rendre la démarche et noble et gracieuse. Un homme qui marche vite ne dit-il pas déjà la moitié de son secret ? il est pressé. Le docteur Gall a observé que la pesanteur de la cervelle, le nombre de ses circonvolutions, était, chez tous les êtres organisés, en rapport avec la lenteur de leur mouvement vital[4]. Les oiseaux ont peu d'idées. Les hommes qui vont habituellement vite doivent avoir généralement la tête pointue et le front déprimé. D'ailleurs, logiquement, l'homme qui marche beaucoup arrive nécessairement à l'état intellectuel du danseur de l'Opéra.

Suivons!

Si la lenteur bien entendue de la démarche annonce un homme qui a du temps à lui, du loisir, conséquemment un riche, un noble, un penseur, un sage, les détails doivent nécessairement s'accorder avec le principe; alors les gestes seront peu fréquents et lents; de là, cet autre aphorisme :

V

Tout mouvement saccadé trahit un vice, ou une mauvaise éducation.

N'avez-vous pas souvent ri des gens qui *virvouchent* ?

Virvoucher est un admirable mot du vieux français, remis en lumière par Lautour-Mézeray. Virvoucher exprime l'action d'aller et de venir, de tourner autour de quelqu'un, de toucher à tout, de se lever, de se rasseoir, de bourdonner, de tatillonner; virvoucher, c'est faire une certaine quantité de mouvements qui n'ont pas de but; c'est imiter les mouches. Il faut toujours donner la clef des champs aux *virvoucheurs;* ils vous cassent la tête ou quelque meuble précieux[1].

N'avez-vous pas ri d'une femme dont tous les mouvements de bras, de tête, de pied ou de corps, produisent des angles aigus ?

Des femmes qui vous tendent la main comme si quelque ressort faisait partir leur coude;

Qui s'asseyent tout d'une pièce, ou qui se lèvent comme le soldat d'un joujou à surprise ?

Ces sortes de femmes sont très souvent vertueuses. La vertu des femmes est intimement liée à l'angle droit. Toutes les femmes qui ont fait ce que l'on nomme des fautes sont remarquables par la rondeur exquise de leurs mouvements. Si j'étais mère de famille, ces mots sacramentels du maître à danser : *Arrondissez les coudes*[2], me ferait trembler pour mes filles. De là cet axiome :

VI

La grâce veut les formes rondes.

Voyez la joie d'une femme qui peut dire de sa rivale : « Elle est bien anguleuse! »

Mais en observant les différentes démarches, il s'éleva dans mon âme un doute cruel, et qui me prouva qu'en toute espèce de science, même dans la plus frivole, l'homme est arrêté par d'inextricables difficultés; il lui est aussi impossible de connaître la cause et la fin de ses mouvements, que de savoir celles des pois chiches.

Ainsi, tout d'abord, je me demandai d'où devait procéder le mouvement. Hé bien, il est aussi difficile de déterminer où il commence et où il finit en nous, que de dire où commence et où finit le *grand sympathique,* cet organe intérieur qui, jusqu'à présent, a lassé la patience de tant d'observateurs[1]. Borelli lui-même, le grand Borelli, n'a pas abordé cette immense question. N'est-il pas effrayant de trouver tant de problèmes insolubles dans un acte vulgaire, dans un mouvement que huit cent mille Parisiens font tous les jours ?

Il est résulté de mes profondes réflexions sur cette difficulté l'aphorisme suivant que je vous prie de méditer :

VII

Tout en nous participe au mouvement; mais il ne doit prédominer nulle part.

En effet, la nature a construit l'appareil de notre motilité d'une façon si ingénieuse et si simple, qu'il en résulte, comme en toutes ses créations, une admirable harmonie; et si vous la dérangez par une habitude quelconque, il y a laideur et ridicule, parce que nous ne nous moquons jamais que des laideurs dont l'homme est coupable : nous sommes impitoyables pour des gestes faux, comme nous le sommes pour l'ignorance ou pour la sottise.

Ainsi de ceux qui passèrent devant moi et m'apprirent les premiers principes de cet art jusqu'à présent dédaigné.

Le premier de tous fut un gros monsieur. Ici, je ferai observer qu'un écrivain éminemment spirituel a favorisé plusieurs erreurs, en les soutenant par son suffrage. Brillat-Savarin a dit qu'il était possible à un homme gros de *contenir son ventre au majestueux*[2]. Non. Si la

majesté ne va pas sans une certaine amplitude de chair,
il est impossible de prétendre à une démarche dès que
le ventre a rompu l'équilibre entre les parties du corps.
La démarche cesse à l'obésité. Un obèse est nécessairement forcé de s'abandonner au faux mouvement introduit dans son économie par son ventre qui la domine.

EXEMPLE

Henri Monnier aurait certainement fait la caricature
de ce gros monsieur, en mettant une tête au-dessus d'un
tambour et dessous les baguettes en X. Cet inconnu
semblait, en marchant, avoir peur d'écraser des œufs.
Assurément, chez cet homme, le caractère spécial de la
démarche était complètement aboli. Il ne marchait pas
plus que les vieux canonniers n'entendent. Autrefois il
avait eu le sens de la locomotion, il avait sautillé peut-
être ; mais aujourd'hui le pauvre homme ne se comprenait plus marcher. Il me fit l'aumône de toute sa vie et
d'un monde de réflexions. Qui avait amolli ses jambes,
d'où provenait sa goutte, son embonpoint ? Étaient-ce
les vices ou le travail qui l'avaient déformé ? Triste
réflexion ! le travail qui édifie et le vice qui détruit produisent en l'homme les mêmes résultats. Obéissant à
son ventre, ce pauvre riche semblait tordu. Il ramenait
péniblement ses jambes, l'une après l'autre, par un mouvement traînant et maladif comme un mourant qui
résiste à la mort et se laisse traîner de force par elle sur
le bord de la fosse.

Par un singulier contraste, derrière lui venait un
homme qui allait, les mains croisées derrière le dos, les
épaules effacées, tendues, les omoplates rapprochées ; il
était semblable à un perdreau servi sur une rôtie. Il
paraissait n'avancer que par le cou, et l'impulsion était
donnée à tout son corps par le thorax.

Puis, une jeune demoiselle, suivie d'un laquais, vint
sautant sur elle-même à l'instar des Anglaises. Elle ressemblait à une poule dont on a coupé les ailes et qui
essaie toujours de voler. Le principe de son mouvement
semblait être à la chute de ses reins. En voyant son
laquais armé d'un parapluie, vous eussiez dit qu'elle
craignait d'en recevoir un coup dans la partie d'où partait son quasi-vol. C'était une fille de bonne maison,

mais très gauche; indécente le plus innocemment du monde.

Après, je vis un homme qui avait l'air d'être composé de deux compartiments. Il ne risquait sa jambe gauche, et tout ce qui en dépendait, qu'après avoir assuré la droite et tout son système. Il appartenait à la faction des binaires. Évidemment, son corps devait avoir été primitivement fendu en deux par une révolution quelconque, et il s'était miraculeusement mais imparfaitement ressoudé. Il avait deux axes, sans avoir plus d'un cerveau.

Bientôt ce fut un diplomate, personnage squelettique, marchant tout d'une pièce comme ces pantins dont Joly oublie de tirer les ficelles[1]; vous l'eussiez cru serré comme une momie dans ses bandelettes. Il était pris dans sa cravate comme une pomme dans un ruisseau, par un temps de gelée. S'il se retourne, il est clair qu'il est fixé sur un pivot et qu'un passant l'a heurté.

Cet inconnu m'a prouvé la nécessité de formuler cet axiome :

VIII

Le mouvement humain se décompose en TEMPS bien distincts; si vous les confondez, vous arrivez à la raideur de la mécanique.

Une jolie femme, se défiant de la proéminence de son busc, ou gênée, je ne sais par quoi, s'était transformée en Vénus Callipyge, et allait comme une pintade, tendant le cou, rentrant son busc, et bombant la partie opposée à celle sur laquelle appuyait le busc...

En effet, l'intelligence doit briller dans les actes imperceptibles et successifs de notre mouvement, comme la lumière et les couleurs se jouent dans les losanges des changeants anneaux du serpent. Tout le secret des belles démarches est dans la décomposition du mouvement[2].

Puis venait une dame qui se creusait également comme la précédente. Vraiment, s'il y en avait eu une troisième, et que vous les eussiez observées, vous n'auriez pas pu vous empêcher de rire des demi-lunes toutes faites pour ces protubérances exorbitantes.

La saillie prodigieuse de ces choses, que je ne saurais

nommer, et qui dominent singulièrement la question de
la démarche féminine, surtout à Paris, m'a longtemps
préoccupé. Je consultai des femmes d'esprit, des femmes
de bon goût, des dévotes. Après plusieurs conférences
où nous discutâmes le fort et le faible, en conciliant les
égards dus à la beauté, au malheur de certaines confor-
mations diaboliquement rondes, nous rédigeâmes cet
admirable aphorisme :

IX

En marchant, les femmes peuvent tout montrer, mais
ne rien laisser voir.

« Mais certainement ! s'écria l'une des dames consultées, les robes n'ont été faites que pour cela. »
Cette femme a dit une grande vérité. Toute notre
société est dans la jupe. Ôtez la jupe à la femme, adieu
la coquetterie ; plus de passions. Dans la robe est toute
sa puissance ; là où il y a des pagnes il n'y a pas d'amour.
Aussi bon nombre de commentateurs, les Massorets[1]
surtout, prétendent que la feuille de figuier de notre
mère Ève était une robe de cachemire. Je le pense.
Je ne quitterai pas cette question secondaire sans dire
deux mots sur une dissertation vraiment neuve qui eut
lieu pendant ces conférences,
Une femme doit-elle retrousser sa robe en marchant ?
Immense problème, si vous vous rappelez combien
de femmes empoignent sans grâce, au bas du dos, un
paquet d'étoffe, et vont en faisant décrire, par en bas,
un immense hiatus à leurs robes ; combien de pauvres
filles marchent innocemment en tenant leurs robes transversalement relevées, de manière à tracer un angle dont
le sommet est au pied droit, dont l'ouverture arrive
au-dessus du mollet gauche, et qui laissent voir ainsi
leurs bas bien blancs, bien tendus, le système de leurs
cothurnes, et quelques autres choses. À voir les jupes
de femmes ainsi retroussées, il semble que l'on ait relevé
par un coin le rideau d'un théâtre, et qu'on aperçoive
les pieds des danseuses.
Et d'abord il passa en force de chose jugée que les
femmes de bon goût ne sortaient jamais à pied par un
temps de pluie ou quand les rues étaient crottées ; puis
il fut décidé souverainement qu'une femme ne devait

jamais toucher à sa jupe en public, et ne devait jamais la retrousser sous aucun prétexte.

« Mais cependant, dis-je, s'il y avait un ruisseau à passer ?

— Hé bien, monsieur, une femme comme il faut pince légèrement sa robe du côté gauche, la soulève, se hausse par un petit mouvement, et lâche aussitôt la robe. *Ecco.* »

Alors je me souvins de la magnificence des plis de certaines robes ; alors je me rappelai les admirables ondulations de certaines personnes, la grâce des sinuosités, des flexuosités mouvantes de leurs cottes, et je n'ai pu résister à consigner ici ma pensée :

x

Il y a des mouvements de jupe qui valent un prix Monthyon[1].

Il demeure prouvé que les femmes ne doivent lever leur robe que très secrètement. Ce principe passera pour incontestable en France[2].

Et pour en finir sur l'importance de la démarche en ce qui concerne les diagnostics, je vous prie de me pardonner une citation diplomatique.

La princesse de Hesse-Darmstadt amena ses trois filles à l'impératrice, afin qu'elle choisît entre elles une femme pour le grand-duc, dit un ambassadeur du dernier siècle, M. Mercy d'Argenteau. Sans leur avoir parlé, l'impératrice se décida pour la seconde. La princesse étonnée lui demanda la raison de ce bref jugement[3].

« Je les ai regardées toutes trois de ma fenêtre pendant qu'elles descendaient de carrosse, répondit l'impératrice. L'aînée a fait un faux pas ; la seconde est descendue naturellement ; la troisième a franchi le marchepied. L'aînée doit être gauche ; la plus jeune, étourdie. »

C'était vrai.

Si le mouvement trahit le caractère, les habitudes de la vie, les mœurs les plus secrètes, que direz-vous de la marche de ces femmes bien corsées[4], qui, ayant des hanches un peu fortes, les font monter, descendre alternativement, en temps bien égaux, comme les leviers d'une machine à vapeur, et qui mettent une sorte de prétention à ce mouvement systématique. Ne doivent-elles pas scander l'amour avec une détestable précision ?

Pour mon bonheur, un agent de change ne manqua pas à passer sur ce boulevard où trône la Spéculation[1]. C'était un gros homme enchanté de lui-même, et tâchant de se donner de l'aisance et de la grâce. Il imprimait à son corps un mouvement de rotation qui faisait périodiquement rouler et dérouler sur ses cuisses les pans de sa redingote, comme la voluptueuse jaquette de la Taglioni quand, après avoir achevé sa pirouette, elle se retourne pour recevoir les bravos du parterre. C'était un mouvement de circulation en rapport avec ses habitudes. Il roulait comme son argent.

Il était suivi par une grande demoiselle qui, les pieds serrés, la bouche pincée, tout pincé, décrivait une légère courbe, et allait par petites secousses, comme si, mécanique imparfaite, ses ressorts étaient gênés, ses apophyses déjà soudées. Ses mouvements avaient de la raideur, elle faillait[2] à mon huitième axiome.

Quelques hommes passèrent, marchant d'un air agréable. Véritables modèles d'une reconnaissance de théâtre, ils semblaient tous retrouver un camarade de collège dans le citoyen paisible et insouciant qui venait à eux.

Je ne dirai rien de ces Paillasses[3] involontaires qui jouent des drames dans la rue, mais je les prie de réfléchir à ce mémorable axiome :

XI

Quand le corps est en mouvement, le visage doit être immobile.

Aussi vous peindrais-je difficilement mon mépris pour l'homme affairé, allant vite, filant comme une anguille dans sa vase, à travers les rangs serrés des flâneurs. Il se livre à la marche comme un soldat qui fait son étape. Généralement il est causeur, il parle haut, s'absorbe dans ses discours, s'indigne, apostrophe un adversaire absent, lui pousse des arguments sans réplique, gesticule, s'attriste, s'égaie. Adieu délicieux mime, orateur distingué !

Qu'auriez-vous dit d'un inconnu qui communiquait transversalement à son épaule gauche le mouvement de la jambe droite, et réciproquement celui de la jambe gauche à l'épaule droite, par un mouvement de flux et reflux si régulier, qu'à le voir marcher, vous l'eussiez comparé à deux grands bâtons croisés qui auraient supporté un habit ? C'était nécessairement un ouvrier enrichi.

Les hommes condamnés à répéter le même mouvement par le travail auquel ils sont assujettis ont tous dans la démarche le principe locomotif fortement déterminé; et il se trouve soit dans le thorax, soit dans les hanches, soit dans les épaules. Souvent le corps se porte tout entier d'un seul côté. Habituellement les hommes d'étude inclinent la tête. Quiconque a lu la *Physiologie du goût* doit se souvenir de cette expression : *le nez à l'ouest*[1] comme M. Villemain. En effet ce célèbre professeur porte sa tête avec une très spirituelle originalité, de droite à gauche.

Relativement au port de la tête, il y a des observations curieuses. Le menton en l'air à la Mirabeau est une attitude de fierté qui, selon moi, messied généralement[2]. Cette pose n'est permise qu'aux hommes qui ont un duel avec leur siècle. Peu de personnes savent que Mirabeau prit cette audace théâtrale à son grand et immortel adversaire, Beaumarchais. C'étaient deux hommes également attaqués; et, au moral comme au physique, la persécution grandit un homme de génie. N'espérez rien du malheureux qui baisse la tête, ni du riche qui la lève : l'un sera toujours esclave, l'autre l'a été; celui-ci est un fripon, celui-là le sera.

Il est certain que les hommes les plus imposants ont tous légèrement penché leur tête à gauche. Alexandre, César, Louis XIV, Newton, Charles XII, Voltaire, Frédéric II et Byron affectaient cette attitude[3]. Napoléon tenait sa tête droite et envisageait tout rectangulairement. Il y avait habitude en lui de voir les hommes, les champs de bataille et le monde moral en face. Robespierre, homme qui n'est pas encore jugé[4], regardait aussi son assemblée en face. Danton continua l'attitude de Mirabeau. M. de Chateaubriand incline la tête à gauche.

Après un mûr examen, je me déclare pour cette attitude. Je l'ai trouvée à l'état normal chez toutes les femmes gracieuses. La grâce (et le génie comporte la grâce) a horreur de la ligne droite. Cette observation corrobore notre sixième axiome.

Il existe deux natures d'hommes dont la démarche est

incommutablement viciée. Ce sont les marins et les militaires.

Les marins ont les jambes séparées, toujours prêtes à fléchir, à se contracter. Obligés de se dandiner sur les tillacs pour suivre l'impulsion de la mer, à terre, il leur est impossible de marcher droit. Ils louvoient toujours; aussi commence-t-on à en faire des diplomates[1].

Les militaires ont une démarche parfaitement reconnaissable. Presque tous campés sur leurs reins comme un buste sur son piédestal, leurs jambes s'agitent sous l'abdomen, comme si elles étaient mues par une âme subalterne chargée de veiller au parfait gouvernement des choses d'en bas. Le haut du corps ne paraît point avoir conscience des mouvements inférieurs. À les voir marcher, vous diriez le torse de l'Hercule Farnèse[2], posé sur des roulettes et qu'on amène au milieu d'un atelier. Voici pourquoi. Le militaire est constamment forcé de porter la somme totale de sa force dans le thorax, il le présente sans cesse, et se tient toujours droit. Or, pour emprunter à Amyot l'une de ses plus belles expressions, tout homme *qui se dresse en pied*[3] pèse vigoureusement sur la terre afin de s'en faire un point d'appui, et il y a nécessairement dans le haut du corps un contrecoup de la force qu'il puise ainsi dans le sein de la mère commune. Alors, l'appareil locomotif se scinde nécessairement chez lui. Le foyer du courage est dans sa poitrine. Les jambes ne sont plus qu'un appendice de son organisation.

Les marins et les militaires appliquent donc les lois du mouvement dans le but de toujours obtenir un même résultat, une émission de force par le *plexus* solaire et par les mains, deux organes que je nommerais volontiers les seconds cerveaux de l'homme, tant ils sont intellectuellement sensibles et fluidement agissants. Or, la direction constante de leur volonté dans ces deux agents doit déterminer une spéciale atrophie de mouvement, d'où procède la physionomie de leur corps.

Les militaires de terre et de mer sont les vivantes preuves des problèmes physiologiques qui ont inspiré cette théorie. La projection fluide de la volonté, son appareil intérieur, la parité de sa substance avec celle de nos idées, sa motilité flagrante, ressortent évidemment de ces dernières observations. Mais l'apparente futilité de notre ouvrage ne nous permet pas d'y bâtir le plus léger système. Ici notre but est de poursuivre le cours des démonstrations physiques de la pensée, et de prouver que l'on peut juger un homme sur son habit pendu à une tringle, aussi bien que sur l'aspect de son mobilier, de sa voiture, de ses chevaux, de ses gens; et de donner de sages préceptes aux gens assez riches pour se dépenser eux-mêmes dans la vie extérieure. L'amour, le bavardage, les dîners en ville, le bal, l'élégance de la mise, l'existence mondaine, la frivolité, comportent plus de grandeur que les hommes ne le pensent. De là cet axiome :

XII

Tout mouvement exorbitant est une prodigalité sublime[1].

Fontenelle a touché barre d'un siècle à l'autre par la stricte économie qu'il apportait dans la distribution de son mouvement vital. Il aimait mieux écouter que de parler; aussi passait-il pour infiniment aimable. Chacun croyait avoir l'usufruit du spirituel académicien. Il disait des mots qui résumaient la conversation, et ne conversait jamais. Il connaissait bien la prodigieuse déperdition de fluide que nécessite le mouvement vocal. Il n'avait jamais haussé la voix dans aucune occasion de sa vie; il ne parlait pas en carrosse, pour ne pas être obligé d'élever le ton. Il ne se passionnait point. Il n'aimait personne; on lui plaisait. Quand Voltaire se plaignit de ses critiques chez Fontenelle, le bonhomme ouvrit une grande malle pleine de pamphlets non coupés :

« Voici, dit-il au jeune Arouet, tout ce qui a été écrit contre moi. La première épigramme est de M. Racine le père[2]. »

Il referma la boîte.

Fontenelle a peu marché, il s'est fait porter pendant toute sa vie. Le président Roze lisait pour lui les éloges de l'Académie; il avait ainsi trouvé moyen d'emprunter quelque chose à ce célèbre avare. Quand son neveu, M. d'Aube, dont Rulhière a illustré la colère et la manie de disputer[3], se mettait à parler, Fontenelle fermait les yeux, s'enfonçait dans son fauteuil, et restait calme. Devant tout obstacle, il s'arrêtait. Lorsqu'il avait la goutte, il posait son pied sur un tabouret et restait coi.

Il n'avait ni vertus, ni vices, il avait de l'esprit. Il fit la secte des philosophes, et n'en fut pas. Il n'avait jamais pleuré, jamais couru, jamais ri. Mme du Deffand lui dit un jour :

« Pourquoi ne vous ai-je jamais vu rire ?

— Je n'ai jamais fait *Ha! ha! ha!* comme vous autres, répondit-il, mais j'ai ri tout doucement, en dedans. »

Cette petite machine délicate, tout d'abord condamnée à mourir, vécut ainsi plus de cent ans.

Voltaire dut sa longue vie aux conseils de Fontenelle :

« Monsieur, lui dit-il, faites peu d'enfantillages, ce sont des sottises! »

Voltaire n'oublia ni le mot, ni l'homme, ni le principe, ni le résultat. À quatre-vingts ans, il prétendait n'avoir pas fait plus de quatre-vingts sottises. Aussi Mme du Châtelet remplaça-t-elle le portrait du sire de Ferney par celui de Saint-Lambert.

Avis aux hommes qui virvouchent, qui parlent, qui courent, et qui, en amour, pindarisent, sans savoir de quoi il s'en va.

Ce qui nous use le plus, ce sont nos convictions. Ayez des opinions, ne les défendez pas, gardez-les; mais des convictions! grand Dieu! Quelle effroyable débauche! Une conviction politique ou littéraire est une maîtresse qui finit par vous tuer avec l'épée ou avec la langue. Voyez le visage d'un homme inspiré par une conviction forte ? Il doit rayonner. Si jusqu'ici les effluves d'une tête embrasée n'ont pas été visibles à l'œil nu, n'est-ce pas un fait admis en poésie, en peinture ? Et s'il n'est pas encore prouvé physiologiquement, certes, il est probable. Je vais plus loin, et crois que les mouvements de l'homme font dégager un fluide animique. Sa transpiration est la fumée d'une flamme inconnue. De là vient la prodigieuse éloquence de la démarche, prise comme *ensemble des mouvements humains.*

Voyez ?

Il y a des hommes qui vont la tête baissée, comme celle des chevaux de fiacre. Jamais un riche ne marche ainsi, à moins qu'il ne soit misérable; alors, il a de l'or, mais il a perdu ses fortunes de cœur.

Quelques hommes marchent en donnant à leur tête une pose académique. Ils se mettent toujours de trois quarts, comme M. M***, l'ancien ministre des Affaires

étrangères[1]; ils tiennent leur buste immobile et leur col
tendu. On croirait voir des plâtres de Cicéron, de
Démosthène, de Cujas, allant par les rues. Or, si le fameux
Marcel[2] prétendait justement que la mauvaise grâce
consiste à mettre de l'effort dans les mouvements, que
pensez-vous de ceux qui prennent l'effort comme type
de leur attitude ?

D'autres paraissent n'avancer qu'à force de bras; leurs
mains sont des rames dont ils s'aident pour naviguer;
ce sont les galériens de la démarche.

Il y a des niais qui écartent trop leurs jambes, et sont
tout surpris de voir passer sous eux les chiens courant
après leurs maîtres. Selon Pluvinel[3], les gens ainsi
conformés font d'excellents cavaliers.

Quelques personnes marchent en faisant rouler, à la
manière d'Arlequin, leur tête, comme si elle ne tenait pas.
Puis il y a des hommes qui fondent comme des tour-
billons; ils font du vent, ils paraphrasent la Bible, il
semble que l'esprit du Seigneur vous ait passé devant
la face, si vous rencontrez ces sortes de gens. Ils vont
comme tombe le couteau de l'exécuteur. Certains mar-
cheurs lèvent une jambe précipitamment et l'autre avec
calme; rien n'est plus original. D'élégants promeneurs
font une parenthèse en appuyant le poing sur la hanche,
et accrochent tout avec leur coude. Enfin, les uns sont
courbés, les autres déjetés; ceux-ci donnent de la tête
de côté et d'autre, comme des cerfs-volants indécis,
ceux-là portent le corps en arrière ou en avant. Presque
tous se retournent gauchement.

Arrêtons-nous.

Autant d'hommes, autant de démarches! tenter de
les décrire complètement, ce serait vouloir rechercher
toutes les désinences du vice, tous les ridicules de la
société; parcourir le monde dans ses sphères basses,
moyennes, élevées. J'y renonce[a].

Sur deux cent cinquante-quatre personnes et demie
(car je compte un monsieur sans jambes pour une frac-
tion) dont j'analysai la démarche, je ne trouvai pas une
personne qui eût des mouvements gracieux et naturels.
Je revins chez moi désespéré.

« La civilisation corrompt tout! elle adultère tout,
même le mouvement! Irai-je faire un voyage autour du
monde pour examiner la démarche des sauvages[4] ? »

Au moment où je me disais ces tristes et amères paroles, j'étais à ma fenêtre, regardant l'arc de triomphe de l'Étoile, que les grands ministres à petites idées qui se sont succédé depuis M. Montalivet le père, jusqu'à M. Montalivet le fils[1], n'ont encore su comment couronner, tandis qu'il serait si simple d'y placer l'aigle de Napoléon, magnifique symbole de l'Empire, un aigle colossal aux ailes étendues, le bec tourné vers son maître[2]. Certain de ne jamais voir faire cette sublime économie, j'abaissai les yeux sur mon modeste jardin, comme un homme qui perd une espérance. Sterne a, le premier, observé ce mouvement funèbre chez les hommes obligés d'ensevelir leurs illusions[3]. Je pensais à la magnificence avec laquelle les aigles déploient leurs ailes, démarche pleine d'audace, lorsque je vis une chèvre jouant en compagnie d'un jeune chat sur le gazon[4]. En dehors du jardin se trouvait un chien qui, désespéré de ne pas faire sa partie, allait, venait, jappait, sautait. De temps à autre la chèvre et le chat s'arrêtaient pour le regarder par un mouvement plein de commisération. Je pense vraiment que plusieurs bêtes sont chrétiennes pour compenser le nombre des chrétiens qui sont bêtes.

Vous me croyez sorti de la *Théorie de la démarche*. Laissez-moi faire.

Ces trois animaux étaient si gracieux qu'il faudrait pour les peindre tout le talent dont Ch. Nodier a fait preuve dans la mise en scène de son lézard, son joli Kardououn, allant, venant au soleil, traînant à son trou les pièces d'or qu'il prend pour des tranches de carottes séchées[5]. Aussi, certes, y renoncerai-je! Je fus stupéfait en admirant le feu des mouvements de cette chèvre, la finesse alerte du chat, la délicatesse des contours que le chien imprimait à sa tête et à son corps. Il n'y a pas d'animal qui n'intéresse plus qu'un homme quand on l'examine un peu philosophiquement. Chez lui, rien n'est faux! Alors, je fis un retour sur moi-même; et les observations relatives à la démarche que j'entassais depuis plusieurs jours furent illuminées par une lueur bien triste. Un démon moqueur me jeta cette horrible phrase de Rousseau :

L'homme qui pense est un animal dépravé[6]!

Alors, en songeant derechef au port constamment audacieux de l'aigle, à la physionomie de la démarche en chaque animal, je résolus de puiser les vrais préceptes de ma théorie dans un examen approfondi *de actu animalium*. J'étais descendu jusqu'aux grimaces de l'homme, je remontai vers la franchise de la nature.

Et voici le résultat de mes recherches anatomiques sur le mouvement :

Tout mouvement a une expression qui lui est propre, et qui vient de l'âme. Les mouvements faux tiennent essentiellement à la nature du caractère ; les mouvements gauches viennent des habitudes. La grâce a été définie par Montesquieu, qui, ne croyant parler que de l'adresse, a dit en riant : « C'est la bonne disposition des forces que l'on a[1]. »

Les animaux sont gracieux dans leurs mouvements, en ne dépensant jamais que la somme de force nécessaire pour atteindre à leur but. Ils ne sont jamais ni faux, ni gauches, en exprimant avec naïveté leur idée. Vous ne vous tromperez jamais en interprétant les gestes d'un chat : vous voyez s'il veut jouer, fuir ou sauter.

Donc, pour bien marcher, l'homme doit être droit sans raideur, s'étudier à diriger ses deux jambes sur une même ligne, ne se porter sensiblement ni à droite ni à gauche de son axe, faire participer imperceptiblement tout son corps au mouvement général, introduire dans sa démarche un léger balancement qui détruise par son oscillation régulière la secrète pensée de la vie, incliner la tête, ne jamais donner la même attitude à ses bras quand il s'arrête. Ainsi marchait Louis XIV. Ces principes découlent des remarques faites sur ce grand type de la royauté par les écrivains qui, heureusement pour moi, n'ont vu en lui que son extérieur.

Dans la jeunesse, l'expression des gestes, l'accent de la voix, les efforts de la physionomie sont inutiles. Alors vous n'êtes jamais aimables, spirituels, amusants, *incognito*. Mais dans la vieillesse, il faut déployer plus attentivement les ressources du mouvement ; vous n'appartenez au monde que par l'utilité dont vous êtes au monde. Jeunes, on nous voit ; vieux, il faut nous faire voir : cela est dur, mais cela est vrai.

Le mouvement doux est à la démarche ce que le simple est au vêtement. L'animal se meut toujours avec

douceur à l'état normal. Aussi rien n'est-il plus ridicule
que les grands gestes, les secousses, les voix hautes et
flûtées, les révérences pressées. Vous regardez pendant
un moment les cascades; mais vous restez des heures
entières au bord d'une profonde rivière ou devant un lac.
Aussi un homme qui fait beaucoup de mouvements est-il
comme un grand parleur, on le fuit. La mobilité extérieure ne sied à personne, et il n'y a que les mères qui
puissent supporter l'agitation de leurs enfants.

Le mouvement humain est comme le style du corps,
il faut le corriger beaucoup pour l'amener à être simple.
Dans ses actions comme dans ses idées, l'homme va toujours du composé au simple. La bonne éducation consiste
à laisser aux enfants leur naturel, et à les empêcher
d'imiter l'exagération des grandes personnes.

Il y a dans les mouvements une harmonie dont les lois
sont précises et invariables. En racontant une histoire,
si vous élevez la voix subitement, n'est-ce pas un coup
d'archet violent qui affecte désagréablement les auditeurs ? si vous faites un geste brusque, vous les inquiétez.
En fait de maintien comme en littérature, le secret du
beau est dans les transitions.

Méditez ces principes, appliquez-les, vous plairez.
Pourquoi ? Personne ne le sait. En toute chose, le beau
se sent et ne se définit pas.

Une belle démarche, des manières douces, un parler
gracieux, séduisent toujours, et donnent à un homme
médiocre d'immenses avantages sur un homme supérieur. Le Bonheur est un grand sot, peut-être! Le talent
comporte en toute chose d'excessifs mouvements qui
déplaisent, et un prodigieux abus d'intelligence, qui
détermine une vie d'exception. L'abus soit du corps,
soit de la tête, éternelle plaie des sociétés, cause ces
originalités physiques, ces déviations dont nous allons
nous moquant sans cesse. La paresse du Turc, assis sur
le Bosphore et fumant sa pipe, est sans doute une grande
sagesse. Fontenelle, ce beau génie de la vitalité, qui
devina les petits dosages du mouvement, l'homéopathie[1]
de la démarche, était essentiellement asiatique.

« Pour être heureux, a-t-il dit, il faut tenir peu d'espace, et peu changer de place[2]! »

Donc, la pensée est la puissance qui corrompt notre
mouvement, qui nous tord le corps, qui le fait éclater

sous ses despotiques efforts. Elle est le grand dissolvant de l'espèce humaine.

Rousseau l'a dit, Goethe l'a dramatisé dans *Faust*, Byron l'a poétisé dans *Manfred*. Avant eux, l'Esprit saint s'était prophétiquement écrié sur ceux qui vont sans cesse :

« Qu'ils soient comme des roues[1] ! »

Je vous ai promis un effroyable non-sens au fond de cette théorie, j'y arrive.

Depuis un temps immémorial, trois faits ont été parfaitement constatés, et les conséquences qui résultent de leur rapprochement ont été principalement pressenties par Van Helmont, et avant lui par Paracelse[2], qu'on a traité de charlatan. Encore cent ans, et Paracelse deviendra peut-être un grand homme !

La grandeur, l'agilité, la concrétion, la portée de la pensée humaine; le génie en un mot, est incompatible :

Avec le mouvement digestif,

Avec le mouvement corporel,

Avec le mouvement vocal;

Ce que prouvent en résultat les grands mangeurs, les danseurs et les bavards; ce que prouvent en principe le silence ordonné par Pythagore, l'immobilité presque constante des plus illustres géomètres, des extatiques, des penseurs, et la sobriété nécessaire aux hommes d'énergie intellectuelle.

Le génie d'Alexandre s'est historiquement noyé dans la débauche. Le citoyen qui vint annoncer la victoire de Marathon a laissé sa vie sur la place publique. Le laconisme constant de ceux qui méditent ne saurait être contesté.

Cela dit, écoutez une autre thèse.

J'ouvre les livres où sont consignés les grands travaux anatomiques, les preuves de la patience médicale, les titres de gloire de l'école de Paris. Je commence par les rois.

Il est prouvé, par les différentes autopsies des personnes royales, que l'habitude de la représentation vicie le corps des princes; leur bassin se féminise. De là le dandinement connu des Bourbons[3]; de là, disent les observateurs, l'abâtardissement des races. Le défaut de mouvement, ou la viciation du mouvement, entraîne des lésions qui procèdent par irradiation. Or, de même que

toute paralysie vient du cerveau, toute atrophie de mouvement y aboutit peut-être. Les grands rois ont tous
essentiellement été hommes de mouvement. Jules César,
Charlemagne, Saint Louis, Henri IV, Napoléon, en sont
des preuves éclatantes.

Les magistrats, obligés de passer leur vie à siéger, se
reconnaissent à je ne sais quoi de gêné, à un mouvement
d'épaules, à des diagnostics dont je vous fais grâce,
parce qu'ils n'ont rien de pittoresque et, partant, seraient
ennuyeux ; si vous voulez savoir pourquoi, observez-les !
Le genre magistrat est, socialement parlant, celui où
l'esprit devient le plus promptement obtus. N'est-ce pas
la zone humaine où l'éducation devrait porter ses
meilleurs fruits ? Or, depuis cinq cents ans, elle n'a pas
donné deux grands hommes. Montesquieu, le président
de Brosses, n'appartiennent à l'ordre judiciaire que nomi-
nativement : l'un siégeait peu, l'autre est un homme
purement spirituel. L'Hôpital et d'Aguesseau[1] étaient
des hommes supérieurs, et non des hommes de génie.
Parmi les intelligences, celles du magistrat et du
bureaucrate, deux natures d'hommes privées d'action,
deviennent *machines* avant toutes les autres. En descendant plus bas dans l'ordre social, vous trouvez les
portiers, les gens de sacristie, et les ouvriers assis comme
le sont les tailleurs, croupissant tous dans un état voisin
de l'imbécillité, par privation de mouvement. Le genre
de vie que mènent les magistrats et les habitudes que
prend leur pensée démontrent l'excellence de nos principes[2].

Les recherches des médecins qui se sont occupés de
la folie, de l'imbécillité, prouvent que la *pensée humaine*,
expression la plus haute des forces de l'homme, s'abolit
complètement par l'abus du sommeil, qui est un repos.

Des observations sagaces établissent également que
l'inactivité amène des lésions dans l'organisme moral.
Ce sont des faits généraux d'un ordre vulgaire. L'inertie
des facultés physiques entraîne, relativement au cerveau,
les conséquences du sommeil trop prolongé. Vous allez
même m'accuser de dire des lieux communs. Tout
organe périt soit par l'abus, soit par défaut d'emploi.
Chacun sait cela.

Si l'intelligence, expression si vive de l'âme que bien
des gens la confondent avec l'âme, si la *vis humana* ne

peut pas être à la fois dans la tête, dans les poumons, dans le cœur, dans le ventre, dans les jambes;

Si la prédominance du mouvement dans une portion quelconque de notre machine exclut le mouvement dans les autres;

Si la pensée, ce je ne sais quoi humain, si fluide, si expansible, si contractile, dont Gall a numéroté les réservoirs, dont Lavater a savamment accusé les affluents; continuant ainsi Van Helmont, Boërhave, Bordeu, et Paracelse[1], qui, avant eux, avait dit : « *Il y a trois circulations en l'homme, tres in homine fluxus* » : les humeurs, le sang et la substance nerveuse que Cardan nommait *notre sève;* si donc la pensée affectionne un tuyau de notre machine au détriment des autres, et y afflue si visiblement, qu'en suivant le cours de la vie vulgaire, vous la trouvez dans les jambes, chez l'enfant; puis, pendant l'adolescence, vous la voyez s'élever et gagner le cœur; de vingt-cinq à quarante ans, monter dans la tête de l'homme; et, plus tard, tomber dans le ventre;

Eh bien, si le défaut de mouvement affaiblit la force intellectuelle, si tout repos la tue, pourquoi l'homme qui veut de l'énergie va-t-il la demander au repos, au silence et à la solitude ? Si Jésus lui-même, l'Homme-Dieu, s'est retiré pendant quarante jours dans le désert pour y puiser du courage, afin de supporter sa Passion, pourquoi la race royale, le magistrat, le chef de bureau, le portier, deviennent-ils stupides ? Comment la bêtise du danseur, du gastronome et du bavard a-t-elle pour cause le mouvement qui donnerait de l'esprit au tailleur, et qui aurait sauvé les Carlovingiens de leur abâtardissement ? Comment concilier deux thèses inconciliables ?

N'y a-t-il pas lieu de réfléchir aux conditions encore inconnues de notre nature intérieure ? Ne pourrait-on pas rechercher avec ardeur les lois précises qui régissent et notre appareil intellectuel et notre appareil moteur, afin de connaître le point précis auquel le mouvement est bienfaisant, et celui où il est fatal ?

Discours de bourgeois, de niais, qui croit avoir tout dit quand il a cité : *est modus in rebus*[2]. Pourriez-vous me trouver un grand résultat humain obtenu sans un mouvement excessif, matériel ou moral ? Parmi les grands hommes, Charlemagne et Voltaire sont deux immenses exceptions. Eux seuls ont vécu longtemps, en conduisant leur siècle. En creusant toutes les choses humaines, vous y trouverez l'effroyable antagonisme de deux forces qui produit la vie, mais qui ne laisse à la science qu'une négation pour toute formule. *Rien* sera la perpétuelle épigraphe de nos tentatives scientifiques.

Voici bien du chemin fait; nous en sommes encore comme le fou dans sa loge, examinant l'ouverture ou la fermeture de la porte; la vie ou la mort à mon sens. Salomon et Rabelais sont deux admirables génies. L'un a dit « *Omnia vanitas! tout est creux!* » Il a pris 300 femmes et n'en a pas eu d'enfant. L'autre a fait le tour de toutes les institutions sociales, et il nous a mis, pour conclusion, en présence d'une bouteille, en nous disant : *Bois et ris*[1]! Il n'a pas dit : *Marche!*

Celui qui a dit : *Le premier pas que fait l'homme dans la vie est aussi le premier vers la tombe* obtient de moi l'admiration profonde que j'accorde à cette délicieuse ganache que Henri Monnier a peinte disant cette grande vérité : *Ôtez l'homme de la société, vous l'isolez*[2]!

TRAITÉ
DES EXCITANTS MODERNES

PRÉAMBULE

M. Charpentier, qui donne cette nouvelle édition de la *Physiologie du goût*, a eu l'idée, heureuse pour moi, d'y joindre, comme pendant, la *Physiologie du mariage*[1]. La connexité des titres m'oblige à donner ici quelques explications sur le mariage de mon livre avec celui de Brillat-Savarin.

La *Physiologie du mariage* est ma première œuvre, elle date de 1820, époque à laquelle elle fut connue de quelques amis, qui s'opposèrent longtemps à sa publication. Quoique imprimée en 1826, elle ne parut point encore[2]. Il n'y a donc pas eu plagiat relativement à la forme, il y eut seulement une rencontre bien glorieuse pour moi avec l'un des esprits les plus doux, les plus naturels, les plus ornés de cette époque[3]. Dès 1820, j'avais formé le projet de concentrer dans quatre ouvrages de morale politique, d'observations scientifiques, de critique railleuse, tout ce qui concernait la vie sociale analysée à fond. Ces ouvrages, tous commencés et à peu près au même point d'exécution[4], doivent s'appeler *Études analytiques,* ils couronneront mon œuvre des *Études de mœurs* et des *Études philosophiques.*

Le premier a pour titre : *Analyse des corps enseignants.* Il comprend l'examen philosophique de tout ce qui influe sur l'homme avant sa conception, pendant sa gestation, après sa naissance, et depuis sa naissance jusqu'à vingt-cinq ans, époque à laquelle un homme est *fait.* Il embrassera l'éducation humaine fouillée sur un plan plus étendu que ne l'ont tracé mes prédécesseurs en ce genre.

L'*Émile* de J.-J. Rousseau n'a pas sous ce rapport embrassé
la dixième partie du sujet, quoique ce livre ait imprimé
une physionomie nouvelle à la civilisation[1]. Depuis que
les femmes des hautes classes ont nourri leurs enfants,
il s'est développé d'autres *sentimentalités*. La Société a
perdu tout ce que la Famille a gagné. Comme la nouvelle
législation a brisé la famille, le mal est plein d'avenir
en France[2]. Je suis du nombre de ceux qui considèrent
les innovations de J.-J. Rousseau comme de grands
malheurs[3] : il a plus que tout autre poussé notre pays
vers ce système d'hyprocrisie anglaise qui envahit nos
charmantes mœurs, contre lequel les bons esprits doivent
réagir avec courage, malgré les déclamations de quelques
singes de l'école anglaise et genevoise[4]. Le protestantisme, arrivé à toutes ses conséquences, est nu comme ses
temples et hideux comme les X d'un problème.

À vingt-cinq ans, l'homme se marie assez généralement, quoique, dans l'état actuel des connaissances
sociales, l'époque du mariage devrait être l'âge de
trente ans, sauf de rares exceptions. Ainsi le deuxième
ouvrage, dans l'ordre naturel des faits et des idées, est
la *Physiologie du mariage*. Je l'ai lancé pour savoir si je
pouvais risquer les autres théories.

Le troisième est la *Pathologie de la vie sociale*, ou *Méditations mathématiques, physiques, chimiques et transcendantes
sur les manifestations de la pensée, prises sous toutes les formes
que lui donne l'état social, soit par le vivre et le couvert, soit
par la démarche et la parole, etc. (Supposez trente, etc.[5])*.
L'homme est élevé, bien ou mal. Il forme un être à part
avec son caractère plus ou moins original; il s'est marié,
sa double vie se manifeste, il obéit à toutes les fantaisies
que la société a développées en lui, à toutes les lois
qu'elle a portées sans chambres ni rois, sans opposition
ni ministérialisme, et qui sont les mieux suivies : il
s'habille, il se loge, il parle, il marche, il mange, il
monte à cheval ou en voiture, il fume, il se grise et se
dégrise, il agit suivant des règles données et invariables,
malgré les différences peu sensibles de la mode, qui
augmente ou simplifie les choses, mais les supprime
rarement. N'était-ce donc pas un ouvrage d'une haute
importance que de codifier les lois de cette existence
extérieure, de rechercher son expression philosophique,
de constater ses désordres ? Ce titre, bizarre en appa-

rence, est justifié par une observation qui m'est commune avec Brillat-Savarin. L'état de société fait de nos besoins, de nos nécessités, de nos goûts, autant de plaies, autant de maladies, par les excès auxquels nous nous portons, poussés par le développement que leur imprime la pensée : il n'y a rien en nous par où elle ne se trahisse[1]. De là ce titre pris à la science médicale. Là où il n'y a pas maladie physique, il y a maladie morale. La vanité est froissée de ne pas avoir telle ou telle chose, de ne pas obtenir tel ou tel résultat, et souvent faute de connaître les véritables principes qui dominent la matière. Vous voyez des millionnaires dépenser vingt mille francs par an à leur écurie, et sortir dans de misérables voitures avec des chevaux de coucous. La *Pathologie de la vie sociale,* qui est sous presse[2], et paraîtra dans les derniers mois de 1839, est donc une Anthropologie[3] complète, qui manque au monde savant, élégant, littéraire et domestique.

La quatrième est la *Monographie de la vertu,* ouvrage depuis longtemps annoncé, qui vraisemblablement se fera longtemps attendre[4]; mais son titre indique assez son importance, en montrant la vertu assimilée à une plante qui comporte beaucoup d'espèces, et soumise aux formules botaniques de Linné. Après avoir examiné comment l'homme social se fait ce qu'il est, se conduit dans le mariage, et s'exprime par sa vie extérieure, les *Études analytiques* n'auraient-elles pas été incomplètes, si je n'avais pas essayé de déterminer les lois de la conscience morale, qui ne ressemble en rien à la conscience naturelle ?

L'éditeur qui vient d'augmenter, par de nouvelles combinaisons de prix et de format que nécessitaient les contrefaçons belges, la popularité des deux *Physiologies* imprime en ce moment la *Pathologie de la vie sociale,* où, sous peine d'être incomplet, je dois donner un *Traité des excitants modernes.* À ses yeux, ce traité semble compléter[5] la *Physiologie du goût.* Ce fragment est donc un extrait de la *Pathologie de la vie sociale,* dont déjà quelques fragments, comme la *Théorie de la démarche* et le *Traité sur la toilette*[6], ont paru. Ces publications partielles ne nuiront point, je crois, à l'apparition prochaine d'une œuvre où fourmillent des théories et des traités sur toutes les vanités sociales qui nous affligent ou nous rendent heureux[7]; mais que je regarde comme si utile, que, par un temps où tout homme est plus ou moins maquignon, je ne donnerais pas mes *Principes d'hippiatrique*[1] pour *Corinne,* et à une époque où, plus que jamais, la parole est devenue une puissance, je ne troquerais pas mon *Économie et nomenclature des voix*[2] pour *René.*

Ce préambule, très personnel, et entaché de la pestilentielle maladie connue sous le nom de l'ANNONCE, était cependant nécessaire pour expliquer l'impertinente prétention de cet appendice, audacieusement placé en manière de dessert[3], après un livre aimé, fêté par le public comme un de ces repas dont, suivant l'auteur, on dit : *il y a nopces et festins* (appuyez sur le *p !*).

DE BALZAC.

TRAITÉ
DES EXCITANTS MODERNES

> Tout excès qui atteint les muqueuses abrège la vie.
>
> *7e axiome*[a4]

§ I

LA QUESTION POSÉE

L'absorption de cinq substances, découvertes depuis environ deux siècles, et introduites dans l'économie humaine, a pris depuis quelques années des développements si excessifs, que les sociétés modernes peuvent s'en trouver modifiées d'une manière inappréciable. Ces cinq substances sont :

1º L'eau-de-vie ou l'alcool, base de toutes les liqueurs, dont l'apparition date des dernières années du règne de Louis XIV[5], et qui furent inventées pour réchauffer les glaces de sa vieillesse.

2º Le sucre. Cette substance n'a envahi l'alimentation populaire que récemment, alors que l'industrie française a su la fabriquer en grandes quantités[6] et la remettre à son ancien prix, lequel diminuera certes encore, malgré le fisc, qui la guette pour l'imposer.

3º Le thé, connu depuis une cinquantaine d'années[1].

4º Le café. Quoique anciennement découvert par les Arabes, l'Europe ne fit un grand usage de cet excitant que vers le milieu du dix-huitième siècle.

5º Le tabac, dont l'usage par la combustion n'est devenu général et excessif[a] que depuis la paix en France.

Examinons d'abord la question, en nous plaçant au point de vue le plus élevé.

Une portion quelconque de la force humaine est appliquée à la satisfaction d'un besoin; il en résulte cette sensation, variable selon les tempéraments et selon les climats, que nous appelons *plaisir*. Nos organes sont les ministres de nos plaisirs. Presque tous ont une destination double : ils appréhendent des substances, nous les incorporent, puis les restituent, en tout ou en partie, sous une forme quelconque, au réservoir commun, la terre, ou à l'atmosphère, l'arsenal dans lequel toutes les créations puisent leurs forces *néocréatives*[b]. Ce peu de mots comprend toute la chimie de la vie humaine. Les savants ne mordront point sur cette formule. Vous ne trouverez pas un sens, et par sens il faut entendre tout son appareil, qui n'obéisse à cette charte, en quelque région qu'il fasse ses évolutions. Tout excès se base sur un plaisir que l'homme veut répéter au-delà des lois ordinaires, promulguées par la nature. Moins la force humaine est occupée, plus elle tend à l'excès, la pensée l'y porte irrésistiblement.

I

Pour l'homme social, vivre, c'est se dépenser plus ou moins vite.

Il suit de là que plus les sociétés sont civilisées et tranquilles, plus elles s'engagent dans la voie des excès. L'état de paix est un état funeste à certains individus. Peut-être est-ce là ce qui a fait dire à Napoléon : *La guerre est un état naturel*[2].

Pour absorber, résorber, décomposer, s'assimiler, rendre ou recréer quelque substance que ce soit, opérations qui constituent le mécanisme de tout plaisir sans exception, l'homme envoie sa force ou une partie de sa force dans celui ou ceux des organes qui sont les ministres du plaisir affectionné.

La Nature veut que tous les organes participent à la vie dans des proportions égales; tandis que la Société développe chez les hommes une sorte de soif pour tel ou tel plaisir dont la satisfaction porte dans tel ou tel organe plus de force qu'il ne lui en est dû, et souvent toute la force; les affluents qui l'entretiennent désertent les organes sevrés en quantités équivalentes à celles que prennent les organes gourmands. De là les maladies, et, en définitif, l'abréviation de la vie. Cette théorie est effrayante de certitude, comme toutes celles qui sont établies sur les faits, au lieu d'être promulguées *a priori*. Appelez la vie au cerveau par des travaux intellectuels constants, la force s'y déploie, elle en élargit les délicates membranes, elle en enrichit la pulpe; mais elle aura si bien déserté l'entresol, que l'homme de génie y rencontrera la maladie décemment nommée *frigidité*[1] par la médecine. Au rebours, passez-vous votre vie aux pieds des divans sur lesquels il y a des femmes infiniment charmantes, êtes-vous intrépidement amoureux, vous devenez un vrai cordelier sans froc[2]. L'intelligence est incapable de fonctionner dans les hautes sphères de la conception. La vraie force est entre ces deux excès. Quand on mène de front la vie intellectuelle et la vie amoureuse, l'homme de génie meurt, comme sont morts Raphaël et lord Byron[3]. Chaste, on meurt par excès de travail, aussi bien que par la débauche; mais ce genre de mort est extrêmement rare. L'excès du tabac, l'excès du café, l'excès de l'opium et de l'eau-de-vie, produisent des désordres graves, et conduisent à une mort précoce. L'organe, sans cesse irrité, sans cesse nourri, s'hypertrophie : il prend un volume anormal, souffre, et vicie la machine qui succombe.

Chacun est maître de soi, suivant la loi moderne; mais si les éligibles et les prolétaires[4] qui lisent ces pages croient ne faire du mal qu'à eux en fumant comme des remorqueurs ou buvant comme des Alexandre[5], ils se trompent étrangement; ils adultèrent la race, abâtardissent la génération, d'où la ruine des pays. Une génération n'a pas le droit d'en amoindrir une autre.

II

L'alimentation est la génération.

Faites graver cet axiome en lettres d'or, dans vos salles à manger. Il est étrange que Brillat-Savarin, après avoir demandé à la science d'augmenter la nomenclature des sens du sens *génésique*[1], ait oublié de remarquer la liaison qui existe entre les produits de l'homme et les substances qui peuvent changer les conditions de sa vitalité. Avec quel plaisir n'aurais-je pas lu chez lui cet axiome :

III

La marée donne les filles, la boucherie fait les garçons; le boulanger est le père de la pensée[a].

Les destinées d'un peuple dépendent et de sa nourriture et de son régime. Les céréales ont créé les peuples artistes[b][2]. L'eau-de-vie a tué les races indiennes[3]. J'appelle la Russie une autocratie soutenue par l'alcool. Qui sait si l'abus du chocolat n'est pas entré pour quelque chose dans l'avilissement de la nation espagnole, qui, au moment de la découverte du chocolat, allait recommencer l'empire romain[4]. Le tabac a déjà fait justice des Turcs, des Hollandais, et menace l'Allemagne. Aucun de nos hommes d'État, qui sont généralement plus occupés d'eux-mêmes que de la chose publique, à moins qu'on ne regarde leurs vanités, leurs maîtresses et leurs capitaux comme des choses publiques, ne sait où va la France par ses excès de tabac, par l'emploi du sucre, de la pomme de terre substituée au blé, de l'eau-de-vie, etc.

Voyez quelle différence dans la coloration, dans le galbe[5] des grands hommes actuels et de ceux des siècles passés[6], lesquels résument toujours les générations et les mœurs de leur époque ? Combien voyons-nous avorter aujourd'hui de talents en tout genre, lassés après une première œuvre maladive ? Nos pères sont les auteurs des volontés mesquines du temps actuel.

Voici le résultat d'une expérience faite à Londres, dont la vérité m'a été garantie par deux personnes dignes de foi, un savant et un homme politique[1], et qui domine les questions que nous allons traiter.

Le gouvernement anglais a permis de disposer de la vie de trois condamnés à mort, auxquels on a donné l'option ou d'être pendus suivant la formule usitée dans ce pays, ou de vivre exclusivement l'un de thé, l'autre de café, l'autre de chocolat, sans y joindre aucun autre aliment de quelque nature que ce fût, ni de boire d'autres liquides. Les drôles ont accepté. Peut-être tout condamné en eût-il fait autant. Comme chaque aliment offrait plus ou moins de chances, ils ont tiré le choix au sort.

L'homme qui a vécu de chocolat est mort après huit mois.

L'homme qui a vécu de café a duré deux ans.

L'homme qui a vécu de thé n'a succombé qu'après trois ans.

Je soupçonne la compagnie des Indes d'avoir sollicité l'expérience dans les intérêts de son commerce.

L'homme au chocolat est mort dans un effroyable état de pourriture, dévoré par les vers. Ses membres sont tombés un à un, comme ceux de la monarchie espagnole.

L'homme au café est mort brûlé, comme si le feu de Gomorrhe l'eût calciné. On aurait pu en faire de la chaux. On l'a proposé, mais l'expérience a paru contraire à l'immortalité de l'âme.

L'homme au thé est devenu maigre et quasi diaphane, il est mort de consomption, à l'état de lanterne : on voyait clair à travers son corps ; un philanthrope a pu lire le *Times,* une lumière ayant été placée derrière le corps. La décence anglaise n'a pas permis un essai plus original[2].

Je ne puis m'empêcher de faire observer combien il est philanthropique d'utiliser le condamné à mort au lieu de le guillotiner brutalement. On emploie déjà l'adipocire[3] des amphithéâtres à faire de la bougie, nous ne devons pas nous arrêter en si beau chemin. Que les condamnés soient donc livrés aux savants au lieu d'être livrés au bourreau.

Une autre expérience a été faite en France relativement au sucre.

M. Magendie a nourri des chiens exclusivement de sucre ; les affreux résultats de son expérience ont été publiés, ainsi que le genre de mort de ces intéressants amis de l'homme, dont ils partagent les vices (les chiens sont joueurs); mais ces résultats ne prouvent encore rien par rapport à nous[1].

§ II

DE L'EAU-DE-VIE

Le raisin a révélé le premier les lois de la fermentation, nouvelle action qui s'opère entre ses éléments par l'influence atmosphérique, et d'où provient une combinaison contenant l'alcool obtenu par la distillation, et que, depuis, la chimie a trouvé dans beaucoup de produits botaniques. Le vin, le produit immédiat, est le plus ancien des excitants : à tout seigneur, tout honneur, il passera le premier. D'ailleurs son esprit est celui de tous aujourd'hui qui tue le plus de monde. On s'est effrayé du choléra[2]. L'eau-de-vie est un bien autre fléau.

Quel est le flâneur qui n'a pas observé aux environs de la grande halle, à Paris, cette tapisserie humaine que forment, entre deux et cinq heures du matin, les habitués mâles et femelles des distillateurs, dont les ignobles boutiques sont bien loin des palais construits à Londres pour les consommateurs qui viennent s'y consommer[3], mais où les résultats sont les mêmes. Tapisserie est le mot. Les haillons et les visages sont si bien en harmonie, que vous ne savez où finit le haillon, où commence la chair, où est le bonnet, où se dresse le nez; la figure est souvent plus sale que le lambeau de linge que vous apercevez en analysant ces monstrueux personnages rabougris, creusés, étiolés, blanchis, bleuis, tordus par l'eau-de-vie. Nous devons à ces hommes ce frai ignoble qui dépérit, ou qui produit l'effroyable gamin de Paris[4]. De ces comptoirs procèdent ces êtres chétifs qui composent la population ouvrière. La plupart des filles de Paris sont décimées par l'abus des liqueurs fortes[5].

Comme observateur, il était indigne de moi d'ignorer les effets de l'ivresse. Je devais étudier les jouissances qui séduisent le peuple, et qui ont séduit, disons-le, Byron après Sheridan, *e tutti quanti*. La chose était difficile. En qualité de buveur d'eau, préparé peut-être à cet assaut par ma longue habitude du café, le vin n'a pas la moindre prise sur moi, quelque quantité que ma capacité gastrique me permette d'absorber[6]. Je suis un coûteux convive.

Ce fait, connu d'un de mes amis, lui inspira le désir de vaincre cette virginité. Je n'avais jamais fumé. Sa future victoire fut assise sur ces autres prémices à offrir *diis igno-tis*[1]. Donc, par un jour d'*Italiens*, en l'an 1822[2], mon ami me défia, dans l'espoir de me faire oublier la musique de Rossini, la Cinti, Levasseur, Bordogni, la Pasta[3], sur un divan qu'il lorgna dès le dessert, et où ce fut lui qui se coucha. Dix-sept bouteilles vides assistaient à sa défaite. Comme il m'avait obligé de fumer deux cigares, le tabac eut une action dont je m'aperçus en descendant l'escalier. Je trouvai les marches composées d'une matière molle; mais je montai glorieusement en voiture, assez raisonnablement droit, grave, et peu disposé à parler. Là, je crus être dans une fournaise, je baissai une glace, l'air acheva de me *taper,* expression technique des ivrognes. Je trouvais un vague étonnant dans la nature. Les marches de l'escalier des Bouffons me parurent encore plus molles que les autres; mais je pris sans aucune mésaventure ma place au balcon. Je n'aurais pas alors osé affirmer que je fusse à Paris[a], au milieu d'une éblouissante société dont je ne distinguais encore ni les toilettes ni les figures. Mon âme était grise. Ce que j'entendais[b] de l'ouverture de *La Gazza*[4] équivalait aux sons fantastiques qui, des cieux, tombent dans l'oreille d'une femme en extase. Les phrases musicales me parvenaient à travers des nuages brillants, dépouillées de tout ce que les hommes mettent d'imparfait dans leurs œuvres, pleines de ce que le sentiment de l'artiste y imprime de divin. L'orchestre m'apparaissait comme un vaste instrument où il se faisait un travail quelconque dont je ne pouvais saisir ni le mouvement ni le mécanisme, n'y voyant que fort confusément les manches de basses, les archets remuants, les courbes d'or des trombones, les clarinettes, les lumières, mais point d'hommes. Seulement une ou deux têtes poudrées, immobiles, et deux figures enflées, toutes grimaçantes, qui m'inquiétaient. Je sommeillais à demi.

« Ce monsieur sent le vin », dit à voix basse une dame dont le chapeau effleurait souvent ma joue, et que, à mon insu, ma joue allait effleurer.

J'avoue que je fus piqué.

« Non, madame, répondis-je, je sens la musique. » Je sortis, me tenant remarquablement droit, mais calme et froid comme un homme qui, n'étant pas apprécié, se retire en donnant à ses critiques la crainte d'avoir molesté*ᵃ* quelque génie supérieur. Pour prouver à cette dame que j'étais incapable de boire outre mesure, et que ma senteur devait être un accident tout à fait étranger à mes mœurs, je préméditai de me rendre dans la loge de Mme la duchesse de... (gardons-lui le secret), dont j'aperçus la belle tête si singulièrement encadrée *de plumes et de dentelles*[1], que je fus irrésistiblement attiré vers elle par le désir de vérifier si cette inconcevable coiffure était vraie, ou due à quelque fantaisie de l'optique particulière dont j'étais doué pour quelques heures.

« Quand je serai là, pensais-je, entre cette grande dame si élégante et son amie si minaudière, si bégueule, personne ne me soupçonnera d'être entre deux vins, et l'on se dira que je dois être quelque homme considérable entre deux femmes. » Mais j'étais encore errant dans les interminables corridors du Théâtre-Italien, sans avoir pu trouver la porte damnée de cette loge, lorsque la foule, sortant après le spectacle, me colla contre un mur. Cette soirée fut certes une des plus poétiques de ma vie. À aucune époque je n'ai vu autant de plumes, autant de dentelles, autant de jolies femmes, autant de petites vitres ovales par lesquelles les curieux et les amants examinent le contenu d'une loge. Jamais je n'ai déployé autant d'énergie, ni montré autant de caractère, je pourrais même dire d'entêtement, n'était le respect que l'on se doit à soi-même. La ténacité du roi Guillaume de Hollande n'est rien dans la question belge[2], en comparaison de la persévérance que j'ai eue à me hausser sur la pointe des pieds et à conserver un agréable sourire. Cependant j'eus des accès de colère, je pleurai parfois. Cette faiblesse me place au-dessous du roi de Hollande. Puis j'étais tourmenté par des idées affreuses en songeant à tout ce que cette dame avait le droit de penser de moi, si je ne reparaissais pas entre la duchesse et son amie; mais je me consolais en méprisant le genre humain tout entier. J'avais tort néanmoins. Il y avait ce soir-là bien bonne compagnie aux Bouffons. Chacun y fut plein d'attentions pour moi, et se dérangea pour me laisser passer. Enfin, une fort jolie dame me donna le bras pour sortir. Je dus cette politesse à la haute considération que me témoigna Rossini[3], qui me dit quelques mots flatteurs dont je ne me souviens pas, mais qui durent être éminemment spirituels : sa conversation vaut sa musique. Cette femme était, je crois, une duchesse, ou peut-être une ouvreuse. Ma mémoire est si confuse, que je crois plus à l'ouvreuse qu'à la duchesse. Cependant elle avait des plumes et des dentelles. Toujours des plumes, et toujours des dentelles ! Bref, je me trouvai dans ma voiture par la raison superlative que mon cocher avait avec moi une similitude qui me navra, et qu'il était endormi seul sur la place des Italiens. Il pleuvait à torrents, je ne me souviens pas d'avoir reçu une goutte de pluie. Pour la première fois de ma vie, je goûtai l'un des plaisirs les plus vifs, les plus fantasques du monde, extase indescriptible, les délices qu'on éprouve à traverser Paris à onze heures et demie du soir, emporté rapidement au milieu des réverbères, en voyant passer des myriades de magasins, de lumières, d'enseignes, de figures, de groupes, de femmes sous des parapluies, d'angles de rues fantastiquement illuminés, de places noires, en observant à travers les rayures de l'averse mille choses que l'on a une fausse idée d'avoir aperçues quelque part, en plein jour. Et toujours des plumes ! et toujours des dentelles ! même dans les boutiques de pâtisserie[a].

J'ai dès lors très bien conçu le plaisir de l'ivresse. L'ivresse jette un voile sur la vie réelle, elle éteint la connaissance des peines et des chagrins, elle permet de déposer le fardeau de la pensée. L'on comprend alors comment de grands génies ont pu s'en servir, et pourquoi le peuple s'y adonne. Au lieu d'activer le cerveau, le vin hébète. Loin d'exciter les réactions de l'estomac vers les forces cérébrales, le vin, après la valeur d'une bouteille absorbée, a obscurci les papilles, les conduits sont saturés, le goût ne fonctionne plus, et il est impossible au buveur de distinguer la finesse des liquides servis. Les alcools sont absorbés, et passent en partie dans le sang. Donc inscrivez cet axiome dans votre mémoire :

IV

L'ivresse est un empoisonnement momentané.

Aussi, par le retour constant de ces empoisonnements, l'alcoolâtre finit-il par changer la nature de son sang, il en altère le mouvement en lui enlevant ses principes ou les dénaturant, et il se fait chez lui un si grand trouble que la plupart des ivrognes perdent les facultés génératives ou les vicient de telle sorte qu'ils donnent naissance à des hydrocéphales. N'oubliez pas de constater chez le buveur l'action d'une soif dévorante le lendemain, et souvent à la fin de son orgie. Cette soif, évidemment produite par l'emploi des sucs gastriques et des éléments de la salivation occupés à leur centre, pourra servir à démontrer la justesse de nos conclusions.

§ III

DU CAFÉ

Sur cette matière, Brillat-Savarin est loin d'être complet[1]. Je puis ajouter quelque chose à ce qu'il dit sur le café, dont je fais usage de manière à pouvoir en observer les effets sur une grande échelle. Le café est un torréfiant intérieur. Beaucoup de gens accordent au café le pouvoir de donner de l'esprit ; mais tout le monde a pu vérifier que les ennuyeux ennuient bien davantage après en avoir pris. Enfin, quoique les épiciers soient ouverts à Paris jusqu'à minuit, certains auteurs n'en deviennent pas plus spirituels.

Comme l'a fort bien observé Brillat-Savarin, le café met en mouvement le sang, en fait jaillir les esprits moteurs ; excitation qui précipite la digestion, chasse le sommeil, et permet d'entretenir pendant un peu plus longtemps l'exercice des facultés cérébrales[2].

Je me permets de modifier cet article de Brillat-Savarin par des expériences personnelles et les observations de quelques grands esprits.

Le café agit sur le diaphragme et les plexus de l'estomac, d'où il gagne le cerveau par des irradiations inappréciables et qui échappent à toute analyse ; néanmoins on peut présumer que le fluide nerveux est le conducteur de l'électricité que dégage cette substance qu'elle trouve ou met en action chez nous. Son pouvoir n'est ni constant ni absolu. Rossini a éprouvé sur lui-même les effets que j'avais déjà observés sur moi.

« Le café, m'a-t-il dit, est une affaire de quinze ou

vingt jours, le temps fort heureusement de faire un
opéra. »

Le fait est vrai. Mais le temps pendant lequel on jouit
des bienfaits du café peut s'étendre. Cette science est
trop nécessaire à beaucoup de personnes, pour ne pas
décrire la manière d'en obtenir les fruits précieux.

Vous tous, illustres chandelles humaines, qui vous
consumez par la tête, approchez et écoutez l'évangile de
la veille et du travail intellectuel!

I. Le café concassé à la turque a plus de saveur que
le café moulu dans un moulin[1].

Dans beaucoup de choses mécaniques relatives à
l'exploitation des jouissances, les Orientaux l'emportent
de beaucoup sur les Européens : leur génie observateur
à la manière des crapauds, qui demeurent des années
entières dans leurs trous en tenant leurs yeux d'or
ouverts sur la nature comme deux soleils, leur a révélé
par le fait ce que la science nous démontre par l'analyse.
Le principe délétère du café est le *tannin*[2], substance
maligne que les chimistes n'ont pas encore assez étudiée.
Quand les membranes de l'estomac sont *tannées,* ou quand
l'action du tannin particulier au café les a hébétées par
un usage trop fréquent, elles se refusent aux contractions
violentes que les travailleurs recherchent. De là, des
désordres graves si l'amateur continue. Il y a un homme
à Londres que l'usage immodéré du café a tordu comme
ces vieux goutteux noués[3]. J'ai connu un graveur de
Paris qui a été cinq ans à se guérir de l'état où l'avait mis
son amour pour le café[4]. Enfin, dernièrement, un artiste,
Chenavard, est mort, brûlé[5]. Il entrait dans un café
comme un ouvrier entre au cabaret, à tout moment.
Les amateurs procèdent comme dans toutes les passions;
ils vont d'un degré à l'autre; et, comme chez Nicolet,
de plus fort en plus fort[6] jusqu'à l'abus. En concassant
le café, vous le pulvérisez en molécules de formes
bizarres qui retiennent le tannin et dégagent seulement
l'arôme. Voilà pourquoi les Italiens, les Vénitiens, les
Grecs et les Turcs peuvent boire incessamment sans
danger du café que les Français traitent de *cafiot,* mot de
mépris. Voltaire prenait de ce café-là.

Retenez donc ceci. Le café a deux éléments : l'un, la
matière extractive que l'eau chaude ou froide dissout,
et dissout vite, lequel est le conducteur de l'arôme;

l'autre, qui est le tannin, résiste davantage à l'eau, et n'abandonne le tissu aréolaire qu'avec lenteur et peine. D'où cet axiome :

v

Laisser l'eau bouillante, surtout longtemps, en contact avec le café, est une hérésie; le préparer avec de l'eau de marc, c'est soumettre[a] son estomac et ses organes au tannage.

II. En supposant le café traité par l'immortelle cafetière à la de Belloy et non pas du Belloy[1] (celui aux méditations de qui nous devons cette méthode œcuménique étant le cousin du cardinal, et comme lui de la famille très ancienne et très illustre des marquis de Belloy), le café a plus de vertu par l'infusion à froid que par l'infusion d'eau bouillante. Ce qui est une seconde manière de graduer ses effets.

En moudant[2] le café, vous dégagez à la fois l'arôme et le tannin, vous flattez le goût et vous stimulez les plexus qui réagissent sur les mille capsules du cerveau.

Ainsi, voici deux degrés : le café concassé à la turque, le café moulu.

III. De la quantité de café mis dans le récipient supérieur, du plus ou moins de foulage, et du plus ou moins d'eau, dépendent[3] la force du café, ce qui constitue la troisième manière de traiter le café.

Ainsi, pendant un temps plus ou moins long, une ou deux semaines au plus, vous pouvez obtenir l'excitation avec une, puis deux tasses de café concassé d'une abondance graduée, infusé à l'eau bouillante.

Pendant une autre semaine, par l'infusion à froid, par la mouture du café, par le foulage de la poudre et par la diminution de l'eau, vous obtenez encore la même dose de force cérébrale.

Quand vous avez atteint le plus grand foulage et le moins d'eau possible, vous doublez la dose en prenant deux tasses, puis quelques tempéraments vigoureux arrivent à trois tasses. On peut encore aller ainsi quelques jours de plus.

Enfin, j'ai découvert une horrible et cruelle méthode, que je ne conseille qu'aux hommes d'une excessive vigueur, à cheveux noirs et durs, à peau mélangée d'ocre et de vermillon, à mains carrées, à jambes en forme de balustres comme ceux de la place Louis XV[1]. Il s'agit de l'emploi du café moulu, foulé, froid et anhydre (mot chimique qui signifie peu d'eau ou sans eau) pris à jeun. Ce café tombe dans votre estomac, qui, vous le savez par Brillat-Savarin[2], est un sac velouté à l'intérieur et tapissé de suçoirs et de papilles; il n'y trouve rien, il s'attaque à cette délicate et voluptueuse doublure, il devient une sorte d'aliment qui veut ses sucs; il les tord, il les sollicite comme une pythonisse appelle son dieu, il malmène ces jolies parois comme un charretier qui brutalise de jeunes chevaux; les plexus s'enflamment, ils flambent et font aller leurs étincelles jusqu'au cerveau. Dès lors, tout s'agite : les idées s'ébranlent comme les bataillons de la Grande Armée sur le terrain d'une bataille, et la bataille a lieu. Les souvenirs arrivent au pas de charge, enseignes déployées; la cavalerie légère des comparaisons se développe par un magnifique galop; l'artillerie de la logique accourt avec son train et ses gargousses[3]; les traits d'esprit arrivent en tirailleurs; les figures se dressent; le papier se couvre d'encre, car la veille commence et finit par des torrents d'eau noire, comme la bataille par sa poudre noire[4].

J'ai conseillé ce breuvage ainsi pris à un de mes amis, qui voulait absolument faire un travail promis pour le lendemain : il s'est cru empoisonné, il s'est recouché, il a gardé le lit comme une mariée. Il était grand, blond, cheveux rares; un estomac de papier mâché, mince. Il y avait de ma part manque d'observation.

Quand vous en êtes arrivé au café pris à jeun avec les émulsions superlatives, et que vous l'avez épuisé, si vous vous avisiez de continuer, vous tomberiez dans d'horribles sueurs, des faiblesses nerveuses, des somnolences. Je ne sais pas ce qui arriverait : la sage nature m'a conseillé de m'abstenir, attendu que je ne suis pas condamné à une mort immédiate. On doit se mettre alors aux préparations lactées, au régime du poulet et des viandes blanches; enfin détendre la harpe, et rentrer dans la vie flâneuse, voyageuse, niaise et cryptogamique des bourgeois retirés.

L'état où vous met le café pris à jeun dans les conditions magistrales produit une sorte de vivacité nerveuse qui ressemble à celle de la colère : le verbe s'élève, les gestes expriment une impatience maladive; on veut que tout aille comme trottent les idées; on est braque, rageur pour des riens; on arrive à ce variable caractère du poète tant accusé par les épiciers; on prête à autrui la lucidité dont on jouit. Un homme d'esprit doit alors se bien garder de se montrer ou de se laisser approcher. J'ai découvert ce singulier état par certains hasards qui me faisaient perdre sans travail l'exaltation que je me procurais. Des amis, chez qui je me trouvais à la campagne, me voyaient hargneux et disputailleur, de mauvaise foi dans la discussion. Le lendemain, je reconnaissais mes torts, et nous en cherchions la cause. Mes amis étaient des savants du premier ordre, nous les[1] eûmes bientôt trouvées. Le café voulait une proie.

Non seulement ces observations sont vraies et ne subissent d'autres changements que ceux qui résultent des différentes idiosyncrasies, mais elles concordent avec les expériences de plusieurs praticiens, au nombre desquels est l'illustre Rossini, l'un des hommes qui ont le plus étudié les lois du goût, un héros digne de Brillat-Savarin[2].

Observation. — Chez quelques natures faibles, le café produit au cerveau une congestion sans danger; au lieu de se sentir activées, ces personnes éprouvent de la somnolence, et disent que le café les fait dormir. Ces gens peuvent avoir des jambes de cerf, des estomacs d'autruche, mais ils sont mal *outillés* pour les travaux de la pensée. Deux jeunes voyageurs, MM. Combes et Tamisier[3], ont trouvé les Abyssiniens généralement impuissants : les deux voyageurs n'hésitent pas à regarder l'abus du café, que les Abyssiniens poussent au dernier degré, comme la cause de cette disgrâce. Si ce livre passe en Angleterre, le gouvernement anglais est prié de résoudre cette grave question sur le premier condamné qu'il aura sous la main, pourvu que ce ne soit ni une femme, ni un vieillard[4].

Le thé contient également du tannin; mais le sien a des vertus narcotiques, il ne s'adresse pas au cerveau, il agit sur le plexus seulement et sur les intestins, qui absorbent plus spécialement et plus rapidement les substances narcotiques. Jusqu'aujourd'hui, la manière de le préparer est absolue. Je ne sais pas jusqu'à quel point la quantité d'eau que les buveurs de thé précipitent dans leur estomac doit être comptée dans l'effet obtenu. Si l'expérience anglaise est vraie, il donnerait la morale anglaise, les miss aux teints blafards, les hypocrisies et les médisances anglaises; ce qui est certain, c'est qu'il ne gâte pas moins la femme au moral qu'au physique. Là où les femmes boivent du thé, l'amour est vicié dans son principe; elles sont pâles, maladives, parleuses, ennuyeuses, prêcheuses. Pour quelques organisations fortes, le thé fort et pris à grandes doses procure une irritation qui verse des trésors de mélancolie; il occasionne des rêves, mais moins puissants que ceux de l'opium, car cette fantasmagorie se passe dans une atmosphère grise et vaporeuse. Les idées sont douces autant que le sont les femmes blondes[1]. Votre état n'est pas le sommeil de plomb qui distingue les belles organisations fatiguées, mais une somnolence indicible qui rappelle les rêvasseries du matin. L'excès du café, comme celui du thé, produit une grande sécheresse dans la peau, qui devient brûlante. Le café met souvent en sueur, et donne une violente soif. Chez ceux qui arrivent à l'abus, la salivation est épaisse et presque supprimée.

§ IV

DU TABAC

Je n'ai pas gardé sans raison le tabac pour le dernier; d'abord cet excès est le dernier venu, puis il triomphe de tous les autres[2].

La nature a mis des bornes à nos plaisirs. Dieu me garde de taxer ici les vertus militantes de l'amour, et d'effaroucher d'honorables susceptibilités; mais il est extrêmement avéré qu'Hercule doit sa célébrité à son douzième travail[3], généralement regardé comme fabuleux, aujourd'hui que les femmes sont beaucoup plus tourmentées par la fumée des cigares que par le feu[a] de l'amour. Quant au sucre, le dégoût arrive promptement chez tous les êtres, même chez les enfants. Quant aux liqueurs fortes, l'abus donne à peine deux ans d'existence; celui du café procure des maladies qui ne permettent pas d'en continuer l'usage. Au contraire, l'homme croit pouvoir fumer indéfiniment. Erreur. Broussais, qui fumait beaucoup, était taillé en Hercule;

il devait, sans ses excès de travail et de cigares, dépasser la centaine : il est mort dernièrement à la fleur de l'âge, relativement à sa construction cyclopéenne[1]. Enfin un dandy tabacolâtre a eu le gosier gangrené, et comme l'ablation a paru justement impossible, il est mort[2].

Il est inouï que Brillat-Savarin, en prenant pour titre de son ouvrage *Physiologie du goût,* et après avoir si bien démontré le rôle que jouent dans ses jouissances les fosses nasales et palatiales, ait oublié le chapitre du tabac.

Le tabac se consomme aujourd'hui par la bouche après avoir été longtemps pris par le nez ; il affecte les doubles organes merveilleusement constatés chez nous par Brillat-Savarin : le palais, ses adhérences, et les fosses nasales. Au temps où l'illustre professeur composa son livre, le tabac n'avait pas, à la vérité, envahi la société française dans toutes ses parties comme aujourd'hui. Depuis un siècle, il se prenait plus en poudre qu'en fumée, et maintenant le cigare infeste l'état social. On ne s'était jamais douté des jouissances que devait procurer l'état de cheminée.

Le tabac fumé cause en prime abord des vertiges sensibles ; il amène chez la plupart des néophytes une salivation excessive, et souvent des nausées qui produisent des vomissements. Malgré ces avis de la nature irritée, le tabacolâtre persiste, il s'habitue. Ce dur apprentissage dure quelquefois plusieurs mois. Le fumeur finit par vaincre à la façon de Mithridate[3], et il entre dans un paradis. De quel autre nom appeler les effets du tabac fumé ? Entre le pain et du tabac à fumer, le pauvre n'hésite point ; le jeune homme sans le sou qui use ses bottes sur l'asphalte des boulevards, et dont la maîtresse travaille nuit et jour, imite le pauvre ; le bandit de Corse que vous trouvez dans les rochers inaccessibles ou sur une plage que son œil peut surveiller, vous offre de tuer votre ennemi pour une livre de tabac[4]. Des hommes d'une immense portée avouent que les cigares les consolent des plus grandes adversités. Entre une femme adorée et le cigare, un dandy[5] n'hésiterait pas plus à la quitter que le forçat à rester au bagne s'il devait y avoir du tabac à discrétion ! Quel pouvoir a donc ce plaisir que le Roi des rois aurait payé de la moitié de son empire, et qui surtout est le plaisir des malheureux ? Ce plaisir, je le niais, et l'on me devait cet axiome :

VI

Fumer un cigare, c'est fumer du feu.

Je dois à George Sand la clef de ce trésor[1]; mais je
n'admets que le houka de l'Inde, ou le narguilé de la
Perse. En fait de jouissances matérielles, les Orientaux
nous sont décidément supérieurs.

Le houka, comme le narguilé, est un appareil très
élégant, il offre aux yeux des formes inquiétantes et
bizarres qui donnent une sorte de supériorité aristocratique à celui qui s'en sert, aux yeux d'un bourgeois
étonné. C'est un réservoir, ventru comme un pot du
Japon, lequel supporte une espèce de godet en terre
cuite où se brûle[2] le tabac, le patchouli, les substances
dont vous aspirez la fumée, car on peut fumer plusieurs
produits botaniques, tous plus divertissants les uns que
les autres. La fumée passe par de longs tuyaux en cuir
de plusieurs aunes, garnis de soie, de fils d'argent, et
dont le bec plonge dans le vase au-dessus de l'eau parfumée qu'il contient, et dans laquelle trempe le tuyau
qui descend de la cheminée supérieure. Votre aspiration
tire la fumée, contrainte à traverser l'eau pour venir à
vous par l'horreur que le vide cause à la nature. En
passant par cette eau, la fumée s'y dépouille de son
empyreume[3], elle s'y rafraîchit, s'y parfume sans perdre
les qualités essentielles que produit la carbonisation de
la plante, elle se subtilise dans les spirales du cuir, et
vous arrive au palais comme une fille vierge au lit de
son époux, pure, parfumée, blanche, voluptueuse. Elle
s'étale sur vos papilles, elle les sature, et monte au
cerveau, comme des prières mélodieuses et embaumées
vers la divinité. Vous êtes couché sur un divan, vous
êtes occupé sans rien faire, vous pensez sans fatigue,
vous vous grisez sans boire, sans dégoût, sans les retours
sirupeux du vin de Champagne, sans les fatigues nerveuses du café. Votre cerveau acquiert des facultés nouvelles, vous ne sentez plus la calotte osseuse et pesante
de votre crâne, vous volez à pleines ailes dans le monde
de la fantaisie, vous attrapez vos papillonnants délires,
comme un enfant armé d'une gaze qui courrait dans une
prairie divine après des libellules, et vous les voyez sous

leur forme idéale, ce qui vous dispose à la réalisation. Les plus belles espérances passent et repassent non plus en illusions, elles ont pris un corps, et bondissent comme autant de Taglioni, avec quelle grâce! vous le savez, fumeurs! Ce spectacle embellit la nature, toutes les difficultés de la vie disparaissent, la vie est légère, l'intelligence est claire, la grise atmosphère de la pensée devient bleue; mais, effet bizarre, la toile de cet opéra[1] tombe quand s'éteint le houka, le cigare ou la pipe. Cette excessive jouissance, à quel prix l'avez-vous conquise ? Examinons. Cet examen s'applique également aux effets passagers produits par l'eau-de-vie et le café.

Le fumeur a supprimé la salivation. S'il ne l'a pas supprimée, il en a changé les conditions, en la convertissant en une sorte d'excrétion plus épaisse. Enfin, s'il n'opère aucune espèce de sputation, il a engorgé les vaisseaux, il en a bouché ou anéanti les suçoirs, les déversoirs, papilles ingénieuses dont l'admirable mécanisme est dans le domaine du microscope de Raspail[2], et desquels j'attends la description, qui me semble d'une urgente utilité. Demeurons sur ce terrain.

Le mouvement des différentes mucosités, merveilleuse pulpe placée entre le sang et les nerfs, est l'une des circulations humaines les plus habilement composées par le grand faiseur d'horloges[3] auquel nous devons cette ingénieuse plaisanterie appelée l'Humanité. Intermédiaire entre le sang et son produit quintessentiel, sur lequel repose l'avenir du genre humain, ces mucosités sont si essentielles à l'harmonie intérieure de notre machine, que dans les violentes émotions, il s'en fait en nous un rappel violent pour soutenir leur choc à quelque centre inconnu. Enfin, la vie en a si soif, que tous ceux qui se sont mis dans de grandes colères peuvent se souvenir du dessèchement soudain de leur gosier, de l'épaississement de leur salive et de la lenteur avec laquelle elle revient à son état normal. Ce fait m'avait si violemment frappé, que j'ai voulu le vérifier dans la sphère des plus horribles émotions. J'ai négocié longtemps à l'avance la faveur de dîner avec des personnes que des raisons publiques éloignent de la société : le chef de la police de sûreté et l'exécuteur des hautes œuvres de la cour royale de Paris, tous deux d'ailleurs citoyens, électeurs, et pouvant jouir des droits civiques comme tous les autres Français[1]. Le célèbre chef de la police de sûreté me donna pour un fait sans exception que tous les criminels qu'il avait arrêtés sont demeurés entre une et quatre semaines avant d'avoir recouvré la faculté de saliver. Les assassins étaient ceux qui la recouvraient le plus tard. L'exécuteur des hautes œuvres n'avait jamais vu d'homme cracher en allant au supplice, ni depuis le moment où il lui faisait la toilette.

Qu'il nous soit permis de rapporter un fait que nous tenons du commandant même sur le vaisseau[2] de qui l'expérience a eu lieu, et qui corrobore notre argumentation.

Sur une frégate du Roi, avant la révolution, en pleine mer, il y eut un vol de commis. Le coupable était nécessairement à bord. Malgré les plus sévères perquisitions, malgré l'habitude d'observer les moindres détails de la vie en commun qui se mène sur un vaisseau, ni les officiers ni les matelots ne purent découvrir l'auteur du vol. Ce fait devint l'occupation de tout l'équipage. Quand le capitaine et son état-major eurent désespéré de faire justice, le contremaître dit au commandant :

« Demain matin, je trouverai le voleur. »

Grand étonnement. Le lendemain le contremaître fait ranger l'équipage sur le gaillard en annonçant qu'il va rechercher le coupable. Il ordonne à chaque homme de tendre la main, et lui distribue une petite quantité de farine. Il passe la revue en commandant à chaque homme de faire une boulette avec la farine en y mêlant de la salive. Il y eut un homme qui ne put faire sa boulette faute de salive.

« Voilà le coupable », dit-il au capitaine.

Le contremaître ne s'était pas trompé.

Ces observations et ces faits indiquent le prix qu'attache la nature à la Mucosité prise dans son ensemble, laquelle déverse son trop-plein par les organes du goût, et qui constitue essentiellement les sucs gastriques, ces habiles chimistes, le désespoir de nos laboratoires. La médecine vous dira que les maladies les plus graves, les plus longues, les plus brutales à leur début, sont celles que produisent les inflammations des membranes muqueuses. Enfin le coryza, vulgairement nommé rhume de cerveau, ôte pendant quelques jours les facultés les plus précieuses, et n'est cependant qu'une légère irritation des muqueuses nasales et cérébrales.

De toute manière, le fumeur gêne cette circulation, en supprimant son déversoir, en éteignant l'action des papilles, ou leur faisant absorber des sucs obturateurs. Aussi, pendant tout le temps que dure son travail, le fumeur est-il presque hébété. Les peuples fumeurs, comme les Hollandais, qui ont fumé les premiers en Europe, sont essentiellement apathiques et mous, la Hollande n'a aucun excédent de population. La nourriture ichtyophagique à laquelle elle est vouée, l'usage des salaisons, et un certain vin de Touraine fortement alcoolisé, le vin de Vouvray[1], combattent un peu les influences du tabac; mais la Hollande appartiendra toujours à qui voudra la prendre; elle n'existe que par la jalousie des autres cabinets, qui ne la laisseraient pas devenir Française. Enfin le tabac, fumé ou chiqué, a des effets locaux dignes de remarque. L'émail des dents se corrode, les gencives se tuméfient, et sécrètent un pus qui se mêle aux aliments et altère la salive.

Les Turcs, qui font un usage immodéré du tabac tout en l'affaiblissant par des lessivages, sont épuisés de bonne heure. Comme il est peu de Turcs assez riches pour posséder ces fameux sérails où ils pourraient abuser de leur jeunesse, on doit admettre que le tabac, l'opium et le café, trois agents d'excitations semblables, sont les causes capitales de la cessation des facultés génératives chez eux, où un homme de trente ans équivaut à un Européen de cinquante ans. La question du climat est peu de chose : les latitudes comparées donnent une trop faible différence[2]. Or, la faculté de générer[3] est le *criterium* de la vitalité, et cette faculté est intimement liée à l'état de la Mucosité.

Sous ce rapport, je sais le secret d'une expérience que je publie dans l'intérêt de la science et du pays. Une très aimable femme, qui n'aimait son mari que loin d'elle, cas excessivement rare et nécessairement remarqué, ne savait comment l'éloigner sous l'empire du Code. Ce mari était un ancien marin qui fumait comme un pyroscaphe[4]. Elle observa les mouvements de l'amour, et acquit la preuve qu'aux jours où, par des circonstances quelconques, son mari consommait moins de cigares, il était, comme disent les prudes, plus empressé. Elle continua ses observations, et trouva une corrélation positive entre les silences de l'amour et la consommation du tabac. Cinquante cigares ou cigarettes (il allait jusquelà) fumés, lui valaient une tranquillité d'autant plus recherchée que le marin appartenait à la race perdue des chevaliers de l'ancien régime. Enchantée de sa découverte, elle lui permit de chiquer, habitude dont il lui avait fait le sacrifice. Au bout de trois ans de chique, de pipe, de cigares et de cigarettes combinés, elle devint une des femmes les plus heureuses du royaume. Elle avait le mari sans le mariage[1].

« La chique nous donne raison de nos hommes », me disait un capitaine de vaisseau très remarquable par son génie d'observation[2].

§ V

CONCLUSIONS

La régie fera sans doute contredire ces observations sur les excitants qu'elle a imposés; mais elles sont fondées, et j'ose avancer que la pipe entre pour beaucoup dans la tranquillité de l'Allemagne; elle dépouille l'homme d'une certaine portion de son énergie[3]. Le fisc est de sa nature stupide et antisocial[4], il précipiterait une nation dans les abîmes du crétinisme, pour se donner le plaisir de faire passer des écus d'une main dans une autre, comme font les jongleurs indiens.

De nos jours, il y a dans toutes les classes une pente vers l'ivresse[5], que les moralistes et les hommes d'État doivent combattre, car l'ivresse, sous quelque forme qu'elle se manifeste, est la négation du mouvement social. L'eau-de-vie et le tabac menacent la société moderne. Quand on a vu à Londres les palais du gin, on conçoit les sociétés de tempérance.

Brillat-Savarin, qui l'un des premiers a remarqué l'influence de ce qui entre dans la bouche sur les destinées humaines, aurait pu insister sur l'utilité d'élever la statistique au rang qui lui est dû, en en faisant la base sur laquelle opéreraient de grands esprits. La statistique doit être le budget des choses, elle éclairerait les graves questions que soulèvent les excès modernes relativement à l'avenir des nations.

Le vin, cet excitant des classes inférieures, a dans son alcool un principe nuisible; mais au moins veut-il un temps indéfinissable, en rapport avec les constitutions, pour faire arriver l'homme à ces combustions instantanées, phénomènes extrêmement rares.

Quant au sucre, la France en a été longtemps privée[1], et je sais que les maladies de poitrine, qui, par leur fréquence dans la partie de la génération née de 1800 à 1815, ont étonné les statisticiens de la médecine, peuvent être attribuées à cette privation; comme aussi le trop grand usage doit amener des maladies cutanées.

Certes, l'alcool qui entre comme base dans le vin et dans les liqueurs dont l'immense majorité des Français abuse, le café qui entre pour beaucoup dans les excitations patriciennes, le sucre qui contient des substances phosphorescentes et phlogistiques, et qui devient d'un usage immodéré, doivent changer les conditions génératives, quand il est maintenant acquis à la science que la diète ichthyophagique influe sur les produits de la génération.

La régie est peut-être plus immorale que ne l'était le jeu, plus dépravante, plus antisociale que la Roulette[a2]. L'eau-de-vie est peut-être une fabrication funeste dont les débits devraient être surveillés. Les peuples sont de grands enfants, et la politique devrait être leur mère. L'alimentation publique prise dans son ensemble est une partie immense de la politique et la plus négligée, j'ose même dire qu'elle est dans l'enfance.

Ces cinq natures d'excès offrent toutes une similitude dans le résultat : la soif, la sueur, la déperdition de la Mucosité, la perte des facultés génératives qui en est la suite. Que cet axiome soit donc acquis à la science de l'homme :

VII

Tout excès qui atteint les muqueuses abrège la vie.

L'homme n'a qu'une somme de force vitale, elle est répartie également entre la circulation sanguine, muqueuse et nerveuse, absorber l'une au profit de l'autre, c'est causer un tiers de mort. Enfin, pour nous résumer par une image axiomatique :

VIII

Quand la France envoie ses cinq cent mille hommes aux Pyrénées, elle ne les a pas sur le Rhin. Ainsi de l'homme[a].

*Ébauches
rattachées à
« La Comédie humaine »*

AVERTISSEMENT

Les balzaciens connaissent depuis longtemps l'intérêt des ébauches conçues en vue de La Comédie humaine *ou rattachables à* La Comédie humaine. *Quelques-unes avaient paru en totalité ou en partie avant la mort du romancier; les plus nombreuses demeurèrent longtemps inédites. Marcel Bouteron entreprit de les rassembler dans l'ancienne édition de la Pléiade. Huit[1] parurent ou reparurent en 1937, dans le tome X. Dix autres[2] s'y ajoutèrent en 1959, dans un dernier volume, avec des notices établies pour chacun des dix-huit textes par M. Roger Pierrot.*

Entre ces deux dates, en 1950, pour le centenaire de la mort de Balzac, deux textes furent révélés séparément[3]. La même année, M. Maurice Bardèche, avec l'assentiment de Marcel Bouteron, publia avant lui cinq des dix textes qui devaient être réunis dans le tome complémentaire de la Pléiade[4]; ce recueil

---

1. *Le Théâtre comme il est, Les Héritiers Boirouge, Les Méfaits d'un procureur du Roi, L'Hôpital et le Peuple, Échantillon de causerie française, Entre savants, Les Martyrs ignorés, Aventures administratives d'une idée heureuse.*
2. *La Modiste, Le Prêtre catholique, Sœur Marie des Anges, La Frélore, Valentine et Valentin, Le Programme d'une jeune veuve, La Gloire des sots, Mademoiselle du Vissard, La Femme auteur, Un caractère de femme.* Nous avons écarté *La Modiste,* dont l'action, légèrement antérieure à la Révolution, n'entre pas dans le cadre des « études de mœurs au dix-neuvième siècle » destinées à *La Comédie humaine.*
3. *La Femme auteur,* dans la *Revue d'histoire littéraire de la France,* par les soins de Maurice Regard; *Mademoiselle du Vissard,* en une plaquette, chez José Corti, par les soins de P.-G. Castex.
4. *La Femme auteur* et autres fragments inédits de Balzac (Bernard Grasset). Les cinq autres sont *La Modiste, Valentine et Valentin, Un caractère de femme, La Frélore* et *Une heure de ma vie,* qui est un texte de jeunesse, non repris, à juste titre, dans l'ancienne édition de la Bibliothèque de la Pléiade.

était précédé d'une introduction suggestive, où le commentateur,
reprenant une idée de Bernard Guyon, conseillait aux futurs
chercheurs de faire l' « étude des échecs de Balzac » : un jeune
Japonais, Tetsuo Takayama, devait suivre ce conseil et pré-
parer sous notre direction une thèse d'université sur Les Œuvres
avortées de Balzac *(1829-1842), qui fut éditée en 1966*
à Tokyo.

Les ébauches ainsi mises au jour, accompagnées de plusieurs
autres, reparurent au fil des volumes dans l'édition, par Mau-
rice Bardèche, des Œuvres complètes *de Balzac au Club de*
l'Honnête Homme (première édition, en 28 volumes, de 1955 à
1963), puis en 1966 dans l'édition de La Comédie humaine
établie par Pierre Citron (7 volumes, aux Éditions du Seuil).
Elles furent enfin rassemblées, en 1968, dans le tome XIX des
Œuvres complètes *de Balzac publiées par les Bibliophiles de*
l'originale : R. Pierrot et J.-A. Ducourneau, systématisant
une indication de Marcel Bouteron, reprirent les cadres que
Balzac avait élaborés.

Nous en avons usé de même. Les tableaux joints au présent
Avertissement montrent, avec justifications à l'appui, que les
trois grandes divisions de La Comédie humaine *et les six*
sections des Études de mœurs *ont leur place dans le panorama*
général (fût-ce, pour les Scènes de la vie militaire, *avec une*
ligne unique). À l'intérieur de ces divisions et sections, nous
avons présenté les textes dans l'ordre probable de leur rédac-
tion, en faisant une exception pour Les Martyrs ignorés,
Fragment du Phédon d'aujourd'hui, *que Balzac a formel-*
lement voulu placer en tête des Études philosophiques.

Les textes réunis sont au nombre de vingt-cinq. La plupart
étaient explicitement destinés par Balzac à La Comédie
humaine; *une quinzaine font « reparaître » des personnages;*
six sont mentionnés dans le Catalogue des œuvres retenues en
1845 *pour entrer dans une deuxième édition de sa somme roma-*
nesque. Ceux même qui n'ont pas reçu d'affectation expresse se
rattachent, par le cadre évoqué ou par l'intrigue amorcée, à
l'esprit de l'entreprise. Plusieurs peuvent dater d'une époque où
cette entreprise n'avait pas encore pris forme, mais en annonçent
certains aspects : ainsi Les Deux Amis, *que tant de liens*

unissent aux divers récits du cycle tourangeau[1], et notamment à
Eugénie Grandet.

Nous n'avons naturellement pas repris des ébauches comme
La Fleur des pois *et* Les Jeunes Gens, Les Précepteurs
en Dieu, Le Grand Propriétaire, *associées à la genèse de*
La Vieille Fille, *de* L'Envers de l'histoire contemporaine,
des Paysans *et, à ce titre, reproduites dans des tomes antérieurs
par les commentateurs de ces romans[2]. Mais il existe d'autres
ébauches qui, autonomes, appelaient de ce fait une publication
distincte et qui, pourtant, sont dans un rapport plus ou moins
étroit avec de grandes œuvres :* Les Héritiers Boirouge *et*
Les Méfaits d'un procureur du Roi *avec* Ursule Mirouët,
Mademoiselle du Vissard *avec* Les Chouans, Les Martyrs
ignorés *avec* La Peau de chagrin, *les* Aventures administratives d'une idée heureuse *avec* Louis Lambert; *la mise
en évidence de ce rapport n'est pas le moindre intérêt de leur étude.*

*D'autres ébauches ne peuvent être rattachées en particulier à
aucun roman et témoignent, comme* Échantillon de causerie
française, *d'une invention juvénile, ou, comme* L'Hôpital et le
Peuple, *comme* Entre savants, *surtout comme* La Femme
auteur *et* Un caractère de femme, *d'un effort émouvant pour
aborder avec ampleur des sujets nouveaux, à une époque où le
génie créateur lutte contre la fatigue et le déclin des forces. Une
trentaine de personnages reparaissants sont évoqués dans* La
Femme auteur; *trente-cinq personnages inédits figurent dans
la liste établie pour* Un caractère de femme! *Balzac n'achè-
vera pas* La Comédie humaine : *les dernières œuvres inter-
rompues, si prometteuses, illustrent à la fois sa volonté intacte
de créer et cet irrémédiable inachèvement.*

PIERRE-GEORGES CASTEX.

1. Cette œuvre importante avait été éditée à part, dès 1917, par
le vicomte de Lovenjoul, dans la *Revue des Deux Mondes,* puis par
Marcel Bouteron, en 1940, dans les *Œuvres diverses* de Balzac publiées
à la librairie Conard. Jean-A. Ducourneau en établit le texte avec
rigueur et l'incorpora dans les « Romans et contes », au tome XXV
de l'édition des Bibliophiles de l'originale. Elle a sa place, pensons-
nous, dans les ébauches rattachées à *La Comédie humaine.*
2. Il en va de même pour *Le Mendiant,* dont le seul fragment
consistant a été publié dans les documents rattachés au *Médecin de
campagne* (t. IX, p. 1416 et suiv.).

Classement	Titres des ébauches	Dates de rédaction	Justification du classement
I. ÉTUDES DE MŒURS			
A. SCÈNES DE LA VIE PRIVÉE	Sœur Marie des Anges	1835 (?)	Nature apparente de l'intrigue. Lien initial possible avec le projet des *Mémoires de deux jeunes mariées*.
	La Comédienne de salon	1841	Lien avec « Une scène de boudoir », qui est un texte incorporé à *Autre étude de femme*.
	Valentine et Valentin	1842	Destination indiquée par Balzac.
	Perdita	1843 (?)	Nature apparente de l'intrigue, d'après le texte conservé et un schéma relevé dans *Pensées, sujets, fragments*.
	Le Programme d'une jeune veuve	1843 ou 1844	Sous-titre « Scène de la vie privée » indiqué par Balzac.
B. SCÈNES DE LA VIE DE PROVINCE	Les Héritiers Boirouge	1836	Classement indiqué par Balzac dans le Catalogue de 1845 (n° 45).
	Un grand homme de Paris en province	1843 ou 1844	Titre de l'ébauche. Cadre géographique du fragment (Clermont).
	La Gloire des sots	1844	Cadre géographique du fragment (Nemours).

Classement	Titres des ébauches	Dates de rédaction	Justification du classement
	Les Méfaits d'un procureur du Roi	1847	Page de garde du Furne corrigé (texte prévu pour le « tome VII »).
	Un caractère de femme	1847 ou janvier 1848	Page de garde du Furne corrigé (texte prévu pour être substitué au *Lys* dans *la vallée* dans les *Scènes de la vie de province*).
C. SCÈNES DE LA VIE PARISIENNE	Échantillon de causerie française	1831	Conversation dans un salon parisien.
	La Fin d'un dandy	1832 (?)	Classement précisé sous l'indication du titre dans *Lov.* A1, f° 4 v°.
	Entre savants	1842-1843	Classement indiqué dans le Catalogue de 1845 (n° 67).
	L'Hôpital et le Peuple	1844	Classement indiqué dans le Catalogue de 1845 (n° 61).
	Le Théâtre comme il est	1847	Classement indiqué dans le Catalogue de 1845 (n° 68).
	La Femme auteur	1847 ou janvier 1848	Cadre parisien. Présence du Tout-Paris de *La Comédie humaine*.
D. SCÈNES DE LA VIE POLITIQUE	Mademoiselle du Vissard	1847	Classement indiqué dans *Pensées, sujets, fragments*.

Classement	Titres des ébauches	Dates de rédaction	Justification du classement
E. SCÈNES DE LA VIE MILITAIRE	*La Bataille*	(?)	Le classement va de soi.
F. SCÈNES DE LA VIE DE CAMPAGNE	*Les Deux Amis*	1830-1831	Cadre géographique (un château dans la campagne tourangelle).
II. ÉTUDES PHILOSOPHIQUES	*Les Martyrs ignorés*	1836-1837	Classement indiqué dans le Catalogue de 1845 (nº 106).
	Aventures administratives d'une idée heureuse	1833-1834	Classement indiqué dans le Catalogue de 1845 (nº 129).
	Le Prêtre catholique	1832-1834	Annoncé en 1833 pour les *Contes philosophiques*.
	La Frélore	1839	Annoncé dans la préface d'*Une fille d'Ève* pour les *Études philosophiques*. Sous-titre « Étude philosophique ».
	Adam-le-Chercheur	1847	Envisagé pour les *Études philosophiques* sur une page de garde du Furne corrigé.
III. ÉTUDES ANALYTIQUES	*Anatomie des corps enseignants*	(?)	Le Catalogue de 1845 annonce, sous le nº 133, une *Anatomie des corps enseignants* pour venir en tête des *Études analytiques*.

PRINCIPES D'ÉDITION

Huit membres de notre équipe ont concouru à l'édition commentée de ces ébauches. L'étude des manuscrits, tous conservés dans la collection Lovenjoul, les a amenés à modifier parfois la présentation antérieure des textes et, dans le détail, à redresser des lectures. Quelques feuillets étant mutilés, ils ont rétabli entre crochets obliques des mots manquants, lorsque la restitution allait de soi, et signalé les lacunes par des points de suspension entre crochets droits.

Lorsqu'il y avait lieu de distinguer, sous le même titre, plusieurs ébauches successives (voir notamment *Entre savants, Mademoiselle du Vissard, Les Deux Amis*), elles ont été reproduites dans l'ordre de la création, selon la méthode adoptée dans les volumes précédents pour les fragments préoriginaux et pour les esquisses préparatoires. Dans le cas particulier d'*Un caractère de femme*, trois ébauches, conçues pour trois chapitres différents, se succèdent dans l'ordre fixé pour ces chapitres par Balzac lui-même.

Le scrupule d'authenticité commandait de maintenir avec rigueur le texte balzacien, qui présente, dans certaines ébauches, un petit nombre de singularités, entraînées par la hâte de la rédaction. Les seuls aménagements qu'on se soit autorisés dans le dessein de faciliter la lecture sont ceux-là mêmes qui ont été indiqués dans l'Avertissement général du tome premier, p. cxxi-cxxii (application des règles de la typographie moderne, élimination d'usages graphiques surannés, redressement de la ponctuation) : ils ont été pratiqués avec la plus grande discrétion.

On a cru pouvoir alléger, pour les ébauches, la structure de l'appareil critique, en renonçant à placer l'histoire des textes, généralement simple, sous une rubrique distincte : les indications de genèse sont, sauf dans deux cas particuliers (*Échantillon de causerie française, La Frélore*), englobées dans l'Introduction à chaque texte ou disposées en une brève note à la suite de l'Introduction. Comme dans l'édition des romans, les observations proprement critiques sont distinguées des notes (numérotées en chiffres arabes) par des appels littéraux. Mais, presque toutes les ébauches se présentant sous un seul état, les variantes, quand il y en a, résultent généralement de ratures ou de particularités constatées sur le manuscrit : il n'y a donc pas lieu, sauf exception, de recourir à un système de sigles; on signale donc seulement l'origine manuscrite des variantes _(ms.)_, avec un rappel de la cote du dossier correspondant, et on se borne à indiquer entre crochets droits les mots rayés ou changés, précédés et suivis d'un mot repris du texte.

Nous avons rappelé dans notre Avertissement, p. 331-332, les publications collectives antérieures des ébauches. Nous y renvoyons une fois pour toutes et nous n'en reprenons pas l'énoncé pour chaque texte. Beaucoup d'ébauches n'ayant guère été commentées que dans ces publications, il a paru inutile, sauf dans quelques cas, de dresser des listes d'indications bibliographiques.

P.-G. C.

ÉTUDES DE MŒURS
SCÈNES DE LA VIE PRIVÉE

SŒUR MARIE DES ANGES

INTRODUCTION

*Le manuscrit de Sœur Marie des Anges est conservé à la bibliothèque Spoelberch de Lovenjoul, sous la cote A 203, ff*os *23-24. Au verso de chacun des deux feuillets, discontinus, numérotés 2 et 4 par Balzac, le romancier avait inscrit le titre de son ouvrage et commencé une rédaction, abandonnée après quatorze lignes pour le feuillet 2, après cinq lignes pour le feuillet 4. Le faux départ du folio 4 est antérieur à celui du folio 2. Nous les reproduisons tous deux, en tête de notre transcription, et dans l'ordre où ils ont été rédigés.*

Le titre Sœur Marie des Anges *est étroitement lié à la genèse des* Mémoires de deux jeunes mariées : *l'introduction et l'historique de ce roman ont fait allusion aux courts fragments qu'on va lire[1]. Pourtant, le texte des deux feuillets n'a aucun rapport avec le sujet, l'intrigue et la forme épistolaire des* Mémoires de deux jeunes mariées. *Ainsi procède parfois la création balzacienne : un titre séduisant a pu désigner au fil des années des sujets tout à fait distincts.*

Pour le commentaire, nous sommes réduits à des hypothèses. S'agit-il de l'ébauche de 1835 où « Sœur Marie des Anges est un Louis Lambert femelle » qui doit révéler les « abymes du

1. T. I, p. 171-173 et 1239.

cloître », un « brave cœur de femme », rapetissé par les pratiques monastiques[1] *? Ce n'est pas impossible. En ce cas, la « figure de sainte », la « femme adorée dépeinte en quelques phrases avec une si suave poésie*[2] *» par le vieux prêtre apostat devenu somnambule, serait la religieuse dont Balzac voulait faire le personnage principal du roman portant son nom.*

Mais il faut convenir que les fragments conservés nous situent bien loin du couvent. L'ambiance fait songer au roman noir. Nous sommes à Paris, dans un vieux quartier de la rive gauche de la Seine. Dans la première ébauche du début, le vieillard habite rue des Marais-Saint-Germain (aujourd'hui rue Visconti), où Balzac avait eu son imprimerie de 1826 à 1828 et où Peyrade sera logé, quelques années plus tard, dans l'ancienne maison de Racine, au début de Valentine et Valentin. *Le domicile est ensuite transporté dans la « partie la plus obscure de la rue Mazarine », ce qui nous vaut une description réaliste de ce quartier, si souvent hanté par Balzac, à rapprocher de celle qu'il écrira plus tard pour* La Rabouilleuse. *Cette description est commentée par des réflexions, très modernes, sur la nécessité d'assainir et d'aérer les quartiers anciens pour éviter les suicides et la mortalité de leurs habitants. Le lecteur est pris par l'atmosphère fantastique et réaliste d'un récit trop tôt interrompu.*

ROGER PIERROT.

---

1. *Lettres à Mme Hanska*, t. I, p. 295-296 (17 janvier 1835).
2. P. 343.

SŒUR MARIE DES ANGES

Premier faux départ (f° 24 v°).

SŒUR MARIE DES ANGES

En 1827, il vint à Paris un vieillard qui se logea rue des Marais-Saint-Germain dans la maison où se trouve un passage conduisant à la rue des Beaux-Arts. Cette maison a dans sa cour un immense réservoir qui alimente des bains, [. . . . .]

Deuxième faux départ (f° 23 v°).

SŒUR MARIE DES ANGES

En 1827, je rencontrais dans les environs de la rue de Seine, de la rue des Marais, de la rue des Petits-Augustins[1] et sur le pont des Arts, un grand vieillard, en cheveux blancs, à figure ascétique, c'est-à-dire blafarde, creusée, et dont les yeux avaient un caractère de jeunesse, une vivacité mordante qui m'effrayaient en m'intéressant; je le rencontrais principalement le soir, et surtout pendant la nuit. Il était d'une haute taille, maigre, un peu voûté, mais sa charpente paraissait solide. Je me disais en moi-même que cet homme ressemblait à un dominicain du seizième siècle [. . . . .]

[...] venir expirer à Paris épuisé de débauches horribles
à l'entretien desquelles passa toute une petite fortune
capitalisée. Ce vieillard dont les revenus étaient distribués
en aumônes, ce prêtre qu'aucune infortune n'aborda
vainement et qui servait de canal aux charités secrètes
des âmes pieuses de tout un arrondissement, laissa une
pauvre nièce, âgée de quarante ans, dans la plus profonde
misère, en la frustrant de son héritage. Il avait été directeur d'un séminaire avant la révolution, il était lettré,
plein de goût, remarquable par une bonté, par une
indulgence angélique. Il vécut une année de trop, et
certes il entraîna dans sa tombe le plus gracieux, le plus
réellement poète des jeunes gens que j'ai connus. Ce
jeune homme habitait un méchant petit hôtel situé dans
la partie la plus obscure de la rue Mazarine, cette partie
qui avoisine l'Institut[1]. Il y occupait une seule chambre,
qui donnait sur une cour sombre et puante. Le vieillard
avait une chambre qui avait sa vue sur la rue, mais en
cet endroit la rue est bordée par les hautes et noires
murailles des bâtiments où sont les loges des artistes
qui concourent pour les grands prix de sculpture, de
peinture et d'architecture. Aucun lieu dans Paris n'est
plus triste. Un homme d'imagination maladive, dont le
génie est irritable, pourrait périr par le suicide, en demeurant là. Certes, si la police d'une ville comme Paris était
ce qu'elle devrait être, elle assainirait, elle aérerait ces
endroits d'où certains hommes sortent nécessairement
fous ou criminels. Le dégoût de la vie ou le crime sont
rares dans les villes bien plantées, d'agréable aspect et
où l'air circule de manière à balayer ces mauvaises odeurs
qui flétrissent les sens[2]. Par une nuit frileuse, le jeune
homme fut réveillé en sursaut, et vit ce grand vieillard
en chemise, les yeux ouverts et fixes. L'abbé, chez qui
la jeunesse avait reparu ardente, était devenu somnambule. Il racontait en termes dignes de Martial[3] et avec
une horrible poésie ses débauches, qu'il agrandissait par
une diction et par un débit auxquels ceux de nul acteur,
quelque grand qu'il soit, ne sont comparables. Ce
vieillard impur et malade instruisait ce candide jeune
homme. Les deux premières apparitions de ce spectre

frappèrent le pauvre écrivain si violemment que, dès
ce jour, ses amis le trouvèrent à jamais changé. J'étais
assez familier avec lui pour le questionner sur son état
évidemment fébrile, nuageux, et il me répondait en me
parlant de ce vieillard que je connaissais de vue, en me
racontant les sin <gulières>[1] [. . . . .]

Deuxième fragment (f° 24, numéroté 4 par Balzac).

[...] plus ou moins chaleureusement les sentiments qui
l'agitaient. Il nous parla de ses plaisirs dans un langage
vraiment biblique, et avec une puissance de geste dont
la pose de certains personnages peints par Rembrandt
peuvent seuls donner une idée, vous savez, ces figures
qui semblent épancher la vie et la lumière comme celle
de Jésus ressuscitant Lazare ou celle de St Jean prêchant dans le désert[2]. C'était Lucifer à l'agonie! Il fit
apparaître, au milieu de son récit fantasque, une figure
de sainte, une femme adorée dépeinte en quelques phrases
avec une si suave poésie, dessinée rapidement en traits
de feu, de façon à éblouir, à rendre idolâtre de l'inconnu;
il la fit saillir sur le fond ténébreux de son poème horrible
avec le génie particulier qui marque les créations visibles
et indiscernables, intangibles et réelles du Sommeil. Sa
main achevait la forme dont sa parole donnait l'idée.
Je conçus la passion de chasseur qui s'était emparée du
témoin de ces phénomènes. Si j'eusse été moins occupé
que je ne l'étais alors, j'aurais suivi cette étude de l'accident le plus rare dans la physiologie humaine. Le vieillard
mourut, et je n'entendis plus parler de mon ami que
pour apprendre son funeste sort. Cette année 1828-1829[3]
fut, pour moi, marquée par les plus étranges événements.
À l'époque où je vis ce singulier vieillard, un autre de
mes amis me montra dans le même quartier, au café de
Londres, rue Jacob[4], un jeune Anglais d'une beauté qui
ne pouvait se comparer qu'à celle d'Antinoüs[5]. Ce jeune
homme dont les manières annonçaient une haute naissance, les habitudes de la fortune et l'éducation la plus
soignée, venait tous les soirs se mettre dans un coin
et buvait du vin et des liqueurs jusqu'à ce qu'il fût
ivre-mort. Un domestique le portait dans un fiacre et
l'emmenait. Ce jeune homme gardait un silence absolu;

le garçon de café savait ce qu'il fallait lui servir. Il mourut le troisième mois, sans que personne, parmi ceux qui s'intéressaient à lui, pût savoir la cause de cet épouvantable suicide. Quelques hommes devenus célèbres venaient à ce café, j'en connaissais plusieurs, et je leur racontai l'histoire du vieux prêtre apostat dont ils avaient aussi bien que moi remarqué la figure, mon récit donna lieu à chacun de raconter les singularités dont Paris était, en ce moment même, le théâtre, et je fus étonné, pour ne pas dire stupéfait, du nombre incroyable de choses curieuses, d'aventures bizarres, de romans charpentés par le hasard[1] [. . . . .]

LA COMÉDIENNE DE SALON

INTRODUCTION

Un titre, quelques lignes sur une page bleutée numérotée 1 par Balzac, voilà toute l'ébauche conservée à la bibliothèque Loven-joul sous la cote A 203, f° 2.

*La découverte par Jean-A. Ducourneau d'*Une scène de boudoir, *publiée dans* L'Artiste *des 21 et 28 mars 1841[1], et, à sa suite, l'étude, par Anthony R. Pugh, d'un groupe d'œuvres allant « Du* Cabinet des Antiques *à* Autre étude de femme[2] », *fixent la rédaction de* La Comédienne de salon *à 1841. Le papier de cette ébauche n'infirme pas cette date : Balzac utilisa le même pour* Valentin et Valentine *au début de 1842. Le personnage de Rhétoré la confirme : apparu vers janvier 1841 dans un brouillon des* Mémoires de deux jeunes mariées[3], *il prouve la postériorité, par rapport à cette limite, de* La Comédienne de salon, *où il est, à l'évidence, un per-sonnage reparaissant. Pour A. R. Pugh,* La Comédienne de salon *ne constituait pas un début d'œuvre, mais la suite d'*Une scène de boudoir, *destinée aussi à* L'Artiste, *qui, pour un motif ignoré, l'aurait refusée. D'où l'abandon de* La Comé-dienne de salon, Une scène de boudoir *devenant, en 1842, le début d'*Autre étude de femme, *où l'on retrou-vait Henri de Marsay, la duchesse de* La Comédienne de salon, *« la plus habile comédienne de ce temps-ci », et, sinon*

---

1. *AB 1964*, p. 348.
2. *AB 1965*, p. 239-252.
3. *Lov.* A 147, f° 3, et *Mémoires de deux jeunes mariées*, t. I, p. 1241.

Rhétoré, du moins l'essentiel de ce qu'il représentait dans cette ébauche : l'opposition du faubourg-Saint-Germain au régime de Juillet.

Marsay rend Une scène de boudoir *et* La Comédienne de salon *fort importantes par leur arrière-fond politique. Dès 1839, quelques indications des* Secrets de la princesse de Cadignan *préparaient sa destinée de personnage politique, si évocateur de Casimir Perier[1], mais c'est en décembre 1840, dans la Préface de* Pierrette, *que Balzac déclare son intention de lui consacrer une œuvre, imminente, quasi faite : «* ses titres à l'estime de son pays [...] toute sa belle vie est dans les* Scènes de la vie politique[2] ». *«* Est *» se trouve presque justifié par la publication d'*Une scène de boudoir *dès mars 1841, date probable de la composition de cette scène, axée sur Marsay et évidemment politique, et de l'ébauche de* La Comédienne de salon *avec Marsay, «* le ministre de la révolution de Juillet *», suite de l'œuvre à mettre «* dans les* Scènes de la vie politique ».

La Comédie humaine *et* la nécessité de compléter son deuxième tome devaient transformer *Une scène de boudoir, scène politique, en partie d'une des* Scènes de la vie privée *(ce qui entraîne notre classement de* La Comédienne de salon *dans le même cadre). Regrettable mutation si l'on considère les épaves des intentions de Balzac dans* Autre étude de femme, *où Marsay transmet, par éclairs, des réflexions politiques qui comptent parmi les plus fortes de* La Comédie humaine.

Esquissée vers les derniers jours de mars 1841, La Comédienne de salon, *peu vraisemblablement condamnée par un refus de* L'Artiste, *le fut peut-être par les soucis que donnait alors à Balzac le feuilleton des* Lecamus, *peut-être par sa vie mondaine, intense en cette période où ses soirées chez Mme de Girardin et George Sand imprègnent déjà* Une scène de boudoir, *située chez Mme d'Espard, et imprégneront* Autre étude de femme, *située chez Félicité Des Touches. Mais elle fut bien plus probablement condamnée par* La Comédie humaine,

---

1. *Les Secrets de la princesse de Cadignan,* t. VI, p. 955 et n. 1.
2. Préface de *Pierrette,* t. IV, p. 23.

*dont Balzac discutait le traité en ces jours précis : il sera signé
le 14 avril 1842*[1].

La Comédienne de salon *sacrifiée pour* La Comédie
humaine ? *Tout compte fait...*

ANNE-MARIE MEININGER.

---

1. *Corr.*, t. IV, p. 260-263, 271-275.

LA COMÉDIENNE DE SALON

Il se trouvait là l'un de ces froids railleurs qui doivent l'impunité de leurs manières à l'éclat de leur nom, à qui la connaissance du monde et l'éducation aristocratique ont appris à se tenir dans la limite exacte de la politesse, et dont les mots empruntent à cette parfaite exactitude une sorte de cruauté. Cet ancien jeune homme, il avait quarante ans, était le duc de Rhétoré, fils aîné du duc de Chaulieu qui vivait encore pour son malheur, car son attachement à la branche aînée de la maison de Bourbon est assez connu.

Depuis sa première jeunesse, Rhétoré gardait au fond du cœur contre de Marsay un levain de jalousie que tout succès nouveau de ce brillant jeune homme faisait fermenter. Rhétoré, naturellement resté légitimiste, n'était pas fâché de piquer au vif le ministre de la Révolution de Juillet, et il prit ainsi la parole.

« La Duchesse[1] est la plus habile comédienne de ce temps-ci... »

Ce mot fit rougir de Marsay, espèce d'avantage que personne n'avait remporté sur lui, et les yeux de tous ceux qui écoutaient dans le plus profond silence peignirent à la fois l'intérêt et la curiosité. Comment se hasarder à conter après de Marsay, et le duc annonçait évidemment un récit.

« Comme il n'y a que trente duchesses en France, dit la princesse de Cadignan à la marquise d'Espard, nous finirons par la deviner...

— Vous ne comptez pas les duchesses de l'Empire ? dit Blondet en souriant.

— Elle a formé plus d'un homme d'État, reprit le

duc en continuant, et voici ce qu'un de mes amis m'a
raconté d'elle.

« Il y a de la modestie à parler après *monsieur le
ministre;* mais comme je ne serai que l'interprète peut-
être infidèle de cette charmante femme, vous comprendrez ma hardiesse. Vous serez obligés de m'accorder,
sans me demander la moindre explication, un fait bizarre,
mais qui peut s'expliquer. La duchesse avait, sans le
savoir, un témoin de ses actions et de ses discours, et
qui sut, après cette matinée, à quoi s'en tenir sur le monde.
Elle en eût remontré certes à Célimène. Il était alors
quatre heures, moment auquel elle recevait, elle avait
été faire sa promenade au Bois et rentrait, elle trouva
dans son escalier un des plus aimables ambassadeurs
étrangers arrivé trop tôt et qui descendait, et qu'elle
ramena chez elle. [. . . . .]

VALENTINE ET VALENTIN

INTRODUCTION

Cette ébauche, constituée de sept feuillets, paginés de 1 à 7 par l'auteur, est conservée à la bibliothèque Lovenjoul sous la cote A 237. Papier bleuté, mince, non filigrané. Le folio 3 est amputé de son tiers inférieur (déchirure irrégulière). Un huitième feuillet, numéroté 4 par l'auteur, ne porte que quatre lignes, qui ne paraissent pas appartenir à Valentine et Valentin.

L'éditeur Hetzel avait demandé à Balzac, en janvier 1842 (ou peut-être en décembre 1841), de porter à trente feuilles les volumes de La Comédie humaine *alors à la composition.* Valentine et Valentin *est destiné à compléter le tome I, dont la sortie est prévue pour le 15 février 1842[1]. Avec cette « nouvelle », Balzac compte s'acquitter en même temps à l'égard de Souverain, à qui le lient d'anciens engagements[2]. Il offre enfin son œuvre à* La Patrie, *où elle est annoncée le 5 mars — sous le titre de* Valentin et Valentine *(sic) — en tête du « Feuilleton »; mais, dès les mois de décembre 1841 et janvier 1842[3], il avait été question d'une « nouvelle » promise à ce journal : peut-être s'agissait-il déjà de cette œuvre.*

Le 1er février 1842, Balzac promet à Hetzel la copie de Valentine et Valentin *pour « d'ici à huit jours[4] » : l'ébauche aura donc été rédigée en janvier ou février. Une menace de*

1. Balzac à Hetzel, 1er février 1842 (*Corr.*, t. IV, p. 403).
2. *Ibid.*, p. 404.
3. *Ibid.*, p. 372 et 393.
4. *Ibid.*, p. 404.

*rupture imminente avec Mme Hanska amena le romancier à
entreprendre d'urgence* Albert Savarus. *C'est ce roman autobiographique qui vint grossir le tome I de* La Comédie
humaine, *retardé jusqu'en juin, et il ne fut plus jamais fait
mention de* Valentine et Valentin, *dont le titre ne figure
même pas dans le Catalogue de* La Comédie humaine *établi
par Balzac en 1845.*

Il est vrai que ce texte, destiné aux Scènes de la vie privée
(*1ᵉʳ tome de* La Comédie humaine), *a été aimanté puis
absorbé par* Splendeurs et misères des courtisanes (*IIᵉ partie*), *une* Scène de la vie parisienne *en pleine gestation. Le
héros de* Valentine et Valentin *est l'espion de police Peyrade,
créé par Balzac dans* Une ténébreuse affaire : *nous le retrouvons en 1824, vieilli d'une vingtaine d'années, sous les traits du
bonhomme Canquoëlle, et Balzac donne une esquisse du temps
écoulé ; il reprendra, parfois textuellement, dans* Splendeurs et
misères des courtisanes, *des éléments de ce « retour en
arrière¹ ». Dans l'ébauche que nous publions, la fille de Peyrade
se nomme Valentine — du nom, peut-être, d'une nièce de Balzac,
Valentine Surville, née en 1830, comme le suggère M. Bardèche
dans la notice qu'il a consacrée à cette ébauche². Valentine est
issue du mariage malheureux de Peyrade avec une certaine
Valentine Ridal, laquelle l'a quitté jadis pour épouser un seigneur milanais, le duc de Belgirate. Les données de* Splendeurs
et misères des courtisanes *sont assez différentes : Peyrade
habite rue des Moineaux et non rue des Marais, et sa fille Lydie,
à laquelle il se consacre, est née d'une brève liaison avec une
actrice. La « nouvelle » s'interrompt au bout de quelques pages
sans qu'on puisse deviner le destin qui attendait Valentine ; quant
à Lydie, dans* Splendeurs et misères des courtisanes, *devenue folle, elle sera recueillie par Corentin à la mort de Peyrade ;
mais nous perdons sa trace au moment où nous la retrouvons,
aux dernières pages des* Petits Bourgeois *inachevés³.*

*Qui est Valentin ? Le nom ou le surnom d'un prétendant de
Valentine ? L'ébauche ne permet pas d'en décider. Une page de*

1. Voir n. 2, p. 358.
2. Balzac, *La Femme auteur*, Grasset, 1950, p. 217-219.
3. T. VIII, p. 179.

Splendeurs et misères des courtisanes[1] *montre Peyrade cherchant un parti pour sa fille, et Lydie éblouie par Lucien de Rubempré. Peut-être avons-nous là une réminiscence du thème que l'auteur voulait traiter.*

ROLAND CHOLLET.

1. T. VI, p. 540.

VALENTINE ET VALENTIN

La rue des Marais, située au commencement de la rue de Seine à Paris, est une horrible petite rue[1], rebelle à tous les embellissements accomplis par les échevins modernes avec une lenteur qui peut faire croire que l'administrateur a pour mission d'entraver cet enthousiasme inhérent au caractère gaulois appelé par les Italiens *furia francese*. L'historien des mœurs ne doit-il pas faire observer que la ville de Londres fut éclairée au gaz en dix-huit mois, et qu'après quinze ans une seule moitié de Paris est en ce moment éclairée par ce procédé miraculeux ? La rue des Marais fait partie de la moitié qui conserve le hideux réverbère[2]. Il en sera pour les Chemins de fer comme du Gaz. Et l'on parle de la légèreté française !

Cette rue des Marais possède un monument précieux, la maison, aujourd'hui numérotée 15, où Racine passa toute sa vie[3]. La France n'aurait-elle pas dû faire isoler et conserver l'habitation d'un de ses plus grands poètes dramatiques, avec autant de religion que Florence en montre pour la maison de Michel-Ange ? En attendant que nos édiles y pensent, que les comédiens prélèvent sur les recettes produites par les œuvres de ce beau génie une somme annuelle pour concourir à cet acte de piété nationale, vous trouverez ici la physionomie[a] de cette maison où sont arrivés les événements de cette histoire[b].

La rue des Marais étant parallèle à la Seine, les maisons à numéros impairs sont exposées au nord. Ainsi sur la rue, la maison de Racine est à cette cruelle exposition ; mais la façade jaunâtre et triste est irrégulièrement percée de croisées, dont l'état prouve qu'en aucun temps, les

habitants ou les propriétaires n'ont compté sur la vue
de la rue des Marais. Ce corps de logis à deux étages
est peu élevé, sa profondeur se mesure par celle de la
porte cochère et de la loge du portier qui n'ont pas plus
de douze pieds de longueur. Mais en observant avec
attention cette façade, on y découvre le cintre de la porte
basse telle qu'elle existait du temps de Racine. Elle était
alors placée au coin de la maison et il est à peu près
démontré que la porte actuelle a été pratiquée dans une
pièce de l'ancien rez-de-chaussée[a].

En entrant dans une cour assez spacieuse, on voit à
droite un mur mitoyen garni de plantes grimpantes et
à gauche[1] un corps de logis d'une étroitesse incroyable,
plaqué contre la maison voisine. On y pénètre ainsi que
dans celui situé sur la rue par un escalier en bois d'une
excessive simplicité pour ne pas dire grossier, mais qui
n'en est pas moins de fraîche date, il est placé au coin où
se réunissent ces deux corps de logis. Au fond, au-dessus
de vieilles remises, car la destination des lieux a bien
changé, les propriétaires ont adossé au troisième mur
mitoyen une construction légère élevée de deux étages
comme les autres. Rien de triste et de lugubre comme
la partie des appartements modernes qui se trouve en
retour au fond de cette cour, car les pièces, à peine
larges de huit pieds, sont exposées au nord et n'ont
d'autre vue que celle du corps de logis donnant sur la
rue. La maison est ainsi divisée en deux portions que
dessert l'escalier situé dans l'encoignure, la partie des
appartements ménagés dans le corps de logis assis sur la
rue et les appartements contenus dans les deux corps de
logis adossés aux murs mitoyens de gauche et du fond.
Les rez-de-chaussée de ces deux bâtiments étroits sont
occupés par des magasins de papier. Ainsi bâtie sur trois
côtés, fermée sur le quatrième par une muraille de verdure et placée dans une rue où passent rarement les
voitures, cette maison jouit d'un silence quasi claustral,
et son exposition lui donne le froid des cloîtres. Jusqu'au
premier étage, les murs sont en pierre, le surplus est
en moellons revêtus d'une robe de plâtre badigeonnée
en couleur jaune. Dans la demeure de ce poète harmo-
nieux, il ne règne aucune harmonie, chacun des corps
de logis fut construit sans doute à des époques différentes, et il est vraisemblable que, du temps de Racine,

la maison sur la rue formait toute l'habitation. Peut-être la cour pavée était-elle un joli petit jardin, la fortune de Racine ne lui permettait point d'avoir un équipage, des chevaux, des remises, ni des écuries dans sa demeure. D'ailleurs la solidité de la partie située sur la rue donne la valeur d'une certitude à cette hypothèse. Les notes de Tallemant des Réaux indiquent à cette époque l'existence des jardins où fut bâti plus tard le vaste hôtel de La Rochefoucauld, détruit aujourd'hui, remplacé par la rue des Beaux-Arts[1]. Les feuillages de ce jardin devaient faire un joli rideau devant la maison de Racine, à la place des noires maisons de la rue des Marais. Ainsi, peut-être cette demeure ne manquait-elle pas de poésie naturelle. Ce n'est en effet qu'en 1825 que, dans l'immense jardin mitoyen, se sont élevées des constructions destinées à l'industrie. En observant la maison de Racine, on y découvre des détails qui démontrent que ce fut jadis une maison dite des champs[a]. Les solives du plancher dans le passage de la porte prouvent que sous l'ancienne porte se trouvait l'entrée d'un vaste parloir, et qu'un vieil escalier à balustres en bois tournait au bout et menait aux deux étages supérieurs, ce qui ne manquait pas de naïveté[b]. Tout trahit la bourgeoisie modeste que célébra Molière. Là, rien ne récrée aujourd'hui le regard, le goût moderne n'y a jeté ni ses petits balcons en fonte, ni son comfort[2], ni ses grimaces de faux luxe, on y retrouve la grossièreté campagnarde du vieux temps qui, dans une maison de ville, produit aujourd'hui de fort méchants contrastes avec l'élégance des constructions nouvelles. Il est ainsi dans certains quartiers de Paris, autrefois des faubourgs, quelques maisons de campagne oubliées par la spéculation qui rappellent au flâneur instruit les mœurs des siècles passés. Il semble que si l'on nettoyait la maison de Racine des deux corps de logis flanqués contre les murs mitoyens, les vignes de ses berceaux repousseraient et montreraient leurs pampres jeunes comme la gloire du maître. Quelle noble institution ce serait que le rachat de cette vieille maison par la ville de Paris, qui en concéderait l'habitation gratuite au plus grand poète de chaque siècle! Ce serait un triomphe pour le poète, une fête pour la ville, et l'une de ces coutumes qui rendent la patrie encore plus chère[c]. Mais une grande chose qui coûte deux cent mille francs, se fait bien difficilement[a] [. . . . .]

En 1822, le second étage des deux corps de logis adossés dans la cour aux deux murs mitoyens en équerre était occupé par un vieillard et par sa fille qui demeuraient là depuis 1809, époque à laquelle le vieillard avait fait un bail de quinze ans pour trois cents francs, car alors les propriétaires éprouvaient d'étranges difficultés à trouver des locataires, surtout en de pareilles rues. Quand le vieillard vint s'éta<blir>[b] [. . . . .
. . . .]

Il avait mérité[c] la place de laquelle il était arraché violemment à[1] de grands services rendus; aussi cette disgrâce le frappa-t-elle cruellement. Peyrade, vieilli dans la pratique des affaires, possédait les secrets de tous les gouvernements depuis 1782, époque de son entrée à la lieutenance générale de police, à l'âge de vingt-cinq ans, il était considéré comme un des hommes les plus sûrs et passait pour être un des plus habiles et des plus fins de ces génies inconnus chargés de veiller à la sûreté des États. Gai, libertin, aimant la table, cyniquement spirituel, il menait une joyeuse vie. Quant aux femmes, il se trouvait dans la position d'un pâtissier friand de gâteaux et de tartelettes; quant à l'argent, on ne comptait pas avec lui. Il vivait donc comme un poisson dans l'eau, fait à son état et l'aimant, il avait une haute dose de philosophie méridionale[d2].

Un événement impossible à prévoir changea son caractère, modifia ses habitudes et les transforma. Peyrade devint amoureux à quarante-sept ans, en 1804, d'une jeune fille de la plus grande beauté, pauvre, mais appartenant à une honnête famille de la Bourgeoisie parisienne, une demoiselle Valentine Ridal, alors âgée de vingt ans. Après dix-huit mois pendant lesquels l'amour excessif de Peyrade sut vaincre l'opposition de toute la famille, il épousa Valentine Ridal, qui lui déclara nettement qu'elle ne pourrait jamais l'aimer. Peyrade comptait sur la vanité de sa future pour se faire aimer; il allait, lui disait-il, parcourir à grands pas la carrière de l'ambition, il commencerait par obtenir un poste éminent dans les pays conquis, en Piémont, il y rendrait de tels services que Napoléon le nommerait Commissaire général[3], puis ministre de la Police en quelques-uns des royaumes qu'il élèverait en Europe. Valentine Ridal, jeune fille à la fois

fausse, froide et spirituelle, trois adjectifs qui se rencontrent fréquemment dans les caractères de Parisienne,
fut séduite par ces considérations, elle passa par-dessus
la laideur de Peyrade, espèce de faune horrible, à nez
rouge, à visage patibulaire, et le mariage se fit à Paris;
mais dès le lendemain la famille s'aperçut qu'une lutte
violente s'était établie entre les nouveaux époux. Valentine se plaignit à sa mère de la brutalité de Peyrade, et
Peyrade se plaignit à son beau-père des répugnances que
la mariée lui avait manifestées de la façon la plus impertinente. Chez Valentine, l'accomplissement du mariage
engendra la haine la plus tenace contre Peyrade, et chez
Peyrade un redoublement d'amour qui fut insupportable
à la mariée. Le nouveau ménage partit pour le Piémont
en proie à ces terribles discordes, et Valentine en arrivant
à Turin écrivit à sa mère en termes où se révélaient son
dépit et son désespoir qu'elle était enceinte, elle n'y
cachait pas l'aversion que par avance elle vouait à son
enfant. Des scènes déplorables marquèrent le séjour de
Peyrade dans la capitale du Piémont. Une fois mariée,
Mme Peyrade eut honte d'être ce qu'elle était : la femme
d'un homme attaché à la police de l'Empire, et sa haine
ne connut plus de bornes. Sa beauté merveilleuse fit
naître une passion insensée chez un des plus riches
seigneurs du Milanais, attaché de cœur au gouvernement
impérial. Dès lors, Mme Peyrade ne respira plus que
pour trouver les moyens de rompre son mariage afin
d'épouser le duc de Belgirate[a], un des dignitaires du
Royaume d'Italie. Malgré sa passion, Peyrade devina les
intentions de sa femme, et se conduisit de manière à ne
donner aucune prise sur lui. Puis, il fit agir à Paris ses
protections pour être nommé commissaire général de
Police en Hollande, une nouvelle acquisition de l'Empereur et Roi[1]. Mme Peyrade accoucha de sa fille à Turin,
Peyrade la nomma Valentine du nom de la mère. Dès
que la mère et l'enfant purent se mettre en route, cet
habile homme partit pour la Hollande, en emmenant
une femme furieuse d'être séparée du duc de Belgirate,
beau jeune homme riche de six cent mille livres de rentes,
ayant un des plus magnifiques palais de Milan[b]. Dans
ce pays, la conduite de la belle Mme Peyrade changea,
non pas soudain, mais insensiblement. Elle nourrit sa
fille et se montra bonne mère. Elle prétendit qu'avec une

immense fortune, sa position serait tolérable, enfin elle
mit sans doute un prix à ses bonnes grâces et sut amener
Peyrade à des actes de complaisance et à des prévarica-
tions fructueuses. Elle voulait le jeter dans un procès
infamant, afin d'avoir une raison de divorce. Néanmoins,
un reste de prudence arrêta Peyrade au moment de
commettre un faux auquel il était poussé par sa femme et
par l'énormité du gain, il s'en tira par une rouerie digne
d'un élève de l'ancienne lieutenance générale de police.
Mais l'affaire se découvrit, et si Peyrade avait évité la
cour d'assises, il ne s'était pas garanti de la concussion.
Il fut arrêté, conduit à Paris, et sa femme intenta l'action
en divorce. En un an, Peyrade perdit sa place et sa femme
qui, dans les délais de la loi sur le divorce, devint
duchesse de Belgirate. Le commissaire général expliqua
sa vie au ministre de la Police générale de l'Empire, et
il lui fut fait grâce du procès criminel, il obtint un arrêté
du Conseil d'État qui le blâmait, le condamnait à restituer
au Trésor des sommes qu'il ne pourrait jamais payer;
mais une décision administrative lui interdit de rentrer
au service de l'État. Tous ces coups frappés successivement sur la tête d'un homme de cinquante ans avan-
cèrent sa vieillesse, et deux ans après être venu s'installer
rue des Marais, Peyrade qui, pour sa fille, quitta ce
nom déshonoré pour celui de Canquoëlle[1], ne se ressemblait plus à lui-même. Sans pension, après vingt-cinq ans
de services, et quels services! sans moyen d'existence,
il obtint en 1811, par la protection souterraine du seul
ami qui lui resta fidèle, Corentin, le bras droit de Fouché,
toujours ministre de la Police, même quand il ne l'était
plus, ainsi que le prouve sa conduite en Illyrie où l'exila
l'Empereur[a2], un emploi de quinze cents francs à la
succursale du Mont-de-Piété, rue des Petits-Augustins[3];
Corentin, qui connaissait toute la valeur de Peyrade, se
servit de lui dans ses mystérieuses fonctions en lui
confiant les parties les plus délicates de ses affaires
secrètes. Mais ce fut, dans l'existence du bonhomme
Canquoëlle, une portion impénétrable. Pour tout le
quartier, pour tout ce qui le connaissait, il ne fut qu'un
pauvre employé du Mont-de-Piété qui pour avoir
contrarié l'Empereur avait perdu une magnifique position. La situation du ministère de la Police générale, alors
établi quai Malaquais, au coin de la rue des Petits-

Augustins, permettait à Corentin de trouver facilement son vieil ami Peyrade, qui, lorsqu'il avait à s'absenter, se faisait remplacer au Mont-de-Piété par un surnuméraire. Une tolérance particulière ordonnée par le préfet de la Seine protégeait le père Canquoëlle, qui d'ailleurs, en 1812, eut là mille écus d'appointements et une espèce de direction où il pouvait être suppléé par un sous-chef.

En 1816, après le second retour du Roi, la Police générale du Royaume s'épura. Corentin fut éliminé pour un temps, et Peyrade eut beaucoup de peine à rester chef de bureau à la succursale du Mont-de-Piété, rue des Petits-Augustins. Âgé d'environ soixante ans et paraissant en avoir quatre-vingts, il se résigna dès lors à cette position modeste, il idolâtrait sa fille et ne vivait que par elle. Valentine allait entrer dans sa treizième année, et le vieillard trouva sage de simplifier sa vie, en en faisant oublier la partie mystérieuse qu'un hasard pouvait découvrir, et qui nuirait à Valentine.

En 1824[a], donc, le père Canquoëlle, vieillard de soixante-dix-huit ans[b1], était, au milieu des nouveaux intérêts politiques, après la mort de Napoléon et celle de Louis XVIII, un instrument entièrement oublié dont les relations avec le ministère de la Police générale, qui fut alors supprimé[2], se réduisaient à l'intimité secrète à laquelle le fameux Corentin et lui restaient l'un et l'autre fidèles. De semblables personnages obtiennent d'autant plus facilement l'oubli que l'action de leur vie, que leurs talents, sont et doivent être complètement ignorés[c].

[· ·]

PERDITA

INTRODUCTION

Perdita. Une femme voulant éprouver un homme.
Elle s'en fait la providence, le rend riche en restant mystérieuse. Elle correspond, il s'enflamme, abstraction faite
de la chair. Elle se fait vieille, il finit par voir une affreuse
vieille. La vieille meurt et lui laisse une fortune. Ses
amours avec une charmante grisette. Il hésite à l'épouser.

Ce sujet, noté sur l'album Pensées, sujets, fragments[1],
*ne porte malheureusement pas de date. Quant à l'ébauche
publiée ici, elle consiste en un texte d'une page et demie (Lov.
A 203, ff⁰ˢ 12-13), annoncé dans une page de titre (f⁰ 11)
sur même papier et d'une même écriture, donc contemporaine,
où trois autres titres ont été tracés, avec celui de* Perdita : Le
Vieillard amoureux, Léon de Lora, Un gendre. *Le voisinage de ces titres, le contenu même de notre ébauche, autorisent-ils
une datation pour* Perdita ?

A. R. Pugh[2] a proposé 1839, parce que, dans Perdita, *on
trouve d'Arthez, Bridau, Bianchon, Ridal et Giraud, personnages d'*Un grand homme de province à Paris, *achevé en
mai. M. Bardèche[3] songe plus particulièrement à l'été de 1839
et fonde sa conjecture sur deux observations à propos d'*Un
gendre : *ce titre figure sur une page de titre de* Pierrette *commencée en juillet et, sur une autre page, comme une nouvelle*

---

1. *Lov.* A 181, f⁰ 41.
2. *AB 1965*, p. 241.
3. *CHH*, t. XI, p. 853-854.

destinée à La Presse *où* Les Secrets de la princesse de Cadignan *parurent en août*[1].

Autant de données peu convaincantes. Le d'Arthez des Secrets de la princesse de Cadignan *est, pour M. Bardèche lui-même,* « *en contradiction avec le sujet de* Perdita, *dans* Pensées, sujets, fragments ». *D'autre part,* Un gendre *ne peut être ancré dans la seule année 1839 où, effectivement, sur une page de titre de* Pierrette, *Balzac le destine aux* Scènes de la vie parisienne[2] *(au tome II, précisera-t-il, en juillet*[3]*) : au début de 1840, il reprend ce projet, mais pour les* Scènes de la vie privée[4], *où il le maintiendra sous le titre de* Gendres et belles-mères *en 1843*[5], *puis, toujours* « *à faire* » *en 1845, au n° 31 du Catalogue*[6]. *Quant aux personnages d'*Un grand homme de province à Paris, *celui de Bridau reviendra très notablement en 1842, dans* Un début dans la vie *et, plus encore, dans* La Rabouilleuse, *achevée à la fin de 1842 et au début de 1843, où reparaissent aussi d'Arthez, Bianchon, Giraud, Ridal. Donc exactement les personnages repris dans* Perdita. *Ce début de 1843 semble le moment le plus vraisemblable pour la rédaction de l'ébauche de* Perdita, *comme aident à le voir les deux titres qui accompagnaient le sien sur le folio 11 :* Le Vieillard amoureux *et* Léon de Lora.

Pour n'avoir été inscrit qu'une fois, Le Vieillard amoureux *semble moins énigmatique et isolé qu'on ne l'a dit. Ne représenterait-il pas un avatar de la suite prévue pour* La Torpille, *dont la dernière mention sous ce titre date du 14 octobre 1842, et que Balzac nommera* Les Amours d'un vieux banquier *le 4 mai 1843*[7] *? Quant à* Léon de Lora, *pour mériter une œuvre à lui seul, son héros doit être, selon toute vraisemblance, un personnage déjà créé. Or, il l'a été quand Mistigris est devenu* Léon de Lora, *dans les dernières pages d'*Un début dans la vie, *écrites à la fin d'août 1842*[8]. *Donc* Léon de Lora *était*

1. *Lov.* A 202, f⁰ 3.
2. Voir t. IV, p. 1104.
3. *Lov.* A 202, f⁰ 1.
4. *Corr.*, t. IV, p. 36.
5. *Lettres à Mme Hanska*, t. II, p. 274.
6. Voir t. I, p. CXXV.
7. *Lettres à Mme Hanska*, t. II, p. 109 et 208.
8. Voir t. I, p. 1444.

*postérieur et, peut-être, prévu juste avant le retour de son futur héros, au début d'*Honorine, *au milieu de janvier 1843*[1].

Perdita *pouvait représenter une « des nouvelles [promises] aux journaux »* évoquées le 10 janvier 1843 par Balzac, esquissée avant la rédaction d'Honorine « en trois jours » et le projet d'écrire, « en trois jours » aussi, Le Dernier Amour, *le 20 janvier*[2]. *Par ses personnages, par son climat,* Perdita *va bien avec* Honorine *et le titre du* Dernier Amour.

Qu'aurait été Perdita ? Une femme qu'un homme a perdue ? Une sœur de la Perdita de Shakespeare qui offre si merveilleusement des fleurs dans le Conte d'hiver[3] ? L'une et l'autre, à l'évidence, tant sujet et ébauche appellent un nom, qu'on s'étonne de n'avoir jamais vu proposé : « Louise », la « mystérieuse » correspondante apparue dans la vie de Balzac lors de l'hiver 1836, qui lui rendra « un peu de courage » en lui envoyant des fleurs[4], qui restera une inconnue et qu'il perdra après avoir laissé peu à peu s'éteindre leur correspondance. Les lettres de Balzac à « Louise » montrent comment a pu se former la Perdita de l'album et de l'ébauche, faite de rêves et d'une réalité où existait aussi la « grisette » de l'une, et la « bonne » de l'autre.

La Perdita de l'album est la Louise à qui Balzac écrivait : « Certes, si j'étais femme, je n'aurais rien tant aimé que quelque âme enterrée »; la correspondante qui se « fait la providence » d'un homme, c'est Louise, qui avait proposé à Balzac « un dévouement qui n'est pas du monde ». Et l'homme qui « s'enflamme, abstraction faite de la chair », c'est Balzac qui, Louise lui ayant demandé : « Aimez-moi comme on aime Dieu », répondit : « L'amitié va plus loin que l'amour ». Mais il la perdra, parce que, si son cœur reste « bien pur et bien désintéressé », c'est qu'elle l'a « ainsi voulu ». Il arrive à la fin des fins que l' « on souffre, mais le cœur s'apaise[5] ».

La Perdita de l'ébauche, « une adoration, une muse » que d'Arthez eut en « 1826 », lui avait envoyé « deux aquarelles » représentant des « paysages » qu'il avait « placées

1. Voir t. II, p. 1410.
2. *Lettres à Mme Hanska*, t. II, p. 147 et 150.
3. Acte IV, sc. IV.
4. *Corr.*, t. III, p. 84.
5. *Ibid.*, t. III, p. 46, 32, 34, 278.

dans son cabinet ». Louise, en mars 1836, avait envoyé une
« charmante marine » à Balzac ; il lui avait aussitôt demandé
un « pendant », pour mettre les deux œuvres de chaque côté de
la cheminée de son cabinet[1]. Quand, en avril, elle lui fait parve-
nir la seconde « aquarelle » représentant un second « paysage »,
Balzac la remerciant est déjà le d'Arthez de Perdita *: « Il n'y*
a réellement que fort peu de choses d'art qui puissent me donner
autant d'émotion que j'en reçois de cette aquarelle. [...] elle est
(pour moi) sublime. Il faut vous dire qu'à part la hauteur des
collines du fond, il existe en Touraine une petite chose semblable
où se sont passées les heures les plus solennelles de ma vie intel-
lectuelle[2] ». Comme dans Perdita, *des Bridau, Bianchon, Ridal*
et Giraud avaient commenté l'œuvre de l'inconnue et s'étaient
interrogés sur elle : « [...] je ne puis pas vous donner mon avis
sur une œuvre qui, pour moi, devient une œuvre de sentiment ;
mais ce que je puis vous dire, c'est que les connaisseurs qui me
voient m'ont tous demandé qui avait fait cela. Et vous savez
que je ne puis répondre[3]. » Il ne pourra jamais répondre.

C'est dans « sa nouvelle maison » de Passy que Louise
deviendra Perdita, *puis elle disparaîtra à tout jamais. Mais*
avant de disparaître, Perdita *aura confirmé que la correspon-*
dante de 1836 resta bien « mystérieuse », « perdue », et qu'elle
n'était nullement Philiberte-Jeanne-Louise Breugnot, comme
il a été soutenu à grands frais de preuves manipulées et de
comparaisons d'écritures qui, en fait, se ressemblaient autant
que celles de Dreyfus et d'Esterhazy. La demoiselle Breugnot,
charmante lingère dont Balzac avait fait sa « bonne » depuis
quelques années, n'était-elle pas la « charmante grisette » de
l'album ? N'avait-il pas, lui aussi, « hésité à l'épouser » ?
« Un de ces matins, je finirai par l'épouser », aurait-il déclaré
à Bertall[4], un des Bridau qui, en 1842, avaient commencé à
illustrer La Comédie humaine.

Que d'aveux, que d'imprudences... Perdita *devait forcément*
être sacrifiée.

ANNE-MARIE MEININGER.

1. *Corr.*, t. III, p. 39.
2. *Ibid.*, t. III, p. 63-64.
3. *Ibid.*, t. III, p. 39.
4. Article de Bertall, dans *Le Soir* du 28 mars 1870.

PERDITA[1]

DEUX PAYSAGES

Joseph Bridau, venu le premier, se mit à regarder deux aquarelles placées dans le cabinet de d'Arthez de manière à ce que cet écrivain les eût sous les yeux pendant son travail. Il y avait de quoi piquer la curiosité du grand peintre.

L'une de ces aquarelles représente un coucher de soleil, les dernières lueurs colorent au fond trois collines, et jaunissent le sable d'un chemin assez agreste qui débouche sur un terrain vague. À gauche, sur un tertre, un groupe de quatre arbres domine ce coin de route, et <de> l'autre côté s'élancent deux arbres jumeaux presque dépouillés de feuilles, tant ils sont vieux. Entre le terrain vague et cette marge de forêt on devine un fossé comblé dans lequel sont venus des arbustes formant une haie basse et informe. Un rocher sablonneux, jaune, meuble l'espace entre les quatre arbres et le cadre, il donne du ton à cette partie du paysage. Au fond l'ombre bleuit déjà le bas des collines, et fait valoir la lumière qui dore le chemin et une portion du terrain vague.

L'autre aquarelle offre un petit étang au-delà duquel se trouve une maisonnette. Derrière la maisonnette s'élève une masse compacte d'arbres qui indique une forêt épaisse sur les cimes de laquelle le jour se lève, frais, piquant. Le ciel est froid, mais superbe. La légère fumée qui s'échappe du toit annonce que la ménagère apprête la soupe du garde ou du laboureur, éveillé dès le crépuscule.

Dans l'un comme dans l'autre tableau, il ne se trouve

ni homme, ni animal. Le coucher de soleil est chaud de ton; tandis qu'au premier coup d'œil, le crépuscule du matin communique une sensation de fraîcheur. Ces deux antithèses sont touchées avec une coquetterie d'amateur. On ne peut pas dire que ce soit un grand artiste qui les ait faites; mais on ne peut pas non plus les dédaigner; enfin, il y a de l'âme et dans l'une et dans l'autre. Image de la vie, image complète, on se surprend à penser, et à penser profondément entre ces deux pages : le lever du jour, le coucher du soleil, le labeur et le repos, le pimpant du matin, les ombres du soir, la jeunesse et la vieillesse.

Joseph Bridau connaissait depuis longtemps ces deux aquarelles, Daniel les avait devant lui dès 1826, et on était en 1834. Huit ans de constance! C'est beaucoup pour des gouaches.

« Je ne sais pas pourquoi Daniel tient tant à ces deux petits tableaux, il les a, nom d'un petit bonhomme, apportés dans sa nouvelle maison », dit le peintre à Horace Bianchon.

Horace Bianchon décrocha le coucher de soleil, le retourna, vit une inscription qui expliquait tout.

« Voyez-vous, ce sournois ? dit Fulgence Ridal, en 1826, il avait une adoration, une muse!

— Comment accorder cette passion avec la manière dont il arrangeait alors sa vie, il avait déjà *sa bonne* dans ce temps-là! dit Léon Giraud en survenant.

— J'espère, dit Daniel d'Arthez en sortant de sa chambre à coucher, que vous ne commettez de semblables indiscrétions qu'avec moi!

[. . . . .]

LE PROGRAMME D'UNE JEUNE VEUVE

INTRODUCTION

Le manuscrit de cette esquisse est conservé à la bibliothèque Lovenjoul sous la cote A 197. Il comporte une page de titre, foliotée d'un B à l'encre rouge, et quatre feuillets paginés par l'auteur de 1 à 4. Papier bleuté, sans filigrane visible. Le texte s'interrompt, sans signe de ponctuation, au milieu d'une phrase, au milieu d'une ligne, au milieu d'une page. La page de titre est constellée de notes et projets, et de chiffres. R. Pierrot, premier éditeur de ce fragment, a reproduit intégralement ces annotations à la suite de sa notice[1]. Il s'agit essentiellement de sommaires provisoires pour les tomes XI et XII de La Comédie humaine. *La première livraison du tome XI parut le 28 novembre 1844; ces notes sont donc antérieures, et même nettement antérieures. Il est question du mois de novembre 1843 dans le récit inachevé; plusieurs événements qu'on y trouve relatés sont même postérieurs à cette date. L'ébauche du* Programme d'une jeune veuve *ne saurait par conséquent avoir été rédigée avant décembre 1843 au plus tôt.*

Ces déductions recoupent parfaitement les renseignements fournis par la correspondance de Balzac. Première mention du titre, le 10 décembre 1843[2]; l'œuvre, citée tout au long du mois comme un projet[3], est brusquement annoncée le 5 janvier suivant comme sur le point d'être achevée : cinq feuilles de Comédie

1. Dans la précédente édition de la Bibliothèque de la Pléiade, t. XI, p. 1089.
2. *Lettres à Mme Hanska*, t. II, p. 297-298.
3. *Ibid.*, t. II, p. 307, 309, 315; *Corr.*, t. IV, p. 639.

humaine *qui seront livrées entre le 15 et le 20 janvier*[1] *ou tout au moins « avant la fin de janvier*[2] *». On peut donc estimer que la rédaction a eu lieu au début du mois. Désormais, aux yeux de Balzac,* Le Programme d'une jeune veuve *n'est plus un projet; c'est simplement un texte à terminer*[3]. *Il sera mentionné une dernière fois le 3 mars*[4].

Pourquoi Balzac a-t-il renoncé ? Dans un cahier de notes autographe[5], *le titre de notre ébauche a été rayé et remplacé par celui de* Modeste Mignon ou le Programme d'une jeune fille. *Mme Meininger a attiré l'attention sur cette concurrence de projets*[6]. *Balzac avait d'autres motifs d'abstention. En mars 1844, ses engagements à l'égard de Loquin lui interdisent de publier des romans séparés et l'incitent à travailler pour la scène*[7]. *Autre trace de l'abandon du projet : une page du recueil* Lov. A 202 (*f° 7 v°*) *porte une série de titres rayés, dont* Le Programme d'une veuve (sic), *voisinant avec les titres d'autres ouvrages jamais réalisés :* Gendres et belles-mères, L'Infidélité du mari, La Conspiration Prudhomme.

R. Pierrot pense que la « jeune veuve » aurait été une transposition de Mme Hanska[8]. *D'après A. Pugh, qui a déchiffré quelques noms de personnages autour d'une mention du titre de l'ébauche, la comtesse Maxime de Trailles, née Beauvisage, aurait été la protagoniste*[9]. *Les quelques pages que nous publions ne nous paraissent autoriser aucune réponse catégorique.*

Remarquons pour terminer que, malgré son caractère pour ainsi dire prospectif (s'il faut en croire le titre), l'action de ce roman risquait d'être bridée par la faible marge de développement chronologique que s'était ménagée l'auteur, l'écart entre la

1. *Corr.*, t. IV, p. 665.
2. *Lettres à Mme Hanska*, t. II, p. 335.
3. *Ibid.*, t. II, p. 360 (26 janvier) et p. 368 (3 février).
4. *Ibid.*, p. 398.
5. *Lov.* A 159, f° 18.
6. T. VIII, n. 3, p. 7.
7. « Ainsi, je vais travailler pour les planches. Dieu veuille qu'il y en ait une de salut ! » écrit-il le 3 mars 1844 (*Lettres à Mme Hanska*, t. II, p. 398).
8. Dans la précédente édition de la Bibliothèque de la Pléiade, t. XI, p. 1088.
9. *Balzac's Recurring Characters*, University of Toronto Press, p. 356.

*date de composition et celle de la fiction étant inférieur à une
année. Le manuscrit révèle de nombreuses marques d'hésitation,
touchant, notamment, l'identité des personnages*[1]. *Ajoutons que
le décor ne prend à aucun moment consistance, comme si Balzac
avait été gêné par la méconnaissance du site.* Le Programme
d'une jeune veuve *ne figure pas dans le Catalogue de* La
Comédie humaine *établi en 1845.*

ROLAND CHOLLET.

---

1. Voir les variantes.

LE PROGRAMME
D'UNE JEUNE VEUVE

Scène de la vie privée

§ I

À QUOI SERT L'AFRIQUE[a]

En 1841, le premier bataillon des chasseurs d'Afrique[1], où la campagne d'automne avait fait des vides[2], eut un nouveau soldat nommé Robert de Sommervieux[b3], qui se présenta chez le général Giroudeau, dans la matinée du deux novembre, jour des morts.

« Vous n'êtes pas superstitieux, lui dit le général après avoir lu la lettre de recommandation que l'engagé volontaire lui remettait de la part du Gouverneur général de l'Algérie[4].

— Je suis résigné, voilà tout, général », répondit le soldat.

Le général Giroudeau, vieille tête grise, à moustaches blanches, regarda Robert de Sommervieux, frappé par l'accent de cette phrase comme s'il eût reçu dans la poitrine une balle morte. Vieux dragon de la Garde impériale, en disgrâce pendant toute la Restauration, ce général avait roulé dans les abîmes d'une débauche du troisième[c] ordre ; mais en 1830 le simple commandant s'était réveillé sur les boulevards, au feu de l'émeute, il avait rebondi colonel en Afrique, et devait son grade à des services réels. Après avoir fait les guerres de la Révolution et celles de l'Empire, après avoir été éprouvé surtout par quinze ans de misère, un homme de cette trempe était en état de deviner le passé d'un engagé volontaire[d]. L'ancien dragon, bardé de son ruban en sautoir, car il était en grand uniforme et un groupe d'officiers l'attendait pour passer une revue d'inspection,

flaira des orgies et des folies de jeunesse dans le triste
équipage de Robert. Venu sur une prolonge[1], le jeune
homme offrait au regard du général une couche de poussière étoilée de taches de boue, qui déguisait la couleur
d'une petite redingote d'ex-fashionable. Le vêtement
râpé boutonné jusqu'à la cravate noire ne laissait rien
voir et laissait voir tout. Le pantalon, dont les sous-
pieds étaient en lambeaux, révélait bien des misères sup-
portées depuis Toulon. Le chapeau de soie avait un
brillant aux extrémités et au bas de la forme un tour mat
qui faisaient peine au regard. Enfin, pour aller de la tête
aux pieds, les bottes riaient aux sables de l'Afrique.
Robert, dont la figure annonçait trente ans, était de
taille moyenne, mais bien proportionnée, il ressemblait
vaguement à Napoléon arrivant en Égypte[2]. Son œil
d'un bleu pâle soutint sans audace le regard quasi terne
du vieux général.

« Ne te fais pas tuer sans raison, dit le général à cet
homme au désespoir, il y a toujours de la ressource, mon
ami, car me voilà. Va trouver le capitaine Pinson,
équipe-toi promptement; et, à la première occasion où
tu te seras distingué, tu seras caporal, à la seconde
fourrier. Dans trois mois, je te mets à même d'être
sergent-major. En 1793, je n'ai pas eu tant de chance;
il m'a fallu l'année pour devenir maréchal des logis-chef.
As-tu tout ce dont tu as besoin ?...

— Votre protection me suffit, dit sèchement Robert.

— Mon garçon, pas de fierté, reprit Giroudeau, je
ne sais pas si je te reverrai, autrement que dans les rangs
ou perdu dans les sables avec tes camarades comme des
mouches dans Notre-Dame... Un dernier mot! tu pourrais, toi, noble[a3], tu pourrais te sentir au cœur plus de
sang qu'il n'en faut à l'entendant commander, sache
donc avaler les pilules de l'obéissance jusqu'à ce que tu
sois sous-lieutenant, et... bonne chance, car nous ne
protégeons pas seulement ceux qui se protègent eux-
mêmes; à l'armée, il faut encore du bonheur. Surtout,
pas de bêtises, crois-en un vieux soldat, fais ton devoir;
mais tâche d'avoir du courage au grand jour. Sous
Napoléon, ceux qui se battaient sous ses yeux avaient
ce que j'appelle du bonheur.

— Mon général, je vous remercie, dit presque affec-
tueusement le soldat.

— Espère, mon enfant, reprit vivement Giroudeau que l'accent du soldat impressionna, ceux qui ont fait des farces sont quelquefois les meilleurs lapins... Maintenant, adieu, je redeviens le général Giroudeau », dit le vieux soldat en prenant son chapeau à plumes, le mettant sur sa tête à la manière des tapageurs de l'Empire, et se dirigeant dans une pièce où se trouvait son État-major.

Sorti de l'école [de]ᵃ Saint-Cyr en 1830, et n'y étant pas rentré, Robert, qui commençait à la révolution de Juillet sa seconde année, savait à peu près tout ce que doit savoir un sous-lieutenant; aussi s'en aperçut-on promptement dans sa compagnie. Un caporal, un fourrier, un sergent-major tombèrent successivement malades et furent dirigés sur la côte, en sorte qu'avant d'avoir fait ses preuves de courage, Robert devint sous-officier. Un trait d'éclat lui valut la permission de passer dans les Spahis[1] où le Gouverneur général le plaça maréchal des logis, en le mettant dans la division de celui des généraux qui poursuivait spécialement Abd el-Kader, et que les Arabes eux-mêmes regardentᵇ comme le taon de l'émir[2]. Pendant toute l'année 1842, le maréchal des logis Robert se fit remarquer par un sombre courage et par une taciturnité qui le rendirent à la fois l'objet de la curiosité de son escadron et le sujet de bien des commentaires. À l'exemple du lieutenant-général, il apprit la langue arabe afin d'être à même de rendre des services. Obligeant, mais froid, sévère pour lui, très indulgent pour les autres, il commanda le respect que les masses accordent aux caractères raides et tout d'une pièce, pour employer une expression familière.

« Ce garçon-là cherche la mort, il la trouvera, dit un jour le général en voyant Robert qui, par un mouvement de retraite, s'élançait sur une troupe d'Arabes pour leur arracher le corps d'un officier mourant.

— Comme disait le général Giroudeau, répondit un aide de camp, il aura fait quelque trou malheureux à la lune.

— Allons, de l'indulgence, dit le général, nous ne savons rien de positif, et d'ailleurs il ne se pardonne guère ses torts, il est rongé par le chagrin...

— Mon général, les Arabes!... » cria Robert en passant à bride abattue devant le général.

Une nuée de cavaliers rouges apparut, et les Français se dispersèrent pour aller se rallier derrière un carré d'infanterie au centre duquel étaient trois obusiers.

« Il était temps », dit le général quand le carré s'ouvrit, que les trois obusiers tirèrent sur la cavalerie ennemie, qui reçut aussi le feu des chasseurs de Vincennes. À l'affaire de la Smalah de l'Émir, en 1843[1], Robert fut nommé sous-lieutenant et décoré. Ce triomphe eut un fatal résultat. Un journal, appartenant à l'extrême gauche, trouva plaisant de demander au Ministère si le nouveau sous-lieutenant, si le nouveau chevalier de la Légion d'honneur était le Robert de S... qui avait comparu en 1839 devant la police correctionnelle. La presse, dite mauvaise par les gens du Roi, cherche toujours à prendre sa revanche de l'affaire assez désagréable arrivée en province à un gérant reconnu pour avoir subi les rigueurs d'un arrêt de cour d'assises[2]. Le journal ministériel fit observer sèchement que les dix lignes du journal républicain constituaient une diffamation, en disant d'ailleurs que, s'il y avait identité, le prévenu avait été renvoyé de la plainte. Le journal attaqué réimprima l'article de *La Gazette des tribunaux* ainsi conçu.

SIXIÈME CHAMBRE. Police correctionnelle.
Présidence de M...

Un jeune homme, portant un nom historique et que nous tairons par respect pour une des gloires de l'Empire, se présente avec modestie sur le banc des prévenus pour répondre à une plainte qui sera facilement appréciée par le jugement qu'a rendu le tribunal.

Attendu qu'il est suffisamment prouvé que les marchandises vendues par le sieur Robert de S... lui ont été offertes à crédit et à de longs termes par les sieurs Barbet libraire et Biddin[a] bijoutier; que si la remise des effets qui devaient solder les factures n'a pas précédé la revente des marchandises par Robert de S., ce dernier n'en était pas moins le propriétaire;

Attendu que Barbet et Biddin ne justifient point des autres faits de même nature énoncés dans leur plainte pour établir des habitudes répréhensibles, mais qui prouveraient tout au plus la dissipation et la prodigalité;

Par ces motifs, et après avoir entendu Monsieur l'avocat du Roi en ses conclusions, le tribunal, après en avoir

délibéré, renvoie la partie de Me Minard[a1] des fins de
plainte, condamne Barbet et Biddin à recevoir en paye-
ment les effets offerts par Robert de S... à un an
d'échéance.

Sur la plainte reconventionnelle en diffamation, et sur
la demande en dommages-intérêts, le tribunal, prenant
en considération les circonstances de la cause, dit qu'il
n'y a lieu de statuer, et compense les dépens entre les
parties.

Nous ferons observer aussi, disait le journal, que les
plaignants ont interjeté appel de ce jugement, et que
c'est sur l'appel que s'est conclue la transaction entre les
parties.

Les oisifs de Paris avaient déjà parfaitement oublié
cette polémique, aussitôt remplacée par quelque autre
bâton flottant[2], qu'elle arrivait en Afrique, où les camarades de Robert, encore plus envieux de sa considération
prétendue usurpée que de son courage, expliquaient très
bien le jugement du tribunal par le respect dû au nom
d'un peintre célèbre[3]. On devinait des démarches faites
auprès des marchands cités par les plaignants, et le
succès de l'habile plaidoirie de Minard[b]. On apercevait
une transaction accordée à une famille consulaire au
désespoir, car Robert de Sommervieux appartenait par
sa mère à la famille Lebas[4], et l'un de ses cousins était
juge au tribunal de la Seine. Robert, atteint au cœur par
cette cruelle et infâme publicité, devint un lépreux
moral. Il vit la pitié succédant au respect qu'il avait
conquis, il maigrit en quinze jours à effrayer deux ou
trois amis qui, parmi les sous-officiers, lui restèrent
fidèles. Il allait au loin dévorer ses larmes, et s'il échappait
au suicide, c'est qu'il était en présence des Arabes, et
qu'il avait autant de raisons pour vivre que pour mourir.
Le colonel, peiné de ce farouche désespoir, invita Robert
à dîner; mais le sous-lieutenant répondit : « Permettez-
moi de vous refuser, mon colonel, et si vous voulez me
donner une marque de protection, obtenez-moi la mission
la plus périlleuse. » On connaît le trait de courage qui
valut en août suivant le grade de lieutenant à Robert,
mais on sait aussi qu'il fut laissé pour mort sur la place.
Transféré, non sans peine, à Oran, il resta deux mois
entre la vie et la mort. De trois blessures, aucune n'était
mortelle. Robert entra vers le mois de novembre en

convalescence, après avoir échappé par miracle à la
complication d'une fièvre d'Afrique. Nommé par une
délicatesse digne de ses chefs à un autre régiment, et loin
de ceux qui l'avaient tour à tour mis au-dessus et au-
dessous d'eux, le malheureux, à qui la maladie avait
voilé le passé pour un moment, se voyait non pas à l'aise,
mais dans une sphère où il échappait à la curiosité de
ses égaux et de ses inférieurs, à la pitié, tout aussi bles-
santes l'une que l'autre, et il restait solitaire en se demandant s'il devait accepter le calice d'expiations si amères.
Depuis qu'il pouvait sortir, il allait dans les environs de
la place et sur les bords de la mer [. . . . .]

SCÈNES DE LA VIE DE PROVINCE

LES HÉRITIERS BOIROUGE
OU FRAGMENT D'HISTOIRE GÉNÉRALE

INTRODUCTION

Par son absence comme par sa présence, par sa stagnation ou par sa circulation, l'argent, on le sait, joue un rôle capital dans La Comédie humaine. *Dans les destinées des héros balzaciens, thésauriseurs, dissipateurs, spéculateurs, l'argent apparaît tout à la fois comme une réalité, un symbole et un mythe. Mais parmi ces affaires d'argent qui font le bonheur ou, plus souvent encore, le malheur des personnages, celles qui touchent aux problèmes d'héritage connaissent une telle efflorescence que l'on peut considérer le thème de la Succession et du Partage comme l'un des thèmes majeurs de l'œuvre de Balzac.*

C'est ce thème assurément qui devait être au cœur des Héritiers Boirouge, dont Balzac n'écrivit que dix feuillets, conservés à la collection Lovenjoul sous la cote A 91. L'action a pour cadre la ville de Sancerre, haut lieu du calvinisme, où depuis Louis XIV la famille des Boirouge, bourgeois protestants, voit prospérer un arbre généalogique dont les branches innombrables s'entrecroisent en un véritable kaléidoscope. Le personnage central, en cette année 1822 où commence la scène, est un vieillard de quatre-vingt-dix ans dont les héritiers guettent avec avidité la succession, inquiets de la présence d'Ursule Mirouet auprès du vieillard. La jeune fille devait être l'héroïne du deuxième chapitre, comme l'indique le titre « Ursule Mirouet » inscrit en tête de ce chapitre, mais le romancier interrompit sa rédaction dès la deuxième ligne, si bien qu'il est difficile d'imaginer quel destin il réservait à la jeune Ursule. Une étude de mœurs, écrite en 1841, permet néanmoins de s'en faire une idée, puisqu'elle

s'intitule précisément Ursule Mirouët[1] *et montre la jeune
héroïne en proie aux persécutions des héritiers cupides de son
vieux tuteur, le docteur Minoret, qui a sensiblement l'âge du
père Boirouge et meurt à Nemours, en 1832, à l'âge de quatre-
vingt-huit ans. Il semble d'autant plus tentant, à première vue,
de considérer* Les Héritiers Boirouge *comme la première
ébauche du roman intitulé* Ursule Mirouët *que, outre la similitude des situations et la présence reparaissante de la jeune fille,
on retrouve à peu près textuellement l'histoire de la bourgeoisie
protestante de Sancerre dans celle de la bourgeoisie catholique de
Nemours et que l'arbre généalogique qui était celui des Boirouge
est maintenant celui des Minoret. En fait, comme nous l'avons
dit dans l'Introduction de ce roman[2],* Ursule Mirouët *ne réalise
pas le projet des* Héritiers Boirouge *et la réalité se révèle
infiniment plus complexe.*

C'est en 1835, dans une ébauche intitulée Le Grand Propriétaire, *que Balzac s'intéressa pour la première fois à l'histoire d'une dynastie bourgeoise et esquissa un tableau suggestif
des effets du népotisme bourgeois. À La Ville-aux-Fayes,
« quatre noms dominaient, les Massin, les Minoret, les Faucheur, et les Levraut; ce qui produisait des Levraut-Minoret,
des Massin-Faucheur, des Minoret-Minoret, enfin toutes les
combinaisons de nom possible[3] ». Ces bourgeois, tous parents, guet-
taient avidement la succession du vieux marquis de Grandlieu,
c'est-à-dire son château. Leurs noms reparaissent, pour la plupart, dans* Ursule Mirouët, *où la coalition des mêmes familles
est au cœur de cette affaire de succession qui se déroule à Nemours.
De 1835 à 1841, de La Ville-aux-Fayes à Nemours, Balzac
regarda se jouer cette histoire d'une famille bourgeoise catholique,
histoire dont* Les Héritiers Boirouge *présentent une intéressante variante, sancerroise et protestante.*

*Pour éclairer le sens profond que le romancier voulait donner
à cette scène de la vie de province et pour dater cette ébauche, il
semble utile d'esquisser l'histoire du thème dans la vie et l'œuvre
de l'auteur des* Héritiers Boirouge. *Déjà sensibilisé par sa*

---

1. Mirouët et non plus Mirouet, comme dans *Les Héritiers Boirouge.*
2. T. III, p. 754.
3. T. IX, p. 1263.

famille aux questions d'héritage, le jeune Balzac, lors de son passage chez Me Passez, le notaire, et chez Me Guillonnet-Merville, l'avoué, dont il demeura l'ami, fut très tôt initié aux comédies et aux drames des successions. C'est assurément sa propre expérience qu'il prête à l'avoué Derville, qui explique, dans Le Colonel Chabert : « *J'ai vu brûler des testaments; j'ai vu des mères dépouillant leurs enfants* [...] *je ne puis vous dire tout ce que j'ai vu, car j'ai vu des crimes contre lesquels la justice est impuissante. Enfin, toutes les horreurs que les romanciers croient inventer sont toujours au-dessous de la vérité*[1]. »

Un tel contexte, c'est évident, favorisa l'éclosion d'études de mœurs où se jouent dans les familles des tragédies de la succession, telles que Gobseck, La Rabouilleuse, Ursule Mirouët *ou même* La Vieille Fille, *dont Nicole Mozet a raison de dire qu'elle est une histoire de succession*[2], *et* La Muse du département, *dont l'action pour une bonne part se déroule à Sancerre.*

Mais si son observation put ainsi s'exercer très tôt sur des scènes qui revivent dans les Études de mœurs, *la réflexion amena d'autre part le futur auteur de* La Comédie humaine *à méditer, à la lumière de ses études de Droit et de la lecture du Code civil, sur l'aspect politique, économique et social du problème. De la brochure* Du droit d'aînesse, *publiée en 1824, au* Grand Propriétaire, *puis au* Curé de village *et aux* Paysans, *les allusions au Titre des successions du Code civil et à ses funestes conséquences se multiplient, et le drame de la Succession reparaît sans cesse, sous un éclairage cette fois essentiellement politique, économique et social. Dans* Les Paysans *notamment, le romancier peint l'« intelligente tyrannie*[3] » *de Gaubertin et décrit « les rameaux généalogiques par lesquels Gaubertin embrassait le pays comme un boa tourné sur un arbre gigantesque avec tant d'art, que le voyageur croit y voir un effet naturel de la végétation asiatique*[4] ».*

Dans cette omniprésence du thème, où situer l'invention des Héritiers Boirouge ? *À la lumière de la* Correspondance *et du précieux carnet intitulé* Pensées, sujets, fragments, *on*

1. T. III, p. 373.
2. T. IV, p. 800.
3. T. IX, p. 185.
4. T. IX, p. 180-181.

peut suivre le cheminement du sujet de la Succession *qui prélude
à la naissance, sous un autre titre, des* Héritiers Boirouge.
*Le 22 août 1831, Balzac vendait à l'éditeur Gosselin « un
ouvrage intitulé* Histoire de la succession du marquis de
Carabas, *roman philosophique qui formera un volume in-8*[o1] *»
et précisait son projet dans une lettre à Montalembert, où il
expliquait que «* l'Histoire de la succession du marquis de
Carabas *formulera la vie des nations, les phases de leurs gouvernements et, sous une forme meilleure, démontrera évidemment
que les politiques tournent dans le même cercle et sont évidemment stationnaires, que le repos est dans le gouvernement fort et
hiérarchique*[2] *». De nombreuses lettres et de nombreuses pages
de* Pensées, sujets, fragments *mentionnent ce titre en 1832
et 1833. L'ouvrage, de nouveau, fut formellement promis à
Gosselin, cette fois pour le 15 mai 1834 et en deux volumes*[3].
*L'*Histoire de la succession du marquis de Carabas, *qui
devait clore les* Études philosophiques, *comme le précise une
lettre à Charles Cabanellas le 17 avril 1834*[4], *fut finalement
abandonnée.*

Le thème, maintenant, s'orientait vers les Études de mœurs,
et plus précisément vers les Scènes de la vie de province,
*inventées en 1833. Dans une liste d'œuvres à faire en 1833
figure ce titre :* La Succession[5], *puis en 1834, date que permet
de préciser l'allusion à un roman de Davin publié cette année-là,
le romancier note : «* [...] *le magnifique sujet du* Partage, ce
qui arrive dans une famille pour une succession à partager (ou
Le Partage ou La Succession), *puis* Une élection (voir Ce
que regrettent les femmes *de Davin*), *ce sont deux sujets
de chacun 15 feuilles*[6]. »

*C'est en réalité dès 1833 que, sous le titre vague d'*Histoire
générale, *Les* Héritiers Boirouge *avaient fait leur entrée
dans l'horizon créateur du romancier. Capo de Feuillide lui
ayant écrit une lettre le 25 août 1833, il se servit du verso pour*

1. *Corr.*, t. I, p. 565.
2. *Ibid.*, p. 567-568.
3. Traité du 11 mars 1833, *Corr.*, t. II, p. 267.
4. *Ibid.*, t. II, p. 490.
5. *Pensées, sujets, fragments*, éd. Crépet, p. 100.
6. *Ibid.*, p. 116.

dresser le plan, en deux volumes, des Scènes de la vie de province *qu'il venait d'inventer. Au programme du deuxième volume :* Les Célibataires *et* Histoire générale[1]. *Le projet ayant rapidement pris de l'ampleur, c'est au quatrième volume, en compagnie d'*Illusions perdues, *cette fois, que prend bientôt place* Fragment d'histoire générale[2], *titre étrange que précise une autre page du précieux carnet :* Les Héritiers Boirouge ou Fragment d'histoire générale[3] *figurent dans un programme d'œuvres à faire en 1833.*

*Dans l'*Histoire du texte *d'*Illusions perdues[4], *Roland Chollet retrace très clairement l'histoire de ces* Scènes de la vie de province *qui composent la dernière livraison des* Études de mœurs au XIXe siècle, *c'est-à-dire des douze volumes achetés à Balzac par Mme Béchet le 20 octobre 1833.* Fragment d'histoire générale *apparaît constamment, en compagnie d'*Illusions perdues, *de 1833 à 1836, dans le programme de cette livraison sans cesse promise et toujours retardée. Bien que le romancier ait été presque intégralement payé d'avance, note R. Chollet, l'échéance du 15 février 1836 passe et la livraison « reste dans les limbes ». Il ne commencera à écrire* Illusions perdues *que le 23 juin, à Saché, après avoir abandonné Paris et la rédaction des* Héritiers Boirouge ou Fragment d'histoire générale.

Car c'est bien du printemps 1836 que date cette ébauche et non d'une époque antérieure, comme le croyait le vicomte de Lovenjoul qui, le premier, la publia, le 15 décembre 1917, dans la Revue des Deux Mondes. *Un certain nombre d'éléments convergents permettent, on va le voir, de fixer avec certitude le moment où furent rédigés les dix feuillets des* Héritiers Boirouge, *d'un seul jet et presque sans ratures.*

Bernard Guyon, dans un article intitulé « Balzac invente les Scènes de la vie de province *» qu'il publia dans le* Mercure de France *en juillet 1958, avait démontré en particulier que, du fait d'une allusion au docteur Bianchon, personnage créé en 1835 dans* Le Père Goriot, *toute date antérieure se trouvait*

1. *Corr.,* t. II, p. 343.
2. *Pensées, sujets, fragments,* éd. Crépet, p. 112.
3. *Ibid.,* p. 101.
4. T. V, p. 1120-1121.

exclue. *Quelques arguments complémentaires peuvent étayer encore le raisonnement de Bernard Guyon. Outre la présence, au verso du folio 10, de comptes relatifs à* La Chronique de Paris *dont Balzac devint propriétaire au printemps 1836, outre une parenté d'écriture évidente avec d'autres textes rédigés à cette date, on trouve une preuve décisive dans la présence du juge Popinot, personnage important de* L'Interdiction, *publiée en février 1836 dans* La Chronique de Paris.

Quelques indices positifs viennent même confirmer la datation. Le 27 mars 1836, Balzac écrit à Mme Hanska : « Il a fallu être Walter Scott pour risquer Conachar dans La Jolie Fille de Perth. Moi je vais aller plus loin, je vais donner (dans Les Héritiers Boirouge) un corps à mes pensées. J'y introduirai un personnage de ce genre, mais, à mon sens, plus grandiose. J'ai su intéresser à Vautrin; je saurai relever les gens déchus et leur donner une auréole, en introduisant les âmes vulgaires dans ces âmes dont la faiblesse est un abus de la force, qui tombent parce qu'elles vont au-delà. Vous lirez cela dans 3 mois d'ici[1]. » *Le seul élément clair, dans ce propos assez obscur, est l'imminence de la rédaction, qu'atteste une réponse du romancier à Delphine de Girardin qui s'informait de son prochain ouvrage. Au début d'avril[2], il déclare que sa première publication sera* Le Lys dans la vallée *ou, s'il perd son procès,* Les Héritiers Boirouge. *Ainsi Mme de Girardin acheva-t-elle son petit livre sur* La Canne de M. de Balzac *par ces mots :* « Qu'est devenue la canne ? Elle est retournée chez M. de Balzac | ... et Les Héritiers Boirouge vont paraître ! »

L'annonce était pour le moins prématurée et la Correspondance *montre, en ce mois de mai 1836, un Balzac fort préoccupé par la nécessité d'achever* Les Héritiers Boirouge, *qu'il a, dit-il, en chantier. Le 12 juin, par une de ces anticipations qui lui sont familières, il écrit à Mme Hanska que* « Les Héritiers Boirouge *et* Illusions perdues *auront été écrits en 20 jours[3] ». Le 20 juin il part pour Saché et le 23 entame allégrement les*

---

1. *Lettres à Mme Hanska*, t. I, p. 408.
2. *Corr.*, t. III, p. 61.
3. *Lettres à Mme Hanska*, t. I, p. 426.

Illusions perdues. *Le 27, il déclare superbement à Émile Regnault que Mme Béchet « ne mérite pas »* Les Héritiers Boirouge[1]. *Elle ne les méritait pas et elle ne les eut pas. L'heure des* Héritiers Boirouge *était passée.*

S'il ne reprit jamais cette ébauche du printemps 1836, Balzac manifesta néanmoins plusieurs fois son intention d'écrire Les Héritiers Boirouge, *dont le titre figure, en 1845, dans le « Catalogue des ouvrages que contiendra* La Comédie humaine *» sous le n° 45, et, en 1847, dans un programme d'œuvres à faire[2]. C'est dans la préface du* Cabinet des Antiques[3], *en 1839, que le romancier donne les indications les plus intéressantes sur la signification et la portée des* Héritiers Boirouge : *« L'auteur n'a pas renoncé [...] au livre intitulé* Les Héritiers Boirouge, *qui doit occuper une des places les plus importantes dans les* Scènes de la vie de province, *mais qui veut de longues études exigées par la gravité du sujet : il ne s'agit pas moins que de montrer les désordres que cause au sein des familles l'esprit des lois modernes. »*

L'esprit des lois modernes ? C'est, n'en doutons pas, celui qui régit le Code civil, et principalement le Titre des Successions, dont Balzac n'a cessé de vitupérer les effets, dans La Femme de trente ans[4] *par exemple, où il évoque ces « grandes fortunes aristocratiques détruites aujourd'hui par le marteau du Code civil », ou dans* La Recherche de l'Absolu[5] *où il dénonce le partage égal des biens qui devait laisser « chaque enfant presque pauvre et disperser un jour les richesses du vieux musée Claës ». Comédies et tragédies de la Succession, affaires de familles et affaires d'État, dont les conséquences ne se limitent pas au domaine de la vie privée mais pèsent sur la vie économique et politique du pays, voilà ce que Balzac eût voulu montrer dans* Les Héritiers Boirouge, *véritable Histoire générale, Étude de mœurs et Étude philosophique à la fois, dans laquelle s'unissaient les deux courants d'une méditation ininterrompue.*

Voilà pourquoi Ursule Mirouët *n'est pas et ne pouvait*

1. *Corr.,* t. III, p. 112.
2. *Pensées, sujets, fragments,* éd. Crépet, p. 140.
3. T. IV, p. 961.
4. T. II, p. 1103.
5. T. X, p. 684.

être Les Héritiers Boirouge, *ce que confirment les mentions de cette œuvre postérieures à la publication du roman.* Ursule Mirouët *n'en représente qu'un avatar, comme* La Rabouilleuse, *et, dans un autre registre, comme* Les Paysans *et surtout* Le Curé de village, *l'œuvre qui peut-être éclaire le mieux le sens de la phrase dans laquelle Balzac exprimait son intention de montrer «* les désordres que cause au sein des familles l'esprit des lois modernes ». *Méditant sur l'avenir des biens de Véronique Graslin, ces terres de Montégnac qu'elle a fertilisées et dont son fils va hériter, le juge de paix Clousier s'interroge : «* Le hasard de cette succession se perpétuera-t-il ? Pendant un certain laps de temps, la grande et magnifique culture [...] n'appartenant qu'à un seul propriétaire, continuera de produire des bêtes à cornes et des chevaux. Mais, malgré tout, un jour viendra où forêts et prairies seront ou partagées ou vendues par lots. De partages en partages, les six mille arpents de [...] plaine auront mille ou douze cents propriétaires, et dès lors, plus de chevaux ni de haut bétail[1]. »* Lorsque Grossetête évoque la Normandie qui, «* divisée à l'infini par le système de nos successions, [...] perdra la moitié de sa production chevaline et bovine[2] », *Clousier lui répond : «* Vous avez mis le doigt sur la grande plaie de la France [...] La cause du mal gît dans le Titre des Successions du Code civil, qui ordonne le partage égal des biens. Là est le pilon dont le jeu perpétuel émiette le territoire, individualise les fortunes en leur ôtant une stabilité nécessaire, et qui, décomposant sans recomposer jamais, finira par tuer la France[3]. »*

Les propos du juge de paix traduisent la pensée profonde de Balzac, défenseur du droit d'aînesse et de la grande propriété. Le voilà, l'esprit des lois modernes, tel qu'il se manifeste dans le Titre des Successions du Code civil, source de désordres dans les familles, dans la société et dans l'État.

Pourquoi Balzac avait-il, à l'origine, choisi le cadre de Sancerre et l'histoire d'une famille de la bourgeoisie protestante ? Il venait d'évoquer longuement, dans L'Interdiction, les persécutions dont furent victimes les protestants, lorsqu'il entama la

---

1. T. IX, p. 816.
2. *Ibid.*, p. 817.
3. *Ibid.*

rédaction des Héritiers Boirouge. *L'élan créateur fut de courte durée, mais les Boirouge continuèrent à vivre dans l'univers balzacien. En 1837, dans* La Grande Bretèche *ou les* Trois Vengeances, *reparut, dans le salon du château de Grosson, situé aux environs de Sancerre, un Gatien Boirouge, fils du président du Tribunal, qui revint en 1843 dans* La Muse du département, *où Balzac évoque le site admirable de Sancerre, son illustre passé et son commerce. « Le vin forme la principale industrie et le plus considérable commerce du pays[1] » et alimente, explique le romancier, la consommation de nombreux cabarets parisiens. Il semble donc tout naturel que le père Boirouge au nom prédestiné ait fait fortune dans le commerce des vins. Balzac avait d'ailleurs un informateur éclairé en la personne d'Émile Regnault, le jeune Sancerrois qui était venu faire à Paris ses études de médecine et, introduit par Sandeau, son camarade de collège, dans le groupe des Berrichons de Paris, était devenu l'ami de George Sand. La famille sancerroise de Regnault, dont plusieurs branches demeuraient protestantes, comptait, parmi ses représentants, qui pour se distinguer les uns des autres portaient, selon l'usage, des doubles noms tels que Regnault-Chaudé ou Regnault-Locré, des marchands de bois et des marchands de vins. L'un d'eux, marchand de bois domicilié quai Saint-Bernard à Paris, eut en 1833 des démêlés avec George Sand au sujet d'une livraison de vin qu'il lui avait faite sur la recommandation d'Émile Regnault, son cousin germain[2]. Balzac, fort lié avec Regnault en 1835-1836, lui emprunta quelques traits pour créer, dans* Le Père Goriot, *le personnage de Bianchon, alors étudiant en médecine. C'est peut-être par son intermédiaire qu'il fit connaissance de l'éditeur Hippolyte Souverain[3], d'origine bourguignonne, qui signa précisément avec Regnault un traité relatif aux œuvres de jeunesse du romancier, le 9 décembre 1835. C'est encore Regnault qui dessina pour Balzac, au moment où il commença à écrire* Les Héritiers Boirouge, *un plan de Sancerre[4].*

Certes, la famille de Regnault ne représente pas le point de

1. T. IV, p. 630.
2. *Correspondance* de George Sand, éd. G. Lubin, t. II, p. 437-438.
3. Le nom de Souverain figure dans *Les Héritiers Boirouge*.
4. Conservé dans le dossier A 158 de la collection Lovenjoul.

départ unique de la réflexion de Balzac sur le problème du par-
tage et de la succession dans les familles, mais cet exemple, assez
typique en son genre, peut avoir donné au thème qui cheminait
dès longtemps dans l'inspiration balzacienne une pulsion créa-
trice importante. Il est certes dommage que Balzac n'ait pu
mener à bien son vaste projet. La permanence du thème autant
que sa richesse et l'ampleur de son registre promettaient une
belle Étude de mœurs, à laquelle la profondeur de la réflexion
aurait donné la dimension d'une Étude philosophique, sur un
sujet d'une éternelle actualité.

MADELEINE AMBRIÈRE-FARGEAUD.

LES HÉRITIERS BOIROUGE
OU FRAGMENT D'HISTOIRE GÉNÉRALE

[I]

AVANT-SCÈNE

Avant d'entreprendre le récit de cette histoire, il est nécessaire de se plonger dans le plus ennuyeux tableau synoptique dont un historien ait jamais eu l'idée, mais sans lequel il serait impossible de rien comprendre au sujet. Il s'agit d'un arbre généalogique aussi compliqué que celui de la famille princière allemande la plus fertile en lignes qui se soit étalée dans l'*Almanach de Gotha,* quoiqu'il ne soit question que d'une race bourgeoise et inconnue. Ce travail a d'ailleurs un mérite. En quelque ville de province que vous alliez, changez les noms, vous retrouverez les choses[1]. Partout, sur le continent, dans les îles, en Europe, dans les plus minces bourgades, sous les dais impériaux, vous rencontrerez les mêmes intérêts, le même fait. Ceci, pour employer une expression de notre temps, est normal.

Sancerre est une des villes de France où le protestantisme a persisté[2]. Là, le protestant forme un peuple assez semblable au peuple juif, le protestant y est généralement artisan, vendeur de merrain[3], marchand de vin, prêteur à la petite semaine, avare, faiseur de filles, il trace, il talle[4] comme le chiendent, demeure fidèle aux professions de ses pères, par suite de son obéissance aux vieilles lois qui lui interdisaient les charges publiques; et quoique, depuis la Révolution, les ordonnances prohibitoires aient été abrogées, le libéralisme et l'aristocratie, ces deux opinions ennemies, ont fait moralement revivre, sous la Restauration, les anciens préjugés.

Il y a la riche Bourgeoisie proteſtante, et les simples artisans induſtrieux, deux nuances dans le peuple. Or, la Bourgeoisie proteſtante ne se composait que de trois familles, ou plutôt de trois noms : les Chandier, les Bianchon et les Popinot. Les artisans se concentraient dans les Boirouge, les Mirouet et les Bongrand[1]. Toute famille qui n'était pas plus ou moins Chandier-Popinot, Popinot-Chandier, Bianchon-Popinot, Popinot-Bianchon, Chandier-Chandier, Bianchon-Chandier, Bianchon-Grandbras, Chandier-Grossequille, Popinot *primus,* etc., ou Boirouge-Mirouet, Mirouet-Bongrand, Bongrand-Boirouge, etc., car chacun peut inventer les entrecroisements et les mille variétés de ce kaléidoscope génératif[2], cet homme ou cette femme était quelque pauvre manouvrier, vigneron, domeſtique, sans importance dans la ville.

Après ces deux grandes bandes, où les trois races primitives se panachaient elles-mêmes, il se trouvait un troisième clan, dirait Walter Scott[3], engendré par les alliances entre la bourgeoisie et les artisans; ainsi le proteſtantisme sancerrois avait ses Chandier-Boirouge, ses Popinot-Mirouet et ses Bianchon-Bongrand, d'où jaillissaient d'autres familles où les noms se triplaient et se sextuplaient. Il résultait de ce lacis conſtant des familles un singulier fait, le Mirouet pauvre était étranger au Mirouet riche; les parents les plus unis n'étaient pas les plus proches; une Chandier tout court, ouvrière à la journée, venait pour quelques sous travailler chez une Mme Chandier-Popinot, la femme du plus huppé notaire. Les six navettes sancerroises tissaient perpétuellement une toile humaine, dont chaque lambeau avait sa deſtinée, serviette ou robe, étoffe splendide ou doublure; c'était le même sang qui se trouvait dans ce corps, cervelle, lymphe, sang veineux ou artériel, aux pieds, au cœur, dans le poumon, aux mains ou ailleurs.

Ces trois clans exportaient leurs aventureux enfants à Paris, où les uns étaient simples marchands de vin, à l'angle de deux rues, sous la protection de la « Ville de Sancerre[4] ». Les autres embrassaient la chirurgie, la médecine[5], étudiaient le droit, ou commerçaient.

Au moment où l'hiſtorien écrit cette page de leurs annales, il exiſte à Paris un Bianchon, illuſtre docteur de qui la gloire médicale soutient celle de l'École de

Paris[1]. Quel Parisien n'a pas lu sur les murs de sa cité les grandes affiches de la Maison Popinot et compagnie, parfumeurs, rue des Lombards[2] ? N'y a-t-il pas un juge d'instruction au tribunal de la Seine ayant nom Popinot, oncle du Popinot parfumeur, et qui avait épousé une demoiselle Bianchon[3], car les Sancerrois-Parisiens s'allient entre eux, poussés par la force de la Coutume, et ils se répandent dans la Bourgeoisie avec la ténacité que donne l'esprit de famille[4].

Portons nos regards un peu plus haut. Examinons l'humanité. Ce coup d'œil sur l'union du protestantisme sancerrois démontre un singulier fait, dont voici la formule. Toutes les familles nobles du treizième siècle ont coopéré à la naissance d'un Rohan d'aujourd'hui. En d'autres termes, tout bourgeois est cousin d'un bourgeois, tout noble est cousin d'un noble. Comme le dit la sublime page des généalogies bibliques[5], en mille ans trois familles peuvent couvrir le globe de leurs enfants ; il suffit pour le prouver d'appliquer à la recherche des ancêtres et à leur accumulation, qui s'accroît dans les temps par une progression géométrique multipliée par elle-même, le calcul de ce sage[6] qui, demandant au roi de Perse, en récompense d'avoir trouvé le jeu d'échecs, un épi de blé pour la première case, en doublant la somme jusqu'à la dernière, fit voir au monarque que son royaume ne pouvait suffire à l'acquitter.

Il s'agit donc ici d'établir, en dehors de la loi générale, qui régissait les trois principales races protestantes à Sancerre, l'arbre généalogique d'un seul rameau des Boirouge.

En 1822[7], il existait à Sancerre un vieillard âgé d'environ quatre-vingt-dix ans, respectueusement nommé le Père Boirouge ; lui seul à Sancerre se nommait Boirouge tout court, sans aucune annexe. Né en 1742, il était sans doute l'enfant de quelque artisan, échappé aux effets de la révocation de l'Édit de Nantes à cause de sa pauvreté, car l'histoire nous apprend que les ministres de Louis XIV s'occupèrent alors exclusivement des religionnaires en possession de grands biens territoriaux, et furent indulgents pour les prolétaires. Que votre attention ne se fatigue pas !

En 1760, à l'âge de dix-huit ans, Espérance Boirouge, ayant perdu son père et sa mère, abandonna sa sœur

Marie Boirouge à la grâce de Dieu, laissa son frère
Pierre Boirouge, vigneron au village de Saint-Satur[1], et
vint à Paris chez un Chandier, marchand de vin, établi
carré Saint-Martin, au Fort-Samson[2], enseigne protestante, que tout flâneur pouvait voir encore en 1820,
au-dessus des barreaux en fer de la boutique, toujours
tenue par un Sancerrois, et où se buvait le vin du Père
Boirouge. Espérance Boirouge était un petit jeune
homme carré, trapu comme le Fort-Samson ; il fut second,
puis premier garçon du sieur Chandier, célibataire assez
morose, âgé de quarante-cinq ans, marchand de vin
depuis vingt années et qui, lassé de son commerce, vendit
son fonds à Boirouge afin de pouvoir retourner à son
cher Sancerre. Il y acheta la vieille maison qui fait le
coin de la Grande-Rue et de la rue des Saints-Pères, en
face de la place de la Panneterie[3]. Cet événement eut
lieu vers la fin de l'année 1765. Vendre son fonds de
Paris à Espérance Boirouge n'était rien, il fallait se faire
payer, en toucher le prix.

M. Chandier, sa maison acquise, ne possédait que six
journées de vignes, et les dix mille livres, valeur de son
fonds, qu'il voulait placer en vignes afin d'en vendre les
récoltes au Fort-Samson et vivoter en paix. Il voulut
marier le jeune Boirouge à une Bongrand, fille d'un
marchand drapier qui avait douze mille livres de dot,
mais en y pensant bien, il la garda pour lui-même, n'eut
pas d'enfants, mourut au bout de trois ans de mariage,
sans avoir reçu deux liards[4] de ce *coquin* de Boirouge,
disait-il. Ce coquin de Boirouge vint à Sancerre pour
s'entendre avec la veuve, et il s'entendit si bien avec elle,
qu'il l'épousa. Sa sœur Marie Boirouge s'était mariée
à un Mirouet, le meilleur boulanger de Sancerre et son
frère, le vigneron, était mort sans enfants. À trente et
un ans, en 1771[5], Espérance Boirouge se trouva donc
allié aux Bongrand, eut, sans bourse délier, le Fort-
Samson et sa femme lui apporta douze mille livres
placées en vignes, les vignes du vieux Chandier, et la
maison située au coin gauche de la rue des Saints-Pères,
dans la Grande-Rue. Cette maison, il la loua ; les vignes,
il en donna le gouvernement au sieur Bongrand son
beau-père en se promettant bien d'en vendre lui-même
les produits, et il revint à Paris faire trôner sa femme au
comptoir d'étain du Fort-Samson. Une circonstance aida

à la fortune de l'heureux Boirouge. L'opéra brûla, fut
reconstruit à la Porte-Saint-Martin[1], et comme le Fort-
Samson était réputé pour débiter du vin excellent et non
frelaté, tous les gens des bonnes maisons vinrent y boire,
en attendant la sortie de leurs maîtres.

La femme de Boirouge était une bonne ménagère,
économe et proprette; elle eut trois enfants, trois
garçons, l'aîné Joseph, le second Jacques, le troisième
Marie; elle les éleva tous très bien et mourut après
les avoir tous établis et mariés à Sancerre, voici comment.
Joseph apprit à Paris le commerce de la draperie et
succéda naturellement à son grand-père maternel Bongrand; il épousa une Bianchon, et fut la tige des Boirouge-
Bianchon. Le second, mis chez un apothicaire à Paris,
vint à Sancerre épouser la fille d'un Chandier, apothicaire à la Halle, dont il prit l'établissement, et fut la
souche des Boirouge-Chandier.

Le troisième, le plus aimé de Boirouge et de sa femme,
fut placé chez un procureur au Châtelet, et se trouvait
juge à Sancerre, où il avait épousé une Popinot. Il y eut
donc une troisième ligne, de Boirouge-Popinot. En 1800,
le Père Boirouge avait rendu ses comptes à ses trois
enfants, qui avaient également hérité de leurs aïeux maternels, et le bonhomme était revenu habiter sa maison de
Sancerre, après avoir vendu le fonds du Fort-Samson
au fils de sa sœur, Célestin Mirouet, qui se trouvait sans
un sou.

Ce Célestin Mirouet était, depuis dix ans, le premier
garçon de son oncle, et depuis dix ans il menait une vie
très dissipée en compagnie d'une mauvaise fille de Sancerre, qu'il avait rencontrée à Paris. Il mourut en 1810,
en faisant une faillite où le Père Boirouge perdit environ
dix mille francs, le prix de deux récoltes envoyées au
Fort-Samson, et son neveu lui recommandait une petite
fille de dix ans, laquelle se trouvait à la mendicité.
Mme Mirouet, mère d'Ursule Mirouet, avait quitté son
mari pour devenir la maîtresse d'un colonel; elle fut
figurante au théâtre Montansier, et périt misérablement
à l'hôpital[2]. Ainsi, la branche collatérale féminine du
Père Boirouge se trouvait représentée par une pauvre
enfant de dix ans[3], sans pain, sans feu, ni lieu. En
mémoire de sa sœur, le vieux Boirouge recueillit donc son
arrière-petite-nièce dans sa maison de Sancerre, en 1810.

Vers la fin de l'année 1821, époque à laquelle commencent les événements de cette histoire, le Père Boirouge était à la tête d'une immense famille. Boirouge-Bongrand, son fils aîné, était mort laissant deux fils et deux filles, tous quatre mariés et ayant tous quatre des enfants, ce qui faisait de ce côté quatre héritiers du Père Boirouge, ayant chacun des enfants. Or, à quatre par famille, cette branche offrait vingt-quatre têtes, et se composait de Boirouge-Bongrand, dit Ledaim, de Boirouge-Bongrand, dit Grosse-Tête, de Mirouet-Boirouge-Bongrand, dit Luciot, de Popinot-Boirouge-Bongrand, dit Souverain[1], car chacun des chefs avait, d'un commun accord, adopté des surnoms pour se distinguer, et dans la ville, ils étaient connus plus sous les noms de Ledaim, de Grosse-Tête, de Luciot et de Souverain que sous leurs doubles noms patronymiques. Ledaim était drapier, Grosse-Tête faisait le commerce du merrain, Luciot vendait des fers et des aciers, Souverain tenait le bureau des diligences et était directeur des assurances.

La seconde ligne, celle des Boirouge-Chandier, l'apothicaire, s'était divisée en cinq familles, et Boirouge-Chandier avait péri malheureusement en faisant une expérience chimique. Son fils aîné lui avait succédé et gardait le nom de Boirouge-Chandier, il était encore garçon, mais il avait deux frères et deux sœurs; l'un de ses frères était huissier à Paris, l'autre tenait l'auberge de l'Écu-de-France; l'une de ses sœurs avait épousé un fermier, et l'autre le maître de poste. Cette seconde ligne présentait un total de trente personnes tenant par ses alliances à toute la population protestante.

La troisième branche issue du Père Boirouge était celle du juge Boirouge-Popinot. M. Boirouge-Popinot vivait encore, il avait six enfants, tous destinés au Barreau, au Notariat et à la Magistrature, l'aîné était substitut du procureur du Roi à Nevers, le second était notaire à Sancerre, le troisième avoué à Paris, le quatrième y faisait son Droit, le cinquième, âgé de dix ans, était au collège. Le premier enfant du juge était une fille, mariée à un médecin de Sancerre, M. Bianchon, le père du célèbre docteur Bianchon de Paris, lequel avait épousé en secondes noces Mlle Boirouge-Popinot. Cette ligne avait un personnel de neuf têtes, mais le juge était le seul héritier vivant direct du Père Boirouge. Ainsi le fils le plus aimé parmi les trois restait le dernier. À moins de quelque mort nouvelle, en 1821, la succession du Père Boirouge se partageait entre neuf pères de famille, le juge y prenait un tiers, le second tiers appartenait aux quatre Boirouge de la première branche, et le dernier aux cinq Boirouge de la deuxième branche. Le bonhomme avait empli Sancerre de ses trois lignées qui se composaient de treize familles et de soixante-treize personnes, sans compter les parents par alliance. Aussi ne doit-on pas s'étonner de la popularité attachée à la vieille maison située dans la Grand-Rue, que l'on nommait la *Maison aux Boirouge*. Au-dessus de cette gent formidable, le Père Boirouge s'élevait patriarcalement, uni par sa femme à la grande famille des Bongrand qui, fleuve humain, avait également envahi le pays Sancerrois et foisonnait à Paris dans le commerce de la rue Saint-Denis[1].

Toutes ces tribus protestantes n'expliquaient-elles pas les tribus d'Israël ? Elles étaient une sorte d'innervation[2] dans le pays, elles y touchaient à tout; si elles avaient eu leur égoïsme de race, comme elles avaient un lien religieux, elles eussent été dangereuses; mais là comme ailleurs, la persécution qui resserre les familles n'existant plus, ce petit monde était divisé par les intérêts, en guerre, en procès pour des riens, et ne s'entendait bien qu'aux élections. Encore le juge M. Boirouge-Popinot était-il ministériel, il espérait être nommé président du tribunal, avancement légitimement gagné par vingt années de service dans la magistrature. Les membres de cette famille étaient donc plus ou moins haut placés sur l'échelle sociale. Quoique parents, les relations suivaient la loi des *chacun-à-chacun* de la trigonométrie[3], elles étaient intimes selon les positions.

Enfin, quoique la succession du Père Boirouge intéressât treize familles et une centaine de personnes dans Sancerre, le bonhomme y vivait obscurément; il ne voyait personne; son fils le juge le visitait parfois; mais, s'il jouissait du plus grand repos, il mettait, le soir, bien des langues en branle, car il était peu de ses héritiers qui, à propos d'une économie ou d'une dépense, ne dît : « *Quand le Père Boirouge aura tortillé l'œil*[4], j'achèterai, j'établirai, je ferai, je réparerai, je construirai », etc. Depuis dix ans ce cercueil était l'enjeu de vingt-cinq personnes dans leur partie avec le hasard, et depuis dix ans, le hasard gagnait toujours. Quinconque descendait la Grande-Rue de Sancerre en allant de la Porte César à la Porte Vieille, disait en arrivant à la place de la Panneterie et montrant la vieille maison aux Boirouge : « Il en a des écus, celui-là ! »

Comme dans toutes les villes de province et dans tous les pays[1], chacun avait fait un devis approximatif de la succession Boirouge.

Ses enfants établis, sa femme morte, ses comptes rendus, le bonhomme possédait la maison que lui avait léguée sa femme, trente journées de vignes, une métairie de sept cents livres de rente et, disait-on, une somme de vingt mille francs en écus de laquelle il avait frustré ses enfants en la gardant toute pour lui, au lieu de la faire porter à l'actif de la communauté lors de l'inventaire. Comme le bonhomme avait pendant longtemps prêté à dix pour cent en dedans, et qu'il vendait avantageusement ses récoltes au Fort-Samson, ses revenus étaient évalués entre dix et douze mille livres, qu'il avait dû mettre de côté chaque année en grossissant toujours le capital par l'adjonction des intérêts. Le vieillard avait constamment loué pour deux cents francs le premier étage de sa maison, et sa manière de vivre permettait de supposer qu'en ajoutant mille francs à cette somme, toutes ses dépenses étaient couvertes. Or, vingt-deux ans d'économie produisaient un capital d'environ trois cent mille francs dont il n'existait aucune trace à Sancerre. À l'exception de cent arpents de bois que le Père Boirouge avait achetés en 1812, et d'une seconde métairie d'un produit d'environ neuf cents francs, qui jouxtait la sienne et qu'il avait acquise en 1819, personne ne savait où il plaçait ses économies. Sa fortune au soleil était évaluée à deux cent cinquante mille francs par les uns, à cent mille écus par les autres, mais généralement les capitaux mystérieux et les biens territoriaux représentaient six cent mille francs dans l'esprit de chacun. Depuis deux ans, ce capital, fruit de la longévité, devait donc s'augmenter de dix mille écus par an. Quelle serait cette fortune si, comme le prétendaient quelques malicieux Sancerrois, il prenait fantaisie au bonhomme d'aller à cent ans !

« Il enterrera ses petits-enfants ! » disait, au commencement de l'hiver, en 1821, le fils aîné de Boirouge-

Soldet, qui servait de commis à son père, et qui était venu parler à sa cousine, la femme de Boirouge-Chandier-fils aîné, l'apothicaire.

La reine des boutiquiers de la Halle était une Bongrand célèbre par sa beauté, elle se tenait sur le seuil de sa porte, et regardait ainsi que son cousin le Père Boirouge qui marchandait un sac de blé à un de ses fermiers.

« Oui, cousine, ce seront les enfants de ses arrière-petits-enfants qui auront à partager ses biens.

— Beau *venez-y-voir*, répondit-elle. Laissât-il un million, qu'est-ce que ce sera, s'il faut le distribuer à cent héritiers! Tandis qu'aujourd'hui son fils le Juge aurait au moins le plaisir de jouir d'un bel héritage, et mon mari qui aurait le quart du tiers pourrait en faire quelque chose.

— Ses héritiers auront des noix quand ils n'auront plus de dents, dit le fils du maître de poste qui venait d'acheter de l'avoine, et qui s'approcha de la boutique.

— C'est vrai, répondit Mme Boirouge-Chandier-fils-aîné, il se porte comme un charme, voyez, il fait son marché lui-même, il va sans bâton, il a l'œil clair comme celui des basilics[1] dont Chandier vend de l'huile.

— Le bonhomme, voisine, trouve avec raison que c'est malsain de mourir.

— Que fait-il de ses écus ? Pourquoi n'en donne-t-il pas à ceux de ses héritiers qui en ont besoin ? dit le jeune Soldet.

— Cousin, dit la femme de l'apothicaire, ce qu'il ferait pour l'un, il devrait le faire pour l'autre, et alors il aurait trop à faire.

— Tenez, cousine, dit en souriant le fils du maître de poste, le bonhomme a près de lui une pie qui s'entend à becqueter le grain. »

Et il salua la femme de l'apothicaire et le jeune Soldet après avoir montré du doigt une jeune fille qui sans doute venait quérir le Père Boirouge; car elle le cherchait au milieu de la foule, le trouva, lui parla, et reprit de compagnie avec lui le chemin de sa maison; mais le vieillard fut arrêté précisément à quelques pas de la boutique de l'apothicaire par un de ses vignerons.

« Croyez-vous, cousine, ce que l'on dit de cette jeunesse ? demanda Soldet en montrant Ursule Mirouet.

— Elle pourrait bien écorner la succession, en tout

cas, elle aurait gagné son argent, car le bonhomme n'est pas un Adonis. »

Ce méchant propos aurait certes blessé l'âme d'un de ces jeunes gens que les romanciers ne mettent pas en scène sans leur donner une provision de beaux sentiments ; mais il fit sourire Augustin Soldet, car il pensa qu'Ursule Mirouet serait alors un bon parti.

« Adieu, cousine », dit-il.

Il vint pour saluer la jeune fille, mais en ce moment même, le bonhomme Boirouge avait fini ses recommandations à son vigneron, et prenait la Grande-Rue pour descendre chez lui, car la Grande-Rue de Sancerre est une rue en pente qui mène au point le plus élevé de la ville, à une espèce de mail situé à la Porte César, que domine cette fameuse tour aperçue par les voyageurs à dix lieues à la ronde, la seule qui reste des sept tours du château de Sancerre, dont les débris appartiennent à M. Roy[1].

Soldet regarda la jupe plissée que portait Ursule et se plut à deviner la rotondité des formes qu'elle cachait, leur fermeté virginale, en pensant que la femme et la dot étaient deux bonnes affaires, qui ne lui échapperaient point. En effet, en passant devant la fenêtre de la salle où se tenait Ursule, il n'avait jamais manqué de s'arrêter et de faire avec elle un petit bout de conversation en la nommant sa cousine.

II

URSULE MIROUET

Jamais nom ne peignit mieux la personne à laquelle il appartenait, Ursule Mirouet ne réveille-t-il pas dans l'esprit une[2] [. . . . .]

UN GRAND HOMME DE PARIS
EN PROVINCE

INTRODUCTION

Cette ébauche, dont le manuscrit est conservé à la bibliothèque Lovenjoul sous la cote A 228, a été datée de 1842 par Lovenjoul et de l'hiver 1843-1844 par J. Ducourneau. À cause du personnage de Bettina, fille d'une mère allemande, intelligente et cultivée, il est clair que ce texte est étroitement lié à l'élaboration de Modeste Mignon[1], mais sans qu'on puisse apporter beaucoup de précisions sur cette filiation.

Le titre, qui fait pendant à celui de la deuxième partie d'Illusions perdues, laisse entrevoir une rivalité Paris-Province dans laquelle la province, personnifiée par Bettina, aurait le beau rôle, comme dans Modeste Mignon. Qui était le « grand homme » ? Était-ce déjà le poète Canalis, gentilhomme auvergnat ? Rien ne permet de l'affirmer. Mais il est significatif que Balzac, cherchant un cadre approprié pour une intrigue provinciale à dénouement heureux, ait finalement préféré, pour Modeste Mignon, un port de mer en pleine expansion, Le Havre, à la vieille capitale de l'Auvergne. De même, le parallèle est instructif entre le colonel Brézac et le comte Mignon de la Bastie : aussi bien sur le plan sociologique que du point de vue économique, les distances sont réduites entre la province et Paris, rendant plus vraisemblable le mariage final. Dans l'histoire des types balzaciens, les Mignon appartiennent franchement à la seconde génération, ceux du second souffle, si l'on peut dire, qui correspond en gros aux romans d'après 1840. Le père

1. Voir t. I, p. 491.

Brézac, au contraire, proche parent du père Grandet et du père Goriot, est un personnage « archaïque », dans lequel on retrouve encore la trace du père Coudreux de 1830 (Les Deux Amis), lui aussi père d'une fille unique et adorée, beaucoup plus cultivée que son père, et sage en dépit de la liberté qui lui est laissée.

La « fameuse maison Brézac » constitue, malgré la notoriété que lui prête Balzac, une des multiples énigmes de La Comédie humaine. Le nom de Brézac, déjà nanti de l'adjectif « fameux », apparaît pour la première fois dans le texte de Véronique (Le Curé de village), paru en feuilleton dans La Presse du 30 juin 1839. En 1844, dans l'édition Furne des Employés, les Brézac sont introduits en deux endroits[1], toujours comme « grands dépeceurs de châteaux ». Mais, fort curieusement, ils sont absents du Cousin Pons, bien que la collection de Pons n'eût jamais existé si les châteaux n'avaient pas été dépecés. Aussi La Comédie humaine possède-t-elle, avec Le Cousin Pons, le roman de l'anti-bande noire, sans que le roman de la bande noire[2] ait jamais été écrit, du moins pour ce qui concerne les aspects financiers et proprement économiques de cette forme de spéculation.

NICOLE MOZET.

---

1. T. VII, p. 933 et 1038.
2. Voir à ce sujet *Le Curé de Tours*, t. IV, p. 1182 et n.2.

UN GRAND HOMME DE PARIS
EN PROVINCE

La fameuse maison Brézac, une des gloires de la ferraille et des métaux, établie à Paris rue du Parc royal dès
1790, qui a plus abattu de châteaux qu'on n'en a relevé
depuis, est originaire de Thiers[1], jolie petite ville du
département du Puy-de-Dôme. Brézac, meunier de
Thiers, avait cinq enfants. Trois allèrent à Paris à pied
en faisant le commerce des vieux fers[2]. L'aîné garda le
moulin, le second partit pour les armées[3], il devint colonel, fut blessé de manière à quitter le service et Napoléon
le nomma payeur à Clermont. La place de payeur de la
guerre, aujourd'hui supprimée, valait de douze à quinze
mille francs par an. En apprenant la comptabilité, le
maniement des écus, le sang des Brézac reprit ses droits,
et de 1809 à 1815, le colonel, alerte, mince, entreprenant,
devint un gros gras bonhomme, un peu calculateur. Ses
frères de Paris lui firent une clientèle; et, quand vint la
réaction de 1816, le payeur de la guerre eut le bon sens
de traiter de sa place, et devint banquier. Le colonel
s'était marié par amour à une Allemande, en 1804, la
fille d'un petit marchand chez lequel il logeait à Ulm[4].
Le petit marchand mourut, en 1809, lors du siège[5], en
laissant une cinquantaine de mille francs à sa fille, ce sur
quoi le colonel Brézac avait peu compté, vu la misère
apparente de son beau-père[a]. Mme Brézac, belle blonde,
aussi sotte que belle, mourut en 1815. Le payeur n'eut
qu'une fille de son mariage et il poussa la paternité
jusqu'à l'aveuglement. Née en 1805, Bettina, car
Mme Brézac voulut donner son prénom allemand[6] à sa
fille, promettait d'être ce qu'elle fut, la plus belle personne de Clermont-Ferrand. Le payeur, en héritant de
son beau-père, acheta sur la place de Clermont une

grande maison, noire, mais d'une assez belle architecture.
En 1824, M. Brézac de Clermont, il adjoignit cette espèce
de qualification à son nom pour le distinguer des autres
branches, était à la tête du parti libéral à Clermont; mais
sa fortune, on lui donnait six cent[a] mille francs de capitaux en 1820, le maintenait dans cette sage catégorie
appelée le Centre gauche qui voulait, dès ce temps-là,
selon l'expression de Lafayette, *un trône environné d'institutions républicaines,* le rébus le plus indéchiffrable qui soit
sorti de la tête d'un marquis, à peu près imbécile en
politique. En 1824, Bettina Brézac, âgée de dix-neuf ans,
jouissait de toute la liberté d'une femme mariée, elle
avait, sans le savoir, exploité la tendresse de son père,
elle était la maîtresse au logis; mais aucune duègne
espagnole, dans le bon temps des duègnes, ne garda
l'honneur d'une jeune fille comme Bettina fut gardée à
Clermont par le respect que la ville entière portait au
vieux soldat de Napoléon. Le caractère altier, soupçonneux, du banquier, l'intrépide décision à laquelle il dut
son grade de colonel en dix ans de services continuels,
la protection perspicace qu'il étendait sur les actions de
cette fille unique, et, disons-le, la loyauté naïve de Bettina
compensaient tous les dangers de la liberté dont elle
jouissait. L'éducation de Bettina fut tout ce que les mères
de famille imagineraient d'une fille privée de sa mère.
Mlle Brézac était restée sans aucune notion religieuse
jusqu'en 1817, époque à laquelle elle songea d'elle-même
à faire sa première communion en la voyant faire à la
fille du préfet. Elle eut de la religion par vanité, comme
elle voulait porter le fichu qu'elle admirait sur les épaules
de la femme du receveur général. Le colonel, qui haïs-
sait les prêtres, envoya sa fille au catéchisme sous la
garde de la vieille allemande, la femme de chambre
de feu Mme Brézac. Bettina, comme tout esprit neuf,
appréhenda le catholicisme par son côté poétique. Elle
suivit les prédications de la mission en 1818, cloua son
petit cœur d'or, innocent et pur, à la croix qui fut plantée,
et communia de la main de Monseigneur. Elle rougit
alors de son peu d'instruction, elle savait l'allemand, elle
lut *La Messiade*[1], tout Klopstock, Goethe, Schiller, elle
dévora les œuvres de la littérature allemande, et son
âme reçut alors le baptême du romanesque. Elle apprit
l'anglais, devint folle de lord Byron; puis elle aborda,

dans sa fureur de lecture, toute la littérature française, elle se plongea dans ce vaste océan qui commence aux fabliaux, s'enfle avec le seizième siècle des œuvres de Rabelais, de Montaigne, s'épanche au dix-septième pour déborder au dix-huitième et au dix-neuvième. Les romans, surtout, ravirent cette âme franche, libre et pure. Le banquier s'applaudissait de la sagesse de sa chère Bettina qui restait des journées entières occupée, tranquille. Le second étage de l'hôtel Brézac formait l'appartement de cette fille bien-aimée, elle y avait un très beau salon précédé d'une antichambre, et à droite du salon se trouvait une chambre à coucher, suivie d'un cabinet de toilette, et à gauche un salon d'étude où elle mit sa bibliothèque.

« Ma fille doit être bien savante, disait le banquier, elle achète pour mille écus de livres par an. »

Après les livres de poésie, Bettina s'était jetée dans la science, elle lut des dictionnaires en tout genre, d'histoire, biographiques, de médecine, elle dévorait les notices les plus incongrues. En trois ans, elle avait tout appris[1], en théorie; mais elle tomba malade, et en 1821, d'après le conseil d'un médecin, le banquier jeta sa chère enfant dans les exercices violents, il acheta la terre de Chauriat, entre Clermont et le Mont-Dore[2], et il eut des chevaux pour Bettina qui se passionna pour l'équitation, pour la chasse, et qui devint d'une beauté parfaite, accomplie en devenant l'original de Diana Vernon[3] qu'elle copia, mais par pure plaisanterie. Une fois sa santé rétablie, elle passa la belle saison à Chauriat et les cinq mois d'hiver à Clermont. Le banquier eut alors une calèche, et des chevaux pour aller tous les jours à sa maison de Clermont faire ses affaires. La jolie terre de Chauriat, dont le petit castel est un des mieux conservés de l'Auvergne, vaut environ douze mille francs de rentes, le banquier l'eut, en 1821, pour trois cent mille francs, et sa fille lui en fit dépenser plus de cent mille en ameublements, en arrangements d'intérieurs, en écuries, en mouvements de terrain dans le parc, elle y voulut le *comfort* anglais[4].

[. . . .]

LA GLOIRE DES SOTS

INTRODUCTION

Conservée à la bibliothèque Lovenjoul sous la cote A 88, cette ébauche présente deux particularités : l'écriture, si soignée, si visiblement recopiée, qu'elle implique un texte antérieur; le papier et le format réduit de ce papier d'un blanc jauni, qui diffèrent des pleins feuillets bleutés généralement utilisés par Balzac. Or, ce même papier du même demi-format se retrouve pour une description du futur cousin Pons probablement rédigée à l'automne 1844[1]. Est-ce à ce moment que Balzac ébaucha La Gloire des sots ? *En 1844, en tout cas, et après avoir fini, à la mi-juillet,* Modeste Mignon, *où quelques lignes rayées révèlent une réalisation imminente et son sujet :*

> En général, la charité ne va pas, en France surtout, sans annonce : on s'intéresse à de petits criminels, jeunes, à des enfans sans asyle, à des pauvres qui ne savent pas lire, à des mères, à des libérés auxquels on propose un travail volontaire qui ne leur va pas plus que le travail forcé. Ces entreprises, anti-sociales, car elles ont pour but de rendre le criminel, le paresseux, le misérable par sa faute plus heureux que l'ouvrier qui lutte avec ses deux bras contre le sort, sont éclatantes, elles rapportent une gloire, une espèce de renommée qu'il faut nommer la gloire des sots[2].

Avant d'ébaucher l'histoire de M. Martin de Charmeil, sur la lancée de l'idée annoncée et supprimée dans Modeste Mignon,

---

1. *Lov.* A 166, fº 20, et *Le Cousin Pons* (Garnier, 1974), p. xv et n. 2.

2. *Modeste Mignon*, t. I, p. 50 (var. *a*).

Balzac traçait, sur le même papier que celui du manuscrit de ce dernier roman, une première ébauche :

La Gloire des sots

Une des principales occupations que se donnent les gens qui ont de quoi vivre, est de se croire quelque chose ; et de cette croyance, il résulte un certain besoin de faire parler d'eux honorablement, et Dieu sait quel sens ils donnent à ce dernier mot ! Quel effet a produit en France, et produit peut-être encore ce mot : *un Monsieur décoré*[1] !

« *La vanité fait certainement la base de la philanthropie*[2]. » *Insérée dans le portrait de La Peyrade, personnage des* Petits Bourgeois *abandonnés pour* Modeste Mignon *en mars 1844, cette remarque montre et l'intérêt que Balzac portait déjà au sujet, et l'évolution de ce sujet. Car la philanthropie pratiquée par le fort intelligent Théodose avait pour base l'ambition d'un garçon pauvre, non la vanité d'un homme riche. En outre, le terrain choisi par l'* « *avocat des pauvres* » *le distinguait du personnage qu'allait annoncer le texte de* Modeste Mignon, *dont chaque mot semble le trait bien précis d'un portrait sous lequel il est tentant d'inscrire le nom de M. Appert. L'incontestable et très peu discrète* « *gloire* » *que s'était forgée le* « *secrétaire des aumônes* » *de la reine Marie-Amélie, reposant essentiellement sur son activité en faveur des* « *petits criminels* », *des* « *libérés* », *était-elle la gloire d'un sot ?*

Balzac pouvait en juger. En avril 1836, Appert lui avait envoyé les quatre volumes de son ouvrage Bagnes, prisons et criminels[3]. *Plus tard, dans ses souvenirs, Appert se targuera de ce que le romancier l'* « *engageait souvent à dîner* » *quand il habitait avec Borget rue Cassini*[4], *donc en 1833 et 1834; et, de son côté, Balzac se souviendra d'avoir* « *dîné un jour chez le philanthrope M. Appert* » *avec Vidocq*[5], *lors d'une de ces*

---

1. *Lov.* A 88, f⁰ A.
2. *Les Petits Bourgeois*, t. VIII, p. 62.
3. *Corr.*, t. III, p. 64.
4. *Dix ans à la cour du roi Louis-Philippe* (Renouard et, à Berlin, Voss, 1846), t. III, p. 209.
5. *Lov.* A 207, ff⁰ˢ 188-195, fragment d'un article de 1840 pour *La Revue parisienne*, non paru.

*agapes que cet homme bien pourvu offrait tous les samedis.
Agapes coûteuses, devait constater l'amphitryon, mais, ajou-
tait-il, « je ne regrettais pas les dépenses causées par ces dîners
à la fois distingués, amusants¹ ». En somme, un bon placement.
Quel personnage pour un romancier...*

À la fin de l'année *1833* où il dînait avec Appert, Balzac créait le père Grandet, dont l'enrichissement vinicole et
révolutionnaire devait se retrouver dans la carrière de Martin,
de Nemours, le père du héros de La Gloire des sots. *Puis il
préparait ses* Études philosophiques *où* — *une fois lu*
Bagnes, prisons et criminels ? — *la philanthropie devait
avoir sa place : en 1837, il annonçait* Le Philanthrope et le
chrétien² *qui constituait vraisemblablement la première
conception d'un sujet destiné à se dédoubler, pour l'authentique
charité chrétienne en* Les Frères de la consolation — *devenus,
en fin de parcours,* L'Envers de l'histoire contemporaine —
et, pour l'hypocrite philanthropie, en La Gloire des sots.

Dès *1841, le dédoublement commence :* Les Frères de la
consolation *sont prévus pour 1842³ et, à la fin de 1843,* La
Gloire des sots *apparaît sous ses évidents premiers avatars.
Le 7 novembre, Balzac annonce : « il faut que je fasse* Martin *» ; puis, le 15 décembre, dans un programme pour 1844 :
« 8° :* Les Ambitieux de province, *mon second ouvrage
(c'est le nouveau titre de* Martin de Nantes) [qui] aura trois
volumes »*, prévu pour les* Débats *où, finalement, il publiera*
Modeste Mignon ; *à faire avant : « 6° : mon premier roman,
intitulé* Le Programme d'une jeune veuve », *qui tiendra
une place importante dans la genèse de* Modeste Mignon ; *et,
encore avant : « 4° : [...]* Existences sous-marines », *qui
pourrait bien être un titre transitoire pour le futur* Envers de
l'histoire contemporaine⁴.

Modeste Mignon *achevée,* La Gloire des sots *deux fois
ébauchée, Balzac n'y renonce pourtant pas. On retrouve* Les
Frères de la consolation *et* La Gloire des sots *dans une*

---

1. B. Appert, *op. cit.*, t. II, p. 322.
2. *Lov.* A 93, fᵒ 65, et *César Birotteau*, t. VI, p. 1128-1129.
3. *Lettres à Mme Hanska*, t. II, p. 25.
4. *Lettres à Mme Hanska*, t. II, p. 274 et 306-307.

liste d'œuvres « [à faire en] 1845¹ ». En décembre, cependant,
le titre de La Gloire des sots *n'est plus réservé à une œuvre à*
faire, mais envisagé pour un simple chapitre de Béatrix². *Le*
sujet, lui, survit et repart vers les Études philosophiques *où,*
en 1845, il figure dans le « Catalogue des ouvrages que contien-
dra La Comédie humaine *» : « 115. Le Philanthrope », « à*
faire » alors que, fait notable, La Gloire des sots *n'est pré-*
vue ni sous ce titre ni sous celui des Ambitieux de province³.*

Balzac a-t-il définitivement abandonné La Gloire des sots *?*
Sans doute s'y résout-il mal : dans un « Programme pour
1847 » de son album Pensées, sujets, fragments⁴, *une der-*
nière fois avant que maladie et mort n'arrêtent sa main, il
trace ce beau titre.

ANNE-MARIE MEININGER.

---

1. *Lov.* A 1, fº 4 vº, liste où figurent deux autres projets de l'été
1844 : *L'Entrée en campagne* et *Le Théâtre comme il est.*
2. *Lov.* A 7, fº 46, et *Béatrix*, t. II, p. 1454.
3. Voir t. I, p. cxxv.
4. *Lov.* A 181, fº 72.

LA GLOIRE DES SOTS

Un simple débitant de vin, que des malintentionnés appelaient un cabaretier, nommé de plus Martin, fit, pendant la Révolution, à Nemours, une rapide fortune et immense relativement au pays. Martin avait eu l'idée de se mettre dépositaire, entrepositaire ou consignataire des vins qui se trouvèrent arrêtés sur le canal du Loing par suite des premiers mouvements révolutionnaires. Beaucoup de marchands et de propriétaires craignirent ou le pillage ou les faillites ou de payer des droits qui allaient être abolis, ils laissèrent leurs bateaux à Nemours où Martin les leur garda dans un cellier, bâti à la hâte. Les droits tyranniques perçus à l'entrée de Paris, après avoir été supprimés, furent rétablis. Martin avait trois mille pièces de vin environ dans son chantier, à divers propriétaires dont il faisait les affaires avec intelligence, il les entra dans Paris avant le rétablissement des droits en les prenant pour son compte, la récolte de l'année où il eut cette audace fut mauvaise, il gagna non seulement les droits d'entrée sur chaque pièce, mais encore la plus-value que leur donna la circonstance; il avait eu chaque pièce à soixante francs, il paya les propriétaires en assignats, et revendit environ cent francs[1] chaque pièce en écus. En dix mois de temps, le cabaretier entrepositaire de Nemours, qui possédait environ vingt mille francs, se vit à la tête d'environ deux cent mille francs d'argent, il était garçon, il avait trente-huit ans, il ne perdit pas son temps, il eut peur des lois révolutionnaires sur l'argent en espèces, il acheta tous les biens nationalement vendus dans l'arrondissement de Fontainebleau, et donna, comme il le dit, toute sa fortune à la République; puis il épousa la fille d'un autre acquéreur de biens nationaux.

En 1800, lors du Consulat, M. Martin, dont le beau-père
était mort, avait trente mille francs de rentes en terres,
une belle maison à Nemours, et un château entre
Nemours et Fontainebleau, son fils, âgé de sept ans, fut
mis, deux ans après, au lycée qui devait prendre le nom
d'impérial[1]; et, quand, sous l'Empire, il y eut des élections, M. Martin, nommé électeur par le suffrage de ses
concitoyens, devint député au Corps législatif où il
resta jusqu'en 1814. En 1814, son fils fut nommé par
l'Empereur auditeur au Conseil d'État, et dans les Cent
jours, l'ex-auditeur, un des plus fanatiques admirateurs
de Napoléon, accepta les fonctions diplomatiques de
ministre aux États-Unis. En arrivant, il apprit la catastrophe de Waterloo, il avait exercé ses fonctions pendant
un mois, il les continua pendant environ deux autres
mois que son successeur mit à se rendre à son poste.
De retour à Nemours, en 1816, M. Martin de Charmeil,
car il avait ajouté le nom de sa terre à son nom en s'autorisant de sa vulgarité pour justifier cette addition
aristocratique, arriva pour assister à la mort de son père
qui ne supporta point l'idée de ne plus être un homme
politique; il avait fait partie de la *Chambre des Représentants,* et il venait, ainsi que M. de La Fayette, son illustre
ami, d'être repoussé aux élections qui donnèrent à la
France la *Chambre introuvable.* M. Martin de Charmeil
fut consolé de cette perte douloureuse par les quarante
mille livres de rentes de la succession paternelle, et se
vit, à vingt-trois ans, maître de sa destinée, et dans la
situation, favorable pour tout autre, de martyr politique;
mais l'ex-auditeur au Conseil d'État, l'ex-ministre plénipotentiaire de l'Empereur aux États-Unis était un triple
sot; le lycée impérial où il n'avait eu que des prix d'excellence ne lui donna que cette vulgaire instruction qui
ne sert à rien; son passage au Conseil d'État eut pour
tout effet de le rendre suffisant, et sa mission aux États-
Unis en fit un important.

[. . . . .]

LES MÉFAITS D'UN PROCUREUR DU ROI

INTRODUCTION

La naissance du sujet des Méfaits d'un procureur du Roi *montre de façon exemplaire comment, dans* La Comédie humaine, *un roman nouveau vient tout naturellement se greffer sur un autre. Dans l'histoire du texte d'*Ursule Mirouët[1], *nous avons exposé le détail de l'importante correction qui, sur l'exemplaire du Furne corrigé, modifia la destinée des Bongrand père et fils. Bongrand le père, juge d'instruction à Fontaine-bleau, fut brusquement promu par le romancier président du tribunal de Melun, tandis que son fils rétrogradait; au lieu d'être un très honnête procureur général, il était seulement en voie de le devenir[2] et n'épousait plus Mlle Levrault. Pourquoi ce changement ? Parce que Balzac songeait à faire du fils Bon-grand le héros d'une nouvelle Scène de* La Comédie humaine. Les Méfaits d'un procureur du Roi *devaient raconter le mariage du jeune homme avec la fille de Derville, le célèbre avoué parisien de* La Comédie humaine, *Mathilde, et ses « méfaits » à Château-Chinon où il fut nommé procureur, tout de suite après son mariage, en 1842.*

C'est en 1847, semble-t-il, que Balzac écrivit cette ébauche, conçue probablement au printemps 1846[3]. Le 15 juin 1846 en

1. T. III, p. 1534.
2. T. III, p. 988 et var. *a*.
3. La première idée de cette scène remontait peut-être à 1844. On rencontre le titre « Les crimes d'un procureur du Roi » suivi du titre définitif : « Les méfaits d'un procureur du Roi », dans une liste de projets de l'été 1844 (*Lov.* A 1, f° 4).

effet, le romancier, énumérant à Mme Hanska ses projets, cite l'Histoire des parents pauvres *et* Les Méfaits d'un pro-cureur du Roi, *œuvre qui « fera » six feuilles de* La Comédie humaine *et qu'il médite, comme il le précise le lendemain dans la même lettre, de donner d'abord au journal* La Semaine. *Le 21 juin, il fait une nouvelle allusion, dans cette correspondance devenue presque quotidienne, aux* Méfaits d'un procureur du Roi, *qu'il compte écrire « en août ». Mais* Le Cousin Pons *et* La Cousine Bette *l'absorbent bientôt totalement et il n'est plus question du procureur du Roi et de ses méfaits. Il faut attendre le « Programme de 1847 » élaboré par Balzac sur un feuillet de* Pensées, sujets, fragments[1] *pour retrouver ce titre, en compagnie des* Héritiers Boirouge, du Théâtre *comme il est et de* La Gloire des sots. *Deux pages plus loin,* Les Méfaits d'un procureur du Roi *sont encore cités, sous la brève rubrique « 1847 », avec l'indication de la série à laquelle ils appartiendront,* Scènes de la vie de province.

Car s'il ne parvenait pas à écrire cette scène, le romancier se préoccupait beaucoup de son classement dans La Comédie humaine, *comme l'attestent les indications inscrites de sa main sur la page de garde du tome V et sur celle du tome VII de son exemplaire corrigé de l'édition Furne. Sur la page de garde du tome V, qui porte le programme imprimé des* Scènes de la vie de province *avec le détail des œuvres qui composent cette série, numérotées de 33 à 49, Balzac a noté : « Le lys dans la vallée sera reporté aux* Scènes de la vie de campagne *et remplacé par une mère de famille et le* livre sera grossi du procureur du Roi. »

Désormais Ursule Mirouët, *avec le numéro 29, ouvrira la série dans laquelle* Les Méfaits d'un procureur du Roi *por-teront le numéro 40, anciennement attribué à une œuvre jamais écrite et dont on ignore tout,* Les Gens ridés. *D'autre part, sur la page de garde du tome VII, troisième volume des* Scènes de la vie de province, *qui comprend* La Vieille Fille, Le Cabinet des Antiques *et* Le Lys dans la vallée, *Balzac a écrit :*

---

1. Éd. Crépet, p. 141.

En tête de ce volume/
mettre Les méfaits d'un procureur/
du Roi/
Suivre l'ordre du volume/
ôter le Lys et le remplacer/
par/
une mère de famille[1]

En l'absence de preuve formelle, on peut donc dater avec vraisemblance de 1847 ces projets de classement ainsi que l'ébauche des Méfaits d'un procureur du Roi *conservée à la bibliothèque Lovenjoul sous la cote A 144 et interrompue au milieu du douzième feuillet, si bien que nous ne saurons jamais rien des « méfaits » d'Augustin Bongrand, procureur du Roi à Château-Chinon. Si l'essentiel de l'intrigue nous échappe, le fragment est cependant loin d'être dépourvu d'intérêt pour un lecteur de* La Comédie humaine. *D'abord, tant de personnages familiers, tant de familles connues se retrouvent au mariage du jeune Bongrand avec la fille de Derville, dans les premiers jours de l'année 1842, que jamais le romancier n'a mieux fait « concurrence à l'État civil ». Puis, sans la lecture de ce texte, il faut le dire, il manquerait quelque chose au destin des héros d'*Ursule Mirouët, Savinien de Portenduère et sa femme, *tel qu'a voulu le peindre Balzac. Cette Introduction qui occupe la majeure partie du fragment conservé enchaîne vraiment cette future scène de la vie de province avec* Ursule Mirouët. *Le roman s'achevait, pour ainsi dire, sur l'image du bonheur du jeune couple passant en calèche aux Champs-Élysées, et c'est sur l'évocation d'une calèche et surtout du bonheur des Portenduère, au retour d'un long voyage en Italie destiné à remettre Ursule des fatigues consécutives à la naissance de son premier enfant, que s'ouvrent* Les Méfaits d'un procureur du Roi. *Dans les retrouvailles d'Ursule et du vieux juge Bongrand, père d'Augustin, les souvenirs de Nemours et les ombres chères, le docteur Minoret, le capitaine de Jordy, l'abbé Chaperon, la Bougival et Cabirolle, reprennent tout naturellement vie, et ce rappel du passé confère à la nouvelle Scène une extraordinaire « présence ».*

La double image du bonheur conjugal, dans son parfait

---

1. Projet tardif qui ne fut jamais exécuté.

accomplissement avec les Portenduère et à son aurore avec le
jeune ménage Bongrand, traduit sans doute de façon émouvante
le rêve pathétique de l'auteur, la lancinante espérance du mariage
sans cesse retardé par Mme Hanska, espérance dont la réalisation ne peut exister à cette date encore que dans l'univers fictif
— et compensateur — de La Comédie humaine.

À ce tableau idyllique de l'Introduction succède une de ces
descriptions typiquement balzaciennes, celle du Morvan, cette
« petite Suisse » comme on l'appelle dans Les Paysans[1], dont
le romancier plante assez longuement le décor avant d'y introduire ses nouveaux héros. Dans son Introduction aux Paysans[2],
Thierry Bodin précise, de façon claire et convaincante, le grand
rôle que joue le Nivernais dans l'information balzacienne.
Il montre en particulier que Balzac a puisé de nombreux renseignements sur le flottage des bois dans l'ouvrage du baron Charles
Dupin, Forces productives et commerciales de la France
(1827). Le romancier cite précisément « les frères Dupin »,
originaires de cette région, dans Les Méfaits d'un procureur
du Roi[3].

Qu'eût fait Augustin Bongrand dans cette pittoresque région ?
Sur cette vie de province à Château-Chinon en 1842, alors
qu'arrivent le nouveau procureur et le nouveau sous-préfet,
Couture, ce spéculateur dont Le Cabinet des Antiques, La
Maison Nucingen et Béatrix évoquent la mouvante fortune,
le silence est tombé, éternel, et le lecteur ne peut que regretter
l'interruption de cette ébauche, qui montre qu'en cette année 1847
l'inspiration de l'auteur de La Comédie humaine n'était
nullement tarie et que le créateur dominait toujours son monde,
plus vivant que jamais.

MADELEINE AMBRIÈRE-FARGEAUD.

1. T. IX, p. 51.
2. T. IX, p. 26, 28.
3. P. 424.

LES MÉFAITS
D'UN PROCUREUR DU ROI

INTRODUCTION

Par une belle matinée du mois d'octobre 1841, une calèche qui jadis avait brillé dans la grande avenue des Champs-Élysées à Paris et qui finissait ses jours dans la forêt de Fontainebleau à vingt francs par jour, pension honnête pour une calèche attelée de deux chevaux, arrêta devant la porte de M. Bongrand, président du tribunal[1]. Le cocher, quoique ce fût un des cochers du loueur de carrosses, avait des gants de peau de daim aux mains, il était proprement vêtu. La calèche était également nettoyée avec un soin particulier, absolument comme pour une noce, ou pour des étrangers qui eussent été taxés à vingt francs par promenade. C'était d'ailleurs la plus belle calèche de l'établissement. Cette calèche faisait causer tous ceux qui passaient, et vous allez connaître à la fois tout Fontainebleau, les Bongrand père et fils par quelques-unes de ces interjections.

« Tiens, tiens, dit l'imprimeur de la ville, par les mains de qui passent bien des romans[2], où va donc M. Bongrand ?... marierait-il son fils ?... » Et il continua son chemin en se demandant quelle pouvait être la future...

« M. Bongrand en villégiature !... dit le bibliothécaire du château, et il ne m'en a rien dit hier. Il marie peut-être son fils ! »

Un employé au château s'arrêta devant l'équipage et dit au cocher :

« Et où allez-vous donc comme ça !

— Au château du Rouvre[3], ces messieurs y dînent,

et y restent sans doute, car je reviens à vide, ce soir... »

Fontainebleau, qui pendant la moitié de la soirée s'occupa du mariage de M. Augustin[1] Bongrand, premier substitut du procureur du Roi à Strasbourg, sut, dans les dernières heures de la journée, que le père et le fils allaient sans doute passer une semaine de leurs vacances au château du Rouvre situé dans la vallée du Loing entre Bourron et Nemours, l'un des merveilleux paysages qui abondent dans la forêt de Fontainebleau. Mais on avait déjà trouvé la future de M. Augustin, une demoiselle Robiquet[2], fille du successeur de monsieur le président. De 1806 à 1816, M. Bongrand avait été avoué à Melun[3], et avait vendu son étude à ce Robiquet, fils d'un riche fermier. En 1836, après vingt ans d'exercice à Melun, M. Robiquet, voulant sans doute devenir président du tribunal de Melun, avait été nommé juge à Fontainebleau. Ce digne juge possédait trente mille francs de rentes, une femme riche, un fils et deux filles, il donnait deux cent mille francs à chacune de ses filles; et, comme M. Bongrand le président était au dernier mieux avec la famille Robiquet, tout Fontainebleau donnait l'une des demoiselles Robiquet à M. Augustin Bongrand, fils unique de M. le président, un très joli sujet. M. Bongrand, vieillard de soixante-sept ans, était le premier personnage de Fontainebleau, non par sa fortune, car il ne possédait que quinze cents francs de rentes, en dehors de ses appointements; et, comme il donnait deux mille francs à son fils par an, on pouvait le regarder comme pauvre; mais c'était un de ces aimables vieillards[4], pleins d'honneur, de loyauté, de sens, d'acquis, de prudhomie et de politesse qui finissent leurs jours au milieu de l'estime respectueuse due à une belle vie et qui ne manque jamais à toutes les belles vies. Au dernier voyage du Roi, M. Bongrand avait été nommé officier de la Légion d'honneur.

Il sortit de sa petite maison où il vivait avec une seule servante, et il se montra vêtu tout en noir, accompagné de son fils, dont la toilette était au superlatif de l'élégance. La vieille servante portait deux petites malles que le cocher lui prit et plaça sur les coussins de la calèche. Et la calèche partit au milieu d'un concours de gens attirés par ce spectacle, et qui se fendirent en deux haies. Tous les chapeaux furent ôtés, tout le monde salua le vieillard.

La servante, restée sur le seuil de la petite porte, regarda fuir la calèche, et fut assaillie de questions par ceux ou celles qui avaient le droit d'entrer en conversation avec elle.

La calèche eut bientôt atteint la forêt. Augustin Bongrand était, par respect, sur le devant, et son père assis en face au fond de la calèche.

« J'ai hâte de revoir ma chère petite Ursule et de savoir comment elle a fait ce voyage d'Italie qu'elle désirait tant. »

M. et Mme de Portenduère étaient en effet arrivés depuis peu de jours de Marseille, et leur voyage en Italie[1] avait produit une lacune de près de deux ans dans leurs relations avec le vieux président. M. Bongrand était pour le vicomte et la vicomtesse un ami dans toute l'acception de ce mot, pour ne pas dire un père. Ce jeune et charmant ménage ne pouvait et ne devait jamais oublier que la fortune et le bonheur d'Ursule étaient en partie l'ouvrage de l'ancien juge de paix de Nemours[2]. Aussi, dès que Savinien de Portenduère eut pris son rang à Paris dans le faubourg Saint-Germain, qu'il eut renoué connaissance avec quelques-uns de ses anciens amis, il avait fait nommer le vieux juge de paix de Nemours juge d'instruction, puis président du tribunal. C'était à cette active et incessante protection que Bongrand fils, avocat, avait dû sa nomination au poste de substitut à Sarreguemines, puis un an après à celui de premier substitut à Strasbourg. Ursule de Portenduère était liée intimement avec la comtesse de l'Estorade[3], femme d'un président de la cour des comptes, un des pairs les plus influents à la Chambre, le rapporteur des Budgets depuis sept ans, et Savinien avait bien voulu revoir M. le comte de Rastignac, un des douze ou quinze députés qui sont pour la composition des ministères ce que sont les éléments du kaléidoscope. Le vicomte Savinien de Portenduère, ayant servi dans la marine depuis 1830[4], avait reconnu la nouvelle dynastie, et il se trouvait en règle avec le faubourg Saint-Germain; aussi était-il question de son élévation à la pairie, car il siégeait depuis son mariage au Conseil général du département de Seine-et-Marne, et il avait déjà deux fois décliné les honneurs de la députation, il préférait faire le bonheur de sa femme[5] à toutes les chances de la vie politique, et il disait, après quatre ans de mariage, qu'il n'avait pas assez des vingt-quatre heures dont se compose le jour et la nuit pour aimer sa femme. Qui connaissait Ursule et Savinien était heureux de les rencontrer, d'admirer ce joli couple qui ne perdait aucune pièce de ce trésor de l'âme appelé les illusions. Peut-être[1] les amants dont les affections ont été traversées, et qui se sont fidèlement aimés pendant de longues années pleines de malheurs, de chagrins, d'espérances avortées, sont-ils tous récompensés par cette vie promise aux amours persécutées à la fin de tous les contes de fée. La nature conserve toutes les œuvres qu'elle a péniblement enfantées.

Aux yeux de M. et de Mme de Portenduère, le vieux Bongrand était la représentation de tout ce temps mauvais qu'il avait adouci, il rappelait à Ursule le vieillard à qui elle devait tout, son grand-père naturel Minoret[2], le vieux M. Jordy qui l'aimait tant, et l'abbé Chaperon, le curé de Nemours, dont la main délicate avait fait fleurir toutes les vertus qui la distinguaient. Aussi jamais l'ancien juge de paix de Nemours n'avait-il eu besoin de rien demander au vicomte et à la vicomtesse. Comme l'ami de la fable de La Fontaine[3], les deux amants mariés devinaient les besoins du vieillard, et soit au jour de sa fête, soit au jour de sa naissance, il voyait venir par le mois de février, au milieu de la saison des plaisirs, Savinien et Ursule à Fontainebleau lui apporter un bouquet, des cadeaux intelligemment choisis d'après les confidences de la vieille servante, et ils restaient trois jours dans la petite maison de leur ami. Cette fête se répétait le 16 mai, jour de la Saint-Honoré, car il s'appelait Honoré Bongrand[4]. Le juge d'instruction avait reçu la croix par les soins de Savinien; mais le Roi avait donné la rosette de son propre mouvement en apprenant du sous-préfet la haute valeur du vieux président. Cette année, le joli ménage ne s'était montré ni au 5 février[5], ni à la Saint-Honoré, mais le 5 février, la femme de charge du château du Rouvre avait, de concert avec la vieille servante du président, installé dans le cabinet de M. Bongrand tout un mobilier magnifique, en marqueterie dite de Boulle[6], et au milieu une jardinière pleine de fleurs. En revenant de l'audience, le président qui, depuis deux jours, disait : « Les chers enfants sont en Italie, je ne les verrai pas », eut des larmes aux yeux en

trouvant son cabinet splendide, un buisson de camélias
au milieu et la vieille Bougival qui l'attendait une lettre
à la main, écrite de Rome par les deux voyageurs, de
manière à ce qu'elle arrivât pour le 5 février. Le 16 mai,
ce fut le salon du rez-de-chaussée qui fut entièrement
meublé d'un riche velours grenat, et garni d'un tapis
de Smyrne[1].

On comprend alors que, sachant les jeunes gens
arrivés, le 6 octobre, le président et son fils courussent
le 7 au château du Rouvre.

Le président avait, dans la comtesse Laginska[2], fille
du marquis du Rouvre et petite-nièce de Mme de Sérizy,
une autre protectrice qui, sans imiter le vicomte et la
vicomtesse de Portenduère dans leur culte, n'en était
pas moins dévouée, et d'ailleurs Ursule la comptait
parmi les jeunes femmes avec lesquelles elle était liée
d'amitié.

En entendant les claquements joyeux et répétés du
fouet du cocher, la Bougival héla son mari Cabirolle[3],
qui courut avertir ses maîtres, en sorte que Savinien et
sa femme se trouvèrent au perron du château pour
recevoir le vieillard et son fils. Ursule prit le président
par le bras, après l'avoir embrassé comme on embrasse
un père, et Savinien suivit sa femme avec Augustin Bongrand, et on amena triomphalement le père et le fils
au salon.

« Dix-huit mois absents ! mes enfants ! dit le vieillard ;
vous comprenez que j'avais hâte de vous voir...

— N'est-ce pas, père Bongrand, qu'Ursule a embelli !...
répondit Savinien, la nourriture du petit l'avait fatiguée[4],
et l'Italie l'a tout à fait remise... »

Le vieux Bongrand se livra, lunettes sur le nez, à un
examen paternel.

« Ah ! je ne vois plus la petite fille, ces dix-huit mois
ont fait de ma chère Ursule une vicomtesse de Portenduère ; elle est plus belle, mais j'aurais voulu ce que
veulent toutes les mères, la garder petite fille... »

Savinien et sa femme se tenaient toujours l'un contre
l'autre comme deux amoureux.

« Voyons, et vous ! dit Ursule de sa voix caressante,
comment allez-vous ? que voulez-vous ? On vous a fait
officier de la Légion d'honneur, je suis jalouse du Roi...

— Oh ! ne pensez plus à moi que pour me continuer

votre affection, moi, je ne veux plus rien, je mourrai
président à Fontainebleau, surveillant vos intérêts et
Me Goupil[1], votre notaire à Nemours, autant que ma
dignité me le permet, malheur à ceux qui feront des
délits dans vos bois, et à qui vous porterait préjudice, je
n'ai point d'ambition, je n'en ai que pour Augustin...
Grâce à vous, mon pauvre enfant n'est resté que six mois
à Sarreguemines, mais depuis dix-huit mois qu'il habite
Strasbourg, il est fort malheureux, il vivote et mal avec
les deux mille francs que je lui envoie, il est dans Strasbourg comme un point dans l'*Encyclopédie,* et il faut
faire de lui un procureur du Roi, cet hiver je le voudrais voir arriver dans le ressort de Paris; car, je ne
mourrai tranquille qu'en le laissant juge au tribunal de
la Seine...

— Ah! père Bongrand, dit Savinien, vous avez eu
bien tort de ne pas nous laisser lui donner les trois cent
mille francs avec lesquels il aurait traité de la charge
de Desroches[2], il eût fait sa fortune d'abord, il serait
marié richement, et il serait entré dix ans plus tard dans
la magistrature.

— Monsieur le vicomte, j'aurais perdu la tête en me
voyant chargé d'une dette de cent mille écus, répondit
Augustin, il aurait fallu cinquante mille francs de plus
pour s'installer, et les héritières sont de plus en plus
rares; d'ailleurs je ne saurais pas me résoudre à épouser
la première venue, l'héritière aurait dû se trouver à mon
goût, et ce n'est pas vous qui pouvez blâmer ma délicatesse...

— Vous avez raison, monsieur Augustin, dit en souriant la vicomtesse, mais nous vous aurions découvert
une gentille femme qui aurait eu cent mille écus.

— *Pas de ça, Lisette*[3]..., s'écria le président, qui reprenait, comme tous les vieillards, les locutions familières
de sa jeunesse, je vous devine, il aurait fallu mon consentement, et j'aurais exigé que la jeune personne eût une
fortune patrimoniale connue. Je laisse Augustin libre,
il pourrait épouser une des demoiselles Robiquet, elle
ne lui plaît point, je n'ai pas insisté.

— J'ai son affaire! s'écria Savinien, il sera marié cet
hiver, et procureur du Roi quelque part... je suis sûr
d'achever notre œuvre. Ursule, dit-il à sa femme, nous
ôterons à notre cher père Bongrand toutes ses inquié-

tudes sur l'avenir de son fils. J'ai la certitude du succès!
Écoutez, papa Bongrand ? voici le programme : une fille
unique, fille d'avoué, d'un des premiers, pour ne pas
dire le premier de Paris, et assez influent, assez considéré
pour faire nommer promptement son gendre substitut
à Paris[1] afin d'avoir sa fille près de lui. Ce sera le meilleur
auxiliaire pour nos projets. Le père et la mère tiennent
bien moins à la fortune qu'au caractère, aux mœurs, à
la probité de leur gendre. Votre fils a tout ce qu'ils
veulent à un gendre, ils ont sept à huit cent mille francs
de fortune, et ils donnent trois cent mille francs à leur
enfant, la jeune personne est adorable, elle est charmante,
elle n'a jamais quitté sa mère, c'est une fille d'une pureté
d'ange...

— La mariée est trop belle! répondit Bongrand le
père en souriant...

— Ressemble-t-elle donc à Mme la vicomtesse ? dit
Augustin.

— Personne ne ressemble à ma femme, répondit Savinien; mais elle le rappelle... »

Le vicomte se pencha sur Ursule, lui dit un nom à
l'oreille, et la jeune femme s'écria : « C'est fait, c'est tout
ce que peut désirer votre fils, mon bon père Bongrand,
et vous serez heureux... si la jeune personne est encore
disponible.

— Dites-moi qui, demanda le président.

— Mlle Derville! répondit Ursule à l'oreille du vieillard, elle a vingt ans, et nous pouvons compter sur
l'influence du duc et de la duchesse de Grandlieu, sur
le vicomte de Grandlieu leur gendre[2], sur les Restaud,
sur les Lenoncourt, enfin je réponds du succès.

— Ce serait trop beau pour nous!... Augustin.

— Ce mariage sera fait avant trois mois. Ursule, écris
à la vicomtesse de Grandlieu[3], elle est à Paris, demande si
la demoiselle est mariée, et prie-la de prévenir le père
et la mère. »

Ursule se leva, courut à son cabinet de travail écrire
à son amie la vicomtesse de Grandlieu.

Deux mois après, *Le Moniteur* contenait, dans sa partie
officielle, les nominations suivantes :

« Procureur du Roi à Château-Chinon, M. Augustin
Bongrand, substitut du procureur du Roi à Strasbourg,
en remplacement de M. Olivier Vinet[4]. Procureur du Roi

à Melun, M. Olivier Vinet, en remplacement de M. Servais », etc.

Augustin Bongrand était agréé comme futur de Mlle Mathilde Derville, et le mariage eut lieu dans les premiers jours de l'année 1842. L'ancien avoué, sa femme avaient trouvé dans le fils du président Bongrand, présenté par la vicomtesse de Portenduère et patronné par les Grandlieu, un gendre selon leur cœur, et Augustin avait su plaire à Mathilde. La dot était de quinze mille francs de rentes en cinq pour cent, et le Garde des Sceaux, apprenant ce mariage, avait disposé de la seule place vacante en faveur du protégé des Grandlieu, des Portenduère, des Sérizy, des Ronquerolles, des Rastignac, des de Trailles, et du gendre de Derville, l'honneur de sa compagnie. Les magistrats riches de quinze mille francs de rentes et de cinq cent mille francs en espérance ne fourmillent pas dans la magistrature; aussi le Garde des Sceaux promit-il, en trois ans, un parquet dans le ressort de la Cour royale de Paris. La fleur de l'aristocratie assista, par exception, au mariage de Mlle Derville, en saisissant cette occasion de remercier Derville des services qu'il avait rendus pendant quinze années aux premières familles de France. La vieille vicomtesse de Grandlieu, qui devait à Derville toute sa fortune, comme Ursule devait la sienne au président Bongrand, se distingua par le don d'une superbe argenterie donnée à la mariée, la duchesse de Grandlieu donna une toilette en argent, Ursule donna tous les bijoux de la corbeille; enfin les nouveaux époux furent comblés.

CHAPITRE PREMIER

Aucun pays d'Europe ne peut lutter avec la France pour la beauté, pour la diversité des paysages, pour les effets du climat et la magnificence de la nature, car la France, grâce à sa situation, réunit tous les sites que les touristes vont admirer ailleurs à grands frais. La Suisse est tout entière dans le département des Basses-Alpes, dans le département de l'Isère et dans le département de l'Ain. Les Pyrénées sont une seconde Suisse d'un caractère différent. La Provence entre Hyères et Marseille est une miniature de l'Italie et de l'Afrique réunies. Le département des Landes, c'est le désert. De Lille à Dunkerque, vous avez la Hollande en diminutif. La Beauce, c'est l'Ukraine, et ses steppes de blé, plus la civilisation. Entre Nantes et Saint-Nazaire, la Loire peut lutter avec les grands fleuves de l'Amérique[1]. Mais ce qui n'a de rival en aucun pays, et qui laisse le Rhin au second ordre, c'est le Rhône et sa vallée, cent fois plus pittoresque, plus bizarre, plus varié que le Rhin. Mais ce qui distingue la France, c'est des pays où se rencontrent réunies, adoucies, fondues les beautés de paysages situés en diverses contrées, la grandeur des montagnes, la douceur des vallées, les forêts et les ruisseaux, les étangs et les prairies, les curiosités de Tivoli jointes aux tableaux de la Forêt Noire, et, parmi ces contrées qui sont le propre de la France, on devrait placer en première ligne le Morvan.

Le Morvan est une Suisse que la nature a mise à soixante lieues de Paris[2] pour éviter le voyage des Alpes à ceux qui craignent l'échange perpétuel des monnaies, la cherté des auberges et tous les inconvénients de l'Helvétie qui, depuis trente ans, abuse des voyageurs, et qui, pour les faire fuir, a inventé des hôtels au capital d'un million, où les garçons ont l'air de quarts d'agents de change[3] allant à l'Opéra, et où lorsqu'un voyageur veut user de sa malle il faut que le garçon, qui ne déroge pas à son costume, sonne pendant un quart d'heure pour ne pas obtenir un sous-garçon chargé de placer une malle qui est à terre sur une chaise. Encore quelques années, et l'on trouvera le même hôtel, le même garçon, de Paris à Constantinople, comme on trouve le même poulet réchauffé, le même fricandeau, le même poisson, les mêmes pommes de terre.

Le Morvan est une vaste contrée, bornée du côté de Paris par Auxerre, du côté de la Bourgogne par Autun, au midi par la Loire et Nevers, à l'ouest par le Berry. Ce pays, presque entièrement boisé, fournit une grande partie des bois de chauffage de Paris par l'Yonne[4] où se rendent tous les cours d'eau tombés des cimes très élevées de ses montagnes. Là l'hiver vient de bonne heure, est toujours rigoureux, et s'en va fort tard. La neige affuble de son linceul blanc toute la contrée, et les Morvandiaux, race âpre et sauvage, relativement aux

contrées gangrenées de demi-civilisation qui cerclent
Paris à une diſtance de quarante lieues, supportent admirablement les inconvénients de leur hiver, et sont attachés
à leur belle et riche nature comme tous les montagnards.
Les Dupin[1] viennent de cette contrée. Chose assez
étrange, les Morvandiaux sont excessivement processifs.
La capitale de ce pays, ou si vous voulez, le point culminant entre Auxerre et Autun eſt la ville de Château-
Chinon, bâtie sur une montagne et d'où, de tous côtés,
on découvre les plus délicieux paysages[2]. Comme toutes
les villes ainsi perchées et sujettes à de longs hivers,
Château-Chinon a des bizarreries de conſtruction, des
rues en pente, des maisons à un seul étage, à longs toits
plats; et c'eſt d'ailleurs un de ces endroits chers aux
peintres de mœurs, en ce que, par leur situation, ils
échappent au convenu de la civilisation[3], ils gardent
encore l'empreinte des vieilles coutumes, ils sont d'une
ruſticité profonde. Une seule anecdote rendra bien l'état
du pays. Un Parisien vint voir un riche petit propriétaire
aux environs de Solières[4], et il fut désagréablement
affecté de voir par le maître du logis, malgré ses dix mille
livres de rentes, prendre gravement le chandelier en
cuivre, moucher la chandelle avec ses doigts et le
remettre, sans qu'aucune personne s'en étonnât, sur la
table de la cuisine, car on faisait salon à la cuisine, le
salon étant trop beau pour qu'on y séjournât tous les
jours. Ah! diantre, le salon était boisé tout en sapin,
bien menuisé, on avait fait venir d'Autun un peintre qui
l'avait peint en jaune avec des filets bruns, et tous les
bourgeois de Château-Chinon étaient venus voir une
pendule en bronze florentin arrivée de Paris par Autun,
qui représentait Malek-Adhel[5] enlevant sur son cheval
Mathilde évanouie, et cette pendule mise sous verre
était accompagnée de deux flambeaux en bronze également sous verre. Le meuble en palissandre orné de
marqueterie était garni de velours de laine rouge, à clous
dorés. La coupole sculptée à marbre blanc veiné supportait le groupe des trois Grâces en albâtre. Les rideaux
brodés accouplés à des rideaux de calicot rouge et
retenus par des bâtons en cuivre eſtampé complétaient
ce luxe effréné. On passait un quart d'heure dans le
salon à regarder les lithographies encadrées dans des
bordures dorées, le paravent, le feu, des bras de cuivre

verni; mais on n'y séjournait pas. Ce morvandiau[1] avait
son salon, comme à Paris on a un Greuze, un Watteau,
un meuble de François Ier, un Raphaël, et il jurait que
jamais on ne le reprendrait à vouloir meubler une autre
pièce de sa maison. Le Parisien envoya de Paris à son
cousin une belle paire de mouchettes. Cette paire de
mouchettes était en acier poli, ferronnée et très jolie,
elle reluisait comme un miroir. Elle avait des espèces
de fanfreluches en façon de crêtes de coq; mais si ces
mouchettes sont aujourd'hui très vulgaires chez les
quincailliers, elles étaient une rareté dans le Morvan en
1832. Il est inutile de décrire le succès des mouchettes
entre Château-Chinon et Solières, on en parla pendant
tout l'hiver, et si le Parisien avait voulu se marier
richement, il aurait pu revenir chez son cousin, un
homme capable d'envoyer de pareils bijoux était sûr de
pouvoir choisir entre les héritières morvandelles! « C'est
tout à fait de la bijouterie! » disait-on. Deux ans après,
le cousin revient, il est fêté comme un patron de village;
et, à la première veillée, on lui montre avec orgueil son
présent.

« Ah! c'est joliment commode, dit le cousin du Morvan à son cousin de Paris, ont-ils de l'esprit ces damnés
Parisiens, il n'y a qu'eux pour avoir des idées pareilles!...»

Et en disant cela, la fille de la maison[2] tenait les mouchettes[3] ouvertes, son père continuait à prendre gravement la chandelle, à la moucher avec ses doigts, et il
fourrait tranquillement la mouchure dans les mouchettes,
que sa fille refermait et posait sur le plateau d'acier poli.

« C'est bien plus propre, s'écria la fille, papa jetait
les mouchures partout, ça pouvait mettre le feu, tandis
que comme cela... on ne sent même plus rien. »

Sancta simplicitas! Ce Parisien, connaissant son Morvan, au lieu de rire, sut garder son sérieux, et dit:

« Depuis que je vous ai envoyé cette invention
moderne, il y a un savant qui a trouvé moyen de s'en
servir autrement.

— Ah! nous avons bien cherché, Rose et moi! dit
le petit propriétaire.

— Voilà, répliqua le Parisien en faisant jouer l'usten-
sile sur la seconde chandelle.

— Ah! ça les salit beaucoup », s'écria le propriétaire.

En 1842, Château-Chinon eut deux grands sujets de

conversation, *Le Moniteur* avait jeté deux soliveaux dans
les étangs de cet arrondissement par la nomination d'un
nouveau sous-préfet et d'un nouveau procureur du Roi.
Le sous-préfet se nommait Couture, Château-Chinon
était son début dans la carrière, et l'on sut par le sous-
préfet qu'il n'avait ni femme ni enfants. Un sous-préfet
garçon est autrement important qu'un sous-préfet marié !
Quant au procureur du Roi, M. Bongrand, son mariage
avec la fille de M. Derville, ancien avoué de Paris, avait
été annoncé par les journaux.

[. . . .]

UN CARACTÈRE DE FEMME

INTRODUCTION

Voici un texte qui, en raison de plusieurs particularités, apporte à l'étude de la création balzacienne des enseignements d'un exceptionnel intérêt. D'abord, ses épaves, conservées à la bibliothèque Lovenjoul dans le recueil A 227, révèlent non une ébauche, mais trois : le titre Un caractère de femme *coiffe trois débuts différents, dont l'un a été recommencé trois fois[1]. D'autre part, un feuillet séparé[2] nous fournit un document unique : Balzac a inscrit, d'un côté, la liste des personnages prévus; et au verso, la liste des scènes romanesques qui devaient mener l'action du début au dénouement.*

[LISTE DES PERSONNAGES]

Mgr d'ESCALONDE	Mme CHAMBRIER-D'ESCALONDE.
L'abbé VEYRAZ	LUCRÈCE ET VIRGINIE.
L'abbé PILOUD	Mlle CHAMBRIER-SAUTEREAU
L'abbé DES FOURNILS	d'où le Colonel.
PILOUD neveu procureur du Roi	LA MICHELETTE (ouvrière)
	FILLON (domestique de Mgr)
CHAMBRIER président.	GERMINET (domestique de
DU COURROY juge d'instruction.	MME CHAMBRIER)
	LA BAPTISTE (*id.* cuisinière).

1. Voir les notes 1 et 2 de la page 455 du texte.
2. *Lov.* A 227, f° B de la pagination à l'encre rouge du recueil, effectuée après la reliure des documents, recto et verso.

DU COURROY notaire
[CHAMBRIER *rayé*] SAUTTEREAU *[sic]* notaire.
DES GRIVEAULX maire (beau-frère de [PILOUD *rayé*] DES
    FOURNILS).
DES GRIVEAULX fils capitaine de gendarmerie (neveu de DES
    FOURNILS).
M. CHAMBRIER Banquier (absent).
ACHILLE CHAMBRIER son fils.
COLONEL SAUTEREAU
LESPANOU
CORIOL ancien premier commis
Mme CORIOL (MONFREY)
CORIOL juge suppléant (père)
DES GRIVEAULX fils substitut.
BOMARD lieutenant des douanes
[BLÉROT recev *rayé*] [CHAMBRIER *rayé*] DES GRIVEAULX
    receveur des contributions frère
MONFREY médecin
[DE MONTIFREY *rayé*]
Mme MONFREY
Le comte [D'AVRILA *rayé*] de RILLIÈRE député de l'arron-
    dissement. Marié à Mlle [DES LAURIERS *rayé*] D'YZAMBAL
L'abbé DE RILLIÈRE
Le vicomte DE RILLIÈRE 25 ans

[LISTE DES SCÈNES]

[1] Soirée chez Mme Chambrier
[2] L'Évêque. 2 g[ran]ds vic[aires]
[3] le sous-préfet.
[4] Lutte entre Mme Chambrier et l'abbé Veyraz, à propos
    de la soirée de M. des Griveaulx, où doit se trouver le
    colonel Sautereau.
[5] peinture des 2 filles.
[6] ce qu'est le fils.
[7] Ce qu'est le colonel Sautereau.
[8] explication tirée des mémoires de la police.
[9] officiers à demi-solde.
[10] Son entrevue avec le général Gérard.
[11] les coups de fusil sur le Rhône.
[12] un conspirateur à Belley.
[13] les abonnés du *Constitutionnel*.
[14] le bal des Griveaulx.
[15] Mlle Chambrier et son amant.
[16] Ses amants.

[17] Système de bascule de Mme Chambrier avec les abbés.
[18] Histoire de Mgr d'Escalonde.
[19] M. d'Escalonde joue sa nièce.
[20] L'abbé de Rillière.
[21] mariage du colonel quand il voit le malheur de Mlle Lucrèce.
[22] Lutte de la mère et de la fille (voir les mémoires de la Police).
[23] Combat entre le Colonel et Mme Chambrier.
[24] Le colonel Sautereau retire chez lui l'autre fille et le fils.
[25] Mme d'Escalonde reste seule, elle crie à l'ingratitude.
[26] Mort de l'Évêque affaire du testament voir Beyle (*Mémoires d'un Touriste*).
[27] Mme d'Escalonde domptée; Création du parti libéral à Belley.
[28] Lutte acharnée entre les deux camps; 1830 arrive, les complices de Sautereau triomphent.
[29] M. Chambrier devient le maire, Mme d'Escalonde et l'abbé Veyraz foudroyés.
[30] Desfournils Évêque.
[31] Comment finit Mme d'Escalonde. (Épisode de la sœur de Mme d'Escalonde.)

De telles listes, et aussi étendues, n'existent pour aucun autre manuscrit de Balzac. Elles semblent avoir été composées après *les ébauches : la liste des scènes prouve, en effet, que les textes des trois ébauches se trouvent redistribués dans l'action où ils devaient, à l'évidence, resservir comme départ des scènes auxquelles Balzac assigne la deuxième, la dixième et la douzième place. Notre édition présente ces trois ébauches dans l'ordre qui ressort de cette liste, et non selon l'ordre présumé chronologique qui a jusqu'ici abouti à donner le départ de la dixième scène, puis de la douzième et enfin de la deuxième.*

La liste des personnages révèle un fait remarquable : pas un de ses nombreux protagonistes n'appartient au monde de La Comédie humaine. *Ce fait est rare depuis la mise en œuvre du système des personnages reparaissants, en 1833-1834. Impliquant chez Balzac le besoin d'augmenter encore et de renouveler l'univers déjà créé, mais nécessitant un grand effort de pensée et de travail, ce fait devient inouï avec* Un caractère de femme, *qui semble la dernière œuvre romanesque qu'il ait conçue et commencée.*

*Balzac est mort le 18 août 1850, trois mois après son retour
de Wierzchownia, le château de Mme Hanska en Ukraine, où,
depuis près de deux ans, maladie et épuisement avaient rendu
tout travail impossible. Ses derniers actes de créateur dataient
de la période passée à Paris entre le 15 février et le 20 septembre 1848. Mais Balzac n'avait alors conçu, ébauché, œuvré
que pour le théâtre, une fois remis du choc de la Révolution du
24 février et pour parer au manque d'argent qui s'en était suivi.
Ses dernières créations romanesques remontaient à son premier
séjour à Wierzchownia, du 13 septembre 1847 à la fin de janvier 1848. Une lettre, écrite lors de son retour vers Paris, révèle
leurs titres. De Breslau, le 7 février, il prie Mme Hanska :
« [...] ne m'en veuillez pas trop de n'avoir fait que ce que j'ai
fait à Wier[zchownia] » et « [...] dites-vous que j'ai fait un
miracle en faisant* L'Initié *et* Un caractère de femme[1]. » *En
« faisant », non. Mais la maladie de Balzac, sa fatigue intellectuelle dénoncée ici par ses trébuchements sur le verbe faire, transforment bien en miracle d'avoir, péniblement, fini* L'Initié, *et
pu encore concevoir et commencer* Un caractère de femme,
*entreprise dont listes de personnages et de scènes disent l'am-
pleur, et dont l'arrêt fut, au surplus, fortuit. Rappelé à Paris
plus tôt que prévu pour un versement à la Compagnie du Nord,
Balzac écrivait à sa sœur, le 26 janvier 1848, de Wierzchownia,
que ce rappel l'« a pris au milieu d'un grand travail qui allait
bien, et qui se trouve interrompu[2] ».*

*« Interrompu », ce grand travail de janvier ne sera jamais
repris. Avant que la maladie tue le créateur, puis l'homme, la
Révolution de 1848 contribuait à l'abandon d'*Un caractère de
femme. *Ce fait n'est pas un des moindres paradoxes de l'histoire
de cette œuvre, car si l'explosion de février en détermina partiellement la fin, son approche en avait suscité le commencement. En
effet, la chute de Louis-Philippe, dont Balzac avait su voir
l'inéluctable imminence, lui procurait l'opportunité d'exploiter
certains renseignements et d'élaborer, puis d'entreprendre* Un
caractère de femme *en janvier 1848.*

Ébauches et scènes prévues, notamment « Un conspirateur à

1. *Lettres à Mme Hanska,* t. IV, p. 180.
2. *Corr.,* t. V, p. 279.

Belley » *ou* « *1830 arrive* », *révèlent un sujet politique. C'est pourtant aux* Scènes de la vie de province *que Balzac destinait* Un caractère de femme. *À une date impossible à fixer, mais postérieure au Catalogue de 1845 et antérieure au départ de septembre 1847, il indiqua :* « *Le Lys sera remplacé dans les* Scènes de la vie de province *par* La Gloire des sots *et* Les Méfaits d'un procureur du Roi », *puis — avant ou après Wierzchownia, en tout cas d'une encre et d'une écriture différentes —, il rayait les deux derniers titres pour leur substituer* Un caractère de femme[1]. *Donc un sujet politique dans le cadre de la province.*

I

En 1843, Balzac dénombrait les « *lacunes à remplir* » *pour compléter les* Scènes de la vie de province, *et* « *d'abord le tableau d'une ville de garnison frontière*[2] ». *Belley collait à cette définition, puisque située à six kilomètres de la Savoie, alors partie du royaume sarde de Turin. Lors de son séjour à Aix, en 1832, c'est à Belley qu'il se faisait envoyer de Paris cravates, gants, épreuves et bottes, parce qu'elle était la ville française la plus proche*[3]. *C'est aussi la première qu'il allait retrouver après la frontière sur la route directe de Turin à Paris, empruntée en 1836 avec Caroline Marbouty. S'il l'avait déjà entrevue, Balzac devait sinon mieux voir Belley en 1839, du moins dramatiquement constater que tout pouvait s'y passer. Il le dira avec force dans sa* Lettre sur le procès de Peytel, *notaire à Belley, publiée à la fin de septembre pour défendre Peytel, jugé coupable de l'assassinat de sa femme et de son domestique, Louis Rey, et condamné à mort par le tribunal de Bourg-en-Bresse, le 30 août 1839.*

Naguère, Peytel avait compté dans le milieu de la petite presse parisienne, où Balzac l'avait connu journaliste, puis pro-

---

1. *Lov.* A 17, f⁰ 1 v⁰ de la page de garde du tome I de son exemplaire corrigé du Furne.
2. Préface de la IIIe partie d'*Illusions perdues*, t. V, p. 117.
3. *Corr.*, t. II, p. 122, 132-133.

priétaire *du* Voleur. *Il avait aussi joué un rôle politique, comme opposant libéral, à la fin de la Restauration, combattant en juillet 1830, puis adversaire de Louis-Philippe et célèbre du jour au lendemain par sa fracassante* Physiologie de la Poire. *Poursuivi par la vindicte de la Poire, Peytel devait quitter Paris et finit par s'établir notaire à Belley, en 1838. Il fut aussitôt tenu pour « un étranger, un Parisien, il y a soulevé des animosités violentes; le fond de son procès se trouve là », note Balzac dans sa* Lettre[1]. *Écrite après une enquête menée sur place avec Gavarni du 8 au 11 septembre 1839, cette* Lettre *prouve jusqu'à quel point de minutieuse attention Balzac observa gens et lieux. C'est sur une opinion scrupuleusement fondée qu'il motive son accusation : « Une fois le Parisien mal vu dans une ville de province, il est incroyable comme vont les choses[2]. » Cela peut aller jusqu'à fausser la justice, et Balzac dénonce « ces implacables haines de petite ville qui ont agi dans l'Instruction[3] ».*

Le parti ultra *de Belley, son clergé et son évêque devaient jouer un rôle éminent dans* Un caractère de femme. *Le choix du lieu de son action apparaît très justifié : « Depuis 1823, sous la houlette de Mgr Devie, Belley était redevenue* la ville des couvents, *comme on l'appelait sous l'Ancien Régime[4]. » Préjugés, haines ont pesé lourd contre Peytel. Et la politique. De sa prison, l'ancien journaliste libéral réussit à faire passer un mot pour avertir ses amis de Paris qu' « on reconnaît dans tout ce qui s'est fait contre P. une haute influence[5] ». Après des démarches à la cour, Joséphine d'Abrantès jugera que sa défense présentait un « danger » et suppliera Gavarni de cesser d'intervenir : à cause de « la vengeance qu'on en tirera contre vous[6] ». Ce « on » pourrait fort bien désigner Louis-Philippe : il ne recevra pas un seul de ceux — nombreux et souvent émi-*

1. P.-A. Perrod, *L'Affaire Peytel*, Hachette, 1958, p. 547. La *Lettre* publiée les 27, 28 et 29 septembre 1839 dans *Le Siècle* est pages 533-572.

2. *Ibid.*, p. 547.

3. *Ibid.*, p. 548.

4. *Ibid.*, p. 44.

5. *Ibid.*, p. 426.

6. P. A. Perrod, *L'Affaire Peytel*, p. 427.

nents — qui sollicitèrent une audience au sujet du condamné[1], *fait
unique, semble-t-il, dans sa carrière de magistrat suprême ; pas
même la sœur de celui qu'il nomme « un monstre*[2] *». Il usera de ses
talents procéduriers pour obtenir une version accablante du
recours en grâce*[3]. *Il refusera la grâce et Peytel sera guillotiné le
28 octobre 1839. Aussitôt après, Balzac écrira* Pierrette, *son
plus sombre tableau de la vie de province, où, tragédie et politique mêlées, se retrouvaient « ces implacables haines de petite
ville » qui peuvent tuer un homme ou une enfant*[4]. *Qu'aurait
montré* Un caractère de femme ? *Tragédie et politique, la
mort d'une jeune femme et, dans le lointain de Paris où « tout
arrive », un homme à la tête en poire, manigancier et sans scrupules. Dans ses ébauches, ses listes, Balzac lui-même permet de
reconstituer une bonne part des détails et de l'essentiel du sujet
prévu.*

II

*La liste des scènes présente une particularité unique : en trois
endroits, et peut-être parce qu'il ne les avait pas à Wierzchownia, Balzac note les documents qu'il comptait utiliser. Pour la
huitième scène, venant après celle qui est intitulée « Ce qu'est le
colonel Sautereau », il inscrivit : « explication tirée des
mémoires de la police »; pour la vingt-deuxième : « Lutte de la
mère et de la fille (voir les mémoires de la Police) »; pour la
vingt-sixième : « Mort de l'Évêque affaire du testament voir
Beyle (Mémoires d'un Touriste). »* Les Mémoires d'un
touriste *de Stendhal avaient paru en juillet 1838*[5]. *Donc en
même temps que les « mémoires de la police », c'est-à-dire les*
Mémoires tirés des Archives de la Police, pour servir à

---

1. *Ibid.,* chap. XVI pour les « requêtes de grâce » et les démarches
auprès du Roi.
2. *Ibid.,* p. 410.
3. *Ibid.,* p. 437. Le fait ressort d'une note officieuse publiée par
Le Droit du 25 octobre 1839.
4. A.-M. Meininger, Préface du *Curé de Tours* et de *Pierrette*
(Folio, 1975), p. 24-25. Voir aussi, dans la présente édition, l'Introduction de J.-L. Tritter à *Pierrette* (t. IV, p. 7-9).
5. Annoncés le 30 juin dans la *Bibliographie de la France.*

l'histoire de la morale et de la police, depuis Louis XVI jusqu'à nos jours, *œuvre dont la date de parution, mise en regard des derniers mots du titre, discordait quelque peu avec l'indication : « Par J. Peuchet, Archiviste de la Police. » Mis à la retraite en 1825, l'archiviste Jacques Peuchet était mort le 25 septembre 1830 et, à l'évidence, le dernier tiers de ces* Mémoires *a été écrit ensuite*[1]. *Parmi les nombreuses preuves de ce fait, l'une amusera les lecteurs de Balzac : le prétendu* « Peuchet » *dévoile que « Louis XVIII avait sa police particulière, dont M. le vicomte Félix de Vandenesse était un des chefs secrets » et, en note : « C'est le même personnage que M. de Balzac a cru devoir prendre pour faire le héros de son roman intitulé :* Le Lys dans la vallée. *Ce romancier mêle ainsi agréablement la fiction à l'histoire. M. de Vandenesse était un espion, M. de Balzac en a fait un Werther à la glace*[2]. » *Or,* Le Lys dans la vallée *fut composé et publié en 1835-1836...*

Les passages des deux Mémoires *que Balzac comptait emprunter à « Peuchet » et à Beyle doivent être connus des lecteurs d'*Un caractère de femme. *Ils permettent d'entrevoir le « caractère » qu'aurait eu Mme Chambrier et une partie des péripéties prévues. Ainsi, concernant la « Lutte de la mère et de la fille », ce passage des « mémoires de la Police*[3] » :

> Une dame Terson, qui tenait sous l'empire un pensionnat de jeunes demoiselles dans le faubourg du Temple, ruinée par l'effet du bonapartisme extravagant qu'elle se fit un devoir d'afficher après le désastre de Waterloo, ce qui donna des scrupules à tous les parents, parce que l'on rassemblait chez elle des conciliabules, vivait depuis 1816 hors barrières, avec sa fille, dans un état voisin de la misère, quand un capitaine retraité, sachant leurs malheurs, et d'où ces malheurs provenaient, lia connaissance avec les deux solitaires. Il

---

1. Rabbe, Vieil de Boisjolin et Sainte-Preuve, *Biographie des contemporains*, t. IV, p. 918, et Archives de Paris, État civil reconstitué. Les tomes I à IV des *Mémoires de la Police* avaient été édités chez A. Levavasseur et publiés du début de 1838 au 16 juillet ; quant aux tomes V et VI, édités chez Bourmancé, leur imprimeur les fit enregistrer le 10 mai et ils parurent les 9 et 24 août 1838 (Archives de France, F[18*] III 25 et F[18*] II 25).

2. *Op. cit.*, t. V, p. 92.

3. *Ibid.*, t. IV, p. 143-150.

s'éprit même de la jeune fille; et, malgré la disproportion des âges, moitié par sympathie d'opinions, moitié pour offrir au petit ménage des secours que ces deux femmes pussent accepter sans rougir, il parla de se marier; la mère le prit au mot.

Quant à la fille, comme toutes les filles tenues sous la discipline de la famille, elle ne semblait avoir d'autres volontés que celles de sa mère. La déclaration du capitaine fut reçue avec reconnaissance. Deux mois après, Mlle Terson devenait Mme Dufresne. À la suite de ce mariage, Mme Terson, femme d'un caractère absolu, faite pour se déployer dans un vaste cercle d'occupations et non pour se résigner à la monotonie mesquine d'une vie retirée, s'aperçut que l'autorité qu'elle exerçait autrefois sur sa fille déclinait insensiblement; elle ne s'y résigna pas et se mit en tête de reconquérir son pouvoir. Ces trempes de caractère, qui montrent tant de ressorts dans un large horizon, dépensent sur un seul personnage, au risque de l'excéder et lorsqu'ils sont rabattus entre les quatre murailles de la vie domestique, la même verve qu'ils emploieraient si magnifiquement au bénéfice d'un ménage de cinq cents personnes. Elles se font insupportables; elles vous crucifient du matin au soir pour se tenir en haleine. La richesse de leur nature devient un fléau. Des plaintes, la mère en vint aux reproches, des reproches aux allusions piquantes, que sa fille la priait d'expliquer, n'y concevant rien, disait-elle, quoique avec un certain tremblement. Le mari souffrait et ne disait rien. Il entrevoyait le moment pénible où il lui faudrait intervenir et se décider pour une rupture, tant le calme semblait impossible à ramener entre ces natures dont il devinait trop tard l'antipathie. Une très jeune femme n'a jamais tort devant une vieille belle-mère. On devine que le capitaine penchait vers son faible; il ne s'en cachait pas. De jour en jour, de plus en plus, les deux femmes semblaient se braver et préluder par des escarmouches à de plus rudes batailles. M. Dufresne prévoyait un enfer. Tout à coup, comme par enchantement, la paix revint, et, avec la paix, des témoignages de cordialité plus que suspects. La régie du ménage revint par la même occasion tout entière à Mme Terson, qui trancha, décida, régna. M. Dufresne en fut intrigué malgré lui. Les jeunes femmes ne sont jamais si résignées à retomber sous la griffe maternelle, à moins qu'elles n'aient de certaines raisons. Quelles pouvaient être ces raisons? Il pressa sa femme de lui donner le mot de cette énigme, ce qu'elle écarta d'abord en riant, puis, et parce qu'il y revint, par des excuses en l'air dont il ne crut pas un mot, tout en y donnant les mains de peur d'irriter sa petite amie.

Ce fut du côté de la mère qu'il dirigea ses questions, en lui rappelant des paroles singulièrement équivoques dont il avait commenté le sens de mille manières. Comme on éludait aussi de ce côté-là, il se tut; mais il observa les moindres symptômes et ne tarda pas à savoir au plus juste que la mère imposait une étrange réserve aux scrupules de sa fille dès que celle-ci se mettait en révolte, rien que par une indication mystérieuse vers une certaine armoire de l'appartement. Prendre prétexte d'une acquisition intéressante à faire, écarter ces deux ennemies en les expédiant sous ce prétexte, faire venir un serrurier et procéder à l'investigation des papiers de la cachette, ce fut la rubrique naturelle du mari; sa curiosité fut malheureusement servie par une découverte cruelle. Mme Dufresne, alors qu'elle n'était encore que Mlle Terson, avait eu, dans le même temps, trois fantaisies de cœur avec des jeunes officiers bonapartistes qui venaient flatter les opinions de la mère pour profiter des bonnes volontés de la fille. Malgré la gravité du chiffre, l'âge l'excusera peut-être auprès de ceux qui se disent combien la réserve idiote des mères devient funeste aux filles à l'époque où leur constitution physique s'enrichit tout à coup d'un élément indomptable qui les rend inquiètes et curieuses. Les lettres étaient, du reste, rangées avec les réponses par ordre de date, en liasses parfaitement spéciales et distinctes. Rien de plus audacieux, de plus mêlé, de plus hardi que cette triple intrigue, où chacun des amants avait reçu, dans une brillante variété de style, les assurances d'un amour unique et d'une éternelle fidélité. Les dates, un peu trop rapprochées, faisaient foi d'un triple mensonge à cet égard, et grâce à l'ingénuité de ces gentillesses épistolaires, on ne pouvait former le plus léger doute. Mais comment les lettres de Mlle Terson se trouvaient-elles avec les lettres de ses bons amis ?... M. Dufresne eut l'explication de cette réunion bizarre par la mention dans ces lettres du nom d'une ouvrière que Mlle Terson chargeait de porter les missives à la poste. Il se souvint de l'aversion décidée que sa femme avait pour cette ouvrière, ainsi que des regards triomphants et des chuchoteries insolentes de Mme Terson lorsque cette ouvrière venait la voir. Il en conclut, sans recourir à de plus amples informations, que la confidente avait trahi sa jeune amie par la suggestion de la mère, et, sur cette donnée, se convainquit, en examinant bien, que la confidente avait encore suggéré la correspondance pour en abuser; chaos d'infamies dont les intrigues de Mlle Terson étaient encore les plus vénielles.

L'ascendant tout nouveau de Mme Terson se trouvait dès lors motivé par quelque explication récente à cet égard. La mère s'était indignement forgé des armes contre sa fille pour la dominer en quelque temps que ce fût. Dieu sait dans quels desseins!... M. Dufresne était un galant homme; quoique de son siècle en beaucoup de points, il n'établissait pas complaisamment deux morales contradictoires, l'une au profit des hommes, sans frein et sans mesure, l'autre au désavantage des femmes, puritaine, rétrécie; et, par ses fredaines passées, il avait appris à se montrer tolérant. La fourberie produisait sur lui l'effet qu'elle produit sur les meilleures âmes, qui la conçoivent quand ils comprennent nos mœurs, l'excusent et la justifient au besoin, parce que la fourberie est le droit de l'esclave, et que les femmes sont esclaves. Mais on a beau la concevoir, on en souffre. En vain il essaya de reprendre son train de vie et son air de confiance, le cœur saignait. Il ne put cacher assez habilement sa tristesse, que Mme Dufresne ne s'en inquiétât. De plus, à toutes les maximes de rigueur qu'elle se permettait dans l'occasion sur les menées secrètes du tiers et du quart, diplomatie courante des femmes qui pensent travailler à leur propre apologie en se parant d'une inflexible sévérité de principes, le capitaine répondait quelquefois avec un rire plein d'amertume.

Mme Dufresne, éclairée par ces symptômes, se sentit perdue dans l'esprit de son mari. Sa fierté s'en effraya. Lorsque nous ne puisons pas notre force dans nousmêmes, notre vie est tout entière dans le cœur des autres; s'ils sont ouverts et bons, nous reprenons notre estime et notre courage dans leur intelligence. De fait, elle se sentait irréprochable dans le présent, et ne se devait à son mari qu'à partir du jour de sa libre promesse. La fidélité du passé n'est pas obligatoire. Elle voulut parler, tomber à ses pieds, obtenir un pardon, dire à cet homme les tourments d'une adolescence de flamme au milieu des premières fièvres d'un tempérament plein d'énergie. Puis elle se révolta contre l'idée de s'humilier ainsi devant l'un de ceux que son sexe se reconnaît le droit de tenir à ses genoux. L'amour, c'est la royauté des femmes, leur élément, leur vie. Toutes répugnent dans le fond du cœur à se croire soumises au jugement de qui que ce soit sur ce point. Quand vous devinez leurs antécédents, vous ne faites que voir clair dans leur nature; mais vous n'avez pas le droit de blâme, parce que, à moins que l'on ne soit un sot, on

ne blâme pas un élément qui ne saurait s'empêcher
d'être. Dès ce jour, elle souffrit mort et martyre, s'irritant et pleurant tour à tour, devenant sombre et emportée. Les querelles entre elle et sa mère reprirent avec de
nouvelles alternatives de réconciliations et de récrimina-
tions; si bien, qu'un jour, sous un prétexte en l'air et
par un raffinement de cruauté dont une femme seule est
capable dans ses vengeances, les trois officiers bonapartistes se trouvèrent invités à une soirée de M. Dufresne.
La mère, à la vérité, ne croyait pas ce dernier instruit, et
ne voulait que faire ployer sa fille par l'audace et l'éclat
de ce coup de théâtre. Elle supposait la délicatesse de
chacun de ces jeunes gens, et qu'aucun d'eux ne pensait dans le fond de l'âme avoir été le jouet de sa fille.
Le capitaine ne put supporter cette avanie; il se retira,
et sa femme l'entendit murmurer tout bas : « C'est trop
fort!... » Mme Dufresne s'échappa de son côté, fit porter
par un domestique un mot à sa mère, et disparut. On
s'étonnait cependant de ne pas voir les maîtres de la
maison; leur absence devenait un sujet d'étonnement et
de mortification. Ce mot, remis devant tout le monde et
de la part de la femme qui devait faire les honneurs du
cercle, arracha des cris à la mère. Elle comprit, mais
trop tard, que son stupide acharnement venait de tout
perdre. On courut vainement sur les traces de l'infortunée; nul ne put donner de ses nouvelles. M. Dufresne
manifesta, mais inutilement, son indulgence : le coup
venait d'être porté. On retrouva le lendemain matin le
corps de Mme Dufresne horriblement mutilé sur un des
bateaux de charbon qui stationnent contre les arches du
pont Marie.

*Donc, vraisemblablement, Lucrèce, fille de Mme Chambrier
et femme du colonel Sautereau, devait se suicider. Le passage
des* Mémoires d'un touriste *indique le rôle que Balzac comptait assigner à Mme Chambrier et à son « caractère » pendant
et après la « Mort de l'Évêque », et comment aurait tourné
l'« affaire du testament » :*

    Nivernais, le 20 avril. — Voici ce qu'on racontait ce
soir dans un beau château. C'est une aventure patibulaire arrivée à un M. Blanc, notaire du pays, honnête
homme sans doute, mais qui meurt toujours de peur de
se compromettre.
    Un soir, il y a huit ou dix mois de cela, il fut appelé
auprès d'un riche propriétaire de campagne, qui était
tombé malade d'une fluxion de poitrine à la ville, pen-

dant qu'il était en visite chez sa fille, dévote *du premier mérite*. Le malade venait de perdre la parole. La loi permet dans ce cas la manifestation de la dernière volonté par des signes, mais il faut deux notaires. M. Blanc avait donc amené un collègue. Après les avoir fait attendre quelque temps, on introduit ces messieurs dans une petite chambre horriblement échauffée ; c'est, leur dit-on, pour empêcher le malade de tousser. La chambre était de plus fort mal éclairée.

M. Blanc s'approcha du malade et le trouva fort pâle. Il y avait beaucoup d'odeur sur ce lit placé dans une alcôve enfoncée, et presque entièrement dérobé à la vue par des rideaux fort amples. Les notaires s'établirent sur une petite table, à deux pas du lit tout au plus.

Ils demandent au malade s'il veut faire son testament : le malade baisse le menton sur la couverture et fait signe que *oui ;* s'il veut donner son tiers disponible à son fils, le malade reste immobile ; s'il veut donner ce tiers à sa fille, le malade fait signe que oui à deux reprises. À ce moment un chien de la maison qui entre dans la chambre se met à aboyer avec fureur, et se jette dans les jambes des notaires pour approcher du lit. On chasse le chien avec empressement. On lit le testament au moribond, qui, par plusieurs signes de tête réitérés, indique qu'il approuve tout.

L'acte fini, les notaires se lèvent pour s'en aller ; le mouchoir du notaire Blanc était tombé à terre lors de l'irruption du chien. Il se baisse pour le reprendre, mais, en faisant ce mouvement, il voit fort distinctement sous le lit deux jambes d'homme sans souliers. Il est fort étonné. Il sort pourtant avec son collègue ; mais, arrivé au bas de l'escalier, il lui conte ce qu'il a vu. Grand embarras de ces pauvres gens. La fille du malade, de chez laquelle ils sortent, est une maîtresse femme, fort considérée dans la ville. Il faudrait remonter ; mais comment articuler le pourquoi de cette rentrée ?

« Mais, cher collègue, disait le second notaire à M. Blanc, quel rapport ces jambes de paysan ont-elles avec notre acte en bonne forme ? »

Les notaires étaient d'honnêtes gens sans doute, mais ils avaient une peur horrible d'offenser la fille du moribond, nièce du curé et présidente de deux ou trois sociétés de bonnes œuvres.

Après un colloque rempli d'angoisse, ils se résolvent cependant à remonter. On les reçoit avec un étonnement marqué, qui augmente leur embarras. Ils ne savent trop comment expliquer leur retour, et enfin le second notaire demande des nouvelles du malade. On conduit ces messieurs à la porte de la chambre. On leur fait voir les rideaux fermés. Le malade s'est trouvé fatigué après avoir fait son testament. On leur donne beaucoup de détails sur les symptômes du mal depuis le milieu de la nuit qu'il a redoublé, et ce disant, on les reconduit doucement vers la porte. Les pauvres notaires, ne trouvant rien à dire, descendent une seconde fois.

Mais à peine sont-ils à cent pas de la maison, que M. Blanc dit à son collègue : « Nous sommes tombés là dans une bien fâcheuse affaire; mais si nous ne prenons pas un parti, nous nous ferons des reproches pendant le reste de nos jours, il s'agit ici d'un capital de plus de quatre-vingt mille francs, dont le fils absent est dépouillé.

— Mais nous verrons nos *études* tomber à rien, dit le second notaire; si cette femme se met à nous persécuter, elle nous fera passer pour des fripons. »

Toutefois, à mesure que le temps s'écoule, les remords deviennent plus poignants, et enfin les notaires sont tellement tourmentés qu'ils ont le courage de remonter.

Il paraît qu'on épiait leurs démarches par la fenêtre. Cette fois ils sont reçus par la fille du malade elle-même, femme de trente-cinq ans, célèbre par sa vertu et l'une des bonnes langues du pays. Elle entreprend les notaires, leur coupe la parole quand ils cherchent à s'expliquer, se rend maîtresse de la conversation, et à la fin, quand ils veulent parler absolument, se met à fondre en larmes et à pérorer sur les vertus de l'excellent père qu'elle est menacée de perdre. Les notaires obtiennent à grand-peine de revoir la chambre du moribond. M. Blanc se baisse.

« Que cherchez-vous donc ? » lui dit avec aigreur la femme renommée par sa haute vertu. De ce moment, elle leur adresse la parole avec tant d'emportement, que les notaires voient avec horreur toute l'étendue du danger dans lequel ils vont se précipiter. Ils restent interdits; ils prennent peur et enfin se laissent éconduire après une scène de trois quarts d'heure. Mais à peine sont-ils dans la rue que M. Blanc dit à son collègue :

« Nous venons de nous laisser mettre à la porte exactement comme des écoliers.

— Mais, grand Dieu! si cette *guenon* se met à nous persécuter, nous sommes des gens ruinés, dit le second notaire la larme à l'œil.

— Et croyez-vous qu'elle n'a pas bien vu pourquoi nous remontions chez elle ? Dans deux jours le bonhomme sera mort, s'il ne l'est déjà; elle, hors de danger, et alors elle triomphe, et nous aurons à nos trousses toute sa clique qui nous jouera tous les mauvais tours possibles.

— Que d'ennemis nous allons nous faire! dit en soupirant le second notaire. Mme D. est si bien appuyée! Nous n'aurons pour nous que les libéraux, et les libéraux ne passent pas d'actes : ils n'ont pas le sou, et ce sont gens avisés. »

Cependant le remords presse si vivement ces deux pauvres honnêtes gens, qu'ils se rendent ensemble chez le procureur du Roi comme pour lui demander conseil. D'abord ce sage magistrat feint de ne pas comprendre, puis il a l'air aussi embarrassé qu'eux, et leur fait répéter leur histoire jusqu'à trois fois. Il prétend enfin que dans une matière aussi grave, et quand il s'agit de soupçons envers une femme aussi honorable et aussi honorée que Mme D., il ne lui est loisible d'agir que sur une dénonciation par écrit. Les notaires et le procureur du Roi, assis vis-à-vis les uns des autres, gardent le silence pendant au moins cinq minutes; peut-être les notaires ne demandaient-ils pas mieux que d'être éconduits.

Sur ces entrefaites, arrive en fredonnant le commissaire de police, jeune dandy venu de Paris depuis six mois seulement; il se fait conter l'histoire presque malgré tout le monde.

« Eh! messieurs, ceci est la scène du *Légataire* », dit-il en riant.

Les notaires et le procureur du Roi restent confondus de cet excès de légèreté.

« Mais monsieur ne sait peut-être pas, dit le second notaire tout tremblant, quelle femme c'est que Mme D. ? »

Le dandy ne daigne pas répondre au garde-note.

« Si monsieur le procureur du Roi juge à propos de m'y autoriser, reprend-il, je vais me présenter chez cette terrible Mme D. avec messieurs les notaires; en ma présence, M. Blanc parlera des jambes de l'homme qu'il a aperçues sous le lit. Je demanderai *pourquoi ces jambes,* et je me charge du reste. »

Ainsi fut fait; la dame change de couleur en voyant le commissaire de police : aussitôt celui-ci prend un ton de maître; il dit qu'il y a certains crimes qui, sans qu'on s'en doute, conduisent les gens aux galères et même à l'exposition. Mme D. s'évanouit. Son mari survient et finit par avouer que son beau-père était mort deux heures avant l'arrivée de messieurs les notaires, mais en disant et répétant toujours qu'il voulait tout laisser à sa fille, etc., etc. Comme, pendant le long récit de ce bon vouloir et de ses causes, de la mauvaise conduite du fils, grand dissipateur, etc., etc., le gendre commençait à reprendre courage, le commissaire de police lui coupe la parole, et parle de nouveau des galères et d'exposition. Enfin, après une petite scène menée rondement par le dandy, enchanté de jouer un rôle, le gendre, d'une voix éteinte, prie les notaires de lui remettre la minute de l'acte et la déchire lui-même. Le commissaire de police force le gendre d'avouer que c'est son fermier qui, témoin de leur douleur à la mort subite du beau-père, qui sans doute allait faire un testament en leur faveur, a eu la malheureuse idée de se placer sous le lit; on avait ôté deux planches au fond du lit, et le hardi fermier assis sur le plancher, et la tête placée presque à la hauteur de celle du testateur, la faisait mouvoir facilement avec les deux mains.

III

L' « *explication tirée des mémoires de la police* » *prévue pour la huitième scène intéresse à la fois le romancier et l'historien. Seulement, il faut non plus citer, mais résumer. Ces* Mémoires *sont longs, et s'ils expliquent le colonel Sautereau, ils éclairent aussi le fond politique d'*Un caractère de femme : *les conspirations de la Restauration qui, sous le pavillon du bonapartisme, puis du libéralisme, se tramèrent en fait au seul profit du parti orléaniste. Dans* César Birotteau, La Rabouilleuse, *notamment, Balzac n'avait montré que la face éclairée de ces complots. Quand il écrivait ces œuvres, il ne pouvait dévoiler les véritables meneurs, montrer leurs liens avec le duc d'Orléans, devenu en 1830 le roi Louis-Philippe. En janvier 1848, en revanche, il voyait venir la fin du règne du Roi des Français. Les dossiers pourraient sortir.* Un caractère de femme *aurait été l'un de ces dossiers. Il est d'autant plus navrant que Balzac n'ait pu témoigner qu'aujourd'hui les historiens n'ont pas encore éclairé l'action, dans les complots « bonapartistes » et sur les voies de la Révolution de 1830, de personnages comme l'authentique « général Gérard », mis en cause dans l'une des ébauches, et comme le modèle réel du fictif « colonel Sautereau ».*

Parmi les contemporains, les « Peuchet » qui avaient levé un coin du voile étaient rares et, Louis-Philippe fini, les « mémoires

*de la Police » pourraient susciter de sérieuses curiosités. Balzac
l'a vu. Impitoyable réquisitoire contre la maison d'Orléans, ces*
Mémoires *visaient à montrer que « depuis Louis XIV jusqu'à
nos jours », depuis Philippe, frère de Louis XIV, jusqu'à
Louis-Philippe, en passant par le Régent et Philippe Égalité,
les Bourbons cadets n'avaient cessé d'entretenir un parti de
conspirateurs contre la branche aînée. Il n'est pas niable que,
même officiellement, tout Orléans suivit une « tradition qui se
résumait à ceci : rester prêt à tout événement, prompt à s'offrir
et à prendre le pouvoir en cas de vacance du trône; ce que [...]
Louis-Philippe appellera la politique d'idonéité[1] ». Certains
poussèrent la politique d'idonéité assez loin : le vote de la mort
de Louis XVI par Égalité en témoigne et, tout autant, la
Révolution de 1830 et la prise du pouvoir par son fils, incontestablement préparées dès le début de la Restauration.*

*Balzac est un historien véritable quand il fixe au « mois de
décembre 1815 » l' « entrevue avec le général Gérard » du
« conspirateur » Sautereau : dès 1816 éclatait la « Conspiration des patriotes », première d'une longue série de complots dont
les mêmes chefs secrets exploitaient les croyances du peuple et des
demi-soldes en un nouveau retour de Napoléon. Le dernier fut la
« Conspiration du 19 août », en 1820. Ensuite, les « cerveaux
brûlés », que Balzac montre écartés dès le départ par Gérard,
organiseront les affaires de La Rochelle, Colmar et autres
lieux. Après la mort de Napoléon, les orléanistes, meilleurs
politiques, se repliaient sur l'opposition libérale et, menés par
Laffitte et La Fayette en couverture, avec l'appui discret de Talleyrand, l'aide plus ou moins consciente de la Garde nationale,
de la Charbonnerie et des Républicains[2], travaillèrent dans
l'ombre à l'usurpation de 1830. Les témoignages ne fourmillent
pas, mais on peut trouver des indices non négligeables dans des
ouvrages publiés alors comme, en 1821,* La Police sous
MM. les ducs de Cazes, comte Anglès et baron Mounier *ou, en 1829,* Le Livre noir de MM. Delaveau et Franchet
et La Police dévoilée. *Tous mettaient déjà en cause, comme le*

---

1. J. Lucas-Dubreton, *Louis-Philippe*, p. 10.
2. *Mémoires tirés des Archives de la Police*, t. V, p. 97-98, 187, 313
et t. VI, p. 109-265.

fera « Peuchet », le général Gérard et un colonel dont, sans
doute possible, Balzac comptait tirer l'essentiel du rôle d' « un
conspirateur à Belley » dévolu à son colonel baron Sautereau.
Tantôt « colonel S. », tantôt dit Saujet, Sauzet, Sausset,
Saussay, le conspirateur réel était le colonel baron Sauset. Un
détail : dans l'ordre alphabétique des militaires anoblis sous l'Empire, il précède immédiatement les deux réels barons Sautereau...

Le dossier de Louis-Antoine Sauset, conservé au Service
historique de l'Armée, édifie sur ses points communs avec le
Sautereau de Balzac. L'ébauche de l' « entrevue avec le général
Gérard » nous apprend qu'à la fin de 1815, Sautereau est
colonel, récemment licencié, se cachant à Paris, un des plus
compromis des officiers, parce que considéré par le ministre de
la Police comme un des conspirateurs du 20 mars — date du
retour de Napoléon —, et le seul officier à avoir rallié ses
hommes en arrière de Waterloo ; il est originaire de Belley, ville
proche d'une frontière, détail qui semble décisif à Gérard pour
proposer à Sautereau de « jouer une rude partie » dont il résultera « profit » pour « nous » — un « nous » peu explicite —,
et, pour Sautereau, le grade de général. La scène d' « un conspirateur à Belley » nous apprend, en outre, que Sautereau s'était
engagé volontairement, jeune ; qu'il a été décoré de la Légion
d'honneur et fait baron par Napoléon ; licencié, en demi-solde
qui constitue toute sa fortune, il n'est cependant pas rayé des
contrôles ; pourtant il est sous surveillance de haute police et
assigné à résidence dans son pays natal, Belley, dont son oncle
Chambrier, qui est « monarchique et religieux », le prévient
qu'elle est « une ville essentiellement monarchique, attendu qu'elle
est essentiellement religieuse, et l'on savait bien où l'on vous
envoyait... ». Enfin, dans la liste des scènes, la vingt-huitième
nous apprend : « 1830 arrive, les complices de Sautereau
triomphent. » Court triomphe et fort mitigé, puisque, dans la
vingt-neuvième scène, l'ex-« monarchique et religieux » oncle,
« M. Chambrier devient le maire ».

Né près de Vitry, dans la Marne, pas loin de la Belgique,
Louis-Antoine Sauset s'était engagé à dix-huit ans[1] ; dès 1807,

---

1. Service historique de l'Armée, dossier GB 2.S / 2799 Sauset
Louis-Antoine, d'où sont tirés les renseignements qui suivent.

*Napoléon le faisait « membre de la Légion d'honneur » et, peu après, officier; colonel le 2 février 1813, il était nommé baron par décret impérial du 26 février 1814. Après les Cent-Jours, il devait être licencié et mis en demi-solde le 17 septembre 1815, mais sans être rayé des contrôles de l'armée. Au début de décembre 1815, le ministre secrétaire d'État au département de la Police générale, qui le tient sous haute surveillance, le signale au ministre de la Guerre pour ses activités lors du retour de Napoléon et indique, à propos de cet homme « qui affectait alors de parler de son dévouement à la Cause du Roi » et « que l'on croit en ce moment à Paris », qu'il serait « le Chef secret d'un parti ». Sauset va à Vitry, où il a été assigné à résidence et toujours sous haute surveillance. En avril 1816, avant la « Conspiration des Patriotes » du 3 mai, évidemment fomentée au profit du duc d'Orléans, Sauset part pour Bruxelles. Le 5 octobre suivant, le ministre de la Guerre rappelle « l'attention de la Police générale » sur le colonel Sauset. Le 3 juillet 1817, rapport au ministre de la Guerre de son bureau de la Police militaire, transmis au ministre de la Police; il en ressort « que la conduite du Colonel Baron Sauset, ci-devant commandant du III*e* Régiment d'Infanterie de Ligne, avait été tellement coupable avant et pendant l'usurpation [des Cent-Jours] que s'il eût été recherché avant la loi d'amnistie, il eût pu éprouver toute la sévérité des lois ». De son côté, le bureau de la Justice militaire indique au ministre qu'il existe dans son ministère « deux lettres écrites par le Colonel Sauset pendant les Cent-Jours à l'usurpateur et contenant des renseignements sur sa conduite ». De Vitry — plus près de Waterloo que Belley —, Sauset avait en effet écrit : « J'avais organisé une levée armée qui devait agir aussitôt que V. M. paraîtrait sur un point quelconque de son empire »; et, le 30 mars 1815, l'État-Major de la Marne certifiait à Napoléon que Sauset avait préparé son retour « trois mois » avant qu'il eût lieu. Aussi la Justice militaire tenait-elle à rappeler que, « dès la fin de 1815 », il avait été « donné avis [...] que cet officier supérieur était le chef secret d'un parti contraire à la légitimité ». Le 9 juillet 1817, le ministre Feltre en écrivait à Louis XVIII et, le jour même, Sauset était rayé des contrôles de l'armée par ordonnance royale. En 1819, Sauset est à Paris pour réclamer contre sa* radiation et le non-paiement de sa demi-solde, sa seule ressource, depuis le 1er mars 1816. Une conspiration éclate à Paris à cette époque même. En 1820, nouvelle conspiration dite la « Conspiration militaire du 19 août ». Lors du procès des conspirateurs à la Chambre des pairs, en décembre 1820 et janvier 1821, Sauset figure parmi les plus hauts gradés mis en accusation, avec, notamment, les colonels Fabvier et Caron. Jacquinot-Pampelune, faisant fonction de procureur général, les nomme au nombre de ceux sur lesquels pèsent des « charges suffisantes » pour qu'ils soient convaincus « d'avoir formé un complot contre la personne du Roi et contre les personnes de sa famille, complot dont le but était, en outre, de changer ou détruire le gouvernement, de changer l'ordre de successibilité au trône[1] ». Malgré ces charges, Sauset, Fabvier, Caron furent relâchés. Selon « Peuchet » : « Un banquier fameux, en 1830, demanda à qui de droit et obtint, mais non intégralement, le remboursement des sommes énormes avancées en 1820[2]. » Sauset connaissait bien Fabvier et, dans une lettre postérieure au ministre de la Guerre, il indiquera qu'en 1823, il était son « associé dans l'exploitation de sa fabrique d'albâtre », mais négligera de signaler qu'il avait aussi été l'un des fondateurs du Bazar Français qui, sous couvert de commerce, offrait de nombreux prétextes de voyages à travers toute la France... Cependant que les « cerveaux brûlés », dont Caron, se compromettaient dans les complots postérieurs à la mort de Napoléon, Sauset restait dans l'ombre. En 1825, il proteste encore contre le non-paiement de sa demi-solde. Le 15 juin 1828, il est réintégré dans les cadres et admis au traitement de réforme, au motif « qu'il pouvait être utile, sous quelques rapports, de placer ce Colonel dans une position où il eût quelque chose à perdre ». Mais la réforme ne convient pas à Sauset.

Surtout en 1830. Le 7 avril, il écrit au ministre de la Guerre pour être réintégré : « Mon âge et surtout ma santé, me permettent encore d'offrir un service actif de plusieurs années. » Un « service actif » lui sera offert trois mois plus

---

1. *La Police sous MM. les ducs de Cazes, comte Anglès et baron Mounier*, t. II, p. 314.
2. *Mémoires tirés des Archives de la Police*, t. VI, p. 116. Évidemment le banquier était Laffitte et « qui de droit » Louis-Philippe.

tard. Aussi, dès le jour où il formera son premier gouverne-
ment, le 11 août 1830, Louis-Philippe nommait Sauset
commandant de la place d'Arras; puis, par « ordonnance
royale », il sera nommé commandeur de la Légion d'honneur le
1ᵉʳ mai 1831, maréchal de camp — c'est-à-dire général,
comme l'avait promis Gérard à Sautereau —, le 30 no-
vembre 1831 et, le 17 août 1832, une « décision royale » lui
valait un « rappel de solde dû depuis le 9 juillet 1817 ».

   « Les complices de Sautereau triomphent », mais « M. Cham-
brier devient le maire ». Les lettres de deux complices de Sauset,
conservées aussi dans son dossier, confirment jusqu'à sa conclu-
sion l'histoire d'Un caractère de femme. Dès février 1831,
ils lui écrivent pour se plaindre du régime qu'ils ont contribué à
instaurer : « Ce pauvre Philippe, c'est encore un Bourbon »,
constate un journaliste d'Arras qui demande à Sauset d'en
appeler « à la recommandation d'un de vos anciens complices »,
à « Cavagnac [sic] », un des « braves de la fameuse semaine »
de juillet 1830, « à George Lafayette ou à Fabvier »... Et, de
Vitry, un autre complice de Sauset, assez son ami pour le
tutoyer et ne pas signer sa lettre, cite aussi Fabvier, devenu
général, Odilon Barrot, le général La Fayette et, surtout, il
nous indique que Vitry-le-François était exactement le Belley
prévu par Balzac, jusqu'au rôle qu'il comptait donner au sous-
préfet, et jusqu'à l'arrière-plan politique d'une ville monar-
chique et religieuse, aussi bien en 1816 qu'après 1830, où le
monarchique et religieux M. Chambrier deviendra le maire sous
le règne du Roi issu de la révolution de Juillet : « Les hommes
de notre contrée [...] sont en général des Escobards de la pre-
mière Espèce. Je t'ai déjà dit que le S[ous]-P[réfet] gendre de
Lefèvre, neveu du juge de paix, tous personnages connus pour
les premiers Carlistes du pays, ne pouvaient consciencieusement
et n'étaient considérés que comme tels [sic]. Le Sous-P[réfet]
était dans les temps la cheville ouvrière des Élections du minis-
tère déplorable [...] il en a obtenu la décoration. Quand il s'est
marié, il a reçu un beau cadeau du ministre Corbière. Tous les
dimanches au moins, on le voyait aller à l'Église avec un gros
livre sous le bras, il fallait bien singer son illustre maître [...]
Tous les maires de son arrondissement sont ou ses partisans ou
ses complaisans et n'agissent que d'après son opinion, c'est dire

dans le sens inverse de ce qu'il faudrait. Aussi les choses vont très mal. »

Le « *général Gérard* » n'est pas nommé dans ces documents. Chef incontestable des menées orléanistes de la Restauration, il était aussi habile que celui pour lequel il agissait : le duc d'Orléans. Ce n'est pas au hasard que Balzac fait dire à Gérard que sa position est : « *Obéir en apparence, se tenir prêt à tout événement* [...] *Nous conspirons, mon cher Sautereau, comme des hommes d'État conspirent.* » Exactement le principe d'idonéité. L'action de Gérard appartient à ses historiens encore à venir. Indiquons au moins ici les motifs de Gérard par ses liens familiaux, son ascendance d'activistes en faveur de l'idonéité, des plus proches de la maison d'Orléans.

Louis-Philippe, duc d'Orléans et père du futur Égalité, avait épousé, en *1773*, Charlotte-Jeanne Béraud de la Haye de Riou, veuve du marquis de Montesson. Mme de Montesson avait une demi-sœur, Marie-Françoise Mauguet de Mézières. Cette demi-sœur, mariée à Pierre-César du Crest, eut une fille, Caroline-Stéphanie-Félicité, qui, en *1763*, avait épousé Charles-Alexis Brûlart, comte de Genlis. Sans enfants, Mme de Montesson aimait beaucoup sa nièce : elle l'introduisit dans l'intimité de son beau-fils, le futur Égalité, qui non seulement apprécia énormément Mme de Genlis, mais la nomma aussi « *gouverneur* » de ses enfants. Le futur Louis-Philippe fut donc élevé avec les filles de Mme de Genlis, dont Edmée-Nicole-Pulchérie, qui, en *1784*, épousait Jean-Baptiste-Cyrus-Marie-Adélaïde de Timbrune de Thiembronne, comte de Valence. *Quelques années plus tard, Valence, sa belle-mère et même le mari de cette dernière, Brûlart de Genlis, seront les plus proches, les « âmes damnées » a-t-on dit, d'Égalité dans ses activités révolutionnaires, jusques et y compris lors de son vote de la mort de Louis XVI.* Les Valence eurent deux filles. L'une, Louisa-Rose-Edmée, épousait, en *1816*... Maurice-Étienne, comte Gérard. Mme de Montesson était morte le 6 février *1806*, et son légataire universel, Valence, étant mort le 4 février *1822*, « M. le comte Gérard, Lieutenant Général, membre de la Chambre des Députés » — « *obéir en apparence* » —, fut dès lors chargé de la liquidation interminable de la succession de la

« *veuve de Monseigneur le duc Louis-Philippe d'Orléans*[1] ».
*Que de raisons de « jouer une rude partie » pour le présent duc
Louis-Philippe d'Orléans, que d'alibis aussi pour le rencontrer
impunément et préparer avec lui les moyens d'aboutir à l'idonéité. Et d'être enfin maréchal comme, selon Balzac, il le
souhaitait.*

 *Dès la troisième des Trois Glorieuses, le 31 juillet 1830,
Gérard était l'un des quatre membres de la Commission municipale formée à l'Hôtel de Ville, au titre de « commissaire provisoire au département de la Guerre*[2] *»; le 9 août, le duc d'Orléans était couronné roi; le 11 août, jour de la formation du
gouvernement, Gérard était nommé, par « ordonnance royale »,
ministre secrétaire d'État à la Guerre; le 17 août, promu
maréchal de France; le 28 octobre, après la chute du cabinet
Dupont de l'Eure, renommé ministre de la Guerre. En juillet 1834, dans une période difficile, Louis-Philippe le rappellera
non seulement comme ministre de la Guerre, mais comme président du Conseil. Puis, s'il le fait en 1842 grand chancelier de la
Légion d'honneur, il verra de moins en moins Gérard : Balzac
nous l'apprend, les Bourbons sont généralement ingrats. Mais en
1848, au plus fort du danger, Louis-Philippe se souviendra de
son vieux fidèle : c'est Gérard qu'il fera appeler pour s'évader du
Louvre.*

 Un caractère de femme *prouve que Balzac était bien renseigné sur les conjurations du duc d'Orléans de la Restauration,
et que l'imminence de sa chute comme Roi a dû susciter l'ébauche
de ce roman. Mais renseigné par qui ?*
 *Le 29 septembre 1830, Balzac écrit à Zulma Carraud :
« Demain je dîne avec le secrétaire particulier du ministre de la
Guerre, bon ami et bon compagnon qui n'aurait rien à me refuser*[3]. *» Non identifiés, ce ministre était Gérard et son secrétaire*

 1. H. Épaullard, « Les amours d'un prince », *Société historique du
Raincy et environs*, octobre 1924. V. Wyndham, *Mme de Genlis. A
Biography*, passim. Minutier central des notaires, LXXVIII, 1066.
Archives de Paris, État civil reconstitué et DQ[8] 17, DQ[7] 3411,
DQ[7] 3412.
 2. Service historique de l'Armée. Registres du contrôle des
chefs et commis du ministère de la Guerre, t. III, nº 1018.
 3. *Corr.*, t. I, p. 468.

particulier, *nommé dès le 5 août 1830, était Auguste Pittaud*
« dit Deforges[1] », ami de Sue, qui, probablement, en avait fait
un « bon ami » de Balzac récent, puisque ce dernier ne le connaissait pas, semble-t-il, en avril 1830[2]. Pittaud, qui devait rester
à la Guerre jusqu'en 1869, muté au « bureau de la Cavalerie »
dès la fin du ministère de Gérard, était un dramaturge à la
plume facile et vraisemblablement choisi par le ministre à ce
titre. Homme sûr au demeurant, mais était-il très renseigné ?

À la question du fournisseur des renseignements les plus sûrs,
il faut proposer ici Jacquet, l'ami en lequel Balzac a le plus
confiance puisque, Mme Hanska s'inquiétant pour ses « aveux
d'amour » qu'il enferme dans une « boîte de cèdre », il la rassure
le 29 octobre 1833 sur le sort de cette boîte : « la personne chargée
de la brûler si je mourrais est un Jacquet, l'original de Jacquet,
qui se nomme Jacquet, un de mes amis, un pauvre employé dont
la probité est du fer trempé comme un sabre d'Orient[3] ». Ce
Jacquet, longtemps non identifié, se nommait en fait Charles-
Louis-Antoine Jacquet-Duclos[4]. Après l'avoir fait « l'original
de Jacquet » dans Ferragus en 1833, Balzac le désignera sous la
seconde moitié de son nom en 1842, dans Un début dans la vie,
en indiquant son emploi exact « à la date du mois de juin 1822 »,
à propos d'un document « de l'an 1786, qui se rattache à d'autres
archives déposées au Palais [de Justice], dont l'existence nous a été
certifiée par MM. Terrasse et Duclos, archivistes, et à l'aide
desquelles on remonte jusqu'à l'an 1525[5] ».

« 1525 » : « Peuchet » s'était contenté de remonter jusqu'à
« Louis XIV ». Mais Un début dans la vie permet non
seulement de découvrir l'identité complète et la fonction exacte
de l'archiviste Jacquet-Duclos, mais de constater que Balzac
avait accès aux Archives de la Police. Évidemment par son
ami, connu dès 1816 à l'étude de l'avoué Guillonnet-Merville,

1. Service historique de l'Armée. Registres du contrôle des
chefs et commis du ministère de la Guerre, t. III, n° 1028 et t. V,
n° 2145.

2. *Corr.*, t. I, p. 450, n.1.

3. *Lettres à Mme Hanska*, t. I, p. 102.

4. Roman d'Amat, *Dictionnaire de biographie française*, article
« Duclos ». Voir d'autre part A.-M. Bijaoui-Baron, dans *L'Année
balzacienne 1978*, p. 65-66.

5. Voir t. I, p. 851.

que Jacquet quittait en 1820 pour entrer, le 1er avril et sur la recommandation de M. de Sèze, comme surnuméraire, puis, le 1er mai, comme secrétaire-commis à la Section judiciaire du Palais, sous François-Nicolas Terrasse, chef de cette section[1]. Resté aux *Archives de la Police presque jusqu'à sa mort, en 1875, Jacquet s'était vite révélé irremplaçable pour les recherches « jugées impossibles » et il devait aider nombre d'historiens, notamment Augustin Thierry pour son* Histoire du tiers état[2]. *On doit donc se demander si son collègue Peuchet n'avait pas été des premiers à apprécier les dons de Jacquet, et les opinions aussi, sûrement très peu orléanistes, du protégé de l'avocat de Louis XVI, au point de lui léguer le manuscrit de ses* Mémoires tirés des Archives de la Police, *avec charge de le publier après sa mort... Et même de le compléter, puisque ce farouche antiorléaniste était mort au lendemain de l'usurpation de 1830 avec, sans nul doute, la rage au cœur de n'avoir pu relater l'épilogue de plus de deux siècles de conjurations des ducs d'Orléans dont il voulait écrire l'histoire « jusqu'à nos jours ». Or, l'histoire récente, celle des conspirations du duc d'Orléans pendant la Restauration, 1830, et ses suites, est écrite dans ces* Mémoires : *dans les deux derniers volumes, publiés par un autre éditeur que les quatre premiers*[3]. *Écrite après la mort de Peuchet, et même des années après, comme le prouve le passage du tome V sur* Le Lys dans la vallée. *Mais si ce passage fournit une sorte de certificat d'authenticité, « tiré des Archives de la Police », au personnage de Vandenesse, il apparaît surtout comme une plaisante réclame qui plaide en faveur de l'attribution des tomes V et VI des* Mémoires *à un bon ami de Balzac et, logiquement, lui aussi « tiré des Archives de la Police », donc Jacquet-Duclos.*

*Cette hypothèse expliquerait l'intérêt, alors rare, que Balzac accorda aux « mémoires de la Police » et la sûreté de son information sur Gérard et Sauset. Son étendue aussi, car les ébauches d'*Un caractère de femme *prouvent qu'il n'est pas seulement renseigné par ces* Mémoires *sur ces personnages et sur les vrais*

---

1. Archives de France. Pour Terrasse : registre AB IV^{D1} n° 49. Pour Jacquet-Duclos : AB IV^C 3.
2. Roman d'Amat, ouvrage et article cités.
3. Voir ci-dessus la note 2, p. 434.

dessous des événements historiques et politiques choisis pour sujet
de son roman. Un sujet qui l'attire depuis longtemps, comme le
prouve Catilina, projet de pièce qui, à l'évidence, visait les
Catilina contemporains, celui de 1789 et celui qui ourdissait
1830[1]. Il fut conçu après 1820, donc quand Jacquet était aux
Archives de la Police qui recélaient encore tant de ces documents
sur les complots de la Restauration, dont l'auteur du tome V
des « mémoires de la Police » affirme : « Je les avais réunis dans
une case séparée, lorsqu'en 1830, les bureaux de la préfecture
de Police furent pillés, ce fut cette case qu'on dépouilla la première »; mais, ajoute-t-il, : « Par hasard, j'en avais détourné
moi-même et mis à l'écart. Que les coupables tremblent, ils
seront démasqués[2]! » Si Jacquet, l'auteur probable de cette
menace, avait pu procurer bien des secrets sur les conjurateurs
de son temps, l'ami de Balzac, comme plus tard Joséphine
d'Abrantès avec Gavarni, avait dû conseiller la prudence.

  La chance, parfois, sert les coupables. L'Histoire ignore
Gérard et Sauset. Et si, avant 1830, Balzac ne pouvait écrire
Catilina, après février 1848 il ne pourra plus achever Un
caractère de femme.

                            ANNE-MARIE MEININGER.

  1. A.-M. Meininger, « *Catilina, les conjurations orléanistes et*
Jacquet », *AB 1980.*
  2. *Mémoires tirés des Archives de la Police,* t. V, p. 79.

UN CARACTÈRE DE FEMME

Ébauche du début de la future deuxième scène[1].

UN CARACTÈRE DE FEMME

Monseigneur remit sa montre dans le gousset de sa culotte de soie noire à petites boucles d'or après avoir vu l'heure, et dit :

« Allons, messieurs, il faut nous retirer... »

Et il regarda ses deux grands-vicaires, l'abbé Veyraz et l'abbé des Fournils.

« Mais, Monseigneur, vous n'avez fait encore que deux *rubbers*[2] », dit l'abbé Veyraz.

Jamais Monseigneur ne quittait le salon de sa nièce sans avoir joué pendant deux heures au whist. Il tenait à son whist, il en avait pris l'habitude, comme celle du thé pendant les sept années qu'il avait passées à Londres de 1792 à 1799; mais trouvez quelque animal sauvage et défiant plus fin qu'un évêque de soixante-sept ans, émigré, réintégré par Napoléon en 1803 sur le siège épiscopal de Belley et qui, dès 1808, rêvait le rétablissement de l'Ordre de Jésus[3] ?...

« Ma chère nièce, répondit-il à l'abbé Veyraz, en accompagnant sa réponse d'un fin sourire, a des projets ce soir, elle a sa robe de velours... »

Et Monseigneur quitta sa table de jeu, sur laquelle il avait posé deux écus de six francs, en remettant sa bourse en soie violette dans la fente de sa culotte, car Monseigneur le comte d'Escalonde, évêque de Belley, conservait la mode de 1786, sa culotte était fendue à droite et à gauche sur le côté par deux ouvertures que personne de la génération actuelle ne peut se souvenir d'avoir vues à aucune culotte, il faut avoir cinquante ans pour [cela]. On comprend d'ailleurs la nécessité de cette disposition qui permettait aux évêques de fouiller dans leurs poches lors même qu'ils étaient en costume épiscopal.

L'abbé Veyraz, dont le plus grand chagrin était de ne pas porter les bas violets, se retourna pour voir Mme Chambrier; mais Mme Chambrier était dans une pièce contiguë à son salon à presser ses deux filles, Lucrèce et Virginie, qui faisaient le thé de leur grand-oncle. Le sous-préfet profita du mouvement que fit Monseigneur et s'évada légèrement sur la pointe des pieds. Ce sous-préfet, en culotte de casimir blanc, en bas de soie blancs, en souliers à boucles d'or, en gilet blanc orné du sautoir rouge de la croix de commandeur de la Légion d'honneur, portait l'épée et le frac à demi-militaire, en drap bleu brodé d'argent que Napoléon avait donné à ces fonctionnaires. Ce sous-préfet, qui ne devait pas rester longtemps à Belley, que Monseigneur proposait pour préfet du département de l'Ain, était le fils cadet du comte de Rillière, député de l'arrondissement de Belley, et portait le titre de vicomte de Rillière, car le fils aîné, sans qu'on le sût, était à Rome, auditeur de rote[1], fonction rétablie depuis six mois et qui menait au cardinalat.

Le comte de Rillière, émigré, rétabli dans ses biens par Napoléon à la sollicitation de Monseigneur de Belley, député sous l'Empire au Corps législatif, et député de la Chambre introuvable[2], était l'ami d'enfance de l'évêque de Belley. Les commérages de la jolie ville de Belley attribuaient à Monseigneur le projet de marier le jeune sous-préfet, car le vicomte avait à peine vingt-trois ans, à l'une de ses deux petites-nièces; mais les événements de cette histoire prouveront que jamais Monseigneur n'avait eu cette pensée.

Ni Mme Chambrier, que depuis dix-huit mois on n'appelait plus que Mme d'Escalonde, ni ses deux filles ne virent partir le sous-préfet, car la salle à manger où fonctionnaient la mère et les deux filles [. . . . . . .]

Ébauche du début de la future dixième scène[1].

UN CARACTÈRE DE FEMME

Dans les derniers jours[2] du mois de décembre 1815, un jeune homme qui paraissait avoir vingt-cinq ans, quoiqu'il en eût trente[3], se trouva nez à nez avec deux promeneurs qui remontaient, vers l'arc de triomphe de l'Étoile, la grande avenue de Neuilly, pendant qu'il la descendait. Cette rencontre eut lieu dans la contre-allée du côté des Ternes, à quelques pas du rond-point de la Porte Maillot.

« Tiens, c'est vous, Sautereau!... dit l'un des deux promeneurs. Et que faites-vous à cette heure ici!... »

Il était neuf heures du matin.

« Je me cache, mon général.

— Ah! c'est vrai! reprit le général, vous êtes un des plus compromis... Vous n'êtes pas, à ce que je vois, en prison; mais vous avez une singulière manière de vous cacher...

— Excellente, mon général! répondit le jeune homme. À deux cents pas en avant de moi marche un sergent-major de mon régiment, licencié de la Loire, comme moi, qui observe tout en tirailleur sur la route que je suis; et un second brave garçon à moi me suit à cent pas en arrière. J'ai toujours un cheval sellé dans une maison à Neuilly, et en cas d'accident, je puis piquer des deux, jusqu'à Saint-Germain où quelqu'un me cacherait. On n'est jamais pris en plein air, et l'on parle d'amnistie...

— Et dans quel cas êtes-vous ?

— Dans le plus mauvais, car je suis sans argent, et le ministre de la Police, qui m'a fait l'honneur de me considérer comme un des conspirateurs du 20 mars[4], a lancé contre moi un mandat de dépôt, il ne s'agit que de gagner du temps, puisqu'on a présenté une loi d'amnistie... »

Pendant cette réponse, le général et son compagnon avaient échangé des coups d'œil extrêmement expressifs.

« De quel pays êtes-vous, colonel ?... demanda le général.

— Maréchal, je suis...

— Hé, les grades donnés par l'Empereur ne sont pas confirmés, sans cela, je vous appellerais général, dit le personnage à qui le colonel Sautereau parlait et qui l'interrompit vivement. Nous sommes battus... traqués, et désarmés. Tenez, regardez ces officiers russes... »

Une cavalcade d'officiers passait au galop, et les uniformes appartenaient aux armées alliées.

« De quel pays je suis, mon général, reprit le colonel Sautereau, je suis de Belley, département de l'Ain. »

Un coup d'œil expressif fut échangé derechef entre le général et son compagnon.

« Vous êtes sous le coup d'un mandat d'amener..., dit l'inconnu, vous n'êtes ainsi qu'en suspicion... »

Le colonel regarda l'inconnu d'une singulière manière.

« Oui, Sautereau, regardez bien monsieur, car il faut vous bien graver ses traits dans la mémoire, et bien vous rappeler sa voix. Écoutez, je ne renonce pas au bâton de maréchal, dit le général en prenant le colonel sous le bras, et vous devez devenir plus que général de brigade, car vous êtes une des gloires de la jeune Armée... On ne compromet jamais un homme comme vous... Quoique les six mois qui viennent de se passer soient pour nous comme un siècle, personne n'oubliera que vous êtes le seul qui ayez rallié deux régiments, à une lieue en arrière de Waterloo... Soult se souviendra toujours de son chef d'état-major à la bataille de Toulouse[1]; et je ne veux vous rien dire de plus que ceci : La partie n'est pas finie ! »

Le colonel fit un geste de surprise.

« Vous conspirez ?... déjà !

— Qu'appelez-vous conspirer ?... demanda le général. Est-ce que des hommes comme nous conspirent jamais !... On se tient prêt, voilà tout. Voulez-vous être des nôtres ?... je vous offre une position analogue à la mienne.

— Quelle est votre position, mon général ?...

— Obéir en apparence, et se tenir prêt à tout événement. À compter du grade de colonel, on ne se compromet point..., dit le maréchal de 1815 en emmenant le colonel à quatre pas et lui parlant à l'oreille. Nous conspirons, mon cher Sautereau, comme des hommes d'État conspirent, et non comme des cerveaux brûlés. Le brave homme que vous voyez là, va jouer une rude partie à notre profit... Je vous regarde, vous, comme une des têtes les plus précieuses, car vous êtes brave, vous avez du sang-froid, de la résolution, et vous saurez vous taire... »

[. . . .]

Ébauche du début de la future douzième scène[1].

UN CARACTÈRE DE FEMME

Entre Bourg et Belley, la route départementale est aussi pittoresque, aussi variée que les plus jolies routes de la Suisse. On passe par des petites villes délicieuses et par des villages au milieu desquels roule un torrent aux eaux claires entre deux rangées de peupliers[2].

Les naïfs détails de ces endroits rappellent la ville d'Aix, en Savoie, ou les bourgs les plus jolis du Grésivaudan[3]. À la sortie de ces villages, on côtoie de ces petits lacs bleus formés par les neiges fondues, tombées des Alpes, et devenus [si] limpides par un repos absolu que l'on voit le fond, pareil à des mosaïques romaines. C'est un pays tout alpestre, mais un pays entièrement inconnu aux peintres et aux touristes, qui ne passent jamais par là. Lorsque la route gravit une bosse de terrain un peu forte, alors l'œil charmé du voyageur embrasse la petite chaîne des Alpes Cottiennes[4] côtoyée par le Rhône, et la Dent du Chat au pied de laquelle s'étend le plus ravissant des petits lacs, le lac du Bourget. Ce pays est le jardin de la Bresse, un des premiers domaines de la maison de Savoie[5], où l'héritière des ducs de Bourgogne a laissé, pour la France d'aujourd'hui, l'un des plus beaux joyaux du Moyen Âge, l'Église votive de Notre-Dame de Brou[6], qui, à elle seule, vaut le voyage, comme si la nature ne récompensait point à chaque pas les peines du voyageur. Ce pays si joli[7] [...]

Dans les premiers jours du mois de janvier de l'année 1816, à cinq heures du matin, une voiture qui réunissait à la fois les caractères du char à bancs et de la patache était arrêtée au bout d'un de ces charmants villages devant une allée d'arbres au fond de laquelle se dessinait la façade d'une maison de campagne. Deux voyageurs, partis la veille au soir de Bourg à sept heures, avaient crânement fait douze lieues en dix heures, et ils se promenaient sur la route en frappant du pied pour se réchauffer, car, dans ce pays montagneux où brillent tant de petits lacs et de cours d'eau, découpé par tant de gorges et de vallées, il s'élève au matin de frais brouillards que le soleil a bientôt bu[s] lorsque, dans cette saison printanière, la journée doit être belle.

Chaque fois que le conducteur de cette voiture à parois d'osier ajoutait un paquet à ceux que la frêle impériale supportait déjà, les deux voyageurs se regardaient, comme pour se demander s'il ne serait pas prudent de continuer leur route vers Belley à pied.

« Quel baldaquin, mon colonel! dit enfin l'un des deux en s'adressant à l'autre. Dis donc, pays, reprit-il en parlant au messager, combien avons-nous encore d'ici à Belley ?...

— Deux heures de marche, répondit le messager.

— Combien cela fait-il de lieues de poste ?

— Trois lieues...

— Nous ne serons donc à Belley que sur les sept heures du matin ?... Vingt-quatre heures pour faire treize lieues.

— Ah! dame, mon cher ami, nous avons le service de la poste à faire. »

Le digne messager faisait aussi les commissions de toute la contrée entre Bourg et Belley.

« Mais ta carriole peut-elle soutenir tous ces paquets ?... demanda le colonel.

— Ah! je le crois bien, dit le conducteur. Voilà seize ans qu'elle en a l'habitude. »

Le colonel examina la voiture d'un air de doute.

La voiture de Bourg à Belley ressemblait assez à ce qu'on appelle de nos jours un chariot, seulement, la moitié de ce chariot était couvert d'une tête en bois de sapin tenue par quatre montants en hêtre dont les intervalles, sur trois faces, avaient été remplis par de fortes claies d'osier que maintenaient des petits balustres peints en vert. Sous cet abri protecteur, se trouvaient deux banquettes matelassées comme les parois de la voiture. On montait dans ce poulailler par un marchepied en fer, grossier, adhérant au brancard. Cette voiture avait pour unique fermeture deux rideaux de cuir, et un immense tablier. Le conducteur s'asseyait sur une espèce de stra-

pontin élevé sur la traverse de devant. Entre le tablier
de cuir et le siège, la première partie de cette singulière
voiture formait un vaste coffre, où l'on mettait les
paquets de la poste, les marchandises que transportait
le messager, et les bagages des voyageurs se plaçaient
sur l'impériale. Cette voiture, montée sur quatre roues,
pouvait contenir six voyageurs pressés, quatre à l'aise,
et elle en prenait souvent huit. Quand elle en portait
huit et le conducteur, qu'elle était bien chargée, alors
les gens du pays la trouvaient fort douce, c'est assez
dire que les deux voyageurs se croyaient désossés pour
avoir été durement cahotés depuis Bourg. Aussi, plus
fatigués de ces dix lieues que de tout le voyage depuis
Paris jusqu'à Bourg, pendant lequel ils avaient changé
trois fois de voiture, ils regardaient à s'y mettre pour
trois lieues, quoique l'un et l'autre ils fussent des militaires endurcis aux fatigues. Les jeunes gens qui jouissent
aujourd'hui des perfections de la civilisation moderne,
ne pourront jamais se figurer l'état dans lequel était le
matériel social en 1816, ni croire aux façons de tortue
avec lesquel[le]s procédaient les services de messagerie.
On appelait alors des vélocifères[1] une concurrence des
messageries dites royales qui ne mettaient que huit jours
pour aller à Bordeaux. Les voitures du gouvernement,
les malles étaient des espèces de baleines en cuir portées
sur deux roues et dans lesquelles on courait risque de la
vie. On regardait comme un héros un homme assez
hardi pour voyager par le courrier. Ces deux voyageurs
venus par la route de Lyon, une des cinq ou six villes
où les messageries de la rue Notre-Dame-des-Victoires
allaient directement, avaient été déposés à Châlons.
Conduits de Châlons à Mâcon par le service de province
avec lequel les messageries correspondaient, ils avaient
été amenés par une autre correspondance chargée du
service de la poste entre Mâcon et Bourg[2]; et, enfin à
Bourg, ils étaient devenus la chevance[3] du messager
entre Bourg et Belley. De Paris à Bourg, ils avaient
couché trois fois, et la nuit qu'ils venaient de passer dans
cette affreuse voiture était la huitième[4] depuis leur départ.
Aujourd'hui cette semaine suffirait pour aller de Paris
à Odessa par terre, c'est-à-dire pour faire huit à neuf
cents lieues[5]. Aussi la vie humaine est-elle au moins
doublée.

« Allons donc, monsieur, sacrebleu, dépêchez-vous donc! » cria le colonel à un petit homme sec et maigre vêtu de noir qui s'avançait tranquillement dans l'avenue, accompagné de deux personnes en s'entretenant avec elles.

Ce monsieur vêtu de drap noir, en culotte courte, en gros bas de filoselle noire, en souliers à boucles, et portant une bonne grosse redingote bleue à triple collet, ayant les cheveux poudrés, en ailes de pigeon et une queue, n'eut pas l'air d'avoir entendu cette interpellation.

« Simon, tu surveilleras bien les ouvriers, j'ai mis du vin pour eux dans l'office, Mme Jean a la clef. Et toi, Claude, aie soin des allées, qu'elles soient bien ratissées, pas d'herbe... Allons, adieu mes enfants...

— Savez-vous, monsieur, reprit le colonel, que voici bientôt une demi-heure que nous vous attendons... »

Le nouveau voyageur, évidemment le propriétaire de cette jolie maison de campagne, regarda le colonel d'un air singulier, mais le coup d'œil fixe du colonel lui fit baisser les yeux. La prunelle du militaire s'était allumée d'une colère réprimée, à la vue du ruban de l'ordre de la Légion d'honneur qui fleurissait à la boutonnière de la redingote et à celle de l'habit. La prodigalité avec laquelle le gouvernement royal donnait l'ordre créé par Napoléon, évidemment pour l'avilir, irritait singulièrement les militaires, à qui l'Empereur le faisait naguère acheter si cher; aussi les vieux soldats oubliaient-ils toute prudence, surtout au fond des provinces, à chaque rencontre de ce genre.

« Les gens qui ont le ruban que vous portez sont habitués à marcher plus vite que ça!...

— Fâché de vous avoir fait attendre, monsieur! répondit le nouveau décoré, qui salua gravement le colonel en interrogeant par un regard le voiturier.

— Mais au moins, montez donc, monsieur! dit encore le colonel.

— Vous ne montez donc pas le premier », répondit le petit homme qui paraissait avoir environ quarante-six ans.

Et il appela l'un de ses gens qui vint l'aider à se percher sur le marchepied à trois degrés sur lesquels on pouvait fort bien trébucher, car ils ressemblaient à des bâtons de perroquet.

« Restez-vous à Belley ? » demanda tout bas le messager au colonel.

Le colonel répondit par un signe affirmatif.

« Hé bien, lui souffla dans l'oreille le messager, si
vous voulez ne pas vous y faire d'affaires, filez doux
avec ce particulier-là...

— Et pourquoi ?...

— C'est le président... »

Le colonel sauta dans la voiture et se mit à côté du
président. Le compagnon du colonel se plaça sur la
banquette de devant, et attacha les rideaux de cuir afin
de pouvoir regarder le paysage.

Le président examina du coin de l'œil son voisin, et
l'étudia, comme les gens de province étudient les inconnus, en formant mille conjectures. Le colonel, homme
d'environ trente-six ans, offrait aux remarques du président une figure à la fois martiale et fine, qui mentait de
quelques années, car on ne lui aurait pas donné trente ans,
tant elle était fraîche et pure. Le teint, quoique d'un
jaune ambré, laissait voir la coloration d'un sang riche.
L'ovale du visage, comme tracé par un peintre à plaisir,
les yeux vifs fendus en amande, le front blanc, la bouche à
lèvres très larges, étaient relevés par une chevelure brune,
par d'énormes moustaches et une virgule noires. L'expression de cette figure donnait l'idée d'une douceur de
femme, d'une grande bonté, d'une jeunesse insouciante,
et le président aurait cru voir un fils de famille, n'était la
redingote bleue militaire, le bonnet de police à galon
d'or, les gants de daim, les bottes à la Souvaroff et le
pantalon bleu collant du colonel. D'ailleurs, il remarqua
sur-le-champ, entre le soldat en capote grise et le voyageur, les indices de la subordination qui lie l'inférieur au
supérieur.

« C'est sans doute pour la première fois que vous
venez dans ce pays ?... demanda le président au colonel.

— Non, monsieur, j'y reviens ! répondit le colonel.
Eh bien, Lespanou, t'y reconnais-tu ?

— Comme ça, mon colonel ! J'ai tant vu de pays !...
répondit le sergent-major, depuis dix ans, qu'en route,
je ne sais jamais où je suis, par suite de mon habitude de
regarder la route...

— Lespanou ? reprit le président, c'est un nom du
pays[1], vous êtes donc de Belley ?

— Oui, monsieur, je suis le colonel Sautereau!

— Ah! le fameux colonel Sautereau! Ne vous moquez-vous pas de moi! D'après ce que nous savons, le colonel Sautereau devrait avoir six pieds, être gros comme une tour... Comment, c'est vous qui avez défendu la Catalogne ?

— Parbleu! répondit Lespanou.

— Qui avez été le chef d'État-major à la bataille de Toulouse ?...

— Un peu! répliqua Lespanou.

— Qui avez été lieutenant des gardes du corps dans la compagnie Wagram ?

— Hélas!... dit Lespanou.

— Et qui avez rallié votre régiment en arrière de Mont-Saint-Jean[1] ?

— Ça, oui!... et blessé! reprit Lespanou.

— Vous devez vous trouver bien heureux de n'être pas banni ? dit le président.

— Mais le maréchal, en nous licenciant à Tours, m'a dit, répliqua doucement le colonel, que je serais maintenu dans mon grade. J'ai bien mon grade, mais le ministre de la Guerre m'a mis à la demi-solde, et m'a soumis à la surveillance de la haute police, en m'enjoignant de résider à Belley, mon pays natal... Dieu sait ce qu'ils font, et où ils trouveront une armée!...

— Monsieur le baron Sautereau, dit tout bas le président, car puisqu'on ne vous a pas fait votre procès, vous êtes toujours baron, ayez la plus grande prudence, qu'il ne vous échappe jamais un mot sur le Roi, la famille royale, le gouvernement et le clergé; Belley, colonel, est une ville essentiellement monarchique, attendu qu'elle est essentiellement religieuse, et l'on savait bien où l'on vous envoyait...

— Vous m'avez l'air d'un brave homme ? dit le colonel en interrompant le magistrat, mais à quoi dois-je tant d'intérêt chez un inconnu ?...

— Votre mère est une Chambrier[2], elle a fait la folie d'épouser l'huissier Sautereau...

— Monsieur!...

— Et tu es mon neveu! riposta le magistrat, je suis ton oncle Chambrier, le frère de ta mère, et je suis, de plus, président du tribunal de première instance de Belley. Songe, mon neveu, que voilà les seules paroles d'affection que tu entendras de moi; pour te servir en cas de besoin, il faudra que j'aie l'air de te battre froid. Si je n'étais pas monarchique et religieux, je n'aurais pas été confirmé dans mes fonctions. Et je suis un chaud royaliste; aussi ai-je été choisi pour aller porter à Sa Majesté l'adresse de sa fidèle ville de Belley, par laquelle nous avons béni le retour de notre roi légitime... Et si le voiturier n'était pas descendu pour monter la côte à pied, je ne te parlerais pas ainsi, va!... Je suis le croquemitaine du pays! Mais je t'aime, tu es parti sans souliers, abandonné de nous tous, et tu as conquis un beau nom, le titre de baron, et te voilà colonel!...

— Comment, vous êtes mon oncle Chambrier ?...

— En personne!

— Hé bien, donnez-moi des nouvelles de mon père et de ma mère...

— Oh! pour cela, dit le président, ce sera dit en trois mots : ils sont morts... Et c'est ce que le ciel a fait de mieux pour toi, car s'ils n'étaient pas morts de maladie, ils seraient morts de faim...

— Et quand ?

— En 1813, répondit le président, tu étais en Espagne, et ils n'ont jamais rien su de toi, car nous avons tous cru que le colonel Sautereau ne pouvait pas être le petit Sautereau, l'enfant de l'amour, qui gaminait dans les rues de Belley, et qui s'en est sauvé, tu sais pourquoi...

— Oui, répondit le colonel en réprimant un ouragan de colère, vous m'avez cru pendu!...

— Hé! hé! sans moi qui t'ai rendu le service de t'avoir légitimé, l'on te condamnait...

— Assez, mon oncle! Si ce n'était pas vous...

— Hé, mon garçon, tu me dois ton état civil, tu me dois tout jusqu'à ton honneur, et la maison de ton grand-père Sautereau, que j'ai défendue contre les créanciers de ton père et de ta mère, qui auraient mangé la lune!... Heureusement qu'ils n'y ont pas fait de trou[1], car tu ne pourrais pas rester à Belley sans payer leurs créanciers.

— J'ai une maison à Belley!... dit le colonel. Mais j'ai fait passer à mon père et à ma mère, à différentes fois, plus de six mille francs...

— En ce cas, c'est une réclamation à faire, car ils n'ont rien reçu; sans moi, ma sœur mourait à l'hôpital de Belley. Mais une Chambrier à l'hôpital!... Je n'étais alors que juge d'instruction, mais j'y aurais vendu mon dernier livre de jurisprudence.

— Et mon autre oncle Chambrier!... le banquier...

— Ah! mon garçon, celui-là, Dieu seul sait où il est!... ou plutôt sa femme! Il est parti pour Paris ruiné!... Nous causerons de tout cela, mon cher neveu, lorsque nous arriverons à la montée de la Darte[1], chut!... Voici Martin le messager! dit-il en se mettant un doigt sur les lèvres, — vous ne savez pas ce que c'est que notre pays; les gens y ont la langue aussi longue que les oreilles[2].

— Merci, mon cher oncle », dit le colonel.

Pendant que Martin le voiturier, arrivé sur le haut d'une côte à descendre, arrangeait le sabot à la manière allemande, c'est-à-dire en y mettant le double du temps nécessaire[3], Lespanou descendit à un signe de son colonel, et dit tout bas au messager :

« Est-ce que c'est là le président Chambrier ?

— Ah! ben oui! répliqua le messager. Si vous avez envie de retourner à Bourg coucher en prison, vous n'avez qu'à parler de *l'autre*... vous serez bientôt servis... c'est un mangeur de bon Dieu!... »

En remontant en voiture, Lespanou fit un signe à son colonel et la conversation, tout à fait insignifiante, roula sur le pays et sur ses beautés, sur Lespanou dont l'histoire était d'une excessive simplicité.

Lespanou, l'un des enfants de l'hospice de Belley, s'était engagé, à quinze ans, après avoir quitté Belley pour une peccadille dans le genre de celle que le président venait de reprocher à son neveu, un vol de fruits avec escalade, et, par les hasards de la guerre, il s'était trouvé, vers 1810, incorporé dans le régiment où Sautereau passa capitaine, et duquel il devint en 1813 colonel par la puissance du courage et du talent militaire. Naturellement Lespanou s'était attaché à la fortune de son colonel et, lors du licenciement de l'armée de la Loire, Sautereau l'avait pris à son service, quoiqu'il n'eût que sa demi-solde pour toute fortune.

Enfin, après une heure et demie de marche, la guimbarde de Martin atteignit au bas de la dernière colline qui restait à gravir pour arriver à la vallée du Rhône que domine la ville de Belley, assise à mi-côte et dont le faubourg descend, du côté de la Savoie, jusqu'aux sinuosités de cette jolie croupe de terrain.

« Arrête là, Martin, dit M. Chambrier, la côte de la Darte est si longue que nous la ferons à pied, nous irons sans doute plus vite que toi, tu nous retrouveras sur la place[1]. Et vous, sergent! dit-il à Lespanou, en avant.

— Va donc en avant, répondit le colonel qui, sur un signe de son oncle, devina qu'il voulait parler sans être écouté.

— Je présume, reprit le magistrat et en regardant son neveu, que vous devez désirer ne pas rester pendant longtemps sous la surveillance de la haute police?... et que vous voulez vivre tranquillement à Belley?...

— Mais oui, mon cher oncle...

— Comme alors vous ne savez pas ce que c'est qu'une ville comme Belley, je vais vous l'expliquer. Vous venez de mesurer la distance qui sépare Belley de Bourg, et Bourg de Paris, nous sommes au bout de la France, eh bien, décuplez cette distance, et figurez-vous que vous êtes dans une colonie. Vous êtes chez les Allobroges[2], mon cher ami. Nous avons un évêché, dans cet évêché se trouve un évêque[3]. Cet évêque se nomme M. le comte d'Escalonde, et M. d'Escalonde est un des plus chauds protecteurs d'un ordre qui, dans dix ans d'ici, dominera la France[4]. Le gouverneur de la Bresse est M. d'Escalonde. C'est lui qui a placé le préfet de l'Ain, le sous-préfet de Belley est de son choix, le procureur du Roi de Bourg est un de ses parents, et enfin toutes les autorités sont à sa dévotion. Cette influence du clergé, sourde et muette sous le tyran corse, s'est manifestée en 1814, et les événements de l'année dernière l'ont tellement corroborée que les prêtres sont les vrais maîtres de cette partie du département de l'Ain. Vous arrivez donc dans la ville religieuse par excellence, et ceux qui ne sont pas religieux sont hypocrites, ce qui, vous savez, est pis. Monseigneur est notre parent, c'est assez vous dire qu'il n'est le parent que de ceux qu'il lui plaît de reconnaître. Monseigneur n'est plus rien par lui-même, il est très honnête homme; mais il a deux conseillers : d'abord sa nièce, Mme Chambrier, devenue votre tante, et qui s'appelle Chambrier d'Escalonde, mais qu'on nomme seulement Mme d'Escalonde, et l'on prétend que, d'ici à quelques jours, une ordonnance du Roi conférera le titre de comte d'Escalonde à son fils aîné, votre cousin, en sorte que le père sera M. Chambrier et le fils s'appellera le comte d'Escalonde. Mme Chambrier mène son oncle, vieillard de soixante-quatre ans, grand-vicaire du diocèse avant la Révolution. Le vicomte d'Escalonde, le fils aîné du vieux comte, est mort en 1795, à un combat sur le Rhin, dans les rangs de l'armée de Condé. Quant au vieux bonhomme qui n'a pas émigré, qui restait au château d'Escalonde, vous savez qu'il a dû la vie et la conservation de ses biens au mariage de sa nièce avec votre oncle Chambrier, alors président du tribunal révolutionnaire de Bourg, et le bras droit du représentant du peuple. Le vieux d'Escalonde est mort en 1804, laissant toute sa fortune à son second fils, l'abbé d'Escalonde, au préjudice des deux filles de son fils aîné, car le vicomte et la vicomtesse d'Escalonde ont eu une seconde fille en Allemagne, qui vers 1802 est arrivée ici et qui s'est enfuie de Belley, en 1812, avec un officier nommé Brimont qu'elle a suivi, dit-on, jusqu'en Russie. »

[. . . .]

SCÈNES DE LA VIE PARISIENNE

ÉCHANTILLON DE CAUSERIE FRANÇAISE

INTRODUCTION

Échantillon de causerie française *a un statut ambigu dans* La Comédie humaine. *Ce texte, rédigé dans son ensemble en 1831, a paru, à la fin de janvier 1832, en tête d'un volume anonyme,* Contes bruns, *sous le titre* Une conversation entre onze heures et minuit. *Sous le titre actuel, Balzac l'a publié de nouveau, et sous son nom, en 1844, à la suite de* Splendeurs et misères des courtisanes : Esther, *avant de le mentionner, dans son catalogue de 1845, comme achevé et incorporé à* La Comédie humaine[1].

Pourtant, nous l'avons maintenu dans les Œuvres ébauchées. *La publication de 1844 avait pour objet de grossir le troisième et dernier volume d'une édition, qui autrement serait resté plus mince que les deux premiers; à la même époque, Balzac a grossi d'autres éditions de ses romans avec des textes qui ne font pas partie de* La Comédie humaine, *pour la même raison de commodité éditoriale. S'il avait vraiment considéré cet ouvrage comme achevé et bien relié à l'univers de* La Comédie humaine, *rien ne l'empêchait de l'insérer dans le tome XII de l'édition Furne (1846), où s'achèvent les* Scènes de la vie

---

1. Sous le n° 64; voir t. I, p. CXXIV, où l'on notera l'emploi du pluriel : *Échantillons de causeries françaises*.

parisienne. *Il ne l'a pas fait. Il nous a donc paru plus sage de considérer* Échantillon de causerie française *comme un ouvrage n'ayant pas atteint son état définitif.*

Dans le volume des Contes bruns *dû à la collaboration anonyme de Balzac, Philarète Chasles et Charles Rabou,* Une conversation entre onze heures et minuit *a pour cadre un salon artiste, élégant et mondain de la rue Saint-Germain-des-Prés où divers narrateurs content douze histoires piquantes ou terrifiantes*[1].

C'est l'époque où Balzac se complaît à rédiger des nouvelles, des contes philosophiques, drolatiques... ou bruns. Il n'abandonnera jamais complètement cette veine et se plaira à insérer contes ou histoires brèves dans des ensembles romanesques plus vastes. Les douze « contes bruns » de 1832 seront réutilisés plusieurs fois, mais jamais dans leur ensemble. Finalement, trois ont pris place dans La Comédie humaine : *deux dans* Autre étude de femme *(1842)*[2] *et un dans* La Muse du département *(1843)*[3]*. Neuf restaient donc disponibles, avec les réflexions et conversations d'encadrement, pour constituer l'*Échantillon de causerie française *de 1844.*

Dès 1835, Balzac avait songé à intégrer ses textes des Contes bruns *dans les* Études de mœurs *et faisait écrire à Félix Davin : «* Les Conversations entre onze heures et minuit, *dont un fragment a paru dans les* Contes bruns *et qui ouvrent les* Scènes de la vie politique, *sont achevées*[4]. »

Peu après, il précisait : « Les Conversations entre onze heures et minuit, *qui devaient terminer les* Scènes de la vie parisienne, *et qui furent annoncées, serviront d'introduction aux* Scènes de la vie politique, *car elles forment une transition naturelle entre la peinture des extrêmes de Paris, qui dis-*

---

1. Trois de ces « sujets » avaient été notés par Balzac dans son album *Pensées, sujets, fragments* : ceux de l' « Histoire du capitaine Bianchi », du « Père du réfractaire » et du « Bol de punch ».

2. Ceux de « La maîtresse de notre colonel » et de « La mort de la femme du médecin » devenus « La mort de la duchesse ». Voir Tableau, p. 1016-1017, et t. III, p. 1486 et 1489.

3. L'*Histoire du chevalier de Beauvoir*. Voir Tableau p. 1016-1017, et t. IV, p. 1408-1409.

4. Tome I, p. 1149 (texte daté du 27 avril 1835) et la note d'A.-M. Meininger.

solvent incessamment les principes sociaux, et celles des scènes
de la politique, où l'homme se met au-dessus des lois communes,
au nom des intérêts nationaux, comme le Parisien s'y met au
profit de ses passions fortes et de ses intérêts agrandis[1]. »

L'achèvement indiqué n'était que publicitaire : le classement
dans les Scènes de la vie politique *impliquait une orientation*
différente du « fragment [...] paru dans les Contes bruns ».
D'ailleurs le catalogue de 1845 prévoit l'incorporation des
« Échantillons » aux Scènes de la vie parisienne. *Cette*
indication détermine notre propre classement. De fait, si la
coloration des histoires est campagnarde, provinciale et surtout
militaire, le salon est bien parisien.

D'une manière générale, le lecteur d'aujourd'hui prend plaisir
à ces récits de 1832, apprécie l'art de la narration, la variété et
l'ingéniosité des thèmes. Balzac conteur se veut souvent philo-
sophe ou drolatique. Ici, il recherche la chose vue, vécue, réelle ;
il se pose le problème du réalisme et du naturalisme en art en
cherchant à « savoir si la nature, textuellement copiée, est belle
en elle-même[2] ». La conclusion complète du texte de 1832 est
significative du but recherché : « Aujourd'hui nous hésitons
entre l'idéalisation et la traduction littérale des faits, des
hommes, des événements. Choisissez... Voici une aventure où
l'art essaie de jouer le naturel[3]. » Le but artistique est atteint
par la virtuosité avec laquelle il use du système, très moderne,
du récit dans le récit, la plus grande réussite étant peut-être
celle où il prête à Stendhal une histoire émaillée de réflexions
stendhaliennes en l'achevant, sur une pirouette, par des considé-
rations typiquement balzaciennes.

ROGER PIERROT.

1. Préface aux *Scènes de la vie parisienne*, t. V, p. 1410-1411 (texte daté du 30 août 1835).
2. P. 498.
3. Var. *c* de la page 498, p. 1023.

ÉCHANTILLON
DE CAUSERIE FRANÇAISE

Je fréquentais l'hiver dernier une maison[1], la seule peut-être où maintenant, le soir, la conversation échappe à la politique et aux niaiseries de salon. Là, viennent des artistes, des poètes, des hommes d'État, des savants, des jeunes gens occupés ailleurs de chasse, de chevaux, de femmes, de jeu, de toilette, mais qui, dans cette réunion, prennent sur eux de dépenser leur esprit, comme ils prodiguent ailleurs leur argent ou leurs fatuités[a]. Donc, représentez-vous assises autour d'une cheminée, dans un salon élégant, une douzaine de personnes dont toutes les physionomies, plus ou moins tourmentées, plus ou moins belles, expriment des passions ou des pensées. Trois femmes aimables, bien mises, gracieuses, dont la voix était douce, présidaient cette scène, à laquelle aucune séduction ne manqua, pour moi, du moins. À la lueur des lampes, quelques artistes dessinaient en écoutant, et souvent je vis la sépia se séchant dans leurs pinceaux oisifs. Le salon était déjà par lui-même un tableau tout fait, et plus d'un peintre se trouvait là, capable de le bien exécuter. Nous fûmes redevables à un vieux militaire de la tournure que prit la conversation. Il venait d'achever une partie dans un salon voisin, et lorsqu'il se planta tout droit devant la cheminée, en relevant les deux pans de son habit bleu, l'une des dames lui dit : « Eh bien, général, avez-vous gagné ?

— Oh! mon Dieu non... Je ne puis pas toucher une carte... »

Même question faite à quelques joueurs qui songeaient sans doute à s'évader, il se trouva, comme toujours, que tout le monde avait à se plaindre du jeu. Récapitulation savamment faite, il advint qu'un sculpteur qui, à ma connaissance, avait perdu vingt-cinq louis, fut atteint et convaincu d'avoir gagné six cents francs.

« Bah! les plaies d'argent ne sont pas mortelles…, dit mon savant, et tant qu'un homme n'a pas perdu ses deux oreilles…

— Un homme peut-il perdre ses deux oreilles ? demanda la dame.

— Pour les perdre il faut les jouer…, répondit un médecin.

— Mais les joue-t-on jamais ?…

— Je le crois bien, s'écria le général en levant un de ses pieds pour en présenter la plante au feu. J'ai connu en Espagne, répondit-il, un nommé Bianchi, capitaine au 6e de ligne, — il a été tué au siège de Tarragone[1], — qui joua ses oreilles pour mille écus. Il ne les joua pas, pardieu, il les paria bel et bien; mais le pari est un jeu. Son adversaire était un autre capitaine du même régiment, Italien comme lui[2], comme lui mauvais garnement, deux vrais diables ensemble, mais bons officiers, excellents militaires. Nous étions donc au bivouac, en Espagne. Bianchi avait besoin de mille écus pour le lendemain matin, comme il ne possédait que quinze cents francs, il se mit à jouer aux dés sur un tambour avec son camarade, pendant que leurs compagnies préparaient le souper. Il y avait, ma foi, trois beaux quartiers de chèvre qui cuisaient dans une marmite, près de nous; et nous autres officiers nous regardions alternativement et le jeu et la chèvre qui frissonnait fort agréablement à nos oreilles; car nous n'avions rien mangé depuis le matin. Nos soldats revenaient un à un de la chasse, apportant du vin et des fruits. Nous avions un bon repas en perspective. La marmite était suspendue au-dessus du feu par trois perches arrangées en faisceau, et assez éloignées du foyer pour ne pas brûler; mais d'ailleurs les soldats, avec cet instinct merveilleux qui les caractérise, avaient fait un petit rempart de terre autour du feu. — Bianchi perdit tout; il ne dit pas un mot; il resta comme il était, accroupi; mais il se croisa les bras sur la poitrine, regarda le feu, le ciel, et par moment son adversaire. Alors j'avais peur qu'il ne fît quelque mauvais coup; il semblait vouloir lui manger les entrailles. Enfin il se leva brusquement, comme pour fuir une tentation. En se levant, il renversa l'une des

trois perches qui soutenaient la marmite, et voilà la
chèvre et notre souper à tous les diables!... Nous
restâmes silencieux; et, quoique ventre affamé ne porte
guère de respect aux passions, nous n'osâmes rien lui
dire, tant il nous faisait peine à voir... L'autre comptait
son argent. Bianchi se mit à rire. Il regarda la marmite
vide, et pensa peut-être alors qu'il n'avait pas plus de
souper que d'argent. Il se retourna vers son camarade,
puis avec un sourire d'Italien : " Veux-tu parier mille
écus, lui dit-il en montrant une sentinelle espagnole
postée à cent cinquante pas environ de notre front de
bandière[1], et dont nous apercevions la baïonnette au clair
de la lune, veux-tu parier tes mille écus que, sans autre
arme que le briquet[2] de ton caporal (et il prit le sabre
d'un nommé *Garde-à-Pied*), je vais à cette sentinelle, j'en
apporte le cœur, je le fais cuire et le mange... — Cela va!...
dit l'autre; mais — si tu ne réussis pas... — Eh bien,
corpo di Baccho[3]! (il jura un peu mieux que cela; mais il
faut gazer le mot pour ces dames), tu me couperas les
deux oreilles... — Convenu!... dit l'autre. — Vous êtes
témoins du pari ? " s'écria Bianchi d'un air triomphant,
en se tournant vers nous... Et il partit. Nous n'avions
plus envie de manger, nous autres. Cependant, nous
nous levâmes tous pour voir comment il s'y prendrait,
mais nous ne vîmes rien du tout. En effet, il tourna par
un sentier, rampa comme un serpent; bref, nous n'en-
tendîmes pas seulement le bruit que peut faire une feuille
en tombant. Nos yeux ne quittaient pas de vue la sentinelle. Tout à coup, un petit gémissement de rien, un *heu!*
profond et sourd nous fit tressaillir. Quelque chose
tomba... Pâoun! Et nous ne vîmes plus la sacrée (excusez-
moi, mesdames ?) baïonnette. Cinq minutes après, ce
farceur de Bianchi galopait dans le lointain comme un
cheval, et revint tout pâle, tout haletant. Il tenait à la
main le cœur de l'Espagnol, et le montrait en riant à
son adversaire. Celui-ci lui dit d'un air sérieux : " Ce
n'est pas tout!...

« — Je le sais bien ", répliqua Bianchi. Sans laver le
sang de ses mains, il releva les perches, rajusta la marmite,
attisa le feu, fit cuire le cœur et le mangea sans être
incommodé. Il empocha les mille écus...

— Il avait donc bien besoin de cet argent ?... demanda
la maîtresse du logis.

— Il les avait promis à une petite vivandière parisienne dont il était amoureux...

— Oh! madame, reprit le général après une petite pause, tous ces Italiens-là étaient de vrais cannibales, et des chiens finis. Ce Bianchi venait de l'hôpital de Como, où tous les enfants trouvés reçoivent le même nom, ils sont tous des Bianchi : c'est une coutume italienne. L'Empereur avait fait déporter à l'île d'Elbe les mauvais sujets de l'Italie, les fils de famille incorrigibles, les malfaiteurs de la bonne société qu'il ne voulait pas tout à fait flétrir. Aussi, plus tard, il les enrégimenta, il en fit la *légion italienne ;* puis il les incorpora dans ses armées et en composa le 6ᵉ de ligne[1], auquel il donna pour colonel un Corse, nommé Eugène[2]. C'était un régiment de démons. Il fallait les voir à un assaut, ou dans une mêlée!... Comme ils étaient presque tous décorés pour des actions d'éclat, ce colonel leur criait naïvement, en les menant au plus fort du feu : *Avanti, avanti, signori landroni, cavalieri ladri...* En avant, chevaliers voleurs, en avant, seigneurs brigands!... Pour un coup de main, il n'y avait pas de meilleures troupes dans l'armée; mais c'étaient des chenapans à voler le bon Dieu. Un jour, ils buvaient l'eau-de-vie des pansements; un autre, ils tiraient, sans scrupule, un coup de fusil à un payeur, et mettaient le vol sur le compte des Espagnols. Et, cependant, ils avaient de bons moments!... À je ne sais quelle bataille, un de ces hommes-là tua dans la mêlée un capitaine anglais qui, en mourant, lui recommanda sa femme et son enfant. La veuve et l'orphelin se trouvaient dans un village voisin. L'Italien y alla sur-le-champ, à travers la mêlée, et les prit avec lui. La jeune dame était, ma foi, fort jolie. Les mauvaises langues du régiment prétendirent qu'il consola la veuve, mais le fait est qu'il partagea sa solde avec l'enfant jusqu'en 1814. Dans la déroute de Moscou, l'un de ces garnements, ayant un camarade attaqué de la poitrine, eut pour lui des soins inimaginables depuis Moscou jusqu'à Wilna. Il le mettait à cheval, l'en descendait, lui donnait à manger, le défendait contre les cosaques, l'enveloppait de son mieux avec les haillons qu'il pouvait trouver, le couchait comme une mère couche son enfant, et veillait à tous ses besoins. Un soir, le diable de malade alla, malgré la défense de son ami, se chauffer à un feu de cosaques, et lorsque celui-ci vint pour l'y reprendre, un cosaque, croyant qu'on voulait leur chercher chicane, tua le pauvre Italien.

— Napoléon avait des idées bien philosophiques! s'écria une dame. Ne faut-il pas avoir réfléchi bien profondément sur la nature humaine, pour oser chercher ce qu'il peut y avoir de héros dans une troupe de malfaiteurs[a] ?...

— Je demande que l'on ne parle pas trop de Napoléon », dit un artiste gravement.

Ce mot avait assez d'à-propos à cause du retour des cendres de l'Empereur[1]. Aussi chacun se mit à rire, moins la dame à qui l'on devait l'observation[b].

« Il faut des guerres civiles pour faire éclore des caractères semblables!... s'écria un avocat célèbre. Ces aventures où l'âme se déploie dans toute sa vigueur ne se rencontrent jamais dans la vie tranquille telle que la constitue notre civilisation actuelle, si pâle, si décrépite.

— Encore la civilisation!... répliqua Bianchon[2], l'un de nos médecins les plus distingués[c], votre mot est placé!... depuis quelque temps, poètes, écrivains, peintres, tout le monde est possédé d'une singulière manie. Notre société, selon ces gens-là, nos mœurs, tout se décompose et rend le dernier soupir. Nous vivons morts; nous nous portons à merveille dans une agonie perpétuelle, et sans nous apercevoir que nous sommes en putréfaction. Enfin, à les entendre, nous n'avons ni lois, ni mœurs, ni physionomie, parce que nous sommes sans croyance. Il me semble cependant que, d'abord, nous avons tous foi en l'argent, et depuis que les hommes se sont attroupés en nations, l'argent a été une religion universelle, un culte éternel; ensuite, le monde actuel ne va pas mal du tout. Pour quelques gens blasés qui regrettent de ne pas avoir tué une femme ou deux, il se rencontre bon nombre de gens passionnés qui aiment sincèrement. Pour n'être pas scandaleux, l'amour se continue assez bien, et ne laisse guère chômer que les vieilles filles... encore!... Bref! les existences sont tout aussi dramatiques en temps de paix qu'en temps de troubles... Je vous remercie de votre guerre civile. Moi j'ai précisément assez de rentes sur le grand-livre pour aimer cette vie étroite, l'existence avec les soies, les

cachemires, les tilburys, les peintures sur verre, les porcelaines, et toutes ces petites merveilles qui annoncent la
dégénérescence d'une civilisation...

— Le docteur a raison..., dit une dame. Il y a des
situations secrètes de la vie la plus vulgaire en apparence
qui peuvent comporter des aventures tout aussi intéressantes que celles de l'évasion[1].

— Certes, reprit le docteur. Et, si je vous racontais
une des premières consultations que...

— Racontez!...

— Racontez!... »

Ce fut un cri général dont le docteur fut très flatté.

« Je n'ai pas la prétention de vous intéresser autant
que monsieur...

— Connu, dit un peintre.

— Assez... Dites, cria-t-on de toutes parts.

— Un soir, dit-il, après avoir laissé échapper un geste
de modestie et un sourire, j'allais me coucher, fatigué
de ces courses énormes que nous autres, pauvres médecins, faisons à pied, presque pour l'amour de Dieu,
pendant les premiers jours de notre carrière, lorsque ma
vieille servante vint me dire qu'une dame désirait me
parler. Je répondis par un signe, et sur-le-champ l'inconnue entra dans mon cabinet. Je la fis asseoir au coin
de ma cheminée, et restai vis-à-vis d'elle, à l'autre coin,
en l'examinant avec cette curiosité physiologique particulière aux gens de notre *profession,* quand ils prennent
la science en amour. Je n'ai pas souvenance d'avoir rencontré dans le cours de ma vie une femme qui m'ait
aussi fortement impressionné que je le fus par cette
dame. Elle était jeune, simplement mise, médiocrement
belle cependant, mais admirablement bien faite. Elle avait
une taille très cambrée, un teint à éblouir et des cheveux
noirs très abondants. C'était une figure méridionale tout
empreinte de passions, dont les traits avaient peu de
régularité, beaucoup de bizarrerie même, et qui tirait son
plus grand charme de la physionomie; néanmoins, ses
yeux vifs avaient une expression de tristesse qui en
détruisait l'éclat. Elle me regardait avec une sorte d'inquiétude, et je fus extrêmement intéressé par l'hésitation
que trahirent ses premières paroles et ses manières. Elle
allait faire violence à sa pudeur, et j'attendais une de ces
confidences vulgaires auxquelles nous sommes habitués,

mais qui n'en sont pas moins honteuses pour les malades, lorsque, se levant avec brusquerie, elle me dit : " Monsieur, il est fort inutile que je vous instruise du hasard auquel j'ai dû de connaître votre nom, votre caractère et votre talent. " À son accent, je reconnus une Marseillaise. " Je suis, reprit-elle, mariée depuis trois mois à monsieur de..., chef d'escadron dans les grenadiers de la garde; c'est un homme violent et d'une jalousie de tigre. Depuis six mois je suis grosse... " En prononçant cette phrase à voix basse, elle eut peine à dissimuler une contraction nerveuse qui crispa son larynx. " J'appartiens, reprit-elle en continuant, à l'une des premières familles de Marseille; ma mère est madame de... "

« Vous comprenez, dit le docteur en s'interrompant et nous regardant à la ronde, que je ne puis pas vous dire les noms... " J'ai dix-huit ans, monsieur, dit-elle; j'étais promise depuis deux ans à l'un de mes cousins, jeune homme riche et fort aimable, mais appartenant à une famille exclusivement commerçante, la famille de ma mère. Nous nous aimions beaucoup... Il y a huit mois, monsieur de..., mon mari, vint à Marseille; c'est un neveu de l'ancienne duchesse de... et, favori de l'Empereur, il est promis à quelque haute fortune militaire : tout cela séduisit mon père. Malgré mon inclination connue, mon mariage avec le comte de... fut décidé. Ce manque de foi brouilla les deux familles. Mon père, redoutant la violence du caractère marseillais, craignit quelque malheur; il voulut conclure cette affaire à Paris, où se trouvait la famille de monsieur de... Nous partîmes.

« " À la seconde couchée[1], au milieu de la nuit, je fus réveillée par la voix de mon cousin, et je vis sa tête près de la mienne... Le lit où couchaient mon père et ma mère était à trois pas du mien; rien ne l'avait arrêté. Si mon père s'était réveillé, il lui aurait brûlé la cervelle. Je l'aimais... — c'est tout vous dire. "

« Elle baissa les yeux et soupira. J'ai souvent entendu les sons creux qui sortent de la poitrine des agonisants; mais j'avoue que ce soupir de femme, ce repentir poignant, mêlé de résignation, cette terreur produite par un moment de plaisir, dont le souvenir semblait briller dans les yeux de la jeune Marseillaise, m'ont pour ainsi dire aguerri tout à coup aux expressions les plus vives de la souffrance. Il y a des jours où j'entends encore ce soupir, et il me donne toujours une sensation de froid intérieur, lorsque ma mémoire est fidèle.

« " Dans trois jours, reprit-elle en levant les yeux sur moi, mon mari revient d'Allemagne. Il me sera impossible de lui cacher l'état dans lequel je suis, et il me tuera, monsieur ; il n'hésitera même pas. Mon cousin se brûlera la cervelle ou provoquera mon mari. Je suis dans l'enfer... "

« Elle dit cette phrase avec un calme effrayant.

« " Adolphe est tenu fort sévèrement ; son père et sa mère lui donnent peu d'argent pour son entretien ; ma mère n'a pas la disposition de sa fortune ; de mon côté, moi, je ne possède rien ; cependant, entre nous trois, nous avons trouvé quatre mille francs. — Les voici ", dit-elle en tirant de son corset des billets de banque et me les présentant. " Eh bien ! madame ?... lui demandai-je. — Eh bien ! monsieur, reprit-elle en paraissant étonnée de ma question, je viens vous supplier de sauver l'honneur des deux familles, la vie de trois personnes et celle de ma mère, aux dépens de mon malheureux enfant... — N'achevez pas ", lui dis-je avec sang-froid. J'allai prendre le Code. " Voyez, madame, repris-je en montrant une page qu'elle n'avait sans doute pas lue, vous m'enverriez à l'échafaud. Vous me proposez un crime que la loi punit de mort, et vous seriez vous-même condamnée à une peine plus terrible peut-être que n'est la mienne... Mais, la justice ne serait pas si sévère, que je ne pratiquerais pas une opération de ce genre ; elle est presque toujours un double assassinat ; car il est rare que la mère ne périsse pas aussi. Vous pouvez prendre un meilleur parti... Pourquoi ne fuyez-vous pas ?... Allez en pays étranger. — Je serais déshonorée... " Elle fit encore quelques instances, mais doucement et avec un sourd accent de désespoir. Je la renvoyai... Le surlendemain, vers huit heures du matin, elle revint. En la voyant entrer dans mon cabinet, je lui fis un signe de dénégation très péremptoire ; mais elle se jeta si vivement à mes genoux que je ne pus l'en empêcher. " Tenez ! s'écria-t-elle, voici dix mille francs ! — Hé ! madame, répondis-je, cent mille, un million même, ne me convertiraient pas au crime... Si je vous promettais mon secours dans un moment de faiblesse, plus tard, au moment d'agir, la raison me reviendrait, et je manquerais à ma parole ; ainsi, retirez-vous. "

« Elle se releva, s'assit, et fondit en larmes.

« " Je suis morte!... s'écria-t-elle. Mon mari revient demain... " Elle tomba dans une espèce d'engourdissement; et puis, après sept ou huit minutes de silence, elle me jeta un regard suppliant; je détournai les yeux; elle me dit : " Adieu, monsieur!... " et disparut. Cet horrible poème de mélancolie m'oppressa pendant toute la journée... J'avais toujours devant moi cette femme pâle, et je lisais toujours les pensées écrites dans son dernier regard. Le soir, au moment où j'allais me coucher, une vieille femme en haillons, et qui sentait la boue des rues, me remit une lettre écrite sur une feuille de papier gras et jaune; les caractères, mal tracés, se lisaient à peine, et il y avait de l'horreur et dans ce message et dans la messagère : " J'ai été massacrée par le chirurgien malhabile d'une maison suspecte[a], car je n'ai trouvé de pitié que là : mais je suis perdue. Une hémorragie affreuse a été la suite de cet acte de désespoir. Je suis, sous le nom de Mme Lebrun, à l'hôtel de Picardie[1], rue de Seine. Le mal est fait. Aurez-vous maintenant le courage de venir me visiter, et de voir s'il y a pour moi quelque chance de conserver la vie?... Écouterez-vous mieux une mourante?... " Un frisson de fièvre me passa sur la colonne vertébrale. Je jetai la lettre au feu, puis me couchai; mais je ne dormis pas; je répétai vingt fois et presque mécaniquement : " Ah! la malheureuse... " Le lendemain, après avoir fait toutes mes visites, j'allai, conduit par une sorte de fascination, jusqu'à l'hôtel que la jeune femme m'avait indiqué. Sous prétexte de chercher quelqu'un dont je ne savais pas exactement l'adresse, je pris avec prudence des informations, et le portier me dit : " Non, monsieur, nous n'avons personne de ce nom-là. Hier il est bien venu une jeune femme; mais elle ne restera pas longtemps ici... Elle est morte ce matin à midi... " Je sortis avec précipitation, et j'emportai dans mon cœur un souvenir éternel de tristesse et de terreur. Je vois passer peu de corbillards seuls et sans parents à travers Paris sans penser à cette aventure, et chaque fois j'y découvre de nouvelles sources d'intérêt. C'est un drame à cinq personnages, dont, pour moi, les destinées inconnues se dénouent de mille manières, et qui m'occupent souvent pendant des heures entières... »

Nous restâmes silencieux. Le docteur avait conté cette histoire avec un accent si pénétrant, ses gestes furent si pittoresques et sa diction si vive, que nous vîmes successivement et l'héroïne et le char des pauvres conduit par les croque-morts, allant au trot vers le cimetière[a].

« Toutes vos histoires sont épouvantables!... dit la maîtresse du logis, et vous me causerez cette nuit des cauchemars affreux. Vous devriez bien dissiper les impressions qu'elles nous laissent en nous racontant quelque histoire gaie, ajouta-t-elle en se tournant vers un homme gros et gras, homme de beaucoup d'esprit et qui devait partir pour l'Italie, où l'appelaient des fonctions diplomatiques[1].

— Volontiers, répondit-il.

« Madame de..., reprit-il en souriant, la femme d'un ancien ministre de la Marine sous Louis XVI, se trouvait au château de... où j'avais été passer les vacances de l'année 180... Elle était encore belle, malgré trente-huit ans avoués, et en dépit des malheurs qu'elle avait essuyés pendant la Révolution. Appartenant à l'une des meilleures maisons de France, elle avait été élevée dans un couvent. Ses manières, pleines de noblesse et d'affabilité, étaient empreintes d'une grâce indéfinissable. Je n'ai connu qu'à elle une certaine manière de marcher qui imprimait autant de respect qu'elle inspirait de désirs. Elle était grande, bien faite et pieuse. Il est facile d'imaginer l'effet qu'elle devait produire sur un petit garçon de treize ans : c'était alors mon âge[2]. Sans avoir précisément peur d'elle, je la regardais avec une inquiétude désireuse et avec de vagues émotions qui ressemblaient aux tressaillements de la crainte.

« Un soir, par un de ces hasards dont il est difficile de se rendre compte, sept ou huit dames qui habitaient le château se trouvèrent seules, sur les onze heures du soir, devant un de ces feux qui ne sont ni pétillants ni éteints, mais dont la chaleur moite dispose peut-être à une causerie plus intime, en communiquant aux fibres une sorte d'épanouissement qui les béatifie. Madame de... jeta un regard d'espion sur les hauts lambris et les vieilles tapisseries de l'immense salon. Ses grands yeux noirs tombèrent sur un coin passablement obscur où j'étais tapi derrière une duchesse aux pieds contournés; ce fut comme un regard de feu; mais elle ne me vit pas. J'étais resté coi en entendant ces dames raconter, *sotto voce*[1], des histoires auxquelles je ne comprenais rien; mais les rires de bon aloi qui terminaient chaque narration avaient piqué ma curiosité d'enfant. " À votre tour, avaient dit en chœur les châtelaines à madame de..., allons, contez-nous comment... " Elle conservait peut-être une vague inquiétude de m'avoir vu jouant auprès d'elle; elle se leva, comme pour faire le tour du meuble énorme derrière lequel j'étais tapi; mais une vieille dame, plus impatiente que les autres, lui prit la main en lui disant : " Le petit est couché, ma chère; d'ailleurs, voudriez-vous paraître plus prude que nous... " Alors la belle dame de... toussa, ses yeux se baissèrent souvent, et elle commença ainsi : " J'étais au couvent de... et je devais en sortir au bout de trois jours pour épouser M. le comte de M...[a], mon mari. Mon bonheur futur, envié par quelques-unes de mes compagnes, donnait lieu pour la vingtième fois à des conjectures que je vous épargne, puisque d'après vos récits vous vous en êtes toutes occupées en temps et lieu. Trois jeunes personnes de mon âge et moi, qui ne pouvions pas faire ensemble soixante-dix ans, étions groupées devant la fenêtre d'un corridor, d'où l'on voyait ce qui se passait dans la cour du couvent. Depuis une heure environ, nos jeunes imaginations avaient cultivé le champ des suppositions d'une manière si folle et si innocente, je vous jure, qu'il nous était impossible de déterminer en quoi consistait le mariage; mes idées étaient même devenues si vagues que je ne savais plus sur quoi les fixer. Une sœur de trente à quarante ans, qui nous avait prises en amitié, vint à passer; c'était, autant que je me le rappelle, la fille d'un campagnard fort riche : elle avait été mise au couvent dès sa jeunesse, soit pour avantager son frère, soit à cause d'une aventure qu'elle ne racontait qu'à son honneur et gloire. Mlle de Lansac[b], qui était plus libre qu'aucune de nous avec elle, l'arrêta et lui exposa assez malicieusement le danger qu'il pouvait y avoir pour moi d'ignorer les conditions de la nature humaine. La religieuse avisa dans la cour un maudit animal qui revenait du marché, et qui dans le moment, par la fierté de son allure, la puissance de développement de tout son être, formait la plus brillante définition du mariage que l'on pût donner. Là, le groupe féminin se rapprocha, madame de... parla à voix basse, les dames chuchotèrent et tous les yeux brillèrent comme des étoiles; mais je ne pus entendre de la réponse de la religieuse que deux mots latins employés par la belle dame, et qui étaient, je crois : *Ecce homo*[1] !... " À cet aspect, reprit madame de..., dont la voix remonta insensiblement au diapason doux et clair qui avait donné le ton aux juvéniles confidences de ces dames, je manquai de me trouver mal. Je pâlis en regardant Mlle de Cadignan[a] que j'aimais beaucoup, et la terreur que j'ai ressentie depuis en pensant au jour où je devais monter sur l'échafaud n'est pas comparable à celle dont je fus la proie en songeant à la première nuit de mes noces. Je croyais être faite autrement que toutes les femmes. Je n'osais parler à ma mère; je regardais le comte avec un curieux effroi, sans en être plus instruite. Je ne vous dirai pas toutes les pensées martyrisantes dont je fus assaillie; l'idée d'un pareil supplice a été jusqu'à me faire rester, la veille de mon mariage, à tenir pendant environ une heure le bouton doré qui servait à ouvrir la porte de la chambre où dormait ma mère, sans pouvoir me décider à entrer, à la réveiller et à lui faire part de l'impossibilité où me mettait la nature d'être femme un jour. Bref! je fus menée plus morte que vive dans la chambre nuptiale... " Ici madame de... ne put s'empêcher de sourire, et elle ajouta, non sans quelque mine de sainte nitouche : " Mais j'ai vu que tout ce que Dieu a fait est bien fait, et que la pauvre bécasse de religieuse avait essayé, comme Garo, de mettre des citrouilles à un chêne[2]. "

— Monsieur, dit une jeune dame, si vos histoires gaies commencent ainsi, comment finiront-elles ?...

— Oh! monsieur n'a jamais pu rien conter sans y mettre un trait un peu trop vif, et vraiment je le redoute. J'espère toujours qu'il s'est corrigé...

— Mais où est le mal ?... demanda naïvement le narrateur. Aujourd'hui vous voulez rire, et vous nous interdisez toutes les sources de la gaieté franche qui faisait les délices de nos ancêtres. Ôtez les tromperies de femmes, les ruses de moines, les aventures un peu breneuses de Verville et de Rabelais[3], où sera le rire ?... Vous avez remplacé cette *poétique* par celle des calembours d'Odry[4] !... Est-ce un progrès ?... Aujourd'hui nous n'osons plus rien!... À peine une honnête femme permettrait-elle à son amant de lui raconter la bonne histoire du cocher de fiacre disant à une dame : *Voulez-vous trinquer ?*... Il n'y a rien de possible avec des mœurs si tacitement libertines ; car je trouve vos pièces de théâtre et vos romans plus gravement indécents que la crudité de Brantôme, chez lequel il n'y a ni arrière-pensée ni préméditation. Le jour où nous avons donné de la chasteté au langage, les mœurs avaient perdu la leur[1].

— La philanthropie a ruiné le conte, reprit un vieillard.

— Comment ? dit la femme d'un peintre.

— Pour qu'un conte soit bon, il faut toujours qu'il vous fasse rire d'un malheur, répondit-il.

— Paradoxe !... s'écria un journaliste.

— Aujourd'hui, reprit le vieillard en souriant, les sots se servent trop souvent de ce mot-là quand ils ne peuvent pas répondre, pour qu'un homme d'esprit l'emploie. »

Il y eut un moment de silence.

« Autrefois, dit le vieillard, les gens riches se faisaient enterrer dans les églises. Alors il y avait un intervalle entre l'enterrement réel et le convoi, parce que la tombe n'était pas toujours prête à recevoir le mort. Cet inconvénient avait obligé les curés de Paris à faire garder pendant un certain laps de temps les cercueils dans une chapelle où se trouvait un sépulcre postiche. C'était en quelque sorte un vestibule où les morts attendaient. Il y avait un prêtre de garde près de la chapelle mortuaire, et les familles payaient les prières de surérogation qui se disaient pendant la nuit ou pendant le jour qui s'écoulait entre l'enterrement factice et l'inhumation définitive. Excusez-moi de vous donner ces détails ; mais aujourd'hui, pour beaucoup de personnes, ils sont de l'histoire. Un pauvre prêtre, nouveau venu à Saint-Sulpice, débuta dans l'emploi de garder les morts... Un vieux maître des requêtes de l'hôtel avait été enterré le matin. Au commencement de la nuit, le prêtre de province fut installé dans la chapelle, et chargé de dire les prières à la lueur des cierges. Le voilà seul, au coin d'un pilier, dans cette grande église. Il dit un psaume et quand le psaume est fini : " Pan ! pan ! pan ! " il entend trois petits coups frappés faiblement. Les oreilles lui tintent ; il regarde la voûte, les dalles, les piliers... et finit par croire que ses

confrères veulent lui jouer quelque tour, comme cela se
fait dans les couvents pour les novices. Il se remet alors
à dépêcher un autre psaume; et de verset en verset.
" Pan! pan! pan! " Le prêtre répondit : " Oui! oui!
frappe!... Je t'en casse!... " Enfin les coups diminuèrent,
et ne se firent plus entendre que de loin à loin. Vers le
matin, un vieux prêtre vint relever de faction le débutant.
Celui-ci lui donne le livre, la chaise, et s'en va. " Pan!
pan! pan! — Qu'est-ce que c'est que ça ?... demanda
le vieux prêtre. — Oh! ce n'est rien, répondit le nouveau;
c'est le mort qui a un tic... "

— Je croirais volontiers que ce mot est vrai, dit un
professeur d'histoire. Il est saturé de cet esprit rustique
si précieux chez les vieux auteurs, et qui se retrouve
souvent peut-être chez le paysan. Ce prêtre venait d'en
deçà la Loire... Le villageois est une nature admirable.
Quand il est bête, il va de pair avec l'animal; mais
quand il a des qualités, elles sont exquises; malheureusement personne ne l'observe. Il a fallu je ne sais quel
hasard pour que Goldsmith ait fait *Le Vicaire de Wakefield*[a][1]. Aussi la vie campagnarde et paysanne attend-elle
un historien[2].

— Votre observation me rappelle, dit un ancien fonctionnaire impérial, un trait qui peut servir de preuve à
votre opinion. Il donne tout à fait l'idée d'un homme
trempé comme devait l'être le paysan du Danube[3]. En
1813, lors des dernières levées d'hommes dont Napoléon
eut besoin, et que les préfets firent avec une rigueur
qui contribua peut-être à la première chute de l'Empire,
le fils d'un pauvre métayer des environs d'une ville que
je ne vous nommerai pas, car ce serait vous désigner le
préfet[4], refusa de partir, et disparut. Les premières sommations exécutées, l'on en vint aux mesures de rigueur
contre le père et la mère. Enfin un matin, le préfet,
ennuyé de voir cette affaire traîner en longueur, mande
le père devant lui. Le paysan vint à la préfecture; et là,
le secrétaire général d'abord, puis le préfet lui-même,
essayèrent par des paroles de persuasion de convertir à
l'évangile impérial le père du réfractaire, et de lui
arracher le secret de la retraite où son fils était caché.
Ils échouèrent contre le système de dénégation dans
lequel les paysans se renferment avec l'instinct de l'huître,
qui défie ses agresseurs à l'abri de sa rude écaille. Des

douceurs, le préfet et son secrétaire passèrent aux
menaces, et ils se mirent très sérieusement en colère,
et rudoyèrent le pauvre homme, qui les regardait avec
un grand flegme, en tortillant son chapeau à bords
rabattus.

« "Nous saurons bien te faire retrouver ton fils,
disait le secrétaire. — Je le voudrais bien, monseigneur,
répondit le paysan. — Il me le faut mort ou vif ", s'écria
le préfet, en forme de conclusion. Là-dessus, le père s'en
revint désolé chez lui ; car il ne savait réellement pas où
était son fils et se doutait bien de ce qui allait arriver.
En effet, le lendemain, il vit le matin, en allant aux
champs, le chapeau bordé d'un gendarme qui galopait
le long des haies, et que le préfet envoyait loger chez lui,
jusqu'à ce que le réfractaire se fût retrouvé. Il fallut
donc chauffer, blanchir, éclairer le garnisaire[1] et le nourrir, son cheval et lui. Le paysan y mangea ses économies,
vendit la croix d'or, les boucles d'oreilles, de souliers,
les agrafes d'argent et les hardes de sa femme ; puis un
champ qu'il avait, et enfin sa maison. Avant de vendre
la maison et le morceau de terre dont elle était environnée, il y eut une horrible dispute entre la femme et le
mari, celui-ci prétendait qu'elle savait où était son fils...
Le gendarme fut obligé de mettre le holà, au moment
où le paysan s'emporta, car il avait pris son sabot pour
le jeter à la tête de sa femme. Depuis cette soirée, le
garnisaire, ayant pitié de ces deux malheureux, menait
son cheval paître le long des chemins et dans les prés
communaux. Quelques voisins se cotisèrent pour lui
fournir de l'avoine et de la paille ; la plupart du temps le
gendarme achetait de la viande, et l'on s'entendait pour
soutenir le pauvre ménage. Le paysan avait parlé de se
pendre. Enfin, un jour qu'il fallait du bois pour cuire
le dîner du gendarme, le père du réfractaire était allé
dès le matin dans une forêt voisine pour ramasser des
branches mortes et faire provision de bois. À la nuit, il
aperçut dans un fourré, près des habitations, une masse
blanche, et ayant été voir ce que cela pouvait être, il
reconnut son fils. Il était mort de faim, et avait encore
entre les dents l'herbe qu'il avait essayé de manger. Le
paysan chargea son enfant sur ses épaules, et, sans le
montrer à personne, sans rien dire, il le porta pendant
trois lieues ; il arriva à la préfecture, s'enquit où était

le préfet, et, apprenant qu'il était au bal, il l'attendit; et quand celui-ci rentra, sur les deux heures du matin, il trouva le paysan à sa porte, qui lui dit : " Vous avez voulu mon fils, monsieur le préfet, le voilà! " Il mit le cadavre contre le mur et s'enfuit. Maintenant, lui et sa femme mendient leur pain.

— Ceci est tout bonnement sublime, reprit le médecin; mais je crois que si les actions des paysans sont si complètes, si simplement belles, c'est que, chez eux, tout est naturel et sans art; ils obéissent toujours au cri de la nature; leur ruse même, leur astuce, si célèbres et si formidables, sont un développement de l'instinct humain. Ils sont cauteleux dans les affaires, et dissimulés, comme tous les gens faibles, en présence d'un ennemi puissant; et, ne faisant pas abus de la pensée, ils la trouvent, comme la foi, très robuste dans leur âme, au moment où ils en font usage. La foi du charbonnier est un proverbe. Ce qui m'étonne le plus en eux, ajouta-t-il, c'est leur déta-chement de la vie, et je ne comprends pas qu'en estimant si peu une existence si chargée de peines et de travail, ils soient si peu vindicatifs, et ne la risquent pas plus souvent, par calcul. Ils n'ont pas le temps peut-être de réfléchir ou de combiner de grandes choses.

— C'est ce qui sauve la civilisation de leurs entre-prises, dit quelqu'un.

— Encore la civilisation!... répéta le médecin[1] d'un air comi-tragique.

— Mais, docteur, lui dis-je, je vous assure que je connais un petit pays de Touraine où les gens de la campagne font mentir vos observations. Du côté de Chinon, les naturels de notre pays sont possédés d'une fureur courte et vive qui leur donne l'énergie de se livrer à leurs passions, puis ils rentrent soudain dans cette dou-ceur spirituelle et railleuse qui distingue le caractère tourangeau. Serait-ce que Caïn aurait peuplé les environs de Chinon, dont les habitants sont nommés *Caïnones*[2] dans les cartulaires, ou faut-il attribuer ce sentiment de vengeance immédiate à la vie sauvage que mènent les habitants des campagnes ? Le docteur Gall aurait dû venir visiter le Chinonais, où, du reste, il y a de fort honnêtes gens. Un des avocats les plus distingués de ce pays me disait en riant que cet arrondissement devrait lui constituer une rente, parce que la plupart des procès civils et criminels étaient issus de ce pays si célébré par Rabelais. Quant à moi, j'ai vu de mes yeux un exemple frappant de cette observation, dont je ne voudrais pas cependant garantir la vérité psychologique.

« Voici le fait. Je revenais, en 1820[a], d'Azai à Tours par la voiture de Chinon. En prenant ma place, je vis, sur la banquette de derrière, deux gendarmes, entre lesquels était un gars d'environ vingt-deux ans. "Qu'a-t-il donc fait, celui-là ?... dis-je au brigadier, croyant qu'il s'agissait de quelque délit forestier ou autre. — Presque rien..., répondit le gendarme; il s'est permis de rompre avec une barre de fer l'échine de son maître, et il l'a tué, pas plus tard qu'hier." Là-dessus, grand silence. Je voyageais en compagnie d'un assassin. Celui-ci se tenait coi dans la carriole, regardant avec assez d'insouciance les arbres du chemin, qui fuyaient avec autant de rapidité que sa vie promise à l'échafaud. Il avait une figure douce, quoique brune et fortement colorée. "Pourquoi donc a-t-il assommé son maître ?... dis-je au brigadier. — Pour une misère..., répondit le gendarme. En allant à la foire de Tours, son bourgeois, qui était un fort métayer, avait promis de rapporter les cadeaux d'usage à la fille de basse-cour et à ce gars-là... Pour lors, il s'agissait d'un tablier pour elle, et d'un gilet rouge pour lui. Au retour, il paraît que le fermier eut quelque motif de mécontentement contre lui. Il donna bien le tablier à la fille, mais il garda le gilet. Assoupi par la chaleur, et fatigué, vu qu'il avait fait la route sans arrêt, et à cheval, il s'endormit sur le coin de sa table, dans la salle. Alors le gars prit la barre de fer, et lui en assena un grand coup sur la nuque; le métayer a encore eu la force de se relever et de lui dire : ' Malheureux!... ' Et il lui a donné un second coup, qui finalement l'a tué raide. Et après il a été se cacher dans l'écurie avec le gilet; mais il n'a pas seulement pris un liard de l'argent que son maître rapportait de Tours, et il s'est laissé empoigner sans résistance." "Comment, lui dis-je, en me tournant vers le paysan, as-tu pu tuer un homme pour un gilet ?... — Dame!... j'avais compté là-dessus pour aller à la danse. "

« Ce fut tout ce que je tirai de ce garçon... qui ne paraissait point méchant du tout. Les gendarmes ne lui avaient seulement pas lié les mains. La voiture vint à

verser au-dessus de Ballan[1]. — Mais non, elle ne versa pas.
L'un des brancards s'était cassé. Nous en sortîmes tous;
les gendarmes se mirent de chaque côté de ce malheureux en le laissant libre; néanmoins ils avaient l'œil sur
lui. Ce gaillard-là, voyant le conducteur s'y prendre
assez mal pour relever la patache, l'aida, lia lui-même
une perche pour remplacer le brancard; et quand tout
fut fini : " Ah! ça ira!... maintenant ", dit-il en achevant
de serrer le dernier nœud d'une corde, et il remonta
dans cette voiture qui le menait pour ainsi dire au
supplice. Il fut exécuté à Tours[2].

— Bah! ce sang-froid n'a rien de bien extraordinaire,
dit un jeune homme qui était venu du salon de jeu, au
milieu de ma narration, et n'avait pas assisté aux prémices de mon argumentation. Il existe une foule d'anecdotes sur les derniers moments des criminels; et, si je
vous cite à ce propos un fait de ce genre, bien autrement
curieux, c'est parce que je le crois peu connu; je l'ai
entendu raconter à Charles Nodier[a3]. Le syndic du tribunal de Brest se nommait Vignes, et le président
Vigneron. Ils furent condamnés à mort. En se trouvant
sur l'échafaud, l'un d'eux, M. Vignes, dit à l'autre en
lui montrant la foule : " Hein! ils vont se trouver bien
embarrassés sans vignes ni vigneron. " M. Vignes passa
le premier; mais au moment où le couteau lui tranchait
la tête, les deux montants de la guillotine se désunirent;
enfin il se dérangea quelque chose dans l'instrument du
supplice, et comme il était fort tard, l'exécuteur des
hautes œuvres républicaines dit au président : " Ma foi,
citoyen[b], te voilà sauvé; car c'est quelque chose que
vingt-quatre heures par ce temps-ci. — Il faut que tu
sois un grand lâche, répondit Vigneron. Comment,
parce que tes planches ont un peu joué, tu vas me faire
attendre? Le jugement ne m'a pas condamné à vingt-
quatre heures de plus... " Il prit lui-même le marteau,
les clous, et raccommoda la guillotine; puis, quand elle
fut jugée solide, il se coucha sur la planche, et fut
exécuté. Ceci est autre chose que de mettre une perche
à un brancard, et c'est du sang-froid argent comptant...

— Docteur, dit une dame, vous qui devez voir beaucoup de mourants, avez-vous rencontré souvent des
exemples de cette singulière tranquillité?...

— Madame, dit-il, les criminels sont ordinairement

des gens doués d'une organisation très puissante, en sorte qu'ils ont plus de chances pour dire de jolies choses que les malades affaiblis par de longues agonies. On les tue vivants, tandis que les malades meurent tués. Puis, chez certains hommes, l'âme est fortement excitée par l'attente du supplice, et ils rassemblent toutes leurs forces pour soutenir cet assaut. Il y a exaltation. Cependant, j'ai vu de belles morts particulières... je vous prie de croire, madame, que j'ai ma provision d'horrible tout comme un autre[a].

— Eh bien, s'écria la maîtresse de la maison, racontez-nous un peu quelque chose d'affreux. Je voudrais voir la couleur de votre tragique, quand ce ne serait que pour le comparer à celui qui a présentement cours à la bourse littéraire.

— Malheureusement, madame, je ne parle que de ce que j'ai vu.

— Eh bien ?

— Mais je dois avoir le dessous avec les gens qui ont sur moi tous les avantages que donne l'imagination. Je ne puis pas vous mettre en scène deux frères nageant en pleine mer et se disputant une planche... Je ne puis être que vrai.

— Eh bien, nous nous contenterons de la vérité.

— Je ne veux pas me faire prier, reprit-il. Le hasard, dit-il, après une pause, me mit autrefois en relation avec un homme qui avait roulé dans les armées de Napoléon, et dont alors la position était assez peu brillante pour un militaire de son grade. Il était lieutenant-colonel[b1], et occupait dans l'administration d'un journal une place qui lui valait quinze cents francs; mais il ne possédait aucune fortune. Mon homme était le type des mauvais soudards[c], débauché, buveur, fumeur, vantard, plein d'amour-propre, voulant primer partout, ne trouvant d'inférieurs que dans la mauvaise compagnie et s'y plaisant, racontant ses exploits à tous ceux qui ne savaient pas si une demi-lune est quelquefois entière[2], enfin un vrai *chenapan,* comme il s'en est tant rencontré dans les armées; ne croyant ni à Dieu ni au diable; bref, pour achever de vous le peindre, il suffira de vous dire ce qui m'arriva un jour que je l'avais rencontré du côté de la Bastille. Nous allions l'un et l'autre au Palais-Royal. Nous cheminâmes par les boulevards.

Au premier estaminet qui se trouva : " Permettez-moi, dit-il, d'entrer là un petit moment; j'ai un restant de tabac à y prendre et un verre d'eau-de-vie! " Il avala le petit verre d'eau-de-vie, et reprit en effet une pipe chargée et un peu de tabac à lui. Au second estaminet, comme il avait achevé de fumer son restant de tabac, il recommença son antienne. Ce diable d'homme avait des restants de tabac dans tous les estaminets, qui lui servaient de relais pour ses pipes et son gosier. Il avait établi dans Paris ses lignes de communication. Quand je lui fis des représentations à ce sujet, il me répondit : " Depuis la mort de *l'autre*[1], je passe ma vie à faire du grog sans eau[a]! " Je ne vous parlerai pas de ses moustaches grises, de ses vêtements caractéristiques, de son idiome et de ses tics, ce serait vous en entretenir jusqu'à demain. Je crois qu'il ne s'était jamais peigné les cheveux qu'avec les cinq doigts de la main. J'ai toujours vu à son col de chemise la même teinte blonde. Eh bien, cet homme-là, ce chenapan, avait une assez belle figure, figure militaire, de grands traits, une expression de calme; mais j'ai toujours cru lire au fond de ses yeux verts de mer et tachetés de points orangés quelques-unes de ces aventures où il y a de la fange et du sang. Ses mains ressemblaient à des éclanches[2]. Il était d'une taille médiocre, mais large des épaules et de la poitrine, un vrai corsaire. Par-dessus tout cela il se disait un des vainqueurs de la Bastille. Cet homme rencontra une jeune fille assez folle pour s'amouracher de lui. C'était une grisette, mais un amour de feu. Elle avait nom Clarisse, et travaillait chez une fleuriste. Elle avait tout joli, la taille, les pieds, les cheveux, les mains, les formes, les manières. Son teint était blanc, sa peau satinée. Il n'y a vraiment qu'à Paris que se trouvent ces espèces de produits et ces sortes de passions. Jamais je n'ai vu de contraste aussi tranché que l'opposition présentée par ce singulier couple. Clarisse était toujours mignonne, propre et bien mise. Par amour-propre, le capitaine[3] lui donnait tout ce qu'elle lui demandait, et la pauvre enfant lui demandait peu de choses : c'étaient la partie de spectacle, quelques robes, des bijoux. Jamais elle ne voulut être épousée, et s'il la logea, s'il meubla son appartement, ce fut par vanité. Cette jeune fille était le dévouement même. J'ai souvent pensé que ces pauvres créatures obéissent à je ne sais quelle charitable mission en se donnant à ces hommes si rebutants, si rebutés, aux mauvais sujets. Il y a dans ces actes du cœur un phénomène qu'il serait intéressant d'analyser. Clarisse tomba malade, elle eut une fièvre putride, à laquelle se mêlèrent de graves accidents, et le cerveau fut entrepris. Le capitaine vint me chercher; je trouvai Clarisse en danger de mort, et, prenant son protecteur à part, je lui fis part de mes craintes. "Il faut, lui dis-je, avoir une bonne garde-malade au plus tôt; car cette nuit sera très critique." En effet, j'avais ordonné de mettre à une certaine heure des sinapismes aux pieds, puis d'appliquer, une demi-heure après l'effet du topique, de la glace sur la tête, et lorsqu'elle serait fondue, de placer un cataplasme sur l'estomac... Il y avait d'autres prescriptions dont je ne me souviens plus. "Oh! me répondit-il, je ne me fierais point à une garde; elles dorment, elles font les cent coups, tourmentent les malades. Je veillerai moi-même, et j'exécuterai vos ordonnances comme si c'était une consigne." À huit heures du matin, je revins, fort inquiet de Clarisse; mais en ouvrant la porte, je fus suffoqué par les nuages de fumée de tabac qui s'exhalèrent, et au milieu de cette atmosphère brumeuse, je vis à peine, à la lueur de deux chandelles, mon homme fumant sa pipe et achevant un énorme bol de punch. Non, je n'oublierai jamais ce spectacle. Auprès de lui Clarisse râlait et se tordait; il la regardait tranquillement. Il avait consciencieusement appliqué ses sinapismes, la glace, les cataplasmes, mais aussi le misérable, en faisant son office de garde-malade, trouvant Clarisse admirablement belle dans l'agonie, avait sans doute voulu lui dire adieu; du moins le désordre du lit me fit comprendre les événements de la nuit. Je m'enfuis, saisi d'horreur : Clarisse mourait.

— L'horrible vrai est toujours plus horrible encore!... dit le sculpteur.

— Il y a de quoi frémir quand on songe aux malheurs, aux crimes qui sont commis à l'armée, à la suite des batailles, quand la méchanceté de tant de caractères méchants peut se déployer impunément!... reprit une dame.

— Oh! dit un officier qui n'avait pas encore parlé de la soirée, les scènes de la vie militaire[1] pourraient fournir des milliers de drames. Pour ma part, je connais cent aventures plus curieuses les unes que les autres; mais en m'en tenant à ce qui m'est personnel, voici ce qui m'est arrivé... »

Il se leva, se mit devant nous, au milieu de la cheminée, et commença ainsi :

« C'était vers la fin d'octobre; mais non, ma foi, c'était bien dans les premiers jours de novembre 1809, je fus détaché d'un corps d'armée qui revenait en France pour aller dans les gorges du Tyrol bavarois. En ce moment nous avions à soumettre, pour le compte du roi de Bavière, notre allié, cette partie de ses états que l'Autriche avait réussi à révolutionner. Le général Chasteler[a1] s'avançait même avec un ou deux régiments allemands, dans le dessein d'appuyer les insurgés, qui étaient tous gens de la campagne. Cette petite expédition avait été confiée par l'Empereur à un certain général d'infanterie nommé Rusca[2], qui se trouvait alors à Klagenfurt, à la tête d'une avant-garde d'environ quatre mille hommes. Comme Rusca était sans artillerie, le maréchal Marmont avait donné l'ordre de lui envoyer une batterie, et je fus désigné pour la commander. C'était la première fois, depuis ma promotion au grade de lieutenant, que je me voyais, au milieu d'une brigade, le seul officier de mon corps, ayant à conduire des hommes qui n'obéissaient qu'à moi, et obligé de m'entendre, comme chef d'une arme, avec un officier général. "C'est bon, me dis-je en moi-même, il y a un commencement à tout, et c'est comme cela qu'on devient général. " "Vous allez avec Rusca ?... me dit mon capitaine, prenez garde à vous, c'est un malin singe, un vaurien fini. Son plus grand plaisir est de *mettre dedans* tous ceux qui ont affaire à lui. Pour vous apprendre ce que c'est que ce chrétien-là, il suffira peut-être de vous dire qu'il s'est amusé dernièrement à baptiser du vin blanc avec de l'eau-de-vie, afin de renvoyer à l'Empereur un aide de camp soûl comme une grive... Si vous vous comportez de manière à éviter ses algarades, vous vous en ferez un ennemi mortel... Voilà le pèlerin... Ainsi attention! — Hé bien, répliquai-je à mon capitaine, nous nous amuserons; car il ne sera pas dit qu'un pousse-cailloux *embêtera* un officier d'artillerie. " Dans ce temps-là, voyez-vous, l'artillerie était quelque chose, parce que le corps avait fourni

l'Empereur... Me voilà donc parti, moi et mes canonniers,
et nous gagnons Klagenfurt. J'arrive le soir; et, aussitôt
que mes hommes sont gîtés, je me mets en grande tenue
et je me rends chez Rusca. Point de Rusca. " Où est le
général ? demandai-je à une manière d'aide de camp
qui baragouinait un français mêlé d'italien. — Le zénéral
est à la zouziété, dans un chercle, au café, à boire de la
bière sous la piazza. "

« Je regarde mon homme en face, et je m'aperçois
qu'il n'est pas ivre comme ses incohérences me le faisaier. à
supposer. "Vous êtes étonné..., reprit l'aide de camp.
Ma s'il est là de si bonne heure, c'est pour oune petite
difficoulté quél zénéral il a ou avec les habitanti. Par
ché i son di oumor pauco contrariente les Tedesques.
Ces chiens-là né sé sont-ils pas avisés de né piou audare
boire de la bière all chercle par ché lé zénéral y était... "
En ce moment, nous fûmes interrompus par un roulement de tambour, après quoi le crieur de la ville lut en
français d'abord, puis en allemand et en italien, une proclamation de Rusca, en vertu de laquelle il était enjoint
à tous les négociants et notables habitants de Klagenfurt
d'aller comme par le passé au cercle, pendant toutes les
soirées, sous peine d'être taxés à une contribution extraordinaire. " Et comment la paieront-ils donc ?... dit le
colonel du 20e qui se trouvait auprès de moi, car je
m'étais avancé pour écouter; ce serait la quatrième qu'il
lèverait sur ces pauvres diables. Ce compère-là est capable
de les faire révolter, pour se donner le plaisir de mitrailler
une sédition populaire... — Pourquoi n'allaient-ils plus
au café ?... mon colonel ", lui demandai-je. Le colonel
me regarda. " Vous arrivez... à ce que je vois, me répondit-il. Eh bien, voilà le fait. Ce diable de Rusca ne s'amu-
sait-il pas, le soir, à allumer sa pipe, au cercle, devant
ces pauvres gens, avec les billets de florins qu'il leur
arrachait le matin !... Il faut que ce soit encore un bien
bon peuple, ces Allemands, pour qu'aucun d'eux ne lui
ait tiré un coup de pistolet... Heureusement, nous partirons demain; nous n'attendions que vous... — Il
paraît, lui dis-je, que votre général n'est pas commode ?...
— C'est un excellent militaire..., répliqua-t-il, et il entend
particulièrement la guerre que nous allons faire. Il a été
médecin dans la partie de l'Italie qui avoisine les montagnes du Tyrol et il en connaît les routes, les sentiers,

les habitants. Il est d'une bravoure exemplaire; mais c'est bien le plus malicieux animal que j'aie jamais connu. S'il ne brûle pas les paysans dans leurs villages, il faudra qu'il soit dans ses bons jours. " Le colonel s'éloigna en voyant un officier venir à nous. Je fus assez embarrassé de ma personne en me trouvant seul. Je pensai qu'il n'était pas convenable que j'allasse voir Rusca au cercle; et, alors, je revins à l'aide de camp, qui était toujours resté immobile sur le seuil de la porte, occupé à fumer son cigare. J'avais toujours rencontré son regard, quand je jetais par hasard les yeux sur lui en causant avec le colonel; et, quoique ce regard me parût aussi railleur que perfide, je le priai d'annoncer à son général ma visite pour la fin de la soirée, objectant la nécessité dans laquelle j'étais de prendre quelque chose; car je n'avais rien mangé depuis le matin... mais un officier n'est pas aussi heureux que la mule du pape; en campagne, il n'a pas d'heures pour ses repas; il se nourrit comme il peut, et quelquefois pas du tout. Au moment où j'allais retourner à mon logement, j'entendis une grande rumeur dans le faubourg par lequel j'étais entré. Je demande à un soldat qui me parut en venir la raison de ce tumulte, et il me dit que l'un de mes canonniers en était la cause; alors je fus forcé de me rendre sur les lieux pour savoir ce qui se passait. Il y avait des attroupements composés de femmes principalement, qui paraissaient en colère, criaient et parlaient toutes ensemble; c'était comme dans une basse-cour, quand les poules se mettent à piailler. Au milieu du faubourg, je vis une grande et belle fille autour de laquelle on s'attroupait; quand elle m'aperçut, elle fendit la presse et vint à moi. Elle était furieuse, elle parlait avec une volubilité convulsive; elle avait les couleurs, les bras nus, la gorge haletante, les cheveux en désordre, les yeux enflammés, la peau mate; elle gesticulait avec feu, elle était superbe; c'est une des plus belles colères que j'aie vues dans ma vie. Là, je sus la cause de cette émeute. Mon fourrier était logé chez le père de cette fille; et il paraît que, la trouvant à son goût, il avait voulu la cajoler; mais qu'elle s'était brutalement défendue; alors mon diable de canonnier, un Provençal, il se nommait Lobbé, c'était un petit homme, à cheveux noirs, bien frisés, qu'on avait appelé dans la compagnie *la Perruque,* la Perruque donc, par vengeance, se faisait servir par le père et la mère de cette fille ; et, comme il était assis sur un fauteuil très élevé, il avait mis chacun de ses pieds sur un escabeau de chaque côté de la table, et, pendant son repas, il avait forcé la mère et le père, qui était un homme à cheveux blancs, de tourner les étoiles de ses éperons. Il dînait gravement, ayant à ses pieds les deux vieillards agenouillés, occupés à faire aller ses molettes. Cette fille, ne pouvant pas digérer cet affront, essayait d'ameuter le quartier contre les Français. Lorsque j'eus compris le sujet de ses plaintes, je le vis en effet assis comme un pacha, regardant les deux vieillards, bons Allemands, qui faisaient consciencieusement aller les éperons. Je n'oublierai jamais le geste de la fille quand, en entrant avec moi, elle me montra ses parents. Elle avait les larmes aux yeux, et me dit d'un son de voix guttural en allemand : *Sieht*... Voyez!...

« "Allons donc, Lobbé, finissez, dis-je à mon canonnier. Que diable, vous mériteriez d'être puni. Cela ne se fait pas... " Les deux vieillards continuaient toujours. " Mais, mon lieutenant, me dit la Perruque, tenez, regardez-les!... Ça ne les contrarie pas... ça les amuse. " Je faillis rire. En ce moment, un gros homme bourgeonné, la face rouge et le nez bulbeux, entra. À l'uniforme, je reconnus le général Rusca. " Bien, bien, canonnier! s'écria-t-il. Voilà dix florins pour t'encourager à établir la domination française sur ces chiens-là... " Et il lui jeta des florins. " Il me semble, mon général, lui dis-je avec fermeté, quand nous sortîmes, que si vous m'avez entendu, la discipline militaire est compromise. Il m'est fort indifférent, si cela vous plaît, que mon fourrier fasse tourner ses molettes, mais puisque je lui avais ordonné de cesser, et qu'il est sous mes ordres...

« — Ah! dit-il en m'interrompant, tu es sorti de cette école où l'on raisonne ?... Je vais t'apprendre à clocher avec les boiteux... — Quels sont vos ordres ? lui demandai-je. — Viens les prendre ce soir à huit heures!... " Et nous nous quittâmes. Ce commencement de relations ne promettait rien de bon. À huit heures, après avoir dîné, je me présentai chez le général que je trouvai buvant et fumant en compagnie de son aide de camp, du colonel et d'un Allemand qui paraissait être un personnage de Klagenfurt. Rusca me reçut civilement, mais il y avait toujours une teinte d'ironie dans son discours.

Il m'invita fort courtoisement à boire et à fumer; je ne bus guère que deux verres de punch et fumai trois cigares. "Demain nous partirons à sept heures, et devrons être en vue de Brixen[1] dans la journée, il faut entamer ces gens-là vivement." Je me retirai. Le lendemain, je crus m'éveiller à six heures, il était neuf heures passées. Rusca m'avait sans doute mis quelque drogue dans mon verre, et je fus au désespoir en apprenant qu'il s'était mis en bataille à six heures du matin, et qu'il avait trois heures de marche en avance. Mon hôte, comprenant que j'en voulais à Rusca, me proposa de me donner les moyens d'arriver à Brixen avant lui. La tentative était audacieuse, car il fallait m'embarquer dans des chemins de traverse où je pouvais reſter; mais, jeune et dépité comme je l'étais, je fis mon va-tout. Cependant je ne voulus rien négliger : je communiquai mon entreprise à mes sous-officiers, qui crurent leur honneur aussi bien engagé que le mien; nous mêlâmes du vin à l'avoine de nos chevaux, et les bons Allemands, apprenant que nous voulions jouer un tour à Rusca, nous fournirent quatre guides chargés de nous préserver de tout malheur. Effeċtivement, Rusca nous trouva reposés et en bataille en avant de Brixen, l'attendant avec insouciance. "Comment, messieurs les b..., vous êtes partis avant nous ?... dit le général. Vous me paierez cela, lieutenant..., ajouta-t-il en me regardant. — Mon général, lui dis-je, vous ne m'avez pas ordonné de vous accompagner; si vous vous en souvenez, votre ordre a été de regarder Brixen comme le point de notre ralliement." Il ne souffla pas mot; mais je vis qu'il faudrait jouer serré avec ce vieux singe-là. Nous entrâmes en campagne au-delà de Brixen; j'avoue que je n'avais jamais vu faire la guerre ainsi. Nous battions la campagne en visitant tous les villages, les chemins, les champs. Vous eussiez dit une chasse, les soldats rabattaient les paysans comme du gibier sur la principale route suivie par le général, et quand il s'en trouvait en quantité suffisante, Rusca passait tous ces malheureux en revue, en leur ordonnant de tendre leur main gauche; puis, au seul aspeċt de la paume de cette main, il faisait signe, remuant la tête, d'en séparer certains des autres, et il laissait le reſte libre de retourner à leurs affaires; puis aussitôt, sans autre forme de procès, il fusillait ceux qu'il avait ainsi triés. La première fois que j'assistai à cette singulière enquête, je priai Rusca de m'expliquer ce mode de procéder. Alors, à quelques pas de l'endroit où nous étions, il aperçut dans un buisson je ne sais quels vestiges, et il le fit cerner. Le buisson fouillé, les soldats trouvèrent dans une espèce de trou deux hommes armés de carabines, qui attendaient sans doute que nous fussions passés afin de tuer nos traînards. Avant de les faire fusiller, Rusca me montra leurs mains gauches. Dans ce pays, les chasseurs ont l'habitude de verser la poudre nécessaire pour la charge de leurs carabines dans le creux de leurs mains, et la poudre y laisse une empreinte assez difficile à distinguer, mais que l'œil de Rusca savait y voir avec une grande dextérité. Dès l'enfance, il avait observé ce singulier diagnostic, et il lui suffisait de voir les mains des paysans pour deviner s'ils avaient récemment fait le coup de fusil. Le second jour, nous rencontrâmes un vieillard, septuagénaire au moins, perché sur un arbre et occupé à l'émonder. Rusca le fit descendre et lui examina la main gauche ; par malheur, il crut y apercevoir le signe fatal, et, quoique le pauvre homme parût bien innocent, il ordonna de l'attacher à l'affût d'un canon. Ce malheureux fut obligé de suivre, et nous allions au petit trot. De temps en temps il gémissait ; les cordes lui enflaient les mains ; il se trouva bientôt dans un état pitoyable ; ses pieds saignaient ; il avait perdu ses sabots, et j'ai vu tomber de grosses larmes de sang de ses yeux. Nos canonniers, qui avaient commencé par rire, en eurent compassion, et vraiment il y avait de quoi, à voir ce vieillard en cheveux blancs, traîné pendant les dernières lieues comme un cheval mort. On finit par le jeter sur le canon, et comme il ne pouvait pas parler, il remercia les soldats par un regard à tirer les larmes. Le soir, lorsque nous bivouaquâmes, je demandai à Rusca ses ordres relativement à ce vieillard. " Fusillez-le..., me dit-il. — Mon général, répondis-je, vous êtes le maître de sa vie ; mais si je commande à mes canonniers de tuer cet homme, ils me diront que ce n'est pas leur métier... — C'est bon !... répliqua-t-il en m'interrompant. Gardez-le jusqu'à demain matin, et nous verrons... — Je ne me refuserai pas à le garder, dis-je ; mais je ne veux pas en répondre. " Et je sortis de la maison où était Rusca, sans entendre sa réplique; mais je sus plus tard qu'il m'avait cruellement menacé... »

En ce moment, je partis, malgré tout l'intérêt que promettait ce début. La pendule marquait minuit et ce fragment de conversation est sincère et véritable[a]. Je puis affirmer que, sauf de légères inexactitudes, bien pardonnables, et qui n'ont adultéré ni le sens ni la pensée, tout ceci a été dit par des hommes d'un haut mérite. N'est-ce pas un problème intéressant à résoudre pour l'art en lui-même, que de savoir si la nature, textuellement copiée, est belle en elle-même ? Nous avons tous été fortement émus, un lecteur le sera-t-il ? Nous allons voir à l'exposition les décors des peintres[b], et nous ne faisons pas attention à des créatures qui fourmillent dans les rues de Paris, bien autrement poétiques, belles de misères, belles d'expression, sublimes créations, mais en guenilles... Aujourd'hui nous hésitons entre l'idéalisation et la traduction littérale des faits, des hommes, des événements. Choisissez[c1].

LA FIN D'UN DANDY

INTRODUCTION

Cette petite ébauche énigmatique est conservée à la biblio-
thèque Lovenjoul sous la cote A 166, f⁰ 18 r⁰. Il s'agit d'un
feuillet de papier bleuté, filigrané : J. Whatman, et paginé : 1 |
par l'auteur. L'encre est violette. Le texte s'interrompt en bas
de page, à la fin d'une ligne, au milieu d'une phrase. La suite est
perdue.

Il n'est fait aucune allusion à La Fin d'un dandy *dans la*
Correspondance *de Balzac. On lit pourtant ce titre sur un*
*feuillet autographe relié avec le manuscrit d'*Adam le Chercheur[1]*, mais il est précédé et surmonté d'un autre titre calli-*
graphié : Les Malices d'une femme vertueuse, *appellation*
provisoire — en août 1844 — de la fin de Béatrix[2]*. D'autres*
projets de la même période, mentionnés sur la même page : Les
Petits Bourgeois, Le Député d'Arcis, Le Théâtre comme
il est, *etc., confirment la datation. Au verso du feuillet, nous*
retrouvons le même titre : La Fin d'un dandy*, au-dessus d'un*
programme pour 1845 (qui comporte Histoire des parents
pauvres *et* La Dernière Incarnation de Vautrin*). D'après*
une annotation, l'auteur envisageait de proposer son œuvre au
Globe *et de la faire entrer dans les* Scènes de la vie parisienne*. Toutefois,* La Fin d'un dandy *ne figure pas dans le*
Catalogue *de* La Comédie humaine *établi en 1845.*

Si la date du document analysé ci-dessus ne fait aucun doute,

---

1. *Lov.* A 1, f⁰ 4 r⁰.
2. *Lettres à Mme Hanska*, t. II, p. 502.

le fragment que nous publions a un aspect beaucoup plus ancien. Jean Ducourneau[1] était également de cet avis. N'était l'allusion à La Salamandre *de Sue, parue en 1832[2], on serait même tenté de rapprocher des* Deux Amis *ce texte facétieux. De toute évidence, le narrateur de* La Fin *d'un dandy ne se confond pas avec Balzac[3], mais aucune indication ne donne à penser que ce récit dût être proféré par un personnage devant d'autres personnages ou comparses de la même œuvre; on peut se demander dans ces conditions si* La Fin *d'un dandy n'était pas destinée à un de ces recueils de scènes de salon et de conversations qui devaient compléter, en 1832, les* Études de femmes *projetées. Ce n'est qu'une hypothèse, renforcée peut-être par cette constatation : il n'y a aucune allusion, ici, à d'autres personnages de* La Comédie humaine.

On ne voit guère cette page d'une désinvolture sternienne s'intégrant dans les structures « réalistes » d'une œuvre de 1844. Mais peut-être La Fin *d'un dandy n'est-elle à cette date qu'un titre ancien sur un thème nouveau. Ce thème : comment un dandy baisse les armes et se marie, obsède alors le romancier, qui cherche depuis longtemps une fin pour le personnage de Maxime de Trailles. Madeleine Ambrière-Fargeaud a montré qu'il l'a plus qu'ébauchée dans* Béatrix[4]; *mais c'est dans* Le Député d'Arcis, *assure C. Smethurst[5], qu'il aurait voulu faire le roman de ce personnage. Annoncé, avec force détails, dès 1840, dans la préface de la première édition de* Pierrette[6], *le thème ne se trouvait-il pas défloré ? C'est ainsi que ni l'ancienne ébauche, ni le nouveau thème, ni le titre reparaissant ne trouvèrent place dans* La Comédie humaine.

ROLAND CHOLLET.

1. Les Bibliophiles de l'originale, t. XIX, p. 423, n. 1.
2. *Bibliographie de la France* du 18 février.
3. Voir n. 5, p. 501.
4. T. II, p. 623.
5. T. VIII, p. 704.
6. T. IV, p. 22-23.

LA FIN D'UN DANDY

Puisque vous voulez absolument que je vous raconte quelque chose, et, remarquez cette condition infirmante[a1] de tout intérêt, quelque chose de remarquable, quelque chose qui[b] m'ait vivement frappé, je vous dirai non pas un conte, mais une histoire; histoire en apparence vulgaire, histoire pour moi pleine d'héroïsme, le « sublime » de vos gants jaunes[2], de nos gilets de satin noir, des parfums d'Houbigant-Chardin[3], la bataille de Waterloo d'un dandy.

J'étais à Rome — je vous passe tout ce que j'aurais le droit de vous dire sur mes impressions à Rome — et certes je vous dirais des choses neuves sur la vieille ville, espèce de borne contre laquelle le plus petit roquet littéraire[4]... pardon, je m'arrête, malheureusement, il n'existe pas, dans la république des lettres, de chastes ordonnances de police — malheureusement, car tout le monde désirerait bien lire : il est défendu de faire un vaudeville contre telle idée.

J'étais à Rome, — l'année ne fait rien aux histoires, si c'était un conte, je vous dirais : c'était vers le mois d'octobre de l'année 28[5], mais ici, je crois qu'il vous suffit de savoir que j'étais à Rome. — Rome dit tout.

J'étais à Rome, comme M. de Chateaubriand était chez les Natchez, et M. E. Sue à bord de la Salamandre[6], — y êtes-vous ? Je logeais au[c] Palais Fanatucarezzinoni-cottarinetti[7], l'hôtel le plus fashionable de Rome... 'Pardonnez-moi d'ôter[d] toute couleur de vérité, ou toute vérité de couleur, car il n'importe guère que couleur soit devant ou derrière, mais je serais au désespoir de vous voir le moins du monde reconnaître le jeune homme dont je vais avoir à vous entretenir et auquel vous avez tous tendu joyeusement la main. Aussi, voudrais-je en faire quelque chose d'aussi peu individuel que l'est Pyrrhus, Mondor ou Derville[1] sur le théâtre français — l'histoire que j'ai à vous dire est trop vraie pour que je ne cherche pas à la fausser — il faut être de son époque.

Je logeais à l'hôtel F, etc. sur le quai du Rhône, et d'où l'on découvre tout le lac[2], position superbe, et je m'étonnais jadis [. . . . .]

ENTRE SAVANTS

INTRODUCTION

Entre savants *figure sous le numéro 67 dans la série des* Scènes de la vie parisienne *du « Catalogue des ouvrages que contiendra* La Comédie humaine *», rédigé par Balzac en 1845. De cette étude de mœurs ainsi annoncée, seul un fragment fut publié du vivant de l'auteur. Sous le titre* Une rue de Paris et son habitant, *il avait été vendu à l'éditeur Hetzel, qui devait l'insérer dans le tome II du* Diable à Paris. *Ce texte fut composé (à l'imprimerie Lacrampe), comme l'atteste le jeu d'épreuves conservé à la collection Lovenjoul (A 70, ff^os 45-50). Mais Hetzel renonça à l'introduire dans* Le Diable à Paris *et le revendit au journal* Le Siècle, *où il parut le 28 juillet 1845, avec ce sous-titre : « La journée d'un savant ». Ce feuilleton du* Siècle *fut reproduit, à la suite des* Martyrs ignorés, *en 1848, pour compléter le troisième volume de* La Dernière Incarnation de Vautrin *(IVe partie de* Splendeurs et misères des courtisanes), *publiée chez l'éditeur polonais Chlendowski.*

Ce fragment ne représente pas la totalité du texte autographe qui est conservé à la collection Lovenjoul sous la cote A 70. Cet ensemble, demeuré longtemps inédit, fut publié successivement par le vicomte de Lovenjoul, Marcel Bouteron, Maurice Bardèche et Jean-A. Ducourneau. Comme nous adoptons une présentation un peu différente de celle des éditeurs précédents et proposons une datation relativement précise, il est nécessaire, pour la clarté de la démonstration, de décrire d'abord ce manuscrit A 70, qui se compose de deux séquences distinctes, reliées à

la suite l'une de l'autre, avec les couvertures de la troisième livrai
son du Voyage *où il vous plaira de Musset et P.-J. Stahl*[1].
Un verso de cette couverture illustrée a été utilisé par Balzac
pour calligraphier le titre de l'œuvre, titre dont le choix donna
lieu d'ailleurs à des hésitations, puisque l'auteur en raya succes
sivement deux : Une femme de savant, *puis* Les Raisons de
Mme de Saint-Vandrille, *avant d'écrire au-dessus :* Entre
Savants. *Après ce feuillet (A 70 f° B) qui servit de titre,*
viennent :

1° Un ensemble de onze feuillets blancs écrits à l'encre noire,
numérotés de 16 à 27 par Balzac, et commençant au folio 16
par ces mots : « une des supériorités de l'Institut avait créé
pour ce savant (etc.) », c'est-à-dire au milieu d'une phrase.
Les onze feuillets présentent une rédaction continue, sans aucune
division en chapitres, et manifestement aisée car les ratures sont
rares. L'action, qui se passe à Paris en 1827, a pour personnage
principal le professeur Jorry des Fongerilles, type du savant
distrait, absorbé dans sa rivalité scientifique avec le célèbre baron
Total (appelé primitivement Badenier). Avec verve, l'auteur
présente le savant et retrace l'histoire de son ménage, opposant
la vie de ce personnage sympathique et modeste, exclusivement
occupé de son Système, à celle de son rival glorieux, le savant
« cumulard » qui fut jadis son ami et dont il avait protégé les
débuts. Le récit s'interrompt au folio 27, alors que Des Fonge
rilles arrive au soir de sa vie, solitaire, pauvre, souffrant, tandis
que règne sur le monde savant le baron Total « intronisé dans la
science, révéré par le monde entier ».

2° Un ensemble de 15 feuillets bleutés (à l'exception des
feuillets 5 et 6 écrits sur papier blanc), numérotés par Balzac
de 1 à 15, mais dont la rédaction s'interrompt au milieu du
folio 13. Divisé en courts chapitres, le récit s'arrête après le
titre du chapitre XI *et Balzac n'a rien écrit sur les feuillets qu'il*
a numérotés 14 et 15. Il s'agit visiblement d'un début de roman,
dont l'auteur a supprimé le titre, écrit en haut du premier feuil
let. À ce titre (sans doute Entre savants*), découpé avec des*
ciseaux, si bien que ce feuillet est plus court que les autres, Balzac

---

1. Cet ouvrage fut enregistré dans la *Bibliographie de la France* en
décembre 1842.

a substitué le titre sous lequel il a vendu à Hetzel le fragment destiné au Diable à Paris : Une rue de Paris, son habitant, ses mœurs, d'après sa bonne[1], *qui représentait le début de l'ébauche. Les noms ont changé. Le savant s'appelle ici Jorry de Saint-Vandrille et son rival Sinus. Le thème essentiel est constitué par la distraction du savant, véritable enfant dans la vie quotidienne, dont Balzac met en scène avec drôlerie les mésaventures. Mais plus encore qu'à ce savant absorbé dans son système et dans sa rivalité avec Sinus, c'est surtout à sa femme et à la « mobilité de ses opinions », comme il dit fort joliment, que s'intéresse ici Balzac. Cette changeante admiration pour les célébrités de la guerre, de la marine ou des arts a pour conséquence la naissance de sept enfants dont Flore de Saint-Vandrille ne se soucie pas trop, et qui ont chacun leur protecteur. Après avoir exposé dans le chapitre* x *le point de vue de Mme de Saint-Vandrille sur l'éducation, l'auteur s'interrompt après le titre du chapitre* XI : « *Les principes de Mme de Saint-Vandrille à l'application. »*

C'est du début de cette deuxième ébauche que Balzac tira le fragment finalement publié dans Le Siècle *le 28 juillet 1845. Le texte, qui représente la matière des cinq premiers chapitres de l'ébauche, a subi un certain nombre de modifications. Les cinq chapitres sont devenus huit, du fait d'une importante addition constituant deux brefs chapitres, et les savants ont une fois encore changé de nom, Jorry de Saint-Vandrille s'appelant désormais Marmus de Saint-Leu et Sinus se transforment en Sinard. Nous avons d'ailleurs la preuve du travail de correction effectué par Balzac grâce au Catalogue de l'*Exposition Balzac, Berès, 1949, *puis à celui de l'*Exposition Balzac, Bibliothèque nationale, 1950. Sous le numéro 418 dans le premier Catalogue (n° 690 dans le second) figurait un volume relié de manuscrits et d'épreuves corrigées portant un envoi autographe, daté du 1ᵉʳ janvier 1845, au greffier rouennais Joseph Vimard qui avait envoyé à Balzac des renseignements sur l'affaire Combray-Aquet de Férolles dont il se servit pour* L'Envers *de l'histoire contemporaine. On relève dans ce manuscrit la présence de :* « Une rue de Paris et son habitant, *un feuillet*

1. Contrat du 17 août 1844, *Corr.*, t. IV, p. 719.

manuscrit et cinq jeux d'épreuves corrigées[1] ». Les cinq jeux d'épreuves attestent le soin que Balzac apporta à la correction de ce texte destiné au Diable à Paris *et finalement publié dans* Le Siècle, *le feuillet manuscrit représentant la longue addition qui constitue les chapitres VII et VIII du feuilleton. La date de l'envoi, 1er janvier 1845, et la lettre écrite à la mi-décembre à Hetzel[2] permettent de penser que cette correction fut effectuée par l'auteur en décembre 1844.*

Le fragment publié dans Le Siècle *représente donc la seule partie imprimée de cette scène de la vie parisienne, la seule connue jusqu'à la publication des autres parties de l'ébauche par le vicomte de Lovenjoul dans les* Annales politiques et littéraires, *les 19 mai et 30 juin 1901. Le vicomte de Lovenjoul se borna à noter la présence insolite de deux feuillets écrits sur papier blanc dans l'ensemble écrit sur papier bleuté (numéroté de 1 à 15 par Balzac), qu'il data de 1839-1841, tandis qu'il attribuait la date 1843-1845 à l'ensemble des feuillets numérotés de 16 à 27 par Balzac. Il émettait l'hypothèse que l'auteur songeait à mettre bout à bout les deux fragments, et les publiait donc à la suite, en constatant que Balzac n'avait pas comblé la lacune qui existe entre le feuillet numéroté 13 et le feuillet numéroté 16, lequel commence, on l'a vu, au milieu d'une phrase. Pour la compréhension du texte, Lovenjoul imagina un début de phrase et présenta ainsi le commencement de ce feuillet 16 : « [L'Académie des Sciences qui représente] une des supériorités de l'Institut, avait créé pour ce savant une chaire spéciale (etc.) ». Marcel Bouteron, dans ses deux éditions de* La Comédie humaine[3], *puis Jean-A. Ducourneau[4] adoptèrent la même présentation, tandis que Maurice Bardèche, dans son édition des* Œuvres complètes de Balzac *(Club de l'Honnête Homme, t. XIV), se bornait à reproduire le texte de Balzac tel qu'il se présentait.*

Alors que Marcel Bouteron acceptait l'hypothèse du vicomte

---

1. Cité par R. Pierrot, *Corr.,* t. IV, p. 775 et n. 1.
2. *Corr.,* t. IV, p. 753.
3. Bibl. de la Pléiade, t. X, éd. 1966, et Conard, *Œuvres diverses,* t. III.
4. Les Bibliophiles de l'originale, t. XIX.

de Lovenjoul, Maurice Bardèche, lui, la récusait, en faisant remarquer que si le feuillet *16* commençait au milieu d'une phrase, c'est qu'il existait au moins un feuillet *15* autre que celui numéroté *15* par Balzac, sur lequel rien n'était écrit. Considérant que les deux ébauches représentaient deux débuts différents du même roman, il jugeait donc plus rationnel d'imprimer à la suite les deux fragments tels qu'ils figurent dans le manuscrit *A 70*, « *comme deux ébauches différentes qui ne se complètent pas, mais qui se trouvent l'une après l'autre dans les cartons de l'auteur*[1] ». Contrairement au vicomte de Lovenjoul, il jugeait, sans proposer de datation, la rédaction de l'ensemble des feuillets *16-27* antérieure à celle de l'ensemble des feuillets *1-15*, dont Balzac, disait-il, avait rédigé deux versions successives, l'une sur papier blanc (à laquelle il avait ensuite emprunté les feuillets *4* et *5* en les renumérotant *5* et *6*, comme l'atteste l'examen de ces derniers chiffres qui apparaissent en surcharge), l'autre sur papier bleuté.

Jean-A. Ducourneau, dont la publication est la plus récente, décida de présenter le manuscrit *A 70* tel quel, sans chercher ni à uniformiser les noms ni à dater les deux ébauches, mais en considérant lui aussi comme le plus ancien le texte écrit sur papier blanc.

Ayant ainsi fait le point sur les difficiles problèmes que pose *Entre savants*, nous allons exposer les observations que nous ont suggérées la lecture du manuscrit *A 70* et sa confrontation avec quelques autres textes.

En réalité, l'examen attentif des feuillets numérotés de *16* à *27* par Balzac révèle qu'il s'agit d'une nouvelle numérotation, substituée à une autre, plus ancienne : de *6* à *17*. On remarque en outre que ces feuillets s'enchaînent parfaitement avec les deux feuillets blancs qui figurent (avec les chiffres *5* et *6*) dans l'ensemble des feuillets bleutés, mais portaient auparavant, parfaitement lisibles sous la surcharge, les numéros *4* et *5*. En les réutilisant, Balzac a modifié le texte du bas de la page *6*, qu'il est possible néanmoins de déchiffrer assez aisément sous la rature. Nous pouvons ainsi lire le début de la phrase qui continue en

1. Éd. cit., t. XIV, p. 559.

haut du feuillet *16 (ancien 6)* : « *L'Empereur Napoléon qui
regardait avec raison Des Fongerilles comme une des supériorités
de l'Institut avait créé pour ce savant une chaire spéciale (etc.).* »

Dès lors que les deux feuillets blancs introduits par Balzac
dans les feuillets bleutés *1-15* appartenaient à la même ébauche
que les feuillets blancs *16-27*, il y avait donc deux ensembles
homogènes distincts, représentant deux rédactions successives du
début d'un même roman. Il devenait possible de reconstituer
l'histoire de la genèse d'Entre savants et de comprendre les
changements de noms des savants, qui ne reflétaient pas de véritable incohérence chez l'auteur, mais appartenaient à des étapes
successives de la création balzacienne.

Car si Maurice Bardèche avait raison de considérer qu'il
s'agissait de deux débuts différents du même roman, il avait tort
de récuser l'hypothèse du vicomte de Lovenjoul. Balzac eut bien
l'intention de publier bout à bout les deux esquisses. Il avait
d'abord rédigé une première ébauche, dont nous connaissons les
feuillets *4-17*. Il ne nous manque que les trois premiers, peut-
être détruits par le romancier lorsqu'il les refit, sur papier
bleuté. Pour ce nouveau début, il écrivit quatre feuillets au lieu
de trois, reprit les anciens feuillets *4* et *5* qu'il renuméroté *5* et
6 et poursuivit sa rédaction jusqu'au milieu du feuillet *13*. Il avait
si bien l'intention de mettre à la suite la nouvelle ébauche et
l'ancienne que, prévoyant deux feuillets pour achever le chapitre XI dont il avait écrit le titre au milieu du feuillet *13* et
effectuer le raccord avec le texte antérieur, il numérota les
feuillets *14* et *15* et substitua à l'ancienne numérotation *6-17* la
nouvelle : *16-27*. Mais il en resta là, n'écrivit pas le raccord et
n'effectua pas sur les feuillets *16-27* les modifications qui s'impo-
saient, à commencer par l'unification des noms des savants et la
division en chapitres, ainsi que la suppression du bref passage
qui évoquait, dans la première version, la mobilité des opinions
de Mme de Saint-Vandrille, largement développée dans la
deuxième ébauche, ce qui rendait superflues ces quelques lignes de
l'ancien texte. Dans la première ébauche, Balzac avait hésité,
non pour le choix du nom Des Fongerilles, mais pour celui de son
rival, qu'il fut tenté d'appeler Badenus avant de l'appeler
Badenier, nom auquel il devait substituer finalement celui, plus
éloquent, de Total. Dans la deuxième esquisse d'Entre savants,

*Des Fongerilles devint Jorry de Saint-Vandrille, tandis que
Total prenait le nom de Sinus. Enfin, dans le fragment publié
dans* Le Siècle, *apparaissent les noms de Marmus de Saint-Leu
et de Sinard, substitués sur épreuves à ceux de Jorry de Saint-
Vandrille et de Sinus.*

Les étapes de la composition étant ainsi reconstituées, reste
le problème de leur datation. Les rapprochements avec d'autres
textes de la même veine, tous publiés ou conçus en 1842, la présence, en outre, dans les cartons de l'auteur des couvertures de la
troisième livraison du Voyage *où il vous plaira, sur lesquelles figure un avis de souscription pour un ouvrage annoncé
pour le 10 décembre (1842), permettent de situer avec vraisemblance la rédaction de l'ébauche la plus ancienne dans le dernier
trimestre de l'année 1842. Sans entrer dans le détail de confron-
tations de textes éloquentes, dont les notes pourront donner une
idée plus précise, nous nous bornerons ici à souligner les points
essentiels. En août 1842, Balzac publie l'*Avant-propos de La
Comédie humaine *où il rend hommage au système de Geoffroy Saint-Hilaire, « vainqueur de Cuvier sur ce point de la
haute science[1] ». Cette admiration pour le génie de Geoffroy
Saint-Hilaire et pour son système, fondé sur l'idée de l'unité de
composition, ne l'empêche absolument pas d'être aussi sensible
aux ridicules des savants qu'à leur grandeur géniale. La
coexistence de leurs splendeurs et de leurs misères stimule sa
verve et lui inspire notamment* Le Guide-âne des animaux
qui veulent parvenir aux honneurs *et* Les Amours de
deux bêtes. *Dans le premier de ces deux textes, où abondent
les énumérations de savants aux noms bouffons, on voit Marmus
(dont le nom évidemment a pu inspirer celui de Marmus de
Saint-Leu) créer la science des Instincts comparés, adopter le
principe de l'unité de composition de Geoffroy Saint-Hilaire,
et partir en guerre contre le baron Cerceau qui « a passé sa vie
à parquer les Animaux dans des divisions absolues[2] ». Dans ce
baron Cerceau, « mômier par excellence », qui « qualifiait la
grande doctrine de l'unité zoologique de doctrine panthéiste[3] »,*

1. T. I, p. 8.
2. *Œuvres diverses*, éd. Conard, t. III, p. 447.
3. *Ibid.*, p. 449.

on reconnaît aisément Cuvier, *et l'allusion à la célèbre querelle
de 1830 est évidente.* Marmus, *qui s'était fait le disciple de*
Geoffroy Saint-Hilaire, *présenté par Balzac comme « le vrai
philosophe », trahit son protecteur et se laisse circonvenir par*
Cerceau, *tout comme* Jules Sauval, *l'élève favori du distrait et
modeste professeur* Granarius, *trahit le vieux savant dans* Les
Amours de deux bêtes. *La silhouette de Granarius le distrait,
absorbé dans ses monographies, opposé à « cet intrigant de
Cuvier[1] », « disciple et continuateur du grand Geoffroy Saint-
Hilaire[2] », préfigure celle de Jorry des Fongerilles, comme lui ami
de cet autre savant, l'académicien* Planchette. *Au cœur de ces
deux textes se trouve, comme dans* Entre savants, *la rivalité
scientifique de Cuvier et de Geoffroy Saint-Hilaire.*

*L'idée de l'éditeur Hetzel de publier, avec des illustrations
de Granville, deux volumes de* Scènes de la vie privée et
publique des animaux *enchanta Balzac et lui suggéra, outre
les deux textes que nous venons de citer,* Les Peines de cœur
d'une chatte anglaise, Le Voyage d'un lion d'Afrique
à Paris *et ce qui s'ensuivit. L'inspiration « naturaliste »
qui s'était déjà manifestée en 1840, dans* Les Français peints
par eux-mêmes, *avec la* Monographie du rentier, *éclate
avec bonheur dans la production balzacienne de 1842. Et elle
plaît tellement à l'auteur de* La Comédie humaine *qu'il travaille, dans les derniers mois de l'année, à une* Monographie
de la presse parisienne *présentée comme un « Extrait de
l'Histoire naturelle du bimane en société ». Les cinq
livraisons publiées connurent un vif succès. Elles montrent toutes
les variétés du genre* Publiciste *et du genre* Critique. *Mais le
projet était plus vaste encore, comme le révèle le dossier A 154
de la collection Lovenjoul, qui contient les projets d'articles destinés à la* Monographie de la presse. *On constate qu'après
plusieurs genres tels que l'auteur poète ou le conteur dramatique,
tous divisés en nombreux sous-genres, Balzac avait songé à un
quatrième genre (fol. 8 v°), celui de l'auteur savant, qui comprend huit sous-genres, dont le premier se présente ainsi :*

a. Le naturaliste. 5 variétés : 1. le voyageur. 2. le séden-

---

1. *Œuvres diverses,* éd. Conard, t. III, p. 473.
2. *Ibid.*

taire. 3. [le géologue   *rayé*] l'historien. 4. le systématique.
5. le faiseur.

*Après les trois sous-genres suivants, respectivement consacrés
au philologue, à l'archéologue, au médecin, venaient :*

    e. Le savant honnête
    f. Le [savant ambitieux   *rayé*] sinécuriste
    g. Le savant à traités
    h. Le faiseur de rendus de comptes *(sic)*

    *La conception d'un tel projet d'une part, l'obsédante pré-
sence de la querelle Cuvier-Geoffroy Saint-Hilaire dans l'inspiration balzacienne en cette seconde moitié de l'année 1842
d'autre part, confirment qu'on doive situer à ce moment-là,
c'est-à-dire à l'automne de 1842, la rédaction de la première
ébauche d'*Entre savants. *Ajoutons encore qu'un autographe
adressé à Armand Pérémé le 11 août 1842 par le linguiste et
archéologue Charles-Benoît Hase (1780-1864) fut envoyé par
Balzac à Mme Hanska, vraisemblablement avec la lettre qu'il
lui écrivit le 25 août 1842. Sur l'autographe, il avait noté :
« M. Hase de l'Institut, un savant en *us. Il vous fallait bien un
savant dans votre collection. M. Hase est ce que nous appelons
une bibliothèque reliée en peau humaine[1]. »*
    *Pourquoi l'auteur s'arrêta-t-il brusquement, au début du
feuillet 17 ? La raison la plus simple, qui n'est pas la moins
vraisemblable, est celle du manque de temps, car la préparation
de la* Monographie de la presse parisienne *dévora bien des
jours. Divers motifs annexes purent concourir à l'interruption
de la rédaction. Peut-être ne faut-il pas exclure chez Balzac
une certaine gêne à publier un texte aussi transparent, alors que
vivait encore Geoffroy Saint-Hilaire, vieux, malade, pauvre et
solitaire comme Jorry des Fongerilles. Peut-être aussi et surtout
le sujet de la femme du savant vint-il, au cours de la rédaction,
irrésistiblement se greffer sur le premier, celui de la rivalité
scientifique des deux naturalistes. Le 1ᵉʳ mai 1843, Balzac fait
part à Mme Hanska de la nécessité où il se trouve de faire,
pour « éteindre ses obligations à* La Presse[2] », *cinq ouvrages
dans le mois. Il n'en cite que quatre :* David Séchard, Les

    1. *Lettres à Mme Hanska,* t. II, p. 107 et n. 1.
    2. *Ibid.,* p. 208.

Amours d'un vieux banquier, Madame de la Chanterie et La Femme d'un savant, *dont le titre apparaît pour la première fois sous sa plume. Passa-t-il immédiatement à l'exécution de ce dernier projet ? Bien qu'il ait été très accaparé par la rédaction des trois premiers et par la révision de diverses éditions jusqu'à son départ, le 14 juillet 1843, pour Saint-Pétersbourg d'où il ne revint que le 3 novembre, l'hypothèse paraît plausible, et même probable. Un effacé du manuscrit*[1] *révèle que le romancier, avant de faire de la sœur de* Mme de Saint-Vandrille, *seconde fille du fournisseur Hansard, la femme d'un agent de change, avait songé à la faire séduire par « un misérable nommé Mongenod qui venait de partir pour les Indes ». Ce triste destin sera le lot de Bettina, la seconde fille de Charles Mignon, dans* Modeste Mignon. *Quant à Mongenod, il deviendra le type du banquier honnête, celui dont Balzac raconte les débuts difficiles et l'exil en Amérique dans* Les Méchancetés d'un saint *(Ire partie de* L'Envers de l'histoire contemporaine), *publiées dans* Le Musée des familles *en septembre 1843. Dans cet effacé apparaît donc le germe de deux romans de La Comédie humaine, liés au dernier trimestre de l'année 1843. Est-ce au cours de la rédaction de cette ébauche, très précisément en arrivant au chapitre XI, que Balzac, sans renoncer au séduisant projet de La Femme d'un savant, décida d'utiliser l'ébauche abandonnée de 1842 qui peignait la vie d'un savant distrait, et fixa le titre,* Entre savants, *calligraphié soigneusement au-dessus de l'ancien titre* Une Femme de savant *? S'il est difficile de l'affirmer, l'hypothèse présente une certaine probabilité.*

Mais, pris sans doute par d'autres obligations, Balzac abandonna temporairement l'histoire du pittoresque ménage Saint-Vandrille. Les mois passèrent sans qu'apparaisse aucune allusion à La Femme d'un savant *dans la* Correspondance. *Une phrase des* Petits Bourgeois *atteste cependant que le projet n'était pas oublié. On voit, dans ce roman inachevé, Thuillier qui, pour laisser en tête à tête sa sœur et La Peyrade, emmène sa femme « sous le vulgaire prétexte d'une visite à faire à Mme de Saint-Fondrille, la femme de l'illustre savant avec*

---

1. Voir n. 2, p. 540.

laquelle il voulait se lier[1] ». Ce projet hantait même si bien le
romancier que Flavie Colleville, dont A.-M. Meininger a noté
la ressemblance avec la femme du savant dans Entre savants[2],
peut apparaître comme un avatar de La Femme d'un savant.
Grâce à la chronologie remarquablement précise qu'a pu établir
Mme Meininger, nous savons que l'allusion à Mme de Saint-
Fondrille vint sous la plume du romancier le 6 ou le 7 janvier *1844*. Le *19 janvier*, Balzac s'arrêta dans la rédaction des
Petits Bourgeois et finalement les abandonna pour commencer
à écrire, en mars, Modeste Mignon, où il s'intéressa beaucoup au personnage de Canalis, qui apparaît dans notre
ébauche. Modeste Mignon l'occupa jusqu'à la fin de juin.
Il préparait en outre la première partie des Petites misères de
la vie conjugale, où il définit, à la fin du chapitre intitulé
« Les attentions perdues », le XIXᵉ siècle comme « une époque
qui numérote tout, qui met en bocal toute la création, qui classe
en ce moment *150 000* espèces d'insectes et les nomme " en us "
de façon à ce que dans tous les pays, un " Silbermanus " soit le
même individu pour tous les savants ». Ainsi, les mots « en us »,
les savants « en us » étaient de retour dans l'horizon créateur de
Balzac.

Si l'on songe qu'Étienne Geoffroy Saint-Hilaire mourut le
19 juin 1844, on peut se demander si cette mort, qui suscita un
grand nombre d'articles dans les journaux, ne redonna pas une
actualité décisive à la première ébauche d'Entre savants, et si
Balzac, la recherchant dans ses cartons et la relisant, ne décida
pas alors de reprendre son projet. Le *25 août 1844*, il confiait
à Mme Hanska qu'il avait fait « en *8 jours* pour *3 000 fr[ancs]*
d'articles dans Le Diable à Paris, tous spirituels et comiques[3] »,
faisant part dans la suite de la lettre, écrite le *30 août*, à sa
correspondante trop lointaine, de son intention de faire un
Tableau de Paris[4]. Au nombre des petits articles destinés à
Hetzel figurait Une rue de Paris et son habitant, *texte
promis à cet éditeur par le contrat du *17 août* déjà cité, et qui
fut corrigé et aménagé en décembre.

1. T. VIII, p. 129.
2. *Ibid.*, p. 42, n. 2.
3. *Lettres à Mme Hanska*, t. II, p. 502.
4. *Ibid.*, p. 505.

Après la publication du Siècle, *Balzac délaissa cette ébauche,
sans renoncer toutefois à son projet, comme l'atteste un programme d'œuvres à faire en 1847[1], où l'on relève le titre :* Les
Savants, *qui représente, n'en doutons pas, la même œuvre
qu'*Entre savants. *Jamais cependant il ne réussit à achever
cette scène de la vie parisienne.*

*Dans cette longue ébauche, bien des réalités, c'est évident, se
cachent sous la fiction. Que Cuvier et Geoffroy Saint-Hilaire
aient largement inspiré la création des deux savants, le texte le
prouve largement, comme l'attesteront les notes de cette édition.
Néanmoins, les notes le révéleront aussi, certains traits des deux
personnages n'appartiennent pas aux célèbres naturalistes et il
ne saurait être question d'assimilation totale, d'identification
pure et simple de Marmus de Saint-Leu avec Geoffroy Saint-
Hilaire et de Sinard avec Cuvier. Balzac, comme toujours, a
voulu créer deux* types *de savants qu'oppose une rivalité scientifique qui, elle, est bien celle de Cuvier et de Geoffroy Saint-
Hilaire. Ces deux types, ce sont, d'une part le savant distrait,
l'homme désintéressé et absorbé dans son système, d'autre part
le savant cumulard (comparable à l'employé cumulard de la*
Physiologie de l'employé *auquel songeait Balzac en créant
Colleville dans* Les Petits Bourgeois[2])*, le « sinécuriste »,
comme il l'appelait dans son projet des physionomies de la presse
parisienne[3].*

*Certes Geoffroy Saint-Hilaire était fort distrait, perpétuel-
lement plongé dans son système. Mais le récit de ses mésaventures fait songer plus encore à André-Marie Ampère, dont la
distraction était aussi célèbre que celle de La Fontaine et amusait
tout Paris. L'astronome Arago, fort lié avec Ampère, parle
avec attendrissement, dans la Notice qu'il lui a consacrée[4], du
manque de dextérité corporelle, de la faiblesse de la vue et surtout de la candeur de ce grand savant. Delécluze, qui fut l'ami
de son fils, esquisse dans son* Journal *(1824-1828) un portrait*

---

1. *Pensées, sujets, fragments,* éd. Crépet, p. 143.
2. T. VIII, p. 42 et n. 2.
3. *Lov.* A 154, fº 8.
4. Arago, *Œuvres complètes,* publiées sous la direction de J.-A. Barral, Paris, 1859, t. II, p. 88.

*de cet homme « livré tout entier aux sciences ». Ampère, dont
les connaissances sont, dit-il, encyclopédiques, et en qui il faut
saluer un des plus forts mathématiciens de l'époque, « au premier aspect donne l'idée d'un imbécile. Il a la vue très basse, ses
cheveux et toute sa toilette sont en désordre; il parle lentement,
est privé d'élocution et dans toutes ses manières et ses habitudes
il manque absolument d'usage du monde*[1] *». S.-H. Berthoud, de
son côté, dans son feuilleton de* La Presse *du 22 mars 1839,
consacré au salon Cuvier, cite à propos d'Ampère des anecdotes
qui ressemblent étonnamment aux mésaventures balzaciennes de
Marmus de Saint-Leu. On voit le concierge du Jardin des
Plantes lui apporter son chapeau, tandis qu'il vient d'ôter sa
perruque qu'il croyait son chapeau, et l'on apprend qu'il « s'était
trompé deux fois de rue et trois de numéro en indiquant son
adresse ». Balzac connut sûrement ces anecdotes et eut sans
doute lui-même l'occasion de rencontrer l'illustre mathématicien,
car il voyait dans sa jeunesse son fils Jean-Jacques, lié avec
Stapfer, Mérimée et Latouche. « Je devins aussi distrait que
l'est M. Ampère », déclare-t-il en 1833 dans la* Théorie
de la démarche[2]. *Ainsi songea-t-il au moins à deux grands
savants dont la distraction était célèbre, en créant l'extravagant
professeur Des Fongerilles, qui devint ensuite Saint-Vandrille,
puis Marmus de Saint-Leu.*

*Quant à son rival scientifique, le savant « sinécuriste », il
emprunte assurément de nombreux traits à Cuvier. Cependant,
si le célèbre naturaliste cumula les honneurs et les décorations,
il ne fut jamais médecin consultant du Roi, fonction que lui attribue à plusieurs reprises le romancier. Il est intéressant de noter
que le nom de Sinard reparaît dans deux romans de* La Comédie humaine. *Dans* La Maison Nucingen, *l'autorité de
Palma à la Bourse est comparée à celle de Sinard à l'Académie
des sciences*[3], *le nom de Sinard n'apparaissant d'ailleurs que dans
le* Furne *corrigé où, du fait d'une ultime correction de l'auteur,
il remplace celui d'Arago. On retrouve Sinard dans* Splendeurs et misères des courtisanes, *où il veille, en compagnie*

---

1. Édition Robert Baschet, Paris, Grasset, s. d. [1948], p. 298.
2. P. 269.
3. T. VI, p. 384.

de Desplein et de Bianchon, au chevet de Mme de Sériz y[1], contexte qui le présente comme un des plus grands médecins de son temps. Aussi peut-on considérer que pour créer ce personnage typique, Balzac a emprunté des traits à divers savants, Cuvier le naturaliste, c'est évident, mais peut-être aussi un géologue comme Alexandre Brongniart, un chimiste comme Jean-Baptiste Dumas, un médecin comme Corvisart, Roux ou Dupuytren. Il crée ici des savants typiques, le cumulard et le distrait, dont il campe, avec l'œil exercé du naturaliste, la silhouette familière dans ce quartier où le jeune Godefroid, dans L'Envers de l'histoire contemporaine, s'étonnait de l'allure étrange de M. Bernard, qui « paraissait tellement absorbé qu'il pouvait être pris pour un professeur du quartier, pour un savant plongé dans des méditations jalouses et tyranniques[2] ».

Est-il besoin d'ajouter que si les admirations extra-conjugales et la famille de Flore de Saint-Vandrille doivent beaucoup à d'authentiques réalités de l'époque, ce n'est pas du côté de la famille Geoffroy Saint-Hilaire qu'il faut les chercher ? De par sa naissance, la femme du savant appartient d'ailleurs à un tout autre milieu, assez bien connu de Bernard-François Balzac, père du romancier, au temps où, dans le sillage des Doumerc, il exerçait ses talents dans l'administration des subsistances militaires. Mais ce monde des fournisseurs aux armées, banquiers et agents de change revêcut surtout pour le romancier à travers les souvenirs de la duchesse d'Abrantès, de Sophie Gay et de sa grande amie Laure Regnaud de Saint-Jean d'Angély. Toutes aimaient assurément évoquer, avec nostalgie, l'époque brillante de leur folle jeunesse, c'est-à-dire d'un temps où les Flore de Saint-Vandrille ne manquaient pas dans l'entourage d'Ouvrard, de Vanlerberghe et d'Hainguerlot, tous liés avec Barras. Sophie Gay, qui était alors la femme de l'agent de change Gaspard Liottier, brillait dans ce monde où l'on ne songeait qu'à cueillir les plaisirs de la vie, chez la belle Mme Hainguerlot ou dans les salons de Mme Tallien et de Mme Hamelin. On rencontrait, parmi ces Aspasies du Directoire, des femmes plus mûres, mais toujours éclatantes, telle la mère de Laure, cette célèbre Mme de

Bonneuil, qui fut « jolie comme les amours », dit Mme de Chas-
tenay dans ses Mémoires[1], *« la plus ravissante femme que*
jamais on ait vue », affirme la duchesse d'Abrantès[2]. Jadis
l'une des berceuses de Beaujon, puis l'inspiratrice d'André Ché-
nier, elle n'avait pas renoncé aux aventures galantes et défraya
la chronique scandaleuse du temps[3]. De ses nombreux enfants,
on connaît surtout deux filles, Laure qui devint la femme de
Regnaud de Saint-Jean d'Angély, tandis que sa sœur épousait
le littérateur et académicien Vincent Arnault.

La duchesse d'Abrantès, elle, vécut ses jours les plus glorieux
sous l'Empire, au temps où Junot était gouverneur de Paris.
Dans son Histoire des salons de Paris, *elle évoque longue-*
ment les brillantes soirées où se pressaient, dans les salons de la
gouvernante de Paris, comme elle dit, les célébrités qu'on ren-
contre précisément chez les Saint-Vandrille. Dans Entre
savants, c'est sous l'Empire en effet que le salon des Saint-
Vandrille accueille les artistes et les savants illustres, parmi
lesquels l'auteur s'amuse à faire figurer Cuvier et Geoffroy
Saint-Hilaire. Il cite également Sophie Gail et Sophie Gay,
c'est-à-dire la Sophie de la musique et la Sophie de la parole,
comme on les appelait dans le monde parisien pour les distinguer
l'une de l'autre. Sophie Gail, très liée avec Flore de Saint-
Vandrille, si l'on en croit Balzac, était, dans la réalité, la
femme d'un savant helléniste, et « avait laissé son mari au
grec, en pleine liberté », dit plaisamment Hippolyte Auger
dans ses Mémoires[4]. *Elle devint, à la fin de l'Empire, l'amie*
de la baronne Roger, l'une des cinq filles du fermier général
Vassal, toutes fort répandues dans les salons parisiens, notam-
ment celle qui avait épousé le marquis de Carrion-Nisas et se
montrait plus préoccupée de la vie mondaine que de son époux
et de ses enfants, filles élevées à Saint-Denis ou garçons dont
l'un entra, grâce à elle, dans la Garde royale. Mais une amitié
plus durable et plus intime l'unissait à Sophie Gay, dont il
paraît légitime de penser qu'elle a pu prêter quelques traits à
la brillante Flore, tandis que Mme Tallien, Mme de Bonneuil

1. Paris, 1896, t. I, p. 431.
2. *Ibid.*, t. VI, p. 233.
3. A. Billy, *Hortense et ses amants,* Paris, 1961, p. 18.
4. Paris, 1891, p. 113.

*ou Mme Hainguerlot — pour ne citer que quelques reines des
salons parisiens — lui en donnaient d'autres.*

*Balzac, grâce à Latouche, fréquenta le salon de Sophie Gay,
écouta ses confidences et anecdotes, tout comme Hippolyte Auger,
qui voyait en elle « le reflet des jours du Directoire[1] » et la
montre « patronnant le jeune Salvandy à la sève exubérante[2] ».
Elle protégea aussi de jeunes poètes comme Jules de Rességuier,
de jeunes peintres tels qu'Amaury Duval, qui se retrouvaient
dans ce salon animé par la verve intarissable de la maîtresse de
maison. Laure Regnaud de Saint-Angély était une habituée,
ainsi que la séduisante Sophie Allart, nièce de Sophie et protégée
de Laure, comme elle le rappelle dans ses Enchantements.
Peut-être la séduisante Flore de Saint-Vandrille doit-elle
même quelque chose aux « mobiles opinions » qui conduisirent
Sophie du consul portugais Sampayo à Chateaubriand l'enchanteur, à Sainte-Beuve, ou au diplomate Bulwer-Lytton, avant de
l'enfermer — pour un temps fort bref d'ailleurs — dans les
liens d'un étrange mariage avec Napoléon-Louis-Frédéric-
Corneille de Méritens qu'elle épousa le 15 mars 1843, moment
où Balzac songeait à écrire « La femme d'un savant ». Rappelons aussi qu'en 1829, date proche de celle de l'action d'Entre
savants, elle habitait précisément rue d'Enfer, dans le quartier
de l'Observatoire, où vivent les Saint-Vandrille.*

*Bref, la diversité des milieux et des dates dit avec éloquence
la complexité des sources et le caractère typique du personnage
de Flore de Saint-Vandrille, attesté en outre par le choix des
titres auquel songea un moment Balzac : « La femme d'un
savant », ou « Une femme de savant »... « Un type, dans le
sens qu'on doit attacher à ce mot, est un personnage qui résume
en lui-même les traits caractéristiques de tous ceux qui lui ressemblent plus ou moins, il est le modèle du genre. » Cette définition que le romancier donne dans la préface d'Une ténébreuse
affaire[3] s'applique admirablement aux personnages d'Entre
savants. Le texte fourmille de détails vrais, d'allusions authentiques, mais derrière une vérité d'époque, particulièrement pitto-*

---

1. Hippolyte Auger, *Mémoires,* Paris, 1891, p. 150.
2. *Ibid.*
3. T. VIII, p. 492-493.

resque, apparaît cette vérité typique, universelle et éternelle, à laquelle s'attacha toujours l'auteur de La Comédie humaine.

En lisant l'alerte et prometteur début de cette Étude de mœurs consacrée aux savants, on ne peut que regretter l'abandon par Balzac de cette scène de la vie parisienne.

MADELEINE AMBRIÈRE-FARGEAUD.

Nous donnons successivement trois textes :

1º Le texte de la première ébauche, c'est-à-dire la plus ancienne, écrite sur papier blanc, tel que nous avons pu le reconstituer, à savoir :

a. Les feuillets 4 et 5, tels qu'ils apparaissent sous les ratures et corrections effectuées par l'auteur lorsqu'il les réutilisa dans la deuxième ébauche, en les numérotant 5 et 6 ;

b. À la suite, comme ils s'enchaînaient alors, les feuillets primitivement numérotés 6-17, que Balzac, pour les réutiliser dans la deuxième ébauche, renumérota 16-27 ;

2º Le texte intégral de la deuxième ébauche, écrite sur papier bleuté et constituée, dans le dossier A 70, par les feuillets numérotés 1 à 13 par Balzac ;

3º Le fragment publié dans *Le Siècle* le 28 juillet 1845 et reproduit en 1848, à la suite de *La Dernière Incarnation de Vautrin* (4ᵉ partie de *Splendeurs et misères des courtisanes*), édition Chlendowski.

M. A.-F.

ENTRE SAVANTS

Première ébauche.

[. . . . .][1]
L'Allemagne de Weſtheimler, de Groſthuys, de Scheele,
Hambach, Steinbach, Wagner[2], [...] à moins qu'il n'eût
fait la paix; et, dans ce cas, il se serait occupé de ma querelle avec Badenier. Badenier, mon ami, un homme de
génie, oui, il a du génie, je lui rends juſtice devant tout
le monde...

En ce moment, le professeur parlait haut sans aucun
danger, il se trouvait à la hauteur de la Chambre des
députés, tout Paris dînait, l'endroit eſt désert, il interpellait les ſtatues. Quand il arriva au pont d'Iéna, il
éprouva des tiraillements d'eſtomac, une faiblesse, il
entendit la voix enrouée d'un fiacre, il se crut malade,
fit un signe et se laissa mettre en voiture. Il s'y établit!
Quand le cocher lui demanda : « Où ? » il répondit
tranquillement : « Chez moi. — Où, chez vous, monsieur ? — Numéro 3. — Quelle rue ? — Ah! vous avez
raison, mon ami. Mais voilà quelque chose d'extraordinaire, dit-il en prenant le cocher pour confident, je me
suis tant occupé de l'appareil génératif des mouches, car
c'eſt là que je prendrai Badenier en flagrant délit! à la
prochaine séance de l'Académie, il mettra les pouces!...
Il sera forcé de se rendre à l'Évidence. »

Le cocher s'était enveloppé dans son carrick[3] en
loques, avec résignation, il se disait : « J'ai vu bien des
bourgeois! »

Il entendit : « À l'Inſtitut. »

« À l'Inſtitut, notre maître ? »

— Oui, mon ami, à l'Inſtitut. »

« Au fait, il a la croix! » se dit le cocher.

Le professeur Des Fongerilles se trouvant infiniment mieux en fiacre s'abandonne à la rédaction du Mémoire qu'il est en train de fulminer contre son collègue, son ami, le professeur Badenier.

La voiture s'arrête à l'Institut, le portier le voit et le salue respectueusement, le cocher n'a plus aucun soupçon, se met à causer avec le concierge de l'Institut, pendant que l'illustre professeur se rend à huit heures du soir à l'Académie des sciences. Le cocher raconte au concierge où il a chargé.

« Au pont d'Iéna! dit le concierge, M. Des Fongerilles revenait de Passy, il a dîné chez M. Gondouin.

— Il y allait donc! Il n'a pas pu me dire son adresse...

— Il demeure rue Duguay-Trouin, nº 3.

— Joli quartier, dit le cocher.

— Mon ami, dit le professeur, qui avait trouvé la porte close, il n'y a donc pas séance. — Aujourd'hui jeudi! répond le concierge. — C'est vrai, quelle heure est-il? — Sept heures. — Il se fait tard, chez moi, cocher. »

Le cocher conduit le savant avec une lenteur calculée et débarque à huit heures le professeur rue Duguay-Trouin, en jurant que s'il avait connu l'état de la rue, il ne serait pas monté là pour cent sous, il réclame deux heures.

« C'est bien, mon ami, payez-le! » dit le savant à la cuisinière, la seule personne qui s'intéresse à lui, Marguerite.

« Monsieur n'en fait jamais d'autres quand il dîne en ville; vous mangez trop; couchez-vous, je vais vous apporter du thé. »

Le professeur monta dans son cabinet, passa dans sa petite chambre, se déshabilla, se plaignit de souffrances à l'estomac et Marguerite le gorgea de thé[1].

Chaque fois qu'il s'agit de dîner en ville, si le professeur n'est pas mis en voiture immédiatement, il lui arrive une aventure plus ou moins bizarre.

L'empereur Napoléon, qui regardait avec raison Des Fongerilles comme une des supériorités de l'Institut, avait créé pour ce savant une chaire spéciale au Collège de France et qui lui servit à fonder toute une science, la Botanique comparée[2]. Des Fongerilles est à la fois un

grand chimiste, un botaniste et un zoologiste de premier
ordre; mais il n'est point écrivain[1]; il sait les mathématiques, il ne connaît rien aux arts d'agrément, il a
négligé l'astronomie et les sciences dites exactes pour les
sciences dites naturelles; mais il lui est resté, des mathématiques, les grandes notions nécessaires à la compréhension, à l'explication des problèmes les plus ardus, il
sait la science et ne la cultive pas, il n'est point étranger
à la marche des connaissances en physique, en chimie,
en mathématique, en astronomie. Il peut prendre de
leurs découvertes ce qui s'adapte à son système[2], mais il
n'y participe en rien, excepté peut-être dans tout ce qui
concerne la lumière et l'électricité[3]. Sa puissance scientifique entière est, depuis vingt-cinq ans, absorbée par
son système. Son système consiste à renverser une des
grandes cloisons entre lesquelles les savants ont parqué
les créations[4]. Des Fongerilles ne veut pas entendre parler de Botanique et de Zoologie, il n'existe aucune différence entre les plantes et les animaux, ou la différence
est si peu de chose qu'elle n'est pas plus sensible que
celle qui sépare les insectes des poissons, et les poissons
des mammifères.

Il vous est permis de considérer monsieur Jean-
Joseph-Athanase-Népomucène Jorry des Fongerilles,
professeur de Botanique comparée au Collège de
France, membre de l'Institut (Académie des sciences) et
chevalier de l'ordre royal de la Légion d'honneur,
demeurant à Paris, rue Duguay-Trouin, no 3, et marié
à Sophie[5]-Barbe-Marie-Adolphine Brisson, comme un
de ces êtres venus des Pays Hauts où sont nés le Conseiller Crespel [...][6].

[...] vous rassurerez l'amour-propre des savants nés dans
les Pays-Bas et qui écrivent de belles dissertations sur
les mêmes choses vues autrement. Cette observation
concerne également le grand Richard-David-Léon baron
Total, bibliothécaire, professeur de cosmographie au
Jardin des plantes, médecin, professeur d'hygiène à
l'École de médecine, inspecteur des Eaux minérales,
Conseiller de l'Université, membre de l'Académie des
sciences, membre de l'Académie de médecine, membre de
l'Académie des inscriptions et belles-lettres et secrétaire
perpétuel de l'une d'elles, je ne sais laquelle, maître des
requêtes au Conseil d'État, médecin en chef d'un hôpital,

médecin consultant du Roi par quartier[1], grand officier de la Légion d'honneur, commandeur de l'ordre de Saint-Michel et Saint-Lazare, député, commissaire du Roi[2], toutes places et fonctions non sujettes à la loi sur le cumul, et qui produisent environ soixante mille francs de finance, y compris deux pensions ou traitements, auxquels donnent lieu ses titres et fonctions honorifiques en Prusse, en Angleterre, et qu'une ordonnance royale lui a permis d'accepter. S'il fallait mentionner les ordres que lui ont conférés les souverains et les académies étrangères desquelles il fait partie, il y aurait une nomenclature presque aussi étendue que celle des divisions introduites par lui dans la Science. Il est logé magnifiquement à l'Institut, il reçoit à ses jours, absolument comme un ministre, il ne fait plus la médecine que pour le Roi[3]. Son hôpital le voit une fois par semaine, et c'est un de ses théâtres de gloire, l'en déposséder serait un crime, il y est suivi toutes les fois qu'il y paraît par une troupe d'élèves éblouis, sa fantaisie porte bonheur aux malades. Un jour, il y voit un cas extraordinaire. Il ne peut rester, il faut absolument que le moribond n'expire pas dans la nuit, il explique à l'infirmier qu'il a besoin de faire assister ses collègues à ce lit de mort où il pérorera le lendemain, à neuf heures précises.

« Je vais vous le pousser jusque-là ! » lui dit l'infirmier.

L'infirmier drogue, soigne et pousse si bien le cas extraordinaire que le lendemain à neuf heures, l'infirmier court au-devant de l'illustre professeur, et sur les marches du temple, il l'arrête : « Ah, monsieur le baron, quel malheur ! le n° 147 est guéri ! »

En grand homme qu'il est, le baron Total garda son improvisation et se mit à rire[4].

Le temps est trop précieux pour que Total aille à pied. Il ne va qu'en voiture et sa voiture est disposée de manière à ce qu'il puisse y lire et y écrire[5], il n'a jamais perdu la moindre parcelle de temps, il dévore les livres, les écrits, il a deux préparateurs, deux secrétaires, des bibliothèques spéciales outre celle qu'il administre, il ne vit, ne se meut et ne parle que pour la Science.

Au physique, Total est un grand bel homme, à figure austère et brune, il contient son ventre au majestueux, il est imposant[6], il porte un habit bleu et tout le dessous noir, il ne laisse passer qu'un léger liséré rouge à sa

boutonnière, il a des gants de daim d'une excessive
finesse, ses bottes ont du luſtre, il eſt enfin soigné sans
affectation. Sa chevelure noire mélangée de cheveux
blancs a reçu depuis sept ans le baptême de la poudre,
et il peut ainsi conserver, à soixante ans passés, un air
de jeunesse entretenu par la plus riche santé. Le baron
Total ne s'eſt jamais occupé des sciences exactes, il
ignore parfaitement la physique, la chimie, l'aſtronomie,
les mathématiques, mais il en sait ce qu'en savent tous
les gens dont l'éducation a comporté l'inſtruction la plus
étendue, il lit couramment le grec et le latin, il eſt écrivain, il parle avec une abondance, une clarté merveilleuse[1], il eſt physiologiſte, et a jeté toute sa puissance
intellectuelle dans l'explication des phénomènes de
l'animalité, et conséquemment de la terre, il continue
Bernard de Palissy, Buffon, et voudrait réunir en sa
personne Hippocrate, Ariſtote et Descartes. Il eſt le
promoteur des divisions absolues, il eſt analyſte. En un
mot il eſt l'adversaire du professeur Des Fongerilles,
qui tient pour la synthèse et l'homogénéité[2]. Depuis
vingt-cinq ans, Des Fongerilles vit rue Duguay-Trouin
des cinq mille francs de sa chaire, et des quinze cents
francs de l'Inſtitut[3]. Total, son ancien camarade, son ami
d'enfance, a une magnifique maison de campagne à
Suresnes, il y mène une vie faſtueuse, il a épousé une
femme excessivement riche, il a des relations intimes
avec le pouvoir, avec la Cour, avec le journalisme; il peut
rendre service à la jeunesse, enfin sa prépondérance
scientifique équivaut à une royauté que ses collègues ont
partout acceptée. Il ne se fait rien en Science, à l'Université, à la Cour, que le baron Total ne soit consulté dans
ses spécialités. Il n'arrive pas un étranger qui ne brigue
l'honneur d'être présenté à Total, il eſt des admirateurs[4]
venus de Suède exprès pour lui, comme pour Fontenelle,
au temps où les savants et les écrivains français étaient
plus admirés qu'aujourd'hui en Europe. Les ouvrages
de Total sur la médecine, la géologie, la physiologie et
sur la zoologie comprennent dix-huit volumes in-octavo[5].
Le professeur Des Fongerilles n'a jamais écrit ses leçons,
il a publié plusieurs dissertations, il écrit péniblement
ses rapports à l'Académie, il n'a pas l'élocution facile[6].

La baronne Total eſt une grande et belle femme, de
l'École anglaise, proteſtante[7], et affligée d'une inféconꞏ

dité qui n'afflige en aucune manière son illustre époux.
Le pauvre professeur Des Fongerilles a trouvé dans sa
femme une petite blonde assez portée à la dépense et
qui lui a donné sept enfants dont deux sont morts.
Mme Des Fongerilles a naturellement employé sa fortune à se parer, à élever ses enfants, en sorte qu'après
avoir placé son aîné dans la marine, le second dans les
ponts et chaussées, le troisième dans la magistrature, elle
est restée avec deux filles nubiles et les six mille cinq
cents francs du traitement de son mari[1]. Elle attend la
succession de sa mère pour la partager entre ses deux
filles, afin de les marier à des savants ou à des artistes
qui se marient assez aveuglément. À quarante ans, la
femme du professeur a encore assez de prétentions, et
sa vie est, depuis douze ans, entièrement séparée de celle
du professeur. M. Des Fongerilles demeure dans un
pavillon situé à l'extrémité d'un jardinet, il a son cabinet
et sa bibliothèque au rez-de-chaussée, une chambre au
premier étage et un logement dans les combles. La cuisinière lui apporte à déjeuner et à dîner, comme à un
enfant, il ignore tout ce qui se passe dans sa maison.
Ses amis sont le baron Japhet, le fameux chimiste,
M. Lavrille, un professeur du Jardin des plantes, et
Planchette[2], l'illustre physicien, trois savants désintéres-
sés et enfoncés comme lui dans leurs profondes spéculations, dédaigneux de renommée, aimant la science pour
elle, désespérés de la voir insensiblement vulgarisée,
correspondant tous trois, comme Des Fongerilles, avec
les savants d'Allemagne, d'Angleterre et d'Italie avec
lesquels ils avaient des sympathies d'esprit et de caractère. Le père Lavrille, telle est sa qualification, due à sa
bonhomie, a un neveu, nommé Victorin Beauregard, qui
dès sa sortie du collège en 1816 s'était passionné pour
le professeur Des Fongerilles, et encouragé par son
oncle le professeur Lavrille, il avait conçu la noble idée
de servir la vaste entreprise, le système de ce grand
homme. M. Des Fongerilles l'accepta pour préparateur,
pour secrétaire, et logea l'adepte au-dessus de lui.
L'adepte avait alors dix-neuf ans. Mme Des Fongerilles
trouva qu'il fallait être bien savant pour nicher un jeune
homme sous les tuiles, elle prit Victorin dans son corps
de logis. Victorin eut quelque temps en vénération
suprême le grand Des Fondrilles[3], auquel il s'attacha

comme Ignace de Loyola[1] à Dieu; mais sept ans après, comme sa santé avait pris de la force et qu'il pouvait désormais coucher sous les tuiles, Mme Des Fongerilles le renvoya dans le pavillon en alléguant l'âge de ses filles.

Victorin Beauregard payait une pension de douze cents francs, il demeurait au-dessus du professeur, et il espérait bien un jour être professeur adjoint, académicien, et il oubliait, dans la culture de la science et du système, tous les ennuis de la vie; il avait en joyeuse perspective une des deux filles du professeur à épouser. Victorin Beauregard était un peu jardinier, en sa qualité de botaniste, et il tenait le jardin du professeur, de manière à lui donner un aspect agréable[2]. Tous les genres de plantes grimpantes déguisaient les murs et pendaient en festons; les massifs offraient des corbeilles pleines de fleurs et embaumaient ce petit espace. Les trois faces du pavillon palissées étaient trois murailles de verdure percées de croisées. Une belle treille ornait la façade de la maison habitée par la famille et qui, audehors, avait le plus horrible aspect. Intérieurement, les appartements n'étaient ni beaux, ni commodes, il y avait un petit escalier, des chambres qui se commandaient et dont les planchers offraient des hauteurs différentes, car le propriétaire avait construit à différentes époques, au gré de ses besoins. Le rez-de-chaussée était composé d'une cuisine et d'une salle à manger auxquelles on arrivait par un couloir que coupait en deux portions une cage d'escalier. Le mobilier se ressentait de la gêne constante qui avait opprimé cette famille sans chef, et qui subissait encore les fantaisies assez égoïstes de Mme Des Fongerilles. Il y avait à divers étages cinq chambres destinées chacune à un enfant, deux chambres de domestiques et l'appartement de madame. Pour trouver des logements aussi considérables à un prix modique, force avait été de venir dans la rue Duguay-Trouin, une rue non pavée, où l'on arrivait par la rue de l'Ouest qui ne fut pavée qu'en 1829. Aussi le pavillon, la maison et le jardin avaient-ils été loués six cents francs pour douze années, en 1806, et le bail avait heureusement été renouvelé en 1818. Chacun avait le nécessaire, des commodes à dessus de bois, des lits de pensionnaire, le carreau frotté; l'hiver, un foyer commun. Les deux jeunes personnes portaient des robes d'indienne, du stoff, du

mérinos[1], et leur grand-mère seule leur donnait, parfois,
la petite jouissance d'une robe de soie; elles se brodaient
leurs fichus; elles travaillaient, l'une à peindre sur porcelaine et l'autre gravait la musique. Leur mère était
excellente en ce qu'elle leur laissait la bride sur le cou,
ces deux filles avaient leur entière liberté. L'une allait
seule chez les marchands de musique, l'autre chez les
marchands de porcelaine avec l'intrépidité de deux sergents de ville. Elles n'étaient ni laides ni jolies. Elles
avaient cette plate figure française chiffonnée, sans
grandes lignes, et comme ni leur père ni leur mère ne
les gardait, elles prenaient la peine de se garder elles-
mêmes. Quelquefois, après le déjeuner, la mère, et
chaque fille habillée, corsée[2], en brodequins, décam-
paient chacune de leur côté, sans se faire une question,
et revenaient à cinq heures pour dîner. Elles allaient voir
leur père dans le pavillon quand l'idée leur prenait de
rendre leur devoir à l'auteur de leurs jours, le bon vieillard les recevait bien, il quittait l'anatomie d'une racine,
ou le microscope où il examinait la contexture d'une
puce, avec une admirable bienveillance[3] de savant, il
n'avait rien à donner à ses filles que son affection, et il
en était libéral, les filles n'attendaient rien de leur père,
et ce savant distrait, enfoui dans le giron de la nature,
était adoré de ses deux filles auxquelles il ne demandait
aucun soin. Félicie, l'aînée, avait pris parti pour Victorin
Beauregard en devinant pourquoi sa mère le renvoyait
dans le pavillon, et sans s'être entendu, le naturaliste comprenait qu'il lui fallait une position pour pouvoir épouser Félicie Des Fongerilles et Félicie paraissait
disposée à attendre. Quant à Cora Des Fongerilles, fille
un peu moins grave que sa sœur, elle peignait sur porcelaine, Marguerite la croyait excessivement jalouse de la
protection que sa mère avait accordée à un jeune peintre
qui avait son atelier rue Notre-Dame-des-Champs, et qui
passait les soirées dans l'appartement de Mme Des Fongerilles. La femme du savant avait des opinions excessivement mobiles. Pendant ses cinq plus belles années, la
littérature était tout et menait à tout, elle ne manquait
pas une séance de l'Institut, puis elle avait trouvé qu'il
n'y avait rien de plus beau pour un homme que de servir
son pays, non pas dans les armées de terre, mais dans la
marine, et ce culte pour la marine détermina sans doute

la vocation d'un de ses enfants. Elle changea d'avis et mit la cavalerie au-dessus de l'art naval; mais ses sentiments équestres durèrent peu. Les arts lui semblèrent au-dessus de la guerre, et surtout la musique, elle était alors liée avec Sophie Gail[1]. Elle revint à la Science, et devait finir par adorer la peinture, qui, disait-elle, l'emportait aux yeux des femmes, car la peinture était le culte de la Beauté. Les familles où tout le monde est occupé sont les plus charmantes familles. Le professeur n'était pas un grand homme chez lui. Ses enfants et sa femme ne pouvaient imaginer ni comment ni pourquoi ce bonhomme était de l'Institut; sa cuisinière le protégeait, il ne paraissait dans ses proportions qu'aux yeux de Victorin Beauregard. Quand les trois vieux amis du professeur venaient, il se faisait d'agréables plaisanteries auxquelles ils se prêtaient :

« La ménagerie est complète, disait Mme Des Fongerilles.

— Papa, si tu as à baragouiner Sciences, allez dans le jardin », disait Cora que les savants accueillaient en souriant.

Lorsque Victorin essayait de démontrer, le soir, par un beau coucher de soleil, à Félicie, en tournant autour du gazon, ou assis sur des chaises le long de la façade, qu'elle était la fille d'un homme immortel, d'un colosse, elle paraissait le croire pour ne pas déplaire à un jeune homme qui lui serrait la main, et la lui baisait parfois timidement.

Dans le monde, quand Mme Des Fongerilles était félicitée de porter un nom illustre, elle souriait dédaigneusement et disait :

« Ah! vous ne savez pas combien les savants sont bêtes! ils ne pensent ni à leur fortune, ni à leur famille, mais M. Des Fongerilles ne sait pas seulement si j'existe! »

Quelques femmes pâles, étiolées, ennuyées, se disaient en murmurant et voyant cette femme de savant si leste, si pimpante, à quarante-deux ans :

« Ah! pourquoi ne m'a-t-on pas mariée à un savant! »

Cora jouait à sa mère des petites plaisanteries, comme de lui demander si elle voulait qu'elle lui rapportât un tour, ou de fausses nattes, quand M. Eugène Bridau[2] était là; mais la mère avait pour système de ne pas se fâcher, et la fille était toujours désarmée.

Ces petits détails expliquent comment ces deux filles allaient dans Paris sans y courir aucun danger, elles y couraient trop vite à leurs affaires pour avoir rien à craindre. Chacune d'elles avait, comme l'abbé de Vertot[1], son siège fait.

Chacun peut imaginer le désordre qui régnait au Pavillon. La chambre du professeur était encombrée de fioles, d'échantillons, de papiers, de machines[2]; il avait ses vêtements mêlés à ses ustensiles de science, il se souciait fort peu des belles fleurs vivantes, il faisait beaucoup plus de cas d'une dissection habile; que lui importaient les roses, les amaryllis, les volcamérias[3] qu'on apportait à sa fille du Jardin des plantes, il se pâmait, lui! sur les tranches imperceptibles de racines coupées, et mises entre deux verres pour son microscope, il vivait dans les principes quand Cora s'enthousiasmait pour les résultats.

En 1825, Victorin eut deux aides de camp. Deux jeunes savants, frappés d'admiration pour les lents et magnifiques travaux du professeur, l'un élève de M. Lavrille, l'autre élève du baron Japhet, prirent goût pour la Botanique comparée, pour les recherches qu'elle exigeait et s'y jetèrent avec la furie du jeune âge, ils venaient prendre les ordres du digne patriarche, ils lui communiquaient leurs observations, ils se chargèrent de la correspondance avec les savants étrangers, le Système fit dans le silence de grands pas. Victorin devint aide-naturaliste, l'un des deux jeunes savants fut employé à la bibliothèque du Muséum[4], et l'autre se casa chez un riche particulier, amateur éclairé. Des Fongerilles, dans cette circonstance, eut, pour la seule et unique fois de sa vie, recours à son ami, le baron Total. Encore ne s'agissait-il que de dignes et fervents jeunes gens pleins de mérite, et qui avaient des droits aux encouragements du pouvoir. Jamais Des Fongerilles n'avait abandonné sa position à l'égard du colosse de science, d'érudition, de pouvoir et de richesse avec lequel il traitait d'égal à égal. Total, plus jeune de dix ans[5], devait quelque chose au vieux professeur. Des Fongerilles avait tout fait pour Total, et Total n'avait jamais rien fait pour Des Fongerilles. Le professeur était professeur, il était académicien avant son glorieux camarade, et si le baron avait conquis un nom et un renom universels, le bon et doux Des Fon-

gerilles se montrait content de ces succès comme s'ils
lui étaient personnels, il aimait Total, il se sentait pour
lui des entrailles de père, en mainte occasion il l'avait
aidé généreusement dans un travail, il lui avait dit en
lui montrant un poisson désossé, une carcasse d'oiseau,
comme Ney à Junot en lui désignant la batterie de la
Moscowa[1] : « Prends là ton bâton de maréchal », et
Total, moins engourdi que Junot le fut à la Moscowa,
s'emparait du fait et s'élançait plus haut dans sa gloire.
Aussi rien n'égala-t-il l'empressement avec lequel le
baron Total servit les trois protégés de son vieil ami.
Jamais il ne voulut avoir fait quelque chose pour eux,
et, quand ils vinrent le remercier, il fit le plongeon devant
les effusions de leur gratitude.

« Vous ne me devez rien. Je n'ai vu que le grand, le
modeste, l'illustre Des Fongerilles, c'est notre maître à
tous. »

En 1828, le baron Total, intronisé dans la science,
révéré par le monde entier, crut y régner sans partage,
en imaginant que le bonhomme Des Fongerilles mourrait en paix, son système et lui. Des Fongerilles était un
vieillard confiné près de la barrière d'Enfer, il baissait,
il avait une nombreuse famille, il était souffrant[2]. Les
catégories scientifiques du baron Total étaient admises,
ses théories fondées sur les divisions avaient l'assentiment du monde savant. La carte de la création, agréablement découpée et coloriée, avait force de loi. Total, en
haute physiologie, se glorifiait donc d'avoir rendu des
arrêts en dernier ressort, l'autorité de la chose jugée
émanait de lui.

[. . . .]

Deuxième ébauche.

ENTRE SAVANTS[3]

I

PHYSIONOMIE[4] DE LA RUE

Paris a des rues courbes, des rues qui serpentent ;
mais peut-être ne compte-t-il que la rue Boudreau[5],

dans la Chaussée-d'Antin, et, près du Luxembourg, la rue Duguay-Trouin, qui figurent exactement une équerre. La rue Duguay-Trouin étend une de ses deux branches sur la rue de l'Ouest, et l'autre sur la rue de Fleurus[1].

En 1827, la rue Duguay-Trouin n'était pavée ni d'un côté ni de l'autre; elle n'était éclairée ni à son angle rentrant, ni à ses bouts. Peut-être encore aujourd'hui[2] n'est-elle ni pavée ni éclairée. À la vérité, cette rue a si peu de maisons[3], ou les maisons ont tant de modestie, qu'on ne les aperçoit point; l'oubli de la ville s'explique alors par le peu d'importance des propriétés.

Un défaut de solidité dans le terrain explique cet état de choses. La rue est située sur un point si dangereux des catacombes, que naguère une certaine portion de la chaussée a disparu, laissant une excavation aux yeux étonnés des quelques habitants de ce coin de Paris[4]. On fit beaucoup de bruit dans les journaux à ce propos; mais l'administration reboucha le *fontis*[5], tel est le nom de cette banqueroute territoriale, et les jardins qui bordent cette rue sans passants se rassurèrent.

La branche de cette équerre qui débouche rue de Fleurus est entièrement occupée à gauche par un mur sur lequel brillent des fonds de bouteille et des pointes de fer pris dans le plâtre, espèce d'avis donné aux mains des amants et des voleurs. Dans ce mur, il existe une porte perdue, la fameuse petite porte du jardin, si nécessaire dans les drames, dans les romans, et qui commence à disparaître de Paris. Cette porte, peinte en gros vert, à serrure invisible, et sur laquelle le contrôleur des contributions n'avait pas encore fait peindre de numéro[6], ce mur le long duquel croissent des orties et des herbes à épis barbus, cette rue à ornières, les autres murailles grises et lézardées, couronnées par des feuillages, là tout est en harmonie avec le silence qui règne dans le Luxembourg, dans le couvent des Carmes, dans les jardins de la rue de Fleurus.

Si vous alliez là, vous vous demanderiez : « Qui est-ce qui peut demeurer ici ?... »

Qui ?... vous allez voir.

II

Au mois de mai de cette année, à trois heures du soir, cette porte s'ouvrit; il en sortit un petit vieillard gras-souillet, pourvu d'un abdomen flottant et proéminent qui l'oblige à bien des sacrifices : il est forcé de porter un pantalon excessivement large, afin de ne pas gêner ses mouvements; aussi depuis longtemps a-t-il renoncé complètement à l'usage des bottes et des sous-pieds, il a des souliers, et ses souliers étaient à peine cirés. Son gilet, incessamment repoussé vers le plan supérieur des cavités gastriques par ce ventre de cuisinier, et déprimé par le poids de deux protubérances thoraciques qui feraient le bonheur d'une femme maigre, offre à la plaisanterie des passants une ressemblance parfaite avec une serviette roulée sur les genoux d'un convive absorbé dans une discussion au dessert. Les deux jambes sont grêles[1], le bras est long, une des deux mains n'a de gant que dans les occasions les plus solennelles. Ce personnage évite l'aumône et la pitié que lui mérite l'état d'une vénérable redingote verte, par une petite rosette rouge qui prouve l'utilité de l'ordre de la Légion d'honneur[2]. Le chapeau bossué, dans un système constant d'horripilation aux endroits où persiste un poil roussâtre, ne serait pas ramassé par le chiffonnier si le petit vieillard l'oubliait sur une borne. Beaucoup trop distrait[3] pour s'astreindre à la gêne qu'exige une perruque, ce savant (c'est un savant) montre, en saluant, une tête qui, vue d'aplomb, a toute l'apparence du genou de l'Hercule Farnèse. Au-dessus de chaque oreille, quelques bouquets de cheveux blancs tortillés brillent au soleil comme les soies factices d'un sanglier poursuivi. Le cou, d'ailleurs, est athlétique et se recommande à la caricature par une infinité de rides, de saillants, par un fanon flétri, mais armé de piquants à la façon des orties; ce qui explique aussitôt pourquoi la cravate, constamment refoulée, roulée, travaillée par les mouvements d'une tête inquiète, a comme une contre-barbe infiniment plus douce que celle du bonhomme et composée des fils

éraillés de ce tissu malheureux. Maintenant, si vous avez
deviné le torse, le dos puissant d'un travailleur obstiné,
vous connaîtrez la figure douce, un peu blafarde, les
yeux bleus extatiques[1] et le nez fureteur de ce vieillard,
quand vous saurez que le matin, coiffé d'un foulard, et
serré dans sa robe de chambre, l'illustre professeur (il est
professeur) ressemble tant à une vieille femme que plus
d'un jeune homme allemand, venu du fond de la Saxe,
de Weimar ou de la Prusse pour le voir, lui a dit :
« Madame! » et s'est retiré.

Cette silhouette d'un des plus savants et des plus
vénérés membres de l'Institut accuse si bien l'entraînement de l'étude et les distractions causées par la recherche
de la vérité que vous devez reconnaître le célèbre professeur Jean-Népomucène-Apollodore Jorry de Saint-
Vandrille!...

III

MADAME ADOLPHE

Quand le vieillard — alors le professeur comptait
soixante-deux printemps — eut fait trois pas, il tourna
la tête en entendant une voix et cette phrase : « Avez-
vous un mouchoir ?... »

Une servante était sur le pas de la petite porte et
regardait son maître avec une sorte de sollicitude.
Elle paraissait âgée d'une cinquantaine d'années, et sa
mise annonçait une de ces domestiques pleines d'autorité dans la maison, elle tricotait des bas. Le savant
revint et dit : « Oui, madame Adolphe, j'ai mon mouchoir.

— Avez-vous vos conserves[2] ? »

Le savant tâta sa poche de côté.

« Je les ai...

— Montrez-les-moi, car souvent vous n'avez que
l'étui... »

Le professeur tira son étui et montra ses lunettes d'un
air triomphant.

« Vous feriez bien de les garder sur votre nez... »

M. de Saint-Vandrille mit ses besicles après avoir nettoyé les verres avec son mouchoir, et naturellement, il
fourra le mouchoir sous son bras gauche pendant qu'il

arrangeait ses lunettes ; puis, il fit quelques pas vers la rue de Fleurus et lâcha le mouchoir, qui tomba[1].

« J'en étais sûre », se dit Mme Adolphe. Elle quitta la porte, ramassa le mouchoir et cria :

« Monsieur ! Monsieur !

— Eh bien ? fit le professeur. Ah ! reprit-il en recevant son mouchoir.

— Avez-vous de l'argent ?... demanda Mme Adolphe.

— Je n'en ai pas besoin...

— C'est selon ; si vous prenez le pont des Arts, il vous faut un sou[2]...

— Tu as raison, répondit le savant. Je prendrai le Luxembourg, la rue de Seine, le pont des Arts, le Louvre, la rue du Coq, la rue Croix-des-Petits-Champs, la rue des Fossés-Montmartre ; c'est le plus court pour aller rue du Faubourg-Poissonnière[3]...

— Il est trois heures, dit Mme Adolphe. On dîne à six heures chez votre belle-sœur ; vous avez trois heures... Oui... vous y serez, mais vous vous ferez attendre, dit Mme Adolphe en fouillant dans la poche de son tablier pour y chercher deux sous qu'elle tendit au professeur. — Allons, Monsieur, lui dit-elle, ne mangez pas trop. Vous n'êtes pas gourmand, mais vous pensez à autre chose ; et vous, si sobre, vous mangez alors comme si vous n'aviez pas de pain chez vous ! Allons, tâchez de ne pas faire attendre Madame ; autrement, elle ne vous laisserait plus aller seul, et ce serait une honte pour vous. »

Mme Adolphe regagna le seuil de la petite porte et, de là, surveilla son maître, à qui elle cria : « À droite ! à droite ! » en le voyant aller du côté de la rue Notre-Dame-des-Champs. « Mon Dieu, c'est pourtant un savant, à ce qu'on dit », reprit-elle.

Mme Adolphe était, dans toute la maison, la seule personne qui s'occupât un peu du professeur, dont la famille, composée d'une femme, de sept enfants et d'un élève logé chez lui, n'avait, pour tout domestique, que Mme Adolphe et sa fille Marguerite.

IV

COMMENT DÎNE UN PROFESSEUR DISTRAIT

M. de Saint-Vandrille était à quatre heures au guichet de la rue de la Seine, sous les arcades de l'Institut, et qui le connaît avouera qu'il avait très peu flâné. Là, une voix lamentable, celle d'un petit enfant, arracha sans peine au bonhomme les deux sous que Mme Adolphe lui avait donnés; quand il arriva devant le pont des Arts, il se souvint du péage et retourna brusquement sur ses pas pour demander un sou à l'enfant, mais le drôle était allé changer la pièce pour ne donner qu'un sou à sa mère, qui rôdait dans la rue Mazarine avec un enfant à la mamelle. De là vint, pour le professeur, la nécessité de tourner l'invalide qui veille à ce qu'aucun Parisien ne passe sans payer. Deux voies se présentaient : le pont Neuf ou le pont Royal. Le savant fut attiré vers le pont Royal par un des plus séduisants spectacles, celui de petites caisses oblongues, larges comme la pierre du parapet, et qui, tout le long du quai, stimulent les biblio- philes par des affiches collées sur des battoirs où se lisent ces décevantes paroles : « À vingt centimes, — à trente centimes, à cinquante centimes, — à soixante cen- times, — à un franc cinquante! ». Ces catacombes de la gloire ont dévoré bien des heures aux poètes, aux philo- sophes, aux savants de Paris! Combien de cinquante cen- times dépensés devant les boîtes à vingt centimes!

En regardant l'étalage, le professeur aperçut une bro- chure de Vicq-d'Azir[1], un Charles Bonnet complet, édition de Fauche-Borel[2], et une notice sur Malus[3].

« Voilà donc où nous arrivons, se dit-il en lui-même. Malus! un si beau génie! arrêté dans sa course quand il allait s'emparer de l'Empire de la lumière! Quelle perte! Mais nous avons eu Fresnel[4]. Fresnel a fait d'excellentes choses!... Oh! ils arriveront à reconnaître que la lumière n'est qu'un mode de la *substance*[5]... »

Le professeur tenait la notice sur Malus; il la feuillette, il a connu Malus.

« Il y a, se dit-il, beaucoup de Malus!... Malus qui faillit être ministre de la Guerre et qui vient de mourir administrateur général des hospices. Il avait un fils inspecteur aux revues. »

Il se rappelle et décline tous les Malus[1], revient à Malus, son cher Malus ; ils sont entrés ensemble à l'Institut, au retour de l'expédition d'Égypte, car c'était alors l'Institut de France et non un tas d'académies sans lien[2]. « L'Empereur avait conservé la sainte idée de la Convention.

« Je me souviens de ce qu'il m'a dit quand on m'a présenté : "Saint-Vandrille, je suis l'Empereur des Français, mais vous êtes le Roi de la Création!..." Ah! c'était un bien grand homme et un homme d'esprit : les Français l'ont compris trop tard. »

Le professeur remet Malus et sa notice dans la case aux cinquante centimes, sans avoir remarqué combien de fois l'espérance s'est alternativement éteinte et rallumée dans les yeux gris d'une vieille femme assise sur un escabeau dans l'angle du quai, chaque fois qu'il agitait la notice.

« Il était là, se dit-il en regardant les Tuileries sur la rive opposée ; je l'ai vu, passant en revue ses sublimes troupes! Je l'ai vu maigre, ardent comme les sables d'Égypte ; une fois Empereur, il est devenu bon homme!.. *Aurait-il appuyé mon système*[3] ? »

Le professeur marcha vers la Chambre des députés, en examinant si son système aurait eu l'appui de Napoléon.

V

SECOND SERVICE

« Non, le baron Sinus, en courtisan du pouvoir, serait venu dire à l'Empereur que mon système est l'inspiration d'un athée, et Napoléon, qui a fait, par politique, beaucoup de capucinades, m'aurait persécuté, car il n'aimait pas les idées!... D'ailleurs, sous Napoléon, je n'aurais pas pu communiquer librement avec l'Allemagne. M'eussent-ils prêté leur appui, les Wytheimler, Grosthuys, Scheele, Stambach, Steinbach, Wagner... Pour que les savants s'entendissent (les savants s'entendre!...), l'Empereur aurait dû faire la paix ; et, dans ce cas, peut-être se serait-il occupé de ma querelle avec Sinus! Sinus, mon ami, un homme de génie, oui, il a du génie, je lui rends justice devant tout le monde. »

En ce moment, le professeur parlait haut, mais sans aucun inconvénient, ni pour lui ni pour les passants, car il se trouvait à la hauteur de la Chambre des députés, la séance était finie, tout Paris dînait. Saint-Vandrille interpellait les statues!

Au pont d'Iéna, il éprouva des tiraillements d'estomac, il entendit la voix enrouée d'un fiacre, il se crut malade, fit un signe, et se laissa mettre en voiture. Quand le cocher lui demanda : « Où ? » il répondit tranquillement : « Chez moi. — Où, chez vous, monsieur ? — Numéro 3. — Quelle rue ? — Ah! vous avez raison, mon ami. Mais voilà quelque chose d'extraordinaire, je me suis tant occupé de l'os hyoïde, car c'est là que je prendrai Sinus en flagrant délit! À la prochaine séance de l'Académie, il mettra les pouces... Il sera forcé de se rendre à l'évidence. »

Le cocher s'était enveloppé dans son carrick en loques, avec résignation, il se disait :

« J'ai vu bien des bourgeois!... »

Il entendit :

« À l'Institut.

— À l'Institut, notre maître ?

— Oui, mon ami, à l'Institut. »

« Au fait, il a la rosette! »

Le professeur, qui se trouvait infiniment mieux en fiacre, s'abandonna complètement à la recherche d'une démonstration qui coquetait avec son système sans vouloir se rendre.

La voiture s'arrête à l'Institut, le portier voit l'académicien, le salue respectueusement. Le cocher, qui n'a plus aucun soupçon, se met à causer avec le concierge de l'Institut, pendant que l'illustre professeur se rend, à huit heures du soir, à l'Académie. Le cocher raconte au concierge où il a chargé.

« Au pont d'Iéna! dit le concierge; monsieur revenait de Passy, il avait sans doute dîné chez M. Gondouin.

— Il y allait donc! Il n'a jamais pu me dire son adresse...

— Il demeure rue Duguay-Trouin, n° 3.

— Joli quartier, dit le cocher.

« — Mon ami, dit au concierge le professeur qui avait trouvé la porte close, il n'y a donc pas séance ?

— Aujourd'hui, jeudi! répond le concierge.

— C'est vrai, quelle heure est-il ?

— Près de huit heures...

— Il se fait tard; chez moi, cocher. »

Le cocher prend les quais, la rue du Bac, se fourre dans les embarras, revient par la rue de Grenelle, la Croix-Rouge, la rue Cassette, se trompe, cherche la rue d'Assas par la rue Honoré-Chevalier[1], la rue Madame et débarque à neuf heures le professeur rue Duguay-Trouin, en jurant que, s'il avait connu l'état de la rue, il ne serait pas monté là pour cent sous, et réclame une heure[2].

« C'est bien, mon ami. — Payez-le! dit le savant à Mme Adolphe. Je ne me sens pas bien, ma chère enfant, dit-il en entrant dans le jardin.

— Monsieur, que vous avais-je dit ? s'écria Mme Adolphe, couchez-vous, je vais vous faire du thé. »

Le professeur traversa le jardin, alla dans un pavillon, sis à l'un des angles, et monta l'escalier de meunier qui menait à sa petite chambre; il se déshabilla, se plaignit tant de ses souffrances à l'estomac, que Mme Adolphe le gorgea de thé.

Au retour de Mme de Saint-Vandrille[3] que Mme Adolphe essaya d'alarmer, la maladie se calma par un cataplasme de fromage d'Italie, que Mme Adolphe alla chercher et que le savant s'administra à l'intérieur.

« Désormais, madame Adolphe, dit Mme de Saint-Vandrille, vous mettrez Monsieur en fiacre, ce sera le seul moyen de l'avoir! Manquer la fête de ma sœur! Nous qui avons tant besoin de la protection de son mari! »

VI

PREMIÈRES OPINIONS DE MADAME[4]

À son retour d'Égypte[5], le citoyen Jorry rencontra chez le ministre de l'Intérieur[6], à une réception publique, un fournisseur nommé Hansard[7], un des intéressés de la Compagnie du Bousquier et Minoret[8], qui tira mieux son épingle du jeu que ses associés, car du Bousquier se

ruina et Minoret périt sur l'échafaud, mais lui réalisa
ses fonds en espèces et se fit agent de change, il avait
alors deux filles, il maria l'une au membre de l'Institut,
à Marmus[1] de Saint-Vandrille, en voyant quelle était la
considération de l'Empereur pour ce savant, et il donna
l'autre à un de ses collègues[2], un agent de change appelé
Vernet.

Dans ce temps-là, donner cent mille francs à une fille
était une énormité, car l'argent valait de l'or. Mlle Flore
Hansard, petite blonde, d'une figure un peu moutonne,
le portrait vivant de Mlle de La Vallière[3], avait alors
dix-huit ans et passait pour une personne excessivement
bien élevée parce qu'elle pinçait de la harpe, elle était
une des plus fortes élèves de Nadermann[4]. On ne se
souvient plus des fantaisies de l'Empire; mais, pendant
les quinze premières années de ce siècle, une harpe fut
un meuble indispensable pour les femmes qui jouissaient
d'un joli pied et d'un beau bras. Beaucoup de portraits
de famille attestent dans les salons la haute estime en
laquelle fut la harpe, mise à la mode par la famille
impériale, et que le piano détrôna. La jolie Mme Marmus
eut tout d'abord un fils qui mourut à dix-huit mois.
Elle fut très fière d'appartenir à un savant de premier
ordre, et qui passait pour un des favoris de l'Empereur,
à qui d'ailleurs elle dut d'aller aux Tuileries, et de s'y
faire annoncer sous le nom sonore de Mme de Saint-
Vandrille. Le savant, alors âgé de trente ans, fut très
heureux, et Napoléon mit le comble au bonheur de son
camarade de l'expédition d'Égypte en le nommant, l'un
des premiers, chevalier de la Légion d'honneur. À cette
époque, Saint-Vandrille demeurait rue de Beaune[5] où il
occupait un appartement de douze cents francs, un loyer
exorbitant à cette époque. Quand Mme de Saint-Vandrille commença sa seconde grossesse, l'illustre académicien se plongea dans d'immenses travaux, et s'habitua
par degrés à ne plus voir sa femme qu'aux heures des
repas, encore fallait-il le harceler pour l'empêcher de
trouver sa soupe froide.

Enchanté de ce que sa femme trouvait des cavaliers
(le mot du temps) pour la mener aux bals et aux fêtes,
il se couchait le premier, roulait vers la ruelle en vertu
de la loi de gravité, laissait ainsi sa place à sa femme qui,
la plupart du temps, se déshabillait, se couchait du côté

du bord sans qu'il se réveillât; mais, comme il se levait
de grand matin, il était si constamment assassiné par un :
« Mon Dieu, Saint-Vandrille, est-ce ennuyeux d'être
réveillée ainsi! » quand il essayait de passer par-dessus sa
femme, qu'en 1804, il se fit mettre un petit lit en fer
dans son cabinet, et s'en trouva bien plus heureux.

De 1801 à 1804, Mme de Saint-Vandrille professa
pour les sciences naturelles un enthousiasme naïf, elle
regardait un membre de l'Institut comme un souverain
pacifique, Saint-Vandrille était le collègue de l'Empereur. Après sa gloire militaire, venait la gloire littéraire
ou scientifique!

Napoléon nomma Saint-Vandrille membre du Comité
consultatif des manufactures[1], il lui promit le titre de
baron, il lui accorda la place de receveur général du
département de la Dyle[2] pour Vernet son beau-frère qui
vendit sa charge d'agent de change. Hansard mourut, et
Mme Hansard, qui aimait à paraître, vint avec son
gendre, le receveur général, et trouva moyen de faire
beaucoup parler d'elle dans la Dyle.

VII

LA MATERNITÉ SOUS L'EMPIRE

Mme de Saint-Vandrille avait essayé de nourrir son
premier enfant, car alors les opinions de J.-J. Rousseau
sur les obligations maternelles eurent un grand succès,
mais au second enfant, d'autres doctrines régnaient, les
femmes eurent bien autre chose à faire qu'à donner dix-
huit mois de leur jeunesse à leurs enfants[3]. L'Empire
déployait ses pompes et ses vanités, ses fêtes splendides,
son luxe asiatique, et il y eut tant de grandes actions,
qu'il se trouva moins de jolies femmes que de héros à
récompenser. Les femmes se disputèrent alors les preux
de l'Empire, et sur cent mères, il y en eut quatre-vingt-
dix-neuf qui mirent leurs enfants en nourrice. Mme de
Saint-Vandrille avait alors reconnu la supériorité de la
gloire militaire sur la gloire littéraire ou scientifique;
mais elle distinguait encore, parmi les militaires; quoique
l'Empereur eût appartenu au corps de l'artillerie, elle
mettait la cavalerie au-dessus de toutes les armes; et,

dans la cavalerie, elle regardait les hussards de la Garde impériale comme la troupe par excellence.

Elle avait présenté le capitaine Eusèbe Gouraud[1] à M. de Saint-Vandrille, qui fut enchanté de connaître l'aimable garçon auquel il avait l'obligation de vivre tranquille, et qui se chargeait de promener sa femme, de la mener dans le monde. Eusèbe Gouraud dînait trois fois par mois environ chez le savant, qui ne savait comment remercier ce brillant capitaine, pour lequel il demanda de l'avancement, tant il était heureux de pouvoir entièrement se livrer à ses travaux. Flore aimait tellement la cavalerie qu'elle décida de faire un hussard de son petit Jules, alors en nourrice, elle le laissa cinq ans en nourrice, et, du village d'Orgeval, il passa dans une pension, après être resté deux mois au logis. Mme de Saint-Vandrille avait mis au monde un autre enfant[2]. Mais les hussards de la Garde étaient absents pour longtemps, car alors la campagne de 1809 offrait à l'Europe le spectacle de ses péripéties, et Flore, heureuse de l'inaction des officiers de marine, se montrait à la Cour, dans les salons, au bras du contre-amiral comte Joséphin, attaché au Bureau des Longitudes[3], en qui se confondirent les deux affections de Flore, la science et la guerre. Ce temps fut sa grande époque, elle passait pour une des plus jolies femmes de la cour impériale. Dans son admiration pour la marine, elle promit à l'amiral de faire de son fils Camille un marin. De son côté, l'amiral jura de protéger le petit gaillard, qu'il conduisit à Orgeval, où le petit gaillard resta, comme l'aîné, pendant cinq ans, et n'en sortit que pour aller au lycée impérial comme boursier. L'amiral Joséphin était un homme aimable, doux, poli, très estimé de l'Empereur, il aimait le trictrac, Flore apprit de lui le trictrac, car l'amiral venait passer quatre soirées sur les sept de la semaine, rue de Beaune, chez les Saint-Vandrille qui reçurent les mercredis. Le salon obtint une juste célébrité; l'on y trouvait les illustrations de cette époque[4] : Delille, Campenon, Jouy, Isabey, David le peintre, Gérard, Girodet, Mme Gail, Sophie Gay, Alexandre Duval, Talma, Mme Récamier, Chateaubriand, Fontanes, Cuvier, Michaud, Dupaty, Bouilly, Méhul, Elleviou, Geoffroy Saint-Hilaire, Malus, Chaptal, Berthollet, Monge, Bonald, l'abbé de Boulogne, Lemercier, quelquefois

Ducis, et toutes les célébrités de l'expédition d'Égypte.
Ce beau temps coûta la moitié de la fortune de Mme de
Saint-Vandrille, et la nécessité de paraître en 1810 et
1811, l'apogée de l'Empire, enleva l'autre moitié. Mais
aussi quel luxe! quelles somptuosités! Et quelles admirables femmes, quoique la taille fût plus près du menton
que des hanches. L'excellent amiral comte Joséphin
obtint de l'Empereur une somme de cinquante mille
francs qui fut remise par l'Impératrice Marie-Louise à
Mme de Saint-Vandrille nommée sa première femme
de chambre, elle eut un logement au Palais, et le savant
s'établit rue Mazarine dans un des bâtiments dépendant
de l'Institut. Il fut nommé professeur, et officier de la
Légion d'honneur. Flore avait eu la plus charmante fille
du monde, qui fut élevée dans les appartements impériaux et destinée à jouer avec le Roi de Rome. L'amiral
Joséphin quitta Paris. L'Empereur eut besoin de ses
services à Anvers! Flore pleura beaucoup.

VIII

NOUVELLES OPINIONS
DE MADAME DE SAINT-VANDRILLE

De 1812 à 1814, Flore se passionna pour les arts, elle
consola l'un des peintres célèbres de l'Empire, Sommervieux[1], qui lui resta toujours fidèle et à qui elle fit oublier
la duchesse de Carigliano, l'une des plus perfides créatures de cette époque et aujourd'hui dévote.

Ce temps fut paisible, obscur, rempli par des romances,
par des lavis, par deux couches, car Flore eut un fils et
une fille. L'Impératrice promit de placer à Écouen[2] la
première fille au moment où elle revint d'Orgeval. Mais
la débâcle de 1814 arriva, Mme de Saint-Vandrille à raison de son attachement à Napoléon n'eut aucun espoir
d'être prise pour femme de chambre par Mme la duchesse
d'Angoulême; elle se réfugia rue Duguay-Trouin, avec
son pauvre Saint-Vandrille et Mme Adolphe, une excellente femme qu'elle avait mise auprès de son mari.
L'avenir lui parut si menaçant qu'elle se hâta de louer,
pour quinze ans, une maison et un jardin dans ce quartier solitaire, à raison de six cents francs. Mme Hansard

paya les dettes de Flore, non sans quelques remontrances, et Vermont[1], revenu de la Dyle, fonda la maison de banque Mongenod et Compagnie.

Mme de Saint-Vandrille se vit réduite à deux mille francs, que donne l'Institut, à cinq mille francs, que donne la chaire et à trois mille francs de rentes qu'elle obtint en plaçant sur le Grand-Livre, alors à soixante francs[2], la gratification que lui offrit l'Impératrice à son départ, et le produit de ses bijoux, cachemires, diamants, etc. Elle avait cinq enfants, un mari, Mme Adolphe et sa fille Marguerite. Effrayée de l'insuffisance d'une fortune de dix mille francs de rentes pour un ménage de neuf personnes, elle hanta beaucoup la maison du comte Joséphin qui se mariait et celle de son beau-frère Vermont, en espérant épouser quelques-unes des opinions nouvelles mises à la mode par les Bourbons. À trente-trois ans, Flore était encore une femme très agréable, elle tourna les yeux sur l'aristocratie et tourna la tête au vieux duc de Lenoncourt.

On sait dans le monde que l'amiral Joséphin est le frère naturel du duc de Lenoncourt. Cette parenté de la main gauche explique la faveur dont jouissait cet amiral sous la Restauration qui le fit vice-amiral, grand officier de la Légion d'honneur, commandeur de Saint-Louis et pair de France. Le duc de Lenoncourt maria le comte Joséphin à la petite-fille du vieux Bordin[3], l'un des plus riches gens d'affaires de l'ancien régime, qui mourut en 1817, et ce fut aux noces du comte que Mme de Saint-Vandrille éprouva la plus vive admiration pour le cordon bleu du duc de Lenoncourt-Givry, premier gentilhomme de la chambre du Roi, dont les sentiments lui plurent. Les grands seigneurs furent alors, pour Flore, ce qu'ils sont pour Mascarille[4], doués de toutes les sciences, et surtout de savoir-vivre. Le premier gentilhomme de la chambre eut assez d'esprit pour deviner la position de Mme de Saint-Vandrille, et il lui fit obtenir un des meilleurs bureaux de loterie[5]. Il fit porter M. de Saint-Vandrille pour une pension de quinze cents francs par an sur les fonds accordés aux sciences et aux lettres. Ce ne fut pas tout, Mme de Saint-Vandrille eut quinze cents francs comme harpiste de la chapelle du Roi[6]. Flore eut alors son sixième enfant, un garçon, qu'elle voulut nourrir.

De 1816 à 1822, Mme de Saint-Vandrille eut un grand

crédit, elle mena l'existence la plus heureuse, elle dînait en ville tous les jours, soit chez sa sœur Mme Vermont[1], dont par ses soins le mari fut créé baron, soit chez le duc de Lenoncourt, l'amiral Joséphin, Mlle des Touches, Mme Firmiani, Gérard[2]. Elle avait des loges à tous les théâtres, elle se mettait admirablement bien, jouissait d'une considération d'autant moins contestée, qu'elle avait un grand nombre de défenseurs; elle fit alors beaucoup d'ingrats. Hélas! en 1825, sous Charles X, le duc de Lenoncourt devint pieux, et Mme de Saint-Vandrille eut alors la hardiesse d'avouer ses sympathies pour la poésie catholique de M. de Canalis[3] qui, depuis quatre ans, célébrait Flore sous le nom de Sylvia. Elle avait eu en 1821 son dernier enfant, un garçon, qu'elle nommait son petit poète, et qu'elle nourrit par une raison cachée sous le plaisir de la maternité; mais que toutes les femmes de quarante ans connaissent. À cet âge, le métier de nourrice rajeunit[4]. Qui peut accuser de vieillesse un sein blanc d'où coule la vie à flots, comment ne pas admirer la jeunesse d'une femme qui joue avec un enfant de dix-huit mois ?

IX

PRODIGIEUSE INSTRUCTION DE FLORE

En ce moment, en 1827, Mme de Saint-Vandrille avait quarante-cinq ans, sept enfants et son mari, de plus en plus savant et distrait.

Flore de Saint-Vandrille devait à la variété de ses opinions, à la candeur de ses entraînements, de ne pas avoir un seul cheveu blanc! Elle se coiffait encore en boucles crêpées à flots, qui lui déguisaient le contour des joues. Elle portait aussi bien son âge que son âge la portait. Elle était gaie, et la gaieté, retenez ce précepte, est un des éléments de la santé, c'est elle qui rafraîchit le sang en rafraîchissant les idées, qui de ses doigts de rose ordonne aux rides de ne pas plisser le front, ni les tempes des femmes d'un esprit assez indépendant pour adopter les opinions dominantes. Les idées sont la moitié du bonheur. Cette femme, aimée de tous ceux qui la connaissaient, avait, pour plaire à ses admirateurs, profondément étudié leurs sciences spéciales. Elle savait la guerre, elle eût pu, si jamais elle avait voyagé, panser un cheval et le seller; elle était excellente écuyère, et prétendait qu'il fallait aux hussards d'autres chevaux qu'aux cuirassiers. Elle soutenait la conversation, dans le salon du comte Joséphin, avec les capitaines, sur la marine, à les étonner, et si quelque digne capitaine plus au fait de la mer que des salons demandait où cette femme avait appris le service, on lui riait au nez! Peintre avec les peintres, poète avec les écrivains, elle parlait à chacun de son art; et n'avait d'ignorance qu'en fait de sciences naturelles. Elle disait plaisamment : « J'ai eu assez de mon mari, sans encore en épouser les idées. »

Personne n'était capable de lui apprendre quelque chose en fait d'aristocratie. Sa mémoire eût redressé des erreurs dans l'*Almanach de Gotha*. Les alliances du Faubourg Saint-Germain, les fortunes, les croisements de race, elle n'ignorait rien de ce qui est le fond de la langue des salons où l'on dit des riens. Quant à l'histoire contemporaine, Révolution, Empire, Restauration, elle en avait connu tous les personnages. Hansard, son père, hébergea le Directoire[1]. Elle n'avait pas oublié la plus petite anecdote, elle contait à merveille, elle était spirituelle, et n'avait jamais dit de mal de personne. Enfin, elle ne paraissait pas devoir écrire. Comme tous les grands esprits, Mme de Saint-Vandrille était essentiellement indulgente, ou, si vous voulez, tolérante. Le tuf[2] sur lequel reposaient ces qualités tout en surface était un profond égoïsme, mais un égoïsme habile et que d'ailleurs les circonstances avaient développé. Marié beaucoup plus avec la science et avec l'étude qu'avec sa femme, M. de Saint-Vandrille, qui regardait l'amour comme une question d'hygiène, avait laissé de bonne heure à Flore la bride sur le cou, car il déplorait la froideur de sa femme, et démontrait théoriquement par des considérations médicales de la plus haute portée et d'une vérité profonde que la froideur est la cause de la fécondité. Malthus[3] a d'ailleurs admis pleinement le système de Saint-Vandrille dans son ouvrage sur les Anglaises, et rend justice à notre illustre professeur par une note où il cite ses opinions. Mais pour être exact il faut dire que jamais nègre ne fut si heureux d'une infirmité qui le dispensait de travailler, que le digne professeur le fut de la froideur de Flore Hansart.

X

L'ÉDUCATION
AU POINT DE VUE
DE MADAME DE SAINT-VANDRILLE

Mme de Saint-Vandrille avait obtenu des bourses entières pour son aîné Jules de Saint-Vandrille, qui, sorti de l'École militaire en 1820, se trouvait, en 1827, capitaine de cavalerie dans le régiment du duc de Maufrigneuse[1]. Charles-Félix était lieutenant de vaisseau. Camille, le troisième, venait d'entrer au séminaire de Saint-Sulpice, car il fallut lui choisir une carrière au moment où le duc de Lenoncourt se fit dévot, et il promit à Flore que son fils serait le secrétaire particulier du cardinal de Latil[2]. Le quatrième succédait au séminariste, en qualité de boursier, au collège Louis-le-Grand. Le cinquième faisait le plus bel ornement de sa mère, qui conservait auprès d'elle deux filles sorties de Saint-Denis, et qu'elle n'emmenait avec elle que chez sa sœur, la baronne Vermond[3].

« Théodore (le quatrième enfant), disait Mme de Saint-Vandrille, a du goût pour la peinture, il sera certainement un grand artiste. Quant à mon *loulou* (Louis), ce sera le plus illustre écrivain de ce siècle, il est poète. Je me verrai dans ma vieillesse entourée d'un général, d'un amiral, d'un évêque, d'un peintre et d'un écrivain qui sera peut-être orateur, ministre ? Dieu protège les nombreuses familles ! Quant à mes filles, je m'en repose bien sur elles du soin de se marier. »

Jamais Mme de Saint-Vandrille n'avait pris le plus léger souci de ses enfants. Chaque garçon revint de nourrice pour entrer temporairement en pension, d'où ils allaient au lycée. Cette bonne mère les faisait sortir deux fois par mois, elle les comblait pour une journée de caresses, leur donnait des friandises, quelques pièces de monnaie, et cédait à leurs fantaisies en les menant à quelque spectacle; mais elle ne mettait jamais les pieds au collège, elle n'allait même pas les chercher ou les reconduire et s'en remettait de ce soin sur Mme Adolphe. Elle faisait, pendant deux jours, tout ce que voulaient ses enfants, et ses enfants la laissaient tranquille pendant les vingt-neuf autres jours du mois, elle était mère vingt-cinq fois par an pour ses garçons. Mme de Saint-Vandrille était adorée de ses enfants! Les philosophes rechercheront les causes de ce fait, s'ils le trouvent extraordinaire, mais il est certain, et, pour les moralistes, il faut le spécifier. Flore ne grondait point ses enfants, elle ne les gâtait pas non plus, elle leur laissait la liberté, s'en remettant aux professeurs du soin de leur enseigner la civilité puérile et honnête, se confiant dans la Nécessité pour leur apprendre à vivre, et s'abandonnant à propos à leur tendresse.

Peut-être ne faut-il pas se livrer à de trop grands efforts pour l'éducation, et se fier au bon naturel des enfants[1] ? Peut-être les trop minutieuses précautions prises à leur égard leur révèlent-elles le mal ? Peut-être les enfants font-ils, à eux seuls, le poème délicieux de l'Enfance, et suffit-il de ne pas contrarier leurs développements ? Les petits Saint-Vandrille disaient : « Quand je verrai ma mère, je lui demanderai... » Et la mère réalisait toujours le petit château en Espagne de l'enfant. Elle paraissait être la meilleure des mères. Le capitaine Saint-Vandrille est devenu colonel. Charles-Félix de Saint-Vandrille est capitaine de vaisseau, tous deux adorent leur mère. Les affections dépendent beaucoup plus du caractère que de ce qu'on nomme la vertu.

XI

LES PRINCIPES DE MADAME DE SAINT-VANDRILLE À L'APPLICATION[2]

[. . . . .]

Fragment publié dans « Le Siècle ».

UNE RUE DE PARIS ET SON HABITANT

La Journée d'un savant

I

PHYSIONOMIE DE LA RUE

Paris a des rues courbes, des rues qui serpentent; mais peut-être ne compte-t-il que la rue Boudreau dans la Chaussée-d'Antin, et, près du Luxembourg, la rue Duguay-Trouin, qui figurent exactement une équerre. La rue Duguay-Trouin étend une de ses deux branches sur la rue de l'Ouest, et l'autre sur la rue de Fleurus.

En 1827, la rue Duguay-Trouin n'était pavée ni d'un côté ni de l'autre, elle n'était éclairée ni à son angle rentrant, ni à ses bouts. Peut-être encore aujourd'hui n'est-elle ni pavée ni éclairée. À la vérité, cette rue a si peu de maisons, ou les maisons ont tant de modestie, qu'on ne les aperçoit point; l'oubli de la ville s'explique alors par le peu d'importance des propriétés. Un défaut de solidité dans le terrain explique cet état de choses. La rue est située sur un point si dangereux des Catacombes que naguère une certaine portion de la chaussée a disparu, laissant une excavation aux yeux étonnés de quelques habitants de ce coin de Paris.

On fit beaucoup de bruit dans les journaux à ce propos. L'administration reboucha le *fontis,* tel est le nom de cette banqueroute territoriale, et les jardins qui bordent cette rue sans passants se rassurèrent d'autant mieux que les articles ne les atteignirent point.

La branche de cette rue qui débouche sur la rue de Fleurus est entièrement occupée, à gauche, par un mur au chaperon duquel brillent des ronds de bouteille et des pointes de fer prises dans le plâtre, espèce d'avis donné aux mains des amants et des voleurs.

Dans ce mur, il existe une porte perdue, la fameuse petite porte du jardin, si nécessaire dans les drames, dans les romans, et qui commence à disparaître de Paris.

Cette porte, peinte en gros vert, à serrure invisible, et sur laquelle le contrôleur des contributions n'avait pas encore fait peindre de numéro, ce mur le long duquel croissent des orties et des herbes à épis barbus, cette rue à ornières, les autres murailles grises et lézardées, couronnées par des feuillages, là tout est en harmonie avec le silence qui règne dans le Luxembourg, dans le couvent des Carmes, dans les jardins de la rue de Fleurus.

Si vous alliez là, vous vous demanderiez : « Qui est-ce qui peut demeurer ici ?... »

Qui ?... vous allez voir.

II

SILHOUETTE DE L'HABITANT

Un jour, sur les trois heures du soir, cette porte s'ouvrit ; il en sortit un petit vieillard grassouillet, pourvu d'un abdomen flottant et proéminent qui l'oblige à bien des sacrifices, car il est forcé de porter un pantalon excessivement large, afin de ne pas gêner ses mouvements ; aussi, depuis longtemps, a-t-il renoncé complètement à l'usage des bottes et des sous-pieds ; il a des souliers et ses souliers étaient à peine cirés.

Le gilet, incessamment repoussé vers le plan supérieur des cavités gastriques par ce ventre de cuisinier, et déprimé par le poids de deux protubérances thoraciques, qui feraient le bonheur d'une femme maigre, offre à la plaisanterie des passants une ressemblance parfaite avec une serviette roulée sur les genoux d'un convive absorbé dans une discussion au dessert.

Les deux jambes sont grêles, le bras est long, une des deux mains n'a de gant que dans les occasions les plus solennelles.

Ce personnage évite l'aumône et la pitié que lui mérite l'état d'une vénérable redingote verte par une rosette rouge qui prouve l'utilité de l'ordre de la Légion d'honneur, un peu trop contestée depuis dix ans, disent les nouveaux chevaliers.

Le chapeau bossué, dans un système constant d'horripilation aux endroits où persiste un poil roussâtre, ne serait pas ramassé par le chiffonnier si le petit vieillard l'oubliait sur une borne.

Beaucoup trop distrait pour s'astreindre à la gêne qu'exige une perruque, ce savant (c'est un savant) montre, en saluant, une tête qui, vue d'aplomb, a toute l'apparence du genou de l'Hercule Farnèse.

Au-dessus de chaque oreille, quelques bouquets de cheveux blancs tortillés brillent au soleil comme les soies factieuses d'un sanglier poursuivi. Le cou, d'ailleurs, est athlétique et se recommande à la caricature par une infinité de rides, de saillants, par un fanon flétri, mais armé de piquants à la façon des orties.

L'état constant de la barbe explique aussitôt pourquoi la cravate, constamment refoulée, roulée, travaillée par les mouvements d'une tête inquiète, a comme une contre-barbe infiniment plus douce que celle du bonhomme, et composée des fils éraillés de ce tissu malheureux.

Maintenant, si vous avez deviné le torse, le dos puissant d'un travailleur obstiné, vous connaîtrez la figure douce, un peu blafarde, les yeux bleus extatiques et le nez fureteur de ce vieillard; quand vous saurez que le matin, coiffé d'un foulard, et serré dans sa robe de chambre, l'illustre professeur (il est professeur) ressemble tant à une vieille femme, que plus d'un jeune homme allemand, venu du fond de la Saxe, de Weimar ou de la Prusse pour le voir, lui a dit : *Pardon, madame !* et s'est retiré.

Cette silhouette d'un des plus savants et des plus vénérés membres de l'Institut, accuse si bien l'entraînement de l'étude et les distractions causées par la recherche de la vérité, que vous devez reconnaître le célèbre professeur Jean-Népomucène-Apollodore Marmus de Saint-Leu, l'un des plus beaux génies de ce temps[1].

III

MADAME ADOLPHE

Quand le vieillard, alors le professeur comptait soixante-deux printemps, eut fait trois pas, il tourna la

tête en entendant cette interrogation lancée par une voix
connue sur un ton aigu :

« Avez-vous un mouchoir ? »

Une femme était sur le pas de la petite porte et regardait son maître avec une sorte de sollicitude.

Elle paraissait âgée d'une cinquantaine d'années, et sa
mise annonçait une de ces domestiques pleines d'autorité
dans la maison. Elle tricotait des bas.

Le savant revint et dit naïvement :

« Oui, madame Adolphe, j'ai mon mouchoir.

— Avez-vous vos conserves ? »

Le savant tâta sa poche de côté.

« Je les ai.

— Montrez-les-moi, car souvent vous n'avez que
l'étui », dit Mme Adolphe.

Le professeur tira son étui et montra ses lunettes d'un
air triomphant.

« Vous feriez bien de les garder sur votre nez. »

M. de Saint-Leu mit ses besicles après avoir nettoyé
les verres avec son mouchoir.

Naturellement il fourra le mouchoir sous son bras
gauche pendant qu'il arrangeait ses lunettes; puis il fit
quelques pas vers la rue de Fleurus et lâcha le mouchoir
qui tomba.

« J'en étais sûre », se dit Mme Adolphe.

Elle quitta la porte, ramassa le mouchoir et cria :
« Monsieur! monsieur!...

— Eh bien, fit le professeur indigné de cette surveillance. Ah! reprit-il en recevant le mouchoir.

— Avez-vous de l'argent? demanda Mme Adolphe
avec une sollicitude maternelle.

— Je n'en ai pas besoin.

— C'est selon, si vous prenez le pont des Arts, il
vous faut un sou...

— Tu as raison, répondit le savant, je prendrai le
Luxembourg, la rue de Seine, le pont des Arts, le
Louvre, la rue du Coq, la rue Croix-des-Petits-Champs,
la rue des Fossés-Montmartre; c'est le plus court pour
aller au faubourg Poissonnière...

— Il est trois heures, dit Mme Adolphe, on dîne à
six heures chez votre belle-sœur, vous avez trois heures
à vous... oui... vous y serez, mais vous vous ferez
attendre, dit Mme Adolphe en fouillant dans la poche de

son tablier et en y cherchant deux sous qu'elle tendit au professeur.

« Allons, monsieur, lui dit-elle, ne mangez pas trop, vous n'êtes pas gourmand, mais vous pensez à autre chose; et vous, si sobre, vous mangez alors comme si vous n'aviez pas de pain chez vous. Tâchez de ne pas faire attendre Madame; autrement, elle ne vous laisserait plus aller seul, et ce serait une honte pour vous... »

Mme Adolphe regagna le seuil de la petite porte et de là surveilla son maître, à qui elle fut obligée de crier :

« À droite! à droite! » en le voyant aller du côté de la rue Notre-Dame-des-Champs.

« Mon Dieu, c'est pourtant un savant... à ce qu'on dit », reprit-elle.

IV

INCONVÉNIENTS DES QUAIS À LIVRES

Vers quatre heures, le professeur Marmus se trouvait au guichet de la rue de Seine, sous les arcades de l'Institut.

Qui le connaît, avouera qu'il avait très bien marché.

Là, une voix lamentable, celle d'un petit enfant, arracha sans peine au bonhomme les deux sous que Mme Adolphe lui avait donnés; quand il arriva devant le pont des Arts, il se souvint du péage, et retourna brusquement sur ses pas pour demander un sou à l'enfant.

Ce petit drôle était allé changer la pièce pour ne donner qu'un sou à sa mère qui rôdait dans la rue Mazarine avec un enfant à la mamelle.

De là vint pour le professeur la nécessité de tourner le dos à l'invalide qui veille à ce qu'aucun Parisien ne passe sans payer. Deux voies se présentaient : ou le Pont-Neuf, ou le pont Royal. Le savant fut attiré vers le pont Royal par la curiosité qui nous fait perdre plus de temps à Paris que partout ailleurs.

Comment marcher sans donner un regard à ces petites caisses oblongues, larges comme la pierre du parapet, et qui tout le long du quai stimulent les bibliophiles par des affiches collées sur des battoirs où se lisent ces décevantes paroles : — À vingt centimes, — à trente centimes, — à cinquante centimes, — à soixante centimes, — à un franc cinquante. Ces catacombes de la gloire ont dévoré bien des heures aux poètes, aux philosophes et aux savants de Paris!

Combien de cinquante centimes dépensés devant les boîtes à vingt centimes ?...

En regardant l'étalage, le professeur aperçut une brochure de Vicq-d'Azyr, un Charles Bonnet complet, édition de Fauche-Borel, et une notice sur Malus.

« Voilà donc où nous arrivons, se dit-il en lui-même. Malus! un si beau génie! arrêté dans sa course quand il allait s'emparer de l'empire de la lumière! Mais nous avons eu Fresnel. Fresnel a fait d'excellentes choses!... Oh! ils arriveront à reconnaître que la lumière n'est qu'un mode de la *Substance*... »

Le professeur tenait la notice sur Malus, il la feuillette, il a connu Malus. Il se rappelle et décline tous les Malus; puis il revient à Malus, à son cher Malus; car ils sont entrés ensemble à l'Institut au retour de l'expédition d'Égypte. Ah! c'était alors l'Institut de France et non un tas d'académies sans lien.

« L'Empereur avait conservé, se dit Marmus, la sainte idée de la Convention. »

« Je me souviens, dit-il en marmottant sur le quai, de ce qu'il m'a dit quand on m'a présenté à lui comme membre de l'Institut : " Marmus, je suis l'Empereur des Français, mais vous êtes le Roi des Infiniment Petits, et vous les organiserez comme j'ai organisé l'Empire. " Ah! c'était un bien grand homme — et — un homme d'esprit, les Français l'ont compris trop tard. »

Le professeur remet Malus et sa notice dans la case aux cinquante centimes, sans avoir remarqué combien de fois l'espérance s'est alternativement éteinte et rallumée dans les yeux gris d'une vieille femme assise sur un escabeau dans l'angle du quai, chaque fois qu'il agitait la notice.

« Il était là, se dit-il en regardant les Tuileries sur la rive opposée, je l'ai vu, passant en revue ses sublimes troupes! Je l'ai vu maigre, ardent comme les sables d'Égypte; mais une fois Empereur, il est devenu gras et bonhomme : car tous les hommes gras sont excellents; voilà pourquoi Sinard[1] est maigre, c'est une machine à fiel! Mais Napoléon *aurait-il appuyé mon système* ? »

V

PREMIER SERVICE

Le professeur marcha lentement vers la Chambre des députés, en examinant si son système aurait eu l'appui de Napoléon.

Il ne pouvait plus considérer l'Empereur que sous cet angle : rechercher si le génie de Napoléon eût coïncidé avec celui de Marmus à l'endroit du système *sur l'assimilation des choses engendrées par une attraction perpétuelle et continue*[1] ?

VI

SECOND SERVICE

« Non, le baron Sinard, en adorateur du pouvoir, serait venu dire à l'Empereur que mon système est l'inspiration d'un athée ; et Napoléon, qui a fait, par politique, beaucoup de capucinades, m'aurait persécuté, car il n'aimait pas les idées ! il était le courtisan des *faits*.

« D'ailleurs, sous Napoléon, je n'aurais pas pu communiquer librement avec l'Allemagne. M'eussent-ils prêté leur appui, les Wytheimler, Grosthuys, Scheele, Stambach, Wagner ? Pour que les savants s'entendissent (les savants s'entendre !...), l'Empereur aurait dû faire la paix ; et, dans ce cas, peut-être se serait-il occupé de ma querelle avec Sinard ! Sinard, mon ami !... mon élève devenu mon antagoniste, mon ennemi, lui, un homme de génie ?... Oui, il a du génie, je lui rends justice devant tout le monde. »

En ce moment, le professeur pouvait parler haut, mais sans aucun inconvénient, ni pour lui, ni pour les passants, car il se trouvait à la hauteur de la Chambre des députés. La séance était finie, tout Paris dînait.

Marmus interpellait les statues, qui, d'ailleurs, ressemblent à tous les auditoires : il n'en est pas un en France auquel toute marque d'improbation ou d'approbation ne soit défendue, et cette loi nous paraît excellente ; car, autrement, il n'y a pas d'auditoire qui ne deviendrait l'orateur.

Au pont d'Iéna, Marmus éprouva des tiraillements d'estomac, il entendit la voix enrouée d'un fiacre, il se crut malade, fit un signe, et se laissa mettre en voiture. Il s'y établit !

Quand le cocher demanda : « Où allons-nous », il répondit tranquillement :

« Chez moi.

— Où, chez vous, monsieur ?

— Numéro 3.

— Quelle rue ?

— Ah ! vous avez raison, mon ami. Mais voilà quelque chose d'extraordinaire, dit-il en prenant le cocher pour confident, je me suis tant occupé de la comparaison des hyoïdes, des coracoïdes[1] chez les... (oui, c'est là que je pincerai Sinard en flagrant délit ! à la prochaine séance de l'Académie, il mettra les pouces !... Il sera forcé de se rendre à l'évidence). »

Le cocher s'était enveloppé dans son carrick en loques, avec résignation, il se disait :

« J'ai vu bien des bourgeois ; mais !... »

En ce moment, il entendit : « À l'Institut.

— À l'Institut, notre maître ?

— Oui, mon ami, ce sera en plein Institut. »

« Au fait, il a la rosette ! » se dit le cocher.

Le professeur, qui se trouvait infiniment mieux en fiacre, s'abandonna complètement à la recherche d'une démonstration qui coquetait avec son système sans vouloir se rendre, la coquine !...

La voiture s'arrête à l'Institut, le portier voit l'académicien et le salue respectueusement. Le cocher, qui n'a plus aucun soupçon, se met à causer avec le concierge de l'Institut, pendant que l'illustre professeur se rend, à huit heures du soir, à l'Académie des sciences.

Le cocher raconte au concierge où il a chargé.

« Au pont d'Iéna ! dit le concierge, M. Marmus revenait de Passy, il avait sans doute dîné chez M. Planchette, un académicien de ses amis.

— Il n'a jamais pu me dire son adresse...

— Il demeure rue Duguay-Trouin, nº 3.

— Joli quartier, dit le cocher.

« — Mon ami, dit au concierge le professeur, qui avait trouvé la porte close, il n'y a donc pas séance ?

— Aujourd'hui, répond le concierge, à pareille heure ?...

— Mais quelle heure est-il donc ?

— Près de huit heures...

— Il se fait tard. Allons! chez moi, cocher. »

Le cocher prend les quais, la rue du Bac, se fourre dans les embarras, revient par la rue de Grenelle, la Croix-Rouge, la rue Cassette; puis il se trompe, il cherche la rue d'Assas par la rue Honoré-Chevalier, par la rue Madame, par toutes les rues impossibles : et il débarque, à neuf heures, le professeur, rue Duguay-Trouin, en jurant que, s'il avait connu l'état de la rue, il ne serait pas monté là pour cent sous.

Enfin, il réclame une heure, car alors les ordonnances de police qui défendent les consommateurs de temps en voiture contre les ruses des cochers n'avaient pas encore pavoisé les murs de Paris de leurs articles protecteurs.

« C'est bien, mon ami, payez-le! dit le savant à Mme Adolphe. Je ne me sens pas bien, ma chère enfant, dit-il en entrant dans le jardin.

— Monsieur, que vous avais-je dit ? s'écria Mme Adolphe, couchez-vous, je vais vous faire du thé. »

VII[1]

LE DESSERT

Le professeur traversa le jardin, alla dans un pavillon sis à l'un des angles, où il demeurait seul, *pour ne pas être contrarié par sa femme...*

Il monta l'escalier de meunier qui menait à sa petite chambre, se déshabilla, se plaignit tant de ses souffrances à l'estomac, que Mme Adolphe le gorgea de thé.

« Ah! voici une voiture, c'est Madame qui rentre sans doute bien inquiète, dit Mme Adolphe en tendant au professeur une sixième tasse de thé. Voyons, monsieur, j'espère que vous pourrez bien la prendre sans moi; n'allez pas la répandre dans votre lit, vous savez comme Madame en rirait...

— Ne lui dis rien, mon enfant! » s'écria le professeur, dont la physionomie annonçait une espèce de frayeur enfantine.

Le vrai grand homme est toujours plus ou moins enfant[1].

VIII[2]

COMME QUOI LA FEMME D'UN SAVANT EN *US* EST BIEN MALHEUREUSE

« Eh bien, adieu! garde le fiacre pour t'en aller, il est payé », disait Mme Marmus quand Mme Adolphe arriva sur le pas de la porte.

Le fiacre avait déjà tourné. Mme Adolphe, qui ne put voir par qui Madame avait été ramenée, se dit :

« Pauvre Madame! ce sera son neveu. »

Mme Marmus, petite femme svelte, gentille, rieuse, était mise divinement et d'une façon un peu trop jeunette pour son âge, car elle comptait vingt-cinq ans de ménage.

Enfin, elle pouvait encore porter une robe à petites raies roses[3], une pèlerine brodée et garnie de dentelles, des brodequins jolis comme des ailes de coléoptère, et un chapeau rose à fleurs de pêcher, d'un goût délicieux, qu'elle tenait à la main.

« Voyez, madame Adolphe, je suis toute défrisée; je vous le disais bien : quand il fait si chaud, il faut me coiffer en bandeau.

— Madame, Monsieur est bien mal, vous l'avez laissé trop dîner.

— Que voulez-vous! il était à un bout et moi à un autre de la table, et il est revenu, comme toujours, sans moi... J'y vais après m'être déshabillée. »

Mme Adolphe retourne au pavillon pour proposer un vomitif au professeur en le grondant de ne pas avoir ramené Madame.

« Puisque vous alliez en fiacre, vous pouviez bien m'épargner la dépense de celui que Madame a pris pour revenir, et, pour me faire payer une heure, vous avez donc arrêté quelque part ?

— À l'Institut.

— À l'Institut ? Où donc êtes-vous monté en voiture ?

— Devant un pont...

— Faisait-il encore jour ?

— Presque.

— Mais vous n'êtes donc pas allé chez Mme Vernet[1] ?...

— Pourquoi n'es-tu pas venu chez Mme Vernet ?... » demanda Mme Marmus.

L'épouse du professeur, arrivée sur la pointe des pieds, avait entendu la question de Mme Adolphe.

« Ma chère enfant, je ne sais pas...

— Mais, tu n'as donc pas dîné ? dit Mme Marmus dont l'attitude resta celle de l'innocence la plus pure.

— Et avec quoi ? madame, il avait deux sous! dit Mme Adolphe en regardant Mme Marmus.

— Ah! je suis vraiment bien à plaindre, ma pauvre madame Adolphe, voilà vingt ans que cela dure, et je n'y suis pas encore faite. Six jours après mon mariage, nous allions un matin sortir de notre chambre pour déjeuner, Monsieur entend le tambour de l'École polytechnique[2] où il était professeur, il me quitte pour les aller voir passer, j'avais dix-neuf ans, et quand je l'ai boudé, vous ne devineriez pas ce qu'il m'a dit ?... il m'a dit : " Mais ces jeunes gens sont la fleur et la gloire de la France!... " Voilà comment mon mariage a commencé.

— Comment, monsieur, est-ce possible ?...

— Je tiens Sinard! dit Marmus d'un air triomphal.

— Mais il se laisserait mourir, dit Mme Adolphe.

— Allez lui chercher quelque chose à manger », dit Mme Marmus.

La maladie se calma donc par un cataplasme de fromage d'Italie, que Mme Adolphe alla chercher, et que le savant s'administra très insouciamment.

« Pauvre madame, dit l'excellente Mme Adolphe, je vous plains. Comment, il était si distrait que cela[3] ? »

L'HÔPITAL ET LE PEUPLE

INTRODUCTION

Dans le « *Catalogue des ouvrages que contiendra* La Comédie humaine » *établi par Balzac en 1845, figure, sous le numéro 61, ce titre grandiose :* Les Grands, l'Hôpital et le Peuple. *Malheureusement, cette œuvre, classée dans les* Scènes de la vie parisienne, *ne vit jamais le jour. Il subsiste néanmoins une trace du projet, une ébauche intitulée* L'Hôpital et le Peuple, *conservée dans la collection Lovenjoul sous la cote A 102.*

Un beau titre, la promesse, semble-t-il, d'une vaste fresque sociale, une scène parisienne qui tourne court au cinquième feuillet du manuscrit avec le départ du jeune héros Jérôme-François Tauleron, le recarreleur de souliers, vers son Auvergne natale, telles sont les premières constatations que suggère la lecture de ce dossier A 102, dont l'examen attentif ouvre, on va le voir, d'intéressantes perspectives sur Balzac historien et romancier.

Le premier feuillet représente un de ces faux départs de roman, qui sont nombreux dans les papiers de Balzac. Sous le titre soigneusement calligraphié, L'Hôpital et le Peuple, *l'auteur a écrit sur le pittoresque contraste de la Misère et du Luxe à Paris quelques lignes qu'on pourra lire un peu plus loin[1].*

Puis vient un ensemble de feuillets numérotés par Balzac 2, 3, 3 bis, 4, 5, ce dernier ne contenant que quelques lignes. Le feuillet 2 commence au milieu d'une phrase, ce qui atteste l'existence d'un feuillet 1. Or ce feuillet n'a pas été perdu, comme on pourrait le craindre. Il se trouve dans le dossier A 60,

---

1. P. 569.

constitué par des fragments d'articles composés par Balzac pour le recueil publié par Hetzel en *1844-1845*, Le Diable à Paris. L'identification de ce feuillet ne laisse aucun doute : en haut à gauche on peut lire le chiffre *1*, écrit par Balzac; et surtout, l'enchaînement avec le feuillet *2* du dossier *A 102* est évident. On peut seulement se demander pourquoi ce feuillet *1* se trouve séparé des autres et classé dans le dossier des articles destinés au Diable à Paris. La réponse paraît simple : Balzac, sous le titre « Ce qui disparaît de Paris », a publié dans les deuxième et troisième livraisons du tome II du Diable à Paris, en janvier *1845*, le début de l'ébauche, c'est-à-dire le feuillet *1* conservé dans le dossier *A 60* et les feuillets *2* et *3* du dossier *A 102*. Les deux textes concordent, à quelques variantes près, comme on pourra en juger par la publication intégrale de ces deux textes[1].

Les éditeurs précédents, M. Bouteron, M. Bardèche, J.-A. Ducourneau, ont donc reproduit les feuillets du dossier *A 102* en constatant que l'auteur avait réutilisé le début de l'ébauche intitulée L'Hôpital et le Peuple pour l'insérer, après correction, dans le tome II du Diable à Paris.

En fait, deux remarques s'imposent :

1° Sur le feuillet numéroté *1* par Balzac, qui se trouve dans le dossier *A 60*, n'apparaît pas le titre L'Hôpital et le Peuple, mais le titre Ce qui disparaît de Paris, *choisi après deux autres, successivement rayés par l'auteur :* « Coquin et compagnie » (?) *et* « Ce qui s'en va de Paris ».

2° Le feuillet numéroté *2* par Balzac, qui se trouve dans le dossier *A 102*, était anciennement numéroté *1*, le « *2* » apparaissant nettement comme une surcharge de l'ancien *1*. En haut du feuillet, on note d'ailleurs, très lisible sous la rature, le titre : L'Hôpital et le Peuple. *Enfin, on constate que les premières lignes, qui représentent la suite de la dernière phrase du feuillet *1*, conservé dans le dossier *A 60*, ont été rajoutées par l'auteur, au-dessus du début primitif :* « Pour les flâneurs attentifs », *etc.*

Ainsi peut-on reconstituer clairement l'histoire de cette ébauche :

1° Sous le titre L'Hôpital et le Peuple, *Balzac écrivit*

---

1. Voir p. 569 et 575.

cinq feuillets, numérotés par lui de 1 à 5, commençant par ces mots : « Pour les flâneurs attentifs [...] », et s'achevant ainsi : « Ça sera dans le trousseau. »

2° *Pour le tome II du* Diable à Paris, *il décida d'utiliser, en l'aménageant, le début de cette ébauche. Il ajouta un nouveau feuillet, numéroté 1, en haut duquel il écrivit le titre, « Ce qui disparaît de Paris »; poursuivit la rédaction en haut du feuillet 1 de* L'Hôpital et le Peuple, *après avoir effacé ce titre et avoir substitué un 2 au 1 primitif. De même, il numérota 3 l'ancien feuillet 2 et rajouta en bas de la page le premier mot du feuillet suivant « d'aujourd'hui », qui marquait la fin de cette description parisienne. Ce sont ces trois feuillets qu'il donna au* Diable à Paris, *effectuant sur épreuves quelques légères corrections. Quant aux anciens feuillets 3, 4 et 5 de* L'Hôpital et le Peuple, *il les laissa tels qu'il les avait écrits, se contentant d'ajouter un* bis *à côté du 3, puisque ce chiffre désignait maintenant l'ancien feuillet 2.*

La publication de l'article « Ce qui disparaît de Paris » dans la livraison de janvier 1845 du Diable à Paris *offre un point de repère précieux pour la datation de l'ébauche intitulée* L'Hôpital et le Peuple. *Elle fut nécessairement rédigée en 1844, date que confirment à la fois les allusions à cette œuvre qui figurent dans la* Correspondance *de Balzac et l'examen du manuscrit. La feuille de titre[1], sur laquelle Balzac a calligraphié soigneusement le titre* L'Hôpital et le Peuple *et, en dessous, en caractères plus petits, cette indication :* Scène de la vie parisienne, *représente un modèle du genre. Titres d'œuvres et chiffres s'y étalent partout, ainsi que des comptes mirobolants, de vertigineuses additions. On découvre que la fin de* Béatrix *rapportera 3 500 francs,* L'Hôpital et le Peuple *2 000. Tout en haut, à droite, le romancier a noté le nom du journaliste Francis Girault et son adresse : 11, villa Orsel, barrière Rochechouart. Cette adresse fournit un repère chronologique intéressant. Le 3 juillet 1844 en effet, Francis Girault adressait à Balzac, avec une lettre dans laquelle il exprimait son admiration pour le romancier, deux brochures dont il était l'auteur, ainsi que* Les Abus de Paris, *ouvrage commencé par Violet d'Épagny en*

---

1. A 102, f° B.

*1842. Dans cette étude de mœurs, publiée en livraisons abon-
damment illustrées, Francis Girault, qui avait pris le relais de
Violet d'Épagny, faisait allusion à Balzac « notre premier
romancier[1] », à l'auteur d'*Un grand homme de province à
Paris (IIe partie d'*Illusions perdues), « Le grand romancier du jour, l'écrivain sans ambition, laborieux et inépuisable[2]! ». Au bas de cette lettre adressée à M. de Balzac, sans
précision d'adresse, car il l'ignorait, comme il l'explique dans
les premières lignes[3], F. Girault avait mis sa propre adresse,
recopiée par le romancier sur la feuille de titre de* L'Hôpital et
le Peuple. *Outre le repère de date qu'elle fournit, cette lettre
révèle la lecture des* Abus de Paris *que put faire Balzac en ce
début du mois de juillet 1844. Or, non seulement Francis
Girault avait, dans le chapitre intitulé « Le journalisme au
XIXe siècle », parlé du romancier et comme lui fustigé les mœurs
des journalistes, mais encore, à la fin de l'ouvrage, il se livrait à
d'amères considérations sur le vandalisme qui fait disparaître
les vieux édifices et sur la manie de bâtir qui « s'est emparée
des riches Parisiens au fur et à mesure que les architectes s'en
vont[4] ». Balzac, qui avait, au début des* Petits Bourgeois,
*quelques mois plus tôt, tenu des propos du même genre, fut
certainement sensible à ces considérations, dont on retrouve
l'écho dans les premières pages de* L'Hôpital et le Peuple.

*C'est le 11 juin 1844 que le romancier avait signé avec
l'éditeur Chlendowski un traité pour la publication de* Modeste
Mignon, *la dernière partie de* Béatrix *et* L'Hôpital et le
Peuple[5]. *Il écrit dans la hâte et la fièvre la fin de* Modeste
Mignon *et parle à Mme Hanska, le 15 juillet, de la nécessité
où il se trouve d'écrire la fin de* Béatrix *et « une nouvelle intitulée* L'Hôpital et le Peuple[6] ». *Le 26 juillet, il mentionne
encore cette nouvelle parmi les œuvres à faire[7]. Chlendowski, de
son côté, la lui réclame le 3 septembre, mais, après avoir fait
paraître le début de l'ébauche, soigneusement corrigé, dans* Le

  1. Breteau, 1844, p. 161.
  2. *Ibid.,* p. 173.
  3. *Corr.,* t. IV, p. 706.
  4. *Éd. cit.,* p. 516.
  5. *Corr.,* t. IV, p. 698-701.
  6. *Lettres à Mme Hanska,* t. II, p. 468.
  7. *Ibid.,* p. 482.

Diable à Paris, *en janvier 1845, Balzac, renonçant à poursuivre la rédaction, conclut avec Chlendowski un nouveau traité,
qui consacre officiellement l'abandon du projet, le 1ᵉʳ mars 1845.
Il est précisé dans ce traité que « moyennant un supplément de
prix de trois cents francs remis à M. de Balzac qui le reconnaît,
il fournira à M. Chlendowski au plus tard le quinze juin
prochain dix feuilles de* La Comédie humaine *en deux
ouvrages*[1] [...] ».

En fait, *s'il avait renoncé à écrire pour Chlendowski la nouvelle intitulée* L'Hôpital et le Peuple, *Balzac n'abandonnait
pas ce sujet, comme l'atteste la présence, sous un nouveau titre,
de cette œuvre dans le Catalogue de* La Comédie humaine *de
1845 :* Les Grands, l'Hôpital et le Peuple. *Dans le nouveau
contrat avec Chlendowski, le motif invoqué était la dimension
de l'ouvrage, qui devait former un volume in-8°. Simple prétexte ? Peut-être pas. Que le projet ait pris, avec le temps, plus
d'ampleur, paraît plausible et l'on peut considérer comme une
preuve de ce phénomène — fréquent chez Balzac — l'élargisse-
ment du titre :* Les Grands, l'Hôpital et le Peuple. *Il
implique une vaste fresque qui ne pouvait trouver place dans le
cadre d'une nouvelle. Peut-être faut-il voir le germe de cet élar-
gissement du sujet dans une phrase de l'ébauche intitulée* L'Hôpital et le Peuple, *qui fait allusion au bonheur, à l'avenir, à la
fortune d'une famille du faubourg Saint-Germain*[2].

Telle qu'elle est, *en tout cas, cette ébauche présente un intérêt
qui n'a pas échappé à l'historien Louis Chevalier*[3]. *Constatant
que Balzac n'aime pas cette population ouvrière dont seuls certains types, essentiellement pittoresques, l'intéressent, Louis
Chevalier se demande si, avec* L'Hôpital et le Peuple, *Balzac
ne songeait pas à écrire ce roman des classes populaires, qui
manquait à* La Comédie humaine. *Intéressante hypothèse,
que l'historien juge en définitive peu probable pour plusieurs
raisons : d'une part, la description des petits métiers qui occupe
la première page de cette ébauche relève encore du genre pitto-*

1. *Corr.*, t. IV, p. 785.
2. Voir p. 572.
3. *Classes laborieuses et classes dangereuses à Paris, pendant la première
moitié du XIXᵉ siècle*, Plon, 1958, p. 472 et suiv.

resque, d'autre part, une fois de plus, avec Jérôme-François Tauleron, le héros, c'est le problème de la réussite sociale et non de la chute qui semble posé. Enfin, note Louis Chevalier, malgré un titre « qui convenait si bien à une description du peuple de Paris[1] », la description de Paris, comme dans les autres romans balzaciens, tourne court et émigre vers la province, en l'occurrence l'Auvergne.

En réalité, s'il est sensible à l'aspect pittoresque et coloré du spectacle, à la poésie des petits métiers, Balzac veut avant tout faire œuvre d'historien. S'il décrit ce qui disparaît de Paris, le tourniquet Saint-Jean ou les piliers des Halles par exemple, et ce qui apparaît, c'est-à-dire, à la place des vieux hôtels et de leurs vastes jardins, les maisons dites de rapport, véritables phalanstères à moellons aux tristes façades de plâtre jaune, c'est que la première mission de l'historien, selon lui, est de porter témoignage auprès des générations futures. Mais surtout, s'il s'intéresse ainsi à l'architecture, c'est parce qu'il sait que l'architecture est l'expression des mœurs et que la transformation du paysage urbain traduit une « étrange métamorphose sociale[2] ». Comme toujours, il peint les effets, mais recherche les causes qui les sous-tendent, et du spectacle tire une leçon d'histoire.

Peindre l'histoire des mœurs en action — car telle est son ambition — signifie pour Balzac écrire l'histoire du XIXe siècle dans son devenir, politique, économique et social. Sachant que l'histoire s'inscrit dans la géographie, il montre ce Paris de la verticalité qui commence à se substituer à celui de l'horizontalité, le Paris du jeune Rastignac, contemplant du haut du Père-Lachaise la ville tortueusement couchée à ses pieds. Il charge son tableau de signification et dans la métamorphose du paysage fait voir les méfaits de la spéculation, le règne de l'industrie et celui de la bourgeoisie. « [...] le journal et ses presses, la fabrique et ses dépôts, le commerce et ses comptoirs remplacent l'aristocratie, la vieille bourgeoisie, la finance et la robe partout où elles avaient étalé leurs splendeurs. Quelle étude curieuse que celle des titres de propriété dans Paris[3] ! »

---

1. *Classes laborieuses et classes dangereuses à Paris, pendant la première moitié du XIXe siècle*, Plon, 1958, p. 492.
2. P. 569.
3. *Les Petits Bourgeois*, t. VIII, p. 27.

Du père Guillaume de La Maison du chat-qui-pelote *à César Birotteau, puis à Popinot, son commis devenu son gendre, futur ministre du Commerce et de l'Agriculture, comte et pair de France, les types de commerçants de* La Comédie humaine *expriment l'évolution du commerce artisanal au commerce industriel. Voici du même coup la société de consommation, la production de masse, conditionnée par la concurrence et la publicité. Quel historien a mieux montré que Balzac, précisément dans ces pages de* L'Hôpital et le Peuple, *ce que signifie cette disparition des petits métiers et des éventaires, anéantis par l'apparition des boutiques où trônent l'épicier, le boucher, le poissonnier, avant que le marché — nous disons aujourd'hui, comme le veulent l'inflation des valeurs et l'accélération de l'histoire, le « supermarché » ou l' « hypermarché » — ne menace les luxueux magasins qui, dans l'intervalle, avaient remplacé les boutiques ? La concurrence, la nécessité de la publicité entraînent infailliblement l'augmentation du coût de la vie, tandis que l'industrialisation développe la production de masse et la concentration des ventes. Telle est la leçon de l'historien, à laquelle les premières pages de* L'Hôpital et le Peuple *donnent une expression particulièrement vigoureuse et suggestive.*

Que le rapport de ces considérations économiques, politiques et sociales avec le titre L'Hôpital et le Peuple *ne soit pas évident, le romancier en eut conscience, puisqu'il prend soin, à la quatrième page du manuscrit, d'avertir son lecteur que ce préambule le met « au cœur même du sujet[1] », car dans cette histoire collective on peut lire l'histoire d'une famille précise du faubourg Saint-Germain et de sa fortune, sous la monarchie de Juillet. Quel devait être le lien de cette famille avec Jérôme-François Tauleron, le recarreleur de souliers ambulants qui, en 1832, à l'âge de vingt ans, quittait Paris pour son Auvergne natale où il devait se soumettre à la loi du recrutement, voilà ce que Balzac, malheureusement, ne nous explique pas. Le lecteur abandonne à son destin inconnu Jérôme-François Tauleron peu avant son arrivée à Clermont, dans le cabaret d'un petit bourg, où une jeune Auvergnate de seize ans, Charlotte, attire son*

---

1. Voir p. 572.

attention par sa fraîche beauté, son éclatante santé et sa stature
de forte travailleuse...

Gageons que le cours des pensées de J.-F. Tauleron ressemblait en cet instant à celui de Sauviat, cet autre Auvergnat,
lorsqu'il remarqua la fille Champagnac, dotée de « cette grosse
encolure qui permet aux femmes de résister aux plus durs travaux[1] ». « Brune, colorée, jouissant d'une riche santé, la Champagnac montrait, en riant, des dents blanches, hautes et larges
comme des amandes », et Sauviat comprit qu'elle pourrait « lui
épargner la dépense d'une servante[2] ». Aussi l'épousa-t-il.

Jérôme-François Tauleron, dont le nom — sinon le destin
sans doute — rappelle étrangement, dans son assonance, non
pas celui de Sauviat[3], mais celui de l'infortuné Jean-François
Tascheron, dans Le Curé de village, eût-il épousé Charlotte ?
C'est possible, mais même ce mariage auvergnat n'eût pas
nécessairement orienté définitivement vers la province ce roman,
classé par Balzac dans les Scènes de la vie parisienne.

Le lecteur ne peut que regretter la grande fresque sociale que
promettait ce beau titre, Les Grands, l'Hôpital et le Peuple,
sujet de choix pour un romancier qui voulait être « l'historien
de la société française[4] » et qui écrit dans l'Avant-propos de La
Comédie humaine[5] : « J'ai mieux fait que l'historien, je
suis plus libre. »

MADELEINE AMBRIÈRE-FARGEAUD.

Nous publions successivement l'ébauche intitulée L'Hôpital et le Peuple, conservée dans la collection Lovenjoul sous
la cote A 102, et l'article publié dans le tome II du Diable à
Paris, en janvier 1845, sous le titre « Ce qui disparaît de
Paris », qui reproduit, avec des modifications, le début de
cette ébauche.

M. A.-F.

---

1. Le Curé de village, t. IX, p. 643.
2. Ibid., p. 644.
3. Il est curieux de noter que dans le manuscrit, Balzac spontanément avait donné le nom de Sauviat au bourg dans lequel s'arrête J.-F. Tauleron. Voir n. 2, p. 574.
4. Les Petits Bourgeois, t. VIII, p. 22.
5. T. I, p. 15.

L'HÔPITAL ET LE PEUPLE

Faux départ (*Lov.* A 102, f⁰ 1).

L'HÔPITAL ET LE PEUPLE

Paris, comme toutes les capitales d'ailleurs[1], offre l'image assez pittoresque[2] de la Misère et du Luxe[3] s'embrassant, s'étreignant même à tout propos. Ce contraste n'existe pas seulement au sein des ménages, dans l'homme, dans le commerce, dans la rue, il n'est pas seulement fortuit, il est dans les choses, il persiste, et vous y voyez une échoppe ignoble accolée à l'hôtel le plus splendide[4].

Texte de l'ébauche (*Lov.* A 102, f⁰ˢ 2, 3, 3 *bis*, 4 et 5).

L'HÔPITAL ET LE PEUPLE

Pour les flâneurs attentifs, ces historiens qui n'ont qu'un seul lecteur, car ils ne tirent leurs volumes qu'à un seul exemplaire, et pour ceux qui savent étudier Paris, surtout pour celui qui l'habite en curieux intelligent, depuis quelque trentaine d'années, il s'y fait une étrange métamorphose sociale. À mesure que les existences grandioses s'en vont, il en est de petites qui disparaissent, les lierres, les lichens, les mousses sont tout

aussi bien balayés que les cèdres et les palmiers sont
débités en planches. Le pittoresque des choses naïves et
la grandeur princière s'émiettent, sous le même pilon.
Enfin le peuple suit les Rois et ces deux grandes choses
s'en vont bras dessus bras dessous[1] pour laisser la place
nette au citoyen, au bourgeois, au prolétaire, à l'Industrie et à ses victimes. Les trois ordres anciens sont remplacés par ce qui s'appelle aujourd'hui des *classes*. Nous
possédons les classes lettrées, industrielles, supérieures,
moyennes, etc.

En 1813 et 1814, époque à laquelle tant de géants
allaient par les rues et tant de gigantesques choses s'y
coudoyaient, on pouvait remarquer bien des métiers,
totalement inconnus aujourd'hui[2]. Dans quelques années,
l'allumeur de réverbères qui dormait pendant le jour,
famille sans autre domicile que le magasin de l'Entrepreneur, et qui marchait occupée tout entière, la femme à
nettoyer les vitres, l'homme à mettre de l'huile, les
enfants à frotter les quatre réflecteurs avec de mauvais
linges; qui passait le jour à préparer la nuit, qui passait
la nuit à éteindre et à rallumer les becs selon les fantaisies
de la lune, cette famille vêtue d'huile sera complètement
perdue. La Ravaudeuse logée, comme Diogène, dans un
tonneau surmonté d'une niche à statue faite avec des
cerceaux et de la toile cirée est encore une race disparue.
Il faut faire une battue dans Paris, comme en fait un
chasseur dans les plaines environnantes pour y trouver
un gibier quelconque, et passer plusieurs jours avant
d'apercevoir une de ces fragiles boutiques, autrefois
comptées par milliers, et composées d'une table, d'une
chaise, d'un gueux[3] pour se chauffer, d'un fourneau de
terre pour toute cuisine, d'un paravent pour mur, d'une
toile rouge pour toiture accrochée à quelque muraille et
de laquelle pendaient de droite et de gauche deux tapisseries, qui montraient aux passants soit une vendeuse de
mou[4], d'issues[5], de menues herbes, soit un rapetasseur[6],
soit une marchande de petite marée. Il n'y a plus de
parapluies rouges à l'abri desquels vivaient les fruitières
que dans les parties de la ville destituées de marchés, on
revoit ces immenses champignons rue de Sèvres[7]; et
quand la ville aura bâti des marchés là où les besoins de
la population les demandent, ces parapluies rouges seront
inexplicables, comme les coucous[8], comme tout ce qui

disparaît dans le mobilier social. Le Moyen Âge, le siècle de Louis XIV, celui de Louis XV, la Révolution, et bientôt l'Empire donneront naissance à une archéologie particulière. Aujourd'hui, la boutique a tué jusqu'aux éventaires, elle a reçu dans ses flancs dispendieux[1] et la marchande de marée, et le revendeur, et les débitants d'issues, et les fruitiers, et les travailleurs en vieux, et les bouquinistes, et le monde entier des petits métiers. Le marroniste[2], lui-même, s'est logé chez les marchands de vin, il n'y a plus que l'Écaillère qui reste sur sa chaise, les mains sous ses jupes, à côté de son tas de coquilles. L'Épicier[3] a supprimé le marchand d'encre, le marchand de mort-aux-rats, le marchand de briquets, d'amadou, de pierre à fusil. Les Limonadiers ont dévoré les vendeurs de boissons fraîches, et bientôt un marchand de coco sera comme un problème insoluble quand on verra sa portraiture[4] originale, ses sonnettes, ses belles timbales d'argent, le hanap sans pied de nos ancêtres, ces lys de l'orfèvrerie, l'orgueil des bourgeois, et son château d'eau pomponné, cramoisi de soieries, à panaches, dont plusieurs étaient en argent. Les charlatans, ces héros de la place publique, font aujourd'hui leurs exercices dans la quatrième page des journaux[5] à raison de cent mille francs par an, ils ont des hôtels bâtis par le gaïac[6], à racines sudorifiques ; et, de drôles, de pittoresques, ils sont devenus ignobles. Le charlatan bravant les rires, donnant de sa personne, face à face avec le public, ne manquait pas de courage, le charlatan caché dans un entresol est infâme comme sa drogue. Savez-vous quel est le prix de cette transformation ? Savez-vous ce que coûtent les cent mille boutiques de Paris dont plusieurs coûtent cent mille écus d'ornementation ? Vous payez cinquante centimes les cerises qui valaient deux liards[7], vous payez deux francs les fraises qui valaient cinq sous, vous payez quatre et cinq francs le poisson, le poulet, qui valaient trente sous, le charbon a doublé de prix, votre cuisinière s'habille aussi bien que sa maîtresse quand elle a congé, la vie qui jadis se défrayait à mille écus n'est pas aujourd'hui si abondante à dix-huit mille francs, la pièce de cent sous est devenue ce qu'était jadis le petit écu, vous avez des cochers de fiacre en livrée qui lisent *Le Siècle*[8] en vous attendant. Vous lisez sur une enseigne de charcutier : un tel, élève de M. Véro[9]. La Débauche n'a plus son infâme horreur, elle a sa porte cochère, son numéro rouge feu qui brille sur une vitre noire, ses salons, où l'on choisit comme chez un marchand de nouveautés, entre Sémiramis, Dorine, l'Espagne, l'Angleterre, le pays de Caux, la Brie, l'Italie ou la Nigritie[1]. La police a soufflé sur toutes les existences en plein vent. Ces splendeurs parisiennes ont pour produit les misères de la province. Les victimes sont à Lyon et s'appellent des Canuts[2]. Toute industrie a ses canuts. On a surexcité les besoins de toutes les classes, le politique doit se demander avec non moins d'effroi que l'historien où se trouve la rente de tant de besoins ? Quand on aperçoit la *dette flottante* du Trésor, et qu'on s'initie à la *dette flottante* de chaque famille[3], on est épouvanté de voir qu'une moitié de la France est *à découvert* devant l'autre ; quand les comptes se régleront, les débiteurs avaleront les créanciers. Telle est la fin probable du Règne dit de l'Industrie. La nation, en agrandissant le problème, ne fait qu'agrandir le combat, la Bourgeoisie offrira plus de têtes à couper que la Noblesse[4] et si elle a des fusils, elle aura pour adversaires ceux qui les fabriquent.

Les ruines de l'Église et de la Noblesse, celles de la féodalité, du Moyen Âge, sont sublimes et frappent aujourd'hui d'admiration les vainqueurs étonnés, ébahis ; mais celles de la Bourgeoisie seront un ignoble détritus de carton-pierre, de plâtres, de coloriages. Cette immense fabrique de petites choses, d'efflorescences, ne donnera rien, pas même de la poussière. La garde-robe d'une grande dame du temps passé peut meubler le cabinet d'un banquier ; que fera-t-on en 1900 de la garde-robe d'une Reine d'aujourd'hui ?

Vous pouvez croire que ces pages sont un hors-d'œuvre, demander avec arrogance pourquoi ce préambule, en apparence morose, et le mépriser en le nommant avec outrage *une tartine!* mais ceci vous met au cœur même du sujet, car tout le bonheur, l'avenir, la fortune d'une famille du faubourg Saint-Germain se basèrent, en 1832, sur une de ces transformations, sur un de ces renchérissements[5]. Le *béquet*[6], qui se payait cinq sous en 1810, se paye aujourd'hui soixante-quinze centimes, ainsi d'une pièce longitudinale glissée le long d'une semelle ; enfin un ressemelage complet qui valait trente sous s'élève jusqu'à trois et quatre francs ; enfin le savetier de La Fontaine[1], le *recarreleur* de *souliers* ambulant a boutique, paye patente, et peut, comme le crémier son voisin qui vend sur du marbre blanc la marchandise jadis offerte en charrette, devenir électeur, éligible, député, ministre comme le premier fabricant venu.

Un de ces fantassins, qui sera quelque jour le héros d'un roman démocratique[2], et qui fait le tour de la France en criant : *Carleur-Soûllie!* en portant dans une hotte et sa fabrique, et son magasin, un *gniaf*[3] sorti d'apprentissage, car tel est le nom populaire de cet industriel, sortait de Paris en 1832 après avoir étudié le ressemelage politique, civil, privé, populaire de cette époque où les chaussures ont joué leur rôle, et il se dirigeait vers son pays, l'Auvergne, emmené par une espèce de nostalgie et par son obéissance aux lois du pays[4] auquel il était fier d'appartenir. Il y arriva, tout en recarrelant[5] les souliers des bourgeois sur son chemin, car le peuple des provinces ignore le luxe du cuir, et marche en sabots : mais en y arrivant, il portait dans sa hotte une somme de deux cents francs en six pièces d'or enveloppées de guenilles, cachées entre deux planches creuses qui semblaient n'en faire qu'une et qui servaient de fonds à son établissement portatif. C'était, s'il est permis de risquer ce calembour, non pas un double fonds, mais un triple fonds. De là, cette gaieté songeuse avec laquelle Jérôme-François Tauleron levait le pied, criait : Carleur-Soûllie! Il avait vingt ans, il allait au pays, et il ne se doutait pas le moins du monde que s'il avait voulu penser aux droits de l'homme, à la majesté du travail, il pouvait devenir le Saint-Preux crasseux, le Lovelace à cuirs d'une épopée moderne. Ah! Sachez-le, il y avait un noble cœur d'homme sous cette veste en velours vert bouteille, et quand Tauleron entrait dans un bourg, il y entrait fièrement, ne craignant pas la gendarmerie ; mais il était préoccupé violemment, il aimait le beau sexe, et son bonheur dépendait du hasard, il lui fallait tirer un bon numéro, car il allait satisfaire à la loi du Recrutement[6], aussi toutes les fois qu'il faisait claquer la lame de son couteau quand il le refermait après avoir fini le repas de l'industriel ambulant, toujours payé d'ailleurs en ouvrages de son état, il soupirait en disant au cabaretier : « C'est tout de même bien embêtant d'avoir eu tant de mal à se mettre un métier dans les doigts et de se dire qu'on va jouer de la *clarinette à cinq pieds* (le fusil de munition) et en Algérie[1] peut-être!... »

Ce profond regret devint du désespoir quand Tauleron atteignit un petit bourg en avant de Clermont[2]. Il trouva, là, sous l'humble toit d'un de ces petits cabarets nommés des *bouchons* où dînent, déjeunent et couchent les artisans ambulants, une fille, l'aînée de sept enfants, d'une beauté champêtre et raphaélesque. Raphaël[3] a deux types, celui de ses célèbres vierges, et celui, beaucoup moins célèbre mais plus vrai, des grosses, fortes filles vigoureusement dessinées qui trouent leurs robes par des chairs de marbre, par des formes aussi prononcées que si Michel-Ange les avait contournées. Ces filles de la race adamique meublent ses fresques, ses magnifiques pages bibliques, et il leur a donné des poses qui prouvent avec quel soin il étudiait le peuple trastévérin[4]. La jeune Auvergnate gardait les vaches, portait le lait à Clermont, faisait l'ouvrage de quatre femmes occupées[5], elle faisait de l'herbe, elle filait pendant l'hiver, elle était remarquable par une taille de Junon, un pied de Diane chasseresse, nu comme l'antique, sans souliers, et c'est ce qui frappa François Tauleron, par une chevelure dorée, un œil gris à prunelle vive, à cils noirs, par un front d'un modelé fier et superbe, par une coupe de visage auguste, et par des seins dignes d'une Cybèle, tout cela mal enveloppé de haillons bleus rapetassés qui laissaient voir une chemise de grosse toile, blanchie deux mille fois, heureusement trop courte, en sorte qu'on voyait la finesse musculeuse des jambes, enfin un vrai trésor pour un jeune Auvergnat. Charlotte entra, tenant sur sa tête et sur un coussinet de paille une énorme cruche que M. de Florian eût appelée une amphore[6], elle la replaça dans un coin, elle regarda dans la huche, tomba sur le pain armée d'un couteau, mais en y coupant une tranche, elle l'appuya sur le milieu de son corsage, et Tauleron ne sut laquelle était la plus dure des deux masses, ni le pain ni la chair ne plièrent. Il y a un axiome de statique pour expliquer cela.

« Quel âge as-tu ?... dit l'artisan en charabia.

— Eh! vous voyez bien, pays, que je ne laisse pas mes dents dans la miche quoiqu'elle ait huit jours », répondit Charlotte en montrant un râtelier qui semblait fait d'une seule pièce d'ivoire sur laquelle on aurait figuré des divisions avec le pinceau.

Cette blanche armature était rehaussée par des lèvres rouges comme du sang, retroussées par un bon gros rire.

« À va sur seize ans !... dit le cabaretier ; mais ça profite comme des orties. »

Tauleron était un petit homme de cinq pieds deux pouces[1], le nez retroussé comme un pied de marmite, une physionomie qui vous eût effrayé par sa bassesse, sans un air franc, rieur, sans une coloration généreuse. Il avait les cheveux crépus, des fortes épaules, la carrure que vous voyez à presque tous les gens de sa profession, tous développés par les fatigues du piéton, et l'exercice que leur fait faire le travail concentré dans le jeu de l'humérus, des poignets et de la poitrine[2].

« Je vous ferais bien une paire d'escarpins à danser !... dit-il, c'est dommage de laisser vos pieds lécher les cailloux, avec ça qu'on en met, heureusement pour nous, tant sur les chemins...

— N'allez-vous pas nous gâter nos filles ! dit la mère qui survint en entendant cette proposition, elle n'a pas usé ceux de sa première communion qui vont servir à la petite dernière, elle aura des souliers quand elle se mariera, quoi ! Ça sera dans le trousseau[3]. »

[. . . . .]

Article publié dans « Le Diable à Paris ».

CE QUI DISPARAÎT DE PARIS

Encore quelques jours, et les Piliers des Halles auront disparu, le vieux Paris n'existera plus que dans les ouvrages des romanciers assez courageux pour décrire fidèlement les derniers vestiges de l'architecture de nos pères ; car, de ces choses, l'historien grave tient peu de compte.

Quand les Français allèrent en Italie soutenir les droits de la couronne de France sur le duché de Milan et sur le royaume de Naples, ils revinrent émerveillés des pré-

cautions que le génie italien avait trouvées contre
l'excessive chaleur; et de l'admiration pour les galeries,
ils passèrent à l'imitation. Le climat pluvieux de ce Paris,
si célèbre par ses boues, suggéra les piliers, qui furent
une merveille du vieux temps. On eut ainsi, plus tard,
la place Royale.

Chose étrange! ce fut par les mêmes motifs que, sous
Napoléon, se construisirent les rues de Rivoli, de Castiglione, et la fameuse rue des Colonnes.

La guerre d'Égypte nous a valu les ornements égyptiens de la place du Caire. — On ne sait pas plus ce que
coûte une guerre que ce qu'elle rapporte.

Si nos magnifiques souverains, les électeurs, au lieu
de se représenter eux-mêmes en meublant de médiocrités
la plupart de nos conseils en tout genre, avaient, plus tôt
qu'ils ne l'ont fait, envoyé quelques hommes d'art ou de
pensée au conseil général de la Seine, depuis quarante
ans, il ne se serait point bâti de maison dans Paris qui
n'eût eu pour ornement, au premier étage, un balcon
d'une saillie d'environ deux mètres. Non seulement alors
Paris se recommanderait aujourd'hui par de charmantes
fantaisies d'architecture, mais encore, dans un pays
donné, les passants marcheraient sur des trottoirs abrités
de la pluie, et les nombreux inconvénients résultant de
l'emploi des arcades ou des colonnes auraient disparu.
Une rue de Rivoli peut se supporter dans une capitale
éclectique comme Paris; mais sept ou huit donneraient
les nausées que cause la vue de Turin, où les yeux se
suicident vingt fois par jour. Le malheur de notre atmosphère serait l'origine de la beauté de la ville, et les
appartements du premier étage posséderaient un avantage capable de contrebalancer la défaveur que leur
impriment le peu de largeur des rues, la hauteur des
maisons et l'abaissement progressif des plafonds.

À Milan, la création de la commission *del ornamento,*
qui veille à l'architecture des façades sur la rue, et à
laquelle tout propriétaire est obligé de soumettre son
plan, date du onzième siècle. Aussi, allez à Milan! et vous
admirerez les effets du patriotisme des bourgeois et des
nobles de la ville, en admirant une multitude de constructions pleines de caractère et d'originalité.

Les vieux Piliers des Halles ont été la rue de Rivoli
du quinzième siècle, et l'orgueil de la paroisse Saint-

Eustache. C'était l'architecture des îles Marquises : trois arbres équarris posés debout sur un dé; puis, à dix ou douze pieds du sol, des solives blanchies à la chaux faisant un vrai plancher du Moyen Âge. Au-dessus, un bâtiment en colombage, frêle, à pignon, quelquefois découpé comme un pourpoint espagnol. Une petite allée, à porte solide, longeait une boutique, arrivait à une cour carrée, un vrai puits qui éclairait un escalier de bois, à balustres, par lequel on montait aux deux ou trois étages supérieurs! Ce fut dans une maison de ce genre que naquit Molière! À la honte de la ville, on a reconstruit une sale maison moderne en plâtre jaune, en supprimant les piliers. Aujourd'hui, les Piliers des Halles sont un des cloaques de Paris. Ce n'est pas la seule des merveilles du temps passé que l'on voie disparaître.

Pour les flâneurs attentifs, ces historiens qui n'ont qu'un seul lecteur, car ils ne publient leurs volumes qu'à un seul exemplaire; puis, pour ceux qui savent étudier Paris, mais surtout pour celui qui l'habite en curieux intelligent, il s'y fait une étrange métamorphose sociale depuis quelque trentaine d'années. À mesure que les exigences grandioses s'en vont, il en est de petites qui disparaissent. Les lierres, le lichen, les mousses sont tout aussi bien balayés que les cèdres et les palmiers sont débités en planches. Le pittoresque des choses naïves et la grandeur princière s'émiettent sous le même pilon. Enfin, le peuple suit le Roi. Ces deux grandes choses s'en vont bras dessus bras dessous pour laisser la place nette au citoyen, au bourgeois, au prolétaire, à l'industrie, et à ses victimes. Depuis qu'un homme supérieur a dit : *Les rois s'en vont!* nous avons vu beaucoup plus de rois qu'autrefois, et c'est la preuve du mot. Plus on a fabriqué de rois, moins il y en a eu. Le Roi, ce n'est pas un Louis-Philippe, un Charles X, un Frédéric, un Maximilien, un Murat quelconque : le Roi, c'était Louis XIV ou Philippe II. Il n'y a plus au monde que le Czar qui réalise l'idée de Roi, dont un regard donne ou la vie ou la mort, dont la parole ait le don de la création, comme celle des Léon X, des Louis XIV, des Charles Quint. La reine Victoria n'est qu'une dogaresse, comme tel roi constitutionnel n'est que le commis d'un peuple à tant de millions d'appointements.

Les trois ordres anciens sont remplacés par ce qui

s'appelle aujourd'hui des *classes*. Nous possédons les classes lettrées, industrielles, supérieures, moyennes, etc. Et ces classes ont presque toutes des régents, comme au collège. On a changé les tyrans en tyranneaux, voilà tout. Chaque industrie a son Richelieu bourgeois qui s'appelle Laffitte ou Casimir Perier, dont l'*envers* est une caisse, et dont le mépris pour ses mainmortables n'a pas la grandeur d'un trône pour *endroit!*

En 1813 et 1814, époque à laquelle tant de géants allaient par les rues, où tant de gigantesques choses s'y coudoyaient, on pouvait remarquer bien des métiers totalement inconnus aujourd'hui.

Dans quelques années, l'allumeur de réverbères, qui dormait pendant le jour, famille sans autre domicile que le magasin de l'entrepreneur, et qui marchait occupée tout entière, la femme à nettoyer les vitres, l'homme à mettre de l'huile, les enfants à frotter les réflecteurs avec de mauvais linges; qui passait le jour à préparer la nuit, qui passait la nuit à éteindre et rallumer le jour selon les fantaisies de la lune, cette famille vêtue d'huile sera entièrement perdue.

La ravaudeuse, logée, comme Diogène, dans un tonneau surmonté d'une niche à statue faite avec des cerceaux et de la toile cirée, est encore une curiosité disparue.

Il faut faire une battue dans Paris, comme en fait un chasseur dans les plaines environnantes, pour y trouver un gibier quelconque et passer plusieurs jours avant d'apercevoir une de ces fragiles boutiques, autrefois comptées par milliers, et composées d'une table, d'une chaise, d'un gueux pour se chauffer, d'un fourneau de terre pour toute cuisine, d'un paravent pour devanture, pour toiture d'une toile rouge accrochée à quelque muraille, d'où pendaient de droite et de gauche deux tapisseries, et qui montraient aux passants soit une vendeuse de mou de veau, d'issues, de menues herbes, soit un rapetasseur, soit une marchande de petite marée.

Il n'y a plus de parapluies rouges, à l'abri desquels fleurissaient les fruitières, que dans les parties de la ville destituées de marchés. On ne revoit ces immenses champignons que rue de Sèvres. Quand la ville aura bâti des marchés là où les besoins de la population le demandent, ces parapluies rouges seront inexplicables, comme les coucous, comme les réverbères, comme les chaînes tendues d'une maison à l'autre au bout des rues par le quartainier, enfin comme tout ce qui disparaît dans le mobilier social. Le Moyen Âge, le siècle de Louis XIV, la Révolution, et bientôt l'Empire, donneront naissance à une archéologie particulière.

Aujourd'hui, la boutique a tué toutes les industries *sub Dio*[1], depuis la sellette du décrotteur jusqu'aux éventaires métamorphosés en longues planches roulant sur deux vieilles roues. La boutique a reçu dans ses flancs dispendieux et la marchande de marée, et le revendeur, et le débitant d'issues, et les fruitiers et les travailleurs en vieux, et les bouquinistes, et le monde entier des petits commerces. Le marroniste[2], lui-même, s'est logé chez les marchands de vin. À peine voit-on de loin en loin une écaillère qui reste sur sa chaise, les mains sous ses jupes, à côté de son tas de coquilles. L'épicier a supprimé le marchand d'encre, le marchand de mort-aux-rats, le marchand de briquets, d'amadou, de pierre à fusil. Bientôt un marchand de coco sera comme un problème insoluble quand on verra sa portraiture originale, ses sonnettes, ses belles timbales d'argent, le hanap sans pied de nos ancêtres, ces lys de l'orfèvrerie, l'orgueil des bourgeois, et son château d'eau pomponné, cramoisi de soieries, à panaches, dont plusieurs étaient en argent.

Les charlatans, ces héros de la place publique, font aujourd'hui leurs exercices dans la quatrième page des journaux à raison de cent mille francs par an; ils ont des hôtels bâtis par le gaïac, des terres produites par des racines sudorifiques; et, de drôles, de pittoresques, ils sont devenus ignobles. Le charlatan, bravant les rires, donnant de sa personne, face à face avec le public, ne manquait pas de courage, tandis que le charlatan caché dans un entresol est plus infâme que sa drogue.

Savez-vous quel est le prix de cette transformation? Savez-vous ce que coûtent les cent mille boutiques de Paris, dont plusieurs coûtent cent mille écus d'ornementation?

Vous payez cinquante centimes les cerises, les groseilles, les petits fruits, qui jadis valaient deux liards!

Vous payez deux francs les fraises qui valaient cinq sous et trente sous le raisin qui se payait dix sous!

Vous payez quatre à cinq francs le poisson, le poulet, qui valaient trente sous!

Vous payez deux fois plus cher qu'autrefois le charbon, qui a triplé de prix!

Votre cuisinière, dont le livret à la caisse d'épargne offre un total supérieur à celui des économies de votre femme, s'habille aussi bien que sa maîtresse quand elle a congé!

L'appartement qui se louait douze cents francs en 1800 se loue six mille francs aujourd'hui.

La vie, qui jadis se défrayait à mille écus, n'est pas aujourd'hui si abondante à dix-huit mille francs!

La pièce de cent sous est devenue beaucoup moins que ce qu'était jadis le petit écu!

Mais aussi, vous avez des cochers de fiacre en livrée qui lisent, en vous attendant, un journal écrit, sans doute, exprès pour eux.

Mais aussi l'État a eu le crédit d'emprunter le capital de quatre fois plus de rentes que n'en devait la France sous Napoléon.

Enfin, vous avez l'agrément de voir sur une enseigne de charcutier : « Un tel, *élaive* de M. Véro », ce qui atteste le progrès des lumières.

La Débauche n'a plus son infâme horreur, elle a sa porte cochère, son numéro rouge feu qui brille sur une vitre noire. Elle a des salons où l'on choisit comme au restaurant, sur la carte, entre Sémiramis, Dorine, l'Espagne, l'Angleterre, le pays de Caux, la Brie, l'Italie ou la Nigritie. La police a soufflé sur tous les romans en deux chapitres et en plein vent.

On peut se demander, sans insulter Son Altesse impériale l'Économie politique, si la grandeur d'une nation est attachée à ce qu'une livre de saucisses vous soit livrée sur du marbre de Carrare sculpté, à ce que le gras-double soit mieux logé que ceux qui en vivent!

Nos fausses splendeurs parisiennes ont produit les misères de la province ou celle des faubourgs. Les victimes sont à Lyon et s'appellent des canuts. Toute industrie a ses canuts.

On a surexcité les besoins de toutes les classes, que la vanité dévore. Le QUO NON ASCENDAM de Fouquet est la devise des écureuils français, à quelque bâton de l'échelle sociale qu'ils fassent leurs exercices. Le politique

doit se demander, avec non moins d'effroi que le moraliste, où se trouve la rente de tant de besoins. Quand on
aperçoit la *dette flottante* du Trésor, et qu'on s'initie à la
dette flottante de chaque famille qui s'est modelée sur
l'État, on est épouvanté de voir qu'une moitié de la
France est à *découvert* devant l'autre. Quand les comptes
se régleront, les débiteurs avaleront les créanciers.

Telle sera la fin probable du règne dit de l'Industrie.
Le système actuel, qui n'a placé qu'en viager, en agrandissant le problème, ne fait qu'agrandir le combat. La
haute Bourgeoisie offrira plus de têtes à couper que la
Noblesse ; et si elle a des fusils, elle aura pour adversaires
ceux qui les fabriquent. Tout le monde aide à creuser le
fossé, sans doute pour que tout le monde y tienne.

MORALITÉ ARTISTIQUE

Les ruines de l'Église et de la Noblesse, celles de la
Féodalité, du Moyen Âge, sont sublimes et frappent
aujourd'hui d'admiration les vainqueurs étonnés, ébahis ;
mais celles de la Bourgeoisie seront un ignoble détritus
de carton-pierre, de plâtres, de coloriages. Cette immense
fabrique de petites choses, d'efflorescences capricieuses à
bon marché, ne donnera rien, pas même de la poussière.
La garde-robe d'une grande dame du temps passé peut
meubler le cabinet d'un banquier d'aujourd'hui. Que
fera-t-on en 1900 de la garde-robe d'une reine Juste-
Milieu ?... Elle ne se retrouvera pas ; elle aura servi à
faire du papier semblable à celui sur lequel vous lisez
tout ce qui se lit de nos jours. Et que deviendra tout ce
papier amoncelé ?

LE THÉÂTRE COMME IL EST

INTRODUCTION

Balzac a bien connu le théâtre de son temps; le répertoire, certes, mais aussi les aĉteurs, les direĉteurs, les coulisses[1]. De 1839 à 1844 en particulier, avec les tentatives de Vautrin, des Ressources de Quinola *et de* Paméla Giraud, *avec de multiples projets, Balzac fut étroitement mêlé à des affaires de théâtre; on parla même de lui comme direĉteur de la Porte-Saint-Martin. De 1839 à 1844 aussi, Balzac passe d'un projet de roman sur les comédiens du passé,* La Frélore, *à un projet de roman sur le théâtre de son temps, au titre révélateur :* Le Théâtre comme il eŝt.

Ce projet apparaît en avril 1844 et l'œuvre eŝt alors deŝtinée à un journal nouveau qui doit paraître incessamment, Le Soleil. *Elle s'intitule d'abord* Les Misères du théâtre, *avant de devenir* Les Enfers de Paris, *puis finalement, en juillet,* Le Théâtre comme il eŝt[2]. *À l'origine, Balzac attend « 20 000 fr[ancs] » de l'affaire et eŝtime le sujet « sans aucune[s] difficultés littéraires, vu l'abondance des figures, des types et des événements[3] ».* Le Théâtre comme il eŝt *sera, écrit-il, un « travail semblable à celui que j'ai fait sur le journalisme, et deŝtiné à faire connaître le derrière des coulisses, le*

---

1. Voir notre édition du *Théâtre* de Balzac, Bibliophiles de l'originale, t. XXI à XXIII.
2. *Lettres à Mme Hanska*, t. II, p. 416 (lettre du 7 avril), p. 423 (lettre du 13 avril) et p. 468 (lettre du 15 juillet). Le titre eŝt peut-être conçu par analogie avec *Le Monde comme il eŝt*, de Cuŝtine.
3. *Ibid.*, p. 416.

drame affreux, hideux, comique, terrible, qui précède le lever du rideau. Là, les personnages abondent, personnages inconnus, je ne dirai pas aux gens de l'Ukraine ni de l'Europe, mais des Parisiens eux-mêmes, et les plus originaux, les plus curieux, les plus saisissants qui existent et vierges, pour la littérature s'entend, car il n'y a rien de vierge au théâtre. Ceci m'affriande énormément[1] [...] » À tel point que le roman pourrait être écrit pour septembre : « *Si j'ai fini mes travaux projetés (Le Théâtre comme il est, Les Petits Bourgeois et Les Paysans), d'ici au 1ᵉʳ octobre, j'aurai changé du blanc au noir, ou du noir au blanc, ma situation financière, je serai riche[2].* »

Le romancier, en escomptant un bénéfice considérable pour la réalisation de son projet, en le rapprochant d'Illusions perdues, en y associant les projets des Petits Bourgeois et des Paysans *(œuvres qui demeurèrent inachevées du fait même d'une conception trop ambitieuse dans l'état de ses forces), montre toute l'importance qu'il assignait à ce* Théâtre comme il est. *Mais* Le Soleil *ne parut pas et le roman ne s'écrivit pas.*

Balzac continua cependant à y songer. Sur la couverture du tome XI de La Comédie humaine *(dont le début est annoncé le 28 septembre 1844 et la fin le 21 novembre 1846 dans la* Bibliographie de la France*), l'œuvre est promise pour le tome suivant, quatrième volume des* Scènes de la vie parisienne. *Sous cette même étiquette, elle est annoncée dans le* Catalogue des ouvrages que contiendra La Comédie humaine *de 1845. Dans les* Lettres à Mme Hanska, *Balzac y fait une nouvelle allusion la même année[3] et trois l'année suivante[4]. Chaque fois, le contexte montre qu'il pense à un grand livre.*

Mais c'est en 1847 seulement qu'il en amorça l'exécution. Plusieurs lettres des mois de juillet et d'août montrent qu'il comptait, pour la publication de ce roman, sur Le Journal des Débats. *Il manifeste alors son intention d'y travailler « à corps perdu » pour en faire un « chef-d'œuvre[5] » et envisage de se*

1. *Lettres à Mme Hanska,* t. II, p. 474 (16 juillet).
2. *Ibid.,* p. 469 (16 juillet). Même indication p. 474 : « [...] je ne dis pas que cela ne soit pas fini pour le mois de 7ᵇʳᵉ. »
3. *Ibid.,* p. 572.
4. *Ibid.,* p. 232, 233, 243.
5. *Ibid.,* t. IV, p. 118.

rendre à Bourges, où il compte situer une partie de l'action. Le problème le plus immédiat est pour lui d'obtenir « des renseignements sur la vie des acteurs en province, un modèle de leurs engagements, etc. »; mais il considère que « l'inspiration est venue » et qu'il a enfin « vu » son sujet[1]. Il entame le début d'une rédaction, qu'on relève au verso d'une enveloppe d'une lettre à Mme Hanska, datée du 20 août[2]. À Wierzchownia, où il arrive en septembre, il se remet à la tâche et rédige une page de titre[3] ainsi disposée :

LE THÉÂTRE COMME IL EST

1re Partie

Les acteurs en province
Scène de la vie de province

Wierzchownia Xbre 1847.

ROBERT MÉDAL

FLORINE

BLANCHE DE CHEYLUS

CASIMIR

M. ET MME DE CHEYLUS

M. DE BOISENARD

Cette page soulève une difficulté. L'œuvre est-elle devenue, dans l'esprit de Balzac, une « scène de la vie de province » ? Jean-A. Ducourneau incline à le croire et suppose qu'entre le projet de rédaction de 1844 et le début de la rédaction, le romancier avait « modifié son sujet[4] ». Il nous semble cependant que, dans cette hypothèse, l'étiquette « Scène de la vie de province » eût été placée sous le titre général Le Théâtre comme il est.

1. *Lettres à Mme Hanska,* t. IV, p. 123.
2. Voir p. 587.
3. *Lov.* À 216, f° 1.
4. Bibliophiles de l'originale, t. XIX, Notes, p. 30.

En fait, elle est placée sous celui de la première partie, « Les acteurs en province ». Or cette première partie en implique une seconde, qui eût été selon toute vraisemblance une scène de la vie parisienne : la destinée du héros, comme dans Illusions perdues, *eût marqué un lien entre la province et Paris, mais, à la différence de celle de Rubempré, le dernier épisode en eût été parisien.*

En fait, Balzac n'a pas écrit une ligne de la partie provinciale, puisque les feuillets conservés (numérotés de 1 à 7, le dernier étant interrompu avant le bas de la page) révèlent seulement le début d'une « Introduction » située à Paris. Dans ces conditions, il paraît légitime de maintenir le projet du Théâtre comme il est *dans le cadre des* Scènes de la vie parisienne, *conformément au programme énoncé en 1845, où ce titre, avec le numéro 68, suit immédiatement celui d'*Entre savants.

Le Théâtre comme il est *eût dépeint les mœurs de ce monde un peu particulier qui hante les scènes, les abords, les environs des théâtres, et nous eût conté la vie et la carrière d'un artiste, Robert Médal, dont Balzac écrit, en avril-mai 1847, dans* Le Cousin Pons, *qu'il est « notre grand acteur[1] ». Longue carrière, qui débute en province — Balzac retrouvant ainsi quelque peu le sujet de* La Frélore — *et se serait très probablement déroulée pour l'essentiel à Paris. La liste des personnages figurant sur la page de titre révèle que Florine eût tenu le premier rôle féminin du roman. Mais, en l'état où le texte nous est parvenu, il serait aventureux de se livrer à d'autres hypothèses.*

RENÉ GUISE.

---

1. T. VII, p. 598.

LE THÉÂTRE COMME IL EST

Faux départ (au verso d'une enveloppe de lettre à Mme Hanska).

LE THÉÂTRE COMME IL EST

En 1826, la rue Chabanais ne débouchait pas encore sur la place Louvois; elle formait un angle droit de ce côté, ce qui rendait ce coin obscur et fort triste. La maison, abattue depuis, était alors bien connue d'un peuple illustré[a] par Scarron et par Goethe, paraphrase du mot Comédien. Là demeurait un vieillard, nommé Solié, frère du chanteur qui fut une des gloires du vieux théâtre Feydeau[1]. Ce vieillard, fin, caustique, avait connu toute la génération de comédiens qui brilla sur les planches vers la fin du règne de Louis XV, il était septuagénaire en 1826; et son état, depuis trente ans, consistait à placer les comédiens, les chanteurs et les danseuses. Ce recruteur de l'art dramatique créa les bureaux de correspondance; car il eut bientôt des concurrents, mais jusqu'à son dernier jour il fut le Nestor de la Bohème, le ministre de tous les mariages contractés entre les directeurs de troupe et leurs artistes. Solié, dit le père Solié, connaissait le père Doyen[2], ce directeur du théâtre anonyme de la rue de Montmorency, qui donna, dit-on, des leçons à Talma. Ce bonhomme est mort, sans réclame, âgé de quatre-vingt-trois ans.

Texte de l'ébauche (Lov. A 216, ff^os 1 à 7).

LES ACTEURS EN PROVINCE

INTRODUCTION

Tout est vrai dans le monde réel; mais la plupart des choses vraies deviennent invraisemblables dans cette histoire[a] des mœurs qu'on nomme le Roman; aussi les historiens du cœur humain doivent-ils, pour rendre le vrai vraisemblable, donner toutes les racines d'un fait. C'est ce qui constitue les longueurs, tant blâmées par les critiques, lorsqu'ils n'ont plus autre chose à reprocher, et c'est là la raison de cette introduction. On comprendrait difficilement le principal personnage de cette histoire, l'un des quelques caractères encore neufs qui restent à peindre[1], sans une rapide analyse de son enfance, laquelle ne manque pas d'ailleurs de leçons[b] pour tout le monde, et de sujets de réflexion pour le moraliste.

Peu de personnes savent que l'hôtel de Fouquet, cette illustre victime de Louis XIV, existait encore dans toute sa magnificence en 1817, rue de Montmorency, au Marais. Peut-être a-t-il été démoli depuis; mais jusqu'en 1824, il demeura dans son intégrité; l'on y remarquait une vaste salle des gardes, et des appartements dans le goût de ceux de Lauzun à l'hôtel Pimodan[c2]. Cet hôtel était surtout remarquable par une vaste loge, au-dessus [de] laquelle l'inscription SUISSE se lisait encore telle que le Contrôleur général l'avait fait peindre en lettres noires. Cette loge fut la retraite d'un homme appelé Médal qui, dans la révolution, joua l'un de ces terribles rôles secondaires auxquels on a dû les sanglantes horreurs de ce grand drame. Il présida la section du Temple, il fut invariablement ami de Robespierre et son imitateur fidèle; aussi, lorsque la Montagne eut été vaincue, l'incorruptible patriote redevint-il savetier, comme devant, et se trouva-t-il très heureux de tirer le cordon à l'hôtel Fouquet. Il cacha son sabre et sa pique, sa carmagnole et son bonnet rouge, en attendant des temps meilleurs. « J'aime à tirer le cordon! disait-il à l'un de ses fidèles, qui s'était fait commissionnaire au coin de la rue Beaubourg, ça me rappelle la guillotine. » En 1800[a1] le républicain Médal regarda la République comme *flambée,* qu'on nous pardonne la substitution de cet honnête adjectif à celui du père Médal[2], car la langue énergique de 1793 est antilittéraire.

En 1801, le portier se maria; mais, comme on le pressent, il ne faillit point à ses opinions, et il épousa l'une de ces malheureuses créatures qui furent déesses pendant une journée. L'ancienne déesse de la raison, alors âgée de vingt-sept ans[3], avait mené la vie la plus désordonnée. Tour à tour compagne éphémère des fournisseurs, des généraux, elle avait connu tour à tour le luxe et la misère, en gardant quelques traditions de l'élégance des jours luxueux, en pouvant donner une poignée de main à la misère comme à une vieille connaissance. À vingt-sept ans, Mlle Bara dite Saphir n'offrait plus que des restes de beauté, car les maladies et les excès avaient promptement vieilli cette concubine de la Révolution. Coiffée d'un foulard quadrillé, vêtue d'une robe d'indienne, cette fille qui mangeait jadis dans l'argent, qui s'était vue dans un hôtel, couverte de dentelles, fit la soupe au vieux Médal, et lui donna, vers 1803[4], un enfant à qui, en souvenir de leur ami Robespierre, ils donnèrent le nom de Robert[5].

Quand[b] les prospérités de Napoléon ôtèrent à ces deux êtres l'espoir de redevenir des personnages, ils s'aigrirent l'un l'autre, en se reprochant réciproquement leurs torts. La femme disait au mari qu'il était imbécile d'avoir négligé les occasions de s'enrichir, le mari ne concevait pas que sa femme n'eût pas conservé quelques bijoux de sa passagère opulence. Médal était violent, haineux, et d'une férocité contenue qui le rendait redoutable dans le quartier. Quant à sa figure, il rappelait Marat. Petit, trapu, sans cesse courbé sur son établi de cordonnier, il semblait encore plus chétif qu'il ne l'était, car, à la longue, il se voûta. Le petit Robert, nourri par sa mère, qui préféra lui donner son mauvais lait que de payer celui d'une nourrice, connut le mal dès que ses yeux virent le jour, car le père Médal jurait et sacrait comme un comité de salut public, toutes les fois que criait l'enfant, et il lui prodiguait les injures. Plus tard, ce terrible père allongeait plus promptement un coup de tire-pied[1] à son héritier présomptif qu'il ne jurait, en sorte que l'enfance de Robert fut une enfance meurtrie. Les propos qui frappèrent l'oreille de ce gamin furent des paroles de haine féroce contre les aristocrates, d'envie contre les riches, des souhaits perpétuels sur les malheurs de la Montagne[2] qui n'avait pas assez fait jouer la guillotine. Quand son fils eut sept ans, le père Médal profita d'un jour d'exécution pour initier son fils aux douceurs de la guillotine, sur laquelle la curiosité de Robert avait été, comme on le pense, excitée depuis l'âge de cinq ans. « La voilà, la sainte guillotine, dit le vieux portier à Robert, regarde-la bien, c'est l'instrument de la liberté, le rasoir national, la veuve de l'aristocratie, elle a soif encore. Quand lui livrerons-nous tous ces gueux de riches qui boivent les sueurs du peuple! »

Le père Médal fut plein de verve, il déplora que cette jolie machine n'eût à dépêcher que des scélérats, des assassins. Jamais le petit Robert ne manquait une exécution. Son père lui permettait toujours de faire l'école buissonnière au profit de son instruction révolutionnaire. « Va, petit! ça te formera, ça t'endurcira le cœur, il faut un jour que tu sois digne de ton père, si jamais la république revenait! »

Pour éviter les coups de tire-pied, le petit Robert flattait les instincts féroces de son père; mais il y avait tant d'occasions de gifler l'héritier, que Robert comptait les jours où il n'était pas battu. Le drôle volait[a] les pommes, les marrons, mangeait les légumes crus; il allait gaminer[3] dans les rues au lieu d'aller à l'école, et s'il parvint à lire[b] et écrire, ce fut un miracle dû sans doute à l'esprit du gamin de Paris, qui sait tout de naissance, comme les gens de qualité[4]. Naturellement, il se moquait de son père et de sa mère, et, par vengeance il les contrefaisait; mais il les contrefaisait avec une perfection qui lui valait les éloges de tous les gamins du quartier. La mauvaise nourriture et l'air vicié de la loge avaient privé ce petit malheureux des couleurs roses et des chairs rebondies de l'enfance. Il ressemblait à un enfant scrofuleux et lymphatique sans être ni scrofuleux, ni lymphatique, car il était tout nerfs, mais sa nourriture de méchantes pommes crues, de légumes crus[c], de châ-

taignes et de pommes de terre frites, avait appauvri le
système cutané. La peau de sa face blême était livide et
se ramassait à la volonté de ses grimaces, sur tel point
de la figure qu'il lui plaisait de contracter. Ses sourcils
s'élevaient à trois pouces des yeux dans le front. Il apprit
de bonne heure les ruses de la savate et la gymnastique
des gamins, il devint leste, découplé, but de l'eau-de-vie,
et, grâce à ses talents, il put, à l'âge de dix ans, tendre à
son père*a* des pièges redoutables dans lesquels tomba le
féroce savetier, à qui son tire-pied fut d'un faible secours
contre les ruses de Robert. L'enfant trouvait les moyens
de rosser son père sans lui manquer de respect, il humait
le pot-au-feu, remplaçait le bouillon par de l'eau claire ;
il effarouchait*b1* les objets d'une valeur monétaire ; enfin,
il en fit tant qu'un beau jour, Mme Médal envoya chez
son frère, Me Bara, huissier, Robert pour y remplir,
dès l'âge de onze ans, les fonctions de petit clerc. Bara,
homme dur et sec, huissier de l'école des Loyal[2], nourrit
son neveu à la cuisine, le logea sous les toits, et lui
flanqua de grands coups de règle sur les doigts, quand il
restait trop longtemps à une course, quand il n'avait pas
griffonné suffisamment, et il le mit sous la férule de son
premier clerc qui se chargea d'apprendre à Robert le
latin, l'histoire, la géographie, et de le préparer à faire
son droit. Ce fut une rude école. À cette école, Robert
étudia les lois dans leur application immédiate sur les
patients. On lui enseigna je ne sais quelle froideur de
cœur à l'endroit des misères. Il devint licencié en
blagues[3], il fût passé maître dans l'art de railler, il se
déprava complètement. S'il accepta pendant quatre ans[4]
cette épouvantable condition, c'est qu'il eut, dès l'âge de
douze ans, la cuisinière de son oncle pour institutrice[5],
elle volait le patron pour lui, puis il allait dans de mauvais lieux avec l'argent de cette affreuse fille. Enfin, il
avait une passion, il aimait le théâtre. Me Bara étant
huissier du Théâtre-Français et de cinq autres théâtres,
le petit clerc trouva moyen de se faire donner ses entrées
au parterre, à la condition d'applaudir, selon certaines
instructions, à lui transmises par le chef des claqueurs*c*.
À quatorze ans, Robert savait par cœur les répertoires,
et il jouait secrètement les rôles de Talma, les rôles à
manteau[6], les grandes casaques[7] chez Doyen[8]. Doyen,
l'un des instituteurs de Talma[9], tenait, comme on sait,

un théâtre de société, précisément rue de Montmorency, au coin de la rue...[1] dans l'église d'un ancien couvent. Tous les frais étaient supportés par les acteurs, à qui Doyen louait les costumes, et il remplissait lui-même les rôles dont les sujets manquaient. Doyen, une des figures populaires du Marais, possédait sa salle, il l'avait achetée pendant la révolution, ainsi que ses décorations et son matériel. De son école sortirent plusieurs acteurs; mais le plus célèbre fut Talma, il put jouir de sa réputation, de ses succès, tandis qu'il ne vit point la gloire non moins solide de Robert Médal.

À seize ans, la maison de l'oncle ne fut pas tenable pour Robert; la cuisinière fut renvoyée, et l'oncle, apprenant que son neveu remplissait gratis des bouts de rôles dans les petits théâtres, jouait chez Doyen, et vivait avec des figurantes de treize à quatorze ans, le fit monter dans un fiacre sous prétexte d'aller saisir un débiteur, et il le rendit au père Médal, qui tomba sur l'espoir de sa vieillesse, à coups de tire-pied, d'une si rude façon que Robert empoigna le tranchet, en menaçant l'auteur de ses jours. La mère sépara les deux combattants. Le propriétaire, qui rentra par hasard, chassa le père et la mère Médal, qui furent obligés de se mettre en plein vent, le père à raccommoder des savates, la mère à vendre du mou pour les chats, des herbes, du millet pour les serins, et des pommes de terre frites. Robert se sauva chargé de la malédiction de ses parents. Sans croire aux doctrines révolutionnaires de son père, Robert en était imbu; tout en contrefaisant son oncle, l'huissier, tous les clercs et les clients, il avait pris une teinture de chicane, le grand tableau de la vie des gens aux prises avec la loi l'avait frappé, et il se moquait de la justice. Enfin, les mœurs des gamins de la rue, et celles[a] des coulisses des petits théâtres, jointes au décousu de la vie des femmes de mauvaise vie, avaient été comme ces eaux chargées[b] de principes chimiques où se trempent les armes. Sa mémoire s'était exercée, elle était excellente. Il avait la cynique hardiesse d'un gamin qui ne craint rien et qui ne croit à rien; il jouissait d'une santé de loup[c], et sa mère l'avait doué de deux beaux yeux, d'un organe[d] enchanteur et flexible, de mains superbes et d'une taille charmante.

Le jour où il se vit maudit à seize ans, seul dans les

rues de Paris, il rencontra[a] Doyen qui l'encourageait à
persévérer, à étudier, en lui pronostiquant un bel avenir,
et il l'instruisit de sa situation. Doyen alla droit chez
Talma, lui demanda cent francs par mois pendant trois
mois pour ce néophyte, et le grand tragédien les ayant
donnés, Doyen prit Robert chez lui, le mit au travail,
lui fit remplir des rôles dans toutes les pièces[b] représentées chez lui, de manière à développer son admirable
intelligence. Vers la fin du mois de mars 1820[c], un soir
où Robert Médal avait excité l'étonnement de Talma
venu tout exprès pour le voir dans Néron et dans Blonardin de *La Journée à Versailles*[1], Doyen prit son élève
à part et lui dit : « Tu ne peux plus rien apprendre que
par toi-même, tu viens d'entendre la prédiction de Talma,
le grand homme a confirmé l'horoscope que je t'ai tiré;
dans trois jours d'ici trouve-toi rue de Chabanais à
l'endroit où elle tourne pour aller de la rue Neuve-des-
Petits-Champs à la rue Sainte-Anne, dans le coin, devant
une maison où l'on monte trois marches. Tu auras un
engagement par mes soins et sur la recommandation de
notre grand Talma. Jusqu'à présent tu n'as que gaminé
dans les coulisses, maintenant tu vas cabotiner en province. Te voilà sur le seuil du roman comique[2]. À demain
la première scène. Si je me faisais attendre, monte chez
le père Léonard. »

Presque tous les comédiens existant aujourd'hui
doivent ou avoir connu personnellement ou avoir
entendu parler du vieux père Léonard, frère du fameux
Léonard, une illustration grotesque du dernier siècle, le
coiffeur de la reine Marie-Antoinette. Ce Léonard, pris
de belle passion pour le théâtre, y avait eu des revers;
il s'était fait siffler sous différents noms de guerre; puis,
aidé par son frère[3], il s'était associé avec la célèbre Montansier; après avoir subi toutes les phases de cette existence aventureuse, il fut ruiné par les iniquités qui frappèrent la Montansier[4]. Tous les comédiens de Paris et
de la province connaissaient ce brave Léonard, et il
profita de l'intérêt qu'il inspirait pour fonder la première
agence dramatique; il devint le correspondant de toutes
les directions de province; il se chargea des affaires des
artistes; il fut leur intermédiaire, leur ambassadeur. Ayant
ses entrées à tous les théâtres de Paris, dînant tous les
jours chez les riches actrices, il fut l'enfant ou si vous

voulez le père de la maison chez toutes les célébrités dramatiques, de 1795[a1] à 1815. Mais il eut des concurrents, à mesure que l'âge le rendait lourd et fainéant. Aussi, vers 1820, pensait-il à prendre un successeur, et son successeur de 1821 à 1830 mit cette maison sur le pied d'une agence d'affaires. Ce ne fut plus la bonhomie du père Léonard, ni cette espèce de paternité dont il accompagnait ses relations. Ce digne vieillard ne quitta jamais la culotte abricot, le tricorne et le vaste habit verdâtre à grands boutons de métal, ni sa poudre, ni ses bas chinés et ses souliers à boucles d'or. Il mourut en 1825, et à son convoi l'on vit une foule d'artistes, son ami La Mésangère, le dictateur de la Mode pendant trente ans[2], le spirituel italien qui remplissait les fonctions de secrétaire de l'Opéra-Comique[3], son ami Doyen, la veuve de Corsse, Vestris, Harel, Perpignan, Duvicquet, Coupigny[b], Picard, Grimod de la Reynière[4], enfin toutes les célébrités secondaires du dernier quart de siècle[5], car il connaissait les héros du Directoire, tous ceux qui venaient chez la Montansier, dont la maison ouverte avait un luxe princier. Ce vieillard, intrépide sableur de vin de Champagne, grand mangeur, à qui jamais une débutante ne savait rien refuser, diseur de mots fins, avait été pendant longtemps le rival de Musson, le mystificateur[6]. Aussi concordait-il admirablement avec ses administrés. Il avait hanté la littérature du dernier siècle et l'ancienne Comédie-Française, la Comédie-Italienne, il savait mille anecdotes et les traditions, on le consultait. On ne reverra plus ces physionomies originales, ces vieillards égrillards et sérieux, cuits au feu d'une révolution, de mœurs libres et d'une probité chevaleresque, frottés du musc des seigneurs libertins, de l'esprit voltairien et pleins d'honnêteté bourgeoise. On ne nommait pas autrement M. Léonard Laglaisière[7] que Papa Léonard.

Malgré sa hardiesse de gamin, Robert Médal fut saisi d'une sorte de terreur respectueuse en songeant qu'il allait se trouver en présence du fameux père Léonard, qui, dans son imagination d'artiste en herbe, se dessinait comme aujourd'hui doit se dessiner Canalis[8] dans celle d'un poète[c] en route pour lui apporter un in-octavo jaune soufre plein de vers. C'était une initiation, le premier engagement, la première couche de rouge sont les baptêmes du théâtre. Robert entra dans un grand salon où grouillaient une vingtaine d'artistes des deux sexes, et qui ressemblait à s'y méprendre à un foyer d'acteurs. Il va sans dire que jamais un artiste célèbre ne se rencontre là.

[. . . .]

LA FEMME AUTEUR

INTRODUCTION

La Femme auteur *est au nombre des quelques ébauches que Balzac écrivit postérieurement à l'*Histoire des parents pauvres. *Le manuscrit porte, dans la collection Lovenjoul à Chantilly, la cote A 75, et comprend seize feuillets numérotés, précédés d'un folio A sur lequel l'auteur a inscrit le titre en gros caractères et esquissé un portrait de femme*[1].

Bien que nous ne possédions aucun repère qui nous permette de fixer la date à laquelle fut rédigée cette ébauche, nous en pouvons situer la composition durant le premier séjour de l'écrivain à Wierzchownia, c'est-à-dire entre septembre 1847 et janvier 1848. Les lettres à Mme Hanska, du mois de mai 1847 jusqu'au départ pour l'Ukraine le 5 septembre de la même année, nous indiquent tous les projets d'ordre littéraire que forme Balzac à cette époque en vue de liquider ses dettes; or La Femme auteur *n'y est pas mentionnée. D'autre part, à son retour en France, le romancier craint que les « agitations à Paris » ne paralysent la librairie pour trois ans*[2]. *Les journaux refusent les feuilletons, de sorte qu'il se voit condamné « à faire [sa] fortune avec le théâtre*[3] *». En conséquence, on répète* La Marâtre *au Théâtre historique et Balzac met la dernière main au*

---

1. Le vicomte de Lovenjoul, qui avait l'intention de publier ce début de roman, en a laissé une copie précédée d'une brève introduction, qui est conservée à Chantilly (cote A 167, ff⁰ˢ 156-186).
2. Lettre au comte Ouvaroff, 14 juillet 1848, *Corr.*, t. V, p. 322.
3. Lettre à Hippolyte Hostein 25 juin 1848, *ibid.*, p. 315.

Faiseur. *Ces préoccupations de dramaturge expliquent la part que tiennent déjà les dialogues dans l'ébauche que nous publions.*

Il est difficile, sur quelques feuillets, de prévoir dans quel sens Balzac aurait conduit son roman et quelle place celui-ci eût occupée dans La Comédie humaine. *Du moins, il ne fait aucun doute qu'il s'accorde parfaitement avec l'évolution de l'univers balzacien. Claude Vignon, Gaudissart, Lousteau, Vernisset sont devenus des personnages influents. Nous constatons le triomphe de la vanité, ce mot qui revient sans cesse. La bourgeoisie a remplacé définitivement l'ancienne aristocratie, au point d'en oublier ses patronymes roturiers. De même que Camusot est devenu comte, les Hannequin sont devenus les de Jarente. L'argent seul fait la différence entre les hommes, les filles ne sont épousables que pour leur fortune, et les journalistes, désormais bien installés au pouvoir, peuvent faire croire, par leurs complaisances, au génie ou au talent de ceux qui n'en ont pas : cette histoire des mœurs est bien connue des lecteurs de Balzac.*

Il semble toutefois possible de tirer de ces feuillets quelques indications moins générales. Le titre, tout d'abord, suggère la peinture d'un type social assez caractéristique du XIXe *siècle, celui de la bourgeoise riche et vaniteuse qui veut se faire un nom dans les lettres et trouve chez ses hôtes, parce qu'elle tient table ouverte, parce qu'elle a des filles à marier, des collaborateurs discrets et dévoués. L'un d'eux corrigera les vers, l'autre la prose; la femme auteur signera. La critique stipendiée, les prix académiques — et Balzac sait par expérience ce qu'il en faut penser — feront le reste. Puisque la seule condition pour parvenir aux honneurs est de s'en tenir à la littérature sirupeuse qu'encourage le régime, la consécration sera obtenue par le prix Montyon, que le romancier avait ambitionné sans succès pour* Le Médecin de campagne, *en 1834, bien avant Albertine Becker. Cette rancune de n'avoir pas reçu la récompense qui consacre à la fois la vertu et le talent mérite en effet qu'on en tienne compte dans la genèse de* La Femme auteur. *Le nom d'Albertine Becker rappelle curieusement celui d'Albertine Necker, Genevoise, par conséquent vertueuse, quoique nièce de Mme de Staël. Albertine Necker avait commis en 1828-1829 deux volumes in-8° consacrés à* L'Éducation progressive,

*dans lesquels elle donnait d'excellents conseils à propos des
enfants, des jeunes filles et des épouses. L'ouvrage avait naturellement obtenu le prix Montyon, en 1832. Une autre femme,
plus heureuse que ne le fut Balzac, avait reçu la même récompense en 1834 : il s'agit de Sophie Ulliac de Trémadeure, dont
les académiciens, dédaignant* Le Médecin de campagne,
couronnèrent une œuvre puérile, Le Petit Bossu *et la* Famille
du sabotier. *En 1836, cette vieille demoiselle avait fait
paraître un ouvrage intitulé* Émilie ou la Jeune Fille auteur,
*roman dans lequel sont montrés les joies simples de la vie fami-
liale et les dangers de la vanité littéraire; la préface prenait
même directement à partie George Sand. Mais Mlle Ulliac de
Trémadeure n'était pas seule à dénoncer les méfaits de la littérature sur les personnes du sexe : Balzac cite le nom de Mme de
Genlis; celle-ci, née Stéphanie Ducrest, fort bien considérée sous
la monarchie de Juillet, puisqu'elle avait été gouverneur de
Louis-Philippe enfant, avait écrit des* Contes moraux *parmi
lesquels on trouve une* Femme philosophe, *et plus curieusement une* Femme auteur *(1802), où les contemporains
avaient voulu reconnaître Mme de Staël. Quoi qu'il en soit, ces
deux récits montrent les dangers que courent les femmes lorsqu'elles se mêlent de tremper une plume dans l'encre réservée
aux hommes : la célébrité et le goût d'indépendance ne conviennent
pas à l'indispensable modestie féminine. Une romancière de
langue anglaise, Maria Edgeworth, admirée de Walter Scott,
célèbre en son temps et souvent traduite en France, avait
raconté une histoire assez semblable dans* Angelina ou l'Amie
inconnue, *qui nous présente le spectacle décevant d'une femme
auteur buvant le rhum et fumant le cigare : sa jeune admiratrice,
découvrant enfin la réalité de son idole, se gardera bien d'écrire.*

Le sujet n'était pas tout à fait neuf, même dans La Comédie
humaine, *où Mme Hannequin, née Albertine Becker, trouvait
naturellement sa place à côté de Dinah Piédefer, appelée également la dixième Muse, muse de province, il est vrai, et non de
Paris, l'une et l'autre étant très différentes de Camille Maupin
qui, dans un corps de femme, porte un cerveau d'homme. Ainsi
le rôle de la femme, dans l'optique balzacienne, l'éducation qu'il
convient de lui donner, sa place dans le ménage et la société,
n'ont guère changé depuis la* Physiologie du mariage *et même*

depuis Molière. Mme de Staël, George Sand, la princesse Bel-
giojoso restent d'admirables et dangereuses monstruosités. On
pourrait rappeler des personnages et des milieux dont le roman-
cier aurait pu s'inspirer : Zulma Carraud, son amie, sa sœur
Laure Surville, la comtesse Merlin, qui toutes donnaient dans la
bonne littérature; Sophie Gay ou même Delphine de Girardin,
dont les salons étaient assez mêlés. Mais ces rapprochements ne
conduisent pas loin. Les réceptions de la comtesse Merlin, de
Sophie Gay et de sa fille, qu'on appelait également la dixième
Muse, étaient d'une autre qualité que celles de Mme Hannequin.
Seul point de rencontre possible : leurs œuvres cherchaient à com-
battre l'influence néfaste aux bonnes mœurs de la démocrate
George Sand. Comme la littérature moralisante avait les faveurs
du Château et soutenait le régime, par cet aspect La Femme
auteur *pouvait prendre une orientation politique.*

Tout à l'opposé d'Albertine Becker est sa belle-sœur
Mme Malvaux, qui contraste avec la cousine Bette. Elle repré-
sente le type parfait de la parente pauvre effacée, indulgente et
bonne — du moins autant qu'on en peut juger par ce début —,
vêtue à l'ancienne mode. Près de vingt personnages des Parents
pauvres, *qui venaient de paraître, se retrouvent ici. Presque*
tous les habitués du salon Marneffe fréquentent maintenant chez
Mme Hannequin. Toutefois, à la différence de Lisbeth Fischer,
née de paysans alsaciens, Mme Malvaux est d'origine relevée.
Rien ne la préparait à devenir femme de charge. Elle est née
Hannequin, apparentée à la famille Girard de Lyon, qui a
donné tant de prêtres à l'Église; elle a su jouer de la harpe,
toucher le piano, chanter. Elle est cultivée. Elle a été ruinée par
un mari joueur, amateur d'artistes et surtout d'actrices, et
l'on pense évidemment à Montzaigle, le mari de la pauvre Lau-
rence.

Mais un roman exige avant tout une intrigue, et l'intrigue la
plus commode et la plus vraisemblable dans ce milieu du
XIXᵉ siècle, aussi bien dans le roman qu'au théâtre, est la
chasse à la dot, le désir de consolider sa position. Une intrigue
de cette sorte, Balzac l'avait lui-même utilisée à mainte reprise,
et récemment dans Modeste Mignon *et* Les Petits Bourgeois. *Elle pouvait être double ici, puisque les Jarente ont deux*
filles et que le père et la mère, d'opinions différentes sur le choix

du gendre, devaient élire et soutenir chacun son prétendant. Pour l'instant, nous connaissons trois candidats avoués : Vernisset, qui est, ou du moins, qui était naguère, dans L'Envers *de* l'histoire contemporaine, *un poète assez famélique; Claude Vignon, le critique influent et redouté, pourvu désormais de confortables sinécures; Gaudissart enfin, qui fut ministre, directeur de théâtre, et qui pour l'heure est banquier. Le vicomte de Lovenjoul pensait qu'il pouvait s'agir d'un projet auquel Balzac songeait depuis longtemps, un roman qui se fût intitulé* Gendres et belles-mères *ou* Un gendre. *L'hypothèse n'est pas à rejeter entièrement, mais il est probable que la perspective se fût agrandie. On sait comme un projet de Balzac s'amplifie et se modifie au cours de l'exécution.*

Le personnage qui reste le plus mystérieux, par conséquent le plus riche en possibilités créatrices, est incontestablement Achille Malvaux ou plus noblement de Malvaux, dont le rôle dans cette ébauche consiste simplement à introduire les aspirants à la dot. Nous visitons sa garçonnière, qui est luxueuse; nous le voyons vêtu selon la dernière mode, avec une élégance raffinée. Nous apprenons que ce confort dont il jouit, cette aisance, proviendraient de sa mère. Or nous savons qu'elle est désargentée. Lousteau, perspicace, croit deviner derrière ce luxe quelque généreuse protectrice. À une remarque de Claude Vignon sur sa tante, le jeune homme se trouble comme s'il s'était trop avancé. Enfin la dernière phrase du manuscrit nous apprend l'existence d'une liaison, ménagée par sa mère, entre Achille et « une certaine madame... ».

Si le rôle du personnage reste obscur, son origine l'est beaucoup moins, car il est, parmi les héros de La Comédie humaine, *un des plus clairs portraits de l'écrivain. À travers lui Balzac ressuscite sa jeunesse : le clerc de notaire, l'étudiant en droit, le jeune homme de la rue Lesdiguières pour qui Mme de Berny fut autant une mère qu'une amante et dont la table était couverte, comme celle d'Achille, de pages sur lesquelles s'ébauchait le fameux* Traité de la volonté. *Son appartement aux tentures épaisses, rouge et vert, rappelle celui de la rue des Batailles. Achille Malvaux a les goûts de Balzac, pour les curiosités, les meubles rares, les beaux tableaux de maîtres, probablement aussi « authentiques » que ceux dont il avait orné l'hôtel de la rue Fortunée. De Balzac il a la recherche vestimentaire, la taille moyenne, les yeux, et sous certains aspects le visage aux méplats significatifs.*

Si l'on peut regretter que ce roman si riche de promesses soit resté inachevé, on en peut comprendre les raisons. Rappelons d'abord qu'à son retour en France Balzac est absorbé par ses activités de dramaturge; n'oublions pas qu'il est malade et que la démesure du sujet pouvait l'effrayer. Ces pages, en tout cas, les dernières peut-être (avec Un caractère de femme*) que le romancier ait écrites, sorties de sa plume presque d'un seul jet, témoignent d'une maîtrise demeurée intacte. Les quelques ratures que porte le manuscrit, dont nous avons relevé les plus intéressantes, ne manifestent que des hésitations de détail sans conséquence sur le jaillissement créateur.*

MAURICE REGARD.

LA FEMME AUTEUR

« Et de quoi vit-il ? demanda Claude Vignon à Victor de Vernisset.

— Et de quoi vivais-tu donc il y a douze ans ? répondit Lousteau d'une voix amère à Claude Vignon.

— Enfin, il vit, ce garçon! » fit observer le caustique Bixiou.

Ces phrases vivement échangées entre ces quatre personnages à huit heures et demie du soir sur les marches du *Café Riche*[a1] annonçaient les médisances commencées à la fin d'un dîner copieux et succulent. On continue alors sur l'asphalte du boulevard des Italiens où le *Café Riche* est situé les plaisanteries entamées au dessert, car une légère griserie isole en quelque sorte les artistes, ils ne voient plus la foule.

Ces quatre gens célèbres, à différents titres, allèrent acheter des cigares et se promenèrent par une de ces belles nuits d'hiver comme il s'en rencontre à Paris dans le mois de décembre. Le ciel était pur, les étoiles brillaient, les promeneurs élégants encombraient le boulevard où, par places, ils formaient des groupes, et le pavé, net comme en été, résonnait sous le pied.

« Il nous faut une demi-heure pour éteindre nos joues un peu trop dans la manière de Rubens, dit Bixiou, poussons jusqu'au boulevard des Capucines, nous y serons mieux pour causer en nous promenant, ici, l'on nous écouterait, et les sots s'enrichiraient.

— Et tu dis, Vernisset, qu'il a vingt-trois[b] ans ?... demanda Claude Vignon.

— Ah! ça, répondit Vernisset, tu veux donc l'épouser, ce garçon!

— C'est un tic d'ivrogne! répliqua Bixiou.

— Voyons, il faut le satisfaire, dit Lousteau. Ce jeune homme répond au nom d'Achille de Malvaux[1], il a vingt-trois ans, il loge à un entresol[a] rue de la Michodière, et il est le neveu de Mme Albertine[b] Hannequin de Jarente, la dixième Muse, chez laquelle il te présente ce soir. Il se manifeste sous la forme d'un débutant[c] sans vocation précise, il n'est pas[d] peintre, il n'écrit pas, car sa tante lui fait horreur, il n'a pas assez de fiel pour devenir critique, il ne nous connaît que pour nous avoir vus à dîner ou pendant quelques soirées chez la dixième Muse, et nous l'avons régalé une ou deux fois pour ne pas avoir l'air d'auteurs faméliques. Nous pénétrerons tout à l'heure pour la première fois dans son domicile, c'est assez te dire que tu en sais maintenant autant que nous sur son compte. Il jouit d'une mère appelée *la bonne madame Malvaux,* sœur de M. Hannequin et qui, depuis vingt ans, tient le ménage de son frère, elle est dans la maison ce qu'on nommerait ailleurs femme de charge; mais au lieu d'être à la charge de son frère qui lui donne quelque deux mille francs par an, elle est la cause de l'opulence de cette famille, elle surveille les domestiques, elle a les clefs, elle fait les confitures, elle tient la dépense; sans elle, son frère aurait été ruiné par sa femme; aussi est-elle bénie par tout le monde. Elle est fort remarquable en ce qu'elle n'est pas grognon, elle a de la gaieté douce, elle ne demande jamais l'aumône en se posant en ange gardien. Elle se croit trop payée par son frère qui, dit-on, a fait les frais de l'éducation dudit Achille; mais elle est toujours logée, chauffée, blanchie, nourrie et comblée de cadeaux. Les deux demoiselles Hannequin et le petit Hannequin l'appellent maman Malvaux; mais sa belle-sœur, la Muse, agit avec elle sans façons, elle la regarde comme son inférieure, et rencontre dans la bonne femme tant de douceur qu'elle ne peut pas l'atteindre, l'épigramme tombe sur du coton et s'y émousse. La vieille dame, car elle a bien cinquante-huit ans, adore monsieur son fils...

— Hé bien, voilà ce que je voulais savoir! » s'écria Claude Vignon.

En 1846, Claude Vignon, maître des requêtes au Conseil d'État, secrétaire particulier du prince de Vissembourg, récemment nommé professeur au Collège de France, était encore, depuis peu, membre de l'Académie des Sciences morales et politiques. Doué de quinze mille francs de traitements, il voulait consolider sa position en faisant un bon mariage, et son intention devait être rapidement saisie.

« Ce que tu dis là, mon cher, répondit Bixiou, prouve que tu te proposes d'aller sur les brisées de notre ami Vernisset, qui, depuis trois ans, exploite les vanités de Mme Hannequin, s'est constitué le porte-coton de sa gloire, uniquement pour épouser Mlle Hannequin l'aînée...

— L'aînée, dit Claude Vignon, a vingt ans, notre ami Vernisset peut bien prendre la cadette qui n'en a que dix-sept, et, d'ailleurs, un rival de plus ou de moins, qu'est-ce que cela fait, lorsqu'il y a dans ce cabinet[a] littéraire autant de prétendants qu'il y vient d'auteurs, de journalistes et de poètes...

— Jouons-nous franc jeu ? demanda Vernisset.

— Quelle bêtise! répliqua Claude Vignon. Nous allons nous calomnier de notre mieux, et nous resterons amis, car tu n'es pas assez étourdi pour te faire un ennemi de moi. Tu vas me prêter des *fructus belli,* moi je te donnerai des dettes[1]; nous commencerons ainsi par la médisance, la fusillade avant le gros canon.

— Il a raison, dit Lousteau. Ce ne serait pas amusant. Il s'agit d'un duel à la dot[b] et non pas d'un tournoi.

— Vernisset, tu as pour toi la mère, reprit Bixiou. Crois-moi, tu peux te regarder comme le plus fort, car tu t'es fait le complice de la vanité de Mme de Jarente, et tu la tiens.

— Et le père ? demanda Claude Vignon.

— Le père, répondit Vernisset, il aime encore sa femme, et, après avoir déblatéré contre les femmes auteurs, il a fini par admirer sa bourgeoise[c]; il est flatté d'avoir un salon hanté par les célébrités de l'époque, et il demande sérieusement si Mme de Jarente n'est pas supérieure à Camille Maupin... C'est un bon homme, un honnête homme, un homme d'honneur et de haute probité; mais il est tombé dans la glu de la vanité...

— Ah! s'écria Bixiou, si Paris n'est pas la capitale du monde civilisé, certes, il est et sera toujours la capitale de la vanité. Moi, qui vis au milieu de ce cancer, je trouve que la vanité prend tant d'aspects qu'elle se transforme, comme la fièvre, en autant de fièvres d'esprit

que le sang a créé de fièvres différentes, sous l'empire
de causes inconnues, comme dit Bianchon.

— On ferait un livre, dit Lousteau jetant son cigare,
à décrire ces incarnations du virus de la vanité. Comptez ?... Vanité d'auteur, d'acteur, d'orateur, d'homme à
bonnes fortunes, la vanité des honneurs municipaux,
celle des avares, des collectionneurs, des sportman[1], des...

— Arrête-toi, mon cher ami, s'écria sentencieusement
Claude Vignon, tu es en train d'inventer les *Caractères*
de La Bruyère. Vous dites donc, mes enfants, reprit-il
en continuant après une pause, que l'ancien notaire
aime et admire sa femme; mais il peut l'aimer, l'admirer,
et vouloir marier sa fille dans les conditions de solidité
bourgeoise réclamées par le bon sens... Enfin, un article
grave sur Albertine Becker, classée parmi les célébrités
contemporaines, signé de moi, tuera mon ami Vernisset...
Seulement, il a sur moi un avantage, il a lu les œuvres
de la dame, et moi je n'en connais pas une ligne. Voyons,
Victor, de la générosité ?... Qu'a-t-elle fait ?

— Elle a écrit, elle-même, répondit Bixiou, douze
nouvelles intitulées[a] *Histoires édifiantes*[2]. C'est de petits
contes qui unissent[b] la simplicité de Berquin à l'invention de feu Bouilly[3], dans le style académique des *Incas*[4].
C'est une espèce de contrefaçon du *Décaméron de la jeunesse* par l'abbé Girard[5]. Mais le *Décaméron* de l'abbé
Girard est un chef-d'œuvre ou si tu veux une réunion de petits chefs-d'œuvre, auxquels l'Académie a
donné le prix Montyon, et dont la trentième édition
s'imprime; tandis qu'*Histoires édifiantes* obtiendra difficilement un accessit de quinze cents à deux mille francs
jeté comme une aumône par les académiciens traqués
dans la salle à manger et le salon de Mme de Jarente.
Albertine Becker a publié naguère un volume de poésies,
Les Inspirations[6], et un roman en deux volumes appelé
Les Deux Cousines[7], dont le sujet est celui des deux édu-
cations, l'éducation religieuse d'une mère qui ne quitte
pas sa fille, et l'éducation des pensionnats. La fille religieuse convertit un mari libertin, voltairien, voire un peu
communiste, et l'autre rend un mari vertueux très
mondain. Enfin, Albertine Becker, nom de fille de
Mme Hannequin, est à la tête du parti littéraire qui
s'oppose au débordement des œuvres actuelles, elle veut
moraliser la société par le livre, elle pousse à la litté-

rature du *château*[1], comme on dit, cette littérature à la Genlis, qui veut ramener le goût du public vers les tartines beurrées de morale sans sel. Elle est conservatrice, elle se pose en adversaire d'une illustre démocrate[2], et tient une excellente auberge littéraire, car elle donne du thé russe exquis et sert un ambigu[3] confortable tous les mercredis... Voilà.

— C'est une femme beaucoup plus adroite qu'on ne le pense, reprit Lousteau. Héritière du notaire Becker, elle a recueilli d'un autre Becker, son oncle, en son vivant usurier et faiseur d'affaires à la Vauvinet, mais en grand, la terre de Jarente. Elle s'est trouvée alors si chagrine d'être une simple notaresse qu'elle a forcé son mari de vendre son étude, il y a trois ans[4], et à prendre le nom de Jarente. Elle a donc été Mme Hannequin de Jarente pendant deux ans, et la voilà Mme H. de Jarente. Elle veut faire nommer son mari député dans l'arrondissement où la terre de Jarente est située, et le lancer dans la politique. Sa saine littérature et son salon seront de puissants auxiliaires, car elle désire pour son mari le titre de comte[a] et la croix de commandeur de la Légion d'honneur. Or, remarquez, je vous prie, que l'ancien notaire est maire de son arrondissement... L'hôtel de la rue Louis-le-Grand appartient à Madame, elle l'a hérité de son oncle Becker de Jarente, il y a quatre[b] ans...

— Ils sont donc énormément riches! s'écria Claude Vignon.

— Est-on riche avec quatre-vingt mille livres de rentes, quand on a trois enfants?... Si l'on donne, comme on le dit, vingt mille livres de rentes à chaque demoiselle, il n'en restera plus que quarante, et, lorsqu'il s'agira d'établir[c] le petit Albert, M. et Mme de Jarente n'auront plus, dans leurs vieux jours, que leur hôtel et les vingt-quatre mille francs de la terre de Jarente... Aussi faut-il croire la bonne vieille Malvaux quand elle dit que son frère est obligé de faire des économies, et elle leur en réalise, allez! car on prétend que, malgré le train d'Albertine Becker, la dépense de la maison ne dépasse pas soixante mille francs par an...

— Et, dit Vernisset, le bonhomme Hannequin est un financier du premier ordre. Si sa femme a le génie de la dépense, il a celui de la recette.

— Allons, il est neuf heures et demie, traversons le

boulevard, dit Claude Vignon, et voyons le perchoir[a]
du jeune Achille Malvaux... »

Les quatre amis qui, tous en costume de soirée, s'étaient
assez promenés au grand air pour détruire toute odeur
de cigare, arrivèrent donc à la porte d'Achille de Malvaux, chargé de présenter, à l'insu de Vernisset, Claude
Vignon à sa tante. L'entresol occupé par Achille de
Malvaux dans la maison située à l'angle de la rue de
Hanovre et de celle de la Michodière, ayant vue sur
deux rues, était assez gai, quoique petit et restreint, car
il ne se composait que de quatre pièces : une antichambre, un salon, un cabinet et une chambre à coucher
flanquée de deux cabinets.

En y entrant, ces gens si difficiles n'eurent rien à
reprendre. L'antichambre, meublée d'un divan devant
lequel se trouvait une table en acajou sculpté finement,
offrit à leurs regards une tenture en perse de bon goût,
disposée au plafond de manière à former une tente. Les
sièges couverts, comme le divan, de drap vert, étaient
confortables. Quatre tableaux accrochés au milieu des
quatre panneaux, étaient l'un de Greuze[b], l'autre de
Watteau[c], le troisième de Joseph[d] Vernet, le quatrième
de Prudhon. Une belle lampe ornait la table. Le buffet
surmonté d'une étagère offrait les plus magnifiques
échantillons des fabriques[e] de porcelaine les plus célèbres.
Le salon, tendu de soie rouge plissée, ainsi que la chambre
à coucher, ressemblait au boudoir d'une élégante, il s'y
trouvait des tête-à-tête, des chauffeuses, des fauteuils en
tapisserie, des curiosités, des armoires et des encoi-
gnures en marqueterie ornées de bronzes précieux, d'un
goût exquis, un piano chargé de musique et une douzaine de tableaux de vieux maîtres; aussi l'étonnement
des quatre visiteurs fut-il grand, lorsque invités par la
portière d'Achille qui finissait sa toilette, de passer ses
tableaux et ses raretés en revue, ils examinèrent cette
petite collection, de laquelle plus d'un amateur aurait
tiré vanité.

« Je n'ai pas encore de merveilles, messieurs, leur
cria le jeune homme à travers une portière en brocart;
mais, du moins, tout est authentique, les porcelaines
sont saines et entières, et... rien n'est dû... »

La cheminée, où brillait un bon feu, se recommandait
à l'attention par une magnifique pendule Pompadour,

des chinoiseries introuvables et de petits candélabres en vieux Sèvres comme il ne s'en fait plus.

« Monsieur, dit à Claude Vignon Achille de Malvaux qui reparut boutonnant son gilet, M. Lousteau m'a demandé de vous présenter à ma tante, permettez-moi de vous remercier de l'honneur que vous me faites, car vous êtes de ceux qui n'ont pas besoin d'introducteur... »

Après avoir échangé quelques poignées de main avec les trois autres qu'il connaissait[a], il retourna prendre son habit.

« Vous êtes connaisseur ? lui demanda Claude Vignon.

— Non, mais apprenti connaisseur. Un bon vieil abbé, mon grand-oncle, qui a surveillé mon éducation et qui m'aime comme son fils, est un grand connaisseur. Tout ce que vous voyez me vient de lui, quelques autres choses ont été achetées par moi ; mais les tableaux de la salle à manger sont le seul héritage que m'ait laissé mon père.

— C'est assez bien inventé, dit Lousteau tout bas, lorsque le jeune homme fut allé dans la chambre, il est évidemment *protégé* par une femme, car la main d'une femme se sent ici dans les moindres choses... Ces tapisseries sont faites avec amour...

— Et quel est le nom de votre grand-oncle ? demanda Vernisset, car un pareil connaisseur est bon à consulter.

— C'est le bon et savant abbé Girard, répondit Achille, qui revint occupé de ses gants.

— Quoi ! celui qui vient de publier *Le Chemin du Ciel*[1] ?...

— Le même, il est le frère de ma grand-mère, qui était une demoiselle Girard... Il vit comme un saint, et je lui dois, ainsi qu'à ma mère, tout ce que je suis et ce que je vaux. Vous voyez, à l'aspect de ce petit appartement, que je suis l'idole de ma mère ; la sainte femme mérite l'adoration que j'ai pour elle, elle n'a vécu que pour moi ; nous sommes tout l'univers l'un pour l'autre... Elle m'a trouvé ce petit logement quand je suis sorti du collège et qu'il s'est agi de faire mon droit, et il est à croire que toutes ses économies et celles de mon oncle y ont passé... Ce digne prêtre, qui ne dépense pas pour lui cent francs par mois, qui vit comme un saint, et ma mère qui reste pour moi dans la position inférieure où vous la verrez ce soir, veulent que je monte à cheval, que je vive comme un jeune homme riche ; mais, croyez-moi, messieurs, rien ne préserve un moutard des dangers de Paris comme un pareil dévouement. Je travaille avec une ardeur de démon à devenir digne de tant de sacrifices et à pouvoir gagner ma vie... »

En disant ces paroles sans affectation, Achille tira la portière de sa chambre, afin d'en cacher le désordre.

« Et que faites-vous ? demanda Vernisset.

— Je veux être docteur en droit, et ce grade exige de très fortes études ; mais je médite un livre que j'intitulerai *Théorie du pouvoir moderne,* et où je traiterai principalement la question de l'impôt[1]. Mon père, receveur particulier de Meaux, m'a laissé des manuscrits sur les finances, et je veux honorer ainsi sa mémoire. Je compléterai l'œuvre de ma vénérable mère, qui a donné toute sa fortune pour payer les dettes de mon père et me laisser un nom sans tache. Maintenant je suis à vos ordres, messieurs », ajouta-t-il en déposant le petit crochet avec lequel il avait boutonné ses gants.

Cette cérémonie et la simplicité grave d'Achille Malvaux changèrent toutes les idées des quatre railleurs, ils sentirent en ce jeune homme je ne sais quoi de respectable, il avait la dignité naturelle que donne l'estime de soi-même, la haute convenance envers les autres, et une certaine aisance qui dénotait l'usage du monde. Il usait évidemment des plaisirs de Paris sans en abuser, il savait beaucoup, et il se livrait sobrement aux distractions. Achille avait ce qu'on nommait autrefois un grand air. Ses mouvements étaient gracieux sans être calculés, il se présentait bien. Pour ces quatre féroces observateurs, tout fut expliqué par l'abbé Girard, ecclésiastique de la vieille roche. Le jeune Malvaux, quoique de taille ordinaire, se faisait remarquer par une figure éminemment intelligente, pleine de méplats, accentuée, et qui donnait l'idée d'une grande énergie, il avait des cheveux noirs pleins d'épis, rebelles à la vulgaire coiffure à raie que l'Angleterre a donnée comme un costume à toutes les têtes, mais ils se massaient naturellement. Son teint d'un blanc mat semblait éclairé par une pensée vive. Les yeux bruns brillaient de pureté, l'on voyait à travers jusqu'au fond de l'âme, dont aucun sentiment ne se dérobait au regard.

« Jeune homme, dit gravement Claude Vignon, vous êtes heureux, le savez-vous ?...

— Oui, répondit Achille.

— Eh bien, ne gâtez pas votre bonheur, restez ce que vous êtes, adonnez-vous à l'étude, au saint travail, et vous serez un autre d'Arthez...

— Pourquoi changerais-je ? dit Achille en regardant les quatre personnages tour à tour. Savez-vous ce qu'est une bonne mère ?... Ma pauvre vieille mère adorée vient tous les matins me voir à neuf heures, et elle prépare elle-même mon déjeuner, aidée par les portiers qui sont mes domestiques. La tasse de café que je prends est exquise, la crème est de la crème envoyée de la ferme que mon oncle Hannequin possède à Bobigny, le café, c'est du vrai moka... Voici trois ans que ma mère, par tous les temps, vient déjeuner avec moi; pendant le déjeuner, nous nous disons tout, je lui raconte ce que j'ai fait la veille. Aidée par la portière, elle entretient tout ici dans une admirable propreté. Si j'ai vu quelque objet d'art dans mes courses, et que je lui en parle, deux jours après, je le trouve dans mon cabinet, avec un petit mot comme les femmes spirituelles en écrivent à ceux qu'elles aiment. Si je vous dis tout cela, monsieur Vignon, c'est que vous verrez ma chère noble mère ce soir et qu'à la manière dont elle vous servira le thé, dans l'exercice de ses fonctions de ménagère, vous ne soupçonneriez jamais quel cœur, quel esprit se cachent sous sa bonhomie, sous la simplicité de sa douillette puce, de sa collerette Empire et de son attitude de vieille femme. Ma tante écrase ma mère; mais ma tante, qui est plutôt le prospectus d'une muse qu'une femme poète, et qui fait le bel esprit, est le fantôme, ma mère est la réalité.

— Comment votre tante s'est-elle décidée à écrire si tard..., demanda Claude Vignon.

— Ah! ma tante est devenue bas-bleu vers quarante ans pour avoir sa ration des plaisirs de vanité, ce fourrage des Parisiennes. Elle était aimée de son mari, comprenez-vous ? Elle n'a eu que des succès de toilette, de beauté; mais elle n'a jamais eu la moindre faute à se reprocher; elle s'est entendu dire des douceurs à l'oreille, elle a eu des amours inédits, de ces admirations commencées au bal et finies à la première visite où l'audacieux trouvait la mère de famille, adorée de son mari, fière de ses enfants, et digne comme la femme d'un ancien échevin. Alors, quand est venue la terrible faillite de ses quarante ans, elle s'est trouvée *volée,* comme on dit, elle a pensé que sa beauté n'avait pas fait de scandale ; sa vanité n'avait pas eu sa ration de bruit, de fumée, et elle est devenue Jarente, conservatrice et auteur de livres vertueux, en concurrence avec mon grand-oncle qu'elle n'a pas vu deux[a] fois dans sa vie, car il est un des professeurs du séminaire[b] de Saint-Sulpice où il vit comme un moine. Elle est extrêmement superficielle, mais elle rencontre des épigrammes qui l'abusent, elle et mon oncle, sur la portée de son esprit. Sans l'admirable bon sens de mon oncle, elle aurait fait bien des sottises ; mais, comme il ignore que M. de Vernisset a corrigé les vers de ma tante, que M. Lousteau corrige la prose, il a donné dans le panneau de cette gloire, construite avec des réclames et des articles payés. Vous qui pouvez consolider ce fragile édifice, monsieur Vignon, vous allez être ce soir un dieu pour elle... Elle m'a pardonné ce qu'elle appelle mes torts envers elle, quand je lui ai demandé la permission de vous présenter. Mes torts consistent à prétendre qu'une femme ne doit jamais accrocher la pureté de sa vie de mère, de femme, à la quatrième page des journaux, qu'on se met en dehors de son sexe en devenant un écrivain, que les exceptions à la faiblesse féminine sont si rares qu'il n'y en a pas eu dix en dix-huit cents[c] ans, et que la misère est la seule excuse d'une femme auteur. Vous ne sauriez imaginer les mille comédies qui se jouent chez ma tante ! Ses filles qui, d'ailleurs, prennent la gloire de leur mère au sérieux, sont quelquefois pendant plusieurs semaines sans la voir ailleurs qu'au dîner. « Elle compose ! » est le mot d'ordre de toute la maison. Depuis qu'elle a teint ses bas en indigo, ma mère est devenue la mère de ses nièces, ma mère s'occupe de leur toilette, les mène à l'église, leur tient compagnie. Je ne sais pas ce que je donnerais pour corriger ma tante de sa manie d'écrire. Elle y perd sa santé, car elle travaille tant qu'elle gagne de dangereuses inflammations, elle se tourmente pour ses livres, elle y met un feu... C'est désespérant !...

— Pourquoi ? dit Claude Vignon. Ce n'est que votre tante. »

Achille Malvaux garda le silence, comme un homme qui s'est trop avancé.

« Si votre tante redevenait sage, la littérature y perdrait beaucoup, dit Bixiou[a].

— Non, pas la littérature, mais les gens de lettres..., répondit Achille.

— C'est ce qu'a voulu dire Bixiou, fit observer Claude Vignon.

— Je pardonnerais bien volontiers à ma tante de se faire l'aubergiste des gloires modernes, c'est un plaisir et un honneur que d'être la maîtresse d'un salon où se réunissent tous les gens d'esprit et les artistes célèbres de Paris; mais continueront-ils à venir dans un salon où ils craindront d'être exploités, où leurs mots, leurs éclairs de génie seront saisis au vol, où ils rencontreront une plume rivale, des demandes d'articles, où l'on prélèvera des droits de douane sur leurs livres, en disant qu'ils ont été couvés sous les ailes de cette Muse... Voilà ce que je dis à ma tante, et ce qui me fait regarder par elle comme un homme positif, un triste économiste, un puritain de la gauche et un brise-raison qui n'aura jamais de grandes idées. Enfin, monsieur, dit-il en s'adressant à Claude Vignon, ces messieurs en savent plus long que je n'en ai appris sur ma tante, et vous, vous allez voir ce phénomène... Il fait beau, nous pouvons nous rendre à pied chez elle, car sa maison est au bout de la rue de Hanovre... »

L'hôtel de Jarente était en effet situé rue Louis-le-Grand, près de la rue Neuve-Saint-Augustin; et, en quelques minutes, l'économiste en herbe, le maître des requêtes, le poète, le journaliste et le célèbre dessinateur y firent leur entrée.

Mme de Jarente occupait le rez-de-chaussée et le premier étage de cet hôtel, dont le second et le troisième étages étaient loués à l'un des plus vieux clients de l'étude Hannequin, M. et Mme Lebas, anciens marchands et fabricants de draps, retirés du commerce depuis que M. Lebas, nommé cinq[b] fois président du tribunal de commerce et conseiller du département de la Seine pendant dix[c] ans, avait été promu pair de France. Le fils de ces honorables négociants, conseiller à la Cour royale, occupait à lui seul le troisième étage. Cet hôtel, sis entre cour et jardin, est l'ancien hôtel Minoret, riche fournisseur, mort sur l'échafaud en 1793[a] pour avoir déployé un luxe scandaleux. Cet hôtel avait été pendant l'Empire habité par le prince de Vissembourg avant[b] qu'il achetât son hôtel de la rue de Varennes. Le second et le troisième étages avaient été construits par un spéculateur à qui le vieux Becker prêtait des fonds et qui fit faillite, en sorte qu'il l'eut à bon marché. Ainsi le rez-de-chaussée, destiné aux réceptions, se ressentait du luxe impérial, et il y éclatait en effet une grande magnificence de sculptures genre Louis XVI. Le jardin, quoique petit comme tous les jardins qui subsistent dans Paris, ajoutait encore à l'air grandiose des salons. Un petit escalier intérieur faisait communiquer le rez-de-chaussée et le premier étage plus commodément que par le grand escalier.

Les deux salons, la salle de billard et le boudoir étaient déjà pleins de monde, lorsque à dix[c] heures moins un quart les cinq amis y entrèrent. M. et Mme Hannequin avaient conservé de leurs anciennes relations celles qui ne déparaient point leur société nouvelle ; ainsi les Lebas, les Hulot, les Camusot de Marville, leurs voisins, le vieux Camusot, ancien négociant en soieries, promu récemment pair de France, les Popinot, les Cardot, les Derville, les Saillard, la fleur de la bourgeoisie parvenue avait continué de venir chez Mme de Jarente, qu'ils nommaient encore quelquefois par distraction Mme Hannequin. Cette bourgeoisie arrivait toujours d'assez bonne heure, elle aimait à voir les artistes et les écrivains célèbres, les journalistes, raccolés par l'ex-notaresse, qui peut-être devait à la composition de son salon l'honneur de conserver la précieuse amitié de ces grands seigneurs de comptoir et de fabrique.

Elle voyait pendant l'hiver le fameux procureur général Vinet et son fils, avocat général à la Cour royale, M. de Clagny, l'avocat général à la Cour de cassation ; mais elle faisait des efforts extraordinaires, jusqu'à présent sans succès, pour amener chez elle Canalis, le comte de Trailles, Nucingen, Rastignac, Du Tillet[a], les grands faiseurs de la politique. Elle se disait que son salon serait un salon de second ordre, tant que les ministres et les orateurs célèbres, les meneurs de la Chambre n'y viendraient pas. Elle était sans cesse occupée à tendre des fils, à raccoler des célébrités. Aussi atten-

dait-elle avec une vive impatience Claude Vignon. Il
n'était pas seulement pour elle le prince de la critique,
elle voyait en lui le cornac du président du Conseil, le
prince de Vissembourg.

Quand elle aperçut les cinq nouveaux venus, le comte
Popinot lui présentait le directeur d'un des plus importants chemins de fer et l'un de ses amis, Gaudissard[1],
naguère à la tête d'un théâtre des Boulevards et qui
venait de fonder la maison de banque Gaudissard et
Vauvinet. L'ancien ministre du Commerce pensait à
marier ce vieux garçon, son ami, son camarade, avec
Mlle Hannequin l'aînée; mais qu'était, pour elle, un
ex-directeur de théâtre, un millionnaire, auprès du secrétaire particulier du maréchal, d'un distributeur de couronnes; aussi laissa-t-elle brusquement le pair de France
et le directeur de chemin de fer en disant le plus gracieusement qu'elle le put : « Permettez, monsieur le comte,
j'aperçois mon neveu à qui j'ai deux mots à dire, je vous
reviens... »

L'ancien ministre regarda l'endroit où se tenaient les
nouveaux arrivés, il aperçut Claude Vignon, et il devina
tout en un clin d'œil.

« Tiens, mon cher, dit-il à Gaudissard stupéfait qui
se croyait un personnage important, voici Mme Malvaux,
la sœur d'Hannequin, prends ta revanche avec elle, c'est
le bon sens de la famille, le frère ne fait rien sans consulter
la sœur, et je t'engage à la cultiver, ne t'arrête pas aux
dehors, tâche de la mettre de ton côté! »

En disant cela, l'ancien ministre désignait à Gaudissard
une vieille dame, à visage pâle mais un peu gras, où
deux yeux bleus ressemblaient à deux pervenches perçant
un tas de neige, qui laissait errer sur ses lèvres froides
un sourire de ravissement en regardant Achille de Malvaux. Une bonté spirituelle animait ce visage dont le
nez un peu tordu[a] par le bout dénotait une malice
contenue. Le front, en partie caché par un bonnet de
dentelles et de fleurs, offrait des protubérances qui
auraient occupé certes l'attention d'un phrénologue.
Cette vieille dame était simplement habillée d'une robe
de levantine, couleur pensée, faite en redingote à nœuds
et relevée d'un petit liséré vert, une collerette de dentelles, à trois rangs, cadeau de ses nièces, tombant sur
ses épaules, laissait voir un cou dont les rides n'étaient

pas disgracieuses à cause de l'embonpoint qui faisait de cette petite vieille une espèce de boule. Elle ne portait plus de corset..., et la ceinture de sa redingote était assez négligemment nouée. Ses mains potelées montraient leurs fossettes significatives, car elle ne portait pas de gants. Jamais femme de cinquante-huit ans ne réalisa mieux ce que l'imagination se figure de la sœur d'un notaire, et d'un factotum femelle. Son faux tour de cheveux à boucles plaquées aux tempes était surtout une création qu'aucune duègne de théâtre n'aurait trouvée.

« Cette espèce de Mme de Saint-Léon, de Saint-Jules[1] ? dit en souriant l'Illustre Gaudissard.

— Elle a l'esprit aussi fin que celui de sa belle-sœur est brutal, elle est d'une logique et d'une perspicacité redoutables, elle juge de tout avec un tact exquis, et c'est elle, c'est sa conversation que je viens chercher ici; mais, bien entendu, nous causons dans un coin, sans être vus, car elle a surtout peur de faire de l'effet.

— Allons, tu ne voudrais pas me mystifier, je me risque! dit Gaudissard; mais, entre nous, la Jarente est une pécore!...

— Bah! Je te la souhaite pour belle-mère, répondit Popinot, pour le mal que je te veux; mais tâche de te faire raconter par la bonne Mme Malvaux l'histoire de sa vie, et tu n'auras pas perdu ton temps.

— Je vais l'engluer, alors, elle ne jurera plus que par Gaudissard! répondit le banquier.

Les deux amis se séparèrent; et, avant d'aborder la mère d'Achille Malvault[2], Gaudissard alla dans un angle du salon observer à son aise, sans être aperçu, les deux demoiselles Hannequin. L'aînée, appelée Léopoldine, avait hérité de la beauté fière mais un peu commune de sa mère, ses traits étaient fins, son teint ne manquait pas d'éclat, mais la race Becker dominait, et la physionomie indiquait peu d'esprit. Le banquier, semblable à beaucoup d'enrichis, voulait tout rencontrer dans sa femme, l'esprit, la beauté, le bon caractère et la fortune, et il étudiait assez mélancoliquement Mlle Léopoldine Hannequin, laquelle allait et venait, souriait à chacun, faisant des compliments et copiant sa mère à ravir, sans se douter qu'elle était l'objet d'un si sérieux examen de la part d'un épouseur, lorsque deux personnes vinrent s'asseoir à côté de lui, le regardèrent et continuèrent une conver-

sation dont l'intimité les forçait évidemment à se caser
dans un coin. L'un était Claude Vignon, que Mme de
Jarente avait été forcée de quitter pour un personnage
important, et l'autre était le comte de Steinbock, le
sculpteur, célèbre par ses avortements autant que par
l'éclat de ses débuts[1].

« Tu es marié, toi, mon cher Steinbock, tu n'hésiteras
pas à me servir ici, tu viens depuis si longtemps dans
cette maison que tu pourras me donner des renseignements exacts. Sais-tu l'histoire de Mme Malvault ?...
disait Claude au sculpteur.

— C'est d'une simplicité homérique, répondit Steinbock. Mlle Hannequin a fait son frère ce qu'il est, car
elle a été pour lui comme une mère, et, quand elle a vu
son frère établi, cette bonne fille, alors âgée de trente
ans, a été dévorée du désir d'être femme, elle a cru trouver
toutes les garanties possibles dans la personne d'un
M. Malvault, fils d'un fermier général mort sur l'échafaud, et à qui le souvenir des hauts faits du père dans la
finance valut la recette particulière de Meaux, en attendant une recette générale. Ce garçon se présentait bien,
comme tu vois, il aimait les arts et les artistes, et sa mère,
une demoiselle Girard, des fameux Girard de Lyon,
possédait à Meaux une belle maison, qu'elle avait donnée
à son fils, en se contentant d'une pension pour vivre
avec son frère, l'abbé Girard, un des ecclésiastiques qui
fu[ren]t mis à la tête du séminaire de Saint-Sulpice,
lorsque l'Empereur rétablit la religion catholique.

Ce fut à la sollicitation de ce digne prêtre que le cardinal Maury[2], qui l'avait en vénération, fit donner la
recette de Meaux, une des meilleures de France, à son
neveu, de Malvault.

Ce fut après le mariage, comme toujours, que l'excellente Mlle Hannequin découvrit que la maison de Meaux
et une petite ferme, seul reste de la terre de Malvault,
étaient entièrement hypothéquées pour répondre du
cautionnement à ceux qui l'avaient fourni sur les recommandations de l'abbé Girard. Le receveur, financier de
la vieille école, aimait le plaisir, les arts, et surtout les
artistes ; mais, parmi les artistes, il distinguait particulièrement les actrices. Quoique plus jeune de deux ans
que Mlle Hannequin, il s'amouracha d'elle par deux
raisons, la première était la dot, qui se composait de

dix-huit mille francs de rentes, la seconde était la célébrité de Mlle Hannequin. En 1805, cette bonne vieille
dame, la meilleure élève de Nadermann, jouait de la
harpe aussi bien que son maître, et la harpe fut l'instrument de beaucoup de succès sous l'Empire.

« Connu! dit Claude Vignon; j'ai vu cent portraits
de femmes posées en saule pleureur sur une harpe!

— Elle touchait du piano comme Steibelt, elle chantait comme Mme Branchu, elle peignait comme Isabey.
C'était une merveille, aujourd'hui bien oubliée; mais tu
vois là son portrait peint par Sommervieux[a], un ami de
la maison, et c'est évidemment fait en rivalité avec la
Corinne de Gérard[1].

— Quoi! C'est elle?

— Elle-même! reprit le sculpteur. Enfin, elle sculptait,
mon cher! Comme elle le dit plaisamment, tous ces
talents, énergiquement cultivés, lui tenaient lieu d'un
mari, jusqu'au jour où, brûlée par les romans qu'elle
lisait, je ne sais pas si elle n'en a pas fait, incendiée par
toutes les romances qu'elle chantait, rôtie dans ses trente
ans, elle aperçut son vainqueur, le beau Malvault, qui
chantait aussi la romance. Un duo de Paër réunit leurs
voix et leurs cœurs, qui battirent tellement à l'unisson
qu'ils en chantèrent faux. C'est une femme vraiment
supérieure, mais inconnue, car elle me dit à ce sujet :
« Je lisais tant, j'étudiais tant de choses, je me donnais
une éducation si virile en faisant celle de mon frère,
que je me crus un beau matin grande comme Mme de
Staël, et en concevant une si haute idée de moi, je devais
infailliblement commettre des sottises. » Au moment où
son frère devenait notaire, en 1824, elle était ruinée.
Elle avait adoré son mari, qui lui persuada pendant
douze ans qu'elle était jolie, et elle le croyait malgré les
démentis de son miroir, elle vendait alors ses rentes pour
tirer son jeune mari des situations affreuses où le jeu,
les actrices et une vie désordonnée le plongeaient. Tantôt
il prenait dans sa caisse, tantôt il faisait des lettres de
change; enfin, en 1823, quoique sa femme fût accouchée
depuis six mois d'un enfant miraculeusement venu en
1822, au moment où la mère comptait quarante[b] printemps, il l'abandonna pour aller en Amérique, avec une
figurante de l'Opéra, laissant un déficit dans sa caisse
et pour cinquante mille francs de fausses lettres de change

escomptées par la maison Mongenod[a1]. Cette admirable
femme vendit tout, jusqu'à ses diamants, ses châles, ses
bijoux, pour faire honneur aux dettes de son mari.
Hannequin donna cinquante mille francs pour que son
neveu pût porter un nom sans tache. À quarante ans,
Mme Malvault entra chez son frère où elle occupa deux
chambres au troisième étage, et elle vécut en se faisant
la femme de charge de ce frère de qui elle avait été déjà
la mère. Son fils fut élevé comme un enfant de la maison,
il y a été clerc, il y a fait son droit; mais elle n'a pas
voulu faire un notaire de ce garçon, elle rêve pour lui,
comme toutes les mères qui n'ont qu'un enfant, les
plus belles destinées, elle ne vit que pour lui d'ailleurs,
elle l'a merveilleusement bien élevé, car il est excellent
musicien, il est d'une force supérieure à tous les exercices
du corps, et dans un an, il sera, je crois, docteur en droit.
C'est un garçon d'une sagesse excessive, sans affectation,
sans pruderie, et je ne doute pas que l'amour maternel
ne l'ait préservé de toutes les folies mauvaises en lui
laissant faire celles qui sont utiles. Elle a su le lier avec
une certaine madame [. . . . .]

SCÈNES DE LA VIE POLITIQUE

MADEMOISELLE DU VISSARD
OU LA FRANCE SOUS LE CONSULAT

INTRODUCTION

Mademoiselle du Vissard *date du début de 1847. Le 4 janvier, Balzac parle à Mme Hanska d' « un roman sur Georges Cadoudal*[1] *». Comme souvent, le romancier se laisse prendre au charme possible d'un nouveau projet qui, comme souvent aussi, reprend de très anciennes hantises : ici, la thématique de la chouannerie. De 1835 à 1846, il a souvent songé à un roman sur* Les Vendéens. *En 1842, il a publié* Madame de La Chanterie, *première partie de* L'Envers de l'histoire contemporaine, *où il solde quelques-uns des comptes bretons de 1799 et des années suivantes. De 1843 à 1845, il corrige* Les Chouans *pour* La Comédie humaine.

Or, si cette continuité prouve la présence du sujet et de ses suites dans l'esprit du romancier, diverses allusions, ici et là, donnent à penser que Balzac songeait à éclairer le mystérieux personnage de Mme du Gua, né en 1829 avec Le Dernier Chouan. *À la suite de ce personnage revenaient naturellement Pille-Miche, Marche-à-terre, et bien des références à Montauran, à Charette... Pourquoi Balzac renonça-t-il à l'entreprise ?*

---

1. *Lettres à Mme Hanska*, t. III, p. 601.

*Liliane Dessert[1] pense qu'il s'est heurté à d'insolubles difficul-
tés de chronologie (le chevalier du Vissard, créé en 1842 dans*
Madame de La Chanterie, *puis introduit dans la nouvelle
version des* Chouans, *aurait dû connaître Cadoudal, comme
d'autres chefs historiques des révoltes de l'Ouest, et il ne le
reconnaît pas) ou de cohérence psychologique (le chevalier, dans*
Les Chouans, *n'a rien de féminin ni de gracieux). On peut
aussi alléguer la fatigue, la déroute d'un Balzac usé. Nous pro-
poserons une autre explication, plus profonde, et qui n'exclut
pas les précédentes. En tout état de cause,* Mademoiselle du
Vissard *demeure comme l'un de ces textes ouverts en direction
d'un « à dire » que rien ne cernera jamais. Maurice Bardèche
écrivait que l'essentiel de Balzac est souvent dans les intervalles
et dans les blancs de* La Comédie humaine. Mademoiselle
du Vissard *en est un exemple de plus.*

Une liste, datée de 1847, dans Pensées, sujets, fragments,
permet de ranger Mademoiselle du Vissard *parmi les*
Scènes de la vie politique[2]. *L'indication est intéressante.*
Les Chouans *étaient une « scène de la vie militaire » : leur
suite est donnée comme relevant, dans le temps, d'une tout autre
problématique. On passe, en 1803, du militaire au civil, des
chocs physiques aux chocs institutionnels. C'est la victoire de
Corentin sur Hulot, le déclassement des héros et des braves.
D'où cette possibilité de lecture : les* Scènes de la vie politique
comme « Scènes de la vie privée » des sociétés civiles.

Mademoiselle du Vissard, *c'est un peu* Le Cabinet des
Antiques *au bord de la mer; du Guénic chez* Béatrix. *Balzac
y reprend, en 1847, une image, désormais archétypique, de la
noblesse dans* La Comédie humaine : *déchéance économique;
impuissance politique; attirance pour le monde moderne;
double et persistante tentation de la fidélité quand même et du
ralliement. En effet, quoi d'autre, « en avant », comme on
disait au temps lointain de 1830, alors qu'il y avait encore une
philosophie de l'Histoire ? Bloquée, sans avenir, l'Histoire ne
peut plus être que* jouée : *soit au sens de « caricaturée »,*

---

1. « *Mademoiselle du Vissard.* Nouvelle lecture, nouveaux problèmes », dans *L'Année balzacienne 1972.*
2. « N⁰ 7, *Mademoiselle du Vissard* (Politique) » (*Lov.* A 181, f⁰ 81).

recommencée d'une manière affaiblie et parodique; soit au sens de « risquée », comme à la roulette. Recommencer les héros célèbres de la chouannerie, comme les républicains recommencent indéfiniment 92 et 93, comme Louis-Napoléon, bientôt, recommencera l'Empire ? Ou prendre le risque dégradant de ce qui s'offre, et qui est l'inévitable, l'incontournable ?

Le roman historique de formule, d'idéologie et de vision scottiennes était le roman d'une humanité affirmée libre, susceptible d'inventer, de mettre en place une histoire et une historicité nouvelles (dans Ivanhoe, Richard mettait fin à la lutte ancestrale entre Normands et Saxons et fondait la monarchie moderne du consensus). Le roman historique balzacien est le roman d'une Histoire désormais infligée, irréversible, que ne saurait sauver ni innocenter nul compromis, nulle fusion dynamique, où rien ne saurait plus s'inventer, et qui, interdisant aux hommes toute entreprise politique réellement valable, les enferme dans les drames de la vie privée, les condamne au désert intérieur. Dans cette Histoire, on ne peut que périr en se jetant contre les murs ou périr en capitulant, en se compromettant avec les impurs vainqueurs. Ici, le regard de Mme du Gua sur la mer, sur les rochers, c'est le regard, désormais, sur le désert et sur le vide de l'Histoire, la descente aux enfers de la France après la Révolution. Mais alors ? Épisode de l'histoire de « la France sous le Consulat », comme le voulait le sous-titre, ou image de la France à la fin de la monarchie de Juillet ? On retrouve le problème des surimpressions balzaciennes, avec leurs temps respectifs, la date de la fiction et la date de la narration.

Il faut avoir ici toujours présent à l'esprit le titre du grand roman de 1829 : Le Dernier Chouan, *qui renvoie à la fin, au pourrissement de l'épopée historique. Depuis les premiers Chouans, en 1793-1794, bien des choses avaient pu se passer, et notamment, d'Orgemont avait pu devenir, de manière visible et scandaleuse, un nouveau seigneur, un nouvel égorgeur de pauvres. En 1799, le grand conflit épique était loin, la Révolution devenant Bonaparte, la chouannerie brigandage ou, de la part des chefs, manœuvre politicienne.* Le Dernier Chouan *excluait toute hagiographie, qu'elle fût de « droite » ou « de gauche ».* Le Dernier Chouan *réécrivait à sa manière l'Histoire d'une France en marche vers le monde moderne, et que connaissaient* bien les lecteurs de *1829* : règne de l'argent, compromissions et compromis, obscure menace populaire, ouverture des routes à la pénétration capitaliste et à la répression éventuelle, aggravation des retards et sous-développements régionaux. Non pas Histoire radieuse, mais Histoire blessée. Dans le roman, la vie privée, l'amour prenaient le relais du politique et de l'historique, déclassaient les partis, opposaient seuls à Corentin quelque cohérence et quelque valeur. Le roman historique mettait en échec les idéologies, légitimistes ou libérales, et produisait son propre sens historique. Mademoiselle du Vissard, *dix-huit ans plus tard, coule de la même source et confirme.*

Balzac, en définitive, n'a jamais réellement achevé d'écrire Les Chouans, *ce premier roman qu'il signa de son nom. Le projet des* Vendéens, Madame de La Chanterie, *ici* Mademoiselle du Vissard *témoignent de la persistance, de l'obsession du sujet. Mais constatons cette chose d'importance : les seules réalisations ou les seuls débuts de réalisation s'inscrivent dans le registre de la vie privée, achevant de démontrer l'importance du lien qui unissait, dès l'origine, comme l'avait prouvé la découverte de Madeleine Fargeaud[1], le roman de Fougères et les* Tableaux d'une vie privée. Les bruyères de Bretagne, *comme le disait à peu près Alain, n'ont pas fini de saigner, mais c'est désormais dans le secret des existences et des cœurs. Oui,* Mademoiselle du Vissard *confirme : la fin de l'épopée royaliste de l'Ouest conduit à cette interrogation d'une mère sur son fils, à ce « que faire de soi ? » qui va être pour longtemps l'interrogation matricielle de toute une littérature moderne de l'éducation. Comment allons-nous vivre ? Cadoudal, qui était normalement convoqué (comme il l'a été, sous le nom du général Georges, dans* Volupté *de Sainte-Beuve), ne paraît guère dans ce texte, qui demeure inachevé sur une interrogation sans réponse. Un Dumas n'aurait eu aucun mal à usiner une suite ou des suites aux* Chouans, *à relancer l'aventure, quitte à la conduire vers les thèmes de la réconciliation nationale des* Compagnons de Jéhu. Balzac, lui, a reculé, et il ne faut pas ici se satisfaire des explications externes : comme pour Stendhal, l'inachevé a tou-*

---

1. « Sur la route des *Chouans* et de *La Femme abandonnée* », *AB 1962.* Voir t. VIII, p. 1661 et suivantes.

jours des raisons profondes[1]. *Inachèvement dit blocage, impasse,
comme pour ce* Prêtre catholique *que Balzac n'écrivit jamais.
Il a fait reparaître Marche-à-terre dans* Les Paysans, *mais
à quoi bon cette conspiration de Cadoudal, qui ne pouvait rien
démontrer de plus que* Les Chouans ? *Balzac, malgré les
apparences, ne pouvait se résoudre à écrire pour la seule curiosité
romanesque. Montauran et Marie de Verneuil avaient déjà été
vaincus par Corentin. Pourquoi recommencer ? D'où, sans doute,
ce silence final du texte. Mais un silence qui nous parle quand
même, sur un point capital :* Mademoiselle du Vissard *est un
texte du ralliement.*

Or le ralliement, il faut y songer, n'est pas seulement un
thème archéologique; c'est un thème d'actualité, l'un des thèmes
idéologiques et politiques majeurs de la fin de la monarchie de
Juillet. C'en sera un, également, du second Empire. Car le
« régime », que ce soit celui de « Philippe » ou celui de Badin-
guet, dure, quoique bâtard, honni et méprisé. Il a le soutien du
peuple, de l'Église, des puissances étrangères. Du côté des « purs »,
des opposants, des rêveurs d'absolu, que faire ? Il y a bien longtemps que les Rastignac et les de Trailles sont passés du côté
ministériel (Le Député d'Arcis); il y a plus longtemps encore
que les Fontaine se sont ancrés dans la « France nouvelle » (Le
Bal de Sceaux). Quant aux hommes de gauche d'autrefois, on
sait assez comment ils sont entrés (Victor Cousin et tant
d'autres) dans le giron du Pouvoir. Non seulement les libéraux
de la Restauration sont devenus ministres, sous-préfets (songeons
à Lucien Leuwen), mais les opposants de centre gauche, voire
républicains, abandonnent ou vont abandonner. Deux images
littéraires, pour nous, parlent, après celles de Balzac : Homais,
chez Flaubert, quitte la Pologne, le Café Français, la phraséologie oppositionnelle, se rapproche du préfet, manigance, lors des
Comices agricoles, une esquisse d'union nationale en haute Normandie, passe à Guizot et finalement reçoit sa récompense sous
la forme de cette Légion d'honneur que lui décerne Louis-Napoléon au lendemain du coup d'État; Dominique, chez Fromentin,
après avoir ardemment participé au mouvement pré-quarante-

---

1. Michel Crouzet, *Stendhal, Romans abandonnés,* Plon, collection
10/18 : préface : « De l'inachèvement ».

*huitard, se retire aux Trembles et devient maire de son village,
nommé par le préfet. Il faut certes diſtinguer entre les ralliements
fortement motivés (Dominique) et les opportunismes petit-
bourgeois (Homais) : la pente, toutefois, la nécessité eſt la même.
Ce siècle de révolutions arrêtées sera le siècle des ralliements. Le
chevalier, ici, eſt un lion, mais que peut-il faire ? L'abbé sera
évêque. Tout se tient : on n'entre jamais triomphalement dans
ce monde moderne. À la limite, on n'y vit jamais innocemment.
La mer, sous le regard de l'héroïne, eſt encore l'eſpace vierge, la
liberté. Il faudra bien s'en détourner pour aller là-bas, comme
tant d'autres. La grâce un peu féminine du chevalier sert à dire,
fonctionnellement, la laideur, la rugosité de tout cet autre univers,
que nous connaissons si bien puisqu'il y a La Comédie humaine,
et qui va continuer. Le chevalier ressemble à Lucien de Rubempré jeune, à l'Abel de La Dernière Fée en 1823. Il a toutes les
grâces. Mais à quoi bon ? Balzac vieillissant esquisse encore une
fois cette figure du jeune homme entrant dans le monde : qui oserait
en réduire la noblesse à une simple noblesse de caſte ? Le jeune
homme eſt le vrai gentilhomme du monde moderne. À la quasi-
fin de sa course, Balzac jette à la face du siècle ce reſte de chevalerie. Au moment où le jeune homme va devenir, avec* Madame
Bovary, *et* L'Éducation sentimentale, *Léon, puis Frédéric Moreau, Balzac qui, dans* Un début dans la vie *(1843),
avait déjà commencé d'écrire cette crise, rappelle, avec quelle force
et quelle poésie, ce qui avait été l'un des signes fondateurs du
romantisme, et qui va bientôt mourir.*

PIERRE BARBÉRIS.

Mademoiselle du Vissard nous eſt parvenu sous la forme
de trois fragments. Deux juſtifient de plein droit le titre
d' « ébauches » et ne sont que de premiers brouillons, jetés
sur du papier que Balzac a ensuite utilisé pour écrire à
Mme Hanska. Le troisième eſt un manuscrit plus long et
plus élaboré (*Lov.* A 124); il a été publié pour la première
fois en 1950 par P.-G. Caſtex. Les brouillons avaient été
repérés et partiellement publiés par les soins de P.-G. Caſtex
et de Roger Pierrot; ils ont été complétés et publiés intégralement en 1972 par Liliane Dessert, qui en a définitivement
arrêté la chronologie. Si bien qu'il eſt possible de donner
aujourd'hui les trois pulsions successives du texte.

MADEMOISELLE DU VISSARD
OU LA FRANCE SOUS LE CONSULAT

Première ébauche, au verso d'une lettre à Mme Hanska datée du 8 janvier 1847.

LE GUA

En septembre 1803, une femme d'environ quarante-six ans, petite, rondelette, brune, et dont le visage offrait cette profondeur morale inexplicable, presque toujours due à de grands événements tentés, mais avortés, était assise sur un banc de pierre à côté d'un ecclésiastique en costume. Ce banc de pierre se trouvait sur ce qu'on nomme dans tous les châteaux la terrasse, c'est-à-dire un espace sablé devant la maison; mais la situation du petit château délabré donnait à ce mot toute sa valeur. De là, l'on apercevait la pleine mer, car le Gua[1], tel est le nom du castel, se trouve entre la petite ville de Saint-James et Pontorson. L'ecclésiastique, arrivé sur son cheval, était le curé, le recteur, pour parler la langue du pays, de Saint-James, un des Chouans les plus entêtés de la Bretagne, mais un Chouan prudent, silencieux, inattaquable, et dont la vie publique n'offrait aucune prise à l'autorité.

« Qu'allez-vous faire, madame la Comtesse ? dit-il en regardant autour de lui, car les cinquante livres que je vous apporte ne vous mèneront pas loin. Nos amis, mes dévotes, les gens attachés à la famille royale, donnent plus volontiers leurs vies que leurs écus. »

Ces paroles avaient un vivant commentaire dans l'état des choses autour des deux personnages. Le château, composé d'un simple corps de logis à cinq croisées en

pierre et flanqué de deux tourelles rasées au niveau du
toit, témoignait d'une misère profonde. Les vitres cassées
y étaient remplacées par des papiers huilés; les volets
tombaient en ruine; les fissures du toit avaient été bouchées avec des planches; les lézardes des murailles s'ouvraient démesurément. Le domaine du Gua se composait
de trois métairies qui ne rapportaient pas un denier à la
propriétaire, car elle avait reçu de ses fermiers le prix
en argent de chaque ferme; et pour y rentrer, elle devait,
selon la coutume de Bretagne, ce prix aux fermiers.
Ceux-ci saluaient leur maîtresse avec respect; ils auraient
marché à la mort sur un ordre d'elle; mais ils ne lui
devaient rien, et ils lui donnaient en ce moment du pain
en nature par dévouement. Les trois cents hectares de
bois au revers desquels le Gua était assis avaient été
coupés à blanc. Deux Chouans, le fameux Marche à
terre et Jean Cibot dit Pillemiche, cultivaient le jardin
qui s'étendait au bas de la terrasse et en obtenaient des
légumes, du foin, des fruits qui suffisaient à peine à la
nourriture de la garnison du château. Quant au dénuement intérieur de cette masure et des communs, il semblait que tout avait été incendié. La chambre de la propriétaire contenait un vieux lit[a] décoré de serge verte,
une table, une commode antique, des fauteuils en tapisserie et une toilette. Une autre chambre était à peu près
meublée. Le salon du rez-de-chaussée[b], tout boisé[c] de
noyer, offrait six chaises, une horloge et une table. La
salle à manger n'ayant aucune espèce de mobilier, on
mangeait dans le salon. Les communs, dans un piteux
état, étaient sans toits. On avait dégarni les couvertures
pour en faire une passable à une écurie où il y avait deux
excellents chevaux bretons, et une vache. On entendait
crier les[d] poules, les canards, et grogner les cochons.
Mais il y a dans l'excessive misère à[e] la campagne une
sorte de poésie, les haillons y ont de la grâce. Le banc où
causaient la comtesse et le curé se trouvait adossé à un
immense jasmin, et des chèvrefeuilles poussaient le long[f]
des murs. À leurs pieds, sur un talus, fleurissaient des
rosiers. On était en plein air, le soleil faisait reluire à
une lieue de là cette mer[g] de Bretagne si magnifique à
voir. Aussi la comtesse qui, depuis dix ans, se nommait
Mme du Gua, répondit-elle insouciamment : « Ce n'est
pas de moi que je m'inquiète!...

— Oui, vous ne pensez qu'aux princes!... mais la maison de Bourbon ressemble en ce moment au Gua!...

— Jusqu'à mon dernier soupir, répondit la comtesse en interrompant le curé de Saint-James, je songerai certes à rétablir le Roi sur son trône et la main d'une femme eſt plus puissante qu'on ne le croit, mais je suis trop vieille pour donner au monde une seconde édition de Charlotte Corday!... Non, l'abbé, non, mon exclamation regardait le pauvre Amédée!... Il y a trop de bouches ici... Je [. . . . . .ᵃ]

Deuxième ébauche (au dos d'une enveloppe de lettre à Mme Hanska datée du 7 janvier 1847).

Première partie

L'OUEST

PREMIER CHAPITRE

LE PLOUGAL

Il n'eſt aucun pays plus injuſte que la France envers ses grands hommes, ses gloires contemporaines, ni plus dédaigneux des magnificences qu'elle possède. Ce dédain, cette injuſtice, ne sont comparables qu'à son ignorance, et cette ignorance eſt l'excuse de la belle France. Le Français court admirer le Rhin, la Suisse, l'Italie, sans savoir que la France a, dans les départements des Basses-Alpes, de l'Isère et du Haut-Rhin, tout autant de Suisse que la Suisse, que la vallée du Rhône eſt bien supérieure au cours du Rhin, trop vanté, que Marseille et Toulon sont l'Italie plus l'Afrique, et que la Bretagne a des sites incomparables. Qui parmi les touriſtes français connaît le cours de la Vilaine ? Quel homm<e saura>it l'admirer, après en avoir lu la rapide d<escription> que voici ? Cependant les coureurs de pays les plus l<ointai>nsᵇ y trouveraient des speĉtacles inconnus, sans analogie dans leurs souvenirs, sans précédent dans leurs albums.

De la Roche-Bernard à son embouchure, la Vilaine est profondément encaissée comme l'est le Rhin entre Bingen et Coblence; mais le caractère des deux côtés de la Vilaine tient du style sévère qui recommand[e] aux poètes le lac d'Orta. Là règne la silencieuse majesté des rivières du Nouveau Monde, qui semblent traversées pour la première fois quand on y navigue. C'est surtout un calme infini. L'eau, noire comme celle du Cocyte[1] et qui rend raison du nom de la rivière, paraît ne pas couler. Elle ressemble, par la tranquillité de son allure, à ces lacs de montagne qui n'ont pas d'issue. L'effet de ces bords sauvages et cultivés à la fois, où les demeures des hommes sont rares, serait le désespoir des peintres, comme il est la consolation des cœurs dévorés par l'un des cancers de l'âme qui y font des abîmes. Ceux qui vous peindront Rome et ses environs vous exprimeront toutes les mélancolies qu'inspire un voyage sur cette partie de la Vilaine. Quand l'esprit est lassé du sublime, de calme, d'infini, de je ne sais quoi de profond qui glace à la longue le corps absolument comme s'il avait séjourné dans le[a] sépulcre, le Plougal[2] apparaît. Le Plougal est une petite ville dont[b] le port se trouve dans cette partie de la rivière où les eaux douces et les eaux salées commencent à se mêler. Une énorme falaise à base de granit, qui présente une espèce de muraille inaccessible, la garantit des coups de vent et des agitations de la mer. Le Plougal compte six à sept cents habitants dont les maisons étagées ont toutes un jardin fortifié. Le Plougal est attendu, désiré comme le mouvement magique de l'arrivée de la lumière dans le *Mosé* de Rossini, comme la ville de Dan au bout du grand Sahara[3]. Au-delà du Plougal l'océan! Pour ceux à qui les hasards de la vie ont permis de courir le monde, il est dix[c] souvenirs de pays sans rivaux : la Vilaine, Venise, l'île Saint-Pierre, Interlaken, la Limagne vue du Puy-de-Dôme, la baie de Naples, le lac de Côme, le Désert, le Rhône[d], la descente du Simplon. Tout ce que l'on verra s'éloignera, se rapprochera de ces dix types, c'est le beau idéal de la ville, de la rivière, du lac, de la vallée, du fleuve, de la plaine, des montagnes, de l'étendue et de la mer.

Au milieu du mois de juillet de l'année 1803, [. . . . .[e]]

Texte du manuscrit (Lov. *A 124*).

MADEMOISELLE DU VISSARD
OU LA FRANCE SOUS LE CONSULAT

Première partie

L'OUEST

PREMIER CHAPITRE

LE PLOUGAL

À une lieue environ de Pontorson, du côté du Finis-tère[1], sur la côte et dans une partie qu'on regarde comme inaccessible à cause des récifs et des bancs de granit qui forment une terrible ceinture à ce rivage redouté sur lequel récemment on a bâti l'un de ces phares protecteurs que la France a multipliés[2], se trouve une de ces misé-rables habitations encore appelées des châteaux, à l'époque où ce récit commence. Jadis, dans les temps nébuleux de la Bretagne, il y eut sans doute à cette place une puissante domination dont les vestiges sont dans le nom même du domaine qui se nomme le Plougal[3]. Les érudits de cette grande province, qui fut un royaume, sauront expliquer ce que contient ce mot; mais, en 1803, la majesté du nom n'était plus en harmonie avec la chose. Le château se composait d'un simple corps de logis en maçonnerie de cailloux et de mortier particulier à cette partie de la Bretagne. Cette maçonnerie à laquelle les cailloux noirs et le granit donnaient l'apparence d'une mosaïque était percée de cinq croisées dont les encadre-ments et la croix étaient en pierre, et flanquée de deux tourelles rasées au niveau du toit[4]. Les vitres cassées étaient remplacées par des papiers huilés, les volets qui restaient tombaient de vétusté. Les blessures de la toi-

ture avaient été pansées avec des planches. Les lézardes
des murailles s'ouvraient démesurément. Un seul mot
expliquera cet état de choses. Lors de l'expédition de
Quiberon, en 1795[1], un détachement de Bleus avait
occupé ce point, avait rasé les poivrières, les girouettes,
avait fait du feu avec les boiseries, avait dévasté le château, qui appartenait à l'un des royalistes les plus déterminés et dont la femme devint veuve, car il périt à Quiberon. La veuve hérita des débris de la fortune de son
mari, de qui elle n'avait pas eu d'enfants, et elle se jeta
désespérément dans la dernière lutte des royalistes au
commencement de ce siècle, elle y perdit un héros de qui
elle s'était éprise[2]; et, lors de la pacification obtenue dans
l'ouest par les soins du premier Consul, elle vint cacher
au Plougal son désespoir; et, disons-le, sa misère. Les
domaines du Plougal se composaient de trois métairies
très belles, valant chacune cent mille francs et qui ne
rapportaient pas un denier à la propriétaire. Selon la
coutume bretonne, maintenue plus tard par le code[3], le
feu comte avait reçu de ses fermiers le capital en argent,
et pour rentrer dans la propriété dont sa veuve restait
d'ailleurs titulaire, il fallait rendre le prix reçu. Les tenan-
ciers saluaient alors leur maîtresse avec respect; sur un
ordre d'elle, ils auraient repris les armes et se seraient
rués sur la République; mais ils ne lui devaient rien.
Néanmoins, sachant la position de la Comtesse, ils appor-
taient bénévolement au Plougal des denrées fort nécessaires et dont elle vivait. Les trois cents hectares au revers
desquels le Plougal est assis sur une éminence avaient été
coupés à blanc, et cette dernière source de revenus était
tarie pour quarante ans[4]. Il restait douze cents arpents de
landes du côté de la petite ville de Saint-James, et un
quart de lieue de grèves, de roches en granit, de sables
infertiles dont la pêche appartenait au Plougal. Au bas
du château s'étendait dans un pli de terrain bien abrité
des coups de vent de mer un jardin de deux hectares, et
derrière la maison un parc d'une douzaine d'arpents où se
voyait un misérable verger[5]. De 1792 à 1802, en dix ans,
on devine ce que peut devenir un verger abandonné à
lui-même; le replanter, il eût fallu rester là dix ans avant
d'avoir des fruits.

Les communs étaient dans un état très piteux, en
harmonie d'ailleurs avec le Plougal. La plupart des bâti-

ments montraient des carcasses sans toits ni portes. De
hautes herbes croissaient dans l'intérieur, et l'on avait
ôté depuis deux ans les restes des toits pour couvrir une
écurie, une sellerie, un grenier, un chenil où se trouvaient
deux excellents chevaux bretons, une vache, des cochons,
et un poulailler. On entendait crier les poules, les canards,
et si la propriété ressemblait à un squelette, ce squelette
vivait.

Mais la misère à la campagne est-elle la misère[1] ? La
nature étendait son manteau vert sur toutes les plaies, les
fleurs égayaient ces ruines, le soleil y jetait ses rayons.
Des haillons parfumés par des fleurs, émaillés[2] de riantes
couleurs, ne sont plus des haillons.

Devant le château, sur ce que dans tous les châteaux
on appelle la terrasse, c'est-à-dire un espace sablé, plein de
pourpier[3], mais qui, au Plougal, avait son vrai sens à
cause de la situation de cette noble ruine, deux personnes
étaient assises sur un banc de bois fait d'une vieille
planche soutenue par quatre piquets et placé contre la
muraille, près de la porte d'entrée. Les républicains
avaient respecté le chèvrefeuille et le jasmin en espalier
devant lesquels ce banc avait été récemment placé. Les
deux personnes étaient une femme et un prêtre en
costume, quoiqu'on fût en juillet 1803. La femme, âgée
d'environ quarante-six ans[4], petite, rondelette, à cheveux
noirs, offrait, sous le vaste chapeau de paille commune
à rubans blancs flétris qu'elle avait sur la tête, une figure
où la guerre civile et ses malheurs se lisaient, tant elle
était en harmonie avec la façade du château. Ses yeux
bruns et magnifiques d'expression avaient été cerclés de
rides que l'embonpoint de l'inaction comblait en ce
moment. Ce visage dont le type breton était reconnaissable se recommandait par une netteté de contour, par
une fermeté de chair, un teint à la fois mat et coloré que
plus d'une Parisienne eût envié. De grandes choses
tentées et avortées[5] donnaient à la physionomie une profondeur morale, explicable par l'habitude du commandement, par une décision rapide, par des qualités au repos.
La comtesse avait les yeux attachés sur l'océan, dont la
nappe bleue et nuancée de quelques franges argentées
s'étendait à cinq cents toises[6] environ du château. La
mise de la comtesse, propriétaire de cette belle terre
annulée, ne manquait d'ailleurs pas d'une certaine coquet-

terie. Elle portait un spencer de percale plissée, et une robe de tartan[1] écossais, qui dénotait le succès des corsaires français, ou des intelligences avec les contrebandiers. La comtesse avait aux mains des gants de daim, et des brodequins en peau de chèvre aux pieds. Elle était encore belle, mais certes elle eût paru sublime à qui l'on eût dit qu'elle avait partagé tous les dangers du grand Charette et ceux du célèbre[2] marquis de Montauran. Malgré les erreurs de sa vie, aux manières du prêtre, il était facile de voir qu'elle était l'objet d'un profond respect. Cet ecclésiastique, venu à cheval de la petite ville de Saint-James[3], en était le curé; aussi n'est-il pas besoin de dire qu'il appartenait secrètement au parti royaliste, car sa vie publique, inattaquable par suite d'une discrétion ecclésiastique, n'offrait aucune prise à l'autorité.

« Qu'allez-vous faire, madame la comtesse, dit-il, car les cinquantes livres que j'ai si péniblement recueillies ne vous mèneront pas loin. Les Bretons attachés à la cause royale risquent plus facilement leur vie qu'ils ne donnent leur argent. On commence, entre nous, à se défier de princes qu'on ne voit point, qui ne se sont jamais mis à la tête des armées vendéennes, et le premier Consul réalise les vœux de beaucoup de gens sages qui veulent la paix et la tranquillité[4]... »

En disant ces paroles, l'abbé regardait autour de lui comme pour les appuyer d'un commentaire éloquent, car les pierres mêmes parlaient.

« L'abbé! L'abbé!

— Oh! madame, je chouannerais encore demain, s'il y avait chance... Ne me soupçonnez pas de vouloir changer de bannière. Je mourrai au Roi, comme à Dieu! Je ne songe qu'à vous; vous ne voyez pas le mouvement qui s'opère en France, et au lieu de rester ici à caresser une chimère, vous devriez vous réconcilier avec madame votre mère, aller chez elle, vous marier avec un homme dont la fortune vous permettrait de rétablir cette terre...

— Qu'appelez-vous caresser une chimère ? dit-elle en riant, parlez-vous de mes espérances politiques, parlez-vous du chevalier...

— Madame, le chevalier a vingt-deux ans et...

— Et j'en ai quarante-six..., dit-elle en interrompant vivement l'abbé, je le sais, je sais un secret tout aussi

facile à pénétrer que celui de mon âge, il ne m'aime pas,
et moi je donnerais ma vie pour lui...

— Madame, répliqua le prêtre en souriant, nous ne
sommes pas ici au tribunal de la pénitence... »

La comtesse s'arrêta, elle regarda l'abbé, lui prit la
main et lui dit :

« Dans quel cœur voulez-vous que je verse mes
pensées, puis-je parler à ces rochers, à la mer...

— Madame, en venant vous apporter ce que je viens
de vous remettre, je me disais qu'il fallait renvoyer les
conseils à un autre jour; mais je vous sais si grande, si
peu semblable aux autres femmes, que je me suis décidé
à parler... Le chevalier est chez vous une bouche inutile,
et il n'y est pas seul, vous gardez avec vous Marche-à-
Terre, Pille-Miche[1] et la petite Izaï, comment voulez-vous
faire vivre une garnison de cinq personnes sur le Plougal,
sans compter le père Lugol votre concierge ? Vos fermiers cesseront un beau jour leurs envois, je ne récol-
terai pas toujours vingt-cinq louis tous les trimestres...
Ouvrez donc les yeux ! Quant à Marche-à-Terre, il vous
quittera de lui-même, ses affaires sont arrangées[2]... »

Une sombre inquiétude ôta la vive expression qui
rajeunissait le visage de la comtesse.

« Pardon, madame, je suis poussé par le respectueux
attachement...

— Oh! dit-elle, ce n'est pas pour moi que je me chagrine!...

— Ne pensez plus aux princes, répliqua vivement le
curé, laissez faire à Dieu sa besogne, après tant d'efforts
inutiles et tant de sang versé, lui seul peut rétablir le Roi
par les voies qu'il se propose[3]...

— Jusqu'à mon dernier soupir, je songerai certes à
rétablir le Roi sur son trône, et la main d'une femme est
plus puissante qu'on ne le croit; mais je suis trop vieille,
l'abbé, pour donner au monde une seconde édition de
Charlotte Corday[4]!... Non, mon ami, mon exclamation
regardait Amédée. Vous avez d'ailleurs raison. Il y a
trop de bouches dans la place[5], je vais congédier Pille-
Miche et Marche-à-Terre. Pille-Miche trouvera bien
quelque ferme à prendre, sur notre recommandation.
Izaï me servira, quelques écus par mois nous suffiront;
mais Amédée!... Que faire de lui!...

— Voulez-vous le marier, je m'en charge! dit vivement le prêtre. Il est si beau qu'il sera casé dans un mois...

— Quel meurtre! répondit la comtesse[1]. D'ailleurs, vous ne le connaissez pas! Il est déjà bien las de deux ans de repos. C'est un Catilina[2], un chef de partisans, un contrebandier, un aventurier, un héros, il ne vit que par le péril, il en a pris l'habitude. Par la turbulence de son sang, par la puissance de son cœur et la force de son imagination, il se trouve dans la situation de ces gens blasés qui cherchent des émotions à tout prix, qui les demandent aux précipices, qui prient à tout moment la Mort de les aider à vivre. Quand il va pêcher, comme aujourd'hui, il se rend à sa barque tout droit, il saute de roche en roche, j'y suis faite, je le regarde sans frissonner franchissant ces abîmes. Beau comme Alcibiade, il a la force d'Hercule, il est généreux et défiant, discret et enfant, franc et rusé, fin comme une femme, c'est le modèle du conspirateur, du général. Je lui dis tout cela, je le prêche pour l'envoyer servir soit en Autriche, soit en Russie, mais il ne veut pas porter les armes contre la France républicaine, il fera la guerre aux Bleus tant qu'on voudra, mais pour le grade de Feld-Maréchal il ne se mettrait pas dans les rangs ennemis[3]. Il admire Custine qui s'est fait couper la tête, et méprise Dumouriez qui s'est enfui[4]; dans le même cas, il préférera la mort du marquis à la vie du roturier. — On voit, dit-il, que Custine était gentilhomme. Français contre Français, Blancs contre Bleus, ça lui va; mais l'armée de Condé de l'autre côté du Rhin, mais les émigrés mendiant dans les capitales et déshonorant la noblesse, il pleure de rage[5]! Voici deux ans que je lui propose l'assassinat de Bonaparte à nous deux, il me répond : " Un duel! l'attaquer franchement, oui, mais un piège, une embûche, une machine infernale[6], c'est une infamie. " Je lui réponds : " Qui veut la fin, veut les moyens!... " Ah! si j'étais ce que j'ai été, s'écria la terrible Bretonne, il y a deux ans que cet homme-là serait embaumé!...

— Vous êtes encore charmante, dit le prêtre, et vous pouvez vous bien marier...

— Non, notre défaite à Fougères[7], la mort de mes deux héros[8], la pacification, tous ces événements-là m'ont donné mon âge. Mon âme a passé dans le corps d'Amédée, je suis heureuse de le voir si peu accessible à la passion, les femmes perdent les hommes.

— Si vous l'aimez, engagez le chevalier à servir, il sera l'honneur de son pays et de la Bretagne. Bonaparte est protégé par la puissance divine. Voyez ? il n'a plus de rivaux, il a donné autant de force que de bon sens au Gouvernement[1], le doigt de Dieu est là. Tout en conservant mon opinion, j'obéirai...

— Vous serez évêque ! dit la comtesse avec amertume[2].

— Que M. Amédée fasse sa soumission, et il sera bientôt général, répondit l'abbé.

— Lui se soumettre ! s'écria la comtesse. Lui qui brûlerait la cervelle à Cormatin, à Scepeaux, à Bernier[3] s'il les rencontrait ! Mais vous ne le connaissez pas ! C'est une âme de bronze, il irait au supplice en criant : Vive le Roi ! Proposez-lui de faire la guerre aux Anglais et de conquérir un Empire dans l'Inde ! il ira, car il y a chez lui l'étoffe d'un Fernand Cortez, d'un Pizarre; mais obéir à des chefs, il couperait d'un coup de cravache la figure au Premier Consul, si le Premier Consul ne lui parlait pas en gentilhomme. Ce n'est pas l'enfantillage du jeune homme qui s'estime à toute la valeur de ses espérances, c'est une conviction profonde. Il sert le Roi, parce que le Roi, c'est tout. La noblesse c'est la représentation de nos droits, de notre race, le Roi, selon Amédée, est à nous. Je lui voudrais d'autres idées... Mais je ne veux plus lui entendre siffler : *Allons, partons, belle*[4] !... quand j'essaie de lui faire prendre ce que nous appelons un parti raisonnable.

— Mais l'argent ? La vie ?... » dit l'abbé.

Tout à coup, l'abbé se tut. La fine silhouette du personnage dont la comtesse et le prêtre parlaient se dessina sur la pointe du roc la plus élevée du groupe de roches qui formaient aux jardins du Plougal une enceinte naturelle, et il sembla qu'il venait de s'y poser absolument comme un oiseau. Le chevalier se détachait nettement sur le fond bleu de la mer, car il avait la vareuse noire, le large pantalon et le vaste chapeau des marins. Il vint lentement, il se retournait de dix pas en dix pas, il eût donc été facile à un étranger d'examiner ce personnage, que la comtesse admirait avec le laisser-aller d'une femme à qui son âge permet de ne plus faire la jeune fille. Le chevalier, alors âgé de vingt-deux ans, était d'une taille moyenne, mais excessivement svelte. Au premier coup d'œil, on l'aurait pris pour une de ces jeunes anglaises

pâles, d'un coloris fin, d'une délicatesse de poitrinaire[1],
qui se serait déguisée en homme, car il paraissait avoir
à peine dix-sept ans. Le tour de la bouche, les joues
étaient encore sans ce poil follet qui dénote la fin de la
puberté. Comme tous les hommes à qui la nature promet
la longévité, il était, comme on dit vulgairement,
retardé, les affreuses privations de sa jeunesse passée
dans les guerres de la Vendée, qui lui ravirent son père
et sa mère, avaient nécessairement influé sur son développement; mais sa bonne nature avait fini par triompher
de ces misères. En supportant des fatigues au-dessus de
ses forces et que l'énergie de son âme, stimulée par
l'exemple de son père et aussi par la grandeur de la lutte
<, lui permit d'affronter>[2], il avait acquis un tempé-
rament exceptionnel. À l'âge de douze ans, sa sœur et lui
furent emportés par leur mère dans cette tempête, car cette
femme courageuse n'avait pas voulu quitter son mari,
troisième fils du fameux marquis du Vissard qui s'était
fait un nom dans les Indes. Donc, depuis l'âge de treize
ans, Amédée avait connu les périls, les victoires et les
revers de cette guerre où des paysans luttèrent contre
une république victorieuse. Sa mère, une noble et belle
Irlandaise[3], adorait Amédée, qui présentait un de ces
incroyables phénomènes de ressemblance où la nature
semble s'être trompée de sexe. Amédée ressemblait
tellement à sa mère qu'il avait plusieurs fois accompli sous les vêtements de sa mère des missions importantes qu'aucun homme n'aurait osé entreprendre. Il
avait connu presque tous les chefs des armées catholiques, Stofflet, Cathelineau, Bonchamps, d'Elbée, La
Rochejaquelein, Charette, Montauran, l'abbé Bernier,
Lescure, Frotté, Tinténiac, etc. Pourchassés comme des
bêtes fauves, après la terrible déroute du Mans, ils
étaient tous quatre de ceux qui tentèrent un dernier
effort à l'affaire de Savenay. Amédée avait été forcé
d'enterrer lui-même son père au bord d'un étang, au
pied d'un vieux saule dans l'écorce duquel il grava à la
hâte : Ci-gît le chevalier du Vissard, mort à Savenay. Le
lendemain de cette affreuse journée, Amédée porta
pendant sept lieues sa sœur cadette devenue sourde pour
s'être trouvée trop près du canon au siège d'Angers, et
qui était née muette. Sa mère mourut de fatigue et de
douleur[4] dans les marais salants du Croisic, au moment

où le baron du Guénic[1], ami de cette famille, venait en chercher les restes pour les embarquer sur un vaisseau danois dont le capitaine consentait à les passer en Hollande. Le baron avait alors pris avec lui les deux enfants, après avoir fait ensevelir la mère à Guérande. Amédée donna la mesure de son audace et de son courage en cette circonstance, car il alla reprendre le corps de son père et l'apporta pour le réunir à sa mère dans la même tombe. Il conduisit sa sœur chez son grand-père le marquis du Vissard, et, pour ne pas compromettre le vieillard, il s'était jeté dans l'armée de Charette, et avait mené la vie aventureuse d'un partisan. Après la mort de Charette[2], il s'était adonné, corps et cœur, à la prise d'armes de Quiberon, puis à celle de Montauran, en 1799; et, depuis la pacification, il avait été recueilli par la comtesse, aussi pauvre, aussi courageuse, aussi dénuée que lui, et qui s'était senti au cœur un amour maternel pour cet enfant qu'elle n'avait connu que dans cette dernière tentative, à la réunion des chefs à Saint-James.

À vingt-deux ans, Amédée paraissait donc, au physique, avoir quinze ans, car il avait au moral plus de trente ans. Blond, il portait, à la mode vendéenne, les cheveux longs et sans poudre, ce qui rendait sa charmante figure encore plus maigre qu'elle ne l'était. Sa voix douce, ses manières féminines, ajoutaient encore à l'illusion qu'il produisait. Ses yeux bleus, aux longs cils recourbés, accompagnés à l'entour des teintes nacrées et transparentes qui laissent voir des réseaux de veines, avaient tour à tour, et selon la passion, ou la douceur des anges ou l'éclat foudroyant du génie. La coupe de son front, l'ovale de sa figure, le dessin de sa bouche meublée de dents dont l'ivoire fin et bleuâtre relevait la rougeur des lèvres, la tournure des oreilles délicates, tout était d'une distinction, d'une grâce adorables. Il possédait une de ces voix musicales et chattes[3] qui font résonner dans les cœurs les plus farouches les bonnes cordes et réveillent les sentiments doux. Sous cette trompeuse faiblesse, sous cette enveloppe féminine, était cachée une force incroyable, des muscles d'acier, et une habileté prodigieuse à tous les exercices violents. Amédée, tireur habile comme un sauvage, nageur intrépide, pêcheur adroit, marin, avait mis en adresse tout ce qui lui manquait en science universitaire[4]. À son

âge, il avait l'expérience de tous les malheurs, il adorait
son père et sa mère, et ils n'étaient pas ensevelis seulement à Guérande, disait-il quelquefois. Il avait pour les
Bleus l'estime qu'a le chasseur pour un gibier qui se
défend bien; mais c'était son gibier. Loyal comme un
enfant de la nature qui n'a rien vu, catholique comme
Bossuet[1], ignorant le monde et ses lois, n'ayant de 1793
jusqu'en ce moment pas eu mille francs en tout entre
les mains, il devait intéresser profondément une femme
de la trempe de la comtesse, dont la maternité peut
paraître à juste titre suspecte[2]; mais Amédée était pour
elle, en tant que femme, d'une insouciance désolante, il
acceptait d'elle toutes ses faveurs sans y attacher la
moindre importance, il cachait même avec une noble
discrétion le mépris que lui inspirait l'infidélité. Selon
lui, la comtesse aurait dû mourir avec Charette; mais
cet amour de la fidélité quand même, cette doctrine du
sentiment unique prenait sa source chez Amédée dans
une ignorance profonde de la vie, de ses nécessités, de
la diversité des tempéraments, des caractères, des situations. Quoique très illettré, quoique les bois, les grandes
routes, la guerre civile, fussent comptables de cette
éducation manquée, Amédée avait la politesse du gentilhomme, il était respectueux avec les vieillards, doux avec
les femmes, et il rendait à chacun ce qu'il croyait lui
devoir par suite de la haute opinion qu'il avait de lui-
même. Sa perspicacité, d'ailleurs, équivalait au don de
seconde vue, il devinait un Bleu comme le chien du
logis flaire un voleur, il étudiait les gestes, la voix, les
regards d'un homme avec la sagacité du Sauvage, avec
l'habileté d'un homme habitué à ces examens complets
et rapides nécessités par les crises de la guerre civile. La
nature l'avait investi du don de plaire, il possédait un
magnétisme attractif d'une incroyable puissance.

« Qu'avez-vous ? Amédée, à regarder ainsi la mer !
demanda la comtesse lorsque le gentilhomme fut à
portée de voix.

— Il y a, répondit-il, un sloop[3] à l'horizon... Je voudrais la longue-vue pour savoir s'il est français ou
anglais... Bonjour, monsieur l'abbé. Comment va-t-on
à Saint-James ? Avez-vous des nouvelles de Pontorson ?
Car nous vivons ici en Sauvages[4] sans lire un journal[5],
sans savoir ce qui se fait, nous sommes pauvres...

— Monsieur le chevalier, tout est à l'encontre des espérances que vous cultivez. Tout est à la paix, en France, s'entend, car on va guerroyer avec l'Anglais. Le Premier Consul médite une descente en Angleterre[1].

— Mon Dieu, je donnerais bien ?... quoi, je n'ai rien! Enfin, je voudrais voir le Premier Consul!... Allez! l'abbé, l'on recommencera bientôt la guerre, car le cutter[2], ce n'est pas un sloop, c'est un anglais... Que vient-il faire ici ?...

— Il va se faire prendre. Le fameux Lanno de Pontorson, le contrebandier, a des lettres de marque[3], il a, dit-on, armé un bâtiment, et vous devriez prendre un intérêt dans ce corsaire[4] et y apprendre la marine, vous emploieriez votre temps bien utilement. Jean Lanno est un Chouan des mers, il a servi sous Suffren et d'Estaing, il connaît les Indes, il aimait Tippo-Saëb, il a les Anglais en horreur, il est royaliste, et il regarde le pavillon des Bleus comme un chiffon nécessaire, vous deviendriez un fameux marin, et il aurait des égards pour vous... Toutes vos qualités acquises et naturelles vous serviraient puissamment, vous feriez une belle dot à votre sœur, vous pourriez réparer le Plougal et, avec le temps, vous auriez des lettres de marque, un bâtiment à vous, et avec des matelots à vous, qui vous suivraient comme des chiens, vous pourriez trouver au Plougal un port à vous seul, car un homme habitué à ces récifs, et qui les connaît comme vous les connaissez, mouillerait un brick dans la cave aux cancres[5] comme un cocher remise sa voiture dans une petite cour. On est à l'abri des vents, des tempêtes, le canon d'une frégate ne vous y atteindrait pas. En temps de guerre, un corsaire est un Roi...

— Je suis ignorant comme un homard, répondit le chevalier.

— Vous parlez anglais comme un homme né dans le pays de Galles, et vous apprendriez l'espagnol et le malais en deux croisières.

— Et les mathématiques ? dit le chevalier. Notre curé, l'abbé Fargeau, ne m'a malheureusement enseigné que l'écriture, la lecture et les quatre règles...

— En six mois, vous sauriez tout ce qu'il faut de mathématiques pour être un parfait marin, et je vous les apprendrais, moi! s'écria le curé...

— Je vous suivrais, dit la comtesse, je vous serais

bien utile! Et puis, il nous manque de voir du pays. Songez donc, Amédée, au plaisir de connaître les États-Unis, le Mexique, la Floride, j'ai un oncle à la Louisiane... Nous irions en Andalousie, en Italie, en Grèce, en Égypte, dans l'Asie Mineure, et, quand nous n'aurions plus d'argent, nous recommencerions la course... Et qui sait ce que nous deviendrions!... Quel plaisir de ravager une possession anglaise! »

Les yeux d'Amédée s'animèrent; il sourit, le curé jeta sur la comtesse un regard d'intelligence comme pour dire : « Nous le tenons. »

« Songez, monsieur le chevalier, que s'il n'y a plus de troubles en Bretagne, il vous faudra vivre et que pour vivre honorablement, il faut des rentes. Vous n'avez pas encore songé sérieusement à la vie, et votre peau de bique en hiver, votre vareuse en été, ne vous suffiront pas toujours. Vous avez vingt-deux ans, l'avenir est devant vous. Vous ne voulez ni quitter la France, ni vous soumettre, votre position ne sera pas tenable pendant longtemps...

— Ne le tourmentez pas, mon cher abbé, dit la comtesse en frémissant de voir le beau front d'Amédée contracté par de pénibles pensées.

— Vous avez raison, l'abbé, dit-il, la vie de corsaire est la seule que je puisse accepter. Si d'ici à trois mois il n'arrive rien de la Cour, si les princes ne font plus aucune tentative, d'ailleurs, j'irai leur demander à Londres des avis, eh bien[1], je me mettrai sous Jean Lanno, j'apprendrai le métier de marin, je deviendrai un loup de mer, je ferai la guerre à l'Anglais... J'ai l'idée d'aller piller le château qu'on a pris à mon bisaïeul maternel et d'y prendre des Irlandais attachés à la vieille famille des O'Flaghan pour en faire des matelots. Mais il faudrait servir la République française! c'est impossible!... ajouta-t-il oppressé par une pensée qui lui revint. Je hais encore plus les Bleus que les Anglais.

— Et pourquoi ne pas servir la République, est-ce que nous n'avons pas fait notre soumission ? Est-ce que je ne prie pas Dieu dans une église où vient un maire qui porte les couleurs qu'ils appellent nationales[2] ?... Voyons ? croyez-vous, chevalier, que dans l'histoire, ce sera un déshonneur de s'appeler Hoche, Desaix ou Marceau ?

« — Oui, si Desaix, Hoche ou Marceau avaient été des royalistes au lieu d'être des Bleus. Comprendriez-vous Charette au service du Premier Consul ?

— Turenne a été contre le Roi Louis XIV, dit la Comtesse.

— Je n'en sais rien[1]; mais, ce que je sais, c'est que ce n'est plus la même chose. Vous proposez à Turenne servant le Roi de servir parmi les rebelles, et je conçois que si Turenne a livré bataille à son Roi, il ait pu quitter sans honte les rebelles. »

Le curé garda le silence.

« Vous êtes plus savant que les plus savants ! Je fais comme madame, dit le curé, je vous admire, mais où cette envie perpétuelle d'en venir aux mains avec la République vous mènera-t-elle ?

— À mourir pour le Roi ! comme tant d'autres !

— Vous ne tenez donc pas à la vie ! dit la comtesse d'un ton de reproche.

— Non, en temps de guerre civile ! Avons-nous ici nos aises ? Qui peut nous faire aimer la vie ? répondit-il en lançant à la comtesse un regard plein de douceur. Croyez-moi, madame, ne dédaignez pas les offres de Bauvan[2] ! Vous avez encore votre terre en Anjou, retournez près d'elle, mariez-vous, et vivez tranquillement. J'ai laissé ma sœur chez mon grand-père où mon oncle a pris au sérieux la pacification. Moi, je reste et veux rester un aventurier ! un brigand comme ils disent ! Le jour où j'aurai perdu toute espérance, je me ferai turc en Égypte... ou hollandais aux Indes...

— Madame la comtesse est servie, vint dire une jeune fille.

— Si vous ne craignez pas un mauvais dîner, l'abbé ! dit la comtesse, restez avec nous, jusqu'à ce soir...

— C'est un honneur qu'on peut acheter en faisant une chère détestable; mais je n'aurai pas ce métier... Yvon Bacuël, votre fermier, m'a vu, et il vous a envoyé une douzaine de bouteilles de vin de Bordeaux, que je lui rendrai la première fois qu'il viendra me voir à Saint-James, et j'ai pris la liberté d'apporter un jambon donné par Mme Longuy, et une galantine faite par ma gouvernante. Je suis venu tranquillement au pas de Saint-James à votre domaine de Carhouët, où j'ai déposé les provisions, car j'avais deux bouteilles de liqueurs, du vespetro[1] de Turin et de la crème de Mme Amphoux[2], offertes par la tante de votre adorateur, le comte de Bauvan... Enfin du café, du sucre, j'étais chargé comme un Mage, sans compter les bénédictions de vos admirateurs.

— Ce n'est pourtant pas la Saint-Louis ! » dit le chevalier en souriant.

Au moment où les trois personnages se levaient pour entrer dans le pauvre château du Plougal, on entendit du côté des communs un tapage infernal causé par des aboiements de chiens comme enragés. Les voix bien connues de Pille-Miche et de Marche-à-Terre dominaient ce tumulte. Le chien favori du chevalier, un superbe lévrier, accourut sur la terrasse, poursuivi par deux chiens de la race des chiens des Pyrénées. Ce magnifique trio montra toute son intelligence en restant immobile à l'aspect des trois maîtres. Les trois chiens furent bientôt suivis de trois hommes, et quels hommes ! Marche-à-Terre, le fameux chouan, petit, trapu, à grosse tête, tenait par le collet un homme vêtu comme un paysan breton et qui parlait vivement en bas-breton avec Marche-à-Terre et Pille-Miche. Le grand et nerveux Pille-Miche tenait une serpe[3] à la main.

« De quoi s'agit-il ?... Voyons, laissez cet homme libre, que peut-il faire au milieu de quatre hommes déterminés ?...

— Monsieur, dit Pille-Miche, il se dit un gars du Morbihan, il vient d'arriver avec, sous votre respect, une soixantaine de beaux cochons, et il nous en a offert un à un prix si bas que j'ai bien vu qu'il n'a jamais vendu de cochons... Et d'un. Marche-à-Terre est venu, je lui ai dit en bas breton : "Vlà un Corentin[4] !" car depuis nos malheurs causés par ce Parisien, nous appelons les espions des Corentins. "Oui, c'en est un, me dit Marche-à-Terre, faut le jeter pieds et poings liés à la mer, avec des cailloux dans un sac au cou". Et il nous répond pour lors, en bas breton : "Je suis un ami, et j'attends ici mon maître, qui doit s'y trouver... On ne tue pas un gars, dit-il, qui a deux serviteurs comme ceux-ci à ses ordres". Il a sifflé, les deux chiens que vous voyez sont venus, les nôtres ont piaillé, les deux animaux nous ont pris, Marche-à-Terre et moi, à la gorge... ah !

j'ai pris ma serpe, et... Il a fait un signe aux chiens, et, comme on ne peut rien voler ici..., j'ai compris qu'il y a quelque chose...

— Monsieur, dit le marchand de cochons, je suis du Morbihan, je vous demande l'hospitalité pour deux heures, enfermez mes chiens, gardez mes cochons, et dans deux heures nous serons les meilleurs amis du monde..., ajouta-t-il en se tournant amicalement vers les deux chouans. Je suis heureux de pouvoir connaître le fameux Marche-à-Terre et son ami Pille-Miche. Moi je me nomme M. Caboche, nous avons servi la même cause, et... »

Il s'arrêta pour regarder le brick qui, après s'être approché de la côte aussi près que les brisants le permettaient, n'était plus qu'un point blanc à l'horizon. En voyant ce mouvement, le chevalier, qui toisait Caboche, comprit que l'arrivée de cet inconnu se liait à celle du brick.

« Tu parles de ton maître, vient-il par terre ou par mer, et qui eſt-ce... »

Les chiens se jetèrent vers les roches par un mouvement passionné qui fit dire à Caboche :

« Il vous le dira lui-même, car le voilà. »

Un sifflement particulier retentit et Caboche y répondit.

« Il eſt bien hardi, ton maître..., dit la comtesse.

— Il en a le droit, madame, répondit Caboche.

— Et sait-il où il vient ?...

— Je le crois bien, madame, il vous connaît bien et il vient vous voir, vous et monsieur le chevalier du Vissard, j'ai battu le pays, nous sommes en sûreté, vous comprenez que si mon maître aborde en Bretagne par ce chemin-ci, dit Caboche en montrant l'Océan, et fait une demi-lieue à la nage, ce n'eſt pas un Bleu!... Il m'a dit, il y a quinze jours, en Flandre : " Je serai le vingt juillet au Plougal, sois-y avec un troupeau de cochons. " J'ai demandé l'heure, il m'a dit : " Le jour. " Vous voyez que le maître et le serviteur se connaissent.

— Qui eſt ton maître...

— Ah! Monsieur l'abbé, je n'ai que Dieu et le Roi pour maîtres... Quant à celui qui veut se mettre, à ce qu'il paraît, marchand de cochons, il vous dira lui-même ce qu'il eſt; mais soyez sûrs, mes chers seigneurs, qu'il eſt notre supérieur dans les armées catholiques. »

Le chevalier s'élança vers les roches et il alla aider le naufragé volontaire à sortir de ce dédale de granit. La curiosité de l'abbé, de la comtesse était si vivement excitée qu'ils oublièrent le dîner; d'ailleurs, Amédée était dans les récifs.

« Gardez cet homme à vue, dit la comtesse; enfermez ses cochons, et tenez-vous dans la cuisine avec lui. Que le père Lugol veille à la porte... »

Quelques instants après, la comtesse et l'abbé virent le chevalier tendant la main à l'inconnu, qui parut à ses côtés et descendit la roche aussi lestement que lui. Ce personnage, âgé d'environ trente ans, d'une taille au-dessus de la moyenne, et d'un embonpoint[1] qui n'excluait pas l'agilité, ne parut pas au premier coup d'œil appartenir à l'aristocratie; l'œil exercé de la comtesse ne put s'y tromper; mais il possédait cette noblesse que donnent les grands sentiments et l'élévation de l'âme. Le grand, chez les gens du peuple, devient grandiose, le courage a de la rudesse, l'esprit a du mordant, la grâce est sauvage, toutes les vertus ont des inconvénients, il est difficile à l'homme sorti du peuple d'être parfait, c'est le vice du sang; il lui manque une élégance, une finesse, une habitude d'être ce qu'il est qui se comprennent plus qu'elles ne s'expliquent. L'Église et le service militaire transformeront la nature populaire, et c'est par ces deux écoles que les hommes remarquables, sortis de la foule, se sont modifiés; mais l'homme qui se fraye une route de bas en haut garde toujours des vestiges de son manque d'éducation. Mais aussi jamais les gens de la bonne compagnie n'ont sauvé d'empire, ni soutenu de trône, ni élevé de dynastie[2].

La comtesse regarda l'abbé comme pour lui dire : « Qui est-ce ?... » L'abbé répondit par un regard qui disait : « Je ne connais pas celui-là!... » Et il ne cessa d'examiner le débarqué, dont le pantalon de matelot se séchait au soleil de juillet, dont la vareuse pleine d'eau de mer marquait son passage par des sillons de gouttes aussitôt absorbées.

« Vous êtes le chevalier du Vissard, fut le premier mot du nageur.

— Oui, monsieur, répondit Amédée.

— Je viens causer avec vous d'affaires sérieuses, et vous devez penser qu'un homme forcé de prendre un

brick anglais au lieu de la diligence de Mayenne[1] pour se
rendre au Plougal...

— Eſt un émigré!

— Pour qui me prenez-vous! répondit l'inconnu.
Moi!... Non, monsieur, je suis breton[2], et dans quelques
heures, je vous juſtifierai de mon grade de lieutenant
général au service du Roi de France... Vous devez penser
que je ne me suis pas avisé de porter des papiers sur
moi quand je savais devoir prendre un bain d'une heure.
La chaloupe du brick m'a conduit le plus près des
rochers; mais c'eſt une chaloupe, et voilà près d'une
heure que je nage. Si nous nous entendons, je sais
comment renvoyer le brick, et si je le prends pour m'en
aller, je sais également comment le faire venir. Je vous
demande l'hospitalité pour cette nuit, monsieur le chevalier; et, quant à ce que je puis être, pour le moment, je
serai M. Jacques Laserre, marchand de cochons, domicilié à Amiens, département de la Somme, et voyageant
pour son commerce. »

Amédée regardait attentivement ce personnage qui,
s'apercevant de cet examen, s'arrêta :

« Monsieur le chevalier, dans le temps où nous vivons,
et dans votre situation, on doit craindre les espions, les
intrigants; regardez-moi bien dans les yeux ?... »

Amédée fut ébloui par le regard étincelant de deux
yeux oranges, presque noirs, où le courage et la franchise
éclataient.

« Eſt-ce le visage d'un traître! ajouta-t-il. Vous saurez
qui je suis, et d'ici à demain, je ne vous aurai certes
compromis dans aucune mauvaise affaire. Le conduċteur
de mes cochons et de mes deux chiens doit être arrivé,
je vais aller prendre le coſtume de mon état, et mes
papiers. »

L'inconnu salua la comtesse et l'abbé, puis il siffla de
nouveau comme il avait sifflé pour appeler le conduċteur
de ses cochons.

« Il eſt à la cuisine! dit la comtesse au chevalier, qui
se chargea de conduire leur hôte.

— Un couvert de plus, chère comtesse », cria doucement le chevalier.

À voir marcher le lieutenant général, on reconnaissait
une de ces natures puissantes et carrées faites pour le
commandement et pour les entreprises difficiles.

« C'est un fier homme! dit l'abbé.

— Quel charretier! répondit la comtesse, il a l'encolure d'un cheval de carrosse. Quelles épaules, quelle poitrine[1]! »

Elle monta la marche de la porte d'entrée, au-dessus de laquelle une pierre mutilée par les Bleus avait jadis offert un écusson, et entra dans une salle dévastée, blanchie à la chaux. [. . . . .]

SCÈNES DE LA VIE MILITAIRE

LA BATAILLE

INTRODUCTION

L'histoire de La Bataille *est l'histoire d'un fantôme. Ce fantôme a toujours intrigué les balzaciens. D'où la nécessité d'une brève notice sur ce que Bernard Guyon a appelé un « échec fécond[1] ». Le titre de l'œuvre, le titre du premier chapitre, une première ligne interrompue, c'est tout ce qui nous est parvenu. Ce fragment avorté de* La Bataille *a été retrouvé dans le manuscrit du* Médecin de campagne[2], *au verso d'un folio paginé 23 par Balzac, et commençant par le titre du chapitre : À travers champs. On peut le dater approximativement de l'automne 1832, époque à laquelle, selon B. Guyon, Balzac rédige une première version du* Médecin de campagne. *Au cours de l'année, il est fait près d'une quarantaine de fois mention, dans la* Correspondance de Balzac, *de* La Bataille, *présentée tour à tour comme un projet, une ébauche, une œuvre sur le point de paraître : en décembre, le quatrième plat de couverture des* Contes drolatiques *(2ᵉ éd.) porte un plan des* Études de mœurs *où* La Bataille *et la* Physiologie du mariage *(2ᵉ éd.) sont annoncées à la suite des* Chouans *(2ᵉ éd.).*

En vérité, ce projet est antérieur à la conception même de La

---

1. *La Création littéraire chez Balzac (La Genèse du « Médecin de campagne »)*, p. 30.
2. *Lov.* A 138, f⁰ 25 v⁰.

Comédie humaine, et il figurera encore au programme de Balzac en 1845. Le plan d'une bataille non identifiée est jeté sur un feuillet très ancien, antérieur au Chouan, *document conservé dans un dossier de la collection Lovenjoul[1]. Première mention du titre :* La Bataille 1800, *entre 1825 et 1828, dans une liste de douze titres de romans historiques ou militaires, qu'on peut rapprocher du projet d'*Histoire de France pittoresque[2]. *La date accolée à ce titre indique que l'auteur songe alors à la bataille de Marengo. Le 3 janvier 1830, Balzac vend à Mame et Delaunay-Vallée quatre romans historiques, dont aucun ne sera écrit, parmi lesquels :* La Bataille de Wagram. *Voici le canevas de ce livre rêvé, tel qu'on le lit dans* Pensées, sujets, fragments[3] :*

> Faire un roman nommé *La Bataille*, où l'on entende à la première page gronder le canon et à la dernière le cri de la victoire, et pendant la lecture duquel le lecteur croie assister à une véritable bataille comme s'il la voyait du haut d'une montagne, avec tous ses accessoires, uniformes, blessés, détails. La veille de la bataille et le lendemain. Napoléon dominant tout cela. La plus poétique à faire est Wagram, parce qu'elle implique Napoléon au sein de sa puissance, se mariant à une archiduchesse et qu'il y a un roman précédent pour le peintre national aux Tuileries et un troisième ouvrage qui peigne les ressorts de sa ruine ourdie par le Metternich.

Mûri « en conception » en 1831 et 1832, ce « livre impossible » apparaît ainsi à Balzac en janvier 1833[4] :

> Là, j'entreprends de vous initier à toutes les horreurs, à toutes les beautés d'un champ de bataille, ma bataille, c'est Essling, Essling avec toutes ses conséquences. Il faut que dans son fauteuil, un homme froid voie la campagne, les accidents de terrain, les masses d'hommes, les événements stratégiques, le Danube, les ponts, admire les détails et l'ensemble de cette lutte, entende l'artillerie, s'intéresse à ces mouvements d'échiquier, voie tout, sente, dans chaque articulation de ce grand corps, Napoléon, que je ne montrerai pas ou que je

1. *Lov.* A 156, f⁰ 16.
2. *Lov.* A 202, f⁰ 29.
3. Éd. Crépet, p. 76.
4. *Lettres à Mme Hanska,* t. I, p. 27-28.

laisserai voir le soir traversant dans une barque le
Danube — Pas une tête de femme, des canons, des
chevaux, deux armées, des uniformes; à la première
page le canon gronde, il se tait à la dernière, vous lirez
à travers la fumée, et le livre fermé, vous devez avoir
tout vu intuitivement et vous rappeler la bataille comme
si vous aviez assisté.

Au programme de 1833[1]*, de 1834*[2]*, de 1835 (Balzac veut
« aller prendre les mesures de* La Bataille *» à Wagram*[3]*),
l'œuvre, conçue d'abord comme un roman historique, devient partie intégrante du projet de* Scènes de la vie militaire[4]*. Ce que
confirme Félix Davin dans son Introduction aux* Études de
mœurs[5] :

> La Bataille, *annoncée déjà plusieurs fois, et dont la
> publication a été retardée par des scrupules pleins de
> modestie, ce livre connu de quelques amis, forme un
> des plus grands tableaux de cette série où abondent tant
> d'héroïques figures [...]*

*Après avoir visité, le 31 mai 1835, les sites d'Essling et de
Wagram, Balzac, qui ne s'est toujours pas mis à l'œuvre, paraît
préférer le sujet de la bataille de Dresde; en 1841, il projette
d'inspecter le champ de bataille*[6]*; en 1845, il regrette de ne pouvoir s'y rendre*[7] *et, la même année, il inscrit encore* La Bataille
de Dresde, *parmi les* Scènes de la vie militaire, *dans son
« Catalogue des ouvrages que contiendra* La Comédie
humaine[8] ». *Wagram reparaît pourtant, dans la même série,
sous la forme :* La Plaine de Wagram, *troisième volet d'une
trilogie militaire intitulée :* Sous Vienne.

*Dans une remarquable étude sur les causes de l'« avortement »
des* Scènes de la vie militaire, *Tetsuo Takayama a montré
que Balzac s'est heurté, pour cette série, aux difficultés insurmon-
tables qu'il avait déjà rencontrées en s'essayant au roman historique. À cet égard, l'échec de* La Bataille *est profondément signi-*

---

1. *Pensées, sujets, fragments,* p. 98 et 100.
2. *Ibid.,* p. 108.
3. *Lettres à Mme Hanska,* t. I, p. 309.
4. *Pensées, sujets, fragments,* p. 115.
5. T. I, p. 1150.
6. *Lettres à Mme Hanska,* t. II, p. 26.
7. *Ibid.,* p. 579.
8. T. I, p. cxxv.

ficatif et se situe au point crucial de l'interrogation du romancier sur le réel. Balzac a envié la réussite de Stendhal dans sa fameuse bataille de La Chartreuse de Parme[1], *et il a essayé d'analyser les causes objectives de son propre échec en rendant compte du* Jean Cavalier *d'Eugène Sue*[2]. *À la suite de Balzac — et à son exemple — consolons-nous cependant de cet échec :* « La bataille inconnue qui se livre dans une vallée de l'Indre entre Mme de Mortsauf et la passion est peut-être aussi grande que la plus illustre des batailles connues*[3] [...]. »

ROLAND CHOLLET.

1. *Corr.*, t. III, p. 583-584.
2. « 1re Lettre sur la littérature » parue dans la *Revue parisienne* du 25 juillet 1840.
3. Avant-propos de 1842, t. I, p. 17.

LA BATAILLE

CHAPITRE PREMIER
GROSS-ASPERN

Le 16 mai 1809, vers le milieu de la journée [. . . .]

SCÈNES DE LA VIE DE CAMPAGNE

LES DEUX AMIS

INTRODUCTION

Qu'il nous soit permis, en abordant cette œuvre inachevée et problématique, de rendre hommage au travail de J. Ducourneau, qui eut le mérite de faire des Deux Amis *un texte lisible. On ne s'étonnera pas de trouver ici de nombreuses références à son édition, parue en 1973 au tome XXV du* Balzac *des Bibliophiles de l'originale : notre propre travail, tout en s'efforçant de prolonger le sien, s'est véritablement greffé sur lui, et n'aurait pas été possible sans lui.*

Œuvre posthume en dehors des quelques fragments que Balzac a utilisés sous d'autres titres, Les Deux Amis *ont paru pour la première fois, grâce aux soins du vicomte de Lovenjoul, dans la* Revue des Deux Mondes *du 15 septembre 1917, en une version qui, de l'aveu même de l'éditeur, n'était pas exempte de remaniements. C'est que le dossier A 58 de la collection Lovenjoul, qui contient le manuscrit des* Deux Amis, *est un des plus délicats à organiser, à cause de l'ampleur même de ce manuscrit, ainsi que de son caractère lacunaire et désordonné. Beaucoup de feuillets sont écrits au recto et au verso, chaque texte correspond à une rédaction différente, mais aucune des deux séries ne forme un ensemble complet, ni même cohérent. Ainsi que J. Ducourneau fut le premier à le comprendre, dans son patient travail de réorganisation et de reconstitution, il y a dans le dossier A 58, non pas* un *manuscrit des* Deux Amis, *mais deux. Nous donnons ici ces deux textes, dont le premier, croyons-nous, au moins dans sa première partie, est antérieur à la révolution de 1830. Le second est de 1831. Leur confrontation permet de juger du travail de l'écriture et de l'évolution de l'écrivain.*

Le vicomte de Lovenjoul avait attiré l'attention sur Les Deux Amis en signalant que c'était la seule œuvre de quelque étendue que Balzac ait rédigée en 1830. Nous irions volontiers jusqu'à prétendre que, dans ces brouillons hâtifs et parfois rébarbatifs, le roman réaliste français, se dégageant de la nouvelle, est en train de naître. Il suffit, pour s'en convaincre, de comparer les deux manuscrits : le premier, entièrement placé sous le signe de Nodier et de son Histoire du roi de Bohême et de ses sept châteaux, est plus discours que récit; ce premier texte se contente d'affirmer, sans vraiment s'y essayer, que, pour bien peindre la province, il faudrait le génie de Goldsmith, tandis que le second s'efforce de rivaliser effectivement avec l'écrivain anglais. Or, le roman balzacien tel que nous le connaissons n'est rien d'autre que la synthèse de ces deux « manières », la cohabitation constante, dans une parfaite imbrication, du récit et de sa théorisation : Les Deux Amis, *ou la métamorphose d'un journaliste en romancier.*

Non que Balzac, en 1830, ne soit qu'un journaliste : même si l'on ne tient pas compte des romans de jeunesse, nous n'oublions pas qu'il est également l'auteur des Chouans, *roman historique,* de la Physiologie du mariage et des six nouvelles des premières Scènes de la vie privée. *Mais un nouveau genre, ou sous-genre, littéraire reste à créer, le roman à sujet moderne, qui assumera le double héritage du roman par lettres du XVIIIᵉ siècle et du roman de mœurs de l'Empire et de la Restauration. Le premier exemple notoire en sera* Le Rouge et le Noir, *de Stendhal — « chronique du XIXᵉ siècle » —, paru en novembre 1830, et dont Balzac parlera avec admiration, dès janvier 1831, y voyant une « conception d'une sinistre et froide philosophie[1] ». L'ébauche des* Deux Amis *est intéressante par ses insuffisances mêmes, parce qu'elle montre que le Balzac de*

---

1. *Lettres sur Paris,* Le Voleur, *10 janvier 1831.*

1830, en dehors du roman historique et de la nouvelle, n'avait pas encore atteint à la maîtrise dont il fera preuve dès l'année suivante avec La Peau de chagrin. *Tout se passe comme si l'écrivain avait eu besoin, pour produire un grand roman contemporain, de la rupture politique de Juillet 1830. Aussi n'est-ce pas par pur souci d'érudition que nous avons accordé une place importante, aussi bien dans cette introduction que dans nos notes, au problème de la datation des* Deux Amis, *que J. Ducourneau fixait approximativement à l'automne 1830. En effet, notre intention est de montrer que ce texte, du moins pour sa plus grande partie, a été rédigé avant la révolution de Juillet.*

Faute de preuves matérielles, notre argumentation est fondée sur une critique interne, à partir d'un principe simple : dans un texte aussi plein de références littéraires et politiques, il était impossible que Balzac, à supposer qu'il eût écrit Les Deux Amis *pendant l'automne 1830, n'eût pas évoqué un événement aussi considérable que l'écroulement de la monarchie légitime[1]. Or, cette date fatidique du 27 juillet 1830 apparaît effectivement dans le manuscrit, mais seulement au folio 51, et rien ne prouve que les 50 feuillets précédents, dont quinze ont été perdus, aient été rédigés à la même époque. Il serait même fort étrange, toujours dans la perspective d'une rédaction postérieure à la révolution, que Balzac eût attendu le folio 51 (ou même le folio 37) pour faire allusion à la chute de Charles X. En résumé, nous pensons que le premier manuscrit a été rédigé au moins en deux temps, sinon trois[2]. Seul le dernier temps peut être daté avec une certaine précision, à cause de l'allusion au débat parlementaire sur le divorce. En effet, comme il n'a pas été question de divorce à la Chambre des députés, même sous forme de pétition, avant le mois d'août 1831, ce feuillet, et vraisemblablement les suivants, sont à dater de la fin de 1831. À cause d'un « hier » rayé[3], on*

---

1. Le début de *La Peau de chagrin* est significatif de cette obsession : « Vers la fin du mois d'octobre dernier » (l'édition originale est d'août 1831). Les journées de Juillet ayant marqué pour Balzac le début d'une nouvelle « ère » historique, les romans modernes de *La Comédie humaine* sont souvent datés en fonction d'un avant ou d'un après 1830, qui est parfois donné dès la première phrase.

2. Pour la datation des premières lignes du folio 51, voir p. 695, n. 6, ainsi que le tableau de la note 3 de la p. 660.

3. Voir var. *a*, p. 695.

*peut même avancer la date plus précise d'août ou septembre 1831,
c'est-à-dire juste après la parution de l'édition originale de* La
Peau de chagrin, *mise en vente le 1ᵉʳ août.*

*Mais le début de ce même manuscrit — c'est-à-dire la quasi-
totalité des feuillets conservés — est nettement antérieur : tous
les indices que nous relevons dans nos notes permettent de penser
que ces pages ne sauraient avoir été écrites très longtemps après le*
terminus a quo *fourni par les dates de publication des ouvrages
les plus récents cités par Balzac, à savoir l'*Histoire du roi de
Bohême et de ses sept châteaux, *de Nodier, parue en
février 1830, et* Kernock le pirate, *d'E. Sue, paru dans* La
Mode *entre le 13 et le 27 mars de la même année.*

*Il n'est pas facile de resserrer notre « fourchette », pour
déterminer si le manuscrit a été rédigé à Paris, juste après les*
Scènes de la vie privée, *ou à la Grenadière, pendant le séjour
que Balzac y fit en juin-juillet 1830 en compagnie de Mme de
Berny. Arrivé au début de juin en Touraine, où il n'était pas revenu
depuis 1825, mais reparti presque aussitôt pour un voyage sur
la Loire, l'écrivain était de retour à la Grenadière le 23 ou le
25 juin. Hymne à la Touraine,* Les Deux Amis *ont-ils été
écrits en Touraine ?*

*Si tentante que soit cette hypothèse, qui ferait de ce texte le
roman des retrouvailles, la présence du thème tourangeau ne
suffirait pas à prouver que le manuscrit date du séjour à la Grenadière. On sait en effet que Balzac écrivait rarement un texte
sur les lieux mêmes de son action romanesque, et que le décalage
entre l'écriture et la topographie est fréquent dans la création
balzacienne. D'ailleurs, d'autres textes tourangeaux ont été
écrits par Balzac en 1829 et au début de 1830. Le 11 février,
avait paru dans* La Silhouette *un fragment intitulé* Une vue
de Touraine, *dont on sait, par l'étude du manuscrit de* La
Femme de trente ans[1], *qu'il faisait partie d'un ensemble déjà
entièrement rédigé. Il y a aussi les parties tourangelles d'*Une
blonde, *roman signé H. Raisson et paru seulement en 1833, qui
sont sûrement de Balzac, et qui doivent elles aussi dater de cette
période, ou peut-être même de 1828, comme le suggère Bruce*

---

1. Voir t. II, p. 1591-1592.

Tolley[1]. *Ainsi, Balzac n'a pas cessé d'être hanté par la Touraine, et son séjour à la Grenadière avec Mme de Berny apparaît davantage comme la conséquence d'un désir profond que comme la source de ce désir.*

Néanmoins, par une sorte d'exception, il semble bien que Les Deux Amis *aient effectivement été écrits à la Grenadière. Il existe en effet des similitudes frappantes entre notre texte et les lettres que Balzac a écrites de la Grenadière, en particulier celle à V. Ratier datée du 21 juillet, dans laquelle on retrouve le même désenchantement quant aux réalités parisiennes, le même enthousiasme pour la Touraine, et jusqu'aux allusions de détail au* Kernock d'E. Sue *et au voyage en diligence : « [...] voyagez par Caillard sur l'impériale, cela vous coûtera trente francs pour aller et venir (dix heures par jour)[2] ». Mais c'est encore la piste onomastique qui se révèle la plus sûre, puisque, dans* Les Deux Amis, *le domaine de l'Alouette est la propriété d'un Jean-Joseph Coudreux, et puisque la Grenadière appartenait à une famille Coudreux[3]. Même s'il est très probable que Balzac enfant ait connu les Coudreux, c'est évidemment la location de la Grenadière qui a ravivé un souvenir enfoui, déclenchant le processus de la création romanesque. Car ce nom a eu pour Balzac un impact affectif si grand qu'il l'imposa quelques mois plus tard aux rédacteurs de* La Caricature *avec lesquels il le partagea, dès la création du journal, en octobre 1830[4]. Ainsi, la Touraine des* Deux Amis, *même si elle n'a pas dans le premier manuscrit la place prépondérante que Balzac lui donnera dans la seconde rédaction de son texte, n'est quand même pas tout à fait un thème parmi d'autres, parce qu'elle semble bien avoir joué un rôle générateur, l'expérience vécue étant destinée, sans doute très consciemment, à relayer et à réactiver les souvenirs d'enfance. Ce n'est certainement pas parce qu'il est revenu en Touraine que Balzac a écrit*

---

1. « Les Œuvres diverses de Balzac », *AB 1963*, p. 52.
2. *Corr.*, t. I, p. 461.
3. Le 31 mai 1830, dans le *Journal d'Indre-et-Loire*, la Grenadière était encore à louer. Balzac eut affaire, non pas à la fille de Gabriel Coudreux, mort en 1829, mais à sa veuve. Ces renseignements nous ont été aimablement fournis par R. Chollet.
4. « Le ministre », premier texte signé Alfred Coudreux, a paru en octobre 1830 dans le « numéro-modèle » de *La Caricature*.

Les Deux Amis, *mais l'on peut considérer sans paradoxe que l'écrivain s'est installé à la Grenadière pour mieux répondre à un besoin dont témoignait déjà* Une vue de Touraine. *Dans une certaine mesure, le séjour à la Grenadière est aussi un acte d'écriture.*

Le second manuscrit, sans doute contemporain de la notation de Pensées, sujets, fragments *qui évoque l'enterrement de Sébastien[1], date vraisemblablement du mois de mars 1831. C'est un texte beaucoup mieux maîtrisé que le premier manuscrit, grâce à une focalisation tourangelle qui va de pair avec le passage au premier plan, à la place des jeunes gens, du personnage du père Coudreux. P.-G. Castex[2] fut le premier à signaler la filiation du père Coudreux au père Grandet, un des pères les plus absolus de toute* La Comédie humaine. *Aussi donnerions-nous volontiers une interprétation psychanalytique à la promotion de ce personnage, car la province représenta longtemps pour Balzac le lieu privilégié du pouvoir paternel. Le fait que le Coudreux des* Deux Amis, *déjà veuf depuis longtemps, survive à la fois à sa fille et à son gendre — grâce qui sera refusée au père Grandet lui-même — nous paraît une preuve supplémentaire pour étayer cette théorie, que bien d'autres textes provinciaux viennent corroborer. Si nous connaissions mieux la biographie et la psychologie de Balzac, nous découvririons peut-être que c'est la mort de son père, en 1829, qui est à l'origine de ce retour aux sources, lequel fournira plus tard la matière de ce que l'on a appelé le « cycle tourangeau » de* La Comédie humaine[3].

1. Voir n. 7, p. 696.
2. Voir son Introduction à son édition d'*Eugénie Grandet*, Garnier, 1965.
3. Tableau récapitulatif pour servir à la datation des *Deux Amis* :
— juin-juillet 1830 : première rédaction (ff⁰ˢ 1-36);
— fin de 1830 : deux emprunts au manuscrit (*Croquis*, paru dans *La Caricature* du 25 novembre 1830, et *La Mort de ma tante*, pour *La Caricature* du 16 décembre 1830 : voir n. 3, p. 668, et p. 1081). Il est possible que Balzac en ait profité pour poursuivre son manuscrit inachevé;
— début 1831 : rédaction du manuscrit n⁰ 2 (un feuillet, au verso d'une enveloppe de lettre adressée à Henri Berthoud, porte le cachet postal du 14 mars 1831 : voir n. 3, p. 670). On peut également penser que cette rédaction est contemporaine de la notation de *Pensées, sujets, fragments* concernant *Les Deux Amis* et *La Danse des pierres* (parue dans *La Caricature* du 9 décembre 1830) : voir n. 7, p. 696,
— août-septembre 1831 : reprise du premier manuscrit (voir n. 6, p. 695).

Il s'en faut pourtant que Les Deux Amis, *même sous leur seconde forme, soient déjà une véritable scène de la vie de province ou de campagne. Car il est patent que la différenciation essentielle ne s'est pas encore effectuée, celle qui met d'un côté l'érotisme du* Lys dans la vallée, *si platonique soit-il, et de l'autre, si érotisée soit-elle, la frustration des personnages du* Curé de Tours. *La Touraine des* Deux Amis *reste marquée d'un signe incontestablement positif, et l'on y retrouve la même exaltation régionaliste qui traverse l'ensemble des œuvres de jeunesse, de* Sténie *à* Wann-Chlore, *et qui reparaîtra sur le mode triomphaliste dans les* Contes drolatiques. *Comme la Touraine des* Contes, *l'*Alouette *des* Deux Amis *est un lieu archaïque, terre de l'enfance, de l'innocence et de la violence. Ce conte « satyrique », avec son* y *ambigu[1], est en réalité une sorte d'état premier du drolatique, à une époque où cet adjectif ne faisait pas encore partie du vocabulaire de Balzac[2].*

La vraie province balzacienne, celle du Curé de Tours, *de* La Vieille Fille *ou d'*Illusions perdues, *qui dresse le constat de l'harmonie détruite et de la rupture fondamentale entre la ville et la campagne, même la plus proche, s'est structurée à partir de la négation du paradis tourangeau. Cela ressemble un peu à la reconnaissance du « principe de réalité » freudien. C'est pourquoi l'on peut dire que, de ce point de vue aussi,* Les Deux Amis *font figure d'avant-texte, nous permettant de mieux comprendre la genèse d'un des grands thèmes de* La Comédie humaine.

NICOLE MOZET.

1. Nous maintenons l'orthographe de Balzac, bien que l'usage de l'époque, ainsi que M. Maurice Ménard nous l'a confirmé, n'ait guère distingué entre *satire* et *satyre*. Elle nous paraît en effet bien rendre compte de l'ambiguïté de la notion elle-même, qui représente à la fois une forme de critique et la recherche d'une autre vérité, du côté du rire et du corps. Dans les *Complaintes satiriques sur les mœurs du temps présent* (*La Mode*, 20 février 1830), la satire est gaieté et s'oppose à la décence, symbolisée par la raideur du corps féminin : elle revendique le droit, pour une femme, de se livrer « à la gaieté de la danse » et de marcher autrement que « comme une ombre échappée des ténèbres ». La Touraine, dans cette optique, fait fonction d'antidote au « désenchantement » du Paris de la Restauration à l'agonie.

2. Voir l'article « Drolatique » du glossaire de Wayne Conner, au tome XX de l'édition des *Contes drolatiques* des Bibliophiles de l'originale, ainsi que l'Introduction de R. Chollet, p. VIII.

NOTE
SUR L'ÉTABLISSEMENT DU TEXTE

Le premier manuscrit des *Deux Amis* (*Lov.* A 58) donne,
à un feuillet près, un texte continu et complet des trois premiers chapitres, intitulés *L'Un* (ff^os 1 à 5), *L'Autre* (ff^os 5 à
19), *L'Un et l'Autre* (ff^os 19 à 36). Le folio 36 livre en outre
le titre et le début du chapitre IV, *Le Retour*. Mais ce feuillet
est le dernier de la série. On saute ensuite au folio 51, où se
lit le titre du chapitre V, *Dénouement*. Enfin, sur un dernier
feuillet (f° 63), s'amorce une sorte de conclusion, qui demeure
en suspens. Nous avons indiqué les numéros des feuillets
successifs, après le premier mot de chacun. D'autre part, il
nous a paru opportun d'insérer, au principal endroit où la
continuité du récit est rompue (après le f° 36), quelques précisions sur la suite probable de l'action.

Du second manuscrit, J. Ducourneau a dénombré six feuillets conservés. Le texte, paginé 2, 3, 4, 5, 8 et 9, a été tracé,
d'une petite écriture longue et appliquée, au verso des
folios 63, 8, 21, 11, 16 et 36 du premier manuscrit; il est
continu de la page 2 à la page 5; les pages 3, 5 et 8 sont
restées blanches dans leur partie inférieure, d'où la brièveté
du texte qu'on y relève. Quant au début du récit, nous pensons qu'il existe aussi, et qu'il consiste dans la description
du château de l'Alouette (ou de l'Allouette) figurant au verso
non paginé d'un feuillet du premier manuscrit (voir notre
variante *a* de la page 674) : Balzac, en effet, parle plus loin
(p. 700) de son « préambule pittoresque et géographique
sur le château de l'Allouette ». La page 2 paraît d'ailleurs
s'enchaîner à cette description, que nous reproduisons en
tête de notre texte, avec un point d'interrogation de prudence, sous un probable chiffre 1.

N. M.

LES DEUX AMIS

Premier manuscrit.

[*f° 1*] LES DEUX AMIS

Conte satyrique[1]

I

L'UN

Ils avaient le même tailleur et le même bottier. Ils se tutoyaient. Chacun d'eux pouvait sans danger dire à l'autre : « Mais, mon cher, tu es stupide. Tu n'as pas le sens commun. » Les amis de l'un étaient les amis de l'autre. Ils avaient commencé par avoir un duel[2], et leur pacte s'était signé avec du sang. Ils marchaient exactement du même pas lorsque, parcourant bras dessus, bras dessous le boulevard de Gand[3], ils agitaient leurs cannes d'ébène, riaient tout haut et regardaient sous le nez les jeunes femmes.

Mais tout cela ne dit rien, ne signifie rien. Ces symptômes appartiennent à toutes nos amitiés vulgaires, qui n'ont pas plus de longévité qu'un vaudeville. Voici l'essentiel : ils se prêtaient de l'argent — toutes les fois qu'ils en avaient — sans en prendre note, sans se réclamer l'intérêt de l'intérêt, et ils étaient arrivés à trouver autant de plaisir à prendre, ou à demander, qu'à offrir et à recevoir.

Enfin c'était une amitié aussi solide, aussi vraie, aussi nécessaire que celle de deux honnêtes forçats, couchés sur le même banc durant dix années, sauf la marque[1].

L'UN était blond comme une jeune Anglaise; le teint pâle, les yeux bien fendus, verts et spirituels. Ses cheveux se bouclaient naturellement. Il était maigre et d'une taille élancée. Il avait un petit pied, de jolies mains, un son de voix pur, un organe enchanteur. Joignez à cela du goût et une grande élégance de manières, et vous comprendrez que c'était un jeune homme accompli, réussissant à tout, et bloquant une bille avec *[f° 2]*[a] la même sécurité de coup d'œil et de tact qui lui permettait d'abattre une hirondelle au vol. Il avait bien été au collège; il avait bien martelé des vers avec le *Gradus ad Parnassum*[2]; il savait que *Kyrie eleyson imas*[3], est du grec; *amen,* du latin; *il padre m'abandonna*[4], de l'italien; *va te promener,* du bon français; que *calorique* et *gaz hydrogène,* appartenaient à la chimie; mais quoiqu'il eût remporté des prix et qu'il sût toucher du piano, le fait est qu'il était ignorant comme un frère[b] de la Doctrine chrétienne, et cependant possédait l'esprit des choses. Il soutenait admirablement une discussion sur *la voie du progrès* dans laquelle était entré le dix-neuvième siècle; il connaissait tous les mots à la mode[5], relevait à propos son col ou sa cravate en donnant son suffrage, ou en lançant une désapprobation négative au discours d'un savant modeste; il était expert dans l'art de répondre à une objection par une plaisanterie, ou de réparer une demi-sottise par d'adroites flatteries... Aussi, M. Ernest de Tourolle passait-il pour un de ces hommes de mérite, propres à tout aux yeux du monde et bons à rien au dire de l'observateur. Les femmes étaient toutes pour lui; par conséquent les hommes se taisaient.

M. Decazes[6] l'avait nommé préfet; mais Ernest ayant refusé d'aller à Carcassonne, parce que le pays ne lui convenait pas, il en était résulté cette *[f° 3]* croyance générale que le jeune M. de Tourolle préférait n'être rien, plutôt que de perdre son indépendance dans une carrière de servilité.

Trop frivole pour mettre du calcul dans ses actions, il avait assez de vanité pour adopter celle des interprétations du monde qui lui était la plus favorable et alors il passait pour posséder éminemment ce que le monde appelle l'*esprit de conduite,* qualité négative que les sots ont mise à la mode, et qui conviendrait sans contredit à la *mule du Pape*[1], parce que, elle aussi, ne mange qu'à ses heures, et sait distinguer la voie crottée de la voie propre.

Riche et dissipé, Ernest pouvait être cité comme le modèle de ces jeunes Parisiens que l'habitude des jouissances finit par corrompre de bonne heure. Sous la mine d'une jeune mariée, il cachait un cœur de vieux sénateur du temps de Tibère. Avec quelle finesse de ton et quel esprit de saillie il avait l'art d'absoudre une faute quand elle était commise avec gaieté[a]. Il eût peut-être conspiré, comme les quatre jeunes gens dits *de La Rochelle*[2], la liberté de son pays ; mais il n'aurait pas voulu finir sur la place de Grève, parce que *la guillotine est sale,* parce qu'il y a quelque chose d'ignoble dans ce couteau, ce panier de son et ces planches... C'était un brave et bon jeune homme, dégagé de scrupules et plein de principes, un de ces élégants qui ont quitté de bonne heure l'innocence de la jeunesse en passant à travers le *monde des coulisses,* la société des journalistes et des auteurs, gens dépouillés de préjugés et qui se choisissent leurs illusions, les laissent, les reprennent, sans être dupes ni des choses ni des personnes, habitués qu'ils sont à tout juger, à tout apprécier, à tout voir, à tout sentir.

En effet, Ernest de Tourelle avait exercé, dès l'âge de vingt et un ans, toutes les prérogatives de la noble et attrayante dignité d'HÉRITIER.

À cette époque, si vous eussiez demandé à ses amis ce qu'il était, tous auraient répondu avec une admirable entente[b] dans les idées : « C'est un héritier ! »

[fᵒ 4] Saisirez-vous bien, esprits réfractaires qui accomplissez vos révolutions au fond des sphères départementales, saisirez-vous dans toute sa profondeur cette admirable phraséologie — *un héritier ?*

C'est comme qui dirait : un homme ruiné dans trois ans. Un jeune homme obligé de jouer un jeu d'enfer, d'avoir des intelligences avec les puissances chantantes ou dansantes, ou vaudevillisantes, de l'Opéra, des Italiens, ou des Variétés. Un jeune homme forcé d'avoir des chevaux de prix et d'en changer souvent, de parier aux courses, de donner des soupers qui ne finissent qu'à sept heures du matin ; un honnête jeune homme auquel ses amis prennent à tâche de faire oublier le monument qu'il a commandé pour son père ou pour sa vieille tante, que l'on débarrasse de ses *idées de province* ou *de famille* comme de préjugés ridicules et qu'on élève à la brochette[1] pour un égoïsme élégant. Voilà *l'héritier*... : un homme qu'on flatte et dont on se moque ; qu'on engage à se ruiner et dont on ne plaindra pas le malheur. Un homme qui oublie l'arithmétique de Bezout[2] et mange ses capitaux.

Des vieilles gens, des *perruquiniſtes*[3], vous diront que le but de cette juvénile jurisprudence eſt de *pervertir un jeune homme;* mais ce sont des radoteurs qui ont lu jadis *Le Paysan perverti*[4] et dans la tête desquels ce mot revient comme un esprit dans un vieux château ; car nous savons tous qu'aujourd'hui, nous rencontrons partout des professeurs femelles pleins d'expérience qui prétendent que c'eſt une manière de *former la jeunesse*.

Erneſt fut donc formé de très bonne heure. Il sut à vingt-trois ans que la *vertu*... c'était cinquante mille livres de rente, et qu'un habit râpé, une mansarde, c'était *le crime,* le vice, et même pis ; car, à vingt-trois ans, il avait mangé, bu, dissipé, *[fᵒ 5]* exterminé le fonds de *trente-trois mille huit cent quarante-cinq francs* de rentes perpétuelles inscrites sur le Grand Livre, dont Mᵉ Choron, notaire, lui avait remis un matin, sur les neuf heures, tous les titres, cinq mois après l'enterrement du vicomte de Tourolle, son respectable père.

« Jeune homme, j'ai bien connu monsieur votre père, c'était un homme entendu en affaires. Vous voilà à la tête d'une fortune honorable. Pour la conserver, ne dépensez pas plus que vous n'avez, et payez comptant votre tailleur !... »

Ô Expérience ! Pourquoi prends-tu donc toujours l'habit et le masque d'une *Ganache*[5] ?...

Heureusement que Mme de Tourolle, sainte et pieuse femme, vivait encore dans une terre près de Chinon et qu'elle ignorait la conduite antiascétique d'Erneſt. Ce fils bien-aimé arriva un beau jour en Touraine et vécut assez orthodoxement auprès de *celle qui l'avait nourri.* Il[a] lui prodigua les soins les plus tendres et, pour un homme qui attendait une succession, il se comporta fort bien.

C'eſt ici que commence l'hiſtoire de L'AUTRE.

II

L'AUTRE

Avez-vous jamais parcouru la douce et ravissante vallée de l'Indre ? Avez-vous suivi les contours gracieux et coquets que dessine mollement cette profonde et verte rivière depuis Montbazon jusqu'à Ussé ?... Quel pays !... Qui ne garderait pas le souvenir de ces perches tachetées de rouge, surnommées par le gastronome : *la perdrix de l'eau,* et qui ne se pêchent, grasses et savoureuses, que dans cette région de l'Indre !... Quel amateur du pittoresque ne parlerait pas avec enthousiasme de ces tableaux, de ces points de vue, cent fois plus beaux que ceux décrits par les Radcliffe et les Walter Scott, car ils sont vrais, point factices et vous pouvez les lire, assis sous un chêne, par une belle soirée, pendant que l'auteur par excellence vous en change incessamment les décorations : c'est un nuage rougeâtre ou noir, une vapeur blanche, ou un soleil étincelant !...

Je ne suis certes pas intolérant, mais je donne cordialement au diable ceux qui n'ont pas vu AZAY !... ce merveilleux château, dont les fondations sont merveilleusement plantées dans l'Indre !... et ces prairies... si belles à l'œil et si mauvaises pour les vaches ; oui, l'herbe en est aigre et rêche comme *[f° 6]* un discours de M. Duplessis-Grénédan[a1], de villélienne[2] mémoire. Et ces beaux bois, ces chênes séculaires que les propriétaires laissent debout parce qu'ils n'en ont pas le débit. Et ces vieux châteaux — spectres de la féodalité —, tous moussus, tous enveloppés d'un double manteau de lierre et lézardés comme un soldat percé de mille coups de sabre. Puis, le ciel de la Touraine, ce ciel de paradis, qui porte à la paix, au calme, à la fainéantise des moines. Aussi ne sait-on pas pourquoi la société y est si peu nombreuse. Là, comme ailleurs, les voisins se haïssent plus ou moins, et chacun reste chez soi. Inappréciable discorde qui rend les campagnards d'autant plus hospitaliers pour l'étranger !... Ô patrie ! Honte à qui n'admirerait pas ma joyeuse, ma belle, ma brave Touraine, dont les sept vallées ruissellent d'eau et de vin. Admirable contrée pour dire la messe !...

Donnez trente francs à M. Laffitte[1], et ce digne homme
vous y conduira. Un voyage en Suisse[2] coûte plus cher,
et là vous verrez d'aussi belles choses que dans l'Ober-
land; et là vous ne comprendrez pas plus le patois que
l'exécrable langage suisse, avec ses *ish,* ses *hof* et ses
mann, jargon sans nationalité, ni allemand, ni italien, ni
français...

Or donc, c'était là[3], entre le Cher, l'Indre et la Loire,
qui tous trois semblent se jouer et lutter ensemble avec
leurs flots, que, sur les rochers dont la Loire est bordée,
s'élevait un de ces petits châteaux de Touraine, blancs,
jolis, à tourelles, sculptés comme une maline, un de ces
châteaux dont l'aspect séduit le voyageur, un château
mignon que l'on quitte à regret et qu'on voudrait
emporter dans sa poche.

Il se nommait l'Alouette[4]. Il y avait des avenues de
noyers, des chemins creux à casser les pieds de tous les
chevaux, des terrasses couvertes de muscats, des caves
en rocher, des cheminées par lesquelles le jardinier jetait
les légumes dans la marmite[a]; puis des mûriers en bordure, et dans les champs des morceaux de bois, longs,
durs, pointus, destinés à égratigner la terre et nommés
charrues; enfin des paysans plus entêtés que des Bretons
et qui tiennent à faire tout ce que faisaient leurs pères.
Aussi le pays est-il peuplé!...

Si nous insistons sur ces détails, c'est afin de prouver
à nos détracteurs futurs que ce château existe et, pour
donner *[f° 7]* à cette description une plus forte senteur
de Touraine, nous ajouterons que de cette terre dépendaient force métairies de cent francs de loyer, un plus
grand nombre de *fermes à moitié,* beaucoup de *cheptels,*
trois closeries[5], des étangs, des bois, des îles en Loire,
des dunes jaunes comme de l'or et pleines de gravier, des
carrières de *bouré*[6] inexploitées, un petit moulin, et le
parc le plus délicieux du monde. Enfin, il y avait de tout,
et c'est peut-être à cause de cela que l'on n'y trouvait
rien. Problème singulier, mais fréquent dans la délicieuse
Touraine!

Aussi n'allez pas, fashionables[7], nous demander des
divans, des tentures, des écrans, des glaces à l'Alouette!
Non, non, des cheminées hautes, des meubles de noyer,
sculptés, couverts de vieilles tapisseries, des petites
vitres, des portes criardes, des planchers garnis en beau

carreau de Château-Regnault[1], enfin la loyale nudité des anciens temps, le vivre et le couvert, une simplicité patriarcale.

Que voulez-vous, nous sommes des gens qui visons au *positif* et nous aimons mieux une excellente pâtisserie qu'un service de porcelaine dorée. Aussi nous mettons les compagnons de saint Antoine et d'Ulysse bien au-dessus de lord Byron. Les premiers nous donnent des *rillons*[2] et celui-ci coûte dix écus à relier. Puis ses admirateurs ne l'entendent pas toujours. Nous préférons les livres-tournois. Tout le monde les comprend.

Que nous parlez-vous de poésie écrite. Voici de la poésie vivante !... Des fenêtres gothiques de l'Alouette vous voyez depuis *Ussé* jusqu'à *la pagode de Chanteloup*[3].

« La pagode ?

— Oui, monsieur ; car vous saurez qu'une fois en Touraine et sur la Loire, de quelque côté que vous soyez, en quelque maison que vous alliez, chaque propriétaire a la prétention de vous faire voir *la pagode de Chanteloup*. Si vous ne la voyez pas, vous êtes un homme perdu et l'on vous voit, vous, d'un très mauvais œil. »

Cette hyperbole tourangelle signifie, pour un homme sans préjugé, que vous jouissez d'un admirable tableau, d'une vue semblable à celle de l'Alouette. La Loire pendant dix lieues avec ses îles vertes ; le Bréhémont[4] avec ses villages, et Luynes, et d'innombrables coteaux, des vallées, des horizons lointains qui ressemblent à une féerie... ou à des décorations d'opéra... ou à un panorama — néorama — diorama, *etcétérama*[5].

[f° 8] Asseyez à une fenêtre de l'Alouette une jeune fille dont les yeux semblent réfléchir l'azur du ciel, dont la taille est svelte et gracieuse comme celle d'un jeune peuplier — innocente comme une petite fille de cinq ans, fraîche comme elle, blanche et délicate comme elle — puis, mettez à deux pas de cette rare créature un gros *bonhomme* de Tourangeau, tournant ses gros pouces, ne pensant à rien, regardant de temps en temps ses vignes, heureux de son insouciance, se grattant un nez rougi, grossi par l'abus de la *purée septembrale,* craignant que le vin ne *brouisse*[6], ou que les nuages ne le *boivent,* que la pluie ne le fasse *couler,* que le soleil ne le *frippe,* parce que ses vignes sont *gelives*[7]... Vous connaîtrez le père et la fille, les possesseurs du domaine, Claire Coudreux et le bonhomme Coudreux[1], ancien prudhomme de Tours, veuf depuis deux ans de Jacqueline Souday[2]. Ce[a] demi-bourgeois, demi-seigneur, ce brave et digne homme, possédait seize cent mille francs de bon bien au soleil, fortune qui lui permettait de tourner ses pouces sans que les *amis de la morale chrétienne* pussent blâmer son oisiveté ; car il évangélisait, en allant à Tours une fois par semaine, *quérir* des nouvelles ! Il payait douze mille francs d'impôts et soutenait par conséquent la *religion dominante*.

Il existe autant de bizarreries dans la nature morale que dans la nature physique et, certes, ce ne sont pas des problèmes ordinaires que ceux offerts par la filiation des individus. Jamais le problème de la paternité ne fut plus ardu que dans la famille Coudreux. Le dernier paysan du Bréhémont souriait en voyant Claire Coudreux assise auprès de Jean-Joseph Coudreux son père.

Claire avait une de ces belles âmes *[f° 9^{b3}]* expansives, dont les indifférents n'ont pas honte < de > se moquer. Elle était douée d'une sensibilité de poète, également prompte à passer < du > rire aux larmes et aussi naïve et vraie dans ses pleurs que dans sa gaieté. Elle ne co< nce >vait pas le mal. Sa religion, riche de toute la sublimité du christianisme, adoptait les pompes catholiques parce qu'elles étaient empreintes de poésie et subissait les croyances de la Cour de Rome parce que cette simple fille n'y voyait que des ressources pour l'extase. Sans tomber précisément en pâmoison comme sainte Thérèse dont elle n'avait pas le riche tempérament, elle partageait les opinions de M. de Chateaubriand sur la beauté des processions, et celles de Fénelon sur le pouvoir donné à l'homme de s'élever jusqu'à Dieu. Tant qu'une < jeune > fille n'aime < pas un > homme, elle < e >ssaye ses forces < avec > Jésus-Christ [...].

Claire [...] avait précisément assez d'instruction pour ne se trouver déplacée nulle part et cependant ses lectures n'avaient point altéré la pureté de son cœur ; enfin, les talents qu'elle avait acquis, sans lui donner aucune supériorité, lui permettaient de déployer un sentiment si peu ordinaire qu'elle approchait, en chantant ou en faisant de la musique, plutôt du degré de puissance qui di< stingue > les artistes que de cette perfection dont

s'enorgueillissent les gens d< u monde >. Lorsqu'elle
lisait lord Byron, [...] Walter Scott, Burns, Pétrar< que
et > le Dante dans l'original, < Claire > regardait
toujours avec attention < ceux des > livres qui
coû< taient > [...] un sauvage [...] montre Mlle Coudreux [...] orgueil, [...] *[f° 10]* dans la science que nous
avons nommée : *Mégalanthropogénésie*[1] !

Il n'y a pas d'impossibilité à ce qu'un marchand de
soieries soit, à Lyon, à Paris ou à Pékin, un homme
supérieur, mais à Tours les chances sont bien plus nombreuses qu'ailleurs pour qu'il ne soit qu'une *bonne brebis
du bon Dieu ;* et cela tient à ce climat paisible, à un air qui
énerve, à une nourriture plantureuse, à une absence de
toute ambition qui vous émonde le corps et l'âme des
inclinations vicieuses, des passions brutales, malheur
des grandes cités[a]. Quinze cents francs de rente font un
Tourangeau le plus heureux homme du monde[2] ! Admirable[b] contrée dont la vertu pétrifiante fige en peu de
temps les cervelles les plus poétiques, les plus ardentes !...
Comment le gouvernement n'y envoie-t-il pas les solliciteurs ?...

À Tours un marchand ouvre paisiblement sa boutique,
attend chaland paisiblement, ne se livre pas à de grands
calculs, ne se fatigue pas la cervelle à chercher des nouveautés ; il dîne et soupe à ses heures, ferme son magasin
le samedi et va en campagne jusqu'au lundi ; c'est le
négociant-chanoine ; tout aussi intéressé que le premier
Juif qui s'avisa de rogner les écus de six francs, il ne
met pas d'ardeur à son avarice et s'il est ménager, c'est
comme il marche, avec décence et tranquillité. Sauf la
pipe et le harem, c'est un Turc sur son divan ; un Indien
sur sa natte[3] ; et tel était le vénérable Jean-Joseph Coudreux, type des Tourangeaux en boutique, de ces négociants qui se sont laissé enlever le commerce de la soierie[4]
par Lyon, et celui de la Loire par Orléans.

Qui ne l'a pas vu, tranquillement assis, lui et sa femme,
dans un comptoir, rue Colbert, immobiles tous deux,
copiant, par jour, une page ou deux d'écritures sur leurs
livres, regardant comme ombres chinoises les allers et
venues et causant souvent sur le pas de leur magasin,
comme gens inoccupés ; *[f° 11]* parfaitement semblables
à eux-mêmes chaque jour et chaque heure !...

Qu'un étranger, voyant ce magasin rempli jusqu'au

judas de paquets soigneusement appropriés et étiquetés
par un commis, s'avisât d'entrer pour y chercher une
étoffe quelconque...

« Monsieur, je voudrais avoir du *reps*.

— Nous ne tenons pas de reps.

— De la marceline.

— Non plus.

— Du florence.

— Non, monsieur.

— Auriez-vous alors du taffetas ?

— Non.

— De la grenadine ?... »

À ce mot nouveau, les deux époux se regardaient d'un
air stupide.

« Du gros de Naples...

— Non, monsieur. »

Enfin, nommât-on tout ce qui se fabrique avec de la
soie, il était de notoriété publique que *le sieur Jean-Joseph
Coudreux, marchand de soieries,* à l'enseigne du Mûrier-
d'Or, ne tenait rien de ce qui concerne son état, ni soie
floche, ni soie en botte, ni soie écrue, ni soie filée, ni
galons, rien, rien, absolument rien, hormis cette espèce
de ruban tissu d'or et d'argent dont se parent les mariées
en Bretagne[1] et les cordons en chenille dont on orne les
chapeaux de paysan. Ces deux articles, exploités de père
en fils par les Coudreux, avaient inféodé dans cette honorable famille seize cent mille francs de biens accumulés
en fonds de terre par le dernier des Coudreux, lors de la
vente des biens nationaux.

Claire, héritière de cette fortune, avait été confiée aux
soins d'une vieille religieuse, tante de sa mère, et cette
femme, riche de souvenirs, aussi *[fº 12]* remarquable par
les grâces de son esprit que par les qualités du cœur (phrase
prononcée sur sa tombe par M. l'abbé Fleuriot, chanoine
de Saint-Gatien), avait cultivé la jeune plante commise
à sa vertueuse expérience, *de manière à faire refleurir en
elle le parfum d'une âme chère à ses amis et tous les dons précieux qui l'avaient elle-même distinguée.* (idem.)

Quelques plaisants — où n'y en a-t-il pas ! — prétendaient que cette religieuse était furieusement taquine,
gourmande, aussi spirituelle que méchante ; et que la
jeune Claire Coudreux avait été douée, à cette école,
d'une patience d'ange ; mais nous avons rangé ces impu-

tations parmi les médisances calomnieuses qui, en province, sont *le fond de la langue*[1].

Depuis la mort de sa tante et de sa femme, le
bonhomme Coudreux avait vendu sa maison de commerce à son commis et s'était venu établir avec sa fille
en sa terre de l'Alouette, arrondissement de Chinon,
canton d'Azay-le-Brûlé, commune d'Ussé[2]. Sa fille avait
seize ans, et lui, soixante.

Il se levait tard, se couchait tôt, employait à table une
bonne partie du temps, se promenait rarement, dépensait peu et employait ses soixante mille livres de rente à
grossir le fief de l'Alouette de tout ce qui[a] se trouvait à
vendre dans les environs. Il guettait un arpent, une
métairie, une closerie, une *gravange*[3], comme un espion
guette un forçat évadé. Il se frottait les mains d'avance
en pensant à une acquisition. Il était passionné pour
notre mère commune. L'homme le plus ambitieux est
sans contredit un propriétaire. Il envahit les airs avec ses
peupliers et tout en mesurant leurs cimes, il se dit : « Autant
de vingt sous !... » Il va chercher de la marne dans les
entrailles de la terre. Il envoie trois fois sa vache au marché
pour la vendre un écu de plus et il blâme les courtisans...

À une demi-lieue de l'Alouette se trouvait un ancien
petit fief, dont vous aurez l'idée en vous figurant un
corps de logis à trois fenêtres surmonté d'un toit énorme
et terminé de chaque bout par un colombier. Ce château
s'appelait les Bouillards et les deux cent cinquante arpents
de terre qui en dépendaient pouvaient rendre, bon an, mal
an, cent bonnes pistoles. C'était là que demeurait *[f° 13]*
Mme la vicomtesse de Chamaranthe, l'une des femmes les
plus distinguées du siècle dernier, héritière de MM. Delacour, anciens fermiers généraux, riches de plusieurs
millions et qui avaient l'indélicatesse de les manger à
Paris sans en faire part à leur aimable sœur. Les observateurs qui ont eu l'avantage d'entrer dans le sanctuaire
de quelques familles s'expliqueront très philosophiquement cette aberration par ce principe œcuménique dû au
génie d'une vieille fille, amie de M. de Buffon : « Je ne
puis haïr que les gens que je connais[4]. » — Aussi
MM. Delacour se promettaient-ils bien de disposer de
leur fortune en faveur de quelques-uns de ces enfants
que le législateur a nommés, par privilège, *naturels,*
comme s'ils étaient en effet les plus véritables.

Lorsque Mme de Chamaranthe fut convaincue de la haine *in articulo mortis*[1] qui flamboyait dans le cœur de ses frères, elle cessa de les voir. L'état de sa poitrine exigeant un ciel moins rigoureux et moins cher que celui de Paris dont l'atmosphère était incompatible avec douze mille livres de rente, elle vint habiter sa terre des Bouillards et s'occupa, pour se distraire, de l'éducation de son fils unique, le jeune Sébastien de Chamaranthe.

Un vieil ecclésiastique, ancien bénédictin de Marmoutiers, se chargea d'inculquer en peu de temps à l'héritier [f⁰ 14] de la maison de Chamaranthe les connaissances légères et peu importantes que l'on achète si cher dans les collèges, et d'en faire un homme aussi instruit qu'il l'était lui-même, si son neveu voulait s'y prêter.

Le jeune Chamaranthe était né à Chinon. Les bords de l'Indre avaient pour lui le charme qui s'attache aux lieux où nous avons vécu dans notre enfance[2]. Les toits de chaume, les vignobles, les sentiers, les forêts, les torrents lui avaient révélé tous leurs mystères. Il en connaissait les merveilleuses richesses au temps où l'hiver y jetait ses voiles de neige, où l'automne y répandait les pâles couleurs de la vieillesse, et quand le printemps y versait ses parfums, l'été ses éblouissantes clartés. Il garda sous le toit maternel cette simplicité forte et ce jugement robuste qui laissent à un homme son caractère et son originalité. Nul ne s'annonça peut-être sous de plus brillants auspices.

C'était un jeune homme de moyenne taille, mais bien proportionné, agile et vigoureux. Il avait, malgré la blancheur de sa peau, ce teint basané que donne si promptement l'air de la Touraine à ceux qui y vivent, un tant soit peu, *sub Dio*[3]. Il tenait de sa mère un nez aquilin, un front plein de charme et des cheveux plus noirs que l'aile d'un *choucas* de Saint-Gatien*. Mais sa mère l'avait doué d'avantages plus[a] [...]

[f⁰ 16] Serait-ce que Caïn aurait laissé aux environs de Chinon (Caïnones) quelques-uns de ses enfants à l'extraction desquels s'emploient les gens du Roi ? ou est-ce un effet de l'isolement dans lequel vivent la plupart des individus au milieu des campagnes ?... Nous laisse-

---

* Espèce de corbeau, très rare.

rons ce fait à discuter aux savants et nous avouerons sans détour que Sébastien de Chamaranthe était l'enfant le plus colère et le plus passionné de tout le Chinonais. À l'âge de sept ans il fallut lui arracher des mains un enfant qui lui avait disputé une bille, il allait l'étrangler. Instruite par cette aventure, Mme de Chamaranthe baigna beaucoup son fils et conquit un grand empire sur lui par les douces et constantes effusions d'une tendresse intelligente. Elle réussit à rendre moins rudes les premiers mouvements de cette âme vigoureuse, et à y développer la douceur nationale[a]. Si sa mère l'eût abandonné à lui-même, peut-être les explosions de son caractère ardent eussent-elles été moins dangereuses par suite de leur franchise; mais elle finit par soumettre son fils à toutes les traditions de bon goût et de politesse qu'elle possédait, le forçant à se vaincre; grâce au secours que Dom Nisard[1] lui prêta, le jeune homme sut prendre sur lui-même un empire absolu qui, chez beaucoup de gens, dégénère en dissimulation.

Mais cette qualité des grands politiques ne paraissait pas ternir l'âme du jeune Chamaranthe. Il était toute franchise et toute loyauté. Comment n'aurait-il pas été ainsi ? Rien ne lui résistait. Il était bon parce qu'il se sentait fort. Il avait une instruction solide, des manières pleines d'affabilité; son discours se ressentait du ton élégant et poli des courtisans de l'ancien régime sans en avoir contracté la servilité. Son imagination bouillante et poétique trouva dans la vie campagnarde et dans les travaux de son éducation une pâture nécessaire et abondante. Il aimait à courir à cheval à travers ce beau pays, ou à chasser, à épier les secrets de la nature et les mystères des trois règnes — innocentes occupations ! — puis le soir, [f° 17] revenu près du vieux bénédictin et d'une mère qu'il adorait, il étudiait, lisait, comparait, et réfléchissait. Cette liberté de vie et de pensée, et les pompes naturelles des sites qu'il admirait, avaient imprimé à son langage un style particulier, une concision nerveuse, des métaphores originales dignes de l'éloquence mise par La Fontaine dans la bouche de son paysan du Danube[2]. Il possédait un secret penchant à cette ironie, à cet esprit satyrique dont les géographes ont doté la Touraine et que Verville, Rabelais, Grécourt[3] et Courier ont su mettre dans leurs ouvrages.

Sa mère, amie du merveilleux, comme toutes les femmes, lui prédisait une brillante destinée. Elle voyait en lui un ornement de la Tribune, un homme d'État; et ces idées, imprudemment développées devant Sébastien, lui donnèrent une secrète conscience de lui-même, qui ressemblait à la fierté d'une jeune fille quand, pensant au mariage, elle mesure ses espérances sur sa beauté.

Craignant pour son fils le contact de Paris, Mme de Chamaranthe l'envoya faire son droit à Poitiers; et dans l'année 1827, le jeune Chamaranthe en était revenu docteur en droit, riche d'érudition, et célèbre par son mérite. Il avait vingt-deux ans.

À cette époque, les deux frères Delacour moururent *ab intestat*[1]; l'un eut le sort de M. de Lauriston[2], l'autre fut surpris par la plus incivile *[f° 18]* des apoplexies, car elle ne lui laissa pas le temps d'achever la bec-figue[3] qu'il avait commencée. Trois millions et de larges trésors provenus de l'indemnité[4] furent tout à coup dévolus, par deux lettres d'avis, à Mme de Chamaranthe. Accoutumé à l'abondance champêtre que procurait le revenu modique de sa mère, et ignorant les plaisirs de vanité créés par le monde, Sébastien ne comprit pas la joie de sa mère. C'était, vous voyez, un jeune homme vierge de corruption, et capable de prendre une jeune modiste de la rue Vivienne pour l'Estelle[5] de Florian. Nous avons tous plus ou moins connu cette délicieuse innocence.

Ce fut pendant l'absence du jeune vicomte que le vieux négociant tourangeau et sa fille étaient venus habiter l'Alouette. Mme la vicomtesse de Chamaranthe n'avait pas même pensé à voir *ces gens-là!*... Comme toutes les personnes nobles, elle n'allait pas à la messe de la paroisse parce que l'église était humide; et le bénédictin lisait l'office dans sa chambre parce que sa goutte ne lui permettait pas de marcher. Les habitants des Bouillards étaient donc restés dans une ignorance complète de la beauté fabuleuse de Claire Coudreux, car ils parlaient peu aux gens du pays, et, ne se trouvant pas sur le terrain neutre de la maison du bon Dieu, il était impossible que le moindre rapprochement eût lieu entre l'Alouette et les Bouillards.

Le lendemain de son installation sous le toit maternel, Sébastien, ne se doutant pas qu'il était devenu l'un des plus riches héritiers de France *a futuro,* prit son fusil, siffla son chien et s'en *[f° 19]* alla chasser afin de secouer la poussière des in-folio judiciaires dont il était encore imprégné. C'est surtout après avoir déchiffré des exploits — minuté des requêtes — sf^é1 des soutènements[2] — ramassé des §§, des *Dig.*[3] — L. papiria, apud Tribon.[4], etc., que l'on apprécie la campagne, un coup de fusil, les aboiements d'un chien et la vie sous le ciel!... Tayau! Tayau!... Apporte!... taô!... taô!... (onomatopée[5]).

III

L'UN ET L'AUTRE

Figurez-vous la mauvaise humeur d'un jeune homme qui, très habile tireur, revient sur les six heures du soir, la carnassière vide et les jambes lasses... Sébastien était ainsi, quand au détour d'un chemin creux son chien fit le plus bel arrêt que jamais ces intéressantes créatures aient imaginé. Comme ce diable de Milord était posé! Quel air intelligent! Hein! mon maître, en voilà une superbe ?... Et Sébastien d'avancer, curieux d'examiner la volatile.

Il voit, dans un champ, le respectable propriétaire de l'Alouette, coiffé en ailes de pigeon[6], vêtu d'un habit marron, chaussé de bons souliers, bas chinés, culotte courte, parapluie sous le bras. Il avait véritablement l'air d'un gros forgeron qui s'est endimanché pour aller à la noce. Milord de courir sus en aboyant. Le pacifique négociant de faire retraite. Puis, soit que la peur le prit, soit qu'il crût le chien enragé, il s'enfuit, et Sébastien entra dans le champ pour, suivant lui, rappeler Milord, et, selon M. Coudreux, l'exciter à cette chasse.

Arrivé près d'un fossé que sa corpulence lui interdisait de sauter, le père Coudreux se retourna vivement vers le chien, le menaça de son parapluie, en disant *[f° 20]* au chasseur :

« Credié, Mosieu, je tue votre chien, s'il avance!...

— Si vous y touchez, mon brave homme, je vous salerai^a les jambes!... »

Le vénérable propriétaire déchargea son parapluie sur la tête de Milord et le vicomte son fusil sur les larges mollets du bourgeois.

Quoique la distance à laquelle il se tenait lui permît de supposer que le petit plomb avait été mourir dans les bas chinés du vieillard, il fut effrayé de le voir tombant les quatre membres en l'air, et criant : « À l'assassin!... »

En un clin d'œil une jeune fille, légère comme une sylphide, apparut auprès du gros négociant et Sébastien, s'étant élancé, plein d'inquiétude, ne s'occupa plus du père quand il aperçut la fille.

Telle fut la première entrevue de deux personnes qu'une forte passion devait bientôt unir, et le narrateur espère que les mères de famille s'apercevront avec plaisir de sa moralité sévère en cette circonstance; car on ne peut pas nier que cette première entrevue n'ait eu lieu sous les yeux du père.

Ils s'aimèrent!

En nous servant de cette formule sacramentelle, nous désirons nous affranchir de toutes les niaiseries dans lesquelles s'entortillent les romanciers, et nous nous adressons aux souvenirs et à l'imagination des lecteurs de tous les pays, déclarant ici comprendre implicitement sous cette formule brève, et d'une clarté suffisante :

1º Toutes les cabrioles que les auteurs font subir à leurs créatures et ces prodiges de natation, d'équitation, de course, de gymnastique, ou d'acrobatisme *[f° 21]* qu'ils infligent à tous ceux qui doivent s'aimer et se rencontrer.

2º Toutes ces promenades au clair de lune, ces rêveries suaves, ces propos interrompus, ces : « Ah! Sébastien. — Ma Claire ?... » et tous ces superlatifs généralement quelconques dont on a fait un si prodigieux abus que les lignes de points sont peut-être encore moins déconsidérées.

3º Ces petites scènes de brouilles et de raccommodements; pâles imitations de l'admirable scène de Marianne et de Valère dans le *Tartuffe*[1].

4º Ces entêtements antiféminins qui poussent une jeune personne à garder sournoisement son amour au fond de son cœur, comme un polype ou un cancer.

5º Ces méditations importunes qui contraignent un auteur à retourner son héroïne dans sa couchette comme saint Laurent sur son gril en lui montrant toujours la même figure *embellie par le prestige des rêves*.

6º Ces petits détails physiologiques de la passion,

vieilles guenilles que, depuis Daphnis et Chloé[1] jusqu'à
Paul et Virginie, les auteurs ont blanchies, retapées,
ressassées, raccommodées, rafistolées, ragréées, repassées,
amidonnées, gaufrées, espérant faire du neuf. *Item* les
paysages dans lesquels on introduit les amants et ces
niches innocentes qu'ils se font. *Item* l'immense collection des soupirs qui forment un grain plus terrible que
les vents des Antilles s'ils passaient de dessous la presse
dans l'air. *Item* ces larmes, ces petites frénésies et ces
grands désespoirs à propos de rien.

7° Toutes les bêtises que l'envie d'être vrai, naïf,
tendre ou simple souffle aux écrivains. Les :

« Elle se tut et détourna la tête.

" Vous ne répondez pas. "

« Elle pleura, mais en secret, car elle était trop fière
pour », etc.

Sébastien *[f° 22]* ne l'aimait-il donc plus ? « Déjà »,
se dit-elle.

La raison lui disait le contraire ; mais le cœur l'emporta.

Elle le voyait à travers les enchantements de l'amour.

Entre un jeune homme de son âge et une jeune fille
aussi pure, il n'y avait d'autres séducteurs que l'innocence même de leurs cœurs.

Sa tête était brûlante.

Pour la première fois elle comprit les mystères d'un
beau ciel, la nature lui sembla toute nouvelle, mais rien
n'était changé[2] que son cœur... etc.

8° Enfin, nous mettons à vos pieds toutes les richesses
romantiques et les moules du classique, depuis : *L'aurore
aux doigts de rose* jusqu'au : *Glass[3] de la mort,* qui vient
glacer le cœur d'une fiancée ; puis les incommensurables
trésors de la mélancolie, les richesses de la gaieté, l'arsenal
de la jalousie, les styles de Florian, de Longus, de
Goethe, de Byron, de Nodier, de J. Janin, de Chateaubriand, de Marmontel, du fougueux Diderot, de
J.-J. Rousseau, en y comprenant cette immense collection
de lettres dont le dix-huitième siècle a été inondé[4]. Toutes
les comparaisons, descriptions possibles.

Vous voilà maîtres de toutes les métaphores, de toutes
les scènes, de tous les tours de bissac, soit, ô Nodier,
qu'ils appartiennent à Girolamo, soit qu'ils procèdent
de Polichinelle[5]. Oui, mes amis, choisissez et, palette en
main, imaginez — vous-mêmes — *un amour tout neuf.*

Seulement, pour reſter dans le vrai, dans le naturel, que tout le monde cherche aujourd'hui, nous vous prévenons en ce qui concerne le boire et le manger des deux amants :

que le vin de Bourgueil eſt celui dont on use dans cette charmante vallée; mais il faut qu'il soit bien dépouillé;

que le vin blanc se tire de Vouvray. Il donne sur les nerfs. Il eſt capiteux;

que le beurre n'eſt pas très bon;

que le mouton y eſt médiocre; mais le veau généralement tendre et blanc, quoique tué toujours trop jeune;

que les sardines fraîches sont la passion des Tourangeaux

et que les alberges[1] confites sont bien préférables à ces déteſtables pruneaux dont tout le monde félicite la Touraine...

[fº 23ª] Pour ce qui eſt du coſtume :

Mlle Claire Coudreux portait habituellement des robes de percale à guimpe ou à pèlerine échancrée.

Ses bottines étaient lacées sur le côté et faites en peau de chèvre.

Elle avait toujours des ceintures très fraîches et de bon goût.

Et son chapeau était tout uniment un chapeau de campagne, en paille tressée, à grands bords, un chapeau de faneuse, un chapeau sans luxe et qui lui permettait d'aller et de venir où bon lui semblait, de courir sur la levée, d'aller en bateau, de sauter, de rire, de folâtrer sans faire des façons comme les mijaurées de Paris, etc.

Pour Sébaſtien, vous l'habillerez décemment, comme vous vous habillez vous-même.

Il eſt bien malheureux que nous ne puissions pas lui donner une dague de Milan, des bottines de peau de buffle, une collerette de point de Bruges, il y perd; mais, hélas, nous ne pouvons pas avoir la poésie des machines à vapeur et celle du seizième siècle. C'eſt une grande tribulation d'avoir à vous dire que c'était un homme naturel comme vous et moi. Ainsi donc, ils s'aimèrent passionnément.

Ce fut en ce moment que les deux amis se rencontrèrent — un lundi soir — sur les sept heures — en octobre 1828[b]

— au carrefour de la croix de Champy[1] — terre sablonneuse, pays de bruyères, excellent pour la chasse.

« Monsieur, j'ai usé toute ma poudre! dit Ernest à Sébastien avec cet air gracieux, avec ce ton fraternel et dégagé qu'il avait acheté trente-trois mille livres de rente. Oserais-je vous prier de m'en prêter ? La première fois que nous nous rencontrerons, je vous rendrai... »

Sébastien donna sa poire à poudre.

« Vous habitez probablement ce pays-ci ?... dit Ernest en versant la poudre d'une boîte dans l'autre.

— Oui, monsieur.

— Vous êtes peut-être monsieur le vicomte de Chamaranthe ?

— En personne.

— Permettez-moi, monsieur, de vous faire mon compliment. Vous appartenez depuis peu à la classe distinguée des héritiers dont j'ai fait jadis partie, car je suis le vicomte de Tourolle. »

Sébastien s'inclina.

Et ils chassèrent ensemble et ils devinrent amis.

Je[a] voudrais bien sauter par-dessus tous les développements, courir aux situations et dégager le drame de cette histoire comme on extrait un gaz d'une masse de charbon; mais j'ai peu de situations.

[f° 24] Ce fut d'abord une de ces amitiés qui n'ont rien d'intime, une amitié légère, et qui sert comme de maintien, une espèce de politesse qui joue le sentiment. C'était comme une épigramme que deux esprits supérieurs s'amusent à faire pour se moquer de la niaiserie de ceux qui croient encore à l'amitié. Sébastien avait une sorte d'admiration pour les qualités extérieures d'Ernest et celui-ci un respect involontaire pour le caractère du jeune Chinonais. Chamaranthe enviait cette légèreté de plaisanteries, cette manière parisienne d'envisager les choses et les personnes, cette souplesse de pensée et de sentiment qui rendait Tourolle si séduisant; et Tourolle se disait en lui-même que Chamaranthe avait tout le savoir, l'énergie, la puissance d'action et de volonté, l'éloquence véritable qui lui manquaient. Ainsi, d'abord, cette amitié fut un commerce dans lequel chacun des deux jeunes gens crut avoir à gagner. Comme deux rusés négociants, ils spéculèrent sur la raison sociale de Tourolle et Chamaranthe. Ils se tinrent sur leurs gardes, ne

se dirent que des babioles et s'observèrent. Parlez-moi d'une amitié armée ?... Voilà le dix-neuvième siècle! Damon et Pythias[1] sont des fables... Cependant, le Diable avait l'intention de lier ces deux jeunes hommes de manière à les faire citer comme les successeurs de Dubois et de Pméjà[2]!... Farce satanique! Voilà comment s'y prendrait un romancier de la nouvelle école ou toi, peut-être, Eugène Sue, adorable peintre de Kernock[3], pour conter l'événement qui mit un peu plus de conscience dans l'amitié des deux amis ?...

Le soleil de l'automne lançait en se couchant des feux si rouges sur le joli château [f° 25] de l'Alouette que chaque vitre semblait vomir des flammes et que de l'autre côté de la Loire, les gens de Langeais[4] y croyaient voir un incendie. Les terrasses grises, les arbres, les chemins creux reflétaient une lueur rougeâtre, dans laquelle les feuillages se découpaient en traçant de merveilleux dessins. Claire était assise auprès d'une fenêtre et relisait *Le Corsaire*[5] ; mais ses yeux allaient du livre au paysage et du paysage au livre, aussi attentive à la poésie de Byron qu'à celle, plus variée, plus harmonieuse, modulée par les rives de la Loire, ou produite par les lentes et suaves dégradations de la lumière... La jeune fille tremblait, ses yeux roulaient des pleurs, elle finit par laisser le livre, par contempler machinalement le paysage, triste, pensive... Avec votre permission, messieurs les phraséologues, je trouve ce genre de narration beaucoup trop fatigant, et je voudrais bien substituer à ce style, mon cher J. Janin[6], quelque chose de plus naturel, de moins étudié... Je sais que c'est un terrible problème! Je reprends mon allure, l'amble d'un cheval de curé, ou le trot de la jument de maître Pierre[7], ou le galop de cette rosse sublime, appelée jadis Pégase, maintenant à l'équarrissage.

Puis elle tressaillit en entendant le bruit d'un pas lointain sur les feuilles sèches. Elle vit bientôt une casquette brune paraître et disparaître dans les sentiers, selon les inégalités du sol. C'était lui, c'était Sébastien!

Elle sortit pour aller au-devant de lui.

« Qu'avez-vous ?... lui dit-il d'un air inquiet.

— Je vous en supplie, monsieur Sébastien, répondit-elle, mettez de la modération dans vos paroles et dans votre conduite, car vous ne connaissez pas mon père, et...

— Qu'est-il arrivé ?

— Un jeune homme est venu me demander en mariage.

— Vous le nommez ?...

— C'est M. le vicomte de Tourolle.

— Ah ! ah !...

— Sébastien, vous pâlissez ?...

— Vous savez, lui répondit-il, que c'est mon ami... »

En ce moment ils étaient arrivés tous deux dans le salon du château, et le vicomte de Tourolle y entrait par une autre porte en tenant son futur beau-père, bras dessus bras dessous. Sébastien se leva. Ils étaient bien beaux tous deux : l'un noir, les yeux étincelants; l'autre blond et joyeux; celui-ci ferme, sombre; celui-là [f° 26] svelte et gracieux! Quelle*ᵃ* ravissante antithèse d'hommes !... Que de femmes auraient souhaité de conduire ces deux génies dans la voie du bien, attelés comme deux chevaux à un même char. Vénus n'a-t-elle pas deux pigeons ?... Mais la douce et timide Tourangelle mettait de la modestie dans ses désirs, elle n'en souhaitait qu'un : le plus éloquent, le plus puissant, le plus généreux, le plus constant des deux... Et la Providence, qui tient à faire triompher les principes de l'Évangile, les lui destinait peut-être tous deux!

Quelles actions de grâces nous devons rendre à la nature pour n'avoir départi qu'à quelques malheureux cette seconde vue, dont la prévoyance et la prudence sont deux pâles rayons!... Si Swedenborg[1] avait été là, Claire serait peut-être tombée morte!

Les deux jeunes gens, aveuglés par la passion, restèrent une demi-heure dans le salon, l'un plein d'attentions pour une héritière de seize cent mille francs, l'autre grave et boudeur. Tourolle étala, comme un colporteur, toutes les curiosités de son bagage, il causa de tout, parut sémillant, plein d'esprit, insinuant, flatteur. Une femme qui n'aurait pas été prévenue aurait peut-être congédié Sébastien; mais Claire aimait, ainsi que nous l'avons dit, avec toute la ferveur des héroïnes de roman depuis Ève, la plus fidèle de toutes les femmes, puisqu'elle ne put aimer qu'un homme, et cet homme était son mari, jusques et y compris Amy Robsart[2] et Atala[3].

« Ah pourquoi ai-je tiré sur les jambes de mon beau-père !... pensait M. de Chamaranthe. Il est rancunier, le bonhomme !... »

Les deux amis sortirent et Mlle Coudreux resta en proie à toutes les angoisses que doit ressentir une jeune fille quand elle a bon cœur, en pensant que deux jeunes gens vont s'égorger — pour elle. Il y a des vieilles filles de trente ans qui sauraient extraire quelque douceur de ces sortes de tourments.

« Sébastien, ne trouvez-vous pas l'air un peu frais ? dit M. de Tourolle.

— Ne parlons pas de pluie et de beau temps quand il s'agit de vie et de mort. Vous êtes un lâche, monsieur, *[f° 27]* et, si je ne vous étrangle pas de mes deux mains... c'est que l'usage me permet de vous tuer demain sans courir le risque de paraître devant douze jurés... Pas un mot, monsieur. Votre heure et le lieu !... »

Ces paroles furent prononcées d'un ton et d'un air qui interdisaient la plaisanterie.

« Azay est à moitié chemin de Tourolle et des Bouillards et nous y prendrons des témoins..., répliqua Ernest ; quant à l'heure... je me lève rarement avant midi et ce n'est pas pour un duel, même avec un ami, que je me dérangerai. Ainsi, après déjeuner, sur les deux heures...

— Soit. Voilà votre chemin... »

Et Sébastien disparut.

Quelle nouveauté aurait le récit d'un combat, après la ballade du *Duel sur le précipice*[1] ? Quoique la prairie fût belle, nos deux amis ne se roulèrent pas, ils se blessèrent tout uniment, parce que, au moment où M. de Tourolle cherchait à dégager en tierce, il reçut un coup de fleuret moucheté dans l'épaule, et Chamaranthe, qui, tout en profitant de la ligne droite que gardait son arme, s'était un peu découvert, fut percé à la cuisse. Le sang, parmi une foule de propriétés médicales, a celle de calmer la fureur des duellistes. Aussi, nos deux jeunes amis n'opposèrent-ils pas de résistance à ceux qui les emportèrent.

Ils furent mis dans la même chambre, à l'auberge du Grand-Turc[2], pansés par le même chirurgien et couchés chacun dans un lit, car ils avaient considérablement perdu de sang. Alors, pendant que les deux témoins, vieilles moustaches de l'ancienne garde, buvaient un bol de punch, Tourolle dit à Chamaranthe d'une voix affaiblie :

« Maintenant que nous nous sommes battus, est-ce que nous ne pourrions pas nous expliquer ?

— Ah! ah! ah!... s'écria Tourolle, en apprenant la
cause du débat, c'est pour cette petite fille que deux
braves gens comme nous ont risqué de se faire enterrer.
Mon bon ami, je prends nos deux parrains à témoin que
je vous vends, cède, transporte et abandonne tous mes
droits sur elle avec plaisir. Claire Coudreux nous aura
rendu le service de nous lier à jamais. Et je vous déclare
dans la sincérité de mon âme, mon cher Sébastien, que
jamais créature ne m'a plus séduit. J'ignorais que vous
l'aimassiez, et *[fº 28ª]* si je suis venu la demander, c'est
à cause de ses seize cent mille francs, je l'avoue sans
honte. Mais j'ajouterai que sa vue m'a inspiré assez
d'amour pour donner quelque prix au transport que je
vous fais de toutes mes prétentions. Si elle eût été ma
femme, ah! mon brave et bon Sébastien, nous n'en
aurions été que meilleurs amis. Épousez-la, vicomte, et
je prendrai, un jour, autant de part que je pourrai à
votre bonheur. Êtes-vous sournois? je ne vous connaissais pas cette qualité-là? Pourquoi m'avez-vous caché
votre amour?... Est-ce que je pouvais deviner qu'un
héritier aussi riche que vous et qui peut prétendre à des
millions irait s'amouracher d'une petite bourgeoise de
seize cent mille francs? C'était mon fait à moi, qui
n'aurai guère plus que cette somme-là quand mes oncles
seront morts, et Dieu merci, admirez ma loyauté, hier
en rentrant j'ai reçu le billet de faire part de l'enterrement
de l'un d'eux. M'en suis-je moins bien battu?... »

Sébastien lisait *Le Globe*[1], c'est assez vous dire que
c'était un jeune homme qui ne badinait pas avec l'amour[2].
Ses opinions philosophiques le poussaient fortement vers
cette moralité qui nous met des gants jaunes aux mains
et des habits noirs sur le dos, qui jette une légère nuance
de froideur sur les fronts, une teinte de pédantisme dans
le discours, qui nous rend graves comme des méthodistes et nous prescrit de n'avoir que des passions avec
les femmes. Système agréable et qui sert à excuser les
fautes du beau sexe en mettant à la mode je ne sais quel
amour consciencieux au moyen duquel les maris trompés
peuvent rester dans l'ordre légal, attendu que l'adultère,
n'allant pas le front levé par les rues comme jadis, est
supportable. Il y avait donc entre Tourolle et Sébastien
toute la distance de *La Quotidienne*[3] au *Globe*. Alors
l'homme passionné, le Globiste, dit à l'homme du monde :

« Mon cher Ernest, ne plaisantez pas avec moi, en parlant de Claire... J'ai pour elle un sentiment durable, et qui doit faire le bonheur de toute ma vie. Écoutez-moi, mon cher ami ?... Aujourd'hui nous sommes *[f° 29]* de bonne heure des hommes et des citoyens. Nous devons songer à mettre dans notre vie une certaine gravité et à n'avoir que des pensées d'hommes. Nous marchons à une régénération politique, à un temps meilleur, dans lequel il ne sera pas indifférent pour notre ambition de montrer une vie probe et des mœurs. C'est parce que je tiens à l'estime de mes semblables que je respecte l'opinion publique. Ainsi je veux donner, par ma vie privée, des gages à ma vie politique. Il est essentiel, pour mettre d'accord mon bonheur et mon ambition, que je puisse aimer toujours la femme que je me choisirai. Claire sera cette femme. Il existe entre nos deux âmes une entente si vraie, une cohérence de sentiments si complète, que nous sommes en quelque sorte prédestinés l'un à l'autre. Je puis vous dire froidement et sans emphase que sans elle, la vie me paraîtrait un désert. Il y a quelque chose de si rationnel dans ma passion, elle est à la fois si logique et si profondément plantée dans mon être que ce serait un crime à un ami d'essayer à troubler le bonheur qui m'attend.

— Je vois avec plaisir, mon cher Chamaranthe, que ce sera un bonheur très constitutionnel[1]!... Vous faites de votre amour une préface à votre vie politique. Bravo!... C'est comme ce monsieur dont j'ai oublié le nom qui donne ses moindres stances pour une étude du droit naturel[2]. C'est notre nouvelle manie. Va pour les mœurs. Les passions y gagnent! Nous verrons si vous conserverez ces principes jansénistes lorsque vous serez en présence des reines de la mode, du luxe parisien, des ambitions politiques et des nécessités qu'elles imposent. Au surplus, je n'ai pas attendu à ce moment pour concevoir une haute opinion de votre caractère et je m'applaudis d'avoir été à même de cultiver votre amitié. Nous ne tarderons pas à devenir orphelins. Voulez-vous que nous soyons comme deux frères... Nous aurons besoin, plus d'une fois dans la vie, de trouver un cœur ami où verser nos peines, nos plaisirs *[f° 30]* et où méditer sur les difficultés de l'existence. C'est quelque chose que d'avoir un ami sincère, qui voie sans passion les choses sur lesquelles nous nous blasons... »

Ernest avait alors un de ces mouvements d'enthousiasme si fréquents chez les jeunes gens et auxquels ils
s'abandonnent avec tant de facilité. Quand on a reçu un
coup d'épée, à qui l'amitié ne sourit-elle pas ?... Aussi
nos deux vicomtes, auxquels les médecins et les chirurgiens d'Azay-le-Rideau avaient interdit de boire du
punch, s'enivrèrent avec leurs propres idées, ce qui est
plus agréable que de se griser avec du vin, de l'opium,
ou, comme cet Anglais, avec un beefsteak.

Pendant le temps qu'ils mirent à se guérir de leur
blessure, les deux amis ne cessèrent de vanter à leurs
mères les avantages de leur amitié, de sorte qu'ils passèrent pour des modèles d'union et de fraternité. Quand
ils entrèrent en convalescence, Mme de Tourolle mourut
en laissant à son fils environ quatre-vingt mille livres de
rente, provenues de diverses successions qui lui étaient
échues. Mme de Chamaranthe avait réglé toutes les
affaires de la succession de ses frères et palpé deux tiers
des sommes que la loi d'indemnité lui avait dévolues.
Ainsi, vers les premiers jours du mois de novembre, les
deux amis songèrent à venir à Paris. Tourolle était
impatient de prendre possession d'un riche hôtel, et de
jouir de sa fortune. Sébastien y <était> entraîné par
sa mère qui, ne se sentant plus malade, voulait respirer
l'air de la Cour et pousser son fils sur les bancs de la
Chambre héréditaire. Le vieux bénédictin eut beau faire
observer à sa parente qu'elle succomberait aux fatigues
d'un hiver passé dans le tourbillon de Paris, la vicomtesse
de Chamaranthe persistait à se dévouer à la fortune de
son fils et à goûter encore une fois tous les plaisirs du
monde. Elle allait reparaître, ayant pour chevalier le
séduisant Tourolle, orgueilleuse de son fils, belle encore,
elle comptait régner à Paris.

[f° 31ᵃ] Alors ce fut par une des dernières soirées de
l'automne, et au moment où le père Coudreux vendangeait son vin blanc, que les deux amants se dirent adieu.
Je ne puis pas souffrir les esprits qui se laissent gagner
par une fausse poésie et qui s'ingèrent[1] d'idéaliser les
situations vulgaires où se trouvent les amants, il faut de
la modestie pour peindre les choses telles qu'elles sont,
car le monde élégant vous accuse de trivialité, et le monde
moral de cynisme.

Mlle Claire Coudreux était pâle et le jeune Chama-

ranthe, qui ne l'avait pas revue depuis le duel, s'aperçut
bien qu'elle savait les motifs de cette absence. Ils n'en
parlèrent pas. Ils allèrent s'asseoir sur un mauvais banc
de bois en face du clos que l'on vendangeait.

« Mademoiselle, je vais être forcé de faire un voyage
à Paris.

— Oh! je m'en doutais bien ?... répondit-elle avec
une gaieté de province dont on ne peut guère se faire
une idée à Paris. Serez-vous longtemps absent ?

— Mais je le crains...

— Mon père est de mauvaise humeur, parce qu'il n'a
pas beaucoup de vin blanc.

— Vos vignes sont gelées ?...

— Non, le raisin est *broui*[1]. Mais êtes-vous drôle de
me parler de notre vin. (Les conversations ne sont guère
plus spirituelles.) J'ai beaucoup de choses à vous dire.
Mon père tient toujours à me faire épouser M. de Tourolle, quoique votre ami se soit poliment excusé auprès
de lui, en disant que notre mariage déplaisait à sa mère...
Mon père ne vous aime pas. Il prétend que vous avez
trop d'esprit et qu'il faut se défier de vous. Vous ne savez
pas combien la supériorité fait de tort à un homme dans
notre pays. Un talent quelconque y est regardé comme
une calamité publique.

— Vraiment...

— Mais oui. Vous devriez tâcher de plaire à mon
père. S'il ne parle pas, il écoute, et j'ai entendu dire
devant lui par beaucoup de personnes que tout votre
esprit ne vous servirait qu'à manger votre fortune et à
faire à Paris autant de folies que M. de Tourolle. Cette
fortune est, aujourd'hui, le seul motif qui déterminera
mon père à consentir à notre mariage...

— Je suis bien heureux d'être riche.

— Oh, monsieur Sébastien, vous ne le seriez pas...
que je resterais demoiselle jusqu'au moment où j'aurais
ma liberté...

— Vous ne m'avez pas compris, mademoiselle Claire...
Mon exclamation venait de mon étonnement. Je ne
savais pas, jusqu'aujourd'hui, à quoi pouvait servir l'argent!... »

Claire regarda Sébastien en rougissant et Sébastien
sourit. *[f°] 32* Ils semblaient être honteux et pantois
d'avoir tous les deux révélé la perfection de leurs âmes.

Ils avaient du plaisir et de la timidité, leur respiration était comme arrêtée et ils entendaient le battement sourd de leurs cœurs dans le silence. Ils ne s'étaient jamais dit : « Je vous aime » et ils parlaient de leur mariage avec la gravité de deux notaires. Ils devinaient qu'un amour avant la noce n'est qu'une supposition plus ou moins poétique, une illusion plus ou moins vraie et que le véritable amour est celui qui résiste au temps et à l'usage. Il est impossible de peindre le sentiment comme il existe au fond des provinces. Il comporte un mélange de raison, de calculs positifs et de vérité qui exclut, en apparence, la poésie que les auteurs cherchent à mettre dans leurs conceptions. Ce serait un ouvrage tout entier qui demanderait le génie de Goldsmith[1], et tout le monde me croira quand je dirai qu'il me manque...

« Ah! Ah! Père Coudreux, s'écria Sébastien, en voyant venir le bonhomme, voilà un beau temps pour la vendange!

— Oui, monsieur; mais il n'y a pas un *quart d'année*[2]...

— Vous aurez *de la qualité* ?

— Peut-être, car le vin sera difficile à faire...

— Ah bien, je puis vous enseigner un moyen de le rendre clair comme de l'eau de roche. Servez-vous des mèches[3] que vend à Tours *Petit* le tonnelier, sur la place d'Aumont[5]; elles ne coûtent pas plus cher que les vôtres, et vous bonifierez votre vin.

— Ah bah! toutes ces inventions-là... » Et le bonhomme hocha la tête. « On dit que vous nous quittez, monsieur.

— Oui, monsieur, c'est à regret... car j'aimerais bien à vivre à la campagne. D'autant plus que nous avons l'intention d'augmenter les Bouillards...

— Est-ce qu'il y a des terres à vendre ?...

— Mais oui...

— Et où ça!... Faites-nous donc l'honneur d'entrer à la maison, monsieur le vicomte...

— Adieu.

— Adieu. »

Ces deux mots furent prononcés avec un accent de tristesse par les deux amants, vers les onze heures du soir, entre deux portes, et Sébastien s'éloigna lentement, et Claire resta sur la terrasse jusqu'à ce qu'elle ne le vît plus dans les sentiers creux; c'est ce que font toutes les jeunes personnes bien élevées. Pas un baiser. Pas une larme, mais les yeux sont avides, ils sont le miroir de l'âme. La femme et l'homme sont partout semblables à eux-mêmes et l'amour est un désir.

« Ce jeune homme-là, dit le père Coudreux à sa fille quand elle rentra, *[f° 33]* ce jeune homme s'occupe d'agriculture. Je ne le croyais pas si entendu. J'essayerai de ses mèches...

— Il est si bon!... » dit Claire en s'asseyant devant la table où son père soupait avec un fromage de chèvre ; car pourquoi Walter Scott aurait-il seul le privilège de donner de la célébrité aux détestables boissons et aux mangeailles de son pays ? Nos fromages de chèvre valent bien son whisky et son *ale*.

« Tu ne manges pas, Claire ?... Goûte donc du raisin de vigne[1], ma mignonne ?...

— Je n'ai pas faim, mon père ! »

Quand Claire monta chez elle, elle se mit à la fenêtre pour contempler les curieux effets produits par le clair de lune dans le paysage. Elle vit, sur un des murs extérieurs de la terrasse, Sébastien qui, revenu sur ses pas, avait grimpé là, pour regarder encore ce petit château blanchi par la lune, et cette croisée où la lumière lui indiquait la chambre de Claire.

Arrivés à Paris, Ernest de Tourolle et Sébastien de Chamaranthe[a] se trouvèrent bientôt lancés dans le tourbillon du grand monde, Ernest mit son amour-propre à initier le prudent Tourangeau à toutes les voluptés de la Capitale. Il le présenta à ses anciens amis. Il le conduisit dans une voie pleine de buissons auxquels s'accrochaient les scrupules, les principes, les petites délicatesses, et cette aimable fleur de sentiment que Chamaranthe avait apportés de Chinon. Le Monde se déploya devant lui dans toute sa splendeur. C'était d'un enchantement sans fin ! Tantôt il éprouvait les ardents et terribles embrasements d'une partie d'écarté ! Il torturait son âme avec cinq cartes ! Mais, par un effet du hasard, il eut le bonheur de rarement perdre, de sorte qu'il ne devint pas joueur. Les angoisses de Tourolle, assez maltraité par la fortune, lui faisaient pitié, et le gain lui servit plus d'une fois à consoler son ami. Par reconnaissance, Tourolle jetait Sébastien dans la dissipation la plus enivrante. Le

Chinonais fut instruit par des professeurs émérites de toutes les obligations d'un héritier.

« Le petit Chamaranthe *[f° 34]* ne va pas mal du tout[1] ! » disaient les Coryphées du monde fashionable.

Personne ne pouvait en effet lui disputer la palme au bois de Boulogne et il paraissait toujours, au milieu des brillants cavaliers de la Jeune France[2], comme le mieux habillé ou le mieux monté. Il y avait peu de femmes à la mode qu'il ne saluât pas et le teint olivâtre, les beaux cils recourbés du Chinonais commençaient à devenir un terme familier des comparaisons qui se faisaient dans les coteries. Ses équipages étaient merveilleusement bien tenus. Il avait tout ce qu'on peut avoir à Paris pour de l'argent, en hommes, en femmes, en talents, en vertus, en réputations. Il éclipsa Tourolle et Tourolle le disait lui-même avec tant de bonne grâce que leur amitié reçut un nouveau relief de ce rare dévouement. Il leur fallait une singulière puissance de tête pour savoir passer des salons du faubourg Saint-Germain et des bals les plus somptueux, où ils faisaient de la galanterie musquée[3], aux délices grossières et à la joie large et franche des orgies où, comme des chevaux échappés, sans rênes et sans frein, les jeunes gens se livrent à toute la fougue de leur esprit, de leur génie et de leurs fantaisies. Quels estomacs!... Oh comment pouvaient-ils digérer tous les jours ces dîners encyclopédiques capables de substanter *[sic]* des villages de trois cents feux! et paraître légers à la danse, galants et spirituels dans les loges de Mme de ★★★ aux Bouffes, de la duchesse A — X à l'Opéra. Puis, la nuit, jouer, risquer leurs fortunes et peut-être leurs vies, et se consoler d'une perte par une autre. Ne[a] faut-il pas vraiment reconnaître que la Providence protège la Jeunesse?

Il est de l'essence d'un caractère fort, d'être fort partout. Cette vie n'influa pas sur le jeune Chamaranthe. Il restait calme au milieu de cette agitation. Il essayait *[f° 35]* l'existence comme on essaye les ponts suspendus, en la soumettant à d'énormes pressions. Quand Ernest croyait son ami complètement égaré, celui-ci revenait aux principes les plus sûrs; il jugeait le néant des plaisirs et se reportait avec délices sur les bords de la Loire, à ce château où vivait une créature et plus noble et plus pure que les reines de leurs banquets, que les ravissantes et imposantes femmes, ornement des salons parisiens. Nulle cantatrice n'allait à son cœur, quelque flexible que fût la voix, quelque suaves que fussent les airs, car, pour lui, la musique[a] était un souvenir d'amour. Il avait assigné une somme à ses dissipations et il calculait son désordre avec la même impassibilité qui lui permettait de laisser son cœur en Touraine quand il plaisantait avec les dangers de l'Opéra. C'était un de ces hommes puissants qui marchent dans la tempête d'un pied sûr. Tourolle, le voyant, en apparence, léger, frivole, facile, s'imagina pouvoir dominer le Tourangeau docile. Ainsi se passa l'hiver.

« Hé bien, dit un soir Ernest à Sébastien qu'il venait chercher chez l'une des femmes les plus séduisantes et les plus dangereuses de Paris, penses-tu à Claire ?... »

Chamaranthe jeta sur Tourolle un regard profond et lui répondit en riant :

« Je lui ai écrit ce matin...

— Tu es comme le joueur, et tu vas du vice à la vertu, de la débauche à l'amour. C'est le flux et reflux...

— D'une mer immobile », répliqua Sébastien en l'interrompant.

Cette vue rapide du monde et le commerce des hommes les plus remarquables de Paris, acheva d'instruire le jeune vicomte. Il avait médité les livres, il étudia la société. Il comprit tout d'un coup ce que le bien comportait de mal dans la civilisation. Il démonta la machine sociale pièce à pièce. Il découvrit enfin ce que nul homme ne peut enseigner : les choses qui ne nous sont apprises que par les hommes. Il devint un profond politique, car il méprisa l'humanité[1]. Ce sentiment n'a-t-il pas toujours été la doctrine secrète de tous les hommes que l'on admire ?

Au mois d'avril, les médecins assemblés déclarèrent au vicomte de Chamaranthe que s'il voulait sauver la vie à sa mère, il devait la conduire au plus tôt en Italie. En peu de jours les préparatifs de ce voyage furent faits et M. Coudreux consentit enfin, par correspondance, à ce que sa fille épousât Sébastien au retour. Tourolle accompagna Mme de Chamaranthe[b] et son ami jusqu'à Marseille. Il ne quitta le port qu'au moment où il ne vit plus le *Santa Maria, [f° 36]* petite felouque où la mère et le fils s'embarquèrent pour aller à Naples. La cérémonie des mouchoirs eut lieu entre les deux jeunes gens et ces symboles de la fidélité flottèrent jusqu'au dernier moment dans leurs mains.

« Quel[a] ravissant mensonge que l'amitié!... pensait Sébastien, il est impossible de n'y pas croire par moments... Oh! ma mère!... se dit-il, seul cœur où nos espérances ne soient jamais flétries! Le seul sur lequel on puisse entièrement compter. »

Les hommes de génie n'ont que deux passions fortes. Ils adorent leurs mères et leur première maîtresse! Puis tout est néant! Le Génie est un monstre qui dévore tout.

IV

LE RETOUR[b]

Italie, ne te lèveras-tu donc jamais en masse pour exterminer les sots livres que tant de sots ont faits sur toi! Comment tu n'as pas eu de poète, de satyrique assez audacieux pour se moquer de tous ceux qui t'ont polluée!... Si je vais visiter cette contrée, je serai comme un homme prudent qui ne publie pas ses conquêtes et jouit dans le silence des trésors qu'il trouve... Cette terre n'a pas un vallon secret où un voyageur puisse se dire : « Je parviens ici le premier... » Tout le monde a si bien piétiné cette poésie, cette vieille courtisane, ce carrefour toujours plein d'Anglais, que je ne sais pas un seul point inconnu que je puisse décrire afin de donner quelque verdeur à ce passage, et où je puisse faire paisiblement mourir, après trois mois de souffrances, cette pauvre vicomtesse de Chamaranthe...

Il y a quelque temps, la Calabre restait aux auteurs; mais M. de Latouche y a promené le major d'Hauteville courant après Fragoletta[1], et M. de Custine s'y est, à ce qu'il paraît, promené lui-même, s'il faut en croire ses voyages[2]. Où donc déposerais-je ma vicomtesse ?

Elle mourut à un endroit que j'ai toujours admiré dans l'estampe du *Voyage* de l'abbé de Saint-Non[3]. C'est à l'extrémité de la baie de Naples. (Voyez la planche XXIX.) Quel ciel!... Le graveur l'a, d'honneur, miraculeusement bien rendu et tout le monde se dira, comme moi : « Voilà comment je me figure que doit être l'Italie!

Est-il possible que l'on meure sous les caresses de cette
brise, en [. . . . .]

---

*Sur cette phrase interrompue s'achève le folio 36; les feuillets 37 à 50
n'ont pas été conservés et une lacune considérable s'ouvre ainsi dans
le manuscrit. Toutefois, Balzac, en signalant dans une marge du
même folio 36 un certain texte paru le 16 décembre 1830 dans* La
Caricature, *nous donne, selon toute vraisemblance, la possibilité de
retrouver la matière des feuillets qui suivaient. En effet, comme on le
voit dès les premières lignes de cette « fantaisie », intitulée* La Mort
de ma tante, *Balzac a réutilisé, pour les lecteurs de* La Caricature,
le chapitre IV des Deux Amis. *Nous la reproduisons tout entière
en appendice à notre édition, p. 1081; on y constate que, si la
« vicomtesse » est devenue la « tante » de l'auteur, le fils de la
défunte s'y nomme bel et bien Sébastien.*
De la suite du manuscrit principal des Deux Amis, *deux feuillets seulement nous sont parvenus encore, les folios 51 et 63. Néanmoins, l'intrigue est encore suffisamment explicite pour qu'on puisse
reconstituer avec quelque vraisemblance les derniers épisodes du récit
(cf. l'édition Ducourneau, p. 518). Après la mort de sa mère,
Sébastien ne donne plus de ses nouvelles, et Tourolle en profite pour
épouser Claire Coudreux (on songe à Horace Landon trahi par son
ami, dans* Wann-Chlore). *Retour de Sébastien et mort de Tourolle, sans doute à la suite d'un nouveau duel avec son ami. Sébastien,
après avoir épousé Claire, repart pour l'Italie avec elle. Voici les
deux épaves du texte qui subsistent :*

[...] *[f° 51]* que le mot *patrie* et *honneur* n'est plus un
non-sens, j'espère que ma lettre vous suggérera des
réflexions saines et sages sur la guerre que vous faites
à l'Académie. Si vous la discontinuez, ma détresse aura
servi à quelque chose et alors je m'en glorifierais.

Puissiez-vous suivre, monsieur, le conseil patriotique
donné par un courtisan de S. M. le Roi de Bohême, et
gouverneur désigné du 7e Château[1].

Sébastien avait disparu.

Quelle nuit passa Mme la vicomtesse de Tourolle!...
couchée entre le mariage et l'amour!... Une vie horrible
à passer, une belle vie perdue. Son cœur avait été tordu
comme un lien d'osier en un moment. Voilà pourquoi
jadis la Lescombat[2] tua son mari. Elle fut pendue.
Jamais Rousseau n'a pu écrire une lettre qui approchât
de la plus froide de celles qu'elle avait adressées à celui

dont elle fut l'âme, la joie, et qu'elle entraîna de son lit à l'échafaud.

En 1830, un[a] des Schahabaham[1] de la Chambre où siégeait M. Dupin[2] a eu, m'a-t-on dit, le courage de proposer le rétablissement du divorce. Les législateurs n'ont jamais réfléchi qu'en 1792[3] à ce qu'une femme pouvait faire quand elle n'estimait plus son mari. Ils ont alors plongé dans les secrets du mariage comme dans un gouffre!

La Restauration vint et, pour une femme bréhaigne[4] qui voulait s'asseoir sur un trône à toute force, la plus sage de nos lois fut supprimée. Et cette femme a vu mettre son trône en pièces le 27 juillet 1830[5].

Vous comprenez que la vicomtesse ne dormit pas... Elle était bien aussi amoureuse que la Lescombat. Mais elle avait <la foi et> se résigna. Quelle situation. N'est-elle pas atroce ?...

V

DÉNOUEMENT

Le vicomte de Chamaranthe était encore au lit, le lendemain matin, quand son valet de chambre introduisit M. de Tourolle auprès de lui. Je ne connais pas de position plus incommode que celle d'être en chemise et coiffé d'un madras rouge, quand nous nous trouvons en présence de [...] [...] Comment se lever ?... [...] embarrassé[b]. [...]

[...] *[f° 63]* est le fruit d'un pari, et je n'ai pas dit [...] à mes adversaires que, dans vingt-quatre heures[6], je ferais un chef-d'œuvre. Pourquoi les peintres auraient-ils seuls le privilège d'esquisser des croquis, de se permettre des pochades, des charges, des caricatures ? En fait de bambochades, *io anche son pittore*[7]!...

Là, je vois plus d'un vénérable lecteur se plaindre de l'impertinence du temps présent; rassurez-vous, âmes honnêtes, il y a toujours moyen de faire avancer *la statue des Commandeurs!*

Cet ouvrage est remarquable par la nouveauté des faits et surtout par la manière dont ils sont présentés, vous dira un journal avec lequel je me suis arrangé à

raison de trente sous par ligne pour installer ma gloire
entre le Paraguay-Roux[1] et le chef-d'œuvre de M. Lepère,
la mixture Brésilienne[2].

Quoique l'auteur abuse du langage et d'une facilité
qui dégénère en bavardage, on ne saurait méconnaître
une vérité profonde d'observation. Tout y est vrai, mais
vrai à la manière de M. de Vigny. C'est-à-dire que,
suivant les doctrines professées par ce poétique écrivain
dans la nouvelle préface de *Cinq-Mars*[3], il y a un vrai
qui est faux et un faux qui est vrai. Ainsi les personnages
de cette conception due à l'auteur de la *Physiologie du
mariage*[4] ont existé, dans un temps ou dans un autre, peu
importe à l'observateur qui pense et au chimiste qui
extrait ses gaz!...

Je reprends donc avec une entière sécurité, car je me
suis armé de la poétique de M. de Vigny, comme d'un
scaphandre...

M. et Mme de Chamaranthe[5], munis de passeports
pour le ciel et pour la France visés par les autorités
autrichiennes, essayèrent de passer les Alpes, malgré les
dangers de la saison. Ils embarquèrent leur frêle[a]
calèche à travers les routes chargées de neige. Quand
une fois la neige tombe dans les Alpes et qu'un romancier
vous le dit, il faut toujours vous attendre à voir cette
neige toujours tomber avec plus d'abondance le lendemain que la veille et alors les guides ne reconnaissent
plus la route et les voitures s'en vont nécessairement
dans les précipices[6]. La calèche roulait cependant assez
paisiblement sur un océan de neige à travers lequel les
voyageurs se dirigeaient sur une ligne idéale[b].

La fin des Deux Amis *n'a vraisemblablement pas été écrite,
mais on sait que Balzac a songé à faire mourir aussi le jeune couple
Chamaranthe[7].*

Second manuscrit.

[f° 1 ?] Entre le Cher, l'Indre [...][8] jouer et lutter
avec leurs flots de diverses [...] blonds rochers dont la
Loire est bordée, s'élève un de ces petits châteaux de

Touraine, blancs, jolis, à tourelles, sculptés, brodés
comme une *malines,* un de ces châteaux mignons, pimpants qui se mirent dans les eaux du fleuve avec leurs
bouquets de mûriers, et leurs longues balustrades à jour,
et leurs caves en rocher d'où le voyageur voit une
jeune fille fraîche, en jupon rouge[1], sortant dès le matin
en chantant un refrain gracieux... Ce château se nomme
l'Allouette. De sa terrasse, la vue peut embrasser le
cours brillant de la Loire étalant des îles vertes à travers
ses nappes d'eau pétillantes de lumière, le Bréhémont
avec ses villages, d'innombrables coteaux, des vallées,
des horizons lointains, panorama dont une vapeur
blanche, un nuage rougeâtre, un soleil étincelant
changent les aspects à tous moments, comme par magie.
Ah, c'est un suave pays où ruisselle l'eau et le vin,
admirable contrée. [...] pour dire la messe, et pour
vivre!... Vivre de cette vie molle, ignorante et douce
qui de gloire, de politique et de chicanes ne se soucie
guère... La Touraine est un vaste sofa sur lequel l'âme
la plus ambitieuse s'endort et rêve. Lord Byron y serait
devenu bête, et [...] préféré ses [...] à tous les fatras.

[f° 2] Or, M. Coudreux était un véritable homme de
Tours, et, s'il fallait vous faire pénétrer dans la vide
profondeur de son existence, toutes les pages d'un
nouveau *Tristram Shandy* n'y suffiraient pas; nous nous
contenterons donc d'un profil précipitamment crayonné.

Figurez-vous un vieillard septuagénaire, gros et gras,
la face brunie par le grand air et par le soleil, mais
animée de quelques teintes purpurines qui dénotaient
un certain amour pour la bonne chère et le vin. Seigneur
de *l'Allouette* et suzerain de seize cent mille francs,
valeur approximative des terres qu'il possédait en Touraine, le bonhomme vivait exactement pour vivre. Son
esprit n'était pas plus vaste que la moindre phrase du
Globe; mais il avait la finesse particulière aux gens
rustiques.

Quand le soleil donnait intempestivement sur ses
vignes, il faisait une tournée dans ses clos et rentrait
en disant d'un air désespéré :

« Le soleil va aller de travers, car il a bu tout notre
vin!... »

Les intempéries des saisons ne l'affectaient jamais que
par juxtaposition.

Si vous le rencontriez mouillé jusqu'aux os par les chemins :

« Voilà un bon temps, un temps d'or... la terre avait soif », vous disait-il.

Si la chaleur faisait rentrer même les grillons et les cigales, il était riant, frais et s'écriait :

« Ah! ah! le raisin grossit! C'est un plaisir, voisin, que de voir des écus pendus aux vignes[1]!... »

Il avait la passion de la terre, et passait sa vie à guetter un arpent, une closerie, une métairie, une île en Loire, comme un espion veille un forçat évadé.

Les événements politiques l'inquiétaient si peu qu'il n'eût pas été plus étonné de voir en tête de l'avertissement du percepteur les armes du Grand Mogol que l'aigle impériale, la fleur de lys bourbonienne ou le bonnet républicain... Il ignorait les aises de la vie et son château était presque aussi nu que le wigwam[2] d'un Illinois. Il tenait à la religion dominante par un gros paroissien qu'il ne lisait pas, et à l'État par les contributions qu'il payait. Homme de routine, il n'aurait pas fait un seul arpent de prairie artificielle, changé ses assolements ou pris des mérinos quand même un des quatre évangélistes serait revenu pour lui assurer le profit de ces améliorations de la science moderne. Enfin c'était le fidèle représentant de cette nature mixte qui participe de l'homme sauvage par une patriarcale simplicité de vie et de l'homme civilisé par un instinct d'avarice, par une envie constante de produire et d'accumuler de l'argent, pour acheter de la terre... Couché avec le soleil, levé avec le jour, faisant quatre repas à la mode antique, il était le type de l'existence obscure *[f° 3]* des campagnards, une fidèle image de ces hommes inconnus, nommés français par les législateurs, contribuables par le fisc, âmes par le prêtre, citoyens par les démocrates, vulgaire par le poète, et peuple par l'aristocratie. Personne n'a encore songé que la plupart des hommes ressemblent à cet homme, qu'il est en quelque sorte *la règle* et que le savant, l'artiste, le noble, sont des exceptions. Les neuf dixièmes de la race humaine vivent de cette vie, indifférents aux idées dont nous faisons grand bruit et c'est pitié que de songer au peu d'étendue du cercle dans lequel gravitent nos intelligences...

Cependant le bonhomme Coudreux, car tel était son

nom dans le pays, avait dans le cœur un sentiment aussi fort peut-être que son amour pour la propriété. Il adorait une fille, dernier fruit de sa vieillesse qui, par un jeu bizarre de la nature, formait un étonnant contraste avec le bonhomme.

[*f° 4*] Claire Coudreux était, suivant l'expression de je ne sais quel anglais atrabilaire, la plus aimable, la plus gentille et la plus honnête petite créature qui fût jamais sortie d'un œuf enchanté!... Elle avait de beaux yeux noirs très affectueux, un teint d'une éclatante blancheur, des formes délicates, et, pour nous servir du mot classique en Touraine, mignonnes. Ses traits fins et nobles s'accordaient si naturellement avec sa taille svelte qu'elle devait paraître toujours jeune. Sa vivacité, par un rare privilège, était empreinte d'une grâce naïve, et la nature semblait lui avoir donné l'instinct du bon goût. Ses mouvements avaient quelque chose de doux et de joli. En elle, la politesse du cœur était innée. Elle voulait plaire moins par coquetterie que par le vœu de sa nature. Timide et modeste sans avoir l'air embarrassé ou gauche, devant les étrangers, personne n'inspirait plus promptement un intérêt profond et ne s'adressait plus rapidement au cœur.

Confiée de bonne heure aux soins d'une vieille carmélite, sa tante maternelle, elle avait été nourrie des préceptes religieux les plus sévères, et, douée d'une imagination vive, elle avait peut-être vu, comme sainte Thérèse, une douce extase dans les prières du catholicisme et, avant d'aimer une créature digne d'elle, la pauvre petite essayait son cœur avec Dieu.

Mlle Gauthereau, cette vieille religieuse, *aussi remarquable par les grâces de l'esprit que par les qualités du cœur* (phrase prononcée sur sa tombe par M. l'abbé *Fleuriot, chanoine de Saint-Gatien*), avait enfin *cultivé la jeune plante commise à sa vertueuse expérience de manière à faire revivre en elle le parfum d'une âme chère à ses amis et les dons précieux qui la distinguèrent... (idem)*

Quelques plaisants — où n'existe-t-il pas de ces esprits moqueurs toujours occupés à détruire les illusions humaines — prétendaient que cette religieuse était encore plus taquine que gourmande, acariâtre comme une femme vertueuse, aussi méchante que spirituelle, et que la pauvre petite Claire Coudreux avait été dotée d'une patience angélique à cette triste école. Elle devait, disait-

on, ses talents en musique, et son instruction, au besoin
qu'elle avait éprouvé de se soustraire par l'étude à la
froide tyrannie de cette vieille fille. Mais peut-être
étaient-ce des calomnies, car il en est de la vertu comme
de la supériorité, les méchants et les sots sont intéressés
à les nier. L'athéisme social procède toujours d'un
intérêt personnel.

Âgée d'environ dix-huit ans, Claire était, en quelque
sorte, dame et maîtresse à l'Allouette. Ayant vécu dans
ce joli château depuis la mort de sa tante, elle joignait
toutes les ignorances d'une jeune fille de province à
l'imparfaite instruction qu'elle avait prise dans les livres,
et aux talents incomplets d'une éducation faite à Tours ;
mais en elle le sentiment suppléait à tout.

[*f° 5ᵃ*] [Elle était excellente musicienne et *rayé*]. La
pente de son cœur lui avait révélé les sources de la
vraie poésie comme la nature l'avait créée musicienne.
En un mot, elle était aussi simple que la civilisation
permet de l'être, aussi instruite que sa naïveté le comportait. Possédant cette fleur de sentiment, cette pudeur
virginale, que nous comblons d'amour et de respect, elle
ignorait le mensonge et ne savait pas même rougir.
Elle vénérait innocemment son père, et, n'ayant jamais
senti la nécessité de le gouverner, elle ne connaissait pas
l'étendue de l'empire qu'elle avait sur lui.

En effet, le bonhomme Coudreux admirait ingénument
sa fille, regardant toujours avec étonnement qu'une créature née de lui sût s'exprimer facilement, lire des livres
anglais et italiens, faire rendre des sons à un clavecin
et chanter avec goût.

Ils étaient tous deux, par une belle soirée d'automne,
sur la terrasse de l'Allouette, occupés de pensées bien
différentes. [...]

[*f° 8*] Il y avait toujours sept Chinonais. Tout en joignant ces considérations morales à mon préambule pittoresque et géographique sur le château de l'Allouette, je ne
prétends pas généraliser des faits extrêmement variables,
comme tout ce qui touche à la psychologie, et je déclare
avoir en respect, honneur et révérence les gens du
Chinonais[b].

[*f° 9*] Ils s'aimèrent passionnément

En nous servant de cette antique formule, nous
désirons comprendre sous ces trois mots sacramentels :

1º Les prodiges de natation, d'acrobatisme, de gymnastique et tous les incidents ordinaires et extraordinaires, tant possibles qu'impossibles, dont les auteurs se servent pour unir deux êtres fantastiques par un même sentiment et leur donner l'apparence d'une nature plastique et réelle.

2º Les suaves rêveries au clair de lune, les ravissantes promenades au soleil, les rendez-vous brûlants d'impatience, les correspondances déposées dans le creux des chênes, cette immense collection de soupirs, qui, s'ils eussent passé dans les airs de dessous la frisquette des imprimeurs, y auraient formé des *grains* plus terribles que les vents du cap de Bonne-Espérance, et ces petites frénésies à propos de peu de chose, et ces grands désespoirs à propos de rien. Enfin ces menus détails physiologiques, guenilles de la passion que, depuis Daphnis et Chloé jusqu'à Paul et Virginie, les auteurs ont blanchies, retapées, ressassées, raccommodées, ragréées, repassées, gaufrées, amidonnées, en croyant faire du neuf et qui composent les magasins de l'amour littéraire, comme les machines forment le matériel de l'Opéra.

3º Les superlatifs, dont la littérature romantique a si grandement abusé, que les lignes de points, les blancs et les tirets sont peut-être encore moins déconsidérés. Puis, toutes les niaiseries que l'envie de paraître vrais, naïfs, tendres ou simples suggère aux auteurs, en un mot les phrases dont voici les éternelles formules :

« Elle pleura, mais en secret, car elle était trop fière pour, *et cætera.*

— Ne l'aimait-il donc plus ?... Déjà!... se dit-elle...

— La froide raison lui disait le contraire; mais le cœur l'emporta, et alors elle se dévoua...

— Elle le voyait à travers les enchantements de l'amour...

— Pour la première fois, elle comprit les mystères d'un beau ciel, les douces clartés des ténèbres et la nature lui sembla toute nouvelle; mais rien n'était changé que son cœur...

— Sa tête était brûlante; et...

— Entre un jeune homme de son âge et une jeune fille aussi pure, l'innocence même de leurs cœurs était une séduction... »

Enfin mettez sous ces trois mots : *ils s'aimèrent passion-*

nément, les incommensurables trésors de la mélancolie, les brillantes richesses de la gaieté, l'arsenal de la jalousie, tous les romans par lettres, et toutes les lettres réellement écrites.

Puis, tenant en main la plus splendide de toutes les palettes, imaginez vous-même un amour véritable en vous souvenant de votre première maîtresse... comme elle et vous — *ils s'aimèrent passionnément...*

[. . . .]

ÉTUDES PHILOSOPHIQUES

LES MARTYRS IGNORÉS

INTRODUCTION

Lorsque parurent en 1837, dans l'édition des Études philosophiques *publiée par Werdet,* Les Martyrs ignorés, *fragment du* Phédon d'aujourd'hui, *Balzac souligna par ce titre le caractère partiel de cette Étude. Mais il n'écrivit jamais* Le Phédon d'aujourd'hui, *annoncé dès septembre 1836 au dos des couvertures de la deuxième livraison des* Études philosophiques, *et toujours présent à son esprit en 1845, puisqu'il figure sous le numéro 106 dans le « Catalogue des ouvrages que contiendra* La Comédie humaine ». *Il attachait même une telle importance à cette œuvre, qu'il l'avait placée, dans ce Catalogue, en tête des* Études philosophiques.

Aucune allusion dans la Correspondance, *aucune mention dans* Pensées, sujets, fragments *ne vient ni éclairer ce projet, sa conception et sa signification, ni préciser la nature du lien qui, dans l'esprit de l'auteur, unissait* Le Phédon d'aujourd'hui *à celui de Platon, dont le héros dialoguait avec Socrate sur l'immortalité de l'âme. Néanmoins, l'important fragment des* Martyrs ignorés *forme un tout homogène, dont l'importance, pour la connaissance de la pensée balzacienne, n'échappera à aucun lecteur de* La Comédie humaine. *Il s'agit d'une méditation scientifique sur la nature et les effets de la pensée, à la lumière d'exemples d'où les interlocuteurs, philosophes ou médecins pour la plupart, tirent des conclusions d'ordre moral et métaphysique.*

La scène se passe en 1827 au café Voltaire, place de l'Odéon, où se trouvent réunis : un jeune docteur tourangeau nommé Physi-

*dor; un vieux médecin féru de magnétisme animal, Phantasma;
un mathématicien courlandais qualifié de « philosophe génial »,
Grodninsky; un spirituel Allemand, qui porte l'étrange nom
de Tschoërn; un Irlandais byronien du nom de Théophile
Ormond, ainsi qu'un certain Raphaël dans lequel on reconnaît
aisément l'ombre du jeune Balzac; un libraire et quelques comparses. Chacun apporte son témoignage, raconte son anecdote,
et tous contribuent à la démonstration d'une vérité qui n'est pas
nouvelle dans l'univers balzacien et qu'énonçait sous cette forme
Benassis le médecin de campagne : « [...] c'est une pensée qui tue,
et non le pistolet[1]. ». En l'occurrence, il s'agit surtout des martyrs ignorés, victimes de crimes impunis, de crimes moraux
contre lesquels la justice humaine se révèle impuissante. Réfléchissant à ces effets meurtriers, les interlocuteurs sont d'accord
pour reconnaître la nature matérielle de la pensée, fluide impon-
dérable, analogue à l'électricité.*

    *Le sujet, visiblement, rayonne au cœur de l'inspiration balza-
cienne. Il s'inscrit dans la continuité d'une réflexion scientifique
et philosophique, dont il marque une importante étape. On voit
se formuler scientifiquement une théorie de la pensée, comparable
à la* Théorie de la démarche. *La pensée, le mouvement, voilà
bien les deux pôles de la méditation de Balzac; si on ignore leur
nature et leur fonctionnement, on ne peut, estime-t-il, comprendre
ni l'homme ni la création. Après avoir dénoncé, dans la* Théorie
de la démarche, *la pensée comme le « grand dissolvant de l'espèce humaine[2] », après avoir fait expliquer par Félix Davin
dans l'*Introduction aux Études philosophiques *que « M. de
Balzac considère la pensée comme la cause la plus vive de la
désorganisation de l'homme, conséquemment de la société[3] »,
bref qu'elle peut être pour l'homme « un poison, un poignard[4] »,
le romancier s'applique ici à l'élaboration d'une théorie dont
chacune des* Études philosophiques *doit représenter une
démonstration, ce qui explique la place assignée au* Phédon
d'aujourd'hui dans le Catalogue de 1845.*

    On saisit donc la puissante unité thématique qui unit cette

1. T. IX, p. 570.
2. P. 299.
3. T. X, p. 1210.
4. *Ibid.*

œuvre aux Études philosophiques. *Trois textes publiés anté-*
rieurement permettent en outre de préciser le contexte dans lequel
se situe la naissance des Martyrs ignorés. *En premier lieu, il*
faut citer les Aventures administratives *d'une idée heu-*
reuse, étude philosophique conçue en 1833, dont le début parut,
en 1834, dans Les Causeries du monde, *journal que dirigeait*
alors Sophie Gay. L'œuvre ne fut pas achevée, mais le fragment
publié, sorte de prologue, intéresse directement le sujet des Martyrs ignorés, *car il présente, dans le cadre d'un salon parisien,*
une conversation fort sérieuse entre Louis Lambert et un savant
prussien sur la vie des idées et la puissance de la volonté humaine.
Le savant (qui représente très vraisemblablement le célèbre
Humboldt) raconte la curieuse histoire d'un Hanovrien à qui un
chimiste avait volé ses idées, qu'on retrouva dans un bocal. Or
l'anecdote se retrouve, à quelques variantes près, dans Les Martyrs ignorés, *où elle a pour narrateur le spirituel Tschoërn.*

Un autre récit, beaucoup plus long, est réutilisé dans Les Martyrs ignorés *par Balzac, qui l'avait fait paraître dans* Ecce
homo, *publié, le 9 juin 1836, dans* La Chronique de Paris.
Dans Ecce homo, *ce récit était présenté comme une aventure*
personnelle de l'auteur qui, séjournant, disait-il, pour la troisième
fois depuis sa naissance dans la vallée de l'Indre (c'est-à-dire
à Saché, manifestement), rendait visite à un vieux médecin de
Tours qui avait été jadis fort lié avec Saint-Martin, le Philo-
sophe inconnu, et croyait aux apparitions ainsi qu'aux effets
meurtriers de la pensée, dont il donnait plusieurs exemples à son
jeune ami. Le romancier, dans Les Martyrs ignorés, *prête son*
aventure au docteur Physidor, né aux environs de Tours et ancien
élève du vieux médecin. Il conserve la date de la visite, 1821, et,
mis à part quelques légers aménagements rendus nécessaires par
la nouvelle présentation, reprend textuellement les exemples et
les théories sur la définition, la nature et les effets de la pensée
que développait dans Ecce homo *le vieux docteur. Au bas du*
fragment publié dans La Chronique de Paris, *l'auteur annon-*
çait « la fin au prochain numéro ». La promesse ne fut pas
*tenue, mais le manuscrit d'*Ecce homo *conservé à la collection*
Lovenjoul sous la cote A 4 atteste que la publication de La
Chronique de Paris *ne représentait qu'une partie du texte*
rédigé, texte dont la lecture confirme les confidences de Balzac

sur la conception de cette œuvre. Dès le 15 décembre 1834, il parlait à Mme Hanska d'Ecce homo, « une contrepartie de Louis Lambert[1] », *définition que précise encore cette phrase de* Pensées, sujets, fragments : « Ecce homo. *Contrepartie et preuve de* Louis Lambert. *Un crétin dans une grande famille. Il vit cent ans[2].* » On connaît le goût de l'auteur de La Comédie humaine *pour la symétrie, goût qui lui inspire, au niveau de la création, des personnages, des sujets, des scènes « doubles », l'un étant le négatif de l'autre. Dans le cas présent,* Ecce homo, *étude symétrique de* Louis Lambert, *constitue la contre-preuve de la théorie de l'usure de la pensée.* Louis Lambert, *tué par la pensée, meurt jeune; le crétin, qui ne pense pas, vit centenaire.*

Si les deux textes que nous venons de citer sont directement liés à Louis Lambert, *la troisième œuvre dont la publication jalonne l'itinéraire prénatal des* Martyrs ignorés *présente la particularité de n'être pas une scène contemporaine, mais la convergence des préoccupations et la similitude des recherches apportent à la théorie de* Louis Lambert, *de* Raphaël de Valentin *et autres penseurs de* La Comédie humaine *la caution du passé, le témoignage de l'Histoire. Il s'agit du* Secret des Ruggieri (IIe *partie de l'Étude philosophique* Sur Catherine de Médicis), *qui introduit le lecteur dans le laboratoire de Côme Ruggieri, qu'est venu surprendre dans ses travaux le roi Charles IX. En vérité, cet alchimiste du* XVIe *siècle apparaît surtout comme un héros balzacien, frère de* Balthazar Claës, *le chercheur d'Absolu, et de* Louis Lambert. *Comme eux, il cherche à arracher à la nature son secret et à saisir le mouvement dans son principe. Sa science favorite, comme celle du vieux médecin tourangeau dont il n'est pas moins proche, s'appelle le Magisme, et ses auteurs favoris, comme les siens, se nomment Cardan, Agrippa, Becher et Stahl.*

Cette présence, dans Les Martyrs ignorés, *de récits déjà publiés, de thèmes et d'idées qui se répètent en écho, de personnages qui se ressemblent comme des frères, prouve, outre la forte unité thématique qui prend sa source dans la nature et les effets*

---

1. *Lettres à Mme Hanska,* t. I, p. 283.
2. Éd. Crépet, p. 125.

de la pensée, l'ambition d'un romancier « théoricien », Voyant désireux de se poser en savant pour exposer son système fondé sur la notion d'usure vitale et la conception mathématique d'une énergétique.

    Un tel contexte suffit sans doute à expliquer la facilité et la rapidité avec lesquelles Balzac composa, au printemps 1837, Les Martyrs ignorés. *Ayant quitté Paris pour l'Italie le 14 février 1837, il ne regagna la capitale que le 3 mai, et, le 15 juin, il dédia en ces termes à la comtesse Maffei, la brune Milanaise dont le charme ne l'avait pas laissé insensible, le manuscrit autographe et les cinq jeux d'épreuves des* Martyrs ignorés *(conservés à la collection Lovenjoul sous la cote A 130) : « À la comtesse Maffei | offert par l'auteur | comme un souvenir | du gracieux accueil qu'il | a reçu | H. de Balzac | Paris, ce 15 juin 1837 | C'est comme je vous l'ai dit le premier ouvrage que j'ai fait à mon retour[1]. »*

    En réalité, comme l'explique René Guise[2], le premier manuscrit rédigé au retour d'Italie fut Massimilla Doni, *achevé le 25 mai 1837 et envoyé le 10 juin au comte Porcia. Mais du fait des interminables corrections d'épreuves mêlées à celles de plusieurs autres romans, du fait aussi du retard apporté au dénouement[3], cette œuvre ne parut finalement qu'en 1839.*

    Voilà pourquoi Les Martyrs ignorés *peuvent légitimement être considérés comme le premier ouvrage rédigé au retour d'Italie. Le sujet, auquel l'auteur était particulièrement sensibilisé à l'époque, ne lui demandait aucun effort de conception. La réutilisation de textes déjà publiés et le genre de présentation adopté, une scène de café, facilitaient l'exécution. Balzac choisit le café Voltaire, qu'il fréquentait au temps où il logeait rue de Tournon, c'est-à-dire en 1824-1826, et situa la scène en 1827. Une lettre de Saint-Valry à Balzac, du 4 novembre 1834, évoque d'ailleurs leurs « bons déjeuners de jeunesse au café Voltaire[4] ».*

---

    1. *Lov.* A 130, f° A.
    2. T. X, p. 1504.
    3. Tous ces éléments ont été clairement exposés dans leur détail par René Guise, t. X, p. 1505-1522.
    4. *Corr.,* t. II, p. 574.

Le choix de la date présente évidemment une importance capitale. Relève-t-il de l'autobiographie et faut-il en déduire que l'entretien auquel assiste le lecteur a réellement eu lieu, à cette date et en présence de tels interlocuteurs, qui seraient alors aisément identifiables ? C'est ce qu'ont pensé F. Baldensperger et M. Bardèche, qui tirent d'ailleurs de cette hypothèse des conclusions différentes.

Trouvant frappante la ressemblance entre Wronski et Grodninsky, personnage des Martyrs ignorés, F. Baldensperger (Orientations étrangères chez Honoré de Balzac, Paris, 1927, p. 237-256) se fondait sur cette ressemblance pour affirmer que Balzac avait certainement connu Wronski en 1827, puisque telle est la date de l'entretien du café Voltaire. Maurice Bardèche récusa cette affirmation à la lumière d'un document dépourvu d'ambiguïté, la lettre écrite le 1er août 1834 à Mme Hanska par Balzac qui annonce qu'il va voir « ces jours-ci un illustre Polonais Wronsky (sic), grand mathématicien, grand mystique, grand mécanicien[1] ». Qu'il s'agisse d'une première rencontre, le contexte le prouve de manière irréfutable, mais nous ne saurions suivre M. Bardèche[2] dans la conclusion qu'il en tire, à savoir que, Balzac ne connaissant pas Wronski en 1827, celui-ci n'a pu inspirer le personnage de Grodninsky. D'une part, comme on le verra plus loin, les concordances entre les deux personnages se révèlent importantes et, nous semble-t-il, fort convaincantes. D'autre part, on le verra également, il ne faut pas accorder au choix de la date 1827 une signification temporelle trop limitative. En un mot, si l'autobiographie a sa place dans Les Martyrs ignorés, *la fiction ne perd jamais ses droits.*

Notons d'abord le caractère conventionnel du décor. Un salon ou un café, voilà assurément le cadre idéal des discussions théoriques et des récits d'anecdotes. Ces espaces clos et homogènes peuvent seuls conférer aux éléments disparates, que représentent les propos et ceux qui les tiennent, l'unité de temps et de lieu indispensable.

Ce genre de scène connaissait d'ailleurs un vif succès dans la

---

1. *Lettres à Mme Hanska*, t. I, p. 237.
2. Introduction à *La Recherche de l'Absolu,* éd. Club de l'Honnête Homme, t. XIX, p. 102.

littérature du temps. Les onze entretiens des Soirées de Saint-Pétersbourg, *où Joseph de Maistre, en 1821, traitait, sous forme de dialogue, de problèmes religieux tels que l'idée de justice divine et le gouvernement intemporel de la Providence, représentaient un modèle du genre, souvent imité. Nous nous bornerons à citer ici l'exemple, particulièrement intéressant, du théosophe nantais Édouard Richer, qui adopta cette présentation pour faire connaître les doctrines de Swedenborg. L'auteur de* La Nouvelle Jérusalem, *dont les théories et les écrits inspirèrent largement, de l'aveu même de Balzac,* Séraphîta, *avait fait paraître, en 1825, dans le* Lycée armoricain[1], *« La Soirée de Stockholm », qui réunissait, à l'occasion d'une lecture de* La Jérusalem délivrée *dans l'un des plus brillants salons de Stockholm, un poète normand, un ambassadeur anglais, un magistrat suédois, un savant des Pays-Bas, un officier hanovrien, un philosophe allemand disciple de Kant, un professeur de Cambridge, « une dame, bel esprit, arrivée depuis peu de Paris » et « un petit homme habillé de gris qu'on disait un des rédacteurs de* La Nouvelle Jérusalem », *qui n'était autre que l'auteur. La conversation, très animée, roulait sur la doctrine de Swedenborg, la croyance au somnambulisme et aux Voyants. Bien entendu, la soirée, où s'opposaient partisans et adversaires de Swedenborg, s'achevait dans la confusion, sans conclusion, comme le veut ce genre artificiel, qui représente un moyen d'exposition commode, plus vivant qu'un exposé théorique.*

Balzac avait-il lu le texte de Richer ? C'est possible. De toute façon, il n'avait pas attendu de connaître le café Voltaire pour imaginer une scène de ce genre. Dès 1822, dans Le Centenaire, *œuvre de jeunesse publiée sous le pseudonyme d'Horace de Saint-Aubin, il avait choisi le cadre du café de Foy, au Palais-Royal, pour faire exposer au héros, au cours d'une soirée qui préfigure celle des* Martyrs ignorés[2], *ses idées scientifiques et les curieuses expériences dont il avait été le témoin. Après avoir préféré le cadre d'un salon parisien pour* Une conversation entre onze heures et minuit, *dans le recueil des* Contes bruns

1. T. VI, p. 25.
2. Éd. Pollet, 1822, reproduite en fac-similé par les Bibliophiles de l'originale, Paris, 1962, t. II, p. 69 et suiv.

(1832), et pour les Aventures administratives d'une idée heureuse *(1834), il revient ici à une scène de café et choisit ce café Voltaire qu'il avait fréquenté dans sa jeunesse. Mais est-ce bien un souvenir réel qui lui inspira la création des* Martyrs ignorés *? Rien ne le prouve et le doute semble d'autant plus légitime que l'examen du manuscrit révèle que ni le décor ni la date de 1827 ne surgirent spontanément sous la plume de l'auteur. Cet examen du manuscrit et des cinq jeux d'épreuves des* Martyrs ignorés, *tous conservés à la collection Lovenjoul sous la cote A 130, se révèle d'ailleurs intéressant et suggestif, particulièrement éclairant pour le problème qui nous occupe, celui des parts respectives de l'autobiographie et de la fiction dans* Les Martyrs ignorés. *L'ampleur des remaniements et corrections effectués par l'auteur avec une hâte dont les traces sont multiples nous incite, autant que la perspective choisie, à présenter une synthèse du travail créateur, plus évocatrice qu'une énumération de variantes de détail.*

1° *On constate tout d'abord que la rédaction du manuscrit s'opéra en deux temps. À l'origine, le premier feuillet introduisait le lecteur dans un entretien, sans date ni lieu, entre trois personnages : un docteur Chose, un anonyme désigné par le simple mot Monsieur, et Moi, c'est-à-dire l'auteur, qui représentait l'interlocuteur essentiel, puisque, sitôt achevée la première anecdote que nous lisons encore maintenant, celle de Bouju, Moi prenait la parole et ne la cédait plus. Après quelques considérations philosophiques sur la pensée, illustrées par l'histoire du portier (attribuée au libraire dans le texte définitif), il enchaînait avec le récit de sa visite à un vieux médecin de Tours qui croyait aux apparitions et exposait sa théorie de la pensée. Ce texte ne pouvait donner aucun mal à l'auteur, puisque, l'année d'avant, il l'avait fait paraître dans* Ecce homo, *publié dans* La Chronique de Paris *le 9 juin 1836. Pressé par le temps, il se borna à coller sur son feuillet manuscrit des* Martyrs ignorés *le début du texte imprimé, et écrivit pour l'imprimeur dans la marge : « Continuez avec la copie de la* Chronique. » *Il se réservait sans doute d'ajouter sur épreuve une conclusion à cet entretien assez déséquilibré dans sa composition et nettement autobiographique dans sa présentation, s'il l'avait livré ainsi à l'imprimeur. Trois corrections marginales et l'addition d'un feuillet*

de présentation modifièrent déjà cette fugitive création. D'abord
Chose devint Phantasma, le Monsieur se transforma en docteur
Physidor et, fait plus intéressant encore, Moi prit l'éloquent
pseudonyme de Scribonius. Le feuillet de présentation, numéroté
1 — si bien que l'ancien feuillet 1 prit le numéro 1 bis —, pré-
cisa le cadre, le café Voltaire, et la date, décembre 1825. L'au-
teur ajouta de nouveaux personnages, Théophile l'Irlandais, le
libraire[1], ainsi que les comparses, garçon de café et étudiants.
Chacun des interlocuteurs eut droit à une présentation, très
proche déjà de la présentation définitive. Dernière modification
intéressante : grâce à une correction marginale, le docteur Physi-
dor prit le relais de Scribonius, après l'anecdote du portier, et
hérita ainsi du récit de la visite au vieux médecin de Tours,
publié par Balzac — à la première personne — dans Ecce
homo.

2° L'évolution du personnage appelé Raphaël dans le texte
définitif se révèle, au fil des épreuves, particulièrement intéres-
sante et significative. Au départ, Balzac, visiblement, avait pris
plaisir à se mettre en scène, se désignant par le pronom personnel
Moi et donnant à son portrait, sur le feuillet de présentation,
l'exactitude rigoureuse d'une fiche signalétique. Le physique
(« œil d'émerillon », « cheveux noirs »), la tenue vestimentaire,
l'adresse (au cinquième étage d'une maison de la rue de Tournon),
la profession (jeune auteur exploité par son libraire), l'âge
(à trois ans près, à vrai dire), rien n'y manquait, pas même
cette amusante confidence : « gourmand par tempérament, sobre
par nécessité ». Si le portrait ne subit aucune retouche, l'auteur,
avant de livrer le manuscrit à l'impression, se cacha sous une
identité fictive et Moi devint Scribonius. Ce Scribonius ne vécut
d'ailleurs que le temps d'une épreuve, puisque dès le deuxième jeu
d'épreuves il céda la place à un authentique héros balzacien,
celui de La Peau de chagrin. *Balzac avait songé d'abord à*
l'appeler Émile (Blondet ?), puis il choisit Raphaël, c'est-à-

---

1. Le libraire faillit s'appeler Brisset, puis Fessart, du nom de
l'ami dévoué de Balzac, mais il demeura finalement anonyme. Il
exploite Scribonius, dont le nom est souligné comme celui de tous
les autres interlocuteurs, ce qui avait fait croire, à tort, à Maurice
Bardèche que Scribonius représentait un nouveau personnage, doté
de traits qui, en réalité, appartiennent au libraire.

dire Raphaël de Valentin, dont il avait écrit deux fois le nom avant d'adopter seulement le prénom. Le déménagement du personnage, de la rue de Tournon à la rue des Cordiers, où loge le héros de La Peau de chagrin, *confirme encore la nouvelle identité de ce personnage fictif. Certes, on peut le considérer comme un double, comme un fantôme du miroir, et Pierre Citron, dans son* Introduction à La Peau de chagrin, *fait une convaincante démonstration de la ressemblance de Raphaël avec Balzac lui-même[1]. Il n'empêche que, dans* Les Martyrs ignorés, *le romancier, à mesure que progresse l'œuvre, prend de plus en plus ses distances avec le personnage auquel il s'était primitivement identifié. Une ultime correction du texte imprimé, sur l'exemplaire de Dutacq acquis plus tard par les Goncourt[2], libéra le personnage fictif du dernier lien qui l'attachait à son créateur, la ressemblance physique. Ainsi l'œil d'émerillon devint-il bleu, ainsi les cheveux noirs se changèrent-ils en cheveux blonds. Du Raphaël des* Martyrs ignorés, *Balzac pouvait désormais dire ce qu'il écrivait à Mme Hanska à propos du Raphaël de* La Peau de chagrin : « *[...] jamais je ne serai sans ressembler à Raphaël dans sa mansarde[3]. »* Étonnant mot d'auteur qui ne renvoie pas *du fictif au réel, mais du réel au fictif !*

3° Tous les personnages des Martyrs ignorés *ne firent pas leur entrée en même temps dans cet entretien. On a déjà vu que Théophile l'Irlandais et le libraire n'avaient pas part à l'entretien, dans le tout premier jet du manuscrit. Il est intéressant de constater que Tschoërn — alors appelé Chouerne — et Grodninsky n'apparurent que sur la première épreuve. La naissance successive de ces divers personnages confirme donc que l'entretien des* Martyrs ignorés *ne reflète pas le souvenir d'une authentique conversation à laquelle auraient participé ensemble tous les interlocuteurs réunis ici. Leur évolution, au fil des épreuves, révèle en outre, de façon certes moins spectaculaire que pour Raphaël, mais néanmoins sensible, l'effort conscient et délibéré du romancier pour s'éloigner du réel. Dans Grodninsky, le mathématicien polonais, mystique, prophète et inventeur qui a*

1. T. X, p. 9-12.
2. *Lov.* A 131.
3. *Lettres à Mme Hanska,* t. I, p. 88.

horreur des lettres de change, bref tel qu'il apparaît à l'origine, comment ne pas reconnaître Wronski ? L'allusion était si évidente que Balzac, sur les épreuves suivantes, jugea bon d'en faire un Lituanien, puis un Courlandais sur l'exemplaire imprimé qui porte quelques rares corrections de sa main. On peut penser qu'un scrupule de même nature l'incita à faire émigrer à l'Odéon, sous le nom fictif de la Lureuil, l'actrice de Vaudeville qui, à l'origine, achevait, dit-il, le malheureux Théophile. Une authentique actrice de Vaudeville, Adeline Wilmen, venait en effet de jouer ce rôle auprès de l'élégant et fragile Sanegon, type même du dandy et compagnon de plaisir d'Eugène Sue et de Balzac.

Est-ce à dire que tous ces personnages sont authentiques et aisément identifiables ? Assurément non. Certes Physidor présente une ressemblance frappante avec le très réel Jean-Étienne Georget, né comme lui en Touraine et comme lui compagnon de Velpeau et de Trousseau. Ce jeune médecin mort phtisique en 1828, en pleine gloire, avait été le disciple de Bretonneau et l'interne, à l'hôpital de Tours, du vieux docteur Bruneau, qui présente de nombreux points communs avec le médecin de Tours évoqué par Physidor[1]. Quelques traits du libraire, d'autre part, rappellent Louis Mame[2], et dans le vieux Phantasma il paraît légitime de voir se profiler l'ombre du vieux Deleuze, le disciple de Mesmer, auteur d'une célèbre Histoire *critique du magnétisme animal (1813), bien connu de Balzac par l'intermédiaire du docteur Chapelain. On ne risque guère non plus de se tromper en retrouvant dans Théophile, l'Irlandais romantique, et dans son aventure amoureuse le souvenir de Sanegon. Mais il est à peu près sûr aussi que tous ces personnages sont composites, à commencer par le pittoresque Tschoërn, que certains traits apparentent au spirituel docteur Koreff, d'autres au journaliste d'origine allemande Loève-Veimars, l'un des principaux introducteurs d'Hoffmann en France.*

Quoi qu'il en soit d'ailleurs, Balzac ne les a pas tous connus à la même époque de sa vie. Si la date qu'il a finalement choisie,

---

1. M. Ambrière-Fargeaud, *Balzac et « La Recherche de l'Absolu »*, Hachette, 1968, p. 139.
2. Voir N. Felkay, « Les quatre faillites de Louis Mame », *AB 1973*.

celle de *1827*, substituée à celle de *1825* sur la quatrième épreuve, est plausible pour des conversations éventuelles avec Georget et autres jeunes médecins, c'est plutôt vers les années *1829-1830* qu'il faut situer les relations avec les magnétiseurs, tels que Chapelain, Deleuze ou Chambellan, ou avec les journalistes et les dandys. La connaissance de Wronski fait même intervenir la date précise du mois d'août *1834*, alors que d'autres souvenirs peuvent venir de *1821* ou *1822*, notamment celui de la visite au vieux docteur de Tours. Notons enfin que la complexité des dates se manifeste au niveau même du texte, puisque, par exemple, l'un des interlocuteurs, dans cet entretien de décembre *1827*, fait allusion à Marino Faliero, donné « ces jours-ci à la Porte-Saint-Martin ». Or c'est le *30 mai 1829* que fut créée cette pièce de Casimir Delavigne.

À la lumière de cette étude de texte et d'avant-texte, une conclusion semble donc s'imposer : Les Martyrs ignorés *sont une œuvre hâtivement rédigée mais très progressivement et très soigneusement élaborée, dans laquelle la part de la fiction n'a cessé de grandir. Peu à peu sont venus participer à la discussion des interlocuteurs rencontrés par Balzac à des dates diverses et se mêler, appelés par la fiction, d'authentiques souvenirs d'époques différentes. Au fil des épreuves, le romancier a fait vivre ses personnages, tous de plus en plus autonomes, de mieux en mieux individualisés, grâce à l'addition de détails sur la voix, le regard ou le costume. Metteur en scène habile, il a multiplié les interruptions afin de donner à l'entretien l'allure libre de la conversation et redistribué les rôles. Manifestement soucieux de l'équilibre de l'ensemble, il a imposé à l'entretien un certain rythme, qui fait alterner les temps forts, ceux du récit et de la théorie, et les temps faibles, où fusent les boutades et les commentaires.

De cet important travail créateur un dernier aspect mérite d'être mis en lumière, celui qui a trait au style. Ajoutant une allusion, enrichissant une énumération, précisant un nom, Balzac n'a cessé d'améliorer l'expression, de donner aux passages théoriques une formulation scientifique plus rigoureuse et aux récits d'anecdotes le relief et le pittoresque de brèves études de mœurs.

Si, de toutes ces anecdotes, le romancier s'entend admirable-ment à tirer des conclusions convergentes, qui en font de parfaites illustrations de la théorie de la pensée exposée ici, c'est seulement dans la présentation que se manifeste un accent personnel, car l'invention n'a pas la moindre part dans le fond même de ces anecdotes qui, toutes, appartiennent à une actualité plus ou moins récente.

Une des plus pittoresques est celle de l'homme qui avait perdu son âme, déjà évoquée dans les Aventures administratives d'une idée heureuse. *La source de l'auteur était alors toute fraîche, puisque le* Vert-Vert, *dans son numéro du 11 jan-vier 1834, avait publié, sous le titre piquant « L'homme sans âme », une curieuse anecdote dont l'auteur n'était pas nommé. Cet homme sans âme, le capitaine Parry, venait d'être interné parmi les fous de Bedlam, à Londres, parce que, s'imaginant qu'il n'avait pas d'âme, il s'était mis en tête de tuer quelqu'un afin de pouvoir s'approprier son âme. Il en était arrivé là après avoir vainement quêté auprès de diverses personnes la restitution de l'âme qu'on lui avait volée. Le malicieux auteur de l'article ajoutait à propos de cette histoire ce commentaire plein d'humour : « Nous avons vu, il y a peu de temps, un original s'accuser d'avoir avalé en déjeunant un de ses amis tombé dans son verre ; mais il n'y avait pas là de quoi jeter les hauts cris. Nous avalons chaque jour des millions d'animaux sans nous en douter. » L'histoire de l'homme sans âme avait-elle été reproduite dans d'autres jour-naux, ou Balzac la lut-il dans le* Vert-Vert, *peu importe. L'origine de l'anecdote, racontée dans les* Aventures administra-tives d'une idée heureuse *et reprise dans* Les Martyrs ignorés, *ne fait en tout cas pas de doute.*

L'histoire du portier, autre morceau de bravoure des Martyrs ignorés, *était née, elle, en 1829. Alexandre Dumas, dans* Les morts vont vite[1], *raconte comment, après la création de sa pièce* Henri III et sa cour[2], *une parodie, intitulée* La Cour du roi Pétaud, *fut représentée pour la première fois au Vaude-ville le 28 février. À la fin du quatrième acte, raconte Dumas, la scène d'adieux de Saint-Mégrin et de son domestique était paro-*

1. Paris, Michel Lévy, 1851, p. 31.
2. Le 10 février 1829.

diée par une scène entre le héros de la parodie et son portier, auquel il demandait, sur l'air Dormez donc, mes chères amours, très en vogue à l'époque, une mèche de ses cheveux. Quelques jours plus tard, lors d'un dîner chez Véfour, Eugène Sue, Desforges, de Leuven, Desmares, Rousseau, Romieu et Dumas chantaient gaiement le refrain : « Portier, je veux | de tes cheveux! » Songeant soudain au portier, nommé Pipelet, de la maison n⁰ 8 de la rue de la Chaussée-d'Antin (qui s'appelait alors rue du Mont-Blanc), Eugène Sue entraîna ses joyeux compagnons sous les fenêtres de Pipelet où ils chantèrent leur gai refrain. Ils récidivèrent si bien qu'un beau jour le portier, devenu fou, fut emmené à l'hôpital[1].

Eugène Sue ou Romieu racontèrent-ils l'anecdote à Balzac ? Elle connut en tout cas un tel succès que pendant plusieurs années elle ne quitta plus l'actualité des journaux et de la scène. Parmi toutes ces versions, enjolivées de variantes diverses, on peut retenir celle du Voleur, *le 31 octobre 1835*, et surtout celle du Musée des familles, *en septembre 1835*, la plus proche incontestablement de l'anecdote des Martyrs ignorés, *qui, sous le titre* Un portier de Paris, *avec une illustration de Grandville, racontait l'histoire de Picard le chauve, portier rue Saint-Georges, tellement persécuté par le fameux refrain qu'il finit ses jours à Bicêtre.*

Balzac n'a pas davantage inventé l'histoire terrifiante de la mort du portier d'un collège de Dublin, que raconte Théophile dans Les Martyrs ignorés. La Revue britannique, *sous le titre « Le tribunal secret », reproduit une anecdote en tous points semblable, à ceci près qu'elle a pour cadre le collège de Sainte-Marie à Édimbourg[2]. L'histoire, racontée par le docteur d'Édimbourg, était empruntée au* Fraser Magazine, *indique la* Revue britannique *sans préciser la date. On peut présumer d'ailleurs que Balzac, qui a cité la* Revue d'Édimbourg, *a pu la lire dans d'autres journaux, à moins qu'il n'en doive le récit au docteur Chapelain ou à Nacquart.*

La seule anecdote dont nous n'avons pas retrouvé la trace dans

1. Voir dans *Les Mystères de Paris* d'Eugène Sue l'épisode du portier Pipelet et du rapin Cabirion.
2. Août 1843.

*les journaux, celle de la mort de Mme Bouju, où Balzac a
changé quelques noms, sans doute pour brouiller les pistes, a,
selon toute vraisemblance[1], une origine similaire.*

L'origine composite de ce texte, élaboré par un auteur pressé,
met donc en évidence le caractère factice de son homogénéité. Le
système balzacien, certes, n'est pas exposé avec la rigueur dialec-
tique de Louis Lambert, mais on en retrouve, plus scientifiquement formulés, les éléments essentiels. La réflexion balzacienne sur la pensée, sa nature et ses effets ne s'interrompit
jamais. Elle fit naître, dans les Études de mœurs, d'autres
martyrs ignorés, tels qu'Albert Savarus et Ursule Mirouët,
tous deux victimes de ces crimes contre lesquels la justice des
hommes est impuissante. En 1845 encore, Balzac manifesta
son intention d'écrire Le Phédon d'aujourd'hui et, en 1848,
il songea à reprendre Ecce homo, mais la vaste Théorie de la
pensée, philosophique et scientifique, qu'il méditait d'écrire, ne
vit jamais le jour. Il faut néanmoins reconnaître que, tels qu'ils
sont, dans une perspective diachronique comme dans une perspective
synchronique, Les Martyrs ignorés *présentent pour l'étude de
la pensée de Balzac et pour la lecture des* Études philosophiques *une importance capitale.*

Publié en août 1837, au tome XII des Études philosophiques, *édition Werdet, le texte des* Martyrs ignorés *fut
reproduit sans aucune correction de l'auteur, en 1848, pour
compléter, avec* Une rue de Paris et son habitant, *le tome III
de* La Dernière Incarnation de Vautrin (IVᵉ *partie de*
Splendeurs et misères des courtisanes), *publiée chez
l'éditeur Chlendowski.*

Un exemplaire des Martyrs ignorés, *au tome XII des*
Études philosophiques *publiées par Werdet, est conservé à la
bibliothèque Lovenjoul, sous la cote A 131. Il s'agit de l'exemplaire acquis par les Goncourt à la vente Dutacq. Selon l'usage,
c'est ce texte, portant quelques rares corrections de l'auteur, qui
est reproduit ici.*

MADELEINE AMBRIÈRE-FARGEAUD.

1. Voir n. 1, p. 728.

LES MARTYRS IGNORÉS

Fragment du « Phédon d'aujourd'hui »

SILHOUETTES DES INTERLOCUTEURS

La scène est au Café Voltaire, *place de l'Odéon, à Paris, dans le dernier salon dont les croisées donnent sur la rue de l'Odéon, à côté de* SOLEIL, *opticien*[1]. *Tous les soirs, jusqu'à minuit, trois ou quatre savants jouent aux dominos, à la table qui se trouve au fond de la salle, auprès de la croisée, et que l'on a nommée* LA TABLE DES PHILOSOPHES.

Le *docteur* PHYSIDOR. Jeune médecin occupé de phrénologie, de l'irritation, de la folie, des aliénés, et voulant se faire une spécialité scientifique. Vingt-sept ans, taille au-dessus de la moyenne, peu coloré, l'œil gris et vif, maigre, la main blanche du penseur qui n'a jamais d'encre aux doigts, teint des blonds, quoiqu'il ne soit que châtain. Né en Touraine, à la Ville-aux-Dames[2]; venu à Paris avec les Velpeau, les Trousseau, etc. Aimant la science, et dès lors plus adonné à la théorie qu'à la pratique. Chapeau à larges bords, longue redingote bleue, gilet jaune, pantalon noir, peu de fortune. Ayant, selon l'expression du *docteur Phantasma,* le doigt de la mort empreint sur le front[3]. Consommant une limonade vers dix heures et demie. Voix de ténor.

Le *docteur* PHANTASMA. Né à Dijon, et venu à Paris lors de la fameuse discussion sur le magnétisme animal qui souleva la France savante. Vêtu tout en drap noir, mais faisant preuve d'une remarquable incurie[4]; conservant les culottes antiques, fortement plissées, usées, et à petit pont, sous lequel il passe la main gauche en parlant; bas de laine noire drapée; gros souliers dans lesquels il met une semelle de poix de Bourgogne[1] entre deux taffetas gommés afin de ne pas se laisser soutirer son électricité, ce qu'il appelle *être foudroyé par en dessous;* chapeau de soie à onze francs dans un état constant d'horripilation[2], habit carré à grands pans, portant une grosse tabatière qui, par le fréquent usage qu'il en fait, découd sans cesse la poche gauche de son gilet; montre à chaîne d'acier terminée par un coquillage très connu et par une clé en cuivre. Figure de casse-noisette, ornée des nageoires républicaines, barbe faite deux fois par semaine. Ami du docteur Bouvard[3], l'un de ceux qui tinrent jadis pour Mesmer et Deslon, et qui, pour ce fait, était encore la bête noire des médecins de Paris. Gai, rieur, aimant la bonne chère, dînant rue Montesquieu, à une table d'hôte suspectée d'être peu difficile sur les femmes qui y sont admises. Logé, depuis trente-huit ans, rue de Condé[4] dans la maison où demeurait Beaumarchais avant qu'il n'allât Vieille-Rue-du-Temple, circonstance qu'il rapporte souvent. Soixante-treize ans, grand et gros; cheveux gris ramenés du bas de la tête sur le front par de longues mèches collées, mais qui, au temps des grandes chaleurs, s'éparpillent drôlement; ridé comme une feuille de vigne, parlant de ses passions, sans parler de ses bonnes fortunes. Organisation vigoureuse, bonne judiciaire, tête carrée, ayant tout lu, médité sur tout. À son aspect, le mot *ganache* expire sur les lèvres de l'étudiant. Consommant une seule demi-tasse de café pendant toute la soirée. Voix de chantre.

GRODNINSKY. Lituanien, lieu de naissance et âge inconnus. Mathématicien, chimiste et inventeur, sans domicile connu, consommant beaucoup[5]. Un air grave qui arrive au sournois, un front beau comme celui que l'on prête à Homère, à Hippocrate, à Rabelais, à Shakespeare, à tous les grands hommes desquels il n'existe pas de portrait authentique; le teint blafard des hommes du nord, corporence[6] de taureau. Mise peu soignée, cravate noire légèrement huilée par un long usage, voire même écorchée par la barbe. Aspect grandiose, manières polies. Des yeux bleus où se peint la résignation de l'homme méconnu, persécuté. Très en guerre avec l'Institut, admirant Geoffroy Saint-Hilaire et le proclamant supérieur à Cuvier. Pris par les uns pour un grand génie, et par les autres pour un fin blagueur. Soupçonné d'avoir des fantaisies coûteuses[1]. Respectueusement accueilli par *Physidor* et *Phantasma,* par le *Libraire,* par *tutti quanti,* qui paient sa consommation sans qu'il s'en aperçoive. Espèce de *Grand-lama,* mais si véritablement philosophe qu'il est au-dessus des compliments vulgaires; enfin un Platon moderne dont le Socrate est inconnu. Belle voix de baryton.

Tschoërn. Allemand. Caractère indéfinissable, tantôt vaporeux comme une ballade, tantôt positif comme Dupuytren, impitoyable pour Kant, flagellant M. Cousin[2] par le knout d'une satire affilée. Plus spirituel que Voltaire et Beaumarchais réunis, et croyant aux apparitions; errant par les rues en inspiré, bête comme tout le monde à ses heures. Observant *Grodninski* avec surprise, un homme entre l'esprit supérieur et le génie, tenant de l'un et de l'autre. Poète, grand politique, et néanmoins plaidant pour les sottises humaines contenues dans le bocal étiqueté du mot *liberté.* Assez courageux pour dire que Faust est un raccroc[3]. Jeune homme blond comme la blonde Allemagne, ayant des yeux qui brillent comme des étoiles. Très souvent amoureux. Crédule et ne croyant à rien par moment, selon les différents états du baromètre ou du thermomètre. Aimant beaucoup *Physidor* et *Raphaël,* inquiet de *Phantasma* qui reste au port d'armes de la critique, à la façon du dictionnaire de Bayle[4]. Âge indécis, costume de journaliste[5]. Petite voix flûtée.

Raphaël : Logé rue des Cordiers, au cinquième étage. Pantalon à pied en nankin depuis Pâques jusqu'à Noël, en hiver pantalon de drap poilu; gilet bleu à boutons de métal peu dorés, chemise de calicot, cravate noire, souliers couverts et lacés, chapeau lustré par la pluie, redingote olive. Mangeant rue de Tournon[6], chez la mère Gérard, à vingt et un sous par dîner, dans un rez-de-chaussée où l'on descend par deux marches. Vingt-trois ans[7]. Figure violente de santé, cheveux blonds, œil bleuâtre, maigre et chétif. Avide de connaissances, les avalant sans digérer, admirant *Phantasma* qui sait tout, plein de respect pour *Physidor* qui médite un système, à plat ventre devant *Grodninsky* qu'il vénère comme un dieu, sympathisant avec le doux, l'aimable, le spirituel *Tschoërn.* Ne consommant rien, et ne voulant rien accepter de la table dite *des Philosophes.* N'osant lever les yeux sur la divinité qui trône au comptoir. Six cents

francs par an pour le moment, millionnaire dans l'avenir.
Crédule, trompé, revenant avec intrépidité vers de nouveaux mensonges; gobe-mouches et perspicace, battu sur
le terrain et victorieux sous la tente. Voix de poitrine
caverneuse.

Théophile Ormond : Irlandais et très byronien, long
cou, cravate soignée, teint d'Anglaise, prude à l'excès
et au régime du copahu[1]. Vêtement plein d'élégance,
montre plate, petit lorgnon; passant une demi-heure à
la toilette de ses ongles. Fanatique de Ballanche[2], alors
inconnu; haïssant l'Angleterre, et par-dessus toute chose
les *saints*[3] (prononcez *seintz*) anglais qui invitent *à un thé
et Bible*. Une jeune tante de la secte des *saints* lui a fait
perdre la succession de son père, en disant mille horreurs
de lui, pauvre gentleman, et le peignant comme un
coquin, le tout parce qu'on voit beaucoup son tilbury
chez une actrice française, quoique fiancé de miss Julia
Marmaduke. Voulant le rappel de l'Acte d'Union, adorant
O'Connell et Moore[4], lequel n'avait pas encore passé à
l'aristocratie. Dépensant cinq francs par soirée, et venant
après le spectacle, pendant que Mlle Lureuil se déshabille
et s'habille. Parlant très bien français, ayant des principes
religieux sans aller dans aucune église. Poitrinaire achevé
par la Lureuil, actrice de l'Odéon, à laquelle il a laissé
en 1827 trois mille livres de rente. Salué par les garçons
du Café. Voix claire et gracieuse.

Le Libraire[5]. Ancien commis chez Briasson, le premier
libraire de l'*Encyclopédie* de Diderot, ayant nécessairement
connu les collaborateurs de *Monsieur Diderot*. Se croyant
obligé d'être athée, parce qu'il a été lié avec M. de
Lalande[6]. Ayant traversé les temps malheureux de 1790 à
1815 sur le dos de quatre faillites *non déclarées,* et se plai-
gnant avec amertume des gens qui manquent à payer
leurs billets. Maison de campagne à Meudon. Ne
s'étonnant d'aucune idée, n'ayant jamais ouvert un livre,
escomptant à vingt-quatre pour cent, connaissant bien
la place, ayant des conceptions d'entreprise, n'entreprenant rien, mais poussant les autres à entreprendre, et se
faisant payer ses conseils. Passant pour un homme fort,
raisonnant sur tout, donnant d'excellents avis aux gens
de lettres. Essayant de savoir ce que fait Raphaël, afin
de l'exploiter, s'il a quelque bel ouvrage sur le chantier.
Professeur au domino. Soixante ans. Physionomie d'un

professeur de rhétorique. Habit marron, pantalon noisette, gilet noir, un diamant à sa chemise, gants de cha-
mois, air franc et ouvert. Voix éteinte. Consommation
très irrégulière.

ÉTUDIANTS. Comparses mobiles, muets au café, mais
s'entretenant dans la rue de ce qu'ils y ont entendu.

LE GARÇON. Endormi sur une chaise après la fermeture de l'Odéon, depuis onze heures et demie, jusqu'au
moment où *les philosophes* s'en vont.

HUITIÈME[1] ENTRETIEN

(Décembre 1827, dix heures et demie du soir)

*Deux étudiants sortant de l'Odéon et venant au Café Vol-
taire. Le premier : « Tu vas les entendre, et tu verras que ce ne
sont pas des conscrits ; mais le plus fort est encore le Russe. »
Le second : « J'ai vu le maigre à l'école de Médecine. » Le
premier : « Je dîne chez la mère Gérard avec le plus jeune. »
Le second : « L'Irlandais est bien heureux d'avoir cette bête
de Lureuil ! Comme elle était belle ce soir ! » Le premier[2] :
« Il lui donne trois mille francs par mois, mon cher, et nous
l'aurons peut-être pour rien. » Ils se taisent et s'asseyent à
une table voisine de celle des Philosophes.*

GRODNINSKY : A-t-on jamais vu temps pareil, toujours
humide. Quand viendra la gelée ?

THÉOPHILE, *il tire sa montre* : Onze heures, j'ai une
demi-heure à moi. (*Les étudiants se regardent.*)

PHANTASMA : Double six ! à moi la pose.

PHYSIDOR, *à l'Irlandais* : Votre petite Lureuil a bien joué
ce soir. — Garçon, ma limonade. — À votre place, dans
sa loge, tout habillée en robe de bal comme elle était, je...

THÉOPHILE, *rougissant* : Oh, monsieur le docteur, ce
n'est pas *gentlemanly*.

LE LIBRAIRE : Bonjour, messieurs. Qu'avez-vous,
mon petit Raphaël ? vous avez l'air abattu. Ne nous
abattons jamais ! Moi j'ai eu des malheurs, savez-vous
comment je m'en suis tiré ?... par beaucoup de courage.
Vous travaillez peut-être trop, il ne faut pas tant travailler, vous n'arriveriez à rien. Ceux qui parviennent
ne s'amusent pas à méditer. Mauvais système.

GRODNINSKY, *il regarde le jeu de Phantasma :* Vous avez deux six, un de posé par Tschoërn, le reste est dessous, vous ne pouvez pas gagner.

PHYSIDOR : Avec le calcul, il n'y a plus que trois jeux possibles, le trictrac, la roulette et le creps.

GRODNINSKY : C'est vrai. Là, l'homme combat le hasard. À tous les autres jeux, un nombre de parties étant donné, la science est sûre de triompher.

TSCHOËRN : Ne trouvez-vous pas quelque chose de gigantesque à se mesurer avec le hasard ?

GRODNINSKY : Le hasard est une puissance bien incomprise, il représente l'ensemble des mouvements d'une force qui nous est inconnue, et qui meut le monde. Les joueurs sont des Titans.

LE LIBRAIRE : S'il n'y a pas de hasard, il y a donc un Dieu.

TSCHOËRN, *riant :* Il y en a deux. Pour quoi comptez-vous le diable ?

LE DOCTEUR PHANTASMA : J'ai rencontré hier une douillette puce...

LE LIBRAIRE : Mâle ou femelle ?

PHANTASMA : Elle m'a rappelé un fait à ma connaissance personnelle et qui s'appliquerait au système que *(à Physidor)* vous nous développiez avant-hier. Avez-vous entendu parler de l'abbé Bouju[1], qui est vicaire général de... de... de... Ma foi ! je ne me souviens jamais des diocèses conservés parmi ceux d'autrefois. Eh bien, c'est de lui qu'il s'agit. Il y a quelque quarante ans, mon Bouju était vulgairement parlant *un bon vivant,* ce que les imbéciles nomment un égoïste, comme si nous n'étions pas tous égoïstes de naissance ou par expérience. L'oubli de soi-même est une dépravation. Soit qu'il regardât comme profondément risibles les idées religieuses, soit que tout lui fût indifférent, excepté ses propres jouissances, il ne faisait que ce qui lui plaisait. Il était marié, mais il n'avait pas d'enfants et laissait sa femme seule chez elle, libre de ses pensées, de ses actions : *Va te promener, ma chère amie, fais ce que tu veux et vivons en paix !* Madame habitait une aile de la maison, et monsieur l'autre. Bouju avait beaucoup d'amis : il allait sans cesse à la campagne, jouait, chassait, faisait des parties, et restait quelquefois six à sept mois hors de chez lui. L'hiver, il dînait toujours en ville, rentrait à deux ou

trois heures du matin, et avait une si profonde aversion
du chez soi, que quand il donnait à dîner à ses amis, il
les recevait chez un traiteur, dans une salle qu'il avait
louée. Ce qui paraîtrait singulier à des niais *(les étudiants
font un soubresaut)*, c'est que sa femme était jeune, jolie,
d'une excessive sensibilité, pieuse comme toutes les
vieilles femmes de Dijon ensemble, enfin, elle était tout
sentiment. Bouju, lui, était tout plein de cette grosse joie
provinciale, assez animale pour barboter dans le même
étang, sans penser à changer d'eau ni de boue. Cette
femme l'aima d'abord ; délaissée, elle se jeta dans les
bras de la religion, attendant que Dieu lui ramenât son
mari, qui pensait à Dieu comme vous pensez à l'an
quarante ; il s'en occupait quelquefois dans ses jurons.
Bouju (un drôle de nom, n'est-ce pas ?) était si bon enfant,
si rieur, si boute-en-train, que personne ne blâmait sa
conduite avec sa femme. Généralement on expliquait
cette bizarrerie par quelque vice de conformation, car
la pauvre créature ne se plaignait pas ; elle trouvait
quelque chose d'immonde à courir après son mari. Elle
était riche, elle s'amusait à faire du bien en secret. Bouju
faisait aussi du bien en secret, il aimait le tablier et cour-
tisait toutes les servantes. Je n'ai jamais vu de si bon
ménage : en sept ans, il n'y eut pas une querelle ; à la
vérité ils ne se rencontraient que quand le hasard les
faisait sortir ensemble, parfois encore dans un bal où
chacun d'eux arrivait de son côté. Mme Bouju avait
trente ans quand elle reçut chez elle un cousin de Bouju,
M. de Lescheville, caissier de M. Bodard de Saint-James,
trésorier de la Marine[1]. Le désastre de son patron forçait
ce monsieur à quitter Paris, à cause de la rigueur de la
jurisprudence commerciale à l'endroit des lettres de
change. Bouju le logea chez lui, fort heureux de procurer
une compagnie à sa femme. Lescheville était une manière
de petit-maître[2], il devint amoureux de Mme Bouju par
passe-temps ; mais la résistance de la femme pieuse irrita
si bien sa fantaisie, qu'elle prit le caractère d'une passion.
Combien croyez-vous que dura la lutte ? Quatre ans !
avant la révolution, remarquez bien ? Mme Bouju fut la
plus malheureuse femme du monde précisément parce
qu'elle en était la plus heureuse. Elle avait trop de vertu
pour goûter des plaisirs sans remords, elle se croyait à
jamais damnée. Jamais femme ne sacrifia tant de choses

à un homme, et conséquemment jamais femme n'eut de plus vives jouissances. Le silence profond dans lequel sa passion s'enveloppait, la certitude de n'en point laisser de traces et la longue indifférence de son mari la consolaient un peu. Bouju s'occupait trop peu de sa femme pour la soupçonner; d'ailleurs quelqu'un serait venu lui dire ce qui se passait dans l'aile gauche de sa maison, il en aurait été très content. Ses idées sur le mariage, sur les devoirs de la femme, étaient connues de tous ses amis, excepté de Mme Bouju. Vous direz : c'est un imbécile, un monstre ou un homme très fort. Bah! rien de tout cela. Vous allez voir. Par un beau matin son valet de chambre vint le réveiller à une heure insolite, à cinq heures, en lui disant que Madame demandait avec instance à être introduite chez lui. Bouju très étonné consentit à recevoir sa femme, et la reconnut à peine, tant elle était changée : elle avait pâli, ses yeux étaient plombés, tout en elle annonçait les ravages d'un remords profond, et des nuits passées à pleurer. La pauvre femme se jette à genoux au pied du lit de son mari; là, d'une voix étouffée par les sanglots, elle lui dit qu'elle vient lui demander de quelle manière il ordonne qu'elle meure. Bouju fait un saut de carpe dans son lit, et lui dit que son plus cher désir est de la voir heureuse; quant à mourir, son bon plaisir est qu'elle meure de vieillesse. Cette femme se met à fondre en larmes, tant la bonté de son mari la surprend; elle lui avoue alors qu'elle sera bientôt mère. Pendant que la pauvre créature s'épuisait en sanglots, en aveux humiliants, Bouju s'était enfoncé sous sa couverture, pour ne pas laisser voir l'hilarité qui régnait sur sa physionomie. Il se souvint alors de l'aventure attribuée au duc de Guise[1] (et ce n'est pas faussement, j'ai vérifié le fait). Charles IX avait révélé l'intrigue de la duchesse avec Coconas, en priant le duc de profiter d'une surprise pour tuer ce seigneur italien; le Balafré fit boire à la duchesse un bouillon en lui persuadant qu'il était empoisonné, s'amusant de ses terreurs pour toute vengeance. Bouju se relève, prend un air grave et sombre : « Appelez votre confesseur, madame, dit-il, faites vos dévotions pendant la journée, et soyez préparée pour ce soir à mourir chrétiennement. Surtout, ajouta-t-il, écrivez votre testament en de tels termes que je ne sois nullement inquiété. » La pauvre femme lui baisa la main, en y laissant des larmes. Bouju avait dans les nerfs un fluide trop métallique, il ne fut pas ému, sortit de chez lui, déjeuna chez l'un de ses amis, joua toute la journée, donna à dîner à ses compagnons; puis il revint chez lui muni d'une bouteille de vin de Tokay, prise chez le président de Brosses[1], l'ami de Buffon et de Diderot, qui avait reçu un panier de ce vin d'un certain comte Potocki...

GRODNINSKY : Le mari de la belle Grecque, celui qui a créé Sophiowka[2].

PHANTASMA, *continuant :* C'était de ce vieux vin que vous nommez vin de succession, qui vaut trois ou quatre louis la bouteille, et dont un seul verre grise un homme. Il fallait à Bouju un vin qui développât dans l'estomac une chaleur violente. Il entre chez sa femme, la trouve résignée et prête à donner sa vie en expiation de ses crimes. Elle supplia Bouju de ne point inquiéter Lescheville. Bouju joua son rôle avec le sérieux que mettent les plaisants de société à leurs mystifications; sa femme but la bouteille de vin de Tokay, se coucha; il la laissa en lui disant familièrement bonsoir, la baisa au front; puis il dit à son valet de chambre d'apporter chez Madame ses pantoufles et toute sa toilette de nuit, ni plus ni moins qu'un grand seigneur...

TSCHOËRN, *interrompant :* Le prince de Ligne rencontre un matin l'amant de sa femme, et lui dit en partant d'un éclat de rire : « Mon ami, je t'ai joué le tour de passer la nuit avec *elle*[3]. »

PHANTASMA, *reprenant :* Ce signe de réconciliation conjugale, après douze ans d'indifférence, fit une grande sensation dans la maison. Comme il était alors huit heures du soir, et que Bouju ne comptait venir se coucher qu'à minuit, il alla faire une partie de billard chez le président. À dix heures, ses gens arrivent effarés, le cherchent et lui disent que Madame se meurt dans des convulsions horribles, Madame est empoisonnée. Bouju se met à rire et dit : « Bon, bon! le poison est de ma façon. » Et il continue de jouer. À onze heures, son valet de chambre vient pour lui annoncer la mort de sa femme. Bouju rit encore et dit : « Elle peut être ivre morte, mais non morte ivre. — Cependant, allez, lui dit le président, on ne sait ni qui vit, ni qui meurt! — Bah! je vais vous conter la farce », lui dit Bouju. Et de rire, et

de jouer. Bouju revint à minuit en s'applaudissant d'un
stratagème qui lui permettait de passer la nuit à dormir
auprès de sa femme, puisqu'elle était ivre; mais il la voit
si bien morte que la peur le prend; il envoie chercher
M. Gavet, auquel il raconte l'aventure. Gavet, qui
l'écoutait en tenant la main de Madame, ne trouve ni
pouls ni respiration; il prend un miroir, l'approche des
lèvres, point d'haleine. On mande le chirurgien en chef
de l'hôpital, on consulte, je viens; tous les symptômes de
la mort se produisent à nos yeux, raideur des membres,
pâleur, froid, enfin putréfaction; mais comme il y a des
exemples que ces symptômes se soient montrés, comme
chez le Lazare, sans que la mort ait lieu, nous fûmes
unanimement d'avis d'attendre. Quand il fut impossible
de douter de la mort, Bouju réclama l'ouverture. L'autopsie se fit avec un soin minutieux, mais l'observation
la plus rigoureuse ne put révéler aucune cause de mort,
il n'existait de lésion nulle part : le vin de Tokay avait
été parfaitement digéré, le cerveau était d'une intégrité
remarquable; le système nerveux disséqué, vu à la loupe,
ne présentait pas la moindre trace d'inflammation; les
intestins, dans un état parfait; personne de nous ne pouvait dire pourquoi la vie était absente, et d'où venait la
mort. La peur[1] produit quelquefois des perturbations
dont les effets sont visibles : les cheveux ont blanchi, il
y a congestion au cerveau, enfin vous savez... Mais il n'y
avait rien ni aux centres nerveux ni nulle part. Bouju se
jeta dans un séminaire, se fit prêtre, donna la fortune
de sa femme à Lescheville, et garda la sienne pour pouvoir secourir les malheureux. Il croit à l'Immaculée
Conception; il a dernièrement refusé d'être évêque, car
il vit confit dans ses remords; il se regarde comme un
assassin dont le crime n'a pas été prévu par les lois; il a
quatre-vingt-deux ans, je l'ai rencontré, comme je vous
le disais, hier au Palais-Royal, enveloppé dans une magnifique douillette de soie puce.

LE LIBRAIRE : Je vais vous raconter une charge
d'atelier, qui me paraît aller avec la vôtre, et arrivée ces
jours-ci. Écoutez, Raphaël ? vous pourrez faire un article
de mon histoire, elle vaut cent écus, mon petit; mais vous
n'êtes pas un homme de lettres, c'est jeter des perles
devant un aigle. Si vous avez la prétention d'être un
écrivain, vous mourrez de faim. Il y avait, rue du Mont-

Blanc[1], un portier qui tirait le même cordon depuis trente-six ans. Âgé de cinquante-huit ans environ, il avait vu toute la révolution, le quartier le suspectait d'avoir trempé dans les actes les plus violents du terrorisme, il ne cachait point d'ailleurs sa prédilection pour Marat et Robespierre. Cordonnier de son état, il paraissait devoir finir comme finissent les portiers rangés, par une place à Sainte-Périne[2], lorsqu'un événement imprévu est venu troubler sa vie de portier, de cordonnier, de révolutionnaire...

THÉOPHILE : Vous autres physiologistes, avez-vous réfléchi à l'abâtardissement auquel arrivent les êtres condamnés à vivre dans une boîte de six pieds carrés[3], qui ne reçoit son jour que par une porte donnant sous un portail humide, qui se trouve au niveau du ruisseau de la maison et du ruisseau de la rue, et presque toujours coupée, à six ou sept pieds de hauteur, par le plancher d'une soupente ? Vos philanthropes[4] s'occupent en ce moment à procurer aux criminels plus de jouissances que n'en ont les honnêtes gens, et personne ne réclame contre l'inhumanité des propriétaires parisiens qui condamnent une créature humaine à vivre dans une prison infecte, et dans une occupation qui produit sur les facultés l'effet de l'ankylose sur les articulations. Aussi, pour combattre les maladies qui les menacent, les malheureux portiers ont-ils recours à mille industries pour animer leur vie. Les uns cultivent des fleurs, les autres s'attachent à des oiseaux, à des chiens. Vos philanthropes ont une pitié purement physique.

TSCHOËRN : Mais l'intelligence doit prendre soin d'elle-même.

GRODNINSKY : L'espèce humaine vaut-elle ce qu'elle coûte ? Il y a trente-trois millions de lieues[5] d'ici au soleil, et sa lumière nous vient en cinq minutes. Malgré la rapidité de cette petite poste, certaines planètes sont si haut placées dans l'éther, que leur lumière ne nous est pas encore arrivée, et il y a des milliards de ces étoiles; qu'est-ce qu'un portier, là-dedans, qu'est-ce que toute l'humanité même ?

THÉOPHILE : Lisez Ballanche[6]! Mais laissez le portier, supposez Raphaël dans cette situation, et soumettez-le à la tyrannie d'une idée violente, qu'arrivera-t-il ? il sera fou dans huit jours.

RAPHAËL : Vous ne détruisez pas le raisonnement de Grodninsky!

LE LIBRAIRE : Le portier de la rue du Mont-Blanc avait eu dans sa vie un moment de grandeur, il avait présidé jadis une section, et failli devenir un personnage. Sa vie paisible en apparence couvrait une haine horrible contre tout pouvoir qui détruisait son espérance de recouvrer son ancienne position politique. Ce sentiment ignoré agitait violemment son existence, car la lecture des journaux mettait ce fakir de 1793 en communication avec toutes les phases politiques. Ses agitations cachées l'avaient usé, tout autant que son genre de vie : sa loge était petite, il y vivait seul, sans femme, avec un serin pour toute compagnie. Il n'avait pas un seul cheveu sur la tête, son front et son visage étaient si profondément ridés et caractérisés que jamais un peintre n'aurait pu trouver de plus beau modèle pour le Temps. Je n'ai jamais vu rien de plus pittoresque ni de plus menaçant que ce vieil homme quand il balayait le ruisseau. Ses bas mal attachés laissaient voir au-dessous de sa vieille culotte noir une partie de ses genoux, il avait une veste reprisée en cent endroits, et son bonnet de soie noire lui cachait si mal la tête qu'elle se montrait toute pelée, ridée, avec son expression grimaçante où se peignaient des colères contraintes et un mécontentement diabolique. Au cinquième étage de cette maison, demeurait un jeune artiste, sans sou ni maille, que la duchesse de Berry protège, mais qu'elle n'enrichira pas. C'est un cousin germain du diable, qui a, d'ailleurs, une ressemblance frappante avec le masque que vous autres Allemands *(il se tourne vers Tschoërn)* vous prêtez à Méphistophélès...

TSCHOËRN, *interrompant :* Vous mettez le doigt sur le ressort qui a fait partir un beau matin les lauriers qui couronnent notre grand Goethe, son succès vient de ce que tout le monde invente Méphistophélès à sa manière. Ce personnage, en réalité bien au-dessous du moindre Scapin, Crispin ou Lafleur[1] de votre théâtre français, a été grandi, élargi par les idées que chacun avait sur le diable. Après tout, ce bonheur n'arrive jamais à des hommes ordinaires! Mais retenez bien que Tasse est plus beau que Faust[2], et dites-vous-le les uns aux autres! Continuez!

LE LIBRAIRE : Vous croyez peut-être que ces deux

natures, celle de l'artiste et celle du portier, concordèrent ;
non, au lieu de s'accrocher, elles se heurtèrent. Le portier
fut en premier le plus fort dans la lutte sourde qui s'émut
entre elles. Au moment où l'artiste avait fait des dépenses
dans son grenier, qu'il s'était même endetté pour s'y
bien établir, le portier noircit l'artiste dans l'esprit du
propriétaire et insista sur l'insolvabilité du pauvre dessinateur qui devait deux termes. Comme le propriétaire
était *(il jette un coup d'œil malicieux à ses auditeurs en montrant l'Irlandais)* une façon de *saint* anglais...

THÉOPHILE : Des tartufes pires que les inquisiteurs
d'Espagne, ils vous apportent du poison d'une mine
douce en vous disant : « Mon ami, c'est pour ton bien ! »
Au lieu de laisser mourir mon père tranquille et heureux,
ils ont fait comme la femme du doge dans le *Marino
Faliero* donné ces jours derniers à la Porte-Saint-Martin[1],
et qui vient dire à ce pauvre Faliero qu'elle est infidèle
quand il allait mourir heureux de la vertu de sa femme.
Lord Byron avait eu une grande idée en la faisant
fidèle à son mari...

TSCHOËRN : Ce n'était pas vulgaire.

THÉOPHILE : Votre poète français a fait de l'esprit
là-dessus. Eh bien, ils ont agi comme cette malheureuse,
ils ont ôté à mon père mourant la bonne opinion qu'il
avait de moi. Ces infâmes *saints* sont des crapauds vêtus
de noir, écrasant leurs femmes de leur amour, venimeux
en paroles, rangés, abritant leurs intérêts derrière Dieu,
froids comme une pierre de marécage et venant baver
sur les divines fleurs de la vertu.

GRODNINSKY, *frappant sur l'épaule de Théophile :* Nous
faisons donc de temps en temps notre petit *speech ?*
(prononcez *spîtche*).

LE LIBRAIRE : Le portier eut alors un plein succès en
disant que le peintre causait des désagréments aux gens
comme il faut dans les escaliers. Monsieur l'artiste amenait chez lui des créatures infâmes. Les demoiselles de
la famille logée au premier rencontraient le matin dans
les escaliers des dévergondées sans corset. Ses amis
étaient des tapageurs qui fumaient et crachaient sur les
carrés, qui réveillaient toute la maison en s'en allant à
deux ou trois heures du matin. L'artiste, exécuté[2] avec
rigueur, saisi dans ses meubles et congédié, s'en alla
travailler chez un de ses amis, un peintre distingué qui

lui donna l'hospitalité. Cet atelier renferme deux célébrités en germe, un grand peintre et un homme de lettres. L'homme de lettres est votre Bouju, mais spirituel, il est incapable de se jeter dans un séminaire ; cependant il s'amuse trop, il ne fera rien ; il donnera des essais remarquables, des contes, des petites scènes ; et les femmes le perdront. Le peintre est un froid plaisant, un homme dans le genre de Grimod de la Reynière[1], qui, ayant des mains de bois, étreignait dans un café du Palais-Royal, par un rude hiver, le tuyau du poêle quand il était rouge, afin de voir un étourdi s'y brûler les mains en l'imitant. Il a pour les bourgeois la même estime que vous pouvez avoir pour les limaces. En arrivant chez son ami, l'artiste y respirait la vengeance et contre son propriétaire et contre son portier. Le peintre et l'homme de lettres qui prenait des leçons de peinture épousèrent sa cause avec chaleur, il y eut une parodie du serment des trois Suisses[2], on jura solennellement de venger l'opprimé. Ce qu'il advint au propriétaire, je vous le dirai en parenthèse. Ce propriétaire était un assez riche pharmacien établi dans le faubourg Saint-Honoré ; il avait parmi ses garçons un jeune homme très joli, dont la tournure était quasi féminine. Les trois conspirateurs profitèrent de cette circonstance pour ourdir leur vengeance. Une fois qu'ils eurent des renseignements sur ses idées de *saint,* ils l'attaquèrent dans le cœur de sa religion...

THÉOPHILE : Braves gens !

LE LIBRAIRE : Ils découvrirent en province la famille de ce garçon apothicaire, et firent parvenir au père et à la mère des lettres anonymes, où on laissait planer des soupçons sur l'intimité de leur fils avec son patron...

THÉOPHILE, *il se frotte les mains, il veut parler et trouve la farce si britanniquement plaisante, qu'il ne peut dire qu'un seul mot :* Pendu ! pendu !

LE LIBRAIRE : Eh non, pas ici. La femme du pharmacien fut également avertie des déportements de son mari. Ce bruit fut sourdement répandu dans le quartier. Les artistes allèrent chacun à leur tour dans la boutique acheter des médicaments en regardant avec curiosité le jeune homme et l'apothicaire. Quelques attroupements se formèrent le soir devant la boutique. La mystification fut conduite avec tant d'art, que le pharmacien se vit obligé de vendre son établissement et de quitter le quartier. Les artistes s'enquirent de son nouveau domicile, et y expliquèrent la cause de sa retraite. L'infortuné pharmacien fut forcé d'aller en province, poursuivi par la terrible mystification. Dès qu'il tentait de se justifier, ceux qui l'écoutaient se mettaient à rire, excités par les singulières circonlocutions du pharmacien. À l'heure où je vous parle, sa femme ne sait trop à quoi s'en tenir. Par la vengeance exercée sur le propriétaire, vous devez pressentir à quel supplice dut être voué le portier. Un matin, se présente de l'air le plus innocent du monde un garçon coiffeur qui voulut couper les cheveux à toute force à ce vieux chauve ; le bonhomme prit l'affaire en plaisanterie et se moqua du perruquier. Le soir, un jeune homme assez bien mis, après s'être enquis si le vieux cordonnier était bien le portier de la maison, le pria de lui faire un grand plaisir et qu'il le paierait bien, c'était un service à lui rendre, enfin il aiguillonna la curiosité du portier, il intéressa son avarice, et quand le vieux chauve demanda de quoi il s'agissait, le jeune homme le supplia de lui donner une mèche de ses cheveux. Cette fois le portier se mit en colère, le jeune homme attisa cette colère par le sang-froid avec lequel il disait : qu'il serait plus court, pour terminer l'affaire, de donner un peu de ses cheveux, et qu'il y mettait de la mauvaise volonté. Quand la rage du portier fut au comble, le jeune homme s'en alla. Le mot avait été donné aux ateliers voisins de celui où s'était ourdie la mystification contre le portier. Dès lors, trois ou quatre fois par jour, et sous les prétextes les plus habilement trouvés, il se présenta quelqu'un qui lui demandait de ses cheveux. Bientôt, la plaisanterie devint double. Le portier furieux, exaspéré, se crut en droit d'administrer des corrections à ceux qui venaient lui parler de ses cheveux ; et quand les peintres voulaient faire avoir une mauvaise affaire à quelque ennuyeux, ils l'envoyaient au portier de la rue du Mont-Blanc. Souvent le portier se trouvait aux prises avec des gens ombrageux qui, furieux d'être mystifiés, lui rendaient ses coups ou ses malédictions avec usure, et il en résultait des rixes. Le portier devint hargneux, défiant et sombre ; il ne venait pas une seule personne qu'il ne la regardât de travers, et il n'osait avouer ses craintes, ni aux locataires qui le questionnaient, ni à son propriétaire devenu plus farouche que

lui. Tous les jours, des passants s'écriaient à sa fenêtre :
« Oh! les beaux cheveux! Voilà l'homme aux cheveux! »
Dès qu'un inconnu prononçait le mot cheveux, le portier
prenait l'éveil. Lorsqu'il en arriva là, les mystifications
furent inépuisables. Les peintres persuadèrent à un
Anglais fort riche, amateur de curiosités, que le portier
avait des cheveux de Napoléon. Le quiproquo qui s'ensuivit lorsque l'Anglais vint parler de cheveux au pauvre
chauve fut horrible, car jusqu'alors le malheureux n'avait
trouvé de persécuteurs que chez les artistes qu'il méprisait; mais il voyait venir sur lui des gens riches, le monde
entier se ruait sur son crâne. Une vieille dame, à laquelle
on fit accroire que ce vieux révolutionnaire possédait
des cheveux de Louis XVI et de Marie-Antoinette, vint
en équipage le supplier de lui vendre à tout prix les cheveux qu'il avait. La scène fut bien comique car le vieil
homme se mit à pleurer en lui disant : *Ah! madame.* Elle,
voyant là quelque attendrissement royaliste, répondit :
*Cher monsieur, une seule mèche! je ne veux pas vous priver de
tout!* Un matin, en se levant pour balayer le devant de
la maison, il trouva, sur le pas de la porte et dans la rue,
un monceau de cheveux coupés que les peintres avaient
achetés chez les coiffeurs et répandus de sa loge au coin
de la borne. « Il paraît que vous vous êtes fait couper les
cheveux », lui dirent plusieurs personnes. « En avait-il
des cheveux, celui-là! » s'écrièrent des passants. Quelques
jeunes gens vinrent, un autre jour, lui demander de l'eau
pour empêcher les cheveux de tomber, comme s'il en
tenait un dépôt; quand il voulut se fâcher, on lui montra
un écriteau à la fenêtre de sa loge. Jamais le génie du
mal ne se montra plus fertile en conceptions pour varier
une torture; tantôt venait un jeune commis de magasin
apporter à ce malheureux des peignes pour ses cheveux,
des peignes payés et qu'il voulait à toute force lui laisser;
tantôt une innocente grisette, innocente relativement au
portier, lui remettait la bouteille d'huile de Macassar[1]
qu'il avait achetée hier pour entretenir ses cheveux. Un
des *rapins* s'était amusé à contrefaire le portier et à lui
susciter un Sosie à cheveux. Il reçut des avis pour venir
retirer à la poste des lettres chargées qui lui étaient
envoyées de son pays, et il y trouvait des perruques. Les
artistes lui adressèrent un médecin qui croyait le trouver
malade de la plique[2], ils avaient mystifié le médecin.

Chaque matin en arrivant à l'atelier, les peintres cherchaient une façon neuve d'arriver près du malheureux pour lui parler des cheveux qu'il n'avait pas. Enfin, ils le contraignirent à chercher une loge dans un autre quartier, où naturellement ils firent prendre une autre face à la persécution. On lui demanda comment il avait perdu ses cheveux, il courut des bruits singuliers sur sa vie antérieure; il parut constant qu'il avait été renvoyé d'une excellente maison de la rue du Mont-Blanc à cause de sa calvitie. La dernière plaisanterie à laquelle il succomba fut terrible. Les peintres promirent dix louis à une portière, voisine du chauve, si elle parvenait à lui persuader de se servir d'une pommade à faire pousser les cheveux, en lui affirmant qu'au bout de quinze jours il aurait une belle chevelure. La portière guidée par les peintres commença par lui parler mariage. Au milieu de la seule affection qu'il crut avoir inspirée dans sa vie, il trouva ses cheveux mêlés au cœur de sa prétendue. Aujourd'hui cet homme est fou, il est à Bicêtre, et passe sa vie à se peigner une chevelure imaginaire; il croit avoir des cheveux.

PHYSIDOR : Cette histoire est celle de Jacques Clément, de Ravaillac, de Damiens, de l'assassin de Kléber et de celui du prince d'Orange, de Sand, de Louvel[1].

THÉOPHILE : Quand la pensée serait matérielle comme l'est la lumière, le parfum et l'électricité, cela prouve-t-il contre Dieu[2] ?

GRODNINSKY : Non, il y aurait tout au plus à conclure que nous sommes, comme toutes les espèces terrestres, les ouvriers d'une œuvre que nous ne connaissons pas bien.

THÉOPHILE : Puisqu'il en est ainsi, je vais vous raconter un fait qui peut être utile à M. Physidor et qui s'est passé à Dublin, au collège de la Trinité[3], dans les dernières années du siècle précédent : mon père y était alors. Vous avez tous été au collège, vous savez combien est violente la haine que les écoliers ont contre certains de leurs tyrans, et vous ne serez pas surpris d'apprendre qu'il y avait à la Trinité un homme chargé des exécutions, qui fouettait les condamnés, les enfermait au cachot, les surveillait la nuit, et qui avait eu la sottise de se mettre si mal avec les écoliers, qu'il était devenu leur bête noire. Entre eux et lui, le combat s'envenima. Il les surprenait dans les cours et dans les dortoirs; il les vexait de mille manières, et les écoliers ne pouvaient rien contre lui. C'était un homme gros et court, à face de bourreau, ne riant jamais, une espèce de Denys à Corinthe[1]. Peut-être autrefois avait-il été l'un de ces empereurs romains qui tourmentèrent les premiers chrétiens. On ne pensait qu'à lui jouer de mauvais tours. Enfin les Grands inventèrent une scène capable de lui faire peur et de le corriger de la dureté avec laquelle il accomplissait les sentences. Les jésuites laissaient jouer la comédie pendant les vacances, on faisait les répétitions dans une salle adossée au théâtre où étaient les décorations, les costumes et tout le matériel des représentations. Cet endroit était un sanctuaire où la surveillance ne s'exerçait point, car les acteurs étaient pris parmi les élèves les plus raisonnables. Voici la comédie que l'on résolut de jouer pour le correcteur. Un dimanche après l'office, les conjurés s'assemblèrent dans cette salle, y dressèrent des sièges sur une table et simulèrent les assises. Au bout du tribunal était un billot tendu de noir, entouré de sciure de bois, puis un couperet emprunté à la cuisine, posé sur un tabouret, mais sous lequel on avait caché un sabre de bois recouvert de papier argenté dont on se servait dans les tragédies. Ceux qui avaient le plus à se plaindre du correcteur étaient là silencieux et immobiles. Quand la victime, amenée sous un prétexte plausible, se vit en présence de ce tribunal, elle fut prise d'un horrible saisissement. On lui fit une allocution pour lui donner à entendre que c'était grave, qu'il devait se défendre, et surtout que tout appel au-dehors était inutile : on lui montra les ouvertures bouchées avec des matelas, on lui montra le billot et le couperet, auprès duquel se tenait un écolier gigantesque chargé de jouer le rôle du bourreau; on lui montra des cordes pour l'attacher, des mouchoirs pour lui bander les yeux; on lui promit qu'en cas de condamnation capitale, l'élève qui lui trancherait la tête ferait en sorte de s'acquitter habilement de ses fonctions. L'homme resta muet, mais muet comme un muet de naissance. On prit son mutisme pour la contenance d'un homme fort. Le procès fut donc instruit, et l'accusé fut invité à se défendre, mais il ne dit pas un mot, ne fit pas un signe. Le tribunal le condamne à mort et lui demande s'il se repent : muet! On veut lui faire promettre d'être à l'avenir plus doux, plus humain, et qu'alors on lui ferait grâce : muet! Il fut considéré dès lors comme un criminel endurci. On l'attache : muet! On lui bande les yeux, on l'agenouille devant le billot, on lui pose la tête dessus, il se laisse faire. L'élève qui jouait le bourreau prend le sabre de carton, lui en donne un coup très léger sur le chignon; les élèves secouent alors le pauvre diable, il reste immobile; ils veulent le relever, il était mort. Cela fit une affaire épouvantable, mais elle fut étouffée : il y avait vingt jeunes gens compromis, on ne pouvait pas les pendre tous; il s'y trouvait d'ailleurs des fils de lords. Le coroner[1] fit une enquête où il fut établi que l'homme était mort d'apoplexie.

GRODNINSKY : Sabre de bois! votre allusion est directe.

TSCHOËRN : J'ai mon histoire aussi! Les vôtres ne sont pas dignes de délier les cordons des souliers de la mienne. J'étais à Londres, il y a peu de temps. On m'avait fait accroire qu'il s'y trouvait une grande dame célèbre par son talent pour faire revenir les morts; mais c'était une plaisanterie anglaise relative à un goût dépravé. Si mon cher Hoffmann, un Berlinois que vous ne connaissez pas encore, mais qui viendra prendre ici son picotin de gloire, comme tout le monde; si mon conteur avait connu cette aventure, nous posséderions un chef-d'œuvre digne du *Casse-Noisette*, de *Maître Floh*, de *L'Homme au sable* et du *Petit Zach*[2]! Le souvenir de ce génie me trouble. Aussi vous dirai-je mon histoire avec la précision d'un astronome écrivant dans l'annuaire du Bureau des Longitudes[3]. Pendant mon séjour, je rencontrai à Londres un mathématicien, un chimiste, un encyclopédiste enfin, qui sait tout, même un peu de mathématique, et qui me raconta ceci. (*Grodninsky jette à Tschoërn un regard soupçonneux.*) Il existe en ce moment à Londres un chimiste anglais, réputé fou, parce qu'il tente des expériences sur la pensée, considérée comme substance lumineuse, conséquemment colorée, de la nature des fluides impondérables, analogue à l'électricité, mais plus subtile[4]. (*S'adressant à Physidor.*) Êtes-vous content de ce savant-là ? Il abondait joliment dans vos recherches. Vous jugez s'il devait être pris à Londres pour un fou. Aussi sa famille le faisait-elle traiter par un médecin, mais sans qu'il s'en aperçût. Le médecin venait dîner et l'observait à table, ce qui est une excellente manière d'examiner les malades. Il ordonnait

alors les choses relatives au traitement, qu'il variait
d'après les phases de lucidité de son patient. La mère, la
femme, le beau-père du chimiste, lui faisaient avaler les
horribles remèdes de la pharmacopée anglaise, à son
insu. Vous ne savez peut-être pas qu'il y a dans la société
anglaise beaucoup de fous que l'on n'enferme point et
nommés *excentriques;* ce sont des gens à idées bizarres : et
ce chimiste était classé parmi ces honorables ornements
de la société. (*L'Irlandais fait un signe affirmatif.*) Lais-
sons-le pour un moment. Dans un autre quartier de
Londres, un pauvre diable devint fou; mais comme c'était
peut-être un cordonnier politique, on le mit à l'hôpital
des fous afin de le guérir publiquement. Il faut être riche
pour devenir *excentrique.* Cet homme ne sentait plus son
âme dans son corps, il la voyait entre les mains d'un
opérateur qui la lui avait soutirée et la retenait dans un
bocal pour faire des expériences, et il décrivait ces expériences. Selon lui, l'enchanteur lui enlevait telle ou telle
faculté, le privait du pouvoir de parler, et il demeurait
muet; du pouvoir de composer, de colorer sa parole par
des images, et il n'avait plus d'idées, et il se taisait; puis
un pouvoir surnaturel le forçait à exprimer des sentiments
commandés, il se mettait en colère, il parlait amour ou
religion, politique ou pommes de terre; enfin il analysait
les éléments de la pensée, en nommant ceux dont l'inconnu le privait, ce qui parut aux médecins le comble
de la folie. Ils étaient peut-être de la secte des *saints.* Cet
homme dépeignait les idées comme un naturaliste aurait
dépeint les mammifères, les insectes, les rayonnés[1], les
articulés. Sa folie fit grand bruit, les médecins anglais
en parlèrent entre eux. Il y en eut un qui prétendit que
c'était un chien échappé de chez Magendie[2] sans sa cervelle. Il advint naturellement que le médecin qui soignait
le chimiste rencontra le médecin de l'hospice des fous. Le
médecin de l'*excentrique* pensa que l'enchanteur qui opé-
rait sur ce fou pouvait être son malade; il en parla à ses
confrères, dont la curiosité fut vivement piquée. En
flattant ce qu'ils appelaient l'*excentricité* du chimiste, ces
médecins obtinrent de pénétrer dans son cabinet et dans
le laboratoire où étaient ses appareils. Quel fut leur étonnement de voir, parmi bien des bocaux, une fiole éti-
quetée du nom du pauvre diable enfermé dans l'hospice.
Ils voulurent faire une expérience à laquelle nous eussions

tous pensé, ils supplièrent le chimiste de rendre l'âme qu'il avait prise au corps à qui elle appartenait, et il y consentit en disant qu'il pouvait la reprendre à volonté; que d'ailleurs il y tenait peu, parce qu'elle *absorbait très peu de matière éthérée*[1]. Mais, à la grande stupéfaction des médecins, à l'heure où le chimiste rendit la liberté à l'esprit du pauvre diable, celui-ci déclarait avoir recouvré l'exercice de son âme, et témoignait une vive joie. En ce moment, quelques savants anglais travaillent sur cette première donnée, à laquelle nous devrons probablement une nouvelle nomenclature chimique[2].

Tous se regardent avec étonnement, comme pour se demander si Tschoërn ne les mystifie point.

PHANTASMA : Libraire, une partie de dominos ?

Un moment de silence.

GRODNINSKY : Garçon, un journal quelconque.

PHYSIDOR : Messieurs, je ne crois pas que Tschoërn veuille se moquer d'une grande croyance et d'une belle science ! Je n'attendais pas moins de vos riches mémoires, je vous remercie d'avoir recherché les faits susceptibles de corroborer ma doctrine, qui dans sa plus simple expression tend à considérer les idées comme le produit d'un fluide lequel soit dans sa génération, soit dans ses effets, offrirait des analogies avec les phénomènes de la lumière[3]; mais nous n'en avons observé, remarquons-le bien! que l'action délétère ou malfaisante...

PHANTASMA : L'action bienfaisante et régulière donnerait alors le génie et la vertu[4].

PHYSIDOR : Vous avez raison. Une idée est donc le produit du fluide nerveux qui constitue une circulation intime, semblable à la circulation sanguine[5], car le sang engendre le fluide nerveux, comme le fluide nerveux engendre la pensée. Mais il y a des abus dans l'une comme dans l'autre. Ces abus se nomment *maladie* pour le sang, et *folie* pour la pensée.

PHANTASMA : Ici, vous vous prononcez trop, novateur !

PHYSIDOR : Mais n'y a-t-il pas des idées pernicieuses qui, introduites dans le système où s'élabore la pensée, la vicient et la pervertissent ? N'est-ce pas ce que vous venez de démontrer ? On change la nature de la pensée comme on pourrait changer la nature du sang en donnant à un homme telle maladie indiquée. Cette expérience qu'aucun médecin ne peut, ne doit, ni ne veut faire, les passions la font, comme les fanatismes font l'autre expérience sur la pensée. Quand un médecin à haute perspective voudra synthétiser ses observations, il vous décrira comment tel jeune homme, destiné à vivre cent ans, est mort à trente ans poitrinaire, par quel abus celui-ci est mort d'une hépatite qu'il n'aurait jamais eue si... etc. Mais je vous dois, messieurs, de vous dire comment s'est déterminée ma vocation, et je vais vous raconter le fait qui exerça la plus grande influence sur la direction de mes études. Vous allez entendre un médecin digne du grand Vésale[1], me faire des confidences qui ont été comme les dernières fleurs que l'intelligence ait jetées sur ses lèvres. En 1821[2], je revenais à Tours pour la troisième fois depuis mon départ pour l'École de médecine, et pendant chaque vacance je ne manquais jamais de visiter un vieil ami de ma famille, un de ces personnages si complètement romanesques qu'on ne peut croire à leur existence qu'en leur touchant la main. Ce personnage était un vieux médecin âgé d'environ quatre-vingt-dix ans qui demeurait dans une de ces rues étroites situées autour du carroi[3] Saint-Martin et qui mènent à la Loire. Sa maison avait une petite porte pleine dans sa partie inférieure et grillée par en haut. Quand j'allai lui faire ma visite, je pus donc l'apercevoir à travers les barreaux de sa grille, et crus me dispenser de sonner en l'appelant par son nom, car il était sur la porte d'une salle basse. Il ne me répondit pas, je sonnai très fort; mais il ne remua point et resta planté sur ses pieds, devant la porte de la salle basse. La cour était si petite, qu'à peine existait-il entre nous un intervalle de quelques toises. En examinant ce grand vieillard vêtu de drap noir, habillement qui faisait ressortir ses cheveux blancs, en le voyant immobile et les yeux ouverts, j'eus un vague sentiment de peur. Il n'était pas moins ruiné que ce vieux logis crevassé, garni de treilles[4] dont les pampres lui caressaient le visage en courant au-dessus du linteau de la porte. Le clair-obscur de la salle où régnait un jour doux et où j'apercevais les meubles, le carreau blanc, la cheminée de bois que je connaissais depuis mon enfance, formait le fond sur lequel il se détachait comme un portrait. Au premier étage s'étendait une galerie de bois à vieux balustres fendillés dans lesquels s'entortillaient les sarments de la vigne; d'un bout à

l'autre de cette galerie se trouvaient des cordes tendues
à sécher le linge; l'escalier qui y conduisait était extérieur,
préservé de la pluie par un appentis, et situé le long d'un
mur latéral qui faisait face au jardinet du docteur. Sous le
rectangle décrit par cet escalier étaient un vieux cabriolet
qui n'avait pas servi depuis quinze ans, des bûches soigneusement rangées, des fagots, des fûts, de vieilles
futailles, puis des ardoises pour réparer les toits. Le jardinet était fermé par une grille de bois qui permettait
d'apercevoir les carrés bordés de buis et d'arbres fruitiers
taillés en quenouille, et les espaliers, cette jolie tapisserie
de tous les murs en Touraine. Pendant les intervalles de
silence qui s'écoulaient entre le moment où j'appelais ce
vieillard par son nom et le moment où je recommençais
sans obtenir de réponse, j'examinais ces détails empreints
de je ne sais quelle bonhomie rehaussée par la propreté
qui respire en province, où, pour employer le temps, on
donne aux choses autant de soins qu'aux êtres. Un séjour
à Paris fait comprendre le prix de la naïve et calme vie
de province[1]. Autrefois ce spectacle ne me disait rien.
Ma peur, un instant distraite par ce tableau, fut bientôt
augmentée par l'aspect du personnage principal, qui me
regardait sans me voir, dont l'immobilité ne se démen-
tait pas. Était-il mort, et s'était-il froidi debout dans un
équilibre parfait ? Je demeurais en de croissantes per-
plexités, quand une femme enveloppée d'une coiffe, la
pelisse des Tourangelles, et qui revenait de la messe son
livre d'heures à la main, déboucha par la rue du Mûrier[2];
elle se hâta de venir en me voyant à la porte. Mlle Ducormier, gouvernante du vieux médecin, me reconnut aussitôt; mais ni ses exclamations, ni le colloque qui s'ensuivit
entre nous, rien ne tira le docteur de sa rêverie. « Qu'est-il
donc arrivé au bonhomme ? lui dis-je en le lui montrant.
— Dame, il est ben[3] vieux, que voulez-vous, il est quasi-
ment comme un enfant, et reste des heures entières à
regarder ses pavés, son escalier ou le carreau de la salle;
c'est des idées qu'il a! » J'étais entré, je saluai le vieil ami
de mon père, il me prit la main, la mit dans la sienne en
me regardant avec une attention partagée entre ma personne et les pensées sur lesquelles il méditait. « Ha! ha!
c'est vous, dit-il enfin en laissant échapper un de ces sourires de vieillard comparables à des aurores boréales dans
les neiges, et il me frappa dans la main. Vous venez de

Paris ? — Oui, lui répondis-je. — Nous revenez-vous
bien savant ? avez-vous appris ce qu'il faut savoir pour
être un grand médecin ? Il suffit d'une seule chose, mon
enfant, faire concorder l'estomac et le cerveau[1] : le savez-
vous ? » Après ces demandes faites d'un ton où la raillerie se mêlait à je ne sais quelle bonhomie de vieux
médecin, il me fit rentrer dans la salle et nous nous
assîmes devant la cheminée.

« Vous ne m'avez donc ni aperçu ni entendu, lui
demandai-je, quand j'ai frappé à votre porte, et que je
vous ai appelé ? — Ha! si fait. » Puis il me dit après une
pause : « La science marche-t-elle ? — Mais tout marche!
lui dis-je. — Non », me répondit-il. Il décrivit rapidement
un cercle en l'air avec son index et me dit : « Les anciens
avaient raison, voilà le monde. » Je ne me souviens pas
d'avoir vu quelque chose de plus apocalyptique que le
fut à mes yeux ce geste en harmonie avec ce nonagénaire
décrépit, desséché, de qui les yeux reprirent momentanément un éclat effrayant. « Vous êtes jeune, reprit-il
en me jetant un regard plein d'amitié brusque, j'ai
beaucoup connu votre père, je vous ai soigné pendant
votre enfance, je vous aime comme si vous étiez mon
fils ; je puis donc vous dire des choses que je ne confierais
point à d'autres, car vous ne voudriez pas me chagriner.
Savez-vous ce que je voyais dans ma cour, sous mes
pavés ? il s'est levé de là, ce matin, des morts avec
lesquels je causais, des personnes que j'ai soignées, que
j'ai vues à leur agonie, pour lesquelles la science était
impuissante, et sur lesquelles (ne dites jamais ceci) j'ai
fait des expériences importantes. Dois-je avoir leur mort
sur la conscience ? je les avais évoquées pour le leur
demander. — Vous croyez donc à l'apparition des
morts[2] ? — Oui, dit-il avec un accent de conviction,
j'en ai des preuves incontestables. — Mais comment
ces apparitions peuvent-elles avoir lieu ?

— Hé, me répondit le vieux docteur, si rien ne s'anéantit physiquement, à plus forte raison les essences, les
qualités, les forces restent-elles! Les idées n'ont-elles pas
une vie plus durable que ne l'est celle des corps ? Les
facultés se transmettent d'une vie à l'autre ; aussi ceux
qui peuvent évoquer les morts les revoient-ils dans leurs
facultés et non dans leurs formes ; mais les facultés
rappellent la forme[3]. Petit! pour arriver dans le monde

des morts, il faut avoir à la main le rameau vert et s'être
revêtu de la robe blanche[1]. Ceci est la fiction, mon
enfant, me dit-il, c'est l'image qui peint l'état dans lequel
un homme doit se mettre pour s'élever au-dessus des
Formes et des Espèces. La robe blanche exprime la
sobriété, la continence, la pureté qui prolongent la vie
et entretiennent les forces toujours actives, toujours
vertes. Le rameau est le symbole des avantages qui
résultent de ces qualités, admirables fructifications,
semper virentes[2]! Aujourd'hui les hiéroglyphes ne sont
plus gravés sur les marbres d'Égypte, mais dans les
mythologies qui sont des verbes animés. Croyez aux
sciences occultes[3]! le plus grand nombre des hommes
les nient, rien de plus naturel; elles ne sont connues que
par des hommes clairsemés dans l'humanité, comme
dans une forêt les arbres qui restent verts quand les
autres sont dépouillés; Bécher, Stahl, Paracelse, Agrippa,
Cardan[4] sont de ces hommes incompris, incompris aussi
bien que les alchimistes, accusés tous de chercher à
faire de l'or! Faire de l'or était leur point de départ;
mais croyez-en le témoignage d'un vieux savant, ils
cherchaient mieux, ils voulaient trouver la molécule
constitutive; ils cherchaient le mouvement à son principe[5]. Dans les infiniment petits, ils voulaient surprendre
les secrets de la Vie universelle dont ils apercevaient le
jeu. La réunion de ces sciences constitue le Magisme, ne
le confondez pas avec la magie. Le Magisme[6] est la
haute science qui cherche à découvrir le sens intime des
choses, et qui recherche par quels fils déliés les effets
naturels s'y rattachent.

GRODNINSKY : Vous arriverez quelque jour, en France,
aux concordances de Swedenborg[7].

PHYSIDOR : Tout ici-bas a sa vertu, c'est-à-dire sa force,
les strychnos[8] comme les roses de Provins, et les marbres
aussi bien que les hommes, comprenez-vous ? Eh bien!
ces forces correspondent entre elles, vont à des centres.
Y êtes-vous ? Le Magisme est la science qui vous révèle
la marche de ces forces; nous pouvons alors en user, et
l'on voit alors les âmes. » J'étais comme hébété en
écoutant ces phrases incomplètes qui ressemblaient à la
nuit de la pensée, et faisaient supposer le jour; un peu
plus, et tout devenait lucide. À l'état de mes yeux, le
vieillard s'aperçut de la tension de mes forces morales,

et me dit en souriant : « Laissons cela, je n'en parlais qu'avec ce pauvre Saint-Martin[1] qui s'est laissé mourir, et qui avait des connaissances en ce genre; nous avions formé le projet d'aller dans les Indes, mais il n'était pas assez entreprenant, quoique Tourangeau. — Eh bien! lui dis-je pour le remettre sur la voie, que vous ont répondu vos morts ? » Il tressaillit, et fit le geste d'un homme qui reprend le fil de ses idées. « Je voulais vous dire un secret, le voici. La pensée est plus puissante que ne l'est le corps, elle le mange, l'absorbe et le détruit; la pensée est le plus violent de tous les agents de destruction, elle est le véritable ange exterminateur de l'humanité, qu'elle tue et vivifie, car elle vivifie et tue[2]. Mes expériences ont été faites à plusieurs reprises pour résoudre ce problème, et je suis convaincu que la durée de la vie est en raison de la force que l'individu peut opposer à la pensée; le point d'appui est le tempérament. Les hommes qui, malgré l'exercice de la pensée, sont arrivés à un grand âge, auraient vécu trois fois plus longtemps en n'usant pas de cette force homicide; la vie est un feu qu'il faut couvrir de cendres[3]. Penser, mon enfant, c'est ajouter de la flamme au feu. La plupart des individus qui ont dépassé cent ans, s'étaient livrés à des travaux manuels et pensaient peu. Savez-vous ce que j'entends par penser ? Les passions, les vices, les occupations extrêmes, les douleurs, les plaisirs sont des torrents de pensées[4]. Réunissez sur un point donné quelques idées violentes, un homme est tué par elles comme s'il recevait un coup de poignard. Un jour, j'étais au chevet d'un de mes bons amis, M. Desgranges. Vous avez connu M. Desgranges ? Il était sujet à une angine de cœur[5], personne ici n'en savait rien; il faut être grand praticien pour se connaître aux symptômes de cette affection. Le cœur est un organe où passe notre sang; mais en tant qu'organe il est spécialement nourri par des veines qui lui donnent le sang dont il a besoin pour lui-même; il a ses affluents nourriciers, comme les jambes, le cerveau, la main ont les leurs; quand les deux vaisseaux qui le nourrissent s'oblitèrent, il peut manquer de sang pour lui-même, son action peut alors s'arrêter, et mon homme crève, sans douleur, subitement : voilà l'angine! Vous comprenez dans quelles conditions se trouvait M. Desgranges. En cet état, le mouvement de monter ou celui de descendre, hausser le ton de la voix, toute chose violente cause immédiatement la mort. Je lui avais recommandé de reſter au coin de son feu, pour ne pas gagner de rhume; nous étions dans l'hiver de 1789, et un rhume qui l'aurait fait tousser l'aurait contraint à des mouvements violents; alors, votre serviteur! Il aimait l'argent, le bonhomme, il tenait plus à ses écus qu'à ses enfants : « Je puis avoir des enfants, disait-il, et je ne saurais refaire ma fortune! » Il était goguenard. Sa nièce, Mme Lourson, vint lui dire devant moi, sans précaution, que le général des finances faisait faillite. Desgranges lui avait donné ses fonds. Paf! mon homme meurt, tué par un mot, par une pensée, comme s'il était atteint par la foudre; il n'a ni crié, ni blêmi, ni remué; à peine son œil s'eſt-il convulsé, jamais je n'ai vu la mort opérer si promptement. J'avais depuis vingt ans prédit que Desgranges mourrait ainsi, plein de vie et de santé. Ici, j'ai passé pour un grand médecin, pour un sorcier. Vous comprenez, cher enfant, que pour moi l'immatérialité de la pensée était depuis longtemps une niaiserie[1] à me faire pouffer de rire, *in petto*[2], s'entend. Pour moi, la pensée était un fluide de la nature des impondérables qui a en nous son syſtème circulatoire, ses veines et ses artères; par son affluence sur un seul point[3], il agit comme une bouteille de Leyde[4], et peut donner la mort; un homme peut le tarir dans sa source par un mouvement moral qui dépense tout, comme on peut tarir celle du sang en s'ouvrant l'artère crurale. Ce feu de notre organisation eſt modifiable. Pensez beaucoup, vous vivrez peu; ne pensez point, vous ferez de vieux os. Pour établir mes expériences, je courais à cinquante lieues à la ronde afin d'assiſter à la mort des centenaires que je connaissais. Pendant quinze ans, j'ai peut-être analysé soixante centenaires; presque tous avaient le cerveau *hydriatique*[5], mot que je forge pour vous aider à comprendre mon idée : ils avaient tous une cervelle humide où la pensée était lente; tous étaient des gens habitués à des travaux mécaniques, à un régime sobre qui jetait peu d'huile sur le feu; car dans les hautes régions sociales la nutrition eſt violente, phosphorique, elle amène dans l'organisation des principes excitants qui accélèrent son jeu[6], lui font produire outre mesure des forces pour la pensée comme pour l'aċtion. Mes

centenaires, manœuvriers ou laboureurs, mangeaient peu
et des choses peu substantielles, ils entretenaient la vie
et ne l'aiguillonnaient pas. Je cherchai les applications
de ce grand principe. M. Mariette, que votre père a bien
connu, était attaqué par une maladie dans le traitement
de laquelle échoue la médecine : il avait un ramollissement au cerveau. Dans ce cas la mort arrive subitement
comme dans l'angine du cœur : une pensée trop violente,
une nouvelle, comme celle qui avait tué M. Desgranges,
peut déterminer la mort. Je veillais M. Mariette, j'allais
le voir tous les jours, et j'observais les symptômes de sa
maladie, ces contractions du bras, ces pesanteurs dans
l'humérus qui correspondent à la partie attaquée dans
le cerveau. Ce bonhomme avait un fils à l'armée, son fils
était l'aide de camp d'un général soupçonné de trahir la
république ; il fut mandé à Paris avec ce pauvre Custine[1] ;
tous deux furent accusés, condamnés et exécutés. J'avais
recommandé que l'on cachât la nouvelle au père Mariette.
Mais un matin que j'étais allé le voir, un de ses voisins
vint pour le consoler, et prit de ces circonlocutions
pathétiques qui agrandissent la fosse des morts ; je lui
fis signe de se taire ; mais quand il fut parti, le bonhomme
voulut savoir ce dont il s'agissait, je le lui dis, il mourut foudroyé. Ces deux hommes, M. Desgranges et
M. Mariette, étaient dans des conditions pour ainsi dire
physiques et qui les rendaient vulnérables ; mais les
conditions morales ne sont-elles pas plus favorables
encore à l'invasion de la mort conduite par la pensée ?
Cette preuve ne se fit pas attendre. Je soignais un vieux
monsieur qui, après avoir fait les guerres du règne de
Louis XV, n'y avait récolté que des chagrins. Quoiqu'il
eût beaucoup souffert dans ses campagnes, ses services
avaient été méconnus ; il avait servi sous M. de Richelieu,
et il avait été en Amérique avec M. de Rochambeau[2].
Pour toutes ses blessures et ses fatigues, M. de Bomère
avait obtenu la croix de Saint-Louis, encore par grâce,
et sur la recommandation de la reine Marie-Antoinette.
Le pauvre gentilhomme vivait de peu dans une petite
maison de la place Saint-Venant ; mais il était si insupportable que la société l'avait abandonné peu à peu. Sur
la fin de ses jours, ses gens le quittèrent. Une vieille
servante à moitié sourde resta près de lui parce qu'elle
n'entendait que les trois quarts de ce qu'il disait, encore

était-ce assez pour qu'un certain jour elle parlât de s'en
aller aussi! Le pauvre homme était hypocondriaque au
dernier degré. Chez aucun sujet je n'ai vu d'hypocondrie
aussi développée : il changeait vingt fois d'humeur dans
une demi-journée, et tout son esprit était employé à
agrandir et à varier ses plaintes. Moi qui l'étudiais, je
n'ose pas affirmer qu'elles fussent chimériques, tant il
précisait ses douleurs, tant il m'en expliquait savamment
les causes. J'étais, comme vous le pensez, le seul être
qu'épargnât sa verve caustique, souvent élégiaque, car
il jouait tous les rôles, il épuisait tous les moyens pour
exprimer le travail intérieur qui le martyrisait : tantôt
il cherchait à attendrir par le récit de ses souffrances,
tantôt il essayait d'effrayer, employant tour à tour la
malice de l'enfant, l'art du comédien, la puissance de
l'homme, la rage du révolutionnaire, la résignation de
la femme, déployant sous toutes les formes un génie
qu'il était loin d'avoir à l'ordinaire. J'ai fini par croire
que cette maladie avait sa cause dans le système nerveux,
et pouvait, par des lésions inconnues, donner alternativement toutes les douleurs desquelles ce pauvre homme se
plaignait. Les raisons et les observations sur lesquelles
mon opinion s'appuie feraient la matière d'un livre, je
ne saurais donc vous les dire. *Non est hic locus*[1], ajouta-t-il
en souriant et prenant une prise de tabac. Ce que j'observais avec un profond étonnement, mon enfant, reprit-il,
était le fait dont je n'avais eu que deux attestations
majeures, mais qui, chez M. de Bomère, se représentait
journellement, à savoir, la qualité vénéneuse de la pensée.
Son cerveau, son âme, son cœur, son sentiment, son
intelligence (selon moi, ces mots expriment les faces
diverses d'une même chose), eh bien! disons toutes ses
forces autres que ses forces corporelles (mais les forces
morales n'absorbent-elles pas les forces physiques, en
résumant tout dans la tension de je ne sais quel organe,
est-ce le cerveau ? est-ce le grand sympathique ? aujour-
d'hui, je suis bien rouillé sur mon propre système);
eh bien! lorsque la somme de ses forces était amassée
sur un point, par une pensée, je tenais dans ma main sa
vie, je pouvais lui donner la mort par un mot. J'étais
comme un magicien, j'avais la baguette de Moïse.
Croyait-il être en danger de mourir ? si je lui avais dit :
« Appelez votre confesseur! » il serait mort à l'instant

même. Sa vie était une flamme visible, sur laquelle je
pouvais souffler, ou que je pouvais activer à mon gré.
Un *non* ou un *oui*, dans certains cas, eussent été comme des
coups de pistolet tirés au cœur[1]. Sa volonté, ce magnifique attribut de l'homme[2], n'était plus à lui, mais à moi,
je pouvais en user comme d'une chose à moi. Enfin,
j'étais *lui*, sans qu'il pût être *moi*. Comprenez-vous bien
ce singulier état ? Maintenant laissez-moi vous suspendre
l'épée au-dessus de ce Damoclès. M. de Bomère avait
un tel attachement pour le Roi et la Reine, qu'il ne vivait
que par ces deux êtres ; lui annoncer quoi que ce soit de
nuisible ou de malheureux pour la famille royale, c'était
le blesser à mort. Son fanatisme allait presque à la
démence ; il ne priait point pour lui, il ne croyait point à
Dieu, en bon voltairien qu'il était ; mais il priait pour eux,
en cas, disait-il, qu'il y eût quelque chose là-haut qui
concernât le Roi. En 1793, il croyait que le Roi et la
reine florissaient à Versailles. Certain que la moindre
nouvelle de la mort du Roi ou de la reine le tuait raide,
je n'avais rien négligé pour qu'il vécût dans la plus profonde ignorance des affaires du jour. Je lui avais fait
changer de logement. Au lieu de demeurer sur la rue, il
s'était établi dans un appartement qui donnait sur un
jardin, dans la maison qui lui appartenait, place Saint-
Venant ; il avait renvoyé ses locataires le jour où je lui
avais prouvé que le moindre bruit nuisait à sa santé.
Je lui avais défendu toute espèce de promenade au-
dehors. Sa servante était prévenue, elle soustrayait tout
ce qui pouvait dissiper son erreur. Un jour, sans moi,
il allait mourir, il voulait savoir pourquoi et comment
elle avait payé une somme assez forte relative à l'*Emprunt
forcé*[3], et il avait dit des choses si dures à la pauvre fille
qu'elle voulait lui montrer l'avis de la commune de
Tours, sur lequel il y avait RÉPUBLIQUE FRANÇAISE, an II,
liberté, égalité, et adressé au *citoyen Bomère.* J'entrai fort
heureusement dans ce moment, je lui dis que la colère
le tuerait, et que je vérifierais le compte pour lui. Désormais je fis ses affaires. Malgré nos précautions, il trouva
une pièce de deux sous à terre, une pièce de deux sous
sur laquelle il y avait « République française » et le
bonnet de la liberté sur un faisceau. Et il se croyait sous
le règne de Louis XVI ! J'arrivai précisément au moment
où il avait fait des réflexions infinies sur cette pièce dont

le millésime était 1793. J'essayai de l'abuser par une dissertation d'antiquaire, en prétendant que c'était une pièce romaine. Mais il me l'arracha des mains en disant d'un air ironique : *Avec des mots français*. Il avait, comme tous les malades de cette espèce, le génie de l'interrogation et un certain esprit de déduction qu'il était difficile de tromper. Toutes les fois qu'il s'agissait de lui, de sa maladie, j'en faisais ce que je voulais ; mais si nous avions parlé de la guerre d'Allemagne, et que j'eusse essayé de le contredire sur un point, il m'aurait parfaitement battu. Mes mensonges n'eurent pas le pouvoir de l'abuser ; car je ne pouvais répondre à une question qu'il reproduisait sans cesse : Que sont devenus le Roi et la reine, le dauphin et les princes ? Il fallut le préparer à apprendre, non pas les événements dans toute leur horreur, mais la mort du Roi. Cependant le trône ne pouvait pas être vacant. Pressé de questions, je fus obligé de dire la vérité en la lui voilant. Chacune de mes paroles était un coup de massue ; je le rouais et je voyais la mort s'emparer de lui. Malgré tous mes efforts, quand je lui dis que la reine avait été exécutée, il s'écria : *la reine aussi!* Je n'ai jamais entendu de cri pareil. Le vieux royaliste s'appuya la tête sur son fauteuil et mourut. Voilà les trois faits qui m'ont le plus frappé, quoique de 1797 à 1810, en treize ans, les preuves se soient bien accumulées... — Mais, lui dis-je, pour que votre système fût vrai, il faudrait que vous eussiez eu la preuve du contraire, c'est-à-dire que vous ayez observé quelques longévités dues à l'inertie de la pensée[1]. — Bravo! cria le vieux médecin, vous y êtes! mais toute lésion dans les organes de la pensée d'où peut résulter son inertie entraîne la mort! il y a bien des questions de détail dans la question générale, hé, hé! Je n'ai pas été dans le nord de l'Europe vérifier par moi-même les conditions de l'existence des prodigieux centenaires dont on nous parle. Mais il y a eu plusieurs exemples de longévité surnaturelle. Ne croyez pas cependant que j'aie manqué de cette contre-preuve, je connais un homme né en 1696, sous Louis XIV... » Je regardai le bonhomme en exprimant le doute et l'étonnement ; sa divagation me parut toucher à la folie. « Vous ouvrez des yeux grands comme des gueules de four, reprit-il. Eh bien, oui cet homme a maintenant cent vingt-sept ans[2] ; mais il n'a jamais pensé! »

Après ces paroles, le bonhomme ne me dit plus rien sur
ce sujet : l'esprit l'avait abandonné. Peut-être même cette
conversation fut-elle la dernière lueur que devait jeter
la lampe, car il mourut l'année suivante ; et, comme me
le dit Mlle Ducormier, il ne parlait pas deux fois par an
d'une manière suivie. Après ce monologue, il m'entretint
de la façon de tailler les pêchers, demanda son dîner,
me questionna sur des choses sans importance, comme
eût fait un enfant ; il voulut voir si ma montre était
d'accord avec la sienne ; enfin il retomba d'autant plus
bas qu'il s'était élevé plus haut. J'avoue que cette singulière conversation me mit dans un état violent. En m'en
allant le long de la Loire, je tirai les conséquences de
ces faits, je pensai que si la pensée avait de tels pouvoirs,
elle devait offrir aussi un immense point d'appui contre
les douleurs corporelles, et je m'expliquais ainsi les
miracles du diacre Pâris[1], les martyrs religieux, et
Damiens[2] attirant trois fois à lui les chevaux que l'on
fouettait pour l'écarteler. La pensée serait-elle donc une
force vive[3] ? me disais-je. Puis, en jetant un coup d'œil
par la fenêtre sur la société tout entière, j'aperçus bien
d'autres martyrs. Mes réflexions me montraient un
immense défaut dans les lois humaines, une lacune
effroyable, celle des crimes purement moraux contre
lesquels il n'existe aucune répression, qui ne laissent
point de traces, insaisissables comme la pensée. J'aperçus
d'innombrables victimes sans vengeances, je découvris
ces horribles supplices infligés dans l'intérieur des
familles, dans le plus profond secret, aux âmes douces
par les âmes dures, supplices auxquels succombent tant
d'innocentes créatures[4]. Je pensai que l'assassin de grande
route mené si pompeusement à l'échafaud n'était pas
aux yeux du philosophe si coupable dans son égarement
que bien des hommes qui donnent la question avec des
mots poignants, qui, après avoir éprouvé, dans certaines
âmes, les endroits que la noblesse, la religion, la grandeur
rendent vulnérables, y enfoncent à tout moment leurs
flèches...

THÉOPHILE : Écoutez, *saints!*

PHYSIDOR : Je vis où frappait le chagrin, et les douleurs
de l'âme, je pensai que Dieu...

LE LIBRAIRE : Ah, cela se gâte.

PHYSIDOR : Tout à coup mes yeux se dessillèrent,

j'aperçus un éternel sujet d'observation sociale dans ces luttes secrètes dont les effets sont si mal appréciés par le monde. Cette méditation produisit en moi d'étranges phénomènes. Pendant un instant, je crus être dans une grande plaine, à la nuit. Aux lueurs indécises des étoiles et de la lune, je voyais les ombres des malheureux à qui la vie avait été rendue odieuse par des tortures morales, se levant de leurs tombes et criant justice...

TSCHOËRN : Et trouvant visage de bois, comme dans le fameux songe de Jean-Paul[1]!

LE LIBRAIRE : Ah! ah! ah!

THÉOPHILE : Il est bien tard, adieu, messieurs.

PHANTASMA : L'Irlandais a raison, il faut nous en aller. *(Il se lève.)*

RAPHAËL, *à Tschoërn :* Savez-vous que la morale de tout ceci est que nous sommes aussi bien immortels en vertu des théories spiritualistes que par la force des analyses matérialistes ?

TSCHOËRN : Nous, nous! c'est-à-dire nos substances élémentaires! Puis, cela ne résout pas la question des curieux qui, de siècle en siècle, demandent où peuvent aller nos substances constitutives ? Que ce soit une âme ou des gaz, il faut bien que cela serve à quelque chose!

GRODNINSKY, *sur la porte du Café :* Il y avait une fois un vieux bélier qui se dressa sur les deux pieds de derrière pour mieux se faire entendre, en disant, au milieu d'un des plus anciens troupeaux de moutons connus, ces belles paroles devenues la tradition sacrée de ces pauvres bêtes : « Mes frères, voyez quelle est la grandeur de nos destinées ? N'avons-nous pas le plus bel avenir parmi les quadrupèdes, car enfin, nous allons faire partie de l'homme, et nous devenons ainsi d'immortelles intelligences! Sûrs de ne pas mourir, paissons donc avec courage, faisons-nous promptement gras, afin d'entrer plus vite dans la sphère de la lumière humaine où tout est joie et bonheur, où nous serons récompensés selon nos mérites. » Ce bélier passe encore pour un mouton divin chez les brebis dont la laine est sur vos épaules. Si ce mouton n'est qu'une bête, il faut que l'homme renonce au plus joli dada de son écurie philosophique.

Les étudiants dans la rue de l'Odéon. Le premier : « HEIN ? » *Le second :* « AH! »

AVENTURES ADMINISTRATIVES
D'UNE IDÉE HEUREUSE

INTRODUCTION

*Si l'idée était heureuse, ses aventures administratives ne le
furent pas. Ni son destin littéraire, dont étapes et avatars ressortent de la correspondance de Balzac et des épaves de l'ébauche
de cette œuvre, conservées à la bibliothèque Lovenjoul dans le
recueil A 4.*

*L'œuvre fut conçue comme importante et philosophique. Son
titre, cependant, a évolué. Le 5 octobre 1833, Balzac écrit à
Zulma Carraud : « Cet hiver, je finirai plusieurs œuvres qui
me mettront peut-être hors de toute ligne. Après* Lambert *et*
Le Médecin de campagne, *je donnerai, toujours dans cette
même voie,* Les Souffrances de l'inventeur, Histoire d'une
idée heureuse *et* César Birotteau[1] », *puis, le 12, à sa sœur
Laure : « Si ton mari est arrivé, dis-lui que les* Aventures
d'une idée *sont sur le chantier, et qu'il les lira peut-être à
Montglas, car je vous ferai peut-être envoyer le journal où elles
paraîtront, si vous y restez jusqu'à la fin du mois[2]. » Le
13 novembre, Balzac engage Gosselin, l'éditeur des* Romans et
contes philosophiques, *à publier les « tomes VI et VII ou
V et VI[3] » et, le 16, lui enjoint : « Vous pouvez annoncer, dès
aujourd'hui, les deux volumes de* Contes *dont les titres et les
sujets sont parfaitement arrêtés :* Les Souffrances de l'inventeur. — Aventures administratives d'une idée heureuse*

---

1. *Corr.*, t. II, p. 383-384.
2. *Ibid.*, p. 393.
3. *Ibid.*, p. 413.

et patriotique. — César Birotteau. — Le Prêtre catholique *[…] rien de ma part ne s'opposera à ce qu'ils paraissent
au 1ᵉʳ février prochain*[1]. »

*Si rien ne paraissait le 1ᵉʳ février 1834, titre et sujet étaient
cependant à peu près « arrêtés ». En tête de la page de titre de
l'œuvre*[2], *Balzac avait inscrit : « Romans et contes philosophiques, tomes V et VI. Contenant : Les Souffrances de l'inventeur 160 aventures administratives d'une idée heureuse 240
César Birotteau 300 p. Le Prêtre catholique 80 p. » Deux cent
quarante pages : il s'agissait donc d'une conception d'importance.
Quant au titre, on lit au centre de la page :* Aventures constitutionnelles et administratives d'une idée heureuse et
patriotique recueillies et publiées par le futur auteur de
la succession du marquis de Carabas dans le fief de Cocquatrix, *mais les mots* constitutionnelles et *ainsi que* et
patriotique *ont été rayés : ce titre, amputé de ces deux derniers
mots et augmenté de toute la suite, est celui qui coiffe le « Fantasque avant-propos », la seule partie de l'œuvre publiée du vivant
de Balzac. Elle parut le 10 mars 1834 dans* Les Causeries du
monde[3]. *Cette revue, dirigée par Sophie Gay, était probablement le « journal » annoncé à Laure en octobre 1833, auquel
Balzac venait de donner, le 26 septembre,* Fragments d'un
roman publié sous l'Empire par un auteur inconnu[4].

*Gosselin attendait toujours. En fait, depuis octobre 1833,
Balzac avait traité avec la veuve Béchet pour l'édition des*
Études de mœurs au XIXᵉ siècle *et, sympathisant avec le
commis de la veuve, Werdet, il allait signer avec lui, le 16 juillet 1834, un traité pour un certain nombre d'œuvres hors du
cadre des* Études de mœurs, *dont essentiellement les* Études
philosophiques, *parmi lesquelles se trouvait notamment :
« La 3ᵉ livraison pour paraître en novembre suivant [1835],
tomes XXI, XXII, XXIII, XXIV et XXV, contenant :*
Histoire intellectuelle de Louis Lambert. Aventures administratives d'une idée heureuse. Le Prophète. Séraphîta.

---

1. *Corr.*, t. II, p. 416.
2. *Lov.* A 4, fᵒ 2 de la pagination à l'encre rouge du recueil.
3. 2ᵉ année, 5ᵉ livraison.
4. Texte inséré plus tard dans *La Muse du département* (voir t. IV
p. 1359-1365).

La Comédie du diable[1]. » *La négociation avec Werdet se
nouait bien avant la publication du « Fantasque avant-propos »,
et l'a vraisemblablement retardée. En témoigne l'épreuve corrigée du texte des* Causeries du monde[2], *sur laquelle Balzac
avait mis en note du titre :* « M. de Balzac a bien voulu nous
communiquer ce fragment, qui fait partie des tomes VI et VII
des Romans et contes philosophiques *que publiera prochainement M. Gosselin.* » Mais cette indication, Balzac l'a rayée
avant la publication, où elle ne figure pas. Et c'est bien plus
tard qu'il reprendra cette épreuve, après la parution du « Fantasque avant-propos », car il y porte une nouvelle indication qui
non seulement n'est pas produite dans Les Causeries du monde,
mais qui diffère du traité du 16 juillet 1834 :* « 2 feuilles 1/2
in-12. Études philosophiques, *tome XXVI. 4 pages.* »
Quatre « pages », d'imprimerie évidemment, cela représente
quatre-vingt-seize pages in-12 : le sujet avait diminué depuis
les deux cent quarante pages in-8° du départ. Diminué, mais
non disparu, puisque, le 15 février 1835, une note dans la* Revue
de Paris *annonçait :*

> La prochaine livraison des Études philosophiques
> de M. de Balzac doit contenir une œuvre de haute
> importance, dont le titre a déjà soulevé la curiosité de
> quelques administrateurs. En effet, les *Aventures admi-
> nistratives* offrent une histoire vraie qui met à nu les pas-
> sions ignobles et les intérêts mesquins qui entravent,
> en France, la réalisation des idées les plus importantes.
> Le fait est encore vivant dans celle de nos administra-
> tions où devrait se rencontrer le plus de bonne foi, où
> sont beaucoup de gens à talent, et où néanmoins des
> intrigues pleines de petitesses arrêtent l'essor des idées
> les plus utiles.

Mais Werdet ne publiera pas les Aventures administratives *d'une idée heureuse et, le 15 novembre 1836,* Études
de mœurs *et* Études philosophiques *passées, présentes et à
venir étaient rachetées par Delloye, Lecou et Bohain[3]. Les*
Aventures administratives *d'une idée heureuse se trou-*

---

1. *Corr.*, t. II, p. 533.
2. *Lov.* A 4, ff^os 16-23 de la pagination à l'encre rouge. Voir la
note 1 de la page 767.
3. *Corr.*, t. III, p. 174-188.

vaient dans la corbeille de cette nouvelle union : vers le 10 juin 1837, Balzac indique à Plon, imprimeur des Études philosophiques, *le contenu de la « 6ᵉ [livraison]* Le Président Fritot, Sœur Marie des Anges, Aventures administratives d'une idée heureuse, La Comédie du Diable[1] ». *Mais quand paraît la troisième livraison, le 8 juillet suivant, les œuvres annoncées au dos de sa couverture montrent un nouveau changement prévu pour la sixième :* Aventures administratives d'une idée heureuse — Le Chrétien — La Comédie du Diable[2]. *Il n'y aura pas de sixième livraison.*

Le texte publié ici, le « Fantasque avant-propos » donné dans la version de l'épreuve corrigée après sa publication, est suivi d'une ébauche manuscrite de l'historique de l' « idée », remontant à « 1600 », et de quelques lignes écrites par Balzac sur une page à part et probablement destinées à l'épilogue[3]. L'ensemble datait vraisemblablement d'octobre 1833, moment où Balzac faisait dire à Surville que « les Aventures d'une idée sont sur le chantier ». Pourquoi à Surville ? Avant de répondre à cette question, il faut connaître l' « idée ».

« Oui, messieurs, les idées sont des êtres », dit M. de Lessones à Louis Lambert dans le « Fantasque avant-propos » : à elle seule, cette phrase indique à quel point Aventures administratives d'une idée heureuse *relevaient du concept de base des* Romans, *des* Contes *et des* Études philosophiques *sur les pouvoirs matériels de la pensée. Car M. de Lessones, de la famille Lecanal, est lui-même une idée faite homme et, très précisément, l'idée du canal de l'Essonne née dans les années « 1600 ». Or, dès le début de l'historique de sa vie, tel qu'il ressort du départ manuscrit, on comprend que, littérairement, l' « idée » était en péril car, historiquement, elle ne tenait guère mieux debout que M. de Lessones sur ses vieilles jambes, dans le salon*

1. *Corr.*, t. III, p. 305.
2. *Ibid.*, p. 305, n. 1.
3. Voir les notes 1 de la page 767, 1 de la page 779, 1 de la page 790.

où il se produit à une période qui paraît proche de la publication du « Fantasque avant-propos ».

Balzac, en effet, présente le premier projet d'un canal de l'Essonne comme né en octobre *1605*, et ce canal comme destiné à être substitué aux « canaux de Briare et du Loing » entrepris pour relier Loire et Seine de Briare à Moret, mais dont les travaux ont été alors « abandonnés par suite de la mort du faiseur ». Or, tout d'abord, les « canaux de Briare et du Loing » furent des entreprises notablement distinctes dans le temps. Le canal de Briare seul était commencé en octobre *1605*, et, alors, nullement abandonné : les travaux en avaient été confiés à Hugues Cosnier qui devait mourir non pas avant octobre *1605*, mais vers *1629*; et ils furent arrêtés en *1611*, un an environ après la mort d'Henri IV, pour des raisons financières et, surtout, politiques, liées à Sully. Car M. de Rosny — ainsi se nommait encore Sully à cette époque[1] —, que Balzac montre très alléché par l'idée du canal de l'Essonne, n'aurait en réalité pu être que son adversaire, tant il est probable qu'il pesa de toute son immense influence sur la décision d'entreprendre le canal de Briare, si proche du fief de Sully qu'il venait d'acquérir; comme il est probable que sa disgrâce définitive, le *26 janvier 1611*, a pu peser sur celle de cette entreprise[2]. Disgrâce moins définitive : repris en *1638* par Jacques Guyon et Guillaume Boutheroue, les travaux du canal de Briare étaient achevés en *1642*[3]. C'est seulement en *1719* que Pitre, Leclerc et Oudart commençaient la construction du canal du Loing qui rejoignait le précédent à Buges, au-dessus de Montargis, à partir de la Seine. Ce canal était achevé en *1723*. Puis, comme il fallait bien relier cet ensemble à une ville importante sur la Loire, et que les ducs d'Orléans qui régnaient sur toute la région étaient gens fort avisés en affaires, fut entrepris le très long serpentin du canal

---

1. Voir n. 3, p. 781.
2. Ce fait ressort des documents sur ce canal conservés aux Archives de l'École nationale des ponts et chaussées.
3. Historique bref. Les documents sont très nombreux, tant aux Archives de France où l'on trouve notamment, sur Cosnier : E 6 a, f° 227 r°; Ms. fr. 18167, f° 110 r°; E 8 e, f° 53 r°; Ms. fr. 18170, f° 163 r°; Ms. fr. 18177, f° 159 r°; sur Guyon et Boutheroue : Q¹ 538, Q¹ 551 (2), etc., qu'aux Archives du Loiret, notamment : C suppl. 239, C suppl. 308. On peut voir aussi P. Pinsseau, *Le Canal Henri IV ou canal de Briare*, Paris-Orléans, 1943.

d'Orléans qui, partant de Combleux, à six kilomètres en amont d'Orléans, allait faire la jonction avec le canal de Briare et le canal du Loing à Buges. Quand on considère la boucle effectuée par ces trois ouvrages, l'« idée » de M. Lecanal semble « heureuse » puisqu'elle reliait Loire et Seine des portes d'Orléans aux portes de Paris — à Ablon, dit-il, ce qui semble singulier puisque l'Essonne se jette dans la Seine juste après Corbeil... — par un trajet nettement plus court.

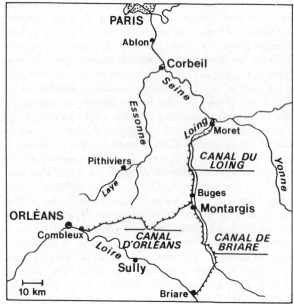

Pour heureuse qu'elle paraisse, il est de fait qu'elle ne devait pas avoir plus d'existence matérielle que de vie littéraire. Mais elle eut, elle aussi, une ébauche, dont le début ne coïncide, malheureusement, nullement avec celui que Balzac lui donne. L'« idée » du canal de l'Essonne ne naquit pas en octobre 1605 pour faire échec à un canal inexistant et à un autre qui n'était pas du tout abandonné : c'est en 1646, donc une fois achevé le canal de Briare, que fut proposé un premier projet d'une liaison fluviale Loire-Seine par Pithiviers et l'Essonne; un deuxième suivit en

*1658; puis, une fois le canal du Loing construit et par consé-
quent la liaison Loire-Seine faite de Briare à Moret, un troisième projet fut présenté en 1755 par Arnoux. Dans les trois cas,
il s'agissait non d'un canal, mais d'aménagement de la Laye et de
l'Essonne, que ces plans visaient à rendre navigables. Le canal
de l'Essonne proprement dit, sa première « idée », naquit seulement en 1791. Par autorisation des 18 et 22 août, les sieurs
Grignet, Gerdet, Jars et Compagnie étaient habilités à entreprendre sa construction, « conformément aux plans et devis fournis par le sieur Dransy, ingénieur[1] ». Condition première : « Ils
devaient mettre, dans les trois mois, les travaux en activité et les
achever dans quatre ans. »* En octobre *1793, les canaux d'Orléans et du Loing, apanage des ducs d'Orléans, passaient aux
mains de l'État qui, bon prince, ne mettait nul obstacle à la
compagnie concurrente de 1791. Une concurrente, à vrai dire,
peu redoutable : « À peine commencèrent-ils quelques travaux
de peu d'importance »; puis Gerdet et Jars disparurent et Grignet « céda ses droits et les leurs au sieur Guyenot de Châteaubourg, le 18 brumaire an II. Ainsi se termina la première
entreprise[2] ».*

En *1814, le duc d'Orléans se fit restituer ses apanages. En
septembre 1817, « le conseil général des Ponts et Chaussées,
s'élevant à de hautes considérations d'intérêt général et privé »,
jugea qu'il ne pouvait autoriser la poursuite d' « une entreprise
dont les chances sont aussi incertaines », « sans manquer à tout
ce qu'avait le droit d'attendre le pays et le prince ». Aussi :
« Les nouvelles compagnies qui s'étaient mises sur les rangs pour
se faire concéder le canal de l'Essonne renoncèrent à sa folle
entreprise, et ne poursuivirent pas cette chimère. Le sieur de*

---

1. *Précis et discussion des faits, droits et moyens qu'invoque la Compagnie propriétaire des Canaux d'Orléans et du Loing contre les concession-
naires du canal de l'Essonne*, par Rouxel, administrateur des canaux
d'Orléans et du Loing, p. 7 (Archives du Loiret, 2 S 130). Sur le
canal de l'Essonne, il existe aussi nombre de documents, notamment, aux Archives de France : F[14] 692, 693, 1152, 7090; H 3197,
3120 (2-3), 3126, 3183 (1); T 1128 (8), (51-57), (61), (75); aux
Archives du Loiret : C suppl. 324 et, sous la cote 2 S 130, un
second document, manuscrit, *Observations sur la nouvelle communication que l'on se propose d'établir entre la Seine et la Loire (1817)*, par
A. Debourg, directeur des canaux d'Orléans et du Loing.

2. *Précis et discussion*, p. 9.

Châteaubourg parut lui-même avoir abandonné les illusions d'un projet dans lequel il n'avait trouvé que la perte de sa fortune et la ruine de ceux qu'il avait appelés à son secours pour l'aider à le réaliser[1] *»* Le 30 mars 1820, une ordonnance révoquait la concession. Mais Châteaubourg, en fait, ne renonçait pas : « En conséquence, un sieur Paques devint, le 1er juillet 1823, le mandataire de Châteaubourg » et, « le 29 septembre 1823, un mémoire est adressé au Roi pour le supplier de révoquer la déchéance », Châteaubourg s'engageant « à administrer la preuve positive qu'il s'est procuré les capitaux nécessaires pour l'entière confection de l'entreprise[2] ».

Bourbon aîné joua-t-il contre Bourbon cadet ? Sacré à Reims le 29 mai 1825, Charles X avait signé le 19 mai l'ordonnance autorisant la construction du canal de l'Essonne. Cette ordonnance préparait les Aventures administratives d'une idée heureuse, *dont* Laure, *la sœur de Balzac, écrira que le sujet « lui avait été inspiré par les mauvaises chances d'un grand travail dont son beau-frère s'était chargé. Honoré se proposait, dans cet ouvrage, de faire l'histoire d'une idée utile à tous, mise à néant par les intérêts particuliers qu'elle froissait, et qui ruinait celui qui s'était dévoué à la mener à bien[3] ».*

Eugène Surville avait épousé Laure Balzac le 18 mai 1820. Polytechnicien, versé aux Ponts et Chaussées, sa première affectation, le 1er mars 1813, fut le canal de l'Ourcq où il revenait, le 7 juillet 1818, après un passage en Ille-et-Vilaine. Après son mariage et un second crochet hors canaux à Bayeux, il était nommé le 15 septembre 1822 à Corbeil, au bord même de l'Essonne. L'« idée » allait y prendre naturellement sa source et, au début de juillet 1825, il sollicite « l'autorisation d'accepter l'offre qui lui a été faite par les ayants cause de M. Guyenot de Châteaubourg de [se] charger des études relatives au canal de l'Essonnes [sic], conformément à l'ord[onnan]ce du Roi du

1. *Précis et discussion...* p. 18-19.
2. *Ibid.*, p. 21.
3. L. Surville, *Balzac. Sa vie et ses œuvres*, Librairie nouvelle, 1858, p. 142.

19 mai der[nier][1] ». *Le directeur général des Ponts et Chaussées lui répond assez fraîchement que le service dont il est chargé aurait pu lui suffire s'il avait fait* « *en personne les opérations sur le terrain auxquelles il y a lieu de se livrer. Mais je vous autorise à diriger de vos conseils l'étude du projet du canal et à en prendre connaissance suffisante pour pouvoir former votre opinion et éclairer celle de l'adm[inistrati]on* ».

Voilà Surville engagé dans les Aventures administratives *d'une idée heureuse. Si heureuse que toute la famille, les Surville et les Balzac, devient la famille Lecanal. On y pense, on en parle, on fait de mirifiques projets, on s'écrit sur le canal. On utilise même les compétences d'Honoré l'écrivain pour rédiger des brouillons de prospectus. Tel celui destiné à une riche amie, Mme Ducommun, retrouvé aux* Archives de France, *intitulé :* « *Canal de l'Essonnes. Joignant la Loire près d'Orléans à la Seine au-dessus de Corbeil* », *précisant que* « *cette direction en concurrence avec celle du Canal d'Orléans présente un raccourci de (16* rayé*) 18 Lieues de Chemin entre Orléans et Paris et une économie de 3 jours sur les temps du trajet et de 8 fr. d'économie par tonneau de Marchandise*[2] ». *Notons la rature, inquiétante, et le fait que, en 1833, dans le manuscrit de l'historique du canal, cette* « *route d'eau [...] n'aura pas plus de trente lieues, et ne nécessitera pas plus de cinq jours de route...* » *contre* « *trente à quarante* » *par les canaux concurrents qui font* « *soixante lieues de navigation* », *ceci pour le projet présenté à Miron; pour Sully, cette voie d'eau* « *n'aura pas plus de trente-six lieues de parcours* »... *N'importe, on garantit, et Balzac l'écrit,* « *une prime annuelle égale au moins à la somme prêtée*[3] ».

Surville est devenu sommité en la matière et c'est à lui que Courtin, éditeur d'une Encyclopédie moderne, *s'adresse en 1825 pour l'article* « *Canal (Navigation)* », *dans lequel on lit, avec surprise :* « *Il était réservé à Henri IV de faire cons-*

1. Archives de France, dossier personnel de Surville : xxF[14] 2283[2]. La plupart des renseignements qui suivent en sont tirés. « Essonnes » est la graphie de l'époque.

2. Archives de France, AB XIX 3315, dossier 1, concernant essentiellement le projet, que nous allons voir, d'un canal latéral à la Loire inférieure.

3. *Ibid.*

truire en France des écluses à sas, et un canal à point de partage. Ce fut sous son règne, en *1664*, que l'on entreprit le canal de Briare[1]. » « *1664* » : erreur inquiétante... Et le canal de l'Essonne stagne, les « Lecanal » s'inquiètent, s'impatientent, le préfet de Seine-et-Oise aussi, mais contre Surville, auquel le directeur général des Ponts et Chaussées adresse, le 6 février 1829, de vifs reproches sur son service, qui est en souffrance : « [...] entièrement occupé depuis longtemps des projets du Canal de l'Essonne, vous avez beaucoup négligé ce service [...] Je vous ferai remarquer à cette occasion que le voisinage de Paris n'est pas un motif de faire des absences aussi fréquentes que les vôtres[2]. » En effet, Surville s'absente. Car, malgré ses premiers déboires, un nouveau projet de canal est en train et, le 18 avril 1829, il écrit au directeur général : « M. Laisné de Villévêque, autorisé par l'Ordonnance Royale du 2 juillet 1828 à exécuter les études du Canal latéral à la Loire Inférieure d'Orléans à Nantes, m'a proposé de me charger comme ingénieur de cette opération. Ce canal devant naturellement faire suite au Canal de l'Essonne dont je me suis dernièrement occupé et dont je vais être incessamment appelé à diriger la Construction, il m'a paru convenable d'accepter cette proposition[3] ». Il demande à être placé en service extraordinaire et, le 16 mai, il quitte la fonction publique. Cependant ses griefs, ses luttes contre l'administration commencent vraiment, et les « aventures administratives d'une idée ». Heureuse ? Elle aussi échouera, mais canal de l'Essonne ou canal latéral à la Loire inférieure, l' « idée » fut-elle seulement « mise à néant par les intérêts particuliers qu'elle froissait » ? La réponse appartient aux techniciens. Pour nous, c'est l'opinion que Balzac s'en faisait qui compte, et l'évolution de cette opinion et celle de l' « idée » elle-même, car elles peuvent expliquer l'abandon de l'œuvre ébauchée en octobre 1833.

1. *Encyclopédie moderne*, 1re édition en 26 volumes (1824-1832), t. V, publié en 1825, p. 295. Il faudra attendre la 3e édition, en 1837, pour que l'erreur soit corrigée, 1606 remplaçant 1664.

2. Archives de France, xxF14 2283[2].

3. *Ibid*. Pour plus de détails sur les « aventures » administratives et littéraires de cette entreprise, voir mon article « Eugène Surville, modèle reparaissant de *La Comédie humaine* », *AB 1963*, p. 195-250.

La révolution de *Juillet faisait le duc d'Orléans Roi des Français en août 1830. En septembre, Balzac commençait ses* Lettres sur Paris *où, le 10 octobre, il enjoignait au gouvernement d' « amener au jour les capitaux cachés, en autorisant les canaux, et leur donnant des concessions très avantageuses[1] ». Le 20 mars 1831, dans* Le Voleur, *il questionne : « Comment se fait-il que cent mille francs de recette seraient assurés à Mlle Taglioni, si elle promettait de danser sur les mains, et que nous les refusions au commerce, à l'industrie, à l'État, à un canal même, quand ils offrent des intérêts énormes et toute sécurité ?... » et, le 31 mars, dans le même* Voleur, *il accuse : « Ici nous avons des projets de canaux savamment étudiés, des fonds tout prêts, mais il y a un* directeur général des Ponts et Chaussées *pour empêcher l'entreprise[2] ». En avril, dans son* Enquête sur la politique des deux ministères, *c'est tout un paragraphe qu'il consacre aux projets de canaux, prêts « Au moment de la révolution [de juillet], étudiés par d'habiles ingénieurs » : « le canal latéral à la Basse-Loire, le canal de l'Essonnes [...] avaient leurs capitaux prêts; mais, à la honte éternelle de notre système de centralisation, les projets sont encore en question[3] ».*

En *octobre 1833, ces canaux ne sont toujours pas « sur le chantier », mais Balzac y met au moins les* Aventures administratives *d'une idée heureuse. Pourquoi s'interrompt-il ? Certes le « Fantasque avant-propos », avec l' « idée » incarnée en M. de Lessones, était bien venu. Et à point nommé pour pousser à fond le concept fondamental des* Romans ou Études philosophiques *et accompagner ainsi* Louis Lambert. *En même temps, il était d'autant plus facile à écrire qu'il adaptait avec une verve burlesque le fantastique hoffmannien qui imprégnait l'*Histoire des Treize, *dont la rédaction précède et suit celle de l'ébauche et où l'on retrouve, jusque dans* La Duchesse de Langeais, *la critique d'un système qui compromet les autorisations « aux compagnies d'ouvrir des canaux[4] ». Mais l'historique,*

1. Balzac, *Œuvres complètes* publiées par M. Bouteron et H. Longnon, t. XXXIX, Conard, 1938, p. 76.
2. *Ibid.*, p. 139 et 142.
3. *Ibid.*, p. 361.
4. Voir t. V, p. 931.

dès son départ en « *1600* », exigeait non plus pensée philosophique et brio, mais précision : les erreurs et contradictions que
l'on relève dans son bref début, et celles que l'on trouve grâce aux
documents que nous avons cités, peuvent largement expliquer que
Balzac ait jugé préférable de s'interrompre. Peut-être pour
attendre le retour de Surville séjournant avec sa femme au château de Montglas en octobre *1833* ? La vie de l' « idée » et celle
de Surville lui-même éclairent la suite.

En janvier *1836*, Balzac laisse Surville défendre les canaux
dans sa Chronique de Paris[1]. Mais le 22 août, il évoque pour
Mme Hanska « ma sœur et mon beau-frère, qui luttent contre
les administrations » et, le 1er octobre, il déplore le destin de sa
sœur : « Les affaires de son mari vont lentement et sa vie aussi
à elle s'écoule dans l'ombre[2]. »

« *Que l'on soit aveuglé pendant un moment par une idée, je
le conçois ; mais pendant six ou sept ans, voilà ce que je ne
conçois pas[3].* » Est-ce Laure qui jette ces mots à la face de son
mari ? Non, mais son double romanesque, Célestine Rabourdin, héroïne de La Femme supérieure, roman écrit en juillet *1837*, femme d'un fonctionnaire qui a une « idée » : « un
nouveau système d'administration[4] » élaboré pour réformer le
système en place, générateur d'une « Bureaucratie » qui, notamment, « mettait un obstacle à la prospérité du pays, retardait
sept ans dans ses cartons le projet d'un canal qui eût stimulé la
production d'une province[5] ». Mais, comme les Aventures
administratives d'une idée heureuse, La Femme supérieure
resta inachevée, et son lecteur de *1837* ignora si les aventures
administratives de l'idée de Rabourdin eurent un effet quelconque sur l'avenir des Rabourdin. Balzac, à l'évidence, ne put
résoudre cette question et conclure.

Cependant l' « idée » de canal évolue, et l'opinion de Balzac :
en *1838*, dans César Birotteau, c'est un ignoble margoulin,
Claparon, qui navigue dans ses eaux : « Oh ! les canaux ! *Vous*

1. Dans une « Critique scientifique » du numéro du 24 janvier.
2. *Lettres à Mme Hanska*, t. I, p. 438 et 448.
3. *Les Employés*, t. VII, p. 1053.
4. *Ibid.*, p. 905. Pour plus de détails sur les rapports entre Laure
et Eugène Surville et Célestine et Xavier Rabourdin, voir l'Introduction.
5. *Ibid.*, p. 909.

ne vous figurez pas combien les canaux nous occupent! [....] Vol-
taire a dit : Canaux, canards, canaille. *Mais le gouvernement*
a ses ingénieurs qui l'éclairent[1]. »

De délais en procédures, de manque de fonds en fausses promesses, de déboires techniques en déconfitures, « l'idée » navigue
vers le naufrage et les arrêts de déchéance. Le canal de l'Essonne
finit de couler en 1839, celui de la Loire inférieure en 1840.
Surville devient un raté, aigri, disqualifié : lors d'une réédition
de l'Encyclopédie moderne, *il sera éliminé,* l'article « Canal
(Navigation) » *sera confié à* S. *et* J. Courtin *qui rectifieront
bien des points, et indiqueront, notamment, que ce fut sous le
règne d'Henri IV « et d'après les vues éclairées de Sully, que
l'on entreprit, en 1604, le canal de Briare*[2] ». *En janvier 1849,
Surville sera même écroué pour dettes à la prison de Clichy...*

En 1844, Balzac avait achevé La Femme supérieure.
Mais Céleſtine Rabourdin perdait son rôle d'héroïne principale
du roman devenu Les Employés. *Et dans des* « Notes sur le
classement et l'achèvement des œuvres », *Balzac prévoit pour
les Rabourdin l'obligation de quitter Paris et un deſtin peu
heureux : il reprend le titre de* La Femme supérieure *pour les*
Scènes de la vie de province *et note qu'* « il y a une 3e scène
de Parisiens en province à faire : la femme supérieure
(madame Rabourdin et son mari échouant dans une entreprise)*[3] ».
En 1844, Balzac se prescrit encore deux fois ce projet[4]. *Il ne
le réalisera jamais.*

En 1845, on retrouve sur le « Catalogue des ouvrages que
contiendra La Comédie humaine », *dans les* Études philosophiques : « 129. La Vie et les aventures d'une idée[5]. »
C'eſt le dernier signe de cette « vie », et l' « idée » n'eſt plus
« heureuse ». Dès lors, ses aventures valaient-elles d'être
contées ?

ANNE-MARIE MEININGER.

1. Voir t. VI, p. 149-150.
2. *Encyclopédie moderne,* 5e édition (1846-1851), t. VII publié en
1847, p. 391.
3. *Lov.* A 159, f° 3.
4. *Ibid.,* ff[os] 8 et 19.
5. Voir t. I, p. cxxv.

AVENTURES ADMINISTRATIVES
D'UNE IDÉE HEUREUSE

RECUEILLIES ET PUBLIÉES

PAR LE FUTUR AUTEUR

DE

l'Histoire de la Succession du Marquis de Carabas
dans le fief de Cocquatrix[1]

« La France, monsieur le marquis, est, dit-on, un des pays où les bonnes idées trouvent le plus flatteur accueil. Elles y sont bien, en prime abord, un peu bafouées; mais la raillerie est une espèce d'épreuve que les indigènes ont imaginé de leur faire subir. Y résistent-elles, le peuple ne tarde pas à s'en coiffer, à les gruger, à les adopter, à les ouvrir, à s'en nourrir; semblable à votre singe Baboùn qui ne manque jamais de houspiller ses noix avant de les croquer...

— Ohé, prends tes bottes, allons en France!

— Monseigneur, dit le chat, il serait prudent de nous fourrer le cou afin que le couteau dont ce peuple se sert pour éprouver les hommes glisse sur notre chignon, et ne nous défasse pas trop, si l'on voulait nous raser...

— Qu'est-ce à dire?

— Une bagatelle, monsieur le marquis. Les Français emploient le ridicule pour douaner les bonnes idées qu'on leur apporte, et la guillotine pour plomber les hommes qu'ils exportent. Le ridicule et la guillotine sont deux institutions qui aident à gouverner et administrer le pays merveilleusement. Vous aurez mainte occasion de vous en apercevoir.

— Tu es un chat aussi prudent
que tu es bien botté. »

*Histoire de la succession du marquis
de Carabas dans le fief de Cocquatrix,* t. XXIII, chap. MCCCIV.
Editio princeps, Leyde, Elzevir,
avec fig. 1499. texte latin de
von Felinus. Ouvr. rare[1].

FANTASQUE[a] AVANT-PROPOS

Après minuit, dans un salon de Paris, au moment où les
rangs des preneurs de thé s'étaient éclaircis, où les gens
qui viennent se faire voir avaient disparu, se rencontrèrent quelques personnes dont les esprits se mirent à
l'unisson et vibrèrent doucement. Il s'ensuivit une de
ces conversations fortes, pleines de choses, tout à la fois
railleuses et polies, comme parfois il s'en écoute encore
dans cette ville aussi réellement profonde qu'elle semble
folle.

Avez-vous quelquefois, en hiver, étudié du haut d'un
pont les bizarreries du charriage des glaces sur un grand
fleuve ? Les glaçons filent, s'entrechoquent, remontent,
dévient de leur route, vont à droite, vont à gauche ; puis
en un moment, on ne sait pourquoi, tout à coup ils
s'engrènent, se saisissent ; les figures de leur contredanse
fluviatile s'arrêtent ; il se forme un majestueux plancher
sur lequel un marmot saute pieds nus, hardiment et
court d'un bord à l'autre. Il en est de l'entente des âmes
ou des esprits dans les salons de Paris comme de cet
engrenage des glaçons. Hommes et femmes se sont vus,
se sont froissés, sont venus, se sont salués hier, et ne se
sont point entendus ; aujourd'hui, personne ne sait pourquoi, ce soir, devant la cheminée, ils se sont trouvés
enchaînés les uns aux autres, dans une même période
d'idées, pour goûter de compagnie les charmes d'un
moment unique, sans ramifications dans l'avenir, sans
liens dans le passé. Est-ce le froid ? Est-ce le chaud ?
Quel timbre a rassemblé l'essaim de ces pensées ? Quel
choc les a désunies ? À ces interrogations, nulle réponse.
Vous demanderez où est l'enfant insoucieux qui tracera

naïvement la plante de ses pieds sur cette glace mouvante tout à l'heure, et maintenant arrêtée. Lisez.

« Croyez-vous, monsieur, dit la maîtresse de la maison à certain savant prussien[1] connu par l'intarissable fluidité de sa parole, croyez-vous à ces miraculeuses puissances de la volonté humaine, à la vie des idées, à leur procréation ? Enfin, croyez-vous, ainsi que monsieur... »

La dame se tourna vers un jeune homme pâle et très chevelu, nommé Louis Lambert.

« Croyez-vous, répéta-t-elle, ainsi que monsieur le prétend, que les idées soient des êtres organisés qui se produisent en dehors de l'homme, qui agissent, qui... ma foi, je me perds dans ces pensées. Vous avez écouté monsieur : que dites-vous de son système ?

— Mais, madame, répondit en souriant le Prussien, est-ce un système ? Je n'oserais ni le nier ni l'affirmer. De l'autre côté du Rhin, plusieurs hommes se sont élevés dans les régions éthérées, et se sont cassé la tête contre les étoiles. Des écrivains connus par des noms en *org*, en *ohm*, en *œhm*², ont trouvé, dit-on, dans ces mêmes étoiles, de sublimes pensées que comprennent quelques gens presque fous, selon nos infirmes opinions vulgaires. Nous avons beaucoup d'Allemands, de Saxons, de Suédois qui ont vu des idées ; mais nous en avons infiniment plus qui n'en ont pas vu. Cependant je puis à ce sujet vous raconter un fait qui passe pour constant, mais que je rapporte sans le garantir, si vous me permettez d'employer cette formule journalistique et pleine de charlatanisme, dans un salon où le charlatanisme appartient exclusivement aux femmes. Un jeune Hanovrien, venu momentanément à Londres, se plaignit à plusieurs reprises d'un vol assez bizarre, à Londres. Un monsieur lui avait pris, disait-il, sa cervelle, ses idées, et les détenait dans un bocal. À Paris, personne ne se serait étonné de ces vols ; on y prend sans façon les idées des gens qui ont des idées, seulement on ne les met pas en bocal, on les met en journal, en livre, en entreprises. À Londres, les gens du monde agirent comme agissent ceux de Paris ; ils se moquèrent de mon pauvre Hanovrien, mais sérieusement, à la manière anglaise. Ce jeune homme restait par suite de ce brigandage dans un état d'imbécillité, de paresse, d'ennui, de spleen qui donnait beaucoup d'inquiétudes à ses amis. Alors il fut fait droit à ses plaintes. On le mit à l'hospice de Bedlam[1]. Il y resta près de deux mois. Un jour, l'un des médecins les plus célèbres de Londres racontait à l'un des médecins de Bedlam qu'il venait de voir le matin l'un de leurs confrères, à moitié fou probablement, qui se livrait à des opérations chimiques sur quelques masses d'idées prises à différents individus et contenues dans des bocaux très bien étiquetés. — Bon Dieu !

« Remarquez que je ne dis pas goddam[2] ! fit le Prussien en s'interrompant. — Bon Dieu ! allons voir si la cervelle d'un pauvre Hanovrien lucide qui a suivi ses idées à la piste et que je soigne à mon hospice, ne serait pas par hasard dans le bocal dont il me parle. Les deux médecins coururent chez leur confrère, et y trouvèrent les idées de l'Allemand, qui remplissaient fort honorablement une fiole ; elles étaient bleues. Les deux médecins forcèrent naturellement l'alchimiste des âmes à délivrer l'esprit hanovrien. Quand la prison fut brisée, ils revinrent à l'hospice, où le jeune homme déclarait à ses gardiens avoir retrouvé ses idées et se livrait à une joie semblable à celle que peut éprouver un aveugle en revoyant la lumière[3]. Ce fait pourrait, s'il était scientifiquement prouvé, corroborer la théorie que M. Lambert vient de nous exposer sur la vie et l'iconographie des idées, système qu'en ma qualité d'Allemand je respecte, comme tout bon Allemand doit respecter un système...

— *Ce n'est pas un système, monsieur, mais une éclatante vérité,* dit une voix qui semblait partir d'un bocal et qui effraya l'assemblée.

— Ha, monsieur, vous m'avez fait peur ! » dit la maîtresse de la maison en voyant une figure qui sortait de l'embrasure d'une fenêtre éloignée.

Quoique cette dame se mît à rire, son rire parut, à ceux qui la regardèrent, produit par une convulsion dont la cause était extérieure. Alors, convaincus que cette action violente procédait de l'inconnu, tous se retournèrent brusquement vers lui. Ce ne fut pas sans un prodigieux intérêt, pour ne pas taxer d'épouvante les personnes distinguées dont l'assemblée était composée, que chacun aperçut l'auteur de ce puissant exorcisme.

Ici, malgré la meilleure volonté du monde de rester dans les bornes du respect que tout homme doit avoir

pour la Très Noble, Très Haute et Très Puissante Dame
Langue française, il est nécessaire, afin de peindre l'anthropomorphe qui se dessina vaguement dans la partie
obscure du salon, d'offenser un peu la rhétorique et la
grammaire, sauf à rentrer en classe après en avoir tracé
le vaporeux portrait. Qui voudrait punir cette licence ?
quelque pédant, quelque chien de cour. Quel poète ne
l'excuserait ? N'avez-vous jamais rencontré de cheval
échappé ? Avec quel bonheur il galope! Comme il lève
les pieds! Quelle agilité flamboyante! non, mieux,
quelle alacrité d'hirondelle n'ont pas ses mouvements!
Il crie : vive la liberté! comme un peuple qui se révolte
par un beau jour de soleil! Mais son critique à lui, le
valet d'écurie accourt le fouet en main! Ainsi de l'auteur.

Si jamais un homme a ressemblé à une idée, vous
auriez juré que, de dessous la draperie des fenêtres, une
pauvre idée gelée, et qui s'était collée aux vitres comme
Trilby[1] pour sentir la chaleur de ces compagnes qu'elle
voyait voltiger sous les lambris dorés, qu'une idée foraine
venait de passer par la fente de la croisée, avait fripé ses
ailes dans l'espagnolette, laissé la poussière chatoyante
de son corselet diapré le long des bourrelets. Elle grelottait encore, elle était malade, souffrante, grise, ébaubie,
hystérique, blessée, cicatrisée; mais vivante; mais prête
à laper quelque fluide comme un vampire. Oui, elle avait
soif d'or comme un ouvrier a soif de vin et flaire le vin
du lundi, dès la barrière...

À l'aspect de cet homme, ces images s'élevèrent diversement dans l'imagination; mais si tous les yeux le virent,
chacun l'aperçut sous une forme différente[2].

Il vivait, mais ses lèvres étaient pâles; mais ses habits
noirs étaient pâles; mais il était détruit; mais il était à
jours comme un chou rongé par les chenilles. Tous les
malheurs sociaux qui peuvent accabler un homme promis
aux incurables lui avaient tiré chacun leur coup. Mais
il était nerveux, il avait soutenu tous les feux et demeurait
droit comme le squelette d'un pendu que le vent balance.
Le plomb fondu du jeu avait glissé sur son cœur sans
l'entamer; les douches de la misère avaient glissé sur son
crâne, l'avaient verdi, jaspé comme pierre d'égout; mais
il avait encore assez de crâne pour contenir une cervelle,
et assez de cœur pour recevoir du sang, un sang fielleux,
qui jaunissait sa face creuse, blême, dont le système

osseux était assez solide encore. Les mots *maigre, étique* ne pouvaient lui servir de modificatifs. Peut-être le mot moderne *squelettique* serait-il *un comparatif,* mais il était le superlatif incomparable et visible de la pensée que veulent exprimer ces syllabes, impuissantes pour lui. Il avait bien quelques cheveux, mais ces cheveux prouvaient l'extrême divisibilité de la matière; pour s'en faire une image, il faudrait supposer, fendus en cent parties, les cheveux les plus fins de la plus fine femme, et leur donner la couleur de l'édredon. Mais quelle comparaison peindrait l'air triste et désolé de ces cheveux qui retombaient derrière la tête et sur les épaules en se bouclant à peine aux extrémités ? Vous eussiez dit des ondées de larmes. Ses yeux fauves, privés de leur humidité vitale, avaient une clarté de forge rouge et roulaient au fond de leurs cavités dont les bords dénués de cils ressemblaient à ceux de l'œil d'un vautour. Pour tout sourcil, une marque bleuâtre.

Excepté Dante ou Paganini, jamais nulle créature humaine n'annonça plus de souffrances ressenties, plus de vie épuisée, plus de vie persistante. Quand l'inconnu leva les yeux, tout le monde frissonna d'en voir la nacre sensibilisée, il sembla certes à tout le monde que Dieu allait descendre et sa gloire crever les planchers. Oui, si ce regard n'ouvrait pas les cieux, il fallait renoncer à la prière et à l'espoir; il n'y avait pas de Dieu ! Quant à ses mains, c'étaient les articulations puissantes du homard; ou mieux, les vieilles serres d'un aigle mourant dans sa cage au Jardin des Plantes, et qui pendant toute sa vie a voulu saisir une proie et n'a rien saisi. Sa langue avait quelque chose de noirâtre comme celle des perroquets, elle était sèche, épuisée, elle avait soif et faim. Enfin son long nez meurtri, son nez de marchand de parapluies avait dû se prendre cent fois dans la chattière du bureau des oppositions au Trésor royal[1].

Cet homme, voyez-vous, était le désespoir centenaire, le désespoir froid, mais qui ne doute pas encore. Son mobilier gisait tout entier dans sa poche en reconnaissances de Mont-de-Piété, sous son foulard jaunasse, parmi des placets apostillés. Cet effroyable type de malheur social, long comme un *taenia,* ressemblait aux sacoches de la Banque, mais quand elles en partent pour revenir enceintes d'écus. Mais elle était partie de la

Banque depuis soixante-dix ans sans y rentrer, cette pauvre sacoche, en quête de ses millions, et la gueule béante comme un boa qui rampe à jeun. Mais cet homme était sublime à la manière de Dante et de Paganini, à la manière de l'artiste et du prêtre; il vivait pour une idée; il marchait dans une atmosphère de courage et de dévouement. Il suait la foi. C'était enfin *l'homme-idée,* ou l'idée devenue homme. Aussi avait-il un peu de l'air du faquir; et, disons-le pour plaire à la partie vaudevilliste de la France, il y avait aussi dans sa tournure une ressemblance avec le *marchand d'eau de Cologne,* à l'habit rouge, clarinette et vulnéraire, qui ne guérit que le grand Mogol.

Il avait été arpenteur, notaire, ingénieur, maçon, intendant, grand seigneur, jacobin, agent de change, courtier, libraire, avocat au conseil, maître des requêtes pendant un moment, intendant général des hôpitaux militaires, garde-magasin des vivres, entrepreneur d'éclairage public, journaliste, fournisseur, homme de paille, professeur de l'Athénée[1], directeur de théâtre, auteur d'un quart de vaudeville. Il avait été tout ce qui ressemble, socialement parlant, à quelque chose.

La maîtresse de la maison le recevait en sa qualité d'attaché au Corps diplomatique. Sur ses vieux jours, il se disait être le chargé d'affaires du prince Primat de Fesse-Tombourg[2]. Les longues vicissitudes de sa chétive existence ayant été couvertes sous le voile épais de la plus laborieuse prudence, il passait, depuis dix ans, pour être à la veille de faire une immense fortune, et avait de fréquents rapports avec les banquiers de France, de Hollande et d'Angleterre pour arrêter les conditions d'un emprunt de quatorze millions. Comme tous les êtres repoussés partout, et qui persistent à se pousser partout, il jouissait d'une considération équivoque; néanmoins il était reçu. Sa figure appartenait au genre de celles qui sont toujours collées à l'encoignure des portes, ou perdues dans un groupe de nouvellistes, ou colloquées à une table de whist. Or, comme il s'en allait toujours promptement en ne parlant qu'à ceux de qui dépendait sa destinée, sa tête pouvait sembler inconnue à beaucoup de personnes. Il était surtout de ces gens que tout le monde a vus, et qu'on ne reconnaît jamais.

Son nom de famille était Lecanal. Si quelques personnes le soupçonnèrent d'appartenir au Lakanal de la

Convention[1], il s'en défendit sous l'Empire fort vigoureusement. Depuis la Restauration, il avait repris le titre
et le nom de M. le comte de Lessones, et répondait dubi-
tativement à qui lui demandait s'il était de la famille des
Lassone, gens assez connus sous Louis XV[2].

Avez-vous par hasard observé dans le monde certaines
personnes dont l'échine toujours flatteuse et complaisante
devine si quelque hardi baladin veut sauter comme un col-
légien, et se courbe aussitôt; dont la mémoire approuve
toutes les anecdotes; dont les lèvres gardent le sourire que
le génie du gain et de la misère, que l'espérance a stéréo-
typé pour les marchands, pour les solliciteurs, pour tout ce
qui se plie en souffrant ?... Hé bien, M. de Lessones avait
cette échine fluide, cette mémoire-omnibus, ce sourire qui
se prend et se quitte comme les comédiens quittent et
prennent le leur. Peut-être un ministre l'avait-il jeté du
haut en bas des escaliers dans un moment d'humeur; et,
alors, peut-être pour sauver sa dignité, le comte avait-il
dit au garçon de bureau : « Je voulais descendre! » comme
cet honnête époux à sa moitié furibonde. Peut-être avait-
il vécu d'un pain caché sous sa redingote, et trempé de
ses larmes. À table, chez un banquier, il dévorait sans
engraisser, ce pauvre homme nourri d'espérance. Il avait
offert bien des prises de tabac, donné des poignées de
main autant que les rois populaires en donnent, bu bien
des verres de liqueur, avalé bien des humiliations. Hélas!
disons-le, il avait léché tous les amours-propres en faveur
depuis l'assemblée constituante jusqu'à la chambre
actuelle. Pauvre homme! ses flatteuses papilles avaient dû
caresser Duport, Robespierre, Marat, Garat, Tallien,
Gohier, Fouché, Pasquier, Cambacérès, Talleyrand,
M. de Villèle, *e tutti quanti*[3]! Donc, il avait eu les nausées
de tous les encens, déplié le marchepied de tous les pouvoirs, trinqué avec tous les journalistes, roulé dans les
fangeux boudoirs des Laïs de tous les étages, chez la Laïs[4]
du ministre et chez la Laïs du sous-chef. Enfin, humble
apôtre, il avait silencieusement baisé la civilisation parisienne là où il fallait la baiser pour réussir, et n'avait pas
encore réussi.

Pour lui point de mystères, pour lui rien d'ignoble. Il
savait offrir et recevoir un écu; tirer son chapeau à un
journaliste; se plier devant un sacristain; peser dans les
balances du mépris toutes les insolences, et pouvait tout

supporter, excepté la bonne fortune. Il avait la philosophie et l'instinct de l'animal, joint à la lucidité d'un cerveau newtonien. Mais cet homme était sublime, voyez-
vous ? Il marchait avec un flegme égal, soit dans les
boues de Paris, soit dans le cristal des ruisseaux cham-
pêtres ; s'élançait également d'un vol de croyant aux
cieux, comme il foulait tristement les tapis ministériels,
dévoué complètement à son état de ballon, de ver, de
prostituée, de mendiant, de mollusque, de distome[1],
d'atome, pour qui ? direz-vous. Hé bien, *pour la patrie,*
pour cette femme de mauvaise vie, toujours veuve de
ceux qui l'aiment. Oui, cet homme portait sa couronne
d'épines pour le bonheur, pour la fertilité d'un pays,
pour lui un peu aussi, mais certes il souffrait au nom de
tous. Il avait le courage de la honte, la persistance du
génie. Cette vie secrète, ces malheurs, ces espérances se
représentaient fatalement, nécessairement sur sa face
d'après les lois éternelles qui veulent que chaque partie
d'une créature organisée se teigne de sa cause intime.

La soirée devait être un moment de triomphe pour
cet être poétique dont M. Ballanche eût fait un mythe,
le sculpteur Bra[2] un symbole, Nodier une paradoxale
plaisanterie, et les frères Rothschild un capital. Sa voix
était celle d'un homme qui a des dettes, voix flatteuse,
mielleuse, voix sourde, voix éclatante, une voix pour
laquelle il faudrait créer une épithète, une voix qui est
aux autres voix ce qu'est l'électricité à la nature des
choses : elle embrassait toutes les inflexions humaines.

Quand M. de Lessones se fut planté sur ses pieds et
qu'il ne vacilla plus, il se fit un grand silence.

« Monsieur, dit-il au jeune homme pâle et frêle, vous
vous nommez monsieur Lambert ? Ha ! que ce nom soit
béni ! Vous vous êtes voué à une vérité, comme les
martyrs se vouaient au Christ. »

Les figures devinrent immobiles. Louis Lambert, qui,
pour la seule fois de sa vie, avait osé parler de son système, et qui le voyait livré aux impitoyables railleries
parisiennes, suait de souffrance ; il aurait pleuré, s'il l'eût
osé, de voir sa chaste pensée déshabillée, fouettée,
polluée par les profanes.

« Oui, messieurs, les idées sont des êtres, reprit le
vieillard, qui grandit, s'anima, et dont la voix eut des
vibrations de cloche. Tel que vous me voyez, je suis sous

la puissance d'une idée. Je suis devenu tout idée : vrai démon, incube et succube[1]; tour à tour méprisé, méprisant; acteur et patient, tantôt victime, tantôt bourreau. Ha! dit-il en regardant Louis Lambert, jeune homme au front vierge, au front scellé de malheur, marqué de génie, signé du signe rouge mis aux arbres qu'on abattra, j'irai plus loin que tu n'as été tout à l'heure, alors que tu voyais des idées, que tu paraphrasais le principe d'une science à venir. Mais j'irai plus loin que tu n'as été parce que j'ai moins à perdre. Ma forme actuelle mourra, mais ma vraie nature, l'idée, l'idée restera! J'existerai toujours. »

« Où est le bocal de celui-là ? » dit tout bas le Prussien à la maîtresse de la maison.

Personne n'eut envie de rire, en voyant la main décharnée que l'orateur leva sur Louis Lambert. Une jeune femme attentive dit avec une sorte de terreur : « Ha mon Dieu, il va nous l'emporter. »

« Il y a, dans le monde moral, dit en continuant M. de Lessones, de petites créatures boiteuses et manchotes, grêles, vieillottes, ce sont les idées de ce que vous appelez les *gens de lettres*. Elles vivent sur les murailles à la façon des giroflées jaunes, elles parfument un jour les airs, disparaissent et tombent. Dans ces familles d'éphémères, quelques-unes, semblables à de brillantes efflorescences chimiques, surgissent, réfléchissent mille couleurs, brillent et persistent; mais elles tombent un peu plus tard comme les précédentes; enfin, Dorat, Marmontel, ces clochettes vertes, *les Quarante*[2]... D'autres s'élèvent lentement, avec grâce, poussent en étendant, avec majesté, les immenses frondaisons de leurs branches, couvrent une époque de leurs ombrages, meublent les villes comme les allées de platanes et de tilleuls sous lesquels se promènent cinq à six générations. Ce sont les beaux ouvrages dus à quelques cerveaux, et dont les idées vivaces régissent deux ou trois siècles. Les idées de Luther ont engendré Calvin, qui engendra Bayle, qui engendra Voltaire, qui engendra l'opposition constitutionnelle, enfin l'esprit de discussion et d'examen. Elles se conçoivent les unes par les autres, comme les plantes, filles de la même graine; comme les hommes, fils d'une première femme. Les idées de Luther étaient celles des Vaudois; les Vaudois étaient issus des anciennes et primitives hérésies de la première église; puis, ces hérésies, avec leurs microcosmes d'idées, recommençaient les théosophies du plateau de l'Asie. Laissons-les se reposer. À chaque climat ses fleurs intellectuelles, dont les parfums et les couleurs s'harmonient aux conditions du soleil, aux brouillards de l'atmosphère, aux neiges des montagnes : ainsi des idées. Les idées prennent en chaque pays la livrée des nations. À l'Asie ses tigres, ses onagres[1], ses feux dévorants, sa poésie imbibée de soleil, ses idées parfumées. À l'Europe ses plantes humides, ses animaux sans fièvre; mais à l'Europe l'instinct, sa poésie concise, ses œuvres analytiques, la raison, les discussions. S'il y a de l'air et du ciel bleu chez les écrivains orientaux, il y a de la pluie, des lacs, des rayons de lune, du bonheur pénible chez les écrivains de l'Europe. L'Asie est la jouissance; l'Europe est la raillerie. En Europe, les idées glapissent, rient, folâtrent, comme tout ce qui est terrestre; mais en Orient, elles sont voluptueuses, célestes, élevées, symboliques. Dante seul a soudé ces deux natures d'idées. Son poème est un pont hardi jeté entre l'Asie et l'Europe, un Poulh-Sherro[2] sur lequel les générations des deux mondes défilent avec la lenteur des figures que nous rêvons sous l'empire d'un cauchemar. De là, cette majestueuse horreur, cette sainte peur qui saisit à la lecture de cette œuvre où tournoie le monde moral. Mais il y a des idées dont le système agit plus directement sur les hommes qui s'en emparent. Ces idées les tourmentent, les font aller, venir, pâlir, sécher. Ce sont des idées qui, mieux matérialisées, traitent plus vigoureusement le monde matériel. Il y en a de gigantesques, de monumentales, qui tiennent du règne minéral. Elles tombent à heure dite, se relèvent et retombent sur la tête des nations ou d'un individu, comme un marteau sur l'enclume, et elles forgent les siècles en préparant les révolutions. Ce sont les idées territoriales pour ainsi dire, les idées qui naissent de la configuration géographique d'un pays; idées qui martèlent de siècle en siècle les cerveaux politiques : elles se sont lentement élevées comme des pyramides, et vous les apercevez toutes droites devant vous. " Il nous faut le Rhin! " dit la France, " Mangeons les Russes! " disait Napoléon. Napoléon était une grande idée qui gouverne encore la France. Eh bien! moi, je suis, dans une sphère moins large, une idée de ce genre et dont je vais vous raconter les aventures merveilleuses, inouïes ; la naissance, la vie, les malheurs, mais point la mort. *Calypso dans sa douleur ne se consolait pas d'être immortelle*[1], devrait être l'épigraphe de mon récit, car les idées souffrent et ne meurent pas. Quand elles sont trop gehennées, elles s'en vont à tire-d'aile commes les hirondelles. Il y a beaucoup d'idées européennes transmigrées d'Europe en Amérique, et qui s'y sont acclimatées. Mais écoutez. Donnez-moi deux heures d'attention, faites crédit d'un peu de patience à une pauvresse qui a des millions de rentes. Vous verrez si les écrivains montés sur les chevaux du Doute et du Dédain, si Byron, Voltaire, Swift, Cervantès, Rabelais ont eu tort de laisser l'empreinte des sabots de leurs coursiers aussi pâles que celui de l'Apocalypse, sur la tête des siècles labourés par leurs chevauchées. Honte aux hommes ! honte aux administrations surtout ! car, voyez-vous, c'est la médiocrité organisée. Mon idée et moi sommes victimes des basses intrigues de la cour de Henri IV, de Louis XIII, Louis XIV, du règne de Louis XV, de la Convention, de l'Empire et de la Restauration. Vous aurez en peu de moments un croquis de ces cinq[2] grands opéras, vus des coulisses. Ceci est mon avertissement de l'éditeur.

« Avant de livrer nos yeux, nos oreilles et notre attention à M. le comte, ne voulons-nous pas prendre un peu de thé, demanda la maîtresse de la maison à toutes les personnes qui étaient assises en cercle devant la cheminée.

— Volontiers, dit le baron prussien, mais n'en prenons pas trop, le thé endort... »

Louis Lambert, le promoteur de cette scène étrange, quitta sa place et vint s'asseoir auprès de la dame hospitalière, chez laquelle, à cette époque, abondaient les poètes, les écrivains, les gens de science, et dont le salon pouvait passer pour le vestiaire de la littérature. Le vieux conteur but une tasse de thé que lui présenta l'élégante maîtresse de la maison.

« J'avais besoin de lui voir prendre son thé pour être convaincue de son existence, dit une dame à son voisin, l'un des plus riches banquiers de Paris.

— Il y a eu un temps, madame, répondit M. [de] Lessones qui l'entendit, où, comme vous, beaucoup de gens n'ont été convaincus de ma vie qu'en me voyant boire de l'eau. Si j'en avais eu à mes souhaits, je ne serais pas si sec.

— Je commence, dit-il après une légère pause[1].

1600

Naissance de l'idée. L'idée au maillot, sa nourrice, sa dentition. Sa puberté. Son père meurt — elle tombe dans l'encre — elle paraît dans les bureaux, elle est présentée à la cour, débuts à l'opéra. Un évêque la prend sous sa protection.

« Sous Henri IV, en l'an 1605, le tiers état, représenté dans Paris par la haute Bourgeoisie qui envahissait le gouvernement du Roi par les sièges dont elle se pourvoyait au Parlement, qui envahissait la noblesse par son Échevinage, par ses alliances et par la finance, qui envahissait le clergé par les cures de Paris, séminaire des évêques, cette puissante Bourgeoisie possédait les trois plus grands pouvoirs à l'aide desquels une corporation puisse manier un peuple. Elle était instruite, elle plaidait, elle écrivait, elle préparait Molière, Racine, Boileau, Patru, Pelisson, Fontenelle, Riquet, Colbert, Molé, Brisson, d'Aligre, Pithou, de Thou, Turgot, Pasquier, Harlay, Domat, Jeannin, Voisin, Lesage, Voltaire, vingt maisons ducales qui ne [se] soucieraient pas d'être nommées, entre autres les Villeroy dont il sera bientôt question dans mes aventures et cent marquisats dont les Boulainvilliers, les Bellisle, les Louvois, les Lepinay, Torcy, d'Orvilliers, Semonville[2], etc., enfin presque tous les hommes qui ont pétri la France du dix-neuvième[a] siècle. Or, la plupart des idées directement utiles au sol et qui devaient le façonner, les grandes idées commerciales, les idées mères se concevaient dans le ventre de cette grande Bourgeoisie, qui, alors se tenait à sa place, et laissait la Noblesse jouer son rôle chevaleresque, combattre l'étranger dans les congrès, combattre la Royauté dans le Royaume, défendre en bataille rangée le protestantisme, qui était l'opposition de ce temps-là. L'idée dont il est question eut donc pour père un honnête échevin de la ville de Paris, le fameux François Miron, prévôt des Marchands sous Henri IV,

le Sully du commerce parisien, et qui fut le chef de la
maison de l'Espinay, mais alors il n'était que seigneur
du Tremblay[1]. chevalier, conseiller d'État, lieutenant
civil. Ce brave bourgeois, déjà noble, la Prévôté des Marchands anoblissait, ce digne Lord-maire de Paris, car en
ce temps-là le prévôt des Marchands jouait dans la sédi-
tieuse et remuante capitale le rôle que joue [le] chef des
Aldermans[2] à Londres, Miron demeurait près de l'Hôtel
de Ville, rue de l'Orme-Saint-Gervais, dans une maison
fort belle alors, laide aujourd'hui, mais qui subsiste
encore[3]. Beaucoup [de] personnes ignorent l'origine de ce
nom de rue, et encore quelques années, l'étymologie en
sera tellement obscure que la véritable sera niée peut-être
si nul écrivain ne consigne ma remarque. J'ai vu de mes
yeux en allant chez M. Miron l'orme centenaire que le
hasard avait semé, planté dans un chéneau de l'église
Saint-Gervais, bel arbre respecté par nos ancêtres qui
l'appelaient l'arbre de Dieu et auquel je pense toujours
quand je passe rue d'Enfer, en apercevant sur la fontaine
située à la grille du Luxembourg un arbre âgé déjà d'environ dix ans[4].

« Un soir au mois d'octobre, M. Miron soupait en
famille dans la salle de son logis, une salle dont Tony
Johannot vous fera quelque dessin, mais que je ne vous
décrirai point, ayant, par ma foi, des arabesques administratives du plus haut goût à vous dessiner. Vous voyez
M. Miron, dans son pourpoint, bien fraisé, comme
Gérard a fraisé le prévôt des Marchands en son tableau
de l'entrée d'Henri IV à Paris[5]. Il faisait froid, la haute
cheminée flamboyait, la nappe était mise, les verres hauts
sur patte laissaient voir le vin généreux, la famille groupée
joyeusement riait, soupait, l'année 1605 était une heureuse année, une année de paix, et de tranquillité. Plus
de Béarnais, plus de mousquetades tirées à ceux de la
religion allant au prêche, plus de belles églises, comme
celle de la Charité-sur-Loire, incendiées par les mains
iconoclastes des Protestants[6]. Henri IV aimé, Sully craint,
l'Arsenal plein, les impôts modérés, les manufactures
prospérant, le bourgeois meublant son escarcelle, la
noblesse réparant ses pertes, voilà le perpétuel discours
du trône à la nation; bonne année pendant laquelle le
naïf L'Estoile historien admirable, conte que *M. le président de Lyon meurt d'un renversement de boyaux,* pour tout

événement, *le onsiesme tome de Baronius a été apporté cette année,* ou pour toute peur, *une fille de Conflans,* dit-il, *et une autre en Suisse vivent sans boire ni manger aucunement, ce qui n'est jamais vu au monde, enfin un prêtre hermaphrodite est empêché d'enfant, toutes choses miraculeuses qui nous menacent de l'ire de Dieu*[1].

« Un coup de marteau retentit à la porte, le lieutenant civil se leva, disant : " Qui est-ce ?... quelques voleurs... le guet... non, j'oubliais, madame Miron, que nous allons avoir un convive. "

« En effet, mon père arrivait, la Prévôté des marchands devait être ma mère et la maison Miron mon berceau.

« Un jeune homme de vingt-deux ans[a], bien enveloppé d'un manteau, armé d'une épée à coquille, leva son feutre orné d'une plume noire, montra sa chevelure brune bien bouclée, un front noble, une figure à la Poussin, et salua la famille.

« " Asseyez-vous là, près de moi, monsieur de Lamblerville[2], dit le prévôt des Marchands, nous causerons le verre en main, et le fromage, les raisins[b], la perdrix bardée, le tout est à votre service, nous allons deviser finance, et le Roi que Dieu nous conserve me considère assez, M. de Rosny[3] m'écoute assez volontiers pour que, les choses étant bonnes, nous nous y boutions, comme à renvoyer les Espagnols de tout cœur.

« — Vous ferez à l'avantage de la ville et de la Marchandise, monsieur ", dit Lamblerville en disposant sur une table des plans, des cartes, et son épée qu'il défit. Puis il vint s'asseoir sur le banc du prévôt en jetant un coup d'œil aux deux jeunes filles de Miron, à leur mère et à un bel enfant de douze ans.

« " Monsieur le prévôt, dit Lamblerville, vous savez que les canaux de Briare et du Loing, entrepris sous le bon plaisir de Sa Majesté, sont abandonnés par suite de la mort du faiseur "[4], ce qui est un grand malheur pour la Marchandise de Paris...

« — Certes..., dit le prévôt.

« — Hé bien, monsieur, le Roi a été circonvenu par des hommes habiles, mais qui n'étaient pas de taille à voir d'assez haut le terrain.

« — Et vous, monsieur..., dit en souriant le prévôt, vous êtes un géant qui...

« — Oui, monsieur! répliqua Lamblerville, je suis un de ces hommes qui conçoivent de grandes idées. »

« Et il lança sur le prévôt un regard plein de feu, le regard générateur de l'homme à talent, le prévôt se tut.

« " Les lignes de navigation que Sa Majesté veut établir sont imparfaites et seront impuissantes. Le canal du Loing s'embranche trop haut dans la Seine et laisse aux bateaux plusieurs lieues à faire dans cette rivière difficile, embarrassée de ponts et obstaclée[1] : puis, pour venir de la Loire, il faut faire un fort long circuit, les détours de ces canaux et la navigation de la Seine obligeant la Marchandise à soixante lieues de navigation, voyage de trente à quarante jours de durée, et moi, je veux joindre la Loire à la Seine depuis Orléans jusqu'au-dessus d'Ablon, maison de M. de Rosny[2], à sept lieues de Paris, et par une route d'eau qui n'aura pas plus de trente lieues, ne nécessitera pas plus de cinq jours de route...

« — Jeune homme!... s'écria M. Miron, savez-vous bien à quoi vous vous engagez ? Par la Corbleu, si cela était, le Roi vous baiserait, et nous serions, vous et moi, millionnaires !

« — Nous serons donc millionnaires ! monsieur, dit froidement le noble jeune homme, avec la confiance naturelle à tous les inventeurs ; mais mon père tressaillait de joie intérieurement et jouissait du bonheur que son idée allait produire, des richesses qu'elle allait créer.

« — Voyons ! voyons ! jeune homme. "

« Et le prévôt n'avait plus faim, et il poussait les verres, les plats, les assiettes, les couteaux, l'argenterie du côté de sa femme, pour faire, sur la table, une place aux plans et aux cartes de son hôte, qui, ne trouvant rien d'extraordinaire à l'extrême empressement du prévôt, alla chercher son rouleau de papiers, et l'apporta. De quelle curiosité ne fut pas saisie la famille en voyant dérouler la page cosmographique où je gisais. Les femmes, l'enfant, la servante, le laquais ouvrirent de grands yeux, croyant apercevoir un grimoire. À cette époque, le bon L'Estoile, dont je viens de vous parler, écrivait cette phrase dans son journal : *le vendredi 13 fut brûlée en la plasse de Grève de Paris une femme convaincue d'être dès longtems sorcière*[3] !

« Lorsque la carte des pays qui devait traverser la route d'eau fut déployée, Lamblerville fit suivre du doigt à M. le chevalier Miron du Tremblay une vallée arrosée par une rivière sur laquelle on naviguait en 1490 depuis le village de La Ferté-Aleps[1] jusqu'à la Seine. Puis, remontant de ce village à la ville d'Orléans, il lui désigne les affluents, les sources, les ruisseaux qui pouvaient établir un magnifique cours d'eau susceptible de se déverser dans la Loire à je ne sais quelle distance d'Orléans.

« "Au point de jonction de ce cours qui irait à la Loire avec la rivière qui se jette dans la Seine, mon projet est de pratiquer un grand bassin où l'on entrerait par des écluses du côté d'Orléans, et d'où l'on sortirait par d'autres écluses pour entrer dans la rivière qui arrive en Seine au-dessus d'Ablon, maison de campagne de M. de Rosny !...

« — Vous êtes un homme admirable, *vir*[2], un homme ! s'écria M. Miron, et d'ici à peu de jours ; une fois la dépense calculée, nous irons ensemble voir Sa Majesté, après avoir conféré de ceci avec le surintendant des finances. Je réponds de la Bourgeoisie et de la Marchandise de Paris, tous les gens sages mettront la main à l'escarcelle, et moi le premier. Ceci, jeune homme, est un coup de fortune pour la ville, et je vous fais excuse de vous avoir raillé tout à l'heure.

« — Vous ne voyez pas tout, messire du Tremblay, dit Lamblerville, toute la Marchandise de la Loire Supérieure viendra à Paris, et les grosses villes de Nantes, Angers, Tours et Blois enverront leurs négoces. Quand s'émouvra la guerre, toutes les marchandises de l'océan prendront cette route !

« — Buvons, jeune homme, à la réussite et à la prompte et bonne exécution de ce plan auquel je ne faudrai point. Notre bon Roi sera joyeux !... "

« Ainsi l'idée conçue sous les voûtes froides du castel de Lamblerville vint éclore sous les planchers de chêne sculptés et travaillés de messire Miron, chevalier, seigneur du Tremblay, lieutenant civil, etc.

« "Demain, messire de Lamblerville, je convoquerai quelques gens du métier, maçons, géographes, arpenteurs, et nous vérifierons, vous présent, les calculs, plans, descriptions que voici ; puis, si rien ne cloche, nous irons chercher un bon Ventre-Saint-Gris du Roi, notre Sire. Je suis de son conseil et il fait état de moi. "

« Cela dit, le souper fut rétabli, le vin remplit les verres du prévôt et du jeune homme, qui, vers neuf heures du soir, sortit accompagné d'un garde de la prévôté, chargé de le défendre et de l'éclairer jusqu'à l'hôtellerie où il demeurait près de la rue de la Licorne. En arrivant à l'arche Pépin[1], d'où il pouvait découvrir la Seine, Lamblerville s'appuya sur le parapet de l'arche et regarda tour à tour cette rivière et le ciel brillant d'étoiles.

« " Aurais-je donc, se dit-il, le bonheur d'enrichir cette ville en joignant l'embouchure de la Seine à l'embouchure de la Loire, l'Océan à l'Océan[2]! Que je meure à l'hôpital, mais que je réussisse! "

« C'était un noble jeune homme. C'était mon père!... la première victime que devait dévorer l'idée, ou plutôt les hommes qui s'opposèrent au triomphe de l'idée car, voyez-vous, toutes les fois qu'il s'élève quelque chose de grand parmi les hommes, une nuée de vermisseaux accourt pour en ronger la semence. Le lendemain, le généreux Miron convoqua les gens de métier, des bourgeois de bonne foi, qui passèrent huit jours à l'Hôtel de Ville en compagnie de Lamblerville et de messire Miron, étudiant les plans, questionnant l'inventeur, torturant l'idée, pour s'assurer de la bonté de l'idée, comme un charron essaye de tordre ses essieux pour en vérifier la bonté. L'idée fut donc bercée à l'Hôtel de Ville, remuée, tiraillée en tout sens, et l'idée criait de ses vigoureux poumons et elle fut jugée excellente, profitable à la ville, merveilleuse en résultats et féconde en produits. Il fut parlé de Lamblerville dans tous les quartiers, et dans tous les syndicats des confréries et des corporations où, sous l'influence de messire Miron, chaque maître un peu riche promit sa finance en s'enrôlant sous la bannière du jeune Lamblerville. Ces bons écus étaient le lait nourricier de la bonne idée qui grandissait et avait déjà son renom dans la cité. Lamblerville écrivit en Gâtinais, en Brie, en Beauce que l'idée à laquelle tenait la prospérité de ces pays était bien reçue et se portait à merveille, et sa lettre y répandit la joie. Et voilà déjà l'idée chevauchant à travers le monde, saluée par une foule de gens, ayant ses serviteurs dévoués, ses massiers, ses trésoriers, ayant de la puissance et du crédit, bien reçue, elle était jeune et jolie, voyez-vous, elle plaisait.

« Un jour, messire Miron monta sur sa mule, car il

obéissait aux us du Palais, et accompagné de Lamblerville qui le suivait sur un genet, et tous deux, escortés
d'un garde à cheval, allèrent à l'Arsenal où demeurait
M. de Rosny, pour lui exposer l'idée. Il était cinq heures
du matin, et le prévôt, connaissant les usages du Grand
Maître de l'artillerie, pressait le pas de sa monture, craignant d'arriver trop tard. Mais l'espace qui se trouve
entre la rue de l'Orme-Saint-Gervais et l'Arsenal fut
bientôt franchi. À l'aspect de messire Miron, les gens du
Premier ministre, levés comme l'était leur maître, dès
quatre heures du matin, laissèrent passer le chef de la
Bourgeoisie et Lamblerville qui montèrent l'escalier par
lequel les romantiques vont aujourd'hui chez Charles
Nodier, et, traversant les appartements de M. le Grand
Maître, ils arrivèrent à un cabinet ayant vue sur l'Isle
Louviers[1], endroit où, de nos jours, MM. Alexandre
Duval et Alexandre Dumas jouent une partie d'écarté.
Ce cabinet était en 1605 la pièce où M. de Rosny donnait
audience, et ce ne fut pas sans une profonde émotion que
Lamblerville aperçut l'ami d'Henri IV. C'était un homme
de quarante-quatre ans, à visage brun, remarquable par
un front homérique, bombé à la manière des fronts bre-
tons, et certes le trait distinctif du caractère du Grand
Maître était l'opiniâtreté. M. de Rosny (la terre de Sully
n'avait pas encore été érigée en duché-pairie), voyant le
prévôt, lui dit :

« " Que voulez-vous, Miron ?

« — Monseigneur, répondit le conseiller, j'ai l'honneur de vous présenter un garçon qui tient à la main la
prospérité de douze des plus belles provinces de France,
et ce n'est qu'après mûre délibération faite par les plus
savants hommes de la Marchandise de Paris qui
approuvent le projet et en appuient de leurs deniers
l'exécution que je suis venu vers vous, afin de ne point
vous faire perdre de temps. Vous augmenterez votre
gloire et celle du règne de Sa Majesté bien-aimée si vous
donnez les mains audit projet, qui a pour but de réunir
la Loire à la Seine par une route facile dont la navigation
ne durera pas plus de cinq jours et n'aura [pas] plus de
trente-six lieues de parcours, le chemin aboutira près de
votre domaine d'Ablon.

« — Par la Corbleu ! jeune homme ! dit M. de Rosny
en se levant brusquement, s'il en était ainsi, je me ferais

fort de te faire donner par notre bien-aimé Sire la propriété de ta route !

« " Davin[1] ! cria le ministre à l'un de ses secrétaires, les survenants attendront la fin de cette audience, gardez que nous ne soyons empêchés. "

« Et le Grand Maître, qui connaissait les localités, se fit expliquer de point en point le plan, le projet, les devis, les moyens d'exécution par Lamblerville, et le jeune homme répondit laconiquement et avec la lucidité particulière à ceux qui savent bien une affaire, aux questions du ministre.

« " Je ferai surabondamment examiner ceci par des experts que j'ai en ma main, et qui ne me déguiseront rien. Venez tous deux dimanche, et je vous introduirai près du Roi après le Conseil. Adieu, messieurs. "

« Et les deux solliciteurs sortirent après avoir silencieusement salué l'homme expéditif qui fit plus de choses en vingt ans que ses successeurs en un siècle.

« Le dimanche suivant, Lamblerville et Miron se joignirent au cortège du Grand Maître à l'heure où il partit de l'Arsenal pour le Louvre, et ils arrivèrent jusqu'à l'une des salles royales, dans laquelle le Grand Maître les pria d'attendre l'issue du Conseil. Le capitaine des gardes vint les chercher au milieu de la foule des seigneurs et les introduisit dans le cabinet du Roi.

« " Ventre-Saint-Gris ! dit Henri IV, mon ami, j'avais grand-hâte de vous voir. M. de Rosny a raison, vous êtes découplé en bon travailleur. J'ai bien du chagrin de la mauvaise besogne faite au Loing et à Briare. M. de Villeroy vous baillera licence de mieux travailler, et si vous achevez cette route en cinq ans, je vous donne ma parole de Béarnais, dit-il en frappant sur l'épaule de Lamblerville, de vous octroyer une pleine et entière propriété de cette belle voie navigable, sauf retour à la Couronne, faute d'héritiers mâles.

« — Je te remercie, mon bon Miron, d'avoir déniché cet aigle[a] ! ajouta le Roi frappé du regard étincelant du jeune homme.

« — Il a bien pris sa volée lui-même, seulement, il s'est abattu chez moi.

« — Affaire faite, lui dit le Roi, mon ami Rosny tiendra la main à ceci.

« — Sire, répondit Lamblerville au geste que fit

Henri IV, ceci communiquera au règne de V [otre] Majesté autant de gloire que lui en a donné la plus rude bataille.

« — Pourquoi cela ?

« — Parce que, Sire, cette magnifique communication entre vos plus riches provinces réparera les malheurs des batailles perdues ou gagnées en entretenant la prospérité du royaume.

« — Bien dit ! » repartit le Roi.

« Le prévôt et le jeune homme sortirent.

« " Si son entreprise ne va pas, dit alors M. de Villeroy tout bas au président Jeannin[1], elle aura la vertu de rendre courage à celle de Briare et du Loing.

« — Vous êtes gros de quelque chose, monsieur de Villeroy, dit le Grand Maître, parlez, je vous prie.

« — Messieurs, fit le Roi, si quelqu'un se met en travers de ceci, je jure de le tremper dans ma disgrâce pour un long temps. Continuons. "

« Ainsi donc, l'idée féconde, jeune, riche eut pour parrain le grand Sully, pour marraine la Royauté, puis les Bourgeois sous la présidence de messire Miron lui donnèrent de beaux langes, sous forme d'engagements sur parchemin par lesquels la noble entreprise fut dotée de quelque cent mille écus. En ces temps-là, voyez-vous, seigneurs, bourgeois, justiciards[2], artistes et peuple, tout le monde allait droit au fait, l'on ne connaissait encore ni la discussion, ni les rapports, et la Bureaucratie n'existait point. Cependant les gens de cour écorniflaient les belles affaires et les détroussaient au coin des ministères comme jadis leurs ancêtres faisaient cracher aux juifs et aux marchands leurs écus quand ils passaient sur la Seigneurie. Or donc, à peine née, baptisée, partagée, l'idée eut ses ennemis secrets qui voulurent la violer, la voler, s'en partager les espérances. Écoutez bien ceci. Le Conseil est fini, les ministres se promènent dans les salles du Louvre à la suite du Roi qui partait pour la messe, et M. de Villeroy, saisi de respect pour la plus féconde des idées, mais voulant l'éventrer à son profit, arrête M. de Rosny, lui dit :

« " Monsieur le baron, que vous pronostique cette entreprise pour l'avoir si fort avant poussée ?

« — Des millions pour l'État, et pour ceux qui la feront. Elle m'a singulièrement occupé l'esprit, monsieur le marquis, des biens qui se créent en dehors du sol

et des droits utiles de nos seigneuries. Il y a trois richesses
en un État, et...

« — Rosny ! » dit le Roi.

« Le Grand Maître laissa le Secrétaire de l'État de
France tout pensif.

« J'ai entrepris, dit le narrateur en prenant l'accent le
plus creux de sa poitrine creuse, de vous dévoiler la corruption qui infecte les hauts lieux de la société, gangrène
de tous les temps, peste qui ronge et dévore sans cesse,
espèce de cancer social où se pourrissent les plus nobles
idées, et dont je suis encore victime, en 1825 comme en
1805, comme en 1705, comme en 1605.

« En tout pays, et à toutes les époques, la concussion,
le péculat, la trahison, la simonie, le vol de ce qu'il y a
de plus sacré, sous quelque forme qu'il affecte, la lésion
du bien public, a été, sera le crime le plus difficile à commettre, le plus promptement aperçu. L'avidité de tous est
la sentinelle la plus vigilante contre l'avidité d'un seul.
Aussi est-ce le crime le plus habilement commis. Des
deux côtés le génie est égal, et si l'on vient à songer au
petit nombre des ministres pendus et des favoris tués, la
balance est en faveur des flibustiers, qui naviguent sur la
grande mer du pouvoir. Puis la justice a joué de malheur,
Fouquet, Semblançay...[1] Enguerrant de Marigny étaient
innocents, et le maréchal d'Ancre fut moins tué pour lui
qu'à cause de la Reine Mère, espèce de parricide achevé
par Richelieu, qui n'exila Marie de Médicis qu'en disant
à Louis XIII : *Elle ne vous pardonnera jamais le pont du
Louvre*[2] ! Donc, depuis un temps immémorial, les ministres
ne touchent jamais aux écus de l'État, et ils ne seraient
point arrivés au pouvoir, s'ils étaient partis avec l'arrière-pensée de mettre la main dans les sacs. Les énormes
fortunes des grands ministres se composaient *de droits
utiles,* et M. de Villeroy, jaloux des richesses acquises par
M. de Rosny dont la fortune grossissait de jour en jour,
pensait en suivant le Roi à se faire une belle part dans les
millions engendrés par l'idée. La famille Villeroy devint,
dès 1605, le charançon qui devait, entre les autres ver-
mines attachées à cette plante, en arrêter constamment la
croissance et les fructifications, jusqu'à ce que, les Villeroy finis, d'autres engeances malignes leur succédassent.
Le jour où M. de Villeroy reçut officiellement, dirions-
nous aujourd'hui, les pièces nécessaires à la confection

des lettres patentes, il suggéra à M. d'O, intéressé dans les entreprises des canaux du Loing et de Briare, l'idée de mettre opposition à cette concession au nom des héritiers du premier entrepreneur, dont la mort avait arrêté momentanément les travaux. La belle, la grande idée de Charles de Lamblerville eut donc à subir un emprisonnement au parlement de Paris. M. le duc de Sully se fâcha, M. Miron se courrouça, les bourgeois crièrent, mais le parlement était saisi de cette affaire. Puis vinrent les malheurs publics, la mort de Henri IV, la Régence, le renvoi de Maximilien duc de Sully, fait maréchal de France, dépouillé du pouvoir, auquel on jeta un bâton pour soutenir sa vieillesse désolée. Le marquis de Villeroy, lui, se fit concéder le péage de la rivière dont Lamblerville voulait se servir, en échange de la terre de Versailles d'où lui venait son titre de marquis. Mais Charles de Lamblerville, homme de génie, à cheval sur son idée, devint le favori passager de la célèbre Marion dans le moment où le cardinal de Richelieu se servait de Marion de l'Orme. Miron était mort, les bourgeois étaient morts, tous chevauchés par l'idée, les uns ruinés par l'idée, ayant trotté, gémi, le soir au coin de leurs foyers pour l'idée, ayant fait les plus beaux rêves de fortune, marié leurs filles avec les produits de l'idée. Et l'idée s'élevait, grandissait, dévorant, croquant hommes, enfants, espérances, fortunes. Marion continua Henri IV, l'une et l'autre étaient aussi généreux, aussi amoureux et, un soir ou un matin, on ne sait précisément à quelle heure, entre deux serments d'amour, Charles de Lamblerville fit coucher son idée avec Marion, la prostitua, lui mit des parfums à la tête, aux mains, partout, la mit en cornette de point d'Angleterre, la mit nue, l'offrit à la courtisane, la lui exposa, la mit entre eux, furtivement, après un rire ou après une querelle, mais elle avait déjà vingt-sept ans[a], l'idée, c'était une grande fille. Or ici, je pourrais mettre comme pour sainte Marie l'égyptienne : *Vecy la sainte payant son passage.* Enfin, en 1634, par la volonté quadrangulaire de monsieur l'évêque de Luçon, devenu cardinal, un privilège en bonne forme fut expédié à Charles de Lamblerville, qui triompha des Villeroy, que n'aimait pas monsieur le cardinal.

    « " Bourgeois, à vos escarcelles ! s'écrie Lamblerville, allons, des écus ! "

« Et voilà des terrains achetés, des contrats de ventes, voilà les travailleurs, les ouvriers, les terrassiers ! les pelles, les pioches, les maçons, voilà toute une armée enrôlée sous la bannière de l'idée, du plan, et le pays entier s'émeut, tressaille de joie ! oh ! la belle nuit, que passa Lamblerville rue des Tournelles, chez Marion de l'Orme. La courtisane n'avait eu qu'un tour de jambe à faire, que sa signature de femme à donner, et son plaisir avait eu plus de puissance que la parole de Henri IV, que toute la Bourgeoisie, que vingt-neuf ans de patience, que Miron, que Sully. La femme est la plus haute puissance du Monde, et moins elle vaut cher, plus elle se fait priser. Ne méprisez jamais une seule femme, pas même celle d'un tambour bancroche, vous la retrouveriez impératrice de toutes les Russies. Saluez toutes les femmes, humblement, ainsi que faisait Louis XIV qui ôtait son chapeau à plumes pour la femme d'un paysan. Lamblerville acheta-t-il Marion avec l'argent des Miron, des échevins ? Que fit-il ? je ne sais, mais à cinquante ans, il eut Marion et son privilège. Bon Dieu ! voici toute une vie, une vie jeune usée dans les angoisses, dans les recherches, dans tous les recoins de la faveur, voici un homme qui peut-être eût été l'une des grandes gloires de la France, le voici mourant sous sa magnifique et[1]

— Mais, s'écria Louis Lambert, dont l'attention ne s'était pas un instant démentie, mais tu n'es pas un homme, toi qui parles, tu es une idée, une idée ayant pris une voix, une idée incarnée.

— Oui, dit l'étranger, je suis LE CANAL DE L'ESSONNE !... »

À peine ces mots eurent-ils été prononcés, que les auditeurs ne virent plus leur fantasque interlocuteur, tous se frottèrent les yeux, et lorsqu'ils eurent repris leurs sens, ils aperçurent dans un coin du salon un monsieur qui se réveillait, et cherchait son parapluie, afin de s'esquiver. C'était un [. . . . .]

LE PRÊTRE CATHOLIQUE

INTRODUCTION

Des trois manuscrits inachevés (conservés à la bibliothèque Lovenjoul sous la cote A 196) que nous donnons sous l'intitulé du Prêtre catholique, *seul le troisième porte ce titre d'une façon irréfutable. Les autres, dont les feuillets sont numérotés par Balzac, dans les deux cas, de 2 à 7, n'ont pas de titre, à cause de la perte du folio 1. Peut-être était-ce* La Vieille Fille, *titre qui figure à chaque verso[1] des feuillets du manuscrit n° 1, mais rien ne permet de l'affirmer. Au contraire, l'analyse des textes fait apparaître des différences très sensibles entre ces faux départs, qui sont tous à la recherche d'un lieu, et le manuscrit n° 1 lui-même, qui, après une description très générale de la cathédrale Saint-Gatien de Tours et du quartier du Cloître, passe tout de suite aux personnages de Mme Berger et de sa fille. Le peu qui est dit au sujet de cette dernière — sa difformité — laisse évidemment supposer qu'elle ne se mariera jamais, mais rien n'indique qu'elle doive être le personnage central du roman. C'est pourquoi nous n'excluons pas l'éventualité d'un autre titre — peut-être* Le Prêtre[2]. *Celui-ci conviendrait encore mieux au manuscrit n° 2, centré sur l'étonnant personnage de l'abbé de Vèze, âme d'exception et prédicateur de choc, que nous retrouvons dans le manuscrit n° 3, pour lequel le titre du* Prêtre catholique *ne fait pas de doute, le premier folio n'ayant pas été perdu. Et dans ces deux derniers manuscrits, il n'est plus du tout question de vieilles filles.*

1. Nous avons intégralement reproduit ces textes dans notre édition du *Curé de Tours*, t. IV, p. 1175-1177.
2. Cf. T. Takayama, *Les Œuvres romanesques avortées de Balzac (1829-1842)*, Tokyo, 1966, p. 59-60.

Dans la correspondance, le titre du Prêtre catholique *apparaît pour la première fois en 1833 sous la plume de Balzac : « le* Prêtre catholique, *un de mes plus beaux sujets[1] ». La même année, le 16 novembre, il le promet à Gosselin pour les* Contes philosophiques[2]. *Le troisième manuscrit date de cette période, ou peut-être même de janvier 1834[3]. En revanche, les deux manuscrits précédents remontent à la période d'élaboration du* Curé de Tours, *pendant le séjour à Saint-Firmin d'avril-mai 1832. Mais* Le Curé de Tours *est le roman de l'ombre et de la mesquinerie, tandis que* Le Prêtre catholique *devait exalter la puissance de la religion. Nous ne pensons pas que ce soit par hasard, si le premier seul fut mené à terme.*

Le très bel « Envoi » à Mme Hanska montre que Balzac lui-même était très conscient des raisons profondes de cet inachèvement, qui sont historiques, politiques et idéologiques. En outre, il prenait position dans un débat où il se trouvait lui-même impliqué personnellement en tant qu'écrivain, puisque, écrit-il : « Aujourd'hui l'écrivain a remplacé le prêtre. » Déjà dans le texte de 1832, on peut constater que l'étonnant abbé de Vèze oublie qu'il est prêtre, quand personne ne le regarde, et l'analyse de son prêche laisse présager l'imminente filiation du prêtre à l'écrivain. Car, lorsque Balzac déclare que le prédicateur, dans un sermon sur « les relations quotidiennes de la vie », a surpris son auditoire par son talent et par « la profondeur du sillon qu'il traça dans la vie privée », il est impossible qu'il n'ait pas songé à ses propres Scènes de la vie privée. *D'ailleurs, quelques lignes plus loin, il conclut fort explicitement : « C'était un chef-d'œuvre littéraire. » Enfin, toute cette page est remarquable par l'attention portée aux réactions de l'auditoire, derrière laquelle on devine l'intérêt qu'il accordait lui-même aux réactions de ses lecteurs. Mais, bien que fasciné par l'oral, Balzac a eu très vite conscience que ce type de communication directe, qui n'est pas sans rappeler la technique du* conteur, *convenait de moins en moins à la civilisation du* xixe *siècle. Pour bien écouter, il faut pouvoir*

1. Lettre à Laure Surville du 12 octobre 1833, *Corr.*, t. II, p. 393.
2. *Ibid.*, p. 416.
3. Voir n. 2, p. 802.

adhérer, *tandis que la lecture suppose une combinaison subtile d'identification et de mise à distance. Ainsi, et si étrange que puisse à première vue paraître le rapprochement, l'inachèvement du* Prêtre catholique *a sans doute des causes très voisines de celui des* Contes drolatiques. *Au* XIXe *siècle, le sermon, comme le conte, est en passe d'être supplanté par le pouvoir de l'écrit, qui touche moins directement, mais qui porte plus loin. Car la voix de l'écrivain « ne parcourt pas seulement la nef d'une cathédrale, elle peut quelquefois tonner d'un bout du monde à l'autre ». Même le roman du journalisme, qui donnera* Illusions perdues, *est en germe dans cette page surprenante, bien que sur un mode encore très idéaliste : « La presse a organisé la pensée, et la pensée va bientôt exploiter le monde. »*

En conséquence, si du moins l'on veut bien considérer que Le Curé de village, *en dépit de l'intention religieuse qui le fonde, est devenu en cours d'écriture le roman de l'ingénieur Gérard au moins autant que celui de l'abbé Bonnet — la préface de 1841 déplore en effet que, « dans l'ouvrage tel qu'il est publié, le curé ne joue qu'un rôle secondaire »*[1] *—, on peut dire que Balzac n'a jamais su exploiter son « beau sujet » du* Prêtre catholique. *Parallèlement, bien que le souvenir de Saint-Gatien plane sur une grande partie de* La Comédie humaine, *le thème de la cathédrale sera lui aussi au nombre des grands thèmes avortés. Car si Balzac a pu le faire fonctionner dans une nouvelle historique* (Maître Cornélius) *ou sur le mode fantastique* (L'Église), *jamais il n'a réussi à l'insérer dans un roman réaliste à sujet moderne : dans* Le Curé de Tours, *il ne reste du grand édifice religieux que son ombre, et les deux arcs-boutants tentaculaires qui s'enfoncent dans le jardin de Mlle Gamard. En revanche, dans ces deux avant-textes que constituent nos deux premiers manuscrits, la cathédrale de Tours est présente dans toute sa gloire, qu'il s'agisse de la description extérieure ou de l'atmosphère solennelle du prêche. Cette veine mystique que Balzac s'est efforcé de greffer dans le cadre d'Angoulême, et auquel la Norvège utopique de* Séraphîta *se révélera si favorable, n'était visiblement pas acclimatable dans la province du début du* XIXe *siècle. Notons que le thème drolatique de la Loire, symbole*

---

1. Préface du *Curé de village*, t. IX, p. 638.

d'amour et d'unité, connaît curieusement une destinée très comparable.

    C'est peut-être parce qu'il fut un des tout premiers à comprendre qu'on ne faisait de bons romans ni avec des bons sentiments ni avec des « beaux sujets » que Balzac fut un des créateurs de notre roman moderne.

NICOLE MOZET.

LE PRÊTRE CATHOLIQUE

Manuscrit sans titre n° 1 (Lov. A 196, ff⁰ˢ 2 à 7). 1832.

[...] fois dans leur vie, l'une de ces belles cathédrales
dues au génie religieux et à la sublime architecture du
moyen âge; alors, il est facile à toutes les imaginations
de se représenter la cathédrale de Saint-Gatien, vaste
vaisseau dont le portail est orné d'une rose délicate à
vitraux coloriés, de deux tours d'une hauteur prodigieuse, et dont les flancs soutenus par des arcs-boutants
multipliés sont embellis de deux portes latérales, admirables de travail, et qui correspondent aux deux nefs
transversales destinées à figurer la croix, éternel modèle
des églises catholiques[a]. Les siècles ont jeté leur manteau
noir sur ce grand édifice; le temps y a mis ses rides; la
mousse, les pariétaires, les herbes y croissent de tous
côtés, et des corbeaux, dont l'espèce est devenue rare,
des *choucas,* en habitent les sommets.

Or, la maison située entre le passage[1], le cloître[2] et
le séminaire, se trouvant au nord de la cathédrale, est
presque toujours dans l'ombre que le monument projette. Puis, si l'on vient à penser que de l'autre côté du
cloître s'élèvent le palais archiépiscopal et toutes ses
dépendances terminées[b] par un mail pratiqué dans les
anciens remparts, peut-être concevra-t-on la majestueuse[c]
horreur du silence qui règne en ce lieu presque toujours
désert. Cet endroit de la ville est tellement solitaire qu'il
n'y passe pas dix personnes par jour, en exceptant les
fêtes, dont la solennité amène toute la population à
Saint-Gatien. Si parfois un prêtre, un passant ou quelques
séminaristes appelés à la cathédrale traversent le cloître,
le bruit de leurs pas est répété par les nombreux échos

de l'édifice, qui révèlent toute la profondeur du silence. Le froid humide que répandent les grandes ombres change l'atmosphère et lui donne, même pendant l'été, la fraîcheur des caveaux; aussi, dans cette enceinte, toutes les crêtes de mur sont noires, et les feuillages des arbres d'un vert pâle. Le silence, le froid et l'obscurité, principales causes de la terreur, existent toujours là : il y a de plus le chant monotone et grave des offices régulièrement célébrés à différentes heures du jour qui retentit faiblement, qui bourdonne, qui se mêle au souffle du vent et semble être la voix de l'Église. Parfois, les cloches ou les corbeaux font entendre leurs tintements ou leurs cris; du reste, là, rien ne trahit la vie du monde; c'est un cloître sans verrous, sans clôtures et sans moines; c'est un lieu plein de physionomie, où le pittoresque religieux abonde, et où il est difficile de passer sans être saisi par quelque pensée grave. Là, tout porte au recueillement qui s'empare de l'homme dans tous les édifices dont les larges dimensions lui font comprendre sa petitesse, dont la longue durée l'instruit de sa fragilité.

La description de cette solitude de pierres doit déjà donner une idée du caractère des personnes assez nulles ou assez fortes pour habiter les maisons*a* situées dans la petite rue ombragée par Saint-Gatien. Aussi, peut-être n'est-il pas inutile d'ajouter que la maison[1] bâtie dans les arc-boutants de la cathédrale était la demeure d'un vieux chanoine octogénaire, qui l'avait achetée pendant la révolution, sans doute pour pouvoir la rendre un jour au chapitre; et que celle dont l'entrée se trouve aujourd'hui dans la grande rue n'était pas encore faite à l'époque où cette histoire commence. Quant au dernier logis, le style de son architecture semble annoncer qu'il fut construit sous le règne de Louis XV, peut-être par quelque dignitaire de l'ordre ecclésiastique.

En 1816, cette maison appartenait à la veuve d'un notaire de Loches nommée Mme Berger qui était venue l'habiter après avoir perdu son mari, mort depuis environ une douzaine d'années. Quoique Mme Berger eût une fille; qu'elle possédât, outre cette maison, une fortune assez honorable, et qu'elle demeurât dans la ville de France où il est le plus difficile de vivre inconnu, l'on peut hardiment affirmer que le percepteur des contributions, trois ou quatre vieux prêtres et le successeur de

Me Berger, en possession de gérer la fortune de la veuve, étaient les seules personnes qui soupçonnassent l'existence de Mme Berger et de Mlle Sophie Berger, sa fille. Mais plusieurs causes assuraient le secret et le calme dont leur vie était enveloppée. La singulière situation de leur maison leur permettait de se rendre à Saint-Gatien sans être vues de personne. Mme Berger y avait loué une petite chapelle obscure sise dans le chevet de l'Église, où elles arrivaient avant les plus fervents de tous les fidèles et dont elles sortaient les dernières. Plus exactes peut-être que les prêtres eux-mêmes à suivre les offices particuliers qui se disent dans les cathédrales métropolitaines, où se conservent les traditions de la liturgie la plus sévère, elles passaient la plus grande partie de leur vie à l'Église. Si, par hasard, dans la soirée, quand le temps était beau, le vent apaisé, l'air pur, elles allaient se promener, l'état de recueillement dans lequel vivent les personnes dévotes, que tout effarouche, leur faisait rechercher une partie assez écartée du Mail où se rencontrent à peine, de loin en loin, quelques vieillards peu curieux, et où elles pouvaient se rendre par une route déserte nommée *le chemin de la Porte Rouline*[1] qui commence au cloître et longe les jardins de l'archevêché. Ainsi, dans les deux seules circonstances de leur vie où elles étaient en contact avec la société, elles s'en trouvaient complètement séparées. Quant aux autres relations qu'il est bien difficile à deux femmes de ne pas avoir dans le monde, Mme Berger et sa fille en étaient encore exemptes par une raison toute naturelle. La veuve du notaire vint à Tours à une époque où la société ne s'était pas encore reconstituée; elle n'y connaissait personne, et son caractère aurait été un obstacle à ce qu'elle y formât des liaisons, si la nature de son esprit et le malheur dont sa fille était frappée ne l'eussent déjà condamnée à la solitude. En effet, les plaisirs du monde étaient interdits à Mlle Berger qui, par un de ces tristes événements dont tant de familles ont eu à gémir, avait été, dès son enfance, privée de toutes les grâces de la femme. Sa nourrice l'ayant laissée tomber, la chute avait été si grave et le chirurgien si maladroit, que la pauvre fille en était restée boiteuse et difforme.

Ces deux femmes avaient pour servante une vieille fille qui partageait leur manière de vivre et leurs goûts, et qui imitait si bien leur discrétion dans ses moindres rapports <que> plusieurs des marchands et des gens chez lesquels elle se présentait eussent été fort embarrassés de dire le nom de ses maîtres.

Ainsi, tout s'accordait à mettre une barrière entre elles et le monde; aussi en étaient-elles complètement séparées depuis douze ans, et menaient une vie tout à fait analogue à la vie claustrale, oubliant sans aucun regret la société, dont elles étaient oubliées. Insensiblement, elles avaient pris les habitudes et les règles qui résultent d'une semblable existence. Chez elles, tout était soumis aux lois d'une régularité monotone; les heures des repas, celles du lever et du coucher avaient une immuable fixité, leur journée, étant coupée par la multitude des devoirs minutieux qu'impose une haute piété, s'écoulait toujours rapidement pour elles, sans leur apporter ni distractions ni ennuis. C'était l'occupation dans le vide, et le vide dans l'occupation.

Cependant, depuis quelques[a] années, une sorte de bonheur leur était échu, et avait jeté dans leur existence une source intarissable de plaisirs. L'ancien curé de Loches, étant devenu chanoine de la cathédrale de Tours, vint proposer à Mme Berger de lui louer une partie de sa maison et de le prendre en pension. Rien ne pouvait être plus agréable à la veuve, et le nouveau chanoine, homme âgé de soixante et quelques années, fut promptement installé. L'abbé Maurin, tel était le nom du prêtre, devint l'objet des soins assidus des deux recluses; et personne ne sera surpris de savoir qu'elles eurent insensiblement pour lui un de ces attachements auxquels les femmes sacrifient tout, sentiment qui ne repose que sur de douces habitudes et dont la puissance vient peut-être de ce que les femmes obéissent en s'y livrant aux lois de leur nature, sans avoir à en craindre les malheurs[b].
[. . . . .]

Manuscrit sans titre n° 2 (Lov. A 196, ff⁰ˢ 9-14). 1832.

[...] qu'il y avait eus, la nature de son éducation première, le portèrent à choisir les travaux de la prédication parmi tous ceux de son état. Les gens du monde ne savaient rien de plus sur la destinée assez naturellement

obscure d'un jeune prêtre si récemment sorti du séminaire ; et ceux qui avaient pu le connaître pendant le
temps qu'il y était resté le peignaient comme un homme
profondément mélancolique, taciturne, ou comme dévoré
d'ambition, car beaucoup de gens prennent le silence
pour de l'orgueil ; mais tous ses confrères rendaient
justice à l'étendue de ses connaissances, et tous, prévoyant son élévation future aux plus hautes dignités
ecclésiastiques, le craignaient en lui portant cette sourde
envie qui, en province, et peut-être aussi chez les gens
d'Église, forme le fonds de la langue. Depuis environ
six mois, il occupait d'autant mieux de lui les imaginations qu'il se dérobait entièrement au monde ; il avait
refusé la direction de plusieurs consciences ; et, continuant ses études, il disait rarement la messe. Cette
conduite était approuvée par tous ses supérieurs. Comme
il est dans l'esprit de la province de chercher les causes
de tout événement, grand ou petit, quelques personnes
voulaient trouver les raisons de cette retraite dans la
vive impression que produisait l'abbé de Vèze[1]. Il réunissait en effet toutes les conditions nécessaires pour remuer
fortement les âmes. Il avait une figure noble et douce
à laquelle une pâleur d'herbe flétrie donnait les attraits
de la mélancolie et les mystères d'une passion inconnue.
Il y régnait un grand calme, et cette sorte de grâce qui
résulte de la franchise. S'il tenait ses yeux noirs et perçants toujours baissés, ce n'était ni par contenance, ni
pour remplir le rôle modeste qui semble de costume[2]
chez les prêtres, mais par une habitude due à ses travaux,
à ses méditations et à quelque pensée dominante. La
main presque desséchée qu'il levait en prêchant, les
contours de sa face légèrement creusée faisaient supposer
qu'il était maigre, car l'ampleur de sa soutane ne permettait pas de juger ses formes, et ne trahissait qu'une taille
assez élevée. Plusieurs personnes qui s'intéressaient vivement à lui craignaient pour sa poitrine, et la richesse, la
sonorité particulière et l'accent pénétrant de son organe
semblait confirmer cette opinion. C'était chez cet homme
un charme de plus. En entendant cette voix dont les
intonations vibraient majestueusement dans le vaste vaisseau de Saint-Gatien, les auditeurs éprouvaient une terreur de plus en pensant que des accents aussi profonds
étaient dus à une maladie, et qu'il y avait de la mort et

dans les pensées du prédicateur et dans le souffle de sa parole. Ainsi les yeux qui se tournaient vers lui peignaient toujours un grand intérêt, il était écouté religieusement, il réveillait toutes les sympathies du cœur, et il s'établissait entre son auditoire et lui ce phénomène inexpliqué qui ressemble à la fascination et que l'on peut observer à la tribune comme au théâtre lorsqu'un orateur illustre ou un grand comédien attirent les âmes et absorbent en quelque sorte les rayons de tous les yeux attentifs. Il y a quelque chose de sublime dans ce pouvoir qui permet à un homme de manier tant d'esprits, de les agiter et de les tenir dans sa main, comme nous nous figurons que Dieu tient le monde. Aussi exprimons-nous involontairement cette pensée, en disant d'un grand artiste qu'il y a en lui quelque chose de divin.

L'abbé de Vèze n'ayant pas prêché depuis les premiers jours du Carême, son apparition en chaire produisit un léger mouvement dans l'église; beaucoup de personnes se mouchèrent, presque tous les assistants l'examinèrent avec curiosité, et quelques hommes du monde venus pour l'entendre, mais placés dans les nefs latérales, se servirent de binocles et de lorgnons pour le mieux voir. Le texte du sermon était pris dans une épître de saint Paul et il le traduisit par ces sublimes paroles de saint Jean : *Aimez-vous les uns les autres.* Son sujet fut l'indulgence et la concorde que les membres d'une famille doivent entretenir dans les relations quotidiennes de la vie. Ce thème ne paraissait pas offrir de grandes ressources aux mouvements oratoires, et sembla tout d'abord ingrat; mais les gens attirés là par une curiosité mondaine furent eux-mêmes surpris du talent avec lequel le prédicateur traita cette matière et de la profondeur du sillon qu'il traça dans la vie privée. Abandonnant les lieux communs qui, depuis Massillon, ont trop souvent déshonoré l'éloquence de la chaire, il peignit avec des couleurs vraies les supplices cruels que cause le désaccord des âmes et le défaut d'entente chez ceux qui habitent sous le même toit, il entra dans tous les intérieurs, y porta la main sur les plaies secrètes de tous les ménages, en rechercha les causes par des observations fines, accusa non pas l'orgueil, mais la vanité, le défaut de confiance, l'égoïsme, la paresse, l'envie, le laisser-aller, il révéla les légers torts qui créent des haines durables; et, après avoir prouvé que de toutes les vertus chrétiennes, les plus difficiles à pratiquer étaient celles qui s'exerçaient à chaque moment, il fit l'éloge de cette indulgence amie qui jette tant de grâce sur la vie, de manière à plonger son auditoire dans l'attendrissement. Il prouva que les tracasseries, les exigences, les soupçons, les médisances qui rendent la vie mauvaise étaient le fait des esprits étroits, sans noblesse, sans générosité, toujours en guerre avec eux-mêmes, mécontents d'eux, avides d'une activité qui leur tienne lieu de la sensibilité dont ils sont privés parce qu'ils l'ont étouffée, et ses portraits furent tellement vrais, qu'il était peu de familles auxquelles ces hautes leçons ne pussent servir. Son débit et ses gestes simples donnèrent encore du prix à ces tableaux fertiles en contrastes. Il y avait dans ce discours un sentiment très vif de l'éloquence à laquelle le *Petit Carême* de Massillon dut sa célébrité, mais il fut plus senti qu'admiré par l'auditoire. C'était un chef-d'œuvre littéraire, mais c'était avant tout une œuvre essentiellement chrétienne, animée par l'admirable charité de l'Évangile, et les hommes assemblés comprennent tous les choses du cœur, même quand ils ne s'en souviennent plus au logis. Aussi l'abbé de Vèze produisit un effet extraordinaire. Quand il descendit de la chaire, tous les yeux le suivirent et l'assemblée témoigna respectueusement son admiration par un profond silence. L'abbé de Vèze sortit furtivement de la sacristie, quitta Saint-Gatien, gagna *le chemin de la Porte Rouline,* petite rue qui se trouve derrière la cathédrale et aboutit à un endroit solitaire du Mail. Le jeune prêtre se dirigea lentement vers cette promenade pratiquée dans les anciens remparts de la ville, et il alla s'y asseoir sur un banc de bois, s'appuya le dos à un arbre, et regarda les jardins des maraîchers qui s'étendaient entre lui, maintenant muet et abattu, et la cathédrale où sa voix retentissait encore. À cette heure et par le soleil du mois de mai le Mail devait être désert, aussi, lorsque le prédicateur eut regardé prudemment autour de lui et qu'il n'eut vu personne, son visage pâle et contracté quitta par degrés son expression sévère; il contempla le ciel, les arbres, les jardins, la ville avec un visible plaisir. Il semblait oublier qu'il était prêtre; et après s'être reposé, il alla vers la Loire, en admira la longue nappe, les îles vertes, et surtout les rochers du

bord opposé. Des pensées qui furent un secret entre
Dieu et lui animèrent ses yeux, il se rendit à une maison
du faubourg où il demanda du lait[1], il le but et revint
dans l'allée solitaire où il se promenait habituellement
dans le Mail. Après s'être ainsi tacitement épanché avec
la nature, il reprit insensiblement sa physionomie mélancolique, et regagna d'un pas lent et grave le quartier de
la Cathédrale. Il était environ huit heures et demie
quand il arriva dans le cloître, petite place située derrière
Saint-Gatien. Sans doute, sa prédication ayant exigé
quelque grand effort d'âme, il avait prodigué ses forces
et la nature de son génie le portait autant que la gravité
de son état à la récréation douce et simple qu'il venait
de prendre. Il semblait quitter à regret les échappées
de vue qui s'offrent à chaque pas dans le chemin de la
porte Rouline, et il s'était souvent retourné pour les
contempler à la lueur du crépuscule et à la lumière de la
lune qui se confondaient. Il savourait les poésies du soir
avec un sentiment triste et doux, peut-être essayait-il
d'user son cœur dans ces   [a], comme il fatiguait
incessamment par des travaux intellectuels sa tête et
son esprit [. . . . .]

Manuscrit n° 3 (Lov. A 196, ff[os] 16-24). 1833-1834.

LE PRÊTRE CATHOLIQUE

Envoi[b]

Madame[2]

Le temps des dédicaces n'est plus. Aujourd'hui l'écrivain a remplacé le prêtre; il a revêtu la chlamyde des
martyrs, il souffre mille maux, il prend la lumière sur
l'autel et la répand au sein des peuples, il est prince, il
est mendiant, il console, il maudit, il prie, il prophétise,
sa voix ne parcourt pas seulement la nef d'une cathédrale,
elle peut quelquefois tonner d'un bout du monde à
l'autre, l'humanité, devenue son troupeau, écoute ses
poésies, les médite, et une parole, un vers ont maintenant

autant de poids dans les balances politiques qu'en avait jadis une victoire. La presse a organisé la pensée, et la pensée va bientôt exploiter le monde. Une feuille de papier, frêle instrument d'une immortelle idée, peut niveler le globe. Le pontife de cette terrible et majestueuse puissance ne relève donc plus ni des rois, ni des grands, il tient sa mission de Dieu, son cœur et sa tête embrassent le monde et tendent à le sertir en une seule famille. Une œuvre ne saurait donc être cachetée aux armes d'un clan, offerte à un financier, prostituée à une prostituée. Les vers trempés de larmes, les veilles studieuses et fécondes ne s'avilissent plus aux pieds du pouvoir, elles sont le pouvoir. À l'Écrivain, toutes les formes de la création ; à lui, les flèches de l'ironie, à lui la parole douce et gracieuse qui tombe mollement comme la neige au sommet des collines ; à lui, les personnages de la Scène ; à lui, les immenses dédales du conte et des fictions ; à lui, toutes les fleurs, à lui toutes les épines ; il endosse tous les vêtements, pénètre au fond des cœurs, souffre toutes les passions, devine tous les intérêts. Son âme aspire le monde et le reflète. L'imprimerie lui a fait avancer l'avenir, tout s'est agrandi, le champ, la vue, la parole et l'homme. Je ne vous ai donc point fait de dédicace, mais je vous ai obéi. Pourquoi ? Je le sais et je vous le dirai.

> Il y a des anges sur cette terre ; vous ne les voyez pas ; mais Dieu les connaît, il les couvre de ses nuées, et les inonde intérieurement de sa lumière ; il les éprouve par la souffrance et les fait passer du martyre au ciel. L'amour est une image de la vie des anges.
>
> *Lettres de l'inconnue*[1].

À[a] une époque de l'année où les Vêpres sont assez volontiers désertées par les plus fervents fidèles ; vers le milieu du mois de mai, par un beau dimanche, par un ciel bleu, malgré les frémissements de la campagne nouvellement vêtue de sa jeune verdure, la cathédrale d'Angoulême[2] se trouvait à quatre heures du soir entièrement remplie par une foule attentive à un sermon. La chaire était occupée par un prédicateur encore jeune et dont l'éloquence avait acquis entre Bordeaux et Poitiers une juste célébrité. Depuis le jour où l'abbé de Vèze parut en public jusqu'en ce moment où l'on entendait sa voix pour la dernière fois, il avait constamment excité l'intérêt des femmes, vieilles ou jeunes, qui, en province, où elles forment la majorité des auditoires religieux, sont les premiers juges des orateurs ecclésiastiques. À Angoulême commencent et les toits de tuiles creuses et les mœurs du midi de la France; là déjà se rencontrent les idées superstitieuses des gens du pays contre les étrangers; là déjà, deux nations, là nulle alliance possible entre les familles qui viennent s'y établir, ou qui s'y sont établies, et celles qui appartiennent au terroir. Aussi, grâce à l'imagination méridionale des habitants, l'intérêt que l'on portait au jeune prêtre devint-il promptement de l'enthousiasme, et, s'il fut aussi vif, peut-être faut-il attribuer la profondeur de ce sentiment au mystère qui enveloppait la vie de ce jeune homme; puis, si la société d'Angoulême se montra jalouse de l'adopter, en oubliant ses préjugés contre[a] les étrangers, elle pensa que les prêtres sont de tous les pays, et n'ont pas d'autre patrie que le ciel vers lequel ils conduisent les enfants de Dieu.

L'abbé de Vèze réunissait toutes les conditions nécessaires pour remuer fortement les âmes. Il avait une figure longue et douce, à laquelle une pâleur brune donnait les attraits de la mélancolie. Involontairement, les personnes les plus pieuses lui prêtaient le mystère d'une passion inconnue. S'il tenait ses yeux noirs et perçants toujours baissés, ce n'était ni par contenance, ni pour obéir au rôle modeste que les préjugés sociaux assignent au prêtre chrétien, mais par une habitude due à ses travaux et à ses méditations. La main desséchée qu'il levait en prêchant et sa face légèrement creusée faisaient supposer un caractère ardent, une maigreur causée par des austérités nécessaires. L'ampleur de sa soutane ne permettait pas de juger de ses formes, elle ne trahissait qu'une taille médiocrement élevée, mais à laquelle ce vêtement donnait une grandeur factice. Depuis une année, les femmes qui s'intéressaient le plus vivement à lui, craignaient [. . . . .]

LETTRE I

Monsieur,

Trompée peut-être par une ressemblance de nom, j'ai l'honneur de vous écrire pour vous demander des renseignements sur vous-même. Vous aurez de l'indulgence pour une curiosité que rien ne paraît justifier, mais qui, je vous l'assure, est l'effet du seul sentiment que les crimes de la terre ne sauraient corrompre. Vous nommez-vous Emmanuel, Monsieur ? Avez-vous été élevé par un marchand mercier de Larochefoucault ? et mis au séminaire d'Angoulême ? Et, pardonnez-moi la douleur que je puis vous causer, elle a de l'écho ; n'êtes-vous pas orphelin ? N'avez-vous pas été, dès votre naissance, abandonné ? Vous répondrez, Monsieur ? Si les sentiments humains vont jusqu'aux pieds du Seigneur, ils peuvent aller frapper les cœurs éloignés sur lesquels on les dirige. Répondez à Mlle Joséphine Melcion, poste restante, à Paris[1].

LA FRÉLORE

INTRODUCTION

Lorsque, dans les années 1836-1837, Balzac ajoute au développement de son étude philosophique sur la peinture, Le Chef-d'œuvre inconnu, *le projet de deux œuvres sur la musique,* Gambara *et* Massimilla Doni, *il pense, tout naturellement, à pousser plus loin sa démonstration et à illustrer la thèse générale des* Études philosophiques *dans d'autres domaines de l'art : le théâtre, la sculpture. La préface d'*Une fille d'Ève, *datée de février 1839, annonce « La Frélore,* autre *Étude philosophique publiée dans un journal, et* Les Deux Sculpteurs *qui se publiera sans doute avant peu[1] [...] »*

Dans la ligne logique des choses, La Frélore, *roman sur le théâtre, aurait dû nous montrer, sinon des acteurs, au moins un acteur (ou une actrice), paralysé dans son jeu, parce qu'il ressent trop vivement ce qu'il doit jouer. Le début du roman, tel qu'il nous est parvenu, permet de penser que c'est la Frélore, secrètement éprise de son partenaire le beau Fleurance, qui eût vécu cette expérience.*

La différence n'est pas grande, on le voit, entre ce projet et l'épisode de Massimilla Doni *où le ténor Genovese connaît l'échec, parce qu'il éprouve le sentiment qu'il veut exprimer par son chant. Balzac a dû chercher à ne pas se répéter trop étroitement, et c'est sans doute pour cette raison que, profitant du fait que les* Études philosophiques *permettent de situer*

1. Voir t. II, p. 271.

l'action dans un autre temps que la période contemporaine, il a choisi de placer son histoire au XVIIe *siècle, comme déjà* Le Chef-d'œuvre inconnu.

Ce faisant, Balzac retrouve aussi le genre du roman historique, auquel il a beaucoup pensé dans les années 1820-1829 et au-delà. Il eût sans doute utilisé pour La Frélore *une information réunie quelques années plus tôt. L'état dans lequel le roman nous est parvenu ne permet guère de se faire une idée précise de ce qu'il fût devenu, si Balzac l'avait achevé. Il semble cependant que l'essentiel eût été le récit de la carrière de deux acteurs devenus célèbres plus tard à Paris sous d'autres noms que ceux de Fleurance et de la Frélore qu'ils portent ici. Mais rien ne permet de les identifier. Dans ce sens,* La Frélore *eût été davantage une peinture des mœurs du théâtre qu'une étude philosophique. Et il n'est pas exclu que ce soit cette orientation de l'œuvre qui ait conduit à l'autre projet sur le théâtre, Balzac préférant finalement montrer « le Théâtre comme il est », plutôt que de peindre le Théâtre comme il était.*

Un roman sur les comédiens au XVIIe *siècle évoque tout naturellement* Le Roman comique *de Scarron. Balzac s'y réfère dès la première ligne de son ébauche, si bien qu'on peut avoir l'impression qu'il entreprend de refaire l'œuvre du* XVIIe *siècle. C'est ce propos qui permet à Geneviève Delattre d'affirmer que Balzac connaît bien l'œuvre de Scarron[1]. Nous en sommes beaucoup moins sûr, et il nous semble que la référence initiale a plutôt pour but d'écarter un précédent que de se placer sous un patronage.*

Plus troublante est la parenté de La Frélore *avec* Le Capitaine Fracasse. *Le vicomte de Lovenjoul, qui porta tout autant d'intérêt à l'œuvre de Gautier qu'à celle de Balzac, pense que* La Frélore *est née « à la suite de conversations » entre Gautier et Balzac[2]. Il est vrai que* Le Capitaine Fracasse, *s'il ne parut qu'en 1863, était annoncé depuis 1836. Il est tout aussi vrai que la période 1836-1839, qui est celle où fut conçue et ébauchée* La Frélore, *est aussi « l'époque précise de la vie des deux grands écrivains pendant laquelle leurs relations furent les plus intimes*

1. G. Delattre, *Les Opinions littéraires de Balzac*, P.U.F., p. 93.
2. Spoelberch de Lovenjoul, Notice pour *La Frélore*, Lov. A 86.

et les plus fréquentes[1] ». Il est difficile de croire qu'il n'y a dans la parenté des deux sujets qu'une coïncidence. Mais si Balzac emprunta à son ami le sujet de son roman, ce ne put être qu'avec l'accord de Gautier; car si La Frélore *eût paru, comme prévu, dans* Le Livre d'Or *en 1839[2], elle y eût succédé à* L'Âme de la maison, *récit dû à cet écrivain.*

La Frélore *de 1839 annonce* Le Théâtre *comme il est de 1847; elle témoigne de l'intérêt que Balzac a toujours porté au monde du théâtre.*

RENÉ GUISE.

1. Spoelberch de Lovenjoul, Notice pour *La Frélore, Lov.* A 86.
2. Voir p. 794-795.

LA FRÉLORE

Étude philosophique

Malgré le comique étrange du roman de Scarron sur les comédiens[1], et où il semble que la matière soit épuisée, il reste encore bien des choses à dire sur l'état de cette malheureuse profession au milieu du dix-septième siècle. Les guerres de la Fronde, extrêmement nuisibles aux développements du théâtre à Paris, le furent encore plus en province[a]. La paix était nécessaire aux troupes ambulantes pour transporter leur bizarre matériel de ville en ville. Jusqu'à Louis XIV, les routes furent si négligées qu'il était à peu près impossible aux comédiens d'aller ailleurs que dans les capitales de province, dont les communications avec Paris, mieux entretenues que celles des autres villes, leur permettaient de voyager. Jusqu'à ce règne, le divertissement du théâtre fut donc exclusivement réservé aux rois ou aux grands seigneurs dont la position offrait les équivalents de la royauté comme moyens pécuniaires.

Durant une cinquantaine d'années et jusqu'au jour où deux théâtres rivaux s'élevèrent à l'hôtel de Bourgogne et au Marais, il y eut en France un monde errant où vivaient ces singuliers personnages que Callot a merveilleusement gravés dans toutes les mémoires, et que dernièrement le style d'Hoffmann, le Berlinois, a dépeints avec une bizarrerie digne de l'artiste lorrain[b2]. Sous le cardinal de Richelieu, le théâtre français comptait à Paris peu de talents célèbres, non que le talent manquât, mais, plus que tous les autres artistes, les acteurs ont besoin de temps, de stabilité pour faire des progrès, et de s'exercer journellement pour arriver à toute leur valeur[c]. Les guerres de la Fronde dissipèrent les espérances que les sujets réunis à Paris commençaient à donner, aussi les illustrations destinées à pénétrer jusque dans les siècles suivants n'apparurent-elles qu'au moment où Molière, Racine, les deux Corneille[a], quelques auteurs inconnus aujourd'hui firent prendre de l'assiette à la scène, enfin quand les comédiens, protégés par le plaisir général obtinrent des privilèges et des édits en leur faveur.

Auparavant, le monde des comédiens tenait beaucoup du monde bohémien, frappé qu'il était d'excommunication, recruté nécessairement parmi les saltimbanques, les déserteurs, les fils de famille ruinés, tous gens de sac et de corde, peu scrupuleux, sans cesse poursuivis par des créanciers, les jouant avec esprit, séduisant les magistrats, auxquels ils détachaient leurs jolies filles, vivant au jour le jour, luttant avec le malheur sous mille formes : la soldatesque, l'intempérie des saisons, l'indifférence causée par les troubles qui pendant un siècle agitèrent la France, le défaut d'argent, enfin les vices qui les avaient faits comédiens. Néanmoins, cette singulière nation dut compter des gens de génie, des talents extraordinaires, dont parlent plusieurs contemporains sans pouvoir transmettre les noms de ceux auxquels on devait des plaisirs exorbitants et des spectacles sans pareils : tous les siècles ont eu leurs Paganini, leurs hommes à la poupée[1], leurs Alexandre, leurs imitateurs des cris d'oiseaux, leurs Hercules du nord[2], leurs Cosaques faisant de la musique avec des morceaux de bois, leurs Comus[3]. Mais le torrent des guerres européennes, religieuses ou civiles emportait le souvenir de ces phénomènes. Il emportait si bien la mémoire des plus prodigieux prodiges, qu'il a fallu tous les efforts de la science pour découvrir l'expérience faite dans le port de Barcelone cent ans avant Papin d'un pyroscaphe[4] brûlé par l'inventeur auquel on refusa le prix de sa découverte en présence des cent mille spectateurs de l'épreuve[5]. Comment, alors que de tels effets de science s'oubliaient, pouvait-on garder la mémoire des grands acteurs qui jouaient les pièces de Hardy, le Lope de Vega qui précéda le siècle de Louis XIV, glorieux cycle où nous enfermons les œuvres dues à la protection accordée aux lettres et aux arts par le cardinal de Richelieu[b].

Hardy, l'auteur de cinq cents pièces de théâtre desquelles il ne nous reste que quelques titres et quelques analyses, un esprit qui luttait de fécondité avec les Espagnols, et qui nécessairement a produit dans une semblable portée plus d'un chef-d'œuvre, disputait alors aux nouveaux venus les théâtres de province. Nous savons aujourd'hui à n'en pouvoir douter que ses pièces se grossissaient de l'esprit de chacun en passant de grange en grange et s'y augmentaient d'une scène comique ou tragique, d'un joyeux lazzi, d'un détail drolatique. Le sujet appartenait au fonds commun des mille nouvelles arabes, italiennes, françaises ou espagnoles prises à tous les singuliers événements privés ou publics recueillis par les conteurs de ces quatre nations, littéraires avant toutes les autres. Ainsi ce théâtre aujourd'hui perdu tout entier, pièces et acteurs, était éminemment naïf; il avait épuisé les formes et les idées, en se pliant au goût de chaque nationalité. La plaisanterie dirigée en Picardie contre les Bourguignons était retournée en Bourgogne contre les Picards. L'esprit si gai de chaque province française y laissait un tour ingénieux, une pensée vive vivement rendue dont ce vaste répertoire faisait son profit : il en est resté l'admirable farce de l'avocat Patelin[1], une des perles de notre théâtre. Cet état de choses provoqua sans doute le système d'idéalisation adopté par Corneille, Racine et Molière, lesquels, sous ce rapport, furent inventeurs[a]. Cette génération d'acteurs inconnus donna, sans doute, les sept ou huit grands artistes qui furent les interprètes de ces trois poètes et qui créèrent la Tradition à la Comédie-Française[b].

Ces considérations concernent deux des personnages de cette histoire qui devinrent, dit-on, sous d'autres noms, d'illustres comédiens après la mort du cardinal Mazarin[2]. À l'époque où nous les prenons, l'état civil n'existait que pour la noblesse. Les gens du peuple changeaient impunément de nom. Ce système permettait à plus d'un criminel, d'un bohémien ou d'un comédien d'échapper à la justice, et de recommencer son existence. Un homme pouvait alors se créer plusieurs vies dans sa vie. La défaveur qui s'attachait aux membres d'une troupe comique venait surtout de la presque certitude que le public, l'État et la Justice avaient de l'immoralité des comédiens. Aucun noble ne pouvait se jeter sur le théâtre sans avoir perdu ses biens ou son honneur, les vertus des bourgeois autant que leur religion leur défendaient également d'y entrer. Les motifs qui déterminaient un homme et surtout une femme à se jeter dans ce monde en dehors de toutes les conditions sociales étaient donc à coup sûr honteux. De là, cette juste réprobation attachée à la profession de comédien, et qu'aucun édit ne put effacer.

Ces causes de mésestime ont subsisté jusqu'à nos jours avec plus ou moins de raison. Il est difficile, pour ne pas dire impossible de rire d'un homme continuellement et de l'estimer, de respecter le matin la femme qui vous montrera le soir ses jambes, et mieux si elle le peut, aux vives lueurs de la rampe. Dans tous les temps et tous les pays, la profession d'acteur, d'actrice, de danseur, de danseuse a été réprouvée[1], et néanmoins les artistes ont été admirés, payés, applaudis. Ceux qui sont arrivés au dernier degré de l'art, les gens de génie ont reçu des témoignages qui les séparaient de leurs camarades. Pourquoi ces non-sens ? Est-ce un non-sens ? Cette question doit se traiter ailleurs. En s'en tenant à l'intérêt de cette histoire, il est permis de dire que l'Art et la Société perdent également à la prétendue moralité qui menace d'envahir le monde comique. Les femmes et la poésie y perdent. Les actrices ne pourront jamais devenir d'honorables bourgeoises, et abdiqueront les royautés de leur boudoir, les extravagances de leur luxe, leurs plaisirs qui les rendaient l'objet de tant d'envies. Ces idoles auxquelles on bâtissait des temples seront les quarteronnes des bonnes et des mauvaises mœurs[2].

Les raisons qui faisaient jadis d'un mauvais truand un excellent comédien avaient influé certainement sur la vie publique ou secrète des bizarres personnages enfermés dans le grenier d'une méchante maison de Blois, comme des poissons dans un panier, et qui appartenaient à une troupe de comédiens ambulants[a]. Cette masure fendue par de nombreuses lézardes et située dans une petite rue du faubourg de la ville haute était une ancienne maison de prostitution, abandonnée aux gens suspects et aux débiteurs forcés de se cacher. Au rez-de-chaussée demeurait un couple de mauvaise mine, un cabaretier et sa femme chez lesquels aucune soirée ne s'achevait sans bataille, et qui recevaient, disait-on, des malfaiteurs. On était aux premiers jours du mois d'avril de l'an 1654, et l'aube jetait ses lueurs sur les quatre murailles de pisé

grossier qui couronnaient cette maison sans la charger.
Le toit en chaume offrait à la vue un plan verdâtre chargé
de végétations, des plantes grasses, des joubarbes, des
mousses et les jolies touffes jaunes ou blanches du *sedum*
des vignes. Le plancher était en argile mêlée de bourre.
Trois malles presque vides répondaient du loyer.
Aucune ordonnance sur les hôteliers ne s'exécutait
dans ce taudis où le vent était plus écouté que le Roi. Les
gens de justice comptaient au moins un espion dans le
ménage du cabaretier, et cette souricière étant sans doute
tolérée par le lieutenant criminel, car Blois appartenait
à la Couronne.

« Nous laisserons-nous mourir de faim sans tenter un
coup ? dit un jeune homme de bonne mine et de belle
prestance en se levant de dessus un lit de paille. Mon
vieux Lafeuillée, si tu as du cœur et si les galères du Roi
ne te font pas peur, nous irons chercher fortune.

— Nous ne saurions rien faire de mieux, répondit
Lafeuillée d'une voix rauque et caverneuse. Les galères !
n'y sommes-nous pas déjà ? Mais les occasions de prendre
ne se présentent pas aussi souvent que nous en avons le
désir. Comme il y a cependant peu de choses à frire[a] ici,
qu'il y passe peu de riches seigneurs, encore moins de
bourgeois, il vaut mieux descendre en ville, nous prendrons toujours l'air. Si nous avions seulement des habits
convenables, en faisant de la Frélore une petite paysanne,
une fille de bourgeois, et nous déguisant en parents
honnêtes, nous irions au-devant de quelque aventure
possible. Elle t'aime assez pour nous aider, Fleurance.

— Si vous avez à faire pendre quelqu'un, s'écria un
troisième personnage en se mettant sur son séant, prenez
la Girofle, et ne jetez pas un enfant dans les griffes de la
Justice. La Girofle est encore assez belle pour allumer
des passions[b].

— Ce Moufflon est comme le public, il trouve toujours
sa femme de trop », dit Fleurance en secouant un mauvais
manteau et le brossant avec la manche de son pourpoint.

La Girofle dormait, l'épigramme du jeune premier ne
la réveilla point, fort heureusement pour la tranquillité
publique.

Fleurance, le bel acteur de la troupe, possédait les
avantages exigés par son emploi : proportions heureuses,
figure agréable, noblesse de pose et de maintien, gestes

gracieux, enfin l'élégance que l'imagination attend des
amoureux. La blancheur mate de son visage faisait
ressortir de magnifiques cils noirs, des moustaches et une
virgule[1] extrêmement fournies. Ses yeux d'un bleu brillant n'étaient pas encore ternis par les débauches et les
misères de sa vie errante; mais ils paraissaient le jour
infiniment moins vifs qu'aux chandelles de la scène
quand le rouge rehaussait l'éclat du regard. La coupe de
son front ressemblait à celle des statues grecques[a]. Enfin
ses mains et ses pieds ne manquaient pas de distinction.
Le timbre de son organe était fin et sonore comme un
métal bien composé. Ses yeux bordés par une meurtris-
sure brune, ses paupières charbonnées indiquaient une
vie aventureuse et décousue, la vie des bohèmes.

Lafeuillée, l'homme avec lequel Fleurance allait partir,
était son fidèle compagnon, une espèce de soldat grossier,
discret sur sa vie antérieure et doué d'un comique naturel
dont le principe était dans un sang-froid imperturbable,
conquis sans doute au prix des plus grands périls évités
ou dû à l'habitude des châtiments judiciaires. Rien ne
surprenait Lafeuillée, ni un éloge à brûle-pourpoint, ni
un coup de pied, vous savez où[b]! Sa figure jaune tirant
sur le bronze grimaçait à volonté, mais froidement, avec
une incroyable perfection, et rapidement. L'œil semblait
rire de chaque changement de visage et s'en moquer. La
grande supériorité des comiques vient de cette puissance
qui révèle deux hommes dans un seul, et permet à
Scapin de pleurer devant Géronte en avertissant le spectateur qu'il va mystifier le vieillard[2]. Lafeuillée avait, en
outre, une remarquable agilité, quoiqu'il fût court, gros
et ramassé. Charretier, homme de peine, comparse de
la troupe, certes il ne volait pas le nom de son emploi,
Lafeuillée était une *utilité* réelle. Il avait, d'ailleurs, plutôt
de la décision que de la bravoure, il tirait sa force de la
nécessité perpétuelle où il était de compter sur lui-même,
en reconnaissant son intérêt comme la raison suprême
de ses actions. Lafeuillée pouvait avoir quarante ans, ses
cheveux grisonnaient, son front était chauve et ridé. Sa
facilité de se grimer dénotait une vie de pauvre tour à
tour menaçant et menacé, de voleur à l'occasion, honnête
homme par passe-temps, aujourd'hui sur les planches,
demain sous la main de la justice. Il savait monter,
démonter les décors avec une habileté qui prouvait que

ses doigts s'étaient exercés dans plus d'une boutique d'artisan. Il avait sans doute essayé de tout, rien ne lui avait réussi. Sa voix était formidable, il remplissait à merveille les fonctions d'aboyeur[1], de portier[a]. Il savait arracher les dents. Il avait des mains d'acier, larges, épaisses et poilues. Sa mémoire était fidèle, il n'oubliait rien des rôles qu'on lui confiait, et plus d'une fois il avait supérieurement joué les rois et les empereurs. Ses facultés de comique, incomprises par ses camarades, n'étaient appréciées que, de loin en loin, par des gens de goût.

La force, la décision, la laideur de ce gibier de potence rendaient compte de la liaison du jeune fils de famille caché sous le nom de Fleurance avec l'échappé des galères caché sous celui de Lafeuillée. Fleurance était lâche, mou, peureux. L'un servait l'autre, et réciproquement. Ils n'avaient pas plus d'âme l'un que l'autre. Fleurance jetait pour ainsi dire des sorts aux femmes, il possédait une séduction invincible et magnétique, dans le secret de laquelle il n'était même point. Une fois sur les planches, il devenait sublime. Les chandelles donnaient à son teint relevé par le rouge un éclat surprenant, ses cheveux noirs brillaient, il savait admirablement jouer de ses yeux qui ressemblaient à des étoiles, il connaissait à fond les gestes qui peignaient la passion et les inflexions de voix qui la rendaient dans toutes ses finesses. Ce jeu purement plastique était porté chez lui au plus haut degré. La façon soumise avec laquelle il se mettait aux pieds de l'actrice enlevait les applaudissements, il était impossible d'être plus noble dans l'amour, plus chevaleresque par la tournure, plus grand dans son abaissement. Sa voix flatteuse allait au cœur quand il débitait les couplets de passion, il savait la ménager, l'adoucir, la rendre éclatante, la comprimer, il soupirait comme personne n'a soupiré au théâtre. Aucun jeune premier n'a pris une actrice par la taille ou par la main comme le faisait Fleurance. On lui a dû les traditions du *Cid* au Théâtre-Français. Enfin sous le dernier nom qu'il prit à Paris, il fut le maître du grand Baron[2], qui s'appropria tout le talent de ce génie oublié, venu dans des temps insouciants ou trop agités pour rester dans la mémoire des hommes[b]. Lafeuillée trouvait des bénéfices à servir les amours de Fleurance, dont les bonnes fortunes étaient nombreuses[c].

La nullité d'esprit, le vide désespérant du cœur de Fleurance provenaient peut-être de la constante dissipation de ses forces, dont il n'usait d'ailleurs que dans ses intérêts. Il ne voyait chez les femmes éprises de lui que des passions à exploiter : il faisait bonne chère, il obtenait du linge fin, de beaux habits, des bagues, des présents qui disparaissaient comme ils venaient.

Lafeuillée trouvait son compte à veiller au bonheur de son ami. En lui donnant de l'argent sans cérémonie, les chambrières y joignaient des instructions; en retour, le vieux drôle leur apprenait à dissiper les soupçons, à écarter les maris; il leur communiquait les bons tours, et parfois les volait un peu pour aiguiser leur défiance[a]. Lafeuillée était joueur et buveur, deux liens de plus qui l'attachaient à Fleurance : le bel acteur cultivait les dés et la bouteille; mais ce qui contribuait encore mieux à les unir, était leur façon de corriger le hasard. Malgré ces avantages, comme ils vivaient à une époque où tout le monde savait corriger le hasard, leur habileté ressemblait à celle des duellistes fameux qui périssent toujours par l'épée : ils périssaient souvent. Souvent aussi leurs triomphes les mettaient en danger. En cas de querelle, le redoutable Lafeuillée se chargeait du combat, et quelquefois le terminait de manière à obliger la troupe de vider le pays brusquement sans payer ses dettes, autre grief. Dans ces sortes d'aventures, Lafeuillée était admirable, il déménageait le théâtre, les acteurs, les décorations, il trouvait des chevaux, il avait la puissance d'une fée, il déployait une volonté dont la force impétueuse dominait tout. Il était impossible alors d'imaginer que, au repos, Lafeuillée fût complètement dénué d'intelligence.

La plupart des provinces étaient interdites à la troupe du sieur Picandure[b], ainsi se nommait le directeur de ces comédiens, soit par suite de quelques démêlés avec la justice, soit à cause de ses dettes. En ce moment, il ne leur restait plus à exploiter que les pays situés dans l'ouest de la France. Picandure, en sa qualité de directeur et chef de la troupe, jouait les pères nobles, les financiers, les perruques et les manteaux[1]. Il restait à l'*Hôtellerie du Soleil d'Or* sur le quai de la rive droite de la Loire, avec le matériel de l'établissement, sa femme, et Dévolio, le *gracioso*[2] chargé de l'emploi de la grande livrée[c], des crispins, des matamores, des capitans et autres grimes[1] du vieux théâtre forain. Mlle Picandure, femme du directeur, remplissait les premiers rôles, sous le joli nom de Rosalinde.

Personne n'avait jamais pu savoir ce qu'était le sieur Picandure : il parlait italien, espagnol et français, il possédait mille secrets de chimie et de physique, il inspirait à ses associés un respect formidable, il leur paraissait affilié à tous les voleurs, à tous les bohémiens du royaume et des autres nations. Quand la troupe comique se trouvait dans un mauvais cas, où il s'en allait des galères[2], Picandure, au lieu de fuir, courait bravement chez le lieutenant criminel, chez le prévôt ou chez le bailli, selon la juridiction du lieu, et revenait blanc comme neige, lui et les siens. Il ne prenait la fuite que dans les engagements légers, devant les batteries, les coups à recevoir ou les dettes. Les comédiens étaient positivement pipés par cet homme d'aspect bizarre et qui les menaçait d'un pouvoir surnaturel : les comédiens de ce temps n'avaient de foi que pour les sorciers.

En ce moment, Picandure, Rosalinde et Dévolio tenaient bon à l'hôtellerie du Soleil d'Or, en attendant un hasard. Il n'y avait pas vingt sous dans le trésor commun, la quinzaine de Pâques était commencée, et dans ce pays essentiellement catholique le théâtre chômait[a]. Aussi, pour ne pas grossir le compte ni la dépense, Picandure avait-il envoyé sa troupe dans le bouge de la haute ville, en ne gardant avec lui que sa femme et Dévolio. Pour conserver son crédit et sa dignité près de l'aubergiste, il avait[b] ostensiblement envoyé Lafeuillée dans le Perche, sous prétexte de racheter des chevaux pour remonter ses équipages, le reste de la troupe était censé l'accompagner à Amboise, Tours, Le Mans, Alençon, Mayenne, Saumur, Angers et autres villes, où les comédiens estimaient leurs chances de succès. Picandure enjoignit à ses sujets de se déguiser si bien que les gens de Blois avec lesquels ils avaient eu affaire ne les reconnussent pas.

Certes personne n'aurait pu retrouver le brillant Fleurance dans le pauvre soudard flétri qui habitait le taudis de la ville haute. Pour plus d'une raison, il s'était lavé le visage d'une décoction de brou de noix qui lui avait donné l'air d'un routier brûlé par le soleil, il avait

ridé son front, noirci ses dents, mis une perruque à
cheveux plats, enjolivée d'un chapeau gris à grands
bords, sur lequel battait une aigrette en plumes de coq,
il portait une casaque verdâtre qui avait appartenu à
quelque soldat du régiment dit des Portes-Cochères
envoyé jadis contre le Mazarin[1], une bandoulière avec
une épée à coquille, des bottes misérables, des brayes de
paysan, un gilet de peau de daim, où manquaient des
boutons, et par la fente duquel se voyait une chemise de
grosse toile jaune. Ce costume était porté par le jeune
premier dans le goût des héros de Callot, qui vous offrent
à l'esprit plusieurs personnages : un mendiant, un soldat,
un bravo, un matamore, un pleutre, et tous les détails
sont si naturels que le personnage pourrait en réalité
passer sous vos yeux sans trop vous effaroucher.

Lafeuillée portait une blouse de charretier. Sa tête
rusée était cachée sous un immense feutre de paysan. À le
voir, ses guêtres de toile blanche et crottée montant au
genou, ses gros souliers et ses larges culottes, assez dégue-
nillé, vous lui eussiez dit : « Mon bonhomme ? » Le
bonhomme avait à sa ceinture un couteau qui valait un
poignard, et à la main un fouet avec lequel il pouvait se
défendre contre deux hommes qui n'auraient eu que des
épées. Les deux comédiens, chassés hors de leur taudis
par la raison qui pousse les loups hors du bois au milieu
d'un hiver neigeux[a], descendirent dans la ville de Blois
déterminés à y trouver un déjeuner, un dîner, un souper,
et de l'argent.

Quand Fleurance et Lafeuillée eurent dégringolé
l'escalier en bois pourri du mauvais lieu à la porte duquel
on lisait en lettres rouges : *À l'ange gardien,* Moufflon,
débarrassé comme d'un poids, regarda la créature
endormie auprès de sa femme et nommée la Frélore.

Frélore est le nom d'une danse citée par Rabelais et
probablement fort indécente, or l'inconnue était une
remarquable danseuse. Frélore signifie encore *perdue* en
vieux français[2]. Peut-être y avait-il toutes ces idées dans
ce nom de guerre que la Frélore quitta plus tard pour
un autre nom devenu célèbre. Au moment où elle avait
demandé à faire partie de la troupe, elle avait seize ans,
elle était sortie de Castelnaudary au moment où la troupe
en décampait, elle l'avait suivie à la nuit, et s'y joignit
sans vouloir dire les raisons qui la poussaient à cet

acte de désespoir[a]. Elle vivait depuis quatre ans avec ces excommuniés. Tout portait à croire que Picandure avait fait de cette pauvre créature sa maîtresse pendant environ deux ans. Durant ce temps, elle fut soigneusement gardée par la jalousie de ce vieux sorcier qui, pour un soupçon, aurait très bien empoisonné le meilleur de ses acteurs. Quoique le Gracioso de la troupe eût eu maintes velléités de succéder à Picandure au moment où le directeur se lassa de la Frélore, cette fille fut préservée par une autre jalousie, celle de la Rosalinde, maîtresse femme, aussi redoutée que son auguste époux, plus terrible, grande tragédienne sur le théâtre, dans la coulisse, à la ville, aux champs, sur la grande route, d'une complexion vigoureuse, et qui s'était attribué Dévolio. Cet arrangement explique pourquoi le comique restait au Soleil-d'Or. Picandure savait trop bien vivre pour séparer la Rosalinde de son ami de cœur[b]. Les bonnes fortunes sans profit paraissaient être un travail très disgracieux pour Fleurance, à qui la Frélore plaisait médiocrement. Lafeuillée était un vieux diable cuit et recuit dans toutes les casseroles de l'Enfer, il avait atteint depuis longtemps ce degré d'insensibilité auquel arrivent les grands diplomates, les rois, les financiers qui demandent leurs dernières émotions à la table couverte d'un tapis vert ou d'un surtout. La Girofle, la Rosalinde, Picandure, Lafeuillée étaient trop convaincus de la valeur de ce diamant pour lui permettre des intrigues sans redevance, en sorte que des pensées cupides gardaient en ce moment la Frélore avec autant de soin qu'elle l'avait été depuis quatre années. À travers les courses vagabondes de la troupe, aucun homme ne lui avait, d'ailleurs, inspiré ni caprice ni passion. Après avoir subi Picandure, la liberté lui était devenue chose < si > douce qu'elle vivait comme une religieuse au milieu de ces gens dissolus. Si quelques observateurs trouvent cet état contre nature chez une comédienne, un dernier mot expliquera tout. La Frélore adorait Fleurance sans qu'aucun de ces esprits si éveillés s'en aperçût, hors un seul. Cet homme était le Moufflon.

Le Moufflon appartenait à la classe bourgeoise. Le pauvre diable avait adoré la profession de comédien, en assistant à une représentation de *Mirame*[1], au palais Cardinal. Quoique fils d'un chaussetier-pourpointier[2], il

avait tout quitté pour devenir comédien, en trouvant
l'art du comédien[a] le plus beau de tous les arts. Plein
d'âme et de cœur, il n'avait pas voulu chagriner son
père et sa mère en montant sur un théâtre de Paris, et
s'était mis à courir la province. Il avait rencontré Picandure à Meaux. Picandure, qui le surnomma le Moufflon,
se l'attacha par d'habiles flatteries, en lui prédisant un
glorieux avenir, et s'offrant à lui montrer les finesses du
métier : Picandure ne lui montra rien que le fond de sa
bourse, mais il le lui montra souvent[b]. Le père et la mère
de Moufflon moururent au moment où leur fils s'était
amouraché d'une maîtresse de Picandure, la Girofle, qui
fut sans doute chargée d'attirer la succession dans la
caisse de la troupe, mission dont elle s'acquitta merveilleusement bien. Grâce aux écus péniblement amassés
par le pourpointier et par sa femme[c], la troupe eut des
costumes en abondance et un matériel imposant. Le
Moufflon était un honnête homme, le seul de la troupe ;
aussi chacun se cachait-il de lui. Picandure et ses dignes
acolytes lui dérobaient le chiffre des recettes. Chacun se
forgeait des malheurs à lui raconter. Ce bonhomme
s'était attaché à ces Bohémiens en les croyant meilleurs
qu'ils n'étaient. Après s'être laissé dévorer sa fortune,
il tenait à eux comme le joueur tient au tripot où il a
tout perdu, comme un roi tient à son favori, comme un
financier tient à la terre où il enfouit ses trésors en
constructions, en embellissements, sentiment inexplicable, mais certain. Enfin, dernier secret, il aimait la
Frélore, il avait eu peur de Picandure, mais depuis que
ce terrible rival avait quitté la place[d], il essayait de se
faire aimer, il voulait arracher cette charmante fille au
théâtre, la ramener à Paris où il lui aurait donné peut-
être une famille en faisant sa paix avec ses parents[1] qui
peut-être le remettraient dans une boutique de pourpointier. Le bonhomme Moufflon était âgé de quarante
ans, il menait la vie de comédien ambulant depuis douze
années, il était parfaitement indifférent à la Frélore, qui
acceptait ses soins sans aucun retour[e] ; mais elle ne
mordait à aucune ouverture relativement à un état stable,
elle le rabrouait quand il essayait de la ramener à des
idées sages et chrétiennes. Elle avait le fanatisme de sa
vocation, et avait l'instinct de son brillant avenir[f]. Sa
passion pour Fleurance entretenait en elle le feu sacré.

Insensiblement, le bonhomme Moufflon avait accepté toutes les misères, les courses vagabondes, les départs subits, les querelles de la troupe, il était descendu au niveau de ces gens, sans le savoir. Depuis quelque temps, on ne se gênait plus devant lui, le pauvre homme levait les yeux au ciel et demandait pardon des impiétés, il prenait quelquefois note des dépenses non payées, il raisonnait doucement les récalcitrants, il défendait ses camarades, qui l'employaient comme calmant et l'appliquaient au public et aux créanciers. Il avait une figure assez ridicule, plate, sans physionomie. Ses yeux ressemblaient à des yeux artificiels[a]. Il était sans noblesse, mais il disait assez bien, très emphatiquement et sans nuance, comme tous les gens pleins de sentiment et d'âme. Picandure savait employer Moufflon. D'abord, ce brave homme n'était jamais ivre, et souvent il avait pu conjurer les orages soulevés par l'état de la troupe quand elle était trop bien traitée par quelque seigneur, ou quelques riches amateurs. Souvent Moufflon avait harangué et fait taire des plaisants qui s'amusaient à faire manquer une représentation.

Le bonhomme Moufflon resta dans ce grenier que le soleil d'avril dorait d'un de ses rayons, à regarder la jeune comédienne endormie. Étendue sur la paille, tout habillée, comme une pauvre fille d'artisan, la Frélore avait un bonnet plissé qui cachait les plus beaux cheveux noirs du Languedoc, et dont le bord s'était imprimé sur la peau de sa joue pendant le sommeil, car, malgré sa couleur brune, son épiderme avait une excessive sensibilité. Aucune rougeur ne nuançait cette teinte générale semblable à du *vélin** dont le poli, dont la finesse se sentaient au toucher de sa peau soyeuse[c]. Aux endroits où, dans toutes les têtes, la peau se fait plus blanche, comme autour des oreilles, aux tempes, sous les yeux, aux contours des joues, on voyait les réseaux violets des petites veines, pareilles aux délicates racines des mousses marines. Les yeux armés de très longs cils étaient d'un noir de velours et brillants quoique doux, le blanc avait une teinte de bleu qui s'harmoniait avec la couleur sau-

---

* Le vélin, avant l'usage du papier, était une sorte de parchemin fait avec la peau des plus jeunes veaux, et ce nom a été donné au papier qui en avait la consistance et la couleur brune[b].

vage de la prunelle. Il n'y avait de rouge dans ce visage
que les narines et les lèvres. Mais la beauté la plus rare
était le blanc particulier des dents, l'égalité de leur
forme, leur netteté, le poli de l'émail. Le ton de ces
dents presque transparentes était celui d'un ivoire sans
défaut et limpide. Cette physionomie était, d'ailleurs,
d'une étrange maigreur, creuse, fatiguée, ardente. La
Frélore avait une taille frêle, les bras maigres, un corps
grêle, elle ressemblait à un Égyptien[a] de quinze ans, son
corsage plat, ses épaules n'offraient aucune rondeur,
enfin son col participait également de cette étisie[1]. Ses
mains avaient de la grâce, mais ses pieds étaient ceux
d'une danseuse. Ces désavantages, qui expliquaient le
prompt abandon de Picandure et l'insouciance du beau
jeune premier, ne nuisaient point à l'effet de l'actrice en
scène : elle émouvait[b] profondément, elle avait de l'éclat
aux chandelles, surtout quand Lafeuillée les mouchait
bien ; aussi aucun homme ne sortait-il du théâtre où elle
avait joué sans emporter d'elle un souvenir impérieux.
La faiblesse du corps démentie par la richesse de cette
tête, la voix profonde et vigoureusement timbrée, un
air souffrant et malheureux qui n'étouffait pas entièrement
une certaine sauvagerie, tout de cette fille intéressait
vivement. Elle était sublime dans les rôles où elle faisait
une princesse d'Orient, une sultane, une fille de calife,
un de ces rôles bizarres qui fourmillaient dans les pièces
de Hardy. Les costumes riches[c] où le rouge et les broderies étincelaient[d] lui allaient à merveille.

Cependant la Girofle ronflait à faire tomber des
esquilles de la paille mêlée dans l'argile roux de la
muraille.

« Ange de beauté ! dit le Moufflon, je donnerais ma
vie pour toi.

— Je la prends, dit la Frélore qui n'avait pas voulu
paraître éveillée, et puisses-tu crever, car tu m'ennuies
à me faire périr ! J'ai faim, va me chercher à déjeuner,
esclave ! Vole, tue, mais fais-moi faire un bon repas,
j'ai faim ! Oh ! des saucisses et du lard !

— Nous entrons dans la semaine sainte, dit Moufflon.

— Une lamproie à la sauce noire ? dit la Frélore, ou
je vais aller mendier dans la rue.

— N'éveillez pas la Girofle, reine de mon cœur, elle
voudrait de la lamproie.

— Il y aura donc une lamproie ?

— Vous en voulez ?

— Où eſt-elle ? dit la Frélore en ouvrant ses beaux yeux.

— Je vais la quérir. »

La Languedocienne retomba désespérée sur la paille, et le Moufflon s'habilla[a]. Le pauvre homme fondit comme un étourneau sur la ville de Blois, poussé par une rage chaude comme ses deux camarades étaient poussés par leur rage froide.

« Nous sommes donc seules, demanda la Girofle en s'éveillant.

— Seules et sans pain, répondit la Frélore, mais le Moufflon vient d'aller chercher la pitance.

— Sans un denier ! Nous pouvons dormir, le pauvre homme ne mettra pas le feu à la Loire, les gens de Blois n'ont rien à craindre. »

La Frélore et la Girofle, roulées dans la paille comme des nèfles, y mûrirent leurs réflexions.

[. . . .]

ADAM-LE-CHERCHEUR

INTRODUCTION

Conservée à la bibliothèque Lovenjoul sous la cote A 1, cette brève ébauche se compose d'une feuille de titre et de trois feuillets, numérotés par Balzac, qui, malheureusement, s'arrêta dans son élan créateur au milieu du troisième feuillet, si bien qu'on sait fort peu de choses du destin de ce mystérieux Adam. Malgré sa brièveté, ce fragment est loin d'être dénué d'intérêt.

On ne rencontre ni dans la Correspondance, *ni dans les programmes d'œuvres à faire consignés dans* Pensées, sujets, fragments, *le titre Adam-le-Chercheur, mais, en 1846 et en 1847, le romancier fait un certain nombre d'allusions à Adam-le-Rêveur, qui représente assurément, avec une légère variante dans le titre, le même projet. Sous ce titre Adam-le-Rêveur, en effet, Balzac, à plusieurs reprises en 1846, annonce à Mme Hanska une œuvre nouvelle. Le 5 août, Honoré-le-Rêveur évoque pour sa correspondante lointaine le prochain hiver, celui de 1846-1847, qui le verra « gagner cinquante mille francs, de novembre à février, en faisant* Les Paysans, Les Petits Bourgeois, La Dernière Transformation de Vautrin, Une famille, Adam-le-Rêveur *et* Rosemonde, *six ouvrages en six mois : soixante mille francs, au plus bas[1] ». Le 15 décembre, il présente l'œuvre comme une nouvelle, destinée au* Journal des Débats *ou au* Journal du dimanche, *et il ajoute cette précision éloquente : « Adam-le-Rêveur, cinq feuilles, 2 500 francs[2]. »*

1. *Lettres à Mme Hanska*, t. III, p. 319.
2. *Ibid.*, p. 546.

*Le 21 janvier 1847, il utilise comme enveloppe un feuillet de
titre de* La Dernière Incarnation de Vautrin (IVe *partie de*
Splendeurs et misères des courtisanes) *sur lequel figuraient
plusieurs titres d'œuvres « à faire » dont celui d'*Adam-le-
Rêveur[1].

*En somme, il parle beaucoup d'*Adam-le-Rêveur, *mais
n'écrit rien. À plusieurs reprises, il calligraphie le titre, toujours suivi de la mention : Étude philosophique. Mais l'élan
créateur s'arrête là et ces feuilles de titre sont ensuite utilisées à
d'autres fins, se couvrent d'autres titres, d'autres projets et surtout de chiffres qui représentent les mirifiques sommes que rap-
porteront ces œuvres nouvelles[2]. S'il n'entame pas la rédaction
d'*Adam-le-Rêveur, *Balzac se préoccupe de son classement
dans* La Comédie humaine. *Sur l'exemplaire dit Furne
corrigé, à la dernière page du tome I des* Études philosophiques, *tome XIV de* La Comédie humaine, *il écrit ces
indications : « Retrancher de ce volume* La Recherche de
l'Absolu. *Remplacer par : 1° en tête* Le Phédon moderne[3].
2° *en queue par* Gambara, Massimilla Doni. » *Il avait prévu
pour ce volume deux autres œuvres dont il inscrivit les titres :*
Adam-le-Rêveur *et* Rosa Mundi. *Jugeant la matière trop
abondante, il raya ces deux titres et les reporta à la fin
du volume suivant, en compagnie de* La Recherche de l'Absolu.

*Si ce projet tardif manifeste donc, en 1846 et en 1847, son
insistante présence dans l'inspiration balzacienne, il est difficile de
préciser à quel moment le romancier se mit enfin à écrire le début
de cette Étude philosophique, sous le titre* Adam-le-Chercheur
qui, selon toute vraisemblance, succéda à Adam-le-Rêveur.
*L'incertitude du titre, la brièveté de l'ébauche, voilà deux fac-
teurs qui nous inclinent à situer ce début de rédaction au début
de 1847 et à voir dans ce fragment une des pathétiques illustrations de cet aveu de Balzac à Mme Hanska, le 31 mai 1847 :
« Je touche à tous les sujets et je m'en dégoûte[4]. »*

---

1. *Lettres à Mme Hanska*, t. IV, p. 26.
2. Par exemple, *Lov.* A 146, f° 1 et f° 12, ou A 47, f° 17 v°.
3. Dont il n'écrivit qu'un fragment intitulé *Les Martyrs ignorés*.
Voir p. 703 et suivantes.
4. *Lettres à Mme Hanska*, t. V p. 26.

Quel eût été le destin de ce héros tard venu dans le monde balzacien ? Ce fils de bonnetier devenu médecin eût-il été l'inventeur d'un médicament ou le créateur d'une théorie nouvelle, l'homme d'un système, un nouveau Bichat ? Encore que la seconde hypothèse paraisse plus vraisemblable, dans la perspective d'une Étude philosophique, dans le champ des possibles il serait vain de s'aventurer. Bornons-nous à constater la présence reparaissante de Desplein et de Bianchon, dont le jeune Adam Chicot conquiert l'amitié grâce à sa thèse sur la vitalité. On connaît l'intérêt de Balzac pour les médecins et les problèmes de la médecine, ses ambitions de théoricien qui toute sa vie rêva d'écrire un Essai sur les forces humaines. *Tel était peut-être le sens des recherches d'Adam Chicot...*

Curieusement, de cette œuvre présentée par Balzac comme une Étude philosophique, nous ne connaissons qu'un début qui annoncerait plutôt une Étude de mœurs.

Balzac, on le sait, connaissait admirablement le commerce parisien. Il avait en outre conclu, en 1838, une curieuse transaction avec un bonnetier nommé J.-L. Gaudy qui convoitait la Légion d'honneur. *Il raconta à Mme Hanska, le 10 octobre 1838, comment il avait vendu au bonnetier, pour quatre mille francs, les* Maximes et pensées de Napoléon. *Ce florilège, agrémenté d'une préface capable d'attirer les bonnes grâces de Louis-Philippe, parut donc sous le nom de Gaudy, Balzac étant le véritable auteur. Mais ce Gaudy ne semble en aucune manière avoir pu inspirer au romancier le personnage de Chicot le bonnetier, dont le fils refusa la succession pour devenir médecin. Cette situation familiale, cette vocation médicale et même cette laideur du jeune médecin rappellent en revanche, de façon assez frappante, le fameux docteur Louis-Désiré Véron, lié avec Balzac au temps où il dirigea la* Revue de Paris, *puis l'Opéra. Véron, avec qui, précisément en 1846-1847, Balzac avait renoué des relations d'affaires, a raconté, dans les* Mémoires d'un bourgeois de Paris, *son enfance dans la boutique paternelle située rue du Bac[1], comme celle des Chicot. Certes Véron père était papetier, non bonnetier, mais il aurait aimé, lui aussi, voir son fils lui succéder, et ce fils, comme Adam Chicot, refusa la succes-*

---

1. Paris, 1856, t. III, p. 19.

sion paternelle pour s'abandonner à sa vocation médicale, sus-
citée par son admiration pour un médecin proche de l'entourage
familial. C'est le docteur Auvity, nommé en 1811 médecin du
Roi de Rome et logé dans la même maison que les Véron, qui
joua dans la destinée du fils le rôle du docteur Haudry auprès
d'Adam Chicot. Bien sûr, on ne peut identifier ni avec Auvity le
vieil Haudry, qui doit bien d'autres traits au célèbre docteur
Andry, ni avec le docteur Véron Adam Chicot. Il n'en reste
pas moins que dans la situation familiale des Chicot se retrouve
le souvenir des débuts dans la vie du docteur Véron.

Pourquoi un bonnetier ? De toute évidence, le choix de la
profession revêt une signification symbolique. Comme l'écrit très
justement Colin Smethurst dans son Introduction au Député
d'Arcis[1] : « *La profession de bonnetier (surtout pour ce qui*
relevait du bonnet de coton) exprimait aux yeux des humoristes
la bourgeoisie de la monarchie de Juillet et la mentalité bour-
geoise sous sa forme la plus pure. » *Le Joseph Prudhomme*
d'Henry Monnier, le Jérôme Paturot de Louis Reybaud, rap-
pelle encore Colin Smethurst, « *étaient tous deux passés par*
l'état de bonnetiers et descendaient de familles de bonnetiers ».

Chicot, certes, n'est pas le premier bonnetier de La Comédie
humaine. *Dans* Le Député d'Arcis, *Balzac a campé le*
pittoresque Philéas Beauvisage, « *le général du tricot[2]* ». *Si le*
bonnetier devient la cible de prédilection des artistes et des écri-
vains de la monarchie de Juillet, son ascension avait commencé
dès la Révolution et l'Empire. Louis Reybaud évoque, dans l'In-
troduction de Jérôme Paturot [...], « *le nombre croissant des*
bonnetiers » *et la belle figure que fait le bonnetier* « *dans notre*
société industrielle[3] »; *Balzac, lui, crée Beauvisage qui exerçait*
depuis 1810 son « *commerce pacifique* ». *Sous l'Empire ou sous*
la monarchie de Juillet, le bonnetier ne change pas. Il demeure,
aux yeux de Balzac, tel que, dans La Cousine Bette, *le définit*
Crevel, l'ancien parfumeur enrichi, à Adeline Hulot : « *C'est*
lourd, épais, sans idées[4]. » *Réussite financière et sottise épaisse, tels*
sont les deux traits caractéristiques du bonnetier balzacien, et

1. T. VIII, p. 709.
2. T. VIII, p. 753.
3. *Ibid.,* p. 750.
4. T. VII p. 329.

dans le comportement de Chicot se retrouvent la « profonde ineptie » et l' « ignorance crasse » de Philéas Beauvisage[1].

 Dans la galerie de portraits du commerce parisien, Chicot avait sa place aux côtés de l'inoubliable Guillaume de La Maison du chat-qui-pelote, *de l'imbécile Rogron, jadis mercier rue Saint-Denis, ou de Cardot, le propriétaire du Cocon d'or, rue Saint-Honoré. Avec lui, le commerce de la rue du Bac fait son entrée dans* La Comédie humaine *et la pittoresque silhouette du bonnetier de la rue du Bac atteste que l'observation et la verve balzaciennes, en 1847, étaient bien vivaces, toujours prêtes à enrichir l'histoire des mœurs en action et le tableau des petits bourgeois du* XIXe *siècle.*

    MADELEINE AMBRIÈRE-FARGEAUD.

1. T. VIII, p. 754.

ADAM-LE-CHERCHEUR

M. Chicot, homme d'une laideur phénoménale[1], était, depuis la Révolution, bonnetier rue du Bac à Paris, et, comme tel, il avait trouvé une bonnetière, car la bonneterie offre des séductions si grandes aux bourgeois de Paris qu'un bonnetier trouve toujours à se marier, les bonnetiers rencontrent tout ce qui constitue un bon mariage, une dot, une bonne et excellente et vieille famille parisienne, puis une jolie fille, bien sage et bien élevée; mais ce qui peut servir à caractériser la petite bourgeoisie parisienne, c'est que le bonnetier rencontre tout cela bien avant l'homme de talent, le grand peintre, le grand écrivain, le grand médecin. Or, rien ne faillit au sieur Chicot, bonnetier, il eut tout cela, dès 1789. Il suivit, comme tous les bonnetiers[2], les sillons tracés par la Révolution, il fut assidu à sa section, bon citoyen, il admira le Premier Consul, il vota l'Empire, et n'était sa bêtise, il eût été nommé adjoint au maire de son arrondissement[3]. Cet homme avait tout ce qui constitue le bonheur : un bon commerce, une femme citée pour sa beauté[4], mais une femme fidèle, un nom irréprochable, l'affection de son quartier; tout enfin excepté un fils! De 1789 à 1799, il adora sa femme dans l'intention sournoise d'avoir un héritier présomptif, et, quoique Mme Chicot fût outre aimée, elle n'eut jamais le plus frêle espoir d'être dans cet état que les Anglais appellent *intéressant*. En 1800, Chicot, âgé de quarante-cinq ans, se livrait à des doléances dignes des *Nuits* d'Young[5], à propos de ses nuits conjugales infertiles, au Café Desmares[6], en jouant aux dominos avec un médecin nommé Haudry[7] qui fut une des gloires de la faculté sous l'Empire, il eut avec le docteur Minoret l'honneur

d'être médecin consultant de l'Empereur. Le docteur
Haudry résolut de faire le bonheur de Chicot, et il lui
promit un enfant, s'il voulait lui laisser examiner
Mme Chicot. C'était là le point vulnérable, la cérémonie
atroce qui révoltait les imaginations pures et décentes
de M. et de Mme Chicot ; mais après douze année d'attente,
il fallut subir les exigences de l'art. En 1801, M. Chicot
eut un fils, et il en fut tellement heureux que le docteur
Haudry devint un dieu pour lui, comme pour sa femme.
Tous les dimanches, Haudry dînait chez son modeste
ami, le bon bourgeois, le bonnetier Chicot. Jamais
enfant de prince n'eut un tel sort, ne fut l'objet d'un
pareil amour. Cet enfant, nommé Adam, ressemblait
physiquement à son père ; mais moralement ce fut tout
le docteur Haudry. Dès que le petit Adam sut lire, il se
passionna pour les choses médicales, il voulut être
médecin, et, comme la belle Mme Chicot, depuis la
fameuse consultation, aimait beaucoup le docteur, elle
regardait la médecine comme la plus belle des carrières.
Le petit Chicot fut mis au collège, de là, l'enfant devint
étudiant en médecine, et s'adonna particulièrement à la
chimie. En 1825, après un brillant internat, il fut *doctor
medicus parisiensis*. Sa thèse, soutenue sur la vitalité[1],
lui valut la protection de Desplein, et l'amitié du jeune
Bianchon. Le docteur Haudry mourut, laissant par son
testament six mille francs de rentes au jeune Adam
Chicot. Le père Chicot avait vendu son fonds, il avait
déjà seize mille francs de rentes, et il était venu occuper
avec sa femme un appartement rue de Grenelle dans
une de ses maisons. Avec le temps, ce bonnetier, alors
âgé de soixante-dix ans, avait singulièrement changé.
Sa femme et lui s'étaient brouillés, autant qu'ils pouvaient se brouiller à propos de la vocation d'Adam. Le
père Chicot avait regardé comme une plaisanterie les
idées médicales préconçues de son fils ; mais, quand, à
dix-neuf ans, l'enfant voulut faire ses cours à l'École
de médecine et manifesta le plus profond dégoût pour la
bonneterie et refusa net d'être : *Chicot bonnetier, successeur
de son père*, il éclata des tempêtes dans le ménage si paisible
de M. et Mme Chicot. On alla fort loin de part et d'autre,
et Chicot devint mauvais père, il refusa l'argent nécessaire
aux études de son fils, et Mme Chicot prodigua ses
économies. Cette lutte, où le petit esprit de Chicot se

montra dans toute son horreur, finit par une méfiance
entre les deux époux, après trente-cinq ans d'union.
Chicot se fit avare, et ne donna plus rien ni à sa femme
ni à son fils, et une fois lancé dans l'avarice, il ne s'arrêta
plus. Cette situation explique le legs du docteur Haudry.
Cette fortune donnée à son fils porta l'exaspération du
vieux bonnetier au comble, et il en arriva, de conjectures
en disputes, de disputes en scènes violentes, à mettre en
doute sa paternité, contre l'évidence affreuse de la ressemblance. Le docteur Chicot offrait le masque de son père,
mais en vieux. La laideur, déjà repoussante chez le
bonnetier, devint ignoble chez le docteur[1].

[. . . .]

ÉTUDES ANALYTIQUES

ANATOMIE DES CORPS ENSEIGNANTS

INTRODUCTION

L'Analyse des corps enseignants — *si Balzac avait réalisé ses projets* — *eût été l'œuvre initiale des* Études analytiques. *L'auteur de* La Comédie humaine *y a pensé longtemps. Dès 1834, à une époque où la structure de l'ensemble n'est pas encore nette, où les futures* Études analytiques *n'ont pas encore trouvé leur titre, on voit se constituer un tout, baptisé* Études anatomiques faites sur l'état social, *dont le premier ouvrage eût été l'*Analyse des corps enseignants, *prévue en deux volumes in-8°, soit un développement égal à celui de la* Physiologie du mariage[1]. *Et en 1845 encore, c'est par l'*Anatomie des corps enseignants *que doivent s'ouvrir les* Études analytiques[2]. *Permanence d'autant plus significative qu'autour de cet ouvrage, exception faite pour la* Physiologie du mariage, *déjà écrite, les œuvres annoncées comme devant constituer les* Études analytiques *ont quelque peu varié.*

Balzac tenait à ce projet pour de nombreuses raisons. Pourtant il n'écrivit pas l'ouvrage, et l'on ne sait qu'assez approximativement ce qu'il y eût exposé. Pourquoi ? On pourrait en disserter longuement. Mais comme Balzac lui-même s'est, à plusieurs reprises, expliqué à ce sujet, nous lui laisserons la parole.

En 1829, dans la Physiologie du mariage, *il déclare*

---

1. Voir une note manuscrite de Balzac conservée dans le dossier *Lov.* A 202, f° 4.
2. Voir le Catalogue de 1845, t. I, p. CXXV.

penser « *avec Laurent Sterne qu'il est honteux à la civilisation
européenne d'avoir si peu d'observations physiologiques sur la
callipédie¹* », *et s'il renonce alors* « *à donner les résultats de ses
méditations à ce sujet* », *c'est* « *parce qu'ils seraient difficiles à
formuler en langage de prude, qu'ils seraient peu compris ou
mal interprétés* ». Balzac *lègue donc au siècle suivant cet
ouvrage sur la callipédie — dans lequel il est aisé de reconnaître un premier crayon de l'*Analyse des corps enseignants.

En *1836, la sœur de Mme Hanska perdit un enfant. Balzac
écrivit alors à son amie :*

« *La perte de votre sœur est un affreux malheur, sur lequel
les mères seules s'entendent, car elles sont seules dans les secrets
de ce qu'elles perdent, mais à son âge, ce sont des pertes répa-
rables; les enfants considérés dans leur avenir vital est* [sic] *une
des grandes monstruosités sociales, il y a peu de pères qui se
donnent la peine de réfléchir à leurs devoirs, mon père avait fait
de grandes études à ce sujet; il me les a communiquées (je veux
dire les résultats), de bonne heure, et j'ai des idées arrêtées qui
m'ont dicté la* Physiologie du mariage, *livre plus profond que
moqueur et frivole; mais qui sera complété par mon grand
ouvrage sur l'*éducation *prise dans un sens large, et que je fais
remonter avant la génération, car l'enfant est dans le père. Je
suis une grande preuve, ainsi que ma sœur, des principes de mon
père. Il avait 59 ans quand je suis né; il en avait 63 quand ma
sœur est née. Or, nous avons tous deux manqué de succomber à la
puissance de notre vitalité, et nous avons des constitutions centenaires. Sans cette puissance de force et de vie transmise par mon
père, je serais mort sous les dettes, les obligations. Je vois des
enfants de familles riches, tous énervés par la situation de leurs
pères et de leurs mères. La mère est usée par le monde, le père
par ses vices; leurs enfants sont débiles. Mais ces grandes et
fécondes idées ne sont pas du domaine épistolaire. La question
est immense, elle a d'innombrables ramifications, elle m'absorbe
souvent. Elle n'est pas convenable à discuter ici, mais je m'en
réfère à Sterne dont je partage entièrement les opinions, le
Tristram Shandy est, dans cette partie, un chef-d'œuvre². »*

1. *Physiologie du mariage*, t. XI, p. 1064.
2. *Lettres à Mme Hanska*, t. I, p. 408-409, 27 mars 1836.

En 1838 enfin, dans le préambule du Traité des excitants modernes, *où il précise le projet des* Études analytiques : « *concentrer dans quatre ouvrages de morale politique, d'obser-vations scientifiques, de critique railleuse, tout ce qui concernait la vie sociale analysée à fond* », *Balzac écrit à propos de notre texte :*

« *Le premier a pour titre :* Analyse des corps ensei-gnants. *Il comprend l'examen philosophique de tout ce qui influe sur l'homme avant sa conception, pendant sa gestation, après sa naissance, et depuis sa naissance jusqu'à vingt-cinq ans, époque à laquelle un homme est fait. Il embrassera l'éducation humaine fouillée sur un plan plus étendu que ne l'ont tracé mes prédécesseurs en ce genre. L'Émile de J.-J. Rousseau n'a pas sous ce rapport embrassé la dixième partie du sujet*[1] *[...] »*

Projet ambitieux et audacieux. On n'en connaît, hélas! que quelques notes, insuffisantes certes pour donner une idée de ce qu'eût pu être l'ouvrage achevé, mais qui parviennent cependant à en bien marquer l'orientation.

RENÉ GUISE.

NOTE SUR L'ÉTABLISSEMENT DU TEXTE

Les fragments de l'*Anatomie des corps enseignants* que nous publions, les seuls connus, se trouvent dans l'album intitulé *Pensées, sujets, fragments*. Mais cet album est actuellement inaccessible : toute trace en a été perdue depuis sa présen-tation à l'exposition Balzac de la Bibliothèque nationale en 1950. Le texte ne nous en est donc connu qu'indirectement, par les documents suivants :

— un jeu d'épreuves pour une édition en fac-similé envi-sagée par le vicomte de Lovenjoul et M. Clément-Simon, dernier propriétaire connu du manuscrit; il s'agit de photo-graphies anciennes (autour de 1900) et dont la qualité ne fut pas, à l'époque, jugée suffisante pour que le projet d'édition pût être mené à bien. Ces photos sont conservées à la biblio-thèque de Chantilly (*Lov.* A 182);

— une copie manuscrite revue et corrigée à la main par le vicomte de Lovenjoul (*Lov.* A 181);

1. Voir p. 303-304.

— l'édition procurée en 1910 par Jacques Crépet. L'éditeur disposa du travail effectué par le vicomte de Lovenjoul et Clément-Simon; il eut accès au document original, alors en la possession du libraire Blaizot. J. Crépet a modifié l'ordre des éléments constitutifs de l'album (voir H. de Balzac, *Pensées, sujets, fragments,* édition originale avec une préface et des notes de Jacques Crépet. Paris, A. Blaizot, 1910. xxxix-167 pages. Le texte qui nous occupe figure aux pages 155-162).

Ces documents permettent d'établir un texte pratiquement sûr; en revanche, ils ne nous donnent aucune garantie sur l'ordre dans lequel les textes composant l'Album ont été écrits et rendent aléatoire toute hypothèse sur leur datation (voir R. Guise, « Les Mystères de *Pensées, sujets, fragments* » *L'Année balzacienne 1980*). Dans le cas présent, on peut, sous toute réserve, envisager une période comprise entre 1834 et 1842.

Le premier fragment occupe les folios 86-88 de A 182 (la numérotation est due au conservateur Georges Vicaire); pour la dernière page, Balzac a utilisé des blancs laissés par des inscriptions antérieures (voir la note 2 de la page 843). Le second fragment occupe les folios 97 et 98; sur cette dernière page, Balzac a encore utilisé des blancs laissés par un texte antérieur (voir la note 4 de la page 824).

Les deux fragments portent un titre, que nous reproduisons, et qui n'est pas celui que nous donnons à l'ensemble des deux textes. Balzac a d'abord parlé d'une *Analyse des corps enseignants,* puis, à partir de 1842, d'une *Anatomie des corps enseignants* (voir l'Avant-propos, t. I, p. 19, et le Catalogue de 1845, t. I, p. cxxv). Le changement s'explique sans doute par le souci d'éviter une répétition entre le titre de cet ouvrage, destiné à ouvrir les *Études analytiques,* et le titre de l'ensemble. En 1834, l'*Analyse des corps enseignants* ouvrait un ensemble intitulé *Études anatomiques* (voir notre Introduction, p. 837). Pour le premier fragment, la mention *Anatomie* qui y figure est une addition tardive (voir la note 1 de la page 841). C'est donc être fidèle à la dernière intention connue de Balzac que de maintenir pour titre *Anatomie des corps enseignants.*

ANATOMIE DES CORPS ENSEIGNANTS

ANATOMIE OU ANALYSE
DES CORPS ENSEIGNANTS[1]

Il n'existe pas le moindre hasard pour les naissances. Dans le monde, tout effet a une cause et toute cause a un principe, tout principe vient d'une loi. Les principes auxquels ont été dus les hommes extraordinaires peuvent être étudiés et connus. Rien n'est indifférent, ni l'état du père, ni celui de la mère, ni la posture, ni la saison, ni la nourriture antérieure, ni les lieux, ni les images.

★

Tout homme élabore par la chasteté (il y a un point déterminé) une richesse interne dans ses organes et dans leurs produits. (Ce qui est à rechercher, l'observation médicale et la myologie sont peu avancées à ce sujet.) Cet état a une influence certaine sur l'Enfant. (La femme est-elle ou n'est-elle pas un terrain neutre, je ne le crois pas[2].)

★

Les gens perdus de maladies vénériennes, les vieillards, les jeunes gens énervés[3] sont les pères des générations molles, avortées, rachitiques, etc. Les gens sains d'esprit et de corps (sans génie même) font des enfants de talent. Ici mille effets à rechercher[4].

★

Il peut y avoir suffisance — abondance — surabondance. Que produisent ces trois états du sperme ? On n'en sait rien, il n'y a pas d'observations. Les états civils devraient être plus amples. On décrit le père et la mère des chevaux de race, on ne fait rien pour les hommes[1].

★

Où met-on l'enfant ? Quel berceau ? Que voit-il ?

★

Sterne est le premier qui ait osé parler de l'importance, du sérieux de l'acte sur lequel on plaisante[2].

★

Le père et la société sont les continuateurs de la *mère*.

★

Vouloir bien élever un enfant, c'est se condamner à n'avoir que des idées justes.

★

La souffrance doit être la substance même de toute bonne éducation. Ce qui est vraiment grand : le talent, la bonté, le don de vue, le sentiment profond exigent des souffrances pour être développées. La bonté vraie veut des passions réprimées et tient aux conceptions d'une âme qui voit en grand, voir en grand est le talent, tout se tient dans la souffrance.

★

De quelle qualité sont les esprits[3] ? Qui, *quid,* influe sur les esprits ?

Situation d'âme.	*Situation hygiénique.*	*Situation nutritive.*
angoisses	constipation	quelle alimentation
peines	relâchement	
ambition		
travail d'esprit		

Faut-il un équilibre, une concomitance ou une prédominance entre ces trois états p<our> avoir un enfant[1].

*

Ce qui est commencé par l'acte (de là l'enfant), toutes ces causes sont-elles continuées en lui ? Ces diverses causes ont-elles fait les gens d'action, les gens d'intuition, les penseurs, etc. ? Sont-ils plus ou moins sanguins, lymphatiques en vertu des causes primordiales ? Et tout cela peut-il être annulé par la nourriture, si le milieu où vit l'enfant est ou en contradiction ou en rapport avec ces éléments génitifs qui ont préparé l'acte auquel est dû l'enfant ?

Que de causes ! que de choses avant qu'il n'ouvre les yeux et après !

Le grand homme existe *a priori*[2].

ANALYSE DES CORPS ENSEIGNANTS

Avant le mariage, l'enfance ; pendant l'enfance, l'éducation ; avant l'éducation, l'expérience. Peu de pères se sont tirés de là.

*

Picart, prêtre de Dijon (1756), a soutenu dans une brochure que le lait de la mère est la seule nourriture possible de l'enfant et que toute autre le dénature[3]. La reine Blanche avait donc raison[4].

*

Je ne sais pas ou plutôt je sais comment cela s'est fait, mais presque tous les grands hommes ont d'abord été pauvres, et l'on a cru que la pauvreté n'était la mère que des artistes et des vices. Or, personne n'a encore remarqué que tous les grands rois ont été les élèves du malheur ; des scoliastes cloueront ici des notes, mais pour le moment voici ce que je cite[5] : Napoléon, Frédéric II, Henri IV, Louis XI, le prince Eugène ni Cromwell n'avaient le sou. Richelieu, Mazarin étaient à la lettre de pauvres diables. Pour une princesse, Catherine II n'était pas riche. Quant à Catherine I, elle était la plus pauvre gourgandine de l'armée. Personne au monde n'a été plus au-dessous de ses affaires que ne l'a été César puisqu'il est le seul qui ait acheté la couronne à force de dettes. Vous comprenez que je me dispense de compter avec Sémiramis, Romulus et David[1], Thamas Kouli-Kan[2], Gengis khan, Attila, mais ces drôles-là n'avaient probablement pas 50 000 fr[ancs] de rentes sur les grands livres de ce temps-là, quand ils sont partis de chez eux pour aller ravager les voisins, et je déclare que l'idée fondamentale de ce livre est que le père et la mère tuent presque toujours moralement parlant leurs enfants. Les dragées[3] de toute espèce dominent l'enfance et la vie. Ici tout est à faire, car ce n'est pas tant de l'enfant qu'il s'agit que du père et de la mère, de la nation, des mœurs. Il y a des hommes qui à quarante ans ont encore le goût de leurs langes, d'autres qui se croient à cet âge encore au collège. Ceux-ci restent dans la jupe de la 1re femme qu'ils rencontrent et portent le poids de cette jupe, ceux-là restent cloués dans une même idée.

*

Les hommes font les lois, les femmes font les mœurs[4].

HISTOIRE DES TEXTES,
DOCUMENTS, VARIANTES, NOTES,
INDICATIONS BIBLIOGRAPHIQUES

INDICATIONS GÉNÉRALES

CONVENTIONS UTILISÉES POUR LES VARIANTES

Pour chaque roman, on trouvera à la fin de la section Histoire du texte une liste de sigles, correspondant aux états successifs du texte qui ont été considérés dans le relevé de variantes. Exemples : B pour « édition Béchet » ; F pour « édition Furne ».

Dans chaque variante, le premier texte indiqué est toujours celui de l'édition définitive. Les diverses leçons, séparées par deux points

(:), sont signalées dans l'ordre inverse de la chronologie des états successifs, donc à partir de Furne corrigé ou de Furne et en remontant jusqu'au manuscrit (ms.), *quand il y en a un, ou jusqu'aux plus anciennes épreuves corrigées (éventuellement numérotées :* épr. 1, épr. 2, *etc.), ou jusqu'au premier texte imprimé, préoriginal ou original* (orig.). *Chaque texte distingué est suivi du sigle de l'édition où il apparaît tel pour la première fois.*

L'abréviation ant. *désigne l'ensemble des états antérieurs à l'état qu'on vient de considérer, lorsque ces états antérieurs donnent un texte identique. L'abréviation* add. *signale un passage ajouté et l'abréviation* suppr. *un passage supprimé. L'insertion d'une barre oblique (|) marque un passage à la ligne.*

L'indication « rayé » après un ou plusieurs mots placés entre crochets, sur le manuscrit ou sur des épreuves, désigne un texte déchiffré sous une rature. Exemple : [le plus vieux   rayé]. *On restitue entre crochets obliques les dernières lettres d'un mot laissé inachevé; si la conjecture est douteuse, on l'accompagne d'un point d'interrogation en italique; si toute conjecture est impossible ou risque d'être imprudente, on laisse un blanc entre les crochets obliques. Exemples :* [le plus vi \<eux>   rayé], [le plus vi \<eux ?> rayé], [le plus vi \<   > rayé].

L'indication var. post. *ou* lég. var. *signale des variantes de signification légère, postérieures au texte considéré, et qui n'ont pas été explicitement relevées. L'indication* var. ponct. *signale des variantes de ponctuation (virgule; point et virgule; deux points; tiret; point; point à la ligne). L'indication* var. raccord *signale un léger aménagement du texte, effectué par Balzac aux abords d'un passage modifié, afin d'assurer la continuité du sens.*

Les passages rapportés de l'édition définitive sont reproduits in extenso *quand ils sont très courts ou désignés par le premier mot au moins et le dernier mot au moins, séparés par trois points de suspension entre crochets* [...]. *Lorsque la partie non reproduite comporte cinq lignes au minimum, on donne entre crochets, non pas des points de suspension, mais l'indication chiffrée de son étendue :* [9 lignes].

Dans le relevé des états anciens, les points de suspension entre crochets droits renvoient toujours au texte définitif, celui qu'on a lu en premier, et désignent un fragment identique. Pour désigner un fragment d'état ancien identique à un fragment relevé de texte moins ancien, mais non définitif, on écrit entre crochets les mots comme dans *suivis du sigle de l'état précédemment rapporté :* [comme dans B].

La reproduction des parties manuscrites (y compris les corrections sur épreuves) est rigoureusement littérale et respecte les moindres particularités graphiques du texte reproduit; toutefois, parmi les ratures, seules sont notées celles qui ont paru révéler un détail significatif ou marquer de façon intéressante les hésitations de l'écrivain au travail. Dans la reproduction des textes imprimés, les graphies et la ponctuation sont normalisées selon l'usage moderne.

Les fragments rapportés des textes de Balzac sont imprimés en

*romain; les sigles, abréviations et interventions du commentateur sont
en italique.*

Les conventions adoptées pour l'édition des Ébauches rattachées
à « La Comédie humaine » *ont été définies dans l'Avertissement
qui figure en tête de cette section, p. 331.*

LECTURE DES VARIANTES

*Les exemples suivants, empruntés au premier texte de notre
tome XII* (Petites misères de la vie conjugale), *aideront le
lecteur pour la consultation des variantes.*

Page 22.

Variante *d*

d.   ; ou encore un jeune vicomte [...] cheveux   *add. Chl.*

*Le texte rapporté dans la variante a été ajouté dans l'édition
Chlendowski.*

Page 23.

Variante *b*

b. dans votre jeunesse. *Chl.* : dans votre jeunesse.
— Ah! vous avez fait des nôtres, vous a dit le père de votre
cher Adolphe.   *Car. Voir var. a, p. 25.*

*Le texte actuel, « dans votre jeunesse. », est celui de l'édition
Chlendowski. Il était suivi, dans « La Caricature », d'une réplique,
qui a été supprimée de l'endroit où elle se trouvait et reprise plus
loin dans l'édition Chlendowski, comme on le voit par la variante a de
la page 25.*

Variante *c*

c. trois cent mille   *Chl.* : cent mille   *Car.*

*Balzac, dans l'édition Chlendowski, a modifié en « trois cent
mille » le chiffre « cent mille » qui apparaissait dans « La Caricature ».*

Page 24.

Variante *b*

b. La plupart des parents *[7 lignes]* un jour ou l'autre!...
Chl.   : La plupart des parents ont dit du mariage : Mon fils
a fait une bonne affaire, ma fille a fait un excellent mariage.
Si elle est bonne pour l'un, elle est donc mauvaise pour
l'autre ?   *Car.*

Les sept lignes de l'édition Chlendowski localisées dans le premier

élément de la variante y remplacent le texte plus bref de « La Cari-
cature » qui eſt rapporté dans le second.

Page 25.

Variante *b*

b. une hydropisie, mais les médecins [...] Quelques maris
timorés *Chl.* : une hydropisie. Quelques hommes *Car.*

*Le texte de l'édition Chlendowski dont la partie centrale eſt
résumée par des points de suſpension dans le premier élément de la
variante résulte d'une amplification et d'une modification d'un texte
de « La Caricature » qui consiſtait dans les mots « une hydropisie.
Quelques hommes ».*

PETITES MISÈRES
DE LA VIE CONJUGALE[1]

HISTOIRE DU TEXTE

UNE ŒUVRE HÉTÉROGÈNE

Les *Petites misères de la vie conjugale,* publiées la même
année 1846 en deux éditions globales distinctes, l'une chez
Adam Chlendowski, l'autre (non contrôlée par Balzac) chez
Roux et Cassanet, sont un ouvrage constitué d'apports successifs dont les plus anciens, profondément modifiés, datent
de 1830. Seul était inédit le bref chapitre initial, intitulé
« Préface où chacun retrouvera ses impressions de mariage »,
qui figure en tête de l'édition Chlendowski. Les trente-sept
autres chapitres avaient tous paru dans *La Caricature,* dans
Le Diable à Paris ou dans *La Presse.* Nous décrirons les
diverses séquences préoriginales auxquelles ils se rattachent
et nous ferons état des documents préparatoires conservés
à la collection Lovenjoul[2]. Mais il convient, pour la clarté
de cette étude, de dresser au préalable la liste générale des
trente-huit chapitres de l'œuvre définitive, distribués par
Balzac en deux parties, et d'assigner à chacun un numéro
d'ordre.

Première partie	*Deuxième partie*
[I.] PRÉFACE OÙ CHACUN RETROUVERA SES IMPRESSIONS DE MARIAGE.	[XX.] SECONDE PRÉFACE. [XXI.] LES MARIS DU SECOND MOIS. [XXII.] LES AMBITIONS TROMPÉES.

1. Nous remercions M. P.-G. Castex pour les informations qu'il nous
a fournies et pour le concours qu'il nous a apporté dans l'établissement de la présente édition.
2. *Lov.* A 184. Les feuillets 6 à 30 doivent être associés à la séquence
du *Diable à Paris ;* les feuillets 1 à 5 et 32 à 124 à la préparation de
l'édition Chlendowski. Le folio 31 est blanc.

LES DEUX SAYNÈTES DE « LA CARICATURE » (1830)

Le 4 novembre 1830, *La Caricature,* hebdomadaire fondé par Aubert et Philipon, publiait dans son premier numéro, avec le surtitre « Croquis », une saynète signée « Henri B... », intitulée *Les Voisins.* Le même périodique publiait la semaine suivante, le 11 novembre, une autre saynète intitulée *La Consultation,* mais avec le surtitre « Caricatures » et la signature Alfred Coudreux. Les deux textes étaient de Balzac.

Dans *Les Voisins,* l'épouse d'un agent de change, Mme de Noirville, aperçoit, par les fenêtres de la maison d'en face, deux jeunes gens charmants et rayonnants de bonheur, qu'elle prend pour mari et femme. Elle obtient de M. de Noirville qu'il invite ses voisins à dîner. Au jour fixé se présente la jeune femme, Mme de Bonrepos, avec son époux légitime, un homme mûr, dépourvu de toute grâce. Le blond jeune homme que Mme de Noirville avait rêvé d'attirer était l'amant...

Dans *La Consultation,* un médecin, qui s'est rendu au chevet d'une jeune comtesse (anonyme) atteinte d'une affection bénigne, s'attarde à lui tenir des propos mondains, puis, rentré dans son cabinet, se débarrasse avec brusquerie de deux clients pauvres, gravement malades, qui sont venus à sa consultation gratuite.

Ces deux saynètes, que nous publions p. 869 et suivantes parmi nos Documents, ne présentent aucun lien entre elles et n'apparaissent aucunement destinées à être reprises en un même ouvrage; la seconde ne concerne d'ailleurs guère la vie conjugale. Balzac, pourtant, devait s'en souvenir, treize ans plus tard (voir ci-dessous, p. 856-857 , « La séquence du *Diable à Paris* »), lorsqu'il écrivit les chapitres que, dans l'édition définitive, nous avons numérotés XVIII et XIX.

LA SÉQUENCE DE LA NOUVELLE « CARICATURE » (1839-1840)

Le 29 septembre 1839, un hebdomadaire encore nommé *La Caricature* imprime, pour la première fois, et sous le nom de Balzac, le titre *Les Petites Misères de la vie conjugale,* en tête d'une suite d'articles[1] dont le sujet commun se trouvait ainsi, d'emblée, explicitement désigné. Cette *Caricature* n'est plus celle d'Aubert et Philipon, interdite après de longues tribulations, en 1835, pour outrage à la dignité royale, mais une nouvelle feuille, qui évite de se déclarer, comme la première, « politique », et que dirige Armand Dutacq. Fondée le 1er novembre 1838 sous le titre *La Caricature provisoire,* elle était devenue simplement *La Caricature* le 7 juillet suivant, mais portait, pour se distinguer de la première, les mots « deuxième série ».

La séquence attendue parut, avec une périodicité irrégulière, du 29 septembre 1839 au 28 juin 1840. Ces premières « Misères », au nombre de onze, sont sans titre, mais portent chacune un numéro en chiffres romains. Balzac les a réutilisées en leur assignant un ordre différent, huit d'entre elles dans la Première Partie de l'ouvrage définitif et trois dans la Deuxième Partie, avec un titre pour chacune.

---

1. Cette suite d'articles est annoncée dans *La Caricature* dès le 11 août 1839, mais sous le titre *Petites misères de la vie parisienne.* Le mot « parisienne » est peut-être une erreur de la rédaction pour « conjugale ».

Articles de « La Caricature »   *Chapitres de l'ouvrage définitif*

Dans cette séquence, les deux personnages principaux sont déjà créés et désignés sous leurs prénoms d'Adolphe et de Caroline. Mais les nombreuses interversions de chapitres qui pourront être pratiquées dans l'ouvrage définitif prouvent bien qu'il n'existait, entre les scènes successivement publiées, aucune continuité organique.

En dépit de cette discontinuité, Balzac traita, le 11 avril 1841, avec Souverain et Lecou pour réunir les articles de *La Caricature* en un volume, qui devait être complété par *Les Fantaisies de Claudine (Un prince de la bohème)*, parues l'année précédente dans la *Revue parisienne;* mais Souverain, le 11 novembre, revint sur l'accord ainsi conclu[1].

LA SÉQUENCE DU « DIABLE À PARIS » ET « PARIS MARIÉ » (1843-1845)

Des pourparlers avec un nouvel éditeur, Hetzel, allaient donner à Balzac l'occasion d'étendre à d'autres textes de la même veine l'application de sa formule. Le 3 décembre 1843, étant fort démuni d'argent, il annonce à Mme Hanska son dessein d'écrire un texte intitulé *Ce qui plaît aux Parisiennes,* qui doit lui permettre de déposer « 2 000 fr. entre les mains de la Montagnarde[2] pour assurer la vie du ménage pendant 3 mois[3] ». Il précise, le 11 décembre, que ce texte, composé de neuf *Petites misères de la vie conjugale,* est « la fin d'un livre

1. *Corr.*, t. IV, p. 265 et 336-337.
2. Mme de Brugnol.
3. *LH*, t. II, p. 283-284.

déjà commencé », mais inconnu de sa correspondante, et destiné à « être mis dans une nouvelle édition de la *Physiologie du mariage*[1] » : Balzac a donc conçu, dès cette époque, le dessein formel, qui sera plusieurs fois réaffirmé, d'associer l'ouvrage en cours d'élaboration à sa grande « étude analytique ».

Le 12 décembre, Hetzel, ayant sans doute marchandé quelque peu, achetait pour 1 600 francs *Ce qui plaît aux Parisiennes* en vue d'une publication dans le premier volume du *Diable à Paris* et reconnaissait à Balzac le droit de reprendre « l'article » sous un autre titre, après cette publication, en un « ouvrage intitulé *Les Petites Misères de la vie conjugale* dont il fera partie[2] ». Trois jours plus tard, Balzac, annonçant cette négociation à Mme Hanska, spécifie qu'il a bien versé à sa gouvernante la somme ainsi obtenue ; il caresse l'espoir de s'assurer 15 000 francs « de la *Physiologie du mariage,* que l'on va peut-être illustrer[3] », « et aussi des *Petites Misères*[4] ».

Tel est le climat de contrainte matérielle où s'engagea la collaboration de Balzac avec Hetzel pour *Le Diable à Paris*. Il traverse d'ailleurs l'une des plus cruelles époques de sa vie. Des soucis de santé, des maux de tête rendront sa tâche pénible et on admire qu'il ait pu écrire un texte léger (quoique amer) dans de semblables conditions. Plusieurs lettres témoignent pathétiquement des difficultés qu'il a traversées. À son éditeur, il écrit le 4 janvier 1844 : « Mon cher Hetzel, *Ce qui plaît aux Parisiennes* est sur mon bureau ; je m'y mets toutes les nuits et ne trouve rien [...] » ; puis le 5 : « [...] croyez que toutes les nuits je commence par vous, sans rien trouver qui me plaise[5]. » Au bout d'un mois, il se remet à la besogne, qui traîne encore. Le 6 février, il confie à Mme Hanska : « Et moi qui ai encore 5 feuillets à écrire pour Hetzel et qui les lui ai promis pour ce matin [...] il y faut de l'esprit et j'ai l'esprit cen dessus dessous » ; le 7 : « Il me reste un chapitre horriblement difficile qui fait trois feuillets. Après, je serai délivré » ; et le 9 : « Je viens de finir l'article Hetzel qui sera, comme toutes les choses arrachées malgré Minerve, détestable » ; il gémit encore le 20 : « Moi qui me suis tué pendant 2 mois à lui faire un article pour son *Diable à Paris*[6]. »

Entre-temps, cet « article » était devenu, le 15 janvier, *Le Mariage à Paris,* Hetzel ayant voulu garder pour son usage personnel le titre *Ce qui plaît aux Parisiennes*[7]. Il paraîtra en août suivant, dans *Le Diable à Paris* (livraisons 22 à 27,

1. *LH*, t. II, p. 298.
2. *Corr.*, t. IV, p. 632.
3. Projet non réalisé.
4. *LH*, t. II, p. 306-307.
5. *Corr.*, t. IV, p. 660-665.
6. *LH*, t. II, p. 372, 375, encore 375 et 383.
7. *Corr.*, t. IV, p. 668, lettre de Hetzel à Balzac (15 janvier 1844), et *LH*, t. II, p. 346 (19 janvier).

p. 165 à 211 du premier volume), avec un bandeau signé Bertall et trois vignettes dans le texte, sous le titre *Philosophie de la vie conjugale à Paris.* / — *Chaussée d'Antin.* — Voici la liste des dix chapitres dont il se compose et, en regard, celle des chapitres correspondants de l'ouvrage définitif, avec leurs numéros d'ordre.

Chapitres du « Diable à Paris »	*Chapitres de l'ouvrage définitif*
I. L'ÉTÉ DE LA SAINT-MARTIN CONJUGAL.	[X.] OBSERVATION.
	[XI.] LE TAON CONJUGAL.
II. LES TRAVAUX FORCÉS.	[XII.] LES TRAVAUX FORCÉS.
III. DES RISETTES JAUNES.	[XIII.] DES RISETTES JAUNES.
IV. NOSOGRAPHIE DE LA VILLA	[XIV.] NOSOGRAPHIE DE LA VILLA.
V. LA MISÈRE DANS LA MISÈRE.	[XV.] LA MISÈRE DANS LA MISÈRE.
VI. LE DIX-HUIT BRUMAIRE DES MÉNAGES.	[XVI.] LE DIX-HUIT BRUMAIRE DES MÉNAGES.
VII. L'ART D'ÊTRE VICTIME.	[XVII.] L'ART D'ÊTRE VICTIME.
VIII. LA CAMPAGNE DE FRANCE.	[XVIII.] LA CAMPAGNE DE FRANCE.
IX. LE SOLO DE CORBILLARD.	[XIX.] LE SOLO DE CORBILLARD.
X. COMMENTAIRE OÙ L'ON EXPLIQUE LA FELICHITTA DU FINALE DE TOUS LES OPÉRAS, MÊME DE CELUI DU MARIAGE.	[XXXVIII.] COMMENTAIRE OÙ L'ON EXPLIQUE LA FELICHITTA DES FINALE.

Nous constatons que le premier chapitre de la séquence du *Diable à Paris* est dédoublé dans l'édition définitive, et que le dernier est placé tout à la fin du volume. En dehors de ces deux aménagements, et à la différence du phénomène qu'on a pu noter pour les textes publiés par *La Caricature* en 1839-1840, l'ordre des chapitres n'a pas été modifié. De fait, ils apparaissent un peu mieux liés les uns aux autres que les articles antérieurs.

Tous n'ont pourtant pas été conçus dans les mêmes conditions. Les sept premiers (I à VII) sont d'une veine semblable à celle de la séquence parue précédemment. Mais les deux suivants (VIII et IX) sont élaborés à partir de textes dont la destination était différente ; ils ont pour origine les deux saynètes de *La Caricature* de 1830, remaniées de fond en comble pour être adaptées aux nécessités du propos général et aux

exigences d'un récit animé d'un bout à l'autre par les mêmes
personnages : Caroline est substituée à Mme de Noirville,
héroïne des *Voisins,* et à la cliente anonyme de *La Consultation;* Adolphe prend son rôle à M. de Noirville et assiste à
l'entretien de sa femme avec le médecin. Quant au dixième
chapitre (x), il ne décrit pas, comme les autres, une « petite
misère », mais constitue un morceau de bravoure pour un
feu d'artifice final.

Nous possédons, pour la séquence du *Diable à Paris,* des
épreuves dont l'examen jette quelque lueur sur le travail
accompli par l'écrivain; elles sont conservées dans la collection Lovenjoul (A 184, fᵒˢ 6 à 30). Le folio 6 ne présente pas
un grand intérêt; c'est un feuillet d'épreuves isolé et sans
corrections[1], révélant des variantes négligeables. Mais les
folios 7 à 11 constituent par cinq feuilles in-octavo sur six
(la première manque) d'une épreuve sur laquelle Balzac
devait donner son bon à tirer; or, ce bon à tirer, il l'a refusé
pour les feuilles 5 et 6, revêtues de corrections autographes
qui concernent les trois derniers chapitres, ceux dont la mise au
point était la plus délicate. Les folios 12 à 30 sont une épreuve
en pages recto-verso, de même amplitude, établie à partir
de la précédente, et donnent à constater que, si le texte des
feuilles 2, 3, 4 et 5 n'a plus guère été modifié, celui de la
feuille 6, déjà corrigé, a été une fois de plus retouché; les
retouches concernent l'ultime chapitre, consacré au *Commentaire* final, le plus difficile, et qui, d'ailleurs, n'a pas encore
trouvé sa forme définitive.

La peine prise par l'écrivain a eu sa récompense. « *La Philosophie de la vie conjugale à Paris* vient d'obtenir un très grand
succès[2] », lit-on dans une lettre à Mme Hanska datée du
30 août 1844. Hetzel fut satisfait. L'idée lui vint, après la
publication du *Diable à Paris,* de reprendre le texte de Balzac
en une plaquette in-12 (dont le texte fut d'abord publié en
20 livraisons à 15 centimes de juillet à novembre 1845)
intitulée *Paris marié,* par analogie avec deux textes d'Eugène
Briffault publiés en une même collection sous les titres *Paris dans
l'eau* et *Paris à table.* Ce *Paris marié* est une simple réimpression,
que Balzac ne paraît pas avoir contrôlée; on n'y relève que
des différences typographiques avec la séquence du *Diable à
Paris* et on ne saurait donc le considérer comme un nouvel
état du texte. Mais *Paris marié* est « commenté par Gavarni »,
comme l'indique la couverture de la plaquette (datée de 1846);
et ce commentaire par l'image confère au volume une valeur
bibliophilique.

---

1. Le fragment part des mots « Ou elle voit des hommes » (p. 62,
ligne 8) et s'achève par les mots « de ces atten[tions-là] » (p. 63,
ligne 24).
2. *LH,* t. II, p. 502.

LA MISE EN TRAIN DE L'ÉDITION CHLENDOWSKI ET LA SÉQUENCE
DE « LA PRESSE » (1845)

La publication des livraisons de *Paris marié* venait juste de
prendre fin, lorsque *La Presse* publia, du 2 au 7 décembre 1845,
une nouvelle et importante séquence destinée aux *Petites
misères de la vie conjugale*. Cette publication supplémentaire
découlait d'un projet d'édition en volume que Balzac avait
conçu dès le début de l'année avec Adam Chlendowski.

En effet, le 25 février 1845, Chlendowski achetait « le
droit d'éditer en livraisons et en un volume in-8⁰ avec des
illustrations, un ouvrage intitulé *Petites misères de la vie conjugale*, qui a paru partie dans un journal hebdomadaire[1], partie
dans *Le Diable à Paris*, et dans lequel M. Chlendowski pourra
comprendre les nouvelles *Petites misères* que M. de Balzac fera
paraître ». Balzac devait « fournir tout le texte nécessaire à
l'illustration d'un volume gr. in-8⁰ Jésus de vingt-cinq
feuilles[2] » et s'engageait, si le texte déjà publié ne suffisait
pas pour faire ce volume, à fournir le complément nécessaire
dans les trois mois. Toutefois, l'ouvrage « devant être inséré
dans la *Physiologie du mariage* », il se réservait « l'exploitation
des *Petites misères* dans toutes les conditions de la Librairie »,
en s'interdisant seulement de les illustrer et d'effectuer ou
d'annoncer la « réunion » des deux textes avant la fin du
mois de mars 1846 ; un additif de sa main, avalisé par Chlendowski, montre que cette réunion était envisagée dans le
cadre de *La Comédie humaine*[3].

Le 1ᵉʳ mars, un nouveau traité stipulait que Balzac, pour
éteindre ses obligations « en fait de manuscrit à livrer »,
remettrait à Chlendowski, au plus tard le 15 juin 1845, « dix
feuilles de *La Comédie humaine* en deux ouvrages, l'un de six,
l'autre de quatre feuilles[4] », qui devraient avoir paru au plus
tard à la fin d'octobre : les six premières feuilles désignaient
Le Provincial à Paris, texte dont la publication fut retardée
jusqu'en 1847, mais dont une partie fut préalablement incor-
porée aux *Comédiens sans le savoir ;* les quatre autres, comme on
va le voir, désignaient la partie inédite (et non encore écrite)
des *Petites misères de la vie conjugale,* nécessaire pour la sortie
du volume complet.

L'affaire s'engageait pour Balzac dans des conditions

---

1. *La Caricature.*
2. *Corr.*, t. IV, p. 782-783. Vingt-cinq feuilles font quatre cents
pages.
3. *Corr.*, t. IV, p. 785 : « Les bois mis actuellement dans l'édition
de *La Comédie humaine* où se trouvera la *Physiologie du mariage* ne
sont pas regardés par moi comme une illustration. / A. J. Chlendowski. »
4. *Corr.*, t. IV, p. 785.

difficiles. Chlendowski n'avait pas de capitaux. Quoique engagé à payer « cinq mille francs pour les premiers dix mille exemplaires[1] », il ne se priva pas de recourir à l'auteur comme bailleur de fonds, ainsi qu'en témoigne, au mois de mars, ce billet inédit, où il lui enjoint de trouver quatre mille francs :

> « Monsieur,
>
> « Ma femme m'a gâté les bonnes nouvelles que vous m'aviez annoncé *[sic]* samedi dernier. Vous disiez que vous auriez tous les fonds dans le courant de cette semaine. [...] Je vois que cela traîne, et le temps presse, parce que, si vous ne pouvez pas annoncer la publication vers la fin d'avril, elle n'aura aucune probabilité de succès ; et pour la commencer fin avril il faut commencer les préparatifs et je ne veux pas m'engager dans cette entreprise avant d'avoir les fonds nécessaires. [...]
>
> « [...] ne croyez pas que cette entreprise soit facile, elle est au contraire très dure, et il faudrait beaucoup d'activité et même d'énergie pour la faire réussir. Songez donc qu'il y a tout plein d'illustrations à paraître. [...]
>
> « J'ai donné les 500 Fr. à M. Bertal *[sic]* comme vous l'avez voulu, mais je lui ai annoncé en même temps qu'il ne commence rien sans qu'il en soit prévenu par moi, et je ne lui ai pas fourni ni les bois pour les dessins ni la pierre pour l'affiche, — je ne peux pas bouger sans être sûr des fonds, ce serait à mon âge une folie[2]. [...] »

En dépit de ces difficultés, et après entente entre Balzac et Bertall[3], l'entreprise fut mise en train. Le 3 avril, Balzac pouvait évoquer, dans une lettre à Mme Hanska, « les *Petites misères de la vie conjugale* qu'on va illustrer, corrigées et augmentées[4] ». Il restait, évidemment, à les augmenter.

Or, le 25 avril, Balzac quittait Paris pour un long voyage ; il allait séjourner à Dresde, à Hombourg, à Cronstadt (où il passa plus d'un mois avec Mme Hanska, sa fille Anna et son

1. *Corr.*, t. IV, p. 783.
2. Lettre adressée « A Madame de Brugnol, rentière / 19, rue Basse / à Passy / (banlieue) » (*Lov.* A 269). Le même dossier montre que les exigences financières de Chlendowski durèrent jusqu'à la dernière période de la fabrication des *Petites misères de la vie conjugale*. Dans un billet déposé le soir du 28 novembre 1845 entre les mains de Mme de Brugnol par Januszewicz, son « compatriote et ami », Chlendowski invite la gouvernante à remettre au porteur « le plus possible que vous pouvez *[sic]* » ; et au bas du billet, Januszewicz a signé un reçu pour la somme de sept cent soixante-seize francs (voir *LH*, t. III, p. 77 : « [...] Chl[endowski] a eu ses 800 fr. pour payer ses billets »).
3. Lettres de Balzac à Bertall, *Corr.*, t. IV, p. 788 et 791 (20 mars et 2 avril 1845).
4. *LH*, t. II, p. 607.

gendre Georges Mniszech). Au retour, en juillet, il se consacrait encore à Mme Hanska et à sa fille, qu'il avait ramenées à Paris. En août, il les conduisit en Alsace, en Hollande et en Belgique. Toute cette période fut ainsi perdue pour le travail.

Balzac avait remis à l'éditeur, avant de partir, un exemplaire corrigé des articles de _La Caricature_ : l'un des articles ainsi préparés pour l'édition, sur « Le jésuitisme des femmes », est conservé, paginé de sa main, dans la collection Lovenjoul (A 184, ffos 1 à 5); il porte, exactement, les corrections, d'ailleurs mineures, qui apparaîtront dans le texte Chlendowski. Ainsi l'éditeur put-il publier en l'absence de Balzac le début du futur volume, dont la matière (à l'exception de la brève « Préface ») était empruntée à la séquence de _La Caricature_; la première livraison fut mise en vente le 12 juillet[1]. Chlendowski avait d'autre part en réserve la séquence du _Diable à Paris_. Mais du complément convenu, rien n'était écrit.

Balzac rentra enfin à Paris le samedi 30 août; dès le lendemain, son éditeur, par l'intermédiaire de Mme Adam Chlendowski, commençait à le harceler, en le menaçant d'un procès, et obtint la promesse d'une livraison extrêmement rapide de la copie promise[2]. L'écrivain se mit immédiatement au travail, puisque, le mercredi 3 septembre, il proposait à Girardin « deux _Petites misères_ inédites[3] » (cette première proposition au directeur de _La Presse_ n'eut pas de suite). Le jeudi 4, il se donnait encore à faire « 3 f[euilles] de _La Com[édie] hum[aine]_ en _Petites misères_[4] », et cela pour le dimanche suivant, donc en trois jours. Il ne put tenir cette cadence, mais travailla beaucoup pendant deux semaines : la correspondance avec Mme Hanska témoigne presque quotidiennement de ce labeur, qu'on peut suivre d'assez près, en dépit d'une légère contradiction, d'un jour à l'autre[5]. Le 20 septembre, enfin, il annonce : « Les _Petites misères_ sont finies. 4 feuilles, sur les 10 dues à Chl[endowski], sont prêtes[6]. » Libéré, il s'absenta encore de Paris, pour dix jours, à partir du 24 septembre, puis il voyagea de nouveau avec Mme Hanska, sa fille et son

1. Le _Feuilleton_ de la _Bibliographie de la France_ annonce cette première livraison dès le samedi 5 juillet, pour le samedi suivant. Cinquante livraisons hebdomadaires étaient prévues, à 30 centimes pièce.
2. _LH_, t. III, p. 9 (1er septembre 1845).
3. _LH_, t. III, p. 16 (3 septembre 1845).
4. _LH_, t. III, p. 22 (4 septembre 1845).
5. « Je me mets ce matin à écrire des _Petites misères_ » (6 septembre 1845). « J'ai fait 8 feuillets de _Petites misères_, j'en vais faire 8 aujourd'hui et 8 demain, ce sera fini » (9 septembre). « Je n'ai plus ce matin que 9 feuillets à faire pour avoir terminé ce qu'il faut à Chl[endowski] pour achever les _Petites misères_, et demain je commencerai la d[erniè]re partie de _Splendeurs et misères_ [...] » (10 septembre). Mais le 13 : « [...] j'ai encore 13 feuillets de _Petites misères_ à faire [...] » (_LH_, t. III, p. 26, 38, 39, 45).
6. _LH_, t. III, p. 48.

gendre, du 23 octobre au 17 novembre, longeant la Saône et le Rhône, gagnant Toulon, Marseille et Naples.

En son absence, les livraisons de Chlendowski continuent à paraître, alimentées par la matière du *Diable à Paris*[1]. L'éditeur fait tenir en outre à Balzac des « épreuves » que le romancier lui renvoie corrigées lors de son passage à Lyon[2], le 25 ou le 26 octobre. Ces épreuves consistaient, sans doute, dans des placards[3] du texte rédigé en septembre; elles n'ont pas été conservées. Mais il existe à la collection Lovenjoul un jeu complet, presque vierge, des mêmes épreuves en placards, bourrées de fautes; il englobe, au dernier chapitre près, la Seconde Partie de l'ouvrage. À cette suite continue d'épreuves en placards (A 184, ffᵒˢ 34 à 123) s'ajoutent, dans le même dossier, outre une feuille d'épreuves proche du texte définitif, sans corrections et dépourvue d'intérêt critique[4] (fᵒ 124), deux feuillets manuscrits (ffᵒˢ 32 et 33) : l'un offre un premier état d'un fragment du chapitre *Les Marrons du feu;* l'autre donne le texte original de l'avant-dernier chapitre, *Ultima ratio,* qui n'était pas composé en typographie, Balzac l'ayant rajouté après la confection des placards.

Rentré à Paris le 17 novembre, Balzac va travailler de nouveau sur le texte de la Seconde Partie. Il déclare, le 24, qu'il vient de « faire 10 feuillets[5] ». Cette déclaration paraît contredire celle du 20 septembre, aux termes de laquelle il annonçait que les *Petites misères* étaient finies[6]. Mais peut-être ne s'agissait-il plus que d'une mise au point ou d'une mise au net, car les épreuves en placards augmentées du chapitre *Ultima ratio* et incluant l'ensemble des parties inédites de l'ouvrage étaient toutes en sa possession le 29, au plus tard[7]. Quoi qu'il en soit, dès le 24, il prend, pour la seconde fois, contact avec Girardin pour la publication des *Petites misères* dans *La Presse;* et cette fois, la négociation va aboutir : « Girardin prend les *Petites misères,* il faut les finir[8] ».

---

1. La treizième, où débute la reprise de cette séquence, est ponctuellement annoncée dans le *Feuilleton* de la *Bibliographie de la France* à la date du samedi 4 octobre.
2. *LH,* t. III, p. 71 : « [...] j'ai bien fait d'envoyer les épreuves par la poste à Lyon [...] » (lettre du 19 novembre 1845).
3. Il devait y en avoir cinq, car l'imprimeur Moussin, devenu cessionnaire du texte, écrira à Balzac le 15 novembre : « Je viens de recevoir de M. Chlendowsky *[sic]* cinq placards de copie des *Petites misères,* il m'annonce en même temps qu'il ne lui en reste plus dans les mains et que je dois vous demander *la suite* » (*Lov.* A 269).
4. La feuille va de « que cela est indifférent! » (p. 51, 8 lignes en bas de page) jusqu'à « heureuse d'être admirée, s'explique » (p. 38, ligne 12).
5. *LH,* t. III, p. 74.
6. Voir ci-dessus, p. 860.
7. Balzac a pu, ce jour-là, les décrire et les signifier par huissier (voir p. 865-866).
8. *LH,* t. III, p. 75.

Il s'occupe, en fait, de les corriger, modifiant assez sensiblement, pour le journal, le texte des épreuves en placards pour Chlendowski. Il obtient de Théophile Gautier quelques lignes de présentation, et la dernière séquence des *Petites misères de la vie conjugale* paraît enfin, en six feuilletons quotidiens, dans *La Presse,* du 2 au 7 décembre 1845. Le journal n'a pas reproduit deux chapitres composés en épreuves (chapitres [xxiii] et [xxiv] de l'édition), ni le chapitre final, repris tous trois du *Diable à Paris.* Voir, p. 863, la liste des chapitres du dossier d'épreuves, la liste correspondante des chapitres de *La Presse* et celle de l'édition définitive.

LES ÉDITIONS (1846)

Quatre jours après la fin du feuilleton, *La Presse* annonçait, le 11 décembre 1845, la vingt-deuxième livraison de Chlendowski : le programme allait exactement son train. Mais l'éditeur en était presque à la fin de la séquence du *Diable à Paris.* Il était grand temps de fabriquer la Seconde Partie. Balzac, comme en font foi les variantes de l'ouvrage définitif, revit le texte de *La Presse* et corrigea de nouvelles épreuves. Il incorpora au volume à publier les chapitres *Souffrances ingénues* (xxiii) et *L'Amadis-Omnibus* (xxiv), écartés du feuilleton. Il ajouta le chapitre final (xxxviii), en indiquant le texte déjà publié par Hetzel dans *Le Diable à Paris*[1]. Ces corrections, ces retouches, ces remaniements l'occupèrent encore au début de 1846. Ainsi la publication des livraisons n'a-t-elle pris aucun retard : si l'absence d'annonces empêche d'en suivre régulièrement la progression, nous pouvons présumer que la vingt-huitième était déjà tirée aux environs du 20 janvier[2].

La continuité était assurée, lorsque Balzac partit, le 16 mars, pour un nouveau voyage à l'étranger. Avec Mme Hanska, il séjourna en Italie, en Suisse ; il rejoignit sa maison de Passy le 28 mai, pour une semaine, puis se rendit en Touraine et ne connut une nouvelle période stable à Paris qu'à partir du 9 juin ; il allait pouvoir s'occuper des *Parents pauvres,* entreprise plus haute, certes, que celle des *Petites misères de la vie conjugale.* Mais la publication des livraisons avait pu se dévelop-

1. *Lov.* A 184, f° 33, en haut du feuillet manuscrit, joint aux épreuves, qui donne le texte du chapitre *Ultima ratio :* « Ce texte se placera après *les marrons du feu* et avant le texte cicero Hetzel du diable qui termine l'ouvrage. »
2. *Corr.,* t. V, p. 38, n. 1, où il est indiqué que Balzac dut intervenir trop tard, vers cette date, pour obtenir la suppression d'une vignette fâcheuse de Bertall, incluse dans la livraison 28. Nous ne savons pourquoi *Le Courrier français* du 23 janvier 1846 signale que la « vingtième livraison » est en vente, alors que la vingt-deuxième avait été annoncée dès le 11 décembre précédent : « vingtième » pourrait être un lapsus typographique pour « vingt-huitième ».

Épreuves Chlendowski	« La Presse »	Ouvrage définitif
SECONDE PRÉFACE.	DEUXIÈME PRÉFACE.	[XX.] SECONDE PRÉFACE.
LES MARIS DU SECOND MOIS.	LES MARIS DU SECOND MOIS.	[XXI.] LES MARIS DU SECOND MOIS.
LES AMBITIONS TROMPÉES.	LES AMBITIONS TROMPÉES.	[XXII.] LES AMBITIONS TROMPÉES.
[Pas de 1er sous-titre.]	1. L'ILLUSTRE CHODOREILLE.	§ I. L'ILLUSTRE CHODOREILLE.
§ II. UNE NUANCE DU MÊME SUJET.	2. UNE NUANCE DU MÊME SUJET.	§ II. UNE NUANCE DU MÊME SUJET.
SOUFFRANCES INGÉNUES.	[Chapitre non reproduit.]	[XXIII.] SOUFFRANCES INGÉNUES.
L'AMADIS-OMNIBUS.	[Chapitre non reproduit.]	[XXIV.] L'AMADIS-OMNIBUS.
SANS PROFESSION.	SANS PROFESSION.	[XXV.] SANS PROFESSION.
LES INDISCRÉTIONS.	LES RÉVÉLATIONS. [sic]	[XXVI.] LES INDISCRÉTIONS.
RÉVÉLATIONS SUBITES.	RÉVÉLATIONS BRUTALES.	[XXVII.] LES RÉVÉLATIONS BRUTALES.
PARTIE REMISE.	PARTIE REMISE.	[XXVIII.] PARTIE REMISE.
LES ATTENTIONS PERDUES.	LES ATTENTIONS PERDUES.	[XXIX.] LES ATTENTIONS PERDUES.
LA FUMÉE SANS FEU.	LA FUMÉE SANS FEU.	[XXX.] LA FUMÉE SANS FEU.
LE TYRAN DOMESTIQUE.	LE TYRAN DOMESTIQUE.	[XXXI.] LE TYRAN DOMESTIQUE.
LES AVEUX.	LES AVEUX.	[XXXII.] LES AVEUX.
HUMILIATIONS.	HUMILIATIONS.	[XXXIII.] HUMILIATIONS.
LA DERNIÈRE QUERELLE.	LA DERNIÈRE QUERELLE.	[XXXIV.] LA DERNIÈRE QUERELLE.
FAIRE FOUR.	FAIRE FOUR.	[XXXV.] FAIRE FOUR.
LES MARRONS DU FEU.	LES MARRONS DU FEU.	[XXXVI.] LES MARRONS DU FEU.
ULTIMA RATIO.	ULTIMA RATIO.	[XXXVII.] ULTIMA RATIO.
[en manuscrit]		
LA FELICHITTA DES FINALE.	[Chapitre non reproduit.]	[XXXVIII.] COMMENTAIRE OÙ L'ON EXPLIQUE LA FELICHITTA DES FINALE.

per sans difficulté; elle devait être terminée au début de juillet. Balzac ne fut donc pas associé à la dernière étape de la fabrication du texte, qu'il avait fixé et remis quelques mois plus tôt.

La publication du volume (non annoncée dans la *Bibliographie de la France*) suivit sans doute d'assez près. Il s'intitule PETITES MISÈRES / DE LA / VIE CONJUGALE / PAR / H. DE BALZAC, / ILLUSTRÉES PAR BERTALL. C'est un grand in-octavo de 392 pages, bloc-titre non compris, avec 50 gravures en horstexte et environ 250 vignettes, les unes incorporées au texte, d'autres disposées en bandeaux, lettrines et culs-de-lampe. La réalisation est soignée, la typographie est plaisante et aérée. L'illustration suit le texte avec fidélité et le commente avec esprit. Balzac authentifia cette publication en portant quelques corrections sur son exemplaire personnel (conservé à la collection Lovenjoul sous la cote A 185), pour une édition nouvelle, qui ne vit pas le jour de son vivant.

Il y eut pourtant, la même année 1846, une autre édition, publiée, elle aussi, sans être annoncée dans la *Bibliographie de la France*. Pour les raisons qui vont apparaître, elle est dépourvue de toute autorité. Mais l'histoire de cette édition est associée aux tribulations de Balzac et ne saurait donc être négligée.

Dès le mois de septembre 1845, alors que la publication des livraisons était en train depuis deux mois, de graves difficultés financières obligèrent l'éditeur à envisager une cession partielle de ses droits sur les ouvrages à paraître. Le 21 septembre, il annonçait à Mme de Brugnol qu'une négociation avec des « messieurs de Lagny » venait d'échouer[1], mais qu'il avait en vue d'autres personnes. Il voulut mettre le romancier en relation avec elles, pour la fourniture de la copie qui lui était due. Balzac, inquiet, tenta de faire traîner l'affaire, mais Chlendowski, après un premier billet menaçant[2], lui fit savoir, le 7 octobre, qu'elle était déjà conclue[3]. Un dossier de contentieux, conservé à la collection Lovenjoul (A 269), nous permet de fixer les épisodes de la crise qui s'ensuivit[4].

Les cessionnaires de Chlendowski étaient trois : Roux et Cassanet, éditeurs associés (le second seul étant patenté), et Alfred Moussin, leur imprimeur, de Coulommiers. Ils avaient évidemment partie liée. Dès le 8 octobre, Chlendowski, en

---

1. *Lov.* A 269, f° 160. Il s'agissait de Giroux et Vialat, voir *LH*, t. III, p. 47, lettre du 18 septembre, et la note 2.
2. *Corr.*, t. V, p. 46, 6 octobre 1845.
3. *Ibid.*, p. 48.
4. Tous les passages entre guillemets cités dans les quatre paragraphes suivants sont extraits de ce dossier.

l'absence de Balzac, le fit sommer, au domicile de son beau-frère Surville, 47 rue des Martyrs, d'avoir à fournir la copie qui revenait à l'un et à l'autre : à Roux et Cassanet, *Le Provincial à Paris,* notamment; à Moussin, les *Petites misères de la vie conjugale.* Cette mise en demeure n'eut pas de suite immédiate. Roux et Cassanet, les premiers, attaquèrent, par voie d'huissier, le 27 octobre. Moussin, le 15 novembre, écrivit à Balzac une lettre comminatoire; puis, le 22, il fit signifier, à son tour, une sommation, que l'écrivain reçut en main propre.

Dans cette sommation, dont le texte est pour nous plein d'intérêt, Moussin fait état de « conventions verbales » que Balzac aurait passées avec Chlendowski le 1er mars 1845 (donc le jour même où fut signé leur accord complémentaire), le romancier cédant à l'éditeur, « moyennant deux mille cinq cents francs, le droit de tirer à douze cents exemplaires et main de passe une édition format in-octavo ordinaire des *Petites misères de la vie conjugale* », et s'interdisant « de céder aucune édition dans ce format pendant trois ans ». Aux termes de ces conventions, il aurait été stipulé que Chlendowski pourrait « comprendre dans cette édition les petites misères inédites que M. de Balzac devait publier prochainement, et qu'il pourrait intituler cet ouvrage, si bon lui semblait, *Physiologie du mariage,* tomes trois et quatre, et enfin que M. Chlendowski pourrait céder son droit de faire cette édition » (non illustrée) « sans avoir besoin de l'autorisation de M. de Balzac ».

Balzac répondit par ministère d'huissier le 29 novembre. Mais il s'adressait à Chlendowski, et non à Moussin, auquel il n'avait, déclarait-il, « rien à livrer », non plus qu'à Roux et Cassanet. À cette disposition près, la réponse était apaisante, puisqu'elle impliquait la livraison immédiate de la totalité des épreuves destinées à la Seconde Partie de l'ouvrage :

« [...] j'ai, huissier susdit et sus nommé, offert réellement à M. Chlendowski les épreuves de la composition[1] consistant en 92 pages commençant par ces mots : *Si vous avez pu comprendre ce livre* et terminé par ceux-ci : *objet de la conclusion de cet ouvrage.* et contenant Seconde Préface. Maris du second mois. Les ambitions trompées. Souffrances ingénues. L'amadis-omnibus. Sans profession. Les indiscrétions. Révélations subites. Partie remise. Attentions perdues. La fumée sans feu. Le tyran domestique. Les aveux. Les humiliations. La dernière querelle. Faire four. Les marrons du feu. Ultima ratio, qui composent tout l'ouvrage et le terminent moins une portion de texte qui se trouve à la fin et dont M. Chlendowski a depuis longtemps la copie manuscrite. »

---

1. Entendons : les placards.

Chlendowski déclara à l'huissier, qui en prit acte, que cette livraison ne pouvait dispenser Balzac d'avoir à lui fournir, en manuscrit, la totalité de la copie nécessaire à l'achèvement du volume illustré, grand in-8° jésus, dont il demeurait propriétaire. Mais, pour l'essentiel, le litige était réglé et Balzac pouvait annoncer à Mme Hanska, le même jour, qu'on avait « signifié les épreuves » à Chlendowski[1].

Le jeu d'épreuves en placards ainsi offert est celui-là même qui est conservé dans la collection Lovenjoul, et qui comporte, effectivement, 92 pages, y compris les deux feuillets manuscrits signalés plus haut[2]. Le premier de ces deux feuillets (f° 32) porte l'avis suivant : « Libre au cessionaire *[sic]* de M. Chlendowski d'imprimer, mais comme l'édition illustrée vient en second, je me réserve d'y faire comme sur une deuxième édition des changements et ajoutés » (en fait, Balzac prendra pour base le texte postérieur de *La Presse*).

Manifestement, Balzac avait accepté la transaction avec mauvaise grâce, ainsi que le confirme, le 14 janvier 1846, le ton d'un billet à Gabriel Roux, éditeur du texte : « Monsieur, / Je ne m'oppose pas à ce que vous fassiez arranger le prospectus des *Petites misères* de manière à former comme un avis de l'Éditeur, mais c'est tout ce que je puis, car je n'ai pas de dédicace à mettre à cet ouvrage, et si vous voulez y faire faire une introduction, j'y consens encore; mais je suis incapable de parler de moi-même [...][3]. » Selon toute probabilité, il se désintéressa de l'édition, qui, quoique mise en train après celle de Chlendowski, dut, selon l'accord conclu, paraître avant elle, peut-être pendant la longue absence de l'écrivain au cours du printemps. Intitulée, comme l'autre, PETITES MISÈRES / DE LA / VIE CONJUGALE, elle porte en surtitre PHYSIOLOGIE DU MARIAGE, et elle est constituée de trois volumes petit in-octavo, d'une composition très large; le texte des *Petites misères de la vie conjugale* prend fin à la page 105 du troisième volume, qui est complété par *L'Employé*.

L'édition Roux et Cassanet a été souvent donnée comme une reproduction de l'édition Chlendowski : on voit qu'il n'en est rien, puisqu'elle a été fabriquée avant l'achèvement de cette dernière. Elle est d'ailleurs détestable. Les fautes typographiques (coquilles, graphies déformées, mots sautés ou dénaturés, bourdons) foisonnent. Le texte, hybride, suit, pour la Première Partie, celui des livraisons, mais, pour une moitié environ de la Seconde, celui d'épreuves dépassées par la publication de *La Presse* et par la dernière révision de Balzac, l'éditeur n'ayant disposé, de nouveau, des livraisons que pour la fin du tome II et le début du tome III. Encore

1. *LH*, t. III, p. 77.
2. Voir p. 861.
3. *Corr.*, t. V, p. 84-85.

n'est-ce pas tout, car on s'est permis de bouleverser, pour cette Seconde Partie, l'économie de l'ouvrage : les chapitres se succèdent dans un ordre fort différent de celui qui était arrêté dès les épreuves en placards et qui apparaît dans l'ouvrage définitif (xx. xxi. xxv. xxviii. xxix. xxxv. xxxvi. xxxi. xxxii. xxii. xxiii. xxiv. xxvii. xxxiii. xxxiv. xxxvi. xxxvii. xxxviii).

Seule compte donc, pour l'histoire du texte balzacien, l'édition Chlendowski, avec les corrections autographes portées sur l'exemplaire personnel de l'écrivain. Elle peut être considérée comme l'édition originale. Mais comme elle a dû paraître après l'autre, nous croyons préférable de la désigner sous le sigle de son éditeur *(Chl.* et *Chl. corr.).*

L'INCORPORATION POSTHUME À « LA COMÉDIE HUMAINE » (1855)

On a vu que Balzac se réservait, auprès de Chlendowski, le droit d'inclure notre texte, avec la *Physiologie du mariage,* dans *La Comédie humaine,* et que plusieurs lettres de 1845 témoignent dans le même sens[1]. Rien ne donne à croire qu'il ait renoncé à ce dessein. Sans doute le *Catalogue* établi cette année-là en vue d'une seconde édition de ses *Œuvres complètes* n'inclut-il pas le titre *Petites misères de la vie conjugale ;* mais Balzac, selon les termes mêmes du traité avec Chlendowski, pensait que l'ouvrage serait « inséré dans la *Physiologie du mariage*[2] », sans doute en queue de ce dernier texte, puisqu'il était « à la *Physiologie du mariage* ce que l'Histoire est à la Philosophie, ce qu'est le Fait à la Théorie[3] ». Il est significatif que l'édition Roux et Cassanet des *Petites misères de la vie conjugale* (même si, une fois mise en train, Balzac n'en a pas contrôlé la fabrication) porte en surtitre « Physiologie du mariage ».

Cependant, le tome XVI de *La Comédie humaine* s'achève, en 1846, avec la *Physiologie du mariage* et contient ainsi une seule « étude analytique », en dépit du titre au pluriel *Études analytiques* indiqué dans le volume même. Deux raisons peuvent expliquer l'absence des *Petites misères de la vie conjugale.*

La première est une raison juridique. Le traité du 25 février 1845 avec Chlendowski, afin de préserver l'écoulement de l'édition illustrée, spécifiait un délai jusqu'à la fin de mars 1846 pour une nouvelle publication du texte, et même pour la seule annonce d'une nouvelle publication. Or Balzac, on l'a vu, s'était mis fort en retard pour livrer sa Deuxième Partie; l'éditeur pouvait prétendre que ce délai devait être prolongé, et les exigences du cessionnaire de l'édition non illustrée

---

1. Voir ci-dessus, p. 858 et suiv.
2. Article 2 du Traité du 25 février 1845, *Corr.,* t. IV, p. 782.
3. *Petites misères de la vie conjugale,* p. 178.

pouvaient renchérir sur les siennes. Cependant, le tome XVI de *La Comédie humaine* était prévu depuis longtemps pour paraître en août 1846, et parut effectivement vers le 20 de ce mois. Nous ne possédons pas la preuve que l'autorisation ait été refusée à Furne par Chlendowski ou par Moussin de faire figurer les *Petites misères de la vie conjugale* dans cette première édition ; mais l'hypothèse est vraisemblable.

D'autre part, Balzac a voyagé tout au long du printemps de 1846, et pendant cette période où se préparait le volume de Furne, il n'était pas en mesure d'assurer les remaniements et raccords indispensables, pour la fusion des *Petites misères de la vie conjugale* avec la *Physiologie du mariage*. Cette fusion ne pouvait s'effectuer que dans une deuxième édition de *La Comédie humaine,* sous le titre commun *Physiologie du mariage,* dans le cadre des œuvres définies par le Catalogue de 1845.

Aussi Houssiaux était-il fondé à publier, en 1855, avec *La Dernière Incarnation de Vautrin,* avec *L'Initié* et *Les Paysans,* les *Petites misères de la vie conjugale,* illustrées par Gavarni, dans le dix-huitième volume, posthume, de *La Comédie humaine,* avec le surtitre divisionnel *Études analytiques,* qui les rattachait à la *Physiologie du mariage :* ainsi réalisait-il une intention de Balzac.

Toutefois, l'édition Houssiaux, posthume, ne saurait, bien entendu, être considérée comme un état du texte ; elle n'est d'ailleurs pas exempte de fautes matérielles ou d'interventions discutables ; d'autre part, Houssiaux n'avait pas eu à sa disposition l'exemplaire personnel de l'édition Chlendowski où Balzac a inscrit ses dernières corrections. C'est cet exemplaire *(Chl. corr.)* qui a servi de base pour l'établissement de la présente édition.

SIGLES UTILISÉS

Car.	*La Caricature* (1839-1840).
épr. D,	
épr. D corr.,	
épr. D bis	Épreuves pour *Le Diable à Paris* (1844).
D	*Le Diable à Paris* (1844).
épr. Chl.	Épreuves en placards pour l'édition Chlendowski (octobre-novembre 1845).
feuillet 1,	
feuillet 2	Feuillets manuscrits joints à *épr. Chl.*
P	Feuilleton de *La Presse* (2 au 7 décembre 1845).
Chl.	Édition Chlendowski (1846).
Chl. corr.	Corrections autographes de Balzac sur son exemplaire de l'édition Chlendowski.

DOCUMENTS

I. TEXTES PUBLIÉS
DANS « LA CARICATURE » EN 1830

LES VOISINS[1]

À Paris, les deux rangées de maisons parallèles qui forment une rue sont rarement séparées par une voie assez large pour empêcher les habitants des maisons de droite d'épier les mystères cachés par les rideaux des appartements situés sur la ligne gauche. Il est presque impossible de ne pas, un jour ou l'autre, connaître la couleur des meubles du voisin, son cheval, son chat ou sa femme.

Il y a des imprudents qui négligent de faire tomber un voile diaphane sur les scènes d'intérieur, ou de pauvres ménages qui n'ont pas de rideaux à leurs fenêtres; puis des jeunes filles, obligées d'avoir du jour, se montrent dans l'éclat de leur beauté. Souvent nous ne pensons à baisser cette chaste toile qu'un peu trop tard, et la grisette surprise se voit comme la chaste Suzanne en proie aux yeux d'un vieil employé à douze cents francs qui devient criminel gratis, et le surnuméraire apparaît à une janséniste dans le simple appareil d'un homme qui se barbifie... Ô civilisation! ô Paris, admirable kaléidoscope qui, toujours agité, nous montre ces quatre brimborions : l'homme, la femme, l'enfant et le vieillard sous tant de formes, que tes tableaux sont innombrables! Oh! merveilleux Paris!...

Une femme, légèrement prude et dont le mari, ancien agent de change, habitait plus volontiers la Bourse, les Bouffons, le Bois et l'Opéra que le domicile conjugal, occupait un appartement au premier étage d'une maison, rue Taitbout.

Comme toutes les femmes vertueuses, Mme de Noirville restait dans l'enceinte froide et décente de son ménage, plantée à heure fixe dans une grande bergère, au coin de sa cheminée en hiver, près de la fenêtre en été. Là, elle faisait de la tapisserie, se montait des collerettes, lisait des romans, grondait ses enfants, dessinait, calculait... enfin, elle jouissait de tout le bonheur qu'une femme honnête trouve dans l'accomplissement de ses devoirs.

Souvent, et très involontairement sans doute, ses regards se glissaient à travers les légères solutions de continuité qui séparaient ses rideaux de mousseline, afin peut-être d'acquérir

1. Voir le chapitre [XVIII] des *Petites misères de la vie conjugale* : « La Campagne de France ».

la connaissance du temps ; car elle avait certainement de trop bonnes façons pour épier ses voisins. Mais, depuis quelques jours, un malin génie la poussait à contempler les fenêtres de la maison voisine, nouvellement habitée par un jeune ménage, sans doute encore plongé dans l'océan des joies primordiales de la lune de miel.

Les doux rayons d'un bonheur éclatant illuminaient la figure de la jeune femme et celle de son mari, quand, ouvrant la fenêtre pour rafraîchir leurs têtes enflammées, ils venaient, légèrement pressés l'un contre l'autre, s'accouder sur le balcon, et y respirer l'air du soir, ou examiner si l'azur du ciel leur permettait de sortir. — Souvent, à la nuit tombante, la voisine curieuse voyait les ombres de ces deux enfants charmants se combattre, lutter, se dessiner sur les rideaux, semblables aux jeux fantasmagoriques de Séraphin. C'étaient les rires les plus ingénus, des joies d'enfants... puis des langueurs caressantes... Parfois, la jeune femme était assise, mélancolique et rêveuse, attendant son jeune époux absent. Elle se mettait souvent à la croisée, occupée du moindre bruit, tressaillant au moindre pas d'un cheval arrivant du boulevard.

« Comme ils sont unis !... comme ils s'aiment !... » disait Mme de Noirville.

Puis elle se mettait à marquer les bas de son *petit dernier,* le cœur gros de ses passions rentrées, pesant sa vertu, soupirant et contemplant le portrait de M. de Noirville, gros homme joufflu comme un fournisseur, large comme un banquier.

Enfin, un jour, la femme chaste et prude de l'ancien agent de change étant arrivée au dernier degré d'estime et de curiosité pour sa voisine, dit à son mari :

« Je voudrais bien connaître cette petite dame brune qui demeure en face de chez nous !... Elle est charmante, elle me paraît spirituelle. Ce serait pour moi une société bien agréable, car elle est gaie.

— Rien n'est plus facile !... répondit le financier. Je vois son mari tous les jours à la Bourse. Nous avons fait plus d'une affaire ensemble ! C'est un charmant garçon !... sans souci, aimable... Je puis le inviter à dîner, si cela vous plaît... Ils seront enchantés... »

Au jour fixé, vers six heures, Mme de Noirville avait préparé un dîner somptueux et prié les personnes les plus honorables de sa *société* pour bien accueillir sa petite voisine. Elle l'avait préconisée comme une femme charmante, remplie de vertu, et son mari comme le plus adorable de tous les jeunes gens, maigre, svelte, blond, élancé, distingué... Aussi n'entendit-elle pas annoncer sans un mouvement de joie M. et Mme de Bonrepos...

Elle vit entrer un homme d'une quarantaine d'années,

carré, trapu, marqué de petite vérole, épais, un ancien fabricant de sucre de betteraves. Sa ravissante femme, la jolie
voisine, avait un petit air boudeur.

« Mais, mon ami..., dit Mme de Noirville à son mari.

— Hé bien...

— C'est là le mari de madame ?...

— Oui...

— Je le croyais jeune et blond... » / « Madame, dit-elle à
la jeune femme d'un air sévère, vous me faites beaucoup
d'honneur... » etc.

HENRI B...
[4 novembre 1830.]

LA CONSULTATION[1]

(Un hôtel de la Chaussée-d'Antin)

« Plaisanterie à part, mon cher docteur, je suis malade, et
ce n'est pas sans raison que je vous ai fait venir...

— Vous avez cependant les yeux vifs...

— C'est la fièvre ; je l'aie eue pendant toute la nuit...

— Ah ! voyons votre langue ?... »

La jeune dame montre une petite langue rouge entre deux
rangées de dents blanches comme de l'ivoire.

« Oui, elle est un peu chargée au fond... Mais vous avez
déjeuné ?

— Oh ! rien du tout... Une tasse de café...

— Et que sentez-vous ?...

— Je ne dors pas.

— Bon.

— Je n'ai pas d'appétit...

— Bien...

— J'ai des douleurs dans la poitrine, comme ça... là... »

Le médecin regarde l'endroit où madame de ★★★ pose la
main.

« Nous verrons cela tout à l'heure...

— Et puis, docteur, il me passe des frissons par moments...

— Bien...

— J'ai des tristesses... Il y a des moments où je pense à la
mort.

— Après...

— Mais je suis fatiguée aussitôt que j'ai fait la plus petite
course...

— Bon...

— Il me monte des feux à la figure...

— Ah ! ah !

---

1. Voir le chapitre [XIX] des *Petites misères de la vie conjugale* :
« Solo de corbillard ».

— Je n'ai courage à rien... Ah! ah! j'oubliais!.. Les yeux me cuisent, et je ressens des tressaillements dans les nerfs de la paupière de celui-là... (Elle montre son œil gauche.)

— Nous appelons cela un *trismus*.

— Ah! cela se nomme *trismus* !... Est-ce dangereux ?

— Nullement.

— Je tousse. Une petite toux sèche... J'ai des inquiétudes dans les jambes... Je suis sûre d'avoir un anévrisme au cœur...

— Comment vous couchez-vous ?

— En rond...

— Bien. Sur quel côté ?

— Oh! toujours à gauche.

— Bien... Bon. Combien avez-vous de matelas dans votre lit ?...

— Trois...

— Avez-vous un sommier ?

— De crin...

— Bon... Marchez un peu devant moi ?... (Elle marche.)

— Ne sentez-vous pas des pesanteurs dans la synovie de vos rotules ?...

— Qu'est-ce que c'est, docteur, que cette synovie ?...

— Ce n'est rien. Tenez, c'est une espèce de liqueur, à l'aide de laquelle se meuvent les cartilages que vous avez au genou, là...

— Non, docteur, je n'y sens rien. Êtes-vous heureux de savoir toutes ces choses-là... Est-ce que si j'y avais des pesanteurs ?...

— Que mettez-vous sur votre tête pendant la nuit ?

— Un bonnet.

— Est-il en toile ou en coton ?...

— En batiste... Mais je mets quelquefois par-dessus un foulard...

— Donnez-moi votre main... (Il tire sa montre.)

— Ah! docteur, je n'aime pas que vous comptiez les minutes... ça me fait peur... Ah! vous ai-je dit que j'avais des vertiges ?...

— Non.

— Eh bien, j'ai manqué de tomber hier à la renverse...

— Était-ce le matin ?...

— Non, c'était le soir...

— Mais était-ce bien le soir ?...

— Oui, c'était le soir.

— Bon...

— Eh bien, que dites-vous ?...

— Hé! hé!... (Silence.) Savez-vous que M. le duc de G... est allé à Holy-Rood[1] ?...

---

1. Résidence anglaise de Charles X après la révolution de Juillet.

— Non... Ah! bah!... Est-ce bien vrai ?

— Oui... Mais je m'amuse, et j'ai deux ou trois malades bien pressés...

— Comment, docteur, vous vous en allez... et vous ne me prescrivez rien ?

— Avez-vous des nouvelles de M. le comte ?

— Mon mari ?... Ah bah! est-ce qu'il pense à moi!

— Il s'amuse à Alger... Hi hi hi!... (il rit.) Vous rapportera-t-il des cachemires ?

— Il n'aura pas cet esprit-là... Eh bien, docteur, voilà donc tout ce que vous me dites!... Pas une petite ordonnance ? Si je prenais de l'eau de tilleul ?

— Mais elle vous agace les nerfs ?...

— Ah! c'est vrai! Eh bien, de l'eau de Seltz ?

— Non...

— De l'orangeade ?... À propos, avez-vous été entendre Lablache[1] ?...

— Mais vous savez bien que je n'ai pas une minute à moi!...

— C'est vrai! ce pauvre docteur!... Eh bien! avant de me quitter, ne prescrivez-vous pas... ?

— Mais je pense que vous devriez simplement vous mettre à boire de l'eau ferrée.

— Adieu, docteur...

— Je me sauve! Voilà près d'une heure que je suis ici, et j'ai chez moi vingt personnes. C'est le jour de mes consultations gratuites. »

(Le Docteur dans son cabinet.)

« Eh bien, qu'avez-vous ?... Allons, mon homme, dépêchons-nous!

— Monsieur, j'ai les fièvres depuis un mois.

— Ce n'est rien... Mais, oui, vous avez le fond du teint un peu altéré... Prenez du quinquina. » *(À une autre.)* « Et vous, la mère, pourquoi êtes-vous venue ?...

— Monsieur, c'est toujours mon squirre...

— Il faut aller à l'hôpital...

— Mais, monsieur, mes pauvres enfants!

— Ah! dame... ils se passeront de vous... Si vous mouriez, il le faudrait bien. »

La femme pleure . . . .

ALFRED COUDREUX.
[11 novembre 1830.]

1. Lorsque fut écrit ce texte, en 1830, le chanteur napolitain Lablache (1794-1858) venait de faire des débuts parisiens éclatants au Théâtre-Italien.

II. NOTE DU RÉDACTEUR EN CHEF[1]
PUBLIÉE DANS « LA CARICATURE » EN 1839

Le Rédacteur en chef de ce journal a déjà reçu vingt-sept réclamations (affranchir) sur la tendance des *Petites misères de la vie conjugale,* qui paraissent à nos spirituelles correspondantes exclusivement dirigées contre les femmes. Pour éviter de nouvelles réclamations, et non pour justifier notre collaborateur, nous sommes forcés de révéler les intentions d'un auteur en qui les femmes auraient dû avoir plus de confiance : les *Petites misères de la vie conjugale* ont deux divisions assez semblables à celles des bains publics : il y a le côté des hommes et le côté des femmes. Toutes les fois qu'il s'agit de mariage, la part du diable et de la caricature est double. Désormais, pour éviter la monotonie, nous alternerons une petite misère du genre féminin avec une petite misère du genre masculin[2].

[3 novembre 1839.]

III. PROSPECTUS[3] POUR
« PARIS MARIÉ »

PHILOSOPHIE DE LA VIE CONJUGALE

Jamais la merveilleuse et délicate observation de M. de Balzac, jamais l'esprit si charmant et la raillerie si fine de ce profond et gracieux historien de la Femme, n'avaient accompli une œuvre plus piquante et plus vraie que la *Philosophie de la vie conjugale,* que nous illustrons aujourd'hui.

En effet, dans cette ravissante étude, si sérieuse par le sujet, et si riante par l'allure, l'histoire entière du mariage est suivie pas à pas, ruse par ruse, bonheur par bonheur, désillusion par désillusion, et résumée avec l'ingéniosité et la verve bien connues de l'auteur.

Le dialogue et l'axiome, la réflexion et le récit, toutes les séductions du style s'y mêlent et s'entraident, pour expliquer, peindre, ou voiler ces nuances légères qui se fondent dans le ciel conjugal, depuis le chaste éclat de la lune de miel jusqu'aux tempêtes de la lune rousse, jusqu'au calme plat de la résignation.

1. Cette note a été certainement publiée avec l'accord de Balzac.
2. On ne peut dire que Balzac, dans les articles postérieurs de *La Caricature,* ait strictement mis en application le principe d'alternance ici énoncé. Mais ce principe correspond à une intention de sa part, et on a vu que, dans l'édition des *Petites misères de la vie conjugale,* il oppose, dans la préface de la Deuxième Partie, un « côté femelle » du livre au « côté mâle » décrit dans la Première.
3. Prospectus encarté dans le volume, presque entièrement façonné en 1845, mais daté de 1846.

Mais pour interpréter par le dessin ces scènes si spirituellement étudiées, il ne fallait rien moins qu'un talent aussi fin, aussi charmant, aussi railleur, aussi puissant que l'esprit même du texte. Or, s'il est des affinités dans le monde de la grâce et de la fantaisie, c'est évidemment entre Gavarni et l'auteur de ce livre. — Gavarni seul pouvait donc commenter à sa façon pleine d'élégance et d'humour les admirables feintes, les bouderies cauteleuses, les tristesses adorables, les joies malicieuses, et toute la DIVINE COMÉDIE de la Femme dans le duel de la vie conjugale.

Aussi, est-ce au talent si brillant et à l'observation si fine de Gavarni que nous avons demandé, non pas une inutile traduction, mais un libre commentaire[1] de l'œuvre de M. de Balzac. De cette façon, le Texte et le Dessin se compléteront mutuellement sans se répéter. — Une scène de l'écrivain s'illuminera d'une boutade de l'artiste, et une satire de celui-ci se développera dans une pensée de celui-là. Le vrai titre de cette publication devrait donc être : LA VIE CONJUGALE *écrite et dessinée en partie double,* par MM. DE BALZAC et GAVARNI.

Ajoutons que si les maris de Paris doivent trouver ressemblant le tableau qui est tracé ici et à leur usage des petites infortunes de leur vie conjugale, il est probable que les maris de province pourront s'y reconnaître à leur tour dans plus d'un passage. Toutes les femmes, en effet, ne sont-elles pas un peu des Parisiennes pour leurs maris ?

Nous publierons prochainement, et dans le même format, un nouvel ouvrage de M. *Henry Monnier,* sous le titre de PARIS À L'ÉGLISE[2].

Dans ces nouvelles études de la vie bourgeoise qui respectent, il n'est pas besoin de le dire, le fond en même temps que la forme de nos croyances, qui n'atteignent que les interprétations ridicules qu'en fait tous les jours l'ignorance, le spirituel auteur des scènes populaires a traduit, ridicule par ridicule, toutes les tribulations, toutes les misères, petites ou grandes, toutes les médisances intimes qui entourent les actes solennels de la vie, depuis le baptême jusqu'à l'extrême-onction. La vérité des portraits, la naïveté étourdissante des dialogues, le naturel à la fois effrayant et comique des situations, toutes les qualités d'artiste et d'observateur de M. Monnier, se rencontrent au plus haut degré dans *Paris à l'église.*

Illustré par M. Henry Monnier, dont le dessin n'a pas moins d'originalité que d'esprit, ce livre sera une des plus amusantes satires, une des comédies de mœurs les plus admirablement vraies de notre temps, et continuera la série d'études de mœurs

1. *Paris marié* est effectivement donné, sur la couverture même, comme « COMMENTÉ PAR GAVARNI ».
2. *Petit tableau de Paris. Paris à l'Église. Les Sept Sacrements.* Hetzel, in-18, 1846.

parisiennes que nous avons commencée par la publication de *Paris dans l'eau* et de *Paris à table*[1], actuellement en cours de publication.

IV. INTRODUCTION DE THÉOPHILE GAUTIER[2]
À LA SECONDE PARTIE
DES « PETITES MISÈRES DE LA VIE CONJUGALE »
(1845)

M. de Balzac a déjà fait, comme vous savez, la *Physiologie du mariage,* un livre plein de finesse diabolique et d'une analyse à désespérer Leuwenhoeck et Swammerdam[3], qui voyaient des univers dans une goutte d'eau. Ce sujet inépuisable lui a inspiré encore un livre charmant, plein de malice gauloise et d'humour anglais, où Rabelais et Sterne se rencontrent et se donnent la main à chaque instant —, les *Petites misères de la vie conjugale.* La première partie de cet ouvrage qui a paru chez Chlendowski, avec de spirituelles et comiques illustrations de Bertall, renferme tous les petits supplices intimes, les cent mille coups d'épingle que la femme peut infliger à son compagnon de boulet. On ne saurait rien imaginer de plus amusant, et à plus d'une page Bilboquet étonné dirait : Ceci est de la haute comédie[4]. Celle que nous publions, et qui est inédite, fait pendant à la première; seulement les rôles sont intervertis : c'est la femme qui est le martyr. Tous les désappointements, les désillusions qu'un Adolphe fait subir à sa Caroline sont décrits avec cette exactitude impitoyable, ce style incisif comme un scalpel, et cette perspicacité de lynx qui n'appartiennent qu'à M. de Balzac. Mais hâtons-nous de lui céder la place : chacune de nos lignes est un vol fait au lecteur.

[*La Presse,* 2 décembre 1845.]

V. AVIS DE L'ÉDITEUR
POUR L'ÉDITION ROUX ET CASSANET
(1846)

Les *Petites misères de la vie conjugale* que nous publions aujourd'hui forment un ouvrage complet, et cependant ce livre est la

1. Textes d'Eugène Briffault, illustrés par Bertall. Le premier avait déjà paru, sous le titre « Une journée à l'école de natation », dans le premier volume du *Diable à Paris* (p. 122-140), non loin du texte de Balzac sur la vie conjugale, mais beaucoup plus généreusement illustré.
2. Voir *LH*, t. III, p. 77, lettre du 30 novembre 1845 : « Je n'ai plus que des corrections pour les *Petites misères,* et Gautier s'est chargé de faire q[ue]lq[ue]s lignes en tête pour les introduire. »
3. Sur ces deux savants, voir t. I, n. 4 de la page 9.
4. Rappel d'une formule prononcée par le personnage nommé Bilboquet dans *Les Saltimbanques,* pièce de Du Mersan et Varin.

suite et le complément indispensable de la *Physiologie du mariage,* cet ouvrage qui a obtenu un succès à la fois si élevé et si populaire, qui se trouve non seulement dans les cabinets de lecture, mais encore dans toutes les bibliothèques particulières, et dont cinq éditions ont à peine suffi pour satisfaire la curiosité du public.

On comprend facilement le succès du célèbre romancier dont le nom est à la tête de cet ouvrage; car il est du petit nombre des écrivains qui ne font pas commerce de leur plume, et restent constamment fidèles à l'étude et au progrès de l'art, au lieu de prendre l'argent pour unique but de leurs travaux. Aussi l'œuvre du consciencieux écrivain restera comme un monument dans lequel on pourra toujours, dans la suite des temps, puiser la connaissance exacte des mœurs du dix-neuvième siècle.

Dans peu nous publierons un ouvrage qui diffère entièrement de celui-ci, *La Femme de soixante ans*[1]. On sait combien M. de Balzac excelle à peindre les types de femmes les plus précieux et les plus caractéristiques; le livre que nous annonçons contient l'étude la plus remarquable que l'auteur ait faite en ce genre. On voit par le portrait de la femme de soixante ans que chaque âge a sa beauté et ses charmes. Bien des femmes arrivées à cette époque de la vie y retrouveront l'expression fidèle de leurs mérites, et celles qui en sont encore éloignées y puiseront de précieuses espérances pour l'avenir.

On retrouve donc dans ce livre les plus belles pages de l'écrivain qui nous a donné *Le Père Goriot, Eugénie Grandet, Le Curé de village, Modeste Mignon* et tant d'autres chefs-d'œuvre.

G.R.[2].

VI. PROSPECTUS POUR L'ÉDITION CHLENDOWSKI[3]

(1846)

Voilà un livre qui était en quelque sorte prédit par un autre livre; après l'histoire du supplice, il fallait l'histoire du martyre; M. de Balzac avait écrit la *Physiologie du mariage,* il vient d'écrire les *Petites misères de la vie conjugale.* Le cercle infernal est maintenant complet; c'est l'alpha et l'oméga de l'hymen.

C'est là un livre essentiellement européen, on en conviendra, mais aussi essentiellement français. Il y a des pays, pays lointains, pays fantastiques, pays fabuleux, naïfs comme un chalet et jeunes comme le matin, où le mariage est encore une

1. C'est la première partie de *L'Envers de l'histoire contemporaine,* effectivement republiée sous ce titre en 1847 chez Roux et Cassanet. Pour la suite des publications de ce texte, voir t. VIII, p. 1333-1334.
2. Gabriel Roux.
3. Texte probablement rédigé par Balzac.

association; en France, c'est une lutte. La France, organisée pour la guerre, a fait du mariage un combat. C'est l'histoire de cette bataille quotidienne, qui compte tant de revers, que M. de Balzac a eu l'heureuse fantaisie de raconter. Ailleurs on trouvera le récit de la déroute et du repos superbe qui la suit quelquefois ; ici, c'est la narration drolatique des escarmouches de chaque jour, des protocoles de chaque nuit, et de toute cette stratégie conjugale qui transforme chaque femme, pour si candide qu'elle soit, en un Machiavel embéguiné.

Le mariage a été, est, et sera toujours la plus bouffonne des choses graves, ou la plus sérieuse des choses comiques, comme on voudra ; les *Petites misères de la vie conjugale* sont donc ce qu'elles devaient être : un livre tout plein d'une extravagante sagesse, où tout le monde trouvera matière à rire aux éclats en voyant la vérité face à face.

Car, chose miraculeuse, M. de Balzac a rendu joyeuse la terrible vérité elle-même. C'est un prodige ! Les femmes seules pouvaient l'inspirer. Toutes ces chères petites misères qui courent d'un air si délibéré vers le même but, comme des chats en quête de souris, ont des allures si plaisantes qu'on ne peut s'empêcher de sourire en les comptant ; elles sont gracieuses et souples comme tout ce qui est féminin. On les voit, on les comprend, on les subit, et, chose plus étrange encore, on les adore quelquefois !

On connaît le mot de cette femme, l'une des plus spirituelles Parisiennes de notre temps, qui disait en parlant de son mari : « Si je ne le tourmentais pas tant, il serait bien moins heureux ! »

M. de Balzac a mis toutes les petites misères dans son livre, et cependant elles sont plus nombreuses que les hirondelles au printemps. La petite misère prend toutes les formes, parle toutes les langues, paraît à tous les instants ; c'est tout et ce n'est rien ! C'est votre femme tout entière qui vous bat avec sa santé et sa maladie, sa mère et son père, sa gaieté et sa tristesse, sa tendresse et son dédain, ses regrets et ses espérances, ses amies et vos amis. Vos amis ! Nous avons écrit ce mot au pluriel ; s'il était au singulier, il rentrerait dans la catégorie des grandes misères.

Les petites misères de la vie conjugale sont comme les gouttes d'eau qui usent le granit ; ce sont mille et mille coups d'épingle qui transpercent l'airain. Livrez un homme fort à une femme faible, et vous verrez ce qu'elle en fera. Tous les Berzélius[1] de la terre perdraient leur chimie jusqu'à la dernière cornue avant de trouver un dissolvant plus actif que le sourire

---

1. Célèbre chimiste suédois (1779-1848). Voir l'Introduction de Madeleine Ambrière-Fargeaud à *La Recherche de l'Absolu*, t. X, p. 628.

et les larmes d'une femme. C'est l'histoire de cette chimie occulte que M. de Balzac a écrite après en avoir surpris les secrets ; un autre en aurait fait l'analyse : il a mieux aimé en faire un chapitre de la vie humaine.

Toutes les femmes y sont résumées en une seule femme. Cette femme, c'est Caroline, le type, le symbole, le phénix éternellement jeune et beau. Près d'elle, c'est Adolphe, Adolphe le mari, l'époux le père, le martyr !

Toutes les femmes souriront en se reconnaissant dans Caroline ; mais, chose non moins charmante, tous les maris souriront plus fort en reconnaissant leur voisin dans Adolphe.

À ces vaudevilles sans nombre et sans fin qui recommencent à tout propos, à ces mille saynètes que la plume étincelante et philosophique de M. de Balzac a esquissées si finement, il fallait le concours de l'illustration. Pour compléter cette œuvre, nous nous sommes adressé à un talent qui, loin d'être fatigué, loin de reproduire les mêmes physionomies, est toujours varié, toujours vrai, gai, de bon goût, toujours éminemment français : M. Bertall[1] s'est chargé de dessiner les physionomies et les croquis de ce drame, afin que l'œuvre fût faite à souhait pour le plaisir des yeux et de l'esprit. Dans cette lutte, le crayon vaut la plume. M. Bertall, qui avait une réputation déjà toute faite, a cependant dessiné comme s'il voulait en conquérir une plus brillante encore[2].

NOTES ET VARIANTES

Page 21.

1. D'entrée, le « vous » oratoire semble associer un lecteur masculin aux « petites misères » qui vont être décrites, et qui, données comme typiques de la vie conjugale, pourraient être les siennes ; ce procédé apparaissait déjà dans la *Physiologie du mariage*. Il en sera souvent de même au fil de l'ouvrage. On verra cependant que l'emploi d'un tel tour n'ira pas sans contradiction ni équivoque (voir p. 22, n. 1 ; p. 26, n. 2 ; p. 102, n. 2).

Page 22.

a. PREMIÈRE PARTIE / PRÉFACE OÙ CHACUN *[p. 21]* Et après !... *add. Chl.*

b. il vous arrive une foule de petites misères imprévues, comme ceci : *Ces mots figuraient déjà (avec une majuscule initiale)*

---

1. Voir sur ce dessinateur la Notice de Roger Pierrot dans *Corr.*, t. IV, p. 807-808.
2. Bertall avait seulement vingt-quatre ans lorsqu'il a exécuté l'illustration des *Petites misères de la vie conjugale*.

en tête du premier article publié dans Car.*, le 29 septembre 1839.*
Voir Histoire du texte*, p. 853, et var. b, p. 37. L'épreuve de*
cette Préface *que M. Thierry Bodin a reproduite dans son article*
(AB 1980) comporte encore trois répliques, rayées au crayon avec
la mention « mauvais ».

c. LE COUP DE JARNAC. *Chl.* : VI *Car.* *(10 no-*
vembre 1839). Pour ce chapitre et les sept suivants, les états
conservés du texte sont Car. *et* Chl. *Voir var. b, p. 61, où est noté*
le début d'une nouvelle séquence.

d. ; ou encore un jeune vicomte [...] cheveux *add. Chl.*
e. Ici, nous sommes forcé [...] division : *add. Chl.*

1. Le « vous » qui, dans la Préface, semblait identifier le
lecteur au jeune homme à marier l'associe, dans ce chapitre
(et celui-là seulement), au père de la jeune femme.

2. « [...] délibération séparée sur les divers points que
présente une question, ou sur les divers paragraphes d'un
article. » (Littré).

Page 23.

a. — Tu peux épouser Caroline [...] et de son grand-
père. *add. Chl.*
b. dans votre jeunesse. *Chl.* : dans votre jeunesse.
— Ah ! vous avez fait des nôtres, vous a dit le père de votre
cher Adolphe. *Car. Voir var. a, p. 25.*
c. trois cent mille *Chl.* : cent mille *Car.*
d. à vous, beau-père [...] *papa beau-père*) *add. Chl.*

1. Aïeux et ancêtres. Les deux mots « aves » et « ataves »,
calqués sur les mots latins *avi* et *atavi,* sont des mots de l'ancienne langue. Le dictionnaire de Greimas donne « aves »
comme attesté en 1160. Les deux mots sont dans le Huguet,
avec des exemples de plusieurs auteurs. Ils sont employés,
avec une intention parodique, dans le chapitre de l'écolier
limousin de *Pantagruel.* C'est peut-être là que Balzac, qui
connaissait bien Rabelais, les a pris.

2. La « division » introduite dans le développement a pu
faire oublier au lecteur l'énumération, entreprise plus haut,
des avantages incarnés par Caroline et les deux premiers
points de cette énumération.

Page 24.

a. sous peu de temps. / 6° La fortune *[p. 23, dernière ligne]*
s'envoler !... *add. Chl.*
b. La plupart des parents *[7 lignes] un jour ou l'autre !...*
Chl. : La plupart des parents ont dit du mariage : Mon fils
a fait une bonne affaire, ma fille a fait un excellent mariage.
Si elle est bonne pour l'un, elle est donc mauvaise pour
l'autre ? *Car.*

1. *Cannetille* : « Petite lame, fil d'or, d'argent, tortillé sur un laiton. » (Boiste.) « Tissu de laiton étroit dont se servent les modistes pour soutenir les ornements des chapeaux. » (Littré.)

2. *Remise,* au masculin : voiture qui stationne dans une remise, souvent frétée pour les cérémonies, et louée plus cher que les voitures stationnant sur la voie publique (fiacres, citadines). Le mot revient p. 28 : Caroline l'exigeante, si le cheval du ménage est fourbu, « fera la moue de ne pouvoir sortir ; elle sortira, et prendra un remise ».

Page 25.

a. la nouvelle éclate [...] vous avez fait des nôtres ? *Chl.* : la nouvelle éclate et Adolphe dit en riant jaune à sa belle-mère : Aviez-vous bassiné le lit ? *Car. Voir var. b, p. 23.*

b. une hydropisie, mais les médecins [...] Quelques maris timorés *Chl.* : une hydropisie. Quelques hommes *Car.*

c. pour la belle-mère *add. Chl.*

d. seize *Chl.* : vingt *Car.*

1. En accouchant d'un enfant viable, la mère de Caroline portait un coup aux espérances de la belle-famille, comme la duchesse de Berry porta un coup à celle des Orléans en mettant au monde, le 20 septembre 1820, sept mois après l'assassinat de son mari, un garçon, Henri, que le parti légitimiste salua comme l'enfant du miracle. Il ne fallut rien de moins que la révolution de Juillet pour que la branche cadette accédât au trône. Balzac, légitimiste, témoigne d'une certaine hardiesse, en faisant allusion aux intrigues de la maison d'Orléans qui préparèrent ce bouleversement politique.

Page 26.

a. quarante-deux *Chl.* : quarante-sept *Car.*

b. Alexandrine *Chl.* : Elle *Car.*

c. , mon cher monsieur *add. Chl.*

d. LES DÉCOUVERTES. *Chl.* : II *Car. (6 octobre 1839).*

1. L'été de la Saint-Martin est, au mois d'octobre, l'ultime flambée de la chaleur estivale. Balzac situe après quarante ans l'été de la Saint-Martin des femmes. La même métaphore revient, p. 66 et 180, pour évoquer celui du mariage.

2. Le « vous » associe de nouveau le lecteur au jeune homme. On doit se souvenir, pour expliquer le flottement, que les scènes reprises dans les premiers chapitres du livre avaient été publiées, dans *La Caricature,* détachées les unes des autres.

Page 27.

a. de conduire *cette chère Minette* *Chl.* : de la conduire *Car.*

b. madame Adolphe? *Chl.* : madame *une telle* ? *Car.*

c. AXIOMES. *add. Chl.*

d. Ce n'eſt pas le mari qui forme la femme. *add. Chl.*

e. Mme de Fischtaminel, *Chl.* : Mme Desaulnais, *Car.*

f. M. de Fischtaminel, *Chl.* : M. Desaulnais, *Car.*

g. Mme de Fischtaminel, *Chl.* : Mme Desaulnais, *Car.*

h. , car elle soupçonne [...] à votre femme *add. Chl. corr.*

i. à un ancien notaire [...] père *add. Chl.*

Page 28.

a. AXIOME. / Une femme mariée a plusieurs amours-propres. *add. Chl.*

1. On se souvient de la fortune du mot dans la *Physiologie du mariage*. Il signifie ici « tromper un mari », mais s'écrira, p. 51, d'un mari qui a trompé sa femme.

Page 29.

a. Vous demandez [...] taille, *Chl.* : Vous lui demandez *Car.*

1. Probable réminiscence de La Fontaine, *Fables,* VII, 16, *Le Chat, la Belette et le Petit Lapin :*

> *Elle porta chez lui ses pénates un jour*
> *Qu'il était allé faire à l'Aurore sa cour*
> *Parmi le thym et la rosée.*
> *Après qu'il eut brouté, trotté, fait tous ses tours [...]*

Page 30.

a. surveille ses filles, qui sont de trois lits [...] *quelques petites choses* *Chl.* : surveille ses filles, et les tient d'autant plus sévèrement qu'elle a eu, dit-on, des fautes *Car.*

b. jettent l'Œdipe de salon *Chl.* : vous jettent *Car.*

c. le lansquenet ou le creps *Chl.* : le creps *Car.*

1. Le lansquenet eſt un jeu de cartes, tombé en désuétude; le creps eſt un jeu de dés, qui se pratique aujourd'hui encore dans certains cercles ou casinos.

2. « Sphinx » désigne normalement celui qui pose l'énigme et non l'énigme elle-même.

Page 31.

a. chronique. *Chl.* : cuisant. *Car.*

b. « Dans une remise. / — Au grenier / — Dans un bateau *[8 lignes]* / — Dans les bagnes. / — Aux oreilles. / — En boutique. » *Chl.* : dans une cave, dans les coins, dans un bateau à vapeur, dans la presse, dans une charrette, dans les bagnes, aux dents, aux messageries royales. *Car.*

1. « Malle-poste, ou, simplement, malle, voiture par laquelle l'administration envoie les lettres aux bureaux d'administration et dans laquelle on reçoit quelques voyageurs. » (Littré.)

2. Entendons : de l'école des poètes qui, à l'instar de Delille, cultivent la périphrase.

3. On dit : « le mal d'amour ». Toutes les réponses font ainsi référence implicite, de façon plus ou moins obscure, au mot de l'énigme ou à un de ses homonymes.

Page 32.

1. Ceux qui donnent des réponses. Ce participe substantivé n'est plus employé dans ce sens.

2. Selon la convention pratiquée, l'énigme semble pouvoir englober tous les homonymes non littéraux du mot. La réponse de Caroline est donc conforme à l'esprit du jeu, mais elle est contraire au bon ton de l'époque.

Page 33.

a. Vous restez les pieds cloués [...] femme. *Chl. corr.* : Vous restez comme la femme de Loth, les pieds cloués sur le tapis. *ant.*

b. AXIOME. *add. Chl.*

c. LES ATTENTIONS D'UNE JEUNE FEMME. *Chl.* : IX *Car.* (*5 janvier 1840*).

1. Selon la Bible, la femme de Loth fut changée en statue de sel pour avoir regardé derrière elle, malgré la défense des anges, lorsqu'elle quitta Sodome avec son mari. Le féroce « délivra » est plus balzacien que biblique.

2. Dans la Bible, au chapitre IV du livre de Daniel, Nabuchodonosor rapporte lui-même que, selon la prédiction d'un songe, il a été chassé d'entre les hommes, en châtiment de son orgueil. Il mangea l'herbe comme les bœufs, son poil crût comme les plumes d'un aigle et ses ongles comme ceux des oiseaux. Mais, après sept ans, il quitta les champs et retourna à la gloire de son royaume.

3. Ce mot rappelle l'atmosphère des *Contes drolatiques* et, plus particulièrement, le titre du cinquième conte du Premier Dixain : « Les Joyeulsetez du Roy Loys le Unziesme. »

Page 34.

a. ventrebleu ! *Chl.* : sacredieu, *Car.*

b. — Chasseur diligent [...] paresseux. *add. Chl.*

1. Aux XVIᵉ et XVIIᵉ siècles, le mot « ruelle » désigne la partie de la chambre à coucher située entre le lit et le mur, et où les gens de qualité recevaient leurs visiteurs. Au temps de Balzac, ce mot, comme l'usage auquel il correspond, est tombé en désuétude. Il est pris ici dans une acception élargie et désigne l'alcôve, le lit.

2. Faut-il ici penser à l'expression notée par Furetière : « On dit qu'une femme a les talons courts, pour dire qu'elle ne résiste pas volontiers à ceux qui la poursuivent » ?

3. Philippe, dit Napoléon Musard (1789-1859), chef d'orchestre des bals de l'Opéra, était renommé pour le rythme infernal de sa conduite.

Page 35.

1. En dépit de l'extrême différence qui sépare les deux textes, on pense à l'image baudelairienne de « Spleen » (quatrième pièce sous ce titre), dans *Les Fleurs du mal* :

> *Quand la terre est changée en un cachot humide,*
> *Où l'Espérance, comme une chauve-souris,*
> *S'en va battant les murs de son aile timide*
> *Et se cognant la tête à des plafonds pourris [...]*

Baudelaire connaissait le texte de Balzac. Mais s'il a eu une réminiscence, elle est, certes, de pure forme.

Page 36.

a. lève-toi donc, Adolphe ! *Chl.*   : lève-toi ; *Car.*

Page 37.

a. en surpassent les inconvénients. *Chl.*   : en surpassent les inconvénients. Bien du plaisir, mes respects à madame ! *Car.*

b. LES TAQUINAGES. *Chl.* : 1 *Car. (29 septembre 1839, premier article de la série). Le chiffre romain était précédé du titre général* Petites Misères / de la / vie conjugale *et des mots d'introduction* Il vous arrive une foule de petites misères imprévues, comme ceci. *que Balzac a repris dans Chl. à la fin de sa Préface (voir var. b, p. 22).*

1. Le *Grand Larousse du XIXᵉ siècle* donne ce mot pour peu usité. Il ne figure pas dans le *Dictionnaire de l'Académie* de 1835 et a disparu de la langue.

2. Une calèche est une voiture découverte ; un coupé est une voiture fermée.

Page 38.

1. Dans ce chapitre, le petit garçon porte donc le même

prénom que son père. Il en sera autrement un peu plus loin (voir p. 48, n. 3).

2. À l'époque de Balzac, Vincennes, Saint-Maur, Charenton ne sont encore que des villages, et on s'explique l'expression « aller aux champs ».

3. « Coucou » est le nom donné à d'anciennes voitures, incommodes et cahotantes, mises en service pour le transport des voyageurs dans les environs de Paris. On y attelait souvent de vieux chevaux. Voir la nouvelle de Laure Surville *Un voyage en coucou,* dont Balzac s'est souvenu dans la première partie d'*Un début dans la vie* (t. I, p. 1448). Voir encore p. 139, n. 1.

Page 39.

a. faire reposer Coco. *Chl.* : le faire reposer. *Car.*

1. À Charenton.

Page 41.

a. LE CONCLUSUM   *Chl.*   : III   *Car. (13 octobre 1839).*

1. Tels ont donc été les débuts d'Aurélie Schontz, femme galante (voir notamment *Béatrix*), qui, dans *Les Comédiens sans le savoir,* deviendra la présidente Du Ronceret.

Page 42.

a. si bien mise. — Le bleu [...] te va à ravir. *Chl.* : si bien prise; elle te va à ravir. *Car.*

1. *To fish for compliments* est, en effet, une expression anglaise.

Page 43.

1. Au Salon de peinture, qui se tenait au Louvre.

Page 44.

a. sérieux   *Chl.*   : malade   *Car.*
b. AXIOME.   *add. Chl.*

1. Un trait tout à fait semblable a été noté dans la *Physiologie du mariage* (t. XI, p. 994). Voir notre Introduction, p. 6.

Page 45.

1. *Saumon :* « Masse de métal et particulièrement de plomb ou d'étain, telle qu'elle est sortie de la fonte. » (Littré.)

Page 46.

a. par un *conclusum* [...] Londres.   *Chl.*   : par les *conclusum. Car.*

b. AXIOME.   *add. Chl.*

c. LA LOGIQUE DES FEMMES. *Chl.* : IV *Car. (20 octobre 1839).*

d. Vous lancerez   *Chl.* : Vous éructerez   *Car.*

1. Le *conclusum* était une décision en forme de décret ou de note, prise par certaines assemblées en Suisse et en Allemagne. Le *vorort* était le conseil gouvernemental établi dans les principales villes de la Confédération helvétique. La Conférence de Londres, qui était composée des représentants des principales puissances européennes, fut chargée, en 1830, de régler les problèmes créés par la séparation de la Belgique et des Pays-Bas; elle mit fin à ses travaux en juin 1839, peu de temps avant la rédaction de cette « petite misère ».

Page 47.

1. Ce sont les deux compères de *Robert Macaire,* de Benjamin Antier et Frédérick Lemaître, créé au théâtre des Folies-Dramatiques en 1834, et qui succéda dans la faveur populaire à *L'Auberge des Adrets* (1823), mélodrame où apparaissaient déjà ces deux personnages.

Page 48.

a. Charles X   *Chl.* : Charles IX   *Car.*

1. Il n'y a pas de moyen terme, de milieu.
2. Amère plaisanterie d'un légitimiste sur les ordonnances de juillet 1830, qui jugulaient la presse et qui furent à l'origine de la révolution.
3. Et non plus Adolphe, comme ci-dessus (voir la note 1 de la page 38).
4. Le docteur Antoine Dubois fut effectivement l'accoucheur de l'Impératrice en 1811.

Page 49.

1. C'est en 1826 que le duc de Rivière fut nommé gouverneur du duc de Bordeaux : né le 20 septembre 1820, Henri, duc de Bordeaux, n'avait donc pas encore sept ans.

Page 50.

1. Prêt à égorger son fils Isaac pour obéir à l'ordre de Jéhovah.

Page 52.

a. JÉSUITISME DES FEMMES   *Chl.* : XI *Car. (28 juin 1840).*

1. On peut se souvenir que Balzac fut, dans sa jeunesse, en 1824, l'auteur anonyme d'une *Histoire impartiale des Jésuites.*

Page 53.

1. Balzac cite au hasard d'une actualité récente un avocat, Tripier, qui, à la date de 1840 où fut écrit ce texte, venait de mourir, et un jurisconsulte, Merlin, disparu deux ans plus tôt. Il veut donner à entendre, d'une manière générale, que des hommes distingués dans des professions nécessitant une certaine ruse peuvent être « des enfants » dans la vie privée et conjugale.

Page 54.

1. En 1838, une compagnie génoise a évincé Balzac de l'exploitation d'une mine de plomb argentifère en Sardaigne (voir *LH,* t. I, p. 598-599, 22 avril 1838).

Page 55.

1. On note ici une remarquable réunion des pronoms « vous » et « toi », le premier s'adressant, comme souvent dans notre texte, au lecteur (associé au personnage), le second au personnage lui-même, curieusement tutoyé par l'auteur.

Page 56.

a. bien longtemps   *Chl. corr.* : bien longue   *ant.*

Page 57.

a. Pourquoi donc, *toi, si prudent,* es-tu donc allé   *Chl.* : Pourquoi as-tu été   *Car.*

b. SOUVENIRS ET REGRETS.   *Chl.* : V   *Car. (3 novembre 1839).*

c. depuis quelques années,   *Chl.* : depuis sept ans,   *Car.*

1. Ce paragraphe présente un remarquable exemple de style indirect libre.

2. *Pâté d'anguille* est le conte où La Fontaine a énoncé sa formule fameuse : « Diversité, c'est ma devise » (La Fontaine, *Contes et nouvelles,* édition de Georges Couton, Classiques Garnier, p. 310). Un homme marié à une fort belle femme « empaume » l'épouse de son valet; celui-ci, ne voulant pas adresser à son maître une remontrance directe, lui fait observer qu'elle ne vaut pas sa propre compagne. Mais le maître réplique en administrant à son serviteur pendant plusieurs jours de l'excellent pâté d'anguille, dont le serviteur finit par se déclarer « soûl ».

Page 59.

a. avec un sombre désespoir *[5 lignes]* par le Désir   *add.* *Chl.*

Page 61.

a. ; mais vous commencez [...] garçon *add. Chl.*

b. OBSERVATION *Chl.* : I / L'ÉTÉ DE LA SAINT-MARTIN CONJUGAL. *D*

Avec ce chapitre commence dans Chl. la reproduction de la série parue dans D. Pour ce chapitre et les neuf suivants s'ajoutent aux états publiés du texte (D et Chl.) deux jeux d'épreuves pour D, l'un en feuilles (épr. D) avec des corrections manuscrites notées épr. D corr., l'autre en pages imprimées recto-verso (épr. D bis) établi à partir de D corr., tous deux incomplets de la matière de la première feuille ; voir var. b, p. 101, où est indiquée la fin de la séquence. La succession chronologique des états est épr. D, épr. D corr., épr. D bis, D et Chl.

Le titre général de D est PHILOSOPHIE / DE / LA VIE CONJUGALE À PARIS, *suivi du sous-titre | — CHAUSSÉE D'ANTIN. — L'éditeur a fait figurer avant le départ du texte le* SOMMAIRE *suivant : « L'été de la Saint-Martin conjugal. — De quelques péchés capitaux. — De quelques péchés mignons. — La clef du caractère de toutes les femmes. — Un mari à la conquête de sa femme. — Les travaux forcés. — Les risettes jaunes. — Nosographie de la ville. — La misère dans la misère. — Le dix-huit brumaire des ménages. — L'art d'être victime. — La campagne de France. — Le solo de corbillard. — Commentaire où l'on explique la felichitta du finale de tous les opéras, même de celui du mariage. » Des cinq premières suscriptions, seule la suscription initiale (« L'été de la Saint-Martin ») est conservée en tête de chapitre dans le texte de D, alors que les neuf autres (depuis « Les travaux forcés ») sont toutes conservées, et se retrouvent d'ailleurs dans Chl. Toutefois, pour la dernière, qui introduit un chapitre dissocié et reporté en fin de volume dans Chl., voir var. b, p. 101, et var. d, p. 179.*

c. à cette hauteur *Chl.* : à une certaine hauteur *D*

1. Allusion à la cruelle scène « La Garde-Malade », dans les *Scènes populaires* de Henri Monnier, t. II, p. 165 et suiv. (Dumont, 1835).

Page 62.

a. LE TAON CONJUGAL. *add. Chl. Dans D, le texte correspondant à ce chapitre suivait sans nouveau titre celui du chapitre précédent (voir var. b, p. 61).*

1. Tout le développement qui précède, depuis « Caroline, votre ex-biche », est à rapprocher des dernières pages de la Méditation VIII, « Des premiers symptômes », dans la *Physiologie du mariage* (t. XI, p. 996). Voir notre Introduction, p. 6.
2. Publication annuelle du Bureau des longitudes, formant une collection de tables astronomiques où sont données jour par jour les positions de la lune, du soleil et de tous les astres dont la marche intéresse les navigateurs.

3. Le « signe tropical » est évidemment le Capricorne, et Balzac joue sur les deux dernières syllabes de ce mot, tout en s'abstenant d'employer le mot « corne », jugé « vulgaire », et également absent de la *Physiologie du mariage*.

Page 63.

1. Ce mot ne se trouve pas dans les dictionnaires français. Balzac transcrit le mot russe *tarakan* (cancrelat), qu'a pu lui apprendre Mme Hanska.

2. Le mot est attesté par Bescherelle, qui renvoie à « moustiquaire », plus commun. La forme « moustiquière » est signalée aussi par Littré dans son Supplément. Mais on lisait « moustiquaire » dans *Le Diable à Paris*.

3. Verbe formé sur le latin *tintinnus,* cloche. Mais nous n'en avons pas rencontré d'autre exemple, alors qu'on trouve « tintinnabuler ».

Page 64.

1. Vauban, *Traité de l'attaque et de la défense des places*.

2. Petit cylindre cotonneux, entouré d'une bande de toile, que, selon une ancienne thérapeutique, on enflammait pour brûler une chair malade.

Page 65.

a. (un gros homme commun, rougeaud, un ancien notaire) add. *Chl.*

b. LES TRAVAUX FORCÉS. *Chl.* : II / LES TRAVAUX FORCÉS *D*

1. Les « tropes » sont des figures de langage, comme la métaphore ou la métonymie. Balzac fait un usage ironique d'un terme savant, pour désigner les locutions imagées des femmes de la Halle.

Page 66.

1. Ce théâtre du boulevard Montmartre, qui existe encore, jouait surtout alors le vaudeville et attirait une clientèle bourgeoise ou semi-populaire.

2. Borrel ou Borel dirigeait, rue Montorgueil, le restaurant du *Rocher de Cancale,* réputé pour ses galas bourgeois.

Page 67.

1. L'Opéra-Comique, rue Feydeau; les Italiens, place Ventadour, près de l'actuelle rue des Petits-Champs; l'Opéra, rue Le Peletier.

2. Célèbre restaurateur installé au Palais-Royal, galerie Beaujolais, nº 83.

3. L'opéra de Rossini, créé à Paris en 1829.

Page 68.

1. Expression consacrée par Massillon, dont le « Petit Carême » (opposé à son « Grand Carême ») réunit des sermons relativement familiers, prêchés devant le jeune Louis XV en 1718.

2. L'église Saint-Roch était proche du palais des Tuileries et, pour cette raison, fréquentée par la reine.

Page 69.

a. respirer   *Avec ce mot commence la partie conservée des jeux d'épreuves désignés sous les sigles épr. D (ou épr. D corr.) et épr. D bis. Voir var. b, p. 61. Pour toute la suite de la séquence du « Diable à Paris », jusqu'à la fin de la première partie de l'ouvrage (p. 101), l'état le plus ancien du texte dont nous disposons est donc épr. D. Il en sera de même pour l'ultime chapitre de l'ouvrage, dont le texte a été dissocié pour Chl. (voir var. d, p. 179).*

Page 70.

a. Troun de Diou! Chl. : *Troun de Dieu! épr. D*

1. Le mot *agacin* est effectivement donné par Bescherelle comme « un vieux synonyme de cor aux pieds », mais l'origine languedocienne est conjecturale. Trois lignes plus loin, *bagasse* est provençal, plutôt que languedocien.

2. Parmi les libéralités du philanthrope Edme Champion (1764-1852), surnommé « l'homme au petit manteau bleu », figuraient des sommes allouées à des forçats ou à des prisonniers libérés, en vue de leur réinsertion dans la vie sociale.

3. Allusion probable, et sans doute nuancée de quelque ironie, au poème célèbre de Sainte-Beuve « Les rayons jaunes », paru dans les *Poésies de Joseph Delorme*.

Page 71.

a. DES RISETTES JAUNES.   *Chl.*   : III / DES RISETTES JAUNES *épr. D*

Page 72.

1. Charles Nodier, dans sa *Promenade de Dieppe aux montagnes d'Écosse* (1821), racontant une visite à la Tour de Londres, donne l'origine de cette expression : « Il y a cependant parmi ce fatras de curiosités un outil assez grossier dont la vue fait dresser les cheveux : c'est la hache sous laquelle

tomba la tête de Charles Ier. J'ai tressailli en pensant que le jour même de l'exécution de ce roi malheureux, elle avait été déjà un objet de curiosité, et que, des spectateurs impatients se pressant autour du billot pour essayer de leurs doigts le fil de l'instrument de mort, Charles interrompit son discours pour leur dire comme le *cicerone* de la Tour de Londres : *Ne touchez pas à la hache.* » Balzac apporte la même indication, en 1826, dans sa Notice (non paginée) aux Œuvres de La Fontaine imprimées par ses soins : « À Westminster, le Cicérone qui montre la hache dont un inconnu se servit pour décoller Charles Ier dit aux curieux : *Ne touchez pas la hache!* » Il fait encore une allusion à l'épisode dans *La Duchesse de Langeais* (voir t. V, p. 989), qui devait s'intituler, à l'origine, *Ne touchez pas la hache ;* mais, dans ce roman, il en fait une application symbolique.

2. *Invite :* carte abattue pour faire connaître son jeu à son partenaire et l'« inviter » à jouer d'une certaine façon. *Renonce :* façon de jouer témoignant de l'impossibilité de fournir une carte dans la couleur demandée.

Page 73.

a. (Adolphe reste froid.) *add. épr. D corr.*
b. (Elle regarde Adolphe.) *add. épr. D corr.*

1. Charles XII de Suède, aux prises avec les Russes de Pierre le Grand. Le 30 avril 1809, « Honoré Balzac », à moins de dix ans, avait reçu de l'académie du collège de Vendôme, pour un accessit de discours latin, l'*Histoire de Charles XII,* de Voltaire.

2. Le mot « steppe » est le plus souvent masculin chez les écrivains du XIXe siècle.

Page 74.

a. NOSOGRAPHIE DE LA VILLA. *Chl.* : IV / NOSOGRAPHIE DE LA VILLA *épr. D*

1. La *nosographie* est l'étude et la classification des maladies. Le mot est entré dans la langue à l'extrême fin du XVIIIe siècle.

Page 75.

1. Balzac se souvient évidemment du temps où il habitait les Jardies, à Sèvres, près de Ville-d'Avray, de 1838 à 1840.

Page 76.

1. *Baptisé :* allongé d'eau. *Anhydre :* sans eau. Plaisante association d'une métaphore familière et d'un terme savant, souligné par l'italique et le commentaire.

2. Les Jardies étaient situées « au milieu de la vallée de Ville-d'Avray, mais sur la commune de Sèvres [...] » (*Corr.*, t. III, p. 419, à Zulma Carraud).

3. Au Palais-Royal, galerie de Chartres.

Page 77.

1. Souvenir d'un Balzac propriétaire et jardinier, qui voulut avoir un verger aux Jardies et rêva d'en tirer bénéfice.

Page 78.

a. LA MISÈRE DANS LA MISÈRE.   *Chl* : V / LA MISÈRE DANS LA MISÈRE.   *épr.* D

1. Balzac songe sans doute au bureau et à l'arrêt de l'omnibus qui se trouvaient « à l'arcade de Ville-d'Avray », non loin des Jardies (*Corr.*, t. III, p. 658, 19 juillet 1839, à Victor Hugo).

Page 80.

1. Ce Braschon, dans *La Comédie humaine,* est notamment le tapissier de César Birotteau.

Page 81.

1. Queue, en italien, et, dans le vocabulaire musical : « Période finale ajoutée à un morceau en place d'une autre qui serait moins brillante. » (Littré.)

Page 82.

1. Balzac se souvient sans doute de ses voyages en Italie et de villas italiennes qui portent le nom de la famille propriétaire.

2. En janvier et février 1838, Balzac faisait planter aux Jardies un bouleau, six sapins, deux pins d'Écosse, six mélèzes... (voir L.-J. Arrigon, *Balzac et la « Contessa »,* p. 201).

Page 83.

a. LE DIX-HUIT BRUMAIRE DES MÉNAGES.   *Chl.* : VI / LE DIX-HUIT BRUMAIRE DES MÉNAGES.   *épr.* D

Page 84.

1. Armide est une héroïne de la *Jérusalem délivrée* du Tasse, qui déploie, pour séduire, des charmes irrésistibles.

2. Mots attribués au jeune roi Louis XIV, qui les aurait prononcés à l'âge de dix-sept ans, le 13 avril 1655, survenant en costume de chasse, le fouet à la main, dans la salle des

séances du parlement de Paris et interrompant la discussion
en cours.

Page 85.

1. Le bois de Campêche est un bois de teinture mexicain,
recherché pour sa qualité et sa solidité, étant « dur, susceptible d'un beau poli, incorruptible » (Littré).

2. La première Caisse d'épargne française avait été créée
en 1818. L'institution est rapidement devenue le refuge des
économies bourgeoises et s'étendit tout naturellement sous la
monarchie de Juillet.

3. Rappel implicite probable de la célèbre sentence énoncée
par Valère dans *L'Avare* de Molière, et adoptée avec empressement par Harpagon : « Il faut manger pour vivre, et non
pas vivre pour manger. » (Acte III, scène 1.)

Page 86.

1. *Mantille* : « Longue et large écharpe noire qui fait partie
du costume national des Espagnoles; elle se porte ordinairement sur la tête et se croise sous le menton. » (Littré.)

2. L'expression vient d'un discours de Louis-Philippe,
répondant le 29 janvier 1831 à une députation de la ville de
Gaillac : « Quant à la politique intérieure, nous chercherons
à nous tenir dans un juste milieu. » Elle a été souvent reprise
avec malignité par des adversaires du régime, comme le
légitimiste Balzac.

Page 87.

1. Reprise parodique d'une parole de Bonaparte arrivant
dans la salle des Cinq-Cents, le 18 Brumaire. Toute la suite
du passage est inspirée de cet épisode historique.

2. Réplique exacte, demeurée fameuse dans l'histoire du
18 Brumaire.

3. Marius, proscrit par Sylla, s'était réfugié à Carthage,
mais en fut expulsé par le gouverneur romain et dut s'enfuir,
non sans s'être lamenté, assis sur les ruines de la cité. Balzac a
plusieurs fois évoqué cet épisode dans *La Comédie humaine.*
Ainsi, à la fin du *Cabinet des Antiques,* après les cruelles
épreuves de la maison d'Esgrignon, Mlle Armande d'Esgrignon apparaît-elle, dans sa dignité de vieille fille, « plus
grande que jamais » et semblable à « Marius sur les ruines de
Carthage » (t. IV, p. 1096).

Page 88.

a. L'ART D'ÊTRE VICTIME. *Chl.* : VII / L'ART D'ÊTRE
VICTIME. *épr.* D

b. comme l'Othello de Shakespeare. *épr. D corr.* : comme Rubini dans *Othello*. *épr. D*

Page 89.

a. Moi, vous tendre la main!... après ce qui s'est passé!... *épr. D corr.* : Moi, tendre la main!... *épr. D*

1. Le bœuf, dans l'ordinaire des repas bourgeois, est le pot-au-feu. On lit encore p. 125 : « la soupe et le bouilli ».
2. Balzac omet parfois d'accoler la particule au nom de ce personnage.

Page 90.

a. — Vous toussez beaucoup [...] que me fait la vie!... *add. épr. D corr.*

1. Pour y subir le martyre et être dévoré par les bêtes, aux premiers temps du christianisme.

Page 91.

a. Essayez de vous représenter [...] *femme !* *add. épr. D corr.*

Page 92.

a. un abîme [...] d'elle-même. *épr. D corr.* : un abîme; elle y a marché d'elle-même et toute seule. *épr. D*
b. LA CAMPAGNE DE FRANCE. *Chl.* : VIII / LA CAMPAGNE DE FRANCE. *épr. D. Ce chapitre et le suivant, qui se rattachent, comme les sept précédents, à la séquence des textes publiés dans D, procèdent, à l'origine, de deux chroniques, d'une forme très différente, parues en 1830 dans « La Caricature » de Aubert et Philipon et reproduites ci-dessus, p. 869 et suiv.*

1. *Surprise :* « Petite boîte renfermant un ressort qui se détend lorsqu'on lève le couvercle et qui présente un objet inattendu. » (Littré.)

Page 93.

a. sa queue *Chl.* : sa griffe *D* : sa queue *épr. D*
b. du second ou du troisième. *épr. D corr.* : du troisième *épr. D*

1. *Dunkerque* ou *Petit-Dunkerque :* « Nom donné aux cabinets, étagères, collections de curiosités. À *Dunkerque*, il y avait un quartier affecté à la vente des objets en ivoire et autres curiosités. À Paris existait, à l'angle des rues Ménars et Richelieu, une boutique de bibelots à l'enseigne du Petit-Dunkerque. » (Littré.)

2. Selon l'épisode biblique, Suzanne au bain est épiée par deux vieillards.

3. Commis subalterne, n'appartenant pas, ou pas encore, aux cadres de son emploi.

4. Balzac, dont on connaît les mésaventures avec la Garde nationale, met souvent quelque malice à évoquer cette institution.

Page 94.

a. imposant sous les armes. Passez place Saint-Georges [*p. 93, dernière ligne*] vices. *épr. D corr.* : imposant sous les armes. Paris est une ville [...] vices. Passez place Saint-Georges, et vous pouvez y surprendre les secrets de trois jolies femmes, si vous avez de l'esprit dans le regard. *épr. D*

Page 95.

a. partout, même   *add. épr. D corr.*
b. cette femme   *épr. D corr.* : elle   *épr. D*
c. Vous allez voir, ma chère [...] monde,   *épr. D corr.* : Vous allez voir, ma chère, dit-elle à Mme Deschars, le plus adorable ménage du monde. *épr. D*

Page 96.

a. cette Andalouse de Paris   *add. épr. D*
b. ce digne quinquagénaire. *épr. D corr.* : l'agent de change. *épr. D*
c. Tout le monde écoute [...] théâtre. *D* : Tout le monde écoute [...] faire disparaître Caroline. *épr. D corr.* : Tout le monde écoute et regarde. *épr. D*
d. en comprenant [...] becs de gaz   *add. épr. D corr.*

1. On représentait, dans l'Antiquité grecque, Silène avec une tête chauve, des cornes, un nez retroussé et un gros ventre.

2. *École :* « Terme de tric-trac. Faire une école, oublier de marquer les points que l'on gagne, ou en marquer mal à propos. » (Littré.) D'où, faire une école : faire une sottise.

3. « Regarder la corniche » est une mimique de diversion. On lève les yeux, pour n'avoir pas à considérer un spectacle gênant.

Page 97.

a. LE SOLO DE CORBILLARD. *Chl.* : IX / LE SOLO DE COR-BILLARD. *épr. D*
b. presque   *add. épr. D corr.*

1. Étonnante trouvaille, suggérée sans doute par « solo de cor », pour désigner le lamento d'une femme qui joue la comédie de la neurasthénie et se déclare lasse de vivre.

Page 98.

1. « À larmes forcées » est une expression constituée par analogie avec « à marches forcées » et entraînée par l'expression antérieure « à larmes continues ».

2. Ce père Aubry est le personnage d'*Atala*. Dans la première édition d'*Atala,* Chateaubriand avait écrit : « Quand il nous parlait debout et immobile, ses yeux modestement baissés, son nez aquilin, sa longue barbe avaient quelque chose de sublime dans leur quiétude et comme d'aspirant à la tombe par leur direction naturelle vers la terre. » L'abbé Morellet s'était moqué de cette phrase dans ses *Critiques sur le roman intitulé Atala* et elle disparut de l'édition suivante.

Page 99.

a. de la façon la plus andalouse   *add. épr. D corr.*

1. Un *trismus* est une contraction nerveuse de la mâchoire ou de la face. Balzac fut sujet à des phénomènes de ce genre, vers l'époque où il écrivait ce chapitre des *Petites misères :* « Je vous écris ceci à la hâte et dans des convulsions nerveuses qui me font battre les nerfs des yeux, des joues, tressaillir les muscles du crâne. » (*LH,* t. II, p. 401, 7 et 8 mars 1844.) Toutefois, le mot *trismus* et la description du mal correspondant figuraient déjà dans la saynète, publiée dans *La Caricature* en 1830, d'où son texte est sorti (voir p. 872).

2. Fanny Elssler (1810-1884), danseuse d'origine autrichienne, était en France depuis 1834. Grâce à la comtesse Christina Archinto, Balzac, en 1837, avait eu connaissance de sa correspondance avec le diplomate autrichien Gentz, devenu amoureux d'elle à la fin de sa vie. Elle triompha dans le ballet du *Diable boiteux,* en dansant, revêtue d'une « tournure » andalouse, la danse espagnole nommée « cachucha ».

Page 100.

1. Dans *La Caricature,* en 1830, il s'agissait de Holy-Rood, résidence anglaise de Charles X après la révolution de Juillet. Mais en 1844, date où le texte fut fixé dans *Le Diable à Paris,* cette allusion eût perdu toute actualité.

Page 101.

a. madame; elle est […] Madame peut   *Chl.* : madame. Madame est d'un tempérament puissant; mais elle peut   *D* : madame; elle est […] Madame peut   *épr. D*

b. le docteur, elle peut *[6 lignes]* hypocondriaque.   *Chl.* : le docteur. / Caroline chante alors une mélodie de Schubert avec l'exaltation d'une hypocondriaque.   *épr. D corr.* : le docteur, elle peut devenir hystérique.   *épr. D. Fin de la séquence du « Diable à Paris » utilisée dans la Première Partie de l'ouvrage. L'ultime chapitre de D sera repris à la fin de la Deuxième Partie. Voir var. d, p. 179.*

1. Tous les états imprimés du texte donnent : « compris », mais nous croyons pouvoir corriger, car il s'agit probablement d'une inadvertance typographique.

Page 102.

a. DEUXIÈME PARTIE. *Le texte de cette* DEUXIÈME PARTIE *a été élaboré presque tout entier en 1845 pour l'édition Chlendowski et d'abord composé en épreuves (épr. Chl.), puis publié avec des variantes dans « La Presse » (P), avant d'être incorporé, avec de nouvelles variantes, dans le volume (Chl.). L'état de base est donc épr. Chl.; les états successifs à considérer sont épr. Chl., P et Chl. Font exception les fragments désignés var. b, p. 115, var. a, p. 119 et var. a, p. 125, qui n'ont paru pour la première fois en 1839 dans « La Caricature », et le dernier chapitre (voir var. d, p. 179) qui a paru pour la première fois en 1844 dans « Le Diable à Paris ».*

b. SECONDE PRÉFACE. *Chapitre composé sous ce titre dans épr. Chl.*

c. Si vous avez pu comprendre *[début du texte proprement dit]* de l'appeler un livre. *épr. Chl., passage non reproduit dans P.*

d. Jusqu'ici, toutes ces misères [...] *Début du premier feuilleton de P.*

1. Dans l'édition Chlendowski, le S initial de cette Deuxième Partie est une lettrine illustrée, au sommet d'une balance où se tiennent, d'un côté un homme, de l'autre une femme, sous le regard d'un observateur dont la ressemblance avec Balzac est frappante.

2. Le « vous » s'adresse ici au lecteur en général, quel qu'il soit, et selon l'usage le plus ordinaire de la narration. Mais Balzac ne renoncera pas, dans cette Deuxième Partie, à l'usage plus original qui consiste à identifier le lecteur au héros masculin.

Page 103.

a. LES MARIS DU SECOND MOIS. *Chapitre composé sous ce titre dans épr. Chl.*

1. Le mot latin est *conjugium.*

2. *Le Tableau parlant* est une comédie en un acte, en vers, mêlée d'ariettes, paroles d'Anseaume, musique de Grétry, créée aux Italiens le 20 septembre 1769 et qui demeurait au répertoire.

3. Entre deux votes (sur une même question). Le mot « épreuves » a vieilli dans ce sens.

Page 104.

a. et des rideaux de soie   *add. Chl.*

1. La situation eﬅ la même au début de *Sarrasine*. Le narrateur eﬅ « assis dans l'embrasure d'une fenêtre » et surprend une conversation mondaine (t. VI, p. 1043-1044).

Page 105.

a. de dentelles. On entendait rouler   *Chl.* : de dentelles. On entendait piaffer et rouler   *P* : de dentelles; il roulait *épr. Chl.*

1. Le verbe doit s'entendre dans le sens fort et précis auquel correspond le mot « prise ». Bertall, dans l'édition Chlendowski, montre un homme en train de priser.
2. Jeu de mots probable. En aspirant les grains de tabac semés sur l'oreiller, la jeune femme les *prise* à son tour.

Page 106.

a. Cette petite misère tend à prouver qu'en fait [...] l'autre. *Chl.* : Ceci démontre qu'en fait [...] l'autre.   *add. P lég. var. poﬅ.*
b. LES AMBITIONS TROMPÉES.   *Chapitre composé sous ce titre dans épr. Chl.*
c. § I. / L'ILLUSTRE CHODOREILLE.   *Chl.* : 1. L'ILLUSTRE CHODOREILLE.   *add. P*

1. Les premières ﬅatiﬅiques bicolores de Charles Dupin ont été réunies dans son ouvrage de 1827, *Forces produﬃives et commerciales de la France,* auquel Balzac paraît s'être de bonne heure intéressé (voir P. Barbéris, « Balzac, le baron Charles Dupin et les ﬅatiﬅiques », dans *AB 1966,* p. 67 et suiv.). La méthode rencontra une grande faveur. Ainsi fut célèbre une carte de la France éclairée et de la France obscure, où les départements apparaissaient en blanc, en gris plus ou moins foncé ou en noir, selon que la proportion des enfants allant à l'école était plus ou moins forte.

Page 107.

a. herculéens   *add. Chl.*

1. Première mention, dans le texte, du nom de Chodoreille, accolé au prénom d'Adolphe. L'usage de ce nom sera flottant (voir p. 138, n. 1, et p. 163, n. 2).
2. Au sens de « rageuse », « agressive ». L'hydrophobie eﬅ l'horreur de l'eau, mais aussi la maladie communément appelée « rage ».
3. Dans la seconde partie d'*Illusions perdues* : « Un grand homme de province à Paris ».

4. On songe au Lucien de Rubempré provincial de la première partie d'*Illusions perdues*.

5. On admirera au passage cette définition lapidaire du roman tel que Balzac le conçoit.

Page 108.

a. On appelle un ours *[6 lignes]* des ours noirs. *Chl.* : 1. On appelle un ours, une pièce refusée à beaucoup de théâtres, et des coulisses le mot a passé dans les bureaux de rédaction, dans la littérature. On peut appeler ours blanc, l'ours dramatique, et ours noir, l'ours de la librairie. *add. P*

b. ours corrigé par des amis, *Chl.* : ours de province, *ant.*

1. Comme Balzac, qui concourut à la fonder et qui la présida en 1839.

2. Balzac songe probablement à l'article retentissant sur « la camaraderie littéraire » que Latouche avait publié en octobre 1829 dans la *Revue des Deux Mondes*. Il y fait une allusion plus explicite dans la Préface à la première édition d'*Un grand homme de province à Paris* : « Une autre fois, M. de Latouche aborda la question des mœurs littéraires, mais il attaquait moins le journalisme qu'une de ces coalitions formées au profit d'un système, et dont la durée est subordonnée à l'obscurité des talents enrégimentés : une fois célèbres, les coalisés ne peuvent plus s'entendre; disciplinés pendant le combat, les Pégases se battent au ratelier de la gloire. Cet homme d'esprit ne fit d'ailleurs qu'un article épigrammatique, et néanmoins suffisant, il a eu la gloire de doter la langue d'un mot qui restera, celui de *Camaraderie,* devenu depuis le titre d'une comédie en cinq actes » (de Scribe).

Page 109.

a. *Tout pour une femme* (titre définitif) *Chl.* : *Tout pour une femme* (c'est le titre définitif) *P* : *Être et paraître* *épr. Chl.*

b. de notre époque. *Chl.* : de notre époque. Notre époque a vingt-deux ouvrages proclamés tous *le plus beau livre de l'époque.* *P* : de notre époque. *épr. Chl.*

c. *Au mot* Caroline *est rattachée dans P seulement la note suivante :* 1. Caroline est, dans le livre, le type de la femme, comme Adolphe est celui du mari; l'auteur a pris, pour les maris et pour les femmes, le parti que les journaux de modes ont pris pour les robes en créant une *figurine.*

d. Vous devinerez *[6 lignes]* distances. *Chl.* : Vous pourrez enfin deviner [...] et fourbissant, dans des intentions matrimoniales, [...] distances. *add. P*

1. Dans *Tristram Shandy,* de Sterne.

2. Le mot a surpris, et l'éditeur des Bibliophiles de l'originale propose d'y substituer « libraires ». En l'absence du manuscrit, on ne peut se prononcer. Mais « titulaires » peut se comprendre au sens de « gens en place », de « nantis ».

3. « Le génie n'est qu'une plus grande aptitude à la patience » (cité comme parole de Buffon par Hérault de Séchelle dans *Une visite à Montbard*). Dans tout le paragraphe, Balzac énonce, une fois de plus, une haute leçon : les dons de l'esprit ne sont rien sans la volonté, le travail, la persévérance dans l'effort. Il est frappant de retrouver jusque dans une œuvre satirique une maxime aussi grave et aussi profondément vécue.

Page 110.

a. NÉE HEURTAUT. / « Viviers. *Chl.* : *née Heurtaut.* / Viviers, 184... *P* : *née Heurtaut - Viviers. épr. Chl.*, vraisemblablement par une erreur typographique.

b. Et chacun [...] le *mort. Chl.* : Et chacun [...] *le mort,* pendant une demi-heure. *add. P*

1. L'échange de correspondance qui va suivre, entre une provinciale habitant la partie méridionale de la France (Viviers est une petite ville de l'Ardèche) et une camarade d'enfance fixée à Paris, rappelle les *Mémoires de deux jeunes mariées*.

Page 111.

a. la succession de ta tante Carabès, avec *add. P*

1. Les éditions ont imprimé « Congrève ». Sir William Congreve, officier d'artillerie et ingénieur anglais, avait mis au point des fusées de carton couvert de tôle et munies d'une mèche inextinguible, qui furent utilisées contre la flottille de Boulogne en 1806.

2. Le temps a marché depuis les débuts besogneux du jeune peintre Schinner, rappelés dans *La Bourse* (t. I, p. 416).

3. Voir la note à « lionnerie », p. 168, n. 1.

4. Voilà un nom qui ressemble fort à « Carabas »; et Balzac fut jadis tenté d'écrire l'*Histoire de la succession du marquis de Carabas*. Voir en outre le titre d'une œuvre ébauchée, p. 767 : « Aventures administratives d'une idée heureuse, recueillies et publiées par le futur auteur de l'Histoire de la succession du marquis de Carabas dans le fief de Cocquatrix. »

Page 112.

1. Dispositif thérapeutique appliqué à une blessure, ou à une morsure, ou à une piqûre. Le mot a vieilli dans cette acception.

2. Balzac s'y est pris à deux fois pour lancer sa phrase, d'où une légère incohérence de syntaxe : « ne l'arrache pas » ne peut avoir pour sujet que « une ennemie », et « Aucune amie » demeure en suspens.

3. L'empereur Nicolas Iᵉʳ de Russie était d'une haute stature.

Page 113.

a. quatre cents *Chl.* : trois cents *P* : quatre cents *épr. Chl.*

b. la fameuse baronne Schinner, *P* : la fameuse madame L..., *épr. Chl.*

c. de date et à une heure [...] à Paris, je me promène *P* : de date. Je me promène *épr. Chl.*

1. Dans l'édition Chlendowski figure non loin de cette phrase une vignette où un jeune couple salue un passant de quelque corpulence et ressemblant à Balzac. Le lecteur pouvait ainsi soupçonner que l'auteur des *Petites misères de la vie conjugale* s'était lui-même indirectement désigné comme « une des sept ou huit illustrations européennes de la France ». Balzac, alerté, voulut faire supprimer la vignette ; il n'y parvint pas ; peut-être était-elle déjà tirée (voir *Corr.*, t. V, p. 88 et n. 1, et l'Histoire du texte, p. 862, n. 2).

Page 114.

a. , Léon de Lora, *add. P*

1. Amitié *bleue,* parce qu'elle réunit des bas-bleus. En forgeant le nom d'Anaïs Crottat, Balzac a-t-il songé à celui de la poétesse Anaïs Ségalas, comme le suggère Pierre Citron dans l'édition du Seuil de *La Comédie humaine* ? Peut-être... En tout cas, le prénom d'Anaïs est déjà allé à un autre bas-bleu, Anaïs de Nègrepelisse, épouse Bargeton, dans *Illusions perdues.*

2. Allusion à la Caroline du Nord, qui exportait ses bois vers l'Europe, et jeu de mots sur le prénom de Caroline.

Page 115.

a. Voilà comment [...] des hommes [de province *add. Chl.*] *add. P*

b. § II. UNE NUANCE DU MÊME SUJET. *Sous ce titre introduit dans* épr. *Chl. est repris l'article publié avec le numéro X dans* « La Caricature » *du 26 janvier 1840. L'état de base est donc* Car. ; *les états suivants sont* épr. Chl., P *et* Chl.

c. M. Ferdinand de Bourgarel, *P* : M. Ferdinand de Fourgaret[1], *épr. Chl.* : M. de Lustrac, *Car.*

1. « Fourgaret » est peut-être une erreur typographique, car le nom du personnage est « Bourgarel » dans la suite de l'épreuve.

d. de pleurer récemment, et en qui la grande maison *[8 lignes]* cette lettre. *Chl.* : de pleurer récemment. Un lecteur intelligent [...] cette lettre. *épr. Chl.* : de pleurer récemment. *Car.*

e. Ma chère amie, *épr. Chl.* : Ma chère Mathilde, *Car.*

1. Plus haut, p. 110, le nom était écrit « Heurtaut ».
2. Les Girardin étaient effectivement d'origine florentine, et Balzac, qui a séjourné à Florence en 1837, put y voir des tableaux de plusieurs peintres florentins nommés Gherardini. Bourgarel, de « la grande maison des Borgarelli de Provence », étant substitué, dans *La Presse* et dans l'édition, à Lustrac (voir var. *c*), la référence italienne est naturellement ajoutée en 1845.

Page 116.

a. de femme *add. Chl.*

Page 117.

a. de Navarreins [...] une d'Espard, *Chl.* : de Navareins [...] une d'Espare[1], *P* : de Rohan [...] une Montmorency, *ant.*

Page 118.

a. Méphistophélès *P* : il *ant.*

1. Delacroix avait dessiné en 1828 une suite de dix-sept lithographies pour la traduction du *Faust* de Goethe par Albert Stapfer.

Page 119.

a. viens souvent voir ta pauvre / CAROLINE. *épr. Chl.* : viens souvent. / CLAIRE *Car.*
b. feu Bourgarel ? *épr. Chl.* : feu Lustrac ? *Car.*
c. SOUFFRANCES INGÉNUES. *Sous le titre introduit dans épr. Chl. est repris l'article publié avec le numéro VII dans « La Caricature » du 8 décembre 1839. Ce chapitre n'a pas été incorporé dans P. Les états successifs sont donc Car., épr. Chl. et Chl.*

1. Molière, *L'École des femmes,* acte III, sc. v.
2. « Qui corrige les mœurs en riant » (ou en faisant rire). C'est la devise de la comédie. Elle aurait été proposée par le poète Jean-Baptiste de Santeul (1630-1697) à l'arlequin Dominique, pour qu'elle fût inscrite sur la toile de son théâtre.

---

1. « Navareins » et « Espare » sont sans doute de mauvaises transcriptions typographiques, car les noms de « Navarreins » et d' «Espard» sont déjà fixés dans *La Comédie humaine.*

Page 120.

a. Mme Foullepointe *épr. Chl.* : Caroline *Car.*

b. à Mme Cornuel ses mots [*5 lignes*] incapable *Chl.* : à Mme Cornuel ses mots. Mme Foullepointe a tant d'esprit, et puis elle se met si bien ! / Quant à Mme de Fischtaminel, qui d'ailleurs est en cause, comme on a dû le voir, incapable *épr. Chl.* : à Mme Cornuel ses mots. Mme de Fischtaminel a tant d'esprit, et puis, elle se met si bien ! Quant à Caroline, elle est incapable *Car.*

c. Nous laissons à chacun [...] de trente ans. *add. épr. Chl.*

d. « Ainsi vous aurez, s'il plaît à Dieu, des enfants... *omis dans épr. Chl.*

1. Balzac a souligné cette expression, qui avait servi de titre à un de ses articles dans *Les Français peints par eux-mêmes,* en 1839 — article repris dans *Autre étude de femme* (voir t. III, p. 1486).

2. Anne-Marie Bigot, dame Cornuel (1614-1694), se rendit célèbre en son temps par ses saillies mordantes et par ses bons mots.

Page 121.

a. Mme de Fischtaminel, *épr. Chl.* : Mme Charles Pierrefitte, *Car. Même substitution dans les onze autres occurrences du nom de* Fistchaminel *au cours du chapitre.*

1. Le mot se dit familièrement des incisives qui, larges et plates, ressemblent à de petites pelles.

Page 123.

1. La locution proverbiale « se faire d'évêque meunier » s'employait à propos d'un homme qui passe d'une condition avantageuse à une condition inférieure. Balzac, qui aime jouer avec les proverbes, renverse la proposition.

Page 124.

1. Il s'agit du mont Valérien, où était érigé jadis un calvaire.

Page 125.

a. L'AMADIS — OMNIBUS. *Sous ce titre introduit dans épr. Chl. est repris l'article publié avec le numéro VIII dans « La Caricature » du 22 décembre 1839. Ce chapitre, comme le précédent, n'a pas été incorporé dans P. Les états successifs sont donc Car., épr. Chl. et Chl.*

1. Les mots « catilinaire » (de nouveau employé p. 145) et « philippique », qui renvoient aux célèbres harangues de Cicé-

ron contre Catilina et de Démosthène contre Philippe de Macédoine, sont d'un emploi plaisamment emphatique dans la situation de Caroline, dont la colère fut vaine et solitaire, dans le « désert » de sa chambre à coucher.

L'interlocuteur juge à propos de corriger « catilinaire » en « philippique », parce qu'Adolphe est roi dans son ménage.

Page 126.

a. — Il voltige [...] s'amuser.   *Réplique omise dans Chl. et rétablie d'après Car.*

1. Le nom du héros du célèbre roman de chevalerie *Amadis de Gaule* désigne métaphoriquement, à l'époque romantique, un amant, ou un homme paré des prestiges de l'amant : « On dit que c'est un Amadis », avance (imprudemment) la gouvernante de la princesse Elsbeth à propos du prince de Mantoue dans *Fantasio* d'Alfred de Musset (acte II, sc. 1). Appliqué à un vieux beau, le nom d'Amadis doit s'entendre avec une nuance de dérision, renforcée par le mot « omnibus », qui y est accolé : si le personnage est « omnibus » (s'il sert à tout le monde), nous voilà loin de la constance amoureuse dont Amadis est le symbole.

2. « Petit-Bonhomme vit encore » est le nom d'un jeu de société qui consiste à faire passer de main en main une allumette ou un morceau de papier allumé; celui dans les mains duquel le feu s'éteint doit donner un gage. Balzac emprunte à ce jeu le surnom de son personnage, avec une intention grivoise : on a lu plus haut que Lustrac se cultivait « pour obtenir des regains ».

3. Nuremberg est une capitale du jouet, et ses poupées ou figurines en bois étaient célèbres.

Page 127.

1. Balzac reprend ici un terme de la galanterie précieuse du XVIIe siècle.

2. L'édition Houssiaux, suivie par des éditeurs du XXe siècle, avait cru devoir corriger « gouvernement » en « gouverneur ». Mais l'abstrait « gouvernement » peut fort bien désigner l'homme qui incarne le pouvoir. Le mot se retrouve dans le même emploi p. 169.

Page 128.

a. — Une petite misère *[début du §]* trop chère... *add. Chl.*

b. SANS PROFESSION.   *Chapitre composé sous ce titre dans épr. Chl. Pour ce chapitre et pour tous les suivants, sauf les deux derniers (voir var. c, p. 177, et var. d, p. 179), l'état de base est donc épr. Chl.; les états à considérer sont épr. Chl., P et Chl.*

1. Comme dans la *Physiologie du mariage* (t. XI, p. 998, voir n. 1), le mot « sottise » désigne ici l'état du mari trompé (« sot »).

2. Il s'agit de Menthon, en Haute-Savoie. La Savoie et la Haute-Savoie ont fait partie, jusqu'en 1860, du royaume de Sardaigne.

Cet intitulé de lettre, dans l'édition Chlendowski, est incorporé à un dessin de Bertall placé sous le titre : un personnage masculin tient dans sa main droite une grande enveloppe, portant l'adresse ici reproduite en typographie.

Page 129.

a. M. de Fischtaminel *P* : Fischtaminel *épr. Chl. Cette variante se retrouve plus loin ; elle ne sera plus notée.*

1. Les indications sur la carrière militaire de M. de Fisch-taminel sous l'Empire ne s'accordent pas avec la date de la lettre (« 183. »), ni avec l'âge qui vient d'être assigné au personnage. Nous signalons plus loin d'autres flottements (voir p. 130, n. 1 et 2, p. 131, n. 1).

Page 130.

a. ma belle ? (le mot de l'Empire) sans s'apercevoir *Chl.* : ma belle ? (Ce mot du temps de l'Empire me taquine, et il le dit toujours.) Il continue à me demander : Que fais-tu ?... quand je lui ai répondu, et toujours sans s'apercevoir *P* : ma belle ? sans s'apercevoir *épr. Chl.*

1. On a lu au premier paragraphe de cette lettre que M. de Fischtaminel « est un homme de trente-six ans ».

2. Évidemment, pendant les guerres de l'Empire, mais la chronologie continue à faire difficulté. Les « douze ans à cheval » ramènent à la date de 1803, et M. de Fischtaminel ne pouvait avoir alors plus de neuf ans, s'il en a trente-six en « 183. ».

3. Balzac recourt volontiers à cette métaphore. Ainsi lisait-on dans *Pierrette* : « La soirée fut un désert à traverser » (t. IV, p. 66).

Page 131.

a. Outre la nécessité *[début du §]* absolution. *add. P*

1. Si M. de Fischtaminel avait dix-huit ans en 1799, il est, pour le moins, proche de la cinquantaine en 183.. La chronologie énoncée dans cette lettre est décidément incohérente.

Page 132.

a. LES INDISCRÉTIONS. *Chapitre composé sous ce titre dans épr. Chl., mais publié dans P sous le titre erroné* LES RÉVÉLATIONS

*(qui sera le titre partiel du chapitre suivant, voir var. b, p. 136).
Une note signale dans le numéro du lendemain (5 décembre) : « Hier
on a mis à la première colonne le titre* Révélations *au lieu de*
Indiscrétions. »

b. leurs moutons. Devant tout le monde [...] et ils les
appellent : *P* : leurs moutons. Ils appellent, devant tout
le monde, leur femme *épr. Chl.*

c. — Mon chou, / — Ma figue (en Provence seulement), / — Ma prune (en Alsace seulement), *Chl.* : — Mon
chou, / — Ma figue (en Provence seulement), *P* : — Mon
chou, *épr. Chl.*

d. Et jamais : « Ma fleur ! » remarquez cette discrétion;
Chl. : Et jamais « Ma fleur ! » *add. P*

1. Il aurait été plus correct d'écrire : « un de nos hommes
politiques les plus remarquables par leur laideur ». À qui
Balzac a-t-il pu songer ? Nous l'ignorons.

Page 133.

a. de ces fatuités grossières dont le secret *[5 lignes]* roman.
Chl. : de ces fatuités grossières et provinciales dont le
secret [...] Roman. *P* : de fatuités grossières et provinciales. *épr. Chl.*

1. Ce paragraphe évoque l'affaire Lafarge. En 1840, on
avait jugé Marie Capelle, épouse Lafarge, accusée d'avoir
empoisonné son mari à l'arsenic. Il apparut au procès que
Lafarge était, effectivement, un homme de manières grossières
et que la délicatesse de son épouse, dès les débuts du mariage,
avait été froissée par cette grossièreté.
2. L'expression « naturaliste du roman » est notable à la
date de 1845, et sous la plume de Balzac.

Page 134.

a. AXIOME *add. P, qui détache ainsi la phrase suivante.*

Page 135.

a. Les indiscrétions *[p. 134, 15 lignes en bas de page]* / Voici
le second. *add. P*

Page 136.

a. , ces indiscrétions sont si goûtées, que les plus prudes
en sont flattées; car, / Dans leur dernière jeunesse *[5e ligne
de la page]* son Ferdinand Ier. *Chl.* : , ces indiscrétions
sont si goûtées, que les plus prudes en sont flattées; car dans
leur dernière jeunesse [...] son Ferdinand Ier. *P lég. var.* :
, ces indiscrétions se changent en bonheurs. Ce genre

d'indiscrétion est le contraire de PARTIE REMISE. *(Fin du cha-pitre.)* *épr. Chl.*

b. LES RÉVÉLATIONS BRUTALES. *Chl.* : RÉVÉLATIONS BRU-TALES. *P* : RÉVÉLATIONS SUBITES. *épr. Chl.,* où subite *est une addition manuscrite.*

1. Dans l'édition originale, la phrase reste en suspens après « car ». Mais l'examen de la variante montre que, dans le texte de *La Presse,* « car » s'enchaînait avec la suite. Sommes-nous en présence d'une faute typographique ? S'il en est ainsi, Balzac, en tout cas, ne l'a pas corrigée sur son exemplaire de l'édition Chlendowski.

Page 137.

a. Mme la baronne Schinner   *P* : Mme Letellier   *épr. Chl.*

b. et qualifiée de *la Sévigné du billet*   *add. P*

c. in-32   *Chl.* : grand in-32   *ant.*

d. dans lequel [...] moins le style,   *add. P*

1. Apparemment, cette « petite misère » est antérieure à l'aventure racontée dans « La Campagne de France », chapitre où M. Foullepointe présente sa femme à Caroline... (p. 96).

2. Balzac songe à son traité *De l'éducation des filles.*

3. Berquin est un poète élégiaque de la seconde moitié du XVIIIe siècle, dont la fadeur a donné naissance au mot « berquinade ».

4. Caroline s'est donné un pseudonyme littéraire, comme, dans *La Muse du département,* Mme de La Baudraye, qui publie un poème sous la signature Jan Diaz (t. IV, p. 658).

Page 138.

a. C'est pâteux; mais c'est [...] reprend Adolphe.   *P* : c'est pâteux...   *épr. Chl.*

b. à Chodoreille   *P* : au directeur du feuilleton   *épr. Chl.*

c. Figure-toi, Caroline *[10 lignes]* quelqu'un.   *add. P*

1. On a vu p. 113 qu'Adolphe de Chodoreille avait obtenu « la direction d'un feuilleton ». Or, dans ce chapitre, « Adolphe » soupçonne Chodoreille (ou, selon un état antérieur du texte, le « directeur du feuilleton », voir var. *b*) d'avoir publié par complaisance le fade *Mélilot* : il n'est donc plus lui-même Chodoreille...

2. Le mélilot, qui donne son nom à la nouvelle de Caroline, est une plante herbacée, à fleurs jaunes, blanches ou bleues.

3. Sterne est mort en 1768 et le poète bucolique Gessner en 1788 : le « neuf » date donc du siècle précédent.

4. Le pont des Arts était le lieu d'un grand nombre de suicides. Dans *La Peau de chagrin* (t. X, p. 65), Balzac mentionnait comme hautement significatif tel « entrefilet » de journal : « Hier, à quatre heures, une jeune femme s'est jetée dans la Seine du haut du pont des Arts. »

Page 139.

a. mâle, *P* : masculin, *épr. Chl.*

b. vous vous jetez à corps perdu dans le bonheur [...] quand on a touché le fond. *Chl.* : vous vous jetez à corps perdu dans le bonheur. C'est une grande faute. *P* : vous vous jetez à corps perdu dans le bonheur, vous ne ménagez pas les provisions de voyage; en ne pouvant pas, ou ne pouvant que très difficilement avoir des maîtresses, vous faites de vos femmes, des femmes à deux soins, elles vous servent à la fois de femmes légitimes et de maîtresses... malheureux que vous êtes! Et tu te trouves dans la plus périlleuse de toutes les situations, tu t'es mis toi-même au bagne, tu sens l'anneau qui te tient par le pied. / Mon cher, la femme mariée ne peut deviner ce zèle qu'en la maintenant à une ignorance extrême, et si je suis heureux avec la mienne, c'est par la plus stricte observance de ce principe salutaire. Ma femme ignore tout ce que sait la tienne, elle ne se doute pas de la vie, et je la conduirai par des chemins tracés dans la neige jusqu'au jour heureux où la nature lui rendra l'infidélité impossible. Voici ce que je te conseille de faire... *épr. Chl.*

1. Voyage souvent accompli, dans sa jeunesse, par Balzac lui-même. C'est ce trajet que décrit sa sœur Laure dans sa nouvelle *Un voyage en coucou*. Voir p. 38, n. 3.

Page 141.

a. Tu vas voir pourquoi *[p. 139, 8 lignes en bas de page]* la marche à tenir pour... *add. P lég. var. post., où ce passage ajouté s'articule sur les mots* C'est une grande faute. *(Voir var. b, p. 139.)*

b. PARTIE REMISE. *Chapitre composé sous ce titre dans épr. Chl.*

c. Cette misère *P* : Une femme de mes amies, et une femme vertueuse, remarquez cette condition essentielle à l'intérêt de ce drame, m'a raconté l'une des plus grandes petites misères de sa vie. Cette misère *épr. Chl.*

d. La Caroline dont il est ici question *P* : Cette dame *épr. Chl.*

e. Mme de ★★★ a dit à sa jeune amie, Mme de Fischtaminel, qu'elle avait été forcée *P* : , et la personne dont il s'agit ici convient d'avoir été forcée *épr. Chl.*

f. Cette dame, qui   *P* : Cette dame pieuse, charitable, qui   *épr. Chl.*

1. Voir notamment la Méditation XI, « De l'instruction en ménage ».

2. Gilbert-Louis Duprez (1806-1896) débuta à Paris comme premier ténor, en 1825, dans *Le Barbier de Séville.* Adolphe Nourrit (1802-1839) avait débuté dans le même emploi dès 1821 et devait manifester une vive jalousie à l'encontre de son rival Duprez.

Page 142.

a. femme de qualité *[2ᵉ ligne de la page]* conquête   *P* : femme de qualité; mais ces avantages sont une conquête *épr. Chl.*

1. Citation non identifiée.

2. Onze lignes plus haut, il s'agissait de deux mois. Voir encore p. 145, n. 2.

Page 143.

a. Justine!   *P* : Angélique!   *épr. Chl.*

b. La femme de chambre *[15 lignes]* exceptionnelle.   *Passage omis dans P.*

1. Une dizaine de lignes plus haut, Balzac, pour le feuilleton de *La Presse,* avait corrigé en « Justine » le prénom « Angélique », donné dans les premières épreuves de l'édition Chlendowski. Mais il a oublié ici de procéder à la même substitution.

2. Accord avec le sujet pronominal et non avec le sujet réel. Balzac recommandait cet usage. On lit dans une lettre au marquis de Custine : « Mais vous faites vous toujours la faute de *c'étaient* ou *ce sont* qui d'ailleurs a été commise par de grands écrivains. *Ce* est le nominatif, le verbe doit être au singulier. On doit dire : c'est des femmes qui passent et non ce sont. Entre deux mauvaises locutions, il faut choisir celle qui est française, c'est-à-dire logique. Car c'est des femmes ne vaut pas mieux que ce sont des femmes, mais c'est des femmes est irréprochable. Je vous dis ceci parce que vous êtes un grand écrivain et devez donner l'exemple. La question a été jugée sans appel, et je suis occupé à corriger cette incorrection partout où elle est chez moi. » *(Corr.,* t. IV, p. 425.)

3. Les « souliers de prunelle à cothurne » sont faits d'une étoffe de laine ou de soie; des ligatures partant de la semelle s'enroulent autour de la jambe. On a donné ce nom de cothurne à certaines chaussures, par analogie avec celles de l'Antiquité. Quant au mot « prunelle », il évoque la couleur bleu foncé de l'étoffe utilisée.

Page 144.

a. un mari à Dieu! Allez écouter [...] péché.   P   : un mari à Dieu! ... Que l'exemple de cette femme vous soit salutaire, ô jeunes femmes, agissez autrement.   *épr. Chl.*

b. Après tout,   P   : Mais,   *épr. Chl.*

c. que donne la vraie piété. Quand Mme de Fischtaminel raconta *[7 lignes]* que c'était le *Cantique des Cantiques* mis en action.   *Chl.*   : que donne la vraie piété. [...] que c'était une traduction libre du *Cantique des Cantiques*.   P   : que donne la religion catholique.   *épr. Chl.*

Page 145.

a. Toutes les femmes qui attendent *[début du §]* depuis trois mois.   P   : En amour, toutes les femmes sont poètes de Marseille, si l'on peut comparer toutefois l'ignoble besoin de manger au sublime cantique des cantiques d'une épouse catholique attendant son mari absent depuis trois mois.   *épr. Chl.*

b. Que tous ceux qui s'aiment *[13 lignes]* d'apprendre que *add. P*

1. Joseph Méry est né aux Aygalades, près de Marseille; Auguste Barthélemy est né à Marseille. Tous deux collaborèrent, pour des satires et des pamphlets politiques, sous la Restauration et la monarchie de Juillet. Balzac demeurait en relation avec Méry. Mais pas plus que Balzac, nous ne savons auquel des deux doit être attribué le trait rapporté.

2. À la page 142 (voir la note 2), il s'agissait de deux mois ou de quatre mois.

Page 146.

a. LES ATTENTIONS PERDUES.   *Chapitre composé sous ce titre dans épr. Chl.*

Page 147.

1. Restaurateur connu, 98, rue de Richelieu.

Page 148.

a. cent cinquante mille   *Chl.*   : cent cinquante-cinq mille   P   : deux cent vingt-cinq mille   *épr. Chl.*

b. qui permette *[7 lignes]* cuisine   *add. P*

1. La phrase est mal construite, Balzac s'étant pris à deux fois pour énoncer son idée.

2. « Dadouillettes » est précisément le nom de ces « rouelles grasses » et le mot doit donc être considéré comme mis en apposition.

3. Ce sont des champignons taillés en trois et frits dans du beurre. Balzac se souvient de ses séjours en Italie et de la cuisine italienne.

4. Du nom de Silbermann, imprimeur strasbourgeois et entomologiste, qui devait léguer à sa ville natale une collection de coléoptères. Balzac a connu Silbermann par l'intermédiaire de Hetzel. Voir dans *Corr.*, t. V, p. 925-926, la notice de R. Pierrot sur ce personnage.

Page 149.

a. LA FUMÉE SANS FEU. *Chapitre composé sous ce titre dans* épr. Chl.

1. « À partir d'un seul exemple, apprends à les connaître tous. »

Page 150.

a. Aux mots affaire Chaumontel *est accrochée dans* P *la note suivante :* 1. L'auteur a établi, dans la partie déjà publiée de cet ouvrage, ce qu'est l'affaire Chaumontel. Bertall, ce spirituel dessinateur, a finement montré le mari dans un rendez-vous pris pour traiter l'affaire Chaumontel[1]. La scène est dans un cabinet particulier, chez Véry. L'affaire Chaumontel est expliquée le verre en main, au dessert, par une *agréée*. L'affaire Chaumontel est le prétexte éternel pris par les maris. Généralement, quand le mari rend compte de sa journée le lendemain, il a toujours manqué des créanciers au rendez-vous pris pour terminer. — On ne sait pas où sont les pièces — une autre fois, le syndic est absent — On soupçonne les gens d'affaires d'avoir un intérêt à faire traîner l'affaire Chaumontel. — On ne veut pas non plus ruiner Chaumontel, etc., etc.

b. (Voir LA MISÈRE DANS LA MISÈRE.) *Cette indication entre parenthèses est omise dans* P.

1. C'est sur le mot « chère », pris avec les deux sens d'« aimée » et de « coûteuse », que pourrait porter le calembour exclu par Balzac.

Page 151.

a. Justine. *Apparition de ce prénom dans* épr. Chl., *où le personnage était précédemment désigné sous le nom d'*Angélique. *Voir var. a, p. 143.*

b. — Ah! Justine, lord Byron [...] qui me l'a dit. P : Ah! Justine ... *épr. Chl.*

1. Cette illustration est à la page 135 de l'édition Chlendowski, au chapitre *La Misère dans la misère*, qui avait été publié pour la première fois, sous ce même titre, dans *Le Diable à Paris*. Voir la variante *b*.

1. Byron dut quitter l'Angleterre en 1816, à la suite d'un scandale privé, qui avait entraîné son épouse enceinte, instruite par une femme de chambre, à demander le divorce, dès la première année de leur union.

2. Cette « poissarde » se nommait Margherita Cogni, et elle était boulangère.

Page 152.

a. Beauminet   *add. P*

b. la mère Mahuchet   *P* : la mère Mahuchet (la nourrice)   *épr. Chl.*

c.   , surtout lorsqu'elle a sa cause [...] dénouement   *add. P*

1. On retrouve ce personnage épisodique, cordonnière pour femmes, dans *Les Comédiens sans le savoir.*

Page 153.

a. LE TYRAN DOMESTIQUE.   *Chapitre composé sous ce titre dans épr. Chl.*

1. La mode du petit chapeau féminin appelé « bibi » s'est répandue sous Louis-Philippe.

Page 154.

a. « Vous auriez [...] compte.   *add. P*

b.   , je m'en vais [...] pistolet   *add. P*

Page 155.

a. LES AVEUX   *Chapitre composé sous ce titre dans épr. Chl.*

1. C'est Basile qui, dans *Le Barbier de Séville* de Rossini, chante l'air de la calomnie *(aria della calunnia).*

Page 156.

a. de Frédéric... / — Le Grand *[5 lignes]* ton fils,   *P* : d'Alexandre ?... — Alexandre! — Oui, ton fils,   *épr. Chl.*

b. Quelquefois l'Affaire-Chaumontel *[5 lignes]* épouvanté. *add. P*

c. — Ah! je comprends [...] insolences ...   *Chl.* : — Ah! je comprends tout maintenant.   *P* : Ah! bien!   *épr. Chl.*

Page 157.

a. éloneure   *P* : *l'honeure   épr. Chl.*

b. des renseignements [...] plus grave que celle-ci.   *P* : des preuves!   *épr. Chl.*

c. HUMILIATIONS.   *Chapitre composé sous ce titre dans épr. Chl.*

1. Justine, la domestique renvoyée, a moins d'orthographe encore que, dans *Ferragus,* la grisette Ida Gruget (voir la lettre de ce personnage, t. V, p. 818 et suiv.).

Page 158.

a. AXIOME. *add.* P, *qui détache ainsi la phrase suivante.*
b. Adolphe s'est compromis *[début du § précédent]* Ainsi, dans une faillite, *P* : Adolphe s'est compromis; il a, dans une faillite, *épr. Chl.*

1. Des allusions à des personnes.

Page 159.

a. Pauvres, pauvres femmes! [...] oblique. *Chl.* : Pauvres, pauvres femmes! [...] — Hélas! que puis-je ? dit le juge. *P* : pauvres, pauvres femmes ... *épr. Chl.*

Page 160.

a. ; nous les compulserons *[p. 159, avant-dernière ligne]* et les pressant *add.* P
b. le syndic. *P* : le syndic F ... *épr. Chl.*
c. Néanmoins Caroline [...] au juge. *add.* P
d. Il n'a donc pas d'avoué, d'agréé *[6 lignes]* syndic. *Chl.* : Il n'a donc pas d'avoué, d'agréé ? ... / Caroline est épouvantée de cette observation qui lui dévoile une profonde scélératesse chez Adolphe. / — Il a pensé, monsieur, que vous auriez des égards pour une mère de famille, pour des enfants, vous serez père ... / Ta! ta! répond le syndic, *P* : Il n'a donc pas d'avoué, d'agréé ... *épr. Chl.*

1. Le syndic est la personne choisie par les créanciers pour défendre leurs intérêts.
2. « Défenseur admis à plaider devant un tribunal de commerce » (Littré).

Page 161.

a. Non, cette spéculation [...] insolvables. *P* : Non, cette commandite. *épr. Chl.*
b. cette conception due à Du Tillet le banquier, *P* : cette commandite, *épr. Chl.*
c. Madame seule a le pied aussi petit que cela *[9 lignes]* vous êtes divinement mise ... *P* : Madame seule a le pied aussi petit que cela ... Et quelle oreille ... vous a-t-on dit que vous aviez l'oreille délicieuse. J'aime les petites oreilles ... laissez-moi faire mouler la vôtre, et je ferai tout ce que vous voudrez. *épr. Chl.*

Page 162.

a. LA DERNIÈRE QUERELLE. *Chapitre composé sous ce titre dans épr. Chl.*

1. Balzac annonce de façon légèrement inexacte le titre du chapitre suivant.

Page 163.

a. Faquin de Chodoreille, *P* : Faquin, *épr. Chl.*

1. Pas plus que l'auteur du billet, nous ne pouvons savoir de quel Hippolyte il s'agit.

2. De nouveau est accolé à « Adolphe » le nom de « Chodoreille ».

Page 164.

a. Quatre *P* : Trois *épr. Chl.*
b. , de la bourgeoise prétentieuse *add. P*
c. Schontz P : *Schandz épr. Chl., sans doute par une erreur typographique.*

1. Salle de bal et de concert établie dans le bois de Boulogne, à l'imitation de celle qu'avait créée à Londres l'Irlandais Ranelagh.

2. Une des étoiles du bal Mabille.

3. Il y avait un Perrault marchand de vin, 13, rue de Bourgogne. Mais celui-ci est un traiteur et doit donc être considéré comme un personnage fictif.

4. Il existait un Hôtel du Congrès, 44 rue de Rivoli. Balzac en a-t-il choisi le nom pour créer une équivoque grivoise ? Dans la *Physiologie du mariage* (t. XI, p. 915), il citait l'expression « congrès judiciaire », où « congrès » signifie accouplement.

Page 165.

a. comme la femme [...] toutes les femmes. *P* : comme la femme appelée Bertine, que leur Adolphe soit aimée des françaises ! *épr. Chl.*

Page 166.

a. Les femmes [...] deviné Dieu. *add. P*
b. Foullepointe *P* : Fischtameinde *épr. Chl., par une erreur typographique pour* Fischtaminel.
c. ne finit jamais [, d'où cet axiome : *add. orig.*]. Se donner un tort [...] perpétuel. *P* : ne finit jamais. *épr. Chl.*

Page 167.

a. FAIRE FOUR. *Chapitre composé sous ce titre dans épr. Chl.*

b.   , Adolphe et Caroline [...] deux ou trois DERNIÈRES —
QUERELLES. *P* :   , Adolphe et Caroline sont en froid.
Ceci se passe beaucoup de temps après le Dix-Huit brumaire.
épr. Chl.

1. La dure-mère est l'une des trois membranes qui enveloppent le cerveau.

Page 168.

a. avec la Fistchaminel   *add. P*

1. Le mot est déjà dans *Albert Savarus* (t. I, p. 920), où
Balzac semble l'avoir créé, à partir de *lion* et de *lionne*. Sur
l'origine de ces deux termes métaphoriques, il s'explique, dans
le même roman (p. 916-917), et rattache *lionne* « à la fameuse
chanson d'Alfred de Musset : Avez-vous vu dans Barcelone ... *C'est ma maîtresse et ma lionne* »; quant au mot *lion,*
il serait, avec le mot *dandy,* l'un des « deux petits cadeaux
linguistiques » faits par l'Angleterre à la France depuis
dix ans.
2. L'éditeur des Bibliophiles de l'originale fait observer
que, dans une lettre à sa mère (voir p. 129), Mme de Fistchaminel se plaignait d'une trop constante assiduité de son mari
auprès d'elle : « Nous sommes ensemble pendant toute la
sainte journée!... »

Page 169.

1. Le côté gauche est, à l'époque, celui du libéralisme en
politique; c'est aussi le côté du cœur.
2. Bourg écossais, à la frontière de l'Angleterre, célèbre
par les mariages clandestins qui s'y pratiquaient. De jeunes
couples anglais dont les parents refusaient leur assentiment
à une union légale venaient comparaître devant le forgeron
de Gretna-Green, qui, en présence de témoins, les proclamait
mariés.
3. Allusion à la troisième églogue de Virgile (v. 64-65),
où on lit que la nymphe Galatée, pour attirer un amant,
se réfugie ostensiblement sous les saules *(fugit ad salices)*.

Page 170.

1. Balzac a déjà évoqué cet air célèbre de Meyerbeer dans
Béatrix. Voir aussi une variante de *Pierrette* (t. IV, p. 1114,
var. *g* de la page 33).

Page 171.

a. OBSERVATION *[p. 170, 3 lignes en bas de page]* est toujours
petit. *Chl.* : Observation. Pendant [...] enfant. Il y a

d'autres raisons que connaissent les femmes et qui ne sont pas du domaine de cet ouvrage. Reprenons. *add. P*

1. En fait, les Cabires sont des divinités mystérieuses de la haute Antiquité, adorées en Égypte, en Phénicie, en Asie Mineure et en Grèce. Toute une mythologie leur est associée, mais on voit mal qu'ils puissent en être désignés comme les « créateurs ».

Page 172.

1. *Locati* ou *locatis,* mauvais cheval de louage.
2. Ce sont trois villes d'eaux célèbres. Peu de temps avant d'écrire ce texte, Balzac, au printemps de 1845, a séjourné à Hombourg, dans le Palatinat.

Page 173.

a. LES MARRONS DU FEU. *Chapitre composé sous ce titre dans épr. Chl.*

1. Ce titre est une allusion à la fable de La Fontaine *Le Singe et le Chat* (liv. IX, fable 17), où le chat Raton tire du feu des marrons que croque le malin singe Bertrand. Alfred de Musset a intitulé *Les Marrons du feu* une fantaisie dramatique publiée dans ses *Premières poésies* (1830).

Page 175.

a. Ces petits êtres-là, *Avec ces mots commence le texte d'un feuillet manuscrit (feuillet 1) qui fournit la rédaction originale d'un passage figurant dans épr. Chl. Les états successifs sont donc feuillet 1, épr. Chl., P et Chl.*
b. arrangeant leurs pièges, comme elles arrangent leurs nattes, se créant *épr. Chl.* : arrangeant leurs flèches, se créant *feuillet 1*
c. déjeuner chez elle. Elle habille Adolphe *Chl.* : déjeuner chez elle. Le lendemain, Caroline habille Adolphe *P* : déjeuner chez elle. Elle habille Adolphe *ant.*
d. bien ennuyée de Charles : tu finiras *[7 lignes]* aimes-tu mieux cela [que d'être adoré ? *add. Chl.*]... Monstre! vois combien je suis gentille... » / Dès que *épr. Chl.* : bien ennuyée de Charles... etc. / Dès que *ant.*
e. les républicains, les humanitaires et les sots, *Chl.* : les humanitaires, les Puritains et les sots, *P* : les républicains, les humanitaires et les sots, *ant.*
f. , des fleurs partout! *add. P*
g. découvrir *P* : démêler *épr. Chl.* : dénicher *feuillet 1*
h. Caroline, elle, est prête de la veille. Elle contemple *P* : Caroline contemple *ant. Voir var. c.*

1. Défenseurs et prophètes de l'humanité industrielle,

scientifique et philosophique, considérée comme un grand
être collectif.

2. Laurent Grimod de La Reynière (1758-1838), écrivain et
gastronome, rédacteur de l'*Almanach des gourmands* (1803-1812).

Page 176.

a. Justine soupire et arrange les meubles. Caroline ôte
épr. *Chl.* : Justine soupire, ou arrange les meubles, on ôte
feuillet 1

b. Une femme déguise alors ce qu'il faut appeler les piaffemens   épr. *Chl.* :   , on déguise les piaffemens   *feuillet 1*

c. le gosier : « Il ne vient pas !...   épr. *Chl.*   : le gosier : —
Il est dix heures, et il ne vient pas !...   *feuillet 1*

d. , ils assassinent leurs jabots.   *P*   : ils assassinent... leurs
bretelles.   *ant. Avec le mot* bretelles *s'achève le texte de feuillet 1.*

1. Établissement célèbre à l'époque, 16, boulevard des
Italiens.

Page 177.

a. d'un pari fait chez Mlle Malaga...   *P*   : d'un pari...
épr. *Chl.*

b. d'affreux monstres !   *P*   : des monstres !   épr. *Chl.*

c. ULTIMA RATIO.   *Pour ce chapitre, nous ne disposons plus d'épr.
Chl. Mais à ces épreuves, qui ont pris fin avec le chapitre précédent,
est joint un deuxième feuillet manuscrit, où le nouveau chapitre figure
en son premier état. Les états successifs sont donc feuillet 2, P et Chl.
En haut et dans la marge du feuillet 2, Balzac a écrit l'avis suivant :*
Ceci se placera après *les marrons du feu,* et avant le texte Cicero-
Hetzel du diable qui termine l'ouvrage.

1. Voiture de place fermée.

2. Iris était la messagère des dieux, dans la mythologie
grecque, mais Balzac employait déjà métaphoriquement ce
nom, dans les années 1819-1820, pour désigner sa propre
messagère, qui établissait une liaison entre son domicile parisien et la maison de ses parents à Villeparisis : « La mère Iris-
Comin vient chercher une lettre. » (*Corr.,* t. I, p. 49.)

3. *Ultima ratio regum,* le dernier argument des rois, est
une devise que Louis XIV avait fait graver sur ses canons.
Balzac désigne la férule, dans *Louis Lambert* (t. XI, p. 611),
comme *ultima ratio patrum,* le dernier argument des pères.

Page 178.

a. , selon l'auteur,   *P*   : , selon nous,   *feuillet 2*

b. Il a lu des romans *[début du § précédent]* déguise   *P lég.*
var. post.   : Il a lu *Jacques,* ce livre où George Sand conseille
aux maris gênans de s'embarquer pour l'autre monde. / Il a lu

Le Péché de M. Antoine[1] où l'illustre auteur a commenté de la manière la plus vigoureuse le vieux *pater is est* de la vieille jurisprudence, en conseillant aux maris de bien vivre avec les pères de leurs enfans, de les choyer, de les adorer. / Il a surtout beaucoup trop lu sa femme, et il déguise *feuillet 2*

c. est arrivée à pratiquer cette profitable indulgence, mais *P* : est arrivée à partager l'admiration de son mari pour George Sand; mais *feuillet 2*

d. de l'Angleterre, surtout aujourd'hui. *Chl.* : de l'Angleterre, et surtout aujourd'hui. *P* : de l'Angleterre. *feuillet 2*

e. très *add. P*

Page 179.

a. de la consoler. / Au milieu de ses phrases, le comte s'échappe jusqu'à dire à sa femme *P* : de la consoler, et au milieu de ses phrases, il lui dit *feuillet 2*

b. vous épouser! / Et c'était *[10 lignes]* ouvrage *Chl.* : vous épouser!... / Et c'était un des plus hauts fonctionnaires de l'État; mais un ami de Louis XVIII, et nécessairement plus ou moins Pompadour. / Toute la situation d'Adolphe et de Caroline existe donc en ceci : que si monsieur ne se soucie pas de madame, elle conserve le droit de se soucier de monsieur. / Maintenant, ce qui arrive, tous les vieux maris, toutes les charmantes femmes de cinquante ans le savent, et c'est le sujet de presque tous les romans modernes. *P, dont la suite de feuilletons s'achève avec le mot* modernes : vous épouser!... / Toute la situation d'Adolphe et de Caroline consiste donc en ceci que si monsieur ne se soucie plus de madame, madame garde le droit de se soucier de monsieur. / Maintenant écoutons ce qu'on nomme : le qu'en dira-t-on ! *feuillet 2, dont le texte s'achève avec ces derniers mots.*

c. Le chapitre final est repris de la séquence du « Diable à Paris » (voir à la fin de la variante c, p. 177), dont on possède des épreuves préparatoires (voir var. b, p. 61). Les états successifs sont épr. D, épr. corr., épr. D bis et Chl.

d. COMMENTAIRE OÙ L'ON EXPLIQUE LA FELICHITTA DES FINALE. *Chl.* : x / COMMENTAIRE OÙ L'ON EXPLIQUE LA FELICHITTA DU FINALE DE TOUS LES OPÉRAS, MÊME DE CELUI DU MARIAGE. *D* : x / COMMENTAIRE OÙ L'ON EXPLIQUE LA FELICHITTA DES FINALE. *épr. D bis* : x LA FELICHITTA DU FINALE. *épr. D (qui ne porte aucune correction manuscrite pour ce titre).*

1. Le 8 décembre 1845, Balzac annonçait à Mme Hanska son intention de lui faire parvenir *Le Péché de M. Antoine*, qui avait commencé à paraître en feuilletons, dans *L'Époque*, le 1er octobre, et qui ne sera publié en librairie qu'en 1846-1847 (*LH*, t. III, p. 89 et n. 1).

1. Transcription inexacte de l'italien *felicità*.

Page 180.

a. L'ÉPOUSE *(à une jeune femme qui en est à l'été de la Saint-Martin conjugal).* *épr. D bis* : L'ÉPOUSE *(à une jeune femme qui en est au Taon).* *épr. D (qui ne porte aucune correction pour l'indication scénique).*

b. , avec effroi même, *add. épr. D bis*

1. Petite pointe de barbe sous la lèvre inférieure.

Page 181.

a. (sur le boulevard Italien) *add. épr. D bis*

b. un seul homme, *épr. D bis* : le même homme *épr. D, où le même est rayé à l'encre, mais non corrigé.*

c. idées de dignité, d'honneur, de vertu, d'ordre social. *Chl.* : idées d'ordre social. *D* : idées de dignité, d'honneur, de vertus, d'ordre social. *ant.*

d. Nous avons ainsi changé nos devoirs en plaisirs. *épr. D bis* : quel plaisir !... *épr. D (qui ne porte aucune correction manuscrite à cet endroit).*

e. sur mon cousin. *Chl.* : sur un autre. *D* : sur mon cousin. *ant.*

f. mon cher Fischtaminel. Il n'y a [...] catholique. *Chl.* : mon cher Fischtaminel, et vous avez tort : le costume d'Othello est très mal porté, ce n'est plus qu'un Turc de carnaval. *D* : [comme *Chl.*] *épr. D bis* : mon cher Fischtaminel. Il n'y a que deux partis à prendre : le couteau du More de Venise ou [la bisaiguë[1] *épr. D corr.*] le manteau de Joseph. Othello, mon cher, est très mal porté ; moi, je suis [charpentier *épr. D corr.*] chrétien. *épr. D*

1. D'Othello.
2. Saint Joseph est charpentier et la bisaiguë est son outil ; il n'en joue pas comme d'une arme. Adolphe risque une plaisanterie facile et classique sur l'époux de Marie, dont il oppose la bénignité à la terrible jalousie du héros de Shakespeare.

Page 182.

a. (Sa mère lui donne vivement un petit coup de pied.) *add. épr. D bis (voir la variante suivante).* *D ajoute* Que me veux-tu, maman ? LA MÈRE *(elle regarde fixement sa fille).* / On ne dit cela, ma chère, que de son prétendu ; M. Ferdinand n'est pas à marier. *Mais cette addition de D n'est pas passée dans Chl.*

1. Balzac a correctement écrit « la bisaiguë » (la deux fois aiguë, l'aigüe aux deux extrémités). Mais *Chl.* porte par erreur « la besaiguë ». Nous avons rectifié dans notre texte.

b. Depuis UNE FEMME À TURBAN *[p. 181, 4 lignes en bas de page] jusqu'à la fin de notre texte, Balzac ajoute dans les marges d'épr. D (épr. D corr.) les désignations d'intervenants en capitales, ainsi que les jeux de scène (sauf addition postérieure signalée dans la variante précédente). Il transforme ainsi un paragraphe compact en une scène de théâtre. Voici le texte imprimé d'épr. D (lég. var. post.) :*

— Oui, pleine de convenance, de dignité. — Ah! elle a su prendre son mari. — Mais elle aime beaucoup son mari. — Adolphe est, d'ailleurs, un homme très distingué, plein d'expérience. — Il adore sa femme. Chez eux, point de gêne, tout le monde s'y amuse. — Oui, c'est une personne fort aimable. — Caroline est bonne, obligeante, elle ne dit du mal de personne. — Vous souvenez-vous comme elle était ennuyeuse dans le temps où elle connaissait les Deschars. — Oh! elle et son mari, deux fagots d'épines... des querelles continuelles. (Ah! Ah!) Mme Deschars a fini par vendre sa vertu trop cher. — Mme Fischtaminel est charmante ce soir. — M. Adolphe a l'air aussi heureux que sa femme. — Quel joli jeune homme que M. Ferdinand! — *(Sotto voce.)* Ma chère, il n'y a d'heureux que les ménages à quatre.

Le texte imprimé d'épr. D s'achève, comme celui de Chl. et comme le nôtre, sur ces derniers mots. Toutefois, avec l'indication « dernier alinéa », Balzac a rajouté à la main, au bas de l'ultime feuillet de l'épreuve, le paragraphe suivant :

— Ce dernier mot est faux, il y a des ménages cent fois, mille fois plus heureux que les ménages à quatre. Ce sont ceux auxquels rien de ce que nous venons de dire ne peut s'appliquer. Mais hélas! qu'ils sont rares!

Ce paragraphe n'a pas été composé. En revanche, épr. D bis porte, après la fin de la retranscription du texte imprimé d'épr. D, cinq répliques supplémentaires imprimées et quatre autres rajoutées à la main. Ce texte additionnel, après quelques retouches, dont on n'a pas conservé la trace, apparaît dans D, parachevant ainsi la séquence du « Diable à Paris ». En voici les deux états.

épr. D bis	D
UN AMI QUE L'AUTEUR A EU L'IMPRUDENCE DE CONSULTER	UN AMI, *que l'auteur a eu l'imprudence de consulter.*
Ces derniers mots sont faux.	Ces derniers mots sont faux.
L'AUTEUR	L'AUTEUR
Ah! vous croyez ?...	Ah! vous croyez ?
L'AMI, *qui vient de se marier.*	L'AMI, *qui vient de se marier.*
Vous nous dépréciez la vie sociale sous prétexte de nous	Vous employez tous votre encre à nous déprécier la vie

éclairer!... Eh! mon cher, il y a des ménages cent fois, mille fois plus heureux que les ménages à quatre.

L'AUTEUR

Eh bien! faut-il rayer le mot?

L'AMI

Non, il sera pris comme le trait d'un couplet de vaude-ville.

L'AUTEUR

Une manière de faire passer des vérités.

L'AMI *(qui tient à son opinion.)*

Les vérités deſtinées à passer.

L'AUTEUR *(voulant avoir le dernier.)*

Qu'eſt qui ne passe pas?

(L'ami prend une pose d'homme inſpiré.)

Dieu seul.

Ceci s'adresse à toutes les pensées immuables.

---

sociale, sous le prétexte de nous éclairer!... Eh! mon cher, il y a des ménages cent fois, mille fois plus heureux que ces prétendus ménages à quatre.

L'AUTEUR

Eh bien! faut-il tromper les gens à marier, et rayer le mot?

L'AMI

Non, il sera pris comme le trait d'un couplet de vaude-ville.

L'AUTEUR

Une manière de faire passer les vérités.

L'AMI, *qui tient à son opinion.*

Les vérités deſtinées à passer.

L'AUTEUR, *voulant avoir le dernier.*

Qu'eſt-ce qui ne passe pas. Quand ta femme aura vingt ans de plus, nous reprendrons cette conversation. Vous ne serez peut-être heureux qu'à trois.

L'AMI

Vous vous vengez bien durement de ne pas pouvoir écrire l'histoire des ménages heureux.

Chl. n'a pas reproduit les neuf répliques additionnelles de D et Balzac ne les a pas rétablies dans Chl. corr., elles ne figurent d'ailleurs pas non plus dans l'édition Roux et Cassanet. Houssiaux (qui ne diſposait pas de Chl. corr.) a cru pouvoir les incorporer à la fin de son texte. Les éditeurs modernes l'ont suivi, même Jean-A. Ducourneau, qui, pourtant, dans l'édition des Bibliophiles de l'originale, prend pour base le texte de Chl. corr. Jean-A. Ducourneau émet l'hypothèse que Balzac les ait oubliées (BO, t. XIX, Notes, p. 3). Mais nous imaginons mal la possibilité d'un tel oubli, puisque le romancier a fait composer le texte du « Diable à Paris » (voir var. c, p. 177). Nous eſtimons plus probable qu'il ait supprimé ces

*neuf dernières répliques sur des épreuves de l'ultime chapitre non
parvenues jusqu'à nous. Ces répliques de complément nous paraissent
d'ailleurs de médiocre venue et le texte s'achève de façon plus piquante
dans la version écourtée de l'édition Chlendowski. De toute façon,
c'est au texte de cette édition qu'il convient de s'en tenir.*

1. À mi-voix.

INDICATIONS BIBLIOGRAPHIQUES

MICHEL (Arlette) : *Le Mariage et l'Amour dans La Comédie
humaine d'Honoré de Balzac,* Imprimerie de Lille III et Librairie Honoré Champion, Paris, 1976.
— *Le Mariage chez Honoré de Balzac. Amour et féminisme,* éd.
Les Belles-Lettres, Paris, 1978.

PATHOLOGIE DE LA VIE SOCIALE

I. TRAITÉ DE LA VIE ÉLÉGANTE

HISTOIRE DU TEXTE

GENÈSE DE L'OUVRAGE

Après une annonce dans *Le Voleur* du 20 avril 1830, la
première mention du *Traité de la vie élégante* se lit dans *La
Mode* du 29 mai suivant (t. III, p. 217), dans le texte signé B.
de la *Nouvelle théorie du déjeuner :*

« Mais croirait-on que la vie élégante est une chose
naturelle ? Pour ceux qui n'en ont pas le sentiment et qui
roulent leur existence dans les halliers de quelques provinces,
ou pour ceux qui se sont accroupis pendant vingt ans dans un
commerce et qui veulent devenir *quelque chose,* la vie élégante
est une science d'autant plus immense qu'elle embrasse toutes
les autres sciences, qu'elle est de toutes les minutes.

« Au surplus, avant peu, nous offrirons un traité complet
sur cette matière importante. Ce sera une charte qu'on pourra
violer à son aise tout comme l'autre. »

Le titre exact de l'essai apparaît dans un Post-scriptum
rédactionnel de ce même tome III, p. 338 :

« Un *Traité de la vie élégante,* que l'on a différé de publier dans ce volume, parce qu'il forme un ouvrage complet qu'il eût été fâcheux de diviser, sera publié dans le tome IV[1]. »

Une dernière annonce figure dans le tome IV, p. 133 (août 1830), dans l'article « Revue et causeries du monde »; le rédacteur anonyme, après avoir déploré la simplicité excessive de la famille royale, ajoute :

« Un rédacteur de *La Mode* s'occupe en cet instant d'un grave travail dont l'objet est de rechercher les moyens de concilier la brusque absence d'étiquette avec les exigences irréductibles d'une société qui a conservé toutes ses conventions, et en même temps de présenter les périls d'une simplicité qui manquerait de grandeur. »

Le journaliste de *La Mode* disait vrai. Balzac se trouvait alors à la Grenadière, où il avait accompagné Mme de Berny à la fin de mai (ou au début de juin). Le 21 juillet, il écrit à Victor Ratier, après lui avoir vanté les joies de la vie vagabonde et sauvage :

« Figurez-vous maintenant un homme aussi vagabonnant [*sic*] qui part d'un article intitulé *Traité de la vie élégante* pour faire un volume in-8° que *La Mode* va imprimer et quelque libraire réimprimer. Cette entreprise comique et tuante me tient dans un étau depuis que j'ai écrit à M. Varaigne. Ma compagne, qui s'absente d'ici pour douze ou quinze jours, emporte à Paris cette lettre et un tiers environ de ce volume, et vous me direz avec votre rare et précieuse franchise si ce livre est digne de moi[2]. »

Balzac rentre à Paris au début de septembre. On le voit alors demander un rendez-vous au Dr Chapelain pour des expériences de somnambulisme[3]. C'est vraisemblablement à ce moment-là qu'il met en épigraphe à son *Traité de la vie élégante* le fragment de vers emprunté à Virgile : *Mens agitat molem,* qu'il citera plusieurs fois par la suite, ou textuellement ou traduit, en lui donnant en général le sens ésotérique que les magnétiseurs ont attaché à ces trois mots[4]. Vers la même époque, postérieure à la révolution, ont été introduits, comme le montre M. Roland Chollet[5], les développements d'une portée sociale, qui donnent à l'ouvrage son poids et en

---

1. On lit dans le dossier manuscrit du *Traité de la vie élégante* : « L'auteur de cet ouvrage croit nécessaire de déclarer aux lecteurs de *La Mode* que la publication de cette théorie est due aux instances de M. le rédacteur en chef de ce journal. »
2. *Corr.,* t. I, p. 462. Victor Varaigne est l'un des associés du *Feuilleton des journaux politiques.*
3. *Ibid.,* p. 469.
4. Voir Madeleine Ambrière-Fargeaud, « Madame Balzac, son mysticisme et ses enfants », *AB 1965,* et « Balzac et les messieurs du Muséum », *RHLF,* octobre-décembre 1965.
5. Dans *Balzac journaliste. Le tournant de 1830.* (Thèse pour le doctorat ès-lettres soutenue à la Sorbonne en juin 1980).

modifient le caractère, essentiellement anecdotique et aphoristique dans sa conception originale.

Une curieuse coïncidence fait que l'on souhaiterait mieux
connaître le calendrier de Balzac dans la dernière semaine
de septembre et la première d'octobre. Car Brummell, l'ancien arbitre des élégances anglaises, qui paraît dans le *Traité
de la vie élégante,* se trouvait justement à Paris entre le 26 septembre et le 3 octobre (venant de Calais et se rendant à Caen
où il venait d'être nommé consul de Sa Majesté Britannique).
A-t-il rencontré Balzac ? Cette rencontre n'est pas impossible,
mais elle est peu probable[1] : les erreurs sur la vie de Brummell
que contient l'*interview* du *Traité de la vie élégante* donnent à
croire que Balzac, même s'il a trouvé en Montrond, qu'il
voyait chez Mme Hamelin, un informateur direct, a surtout
en tête la page que la courtisane Harriet Wilson consacre
à Brummell dans ses Mémoires, traduits en français dès leur
publication[2].

Le *Traité de la vie élégante* parut dans *La Mode,* sans signature,
les 2, 9, 16 et 23 octobre et le 6 novembre, en cinq articles
correspondant chacun à un des cinq chapitres que compte
l'ensemble de la publication[3]. Dans une lettre de novembre ou
décembre (*Corr.,* t. I, p. 481-482), le Dr Nacquart répond à
des questions de Balzac sur les cosmétiques, auxquels devait
être consacré en partie le chapitre suivant. Ce chapitre ne fut
pas écrit. On voit assez bien pourquoi : *La Mode,* en cette
fin de 1830, est dans une impasse, comme l'« élégance »[4]. Mais
le *Traité de la vie élégante* demeurait toujours inscrit dans les
vœux et dans les plans de Balzac. Lorsqu'il conçut la *Pathologie de la vie sociale,* il colla sur les feuilles d'un cahier relié
par ses soins le texte de *La Mode.* Ce cahier porte le titre
suivant :

« Traité de la vie élégante / Pathologie de la vie sociale ou
méditations mathématiques, physiques, chimiques et transcendantes sur les manifestations de la pensée prise sous toutes
les formes que lui donne l'état social soit par le vivre et le

---

1. Sur cette question, voir Rose Fortassier, « Interview d'un dandy
(1830) », *AB 1967.*
2. Wilson (Harriet), *Mémoires,* Paris, 1825.
3. Trois chapitres pour la première partie, un pour la deuxième,
un pour la troisième qui est restée inachevée, et qui devait en
comprendre quatre autres : le deuxième aurait été une « théorie »
complète de la démarche et du maintien; le troisième, dont la
rédaction devait être confiée à Eugène Sue, aurait traité « De l'impertinence considérée dans ses rapports avec la morale, la religion,
la politique, les arts et la littérature »; les quatrième et cinquième
auraient légiféré sur la conversation et les manières. L'auteur prévoyait enfin une quatrième partie sur les « Accessoires », l' « Art
de recevoir, soit à la ville, soit à la campagne » et l' « Art de se
conduire chez les autres » (voir p. 235-236).
4. Voir Grenville (Vte E. de), *Histoire du journal La Mode,* 1861,
p. 97.

couvert, soit par la démarche et l'hippiatrique, soit par la parole et par l'action, soit par le silence etc... par l'auteur de la Physiologie du mariage. »

Dans les marges, l'auteur nota quelques corrections : il raya les initiales transparentes d'Émile de Girardin et de Lautour-Mézeray, qui n'étaient plus ses intimes, ainsi que les noms d'Auger et du sculpteur Cortot, dont, en 1830, il égalait le talent à celui de David d'Angers; il restitua son titre de reine à la « princesse » de Westphalie, et enrichit d'un détail supplémentaire l'épisode de la réception du Raincy.

DOSSIER MANUSCRIT, TEXTE CORRIGÉ ET PUBLICATIONS

La collection Lovenjoul conserve, sous la cote A 224 :
1. Un dossier manuscrit concernant le *Traité de la vie élégante*. Le feuillet 1 porte le titre *Traité complet de la vie élégante*. Sur les feuillets et les papillons sont jetés des axiomes et notes, concernant non seulement la toilette, mais les appartements, la table, les voitures, les domestiques, la conversation; les notes qui se rattachent à la partie rédigée du traité ont été rayées par l'auteur après utilisation. En dehors de ces notes, le dossier manuscrit propose quatre textes d'une certaine étendue que l'auteur n'a pas utilisés lors de sa rédaction : un début de préface (à ce qu'il semble) au feuillet 22 (recto et verso); une anecdote qui met en scène l'auteur (ou un de ses confrères journalistes) et son *oncle à héritage* (feuillets 3 et 4); un fragment de placard corrigé qui représente les premières lignes du § 2 du chapitre v (feuillet 6); une curieuse liste d'accessoires (tissus, bijoux, voitures, etc.) et de distractions mondaines (jeux, danses, etc.) au feuillet 23 (recto et verso).
2. Le cahier (47 feuillets) signalé ci-dessus, qui porte le titre *Traité de la vie élégante | Pathologie de la vie sociale [...]*. Ce cahier contient :
a. Le texte du *Traité de la vie élégante,* publié dans *La Mode* et corrigé en 1838 ou 1839, lorsque Balzac conçut la publication d'une *Pathologie de la vie sociale;*
b. L'article *Des mots à la mode,* publié dans *La Mode* du 22 mai 1830.

En outre, le dossier A 221, qui concerne la *Théorie de la démarche,* comporte deux feuillets (27 et 28) qui appartiennent en fait au *Traité de la vie élégante.*

La première publication en librairie du *Traité de la vie élégante* est posthume : H. de Balzac, *Traité de la vie élégante* (Paris, Librairie nouvelle, 1854, un petit in-18 de 96 p.).

La description du dossier manuscrit a montré qu'il ne prête pas à un relevé de variantes. Nous avons été amenée à citer dans nos notes certains axiomes qui y figurent et qui

se rapportent aux parties rédigées du *Traité*. On trouvera
ci-dessous un reliquat. Nous reproduisons d'abord les quatre
textes d'une certaine étendue, puis des axiomes et propos
inutilisés, parfois groupés par l'auteur sous une rubrique;
quand ils ne l'étaient pas, nous avons tenté de les rassembler, en leur donnant un titre entre crochets.

SIGLES UTILISÉS

Mode   Texte du journal *La Mode* (1830).
Mode corr.   Corrections apportées à ce texte en 1838 ou 1839
              (cahier du dossier A 224).

DOCUMENTS

A. FRAGMENTS DIVERS

1. *[Projet de préface, peut-être.]*

Quand un fashionable qui a la conscience de la perfection
de sa toilette entre dans un salon, fût-il plein d'hommes supérieurs, il y entre avec une grande confiance.

S'il aperçoit sur quelques lèvres un sourire moqueur, il
prend son lorgnon, examine ses critiques et d'un coup d'œil
les confond et les force au silence : car ou les rieurs ont quelque
chose qui cloche, et se sentent coupables, ou ce sont des
fashionables qui sentent que leur collègue est secundum et
alors mon homme [fait] un sourire, voltige, dit des riens, il
prend sa place, etc.

Et [*sic*] doit-il en être, pour cet ouvrage; un ouvrage qui
entre dans le monde littéraire doit y entrer avec une certaine
impertinence, il est ce que la mode l'a fait, il est un type et il
doit faire loi, il n'y a pas de critique possible [...].

2. *[Anecdote de l'oncle à héritage.]*

[...] contre moi, mais j'ajouterai que j'étais auprès de mon
oncle, vieillard octogénaire, qui avait la manie de ne faire son
testament qu'*in articulo mortis*. Tout-à-coup une calèche arrive
et mon oncle se récrie sur la beauté d'une femme appuyée
dans le fond de la voiture.

« Bah ! Elle est mal habillée !... m'écriai-je.

— Comment peux-tu le savoir ?... me demanda mon
oncle, tu ne l'as pas vue. »

En effet, j'avais les yeux fixés en terre et mon regard ne
s'élevait pas à plus de trois pieds de hauteur.

« Ce n'eſt pas une femme bien mise, répliquai-je, et sans la voir je gage... »

Mon oncle m'interrompit en parlant des glaces. Nous regardons descendre l'inconnue, elle avait des bas de coton à jour, des souliers mal faits, une robe verte, une ceinture couleur puce, un schall bleu, un chapeau blanc orné de rubans citron, elle tenait un sac dont le fermoir était en acier, enfin quoique jeune et belle elle avait l'air d'une caricature. Elle ressemblait aux figurines et aux modes de M. de la Mesangère.

Mon oncle reſta ſtupéfait.

« Voulez-vous maintenant parier qu'elle eſt dame de charité ? dis-je à mon oncle, qu'elle a été aĉtrice, et qu'il y a un perroquet dans son salon. »

Mon oncle ne voulut plus tenir de gageure et il me demanda d'où provenait ma perspicacité.

« Du sentiment intime que je possède de la vie élégante, ainsi quand la calèche eſt arrivée, j'ai aperçu une caisse jaune et des roues réchampies en bleu avec des filets verts, j'en ai conclu sur le champ que la femme n'avait aucun goût, qu'elle devait être nécessairement mal mise, etc., etc.

— Mais si la voiture ne lui appartenait pas.

— Elle n'y monterait pas.

— Mais si son mari a mauvais goût.

— Elle ne le souffrirait pas.

— À quoi vois-tu qu'elle doit avoir un perroquet.

— Parce qu'en descendant elle a regardé celui que tient un petit savoyard.

— À ce compte je n'ai guères le sentiment de la vie élégante... me dit mon oncle.

— C'eſt vrai, repris-je, mais aussi vous le payez bien cher. Vous êtes souvent de mauvaise humeur, vous me recevez mal par inſtant, et vous ne seriez pas mon oncle que je devinerais votre vie intérieure en vous voyant assis là. Vous avez des boucles d'argent sur des souliers de caſtor, vous avez une culotte et des bas de soie blancs, une canne au goût du jour, un gilet carré et un habit assez moderne. Vous vous poudrez les cheveux et vous avez des favoris grisonnans. Il n'y a pas d'unité dans votre toilette, rien n'eſt ensemble et je me dirais : " Voilà un homme fantasque ". »

Mon oncle était dans un accès de bonne humeur et il se mit à sourire. Brave et digne homme, je l'ai bien souvent maudit d'être mort sans avoir fait de teſtament, mais je m'y attendais; car il ne manquait jamais de me proposer de nous remettre à trois points quand nous en avions chacun quatre à l'écarté, aussi lorsqu'il eut la goutte dans l'eſtomac et que je lui dis :

« Mon bon oncle voici votre notaire ?...

— Demain, répondit-il, je me sens mieux [...] »

3. *Traité de la vie élégante : Troisième Partie.* | Des choses qui procèdent immédiatement de la personne. | Chapitre v. — De la toilette dans toutes ses parties... *[début interrompu d'un § II]*.

§ II
DE LA PROPRETÉ DANS SES RAPPORTS
AVEC LA TOILETTE

L'entraînement de la vie est tel, chez quelques personnes emportées soit par le torrent d'une passion, par les renaissantes délices de la rêverie, soit par les investigations de la science ou par cette douce et caressante paresse, attribut des âmes orientales, qu'il n'y a rien d'extraordinaire à rencontrer, même parmi les femmes les plus élégantes, des corps souffrants, malades, et privés des avantages qui résultent d'un bon système hygiénique.

Nous avons vu, dans tous les quartiers, chez les grands et dans les campagnes, sous les opulentes courtines du riche et sous la délicieuse mansarde de la grisette, s'accréditer de fausses opinions qui vicient le corps et par la suite, la beauté. [...]

4. *[Liste de mots pour la description de la vie élégante.]*

passepoil, moustache royale, impériale, favoris, dévidoir, nageoires, moule, coton, rouennerie, cotonnade, aiguière, fontaine, bassins, bassinoire, demi-bain, dé, cure dent, cure oreille, strapontin, beauté, figure, contredanse, galopade, gant, brosse, drap, linge, toilette, ciseaux, dentelle, serviette; cachemire, cachet, anneau, bague, boucle d'oreille, diamant, pantalon, redingotte, fontange, corps, femme de chambre, groom, tigre, laquais, chaussure, voile, organdi, mousseline, schall, couteau-table, divan, ottomane, duchesse, tabouret, plateau, pendule, montre, perle, chaîne, armoiries, coussin, pliant, chaise, commode, secrétaire, lit, rideaux, bonheur du jour, tailleur, couturière, brodeur, tapisserie, journal, mode, cheval, voiture, tilbury, calèche, landau, vis-à-vis, carriole, char à bancs, banquette, lustre, feu, cheminée, pipe, parfums, cosmétiques, thé, café, sucre, aiguière, lavabo, guirlande, fleurs, flèche, tapis, siége, causeuse, ombrelles, parapluie, malines, angleterre, chiffons, chemise, bas, jupe, jupon, canezou, spencer, brandebourgs, boutons, aiguillettes, cothurnes, rubans, valet, persienne, stores, jalousies, cache pots, sonnettes, porcelaine, laque, cuiller, fourchette, jaseron, croix, rivière, châton, bijoux, joaillier, démarche, danse, musique, piano, harpe, chant, guittare, chasse, clef, trousseau, corbeille, élégance, luxe, économie, maison, mariage, veuvage, amour, amant, boëtes, cristal, jeux, wisth, écarté, tressept, bouillotte, flambeaux, girandoles, candélabres, gardecendres, chenets, lampe, vases, bibliothèque, appartement, boston, trictrac, échecs, dames, billard, broderie, pelle, pincettes, chandelier, éteignoir, bain, baignoire, velours, soie, florence, taffetas, damas, damasquinage, acier, armes, bottines, bottes, habit, gilet, basin, menuet, salut, révérence, livre d'heures, demoiselle, fille, vaisselle, queue, tuls, chaussettes, filoselle, bourre de soie, marqueterie, pierres fausses, mosaïque, roses, strass, effilé, col, faux-col, ongles, œil, chevelure, pas, album, souvenir dai, ridicule, reliure, voyage, mains, ton, pied, œil, chevelure, sautoir, biribi, zelia, écharpe, lacet, affiron, corset, corps piqué, molleton, merinos, vigogne, loutre, astracan, fourrure, martre, ambre, collier, flacon, jaconas, madapolams, croisé, flanelle, tabis, ouate, édredon, cigne, traversin, matelas, couverture, sommier, roulettes, coulisses, patères, tringles, papiers, vernis, servantes, dessert, entremets, loge, spectacle, opéra, ongles, draperie, domino, maroquin, toiles, liteau, grain d'orge, serge, camelote, pou-de-soie, gros de tours, reps, gros de naples, satin, alépine, acajou, noyer, chêne, bronze, nacre, ivoire, cirage, nœud, épée, badine, cravache, étrier, selle, mors, bride, fer, perruque, faux toupet, toupet, talons, mules, escarpins, bougie, chandelle, bobèche, carafe, al-carazas, salière, service, drageoir, bahut, dressoir, fil, aiguilles, épingles, gaine, canapé, boudoir, oratoire, salle à manger, salon, chambre à coucher, office, cuisine, verre, carreau, secret, bonnet, caleçon, ciel, tournure, mouchoir, écritoire, pupitre, belvédère, grèques, haut-de-chausse, chausses, pectoral, pers, cramoisi, rouge-athénienne, harpe, lyre, dévidoir, coëffure, coëffeur, barbe, barbier, surcot, tricot, laine, lainage, batiste, chanvre, lin, ourlet, surjet, passe, panne, pagne, filet, résille, béret, boléro, tablier, poche, pelisse, encre, mordoré, bal, concert, ballet, viole, fourreau, pardessus, baleine, busc, étamine, bouquet, ceinture, bourse, boucle, guêtres, souspieds, passementeries, passementier, galon, floche, écru, culotte, braguette, mortier, éperon, manchettes, plumes, écran, badines, alumettes, cordon, fichu, lorgnette, binocle, lunettes, bésicles, jumelles, barcarole, nocturnes, caprices, savons, livre d'heures, visites, déjeuner, dîner, lever, coucher, camées-antiques, solitaires, mouches, paniers, joncs, roses, brillants, lumière, heure, poudre, invisibles, huiles, amidon, mitaines, mitons, falbalas, volans, jockeis.

B. AXIOMES ET PROPOS NON UTILISÉS

1. *[Sur le « luxe de simplicité » et le sentiment de la vie élégante.]*

La toilette d'une femme élégante ne doit jamais être un luxe.
La robe de velours est un haillon dès qu'elle miroite.

L'élégance en fait de toilette est plutôt une question de fraîcheur que de richesse. Que les fils et les rubans sont plus dispendieux que beaux. L'or et les pierreries sont incompatibles avec une toilette du matin.

Des diamants dans une parure qui n'est pas destinée à un bal très paré ou à une réception de cour, constituent une impuissance.

Chaque jour emporte un préjugé sur les diamants. Le diamant dans la parure est une impuissance.

En fait de mode une femme qui a le sentiment de l'élégance n'a que deux manières d'être : elle crée ou elle adopte. Le génie crée; le goût choisit; ainsi le problème devient une question de caractère : une femme est hardie ou timide.

[...] soirée, accusent des imperfections grossières. Avoir un chapeau neuf et un gilet sans fraîcheur. Courir avec une robe de l'année dernière et une ceinture nouvelle sont des fautes que ne commettent jamais les personnes qui entendent la vie.

Une femme est bien ou mal habillée avant de passer sa robe.

Choisir pendant une heure et faire déplier beaucoup d'étoffes, est le propre des femmes sans élégance. Le goût est un éclair.

Les couleurs éclatantes, le blanc excepté, ne seront jamais de bon goût, même au bal.

Le rose sied à tout âge, la loi qui le réserve à la jeunesse est un préjugé.

Une robe blanche n'a pas trois heures d'existence.

La grâce et le bon ton viennent de l'aisance.

La femme qui se dessine trop a l'air d'une *fille*.

Un sac au bout du poing est l'insigne de la bourgeoise.

Une femme élégante ne tient pas son mouchoir déplié à l'instar d'une actrice en scène.

Aux vieilles plaideuses les jupes longues.

Une femme essentiellement élégante prévoit la mode et celle de tout le monde n'est plus la sienne.

Une femme élégante s'habille trois fois par jour.

Une femme élégante s'habille, une bourgeoise se pare.

La propreté doit être une vertu de tous les jours.

L'ongle long est un luxe.

En fait de choix d'étoffes, une femme doit se souvenir que le goût est un éclair. On ne choisit pas pendant une demi-heure. Une personne de goût entre dans un magasin, voit tout d'un seul coup d'œil et si elle a du tact, du goût, le sentiment de l'élégance, elle a choisi. Aussi les anglaises [...]

La plus grave erreur qu'une femme puisse commettre eſt de croire qu'elle eſt habillée par des vêtements apparents. Tout dépend de la toilette *de dessous*. Quand une femme n'a plus que sa robe à passer, on peut hardiment prononcer si elle sera bien ou mal habillée.

C'eſt surtout chez la femme que la toilette eſt la traduction d'une pensée.

Il eſt peut-être moins disgracieux de laisser dépasser la robe par le jupon que de ne pas fermer exactement sa robe par-derrière à l'endroit de la ceinture.

Enfin la pensée intime celle du moment se révèle par l'habillement et ce ne sont pas des expressions tout à fait dénuées de sens que ces dictons populaires : l'habit de rôt, l'habit de conquête.

2. *[De la propreté dans ses rapports avec la toilette.]*

Nous avons été à même d'observer plusieurs fois qu'une femme a une immense supériorité sur les autres femmes quand elle prend un bain tous les matins. Il y a dans ses mouvemens, dans ses geſtes, dans sa démarche, dans sa tournure, dans sa toilette une grâce, un air, un je ne sais quoi, qui échappent à l'analyſte. C'eſt une légèreté gracieuse, une fraîcheur preſtigieuse qui s'impriment en tout. Le corps semble avoir la conscience de sa beauté, de sa netteté. La vie semble se renouveler dans cette eau pure. Toutes les femmes célèbres par leur grâce se baignaient beaucoup.

Diane de Poitiers a dû la conservation de sa beauté à des bains presque froids. Le bain eſt, en fait de toilette, un des symptômes de la vie élégante. Et nous déclarons avec douleur que les femmes se baignent peu en France.

De la toilette des hommes

L'ordre, la propreté, l'harmonie, la simplicité.

Le linge. La cravatte. Le vêtement. Tailleur. La chaussure bottier.

L'ornement dans la toilette des hommes. Tout ornement inutile eſt de mauvais goût.

Il n'y a pas de toilette sans beau linge. Un homme ne doit jamais le montrer mais le laisser voir.

Il n'y a pas de propreté possible si votre linge eſt lavé avec celui des autres.

L'homme qui porte un corset se défie de lui-même.

Les gilets blancs seront boutonnés jusqu'en haut le matin.

Les seuls gants blancs qu'un homme puisse porter doivent être en peau de daim.

Mettre un habit avant cinq heures, avoir des gants de couleur claire, ou porter une cravate blanche le matin, c'est abjurer sa religion.

Un philosophe peut se faire habiller par son tailleur, comme l'a dit Labruyère, mais il peut choisir un bon tailleur.

Un homme qui monte à cheval ne doit jamais le laisser apercevoir. Il n'y a que les courtauds de boutique qui portent des éperons parce qu'ils ne vont pas à cheval.

Il faut être un homme bien supérieur pour se faire pardonner l'indifférence en fait de toilette et le dernier degré de la distinction est de pouvoir porter une [...]

Les gants ne doivent jamais être de couleurs claires.

Les bottes doivent être d'une propreté remarquable, et la semelle d'une extrême finesse.

Chapeaux en dehors de la loge.

3. *[Sur la conversation et les manières.]*

Diplomates, ministres, courtisans, altesses, beys, deys, pachas, qui pensez être plus ductiles que des jeunes châtaigniers avec lesquels nos tonneliers font des cerceaux. Vous tous enfants chéris de la vie Élégante, disciples de la mode, esclaves du goût, approchez.

Il faut une certaine science pour voir judicieusement et peu de gens savent voir les choses précisément comme elles doivent être vues. Les uns voient trop, les autres trop peu, ceux-ci ne voient que pour admirer; ceux-là pour trouver des défauts; quelques-uns connaissent déjà ou prétendent connaître tout ce qu'on leur montre et adieu le plaisir qu'on espérait goûter en le leur montrant. D'autres sont profondément ignorants et ne peuvent apprécier le mérite de ce qu'ils voient. Il en est qui font trop de questions. D'autres qui n'en font pas assez. En un mot il y a autant de variétés parmi les voyeurs que parmi les mouches... il faudrait un traité tout entier sur l'art de voir.

Voir chaque chose comme vous désirez qu'elle soit vue et distribuer le tribut de son approbation dans la proportion exacte qu'on attendait depuis une simple dose jusqu'à l'enthousiasme.

C'est une grande erreur de croire que la science, la gravité des pensées, dispensent de sacrifier à la grâce des manières. Un homme de beaucoup d'esprit a dit dans ce journal qu'il y avait deux jeunesses, que l'une *jouit de la vie et l'autre l'emploie; l'une attend son avenir l'autre l'escompte, la 1re est plus sage mais elle salue bien mal.*

Regarder la conversation comme des bouts rimés pour placer ma voiture, ma fortune, etc.

Parler de ce que savent les autres.

Ne pas parler des gens et des choses que vos hôtes ne connaissent pas.

Si l'on n'a pas prévu le moment où l'on va ennuyer il eſt bien sot de ne pas voir le moment où l'on ennuie.

Les grands parleurs assassinent la conversation tout comme les médecins qui vous tuent par des toniques.

L'homme qui parle haut eſt mal élevé.

Parler haut, c'eſt manquer de simplicité.

Un homme n'eſt véritablement civil que quand il parle doucement et obligeamment à ses gens.

Tout ce qui fait du tumulte à l'oreille ou bien d'effets aux yeux eſt de mauvais goût.

On pense mieux qu'on ne parle.

Les hommes les plus dissimulés se décèlent par leurs manières.

Un élégant ne choque jamais les usages, n'eſt étonné de rien.

L'homme chez lequel rien ne choque eſt un homme perdu.

L'homme le plus spirituel eſt bête dans un rôle emprunté comme dans un habit.

Un homme de goût perd et gagne sans rien dire.

Un homme qui sait vivre le montre en tout.

Un grand homme ne fait pas de petites fautes.

En tout, le plus poli cède le premier.

Il n'y a plus que les coiffeurs qui fassent des compliments.

Le talent n'arrête pas plus la critique que les défauts n'arrêtent un plaisir.

Il se souvient trop de m'avoir obligé pour que je me le rappelle.

Ne rien envier du moins en apparence.

La fortune qu'un homme acquiert eſt en raison de ses besoins.

La politique fait former des liaisons, la sympathie les consent.

Il y a des hommes comme Caſtaing[1] qui font un crime pour ne pas monter pendant 20 ans se coucher dans des trous.

Parvenus au faîte de l'état social, nous éprouvons le besoin à passer devant les autres.

La vie humaine ne se résout que par *le travail, la pensée* ou *l'oisiveté.*

---

1. Criminel guillotiné en 1823.

Mettre que tout cela est faux en morale et vrai en fait. Cela est [*1 mot non déchiffré*], et nous ne faisons [pas] la société, nous la prenons toute faite.

De l'impertinence considérée dans ses causes et ses effets.

Il prit de la familiarité pour de l'aisance et resta le dos appuyé contre la cheminée ou étendu sur un sopha.

Un Ami est un homme qui sait nous écouter, ou nous comprendre, ou nous répondre, ou nous applaudir, ou nous critiquer, ou nous flatter, ou nous prêter de l'argent, ou s'habiller comme nous, ou nous mener en voiture, ou [...]

Il y a des hommes qui en usent avec les autres comme une abeille avec les fleurs.

L'amitié est devenue une maladie.

Des rapports que la fortune ou le pouvoir ont dans les amitiés.

Le mot Vertu répond-il à une idée ?

À quelle idée répond-il.

4. *Des appartements.*

Moins les accessoires seront nombreux et plus un appartement sera gracieux.

En fait d'appartement, le principe fondamental est l'accord et l'uniformité.

Il n'y a pas d'appartement possible là où les lignes sont rompues.

Il ménage ses meubles et se prodigue.

5. *Des voitures.*

Une des grandes erreurs des philosophes est que *l'homme primitif* ne se complète socialement que par son union avec la femme : dans la vie élégante, il n'y a de complet que le *Centaure,* l'homme en tilbury.

Moins une voiture laisse voir de ressorts et plus elle sera de bon goût.

La voiture est un passeport pour toute espèce de mode.

6. *La conduite en voiture.*

Ne parler jamais de ses avantages personnels, de sa fortune, ne jamais le faire sentir aux autres.

7. *Réception des autres chez soi.*

À la campagne, à la ville, au spectacle, chez les marchands. Il n'y a pas de supérieurs on traite de puissance à puissance. On ne discute pas avec un marchand.

Dans l'art de recevoir, avoir des voitures pour remmener ceux qui dînent chez vous.

Pour la table : les petits plats, les couteaux anglais, les triangles, les serviettes, charger l'argentière.

Faire un article sur les parfums,
sur la teinture des cheveux,
sur les cachets
sur l'anoblissement
sur la manière d'être avec sa femme, sa maîtresse
sur le service intérieur
sur la place des écuries
l'arrangement intérieur et extérieur
l'ornement de la toilette des hommes.

Trouver le moyen d'attacher les tapis sans clous.

8. [*Des domestiques.*]

Se faire raser par un laquais. Contraire à la vie élégante : il vous met la main sur la figure.

Traité des domestiques. Tout dépend d'eux; s'ils étaient parfaits, il faudrait les servir.

Où est confirmé ce principe de la vie élégante, qui dit que la vanité est l'écueil; les couleurs de la livrée représentent celles de l armoirie, les personnes non nobles et qui prennent une livrée se font doublement moquer. Quand on n'est pas noble et qu'on a des laquais, on leur donne une livrée de fantaisie, d'où il suit que pour les gens qui ont beaucoup de fantaisie, comme l'auteur du traité, ils auraient une livrée pour chaque jour.

NOTES ET VARIANTES

Page 211.

1. *L'Énéide,* VI, 727. « L'esprit met la matière en mouvement. » Balzac cite volontiers ces trois mots latins (par exemple dans *Pensées, sujets, fragments,* éd. *CHH,* t. XXIV, p. 678 : « Dans *El Verdugo* un fils tue son père pour une idée, et dans *Un roi,* le père tuant son fils. *Mens agitat molem* »). L'aphorisme devait plaire d'autant plus à Balzac qu'il était devenu comme la devise des magnétiseurs (voir Madeleine Ambrière-Fargeaud, « Balzac et les messieurs du Muséum », *RHLF,* octobre-décembre 1965, p. 637-656).

2. Cette « belle infidèle » est tout à fait dans la manière dandy et fashionable, et dans celle de la *Physiologie du mariage.* Voir t. XI, p. 1037 : « *Sublata causa, tollitur effectus,* paroles

latines qu'on peut traduire à volonté par : pas d'effet sans cause; pas d'argent, pas de Suisses. »

3. Le *Code gourmand* (1827) et la *Physiologie du mariage* comportaient aussi de ces amples préfaces ou avant-propos.

4. Le baron Charles Dupin était célèbre dès 1829 pour ses travaux de géographie statistique, science toute nouvelle, qu'illustraient des cartes de France bicolores. *Le Voleur* (auquel Balzac a collaboré) avait fait du baron Dupin une de ses cibles. Balzac le cite également dans ses *Lettres sur Paris* et dans son article de 1830 sur la *Physiologie du mariage* : « La Statistique conjugale est plus amusante que les calculs du baron Charles Dupin » (t. XI, p. 1762).

5. La mode en était passée en 1830. Lui restaient fidèles seulement les élégants de l'Empire (voir *Une ténébreuse affaire*, t. VIII, p. 514) et les dandys de province (*Albert Savarus*, t. I, p. 411).

Page 212.

1. Balzac a très tôt été frappé par la vie mécanique des gens « occupés ». En 1821, il écrit à sa sœur Laure : « Si j'ai une place je suis perdu, et Mr. Nacquart en cherche une. Je deviendrai un commis, une machine, un cheval de manège qui fait ses trente ou 40 tours, boit, mange et dort à ses heures; je serai comme tout le monde. Et l'on appelle vivre, cette rotation de meule de moulin, ce perpétuel retour des mêmes choses ? » (*Corr.*, t. I, p. 112-113).

Page 213.

1. Une voiture de remise, c'est-à-dire de louage.

2. C'était alors le nom de la partie de la rue de Turenne actuelle comprise entre la rue des Filles-du-Calvaire et la rue Charlot, au Marais.

3. Tasse plus petite que la tasse à café ordinaire.

4. La célèbre maison d'éducation fondée à Saint-Denis par Mme Campan en 1810.

5. Voir *L'Élixir de longue vie*, t. XI, p. 485 : « Son bonheur ne pouvait pas être cette félicité bourgeoise qui se repaît d'un *bouilli* périodique, d'une douce bassinoire en hiver, d'une lampe pour la nuit et de pantoufles neuves à chaque trimestre. »

6. C'est par les mots « cité dolente », on le sait, que Dante désigne, au début de *La Divine Comédie* (ch. III), cette cité des douleurs qu'est l'Enfer. Balzac cite cette expression dans *De la vie de château* (*La Mode*, t. III, 13e livraison, 26 juin 1830); dans *Le Curé de Tours*, t. IV, p. 220; dans *Adieu*, t. X, p. 986.

7. Le Grand Livre de la dette publique contenait la liste de tous les créanciers de l'État.

8. Voir l'image de la nef dans *La Fille aux yeux d'or,* t. V, p. 1052.

Page 214.

1. Voir, dans la *Physiologie du mariage,* t. XI, p. 1047, les métaphores empruntées à la machinerie du théâtre, et dans *Le Père Goriot,* t. III, p. 118 : « des faces où les passions n'avaient laissé que leurs cordes et leur mécanisme ».

2. Surveillants.

3. La mode. C'est par ce mot que l'anglomanie désigne couramment la mode à partir de la Restauration.

4. Les mots « à plusieurs fins » semblent indiquer qu'il s'agit, non du marchepied placé sur le côté de la voiture et dont les degrés se replient, mais de la partie qui est devant le cocher, là où il met les pieds, et, éventuellement, des paquets.

5. Portal (Antoine, baron), médecin français né à Gaillac (Tarn) en 1742; il venait de mourir en 1832. Premier médecin de Louis XVIII, il avait fait créer en 1820 l'Académie royale de médecine. Il était connu pour la simplicité de ses mœurs.

6. Vers 1830, journalistes, caricaturistes et vaudevillistes se sont amusés des sacrifices et des ruses suscités par le désir de posséder un cachemire (véritable ou dû à l'industrie de Ternaux). Mais, à cette date, c'est seulement dans la bourgeoisie qu'il constitue (comme le collier ou les boucles d'oreilles en pierres précieuses) le signe du luxe suprême.

7. Dans le Marais, notamment, où Balzac avait vécu, les loges s'ornaient souvent de cette inscription. Voir *Honorine,* t. II, p. 257.

8. Le théâtre Feydeau, ancien *théâtre de Monsieur* (rue Feydeau), où s'était installé, de 1801 à 1804 et de 1805 à 1829, l'Opéra-Comique. Il venait de fermer ses portes le 16 avril 1829 pour cause de mauvaises affaires et de vétusté. Balzac méprisait assez l'Opéra-Comique.

Page 215.

1. Combinaison de quatre numéros pris ensemble à la loterie et sortis au même tirage (Littré).

2. Ce mors de bois peut surprendre; les cultures les plus pauvres ne nous ont laissé que des mors d'acier et de cuir. Ce qui ne signifie pas forcément que la seule imagination de Balzac ait enrichi le harnachement de cette pièce, qui a pu exister à l'état de « bricolage ».

3. Calèche de voyage légère. Le mot revient p. 227.

Page 216.

1. Nous n'avons pas trouvé où Balzac avait pris cette anecdote. Mais en 1835, Zulma Carraud lui écrit : « Je vous

ai entendu vanter le cabinet de M. Chateaubriand avec ses meubles de chêne; si le propriétaire de ce cabinet n'eût pas été un homme sans ordre, pour ne pas dire plus, et qui avait un tel cabinet par orgueil, j'aurais dit : " imitez! " Mais je vous aime mieux fou de chiffons et de femmes vaines que prêt à vous vendre pour 5 francs, comme le père de l'École Romantique » (*Corr.,* t. II, p. 743). Voir, à propos de ce dernier trait, « Pages supprimées de *L'Illustre Gaudissart* », t. IV, p. 1330.

Page 217.

a. notre honorable ami A-Z   *Mode corr.*   : notre honorable ami E. de G.   *Mode*

1. Les initiales A-Z indiquent peut-être, d'une manière amusante, le caractère omniprésent du directeur. Dans le texte de *La Mode,* les initiales E. de G. désignaient évidemment M. de Girardin.

2. Ne s'agirait-il pas plutôt d'*Adam* Smith, le fondateur de l'économie politique, auteur d'*An Inquiry into the nature and causes of the wealth of nations,* 1776, ouvrage mainte fois traduit de 1778 à 1822 sous le titre *Recherches sur la nature et les causes de la richesse des nations ?* En effet, pour Adam Smith, la richesse proviennent non du sol, mais du travail humain. Dans des analyses devenues classiques, Smith a mis l'accent sur l'importance du travail manufacturier, producteur au même titre que le travail de la terre.

3. Pédagogue bourguignon, inventeur d'une méthode fort pratiquée en 1830, qui consistait surtout à apprendre les langues, la peinture, la musique en partant non des rudiments, mais de l'étude des grandes œuvres. Jacotot croyait aussi à l'égalité des intelligences. Un des collaborateurs de *La Mode,* Boutmy, s'intéressait fort à cette méthode, qu'il pratiquait et qu'il contribua à vulgariser par ses écrits pédagogiques.

4. En 1828-1829 avaient paru les trois tomes du *Cours de philosophie* par Victor Cousin, recueil des treize leçons professées d'avril à juillet 1828. Les tomes I et II portent pour titre *Cours d'histoire de la philosophie.* C'est bien au tome II, p. 44, que se lit le texte inexactement cité par Balzac : « L'exercice de la raison est nécessairement accompagné de celui des sens, de l'imagination et du cœur, qui se mêlent aux institutions primitives, aux illuminations immédiates de la raison, et les teignent de leurs couleurs. »

5. Évidemment, un vol fait à la classe la plus nombreuse et la plus pauvre.

6. Chodruc-Duclos, sorte de Diogène moderne, surnommé « l'homme aux haillons et à la longue barbe ». Les journaux de 1830 (*La Psyché, La Caricature, Le Voleur*), *Le Livre des Cent-et-un* évoquent cette pittoresque figure du Palais-Royal,

et Anaïs Ségalas lui consacre dans *L'Émeraude* un poème dont la première strophe se termine ainsi : « Indigent et superbe, étalant ses lambeaux / Et le luxe de sa misère. »

7. Le mot *providentiel* (*homme providentiel* en particulier) appartient au vocabulaire de Victor Cousin.

Page 218.

1. Un contrat d'assurance conclu entre les riches contre les pauvres : première formulation par Balzac d'une théorie du pouvoir qui sera une pierre angulaire de son système politique et social, et qui sera exprimée en termes analogues dans des œuvres postérieures comme *Le Médecin de campagne* ou *Le Curé de village*.

2. Allusion au proverbe cité dans *Illusions perdues* (t. V, p. 184) et dans *Les Paysans* (t. IX, p. 130) : « Partage de Montgomery, tout d'un côté et rien de l'autre », dont nous n'avons pas retrouvé l'origine. Voir toutefois un texte de *La Pandore,* cité par R. Chollet, t. V, p. 1175-1176, n. 2, p. 184.

3. Néologisme.

4. Allusion, peut-être, à la fameuse caricature anglaise, attribuée à Cruikshank, de 1815, *The Mat de cocagne or Louis XVIIIth supported by the Allies* (gravure coloriée, BN Est. QbI).

5. Girouettes, mitres et colombiers étaient le privilège des maisons nobles.

6. Le carreau est un coussin carré dont on se sert pour s'asseoir ou, à l'église, pour s'agenouiller.

7. Une des deux *fourrures* du blason (inspirée du pelage gris et noir du petit-gris ou *vair*), « composée de plusieurs petites pièces égales, qui sont ordinairement d'argent et d'azur, rangées alternativement et disposées de telle sorte que la pointe de pièce d'azur est opposée à la pointe de pièce d'argent et la base à la base » (*Acad.,* 1835).

Page 219.

1. *Se réjouir.* Le futur auteur des *Contes drolatiques* aime ces mots qui sentent leur Rabelais ou leur Verville.

2. En effet les coiffures des tribuns, sénateurs et membres du Corps législatif offrirent une débauche de plumes. Mme d'Abrantès (*Mémoires,* éd. de 1893, t. VI, p. 256) rapporte que Murat dépensa pour 27 000 francs de plumes en quatre mois.

3. Telle est encore en 1830 l'orthographe de ce mot, par lequel les soldats de l'Empire désignaient dans leur argot les bourgeois, peut-être parce qu'ils portaient des pantalons en *pékin* (tissu de soie).

4. 1120 n'est pas une date historique comme 1804, début

de l'Empire. Elle suffit à évoquer une noblesse très ancienne, vieille de sept siècles.

Page 220.

1. Sa Seigneurie le comte Ravez (Simon) présida la Chambre des députés de 1819 à 1828. C'est en 1825 qu'il fut décidé que la Chambre serait élue pour sept ans. Même les adversaires du comte Ravez reconnaissaient sa clarté d'esprit et son art de résumer les questions.

2. Le mot *centaure* évoque plutôt le cavalier, qui ne fait qu'un avec sa monture. Mais la métaphore ne surprend pas trop, s'agissant du sportif conducteur de tilbury, voiture légère et découverte.

3. Nous n'avons pas trouvé ce mot dans les biographies que Plutarque et Diogène Laërce consacrent à Solon.

4. Catherine et Marie de Médicis.

Page 221.

1. Anne et Marie-Thérèse d'Autriche.

2. On sait que ce titre de « citoyen romain » évitait à celui qui le portait les peines infamantes (voir Cicéron, *In Verrem, De Suppliciis,* 162).

3. Comme toute son époque, Balzac a fait sienne cette distinction entre Francs et Gaulois. Le comte de Boulainvilliers (*Histoire de l'ancien gouvernement de France* (1727) et *Recherches sur l'ancienne noblesse* (1753) est à l'origine d'une théorie de la féodalité qui reconnaît aux nobles héritiers des Francs des possessions fondées sur la conquête, et les défend contre les empiétements du pouvoir royal et communal. Reprenant cette théorie, mais dans un esprit tout opposé, les frères Thierry, à la suite du comte de Saint-Simon, l'ont vulgarisée et ont vu dans la révolution de Juillet la revanche des Gaulois. Comme d'ailleurs le marquis d'Esgrignon (*Le Cabinet des Antiques,* t. IV, p. 1096), obstinément fidèle, pour sa part, à la tradition féodale.

4. Cet ouvrage de Jean-François Barrière s'intitule *Tableaux de genre et d'histoire peints par différents maîtres ou Morceaux inédits sur la Régence, la jeunesse de Louis XV, et le règne de Louis XVI, recueillis et publiés par F. Barrière,* Paris, Ponthieu et Cie, 1828. Le deuxième chapitre, *Conversation de Mme la duchesse de Tallard,* met en scène la fille du duc de Rohan, prince de Soubise, gouvernante des enfants de France. Elle raconte comment, ayant invité Samuel Bernard à sa table (à l'époque où, par l'intermédiaire du duc de Noailles, il venait de prêter une fortune à Louis XIV), elle-même et deux autres nobles dames lui gagnèrent au jeu tout ce qu'il avait sur lui.

5. Mme d'Egmont était fille du maréchal de Richelieu.

Dans *La Recherche de l'Absolu,* Balzac, au prix d'un anachronisme, citera son salon parmi ceux que Balthazar Claës fréquentait à Paris. Elle fut l'égérie et la protectrice du poète Rulhière.

6. Stendhal cite lui aussi le mot : « Une duchesse n'a jamais que trente ans pour un bourgeois » (*De l'amour,* éd. Martineau, p. 6), et Balzac le démarque en le prêtant à du Tillet : « La fille d'une duchesse n'est jamais laide pour nous autres » (*Splendeurs et misères des courtisanes,* t. VI, p. 496). Stendhal et Balzac se souviennent probablement l'un et l'autre d'un passage de Chamfort : « Mme de Créqui, parlant à la duchesse de Chaulnes de son mariage avec M. de Giac, après les suites désagréables qu'il a eues, lui dit qu'elle aurait dû les prévoir, et insista sur la distance des âges : " Madame, lui dit Mme de Giac, apprenez qu'une femme de la cour n'est jamais vieille, et qu'un homme de robe est toujours vieux " » (*Maximes, pensées, caractères et anecdotes,* éd. Garnier-Flammarion, p. 208).

Page 222.

1. C'est aussi dans Chamfort (éd. cit., p. 285) que Balzac a pu lire cette anecdote : « M. Joly de Fleuri, contrôleur général en 1781, a dit à mon ami, M. B... : " Vous parlez toujours de Nation. Il faut dire le Peuple; le Peuple que nos plus anciens publicistes définissent : *Peuple serf, corvéable et taillable à merci et miséricorde* ". » On sait que Jean-François Joly de Fleury succéda à Necker le 24 mai 1781 comme contrôleur général des finances. Il se rendit très impopulaire en augmentant les charges publiques, et donna sa démission en 1783. Nous n'avons trouvé nulle part cité ce qui paraît être un mot : *un accident dans l'État.*

Page 223.

1. Le cauri ou cauris est un petit coquillage du genre porcelaine qui servait de monnaie dans l'Inde et au Sénégal.
2. Cette formule a de l'avenir! Proudhon écrira : « La propriété est l'exploitation du faible par le fort. »
3. *Ce qui est à démontrer.* La page 12 de *La Mode* correspond à nos pages 217 (à partir de « À entendre M. Cousin ») et 218 (jusqu'à la ligne 4).
4. Dans ses *Mémoires* qui ouvrent le tome I de *Tristram Shandy,* éd. de 1829, Sterne dit avoir songé à écrire une *Callipédie ou art de faire de beaux enfants,* et le tome II en entier raconte l'attente d'un accouchement.

Page 224.

1. En 1812 avait été érigée au sommet de la colonne Vendôme (ou plutôt d'Austerlitz, comme l'avait nommée Napoléon) la statue, ouvrage de Chaudet, représentant l'Em-

pereur français en costume d'Empereur romain. Elle fut enlevée le 8 avril 1814. Le 28 juillet 1833 devait être replacée sur la colonne une statue du Petit Caporal (en redingote et coiffé du petit chapeau), due au ciseau de Seurre jeune.

2. Un baigneur est un garçon de service dans un établissement de bains. Balzac ne pensait-il pas au propriétaire des Bains turcs à Paris, ou au baigneur de la duchesse de Berry à Dieppe ?

3. Si l'on cherche l'équivalent quant à la forme et à l'esprit mondain, ce proverbe peut être : « Dis-moi qui tu hantes, je te dirai qui tu es. »

4. On connaît les insolences du grand seigneur et les désordres du fameux libertin.

Page 225.

1. L'auteur des *Paysans* pensera bien différemment. Dans l'intervalle, les yeux de Balzac se sont ouverts sur le péril constitué selon lui par le prolétariat, et notamment par le prolétariat agricole.

Page 226.

1. Citation de *L'Énéide* qu'on a déjà lue p. 211. Mais ici l'ordre des mots est inexact. L'amusante traduction qu'en donne Balzac est également différente ici (dont il *tient* sa canne, au lieu de : dont il *porte*).

2. Voir *Document A. 2,* et p. 240, n. 1. En 1830, les plaisanteries sur l'oncle à héritage constituent un thème obligé du vaudeville et même du roman.

Page 227.

a. notre honorable ami   *Mode corr.* : notre honorable ami L.-M.   *Mode*

1. C'est-à-dire doté de ressorts à pompe, comme l'étaient les malles de poste à deux roues du temps de l'Empire (voir *Les Misérables,* éd. Garnier, t. I, p. 293). Les ressorts à lames plates, couramment employés dans la carrosserie en 1830, rendaient la suspension nettement plus confortable.

2. Les initiales L.-M. (voir var. *a*) désignent Lautour-Mézeray.

3. Cette « Vénus accroupie sur sa tortue » se retrouvera sur la cheminée du Rastignac de *La Peau de chagrin* (t. X, p. 194), dont le modèle, comme l'a noté le premier Pierre Barbéris, est en partie Lautour-Mézeray (voir notre article « MM. de Cobentzell ou l'acte de naissance de de Marsay », *AB 1978*). On voit aussi cette Vénus dans la chambre de Mme Birotteau, dans le nouvel appartement arrangé par Grindot, l'architecte des bourgeois. Hommage à Balzac ou

preuve qu'il s'agit d'un modèle reproduit à de nombreux exemplaires, elle reparaît dans le bureau du vieux Jolyon Forsyte dans Galsworthy, *In Chancery* (trad. française, *Aux aguets,* Le Livre de poche, p. 226).

4. Voir var. *a,* p. 217.

5. Le mot de *codification* ne se lit pas dans *L'Organisateur.*

6. C'est oublier le *Code de la toilette* de Raisson (1828), qui en était à sa sixième édition en 1830; et le *Manuel du fashionable* d'Eugène Ronteix (1829).

7. C'est-à-dire le bétail. Le mot, employé aux XVIe et XVIIe siècles, l'est encore dans les provinces au XIXe siècle, et subsiste encore dans les parlers du Centre.

8. Pharmacien, inventeur du briquet phosphorique. Il est cité aussi dans *Illusions perdues,* t. V, p. 350, et dans la *Physiologie du mariage,* t. XI, p. 1041.

9. Lemare (Pierre-Alexandre), grammairien français (1766-1835), qui s'occupa aussi de l'application de la chaleur à l'industrie. Sa cafetière est fort utilisée vers 1830. Il est en outre l'inventeur de la marmite autoclave et du fourneau économique connu sous le nom de caléfacteur Lemare.

Page 228.

1. Balzac se souvient de son voyage à Fougères en 1828.

2. Ce ministre est le comte Corbière, avocat breton, député en 1815 et ministre de 1821 à 1828, l'*alter ego* de Villèle. On peut lire l'anecdote dans *Mes souvenirs* de Mme de Bawr (1853, p. 206) : « Un jour qu'il travaillait avec le Roi, et lui soumettait un plan de très grande importance, après avoir pris du tabac, il posa dans sa préoccupation sa tabatière sur la table, et finit bientôt par y poser son mouchoir. — Mais, Monsieur de Corbière, lui dit le Roi en souriant, vous videz vos poches. — Pour un ministre, Sire, cela vaut mieux que de les emplir, répondit-il, non sans se hâter de retirer le mouchoir et la tabatière. »

3. Balzac a développé ces griefs d'hôte célibataire mal logé dans l'article « La vie de château », inspiré du *Pelham* de Bulwer Lytton (*La Mode,* t. III, 13e livraison, 26 juin 1830).

Page 229.

1. Probablement Eugène Sue, nommé p. 235. Voir encore *Théorie de la démarche,* p. 272 et n. 4.

2. Balzac emploie la graphie fautive « Brummel », qui était alors d'usage en France. Non, Brummell (George Bryan) n'était pas à Boulogne, mais à Calais où il avait cherché refuge contre ses créanciers et la colère de George IV, lassé par l'arrogance de son favori. Presque tous ceux qui ont écrit sur le *Beau* vers 1830 ont fait la même erreur sur le lieu

de son exil, car Boulogne joue le même rôle que Calais dans la vie des Anglais exilés, joueurs ruinés, ou « estivants ». En octobre 1830, George IV mort, Brummell venait justement de traverser Paris pour aller à Caen prendre son poste de consul de Sa Majesté Britannique. Sur la possibilité qu'a eue Balzac de rencontrer Brummell, et sur sa dette à l'égard du dandy anglais, voir notre article « Interview d'un dandy » (1830), *AB 1967*.

3. Citation un peu parodique d'expressions chères aux philosophes et réformateurs sociaux de l'époque.

Page 230.

1. Sur l'influence des *Mémoires...* d'Harriet Wilson, voir *supra*, p. 924.

2. Allusion à l'anecdote bien connue sur Sheridan, le célèbre dramaturge anglais, également célèbre par son dandysme, sortant ivre du Parlement avec Thomas Moore, et n'échappant aux recors qu'en leur jetant le nom du philanthrope Wilberforce, buveur d'eau émérite. Voir l'allusion à Sheridan dans le *Traité des excitants modernes,* p. 311.

3. Une lithographie coloriée avait popularisé cette image de Napoléon Jardinier (voir l'Inventaire de la collection de Vinck, *La Restauration et les Cent-Jours,* BN Est. 21, nº 9785, p. 272, « Le Jardinier de Sainte-Hélène », Dépôt du 6 mars 1829). Dans *La Rabouilleuse,* t. IV, p. 312, le romancier rappelle le succès d'une autre image célèbre, celle du *Soldat laboureur,* qui illustrait la misère du héros réduit à travailler la terre. Le docteur Antommarchi, médecin de Napoléon à Sainte-Hélène, raconte dans ses *Mémoires* (t. I, p. 277-280) que l'Empereur, sur son conseil, se mit au jardinage pour se mieux porter. Aidé de ses familiers de Longwood qu'il dirigeait, il construisit un mur de gazon. L'auteur du *Médecin de campagne* fera dire au commandant Genestas : « On dit qu'il [Napoléon] y jardinait. Diantre ! il n'était pas fait pour planter des choux ! » (t. IX, p. 481).

4. « En enfance » semble exagéré. Victor Cousin, traduisant en partie Hasse (l'ami de Kant) dans son *Kant dans les dernières années de sa vie* (1857), parle seulement d'oublis, d'absences et quelquefois de bégaiement dans les mois qui précédèrent la mort du philosophe, alors âgé de quatre-vingts ans.

5. Le 20 juin 1791, Louis XVI dut se montrer à une des fenêtres des Tuileries coiffé du bonnet rouge. C'est la nuit suivante qu'il quitta secrètement Paris.

6. D'où il s'embarqua le 15 août pour l'Angleterre. Balzac évoque ce départ dans *L'Église* (1831), dans *Le Départ* (1831), dans *La Vieille Fille* (t. IV, p. 934) et dans *Le Cabinet des Antiques* (t. IV, p. 1095).

7. Voir dans *Des artiſtes* (texte paru dans *La Silhouette* les 25 février, 11 mars et 22 avril 1830) : « Le Dante en exil, Cervantès à l'hôpital, Milton dans une chaumière, le Corrège expirant de fatigue sous le poids d'une somme en cuivre, le Poussin ignoré, Napoléon à Sainte-Hélène, sont des images du grand et divin tableau que présente le Chriſt sur la croix [...] » (éd. *CHH*, t. XXII, p. 228). Dans ce texte comme dans le *Traité de la vie élégante*, Balzac démarque probablement Byron : « Où eſt le grand Napoléon ? Dieu le sait. Où eſt le petit Caſtlereagh ? Le diable peut nous l'apprendre; où sont Grattan, Curran, Sheridan, tous ceux dont la voix magique tenait en suspens le barreau et le sénat ?... » (*Don Juan*, chap. XI, 77); « Où eſt Brummell ? abattu; le long Pole Wellesley ? disparu. Whitbread ? Rouilly ? Où eſt George III et son teſtament [...] » (*ibid.*, p. 82, dans la traduction de 1827); « Marie périt sur l'échafaud, Élisabeth mourut de douleur; Charles V mourut ermite, Louis XIV, banqueroutier d'argent et de gloire; Cromwell mourut d'inquiétude; et Napoléon vit prisonnier [...] » (note de Lord Byron à la ſtance 171 du chant III de *Childe Harold*).

On sait que Byron était l'ami de Brummell et l'on a souvent cité ce mot, qu'il eût mieux aimé être Brummell que Napoléon. Quand, en 1821, Hobhouse lui annonça que l'ancien compagnon du *Beau,* Scope Davies, ruiné, avait dû s'exiler sur le continent, l'auteur de Don Juan se serait écrié : *Brummell at Calais, Scope at Bruges, Bonaparte at Sainte-Hélène, you in your Newgate apartment* [c'eſt-à-dire à la prison de Newgate], *and I in Ravenna, only think. So many great men! there has been nothing like it since Themiſtocles at Magnesia and Marius at Carthago!* [« Tant de grands hommes! On n'a rien vu de tel depuis Thémiſtocle à Magnésie et Marius à Carthage »]. Cité par Willard Connely, *The Reign of Beau Brummell,* Londres, 1940.

Page 231.

1. Maîtresse de George IV. Cette consolatrice de Brummell paraît être de l'invention de Balzac.

2. *Tous deux égaux.*

3. George IV eſt mort le 26 juin 1830. Brummell lui survécut huit ans, mais il était mort au dandysme et à la célébrité. Très peu d'entre ses contemporains surent que, grâce à l'intervention de Wellington près du nouveau souverain, il avait obtenu un poſte de consul à Caen.

4. Le compagnon d'exil de Brummell était l'Honorable Berkeley Craven. C'eſt sans doute par inadvertance que Balzac a remplacé son nom par celui du colonel Craddock, attaché à l'ambassade de Grande-Bretagne à Paris, chargé des dépêches. Son nom apparaît souvent pendant l'été 1830

sur la liste des passagers de Paris à Douvres, et il figure dans
Le Courrier français, à la fin de septembre, à côté de celui de
l'ambassadeur d'Autriche, le comte Apponyi, dans un compte
rendu de vernissage.

Page 232.

1. Cet aphorisme rappelle l'expression de Rousseau
« l'homme de l'homme », pour désigner l'homme modelé
par la civilisation (*Les Confessions,* dans *Œuvres complètes,*
Bibl. de la Pléiade, t. I, p. 388; *La Nouvelle Héloïse, ibid.,*
t. II, p. 554).

Page 233.

1. *Traits caractéristiques d'une mauvaise éducation ou Actions et
discours contraires à la politesse* (1796). Il s'agit d'une des nombreuses rééditions de l'ouvrage du célèbre pédagogue qu'est
l'abbé Gaultier (1745-1818).

Page 234.

1. Terme de logique. D'une manière médiate, c'est-à-dire
moyennant un intermédiaire.
2. *Tristram Shandy,* éd. Dauthereau, 1828, t. VI, p. 160 :
« Oui, je le maintiens. Les idées d'un homme dont la barbe
est forte, deviennent sept fois plus nettes et plus fraîches
sous le rasoir; et si cet homme pouvait, sans inconvénient,
se raser du matin au soir, ses idées parviendraient au plus
haut degré du sublime. Je ne sais comment Homère a pu si
bien écrire avec une barbe de capucin. »

Page 235.

1. Néologisme, comme, plus bas, *modiphile.*
2. Voir p. 196 de notre Introduction ce qu'il adviendra
de ce projet.
3. Sur Eugène Sue, voir *supra,* p. 229.
4. Ce titre rappelle un peu (Balzac l'a-t-il voulu ainsi ?)
celui de l'ouvrage de Thomas de Quincey, *De l'assassinat
considéré comme un des beaux-arts.*

Page 236.

1. De cette œuvre qui ne fut jamais écrite (mais dont le
titre figure toujours dans le Catalogue de 1845), une autre
phrase sert d'épigraphe à *L'Élixir de longue vie,* paru dans la
Revue de Paris le 24 octobre 1830.
2. Voir dans *Louis Lambert :* « *Trois* et *sept* sont les deux
plus grands nombres *spirituels* » (t. XI, p. 691).
3. D'une manière plus précise, l'auteur de *L'Auberge rouge*

(t. XI, p. 121) cite *Le Dictionnaire des cas de conscience*. Allusion, sans doute, à celui qui était le plus classique, par Jean Pontas, Bâle, 1741.

Page 237.

1. Sur l'admiration de Balzac pour les œuvres de Cuvier, voir *La Peau de chagrin* (t. X, p. 74-76).

Page 238.

a. des David. *Mode corr.* : des David et des Cortot. *Mode*

1. On lisait dans *La Mode* : des David et des Cortot (voir var. *a*). Le premier est David d'Angers; quant au second, il s'agit de Jean-Pierre Cortot (1787-1843), statuaire, qui a eu son heure de gloire. Au moment où éclata la révolution de Juillet, Cortot venait d'achever les modèles des cinq grandes figures destinées à orner le monument qui devait être élevé en l'honneur de Louis XVI sur l'actuelle place de la Concorde.

2. Ainsi, dans *L'Interdiction* (t. III, p. 466), le juge Popinot, partant de « l'éléphant doré qui soutenait la pendule pour questionner ce luxe » et estimer le train de vie de Mme d'Espard.

3. Le martinet est un petit chandelier plat, généralement en fer ou en cuivre, et muni d'un manche. En 1830, c'est un objet démodé et petit-bourgeois (voir *Les Employés*, t. VIII, p. 935), tout juste bon à porter une chandelle. La bougie, luminaire de luxe à l'époque par rapport à la chandelle, exige le chandelier, le candélabre, le flambeau, en argent massif ou en or moulu.

4. J.-A. Ducourneau pensait que cette initiale désigne Mme Amable Tastu, poétesse qui eut son heure de célébrité et fut appréciée de Chateaubriand. Mais il s'agit plus vraisemblablement de Mme Tallien, habituée des fastes royaux du Raincy au temps d'Ouvrard (ce dernier nom figure dans la *Théorie de la démarche*) et dont Mme d'Abrantès (également citée dans le *Traité de la vie élégante*) avait pu entretenir Balzac.

Page 239.

1. Voir n. 1, p. 214.

2. Par ce nom, Balzac désigne les petits almanachs imprimés à Rouen, dans la tradition de l'*Almanach de Liège (1635)*, de l'astrologue Mathieu Laensbergh (il existe diverses graphies pour ce nom) : *L'Astrologue universel, ou le grand Mathieu Laenberg* pour l'an de grâce..., ou *L'Astrologue normand ou le Gros Matthieu Laenberg*. Ils prédisaient, en même temps que les événements remarquables, les variations du temps.

3. Ou bouffons, c'est-à-dire des chanteurs italiens.

Page 240.

1. Voir n. 2, p. 226.

2. Balzac a lu ce mot dans la _Notice historique sur la vie et les ouvrages de Fontenelle_ au début du tome premier des _Œuvres de Fontenelle,_ Paris, Salmon, 1825, p. xvi : « Un jour qu'on montrait dans une société un petit ouvrage d'ivoire d'un travail si délicat, qu'on osait à peine le toucher, chacun l'admirant à mesure qu'il passait de main en main, _pour moi,_ dit Fontenelle, _je n'aime point ce qu'il faut tant respecter;_ sur ce, Mme de Flamarens arrivant, il ajouta en se tournant vers elle : _Ce n'est pas pour vous que je dis cela, madame._ »

3. Dans _Le Bois de Boulogne et le Luxembourg_ (_La Mode,_ 12 juin 1830), Balzac évoquait déjà « la vieillesse ennuyeuse et cacochyme » qui hante le jardin du Luxembourg : « L'aspect du vétéran triste et morne semblable au Temps qui veille à la porte du tombeau ne nous arrêtera-t-il pas aux portes du Luxembourg ? » (éd. _CHH,_ t. XXII, p. 653).

4. _Semper paratus_ (« Toujours prêt ») est la devise des Las Cases. À cette famille, qui compte le mémorialiste de Napoléon, appartint le célèbre dominicain espagnol, Barthélemy de Las Casas (1474-1566), apôtre et défenseur des Indiens d'Amérique du Sud.

5. « S'il est permis de comparer les grandes choses aux petites. » Voir à la fin de la Préface de _César Birotteau : Si tanta licet componere parvis._ On voit que Balzac renverse la célèbre formule de Virgile : _Si parva licet componere magnis_ (« S'il est permis de comparer les petites choses aux grandes »), _Géorgiques,_ IV, 176.

6. Dessein tenait à Calais l'hôtel célèbre où habita Brummell.

Page 241.

_a._ une reine, _Mode corr._ : une princesse, _Mode_

1. Cette réception est racontée tout au long par la duchesse d'Abrantès dans ses _Mémoires,_ éd. Garnier, 1893, t. VI, p. 459-493. C'est le 20 août 1807 que Duroc, grand maréchal du Palais, fit savoir à Junot que la princesse royale de Wurtemberg arriverait le lendemain à neuf heures du matin, avec sa suite, pour déjeuner au château du Raincy (qui était alors la maison de campagne du gouverneur de Paris) et s'y reposer jusqu'à sept heures du soir. La princesse Catherine venait à Paris pour y épouser Jérôme Bonaparte, que son frère faisait roi de Westphalie. La châtelaine du Raincy donna ses ordres à son maître d'hôtel, ancien cuisinier au nom prédestiné Réchaud, et reçut parfaitement sa royale visiteuse et Jérôme. Le mot adressé au maître d'hôtel ne figure pas dans les _Mémoires,_ non plus que le bal.

2. Bassompierre raconte, dans son *Journal* (éd. 1870, t. I, p. 189-190), comment (n'ayant d'ailleurs pas un sou vaillant) il se fit faire, pour le baptême du Roi (en 1606), un merveilleux habit brodé orné de toile d'or violette et de 50 livres de perles; le prix correspond à celui (réévalué) que donne Balzac.

Page 242.

1. Abraham Constantin, peintre né à Genève en 1785. Il travailla à Paris où il fit surtout de la peinture sur porcelaine et sur émail. Sa *Fornarina* d'après Raphaël est au musée de Sèvres.

2. On lit parmi les notes du dossier manuscrit :

La vie élégante étant l'expression d'un ordre de choses tout nouveau

La vie élégante représentant les besoins et les rapports nouveaux

L'entente parfaite du progrès social reproduit le sentiment de la vie élégante; cette expression des besoins et des rapports nouveaux créés par une organisation virile.

C'est parce que l'amour-propre est le fondement de la vie élégante que la vanité en est l'écueil : La vanité n'étant que l'amour-propre mal entendu.

Page 244.

1. Balzac avait pu lire les *Lettres familières,* dont l'édition la plus récente était de 1827 (*Œuvres* de Montesquieu, Paris, Dalibon, p. 350-542). On y peut en effet admirer la variété et le naturel de ce qui n'est jamais une *formule* finale. Toutes les nuances s'y trouvent, du simple *Adieu* ou *Bonsoir* aux *sentiments d'estime, les plus tendres, de tendre amitié, de respect et de considération,* en passant par *je vous embrasse, de tout cœur, mille fois, un million de fois.*

Page 245.

1. On prête ce mot à Talleyrand : « La parole a été donnée à l'homme pour mentir » (il est cité dans [Henri de Latouche], *Album perdu,* 1829, qui est un recueil des mots les plus répandus de Talleyrand, et dans *Le Rouge et le Noir* [éd. Garnier, p. 130], où Stendhal l'attribue, malicieusement sans doute, au R. P. Malagrida; voir, p. 554 de cette édition, la note de P.-G. Castex.)

Page 246.

1. Dictionnaire de poche.

Page 247.

1. On lit dans la *Physiologie du mariage* (t. XI, p. 1007) les expressions *mannequin à modes* et *porte-manteau*.

2. Dans *La Peau de chagrin* (t. X, p. 128), il est question des fanfarons de salons « mâchant le bout de leur canne »; et dans une lettre à Victor Ratier du 15 mai 1831, on lit : « [vous] qui irez téter le bout de votre canne dans les foyers de théâtre [...] » (*Corr.*, t. I, p. 527).

3. Balzac s'est lui-même moqué des *Mots à la mode* dans l'article qui porte ce titre (dans *La Mode*, t. III, 8e livraison, 22 mai 1830).

Page 249.

a. à un jeune écrivain   *Mode corr.*   : à M. Auger, jeune écrivain   *Mode. Voir n. 1, p. 250.*

1. C'est dans son *Histoire des Sociétés secrètes de l'armée et des conspirations militaires qui ont eu pour objet la destruction du gouvernement de Bonaparte*, 1815, p. 16-213, que Nodier trace le portrait et rapporte la vie du colonel Jacques-Joseph Oudet, son compatriote. Oudet était le premier adjoint du général Mallet au sein de cette Société bisontine des *Philadelphes* à laquelle appartinrent aussi Moreau, Lahory et Pichegru. Dans ce jeune héros, ce qui a charmé Nodier et Balzac, c'est l'extrême diversité des qualités et des dons : « Il aurait été à son choix poète, orateur, tacticien, magistrat » (p. 17). Et encore : « Il avait la naïveté d'un enfant et l'aisance d'un homme du monde; de l'abandon comme une jeune fille sensible, de la fermeté comme un vieux Romain; de la candeur et de l'héroïsme. C'était le plus actif et le plus insouciant des hommes; paresseux avec délices, infatigable dans ses entreprises, immuable dans ses résolutions; doux et sévère, folâtre et sérieux, tendre et terrible, Alcibiade et Marius » (p. 18).

Page 250.

1. Hippolyte Auger, collaborateur de *La Mode* et du *Feuilleton des journaux littéraires,* ancien co-fondateur du saint-simonien *Gymnase,* écrit : « La toilette est l'expression de la société à toutes les époques » (*La Mode,* t. II, p. 110).

2. Il est question des perruques de Popocambou-le-Chevelu, roi de Tombouctou, dans l'*Histoire du roi de Bohême et de ses sept châteaux* de Charles Nodier, édition originale, p. 230 et suivantes.

3. Voir *Ferragus* (t. V, p. 794 et note), où Balzac fait allusion à cette affaire : en 1685, le chapitre de la cathédrale (et non le Parlement) rappela à l'ordre un chanoine qui voulait dire sa messe en perruque (J.-B. Thiers, *Histoire des perruques,* 1690).

Page 251.

1. Les Bourguignons, ennemis des Armagnacs, adoptèrent en 1411, comme signe de ralliement, un chaperon vert et la croix de Saint-André en sautoir, portant la légende : Vive le Roi! Lorsque Jean sans Peur fut entré dans Paris le 23 octobre, on para de cet emblème jusqu'aux statues de saints dans les églises. Et quiconque refusait de l'arborer était menacé.

2. C'est là une variante de la classification des quartiers en 1830. Voir *Le Bois de Boulogne et le Luxembourg* qui compare « les magnificences un peu brutales de la Bourse et la gothique simplicité du Marais avec la dignité élégante du faubourg Saint-Germain et les trivialités du faubourg Saint-Jacques » (*CHH*, t. XXII, p. 652).

Page 252.

1. Toile forte et gommée dont on double les étoffes, et particulièrement les collets d'habit.

Page 253.

1. Paroles de Jésus au Calvaire (Luc, XXIII, 34).

2. Axiome constamment répété dans le dossier manuscrit du *Traité*.

Page 254.

1. Cet aphorisme est pris à H. Auger (*Sur la toilette,* dans *La Mode,* t. III, p. 152), qui écrit exactement : « La toilette n'est pas l'ajustement, mais la manière de le porter. » Sous cette forme, il est cité quatre fois dans le dossier manuscrit du *Traité*.

2. Nous n'avons pas trouvé la source de cette anecdote.

3. Restaurateur établi au 9, rue Mauconseil (il figure dans l'*Almanach du commerce* de 1829).

Page 255.

1. Le dossier manuscrit donne cet autre libellé : « La voiture est un passeport pour toute espèce de mode », et contient plusieurs aphorismes sur l'utilité de la voiture :

La jupe courte veut un équipage.

Il n'y a pas de bonnet possible pour une femme à pied.

Aujourd'hui le sentiment de l'élégance ne se trahit chez un piéton que par une indéfinissable harmonie dans la toilette. Le fantassin doit nécessairement lutter contre les terribles présomptions qui s'élèvent à l'aspect de son attitude prosaïque.

Le piéton en habit avant quatre heures du soir est un

homme jugé, à moins de circonstances atténuantes, s'il fait beau, s'il donne le bras à une femme, à la promenade, etc.

Page 256.

1. On lit cet aphorisme dans le dossier manuscrit sous une forme un peu différente : « [...] trop bien mis, trop roide, trop empesé, ou trop recherché » ; et ce commentaire : « Dans le premier cas, on ne doit pas sortir, dans le second l'on va en voiture, dans les trois autres vous ne serez jamais un élégant. »

2. Antoine Franconi (1738-1836) fut un admirable écuyer. Son cirque, où il donnait aussi des pantomimes à grand spectacle, le cirque Olympique, eut un très grand succès sous l'Empire. Le surnom, que Murat devait à Napoléon lui-même (Mme d'Abrantès, éd. cit., t. IX, p. 313), lui vient de ses talents équestres, mais aussi d'un goût du panache et du costume rutilant qui sentait un peu le cirque.

3. « Toute mode qui a pour but un mensonge, est essentiellement passagère », lit-on aussi dans le dossier manuscrit.

Page 257.

1. L'auteur de *La Recherche de l'Absolu* prêtera cette gracieuse infirmité à Joséphine Claës.

II. THÉORIE DE LA DÉMARCHE

HISTOIRE DU TEXTE

GENÈSE DE L'OUVRAGE

Amédée Pichot, directeur de la *Revue de Paris,* a acheté la *Théorie de la démarche* chat en poche, c'est-à-dire sur titre. Par traité du 1er septembre 1832, Balzac s'était engagé à lui donner tous ses articles littéraires signés (exception faite du *Rénovateur,* de *L'Artiste* et du journal quotidien politique), à raison de quarante pages par mois environ ; il est spécifié que le traité fait pour un an peut toutefois être résilié « au bout de six mois à la volonté des parties[1] ». Le 25 novembre, Pichot écrit à Balzac : « Les termes fixés par vous pour *La Marana* et la *Théorie de la démarche* (qui est un conte sans doute) seront ceux de M. Éverat. Il désire seulement avoir les deux manuscrits plus tôt que plus tard[2]. »

On voit, d'après la supposition de Pichot, que Balzac n'a

1. *Corr.*, t. II, p. 107.
2. *Ibid.*, p. 175-176.

jamais donné au directeur de la *Revue de Paris* aucune précision sur le contenu de sa *Théorie,* et la parenthèse de sa lettre est lourde de prochaines dissensions : dans le début de cette lettre, en effet, Pichot, qui avait publié sans enthousiasme la *Lettre à Charles Nodier,* indiquait bien son intention de n'offrir désormais à ses lecteurs que des *contes* (c'est-à-dire des *nouvelles*). Dans sa réponse, le 3 décembre, Balzac déclare ne pas vouloir être exclusivement un *contier;* il rappelle d'autre part à Pichot que leur contrat peut prendre fin en février[1].

Une seconde mention de la *Théorie de la démarche* se rencontre dans une lettre de Pichot à Balzac du 14 janvier 1833 : « J'en appelle à votre honneur pour me donner la *Théorie de la démarche* le plus tôt possible [...][2]. »

À la fin de janvier, cependant, la première grande lettre à l'Étrangère montre l'écrivain délaissant son ouvrage pour écrire longuement à sa correspondante :

« [...] je vous ai donné une nuit, une nuit qui appartenait à ma femme légitime, à la *Revue de Paris,* épouse acariâtre. Aussi la *Théorie de la démarche* que je lui devais sera remise au mois de mars. Et personne ne saura pourquoi; vous et moi saurons le secret. L'article était là, toute une science à professer; c'était ardu, j'en étais effrayé! Votre lettre passait d'un doigt dans mon *souvenir,* et tout à coup, je me mets les pieds dans la braise, je m'établis dans mon fauteuil, et je suppute mes remords toutes les nuits où je me suis endormi, me disant : " Voici encore un jour passé sans répondre. " (Comme un petit tort en amitié donne des aiguillons à l'amitié !) — Alors, adieu *la Démarche;* je galope vers la Pologne et je relis toutes vos lettres, — je n'en ai que trois, — et je vous réponds — je vous défie de lire dans deux mois la *Théorie de la démarche,* sans sourire à chaque phrase, parce que sous ces phrases insensibles et folles peut-être, il y aura mille pensées pour vous[3]. »

On ignore les étapes de la composition, Balzac n'en parle pas à ses correspondants. Mais, dès la fin de février, l'impression est fort avancée. On lit en effet, au folio 15 du manuscrit de *Ferragus* (chap. II), l'avis suivant, destiné à l'imprimeur : « Vous prendrez cette partie de la composition à la fin du 3e et au commencement du 4e placard de la *Théorie de la démarche*[4] »; et il s'agit de la galerie des personnages qui s'abritent de la pluie sous une porte cochère avec M. de Maulincour. Or une lettre de Pichot à Balzac du 24 février annonce que les premiers feuillets de *Ferragus* sont composés[5].

---

1. *Corr.,* t. II, p. 184-185.
2. *Ibid.,* p. 225.
3. *LH,* t. I, p. 31.
4. *Lov.* A 99. Voir *Ferragus,* t. V, p. 814, var. *b.*
5. *Corr.,* t. II, p. 256.

Malgré les menaces de rupture[1] qui se lisent dans les lettres de Balzac à Pichot et inversement, Balzac écrit au directeur de la *Revue de Paris* le 24 mars : « Je ne demande pas grande grâce puisque l'article composé sur la *Théorie de la démarche* a trente-deux pages, et je les ai presque corrigées en entier, sauf quelques ajoutées scientifiques. En outre, j'aurai, pour le 14 avril, les vingt pages sur les *Salons* et la *Théorie de la démarche* aura un second article. / Nous réglerons le compte de cette queue d'article lorsque la *Théorie* aura entièrement paru, ce qui nous mène en mai[2]. » Le 10 avril encore, Pichot, de son côté, paraît certain de publier la *Théorie*[3]. Pourtant ce texte va lui échapper. Dès le 27 mars, Balzac avait signé un traité avec Victor Bohain, directeur de *L'Europe litté-raire,* et c'est dans ce périodique nouveau que son ouvrage va paraître. Si la première *Europe littéraire*[4], ruinée par son luxe, devait être mise en vente le 10 août[5], Balzac a pris une action dans la nouvelle, et la *Théorie de la démarche* s'y imprime. Le rédacteur en chef-propriétaire de *L'Europe littéraire,* Capo de Feuillide, est enchanté :

« Mon bon et à jamais cher maître, / Je vous envoie les épreuves des trois premières colonnes de la *Théorie.* C'est prodigieux. / Mais, que demain nous ne manquions pas de vous avoir, sans quoi, je vous le jure, notre numéro ne paraît pas. Un effort ! et donnez-nous *L'Élixir de longue vie.* / Ensuite à *Eugénie,* et nous arrivons à 2 000 abonnés. / Votre ami / Feuillide[6]. »

Le premier numéro (15 août) contient un avertissement rédigé par Balzac (mais non signé) dont les deux premières lignes introduisent directement à la *Théorie :* « Les nouveaux propriétaires ne feront ici ni promesses, ni théories : pour un journal, comme pour un homme, la question de sa vie est dans son mouvement. / — Nous marcherons. » Il contient aussi la première partie de la *Théorie.* La suite paraît le 18 août. Le lundi 19, l'auteur annonce à Mme Hanska que la fin de ce « long traité fort ennuyeux » paraîtra le jeudi suivant[7]. Le troisième article, publié le 25 août, déchaîne l'enthousiasme de Feuillide : « [...] admirable, à se tenir les côtes que votre *Théorie de la démarche* [...][8]. » Puis la copie se fait attendre, car l'auteur du *Médecin de campagne* est en plein

---

1. *Corr.,* t. II, p. 269-270, et Lovenjoul (Vte Spoelberch de), *Une page perdue d'Honoré de Balzac.*
2. *Corr.,* t. II, p. 275.
3. *Ibid.,* p. 288.
4. A laquelle Balzac donna en juin l'*Histoire de l'Empereur racontée dans une grange.*
5. Voir Palfrey (Thomas R.), *L'Europe littéraire, 1832-1833; un essai de périodique cosmopolite,* 1927.
6. *Corr.,* t. II, p. 339 (15 août).
7. *LH,* t. I, p. 61.
8. *Corr.,* t. II, p. 343 (25 août).

procès avec Mame. Faisant allusion aux promesses de l'Avertissement, Capo de Feuillide gémit : « Mon cher de Balzac, vous nous avez hier donné bien du mal. À ce train, nous désespérons de marcher. Vous nous tuez, et pourtant vous voulez nous faire vivre. / Quand donnerez-vous le reſte de votre *Théorie*[1] ? [...] » Le quatrième article eſt publié dans le numéro du 5 septembre, et, le 9, Balzac peut écrire à Mme Hanska : « Si vous voulez prendre *L'Europe littéraire* à compter du 15 août, vous y trouverez déjà toute la *Théorie de la démarche*[2] [...] »

MANUSCRIT, ÉPREUVES ET PUBLICATIONS

Le manuscrit, très incomplet, de la *Théorie de la démarche* eſt conservé à la collection Lovenjoul sous la cote A 221. Il compte 30 feuillets qui (les 25e et 26e exceptés) concernent uniquement la seconde moitié de l'ouvrage, c'eſt-à-dire le troisième et le quatrième article de *L'Europe littéraire*.

a. Renvoient au troisième article, à partir de « Car il ne s'agissait pas de voir et de rire » (p. 278) jusqu'à « Ce principe passera pour inconteſtable en France » (p. 289) : les trois premiers feuillets, paginés par Balzac de 1 à 3; les feuillets 12 (non paginé), 13 à 15 (paginés de 17 à 19); les feuillets 19 à 22 (paginés 1, 4, 5, 7); le feuillet 29. Le feuillet paginé 3, où se lit l'anecdote de la rencontre Ouvrard-Séguin, a été classé, avec des fragments divers, dans le dossier A 166, feuillet 33.

b. Renvoient au quatrième article (de « Et pour en finir sur l'importance de la démarche », p. 289, à la fin) : les feuillets 4 à 11 (paginés de 1 à 8); les feuillets 16 (recto et verso) à 18 (paginés 2, 8, 4), qui portent des épreuves abondamment corrigées et augmentées des caricatures du boulevard de Gand.

Les feuillets 23 et 30 sont blancs; le feuillet 24 ne porte qu'un axiome. Sur le feuillet 25 se lit la moitié de la page 263 du texte; sur le feuillet 26, après le titre de la *Théorie,* figure un début d'anecdote qui met en scène La Fontaine (voir Documents, p. 956).

En outre, quatre feuillets du dossier A 224 (concernant le *Traité de la vie élégante*) concernent en fait, en entier ou partiellement, la *Théorie de la démarche*. Il s'agit du feuillet 2, qui porte quelques aphorismes, du feuillet 5 où se lisent quelques caricatures, et des feuillets 14 et 18 (ce dernier portant le titre « Essai sur la démarche »).

La *Théorie de la démarche* a paru en publication préoriginale

1. *Corr.*, t. II, p. 346 (vers le 27 août).
2. *LH*, t. I, p. 70.

dans *L'Europe littéraire* : le premier article (qui va jusqu'à « et voici pourquoi personne jusqu'à moi ne l'avait aperçue », p. 265) le 15 août 1833 ; le second (de « Un homme devint fou pour avoir réfléchi... » jusqu'à « Sésame, ouvre-toi », p. 278) le 18 août ; le troisième (de « Car il ne s'agissait pas de voir » à « ce principe passera pour incontestable en France », p. 289) le 25 août ; le quatrième (de « Et pour en finir sur l'importance de la démarche » à la fin) le 5 septembre.

La première édition est posthume : H. de Balzac, *Théorie de la démarche,* Eugène Didier, 1855, un petit in-18.

Nous réunissons sous la rubrique « Documents » trois fragments extraits du dossier A 221 (nos 1, 2, 3) et divers éléments du manuscrit du *Traité de la vie élégante* qui étaient destinés à figurer dans le chapitre sur la démarche prévu pour ce traité (no 4).

SIGLES UTILISÉS

ms.   Dossier manuscrit.
EL   Texte préoriginal paru dans *L'Europe littéraire* (1833).

DOCUMENTS

1. *Le dossier de fragments manuscrits A 221 propose l'ébauche d'une préface qui met en scène La Fontaine. L'auteur du* Discours à Mme de La Sablière *était en effet tout à fait qualifié pour patronner un traité sur la démarche.*

Un jour le bon Lafontaine se mit en colère, et il avait raison ; notez le cas ; ordinairement un homme ne se cholère que quand il a tort. Mais voici le fait. Cet écrivain le plus inoffensif de tous avait des critiques empressés à le tourmenter : Faisait-il une fable, perle précieuse, arrachée aux entrailles de la nature et de la vérité, quelques gens, amis du grandiose, disaient :

« Quand donc Monsieur de Lafontaine emploiera-t-il mieux ses talents ; il devrait quitter ces petites choses, ces vermisseaux !... »

Il y avait, dès cette époque, des romantiques, curieux d'étonner les sots et qui oubliaient qu'on ne les étonne pas deux fois. Enfin le fabuliste, tout en sachant que le vrai, le simple, le sublime sont longtemps à faire leur chemin, voulait, résigné de mourir inapprécié, avoir au moins la paix de Dieu. Soudain, il se dit :

« J'ai fait pour ces guêpes, *Le Paysan du Danube...* N'est-ce

rien ? J'ai fait pour ces moustiques, tout un système de philosophie, dans ma [...] »

2. *Pour le début du quatrième article de* L'Europe littéraire, *le dossier A 221 propose ce texte :*

Théorie de la démarche. / (répétez l'Épigraphe) / Fin. /
Comme il ne s'agissait que de voir et de rire, ne fallait-il pas
analyser et classer. / Analyser et classer pour pouvoir codifier. / Codifier, faire le code de la démarche; en d'autres
termes, rédiger une suite d'axiomes pour le repos des intelligences faibles, pour leur éviter la peine de réfléchir et les
amener par ses principes clairs à régler leurs mouvemens,
de manière à paraître : 1 aimables / 2 bien élevés, / 3 char-
mans / 4 distingués / 5 élégans / 6 fashionables / 7 gracieux,
8 habitués à ne vivre / 9 idolâtrés par une / (le K manque) /
L / 12 modestes, / 13 nobles / 14 (o) / (15) posés / (16) (q) /
(17) ravissans / (18) spirituels
Et puisque j'ai pris l'épigraphe de cette théorie dans une
pensée qui la contenait tout entière, et qui est due à Louis
Lambert, peut-être ne me sera-t-il pas reproché de finir par
l'explication d'une autre de ses pensées, de la plus féconde
de toutes à mon avis.

3. *On lit dans le dossier A 221 ces quelques lignes qui résument les pages 279-280.*

Si quelque savant accrédité publiait qu'il vient de découvrir un sens nouveau dans l'homme et qu'en étudiant les
lois de cette propriété, cet homme peut paraître à volonté,
léger, gras, instruit, stupide, bien né, vulgaire, vil, noble,
aimable, sot, modeste, orgueilleux, disgracieux, charmant,
pédant, de bonne compagnie, etc., ce savant ne se verrait-il
pas insulté par tout le monde ? La démarche est ce sens, cette
propriété humaine, car les modifications les plus subtiles de
l'aspect ou du caractère lui sont applicables. Elle est en quelque
sorte le langage du corps. N'est-ce pas un effet immédiat
de la volonté comme la parole ?
L'inclinaison plus ou moins vive d'un de nos membres,
la forme que nous lui ordonnons de prendre, l'angle ou le
contour que nous lui faisons décrire, l'attitude que nous
prenons, ne sont-ils pas empreints d'un vouloir qui nous est
propre ? C'est plus qu'un discours, car c'est une pensée et
entière.

4. *Le manuscrit du* Traité de la vie élégante *offre quelques autres caricatures, indications de gestes et axiomes destinés au cha-pitre sur la démarche.*

L'homme qui agite les bras télégraphiquement / dont les
bras sont trop arrondis / se toucher les deux genoux / trop

écarter les jambes : avoir le tangage et le roulis, le mouvement d'une épaule à l'autre. (A 224, f⁰ 5) Celui-ci est posé sur ses reins et vous diriez le trot d'un cheval qui va sur des roulettes, ses jambes s'agitent sous lui comme si elles étaient mues par une volonté subalterne par un petit âne dont le gouvernement commence à partir de la ceinture du corps. / Mais voici, non moins plaisante, une espèce d'ouvrier dont l'épaule droite ou gauche, le thorax ou le genou, les reins ou la hanche sont le point de départ du mouvement général, il semble que sa volonté soit là. N'est-ce pas un pauvre diable qui dans sa jeunesse tournait une meule, un manège ?... ou bien ce malheureux a-t-il un tic, une Saint-guy, une névralgie, un trismus rebelle aux médecins. Alors n'en rions plus. / Cet autre tend le cou, comme un homme qui tire des bateaux à la cordelle ou comme un moineau cherchant à sortir d'un trou. / Il y en a d'autres qui marchent en se dandinant, toujours prêts à perdre l'équilibre, et ils semblent être repoussés de droite et de gauche par une force invisible qui les maintient. / Puis des étourdis auxquels la ligne droite est en horreur, ils vont de ci de là à la manière des mouches qui donnent du nez dans les vitres et sur les papiers blancs. *(f⁰ 5 r⁰ et v⁰)* / Place, place, gare, voilà un homme qui jette les jambes en avant comme un cheval au bain. *(f⁰ 5 v⁰)* / Les gestes sont un langage muet. La démarche en est le plus influent. *(f⁰ 11)* / L'écueil de la démarche est le tambour-major. La démarche comprend le maintien. Marcher, tenir le buste immobile en agitant les jambes. *(f⁰ 14)* / Essai de la démarche. / La démarche est un art. / Se tenir droit, sans grâce, se tenir courbé sans noblesse, faire trop de gestes, mouvement télégraphique. Il est sûr qu'il existe une certaine ondulation. La grâce participe cependant de tout cela. / Ni trop gras, ni trop petit, ni trop grand. / Le seul écueil d'un vieillard est l'extrême maigreur, car l'immortel Brillat-Savarin a démontré qu'on pouvait arrêter son ventre dans la voie du progrès en le contenant au majestueux. / Se retourner en deux temps. Les mouvements doux. / L'air ouvrier, le dandinage, le mouvement des épaules est ignoble. / Les bossus, les laids, etc... *(f⁰ 18)* / La démarche du riche est plus assurée que celle du malheureux. *(f⁰ 25)* / Lever la jupe fait partie de la démarche *(f⁰ 25 v⁰)*.

NOTES ET VARIANTES

Page 259.

1. C'est sous ce titre qu'avait paru chez Gosselin, au début de février 1833, la première édition séparée de *Louis Lambert*.

2. On parle de *quantité coefficiente.* L'alliance *raison coefficiente* a une saveur de néologisme. On sait que Balzac, en particulier dans ses traités, a la coquetterie d'utiliser les termes scientifiques et philosophiques.

3. En 1832-1833, sous l'influence de son ami Barchou de Penhoën, disciple de Ballanche, l'auteur de la *Lettre à Charles Nodier* s'intéresse au philosophe de la palingénésie. Mais l'admiration de Balzac pour le créateur visionnaire de mythes modernes se devine dès 1830-1831 dans *La Peau de chagrin,* roman où, selon le mot de l'auteur, « tout est mythe et figure » (*Corr.,* t. I, p. 567). Sur l'intérêt de Balzac pour les mythes, on pourra lire la fin de *La Vieille Fille* (t. IV, p. 936 et la note). Ajoutons que Balzac vient de lire le *Dictionnaire mythologique* de Parisot (voir ci-dessous la note 4 de la page 275). Quant au goût de Balzac pour les contes de Perrault, voir t. IX, p. 516, n. 2.

4. On songe à cette expression que Balzac emprunte à Leibniz pour désigner l'homme de génie : « miroir concentrique de l'univers » (dans l'Avertissement du *Gars,* t. VIII, p. 1675).

Page 260.

1. Nous avons rencontré le nom de Lautour-Mézeray à propos du *Traité de la vie élégante* (Introduction, p. 187 et var. *a* de la page 227). Journaliste-dandy, ami d'enfance d'Émile de Girardin et confrère de Balzac à *La Mode,* Saint-Charles de Lautour-Mézeray fut très lié avec le romancier, surtout pendant les années 1830-1834, et il lui fournit le modèle de plusieurs personnages de *La Comédie humaine* (en particulier le Rastignac de *La Peau de chagrin*). Sur Lautour-Mézeray, voir notre article « MM. de Cobentzell ou l'acte de naissance de de Marsay », *AB 1978.* Lautour-Mézeray avait fondé en juillet 1832 son *Journal des enfants,* qui compta jusqu'à 60 000 souscripteurs et rapporta à son propriétaire 100 000 francs par an. Les causes de cette réussite étaient l'utilisation des réclames, l'annonce en grands caractères de tirages fabuleux, la promesse de primes et le patronage de principicules d'Allemagne et d'Italie qui permettait d'étaler sur la couverture de magnifiques armoiries. L'*annonce* correspond à notre actuelle *publicité.*

2. Erreur, du typographe peut-être, pour Mariotte (abbé Edme), célèbre physicien du XVIIe siècle, entré à l'Académie des Sciences dès la création de cette compagnie en 1666. Ses nombreuses expériences ont confirmé la théorie du mouvement des corps trouvée par Galilée, et celle de l'hydrostatique ressuscitée par ce même Galilée et par Pascal. Son *Traité du mouvement des eaux, mis au jour par Ph. de La Hire,* parut en 1786.

Page 261.

1. Nodier parle en effet de « l'importante matière que Baudoin a si superficiellement effleurée dans son traité *de Pantoufflis (sic) veterum* » (*Histoire du roi de Bohême et de ses sept châteaux*, 1830, p. 103).

2. C'est-à-dire *De la démarche.*

3. Oxenstiern ou Oxenstierna (John Tureson), homme d'État suédois du XVIIe siècle, est l'auteur d'un ouvrage que Balzac a pu lire dans l'édition de 1825 : *Réflexions et maximes morales.* Le texte exact est « [...] le courtisan se tue à monter et à descendre des escaliers... ». Dans *La Duchesse de Langeais* (t. V, p. 1007) et dans *Les Employés* (t. VII, p. 1015), le romancier démarque aussi Oxenstiern ou Oxenstierna en parlant d'épuisantes « marches et contremarches ». Voir aussi *Pensées, sujets, fragments*, éd. CHH, t. XXIV, p. 672 : « Ce sont les marches qui tuent les soldats et les courtisans. »

4. Ceux de la *Biographie universelle* de Michaud.

5. Sur la célébrité de Champollion en 1833, on pourra se reporter à notre Introduction à *La Duchesse de Langeais* (t. V, p. 760-761). Dès 1822, Champollion avait percé le secret des hiéroglyphes et prouvé qu'ils avaient en partie une valeur phonique. Quant à l'alphabet, il semble qu'il soit né, sinon en Chaldée exactement, du moins, durant le second millénaire, chez les peuples sémitiques occidentaux des rives de la mer Rouge et de la Méditerranée. Il fut, comme on sait, perfectionné par les Phéniciens. Il est probable que Balzac, comme ses contemporains, tenait ses connaissances en fait d'écriture de l'*Histoire naturelle de la parole ou Grammaire universelle à l'usage des jeunes gens*, de Court de Gébelin, 1816.

6. Dans *La Fille aux yeux d'or* (t. V, p. 1063), Balzac prête au caporal Trim, domestique de l'oncle Tobie, dans le *Tristram Shandy* de Sterne, l'habitude de faire « de son bonnet un enjeu perpétuel »; ce qui n'apparaît pas plus dans le roman de Sterne que le geste de lancer ce bonnet en l'air. Trim ne sert seulement de son chapeau, parfois, pour désigner quelque objet.

7. C'est la première mention, sous la plume de Balzac, du fameux mot prêté à Archimède, que Balthazar Claës reprend à son compte à la fin de *La Recherche de l'Absolu* (1834).

8. Molière, *Le Bourgeois gentilhomme*, acte II, sc. IV.

Page 262.

1. *Compréhensif,* dit Nodier. Comme Balzac, d'ailleurs, citant le mot dans sa *Lettre à Charles Nodier.* Par ce terme, Nodier désigne l'être plus évolué qui doit succéder à l'homme.

2. Herschell (1738-1822) a montré que le soleil est un noyau

solide, opaque et obscur, que l'irradiation émane d'immenses agglomérations gazeuses incandescentes qui l'enveloppent. Il a paru en 1830 un compte rendu consacré au *Traité de la lumière* d'Herschell dans le *Feuilleton des journaux politiques* (17 mars).

3. Balzac veut-il dire que cette institution n'a plus en 1833 le rayonnement qu'elle possédait au XVIIIe siècle ?

4. On sait quels ravages fit en 1832 l'épidémie de choléra morbus.

5. Il sera question plus loin du *Mosé in Egitto* de Rossini, que Balzac avait pu applaudir à la fin de 1832 salle Favart, et dont il analyse la fameuse prière au début de *La Duchesse de Langeais* (en avril-mai 1833). Six ans plus tard, par le truchement de l'héroïne de *Massimilla Doni* (1839), il analysera tout au long l'opéra *Mosé in Egitto*.

6. Maria Taglioni est la grande ballerine romantique qui triompha dans *La Sylphide*.

7. Balzac admire l'illustrissime virtuose : « Quel conte fantastique !... » écrit-il après l'avoir entendu le 9 mars 1831 (*Corr.,* t. I, p. 505).

8. Barère de Vieuzac, conventionnel et régicide, exilé en 1815, était revenu à Paris après la révolution de Juillet, et allait commencer en 1834 à publier ses *Mémoires*. Sa « sentence » se lit aussi dans l'*Album* de Balzac (*Lov.* A 180, f° 61) et dans *Les Employés,* t. VII, p. 1061.

9. Balzac ne penserait-il pas à la très ancienne comparaison rhétorique : la prose est à la poésie ce que la marche est à la danse ?

10. Allusion à la syphilis que les conquérants espagnols rapportèrent en Europe. On trouve la même plaisanterie dans *Falthurne,* éd. Castex, p. 72, à propos de l'âge d'or « où l'on s'asseyait sur l'herbe sans gagner de tristes maladies ». Quant au *mot* de Francesco Pizarre, il ne semble pas aussi historique et fameux que le laisse entendre Balzac, car nous ne l'avons rencontré chez aucun des biographes du conquérant; mais il est bien dans l'esprit du futur « gouverneur du Pérou ».

Page 263.

1. *L'Énéide,* I, 405.

2. Probablement *L'Iliade,* XIII, 71-72, où Ajax, fils d'Oïlée, reconnaît à sa démarche, au moment où il s'en va, Poséidon sous les traits de Calchas : « car les dieux se laissent aisément reconnaître » [à leur démarche].

3. *Contre Panétête,* 981.

4. *Caractères,* II, 2.

5. Dans un fragment du manuscrit, qui n'a pas été utilisé, l'auteur affirme de manière plus péremptoire encore et amu-

sante la profonde originalité de son ouvrage : « Oui, critiques élégantologues, modimanes, vieux savants au chef branlant, jeunes envieux emmoustachés, je vous défie de trouver un seul écrivain qui se soit occupé de la démarche !... feuilletez Brunet, Psaume [Étienne Psaume, bibliographe et collectionneur, est l'auteur d'un *Nouveau manuel du libraire et de l'amateur de livres*, 1824], remontez le cours des âges et dévorez les catalogues, vous n'extrairez de tous les livres, traités, essais, méthodes et grammaires que cet admirable hémistiche de Virgile : *Et vera patuit incessu dea.* Puis quelques lignes de La Bruyère » [voir la note précédente].

6. *De motu animalium*, 1680, du mathématicien napolitain Borelli.

Page 264.

1. Il y a là, croyons-nous, une réminiscence du *Roi de Bohême et de ses sept châteaux* auquel Balzac a fait allusion p. 261. Nodier écrit en effet p. 5 (éd. citée) : « Je ne donnerais pas la coquille univalve [...] non je ne donnerais pas un fragment de cette petite monnaie du sauvage que la mer roule sur tes plages [...] » Pour le cauris, voir n. 1, p. 223.

2. Avant de s'intéresser aux travaux de Niepce, Daguerre était peintre de décors. En 1822, il s'associa à son confrère Bouton et ouvrit le fameux Diorama, pour lequel il peignit des toiles d'une vingtaine de mètres de long (sur quatorze de large). La vue de l'*Île Sainte-Hélène* est, avec celle du *Mont-Blanc*, de la *Cathédrale de Cantorbury*, de l'*Incendie d'Édimbourg*, de *Saint-Pierre de Rome* et de la *Messe de minuit à l'église Saint-Étienne-du-Mont*, l'une de celles qui émerveillèrent le plus les contemporains.

3. *Sangler des coups,* dont Littré donne des exemples tirés de Donneau de Visé et Dancourt, est une expression qui a vieilli.

Page 265.

1. On lit déjà dans les *Notes philosophiques* (*Lov.* A 157, fo 88) : ceux « qui jettent leur pantoufle au bout de leur chambre ». Même expression dans *Une heure de ma vie* (Balzac, *Œuvres complètes*, éd. *BO*, t. XXIV, p. 216). L'image vient probablement du *Tristram Shandy* de Sterne : « [...] souffrez que j'ôte une de mes pantoufles jaunes, et que je la lance de toute ma force à l'autre bout de ma chambre, en déclarant : qu'il est très certain que ce que je vais écrire ressemble à ce que j'ai déjà écrit » (éd. Dauthereau, 1828, t. VI, p. 188).

2. Dubois (Antoine), illustre médecin accoucheur (1756-1837); il mit au monde le roi de Rome, ce qui lui valut le

titre de baron ; il a donné son nom à un forceps de son invention. Maygrier (Jacques-Pierre), également accoucheur (1771-1835), était son élève.

3. Ici se termine le premier article de *L'Europe littéraire*.

4. Dans *La Peau de chagrin* (t. X, p. 106), un des convives de l'orgie s'écrie : « Imbéciles, ouvrir ou fermer une porte n'est-il pas un même mouvement ? »

5. Vieux problème de philosophie amusante ! Voir *La Messe de l'athée*, t. III, p. 386 : « [Desplein] voyait la terre comme un œuf dans sa coque, et ne pouvant savoir qui de l'œuf, qui de la poule, avait commencé, il n'admettait ni le coq ni l'œuf. »

6. Les *Vies* d'Empédocle, pour diverses et légendaires qu'elles soient, ne font pas état de cette folie. Balzac songe peut-être à son suicide spectaculaire : il se serait précipité dans l'Etna.

Page 266.

1. On pourrait se demander si Balzac, ici comme dans *Le Père Goriot* (t. III, p. 118) et *Le Lys dans la vallée* (t. IX, p. 978), ne dit pas *asymptotes* pour *parallèles* [cette occurrence-ci du mot n'est pas indiquée dans l'article d'Étienne Cluzel, « Les Démêlés d'Honoré de Balzac avec la géométrie », *RSH*, juin 1959]. Mais M. Le Yaouanc, dans son édition du *Lys dans la vallée* (Garnier, p. 17, n. 2), fait justice du reproche d'impropriété, en citant la définition que donne du mot *asymptote* en 1820 le *Nouveau Dictionnaire de la langue française* de J.-Ch. Laveaux : « On dit que *deux courbes sont asymptotes* l'une à l'autre, lorsque indéfiniment prolongées, elles vont en s'approchant continuellement, sans jamais pouvoir se rencontrer. »

2. C'est-à-dire obscure, comme était obscur le poète grec Lycophron.

3. Allusions possibles à Newton (encore qu'il s'agisse de feuille et non de pomme !), à Denis Papin, Herschell, Diderot et encore Newton pour qui l'immobilité peut résulter de la rencontre de deux forces identiques (Balzac fait souvent allusion à cette loi de la statique, qu'il étend au domaine moral).

4. En septembre 1830, Balzac revenait de la Grenadière où il venait de passer, avec Mme de Berny, une grande partie de l'été.

5. Dans *La Caricature* du 17 février 1831, un article signé Henri B. s'intitule *La Cour des messageries*. Il porte en épigraphe une phrase signée H. Balzac : « C'était un de ces voyageurs incommodes et peu sociaux, qui sort d'une voiture comme un porc résigné. »

6. Non pas Faust, mais Fust (Jean), l'associé de Gutenberg.

Page 267.

1. Caisse située sur le derrière de certaines diligences (Littré).

2. Six ans plus tard, Balzac, racontant à Mme Hanska une chute qu'il avait évitée, écrit : « La masse de volonté que j'ai émise pour me soutenir m'a causé une douleur d'une violence extraordinaire au plexus solaire; j'ai plus souffert qu'à la cheville, quoique la douleur m'ait fait croire que j'avais la jambe cassée » (*LH*, t. I, p. 642).

3. Les dictionnaires font en général venir *bouquer* de bouque (forme dialectale de *bouche,* 1552) et lui donnent le sens de *embrasser de force.* D'où *faire bouquer quelqu'un* signifierait *le forcer à faire quelque chose qui lui déplaît.* Mais le contexte nous fait préférer ici le sens donné par le *Trésor de la langue française,* qui cite en exemple le texte de la *Théorie de la démarche,* de *faire renoncer.* On rencontre aussi *bouquer* dans *D'un justiciard qui ne se remembrait les choses* (*Contes drolatiques,* éd. BO, t. XX, p. 337).

4. *Décortiqué.* Le mot se trouve dans *Le Prosne du joyeux curé de Meudon* (*Contes drolatiques,* éd. cit., p. 242).

Page 268.

1. Voir « la race trotteuse et grignotteuse » (*Le Prosne du joyeux curé de Meudon, ibid.,* p. 241); *et* « plieuse de linge » et « frotteuse de meubles » (*Le Médecin de campagne,* t. IX, p. 410).

Page 269.

1. Marie de Clèves (1553-1574), mariée en 1572 au prince de Condé. Elle fut célébrée par les poètes sous le nom de *la Belle Marie.* Henri III se prit pour elle d'une passion violente; quand elle mourut, il s'enferma plusieurs jours sans vouloir prendre de nourriture et ne reparut qu'en habit de deuil constellé de têtes de mort.

2. Odry (Jacques-Charles), comédien (1781-1853). Il fit presque toute sa carrière au théâtre des Variétés, jouant les niais et les jocrisses (il devait créer dans *Les Saltimbanques* de Dumersan et Varin le rôle de Bilboquet; on sait que Balzac adoptera ce surnom dans sa correspondance avec les Mniszech). Dans *La Neige ou l'Éginard de campagne,* de Carmouche et Melesville (qui fut créé le 26 décembre 1823 aux Variétés), il tenait en effet le rôle de Pataud, le maréchal-ferrant, promis à Denise; et Vernet, celui de Julien, amoureux de Denise... Mais la phrase citée par Balzac ne figure pas dans le texte de la pièce.

3. Autant que sa vaste science, ses distractions proverbiales avaient fait d'Ampère (André) une figure populaire. C'est lui qui, saisi d'une idée en traversant la rue, utilisa, dit-on,

le panneau d'un omnibus comme tableau noir. Il était connu pour essuyer son tableau de la Sorbonne avec son propre foulard, cependant qu'il mettait dans sa poche le torchon destiné à cette opération; et pour avoir jeté sa montre à la Seine, cependant qu'il rangeait soigneusement un caillou qu'il venait de ramasser. Mais ce n'est peut-être pas à cause de ses seules distractions de savant que le nom d'Ampère se trouve sous la plume de Balzac. Homme des vastes synthèses comme plusieurs autres savants cités ici, Ampère écrivait alors un *Essai sur la philosophie des sciences ou Exposition analytique d'une classification naturelle de toutes les connaissances humaines* que la mort (survenue en 1836) ne lui permit pas d'achever.

Page 270.

1. Voir *Louis Lambert,* t. XI, p. 631.

2. Trinidad Huerta, guitariste andalou né en 1803, obtint — en partie, grâce à la protection de Manuel Garcia (père de la Malibran) — de brillants succès à Londres et à Paris. Il fut admiré d'artistes comme Rossini et Paganini, inspira un poème à Delphine de Girardin et des éloges à Hugo. Doué d'une nature trépidante, il fascinait le public.

Page 271.

1. *Tant de battements de cœur.* Début de la cavatine finale du *Tancrède* de Rossini. L'auteur de *Sarrasine* la faisait chanter par Marianina (t. VI, p. 1050), et celui de *La Peau de chagrin* par Raphaël descendant désespéré de la maison de jeu (t. X, p. 64). Il est également fait allusion à cet air, dit *dei risi* (ou *del rizzo*), dans *Illusions perdues* (voir t. V, p. 678 et note). Balzac avait assisté à une représentation du *Tancrède* le 3 avril 1830 (*Corr.,* t. I, p. 452).

2. Giuditta Pasta, célèbre soprano italienne (1797-1865), créatrice des grands rôles de Rossini, Donizetti et Bellini, amie de Stendhal. Son nom vient souvent sous la plume du romancier. Dans *Illusions perdues,* il fera par deux fois allusion à la voix et au geste de la grande tragédienne lyrique dans le fameux air *O patria!* de *Tancrède* (voir t. V, p. 375 et note, p. 678 et note).

3. Deux membres de cette fameuse dynastie de danseurs ont été célèbres, Balthazar et son fils Marie-Auguste. Ici il s'agit vraisemblablement du second, né en 1760, mort en 1842, supérieur à son père pour la vigueur et l'élasticité : « Telle était sa légèreté, lit-on dans la biographie Michaud, que du fond de l'immense scène de l'Opéra, deux enjambées l'amenaient à la rampe. » Son père disait plaisamment de lui : « Si Auguste ne reste point en l'air, c'est pour ne pas humilier ses camarades. »

4. Ce géomètre est Leibniz dont on reconnaît ici une des idées les plus vulgarisées, et cela grâce à des images-exemples variées. Nous n'avons pas retrouvé chez Leibniz la comparaison avec le coup de pistolet. Mais on peut supposer, sans invraisemblance, que Balzac a donné à l'idée leibnizienne (sur l'univers où tout se tient) une forme personnelle et frappante, comme avait fait Voltaire. Réfutant en effet, dans ses *Éléments de philosophie de Newton,* la théorie leibnizienne que soutenait la marquise du Châtelet et reprenant d'une manière plus heureuse l'image de la pierre jetée qui met en mouvement tout l'océan (*Institutions de physique,* 1740, p. 143 et suiv.), il emprunte à la géographie de quoi frapper l'imagination du lecteur : « Une pierre jetée dans la mer Baltique ne produit aucun événement dans la mer des Indes. »

Page 272.

1. L'anecdote sent son *fait divers,* mais nous n'en avons pas retrouvé la trace dans les journaux du temps. Les biographes du grand chirurgien sont évidemment muets sur cette défaillance de sa science. Voir dans *Voyage en Espagne,* éd. Charpentier, 1845, p. 11 : Gautier voit, parmi les momies conservées dans la crypte de Saint-Michel de Bordeaux, celle d'un « porte-faix qui mourut en levant un poids énorme ».

2. Voir *Louis Lambert,* t. XI, p. 633.

3. Voir le *Traité de la vie élégante,* p. 229 et 235.

4. Cette phrase fait peut-être allusion au célèbre jeu de mots sur le nom de Bossuet : *bos suetus aratro.* Voir encore *Corr.,* t. I, p. 592 : « [...] je trace mon sillon consciencieusement, voilà tout »; et *Lettres à Mme Hanska,* t. I, p. 242 : « Adieu, je vais reprendre mon sillon, mon soc, mon fouet, et dire à mes bœufs : Hue! » (août 1834).

5. *Sans souci de.* Littré donne de cette tournure vieillie un exemple tiré d'André Chénier.

6. Le 24 février 1833, Balzac écrit à Mme Hanska : « Mais adieu; les impitoyables libraires, journaux, etc... sont là; le temps me manque pour tout ce que j'entreprends » (*LH,* t. I, p. 36). Il semble que l'épithète d'*injurieux* doive être prise dans son sens un peu ancien d'*injuste,* le salaire ne correspondant pas à l'effort et au mérite.

7. Félix Savary (1797-1841), professeur d'astronomie et de géodésie à l'École polytechnique, et membre du Bureau des longitudes. Balzac lui est sans doute redevable aussi des connaissances en mécanique dont il fait montre dans *La Peau de chagrin* (M. Ambrière-Fargeaud, *Balzac et La Recherche de l'Absolu,* p. 98), qu'il lui dédia en 1845.

8. Le titre exact est *De motu animalium* (voir *supra,* p. 263, n. 6). Cet ouvrage du Napolitain Giovanni Alfonso Borelli (1608-1679), qui professa à Pise et à Florence et fut, avec

Bellini, le chef de la secte iatro-mathématicienne, parut à Rome en 1680-1681 en 2 volumes in-4°. Il connut de nombreuses réimpressions : à Genève (in-f°) en 1685; à Leyde (2 vol. in-4°) en 1685 également, puis en 1710; à Naples en 1734; à La Haye (1 vol. in-4°) en 1743. Montesquieu cite ce traité, auquel il fait le projet de se reporter pour comprendre le vol des oiseaux (*Mes pensées, O.C.,* Bibl. de la Pléiade, t. I, p. 1208). Le *De motu animalium* est le seul ouvrage de Borelli qui lui assure encore une réputation au début du XIXᵉ siècle. Balzac l'a-t-il feuilleté chez le docteur Nacquart, ou chez Félix Savary ? Peut-être ce dernier lui en a-t-il résumé le propos. Tout ce qu'on peut affirmer, c'est que Balzac en dit beaucoup plus sur cet ouvrage que ne pouvait lui en apprendre par exemple l'article de la *Biographie* Michaud.

Page 273.

1. C'est à Louis Racine qu'on doit cette anecdote : « Mon père le mena un jour à Ténèbres; et, s'apercevant que l'office lui paraissait long, il lui donna, pour l'occuper, un volume de la Bible, qui contenait les Petits Prophètes. Il tombe sur la prière des Juifs dans Baruch; et ne pouvant se lasser de l'admirer, il disait à mon père : « C'était un beau génie que Baruch : qui était-il ? » Le lendemain, et plusieurs jours suivants, lorsqu'il rencontrait dans la rue quelque personne de sa connaissance, après les compliments ordinaires, il élevait sa voix pour dire : « Avez-vous lu Baruch ? C'était un beau génie » (cité dans Racine, *Œuvres complètes,* Bibl. de la Pléiade, t. I, p. 83-84).

2. Dans *La Cousine Bette* (1846), Angard est le nom d'un célèbre praticien (fictif) que ses collègues Bianchon et Larabit appellent en consultation au chevet de la baronne Hulot.

3. Anatomiste bolognais (1628-1694) qui s'illustra par ses recherches sur l'organisation du corps humain, notamment du corps muqueux ou réticulaire qui entre dans la composition de la peau, et auquel il a laissé son nom.

4. Voir « Quel opéra qu'une cervelle d'homme ! » (in *L'Opium*) et *Traité de la vie élégante,* p. 214, n. 1.

Page 274.

1. Sur *Mosé in Egitto,* voir plus haut, p. 262, n. 5, et *La Duchesse de Langeais,* t. V, p. 909, n. 1. En 1832, au Théâtre-Italien, Rubini (Jean-Baptiste), le célèbre ténor, et Tamburini (Antonio), surnommé *le Rubini des basses-tailles,* tenaient respectivement les rôles du prince héritier Osiride et de son père Pharaon. Mais le fameux duo *Parlar, spiegar non posso...* (je ne puis parler, expliquer...) figure non au premier acte, comme l'écrit ici Balzac, mais au début du second. Le roman-

cier lui rendra d'ailleurs sa place dans *Massimilla Doni,* où il est fait une longue analyse de ce texte musical (voir t. X, p. 602-603).

Page 275.

1. Intéressante définition de la méthode inductive.

2. C'est le nom que prit sous la Restauration le boulevard des Italiens.

3. L'auteur du *Voyage d'Anacharsis* (1788), auquel il travailla trente ans et qui est un monument d'érudition. En 1827, Balzac avait imprimé cet ouvrage, en 16 volumes in-12.

4. Parisot (Valentin), auteur du *Dictionnaire mythologique,* tomes LIII et LIV de la *Biographie universelle* de Louis-Gabriel Michaud (voir p. 259, n. 3). Balzac en fit un compte rendu élogieux dans *La Quotidienne* du 22 août 1833.

5. Balzac avait des souvenirs récents d'Aix-les-Bains et de ses spécialités gastronomiques, pour y avoir séjourné près de Mme de Castries à l'automne 1832.

Page 276.

1. Il s'agit de Marci von Kronland (Johann-Marcus), auteur, entre autres ouvrages, d'un *De proportione motus,* paru à Prague en 1639.

2. Nous serions tentée de croire que cette information vient du livre du docteur J.-J. Virey, *De la femme,* 1825. On y lit p. 195 : « Cette odeur (de l'homme) est tellement l'effet de la résorption du sperme, que la jeune vierge, dont la transpiration est presque inodore, acquiert une odeur sensible lorsqu'elle a plusieurs fois subi les approches de l'homme. On cite le philosophe Démocrite et un moine de Prague comme ayant eu l'odorat assez fin pour distinguer ainsi une vierge d'une personne déflorée. » Malheureusement Virey ne cite pas le nom de Marcomarci ni celui de Reuchlin.

3. *Lettre sur les aveugles à l'usage de ceux qui voient.* L'aveugle interrogé par Diderot était un aveugle-né, qui habitait près de Pithiviers, où le philosophe lui rendit visite.

4. Le docteur Meyranx (Pierre-Stanislas) était mort en 1832. La graphie erronée n'est sans doute pas le fait de Balzac, qui dans *Louis Lambert* ne change qu'une lettre (il écrit Meyraux) au nom de ce personnage réel pour en faire le compagnon de misère parisien de Lambert, personnage fictif. Il fera de ce Meyraux un des membres du cénacle d'*Illusions perdues.* Voir t. V, n. 2 de la page 317.

5. Dans ses voyages, Bernard Palissy (au nom duquel Balzac accole toujours une particule) avait réuni un cabinet d'histoire naturelle et, à la fin de sa vie, il fit pendant une

dizaine d'années des cours d'histoire naturelle, dont on a vraisemblablement le résumé dans ses *Discours admirables* (1580).

6. Auteur d'un ouvrage intitulé *A Century of inventions* (1663) dans lequel il propose l'emploi d'une machine, et ce de telle façon qu'il semble en être l'inventeur. L'inventeur, c'est Thomas Newcommen (ou Newcomen ou Newcomin), mécanicien anglais qui, à la même époque que Papin, découvrit le principe de la machine à vapeur.

Page 277.

1. Van Musschenbrock (Petrus), physicien hollandais (1692-1761), inventeur de la bouteille de Leyde.

Spallanzani (abbé Lazaro), naturaliste italien (1729-1799). L'auteur de la *Physiologie du mariage* citait déjà sa patience infatigable (t. XI, p. 1062).

Joséphine Claës lit Spallanzani pour pouvoir comprendre les travaux de son mari (*La Recherche de l'Absolu,* t. X, p. 700).

2. Physicien italien (1787-1835), inventeur de la pile thermo-électrique et d'un galvanomètre.

3. Ce sont là trois physiologistes contemporains de Balzac. Dutrochet (René-Joachim-Henri, 1776-1847) s'était signalé en 1828 par ses *Nouvelles recherches sur l'endosmose et exosmose* [...]. Flourens (Pierre-Jean-Marie, 1794-1867) avait été choisi par Cuvier en 1830 comme suppléant dans sa chaire au Collège de France, et fut nommé en 1832 professeur titulaire; la même année, on avait créé pour lui une chaire de physiologie comparée au Muséum, et sur la demande faite par Cuvier à son lit de mort, il venait, en 1833, d'être élu secrétaire perpétuel de l'Académie des Sciences. Magendie (François, 1783-1855) fut l'adversaire de Bichat et du vitalisme; Balzac l'avait mis en scène dans *La Peau de chagrin* sous le nom de Maugrédie.

Page 278.

1. Voir dans l'Avant-propos de *La Comédie humaine* (t. I, p. 11) : « La Société française allait être l'historien, je ne devais être que le secrétaire. »

2. Balzac évoque ailleurs ce « don des ducs », qui permet aux gens du monde d' « analyser toute une existence » à partir d'un détail vestimentaire par exemple (*Splendeurs et misères des courtisanes,* t. VI, p. 881).

3. À propos du salon de Mlle Des Touches, l'auteur d'*Autre étude de femme* (t. III, p. 673) dit le charme de ces « secondes » soirées. Il se rappelait celles des mercredis du peintre Gérard.

4. Ici se termine le second article de *L'Europe littéraire.*

Page 279.

a. leur mouvement. En étudiant *[p. 278, avant-dernière ligne]* paraître aimables, *EL* : leur mouvement, de manière à paraître aimable, *ms. Voir aussi Document 3, p. 957.*

b. de la conscience *[6 lignes]* les derniers pairs de France venus, *EL* : de la conscience [des derniers *rayé*] de MM. Bertin, Ganneron, Cousin, J.-J. Rousseau, Villemain, Canson, les derniers pairs de France venus, *ms.*

1. La variante *b* de cette page livre les noms de ces nouveaux pairs :

L'incorruptible journaliste est Bertin de Vaux, fondateur avec son frère Bertin, dit Bertin l'aîné, du *Journal des Débats,* qui était l'organe de la haute bourgeoisie constitutionnelle et le journal ministériel par excellence. On l'accusait de recevoir de riches subventions des gouvernements et ministères qu'il soutenait. Bertin de Vaux était pair de France depuis 1832.

Le philosophe éclectique est évidemment Victor Cousin, nommé pair en 1832. Le vertueux épicier, Ganneron, encore négociant en droguerie et épicerie, rue Saint-Denis, 108, en 1829 *(Almanach du commerce),* était en 1833 député de la Seine (IVe arrondissement), colonel d'infanterie de la Garde nationale, domicilié rue Bleue, no 15. Mais il n'était pas pair de France.

Le professeur est Villemain, professeur à la Sorbonne avant 1830 et nommé en 1832 vice-président du Conseil supérieur de l'instruction publique. Il faisait partie de l'équipe des *Débats.* Sa nomination remontait au 5 mai 1832. « Délicieux » est peut-être dit par antiphrase, car il était rien moins que gracieux et soigné dans sa mise.

J.-J. Rousseau, enrichi dans le calicot, rue des Jeûneurs, no 9, est en 1833, comme dit l'*Almanach royal,* « pair et maire » (du IIIe arrondissement).

Canson fabriquait, rue de Grenelle-Saint-Honoré, no 29, le papier auquel il a laissé son nom.

2. Adrien de Montmorency, duc de Laval (1767-1837), diplomate sous la Restauration; il suivit Charles X en exil. Balzac l'a probablement rencontré à sa première visite chez Mme Récamier. Il écrit dans *La Duchesse de Langeais,* t. V, p. 930 : « S'il y avait eu beaucoup de ducs de Laval, que sa modestie a fait digne de son nom, le trône de la branche aînée serait devenu solide autant que l'est celui de la maison de Hanovre. »

Stendhal appréciait lui aussi cet homme « si poli » : « J'aime mieux dîner avec M. le Duc de Laval qu'avec une demi-aune comme Cassandre-Ternaux » (*Corr.,* t. II, p. 71).

3. Il s'agit d'Anne-Louis de Rohan-Chabot (1789-1869),

duc de Rohan, prince de Léon, aide de camp du duc de Berry, maréchal de camp (1824), puis écuyer du duc de Bordeaux, chevalier de Saint-Louis. Il avait succédé au titre de son frère aîné quand celui-ci se fit prêtre (il devait devenir évêque de Besançon, puis cardinal de Rohan).

Page 280.

1. Séguin (Armand), chimiste et industriel (1768-1835). Avec Berthollet et Fourcroy il fit des expériences de chimie appliquée et inventa en 1794 un nouveau procédé de tannage, qui lui valut en 1795 la fourniture générale des armées de la Convention. Il créa deux grandes tanneries, l'une à Nemours, l'autre dans l'île de Sèvres, qui porte encore son nom. Banquier de Bonaparte sous le Consulat, il entra en concurrence et conflit avec son confrère Ouvrard, et passa en prison les dernières années de l'Empire. Il alla ensuite habiter son magnifique château de Jouy où il donna des fêtes splendides. En 1833, il n'était plus guère célèbre que par ses excentricités.

2. Ouvrard (Gabriel-Julien, 1770-1846), financier de génie qui gagna une fortune considérable en se faisant le munitionnaire du Directoire, du Consulat, de l'Empire, puis de la Restauration, lors de l'expédition d'Espagne. Son physique avantageux, son urbanité parfaite, sa générosité fastueuse faisaient de lui un être fort séduisant. Les « gardiens » des trésors contre-attaquaient tout de même quelquefois : Napoléon le fit jeter trois fois en prison, et la Restauration une fois. Mais on disait que le ministre Villèle, le duc de Laval et d'autres grands personnages lui rendaient visite à Sainte-Pélagie. Balzac avait beaucoup entendu parler de lui par la duchesse d'Abrantès, qui habita un temps le château du Raincy qu'Ouvrard avait somptueusement aménagé; peut-être aussi par le docteur Véron. Celui-ci, dans ses *Mémoires d'un bourgeois de Paris,* 1856, t. I, p. 67-71, raconte un « historique dîner » qui réunit Ouvrard et Séguin (mais ce n'est pas sur un prêt que roule leur conversation).

Page 281.

a. M. O., *EL* : M. O...d *ms.*
b. de S., *EL* : S...n *ms.*
c. Monsieur, dit M. S. à la personne de qui je tiens *EL* : Monsieur, me dit M. S...n de qui je tiens *ms.*

1. Cette entrevue peut avoir eu lieu en 1806, car Séguin prêta deux fois à Ouvrard et à son associé Vanlerberghe : en août 1803, 3 600 000 francs, et en janvier 1806, 2 500 000 francs (Maurice Payard, *Le Financier G.-J. Ouvrard,* 1958, p. 96-99). Mais la somme qu'indique Balzac paraît bien

modeste en face de ces millions. Séguin donna aussi sa signature à deux traités conclus par Ouvrard et son associé avec le Trésor, cela en exigeant de fortes commissions. Par la suite, il poursuivit Ouvrard en justice pour non-remboursement, le fit jeter en prison et ne cessa de s'acharner contre son débiteur. Ce qui expliquerait la comparaison avec Shylock.

2. C'est-à-dire Ouvrard. Voir n. 3, p. 280.

3. C'est-à-dire Séguin. Voir n. 2, p. 280.

4. Les deux noms d'Alcibiade et d'Ouvrard se trouvaient déjà rapprochés dans la *Physiologie du mariage,* t. XI, p. 1031, sans qu'il y eût comparaison : « Depuis qu'Alcibiade coupa les oreilles et la queue à son chien, pour rendre service à Périclès, qui avait sur les bras une espèce de guerre d'Espagne et des fournitures Ouvrard, dont s'occupaient alors les Athéniens, il n'existe pas de ministre qui n'ait cherché à couper les oreilles à quelque chien. »

5. Ouvrard s'enrichit en prêtant à l'Espagne et à la France. Nous ne voyons pas quel est le troisième royaume, à moins qu'il ne s'agisse, après l'Empire, de la Restauration.

6. Ce nez qui ne sait mentir se retrouvera dans *Béatrix,* t. II, p. 674 et p. 695.

7. Bourvalais (Poisson de), auquel Balzac compare Ouvrard, est un financier de la fin du XVIIe siècle. Voir *Sur Catherine de Médicis,* t. XI, p. 443. On connaît la célèbre impassibilité de Talleyrand, prince de Bénévent. *La Silhouette* du 3 octobre 1830 l'évoquait en ces termes : « Le fougueux Montebello disait en faisant l'éloge de l'impassibilité diplomatique de M. de Talleyrand : " Si pendant qu'il cause avec vous son derrière recevait un coup de pied, sa figure ne vous en dirait rien ". »

Page 282.

1. C'est là parler en disciple de Cuvier.

Page 283.

1. Nous n'avons pas trouvé ce mot cité par les biographes de Pitt.

2. La Hontan (baron de), voyageur et écrivain (vers 1666-1715). Balzac pense à la relation de son voyage au Canada : *Nouveau voyage de l'Amérique septentrionale, comprenant plusieurs relations de différents peuples qui l'habitent,* 1703; et *Suite du voyage dans l'Amérique ou Dialogue de M. le baron de La Hontan et d'un sauvage de l'Amérique,* 1704. On sait d'autre part combien Balzac a aimé les romans de Fenimore Cooper et quelle influence ils ont eue sur lui.

3. Voir *L'Énéide,* I, 145-156, où Neptune au milieu de la tempête est comparé à un homme sage qui calme une foule excitée.

4. Dans l'ouvrage du docteur Nacquart, *Traité sur la nouvelle physiologie du cerveau ou Exposition de la doctrine de Gall sur la structure et les fonctions de cet organe,* 1808, il n'est parlé que de la grosseur de la tête (p. 19), pas des circonvolutions.

Page 284.

1. Sous le titre « Les mots normands de M. de Balzac », un article non signé du *Figaro* (samedi 7 septembre 1833) fait grief à Balzac de cet emprunt : « M. de Balzac s'est mis à faire des théories sur tout, sur son cheval, sur sa pipe, sur son paillasson : il vient de faire, dans *L'Europe littéraire,* une *Théorie de la démarche,* et sous ce prétexte (tous les prétextes lui sont bons), il emprunte à M. Lautour-Mézeray un mot normand qu'il a grand soin de défigurer. / M. Lautour-Mézeray ne peut guère en vouloir à M. de Balzac, il a éprouvé le même traitement que MM. Rabelais, Montaigne et tous nos contemporains, Janin, de Latouche, que le gentilhomme de Chinon a odieusement détroussés en plein bois de leur bagage de style et de mots, et dont il a retourné la défroque pour la vendre plus sûrement en ville. / M. de Balzac trouve singulièrement expressif le mot normand *virvoucher,* qui signifie l'action d'un homme qui va, vient en tous sens, tourne et retourne sur lui-même, vire et revire en flairant de tous côtés, comme un chien désœuvré et sans savoir où il veut aller, ni ce qu'il veut. À ce compte, M. de Balzac serait un fameux *virvoucheur* en littérature. / Le malheur veut que le mot n'ait aucune physionomie, aucun caractère originel. Un de nos collaborateurs, qu'aucun archéologue ne voudrait sans doute démentir, offre de parier sa bibliothèque contre le groom de M. de Balzac, que le mot véritable, le mot normand est *virevoûter :* composé des mots *vire* (gyrus) et *volter* dont on a fait *voûter,* aller, venir, tourner en rond. À pédant, pédant et demi. » Nous laissons à l'« archéologue » la responsabilité de son étymologie, et trouvons, en dépit du journaliste anonyme, ce mot « plein de physionomie ». On le rencontre trois fois employé dans *Le Succube* (*Contes drolatiques,* t. XX, éd. des Bibliophiles de l'originale, p. 255, 284 et 289; voir aussi l'Index, p. 607). *Virvoucher* n'est pas cité dans Dagneaud, *Les Éléments populaires dans le lexique de la Comédie humaine,* mais Wartburg, à l'article *vibrare,* indique : « Alençon : *virvoucher,* courir de côté et d'autre en faisant bombance. »

2. C'était le précepte du célèbre Marcel, maître de danse, qui eut pour élève Louis XV lui-même.

Page 285.

1. Broussais et Bichat se sont intéressés au grand sympathique. Pour ce dernier, « le cœur puiserait dans les ganglions

du grand sympathique le principe de ses mouvements »
(Bouillaud).

2. « Je n'ai pas toujours regardé mon ventre comme un
ennemi redoutable ; je l'ai vaincu et fixé au majestueux »
(*Physiologie du goût,* éd. Charpentier, 1839, p. 247, dans
Méditation XXI, « De l'obésité »). Balzac reprendra cette
expression de Brillat-Savarin dans *Les Employés,* à propos de
Baudoyer (t. VII, p. 940), dans *La Cousine Bette,* à propos
du baron Hulot (t. VII, p. 94), dans *Entre savants,* à propos
du baron Total (t. XII, p. 524).

Page 287.

1. Jolly (Adrien-Jean-Baptiste Muffat, dit), auteur dramatique et comédien (1773-1839). Il se retira de la scène en
1828, construisit alors un petit théâtre portatif, avec lequel il
amusa, au château des Tuileries, les enfants de la duchesse de
Berry. Il fonda ensuite, dans le passage de l'Opéra, un petit
spectacle qui porta son nom et qui tenait le milieu entre les
marionnettes perfectionnées et le théâtre mécanique de Pierre.
Ce théâtre s'ouvrit le 26 octobre et ne dura que quelques mois.

2. Balzac dit de la duchesse de Langeais qu'elle « décom-
posait peut-être ses mouvements avec trop de complaisance »
(*La Duchesse de Langeais,* t. V, p. 947).

Page 288.

1. Ou *massorètes.* Docteurs juifs exégètes de la Bible, qui
en fixèrent la prononciation.

Page 289.

1. L'orthographe exacte est *Montyon.*
2. Ici se termine l'article troisième de *L'Europe littéraire.*
3. En 1773, Catherine II maria son fils le grand-duc Paul
à Natalie de Hesse-Darmstadt. Le comte François de Mercy-
Argenteau, diplomate autrichien, qui fut en poste à Paris un
peu avant la Révolution et jusqu'en 1790, n'a pas laissé de
Mémoires. Nous n'avons pas retrouvé la source de cette
anecdote, qui d'ailleurs a pu être rapportée oralement à Balzac.
4. On dirait aujourd'hui *corsetées.*

Page 290.

1. Parce que proche de la Bourse.
2. L'imparfait de *faillir* est inusité.
3. *Paillasse* est le « loustic » des spectacles d'acrobates, où
il parodie grotesquement les sauts et les gambades des sau-
teurs de corde.

Page 291.

1. M. Villemain, dit Brillat-Savarin, qui « avait la tête

penchée et le menton à l'ouest » (*Physiologie du goût*, éd. cit., p. 382); il parle aussi p. 379 de lui-même qui arrive « le nez au vent ».

2. Ici se serait peut-être placé un texte qu'on lit au folio 16 et 16 vᵒ des fragments manuscrits A 221 : « La réponse de Dupuy des Islets à un révolutionnaire accusé de n'avoir pas toujours eu que du fer au bout de sa pique, est célèbre. Celui-ci lui disait : " Vous portez la tête bien haut ! — Monsieur, je n'ai jamais porté que la mienne ! " » Ce texte a été remplacé par la conclusion de paragraphe actuelle.

3. Il est écrit dans *Le Bal de Sceaux* (t. I, p. 135), nous fait observer M. Pierre Citron, qu'Alexandre et Byron penchaient la tête à droite...

4. Balzac lui-même a déjà entrepris ce jugement, ou plutôt cette réhabilitation dans *Les Deux Rêves* (texte qui deviendra la troisième partie de *Sur Catherine de Médicis*) où Robespierre, en 1786, raconte, au cours d'un dîner, que Catherine de Médicis lui est apparue en songe et a justifié à ses yeux le massacre de la Saint-Barthélemy, et le massacre à des fins politiques en général (*Sur Catherine de Médicis*, t. XI, p. 449).

Page 292.

1. En 1833, un vice-amiral, le baron Roussin, venait d'être nommé ambassadeur à Constantinople.

2. Comme nombre d'écrivains de son temps, Balzac fait souvent référence à ce marbre grec dû au ciseau de Glycon, retrouvé au XIVᵉ siècle dans les ruines des Thermes de Caracalla et conservé au musée de Naples.

3. *Se lève.* Voir *Le Cabinet des Antiques*, t. IV, p. 1044 et la note.

Page 293.

1. Dans le manuscrit de *La Fille aux yeux d'or*, cet axiome, légèrement déformé, sert d'épigraphe à la première partie : *Physionomies parisiennes :* Tout mouvement exhorbitant *(sic)* est une sublime prodigalité d'existence. / TRAITÉ COMPLET DE LA VIE ÉLÉGANTE. Théorie de la Démarche, ouvrage inédit de l'auteur (t. V, p. 1529).

2. Racine, *Œuvres complètes*, Bibl. de la Pléiade, t. I, p. 978 : « Sur *l'Aspar* de M. de Fontenelle » (*L'Origine des sifflets*).

3. Richer d'Aube, mort cinq ans avant son oncle, était maître des requêtes et intendant de Soissons. Il a publié un *Essai sur les principes du droit et de la morale* (1743), mais c'est au distique du poète Rulhière que son nom doit de n'être pas tout à fait oublié :

> *Auriez-vous par hasard connu feu monsieur d'Aube*
> *Qu'une ardeur de dispute éveillait avant l'aube ?*

Page 295.

a. *Voir Document 4, p. 958.*

1. Il s'agit du comte Molé, nommé ministre des Affaires étrangères par ordonnance du 11 août 1830.

2. Voir p. 284, n. 2.

3. Maître d'équitation de Louis XIII. Il est l'auteur d'un manuel qui fait autorité.

4. Après ces mots, on lit dans le dossier manuscrit : « Triste et amère condition. La Société nous demande une partie de nos loisirs, elle nous met un fusil au bras, elle nous habille comme nous habillons les singes, elle nous prend nos enfants, nous vicie la cervelle, elle ne nous laisse rien à nous. »

Page 296.

1. Montalivet (Marthe-Camille Bachasson, comte de), le père (1766-1823), avait été ministre de l'Intérieur sous l'Empire ; le fils, Jean-Pierre (1801-1880), pour s'être prononcé l'un des premiers en faveur du duc d'Orléans, fut successivement ministre de l'Intérieur, de l'Instruction publique et des Cultes, puis à nouveau de l'Intérieur. Il avait démissionné le 10 octobre 1832. Auparavant il avait réprimé à la fois le mouvement royaliste et l'insurrection républicaine des 5 et 6 juin 1832.

2. La mémoire de Napoléon était à l'honneur en 1833 (voir notre Introduction au *Médecin de campagne,* t. IX, p. 367 et suiv.). On venait d'inaugurer en juillet la nouvelle statue du Petit Caporal au sommet de la colonne Vendôme.

3. On lit dans *Tristram Shandy,* éd. de 1829, t. II, p. 75, à propos de l'attitude de l'oncle Tobie : « J'ai lu dans le chef-d'œuvre d'Aristote que, lorsque l'homme pense à une chose passée, il baisse les yeux vers la terre, et qu'il les lève au contraire vers le ciel quand il songe à l'avenir. »

4. Cette chèvre figure sur la lithographie de Champin (d'après un dessin d'Auguste Régnier) représentant la maison de la rue Cassini dans *Habitations des personnages les plus illustres de France depuis 1790 jusqu'à nos jours,* 1834. Régnier était venu rue Cassini dans les derniers jours de mai 1833 (*Lettres à Mme Hanska,* t. I, p. 50).

5. Dans *Le Songe d'or* (Nodier, *Contes,* classiques Garnier, éd. P.-G. Castex, p. 350). Ce lézard y est nommé exactement « Kardouan ».

6. Balzac cite toujours ainsi la célèbre phrase du *Discours sur l'origine et les fondements de l'inégalité parmi les hommes,* Ire partie : « Si la Nature nous a destinés à être sains, j'ose presque assurer que l'état de réflexion est un état contre Nature, et que l'homme qui médite est un animal dépravé. »

Page 297.

1. Montesquieu écrit : « L'adresse n'est qu'une juste dispensation des forces que l'on a. »

Page 298.

1. On sait que l'homéopathie utilise des dilutions infinitésimales de substances médicinales. L'établissement à Paris (rue Taranne) en 1835 du docteur Hahnemann, créateur de l'homéopathie, devait donner une grande vogue à cette nouvelle médecine.

2. Fontenelle écrit exactement : « Celui qui veut être heureux se réduit et se resserre autant qu'il est possible. Il a ces deux caractères, il change peu de place, et en tient peu » (*Du bonheur,* par M. de Fontenelle, 1806, p. 71).

Page 299.

1. Dans le texte de la Vulgate, psaume LXXXII, 12, le texte est : *Deus meus, Pone illos ut rotam* (« Mon Dieu, Place-les comme une roue »). Le contexte montre que le mot *rotam* ne doit pas évoquer l'élément mécanique d'un véhicule, mais le mouvement tourbillonnaire de quoi que ce soit de léger emporté par l'ouragan vengeur. Certains exégètes voient dans ces roues une allusion aux chardons et aux acanthes du désert dont les fruits portés par un réceptacle rond sont entraînés au gré du simoun « comme des roues », J.-L. Lacoux, S. J., à qui nous devons ces précisions, ajoute que les écrivains inspirés et les prophètes considèrent (comme Balzac) le mouvement comme une malédiction quand il est subi comme châtiment. Ajoutons que cette référence au Psaume vient probablement encore de *Tristram Shandy,* éd. cit., t. V, p. 126 : « Rendez-les, mon Dieu, semblables à une roue [...] C'est comme s'il eût dit *Je désire qu'ils tournent éternellement.* »

2. Van Helmont (Jean-Baptiste), chimiste et médecin belge (1577-1644), a cru comme Paracelse (1493-1541) à un principe immatériel, l'*archée,* qui annonce la force vitale de l'école vitaliste.

3. Les mémorialistes de la première moitié du XIXe siècle ont signalé « l'éternel dandinage des Bourbons » (Mme d'Abrantès, *Mémoires sur la Restauration,* 1835-1836, t. I, p. 63), le « dandinement héréditaire et historique des Bourbons » (Juste Olivier, *Paris en 1830,* p. 112), etc. (voir R. Fortassier, *Les Mondains de La Comédie humaine,* p. 193).

Page 300.

1. Il est probable que les deux noms sont venus ensemble sous la plume de Balzac, parce que, depuis 1810, les statues

des deux grands magiſtrats se trouvaient placées parallèlement devant le périſtyle du Corps légiſlatif. Les œuvres
poétiques de Michel de L'Hôpital (1507-1573), recueillies
par Pibrac, venaient d'être publiées pour la première fois
en 1824-1825. Henri-François d'Aguesseau (1668-1751),
homme d'une érudition profonde et variée, n'a écrit que des
Inſtructions à mes enfants, qui sont un cours d'éducation juridique. Parmi ses exceptions, Balzac aurait pu citer Fermat,
conseiller au Parlement et célèbre géomètre.

    2. Montaigne croyait aussi à la nécessité d'un « promenoir »
pour tout homme qui réfléchit et écrit.

Page 301.

    1. On peut s'étonner de voir cités comme gens parfaite-
ment d'accord Van Helmont, Paracelse (voir p. 299, n. 2)
et Bordeu avec Boerhaave. Dans la ligne des deux premiers
médecins, Bordeu (Antoine de), médecin montpelliérain,
rattache en effet la vie à la seule sensibilité, à l'exclusion des
forces physiques et chimiques. Il s'opposa fortement à Hermann Boerhaave (1668-1738) qui voulait fondre dans une
même théorie la philosophie vitale d'Hippocrate, les principes chimiques de Sylvius et le mécanisme de Bellini.

    2. *Il faut de la mesure en toute chose.* (Horace, *Sat.,* I, 1, 106.)

Page 302.

    1. *Pantagruel,* liv. V (oracle de la Dive bouteille).

    2. *Les Employés* se termineront sur un mot de Bixiou,
comme la *Théorie de la démarche* se termine sur un mot de son
modèle, Henri Monnier.

III. TRAITÉ DES EXCITANTS MODERNES

HISTOIRE DU TEXTE

GENÈSE DE L'OUVRAGE

    En août 1838, l'éditeur Charpentier publie une réimpres-
sion de la *Physiologie du goût* de Brillat-Savarin. C'était le premier ouvrage de la collection in-18 lancée pour concurren-
cer la contrefaçon belge, et où devaient être réédités par la
suite trente-trois romans et nouvelles de Balzac. Le 31 août,
Charpentier rachète le droit de publier une nouvelle édition

de la *Physiologie du mariage*[1], qui paraîtra à la fin d'octobre. Puis il envisage encore une nouvelle édition de la *Physiologie du goût*, pour laquelle il demande une préface à Balzac, auteur de l'article Brillat-Savarin dans la *Biographie Michaud* (1835).

Balzac s'engagea à lui donner cette préface, et il en reçut le prix[2]. Mais la promesse n'a pas été tenue. Sans doute annonçait-il à Charpentier, le 25 novembre, la livraison, pour l'édition en projet, de pages désignées alors sous le titre *Tabacologie*[3]. Ce seul titre, cependant, nous avertit qu'il ne pouvait s'agir de la préface commandée : comment un texte consacré au tabac aurait-il pu *introduire* à la *Physiologie du goût*, où il n'est nullement question de tabac ? En fait, Balzac songe en même temps à deux textes différents : une préface et un traité. Mais c'est du traité qu'il lui plaît de s'occuper. Aussi laisse-t-il inachevée la préface, dont les épaves ont été publiées[4], et identifiées par P.-G. Castex[5].

Quant au traité d'abord intitulé *Tabacologie*, et plusieurs fois encore désigné comme tel par Charpentier, il allait se modifier et s'élargir. Le 24 décembre 1838, en effet, Balzac signa avec lui une convention prévoyant pour le 15 juillet suivant la livraison d'un manuscrit de la *Pathologie de la vie sociale*[6]; dans le cadre de ce projet, il songe, plus ambitieusement, à une *Physiologie des excès modernes*[7]. Puis, le 8 ou le 9 avril, il annonce le titre qui sera définitif : *Traité des excitants modernes*[8]. Dans cette perspective nouvelle, il rédige un « Préambule », où le *Traité des excitants modernes* est présenté comme un fragment de la *Pathologie de la vie sociale*.

La nouvelle édition de la *Physiologie du goût* parut en mai 1839[9], précédée d'une Préface par un compatriote et ami de Brillat-Savarin, le baron Richerand, et suivie du *Traité des excitants modernes*[10]. Le Préambule de ce *Traité*, qui occupe quatre pages, explique la double réédition de la *Physiologie du goût* et de la *Physiologie du mariage;* il annonce d'autre part la publication prochaine (qui ne suivit pas) de la *Pathologie de la vie sociale.*

1. *Corr.*, t. III, p. 428, 30 octobre 1838.
2. *Ibid.*, p. 450. Voir aussi *LH*, t. I, p. 623 : « On m'a acheté aussi des préfaces d'une feuille 50 ducats. »
3. *Ibid.*, t. III, p. 468.
4. Voir R. Fortassier, « Sur Brillat-Savarin et de l'alimentation dans la génération », *AB 1968*, p. 105-119, et [J.-A. Ducourneau], Notice pour « En marge de Brillat-Savarin », *Œuvres complètes* de Balzac, Les Bibliophiles de l'originale, p. 586 et suiv.
5. P.-G. Castex, « Balzac et Brillat-Savarin. / Sur une préface à la *Physiologie du goût* », *AB 1979*.
6. *Corr.*, t. III, p. 492 et suiv.
7. *Ibid.*, p. 579.
8. *Ibid.*, p. 587.
9. *Bibliographie de la France*, 11 mai 1839.
10. P. 450-476.

ÉPREUVES ET PUBLICATIONS

Il n'existe pas de manuscrit du *Traité des excitants modernes,*
à l'exception d'un feuillet conservé à la collection Lovenjoul,
dans le dossier A 166. Ce feuillet 38 (recto-verso) donne le
texte incomplet (par rapport à l'originale) du passage du
Préambule qui va de « Il embrassera l'éducation humaine »
(p. 303) à « la conscience naturelle (p. 305) [*dans le manuscrit,*
les lois de la conscience] ».

La collection Lovenjoul conserve aussi, sous la cote A 225,
un jeu d'épreuves corrigées.

Une seconde édition du *Traité des excitants modernes* parut
après la mort de l'auteur, en 1855, chez de Potter, à la suite
des *Paysans.* Il était accompagné du *Voyage de Paris à Java,*
dont le texte préoriginal, publié dans la *Revue de Paris* du
25 novembre 1832, était évidemment amputé du passage
repris dans le *Traité* (voir notre Introduction, p. 202). Le
texte de ce dernier tenait compte des corrections et ajouts qui
figurent dans le jeu d'épreuves indiqué ci-dessus.

Il existe pour l'anecdote de « la soirée aux Bouffons » un
manuscrit conservé à la collection Lovenjoul dans le dossier
du *Voyage de Paris à Java* (A 243, feuillets 41 et 42). Mais
Balzac est parti, pour son *Traité,* du seul texte de la *Revue de
Paris :* c'est donc par rapport à ce texte *(RP)* que nous signalons les variantes.

SIGLES UTILISÉS

RP   Texte de « la soirée aux Bouffons » dans la *Revue de
      Paris* (1832).
épr. Texte des épreuves.
Ch.   Additions et corrections sur épreuves *(épr.),* figurant
      exactement dans le texte original de l'édition Char-
      pentier (1839).

NOTES ET VARIANTES

Page 303.

1. En fait, la nouvelle édition, par Charpentier, de la *Physiologie du mariage,* parue en octobre 1838, a été publiée peu de
temps après une *première* réimpression par le même Charpentier de la *Physiologie du goût,* parue au mois d'août précédent.
Dans la *Physiologie du mariage,* il était spécifié sur la page de
titre : « Nouvelle édition, semblable à celle de la *Physiologie
du goût* publiée par le même éditeur » et en face de cette page

se lisait le texte suivant, sous le titre AVIS IMPORTANT : « Cette
édition de la *Physiologie du mariage* est semblable à celle de la
Physiologie du goût de Brillat-Savarin, publiée récemment par
le même éditeur. Chacun de ces ouvrages fera *pendant* à
l'autre, dans les bibliothèques, comme ils se le font depuis
longtemps dans l'opinion des gens d'esprit et de goût. [...] »

La première édition Charpentier de la *Physiologie du goût*
s'étant bien vendue, Charpentier en proposa une seconde et
c'est pour cette seconde édition que Balzac écrivit le *Traité
des excitants modernes* et son Préambule; mais dans l'esprit de
Balzac comme dans celui de Charpentier demeuraient associées les publications des deux Physiologies.

2. Il est exact que Balzac a fait imprimer une première
Physiologie du mariage en 1826 et qu'elle ne fut pas mise dans le
commerce (voir *Physiologie du mariage,* Histoire du texte,
t. XI, p. 1732). Quant à la date de 1820, on doit penser que
Balzac l'indique de façon quelque peu approximative pour
marquer le caractère très précoce de sa réflexion sur le mariage,
mais il est bien improbable qu'un texte suivi ait été préparé
dès cette date.

3. Il n'y a certes pas eu de plagiat et les deux Physiologies
ont des objets bien distincts. Toutefois, on peut se demander
si l'idée d'intituler sa propre œuvre *Physiologie du mariage*
n'est pas née, chez Balzac, du titre donné par Brillat-Savarin
à la sienne, dont la première édition date de 1825. D'autre
part, Balzac, en découpant son texte en « Méditations »,
paraît bien avoir imité Brillat-Savarin, et l'édition originale
de la *Physiologie du mariage,* publiée à la fin de 1829, réunit
trente « Méditations », comme la *Physiologie du goût.*

4. Les quatre ouvrages sont, dans l'esprit de Balzac,
comme il va le préciser, l'*Analyse des corps enseignants,* la *Physiologie du mariage,* la *Pathologie de la vie sociale* et la *Monographie
de la vertu.* Il est inexact que tous soient « au même point
d'exécution » et même qu'ils soient « tous commencés ».
Le second est terminé (même si Balzac ne le juge pas arrêté
dans sa forme définitive), le troisième comporte des parties
rédigées, mais le premier n'a été que très vaguement ébauché
(voir les fragments des pages 841 et suiv.) et on n'a aucune
trace d'une quelconque rédaction pour le quatrième. Voir la
Notice de P.-G. Castex sur les *Études analytiques,* t. XI, p. 1714
à 1732.

Page 304.

1. L'intérêt que Balzac porte à l'*Émile* se voit surtout dans
Le Médecin de campagne (t. IX, p. 414, 432, 585, 595 et notes).

2. Ce mal est évidemment l'individualisme, souvent
dénoncé par l'auteur de *La Comédie humaine.*

3. Balzac n'a pas toujours eu la même sévérité à l'égard de

Rousseau. Ses romans de jeunesse témoignent de l'influence qu'a eue sur lui le Rousseau contempteur de la société. Mais en 1839 « la vie sociale lui apparaît dans sa gravité », comme il dit d'un de ses personnages (*Une fille d'Ève,* t. II, p. 290), et ses positions idéologiques se sont durcies.

4. Voir dans la Préface à *Pierrette* (1840) : « Et l'école genevoise et anglaise, qui veut nous moraliser, tirerait ses lèvres minces sur ses dents jaunes » (t. IV, p. 21); et l'éblouissante improvisation de Bixiou sur l'*improper* dans *La Maison Nucingen* (t. VI, p. 343-346).

5. Charpentier écrit à Balzac le 28 décembre 1838 : « Votre titre de la *Pathologie* et les 30, etc., etc., c'est magnifiquement spirituel. » Nous regrettons de n'avoir pu élucider ce « spirituel » mais mystérieux *Supposez trente.*

Page 305.

1. Nous ne voyons pas que Brillat-Savarin ait envisagé cet aspect de la question. Toutefois, il dit que l' « appétence de liqueurs fermentées » va de pair, chez l'homme, avec une inquiétude de l'avenir, que l'on peut considérer comme produite par l'état de société (*Physiologie du goût,* édition de 1839, p. 158).

2. Il n'est pas exact que la *Pathologie de la vie sociale* soit alors sous presse.

3. Pour Balzac ce mot a une très large extension. Il signifie la science de l'homme en général et englobe tous les problèmes de sa vie en société. Voir *La Vieille Fille* (t. IV, p. 935) où le romancier appelle de ses vœux la création de chaires d'anthropologie.

4. Et pour cause. Voir p. 303, n. 4.

5. En effet, dans son esprit, le *Traité des excitants modernes* est bien un complément à la *Physiologie du goût,* car Balzac y aborde une matière non traitée par Brillat-Savarin. Ce texte devait donc bien logiquement suivre celui de la *Physiologie du goût.*

6. Ce dernier titre désigne le *Traité de la vie élégante,* dont une partie considérable devait être consacrée à la toilette.

7. On voit que l'ambition de Balzac, pour la *Pathologie,* demeure immense, indéfinie, et que les trois morceaux publiés n'en sont encore, dans son esprit, que des parties. Mais comment, dès lors, pouvait-il envisager une publication « prochaine » ?

Page 306.

a. *Épigraphe   add. Ch.*

1. Voir dans le *Traité de la vie élégante* le Plan (p. 235), qui

annonce dans la quatrième partie les principes qui doivent régir les chevaux.

2. Pour Balzac, la voix est extrêmement révélatrice des tempéraments et des mouvements de l'âme. Ce titre semble annoncer une classification des tessitures et des intonations, qui eût enseigné à décrypter le caractère d'un être d'après sa voix.

3. Le *Traité des excitants modernes* vient, effectivement, à la fin du volume, comme le dessert à la fin d'un repas, mais la page de titre ne le donne pas comme un « appendice ». On lit : « *Physiologie du goût* [...] suivie du *Traité sur les excitants modernes,* par M. de Balzac. »

4. Voir plus loin, p. 327, l'axiome VII, imprimé en italique.

5. La Bruyère parle en effet des eaux-de-vie comme d'une nouveauté (*Caractères,* VIII, 74) : « Ils [les jeunes gens de la cour] cherchent à réveiller leur goût déjà éteint par des eaux-de-vie et par toutes les liqueurs les plus violentes; il ne manque à leur débauche que de boire de l'eau-forte. »

6. Il s'agit de l'invention du sucre de betterave, dont le blocus continental contribua à favoriser la fabrication et l'usage.

Page 307.

a. et excessif *add. Ch.*

b. , ou à l'atmosphère [...] leurs forces *néocréatives add. Ch.*

1. En effet, si le thé était de consommation courante outre-Manche dès le milieu du XVIIᵉ siècle, il ne commença à se répandre, lentement, en France que dans les années qui précédèrent la Révolution de 1789.

2. « La guerre est un état naturel », maxime 101 des *Maximes et pensées de Napoléon* par J.-L. Gaudy jeune, 1838. On sait que cette compilation est de la main de Balzac. On lit aussi dans *Pensées, sujets, fragments,* éd. *CHH,* t. XXIV, p. 675 : « En étudiant l'histoire, n'est-il pas démontré que la paix est un état contre nature ? »

Page 308.

1. « Terme de médecine légale. État d'un homme impuissant » (*Acad.,* 1835).

2. Les cordeliers passaient pour ignorants.

3. « À tant et de si grands travaux, il avait le tort d'allier, avec beaucoup trop peu de modération, les plaisirs de l'amour », écrit de Raphaël son biographe, Quatremère de Quincy; Vigny évoque dans son *Journal* la Fornarina, coupable d'avoir épuisé sa vitalité par les excès sexuels qu'elle lui imposait. On connaît d'autre part les amours célèbres de Byron.

4. C'est dire que l'abus du tabac est un vice de pauvres

comme de riches (on sait que la monarchie constitutionnelle faisait reposer le droit d'être éligible sur la fortune : la loi organique de 1831 avait fixé le cens d'éligibilité à 500 francs).

5. Autant que sa débordante activité, les débauches et surtout l'intempérance tuèrent le grand Alexandre de Macédoine à trente-trois ans.

Page 309.

    a.   ; *le boulanger* [...] *pensée*   *add. Ch.*
    b. Les céréales [...] artistes.   *add. Ch.*

    1. *Physiologie du goût,* éd. cit., p. 37.
    2. On peut penser à la Grèce et à l'Italie.
    3. Voir Montesquieu : « Notre eau-de-vie, qui est une invention nouvelle des Européens, a détruit un nombre infini de Caraïbes [...] » (*Mes pensées,* dans *Œuvres complètes,* Bibl. de la Pléiade, t. I, p. 1205).
    4. Après la découverte du nouveau monde, et du cacao, le chocolat joua un rôle important dans l'alimentation des Espagnols. Le xve siècle voyait l'Espagne, récemment unifiée, intervenir dans la politique européenne et étendre son pouvoir jusqu'aux Pays-Bas. Mais, si l'empire de Charles Quint ne lui survécut pas, sans doute peut-on trouver à cet effritement d'autres causes que l'abus du chocolat !
    5. Le mot *galbe* fait partie de ceux que dénonce l'article « Des mots à la mode ».
    6. Balzac étend à toute la population l'idée de Joseph de Maistre qui, comme Rivarol et Bernardin de Saint-Pierre, pense qu'à la veille de la Révolution déjà, « la noblesse française était une race physiquement diminuée » (cité par Baudelaire, *Œuvres complètes,* Bibl. de la Pléiade, t. II, p. 68).

Page 310.

    1. Il est pratiquement impossible, vu le vague de la formule, d'identifier ces deux informateurs. Nous n'avons pas retrouvé non plus l'origine de l'anecdote.
    2. On n'imagine point ce que pourrait être cet essai « plus original » !
    3. Gras des cadavres d'animaux après décomposition.

Page 311.

    1. Moïse Le Yaouanc (*Nosographie de l'humanité balzacienne,* p. 81) pense que Balzac a connu cette expérience par le texte de Magendie, *Mémoire sur les propriétés nutritives des substances qui ne contiennent pas d'azote,* paru en 1817, ou par le *Dictionnaire des sciences médicales.* Elle contredit celle du chimiste suédois Berzelius, à laquelle, par le truchement d'Adam de Wierzchownia, Balzac semble s'être rallié dans *La Recherche*

de l'Absolu. Berzelius avait en effet semé des graines de cresson dans diverses poudres, fleurs de soufre, acide silicique pur, oxyde plombique ou toute autre substance dont la composition est connue; arrosées d'eau distillée, elles avaient germé et poussé. Le cresson coupé et réduit en cendres avait révélé à l'analyse les mêmes substances que révèlent les plantes normalement cultivées. Ce qui semblait prouver que ces substances avaient été fabriquées par l'organisme végétal à partir des éléments dont il disposait, et il conclut : « Il semble qu'on pourrait être conduit par là à conjecturer que les différents corps trouvés dans la cendre, c'est-à-dire la potasse, la chaux, la magnésie, l'alumine, l'oxyde ferrique, l'acide salicique, l'acide sulfurique et l'acide phosphorique, sont composés d'éléments communs à tous. » Cette conclusion, qui réduisait les éléments à un élément unique, allait dans le sens de la théorie unitaire de Balzac. Selon Berzelius, Azaïs (qui avait étendu la théorie au règne animal) et Balthazar Claës, les trois condamnés anglais et les chiens de Magendie auraient dû trouver dans le chocolat, le café, le thé ou le sucre toutes les substances que procure une alimentation équilibrée!

2. À l'époque de la grande épidémie de 1832.

3. *S'y détruire.* Jeu de mots noir.

4. Balzac a, le premier peut-être, parlé du gamin de Paris dans « La reconnaissance du gamin », article paru dans *La Caricature* du 11 novembre 1830.

5. Un médecin, Parent-Duchâtelet, avait, dès 1836, attiré l'attention du public sur l'abus des liqueurs chez les filles publiques, dans l'ouvrage intitulé *De la prostitution dans la ville de Paris, considérée sous le rapport de l'hygiène publique, de la morale et de l'administration.*

6. D'après Gozlan, cité par Werdet (*Souvenirs littéraires d'un libraire-éditeur,* 1859, p. 348), Balzac ne buvait que de l'eau. Et naturellement force café.

Page 312.

a. Comme observateur *[p. 311, 8 lignes avant le bas]* que je fusse à Paris, *Ch.* : *Voici le début de l'anecdote dans « Le Voyage de Paris à Java »* : Laissons le vin aux indigents. Son ivresse grossière trouble l'organisme, sans payer par de grands plaisirs le dégât qu'il fait dans le logis. Cependant, prise modérément, cette imagination liquide a des effets qui ne manquent pas de charme; car il ne faut pas plus calomnier le vin que médire de son prochain. Pour mon compte, je lui dois de la reconnaissance. Une fois dans ma vie, j'ai connu les joies de cette divinité vulgaire. / Permettez-moi cette digression; elle vous rappellera peut-être une situation de votre vie analogue à celle dans laquelle je me trouvai. / Or donc, un jour, en dînant seul, sans autre séduction que celle

d'un vin dont le bouquet était incisif, plein de parfums vol-
caniques, — je ne sais sur quelle côte pierreuse il avait mûri, —
j'oubliai les lois de la tempérance. Cependant je sortis me
tenant encore raisonnablement droit; mais j'étais grave, peu
causeur, et trouvais un vague étonnant dans les choses
humaines ou dans les circonstances terrestres qui m'environ-
naient. / Huit heures ayant sonné, j'allais prendre ma place
au balcon des Italiens, doutant presque d'y être, et n'osant
affirmer que je fusse à Paris,   *RP*

b. les figures. Mon âme était grise. Ce que j'entendais
Ch.   : les figures. Délicieux souvenirs!... Ni peines ni joies!
Le bonheur émoussait tous mes pores sans entrer en moi.
Mon âme était grise. Ce que j'entendis   *RP*

1. *Aux dieux inconnus.* Cette dédicace antique revient souvent sous la plume de Balzac. Voir la préface du *Livre mystique,* dont ce sont les derniers mots, et la note 4 du tome XI,
p. 509.

2. Une lettre de Balzac livre le nom de l'ami qui le poussa
un jour à fumer, mais situe l'anecdote dix ans plus tard. À
Mme Hanska, qu'une indiscrétion avait mise au fait de prétendues orgies et qui réprimandait Balzac, celui-ci répond
pour se disculper : « Ce Monsieur a été bien injuste. Je ne
bois que du café. Je n'ai jamais connu l'ivresse que par un
cigare qu'Eugène Sue m'a fait fumer malgré moi, et c'est
ce qui m'a donné les moyens de peindre l'ivresse aux Italiens que vous me reprochez dans le *Voyage à Java* » (*Lettres
à Mme Hanska,* t. I, p. 40). Voir d'autre part *infra,* p. 313, n. 3.
Il est possible que « 1822 » soit une coquille pour « 1832 »
(*Le Voyage de Paris à Java* n'assigne pas de date à l'anecdote).

3. Mme Damoreau-Cinti, née Cinthie Montalant (1801-
1863), admirable soprano, qui se distingua aussi dans le
Moïse de Rossini, et dans *Le Siège de Corinthe,* qu'il écrivit
pour elle. Levasseur (1791-1871), basse chantante, forma
après 1830 avec Nourrit et Mlle Falcon un trio célèbre.
Bordogni (1788-1856), premier ténor au Théâtre-Italien,
chantait dans *La Gazza ladra (La Pie voleuse)* le rôle de Gia-
netto. Pour la Pasta, voir la *Théorie de la démarche,* p. 271, n. 2.

4. *La Gazza ladra,* opéra en deux actes, libretto de Ghe-
rardi, musique de Rossini, créé à la Scala de Milan en 1817,
et représenté pour la première fois à Paris au Théâtre-Italien
en 1821, avec un immense succès.

Page 313.

a. molesté *Ch.*   : chassé *RP*

1. Il est bien difficile d'identifier cette duchesse, d'après
cette seule indication de *plumes et de dentelles,* accessoires quasi
obligatoires pour une coiffure du soir.

2. En 1831, il avait pris le commandement de l'armée hollandaise qui, au mois d'avril, envahit la Belgique, remporta quelques victoires, mais dut se retirer devant l'intervention de la France.

3. En 1822, Rossini, qui n'était pas à Paris, ne pouvait témoigner déjà au jeune inconnu qu'était Balzac « une haute considération ». Il le pouvait en 1832. Voir *supra*, p. 312, n. 2.

Page 314.

a. de pâtisserie. *Ch.* : de pâtissier. *RP. Ici se termine l'emprunt au « Voyage de Paris à Java » (voir var. a, p. 312).*

Page 315.

1. Brillat-Savarin étudie seulement l'origine du café, les différentes manières de le préparer, et un peu ses effets (*op. cit.*, p. 125-131).

2. Cabanis nommait le café *la boisson intellectuelle* (*Manuel de l'amateur de café [...]* par M.-L. Clerc, 1828, p. 60).

Page 316.

1. Brillat-Savarin rapportait aussi l'expérience qu'il avait faite du café pilé dans un mortier (*op. cit.*, p. 125). C'était aussi le procédé recommandé par Cadet de Gassicourt, qui avait fait l'analyse du café (*Manuel de l'amateur de café*, p. 49).

2. On écrit plus ordinairement *tanin*. La graphie adoptée par Balzac permet le rapprochement, justifié par l'étymologie (tanin et tan étant le même mot), avec *tannées*.

3. On lit dans la *Physiologie du goût* (éd. cit., p. 129) : « J'ai vu à Londres, sur la place de Leicester, un homme que l'usage immodéré du café avait réduit en boule *(cripple)*; il avait cessé de souffrir, s'était accoutumé à cet état, et s'était réduit à cinq ou six tasses par jour. »

4. Nous n'avons pas identifié ce graveur.

5. Aimé Chenavard (1798-1838), Lyonnais comme son homonyme le peintre Paul-Joseph, était peintre ornemaniste; il travailla surtout pour la manufacture royale de Sèvres. Balzac avait pu le rencontrer à *L'Artiste,* journal auquel il collabora.

6. Jean-Baptiste Nicolet, danseur de corde (1710-1796), se produisait aux foires Saint-Germain et Saint-Laurent. Comme ses tours devenaient de plus en plus étonnants au fil du spectacle, l'expression *De plus en plus fort, comme chez Nicolet* devint proverbiale.

Page 317.

a. soumettre *Ch.* : assimiler *épr.*

1. Il s'agit d'une cafetière d'un usage très répandu. Elle était formée de deux vases superposés, généralement en fer-blanc. C'est Brillat-Savarin qui écrit d'une manière erronée le nom de l'inventeur (Dubelloy). La parenthèse sur la très illustre famille de Belloy est une gentillesse de Balzac à l'égard de son secrétaire et collaborateur, Auguste de Belloy, qui était l'arrière-petit-neveu du cardinal de Belloy, archevêque de Paris (1709-1808). Clerc (*op. cit.,* p. 50 et 54) donne aussi les trois manières de préparer le café avec la cafetière ordinaire, avec l'appareil pharmaco-chimique de M. Hennion jeune et avec l'appareil à la de Belloy.

2. La forme courante est *moulant* (*Acad.,* 1835).

3. On attendrait le singulier.

Page *318.*

1. Place de la Concorde.

2. Voir *Physiologie du goût,* éd. cit., p. 215, sur le rôle de l'estomac. On n'y trouve pas la description que Balzac semble évoquer.

3. Gargousse : sac cylindrique, en fort papier ou en parchemin, dans lequel on enferme la charge d'une bouche à feu.

4. On ne saurait quitter Balzac préparateur et buveur de café sans donner le témoignage de Werdet (*op. cit.,* p. 349), citant Gozlan : « Le dîner achevé, il s'occupait de la grave question du café, un café historique, avec lequel le café de Voltaire ne saurait entrer en comparaison. Il le faisait lui-même religieusement, il allait chercher lui-même aussi religieusement, car ce café sans pareil se composait de trois sortes de grains : le bourbon, le moka et le martinique; il achetait l'un rue du Mont-Blanc, l'autre rue des Vieilles-Haudriettes, et le troisième chez un épicier de la rue de l'Université. Le café pris, vers huit heures, il remontait dans sa chambre à coucher et s'imposait, bon gré mal gré, un sommeil antinaturel jusqu'à minuit. Son domestique venait alors le réveiller, et il se remettait à son labeur acharné, à ce labeur incessant, qui l'a emporté avant l'âge. »

Page *319.*

1. On attendrait un singulier.

2. Rossini était un excellent cuisinier. Sa spécialité était les *pisi et rizzi* à la vénitienne... plus que les tournedos.

3. Ils avaient publié *Voyage en Abyssinie, dans le pays des Galla, de Choa et d'Ifat, précédé d'une excursion dans l'Arabie heureuse,* Paris, Desessart, 1835-1838, 5 vol. in-8º dont un atlas.

4. Allusion à l'expérience racontée *supra,* p. 310.

Page 320.

a. le feu   Ch.   : les légendes   épr.

1. Peut-être Balzac se rappelle-t-il ce texte de Senancour :
« Le thé est d'un grand secours pour s'ennuyer d'une manière
calme. Entre les poisons un peu lents qui font les délices
de l'homme, je crois que c'est un de ceux qui conviennent
le mieux à ses ennuis. Il donne une émotion faible et soutenue; comme elle est exempte des dégoûts de retour, elle
dégénère en une habitude de paix et d'indifférence, en une
faiblesse qui tranquillise le cœur que ses besoins fatigueraient,
et nous débarrasse de notre force malheureuse. J'en ai pris
l'usage à Paris, puis à Lyon, mais ici j'ai eu l'imprudence de
la porter jusqu'à l'excès. Ce qui me rassure, c'est que je vais
avoir un domaine et des ouvriers, cela m'occupera et me
retiendra. Je me fais beaucoup de mal maintenant; mais je
compte sur moi, je vais devenir sage par nécessité » (*Oberman,*
éd. Arthaud, t. II, p. 104-105).

2. Balzac place en dernier le point qui, à l'origine, était
son objet unique, à l'époque où il songeait à une *Tabacologie.*

3. Il s'agit plutôt d'un *treizième* travail d'Hercule, plus
libertin que les autres, et auquel fait allusion le linguiste
Hammer-Purgstall dans une lettre qu'il adresse au romancier
le 28 mai 1835 (*Corr.,* t. II, p. 683) : « Je suis trop
vieux pour compter sur un autre revoir plus éloigné ajourné
au temps quand *[sic]* vous aurez terminé le travail d'Hercule
de vos cinquante nymphes dont chacune est *in omne virgo
nobilis aevum* [à jamais une illustre vierge]. » Et le post-
scriptum précise la comparaison entre les vierges d'Hercule
et les œuvres de Balzac : « C'est vrai qu'Hercule les expédiait
dans une seule nuit et vous pouvez prendre la devise de
Louis XIV *illi non impar* [pas inférieur à cet illustre person-
nage] » (on sait que la devise de Louis XIV est en réalité
nec pluribus impar, pas inférieur à plusieurs).

Page 321.

1. Voir notre Introduction, p. 205.
2. Nous n'avons pu identifier ce dandy.
3. En se mithridatisant, c'est-à-dire en s'habituant au
poison, comme le fit le roi du Pont.
4. Faut-il rappeler que Balzac était passé par la Corse en
se rendant en Sardaigne en 1838 ? Il s'agit évidemment ici
d'une classique histoire de bandit, et non de souvenir personnel.
5. Comme de Marsay, dans *La Fille aux yeux d'or* (t. V,
p. 1093).

Page 322.

1. Voir notre Introduction, p. 204.

2. Accord avec le mot le plus rapproché.

3. Saveur et odeur forte et âcre d'une matière organique soumise au feu.

Page 323.

1. « Quel opéra qu'une cervelle d'homme ! » (« L'Opium », dans *La Caricature,* 11 novembre 1830).

2. Pendant dix ans Raspail avait en effet étudié la cellule, moins d'ailleurs au microscope qu'avec une méchante loupe à laquelle le réduisait la misère. Une décoration qu'il venait de recevoir en 1833 avait mis en lumière la figure du grand médecin et ses admirables travaux qui créaient la chimie organique.

3. Peut-être faut-il voir là une allusion à la définition par Voltaire de Dieu comme le grand horloger.

Page 324.

1. Le 26 avril 1834, Balzac avait dîné chez le philanthrope Appert avec Vidocq et les bourreaux Sanson père et fils (Marcel Bouteron, « Un dîner avec Vidocq et Sanson », dans *Études balzaciennes,* Jouve, 1954, p. 119 et suiv.).

2. On peut se demander si Balzac n'a pas rencontré ce commandant dans l'entourage de Joseph Coster, chef de division au ministère de la Marine; mais encore faudrait-il avoir la preuve qu'il était en relation avec Coster avant février 1840 (voir *Corr.,* t. IV, p. 47).

Page 325.

1. C'est en effet aux Belges et aux Hollandais que les vignerons de Vouvray vendaient leur récolte (*L'Illustre Gaudissart,* t. IV, p. 586), de même que Grandet, Saumurois, mais dont P.-G. Castex a montré qu'il avait pour modèle principal un propriétaire de Vouvray, Savary.

2. En faveur de sa thèse, Balzac fait ici bon marché de la théorie des climats, à laquelle il se rallie généralement à cause des différences qu'entraîne la variation des rayons solaires (le soleil étant le grand pourvoyeur d'énergie).

3. Le verbe *générer* (engendrer) est un néologisme dans ce sens.

4. Le *pyroscaphe* est le bateau à vapeur, d'invention alors récente. Dans *La Fille aux yeux d'or* (t. V, p. 1052), on lit : « Cette ville [Paris] ne peut donc pas être plus morale, ni plus cordiale, ni plus propre que ne l'est la chaudière motrice de ces magnifiques pyroscaphes que vous admirez fendant les ondes ! »

Page 326.

1. Anecdote dans le ton de la *Physiologie du mariage;* symétrique de celle où l'on voit le mari, pour n'être pas *minotaurisé,* amener sa femme à la faiblesse souhaitée, grâce à un régime alimentaire débilitant (t. XI, p. 1025 et suiv.).

2. Nous en sommes réduits à la même supposition que pour le commandant de vaisseau de la page 324, n. 2.

3. Sur l'horreur de Balzac pour le tabac nous possédons le témoignage de Werdet (*op. cit.,* p. 225) : « Le repas terminé, on prenait le café, l'alcool; puis une heure ou deux étaient consacrées à la *fumerie,* au grand désespoir de Balzac, qui, détestant le *tabac* et les *fumeurs,* prétendait que rien de bon ne pouvait sortir du cerveau d'un homme adonné à cette funeste habitude. »

4. Le monopole de la vente des tabacs, qui remontait à 1674, avait été supprimé en 1791. Une loi du 22 brumaire an VII, un décret du 16 juin 1808 préparèrent la voie au décret du 29 novembre 1810, complété par celui du 12 janvier 1811, qui rétablissait dans son entier le monopole de la fabrication et de la vente du tabac.

5. Voir *La Fille aux yeux d'or,* t. V, p. 1041 et 1093.

Page 327.

a. que la Roulette   *add. Ch.*

1. À cause du blocus continental.

2. La roulette, dont la vogue datait du Consulat, et dont vivaient les tripots du Palais-Royal, avait été interdite à partir du 1er janvier 1838.

Page 328.

a. Ainsi de l'homme   add. Ch.

INDICATIONS BIBLIOGRAPHIQUES

POUR LES TROIS TRAITÉS

Œuvres complètes de Balzac, Les Bibliophiles de l'originale, t. XIX (texte) et XXV, p. 323 à 384.

POUR LE « TRAITÉ DE LA VIE ÉLÉGANTE »

FORTASSIER (Rose) : « Interview d'un dandy (1830) », *AB 1967,* p. 73-87.
BODIN (Thierry) : « Petites misères d'une préface », *AB 1980,* p. 163 à 168.

POUR LE « TRAITÉ DES EXCITANTS MODERNES »

HUGHES (Randolph) : « Vers la contrée du rêve. Balzac,
   Gautier et Baudelaire disciples de de Quincey », *Le Mercure
   de France,* août 1939, nº 293, p. 545-593.
CASTEX (Pierre-Georges) : « Balzac et Baudelaire », *Revue des
   Sciences humaines,* 1958, p. 139-151.
LE YAOUANC (Moïse) : *Nosographie de l'humanité balzacienne,*
   Maloine, 1959.
LOTTE (Dr Fernand) : « Balzac et le tabac », *Médecine de France,*
   1963, nº 139.
FORTASSIER (Rose) : « Sur Brillat-Savarin et de l'alimentation
   dans la génération », *AB 1968,* p. 105-119.
CASTEX (Pierre-Georges) : « Balzac et Brillat-Savarin. Sur
   une préface à la *Physiologie du goût* », *AB 1979,* p. 7-14.

Ébauches rattachées
à « La Comédie humaine »

ÉTUDES DE MŒURS

SCÈNES DE LA VIE PRIVÉE

SŒUR MARIE DES ANGES

Page 341.

   1. Il s'agit de la partie nord de la rue Bonaparte, entre
la Seine et la rue Jacob. Elle devait son nom à un couvent
d'Augustins dits de la Réforme de Bourges ou Petits-Augustins, fondé par la reine Margot. L'École des beaux-arts
occupe une partie des bâtiments du couvent supprimé en
1790.

Page 342.

1. Quelques immeubles de la rue Mazarine et de la rue de Seine ont été détruits pour faire place au square Honoré-Champion, rendant ainsi moins obscur le début de la rue Mazarine.

2. En marge de cette phrase, Balzac en a commencé une autre qu'il a laissée en suspens : « Au contraire, les suicides et la mortalité [...]. »

3. L'auteur des *Épigrammes* est rarement cité dans *La Comédie humaine* (*Sur Catherine de Médicis,* t. XI, p. 200; *Physiologie du mariage,* t. XI, p. 1172).

Page 343.

1. Le texte est interrompu sur ce mot, au bas du folio 2.

2. Rembrandt est le peintre le plus souvent cité dans *La Comédie humaine,* associé aux thèmes des vieillards, du clair-obscur et des scènes bibliques. Une allusion à la célèbre eau-forte (et non tableau) du « Christ rappelant Lazare à la vie » figure aussi à la fin de *César Birotteau* (t. VI, p. 312 et note).

3. Balzac avait d'abord écrit « 1829 » avant de biffer et d'écrire, sur la même ligne, « 1828-1829 ». Ces deux millésimes rappellent l'abandon de ses affaires d'imprimerie et de fonderie, puis son retour à la littérature.

4. « Renault, rue Jacob, 8, *Café de Londres* » (Sébastien Bottin, *Almanach du commerce*). Ce café n'a, semble-t-il, fait l'objet d'aucune autre mention par Balzac.

5. Dans *Modeste Mignon,* « Antinoüs, l'illustre favori d'Adrien », est le « type » de la « beauté méridionale » (t. I, p. 484).

Page 344.

1. Le texte est interrompu sur ce mot, non suivi de ponctuation, au bas du folio 4.

INDICATIONS BIBLIOGRAPHIQUES

TAKAYAMA (Tetsuo) : *Les Œuvres romanesques avortées de Balzac (1829-1842),* Tokyo, 1966, p. 84-89.

BODIN (Thierry) : « De *Sœur Marie des Anges* aux *Mémoires de deux jeunes mariées* », *AB 1974.*

LA COMÉDIENNE DE SALON

Page 349.

1. Cette duchesse anonyme n'était certainement pas l'ex-duchesse de Maufrigneuse devenue princesse de Cadignan, comme il a été dit, puisque la princesse de Cadignan elle-même parle un peu plus loin de « la deviner ».

VALENTINE ET VALENTIN

SIGLE

ms. manuscrit (*Lov.* A 237).

Page 355.

a. ici [le croquis   *rayé*] la physionomie   *ms.*
b. de cette [Scène   *rayé*] histoire.   *ms.*

1. C'est dans cette rue, la rue des Marais-Saint-Germain, aujourd'hui rue Visconti, que Balzac exploita son imprimerie, de 1826 à 1828. Elle se trouvait au n° 17, porte à porte avec la maison qu'il donne pour la demeure de Racine (voir ci-dessous, n. 3).

2. Le réverbère à huile (il y en avait encore plus de 5 400 à Paris en 1834). L'éclairage au gaz, qui succède à l'éclairage à l'huile, progresse lentement à Paris depuis 1820, entièrement contrôlé par des compagnies privées (H. Maréchal, *L'Éclairage à Paris,* Baudry, 1894).

3. Cette affirmation de Balzac est tout à fait erronée. Racine ne s'est installé rue des Marais qu'en 1692, et il y est mort en 1699. De plus, sa demeure n'est pas celle que désigne Balzac. Elle se trouvait du côté des numéros pairs, vraisemblablement au niveau du numéro 24 actuel. Comme le rappelle Jacques Hillairet, à qui nous empruntons ces informations (*Dictionnaire historique des rues de Paris,* Éd. de Minuit, 1964, 2ᵉ éd., t. II, p. 653), Racine, contrairement à ce que dit Balzac, avait des chevaux et un train de maison relativement important.

Page 356.

a. qui n'ont pas plus [*7 lignes*] rez-de-chaussée.   *add. marginale continuée au verso du folio 1 de ms.*

1. Le manuscrit porte : « droite », lapsus manifeste, comme le prouvent d'ailleurs, quelques lignes plus bas, les mots : « les deux corps de logis adossés aux murs mitoyens de gauche et du fond ».

Page 357.

a. Les notes de Tallemant *[13 lignes]* des champs. *add. marg. continuée au verso du folio 2 de ms.*

b. prouvent que *[5 lignes]* naïveté. *add. marg. continuée au verso du folio 2 de ms.*

c. Ce serait un triomphe [...] chère. *add. marg. ms.*

1. Cette rue a été percée en 1825. Dans leur évocation de la rue des Marais, Hanotaux et Vicaire (*Balzac imprimeur,* Ferroud, 1921, p. 46, n. 1) renvoient aux *Historiettes* (3ᵉ éd., Techener, 1862, t. I, p. 236). D'après J. Hillairet (*Dictionnaire historique des rues de Paris,* éd. cit., p. 651), le 14 actuel de la rue Visconti est formé d'anciennes dépendances de l'hôtel de La Rochefoucauld-Liancourt.

2. Anglicisme habituel chez Balzac.

Page 358.

a. Il y a ici un signe de renvoi à une addition marginale, mais le folio 3 est mutilé et cette addition n'a pas été conservée (voir var. suivante).

b. s'éta <blir>. *Les quatre dernières lettres de ce mot sont une restitution. La déchirure du feuillet a fait tomber en outre environ 18 lignes de manuscrit. On déchiffre la fin des quatre lignes suivantes :* [...] trois ans, et la / [...] elle arrivait / [...] le / [...] *[man rayé].*

c. Il [devait *rayé*] avait mérité *ms.*

d. méridionale *add. marg. ms.*

1. Construction incorrecte entraînée par la correction incomplète signalée dans la variante *c* de la page 358.

2. Le passage qui s'achève par le mot « méridionale. » et qui commence 12 lignes plus haut, à : « Peyrade, vieilli dans la pratique des affaires », a été textuellement repris, avec quelques additions, dans *Splendeurs et misères des courtisanes* (t. VI, p. 531-532).

3. Napoléon a nommé des commissaires généraux de police dans plusieurs villes importantes de l'Empire, notamment dans des ports. Le commissariat général d'Anvers a été créé en 1808.

Page 359.

a. duc [d'Attalani *rayé*] de Belgirate *ms.*

b. , en emmenant [...] Milan *add. marg. ms.*

1. En juillet 1810, l'ancien royaume de Hollande, enlevé à Louis Bonaparte, est découpé par Napoléon en huit départements français.

Page 360.

a. toujours ministre [...] Empereur,   *add. marg. ms.*

1. Dans *Splendeurs et misères des courtisanes* (t. VI, p. 528), Balzac explique l'origine de ce nom : c'est celui d'un petit bien du Comtat nommé Les Canquoëlles, appartenant à une branche des Peyrade.

2. Fouché succède à Junot en Illyrie en 1813.

3. Au numéro 20.

Page 361.

a. En [1823   *rayé*] 1824   *ms.*

b. de [soixante-dix-sept   *rayé*] soixante-dix-huit ans   *ms.*

c. Le texte s'interrompt, en fin de phrase, au premier quart du folio 7, dont le reste est demeuré blanc.

1. Si Peyrade, comme il est dit plus haut, a vingt-cinq ans en 1782, il devrait en avoir soixante-sept en 1824.

2. Ce ministère, créé par le Directoire, avait été à plusieurs reprises supprimé et rétabli. Il fut remplacé le 29 septembre 1818 par une Direction générale de la Police, supprimée à son tour le 21 février 1820.

PERDITA

Page 367.

1. Dans *Mademoiselle de Maupin* (chap. x), Théophile Gautier a nommé le personnage shakespearien de Perdita, en tête d'une énumération de « types charmants, si faux et si vrais, qui, sur les ailes bigarrées de la folie, s'élèvent au-dessus de la grossière réalité ».

LE PROGRAMME D'UNE JEUNE VEUVE

SIGLE

ms.   manuscrit (*Lov.* A 197).

Page 373.

a. Titre cancellé : INTRODUCTION NÉCESSAIRE   *ms.*

b. de [Bauvan *rayé*] Sommervieux   *ms.*

c. du [second *rayé*] troisième   *ms.*

d. d'un engagé volontaire [qui cachait son titre de comte, et dont le nom, célèbre dans la chouannerie, avait résonné plus d'une fois, en 1799, aux oreilles républicaines de Giroudeau *rayé*] *ms.*

1. Les chasseurs d'Afrique, créés en 1831, formaient un corps de cavalerie légère composé de Français et d'indigènes, mais commandé par des officiers français.

2. La campagne d'automne consista surtout en petites opérations dans la région d'Alger. C'est la maladie qui décima cruellement les troupes.

3. Ce nom est substitué à celui de Bauvan ; Balzac avait songé à faire de son personnage le fils du comte de Bauvan mis en scène dans *Les Chouans*. Peut-être, comme le pense M. Pugh (*op. cit.* dans l'Introduction), l'écart d'âge lui parut-il trop grand. Sommervieux est le fils du héros de *La Maison du chat-qui-pelote*.

4. Le général Bugeaud, nommé à ce poste en février 1841. De 1842 (*Un début dans la vie, La Rabouilleuse*) à 1846 (*La Cousine Bette*), *La Comédie humaine* fait une timide tentative de conquête de l'Algérie.

Page 374.

a. toi, noble, [toi fils de chouan, j'ai rencontré ton père, un vieux loup *[1 mot illisible]* coureur de haies *rayé*] *ms.*

1. Mot technique désignant une voiture servant au transport de matériel militaire.

2. Nous ne savons auquel des nombreux tableaux représentant Bonaparte en Égypte pense Balzac.

3. Voir n. 3, p. 373.

Page 375.

a. Balzac a ajouté les mots : l'école, *mais il a omis le* de *qui s'impose et que nous restituons.*

b. eux-mêmes [regardaient *rayé*] regardent   *ms.*

1. Organisés dès 1831 en escadrons réguliers où les soldats indigènes étaient encadrés par des officiers de cavalerie français, les chasseurs spahis participèrent à la conquête de l'Algérie aux côtés des chasseurs d'Afrique.

2. Il s'agit peut-être du général Lamoricière.

Page 376.

a. et [Biaudon *[?] rayé*] Biddin   *ms.*

1. L'émir Abd el-Kader avait, pour échapper à ses ennemis, une sorte de capitale itinérante, qui voyageait avec ses équi-

pages : sa *smalah*. La prise de la smalah d'Abd el-Kader par
le duc d'Aumale, le 16 mai 1843, est demeurée célèbre.

2. Nous ne savons à quelle affaire Balzac fait ici allusion.

Page 377.

a. de Me [Gobillard Bocquin   *rayé*] Minard   *ms.*
b. de [Bocquin   *rayé*] Minard.   *ms.*

1. Personnage des *Petits Bourgeois,* auxquels Balzac travaille à l'époque où il ébauche *Le Programme d'une jeune veuve.*

2. L'expression vient de La Fontaine (« Le Chameau et
les Bâtons flottants », *Fables,* IV, 10). Ce vers en donne la
signification : « De loin, c'est quelque chose; et de près, ce
n'est rien. »

3. Théodore de Sommervieux, son père (voir *La Maison
du chat-qui-pelote*).

4. Robert avait pour mère Augustine de Sommervieux,
née Guillaume, dont la sœur Virginie était mariée avec
Joseph Lebas, ancien premier commis de M. Guillaume au
Chat-qui-pelote. Or Joseph Lebas était devenu juge au
tribunal de commerce (ou, comme on disait autrefois,
« consul », voir *La Maison du chat-qui-pelote,* t. I, p. 45).

ÉTUDES DE MŒURS

SCÈNES DE LA VIE DE PROVINCE

LES HÉRITIERS BOIROUGE
OU FRAGMENT D'HISTOIRE GÉNÉRALE

Page 389.

1. « À quelques usages près, toutes les petites villes se
ressemblent », remarque de même Balzac dans *La Femme
abandonnée* (t. II, p. 463). Sensible au caractère typique de la
province et toujours soucieux de souligner la vérité générale
de sa peinture, il recourt fréquemment à l'usage de la comparaison pour passer de l'individu au groupe, du particulier au
collectif.

2. On sait qu'à Sancerre, qui embrassa de bonne heure le
calvinisme, la Réforme fit des progrès rapides. La ville devint
en peu de temps une des places fortes les plus importantes
de la religion réformée. Après le siège de 1573, qui la ruina

et la démantela, elle garda le libre exercice de la religion et comptait en 1710 environ deux mille deux cents protestants sur cinq mille pour l'ensemble du Berry. Elle poursuivit jusqu'à la Révolution sa lutte pour le protestantisme. C'est sur une description du Sancerrois et de Sancerre, dont les deux tiers de la population sont restés calvinistes, dit Balzac, que s'ouvre *La Muse du département* (t. IV, p. 629-631).

3. C'est-à-dire ce bois fendu en planches et propre à divers ouvrages, et en particulier le bois préparé pour faire les douves des tonneaux. Dans *La Muse du département,* Balzac évoque le port de Saint-Thibault, près de Sancerre : « [...] là se débarque le merrain » (t. IV, p. 630).

4. Ce verbe s'applique aux plantes dont la nature ou l'art étale et multiplie les racines. Balzac emploie, de la même manière, ce verbe, dans *La Vieille Fille,* à propos de la famille Cormon qui « avait si bien *tallé* dans le Duché, qu'elle y embrassait tous les arbres généalogiques » (t. IV, p. 847).

Page 390.

1. Dont Balzac racontera l'histoire dans *Ursule Mirouët,* où apparaissent également les Bongrand.

2. Ce phénomène a toujours vivement intéressé Balzac, qui en avait eu à Tours un bel exemple avec les Vauquer (voir M. Ambrière-Fargeaud, « Les Balzac et les Vauquer », *AB 1960,* p. 125-133) et en retrouva, parmi d'autres, un du même genre avec la famille d'Émile Regnault (voir la Notice, p. 387). L'idée première de ce kaléidoscope apparaît dans *Le Grand Propriétaire,* ébauche composée en juillet 1835, où l'on voit, à La Ville-aux-Fayes, les effets du cousinage bourgeois. Quatre noms principalement, les Massin, les Minoret, les Faucheur et les Levraut, formaient « toutes les combinaisons de nom possible » (t. IX, p. 1263). Le même phénomène reparaîtra dans *Ursule Mirouët* et dans *Les Paysans.* Citons encore *Pierrette,* dont l'action se déroule à Provins : « Ces trois grandes races, les Julliard, les Guépin et les Guénée, s'étendaient dans la ville comme du chiendent sur une pelouse » (t. IV, p. 52).

3. On sait combien la lecture de Walter Scott enchanta la jeunesse de Balzac et stimula sa création romanesque. Dans *Béatrix,* il évoque également les seigneurs de Walter Scott (t. II, p. 851).

4. Il est difficile de préciser à quel établissement parisien, s'il existe, pensait Balzac, très peu d'enseignes de l'époque ayant été conservées. Il existait, en tout cas, à l'époque, un marchand de vins nommé Samson, dans le quartier de la Halle, rue du Puy. Voir p. 392, n. 2.

5. On peut voir là une allusion précise à Émile Regnault (1811-1863), qui vint de Sancerre à Paris faire ses études de

médecine (voir J. Gaulmier, « George Sand, Balzac et
Émile Regnault », *Bulletin de la faculté des Lettres de Strasbourg,*
mai-juin 1954).

Page 391.

1. Voir p. 390, n. 5. Le Bianchon du *Père Goriot* doit assurément des traits à Regnault (voir t. III, p. 164, n. 1).

2. Dans tout ce paragraphe, Balzac renvoie le lecteur, par
le jeu d'allusions précises, à d'autres romans, procédé qu'il
utilisera largement dans *La Comédie humaine* et plus systématiquement encore lors de la révision de cette édition, c'est-à-
dire dans le Furne corrigé. La mention du parfumeur de la
rue des Lombards évoque, bien sûr, *César Birotteau* dont le
romancier avait rédigé les deux premiers chapitres à Frapesle,
en avril 1834 (voir l'Histoire du texte établie par René Guise,
t. VI, p. 1122).

3. L'allusion au juge Popinot renvoie le lecteur à *L'Interdiction,* qui avait paru en janvier 1836 dans *La Chronique de
Paris.*

4. Dans *Les Paysans,* le romancier note également, à propos de la bourgeoisie de La Ville-aux-Fayes, « l'esprit de
famille », qui se double de « l'esprit de localité » (t. IX,
p. 186).

5. Allusion au chapitre xx de la Genèse, dont le dernier
verset évoque les descendants de Sem, Cham et Japhet,
enfants de Noé. En reproduisant la phrase dans *Ursule
Mirouët* (t. III, p. 783), le romancier introduira précisément
les noms de Sem, Cham et Japhet.

6. Comme l'explique la note relative à la même anecdote
dans *Ursule Mirouët* (p. 783, n. 5), ce sage était un brahmane
indien nommé Sissa, qui vivait au ive siècle. Il semble que
Balzac se trompe en citant le roi de Perse, car Fréret, dans
son *Traité de l'origine des échecs,* publié en 1792 dans ses *Œuvres
philosophiques,* parle d'un roi de l'Inde nommé Shiram.

7. S'il est né en 1742, comme le dit l'auteur deux lignes
plus bas, le Père Boirouge est alors âgé de quatre-vingts ans
et non quatre-vingt-dix. Avant de le prénommer Espérance,
Balzac, dans le manuscrit, à plusieurs reprises, l'avait appelé :
Jacques-Marie-Joseph. C'est là la seule rature intéressante de
ce manuscrit où les ratures sont rares.

Page 392.

1. Dans *La Muse du département,* Balzac évoque les petits
villages situés au-dessous de Sancerre, « Fontenay, Saint-
Satur, qui ressemblent à des faubourgs, et dont la situation
rappelle les gais vignobles de Neuchâtel en Suisse » (t. IV,
p. 630).

2. Voir p. 390, n. 4.

3. Dans le dossier A 158 de la collection Lovenjoul figure un plan de Sancerre, dessiné pour Balzac par un correspondant qui est probablement Émile Regnault, natif de Sancerre. Sur le plan figurent les noms des portes, des places, des rues, qui sont cités dans *Les Héritiers Boirouge*. On peut y remarquer, rue des Saints-Pères, la maison du sous-préfet, qui devient dans le texte de Balzac la maison du père Boirouge.

4. Le liard, petite monnaie de cuivre, valait le quart d'un sou, un peu plus d'un centime.

5. Si le Père Boirouge est né, comme l'a écrit le romancier un peu plus haut, en 1742, il a, en 1771, vingt-neuf ans et non trente et un.

Page 393.

1. C'est le 6 avril 1763 que brûla l'Opéra. Mais un incendie ravagea, le 8 juin 1781, la nouvelle salle, édifiée au Palais-Royal et ouverte en 1770. En soixante-cinq jours on construisit alors le théâtre de la Porte-Saint-Martin où l'Opéra s'installa le 31 octobre 1781.

2. Dans *Ursule Mirouët,* la mère d'Ursule deviendra une bourgeoise allemande, le romancier renonçant à lui donner cette vie scandaleuse et cette destinée misérable (voir t. III, p. 812-813).

3. Cinq lignes plus haut, Balzac, sur son manuscrit, a corrigé « six » en « dix ». Il a omis de le faire ici. Nous rétablissons le « dix ».

Page 394.

1. Ledaim, dans le manuscrit, avait commencé par s'appeler Lechien. On rencontre dans *Le Curé de village* (t. IX) un personnage nommé Grossetête, qui est banquier à Limoges, et dans *La Muse du département* une Anna Grossetête, amie de pension de Dinah, la muse (t. IV, p. 640). Quant à ce Souverain, il porte le nom de l'éditeur Hippolyte Souverain, d'origine bourguignonne, dont Balzac avait fait la connaissance quelques mois plus tôt. C'est par Souverain et Regnault que fut signé, le 9 décembre 1835, le contrat relatif à l'édition des *Œuvres complètes d'Horace de Saint-Aubin.* De 1839 à 1850, Souverain conserva de bonnes relations avec le romancier, dont il publia plusieurs œuvres inédites.

Page 395.

1. Comme les merciers de Provins, dans *Pierrette.* On sait que le petit monde des Sallambier gravitait rue Saint-Denis, avec toutes les variétés du commerce de la passementerie et de la draperie. C'est rue Saint-Denis que Balzac a situé la Maison du chat-qui-pelote.

2. Le romancier utilise ici un mot qui dans le vocabulaire médical désigne l'action des phénomènes rattachables au système nerveux.

3. Balzac ne semble pas avoir des notions très précises sur la trigonométrie et sur ses lois...

4. L'expression pittoresque du langage populaire qui signifie « mourir » est, en général : « tortiller *de* l'œil ».

Page 396.

1. Voir p. 389 et n. 1.

Page 397.

1. Mme Boirouge-Chandier-fils aîné fait une confusion manifeste entre l'herbe odoriférante de la famille des labiées appelée basilic et l'animal de ce nom, espèce de serpent auquel les anciens attribuaient la faculté de tuer par un seul regard. On se rappelle que les yeux du père Grandet «avaient l'expression calme et dévoratrice que le peuple accorde au basilic » (t. III, p. 1036).

Page 398.

1. Sur le plan de Sancerre déjà cité (voir p. 392, n. 3) figure la maison de M. Roy. On rencontre également dans *La Muse du département* (t. IV, p. 776) une allusion à M. Roy, qui « est comte ». Antoine Roy (1764-1847), deux fois ministre des Finances pendant le règne de Louis XVIII, fut fait comte en 1823.

2. Ainsi s'achève, au feuillet 10, le manuscrit des *Héritiers Boirouge*. C'est dans *Ursule Mirouët* que le romancier fera le portrait de la jeune fille devenue l'héroïne principale de ce roman.

UN GRAND HOMME DE PARIS EN PROVINCE

SIGLE

ms. manuscrit (*Lov.* A 228).

Page 401.

a. apparente [du sieur Bethmann   *rayé*] de son beau-père. *ms.*

1. C'est la seule mention de cette ville dans l'œuvre de Balzac.

2. Voir les activités de Sauviat, au début du *Curé de village* (t. IX).

3. Voir la destinée des frères Farrabesche, dans *Le Curé de village*.

4. La reddition d'Ulm eut lieu en octobre 1805.

5. En avril 1809, la Bavière, qui était l'alliée de Napoléon, fut envahie par les troupes autrichiennes. C'est Masséna qui défendait la place d'Ulm. L'archiduc Charles fut battu à Eckmühl le 22 avril.

6. Pour le thème allemand, voir l'Introduction de Maurice Regard à *Modeste Mignon* (t. I, p. 451-452) et le projet d'article « Goethe et Bettina » (*ibid.*, p. 1333-1335).

Page 402.

a. donnait [quatre *rayé*] six cent *ms.*

1. L'épopée religieuse de Klopstock, publiée de 1748 à 1773, a été plusieurs fois traduite en français. En 1840, la traduction de la baronne de Carlowitz a été couronnée par l'Académie française.

Page 403.

1. Dans le monde de *La Comédie humaine,* il n'est pas rare que les femmes, qui ont l'avantage ambigu d'échapper au collège, se fassent une solide culture d'autodidacte, surtout lorsqu'elles sont orphelines de mère. L'exemple le plus caractéristique est évidemment celui de Félicité des Touches, dans *Béatrix.*

2. Mont-Dore : Balzac écrit Mont d'or, comme dans les premières éditions de *La Peau de chagrin* (t. X, p. 276). Dans l'imaginaire balzacien, il semble que l'Auvergne soit une terre paternelle : « [...] mon père se glorifiait d'être de la race conquise, d'une famille qui avait résisté en Auvergne à l'invasion, et d'où sont sortis les d'Entragues » (« Historique du procès auquel a donné lieu *Le Lys dans la vallée* », t. IX, p. 929). D'où sans doute l'analogie de Balzac à Brézac. Cf. A. Prioult, « Les Auvergnats dans *La Comédie humaine* », *AB 1970;* C. Duchet, « L'épisode auvergnat », *Nouvelles lectures de La Peau de chagrin,* Actes du colloque de l'École normale supérieure, 20-21 janvier 1979 (exemplaire multigraphié).

3. Héroïne de *Rob-Roy,* de Walter Scott.

4. Le manuscrit s'arrête à la quatrième ligne du folio 4.

LA GLOIRE DES SOTS

Page 409.

1. Balzac avait d'abord écrit, pour « chaque pièce » : « soixante-dix francs »; et, ici, « environ cent cinquante

francs ». Plus loin, il changera tous les autres chiffres et toujours en les *diminuant* : Martin le fils s'était primitivement vu « à la tête d'environ quatre cent mille francs », il avait eu « soixante » puis « quarante mille francs de rentes », et la succession paternelle avait été de « cent mille livres ».

Page 410.

1. Nommé impérial en 1805, ce lycée devait devenir en 1815 le Collège royal Louis-le-Grand, en 1848 le lycée Descartes, en 1849 le lycée Louis-le-Grand.

LES MÉFAITS D'UN PROCUREUR DU ROI

Page 415.

1. À la fin d'*Ursule Mirouët,* Balzac, sur son exemplaire de l'édition Furne, avait cependant substitué Melun à Fontainebleau, en promouvant Bongrand à la présidence d'un tribunal. Il faut donc supposer soit une inadvertance du romancier, qui aurait oublié sa correction, soit une toute récente mutation de Bongrand, puisque nous sommes ici en octobre 1841 alors que la fin d'*Ursule Mirouët* était datée « juin-juillet » 1841.

2. Allusion personnelle ? Balzac en tout cas a travaillé avec des imprimeurs domiciliés en Île-de-France, en particulier Loquin à Lagny.

3. Au début d'*Ursule Mirouët,* ce beau château Louis XIII appartenait au marquis du Rouvre. Mais celui-ci, criblé de dettes, fut contraint de vendre son magnifique domaine à Minoret-Levrault, le riche maître de poste, qui, après la mort accidentelle de son fils, en fit don à Ursule qu'il se repentait d'avoir persécutée. Le jeune ménage Portenduère y vit d'habitude la majeure partie de l'année.

Page 416.

1. Dans *Ursule Mirouët,* Balzac avait prénommé le fils Bongrand « Eugène ». Il n'a pas modifié ce prénom sur l'exemplaire Furne qu'il a corrigé.

2. Cette famille n'apparaît dans aucun roman de *La Comédie humaine.*

3. D'après *Ursule Mirouët,* Bongrand, lorsqu'il s'installa à Nemours après son veuvage, était âgé de quarante-cinq ans. Comme il est précisé ici qu'il quitta Melun en 1816 — alors que, selon *Ursule Mirouët,* il s'installait à Nemours avant le docteur Minoret, arrivé en janvier 1815 —, il devrait donc, en 1841, avoir soixante-dix et non soixante-sept ans.

4. Qui possédait, dit le romancier dans *Ursule Mirouët,* cette « indulgence naturelle à la supériorité » (t. III, p. 797). L'âge semble avoir effacé les défauts légers et superficiels qui, à Nemours, trahissaient, au dire de l'auteur, « l'ancien avoué de province » *(ibid.).*

Page 417.

1. Les voyages en Italie sont, pour Balzac, des voyages heureux. Dans *Une fille d'Ève,* Félix de Vandenesse et sa femme font, comme les Portenduère ici, un « long et heureux voyage » en Italie (t. II, p. 382).

2. Balzac rappelle là le rôle important de Bongrand, souvent méconnu par les lecteurs, dans le dénouement d'*Ursule Mirouët :* ce sont en effet la perspicacité, une sorte de « seconde vue judiciaire » comparable à celle du juge Popinot dans *L'Interdiction,* et l'adresse du rusé juge de paix, dont la ressemblance avec le renard était significative, qui ont permis d'acculer Minoret-Levrault à l'aveu du vol qu'il avait commis au préjudice d'Ursule.

3. L'une des héroïnes des *Mémoires de deux jeunes mariées,* dont la composition avait précédé de peu celle d'*Ursule Mirouët.* Grâce à elle, son mari Louis, comte de l'Estorade, était devenu, sous Charles X, député et président de chambre à la Cour des comptes. Il le demeura sous la monarchie de Juillet, devint pair de France et joua un rôle éminent à la Chambre. Il peut donc parfaitement, en 1841, être rapporteur des budgets depuis sept ans.

4. On a vu, dans *Ursule Mirouët,* que Savinien s'est engagé dans la Marine en 1829, a participé à l'expédition d'Alger, et, devenu enseigne de vaisseau, a démissionné en février 1832.

5. Faut-il voir dans ce culte du bonheur conjugal, auquel est « sacrifiée » la carrière de Savinien, la pensée profonde de Balzac ou un hommage à celle qu'il voudrait tellement persuader de l'épouser, la trop lointaine Étrangère ?

Page 418.

1. La tournure dubitative de la phrase révèle pathétiquement l'incertitude d'une espérance à laquelle le romancier a tellement besoin de croire. Les *Lettres à Mme Hanska* sont remplies de ce genre de formules.

2. Le docteur Minoret n'était pas le grand-père, mais l'oncle naturel d'Ursule. Mais chaque fois qu'une affection vraie unit, dans *La Comédie humaine,* un enfant et une personne âgée, c'est ce lien de parenté qui vient spontanément sous la plume de Balzac.

3. « Les Deux Amis » (Fables, VIII, 11).

4. Balzac choisit son propre prénom pour Bongrand, qui n'était jamais désigné que par son nom dans *Ursule Mirouët.*

5. Le romancier semble avoir oublié que le 5 février, dans *Ursule Mirouët,* était le jour de naissance de l'héroïne et non celui du juge Bongrand.

6. On connaît le goût de Balzac pour les meubles de Boulle et pour les jardinières pleines de fleurs, dont il emplit les salons de *La Comédie humaine* comme ceux de sa maison de la rue Fortunée.

Page 419.

1. Les goûts du jeune ménage Portenduère sont décidément les mêmes que ceux de Balzac, dont on connaît aussi la passion pour les tapis, qu'il faisait installer chez lui ou même, dans un grand accès de générosité, chez d'autres, par exemple Mme de Berny, Sandeau, etc.

2. Clémentine du Rouvre, que Goupil, dans *Ursule Mirouët,* voulait marier avec Savinien de Portenduère et qui finalement épousa le comte Adam Laginski, est l'héroïne de *La Fausse Maîtresse.*

3. L'ancienne nourrice d'Ursule était en effet, après le mariage des Portenduère, devenue la femme de Cabirolle, le cocher du docteur Minoret.

4. Ursule a eu un fils, comme Sabine du Guénic, si bien que, dans *Béatrix,* les deux jeunes femmes sont devenues de grandes amies.

Page 420.

1. Le diabolique clerc de Me Dionis qui, dans *Ursule Mirouët,* avait fait tant de mal à Ursule, est devenu honnête homme en même temps que notaire.

2. Pourquoi Desroches ? Le romancier a sans doute oublié que, dans *Ursule Mirouët,* le jeune homme faisait son apprentissage chez Me Derville. Ce détail lui a manifestement échappé, sinon il s'apercevrait de l'invraisemblance de la situation. Ayant été le clerc de Me Derville, Augustin le connaîtrait nécessairement ainsi que sa femme et sa fille, ce qui n'est visiblement pas le cas, comme le prouve la suite du texte.

3. Célèbre mot de Frontin dans le *Turcaret* de Le Sage (1709).

Page 421.

1. Le vieux juge et Savinien envisagent pour Augustin une carrière absolument conforme à la réalité historique. Voir à ce sujet l'Introduction d'*Ursule Mirouët,* t. III, p. 748.

2. Dans *Béatrix,* en effet, Juste de Grandlieu épouse sa cousine Athénaïs, la dernière fille du duc de Grandlieu.

3. Derville, comme le rappelle un peu plus loin Balzac, a rendu service « aux premières familles de France ». Il a

en particulier permis à la vicomtesse de Grandlieu, née de Born, de retrouver la fortune et les terres que la Révolution lui avait enlevées. Dans *Gobseck,* où est évoquée cette histoire, Derville apparaît comme un « homme de haute probité, savant, modeste et de bonne compagnie » (t. II, p. 963).

4. Si le nom de Servais n'apparaît pas dans *La Comédie humaine,* le peu sympathique Vinet joue un rôle dans *Le Député d'Arcis.* Âgé de vingt-trois ans, il est, en 1839, substitut à Arcis et se fait remarquer par « l'espèce de fatuité judiciaire que lui donnait la certitude de faire son chemin » (t. VIII, p. 744). Il espérait alors devenir procureur du Roi à Versailles, mais cette espérance, on le voit, n'était pas réalisée deux ans plus tard.

Page 423.

1. Ces considérations géographiques sont évidemment inspirées à Balzac par son expérience de voyageur, importante pour l'époque. Toutes ces évocations tiennent à des souvenirs visuels, sauf celle des « grands fleuves d'Amérique » qu'il n'a vus que par les ouvrages de Cooper, pour lequel il professait une vive admiration, comme l'attestent ses « Lettres sur la littérature » publiées en 1840 dans la *Revue parisienne.* Il s'agit d'ailleurs essentiellement de souvenirs récents : en 1845 et 1846, en particulier, il s'était rendu avec Mme Hanska en Allemagne, en Hollande, en Suisse, en Italie, etc.

2. Balzac a précisément situé *Les Paysans* dans ce cadre. Du château des Aigues, Blondet évoque dans sa lettre à Nathan les monts dits de l'Avonne, « ce premier gradin du magnifique amphithéâtre appelé le Morvan » (t. IX, p. 51).

3. Un « quart d'agent de change » est un bailleur de fonds qui a avancé à un agent de change le quart du montant de la valeur de sa charge, donc un personnage nanti.

4. Balzac, dans *Les Paysans,* a évoqué le procédé trouvé par Jean Rouvet pour le flottage des bois (t. IX, p. 304) et expliqué comment La Ville-aux-Fayes devint l'entrepôt des bois.

Page 424.

1. Les Dupin étaient trois frères, tous nés à Varzy dans la Nièvre. Balzac fit tardivement la connaissance d'André-Marie-Jean-Jacques dit Dupin aîné (1783-1865). Il le rencontra le 20 août 1845 (*LH,* t. III, p. 338) et dîna avec lui le 27 juillet 1848 (*LH,* t. IV, p. 469). Il a cité, notamment dans *Le Député d'Arcis* (t. VIII, p. 726), le célèbre homme politique, éminent jurisconsulte et magistrat, qui s'intéressa aussi aux problèmes agricoles. Son frère François-Pierre-*Charles* (1784-1873) entra premier à l'École polytechnique où il se signala à l'attention de Monge et de Carnot par ses

recherches sur la géométrie. Admis dans le génie maritime, il fit des études sur la construction des vaisseaux et s'occupa activement des arsenaux sous l'Empire. Créé baron en 1827, il aborda la même année la carrière parlementaire et accéda à la pairie en 1837. La publication des *Forces productives et commerciales de la France*, en 1827, l'avait rendu célèbre. Balzac a évoqué dans les *Petites misères de la vie conjugale* ses études statistiques (voir à ce sujet l'article de P. Barbéris, « Balzac, le baron Charles Dupin et les statistiques », *AB 1966*). Philippe-Simon, le dernier des trois frères (1795-1846), devint un avocat célèbre et plaida d'importantes causes, telles que celle du *Constitutionnel* en 1819 et celle du prince de Condé en 1832. Élu député en 1830, il soutint constamment Louis-Philippe.

2. La description est très exacte, puisque la ville de Château-Chinon, à 37 kilomètres d'Autun, se situe à 535 mètres d'altitude, sur l'une des principales crêtes du Morvan.

3. Comme Issoudun, Alençon, Provins, Douai ou Besançon, villes à propos desquelles le romancier a fait le même genre de remarque.

4. Il n'existe aucune commune de ce nom ni dans la Nièvre ni dans la Saône-et-Loire.

5. Curieuse graphie pour Malek-Adel, général des armées turques, dont les tragiques amours avec Mathilde, sœur de Richard Cœur de Lion, dans le célèbre roman de Mme Cottin, *Mathilde* (1805), émurent les cœurs sensibles de l'époque et concurrent une grande popularité. On tira du roman un mélodrame et un opéra italien, représenté à Paris en 1837, mais le héros de Mme Cottin est surtout connu pour les innombrables sujets de pendules qu'il inspira.

Page 425.

1. Balzac, dans le manuscrit, a écrit ici « morvandiaud ». À la page précédente il parle des « morvandiaux ». Cette incertitude graphique ne reflétant aucune intention particulière, nous rétablissons ici l'orthographe correcte. Un habitant du Morvan s'appelle un « Morvandeau » ou un « Morvandiau », mais jamais un « Morvandiaud ».

2. Inadvertance du romancier, puisque c'est le cousin et non la fille de la maison qui vient de parler.

3. Cet instrument qui servait à « moucher » les chandelles avait la forme de ciseaux.

UN CARACTÈRE DE FEMME

Page 453.

1. Dans le recueil *Lov.* A 227 (ff^os 14-15 de la pagination à l'encre rouge), ce texte couvre toute une page numérotée 1

par Balzac et titrée *Un caractère de femme,* et le début d'une page 2.

2. Le whist se jouait en trois jeux ou rubbers.

3. Les dates nuancent la politique de l'évêque. La plupart des hauts dignitaires de l'Église s'étaient réfugiés à Londres dès 1790 pour ne pas prêter le serment civique à la constitution civile du clergé : Monseigneur les rejoint seulement en 1792 et les quitte en 1799 avant même le Concordat conclu entre le Premier Consul et Pie VII en 1801, contre lequel les émigrés ecclésiastiques de Londres créèrent la Petite Église; royaliste, mais surtout carriériste, il pactise avec « Napoléon » en attendant 1803, c'est-à-dire l'époque où il était à prévoir que celui qui n'était encore que Bonaparte deviendrait bientôt Napoléon; mais dès 1808 il prépare son rôle d'ultra futur en « rêvant » le rétablissement des jésuites, qui sera sous la Restauration l'une des premières exigences du parti-prêtre et une constante grave des attaques de l'opposition.

Page 454.

1. Juridiction ecclésiastique de Rome dont le rôle de tribunal d'appel est exercé par des juges appelés auditeurs.

2. L'échine du comte de Rillière est souple. Créé et baptisé par la Constitution du 3 septembre 1791, divisé par celle du 22 août 1795 en Conseils des Anciens et des Cinq-Cents constituant les embryons du Sénat et de la Chambre des députés, le Corps législatif tel que l'établit l'Empire se laissa servilement remanier et priver de toute action réelle. La Charte de 1814 lui rendait un pouvoir sur la discussion et la confection des lois et des possibilités d'initiative. Cependant son nom, trop discrédité, devait disparaître peu après — jusqu'au second Empire —, remplacé par celui de Chambre législative. Louis XVIII aurait lui-même choisi le nom de Chambre introuvable pour celle qui, siégeant à partir du 7 octobre 1815, poussa une hargne revancharde, un zèle pour le retour pur et simple à l'Ancien Régime à un point d'outrance qui la fit dissoudre par le Roi dès le 5 septembre 1816.

Page 455.

1. Le début de cette scène a été refait quatre fois. Dans le recueil A 227, on trouve trois feuillets numérotés 1 et titrés *Un caractère de femme* par Balzac, comportant respectivement deux lignes (f⁰ 11), sept lignes (f⁰ 12), treize lignes (f⁰ 13) et un texte, également titré *Un caractère de femme,* qui occupe deux feuillets et moins de deux lignes d'un troisième, feuillets numérotés 1, 2 et 3 par Balzac (ff⁰ˢ 16-18). C'est ce texte que nous publions.

2. Dans la rédaction du folio 11, qui est la plus ancienne, et dans celle-là seulement, il s'agit des « premiers » jours.

3. Dans « Un conspirateur à Belley », le colonel aura
« environ trente-six ans », mais « on ne lui aurait pas donné
trente ans ».

4. Date de l'entrée de Napoléon à Paris après son retour
de l'île d'Elbe, préparé sur les points clefs du territoire par
de nombreux officiers fidèles, comme le Sautereau-Sauset
dont il a été question dans l'Introduction. D'où le nom de
« conspiration » attaché au 20 mars, qui marque le début
des Cent-Jours, finis le 28 juin par l'abdication de l'Empereur.

Page 456.

1. Devenu royaliste fougueux et même ministre de la
Guerre lors de la première Restauration, Soult avait cru
opportun, après le 20 mars 1815, de se rallier à Napoléon,
qui le nommait commandant des troupes du Midi. Le 10 avril,
ignorant qu'à Paris le Sénat décrétait la déchéance de l'Empereur, Soult livrait une bataille sous les murs de Toulouse.
Commandés par Wellington, cent mille soldats anglais, espagnols et portugais étaient tenus en échec par vingt-cinq mille
soldats français aidés par la population toulousaine, notamment par les étudiants en droit et en médecine, et par des
femmes. Après quatorze heures terribles, Soult, soucieux
d'épargner la ville, sinon ses hommes, décidait de décrocher :
son armée effectuait une retraite en bon ordre par la route
du bas Languedoc. Cette bataille reste un glorieux fait
d'armes dû à la vaillance des hommes et à la valeur des
généraux d'élite qui les commandaient : Drouet d'Erlon,
Clausel, Rey, Harispe, Gazan, Berton. En regard du contexte
d'*Un caractère de femme,* il faut noter que ces officiers devaient
être tous plus ou moins convaincus d'avoir participé à la
« Conspiration du 20 mars », condamnés ou exilés à la
seconde Restauration, mais restés conspirateurs — Berton y
laissa même sa vie —, et puis largement récompensés par
Louis-Philippe : Drouet et Clausel par le maréchalat, Harispe
et Gazan par la pairie. C'est ce dernier, Honoré-Théodore-
Maxime Gazan (1765-1845), qui était le chef d'état-major de
Soult à la bataille de Toulouse.

Page 457.

1. Ce texte, qui porte comme titre *Un caractère de femme,*
compte dix pages numérotées de 1 à 10 par Balzac. Elles
sont placées au début du recueil A 227 (ffos 1-10).

2. Cette description idyllique jure avec les circonstances du
voyage de Balzac sur la même route le 10 septembre 1839.
Mais la décrivant dans sa *Lettre sur le procès de Peytel,* il avait
déjà noté qu'elle passait « entre les montagnes alpestres qui

donnent à la route de Bourg sa physionomie suisse »
(P.-A. Perrod, *L'Affaire Peytel,* p. 563).

3. Ou, mieux, Graisivaudan. Encore des souvenirs, mais
de situations riantes : en 1832, Balzac avait séjourné à Aix
auprès de la marquise de Castries, vu le lac du Bourget au
bord duquel est située cette villégiature, qui sera évoquée
plus loin, ainsi que le mont du Chat, qu'il avait gravi, et les
bourgs du Graisivaudan que domine le massif de la Grande-
Chartreuse, alors visitée avec la marquise (*Corr.,* t. II, p. 127
et 130) et, en 1836, avec Caroline Marbouty (J.-A. Ducourneau et R. Pierrot, « Calendrier de la vie de Balzac », *AB 1968,*
p. 439, n. 2).

4. Partie occidentale de la chaîne des Alpes, s'étendant du
mont Viso au mont Cenis. Son nom vient de Cottius, chef
ligurien qui, au début de notre ère, forma dans ce massif
une souveraineté indépendante de Rome, dont la capitale
était Suse.

5. Cette maison remontait à un partisan de Conrad de
Franconie, Humbert aux Blanches Mains, qui s'arrogea le
titre de « comte de Savoie » au XIᵉ siècle. Sous le règne de
ses descendants, la Savoie connut nombre d'avatars géographiques et politiques, des occupations espagnoles, françaises.
Devenue maison royale de Sardaigne, la maison de Savoie
se réinstallait en 1815 à Turin, capitale du royaume de Pié-
mont-Sardaigne. La Savoie devint française par plébiscite
en 1858.

6. Situé sur la route de Belley à la sortie de Bourg, cet
édifice avait été doublement votif. En 1480, à la suite d'un
accident de chasse du comte Philippe II de Bresse, futur duc
de Savoie, sa femme, Marguerite de Bourbon, fit vœu de
transformer en monastère l'humble prieuré de Brou. Son
mari rétabli, Marguerite oublia son vœu jusqu'à sa dernière
heure, où elle le recommanda à son mari et à son fils, Philibert le Beau. Vingt ans plus tard, Philibert de Savoie mourait après une partie de chasse. Sa veuve, Marguerite d'Autriche, était la fille de l'empereur Maximilien et de Marguerite
de Bourgogne, elle-même fille unique de Charles le Téméraire, et se trouvait bien « héritière des ducs de Bourgogne ».
Cette seconde Marguerite vit dans la mort de son mari un
châtiment céleste et se hâta de faire réaliser le vœu de la
première : dès 1505, commençaient les travaux de l'église qui
devait abriter les tombeaux et ceux du premier des deux
nouveaux cloîtres du monastère ajoutés au cloître primitif,
dit des cuisines, qui est la seule partie conservée du prieuré
bénédictin.

7. Ajoutés en marge du manuscrit, ces quatre mots laissent
en suspens ce premier début descriptif.

Page 459.

1. Les Messageries royales, desservant toute la France à partir du 22 de la rue Notre-Dame-des-Victoires, devaient en effet affronter les Vélocifères, Célérifères, Messagerie de l'hirondelle ou Entreprise des accélérées, dont les noms témoignent de l'imagination, sinon de la rapidité de la concurrence.

2. Deux voyageurs allant de Paris à Bourg... En 1839, Gavarni et Balzac, « ayant loué une calèche chez Panhard, pour le prix de 200 francs — qui ne furent payés qu'en 1845 », quittaient Paris le 7 septembre vers sept heures du soir. Après soixante-cinq relais et trente heures de voyage, ils arrivaient à Bourg dans la nuit du 8 au 9 (P.-A. Perrod, *L'Affaire Peytel*, p. 61).

3. Littéralement, le bien que l'on possède : donc on peut en disposer à son gré. Lors du voyage de Bourg à Belley, Balzac se souciait fort d'arriver sur les lieux des crimes à l'heure même où ils avaient été perpétrés. Après avoir harcelé un premier puis un second cocher, pris à Rossillon, il dut payer d'un louis en plus l'accélération nécessaire.

4. Donc, ayant pris trois nuits de repos après leur départ de Paris, les voyageurs avaient mis quatre jours pour atteindre Bourg, où ils étaient par conséquent restés, avant cette « huitième » nuit, quatre jours. En 1839, Gavarni et Balzac avaient mis sept jours, du 7 au 13 septembre, pour faire l'aller et retour de Paris à Bourg et avaient passé deux nuits dans leur calèche, une à l'hôtel de Belley, et trois à l'hôtel de Bourg.

5. Écrivant ceci en janvier 1848 dans le « Louvre » ukrainien de Mme Hanska, Balzac se souvient évidemment que, pour y parvenir, il avait franchi une distance identique dans le même temps : dans sa *Lettre sur Kiew,* sa relation pétillante d'humour de son voyage de Paris à Wierzchownia précise que « ces huit cents lieues ont été franchies en huit jours ». À quel prix... Parti de Paris le 5 septembre 1847 à huit heures du soir, par la gare du Nord, passant par Bruxelles, Cologne, Hamm, Hanovre, Berlin et des villes et villages qui s'appelaient alors ou qu'il nommait Breslau, Mislowitz, Gleiwitz, Cracovie, Vilitzka, Brody, Radziwiloff, Dubno, Annopol, Gitomir, Berditcheff, empruntant chemins de fer, schnell-post, extra-post, malles et courriers transportant voyageurs et montagnes de paquets, bref « tous les véhicules connus », jusqu'à la voiture personnelle d'un aubergiste, puis un « panier oblong posé sur une perche accompagnée de quatre roues » nommé bouda, et une kibitka pour finir, il était arrivé à Wierzchownia dans la soirée du 13 septembre, mort d'épuisement. Routes et voiture finales, en particulier, ont dû inspirer nombre de détails du trajet effectué de Bourg à

Belley par les voyageurs romanesques, « désossés pour avoir été durement cahotés » pendant la « huitième » nuit qu'ils passent dans « cette affreuse voiture », faite de bois et d'osier, qui les mène au bout de leur expédition. De la fin de son propre voyage, Balzac note dans sa *Lettre sur Kiew* que, si les routes de Russie sont tracées, « la chaussée est à faire », et qu'« être tiré à un kitbika [*sic*] ou à quatre chevaux, c'est tout un [...]. Cette voiture de bois et d'osier [...] vous traduit dans tous les os les moindres aspérités du chemin, avec une fidélité cruelle » (*Lettre sur Kiew*, écrite en octobre 1847, mais restée inédite du vivant de Balzac, publiée par M. Bouteron pour la première fois dans *Cahiers balzaciens*, n° 8).

Page 461.

1. Un pays qui avait connu l'occupation espagnole, d'où Lespanou, forme patoisante du plus courant Lespagnol dont est dérivé, notamment, Pagnol.

Page 462.

1. Hameau d'où descend une faible pente qui aboutit au village de Waterloo. Pendant la bataille, Wellington avait pris position sur le plateau de Mont-Saint-Jean, position clef dont l'attaque, confiée à Drouet d'Erlon, fut inutilement meurtrière.

2. Un nom qui ne venait pas de loin. Dans la « vieille ville espagnole » de Besançon, Balzac avait certainement parcouru la célèbre et pittoresque rue du Chambrier lors de ses passages de septembre et d'octobre 1833.

Page 463.

1. Fait un trou à la lune celui qui dépense un argent qui ne lui appartient pas, qui emprunte sans pouvoir rembourser, bref qui vit au-dessus de ses moyens.

Page 464.

1. Écrit de même plus loin. Inadvertance ? Signe de fatigue ? En 1839, Balzac avait parfaitement orthographié le nom de « la côte de la Darde [...] où l'homicide de Louis Rey a eu lieu », dans sa *Lettre sur le procès de Peytel* (P.-A. Perrod, *L'Affaire Peytel*, p. 563).

2. Balzac l'avait appris du Belley de Peytel, dont il écrivait qu'« à son insu d'abord, il fut sous le poids des commérages les plus venimeux » (*ibid.*, p. 547).

3. Souvenir récent en janvier 1848. La relation du voyage de septembre 1847 dans la *Lettre sur Kiew* avait déjà procuré à Balzac l'occasion de maints exemples et réflexions drôla-

tiques sur la lenteur des Allemands, qui « ont l'air de pouvoir faire des emprunts sur l'éternité ». Ainsi : « Dès que la route se bombe comme le dos d'une femme trop grasse, le conducteur descend, les voyageurs descendent, on allume les pipes, les chevaux vont au pas, et s'il s'agit de descendre une inflexion de terrain comme la montée du boulevard Montmartre, on enraye, opération faite avec la minutie allemande. »

Page 465.

1. Pour converser en marchant, Chambrier et Sautereau ont donc environ une demi-heure : Balzac, qui l'a « consciencieusement » arpentée, précise dans sa *Lettre sur le procès de Peytel* que « la montée de la Darde [...] se trouve à une demi-heure de Belley » (P.-A. Perrod, *L'Affaire Peytel,* p. 564).

2. Ce qui signifie : en pays christianisé de longue date et de forte manière. C'est au IVᵉ siècle avant Jésus-Christ que les Allobroges, puissante tribu celte, avaient envahi la région comprise entre le Rhône et l'Isère, dont la population primitive se réfugia dans les hautes vallées. Les premières communautés chrétiennes y apparaissent à la fin du IIᵉ siècle de notre ère et s'étendent vigoureusement, au point qu'au IVᵉ siècle le monastère de Saint-Maurice, ville du bas Valais devenue la métropole sacrée de l'Allobrogie, était l'un des plus puissants de l'Occident. L'organisation ecclésiastique du pays fut achevée à la fin de ce siècle avec la constitution des sept diocèses de Genève, Grenoble, Valence, Die, Gap, Embrun et Belley.

3. En 1815, il n'y avait pas d'évêque à Belley, pas plus qu'en nombre d'autres évêchés non pourvus en raison des graves discussions qu'avait ouvertes la question du privilège royal sur l'église gallicane entre Louis XVIII et Rome. C'est seulement en 1823 que Mgr Devie apparaît dans l'*Almanach royal* parmi les « Évêques nommés par le Roi, qui ne sont pas encore institués ». Sacré le 25 juin, il s'installera aussitôt à Belley. Ancien directeur de séminaire, Alexandre-Raymond Devie régnait toujours sur la « ville des couvents » en 1839, et pour longtemps : « son long gouvernement, de 1823 à 1852, devait marquer profondément le diocèse de Belley » (R. P. G. de Bertier de Sauvigny, *La Restauration,* Flammarion, 1955, p. 415).

4. Pour n'être point comte comme Mgr d'Escalonde, Mgr Devie n'en était pas moins homme à protéger le même « ordre ». Ne serait-ce que comme directeur de séminaire en 1815, année où il se pouvait prévoir que « dix ans » après il dominerait la France. En février 1826, le comte de Montlosier dénonçait la domination des jésuites et l'influence de leurs séminaires dans un pamphlet tel qu'il obligea « le ministre des Affaires ecclésiastiques, Mgr Frayssinous, à se

prononcer publiquement sur la politique religieuse du gouvernement. En mai 1826, dans un long discours — à la Chambre —, il s'efforça de détruire les mythes créés par la propagande, en leur opposant quelques faits. Comment pouvait-on prétendre, par exemple, que l'éducation de la jeunesse était livrée aux jésuites, alors qu'ils ne dirigeaient que sept petits séminaires sur cent [...] N'importe, on ne retint de son exposé qu'une chose : c'est qu'il avait reconnu l'existence de la Congrégation et surtout des jésuites, dont l'établissement était illégal en France depuis le règne de Louis XV. » Un an plus tard, le cabinet ultra tombait après une revue au Champ de Mars où la foule avait hurlé au Roi à cheval : « À bas les ministres ! À bas les jésuites ! » et, aux duchesses d'Angoulême et de Berry en calèche : « À bas les jésuitesses ! » Congrégation, jésuites, parti-prêtre, quels que furent leurs noms, la domination s'avéra aussi forte que finalement fatale pour eux, de ceux qui pratiquèrent « cette confusion du spirituel et du temporel, cette utilisation par l'Église de moyens politiques pour imposer son enseignement, et, corrélativement, l'utilisation par l'État de l'influence de l'Église pour imposer un régime politique » (R. P. G. de Bertier de Sauvigny, *La Restauration,* p. 521-522, 531, 437).

ÉTUDES DE MŒURS

SCÈNES DE LA VIE PARISIENNE

ÉCHANTILLON DE CAUSERIE FRANÇAISE

De cette « œuvre ébauchée » un peu particulière, nous n'avons pas de manuscrit, mais deux états imprimés, et des corrections manuscrites sur un exemplaire du second état imprimé.

I. *Contes bruns* (1832). Sigle : *Co.*

Le volume intitulé *Contes bruns,* par une [tête à l'envers, vignette de Tony Johannot, gravée par Thompson], a été publié à Paris, par Urbain Canel et Adolphe Guyot, à la fin de janvier 1832, et enregistré dans la *Bibliographie de la France* du 11 février. Dans cet ensemble de contes anonymes,

constitué de dix chapitres, la part de Balzac comprenait
(p. 1-96) *Une conversation entre onze heures et minuit* et, à la
fin du volume, *Le Grand d'Espagne* (p. 373-398). *Le Grand
d'Espagne* a été intégré dans *La Muse du département* (voir
t. IV, p. 688-696, 1357-1358 et 1409-1411). Seule nous intéresse ici *Une conversation entre onze heures et minuit* (dont les
vingt-huit premières pages, englobant l' « Histoire du capitaine Bianchi » et l' « Histoire du chevalier de Beauvoir »,
avaient fait l'objet d'une publication préoriginale dans *L'Artiste* dès le 25 décembre 1831). Dans le cadre d'un salon
élégant, divers narrateurs prennent la parole à tour de rôle
et douze récits se succèdent.

II. *Échantillon de causerie française* (1844). Sigle : *Éch.*

À la fin du troisième volume de *Splendeurs et misères des
courtisanes : Esther* (Paris, Louis De Potter, libraire-éditeur,
daté de 1845, mais publié en 1844), figure, p. 263-342,
Échantillon de causerie française : c'est une reprise corrigée, et
allégée d'une tirade sur Napoléon, des neuf récits encore
disponibles d'*Une conversation entre onze heures et minuit* de 1832,
les trois autres ayant été réutilisés depuis lors, deux dans
Autre étude de femme et un dans *La Muse du département*. Les
narrateurs sont « un général » (1), Bianchon (2 et 8),
Stendhal sous un masque transparent (3), « un vieillard » (4),
« un ancien fonctionnaire » (5), un « je » qui est incontestablement Balzac (6), « un jeune homme » qui rapporte un
récit de Nodier (7), « un officier » (9).

III. *Échantillon de causerie française.* Pages découpées dans
l'édition de Potter, corrigées par Balzac et conservées à la
collection Lovenjoul sous la cote A 64. Sigle : *A 64.*

Les corrections les plus importantes concernent la personne et la carrière du demi-solde de la huitième histoire.
Nous suivons ce texte corrigé, en relevant les principales
différences entre les états imprimés.

TABLEAU

Pour plus de clarté, voici un tableau qui montre le décou-
page du texte des *Contes bruns,* qui précise le réemploi des
éléments de ce texte par Balzac et qui donne les références
de ces éléments dans notre édition de *La Comédie humaine.*
Les titres qui ne sont pas de Balzac sont reproduits entre
crochets, ainsi que ceux des œuvres vers lesquelles certains
textes ont été dérivés.

	Contes bruns	Réemploi	Pléiade
[Préambule de la Conversation]	p. 3-8	*[Autre étude de femme]* et *Éch.*, début.	III, 673-677 et 1490-1491 (texte de *Co.*). XII, 471-472.
[Histoire du capitaine Bianchi]	9-15	*Éch.*, 1.	XII, 472-475.
[Tirade sur Napoléon]	15-17	*[Autre étude de femme]*	III, 700-701 et 1503.
Histoire du chevalier de Beauvoir	17-28	*[La Muse du département]*	IV, 682-687.
[L'Avortement]	30-39	*Éch.*, 2.	XII, 476-479.
La Maîtresse de notre colonel	39-52	*[Autre étude de femme]*	III, 703-709.
[Ecce Homo]	52-57	*Éch.*, 3.	XII, 480-482.
[Le Tic du mort]	59-61	*Éch.*, 4.	XII, 483-484.
[Le Père du réfractaire]	62-65	*Éch.*, 5.	XII, 484-486.
[Le Gilet rouge]	66-70	*Éch.*, 6.	XII, 486-488.
[Le Président Vigneron]	70-72	*Éch.*, 7.	XII, 488.
[La Mort de la femme du médecin] devenu [La Mort de la duchesse]	72-74	*[Autre étude de femme]*	III, 709-710 et 1508-1509 (texte de *Co.*).
[Le Bol de punch]	76-80	*Éch.*, 8.	XII, 489-491.
[Le Général Rusca]	81-94	*Éch.*, 9.	XII, 491-498.
[Conclusion]	94-96		XII, 498.

Page 471.

a. *Après* fatuités *et un passage à la ligne s'ouvre dans Co., commençant par les mots* Ce salon est le dernier asile *et s'achevant par les mots* une folie ennuyeuse peut-être, *un fragment non repris dans Éch., car Balzac l'avait largement réutilisé dans « Autre étude de femme » (voir t. III, var. b, p. 1490-1491).*

1. Une mention figurant au début d'*Une conversation entre onze heures et minuit* (reproduit dans les variantes de *Autre étude de femme,* t. III, p. 1491) situait cette maison à Saint-Germain-des-Prés et permettait de supposer qu'il s'agissait de celle du peintre Gérard, 6, rue Saint-Germain-des-Prés.

Page 472.

1. Siège entrepris par le maréchal Suchet en mai 1811. Voir le début des *Marana,* t. X, p. 1037.

2. Le capitaine Montefiore, d'origine milanaise. Voir *Les Marana,* t. X, p. 1041.

Page 473.

1. « Front de bandière » : ligne des drapeaux devant une troupe campée ou déployée.

2. Sabre court ou légèrement recourbé.

3. « Corps de Bacchus ! »

Page 474.

1. On comparera ce texte avec celui qui figure au début des *Marana*, t. X, p. 1038, et on notera que, dans *Les Marana*, parus au tome XV de l'édition Furne de *La Comédie humaine*, daté de 1845, Balzac considérait le « divertissement de bivouac » du capitaine Bianchi comme intégré dans les *Scènes de la vie parisienne*.

2. Le colonel Eugenio Orsatelli. Il mourut en 1810, c'est le colonel Ordioni qui participa, en 1811, au siège de Tarragone (voir *Les Marana*).

Page 475.

a. Après malfaiteurs ?... *et un passage à la ligne, on lit dans* Co. : — Oh ! Napoléon, Napoléon ! répondit un de nos grands poètes en levant les bras vers le plafond par un mouvement théâtral. *Puis vient une tirade commençant par* Qui pourra jamais expliquer, peindre ou comprendre Napoléon ? *et s'achevant par* Tout arbitraire et toute justice ! — le vrai roi !..., *non reprise elle non plus dans Éch., car le texte, placé dans la bouche de Canalis (sauf la dernière phrase, présentée comme une réplique de Marsay), avait été réutilisé avec de menues variantes dans « Autre étude de femme » (voir t. III, p. 700-701). Cette tirade, dans Co., est suivie du texte suivant :* — J'aurais bien voulu qu'il fût un peu moins roi ... dit en riant un de mes amis, je n'aurais point passé six ans dans la forteresse où sa police m'a jeté, comme tant d'autres. / — Mais ne vous êtes-vous pas singulièrement évadé ?... demanda une dame. / — Non, ce n'est pas moi, répondit-il. / — Racontez donc cette aventure-là, dit la maîtresse du logis, il n'y a que nous deux qui la connaissions... / — Volontiers, répliqua-t-il, et chacun d'écouter. *Après ces répliques de transition venait dans Co. l'Histoire du chevalier de Beauvoir, qu'on lit dans « La Muse du département » (t. IV, p. 682-687). Elle commence par* Peu de temps après le 18 brumaire *et s'achève par* il s'évada.

b. — Je demande *[5 lignes]* l'observation. *add. Éch.*

c. Encore la civilisation ! ... répliqua Bianchon, l'un de nos médecins les plus distingués, *Éch.* : Encore la civilisation !... répliqua un médecin, *Co.*

1. Cette allusion au retour des cendres de l'Empereur (15 décembre 1840), ajoutée en 1844, déplace de près de dix ans la soirée de 1831 des *Contes bruns*.

2. Le nom de Bianchon apparaît en 1844. Dans les *Contes bruns*, l'histoire de l'avortement était racontée par « un médecin ». C'est la seule correction effectuée en 1844 pour attribuer à un protagoniste connu de *La Comédie humaine*

deux des neuf histoires constituant *Échantillon de causerie française*. La tirade désenchantée sur « la civilisation » convient beaucoup mieux au Bianchon de 1840 qu'à un Bianchon plus jeune. Voir Pierre Barbéris, *Balzac et le mal du siècle*, t. II, 1970, p. 1687.

Page 476.

1. Inadvertance de Balzac qui a oublié, en remaniant son texte, de supprimer cette allusion à l'*Histoire du chevalier de Beauvoir*, qu'on lit maintenant dans *La Muse du département* (voir var. *a*, p. 475).

Page 477.

1. À la seconde étape nocturne du voyage.

Page 479.

a. maison suspecte, *Éch.* : maison de prostitution, *Co.*

1. Cet hôtel, tenu par un nommé Bourguignon, était situé 19, rue de Seine.

Page 480.

a. Après cimetière *et un passage à la ligne vient dans Co., commençant par* Pendant la campagne de 1812 *et s'achevant par* sans lui faire une observation, *l'histoire de « la maîtresse de notre colonel », qu'on lit dans « Autre étude de femme » (t. III, p. 703-709).*

1. Balzac désigne clairement Stendhal qui, familier du salon de Gérard, avait rejoint son poste de consul de France à Civitavecchia en avril 1831. Le déplacement de la soirée, en 1840, par l'adjonction mentionnée p. 475, crée un anachronisme : d'août 1839 à octobre 1841, Stendhal est à son poste consulaire dans les États pontificaux et non à Paris.

2. Balzac rajeunit le narrateur, né en 1783.

Page 481.

a. comte de M... *Éch.* : comte de F... *Co.*
b. de Lansac, *Éch.* : de Langeac, *Co.*

1. À voix basse.

Page 482.

a. De Cadignan *Éch.* : de Fiennes *Co.*

1. « Voici l'homme ! » Parole de Pilate, selon la Vulgate, en présentant Jésus à la foule après la flagellation (Jean, XIX, 5). Les deux mots *Ecce homo* ont frappé Balzac, qui devait les reprendre en tête d'un manuscrit partiellement publié dans *La Chronique de Paris* du 9 juin 1836 et réutilisé

dans *Les Martyrs ignorés* (voir l'Introduction à cette ébauche, p. 705-706).

2. Allusion au personnage de la fable de La Fontaine *Le Gland et la Citrouille* (IX, 4).

3. Balzac associe volontiers Béroalde de Verville à Rabelais pour la tradition du conte gaulois; par exemple, dans le prologue du premier dixain des *Contes drolatiques,* texte contemporain, proche de celui-ci.

4. Jacques-Charles Odry (1779-1853) revient souvent sous la plume de Balzac comme le créateur de Bilboquet dans *Les Saltimbanques,* la parade de Dumersan et Varin, créée le 25 janvier 1838; on voit ici qu'il l'appréciait dès 1832.

Page 483.

1. Thèse chère à l'auteur des *Contes drolatiques.*

Page 484.

a. *Les éditions portent* Vakefield. *Nous corrigeons.*

1. Quelques mois après avoir écrit ceci dans les *Contes bruns,* Balzac, méditant *Le Médecin de campagne,* se proposait de surpasser *Le Vicaire de Wakefield* (*À Zulma Carraud,* février 1833, *Corr.,* t. II, p. 253).

2. Ce texte, paru en 1832 dans les *Contes bruns,* n'a pas été corrigé après que Balzac eut écrit *Le Médecin de campagne, Le Curé de village* et commencé *Les Paysans.*

3. Nouvelle allusion à une fable de La Fontaine (XI, 7).

4. Voir à ce propos une suggestion de Nicole Mozet, p. 1070 (note 2 de la page 675 des *Deux Amis*).

Page 485.

1. Soldat établi au domicile des réfractaires ou des déserteurs.

Page 486.

1. Balzac ici n'a pas précisé le nom de Bianchon, comme il l'avait fait p. 475.

2. Reprise d'un passage du conte inachevé *Les Deux Amis,* où l'on pouvait déjà lire : « Serait-ce que Caïn aurait laissé aux environs de Chinon (Caïnones) quelques-uns de ses enfants ? » (voir, dans ce volume, p. 674). La forme *Caïno* pour Chinon est attestée par Grégoire de Tours; on connaît également *silva caïnones* pour la forêt de Chinon. L'étymologie est obscure, mais celle qu'avance Balzac est fantaisiste.

Page 487.

a. en 1820, *Éch.* : en 181 , *Co.*

Page 488.

a. à Charles Nodier. *Éch.* : à l'auteur des *Souvenirs de la Révolution. Co.*

b. Ma foi, citoyen, *Éch.* : Ma foi, monsieur, *Co.*

1. À 10,5 km de Tours, sur la route de Saché et d'Azay-le-Rideau, Ballan était un site familier pour Balzac.

2. L'histoire du jeune paysan, meurtrier pour un gilet rouge, a été détachée par Balzac de son conte *Les Deux Amis.* Une variante du texte que l'on vient de lire figure encore dans le manuscrit des *Deux Amis* (*Lov.* A 58, f⁰ 58). Voir var. *a,* p. 674.

3. En 1832, voir la variante, Nodier était désigné par une périphrase, rappelant son ouvrage publié l'année précédente chez Levavasseur : *Souvenirs, épisodes et portraits pour servir à l'histoire de la Révolution et de l'Empire.* M. P.-G. Castex fait remarquer que l'histoire du président Vigneron « est bien dans la veine des récits où Nodier a manifesté sa persistante obsession des têtes coupées. [...] singulièrement, elle ressemble à l'*Histoire d'Hélène Gillet* publiée dans la *Revue de Paris,* en février 1832, la même année et le même mois que les *Contes bruns* : dans les deux œuvres, pour les raisons différentes, l'instrument de mort fonctionne mal et le condamné donne, dans l'épreuve, la mesure de son héroïsme » (« Balzac et Charles Nodier », *AB 1962,* p. 199).

Page 489.

a. morts particulières [...] tout comme un autre. *A 64* : morts particulières [...] Pour moi la plus célèbre a été celle de la femme d'un célèbre médecin allemand auquel j'étais fort attaché. Le tableau que cette scène nous offrit est toujours vif et coloré comme au moment où j'en fus témoin. / — Oui, elles sont douces et intéressantes ; il nous émeut sans employer les atrocités si fort à la mode aujourd'hui [...] / Ma réserve, dit-il, n'est certes pas de l'impuissance, et je vous prie de croire, madame, que j'ai ma provision d'horrible tout comme un autre. *Éch.* : morts particulières [...] Pour moi *[comme dans Éch.]* témoin. *Co., où venait, après le mot* témoin. *et un passage à la ligne, le récit de la mort de la femme du médecin, commençant par* Nous avions passé, *et qui s'achève par* Puis elle mourut en le regardant. *que l'on retrouve transformé en « mort de la duchesse » dans « Autre étude de femme »* (t. III, p. 709-710). *On lisait ensuite dans Co., après un passage à la ligne :* — Les histoires que conte le docteur, reprit une dame après un moment de silence, me font des impressions bien profondes. / Le médecin salua gravement. / Oui, elles sont douces et intéressantes *[comme dans Éch.]* tout comme un autre.

b. lieutenant-colonel, *A 64* : capitaine, *ant.; voir var. c.*

c. et dont alors la position *[6 lignes]* mauvais soudards, *A 64* : et dont alors la position était assez brillante pour un militaire de son grade. Il était capitaine, et occupait à l'état-major de Paris, je crois, une place qui lui valait de quatre à cinq mille francs; en outre il possédait quelque fortune. Où l'avait-il prise, je ne sais. Il était de basse extraction, et pour n'avoir pas d'avancement sous l'empire, il fallait être un traînard, un niais, un ignorant ou un lâche. Cependant il y a aussi des gens malheureux. Mon homme n'était rien de tout cela; c'était le type des mauvais soudards.   *ant.*

1. Balzac, dans sa correction sur l'édition de 1844, modifie sensiblement le portrait de son militaire : il lui donne de l'avancement, lieutenant-colonel au lieu de capitaine; et s'il en fait un besogneux placé dans un petit journal, c'est très probablement parce qu'il pense au Giroudeau d'*Illusions perdues* et de *La Rabouilleuse,* mais sans le nommer.

2. Souvenir d'un fragment de dialogue entre Mascarille et Jodelet dans *Les Précieuses ridicules* de Molière, scène XI : « Te souvient-il, vicomte, de cette demi-lune que nous emportâmes sur les ennemis au siège d'Arras ? — Que veux-tu dire, avec ta demi-lune ? C'était bien une lune tout entière. »

Page 490.

a. Quand je lui fis [...] sans eau   *add. Éch.*

1. Faut-il préciser qu'il s'agit de Napoléon ? Il était ainsi désigné par les demi-solde que surveillait la police de la Restauration.

2. Épaules de mouton.

3. Balzac, en corrigeant son exemplaire d'*Éch.,* avait promu lieutenant-colonel son capitaine. Mais il a omis de faire la même correction, ici et à la ligne 7 de la page 491.

Page 491.

1. L'expression a fait fortune en fournissant le titre d'une subdivision de *La Comédie humaine,* mais dès 1830, Balzac avait fait annoncer un ensemble de récits placés sous ce titre.

Page 492.

a. Le général Chasteler   *Éch.* : Le général Chatler   *Co.*

1. Le feld-maréchal autrichien Du Chasteler (1763-1825), qui tint tête à l'armée française au Tyrol en 1809, d'origine belge, était le grand-oncle de l'amie de Balzac, la comtesse de Bocarmé (voir *Corr.,* t. IV, p. 557, 587 et 809).

2. Jean-Baptiste-Dominique, baron Rusca, est un personnage réel. Né à La Brigue (comté de Nice), le 27 novembre 1759, il fut médecin des hôpitaux de Monaco et banni pour ses idées révolutionnaires. Engagé en 1793,

il gravit rapidement les échelons : général de brigade dès
1795. Gouverneur de la Carinthie (20 mai 1809), il battit
Du Chasteler à Klagenfurt, capitale de cette province
(5-6 juin); le 26 septembre, il quitta son poste de Carinthie
pour commander une division italienne dans le Tyrol.
Disponible en 1810, baron de l'Empire en 1811, rappelé
en 1814, il fut tué le 14 février 1814 en défendant Soissons
(G. Six, *Dictionnaire biographique des généraux et amiraux français
de la Révolution et de l'Empire,* 1934, t. II, p. 405-406).

Page 496.

1. Brixen, aujourd'hui Bressanone, au confluent de
l'Isarco et de la Rienza, se trouve maintenant en Italie (province du Trentin-Haut-Adige), à 40 kilomètres environ de
la frontière austro-italienne et à 80 kilomètres au sud d'Inns-
bruck. Aller de Klagenfurt à Brixen à cheval dans la journée
était un exploit en 1809. On remarquera qu'à la date indiquée
par le narrateur, p. 492, Rusca commandait au Tyrol et non
plus en Carinthie.

Page 498.

a. La pendule marquait minuit et ce fragment de conversation est sincère et véritable. *Éch.* : La pendule marquait
minuit et demi. J'étais près de Saint-Germain-des-Prés et
je demeure à l'Observatoire. — Un jour j'aurai la suite de
Rusca; le nom me fait pressentir quelque drame; car je
partage, relativement aux noms, la superstition de M. Gautier
Shandy. Je n'aimerais certes pas une demoiselle qui s'appel-
lerait Pétronille ou Sacontala, fût-elle jolie... / — Ma femme
se nomme Rose Vertu... me dit l'officier de l'Université qui
faisait route avec moi. / Je le crois bien!... répliquai-je;
Mademoiselle Mars a nom Hippolyte... Et vous, monsieur ? lui
demandai-je. / — Moi!... Sébastien... / — C'est un martyr...
et vous êtes sans doute très heureux en ménage ? / — Mais
oui... Nous étions arrivés. / Ce fragment de conversation est
sincère et véritable. *Co.*

b. Nous allons voir à l'exposition les décors des peintres,
Éch. : Nous allons voir la Marguerite de Scheffer[1], *Co.*

c. Choisissez. *Éch.* : Choisissez... Voici une aventure
où l'art essaie de jouer le naturel. *Co.*

1. En supprimant : « Voici une aventure où l'art essaie
de jouer le naturel », conclusion d'*Une conversation entre onze
heures et minuit,* Balzac nuance sa profession de foi « naturaliste » de 1832.

1. La *Marguerite* d'Ary Scheffer exposée en 1831 avait connu un
grand succès; succès d'actualité bien passée en 1844, d'où la correction.

INDICATIONS BIBLIOGRAPHIQUES

Bouteron (Marcel) : Préface et notes aux *Contes bruns,* Paris,
A. Delpech, 1927 (édition annotée de la contribution de
Balzac aux *Contes bruns*).

Bouteron (Marcel) : « Les tribulations des *Contes bruns* »,
dans *Études balzaciennes,* Paris, Jouve, 1954, p. 71-74
(réimpression corrigée de la préface de l'édition précédente).

Citron (Pierre) : Introduction à *Échantillon de causerie française,* dans *La Comédie humaine,* Le Seuil, « L'Intégrale »,
t. V, p. 387.

Milner (Max) : Préface aux *Contes bruns,* Marseille, Laffitte,
1979 (fac-similé de l'édition de 1832).

LA FIN D'UN DANDY

SIGLE

ms.   manuscrit (*Lov.* A 166).

Page 501.

a. condition [soporifique qui annule d'avan < ce >
rayé] infirmante   *ms.*

b. quelque chose [dont j'aie été *rayé*] qui   *ms.*

c. Je [demeurais *rayé*] logeais [à l'hôt < el >   *rayé*] au
ms.

d. Pardonnez-moi [de donner *rayé*] d'ôter   *ms.*

1. La variante donne le sens du mot. La construction
inattendue de ce participe présent pourrait être une réminiscence de jargon notarial, « infirmant » étant mis pour « infir-
matif ».

2. Les gants jaunes étaient l'attribut des dandys, qui leur
doivent d'ailleurs leur surnom.

3. Houbigant-Chardin ou Chardin-Houbigant, parfumeur,
19, faubourg Saint-Honoré, fournisseur de la duchesse de
Maufrigneuse... et de Balzac. Clouzot et Valensi (*Le Paris de
La Comédie humaine,* Le Goupy, 1926, p. 26) reproduisent une
facture au nom de l'écrivain, en date du 27 septembre 1832,
pour un flacon d'eau de Portugal. Cette date est intéressante
et coïncide peut-être avec la rédaction du fragment (voir
l'Introduction).

4. À rapprocher de ces mots des *Deux Amis* : « Italie, ne

te lèveras-tu donc jamais en masse pour exterminer les sots livres que tant de sots ont faits sur toi! Comment tu n'as pas eu de poète, de satyrique assez audacieux pour se moquer de tous ceux qui t'ont polluée!... » (p. 693).

5. Stendhal serait-il le narrateur de *La Fin d'un dandy* ? Il est vrai qu'en octobre 1828 il se trouvait à Paris; mais, en octobre de l'année précédente, il séjournait bel et bien à Rome. De plus, dans ses *Promenades dans Rome,* mises en vente au début de septembre 1829, il feint — ce n'est pas son seul accommodement avec l'exactitude chronologique — de s'être aussi trouvé à Rome en octobre 1828. Ajoutons que Stendhal semble être le narrateur d'un des *Contes bruns* de Balzac (1832) repris dans *Échantillon de causerie française.* Là comme ici, il s'agit d'un récit qui est moins un conte qu'une « histoire », et même une « histoire gaie » (voir p. 480).

6. *La Salamandre,* par Eugène Sue, a été publiée chez Renduel en 1832. R. Pierrot estime possible que Balzac soit l'auteur du compte rendu de ce roman dans la *Revue des Deux Mondes* du 15 mars 1832 (*Corr.,* t. I, p. 681, n. 1).

7. C'est un nom de fantaisie, avec quelques éléments italiens (*carezzinoni* : grosses petites caresses...) et un double diminutif à la fin.

Page 502.

1. Pyrrhus, dans *Andromaque.* Mondor : nom d'un personnage de vieux galant riche, parfois financier, dans plusieurs pièces du xviiie siècle, comme *Les Étrennes de l'amour* de Cailhava (1769), *L'Amour et la Raison* de Pigault-Lebrun (1790). Il y a un Derville dans *L'Intérieur de l'étude ou le Procureur et l'Avoué,* de Scribe, pièce liée à la genèse du *Colonel Chabert,* où apparaît le Derville de Balzac (voir l'édition critique du *Colonel Chabert* par P. Citron, Paris, Didier, 1961, p. XIII et suiv.).

2. Le narrateur semble passer de Rome à Genève. Balzac y a séjourné du 14 au 18 octobre 1832, en compagnie de Mme de Castries. Il était descendu à l'hôtel de la Couronne.

ENTRE SAVANTS

Page 521.

1. Lacune initiale correspondant au texte des trois premiers feuillets, non retrouvés et probablement détruits par Balzac qui, les récrivant, en fit quatre. Voir l'Introduction, p. 508, et, p. 531-537, les pages substituées.

2. Dans cette liste, un certain nombre de noms semblent fantaisistes. Peut-être peut-on identifier le célèbre chimiste

suédois Ch. G. Scheele (1742-1786), imbu de la théorie du phlogistique détruite par Lavoisier, bien que les dates rendent l'identification fort douteuse. En revanche, le nom de Wagner désigne certainement deux frères, l'un, Moritz-Friederich, voyageur et naturaliste, l'autre, Rudolf (1805-1866), savant physiologiste, fort occupé d'anatomie comparée. On peut rapprocher cette liste de celles que Balzac s'amuse à composer, la même année, par exemple dans le *Guide-Âne des animaux qui veulent parvenir aux honneurs* : « [...] Vittembock et Mittemberg, Clarenstein, Borborinski, Valerius et Kirbach » (*Œuvres diverses,* éd. Conard, t. III, p. 452), ou dans *Les Amours de deux bêtes,* avec « Steinbeck le belge, Vosman-Betten, Sir Fairnight, Gobtoussels, le savant danois Sottenbach, Grâneberg [...] » (*ibid.,* p. 447).

3. Du nom du célèbre auteur anglais Garrick (1716-1779), qui mit à la mode ce vêtement, sorte de redingote à plusieurs collets ou à un collet très ample, portée par les cochers, à qui cette tenue fut imposée en 1821.

Page 522.

1. Après le dernier mot de ce paragraphe, Balzac, allant à la ligne, a écrit, puis rayé le début de phrase suivant : « Au retour de Madame Des Fongerilles que Marguerite alarme et qui vient garder le professeur. » Cette rature montre que le récit allait prendre un autre tour. Mais le narrateur va le réorienter et en rompre le cours linéaire.

2. Il n'y avait pas de chaire de Botanique comparée au Collège de France à cette époque. Geoffroy Saint-Hilaire, d'ailleurs, n'enseigna jamais au Collège de France.

Page 523.

1. Tel était bien E. Geoffroy Saint-Hilaire, créateur de « la tératologie, cette belle science », dit Balzac dans sa *Monographie du rentier* (*Œuvres diverses,* éd. Conard, t. III, p. 222), mais incapable, au dire de ses contemporains, de s'exprimer avec aisance. Dans une lettre à Mme Hanska, écrite peu après la mort du célèbre naturaliste, Balzac le définit comme « un géant tardif qui ne sut jamais écrire » (*LH,* t. II, p. 494).

2. C'est en effet la conception d'un système qui, très tôt, guida les recherches d'E. Geoffroy Saint-Hilaire. Ses travaux sur la monstruosité avaient pour but de démontrer qu'il n'y a pas de monstres, c'est-à-dire des anomalies originelles, mais seulement des anomalies secondaires dues à l'arrêt du développement ou à l'attraction des parties similaires. Cette explication de la monstruosité par un développement anormal ou incomplet découle tout naturellement du système de l'unité de composition organique.

3. Geoffroy Saint-Hilaire s'était effectivement intéressé à la lumière et à l'électricité. Il avait, pendant son dernier séjour à Alexandrie, lors de la campagne d'Égypte, élaboré une théorie générale sur le fluide nerveux, le calorique, la lumière, l'électricité (on peut consulter, à ce sujet, l'ouvrage de Théophile Cahn, *La Vie et l'Œuvre d'E. Geoffroy Saint-Hilaire,* Paris, P.U.F., 1962, p. 44).

4. On reconnaît aisément dans ces lignes les principes mêmes de Geoffroy Saint-Hilaire, hostile aux classifications de Cuvier et persuadé de l'existence d'un rapport matériel des espèces entre elles, base de son système de l'unité de composition organique.

5. Sophie, comme la grand-mère de Balzac, Marie-Barbe-*Sophie* Sallambier, et comme sa tante, Marguerite-Michelle-*Sophie,* épouse de Marie-Sébastien Malus, de la famille Malus dont il est question un peu plus loin dans le texte. Notons d'autre part que ce sont les leçons de Brisson qui furent à l'origine de la vocation de Geoffroy Saint-Hilaire.

6. Le conseiller Crespel est le héros du conte d'Hoffmann auquel il a donné son titre. Balzac, au cours de sa rédaction hâtive, avait notifié à l'imprimeur de prévoir après ce nom « trois lignes en blanc pour les citations ». Sans doute songeait-il à énumérer d'autres héros fantastiques du conteur allemand. Dans *Les Amours de deux bêtes,* texte publié en août-septembre 1842, c'est-à-dire fort peu de temps avant la rédaction de la présente ébauche, il avait fait allusion à maître Floh, autre personnage d'Hoffmann, et aux « contrées hoffmanniques, où le grave conseiller du *Kammergericht* de Berlin a vu tant de choses » (*Œuvres diverses,* éd. Conard, t. III, p. 467).

Page 524.

1. « Quartier » s'entend ici d'une durée de trois mois dans l'année pour un service accompli à tour de rôle.

2. Dans cette vertigineuse énumération de titres, dans le choix du nom de « Total », primitivement appelé « Badenier » et même « Troisdenier » (*Lov.* A 70, fº 5) et dans l'esquisse de cette carrière, Balzac se livre à une véritable caricature du baron Cuvier. Appelé dans la classe des sciences de l'Institut, dès sa réorganisation, en 1796, Cuvier devint bientôt secrétaire, puis secrétaire perpétuel de l'Académie des sciences, avant d'être élu, en 1818, à l'Académie française puis à l'Académie des inscriptions et belles-lettres. Chargé par Bonaparte de diverses missions d'inspection, lors de la réorganisation de l'instruction publique, il avait été également appelé à faire partie du Conseil supérieur de l'Université impériale, créée par le décret du 17 mai 1808. Sa grande facilité de travail et sa haute capacité administrative incitèrent Napoléon

à l'appeler au Conseil d'État comme maître des requêtes, en 1813. Conseiller d'État en 1814, président du Comité de l'Intérieur de 1819 jusqu'à sa mort, il fut en outre chargé, au ministère de l'Intérieur, de la direction des cultes non catholiques, lors de l'établissement du ministère des Affaires ecclésiastiques. Le nombre et l'importance des travaux administratifs et politiques de Cuvier n'arrêtèrent pas sa carrière de professeur au Collège de France et au Muséum. Comblé d'honneurs et de décorations, aussi célèbre à l'étranger qu'en France, le baron Cuvier, pair de France, apparaissait à tous comme un savant universel, ce qui explique le nom choisi par Balzac pour le désigner, « Total ». Bien sûr, la satire tourne à la charge et, à l'important palmarès du baron, le romancier se fait une joie d'ajouter encore d'importantes fonctions médicales que n'occupa jamais Cuvier. Rappelons toutefois que le célèbre savant entra au Muséum en 1795, comme suppléant du professeur d'anatomie comparée, le chirurgien Mertrud. Lui qui n'était pas médecin d'origine vint à l'anatomie par la zoologie et c'est ainsi que l'anatomie comparée devint le but de sa vie.

3. Cuvier n'habitait pas l'Institut et ne soigna jamais le Roi. Balzac songe visiblement ici à un médecin. Voir p. 554, n. 1.

4. Le romancier avait-il lu l'anecdote ? L'avait-il entendu raconter à propos d'un médecin, tel par exemple qu'Alibert, dont les leçons à l'hôpital Saint-Louis étaient célèbres ? On est plus tenté encore de songer à quelque lithographie de Monnier, Gavarni, Puche ou surtout Daumier dont le talent s'exerça volontiers aux dépens des médecins et de la médecine.

5. Encore un trait particulier à Cuvier, qui ignorait l'oisiveté et rédigeait même dans sa voiture où il avait fait poser une lanterne (*Galerie des contemporains illustres par un homme de rien*, t. IX, p. 64).

6. L'auteur de la *Galerie des contemporains illustres* décrit Cuvier comme un homme aux yeux bleus et aux cheveux blonds (t. IX, p. 70), mais insiste sur son embonpoint et son allure imposante. L'expression *contenir son ventre au majestueux* est de Brillat-Savarin (voir p. 285 et la note 2).

Page 525.

1. Ce sont là des qualités qu'ont notées tous les contemporains, unanimes à louer le talent d'exposition et la vigueur du génie de Cuvier, l'aisance et la clarté de ses propos.

2. Ces deux dernières phrases résument admirablement la position des deux savants, Cuvier, l'homme de l'analyse, face à Geoffroy Saint-Hilaire, le champion de la synthèse, convaincu que « La matière est homogène dans son principe et devient diverse sous la raison combinée du temps et de l'espace » (Lettre écrite d'Égypte à Cuvier et citée par

Th. Cahn, *La Vie et l'Œuvre d'E. Geoffroy Saint-Hilaire,*
P.U.F., 1962, p. 254).

3. Geoffroy Saint-Hilaire eut une fin de vie solitaire et
pauvre. Il laissa, à sa mort, une succession négative (Archives
de Paris, Enregistrement, DQ⁷3984, 16 décembre 1844).

4. Allusion à Humboldt, Oerstedt, et surtout Berzélius,
le chimiste suédois qui fit plusieurs voyages en France,
notamment en 1819.

5. Il est difficile de dénombrer l'ensemble des volumes et
Mémoires, au demeurant fort divers, publiés par Cuvier,
mais on ne peut taxer Balzac d'exagération dans son évaluation.

6. Voir p. 523, n. 1.

7. Cuvier était protestant. Il était né à Montbéliard d'une
famille jurassienne, réfugiée sur les terres du duc de Wurtemberg pour fuir les persécutions.

Page 526.

1. C'est sans doute la rédaction de ce passage qui inspira à
Balzac les chapitres de la seconde ébauche consacrés aux
changeantes opinions de la femme du savant et à la naissance
de ses nombreux enfants. Sur la parenté de Mme Des Fongerilles avec Flavie Colleville dans *Les Petits Bourgeois,* voir
l'Introduction, p. 513.

2. Japhet, Lacrampe (devenu Lavrille en 1838) et Planchette apparaissent tous trois dans *La Peau de chagrin,* où
Raphaël de Valentin fait en vain appel à leurs sciences
respectives pour augmenter la surface de son talisman fatal.
Lacrampe et Planchette figurent également dans *Les Amours
de deux bêtes* (*Œuvres diverses,* éd. Conard, t. III, p. 472). On
notera que si Balzac, dans *La Peau de chagrin,* les présentait
sous un jour nettement caricatural et se plaisait à railler leur
impuissance scientifique, ici, au contraire, il insiste sur leur
modestie, leur désintéressement et leur savoir.

Dans *La Peau de chagrin,* Planchette est « un grand homme
sec, véritable poète perdu dans une perpétuelle contemplation,
occupé à regarder toujours un abîme sans fond, le Mouvement » (t. X, p. 242). On retrouve Planchette dans *Les
Amours de deux bêtes,* texte contemporain de celui-ci, publié
chez Hetzel dans les *Scènes de la vie privée et publique des animaux*
en août 1842.

3. Lapsus de Balzac pour Des Fongerilles. On rencontre,
dans *Pierrette,* un Desfondrilles, juge suppléant à Provins,
« plus archéologue que magistrat » (t. IV, p. 64), ce qui peut
expliquer la confusion de l'auteur.

Page 527.

1. Le célèbre fondateur de la Compagnie de Jésus (1491-

1556), qui s'illustra d'abord dans la vie militaire et aussi dans le domaine de la galanterie, puis, devenu boiteux à la suite d'une blessure à la jambe, consacra sa vie à Dieu.

2. Victorin Beauregard présente une grande ressemblance avec Jules Sauval, le disciple de Granarius dans *Les Amours de deux bêtes*.

Page 528.

1. C'est-à-dire des robes fort modestes. L'indienne est une étoffe de coton peinte qui, à l'origine, se faisait aux Indes. Par extension le mot servit à définir toutes les étoffes du même genre fabriquées en Europe. Le stoff, mot qui n'est plus employé de nos jours, désignait une espèce de toile de laine assez brillante. Quant au mérinos, c'est évidemment la laine très fine du mouton de ce nom, qui est de race espagnole. Dans *Béatrix* (t. II, p. 760), Charlotte de Kergarouët porte un manteau de mérinos et « une robe de voyage, en stoff assez commun ».

2. C'est-à-dire portant un corset. Cet emploi peu usité, qui ne figure pas dans Littré, se rencontre chez Balzac, chez Mme Tastu.

3. Granarius fait preuve de la même bienveillance à l'égard de sa fille Anna, dans *Les Amours de deux bêtes*.

Page 529.

1. Sophie Garre (1775-1819), musicienne de talent, dotée d'un esprit distingué, connut le succès grâce à ses romances. Elle avait épousé en 1794 l'helléniste Jean-Baptiste Gail (1755-1829), professeur au Collège de France et membre de l'Institut, mais le mariage ne fut pas heureux et les époux se séparèrent. Sophie Gail eut un salon, collabora avec Sophie Gay, et fut également très liée avec la baronne Roger. Voir l'Introduction, p. 517.

2. Balzac a longuement hésité avant de choisir ce nom, comme l'attestent les nombreuses ratures du manuscrit. Nommé d'abord Eugène de R***, puis Eugène Brasseur, le jeune peintre faillit se prénommer Fulgence, avant de devenir Eugène Bridau. Dans la IIIᵉ partie de *La Rabouilleuse,* publiée sous le titre *Un ménage de garçon en province* dans *La Presse* à partir du 27 octobre 1842, date très proche de celle de la rédaction de notre ébauche, le peintre Joseph Bridau joue un rôle important. De nombreux critiques ont considéré que ce personnage de *La Comédie humaine* doit beaucoup à Eugène Delacroix. Le nom d'Eugène Bridau, qui figure ici, peut-il être considéré comme un lapsus révélateur ? Dans la seconde ébauche, Bridau cède la place à Théodore de Sommervieux, l'auteur du célèbre tableau de *La Maison du chat-qui-pelote*. Voir p. 543, n. 1.

Page 530.

1. Historien de l'ordre de Malte dont le mot célèbre se trouve également cité dans *La Vendetta* (t. I, p. 1055). Ayant reçu des documents sur le siège de Rhodes, alors qu'il venait d'achever le récit de cet épisode dans son *Histoire de l'ordre de Malte,* l'abbé Vertot s'exclama, dit-on : « Mon siège est fait ! »

2. C'est là le désordre habituel au savant, qu'il soit chimiste comme le héros de *La Recherche de l'Absolu* ou botaniste comme Des Fongerilles. Le même désordre s'observait déjà chez le chimiste de *La Dernière Fée,* roman de jeunesse publié par Balzac sous le nom d'Horace de Saint-Aubin.

3. Balzac avait une prédilection pour le volcaméria. « Le volcaméria distillait la chaleur vineuse de ses touffes par effluves aussi jolies que ses fleurs, ces bayadères de la botanique » (*Les Amours de deux bêtes,* dans *Œuvres diverses,* éd. Conard, t. III, p. 468).

4. Tel était le cas du jeune docteur Jean-Casimir Lemercier, qui fut l'ami de Balzac (M. Ambrière-Fargeaud, « Balzac et les messieurs du Muséum », *RHLF,* 1965, p. 637-654).

5. Si Geoffroy Saint-Hilaire protégea les débuts scientifiques de Cuvier à Paris, il n'était pas séparé de son protégé par de nombreuses années. Rappelons que, né en 1772, il était de trois ans plus jeune que Cuvier...

Page 531.

1. C'est le 7 septembre 1812 qu'eut lieu la fameuse bataille en face de Moscou, appelée de la Moskova par les Français et de Borodino par les Russes parce que l'action se déroula sur le plateau qui domine ce village. Le maréchal Ney, qui commandait le centre de l'armée, reçut le soir même le titre de prince de la Moskova. La duchesse d'Abrantès, dans ses *Mémoires* (t. IX, p. 217), rapporte la version du roi de Naples, contestée par Junot, précise-t-elle, selon laquelle il aurait encouragé « Junot qui avait l'air de manquer de fermeté et de volonté d'aller à l'ennemi » en lui disant : « Marche donc [...] mais ton bâton de maréchal est là. »

2. Atteint de demi-cécité en 1840, frappé de paralysie, Geoffroy Saint-Hilaire connut une triste fin de vie. Il habitait l'actuelle rue Cuvier, où demeurait également son fils avec sa famille.

3. C'est le titre finalement choisi par Balzac pour cette ébauche. Il avait d'abord écrit, puis rayé *Une femme de savant* et *Les Raisons de Mme de Saint-Vandrille.* Voir l'Introduction, p. 503-504.

4. On sait que Balzac emploie volontiers ce mot pour présenter, au début d'un roman, le cadre, la ville ou même la maison qu'il s'apprête à décrire. Au début d'*Ursule Mirouët,*

il parle de la « physionomie » de Nemours (t. III, p. 769);
il décrit la « physionomie » de la maison des Grandet à
Saumur (t. III, p. 1027); il entend reftituer la « vraie physionomie » d'un quartier de Paris au XVIᵉ siècle dans son étude
Sur Catherine de Médicis (t. XI).

5. Ouverte en 1779 entre les rues Caumartin et Trudon,
la rue Boudreau fut prolongée, en 1858, jusqu'à la rue Auber
quand le percement de cette dernière fit disparaître la rue
Trudon.

Page 532.

1. La rue Duguay-Trouin, qui commence 56, rue d'Assas
(rue de l'Ouest, à l'époque où écrit Balzac) et finit 19, rue de
Fleurus, fut ouverte vers 1790, sous le nom de rue Thimeray,
sur une partie du jardin du Luxembourg vendue par le
comte de Provence. Elle reçut vers 1807 le nom du lieutenant
général des armées navales, René du Gué-Trouin dit Duguay-
Trouin (1673-1736). La rue de Fleurus avait été percée à la
même date que la rue Duguay-Trouin et dans les mêmes
conditions, le jardin du Luxembourg s'étendant alors beaucoup plus à l'ouest que maintenant.

2. Jusque vers 1810, d'ailleurs, la rue Duguay-Trouin
resta fermée par une porte, à chaque extrémité, pour les
besoins des carrières. Comme l'explique Hillairet dans l'Introduction de son *Dictionnaire des rues de Paris,* d'une façon
générale, le sol de Paris comprend une couche de craie
blanche de plus de 400 mètres d'épaisseur, au-dessus de
laquelle repose un grand banc d'argile plastique. À certains
endroits, les gisements de matériaux de conftruction, argile,
pierre à bâtir et plâtre, se trouvaient presque à fleur de terre.
Aussi les exploita-t-on, mais sans méthode ni précautions
suffisantes, si bien qu'à la surface les quartiers du Luxembourg, de Montmartre et de Ménilmontant se développaient
au-dessus de véritables abîmes. Des accidents, éboulements
et affaissements se produisirent le 17 décembre 1774. Le
4 avril 1777, un service spécial d'ingénieurs fut chargé de
travaux d'inspection et de consolidation; ce jour même une
maison de la rue d'Enfer, proche du Luxembourg, fut englou-
tie à 28 mètres de profondeur. L'exploitation des carrières
souterraines à l'intérieur de la capitale fut interdite en mai 1813.

3. C'est-à-dire en 1843.

4. Remarque exacte. À l'ancienne communauté des Dames
de Sion (au nᵒ 3), là où Balzac loge son savant, succédaient
la maison mère des Sœurs servantes de Marie, puis, aux
nᵒˢ 9-11, la porte du jardin de la maison occupée par Victor
Hugo de 1827 à 1830 rue Notre-Dame-des-Champs... Notons
aussi la présence dans cette rue, vers 1830, du philosophe
P. H. Azaïs (1766-1845).

5. Le *fontis* ou *fondis,* substantif qui dérive du verbe fondre, désigne un éboulement de terre qui se fait fréquemment dans le sol au-dessus d'anciennes carrières et forme une espèce d'abîme.

6. Le numérotage actuel des maisons commença en 1805, avec le préfet Frochot qui classa les rues en rues parallèles et rues perpendiculaires. Ce numérotage fut repris en 1842.

Page 533.

1. La disproportion caractérise la bizarre silhouette des savants et des penseurs de Balzac. Tels sont, par exemple, Balthazar Claës, le héros de *La Recherche de l'Absolu* (t. X, p. 671), et le polytechnicien Gérard dans *Le Curé de village,* ainsi présenté par le romancier : « Comme chez presque tous les penseurs, [...] le développement du buste et la maigreur des jambes annonçaient une sorte d'affaissement corporel produit par les habitudes de la méditation » (t. IX, p. 809).

2. Fondé le 19 mai 1802 et inauguré le 14 juillet 1804.

3. Encore un trait caractéristique des savants et des penseurs balzaciens, en proie à la tyrannie des idées.

Page 534.

1. De même Balthazar Claës a un visage sillonné de rides, un nez qui s'était allongé et des yeux « d'un bleu clair et riche » qui possèdent « la vivacité brusque que l'on a remarquée chez les grands chercheurs de causes occultes » (t. X, p. 671). Balzac est en accord avec Lavater, qui, dans *L'Art de connaître les hommes par la physionomie,* affirme : « Les yeux clairs annoncent de la perspicacité » (éd. Moreau de La Sarthe, Paris, 1820, t. VI, p. 84).

2. Lunettes plates, souvent colorées, qui grossissent faiblement les choses et sont destinées à conserver la vue.

Page 535.

1. E. Geoffroy Saint-Hilaire et, plus encore, A.-M. Ampère étaient célèbres pour leur distraction. Voir l'Introduction, p. 514.

2. Construit en 1802-1804 par l'ingénieur Demontier, le pont des Arts fut soumis jusqu'en 1848 à un péage d'un sou.

3. C'est exact. Malheureusement, dès la troisième étape, le savant, détourné de son itinéraire, oubliera le but de sa promenade et s'absorbera dans sa méditation scientifique.

Page 536.

1. Balzac avait lu certaines œuvres de ce médecin (1748-1794) qui inspira notamment les travaux de Cuvier. Il possédait dans sa bibliothèque cette édition en 18 volumes in-8°

des *Œuvres d'histoire naturelle et de philosophie* du naturaliste suisse Charles Bonnet (1720-1793), publiée à Neuchâtel en 1779. Il est intéressant de noter la date à laquelle il la fit relier : février 1844 (*Lov.* A 340, f° 385).

2. C'est par S. Fauche que Charles Bonnet fut édité, à Neuchâtel.

3. Sans doute s'agit-il de la Notice rédigée par Arago et reproduite au tome III des *Œuvres complètes* de François Arago publiées sous la direction de J.-A. Barral (Paris, 1855, t. III, p. 113-153). Louis-Étienne Malus, qu'on appela Malus *le Savant* (1775-1812), était le fils d'Anne-Louis Malus de Mitry, trésorier de France; il fut l'un des premiers élèves de l'École polytechnique, d'où il sortit en 1796. Il participa à la campagne d'Égypte et revint en France en 1801. Membre de la Société d'Arcueil, il fut élu en 1810 à l'Académie des sciences. Ses travaux sur la lumière, notamment son *Traité d'optique analytique,* connurent une grande célébrité dans le monde savant. L'illustre mathématicien et physicien mourut de phtisie à l'âge de trente-sept ans. Voir aussi p. 537, n. 1.

4. C'est la seule mention du physicien A.-J. Fresnel (1788-1827) dans l'œuvre de Balzac. À l'époque où il commença à s'intéresser aux problèmes de la lumière, c'est-à-dire vers 1815, Fresnel rejeta l'hypothèse de Newton généralement admise dans le monde savant, hypothèse selon laquelle la lumière est due à l'émission des molécules lumineuses du corps éclairant. Revenant aux idées de Descartes, Fresnel démontra par une série d'expériences que la lumière se propage à la manière du son, par les vibrations d'un fluide très subtil répandu dans l'espace. Arago, devenu son ami, a consacré une notice très élogieuse à Fresnel, qui, substituant la théorie de l'ondulation à l'hypothèse de l'émission, fit faire des progrès considérables aux travaux sur les phénomènes de la lumière. Élu à l'unanimité à l'Académie des sciences en 1823, Fresnel se rendit célèbre non seulement par ses théories, mais par l'application qu'il en fit pour la construction des phares.

5. Le propos de Marmus reflète très exactement le point de vue unitaire de Balzac, maintes fois exprimé dans les *Études philosophiques,* par exemple dans *La Recherche de l'Absolu,* ou dans *Gambara,* où il est question d' « une certaine substance éthérée, répandue dans l'air, et qui nous donne la musique aussi bien que la lumière, les phénomènes de la végétation aussi bien que ceux de la zoologie » (t. X, p. 479). Voir aussi, dans ce volume, *Les Martyrs ignorés.*

Page 537.

1. Sur le manuscrit, Balzac faisait allusion au fils Malus, inspecteur aux revues. Il a supprimé ce détail familial, Marie-

Sébastien Malus, inspecteur aux revues, étant l'époux de Marguerite-Michelle-Sophie Sallambier, sœur de la mère de Balzac.

2. Louis Lambert fait la même remarque. Il écrit à son oncle : « L'Institut pouvait être le grand gouvernement du monde moral et intellectuel; mais il a été récemment brisé par sa constitution en académies séparées » (t. XI, p. 649).

3. Il s'agit bien d'un système, fondé, comme celui de Geoffroy Saint-Hilaire, sur l'unité de composition. Voir la note 1 de la page 555.

Page 539.

1. La rue Honoré-Chevalier relie la rue Cassette et la rue Bonaparte (à l'époque, rue du Pot-de-Fer).

2. En 1829, date à laquelle Balzac situe cette scène, fut précisément expérimenté un système qui fixait ainsi le tarif des fiacres : 0,60 F le premier quart d'heure, 0,025 F chaque minute en sus.

3. La fin de ce chapitre diffère de celle que publiera *Le Siècle* et projette sur la femme du savant un éclairage tout différent. Voir p. 558, n. 2.

4. Avec le chapitre VI commence le texte du manuscrit demeuré inédit du vivant de Balzac.

5. C'est-à-dire en 1801.

6. Lucien Bonaparte, qui avait été nommé le 25 décembre 1799 et eut pour successeur Chaptal, ministre de l'Intérieur du 6 novembre 1800 au 8 août 1804.

7. Balzac l'avait d'abord appelé « Vitard ». Sur ce personnage qui peut faire penser à Ouvrard, voir aussi p. 546, n. 1.

8. On apprend dans *La Femme auteur* (p. 613) que Minoret, fondateur de cette compagnie, avait été propriétaire de l'hôtel de la rue Louis-le-Grand (près de la rue Neuve-Saint-Augustin) occupé en 1846 par les Hannequin de Jarente. Dans *Ursule Mirouët*, Balzac raconte l'histoire de la famille Minoret, à Nemours (t. III, p. 782 et suiv.).

Page 540.

1. On saisit là le moment de la rédaction où Balzac substitue au nom de Jorry celui de Marmus.

2. Balzac avait d'abord écrit : « et oublia l'autre qui s'était discrètement laissé séduire par un misérable nommé Mongenod qui venait de partir pour les Indes. » Voir l'Introduction, p. 512.

3. Balzac a évoqué une dizaine de fois dans *La Comédie humaine* Louise de La Vallière (1644-1710), la favorite de Louis XIV, qui acheva sa vie dans un couvent.

4. Le célèbre harpiste Nadermann (1773-1835), cité également dans *La Femme auteur* (p. 618), eut notamment pour

élève la duchesse d'Abrantès et fut un habitué de son salon
au temps où Junot était gouverneur de Paris. Il avait, raconte
la duchesse dans son *Histoire des salons de Paris* (t. III, p. 196),
« [...] avec son beau talent, le meilleur et le plus excellent
caractère » et jouait très souvent avec elle des duos de harpe
et de piano.

5. Ouverte en 1640 sous le nom de rue du Pont, car elle
conduisait de la rue de l'Université au pont Barbier (qui
devint le Pont-Royal), cette rue reçut son nom actuel à une
date qu'on ignore. Au numéro 1 se trouvait l'hôtel du marquis
de Villette où mourut Voltaire. Boissy d'Anglas, en 1793,
habitait au numéro 5.

Page 541.

1. Aucun de ces faits ne concorde avec la carrière de
Geoffroy Saint-Hilaire.

2. Le département français de la Dyle, créé en 1793,
subsista jusqu'en 1814. Il avait pour chef-lieu Bruxelles.
Formé de la partie sud du Brabant, il comprenait trois
arrondissements : Bruxelles, Louvain et Nivelle.

3. Ainsi fit à Tours Mme Balzac qui, ayant perdu son
premier-né Daniel qu'elle avait voulu nourrir, mit Honoré,
puis Laure en nourrice à Saint-Cyr, où ils restèrent jusqu'à
l'âge de quatre ans.

Page 542.

1. Ce brillant capitaine, né en 1782, deviendra général,
baron et pair de France. On le retrouve dans *La Maison
Nucingen, Le Cousin Pons* et surtout *Pierrette.*

2. Les opinions et les maternités successives de Mme de
Saint-Vandrille rappellent évidemment de très près celles de
la coquette Flavie Colleville dans *Les Petits Bourgeois,* comme
le signale A.-M. Meininger (t. VIII, p. 41-42 et notes). Voir
l'Introduction, p. 513.

3. Le seul contre-amiral attaché au Bureau des longitudes
à cette époque est le comte François-Étienne de Rosily-
Mesros (1748-1832), à qui l'on doit l'organisation du corps
des ingénieurs hydrographes de la marine. Ni le personnage
ni sa carrière ne semblent offrir de points communs avec le
fictif amiral Joséphin.

4. On retrouve là toutes les célébrités de l'époque, dans le
monde des lettres, des sciences et des arts. Il est amusant de
noter la présence, dans cette énumération, de Cuvier et de
Geoffroy Saint-Hilaire, ainsi que le voisinage de Sophie Gail
et de Sophie Gay. Voir l'Introduction, p. 517.

Page 543.

1. Balzac a raconté, dans *La Maison du chat-qui-pelote* (t. I),

l'histoire du mariage malheureux de Théodore de Sommervieux avec Augustine Guillaume qu'il délaissa pour la
duchesse de Carigliano et qui mourut de chagrin à l'âge de
vingt-sept ans.

2. Le pensionnat de jeunes filles dont Napoléon confia la
direction à Mme Campan (1752-1822).

Page 544.

1. Voir n. 3, p. 547.

2. Dans son article sur la rente française (*AB 1963,* p. 253),
E.-B. Dubern précise que le cours de la rente, qui était
à 65 sous la première Restauration, tomba à 53 après Waterloo,
atteignit 69 en 1817, monta jusqu'à 80, puis redescendit à 60
en 1818.

3. Dont on ignore la parenté avec le Bordin procureur au
Châtelet qui paraît dans de nombreux romans de *La Comédie
humaine.*

4. Mascarille apparaît dans trois comédies de Molière.
Balzac songe ici au Mascarille des *Précieuses ridicules.*

5. « Les bureaux de loterie, le lot des veuves protégées,
faisaient assez ordinairement vivre une famille qui s'employait à la gérance » (*La Rabouilleuse,* t. IV, p. 344 et n. 3.
René Guise précise dans cette note que le receveur touchait
5 % du produit brut de son bureau).

6. On ne rencontre, dans les registres de la maison du Roi
sous la Restauration, aucun nom de femme parmi les artistes.
Il n'y avait d'ailleurs pas de harpiste uniquement affecté à la
chapelle royale.

Page 545.

1. Voir n. 3, p. 547.

2. Selon son habitude, Balzac, toujours soucieux d'enra-
ciner dans la réalité son univers romanesque, mêle personnages réels et fictifs. Ainsi le célèbre peintre Gérard (1770-
1837), dont le romancier fréquentait volontiers le brillant
salon, voisine-t-il avec des femmes célèbres de *La Comédie
humaine,* telles que Mlle des Touches ou Mme Firmiani.

3. Il est difficile de dire à qui songeait alors Balzac, qui
venait de s'intéresser beaucoup au personnage de Canalis,
dans *Modeste Mignon,* lorsqu'il écrivit cette ébauche. Pour
faire reparaître souvent le poète dans *La Comédie humaine,* il
a substitué son nom tantôt à celui de Hugo, tantôt à celui
de Lamartine. Il a songé également à Vigny. Il se peut ici
qu'il s'agisse de poètes moins célèbres, fort assidus dans les
salons de l'époque, tels Jules de Rességuier, A. de Saint-
Valry ou encore Alexandre Soumet dont Sophie Gay protégea
les premiers essais poétiques.

4. Dans l'un des premiers chapitres des *Petites misères de*

la vie conjugale, intitulé « Le coup de Jarnac », on voit la mère de Caroline mettre au monde, à quarante-deux ans, un superbe garçon, alors que Caroline, toute jeune mariée, a une petite fille chétive. Sa mère, dit Balzac, « rencontre, dans cette grossesse, ce qu'il faut appeler l'*été de la Saint-Martin* des femmes : elle nourrit, elle a du lait ! son teint est frais, elle est blanche et rose » (p. 25-26).

Page 546.

1. Cette précision peut évoquer le célèbre Ouvrard, très lié avec Barras (voir Arthur Lévy, *Un grand profiteur de guerre, G.-J. Ouvrard,* Paris, 1929, p. 40 et p. 45).

2. Ce mot qui, au sens propre, désigne en minéralogie une pierre tendre, extraite de la marne solide, peut s'employer au sens figuré avec le sens d'apparence trompeuse, ce qui est le cas ici.

3. Balzac fait sans doute allusion à l'*Essai sur la population,* publié par Malthus en 1809.

Page 547.

1. Né vers 1776, fils du prince de Cadignan, le duc de Maufrigneuse, considéré comme l'un des arbitres de l'élégance masculine, épousa Diane d'Uxelles afin d'éteindre ses nombreuses dettes. Il était colonel de cavalerie de la Garde royale. On le rencontre dans plusieurs romans de *La Comédie humaine.*

2. Le cardinal Jean-Baptiste, duc de Latil (1761-1839), émigra après avoir refusé de prêter serment à la Constitution civile du clergé. Devenu en 1794 aumônier du comte d'Artois, le futur Charles X, il devint grâce à lui évêque de Chartres, puis archevêque de Reims où il le sacra en 1825. Pair de France, ministre d'État, le cardinal de Latil, qu'on accusa de porter une part de responsabilité dans les Ordonnances qui furent à l'origine de la révolution de Juillet, dut se réfugier quelque temps en Angleterre. Rentré en France, il ne conserva que son siège épiscopal.

3. Balzac a hésité sur l'orthographe de ce nom, écrit ici Vermond et auparavant Vermont. Voir n. 1, p. 544.

Page 548.

1. On sait combien les problèmes de l'éducation intéressaient Balzac. Dans *Ursule Mirouët* comme dans les *Mémoires de deux jeunes mariées,* il a esquissé une théorie de l'éducation idéale. Dans les réflexions qu'il fait sur les rapports de la mère avec ses enfants affleure le souvenir, visiblement amer, de sa propre enfance.

2. Ici s'interrompt la rédaction de cette ébauche à laquelle Balzac méditait d'enchaîner celle qu'il avait écrite deux ans plus tôt. Voir l'Introduction, p. 508.

Page 551.

1. Voir l'Introduction, p. 508 et p. 514.

Page 554.

1. On rencontre une allusion à Sinard et à son autorité à l'Académie des sciences dans *La Maison Nucingen* (t. VI, p. 384). Mais, comme le note P. Citron (p. 1302), ce nom, substitué à celui d'Arago, n'apparaît que dans l'édition Furne. Dans *Splendeurs et misères des courtisanes,* Sinard se trouve, en compagnie de Desplein et de Bianchon, au chevet de la comtesse de Sérizy (t. VI, p. 888). Il s'agit donc évidemment d'un médecin, qui ne saurait, pas plus que l'authentique astronome Arago, être identifié avec le Sinard d'*Entre savants.* Voir l'Introduction, p. 516.

Page 555.

1. Tels sont bien les principes essentiels du système de Geoffroy Saint-Hilaire, le principe de la connexion des organes entre eux, celui de leur corrélation, base de la théorie des analogues, et celui de leur balancement.

Page 556.

1. Dans *Les Français peints par eux-mêmes* (1840), Balzac fit paraître une *Monographie du rentier* dans laquelle, se faisant le naturaliste du genre, il décrit le rentier comme un mammifère septivalve, doté d'un « système d'organes complets : une colonne vertébrale, l'os hyoïde, le bec coracoïde et l'arcade zygomatique » (*Œuvres diverses,* éd. Conard, t. III, p. 209).

Page 557.

1. Chapitre ajouté sur épreuves, lors de la correction par l'auteur du fragment destiné au *Diable à Paris* et finalement publié dans *Le Siècle.*

Page 558.

1. C'est là une idée chère à Balzac. Il évoque, par exemple, dans *La Recherche de l'Absolu,* « ce principe de candeur, ce laisser-aller qui rend les gens de génie si gracieusement enfants » (t. X, p. 727). Dans son article *Des artistes,* publié en 1830, il disait de l'artiste : « C'est un enfant, c'est un géant » (*Œuvres diverses,* éd. Conard, t. I, p. 355) et confiait à Mme Hanska le 2 mars 1838 : « Je suis très enfant, vous le savez » (*LH,* t. I, p. 588).

2. Chapitre ajouté sur épreuves. Voir p. 539, n. 3.

3. À quarante-cinq ans, Mme Marmus est donc vêtue comme la femme de trente ans, à l'apogée de sa beauté et de sa séduction. Mme de Mortsauf, par exemple, porte « une

robe rose à mille raies, une collerette à large ourlet » (t. IX, p. 997).

Page 559.

1. La sœur de Mme Marmus. Balzac a hésité sur son nom. Appelée ici Mme Vernet, elle se nommait précédemment Mme Vermont (ou Vermond).

2. Mme d'Abrantès, dans ses *Mémoires,* consacre des pages enthousiastes à l'École polytechnique, née sous la Convention, mais véritablement créée par Bonaparte en l'an VIII, c'est-à-dire en 1800-1801 (Paris, Garnier, t. IV, p. 112).

3. Fin de la publication dans *Le Siècle.*

L'HÔPITAL ET LE PEUPLE

Page 569,

1. La comparaison représente un des procédés favoris de la technique romanesque de Balzac, toujours soucieux de passer de l'individu au collectif et de conférer ainsi à ses portraits et à ses descriptions une vérité générale.

2. On connaît la vogue du pittoresque à l'époque romantique. Il faut néanmoins noter que l'emploi de cet adjectif se justifie tout particulièrement ici, puisqu'on parlait de pittoresque en peinture lorsqu'il y avait opposition des lignes, contraste brusque de la lumière et des ombres. Ce qualificatif s'employait en littérature avec un sens analogue. La remarque de Balzac illustre parfaitement cette définition du pittoresque.

3. Du luxe et de la misère Balzac a multiplié les images dans *La Comédie humaine.* Il a peint en particulier toutes les nuances de la misère. Décente et triste chez le docteur Poulain (*Le Cousin Pons*), elle peut se révéler sordide et cynique chez Lousteau (*Illusions perdues*), poétique chez l'étudiant du quartier Latin qui vit dans l'espérance d'un avenir heureux, pathétique chez des nobles ruinés, comme la baronne de Rouville (*La Bourse*).

4. Balzac s'est interrompu à la septième ligne.

Page 570.

1. « Le vieux Paris s'en va, suivant les rois qui s'en sont allés » (*Les Petits Bourgeois,* t. IX, p. 28).

2. Comme le dit encore dans *Les Petits Bourgeois* Balzac, à propos des maisons : « [...] pourquoi l'historien de la société française ne sauverait-il pas ces curieuses expressions du passé [...] ? » (t. IX, p. 22) C'est ce qu'il fait ici pour les petits métiers que l'évolution de la vie fait disparaître.

3. Sorte de chaufferette en grès.

4. Essentiellement du mou de veau.

5. C'est-à-dire l'ensemble des parties d'un animal destiné à la consommation qui sont livrées par le boucher au commerce de la triperie ou à l'industrie, à savoir la peau, le suif, la tête, les pieds et tous les viscères.

6. Celui qui rapetasse, c'est-à-dire qui raccommode grossièrement, en particulier les vieux souliers.

7. La rue de Sèvres offre l'exemple de ces parties de la ville privées de marché. Aussi y voit-on encore ces parapluies rouges qui ont l'allure d'immenses champignons. Le sens n'est pas douteux, mais la construction de la phrase manque un peu de clarté.

8. Ces petites voitures publiques qui desservaient les environs de Paris. Balzac a longuement décrit le coucou de Pierrotin dans *Un début dans la vie* et évoqué « les pittoresques coucous si florissants pendant un siècle, si nombreux encore en 1830 » (t. I, p. 733), et qui, vers 1840, tendent à disparaître.

Page 571.

1. Sur cette mutation du commerce parisien qui provoque inévitablement une augmentation du coût de la vie, voir l'Introduction, p. 567.

2. Néologisme de Balzac pour désigner le marchand de marrons chauds.

3. Dans *Les Français peints par eux-mêmes* (1840), Balzac a consacré un article à l'épicier, « dont l'omnipotence ne date que d'un siècle », et qui « est une des plus belles expressions de la société moderne » (article reproduit dans les *Œuvres diverses,* éd. Conard, t. II, p. 14-15).

4. Balzac employait volontiers ce terme vieilli. Voltaire, dans sa Remarque sur l'Épître dédicatoire de *Médée,* constatait déjà : « C'est un mot suranné et c'est dommage; il est nécessaire; *portraiture* signifie l'art de faire ressembler; on emploie aujourd'hui portrait pour exprimer l'art et la chose. »

5. Celle qui était réservée à la publicité. C'est grâce à cette quatrième page que Girardin put en 1836 lancer la presse quotidienne à bon marché.

6. Arbre d'Amérique de la famille des rutacées, dont le bois est dur, pesant et résineux.

7. Petite monnaie de cuivre qui valait trois deniers, le quart d'un sou.

8. Le journal de tendance libérale créé par Dutacq en 1836, au moment où Émile de Girardin fondait *La Presse.*

9. Célèbre famille de charcutiers de l'époque. Vers 1844, Mme veuve Véro tenait boutique rue Mazagran, et Véro aîné, son fils, rue Montorgueil.

Page 572.

1. Néologisme de Balzac pour désigner l'Afrique noire.

2. La révolte des canuts, c'est-à-dire des ouvriers en soie lyonnais, en novembre 1831, avait fait grand bruit. Balzac y a fait allusion notamment dans *La Maison Nucingen* (t. VI, p. 375) et dans la *Lettre sur les ouvriers* publiée dans la *Revue parisienne* le 25 août 1840. On trouve dans cette lettre des considérations sur l'émiettement des grandes fortunes, la démolition des hôtels et le dépérissement des arts, dont certaines proches de celles qui sont développées ici.

3. Balzac, comme le Trésor, avait sa « dette flottante », dont le montant variait selon les circonstances, mais dont la présence est constante sur les pages de titre des romans, où le romancier avait coutume de se livrer à de vertigineuses opérations et à des bilans financiers souvent inquiétants.

4. C'est là une idée que Balzac a exprimée à plusieurs reprises, notamment dans *Le Curé de village* et *Les Paysans*. Dans la dédicace des *Paysans,* il lance un avertissement prophétique contre ces paysans : « Cet élément insocial créé par la Révolution absorbera quelque jour la Bourgeoisie, comme la Bourgeoisie a dévoré la Noblesse » (t. IX, p. 49).

5. Peut-être faut-il voir dans cette phrase le germe de la transformation du sujet qui introduisit les Grands dans la fresque sociale primitivement intitulée *L'Hôpital et le Peuple.* Voir l'Introduction, p. 565.

6. Employé dans un sens technique, le mot désigne cette pièce que les savetiers introduisent sous la semelle pour la renforcer.

Page 573.

1. Dans « Le Savetier et le Financier » (*Fables,* VIII, 2).

2. Allusion au *Compagnon du tour de France,* le roman publié par George Sand à la fin de 1840 (avec la date 1841). Sensible à la « poésie forte et vraie » (*Corr.,* éd. G. Lubin, t. V, p. 135) du petit livre d'Agricol Perdiguier, dit Avignonnais-la-Vertu (1805-1875), sur le compagnonnage, la romancière eut l'idée d'écrire une série de romans « marquant une succession de sentiments et d'idées chez le prolétaire » *(ibid.).* Le premier, et d'ailleurs le seul en définitive, s'appela *Le Compagnon du tour de France.* Il contait la vie dramatique de Pierre Huguenin, dit l'Ami du trait, mais les digressions politiques et sociales nuisirent à la généreuse intention de l'auteur. Dans une intéressante préface, George Sand expliqua que « la littérature doit puiser une vie nouvelle dans l'étude des mœurs populaires et se retremper au souffle de la démocratie ». Cette idée contribua-t-elle à inspirer à Balzac le sujet de *L'Hôpital et le Peuple ?* C'est possible.

3. Mot populaire qui désignait un savetier ambulant et par extension un mauvais cordonnier.

4. Voir n. 6.

5. C'est-à-dire en ressemelant les souliers.

6. En vertu de l'article 6 de la loi du 21 mars 1832, qui demeura en vigueur jusqu'en 1872, les jeunes gens qui avaient l'âge requis pour le recrutement étaient considérés comme légalement domiciliés dans leur canton d'origine, alors même qu'ils résidaient ailleurs. Ils devaient donc se rendre au chef-lieu de leur canton pour se soumettre au tirage au sort. Ainsi fait Jérôme-François Tauleron, qui espère tirer un bon numéro, c'est-à-dire ne pas faire partie du contingent.

Page 574.

1. Où était chaque année dirigée une partie du contingent, depuis la conquête de l'Algérie en 1830.

2. Balzac avait d'abord écrit « le petit bourg de Sauviat », précision qu'il a immédiatement effacée. Songeait-il à Sauviat, une authentique commune du Puy-de-Dôme, située près de Courpière, dans le canton de Thiers ? Il existe également dans les environs de Limoges une commune appelée Sauviat-sur-Vige. Balzac, on le sait, a donné le nom de Sauviat au père de l'héroïne du *Curé de village*. Voir l'Introduction, p. 568.

3. Raphaël (1483-1520) ne peignit pas seulement des Madones, mais aussi des fresques, telles que *Le Triomphe de Galatée* (1511), où se fait sentir l'influence de Michel-Ange et où apparaissent ces « filles de la race adamique ».

4. Au-delà du Tibre, sur la rive droite du fleuve, à Rome.

5. Comme la jeune Auvergnate qu'épouse Sauviat, dans *Le Curé de village*. Voir l'Introduction, p. 568.

6. Il est vrai que le mot « amphore » se rencontre parfois dans l'œuvre de J.-P. Claris de Florian (1755-1794), sans être spécialement caractéristique de son vocabulaire.

Page 575.

1. C'est-à-dire 1,674 m, le pouce mesurant 0,027 m et le pied étant l'équivalent de 12 pouces.

2. Comme chez tout personnage balzacien, le physique annonce le moral, en vertu du système physiognomonique de Lavater, dont le romancier a multiplié les applications. La silhouette de Tauleron révèle également, d'une part l'influence de la profession sur le développement de la carrure, d'autre part les traits caractéristiques de son pays d'origine. Comme Tascheron, comme Rémonencq, Tauleron est petit, trapu et a des cheveux crépus.

3. Ainsi s'achève le fragment de *L'Hôpital et le Peuple,* dont Balzac ne reprit jamais la rédaction.

Page 579.

1. Sous la voûte du monde, en plein air.

2. Pour « marchand de marrons ». Nous n'avons pas rencontré d'autre emploi de ce terme.

LE THÉÂTRE COMME IL EST

SIGLE

ms.   manuscrit (*Lov.* A 216).

Page 587.

a. peuple [chanté   *rayé*] illustré   *ms.*

1. Le chanteur et compositeur Jean-Baptiste Soulier, connu au théâtre sous le nom de Solié, fut en effet un des acteurs les plus aimés de la troupe du théâtre de Monsieur (devenu théâtre Feydeau) dans les années 1787-1792. Né en 1755, il mourut en 1812. Il est possible qu'il ait eu un frère, vieillard en 1826. Balzac ne reprendra pas ce personnage dans la seconde rédaction.

2. Sur Doyen, voir ci-dessous la note 8 de la page 591.

Page 588.

a. dans [le monde littéraire   *rayé*] cette histoire   *ms.*
b. d'ailleurs [d'enseignements   *rayé*] de leçons   *ms.*
c. ; l'on y remarquait [...] hôtel Pimodan   *add. marginale ms.*

1. Intéressante indication : à la date où Balzac écrit cette ébauche, il estime avoir mené presque jusqu'au terme son entreprise de figurer tous les principaux caractères observés en son siècle.

2. L'hôtel Pimodan, ou hôtel Lauzun, se trouvait dans l'île Saint-Louis. Cet hôtel du XVIIe siècle acquit une certaine célébrité littéraire sous la monarchie de Juillet. En 1844, le romancier Roger de Beauvoir en était le locataire.

Page 589.

a. En [1799] 1800 *La seconde date est en surcharge sur la première.   ms.*
b. de Robert. / [À mesure que ces deux êtres   *rayé*] Quand   *ms.*

1. Balzac avait d'abord pensé à la date de 1799 (voir var.). Et ce choix indiquait qu'il pense au coup d'État du 18 brumaire (9 novembre 1799). Mais sans doute a-t-il fallu quelques semaines à Médal pour en mesurer les conséquences.

2. Le sens de *ruiné, perdu* est le seul que donne Boiste pour *flambé* (avec la mention *figuré, familier*). Littré enregistre aussi ce sens figuré. L'adjectif peut donc être considéré comme « honnête ». Médal devait dire : *foutue.*

3. C'est en 1794 que fut célébrée la fête de la Raison. L'héroïne de Balzac avait donc alors vingt ans.

4. On peut noter la formule approximative *« vers 1803 »* alors qu'il s'agit d'un repère chronologique important. Si on prend cette date pour bonne, c'est en 1814 (à onze ans) que Robert entre comme clerc chez Me Bara et en 1819 (à seize ans) qu'il en est renvoyé. Notons que c'est à cette date de 1819 que Balzac se fixe à Paris et commence à acquérir sa connaissance des milieux du théâtre.

5. Selon l'étymologie ici présumée, le nom de Robespierre aurait signifié à l'origine « fils de Robert ». On sait que Balzac l'écrit couramment « Roberspierre » (voir Avertissement, t. I, p. cxxi).

Page 590.

a. Le drôle [se nourrissait *rayé*] volait *ms.*
b. s'il [sut lire] parvint à lire *correction marginale ms.*
c. légumes [non cuits *rayé*] crus, *ms.*

1. Le tire-pied — que Balzac écrit sans trait d'union — est une lanière de cuir dont les cordonniers et les selliers se servaient pour fixer leur ouvrage sur leur genou.

2. Expression maladroite que Balzac eût vraisemblablement corrigée. On doit sans doute lire : des regrets perpétuels sur les malheurs de la Montagne.

3. Boiste (8e édition, 1836) ne connaît pas ce verbe, que Littré donnera comme familier. On le trouve parfois chez George Sand.

4. Allusion à la réplique célèbre de Mascarille dans *Les Précieuses ridicules :* « Les gens de qualité savent tout sans avoir jamais rien appris » (sc. ix).

Page 591.

a. ans, [rosser son *rayé*] tendre à son père *ms.*
b. il [vendait *rayé*] effarouchait *ms.*
c. par [les ouvreuses *rayé*] [le contrôle *rayé*] le chef des claqueurs *ms.*

1. Au sens de *voler, subtiliser,* qui est le sien ici, le mot est populaire, voire argotique.

2. M. Loyal est l'huissier qui, dans *Tartuffe,* vient saisir la maison d'Orgon. Et Dorine trouve à cet officier ministériel « un air bien déloyal » (acte V, sc. iv).

3. Boiste donne au mot le sens de *mensonge, fanfaronnade,* et le juge populaire et trivial.

4. En fait, il semble que ce séjour ait duré cinq ans. Voir plus haut la note 4 de la page 589.

5. C'est également ce qui arrive au jeune César Birotteau. Voir t. VI, p. 56, et la note 2 de cette page, p. 1145.

6. « Rôle à manteau, rôle de certains personnages de comédie auxquels ce vêtement est convenable, à cause de leur âge, de leur condition et de leur caractère » (Littré).

7. On appelle rôles de grande casaque les rôles de premier ordre parmi les rôles de valets.

8. Doyen, ancien peintre décorateur, avait fondé en 1795, rue Notre-Dame-de-Nazareth, une scène bourgeoise sous le titre de *Théâtre d'émulation;* c'était un théâtre d'amateurs et d'apprentis comédiens. Il fut ensuite transféré au 12 de la rue Transnonain. Voir, ci-dessous, la note 1 de la page 592.

9. François-Joseph Talma (1763-1826), acteur tragique français. La légende veut qu'il ait joué quelques rôles chez Doyen avant de débuter au Théâtre-Français, en 1787, mais la chronologie semble infirmer le fait. Balzac vit peut-être Talma dans *Cinna,* dès 1819, et dans *Sylla* d'Étienne de Jouy en 1822 (voir *Corr.,* t. I, p. 52 et 138). Il avait une grande admiration pour l'acteur et le cite souvent dans *La Comédie humaine.*

Page 592.

a. de la rue, [l'insouciance des filles   *rayé*] et celle   *ms.*
b. eaux [saumâtres   *rayé*] chargées   *ms.*
c. santé de [corbeau   *rayé*] loup,   *ms.*
d. doué de [s   *rayé*] deux [plus   *rayé*] beaux yeux, [de la plus belle   *rayé*] [du plus bel organe et de la plus belle coupe   *rayé*] d'un organe   *ms.*

1. Balzac n'a pas retrouvé le nom de cette rue au moment où il écrivait. Il s'agit sans doute de la rue Transnonain, où Doyen avait fait bâtir une salle de spectacle sur les ruines d'une chapelle attenante à l'ancien cimetière de Saint-Michel.

Page 593.

a. Il [rencontra le père Doyen   *rayé*] [alla toucher pour le compte de Bara le montant d'un mémoire de frais qu'il acquitta gravement en signant second clerc de Maître Bara puis il écrivit à son oncle une lettre le prévenant de cet emprunt forcé, en lui faisant *[mot illisible]* qu'il avait rempli les fonctions de deuxième clerc pendant deux ans et que cette somme de douze cents francs lui était due   *passage cancellé*] rencontra   *ms.*
b. remplir des [bouts de   *rayé*] rôles [à la Gaieté par la protection d'un de ses élèves nommé Grévin, puis il   *rayé*] dans toutes les [représentations qui se   *rayé*] pièces   *ms.*
c. mars [1818   *rayé*] [1819   *rayé*] 1820   *ms.*

1. Il s'agit de la pièce de Georges Duval, *La Journée à Versailles ou le Discret malgré lui.* Le personnage s'y appelle Boneau et non Blonardin. Balzac avait pensé, vers 1830, à

faire une pièce avec ce personnage. Voir *BO,* t. XXIII, *Répertoire du théâtre de Balzac,* p. 530, au titre *Boneau.*

2. Il semble bien que Balzac ait envie de refaire ce roman de Scarron. Voir notre Introduction à *La Frélore,* p. 808.

3. Il est difficile de démêler la fiction de l'histoire. Certes, Léonard Antier, coiffeur de la reine, célèbre sous son nom de Léonard, a existé. Et il s'était associé en 1788 au violoniste Viotti pour la fondation du théâtre de Monsieur, dont les représentations avaient lieu au palais des Tuileries. Il mourut en 1819. Mais nous ignorons s'il eut un frère. Et, plus loin, Balzac baptisera son Léonard du nom de Laglaisière. Voir la note 7 de la page 594.

4. Marguerite Brunet, dite la Montansier (1730-1820), actrice, puis directrice de théâtre. En 1790, elle ouvrit le théâtre Montansier, l'actuel théâtre du Palais-Royal.

Page 594.

a. de [1792] 1795   *ms. Le 5 est en surcharge sur le 2.*
b. Perpignan, Duvicquet, Coupigny,   *add. marginale ms.*
c. celle d'un [apprenti *rayé*] poëte   *ms.*

1. Cette date est celle où Léonard est « ruiné par les iniquités qui frappèrent la Montansier » (p. 594). Balzac avait d'abord écrit 1792 (voir var. *a*). Or c'est en novembre 1793 que le Théâtre National, ouvert le 15 août précédent par la Montansier, fut fermé et qu'elle fut arrêtée.

2. La Mésangère, publiciste (1761-1831), dirigea le *Journal des dames et des modes,* fondé en 1797, et qui parut jusqu'en 1838.

3. Nous n'avons pas identifié ce spirituel Italien, dont le nom ne revint sans doute pas à la mémoire de Balzac au moment où il écrivait son texte.

4. Cette énumération pose des problèmes. On identifie aisément quelques personnages : la veuve de Corsse, acteur mort en 1815, elle-même actrice au théâtre Montansier et à l'Ambigu; Auguste Vestris, le danseur de l'Opéra (1760-1842); André-François de Coupigny, le chansonnier (1766-1835); Louis-Benoît Picard, l'auteur et acteur comique (1769-1828); Laurent Grimod de La Reynière (1758-1838), auteur de *Réflexions sur le plaisir* que l'auteur de la *Physiologie du mariage* connaissait sans doute (voir t. XI, n. 2, p. 970). En revanche, on peut se demander de quel Harel il s'agit ici : celui qui dirigeait la Porte-Saint-Martin au moment de l'unique représentation de *Vautrin* est né en 1790 (mort en 1846) et il est difficile de le placer parmi les célébrités, même secondaires, de la fin du XVIIIᵉ siècle; quant au Harel que signale le *Dictionnaire des comédiens* de Lyonnet, il ne mérite pas d'être considéré comme une célébrité. Il y a difficulté

aussi pour Duvicquet : il s'agit sans doute de Pierre Duvicquet
(1766-1835), qui succéda à Geoffroy, en 1814, à la critique
théâtrale du *Journal des Débats;* mais il ne fut pas connu dans
le monde du théâtre avant 1814. Enfin, nous n'avons trouvé
aucune information sur Perpignan.

5. Il faut comprendre : du dernier quart du dernier siècle,
c'est-à-dire du XVIIIe siècle.

6. Musson était surtout connu pour ses talents de mystificateur. Balzac le cite déjà dans la *Physiologie du mariage.*

7. Curieuse apparition de ce nom. Balzac a fait plus haut
de son Léonard le frère de Léonard Antier, le coiffeur de la
reine Marie-Antoinette. Voir la note 3 de la page 593.

8. Balzac a fait reparaître aussi le célèbre poète de *La
Comédie humaine* dans *La Femme auteur* (p. 614), texte ébauché
à Wierzchownia au cours de la même période.

LA FEMME AUTEUR

SIGLE

ms.   manuscrit (*Lov.* A 75).

Page 603.

a. du café [Vachette   *rayé*] Riche   *ms.*
b. qu'il a [vingt-deux   *rayé*] vingt-trois   *ms.*

1. C'était, avec Tortoni et le Hardy, un des cafés les plus
élégants et les plus chers du boulevard des Italiens.

Page 604.

a. il loge [au troisième   *rayé*] à un entresol.   *ms.*
b. madame [Léopoldine   *rayé*] Albertine   *ms.*
c. [oisif   *rayé*] débutant   *ms.*
d. précise. [Léon de Lora prétend que ce garçon a pris
des leçons de peinture chez   *rayé*] Il n'est pas   *ms.*

1. Le nom est d'abord « de Malvaux », puis « Malvaux »
et, dans les dernières pages, « Malvault ». Nous avons
conservé ces trois graphies successives.

Page 605.

a. dans ce [salon   *rayé*] cabinet   *ms.*
b. duel [à la fille   *rayé*] à la dot   *ms.*
c. sa [femme   *rayé*] bourgeoise   *ms.*

1. Vernisset laissera entendre que Vignon tire un profit

illicite de ses articles belliqueux; de son côté Vignon répandra le bruit que Vernisset a des dettes.

Page 606.

a. Bixiou, [deux *rayé*] [sept *rayé*] douze nouvelles [religieuses *rayé*] intitulées *ms.*

b. contes [. L'un intitulé le Décaméron de la jeunesse *rayé*] qui unissent *ms.*

1. *Sic.*
2. Il existe un ouvrage intitulé *Histoires édifiantes et curieuses, tirées des meilleurs auteurs, avec des réflexions morales sur différents sujets, par l'auteur de L'Âme élevée à Dieu,* par le père Barthélemy Baudrand, Lyon, 1771.
3. Jean-Nicolas Bouilly, auteur de nombreux contes destinés aux enfants, était mort en 1842.
4. Mieux que *Les Incas,* Marmontel avait écrit dans le genre vertueux des *Contes moraux.*
5. Nous n'avons pas trouvé d'ouvrage portant ce titre, écrit par un abbé Girard. Pourtant la famille Girard, originaire de Lyon, a produit un certain nombre d'ecclésiastiques écrivains (voir p. 609, n. 1). Mais en 1844 avait paru à Paris *Le Décaméron des bonnes gens,* par le marquis de Foudras, nouvelles écrites avec simplicité, sans aucune prétention, sans beaucoup d'intérêt non plus.
6. Deux ouvrages portent le titre d'*Inspirations religieuses,* l'un publié en 1822 par Hyacinthe Azaïs, l'autre en 1834 par le marquis J. B. D. de Mazade d'Avèze.
7. Aucun titre de cette sorte ne figure dans les projets de Balzac, mais on note un roman qui devait s'intituler *Les Deux Sœurs.*

Page 607.

a. le titre de [baron *rayé*] comte *ms.*

b. il y a [cinq *rayé*] quatre *ms.*

c. lorsqu'il s'agira [d'acheter une é < tude > *rayé*] d'établir *ms.*

1. Nom que l'on donnait aux Tuileries où résidait le Roi Citoyen.
2. George Sand. Il existait un parti littéraire et politique qui lui était opposé, ainsi qu'à la princesse Belgiojoso.
3. Repas où l'on servait à la fois les viandes et le dessert (Littré).
4. La date de la vente de l'étude est assez incertaine : en 1843 ici, mais en 1839 dans *Les Petits Bourgeois.* Dans *Le Cousin Pons,* Hannequin est encore notaire en 1846.

Page 608.

a. voyons le [chenil   *rayé*] perchoir   *ms.*
b. Écrit sur Decamps.
c. Écrit sur un nom illisible.
d. Écrit sur Horace.
e. échantillons [de Saxe, de Sèvres, de Chantilly, de Vincennes et de   *rayé*] des fabriques   *ms.*

Page 609.

a. ne s'en fait plus. [— Je suis flatté, monsieur, dit-il à Claude Vignon, que vous m'ayez choisi pour vous présenter à ma tante, et je vous remercie de l'honneur que vous me faites en venant chez elle, vous qui êtes déjà si près du pouvoir. » Puis il échangea des poignées de main avec les trois autres, qu'il connaissait déjà plus intim< ement > *rayé*]. Après avoir échangé quelques poignées de main avec les trois autres qu'il connaissait,   *ms.*

1. *Le Chemin du ciel ou la Vie du chrétien sanctifiée par la prière,* ouvrage de l'abbé Auguste Hespelle, 1783. Mais il existe aussi *Le Chemin du bonheur, tracé aux jeunes gens par un de leurs meilleurs amis,* du père J.-Fr. Girard, Hambourg, 1773.

Page 610.

1. Balzac, candidat à la députation, avait composé en septembre 1832 pour *Le Rénovateur* un article important : « Du gouvernement moderne ». L'article, qui traitait longuement des impôts, ne parut pas. (B. Guyon : *Catéchisme social, suivi de l'article « Du gouvernement moderne »,* 1933, in-8°.)

Page 612.

a. vu [dix   *rayé*] deux   *ms.*
b. du [petit   *rayé*] séminaire   *ms.*
c. en [mille   *rayé*] dix-huit cents   *ms.*

Page 613.

a. dit [Lousteau   *rayé*] Bixiou   *ms.*
b. nommé [sept   *rayé*] cinq   *ms.*
c. pendant [douze   *rayé*] dix   *ms.*

Page 614.

a. en [1794   *rayé*] 1793   *ms.*
b. Habité par [mons. Firmiani le receveur général, avant *rayé*] le prince de Vissembourg avant   *ms.*
c. lorsqu'à [neuf   *rayé*] dix   *ms.*
d. Rastignac, [les Mongenod,   *rayé*] du Tillet   *ms.*

Page 615.

a. un peu [crochu   *rayé*] tordu   *ms.*

1. Malgré le *d* final, il s'agit du héros de *L'Illustre Gaudissart.*

Page 616.

1. On peut rapprocher ces noms de personnages fictifs de celui de Mme de Saint-Estève, marchande à la toilette et entremetteuse *(Splendeurs et misères des courtisanes).*

2. Ici commence l'usage de la graphie Malvault (voir n. 1, p. 604).

Page 617.

a. Girard, [un des directeurs du séminaire   *rayé*] un des ecclésiastiques   *ms.*

1. *La Femme auteur* est un texte presque contemporain de *La Cousine Bette,* où Balzac a évoqué les succès de cet artiste, puis les échecs entraînés par sa nonchalance.

2. Le cardinal Maury avait été nommé archevêque de Paris en 1810. Il a joui d'une grande influence jusqu'au retour des Bourbons, ce qui situe l'époque de cette intervention.

Page 618.

a. *Écrit sur* Girodet
b. comptait [quarante-trois   *rayé*] quarante   *ms.*

1. *Corinne au cap Misène,* célèbre tableau du baron Gérard, inspiré par une scène du roman de Mme de Staël. Gérard reproduisit plusieurs fois cette composition. L'une des copies fut exposée au Salon en 1822. L'original, peint en 1819, restera jusqu'en 1849 la propriété de Mme Récamier qui le léguera au musée de Lyon, sa ville natale.

Page 619.

a. la maison [Nucingen   *rayé*] Mongenod   *ms.*

1. La banque Mongenod passe pour honnête dans *La Comédie humaine,* en opposition à la banque d'affaires Nucingen.

ÉTUDES DE MŒURS

SCÈNES DE LA VIE POLITIQUE

MADEMOISELLE DU VISSARD
OU LA FRANCE SOUS LE CONSULAT

SIGLES

verso lettre	verso d'une lettre à Mme Hanska datée du 8 janvier 1847.
enveloppe lettre	dos d'une enveloppe de lettre à Mme Hanska datée du 7 janvier 1847.

Page 627.

1. En donnant le nom du Gua au domaine où doit se dérouler son histoire, Balzac semble authentifier ce nom, porté dans *Les Chouans* par un personnage au passé douteux. Il y renoncera dans le second fragment, en remplaçant Le Gua par Le Plougal.

Page 628.

a. un [lit   *rayé*] vieux lit   *verso lettre*
b. le salon [d'en bas   *rayé*] du rez-de-chaussée   *verso lettre*
c. [boisé   *rayé*] tout boisé   *verso lettre*
d. On [élevait quelques   *rayé*] entendait crier les   *verso lettre*
e. misère [de   *rayé*] à   *verso lettre*
f. poussaient [au bord   *rayé*] le long   *verso lettre*
g. cette [belle   *rayé*] mer   *verso lettre* (*Balzac corrige un pataquès*).

Page 629.

a. Fin du texte, en bas de page. La suite est perdue.
b. Entre crochets obliques : restitutions d'éléments de mots manquant sur ce feuillet légèrement mutilé.

Page 630.

a. dans [un   *rayé*] le   *enveloppe lettre*
b. ville [maritime   *rayé*] dont   *enveloppe lettre*

c. il est [neuf *rayé*] dix *enveloppe lettre*
d. le Rhône, *add. post. enveloppe lettre*
e. Fin du texte, sur une rature.

1. Cocyte : l'un des quatre fleuves des Enfers, affluent de l'Achéron. Sa couleur noire venait des ifs et des cyprès qui poussaient sur ses bords.

2. *Plougal :* nom formé sur deux éléments bretons, *plou,* paroisse, localité, et *gal,* français. Donc, aujourd'hui, à peu près Franceville. Comme on est en pays de marches, il s'agit sans doute de l'un des avant-postes « français » destinés à surveiller la province voisine. Avant-poste impliquant présence militaire, forteresse, on comprend le commentaire de Balzac p. 631 (« il y eut sans doute à cette place une puissante domination »).

3. Dan est une ville de la Palestine ancienne, sur un affluent du Jourdain, à l'extrême nord du pays. « Sahara » doit donc être pris, semble-t-il, au sens général de « grand désert ».

Page 631.

1. Cette topographie et ces indications sont très approximatives. Nous sommes dans l'Ille-et-Vilaine, et le Finistère est bien loin. De plus, Pontorson est à 9 kilomètres de la côte, qui est sableuse jusqu'aux environs de Cancale (Côte d'Émeraude), à une vingtaine de kilomètres... Mais Balzac a besoin, pour sa dramatisation, d'un à-pic rocailleux. Sa géographie, une fois de plus, n'est pas réaliste, mais littéraire.

2. Le phare du cap Fréhel, situé à près de 40 kilomètres de là ? Ou un phare de la région plus proche de Cancale et de la pointe du Grouin ? Le seul effet de réel est ici d'opposer le phare (la France moderne) au passéisme incarné par le chevalier et ses proches.

3. On trouve, au sud de Dol, en Bretagne, le château féodal de Landal, dans un site boisé. Mais rien ne justifie la présence d'une telle construction si près de Pontorson, qui commande à une côte plate et marécageuse.

4. Dès à présent, le symbole est clair : les tourelles, comme les girouettes, les pigeonniers, représentent l'ordre féodal; « rasées » renvoie à l'idéologie plébéienne, bourgeoise, égalitaire. Mais il faut rappeler que le pouvoir central *royal* avait déjà coutume de raser les tours et tourelles des féodaux rebelles.

Page 632.

1. Expédition combinée entre la marine anglaise et les troupes émigrées, qui se termina par la victoire de Hoche et la fusillade des captifs.

2. Montauran (voir *Les Chouans*). Balzac recourt à un procédé familier et entraîné par son système du retour des personnages. Mais c'est aussi un procédé de « littérature industrielle », destiné, en éveillant la curiosité du lecteur, à susciter l'achat d'autres livres.

3. Le Code civil. Bel exemple de prise en compte et de continuité : le Code napoléonien a sanctionné la loi non écrite. Sous les transformations voyantes, la « morale des intérêts », dont parle Chateaubriand, s'assure et s'installe. De plus, le conflit de classe entre paysans et féodaux transparaît sous les apparences de la solidarité chouanne.

4. Opposition entre l'exploitation aristocratique traditionnelle et l'exploitation moderne, qui prévoit, investit et récolte conformément à un *plan*. Montesquieu avait déjà dit que le despotisme, comme les sauvages de la Guyane, coupe l'arbre au pied lorsqu'il veut avoir du fruit. Ce passage s'accorde avec tout ce que Balzac a pu écrire (voir *Le Médecin de campagne, Le Curé de village*) sur une agriculture moderne, voire « socialisée ». La première ébauche prouve qu'il s'agit de forêts.

5. Éléments traditionnels du domaine noble (voir *La Nouvelle Héloïse*). Mais alors que Rousseau ressuscite et modernise Clarens, Balzac, ici, tue le domaine noble du Plougal. Il n'y a plus d'utopie.

Page 633.

1. Tic d'écriture commun à Balzac et à beaucoup d'écrivains du XIXᵉ siècle romantique : recours à la maxime, à l'interpellation au lecteur, à une certaine sagesse des nations. Le texte narratif est dignifié par le commentaire moral, qui se veut profond : style vieilli, notamment depuis Flaubert.

2. Ce vocable vient directement de la tradition classique et pseudo-classique. « Émaillé » s'applique, le plus souvent, aux prés et aux champs colorés par les fleurs. L'antéposition de l'adjectif qui suit relève de la même manière noble d'écrire.

3. Plante à petites feuilles charnues et à fleurs multicolores, bien commune en Bretagne.

4. Balzac a conservé cette indication dans ses trois textes. Elle est assez surprenante. On comprendrait mieux : d'environ quarante-cinq ans. Mais « environ quarante-six ans » semble, en fait, commandé par la chronologie des *Chouans* plutôt que par une impression visuelle.

5. Encore une formule qui se retrouve de texte en texte : Balzac y tenait. On peut y voir l'une des formules majeures de la philosophie politique et historique de *La Comédie humaine* : Balzac voit mieux les échecs du siècle que ses réussites. Sur ce point, il se sépare radicalement de Hugo, de Michelet et, plus tard, de Zola.

6. Habileté de rédaction : le texte, apparemment descriptif ou neutre, parle en fait le langage d'ancien régime de la comtesse, incapable de penser en termes de système métrique.

Page 634.

1. *Spencer :* habit court sans basques. *Tartan :* étoffe à carreaux fabriquée en Écosse. Théoriquement, les différentes combinaisons des carreaux correspondaient à des clans et avaient une fonction comparable à celle de l'héraldique.

2. Autre appel à *La Comédie humaine.* Montauran n'est, bien entendu, célèbre que là, dans ce contre-univers plus réel que l'autre, auquel croit Balzac.

3. Lieu important des *Chouans.* Il s'y tient un bal où se décident beaucoup de choses. Voir ce roman, t. VIII, p. 113 et suiv.

4. Ici apparaît le propos idéologique du texte, mais Balzac ménage l'ambiguïté : est-ce le personnage qui parle, ou l'auteur ? Au lecteur de décider. En outre, il y a un autre effet : que reste-t-il, en 1847, de la paix du Premier Consul ?

Page 635.

1. Personnages des *Chouans,* dont on peut penser qu'il est assez étrange de les avoir transportés de la région de Fougères à celle de Pontorson. Mais les nécessités du retour des personnages l'emportent sur la vraisemblance.

2. Il a fait sa paix avec le gouvernement, bénéficié d'une amnistie tacite. Réalisme ou égoïsme populaire ? Le ralliement des chefs autorise bien des choses du côté des petits, qui attendent leur heure *(Les Paysans).*

3. On comptait alors, dans les milieux royalistes, sur Bonaparte pour restaurer la monarchie légitime. Le précédent du général Monk, qui, après la mort de Cromwell, avait rappelé les Stuarts, servait de référence. Voir sur ce thème Alexandre Dumas, *Les Compagnons de Jéhu.*

4. Pour assassiner Bonaparte, comme Charlotte Corday avait assassiné Marat. Mais aussi : le temps des Judith est passé. C'est sous le signe de Judith qu'avait été d'abord écrit *Le Dernier Chouan* (voir l'épigraphe de l'édition originale, t. VIII, p. 1688).

5. Cliché — volontaire — repris au vocabulaire noble et militaire. Mme du Gua raisonne en termes de place assiégée, ce qui correspond exactement à la situation des forces qu'elle représente.

Page 636.

1. Deux lectures possibles : jalousie classique de la mère devant l'initiation sexuelle de son fils (voir *Le Lys dans la*

vallée); mais aussi, refus de voir le pur chevalier engagé dans les voies de la société moderne (mariage bourgeois).

2. Un tempérament de conspirateur. Mais il est surprenant de voir Balzac choisir cette référence, peu glorieuse depuis Cicéron. D'autres exemples étaient disponibles...

3. À la différence de nombreux émigrés qui firent carrière dans les armées russes, autrichiennes, etc. Par exemple Richelieu, gouverneur d'Odessa pour le compte du Tsar.

4. Custine fut guillotiné en 1793 pour avoir été battu par les Autrichiens à Hoch-heim et avoir mal défendu Mayence. Dumouriez passa à l'ennemi en 1793 après avoir essayé en vain d'entraîner ses troupes contre la Convention.

5. Thème devenu depuis longtemps un lieu commun dans la littérature libérale, et dont certains échos se retrouvent dans les *Mémoires d'outre-tombe*.

6. Une machine infernale sera lancée contre Bonaparte rue Saint-Nicaise en 1804. Cet échec et ce danger contribueront au passage du Consulat à l'Empire.

7. Voir *Les Chouans*. Mais la défaite de Fougères fut l'œuvre de Corentin, au moins autant que celle du brave militaire Hulot.

8. Voir *Les Chouans*. Il s'agit de Montauran et de Charette.

Page 637.

1. Force et bon sens contre les « terroristes » et survivants de la révolution populaire. L'appel à une solidarité intelligente des forces conservatrices est ici clairement perceptible. Voir la proclamation de Bonaparte dans *Les Chouans*, déjà (t. VIII, p. 958-959).

2. Allusion au Concordat, signé en 1801, qui donne à l'État français le pouvoir de nommer les évêques, le Pape n'intervenant que pour la confirmation apostolique.

3. Chefs chouans qui avaient fait leur soumission après l'échec du soulèvement de 1799.

4. Chanson de chasse, qui inscrit ici le chevalier dans le registre noble, mais aussi dans celui de l'oisiveté. Autre rappel des *Chouans*.

Page 638.

1. « Mademoiselle du Vissard » était sans doute pour Balzac un surnom destiné au chevalier.

2. « lui permit d'affronter » est une restitution proposée judicieusement par P.-G. Castex pour donner un sens à une phrase incomplète.

3. Comme, dans *Béatrix*, la mère de Calyste du Guénic. Les sources concrètes du thème irlandais chez Balzac (première apparition dans *Wann-Chlore*, en 1822) sont obscures, mais le sens symbolique en est évident : fidélité et exil.

4. Comme, dans *Béatrix,* la mère de Calyste. Balzac demeure à l'intérieur de son premier système de références.

Page 639.

1. Nouveau renvoi à *Béatrix.* On sait que Balzac, en insérant *Les Chouans* dans *La Comédie humaine,* y a fait intervenir le baron du Guénic comme l'un des chefs historiques des mouvements de l'Ouest.

2. Charette fut pris et fusillé à Nantes en 1796. Le nom est ici en relation avec Mme du Gua (« la jument de Charette » dans *Les Chouans*), mais il sert aussi à établir une équivalence entre le réel et le romanesque (le soulèvement de Montauran).

3. Chattes : caressantes et douces. Effet voulu de féminisation.

4. On dirait plutôt *scolaire.* Le sens institutionnel de l'adjectif n'est pas fixé. Mais le glissement est intéressant : bien des jeunes nobles devront (bientôt, si on s'en tient à la chronologie interne) passer par l'Université ou les grandes écoles (voir Octave de Malivert dans *Armance* de Stendhal).

Page 640.

1. Effet subtil et sûr : Chateaubriand, dans *Le Génie du christianisme,* tout en admirant Bossuet, lui oppose une conception plus moderne et plus historique du christianisme. Le chevalier est d' « avant ».

2. Notation très éclairante : la relation maternelle est aussi, en fait, une relation féminine.

3. Petit bâtiment de guerre à un mât et à larges voiles. Effet de réel : on est chez des Bretons, donc chez des gens qui n'emploient pas n'importe quel vocabulaire pour parler des choses de la mer.

4. La majuscule est fidèle à l'usage du XVIIIe siècle : les Sauvages ne désignent pas des peuples « cruels », comme dans la littérature de voyage et d'exploration du XIXe siècle, mais les peuples de la Nature.

5. Les journaux sont chers. D'autre part, la Presse commence à jouer un rôle important dans le domaine de l'information et de la politique. Mais la véritable explosion ne se produira qu'en 1815. La notation a cependant un autre effet : si royaliste que soit le chevalier, il est attiré par les réalités modernes (thème de Calyste du Guénic dans *Béatrix*), auxquelles il ne peut, de toute façon, échapper : c'est en cela que le chevalier est un *jeune homme.*

Page 641.

1. Allusion au camp de Boulogne (1803-1805). La thématique antibritannique rappelle ici opportunément que la

Révolution, puis l'Empire avaient repris la politique de l'ancien régime colonial et mercantiliste.

2. Chaloupe ou corvette en dessous de vingt canons. Voir la note 3 de la page 640.

3. Lettres gouvernementales qui autorisent un navire à pratiquer la course. Sans ces lettres, les marins peuvent être traduits devant les tribunaux pour piraterie.

4. Notation réaliste importante : le corsaire ne fait pas songer seulement à l'aventure et à l'héroïsme, mais aux affaires.

5. Grotte aux crabes. C'est l'étymologie latine *cancer*.

Page 642.

1. Le « d'ailleurs » et le « eh bien » ne sont pas correctement articulés. Le texte, écrit au fil de la plume, n'est pas au point.

2. Une église rouverte selon les dispositions du Concordat (avec un prêtre fonctionnaire payé par le gouvernement); un maire désigné par le préfet dans le conseil municipal élu par les notables. Mais aussi : le maire, allant à l'église, matérialise la grande politique de fusion et de stabilisation sociale de Bonaparte.

Page 643.

1. Le chevalier ne connaît pas l'histoire de la Fronde, qui vit notamment Turenne à la tête des troupes rebelles lors du combat de la porte Saint-Antoine. Plus tard, Turenne, qui était protestant, se convertit et devint l'un des plus fidèles soutiens et lieutenants de Louis XIV. Renvoi, d'autre part, à toute une tradition noble d'opposition à la royauté absolue et centralisatrice.

2. On pense aux *Chouans,* où Bauvan fait ses premières avances à la marquise.

Page 644.

1. Liqueur de table, sorte de ratafia.

2. La liqueur de Mme Amphoux, fabriquée à la Guadeloupe, était célèbre au début du XIXe siècle, alors que les liqueurs industrielles ou semi-industrielles d'aujourd'hui n'existaient pas encore. Il s'agissait d'une véritable denrée de luxe.

3. Outil, mais aussi (la suite le montre) arme de paysan. C'est avec une serpe que, dans *Les Chouans,* on décapite le traître.

4. La fin de la phrase suivante explique l'exclamation. Mais la volonté de tout expliquer rend le propos maladroit et invraisemblable. En revanche, le bloc mythique Paris-police-malheur historique est intéressant.

Page 646.

1. « Embonpoint », conformément à l'usage classique, n'est ni disgracieux ni péjoratif et évoque uniquement une forte constitution. Le mot s'employait également pour les femmes qui n'étaient pas maigres.

2. Balzac essaie de trouver un compromis entre son plébéianisme natif et profond et son antidémocratisme érigé en théorie. La solution suggérée est celle d'une monarchie soutenue par l'énergie d'en bas. Chateaubriand, noble de province, n'était pas éloigné de penser de même.

Page 647.

1. Cette diligence renvoie directement au début des *Chouans.* Mayenne est en pays bleu, pacifié, signe d'interdiction.

2. « Émigré » dégrade. On peut lire ici un rappel discret de la controverse qui avait divisé les royalistes au début de la monarchie de Juillet : ceux qui boudaient ou s'en allaient et ceux qui, avec Fitz-James, suivi par Balzac, avaient opté pour une politique de présence et de responsabilité.

Page 648.

1. Détails destinés à faire « reconnaître » Cadoudal, qui était un colosse. Mais aussi notation discrète de la nymphomanie de la comtesse.

INDICATIONS BIBLIOGRAPHIQUES

Balzac : *Mademoiselle du Vissard ou la France sous le Consulat.* Texte présenté par P.-G. Castex, avec une notice du vicomte de Lovenjoul et une préface de Marcel Bouteron. Librairie José Corti, 1950.

Dessert (Liliane) : « *Mademoiselle du Vissard*. Nouvelle lecture, nouveaux problèmes », *AB 1972*, p. 131-147.

Barbéris (Pierre) : *Mythes balzaciens,* A. Colin, 1972, p. 44-46; *Le Monde de Balzac,* Arthaud, 1973, p. 175.

ÉTUDES DE MŒURS

SCÈNES DE LA VIE MILITAIRE

LA BATAILLE

INDICATIONS BIBLIOGRAPHIQUES

Le projet balzacien de *La Bataille* a suscité recherches et réflexion. Parmi de nombreux travaux, il faut signaler :

GUYON (Bernard) : *La Création littéraire chez Balzac (La Genèse du « Médecin de campagne »)*, Colin, 1951, p. 31-46.
BOUTERON (Marcel) : « Le capitaine Périolas et *La Bataille* », dans *Études balzaciennes*, Jouve, 1954.
TAKAYAMA (Tetsuo) : *Les Œuvres romanesques avortées de Balzac (1829-1842)*, The Keio Institute of cultural and linguistic studies, Tokyo, 1966, p. 11-14 et 18-29.
BONARD (Olivier) : *La Peinture dans la création balzacienne*, Droz, 1969, p. 43-49.

ÉTUDES DE MŒURS

SCÈNES DE LA VIE DE CAMPAGNE

LES DEUX AMIS

SIGLES

ms. 1   premier manuscrit (*Lov.* A 58).
ms. 2   second manuscrit (*Lov.* A 58).

Page 663.

1. Nous maintenons la graphie balzacienne avec un *y*, dont nous avons noté dans notre Introduction le caractère ambigu. Au-dessous du titre et du sous-titre, les premiers éditeurs

ont donné sous la forme d'une épigraphe dédoublée quelques lignes relevées au verso du feuillet 51 du manuscrit. Jean Ducourneau a montré (*BO,* t. XXV, p. 522-524) qu'elles n'étaient pas destinées aux *Deux Amis.*

2. Voir p. 684-685.

3. Après les Cent-Jours, on a appelé boulevard de Gand, en souvenir de la ville où Louis XVIII trouva refuge, la partie nord du boulevard des Italiens. Cette appellation ne semble pas avoir survécu à la Révolution de 1830 : en 1831, dans le *Livre des Cent et un,* E. Roch, dans son article intitulé « Le Palais-Royal », parle des « fashionables de l'ancien boulevard de Gand ». Dans *Histoire et physiologie des boulevards de Paris,* parue en 1845 dans *Le Diable à Paris,* Balzac écrit : « Le Boulevard ne fit pressentir ce qu'il serait un jour qu'en 1800. De la rue du Faubourg-du-Temple à la rue Charlot où grouillait tout Paris, sa vie s'est transportée en 1815 au boulevard du Panorama. En 1820, elle s'est fixée au boulevard dit de Gand, et maintenant elle tend à remonter de là vers la Madeleine. » Tortoni, cité dans la variante *a* de la page 664, était situé à l'angle du boulevard et de la rue Taitbout.

Page 664.

a. Voici un faux départ figurant au verso du folio 2 : Les Deux Amis. / Conte satyrique. / [Quel est le flâneur, le journaliste, l'agent de change ou le tailleur qui n'ait pas remarqué deux jeunes gens se promenant bras-dessus bras- *rayé*] dessous sur le boulevard de Gand, entrant chez Tortoni, ou à cheval trottant d'une manière fashionable vers le Bois, à trois ou quatre heures, ou encore au foyer du Vaudeville dans les entr'actes. *ms. 1*

b. ignorant comme [une carpe et qu'il n'était étranger à rien. En effet *rayé*] un frère *ms. 1*

1. La marque infamante au fer rouge, dont l'usage devait être aboli en 1832.

2. Littéralement : « Ascension vers le Parnasse »; dictionnaire à l'usage des élèves qui faisaient des vers latins. Hasard ou rencontre significative ? On trouve également ce titre (qui ne figure nulle part dans *La Comédie humaine*) dans un article de *La Mode* du 8 mai 1830, signé le comte Alex. de ✶✶✶ et intitulé *L'Oisif et le Travailleur :* « Le hasard m'a fait trouver avec le valet de chambre du voisin dans un tricycle revenant du Boulevard du Mont-parnasse, où j'avais été consulter un savant, comme un écolier consulte son *Gradus ad Parnassum.* » Évidemment, ni la plaisanterie ni le rapprochement de ces deux textes ne suffisent à établir la paternité balzacienne de cet article, que Bruce Tolley attribue à Hippolyte Auger

(« Three Articles wrongly attributed to Balzac », *Modern Language Review*, 1960). Mais il n'en reste pas moins que la visite au savant est un thème reparaissant dans l'œuvre de Balzac, depuis la *Physiologie du mariage* jusqu'à la visite de Birotteau chez Vauquelin, en passant par le « Allons voir les savants ! » de *La Peau de chagrin*, et que le boulevard Montparnasse n'est pas loin de la rue Cassini, où Balzac habitait à cette époque. L'ébauche de 1842-1843 *Entre savants* renvoie à cette même période de la fin de la Restauration.

3. Cette formule est la contamination des deux uniques intrusions de la langue grecque dans la liturgie romaine : 1) *Kyrie eleison* (Seigneur, aie pitié), de l'ordinaire de la messe ; 2) *Agios athanatos, eleison imas* (Dieu saint et immortel, aie pitié de nous), du grand office du vendredi saint. Cf., dans les *Contes drolatiques, Le Succube* (BO, t. XX, p. 279) : « À ce, par elle qui parle, ha esté dict pour ce qui est des diversitez de languaige : que, de griec, elle ne sçavoyt rien aultre chose, si ce n'est : *kyrie eleison !* dont elle faysoyt grant usaige ; de lattin rien, si ce n'est *Amen* [...] » (En fait, *Amen* est un mot hébreu, passé dans le latin ecclésiastique).

4. « Le père m'abandonne », air célèbre de l'*Othello* de Rossini (1816), qui fut chanté par la Malibran.

5. Balzac a publié un article intitulé « Des mots à la mode » dans *La Mode* du 22 mai 1830. Ce rapprochement constitue à nos yeux un indice supplémentaire pour dater le début de la rédaction des *Deux Amis* du printemps de 1830.

6. Decazes fut ministre de la Police en 1815, ministre de l'Intérieur en janvier 1819, président du Conseil en novembre, jusqu'à l'assassinat du duc de Berry (février 1820).

Page 665.

a. avec [esprit *rayé*] gaieté *ms. 1*
b. admirable [justesse *rayé*] entente *ms. 1*

1. Allusion au proverbe : *La mule du Pape ne mange qu'à ses heures.*

2. Conspirateurs auxquels Balzac a fait plusieurs fois allusion, notamment dans *La Peau de chagrin* et dans *Melmoth réconcilié*. Ils étaient quatre sergents, appelés Bories, Pomier, Raoulx et Goubin, qui furent arrêtés à La Rochelle et exécutés à Paris (1822) pour avoir voulu entraîner leur régiment dans le complot carbonariste de Saumur, dirigé par le général Berton.

Page 666.

a. *nourri* [sans qu'elle se doutât que l'amour filial d'Ernest procédait immédiatement d'une atonie pernicieuse *rayé*]. Il *ms. 1*

1. La brochette est un bâton dont on se sert pour donner la becquée aux petits oiseaux. Cf. *Eugénie Grandet*, t. III, p. 1045, n. 1, et *Les Petits Bourgeois*, t. VIII, n. 1, p. 42.

2. Étienne Bezout (1730-1783) était l'auteur d'un *Cours complet de mathématiques*.

3. Ce terme de *perruquiniste*, bien qu'il ne figure pas dans l'article de Balzac « Des mots à la mode » de mai 1830, semble bien pourtant renvoyer lui aussi à la fin de la Restauration. G. Matoré, dans sa thèse sur *Le Vocabulaire et la Société sous Louis-Philippe*, Genève, 1951, p. 75, signale un emploi du mot *perruquinisme* chez Gautier, appliqué à l'époque d'*Hernani* : « Aussi brûlions-nous d'aller combattre l'hydre du *perruquinisme* [...] » (*Histoire du romantisme*, Paris, Charpentier, 1895, p. 6). Nous l'avons trouvé également, par opposition à *Jeune France*, dans un article du *Corsaire* du 19 juin 1829, intitulé « Le toupet et la perruque ». Mais seul *perruque* a survécu, qui se disait déjà au XVIIIe siècle, et que Balzac emploie dans *Modeste Mignon* (t. I, p. 643), dans *Illusions perdues* (t. V, p. 338), dans *Les Chouans* (t. VIII, p. 922) et dans *Le Centenaire* (BO, *Œuvres de jeunesse*, t. IV, p. 134). Cf. G. Sand : « citer Racine, feu Mr Racine ! c'est bien *perruque* » (*Corr.*, éd. G. Lubin, Garnier, t. II, p. 34).

4. Restif de La Bretonne, *Le Paysan perverti* (1775). Restif n'est cité nulle part dans *La Comédie humaine*, mais son nom apparaît dans un article du *Feuilleton des journaux politiques* (5 mai 1830) rendant compte des *Souvenirs de la Morée*, de Mangeard.

5. « Ganache » : nom donné au théâtre aux rôles de vieux imbéciles. Semblables seront le rôle et l'attitude du vieux notaire Chesnel à l'égard du jeune comte d'Esgrignon après la mort du marquis son père (*Le Cabinet des Antiques*, t. IV, p. 990).

Page 667.

a. discours de M. [Labbey de pompierre *rayé*] Duplessis-Grénédan. *ms. 1*

1. Duplessis-Grénédan était un député d'extrême droite qui se signala, en 1825, par une opposition farouche à la loi d'indemnité, qu'il jugeait insuffisante. En revanche le Labbey de Pompières (voir la variante), né en 1751 et mort en 1831, était un député libéral, qui siégea encore dans les assemblées du début de la monarchie de Juillet. Il en était le doyen d'âge. Il était connu surtout pour son opposition à Villèle, ayant publié en 1829 une brochure intitulée *Nouvelle accusation de l'ex-ministre Villèle*.

2. Villèle (1773-1854), président du Conseil en 1822, et responsable des lois de 1825 sur les congrégations et sur le milliard des émigrés, démissionna en janvier 1828.

Page 668.

  a. dans l[e pot au feu   *rayé*] a marmite   *ms. 1*

1. Les Messageries générales Laffitte, Caillard et Cie, créées
en 1826, avaient leur siège à Paris, 130 rue Saint-Honoré.
Le voyage durait environ vingt-quatre heures et coûtait
15 francs (cf. la lettre de Balzac du 21 juillet 1830 à Victor
Ratier, *Corr.,* t. I, p. 461). Après les journées de Juillet, dans
lesquelles le banquier Jacques Laffitte a joué le rôle que l'on
sait, Balzac ne résistera pas à la tentation du jeu de mots
facile. Dans la *Lettre sur Paris* parue dans *Le Voleur* du
20 novembre 1830, qui est datée de Chinon et signée F. M.,
agriculteur, il fait dire à son paysan du Danube, lequel
reconnaît ignorer les noms de tous les hommes politiques :
« J'avoue, cependant, que nous avons beaucoup entendu
parler de M. Laffitte, dont le nom est écrit sur toutes les
diligences, ainsi que celui de M. Caillard, et nous avons
compris qu'il pouvait rendre des services au gouvernement,
puisqu'il est utile aux particuliers. »
2. L'opposition de la Touraine et de la Suisse est caractéristique des œuvres de jeunesse, dès *Sténie :* « [...] les ruines
de l'abbaye de Marmoutiers auxquelles il ne manque pour
être admirées que d'être en Suisse » (*BO,* t. XXIV, p. 97).
Mais l'idée n'est pas spécialement balzacienne. On la rencontre
presque sous la même forme dans *Le Cocu* (1831) de
P. de Kock : « Nous n'admirons que ce qui est loin de nous ;
nous n'aspirons qu'à voir la Suisse et l'Italie, et nous ne
pensons pas à l'Auvergne, à la Bretagne, à la Touraine ! »
(chap. XIX).
3. C'est là une des multiples descriptions balzaciennes de
la Touraine, à rapprocher en particulier du « Croquis »
publié par Balzac dans *La Caricature* du 25 novembre 1830 :
« Là... Entre le Cher, l'Indre et la Loire, qui, tous trois,
semblent se jouer et lutter avec leurs flots de diverses couleurs ; sur un des rochers jaunes dont la Loire est bordée,
s'élevait un de ces petits châteaux de Touraine, blancs, jolis,
à tourelles, sculptés, brodés comme une *Malines,* un de ces
châteaux mignons, pimpants, qui se mirent dans le fleuve
avec les bouquets de mûriers qui les accompagnent, avec
leurs longues terrasses à jour, et leurs *caves en rocher,* d'où
sort quelque jeune fille en jupon rouge... Frais paysage, dont
le souvenir se reproduit, plus tard, comme un rêve... Oui,
c'est bien là que je l'ai vue, jeune, aimant et triste à moi !...

                                        « HENRI B*** »

  Voir aussi la description de Moncontour dans *La Femme
de trente ans,* t. II, p. 1085.
4. Nom réel d'un manoir situé sur la commune d'Artannes

(voir la note de J. Ducourneau, *BO*, t. XXV, p. 527), que Balzac transportera au nord de la Loire dans *Le Curé de Tours,* pour en faire la propriété de Mme de Liſtomère.

5. Pour la portée économique de ce passage, voir *Le Lys dans la vallée,* t. IX, p. 1063-1064 : « Pour vaincre l'obſtination des paysans, il avait fallu résilier des baux, partager ses domaines en quatre grandes métairies, et les avoir *à moitié,* le cheptel particulier à la Touraine et aux pays d'alentour. Le propriétaire donne l'habitation, les bâtiments d'exploitation et les semences à des colons de bonne volonté avec lesquels il partage les frais de culture et les produits. Ce partage eſt surveillé par un *métivier* [...] » Pour la closerie, qui concerne uniquement la culture de la vigne, se référer à *La Grenadière* (t. II).

6. La pierre de Bourré (Loir-et-Cher), avec laquelle sont conſtruits beaucoup de châteaux du Val de Loire, a la particularité de blanchir en vieillissant, mais c'eſt une pierre tendre, extrêmement fragile.

7. « Fashionable » : terme caraĉtériſtique de la fin de la Reſtauration, et qui était déjà utilisé dans *Les Deux Amis* dans le faux départ du folio 2 v°. Cf. l'article intitulé *De ce qui n'eſt pas à la mode,* paru dans *La Mode* du 18 décembre 1830, et qui eſt peut-être de Balzac : « Voyez comme nous courions insensiblement, il y a six mois, aux mœurs de la Régence ! L'oisiveté, le luxe envahissaient les esprits élégants : les longs soupers, les nuits sans sommeil, les femmes équivoques, le rire de tout et sur tout, les voitures, et les vins exquis, tous ces éléments d'une vie débauchée s'appelaient Fashionable : encore deux ans et nous aurions affeĉté la chemise débraillée, le gilet taché et l'allure incertaine. Juillet a mis fin aux orgies ; elles ne sont plus de mode. »

Page 669.

1. Château-Regnault : graphie ancienne pour Château-Renault, entre Tours et Vendôme, où l'on fabriquait des dallages en carreau blanc. Cf. *La Grenadière,* t. II, p. 422, et *Le Curé de Tours,* t. IV, p. 194.

2. On retrouve le thème des *rillons,* inveſti d'un grand potentiel affeĉtif, au début du *Lys dans la vallée.* Il faut également se souvenir de cette étonnante comparaison culinaire qui assimile la Touraine à un pâté de foie gras, dans une lettre à V. Ratier : « La Touraine me fait l'effet d'un pâté de foie gras où l'on eſt jusqu'au menton, et son vin délicieux, au lieu de griser, vous bêtifie et vous béatifie » (*Corr.,* t. I, p. 461, lettre datée de « La Grenadière, 21 juillet 1830 »).

3. Artannes, où se trouve le château de l'Alouette non fiĉtif, eſt à peu près à mi-diſtance, à vol d'oiseau, d'Ussé et d'Amboise. La pagode de Chanteloup, dans les environs

d'Amboise, est le seul reste du château de Choiseul, vendu à la Bande noire et démoli en 1823.

4. Bréhémont est le nom d'une commune située sur la rive gauche de la Loire, mais ce n'est jamais elle que Balzac désigne par ce terme, qu'il emploie toujours avec l'article, et auquel, dans le manuscrit des *Deux Amis,* il ne met pas de majuscule. C'est pour lui, semble-t-il, une région assez vaste, qui désigne une bonne partie de la plaine située entre la Loire et l'Indre, qu'il s'agisse des environs de Tours, comme dans *Maître Cornélius,* ou de la vallée de l'Indre, comme ici. Le terme apparaît également dans *Le Lys dans la vallée* (t. IX, p. 1062), mais sans aucune indication de localisation. En réalité, jusqu'à une époque récente, la commune de Bréhémont était au centre d'une île que l'on désignait également par ce nom : terre pauvre, vouée à l'élevage et à la culture du chanvre, et qui subit au XIXᵉ siècle une dépopulation importante. Mais la terminologie de Balzac, qui n'emploie jamais le mot *île,* ne coïncide pas exactement avec cette localisation.

5. Première apparition de la plaisanterie sur la mode des mots terminés en -rama, dont les pensionnaires de la Maison Vauquer feront une scie dans *Le Père Goriot.*

6. Purée septembrale : vin produit par les vendanges de septembre. — Brouir : se dit des plantes que le soleil a brûlées et desséchées après qu'elles ont été atteintes par la gelée blanche. Voir le même verbe p. 688, ligne 14. Cf. *Eugénie Grandet,* t. III, p. 1074.

7. Gélif, ive : « Qui s'est fendu ou qui se fend par la gelée, la sève ayant augmenté de volume par la congélation et rompu de la sorte les tissus végétaux » (Littré).

Page 670.

a. Souday [Ne voyez-vous pas là le cachet de la vérité ? Ce père Coudreux que vous êtes disposé à traiter sans ménagement n'en sera pas moins l'objet de vos respects quand vous saurez que   rayé] Ce   ms. 1. *Le texte entre crochets a été entouré par Balzac, la première phrase étant cancellée.*

b. Ce feuillet manque dans le dossier A 58; il a été retrouvé et publié par J. Ducourneau (voir la note correspondante). Nous donnons ici le texte établi par ses soins, y compris les variantes et les lacunes. Les lettres manquantes sont restituées entre crochets obliques; les lacunes signalées par des points de suspension entre crochets carrés.

1. Pour signer ses articles de *La Caricature,* Balzac a utilisé le pseudonyme collectif d'Alfred Coudreux, nom d'une famille de Tours qui était propriétaire de la Grenadière. Mais rien ne prouve que le vrai Coudreux ait servi de modèle au personnage des *Deux Amis,* alors qu'on a déjà relevé

maintes ressemblances entre notre Jean Joseph Coudreux, le père Grandet et M. de Savary (cf. notre Introduction à *Eugénie Grandet,* t. III). Pour ce qui est des prénoms Jean et Joseph accouplés, on peut noter qu'ils faisaient partie, sur le manuscrit d'*Illusions perdues,* de l'état civil du père Séchard, vigneron lui aussi (cf. t. V, p. 124, var. *d*).

2. Au début du XIXe siècle, Souday était un nom très largement répandu dans les communes de la région de Tours-Nord, comme Fondettes et Saint-Symphorien, ainsi qu'en témoignent les registres d'état civil.

3. Ce folio 9, dont nous signalons dans la variante correspondante qu'il ne figure pas dans le dossier A 58, a servi à Balzac d'enveloppe pour une lettre à Berthoud. Celle-ci porte le cachet postal du 14 mars 1831. On peut donc penser que Balzac a repris son manuscrit à cette époque, sans doute pour le remanier (manuscrit nº 2), et qu'une fois récrit le portrait de Claire (cf. fº 4 du *ms.* nº 2, p. 699), il a utilisé la première version de ce portrait, dont il n'avait plus que faire.

Page 671.

a. malheur des [capitales ! *rayé*] grandes cités *ms. 1*

b. monde ! [et voilà le proverbe qui les peint : / — Veux-tu de la soupe. / — Oui. / — Apporte ton écuelle[1]. / Aussi jamais pays ne fut-il plus riche en abbayes ! aujourd'hui *rayé*] Admirable *ms. 1*

1. La mégalanthropogénésie voulait appliquer à l'homme les procédés d'amélioration de la race expérimentés sur les animaux. Du contexte qui précède, il faut comprendre que Balzac, sur le mode ironique, présente son héroïne comme une sorte de « mutant » par rapport à son père au sens où les romans de science-fiction emploient ce terme pour désigner des êtres physiologiquement ou psychologiquement très différents de ceux qui les ont engendrés (cf. plus haut « Le dernier paysan du Bréhémont souriait en voyant Claire Coudreux assise auprès de Jean Joseph Coudreux son père »).

2. Cf. la lettre à V. Ratier du 21 juillet 1830 déjà citée : « Oh ! si vous saviez ce que c'est que la Touraine !... On y oublie tout. Je pardonne bien aux habitants d'être bêtes, ils sont si heureux ! Or, vous savez que les gens qui jouissent beaucoup sont naturellement stupides. La Touraine explique admirablement bien le lazzarone. J'en suis arrivé à regarder la gloire, la Chambre, la politique, l'avenir, la littérature comme de véritables boulettes à tuer les chiens errants et sans domicile, et que je dis : " La vertu, le bonheur, la vie,

1. Il semble que Balzac ait omis de transcrire la dernière réplique du « proverbe », sans laquelle n'apparaît aucun sens : « Je n'ai plus faim. » On le retrouve *in extenso* dans *L'Illustre Gaudissart* (t. IV, p. 576).

c'eſt six cents francs de rente au bord de la Loire " » (*Corr.*, t. I, p. 461).

3. Cf. *Sténie,* lettre première, dans laquelle Jacob fait une longue description de Tours : « Malgré ces avantages, les habitants y sont en général lâches, sans énergie, leur caraĉtère se ressent de la douceur du climat, c'eſt la tranquillité de l'Indien sur les bords de l'Indus, leur organe même eſt traînant, ils appuient sur les finales. » Voir aussi *L'Illuſtre Gaudissart,* t. IV, p. 576.

4. Les fabriques de soieries, introduites à Tours par Louis XI, étaient déjà en décadence au xviie siècle. Une création royale du xviiie siècle (la maison Papion, citée dans *Le Lys dans la vallée,* t. IX, p. 983) eut un moment de prospérité, dont Balzac témoigne au début du *Centenaire,* mais ne survécut guère à la Révolution.

Page 672.

1. Souvenir probable et encore récent du séjour à Fougères, en 1828.

Page 673.

a. ce [qu'il pouvait acheter. C'était la vie d'un homme marmotte. Mais il était heureux[1]. *rayé*] qui *ms. 1*

1. Cf. *Le Curé de Tours,* t. IV, p. 216. « En Touraine, la jalousie forme, comme dans la plupart des provinces, *le fond de la langue.* »

2. Localisation légèrement contradiĉtoire avec la précédente, qui plaçait l'Alouette entre Ussé et Chanteloup. Azai-le-Brûlé eſt l'ancien nom d'Azay-le-Rideau.

3. « Gravange » : oseraie, selon Ducourneau. Provincialisme.

4. Nous n'avons pas retrouvé l'auteur de ce mot.

Page 674.

a. Lacune après ce dernier mot du folio 14, le folio 15 faisant défaut. Le début du folio 16 permet de supposer que ce folio 15 contenait une analyse du tempérament des gens de Chinon, utilisée dans « Échantillon de causerie française » (p. 486). On en relève la variante suivante au reĉto d'un feuillet numéroté 58 par Vicaire (où figure, au verso, une description du château de l'Alouette probablement rattachable au second manuscrit des « Deux Amis »; voir ci-dessous, p. 696) :

Je revenais à Tours en 181. par la voiture de Chinon. Deux gendarmes y gardaient sur la banquette de derrière un jeune gars d'environ vingt-deux ans qui s'était permis de rompre avec une barre de fer la colonne vertébrale de son

---

1. Il semble que le manuscrit porte « heureux » et non peureux, comme on a imprimé dans le texte Ducourneau.

maître. Le motif était léger. Il s'agissait d'un gilet. Le culti-
vateur allant à la foire de Tours avait promis un tablier à sa
fille de basse-cour et un gilet à ce pauvre gars. Au retour le
maître eut à se plaindre de ce dernier et la cause de son
mécontentement était assez importante pour qu'il voulût
punir son garçon en le privant du gilet promis. La fille,
joyeuse et contente, eut le tablier. Le bonhomme assoupi par
la chaleur, car c'était au mois d'août, se mit à sommeiller
sur un coin de la table et alors le gars lui asséna un coup de
la barre du foyer, sur le cou, mais si dur qu'il expira.

« Comment, lui dis-je, as-tu pu tuer un homme pour un
gilet.

— Dame! j'avais compté là-dessus pour la prochaine
danse... »

Ce fut tout ce que je tirai de ce jeune paysan. Il se tenait
coi dans la voiture, regardant les arbres du chemin qui
s'enfuyaient avec autant de rapidité que sa vie promise à
l'échafaud. Il avait une figure douce quoique brune et fortement colorée. La voiture vint à verser au-dessus de Ballan.
Nous en sortîmes tous. Les gendarmes se mirent de chaque
côté du prévenu; mais en le laissant libre, car il était doux
comme un mouton... Aussi, aida-t-il complaisamment le
conducteur à relever la carriole et à fixer une perche le long
du brancard.

« Ah, ça ira maintenant!... » dit-il en achevant de nouer
une corde. Il fut exécuté à Tours.

1. À l'article de la mort.

2. Chinon étant situé sur la Vienne, et non sur l'Indre, il
faut comprendre que Sébastien, né à Chinon, avait passé son
enfance aux Bouillards, près du château de l'Alouette. Cette
phrase évoque ce passage de *La Recherche de l'Absolu*, t. X,
p. 741 : « Si nous aimons irrésistiblement les lieux où nous
avons été, dans notre enfance, initiés aux beautés de l'harmonie, si nous nous souvenons avec délices et du musicien
et même de l'instrument, comment se défendre d'aimer l'être
qui, le premier, nous révèle les musiques de la vie ? Le premier
cœur où nous avons aspiré l'amour n'est-il pas comme une
patrie ? »

3. En plein air. L'expression se rencontrait aussi p. 579.

Page 675.

a. douceur [tourangelle *rayé*] nationale *ms. 1*

1. J. Ducourneau signale qu'il n'y a pas trace du nom de
Nisard dans les registres de l'archevêché de Tours. Étant
donné le rapport très particulier des *Deux Amis* à l'actualité
la plus proche, on peut proposer l'hypothèse qu'il y aurait
ici une allusion déguisée à Désiré Nisard, qui avait fait en

1829 ses débuts dans le journalisme parisien, au *Journal des Débats,* où il signait ses articles d'un simple N. Le D. Nisard, en effet, se prête facilement à une interprétation ironique en Dom Nisard : il y aurait donc là un clin d'œil que des recherches ultérieures permettront peut-être de confirmer (ou d'infirmer). D'ailleurs, la plaisanterie était habituelle, comme en témoigne Dom Rago, le pseudonyme d'Étienne Arago.

2. La Fontaine, *Fables,* XI, 7. Il est également question du paysan du Danube dans le passage d'*Échantillon de causerie française* qui concerne l'histoire du « fils d'un pauvre métayer des environs d'une ville que je ne vous nommerai pas, car ce serait vous désigner le préfet ». Il s'agit évidemment de Tours, dont le préfet, en 1813, était le comte de Kergariou, nom que Balzac vient de transformer, pour *Le Bal de Sceaux* de 1830, en Kergarouët. L'anecdote est destinée à donner « l'idée d'un homme trempé comme devait l'être le paysan du Danube ».

3. La présence du chanoine tourangeau Grécourt auprès de Courier et de ces deux grands maîtres du drolatique que sont Verville et Rabelais est ici très significative : la veine « satyrique », pour Balzac, c'est aussi une certaine recherche de ce qu'il appellera bientôt le « drolatique ». Grécourt (1683-1743), chanoine de Saint-Martin de Tours et poète libertin, était connu en particulier par l'anecdote du boudin (adaptée par Balzac dans *Le Curé d'Azay-le-Rideau*) :

LE BOUDIN

Qu'il était lourdaud, ce valet!
Que sa bêtise était insigne!
Quand sa maîtresse il appelait
Et de loin lui faisait un signe,
Du pouce et de son doigt voisin,
Formant une espèce d'ovale,
Avec l'index de l'autre main
Il tracassait dans l'intervalle.
La compagnie à crime noir
Imputa cet air de mystère.
Il figurait un entonnoir :
C'est du boudin qu'elle allait faire.

Page 676.

1. Sans avoir fait de testament.

2. Le marquis de Lauriston (1768-1828), maréchal de France, petit-fils de Law, mourut d'apoplexie dans les bras d'une danseuse de l'Opéra, Mlle Le Gallois. Cf. *La Rabouil-*

leuse, t. IV, p. 521 et *Splendeurs et misères des courtisanes,* t. VI, p. 645, ainsi que la note correspondante de P. Citron.

3. Bec-figue : petit oiseau dont la chair est très renommée. Le mot est, normalement, masculin.

4. L'indemnité dévolue sous Charles X aux propriétaires dépossédés par la Révolution.

5. *Estelle* (1787), du nom de l'héroïne, est une pastorale de Florian, très célèbre pendant tout le XIXe siècle. L'Estelle des *Deux Amis* est évidemment Claire Coudreux. Cf. p. 679.

Page 677.

a. homme [et pour vous conserver *rayé*] je vous salerai *ms. 1*

1. Abréviation pour *signifié.*

2. « Terme de procédure. Raisons que l'on donne par écrit à l'appui d'un compte. Fournir soutènements et réponses » (Littré).

3. Abréviation pour *Digeste,* qui désigne en particulier la collection des décisions des jurisconsultes publiée en 533 sur l'ordre de l'empereur Justinien.

4. *Lex papiria, apud Tribonianum :* loi papiria, dans Tribonien (jurisconsulte de l'époque de Justinien).

5. Il était impossible, en 1830, de parler d'onomatopée sans penser à Nodier, auteur d'un *Dictionnaire raisonné des onomatopées françaises* (seconde éd., Delangle, 1828). Dans l'*Histoire du roi de Bohême,* un chapitre entier, intitulé « Invention », est consacré à une série d'onomatopées.

6. Coiffure qui consistait à plaquer les cheveux de chaque côté de la tête de manière à figurer deux ailes de pigeon. Cf. *Le Père Goriot,* t. III, p. 65.

Page 678.

1. *Tartuffe,* acte II, sc. IV.

Page 679.

1. *Daphnis et Chloé* est un roman pastoral de Longus. Dans *Le Lys dans la vallée,* Balzac compare Mme de Mortsauf mourante à Chloé.

2. « changé » est la leçon des premières publications du texte. Ducourneau corrige à tort en « chargé »; le manuscrit porte bien : « changé ». Il en est de même, p. 701, l. 37.

3. Étymologie fantaisiste du mot français *glas.* Cf. *L'Excommunié, BO,* t. XXIV, p. 352 : « Ce tintement lugubre n'a pas reçu de nom en France, et depuis quelque temps le mot anglais *glass* est employé avec quelque succès. Le *glass* de la mort sonnait donc au monastère [...]. »

4. Cf. la Préface de l'édition originale du *Lys dans la vallée* (t. IX, p. 915) : « Ainsi, le désir d'animer leurs créations a jeté les hommes les plus illustres du siècle dernier dans la prolixité du roman par lettres, seul système qui puisse rendre vraisemblable une histoire fictive. »

5. Cette page constitue une mise au point intéressante sur les opinions littéraires de Balzac en 1830, à compléter, pour la fin de l'année, par la *Lettre sur Paris* parue dans *Le Voleur* du 10 janvier 1831. Balzac y parle également de l'*Histoire du roi de Bohême et de ses sept châteaux,* où apparaissent, au chapitre « Insurrection », les deux personnages de Girolamo et de Polichinelle : « Charles Nodier a publié son *Histoire du roi de Bohême,* délicieuse plaisanterie littéraire, pleine de dédain, moqueuse : c'est la satyre d'un vieillard blasé, qui s'aperçoit, à la fin de ses jours, du vide affreux caché sous les sciences, sous les littératures. Ce livre appartient à l'*École du désenchantement.* » Sur les relations de Balzac et de Nodier, voir l'article de P.-G. Castex « Balzac et Charles Nodier », *AB 1962.*

Page 680.

a. Touraine... [Ainsi ils s'aimèrent dans cette ravissante vallée de l'Indre, arrondissement de Chinon, pays des passions et des *rayé*] Pour *ms. 1. (Le folio 23 commence au mot* ravissante, *dans la partie rayée du texte.)*

b. octobre [1829 *rayé*] 1828 *ms. 1*

1. Terme tourangeau désignant le fruit d'une sorte d'abricotier sauvage. Cf. *Eugénie Grandet,* t. III, p. 1043.

Page 681.

a. amis. [Madame de Tourolle mourut après avoir réuni sur sa tête toutes les successions de la branche aînée de sa famille *rayé*]. Je *ms. 1*

1. D'après J. Maurice, « De Tours à Saché » (*Balzac à Saché,* nº 2), Champy est une déformation de Chantepie, lieu-dit au sud de Tours. Cf. *Le Lys dans la vallée* et *Le Curé d'Azay-le-Rideau* (*Contes drolatiques, BO,* t. XX, p. 136). Indication importante pour la localisation de notre roman, car Champy n'est qu'à une dizaine de kilomètres du véritable château de l'Alouette, mais à 30 kilomètres d'Ussé : *Les Deux Amis* sont un remarquable exemple de transposition partielle, l'auteur hésitant constamment entre le lieu réel qui lui sert de point de départ et son adaptation à la fiction.

Page 682.

1. Damon et Pythias, philosophes grecs du vᵉ siècle avant

Jésus-Christ, étaient liés par une amitié si extraordinaire que Denys, le tyran de Syracuse, sollicita, sans l'obtenir, la faveur d'y être admis en tiers. Cf. *Le Cousin Pons,* t. VII, p. 536.

2. Sur l'amitié exemplaire du médecin Dubreuil (et non Dubois) et du marquis de Pméja (ou Péméja, ou Pechméja), à laquelle Balzac fait également allusion dans *Ferragus,* t. V, p. 863, dans *Le Cousin Pons,* t. VII, p. 536, dans la *Physiologie du mariage* et dans une lettre à Mme Hanska (*LH,* t. II, p. 323), se reporter à l'article de P. Citron, « Balzac lecteur de Chamfort », *AB 1969.*

3. *Kernock le pirate,* d'E. Sue, a paru dans *La Mode* des 13, 20 et 27 mars 1830. Dans sa *Lettre sur Paris* déjà citée, Balzac en parle en ces termes : « Au commencement de cette année, quand on reproduisait les anciens temps par des quadrilles à l'Élysée, et que nos pairs de France essayaient d'être les ombres de ceux d'autrefois, M. Eugène Sue a donné dans *La Mode* la ravissante marine de *Kernock,* et, plus tard, *Le Gitano,* révélant avec modestie un talent frais et gracieux qui grandira, car il est jeune, très jeune. »

4. Langeais est à 15 kilomètres d'Ussé, à 10 kilomètres d'Azay-le-Rideau et à près de 20 kilomètres de l'Alouette.

5. *Le Corsaire* (1814), poème de Byron.

6. Une chronologie rigoureuse des relations entre Janin et Balzac nous aiderait à préciser la date de rédaction des *Deux Amis.* Il serait particulièrement utile de pouvoir dater la lettre de Janin à Balzac (*Corr.,* t. I, p. 485), dans laquelle ce dernier est interpellé d'un « mon digne et excellent satyrique », ce qui représente soit une allusion aux *Deux Amis,* soit une référence aux « Complaintes satiriques sur les mœurs du temps présent » (*La Mode,* 20 février 1830). Il est également possible que l'allusion ironique aux libraires (« Libraires[1] tu honoreras / Si tu veux vivre tranquillement ») renvoie à l'article de Balzac intitulé « De l'état actuel de la librairie », paru en mars 1830 dans le *Feuilleton des journaux politiques.* Nous inclinons à penser que la lettre de Janin à Balzac est du début de 1830, ce qui recoupe l'hypothèse formulée par Henri-J. Godin dans « Jules Janin et Balzac », *Balzac and the nineteenth century,* Leicester, 1972. Car c'est au début de 1830 que l'amitié (éphémère) entre les deux hommes semble avoir été la plus vive, si l'on en croit le compte rendu par Janin de la *Physiologie du mariage* (*Journal des Débats,* 1er février 1830), l'article de Balzac pastichant *L'Âne mort et la Femme guillotinée* dans *Le Voleur* du 5 février, et son compte rendu de *La Confession* dans le *Feuilleton des journaux politiques* du 14 avril 1830. Rappelons qu'*Étude de femme* (voir t. II, p. 1277),

---

1. Nous rétablissons le pluriel d'après le texte original, *Lov. A* 314, f° 245.

version 1830, a été publiée par erreur, après la mort de Janin, parmi ses « Œuvres de jeunesse ». Est-ce le signe que le manuscrit (perdu) de la nouvelle se trouvait parmi les papiers de Janin ?

7. Allusion au conte de La Fontaine, *La Jument du compère Pierre* (IV, 10).

Page 683.

a. gracieux! [Sotte loi du mariage pourquoi n'est-il pas permis à une femme *rayé*] Quelle   *ms. 1*

1. Première mention, semble-t-il, du nom de Swedenborg sous la plume de Balzac.

2. Personnage de *Kenilworth* (1821), de W. Scott. Dans *La Comédie humaine,* Balzac n'évoque ce personnage qu'une seule fois, dans *Ursule Mirouët.* En revanche, il le cite dans son pastiche de Janin, *Le Couteau à papier,* paru dans *Le Voleur* du 5 février 1830.

3. Chateaubriand, *Atala* (1801).

Page 684.

1. Souvenir probable d'une « poésie erse » (inspirée d'une ballade écossaise) d'Eugène Hugo, *Duel du précipice,* parue dans les *Tablettes romantiques* de 1823.

2. Nom réel, à l'époque de Balzac, d'une auberge d'Azay-le-Rideau, située en face du *Grand-Monarque* actuel (renseignement fourni à J. Ducourneau par J. Maurice).

Page 685.

a. et [je vous adjure de dire à ces messieurs que vous ne m'avez fait la moindre confidence. Je *rayé*] si   *ms. 1 (Le folio 28 commence au mot* ne, *dans la partie rayée du texte.)*

1. *Le Globe,* fondé en 1824, fut le journal des doctrinaires avant d'être celui des saint-simoniens (fin 1830); c'était un journal austère et bien documenté, dont le sérieux tranche avec le ton désinvolte ou polémique de la plupart des périodiques du temps : c'est le seul, par exemple, à parler de la province sans ironie, exception qui lui vaut un courrier abondant et reconnaissant.

2. Il est curieux de rencontrer sous la plume de Balzac en 1830 l'expression à laquelle Musset devait emprunter quatre ans plus tard le titre de son plus célèbre « proverbe ».

3. *La Quotidienne* était violemment ultra-royaliste.

Page 686.

1. Bien que l'emploi de ce terme ne soit pas limité à la période du printemps 1830 la façon dont Balzac l'utilise ici

nous semble refléter l'atmosphère troublée des mois qui ont précédé la chute de Charles X. Après la révolution, il n'y avait plus aucune équivalence possible entre « constitutionnel » et « janséniste ». Cf. « Les Thomas Diafoirus de la constitutionnalité », dans les *Complaintes satiriques sur les mœurs du temps présent* (*La Mode,* 20 février 1830).

2. J. Ducourneau suggère que cette phrase pourrait faire allusion aux *Amants de Montmorency* de Vigny, poème qui porte le sous-titre d' « élévation ». Mais celui-ci, bien que daté du 27 avril 1830, ne parut qu'en 1832 dans la *Revue des Deux Mondes* et dans les *Annales romantiques,* et il ne ressemble en rien à « une étude du droit naturel ». Ne serait-ce pas plutôt Sainte-Beuve qui serait visé ici ? Il faisait alors partie de l'équipe du *Globe* et ses *Consolations* venaient de paraître, en mars 1830 (*Bibliographie de la France* du 27 mars); or la préface du recueil, dédiée à Victor Hugo, se termine sur un parallèle entre le progrès poétique et le progrès moral.

Page 687.

a. Au verso de ce feuillet 31, numéroté 24 (de la main de Balzac), se trouve un passage cancellé que nous avons déchiffré : laissa quatre vingt mille livres de rente à son fils. Pendant que Tourolle redevenait un héritier savant [?], un homme plein d'expérience et riche, Madame de Chamaranthe avait réglé toutes les affaires de la succession de ses frères, palpé deux tiers de l'indemnité [et pris possession d'une *en marge*] et alors elle se vit à la tête d'une fortune de cinquante mille écus de rente. [Elle *rayé*] Son premier soin fut de partager avec son fils, de manière que les deux amis également riches, également beaux, l'un *(Nous ignorons à quoi correspond la numérotation 24.)*

1. S'ingérer : « Se mêler de quelque chose sans en avoir le droit, l'autorisation, ou sans en être requis » (Littré).

Page 688.

1. Desséché par le soleil.

Page 689.

1. Cette référence à Goldsmith, l'auteur du *Vicaire de Wakefield,* est essentielle pour comprendre dans quel esprit furent écrits *Les Deux Amis.* En rapprochant le dialogue qui précède du début du chapitre II, on s'aperçoit qu'il y a dans ce roman à la fois un recensement des lieux communs romanesques et une tentative pour y échapper. Mais il faut insister sur le fait que l'authenticité est du côté de la province, qui est encore assimilée à la campagne. Ce texte est à rapprocher d'un autre passage essentiel d'*Échantillon de causerie française,* où il est également question de Goldsmith : « [...] cet esprit rustique si précieux chez les vieux auteurs, et qui se retrouve

souvent peut-être chez le paysan. Ce prêtre venait d'en deçà la Loire... Le villageois est une nature admirable. Quand il est bête, il va de pair avec l'animal; mais quand il a des qualités, elles sont exquises; malheureusement, personne ne l'observe. Il a fallu je ne sais quel hasard pour que Goldsmith ait fait *Le Vicaire de Wakefield.* Aussi la vie campagnarde et paysanne attend-elle un historien. » À noter que cette référence peut également fournir un indice supplémentaire pour la datation des *Deux Amis,* si on la rapproche d'un passage de *La Vie de château (La Mode,* 26 juin 1830), où Balzac reproche à Jouy d'avoir « avili » le type du propriétaire : « Il faudrait tout le génie de Goldsmith pour en faire ressortir les traits originaux. » Goldsmith est cité dans *Modeste Mignon* (t. I, p. 508) parmi les auteurs favoris de Modeste, tandis que son roman est évoqué dans la *Physiologie du mariage* (t. XI) et dans *L'Envers de l'histoire contemporaine* (t. VIII, p. 318). En 1833, moins modeste qu'en 1830, Balzac écrit à Z. Carraud (*Corr.,* t. II, p. 253), à propos du *Médecin de campagne :* « [...] quand on veut atteindre à la beauté simple de l'Évangile, surpasser le *Vicaire de Wakefield* et mettre en action l'*Imitation de Jésus-Christ,* il faut piocher, et ferme! »

2. Pas le quart de la quantité d'une année normale.

3. « Mèche » : « Morceau de sangle de fil grossier qu'on a trempée dans du soufre et dont on brûle un bout dans les tonneaux, soit pour enlever le mauvais goût du fût, soit surtout pour donner de la force au vin; on s'en sert particulièrement pour les vins blancs » (Littré).

4. La place d'Aumont est l'actuelle place Gaston-Pailhou. J. Maurice n'a pas trouvé trace d'un tonnelier tourangeau du nom de Petit, et, pour notre part, les seuls Petit de Tours que nous ayons retrouvés étaient des notaires. Mais c'est le choix de la place d'Aumont qui est ici le plus intéressant, parce qu'il est à la fois réaliste (c'est bien place d'Aumont que se trouvaient, sinon tous les tonneliers, du moins les fabricants de cordes) et culturel : il existe un poème de Grécourt, mentionné plus haut dans *Les Deux Amis,* qui est intitulé *Le Cordier de Tours.* En voici la première strophe :

> *Permettez que je vous recorde*
> *Que dans notre place d'Aumont*
> *De bout en bout les cordiers font*
> *Du soir au matin de la corde.*

Page 690.

a. À partir de cette phrase et jusqu'au folio 35 inclus, le nom de Chamaranthe, *sur le manuscrit, est rayé et remplacé par celui de* Turpenay, *qui est le nom d'une abbaye des environs de Chinon, souvent citée dans les* Contes drolatiques. *Nous ne signalerons plus cette correction.*

1. « Raisin de vigne, raisin propre à faire du vin, par rapport à raisin de treille ou chasselas, raisin qu'on sert sur les tables » (Littré).

Page 691.

a. autre. [Quelle folle prodigalité que celle qui dissipe les trésors de l'âme; car comment accorder *en marge, rayé*] Ne *ms. 1*

1. « Ce petit d'Esgrignon ira loin, n'est-ce pas ? » demandera Rastignac à de Marsay; et son compagnon répondra : « C'est selon [...], mais il va bien » (*Le Cabinet des Antiques,* t. IV, p. 1014).

2. La Jeune France : l'expression est à noter d'abord pour l'emploi du féminin, qui réserve au seul mot France le statut de substantif, et qui, créé en 1829, a précédé l'expression substantivée — un Jeune-France, des Jeunes-France : voir à ce sujet l'article de P. Bénichou, « Jeune-France et Bousingots. Essai de mise au point », *R.H.L.F.,* mai-juin 1971; la signification est sociale et politique, et nullement littéraire : il n'est pas question de romantisme. Ce qui est plus étrange, c'est que, dans sa forme initiale, cette même expression semble avoir désigné dès l'origine deux réalités opposées : soit la jeunesse libérale, comme pour le périodique intitulé *La Jeune France,* qui eut 18 numéros entre le 10 juin et le 5 septembre 1829, ou l'ode de V. Hugo, « Dicté après juillet 1830 », qui parut dans *Le Globe* du 19 août 1830 sous le titre « À la jeune France »; soit les dandys de la droite légitimiste et catholique, comme dans la revue de 1833, *L'Écho de la Jeune France,* à laquelle Balzac a participé. Le contexte montre que c'est à ce dernier sens que songe ici Balzac.

3. Voir « La Galanterie musquée du règne de Louis XV » (« Complaintes satiriques sur les mœurs du temps présent », *La Mode,* 20 février 1830).

Page 692.

a. la [mélodie *rayé*] musique *ms.*
b. À partir de cette phrase, Balzac a cessé de remplacer le nom de Chamaranthe par celui de Turpenay.

1. Il y a un développement tout à fait semblable dans *L'Élixir de longue vie,* texte de 1831, à propos de Don Juan : « Son regard profondément scrutateur pénétra dans le principe de la vie sociale [...] Il analysa les hommes et les choses [...] Maître des illusions de la vie, il s'élança, jeune et beau, dans la vie, méprisant le monde, mais s'emparant du monde » (t. XI, p. 485).

Page 693.

a. mains. / [— Pauvre Ernest, se disait avec douleur Chamaranthe, s'il savait que je ne regarde parfois l'amitié comme une faiblesse et que je suis au désespoir de ne plus croire en l'homme. Et cependant il m'aime. Pourquoi resterait-il là. *en marge, rayé*] — Quel *ms.*

b. Ajout en marge du titre : Fantaisie / La Mort de ma tante. *Il s'agit d'un texte signé* LE COMTE ALEX. DE B★★★, *publié dans* La Caricature *du 16 décembre 1830. Voir p. 1081.*

1. *Fragoletta,* de Latouche, parut en janvier 1829.
2. Allusion à un livre de Custine paru en janvier 1830, *Mémoires et voyages ou Lettres écrites à diverses époques pendant des courses en Suisse, en Calabre, en Angleterre et en Écosse.*
3. Abbé de Saint-Non, *Voyage pittoresque ou Description des royaumes de Naples et de Sicile* (1781-1785).

Page 694.

1. Nouvelle allusion à l'*Histoire du roi de Bohême et de ses châteaux,* de Nodier, sous la forme d'un fragment de lettre, mais la lacune entre le folio 36 et le folio 51 est trop importante pour qu'on puisse comprendre comment cette lettre s'insérait dans l'intrigue des *Deux Amis.* Après cette phrase, on constate sur le manuscrit un net changement d'écriture, que nous interprétons comme une interruption dans la rédaction (voir notre Introduction). En raison de la référence ironique au mot *patrie,* il est peu probable que ce passage soit antérieur à juillet 1830. Il y a une attaque contre le *Dictionnaire de l'Académie* dans un article de Nodier intitulé « Variétés de philosophie, d'histoire et de littérature », paru en décembre 1830 dans la *Revue de Paris.*
2. Mme Lescombat (1725-1755) était célèbre pour avoir fait tuer son mari, architecte, par un de ses élèves qu'elle prit pour amant. Balzac fait une autre allusion aux « lettres de la Lescombat » dans *La Peau de chagrin* (t. X, p. 153).

Page 695.

a. [hier   *rayé*] En 1830 [M..... député de ..... propose *rayé*] un   *ms. 1*
b. Lacune après ce dernier mot du folio 51.

1. Schahabaham est le nom du pacha dans le vaudeville de Scribe et de Saintine, *L'Ours et le Pacha* (1820). Outre l'allusion à la polygamie, peut-être y a-t-il là un jeu de mots (assez lointain) sur le nom du député qui proposa de rétablir le divorce, le baron de Schonen (1782-1849), connu pour avoir été un des trois commissaires ayant accompagné Charles X à Cherbourg afin de surveiller son embarquement.

C'eſt seulement le 18 août 1831 que Schonen prononça son discours, après avoir déposé le 11 août son projet de loi, qui ne fut discuté qu'en décembre. Comme la queſtion du divorce n'a pas été posée auparavant à la Chambre, même sous forme de pétition, cette page ne peut pas avoir été écrite avant le mois d'août 1831.

2. Dupin aîné (1783-1865) fut un des auteurs les plus aĉtifs de la chute de Charles X, et un des organisateurs les plus influents du nouveau régime.

3. Il s'agit de la loi de 1792 autorisant le divorce. En 1803, le Code civil réduisit considérablement les cas de divorce, qui fut supprimé au début de la Reſtauration, en 1816.

4. « Bréhaigne » : ſtérile. Allusion probable à la duchesse d'Angoulême, la femme du fils aîné de Charles X. Il eſt intéressant de noter que cette phrase très dure ne précède que de quelques mois le panégyrique de la même duchesse d'Angoulême, dans *La Vie d'une femme* (*Le Rénovateur*, 19 mai 1832).

5. Première (et unique) allusion aux journées révolutionnaires de 1830 (voir notre Introduĉtion).

6. Il eſt évidemment exclu que les soixante-trois feuillets des *Deux Amis* aient été écrits en vingt-quatre heures. Si cette affirmation n'eſt pas une simple plaisanterie, elle renvoie peut-être aux feuillets manquants entre le folio 51 et le folio 63. En effet, il eſt probable que le récit, qui était près de s'achever à la fin du folio 51, où il eſt queſtion de « Dénouement », ait retrouvé un second souffle, sans doute à l'occasion d'un second duel entre Tourolle et Chamaranthe.

7. « Moi aussi je suis peintre! » C'eſt le mot célèbre prêté au Corrège à la vue de la *Sainte Cécile* de Raphaël.

Page 696.

a. Il eſt difficile de dire si Balzac a écrit frêle *ou* tiède.

b. Avec ce dernier mot du folio 63 s'achève notre manuscrit.

1. Médicament contre le mal de dents, inventé par Roux, à base de baume du Paraguay. L'alliance du Paraguay-Roux et de la mixture brésilienne semble caraĉtériſtique du Balzac de 1831, comme en témoigne la préface éphémère de l'édition originale de *La Peau de chagrin* (écrite en juillet 1831) : « quel poème sublime aura jamais la chance d'arriver à la popularité du Paraguay-Roux et de je ne sais quelle mixture ? » (t. X, p. 49)

2. La pharmacie Lepère était inſtallée depuis 1786 au coin de la place Maubert et de la rue Maître-Albert. En 1826, Balzac avait imprimé plusieurs prospeĉtus publicitaires pour des spécialités pharmaceutiques, dont un « prospeĉtus deſtiné à la publicité de la ' Mixture brésilienne ', spécialité anti-blennorragique établie par Viĉtor Lepère (dit l'Ancien),

pharmacien qui tenait alors officine, 27, place Maubert »
(Louis Sergent, « Balzac et la pharmacie », *Revue d'histoire
de la pharmacie,* nº 140, mars 1954, p. 203). Ce prospectus,
tiré à 35 000 exemplaires, a été inscrit à la *Bibliographie de la
France* du 12 août 1826 sous le numéro 5215 (B.N. Te²³ 388
(45) et (46). Cf. Hanotaux et Vicaire, *La Jeunesse de Balzac,*
A. Ferroud, 1921, p. 422. Balzac mentionne également la
mixture brésilienne, sans citer le nom de Lepère, dans *César
Birotteau,* t. VI, p. 205.

3. Il s'agit de la 4ᵉ édition de *Cinq-Mars,* parue chez Gosselin en 1829 et augmentée des *Réflexions sur la vérité dans l'Art.*

4. La *Physiologie du mariage* a été enregistrée dans la *Bibliographie de la France* du 26 décembre 1829. Dans la Préface de
l'édition originale de *La Peau de chagrin,* Balzac éprouve également le besoin de plaider pour cette œuvre, qui fit scandale.

5. Ainsi que l'a établi J. Ducourneau, il s'agit ici de Chamaranthe et de sa femme, Claire Coudreux, veuve d'Ernest de
Tourolle.

6. Contrairement à ce que prétend M. Le Roy Ladurie
dans sa Préface du *Médecin de campagne* (« Folio », 1974, p. 11),
ce texte prouve que Balzac savait qu'il neigeait parfois dans
les Alpes... Ce qui est plus intéressant, c'est que ce genre de
notations, loin de représenter à ses yeux le comble du réalisme, n'est rien d'autre pour lui qu'un artifice de mauvais
romancier. Il est probable que Balzac fait ici allusion au début
d'un roman de Paul de Kock, *André le Savoyard,* paru chez
Barba en 1826.

7. « M. Coudreux à l'enterrement de Sébastien parlant de
ses poinçons et de sa douleur. Y mettre le morceau de *La
Danse des pierres.* Il meurt avec la réputation d'un homme
pieux et le père Coudreux fait son éloge : un bien doux
jeune homme, depuis la mort de sa femme il n'est pas sorti
de chez lui » (*Pensées, sujets, fragments,* fº 8 vº, 1831). *La
Danse des pierres,* histoire d'une hallucination que le narrateur
aurait éprouvée à la cathédrale Saint-Gatien de Tours, a été
finalement réutilisée dans *Jésus-Christ en Flandre* (voir t. X,
p. 323 et suiv.).

8. Les lacunes signalées dans ce feuillet résultent d'une
mutilation.

Page 697.

1. Voir, pour deux textes analogues, la note 3 de la page 668
(premier manuscrit), où Balzac a esquissé pour la première
fois ce paysage, qui va devenir un lieu commun de sa vision
tourangelle.

Page 698.

1. Les deux dernières répliques ont été sensiblement

reprises au début d'*Eugénie Grandet* (t. III, p. 1029), où se rencontrent d'ailleurs d'autres souvenirs des *Deux Amis*.

2. Hutte, chaumière. Balzac a écrit *Wigham*.

Page 700.

a. *Le mot* La *est précédé du départ rayé d'une phrase interrompue :* Elle était excellente musicienne et *ms. 2. Le feuillet commence au mot* Elle, *dans cette partie rayée du texte.*

b. *Après ce dernier mot et un passage à la ligne, Balzac a écrit et rayé* M. de Coudreux, possesseur de *ms. 2*

DOCUMENT

LA MORT DE MA TANTE

Italie ! ne te lèveras-tu donc jamais en masse pour exterminer et les *Tedeschi* et surtout les sots livres que tant de sots ont voulu faire en ton honneur !... Comment, tu n'as pas de poète, de satirique[1], de vengeur assez audacieux pour immoler, sous une poignante moquerie, ceux qui vont te polluant sans cesse, toi et tes ravissantes figures, ton ciel chaud, tes monuments fauves, tes ardents paysages, tes montagnes bleues et tes belles vallées inondées de lumière et d'amour !

Ah ! si je vais visiter jamais ce pays de poésie et de passion, de paresse et de soleil, je serai comme un prêtre amoureux qui, prudemment, ne publie pas ses conquêtes, jouissant, dans l'ombre et le silence, des trésors complaisamment offerts à sa vue discrète...

Quoi ! cette terre n'a pas un seul vallon secret, une petite grotte — grande comme une pantoufle — brune, étroite et moussue, où puisse aborder un voyageur en s'écriant : « J'arrive ici le premier !... »

Non, le vulgaire a si bien piétiné, tâté, sali, foulé cette vieille débauchée — encore dans les langes du despotisme, et qui, au mot de : liberté !... élève sa tête, comme un enfant curieux de voir au-delà de son berceau ; il a si bien fatigué ce carrefour depuis longtemps effondré par les *aldermen*[2] et les *touristes* du monde entier, que je n'y connais pas un seul point vierge, dont la description puisse imprimer une

---

1. Le texte imprimé, à la différence du premier manuscrit des *Deux Amis*, donne, pour ce mot, la graphie devenue seule normale.
2. Ce titre, porté par des fonctionnaires municipaux de l'Angleterre ou des États-Unis, semble employé ici de manière incertaine pour suggérer des voyageurs d'une certaine importance sociale.

piquante verdeur à ce passage, où je voudrais placer LA
MORT DE MA TANTE en forme de vignette capricieusement
dessinée au bas d'un livre, pour y remplacer le mot FIN!...
Car, après tout, la mort est la fin de bien des livres!...

Eh bien, elle mourut — à un endroit que j'ai toujours
admiré dans une des estampes du voyage de l'abbé de Saint-
Non... C'est à l'extrémité de la baie de Naples. (*Voyez* la
planche XXIX.) Ah! quel ciel!... Par le corps du Christ!
l'artiste, le graveur et le typographe l'ont miraculeusement
bien rendu!... Ces nuages me réchauffent!... Il y a du feu sur
ce froid papier!... Tout le monde se dira comme moi :
« Voilà bien comme je me figure que doit être l'Italie!...
— Est-il possible de mourir sous les caresses de cette brise ?...
en respirant[1] cet air embaumé, cette haleine pleine de vie,
en voyant scintiller les facettes lumineuses de ces flots dia-
phanes qui se succèdent sur le rivage comme des mots
d'amour ?... »

À l'aspect de cette estampe, je devine qu'il est midi!
J'entends au milieu de ce profond silence les gazouillements
d'une cigale... Et voyez donc cette chèvre qui grimpe, et qui,
de ses deux lèvres lascives, arrache avec dépit la baie d'un
fruit et la feuille de cet arbre... N'admirez-vous pas aussi ce
fainéant couché qui bâille, à deux pas de ces pêcheurs groupés
autour d'un homme improvisant sur sa guitare un chant doux
et suave... Quel peuple!... il atteint sans peine ce que les
Anglais et les riches cherchent en vain... C'est là qu'il faut
aller vivre, et non pas — mourir!... Ah! quel endroit j'ai
choisi pour faire expirer ma tante!... La mort et ce paysage ?...
mais c'est une antithèse!

« La signora aurait certainement vécu fort longtemps
encore, sans le naufrage de la *Santa-Maria*[2]... disait un vieux
médecin.

— Non, docteur! Tenez, le cœur était affecté d'un anévrisme, et... elle serait toujours morte... », répondit un
chirurgien vêtu d'un tablier sanglant, et qui se grattait la
tête avec le manche de son scalpel.

Des médecins discutaient devant le cadavre ouvert de ma
pauvre tante!... Et son fils était dans le salon voisin, abîmé
dans une horrible douleur...

« N'entrez pas, mon cousin, lui dis-je, ils font l'autopsie...
— Horreur! » s'écria Sébastien.

Et il sortit dans un état d'irritation qui ressemblait à une
frénésie...

---

1. Le mot « respirant » s'enchaîne avec les derniers mots du
folio 36, dans le premier manuscrit des *Deux Amis* (voir p. 694).
2. C'est le nom de la petite « felouque » sur laquelle s'est embar-
quée la mère de Sébastien, à la fin du chapitre III du premier
manuscrit des *Deux Amis*.

Au bord de la mer, il entendit, vers le soir, le chant lugubre des prêtres qui étaient venus chercher processionnellement... le corps de sa mère...

« Monsieur, l'on n'attend plus que vous pour la cérémonie!... lui dit poliment le majordome de la Mort.

— Je n'irai pas! s'écria-t-il.

— Voilà un jeune homme bien dépravé!... répondit en murmurant le vieillard officiel.

— Il est donc sans religion!... ajouta un lazzarone.

— Il ne croit pas à la Vierge!... cria une vieille femme.

— C'est pourtant sa mère!... » dit un pêcheur.

La foule s'accrut, elle se passionna, rugit et le tumulte commença.

« Un hérétique!... un parricide!... un excommunié!... À mort, parricide!... hérétique!... »

Sébastien, immobile et froid, regarda dédaigneusement cette foule. Le convoi de sa mère se voyait dans le lointain. Les prêtres suivaient les contours du rivage pour aller au cimetière...

« Stivalissimi!... » (triples niais), cria une voix forte partie d'une large poitrine.

En apercevant un marin trapu, carré, colère, les gens du groupe ne lancèrent pas les pierres qu'ils avaient ramassées pour assommer le prétendu parricide.

« Il a sauvé sa mère!... lors du naufrage de la *Santa-Maria*!... dit le marin d'une voix mâle.

— Quoi!... c'est lui! Ah! c'est lui!... Bravo!... bravo!... bravo!... Pauvre jeune homme!... »

Puis tout à coup soixante bras s'élevèrent pour porter le héros en triomphe.

« Laissez-le donc!... s'écria le seul matelot qui eût échappé au naufrage de la *Santa-Maria*. Ne voyez-vous pas qu'il est presque évanoui de douleur?... »

Le convoi, ayant tourné l'angle d'un rocher, venait de disparaître, et Sébastien ne voyait plus, dans le lointain, les prêtres, leurs torches, le cercueil et la croix...

J'accourus, et j'aidai le matelot à porter mon cousin dans la ville où sa mère était morte la veille...

Le peuple alla se joindre au convoi, et chaque Napolitain débita pieusement un certain nombre de *Pater* et d'*Ave* sur la tombe de la signora : seule aumône qu'ils pussent faire; une aumône en nature, une prière vive et sincère!... un sentiment plus précieux que toutes les richesses de la terre, un concert de vœux pour le bonheur de la morte, pour ma tante bien-aimée!... Elle était belle encore à trente-six ans. Vous l'eussiez adorée — autant que moi qui en étais amoureux!

« Poverina!... disaient-ils en revenant, piccinina!... poverina!... »

Puis ces braves gens, mobiles comme des nuages, rencontrèrent des marionnettes en arrivant sur le port. Ils oublièrent tout pour le seigneur Polichinelle, le plus puissant de tous les souverains. La vertu, la religion sont de belles institutions ; mais à Naples, Polichinelle lutte toujours, avec succès, contre ces deux principes sociaux, et il les fait sauter joyeusement en achevant sa partie de bâton avec le commissaire...

Et comme ces Napolitains naïfs, je devais aussi un jour ne plus penser à ma tante, que, parfois, — le soir, si je retrouve un de ses geftes dans les geftes d'une jolie femme ; ou si, en regardant les tisons d'un foyer, — je reconnais dans les caprices du brasier son nez fin, plein d'enjouement... Ainsi de toutes les tantes !... — Et un jour, de moi, de vous !... La Mémoire eft une courtisane — toujours au dernier venu, au plus riche...

LE COMTE ALEX. DE B★★★

(*La Caricature,* 16 décembre 1830.)

ÉTUDES PHILOSOPHIQUES

LES MARTYRS IGNORÉS

Page 719.

1. On rencontre en effet, dans les annuaires parisiens de l'époque, le nom de Soleil fils, opticien, 35, place de l'Odéon. Le café Voltaire, fréquenté par des savants, des poètes et des étudiants, a cédé la place, en 1956, à la bibliothèque B.-Franklin. Il tirait son nom de l'ancienne dénomination de l'actuelle rue Casimir-Delavigne, appelée rue Voltaire de 1779 à 1864.

2. Il s'agit, très vraisemblablement, du jeune Étienne-Jean Georget, né en 1795 près de la Ville-aux-Dames, en Touraine, contemporain du chirurgien Velpeau (1795-1867). Le célèbre Trousseau (1801-1867) était nettement plus jeune, mais vint à Paris vers 1820, comme ses aînés. Voir l'Introduction, p. 713.

3. Balzac situe cette scène en décembre 1827. Le docteur Georget mourut phtisique, en mai 1828, fait qui confirme l'hypothèse d'une ressemblance voulue par l'auteur entre ce personnage réel et le fictif Physidor.

4. Comme tous les savants de Balzac en proie à la tyrannie des idées. Sur ce personnage appelé d'abord « Le docteur Chose » dans le manuscrit, voir l'Introduction, p. 710 et p. 713. C'eft en 1784 qu'éclata la fameuse discussion sur le

magnétisme animal, évoquée par le romancier dans *Ursule Mirouët.* Voir t. III, p. 821 et les notes de cette page.

Page 720.

1. Résine de pin fondue avec de l'eau et filtrée.

2. De même, le chapeau du distrait professeur Marmus de Saint-Leu, dans *Entre savants,* est bossué et « dans un système constant d'horripilation » (p. 533).

3. Champion du magnétisme, le docteur Bouvard, né vers 1749, apparaît surtout dans *Ursule Mirouët.* Après une brouille de 44 ans, provoquée précisément par la question du magnétisme animal, il se réconcilie en 1829 avec son ancien ami, le docteur Minoret, qu'il réussit à entraîner chez un magnétiseur spiritualiste. Convaincu par cette expérience, Minoret croit désormais au magnétisme et retrouve, grâce à cette conversion, la foi de son enfance, qu'il avait perdue. Voir, sur ce personnage, l'Introduction d'*Ursule Mirouët,* t. III, p. 759. Sur Mesmer et Deslon, voir, *ibid.,* p. 1574 et p. 1579.

4. On ne cite comme médecins, rue de Condé, à cette époque, que Portal et Pelletan, qui ne peuvent avoir inspiré la création du docteur Phantasma. La maison évoquée ici par Balzac est l'actuel numéro 26 de la rue du Condé, où Beaumarchais habita de 1763 à 1776. Cet ancien hôtel du XVIIIe siècle est devenu celui du *Mercure de France.*

5. L'aspect physique, le comportement dans la vie, la pensée philosophique, tout rappelle Wronski, tel que le présente Balzac à Mme Hanska le 1er août 1834 : « Je dois voir ces jours-ci un illustre polonais, Wronsky *(sic),* grand mathématicien, grand mystique, grand mécanicien, mais dont la conduite a des irrégularités que les gens de justice nomment des friponneries et qui vues de près sont les effets d'une misère épouvantable et d'un génie si supérieur qu'on ne saurait lui en vouloir » (*LH,* t. I, p. 237-238). Le portrait est d'ailleurs conforme à celui qui figure dans l'*Apodictique messianique* de Wronski, ouvrage posthume, publié en 1876. En créant Grodninsky, Balzac l'avait d'ailleurs présenté comme Polonais. Il renonça à cette allusion trop transparente, et en fit ensuite un Lituanien, puis un Courlandais. Sur ce personnage et ses rapports avec Balzac, on peut consulter M. Ambrière-Fargeaud, *Balzac et La Recherche de l'Absolu,* Paris, 1968, p. 68 et suiv.

6. Ce mot figure également dans *César Birotteau* (t. VI, p. 133), où Balzac parle des « gens d'une irréprochable corporence ». Il avait ici écrit d'abord « corpulence », mais a effacé le mot, préférant « corporence », vieux terme en usage au XVIe siècle.

Page 721.

1. Ces deux dernières phrases reflètent très exactement les réactions suscitées par l'attitude de Wronski face à son « disciple » Arson, dans le monde savant et dans le public parisien, lors du procès qui les opposa en 1818. Voir n. 4, p. 720.

2. Il s'agit, bien entendu, de Victor Cousin (1792-1867).

3. Cette indication elliptique sera commentée p. 730. Le succès de Goethe « vient de ce que tout le monde explique Méphistophélès à sa manière. [...] Tasse est plus beau que Faust [...] ». Voir la note 2 de la p. 730.

4. Balzac lui-même a souvent utilisé le fameux *Dictionnaire historique et critique* de Bayle (1647-1706). Il le mentionne à diverses reprises dans *La Comédie humaine*.

5. Si les premiers traits du portrait peuvent faire songer au docteur Koreff, cette précision et les allusions à Hoffmann qui suivront nous inclinent à voir se profiler dans Tschoërn l'ombre du journaliste François-Adolphe, baron de Loeve-Veimars, l'un des principaux introducteurs d'Hoffmann en France (1801-1854). Voir l'Introduction, p. 713.

6. Sur ce « double » de Balzac et ses noms successifs, voir l'Introduction, p. 711-712.

7. En 1827, date de cette scène, Balzac avait évidemment plus de vingt-trois ans. Il habita rue de Tournon de 1824 à 1826 et fréquenta alors l'établissement de la mère Gérard. Sur le portrait physique qui suit, voir l'Introduction, p. 711.

Page 722.

1. Médicament à base d'extrait du copaïer, arbre du Brésil, utilisé dans le traitement de certaines maladies vénériennes.

2. On peut s'étonner de la nationalité irlandaise de ce « fanatique de Ballanche », car c'est le condisciple vendômois de Balzac, Barchou de Penhoën, qui, l'un des premiers, s'intéressa à Ballanche. Il semble que dans ce portrait de dandy on puisse plutôt reconnaître Auguste Sanegon (1807-1835), compagnon de plaisir d'Eugène Sue et de Balzac. Voir l'Introduction, p. 713.

3. Balzac a évoqué la secte des *saints,* « ceux qui ne rient jamais, pas même au Parlement », dans *Les Amours de deux bêtes (Œuvres diverses,* éd. Conard, t. III, p. 469) et dans *Les Peines de cœur d'une chatte anglaise (ibid.,* p. 435) où il insiste sur la prononciation : *sentz.* Le mot n'apparaît que sur épreuves, substitué au mot « méthodistes ». Il s'agit de cette secte anglicane aux doctrines religieuses très sévères, qui fut fondée par John Wesley dans la première moitié du XVIIIe siècle. On donna d'abord le nom de « saints » aux membres de cette secte, qui prirent vers 1740 le nom de méthodistes parce qu'ils

voulaient ramener toutes les règles de vie à une méthode commune.

4. Balzac a également cité Thomas Moore dans *Splendeurs et misères des courtisanes* (t. VI, p. 813). Ce poète irlandais, qui avait composé des mélodies, publia en 1823 ses *Amours des anges,* dont la traduction française parut la même année et connut un immense succès. Daniel O'Connell (1775-1847), homme d'État irlandais, patriote et catholique, était également très célèbre en France, à la même époque. Ce célèbre tribun lutta passionnément pour la défense de sa patrie; il avait pris la tête d'un Comité réformiste créé par les Irlandais.

5. Sur ce personnage, voir l'Introduction, p. 711 et p. 713. Dans le portrait, les traits et le ton trahissent la rancune personnelle de Balzac, convaincu qu'il était exploité par les libraires.

6. L'astronome Joseph-Jérôme de Lalande (1732-1807), auteur d'une théorie des planètes, était notoirement athée. Il séjourna vers 1750 à la Cour de Prusse, avec Voltaire, Maupertuis et La Mettrie.

Page 723.

1. Pourquoi ce chiffre ? Peut-être pour donner à cet entretien le caractère d'une conclusion, où se trouve dégagée la théorie, qu'illustrent des anecdotes significatives.

2. Les éditions impriment ici « Le second », qui est apparemment un lapsus.

Page 724.

1. « de Toulouse », avait spontanément écrit Balzac, qui effaça immédiatement cette précision.

Page 725.

1. Bodard de Saint-James, ou plutôt Baudard de Sainte-James (voir Denise Ozanam, *Claude Baudard de Sainte-James,* Droz, 1969), trésorier de la Marine sous Louis XVI, est évoqué dans l'Étude philosophique *Sur Catherine de Médicis* (t. XI) et dans *Un début dans la vie* (t. I). Balzac connaissait bien l'histoire de sa faillite, dont s'occupa son père, alors qu'il était secrétaire au Conseil du Roi (voir M. Bouteron, *Études balzaciennes,* p. 27).

2. Ce nom, donné sous la Fronde aux partisans de Condé, parce qu'ils voulaient être les maîtres de l'État, s'appliqua par la suite aux jeunes gens qui se faisaient remarquer par leur recherche de la parure et leur ton avantageux avec les femmes.

Page 726.

1. Il s'agit de François de Lorraine, duc de Guise, dit le

Balafré (1519-1563), assassiné par Poltrot de Méré à Orléans.
Il est un personnage important de l'Étude philosophique
Sur Catherine de Médicis (t. XI). Sa femme, née Anne d'Este
(1531-1607), était la fille du duc de Ferrare Hercule II et de
Renée de France. Nous n'avons pas retrouvé la source de
l'anecdote rapportée ici. Annibal, comte de Coconas, un de
ces Italiens qui vinrent chercher fortune en France sous le
règne de Catherine de Médicis, compromis avec La Môle
dans le complot dit des Malcontents, fut arrêté et exécuté
ainsi que son complice, en 1574.

Page 727.

1. Le président Charles De Brosses (1709-1777), aussi
versé dans l'étude des sciences que dans celles des lettres
et des lois, fut l'ami de nombreux savants et gens de lettres
de l'époque. Membre de l'Académie des inscriptions et belles-
lettres, il a laissé un certain nombre d'ouvrages, notamment
d'intéressantes *Lettres historiques et critiques*, écrites d'Italie.
Balzac avait d'abord parlé de vin de Syracuse que Bouju
allait chercher chez M. de Muralt. Nous n'avons pu découvrir
l'origine de cette anecdote.

2. Il s'agit du comte Stanislas-Félix Potocki (1745-1803).
La « belle Grecque » s'appelait Sophie, dite « la belle Phana-
riote ». Le comte Potocki, qui l'avait, paraît-il, gagnée au
jeu, l'épousa en secondes noces et en eut, en 1801, une fille,
la future Mme Kisseleff. Il acheva sa vie dans son domaine
d'Ukraine Sophiowka (Zofiowka), dont les embellissements
lui coûtèrent des sommes considérables. Dans sa *Lettre sur
Kiew,* Balzac fait allusion aux énormes perles de la comtesse
Kisseleff, qui « ont pour fermoir le fameux diamant de la
célèbre Grecque, un diamant d'un million connu d'ailleurs
dans le commerce sous le nom de diamant Potocki » (*Œuvres
diverses,* éd. Conard, t. III, p. 668).

3. La même anecdote figure dans la *Physiologie du mariage,*
à la fin de la méditation XXVIII (t. XI, p. 1186).

Page 728.

1. « La peur est un sentiment morbifique à demi, explique
Balzac dans *César Birotteau,* qui presse si violemment la
machine humaine que les facultés y sont soudainement
portées, soit au plus haut degré de leur puissance, soit au
dernier de la désorganisation » (t. VI, p. 38). Ce « fou-
droiement opéré à l'intérieur » s'expliquera aisément « le
jour où les savants auront reconnu le rôle immense que joue
l'électricité dans la pensée humaine » (*ibid.*). Dans sa *Physiologie des passions,* le docteur Alibert consacre tout un chapitre
à la peur et à ses effets sur l'organisme humain. Il déclare
« qu'il y a au moins un tiers de l'espèce humaine moissonné

par les effets terribles de la peur » (Paris, 1825, t. I, p. 152-153). Il estime à un millier le nombre des cas où la peur provoque une mort soudaine et explique que la peur « comprime toutes les fonctions assimilatrices » (p. 157). Le docteur Georget, dans sa *Physiologie du système nerveux* (Paris, 1821, p. 324-325), parle de la peur, « souvent suivie d'apoplexie, de paralysie, de mort subite ». M. Le Yaouanc, dans la *Nosographie de l'humanité balzacienne* (Paris, Maloine, 1959, p. 222, n. 3), cite également un commentaire intéressant du docteur Gendrin, traducteur des *Recherches pathologiques et pratiques sur les maladies de l'encéphale et de la moelle épinière* de J. Abercrombie. Dans cet ouvrage (Paris, 1832, 2ᵉ éd., p. 314), Gendrin signale un cas d'apoplexie nerveuse constaté par Nacquart, qui, procédant à l'ouverture du cadavre, ne découvrit aucune espèce d'altération.

Page 729.

1. Rue de la Chaussée-d'Antin actuelle, nom qu'elle avait déjà porté au xviiᵉ siècle, alors qu'elle n'était qu'un chemin. Pour la source de cette anecdote, voir l'Introduction, p. 715-716.

2. Installée dans l'ancien couvent des Augustines à Chaillot, puis rue Chardon-Lagache où elle demeura jusqu'à une date toute récente, cette maison de retraite avait été créée en 1806 à l'intention d'anciens employés, fonctionnaires ou autres personnes qui avaient connu une certaine aisance. Il fallait, pour y être admis, payer une pension ou donner, à l'entrée, une certaine somme.

3. C'est-à-dire un peu plus de quatre mètres carrés. Dans *Les Comédiens sans le savoir,* le peintre Léon de Lora se vante d'être le premier à s'être préoccupé du genre Portier : « Il y a des fripons de moralité, des bateleurs de vanité, des sycophantes modernes, des septembriseurs caparaçonnés de gravité, des inventeurs de questions palpitantes d'actualité qui prêchent l'émancipation des nègres, l'amélioration des petits voleurs, la bienfaisance envers les forçats libérés, et qui laissent leurs portiers dans un état pire que celui des Irlandais, dans des prisons plus affreuses que des cabanons, et qui leur donnent pour vivre moins d'argent par an que l'État n'en donne pour un forçat... » (t. VII, p. 1177 et n. 1). L'abâtardissement tient au manque d'espace et sans doute à la présence du poêle. « Le poêle endort, il hébète et contribue singulièrement à crétiniser les portiers et les employés » (*Melmoth réconcilié,* t. X, p. 348).

4. *Les Comédiens sans le savoir* (voir la note précédente) ne sont pas le seul texte où Balzac s'en prend aux philanthropes. Il écrit, par exemple, dans *Béatrix* : « On se distingue à tout prix [...] par une affectation d'amour [...] pour le système

pénitentiaire, pour l'avenir des forçats libérés [...] pour toutes les misères sociales [...] Ce n'est pas ainsi que procèdent la Charité catholique ou la Bienfaisance, elles étudient les maux sur les plaies en les guérissant, et ne pérorent pas en assemblée sur les principes morbifiques pour le plaisir de pérorer » (t. II, p. 906-907). Le 1er janvier 1844 Balzac annonçait à Mme Hanska son intention de « faire le Tartufe *(sic)* de n[otre] temps, le Tartufe-Démocrate-Philanthrope » *(LH,* t. II, p. 328). Balzac n'acheva pas *Les Petits Bourgeois,* où ce personnage s'appelait Théodore, mais, dans le *Catalogue de La Comédie humaine* de 1845, parmi les œuvres à faire, dans les *Études philosophiques,* figurait *Le Philanthrope* (nº 115). Balzac songe ici tout particulièrement à Benjamin Appert, le fameux philanthrope qui s'occupa de propager l'enseignement mutuel avant de se consacrer à l'amélioration de l'état des prisons, peut-être aussi à Louis Moreau-Christophe, l'économiste tourangeau nommé inspecteur général des prisons de la Seine en 1830 et très préoccupé de la réforme du régime pénitentiaire.

5. C'est-à-dire 132 millions de kilomètres. Les techniques modernes, notamment la mise au point vers 1962 des techniques d'échos radars sur les planètes, ont permis d'évaluer la masse du soleil, de calculer son âge, de préciser la distance de la Terre au Soleil, qui varie de 147 (en janvier) à 153 (en juillet) millions de kilomètres, ainsi que le temps nécessaire — huit minutes et non cinq — au rayonnement de sa lumière. Balzac, dans le *Feuilleton des Journaux politiques,* avait rendu compte, le 17 mars 1830, du premier volume du *Traité de la lumière* d'Herschell *(Œuvres diverses,* éd. Conard, t. I, p. 365-366).

6. Dans ses *Notes [...] sur la propriété littéraire,* brochure de 24 pages publiée en mars 1841, Balzac, citant Ballanche (1776-1847), accompagne ce nom d'une note qui précise l'essentiel de la théorie du mystique lyonnais, auteur, notamment, d'*Essais de palingénésie sociale :* « L'humanité, déchue par le péché originel, lui apparaissait à travers l'histoire, se réhabilitant par des épreuves et des expiations individuelles dont le dernier terme était la Révolution et l'Empire. Par le jeu des institutions libérales conservées dans la Charte, le monde, obéissant à l'initiative de la France, devait arriver sans secousse à une transformation complète. » Voir l'article d'Arlette Michel, « À propos de Barchou de Penhoën. Balzac, Ballanche, Schelling », *AB 1969.*

Page 730.

1. Crispin, valet de comédie italienne rusé et fripon, paraît dans de nombreuses pièces du théâtre français entre 1650 et 1750. Il tient parfois même le rôle principal, au

contraire de Lafleur, type du valet honnête, qu'on rencontre
notamment dans les pièces de Regnard, où il a toujours un
rôle effacé.

2. Comme l'indique le contexte, Balzac, parlant du Tasse
(qui désigne le poète italien du XVIe siècle Torquato Tasso)
et de Faust, songe aux deux héros de Goethe. Dans *Le Tasse*,
drame en cinq actes et en vers (1790), Goethe a voulu peindre
l'opposition qui existe entre le caractère du poète et celui
des autres hommes et montrer les troubles d'une imagination
en proie à elle-même.

Page 731.

1. En réalité, c'est le 30 mai 1829 que cette tragédie en
cinq actes de Casimir Delavigne, tirée d'une tragédie historique de Byron, fut représentée pour la première fois à la
Porte-Saint-Martin.

2. Se dit de la victime d'une procédure judiciaire d'expulsion ou d'expropriation.

Page 732.

1. Balzac a cité également dans les *Petites misères de la vie
conjugale* Grimod de la Reynière, célèbre gastronome, auteur
de l'*Almanach des gourmands* (1758-1838).

2. En 1307, au temps où Gessler, bailli d'Albert d'Autriche, sévissait dans les Cantons, trois Suisses, Arnold,
Furst et Stauffacher, se réunirent au bord du lac de Wald-
stetten et jurèrent de sacrifier leurs vies pour la délivrance
de leur pays, dont l'acte courageux de Guillaume Tell donna
le signal. Leur serment inspira au peintre Steubel (1788-
1856) un tableau, exposé au Salon de 1824, qui le rendit
célèbre.

Page 734.

1. Comme l'indique M. Bouteron (*Œuvres diverses,* éd.
Conard, t. III, p. 716), l'*Huile de Macassar pour la crue des
cheveux* était « un produit de la parfumerie anglaise que
tenaient à Paris, Palais-Royal, 132, Naquet et Cie, marchands
de nouveautés brevetés du Roi pour l'importation de l'Huile
de Macassar ». César Birotteau voulait « couler » Macassar.
Voir t. VI, p. 46 et n. 5.

2. Dans *L'Envers de l'histoire contemporaine,* on voit le
célèbre docteur Halpersohn guérir Vanda de Mergi, « victime
du principe de la plique polonaise » (t. VIII, p. 390 et n. 1,
ainsi que p. 338 et n. 1). Le docteur J.-L. Alibert, que Balzac
connaissait et cite plusieurs fois dans *La Comédie humaine,*
s'était intéressé à cette maladie, après le docteur Nacquart
(voir à ce sujet M. Le Yaouanc, *Nosographie de l'humanité balzacienne,* Paris, Maloine, 1959, p. 301 et n. 366 de cette page).

Page 735.

1. Ravaillac, qui assassina Henri IV, Damiens, qui voulut assassiner Louis XV, Jacques Clément, l'assassin d'Henri III, Suleyman, celui du général Kléber au Caire, Louvel, celui du duc de Berry, comme Sand qui assassina Kotzebue ou comme Balthazar Gérard qui assassina Guillaume Iᵉʳ prince d'Orange à Delft en 1584, étaient tous des fanatiques, et il est intéressant de rapprocher les exemples cités ici de cette méditation de Louis Lambert : « En réfléchissant aux effets du fanatisme, Louis Lambert fut alors conduit à penser que les collections d'idées auxquelles nous donnons le nom de sentiments pouvaient bien être le jet matériel de quelque fluide que produisent les hommes plus ou moins abondamment, suivant la manière dont leurs organes en absorbent les substances génératrices dans les milieux où ils vivent » (t. XI, p. 678). Balzac lui-même avait dès sa jeunesse réfléchi à ce problème, comme l'atteste cette pensée : « On ne peut pas se refuser à donner à la pensée une force très active et dont les conséquences produisent des effets physiques — les massacres des Vêpres siciliennes, de la Saint-Barthélemy et de la Révolution française comme de toutes les Révolutions sont le résultat d'une certaine masse d'idées qui fermentaient dans les cerveaux à l'exclusion d'autres pensées — il est indubitable qu'une idée répétée a poussé le bras de J. Clément comme celui d'Harmodius » (*Lov.* A 180, fᵒ 22).

2. « Pourquoi Dieu périrait-il, parce que la substance serait pensante ? » demande Louis Lambert (t. XI, p. 653). Voir aussi l'Avant-propos de *La Comédie humaine* où se trouve développé le même point de vue (t. I, p. 16 et n. 9 et 10).

3. L'anecdote semble en réalité avoir eu pour cadre Édimbourg. Voir l'Introduction, p. 716.

Page 736.

1. Chassé, Denys II, tyran de Syracuse, s'était réfugié à Corinthe vers 343 avant Jésus-Christ.

Page 737.

1. Officier de justice qui enquêtait sur les morts violentes.

2. Quatre des contes les plus célèbres d'Hoffmann. Le titre exact du quatrième est : *Le Petit Zach, dit Cinabre.* Hoffmann (1776-1822) n'était pas berlinois de naissance, puisqu'il naquit à Königsberg, où il vécut une partie de sa jeunesse, avant de s'installer à Berlin, où il mourut en 1822.

3. Allusion aux célèbres Notices rédigées par l'éminent astronome François Arago (1786-1853), dans l'*Annuaire* du Bureau des longitudes.

4. Dans *Ursule Mirouët*, Balzac évoque « la science des fluides impondérables, seul nom qui convienne au magné-

tisme, si étroitement lié par la nature de ses phénomènes à la lumière et à l'électricité » (t. III, p. 823-824). Sur l'analogie de la pensée et de la lumière, voir p. 745, n. 1.

Page 738.

1. Cette ancienne division du règne animal, dans laquelle on groupait les échinodermes et les cœlentérés de la classification actuelle, comprenait les animaux sans vertèbres dont les organes sont disposés en rayons autour d'un centre ou d'un grand axe.

2. Dans le *Traité des excitants modernes* (voir p. 310), Balzac fait allusion aux nombreuses expériences effectuées sur des chiens exclusivement bourrés de sucre par Magendie (1783-1855), le célèbre médecin de l'Hôtel-Dieu.

Page 739.

1. Il est intéressant de rapprocher ce texte de la première des *Pensées* de Louis Lambert : « Ici-bas tout est le produit d'une *Substance éthérée*, base commune de plusieurs phénomènes connus sous les noms impropres d'Électricité, Chaleur, Lumière, Fluide galvanique, magnétisme [...] » (t. XI, p. 684). Voir aussi p. 735, n. 2. Selon Balthazar Claës, dans *La Recherche de l'Absolu*, la matière éthérée « sans doute est le mot de l'Absolu » (t. X, p. 720). Le théosophe nantais E. Richer, dont les conceptions swedenborgiennes et les œuvres inspirèrent largement *Séraphîta*, se réfère, dans sa *Nouvelle Jérusalem*, à Newton, qui plaçait « dans la matière éthérée, l'origine de tout ce qui existe » (t. V, p. 178), et à l'article « Éther » du *Dictionnaire d'histoire naturelle* publié par Deterville où on peut lire la définition suivante : « Fluide très subtil, qu'on suppose répandu dans tout l'univers [...] il est dans l'économie de l'univers ce qu'est le fluide nerveux dans l'économie animale » (t. VIII, p. 129-130). Sur la source de cette anecdote, voir l'Introduction, p. 715.

2. De *La Peau de chagrin*, où Raphaël rapporte de sa visite au naturaliste Lavrille « toute la science humaine : une nomenclature ! » (t. X, p. 242) à la *Monographie du rentier*, où l'auteur procède à cette solennelle mise en garde : « Les savants doivent aujourd'hui se défier des classifications : la Nomenclature est un piège tendu par la Synthèse à l'Analyse, sa constante rivale » (*Œuvres diverses,* éd. Conard, t. III, p. 222), Balzac n'a pas cessé de se moquer de l'impuissance des savants qui se bornent à collectionner les nomenclatures. Dans sa *Lettre à Charles Nodier,* publiée dans la *Revue de Paris,* le 21 octobre 1834, il faisait allusion précisément à notre chimie qui « a déjà dévoré tant de nomenclatures » (*Œuvres diverses,* éd. Conard, t. II, p. 565).

3. Dans *La Peau de chagrin*, Raphaël explique à Fœdora

que les idées sont « des êtres organisés, complets », vivant
dans un monde invisible (t. X, p. 150). Louis Lambert
développe la même théorie et précise que les idées sont
« bleues », dans les *Aventures administratives d'une idée heureuse*
(p. 770), où sont étudiées la physiologie et la génération des
idées et où figure, à quelques variantes près, la même anecdote (p. 769). Dans le *Catéchisme social,* Balzac déclare :
« L'homme voit, perçoit, pense, et il donne naissance à un
être appelé idée » (*Œuvres diverses,* éd. Conard, t. III, p. 705).

4. Balzac se proposait-il de traiter cette question dans *Le
Phédon d'aujourd'hui ?*

5. L'analogie de la circulation sanguine et de la circulation
nerveuse, ici exposée par Physidor, est étudiée notamment
par Georget dans sa *Physiologie du système nerveux* (Paris, 1821)
et par Chardel dans son *Esquisse de la nature humaine expliquée
par le magnétisme animal* (Paris, 1826).

Page 740.

1. Célèbre anatomiste belge (1514-1564), dont la famille
(qui à l'origine s'appelait Wittings) était originaire de Wesel,
dans le duché de Clèves. Cette origine détermina le choix
du nom de ce médecin, qui lutta pour obtenir l'autorisation
de disséquer des cadavres et créa, pour ainsi dire, la science
de l'anatomie.

2. Ici commence le texte que Balzac avait publié dans
Ecce homo et qu'il reprend en l'adaptant aux nécessités du
nouveau contexte. Voir l'Introduction, p. 705.

3. Vieux mot qui désigne la place où se tient un marché.

4. P.-G. Castex, dans son édition d'*Eugénie Grandet* (Garnier, 1965, p. XLI-XLII), établit une comparaison très convaincante entre la maison des Grandet à Saumur et celle du vieux
médecin des *Martyrs ignorés,* à Tours. La ressemblance,
effectivement frappante (voir t. III, p. 1074), confirme encore
la démonstration que fait P.-G. Castex de réalités tourangelles
dissimulées sous les apparences saumuroises, car cette maison
présente de nombreux points de ressemblance avec la demeure,
rue de la Scellerie, à Tours, du très réel docteur Bruneau,
ami de Saint-Martin et bien connu de la famille Balzac. Voir
l'Introduction, p. 705.

Page 741.

1. Cette opposition entre la vie calme de la province et la
vie agitée de la capitale représente un des thèmes favoris du
roman français au XIXᵉ siècle. Inauguré par Stendhal dans *Le
Rouge et le Noir* en 1830, ce thème, si riche et si fécond dans
La Comédie humaine, inspira notamment à Balzac la création
des *Scènes de la vie de province,* dont *Eugénie Grandet* représente
le brillant début.

2. Cette rue de Tours relie la rue Bretonneau et la rue Briçonnet, où se trouve la maison de Tristan.

3. « [...] un ben doux, un ben parfait monsieur », dit Nanon, parlant du père Grandet (t. III, p. 1071). J. Rougé, dans *Le Folklore de Touraine* (Tours, 1939, p. 402), cite cette forme tourangelle de l'adverbe « bien ».

Page 742.

1. Dans *La Peau de chagrin* (t. X, p. 259), Brisset trouve la preuve des excès de la pensée dans l' « irritation prodigieuse à l'estomac [...] la vive sensibilité de l'épigastre (etc.) ». Balzac, à propos de la digestion, explique dans *Le Cousin Pons :* « On sent un si vaste déploiement de la capacité vitale, que le cerveau s'annule au profit du second cerveau, placé dans le diaphragme [...] » (t. VII, p. 495).

2. « Croyez-vous aux apparitions [...] », demande le docteur Minoret au curé Chaperon (t. III, p. 838), qui admet la possibilité de tels phénomènes. Louis Lambert croit lui aussi aux apparitions.

3. Le curé Chaperon donne une explication analogue à Ursule Mirouët à qui son parrain est apparu. Il lui explique qu'il existe un monde des idées, idées qui sont « insaisissables à nos sens extérieurs, mais perceptibles à nos sens intérieurs » (t. III, p. 961-962). Dans *La Nouvelle Jérusalem* (Paris, 1832-1836, t. V, p. 52), Richer affirmait : « L'homme qui pense et aime sur la terre, pour se trouver en communication avec les esprits, n'a [...] besoin que de sortir du temps et de l'espace. Il n'a besoin, en un mot, que de rentrer dans sa pensée pour vivre avec eux, et dans un mode de perception différent des cinq sens connus pour les voir et les entendre. »

Page 743.

1. « *Les anges sont blancs* », déclare Louis Lambert (t. XI, p. 682). Balzac avait acheté en 1829 *Le Vrai Messie* de Guillaume Oegger, swedenborgien convaincu, qui parle d'anges blancs dans ses œuvres et, dans son *Essai d'un dictionnaire de la langue de la nature* (1831), s'attache à la symbolique des couleurs, notamment le blanc, expression de la vérité pure.

2. « toujours vigoureuses! »

3. Comme Balzac lui-même et comme beaucoup de ses personnages, Adam de Wierzschownia ou Côme Ruggieri par exemple. L'auteur de *La Comédie humaine* aime évoquer les « infatigables chercheurs » du XVIᵉ siècle, époque où une « universelle protection » était accordée aux sciences occultes. Il voit dans ces sciences le germe des sciences positives qui s'épanouissent au XIXᵉ siècle.

4. Adam de Wierzschownia, dans *La Recherche de l'Absolu,* cite lui aussi « Stahl, Becher, Paracelse, Agrippa, tous les

grands chercheurs de causes occultes » (t. X, p. 718 et notes,
p. 1639-1640) et parle avec enthousiasme de « l'alchimie,
cette chimie transcendante » *(ibid.).*

5. C'est là un des grands thèmes de la réflexion scientifique
de Balzac, dont *La Comédie humaine* atteste la permanence.
Dès l'époque des *Notes philosophiques* et du *Falthurne* de 1820,
ce problème préoccupait Balzac. Dans *La Peau de chagrin,* le
physicien Planchette, convaincu que « Tout est mouvement.
La pensée est un mouvement. La nature est établie sur le mouvement » (t. X, p. 244), s'absorbe dans une méditation sans
fin sur ce problème insoluble. Comme l'écrit Louis Lambert
à son oncle : « Le mouvement est une grande âme dont l'alliance avec la matière est tout aussi difficile à expliquer que
l'est la production de la pensée en l'homme » (t. XI, p. 655).
L'alchimiste de *Catherine de Médicis,* Laurent Ruggieri, pose le
problème du mouvement dans des termes très proches de
ceux qu'emploie ici le vieux médecin : « Ce mouvement,
pourquoi la Science ne le saisirait-elle pas ? » (t. XI, p. 431).

6. Dans *La Messe de l'athée,* Balzac accorde à Desplein
« l'antique science du Magisme, c'est-à-dire la connaissance
des principes en fusion, les causes de la vie, la vie avant la
vie, ce qu'elle sera par ses préparations avant d'être » (t. III,
p. 386). Il évoque le Magisme dans d'autres œuvres de *La
Comédie humaine,* notamment dans l'Étude *Sur Catherine de
Médicis* où Laurent Ruggieri le définit comme « la science
la plus haute parmi les Sciences Occultes » (t. XI, p. 434).

7. C'est là l'itinéraire spirituel de Louis Lambert et celui
de Balzac dans *Le Livre mystique,* tout imprégné des théories
de Richer de Nantes, qu'avait séduit le mysticisme rationnel
et scientifique de Swedenborg, fondé sur une rigoureuse
concordance entre le ciel et la terre. Comme l'explique Louis
Lambert : « Swedenborg reprend au Magisme, au Brah-
maïsme, au Bouddhisme et au Mysticisme chrétien ce que ces
quatre grandes religions ont de commun, de réel, de divin,
et rend à leur doctrine une raison pour ainsi dire mathématique » (t. XI, p. 656).

8. Certaines variétés de ces plantes de la famille des
strychnes sont extrêmement vénéneuses et contiennent,
entre autres poisons, de la strychnine. Balzac a évoqué les
strychnes dans son *Voyage de Paris à Java* (*Œuvres diverses,*
éd. Conard, t. II, p. 578) et, dans *Splendeurs et misères des
courtisanes,* prête à Desplein ce commentaire sur la mort
foudroyante de Peyrade : « C'est un poison de l'archipel de
Java, pris à des arbustes assez peu connus encore, de la nature
des *Strychnos* » (t. VI, p. 682).

Page 744.

1. Balzac évoque le philosophe inconnu, Louis-Claude de

Saint-Martin (1743-1803), dans *Le Lys dans la vallée* (voir
t. IX, p. 1010 et les notes de cette page). On peut consulter
l'article de Robert Amadou, « Balzac et Saint-Martin »,
AB 1965, p. 15.

2. Exposé du principe dont chacune des *Études philoso-*
phiques offre une rigoureuse démonstration. Comme l'écrit
Félix Davin dans l'Introduction aux *Études philosophiques* :
« [...] il est évident que M. de Balzac considère la pensée
comme la cause la plus vive de la désorganisation de l'homme,
conséquemment de la société. Il croit que toutes les idées,
conséquemment tous les sentiments, sont des dissolvants
plus ou moins actifs » (t. X, p. 1210). Voir aussi l'Introduction,
p. 704.

3. Comme l'explique Balthazar Claës à sa femme, dans
La Recherche de l'Absolu : « Toute vie implique une combustion. Selon le plus ou moins d'activité du foyer, la vie est plus
ou moins persistante » (t. X, p. 719).

4. Définition capitale pour la compréhension du système
balzacien. Il est intéressant de rappeler ici ce qu'écrit J.-J. Juge
Saint-Martin dans sa *Théorie de la pensée,* que lut très probablement Balzac : « Le mot *pensée* peut se dire de toutes les
actions de l'âme en général et de chacune en particulier,
comme le mot mouvement s'applique à toutes les actions du
corps » (Paris, 1806, p. 53).

5. C'est-à-dire l'angine de poitrine.

Page 745.

1. D'abord spiritualiste pur, Louis Lambert avait été
conduit invinciblement à reconnaître la matérialité de la pensée. Le vieux médecin pense comme Louis Lambert, comme
le héros de *La Peau de chagrin* et comme Balzac lui-même, qui,
dans l'Avant-propos, fait allusion à « tous ceux qui, depuis
cinquante ans, ont travaillé la pensée comme les opticiens ont
travaillé la lumière, deux choses quasi semblables » (t. I, p. 17)
et affirme que la pensée pourrait être « rangée un jour parmi
les fluides qui ne se révèlent que par leurs effets et dont la
substance échappe à nos sens encore agrandis par tant de
moyens mécaniques » *(ibid.,* p. 16-17). Voir aussi p. 737, n. 4.

2. À part soi, dans son for intérieur.

3. C'est toute la théorie balzacienne sur la nature et les
effets de la pensée qu'expose ici le vieux médecin. Chacune
des *Études philosophiques* représente, sous forme de démonstration, une illustration parfaite de cette théorie.

4. La découverte de la bouteille de Leyde, en 1746, par
Cuncus et Muschenbroeck, eut un énorme retentissement en
Europe. L'abbé Nollet (1700-1770), en particulier, s'intéressa
vivement à cette expérience, fondée sur l'attraction mutuelle
de l'électricité négative et de l'électricité positive, ainsi qu'a

ses effets puissants, à ses décharges violentes et parfois successives, qui donnent une idée des effets de la foudre.

5. Ce néologisme de Balzac est évidemment forgé sur le
modèle d'un adjectif comme « hypocondriaque », avec le
préfixe « hydr » se rattachant au mot grec qui signifie eau.

6. Toutes questions étudiées par Balzac, en particulier,
dans le *Traité des excitants modernes,* en 1839 (voir p. 308),
et l'article de P.-G. Castex, « Balzac et Brillat-Savarin »
(*AB 1979,* p. 7 et suiv.).

Page 746.

1. Le général Adam-Philippe comte de Custine, né à
Metz en 1740, fut mandé à Paris par le Comité de salut
public et arrêté. Accusé d'avoir livré Francfort aux Prussiens,
d'avoir donné à Mayence puis à Lille des moyens de défense
insuffisants, enfin d'avoir écrit une lettre dans laquelle il
appelait de ses vœux une dictature, celle d'un général, il fut
condamné à mort par le Tribunal révolutionnaire et exécuté
le 28 août 1793.

2. Le maréchal duc Armand de Richelieu (1696-1788), l'un
des personnages les plus célèbres de la Régence et du règne
de Louis XV, se trouve très souvent cité dans *La Comédie
humaine*. En revanche, on ne rencontre qu'ici le nom de Jean-
Baptiste Donatien, maréchal-comte de Rochambeau, qui
commanda les troupes françaises lors de la guerre d'Indépendance des États-Unis (1725-1807).

Page 747.

1. *Ce n'est pas ici le lieu.*

Page 748.

1. Comme le dit Benassis, dans *Le Médecin de campagne,*
c'est « une pensée qui tue et non le pistolet » (t. IX, p. 570
et n. 1).

2. Balzac s'est toujours intéressé au problème de la nature
et des effets de la volonté. Dès la *Physiologie du mariage* de
1826 (dite « préoriginale »), il la définissait comme une
« force nerveuse et fluide, éminemment mobile et transmis-
sible » (éd. Bardèche, Droz, 1940, p. 123). Dans *Jésus-Christ
en Flandre,* il présente la volonté comme « la seule chose qui,
dans l'homme, ressemble à ce que les savants nomment une
âme » (t. X, p. 320).

3. Le 25 mai 1793 avait été décrété un emprunt d'un
milliard sur tous les citoyens riches. Le 29 juin de la même
année, un nouveau décret précisait que l'Emprunt forcé ne
serait point fait sur les propriétés ni sur les capitaux, mais
seulement sur les revenus. Le 3 septembre 1793 parut encore
un décret relatif à cet Emprunt forcé. L'expression désigne

la contribution extraordinaire dont le gouvernement frappe certaines classes d'individus en s'engageant à leur reſtituer au bout d'un certain temps, avec ou sans intérêts, le capital prélevé sur eux. La seconde Reſtauration décréta un Emprunt forcé de cent millions.

Page 749.

1. On sait que la queſtion de la longévité obsédait le père de Balzac. Les études sur ce thème étaient en outre à la mode vers 1830. Le romancier avait songé à créer la contrepartie de Louis Lambert, le penseur tué par la pensée, dans *Ecce homo,* et montrer : « Un crétin dans une grande famille, il vit cent ans » (*Pensées, sujets, fragments,* éd. Crépet, p. 125). Voir l'Introduction, p. 706.

2. Balzac a situé la conversation en 1821 (p. 740). Or l'homme né en 1696 ne peut avoir cent vingt-sept ans qu'en 1823.

Page 750.

1. Dans *Ursule Mirouët,* Balzac fait allusion aux « écrits précieux du conseiller Carré de Montgeron » (t. III, p. 822 et n. 3), auteur de *La Vérité des miracles opérés à l'intercession de M. Pâris et autres appelants.*

2. Damiens (1714-1757), coupable d'avoir tenté d'assassiner Louis XV, fut écartelé. Il était d'une force telle que son supplice se prolongea cinquante minutes.

3. Pour Louis Lambert, « la Volonté, la Pensée étaient des *forces vives* [...] ces deux puissances étaient en quelque sorte et visibles et tangibles » (t. XI, p. 631).

4. Un de ces crimes dont sont victimes Ursule Mirouët ou Albert Savarus. « Les crimes purement moraux et qui ne laissent aucune prise à la juſtice humaine sont les plus infâmes, les plus odieux [...] », dit sévèrement à Rosalie de Watteville l'abbé de Grancey, dans *Albert Savarus* (t. I, p. 1012-1013).

Page 751.

1. Balzac a fait plusieurs allusions au *Songe* de Jean-Paul Richter (1785-1849). Voir notamment *Ursule Mirouët* (t. III, p. 938 et n. 1). Mme de Staël avait donné une traduction du *Songe* dans *De l'Allemagne* (IIᵉ partie, chap. XXVIII). Balzac a imprimé ce texte en 1827 pour les *Annales romantiques.* Dans *L'Œuvre fantaſtique de Balzac* (Didier, 1972, p. 112), Marie-Claude Amblard note que, dans *Les Martyrs ignorés,* l'allusion de Balzac simplifie le texte de Richter et le modifie quelque peu, puisque la « grande plaine » remplace le « sommet d'une colline » et le « cimetière » du *Songe.*

AVENTURES ADMINISTRATIVES
D'UNE IDÉE HEUREUSE

SIGLE

ms.   manuscrit (*Lov.* A 4).

Page 767.

1. Depuis ce titre jusqu'à la page 779 (n. 1), nous donnons le texte paru dans *Les Causeries du monde* du 10 mars 1834 dans la version de l'épreuve corrigée ensuite par Balzac pour son édition dans les *Études philosophiques,* non réalisée (cette épreuve est conservée à la bibliothèque Lovenjoul sous la cote A 4, ff⁰ˢ 16-23). Quant à l'œuvre dont il se dit le « futur auteur », souvent mentionnée entre 1831 et 1834, elle était l'un des « deux grands coups de boutoir » qu'il annonce à Mme Hanska le 22 novembre 1834 : « la tragédie de *Philippe II* et l'*Histoire de la succession du m[arqu]is de Carabas* où la question politique sera nettement décidée en faveur du pouvoir monarchique absolu » (*LH*, t. I, p. 273). Il n'écrira ni l'un ni l'autre.

Page 768.

a. rare.) / [Ceci est une épigraphe) *rayé sur l'épreuve corrigée du texte des « Causeries du monde ». À la suite, Balzac indiquait de réserver la place pour* Une dédicace de 2 pages] / FANTASQUE   *ant.*

1. L'invraisemblance du numéro de chapitre (MCCCIV), le nom de von Felinus, forgé sur Félin, signalant le caractère fantaisiste de cette référence.

Page 769.

1. Le baron Alexandre de Humboldt, naturaliste prussien, grand voyageur et fort causeur : le 3 juillet 1840, pour expliquer Hugo à Mme Hanska, Balzac évoquera sa « ravissante conversation, un peu à la Humboldt, mais supérieure et admettant un peu plus le dialogue » (*LH*, t. I, p. 683). Balzac connaissait Humboldt depuis trois ou quatre ans quand il l'évoqua ici, pour l'avoir rencontré dans l'un ou l'autre des nombreux salons où se produisait le bavard savant prussien lors de ses fréquents passages et séjours à Paris, et surtout dans le salon du peintre Gérard et celui de Sophie Gay, qui est vraisemblablement la « maîtresse de maison » titulaire à la fois du salon vanté par ce texte et de la revue où il devait paraître.

2. Allusion, entre autres, à Swedenborg et à Böhme.

Page 770.

1. Asile psychiatrique de Londres, équivalent de Sainte-Anne à Paris.

2. Dieu me damne.

3. Dans *Les Martyrs ignorés,* Balzac chargera l'allemand Tschoërn de conter une version remaniée de la pensée mise en bocaux à Londres. Voir p. 738.

Page 771.

1. Le lutin Trilby, dans la nouvelle de Charles Nodier qui porte son nom (1822), se colle aux vitres de Jeannie, dont il troublera le cœur et hantera les rêves.

2. Idée mise en œuvre l'année précédant la rédaction de ce texte à propos de Mme Firmiani (voir t. II, p. 142-147).

Page 772.

1. Bureau du ministère des Finances et des grandes administrations où l'on fait opposition aux paiements.

Page 773.

1. L'Athénée royal, situé 2, rue de Valois : « Cet établissement, consacré aux sciences et aux lettres, a été institué en 1785 sous le nom de *Lycée,* d'après la première idée donnée en 1781 par Pilatre de Rozier, sous la protection immédiate de Monsieur (depuis Louis XVIII). Des hommes de mérite dans différents genres y professent pendant plus de la moitié de l'année. Pour être admis, il faut être présenté par deux membres. L'abonnement est de 120 fr[ancs] par an. Les séances commencent à 7 h[eures] du soir » (*Almanach du commerce* pour 1833, p. 373).

2. Parodie de Hesse-Hombourg.

Page 774.

1. Joseph Lakanal (1762-1845), député de l'Ariège à la Convention en 1792, puis président du Comité de l'Instruction publique. Mis à l'écart par Napoléon, proscrit par Louis XVIII, il s'était installé aux États-Unis, s'y trouvait encore au moment où Balzac le cite, et en revint seulement en 1837.

2. On connaît surtout Joseph-Marie-François de Lassonne (1717-1788), qui fut médecin de la femme de Louis XV, Marie Leczinska, puis premier médecin de Louis XVI et de Marie-Antoinette.

3. Et tous tant qu'ils sont, c'est-à-dire, en l'occurrence, depuis le constituant et triumvir Duport jusqu'au Premier ministre Villèle, tous les hommes puissants de la Révolution à la Restauration.

4. Du nom d'une maîtresse d'Alcibiade.

Page 775.

1. Genre d'entozoaire à deux bouches.
2. Voir l'Histoire du texte de *Séraphîta*, t. XI, p. 1602-1603.

Page 776.

1. Incube et succube : démons supposés prendre respectivement les formes d'un homme et d'une femme pour s'adonner à l'amour ou au sabbat avec des humains.
2. Ces clochettes vertes montrent qu'en 1833 Balzac n'envisageait pas encore de se présenter à l'Académie française.

Page 777.

1. Mammifère sauvage, intermédiaire entre le cheval et l'âne.
2. Pont que les âmes des morts devaient emprunter pour passer au-dessus d'un abîme de feu. Dans cet abîme étaient jetés les vaincus du combat qu'elles avaient à livrer sur ce pont aux démons.

Page 778.

1. Tout au début de *Télémaque*, Fénelon avait écrit : « Calypso ne pouvait se consoler du départ d'Ulysse. Dans sa douleur, elle se trouvait malheureuse d'être immortelle. » Balzac cite encore ce même début dans *La Muse du département* (t. IV, p. 673).
2. Sept, en fait. Mais après avoir ajouté « de Henri IV, de Louis XIII » sur l'épreuve qu'il corrigeait, Balzac oublia ensuite de rectifier ce total.

Page 779.

a. la France du [18ᵉ *rayé*] 19ᵉ *ms.*

1. Fin du texte des *Causeries du monde* (et de l'épreuve corrigée) : ce texte s'achevait donc sur un hommage à la « dame hospitalière » qui devait l'accueillir. Suit le texte manuscrit des folios numérotés de 11 à 21 par Balzac (voir la fin p. 23, n. 1), conservé dans le recueil A 4 (ffᵒˢ 3-13).
2. De ces deux rafales de noms, retenons-en deux : Lepinay, parce qu'il convient de lire L'Espinay, donné un peu plus loin ; et d'Orvilliers, parce qu'il est le seul dont Balzac ait personnellement connu le titulaire : le marquis Jean-Louis Tourteau-Tourtorel d'Orvilliers, possesseur d'un château à Villeparisis et de terres qu'il voulait toujours plus considérables, d'où le surnom de « dévorant » que lui donne Balzac en écrivant à Laure, le 2 juin 1822 (*Corr.*, t. I, p. 94).

Page 780.

1. L'allégation du fait que Miron « fut le chef de la maison de L'Espinay » est discutable. S'il existe, aujourd'hui encore, des Miron de L'Espinay, le titre de François Miron était Miron d'Aussy, de Pont-le-Roy, du Tremblay, et le nom porté par son descendant actuel est Miron d'Aussy. E. Arnaud, auteur du *Répertoire de généalogie française imprimée*, à qui je dois ces indications, me précise aussi qu'il y eut au moins cinq familles du nom de L'Espinay, en Bretagne, Poitou, Maine, Touraine, Beauvaisis. François Miron avait été nommé lieutenant civil par Henri IV le 26 avril 1596, en remplacement de son père, mais il était prévôt des marchands depuis peu de temps au moment de l'action, en octobre 1605 : il avait été élu le 16 août 1604.

2. *Aldermen* serait plus correct, mais l'Académie française donne le pluriel *Aldermans*. Il s'agit d'adjoints au maire nommés par les électeurs municipaux, et auxquels George Ier attribua les fonctions de juges de paix.

3. Si cette maison subsistait encore en 1833, elle devait disparaître dans les considérables démolitions subies par ce quartier lors de l'approfondissement de l'Hôtel de Ville et l'ouverture de la rue Lobau à partir de 1838 et, dès 1836, par la première des quatre décisions d'alignement qui frappèrent jusqu'en 1845 les côtés pairs et impairs des rues Monceau-Saint-Gervais et du Pourtour-Saint-Gervais, parties de la future rue François-Miron. Quant au nom de l'Orme-Saint-Gervais, il n'était appliqué, quoiqu'en dise Balzac, ni en son temps ni auparavant, à une rue, mais à la place située devant l'église et nommée carrefour Saint-Gervais.

4. Si, à l'origine, un orme poussa par hasard dans un chéneau de l'église Saint-Gervais, un autre fut planté sur l'étroite petite place située devant sa façade. Dès le Moyen Âge, les juges rendaient la justice sous cet orme, on y acquittait rentes et dettes. D'où l'expression : « Attendez-moi sous l'orme. » Plusieurs fois centenaire, l'*Orme-Saint-Gervais* fut abattu le 2 ventôse an II. Mais son souvenir reste : il figure encore sur l'en-tête du papier à lettres du clergé de Saint-Gervais, et au centre de toutes les ferronneries des fenêtres du premier étage des maisons qui forment l'ensemble du 2 au 14 de la rue François-Miron. Quant à la fontaine de la grille du Luxembourg, construite sur un plan de Bullet en 1684, Balzac avait dû souvent passer devant elle quand il habitait rue de Tournon puis rue Cassini, alors que Mme de Berny habitait précisément rue d'Enfer (voir mon Introduction pour *Les Petits Bourgeois*, t. VIII, p. 14, n. 1), devenue aujourd'hui une partie du boulevard Saint-Michel.

5. *L'Entrée d'Henri IV à Paris*, commandée par Louis XVIII, fut exposée par le baron François Gérard au Salon de 1817.

Ce tableau mesure 9,58 m de largeur et 5,10 m de hauteur et se trouve au musée de Versailles.

6. En 1577 et plus précisément, comme le nota Pierre de L'Estoile : « Le 2 may, la ville de la Charité fut rendue par composition à Monsieur, nonobstant laquelle fut pour la plupart pillée, et plusieurs habitants tués; ne pouvant Monsieur et les autres seigneurs retenir les soldats animés au sang et au butin. » Balzac avait pu lire ce compte rendu dans l'édition faite de son temps du *Journal de Henri III et Henri IV* par Pierre de L'Estoile publié par Petitot dans sa *Collection complète des mémoires relatifs à l'Histoire de France* (Foucault, 1825), où il constitue les tomes XLV-XLIX. L'église Sainte-Croix de La Charité-sur-Loire, consacrée en 1107 par le pape Pascal II, avait été mutilée non seulement lors du sac des guerres de religion, mais de nouveau pendant la Révolution. De sa construction primitive, en forme de croix latine et comportant cinq nefs parallèles, il subsiste le chœur, une très haute tour et quelques ruines pour témoigner de la perfection de l'architecture romane aux XIe et XIIe siècles.

Page 781.

   a. homme de [trente-cinq   *rayé*] vingt-deux ans,   *ms.*
   b. les [fraises   *rayé*] raisins,   *ms.*
   c. par suite de la mort du faiseur,   *add. ms.*

1. « Pour tout événement », Balzac exagère : l'année 1605 vit la mort du pape Clément VIII, la nomination de Léon XI le 11 avril, sa mort le 27 avril, et la nomination de Paul V. Entre autres. Et ses citations, plutôt libres, sont arbitrairement liées pour prouver que l'année 1605 fut très calme. En réalité, c'est en septembre que « Le mardi 13 de ce mois, fut mis en terre, aux Augustins à Paris, M. le président de Lyon, qui mourut d'un renversement de boyaux » (*Journal de Henri III et Henri IV* par Pierre de L'Estoile, édition citée à la note précédente, t. XLVII, p. 500). Puis « L'onzième tome de Baronius fut apporté sur la fin de ce mois à Paris » (*ibid.,* p. 502). Puis, en octobre : « Une fille de Conflans en Angoumois, et une autre en Suisse vivent (ainsi qu'on dit) sans manger ni boire aucunement. Ce qui ne s'était jamais vu au monde. » Enfin : « Deux prêtres de Monmorillon consacrent l'hostie au diable, et un prêtre hermaphrodite s'est trouvé empêché d'enfant; et plusieurs autres choses miraculeuses et extraordinaires, qui toutes menacent de l'ire de Dieu » (*ibid.,* p. 503).

2. Ce nom, d'invention, fut peut-être formé d'après des noms proches de lieux qui ont joué un rôle dans la vie de Surville : Lamberville près de Saint-Lô, et Ambleville près

de Pontoise où le mari de Laure souhaitait fort être nommé en 1822. Il avait alors refusé une mutation de Bayeux à Montargis pour avoir Versailles ou Pontoise. Ce refus avait été blâmé dans une lettre à Laure, écrite le 15 juillet par Mme Balzac, qui annonçait cependant que « [leur] vieille amie Mme D[ucommun] intervenait au ministère pour faire obtenir un de ces postes à Surville » (*Lov.* A 381, ff^os 109-111. Voir aussi *Corr.,* t. I, p. 201-202). Comme je l'ai signalé dans l'Introduction, Surville fut muté à Corbeil. Notons qu'à Montargis, Surville aurait été au cœur du système des canaux de Briare, du Loing et d'Orléans dont la jonction se faisait à Buges (voir la carte, p. 758). Mais ces canaux étaient déjà construits. Par ailleurs, c'est sans doute lors de cet épisode de leur vie lié à Montargis que les Surville devaient apprendre l'existence de Léorier-Delisle, qui donnait alors l'idée d'une œuvre intitulée *Le Papetier,* puis, bien plus tard, l'essentiel du personnage de David Séchard inventeur et de ses souffrances (voir A.-M. Meininger, « *Illusions perdues* et faits retrouvés », *AB 1979,* p. 47-75).

3. Maximilien de Béthune, né à Rosny-sur-Seine le 13 décembre 1560, porta le nom du lieu de sa naissance jusqu'à peu de temps après le temps de l'action : c'est le 9 février 1606 qu'il devenait duc et pair de Sully, et c'est sous ce nom qu'il est resté dans l'histoire. Mais c'est sous son nom de M. de Rosny qu'il avait accompli la plus longue part de sa carrière active.

4. L'ajout de ces derniers mots (voir la variante *c*) était fâcheux car il augmentait d'une erreur de taille le nombre déjà important des fautes, contradictions et imprécisions de l'historique.

Page 782.

1. Néologisme ou archaïsme de la fabrication de Balzac ? Le mot, en tout cas, est « inadmissible » pour Boiste.

2. Le futur Sully possédait non pas une « maison », mais un château (et des terres) à Ablon, évoqué de façon presque obsédante par Pierre de L'Estoile car, resté protestant, M. de Rosny avait fait d'Ablon un véritable fief et refuge « religionnaire ». Pendant qu'Henri IV payait Paris d'autant de messes qu'en exigeait le rite catholique, on pratiquait à Ablon le culte protestant et un prosélytisme dont l' « historien admirable » donne nombre d'exemples, parmi lesquels, en août 1603, « le dimanche 20, il y eut un juif baptisé à Ablon qui était âgé de trente-cinq ans ou environ » ou, en décembre 1604, « un Turc » (*Journal de Henri III et Henri IV,* éd. citée, t. XLVII, p. 396 et 480).

3. Ce « vendredi 13 » est de pure invention, et toute la phrase de même, que l'on ne retrouve pas plus en octobre 1605

qu'en aucun mois de cette année-là dans le *Journal de Henri III et Henri IV*.

Page 783.

1. Aujourd'hui La Ferté-Alais. Mais l'usage de l'orthographe de La Ferté-Aleps est attesté dans tous les documents que j'ai indiqués dans les notes de l'Introduction.

2. Balzac avait employé la même expression dans *Louis Lambert*.

Page 784.

1. Il s'agit de l'arche non d'un pont mais d'une rue, qu'elle enjambait. Le nom était non Papin, mais Popin. La rue de l'Arche-Popin, dite aussi rue de l'Abreuvoir-Popin, aujourd'hui la rue Édouard-Colonne, devait son nom à Jean Popin, propriétaire du terrain sur lequel elle passait et prévôt des marchands en 1293.

2. Dans leur article « Canal (Navigation) », S. et J. Courtin indiquaient que Dutens, auteur d'une *Navigation intérieure de la France* publiée en 1829, « prétend que le canal de Briare avait été construit en vue de l'exécution du grand projet de jonction des mers, qui était la pensée dominante du siècle : beaucoup de plans furent, en effet, proposés pour l'exécution de cette fameuse jonction des mers, et un grand nombre de traités furent envoyés à Richelieu, ayant tous pour objet la même question » (*Encyclopédie moderne*, 5e éd., t. VII, p. 391).

Page 785.

1. Formant aujourd'hui le quadrilatère délimité par le boulevard Morland et le quai Henri-IV, cette île, d'abord appelée au XIVe siècle l'île des Javiaux (javelles), prit le nom de son propriétaire quand Nicolas de Louviers l'acheta au XVe siècle. En 1671, elle fut rachetée par la Ville de Paris, qui la louait à des marchands de bois. Ils y firent édifier un dépôt pour le bois flotté, puis, en 1806, un marché de bois à brûler. En 1843, le petit bras de la Seine qui séparait l'île Louviers de la rive droite devait être comblé et former l'actuel boulevard Morland. L'Arsenal se trouvait donc bien encore en bordure de ce bras de la Seine au moment où Balzac écrivait ce passage, et l'on pouvait voir l'île Louviers depuis les fenêtres du salon de Nodier, bibliothécaire résident de l'Arsenal depuis 1824.

Page 786.

a. déniché [ce merle-là *rayé*] cet aigle! *ms.*

1. Personnage imaginaire, avec clin d'œil à Félix Davin, alors « secrétaire » de Balzac pour l'Introduction aux *Études de mœurs au XIXe siècle* (voir t. I, p. 1143-1144) ? Ou person-

nage réel et plus ou moins ancêtre de Félix Davin qui en aurait parlé à Balzac ? Il existait, à la période évoquée, un Antoine Davin qu'Henri IV avait nommé « conseiller et médecin ordinaire du Roy » le 15 août 1597 et auquel il avait conféré des titres de noblesse en octobre 1606. On peut imaginer que ce conseiller-médecin ait eu un fils et qu'il l'ait placé dans le puissant entourage de M. de Rosny.

Page 787.

1. Pierre Jeannin (1540-1623), conseiller d'État puis intendant des finances, était le principal rival de Sully auprès d'Henri IV.

2. Nouveau néologisme de la fabrication de Balzac, mais qui n'encourut pas les foudres de Boiste.

Page 788.

1. Les points sont vraisemblablement destinés à être remplacés par un nom qui échappait à Balzac sur le moment même où il écrivait ce passage.

2. Autrement dit : *Elle ne vous pardonnera jamais l'assassinat de Concini.* Amant de Marie de Médicis, tout-puissant sur la veuve d'Henri IV alors régente, Concini écartait le jeune Louis du pouvoir au point que l'on put faire penser à ce dernier que sa vie même se trouvait menacée. Luynes, que Concini avait lésé, organisa une conjuration, et le maréchal d'Ancre et amant de Marie de Médicis fut massacré au moment où il entrait au Louvre, sur le pont qui enjambait les douves et menait à l'entrée principale du palais, le 24 avril 1617. Louis XIII parut alors à une fenêtre au-dessus du pont, remercia les assassins et répéta à plusieurs reprises : « Maintenant, je suis roi! » En guerre avec son fils de 1617 jusqu'en 1620, Marie de Médicis revint à la Cour après la mort de Luynes et imposa son aumônier, Richelieu, comme Premier ministre en 1624. Lors de la *journée des Dupes,* elle tenta en vain de le faire disgracier. Richelieu persuada aisément Louis XIII de la nécessité de faire exiler sa mère, qui mourut à Cologne en 1642.

Page 789.

a. déjà [29 *rayé*] 27 ans *ms.*

Page 790.

1. Fin du manuscrit sur le folio numéroté 21 par Balzac (f° 13 du recueil A 4), et brutalement interrompu puisqu'une partie de la page est restée blanche après cette phrase inachevée. Le texte qui suit — fragment préparé pour la conclusion ? — consiste en dix lignes sur une page non numérotée par Balzac (f° 14 du recueil A 4).

LE PRÊTRE CATHOLIQUE

SIGLES

ms. 1 manuscrit n° 1 (*Lov.* A 196, ff°s 2 à 7).
ms. 2 manuscrit n° 2 (*Lov.* A 196, ff°s 9 à 14).
ms. 3 manuscrit n° 3 (*Lov.* A 196, ff°s 16 à 24).

Page 795.

a. églises [romaines *rayé*] catholiques *ms. 1*
b. dépendances [; que, plus loin, la ville se *rayé*] terminées *ms. 1*
c. la [solennité du *rayé*] majestueuse *ms. 1*

1. Balzac désigne par ce terme la rue de la Psalette (voir
notre plan, t. IV, p. 1178). Cf. le faux départ du verso du
folio 6 : « Il existe à Tours un passage dont l'entrée est dans
la grande rue et qui aboutit au chœur de la cathédrale »
(t. III, p. 117).
2. Ce terme désigne ici, non pas l'ensemble du quartier
du cloître Saint-Gatien, mais la petite place Grégoire-de-
Tours. Cf. *Maître Cornélius* : « sur la porte latérale ouverte dans
la partie orientale du cloître »; le début du *Curé de Tours*
(« la petite place déserte nommée *le Cloître,* qui se trouve
derrière le chevet de Saint-Gatien, à Tours ») et le manuscrit n° 2 du *Prêtre catholique* : « dans le cloître, petite place
située derrière Saint-Gatien ». Étant donné l'emplacement
du séminaire (entre la place Grégoire de Tours et la Grande-
Rue), il semble bien que Balzac désigne ici la maison qui se
trouve à gauche de la rue de la Psalette en regardant la
cathédrale, en face du préau.

Page 796.

a. les [trois *rayé*] maisons *ms. 1*

1. Il s'agit du préau, qui servira de cadre au *Curé de Tours.*
Le chanoine Nicolas Simon, dans lequel nous voyons un
« modèle » de Chapeloud, l'acheta le 20 frimaire an XIII,
et le légua à l'archevêque en 1822 (cf. S. Jean-Bérard, « Encore
la maison du *Curé de Tours* », *AB 1968,* p. 209).

Page 797.

1. Voir notre plan, t. IV, p. 1178.

Page 798.

a. depuis [huit ans *rayé*] quelques *ms. 1*
b. *La moitié inférieure du folio 7 est blanche.*

Page 799.

1. Dans *La Comédie humaine,* on trouve un abbé de Vèze dans *L'Envers de l'histoire contemporaine,* sans qu'on puisse affirmer qu'il s'agit du même personnage.

2. « Coſtume » : forme archaïque de *coutume.*

Page 802.

a. Blanc dans ms. 2.

b. Le folio 16 porte seulement le titre : Le Prêtre catholique. *Les folios 17-20 et 24 contiennent des versions successives de cet Envoi, dont nous reproduisons la plus complète, celle du folio 17. Seul le folio 19 fournit un texte sensiblement différent :* Madame, / Vous m'avez demandé de vous écrire une hiſtoire que vous pussiez lire toute seule, où le public ne mît jamais le nez, où la critique ne portât point ses griffes pleines de boue, une hiſtoire presque vraie, aux sentimens, aux événemens de laquelle il vous fût permis de croire *ms. 3*

1. Cf. *Scène de village* (t. IX, p. 1416 et suiv.), qui semble relater une expérience personnelle de l'auteur, sur le trajet de Tours à Saché : « et, dans cette heure de soif suprême, j'eusse payé cher une tasse de lait froid ».

2. Balzac s'adresse à Mme Hanska, qu'il a rencontrée pour la première fois à Neuchâtel, en Suisse, en septembre 1833, et qu'il a retrouvée à Genève le 24 décembre de la même année. Dans un message qu'il lui adresse en janvier 1834 pendant leur séjour à Genève, Balzac lui écrit : « Comment, bébête, n'as-tu pas deviné que la dédicace était une surprise que je te voulais faire. Tu es, depuis plus de temps que tu ne penses, la pensée de ma pensée » (*Lettres à Mme Hanska,* éd. Pierrot, *BO,* t. I, p. 170). M. Pierrot pense qu'il s'agit de l' « envoi » du *Prêtre catholique.*

Page 803.

a. [Un jour, à Angoulême, un vieillard a raconté / Les Mœurs du midi de la france apparaissent déjà *rayé*] à [*sans majuscule*] *ms. 3*

1. On suppose que cette épigraphe eſt tirée d'une lettre de Mme Hanska à Balzac.

2. Du point de vue de l'utilisation romanesque des lieux, 1833 eſt une année décisive, marquée par le besoin de prendre quelque diſtance avec la Touraine. *Eugénie Grandet* (cf. notre Introduction à ce roman, t. III), si pétrie pourtant de souvenirs tourangeaux, se passe à Saumur. Nous avons ici un phénomène parallèle, d'autant plus intéressant qu'Angoulême eſt appelée à servir de cadre à la première partie d'*Illusions perdues.* De 1831 à 1833, Balzac a fait trois séjours à Angou-

lême chez son amie Zulma Carraud, dont le mari avait été
nommé, en signe de disgrâce, inspecteur de la Poudrerie.
C'est à eux que Balzac fait allusion quand il évoque « les
idées superstitieuses des gens du pays contre les étrangers ».
La division entre la France du Nord et celle du Midi vient
du baron Dupin (cf. P. Barbéris, « Balzac, Dupin et les
statistiques », *AB 1966*), mais, pour Dupin, tout le bassin
de la Loire est inclus dans le Midi sous-développé. Dans
Illusions perdues, la notion balzacienne de province ayant définitivement acquis son unité, on ne trouvera plus aucune
référence à la spécificité méridionale d'Angoulême.

Page 804.

a. l'adopter, [malgré   *deux mots illisibles rayés*] et oubliant
[ses répulsions   *rayé*] [antipathies patriotiques   *rayé*] [natio-
nales   *rayé*] [urbaine   *rayé*] ses préjugés [elle   *deux mots
illisibles rayés*] contre   *ms. 3*

Page 805.

1. Cette amorce d'intrigue rappelle celle du *Vicaire des
Ardennes* (1822).

INDICATIONS BIBLIOGRAPHIQUES

Le Prêtre catholique a été publié pour la première fois dans
la *Revue des Deux Mondes* du 15 août 1952, avec une notice
posthume du vicomte de Lovenjoul.

BERTAULT (Philippe) : « Introduction au *Prêtre catholique* »,
   Les Études balzaciennes, nouvelle série, 3-4, 1952.

LA FRÉLORE

C'est en février 1839, si la date que Balzac a placée à la
fin de la Préface d'*Une fille d'Ève* est exacte, que se situe la
première mention datée de *La Frélore* (voir t. II, p. 271).
Balzac en parle comme si l'œuvre était déjà en cours de
publication dans un journal, mais nous n'avons nulle trace
d'un projet de publication de *La Frélore* au début de 1839.
Il est vraisemblable que, même si la Préface d'*Une fille d'Ève*
date bien de février 1839, la formule sur la publication de
La Frélore y a été ajoutée au moment où le texte parut, à la
fin du mois d'août 1839.

C'est précisément de ce mois d'août que datent les documents qui concernent *La Frélore*. Le contexte est assez complexe; en gros, on peut dire que Balzac, à la Société des gens de lettres, dont il devient le président le 16 août, s'est associé, s'il n'en a pris l'initiative, au projet d'une publication à entreprendre pour venir en aide au malheureux Lassailly. Il s'agit de deux volumes collectifs à publier chez Souverain, avec des textes de Balzac, Gautier, Karr, Gozlan et Lassailly; l'opération se ferait au bénéfice de Lassailly, qui se démène pour qu'elle aboutisse. Jusqu'au 20 août 1839, le texte de Balzac qui devait figurer dans ces *Romans du cœur* est *La Frélore*. Mais, les lettres de Lassailly nous l'apprennent, *La Frélore* n'est pas prête et Balzac accepte d'y substituer *Une princesse parisienne* (voir *Corr.*, t. III, p. 681-682 et 688-689). Observons que, dans ce contexte, l'œuvre de Balzac ne devait pas fournir beaucoup plus de la moitié d'un volume in-8°, un texte dans les proportions d'*Une fille d'Ève,* sans doute.

Ne nous leurrons pas sur la générosité de Balzac. S'il *donne* un texte à Lassailly, il ne lui concède, en fait, que le droit de republier en librairie une œuvre déjà exploitée dans un journal. Si *La Frélore* n'est pas prête pour Lassailly, cela signifie aussi que *La Frélore* n'a pas encore trouvé asile dans un journal. Et au cours de ce mois d'août 1839, Lassailly trouve dans la presse un client pour *La Frélore*. Il s'agit du *Livre d'Or, Keepsake hebdomadaire,* qu'Alfred Francey et A. Léon-Noël entreprennent de lancer vers la mi-août 1839; le premier prospectus est enregistré à la *Bibliographie de la France* le 17 août. Balzac est mis par Lassailly en relation avec Léon-Noël, le reçoit (voir *Corr.*, t. III, p. 691 et 692), vend *La Frélore* au *Livre d'Or* et touche un premier effet de 500 francs, payable le 20 septembre. Quand cet accord s'est-il fait ? À coup sûr avant le 2 septembre, puisque à cette date Balzac remet à l'orfèvre Lecointe le billet de Francey (*Lov.* A 340, f° 286). Très probablement avant le 29 août : il nous semble que c'est pour remercier Lassailly que Balzac accepta de lui laisser utiliser *Une princesse parisienne ;* et aussi que c'est cet accord qui nous vaut la mention dans la Préface d'*Une fille d'Ève*.

Donc, entre le 20 et le 29 août 1839, l'accord se fait avec *Le Livre d'or.* Balzac remet de la copie que l'on compose; il corrige des épreuves — quatre jeux ont été conservés —, mais *Le Livre d'or* a des difficultés; il n'en paraît que trois livraisons, le travail de Balzac est arrêté. L'histoire de *La Frélore* paraît simple : un projet dont la réalisation est commandée par une bonne occasion de publication et qui est abandonné parce que l'affaire tourne mal... Balzac aurait rédigé le texte qui nous est parvenu pendant les quelques semaines d'existence du *Livre d'Or.*

Les choses nous paraissent cependant un peu plus compliquées. D'abord, à l'examen du dossier de *La Frélore,* on n'a nullement le sentiment d'assister, du manuscrit aux épreuves, à un véritable travail de création; l'œuvre ne progresse pas; en quatre navettes, le texte initial ne s'est guère allongé que d'une courte page qui peut constituer la conclusion d'une première livraison (voir var. *c* de la page 824 et var. *a* de la p. 825). Nous avons là un exemple de piétinement analogue à celui que l'on observe à un moment de la genèse de *César Birotteau* (voir t. VI, p. 1125-1127). Ce qui nous conduit à penser que le texte manuscrit existait avant août 1839 et qu'il date sans doute de l'époque où, dans l'élan du mouvement créateur de la trilogie sur l'art, Balzac avait rêvé de donner plus d'ampleur à cette partie de son œuvre. En revanche, il est net qu'en août 1839, le sujet ne touche plus le romancier, qui, dans l'attente, sans doute, d'un réveil de son intérêt, se livre sur la partie déjà rédigée à un travail d'artisan.

Quelques données extérieures viennent donner du poids à cette hypothèse. D'abord l'accord avec Francey. Nous n'en connaissons pas le texte, mais même si Francey était inexpérimenté et rempli d'admiration pour Balzac (voir *Corr.,* t. III, p. 765, lettre de Félix Deriège à Balzac), il ne l'était certainement pas au point de donner un effet de 500 francs, payable à court terme, en échange d'une simple promesse : le manuscrit qui nous est parvenu dut lui être remis, ou du moins montré, à cette occasion.

Par la suite, *Le Livre d'Or* étant mort, Francey tenta de récupérer au moins une partie de la somme payée à Balzac. Félix Deriège servit d'intermédiaire (voir *Corr.,* t. III, p. 765-766). Mais, en dépit d'une bonne volonté initiale de Balzac, l'accord ne se fit pas. Le dernier document en date concernant cette affaire est une lettre de Francey à Balzac du 14 décembre 1839. On envisage de remettre l'affaire à un tribunal, puis Francey propose : « Remettez-moi une somme nette de 250 fr[ancs] et je vous rendrai en échange votre épreuve de *La Frélore* et le reçu de votre main qui justifie mes réclamations. » Et Francey ajoute : « Dans le cas, Monsieur, où les conditions ci-dessus ne pourraient vous agréer, je suis décidé soit à attendre que vous publiiez votre nouvelle pour vous attaquer, soit à répondre à une action de mise en demeure dirigée par vous contre moi » (*Corr.,* t. III, p. 782).

Balzac ne fit rien. Si l'on se rend bien compte qu'il n'avait pas besoin de l'épreuve dont disposait Francey pour conserver son texte (il avait, comme presque toujours, la collection des épreuves et elle fut retrouvée en 1882 par le vicomte de Lovenjoul dans les papiers du romancier), il s'agissait pour lui de racheter 250 francs le droit de publier son texte ailleurs. Qu'il ne l'ait pas fait nous paraît indiquer nettement que, pour lui, *La Frélore* est dès cette époque une œuvre à laquelle il a renoncé.

Le manuscrit et les épreuves de *La Frélore* sont conservés à la bibliothèque Lovenjoul de Chantilly (*Lov.* A 86). Le dossier comprend une notice manuscrite du vicomte de Lovenjoul, le manuscrit de Balzac (ff^os 1-11), des lettres se rapportant à l'histoire de l'œuvre, celles de Lassailly, Léon-Noël, Deriège et Francey (ff^os 13-23) et les épreuves. On peut distinguer *épr. 1* (ff^os 25-32), *épr. 2* (ff^os 34-42), *épr. 3* (ff^os 44-50) et *épr. 4* (ff^os 50-54 *bis*). Pour des raisons qui nous échappent, les éditeurs précédents (Maurice Bardèche dans *La Femme auteur et autres fragments inédits de Balzac*, Grasset, 1951, et J.-A. Ducourneau, *BO*, t. XIX) ont choisi de reproduire *épr. 3*, ce qui les a condamnés à quelques restitutions dans le texte. Nous reproduisons *épr. 4*, où les quelques problèmes que posait aux éditeurs le texte d'*épr. 3* ont été résolus par Balzac lui-même.

SIGLES

ms. manuscrit (*Lov.* A 86).
épr. 1 Première épreuve.
épr. 2 Deuxième épreuve.
épr. 3 Troisième épreuve.
épr. 4 Quatrième épreuve.

Page 811.

a. Les guerres de la Fronde [...] en province. *épr. 1 lég. var. post.* : Ce ne fut qu'après les guerres de la Fronde que le goût de la comédie se développa. *ms.*

b. monde errant [...] de l'artiste lorrain. *épr. 2* : monde errant où vivaient ces singuliers personnages que Callot a merveilleusement représentés, et que dernièrement Hoffmann, le Berlinois, a dépeints avec de nouvelles couleurs. *épr. 1* : monde errant qui appartenait à cette nature incroyable que Callot a si bien représentée et que dernièrement Hoffmann le Berlinois a merveilleusement dépeinte. *ms.*

c. stabilité [...] toute leur valeur. *épr. 2* : stabilité pour faire des progrès et de s'exercer pour arriver à tout leur développement. *épr. 1* : stabilité. *ms.*

1. Il s'agit bien évidemment du *Roman comique*. Balzac ne semble pas particulièrement le connaître, et les références à Scarron sont fort rares sous sa plume. Voir notre Introduction et Geneviève Delattre, *Les Opinions littéraires de Balzac*, P.U.F., 1961, p. 93.

2. Le rapprochement entre les œuvres du graveur lorrain

et celles du conteur allemand n'a rien d'original. Hoffmann a lui-même intitulé un de ses recueils : *Fantaisies à la manière de Callot.*

Page 812.

a. Corneille. *épr. 1* : Corneille, Lafontaine, Pradon. *ms. Sur épr. 1, le typographe a oublié de composer le nom* Lafontaine, *ajouté en marge sur ms. Et Balzac a rayé* Pradon.

b. et des spectacles sans pareils : *[19 lignes]* cardinal de Richelieu. *épr. 2* : et des spectacles sans pareils [extraordinaires *rayé*] car tous les [temps *rayé*] siècles ont eu leurs Paganini [*même texte qu'épr. 2*] phénomènes, il [avait si bien emporté le sou <venir> *rayé*] emportait si bien la mémoire des prodiges les plus prodigieux qu'il a fallu tous les efforts de la science pour découvrir l'expérience faite cent ans avant Papin d'un pyroscaphe dans le port de Barcelone, brûlé par l'inventeur inconnu auquel on refusa le prix de sa découverte après l'épreuve [publique *rayé*] en présence de cent mille spectateurs. Comment pourrait-on avoir gardé la mémoire des grands acteurs qui jouaient alors les pièces de Hardy, le Lopez de Véga, le Scribe qui précéda le siècle de Louis XIV où nous enfermons naturellement les essais littéraires et la protection donnée aux lettres et aux arts par le Cardinal de Richelieu. *add. épr. 1. Balzac a maintenu la graphie erronée* Lopez de Véga ; *nous corrigeons.*

1. « Il y avait naguère au *Café des aveugles,* au Palais-Royal, un homme connu sous le nom de *l'Homme à la poupée.* Il était ventriloque, et le public un peu crédule croyait naïvement que c'était la poupée qui lui tenait tant de beaux discours et lui narrait tant de lamentables récits » (*Larousse du XIXᵉ siècle,* article « Poupée »).

2. On appelait ainsi les saltimbanques qui exécutaient des tours demandant une grande vigueur musculaire.

3. Comus fut un escamoteur célèbre, au début du siècle. Il mourut en 1820. Balzac le cite aussi dans *Ursule Mirouët.*

4. Le pyroscaphe est une espèce de bateau à vapeur. On lit dans le *Traité des excitants modernes* : « [...] un ancien marin qui fumait comme un pyroscaphe. »

5. Quelques années plus tard, en 1842, Balzac écrira dans la préface des *Ressources de Quinola :* « Longtemps avant que M. Arago ne mentionnât ce fait dans son histoire de la vapeur, publiée dans l'Annuaire du Bureau des Longitudes, l'auteur, à qui le fait était connu, avait pressenti la grande comédie qui devait avoir précédé l'acte de désespoir auquel fut poussé l'auteur inconnu qui, en plein XVIᵉ siècle, fit marcher par la vapeur un navire dans le port de Barcelone, et le coula lui-même en présence de deux cent mille spectateurs. » Et

dans une note de *Sur Catherine de Médicis,* il suggère que Salomon de Caux pourrait être l'auteur de cette expérience.

Page 813.

a. les formes et les idées *[11 lignes]* furent inventeurs. *épr. 1* : les formes et les idées, de là le parti pris d'idéalisation par Corneille, Racine et Molière. *ms.*

b. créèrent la Tradition à la comédie française. *épr. 2* : créèrent [le théâtre français *rayé*] les doctrines scéniques de la comédie française. *ms.*

1. Plus connue de nos jours sous le titre de *Farce de Maître Pathelin,* cette sotie médiévale était désignée au XIXe siècle par le titre *L'Avocat Patelin.* Balzac ne semble pas en avoir fait mention ailleurs.

2. C'est-à-dire après 1661. Or l'action du roman débute aux premiers jours d'avril 1654. Voir la page 449.

Page 814.

a. entrer. Les motifs qui déterminaient *[1re ligne de la page]* comédiens ambulants. *épr. 1 var. post.* : entrer, en sorte que les motifs déterminants étaient à coup sûr honteux. De là venait cette juste réprobation attachée à la profession de comédien, et qu'aucun Édit n'enleva, car ces motifs ont subsisté jusqu'à nos jours avec plus ou moins de raison, et ils avaient influencé certainement sur la vie publique et secrète des bizarres personnages enfermés dans le grenier d'une méchante maison à [Orléans *rayé*] Blois, en 1650 et qui composaient une troupe de comédiens [ambulants *rayé*] *ms.*

1. Balzac semble partager cette réprobation, au moins quand il s'adresse à Mme Hanska. En 1837, il lui écrit qu'on est venu lui demander s'il était vrai qu'il épousât « une des Elssler, une danseuse! Moi qui ne puis souffrir rien de ce qui met le pied sur un théâtre. » (*LH,* t. I, p. 482). En 1844 il dira encore qu'il n'y a « rien de vierge au théâtre » (*LH,* t. II, p. 474).

2. Le quarteron ou la quarteronne est, au sens propre, l'homme ou la femme provenant de l'union d'un Blanc avec une mulâtre ou d'une Blanche avec un mulâtre. Pour Balzac, donc, il restera toujours chez les actrices une part de mauvaises mœurs.

Page 815.

a. frire *épr. 2* : faire *ms.*

b. pour allumer des passions. *épr. 3* : pour allumer une passion. *add. épr. 2*

Page 816.

a. Ses yeux d'un bleu [...] statues grecques. *épr. 1* : Il avait les yeux d'un bleu brillant, un front d'une coupe semblable à celle des statues grecques. *ms.*

b. Rien ne surprenait [...] savez où ! *épr. 2* : Rien ne le surprenait. *ms.*

1. Le mot « virgule » désigne ici une royale, petite barbe en pointe sous la lèvre inférieure.

2. Balzac fait ici allusion à la célèbre scène des *Fourberies de Scapin* dans laquelle Scapin arrache cinq cents écus à Géronte (acte II, sc. VII).

Page 817.

a. de portier. *épr. 3* : de portier, de vendeur de billets. *ms.*

b. pour rester dans la mémoire des hommes. *add. épr. 3*

c. nombreuses. *épr. 2* : nombreuses. La nature avait doué le jeune homme d'une force remarquable. *épr. 1* : nombreuses et [qui jouissait d'une   *rayé*] que la nature avait doué d'une force remarquable. *ms.*

1. L'aboyeur est la personne chargée d'appeler les voitures à la sortie des théâtres.

2. Michel Boyron, dit Baron (1653-1729), fut un acteur de la troupe de Molière. Il fit également partie de la troupe de la veuve Raisin. Balzac le cite encore dans *Modeste Mignon* (t. I, p. 642) et *Une fille d'Ève* (t. II, p. 321). Il cite aussi son père dans *La Rabouilleuse* (t. IV, p. 360).

Page 818.

a. et parfois [...] leur défiance. *add. épr. 2*

b. Picandure, *épr. 1* : Piquandure, *ms.*

c. Dévolio, le *gracioso* [...] grande livrée, *épr. 1* : Dévolio, le comique de la troupe, chargé de l'emploi de tous les valets, de la grande livrée, *ms.*

1. Les « perruques et les manteaux », c'est-à-dire les vieillards ridicules et les vieillards graves, sérieux. Sur les « rôles à manteau », voir aussi la note 6 de la page 591 du *Théâtre comme il est.*

2. Le *gracioso* est le bouffon du théâtre espagnol. C'est un acteur indispensable de toute troupe de théâtre à l'époque. On en trouve dans le *Roman comique* de Scarron, dans la *Marion Delorme* de Hugo et dans *Le Capitaine Fracasse* de Gautier.

Page 819.

a.   , et dans ce pays [...] le théâtre chômait   *add. épr. 2 b.* que sa femme [...] avait *épr. 2* : que sa femme et Dévolio auquel il croyait plus d'invention qu'à Lafeuillée. D'ailleurs, pour conserver son crédit et sa dignité près de l'aubergiste, il avait *épr. 1* : que sa concubine, car les comédiens ne pouvaient se marier à l'église, et Dévolio auquel il croyait plus d'invention qu'à Lafeuillée. D'ailleurs il avait *ms.*

1. Le mot « grimes » désigne les rôles de vieillards ridicules. Balzac semble donner au terme le sens plus général de tout rôle pour lequel il convient de se grimer.
2. Où elle risquait les galères.

Page 820.

a. , chassés hors de leur [...] hiver neigeux, *add. épr. 3*

1. C'est-à-dire lors de la Fronde, soit entre 1648 et 1652. L'action se situe, rappelons-le, en 1654.
2. Frélore se rencontre au chapitre XVIII du *Quart livre* de Rabelais, mais n'y désigne pas une danse. Panurge s'écrie en langage de lansquenet pendant la tempête : « Tout est frélore, bigoth », tout est perdu, par Dieu.

Page 821.

a. Frélore est le nom *[p. 820, début du dernier §]* acte de désespoir. *épr. 3 lég. var. post.* : Malgré les recherches les plus ardues, il n'a pas été possible de savoir ce que signifie ce surnom donné par le sieur Piquandure à cette [orpheline ramassée *rayé*] actrice qui s'était engagée dans sa troupe en Bas-Languedoc, sans avoir jamais voulu dire les raisons qui la poussaient à cet acte de désespoir. *ms. var. post.*
b. la Rosalinde de son ami de cœur. *épr. 3* : la femme de son ami de cœur. *ms.*

1. *Mirame,* qui fut attribuée à Desmarets, est une des pièces que Richelieu fit écrire ou écrivit. Elle fut créée en janvier 1641.
2. Le chaussetier-pourpointier faisait et vendait des articles de bonneterie et des pourpoints.

Page 822.

a. comédien *épr. 2* : mime *ms.*
b. Picandure ne lui montra [...] souvent. *add. épr. 3*
c. sa femme, *épr. 1* : sa femme sous la protection de Sainte-Sébastienne, peinte en femme à qui les bas tenaient sans jarretière, *ms.*
d. depuis que ce [...] la place, *épr. 1* : depuis deux ans, *ms.*

e. sans aucun retour; *épr. 3* : sans façon; *ms.*

f. vocation, et avait [...] son brillant avenir. *épr. 3* : vocation, elle était d'ailleurs excellente danseuse et comédienne d'avenir, *épr. 1* : vocation, elle était d'ailleurs excellente danseuse, mime exquise et comédienne pour l'avenir, *ms. La disparition de* mime exquise *sur épr. 1 a été sans doute entraînée par une erreur du typographe qui avait composé :* même exquise

1. Il faut sans doute donner ici au mot parents un sens large. Car le père et la mère du Moufflon sont morts. Balzac l'a précisé, vingt lignes plus haut.

Page 823.

a. physionomie. Ses yeux ressemblaient à des yeux artificiels. *épr. 2* : physionomie, des yeux qui ressemblaient à des yeux artificiels. *épr. 1* : physionomie, des yeux vairons. *ms. Le typographe n'a pas su lire l'adjectif et a laissé un blanc sur épr. 1, ce qui a entraîné la correction de Balzac.*

b. Cette note est une add. épr. 3. Voir var. c.

c. Aucune rougeur [...] sa peau soyeuse. *épr. 3* : Aucune coloration ne nuançait cette teinte générale semblable au ton du papier de Chine dont son tissu avait le grain, le soyeux et la finesse. *ms. var. post.*

Page 824.

a. égyptien *épr. 2* : bohémien *épr. 1* : petit garçon *ms.*

b. ces désavantages [...] elle émouvait *épr. 1* : Malgré ces désavantages évidents, elle émouvait *ms.*

c. C'est au mot riches *que s'arrêtent le manuscrit au bas du folio 11 et le texte d'épr. 1. Sur épr. 2, Balzac ajoute :* lui allaient à merveille *(voir la var. d de cette page) et les lignes suivantes jusqu'à la variante a de la page 825.*

d. où le rouge et les broderies étincelaient, *add. épr. 3*

1. L'étisie est le nom de toutes les maladies qui produisent un amaigrissement extrême.

Page 825.

a. C'est aux mots s'habilla *que s'achèvent l'ajouté manuscrit d'épr. 2 (voir var. c, p. 824) et le texte d'épr. 3. Les dernières lignes sont un ajouté manuscrit d'épr. 3; elles sont imprimées sur épr. 4.*

ADAM-LE-CHERCHEUR

Page 833.

1. Si le thème de la laideur s'allie irrésistiblement, dans l'œuvre de Balzac, à celui de la séduction, lorsqu'il s'agit d'une femme, la laideur masculine en revanche représente une disgrâce physique redoutable, que l'hérédité risque encore d'accuser. Ainsi la laideur « repoussante » de Chicot devient-elle « ignoble » chez son fils, qui lui ressemble de façon frappante.

2. Comme toujours, le romancier se plaît à souligner l'aspect typique du personnage et la vérité générale du portrait.

3. Dans Chicot le bonnetier reparaissent un certain nombre de traits de César Birotteau le parfumeur, qui fut adjoint au maire du IIe arrondissement.

4. César Birotteau lui aussi possédait un bon commerce et une femme fidèle, « citée pour sa beauté » au temps où elle était première vendeuse au Petit Matelot (t. VI, p. 59). Birotteau n'eut pas de fils, mais sa fille Césarine combla son désir de paternité.

5. Une traduction des *Nuits* d'Young (par Letourneur) avait paru en 1822. C'est peut-être celle que lut Balzac. Dans *Ferragus,* premier épisode de l'*Histoire des Treize,* le jeune baron Auguste de Maulincour contemple au bal Mme Jules dont il est épris et qui dédaigne ses avances. Il « regardait alternativement cette femme et son mari. Que de réflexions ne fit-il pas ? Il recomposa toutes les nuits d'Young en un moment » (t. V, p. 809-810).

6. Situé à l'angle de l'Université et de la rue du Bac, le café Desmares, fondé jadis par le frère de la comédienne Mlle Desmares, devint sous la Restauration un café politique. Le docteur Véron cite dans ses *Mémoires d'un bourgeois de Paris* (Paris, 1856, t. III, p. 19) ce café proche de la boutique paternelle, qui devint le rendez-vous d'hommes politiques tels que Martignac et Royer-Collard, ou d'écrivains comme Sandeau, Ponsard et Gustave Planche.

7. C'est dans *César Birotteau* (t. VI, p. 191) que Balzac a créé ce personnage, en qui René Guise (t. VI, p. 191, n. 1) voit le représentant de la médecine traditionnelle face à Desplein et Bianchon, champions de la médecine moderne. À qui songeait le romancier en créant ce médecin qu'il fit reparaître dans *L'Envers de l'histoire contemporaine,* dans *Splendeurs et misères des courtisanes* et dans *Les Employés ?* Comme toujours, à plusieurs médecins réels. Haudry joue dans la vie du jeune Chicot, on l'a vu, un rôle comparable à celui du

doĉteur Auvity dans la vocation médicale de Véron. Mais
ce personnage, dont le nom était à l'origine écrit Audry dans
le manuscrit de *César Birotteau,* rappelle surtout l'authentique
doĉteur Charles-Louis-François Andry (1741-1829), qui fut
pendant vingt ans médecin-chef de la Maternité et des Enfants
trouvés et devint, grâce à l'amitié de Corvisart, médecin
consultant de Napoléon. Grand propagateur de la vaccine,
fort occupé de la rage et de la question du magnétisme animal,
Andry, dont la charité, la noblesse et le désintéressement
étaient célèbres, disait volontiers : « J'ai gentilhommé la
médecine. »

Page 834.

1. C'est-à-dire l'organisation des forces vitales. On sait
que le problème de l'usure vitale est au cœur de l'énergétique
balzacienne.

Page 835.

1. Ici s'interrompt, aux deux tiers du feuillet 3, le manuscrit d'*Adam-le-Chercheur.*

ÉTUDES ANALYTIQUES

ANATOMIE DES CORPS ENSEIGNANTS

Page 841.

1. Balzac a d'abord écrit et bien centré le titre : *Analyse des
corps enseignants.* Puis il a ajouté, devant, les mots : *Anatomie
ou.* L'écriture de l'ajouté est différente de celle du titre, mais
la photographie ne permet pas de distinguer une éventuelle
différence d'encre. L'addition nous paraît cependant relativement tardive; elle ne semble pas témoigner d'une hésitation de Balzac entre les deux mots, mais constituer plutôt
une mention destinée à lui rappeler qu'il conviendrait d'éviter
la répétition entre *Analyse* et *Études analytiques...* Voir la
Note sur l'établissement du texte, p. 840. Ce détail permet
de penser que nos fragments sont antérieurs à 1842.

2. Comprenons, en dépit de l'ambiguïté de la formule,
que Balzac ne croit pas que la femme soit « un terrain neutre ».
Pourtant on lit dans *Le Cabinet des Antiques :* « Si la Nature
a considéré la femme comme un terrain neutre, physiquement

parlant, elle ne lui a pas défendu en certains cas de s'identifier complètement à son œuvre : quand la maternité morale se joint à la maternité naturelle, vous voyez alors ces admirables phénomènes, inexpliqués plutôt qu'inexplicables, qui constituent les préférences maternelles. » (t. IV, p. 985). Cette maternité morale est importante. Dès 1831, dans *L'Enfant maudit*, Balzac demandait : « Quel savant oserait prendre sur lui de dire que l'enfant reste sur un terrain neutre où les émotions de la mère ne pénètrent pas, pendant ces heures où l'âme embrasse le corps et y communique ses impressions, où la pensée infiltre au sang des baumes réparateurs ou des fluides vénéneux » (t. X, p. 872-873).

3. « Énervés » au sens littéral, c'est-à-dire privés de nerfs.

4. J. Crépet signale qu'à l'intérieur du second plat de l'album, Balzac avait collé une gravure représentant le bossu Arnold invoquant le secours du démon, gravure sans doute tirée d'une édition des *Œuvres* de Byron. Et Balzac avait écrit au-dessous : « C'est en voyant cela que j'ai compris les causes agissant sur la génération avant la génération. C'est le *Bossu* de lord Byron, le *Bossu transformé* » (éd. cit., p. 155-156, note).

Page 842.

1. Fin du folio 86.

2. Allusion au début, célèbre, de *Tristram Shandy*. « À mon sens, lorsque mes parents m'engendrèrent, l'un ou l'autre aurait dû prendre garde à ce qu'il faisait : et pourquoi pas tous les deux puisque c'était leur commun devoir ? S'ils avaient à cet instant dûment pesé le pour et le contre, s'ils s'étaient avisés que de leurs humeurs et dispositions dominantes allaient dépendre non seulement la création d'un être raisonnable, mais peut-être l'heureuse formation de son corps, sa température, son génie, le moule de son esprit et (si douteux que cela leur parût) jusqu'à la fortune de leur maison, s'ils avaient mûrement examiné tout cela, je suis persuadé que j'aurais fait dans le monde une tout autre figure et serais apparu au lecteur sous des traits sans doute fort différents de ceux qu'il va voir. Croyez-moi, bonnes gens, la chose n'est pas une bagatelle, comme beaucoup d'entre vous le pensent » (trad. Ch. Mauron, liv. I, chap. 1, p. 7).

3. Il faut sans doute donner au mot le sens qui est le sien dans l'ancienne physiologie : fluide qui porte la vie dans les diverses parties du corps.

Page 843.

1. Fin du folio 87. On lit encore le mot *Maintenant,* plus quelques signes peu lisibles. Le vicomte de Lovenjoul y

déchiffrait *t.s.v.p.* (tournez s'il vous plaît) et enchaînait donc :
Maintenant ce qui est commencé [...] (voir A 181, f°s 95-96).
C'est une lecture possible. Nous ne l'adoptons pas, car, dans
l'*Album* tel qu'on peut le reconstituer, la suite du texte se
trouverait en regard et non au verso du feuillet : la mention
t.s.v.p. n'aurait donc pas de raison d'être.

2. Fin du folio 88. La page avait d'abord été utilisée pour
un tableau, sans doute de titres, mais très soigneusement
cancellé. Elle porte en outre deux pensées qui ne nous
paraissent pas se rapporter à notre texte. Les voici :

« L'âme est le mouvement de l'être intérieur (ensemble
des [forces *rayé*] organes intérieurs) comme la vie est le
mouvement de l'être extérieur (ensemble des organes
visibles). » « Moralité. Le bonheur et le malheur nous viennent
du même auteur, voilà la ressemblance, le bonheur nous
rend heureux et le malheur malheureux, voilà la différence. »

3. Nous n'avons pas identifié l'ouvrage auquel Balzac se
réfère ici. Il est à noter qu'il évite la référence, inévitable sur
ce sujet, à l'*Émile* de Rousseau. Peut-être l'explication est-elle
dans ce jugement sur Rousseau que Balzac exprime dans le
préambule au *Traité des excitants modernes* de 1838 : « Depuis
que les femmes des hautes classes ont nourri leurs enfants,
il s'est développé d'autres *sentimentalités*. La Société a perdu
tout ce que la Famille a gagné. Comme la nouvelle législation
a brisé la famille, le mal est plein d'avenir en France. Je suis
du nombre de ceux qui considèrent les innovations de
J.-J. Rousseau comme de grands malheurs : il a plus que
tout autre poussé notre pays vers ce système d'hypocrisie
anglaise qui envahit nos charmantes mœurs... » (voir p. 304).

4. Ce paragraphe a été ajouté par Balzac dans le mince
intervalle séparant le texte qui précède et le texte qui suit.
Il leur est donc postérieur.

5. Dans les exemples que Balzac donne, toujours malheur
se traduit par manque d'argent. Il avait noté sur une autre
page de son Album : « Spinosa vivait de 5 sous par jour.
Calvin n'a pas laissé 50 écus. Luther a laissé sa femme et ses
enfants sans pain » (f° 39).

Page 844.

1. Sans doute s'agit-il de David, vainqueur de Goliath et
devenu roi des juifs.

2. Thamas Kouli Khan, roi de Perse sous le nom de
Nadir-Schah (1688-1747). Il était, à ses débuts, simple
conducteur de chameaux. Compte tenu du contexte dans
lequel Balzac cite son nom, on peut penser qu'il le situe dans
le temps bien plus loin qu'il ne l'est.

3. Ce mot est difficilement lisible. On a également proposé :
drapiers et *orgies*. C'est aussi le dernier mot du folio 97.

4. La fin du texte se trouve sur le folio 98. Cette page portait déjà quelques notes sur M. de Boigne, des listes de noms et de titres cancellées, un sujet et une pensée qui ne nous paraissent pas se rapporter à l'*Analyse des corps enseignants*. En voici cependant le texte : « Les gens qui n'ont pas de cœur sont aussi fous et plus malheureux que ceux qui n'ont pas d'intelligence. »

INDEX

AVERTISSEMENT

Trois Index ont été conçus pour aider le lecteur à se repérer dans la présente édition. Ils seront ainsi désignés : celui des personnages fictifs, Index I; celui des personnes réelles, des personnages historiques et mythologiques, des artistes et des écrivains, Index II; celui des œuvres, Index III[1].

Ils diffèrent de ceux qu'avait établis Fernand Lotte pour la précédente édition de la Bibliothèque de la Pléiade, communément appelée édition Bouteron. Quatre additions importantes sont à noter. L'une est celle d'un index séparé des œuvres littéraires et artistiques. La deuxième est celle des variantes : en intégrant systématiquement l'apport critique de nos douze volumes, nous avons en effet ajouté aux noms et titres relevés dans le texte définitif tous ceux que Balzac avait donnés dans les états antérieurs de son œuvre et qu'il avait supprimés ou remplacés une ou plusieurs fois par d'autres noms — des fictifs se substituant aux réels ou, beaucoup plus rarement, le contraire —, par d'autres titres, par des allusions. La troisième addition est celle des allusions : il arrive que Balzac désigne plus ou moins nettement un personnage ou une œuvre sans les nommer; pour être complets nos Index II et III devaient aussi répertorier ces personnages et ces œuvres (deux signes typographiques, dont on verra plus loin l'usage, ont été affectés aux noms et titres supprimés ou donnés par allusions, que nous appellerons respectivement, pour simplifier, les « disparus » et les « implicites »). La quatrième addition est celle du relevé complet des cas où noms et titres sont devenus substantifs et doivent être pris au sens figuré : une présentation distincte permet de les repérer. Signalons enfin que les personnages anonymes recensés dans les deux premiers index sont beaucoup plus nombreux qu'ils ne l'étaient dans les index de la précédente édition de la Bibliothèque de la Pléiade.

---

1. Signalons cependant que l'Index des œuvres citées par Balzac dans *La Comédie humaine* est complété par un Index des œuvres des personnages fictifs de *La Comédie humaine*. Voir p. 1143.

Un problème est souvent posé par la délimitation entre personnages fictifs et personnages réels. Il arrive à Balzac de donner à des personnages le nom, la fonction, la situation de personnes qui ont existé, mais en modifiant des éléments importants de leur biographie : Ruffard, dans la dernière partie de *Splendeurs et misères des courtisanes,* est, comme un Ruffard réel cité dans un ouvrage lu par Balzac, dans la position caractéristique du policier qui est en même temps un criminel; mais le Ruffard réel vivait à Bordeaux, non à Paris, et il a été étranger aux affaires auxquelles Balzac le mêle. Dans ces cas-là, le nom figure dans les Index I et II, avec un renvoi. Les personnages anonymes pourvus de fonctions réelles font parfois aussi difficulté. Pour une date donnée, il semble normal d'identifier l'ambassadeur d'Espagne, le ministre de l'Intérieur, le préfet de l'Aube à ceux qui exerçaient réellement ces fonctions, et cela a été fait. Mais parfois Balzac invente des personnages de ce type. Le père de l'enfant adultérin qu'est Émile Blondet reste dans le texte préfet de l'Orne pendant dix-sept ans au moins, durant une période où cette préfecture a en fait changé de titulaire : il a donc été placé parmi les fictifs. Mais faut-il considérer comme réel un anonyme qui exerce une fonction réelle chaque fois qu'on ne peut prouver qu'il diffère de son homologue historique ? La réponse dépend de l'idée que l'on se fait de la création balzacienne. En outre, il s'agit souvent de personnages moins élevés dans la hiérarchie sociale. Par exemple, le médecin de la mairie vient, dans *Splendeurs et misères des courtisanes,* constater le décès d'Esther. Il existait sans nul doute un médecin réel attaché à cette mairie, et son nom pourrait être retrouvé. Mais il est mentionné en passant, et rien n'indique que Balzac l'ait connu; le personnage a donc été placé dans l'Index I. Nous ne nous dissimulons pas que certains choix de ce genre peuvent être discutés.

UTILISATION DES TROIS INDEX

Les œuvres qui composent *La Comédie humaine* sont désignées dans les références par des sigles dont on trouvera la liste à la fin de cet avertissement. Pour éviter de dérouter le lecteur habitué aux sigles adoptés par Fernand Lotte et traditionnellement admis, nous ne les avons changés qu'exceptionnellement. Nous avons complété la liste pour les œuvres qui ne figuraient pas dans l'ancienne édition. Nous conservons leur titre intégral aux œuvres inachevées figurant dans les appendices critiques, lorsqu'elles sont très différentes des œuvres de *La Comédie humaine* auxquelles elles ont abouti : par exemple *La Fleur des pois* pour *La Vieille Fille,* ou *Le*

Grand Propriétaire pour *Les Paysans*. Hormis ces cas, les sigles de l'œuvre définitive valent pour les versions antérieures, quels qu'en aient été les titres. Les préfaces, avant-propos, préambules de Balzac sont uniformément désignés par le sigle *Pré.*; le sigle *Hist.* désigne l'« Historique du procès auquel a donné lieu *Le Lys dans la vallée* »; seuls les mots « épilogue », « note » sont en toutes lettres. Le sigle est suivi de l'indication du tome et de la page : *UM*, III, 859 signifie donc *Ursule Mirouët*, tome III, page 859.

Les noms propres sont rangés à leur place alphabétique et, pour les membres d'une famille, dans l'ordre chronologique. Ceux qui sont précédés des particules *de, d', des, van, von, di* sont à l'initiale qui suit la particule. Seuls les noms précédés de *Du* sont à « Du ».

On remarquera parfois de légères différences de rédaction entre les Index I et II : le premier se rapproche d'un annuaire, le second d'un dictionnaire. Par exemple, pour un personnage réel, on lira ALENÇON (Jean, duc d'); pour un fictif, TRAILLES (comte Maxime de); c'est que, dans le premier cas, on a suivi l'appellation la plus rigoureuse et, dans le second, la formulation usuelle de Balzac.

A. *Caractères distincts.*

1° Petites capitales.

a. Index I. Les noms propres : nom de famille, prénom quand le nom n'est pas connu, surnom.

Exemples : TRAILLES (comte Maxime de); NANON (la grande); FIL-DE-SOIE.

b. Index II. Les noms ou prénoms des personnages réels ou littéraires.

Exemples : ABEL; ABÉLARD (Pierre); ADOLPHE.

2° Minuscules.

a. Fonctions.

Exemples pour l'Index I : Femme de chambre de Mme de Restaud (la); Pâtissier (un).

Exemple pour l'Index II : Ambassadeur d'Autriche à Paris (l').

Le nom réel du personnage est indiqué ensuite, en fonction de la date de l'intrigue. Mais, parfois, une identification d'après la fonction fait apparaître un personnage dont le nom est donné en toutes lettres ailleurs. Dans ces cas, l'ensemble des références concernant le personnage est regroupé dans l'article à son nom auquel nous renvoyons.

Exemple : Ambassadeur de France à Rome (l'), en 1824. Voir LAVAL.

Si la même fonction est exercée par plusieurs personnages distincts, les articles sont distincts, avec indication du sigle du roman.

Exemples : Garde des Sceaux (le), en 1803, dans *TA*. Voir RÉGNIER.

Garde des Sceaux (le), en 1823, 1824, 1826, dans *Pay., H, CA, MJM*. Voir PEYRONNET.

b. Sens figuré.

S'il s'applique à un personnage fictif, le nom de ce dernier est aussi en minuscules.

Exemple : Abd-el-Kader en cire (un), Lousteau, selon Mme Schontz : *MD,* IV, 739.

S'il s'applique à un personnage réel, le nom de ce dernier est en petites capitales.

Exemple : Achille des pirates (l'), MORGAN : *Pré.H13,* V, 789.

B. *Graphies des noms réels.*

Pour conserver les graphies de Balzac, on les rappelle entre guillemets, généralement avec renvoi de la mauvaise à la bonne.

Exemple : BACKHUYSEN. Voir BAKHUYSEN [où Backhuysen est rappelé].

Une exception est faite pour les noms étrangers dont l'orthographe est d'un mauvais usage courant.

L'article est au nom donné par Balzac, avec rappel du nom le plus exact, et un renvoi est fait à partir de ce dernier.

Exemple : ARIMANE ou, plutôt, AHRIMAN, [...] : *Phy.,* XI, 1204.

AHRIMAN. Voir ARIMANE.

Quand la bonne graphie et la mauvaise sont alphabétiquement contiguës, il n'y a qu'un seul article, avec rappel de la graphie de Balzac dans la référence.

Exemple : ABERGAVENNY [...] : *BS,* I, « Abergaveny » 137.

C. *Usages particuliers.*

1º Index II et III.

Dans l'Index II, les articles des écrivains et des artistes comprennent d'abord les renseignements de base suivis des références propres à leur personne, leur vie et leur œuvre, puis, dans l'ordre alphabétique, chacune de leurs œuvres avec leurs références propres et, pour chaque œuvre, leurs personnages avec leurs références.

Exemple : BEAUMARCHAIS [renseignements de base] : [références sur cet auteur].

> *Le Barbier de Séville* : [références sur cette
> œuvre].
>> Almaviva : [références sur ce personnage].
>> Bartholo : [références sur ce personnage].

Dans l'Index II, on trouvera également les personnages de fiction avec renseignements de base et les références qui leur sont propres.

Exemple : Almaviva [renseignements de base] : [références].

Dans l'Index III, on trouvera les œuvres avec renseignements de base et les références, puis leurs personnages avec leurs références.

Exemple : Le Barbier de Séville [renseignements de base] :
> [références].
>> Almaviva : [références].
>> Bartholo : [références].

2º Références et ponctuation.

Les références aux variantes et notes renvoient, selon l'usage de la Bibliothèque de la Pléiade, aux pages du texte de Balzac où se trouve l'appel de la variante ou de la note, et non aux pages correspondantes de l'appareil critique.

À l'intérieur de chaque article, quand une référence renvoie à la même œuvre que la référence précédente, le sigle de l'œuvre et le chiffre du tome ne sont pas répétés; la page seule est indiquée. Pour faciliter le repérage :

a. Dans l'Index I, les allusions successives à une même œuvre sont séparées par un point et virgule, et un point est utilisé avant de passer à une œuvre différente.

Exemple : Aiglemont (général marquis Victor d') : Âgé de trente ans en 1813 : *F30*, II, 1047; portrait : 1047. Colonel de cavalerie en 1811 : *MCP*, I, 87.

b. Dans les Index II et III, un point et virgule sépare les références d'œuvres différentes.

Exemple : Abel : *IP*, V, 704; *SetM*, VI, 789, 819.

3º Renseignements donnés par l'Index II et par l'Index III.

Dans un souci d'uniformisation, les renseignements de base sur un personnage (identification, dates) ou sur une œuvre (nature, auteur) sont toujours donnés dans l'Index, même s'ils figurent aussi dans une note de commentateur. Il n'est renvoyé aux notes que si elles apportent un élément qui ne figure pas dans ces renseignements de base. Quand, sur un personnage ou une œuvre, existent plusieurs notes, une seule est donnée si leur contenu est identique; si elles se complètent ou (rarement) divergent, elles sont toutes indiquées. Les index ayant été établis en tenant compte des notes, un renseignement figurant dans l'Index et allant dans un autre sens que le contenu d'une note doit être considéré comme une rectification de cette note.

Deux signes typographiques conventionnels permettent de distinguer respectivement les allusions ou « implicites », et les suppressions ou « disparus ».

I. Le *signe de l'allusion* [•], employé dans les Index II et III seulement, est à comprendre de la manière suivante :

A. *Personnage ou œuvre uniquement implicite.*
Quand le personnage ou l'œuvre sont identifiés dans une note, on renvoie à la note.
Exemples : • Anglès (Jules) : *PG,* III, 192 (n. 1).
              • *Justine : FYO,* V, 1097 (n. 1).
Sinon, la phrase qui permet d'identifier le personnage ou l'œuvre est donnée entre guillemets.
Exemple : • Aguado : *CP,* VII, « un financier bien connu, dont la collection était vantée, visitée, gravée » 637.

B. *Personnage tantôt nommé, tantôt implicite.*

Si, dans tout un roman, il n'est pas nommé, le • précède le sigle du roman.
Exemple : Abrantès (duchesse d') : *AS,* I, 995; *AEF,* III, 720; •*Phy.,* XI, une des « deux dames » : 908, 909 (n. 1), 910 [...].
Cet ensemble signifie que la duchesse est nommée dans *AS* et dans *AEF,* mais jamais dans *Phy.;* le texte allusif est donné soit entre guillemets, soit dans une note; parfois il ne l'est pas, si l'allusion est claire ou indiquée dans les définitions biographiques au début de l'article.
Si l'allusion est seulement dans une page, le • précède l'indication de la page.
Exemple : Albret (Jeanne d'), reine de Navarre, femme d'Antoine de Bourbon : *Cath.,* XI, 169 [...], •358 [...], •418.
Dans ce cas, •358 est pour « ma femme » dit par Antoine de Bourbon et •418 pour « la reine de Navarre ». Dans cette œuvre, toutes les autres références sont nommément à « Jeanne d'Albret ».

C. *Auteur non nommé d'une œuvre citée.*

Exemple : •Adam (Adolphe-Claude).
          Le Postillon de Longjumeau : Be., VII, 416 (n. 1); *ZM,* VIII, 838 (n. 2).

II. L'*astérisque* [*], dans les trois Index, précède un nom ou un titre figurant dans un texte supprimé par Balzac (première version fragmentaire et non retenue d'une œuvre, variantes sur ms., épreuves ou éditions), et ne se trouvant donc pas, à l'endroit considéré, dans le texte définitif[1]. L'astérisque se trouve dans les cas suivants :

A. *Suppression simple.*

1⁰ Dans un texte supprimé.
Exemple : *ALENÇON (ducs d') : *La Fleur des pois,* IV, 1439.
2⁰ Ponctuellement, dans le texte définitif, avec variante.
Exemples : *ADAM (Jean-Louis) : *FE,* II, 280 (var. *c*); ou, pour une œuvre : **Le Solitaire : IP,* V, 158 (var. *a*).

B. *Suppression avec remplacement.*

Ce fait est signalé à la fois au nom supprimé et au nom de remplacement.

1⁰ Personnage réel remplacé par un autre personnage réel (mis en petites capitales).
Exemple : *ABÉLARD, remplacé par ORIGÈNE : *LL,* XI, 679 (var. *a*).
On retrouve dans l'Index II :
ORIGÈNE : [références sans variantes].
*Abélard, ant. : *LL,* XI, 679 (var. *a*).

2⁰ Personnage réel remplacé par un personnage fictif (mis en minuscules).
Exemple : *ALIGRE (marquis d'), remplacé par le comte de Gondreville : *S,* VI, 1044 (var. *b*).
On retrouve dans l'Index I :
GONDREVILLE (comte de) : [références sans variantes].
Ant. *ALIGRE (marquis d') : *S,* VI, 1044 (var. *b*).

Un seul personnage, réel ou fictif, peut donner lieu à plusieurs variantes, comme on le constate, par exemple dans le cas d'Hugo (pour prendre un personnage réel) et dans le cas de Canalis (pour prendre un personnage fictif).
À la suite d'un article se trouvent aussi, quand il y a lieu, les emplois du nom ou du titre au sens figuré; dans les deux cas, ils sont mis en minuscules. Ainsi, à la suite des articles ADONIS, TARTUFE, NUCINGEN, *Iliade,* on trouvera : Adonis (un), Tartufe moderne (un), Nucingen (un), Iliade (une), devenus qualificatifs de tel personnage, telle œuvre ou telle action. Ces mentions n'ont que valeur indicative : certains noms figurent dans le texte, tantôt comme noms propres,

---

1. Dans les index établis par Fernand Lotte pour la précédente édition de la Bibliothèque de la Pléiade, l'astérisque, utilisé dans l'index des personnages fictifs, désignait un personnage reparaissant dans plusieurs œuvres. Nous n'avons pas retenu ce critère.

tantôt comme noms communs; et, si nous croyons avoir
relevé toutes les occurrences de « Sosie », nous ne pouvons
en être sûrs pour les « sosies ». D'autre part, il y a quelque
chose d'arbitraire à placer sous la rubrique « CÉLIMÈNE » une
phrase comme « elle a tout de Célimène » et sous la rubrique
« Célimène (une) » la phrase « c'était une vraie Célimène ».
Mais comment l'éviter sans renoncer à un recensement qui,
croyons-nous, a pourtant son intérêt ?

Certaines indications figurent à plusieurs endroits des
index; nous avons préféré cette solution à celle de renvois
trop fréquents, qui auraient rendu malaisée la consultation
de ce volume. Au demeurant, les renvois, inévitablement, sont
déjà assez nombreux.

INDEX I

Il ne nous échappe pas qu'un tel Index, par son existence
même, semble donner aux personnages fictifs de Balzac, qui
n'ont de réalité matérielle que sur le papier, et dont certaines
caractéristiques physiques, psychologiques et même biographiques changent selon les œuvres où ils apparaissent, une
présence véritable qui peut sembler abusive. Mais Balzac lui-
même concevait ses personnages comme vivants et réels; il a,
dans la Préface d'*Une fille d'Ève* (t. II, p. 265-266), donné lui-
même, fût-ce par plaisanterie, une biographie de Rastignac;
il a constamment cherché, au cours des états successifs de ses
romans, à améliorer la cohérence de ses personnages. Enfin,
sans un index de ce type, il serait extrêmement difficile aux
lecteurs et aux chercheurs de s'orienter efficacement dans *La
Comédie humaine*.

La base de notre travail reste l'index des personnages fictifs
de Fernand Lotte. Le choix des épisodes, le résumé de l'action,
demeurent souvent les siens. Des erreurs ont été corrigées,
des lacunes comblées, des formulations amendées. L'action a
été systématiquement présentée au présent.

Figurent ici tous les personnages fictifs qui portent un nom
ou un prénom. Les anonymes retenus sont naturellement
d'abord ceux qui ont un rôle dans l'action; ensuite ceux qui
ont une profession caractéristique, dont le repérage peut favoriser des études de type sociologique sur l'univers balzacien;
enfin ceux qui prononcent quelques paroles, ou accomplissent
une action quelconque autre que le simple exercice d'une
fonction banale : ont été exclus le domestique dont l'existence
n'est que mentionnée sans aucune autre précision, le valet
dont il est simplement dit qu'il ouvre une porte, le cocher
qui se contente de conduire une voiture. N'ont pas été intégrés
non plus les anonymes qui ne sont que mentionnés en liaison

avec un autre personnage. Si Balzac écrit : « à la mort de son père », « avec ses deux sœurs » ou « à ce que disait de lui un de ses amis », nous n'établissons pas d'article « père de X. », « sœurs de Y. » ou « ami de Z. », si ces personnages n'apparaissent jamais ailleurs; une telle pratique aurait entraîné un gonflement démesuré de l'Index, sans avantage réel. Mais, lorsque c'est possible, ces personnages sont mentionnés dans le corps de l'article consacré à celui à propos duquel ils figurent dans le texte : dans l'article X, on trouvera : « son père est mort »; dans l'article Y, « elle a deux sœurs »; dans l'article Z : « opinion sur lui d'un de ses amis ». Dans le même esprit, les animaux ne sont pris en compte que s'ils ont un nom, une caractéristique ou un rôle; il aurait été déraisonnable de recenser les centaines de chevaux qui n'ont d'autre mission dans *La Comédie humaine* que de porter un cavalier ou de tirer une voiture.

En ce qui concerne les dates assignées aux événements de la vie des personnages — à commencer par celles de leur naissance et de leur mort — nous nous sommes efforcés d'en donner les variations sans peut-être les repérer toutes. Le doute règne dans bien des cas. Chez Balzac, comme chez d'autres, un chiffre rond (« dix ans », « trente ans ») est souvent une approximation désignant une dizaine ou une trentaine d'années, à une ou deux près en plus ou en moins. D'autre part, le romancier fixe souvent l'âge de ses personnages ou la date d'un événement par référence à l'âge d'un autre personnage (« cinq ans de moins que son frère ») ou à un autre événement (« dix ans plus tard »); mais l'âge de cet autre personnage, la date de cet autre événement peuvent aussi être déterminés de la même manière; les évaluations sont donc parfois compliquées, les risques d'incertitude ou d'erreur multipliés. Entre les diverses œuvres de *La Comédie humaine,* parfois à l'intérieur d'une même œuvre, existent des contradictions que Balzac a souvent tenté de corriger au fil des éditions; et il lui est arrivé, ce faisant, d'en ajouter d'autres aussi graves ou plus graves. Le lecteur voudra bien garder présent à l'esprit le fait que, pour les dates comme pour le reste, cet Index, à la différence de celui des personnages réels, ne recense pas des faits historiques, mais des indications sur un texte en évolution. Malgré tout, un index ne pouvant être trop mouvant, ni multiplier à l'infini les « environ » et les « peut-être », il sera admis par convention qu'un événement survenant en 1822 (sans autre précision) dans la vie d'un personnage âgé alors de dix-huit ans fixe sa naissance, si on ne la connaît pas d'autre part, en 1804, alors que, selon le mois de sa naissance et celui de l'événement, la date exacte pourrait être 1803 ou 1805.

Pour les personnages dont le texte de *La Comédie humaine*

ne donne que la date de naissance, deux cas se présentent. Si Balzac mentionne leur mort sans en préciser la date, on trouvera par exemple, après leur nom : (1785- ?). S'il ne les a pas fait disparaître dans *La Comédie humaine,* on trouvera : (né en 1785); dans le cadre du texte balzacien, qui est celui de cet Index, ils restent vivants.

Ont été placés dans les fictifs de rares personnages qui, tout en appartenant à une famille réelle, n'ont pas, en tant qu'individus, d'existence attestée. Parfois une note le précise; ailleurs, un renvoi réciproque entre Index I et II a paru préférable.

Il va de soi que les indications biographiques données dans les articles sont nécessairement condensées et sommaires, qu'elles ne peuvent tenir compte de toute une situation romanesque, et que l'Index ne dispense jamais de recourir au texte de Balzac. Il va également de soi que, contrairement à ce qui a été fait pour les Index II et III, toutes les mentions d'un personnage n'ont pas été retenues : il ne s'agissait pas de récrire *La Comédie humaine* dans un autre ordre. Une plus grande importance a été accordée aux jalons précis de la vie d'un personnage, et à ses relations, qu'à son évolution psychologique.

L'ordre suivi à l'intérieur de chaque article est en principe chronologique; lorsque les indications nécessaires manquent, c'est l'ordre des œuvres dans la présente édition qui a été adopté.

Certains personnages ont plusieurs noms. C'est le cas des femmes que l'on voit sous leur nom de jeune fille, puis sous leur nom de femme mariée; c'est aussi celui des nobles qui changent de titre à la mort de leur père (le duc de Maufrigneuse devenant prince de Cadignan), ou des bourgeois anoblis; enfin certains personnages ont un ou plusieurs surnoms. Dans tous les cas, l'article est regroupé autour d'un seul nom, les autres étant mentionnés à leur place alphabétique avec un renvoi au premier. On a retenu pour le regroupement le nom le plus courant, celui par lequel le personnage est désigné dans l'œuvre dont il est un des protagonistes (mais certains le sont dans plusieurs œuvres), ou celui qui permet le mieux de le relier à d'autres personnages importants. Il a été impossible de fixer des critères applicables dans tous les cas, et une part d'arbitraire doit être acceptée.

Lorsqu'il existe, pour le même nom, plusieurs graphies selon les romans (par exemple, Grandville et Granville, Sérisy et Sérizy), nous groupons évidemment l'ensemble en mentionnant les deux graphies; il n'y a deux articles (l'un principal, l'autre fait d'un simple renvoi au premier) que si l'ordre alphabétique les écarte l'un de l'autre.

On a évité les adjectifs en tête de la définition des anonymes;

par exception, pour éviter des listes trop longues de
« Femmes » et d' « Hommes », on a institué des rubriques
« Jeune femme », « Jeune homme », « Vieille dame » et
« Vieille femme ».

Dans le cas des textes écrits à la première personne sans
que Balzac révèle le nom de ce « je », il a été appelé « le narrateur ». Un seul article « Narrateur » a été établi, bien que,
de toute évidence, il ne s'agisse pas toujours du même, parce
qu'un certain nombre d'entre eux, comme celui du *Message*
ou celui de *Facino Cane,* peuvent être Balzac qui a voulu se
mettre en scène : rien dans le texte ne s'y oppose, si rien ne le
prouve ; d'autres, sans être lui, sont plus ou moins proches de
lui, comme celui de *Louis Lambert*. Il était difficile d'opérer
une coupure dans ce glissement continu. Devions-nous faire
une douzaine d'articles, un par œuvre concernée ? Il a semblé
important de marquer l'unité plutôt que la diversité.

Certains petits groupes d'anonymes ont été recensés, mais
on a laissé de côté « quelques ouvriers », « une vingtaine de
soldats » ou « cent hommes ».

En revanche, le lecteur trouvera ici les types, lorsqu'ils
sont particularisés et individualisés : par exemple les différentes sortes de nobles et de notables provinciaux qui
figurent dans *La Femme abandonnée* (t. II, p. 464-466), ou « le
Tourangeau » de *L'Illustre Gaudissart* (t. IV, p. 575 et 576). Il
trouvera aussi les personnages imaginés par d'autres personnages, comme ceux que le comte Octave a inventés pour
expliquer l'absence de sa femme (*Honorine,* II, 576) ; ceux qui
apparaissent dans leurs rêves (*Jésus-Christ en Flandre,* X, 324) ;
ceux des romans imaginaires comme *L'Ambitieux par amour*
(*Albert Savarus,* I, 938-967). Tout comme les personnages
présentés directement par Balzac, ceux-là sont le produit de
son imagination, et devaient donc figurer dans un index des
personnages fictifs. Ils ne sont pas très nombreux.

Pour les articles consacrés à des personnages disparus du
texte définitif, toutes les substitutions de noms ont été relevées,
à une exception près : dans les conversations entre plusieurs
personnages, Balzac, au fil des états du texte, modifie souvent
l'attribution des répliques aux différents participants ; ces
changements n'ont pas été relevés, pour ne pas gonfler l'Index
sans profit réel.

Dans la même perspective, les anonymes disparus n'ont été
relevés que lorsqu'ils présentent quelque importance ; mais
nous savons que cette notion d'importance est subjective.

INDEX II

Toutes les occurrences sont relevées, à l'exception des suivantes.

a. Les noms ont été omis, quand ils ne visent pas vraiment des personnages, mais désignent des choses ou des fonctions générales. L'article « Louis XVI » ne comprendra pas les références au pont Louis-XVI; un procureur du Roi sous la monarchie de Juillet n'appellera pas de mention à l'article « Louis-Philippe », ni une croix de Saint-Louis à Louis (saint), ni l'été de la Saint-Martin à Martin (saint). D'où quelques bizarreries inévitables : l'article Geneviève (sainte) ne contiendra pas les mentions à « l'église Sainte-Geneviève », mais bien celle à « l'église consacrée à sainte Geneviève ». En vertu du même principe, nous n'avons pas relevé les fonctions lorsqu'elles ne sont pas liées à un individu déterminé. Mais il y a des cas douteux. Quand un personnage des *Chouans* est décrit comme « fidèle au Roi », il peut être attaché à tout Roi quel qu'il soit; « Roi » équivaut alors sensiblement à royauté, et n'a pas à être relevé; mais il peut également être fidèle à un Roi précis auquel il pense; alors, selon qu'il croit ou non à la mort du Dauphin au Temple (ce que nous ignorons et ne sommes pas en droit d'imaginer), ce Roi sera Louis XVII ou Louis XVIII.

b. Certains noms particuliers ne sont pris en compte que s'ils désignent une créature considérée comme ayant une individualité : on trouvera à l'article « Satan » un certain nombre d'évocations du diable et du démon, mais non des jurons du type « Diable! ». Là encore, le doute est permis dans certains cas. « Va au diable! » aura ou non une connotation satanique (et aura donc ou non droit de cité dans l'Index) suivant que la phrase est dite par une paysanne superstitieuse ou par un dandy parisien.

c. Les noms des personnages cités dans les préfaces signées par d'autres que Balzac (F. Davin, Ph. Charles, divers éditeurs) ne sont pas relevés.

Certaines disparités apparentes sont justifiées par le contenu du texte de Balzac. Ainsi tel maréchal d'Empire figurera à son nom, mais n'aura pas de rubrique au nom de son duché, alors que tel autre figurera aux deux rubriques, dont l'une consistera en un simple renvoi à l'autre : c'est que dans le second cas, Balzac a utilisé tantôt le nom de famille tantôt le titre, alors que dans le premier cas, il n'a jamais mentionné que le nom; mais, dans la définition, le titre figurera naturellement à la suite de ce nom.

Les personnages d'œuvres littéraires ou lyriques qui ont un nom et un prénom sont en principe à la place alphabétique de leur prénom : GEORGE DANDIN et non DANDIN (George). Exception est faite dans le cas de plusieurs personnages de la même famille, qu'il aurait été arbitraire et incommode de séparer : Karl et Franz MOOR, des *Brigands* de Schiller, sont à MOOR; Effie et Jeanie DEANS, de *La Prison d'Édimbourg* de

Scott, à DEANS. De même, pour éviter de dissocier Guillaume TELL, personnage de Rossini, de TELL (Guillaume), personnage historique, ce dernier est à GUILLAUME TELL, avec, à l'article TELL (Guillaume), un renvoi.

Lorsqu'un personnage appartient à plusieurs œuvres d'auteurs ou d'artistes différents, comme Don Juan chez Molière, Mozart et Byron, Figaro chez Beaumarchais, Rossini et Mozart, Faust chez Goethe et Delacroix, nous nous sommes efforcés de distinguer les allusions au personnage comme type ou comme mythe de celles qui renvoient à une œuvre spécifique. Ce n'est pas toujours possible.

Sauf dans de rares cas frappants et exceptionnels, nous n'avons pas retenu, dans l'article consacré à un personnage réel, les occurrences où il n'est évoqué implicitement que par l'adjectif formé sur son nom : « rabelaisien » ou « homérique » nous aurait entraînés trop loin.

Les noms et prénoms étrangers ont été donnés sous leur forme originelle et non dans leur version francisée ; la graphie de Balzac, lorsqu'elle est différente, est signalée. Exception a été faite dans quelques cas consacrés par la tradition (Jésus-Christ, Charlemagne, Mahomet, etc.).

Pour quelques personnages particulièrement importants dans *La Comédie humaine,* des notices plus détaillées ont été établies pour faciliter les repérages, notices analytiques pour Jésus-Christ et Napoléon, notices alphabétiques et chronologiques pour les trois souverains contemporains de l'essentiel de *La Comédie humaine :* Louis XVIII, Charles X et Louis-Philippe, ainsi que pour les membres les plus importants de la famille : Angoulême et Berry. Nous aurions souhaité procéder ainsi pour un plus grand nombre de personnages, mais nous avons dû nous limiter. De tels articles comportent d'ailleurs des classifications arbitraires. Une phrase de Balzac peut évidemment renvoyer à plusieurs aspects — historique, psychologique, philosophique — d'une figure comme celle de Louis-Philippe. Il a fallu choisir.

Lorsque aucune nationalité n'est indiquée, il s'agit d'un personnage français.

INDEX III

Comme dans l'Index II, toutes les occurrences explicites et implicites sont relevées.

Nous nous sommes efforcés de regrouper les rubriques autant que possible, pour éviter d'éparpiller les informations. Aux articles *Ancien Testament, Genèse, Évangile, Apocalypse,* on ne trouvera qu'un renvoi à l'article central *Bible ;* à *Enfer* et à *Paradis,* des renvois à *Divine Comédie.*

Les titres des œuvres figurent à la désignation utilisée par

Balzac, par exemple *Faublas* pour *Amours du chevalier de Faublas, Télémaque* pour *Aventures de Télémaque,* etc. Au titre exact figure un renvoi. Bien entendu, si Balzac utilise tantôt le titre exact, tantôt l'abréviation, le premier a prévalu. Les abréviations sont considérées comme des citations, et ne sont pas affectées du signe de l'implicite [•].

Les titres d'ouvrages étrangers sont cités en français, et suivis (pour les langues occidentales) du titre originel entre crochets, sauf si la différence est nulle ou négligeable.

Pour les œuvres du théâtre lyrique dont les auteurs ne sont pas mentionnés par Balzac, les auteurs de livrets ne sont pas toujours mentionnés, sauf s'il existe une raison de penser que Balzac pouvait les connaître.

Souvent les œuvres romanesques ou théâtrales ne sont citées par Balzac qu'à travers leurs personnages; l'œuvre dans ce cas n'est pas affectée du signe de l'implicite [•], qui est réservé aux personnages eux-mêmes dans les cas où ils sont seulement implicites.

Chaque œuvre de Balzac est répertoriée, sauf lorsque son titre figure dans sa propre Préface.

La plupart du temps, les commentateurs ont identifié dans leurs notes les citations faites par Balzac, et en donnent la référence exacte dans l'œuvre d'où elles proviennent (acte et scène pour les pièces de théâtre ou opéras, chapitre pour les romans très répandus, édition et page dans le cas d'une œuvre moins courante). Ce n'est que lorsque de telles indications font défaut que nous les donnons dans l'Index, ainsi que la citation elle-même à sa place alphabétique. Une citation de Virgile non identifiée figurera, par exemple, à la fois à *Dux femina facti* et à *Énéide.*

Les monuments cités par Balzac ne sont pris en compte dans l'Index que s'ils sont mentionnés pour leur valeur esthétique, et non seulement à titre topographique.

PIERRE CITRON, ANNE-MARIE MEININGER.

Outre les collaborateurs de l'édition, nous tenons à remercier, pour les précieuses indications qu'ils ont bien voulu nous fournir, MM. François Lesure, Roger Pierrot, Joseph Rovan, André Tissier, ainsi que Mme M. Gounon, qui, chargée de convertir dans l'Index des personnages fictifs les pages de l'ancienne édition de la Bibliothèque de la Pléiade en celles de la nouvelle, a fait — à cette occasion — de nombreuses remarques qui nous ont été précieuses.

LISTE DES SIGLES
UTILISÉS DANS CES INDEX

Gb.	Gobseck.
GH	Un grand homme de province à Paris.
Gr.	La Grenadière.
GS	La Gloire des sots.
H	Honorine.
HA	Un homme d'affaires.
Hist.	Historique.
HP	L'Hôpital et le Peuple.
H13	Histoire des Treize.
IG	L'Illustre Gaudissart.
In.	L'Interdiction.
IP	Illusions perdues.
JCF	Jésus-Christ en Flandre.
LL	Louis Lambert.
Lys	Le Lys dans la vallée.
Ma.	Les Marana.
MC	Le Médecin de campagne.
MCP	La Maison du chat-qui-pelote.
MD	La Muse du département.
Méf.	Les Méfaits d'un procureur du Roi.
Mes.	Le Message.
MI	Les Martyrs ignorés.
MJM	Mémoires de deux jeunes mariées.
MM	Modeste Mignon.
MN	La Maison Nucingen.
MR	Melmoth réconcilié.
P	Pierrette.
Pay.	Les Paysans.
PC	Le Prêtre catholique.
PCh.	La Peau de chagrin.
Per.	Perdita.
PG	Le Père Goriot.
PGr.	Pierre Grassou.

Phy.	Physiologie du mariage.
PJV	Le Programme d'une jeune veuve.
PM	La Paix du ménage.
PMV	Petites misères de la vie conjugale.
PP	Les Parents pauvres.
Pr.B	Un prince de la Bohème.
Pré.	Préface.
Pro.	Les Proscrits.
PVS	Pathologie de la vie sociale.
R	La Rabouilleuse.
RA	La Recherche de l'Absolu.
Réq.	Le Réquisitionnaire.
S	Sarrasine.
Sér.	Séraphîta.
SetM	Splendeurs et misères des courtisanes.
SMA	Sœur Marie des Anges.
SPC	Les Secrets de la Princesse de Cadignan.
SVparis.	Scènes de la vie parisienne.
SVprov.	Scènes de la vie de province.
SVpriv.	Scène de la vie privée.
TA	Une ténébreuse affaire.
Th.	Le Théâtre comme il est.
UM	Ursule Mirouët.
Ve.	El Verdugo.
Ven.	La Vendetta.
VF	La Vieille Fille.
Vis.	Mademoiselle du Vissard.
VV	Valentine et Valentin.
ZM	Z. Marcas.

INDEX DES PERSONNAGES FICTIFS
DE « LA COMÉDIE HUMAINE »

Index établi d'après celui de F. Lotte
revu et augmenté
par Pierre Citron et Anne-Marie Meininger

*A (Mlle), remplacée par BELOR (Mlle de) : *CM*, III, 592 (var. *a*).

Abbé non assermenté (un). En 1795, devenu prote du père Séchard, puis, sous la Restauration, évêque et pair de France : *IP*, V, 125.

Abbé (un jeune). L'abbé Gaudron paie sa pension au séminaire ; en 1824, secrétaire de Son Éminence le Grand Aumônier : *E*, VII, 1036.

Abbé de San-Lucar (l'). Choisi par Don Juan Belvidéro pour diriger les consciences de sa famille ; bel homme, il est tenté par Dona Elvire : *ELV*, XI, 488, 489 ; décidé à canoniser Don Juan réincarné, dans l'église de San-Lucar : 492 ; il meurt « mordu au crâne » par la fausse relique de Don Juan, qui lui crie sa rancune : « Souviens-toi de dona Elvire. » : 495.

Abbé (un vieil) [? – vers 1828]. Ancien directeur de séminaire, prêtre apostat. Charitable, lettré, mais frustre une nièce de son héritage, et, en état de somnambulisme, vient raconter à un jeune poète ses affreuses débauches : *SMA*, XII, 341-343.

Abbé (un). Ami de la comtesse du Gua, au Plougal : *Vis.*, XII, 634-637.

Abbés (les) prudents, du chapitre de Besançon : *AS*, I, 932.

ABD-EL-KADER. Pur-sang anglais, offert en cadeau de mariage au jeune ménage du Guénic par la vicomtesse de Grandlieu : *B*, II, 873.

ABEL¹. Aîné des quatre enfants d'Hélène d'Aiglemont et de Victor, le Capitaine parisien ; rencontré à bord de l'*Othello* par le général d'Aiglemont vers 1832 : *F30*, II, 1192 ; périt avec son père et ses frères (ou son frère et sa sœur) dans le naufrage de l'*Othello* : 1200.

ABENCÉRAGE (l') : *MJM*, I, 266. Voir MACUMER (baron Felipe de).

ABRAMKO. Juif polonais ; cerbère de l'hôtel particulier d'Élie Magus, rue des Minimes, en 1840. Intéressé à la longévité de son maître : *CP*, VII, 595, il a dressé trois féroces chiens de garde qui rendent impossible tout vol nocturne : 596.

Absolutiste (un). Son opinion sur l'instruction publique en France : *PCh.*, X, 103.

Accoucheur (l') de la comtesse de Bauvan. Pour obliger le comte de Bauvan, le meilleur accoucheur de Paris consentit à jouer auprès de sa parturiente le rôle d'un petit chirurgien de faubourg : *H*, II, 555.

Accusateur public de Carentan (l'). Ancien procureur à Caen, chargé jadis des intérêts de la famille de Dey. En 1793, tente d'inspirer de l'amour à la comtesse, en s'efforçant de la protéger : *Réq.*, X, 1108 ; lui assure qu'il est au courant de l'imminente arrivée de cent réquisitionnaires : 1110 ; accepte de fermer les yeux, à condition que l'intéressé disparaisse à l'aube ; sauve ainsi la famille, et lui-même : 1117.

Accusateur public au procès Michu-Simeuse-Hauteserre (l') [en réalité, le procureur était alors M. Jaillant]. Procède à l'interrogatoire des inculpés : *TA*, VIII, 656-659 ; interroge Marthe Michu sur un caveau caché sous les ruines de l'ancien monastère de Nodesme, ayant servi à la séquestration du sénateur Malin de Gondreville : 667, 668 ; persuadé de la culpabilité de

---

1. Voir la note 1 de la page 1145.

Michu et de sa femme : 668 ; interroge le sénateur, qui vient d'être libéré par des inconnus : 669 ; son réquisitoire : 670.

ACHILLE (M.). Célibataire. Minotaurisait un mari trop gourmand : *Phy.*, XI, 1181.

Acquéreur des biens des Tascheron (l'). Voir Corrézien (un).

Actrice du Panorama-Dramatique (une). Elle joue un rôle de paysanne ; ex-maîtresse d'un Anglais, marchand de cirage, jalouse de Florville : *IP*, V, 374, 375.

ADÈLE. Servante, au service des Rogron, à Provins, en 1824. Grosse Briarde. Accueille Pierrette Lorrain à sa descente de la diligence : *P*, IV, 74 ; la protège contre les fureurs de Sylvie Rogron : 75 ; seule à gâter l'enfant : 89 ; renvoyée en 1827, elle est remplacée par Pierrette, sur le conseil des amis des Rogron : 97.

ADÈLE. Ex-femme de chambre de Mme du Val-Noble, « à pied », comme celle-ci après la faillite de l'agent de change Falleix en 1829 : *SetM*, VI, 628.

Adjoint au maire de Vouvray (l'). Supplie l'aubergiste Mitouflet d'arranger l'affaire d'honneur opposant le teinturier Vernier à Gaudissart : *IG*, IV, 596.

Admirateur de la comtesse Fœdora (un). Jeune et célèbre impertinent, vante devant elle les mérites de R. de Valentin, afin de le mieux perdre dans son estime : *PCh.*, X, 181.

ADOLPHE. Petit commis blond du marchand de châles Fritot, vers 1841 ; il est envoyé par la femme de ce dernier chez le tabletier pour commander une nouvelle boîte de cèdre : *Gau.*, VII, 856.

ADOLPHE. Personnage du roman fictif *Olympia ou les Vengeances romaines* : *MD*, IV, 705, 707-708, 710, 713, 715-717.

ADOLPHE (M.). Il pose une souricière « à détente » : *Phy.*, XI, 1094 ; il est âgé de vingt-cinq ans, second commis d'agent de change ; amoureux de Mme Lebrun : 1096, 1097 ; le mari de celle-ci lui fait comprendre qu'il est préférable pour lui de renoncer à la séduire : 1098 ; confondu par sa femme avec M. Alphonse : 1119.

    Ant. *CHARLES : *Phy.*, XI, 1094 (var. *b*) ; *BODSON (Adolphe) : 1096 (var. *b*) ; *LOUIS : 1119 (var. *b*).

ADOLPHE (M.) dans *PMV*. Voir CHODOREILLE (Adolphe de)[1].

ADOLPHE (M.). Célibataire, appartenant à une riche famille commerçante de Marseille ; cousin et ex-fiancé de la comtesse de X***; l'a rendue enceinte trois mois avant son mariage : *Ech.*, XII, 477 ; sévérité de sa famille à son égard : 478.

ADOLPHE (Mme) [née en 1777]. Gouvernante du professeur Jorry de Saint-Vandrille (ou Marmus de Saint-Leu) en 1827 : *ES*, XII, 534-535, 551, 559 ; sa fille, Marguerite : 535, 544 ; veille sur son maître : 534, 535 ; 552, 553.

ADOLPHUS. Banquier allemand, chef de la maison Adolphus et Cie, de Mannheim. Père de la baronne d'Aldrigger : *MN*, VI, 354.

ADOLPHUS (Théodora-Marguerite-Wilhelmine). Fille du précédent. Voir ALDRIGGER (baronne d').

AGATHE (sœur) [née v. 1733]. Née Mlle de Langeais : *Ep.T*, VIII, 449 ; ancienne religieuse au couvent de Chelles, âgée d'environ soixante ans en 1793 : 440 ; échappe en 1792 aux massacres de septembre, aux Carmes : 445 ; réfugiée à Paris (chez le plâtrier Mucius Scævola : 447) avec sa compagne, sœur Marthe, et l'abbé de Marolles, pendant la Terreur : 440 ; reçoit l'inconnu (Sanson) : 442 ; dans la boîte remise par ce dernier, trouve un mouchoir ensanglanté marqué des armes royales : 448 ; accueille le même visiteur, un an plus tard, le 21 janvier 1794 : 449.

    Ant. *CHAROST (Mlle) : *Ep.T*, VIII, 448 (var. *b*), 449 (var. *b* et *e*).

AGATHE (?-1811). Jeune Parisienne de condition modeste, devenue la maîtresse de Benassis, étudiant en médecine : *MC*, IX, 546, 547 ; devenu riche par héritage, il l'abandonne : 548 ; meurt en lui confiant leur enfant : 550, 551 ; son prénom dévoilé : 553.

---

1. Devant la difficulté égale qu'il y a, dans *PMV*, à assimiler Adolphe et Caroline (sans nom de famille) à Adolphe et Caroline de Chodoreille, ou à les séparer (voir l'Introduction, p. 8-14), nous avons, pour simplifier, mis à l'article CHODOREILLE tout ce qui concerne ces personnages et leurs enfants.

Agent de police (un). En service rue des Moineaux en 1830, prévient Contenson d'avertir Peyrade que sa fille est rentrée et se meurt : *SetM*, VI, 675.

Agent de la brigade de Sûreté (un). Rival de Bibi-Lupin, et désigné par certains comme son successeur ; se présente en 1830 à Mme de Champy (Esther), déguisé en commissionnaire ; fait son rapport à Contenson : l'abbé Herrera, déguisé en commis voyageur, est bien dans l'hôtel de la courtisane : *SetM*, VI, 687.

Agent de la police de sûreté (un). Accompagne Ruffard au Père-Lachaise : ils sont chargés de ramener Jacques Collin au procureur général, M. de Granville (1830) : *SetM*, VI, 930.

Agents de change du baron de Nucingen (les). L'un d'eux s'inquiète de la santé du baron devant l'un de ses premiers commis : *SetM*, VI, 521 ; l'un d'eux s'apitoie sur le sort de Jacques Falleix, qui vient de disparaître, et apprend à Nucingen la faillite de son confrère : 592, 593 ; lui annonce qu'Esther Gobseck vient de faire vendre son inscription de 30 000 francs de rente et d'en toucher le montant ; la courtisane serait l'héritière des sept millions de Gobseck : 690, 691.

Agent de change (un). Bel esprit du salon d'un célèbre banquier parisien, il assiste au déjeuner offert par celui-ci à l'un de ses collègues, M. Hermann : *AR*, XI, 117 ; il suppose que Taillefer souffre d'une sorte de tétanos : 117.

Agent de change (un). Minotaurisé par M. Adolphe, et content de l'être, pour les bénéfices qu'il tire de cette scabreuse situation : *Phy.*, XI, 1184-1186.

Agent de change (un gros). Sa démarche : *PVS*, XII, 290.

Aide de camp du général Rusca (un). Italien, baragouinant le français, renseigne tant bien que mal un lieutenant français, en 1809 : *Ech.*, XII, 492, 493.

Aide de camp du général X*** (un). Cite à son chef une réflexion du général Giroudeau sur le maréchal des logis Robert de Sommervieux : *PJV*, XII, 375.

Aide du bourreau de Châteauroux (l'). Habite Issoudun, invisible ; a des pouvoirs de guérisseur : *R*, IV, 377.

AIGLEMONT (famille d'). Propriétaire de la belle terre de Saint-Lange, aux environs de Nemours, criblée d'hypothèques et guettée par les bourgeois en 1829 : *UM*, III, 781 ; Désiré Minoret-Levrault, qui doit faire un beau mariage, devrait épouser une d'Aiglemont ou une du Rouvre, estime Goupil : 811 ; elle est une famille ruinée qui, en outre, ne peut expliquer le mystérieuse disparition de l'aînée des filles, Hélène : 861 ; la vicomtesse de Portendère estime que, si les d'Aiglemont acceptent de se mésallier, il n'y a aucune raison pour que son fils en fasse autant : 909.

AIGLEMONT (général marquis Victor d')[1]. Âgé de trente ans en 1813 : *F30*, II, 1047 ; portrait : 1047. Colonel de cavalerie, il est, en 1811, en visite chez la duchesse de Carigliano, qui lui congédie d'à l'arrivée de Mme de Sommervieux : *MCP*, I, 87 ; il a remplacé Sommervieux dans les bonnes grâces de la duchesse, à la grande fureur du jeune peintre : 92. Il est chargé par le Grand Maréchal, en 1813, d'aller prévenir l'Empereur qu'il peut passer la revue de ses troupes. Reconnaît dans la foule le duc de Chastillonest et sa fille : *F30*, II, 1042 ; les fait placer et les recommande à deux grenadiers de service : 1043 ; colonel de cavalerie à trente ans, officier d'ordonnance de l'Empereur, chargé de porter ses ordres à sa « dernière revue » : 1047 ; cousin de Julie de Chastillonest : 1050 ; ses défauts : restera colonel toute sa vie, estime son oncle : 1050. Camarade de régiment du comte Mignon de La Bastie, qui l'a vu épouser sa cousine, contre l'avis du père de celle-ci, en 1813 : *MM*, I, 603. Ou vers mars 1814 : *F30*, II, 1054 ; avant de partir en campagne, conduit sa jeune femme à Tours, chez sa parente, la comtesse de Listomère-Landon : 1057 ; celle-ci estime qu'il s'est conduit envers sa femme « en vrai lansquenet » : 1066 ; retrouve Julie après le Premier Retour et entre dans les Gardes du corps de Louis XVIII, avec rang de général :

---

1. Nous renonçons à indiquer les dates de naissance et de mort des membres de cette famille, en raison des incohérences du texte (voir l'introduction et l'apparat critique de *La Femme de trente ans*, t. II). Nous donnons sans commentaire, au fil de chaque article, les dates fournies par Balzac. De même, nous ne mentionnerons pas les références, souvent implicites, à chacun des enfants de la famille, dans les textes qui ont finalement constitué le roman, ni, pour ces enfants, les références aux variantes de leur nom de famille.

1070; suit les Bourbons à Gand; promu lieutenant général au Second Retour, retrouve son titre de marquis; sa nullité, dont il n'a pas conscience : 1072. En 1818, pratique de César Birotteau, qui se demande s'il doit l'inviter à son bal : *CB*, VI, 162. En 1819, s'est peu à peu *déshabitué* de sa femme : *F30*, II, 1075. En 1819 amant de Mme de Sérisy : *DL*, V, 1005. Sa femme s'aperçoit de cette liaison dès janvier 1820 : *F30*, II, 1077; se plaint de son sort à Ronquerolles : 1082; accepte la bizarre proposition de lord Grenville, qu'il présente à sa femme : 1083; a pour celle-ci une dernière « fantaisie » : 1084. Tuteur et cousin par alliance de Beaudenord, lui rend ses comptes de tutelle à sa majorité, en 1821, et lui conseille de vendre ses rentes qu'il placera à 6 % chez Nucingen : *MN*, VI, 341 et 346. En 1821, après la guérison de sa femme, accepte le pacte secret qu'elle lui impose : *F30*, II, 1093. En 1822, Oscar Husson prétend que le marquis, « vieil adorateur » de Mme de Sérisy, peut, en conséquence, procurer la protection du mari : *DV*, I, 803. En mars 1823, son retour inopiné est la cause indirecte du décès de lord Grenville : *F30*, II, 1100; les journaux le désignent comme devant accompagner en Espagne le duc d'Angoulême : 1103; en 1827, annonce à Charles de Vandenesse que son oncle fera partie du nouveau ministère et a des chances d'être ambassadeur; n'a rien compris au manège amoureux de Charles avec sa femme, qui s'exclame : « Il est aussi par trop bête! » : 1142; est fait pair de France : 1124; conduit ses enfants, Hélène et Gustave, au théâtre de l'Ambigu à une représentation de *La Vallée du torrent* : 1148-1151; va passer le réveillon de Noël à sa propriété de Versailles, avec sa famille : 1154; consent à donner momentanément asile à un inconnu qui se révèle être un assassin (Victor) : 1162; le chasse de chez lui : 1172; voit avec horreur Hélène, sa fille aînée, prête à quitter le foyer familial pour suivre l'inconnu; demande à la marquise l'explication du mystère qu'il soupçonne dans les paroles menaçantes proférées par Hélène à l'adresse de sa mère : 1175, 1178; ruiné par la faillite d'un agent de change, il s'expatrie pour aller refaire sa fortune : 1179. Victime de la troisième liquidation Nucingen, chez qui il avait placé toute sa fortune, ayant eu le tort d'y conserver trop longtemps ses actions : *MN*, VI, 348, 371. Mme de Sérisy a eu pour lui un « attachement de dix ans » (1819-1829), jusqu'à son départ « pour les colonies » : *SetM*, VI, 743. Ayant refait sa fortune en Amérique, et riche de onze cent mille francs, rentre en France à bord du *Saint-Ferdinand*, six ans plus tard, en 1836 : *F30*, II, 1180; assiste au combat livré à son navire par le corsaire vénézuélien l'*Othello* : 1182-1186; sauvé in extremis par le capitaine du navire, qui n'est autre que Victor, le Capitaine parisien; à bord, il retrouve sa fille Hélène, mère de quatre enfants : 1188; effusions familiales : 1189-1193; débarqué sur la côte de France, avec une fortune donnée par le Capitaine parisien : 1196; meurt en 1833, épuisé de fatigue, mais ayant rétabli sa fortune : 1198; sa réputation de franc imbécile, solidement assise dans le monde : 1204. En butte à des difficultés financières, vers 1838, le baron Hulot d'Ervy rappelle à ses proches que naguère Victor d'Aiglemont s'est expatrié en Amérique après la troisième liquidation Nucingen; pourquoi ne l'imiterait-il pas ? : *Be*, VII, 362.

Ant. *VIEUXMESNIL, puis *VIEUMESNIL : *F30*, II, 1127 (var. *a*); *VERDUN : *F30*, II, 1155 (var. *a*); *BALLAN : *F30*, II, 1202 (var. *a*).

*AIGLEMONT, se couvre, dans la faillite Nucingen, par des actions sur les canaux : *MN*, VI, 387 (var. *d*).

AIGLEMONT (marquise Julie d'). Femme du précédent, née Chastillonest : *F30*, II, 1047. Femme criminelle : *Pré.PG*, III, 43. Âgée de trente ans au moment du Congrès de Laybach, en 1821; portrait à cette époque : *F30*, II, 1125-1127; portrait en 1813 : 1039, 1040; à cette date, encore jeune fille, assiste avec son père, en avril, à la dernière revue de l'Empereur : 1041-1043; n'a d'yeux que pour son beau cousin, le colonel d'Aiglemont, comte de l'Empire et aide de camp de Napoléon : 1047; dépourvu d'illusions sur Victor, son père essaie vainement de la mettre en garde contre cet amour d'enfant : 1050; en mars 1814, elle est mariée à Victor depuis six mois au moins : 1063; première rencontre avec « un inconnu » (sir Arthur Osmond) sur la levée de la Cise, en mars 1814 : 1055, 1056; Victor la confie à sa tante, la vieille comtesse

de Listomère-Landon, qui habite Tours : elle y sera en sécurité : 1057 ;
retrouve sa gaieté après un mois de « veuvage » : 1061 ; accueille froidement
la nouvelle que l'inconnu serait amoureux d'elle : 1061 ; épisode de la
lettre à Louisa, son amie d'enfance au pensionnat d'Écouen ; confessée
par la vieille dame, elle lui avoue ses souffrances secrètes : le mariage n'a
été pour elle qu'« une longue douleur » : 1063-1066 ; la cour muette de
l'inconnu : 1062-1067, 1068 ; Victor la fait prendre à Tours par son ordonnance, ignorant que la route est coupée. L'intervention de sir Arthur la
sauve : 1069, 1070 ; de retour à Paris, retrouve sans joie Victor, qui la
dédaigne, mais les hommages masculins la laissent indifférente : 1072-
1075 ; en 1817, accouche d'une fille, Hélène, et décide de l'allaiter : 1075 ;
progressivement délaissée par son mari, souffre en silence : 1075. Elle
assiste au bal de la vicomtesse de Beauséant, en novembre 1819 : *PG*, III,
77. Une soirée chez la comtesse de Sérisy l'éclaire sur son infortune en
janvier 1820 : *F30*, II, 1077 ; revoit son inconnu chez la comtesse : fils
de lord Grenville, il a hérité du titre à la mort de son père : 1081 ; accepte
d'être soignée par lord Grenville : 1085 ; honorée par son mari d'une
dernière « fantaisie », qui la laisse inassouvie : 1084 ; dix-huit mois plus
tard (août 1821), grâce aux soins de son médecin, elle a retrouvé sa gaieté,
et sa santé : 1086 ; afin d'éviter de céder à son amour coupable pour son
sauveur, le supplie de s'éloigner : 1089 ; dicte ses conditions à Victor :
1093 ; en 1823, reçoit la visite inattendue de lord Grenville : il l'aime ; elle
lui avoue aussi son amour, et il est décidé à l'enlever ; surprise par le retour
inopiné de son mari, et voulant cacher Grenville dans son cabinet de toilette, elle lui écrase les doigts en refermant la porte : 1097-1100 ; à l'annonce
de la mort mystérieuse de lord Grenville, elle doit s'aliter quelques jours :
1101 ; décide de se retirer dans son château de Saint-Lange, à la fin de
1820 : 1103 ; sait qu'Arthur est mort pour lui sauver l'honneur : 1107 ;
consent enfin à recevoir la visite du curé de Saint-Lange : 1109 ; leur
conversation : 1110-1121 ; elle lui conte l'échec de ses deux tentatives
de suicide : 1118 ; quitte Saint-Lange au mois d'octobre 1821 et rentre
à Paris : 1121. Est devenue une des « reines » de Paris ; son salon est fréquenté par les « roués » : *BS*, I, 164. Mme Rabourdin voudrait s'élever
à sa hauteur : *E*, VII, 918 ; *CA*, IV, 1008. Mme Firmiani lui présente
Charles de Vandenesse, en instance de départ pour le congrès de Laybach
(1821) ; elle a alors, fait rare à Paris, « quatre ans de constance à un mort » ;
Charles fait une cour pressante à cette femme « qui a su faire d'un médiocre
un Pair de France » : *F30*, II, 1124 ; cède à Charles de Vandenesse, après
six mois de « soins » : 1141. Vers 1823, son cousin, Godefroid de Beaudenord, lui fait une cour inutile, ne s'étant pas aperçu « qu'un diplomate
avait déjà dansé la valse de *Faust* avec elle » : *MN*, VI, 349. Vers 1827, son
salon, où règne Charles de Vandenesse, couvre Paul de Manerville d'accusations boueuses, la marquise ayant pris le parti de Natalie : *CM*, III, 645.
Opinion de Félix de Vandenesse, en 1827, sur le ménage de Mme d'Aiglemont : *Lys*, IX, 1079. Vers 1828, au cours d'une promenade sur les bords
de la Bièvre, en compagnie de sa fille, Hélène, de son fils Charles et de son
amant, assiste impuissante à la tragique noyade de l'enfant ; le narrateur,
seul, a vu le geste criminel d'Hélène : *F30*, II, 1146-1148 ; en soirée, trois ans
plus tard, chez le marquis de Vandenesse, avec son mari et ses deux enfants
Hélène et Gustave : 1149 ; son impatience, lors du retour prématuré de son
mari : 1150 ; séjour à Versailles, pour les fêtes de Noël avec son mari et ses
quatre enfants : Hélène, Gustave, Moïna et Abel : 1154 ; ses reproches à
Hélène qui s'enfuit avec l'inconnu : 1174-1178 ; au début de 1833, lors d'un
séjour aux « eaux » des Pyrénées avec sa fille Moïna, retrouve la fugitive,
agonisant avec son dernier enfant dans une chambre d'hôtel : 1199-1201.
Vers le mois de mai 1834, désireuse de faire épouser Ursule Mirouët à son
fils aîné, elle rend visite au docteur Minoret, à Nemours ; refus du docteur : *UM*, III, 909. En 1844, habite le bel hôtel particulier de la rue
Plumet qu'elle a cédé à sa fille Moïna, devenue comtesse de Saint-Héréen,
n'y conservant que quelques pièces à son usage personnel : *F30*, II, 1201 ;
toujours intimement liée avec le marquis Charles de Vandenesse, père
d'Alfred : 1208 ; soupçonne l'existence de relations coupables entre Moïna
et Alfred : 1212, 1213 ; meurt brusquement, tuée par une allusion brutale
de sa fille : 1214.

1177 ; amenée par sa mère aux eaux des Pyrénées, en 1833, y assiste à l'agonie de sa sœur : 1198 ; a épousé le comte de Saint-Héréen : 1202 ; sa mère lui a abandonné son bel hôtel de la rue Plumet, et sa fortune : 1202 ; a pour amant Alfred de Vandenesse, dont elle ignore qu'il est son demi-frère adultérin : 1208, 1209 ; sa mère tente de la mettre en garde, mais se heurte à sa désinvolture : 1212, 1213 ; ses remords devant la mort de sa mère : 1214. Sa réponse à la comtesse Félix de Vandenesse dans un salon : « un amant, c'est le fruit défendu » : *FE*, II, 298.
  Ant. *VERDUN, *BALLAN.

AIGLEMONT (Abel d'). Dernier-né de la marquise (et de Charles de Vandenesse) ; âgé de cinq ans au moment de la fuite de sa sœur Hélène avec le Capitaine parisien : *F30*, II, 1156, 1177 ; meurt devant Constantine : 1202.
  Ant. *VERDUN, *BALLAN.

AIGUES (Mme des) dans *Pay*. Voir LAGUERRE (Mlle).

AJUDA (famille d'). Famille portugaise, comprend deux branches. A la branche aînée, alliée aux Bragance, appartient la duchesse de Grandlieu, née d'Ajuda : *SetM*, VI, 506.

AJUDA-PINTO (marquis Miguel d'). Riche seigneur portugais : *PG*, III, 105 : l'un des « illustres impertinents de l'époque » en 1819 : 77 ; amant de la vicomtesse de Beauséant depuis 1816 : 105 ; lorsque Eugène de Rastignac se présente chez elle pour une visite, il profite de cette occasion pour s'éclipser, redoutant une explication car la vicomtesse est la seule à ignorer que les bans de son proche mariage avec Mlle de Rochefide sont sur le point d'être publiés : 105. Devant le général de Montriveau, la duchesse de Langeais fait allusion à cette liaison et au prochain mariage du marquis : *DL*, V, 961. Il se coupe inconsciemment dans sa conversation avec Mme de Beauséant : *PG*, III, 107 ; c'est lui qui présente Eugène de Rastignac à Delphine de Nucingen, au bal d'adieu de la vicomtesse, en février 1820 : 154 ; le lendemain, il doit signer son contrat de mariage avec Mlle de Rochefide : 256. Allusion à ce mariage avec la fille aînée du marquis de Rochefide : *B*, II, 712. L'aventure de Mme de Beauséant avec Ajuda-Pinto a fait beaucoup de bruit en province, estime-t-on, en 1822, chez les Champignelles : *FA*, II, 469. Elle sera encore évoquée en 1827 par Félix de Vandenesse dans sa lettre à Nathalie de Manerville : *Lys*, IX, 1079. L'un des plus riches jeunes gens à la mode de Paris en 1820, son nom est donné à Gobseck par Maxime de Trailles, à titre de référence : *Gb.*, II, 986. Il tient à Paris le haut du pavé de la fashion ; l'actrice Coralie, amoureuse de Lucien de Rubempré, désire que son amant efface par son « chique » les Ajuda, les de Marsay, etc. : *IP*, V, 479. Il est l'un des *roués* parisiens rencontrés par Victurnien d'Esgrignon en octobre 1822, à son arrivée dans la capitale : *CA*, IV, 1008. Figure en bonne place dans l'*album des erreurs de la princesse de Cadignan* : *SPC*, VI, 952 ; il a été son second amant ; Diane le divertit de sa femme, vengeant ainsi la vicomtesse de Beauséant : 966. Dès 1830, fréquente le salon des Grandlieu : *SetM*, VI, 507. Perd sa femme, née Rochefide, en 1833, quelques jours après la fuite de sa belle-sœur Béatrix avec le ténor Conti : *B*, II, 894. Dénigre Diane de Cadignan devant d'Arthez, au cours d'un dîner chez la marquise d'Espard, en 1833 : *SPC*, VI, 1000. S'est remarié (vers 1840 ?) avec Joséphine de Grandlieu ; en 1841, sa belle-mère et cousine, la duchesse de Grandlieu, espère qu'il trouvera les moyens d'arracher Calyste du Guénic à Mme de Rochefide pour le ramener à sa femme : *B*, II, 889 ; va quérir Maxime de Trailles au club de la rue de Beaune (le Jockey) et l'amène chez ses beaux-parents : 909 ; inquiet des réactions de Calyste du Guénic ; M. de Trailles le rassure sur le résultat de leur petit complot : 934.
  Ant. *AJUDA-PINTOS, puis *ADJUDA-PINTO : *PG*, III, 105 (var. *d*).

AJUDA-PINTO (marquise Berthe d'). Première femme du précédent, fille aînée du marquis de Rochefide. En février 1820, son mariage et sa dot de deux cent mille livres de rente sont annoncés à la vicomtesse de Beauséant par la duchesse de Langeais : *PG*, III, 110 ; et (par erreur en 1816) à la même duchesse l'annonce à Montriveau : *DL*, V, 961. Le roi signe au contrat : *PG*, III, 256. Mlle des Touches évoque son mariage : *B*, II, 712 ; elle meurt sans enfants vers 1833 : 894.

AJUDA-PINTO (marquise Joséphine d') [2ᵉ lit]. Voir GRANDLIEU (Joséphine de).

jusqu'aux petits pois du lendemain, au déjeuner : 355 ; ses dépenses incon-
sidérées : 361 ; continue à habiter l'hôtel de la rue Joubert : 364 ; perd trois
cent mille francs dans la troisième liquidation Nucingen, en 1829 : 371 ;
place le reste de sa fortune chez Claparon, l'homme de paille du baron ;
après la ruine de son gendre, se réfugie avec ses filles et Godefroid dans un
petit logement de la rue du Mont-Thabor : 390 ; aperçue en 1836, sur le
Boulevard, toute ridée, par Nucingen ; ce dernier confie à Cointet, le
ministre, son opinion sur la pauvre femme : 391.

Ant. prénommée *Adolphine : *MN*, VI, 359 (var. *h*).

ALDRIGGER (Malvina d') [née en 1801]. Fille aînée des précédents. Née à
Strasbourg à la paix d'Amiens ; doit son prénom à la manie qui sévit
à cette époque d'« ossianiser » à outrance : *MN*, VI, 357 ; portrait ; opposition
avec sa cadette ; à un bal chez le baron de Nucingen, en 1826, Rastignac lui
annonce que sa cadette, Isaure, vient de ramener dans ses filets un « poisson
de dix-huit mille livres de rente » : 352 ; seule « tête » de la famille d'Aldrigger : 361 ; amoureuse du Tillet, ce tigre à deux pattes, et courtisée
par Desroches, qui lui croit une rente confortable : 365 ; Rastignac lui
conseille de se marier : 368 ; du Tillet lui suggère d'épouser Desroches :
389 ; donne des leçons de piano pour vivre ; son allure de momie ; depuis la
déconfiture de son beau-frère, habite avec lui, rue du Mont-Thabor : 390.

ALDRIGGER (Isaure d') [née en 1807]. Sœur de la précédente. Née à Strasbourg ; portrait à dix-neuf ans, lorsque Godefroid de Beaudenord fait sa
connaissance, en 1826 ; pointe d'accent alsacien ; excellente danseuse : *MN*,
VI, 349 ; « Ta Mona Lisa est suave, mais sotte comme une musique de
ballet », dit Rastignac à Beaudenord : 352 ; doit son prénom à la vogue du
genre troubadour : 357 ; échange de lettres d'amour stupides avec Beaudenord : 364 ; l'épouse en 1826 : 389 ; au bout de six mois, son mari s'aperçoit
qu'elle est « bête comme une oie » : 390. Invitée avec son mari à un dîner
Nucingen : *SetM*, VI, 495.

ALEXANDRE. Ami de l'auteur de la *Physiologie du mariage*. L'a invité à déjeuner
chez lui, rue de Provence, en 1822 : *Phy.*, XI, 1013 ; sa *technique* conjugale
éprouvée : 1013, 1014.

ALEXANDRE (Mme). Femme du précédent. Follement désireuse d'une paire de
girandoles, signées Fossin : *Phy.*, XI, 1013 ; grâce à la « technique conjugale » de son mari, y renonce, ne voulant pas l'exposer à la ruine : 1014, 1015.

*ALIBOT, médecin. Voir DESPLEIN.

ALINE. Auvergnate, femme de chambre de Mme Graslin, à Limoges, à qui
elle est toute dévouée : *CV*, IX, 676 ; a reçu de la châtelaine de Montégnac,
des ordres secrets relatifs à sa nourriture : 849 ; c'est elle qui révèle à Bianchon que Mme Graslin porte un cilice de crin : 857 ; elle a feint d'ignorer
ce qu'elle savait et soigne sa maîtresse agonisante : 867.

ALPHONSE. Ami de Charles Grandet. Chargé par lui de liquider ses dettes
à Paris, en 1819 ; en reconnaissance, Charles lui donne son cheval, Briton :
EG, III, 1126, 1127 ; s'acquitte fort bien de sa mission : après avoir payé les
dettes de Charles, il consacre les trois mille francs qu'il avait recouvrés à
l'achat d'une pacotille, expédiée à Nantes : 1139.

ALPHONSE. Amant de la femme d'Adolphe ; son prénom, prononcé par erreur,
est source de « péripétie conjugale » : *Phy.*, XI, 1119.

AL-SARTCHILD[1]. Maison de banque à Francfort-sur-le-Main. Gédéon Brunner a dû y déposer la fortune de son fils mineur Fritz, à la mort de sa
première femme, sur les instances de l'oncle maternel de l'enfant, le
fourreur Virlaz, de Leipzig : *CP*, VII, 533.

ALTHOR (Jacob). Banquier juif allemand, à Hambourg. Répond par une fin
de non-recevoir à une question de Me Latournelle concernant la rupture des
fiançailles de son fils avec Modeste Mignon : *MM*, I, 501 ; au désespoir
devant l'imminence de la faillite de Vilquin, beau-père de Francisque : 617.

ALTHOR (Francisque). Fils du précédent et dandy du Havre, où il s'est installé en 1815. Obligé des Mignon, et fiancé à Modeste : *MM*, I, 501 ; rompt
ses fiançailles au moment du désastre financier qui frappe son futur beau-
père en 1826. Six semaines après, il épouse la fille aînée des Vilquin

1. Cette dénomination est le résultat d'une erreur typographique ; un tiret ayant été mis,
dans l'édition Furne non corrigée par Balzac, à la place du point originel, il faut donc lire :
SARTCHILD (Al.).

(mai 1826) : 502 ; hésitante entre trois candidats à sa main, en 1829, Modeste Mignon se demande si Canalis ne serait pas un autre Francisque : 661.

Ant. *HUBER : *MM*, I, 501 (var. *e*) ; *TOUCARD, capitaine au long cours, comme gendre de Vilquin : *MM*, I, 530 (var. *a*).

ALTHOR (Mme Francisque). Femme du précédent, née Vilquin. Est ravie de prendre son fiancé à Modeste, dont elle envie la richesse : *MM*, I, 502.

AMANDA (Mlle). Modiste à Paris en 1841. A la malchance de rater deux chapeaux commandés par Mlle Malaga ; se présente vainement vingt-sept fois chez l'artiste pour obtenir le règlement d'une facture de vingt francs : *HA*, VII, 779 ; pour s'en débarrasser, la lorette lui commande un nouveau chapeau, « pour sortir des formes connues », estimant que si elle le réussit, sa fortune est faite : 779.

Amant de la comtesse de Bauvan (l'). Abandonne sa maîtresse, Honorine, dix mois après sa fugue, par peur de la misère, la laissant enceinte et sans argent : *H*, II, 555 ; quoique indigne, a eu tout l'amour de celle-ci : 578 ; elle le méprise, mais regrette inconsciemment les voluptés qu'il lui a fait connaître : 581.

Amant d'une belle Anglaise (l'). Assassiné par elle quelque temps avant 1829 : *SetM*, VI, 545.

Amant (l') qui peut se permettre ce qui n'est pas permis à un mari : *Phy.*, XI, 1089.

Amateur d'art (un). Vante la galerie de tableaux de Mme Firmiani : *Fir.*, II, 144.

AMAURY dans *DV*. Voir LUPIN (Amaury).

AMAURY (Mme). Propriétaire d'une villa à Sanvic près du Havre, en 1829. La loue, meublée, pour sept cents francs, au valet de chambre de Canalis, pour son maître : *MM*, I, 611 ; Canalis et Ernest de La Brière s'y installent pour un mois, en octobre : 618.

Ambassadeur étranger (un aimable). Arrivé trop tôt chez la duchesse, la rencontre en redescendant : *Com. sal.*, XII, 350.

AMBERMESNIL (comtesse de l') [née en 1777]. Soi-disant « veuve d'un général mort sur *les* champs de bataille », emménage à la pension Vauquer en attendant le règlement de sa rente ; approuve les vues de Mme Vauquer sur le père Goriot, qu'elle se charge de « sonder » : *PG*, III, 66 ; essaie pour son propre compte de séduire le vieux vermicellier et décourage Mme Vauquer de tenter sa chance ; disparaît le lendemain, oubliant de régler six mois de pension : 67.

AMÉDÉE. L'un des prénoms de F. de Vandenesse, le seul utilisé par lady Dudley, qui n'en prononce que la dernière syllabe, à l'anglaise : « My Dee » : *Lys*, IX, 1167, 1172. Voir VANDENESSE (Félix de).

Américain (un jeune) épris d'Émilie de Fontaine : *BS*, I, 130.

Ant. *fils d'un premier président à la Cour royale (le) : *BS*, I, 1216.

Ami (un) de Mme de Sommervieux ; tous les 2 novembre, il va sur sa tombe : *MCP*, I, 93.

Ami du baron d'Aldrigger (un). Assiste à son enterrement : *MN*, VI, 357.

Ami de La Palférine (un) : *Pr.B*, VII, 811.

Ami de Mme de La Baudraye (un) : *Pr.B*, VII, 807. Voir LOUSTEAU (Étienne).

Ami d'Achille Pigault (un). Ventriloque : *DA*, VIII, 740.

Ami du père de Benassis (un), vieil homme méticuleux et défiant, chargé de surveiller le jeune étudiant : *MC*, IX, 541 ; c'est chez lui que Benassis rencontre Évelina : 557, et c'est lui qui conseille de n'avouer l'enfant de Benassis qu'après le mariage : 559.

Ami du narrateur (un). Trompé par sa femme, avec la complicité de leurs deux petites filles : *Phy.*, XI, 1099.

Ami d'Adolphe de Chodoreille (un). S'entremet pour son mariage : *PMV*, XII, 21.

Ami de Ferdinand (un). Fait l'éloge d'Adolphe : *PMV*, XII, 182.

Amie de Mme de Sommervieux (une). Elle lui révèle les infidélités de son mari : *MCP*, I, 76.

Amie de la comtesse Laginska (une). Jalouse de celle-ci, se prête à la tentative d'enlèvement de la comtesse par La Palférine : *FM*, II, 243.

Amie de Moïna de Saint-Héréen (une). Loue la conduite de celle-ci envers sa mère : *F30*, II, 1203.

Amie de Mme du Barry (une). D'une famille puissante, elle est aimée de

Facino Cane qui lui dit le secret de son nom; lui conseille de consulter un fameux oculiste de Londres; l'abandonne dans Hyde Park et le dépouille de sa fortune; le fait interner à Bicêtre comme fou et le contraint à entrer aux Quinze-Vingts : *FC*, VI, 1030.

AMIE DE MME DE FISCHTAMINEL (une). Fait l'éloge des Chodoreille : *PMV*, XII, 182.

AMIS DE M. HEURTAUT (deux). Se moquent de lui à propos de la grossesse de sa femme : *PMV*, XII, 25.

ANASTASIE. Femme de chambre de Mme Émilie de B*** en 1816 : *Phy.*, XI, 1151.

ANCHISE (le Père). Surnom d'un petit Savoyard, âgé de dix ans, domestique non appointé de La Palférine : *Pr.B*, VII, 815 (n. 3).

ANGARD (professeur). Célèbre praticien parisien, appelé en consultation, avec ses confrères Bianchon et Larabit, au chevet de la baronne Hulot d'Ervy, en mars 1843 : *Be.*, VII, 402. Propriétaire d'un ouvrage de Borelli : *PVS*, XII, 273.

ANGÉLIQUE (sœur). Novice aux Carmélites de Blois, célèbre par sa maigreur : *MJM*, I, 220.

ANGÉLIQUE. Femme de chambre de Caroline de Chodoreille : *PMV*, XII, 143.
  *ANGÉLIQUE, remplacée par JUSTINE : *PMV*, XII, 143 (var. *a*).

ANGLADE (marquise d'). Nom pris par Fanny Beaupré d'après son rôle dans un mélodrame de la Porte-Saint-Martin en 1825. Georges Marest lui présente Oscar Husson : *DV*, I, 865.

Anglais (un). Personnage imaginé par Esther pour expliquer sa disparition pendant cinq ans; jaloux, minuscule, mort sans faire de testament : *SetM*, VI, 622.

Anglais (un jeune) [?-1828 ou 1829]. Beau comme Antinoüs, se tue en trois mois en buvant chaque soir dans un café jusqu'à être ivre-mort : *SMA*, XII, 343.

Anglais (un riche). Mystifié, cherche à acheter à un portier des cheveux de Napoléon : *MI*, XII, 734.

Anglaise (une). Placée par Carlos Herrera au domicile d'Esther Gobseck, rue Taitbout, en 1829, pour remplacer celle-ci; Europe l'appelle « cette bringuelà » : *SetM*, VI, 518; la plus belle fille de Londres; fille d'un ministre (pasteur); ivre, a tué son amant; sur l'ordre de Carlos Herrera, joue pour une nuit le rôle d'Esther : 545; la trouvant plus belle qu'Esther, Rubempré retourne chez elle : 545, 546; elle se moque de Nucingen : 554, 555; simple locataire d'Esther, selon Asie : 573.

Anglaise de la secte des *saints* (une). Tante de Théophile Ormond; le calomnie et lui fait perdre la succession de son père : *MI*, XII, 722.

*Anglaise (une), remplacée par une Russe : *MM*, I, 664 (var. *a*).

ANICETTE. Femme de chambre de la princesse de Cadignan en 1839. Filleule du père de Julien, envoyée à Paris pour être couturière, est assez jolie pour avoir « eu des malheurs »; a trouvé sa place par la protection de Marin : *DA*, VIII, 787; chargée d'un message des Cinq-Cygne pour l'inconnu de l'auberge de Mulet (M. de Trailles) : 786; si Cécile Beauvisage désirait « jouir de ce trésor », Maxime de Trailles se ferait fort de faire entrer Anicette à son service : 798, 799.

ANNETTE. Femme de charge de Mme Willemsens à La Grenadière, en 1820 : *Gr.*, II, 425; la soigne avec dévouement; devra exécuter ses dernières volontés : 439, 440; avant de mourir, sa maîtresse a assuré son sort : 441; va chercher un prêtre pour administrer la mourante, et donne à Louis l'anneau de sa mère : 441-443; après la mort de Mme Willemsens, se retire à Tours chez une vieille cousine : 443.

ANNETTE. Grande dame parisienne, maîtresse de Charles Grandet en 1819; elle devait le retrouver en juin 1820 aux eaux de Baden : *EG*, III, 1056; Charles lui écrit pour lui annoncer ses malheurs : 1122; maîtresse de Charles depuis 1815, mère d'une fillette de huit ans : 1123; revoit Charles en 1827, et lui conseille d'épouser Mlle d'Aubrion, espérant pouvoir bientôt le consoler de sa future femme : 1184.

ANNETTE [née en 1804]. Servante-maîtresse de Rigou en 1823. Jolie, âgée de dix-neuf ans; ses gages : *Pay.*, IX, 240; en outre, maîtresse de Jean-Louis Tonsard, qui sait, grâce à elle, tout ce qui se passe chez Rigou :

Apprenti de M. Lecamus (l'). Alerte Christophe; la tête d'un flâneur, qui rôde autour de la boutique, ne lui dit rien qui vaille : *Cath.*, XI, 213.

AQUILINA (née v. 1803). Nom de guerre d'une courtisane, se disant aussi Mme de La Garde et Piémontaise : *MR*, X, 355. Portrait : *PCh.*, X, 110, 111. Femme criminelle : *Pré.PG*, III, 44. Elle va glisser dans la prostitution à l'âge de seize ans; entretenue modestement par Castanier, vers 1819. A pris pour nom de guerre celui d'un des personnages de la *Venise sauvée* d'Otway : *MR*, X, 355; en 1822, habite rue Richer, au deuxième étage d'un immeuble neuf, se faisant appeler Mme de La Garde : 254, 255; Castanier lui a refusé le mariage, ne voulant pas s'exposer au crime de bigamie : 356; en s'endettant, il l'a installée grandement : 358, 359; a pour amant de cœur Léon, l'un des quatre sergents de La Rochelle : 361; *PCh.*, X, 113. Fait à Castanier un portrait physique de lui qui est peu flatteur : *MR*, X, 362; refuse de quitter Paris avec lui : 363; chassée par Castanier, qui est au courant de ses incartades, grâce au pouvoir surnaturel vendu par Melmoth : 372. En octobre 1830, est l'une des courtisanes convoquées par le banquier Taillefer pour divertir ses hôtes : 110; entre en conversation avec Blondet et R. de Valentin; histoire du *chiffon rouge*, qui ne la quitte jamais, depuis la mort de son amant, Léon : *PCh.*, X, 113; est l'âme du vice; lasse de la vie, l'hôpital qui guette les filles ne l'effraie pas : 114, 115; a été surnommée « La Rochelle » par ses compagnes : 116; accompagnée par Taillefer au théâtre Favart, en décembre 1830 : 225; convoquée par Jonathas, le majordome de R. de Valentin en 1831, pour tenter de divertir son maître; il la chasse : 290. Amie de l'actrice Florine vers 1834 : *FE*, II, 318.

Archevêque de Besançon (l'), sous la Restauration. Habitué du salon des Watteville : *AS*, I, 913; en 1834, il reproche à Mme de Watteville d'élever trop durement sa fille, Rosalie : 924.

Architecte de Provins (un). Chargé des travaux d'embellissement de la maison Rogron, à Provins : *P*, IV, 51.

ARCOS (comte d'). Grand d'Espagne. En 1811, don Pérez Lagounia, tuteur de Juana de Mancini, caresse l'espoir de lui faire épouser sa pupille : *Ma.*, X, 1068.

ARGAIOLO (duc d') [1758-1835]. Âgé de soixante-dix-sept ans en 1835 : *AS*, I, 980; il est décrit sous divers pseudonymes dans la nouvelle autobiographique publiée par A. Savarus dans la *Revue de l'Est*, et intitulée *L'Ambitieux par amour* : en villégiature à Gersau, sur le lac des Quatre-Cantons en 1823, censé y soigner une santé délabrée, il passe pour un Anglais nonagénaire, nommé Lovelace, et accompagné de sa fille Fanny : 942; en réalité, il est le mari de celle dont le nom est, en fait, Francesca et il a soixante-cinq ans : 947; son nom est Emilio Lamporani, libraire à Milan. réfugié en Suisse parce qu'il est recherché comme un des chefs de la révolution italienne : 950; de bonnes nouvelles reçues d'Italie vont permettre aux Lamporani de vivre désormais sans craindre pour leur vie : 954; a appris à Paris, sous l'Empire, l'art de se grimer : 955; bien qu'il ne partage pas les opinions libérales de sa femme, il a risqué pour elle sa vie et sa fortune : 956; quitte Gersau pour Genève : 958; Rodolphe cherche vainement à Genève le libraire Lamporani et sa femme et les retrouve en prince et princesse Gandolphini : 958; son passé : le suicide héroïque de son frère aîné : 956; reconnus par Rodolphe, les Gandolphini l'invitent à leur rendre visite : 960; rappelé à Naples et réintégré dans ses biens à l'avènement du Roi : 967; possède une des plus belles fortunes de la Lombardie, et une villa sur le lac Majeur, à Belgirate : 971; Rosalie de Watteville, qui intercepte la correspondance de Savarus, est la première à apprendre sa mort, en 1835 : 1008.

ARGAIOLO (duchesse Francesca d') [née v. 1804]. Femme du précédent. Née Soderini, à Florence : *AS*, I, 971. Selon le récit « L'Ambitieux par amour », de passage à Gersau, sur le lac des Quatre-Cantons, en 1829, Rodolphe, alias Albert Savarus, est captivé par la vue d'une belle inconnue, qui se fait appeler Miss Fanny Lovelace : elle loge avec son père chez les Bergmann. On lui donne dix-neuf ans : 942, 943; se prénomme en réalité Francesca : elle sauve Rodolphe, poignardé de la farouche Lina : 945; âgée de dix-neuf ans passés, s'était mariée à l'âge de seize ans : 948; révèle son nom à Rodolphe : Mme Lamporani, de Milan : 950; ses opinions libérales : 956; quitte Gersau pour Genève : 958; Rodolphe, qui la voit passer en calèche, apprend qu'elle est la princesse Gandolphini, née Colonna : 959; sa jeunesse, son extraordinaire érudition : 964; renvoie Rodolphe, qui a osé un timide baiser : elle ne le reverra qu'à Naples : lui fait adresser à Paris son portrait, peint par Schinner : 966; quitte Genève avec son mari, réintégré dans ses biens, vers 1825 : 967. Rosalie de Watteville découvre facilement le véritable nom de l'héroïne de *L'Ambitieux par amour :* la duchesse d'Argaiolo est la seule abonnée italienne de la *Revue de l'Est* et habite Belgirate, sur le lac Majeur : 971, 978; âgée de trente-deux ans en 1836, réside à Milan pendant l'hiver : 980. A. Savarus montre à l'abbé de Grancey le portrait de sa bien-aimée : opinion défavorable du prêtre sur son caractère autoritaire et implacable : 1001; les deux lettres par lesquelles elle avise Savarus de la maladie du duc ont été subtilisées par Rosalie et les réponses qu'elle recevait d'Albert étaient de Rosalie, qui contrefaisait l'écriture de l'avocat : 1012; précautions prises par la vindicative duchesse pour qu'Albert ne puisse retrouver sa trace : 1015; son mari mort, elle épouse le duc de Rhétoré à Florence, le 25 mai 1836 : 1010. Rosalie de Watteville lui apprend la vérité sur la fidélité d'Albert, lors d'un bal à l'Opéra : 1019.

ARMAND. Mari de Stéphanie, l'amie de Caroline : *PMV*, XII, 104-106.

ARRACHE-LAINE. Voir RUFFARD.

Arrière-cousin d'Octave de Camps (un). Espèce de Charles Moor : médit d'Octave auprès de M. de Bourbonne, après un dîner plantureux. Sa tentative criminelle échoue : *Fir.*, II, 148.

ARSCHOOT. Voir Index II : ARSCHOTT.

ARSÈNE. Voir RIGOU (Mme Grégoire).

*ARTAGNE (baron d'). Remplacé par ARTAGNON (le baron d') : *EM*, X, 923 (var. *a*).

ARTAGNON (baron d'). Lieutenant de la compagnie d'ordonnance du vieux duc d'Hérouville : *EM*, X, 949; en 1617, celui-ci lui présente son héritier : Étienne, *l'enfant maudit* : *EM*, X, 923; portrait de ce sourdaud : il désire Gabrielle Beauvouloir : 949; par vengeance, révèle à son maître l'intrigue amoureuse qui s'est ébauchée entre Gabrielle et Étienne d'Hérouville : 950; va trouver Gabrielle chez elle et lui dit qu'elle et son père n'auront la vie sauve que si elle renonce à Étienne, pour apaiser la colère du duc, et accepte d'épouser celui que le duc choisira (il pense à lui-même). Elle refuse : 954-956.

Ant. *ARTAGNE (baron de) : *EM*, X, 923 (var. *a*).

ARTHEZ (baron Daniel d') [né en 1795]. Âgé de trente-huit ans en 1833; portrait à cette époque : *SPC*, VI, 978; ses armes, son blason : 965. Comme Desplein, habite dans sa jeunesse rue des Quatre-Vents, le « bocal aux grands hommes » : *Ath.*, III, 394. En 1819, avec ses amis du *Cénacle*, fête chez Mme Bridau le retour du Champ d'Asile de Philippe, l'enfant prodigue : *R*, IV, 306. Il est de plume inconnu rencontré par Rubempré à la bibliothèque Sainte-Geneviève vers 1821; il ressemble à Bonaparte jeune peint par Robert Lefèvre : *IP*, V, 308; il conte à Lucien l'incendie de l'Odéon : 310; toujours rue des Quatre-Vents et, pour y accueillir Lucien, il met sa montre au Mont-de-Piété : 311, 312; son seul luxe, les bougies; fait une critique serrée de *L'Archer de Charles IX* de Lucien, et lui expose ses vues sur une histoire de France pittoresque, en romans successifs, différents de ceux de Walter Scott : 313; il corrige l'œuvre de Lucien et lui écrit une préface, qui peut-être domine le livre : 335; peu apprécié de Lousteau qui le classe parmi les « gens à gloire posthume » : 371; annonce à Lucien que ses corrections sont finies : 418; il apprend la mort de Louis Lambert : 419; quand Lucien passe par ambition de la Gauche à la Droite, il vient avec Giraud et Michel Chrestien tenter de le dissuader de se déshonorer : 513; il publie un livre que Lucien doit éreinter par ordre : 529; sa réponse à la lettre désespérée d'Ève Séchard, sœur de Lucien : 578-581. A eu une adoration, une muse, en 1826 : *Pers.*, XII, 368. Vers 1829, Modeste Mignon hésite longtemps entre l'achat des œuvres de Canalis et les siennes; elle opte pour celles de Canalis le jour même où paraît l'un des meilleurs livres de Daniel : *MM*, I, 510; accuse vers cette époque une certaine tendance à l'embonpoint, dont se moque Canalis : 520; sa gloire dans la misère : 542. Élu député de la Droite, après la révolution de Juillet : *SPC*, VI, 962; assiste à un raout chez Félicité des Touches, en 1832. Y prend part à la discussion sur « la femme comme il faut » : *AEF*, III, 690. Vers la même année, charge Joseph Bridau d'exécuter les peintures de sa salle à manger : *PGr.*, VI, 1108. Habite une jolie maison de la rue de Bellefond : *SPC*, VI, 977; ami de Michel Chrestien, fréquente trois à trois fois par hiver le salon de la marquise d'Espard. Son passé, sa force de caractère, son talent : 962; sa jeunesse pauvre et laborieuse : a hérité plus tard d'un oncle richissime : 962; sa seule liaison connue, soigneusement cachée, avec une femme « de la classe inférieure », sorte de grosse Laforêt qui faisait ses délices : 963; *Per.*, XII, 368. Jouit en 1833 de trente mille livres de rente : *SPC*, VI, 965; Blondet et Rastignac le décident à venir dîner chez Mme d'Espard, pour y rencontrer la princesse de Cadignan, qui brûle de le connaître : 965; ressent aussitôt pour elle un violent amour : 966; Diane l'invite à lui rendre visite : 974; en 1833, son embonpoint, sa ressemblance avec Bonaparte jeune : 978; ses opinions légitimistes : 980; fait à Diane une cour empressée, quoique timide : 984; à son premier baiser, Diane opine fort bien de la littérature : 988; par calcul, elle l'envoie chez Mme d'Espard : il y prend courageusement sa défense : 999, 1002; reçoit enfin sa récompense : 1004, 1005. Peu de temps après, chez la princesse, entend le comte Henri de Marsay narrer les dessous de l'affaire d'enlèvement du sénateur Malin de Gondreville, en 1806 : *TA*, VIII, 686. En 1834, ses amis Bianchon, Bridau, Giraud et Ridal voient chez lui deux gouaches conservées depuis huit ans, et dont l'une porte au dos une inscription révélatrice : *Per.*, XII, 368. Ami du poète Marie Gaston, lui a souvent fourni « la pâtée et la niche »; avec J. Bridau, accepte d'être témoin au mariage de Gaston avec la baronne de Macumer en octobre 1839 : *MJM*, I, 361 et 368; allusion à ses amours avec l'une des femmes « les plus extraordinaires de l'aristocratie » : 370; met son ami Marie Gaston au courant des malheurs survenus à son frère aîné, Louis Gaston, et à sa belle-sœur : 397. En 1839, séjourne au château de Cinq-Cygne, en compagnie de la princesse de Cadignan : *DA*, VIII, 787. Toujours député de la Droite en octobre 1840, il est aperçu en sa compagnie au théâtre des Variétés par Canalis : *B*, II, 861. Les amis d'Achille de Malvaux, en 1846, estiment que, peut-être, il sera un jour un autre d'Arthez, s'il continue dans la même voie : *FAu.*, XII, 611.

Ant. *ORTHEZ : *IP*, V, peut-être 311 (var. *a*), 322 (var. *e*, *f*); *ESPARD (marquise d') dans une conversation : *AEF*, III, 691 (var. *a*); *BIANCHON : *IP*, V, 419 (var. *e*).

*ARTHEZ, remplacé par CANALIS : *AEF*, III, 700 (var. *f*); par GIRAUD : *IP*, V, 419 (var. *f*).

*ARTHEZ : *IP*, V, 419 (var. *a*).

ARTHUR. Censé arriver d'Angleterre au Havre; Modeste Mignon, pour écarter Butscha, l'envoie à la recherche de ce personnage imaginaire : *MM*, I, 573.

Artilleur (un). Vient annoncer à celui qui sera le curé de Saint-Lange la mort de son second fils, tué à Waterloo : *F30*, II, 1112.

Artiste ami de Marie Gaston (un). Mis en cause par celui-ci, pour justifier ses déplacements à Paris aux yeux de sa jalouse épouse : *MJM*, I, 390.

Artiste ami de Sarrasine (un). Vient inviter son ami à une réception chez l'ambassadeur de France à Rome; Zambinella sera de la fête : *S*, VI, 1071.

Artiste (un). Médit des Deschars : *PMV*, XII, 182.

Artiste (un). Cause dans un salon parisien : *Ech.*, XII, 475.

Artiste (un jeune). Ressemblant à Méphistophélès; protégé par la duchesse de Berry; calomnié par son portier et congédié à cause de lui, en est vengé par ses amis : *MI*, XII, 730-732.

*ARTKÉE. Banquier belge, associé à *FLUERENS : *MN*, VI, 387 (var. *f*).

ASIE. Voir COLLIN (Jacqueline).

Assassin (un). Jeune criminel *enflacqué;* sa conversation avec Bibi-Lupin : *SetM*, VI, 846.

*Associé de Nucingen (l') : *MR*, X, 374 (var. *a*).

ASTAROTH. Crapaud d'une taille extraordinaire, utilisé par Mme Fontaine, la cartomancienne, dans ses divinations; son intelligence : *CP*, VII, 590. En 1845, effraie Gazonal chez Mme Fontaine : *CSS*, VII, 1192.

ATHALIE. Cuisinière de Mme Schontz, vers 1836. Ses aptitudes culinaires pour la préparation du chevreuil : *MD*, IV, 736.

*ATTALANI (duc d'). Remplacé par BELGIRATE : *VV*, XII, 359 (var. *a*).

Attaché d'ambassade (un) : *Fir.*, 11, 144.

Aubergiste du *Lion d'Argent* (l'). Voir Index II : *MAUCOMBLE.

Aubergiste de Saint-Brice (l'). Montre au père Léger un bidet à vendre : il serait heureux de lui voir *refaire le poil* à un Pair de France; sa conversation avec Pierrotin : *DV*, I, 794, 796.

Aubergiste (un). Près de La Pèlerine, assiste à l'arrivée de la turgotine de Coupiau, puis à celle des républicains; annonce que les Bleus sont vainqueurs : *Ch.*, VIII, 949, 950.

Aubergiste de l'Auberge Rouge (l'). Allemand. Son auberge est à Andernach. Vers la fin d'octobre 1799, il y accueille les deux sous-aides major Magnan et Taillefer : *AR*, XI, 96; leur vante sa cuisine et ses vins : 97; son témoignage, fatal à Prosper Magnan : 109, 110.

AUBRION (marquis d'). De la maison des captals de Buch; gentilhomme ordinaire de la chambre de Charles X. Ayant épousé une femme à la mode, il a dû aller réaliser ses propriétés aux Indes; en rentrant sur le *Marie-Caroline*, en 1827, les Aubrion font la connaissance de Charles Grandet : *EG*, III, 1182; son hôtel à Paris, rue Hillerin-Bertin : 1188; la duchesse de Chaulieu lui tourne la tête : 1196.

   Ant. *ROCHEGARD (comte de), remplacé par *ROCHGOURD (comte de) : *EG*, III, 1183 (var. *f*).

AUBRION (marquise d') [née en 1789]. Femme du précédent. Femme à la mode, prodigue; trente-huit ans en 1827 : *EG*, III, 1182; ne néglige rien pour capturer Charles Grandet et sa fortune qui doit permettre de libérer les hypothèques de l'hôtel d'Aubrion; elle lui promet d'obtenir de Charles X une ordonnance l'autorisant à porter le nom d'Aubrion : 1183; elle tient à Charles : 1195, 1196.

AUBRION (Mathilde d'). Fille des précédents. Longue comme un insecte, le nez rouge après les repas : *EG*, III, 1182; reçoit des conseils maternels, destinés à contrebalancer ses petites infirmités : 1183. Citée, comme femme de Charles Grandet : *MN*, VI, 371.

   Ant. prénommée *Félicité : *EG*, III, 1187 (var. *f*).

AUBRION (Charles Grandet, vicomte puis comte d'). Voir GRANDET (Charles).

*AUDIGER. Voir BAUDOYER (Isidore).

*AUDOYER. Voir VAUDOYER.

AUFFRAY (1723-1811). Épicier à Provins. Premier mariage en 1741, à l'âge de dix-huit ans; une fille unique en naît; second mariage en 1792, à soixante-neuf ans, et meurt brusquement en 1811, à quatre-vingt-huit ans, sans avoir eu le temps de tester : *P*, IV, 36, 37.

AUFFRAY (Mme) [1778-v. 1819]. Femme du second lit du précédent. Âgée de trente-huit ans à la mort de son mari, dont elle a une fille (Mme Lorrain); n'a recueilli qu'une maigre succession qu'elle revend à sa belle-fille Mme Rogron; se remarie avec le docteur Néraud vers 1817; morte de chagrin et dans la misère deux ans plus tard : *P*, IV, 36, 37.

AUFFRAY (Mlle). Fille du premier lit de l'épicier Auffray. Voir ROGRON (Mme).

AUFFRAY (Mlle). Demi-sœur de la précédente. Voir LORRAIN (Mme).

AUFFRAY (Me). Arrière-petit-neveu de l'épicier. Notaire à Provins en 1823; a épousé Mlle Guénée, la cadette : *P*, IV, 53, 54; subrogé-tuteur de Pierrette Lorrain, porte plainte contre Sylvie et Jérôme Rogron pour sévices sur leur pupille; fait convoquer le conseil de famille, en produisant un certificat médical, et demande la destitution du tuteur, J. Rogron : 147; nommé tuteur de Pierrette par décision du conseil de famille, en remplacement de Rogron : 151.

AUFFRAY (Mme). Femme du précédent, née Guénée. Héberge Pierrette Lorrain en 1827 et se montre aux petits soins pour la jeune fille : *P*, IV, 149; a pour élève Mme Martener : 155.

AUGUSTE. Valet de chambre du marquis de Montriveau en 1819. Soudoyé par la duchesse de Langeais : *DL*, V, 1023.

AUGUSTE (?-1819). Grand Fanandel, exécuté en 1819; Jacques Collin, trésorier du bagne, se charge de remettre à sa *largue*, la Rousse, la somme de vingt mille francs et le conseil de l'oublier et de se remarier : *SetM*, VI, 906.

AUGUSTE dans *EHC*. Voir DUBUT DU BOIS-LAURIER.

AUGUSTE. Célibataire, rend à un ami, marié, le service de s'occuper de sa femme : *Phy.*, XI, 1180.

AUGUSTIN. Valet de chambre de Sérisy en 1822. Attribue son voyage incognito à Presles à la visite d'une dame, la veille à Paris : *DV*, I, 744.

AUGUSTINE. Femme de chambre de la comtesse de Manerville, en 1827 : *CM*, III, 633.

*AUGUSTINE, remplacée par CAROLINE : *Phy.*, XI, 1116 (var. *a*).

*AUMALE¹ (duc d'). Ant. *RICHELIEU¹ (vicomte de) : *Ch.*, VIII, 1662.

*AUMALE (Mlle d'). Remplacée par VERNEUIL (Marie-Nathalie de) : *Ch.*, VIII, 1047 (var. *e, f, g*), 1048 (var. *a*), 1050 (var. *b* et *c*), 1051 (var. *c*), 1093 (var. *a*), 1108 (var. *c*), 1109 (var. *a*), 1110 (var. *f*), 1111 (var. *a* et *c*), 1112 (var. *c* et *d*), 1113 (var. *b, c, e*), 1115 (var. *a, c, e*), 1116 (var. *d*), 1122 (var. *d*).

AURÉLIE. Lorette dans le *treizième* arrondissement, à la fin de la Restauration. Commune et vulgaire : *B*, II, 896.

AURÉLIE (la petite). Voir SCHONTZ (Mme).

Auvergnat (l'). Voir FIL-DE-SOIE.

Auvergnat (un). Porteur d'eau horriblement malade de misère pendant le grand hiver de 1822. Desplein le guérit et lui donne de quoi acheter cheval et tonneau ; depuis il lui amène par reconnaissance tous ses amis malades : *Ath.*, III, 390.

Auvergnat (un vieil) [né en 1728]. Portrait : *PCh.*, X, 280 ; à cent deux ans, va à pied à Clermont ; mais ne fait plus que dormir, boire et manger : 281 ; sa pitié triomphante pour Raphaël de Valentin.

Auvergnat (un paysan). Petit-fils du précédent. Curieux de l'arrivée de Raphaël de Valentin chez lui : *PCh.*, X, 280 ; sa pitié intéressée : 285.

Auvergnate (une paysanne). Femme du précédent. Accueille Raphaël de Valentin venu se reposer au Mont-Dore et consent à l'héberger. Portrait : sa famille : *PCh.*, X, 280 ; donne de mauvaises nouvelles de son client à Jonathas : 283 ; sa pitié tracassière, qui exaspère vite Raphaël : 285.

Auvergnat (un gros enfant). Fils des précédents. Reste béant à l'arrivée de Raphaël de Valentin : *PCh.*, X, 279 ; portrait : 280 ; amené à Clermont par son arrière-grand-père : 281 ; épie Raphaël : 285.

Avare (un). Gros bourgeois de Bruges. Avec son domestique, prend place dans la barque du passeur d'Ostende : *JCF*, X, 313 ; devant la tempête, prie la Vierge de Bon-Secours : 316, 317 ; coule avec son or : 320.

Avare (un vieil). Demeurant à T., a épousé une jeune et jolie femme : l'amour triomphe de l'usure : *Phy.*, XI, 1106 ; empoisonné par sa femme et par le jeune homme qui aime cette dernière ; l'échafaud est leur lit nuptial : 1107.

*AVAUGOUR (duchesse d'), remplacée par CADIGNAN (princesse de) : *F30*, II, 1210 (n. 1).

Avocat de Paris (un célèbre). Battu par Savarus dans le procès du chapitre de Besançon contre la préfecture du Doubs : *AS*, I, 915.

Avocat (un). Secrétaire du comte de Grandville, est chargé par lui de surveiller ses deux fils en les initiant au droit et aux secrets du milieu judiciaire : *FE*, II, 282.

Avocat de la comtesse de Listomère (l'). Conseille à sa cliente de ne pas soutenir l'abbé Birotteau, la partie adverse ayant raison en droit : *CT*, IV, 228, 229.

Avocat (un). Personnage inventé par Théodore de La Peyrade : voltairien, il a épousé une La Peyrade qu'il force à jouer le rôle de la déesse Liberté ; elle devient folle et en meurt : *Bou.*, VIII, 165, 166.

Avocat de Troyes (un). Plaide pour les Hauteserre et pour Gothard : *TA*, VIII, 654.

Avocat (un). Commis d'office pour défendre aux assises la vieille Tonsard inculpée de *cerclage* des arbres, en 1823 : *Pay.*, IX, 338.

Avocat de Jean-François Tascheron (l'). Seul homme à la vue de qui le condamné ne s'emporte pas. M. et Mme des Vanneaulx lui offrent dix pour cent de la somme volée et autant à Tascheron pour sa famille s'il parvient à la leur faire recouvrer : *CV*, IX, 697 ; domicilié à Limoges, rue de la Comédie ; refuse l'argent de Denise Tascheron ; sur son insistance, consent à partager avec les pauvres et rachète la croix d'or de la jeune fille : 740.

1. Nom réel.

Avocat de Limoges (un). Explique à M. et Mme des Vanneaulx ce qu'est le délit de non-révélation : *CV*, IX, 697.

Avocat (un). Le Code incarné : ergote sur le cas soumis à sa science par le narrateur : *AR*, XI, 119.

Avocat célèbre (un). Cause dans un salon parisien : *Ech.*, XII, 475.

Avoué de Fontainebleau (un). Consulté par Savinien de Portenduère sur la mise en demeure que les héritiers Minoret venaient d'adresser à sa mère. Ses conseils : *UM*, III, 924; ancien clerc du juge Bongrand : 931.

Avoué des Libéraux de Tours (l'). Seul homme de chicane capable de faire gagner son procès à l'abbé Birotteau, selon M. de Bourbonne : *CT*, IV, 229; devient l'avoué de l'abbé dont il discrédite la cause : 230.

Avoué (un ancien). Affirme qu'après deux heures de conversation, un homme doit être à vous : *IG*, IV, 563.

Avoué de Normandie (un ancien). Fort rusé habitant de B... Ayant réussi à déjouer trois tentatives de minotaurisation, il succombe à la quatrième : *Phy.*, XI, 1154, 1155.

*AVRILA (comte d'), remplacé par RILLIÈRE (comte de) : *CF*, XII, 428.

A-Z. (M.). Amant supposé de Caroline-Élisa : *Phy.*, XI, 1115, 1118.
    *A-Z. (M.), remplacé par un mari anonyme : *Phy.*, XI, 1180 (var. *a*).

AZOR. Chien de Mme Granson, qu'elle proclame de « mœurs plus honnêtes » que du Bousquier; « est cependant un grand fournisseur », selon le conservateur des hypothèques : *VF*, IV, 882.

*B (Mlle). Voir TRANS (Mlle de).

*B. (duc de). Voir FONTAINE (comte de).

*B. (vicomtesse de). Voir NUCINGEN (baronne de).

B... (Émilie de). Femme d'un banquier, assiste au bal donné par le munitionnaire général D..., camarade d'enfance de la baronne de V..., à Écouen. Pour rendre service à son amie, accepta les hommages du baron de V... : *Phy.*, XI, 1149; débarrasse son amie de son mari en devenant sa maîtresse : elle le tuera d'excès : 1150, 1153.

B. (M. de). Officier d'ordonnance de Louis Bonaparte, roi de Hollande, rejoint sa femme, dame de la reine Hortense, à Saint-Leu : *Phy.*, XI, 1108, 1109; sa passion pour la comtesse de ***, née de N... : 1109; la duchesse de L..., belle-mère de la comtesse, l'entraîne dans un traquenard; honteux, il part le jour même aux avant-postes, cherche la mort et la trouve; homme brave mais pas un philosophe : 1112.

BABOÛN. Singe du marquis de Carabas : *AIH*, XII, 767.

BABYLAS. Tigre d'un lion, Amédée de Soulas, et fils d'un de ses fermiers. Ses gages semblent exorbitants aux grisettes de Besançon : *AS*, I, 917.

BACUËL (Yvon). Fermier de la comtesse du Gua, au château du Plougal, en 1803 : *Vis.*, XII, 643.

*BADENIER. Ant. *BADENUS : *ES*, XII, 508, et *TROISDENIER : 524 (n. 1), puis remplacé par TOTAL (baron).

BAGOS DE FEREDIA (comte). Grand d'Espagne. Prisonnier de guerre, envoyé en résidence sur parole à Vendôme vers 1809; portrait : *AEF*, III, 720, 721; loge chez Mme Lepas, aubergiste qui, lors de la disparition, découvre dans sa chambre un legs en or et en diamants, destiné à dire des messes à son intention; Lepas retrouve ses vêtements cachés près du Loir, face à la Grande Bretèche : 721; suivant ses instructions, les Lepas déclarèrent qu'il avait dû s'évader; son crucifix, d'argent et d'ébène, a disparu aussi; Rosalie, femme de chambre de Mme de Merret, confie après la mort de cette dernière qu'elle s'est fait ensevelir avec un crucifix d'ébène et d'argent : 722; l'Espagnol est aperçu une dernière fois par Rosalie dans l'alcôve de la chambre de la comtesse, que Gorenflot est en train de murer, sur l'ordre de M. de Merret : 728.

    Ant. *BAJOS DE FEREDIA, lui-même remplaçant *BAJOS DE HEREDIA[1] : *AEF*, III, 720 (var. *b*).

*BALLAN (marquis de), remplacé par AIGLEMONT (marquis d') : *F30*, II, 1202 (var. *a*).

*BALLAN (marquise de), remplacée par AIGLEMONT (marquise de) : *F30*, II, 1202 (var. *a*).

---

1. Nom réel.

*BALLAN (Hélène de), remplacée par AIGLEMONT (Hélène d') : *F30*, II, 1202 (var. *a*).

*BALLAN (Gustave de), remplacé par AIGLEMONT (Gustave d') : *F30*, II, 1202 (var. *a*).

*BALLAN (Abel de), remplacé par AIGLEMONT (Abel d') : *F30*, II, 1202 (var. *a*).

*BALLAN (Moïna de), remplacée par AIGLEMONT (Moïna d') : *F30*, II, 1202 (var. *a*).

Ballanchiste (un). Partisan de la métempsycose : *PCh.*, X, 99.

*BALLERON (les), remplacés par les réels *SOUBISE, puis par les BLAMONT-CHAUVRY : *FA*, II, 464 (var. *a*).

BANCKER (Mme). Paysanne de Jarvis. Ses hallucinations auditives à l'arrivée de Séraphîtus-Séraphîta au temple : *Sér.*, XI, 789.

Banquier (un). Dit que le vieillard énigmatique de l'hôtel de Lanty est une *tête génoise* : *S*, VI, 1047.

Banquier de Hambourg (?-1826). Marie sa fille au lieutenant Giguet, vers 1805 : *DA*, VIII, 718 ; meurt en laissant onze enfants, et en ne léguant que deux mille francs de rente à son petit-fils Simon Giguet : 724.

Banquier du jeu (le). Au tripot du 56, Palais-Royal, prononce sa phrase rituelle : « Faites le jeu ! » : *PCh.*, X, 61 ; captivé par la personnalité de Raphaël de Valentin, il oublie de les prononcer : 63 ; n'est pas surpris de l'insuccès du jeune homme : il ne savait pas jouer : 64.

Banquier (un gros). Refuse à Castanier de négocier des effets Claparon : *MR*, X, 383.

Banquier parisien (un). Reçoit son confrère, M. Hermann, de Nuremberg ; son cuisinier est le fameux Carême : *AR*, XI, 89 ; il rappelle à Taillefer qu'il était « dans les vivres », pendant la campagne de Wagram : 113 ; vient discrètement chercher Victorine Taillefer lors de la crise de son père : 116.

Banquier ami du châtelain de Cassan (un). Arrivé la veille de Paris, joue du violon durant le grand singe du châtelain qui met l'instrument en pièces aussitôt son propriétaire parti : *Phy.*, XI, 953, 954.

*Banquier d'une cour étrangère, remplacé par le préfet de la Seine : *F*, V, 832 (var. *f*).

BAPTISTE. Valet de chambre de la duchesse de Lénoncourt-Chaulieu. L'accompagne en Italie dans son voyage avec Clotilde de Grandlieu, en 1830 : *SetM*, VI, 695.

*BAPTISTE (La). Cuisinière de Mme Chambrier à Belley : *CF*, XII, 427.

BARA (Me). Huissier à Paris, pendant la Révolution. Consent à prendre pour saute-ruisseau son neveu Robert Médal ; le chasse au bout de cinq ans : *Th.*, XII, 591, 592.

BARA (Mlle), dite Saphir (née en 1774). Sœur du précédent. Déesse de la Raison pendant les fêtes révolutionnaires, fait une fin, en 1801, en épousant le savetier Médal : *Th.*, XII, 589. Voir MÉDAL (Mme).

BARBANTI (les). Famille corse, voisine des Piombo. Essaya vainement de réconcilier ceux-ci avec les Porta : *Ven.*, I, 1038.

Ant. *BARBANTINI : *Ven.*, I, 1038 (var. *a*).

BARBET. Normand d'abord marchand de salade dans les rues, établi bouquiniste sur les quais, en 1818 : *EHC*, VIII, 345. Portrait : *IP*, V, 352 ; vers 1822, il est libraire escompteur, quai des Augustins, et Lousteau lui vend ses services de presse : 351 ; il a été commis en librairie : 352 ; il est la terreur des imprimeurs : 353 ; propose à Lucien de Rubempré un taux usuraire pour escompter les effets Fendant et Cavalier qu'il lui présente, pressantant la faillite de ces éditeurs : 504 ; croyant au talent de Lucien, il achète deux cents exemplaires de son roman à quatre francs pièce ; préfère les stocker que de les liquider à cinquante sous : 541 ; il les revend à dix francs en 1824, lorsque le mérite du livre, préfacé par d'Arthez, est reconnu : 541, 542 ; en juillet 1822, offre deux cents francs à Lucien, au bord du précipice, pour dix chansons à boire, « bien croustillantes » : 547. En 1833, la maison Claparon-Cérizet s'adresse à cet usurier à qui elle rachète à vil prix ses créances désespérées : *HA*, VII, 782. Il prend en 1834, après seize ans d'exercice, sa retraite de libraire, et change de métier : *EHC*, VIII, 345 ; a prêté jadis de l'argent au magnan Fresconi ; s'est remboursé en devenant propriétaire de sa maison, où, en 1838, habite

M. Bernard : 333 ; fait espionner le vieillard par sa portière, la mère Vauthier : 351 ; a essayé avec Métivier de s'assurer la propriété du grand
Traité de jurisprudence du baron Bourlac, auquel il a prêté de l'argent :
358 ; Mme Vauthier lui signale l'arrivée dans la maison de M. Godefroid,
qu'elle croit être un commis de librairie, concurrent de Barbet : 365. Est
toujours libraire-escompteur en 1839, le « requin » de la librairie ; habite
à cette époque l'immeuble de Mlle Thuillier, rue Saint-Dominique-
d'Enfer : *Bou.*, VIII, 23, 24 ; son taux habituel d'intérêt : 12 %... N'accepte
que des bonnes valeurs : 53 ; constitue, avec Chaboisseau, Samanon et
consorts *la troisième couche* de la finance parisienne : 120. Habite rue
Sainte-Catherine-d'Enfer : *EHC*, VIII, 402. En 1839, avec le bijoutier
Biddin, intente au jeune Robert de Sommervieux un procès en police
correctionnelle pour escroquerie à leur préjudice ; ne gagne que partiellement, et finit par transiger : *PJV*, XII, 376, 377.
    Ant. *MARTAINVILLE : *IP*, V, 547 (var. *d*).
    *BARBET : *IP*, V, 378 (var. *f*).
BARBET noir (un). Fidèle compagnon du vieux Bartoloméo Belvidéro : *ELV*,
XI, 477 ; il expire en hurlant, au moment où Don Juan écrase l'œil de son
père : 485.
BARBETTE. Surnom de Mme Cibot, femme de Galope-Chopine : *Ch.*, VIII,
1091. Voir CIBOT (Mme).
BARGETON Ier (Mirault, devenu Mirault de). Jurat de Bordeaux, anobli sous
Louis XIII ; ses armes : *IP*, V, 152, 156.
BARGETON II (Mirault de). Fils du précédent. Officier dans les Gardes de la
Porte, sous Louis XIV : *IP*, V, 152, 153.
BARGETON III (Mirault de). Fils du précédent, dit *Bargeton-le-mangeur*, sous
Louis XV ; si parfait gentilhomme qu'il arrête la fortune de sa famille :
deux de ses frères redeviennent négociants de sorte qu'il se trouve des
Mirault dans le commerce à Bordeaux ; sa terre, sise en Angoumois, dans
la mouvance du fief de La Rochefoucauld, était substituée, ainsi que l'hôtel
familial : *IP*, V, 153.
BARGETON V (Mirault de) [1763-1821]. Petit-fils de Bargeton-le-mangeur,
il peut se surnommer le Muet. Hérite de son grand-père l'hôtel familial
à Angoulême et la terre de Bargeton. En 1789, il perd ses droits utiles,
ne conservant que le revenu de sa terre, valant environ dix mille livres de
rente. Épouse en 1805 Mlle de Nègrepelisse : *IP*, V, 153 ; ses armes, son
blason : 156 ; sa fortune est considérée comme l'une des six plus considérables de la ville, en 1821 : 156 ; le sourire est son unique langage : 187 ;
il a contracté pour sa femme une affection canine : 188 ; celle-ci s'estimant
offensée par M. de Chandour, il va lui demander raison : 243-245, et le
blesse grièvement d'une balle dans le cou : 247 ; pendant le voyage à Paris
de sa femme, il doit s'installer à l'Escarbas, chez son beau-père : 249 ;
meurt d'indigestion, à la fin de 1821 ou au début de 1822 : 479.
    *BARGETON (M. de) : *IP*, V, 535 (var. *h*).
BARGETON (Mme Marie-Louise Anaïs de) [née en 1785]. Femme du précédent, qu'elle épouse en 1805. Née Nègrepelisse, au castel de l'Escarbas.
Âgée de trente-six ans en 1821 : *IP*, V, 156 ; portrait à cette époque :
166 ; jeune fille, Naïs reçoit une forte éducation de l'abbé Niollant, qui
se cache chez son père à la Révolution : 153, 154. M. de Nègrepelisse lui
démontre la valeur négative de Bargeton, qu'elle épouse : 156 ; en 1821,
la province a changé ses qualités en ridicules : 156 ; elle aime les arts et
les lettres, ce qui paraît extravagant à Angoulême : 152 ; ses *tartines* : 157 ;
elle a connu une chaste passion, en 1808, pour un officier de passage, le
marquis de Cante-Croix, dont elle pleure longtemps la mort ; s'est consolée par la lecture des grandes œuvres modernes : 159 ; description de son
hôtel, rue du Minage, dans le Haut-Angoulême : 165, 166 ; à cette époque,
Lucien Chardon, jeune poète pauvre, tombe amoureux d'elle ;
pour l'imposer à sa société, elle prépare une soirée et fait inviter Lucien
par M. de Séverac : 148, 149 ; M. Sixte Châtelet est jaloux : 167 ; la grande
soirée : 186-211 ; surprise avec Lucien à ses genoux par MM. de Chandour et du Châtelet : 239 ; prie son mari de demander raison à Stanislas
de Chandour : 243 ; après le duel Bargeton-Chandour, décide de quitter
la ville, pour se rendre à Paris chez sa parente, Mme d'Espard : 249 ;
emmène Lucien qu'elle fait monter dans sa voiture entre Mansles et

Ruffec : 249 ; descend, avec Lucien et sa femme de chambre, à l'hôtel du Gaillard-Bois, rue de l'Échelle : 256 ; Châtelet, qui l'a suivie à Paris, lui expose les aléas de sa situation irrégulière et lui conseille d'abandonner Lucien : 257, 258 ; elle suit ce conseil intéressé et loue un appartement rue Neuve-du-Luxembourg : 261 ; invitée de la marquise d'Espard à l'Opéra : sa tenue provinciale fait sourire, en soulignant le bon goût de sa parente : 273 ; sa rapide transformation en Parisienne à la mode frappe Lucien lorsqu'il la revoit : 286 ; Châtelet lui fait la cour, et Lousteau va écrire un article sur eux : 389 ; elle est surnommée l'*os de seiche* depuis l'article : 447 ; elle perd son mari : 479 ; elle revoit Lucien à une soirée arrangée par la comtesse de Montcornet, en 1822 : 486 ; elle fait nommer Châtelet préfet de la Charente et, pour se venger de Lucien, elle et Mme d'Espard décident de le jeter dans le parti royaliste, afin de l'annuler : 523 ; elle rentre à Angoulême ; remariée avec le comte Sixte du Châtelet : 552 ; devenue Mme la Préfète, apparaît transformée, embellie, parisienne, à ses anciennes relations : 655 ; son apparté remarqué avec Lucien de Rubempré, à la soirée de signature du contrat de mariage de Petit-Claud avec Mlle de La Haye, vers le 12 septembre 1822 : 678, 679. Au bal de l'Opéra, un masque rappelle que c'est elle qui a présenté Lucien à Mme d'Espard : *SetM*, VI, 432 ; chez les Grandlieu, Lucien explique les inimitiés contre lui par son aventure avec la comtesse Châtelet *(sic)* : 507. En décembre 1824, la baronne *(sic)* du Châtelet est à un mercredi de Mme Rabourdin : *E*, VII, 1093. En mai 1830, Mme Camusot dit qu'elle va être heureuse du suicide de Lucien : *SetM*, VI, 802.

Ant. née *ESPARD (Marie-Louise-Anaïs d'), *ESPARD (Marie-Antoinette-Anaïs d'), *CHAMDOUR (Athénaïs-Anaïs), *CHANDOUR (Anaïs), *CHAMP-D'OURS (Anaïs) : *IP*, V, 153 (var. c); *BERGETON (Mme de) : *SetM*, VI, 432 (var. m).

Ant. *ESPARD (marquise d') : *IP*, V, 399 (var. c).

BARILLAUD. *Connaissance* de M. Alain ; le rencontre en 1798, et le met en défiance contre Mongenod : *EHC*, VIII, 265.

BARIMORE (lady). Charmante fille de lord Dudley. Assiste à un raout chez Mlle des Touches, en 1831 : *AEF*, III, 683 ; prie le général de Montriveau de raconter l'histoire du Doigt de Dieu : 703.

BARKER (William). Voir COLLIN (Jacques).

BARNHEIM de Bade (Mlle). De bonne famille allemande. Épousée par le colonel Schiltz : *B*, II, 899.

BARNIOL (M.). Instituteur à Paris, rue Saint-Hyacinthe. Marié à Mlle Phellion : *Bou.*, VIII, 47 ; homme considéré dans le faubourg Saint-Jacques, il a été introduit chez les Thuillier par son beau-père M. Phellion, alors retraité du ministère des Finances : 49.

BARNIOL (Mme). Femme du précédent. Née Phellion. Élevée gratuitement au pensionnat de Mlles La Grave rue Notre-Dame-des-Champs où sa mère enseigne le piano et son père l'histoire et la géographie : *E*, VII, 968, 969. Son mariage : *Bou.*, VIII, 47 ; a plusieurs enfants : 90 ; ressemble à sa mère : 91.

BARNIOL (Mlle). Voir PRON (Mme).

BARRY (John). Anglais, chef piqueur du prince de Loudon en 1829. Portrait ; tenue : *MM*, I, 710 ; manque en venir aux mains avec Jacques La Roulie, piqueur de l'équipage royal : 711.

BASTIENNE (Mme). Marchande de modes à Paris, en 1821. Serait ravie de fournir Mlle Florentine, maîtresse de Giroudeau ; exige, en compensation, que le nom de sa concurrente, Mlle Virginie, ne paraisse plus dans les annonces du journal de Finot, et souscrit un abonnement d'un an : *IP*, V, 332.

BATAILLE. Capitaine de la compagnie de la Garde nationale où servent Saillard et Baudoyer ; habitué des dîners de fêtes de leur famille : *E*, VII, 939 ; avec sa femme, vient féliciter Baudoyer de sa récente promotion, à la fin de 1824 : 1093.

BAUDOYER (M.). Honnête mégissier de la rue Censier, retiré à L'Isle-Adam avec sa femme et son beau-frère, Mitral, ne gardant qu'un pied-à-terre à Paris : *E*, VII, 938, 939.

BAUDOYER (Mme). Femme du précédent, née Mitral : *E*, VII, 938.

1. Beaudoyer dans *Le Cousin Pons*, p. 701.

    1. Nom parfois orthographié Beauvan.

---

1. Appelé seulement Octave, sans nom de famille, dans *Honorine* ; de même sa femme
est seulement Honorine.

Victor d'Aiglemont, a en outre le bonheur d'être orphelin de père et de mère : *MN*, VI, 341 ; à sa majorité, en 1821, le marquis d'Aiglemont lui rend ses comptes de tutelle et lui remet une inscription de dix-huit mille livres de rente et un compte de trente mille francs chez Nucingen ; il lui conseille de voyager et de décrocher une place aux Affaires étrangères : 346, 347 ; séjours en Italie, à Turin, à Naples, en qualité d'attaché d'ambassade, puis à Londres en 1822 ; est célèbre par son fameux tigre Paddy : 347, 348 ; n'a pas assez de rentes pour mener son train de vie ; son tuteur lui conseille de vendre ses rentes et de placer son argent chez Nucingen, qui le fera fructifier : 348 ; habite un entresol, quai Malaquais : on ne trouve chez lui rien d' « improper » : 343. Vers la même époque, dîne chez Mme du Val-Noble avec Nucingen, Rubempré, etc. : *IP*, V, 454. En 1822, appartient au monde des *roués* parisiens qui, en octobre, accueillent une nouvelle recrue : Victurnien d'Esgrignon : *CA*, IV, 1008. Tient « le haut du pavé de la fashion », avec de Marsay, etc. : *IP*, V, 479 En 1823, tourne autour de sa belle cousine, la marquise d'Aiglemont, sans s'apercevoir qu'un autre diplomate a « déjà dansé la valse de *Faust* avec elle » : *MN*, VI, 349. Vers 1825, proposé à Émilie de Fontaine pour fiancé éventuel, elle le repousse, ne le trouvant pas assez noble, gros, mal fait ; sa seule qualité, il est brun : *BS*, I, 128. Cherche alors, désespérément, à se caser : *MN*, VI, 349 ; en 1826, fleur du dandysme parisien : 340, 341 ; à un bal chez le baron de Nucingen, fait enfin la rencontre d'Isaure d'Aldrigger : 349-350 ; Rastignac lui conseille de l'épouser : 352 ; sa correspondance stupide avec Isaure : 364 ; possède quatre cent mille francs à la banque Nucingen : 371 ; et loue un petit hôtel particulier, rue de la Planche, pour y abriter son bonheur : 382 ; épouse Isaure en 1828 : 389 ; invite les d'Aiglemont, Mme de Sérizy, Rastignac et Delphine à déjeuner : 383 ; Rastignac lui signale la mystérieuse disparition de Nucingen, parti à Bruxelles ; il lui suggère de réaliser ses fonds et d'acheter des actions Claparon : 384. En octobre 1829, dîne chez Nucingen avec sa femme, le jour où Delphine demande à Desplein une consultation pour son mari : *SetM*, VI, 495 ; son appartement du quai Malaquais, devenu libre, est repris par Lucien de Rubempré : 488. Toujours en 1829, ruiné par la troisième « faillite » de Nucingen, il trouve aux Finances une place de mille écus, qu'il perdra à la révolution de Juillet ; avec sa femme, ses quatre enfants et sa belle-famille, se loge petitement au troisième étage d'un immeuble de la rue du Mont-Thabor : *MN*, VI, 390. En 1833, dans le faubourg Saint-Germain, la plaisanterie classique consiste à parler de cet élégant ruiné comme de « feu Beaudenord » : *SPC*, VI, 953. Totalement inconnu du monde en 1836 : *MN*, VI, 340 ; vient à cette date, grâce à Nucingen, de retrouver une modeste place au ministère des Finances : 391.

Ant. *SÉRISY (M.), *SÉRISY (M. de), puis *GROSBOIS (M. de) : *BS*, I, 128 (var. *b*) ; *SÉRIZY (M. de) : *BS*, I, 1215.

BEAUDENORD (Isaure de). Femme du précédent. Voir ALDRIGGER.

BEAUDOYER. Voir BAUDOYER.

*BEAUJEU (duchesse de). Ant. *SAULIEU (duchesse de), puis *MONTSOREAU (duchesse de), puis remplacée par *CHAULIEU (duchesse de), puis par SÉRIZY (Mme de) : *SetM*, VI, 442 (var. *b*).

BEAUMINET (Suzanne). Ex-grisette, se fait appeler Mme Sainte-Suzanne ; mère de Frédéric, le fils naturel d'Adolphe ; incertitudes sur sa destinée ultérieure : *PMV*, XII, 152.

*BEAUMONT, remplacé par LORA : *B*, II, 908 (var. *a*).

BEAUNOIR (Georges). Relation d'Adolphe de Chodoreille : *PMV*, XII, 114.

Beau-père du peintre Servin (le). Général sans fortune : *Ven.*, I, 1040 ; il a repris du service pendant les Cent-Jours et sauvé Luigi Porta des griffes de ceux qui avaient arrêté Labédoyère ; trop espionné, il confie le proscrit à son gendre : 1054.

Beau-père de l'entrepreneur Boucher (le). Assiste chez son gendre, à Besançon, à la réunion électorale où se décida la candidature d'Albert Savarus : *AS*, I, 995.

Beau-père de Girardet (le). Avec un ami, fait semblant de mener campagne contre Savarus : *AS*, I, 1000.

BEAU-PIED[1] (Jean Falcon, dit) [né en 1781]. Soixante ans en 1841 : *Be.*, VII, 338. Jeune sergent à la 7e demi-brigade, commandée en 1799 par le colonel Hulot ; y passe pour le bel esprit de sa compagnie : *Ch.*, VIII, 925 ; au plateau de La Pèlerine, voyant son chef se frotter les mains, pressent *qu'il va y avoir du foutreau* : 928 ; au guet-apens de La Vivetière, a le bon esprit de faire le mort ; il s'enfuit ensuite avec Mlle de Verneuil et Francine : 1059 ; remercie la jeune fille et se nomme à elle : 1062 ; délivre Mlle de Verneuil, qui lui confie son prisonnier, le comte de Bauvan : 1101 ; n'ayant pas été prévenu, prend pour les Chouans les Contre-Chouans de Hulot, et manque de tuer le sous-lieutenant Gudin : 1160 ; croyant tuer Montauran (le Gars) *lave avec du plomb* la tête de la marquise de Montauran : 1209, 1210. En 1841, il est depuis trente ans le domestique d'Hulot devenu maréchal comte de Forzheim ; sa sœur est cuisinière avec lui : *Be.*, VII, 338 ; factotum diligent : 349.

BEAUPRÉ (Fanny). L'une des plus célèbres lorettes de Paris, avec Florentine, la Val-Noble, etc. : *B*, II, 896. En 1825, elle a remplacé feu Coralie dans les affections de Camusot et, jeune actrice, se fait une réputation à la Porte-Saint-Martin dans le rôle de la marquise d'Anglade, nom sous lequel, présentée à Oscar Husson, elle lui fait perdre cinq cents francs que Desroches a confiés à son clerc : *DV*, I, 865, 866. En 1829, elle est à prix d'or la maîtresse du duc d'Hérouville, qu'elle compare à un bon vin, mais trop bien bouché : *MM*, I, 617. Invitée à une soirée par Mme de Champy au début de 1830 : *SetM*, VI, 643. En 1840, Mme Schontz rappelle à Lousteau que Fanny a été jadis la maîtresse de Camusot, le député : *MD*, IV, 738 ; passe la mi-carême avec Lousteau ; ils sont épiés par Mme de La Baudraye : 767. En 1841, amie de Mme Schontz, est « célèbre dans son monde » : *B*, II, 896 ; se moque des petits jeunes gens qu'attire la Schontz et de la complaisance de Rochefide à leur égard : 902. Pendant l'hiver 1842-1843, Lousteau vit maritalement avec elle : *MD*, IV, 786.

Ant. la réelle *VERTPRÉ (Jenny) : *IP*, V, 436 (n. 4).

BEAUREGARD (Victorin) [né en 1797]. Dix-neuf ans en 1816 : *ES*, XII, 526 ; neveu du professeur Lavrille ; s'attache à des Fongerilles ; Mme des Fongerilles s'attache à lui ; espère une carrière de botaniste : 526, 527 ; doit épouser Félicie des Fongerilles, et lui fait une cour timide : 527, 529 ; en 1825, a deux aides : 530 ; protégé par le baron Total : 530, 531.

BEAUSÉANT (famille de). Pendant la Révolution, l'hôtel de Beauséant a été acquis par le financier du Bousquier, qui, ruiné en 1800, le revendit pour payer ses créanciers : *VF*, IV, 828. Vers 1811, s'entremet pour que soit amélioré le sort de la baronne de La Chanterie emprisonnée : *EHC*, VIII, 314. De la plus haute noblesse, comme les familles de Navarreins, de Cadignan, de Blamont-Chauvry, etc., et digne de l'alliance d'un Esgrignon : *CA*, IV, 982. Un cocher de fiacre apprend à Rastignac qu'il existe à Paris, en 1819, deux hôtels Beauséant : celui du marquis, rue Saint-Dominique, et celui du vicomte, rue de Grenelle : *PG*, III, 103. En 1831, l'un de ceux-ci est acheté par le notaire Grévin, en prévision du futur mariage de sa nièce, Cécile Beauvisage, et loué en attendant à des Anglais : *DA*, VIII, 772, 773.

BEAUSÉANT (une demoiselle de), ant. *FÉSENZAC[2] (une) : *CA*, IV, « une Bauséant » 982 (var. *e*).

BEAUSÉANT (marquis de). Émigré, est avisé en 1793 par l'abbé de Marolles, du départ de sa sœur, en religion sœur Marthe, qui va tenter de le rejoindre en émigration : *Ep.T*, VIII, 440. Est l'un des gentilshommes chargés de présenter Mme de La Chanterie au roi, au Premier Retour : *EHC*, VIII, 315. En 1819, habite son hôtel de la rue Saint-Dominique avec son fils aîné, le comte : *PG*, III, 103. Sa mort, survenue à peu près en même temps que celle de son fils aîné, fait de son fils cadet, le vicomte, un marquis de Beauséant : *FA*, II, 493.

Ant. *L. (marquis de) : *EF*, II, 176 (var. *a*) ; *BÉTHUNE[2] (marquis de) : *Ep.T*, VIII, 440 (var. *c*).

BEAUSÉANT (marquise douairière de). Femme du précédent. Née Champi-

---

1. Beaupied dans *La Cousine Bette*, p. 349.
2. Nom réel.

1. Nom réel.

dans la vallée d'Auge : *FA*, II, 492; sa lettre angoissée à Gaston, qui semble se détacher d'elle : 494; au ton de sa réponse embarrassée, comprend que son bonheur est fini : 499; seule à Villeroy après le mariage de Gaston : 500; surprise par son arrivée inopinée, menace de se jeter du balcon s'il approche : 502. Béatrix a voulu singer la vicomtesse et Mme de Langeais : *B*, II, 827. Aussi grande que La Vallière : *SPC*, VI, 958; vengée par Diane de Maufrigneuse : 966.

    Ant. **Sérisy (Mme de) : *DL*, V, 957 (var. *b*).

*Beauséant (Mme de) : *DL*, V, 961 (var. *b*); *SPC*, VI, 998 (var. *c*).

*Béauséant. Médecin à Arcis. Beau-père de Grévin; remplacé par **Varlet* : *EP*, VIII, 1600.

Beaussier. Bourgeois d'Issoudun en 1822. Est très impressionné par l'allure de Joseph Bridau, arrivant avec sa mère par la diligence de Paris : *R*, IV, 425; avec son épouse chez les Hochon, « pour voir les Parisiens » : 430.

    Ant. **Grenouillou : *R*, IV, 425 (var. *a*).

Beaussier fils. Fils des précédents, l'un des Chevaliers de la Désœuvrance : *R*, IV, 433.

    Ant. **Goddet : *R*, IV, 433 (var. *e*).

Beauvisage (docteur). Médecin du couvent des Carmélites de Blois, vers 1815. Un nom mal porté : *MJM*, I, 196.

*Beauvisage (la vieille) : *EP*, VIII, 1596.

*Beauvisage : *EP*, VIII, 1595; ant. **Leschevin comme scrutateur d'une élection en 1838 : 1596.

*Beauvisage (Mme) : *EP*, VIII, 1596.

*Beauvisage (Mlle) : *EP*, VIII, 1596.

Beauvisage (?-1812). Fermier des Cinq-Cygne, sous l'Empire. Devient l'ennemi de Michu : *TA*, VIII, 508; tenant de la ferme de Bellache, attaché aux Simeuse et aux Cinq-Cygne : 511; en 1806 Michu lui vend ses biens, par-devant Me Grévin, notaire à Arcis : 617; témoigne contre Robert d'Hauteserre : 660; en 1811, sauve son fils de la conscription : *DA*, VIII, 750.

    *Beauvisage. A vu les Simeuse et les Hauteserre armés le jour de l'enlèvement de Gondreville : *TA*, VIII, 655 (var. *a*), 660 (var. *a*).

Beauvisage (Mme). Veuve du précédent. En 1813, ne renouvelle pas son bail de la ferme de Bellache; grâce à l'influence du sénateur Malin de Gondreville, soustrait son fils à l'enrôlement dans les gardes de l'Empereur, en 1813 : *DA*, VIII, 750, 751; estimation de sa fortune vers 1830 : 757; des enfants qu'elle a mis au monde, seul Philéas a survécu : 750.

Beauvisage (Philéas) [né en 1792]. Agé de 21 ans en 1813 : *DA*, VIII, 750; portrait en 1839 : 728-731. Fils d'un fermier de Gondreville; exempté du service militaire grâce à l'influence du sénateur Malin de Gondreville : *TA*, VIII, 509. Ses parents lui ont acheté un homme, en 1811; deux ans plus tard il évite l'engagement dans les gardes d'honneur, grâce à la même influence : *DA*, VIII, 750; la campagne de France de cet Attila de la bonneterie en 1814; bonnetier en gros, le « cosaque » des bas; origine de sa fortune : maître du trust des cotons en 1815; riche de trois cent mille francs : 751-753; son ignorance crasse : 754; a épousé une demoiselle Grévin, fille du notaire d'Arcis; sous la Restauration, fait partie du comité directeur d'Arcis-sur-Aube : 719; promu maire d'Arcis à la révolution de Juillet, son beau-père Grévin, jadis destitué, ayant refusé de reprendre ses anciennes attributions : 723; en 1839, refuse de soutenir la candidature gouvernementale de Charles Keller : 723; niaiserie et incapacité; assiste à la réunion électorale de Simon Giguet; à son grand ennui, est prié de présider la réunion : 733; évaluation de sa fortune en 1839, l'une des plus belles d'Arcis : 757. Dîne en 1841 chez les Marneffe; député d'Arcis, ce Crevel de province vote sous la bannière de Victorin Hulot et du conseiller d'État Giraud : *Be.*, VII, 254. S'apprête à laisser son siège de député à son gendre Maxime de Trailles : *B*, II, 910. Il se forme chez Valérie Marneffe, pour *prendre le genre de Paris* : *Be.*, VII, 254; Crevel propose à la baronne Hulot ce millionnaire qui donnerait bien cent mille écus pour devenir l'amant d'une femme comme il faut : 329.

    *Beauvisage : *DA*, VIII, 1600, le « gendre » 771 (var. *a*).

Beauvisage (Mme Philéas) [née en 1795]. Femme du précédent. Née Séverine Grévin, à Arcis-sur-Aube. Vingt ans en 1815, lors de son mariage : *DA*, VIII, 753; portrait en 1839 : 760; la femme célèbre d'Arcis, et la tête

ville : 928 ; son père l'installe à Hérouville, dans l'ancien domaine d'Étienne : 935, 936 ; le chant de la jeune fille charme celui-ci : 938, 939 ; leur idylle de cinq mois : 945-948 ; refuse les propositions du baron d'Artagnon, désireux de l'épouser : 955 ; meurt « de saisissement » en même temps qu'Étienne, devant les terribles menaces du duc : 960.

BÉBELLE. Voir LUPIN (Mme).

BÉCANIÈRE. Voir CIBOT (Barbette).

BECKER (Edme). Étudiant en médecine, domicilié à Paris, rue de la Montagne-Sainte-Geneviève, en 1828. Témoigne contre le marquis d'Espard, l'estimant un dangereux monomane : *In.*, III, 449.

BECKER (révérend) [1740- ?]. Pasteur de Jarvis (Norvège). Âgé d'environ soixante ans en 1800 : *Sér.*, XI, 758 ; voyait Séraphîtüs-Séraphîta sous des traits féminins : 747 ; il a la patience d'exposer à Wilfrid « Swedenborg en entier » : 765-784 ; lui relate les circonstances ayant entouré la naissance et la première enfance de Séraphîta : 785-788 ; se rend chez elle, pour l'interroger : 805, 806 ; commence à croire que Séraphîtüs-Séraphîta est un Esprit caché sous une forme humaine : 830.

BECKER (Minna). Fille du précédent. Dans une course à skis, accompagne Séraphîtüs au sommet du Fahlberg, en mai 1800 : *Sér.*, XI, 735, 736 ; est amoureuse de lui : 737, 738 ; persiste à croire que Séraphîtüs-Séraphîta est un jeune homme : 833 ; en compagnie de Wilfrid, assiste à son Assomption : 851.

*BECKER (Minna) : *Sér.*, XI, 857 (n. 4).

BECKER (Me). Notaire à Paris. Lègue sa fortune à sa fille, Mme Hannequin de Jarente : *FAu.*, XII, 607.

BECKER (Albertine). Fille du précédent. Voir HANNEQUIN DE JARENTE (Albertine).

BECKER (M.) [?-1842]. Frère du notaire. Usurier « à la Vauvinet ». A sa mort, laisse à sa nièce, Mme Hannequin, sa terre de Jarente et son hôtel de la rue Louis-le-Grand : *FAu.*, XII, 607.

BEDEAU. Petit clerc saute-ruisseau en 1787 chez Me Bordin : *DV*, I, 849.

Bedeau de Saint-Sulpice (le). Assiste au service funèbre de Melmoth : *MR*, X, 381.

BÉGA (docteur) [?-1808]. Chirurgien en chef d'un corps d'armée pendant la guerre d'Espagne, à Madrid, en 1808 ; protégé de Murat : *MD*, IV, 689 ; se croyant entre amis, fait le récit de l'aventure qui lui est advenue l'avant-veille : il a accouché une femme voilée, mais reconnaissable à un signe sur le bras : 689-694 ; s'apercevant qu'il a été épié pendant son récit, il se fait raccompagner chez lui par trois amis ; néanmoins, il y est grièvement blessé d'un coup de poignard dans le cœur par un inconnu (le Grand d'Espagne) ; il en meurt cinq jours plus tard : 694, 695.

BELGIRATE (duc de). Richissime seigneur milanais, dignitaire du royaume d'Italie attaché de cœur au régime impérial ; s'éprend de la femme du commissaire Peyrade, nommé à Turin en 1806, et l'épouse en 1808 : *VV*, XII, 359, 360.

Ant. *ATTALANI (duc d') : *VV*, XII, 359 (var. *a*).

BELGIRATE (duchesse de). Voir RIDAL (Valentine).

BELLEFEUILLE (Caroline de). Voir CROCHARD (Caroline).

Belle fille de Klagenfurt (une). Refuse les avances du canonnier Lobbé, et provoque une émeute : *Ech.*, XII, 494-495.

BELLE HOLLANDAISE (la). Voir GOBSECK (Sarah van).

BELLE-JAMBE. Valet du colonel Oscar Husson, en 1837 : *DV*, I, 879.

*BELLEMARE (marquis de) : *Ch.*, VIII, 1662.

Belle-mère de Vigneau (la) : *MC*, IX, 474.

Belle-mère d'Adolphe (la). Voir HEURTAUT (Alexandrine).

BELLE ROMAINE (la). Maîtresse du cardinal de Lorraine, sous le règne de Henri II ; habite rue Culture-Sainte-Catherine : *Cath.*, XI, 201 ; *EM*, X, 936 ; seul amour du jeune comte d'Hérouville : 870 ; ce dernier a eu d'elle une fille, Gertrude, qu'il ne veut pas reconnaître parce qu'elle était trop jolie pour être de lui ; après sa naissance, l'enfant est recueillie par les Dames Clarisses de Rouen ; la mère meurt misérable : 894 ; son sang se retrouve en Gabrielle Beauvouloir : 941.

*BELLIGUARDO (comtesse di). Titre de Mme Vill emsens, remplacé par celui de BRANDON (lady) : *Gr.*, II, 427 (var. *b*).

515; consent à soigner Adrien Genestas : 583 ; sa mort brusque, en décembre 1829, sans doute à la lecture d'une lettre d'Évelina ; son testament : 598. Allusion à l'apostolat d'un médecin de campagne : *EHC*, VIII, 327.

BENOÎT. Valet de chambre des Chodoreille : *PMV*, XII, 135 ; Justine, la femme de chambre, désirant l'épouser, il demande son congé : 153.

BÉRÉNICE. Femme de chambre de l'actrice Coralie en 1821-1822. Portrait : *IP*, V, 409 ; compagne d'enfance de sa maîtresse : 412 ; elle suit Coralie et Lucien rue de la Lune : 511 ; après la mort de Coralie, fait le trottoir sur le boulevard, afin de procurer à Lucien l'argent nécessaire pour quitter Paris ; elle lui donne les vingt francs qu'elle vient de gagner : 551.

BERGER (Mme). Veuve en 1802 d'un notaire de Loches, s'est retirée avec sa fille dans une petite maison de Tours, rue de la Psalette, près de Saint-Gatien, où elle vit en 1816 ; veuve depuis une douzaine d'années ; sa piété : *PC*, XII, 795, 797.

BERGER (Sophie). Fille de la précédente. Boiteuse et difforme depuis un accident d'enfance : *PC*, XII, 796, 797.

BERGERIN (docteur). Médecin de la famille Grandet, à Saumur. Vient examiner Mme Grandet, gravement malade, à la fin du printemps de 1820 : *EG*, III, 1164 ; le plus célèbre médecin de la ville ; estime que sa malade pourra tenir jusqu'à la fin de l'automne ; elle meurt en octobre 1822 : 1170 ; en 1827, il condamne le père Grandet atteint d'une paralysie rapidement progressive, à quatre-vingt-deux ans : 1174.
   Ant. *BERGEVIN : *EG*, III, 1164 (var. *g*).

*BERGETON (Mme de), remplacée par BARGETON (Mme de) : *SetM*, VI, 432 (var. *m*).

*BERGEVIN. Voir BERGERIN.

BERGMANN (les). Propriétaires à Gersau, sur le lac des Quatre-Cantons. Logent deux Anglais, miss Lovelace et son père, depuis 1822 : *AS*, I, 942 ; le mari fut jardinier en chef du comte Borroméo à l'Isola Bella, avant de venir prendre sa retraite à Gersau : 942.

*BÉRINES (marquis de) : *CA*, IV, 1019 (var. *c*) ; remplacé par des LUPEAULX : 1019 (var. *f*).

BERNARD (M.). Voir BOURLAC (baron).

*BERNARD, nom sous lequel est d'abord inscrit Chabert à Bicêtre : *Col.*, III, 372 (var. *d*).

*BERNARD. Voir LA ROCHE (Sébastien de).

*BERNARD (M.). Avare d'Arcis en 1839 : *DA*, VIII, 750 (var. *b*).

*BERNARD (Mme). Personnage dont on ne sait rien : *Ch.*, VIII, 1662.

*BERNARDIE. Voir POIRET jeune.

BERQUET. Entrepreneur de maçonnerie à Besançon, en 1834 ; chargé par le baron de Watteville d'édifier un belvédère dans son jardin : *AS*, I, 935.

Berrichon (un). Ouvrier, craint les "disettes" : *R*, IV, 362.

*BERTHAULD (Mlle), remplacée par FICHET (Mlle) : *R*, IV, 382 (var. *d*).

BERTHIER (Me). Second premier clerc depuis deux ans chez Me Cardot en 1837. Ami du premier clerc défunt, et au courant de ses secrets ; accepte d'épouser Félicie Cardot enceinte pour avoir la succession de l'étude : *MD*, IV, 750. Notaire de Célestin Crevel, en 1843 : *Be.*, VII, 399 ; successeur de Cardot, lit aux fiancés le contrat de mariage de Crevel avec Mme Marneffe en 1843 : 400. La succession de la charge Cardot comporte le cousin Pons régulièrement à dîner : *CP*, VII, 504 ; il est le notaire des frères Graff : 545 ; en 1845, il rédige le contrat de mariage du fils Popinot avec Cécile Camusot de Marville : 569 ; notaire des Camusot de Marville : 692 ; la transaction intervenue entre ceux-ci et Schmucke se signera chez lui : 757.

BERTHIER (Mme). Femme du précédent. Née Félicie Cardot, fille aînée du notaire. Grande blonde, à l'œil bleu, timide et langoureux : *MD*, IV, 740 ; en 1836, elle est enceinte du premier clerc, mort de pleurésie, et proposée à Lousteau par Mme Schontz ; le père offre une cinquante mille francs et cent mille francs de la main à la main pour couvrir le déchet : 737 ; accompagnant sa mère chez Lousteau, elle la trouvent avec Mme de La Baudraye : 743 ; Félicie pleure : 744 ; le second premier clerc, Berthier, accepte la fille et l'étude du père : 750. Apparentée au cousin Pons : *CP*, VII, 504 ; en 1845, elle confirme les confidences de Mme de Marville sur un proche mariage entre Cécile Camusot de Marville et un Allemand très riche : 556 ; allusion à sa faute ; la seule à être appelée Félicie par le cousin

une misérable pension du quartier Latin : *MN*, VI, 332. Ses plaisanteries phrénologiques sur le père Goriot : *PG*, III, 119 ; donne une réponse négative à Rastignac, qui lui pose « la question du mandarin » : 164. Ami de Joseph Bridau, assiste, en octobre, rue Mazarine, au dîner fêtant le retour de Philippe, l'enfant prodigue. Il fait déjà partie du Cénacle présidé par Louis Lambert : *R*, IV, 306. Interne aux Capucins, à cette époque, ne nourrit que de modestes ambitions : reprendre à Sancerre la clientèle paternelle : *PG*, III, 165 ; revenant d'un cours de Cuvier au Muséum, surprend le colloque entre Poiret, la Michonneau et Gondureau : un mot de consonance bizarre frappe son oreille : Trompe-la-Mort ! : 193.

1820. Interne à l'hôpital Cochin en février 1820, il est en train de préparer sa thèse de doctorat : *PG*, III, 215 ; soigne Vautrin, victime d' « un coup de sang » : 216 ; l'alerte en prononçant, trop tard pour le forçat, le mot « Trompe-la-Mort » : 217 ; menace de quitter la pension Vauquer si Poiret et la Michonneau, les deux mouchards, ne s'en vont pas : 222 ; finit son internat dans quelques jours : 234 ; aidé par Rastignac, soigne l'apoplexie séreuse du père Goriot : 254 ; ses ultimes soins : 282-285. Sorti de la pension Vauquer, est interné à l'Hôtel-Dieu. Desplein lui a mis « le pied à l'étrier », en le prenant pour assistant : *Ath.*, III, 389.

1821. A plusieurs reprises, remarque l'affection de son maître Desplein pour les porteurs d'eau et les Auvergnats : *Ath.*, III, 390. Daniel d'Arthez lui présente Lucien Chardon de Rubempré, nouvelle recrue du Cénacle. Horace est à cette époque interne à l'Hôtel-Dieu : *IP*, V, 315. Envoyé par Desplein auprès d'un riche malade, à Vendôme, se promène dans le jardin d'une maison abandonnée : la Grande Bretèche : *AEF*, III, 710-712 ; Me Regnault, exécuteur testamentaire de la comtesse de Merret, le prie de cesser ses promenades dans cette propriété : il s'en étonne : 713 ; questionne son aubergiste, Mme Lepas, sur le mystère qui semble planer sur la Grande-Bretèche : 719 ; connaît le fin mot de l'histoire, en confessant sur l'oreiller l'ex-femme de chambre de la comtesse, Rosalie : 723.

1822. Porte un pronostic rapidement fatal sur l'état de Louis Lambert, qui a sombré dans la démence : *IP*, V, 419 ; soigne Rubempré grièvement blessé dans son duel avec Michel Chrestien : 540, 541 ; corrige sans doute avec d'Arthez le manuscrit du roman de Lucien de Rubempré, *L'Archer de Charles IX* : 418 ; en froid avec son compatriote et camarade de collège, Lousteau : 477 ; en août, il soigne Coralie, la maîtresse de Lucien, qu'il considère comme perdue : 546 ; avec Mlle des Touches et d'Arthez, il essaie de consoler Lucien : 549.

1823. Aperçoit pour la première fois son maître Desplein, athée, pénétrant subrepticement dans l'église Saint-Sulpice : *Ath.*, III, 390 ; intrigué, dînant avec lui, met la conversation sur la religion, dont l'éprouve : 391.

1824. A la même date que l'année précédente, retourne à Saint-Sulpice, et voit Desplein y pénétrer. L'épie et questionne le sacristain, qui lui révèle que, depuis vingt ans, Desplein ne manque jamais d'assister à la messe trimestrielle qu'il a fondée : *Ath.*, III, 392. Il est une des célébrités et un des habitués du salon de Mme Rabourdin : *E*, VII, 944 ; avec Desplein, soigne le baron Flamet de La Billardière, à toute extrémité en décembre : 957.

1825. Devient l'ami du jeune docteur Adam Chicot : *AC*, XII, 834.

1827. Mandé en consultation par le docteur Martener, auprès de Pierrette Lorrain, à Provins : *P*, IV, 141 ; outré des sévices subis par la fillette, il exprime son indignation et exige la présence du docteur Néraud, qui devra contresigner, lui aussi, les « terribles conclusions » de cette consultation : 147.

1828. De retour à Provins au mois de mars, est d'accord avec son confrère Martener pour faire trépaner Pierrette : *P*, IV, 152 ; aide Desplein dans cette dangereuse intervention : 156. Souhaite être employé comme médecin dans l'expédition de Morée : *EF*, II, 174, 175 ; Rastignac le lui déconseille ; confirme à Rastignac que la lettre qu'il avait écrite la veille était bien destinée à la marquise de Listomère et non à Delphine de Nucingen : 176 ; soigne la marquise, « pour une petite crise nerveuse » qui, dans le monde, est mise sur le compte d'une gastrite : 180. Joseph Bridau l'appelle au chevet de sa mère, très gravement malade : *R*, IV, 527 ; dans le taudis où elle se meurt, examine Mme Philippe Bridau, comtesse de

Brambourg, l'ex-Rabouilleuse : 536; la fait hospitaliser d'urgence à la Maison Dubois; son enthousiasme scientifique devant « cette magnifique maladie qu'on croyait perdue » : 537. Médecin célèbre, il discute avec son ami Rastignac, au sortir de l'hôtel d'Espard; lui explique la relation entre l'âge des femmes et l'état de leur peau : *In.*, III, 421, 422; ses opinions libérales : 423; intégrité de ce Robespierre de la lancette : 426; son désintéressement : a fait pour son oncle J.-J. Popinot plus de mille visites gratuites : 427; lui rend visite et lui explique le but de sa démarche : 439; parvient à l'amener chez la marquise d'Espard : 450; les qualités psychologiques du vieux juge le remplissent de stupéfaction : 467, 468; croit à Mesmer et à son baquet ou, plus précisément, à la puissance de la volonté, considérée comme une force motrice : 445.

1829. Au mois d'octobre, inquiète de l'état de santé de son mari, la baronne de Nucingen l'invite à dîner en même temps que plusieurs autres convives, dont Desplein à qui elle a demandé une consultation pour son mari : *SetM*, VI, 495; avec Desplein, examine Nucingen tout en le plaisantant; en diagnostiquant que le baron est *amoureux*, fait apparaître un sourire sur les lèvres de Delphine : 497; raconte à Lucien de Rubempré les dessous du procès en interdiction intenté à son mari par la marquise d'Espard : 513. Avec ses confrères Haudry et Desplein, a examiné la comtesse Vanda de Mergi : les trois médecins croient à une mystification : *EHC*, VIII, 340.

1830. En mai, il est appelé d'extrême urgence auprès de Lydie Peyrade, devenue folle : *SetM*, VI, 679; avec Desplein, examine le cadavre du policier Peyrade : est-il mort empoisonné ? : 681, 682; expédie Lydie à Charenton : elle finira sans doute folle mélancolique, à moins qu'une grossesse ne lui rende la raison; ses honoraires à cette époque : quarante francs en or : 682; cité par le juge d'instruction Camusot à comparaître en qualité de témoin, ayant habité jadis la pension Vauquer; il pourrait reconnaître Vautrin (la comparution n'a pas lieu) : 757; lutte depuis vingt-quatre heures au chevet de la comtesse de Sérisy, presque folle après le suicide de Lucien de Rubempré; il a appelé à la rescousse Desplein et Sinard : 888. En octobre, assiste au banquet Taillefer; ivre, il se livre à des considérations philosophiques sur le génie et l'influence du phosphore sur sa genèse : *PCh.*, X, 104. Revoit encore Desplein sortant de l'église Saint-Sulpice, et lui demande la raison de cette *capucinade;* son maître lui raconte alors l'histoire du porteur d'eau Bourgeat : *Ath.*, III, 397.

1831. Cité par M. de Clagny, comme condisciple du poète mort, dans sa préface aux œuvres poétiques de Jan Diaz : *MD*, IV, 662. Par pitié pour la comtesse Honorine de Bauvan, qui va mourir, il est convenu entre Desplein et lui qu'elle va succomber « à un ramollissement osseux » : *H*, II, 594. Médecin de Raphaël de Valentin, en mars, appelle trois illustres confrères en consultation à son chevet : *PCh.*, X, 257; la consultation des trois augures; seul à voir clair; Raphaël est atteint d'une phtisie galopante : 256-263; de nouveau au chevet de Raphaël, quelques mois plus tard; à la demande du malade, il rédige une ordonnance pour une boisson opiacée; mais il ne comprend rien à ce cas et suggère de distraire Raphaël : 288. À un raout chez Félicité des Touches narre l'histoire de *La Grande Bretèche;* il a soigné la duchesse Charlotte de ***, morte de « pulmonie », qui fut le seul amour de Marsay : *AEF*, III, 709.

1832. Ami de Daniel d'Arthez, lui a fait faire connaissance de Rastignac; obtient de ce dernier et de son président du Conseil, Marsay, l'autorisation de faire donner à Michel Chrestien, tué à l'affaire du cloître Saint-Merri, une sépulture décente, malgré les « rigueurs administratives » de l'époque : *SPC*, VI, 962. Soigne Desplein au cours de sa dernière maladie : il n'est pas certain que l'illustre chirurgien soit mort athée : *Ath.*, III, 401.

1833. Médecin de Caroline Crochard, rencontre le comte de Granville au coin de la rue de Gaillon, et tente vainement de l'intéresser au malheur de Caroline : *DF*, II, 77-82.

1834. Médecin de la comtesse du Bruel, vient prier l'amant de celle-ci, le comte de La Palférine, de l'autoriser à couper les cheveux de sa cliente, à qui il doit suturer une plaie du cuir chevelu : il s'attire du Prince de la

Bohème une réponse célèbre : *Pr.B*, VII, 823-824. En visite chez d'Arthez, avec Joseph Bridau, Giraud et Ridal : *Per.*, XII, 368.

1835. Médecin de l'Hôtel-Dieu, il est mandé avec un confrère à Ville-d'Avray au chevet de Mme Marie Gaston ; son pronostic : la malheureuse jeune femme doit mourir « à la chute des feuilles » : *MJM*, I, 399. Obtient une chaire après un brillant concours : *MD*, IV, 667.

1836. Bianchon est alors premier médecin d'un hôpital, officier de la Légion d'honneur, membre de l'Académie des sciences : *MD*, IV, 632 ; invité pendant l'été avec son ami Lousteau au château d'Anzy, par la baronne Dinah de La Baudraye : 667, 668 ; raconte devant son auditoire la tragique histoire de « La Grande Bretèche » : 688 ; la présidente Boirouge lui fait donner une consultation gratuite : son diagnostic, ses conseils thérapeutiques : 702 ; son opinion nettement défavorable sur les médecins députés satisfait le sous-préfet de Sancerre, qui craignait de le voir se lancer dans la politique : 702 ; opinion sur « les *cinq sens* littéraires » : 714 ; ne se laisse pas pousser par Mme Gorju dans les bras de sa fille, dont la taille menaçait de tourner à la première grossesse » : 718 ; épaule son ami Lousteau, désireux de séduire la Muse du Département, et explique à Dinah les inconvénients esthétiques d'une abstinence trop prolongée : il y va de sa santé : 724.

1837. Aide l'accoucheur Duriau auprès de sa parturiente, Mme de La Baudraye : *MD*, IV, 761.

1838. En mai est parmi les médecins qui condamnent le comte Laginski, gravement malade ; néanmoins il lève lui-même les appareils : *FM*, II, 236.

1840. Vient de racheter la maison autrefois habitée par son oncle, J.-J. Popinot, rue de la Montagne-Sainte-Geneviève : ses fonctions de médecin de l'École polytechnique s'en trouveront facilitées : *Bou.*, VIII, 92 ; pressenti par M. Phellion pour se présenter aux élections municipales, il décline cet honneur et préconise la candidature de Thuillier : 101. Médecin du comte Popinot ; ses honoraires, comparés à ceux de son collègue le docteur Poulain : *CP*, VII, 624. Participe dans un salon parisien à une conversation ; son scepticisme devant l'idée de dégénérescence de la civilisation : *Ech.*, XII, 475, 476 ; raconte une histoire d'avortement survenue au début de sa carrière : 476-479 ; reprenant la parole, relate la mort de Clarisse, la grisette et la façon abusive dont son garde-malade et amant, un lieutenant-colonel, comprit son rôle : 489-491.

1843. En mars, il porte un pronostic fatal sur la maladie de Marneffe ; il reçoit cinq pièces d'or, en guise d'honoraires, pour cette bonne nouvelle : *Be.*, VII, 368 ; en consultation avec les docteurs Larabit et Angard chez la baronne Hulot d'Ervy, atteinte de convulsions ; la thérapeutique héroïque qu'ils préconisent : 402 ; la guérison de cette névrose affriole son génie, mais il est inquiété par la maladie des bronches de la cousine Bette : 427 ; apprend à Célestine Hulot que son père, Crevel, et sa femme sont à l'agonie : 428 ; réunit sept confrères à leur chevet ; à son avis, il s'agit d'une maladie causée par une viciation du sang, que corrompt un principe morbifique inconnu et dont l'analyse est faite par le professeur Duval : 430, 431 ; en juin, il pronostique la mort imminente de Lisbeth : 448.

1844. Un des plus célèbres médecins de Paris à l'époque, il est appelé en consultation au château de Montégnac par son ancien élève, le docteur Roubaud, auprès de Mme Graslin : *CV*, IX, 853, 854 ; estime que la malheureuse n'a pas quarante-huit heures à vivre : 856 ; stupéfait et indigné par le martyre que la malade s'était imposé en portant un cilice : 857 ; ses adieux à la mourante : 861, 862, qu'il trouve agitée jusque dans la mort : 862.

1846. Bixiou se moque de l'une de ses phrases clés : « Sous l'empire de causes inconnues »... : *FAu.*, XII, 605, 606.

Ant. prénommé *Prosper, sans nom de famille : *PCh.*, X, 259 (var. *a*) et 257 (n. 1).

Ant. *VILLAINES (Auguste de) comme conteur de « La Grande Bretèche » : *AEF*, III, 723 (var. *f* et n. 1) ; *DESPLEIN : *CP*, VII, 624 (var. *b*).

Ant. les réels *LISFRANC : *Pr.B*, VII, 823 (var. *c*) ; *PROSPER [MENIÈRE] : *PCh.*, X, 259 (var. *a* et n. 1 de la p. 257).

*BIANCHON, remplacé par DESPLEIN : *IP*, V, 140 (var. *c*) ; par ARTHEZ : *IP*, V, 419 (var. *e*).

833; « espèce de Jacques Collin en jupon », la seule femme comparable à Asie pour son astuce et sa science du déguisement : 833; a fait parvenir à La Pouraille des renseignements sur ses complices : 870; Trompe-la-Mort estime prudent de la faire impliquer dans le *gerbement* de La Pouraille, afin d'obtenir son transfert à la *Lorcefé des largues* : 871.

 Ant. *DIFFE (la) : *SetM*, VI, 828 (var. *c* et n. 1).

BIFFON (le). Surnom du forçat Riganson, « en délicatesse avec la justice dès l'âge le plus tendre » ; « mâle de La Biffe » ; transféré de la prison de La Force à la Conciergerie en février 1830, pour y être confronté avec J. Collin : *SetM*, VI, 828; est un Grand Fanandel : 833; fait la cour à La Pouraille, sur le point d'être exécuté, en vue d'hériter de son or ; est lui-même en passe de faire vingt-cinq ans de travaux forcés dont quinze pour vol qualifié et dix qui lui restent à faire d'une peine précédente, au cours de laquelle il s'est évadé : 837, 838; reconnaît Trompe-la-Mort, et lui fait de nouveau confiance : 840-842; J. Collin lui propose de faire mettre sa *largue*, La Biffe, « à la Lorcefé des largues » pendant qu'il restera « au pré », afin d'éviter qu'elle ne le trompe; ses mots de passe avec elle : « Sorgue à Pantin » et « Fonbif » : 871, 872.

 Ant. *DIFFIN (le) : *SetM*, VI, 833 (var. *c*).

*BIGNAT, remplacé par VERNOU (Paul) : *FE*, II, 324 (var. *h*), 342 (var. *e*).

BIGORNEAU. Commis romanesque du marchand de châles : *Gau.*, VII, 853, 856.

*BIGOT, propriétaire, remplacé par *RIGOLET, puis par *DUPUY, puis par MOLINEUX : *DF*, II, 27 (var. *b*).

*BIJOU, cheval de Maxence Gilet : *R*, IV, 434 (var. *b*).

BIJOU (les). Famille misérable, habitant, en 1841, rue Saint-Maur-du-Temple, au bas de la Courtille ; casserait les deux tibias à un premier sujet pour Josépha qui lui envoie des bons de pain, de bois et de viande : *Be.*, VII, 360, 361.

BIJOU (Mme). Chef de la famille. En mars 1843, se plaint auprès de Josépha de la conduite de sa fille Olympe : *Be.*, VII, 382-384; cette dernière lui a pourtant laissé son établissement de broderie : 381; Josépha lui promet mille francs si elle retrouve Hulot, dit le père Thoul : 384.

BIJOU (Mlle). Fille aînée de la précédente. En mars 1843, elle est sur le point d'épouser un riche boucher : *Be.*, VII, 381.

BIJOU (Olympe) [née en 1825]. Une des sœurs de la précédente. En 1841, elle a seize ans et le visage d'une vierge de Raphaël : *Be.*, VII, 362; brodeuse, elle travaille seize heures par jour pour un sou par heure et, selon Josépha, qui l'offre au baron Hulot, ferait les *cent* horreurs pour avoir sept ou huit mille francs et s'établir à son compte : 360; Josépha fait prêter dix mille francs à Hulot pour lui offrir un établissement de broderie : 361; sa beauté éblouit Hulot à qui Josépha conseille de la tenir en bride, et dix jours plus tard, il est avec elle à la tête d'un établissement de broderie sous la déraison sociale Thoul et Bijou, rue Saint-Maur : 363; en mars 1843, Josépha apprend qu'elle est mariée à M. Grenouville, propriétaire d'un grand magasin de nouveautés, boulevard des Italiens : 381; sa mère se plaint qu'elle ait mal traité Hulot parce qu'elle a été pervertie par Chardin, dit Idamore, un claqueur : 382; trompée, elle a épousé Grenouville, gros client de son établissement : 384.

Bijoutier (un). Ne veut pas faire dix jours de crédit à Malaga, écrit-elle à Paz : *FM*, II, 228.

BILOUCHE (Mlle). Poule noire utilisée par Mme Fontaine, la cartomancienne, en 1845, dans ses divinations : *CSS*, VII, 1192, 1194, 1195.

BINET. Cabaretier, dévoué au chevalier du Vissard ; inculpé dans le procès des chauffeurs de Mortagne : *EHC*, VIII, 294; condamné à cinq ans de réclusion, en 1809 : 314.

BIROTTEAU (Jacques) [?-1776 ou 1779]. Closier des environs de Chinon. Épouse une femme de chambre dont il a trois enfants, François, Jean et César ; il meurt de chagrin, peu après la mort de sa femme : *CB*, VI, 54.

BIROTTEAU (Mme Jacques) [?-1776 ou 1779]. Femme du précédent. Femme de chambre d'une dame « chez qui son mari faisait les vignes » ; meurt en mettant au monde son troisième fils, César : *CB*, VI, 54.

BIROTTEAU (l'abbé François) [né vers 1766]. Fils aîné des précédents. Âgé d'environ soixante ans à l'automne de 1826; portrait à cette date : *CT*,

Tillet, auteur de malversations, en janvier 1814 : 71, 75 ; nommé chef de bataillon au Premier Retour dans la Garde nationale, il est de nouveau destitué pendant les Cent-Jours, la rancune de l'Empereur étant tenace : 76, 77 ; mépris affiché pour les faillis : 79 ; vient d'être nommé chevalier de la Légion d'honneur : il estime indispensable de donner un grand bal pour fêter cette promotion, en même temps que la libération du territoire : 41, 42 ; fournisseur de Louis XVIII pour la seule poudre dont il daigne faire usage, la formule de celle-ci étant celle de la reine Marie-Antoinette ; ses projets d'agrandissement : 42 ; inventeur de la *Double pâte des Sultanes* et de l'*Eau carminative*, rêve toujours d'acheter *Les Trésorières* ; possède à cette époque dix mille livres de rente : 44 ; projet d'achat des terrains de la Madeleine : 45 ; désireux de couler l'*Huile de Macassar* avec l'*Huile Comagène*, qu'il fabrique faubourg du Temple : 46 ; paiera sa dette de reconnaissance aux Ragon en établissant son commis, le « petit Popinot », qui est leur neveu : 47. Ses titres en 1818 : les mêmes que ceux de Crevel en 1838 : *Be.*, VII, 69. Il possède cent mille francs chez le notaire Roguin, que celui-ci a remis à du Tillet : *CB*, VI, 90 ; expose ses idées pour « couler » l'*Huile de Macassar* au jeune Popinot : 94 ; ses démêlés avec Mme Madou, pour la fourniture d'avelines : 115-116 ; signe le contrat d'achat des terrains de la Madeleine, et donne cent soixante mille francs, sans exiger de reçu : 149 ; est alors adjoint au maire du IIᵉ arrondissement ; remous provoqués dans le commerce parisien par l'annonce de son bal : 161 ; a déjà compté cent neuf invités : 165 ; arrangements avec Chevet, Tanrade et le *Café de Foy* : 166, 167 ; reçoit sa décoration des mains du chancelier Lacépède, le 16 décembre 1818 : 167 ; description du bal Birotteau le 19 décembre : les invités ; les invités ; opposition entre les femmes « du monde » et la bourgeoisie de la rue Saint-Denis : 172 à 180 ; le finale de la symphonie de Beethoven en *Ut mineur* retentit pour la première fois à ses oreilles : 179 ; reçoit, huit jours plus tard, les visites des fournisseurs venant présenter leur facture : 181-187 ; Alexandre Crottat lui fait part de la fuite du notaire Roguin, et de ses fonds : 187 ; reste trois jours prostré ; sa lettre à son frère, l'abbé : 190-192 ; va demander avis à son oncle Pillerault, qui ne lui cache rien des dangers de sa situation ; même avis de Me Derville : 198-200 ; harcelé par ses créanciers à la veille de l'échéance du 31 décembre 1818, décide d'aller demander l'avis de F. Keller : 201, 202 ; ses entrevues négatives avec les deux frères : 207-215 ; rencontre avec Ferdinand du Tillet, qui l'adresse à Nucingen : 215, 220 ; avoue à sa femme ses ennuis financiers : 222, 223 ; entretien avec Anselme Popinot : 224, 225 ; déjeune chez les Ragon : 226-229 ; inutile entrevue avec Nucingen : 231-234 ; puis avec Claparon : 237-244 ; visite à Molineux, puis à Anselme Popinot : 244, 246 ; rencontre Pillerault au Palais-Royal, le 14 janvier 1819, ses derniers espoirs s'envolent : 248, 249-256 ; mis en faillite le 16 janvier 1819 : 257 ; dépose son bilan et donne sa démission d'adjoint ; estime que le jeune Popinot, commerçant, n'a pas le droit d'épouser la fille d'un failli : 261 ; ses excuses à Mme Madou, dont la colère tombe : 267 ; obtient une place à la Caisse d'amortissement, grâce à l'intervention du duc de Lenoncourt et du comte de Fontaine : 269 ; son *Concordat* (286) s'arrange bien, en raison des efforts de son oncle Pillerault : 282 ; estimation de son actif liquide : 255 000 francs, et de son passif : 440 000 francs ; il y a donc plus de 50 % ; son commis Célestin Crevel rachète *La Reine des Roses* : 282 ; ses créanciers lui font remise de sommes encore dues, mais il refuse, désireux de payer intégralement : 286 ; a trouvé des écritures à faire le soir chez Derville ; invité à déjeuner à Sceaux, en mai 1821, par les Ragon : 289 ; en 1823, Félix de Vandenesse lui remet six mille francs sur la cassette royale : 299, 300 ; rembourse du Tillet, par-devant notaire : 300 ; réhabilitation solennelle par la Cour royale de Paris ; les attendus élogieux de M. de Granville, procureur général : 306, 307 ; demande aussitôt après à user de son droit et rature à la Bourse ; on lui fait une ovation : 308, 309 ; rentre chez lui, dans son ancien domicile de la rue Saint-Honoré, pour le bal-surprise d'Anselme Popinot ; le mouvement héroïque du finale de la *5ᵉ symphonie* de Beethoven éclate à nouveau dans sa tête : 311 ; sa mort brutale, par rupture d'anévrisme, en 1823 : 312. La même année, à Provins, J.-N. Rogron rappelle que c'est le manquement de Roguin qui a ruiné la maison Birotteau : *P*, IV, 68. En 1838, Crevel rappelle à la baronne Hulot qu'il a racheté le fonds de Birotteau, beau-père de A. Popinot : *Be.*, VII, 60. Devant Brigitte Thuillier, en 1840, La Peyrade évoque à son tour l'affaire des terrains de la Madeleine, cause de la faillite de César : *Bou.*, VIII, 133. Allusion à cette faillite : *R*, IV, 276.

BIROTTEAU (Mme César) [née en 1781 ou 1782]. Femme du précédent. Née Constance-Barbe-Joséphine Pillerault. Femme vertueuse : *Pré.PG*, III, 44. Dix-huit ans à son mariage, en 1800 : *CB*, VI, 61; ou trente-sept ans en 1818 : 49; nièce de Pillerault : 61; sa ressemblance avec la Vénus de Milo : 80; en 1799, première demoiselle au *Petit Matelot* quai d'Anjou, vend des chemises à César et s'aperçoit que son chaland n'est venu que pour elle : 59, 60; reçoit journellement de brillantes propositions où il n'est jamais question de mariage : 60; accepte en mai 1800 de devenir Mme César : type de la petite bourgeoise, un peu obtuse : 61; sa beauté fait merveille à *La Reine des Roses* : 62; en 1804, en butte aux assiduités de son commis du Tillet, décide de faire remercier cet indélicat employé : 74; tient *la queue de la poêle* aussi bien dans sa maison que dans son ménage, et gouverne son mari : 222. Est Mme César pour les Guillaume et les Lebas : *MCP*, I, 50. En 1818, vers le début de décembre, réveillée par un affreux cauchemar où elle se voit ruinée : *CB*, VI, 37, 38; pleine de bon sens, essaie de détourner son mari de ses idées de grandeur et critique son projet de spéculation sur les terrains de la Madeleine : 43, 44; cède pour les dépenses du bal envisagé, mais reste opposée à l'affaire des terrains : 42, 46; César lui avoue ses angoisses, après son bal : elle tombe dans ses bras : 223; va demander audience au duc de Lenoncourt : 268; tiendra la caisse chez son futur gendre, Anselme Popinot, maintenant établi à son compte, grâce à César : 270; relit une lettre d'amour que lui adressa jadis du Tillet : 296; explique à Anselme les tentatives de séduction du financier : 299; assiste à l'agonie et à la mort de César : 312.

BIROTTEAU (Césarine). Fille des précédents. Voir POPINOT (comtesse Anselme).

BIXIOU. Épicier à Paris, rue Saint-Honoré, pendant la Révolution; prédécesseur de Descoings fils, qui épouse sa veuve : *R*, IV, 273.

BIXIOU (Mme). Femme du précédent, elle conserve le nom de son premier mari. Voir DESCOINGS (Mme).

BIXIOU (le colonel) [1774-1813]. Fils des précédents. Major au 21e de ligne et veuf; sa mère aurait désiré qu'il se remariât avec son amie, Mme Bridau, en 1809; meurt des suites des blessures reçues à la bataille de Dresde, laissant un fils unique, Jean-Jacques : *R*, IV, 282.

BIXIOU (Jean-Jacques) [1797- ?]. Fils du précédent, petit-fils de la veuve Descoings : *R*, IV, 282. En décembre 1824, vingt-sept ans; son portrait : *E*, VII, 975; son nom doit se prononcer Bisiou : 974. Il a été élevé au Lycée impérial, où il bénéficiait d'une demi-pension, en compagnie des deux fils Bridau : *R*, IV, 282; élève de Gros en 1814-1815, ami de Schinner, lui présente son camarade d'enfance, Joseph Bridau : 297. Vers la même époque, au début de la Restauration, est l'ami d'atelier d'Hippolyte Schinner : *Bo.*, I, 439. Vers 1818-1819, remplit une petite place dans un ministère, tout en faisant ses célèbres caricatures : *R*, IV, 301. Entre en 1819 commis aux Finances, sur la recommandation des ducs de Rhétoré et de Maufrigneuse : *E*, VII, 975. Invité par Mme Bridau au dîner célébrant le retour du Champ d'Asile de Philippe Bridau (octobre 1819) : *R*, IV, 306; la veuve Descoings, sa grand-mère, lui verse une rente de six cents francs : 307; met au courant sa grand-mère et Mme Bridau des basses amours de Philippe; indigné de l'attitude du fils Claparon envers son père : 316. Dîne chez Mme du Val-Noble, en 1822 : *IP*, VI, 454; invité par L. de Rubempré et Coralie à leur pendaison de crémaillère : 470; l'un des esprits les plus méchants et le plus infatigable railleur de son temps : 490. En 1823, témoin au mariage de Philippe Bridau avec la Rabouilleuse : *R*, IV, 521. En 1824, au bal de l'Opéra, accueilli en sauveur par le groupe Finot-Blondet-Vernou, cherchant l'identité de la femme masquée qui accompagne Lucien de Rubempré : *SetM*, VI, 439; il la reconnaît : c'est La Torpille, l'ancien rat de des Lupeaulx : 440; parie à ce sujet avec le comte Sixte du Châtelet, et gagne son pari : 443, 445. Toujours en 1824, dessinateur et commis dans le bureau de Baudoyer, il est l'homme le plus spirituel du ministère, mystificateur, imitateur, mais égoïste et sans esprit de suite : *E*, VII, 974 ; habite rue de Ponthieu : 976 ; a publié des portraits qu'il a faits lors du jugement de Castaing et de l'affaire Fualdès : 974 ; sa charge du caissier Saillard : 931, 932 ; mal noté par X. Rabourdin dans son rapport : 1083 ; a compris la culpabilité de Dutocq dans le vol du dossier secret de Rabourdin : 1090 ; félicite Baudoyer de sa nomination : se moque de lui avec du Bruel : 1094 ; à la demande de Dutocq exécute une caricature vengeresse de Xavier Rabourdin, en train d'égorger des poulets : 1101 ; démissionne à la fin de décembre : 1110. Déplore ses années « de galère ministérielle », serré pendant huit heures de jour « entre des niais à vingt-deux carats » : *MN*, VI, 367. Vers 1827, en collaboration avec d'autres artistes, a illustré les œuvres de Canalis : *MM*, I, 512. Intervient vainement auprès de Philippe Bridau en faveur du capitaine Giroudeau, et jure de le « repincer » : *R*, IV, 523 ; en 1828, va le trouver de la part de son frère Joseph, pour qu'il consente à jouer auprès de sa mère mourante la comédie de la tendresse : refus de Philippe : 530, 531 ; se rend avec Mme Gruget auprès de Mme Philippe Bridau, l'ex-Rabouilleuse : 534, 535 ; au *Rocher de Cancale*, surprend une confidence de Rastignac sur le proche mariage de Philippe avec la fille du comte de Soulanges ; grimé en ecclésiastique, il révèle au comte le passé peu édifiant de Philippe : 537, 538. En 1829-1830 l'un des habitués des réceptions de Mme de Champy (Esther Gobseck) : *SetM*, VI, 643 ; ses possibilités de boire indéfiniment sans être ivre : 658. En octobre 1830, au banquet-orgie du banquier Taillefer : *PCh.*, X, 100 ; ses boutades : 104, 106, 209. Habitué des dîners de Florine et de Nathan en 1834 : *FE*, II, 319 ; annonce aux convives de Florine qu'elle vient d'être saisie : 326. En 1836, dîne en cabinet particulier avec Finot, Blondet et Couture, retrace l'histoire de la maison Nucingen : *MN*, VI, 330 ; s'apprête à démontrer à ses convives comment Nucingen a fait la fortune de Rastignac : 337 ; leur raconte les débuts de Rastignac : 334-337 ; puis l'histoire de Beaudenord et des Aldrigger, et démonte le mécanisme de la troisième liquidation Nucingen : 340-391 ; a jadis cultivé les Matifat, et voulu révéler à leur fille « le grand mystère de la vie » : 368. Ami de Lousteau en 1836 : *MD*, IV, 734 ; spécialiste des *charges*, vient, en 1837, sur sa demande, lui faire une fausse scène sterling destinée à briser sa liaison avec Dinah de La Baudraye : 746, 747. A la pendaison de crémaillère d'Héloïse Brisetout, dont il est l'amant, en 1838 : *Be.*, VII, 120, 123 ; assiste la même année, au mois d'août, au mariage de Mlle Hulot d'Ervy avec le comte W. Steinbock : 186. Reçu chez Mme de La Baudraye, qui vit maritalement avec Lousteau (1839) : *MD*, IV, 767. En 1840, est l'invité de Malaga chez Cardot : *HA*, VII, 777 ; ses célèbres caricatures sur Clichy : 778 ; talents d'imitateur, de contrefacteur : 780. Cursy, avant son mariage, était de ses familiers : *Pr.B*, VII, 827. Censé avoir dîné avec Wenceslas chez Florent et Chanor : *Be.*, VII, 265. En 1841, il accompagne Fabien du Ronceret, désireux d'acheter des châles en vue de son mariage avec Mme Schontz : *Gau.*, VII, 852. La même année, croit que le « second Arthur » de la lorette est Léon de Lora ; a dépassé la quarantaine : *B*, II, 904 ; Mme Schontz l'invite à dîner, sur l'ordre de Maxime de Trailles : 918. Est l'un des auteurs du surnom de Combabus donné au Brésilien H. Montès de Montéjanos : *Be.*, VII, 404 ; au début de 1843, est invité par du Tillet à dîner au *Rocher de Cancale* : 405 ; l'un des convives du mariage de Crevel avec Mme Marneffe, en 1843 : celle-ci lui donne plaisamment pour mission de déniaiser la cousine Bette : 399. En 1845, remplace souvent l'illustre Gaudissart auprès de sa première directrice, Mlle Héloïse Brisetout : *CP*, VII, 650. Accompagne Léon de Lora qui a invité à déjeuner son cousin Gazonal au *Café de Paris* : *CSS*, VII, 1155 ; l'amène à rencontrer successivement Gaillard : 1162 ; Vital : 1166 ; Mme Nourrisson à laquelle il demande des renseignements sur la maison Beunier et Cie ; il habite alors un sixième, rue de Richelieu : 1170, 1171 ; avec Gazonal chez Ravenouillet : 1175 ; chez l'usurier Vauvinet : 1178 ; chez le coiffeur Marius V : 1183 ; converse avec le peintre Dubourdieu : 1188, 1189 ; chez la cartomancienne, Mme Fontaine : 1191-1195 ; puis à la Chambre des Députés, où il lui montre Rastignac, M. de Trailles, Canalis, etc., dans l'exercice de leurs fonctions législatives : 1197-1201 ;

chez Carabine : 1210. En 1846, dîne au *Café Riche* en compagnie de Vignon, Lousteau, Vernisset, etc. : *FAu.*, XII, 603.

Ant. *JULES : *IP*, V, 476 (var. *c*); *GODET : *E*, VII, 973 (var. *c*); lui-même ant. *GUSSOT, *GOUSSON, *BUSSET et *RIGAUDIN (voir Index II) : *E*, VII, 974 (n. 1); *MAURICE, vaudevilliste débutant : *CSS*, VII, 1165-1169 et 1700-1704.

Ant. les réels *HENRI [MONNIER] : *PCh.*, X, 100 (var. *d*); *GAVARNI : *HA*, VII, 778 (var. *c*).

BLAMONT-CHAUVRY (les). L'une des plus grandes familles de la noblesse de France : ses armoiries, frappées à Clochegourde : devise et supports; relations : *Lys*, IX, 991. Une fille de cette famille a toutes les distinctions de la noblesse, de la richesse, de la beauté, de l'esprit et du caractère, comme les Navarreins, les Cadignan, etc. : *CA*, IV, 982. Vertus d'une Blamont-Chauvry : fortune, pouvoir, éclat, mépris : *In.*, III, 426. La famille de Sainte-Sévère, parente éloignée : *FA*, II, 464.

Ant. *BALLERON (les), puis les réels *SOUBISE : *FA*, II, 464 (var. *a*); *CA*, IV, 982 (var. *e*).

BLAMONT-CHAUVRY (une demoiselle de), ant. une réelle *BOUILLON : *CA* IV, 982 (var. *e*).

BLAMONT-CHAUVRY (prince de). Frère de la duchesse de Verneuil, la tante de Mme de Mortsauf : *Lys*, IX, 1010. En 1822, avec ses pairs, présente au Roi le jeune Victurnien d'Esgrignon : *CA*, IV, 1009. Un des habitués du salon des Grandlieu, vers 1829-1830 : *SetM*, VI, 507.

BLAMONT-CHAUVRY (princesse de). Mère de la marquise d'Espard; belle-grand-tante de Mme de Mortsauf : *Lys*, IX, 1109. Tante de la duchesse de Langeais qu'elle a élevée : *DL*, V, 1007, 1008; tante du duc de Lenoncourt : 1014. Proche parente de feu la marquise d'Uxelles : *CB*, VI, 162. Sous la Restauration, elle est le plus poétique débris du règne de Louis XV au surnom duquel, dans sa jeunesse, elle a contribué : *DL*, V, 1010. Portrait de ce Talleyrand femelle dont les mots sont des arrêts; son salon, autorité dans le faubourg Saint-Germain; sa fortune : 1010, 1011. A la fin de 1818, Mme Birotteau la donne à son mari en exemple de personne à ne pas inviter à leur bal : *CB*, VI, 162. En 1819, elle est du conseil de famille réuni pour la duchesse de Langeais : *DL*, V, 1008; ses conseils : 1020-1022; à cette époque, juge Louis XVIII un jacobin fleurdelisé : 1015. Elle invite Félix de Vandenesse sur la recommandation de Mme de Mortsauf, et le présente aux reines de la mode : *Lys*, IX, 1109. En 1825, oracle du faubourg Saint-Germain, elle reçoit Mme Firmiani : *Fir.*, II, 152.

Ant. *CHAUVRY (princesse de) : *DL*, V, 1010 (var. *e*); *LATOUR-CHAU-VRY (princesse de) : 1010 (var. *h*).

BLAMONT-CHAUVRY (Jeanne-Clémentine-Athénaïs de). Fille de la précédente. Voir ESPARD (marquise d').

Ant. *NAVARREINS-LANSAC (Mlle de) : *IP*, V, 249 (var. *a*).

BLAMONT-CHAUVRY (Mlle de). Voir VERNEUIL (duchesse de).

Blanchisseuse (une). Première ouvrière de Mme Cardot, en 1816; habite Alençon, porte à porte avec le chevalier de Valois : *VF*, IV, 821.

BLANDUREAU (Claire). Voir BLONDET (Mme Joseph).

*BLÉROT, remplacé par *CHAMBRIER, puis par *GRIVEAULX (des), receveur des contributions à Belley : *CF*, XII, 428.

*BLONDEL (père), juge, remplacé par BLONDET (père) : *CA*, IV, 1077 (var. *g*); remplacé par BLONDET (*Alfred puis Émile) : *CA*, IV, 1096 (var. *b*).

BLONDET (père) [né en 1757]. Magistrat. Agé de quarante ans en 1797 : *CA*, IV, 1065; avocat avant la Révolution : 1064; puis accusateur public pendant la Révolution : 1019; en 1797, épouse une fille de dix-huit ans qui lui donne un fils, Joseph; puis, délaissé vers 1801, se console avec une jolie servante : 1065. Vice-président du tribunal d'Alençon sous l'Empire, essaie vainement de sauver Mme de La Chanterie : *EHC*, VIII, 316. Lors de la réorganisation des tribunaux, l'Empereur l'écarte de la présidence, l'estimant d'opinions trop libérales; ses connaissances en droit en font un des plus forts jurisconsultes de France : *CA*, IV, 1064; fait chevalier de la Légion d'honneur par l'Empereur, au passage de l'impératrice Marie-Louise, qui lui vante les serres du vieux juge : 1069; son violon d'Ingres : le *pelargonium* : 1064; en 1824, résigné à finir vice-président du tribunal d'Alençon : 1063; possède quatre mille livres en terres, qu'il réserve à son fils préféré, Joseph : 1066 ; son intégrité, reconnue de tous ; on ne cherche pas à le tromper : 1068 ; en 1825 reçoit la visite de Mme Camusot qu'accompagne, déguisée, la duchesse de Maufrigneuse : 1083 ; six mois après le non-lieu de Victurnien d'Esgrignon, passe conseiller à la Cour royale puis devient officier de la Légion d'honneur ; revient ensuite prendre sa retraite à Alençon, en 1826 : 1093, 1094. Il donne à Fabien du Ronceret une fleur de ses serres ; celui-ci la présente à une Société d'horticulture comme une création personnelle : *B*, II, 908 ; Maxime de Trailles, en 1841, se fait fort de faire nommer Fabien du Ronceret à la présidence du tribunal d'Alençon à la place du vieux juge, qui va sur les quatre-vingt-deux ans : 921. Encore en vie en 1842, sa réponse à son fils Émile : « Tu es né préfet ! » : *CA*, IV, 1096.

Ant. *BLONDEL : *CA*, IV, 1077 (var. *g*), 1096 (var. *b*).

BLONDET (Mme) [1779-1818]. Femme du précédent ; la plus jolie fille d'Alençon, âgée de dix-huit ans lorsqu'elle est épousée par le juge, en 1797 ; accouche d'un fils, Joseph, en 1798 ; lasse d'être fidèle, devient en 1801 la maîtresse du préfet d'Alençon, qui la rend mère d'un second fils, Émile, adultérin, en 1802 : *CA*, IV, 1065 ; meurt en 1818 : 1065 ; parente éloignée des Troisville, recommande son fils cadet à son amie d'enfance, Virginie de Troisville, future comtesse de Montcornet, avant de mourir : 1067.

BLONDET (Joseph) [né en 1798]. Fils aîné des précédents : *CA*, IV, 1049 ; son père le destine à Mlle Blandureau, lorsque sa nomination de juge suppléant aura été assurée ; portrait : 1063, 1064 ; « lourd et laid » : 1065 ; avocat sans cause en 1824 ; son mariage est fonction de sa nomination dans la magistrature assise : 1069 ; a le siège de son père au tribunal d'Alençon en 1824, mais sans aucune chance d'avancement : 1093, 1094.

BLONDET (Mme Joseph). Femme du précédent. Née Claire Blandureau, à Alençon. Mariée au début de 1826 ; s'ennuie dans sa maison « comme une carpe dans un bassin de marbre » : *CA*, IV, 1094.

BLONDET (Émile) [né en 1802]. Né à Alençon, « d'un vieux juge et d'un préfet » : *Pay.*, IX, 64 ; *B*, II, 908 ; « sorti du sein de la bourgeoisie » comme « la plupart des grands écrivains » : 723. Portrait en 1830 : *PCh.*, X, 93, 94. Fils du préfet de l'Orne ; aussi joli et spirituel que son frère aîné est lourd et laid : *CA*, IV, 1065 ; ses souvenirs d'enfance sur Mlle Armande d'Esgrignon à l'âge de onze ans, en 1813 : 971, 972 ; haï de son père légal, qui le sait adultérin ; il l'envoie faire son droit à Paris en 1818, avec douze cents francs de pension : sans son *vrai* père, le préfet, il serait perdu : 1065 ; sa liaison connue, cataloguée, avec la comtesse de Montcornet qu'il a connue jeune fille, à son retour d'émigration, à Alençon ; à Paris, les liens de cette amitié « semblable à celle de Paul et de Virginie » se resserrent peut-être : 1067. Vient en 1821 de débuter brillamment aux *Débats* par des articles de la plus grande portée et est, selon Lousteau, un des princes de la critique : *IP*, V, 362. A vingt ans, entre comme un maître dans le monde littéraire ; passera « pour un des flambeaux du journalisme » : *CA*, IV, 1067. Il est payé cent francs la colonne et, chez l'éditeur Dauriat, répond d'un air protecteur à Nathan : *IP*, V, 364 ; chargé par Mme de Montcornet d'inviter Lucien de Rubempré à ses réceptions en 1822 : 455 ; explique à Lucien l'art de rédiger deux articles contradictoires sur le même sujet : la pensée est binaire : 459-461 ; félicite Lucien de venir vers la Droite : 515 ; cité par Lousteau comme ami de Florine et de Nathan : 665. Invité par le vidame de Pamiers à dîner avec Victurnien d'Esgrignon, de Marsay, etc., au *Rocher de Cancale*, en octobre 1822. Écrivain distingué, sa liaison avec Mme de Montcornet le lie à la haute société : *CA*, IV, 1011 ; le marquis d'Esgrignon se perd en conjectures sur la présence de ce fils cadet d'un juge, ex-accusateur public de surcroît, avec son fils et le vidame : 1019. En villégiature pendant l'été de 1823 au château des Aigues, chez les Montcornet, sa lettre à Nathan : *Pay.*, IX, 50 ; chasse « à la loute » avec le père Fourchon : 72-76 ; comme lui le général a cru aux histoires du vieux paysan : 108 ; politique avec l'abbé Brossette, sur les conséquences de la Révolution de 1789 en Bourgogne : 126, 127 ; s'étonne de la couleur bronzée de certains arbres de la forêt : 328 ; en mai 1824, avec Michaud, découvre le cadavre du février : 332. En 1824, au bal de l'Opéra, essaie de renouer des relations avec Lucien de Rubempré, qui a fait sa réapparition à Paris ; les rapports de Bertrand à Raton de ce « brillant condottiere de plume ». A cette époque, un de ces « Aladin qui se laissent emprunter leur lampe : *SetM*, VI, 436; « bien posé » dans le monde par sa liaison avec Mme de Montcornet, flatte Lucien de Rubempré : 437. En 1825, lié avec Portenduère, fait partie des dandies parisiens : *UM*, III, 862. Au dîner Nucingen d'octobre 1829 : *SetM*, VI, 495; remarque la coïncidence entre la présence de La Torpille au bal de l'Opéra en 1824 et sa disparition aussitôt après : 623; son mot sur le vieux soldat mort *dans les bras de la Religion* : 645. Vers 1829, parie d'interloquer Canalis en regardant avec obstination sa frisure, ses bottes ou son habit; gagne son pari : *MM*, I, 624. Au mois d'octobre 1830, journaliste et critique, est à la recherche de son ami Valentin, disparu depuis quelques jours : *PCh.*, X, 89[1]; ses réflexions au cours du banquet Taillefer : 96, 97, 101, 104, 113-116, 118-120, 121, 130, 203-205, 207, 209-221; seul à admirer le *Traité de la Volonté* de Raphaël : 138; mesure avec lui les dimensions de sa *peau de chagrin* : 204; soutient Raphaël qui constate qu'elle a rétréci : 209. En 1831, homme d'esprit, observateur, longtemps journaliste, vient d'être nommé préfet par Marsay : *AEF*, III, 677; explique au comte Laginski ce qu'est une femme *comme il faut* : 692-700; estime en outre que l'aristocratie commence à la vicomtesse : 689. Sa vie heureuse avec la comtesse de Montcornet : *SPC*, VI, 958; invité de Mme d'Espard au dîner offert en l'honneur de Daniel d'Arthez, en 1833 : 1000. La même année, présente Nathan à la comtesse Félix de Vandenesse. Est « un des écrivains les plus spirituels mais les plus paresseux de l'époque » : *FE*, II, 299; ami de Nathan, de Rastignac et de Montcornet, il est par là, lui dit Marsay, « un triangle politique » : 306; veut remettre les soupers en honneur : 307; habitué des dîners de Florine : 319; après avoir analysé le milieu politique en 1834, conseille à Nathan de devenir le héros, l'appui le créateur du Centre gauche : 322; lui explique comment il faut se tenir dans le monde : 334; le met en garde contre les agissements sournois de du Tillet : 347. Dans un salon avec Marsay, Rhétoré, Mmes de Cadignan et d'Espard : *Com.Sal.*, XII, 349. L'un « des plus hardis cormorans » du Paris de 1836, soupe avec Bixiou, Couture et Finot; portrait de cet « homme-fille » : *MN*, VI, 330; raconte les deux premières faillites de Nucingen : 338. En 1837, alors que désabusé, il rumine des projets de suicide, une lettre de la comtesse de Montcornet le rend à la vie : elle lui annonce son veuvage, et que son cœur lui appartient toujours : *Pay.*, IX, 346. De passage à Alençon, pour y chercher les papiers nécessaires à son proche mariage, y revoit Mlle Armande d'Esgrignon; rend visite à son père qui, à l'annonce de sa nomination dans l'Administration, lui rétorque : « Tu es né préfet! » : *CA*, IV, 1096. Revoit les Aigues avec sa femme : il vient d'être nommé préfet : *Pay.*, IX, 346, 347. Ami de Lousteau, est reçu par Dinah de La Baudraye à partir de 1839 : *MD*, IV, 767. Fait partie de la société de Finot, Lousteau, Cursy vers 1840 : *Pr.B*, VII, 816. Un de ses mots, cité par Bixiou en 1845 : *CSS*, VII, 1181.

Ant. prénommé *Alfred : *FE*, II, 299 (var. *d*); *CA*, IV, 1011 (var. *b*), 1059 (var. *d* et *g*), 1096 (var. *b*); *MN*, VI, 330 (var. *f*).

Ant. *MARSAY : *MM*, I, 624 (var. *c*); *VIGNON : *IP*, V, 362 (var. *d*); *MARSAY, lui-même ant. *R... (M.) et, avant, le réel *ROMIEU : *Pr.B*, VII, 816 (var. *g*).

*BLONDET, remplacé par BRIDAU (Joseph) : *AEF*, III, 678 (var. *b*), 690 (var. *d*), 701 (var. *j*); par VERNOU : *SetM*, VI, 349 (var. *h*), 441 (var. *m*) 443 (var. *e*).

BLONDET (Mme Émile). Voir MONTCORNET (comtesse de).

BLUTEAU (capitaine Pierre) dans *MC*. Voir GENESTAS.

Ant. *BLUTEAUD : *MC*, IX, 442 (var. *d*).

BOCQUILLON. Relation de Mme Gruget, ressemble à Desmarets : *F*, V, 868.

*BOCQUIN. Ant. *GOBILLARD, puis MINARD fils : *PJV*, XII, 377 (var. *a*).

*BODSON (Adolphe), remplacé par ADOLPHE : *Phy.*, XI, 1096 (var. *b*).

BŒUF (le). Surnom. Voir CHARGEBŒUF (marquis de).

BOGSECK (Mme Van). Voir GOBSECK (Esther).

---

1. Dans *La Peau de chagrin*, le personnage n'est désigné que par le prénom d'Émile. Bien que son assimilation à Blondet soit traditionnelle, il faut préciser que Balzac ne l'a établie nulle part.

son fondateur, Joseph Boirouge, avait succédé à un Bongrand, son grand-père maternel : *Boi.*, XII, 394.

BOIROUGE-BONGRAND (dit Ledaim). Aîné des quatre enfants de Joseph Boirouge : *Boi.*, XII, 394. Voir LEDAIM.

BOIROUGE-BONGRAND (dit Grossetête). Second fils de Joseph Boirouge : *Boi.*, XII, 394. Voir GROSSETÊTE.

BOIROUGE-CHANDIER (famille). Famille de Sancerre dont Mme Jacques Boirouge, née Chandier, est la tige : *Boi.*, XII, 393 ; elle se divise en cinq souches à la mort de son chef, l'apothicaire Jacques Boirouge : 394.

BOIROUGE-CHANDIER. Fils aîné de l'apothicaire Jacques Boirouge ; lui succède : *Boi.*, XII, 394.

BOIROUGE-MIROUËT (famille). L'une des familles de Sancerre : *Boi.*, XII, 390.

BOIROUGE-POPINOT (famille). Les tiges en sont le juge, Marie Boirouge, et sa femme, née Popinot : *Boi.*, XII, 393. Voir BOIROUGE (Marie).

BOIROUGE-POPINOT (Mlle). Fille aînée de Marie Boirouge ; épouse le docteur Bianchon père, qui est veuf : *Boi.*, XII, 394. Voir BIANCHON (Mme).

BOIROUGE-SOLDET (les). Famille qui compte hériter d'Espérance Mirouët ; leur fils aîné Augustin espère épouser Ursule Mirouët. La mère est née Boirouge, fille cadette de Jacques Boirouge : *Boi.*, XII, 396-398.

*BOISENARD (M. de). Personnage dont on ne sait rien : *Th.*, XII, 585.

BOISFRANC. Voir DUBUT DE BOISFRANC et DUBUT DE CAEN.

BOISFRELON. Voir DUBUT DE BOISFRELON.

BOISLAURIER. Voir DUBUT DE BOISLAURIER.

BOIS-LEVANT. Chef de division au ministère des Finances vers 1821 : *Bou.*, VIII, 44.

*BOISSET (M. *Boutron, baron de). Voir DU CROISIER.

BOLESLAS. Chasseur de l'hôtel du comte Laginski en 1837 : *FM*, II, 214.

*BOMARD. Lieutenant des douanes à Belley : *CF*, XII, 428.

BOMÈRE (M. de) [?-1793]. A participé aux guerres du règne de Louis XV ; hypocondriaque, voltairien et monarchiste fanatique ; la nouvelle de l'exécution du roi et de la reine le tue net : *MI*, XII, 746-749.

BONAMY (Ida). Tante d'Antonia. En 1833, elle tient le cabinet de lecture acheté à sa nièce par Maxime de Trailles : *HA*, VII, 786 ; c'est à son nom qu'est mis le petit appartement que ce dernier loue pour Antonia, rue Taitbout : 793.

BONFALOT (Mme de). Parente de du Bruel. Claudine du Bruel, ex-Tullia, a coutume d'aller s'ennuyer chez elle et les autres dames les plus jansénistes de la famille de son mari : *Pr.B*, VII, 827 ; en 1837, la Palférine suit Tullia jusque dans son salon : 817.

BONFONS (Cruchot de) [1786-1829]. Né Cruchot. Président du tribunal de première instance de Saumur : *EG*, III, 1036 ; trente-trois ans en 1819 : 1037 ; portrait : 1051 ; signait C. de Bonfons, et attendait patiemment la succession de ses deux oncles, le notaire et le curé : 1036, 1037 ; le notaire espère le marier à Eugénie Grandet : 1037 ; explique au père Grandet le mécanisme des faillites et, dans l'affaire de Grandet, préconise une liquidation : 1111-1113 ; pourrait racheter les créances Guillaume Grandet à vingt-cinq du cent : 1114 ; s'offre à aller à Paris transiger avec les créanciers : 1116 ; courtise Eugénie, orpheline au début de 1828 : 1179 ; les conditions qu'elle met à son mariage : 1193 ; informe Charles Grandet que la dot d'Eugénie se monte à dix-neuf millions : 1195 ; obtient de M. des Grassins la quittance générale des créanciers de Guillaume Grandet : 1194 ; épouse Eugénie ; promu conseiller à la cour royale d'Angers, puis président du tribunal, il convoite la Pairie, et meurt en 1829, huit jours après avoir été élu député de Saumur : 1196 ; les stipulations de son contrat de mariage, trop habilement rédigé, font que l'universalité de ses biens revient à sa femme : 1196.

    Ant. *FROIDFONT (Cruchot de) : *EG*, III, 1196 (var. *q*).

BONFONS (Mme Cruchot de). Femme du précédent. Voir GRANDET (Eugénie).

BONGRAND (famille). L'une des trois familles d'artisans de Sancerre avec les Boirouge et les Mirouët : *Boi.*, XII, 390 ; foisonne à Paris dans le commerce de la rue Saint-Denis : 395.

BONGRAND. Drapier à Sancerre : *Boi.*, XII, 393.

BONGRAND (Mlle). Fille du précédent, épouse M. Chandier en 1766. Veuve

BONNET (M.). Despote familial, et seul artisan de sa fortune : *CV*, IX, 730.
BONNET (Mme). Femme du précédent. Mère de deux garçons et une fille : *CV*, IX, 731.
BONNET (le général) [?-1813]. Fils aîné des précédents. Engagé simple soldat pour fuir la maison familiale ; devenu général, mort à Leipzig : *CV*, IX, 731.
BONNET (l'abbé) [né en 1788]. Frère cadet du précédent. Né à Paris ; séminariste à Saint-Sulpice en 1807 ; il a dix-neuf ans : *CV*, IX, 731 ; portrait : 719, 720 ; désigné en 1814 pour la cure de Montégnac : 686 ; en 1829, le vicaire général Dutheil suggère à l'évêque de Limoges de s'adresser à lui pour tenter de convaincre Tascheron, le condamné à mort : 703 ; avait déjà refusé d'assister le condamné, en alléguant de son état de santé : 725 ; le persuade de faire une fin digne d'un chrétien : 735 ; l'assiste lors de son exécution : 736, 737 ; première entrevue avec Mme Graslin, à Limoges, au début de 1830 : 744 ; incite sa nouvelle pénitente au rachat, en mettant en valeur son domaine de Montégnac : 757 ; veut percer le mystère de la disparition des eaux du Gabou : 778, 779 ; comment il a jadis sauvé Farrabesche : 789, 790 ; depuis quatre ans, s'oppose au désir de confession publique de sa pénitente, Mme Graslin : 860.
*BONNET : *CV*, IX, 641 (var. *c*), 742 (var. *a, b, g, h*), 743 (var. *g*), 744 (var. *d*).
*BONNEVAL (Mme Eugénie). Voir PLANAT DE BAUDRY (Mme).
*BONREPOS (M. et Mme de) : *PMV*, XII, 870.
BONTEMS (M.). Marchand de biens, acheteur à vil prix de biens nationaux ; « a été un bonnet rouge foncé » : *DF*, II, 49 ; jadis chef de district à Bayeux : n'oubliait jamais ses intérêts : 51.
BONTEMS (Mme). Femme du précédent. Espérances de sa fille unique, Angélique, après la mort de sa seconde fille, en novembre 1805 : *DF*, II, 49 ; habite Bayeux, rue Teinture : 50 ; « furieusement dévote » : 51 ; donnera sa fortune à sa fille, n'en gardant que l'usufruit : 52.
BONTEMS (Angélique). Voir GRANVILLE (comtesse de).
BORAIN (Mlle). La plus habile ouvrière de Provins en 1824 ; chargée par les Rogron de la confection du trousseau de Pierrette Lorrain : *P*, IV, 79.
BORBORIGANO (cardinal). Personnage du roman fictif *Olympia ou les Vengeances romaines* : *MD*, IV, 706, 717.
BORDEVIN (Mme). Bouchère rue Charlot en 1845, marraine du fils de Mme Sabatier, sa parente : *CP*, VII, 604.
BORDIER. Chirurgien à Grenoble en 1829. Mandé d'urgence auprès du docteur Benassis, terrassé par une apoplexie, pour tenter de le saigner : il arrive trop tard : *MC*, IX, 597.
BORDIN (?-1817). Un des plus riches gens d'affaires de l'Ancien Régime, marie sa fille au comte Joséphin en 1815 : *ES*, XII, 544. (Pourrait être le même que Me Jérôme-Sébastien Bordin.)
BORDIN (Mlle). Fille du précédent : *ES*, XII, 544. Voir JOSÉPHIN (comtesse).
BORDIN (Me Jérôme-Sébastien) [?-1817]. Procureur au Châtelet, avant la Révolution, puis avoué sous l'Empire. Portrait en 1806 : *TA*, VIII, 643. Cède sa charge à Me Sauvagnest, prédécesseur de Desroches : *DV*, I, 848 (contradiction avec *TA*, VIII, 642, où Derville est son successeur — pas nécessairement immédiat d'ailleurs) ; successeur de feu Guerbet : 849. Alain et Mongenod ont, jadis, gratté de concert des registres chez lui : *EHC*, VIII, 261. Avoué près le tribunal de la Seine en 1806 : *DV*, I, 850. Plaide le procès Simeuse en 1806, puis celui des chauffeurs de Mortagne en 1809 : *EHC*, VIII, 292. Consent à défendre les Simeuse et les Hauteserre dans le procès en enlèvement du sénateur Malin de Gondreville : *TA*, VIII, 642 ; l'un des plus rusés et plus honnêtes procureurs du vieux temps ; se fait expliquer par Mlle de Cinq-Cygne les péripéties de la journée du 15 mars 1806 où eut lieu l'enlèvement de Malin : 643 ; lui démontre que ses cousins ne peuvent opposer à l'accusation aucun témoin à décharge valable : 644 ; prédit le déroulement des débats et soupçonne une vengeance : 645-647 ; défend les jumeaux de Simeuse : 654 ; a saisi le fond du procès : les papiers brûlés ce jour-là, à Gondreville : 661 ; sa plaidoirie : 665 ; décidé à obtenir la grâce des condamnés, malgré Mlle de Cinq-Cygne : 672, 673 ; sa visite à M. de Granville, défenseur de Michu, puis au prince de Talleyrand : 673, 674 ; les derniers conseils que lui

donne Talleyrand : 675. A conservé les pièces d'accusation du procès des chauffeurs de Mortagne en 1809 : *EHC*, VIII, 292; adresse à la Chancellerie impériale un « Précis pour Mme des Tour-M inières » : 307, 311; n'a pu obtenir sa grâce de l'Empereur : 312, 313. En 1816, avoué de la noblesse, est censé envoyer tous les trois mois cent cinquante livres au chevalier de Valois, selon ce dernier : *VF*, IV, 816. A la même époque, consulté par la marquise d'Espard, après l'abandon du domicile conjugal par le marquis : *In.*, III, 460. Meurt richissime, en 1817; sa petite-fille épouse le comte Joséphin : *ES*, XII, 544.

Ant. *JENNEQUIN : *In.*, III, 460 (var. *b*). *LAJARD : *VF*, IV, 1467.

*BORDIN, remplacé par GRANVILLE (Roger de) : *TA*, VIII, 663 (var. *b*). Conseille à Laurence de Cinq-Cygne de se soumettre à l'ordre d'arrestation : 647 (var. *b*); remercie les Simeuse et les Hauteserre : 683 (var. *a*).

BORN (comte de). Frère de la vicomtesse de Grandlieu : *Gb.*, II, 983; en 1830, à une soirée chez elle, joue avec Me Derville : 962; brosse un tableau des activités de Maxime de Trailles entre 1820 et 1830 : 983.

BORNICHE (les). Riches bourgeois d'Issoudun, vivent encore en 1822, bien après le décès de leur fils, marié à une demoiselle Hochon : *R*, IV, 419; rendent visite aux Hochon, « pour voir les Parisiens » : 430.

BORNICHE (fils). A épousé une demoiselle Hochon et doit hériter d'une grosse fortune. Fait de mauvaises affaires, mais ses parents se refusent à l'aider; il en meurt de chagrin, laissant deux enfants, Baruch et Adolphine : *R*, IV, 419, 420.

BORNICHE (Mme) [?-avant 1821]. Femme du précédent. Née Hochon. Histoire de son dîner de mariage : le dinde et la ficelle du père Hochon; meurt jeune, laissant ses deux enfants à leurs grands-parents : *R*, IV, 419, 420.

BORNICHE (Baruch) [né en 1800]. Fils des précédents, petit-fils de M. Hochon. En 1822, affilié à la Désœuvrance sous les ordres de Maxence Gilet : *R*, IV, 380; vit chez ses grands-parents Hochon : 420; après la révélation de ses activités nocturnes, son grand-père lui rend ses comptes de tutelle, et le chasse : 483, 484; ira étudier la banque à Paris, chez les Mongenod : 484; repentant, soumet à son grand-père la lettre qu'il vient de recevoir de Maxence : 495.

Ant. prénommé Silas : *R*, IV, 380 (var. *c*).

Ant. *BORNICHON (Silas) : *R*, IV, 355 (var. *c*); *PONCELET (Firmin) : *R*, IV, 380 (var éd. Garnier, p. 496, n. 1).

BORNICHE (Adolphine) [née en 1804]. Sœur du précédent; vit chez ses grands-parents Hochon, place Saint-Jean, à Issoudun : *R*, IV, 420; accomplit, pour sa grand-mère, des « neuvaines par procuration » : 423; passe le plus clair de son temps à épier ce qui se passe chez J.-J. Rouget : 429.

BORNICHE-HÉREAU (?-1778). Bourgeois d'Issoudun. A eu naguère pour servante une demoiselle Ganivet, à qui il laisse mille écus de rente : *R*, IV, 399.

BORNICHE-HÉREAU (Mlle). Sans doute fille du précédent. Voir CARPENTIER (Mme).

*BORNICHON (Silas), remplacé par BORNICHE (Baruch) : *R*, IV, 355 (var. *c*).

Bossue courageuse (la). A la veillée, dans la grange de Benassis, Goguelat raconte son histoire : *MC*, IX, 516-520.

BOUCARD. Maître clerc chez Me Derville en 1818. Reçoit le colonel Chabert : *Col.*, III, 313.

BOUCHER (M.). Entrepreneur à Besançon. Premier client de Savarus; celui-ci lui laisse la direction financière de la *Revue de l'Est;* allié par sa femme avec l'un des plus forts éditeurs d'ouvrages ecclésiastiques : *AS*, I, 937; en 1835, s'occupe de patronner l'élection de Savarus et réunit chez lui « vingt-sept gros bonnets » représentant chacun environ six à dix voix : 995, 996.

BOUCHER (Alfred). Fils du précédent. Directeur littéraire de la *Revue de l'Est* : *AS*, I, 937; vient annoncer à Savarus le vœu émis par la réunion préparatoire aux élections législatives : 997.

BOUCHOT. Parfumeur, associé de FAILLE (voir ce nom).

*BOUGINIER (Jean). Ant. *MICHAUDIER, puis remplacé par LEMULQUINIER : *RA*, X, 724 (var. *c*).

BOUGIVAL (Antoinette Patris, dite la) [née en 1786]. En 1814, veuve d'un ouvrier de Bougival, prénommé Pierre; vient de perdre un enfant de six mois ; engagée par le docteur Minoret comme nourrice d'Ursule Mirouët en janvier 1815 : *UM*, III, 799 ; gouvernante du docteur Minoret depuis cette époque : 776 ; sur les conseils de son maître se fait trois cent cinquante francs de rente en plaçant ses cinq mille et quelques francs d'économies : 903 ; va loger à l'auberge, en compagnie d'Ursule, après la mort du docteur Minoret : 920 ; en 1837, concierge du château du Rouvre ; épouse Cabirolle, le père : 987. En 1841, apporte une lettre des Portenduère au vieux juge Bongrand : *Méf.*, XII, 419.

BOUJU (l'abbé) [né en 1745]. Quatre-vingt-deux ans en 1827. Vicaire général ; quarante ans plus tôt était marié ; a tué sa femme sans le vouloir, et est entré dans les ordres : *MI*, XII, 724-728.

BOUJU (Mme). Femme du précédent, délaissée par son mari et jetée dans les bras de la religion : *MI*, XII, 725 ; à trente ans, fait la connaissance de M. de Lescheville, cousin de son mari ; elle se refuse à lui pendant quatre ans avant de lui céder : 725, 726 ; avoue à son mari être enceinte de M. de Lescheville ; conséquences tragiques cet aveu : 726-728.

*BOULET (François). Habitant d'une ville de province en 1838 : *EP*, VIII, 1596.

BOURBONNE (M. de). Oncle à héritage d'Octave de Camps. Portrait en 1826 : *CT*, IV, 216. En janvier 1824, demande à être présenté à Mme Firmiani, à laquelle il dissimule son identité, sous le nom de M. de Rouxellay : *Fir.*, II, 147, 149 ; est venu à Paris pour enquêter sur les raisons de la ruine de son neveu : 148 ; ancien mousquetaire qui a eu des bonnes fortunes ; conservateur mais non ridicule : 149 ; un quart d'heure de conversation avec Mme Firmiani le rassure sur la femme : 151 ; resté seul avec elle, il lui révèle être l'oncle d'Octave et lui demande des explications ; elle l'éconduit : 152-154. En 1826, il trouve grave l'affaire Birotteau et prévoit de graves ennuis pour le pauvre abbé : *CT*, IV, 216 ; conseille à celui-ci de quitter Tours s'il veut que le vindicatif Troubert l'oublie : 225 ; continue à donner de sages et vains conseils : 229, 230 ; suggère à Mme de Listomère de faire des avances à l'abbé Troubert : 233 ; assiste à l'enterrement de Mlle Gamard, et fait le portrait moral de Troubert : 241, 242.
Ant. *VALESNES (comte de) : *Fir.*, II, 147 (var. *d*).

BOURDET (Benjamin). A servi sous les ordres de Philippe Bridau ; habite les environs de Vatan en 1822 : *R*, IV, 486 ; chargé par Philippe de suivre à cheval la voiture emmenant J.-J. Rouget et la Rabouilleuse ; il rendra compte : 496 ; prend la place de Kouski, renvoyé de chez J.-J. Rouget : 498.

BOURGAREL (Ferdinand de). Ce nom vient des Borgarelli, grande maison de Provence. A sa mort, une lettre de Caroline de Chodoreille est découverte dans ses papiers par les clercs : *PMV*, XII, 115 ; cette lettre compromettante lui a servi de lettre de change : 119 ; ami de M. de Lustrac ; discours prononcé sur sa tombe par Adolphe de Chodoreille : 128.
Ant. *LUSTRAC (M. de) : *PMV*, XII, 115 (var. *c*), 119 (var. *b*).

BOURGEAT (1756-1803). Auvergnat, enfant trouvé de l'hôpital de Saint-Flour : *Ath.*, III, 397 ; environ quarante ans vers 1796 ; son portrait : 399 ; porteur d'eau à Paris depuis vingt-deux ans : 398 ; voisin de palier de l'étudiant en médecine Desplein, rue des Quatre-Vents ; son histoire ; avec Desplein va se loger cour de Rohan : 397, 398 ; gagne environ cinquante sous par jour, avec lesquels il paie les études de Desplein : 398 ; il meurt vers 1803, dans les bras de son ami ; l'athée Desplein qui lui dédia sa thèse fit dire à l'intention de ce catholique ardent une messe basse trimestrielle, à Saint-Sulpice : 399-401.

*BOURGENON, médecin du Havre, remplacé par *BOUSSENARD, puis par TROUSSENARD : *MM*, I, 492 (var. *c*).

Bourgeois de province (Des riches). Portrait : *FA*, II, 466.

Bourgeois d'Issoudun (un). Bavarde avec le capitaine Renard, la veille du duel Bridau-Gilet : *R*, IV, 502.

Bourgeoise (une). Aux prises avec La Palférine : *Pr.B*, VII, 812.

Bourgeoise (une). Opinion sur Mme de Fischtaminel : *PMV*, XII, 182.

BOURGET (?-1808). Cabaretier. Oncle des frères Chaussard, confident de leurs criminels projets ; leur prête assistance : *EHC*, VIII, 299 ; l'un des premiers à être arrêté en 1808 : 301 ; meurt pendant l'instruction du procès, après avoir fait des aveux et essayé de disculper sa femme et son neveu Chaussard : 304.

BOURGET (la femme). Femme du précédent, impliquée avec lui dans le procès des chauffeurs de Mortagne, en 1809 : *EHC*, VIII, 299; condamnée à vingt-deux ans de réclusion : 314.

BOURGNEUF (les). Famille jadis spoliée par le père d'Octave de Camps : *Fir.*, II, 157; intégralement remboursée par Octave, qu'a chapitré Mme Firmiani : 157, 160.

BOURGOGNE (Claire de). Voir BEAUSÉANT (vicomtesse de).

Bourguignonne (la). Vieille servante des Lecamus en 1560. A observé les allées et venues de Christophe : *Cath.*, XI, 222.

Bourguignonne (la). Nourrice du fils de Marie Touchet et Charles IX : *Cath.*, XI, 417.

BOURIGNARD (Gratien-Henri-Victor-Jean-Joseph). Voir FERRAGUS XXIII.

BOURLAC (baron) [né en 1770]. Soixante-sept ans en 1837 : *EHC*, VIII, 334; procureur général auprès de la Cour spéciale de justice criminelle de Caen en 1809, rédige l'acte d'accusation des inculpés au procès des chauffeurs de Mortagne : 292, 306; son acharnement contre Mme de La Chanterie : 316. En 1817, procureur général d'une Cour royale de justice dans le département de La-Ville-aux-Fayes, donne au général de Montcornet de bons renseignements sur Adolphe Sibilet : *Pay.*, IX, 147; sa conscience professionnelle; son rôle dans le procès La Chanterie-du-Vissard; comme tous les vieux diables, il était devenu à cette époque charmant de manières et de formes : 188; prévoyant le pire, donne de sages mais vains avis à Montcornet : 189. Renversé d'une haute position par la révolution de Juillet; s'est réfugié à Paris; raconte sa vie à M. Godefroid : *EHC*, VIII, 337; arrivé à Paris en 1829, a d'abord habité le faubourg du Roule, dans le quartier Beaujon : 341; son dernier poste : procureur général près de la Cour royale de Rouen en 1829 : 395; a vainement attendu de 1830 à 1833 le règlement de sa pension de retraite; mais il ne la touche que depuis six mois en 1837 : 341; habite, sous le nom de M. Bernard, dans un taudis de la rue Notre-Dame-des-Champs où il a l'estime de son concierge; il y est depuis 1831, avec sa fille et son petit-fils : 341, 342; on lui a parlé du docteur Halpersohn, qui serait capable de guérir sa fille Vanda : 341, 342; travaille depuis 1825 au grand ouvrage de jurisprudence, *L'Esprit des lois modernes*, qu'il est en train de composer et qui est presque achevé; les libraires Barbet, Métivier et Morand ne lui en proposent qu'un prix dérisoire : 360, 361; confie son œuvre à Godefroid, à charge de la remettre à un jurisconsulte compétent : 391; saisi, sur requête de Métivier : 392; M. Godefroid a enfin la révélation du nom de l'auteur de *L'Esprit des lois modernes* : c'est le bourreau de Mme de La Chanterie : 395; témoin de l'arrestation de son petit-fils, inculpé de vol au préjudice d'Halpersohn : 403; il contracte une fièvre chaude : 405; sauvé de la misère par les *Frères de la Consolation*, il habitera désormais rue d'Antin, avec sa fille — guérie — et son petit-fils, Auguste; nommé professeur à la Sorbonne, on lui a rectifié sa pension; son ouvrage va être publié à des conditions avantageuses pour lui; il est tiré d'affaire : 408; ignore le nom de ses bienfaiteurs; Auguste, qui a par hasard rencontré Godefroid aux Champs-Élysées, le lui amène : 410; il se rend rue Chanoinesse implorer le pardon de Mme de La Chanterie : 411-413.

BOURLAC (la baronne). Née Vanda Tarlowska, fille du général Tarlowski : *EHC*, VIII, 337, 338; était, par sa mère, comtesse Sobolewska : 389; interrogé par Halpersohn, son mari répond qu'elle est morte : 388.

BOURLAC. Fille des précédents. Voir MERGI (Vanda de).

BOURNIER. Imprimeur à La Ville-aux-Fayes : *Pay.*, IX, 102; fils naturel de Gaubertin, longtemps prote à Paris; éditeur du *Courrier de l'Avonne*, centre gauche et ministériel, trihebdomadaire; il courtise Mlle Maréchal, la fille de l'avoué : 186; sa mère était sans doute Junie Socquard : 292.

*BOURON. Voir LANGLUMÉ.

Bourreau[1] de Blois (le). Évalue sa victime, Christophe Lecamus, appréciant en connaisseur les nerfs, leur force et leur résistance : *Cath.*, XI, 289; demande au duc de Guise et au cardinal de Lorraine ce qu'il saura faire de son patient : 295; constate avec dépit que, le drôle ayant résisté, il perd la valeur de son corps : 296.

---

1. D'autres bourreaux figurent à l'article Exécuteur des hautes œuvres.

BOURREAU DE MENDA (le). Convoqué en 1809 par le général G...t...r; prend Juanita de Lézanès à part, sans doute afin de lui donner quelques instructions pour l'exécution de sa famille : *Ver.*, X, 1141.

*BOUSSENARD. Ant. *BOURGENON, comme médecin du Havre, et remplacé par TROUSSENARD : *MM*, I, 492 (var. *c*).

BOUTIN (?-1815). Maréchal des logis dans le régiment de cavalerie du colonel Chabert. En 1814, à Stuttgart, rencontre son ancien chef, qui passait pour mort : *Col.*, III, 324; refuse d'abord de le reconnaître : convaincu par Chabert, qui lui rappelle des faits connus d'eux seuls; ses tribulations depuis 1807; il lui raconte la première abdication de l'Empereur : 330, 331; gagne sa vie en montrant des ours dressés et consent à se charger d'une lettre de Chabert à sa femme; tué à Waterloo, sans avoir pu remplir la mission dont son ancien chef l'avait chargé : 331, 332.

BOUTIQUIER PARISIEN (le). Se nourrit d'espérances diverses : *P*, IV, 47.

*BOUTRON-BOISSET (M.), remplacé par DU CROISIER : *VF*, IV, 969 (var. *e*); *BOUTRON (M.) devenu *BOISSET (baron de) : *CA*, IV, 970 (var. *e*).

BOUVARD (docteur) [né vers 1759]. Ami du docteur Phantasma, qui partage ses vues : *MI*, XII, 719, 720. Mesmérien et brouillé avec son ami le docteur Minoret : *UM*, III, 823; en 1829, il habite rue Férou : 825; il écrit à Minoret qu'il veut lui prouver que le magnétisme va être une des sciences les plus importantes : 824, 825; il organise une séance rue Saint-Honoré : 825; avec le swedenborgiste : 826, 827; et avec une femme plongée dans le sommeil somnambulique : 827-834; se réconcilie ainsi avec Minoret : 834. Ami du docteur Lebrun, est âgé de soixante-dix à soixante-douze ans en 1830; toujours persécuté par l'Académie de médecine pour ses idées sur le magnétisme : *SetM*, VI, 810.

*BOUVRY (Mme), remplacée par RABOURDIN (Mme) : *In.*, III, 423 (var. *b*); par KELLER (Mme François) née GONDREVILLE et, ant., *GRANDVILLE : *DL*, V, 1014 (var. *a*).

BOUYONNET. Avoué à Mantes en 1828, concurrent de Fraisier : *CP*, VII, 663.

BRACCIANO (duc de). Personnage du roman fictif *Olympia ou les Vengeances romaines* : *MD*, IV, 706, 712, 713, 715-717.

BRACCIANO (Olympia, duchesse de). Femme du précédent. Personnage du même roman : *MD*, IV, 705-713, 715-717.

BRAMBILLA (la). Courtisane de Ferrare, au XVe siècle; maîtresse de don Juan Belvidéro. Fort jalouse : *ELV*, XI, 482.

BRAMBOURG (comte Philippe de). Voir BRIDAU (Philippe).

BRAMBOURG (comtesse de). Voir BRAZIER (Flore).

BRAMBOURG (comte Joseph de). Voir BRIDAU (Joseph).

BRANDON (lord). Aristocrate anglais. Semble avoir abominablement traité sa femme, qui, à l'agonie, lui fait écrire par son fils pour lui pardonner; porte le titre de comte; habite Brandon Square, Hyde Park, à Londres : *Gr.*, II, 440.

*BRANDON (lord) : *PG*, III, 266 (var. *e*).

BRANDON (lady) [1783 ou 1784-1819 ou 1820]. Femme du précédent. Née Augusta Willemsens. Femme criminelle : *Pré. PG*, III, 43. En novembre 1819, une des femmes les plus élégantes de Paris; au bal de la vicomtesse de Beauséant : *PG*, III, 77. Sous le nom de Mme Willemsens, a loué la Grenadière au printemps [en 1819 ou 1820 : *Gr.*, II, 425 (var. *b*)] : *Gr.*, II, 427, 425; se sait condamnée : 434; va succomber en novembre à un mal inconnu : 436; charge son fils aîné d'exécuter ses dernières volontés : 439, 440; lui révèle que son *vrai* père est mort pour lui sauver la vie; elle laisse douze mille francs à ses deux fils, Louis et Marie : 440; sa croix mortuaire atteste qu'elle est morte à trente-six ans : 442. Mère adultérine de Marie Gaston; lady Dudley l'a fait mourir de douleur : *MJM*, I, 361. Félix de Vandenesse fait allusion à son sort malheureux : *Lys*, IX, 1193; il se dit porteur d'un message de lady Brandon pour lady Dudley, qui n'ignore pas son désastre : 1225.

Ant. née *Villemsens : *Gr.*, II, 425 (var. *e*); prénommée *Marie : 427 (var. *a*); *BELLIGUARDO (comtesse di).

*BRANDON (lady). Maîtresse du colonel Franchessini, dont elle a des enfants, menacée en novembre 1819 de la vengeance jurée par lord Brandon, son mari : *PG*, III, 266 (var. *e*); *Lys*, IX, 1079 (var. *a*).

*BRANDON (lady), remplacée par GALATHIONNE (princesse) : *PG*, III,

153 (var. *f*); par LANGEAIS (duchesse de), MAUFRIGNEUSE (princesse de) et DUDLEY (lady) : *In.*, III, 426 (var. *a*).

*BRANSTON (lady), remplacée par *DUDLEY (lady), puis par FŒDORA : *PCh.*, X, 219 (var. *f*).

*BRASCATANE (comtesse de). Maîtresse du duc de *VERNON (voir CHAULIEU), amie de la comtesse **DU CAYLA (voir Index II) : *MJM*, I, 1242.

BRASCHON. Tapissier à Paris rue Saint-Antoine. En 1818, chargé par César Birotteau de renouveler son mobilier : *CB*, VI, 49 et 100; César commet la maladresse de ne pas l'inviter à son bal, malgré onze tentatives en ce sens, ce qui lui attire la haine du tapissier : 168; vient harceler César au début du mois de janvier 1819, heureux de tenir sa vengeance : il exige une garantie hypothécaire : 201. Chargé par un riche capitaliste de meubler l'appartement d'une grisette de rencontre : *SetM*, VI, 551. Tapissier de la comtesse de Fischtaminel et de Mme de Chodoreille : *PMV*, XII, 80, 82.

*BRASQUET. Ant. *FRASQUET, associé à *PALMA, tous deux remplacés par SAMANON : *E*, VII, 1045 (var. *d*).

*BRASSEUR (Eugène). Ant. *R*** (Eugène de), remplacé par *FULGENCE, par *BRIDAU (Eugène), puis par SOMMERVIEUX : *ES*, XII, 529 (n. 2).

BRAULARD, Chef de claque de la plupart des théâtres parisiens. Portrait en 1822 : *IP*, V, 468; à cette époque vient prendre ses dispositions avec l'artiste Coralie : 413; Finot lui revend une loge pour la première représentation du Panorama-Dramatique : 362; habite rue du Faubourg-du-Temple; Lousteau lui amène Lucien de Rubempré; sa fortune : 468; invite Lousteau, Rubempré, Finot, etc., à un grand dîner de journalistes; son escouade de « Romains » : 469, 470. En 1843, toujours chef de claque, a sauvé Idamore Chardin de la prison : *Be.*, VII, 1242.

BRAZIER (?-1805). Oncle paternel et tuteur de Flore Brazier, la Rabouilleuse. Portrait : *R*, IV, 387; touchera du docteur Rouget les cent écus de gages de sa nièce jusqu'à ce que celle-ci soit âgée de dix-huit ans : 390; se vante, quand il a bu, d'avoir volé le docteur : 392; meurt accidentellement, victime de la boisson, au sortir d'un débit : 401.

BRAZIER (Mme). Femme du précédent. Ne peut souffrir sa nièce Flore et la bat : *R*, IV, 390.

BRAZIER. Beau-frère de la précédente. Paysan, veuf, interné à l'hospice de Bourges, à la suite d'un coup de soleil reçu dans les champs : *R*, IV, 387; y meurt avant 1805 : 401.

BRAZIER (Flore) [1787-1828]. Fille du précédent. Née à Vatan et orpheline de mère : *R*, IV, 386, 387, 399; en septembre 1799, va sur ses douze ans : 387, 390; portrait à cet âge, alors qu'elle *rabouille* un ruisseau : 385, 386; portrait à vingt-sept ans, en 1825, à l'apogée de sa beauté : 403; en septembre 1799, engagée par le vieux docteur Rouget : 387, 390; apparaît pour la première fois dans le récit sous le surnom de *Rabouilleuse*, que lui donne François Hochon : 381; le vieux médecin doit se contenter avec elle de ce que son âge lui autorise : 391, 392; devient la maîtresse de J.-J. Rouget le 15 avril 1806, après la mort du docteur, et cesse ce jour-là d'être une « honnête fille » : 400; en 1815, toute-puissante dans la maison de son maître : 403; en 1816, devient la maîtresse de Maxence Gilet : 404; fait une scène à son maître au sujet de l'arrivée de Mme Bridau et de son fils Joseph à Issoudun, en 1822 : 413, 414; entretient Maxence au vu et au su de toute la ville : 383; essaie de se concilier Joseph : 442; lui reproche de s'être approprié par ruse les tableaux de J.-J. Rouget : 453; insinue qu'il a tenté d'assassiner Maxence Gilet : 457; J.-J. Rouget se refuse encore, fin novembre 1822, à lui donner sur le Grand-Livre l'inscription de rente qu'elle désire : 481; d'accord avec Maxence, s'enfuit à Vatan, en emportant ses gages : 492, 493; son prompt retour, prévu par Philippe Bridau, qui lui expose ses idées personnelles sur son avenir : 498, 499; fait « un transport au cerveau » à l'annonce de la mort de Maxence, tué en duel par Bridau : 510; chapitrée par le docteur Goddet et par la Védie, consent à épouser J.-J. Rouget en avril 1823 : 511, 515; devenue la tante de Philippe Bridau : elle est mise au courant par son neveu des projets qu'il a formés pour son avenir : 517, 518; tombe sous l'entière domination de Philippe : 519; veuve de Jean-Jacques, Philippe lui donne pour chaperon Mariette : 521; vers octobre, après les délais légaux, devient Mme Philippe Bridau, comtesse de Brambourg : 521 ; par contrat, fait donation de ses biens à son mari, si elle vient à décéder sans enfant ; va habiter rue Saint-Georges : 521 ; abandonnée par Philippe et réduite à la misère en 1828, appelle Joseph Bridau à son secours : 533 ; alors domiciliée, rue du Houssay, dans un taudis où elle est en train de mourir : 534, 535 ; le triste spectacle qu'elle offre, mourante, cette splendide créature : 536 ; décède à l'hospice décent du docteur Dubois, n'ayant pas résisté aux suites d'une opération parfaitement réussie : l'abus des liqueurs a développé en elle une splendide maladie qu'on croyait perdue : 537.

*Bréauté (comtesse de). Voir Bréautey (comtesse de) ci-dessous.

Bréautey (comtesse de). Tient en 1823 le seul salon aristocratique de Provins, dans la ville haute : *P*, IV, 54 ; essaie vainement, en 1827, de marier Bathilde de Chargebœuf : 94 ; Vinet médite une fusion avec les Bréautey, dans l'intérêt de ses ambitions : 146.

    Ant. *Bréauté (comtesse de) : *P*, IV, 54 (var. *g*).

Brébian (Alexandre de). Le héros de la sépia, à Angoulême. En 1821, serait l'amant de Mme du Bartas ; invité à la soirée de Mme de Bargeton : *IP*, V, 194 ; a surnommé Lucien Chardon « le chardonneret du sacré bocage » : 172.

    Ant. *du Bartas (M.). Frère d'Adrien ; peintre amateur ; ant. amateur de jeux de société : *IP*, V, 195 (var. *a*).

Brébian (Charlotte de). Femme du précédent, dite Lolotte. Maîtresse, dit-on à Angoulême, d'Adrien du Bartas : *IP*, V, 194.

    Ant. *du Bartas (Mme). Femme du précédent et belle-sœur d'Adrien : *IP*, V, 195 (var. *a*).

Breintmayer (maison). Maison de banque strasbourgeoise ; par son intermédiaire, Michu fait parvenir des subsides aux jumeaux de Simeuse, en émigration. Cette banque a pour correspondante, à Troyes, la maison Girel : *TA*, VIII, 562, 563.

Brésilien (un riche), dans *Be.* Voir Montès de Montéjanos (Henri).

Brézac. Meunier à Thiers dans la seconde moitié du XVIIIe siècle ; cinq fils : *GH*, XII, 401.

Brézac (aîné). Fils du précédent. Conserve le moulin paternel : *GH*, XII, 401.

Brézac (colonel). Frère du précédent. Fait une carrière militaire ; épouse à Ulm en 1804, par amour, une Allemande qui lui donne une fille en 1805 ; en 1809, blessé comme colonel, quitte le service ; est nommé par Napoléon payeur à Clermont, et hérite de son beau-père ; veuf en 1815 ; se fait banquier en 1816 : *GH*, XII, 401 ; en 1821, achète la terre de Chauriat : 403 ; anticlérical, est à la tête du parti libéral de Clermont en 1824 : 402 ; adore sa fille : 401-403.

Brézac (les trois). Frères cadets des précédents. Venus à pied de Thiers à Paris en 1790 pour faire le commerce des vieux fers ; s'établissent rue du Parc-Royal, et y fondent la maison Brézac, gloire de la ferraille et des métaux : *GH*, XII, 401. Dépeceurs de châteaux ; ont employé Martin Falleix avant qu'il ne fût commandité par les Saillard : *E*, VII, 933. Leur banque est la correspondante parisienne du ferrailleur Sauviat, de Limoges, qui y place ses fonds : *CV*, IX, 643 ; propriétaires d'une terre à Vizay (Corrèze), ils ont pour fermiers les Curieux : 770, 771.

    Ant. les réels *Boigue : *E*, VII, 1038 (var. *a*).

Brézac (Mme Bettina) [?-1815]. Femme du colonel. Fille d'un petit marchand d'Ulm, blonde, belle et sotte ; se marie en 1804, a en 1805 une fille à laquelle elle donne son prénom ; hérite 50 000 francs de son père en 1809 ; meurt en 1815 : *GH*, XII, 401.

Brézac (Bettina) [née en 1805]. Fille unique des précédents. La plus belle personne de Clermont ; laissée libre par son père qui l'adore, reste pure ; éducation religieuse de 1817 à 1818 ; puis lectures littéraires allemandes, anglaises et françaises, culture scientifique ; tombe malade en 1821 ; prend de l'exercice, et devient de première force à l'équitation et à la chasse ; sa vie partagée entre Chauriat et Clermont : *GH*, XII, 401-403.

*Briche (Mme de), remplacée par Espard (marquise d') : *S*, VI, 1048 (var. *a*).

Bridau (père) [1768-1808]. Secrétaire de Roland au ministère de l'Intérieur en 1793. En relation d'amitié avec Mme Descoings ; sa trop grande honnêteté est peut-être la cause indirecte de la mort de l'épicier Descoings :

R, IV, 275 ; remarque chez Mme Descoings la beauté d'Agathe Rouget, qu'il épouse en 1794 ; son désintéressement, dont profite le docteur Rouget : 276 ; fanatiquement attaché à Bonaparte, qui, en 1804, le nomme chef de division au ministère de l'Intérieur ; de 1804 à 1808, habite un magnifique appartement quai Voltaire ; ses émoluments : 277, 278 ; meurt épuisé de travail en 1808, laissant deux enfants en bas âge, au moment où l'Empereur va le nommer directeur général, comte et conseiller d'État ; il a alors quarante ans : 279, 292 ; dispositions prises par Napoléon en faveur de sa veuve et de ses enfants : 280. Le comte de Sérisy, qui l'avait en grande estime, se souvient parfaitement de lui quand, en 1822, Joseph Bridau évoque son ascendance : *DV*, I, 824.

BRIDAU (Mme) [1775, 1778 ou 1780[1]-1828]. Femme du précédent. Née Agathe Rouget, à Issoudun, en 1775 : *R*, IV, 272 ; tard venue, dix ans après son frère, Jean-Jacques : 272 ; les injustes soupçons nourris par son père, sur l'irrégularité de sa naissance : 272, 277, est envoyée par lui à Paris, en 1793, chez sa parente Mme Descoings : 273 ; épouse Bridau, secrétaire du ministre de l'Intérieur, en 1794 ; son père lui verse une avance d'hoirie de cent mille francs : 276, 278 ; sa ressemblance avec sa grand-mère maternelle : 277 ; à la mort de son père, en 1805, ne touche aucun héritage, celui-ci s'étant arrangé pour vendre la plupart de ses biens à son fils Jean-Jacques, de son vivant ; épouse modèle, son mariage est une réussite ; à partir de 1804, peut prendre deux domestiques : 278 ; a deux fils, à trois ans de distance : 279 ; à la mort de son mari, mille francs de rentes et une bourse pour ses fils au Lycée impérial ; l'Empereur assure en outre, sur sa cassette personnelle, les frais de leur éducation : 280 ; à la suite d'un placement opéré par son mari sur le Grand-Livre, possède deux mille livres de rente, reliquat de l'argent versé par le docteur Rouget au mariage de sa fille, en 1794 : 280 ; la veuve Descoings espère la marier à son fils, le major Bixiou ; elle refuse : 282 ; en 1811, déménage pour habiter rue Mazarine, avec Mme Descoings, et réduit son train de vie : 283 ; la vocation artistique de son cadet, Joseph, la désespère, car elle estime qu'il s'agit d'une profession de va-nu-pieds : 292 ; ruinée en 1814 par le Premier Retour : 296 ; sa préférence, nettement affichée, pour son fils aîné, Philippe : 297 ; accompagne ce dernier au Havre, à son départ pour le Champ d'Asile ; elle place les dix mille francs qui lui restent sur le Grand-Livre ; victime de la faillite Roguin à la fin de 1818 ; sans prévenir, Philippe tire sur elle, de New York, une lettre de change de mille francs : 301 ; terrorisée par le chantage au suicide de Philippe : 319-321 ; vend un titre de rentes en juin 1821, pour sauver Philippe du déshonneur : 322 ; songe à travailler, à vingt sous par jour, au *Père de famille* : 330 ; chasse enfin Philippe, son fils indigne : 340 ; en février 1822, obtient la gérance d'un bureau de loterie appartenant à la comtesse de Bauvan : 344 ; écrit à sa marraine, Mme Hochon, pour lui faire part de son projet de voyage à Issoudun avec Joseph, à la fin de 1822 : 356, 357 ; Me Desroches lui conseille de réclamer à son frère J.-J. Rouget sa part de l'héritage paternel : 356 ; son arrivée par la diligence : 423 ; elle repart bredouille : 465 ; assiste, en avril 1823, au mariage de son frère Jean-Jacques à Issoudun, avec Flore Brazier : 516 ; vers octobre 1824, assiste au mariage de son fils Philippe avec Flore : 521 ; après le Salon de 1828, obtient un bureau de loterie près de la Halle, et permute avec le titulaire du bureau de la rue de Seine : 524 ; écrit à Philippe, devenu fort riche, pour lui demander un secours ; la réponse brutale qu'elle en reçoit l'achève : 526, 527 ; elle en meurt, assistée par le docteur Bianchon ; son fils cadet, Joseph, interdit à Philippe d'assister à ses obsèques : 532.

BRIDAU (Philippe) [1796-1839]. Fils aîné des précédents. Portrait en 1811, à l'âge de quinze ans : *R*, IV, 287, 288 ; portrait en 1822 : 352, 353. Portrait en 1838 : *DV*, I, 882. Sa ressemblance avec sa mère ; son préféré ; goût précoce pour les exercices physiques : *R*, IV, 287, 288. N'aura pas son pareil à l'épée : *SetM*, VI, 656. Sa ressemblance morale avec sa grand-

---

1. Sa date de naissance n'est connue que par référence à celle de son frère Jean-Jacques Rouget, qui varie. 1775 est celle qui présente le moins d'incohérences, si l'on songe à son mariage en 1794.

Gilet au banquet d'anniversaire du 2 décembre : 505, 506; son duel
mortel avec ce dernier; il y récolte une balafre au visage : 509; en
avril 1823, entretien, plein de menaces, avec la Rabouilleuse, devenue
depuis la veille Mme J.-J. Rouget : 517, 518; en octobre 1823, demande
sa réintégration dans l'armée; l'obtient quinze jours plus tard et se rend
à Issoudun afin de régler la succession de J.-J. Rouget; revient à Paris
avec Rouget et Flore, au moment de l'Exposition, nanti d'un million six
cent mille francs, qu'il dépose en son nom à la banque Mongenod; garde
les fameux tableaux de maîtres de J.-J. Rouget, repart pour Issoudun
en octobre 1823 : 520, 521; revient à Paris en mars 1824, et y épouse la
Rabouilleuse : leur contrat de mariage; achète ensuite rue Saint-Georges
l'appartement de Mlle Lolotte qui a contribué à le débarrasser de son
oncle J.-J. Rouget, et en grand secret, à son compte personnel, un hôtel
particulier rue de Clichy; le fait restaurer, y place *ses* tableaux; nommé
lieutenant-colonel dans le régiment du duc de Maufrigneuse à l'avènement
de Charles X : 521, 522; présenté à la Dauphine et au Dauphin, dont il
devient le menin; passe en janvier 1827 dans la Garde royale; anobli,
devient comte de Brambourg, et demande la main de Mlle de Soulanges;
rupture avec ses anciens amis, ce qui lui aliène Bixiou et Giroudeau;
fait commandeur de la Légion d'honneur et de Saint-Louis : 522, 523;
en 1828, possède deux cent mille livres de rente : 526; refuse d'aller voir
sa mère mourante : 531; a plongé sciemment sa femme, la Rabouilleuse,
dans la misère, les amours vénales, les liqueurs fortes : 535; annonce
« sa perte douloureuse » au comte de Soulanges : 537; son mariage n'a
pas lieu, à la suite des révélations faites par Bixiou au comte de Soulanges :
538; traite à dîner le baron de Nucingen et H. de Marsay; la réponse
insolente de ce dernier à sa question sur l'éventualité d'un mariage avec
une demoiselle de Grandlieu; riche de trois millions en 1829, vend ses
rentes et place ses fonds chez Nucingen et du Tillet : 538, 539. A la fin
de 1829, au théâtre de la Porte-Saint-Martin, aperçoit Mme de Champy
(Esther Gobseck) trônant dans une loge avec L. de Rubempré, Nucingen
et la Val-Noble et reconnaît en elle le rat que Tullia lui avait proposé
en 1823 pour séduire son oncle Rouget : *SetM*, VI, 620, 621; habitué de
l'hôtel de Champy : 643. Ruiné en 1830, pour avoir cru au succès des
ordonnances et joué à la hausse, lorsque ses banquiers jouaient à la baisse :
R, IV, 539, 540. En 1830, Nucingen et du Tillet lui ont ainsi « avalé trois
millions » : *MN*, VI, 391. En 1835, demande à reprendre du service :
envoyé en Algérie, il y commande un régiment, mais, détesté par le général
Giroudeau, son ancien camarade, il n'obtient aucun avancement : *R*, IV,
540. Se distingue en Algérie, citant souvent avec honneur le lieutenant-
colonel Oscar Husson dans ses rapports : *DV*, I, 885. Tué en 1839 dans
une action contre les Arabes, à la tête de son régiment; haché par les
yatagans, il a la tête coupée : *R*, IV, 540.

Ant. *ALBERT, amant de Mme du Val-Noble : *SetM*, VI, 656 (var. *a*).
BRIDAU (Mme Philippe). Voir BRAZIER (Flore).
BRIDAU (Joseph) [né en 1799]. Frère cadet de Philippe. Portrait en 1811 :
R, IV, 288, 289; bénéficie d'une bourse complète au Lycée impérial en
1808 : 280; une somme de six cents francs par an est allouée à son éducation, aux frais de la cassette personnelle de l'Empereur : 286; ressemble à
son père; sa tenue de bohème, négligée : 288; début de ses aspirations
artistiques en 1812 après la visite de l'atelier du sculpteur Chaudet,
professeur à l'École des Beaux-Arts : 289-291; Chaudet prédit à Mme Bridau, peu enthousiaste, le grand avenir artistique de son fils : 292, 293; il se
glisse dans l'atelier du peintre Regnault : 293. Ami d'enfance du dessinateur
Bixiou : *E*, VII, 975. Pendant l'hiver 1814-1815, devient élève de l'atelier
Gros; il s'y lie avec Schinner : *R*, IV, 297. Vers cette époque, en compagnie
de Bixiou et de Schinner, se moque des toilettes surannées de Mme Leseigneur de Rouville et émet des doutes sur la conduite de Mlle Leseigneur :
Bo., I, 439. Autorisé par sa mère à transformer en atelier le grenier attenant
à sa mansarde; travaille chez Gros et chez Schinner : *R*, IV, 299; sa misère
entre 1816 et 1818; médite déjà, en 1818, de rompre en visière aux classiques : 301; grâce à Gérard, obtient l'exécution de deux copies à cinq cents
francs du portrait de Louis XVIII, ce qui permet à sa mère de payer la
lettre de change tirée par Philippe : 302. Rencontre Pierre Grassou en 1819,

l'emmène à l'Opéra et lui conseille de faire de la littérature au lieu de peindre : *PGr.*, VI, 1098, 1099. Ses gains en 1821 ; explique à son frère comment on copie un tableau de maître ; doit exécuter prochainement des travaux au château de Presles : *R*, IV, 318. Membre du Cénacle en 1821, il y représente la peinture. Son art, ses lubies, *son faire* : *IP*, V, 316. Révèle à sa mère les idées de suicide de Philippe : *R*, IV, 319 ; a fini par comprendre le jeu joué par Philippe, et sa perfidie : 327 ; s'aperçoit des larcins de son frère, dans la cachette qui lui sert de tirelire : 328 ; Magus lui confie la copie d'un Rubens ; Philippe vole la copie, croyant voler l'original : 349, 350 ; en juin 1822, accompagne sa mère à Issoudun ; ils descendent chez les Hochon : 356, 357 ; leur arrivée, fort remarquée, par la diligence : 422 ; invité à déjeuner chez son oncle J.-J. Rouget, admire ses tableaux dont ce dernier lui fait cadeau : 441, 442 ; les restitue sur une réflexion désobligeante de la Rabouilleuse : 454 ; arrêté sous l'inculpation erronée de tentative d'assassinat sur la personne de Maxence Gilet : 460, 461 ; relâché, quitte Issoudun avec sa mère : 465. Prend avec Mistigris le coucou de Pierrotin, à destination du château de Presles, en septembre 1822 : *DV*, I, 768 ; s'amuse à jouer le rôle du grand peintre Schinner : 781 et 805 ; se nomme enfin à Estelle Moreau : 815 ; nomme son ami Mistigris : Léon de Lora : 816 ; s'excuse noblement de sa plaisanterie devant le comte de Sérisy : 824 ; plaide la cause de son frère Philippe : 825. Après son succès au Salon de 1823, va habiter rue de Seine avec sa mère ; soutenu par le Cénacle, par Mlle des Touches, il reste « mal vu des bourgeois » et il a des dettes : *R*, IV, 524, 525. Est sans doute, vers 1827, l'amant de Mme Jorry des Fongerilles et travaille alors dans un atelier rue Notre-Dame-des-Champs ; Cora, la fille de sa maîtresse, en est secrètement amoureuse (Balzac le nomme, par inadvertance semble-t-il, Eugène Bridau) : *ES*, XII, 528, 529. Les soins filiaux dont, en 1828, il entoure sa mère mourante : *R*, IV, 529, 530 ; envoie Bixiou prévenir son frère aîné de l'état de celle-ci ; il est mal reçu : 530, 531 ; la Rabouilleuse, mourante, l'appelle à son secours : 533. En 1829, un des artistes qui ont illustré les œuvres de Canalis : *MM*, I, 512 ; celui-ci ne l'apprécie pas, le trouvant « trop maigre » : 520. A la fin de la même année, Nucingen paye dix mille francs un de ses tableaux, Esther lui ayant affirmé qu'il était un homme de talent méconnu : *SetM*, VI, 602. Fait enfin admettre au Salon de 1829 une œuvre de Pierre Grassou : *PGr.*, VI, 1099, 1100 ; n'est pas encore de l'Institut en 1832 ! : 1102 ; vient voir P. Grassou, lui emprunte cinq cents francs et retouche son tableau, au grand effroi des Vervelle ; vient d'exécuter, pour d'Arthez, une salle à manger dans son nouvel hôtel : 1107. En 1831, chez Mlle des Touches, émet l'opinion que la réflexion est contraire à l'amour : *AEF*, III, 678 ; regrette les grands siècles de la Monarchie française : 690. Témoin d'Arthez au mariage de Marie Gaston avec la baronne de Macumer en 1833 : *MJM*, I, 368. En 1833, Minoret-Levrault trouve à Goupil l'expression diabolique prêtée par Joseph au Méphistophélès de Goethe : *UM*, III, 941. En 1834, voit chez d'Arthez deux gouaches qu'il connaît depuis 1826 ; en parle avec Bianchon, Giraud et Ridal : *Per.*, XII, 367, 368. Aide Stidmann à faire remettre en liberté leur ami Wenceslas Steinbock, incarcéré à Clichy pour dettes en 1838, sur plainte de Lisbeth Fischer : *Be.*, VII, 174 ; assiste, peu après, au mariage de l'artiste : 186 ; a fait le portrait de la cantatrice Josépha : 378. En 1838, se retrouve dans le coucou de Pierrotin, devenu l'*Hirondelle de l'Oise*, avec Georges Marest, Oscar Husson, le père Léger, etc. : *DV*, I, 882 ; vers 1839, épouse la fille d'un fermier millionnaire, Mlle Léger : 885. Hérite de son frère Philippe, tué en Algérie, le titre de comte de Brambourg et son bel hôtel ; récupère aussi, de ce fait, les tableaux du père Rouget ; il a ainsi soixante mille francs de rente : *R*, IV, 540. Vers 1840, l'avocat Th. de La Peyrade déclare chez les Thuillier ne pas aimer la peinture de Joseph, lui préférant de beaucoup celle de Pierre Grassou : *Bou.*, VIII, 69. En 1845, habite toujours l'hôtel de Brambourg, voisin de celui de Léon de Lora : *CSS*, VII, 1153.

Ant. *jeune homme anonyme (un) : *Bo.*, I, 439 (var. *a*) ; *BLONDET : *AEF*, III, 678 (var. *b*), 690 (var. *a*), 701 (var. *j*) ; *GIRAUD : *IP*, V, 419 (var. *g*).

Ant. réel * DELACROIX : *UM*, III, 941 (var. *b*).

*BRIDAU (Joseph), remplacé par RIDAL : *IP*, V, 472 (var. *e*).

*BRIDAU (Joseph) : *IP*, V, 471 (var. *a*), 539 (var. *a*).

geot : 654, 655; Pons la fait prier par Schmücke de l'aller voir : 695; de l'école de Jenny Cadine : 696, 697; son « monsieur » est alors le maire de l'arrondissement de Pons, Baudoyer, qu'elle trouve « aussi bête que feu Crevel » : 701.

Ant. *STÉPHANIDE (Mlle) : *CP*, VII, 531 (var. *e*); *CADINE (sœur cadette de Jenny) : *CP*, VII, 653 (var. *a*).

*BRISETOUT (Héloïse) : *Be.*, VII, 229 (var. *e*).

BRISSET (docteur). Chef des « Organistes », en 1830, il représente le matéria-lisme : *PCh.*, X, 257; son avis sur le cas de Raphaël de Valentin; diagnos-tique l'irritation de l'intestin et préconise des sangsues à l'épigastre : 259, 260.

BRITON. Cheval pur-sang appartenant à Charles Grandet; il en fait cadeau à son ami Alphonse, en 1819, qui liquide ses affaires : *EG*, III, 1127.

BROCHON. Soldat réformé. Panse les chevaux et fait les gros ouvrages au château de Presles, en 1822 : *DV*, I, 811; chargé de ramener Oscar Husson à sa mère : 838.

Brodeur en cheveux (un) dans *AEF*. Voir Index II : *FRINGANT.

BROSSARD (Mme du). Au mois de mai 1821, invitée chez Mme de Bargeton avec sa fille : *IP*, V, 197.

BROSSARD (Camille du) [1794- ?]. Fille de la précédente, Vingt-sept ans en 1821; aussi pauvre que noble, douée pour le piano : *IP*, V, 197.

BROSSETTE (abbé) [né v. 1791]. Âgé d'environ cinquante ans en 1841 : *SetM*, VI, 889. Originaire d'Autun; antécédents; ne transige avec aucun de ses vœux : *Pay.*, IX, 125, 126; en 1817 nommé à la cure de Blangy : 165; déjeune au château des Aigues, chez les Montcornet, en 1823 : 78; se sent espionné; sa vie est en danger : 125; sa pauvreté, son dévouement : 219, 220; haï par Rigou, le prêtre renégat : 246. En 1840, avait déjà refusé trois fois un évêché : *B*, II, 890, 891; nommé à une paroisse du faubourg Saint-Germain vers 1840; en 1841 devient le directeur de conscience de la duchesse de Grandlieu : 889; sa conversation avec la duchesse : 891, 892; approuve ses résolutions : 893.

BROUET (Joseph) [?-1799]. Chouan de la paroisse de Marignay, tué par les Bleus au combat de La Pèlerine : *Ch.*, VIII, 1118.

BROUIN (Jacquette). Voir CAMBREMER (Mme).

*BROUSSE. Libraire établi au XVIIIe siècle rue de la Montagne-Sainte-Geneviève : *In.*, III, 472 (var. *b*).

BROUSSON (docteur). Ami de M. Hermann. Médecin du banquier Taillefer : *AR*, XI, 116.

BRUCE (Gabriel). Dit Gros-Jean. L'un des Chouans les plus féroces de la division Fontaine en 1799; recruté par Hiley et Herbomez pour l'attaque du courrier de Caen, en 1808 : *EHC*, VIII, 294; condamné à mort, par contumace : 314.

*BRUMMER (Georges). Voir PALMA.

BRUNET (Me). Huissier audiencier de la justice de paix de Soulanges en 1823. Portrait : *Pay.*, IX, 102; patron du praticien Vermichel : 85; doit instrumenter à Couches et saisir des vaches : 100, 101; prudemment, ne demande pas mieux que de trouver seulement leurs bouses : 101; ses connaissances juridiques en font à la fois la terreur et le conseiller du canton : 102; trouve son compte aux procès-verbaux donnés par Courtecuisse : 171.

*BRUNET : *Pay.*, IX, 299 (var. *a*).

BRUNNER (Gédéon) [?-1844]. Aubergiste à Francfort-sur-le-Main. Calvi-niste, épouse une riche juive convertie, qui meurt en 1817; se remarie à l'âge de cinquante-sept ans : *CP*, VII, 533; dix ans après, sa seconde femme meurt; il n'en hérite pas, celle-ci étant décédée « avant ses auteurs » : 534; propriétaire du *Grand hôtel de Hollande*, chasse son fils Fritz qu'il rendait responsable de ses malheurs : 535; laisse à sa mort quatre mil-lions et de gros intérêts dans les chemins de fer badois : 537, 538.

BRUNNER (Mme Gédéon) [?-1817]. Née Virlaz. Première femme du précédent. Morte en laissant un fils de douze ans : *CP*, VII, 533.

BRUNNER (Mme Gédéon). Fille d'un aubergiste de Francfort. Seconde femme de Gédéon; le ruine par goût du vin du Rhin, et de bien d'autres choses : *CP*, VII, 533, 534.

BRUNNER (Fritz) [né en 1805]. Fils unique du premier lit. Placé sous la sur-veillance d'un oncle maternel, le fourreur Virlaz, de Leipzig : *CP*, VII,

533; lancé par sa marâtre, à vingt et un ans, dans « les dissipations antiger-maniques » : 534; fait à Strasbourg la connaissance de W. Schwab : 536; les deux jeunes gens arrivent à Paris en 1835 et logent chez l'hôtelier Graff : 537; à la mort de son père, à la fin de 1844, hérite quatre millions; donne cinq cent mille francs à son ami Schwab; fonde la banque Brunner, Schwab et Cie et achète pour un million et demi d'actions de la Banque de France : 538; son apport personnel à la banque : un million : 538; en janvier 1845, assiste au théâtre de la compagnie Gaudissart à la première de *La Fiancée du Diable* : 531, 532; présenté par le cousin Pons à Cécile Camusot de Marville, en vue d'un mariage : 553; la juge insignifiante : 555; refuse de l'épouser en souvenir de sa marâtre : être fille unique est un défaut rédhibitoire à ses yeux : 561; témoin du cousin Pons désireux de tester par-devant notaire, en 1846 : 713.

BRUNO. Domestique de confiance de Corentin en 1830. Informe Peyrade que son maître vient de s'absenter pour une dizaine de jours : *SetM*, VI, 662. Toujours au service de Corentin — alias M. du Portail —, rue Honoré-Chevalier, dix ans plus tard : *Bou.*, VIII, 179.

BRUTUS. Aubergiste à Alençon, à l'enseigne des *Trois Maures*, en 1799. Prévenu par le postillon qui amène Mlle de Verneuil que la jeune femme était escortée par des Bleus : *Ch.*, VIII, 972.

BRUTUS (citoyenne). Femme du précédent. Le jeune citoyen du Gua-Saint-Cyr lui fait part de ses soupçons sur le métier exercé par le jeune muscadin qui vient d'arriver (Corentin) : *Ch.*, VIII, 972.

BRYOND DES TOURS-MINIÈRES (baron Bernard-Polydore) [1763 ou 1772-1830]. Âgé de trente-cinq ans en 1807, à son mariage : *EHC*, VIII, 309. Mais de soixante-six ans en 1829 : *SetM*, VI, 525; portrait à cette époque : 522-524. Dès 1793, selon Fromenteau, fait partie de la police dite « du château » : *CSS*, VII, 1163. Dès lors, trempe aussi dans toutes les conspirations pour le retour des Bourbons : *EHC*, VIII, 287, 288; depuis 1794, correspondant du comte de Lille, revenu de l'étranger pour espionner; en l'an VII, se lie avec du Vissard : 308; coqueluche de la meilleure société de Normandie, épouse Mlle de La Chanterie en 1807; dix-huit mois plus tard, il l'abandonne, ruinée, et se cache à Paris où il prend le nom de Contenson : 286, 287. Sous ce nom, sert dans la police politique sous les ordres de Fouché : *SetM*, VI, 524. Semble s'être marié et avoir introduit le chevalier du Vissard dans son ménage sur l'ordre de Fouché : *EHC*, VIII, 308, 309; sa maison sert de dépôt d'armes aux conjurés : 295; sa « complaisance » infinie : 310; son pseudonyme : le *Marchand* : 307; l'Empereur estime que cet espion n'a fait que son devoir : 313; aurait livré sa femme et Rifoël par vengeance, parce qu'ils n'ont pas voulu souscrire à ses demandes d'argent : 310; a soustrait et dissipé soixante mille francs des fonds qu'il a volés : 331; sous la Restauration, reste dans la police politique de l'ancien comte de Lille devenu Louis XVIII; toujours nommé Contenson : 316. En octobre 1829, adressé par Louchard au baron de Nucingen désireux de faire rechercher sa belle inconnue (Esther) : *SetM*, VI, 519, 520; propose au baron de l'amener à M. de Saint-Germain (Corentin) : 526; ses petites habitudes au *Café David* : 527; bras droit de Louchard : son signal de reconnaissance avec le père Canquoëlle (Peyrade) : 529, 530; s'est mis, par ordre supérieur, au service des gardes du commerce : 534; l'Épictète des mouchards; son surnom : « Philosophe »; son nom réel : 539; expose à Peyrade les désirs de Nucingen : 539, 540; déguisé en marchande des quatre-saisons : 541; conversation avec Georges, valet renvoyé par Nucingen : 559, 560; chargé par Corentin de suivre le déroulement des événements : 561; redevenu garde du commerce, vient arrêter, rue Taitbout, Esther Gobseck, sous le coup d'un mandat d'arrêt pour dettes : 580; soupçonne l'escroquerie dont est victime Nucingen et estime que le coup de pied au tibia dont le gratifie Europe « sent son Saint-Lazare » : 584; fait part de ses soupçons à Corentin et Peyrade, puis confesse le portier d'Esther : 630; déguisé en porteur de la Halle, mais identifié par Herrera : 630; déguisé en mulâtre au service du faux Anglais Peyrade : 632; croit le faux prêtre parti en calèche pour l'Espagne : 673; « débarbouillé de sa mulâtrerie », arrive chez Peyrade qui vient de mourir empoisonné : 680; attend Trompe-la-Mort, qu'il a identifié, sur le toit de l'hôtel d'Esther, rue Saint-Georges; en février ou

CABIROLLE (Mme). Portière rue Pastourelle en 1817. Mère d'une jolie fille, Florentine : *DV*, I, 856. Ancienne portière, « vraie mère » de Florentine : tient à ce que les amants de sa fille l'appellent « Madame » : *R*, IV, 310.

CABIROLLE (Agathe-Florentine). Fille de la précédente. Voir FLORENTINE.

CABIROLOS (marquise de Las Florentinas y). Nom attribué à Florentine par Georges Marest : *DV*, I, 855.

CABOCHE. Homme de confiance de Jacques Lasserre (sans doute Cadoudal). Arrive au Plougal par terre, avec ses deux chiens et soixante cochons, le 20 août 1803 ; arrêté par Marche-à-Terre et Pille-Miche, et gardé à vue : *Vis.*, XII, 644-647.

CABOT (Marie-Anne) [?-1809]. Dit Lajeunesse, ancien piqueur du sieur Carol, d'Alençon ; recruté par Hiley et d'Herbomez en 1808, en vue de l'attaque du courrier de l'Ouest : *EHC*, VIII, 294 ; exécuté : 314.

CABOT. Vrai nom de MARIUS. Voir ce nom.

CACHAN (Me). Avoué des frères Cointet, à Angoulême, en 1822 : *IP*, V, 589 ; reçoit en juillet 1822 l'ordre de poursuivre David Séchard par tous les moyens de droit : 599 ; est aussi l'avoué du père Séchard : 607 ; poursuivant David, il ne peut *occuper* pour le père auquel il conseille de s'adresser à son confrère, Petit-Claud : 610. Maire de Marsac en 1830 : *SetM*, VI, 669.

*CACHERON. Voir TASCHERON.

CADENET. Marchand de vins à Paris, rue des Poules ; en 1840, locataire de la veuve Poiret : *Bou.*, VIII, 121, 122.

CADIGNAN (famille de). Famille de grande noblesse : *MM*, I, 515. La mère de Mme Firmiani était née Cadignan : *Fir.*, II, 151, 152. Leur parenté lointaine avec les Sainte-Sévère, de Bayeux : *FA*, II, 464. En 1823, les habitués du Cabinet des Antiques estiment qu'une alliance avec une Cadignan serait digne de Victurnien d'Esgrignon : *CA*, IV, 982. Ses privilèges ; son blason ; une des deux ou trois familles dans lesquelles la principauté prime le duché ; possède le titre de duc de Maufrigneuse pour l'aîné de ses fils, les autres n'étant que chevaliers de Cadignan : *SPC*, VI, 950. Hôtel à Paris, rue du Faubourg-Saint-Honoré : *SetM*, VI, 740 ; en 1830, Diane de Maufrigneuse prie Mme Camusot de s'y présenter, toutes affaires cessantes : 721. Les hommes de cette famille, connus pour avoir toujours ruiné leurs femmes : *SPC*, VI, 983.

Ant. les réels *CARIGNAN : *Fir.*, II, 145 (var. *b*) ; *LUSIGNAN : *FA*, II, 464 (var. *a*).

CADIGNAN (une demoiselle de), ant. une réelle *ROHAN : *CA*, IV, 982 (var. *e*).

CADIGNAN (prince de) [1743 ou 1754-1830]. Âgé de quatre-vingt-sept ans en 1830 : *SPC*, VI, 982. D'environ soixante-quinze ans en 1829 ; portrait à cette époque : *MM*, I, 703. Père du duc de Maufrigneuse et de la duchesse de Navarreins : *SPC*, VI, 982, 983. Oncle de Mme Firmiani : *Fir.*, II, 145. Ruiné par la Révolution, retrouve sa charge de Grand Veneur en 1815 au retour des Bourbons, et bénéficie de la loi d'indemnité ; pendant longtemps en délicatesse avec le duc de Navarreins, époux de sa fille, pour des raisons d'intérêt, mange allégrement sa nouvelle fortune pendant la Restauration : *MM*, I, 982, 983. En octobre 1822, présente au roi le jeune Victurnien d'Esgrignon, frais émoulu à Paris : *CA*, IV, 1009 ; l'année suivante, Me Chesnel lui fait demander d'utiliser son crédit pour faire pression sur le juge d'instruction Camusot, dans le procès intenté à Victurnien d'Esgrignon : 1052. En 1829, fréquente assidûment le salon des Grandlieu : *SetM*, VI, 509. En octobre de la même année, le duc d'Hérouville intercède auprès de lui, toujours Grand Veneur, afin qu'une grande chasse soit donnée en l'honneur de Modeste Mignon de La Bastie : *MM*, I, 658 ; prié de faire venir en Normandie l'équipage royal : 687 ; vieillard très vieille France ; opposition avec les jeunes nobles, les Rhétoré, Gaspard de Loudon : 703 ; le Napoléon des forêts, introduit un ordre admirable dans la vénerie : 708-713. Meurt au début de 1830, peu avant la révolution de Juillet, à l'âge de quatre-vingt-sept ans : *SPC*, VI, 982.

Ant. *LENONCOURT (duc de) : *CA*, IV, 1077 (var. *g*), 1079 (var. *a*).

*CADIGNAN : *CA*, IV, 1009 (var. *c*).

CADIGNAN (Mlle de). Fille du précédent. Voir NAVARREINS (duchesse de).

CADIGNAN (Mlle de). Initiée, de loin, au mystère des sexes par une *pauvre bécasse* de religieuse, avec sa camarade d'enfance, Mlle de Lansac (peut-être le même personnage que la précédente ?) : *Ech.*, XII, 481, 482.

CADIGNAN (prince de) [né v. 1777]. Duc de Maufrigneuse jusqu'en 1830, succède à cette date au titre paternel : *SPC*, VI, 949; âgé de trente-six ou trente-huit ans vers 1814 : 983, 990; portrait en 1833 : 983; vers 1814, sa maîtresse, la duchesse d'Uxelles, la marie à sa fille alors qu'il est criblé de dettes et déjà très usé : 983, 989, 990. Au début de 1830, il est colonel de cavalerie dans la Garde royale et menin du Dauphin : *SetM*, VI, 720. Après juillet 1830, il suit le roi en exil : *SPC*, VI, 954; visé par un insurgé, lors de la défense des Tuileries, il est sauvé par Michel Chrestien : 960. En 1833, chez la princesse de Cadignan, un petit cercle d'amis essaie de lui faire obtenir un passeport; Marsay, alors président du Conseil, se récuse : *TA*, VIII, 686.

CADIGNAN (duchesse Diane de Maufrigneuse, puis princesse de) [née en 1796]. Femme du précédent. Née Mlle d'Uxelles. A vingt-six ans en 1822; portrait à cette époque : *CA*, IV, 1016. Portrait en 1833 : *SPC*, VI, 968, 969. Vers 1814, à dix-sept ans, elle est mariée à l'amant de sa mère, Maufrigneuse; dot et espérances : 983; *CA*, VI, 1014, 1024. Ses rentes consistent en forêts, dépendances du château familial d'Anzy, en Nivernais : *SPC*, VI, 990. Elle habite l'hôtel de Cadignan, situé en haut du faubourg Saint-Honoré : *SetM*, VI, 740. Vers 1818, en visite chez la vicomtesse de Fontaine, présente le général de Montriveau à Antoinette de Langeais : *DL*, V, 940. En novembre 1819, au bal de la vicomtesse de Beauséant : *PG*, III, 77; fait partie de la société « du petit Château » : 166. Henri de Marsay a été son premier amant : *SPC*, VI, 955; ou l'un de ses premiers amants : 955. En novembre 1822, à une soirée chez Mlle des Touches, le vidame de Pamiers lui présente le comte Victurnien d'Esgrignon; sa parenté avec les Cadignan et les Uxelles; amie de la duchesse de Langeais et de la vicomtesse de Beauséant, intime avec la marquise d'Espard : *CA*, IV, 1014; sa toilette étudiée pour éblouir Victurnien : 1015, 1016; a soixante mille livres de rentes personnelles et en dépense deux cent mille : 1024. Félicité Rubempré de s'être rapproché des Ultras, au début de 1822 : *IP*, V, 515. Vers 1824, acculée à la ruine, prend peut-être pour amant, après Victurnien, un Nucingen ou un du Tillet, afin de payer ses dettes : *CA*, IV, 1036; après avoir songé à partir avec Victurnien, y renonce : 1037-1041; costumée en homme, se rend à Alençon, afin de sauver Victurnien des griffes de la justice : 1077,1078; sa visite à Mme Camusot : 1079, 1080; au vieux Blondet : 1083-1085; conseille à Victurnien d'épouser une riche héritière : il l'anoblira; méprise désormais cet homme trop faible : 1092, 1093. En 1824, Louise de Chaulieu fait son entrée dans le monde à l'un de ses bals : *MJM*, I, 208; remarque le manège de Macumer : il doit être amoureux : 277. Mme de Blamont-Chauvry lui présente Félix de Vandenesse : *Lys*, IX, 1109. Amie de sa rivale et cousine, Mme Firmiani : *Fir.*, II, 152. Son mot sur le duc d'Hérouville : *MM*, I, 617. Vers 1825, Mme d'Espard lui arrache le sceptre de reine de Paris qu'elle-même avait ravi à sa cousine Mme Firmiani, dont Mme Octave de Camps : *In.*, III, 453. Une des reines de Paris à cette époque : *BS*, I, 164. Du premier échelon social : *SetM*, VI, 444; vers 1825, Lucien de Rubempré fréquente ses réceptions : 489, 730; est sa maîtresse pendant deux ans avant que Lucien ne lui soit enlevé par la comtesse de Sérisy, au moment où justement elle n'y tient plus : vengeance de femme : 492. Vers 1827, ses prodigalités obligent sa famille maternelle à vendre le château d'Anzy, racheté par M. de La Baudraye : *MD*, IV, 639. Habituée du salon des Grandlieu, y a introduit Lucien de Rubempré : *SetM*, VI, 507; le chanoine Carlos Herrera conserve soigneusement ses brûlantes lettres d'amour à Lucien : 508. En 1827, de Marsay évoque devant Savinien de Portenduère la liaison de Diane avec le petit d'Esgrignon : *UM*, III, 863. A la même époque, confesse à la baronne de Macumer qu'il fallait lui « rendre les armes » : *MJM*, I, 344. Très en faveur auprès de MADAME; sa protection, acquise au juge Camusot, depuis Alençon, favorise l'avancement de cet intrigant : *SetM*, VI, 720. En 1828, devant Bianchon, Rastignac évoque les plaisirs que peut procurer à un homme l'amour d'une femme comme Diane : *In.*, III, 425. En octobre 1829, toujours en faveur auprès de MADAME, le duc de Chaulieu l'estime capable de « la tirer de Rosny » : *MM*, I, 687; assiste à la chasse à courre donnée à Rosembray par le duc de Verneuil, en l'honneur des Mignon de La Bastie : 698;

ne souffre alors les attentions du vicomte de Sérisy que pour bien faire ressortir l'âge de la mère de ce dernier; celle-ci vient de lui souffler Lucien de Rubempré : 702, 703; levée à l'aube, justifie son prénom à la chasse du duc de Verneuil : 708, 709. En février 1830, fait prier Mme Camusot de venir d'urgence à l'hôtel de Cadignan, à la nouvelle de l'arrestation de Lucien de Rubempré; la supplie de sauver son ancien amant : *SetM*, VI, 721, 722; Asie l'accompagne chez Mme de Sérisy : 741; a conservé les lettres de Lucien, avec qui elle a rompu depuis dix-huit mois : 877; ses réponses érotiques sont aux mains de Carlos Herrera : 877, 878; se rend chez les Grandlieu avec Mme Camusot : 881. Princesse de Cadignan à la mort de son beau-père, au début de 1830 : *SPC*, VI, 982; après la révolution de Juillet, a l'habileté de mettre sur le compte des événements la ruine complète due à ses prodigalités, et enterre la folle Diane de Maufrigneuse : 949; conserve l'occulte protection du noble Faubourg : 950. A la fin de 1831, chez Félicité des Touches : *AEF*, III, 680. En 1833, n'a gardé qu'une seule relation : la marquise d'Espard; mère d'un fils de dix-neuf ans, Georges de Maufrigneuse : *SPC*, VI, 951; a vendu son hôtel et licencié ses trente domestiques : 953; installée dans un petit hôtel particulier, rue de Miromesnil; le « recueil de ses erreurs »; leur nombre selon la marquise d'Espard : sinon trente, au moins dix : 952; réduite à douze mille livres de rente, mène un petit train de vie : 954; avoue à la marquise n'avoir encore jamais aimé d'amour : 957; s'est aperçue du muet amour de Michel Chrestien, de 1829 à 1831 : 959, 960; elle a reçu de lui une lettre d'amour le jour de sa mort, à Saint-Merri, en 1832 : 961; Blondet et Rastignac se chargent de rappeler son passé orageux à d'Arthez : 966; sa toilette, très étudiée, pour séduire Daniel d'Arthez : 968; l'invite à lui rendre visite : 974; ses dissipations : 976; devient amoureuse de Daniel : 979; ses coquetteries : 980-982, 984-987; augure bien de la littérature au premier baiser de d'Arthez : 988; lui fait un récit arrangé de sa vie : 989, 990; visite à son amie Mme d'Espard : elle lui envoie d'Arthez : 998; d'Arthez l'y ayant défendue contre les calomnies, elle lui avoue son amour : 1004; sa retraite amoureuse depuis que Daniel est son amant, vers août 1833 : 1004, 1005. En 1839, Mme Philéas Beauvisage cherche à connaître les adresses de ses fournisseurs : *DA*, VIII, 773. Cause dans un salon avec Mme d'Espard, Blondet, de Marsay, le duc de Rhétoré : *Com.sal.*, XII, 349. Fiance son fils Georges avec Berthe de Cinq-Cygne; elle a muré sa vie intime et passe l'été dans une villa de Genève avec d'Arthez : *TA*, VIII, 686. Aperçue aux Variétés avec lui en octobre 1840 : *B*, II, 861. En visite chez la marquise d'Aiglemont vers 1844 : *F30*, II, 1210.

Ant. *AVAUGOUR (duchesse d') : *F30*, II, 1210 (n. 1.); *BRANDON (lady) : *In.*, III, 426 (var. *a*); *AIGLEMONT (marquise d') : *In.*, III, 453 (var. *d*); *SÉRIZY (Mme de) : *SetM*, VI, 897 (var. *b*).

CADINE (Jenny) [née en 1814]. Âgée de vingt ans en 1834. Protégée dès l'âge de treize ans par le baron Hulot d'Ervy; fait en 1834 la connaissance de la cantatrice Josépha, chez Crevel : *Be.*, VII, 64; coûte trente-six mille francs par an au baron Hulot; deux amants de cœur : un jeune conseiller d'État et un artiste; elle chante alors aux Italiens : 65; franchise de sa situation : 188. Lorette célèbre en 1842, amie de Mme Schontz : *B*, II, 896; Couture lui a meublé un superbe rez-de-chaussée rue Blanche, que Fabien du Ronceret lui rachète, en 1842 : 907. Assiste au dîner du *Rocher de Cancale* offert par du Tillet à Combabus en 1843 : elle ne joue plus alors à son théâtre : *Be.*, VII, 405. En 1845, pour la Nourrisson, « une rareté dans le grand genre » : *CSS*, VII, 1173, 1174; chez elle Vauvinet perd cent louis au lansquenet : 1179; habite alors rue de la Victoire, et cultive Massol : 1208, 1209; Gazonal bénéficie de ses faveurs pendant quelques jours, en 1845 : 1212.

Ant. *DELATTRE (Mme), puis *DELASTRE (Mme), puis *CARDINE (Mme) : *B*, II, 908 (var. *a*).
*CADINE (Jenny) : *CP*, VII, 653 (var. *a*), 697 (var. *b*).
*CADINE (Mlle). Sœur cadette de la précédente, remplacée par H. BRISETOUT : *CP*, VII, 697 (var. *b*).

CADOT (Mlle). Servante-maîtresse du juge Blondet, très jolie, engagée par lui vers 1801 pour soigner ses fleurs et le consoler de l'infidélité de sa femme : *CA*, IV, 1065; préfère Joseph, le fils aîné de son maître; portrait en 1824, vieillie et dévote : 1068, 1069.

Caissier de la banque Nucingen à partir de 1822 (le). Voir VOLFGANG.

Caissier de la maison Collinet (le). Resté fidèle à son patron ruiné, lui donne les premiers fonds pour recommencer sa fortune : *P*, IV, 139.

CALVI (Théodore) [né en 1803]. Âgé de vingt-sept ans en 1830 : *SetM*, VI, 851 ; né en Corse ; condamné au bagne à perpétuité à l'âge de dix-huit ans pour avoir déjà commis onze meurtres ; compagnon de chaîne de Jacques Collin au bagne de Rochefort ; évadé avec lui, il est repris : 814, 815 ; nouvelle évasion vers 1829 : 854 ; « tante » de Jacques Collin à Toulon ; ce dernier lui confectionne « de belles patarasses » ; en passe d'être « gerbé » en 1830, pour un nouveau crime : 840 et 848 ; voyant apparaître le faux abbé Carlos Herrera dans le préau de la Conciergerie, les *chevaux de retour* qu'on y a amenés croient qu'il est venu « pour cromper sa tante », Calvi, dit Madeleine : 841 ; Collin, le faux Carlos Herrera, demande à le confesser : 843, 844 ; aime à se déguiser en femme, et est resté insensible à l'amour de Manon la Blonde : 854 ; reconnaît Jacques Collin, venu « le confesser », à un mot de convention ; lui raconte comment il a commis le crime *nécessaire* : 860 ; en l'absence de Collin, s'est permis une maîtresse, la Ginetta : 861 ; Collin demande sa grâce à M. de Granville : 900 ; sera l'adjoint de Collin qui va remplacer Bibi-Lupin : 954.

Camarade de collège de Me Derville (un). L'emmène à un déjeuner de garçon, où il fait la connaissance de Maxime de Trailles : *Gb*., II, 983.

Camarade du sculpteur Sarrasine (un). Vient le trouver à la villa Médicis, en 1758 : l'ambassadeur de France à Rome l'invite à dîner : *S*, VI, 1071.

Camarade de Godefroid (un). Bien que moins brillant, mais plus persévérant et plus simple, a mieux fait que Godefroid son chemin dans la vie : *EHC*, VIII, 224.

Camarade de collège du narrateur de l'histoire de « L'Auberge rouge » (un). Son avis sur l'éventualité de son mariage avec Mlle Taillefer : *AR*, XI, 121.

Camarade de collège, à Vendôme (un). Mal disposé envers Louis Lambert : *LL*, XI, 602.

CAMBON. Marchand de bois en 1829 ; redevenu l'adjoint de Benassis : *MC*, IX, 499.

CAMBREMER (Pierre). Surnommé l' *homme au vœu* par les pêcheurs du bourg de Batz : sa pose hiératique sur son rocher, la crainte qu'il inspire : *Dr*., X, 1169, 1170 ; aîné des Cambremer : son histoire, racontée à Louis Lambert et à Pauline par un pêcheur : 1171-1176 ; va chercher à Nantes son fils Jacques, qu'il ramène chez lui, pour le juger : 1174 ; le jette à la mer avec une pierre au cou, puis, sur les supplications de sa femme, brûle la barque qui lui a servi à l'exécution ; son expiation d'un crime *nécessaire* : 1176. Aperçu dans la même position en 1836 par Calyste et Mme de Rochefide ; Félicité des Touches explique à Béatrix la raison de cette pénitence volontaire : *B*, II, 796.

CAMBREMER (Mme Jacquette). Femme du précédent. Née Brouin, à Guérande : *Dr*., X, 1172 ; sa faiblesse pour son fils unique, Jacques : 1172 ; volée et frappée par lui d'un coup de couteau : 1173 ; demande en vain sa grâce à son mari ; elle ne lui survit que quelques jours : 1176.

CAMBREMER (Jacques). Fils unique des précédents. Fait les quatre cents coups, toujours approuvé par ses parents : *Dr*., X, 1172 ; frappe sa mère d'un coup de couteau et la vole ; on le destinait à Pérotte : 1173 ; ment pour essayer de se disculper, puis avoue ; son père, de sa barque, le jette à la mer : 1175, 1176.

CAMBREMER (Joseph). Frère cadet de Pierre. Resté veuf avec une fille, Pérotte : *Dr*., X, 1173.

CAMBREMER (Pérotte) [née en 1809]. Fille du précédent. Chargée de la subsistance de son oncle et parrain, l'*homme au vœu*; « petite tronquette » de douze ans lors de la visite de Louis et de Pauline à Guérande (1821 selon *LL*, XI, 684) : *Dr*., X, 1170, 1171 ; héritière de son oncle : 1170 ; a eu pour nourrice la Grande Frelu : 1173, 1174.

CAMERISTUS (docteur). Appelé en consultation par son confrère Horace Bianchon auprès de Raphaël de Valentin, en 1831. Chef des « Vitalistes », imbu des théories de Van Helmont : *PCh*., X, 257, 258 ; son diagnostic : monomanie à point de départ cérébral : 260, 261 ; sa médecine, « absolutiste, monarchiste et religieuse » selon Brisset : 261.

CAMILLE (M.). Voir MANERVILLE (Paul de).

CAMPS (Octave de) [né en 1803]. Vingt-deux ans en 1825 : *Fir*., II, 156, 157 ;

descendant du fameux abbé de Camps ; neveu chéri de M. de Bourbonne : 148. Fréquente en 1824 les mercredis de Mme Xavier Rabourdin, rue Duphot : *E*, VII, 944 ; lui reste fidèle dans son malheur : 1095. En 1825, vient de vendre son domaine, le château de Villaines, à la Bande noire ; s'est ruiné, dit-on, pour Mme Firmiani et donne pour vivre des leçons de mathématiques : *Fir.*, II, 148 ; domicilié rue de l'Observance : 148 ; a secrètement épousé Mme Firmiani à Gretna-Green 156 ; explique sa conduite à son oncle : il restitue des biens mal acquis par son père : 158. Son long bonheur, évoqué par Mme d'Espard en 1833 : *SPC*, VI, 958.

Ant. prénommé *Jules : *Fir.*, II, 148 (var. *a*).

CAMPS (Mme Octave de). Voir FIRMIANI (Mme).

Ant. *L'ESTORADE (Mme de) : *AEF*, III, 678 (var. *e*).

*CAMUSAT. Voir ci-après.

CAMUSET. L'un des noms d'emprunt du forçat Bourignard. Voir FERRAGUS.

Ant. *JACQUES : *F*, V, 865 (var. *a*), puis *CAMUSAT : 865 (var. *a*), 869 (var. *e*).

CAMUSOT (baron) [né en 1766]. Âgé de cinquante-six ans en 1822 ; portrait à cette époque : *IP*, V, 386. Le plus riche négociant de la rue des Bourdonnais, ami des Guillaume, du *Chat-qui-pelote*, sous l'Empire : *MCP*, I, 50. Successeur et gendre de Cardot, ex-propriétaire du *Cocon-d'Or*, rue des Bourdonnais : *DV*, I, 834. Sa famille ; quatre enfants, de deux lits différents : *CA*, IV, 1073. A marié son fils aîné du premier lit à la fille d'un huissier du cabinet du roi : *DV*, I, 834 et *CA*, IV, 1072. En novembre 1818, invité au bal Birotteau avec sa famille : *CB*, VI, 164 ; juge au tribunal de commerce : 101 ; en 1819, commente à la Bourse la faillite Birotteau : 263 ; Joseph Lebas s'arrange pour qu'il soit nommé juge-commissaire de la faillite, au lieu de Gobenheim-Keller : 279 ; fait l'impossible pour éviter de blesser son ami, failli : 285, 286. Remarié avec une demoiselle Pons : *CP*, VII, 503. Avant 1822 : *IP*, V, 386. En 1821, amant de Coralie et en relation de dîners avec Philippe Bridau, Matifat, Florine, etc. : *R*, IV, 316. En 1822, avec son beau-père Cardot, fait partie des invités de Florine : *IP*, V, 363 ; protecteur de Coralie, assiste à la première de *L'Alcade dans l'embarras* : 377. S'entend avec son beau-père Cardot pour leurs petites parties galantes : *DV*, I, 836 et 857. Juge au tribunal de commerce, remarié, gros et riche marchand de soieries, quatre-vingt mille francs de rente : *IP*, V, 386 ; laissé ivre mort au dîner de Florine, pendant que Rubempré, nouvelle conquête de Coralie, file avec celle-ci : 408, 409 ; vient rendre visite à sa maîtresse, le lendemain : 410 ; édifié sur son infortune ; accepte son sort, désireux de ne pas perdre Coralie : 428, 429 ; par amitié pour elle, escompte à Rubempré des billets de Fendant et Cavalier : 528 ; décidé à le poursuivre, se laisse attendrir par Coralie : 542 ; en août 1822, à l'enterrement de Coralie au Père-Lachaise ; il fera les frais d'un terrain à perpétuité : 549. Présent à la réhabilitation solennelle de César Birotteau en 1823 : *CB*, VI, 305. Remplace Coralie par Fanny Beaupré, qui restera longtemps sa maîtresse : *DV*, I, 865 ; *MD*, IV, 738. En 1824, utilise les services de Poiret jeune, pour sa comptabilité : *E*, VII, 982, 983. Habitué du café David en 1829 : *SetM*, VI, 527. En 1834, se retire des affaires ; en 1844, membre du conseil général des manufactures, conseiller municipal et député de Paris. En route vers la pairie : *CP*, VII, 504 ; promu baron et pair de France en 1845 : 637, 660 ; invité au dîner de présentation de F. Brunner chez son fils aîné, Camusot de Marville : 557 ; chargé par sa famille de sonder le jeune banquier sur ses intentions matrimoniales : 560-562. Fréquente les réceptions de ses vieux amis, les Hannequin de Jarente, en 1848 : *FAu.*, XII, 614.

Ant. *GRASSET, remplacé par CAMUSOT, père d'un fils à l'École polytechnique, et d'un fils avocat qui va être nommé juge : *CB*, VI, 164 (var. *c*) ; *GRAFFET, puis *GRASSET : 279 (var. *b*).

*CAMUSOT, remplacé par CARDOT (Jean-Jérôme-Séverin) : *IP*, V, 392 (var. *d*), 393 (var. *e*).

*CAMUSOT : *IP*, V, 463 (var. *c*), 473 (var. *a*) ; *CB*, VI, 176 (var. *a*).

CAMUSOT (Mme). Première femme du précédent ; née Pons, unique héritière d'un des frères Pons, brodeurs de la Cour impériale. Un fils unique, Camusot dit de Marville : *CP*, VII, 503.

CAMUSOT (Mme). Née Cardot : *CP*, VII, 503. Seconde femme du baron et

fille aînée du propriétaire du *Cocon-d'Or* : *DV*, I, 834; qu'elle apporta
en dot à son mari : 835; ignore les dissipations de son père et de son mari :
858. Sœur du notaire Cardot, belle-mère de Camusot de Marville; ce
dernier, en 1836, lui raconte sur Lousteau des choses peu édifiantes,
qu'elle s'empresse de divulguer : *MD*, IV, 742.

   *CAMUSOT (Mme). Belle-fille du pair de France, aurait pu être la fille
de Moreau de l'Oise : *DV*, I, 1442. Voir MOREAU (Mlle).

CAMUSOT DE MARVILLE (M. Camusot, dit) [1794- ?]. Fils unique de la première
   femme du propriétaire du *Cocon-d'Or* : *CA*, IV, 1072. Fait son droit,
   s'amuse avec des grisettes : *SetM*, VI, 777. Épouse la fille d'un huissier au
   cabinet du Roi : *DV*, I, 854. En 1819 : *CP*, VII, 516. A le nez de son
   nom : *CA*, IV, 1078. Avocat en 1818, invité au bal Birotteau; en instance
   de nomination dans la magistrature, en province, à cause de son
   mariage avec Mlle Thirion : *CB*, VI, 164. Juge d'instruction à Alençon en
   1824 : *CA*, IV, 1072; deux enfants 1073; sur réquisitoire du substitut Sauvager, décerne un mandat d'arrêt contre Victurnien d'Esgrignon : 1050;
   Chesnel le gagne à la cause des d'Esgrignon : 1052; on lui enlève l'instruction de la plainte déposée par du Croisier afin qu'il puisse siéger à l'audience : 1082; mande du Croisier, et l'interroge avec sévérité : 1088;
   en récompense du non-lieu obtenu, est nommé six mois plus tard juge
   suppléant à la Cour royale de Paris, puis juge d'instruction et chevalier
   de la Légion d'honneur en 1825 : 1093, 1094. Nommé au tribunal de
   Mantes, de 1825 à 1828, puis juge d'instruction à Paris : *CP*, VII, 507.
   Désigné en cette qualité à la place de J.-J. Popinot en 1828, dans l'instruction du procès en interdiction intenté à son mari par la marquise
   d'Espard : *In.*, III, 492. Sur plainte du baron de Nucingen, il est commis
   pour instruire l'affaire Rubempré-Herrera en février 1830 : *SetM*, VI,
   694; y voit un titre à son avancement : 700; croit à la réalité de la maladie
   du faux Carlos : 703; antécédents; son avancement, favorisé par la duchesse
   de Maufrigneuse; juge d'instruction à Paris depuis dix-huit mois en
   septembre 1828 : 719; entièrement dominé par son ambitieuse femme :
   720; lui montre les pièces secrètes communiquées par la préfecture de
   police : 723; interroge le faux Carlos Herrera sans en rien tirer : 746-766;
   après communication de la lettre d'Esther annonçant son intention de
   se suicider, pense à libérer Herrera : 763; d'autant plus désireux d'interroger Lucien de Rubempré que Herrera a tenté de l'en dissuader : 767;
   fait lire à Lucien la lettre d'Esther qui l'innocente : 769; le questionne
   sur ses relations avec Herrera : 771; obtient les aveux de Lucien, qui
   s'effondre : 772; comprend qu'il a eu tort de tendre des pièges à Lucien :
   777; le procureur général de Granville lui fait sentir la maladresse qu'il
   vient de commettre : 779, 780; Mme de Sérisy jette au feu ses interrogatoires : 783; rentre chez lui, et demande conseil à sa femme : 799; bête
   mais honnête : 803; convient avec M. de Granville d'accepter Jacques Collin pour celui qu'il prétend être : le chanoine Herrera : 807; a compris que
   J. Collin pouvait *faire chanter* les maîtresses de Lucien : 814. Depuis 1834,
   siège à la Chambre des mises en accusation, où sa routine le sert; son incapacité, notoire au Palais : *CP*, VII, 637; seul petit-cousin de Sylvain Pons.
   En 1844 a ajouté à son nom celui d'une terre achetée en Normandie, pour
   se distinguer du reste de sa famille; président de Chambre à la Cour royale
   de Paris depuis dix ans (voir *MD*, IV, 742) : 504; sa terre de Marville : 505;
   commandeur de la Légion d'honneur en 1844 : 515; surpris de ne plus voir
   le cousin Pons dîner chez lui : 539; Popinot le réconcilie avec Pons : 542;
   héritier légal naturel du cousin Pons, collatéral au troisième degré : 637;
   Fraisier rappelle son interrogatoire maladroit de Lucien de Rubempré :
   644; aurait poussé aux Ordonnances de Juillet en 1830 : 660; élu député en
   Normandie, dans l'arrondissement de Marville, en 1846; hérite la collection Pons, grâce aux agissements de Fraisier : 764; Pons lui a seulement
   laissé une tête de singe, signée Goya : 708. La même année, fréquente les
   Hannequin de Jarente : *FAu.*, XII, 614.

   Ant. *LA GIRAUDAIS : *In.*, III, 492 (var. *d*); *SAUVAGEOT : *CA*, IV,
   1047 (var. *d*), remplacé par *SAUVAGER : 1049 (var. *a*); *CAMUSSEAU :
   1077 (var. *g*).

CAMUSOT DE MARVILLE (Mme) [née en 1798]. Femme du précédent. Née
   Marie-Cécile-Amélie Thirion : *CA*, IV, 1073. Fille d'un huissier du

cabinet des rois Louis XVIII et Charles X : *CP*, VII, 505. Quarante-six
ans en 1844; son portrait à cette époque : 509. En 1824 : *CA*, IV, 1075,
1076. Déjà aussi sotte que vaine, en 1815, où elle était chef du parti
aristocratique des élèves de Servin : *Ven.*, I, 1043; remarque les préoccupations de Ginevra di Piombo : 1050; surprend l'inconnu, deux jours
plus tard : 1051, 1052; raconte que Ginevra cache un amant dans le cabinet noir de l'atelier : 1060; ne revient pas chez Servin : 1061. Avec ses
parents au bal Birotteau de 1818; fiancée à un fils Camusot, du premier
lit : *CB*, VI, 163. L'épouse, malgré sa maigre dot : *CA*, IV, 1072; *CP*,
VII, 505. En 1824, à Alençon; chez les du Croisier, apprend l'arrestation
du jeune Victurnien d'Esgrignon : *CA*, IV, 1050; très au courant de la
procédure et des moyens qu'on pourrait utiliser pour sauver Victurnien,
se montre disposée à soutenir les d'Esgrignon : 1050, 1051; habite rue du
Cygne et commence à trouver excessifs les effets de la bénédiction divine :
deux enfants en trois ans de mariage; désire revenir à Paris : 1073, 1074;
a deviné les intrigues du président du Ronceret auprès de du Croisier
et des Blandureau : 1075, 1076; reçoit la duchesse de Maufrigneuse,
venue incognito à Alençon : 1079-1083; révèle à Blondet père les intrigues
des Ronceret pour marier leur fils à Mlle Blandureau : 1083-1085. En
1830, reçoit le chevalier d'Espard, qui lui fait part des désirs de la marquise, acharnée à la perte de Rubempré; en cas de succès, un siège de
conseiller à la Cour royale attendrait son mari : *SetM*, VI, 720; sollicitée
en sens inverse par Diane de Maufrigneuse, désireuse de sauver Lucien :
721; « Mélie » conseille à son mari d'innocenter Lucien et de rendre l'abbé
Carlos Herrera à la diplomatie : on saura trouver d'autres coupables :
727; Camusot la met au courant de ce qui vient de se passer au Palais :
799; réconforte son mari, et lui énumère les atouts qu'il a encore en
main; redoute que l'instruction ne lui soit volée; sa science de l'intrigue;
dresse ses plans de bataille : 799-808; sa visite à Mme d'Espard : 874;
se rend ensuite chez Diane de Maufrigneuse (877) qui se précipite avec
elle chez les Grandlieu : 879; pleinement consciente de l'incapacité de
son mari : 881. En 1844, devenue la présidente, habite rue de Hanovre
une maison achetée en 1834 avec l'héritage de ses parents; hait le cousin
Pons : *CP*, VII, 505; son ignorance : 511; le comte Popinot la réconcilie
avec le cousin Pons : 542; chasse Pons, qu'elle rend responsable de l'échec
du mariage de Cécile : 562; décide d'augmenter la dot de sa fille : 563;
Fraisier l'estime une femme dangereuse et vindicative et rappelle à la
Cibot tous ses coups : l'affaire d'Esgrignon, le suicide de Lucien : 638;
a fait sauter le procureur général, M. de Granville : 638, 644; veut faire
son mari un député : 660; en 1845, reçoit Fraisier qui l'alerte sur la succession Pons : 660; l'associe à ses projets d'avenir pour son mari : 692;
elle a réussi : 763.

Ant. née *MONTSAURIN (Mlle de), devenue Amélie Thirion : *Ven.*, I,
1043 (var. *a*); *GRANDVILLE (*Cécile, puis Marie-Cécile-Amélie), devenue
Marie-Cécile-Amélie puis Cécile-Marie-Amélie Thirion : *CA*, IV, 1077
(var. *g*).

CAMUSOT DE MARVILLE (Cécile) [née en 1821]. Fille des précédents. Agée
de vingt-trois ans en 1844 : *CP*, VII, 506; fille unique après le décès
de son frère cadet; portrait en 1844; dot, espérances : 505, 506; risque
de rester fille, malgré sa dot : Me Berthier en explique les raisons à son
père : 546; rencontre avec F. Brunner, désireux de se marier : 553; échec
de ce mariage, Brunner la trouvant mal élevée : 561; devant cet échec, ses
parents décident d'ajouter à sa dot leur terre de Marville et leur hôtel de
la rue du Hanovre : 563; vers le mois de mars 1845, épouse le vicomte
Popinot : 638; héritière de la collection de Pons : 764-765.

CAMUSOT DE MARVILLE (Charles) [né v. 1823]. Frère de la précédente.
Mort en bas âge : *CP*, VII, 515.

CANALIS (baron Constant-Cyr-Melchior de) [né en 1800]. Né à Canalis (Corrèze); blason : *MM*, I, 511; portrait en 1829 : 515, 516. De 1821 à 1828,
amant de Mme Jorry de Saint-Vandrille, qu'il célèbre dans ses vers, sous
le nom de Sylvia; lui donne peut-être un fils, Louis : *ES*, XII, 545. En
1821, un des auteurs de la petite révolution susceptible de faire recevoir un
fils d'apothicaire dans une famille noble : *IP*, V, 152. A une réception chez
Mlle des Touches : *CA*, IV, 1019. A l'aube de sa gloire en 1821, considéré

comme l'un des plus illustres poètes ; il cache sa passion pour la duchesse de Chaulieu en se posant comme l'attentif de Mme d'Espard ; n'est pour les Libéraux qu'un poète de sacristie : *IP*, V, 277 ; il fait la connaissance de Lucien de Rubempré : 278 ; dans la loge de la duchesse de Chaulieu : 281 ; donne la poésie fugitive : 337 ; a déjà son buste chez le libraire Dauriat, comme Goethe et Byron : 365. Très assidu en 1823 auprès de la duchesse de Chaulieu ; étudie tous les après-midi la diplomatie avec elle, de trois à cinq, selon Louise de Chaulieu : *MJM*, I, 229. Cité par M. de l'Hostal comme une célébrité en 1824 : *H*, II, 533. Passe au Havre en 1824, se rendant en Angleterre : *MM*, I, 594. Fréquente à cette époque les mercredis de Mme X. Rabourdin : *E*, VII, 944 ; capable d'écrire son propre éloge en rendant compte d'un de ses livres : 1035. Nommé attaché d'ambassade à Madrid, en mars 1826 : *MJM*, I, 229. Alors maître des Requêtes au Conseil d'État, officier de la Légion d'honneur vers 1828, et attaché au ministère des Affaires étrangères : *MM*, I, 512 ; habite rue Paradis-Poissonnière, n⁰ 29 : 587 ; en 1829, Modeste Mignon aperçoit, à la devanture d'une librairie du Havre, le portrait lithographié du poète : elle lui écrit : 510 ; ses œuvres complètes comptent cinq volumes : prix, nom des illustrateurs : 512 ; différence entre Canalis et Lamartine : 512 ; ses dépenses dépassent ses revenus ; les fonds secrets et la cassette royale comblent le déficit : 515, 516 ; son secrétaire et ami, Ernest de La Brière : 517, 518 ; conversation avec ce dernier au sujet des lettres de l'inconnue du Havre : 519 ; propose à Ernest de continuer seul la correspondance avec cette admiratrice qui signe O. d'Este-M. : 520 ; son poème : « Chant d'une jeune fille » : 549 ; reçoit la visite inopinée de Dumay : 590 ; feint d'être heureux de l'aubaine qui échoit à La Brière : 595 ; invité avec lui au Havre, chez les Mignon, pour tenter sa chance : 598 ; fera l'impossible pour conquérir Modeste : 609 ; ses talents de lecteur ; ses attitudes ; ment comme un courtisan : 618 et suiv. ; première visite chez les Mignon de La Bastie : 623-628 ; sa définition de l'homme de génie : 641-642 ; habitué à bramer ses vers, selon de Marsay : 623 ; propos sur l'art : 643, 642 ; essaie de confesser Butscha : 667 ; croit y avoir réussi : 672, 673 ; lettre à la duchesse de Chaulieu : 683-685 ; réponse de celle-ci : 688 ; invité par le duc de Verneuil à la chasse en l'honneur de Modeste Mignon : 691 ; à Rosembray perd définitivement Modeste : 699, 700 ; Modeste le compare ironiquement au *Torquato Tasso* de Goethe : 705 ; nommé ministre de France au Hanovre et commandeur de la Légion d'honneur, en novembre 1829 ; témoin au mariage de Modeste avec E. de La Brière en février 1830 : 713. Comme Moore, Byron, Maturin, a caressé le poème du « démon possédant un ange attiré dans son enfer pour le rafraîchir d'une rosée dérobée au paradis » : *SetM*, VI, 813. En octobre 1830, « fabricant de ballades », assiste au souper Taillefer : *PCh.*, X, 99. En 1831, chez Mlle des Touches, brosse un saisissant raccourci de la vie de Napoléon : *AEF*, III, 700, 701. En 1833, Mme d'Espard interprète sa liaison avec la duchesse de Chaulieu comme « un bel exemple de long attachement » : *SPC*, VI, 959. Vers 1835, dans une lettre à la duchesse d'Argaiolo, A. Savarus s'inquiète de son opinion sur Canalis : *AS*, I, 982. Il épouse Mlle Moreau, dotée d'environ deux millions, et, en 1837, il est pair de France : *DV*, I, 881. En 1840, aux Variétés, dans la loge de Béatrix de Rochefide : *B*, II, 861 ; à cette époque, a déjà été deux fois ministre ; orateur et candidat ministre : 862 ; a pour élève Victor de Vernisset, en 1841 : 904. Dans une loge à l'Opéra en 1843, avec Mme d'Espard : *MD*, IV, 786. En 1845, orateur sonore, artiste en paroles, il siège vers la droite : *CSS*, VII, 1200. *Grand faiseur* de la politique en 1846, Mme de Jarente s'efforce en vain de l'attirer à ses réceptions : *FAu.*, XII, 614. Idée qu'un poète en herbe doit se faire de lui : *Th.*, XII, 594.

Ant. prénommé *Athanase-Jean-Victor-Marie, puis *Cyr-Melchior : *MM*, I, 511 (var. *b*).

Ant. *grand poète anonyme (un) : *IP*, V, de 277 (var. *d*) à 287 (var. *e*).

Ant. *SAINT-HÉRÉEN : *MJM*, I, 229 (var. *b*, *c*, *e*, *f*), 233 (var. *b*), 293 (var. *d*), 325 (var. *a*) ; *ARTHEZ : *AEF*, III, 700 (var. *f*) ; VANDENESSE (Félix de) : *IP*, V, 279 (var. *a*, *b*).

Ant. les réels *HUGO : *AS*, I, 982 (var. *a*) ; *IP*, V, 459 (var. *c*), 494 (var. *b*). *JOUY : *IP*, V, 152 (var. *b*). *LAMARTINE : *IP*, V, 170 (var. *a*), 337 (var. *b*), 366 (var. *a*) ; *E*, VII, 1007 (var. *b*). *LAMARTINE et *HUGO : *IP*, V, 337 (var. *f*), 352 (var. *a*); **LAMARTINE : *IP*, V, 277 (var. *d* et n. 2), 279 (var. *a* et n. 1), 287 (var. *e*, *f*); **VIGNY : *SetM*, VI, « l'auteur d'*Éloa* » 813 (var. *d*).

CANALIS (baronne de). Voir MOREAU (Mlle).

CANARD (le père) : *FC*, VI, 881. Voir CANE (Marco-Facino).

CANE (famille). Famille patricienne de Venise; deux branches : la branche aînée des *Facino-Cane*, prince de Varèse (*FC*, VI, 1024) éteinte en 1820; et la cadette, des *Cane-Memmi*, tombée dans l'indigence depuis les événements de 1796-1814 et la mainmise de l'Autriche sur la Sérénissime République : *Do.*, X, 544; le décès de Marco Facino Cane à Paris en 1820, dernier représentant de la branche aînée, apporte le principat de Varèse à la branche cadette : 549; celle-ci descend de la famille romaine des Memmius, anciens sénateurs romains : 550.

CANE (Marco Facino) [1738-1820]. Quatre-vingt-deux ans en 1820[1]. Patricien de Venise et prince de Varèse, il descend du fameux condottiere Facino Cane : *FC*, VI, 1024, 1025; condamné en 1760 pour meurtre du mari de la femme qu'il aime, il se réfugie à Milan; sa *monomanie* pour l'or, qu'il sent : 1026; de retour à Venise, vit six mois de bonheur avec sa maîtresse; se bat avec le Provéditeur qui le recherche, et le blesse; il est jeté en prison : 1027; une inscription sur le mur de son cachot lui révèle l'existence d'un souterrain; en creusant, il aperçoit la cave où est gardé le trésor de Venise : 1028; achète le geôlier et s'enfuit à Smyrne avec lui et sa maîtresse Bianca; son périple; reste caché à Madrid de 1765 à 1770 puis se rend à Paris; frappé de cécité en 1770 : 1030. A disparu de Venise trente ans avant la chute de la République (donc en 1767) : *Do.*, X, 544. Abandonné à Londres, dans Hyde Park, par une femme qu'il aime; ne peut porter plainte, craignant la vengeance de Venise : *FC*, VI, 1030; pensionnaire des Quinze-Vingts en 1819, joue de la clarinette avec deux camarades dans un bouchon parisien : 1022; sa goutte sereine : 1023, 1024; ses surnoms : père Canard, père Canet; meurt d'un catarrhe durant l'hiver 1819-1820 : 1032. Ses titres passent aux Memmi : *Do.*, X, 549. (Voir ci-dessous CANET.)

*CANE (Massimilla). Voir DONI (Massimilla).

CANE-MEMMI (Emilio) [né en 1797]. Seul et dernier représentant des Cane-Memmi en 1820, possède pour toute fortune le palais ancestral, sur le Canale Grande à Venise, et quinze cents livres de rente d'une maison de campagne sur la Brenta : *Do.*, X, 544; cavalier servant de la duchesse Cataneo, chez laquelle il séjourne (à Rivalta : 548), dans une villa au pied des Alpes tyroliennes : 545, 546; la mort de Marco Facino Cane le fait prince de Varèse; mais il est ruiné : 549; de retour à Venise avec Massimilla Doni, duchesse Cataneo : 550; âgé de vingt-trois ans en 1820 : 551; trouve le palais familial illuminé et en cours de réparation; croyant à une surprise de Massimilla, dévore le souper préparé et se couche : 553, 554; se nomme au duc Cataneo, locataire du palais : 556, 557; devient l'amant de la Tinti : 560; va retrouver la duchesse dans sa loge, au théâtre de la Fenice : 572; son désespoir d'avoir cédé à la chair et d'avoir trahi son amour pour Massimilla; envisage la noyade : 601; invité par le duc Cataneo, à qui il a pris sa femme et sa maîtresse : 614; se réveille dans les bras de la duchesse, qui a préféré perdre sa vertu que son amour : 618, 619. En 1837, sa femme et lui font sur les Champs-Élysées la rencontre de Gambara, auquel ils décident de s'intéresser désormais : *Gam.*, X, 516.

CANET (le père) : *FC*, VI, 1024. Voir CANE (Marco Facino).

Ant. *CANET (Marc) : *FC*, VI, 1024 (var. *a*).

Caniche de la Fosseuse (le) : *MC*, IX, 588, 589.

Canonniers de l'*Othello* (deux). Se saisissent du capitaine Gomez et le jettent à la mer : *F30*, II, 1187.

CANQUOELLE (le père). Voir PEYRADE.

CANTAL (Armand du). L'une des relations parisiennes d'Adolphe de Chodoreille : *PMV*, XII, 114.

CANTE-CROIX (marquis de) [1783-1809]. Sous-lieutenant en 1808. Passe à Angoulême, en allant en Espagne; y rencontre, à une redoute, Mme de Bar-

---

1. Le narrateur est très probablement Balzac, qui a habité rue Lesdiguières (au moment où Facino Cane raconte sa vie), en 1819 et 1820. La seconde date s'accorde mieux avec la chronologie de la nouvelle.

geton; tué à Wagram, l'année suivante, serrant sur son cœur le portrait de Mme de Bargeton : *IP*, V, 159.

Ant. *SAINTE-CROIX : *IP*, V, 170 (var. *b*), 211 (var. *c*).

CANTINET. Bedeau de l'église Saint-François en 1845, ancien marchand de verrerie, adonné aux liqueurs et à la paresse; habitant rue d'Orléans : *CP*, VII, 714.

CANTINET (Mme). Femme du précédent. Chaisière à l'église Saint-François en 1845; cliente du docteur Poulain : *CP*, VII, 714; placée par Fraisier auprès de Pons agonisant; on lui adjoignit la Sauvage : 715; instituée gardienne des scellés : 749.

CANTINET. Fils des précédents. Passionné pour le théâtre; préfère être figurant du Cirque Olympique que suisse : *CP*, VII, 714.

Capitaine de service (un) aux Tuileries en octobre 1800 : *Ven.*, I, 1036.

Capitaine de la *Belle-Amélie* (le) : *CM*, III, 627.

Capitaine d'artillerie (un). Gentilhomme piémontais. Outré de l'attitude de son colonel envers sa femme, Rosine; sa vengeance en 1812 : *AEF*, III, 706.

Capitaine des Invalides (un). Sa réponse à un jeune apprenti, au sujet du maréchal Hulot : *Be.*, VII, 338.

Capitaine de gendarmerie (un). Chef de la brigade de gendarmerie de Troyes en 1803, rend compte de sa mission à Corentin : *TA*, VIII, 589.

*Capitaine de gendarmerie de Troyes (un) [peut-être confondu par Balzac avec le lieutenant de gendarmerie, Giguet] : *TA*, VIII, 629 (var. *b*).

Capitaine (un). A la Bérésina, sur un radeau, essaie de se débarrasser du grenadier Fleuriot, qui le jette à l'eau : *Ad.*, X, 1000.

Capitaine (un). En octobre 1799, il enquête au sujet de l'assassinat commis à *L'Auberge rouge* : *AR*, XI, 106.

Capitaine de la garde écossaise, à Blois (un) : *Cath.*, XI, 257.

Capitaine (un) : *Cath.*, XI, 301.

Capitaine de chasseurs (un). De passage en Normandie, parvint à minotauriser un avoué particulièrement malin : *Phy.*, XI, 1154, 1155.

Capitaine italien (un). Son pari contre Bianchi : *Ech.*, XII, 472, 473.

Capitaine anglais (un). Mortellement blessé en Espagne par un Italien, lui recommande sa veuve : *Ech.*, XII, 474.

Capitaine d'artillerie (un). Met en garde un lieutenant contre le général Rusca, dans le Tyrol bavarois, en 1809 : *Ech.*, XII, 492.

Capitaine parisien (le). Voir VICTOR.

Capitaines de vaisseau ou de cavalerie (des). Leur place dans l'échelle des valeurs provinciales; ont des femmes fières, vertueuses et bavardes : *FA*, II, 465.

Capitaliste (un riche). Tombe amoureux d'une grisette, lui laisse cinq billets de mille francs sous une pièce de cent sous, lui meuble un somptueux appartement, puis, parti en voyage, l'oublie et ne la revoit jamais : *SetM*, VI, 550, 551.

Caporal (un). Apporte à Mlle de Verneuil un pli de la part du commandant Hulot : *Ch.*, VIII, 1190.

Caporal (un). En octobre 1799, il amène Prosper Magnan devant le conseil de guerre d'Andernach : *AR*, XI, 106.

Caporal du 45ᵉ de ligne (un). Raconte ses souvenirs militaires à Adolphe de Chodoreille : *PMV*, XII, 140.

CAPPONI (la signorina). Voir LA PALFÉRINE (comtesse Rusticoli de).

CAPRAJA. Vieux noble vénitien. Fait engager Gambara au théâtre de la Fenice, en 1812 : *Gam.*, X, 480; *Do.*, X, 584; surnommé « il fanatico » : 578; portrait; opinion sur Génovèse; idée sur « la roulade » : 581; assiste aux fiascos et aux triomphes alternés du ténor Génovèse, et cherche à les comprendre et à guérir le chanteur : 611-617.

CARABÈS (Mme de). Tante de Mme de Chodoreille : *PMV*, XII, 111.

CARABINE (Séraphine Sinet, dite). Lorette, habite, en 1843, rue Saint-Georges : *Be.*, VII, 412. En 1845 aussi : *CSS*, VII, 1160; son origine : 1210. Donne de fructueuses leçons à Josépha sur l'art de traiter les vieillards : *Be.*, VII, 65; assiste à la pendaison de crémaillère de celle-ci, rue de la Ville-l'Évêque, en juillet 1838 : 122; illustre lorette, elle a arraché à Malaga le sceptre du XIIIᵉ arrondissement : 404; en 1843, maîtresse de du Tillet; chargée d'organiser un dîner au *Rocher de Cancale*, avec Combabus : 404, 405; promet à Combabus de lui fournir les preuves de la trahison de

Valérie Marneffe : 412. De l'école des Malaga, des Florine, des Héloïse Brisetout, etc. : *CP*, VII, 697. Sur le boulevard en 1845, Bixiou la désigne au cousin Gazonal comme une marcheuse et lui explique la signification de ce terme : *CSS*, VII, 1159; maîtresse de du Tillet : 1160; amie de Bixiou : 1180; reçoit beaucoup d'hommes politiques : 1180; son appartement a été successivement occupé par sept lorettes : 1210; héritière du salon de Florine : 1211.

*CARABINE : *CP*, VII, 697 (var. *b*).

CARBONNEAU (docteur). Médecin à Tours. Mortsauf le préfère à Origet : *Lys*, IX, 1161.

    Ant. le réel *BRETONNEAU : *Lys*, IX, 1161 (var. *e*).

CARDANET (Mme de). Châtelaine aux environs d'Angoulême. Emploie Mme Cointet comme fermière; Françoise de La Haye, fille naturelle de sa petite-fille Zéphirine, est élevée chez elle : *IP*, V, 588.

CARDINAL (Mme). Troisième et dernière fille du commissionnaire à charrette Poupillier; à quatre frères; ses trois oncles et ses quatre tantes ont tous eu des destinées saugrenues : *Bou.*, VIII, 175; revendeuse de marée, débitrice de Cérizet en 1840 : 168; portrait : 168, 169; veuve d'un fort de la Halle; une fille, Olympe : 172; constate que son oncle, le vieux Poupillier, couche sur cent mille francs d'or; Cérizet lui offre d'épouser sa fille si elle hérite du vieil avare : 176.

CARDINAL (Olympe) [née en 1824]. Fille unique de la précédente. Âgée de treize ans en 1837; Cérizet espère faire d'elle sa maîtresse; mais elle abandonne l'année suivante le domicile maternel, pour *faire la vie*; retrouvée par sa mère, en 1841, jeune première d'une revue à Bobino, et maîtresse du comique de la troupe : *Bou.*, VIII, 172; Cérizet fait des démarches pour la publication des bans de leur mariage : 179.

    Ant. prénommée *Philiberthe : *Bou.*, VIII, 172 (var. *a*).

Cardinal (un vieux). Remarque chez les Grandlieu, en 1829, qu'il est difficile de concilier aujourd'hui le cœur et les convenances : *SetM*, VI, 511.

*CARDINE (Mme), lorette; ant. *DELATTRE (Mme), puis *DELASTRE (Mme), puis remplacée par CADINE (Jenny) : *B*, II, 908 (var. *a*).

CARDOT (Jean-Jérôme-Séverin) [v. 1752-v. 1835]. Presque septuagénaire en 1822; son portrait à cette époque : *DV*, I, 835; d'origine lyonnaise, venu à Paris à pied pour y tenter fortune : 840; épouse la sœur du vivier Husson, qui lui apporte une énorme dot, et lui donne quatre enfants, deux fils et deux filles; en 1793, il rachète le *Cocon-d'Or*, rue des Bourdonnais, à ses patrons, ruinés par le Maximum, et fait en dix ans une fortune colossale : 834. Beau-père de Camusot, qui a repris le *Cocon-d'Or* : *MCP*, I, 50; *CB*, VI, 101. Veuf en 1816 : *DV*, I, 834; en 1817, rencontre Florentine à la sortie de la classe de Coulon; sa passion connaîtra quatre âges : 856-858. En 1818, invité au bal de Birotteau : *CB*, VI, 164. Amant de Florentine en 1820, à cinq cents francs par mois : *R*, IV, 310. En 1822, habite Belleville : *DV*, I, 763; dîne cinq fois par semaine à Paris : 835; toujours amant de Florentine; aime à chanter *La Mère Godichon* : 836; pourquoi il est resté veuf : 837; accueille Mme Clapart et son fils, conseille à Oscar Husson de faire son droit : 838-841. Fait ses frasques en compagnie de son gendre Camusot : *IP*, V, 363; *MD*, IV, 738. Entretient chichement Florentine : *IP*, V, 392; reprend pour elle, rue de Vendôme, l'appartement de Coralie : 511. En 1825, trouve son neveu Oscar, dormant chez Florentine : le croyant l'amant de celle-ci, le raye de sa vie : *DV*, I, 869. En 1829, Lousteau rappelle au notaire Cardot avoir jadis connu son père, « très bon enfant et philosophe », et participé avec lui à ses parties fines : *MD*, IV, 739.

    Ant. *DESROCHES (*Marc-Antoine) : *DV*, I, 763 (var. *a*); *CAMUSOT : 392 (var. *d*), 393 (var. *e*).

CARDOT (Mme) [?-1816]. Femme du précédent. Née Husson. Dot, progéniture et mort : *DV*, I, 834.

CARDOT (Mlle). Fille aînée des précédents. Voir la seconde CAMUSOT (Mme).

CARDOT (Marianne). Sœur cadette de la précédente. Voir PROTEZ (Mme).

    Ant. prénommée *Modeste : *DV*, I, 834 (var. *a*).

CARDOT (Me) [1796- ?]. Fils aîné de Jean-Jérôme-Séverin : *DV*, I, 834. Quarante ans en 1836 : *MD*, IV, 738. Notaire, successeur de Me Sorbier : *E*, VII, 934. Les quatre cent mille francs de sa dot ont payé son étude : *DV*, I,

834; en 1822, depuis dix ans à la tête de la plus belle étude de Paris et richement marié : 838, 839. A une demoiselle Chiffreville : *CP*, V, 504. En 1822, il reçoit une lettre de son confrère d'Alençon, Me Chesnel, lui recommandant le jeune d'Esgrignon : *CA*, IV, 1002, 1009 ; consent une première avance de fonds à ce dernier, en refuse une seconde, et lui explique comment emprunter : 1021, 1022. En 1824, notaire des Saillard : *E*, VII, 934 ; accepte leurs invitations une fois sur six : 939. Notaire de Nucingen en 1829 : *SetM*, VI, 593. De Vervelle, marchand de bouteilles en gros, et du peintre Grassou : *PGr.*, VI, 1102. Au mois d'octobre 1830, assiste chez le banquier Taillefer au dîner de fondation d'un nouveau quotidien : *PCh.*, X, 95, 100 ; va passer la fin de l'orgie dans le lit conjugal et revient le lendemain annoncer à Valentin qu'il hérite une fortune considérable : 207, 208. Vers la fin de décembre 1836, doit marier rapidement sa fille, Félicie, enceinte des œuvres de son premier clerc ; il est alors milord de Malaga, futur maire de Paris, bientôt député : *MD*, IV, 737, 738 ; son intérieur, place du Châtelet ; ses trois enfants : 740. Invite chez Malaga quelques amis à dîner : *HA*, VII, 777. Exécuteur testamentaire de Brigitte Thuillier : *Bou.*, VIII, 55 ; invité chez les Thuillier en 1841 : 118. A pour gendre et successeur Me Berthier : *Be.*, VIII, 400 (mais son gendre et successeur s'appelle Jacquinot dans *Bou.*, VIII, 159). Député, maire d'un arrondissement parisien en 1844 et, par sa parenté avec les Camusot, un des amphitryons du cousin Pons : *CP*, VII, 504 ; assiste à la présentation de Brunner chez les Camusot de Marville, en 1845 : 559 ; refuse de revoir et de saluer le cousin Pons qu'il rend responsable de l'échec du mariage de Cécile : 567 ; pour Héloïse Brisetout, drôle et amusant quand il était avec Malaga : 701. En 1846, fréquente les Hannequin de Jarente : *FAu.*, XII, 614.

Ant. *CROTTAT (Alexandre) : *PGr.*, VI, 1102 (var. *a*); *ESGRIGNON (marquis d'), comme protecteur de Malaga : *HA*, VII, 777 et 1480.

Ant. le réel *LAISNÉ (Me) : *E*, VII, 939 (var. *f*).

CARDOT (Mme). Femme du précédent, née Chiffreville : *CP*, VII, 504. Dévote ; « une femme de bois », dit Mme Schontz ; Malaga l'a nommée « une brosse de pénitence » : *MD*, IV, 738 ; sa visite inopinée chez son futur gendre Lousteau, rue des Martyrs, en 1837 : 742, 743 ; fait une scène sterling à son mari : 749, 750. Questionne Mme Camusot de Marville sur le mariage annoncé pour Cécile : *CP*, VII, 556.

CARDOT (Joseph). Deuxième fils de J.-J.-S. Cardot qui l'associe à la maison de droguerie Matifat en 1822 : *DV*, I, 834 ; il a une dot de cent mille francs comme ses frères et sœurs : 835.

Ant. associé à *POPINOT : *DV*, I, 834 (var. *b*).

CARDOT (fils). Frère du précédent ; quatrième clerc dans l'étude paternelle en 1836 et son successeur désigné : *MD*, IV, 740.

CARDOT (Félicie). Fille aînée du notaire. Voir BERTHIER (Mme)[1].

CARDOT (Mlle) [née en 1824]. Sœur cadette de la précédente : *MD*, IV, 740.

CARIGLIANO (duc de). Maréchal duc de l'Empire. Mari bien dressé par sa femme : *MCP*, I, 90. Vers 1815 vend son hôtel au comte de Lanty : *S*, VI, 1044. Avec tout le croupion de l'Empire à partie liée avec de Marsay, vers 1827, par l'entremise de La Roche-Hugon : *CM*, III, 651.

Ant. *S. (maréchal) : *S*, VI, 1044 (var. *a*).

*CARIGLIANO (maréchal de). Veuf, remarié à l'aînée des Gondreville dont il a un fils : *DA*, VIII, 771 (var. *a*).

CARIGLIANO (duchesse de) [née en 1778 ?]. Femme du précédent. Née Malin, fille du futur comte de Gondreville : *DA*, VIII, 767. Trente-six ans en 1814 : *MCP*, I, 77 (mais cet âge cadre mal avec les indications sur le mariage de son père). Femme criminelle : *Pré.PG*, III, 43. Célèbre coquette de l'Empire : *MCP*, I, 76 ; vers 1811, fréquente Mme Roguin et raffole du peintre Sommervieux : 69 ; l'attire chez elle : 73 ; son attachement pour lui : 76 ; exige qu'il lui donne le portrait de sa femme Augustine : 90 ; celle-ci va la voir, découvre la splendeur de son hôtel du faubourg Saint-Germain : 85 ; et d'Aiglemont en visite intime : 86, 87 ; conseils de politique féminine de la duchesse à Augustine : 88-90. Une des plus perfides créatures de son temps ; Mme Jorry de Saint-Vandrille amène Sommervieux à l'oublier : *ES*, XII, 543. En 1818, elle s'occupe du mariage

1. Voir aussi JACQUINOT.

de Montcornet ; elle est alors une des duchesses napoléoniennes les plus dévouées aux Bourbons : *Pay.*, IX, 151, 152. Au bal de la vicomtesse de Beauséant, en novembre 1819 : *PG*, III, 77 ; donne un bal : 147 ; Mme de Beauséant lui présente Rastignac : 177 ; fort attachée à la duchesse de Berry : 153. En octobre 1821, dans sa loge de l'Opéra, reçoit du Châtelet : *IP*, V, 276 ; il se vante en 1822 de la connaître assez pour lui présenter Mme de Bargeton : 259. Dans son salon, en 1822-1823, d'Esgrignon rencontre tous les *roués* de Paris : *CA*, IV, 1008. Mme Rabourdin envie son titre : *E*, VII, 918. La maréchale la plus collet-monté de toute la coterie bonapartiste ; en relations suivies avec la comtesse Fœdora en 1829 : *PCh.*, X, 147. Tante de Charles Keller : *DA*, VIII, 722. Après la mort tragique de son neveu, séjourne en 1839 au château de Gondreville : 743 ; est alors devenue *dynastique* : 813. S'occupe de procurer un emploi rémunéré à la baronne Hulot d'Ervy en 1841 : *Be.*, VII, 635. Devenue dévote : *ES*, XII, 543.

    Ant. prénommée *Hortense* : *EP*, VIII, 1595.

    Ant. *AIGLEMONT (Mme d') : *IP*, V, 259 (var. *b*).

    Ant. la réelle *RÉCAMIER (Mme) ou *DURAS (Mme de) ou *DU CAYLA (Mme) : *E*, VII, 918 (var. *b*).

    *CARIGLIANO (duchesse de). Fille aînée de Malin, seconde femme du maréchal : *DA*, VIII, 771 (var. *a*) ; en 1815, avait la prétention d'être du faubourg Saint-Germain : *Lys*, IX, 1109 (var. *a*).

*CARIGLIANO. Fils unique des précédents, marié en 1828 à *FÉRAUD (Mlle de) : *DA*, VIII, 771 (var. *a*).

*CARIGNAN (famille de), remplacée par CADIGNAN : *Fir.*, II, 145 (var. *b*).

Carlin de Mlle Gamard (le). Favori de la vieille fille : *CT*, IV, 194 ; ne sachant à qui parler, l'abbé Birotteau lui adresse la parole : 204.

Carlin (un). Témoin poussif et muet de la conversation entre Mme Gruget et J. Desmarets en 1819 : *F*, V, 868.

Carliste (un). Ses propos, en octobre 1830, au banquet Taillefer : *PCh.*, X, 103, 104.

*CARLOTTA (*Charlotte Godeschal, dite), remplacée par MARIETTE (Marie Godeschal, dite) : *R*, IV, 311 (var. *a*).

CARMAGNOLA (Giambattista). Vieux gondolier des Cane-Memmi, a déjà conduit le père d'Emilio ; peu payé, ne vit que de riz : *Do.*, X, 550, 551 ; conseille à son jeune maître de se faire pirate : 551, 552 ; surpris de voir le palais Memmi tout illuminé : 553 ; remet à son maître une lettre de la duchesse Cataneo : 562.

Carmélite (une). Veille le cadavre de sœur Thérèse : *DL*, V, 1037.

CAROL. Ancêtre de la famille d'Esgrignon. Puissant chef venu jadis du Nord pour conquérir les Gaules : *CA*, IV, 966.

CAROL (le sieur) : *EHC*, VIII, 294. Voir ESGRIGNON (marquis d').

CAROLINE. Femme de chambre de la marquise de Listomère en 1828 : *EF*, II, 175.

    Ant. *THÉRÈSE, puis *CLÉMENTINE : *EF*, II, 175 (var. *d*).

CAROLINE (Mlle). Prénom sous lequel la duchesse de Langeais s'engage en qualité de femme de chambre de lady Hopwood en 1820 : *DL*, V, 1030.

CAROLINE. Servante des Thuillier en 1840 : *Bou.*, VIII, 117.

CAROLINE (Mlle). Gouvernante des enfants de la marquise de Vandenesse vers 1797 ; sa sévérité envers Félix : *Lys*, IX, 972.

CAROLINE. Femme d'un mari adroit, qu'elle minotaurise : *Phy.*, XI, 1116 ; ses aveux : 1168.

    Ant. *AUGUSTINE : *Phy.*, XI, 1116 (var. *a*).

CAROLINE. Voir CHODOREILLE (Caroline de).

CARON (Me). Du barreau de Tours, avocat de Mlle Gamard en 1826. Rend visite à l'abbé Birotteau, réfugié chez Mme de Listomère : *CT*, IV, 214.

CARPENTIER (capitaine). États de service : *R*, IV, 475 ; maître d'armes de son régiment : 479 ; officier de cavalerie, parvenu, resté bonapartiste ; reprend la place de Maxence Gilet à la mairie d'Issoudun vers 1816 ; épouse Mlle Borniche-Héreau : 370 ; en 1822, entraîne Philippe Bridau aux armes, en secret : 479 ; chargé de remettre à la Rabouilleuse, réfugiée à Vatan, la lettre de J.-J. Rouget : 497 ; témoin de Philippe dans son duel au sabre avec Maxence Gilet, en décembre 1822 : 506.

CARPENTIER (Mme). Femme du précédent. Née Borniche-Héreau, à Issoudun. Refuse les quarante mille livres de rente de J.-J. Rouget qu'elle juge trop bête : *R*, IV, 399 ; mariée, son ménage vit retiré, ne voyant personne, hormis le commandant Mignonnet : 370.

CARPI (Benedetto). Geôlier de la prison de Venise. Son prisonnier, Facino Cane, lui révèle l'existence du trésor de Venise et son emplacement qu'il vient de découvrir ; avec lui, s'empare d'une partie du trésor et s'enfuit de Venise : *FC*, VI, 1029 ; sa mort accidentelle (?) à Smyrne prive Facino Cane de précieuses informations : 1030.

Carrossier (un). Démontre au baron de Maulincour que les essieux de son cabriolet ont été sabotés : *F*, V, 824.

CARTIER. Jardinier. Loge près de la Grande-Chaumière : *EHC*, VIII, 347-350 ; son portrait moral par Godefroid : 350.

CARTIER (Mme). Femme du précédent, fournisseur de la mère Vauthier en 1839. Vient faire une scène à M. Bernard, qui lui doit de l'argent : *EHC*, VIII, 347, 349, 350, 356.

CASA-RÉAL (maison de). Illustre famille espagnole, descendant collatéralement du duc d'Albe : *CM*, III, 549. Le château familial, visité en 1828 par Mme Emmanuel de Solis : *RA*, X, 826, 827 ; alliée aux Claës-Molina de Douai : 695.

CASA-RÉAL (duc de). Grand d'Espagne, aïeul de Mme Van Claës, qui tient beaucoup à lui : *RA*, X, 668 ; sa petite-fille passe son enfance à Casa-Réal : 826, 827.

CASA-RÉAL (duc de) [?-1805]. Né de Temninck, frère cadet de Mme Balthazar van Claës ; déjà duc de Casa-Réal au moment du mariage de sa sœur en 1795 : *RA*, X, 678 ; en 1805, laisse sa fortune à sa sœur, mais la loi espagnole s'oppose à ce qu'elle hérite des possessions territoriales : 683.

CASA-RÉAL (Mlle de). Voir ÉVANGÉLISTA (Mme).

*CASIMIR. Personnage dont on ne sait rien : *Th.*, XII, 585.

*CASSAN (marquis de). Oncle du duc de Langeais. Ant. *M. de..., *L... (marquis de), *LANGEAIS-SAINT-MAURY (M. de), *LANGEAIS ; remplacé par GRANDLIEU (duc de). Voir ce nom.

Casse-Noisettes (les deux). Surnom donné au cousin Pons et à Schmucke : *CP*, VII, 499.

CASTAGNOULD. Provençal, ancien serviteur de la famille de La Bastie ; capitaine au long cours, et second du *Mignon*. A les instructions de son commandant pour racheter en 1829 le domaine de La Bastie : *MM*, I, 558 ; le brick se vend pour son compte : 667 ; les acquisitions qu'il propose à son maître, en Provence : 682.

CASTANIER (Rodolphe) [v. 1781-1821]. Âgé d'environ quarante ans en 1821 : *MR*, X, 348 ; portrait par Aquilina qui lui attribue cinquante ans, mais c'est au cours d'une scène où elle lui reproche d'être laid et usé : 362 ; ancien chef d'escadron, décoré de la Légion d'honneur ; caissier de la banque Nucingen depuis dix ans en 1813 (contradiction avec la date de sa mort ; voir 362) ; s'essaie à contrefaire la signature de son patron lorsqu'il est surpris dans cette opération par Melmoth : 349, 350 ; vole cinq cent mille francs dans la caisse de la banque, et s'esquive après avoir remis les clefs à Mme de Nucingen : 351, 352 ; prendra l'identité du feu colonel comte Ferraro, dont il *chaussera la pelure ;* son plan : 353 ; ne peut épouser sa maîtresse, Aquilina, étant déjà marié : 356 ; s'est peu à peu ruiné pour satisfaire à ses caprices : 360 ; rencontre Melmoth au théâtre du Gymnase : celui-ci lui énumère d'avance les actes qu'il va accomplir et le traite de faussaire : 364, 365 ; les cauchemars provoqués par les explications de ce dernier : 366, 367 ; tombé au pouvoir de Melmoth, accepte de lui vendre son âme : 369 ; chasse sa maîtresse Aquilina, dont il lit les pensées : 372-374 ; rend ses comptes à Nucingen et vit désormais sans rien faire : 374, 375 ; vite las du pouvoir satanique qu'il vient d'acquérir : 376 ; ressemble « comme un frère » à John Melmoth : 378 ; revend le pacte diabolique à Claparon ; sa mort édifiante : 382-385.
Ant. *POIVRIER : *MR*, X, 349 (var. *d*).

CASTANIER (Mme). Femme du précédent, originaire de Nancy. Vit obscurément à Strasbourg sur un petit bien : *MR*, X, 356 ; portrait ; son mariage ; bréhaigne, se transforme vite en une femme laide que son mari abandonne : 357-358.

CASTEL. Voir GAZONAL.

CASTÉRAN (famille de). Vieille famille de Normandie, alliée à Guillaume le Conquérant. Ses armoiries : *B*, II, 740. Son nom se prononce Catéran : *CA*, IV, 983. A Alençon, citée comme représentant l'ancienne noblesse, avec les d'Esgrignon, les Troisville, etc : *VF*, IV, 819. De la plus haute noblesse de France : *EHC*, VIII, 287; accueille favorablement le mari de Mme de La Chanterie en 1807 : 288. Vieille famille de l'Orne, datant « de la côte d'Adam » : *B*, II, 712. Refuse en 1804 de se rallier à l'Empire, à son retour d'émigration : *CA*, IV, 973. Grâce à son influence, A. de Rochefide est de la dernière « tournée » de pairs faite par Charles X : *B*, II, 713. En relation de parenté avec les Castéran-la-Tour, les La Baudraye : *MD*, IV, 633.

CASTÉRAN (Blanche de) [Parenté avec les suivants non précisée]. Séduite puis abandonnée par le duc de Verneuil, se fait religieuse, et meurt abbesse de Notre-Dame de Séez : *B*, II, 740; *Ch.*, VIII, 1205; elle a eu du duc une fille, Marie, en 1773; expie sa faute par quinze ans de larmes, à Séez (avant la Révolution, implique le texte) : 1143.

    Ant. *HAUTEFEUILLE (Blanche d') : *Ch.*, VIII, 1205 (var. *c*).

CASTÉRAN (marquis de). Habite dans l'Orne le château ancestral; ses alliances; désire marier ses deux filles sans dot pour réserver toute sa fortune à son fils : *B*, II, 712. Ne reçoit pas M. du Ronceret : *CA*, IV, 999, 1000.

CASTÉRAN (marquise de). Mère du précédent, grand-mère de Béatrix : la voit avec satisfaction épouser un imbécile : *B*, II, 713. En 1817, avec M. de Troisville, écoute les doléances de Mme du Bousquier sur son récent mariage, resté blanc : *VF*, IV, 931, 932. Plaint Armande d'Esgrignon des malheurs encourus par sa maison : *CA*, IV, 1032.

*CASTÉRAN (marquise de). Frappée des avantages que présente le mariage de sa petite-fille avec le baron de Retzau : *B*, II, 1459.

CASTÉRAN (comte de). Fils aîné du marquis, frère de Béatrix : *B*, II, 713. En 1821, succède à Martial de La Roche-Hugon en qualité de préfet du département de La-Ville-aux-Fayes; est, heureusement pour le général de Montcornet, le gendre du marquis de Troisville : *Pay.*, IX, 187.

CASTÉRAN (comtesse de). Femme du précédent, née de Troisville : *Pay.*, IX, 187.

CASTÉRAN (Béatrice-Maximilienne-Rose de). Fille cadette du marquis. Voir ROCHEFIDE (marquise de).

*CASTÉRAN (Emma de). Voir RETZAU (baronne de).

*CASTÉRAN (*comte puis marquis de). Frère de la précédente : *B*, II, 1459.

CASTÉRAN-LA-TOUR (Mlle de). Épousée peu avant la Révolution par le fermier général Milaud de La Baudraye : *MD*, IV, 633.

CATANEO (duc) [né en 1773]. Né à Naples : *Do.*, X, 584; quarante-sept ans en 1820 : 561; portrait : 555, 556; duc sicilien, fort riche, épouse Massimilla Doni et lui conseille de se trouver un *primo cavaliere servente*, s'offrant à lui en présenter un : 547; locataire du palais Memmi en 1820, découvre un vêtement masculin dans la chambre de sa maîtresse, la Tinti, qu'il accuse : 556; ses deux âges : cent dix-huit ans à la paroisse du vice, et son âge réel; ne peut plus ressentir l'amour que par l'accord d'une voix et de la chanterelle de son violon : 561; discussion musicale avec son ami Capraja : 582, 583; invite à souper Emilio Memmi, qui ne saurait lui refuser, lui ayant pris sa femme et sa maîtresse : 613, 614.

CATANEO (duchesse). Femme du précédent. Voir DONI (Massimilla).

CATHERINE. Vieille servante de Mme Saillard en 1824 : *E*, VII, 739.

CATHERINE (née en 1784). Jolie servante de Laurence de Cinq-Cygne en 1803 : *TA*, VIII, 535; sa mère était la nourrice de Laurence : 541; sa sœur devient cuisinière à Cinq-Cygne : 547; suit les conseils de Michu : 562; arrêtée par les gendarmes de Corentin, joue la comédie pour sauver Laurence : 571, 572.

*CATHERINE. Annonce que la justice vient arrêter Mlle de Cinq-Cygne : *TA*, VIII, 647 (var. *b*); témoigne au procès : 662 (var. *b*).

CATON (M.). Surnom donné à Félix de Vandenesse par Louis XVIII en 1817 : *Lys*, IX, 1110.

CAVALIER. Voyageur de commerce en librairie, le plus habile du quai des Augustins. Portrait en 1821 : *IP*, V, 499; vers 1820, s'établit libraire à son compte avec Fendant : 496; sans capital : 497; rue Serpente; ils publient des romans imités de W. Scott : 498; ils achètent à Rubempré son *Archer de*

Charles IX, vers 1821 : 499; quelques mois plus tard, ils déposent leur bilan : 541. A la fin de 1839, il va publier l'ouvrage de jurisprudence du baron Bourlac : *EHC*, VIII, 408.

Cavalier d'une danseuse au bal de Saint-James (le). Ses propos au sujet du Gars et de Mlle de Verneuil, en 1799 : *Ch.*, VIII, 1136.

Cavalier (un jeune). De la plus haute noblesse flamande; s'embarque avec sa fiancée et sa future belle-mère dans le bateau du passeur de Cazdant à Ostende : *JCF*, X, 312, 313; entraîne avec lui Mlle de Rupelmonde dans le péché et dans la mort : 317, 320.

CAVATOLINO (Bianca). Courtisane de Ferrare au XVe siècle; invitée de don Juan Belvidéro : *ELV*, XI, 482.

CAYRON. Marchand de parapluies, ombrelles, cannes, etc., rue Saint-Honoré en 1818; consent à louer deux pièces à son voisin Birotteau : *CB*, VI, 97; lui fait accepter pour cinq mille francs de *broches* : 98; disparaît à la fin de décembre 1818, laissant à Birotteau ses traites impayées : 182.

CÉLESTIN. Valet de Lucien de Rubempré de 1824 à 1830 : *SetM*, VI, 687.

CÉLESTINE. Femme de chambre : *Phy.*, XI, 1094.

CÉLESTINE. Femme de chambre de Mme V...y : *Phy.*, XI, 1155; ses avantages pour la femme et pour le mari : 1155, 1156.

CÉLINE. Femme de chambre : *Phy.*, XI, 1127.

Cénacle (le). Groupe, déjà formé en 1819, de jeunes gens dont la vie est adonnée aux sciences, aux lettres, à la politique et à la philosophie. Joseph Bridau y représente la peinture : *R*, IV, 305; ses membres : d'Arthez, Giraud, Chrestien, Ridal, Bianchon : 306. En 1821, se réunit presque chaque soir rue des Quatre-Vents chez d'Arthez; son premier chef a été Louis Lambert : *IP*, V, 315; à cette époque, ses membres sont Bianchon, Giraud, Bridau, Ridal, Meyraux, Chrestien, outre Lambert et d'Arthez : 315-318; Rubempré y est admis : 418; Bixiou prétend que ses membres ramassent les grands hommes tombés comme Vico, Saint-Simon, Fourier : 477; on commence à en parler et on l'appelle une Convention : 528, 529; le Cénacle, Michel Chrestien excepté, veut assister en août 1822 à la messe funèbre de Coralie, en l'église Bonne-Nouvelle : 549. En 1828, soutient Bridau, mal vu de l'Institut et des critiques : *R*, IV, 524, 525.

Censeur de la Banque de France (un). Apprend à Minard le montant du compte en banque de Mlle Thuillier, deux cent mille francs, vers 1840 : *Bou.*, VIII, 54.

CÉRISIER. Maître d'armes. Le roi du fleuret : *PCh.*, X, 272.
Ant. les rééels *BERTRAND, puis *LOZÈS : *PCh.*, X, 272 (var. *b*).

CÉRIZET [né en 1801]. Âgé de trente-neuf ans en 1840 : *Bou.*, VIII, 78. Son portrait en 1821 : *IP*, V, 566. Son portrait en 1840 : *Bou.*, VIII, 78-80. Orphelin de l'hospice des Enfants-Trouvés de Paris, placé comme apprenti chez MM. Didot : *IP*, V, 566; en 1821, David Séchard le fait venir à Angoulême : 148; il devient prote, compositeur et metteur en pages de l'imprimerie Séchard, réalisant ainsi la triplicité phénoménale de Kant : 563; Don Juan à casquette de quelques petites ouvrières; fraternise avec les ouvriers des Cointet : 566, 567; se laisse acheter par les Cointet : 568; ne renouvelle pas le bail de l'exploitation de l'imprimerie : 602; prote des Cointet : 622; découvre la cachette de David et élabore, pour Petit-Claud, un plan qui permettra de prendre son ancien patron : 671-674; utilise sa maîtresse, la repasseuse Henriette Signol : 681, 682; lave l'écriture d'une lettre de Lucien et imite sa signature, afin de tromper David Séchard : 683; Petit-Claud, en possession de ce faux, le menace de chantage : 718; rachète l'imprimerie Séchard, pour vingt-deux mille francs, à la fin de 1822 : 725; obligé de revendre l'imprimerie; acteur en province; une maladie donnée par une jeune première le force à aller à Paris; devient le plus hardi des enfants perdus du parti libéral, souvent condamné pour délits politiques, et surnommé le courageux Cérizet : 732. De 1823 à 1827, signe des articles dans des journaux libéraux, ce qui lui vaut de la prison : *HA*, VII, 781. Condamné en police correctionnelle vers 1825 pour le compte de Couture : *MN*, VI, 373. Gracié vers 1828; protégé par Georges d'Estourny, fonde une maison tenant à la fois de l'agence d'affaires, de la maison de commission; en 1829, habite rue du Gros-Chenet · *SetM*, VI, 564, 565; en relations d'affaires la même année avec du Tillet et G. d'Estourny, en fuite; reçoit la visite de William Barker (J. Collin) et consent à ses exigences, ce dernier semblant parfaitement au courant de son passé : 565-567; tiers porteur des billets d'Estourny; mis en faillite à la révolution de Juillet : 583. Envoyé dans une sous-préfecture en juillet 1830, doit démissionner trois mois plus tard, et redevient gérant d'un journal d'opposition, ministériel *in petto*, ce qui lui permet de récolter à la sixième Chambre deux autres années de prison dans une histoire d'affaires en commandite : *HA*, VII, 782; à sa sortie de prison, vers 1835, s'associe à Claparon, dans un petit entresol de la rue de Chabanais : 781. Ayant retourné sa veste, gère vers la même époque un journal ministériel dans lequel écrit Th. de La Peyrade; est de plus expéditionnaire au greffe de Dutocq : *Bou.*, VIII, 64, 65, 80. Se présente chez le comte Maxime de Trailles pour encaisser la créance Coutelier, est éconduit : *HA*, VII, 784, 785; se souvenant de ses années de théâtre se grime si parfaitement en Denisart qu'il arrache à M. de Trailles, furieux, les quatre mille francs de la fameuse *créance désespérée* qu'il avait rachetée : 793, 794. En 1840, paraît cinquante ans alors qu'il en a trente-neuf : *Bou.*, VIII, 78; après sa collusion avec Claparon, devient vers 1840 prêteur à la petite semaine : 80; loge alors rue des Poules : 81; dispute avec La Peyrade, qu'il croit tenir, au sujet de l'immeuble de la Madeleine à faire acheter par Mlle Thuillier : 81; n'est pas haï des pauvres : 120; le fonctionnement, bien huilé, de son petit commerce : maudit par ses clients le dimanche matin et le samedi, béni par eux du mardi au vendredi : 121-123; double ainsi ses capitaux en cinq semaines : 125; a jadis, avec Dutocq, pris La Peyrade mourant de faim à la gorge, lui faisant signer des lettres de change fictives : 142, 143; à la fin de juillet 1840, se débarrasse de Claparon, à qui il procure un passeport : il envisage l'achat d'une maison, rue Geoffroy-Marie : 146; sa vengeance envers La Peyrade qui a des griffes aussi longues que les siennes : 170; veut faire sa maîtresse d'Olympe Cardinal, âgée de treize ans : 172; ses nouveaux projets, à l'annonce de la fortune amassée par le vieux pauvre de Saint-Sulpice, Poupillier : il est décidé à épouser Olympe Cardinal : 176; déguisé en médecin, vient étudier le terrain chez Poupillier : 176; devant la concierge, Mme Perrache, se donne pour l'homme d'affaires de Mme Cardinal : 180; commence à déménager le magot du vieillard : 182, 183; le mystérieux M. du Portail, qui habite la maison, a des allures qui l'inquiètent : il apprend l'existence d'une demoiselle Lydie Peyrade, vivant chez cet énigmatique personnage (Corentin) : 180, 181. En 1845, confrère de Vauvinet, il est devenu usurier : *CSS*, VII, 1179.

*CÉRIZET, condamné à trois ans de prison pour délits politiques en 1827, sous-préfet pendant deux mois à la Restauration, gérant d'un journal dynastique, prête-nom d'une affaire en commandite, dans les mines, et condamné à deux ans de prison : *IP*, V, 732 (var. *d*).

CÉSARINE. Petit rat à l'Opéra en 1822. Philippe Bridau songea à l'utiliser pour conquérir la fortune de J.-J. Rouget : *R*, IV, 511-512.

CÉSARINE. Ouvrière blanchisseuse chez Mme Lardot à Alençon en 1816. Du Bousquier fait courir le bruit qu'elle est mère d'un enfant du chevalier de Valois, qui l'a secrètement épousée : *VF*, IV, 815; au mois d'avril 1830, hérite une somme de six cents francs de rente au décès du chevalier, ce qui corrobore peut-être ces bruits : 934.

CHABERT (Hyacinthe, dit Chabert, devenu colonel comte) : *Col.*, III, 336. Enfant trouvé : 331; son portrait en 1819 : 321, 322; participe à l'expédition d'Égypte : 340; en 1799, fait un testament par lequel il lègue le quart de son bien aux hospices : 341; épouse Rose Chapotel, qu'il a prise au Palais-Royal : 336 et 357; passe colonel dans la garde impériale, ce qui lui donne le grade de général, à la veille d'Eylau : 340; à Eylau, charge avec Murat, est blessé, déclaré mort, fait consigné dans *Victoires et conquêtes* : 323; histoire de sa survie, ses aventures : 324-328 et 330-332; de retour à Paris, apprend que sa femme est remariée, et mère de deux enfants : 332; la liquidation de ses biens a eu lieu chez Me Roguin, prédécesseur de Crottat : 335, 336; en 1819, il va chez l'avoué Derville, dont les clercs se moquent de lui : 311-316; Derville le reçoit : 322; accepte de s'occuper de son affaire : 333, 334; il loge chez le nourrisseur Vergniaud : 336; Derville organise dans son étude une confrontation avec sa femme, devenue la comtesse Ferraud, qui feint ne pas le reconnaître : 357; elle le retrouve à la sortie de l'étude et l'emmène à sa maison de campagne, à Groslay : 358, 359; Chabert se laisse attendrir : 360 ; surprend une conversation qui l'édifie sur les vrais sentiments de son ex-femme à son égard : 366 ; abandonne toute poursuite et disparaît : 367 ; Derville le retrouve quelque temps après sous l'identité de Hyacinthe, condamné à deux mois de prison pour vagabondage : 368-370. Vers 1819, Philippe Bridau rappelle à Giroudeau la charge glorieuse du colonel Chabert à Eylau : *R*, IV, 312. En 1840, il est pensionnaire à l'hospice de Bicêtre, numéro 164, redevenu Hyacinthe : *Col.*, III, 372.

Ant. *BERNARD pour l'hospice de Bicêtre : *Col.*, III, 372 (var. *d*).

CHABERT (comtesse). Femme du précédent. Voir FERRAUD (comtesse).

CHABOISSEAU. Escompteur en librairie. En 1822, habite quai Saint-Michel. Portrait : *IP*, V, 505-507. En 1824, fait partie de la réunion du café Thémis, avec Gobseck, Gigonnet, Mitral et Métivier : *E*, VII, 1038 ; avec ce dernier peut agir en faveur de Baudoyer dans un journal d'opposition : 1040. En 1833, la maison Cérizet-Claparon s'adresse à lui pour des créances désespérées : *HA*, VII, 782. Avec les Samanon, les Barbet, etc., constituait la *troisième couche* de la finance parisienne : *Bou.*, VIII, 120. Gobseck, Chaboisseau et consorts sont les derniers des Romains : *CSS*, VII, 1178.

CHAFFAROUX. Entrepreneur en bâtiments. Simple maçon, devenu entrepreneur grâce à sa nièce, Claudine, la danseuse Tullia : *Pr.B*, VII, 826. En 1818, chargé de transformer l'appartement de Birotteau : *CB*, VI, 162. En 1837, il laisse à sa nièce, devenue comtesse du Bruel, quarante mille francs de rentes, les trois quarts de sa fortune : *Pr.B*, VII, 836. En 1839, Mlle Thuillier, qui a des vues sur un immeuble à vendre dans le quartier de la Madeleine, lui fait demander son avis sur cette bâtisse : *Bou.*, VIII, 135 ; il en constate l'excellent état et se charge de terminer la maison pour trente mille francs : 135, 136.

CHAFFAROUX (Claudine). Nièce du précédent. Voir TULLIA.

CHAMARANTHE (vicomtesse de). Née Delacour. Femme distinguée, vit près de Chinon ; veuve, héritière de ses deux frères, détestée d'eux, cesse de les voir : *DxA*, XII, 674, 675 ; hérite d'eux en 1828 : 676, 685 ; s'installe à Paris pour y mener une vie mondaine et pousser son fils vers une carrière politique : 687 ; malade, doit partir pour l'Italie en avril 1829 : 692.

*CHAMARANTHE (vicomtesse de). Meurt à Naples : *DxA*, XII, 1082.

CHAMARANTHE (vicomte Sébastien de) [1805- ?]. Fils de la précédente. Vingt-deux ans en 1827 : *DxA*, XII, 676 ; portrait et éducation : 674, 675, 681 ; désintéressé : 676 ; libéral : 685 ; fait son droit à Poitiers, et revient chez sa mère en 1827 : 676 ; rencontre mouvementée avec le père Coudreux : 677 ; voit Claire Coudreux ; coup de foudre réciproque : 678 ; en octobre 1828, se lie avec Tourolle : 680-682 ; duel avec lui pour Claire, à qui Ernest renonce : 684-686 ; en novembre, va s'installer avec sa mère à Paris ; adieux à Claire : 687-689 ; vie mondaine à Paris : 690-692 ; en avril 1829, part pour Naples avec sa mère : 692 ; à son retour, après une rencontre avec Ernest, épouse Claire et repart avec elle pour l'Italie : 695, 696.

*CHAMARANTHE (Sébastien de). Attitude à Naples lors de l'enterrement de sa mère : *DxA*, XII, 1082, 1083 ; remplacé par *TURPENAY : 690 (var. *a*), 692 (var. *b*).

CHAMARANTHE (vicomtesse de). Femme du précédent. Voir COUDREUX (Claire).

CHAMAROLLES (Mlles). Tiennent à Bourges un pensionnat de demoiselles. Mme Piédefer y a placé sa fille, Dinah : *MD*, IV, 635 ; Anne Grossetête, fille du receveur général des finances de Bourges, future baronne de Fontaine, y est son amie de cœur : 640.

CHAMBRIER (président) [né v. 1770]. Propriétaire d'une maison de campagne aux environs de Belley en 1816 ; portrait ; âgé alors d'environ quarante-six ans : *CF*, XII, 460, 461 ; examine et écoute les voyageurs : 461 ; révèle au colonel Sautereau qu'il est son oncle ; président du tribunal de première instance de Belley, il fera l'impossible pour l'aider en secret : 462, 463 ; « explique Belley » à son neveu : 465.

CHAMBRIER (M.). Frère du précédent. Banquier à Belley, préside le tribunal révolutionnaire de Bourg : *CF*, XII, 466 ; part ruiné pour Paris ; on ne sait où il est : 464.

*CHAMBRIER (Achille). Fils du précédent : *CF*, XII, 428.

CHAMBRIER (Mlle). Tante du précédent ; a épousé l'huissier Sautereau : *CF*, XII, 462.

CHAMBRIER D'ESCALONDE (Mme). Femme du banquier, nièce et conseillère de l'évêque de Belley, Mgr d'Escalonde ; se fait appeler Mme d'Escalonde : *CF*, XII, 454 ; seule à savoir où est son mari : 464.

CHAMBRIER (M.). Fils aîné de la précédente, cousin du baron Sautereau ; sur le point d'être nommé comte en 1816 : *CF*, XII, 465, 466.
Prénommé *Achille : *CF*, XII, 428.

CHAMBRIER (Mlles Lucrèce et Virginie). Sœurs du précédent : *CF*, XII, 454.

*CHAMBRIER, remplacé par SAUTTEREAU, comme notaire à Belley : *CF*, XII, 428.

*CHAMBRIER. Ant. *BLÉROT, puis remplacé par DES GRIVEAULX comme receveur des contributions à Belley : *CF*, XII, 428.

CHAMPAGNAC. Chaudronnier auvergnat, veuf ; marie sa fille au ferrailleur Sauviat, en 1797 ; à sa mort, quelques années plus tard, son gendre rachète sa maison, à Limoges : *CV*, IX, 643.

CHAMPAGNAC (Mlle). Voir SAUVIAT (Mme).

*CHAMP-D'OURS (Mlle), puis *CHANDOUR, *CHAMDOUR, remplacée par *ESPARD (Mlle d'), elle-même devenue NÈGREPELISSE (Mlle de). Voir BARGETON (Mme de).

CHAMPIGNELLES (famille de). De la noblesse de Bayeux ; deux branches : l'aînée, marquisale, et la cadette, pauvre : *FA*, II, 468, 469 ; *EHC*, VIII, 283 ; l'une des premières familles nobles de Normandie : lors du mariage de Mlle de Champignelles avec M. Lechantre de La Chanterie, elle fait agir ses alliés pour que le fief de La Chanterie soit érigé en baronnie : 182-184.
Ant. *COMBRESSELLES (le château), puis remplacé par COURCELLES : *FA*, II, 469 (var. *b*).

CHAMPIGNELLES (marquis de). Chef de la branche aînée et des armes. Présente sa parente, Mme de La Chanterie, au roi Louis XVIII en 1814 : *EHC*, VIII, 315. Chef de la maison princière de Bayeux, en Bessin ; lié aux Sainte-Sévère, aux Beauséant : *FA*, II, 469 ; consent à servir d'intermédiaire à Gaston de Neuil, désireux de faire la connaissance de la vicomtesse de Beauséant : 473.

CHAMPIGNELLES (marquise de). Femme du précédent. Aime beaucoup la vicomtesse de Beauséant : *FA*, II, 469.

CHAMPIGNELLES (Mlle de). Voir BEAUSÉANT (marquise douairière de).

CHAMPIGNELLES (Barbe-Philiberte de). Voir LA CHANTERIE (baronne de).

CHAMPION (Maurice). Fils du maître de poste de Montégnac. Engagé en 1831 par Mme Graslin en qualité de palefrenier : *CV*, IX, 760.

CHAMPLAIN (Pierre). Vigneron à Vouvray, voisin du fou Margaritis en 1831 *IG*, IV, 581.

*CHAMPOISEAUD (veuve du colonel comte). Voir PICQUOISEAU.

CHAMPY (Mme de). Voir GOBSECK (Esther).

*CHANDER. Propriétaire à Paris : *CB*, VI, 1122.

CHANDIER (les). L'une des trois familles de la bourgeoisie protestante de Sancerre ; a aussi donné naissance à des branches mixtes : bourgeoisie et artisans : *Boi.*, XII, 390.

CHANDIER (M.) [1715-1769]. Marchand de vins à Paris, carré Saint-Martin, en 1760, à l'enseigne du *Fort-Samson* ; célibataire, âgé de quarante-cinq ans à cette époque, il est établi depuis 1740 ; vend son fonds à son compatriote Espérance Boirouge en 1765 et se retire à Sancerre ; y épouse en 1766 une demoiselle Bongrand, fille du drapier, qui lui apporte douze mille livres de dot ; meurt en 1769 : *Boi.*, XII, 392.

CHANDIER (Mme). Femme du précédent. Voir BOIROUGE (Mme Espérance).

CHANDIER. Apothicaire à la Halle de Sancerre, marie sa fille à Jacques Boirouge, second fils d'Espérance, et lui cède sa boutique : *Boi.*, XII, 393.

CHANDIER (Mlle). Fille du précédent. Voir BOIROUGE (Mme Jacques).

CHANDIER (Mme). Assiste avec son fils et sa fille à une réception chez Mme de La Baudraye, en 1836 : *MD*, IV, 703[1].

CHANDIER (Mlle). Fille de la précédente. Chez Mme de La Baudraye, admire les bottes de Lousteau : *MD*, IV, 703.

CHANDIER. Frère de la précédente. En visite chez Mme de La Baudraye : *MD*, IV, 703.

1. Ce personnage et les deux suivants pourraient être des Popinot-Chandier, dont le nom aurait été abrégé par Balzac.

CHAPOULOT (Victorine). Fille des précédents : *CP*, VII, 699.

CHAPUZOT (les). Concierges de Mlle Malaga, rue des Fossés-du-Temple, en 1837 : *FM*, II, 224; suivent Malaga dans son ascension vers la fortune : 226.

CHAPUZOT (M.). Entré à la Préfecture de police de Paris en 1798, chef de division en 1845. Victorin Hulot, député de Paris, vient lui demander des renseignements sur Mme de Saint-Estève : *Be.*, VII, 388, 389.

CHARDIN. Voir LUPEAULX (M. Chardin des).

CHARDIN. Matelassier faubourg Saint-Marceau en 1843 : *Be.*, VII, 382; espionne pour la cousine Bette les agissements du baron Hulot : 374; père du garde-magasin de l'oncle Johann Fischer à Oran : 391.

CHARDIN. Fils du précédent. Garde-magasin à Oran en 1842 : *Be.*, VII, 391; fourni par Hulot à Johann Fischer : 344; compromet ce dernier par ses aveux et s'enfuit : 343; son père apprend à Bette son retour par l'Espagne : 374.

CHARDIN. Dit Idamore. Petit-neveu du matelassier : *Be.*, VII, 382; vers 1842, il est un des claqueurs de Braulard; il enlève Olympe Bijou au baron Hulot; en 1843, il est avec une jeune première des Funambules : 382, 383.

CHARDIN (Mlle). Dite Élodie. Sœur du précédent, gagne sa vie dans le quartier des étudiants. Vers 1842, placée par son frère chez les Bijou, enlève Hulot, alias le père Thoul, à Olympe : *Be.*, VII, 382, 383; en 1843, vit avec lui, comme repriseuse de dentelles et de cachemires, rue des Bernardins, au quatrième étage; Hulot la quitte, ayant fini de constater que ces Chardin sont des canailles puantes : 391.

CHARDON (M.). Ancien chirurgien-major aux armées républicaines, réformé pour blessures : *IP*, V, 139, 140; sauve Mlle de Rubempré de l'échafaud en 1793, en la déclarant enceinte, et l'épouse : 140; s'établit ensuite pharmacien faubourg de l'Houmeau, à Angoulême; meurt de la rage dans le service de Desplein, alors qu'il est venu à Paris faire des recherches sur la goutte, laissant sa famille dans la misère : 140; ses deux idées, riches d'avenir, sur la fabrication du sucre et celle du papier : 142, 143.

CHARDON (Mme). Femme du précédent. Née Mlle de Rubempré. Sauvée de la guillotine en 1793 par son futur mari; deux enfants, Ève et Lucien, héritiers de sa beauté : *IP*, V, 140; après la mort de son mari, garde les femmes en couches sous le nom de Mme Charlotte : 140. Meurt en 1827 : *SetM*, VI, 513.

CHARDON (Lucien). Fils des précédents. Voir RUBEMPRÉ (Lucien de).

CHARDON (Ève). Sœur du précédent. Voir SÉCHARD (Mme David).

*CHAREL (Olympe et les). Voir *Pay.*, IX, 192 (n. 1).

CHARGEBŒUF (famille de). Vieille famille noble de Champagne : sa branche aînée était Chargebœuf; sa branche cadette Cinq-Cygne, aussi célèbre et plus opulente que la branche aînée : *TA*, VIII, 504; son nom franc : Duineff; devise « Vienne un plus fort » : 615. Origine du nom de Chargebœuf, vieille famille de la Brie, due à l'exploit d'un écuyer en Égypte sous Saint Louis : *P*, IV, 70; il semble que la branche aînée se soit scindée : la branche riche de la famille Chargebœuf se refuse à appuyer la mésalliance de Mlle de Chargebœuf (de la branche pauvre) avec Vinet : 71. A la branche pauvre appartient aussi le vicomte de Chargebœuf, sous-préfet à Arcis en 1816 : *DA*, VIII, 755. Famille alliée aux Chaulieu : *MJM*, I, 202.

CHARGEBŒUF (marquis de) [né en 1739]. Soixante-sept ans en 1806; portrait à cette époque : *TA*, VIII, 610; en 1803 appuie en haut lieu la demande en radiation de la liste des émigrés présentée par les deux fils Hauteserre et les jumeaux Simeuse : 596; chef de la maison, se rend en février 1806 à Cinq-Cygne pour tenter d'alerter sa famille : 609; suggère finement un ralliement au régime, repoussé avec indignation : 611; a pressenti le danger : 613, 614; surnommé « le Bœuf » par l'aîné des jumeaux Simeuse et par Laurence de Cinq-Cygne : 615, 616; après l'enlèvement du sénateur Malin de Gondreville, le mois suivant, leur procure d'habiles défenseurs, Me Bordin et Me de Granville : 642; s'entremet auprès de Talleyrand pour obtenir leur grâce : 674; le prince lui donne de minutieuses consignes afin de dépister la police, s'il veut parvenir jusqu'à l'Empereur avec Mlle de Cinq-Cygne : 676; devra donner pour page un de ses petits-fils à l'Empereur : 682.

*CHARGEBŒUF (marquis de). Charge M. et Mme d'Hauteserre et l'abbé

Goujat de surveiller le pays : *TA*, VIII, 647 (var. *b*); réussit, « avec la clef d'or », à faire passer un message aux Simeuse, aux Hauteserre et à Michu : 653 (var. *a*); remercié par les Simeuse et les Hauteserre : 683 (var. *a*).

CHARGEBŒUF (marquise de). Femme du précédent ; la famille de Cinq-Cygne s'enquiert de sa santé, en 1806 : *TA*, VIII, 611.

CHARGEBŒUF (Mlle de). Amie de Talleyrand qui vient lui faire une visite aux Carmélites de Blois, et qui lui fait transmettre à Louise de Chaulieu l'ordre de ne pas prononcer de vœux, de la part de feu la princesse de Vaurémont : *MJM*, I, 202.

Ant. *FONTENILLE (Mlle de) : *MJM*, I, 202 (var. *c*).

CHARGEBŒUF (M. et Mme de). De la branche aînée riche, habitent les environs de Coulommiers. Renient leur fille et avantagent leur fils aîné à ses dépens : *P*, IV, 70.

CHARGEBŒUF (Mlle de). Fille des précédents, subornée par Vinet, avocat véreux de Provins, qu'elle épouse : *P*, IV, 70. Chez les Thuillier en 1840, Dutocq rappelle que le procureur général Vinet a jadis épousé une demoiselle de Chargebœuf : *Bou.*, VIII, 60.

CHARGEBŒUF (M. de). Jeune avocat stagiaire au barreau de Paris en 1830, secrétaire de M. de Granville : *SetM*, VI, 785; avise Massol du suicide de Lucien de Rubempré ; il aura à présenter ce décès comme une mort naturelle dans son journal : 797; chargé par Granville de faire dresser l'acte de décès de Lucien, et de s'occuper de l'ordonnance de ses obsèques : 809.

CHARGEBŒUF (Mme de). De la branche pauvre. Veuve, chargée d'une fille, Bathilde ; habite Troyes : la seule de sa famille auprès de qui Vinet trouve de l'intérêt : *P*, IV, 71 ; sur son conseil vient habiter Provins vers 1827 : 94.

CHARGEBŒUF (Bathilde de). Fille unique de la précédente. Portrait : *P*, IV, 94, 95; vit avec sa mère à Troyes : 71; sur le conseil de Vinet, les deux femmes viennent habiter Provins vers 1827 : 94; son manège auprès de J.-D. Rogron qui s'éprend d'elle : 95; chapitrée par Vinet, entrevoit en cet imbécile le mari idéal, qu'elle pourra gouverner à sa guise : 118; publication des bans de son mariage avec J.-D. Rogron, à la fin de 1827 ou au début de 1828 : 145; après son mariage, la « belle Mme Rogron » succède dans les fastes provinois à la « belle Mme Tiphaine » : 152; la chancelante santé de son mari lui fait espérer de pouvoir épouser bientôt le général marquis de Montriveau, ainsi que le lui rend des soins : 161.

Ant. prénommée *Mathilde : *P*, IV, 34 (var. *b*), 103 (var. *f*), 114 (var. *b*).

CHARGEBŒUF (vicomte René-Melchior de). De la branche pauvre de la famille. Sous-préfet d'Arcis-sur-Aube en 1815, il devient l'amant de Mme Philéas Beauvisage; père réel de Cécile Beauvisage; muté à Sancerre en 1820 à la demande de la marquise de Cinq-Cygne : *DA*, VIII, 755. En 1823, enchanté de trouver dans le salon de Mme de La Baudraye une espèce d'oasis : *MD*, IV, 641; rappel de son aventure précédente à Arcis; Mme de La Baudraye va accepter ses soins; mais, en 1827, il est nommé préfet dans une autre ville : 653, 654.

CHARGEGRAIN (Louis). Aubergiste à Littray en 1808, complice du chevalier du Vissard dans l'affaire du courrier de l'Ouest : *EHC*, VIII, 301; en fuite : 306; il est cependant acquitté en 1809 : 314.

CHARLES. En 1823, valet du marquis d'Aiglemont, qui est peu satisfait de ses services : *F30*, II, 1100.

CHARLES. Peintre, externe à la pension Vauquer en 1819 : *PG*, III, 92; avec les autres habitués de la pension, exige le renvoi de Mlle Michonneau et de Poiret, en février 1820 : 222-224; plaisante en *rama* sur le père Goriot : 92, 286.

CHARLES. Valet de pied du général de Montcornet aux Aigues en 1823 : *Pay.*, IX, 77; cause souvent avec Catherine Tonsard : 107; grâce à lui et à Catherine, Rigou possède une oreille au château : 283.

CHARLES (M.) [?-1831]. Interpelle grossièrement Raphaël de Valentin au Cercle d'Aix-les-Bains en 1831; son arrogance : déclare à Raphaël avoir été reçu bachelier au tir de Lepage et docteur chez Cérisier, le roi du fleuret : *PCh.*, X, 272; arrive sur le terrain avec des témoins et un chirurgien, pour se battre avec Raphaël : 273; malgré l'avertissement solennel de son adversaire, refuse de lui faire des excuses : 274, 275; tué d'une balle en plein cœur : 276.

CHARLES (capitaine). En garnison dans les Vosges. Guérit de sa consomption dorsale une dame en cure thermale à Plombières : *Phy.*, XI, 1158.

CHARLOTTE (née v. 1789). Veuve, sans enfant, âgée de vingt-six ans vers 1815 ; maîtresse de Marsay ; marque son linge avec ses propres cheveux : *AEF*, III, 678, 679 ; son plastron est un homme de cour, froid et dévot : 680 ; Marsay découvre que ce duc est plus qu'un plastron : 681, 682 ; et que son linge était brodé par un spécialiste, rue Boucher : 683, 684 ; lady Dudley la connaît : 689 ; meurt d'une pulmonie, Bianchon et le duc à son chevet : 709, 710.

CHARLOTTE (Mme). Voir CHARDON (Mme).

CHARLOTTE. Prénom donné par mégarde à sa femme par A. de Chodoreille : source évidente de péripétie conjugale : *PMV*, XII, 164.

CHARLOTTE. Fille d'un cabaretier auvergnat, aînée de sept enfants ; d'une beauté raphaélesque ; portrait ; le recarreleur Tauleron s'en éprend : *HP*, XII, 574, 575.

CHARNATHAN. Surnom donné à Raoul Nathan par du Tillet : *FE*, II, 362. Voir NATHAN (Raoul).

*CHAROST (Mlle de)[1], remplacée par BEAUSÉANT (Mlle de) : *Ep.T*, VIII, 444 (var. *b*).

*CHAROST (Mlle de)[1], remplacée par LANGEAIS (Mlle de) : *Ep.T*, 448 (var. *b*), 449 (var. *b* et *e*). (Voir sœur AGATHE.)

*CHARRIN. Colonel à Madrid en 1806. Remplacé par HULOT : *MD*, IV, 689 (var. *a*).

Charretier (un). Au service du briquetier Vigneau en 1829 : *MC*, IX, 470.

Charron (un). Sa repartie à Fario, dont les chevaliers de la Désœuvrance viennent de jeter la charrette du haut de la tour d'Issoudun : *R*, IV, 412.

Chartreux (le général des). Après sa déception amoureuse, Albert Savarus le met entre le monde et lui : *AS*, I, 1015 ; M. de Grancey lui demande l'autorisation de correspondre avec le frère Albert : 1016.

Chasseur du ministre des Finances (le). Bavarde avec le cocher Jean : *E*, VII, 1091.

CHASTILLONNEST (duc de). Sa devise « Fulgens sequar » a été adoptée par Butscha : *MM*, I, 567. Conduit sa fille Julie à la dernière revue de l'Empereur aux Tuileries, en 1813 : *F30*, II, 1040, 1041 ; ne s'étonne plus de la hâte de la jeune fille en la voyant contempler son cousin, Victor d'Aiglemont : 1042 ; la met en garde : Victor n'est qu'un militaire égoïste, ignorant et nul, qui restera colonel toute sa vie : 1050, 1051.

CHASTILLONEST (Julie de). Fille du précédent. Voir AIGLEMONT (marquise d').

Chat (un). Ses mouvements : *PVS*, XII, 296.

*CHATELAIN, ant. le réel *TISSOT, puis un anonyme habitué du *Café Minerve* : *R*, IV, 314 (var. *c*).

*CHAUDEAU. Notaire à Bordeaux. Voir CHESNEAU.

Chauffeurs des environs de Brive et de Tulle (les), à la fin de l'Empire. Leurs expéditions : *CV*, IX, 767, 768.

CHAULIEU (famille de). L'une des familles de grande noblesse du faubourg Saint-Germain : *Pay.*, IX, 151. Ses fils aînés portaient le titre de ducs de Rhétoré : *MJM*, I, 198. En relation avec les Grandlieu, leurs voisins : *SetM*, VI, 507. L'avènement de Charles X la met encore plus en faveur : *R*, IV, 522.

CHAULIEU (duc Henri de) [né en 1773]. Âgé de cinquante ans en 1823. Portrait à cette époque ; très dans les secrets du roi : *MJM*, I, 208. En 1822, hôtel rue de Grenelle : *MM*, I, 684. A l'angle du boulevard des Invalides : *MJM*, I, 198. Le chevalier de Valois, qui dit le connaître un peu, est prêt à lui recommander Victurnien d'Esgrignon : *CA*, IV, 996 ; est parmi les grands seigneurs qui se font un plaisir de présenter Victurnien au roi en octobre : 1009. Accueille paternellement sa fille Louise, de retour du couvent des Carmélites de Blois, en novembre 1823 : *MJM*, I, 208 ; vient de refuser un ministère, préfère une ambassade en Espagne : 209 ; désire constituer un majorat à son second fils aux dépens de sa fille : 244 ; consent à son mariage avec le baron de Macumer, ex-duc de Soria : 300, 301. En 1824, il fait avoir la Légion d'honneur à du Bruel : *E*, VII, 963. Ambassadeur

1. Nom réel.

de France en Espagne avec Canalis comme attaché, mais surtout à la duchesse : *MM*, I, 516 ; en 1828, accepte un portefeuille dans le « ministère d'un an » : 687 ; comme ministre des Affaires étrangères : 625 et *SetM*, VI, 648. Promet à la duchesse de Grandlieu de demander pour Rubempré le marquisat de ses ancêtres maternels : 648 ; salue froidement ce dernier sur les marches de l'hôtel de Grandlieu : 649 ; Grandlieu lui adresse par un valet une carte pliée de façon convenue, sorte d'argot du grand monde : 882 ; toujours le favori du roi en février 1830 : 884. Cité ensuite comme père d'Alphonse de Rhétoré : *AS*, I, 1010 ; *Pr.B*, VII, 826 ; *Com.Sal.*, XII, 349 ; reste attaché à la branche aînée de Bourbon : 349. En 1835, la comtesse de l'Estorade l'avise de la gravité de la maladie de sa fille Louise, remariée au poète Marie Gaston : *MJM*, I, 401, 402. En 1841, la duchesse de Grandlieu le met au courant des malheurs conjugaux de sa fille Sabine du Guénic : *B*, II, 889. En août 1842, en partie déchu de sa splendeur passée, il est croisé dans Paris par son ancien créancier, le comte de La Baudraye, nouveau pair de France roulant carrosse, alors qu'il déambule à pied, parapluie en main : *MD*, IV, 782.

> Ant. *VERNON (duc de) : *MJM*, I, 1241 ; *Numa constitutionnel et amant de la comtesse de *BRASCATANE : *MJM*, I, 1242.
>
> Ant. le réel *AUMONT (duc d') : *E*, VII, 962 (var. *d*).

CHAULIEU (duchesse Éléonore de) [née en 1785]. Femme du précédent. Née Mlle de Vaurémont. Âgée de trente-huit ans en 1823 ; son portrait à cette époque : *MJM*, I, 204 ; ses habitudes : 209. Le sang de Marie Stuart court dans ses veines : *MM*, I, 699 ; dès 1819, a pour amant le poète Canalis (il est, en 1829, son amant depuis dix ans) : 622. Il cache cette passion, en se posant comme l'*attentif* de la marquise d'Espard : *IP*, V, 277. Son salon, fréquenté par les roués parisiens en 1822 : *CA*, IV, 1008. On dit que Canalis, attaché d'ambassade du duc à Madrid en 1824, est surtout *attaché* à Éléonore : *MM*, I, 516. Une des reines de Paris en 1825 : *BS*, I, 164. En 1827, tourne la tête au marquis d'Aubrion : *EG*, III, 1196. En 1829, Canalis commence à trouver son joug pesant : *MM*, I, 631 ; encore belle à cinquante-six ans : 699 ; une noblesse incomparable de maintien : 701. En octobre 1829, annonce à la duchesse de Grandlieu le décès de son gendre, Macumer ; s'inquiète de l'avenir de sa fille : *SetM*, VI, 510. Sa liaison avec Canalis dure encore en 1833 : *SPC*, VI, 959.

> Ant. *VERNON (duchesse de) *MJM*, I, 1241, ou *NEUFVILLE : 1244 ; *ESPARD (Mme d') : *MM*, I, 519 (var. *d*), et * DUDLEY (lady) : 592 (var. *c*) ; MARGENCY (duchesse de) : *EG*, III, 1196 (var. *b*).
>
> *CHAULIEU (duchesse de). Ant. *SAULIEU (duchesse de), puis *MONSOREAU (duchesse de), puis *BEAUJEU (duchesse de), puis remplacée par Mme de SÉRISY : *SetM*, VI, 443 (var. *b*), *SetM*, VI, 444 (var. *c*).

CHAULIEU (Ahlponse de). Fils aîné des précédents. Voir RHÉTORÉ (duc de).

CHAULIEU (marquis de). Frère du précédent. Voir LENONCOURT-CHAULIEU (duc de).

CHAULIEU (Armande-Louise-Marie de) [1805-1835]. Sœur des précédents. Âgée de dix-huit ans en 1823 : *MJM*, I, 205. Portrait : 211, 212 ; prénoms : 198, 199 ; envoyée au couvent des Carmélites de Blois en 1816 : 202 ; annonce à son amie Renée de Maucombe sa sortie du couvent en septembre 1823 : 195, 196 ; sa grand-mère, la princesse de Vaurémont, lui a légué sa fortune ; elle habite ses anciens appartements dans la partie de l'hôtel de Chaulieu située à l'angle du boulevard des Invalides : 198 ; présentation dans le monde, le 14 décembre 1823 : 216 ; conversation avec son père relative à son avenir : 241 ; prie Charles de Vandenesse de demander au prince de Talleyrand quelle est l'identité réelle de la personne qui se cache sous le nom de Felipe Henarez ; ne serait-il pas l'ex-duc de Soria ? : 246 ; Felipe demande sa main : 295 ; clauses financières de son contrat de mariage : 292, 300. Sabine de Grandlieu, jeune fille de l'école de Louise : *B*, II, 845. Louise devient baronne de Macumer en mars 1825 : *MJM*, I, 303, 304 ; marraine d'Armand-Louis de l'Estorade : 314 ; désire mourir à trente ans : 316 ; jalouse du bonheur et du fils de son amie d'enfance : 328, 329 ; son salon travaille pour l'avancement de Louis de l'Estorade : 348 ; perd son mari et manque mourir à son tour : 355, 356. Veuve en octobre 1829 : *SetM*, VI, 510 ; en relation avec les Grandlieu : 507.

Amie de Mme Firmiani : *Fir.*, II, 152. Le 15 octobre 1833, annonce à son amie son remariage avec le poète Marie Gaston : *MJM*, I, 360, 361. Citée par la duchesse de Grandlieu à sa fille, comme un exemple à ne pas suivre : *B*, II, 888. Épouse Marie Gaston en secondes noces, le 22 octobre 1833, et va habiter avec lui le Chalet, à Ville-d'Avray : *MJM*, I, 367; en 1835, se croit trompée par son mari : 386-396; décide de se suicider, en juillet : 395; en se rendant poitrinaire : 399, 400; meurt, à trente ans, le 25 août : 403.

Ex-future *Sœur Marie des Anges : *MJM*, I, 196 (var. *a*).

CHAULIEU (Mlle de). Tante de la précédente. Sacrifiée à son frère adoré, elle est devenue supérieure des Carmélites de Blois : *MJM*, I, 196 et 300. Elle ignore la vie intérieure de Louise, mais nourrit peu d'espoirs sur sa vocation religieuse : 197, 198.

Ant. *VICTOIRE (Mme), correspondante initiale de l'héroïne : *MJM*, I, 1240.

CHAUMONTEL. En prétendues relations d'affaires avec Adolphe : *PMV*, XII, 79; l'éternelle affaire Chaumontel, qui ne se conclut jamais, lui sert de couverture : 156; les pièces de l'affaire : 164-166; Caroline a, elle aussi, son « affaire Chaumontel » : 174.

CHAUSSARD (les frères). Anciens gardes-chasse des Troisville : aubergistes à Louvigny en 1808 : *EHC*, VIII, 296; neveux des Bourget : leurs activités dans la préparation de l'attaque du courrier de l'Ouest : 304; l'aîné est impliqué dans l'affaire, le cadet est en fuite : 305, 306; sont en réalité des agents provocateurs, soudoyés par Bryond des Tours-Minières : 310; Chaussard, l'aîné, marqué et condamné à vingt ans de travaux forcés, est gracié par l'Empereur; le cadet, contumace, est condamné à mort : 314; son rôle de traître une fois démontré, l'aîné est exécuté par Boislaurier qui le jette à la mer; le cadet, embrigadé dans la police par Contenson, est assassiné de nuit, dans une de ces affaires nocturnes particulières à la police : 317.

Chaussetier-pourpointier (un). Bourgeois parisien sous Louis XIV; son fils, le Moufflon, se fait comédien en province; sa femme et lui meurent; leur héritage enrichit la troupe du fils : *Fré.*, XII, 821, 822.

CHAUTARD (?-1829). Dernier crétin du bourg administré par le docteur Benassis, en mars 1829 : *MC*, IX, 404, 405; sa mort permet de démolir les masures insalubres du vieux village : 500.

*CHAUVRY (princesse de). Voir BLAMONT-CHAUVRY (princesse de).

CHAVAGNAC. Porteur d'eau à la voie. Épouse Justine, la femme de chambre de Caroline de Chodoreille : *PMV*, XII, 157.

CHAVAGNAC (Mme) dans *PMV*. Voir JUSTINE.

CHAVERNY (Georges de) [?-v. 1593]. Cousin de Jeanne de Saint-Savin, venu de Paris à Rouen en 1589, chez son grand-oncle, pour s'y former aux devoirs de la magistrature : s'éprend de sa cousine : *EM*, X, 875, 876; emprisonné comme huguenot et menacé de mort vers 1590 : 877; sera délivré à condition que Jeanne de Saint-Savin consente à épouser le comte d'Hérouville : 877; la comtesse d'Hérouville apprend sa mort, vers 1593 : 897.

CHAVONCOURT (M. de). Député royaliste de Besançon en 1834 et l'un des fameux 221 de 1830. De vieille famille parlementaire, sa fortune ne choque personne. Un fils, trois filles : *AS*, I, 993; réélu à cent quarante voix de majorité en 1835 : 1007.

CHAVONCOURT (Mme de) [née en 1795]. Femme du précédent, âgée de quarante ans en 1835 : *AS*, I, 994; ses réceptions : 994; selon M. de Grancey, procurerait les voix légitimistes à Savarus si ce dernier demandait la main de sa fille Sidonie : 1002, 1003.

CHAVONCOURT (M. de) [né en 1813]. Fils aîné des précédents, âgé de vingt-deux ans en 1835 : *AS*, I, 994; confident d'Amédée de Soulas : 1019.

CHAVONCOURT (Victoire de) [née en 1817]. Sœur du précédent. Âgée de dix-sept ans et demi en 1835 : *AS*, I, 979; filleule d'une tante qui la dote d'un domaine de sept mille francs de rente et de cent mille francs; l'ami de son frère, Vauchelles, veut l'épouser : 994.

CHAVONCOURT (Sidonie de) [née en 1819]. Sœur de la précédente. Âgée de seize ans en 1835 : *AS*, I, 979; M. de Grancey la propose à Savarus en mariage : 1002, 1003.

CHAZELLE. Commis au ministère des Finances en 1824, dans le bureau de Baudoyer; portrait : *E*, VII, 981.
  Ant. *PATUREAU : *E*, VII, 992 (var. *c*).
*CHAZELLE. Ant. *PATUREAU : *E*, VII, 988 (var. *f*).
CHAZET (les). Fermiers des environs d'Alençon. Dans la gêne, confient leur fille aînée à Mme de Montcornet : *Pay.*, IX, 192.
CHAZET (Olympe). Fille aînée des précédents. Voir MICHAUD (Mme).
Chef d'une « famille royale » en province (le). Grand chasseur, hautain, mal élevé : *FA*, II, 464.
Chef d'une « famille royale » en province (la femme du). Femme du précédent. Tranchante, dévote, élève mal ses filles : *FA*, II, 464.
Chef d'une famille provinciale noble et riche (le). Au courant des intrigues et de la politique; marche avec son temps : *FA*, II, 464, 465.
Chef d'une famille provinciale (la femme du). Femme du précédent. Élégante mais guindée; a une domestique moderne; son fils aîné a un majorat, le cadet est auditeur au Conseil d'État : *FA*, II, 464.
Chef de la douane de Saint-Nazaire (le). Raconte à l'abbé Grimont les bizarreries de Camille Maupin : *B*, II, 687.
Chef de bataillon d'artillerie (un) [?-1815]. Deuxième fils du futur curé de Saint-Lange, mortellement blessé à Waterloo : *F30*, II, 1111.
Chef d'escadron de dragons (un) [?-1815]. Frère du précédent. Fils cadet du futur curé de Saint-Lange, tué à Waterloo, comme ses deux aînés : *F30*, II, 1111.
Chef du parti juste-milieu de Besançon (le), en 1835. Homme de l'Hôtel de Ville. Ses consignes au journaliste ministériel demandé à Paris par la préfecture : *AS*, I, 920, 921.
Chef de la police à Paris (le). En 1819, après la plainte déposée par le baron de Maulincour contre Ferragus, rend compte des résultats de son enquête : *F*, V, 830.
Chef des surveillants à la Conciergerie (le), en 1830. Commente la rupture, par Mme de Sérizy, d'un barreau de fer forgé : *SetM*, VI, 811; commence à croire que l'abbé Carlos Herrera n'est pas un forçat en rupture de ban : 859.
*CHENÊREY. Voir *CHENESSY ci-dessous.
*CHENESSY. Ant. *CHENÊREY, puis remplacé par un KELLER : *IP*, V, 183 (var. *d*).
Chercheurs de mystère (deux). S'interrogent sur les Lanty et leur fortune : *S*, VI, 1044.
CHERVIN. Brigadier de gendarmerie à Montégnac en 1829. A moins d'action que les paroles de l'abbé Bonnet : *CV*, IX, 709.
CHESNEAU (Me). Notaire à Bordeaux, prédécesseur et patron de Me Mathias, à qui il revend son étude : *CM*, III, 620.
  Ant. *CHAUDEAU : *CM*, III, 620 (var. *b*).
CHESNEL (Me) [1753-v. 1826]. Âgé de soixante-neuf ans en 1822 : *CA*, IV, 998; débute petit clerc chez Me Sorbier, père d'un notaire en fonctions à Alençon en 1822; au sortir de cette étude, devient l'intendant du marquis d'Esgrignon : 1002; notaire à Alençon pendant la Révolution, rachète en son propre nom certaines terres des d'Esgrignon : 967; un parvenu, du Croisier, obtient qu'il s'entremette auprès du marquis pour demander la main de Mlle Armande : 969. Conseille de mettre sous le régime dotal la terre de Saint-Savin, unique bien de Mlle de La Chanterie : *EHC*, VIII, 309. En 1822, administre soigneusement la fortune de son vieux maître : *CA*, IV, 982; propose de donner cent mille francs à Victurnien d'Esgrignon pour son voyage à Paris : 1001; le seul à voir clair au Cabinet des Antiques : 983; habite rue du Bercail; veuf et sans enfant, a au fond de son cœur adopté Victurnien; sa situation de fortune : 990, 991; au courant des sourdes menées du Croisier : 1000; offre les deux cent mille francs qui lui restent à Victurnien, le suppliant seulement de ne pas dépasser ce chiffre : 1025; du Croisier lui indique le montant des dettes de Victurnien d'Esgrignon; pour les payer, il vend ses propriétés, et son étude : 1028, 1043; cache Victurnien, en fuite, et le confesse; part pour Paris, tenter de récupérer l'argent donné à la duchesse de Maufrigneuse : 1043-1045, 1046; s'assure la bienveillance du juge d'instruction Camusot : 1052; supplie du Croisier de retirer sa plainte, acceptant d'avance toutes

ses conditions, à l'exception de la mésalliance : 1053-1055 ; obtient de Mme du Croisier un reçu postdaté des trois cent mille francs pris par Victurnien chez Keller frères : 1057, 1058 ; reçoit la visite de Diane de Maufrigneuse habillée d'un costume masculin : 1077 ; la conduit chez Mme Camusot : 1079 ; va voir Victurnien, mis au secret, et lui souffle les réponses qu'il devra faire : 1083 ; meurt après son triomphe, vers 1826 ; il est enterré dans la chapelle du château d'Esgrignon : 1094. Voir aussi CHOISNEL, nom sous lequel il apparaît dans *VF*.

*CHESSEL (M. Pastureau, dit de). Homme devenu fort riche qui acheta en Charolais la terre de Chessel dont il prit le nom en entrant au Parlement de Paris où il fut président ; anobli à la fin de la Régence : *Lys*, IX, 1008 (var. *a*).

*CHESSEL (Pastureau de). Fils du précédent. Il eut en partage la terre de Falesne en Touraine. Il revint s'y installer et augmenta sa fortune par une charge de finance : *Lys*, IX, 1008 (var. *a*).

CHESSEL (M. Durand, dit Durand de Chessel, devenu comte de). Fils d'un fabricant devenu immensément riche pendant la Révolution ; ambitieux de haute portée : *Lys*, IX, 1006 ; sous la Restauration, établit un majorat au titre de comte octroyé par Louis XVIII : 1006, 1007 ; mot du roi : 1007 ; en 1814, ami de Mme de Vandenesse qui lui envoie son fils Félix au château de Frapesle situé sur l'Indre entre Montbazon et Azay-le-Rideau : 986 ; il présente Félix à Mme de Mortsauf : 993.
    *PASTUREAU est son nom de famille et il est petit-fils et fils des deux personnages précédents : *Lys*, IX, 1008 (var. *a*).

CHESSEL (comtesse de). Femme du précédent. Née Chessel, de vieille famille parlementaire, bourgeoise depuis Henri IV, et dont elle est la dernière héritière : *Lys*, IX, 1006. Chez Mme Rabourdin, en 1824 : *E*, VII, 953.

Chevaliers de la Désœuvrance (les). Origine de cet « ordre » en 1816 : *R*, IV, 365, 366 ; ses activités nocturnes : 366, 374-375 ; statuts de l'ordre ; son grand maître en 1817 est Maxence Gilet qui impose un sévère entraînement physique à ses affiliés : 373, 374 ; tiennent leurs assises au cabaret de la Cognette : 377 ; histoire de la carriole de Fario : 379 ; au nombre de vingt : 380 ; ou de vingt-deux : 432 (six d'entre eux seulement sont nommés : Gilet, Fr. Hochon, Baruch Borniche, Goddet fils, Lousteau-Prangin fils et Beaussier fils).

Chevau-(un). Légèrement *ebriolus*, compare les amants à des appareils distillatoires ; il est rappelé à l'ordre : *Phy.*, XI, 1198.

Chevaux de Nucingen (les). Parlent sans doute en langue de cheval à d'autres chevaux : *SetM*, VI, 493.

CHÈVRE (la). Surnom donné à sa cousine, Lisbeth Fischer, par le baron Hulot. Voir FISCHER (Lisbeth).

Chèvre (une). Ses mouvements : *PVS*, XII, 296.

CHEVREL. Marchand drapier rue Saint-Denis, ancien propriétaire du *Chat-qui-pelote*, qu'il cède à son gendre, M. Guillaume : *MCP*, I, 41.

CHEVREL (Mlle). Fille du précédent. Voir GUILLAUME (Mme).

CHEVREL. Riche banquier parisien. Peut-être le frère aîné du fondateur du *Chat-qui-pelote* : *CB*, VI, 85.

CHEVREL (Mlle). Fille du précédent. Voir ROGUIN (Mme).

CHEVRETTE. Surnom donné par son père à Hortense Hulot. Voir STEINBOCK (comtesse Wenceslas).

*CHEYLUS (M. et Mme de) : *Th.*, XII, 585.

*CHEYLUS (Blanche de). Sans doute fille des précédents : *Th.*, XII, 585.

CHIAVARI (prince de). Fils cadet du feu maréchal Vernon et frère du duc de Vissembourg : *B*, II, 908.
    Ant. *PARME (prince de), fils cadet de feu *VILMAN (maréchal), puis de feu *FÉBURE (maréchal) : *B*, II, 908 (var. *a*).

CHICOT (M.) [né en 1755]. Bonnetier. Laid et stupide ; installé rue du Bac ; se marie en 1789 ; suit son époque en politique ; en 1801, a un fils dont il voudrait faire son successeur, mais en vain ; en 1825, vend son fonds, a seize mille francs de rente, habite rue de Grenelle ; se querelle avec sa femme à propos de leur fils ; devient avare : *AC*, XII, 833-835.

CHICOT (Mme). Femme du précédent. Issue d'une vieille famille parisienne ; jolie, fidèle ; après onze ans de mariage, se laisse examiner par le Dr Haudry, qui la guérit de sa stérilité ; encourage la vocation de son fils et, contre son mari, l'aide de ses économies ; sa brouille conjugale : *AC*, XII, 833-835.

CHICOT (Adam) [né en 1801]. Fils des précédents. D'une laideur ignoble, qu'il tient de son père ; a une vocation précoce pour la médecine, et refuse d'être bonnetier ; étudiant en médecine de 1820 à 1825, grâce à sa mère ; intéressé en particulier par la chimie ; soutient sa thèse sur la vitalité ; héritier du Dr Haudry : *AC*, XII, 834-835.

Chien du régiment (le). Surnom de Fulgence. Voir RIDAL.

Chien de garde du général d'Aiglemont (le). Tué par l'assassin du baron de Mauny : *F30*, II, 1162, 1179.
   Ant. *MARENGO : *F30*, II, 1179 (var. *b*).

Chien de garde de Grandet (le). Un chien-loup : *EG*, III, 1069, 1070.

Chien de Manerville (le). Un chien des Pyrénées : *FYO*, III, 1062.

Chien du marchand de grains Taboureau (le). Un épagneul : *MC*, IX, 588, 589.

Chien (un). Chez lui, rien n'est faux : *PVS*, XII, 296.

Chien du chevalier du Vissard (le). Un lévrier : *Vis.*, XII, 644.

Chiens de garde de Dumay (les deux). Des chiens des Pyrénées : *MM*, I, 479, 493.

Chiens de meute du duc de Verneuil (les soixante). De race anglaise : *MM*, I, 710.

Chiens de meute du prince de Cadignan (les). De races dépareillées : *MM*, I, 710-711.

Chiens de garde de l'hôtel San-Réal (les) : *FYO*, V, 1068, 1069.

Chiens de garde de Magus (les trois). Un Terre-Neuve, un chien des Pyrénées, un bouledogue : *CP*, VII, 595, 596.

Chiens du marchand de porcs Caboche (les deux). Des chiens des Pyrénées : *Vis.*, XII, 644, 645.

Chiffonnier (un). Enfant de la nuit, rencontré par Bianchon et Granville rue de Gaillon à minuit en décembre 1833 : *DF*, II, 82.

*CHIFFREVILLE (maison). En relation avec Claës : *RA*, X, 730 (var. *e*).

CHIFFREVILLE (les). Invités au bal Birotteau, ainsi que leurs associés, *tous* les Protez en 1818 : *CB*, VI, 163. « Des fabricants de produits chimiques, l'aristocratie d'aujourd'hui, quoi ? des Potasse ! », dit Mme Schontz : *MD*, IV, 738. Maison reine des produits chimiques ; liée avec la grosse droguerie ; liée par Me Cardot aux Camusot et, par là, hôte de Pons : *CP*, VII, 504.

CHIFFREVILLE. Fabricant de produits chimiques : a pour associé le professeur Vauquelin, de l'Académie des Sciences : *CB*, VI, 52 ; l'un des directeurs de Protez et Chiffreville, amis de César Birotteau dès 1813 : 68 ; invité avec sa famille au bal Birotteau, en novembre 1818 : 163 ; avec quelques amis, commente à la Bourse la faillite de César, au début de 1819 : 263.
   *CHIFFREVILLE, remplacé par MONGENOD : *CB*, VI, 264 (var. *a*).

CHIFFREVILLE (Mme). En relation avec Mme Camusot de Marville en 1845 : *CP*, V, 556 ; questionne la Présidente sur la rupture des fiançailles de Cécile avec F. Brunner : 564.

CHIFFREVILLE (Mlle). Fille des précédents. Voir CARDOT (Mme).

CHIGI (prince). Grand seigneur romain. Révèle au sculpteur Sarrasine que la chanteuse Zambinella n'est qu'un castrat, aucune femme n'étant admise à paraître sur les planches dans les théâtres de Rome en 1758 : *S*, VI, 1072.

*CHIGNARD (Mme). Femme d'un notaire, remplacée par ROGUIN (Mme) : *DF*, II, 27 (var. *c*).

Chimiste (un). Amant de Jacqueline Collin de 1793 à 1803 ; condamné à mort pour fausse monnaie, en 1803 : *SetM*, VI, 753.

Chimiste anglais (un). Classé comme excentrique ; soigné à son insu par sa femme, sa mère et son beau-père, enferme dans un flacon l'âme d'un pauvre fou : *MI*, XII, 737-739.

Chinois (le). Surnom donné à Sibilet par Michaud. Voir SIBILET (Adolphe).

Chirurgien (un). Appelé en consultation auprès de Mme Marie Gaston, très gravement malade, en août 1835 avec le docteur Bianchon : *MJM*, I, 399.

Chirurgien de Lucerne (un). Mandé auprès de Rodolphe, atteint d'un coup de stylet. Le blessé lui recommande le plus grand secret : *AS*, I, 947.

Chirurgien de Besançon (un). Appelé d'urgence auprès du baron de Watteville, victime d'une baignade forcée : *AS*, I, 1011.

Chirurgien du Croisic (le). Requis par Calyste du Guénic pour soigner Béatrix de Rochefide : *B*, II, 812.

Chirurgien de l'hôpital Cochin (le). A la demande d'Horace Bianchon, se rend au chevet du père Goriot ; il lui pose des moxas : *PG*, III, 282.

Chirurgien de l'Hôtel-Dieu (le premier). Doit amputer Désiré Levrault-Minoret grièvement blessé dans un accident de diligence ; il ne peut le sauver, malgré la réussite de son intervention, à cause de la *révolution des humeurs*. En outre, *le Doigt de Dieu* veille : *UM*, III, 985.

Chirurgien de l'hospice de Provins (le). Se présente avec un de ses aides pour faire l'autopsie de Pierrette ; Brigaut s'y oppose formellement : *P*, II, 159.

Chirurgien d'Angoulême (un). Assiste au duel Bargeton-Chandour : *IP*, V, 247.

Chirurgien parisien (un). Assiste au duel de L. de Rubempré-Michel Chrestien en 1822. Il s'en tirera, opine-t-il devant la blessure de Lucien : *IP*, V, 540.

Chirurgien parisien (un). Ami du général de Montriveau et l'un des Treize ; chargé de marquer d'une croix de Lorraine au front la duchesse de Langeais : *DL*, V, 997, 998.

Chirurgien parisien (un). Remet à leur place, trois ou quatre fois par jour, les membres de Vanda de Mergi : *EHC*, VIII, 339.

Chirurgien (un) [?-1831]. Ancien chirurgien de régiment, retiré à Montégnac ; plus occupé de sa cave que de ses malades : *CV*, IX, 811.

Chirurgien d'Aix-les-Bains (un). Convoqué par M. Charles pour assister au duel de celui-ci avec Raphaël de Valentin : *PCh.*, X, 273, 274 ; demande à Raphaël de cesser ses discours inutiles : 275.

Chirurgien (un). Appelé auprès du colonel de Sucy, évanoui ; il estime que si le malade n'avait pas été à jeun, il serait mort : *Ad.*, X, 984.

Chirurgien des armées en 1799 (un). Supérieur du sous-aide major Prosper Magnan, juge, après lui avoir tâté le pouls, que l'accusé n'est pas en mesure de subir un interrogatoire : *AR*, XI, 106.

Chirurgien parisien (un). Fait avorter une dame inconnue, la « massacre » : *Ech.*, XII, 479.

*Chirurgien napolitain (un). Fait l'autopsie de Mme de Chamaranthe : *DxA*, XII, 1082.

Chirurgien-major (un). Ami du docteur Minoret ; lui fait savoir, en 1813, que le chef de musique de son régiment a pour nom Joseph Mirouët : *UM*, III, 813.

Chirurgiens militaires (deux). Envoyés par l'Empereur après la bataille d'Eylau pour s'assurer que Chabert est mort. Pressés, ils concluent prématurément au décès : *Col.*, III, 323.

CHISSÉ (Mme de). Grand-tante du vaudevilliste du Bruel, fort avare. Claudine du Bruel, sa petite-nièce par alliance, sait l'amadouer par des cadeaux : elle passait l'été chez elle, ne ratant pas une messe : *Pr.B*, VII, 827.

CHOCARDELLE (Mlle). Voir ANTONIA.

CHODOREILLE (Adolphe de). Type du jeune mari. Originaire de Viviers : *PMV*, XII, 106 ; a eu une liaison avec Mme Schontz : 41 ; mariage avec Caroline : 22 ; loge rue Joubert : 113 ; souffre de la bêtise de sa femme : 26-33 ; en promenade familiale : 37-41 ; au bal avec Caroline : 41-46 ; en désaccord avec elle sur l'éducation de leur fils : 47-51 ; fait une spéculation malheureuse : 54-57 ; entrevoit une jeune fille idéale et regrette de s'être marié : 58-61 ; achète, puis revend une villa à Ville-d'Avray : 76-83 ; chargé d'administrer le ménage : 89-92 ; piteuse carrière d'écrivain : 106-109 ; amant de Mme de Fischtaminel : 122, 157, 174 ; lettre à son ami Hector : 139-141 ; son retour après un voyage : 146 ; compromis dans une faillite, envoie Caroline faire des démarches : 159 ; songe à courtiser Mme Foullepointe : 162 ; surpris par Caroline à danser la polka au Ranelagh ; renoue avec Mme Schontz sous couvert de l'affaire Chaumontel : 159 ; résiste à Caroline qui veut faire du cheval, puis avoir une voiture : 167-173 ; avec Caroline, a trouvé son bonheur dans le ménage à quatre : 182. En 1845, l'impuissance littéraire en personne, selon Bixiou ; habite rue Godot ; a publié un seul livre en quinze ans : *CSS*, VII, 1203-1206.

CHODOREILLE (Caroline de). Femme du précédent, type de la jeune femme mariée. Née Caroline Heurtault : *PMV*, XII, 110, 115 ; mariage : 22 ; doit hériter de divers parents : 23 ; sa bêtise : 26-33 ; en promenade familiale : 37-41 ; au bal : 41-46 ; désaccord avec Adolphe sur l'éducation de leur fils : 47-51 ; rêve d'être riche : 51-57 ; cite M. Deschars en exemple à Adolphe : 63, 64 ; jalouse de Mme de Fischtaminel : 64, 65, 81, 82, 122, 123, 147, 148, 168 ; engraisse : 68, 69 ; se charge du budget familial : 83-87 ; amitié avec Mme Foullepointe : 94-96 ; consulte un médecin : 97-101 ; amitié avec Stéphanie : 103-106 ; correspondance avec Claire de la Roulandière : 110-115 ; avec Mathilde : 115-119 ; intrigue avec Ferdinand de Bourgarel : 119, 164, 175-177 ; feint d'être la maîtresse du vicomte de Lustrac : 125-127 ; publie une nouvelle sous le pseudonyme de Samuel Crux : 137, 138 ; attend le retour d'Adolphe en voyage : 142-146 ; relations avec sa femme de chambre Justine : 151-157 ; fait des démarches pour Adolphe : 159-161 ; découvre la vérité dans l'affaire Chaumontel : 165, 166 ; veut faire du cheval, puis avoir une voiture : 167-173 ; se lie avec Mme de Fischtaminel : 174 ; heureuse dans le ménage à quatre : 182.

CHODOREILLE (Adolphe ou Charles de). Fils des précédents. Appelé Adolphe, se promène avec ses parents en voiture : *PMV*, XII, 38-41 ; appelé Charles, est insupportable ; il est question de le mettre en pension : 47-51 ; met son père dans une situation embarrassante : 162.

CHODOREILLE (la petite). Sœur du précédent. Promenade en voiture avec ses parents : *PMV*, XII, 38-41.

CHOISNEL (Me). Ancien intendant de la maison d'Esgrignon, notaire de l'aristocratie d'Alençon en 1816 ; fort riche : *VF*, IV, 874 ; notaire de Mlle Cormon, n'est pas au courant du projet de mariage entre sa cliente et du Bousquier, dont le contrat est rédigé par son collègue Me Lepressoir, notaire des Libéraux ; homme digne de Plutarque, consent malgré tout à se mettre en relation avec son adversaire pour soutenir les intérêts de Mlle Cormon : 913. Voir aussi CHESNEL.

CHOLLET (la mère). Concierge d'un immeuble, rue Saint-Fiacre, en 1821, siège du journal de Finot : *IP*, V, 334.

CHORON (Me). Notaire, sans doute à Chinon. Donne de bons conseils à Ernest de Tourolle : *DxA*, XII, 666.

CHOSE. Marchand de vins belge. Acheteur de toute la récolte du vigneron Félix Grandet, en 1819, suscitant un tollé général chez les vignerons de Saumur ; ils se réservent, croyant à la parole de Grandet qui, par prudence, désigne son client sous le nom de « Chose » : *EG*, III, 1098.

CHOSE. Pour expliquer à son protecteur, Camusot, la présence compromettante des bottes de Lucien dans sa chambre, Coralie lui déclare jouer un rôle d'homme dans la pièce de « Chose » : *IP*, V, 411.

CHOSE. Amant d'Antonia ; l'abandonnée, selon Héloïse Brisetout : *CP*, VII, 701.

CHOSE. Paresseux, selon Adolphe, et sera donc sans doute en retard à leur rendez-vous : *PMV*, XII, 34.

Chouans (trois). Apercevant au crépuscule Mlle de Verneuil, enveloppée de voiles clairs, croient voir le fantôme de l'un des leurs, Marie Lambrequin, récemment tué au combat de La Pèlerine. Ces Chouans, non cités, sont probablement Marche-à-Terre, Galope-Chopine et Mène-à-Bien : *Ch.*, VIII, 1077.

Chouans (trois chefs de). Reprochent à Marche-à-Terre d'avoir provoqué sans raison le combat de La Pèlerine : *Ch.*, VIII, 942. La querelle tournerait au combat à mort sans l'intervention de Montauran : 943 (il pourrait s'agir de Grand-Jacques, l'Intimé et Ferdinand, cités p. 944).

CHRESTIEN (Michel) [v. 1799-1832]. Âgé d'environ trente ans en 1829 ; son portrait à cette époque : *SPC*, VI, 960. Membre du Cénacle en 1819 : *R*, IV, 306. En 1821, républicain, rêve la fédération de l'Europe ; son caractère : *IP*, V, 317, 318 ; loue mais ses amis du Cénacle, juge sévèrement Rubempré et sa liaison avec une actrice : 421 ; en 1822, le provoque en duel pour un article contre d'Arthez : 539. En 1823, Bridau le prend pour modèle de la tête du sénateur vénitien de son tableau du Salon : *R*, IV, 327. Ami de l'employé Desroys, républicain en secret : *E*, VII, 987. Au milieu de l'hiver 1829, sa passion muette pour la duchesse de Maufrigneuse : *SPC*, VI, 959, 960. En 1830, est pour beaucoup dans le mouvement moral des saint-simoniens : *IP*, V, 317. Lors des journées de Juillet, sauve la vie du duc de Maufrigneuse ; en 1831, aime toujours Diane en silence ; en

1832, le matin de la prise de Saint-Merri, fait porter une lettre à Diane ; il meurt dans l'affaire de Saint-Merri, le 6 juin : *SPC*, VI, 960, 961. Ses amis du Cénacle rendent leurs derniers devoirs au fédéraliste ; la simplicité de sa tombe au Père-Lachaise : *IP*, V, 320. D'Arthez a parlé de lui à la marquise d'Espard : *SPC*, VI, 961 ; seul confident de son amour pour Diane, d'Arthez fait à cette dernière, en 1833, l'éloge du caractère et des idées du grand républicain mort : 970, 971.

*CHRESTIEN : *IP*, V, 419 (var. *a*), 471 (var. *a*).

CHRISTÉMIO. Mulâtre, originaire des Indes espagnoles, au service de Paquita Valdès : *FYO*, V, 1075, 1076 ; son père nourricier : 1083 ; introduit Marsay auprès de sa maîtresse : 1086 ; lutte avec ce dernier, qu'il tuerait, si Paquita ne lui ordonnait de le lâcher : 1103 ; meurt empoisonné : 1108.

CHRISTOPHE. Garçon de peine en 1819 à la pension Vauquer ; d'origine savoyarde : *PG*, III, 56, 233 ; seul à suivre le convoi du père Goriot en février 1820 avec Rastignac : 289.

CIBOT (Jean). Voir PILLE-MICHE.

CIBOT (le grand). Cousin du précédent. Voir GALOPE-CHOPINE.
   Ant. *JACQUOT (le grand) : *Ch.*, VIII, 955 (var. *b*).

CIBOT (Barbette) [v. 1769-1799 ?]. Femme du précédent, âgée d'une trentaine d'années en 1799 ; portrait : *Ch.*, VIII, 1161, 1162 ; le mot de passe convenu pour entrer chez elle : « Bonjour Bécanière ! » : 1091 ; trompée par le costume de contre-Chouan du chef de demi-brigade Hulot, lui révèle la cachette du Gars et s'aperçoit trop tard de son erreur : 1162, 1163 ; décidée à venger son mari, exécuté par les Chouans, en livrant le Gars aux Bleus : 1179 ; confie son fils à Hulot pour qu'il en fasse un soldat ; elle est certaine que les Chouans vont la tuer : 1184.

CIBOT (le petit) [né v. 1792]. Fils des précédents. Sept ou huit ans en 1799. Travaille aux champs sa mère : *Ch.*, VIII, 1161 ; elle l'envoie prévenir son père qu'elle a involontairement trahi le Gars : 1163, 1173 ; voit la tête coupée de son père accrochée à la porte de sa maison : 1178 ; sa mère lui fait mettre le pied dans le sang de son père, et le voue aux Bleus pour venger son père et tuer les Chouans : 1179 ; elle l'amène à Hulot dans cette intention : 1184 ; il va trouver Corentin pour exécuter cette vengeance : 1189 ; indique à Corentin la direction prise par Mlle de Verneuil : 1192 ; sert d'auxiliaire à Corentin pour piéger Montauran : 1192, 1195, 1209.

CIBOT (1786-1845). Concierge de l'immeuble Pillerault, rue de Normandie, depuis 1818. Tailleur de profession ; portrait ; gains ; âgé de cinquante-huit ans en 1844 : *CP*, VII, 519, 520 ; tombe malade quelques jours avant son anniversaire : 675 ; dans un état désespéré, Rémonencq ayant joué le rôle de la Providence : 687, 688 ; meurt à peu près en même temps que le cousin Pons, en avril 1845 : 720.

CIBOT (Mme) [née en 1796]. Femme du précédent. Agée de quarante-huit ans en 1844 ; portrait à cette époque de cette ancienne belle écaillère du *Cadran-Bleu*, mariée en 1824 : *CP*, VII, 520-522 ; femme de ménage de Pons et Schmucke depuis 1836 : 522, 523 ; en 1845, découvre la richesse du musée de Pons grâce à Rémonencq : 573 ; conçoit une idée fixe, être couchée sur le testament du cousin Pons : 577 ; va demander à Mme Fontaine, la cartomancienne, le grand jeu : prédictions de celle-ci : 590-592 ; sa fausse maladie : 603 ; poussée par le docteur Poulain, prend Fraisier pour conseil : 628-630 ; s'arrange pour exaspérer son malade, le cousin Pons : 671-675 ; chassée par Schmucke, emporte un petit Metzu : 710. Veuve de Cibot, épouse Rémonencq qui l'a fait veuve par erreur, ayant voulu l'empoisonner ; elle tient un magnifique magasin d'antiquités, boulevard de la Madeleine, en 1846 : 765.

CICOGNARA (cardinal). Protecteur de la Zambinella. Un inconnu prévient Sarrasine de se méfier de lui : *S*, VI, 1064 ; propriétaire de la villa Ludovisi à Frascati : 1070 ; s'informe du nom de Sarrasine, qui vient de contempler la Zambinella : 1072, 1073 ; donne ses ordres à l'un de ses abbés : 1073 ; fait assassiner le sculpteur par ses sbires ; ordonne plus tard d'exécuter en marbre la statue que Sarrasine a faite de Zambinella : 1075.

*CINQ-CYGNE (Mlle de), ant. *HAUTESERRE (Mlle d'), puis *SAINT[- ?], cinquante-huit ans en 1838 ; treize ans en 1793, vingt-cinq en 1805, soixante en 1840 : *EP*, VIII, 1596.

CINQ-CYGNE (maison de). Branche cadette des Chargebœuf ; une des plus

parvenus : *EHC*, VIII, 254. En 1839, son ennemi, Grévin, espère toujours sa mort : *DA*, VIII, 693, 694.

*CINQ-CYGNE (Laurence de). Est arrêtée : *TA*, VIII, 647 (var. *b*).

*CINQ-CYGNE (comtesse de) : *DA*, VIII, 1600.

CINQ-CYGNE (Adrien d'Hauteserre, par mariage comte puis marquis de). Mari de la précédente. Voir HAUTESERRE (Adrien d').

CINQ-CYGNE (Berthe de) [née en 1813]. Fille des précédents. Vingt ans en 1833[1] ; il est question à cette date qu'elle épouse Georges de Maufrigneuse : *TA*, VIII, 685, 686 ; *SPC*, VI, 1059. L'épouse vers 1838 : *DA*, VIII, 773. Amie de la baronne Calyste du Guénic : *B*, II, 860 ; a pour médecin le docteur Dommanget : 879 ; fait partie du noble Faubourg : 910. Amie de la comtesse Laginska, l'une des reines de Paris en 1836 : *FM*, II, 199, 200. En 1839, Mme Philéas Beauvisage cherche à obtenir l'adresse de ses fournisseurs : *DA*, VIII, 773 ; séjourne au château de Cinq-Cygne : 787.

*CINQ-CYGNE (Mlle de). Devenue duchesse de Maufrigneuse : *DA*, VIII, 1600.

CINQ-CYGNE (Paul, marquis de) [né vers 1815 ?]. Frère de la précédente : *TA*, VIII, 685. Mme Philéas Beauvisage, femme d'un fils de fermier parvenu, l'accepterait volontiers pour gendre : *DA*, VIII, 721 ; telle est aussi l'ambition du père de celle-ci, le notaire Grévin, mais Laurence de Cinq-Cygne a de la mémoire : 771 ; de l'avis d'Olivier Vinet, semble un petit gaillard capable de faire valser l'argent de ses parents et de se moquer des répugnances maternelles : 791.

CIPREY. Neveu de la grand-mère maternelle de Pierrette Lorrain. Fait partie du conseil de famille réuni en 1827 pour statuer sur la déchéance de J.-D. Rogron : *P*, IV, 151.

CLAËS (famille van). Descend du syndic des tisserands de Gand, au XVIᵉ siècle : *RA*, X, 661 ; noble famille espagnole du royaume de Léon, propriétaire du comté de Nourho ; alliée aux Molina : 662. Établie à Douai, parente des Évangélista par les Temninck : *CM*, III, 558. Son goût héréditaire pour les œuvres d'art : *RA*, X, 683.

CLAËS (van) [?-1540]. Ancêtre de la famille, syndic des tisserands de Gand : prévoyant la réaction de l'empereur Charles Quint à la nouvelle de la rébellion de Gand, met sa famille et sa fortune à l'abri ; il est pendu à Gand : *RA*, X, 661 ; intime ami du célèbre sculpteur sur bois van Huysium ; sa richesse ; son portrait, dû au Titien : 666.

CLAËS-MOLINA (Balthazar van), comte de Nourho (1758, 1760 ou 1761-1832). Vingt-deux ans en 1783 : *RA*, X, 674 ; environ cinquante ans en 1812 : 670 ; cinquante-neuf ans en 1817 : 770 ; soixante-cinq ans en 1825 : 814 ; portrait en 1812 ; paraît avoir soixante ans : 670-672 ; son grand-père a épousé une demoiselle Pierquin, d'Anvers : 692 ; au début du XIXᵉ siècle, représente la branche douaisienne des Claës-Molina ; malgré ses titres nobiliaires, se fait appeler simplement Balthazar Claës ; sa richesse : 662 ; l'obsession de la hante : 672, 673 ; antécédents ; études à Paris en 1783, où il a été l'élève de Lavoisier : 674, 675 ; s'éprend de Mlle de Temninck de Bruxelles : 675, 676 ; l'épouse au début de 1795, et revient habiter Douai : 678 ; malgré ses idées philosophiques qui sont celles du siècle précédent, installe chez lui un prêtre catholique, en dépit du danger, jusqu'en 1801 : 679 ; sa célèbre galerie de tableaux ; maison de campagne dans la plaine d'Orchies : 683, 684 ; son brusque changement de caractère à la fin de 1809 : 685 ; devient indifférent à tout ce qui l'environne : 687 ; augmentation progressive de ces troubles, ses absences, son incurie vestimentaire, ses promenades solitaires : 689 ; peut-être sur le point de décomposer l'azote, dit-il à sa femme : 691 ; en 1812, a déjà hypothéqué trois cent mille francs sur ses biens : 692 ; espère parvenir bientôt à cristalliser le carbone : 700 ; explique à sa femme le rôle d'Adam de Wierszchownia dans la genèse de son obsession : 714 ; semble renoncer momentanément à ses expériences ; 719 ; résultats qu'il a obtenus en trois ans : 723 ; traîne son ennui depuis sa décision d'abandonner ses recherches, et ne tarde pas à les reprendre : 727, 730 ; néglige de plus en plus sa femme au bénéfice de son laboratoire, où il vit, aidé par Lemulquinier : 745, 746 ; prévenu que sa femme est mourante : 753, 754 ; sa douleur à la mort de celle-ci :

---

1. Inadvertance de Balzac : elle a dû naître en 1814, vu la date du mariage de ses parents.

807; se fiance secrètement à Emmanuel en lui faisant cadeau de la bague de sa mère : 809; en janvier 1825, va chercher son père en Bretagne, et le ramène à Douai : 813-819; épouse Emmanuel : 821, 822; Balthazar lui fait présent du diamant de synthèse qui s'est formé dans son laboratoire pendant son absence : 823; après son mariage, reste à Douai pour veiller sur la santé de son père; reçoit la haute société son jour, nommée un « Café », devient célèbre : 825, 826; accompagne son mari en Espagne en 1828 et visite le château de Casa-Réal, où s'est écoulée l'enfance de sa mère; son enfant y naît en 1830 : 826, 827; de retour à Douai à la fin de septembre 1831 : 828. Femme vertueuse : *Pr.PG*, III, 43.

CLAËS (Gabriel[1] van) [né en 1801]. Frère de la précédente; âgé de quinze ans en 1816; son professeur, Emmanuel de Solis, veut le pousser vers l'École polytechnique : *RA*, X, 766; il s'y prépare activement : 769; il y est reçu en 1818 : 774; nommé ingénieur des Ponts et Chaussées vers 1823, épousera Mlle de Conyncks, et fera une fortune rapide : 813; mariage en janvier 1825 : 821, 822; va habiter Cambrai auprès de sa belle-famille : 825.

CLAËS (Mme Gabriel van). Femme du précédent. Voir CONYNCKS (Mlle de).

CLAËS (Félicie van) [née en 1892]. Sœur de Marguerite et Gabriel. Née à Douai; dix-sept ans en 1819 : *RA*, X, 795; la cour intéressée que lui fait Pierquin : 797; avoue à Marguerite, de retour de voyage, qu'elle aime ce « cousin » : 810, 811; l'épouse en janvier 1825 : 821, 822.

CLAËS (Jean-Balthazar van) [né en 1809]. Frère de la précédente. Né à Douai; trois ans en 1812 : *RA*, X, 683; conçu au moment où sa mère commençait à s'inquiéter de la santé de son mari : 686; va à la rencontre de son père qui revient de Bretagne en 1825 : 821.

Ant. prénommé *Lucien-Balthazar : *RA*, X, 683 (var. *b*); subsiste par inadvertance dans le texte définitif : 820.

CLAGNY (baron Jean-Baptiste de). Procureur du roi à Sancerre en 1823 : *MD*, IV, 636; son admiration pour Dinah de La Baudraye le cloue à Sancerre : 641; plaît par son esprit à la Muse du département, mais son physique lui déplaît : 653; après la révolution de Juillet, fait imprimer à Moulins, chez Desroziers, un petit in-18, les *Œuvres de Jan Diaz* (nom de plume de Dinah), avec une introduction biographique : 662; refuse en 1833 un siège d'avocat général à Paris pour rester à Sancerre : 665; manque de peu d'être élu député de Sancerre aux élections législatives de 1836 : 665, 666; à la réunion chez les La Baudraye, à Anzay, en 1836, raconte à son tour une histoire criminelle : 697, 698; se fait muter à Paris en qualité de substitut du procureur général à la Cour royale, après le départ de Dinah : 752; la revoit; elle est la maîtresse de Lousteau : 754, 755; consent à être le parrain du fils adultérin de Dinah et saisit tous les billets de naissance que Lousteau veut expédier; dans cette recherche, il se heurte à un seul refus, ensuite retiré, celui de Nathan : 761-763; avocat général à la Cour royale en 1840 : 769; avocat général à la Cour de cassation en mai 1842 : 780; essaie la même année de détacher Dinah de Lousteau et s'entremet pour une réconciliation entre Dinah et son mari : 777; à partir de l'hiver 1842, forme à Dinah un salon parisien et oblige Mme de Clagny à y figurer : 783, 784; reste le *patito* : 785. En 1846, fréquente les Hannequin de Jarente : *FAu.*, XII, 614.

CLAGNY (baronne de). Femme du précédent, farouchement hostile à Mme de La Baudraye « la prétendue maîtresse de son mari » : *MD*, IV, 665; portrait; en visite chez Dinah; sa laideur : 706; en 1842, à Paris, dîne chez les La Baudraye, rue de l'Arcade : 782; contrainte par son mari de voir Mme de La Baudraye : 783.

CLAPARON (M.) [?-1820]. Ami de Bridau, son camarade au ministère de l'Intérieur; reste l'ami des deux veuves, Mmes Bridau et Descoings : *R*, IV, 288; ne s'occupe plus de son fils, qui l'a ruiné : 294; l'un des « trois sages de la Grèce » de Mme Descoings : 295; en 1816, échappe aux épurations : 299; son dernier conseil à Mme Bridau en février 1820 : 314; meurt à la fin de l'année; son fils, alors riche banquier, le fait enterrer chichement : 316.

CLAPARON (Charles) [né en 1790]. Fils du précédent. Né à Paris : *CB*, VI, 147; portrait en 1818 : 147, 148. Commis voyageur en 1812 : *R*, IV, 295.

1. Appelé par erreur Gustave : *RA*, X, 801 (n. 2) et 806.

*CLARITUS et *CLARITUS V. Voir MARIUS et MARIUS V.

CLAUDE. Jardinier du président Chambrier, à sa maison de campagne des environs de Belley, en 1816 : *CF*, XII, 460.

CLAUDINE. Maîtresse de La Palférine. Voir BRUEL (comtesse du).

CLEF-DES-CŒURS (la). Sergent à la 72e demi-brigade en 1799 : son chef apprécie son intelligence; envoyé en surveillance en haut du plateau d'Ernée, à La Pèlerine : *Ch.*, VIII, 924; sa conversation avec Beau-Pied; décide de boire un coup de cidre avant de faire sa ronde : 1044; par suite de cette négligence, plusieurs soldats bleus sont tués par les Chouans : 1059.

*CLÉMENTINE. Femme de chambre de la marquise de Listomère. Ant. *THÉRÈSE, puis remplacée par CAROLINE : *EF*, II, 175 (var. *d*).

CLÉOPÂTRE (Mlle). Vieille poule noire. Servant aux divinations de Mme Fontaine, la cartomancienne, en 1845 : *CP*, VII, 590.

*CLÉRAMBAULT. Voir CLARIMBAULT.

Clerc de Me Latournelle (le second). Bête comme un avantage matrimonial, se croyant bel homme : *MM*, I, 670.

Clerc de Me Desroches (un). Petit clerc chez Me Desroches, avoué, en 1825 : *DV*, I, 847.

Clerc de Me Hannequin (un). Se rend à Besançon en 1835, nanti d'une procuration générale signée d'A. Savarus, afin de régler sa situation après son départ précipité : *AS*, I, 1014.

Clerc de Me Mathias (le premier), à Bordeaux. Invité à la soirée de la signature du contrat de mariage de Nathalie avec Paul de Manerville : *CM*, III, 595.

Clerc de Me Cardot (le premier), à Paris. Séduit Félicie, fille de son patron, et meurt peu après, d'une pleurésie : *MD*, IV, 737; son camarade Berthier, second premier clerc au courant de ses amours, épousera Félicie : 750.

Clerc de Me Lepressoir (le premier), à Alençon. Traite avec Me Chesnel du rachat de son étude, en 1824 : *CA*, IV, 1043; aperçoit Victurnien d'Esgrignon qui se glisse chez Me Chesnel : 1043; successeur de Me Chesnel, demande aux Blandureau la main de leur fille pour Fabien du Ronceret : 1076 et 1084.

Clerc de notaire (un). Présent à un bal chez les Nucingen en 1826 : *MN*, VI, 351.

Clerc de Me Derville (le premier), en 1829. Annonce à l'agent de change de Nucingen qu'Esther Gobseck hérite de sept millions : *SetM*, VI, 691.

Clerc de Me Hannequin en 1845 (le premier). Vêtu de noir, demande à parler à Schmucke; éconduit par Mme Sauvage : *CP*, VII, 746.

Clerc de Me Crottat (le second) [1799-1821]. Vingt-deux ans en 1821; rachète le pacte diabolique de John Melmoth, afin de pouvoir acheter un châle à Mlle Euphrasie, sa maîtresse : *MR*, X, 386, 387; contracte auprès d'elle une syphilis maligne qui le tue promptement : 387.

Clerc (un). Prend part à une discussion sur les femmes : *Phy.*, XI, 930.

Clercs de l'étude Crottat (les). Leur conversation animée avec un démonologue allemand : *MR*, X, 387, 388.

CLERETTI. Architecte à la mode en 1842. Décore l'hôtel de Josépha, rue de la Ville-l'Évêque; Grindot s'efforce vainement de lutter avec lui *Be.*, V : II, 398.

CLERGEOT. Commis au ministère des Finances en 1794 : *E*, VII, 1074; chef de division en 1824 : 958; à la fin de 1824, sa division et celle de La Billardière sont réunies en une Direction générale : 1072; mis à la retraite en janvier 1825, après trente ans de service : 1074; ses adieux à son ministre : 1110. En 1826, Colleville est nommé sous-chef dans sa division : *Bou.*, VIII, 44.
*CLERGEOT : *E*, VII, 1116 (var. *a*).

CLERGET (Basine). Blanchisseuse de fin à Angoulême en 1822. Amie d'Ève Chardon : *IP*, V, 604; cache David Séchard en juillet 1822; cousine de M. Postel, le pharmacien de l'Houmeau : 625, 631.

Closier de la Grenadière (le). Sa maison : 423; a une femme et deux enfants; son ménage devient silencieux quelques mois après l'arrivée de Mme Willemsens : 436; assiste avec sa famille à la mort de Mme Willemsens : 441.

Closière de la Grenadière (la). Femme du précédent; ferme les yeux de Mme Willemsens et suit son cortège funèbre : *Gr.*, II, 442.

CLOTILDE (Mlle). Du corps de ballet de l'Opéra, maîtresse du sculpteur Sarrasine, vers 1756, mais rompt bientôt avec lui : *S*, VI, 1059.

1. Le texte est peu clair; ce pourrait être aussi en 1822, ce qui placerait sa naissance en 1766.

lution de Juillet, avec une copieuse indemnités; secrétaire d'une mairie en 1832 : 44; en 1833, vient habiter rue d'Enfer, au coin de la rue des Deux-Églises : 45; croit tellement à la véracité de ses anagrammes qu'il n'ose pas montrer à sa femme celle qui la concerne : 67; invité par les Thuillier avec sa femme et sa fille en mars 1840 : 99.

Ant. *DUBRUEL (voir Du BRUEL) comme promu chef de bureau : *E*, VII, 1073 (var. *a*), 1094 (var. *b*).

*COLLEVILLE. Rentré au ministère après la révolution de Juillet et nommé sous-chef : *E*, VII, 1116 (var. *a*).

COLLEVILLE (Mme) [née en 1798]. Femme du précédent. Née Flavie Minoret : *E*, VII, 979. Trente-cinq ans en 1833 : *Bou.*, VIII, 45; portrait en 1839 : 40, 41; fille d'une célèbre danseuse mime et premier sujet de l'Opéra et, prétendument, de du Bousquier, qui, doutant de sa paternité, l'a oubliée; en septembre 1815, un prince, amant de sa mère, dépose une dot de vingt mille francs dans sa corbeille de noces, : 40; son anagramme, établie par son mari : 67; de 1816 à 1826, a cinq enfants dont quatre adultérins et de pères différents : 41, 42. Vers 1820, sa liaison avec François Keller obéit à la fois à une passion vraie et à la nécessité : *Be.*, VII, 187. Coûte cher au financier : *SetM*, VI, 613. En 1824, Mme Rabourdin refuse de la recevoir, prétextant de sa liaison avec Keller : *E*, VII, 917; a eu des Lupeaulx pour amant : 946; rend son mari heureux en gardant sa liberté; rappel de sa liaison avec Thuillier : 979. Vers 1824, très frappée par la mort de Charles de Gondreville, devient très pieuse : *Bou.*, VIII, 44; en 1839, a une maison agréable, mais lourde; est aussi élégante que Tullia, qu'elle voit beaucoup : 41; Théodose de La Peyrade lui fait une cour adroite, vers 1840 : 69.

Ant. *LA ROCHE-HUGON (baron Martial de), au titre de titulaire d'un salon, lui-même ant. le réel *GÉRARD (baron) : *E*, VII, 918 (var. *a*).

COLLEVILLE (Charles) [né en 1816]. Fils aîné des précédents. Le vivant portrait de Colleville : *Bou.*, VIII, 42; en 1823, F. Keller lui fait attribuer une demi-bourse d'études; écolier à boursier entière au collège Saint-Louis à partir de 1828 : : 44; cadet de l'École de marine en 1832 : 45.

COLLEVILLE (né en 1818). Deuxième enfant de Flavie. Fils naturel de Charles de Gondreville; destiné à la carrière militaire, comme son père : *Bou.*, VIII, 42; la demi-bourse de son aîné, Charles, lui est attribuée en 1828 : 44.

COLLEVILLE (François) [né en 1820]. Troisième enfant de Flavie. Né au moment où sa mère, liée avec François Keller, met la banque au-dessus de tout; destiné au commerce : *Bou.*, VIII, 42; étonné de ses dispositions pour les mathématiques, Félix Phellion conseille à ses parents, vers 1833, de l'orienter vers l'École polytechnique : 70.

COLLEVILLE (Modeste-Louise-Caroline-Brigitte) [née en 1821]. Quatrième enfant de Flavie. Née au moment où l'attentif de sa mère, Thuillier, lui prête une attention encore plus intime: a les Thuillier pour parrain et marraine; mise en nourrice à Auteuil, y reste jusqu'en 1829 : *Bou.*, VIII, 43; destinée par Colleville à être un jour élevée à l'Institution de la Légion d'honneur, à Saint-Denis : 44; sa piété; adoration pour sa marraine; peu aimée par sa mère; son instruction de 1833 à 1839 : 45, 46; devient la grande amie de Prudence Minard : 48; ses *espérances* : 55; dispute d'amoureux avec Félix Phellion, due à l'indifférence de Félix en matière de religion : 161, 162; essaie d'endoctriner celui qu'elle considère comme son futur mari : 163.

COLLEVILLE (Théodore) [né en 1825]. Cinquième et dernier enfant de Flavie. Conçu en une période de mysticisme maternel, ce qui explique le prénom qu'on lui donne : *Bou.*, VIII, 44; destiné à la prêtrise, ira au séminaire de Saint-Sulpice : 45; en demi-pension chez les Barniol, à l'âge de douze ans (événement placé par inadvertance en 1840) : 74.

COLLIN (Jacques) [né en 1799][1]. « Espèce de colonne vertébrale qui, par son horrible influence, relie pour ainsi dire *Le Père Goriot* à *Illusions*

---

1. On obtiendrait indirectement une autre date, moins probable, en confrontant le fait qu'il a cinq ans de moins que sa tante Jacqueline Collin (*SetM*, VI, 753) et que celle-ci a soixante-quinze ans, en 1843 (*Be.*, VII, 386). Il serait alors né en 1773. Il dit aussi à Lucien de Rubempré, en 1822, qu'il a quarante-six ans (*IP*, V, 707), ce qui le ferait naître en 1776; mais rien n'oblige à le croire.

perdues et *Illusions perdues* à *[Splendeurs et misères des courtisanes]* » : *SetM*, VI, 851. Quarante ans en 1819 : *PG*, III, 60 ; portrait en pensionnaire bourgeois de la pension Vauquer à cette époque : 60, 61 ; autre portrait, peu après, lors de son arrestation : 217, 218. Portrait en 1822 : *IP*, V, 705. Après une enfance heureuse, a fait de bonnes études dans un collège d'oratoriens : *SetM*, VI, 925 ; condamné une première fois vers 1812 à cinq ans de travaux forcés pour crime de faux, peine portée à sept ans pour tentatives d'évasion : 922. Ce faux a été commis par un très beau jeune homme, Italien, qu'il aimait beaucoup (sans doute Franchessini) ; surnommé *Trompe-la-Mort*; trésorier des trois bagnes : *PG*, III, 189, 190 ; il n'aime pas les femmes : 192. Caissier des Dix-Mille et des Grands Fanandels : *SetM*, VI, 832 ; en 1819, a remis à la Rousse une somme de vingt-six mille francs de la part de son *dab*, lui a conseillé de se marier et de devenir honnête ; elle lui servira, à l'occasion, de « boîte aux lettres » : 906. En 1819, pensionnaire de la pension Vauquer, sous le nom de Vautrin : *PG*, III, 189 ; se fait passer pour un ancien négociant, et habite le deuxième étage de la pension ; perruque noire, favoris teints : 55 ; ses activités nocturnes étonnent Rastignac : 79 ; des inconnus questionnent les deux domestiques à son sujet : 80, 81 ; sa science des armes ; explique à Rastignac sa conception de la vie : 135-143 ; lui conseille d'épouser Victorine Taillefer qu'il a un moyen de rendre une héritière riche : 143, 144 ; prête de l'argent à Rastignac : 184-186 ; sait par cœur la *Venise sauvée* : 186 ; annonce à Rastignac que *l'affaire* (le duel Franchessini-Taillefer) est faite : 195 ; propose à Mme Vauquer de l'emmener au spectacle : 203 ; le Bonaparte des forçats : son astuce : 208 ; drogué par la Michonneau qui la déshabille selon les instructions du faux Gondureau : 212, 213 ; la claque de la Michonneau fait apparaître les marques de forçat : 213 ; en février 1820, son arrestation par Bibi-Lupin : 217-221. Trompe-la-Mort s'est caché en 1820 à la pension Vauquer ; échappé à nouveau du bagne de Rochefort, dès 1820, presque aussitôt après y être entré : *SetM*, VI, 502, 503 ; circonstances de sa seconde évasion : il parvient à passer en Espagne, et devient l'abbé Carlos Herrera : 815 ; il a assassiné le vrai Carlos ; procédés au moyen desquels il est parvenu à changer de visage ; banquier des trois bagnes : 503 ; s'est emparé du trésor d'une rentière de Barcelone ; sa rencontre en calèche avec Lucien de Rubempré en 1822 sur la route de Paris, entre Angoulême et Poitiers : 504 et *IP*, V, 689, 690. Dose savamment ses confidences sur son passé, disant l'être l'abbé Carlos Herrera, chanoine honoraire de la cathédrale de Tolède : 690 ; Lucien lui raconte sa vie : 694 ; le coup d'œil mélancolique qu'il jette au passage sur la gentilhommière de Rastignac : 695 ; sa conversation avec Lucien : il lui explique ce qu'est le code de l'AMBITION : 695-704 ; se nomme à lui : l'abbé Carlos Herrera : 703, 705 ; il se donne quarante-six ans : 707 ; remettra quinze mille francs (cent portugaises) à Lucien, s'il consent à *signer le pacte* : 708. En 1824, au bal du carnaval, à l'Opéra, est *le masque assassin* qui surveille les agissements de Lucien de Rubempré : *SetM*, VI, 430 ; son manège intrigue la marquise d'Espard : 433 ; prévient Rastignac, qui ne l'a reconnu qu'à sa voix, d'avoir à toujours protéger Lucien de Rubempré et à garder bouche cousue ; il ne doit pas le connaître : 434 ; suit toujours Lucien, qu'accompagne la Torpille : 440 ; demande à Rastignac la raison de ce surnom, et le félicite de sa soumission à ses ordres : 445 ; se démasque devant Rastignac, qui ne retrouve rien en lui de l'homme qu'il a connu autrefois : 446 ; suit Esther Gobseck, après le départ de Lucien ; se nomme à elle en la quittant, après l'avoir sauvée du suicide, comme un prêtre espagnol banni de sa patrie : 463 ; ses visites au couvent où il a placé Esther : 466, 469-472 ; lui annonce qu'elle va revoir Lucien ; son domicile quai Malaquais, qu'il partage avec Lucien ; attaché à l'église de Saint-Sulpice : 472 ; emploi du temps : 473 ; conversation de mise au point avec Lucien : il lui annonce avoir enlevé la Torpille : 476-479 ; va la lui rendre, transformée : ses visées lointaines sur cette fille : 478, 479 ; a loué, pour abriter leurs amours, l'ancien appartement de Mlle Caroline de Bellefeuille, rue Taitbout : 480 ; dicte ses conditions à Lucien et Esther : la loi de leur bonheur sera le *silence*. Personne ne doit connaître leur liaison : 481, 482 ; présente à Esther les deux domestiques qu'il lui a choisies, Europe et

Asie : 483 ; déménage et va habiter le quatrième étage, au-dessus de l'appartement de Lucien : 488. Vers 1827, par dérision, de Marsay a fait circuler le bruit que le fameux J. Collin était l'intermédiaire entre les Dix-Mille et Paul de Manerville ; évadé du bagne, la police ne l'a jamais retrouvé : *CM*, III, 646. En 1829, promet à Europe de la débarrasser du forçat Durut : *SetM*, VI, 587 ; informé par Lucien, en octobre 1829, des récents événements relatifs à Esther · 499, 500 ; a toujours exécré la courtisane ; il songe à un nouveau crime : 501 ; revit en Lucien ; son pacte avec lui : sous sa soutane se cache le forçat Jacques Collin : 502 ; conserve les lettres d'amour adressées à Lucien par Diane de Maufrigneuse : 508 ; fait signer à Esther, en blanc, pour trois cent mille francs d'acceptations : 562, 563 ; visite à Cérizet ; sous le pseudonyme de William Barker : 565, 566 ; fait représenter Esther au Tribunal de commerce par un agréé, et saisir son mobilier par ministère d'huissier : 567 ; grâce à Asie, va pouvoir escroquer cent autre mille francs au baron de Nucingen : 567, 568 ; grimé, reçoit de Louchard, dans un fiacre, les trois cent douze mille francs versés par Nucingen pour payer les dettes d'Esther : 583, 584 ; félicite Europe de son astuce, et lui donne de nouvelles instructions : 585, 586 ; décide enfin Esther à devenir la maîtresse de Nucingen : 611-613 ; est arrivé officiellement à Paris en 1824, renseignement communiqué à Corentin par la police, ce qui arrête net les recherches de ce dernier : 630 ; le rapport de Paccard lui fait comprendre qu'ils ont « un taon sur le dos » : 632 ; déguisé en officier de paix, confesse Peyrade, qui se laisse prendre à son déguisement : 632-636 ; Corentin le reconnaît, l'appelant « Monsieur l'abbé » : 638 ; comprend qu'il faut gagner de vitesse ce dangereux adversaire ; est ostensiblement parti pour l'Espagne et s'est ensuite installé rue Saint-Georges, pour surveiller Peyrade : 644 ; déguisé en commis-voyageur, il est repéré par un agent de la Sûreté grimé en commissionnaire : 687 fait minuter un faux testament d'Esther en faveur de Lucien de Rubempré ; averti par Asie de l'apparition de la police, tente de s'enfuir par les toits ; précipite dans la rue le policier Contenson, qui tente de l'en empêcher ; prie ensuite Asie de lui faire absorber quelque drogue capable de le rendre bien malade, pour qu'il puisse répondre aux *curieux* : 693, 694 ; son attitude de fauve aux aguets, dans le panier à salade qui le conduit à la Conciergerie : 702 ; Asie, postée sur son trajet, lui annonce en langage convenu l'arrestation de Lucien : 706 ; écroué à la Conciergerie, et mis au secret : 714 ; la police n'ignore rien de sa vraie identité : 723 ; instructions manuscrites à Asie : 732 ; déclare au juge d'instruction Camusot être l'abbé Carlos Herrera : 746 ; sa défense : il a répondre à tout et se plaint d'avoir été empoisonné sur l'ordre de Corentin : 747, 748 ; raisons de son intimité avec Lucien : il déclare être son père naturel : 749 ; ses antécédents, que lui énumère Camusot, d'après sa fiche de police : 753 ; confronté avec Bibi-Lupin, puis avec la veuve Poiret, qui croit le reconnaître à sa « palatine », il continue à se défendre habilement : 754-757 ; déclare avoir connu un nommé Rastignac : 757 ; se prétend l'enfant naturel du feu duc d'Ossune : 752 ; a presque gagné la partie quand Camusot lit la lettre d'adieu d'Esther à Lucien : 764 ; essaie de faire libérer Lucien avant que Camusot ne l'interroge : 764 ; trahi par Lucien de Rubempré, habilement interrogé par le juge d'instruction Camusot, en février (ou en mai) 1830 : 772 ; le Cromwell du bagne : 804 ; dépositaire de la caisse des trois bagnes, est accusé d'en avoir dilapidé les fonds : 808 ; depuis sa rencontre avec Lucien, n'a vécu que pour lui, jouissant de ses progrès, de ses amours aristocratiques, de ses ambitions : 813 ; le docteur Lebrun lui apprend le suicide de Lucien : 816 ; son *rouissage* momentané à la vue du cadavre de Rubempré : 822 ; entré au préau de la Conciergerie, guetté par Bibi-Lupin : 822, 823 ; dans son trouble, emprunte de lui-même la vis de la tour Bonbec pour descendre au préau, en vieil habitué de ces lieux : 835 ; reconnu par Fil-de-Soie, La Pouraille et Le Biffon, malgré son habit de *sanglier*, comme étant leur *Dab*, Trompe-la-Mort, parce qu'il ne « *tire la droite* » : 838, 839 ; il reprend aussitôt son ascendant sur eux, leur ordonnant de l'*enganter* en *sanglier* : 841 ; joue la comédie à M. Gault : 843 ; autorisé, en tant que Carlos Herrera, à *confesser* Calvi : 857 ; *peaussé* en gendarme, Bibi-Lupin assiste de loin, furieux, à l'entretien des deux anciens amis : 859 ; demande à être entendu par le procureur général : il prétend que Calvi est innocent : 862 ; entreviens avec La Pouraille et Le Biffon : 865-872 ; il est mandé chez le *Dab de la cigogne* : 872 ; avec un sourire railleur, avoue son identité à M. de Granville : 895 ; entretien avec ce haut magistrat : 896-903 ; confidences sur Lucien de Rubempré : 898 ; affirme que Calvi est innocent du crime de Nanterre : 900, 901 ; libéré par M. de Granville, donne ses ordres à sa tante, Jacqueline Collin : 905, 911, 912 ; expose à Paccard et Europe son plan de bataille : 909, 910 ; sa tante, Asie, a compris ses desseins d'avenir : 912 ; il lui expose comment il va récupérer de l'argent : 913 ; arrêté par Bibi-Lupin, soupçonne un instant M. de Granville de l'avoir fait espionner, et reconnaît vite son erreur : 914-916 ; malgré son déguisement, identifie aussitôt Corentin : 917 ; remet au procureur général des échantillons des lettres d'amour adressées à Lucien par Mmes de Sérisy, de Maufrigneuse et Mlle de Grandlieu : 917 ; ayant mesuré son épée avec celle de Corentin et reconnu qu'elles sont de la même trempe et de la même dimension, refuse d'être son second : il y a trop de cadavres entre eux : 918-920 ; sa confession à M. de Granville : demande à servir dans la police au lieu de la combattre, et accuse Bibi-Lupin de jouer double jeu en trompant la justice : 922-925 ; assiste aux obsèques de Lucien : son évanouissement au Père-Lachaise : 926 ; espère pouvoir sauver la raison de Mme de Sérisy, grâce à la dernière lettre que lui a écrite Lucien : 932, 933 ; s'est juré de se venger de Corentin : 932 ; activités et succès dans la police ; adjoint de Bibi-Lupin pendant six mois, il le remplacera ensuite : 934, 935 ; hérite des trois cent mille francs légués par Lucien : 935. Chef de la police en 1843, adresse sa tante, Mme de Saint-Estève, à Victorin Hulot : *Be.*, VII, 386. Prend sa retraite en 1845 : *SetM*, VI, 935. Voir VAUTRIN, TROMPE-LA-MORT, M. DE SAINT-ESTÈVE, CARLOS HERRERA, W. BARKER.

Ant. *GAUTHERIN : *PG*, III, 69 (var. *h*).

COLLIN (Jacqueline) [née en 1768]. Tante du précédent : *SetM*, VI, 752, 753. Portrait en 1843 ; âgée de soixante-quinze ans à cette date : *Be.*, VII, 386. Paraît née à Java. Portrait, en 1825, sous le nom d'Asie : *SetM*, VI, 483, 484 ; choisie par son neveu, le faux Carlos Herrera, en 1825, pour être la cuisinière d'Esther Gobseck, dans son appartement de la rue Taitbout. Ses antécédents : 482 ; Europe et elle constitueront les « chiens de garde » d'Esther : 487 ; sur l'ordre de Carlos, se pose, pour Nucingen, dans son personnage de Mme de Saint-Estève ; a deux maisons de marchande à la toilette, au Temple et rue Neuve-Saint-Marc, « gérées par des femmes à elle ». Type de la Mme La Ressource d'aujourd'hui. Va jouer à Nucingen la comédie de l'entremetteuse : 567, 568 ; attise sa convoitise pour Esther, en son officine de la rue Neuve-Saint-Marc : 571 ; tutoie sa dupe, venue à résipiscence : 572 ; lui donne une fausse adresse, rue de la Perle, et le conduit rue Barbette : 574 ; suggère à Nucingen de prendre Europe pour femme de chambre d'Esther, qui doit réintégrer la rue Taitbout : 575 ; se venge de Nucingen : 581 ; reprend son service de cuisinière chez Esther : 588 ; mandée par le baron, se présente comme ruinée, lui demande de la placer comme cuisinière chez la courtisane, et pose ses conditions pour lui obtenir l'amour de celle-ci : 607-610 ; alerte Carlos : déguisée en mulâtre, Contenson les espionne : 631 ; avertit Peyrade de l'enlèvement de sa fille, Lydie : 660 ; annonce à Carlos l'échec définitif du mariage de Lucien de Rubempré avec Clotilde de Grandlieu : 674 ; fait un « extra » chez Mme du Val-Noble : 674 ; avise Peyrade qu'il vient d'être empoisonné : 677 ; vend à Mme du Val-Noble deux perles noires contenant un poison foudroyant, ignorant qu'elles sont destinées au suicide d'Esther : 683 ; met son neveu au courant des récents événements : 694 ; déguisée en marchande des quatre-saisons, provoque un embouteillage rue de Martroi, au passage du *panier à salade* amenant Carlos à la Conciergerie. En langage convenu elle lui signale l'arrestation de Lucien : 705, 706 ; pénètre au Palais de Justice, accoutrée en baronne du faubourg Saint-Germain, y rencontre Me Massol qui consent à la conduire au guichet de la Conciergerie, sous prétexte de voir le cachot de la feue Reine : 735-737 ; parvient ainsi jusqu'à Jacques Collin, à qui elle glisse un message : 739 ; après son passage chez Mme Nourrisson, va chercher la duchesse de Maufrigneuse, à qui elle dit se nommer tantôt Saint-Estève, tantôt Nourrisson ; introduite par elle chez Mme de Sérisy, qu'elle décide à l'action :

COLOQUINTE. Garçon de bureau du journal de Finot en 1820 ; il a fait la campagne d'Égypte et perdu un bras à Montmirail : *R*, IV, 312 ; chargé de surveiller Philippe Bridau, caissier de Finot, en 1822 : 346. Accueille Lucien de Rubempré au début de 1822 et l'adresse à Giroudeau ; raisons de son surnom : *IP*, V, 329.

COLORAT (Jérôme). Natif de Limoges : *CV*, IX, 760, 761 ; en 1796, sert sous le général Stengel : 766 ; ancien maréchal des logis de la Garde royale, a dû à la protection du duc de Navarreins la place de garde champêtre de Montégnac : 760 ; avec Champion, explique à Mme Graslin l'histoire de Farrabesche : 766, 771.

COMBABUS. Surnom donné au baron Henri Montès de Montéjanos ; Massol et Claude Vignon en donnent l'explication à d'ignorantes lorettes : *Be.*, VII, 404.

Comédien de banlieue (un). Personnage imaginé par Asie pour tromper Nucingen ; est censé être son amant : *SetM*, VI, 606.

Commandant du château de l'Escarpe (le). A une femme jolie et agréable ; accueille le citoyen Lebrun, alias le chevalier de Beauvoir, et lui octroie une belle cellule : *MD*, IV, 683, 684 ; Corse, marié et trompé, trois raisons d'en vouloir à son prisonnier, coupable d'avoir jeté son dévolu sur sa femme : 684 ; sa vengeance, qui échoue : 684-687.

*Commandant d'Alençon (un). Voudrait être présenté chez Mme de Gordes : *La Fleur des pois*, IV, 1440.

Commandant du camp de Saint-Omer (le). Invite M. Pierquin à une fête militaire : *RA*, X, 812.

Commis de M. Guillaume (les trois) vers 1813. Le premier commis est Joseph Lebas : *MCP*, I, 48 ; les deux autres sont les fils de riches manufacturiers de Louviers et de Sedan ; leur vie avec les Guillaume : 46, 47 ; aspergent d'eau savonneuse Th. de Sommervieux qui surveille les étages supérieurs de la maison du *Chat-qui-pelote* : 42 ; après l'inventaire, les deux derniers reçoivent de leur patron un écu de six francs avec permission de minuit : 60.

Commis du bijoutier Verdier (un). Reconnaît la cravache que lui présente Mme Marie Gaston : *MJM*, I, 390.

Commis du *Lion d'Argent* (un) en 1838. Fait l'appel des passagers de l'*Hirondelle de l'Oise* : *DV*, I, 882, 883.

Commis des libraires Vidal et Porchon (un). Tente d'éconduire Lucien de Rubempré, en 1822 : *IP*, V, 301.

Commis d'un libraire parisien (le premier). Allemand, à la campagne de son patron, opulent libraire parisien, dont la femme a un aparté dans un fourré avec un illustre écrivain, visant à devenir homme d'État ; il comprend à ce spectacle qu'il y aura le lendemain un grand article dans les *Débats* : *IP*, V, 450.

Commis de Métivier (le premier). Sur l'ordre de son patron, répondit à David Séchard que celui-ci ne peut arrêter les poursuites en cours : *IP*, V, 605.

Commis de César Birotteau (un). Ses réflexions sur les nouvelles occupations d'Anselme Popinot, en 1818 : *CB*, VI, 136.

Commis des Ragon (un). Affirme à César Birotteau, en 1793, « que tout n'est pas rose à la *Reine des Roses* » : *CB*, VI, 55.

Commis de Nucingen (le premier). Allemand, reçoit César Birotteau et s'intéresse à lui : *CB*, VI, 230.

Commis de Nucingen (un). En 1829, expose à un agent de change que la santé de son patron donne des inquiétudes ; on a dû appeler en consultation les docteurs Bianchon et Desplein : *SetM*, VI, 521.

Commis du tailleur de La Palférine (un). Envoyé par son patron à son client : comment il est reçu : *Pr.B*, VII, 811.

Commis d'un marchand de châles (les différents) : *Gau.*, VII, 849, 850, 855.

Commis du chapelier Vital (le premier). Sa réponse à Bixiou : *CSS*, VII, 1166.

Commis d'antiquaire (un). Accueille un visiteur, Raphaël de Valentin, en octobre 1830, quai Voltaire : *PCh.*, X, 68 ; sa conversation avec son client : 73, 74.

Commis du pelletier Lecamus (les trois) : *Cath.*, XI, 223.

Commis de magasin (un). Vient livrer des peignes à un portier chauve : *MI*, XII, 734.

Commis-greffier : *H*, II, 556. Voir LENORMAND.

Concierge du château des Touches (le). La somme énorme que lui a rapportée, en deux ans, la visite du château : *B*, II, 700.

Concierge de Ferragus (le). Rue des Grands-Augustins, en 1819. Répond par une fin de non-recevoir aux questions indiscrètes que lui pose le baron de Maulincour sur son locataire : *F*, V, 820, 821.

Concierge de Victorin Hulot (le). Reçoit de la cousine Bette l'ordre d'éconduire le vieux Chardin, chaque fois qu'il se présentera : *Be.*, VII, 375.

Concierge en général (le). Souvent stylé par Madame, et complice de la minotaurisation de Monsieur : *Phy.*, XI, 1128, 1129.

Concierge de l'Institut (le). Bavarde avec le cocher du professeur Jorry des Fongerilles (ou Marmus de Saint-Leu) et lui indique son adresse : *ES*, XII, 522, 556, 557.

Concubine d'un évêque (la). Se pare pour un festin avec son amant, *JCF*, X, 318.

Concurrent des Lorrain (le). Fait tous ses efforts pour ruiner le vieux ménage Lorrain, à Pen-Hoël, et le forcer à déposer son bilan : *P*, IV, 38.

Conducteur de l'*Hirondelle de l'Oise* (le) : *DV*, I, 883.

Conducteur de diligence (un). Lors d'un accident qui a fait un mort, estime qu'il y a un peu de la faute de la victime : *Mes.*, II, 398.

Conducteur des Messageries royales (le). Au mois d'octobre 1823, amène aux Rogron leur filleule, Pierrette Lorrain, à Provins. Il refuse avec indignation les deux francs de pourboire qu'ils lui offrent : *P*, IV, 73, 74.

Conducteurs. Voir aussi Cochers et Postillons.

Confesseur des Léganès (le). Les assiste lors de leur exécution : *Ver.*, X, 1141, 1142.

Confesseur (le). Surnom chouan de Me Léveillé : *EHC*, VIII, 294, 295. Voir Léveillé.

Confesseur de la tante de Jeanne de Saint-Savin (le). Vieux prêtre sévère qui terrorise Jeanne : *EM*, X, 874.

Confident d'un amoureux (le). De la ville de T... : *Phy.*, XI, 1106, 1107.

Confidente (une) : *Phy.*, XI, 1140.

Conflans (Mlle de). Voir Vauquer (Mme).

Conjuré du complot Polignac et Rivière (un). Face à la mort, donne par lâcheté des indications sur la conjuration : *TA*, VIII, 540.

Conseiller d'État (un). Oncle maternel du comte Roger de Granville, fut un des rédacteurs du Code Napoléon ; aide Cambacérès et le Grand Juge en des temps difficiles ; leur recommande son neveu : *DF*, II, 47-49 ; avant de mourir, lègue à Caroline Crochard, maîtresse du comte, sa terre de Bellefeuille : 75.

Conseiller d'État (un). Minotaurisé par M. de Villeplaine qui, par le cardinal de ..., le fait nommer directeur général : *Phy.*, XI, 1181, 1182.

Conseiller de Préfecture (un). Ami de l'abbé Troubert ; lui rapporte les imprudents propos tenus sur son compte par M. de Listomère : *CT*, IV, 230.

Constance. Femme de chambre de Mme de Restaud (voir aussi Victoire). Tient Goriot au courant des activités de sa maîtresse : *PG*, III, 147.

Constantin. Valet d'écurie des Laginski en 1837. Le comte Paz lui apprend la façon de panser Cora, jument de la comtesse Laginska : *FM*, II, 204.

*Constellux (Mlle de). Femme du président de *Montignon, remplacée par Granville (comtesse de) : *DL*, V, 1010 (var. *b*).

Contenson. Voir Bryond des Tours-Minières (Bernard-Polydore, baron).

Conti (Gennaro). Chanteur et compositeur d'origine napolitaine, né à Marseille : *B*, II, 717 ; portrait physique et moral : 718-720 ; très fier d'avoir « la tête de Byron » : 741 ; en 1820, à Rome, fait la connaissance de Félicité des Touches et devient son troisième amant ; rentre avec elle à Paris : 698 ; la musique de deux de ses opéras est en réalité l'œuvre de Félicité : 690 ; elle espère finir ses jours avec lui : 717. Grand musicien, convive d'un dîner chez Mme du Val-Noble en 1822 : *IP*, V, 454 ; la même année, chante avec Mlle des Touches (Camille Maupin) à une soirée chez les Montcornet : 488 ; Mlle des Touches donne une soirée en son honneur : 534. En octobre 1829 assiste à un dîner chez les Nucingen en compagnie de Félicité : *SetM*, VI, 495. Enlevé à Mlle des Touches par la marquise Béatrix de Rochefide en 1832 : *B*, II, 717. Sa fuite avec Béatrix, évoquée par Mme d'Espard : *SPC*, VI, 957, 958 ; accompagne Béatrix au château des Touches, où villégiature Mlle des Touches, et quitte Guérande en compagnie de Claude Vignon : 756 ; décide d'y revenir, alerté par une réflexion de Claude : 820, 821 ; roule Calyste, comme l'avait prédit Félicité, et repart, emmenant Béatrix : 822-826. Habitué des dîners de Florine vers 1833 : *FE*, II, 319. En 1840, n'est plus l'amant de Béatrix, lorsque Calyste du Guénic, marié, la revoit aux Variétés : *B*, II, 862 ; il brûle alors pour Mlle Falcon : 825.

CONTRADICTEUR (le). Affirme faussement que Mme Firmiani est une ancienne maîtresse de Murat : *Fir.*, II, 146.

*CONTRE-AMIRAL (un), remplacé par KERGAROUËT (voir ce nom).

CONTREMAÎTRE de Spieghalter (le). Essaie vainement d'étendre la peau de chagrin de R. de Valentin : *PCh.*, X, 249.

CONTRÔLEUR de théâtre (un). Veut empêcher Lucien de Rubempré, frais émoulu d'Angoulême, en 1821, d'entrer à l'Opéra sans coupon : *IP*, V, 272.

CONTRÔLEUR en chef du Panorama-Dramatique (le). Refuse de placer Lousteau et Rubempré : *IP*, V, 372.

CONYNCKS (famille de). Ses affinités avec les Van Claës reparaissent bizarrement chez Marguerite Claës, vivant portrait d'une aïeule maternelle, une Conyncks, de Bruges : *RA*, X, 726.

CONYNCKS (M. de). De Bruges, le plus proche parent de Balthazar Claës en 1816 : *RA*, X, 768 ; subrogé-tuteur des enfants Claës : 774 ; de concert avec Marguerite, obtient de Balthazar toutes les garanties désirables pour protéger la fortune des enfants Claës : 777 ; de Cambrai, où il habite, vient chercher à Douai sa petite-nièce Marguerite, en juillet 1819 : 795 ; le bruit court qu'il était sur le point de l'épouser, l'ayant emmenée à Paris pour un mystérieux voyage ; son immense fortune : 796 ; cautionne Balthazar pour une place de receveur des Finances : 801 ; continue à vivre près de Cambrai avec sa fille et son gendre, Gabriel van Claës : 825.

CONYNCKS (Mlle de) [née en 1807]. Originaire de Bruges ; âgée de douze ans en 1819 ; seule héritière de son père, grand-oncle des enfants Claës : *RA*, X, 796 ; épouse Gabriel van Claës vers 1824 : 821.

CONYNGHAM[1]. Écossais. Capitaine de la garde écossaise du roi Louis XI, à Plessis-lez-Tours, en 1479 : *Cor.*, XI, 44, 54, 58, 64, 66.

COQUART (1808- ?). Greffier du juge d'instruction Camusot à Paris en 1830. Vingt-deux ans à cette date : *SetM*, VI, 728 ; enregistre les dépositions du pseudo-chanoine Carlos Herrera, puis de Lucien de Rubempré : 745-766, 770-776.

COQUELIN (M. et Mme). Quincailliers. Successeurs de Pillerault, invités en 1818 au bal Birotteau : *CB*, VI, 164.

*COQUELIN (Amélie). Veuve : *MD*, IV, 1382.

COQUET. Chef de bureau au ministère de la Guerre en 1838, division Lebrun : *Be.*, VII, 126 ; prend sa retraite en 1841, afin de permettre l'avancement de Marneffe : 282.

COQUET (Mme). Femme du précédent. Admire la toilette de Mme Marneffe au mariage de W. Steinbock avec Hortense Hulot : *Be.*, VII, 185.

CORA. Jument favorite de la comtesse Laginska en 1836 : *FM*, II, 204.

*CORA. Voir MALAGA.

CORALIE (1804-1822). Comédienne. Âgée de dix-huit ans en 1822 ; portrait à cette époque : *IP*, V, 387, 388 ; à quinze ans, vendue soixante mille francs par sa mère à Marsay ; entrée au théâtre par désespoir : 388. Maîtresse du négociant Camusot en 1821, en relation avec Philippe Bridau, Florine, Mariette, etc. : *R*, IV, 316. En 1836, Lousteau rappellera à Cardot que, quinze ans auparavant, Florine, Florentine, Tullia, Mariette et Coralie étaient ensemble « comme les cinq doigts de la main » : *MD*, IV, 739. Sa beauté sublime donne à Joseph Bridau l'idée de la courtisane dans son célèbre tableau, clou du Salon de 1823 : *R*, IV, 326, 327. En 1822, Cardot ne désapprouve pas la liaison de son gendre Camusot avec elle : *DV*, I, 836. La même année, débute au Panorama-Dramatique dans une pièce de du Bruel : *IP*, V, 372 ; richement entretenue par Camusot venu avec son

---

1. Il aurait fallu Cunningham, nom réellement porté par plusieurs des officiers de la garde écossaise qui servit les rois de France pendant près de cent ans. Walter Scott nomme Cunningham un capitaine de cette garde, sous Louis XI, dans *Quentin Durward*.

beau-père à la première de *L'Alcade dans l'embarras* : 377, 378 ; compromet la pièce par son coup de foudre pour Lucien : 381, 382 ; l'emmène chez elle, rue de Vendôme, après le souper chez Florine : 409 ; l'article de Lucien sur *L'Alcade* lui procure une proposition d'engagement au Gymnase : 428 ; saisie de son mobilier en mars 1822 : 494 ; va débuter au Gymnase : 502 ; déménage avec Lucien et va habiter rue de la Lune : 511 ; par suite d'une cabale elle est sifflée et la pièce tombe à plat ; cet échec la rend gravement malade : 531 ; son succès, non stipendié, dans la pièce de Camille Maupin : 539 ; trop malade pour jouer, son rôle est repris par Florine : 542 ; elle meurt réconciliée avec l'Église : 546 ; le 27 août 1822 : 613 ; pour payer son enterrement, Lucien est obligé de composer pour le libraire Barbet des chansons à boire : 547 ; à son service funèbre à l'église de Bonne-Nouvelle, assistent Bérénice, Mlle des Touches, deux comparses du Gymnase, son habilleuse, et le Cénacle moins Chrestien, Camusot et Lucien ; les hommes vont au Père-Lachaise : 549. Rappel de sa mort à Esther : *SetM*, VI, 613. Florine a été son amie : *FE*, II, 318. Le rat que Florine propose à Philippe Bridau en 1823 avait l'air céleste de la pauvre Coralie : *R*, IV, 517. Citée par Mme d'Espard en 1824 comme l'ex-maîtresse de Rubempré : *SetM*, VI, 432 ; Blondet, la même année, fait allusion à cette liaison : Lucien a eu Coralie tuée sous lui : 440 ; Carlos Herrera estime que Lucien n'est plus assez poète pour se permettre une autre Coralie : 481 ; Mme de Saint-Estève en 1829 rappelle à Nucingen que de Marsay avait jadis payé Coralie soixante mille francs, alors qu'elle était loin de valoir Esther : 572.

CORBINEAU (Me). Chapelain et confesseur du duc d'Hérouville en 1617 : *EM*, X, 916, 917 ; menacé d'être mis au cachot pour avoir osé dire au duc que Dieu se vengeait : 917 ; le duc le garde pourtant auprès de lui bien qu'il ait renvoyé tous ses gens : 918.

*CORBINEAU (Me). Voir CORBINET ci-après.

CORBINET (Me). Notaire à La-Ville-aux-Fayes. MM. Gravelot frères, marchands de bois à Paris, en 1821, font élection de domicile en son étude dans leur procès avec le général de Montcornet : *Pay.*, IX, 153 ; a pour clerc et successeur probable un fils d'Adolphe Sibilet : 183 ; vers le mois de juin 1824, la mise en adjudication des Aigues eut lieu dans son étude : 346.

Ant. *CORBINEAU : *Pay.*, IX, 153 (n. 2).

CORBINET (fils). Fils du précédent : troisième juge au tribunal de La-Ville-aux-Fayes en 1823 : *Pay.*, IX, 184.

CORBINET (capitaine). Frère du précédent, fiancé à Mlle Sibilet, cadette. Vient d'être nommé directeur de la poste aux lettres de La-Ville-aux-Fayes en 1823 : *Pay.*, IX, 184.

CORDE-A-PUITS. Surnom d'un élève de l'atelier Chaudet à l'École des Beaux-Arts, en 1812 : *R*, IV, 291 ; énumère au novice Joseph Bridau les épreuves qui l'attendent pour son admission : 290.

Ant. *MARIN : *R*, IV, 291 (var. *b*).

CORENTIN. Policier (né en 1771, 1773 ou 1777). Soixante-dix ans en 1841 : *Bou.*, VIII, 177. Paraît trente ans en 1803 : *TA*, VIII, 514. Vingt-deux ans en 1799 ; peut-être fils naturel de Fouché ; originaire de Vendôme : *Ch.*, VIII, 966, 1145 ; portrait en 1799 : 964-966. Portrait en 1803 : *TA*, VIII, 514. S'est attaché au sort de Mlle de Verneuil, retombée dans la misère après la mort de Danton : *Ch.*, VIII, 1145. Formé par Peyrade, il n'a pas tardé à dépasser son maître : *SetM*, VI, 532, 533. Est l'*Incroyable* qui accompagne à cheval la calèche que le colonel Hulot a reçu l'ordre de faire escorter : *Ch.*, VIII, 964 ; comparé par Mlle de Verneuil à son singe, Patriote : 968 ; premier contact, à l'hôtel des Trois Maures, avec le citoyen du Gua-Saint-Cyr : 976 ; explique à Mme du Gua qu'il y a *deux* demoiselles de Verneuil : 978 ; au courant de l'affaire de La Vivetière : 1063 ; sa jalousie envers Montauran, comprenant que ce dernier aime Mlle de Verneuil : 1152 ; ne nourrit pas plus de sympathie pour le colonel Hulot que celui-ci n'en éprouve à son endroit : 1148, 1149 ; membre du Club de Clichy : 1153 ; les deux principes qui le dirigent en écoutant parler une femme : 1187, 1188 ; est sûr de tromper Mlle de Verneuil, grâce au stratagème qu'il vient d'inventer : 1189 ; son triomphe : 1190-1193 ; Hulot lui signifie, sans ménagements, le dégoût qu'il lui inspire, et le prie de déguerpir : 1210. Après son apparition en Bretagne, toutes personnes suspectes de se livrer à l'espionnage sont appelées des Corentins par Marche-à-Terre et Pille-Miche : *Vis.*, XII, 644. Objet de sa mission secrète à Gondreville, en novembre 1803 : *TA*, VIII, 552-554; âme damnée de Fouché, peut-être son fils : 554; envoie le maire de Cinq-Cygne, Goulard, en mission au château, sous prétexte d'alerter les Cinq-Cygne : 556; furieux de son échec, essaie de cuisiner l'abbé Gouget : 573-576; jure de ne pas oublier le coup de crvache que lui a administré Mlle de Cinq-Cygne : 581; explique à Michu l'horaire de ses activités depuis la veille; il saura le repincer : 594; s'en va battu, mais ayant découvert la retraite des quatre émigrés : 595, 599; en 1806, après le procès Michu-Simeuse-Hauteserre, est aperçu par Mlle de Cinq-Cygne dans le bureau de Talleyrand; elle reconnaît son bourreau : 675, 676; le rôle qu'il a joué en 1806, par vengeance personnelle envers Mlle de Cinq-Cygne et Michu : 695. En 1808-1809 utilise Contenson à son profit : *SetM*, VI, 532. En 1811, procure à Peyrade, disgracié, un emploi au Mont-de-Piété : *VV*, XII, 360; après le Second Retour, en 1816, Corentin est éliminé pour un temps, la police générale du royaume ayant été épurée; en 1824, à la suppression du ministère de la Police générale, il reste intimement lié à Peyrade : 361. Bras droit de Fouché; en 1829, a pour second Peyrade, alias M. de Saint-Germain : *SetM*, VI, 526; a continué à utiliser Peyrade pour son propre compte et organisé la contre-police de Louis XVIII : 533; son domicile n'est connu que du Directeur général de la Police et de Peyrade : 537; entrevue avec Nucingen en octobre 1829; il lui donne l'adresse de la maîtresse de Lucien de Rubempré, rue Taitbout : 548; il demande cinq mille francs de gages pour Peyrade : 549; le console de son échec, et se propose de cuisiner Nucingen : 558, 559; charge Contenson de continuer la surveillance autour du baron : 561; dans l'inaction forcée au début de 1830, est ravi de s'entretenir la main à déchiffrer le problème posé par Esther Gobseck : 629; a peu à peu découvert le passé de Lucien, sa liaison vieille de cinq ans avec Esther; apprend en outre que les deux personnes qui ont porté plainte contre Peyrade sont M. de Sérisy et Lucien de Rubempré : 630; son arrivée inopinée à l'hôtel Mirabeau déjoue les plans de Carlos Herrera : 637; il le reconnaît malgré son déguisement en officier de paix; il le salue d'un bonjour railleur mais voit en lui le *Corentin d'Espagne* : 638; se présente au domicile de Lucien, quai Malaquais, sous le nom épigrammatique de M. de Saint-Estève, et tente de le faire chanter; Lucien l'éconduit : 641, 642; sera adjoint à Me Derville chargé par la famille de Grandlieu d'aller enquêter à Marsac dans la famille de Lucien de Rubempré; le duc de Chaulieu croit qu'il se fait appeler Saint-Yves ou Saint-Valère : 650, 651; sa campagne à Passy, rue des Vignes; il y passe pour un négociant passionné de jardinage : 662, 677; fait parler l'aubergiste de Mansles sur les Séchard : 665; sa *souricière* : 670, 671; de retour à Paris, se précipite chez Peyrade; il y apprend la disparition de Lydie Peyrade : 677; jure de venger son ami, empoisonné par Asie : 680; ses conseils au commissaire de police : 682; poursuit Lucien de Rubempré de sa haine; M. de Granville estime que le fameux policier, « ce drôle », est hors de portée de la Justice : 729; son nom, révélé par le juge Camusot au faux Carlos Herrera : 765; M. de Grandlieu lui adresse un valet à son domicile parisien, 10, rue Honoré-Chevalier : 882; présenté par le duc sous le pseudonyme de M. de Saint-Denis; chef de la contre-police du château en 1830; mis au courant des lettres d'amour qui sont aux mains de Jacques Collin et compromettent les maîtresses de Lucien : 885; entrevoit une solution, gracier Jacques Collin et le lui adjoindre, en remplacement de Peyrade : 886; introduit par des Lupeaulx chez M. de Granville : 903, 904; malgré la perfection de son grimage, il est aussitôt identifié par J. Collin, qui le salue de son vrai nom : 917; Collin refuse ironiquement d'être son second en se plaçant avec lui sur un pied d'égalité, car, dit-il, ils sont tous deux « d'atroces canailles » : 920, 921. Protecteur inconnu de Th. de La Peyrade, arrivé à Paris trois jours après la mort de son oncle Peyrade; il lui donne cent louis et l'engage à faire son droit, en 1830 : *Bou.*, VIII, 64; en 1840, est toujours locataire, depuis trente ans, sous le nom de M. du Portail, du premier étage d'un immeuble de la rue Honoré-Chevalier; soigne depuis onze ans Lydie de La Peyrade, folle, avec la nourrice de celle-ci, la vieille Katt : 170, 180; étonnement de Cérizet, témoin de son mystérieux colloque avec M. de La Roche-Hugon : 179; est aussi propriétaire de la maison adjacente, ce qui lui fait double entrée : 181.

*CORENTIN. A un duel souterrain avec Jacques Collin, chef de la Sûreté : *SetM*, VI, 935 (var. *c*). Selon de Marsay, en 1833, est devenu dévot : *TA*, VIII, 695 (var. *a*); a été allié à Gondreville dans l'affaire Simeuse-Hauteserre : 695 (var. *b*).

CORET (Augustin). Petit clerc chez Me Bordin en 1806 : *DV*, I, 850.

*CORIOL. Juge suppléant à Bellay : *CF*, XII, 428.

*CORIOL. Ancien premier commis à Bellay : *CF*, XII, 428.

*CORIOL (Mme). Femme du précédent, née Monfrey : *CF*, XII, 428.

CORMON (Pierre). Intendant du dernier duc d'Alençon : bâtit, sous le règne de Henri IV, vers 1600, la maison qu'habite encore, en 1816, sa descendante, Mlle Rose Cormon : *VF*, IV, 847.

CORMON (M.). Descendant du précédent; décline l'honneur d'être le député du Tiers aux États généraux de 1789, pour sa bonne ville d'Alençon : *VF*, IV, 847.

*CORMON (abbé), remplacé par SPONDE (abbé de) : *VF*, IV, 1442, 1446.

CORMON (Rose-Marie-Victoire) [née en 1776]. Fille du précédent : 847; âgée de quarante ans en 1816 : *VF*, IV, 840; portrait à cette époque : 856, 857; un peu « bestiote »; ses bévues : 870, 871; à Alençon, habite rue du Val-Noble y vivant avec son oncle maternel, l'abbé de Sponde, ancien grand vicaire à l'évêché de Séez; issue d'une vieille famille de la bourgeoisie, qui s'est souvent alliée à la noblesse : 847; le vieux chevalier de Valois espère l'épouser : 825; présidente de la *Société maternelle* d'Alençon : 837; convoitée aussi par deux autres candidats : le jeune Athanase Granson et du Bousquier : 854; raisons majeures d'un célibat prolongé, qu'elle eût été désireuse d'interrompre au plus vite : 854, 855; regrette *in petto* que le chevalier de Valois ne soit pas un peu plus libertin : 875, 876; séjournant à sa campagne du Prébaudet, un exprès l'avertit de l'imminente arrivée à Alençon de M. de Troisville; elle rentre précipitamment chez elle, au risque d'en faire crever Pénélope, sa fidèle jument : 889; se voit déjà une vicomtesse de Troisville : 896; tombe sans connaissance à l'annonce que M. de Troisville est marié et père de famille : 903; du Bousquier la transporte sur son lit; elle se ranime : 904, 905; consent à devenir Mme du Bousquier, à condition de déclarer que ce mariage était convenu depuis six mois : 908; se marie en juin 1816 : 914; Suzanne du Val-Noble, de passage à Alençon, prédit que ce mariage restera blanc, changeant « en fleurs de nénuphar les fleurs d'oranger » de la mariée : 921; ses amis, dont M. de Troisville, le chevalier de Valois, etc., l'abandonnent pour le salon d'Esgrignon : 922; commence à regretter son mariage : 924, 933; ses confidences à Mlle d'Esgrignon, à la marquise de Castéran, etc., leur avoue que son mariage est mensonger : 929, 931, 932; confie à Mme du Coudrai qu'elle ne supporte pas l'idée de mourir fille : 936. Dans *CA*, est Mme du Croisier; en 1824, pour sauver l'honneur des Esgrignon, Me Chesnel vient la supplier de demander à son mari de retirer sa plainte contre Victurnien : *CA*, IV, 1054, 1056; il lui restitue les cent mille écus retirés par Victurnien : elle antidate le reçu de cette somme : 1057, 1058; sa réponse au juge d'instruction, dictée par Chesnel : 1089.

*CORMON (Mlle). Épousée pour son argent par Gabriel de Sponde endetté : *La Fleur des pois*, IV, 1445; a eu de lui quatre enfants : 1441; mourante en mai 1819 : 1439.

CORNÉLIUS (Maître). Voir HOOGWORST.

CORNEVIN. Domestique des Michaud en 1823. Vieux Percheron, père nourricier d'Olympe. A chouanné entre 1794 et 1799 : *Pay*., IX, 202.

CORNOILLER (Antoine). Garde-chasse du père Grandet, à Saumur. Reçoit de celui-ci l'ordre de tuer des corbeaux, à cause du bouillon qu'on en peut tirer : *EG*, II¹, 1080; tourne autour de Nanon : 1147; épouse ses dix-huit cents francs de rente, fin 1827 : 1176; cumule avec elle les fonctions de garde général et de régisseur des propriétés de Mme de Cruchot de Bonfons : 1177.
Ant. *JONDET, garde : *EG*, III, 1080 (var. *a*).

CORNOILLER (Mme). Femme du précédent. Voir NANON.

COURAUT. Épagneul. Chien de Michu en 1803 : *TA*, VIII, 502 ; flaire la présence d'étrangers : 504, 505 ; les signale en aboyant : 512, 516.

COURCEUIL (Félix). Ex-chirurgien des armées rebelles de Vendée. Natif d'Alençon ; inculpé dans le procès des chauffeurs de Mortagne en 1808, pour avoir armé les conjurés avec le notaire Léveillé : *EHC*, VIII, 295 ; un des chefs de la conspiration, ennemi de Napoléon : 303 ; jugé par contumace : 306 ; comme tel, condamné à mort : 314.

*COURLIEU (Mme de), remplacée par GRANSON (Mme) : *VF*, IV, 1471.

*COURLIEU (Athanase de), remplacé par GRANSON (Athanase) : *VF*, IV, 1471.

COURNANT (Me). Notaire à Provins en 1827. L'un des rares Libéraux de la ville, concurrent de Me Auffray : *P*, IV, 69 ; procure le cens électoral à l'avocat Vinet en 1826, par l'acquisition d'un domaine dont le prix lui restait dû ; fréquente avec sa femme le salon Rogron : 96 ; chargé de la rédaction du contrat de mariage entre Mlle de Chargebœuf et J.-D. Rogron en 1827 ; on doit minuter cette pièce deux ou trois jours avant la fuite de Pierrette de chez son parrain : 145.

    Ant. *COUPART (Me) : *P*, IV, 96 (var. *g*).

COURTEBOTTE. Sobriquet donné au garde-chasse Courtecuisse : *Pay.*, IX, 226.

COURTECUISSE (né en 1775). Âgé de quarante-six ans en 1821 ; portrait à cette date : *Pay.*, IX, 164 ; garde depuis 1797 aux Aigues, seul garde du château et des bois du temps de Mlle Laguerre et conservé par le général de Montcornet à son arrivée dans le pays ; Gaubertin le montait contre son nouveau maître : 147, 148 ; accompagne Gaubertin venu demander son *quitus* : 139 ; le général menace de le licencier : 163 ; Félix Gaubertin lui donne de mauvais conseils : 164, 165 ; pour narguer Montcornet, inflige cent vingt-six procès-verbaux inutiles à des paysans insolvables ; licencié par le général en 1821 : 171, 172 ; pour éviter un procès, ce dernier lui donne l'argent qu'il réclame comme indemnité, avec quoi il achète à Rigou La Bâchelerie : 173, 174 ; se ruine à payer des intérêts à Rigou : 98, 224, 225 ; Sibilet désire racheter à Rigou son hypothèque sur La Bâchelerie : 251 ; désigne Michaud comme l'homme à abattre : 313.

COURTECUISSE (Mme). Femme du précédent : *Pay.*, IX, 163 ; obligée de se tuer de travail après le renvoi de son mari : 224, 225.

COURTECUISSE (Mlle). Fille des précédents. Née en 1806 : *Pay.*, IX, 225 ; en place à Auxerre. La Tonsard propose de l'adresser à Rigou, amateur de fruits verts : 225.

*COURTEL (Achille). Sous-préfet en province : *EP*, VIII, 1595.

*COURTENVAUX (Mlle de). Épouse en émigration le comte de Grandlieu et, semble-t-il, meurt peu après : *Le Grand Propriétaire*, IX, 1265.

    Ant. *NOAILLES[1] (Mlle de), elle-même remplaçant *LUYNES (Mlle de) : *Le Grand Propriétaire*, IX, *id.*

COURTET. Huissier à Arcis-sur-Aube en 1839 : *DA*, VIII, 762.

COURTEVILLE (Mme de). Cousine du comte Octave de Bauvan, dans la lignée maternelle. Veuve d'un juge au tribunal de la Seine, sans fortune : *H*, II, 560.

COURTEVILLE (Amélie de) [née en 1807]. Fille de la précédente. Vingt ans en 1827. Maurice de l'Hostal est ébloui par sa beauté : *H*, II, 560 ; trois mois après, le jeune homme ne lui trouve plus le moindre attrait, car il a rencontré Honorine, et comprend que c'est elle qu'il aime : 584.

COURTEVILLE (les). Famille de notables de Douai, très fermée. Par son mariage avec une Claës, Me Pierquin espère y être enfin reçu : *RA*, X, 808.

Courtier (un). Commissionnaire de la maison Sonet et Cie, entrepreneurs de monuments funéraires, en 1845 ; offre ses services à Schmucke pour l'enterrement de Pons, et l'aide : *CP*, VII, 725-727 ; propose quarante francs à la Sauvage : 728 ; suit l'enterrement pour une paire de gants : 734 ; se voit reprocher son manque de flair par Mme Vitelot : 739.

Courtier (un). Commissionnaire d'un entrepreneur de monuments funéraires ; rival du précédent qui l'éconduit : *CP*, VII, 726.

Courtier en embaumements (un). Employé par un des rivaux du célèbre Gannal, fait à Schmucke ses offres de service ; éconduit : *CP*, VII, 728.

1. Nom réel.

Courtisanes de Florence (sept). Invitées de don Juan Belvidéro en son palais : leurs propos : _ELV_, XI, 475.

Courtisans (deux) : _Cath._, XI, 280.

COURTOIS. Premier garçon de la meunière de Marsac en 1821 ; sur le point d'épouser sa patronne : _IP_, V, 227 ; l'année suivante, accepte, avec sa femme, d'héberger Lucien de Rubempré, de retour à Paris en septembre 1822 : 553. En 1829, meunier près de La Verberie en marché avec Mme Séchard pour l'achat de son moulin : _SetM_, VI, 668 ; veuf en 1830, il songe à se retirer des affaires : 669.

COURTOIS (Mme) [1789-v. 1830]. Femme du précédent, en secondes noces. En 1821, veuve de son premier mari ; âgée de trente-deux ans : _IP_, V, 227. Morte vers 1830 ; _SetM_, VI, 669.

Cousin des Kergarouët. Ses _narrés_ sur Félicité des Touches : _B_, II, 674, 677.

COUTELIER. Créancier du comte Maxime de Trailles pour une somme de 3 200,75 F. ; sa créance désespérée, rachetée par la maison Cérizet et Claparon : _HA_, VII, 784.

COUTURE (Mme veuve). Veuve d'un commissaire-ordonnateur de la République, locataire de Mme Vauquer, en 1819 : _PG_, III, 55 ; parente éloignée de Mme Taillefer qui, jadis, est venue mourir de désespoir chez elle ; elle prend soin de Victorine Taillefer : 59 ; depuis quatre ans en 1819 : 60 ; en novembre, accompagne Victorine dans sa visite annuelle et inutile à son père : 84 et 89, 90 ; quitte la pension Vauquer avec sa nièce après la mort de Frédéric-Michel Taillefer et devient la dame de compagnie de Victorine : 224, 225.

COUTURE (Me). Avoué à Paris vers 1833, eut pour clerc Fraisier : _CP_, VII, 628.

*COUTURE, remplacé par DESROCHES : _CP_, VII, 662 (var. _d_).

COUTURE [né v. 1798]. Environ quarante-trois ans en 1841 ; parle peu des auteurs de ses jours : _B_, II, 905. Vers 1830, ami de Nathan, Lousteau, Bixiou, de Cursy, etc. : _Pr.B._, VII, 827. Habitué des dîners de Florine vers 1833 : _FE_, II, 319. Cérizet se laisse condamner pour lui en police correctionnelle, vers 1835 : _MN_, VI, 373 ; partenaire de Finot, Blondet et Bixiou à un souper fin en 1836 ; l'un des hardis cormorans qui hantent le pavé de Paris, se maintient à fleur d'eau par la spéculation : 330 ; célèbre par ses gilets : 345 ; trouve normales les opérations financières de Nucingen : un pâté contre un louis d'or : 370. Ruiné en 1840, pour avoir cru à l'habileté du 1er mars ; présente Fabien du Ronceret à Mme Schontz en 1841 ; le seul homme à réputation équivoque à être reçu par elle : _B_, II, 904, 905 ; ses folies pour Jenny Cadine ; Fabien lui a racheté sa garçonnière de la rue Blanche : 907 ; offre vainement à la Schontz « sa main, son cœur et son avenir, trois choses de la même valeur » : 909 ; chapitré par Finot et Lousteau, apprend à Maxime de Trailles ce que ce dernier désirait savoir du passé de la lorette : 914 ; en raison de son génie financier, invité par Mme Schontz, pour rencontrer du Ronceret : 918 ; conversation avec M. de Trailles, écoutée par Fabien du Ronceret : 923. A jadis roué Cérizet et Claparon, qui lui en gardent une haine tenace : _Bou._, VIII, 81, 82. S'est laissé pincer sa caisse par Cérizet : _HA_, VII, 782. Nommé sous-préfet de Château-Chinon en 1842 : _Méf._, XII, 426.

*COUTURE, remplacé par NATHAN : _SetM_, VI, 443 (var. _f_ et _i_).

COUTURIER (abbé). Directeur de conscience de Mlle Rose Cormon en 1816 : _VF_, IV, 870 ; dans sa candeur, et sa méconnaissance de l'influence érotique des châtiments corporels, recommande à sa pénitente insatisfaite de se donner la discipline : 858 ; desservant de Saint-Léonard, la paroisse aristocratique d'Alençon, a les sympathies de l'abbé de Sponde : 876 ; sa nièce admire le chevalier d'Alençon : 887 ; autorise Mme du Bousquier « à commettre beaucoup de choses » pour plaire à son mari : 923 ; du Bousquier le réconcilie avec le curé de la cathédrale (le texte dit « de la paroisse ») ; il semble s'agir de l'abbé François) : 926. Continue à diriger la conscience de sa pénitente (Mme du Croisier) : _CA_, IV, 1058.

Couturière de Modeste Mignon (la), au Havre. Grondée par sa cliente, de plus en plus difficile sur ses toilettes, ce qui alerte la vigilance de sa mère : _MM_, I, 494.

Couturière (une). Accueille Annette, femme de charge de Mme Willemsens, chez elle, rue de la Guerche, à Tours, après le décès de sa patronne : _Gr._, II, 443.

Couturière de Caroline de Chodoreille (la). Lui révèle qu'elle a grossi : *PMV*, XII, 68, 69.

Créancier (le plus féroce) de La Palférine : *Pr.B.*, VII, 813.

Créancier importun (un). Se fait brutalement rembarrer par Florine : *FE*, II, 318.

*CRÉMIÈRE (les). Bourgeois de La Ville-aux-Fayes en 1815 : *Le Grand Propriétaire*, IX, 1264.

CRÉMIÈRE (les). Une des trois familles bourgeoises de Nemours sous Louis XI ; leur spécialité au cours des siècles : les moulins ; au XIXe siècle, il y a à Paris des Crémière considérables : *UM*, III, 782.

CRÉMIÈRE-CRÉMIÈRE. Sans place en 1813, épouse une demoiselle Massin-Massin : *UM*, III, 786 ; en 1815, le docteur Minoret lui fait avoir la perception de Nemours et fournit le cautionnement : 790 ; s'inquiète, en 1829, de la conversion du docteur Minoret : 777 ; appelé simplement Crémière : 800 ; conseiller municipal de Nemours en juillet 1830 : 902.

CRÉMIÈRE-CRÉMIÈRE (Mme). Femme du précédent. Fille de Massin-Massin, intendant de Saint-Lange, et de la femme de ce dernier, née Minoret ; donc nièce du docteur Minoret : *UM*, III, 786 ; portrait en 1819 et ses *capsulinguettes* : 779, 780 ; une des trois personnes à pouvoir revendiquer l'héritage du docteur Minoret : 800.

CRÉMIÈRE-CRÉMIÈRE (Angéline). Fille des précédents. Envie Ursule Mirouët : *UM*, III, 945.

CRÉMIÈRE-DIONIS (Me). Premier clerc de son prédécesseur, dont il rachete l'étude en 1813 : *UM*, III, 788 ; notaire à Nemours en 1829 ; fin et faux, conserve son clerc, Goupil, dont il a peur : 777, 778 ; secrètement associé avec Massin-Levrault, le greffier, à qui il indique les bonnes affaires en vue, les paysans en difficultés financières : 803 ; expose la situation aux héritiers Minoret, en septembre 1829 : 842-848 ; propose que la fortune du docteur soit placée en propriétés foncières et en créances hypothécaires : 846 ; maire de Nemours en juillet 1830, en remplacement de Levrault-Crémière : 902 ; puis député : 987 ; revend son étude à Goupil, garanti par Minoret-Levrault : 958.

CRÉMIÈRE-DIONIS (Mme). Femme du précédent. Goupil la surveille par esprit de vengeance : *UM*, III, 778 ; de tous les bals du Roi des Français, avec son mari : 987.

CRÉMIÈRE-LEVRAULT-DIONIS (les). Fournisseurs des fourrages pendant la Révolution ; le mari périt sur l'échafaud ; sa femme, née Jean-Massin, meurt de désespoir ; le ménage avait une fille, mariée à un Levrault-Minoret, fermier à Montereau : *UM*, III, 787.

*CRÉMIÈRE-MASSIN-MINORET (les) : *UM*, III, 782 (var. g).

CREVEL (Célestin) [1786-1843]. Âgé de cinquante-deux ans en 1838 : *Be.*, VII, 66 ; portrait à cette époque : 54. En 1818, commis à *La Reine des Roses*, chez le parfumeur César Birotteau : *CB*, VI, 82 ; demande à son patron s'il accepte de prendre les « broches » du marchand de parapluies Cayron : 123 ; hérite la chambre d'Anselme Popinot, appelé à de plus hautes fonctions : 135 ; invité au bal Birotteau : 164 ; algarade de Mme César : 222 ; son jeu de mots sur l'irascible Mme Madou : 266 ; veut racheter *La Reine des Roses;* conditions qu'y met Anselme Popinot : devra sous-louer aux Birotteau leur ancien appartement : 298 ; a racheté le magasin avec droit au bail au début de 1819 : 282. Veuf en 1833, fait la noce avec le baron Hulot d'Ervy : *Be.*, VII, 63 ; leur complicité produit le mariage de sa fille Célestine avec le fils d'Hulot, Victorin : 59-61. Actionnaire de la compagnie Gaudissart en 1835 : *CP*, VII, 651. En juillet 1838, capitaine de la deuxième légion de la Garde nationale, chevalier de la Légion d'honneur : *Be.*, VII, 55, 56 ; riche : 59 ; veut séduire Mme Hulot et lui révèle la vie extra-conjugale d'Hector : 62, 63 ; pour se venger du baron, qui lui a pris Josépha, propose à la baronne Hulot de se venger de son mari avec lui : elle l'éconduit : 67 ; habite alors rue des Saussaies, un appartement que Grindot a été chargé de décorer : 155, 156 ; nommé chef de bataillon de sa légion dans la Garde nationale : 155 ; sa vraie existence se passe rue Chauchat, chez sa maîtresse Héloïse Brisetout : 158 ; son ambition, prendre à Hulot sa nouvelle maîtresse : 161 ; reçu par Valérie Marneffe, nouvelle maîtresse du baron, vers le mois de novembre 1838, trois mois après son installation rue Vaneau ; devient maire de son arrondissement et officier de la Légion d'honneur : 190 ; reçoit Valérie

Cuisinier de Caroline de Chodoreille (le). Se vante de savoir faire les champignons à l'italienne : *PMV*, XII, 147.

Cuisinière des Guillaume (la). Récemment renvoyée par ses maîtres, a laissé quelques romans dans une armoire : ils servent de pâture intellectuelle à Mlle Guillaume : *MCP*, I, 51.

Cuisinière (une excellente). Procurée au comte Octave par l'abbé Loraux ; aidée par deux filles de cuisine : *H*, II, 542.

Cuisinière du docteur Minoret (la). Renseigne Minoret-Levrault sur ce qui se passe chez le médecin, qui la renvoie : *UM*, III, 798, 799.

Cuisinière des W. Steinbock (la) : *Be.*, VII, 267.

Cuisinière des Camusot de Marville (la). Se moque du cousin Pons avec les autres domestiques : *CP*, VII, 519.

Cuisinière de Mme du Bruel (la). Ne comprenait pas toujours les ordres contradictoires que lui donnait sa patronne : *HA*, VII, 833.

Cuisinière des Chodoreille (la). S'est enrichie chez eux : *PMV*, XII, 85.

Cuisinière des Bara (la). « Initie » Robert Médal : *Th.*, VII, 591.

Curé de Sèvres (le). Administre Mme Marie Gaston : *MJM*, I, 402.

Curé de Saint-Cyr-sur-Loire (la). Appelé au chevet de Mme Willemsens, mourante : *Gr.*, II, 441.

Curé de Saint-Thomas-d'Aquin (le). En avril 1838, bénit le mariage de Calyste et Sabine du Guénic : *B*, II, 847.

Curé de Saint-Lange (le). Ancien père de famille, a perdu ses trois fils à Waterloo : *F30*, II, 1111, 1112 ; ses visites répétées à la marquise d'Aiglemont avant qu'elle ne consente à le recevoir : 1109 ; essaie d'adoucir les souffrances de la jeune femme : leur conversation : 1110-1120. Remplace l'abbé Chaperon à la cure de Nemours, vers 1841 : *UM*, III, 988.

Curé de Saumur (le). Parent des Cruchot ; conseille le mariage à Eugénie Grandet, devenue orpheline : *EG*, III, 1189.

Curé de Pen-Hoël (le). Ses efforts pour convertir en relations conjugales les relations coupables de Mme Lorrain avec le major Brigaut : *P*, IV, 38.

Curé d'Issoudun (le). Ne jouit d'aucune considération : *R*, IV, 363.

Curé de Sancerre (le). Joue au trictrac avec M. de Clagny : *MD*, IV, 679.

Curé de l'Assomption (le). Confesseur de Mme Piédefer. Son rôle dans la réconciliation qui intervient entre Mme de La Baudraye et son mari : *MD*, IV, 782, 784, 790.

Curé desservant de Saint-Léonard à Alençon (le). Voir COUTURIER (abbé).

Curé de Marsac (le) [né en 1805]. Précepteur de Lucien Séchard en 1830 : *SetM*, VI, 667.

Curé de Saint-Paul (le) : *E*, VII, 1031, 1093.

Curé du bourg de Benassis (le). Prédécesseur de l'abbé Janvier ; déplacé par son évêque sur plainte du maire : *MC*, IX, 404, 405.

Curé de Vizay (le) : *CV*, IX, 865.

Curé du Mont-Dore (le). Envoyé par Jonathas, vient rôder autour de Raphaël de Valentin : *PCh.*, X, 285, 286.

Curé de Saint-Pierre-aux-Bœufs (le). Rend visite à Christophe Lecamus : *Cath.*, XI, 362 ; présent lors de la visite de Charles IX et de la reine mère au jeune huguenot, qui vient d'abjurer : 369.

Curé de Saint-James (le). Chouan entêté. Rend visite en 1803 à la comtesse du Gua ; ses cadeaux ; lui prêche la modération : *Vis.*, XII, 627, 634-637.

CUREL. Orfèvre ; colonel dans la Garde nationale en 1818, supérieur de César Birotteau. Invité avec sa famille au bal donné par le parfumeur : *CB*, VI, 163.

    Ant. *CUREL DE L'ARBRANCHET : *CB*, VI, 163 (var. *d*).

CURIEUX (les). Fermiers de la famille Brézac, à Vizay (Corrèze). Parents de quatre filles : *CV*, IX, 771 ; oublient leur fille Catherine dès son départ : 774 ; en 1833, ils sont morts, et leurs trois autres filles sont mariées, une à Aubusson, une à Limoges, une à Saint-Léonard : 771 ; n'ont plus de relations avec leur fille Catherine, depuis qu'elle a fauté : 774.

CURIEUX (Catherine) [née en 1803]. Fille des précédents. Âgée d'environ trente ans en 1833 ; portrait à cette époque : *CV*, IX, 827 ; née à Vizay ; sa sagesse ; a eu un fils de Farrabesche, né quelque temps avant qu'il se livre : 770, 771 ; retrouvée à l'hôpital Saint-Louis à Paris par la préfecture de Police, alertée par le vicomte de Granville : 810 ; de retour à Montégnac en mars 1833 : 827 ; retrouve son fils Benjamin ; Mme Graslin demande au curé Bonnet de la marier promptement à Farrabesche : 829 ; en 1845, est dite la Farrabesche : 841.

CURIEUX (un). Farceur qui assiste à l'enterrement d'Aldrigger : *MN*, VI, 357.

CURIEUX (un). Remarque que Mme de Dey n'a pas fait venir de médecin : elle n'est donc pas malade : *Réq.*, X, 1109.

CURSY (de). Voir DU BRUEL (Jean-François, comte).

CYDALISE (1827- ?). Agée de seize ans en 1843 ; portrait à cette époque ; arrive de Valognes ; au début de la carrière, est le pion joué par Mme de Saint-Estève contre Mme Marneffe au dîner offert par du Tillet et Carabine au *Rocher de Cancale*, où elle doit devenir Mme Combabus : *Be.*, VII, 405, 406 ; préfère Paris au Brésil : 416 ; sert à transmettre à Montès la maladie mortelle qu'il communiquera aux Crevel : 417.

CYRUS (M. de). Oncle de Mme de Fischtaminel ; a fait de celle-ci son héritière : *PMV*, XII, 129 ; couvé par elle, comme une succession : 131.

CYRUS-KAROLA (comtesse de). Née Vermini, belle-sœur du précédent. Veuve, sans doute ; mère de Mme de Fischtaminel, qui lui écrit à Menthon : *PMV*, XII, 128.

CZERNI (colonel). Voir MAREST (Georges).

CZERNI. Père imaginaire du précédent. Mort à Paris en 1792, laissant sept enfants : *DV*, I, 780.

CZERNI (Mme). Femme imaginaire du précédent. En 1799, épouse en secondes noces M. Yung, un fournisseur : *DV*, I, 780.

D... (Mme) : *Phy.*, XI, 1131.

D... (Mme de) : *Phy.*, XI, 1198.

D... (M.). Munitionnaire général ; donne un bal très brillant en 1816 : *Phy.*, XI, 1149.

DALLOT. Ouvrier maçon. Ami de Geneviève, la vachère de l'hospice des Bons-Hommes ; a exprimé l'intention de l'épouser, à cause des quelques arpents de terre qu'elle possède ; l'abandonne pour une fille plus riche et ayant toute sa raison : *Ad.*, X, 1002.

Dame (une) : *CM*, III, 618.

Dame de Tours (une). Confectionne pour l'abbé Chapeloud un meuble en tapisserie : *CT*, IV, 185.

Dame du comptoir au Café militaire d'Issoudun (la). Sa réponse aux trois officiers royalistes qui lui demandent *La Quotidienne* : *R*, IV, 372, 373.

Dame de Chinon (une). Fait faire ses vignes par Jacques Birotteau, qui épouse sa femme de chambre ; le couple étant mort, fait élever l'aîné avec ses fils et le place au séminaire : *CB*, VI, 54.

Dame en turban (une). Estime qu'Isaure d'Aldrigger danse à ravir : *MN*, VI, 351.

Dame du comptoir du café David (la). Estime que le père Canquoëlle est mort : *SetM*, VI, 528.

Dame (une) : *CP*, VII, 564.

Dame d'atours (une). Se moque de Zélie Minard : *Bou.*, VIII, 98.

Dame (une). Trouve à Mlle de Verneuil l'air d'une fille d'Opéra : *Ch.*, VIII, 1136.

Dame (une autre). Se demande si Mlle de Verneuil vient pour traiter au nom du Premier consul : *Ch.*, VIII, 1136.

Dame (une) de Limoges. Constate que, même en prison, Tascheron protège sa complice : *CV*, IX, 742.

Dame (une). Cherche à faire épouser une de ses filles par Philippe du Sucy : *Ad.*, X, 1013, 1014.

Dame (une). Remarque que l'accusateur public veut rester seul avec Mme de Dey : *Réq.*, X, 1117.

Dame (une). Redoute les jolies femmes de chambre : *Phy.*, XI, 1155.

Dame (une) : *Phy.*, XI, 1198.

Dame (une). Affirme que les robes sont faites pour tout montrer sans rien laisser voir : *PVS*, XII, 288.

Dame (une). Parle de jeu dans un salon : *Ech.*, XII, 471.

Dame (une). Admire les idées philosophiques de Napoléon : *Ech.*, XII, 475.

Dame (une vieille). Insiste pour obtenir des confidences : *Ech.*, XII, 481.

Dame (une jeune). Reproche ses histoires à un narrateur : *Ech.*, XII, 482.

Dame (une). Interroge Bianchon : *Ech.*, XII, 488.

Dame (une). Frémit devant les crimes commis à l'armée : *Ech.*, XII, 491.

Dame (une). N'était pas convaincue de l'existence de M. de Lessones : *AIH*, XII, 778.

Dames (deux). Aux Tuileries, reconnaissent Lucien de Rubempré et Mme de Sérisy : *SetM*, VI, 540.

Dames (des). A un dîner du prince Lebrun, avec •Vivant-Denon : *Phy.*, XI, 1132.

Dames très décolletées (deux). Bavardent dans un salon : *PMV*, XII, 182.

Dames charmantes (trois). Président à une soirée dans un salon parisien en 1840 : *Ech.*, XII, 471.

Dandy d'estaminet (un). A la demande d'un ouvrier en laine, joue le rôle d'un capitaine américain pacotilleur pour escroquer un riche chapelier : *MN*, VI, 377.

DANNEPONT. Voir LA POURAILLE.

Danseuse (une). Estime que Mlle de Verneuil n'apportera guère d'innocence en dot : *Ch.*, VIII, 1136.

Danseuse (une). Se souvient que Caroline de Chodoreille était ennuyeuse : *PMV*, XII, 182.

DAURIAT. Libraire au Palais-Royal en 1821, galerie de bois : *IP*, V, 342 ; portrait à cette époque : 366 ; le libraire fashionable : 351 ; Ladvocat s'est installé depuis peu en face de lui : 361 ; en train d'acheter un hebdomadaire pour l'opposer à *La Minerve* : 363 ; propose à Finot la propriété du tiers du journal : 366 ; refuse le manuscrit du recueil de sonnets de Rubempré, car les vers dévorent la librairie, puis l'accepte, en lecture : 369, 370 ; le refuse dans l'intérêt de Lucien : 440, 441 ; après l'article de Lucien attaquant Nathan, vient chez Coralie acheter son manuscrit : 451-453 ; refuse de le publier ; il fera paraître *Les Marguerites* à sa guise, comme c'est son droit : 534. En 1824, ne les a pas encore publiées : *SetM*, VI, 439. La même année reçoit la visite de Paulmier venu le complimenter de produire des livres satinés avec couvertures imprimées : *E*, VII, 981. En 1825, édite *Les Marguerites ;* l'édition est enlevée en huit jours : *SetM*, VI, 488. En 1829, répond avec ironie à la lettre de Modeste Mignon sur le poète Canalis, due à cinq ou six journalistes : *MM*, I, 511, 512.

    Ant. le réel •LADVOCAT : *E*, VII, 981 (var. *a*).

    *DAURIAT : *IP*, V, 378 (var. *f*), 446 (var. *b*), 463 (var. *c*).

DAVID (Mme). De Brive-la-Gaillarde. Selon Colorat, mourut de frayeur d'avoir vu lier les pieds de son mari, pour être *chauffés* : *CV*, IX, 678.

DAVID (1718- ?). Serviteur octogénaire de Séraphîtûs-Séraphîta, âgé de quatre-vingt-deux ans en 1800 : *Sér.*, XI, 747, 748 ; vient demander l'aide du pasteur Becker : 791 ; son récit à Wilfrid : 799, 800.

DAVIN. Secrétaire du baron de Rosny (Sully), en 1605 : *AIH*, XII, 786.

DELACOUR (les deux frères) [?-vers 1828]. Anciens fermiers généraux, riches à millions, vivent à Paris ; détestent leur sœur de Mme Chamaranthe, et comptent avantager leurs enfants naturels : *DxA*, 673 ; meurent vers 1828, l'un dans les bras d'une jolie femme, l'autre d'une apoplexie au cours d'un repas fin : 676.

*DELATTRE (Mme) puis *DELASTRE (Mme), lorette, remplacée par *CARDINE (Mme), puis par CADINE (Jenny) : *B*, II, 908 (var. *e*).

DELBECQ. Ancien avoué, ruiné, secrétaire du comte Ferraud en 1818 ; probe par spéculation ; l'âme damnée de la comtesse : *Col.*, III, 348 ; rend compte à la comtesse du refus de Chabert de signer un aveu d'imposture : 365 ; le comte Ferraud le fait nommer président du tribunal de première instance dans une ville importante, en remerciement : 368.

    *DELBECQ. Nommé à la fin de 1818 au tribunal de première instance de Brive : *Col.*, III, 368 (var. *c*).

DELSOUQ. Voleur. Élève de La Pouraille ; sait ne jamais dépasser la compétence du tribunal correctionnel ; La Pouraille a fait, une fois, deux ans de prison sous ce nom, grâce à la perfection de son déguisement : *SetM*, VI, 827. Il a existé un voleur réel de ce nom (827, n. 3).

DEMOISELLE : *JCF*, X, 313, 317. Voir RUPELMONDE (Mlle de).

Demoiselle (une). En promenade aux Échelles ; la Fosseuse la trouve belle comme une Vierge Marie : *MC*, IX, 590.

Demoiselle (une jeune). Sa démarche : *PVS*, XII, 286, 287.

Demoiselle (une grande). Sa démarche : *PVS*, XII, 290.

Demoiselle de compagnie d'une vieille comtesse (la). En 1831, avertit Raphaël de Valentin du complot en train de se tramer contre lui : *PCh.*, X, 270, 271.

Demoiselle des Rogron (la première), en 1821. Fille d'un riche fermier de Donnemarie ; assez riche parti ; vains efforts de J.-J. Rogron pour la décider au mariage : *P*, IV, 46 ; rachète son fonds de mercerie : 50.

Demoiselle d'une lingère (la première). Charles Rabourdin, qui a *musardé* avec elle durant le Carnaval, obtient d'elle des chemises et du linge pour Z. Marcas : *ZM*, VIII, 853.

Démonologue allemand (un). En discussion philosophique avec les clercs de l'étude Crottat ; leur cite l'opinion de Boëhm sur la planète Mercure : *MR*, X, 387, 388 ; s'en va avec une haute opinion de la valeur de l'instruction en France : 388.

Denisart. Pseudonyme utilisé par Cérizet. Voir Cérizet.

Député de la Droite (un). Fait ministre en 1823. Parent de La Billardière : *E*, VII, 901.

Députés ministériels (deux ou trois). A une réception de ministre en 1824 : *E*, VII, 1110.

Derville. Nom donné à un des clercs de Me Bordin dans le procès-verbal facétieux rédigé par les clercs de l'étude Desroches et daté de 1806 (il ne peut s'agir du suivant) : *DV*, I, 850.

Derville (Me) [né en 1794]. Septième enfant d'un petit bourgeois de Noyon : *Gb.*, II, 979 ; âgé de vingt-cinq ans en 1819, âge nécessaire pour traiter d'une étude : 980. Succède à Me Bordin : *TA*, VII, 642 (voir Bordin). Commence ses études de droit en 1813 ; second clerc d'avoué en 1816, habite alors rue des Grès et achève sa troisième année de droit : *Gb.*, II, 965 ; y fait la connaissance de Gobseck : 964 ; passe en 1816 sa thèse de licence en droit ; nommé avocat, est en outre maître clerc dans l'étude de son patron, qui lui assure le gîte et le couvert ; il en rachète la charge pour cent cinquante mille francs, qu'il emprunte à Gobseck au taux de 15 % (13 % : 980) en 1819 : 978, 979. Vers 1818, habite rue Vivienne : *Col.*, III, 311 ; avoué près le tribunal de la Seine ; ses méthodes assez particulières de travail : 320 ; reçoit le colonel Chabert et l'invite à lui exposer les motifs de sa visite : 322, 323 ; va le voir chez Vergniaud et lui conseille une transaction : 338-342 ; cherche la faille de la comtesse Ferraud : 350 ; l'a trouvée : 354 ; à son étude, lui lit la transaction qu'il a préparée : 356, 357 ; six mois plus tard, apprenant la transaction intervenue, réclame son dû et reçoit une fin de non-recevoir de l'intendant des Ferraud : 368 ; estime en 1818 que le comte de Granville est « la plus fameuse caboche de la Cour royale » : *CB*, VI, 163 ; invité avec sa femme au bal Birotteau, en 1818 : 164 ; avoué de César ; son avis sur la procédure à engager contre Claparon : 200 ; plaide lui-même le procès en 1819 pour éviter des frais à César : 228 ; gagne en première instance : 248 ; donne à Mme Birotteau le conseil de faire déposer par son mari le bilan de *La Reine des Roses* : 249. S'occupe à la même époque des affaires de la vicomtesse de Grandlieu : *Gb.*, II, 982. A rétabli la fortune de sa cliente ; cette affaire a fait sa réputation : *SetM*, VI, 506. Au début de 1820, retrouve Chabert, par hasard, au Palais de Justice, condamné pour vagabondage par la sixième chambre correctionnelle : *Col.*, III, 368, 369 ; Chabert lui remet une lettre pour que son dû lui soit payé par la comtesse Ferraud : 370. Avoué du père Goriot, qui vient le prier d'arranger les affaires de sa fille, Delphine de Nucingen : *PG*, III, 176 et 196. Pour venir en aide à César Birotteau, qui a une belle écriture, lui confie des travaux de copie : *CB*, VI, 289. A pour clerc Godeschal en 1820 : *R*, IV, 310. Fait la connaissance de Maxime de Trailles à un déjeuner de garçons : *Gb.*, II, 983 ; reçoit la visite du comte de Restaud venu le consulter afin de sauver sa fortune : 994. Avoué du comte de Sérisy en 1822, lui suggère d'aller faire à Presles une enquête personnelle : *DV*, I, 750 ; a eu pour clercs Godeschal et Desroches : 843. Dépose au Parquet de la Cour royale de Paris, en 1823, la demande en réhabilitation de César Birotteau : *CB*, VI, 304. Assiste en 1824, aux mercredis des Rabourdin : déjà considéré à cette époque comme l'une des plus fortes têtes du Palais : *E*, VII, 945. S'est, la même année, complètement libéré de sa dette envers Gobseck : *Gb.*, II, 982 ; en décembre 1824, le comte de Restaud lui fait envoyer un paquet par son fils,

s'endettant peu à peu : 282, 283; à la mort de son second mari, en 1794, le docteur Rouget prend la succession Descoings, en la désintéressant par un usufruit grevant les biens de son fils J.-J. Rouget; avoue ses dettes à Mme Bridau : les deux femmes déménagent pour venir habiter rue Mazarine : 283; se contente de cinquante francs par mois pour ses dépenses personnelles et joue le reste à la Loterie : 286; dès 1812, a pressenti le grand avenir artistique de Joseph Bridau : 292, 294; va demander avis à Desroches père au sujet de Philippe Bridau en mai-juin 1821 : 322; poursuit toujours le même terne depuis vingt et un ans : 324, 325; Joseph l'a prise pour modèle de son entremetteuse, dans un tableau : 326, 327; a le malheur de parler devant Philippe en décembre 1821 des deux cents francs qu'elle va miser à la Loterie : 332; au moment de miser, s'aperçoit que l'argent, qu'elle avait cousu dans son matelas à cette intention, a disparu : 335; à l'annonce que son terne est enfin sorti, et que la fortune lui échappe, tombe victime d'une attaque d'apoplexie : 339; meurt, le 31 décembre 1821, après avoir fait jurer à son amie, Mme Bridau, de placer son argent chez Desroches : 342; ressemblait à une Mme Saint-Léon, selon Philippe Bridau : 531. Citée comme étant la grand-mère du caricaturiste Bixiou : *E*, VII, 975.

DESFONDRILLES. Juge suppléant à Provins en 1827. Avant tout, archéologue et homme d'esprit; a rallié le parti libéral de l'avocat Vinet : *P*, IV, 64, 65; furieux de la nomination de Lesourd à la tête du tribunal : 152; commis pour instruire la plainte en sévices exercés par les Rogron envers Pierrette Lorrain, leur filleule, en mars 1828, peu avant la mort de la malheureuse : 157; enfin nommé président du tribunal de Provins, après la révolution de juillet 1830 : 161.

DESGRANGES (?-1789). Habitant de Tours. Son « angine de cœur »; tué net par le mot *faillite* : *MI*, XII, 744, 745.

DESLANDES. Chirurgien à Azay-le-Rideau. Félix de Vandenesse va le quérir d'urgence pour saigner le comte de Mortsauf : *Lys*, IX, 1126; ce dernier se propose d'aller le chercher pour soigner son fils Jacques : 1015, 1016; prodigue ses soins à Mme de Mortsauf à l'agonie : 1192; lui fait un enveloppement d'opium : 1203.

*DES LAURIERS (Mlle), remplacée par *YZAMBAL (Mlle) : *CF*, XII, 428.

*DESMARAIS (Charles). Voir DESMARETS (Jules).

DESMARETS (Me). Notaire à Paris, établi dans sa charge grâce aux subsides fournis par son cadet, Jules, l'agent de change : *F*, V, 808; mandé en 1819 par son aîné : 856.

DESMARETS (Jules). Frère cadet du précédent. Agent de change à Paris en 1819; portrait à cette époque : *F*, V, 806; habite un bel hôtel rue de Ménars : 808; placé chez un agent de change, cinq ans avant son mariage : 805; voit Clémence chez son patron; conçoit une passion sans bornes; en 1814, l'épouse; début d'événements heureux : 806, 807; rachète la charge de son patron et, en quatre ans, devient l'un des plus riches agents de change : 808. Considéré par César Birotteau comme personne marquante dans son quartier : *CB*, VI, 49; agent de change de Birotteau, celui-ci l'invite à son bal en 1818 : 164. En 1819, a pour client le baron de Nucingen : *F*, V, 805; relancé à la Bourse par Maulincour, commence à douter de Clémence : 845-847; intercepte une lettre chiffrée adressée à sa femme et va demander à son ami Jacquet de la décrypter : 863; achète la complicité de la mère Gruget : 869, 870; apprend la vérité : 875; surpris par Clémence chez Mme Gruget : 878; les soins dont il l'entoure pendant son agonie : 880-882; va demander raison à Maulincour et ne le reconnaît pas dans le moribond amnésique qu'on lui désigne : 881, 882; rencontre Ferragus : 887, 888; désireux de conserver les cendres de sa femme, qu'il a fait incinérer : 888; reçoit l'urne en porphyre les contenant; vend sa charge au frère de Martin Falleix, et quitte Paris; sa dernière vision de Ferragus : 900 et 903. Allusion à cette succession dans la charge : *SetM*, VI, 592.
    Ant. prénommé *Charles : *F*, V, 1412.

DESMARETS (Clémence) [1795-1819]. Femme du précédent. Âgée de dix-neuf ans lors de son mariage en 1814 : *F*, V, 883; fille naturelle, sans nom; sa mère passe pour sa marraine : 807; enfance heureuse dans la solitude : 883; peu de fortune, mais, sur la recommandation de sa mère, un riche capitaliste propose à Jules les fonds pour acheter la charge de son patron : 807, 808; sa mère meurt en 1817 : 808; elle apprend, aux derniers moments de sa mère, l'existence de son père : 884; mais craint que Jules n'aime plus la fille de Gratien et garde le silence à son sujet : 885. Elle est une femme vertueuse : *Pré.PG*, III, 44. En 1818, invitée au bal des Birotteau; elle y sera la plus belle, juge Mme Birotteau : *CB*, VI, 164. En 1819, reconnue par Maulincour rue Soly : *F*, V, 797, 798; questionnée sur la rue Soly par Maulincour : 834; tente de dissiper les premiers soupçons de son mari sans trahir son secret : 843; entrevue avec son père, Ferragus, épiée par Jules : 875; meurt d'être soupçonnée; son testament : 883-887; la vraie cause de sa mort est une cause morale : 885; ses obsèques à Saint-Roch, sous le signe des Treize : 888, 889; ses cendres, rendues à Jules : 900.

reconnaît chez le père, le policier Peyrade, les signes d'un empoisonnement à la strychnine : 682; veille Mme de Sérisy, à demi folle du suicide de Rubempré : 888. D'accord avec Bianchon pour laisser croire au comte de Bauvan que sa femme succombe à un ramollissement osseux : *H*, II, 594. Surpris de nouveau par Bianchon, au mois de mars 1831, sortant de sa messe basse à Saint-Sulpice : *Ath.*, III, 392; s'estimant alors au bord de la tombe, il lui révèle les raisons de cette fondation : 392; Bianchon qui l'a soigné au cours de sa dernière maladie, en 1831, affirme que, peut-être, l'illustre incroyant n'est pas mort athée : 401.

Ant. *DUSSOIPLEIN : *Col.*, III, 385 (var. *e*), puis *DUPUY : 385 (var. *c*), 388 (var. *a*), 389 (var. *a, c*), 390 (var. *e*); *BIANCHON : *IP*, V, 140 (var. *c*); *MÉO : *F*, V, 856 (var. *d*), 873 (var. *f*).

Ant. les réels *DUPUYTREN : *In.*, III, 433 (var. *c*); *CUVIER : *IP*, V, 183 (var. *e*); *ALIBERT : *E*, VII, 957 (var. *g*).

*DESPLEIN, remplacé par BIANCHON : *CP*, VII, 624.

DESPLEIN (Mlle). Fille unique[1] du précédent. Fiancée en 1829 avec le prince Gaspard de Loudon : *MM*, I, 703.

**DESROCHES (Mme). Mère de l'avoué. Tenancière d'un estaminet au Palais-Royal : *MN*, VI, 355 (var. *d*).

DESROCHES (M.) [?-1822]. Ami de Bridau père, fait partie en 1811 de la société des deux veuves, Mmes Bridau et Descoings, avec Claparon et du Bruel : *R*, IV, 288; annonce à Mme Descoings, en décembre 1821, que son terne vient de sortir, et est ainsi cause indirecte de sa mort : 339; employé au ministère de l'Intérieur, comme Bridau, ne peut, malgré ses talents, devenir sous-chef : retraité à dix-huit cents francs (mais, selon *MN*, VI, 355, n'a jamais plus de dix-huit cents francs); un fils unique, placé chez un avoué et tenu serré : 294; l'un des *trois sages de la Grèce* de Mme Descoings : 295; mis à la retraite en 1812, attend encore sa pension en 1816 : 299; est dans une compagnie d'assurances et sera bientôt chef de bureau : 300; sa « bonne judiciaire » : 322; meurt en 1822 : 349; amateur de pêche à la ligne : 326.

Ant. prénommé peut-être *Marc-Antoine et remplacé par Jean-Jérôme-Séverin Cardot comme « oncle » d'Oscar Husson : *DV*, I, 763 (var. *a*).

DESROCHES (Mme). Femme du précédent. gère un bureau de papier timbré : *R*, IV, 294; *MN*, VI, 355. Cela lui rapporte à peine douze cents francs; veuve, reçoit Mme Bridau à dîner en 1823 : *R*, IV, 349. Amie de Mme Matifat, essaie en 1826 de marier son fils à Mlle Matifat, malgré le gros obstacle que représente le fils Cochin : *MN*, VI, 366, 367.

DESROCHES (Me) [né en 1796]. Vingt-six ans en 1822 : *DV*, I, 842; portrait à cette époque : *R*, IV, 356; petit clerc chez un avoué en 1812, à vingt-cinq francs par mois et le déjeuner : 294; a rudement travaillé de 1818 à 1822; entré quatrième clerc chez Derville, il y est second clerc en 1819 : 355. Mais il est encore quatrième clerc en 1819 selon *Col.*, III, 313. Licencié en droit en octobre 1819, assiste au dîner célébrant le retour de Philippe Bridau : *R*, IV, 306. Sa prestation de serment en 1822 : *DV*, I, 851. Prend Oscar Husson pour quatrième clerc : 842. Étude située rue de Bussy : *R*, IV, 356; *DV*, I, 842. A racheté un « titre nu » en 1822; type de l'avoué famélique, à qui tout est bon : *R*, IV, 342; *MN*, VI, 355; *DV*, I, 842. Mme Bridau lui confie ses fonds pour en tirer huit cents francs de rente viagère : *R*, IV, 342; défend Philippe Bridau devant la cour des Pairs : 356; révèle aux Bridau que Philippe est un agent double : 356; conseille à Mme Bridau de rester à Issoudun, chez les Hochon : 451, 452; sollicite et obtient du comte de Sérizy que la mise en surveillance de Philippe à Autun soit changée pour Issoudun : 467, 468; Philippe lui annonce la mort de Maxence Gilet : 510; a compris le jeu joué par Philippe : 516. Lucien de Rubempré aux abois s'adresse à lui : *IP*, V, 546; lui conseille de faire opposition à sa saisie en s'adressant à Masson : 597, 598; introduit une instance en référé, son client ayant été de nouveau saisi : 598. En 1824, ami de des Lupeaulx, le prévient que toutes ses créances sont aux mains de Gobseck et Gigonnet, Samanon leur servant de prête-nom, et lui révèle les liens de famille unissant Gigonnet, les Saillard et les Baudoyer : *E*, VII, 1045. Bourreau de travail, est à son bureau dès cinq

---

1. À comparer avec une phrase, ambiguë, de Bianchon dans *L'Interdiction*, III, 426.

heures du matin en 1825 : *DV*, I, 844; sera sans pitié pour Oscar Husson : 870; conseille à Mme Clapart, mère d'Oscar, de faire de son fils un avocat : ses défauts deviendront ainsi des qualités : 872. Avoué de Me Crottat, qui soutient les intérêts de Charles de Vandenesse contre son frère Félix : *F30*, II, 1150. En 1826 questionne Taillefer sur la fortune du baron d'Aldrigger, qui vient de mourir : *MN*, VI, 355; courtise la dot de Malvina d'Aldrigger : 365; pour le cas où il ne réussirait pas à épouser Malvina, courtise comme pis-aller les parents de Mlle Matifat : 367; comprenant la prochaine ruine des Aldrigger, rompt avec Malvina, se rabat sur les Matifat, y retrouve les mêmes actions véreuses, et prend finalement du champ : 389. Avoué de Mme d'Espard en 1828; opinion défavorable de J.-J. Popinot sur cet avoué · *In.*, III, 443. Recommandé par des Lupeaulx, Lucien de Rubempré doit aller, sur ordre de Herrera, rendre visite à ce « drôle futé » en 1829 : *SetM*, VI, 589. En 1829, estimé le plus fort des avoués de Paris par Goupil : *UM*, III, 848. En octobre 1830, assiste au dîner de Taillefer, à l'occasion de la création d'un nouveau journal : *PCh.*, X, 100. Fait à cette époque partie du groupe d'amis de Nathan : *Pr.B*, VII, 827. Invité de Cardot chez Malaga en 1833 : *HA*, VII, 777. Bixiou le compare défavorablement à Derville : *MN*, VI, 356. En tractations avec Augustin Bongrand en 1837 pour la vente de son étude; l'affaire n'a pas lieu : *Méf.*, XII, 420. Cité : *Col.*, III, 373. Godeschal a été pendant dix ans son premier clerc : *Bou.*, VIII, 153; toujours domicilié rue de Béthizy : 156; avoué de Cérizet, vient en son nom réclamer le règlement d'une lettre de change à Th. de La Peyrade, qui paie rubis sur l'ongle : 166, 167. A eu Fraisier pour clerc pendant six ans; considéré comme l'un des plus capables avoués de Paris : *CP*, VII, 662.

Ant. *MAINGAUD (Me) : *F30*, II, 1150 (var. *c*); *PLUMET (Me) : *In.*, III, 443 (var. *c*, *d*), 447 (var. *b*); *DES ROCHES (Me) : *MN*, VI, 355 (n. 2); *COUTURE (Me) : *CP*, VII, 662 (var. *d*).

*DESROCHES, chez *DERVILLE : *MN*, VI, 356 (var. *j*); fils de la tenancière d'un estaminet au Palais-Royal : 355 (var. *d*).

DESROYS. Commis au ministère des Finances en 1824. L'homme mystérieux de la division, ami de Michel Chrestien et admirateur de P.-L. Courier; fils d'un Conventionnel n'ayant pas voté la mort : *E*, VII, 987; noté par Rabourdin : 1083; destitué à la fin de 1824 en raison de ses opinions républicaines : 1102.

Ant. *DESTOIS : *E*, VII, 1546.

*DESROYS. Devenu chef de division après la révolution de Juillet : *E*, VII, 1116 (var. *a*).

Desservant de l'église du Tillet (le) [?-1804]. En 1793, trouve dans son jardin un nouveau-né, le jour de la saint Ferdinand; la mère est allée se noyer après son accouchement; il donne à l'enfant le nom du saint du calendrier et l'élève jusqu'à sa mort, survenue en 1804 : *CB*, VI, 72.

DESTOURNY. Huissier à Boulogne-sur-Seine. Vend sa charge en 1824 : *SetM*, VI, 563.

DESTOURNY (Georges-Marie). Fils du précédent. Voir ESTOURNY (Georges d').

Détenu (un). Explique à Collin le mot *faucher* : *SetM*, VI, 843.

DÉVOLIO. En 1634, « gracioso » de la troupe du sieur Picandure, séjournant à Blois; y joue les Crispins, les Matamores, les Capitans, etc. : *Fré.*, XII, 818, 819; amant de Rosalinde, femme de Picandure; souhaiterait être celui de la Frélore, mais en vain : 821.

DÉVORANT (le). Surnom donné au briquetier Vigneau. Voir VIGNEAU.

DÉVORANTS (les). Société secrète, nom d'une tribu de Compagnons. Leurs noms et coutumes; *l'obade*, nom de garantie dynastique de leur chef : *Pré.H13*, V, 789, 790; leurs rivaux : les Compagnons du Devoir : 790. En 1819, ont pour chef le forçat Bourignard, Ferragus XXIII : *F*, V, 827.

Dévote (une) : *Phy.*, XI, 945, 946.

DEY (comte de). Ancien lieutenant général, chevalier des ordres. Dernier rejeton de sa famille, vieux et jaloux, meurt avant la Révolution : *Réq.*, X, 1106, 1107.

DEY (comtesse de) [v. 1755-1793]. Femme du précédent. Originaire de Carentan. Son *assemblée* quotidienne : *Réq.*, X, 1105, 1106; s'est réfugiée à Carentan au début de l'émigration; grâce à sa finesse elle a réussi à durer et à se concilier nobles et bourgeois, ainsi que les nouvelles autorités

(1793) : 1106; son fils unique ayant émigré elle est restée en France pour
lui conserver ses biens : 1107, 1108; vient de recevoir une lettre de son
fils, fait prisonnier après le débarquement de Granville; met le désarroi
où la plonge cette nouvelle sur le compte d'une attaque de goutte : 1111,
1112; croit que le *réquisitionnaire* annoncé est son fils : 1118; s'aperçoit
de son erreur : sa mort, *par sympathie*, en même temps que son fils est
exécuté dans le Morbihan : 1119, 1120. Femme vertueuse : *Pré.PG*, III, 44.

Dey (Auguste, vicomte, puis comte de) [vers 1781-1793]. Fils des précédents.
Délicat dans son enfance, souvent condamné par les médecins; les soins
constants de sa mère en font, à vingt ans, le plus beau cavalier de Versailles : *Réq.*, X, 1107; sous-lieutenant de dragons à dix-huit ans, suit les
Princes en émigration, à la Révolution : 1108; par un intermédiaire, fait
parvenir une lettre à sa mère; fait prisonnier à Granville, il espère s'évader :
1111, 1112; fusillé dans le Morbihan à l'instant précis de la mort de sa
mère : 1119, 1120.

Diard (Pierre-François) [?-1826]. Provençal, né aux environs de Nice.
Quartier-maître d'habillement au 6e régiment de ligne en 1811 : *Ma.*, X,
1066; participe, de loin, à la prise de Tarragone : 1040, 1041; fils d'un
prévôt des marchands : 1066; type de joueur, et amateur d'art : 1041;
répond à l'appel au secours de son camarade Montefiore et se propose
pour mari de Juana Mancini : 1065, 1066; épouse Juana : 1069; muté
dans la Garde impériale; grièvement blessé en Allemagne, il est retraité
avec le grade de chef de bataillon : 1070, 1071; sollicite une préfecture,
mais se contenterait d'une sous-préfecture : 1074; s'aigrit peu à peu à
constater la supériorité de sa femme : 1075; ses reproches; se remet à
jouer : 1080; désaccord croissant entre Juana et lui; il perd en trois ans
les trois quarts de sa fortune : 1080, 1081; est l'inventeur de *l'homme de
paille* : 1082; en 1826, dénué de ressources, part tenter de se refaire dans
une ville d'eaux des Pyrénées et loue pour sa famille une maison à Bordeaux : 1084; gagne trois cent puis quatre cent mille francs au jeu en
deux mois; reperd tout ce qu'il a gagné contre son ancien ami, le comte
de Montefiore : 1085; l'attire à Bordeaux, rejoue et perd : 1085, 1086;
assassine Montefiore et s'enfuit : 1086; cerné par la police dans sa maison,
avoue son crime à Juana, mais refuse de se faire justice, par lâcheté :
1090, 1091; sa femme lui fait sauter la cervelle : 1091. Son mariage avec
Juana, exemple d'union mal assortie : *Lys*, IX, 1079.

Diard (Mme) [1793- ?]. Femme du précédent. Voir Mancini (Maria-
Juana-Pepita de).

Diard (Juan) [né en 1812]. Fils aîné de la précédente, ressemble à sa mère;
son père réel est Montefiore; le préféré de Diard, son benjamin : *Ma.*,
X, 1077, 1078; préféré de sa mère, en secret : 1079.

Diard (Francisque) [né en 1814]. Frère du précédent, le plus gâté par sa
mère et son préféré en apparence; sa ressemblance avec son père : *Ma.*,
X, 1077.

Diaz (Jan). Voir La Baudraye (Dinah de).

*Didelot. Invité d'un dîner de la marquise d'Espard. Ant. le réel *Ance-
lot : *IP*, V, 278 (var. *f*).

*Diffe (la) [il y a eu une fille de ce nom dans les milieux criminels, à l'époque],
remplacée par Biffe (la) : *SetM*, VI, 828 (var. *c* et n. 1).

*Diffon (le), remplacé par Biffon (le) : *SetM*, VI, 833 (var. *c*).

Dilettante des Bouffons (un). Écoute aux Champs-Élysées les duos chantés
par Gambara et sa femme : *Gam.*, X, 515.

Dionis. Voir Crémière-Dionis.

Diplomate russe (un). Honore Mme de Rochefide d'une « passion à brûle-
pourpoint », à Florence : *B*, II, 745.

Diplomate (un) : *Phy.*, XI, 1178.

Diplomate squelettique (un). Sa démarche : *PVS*, XII, 287.

Diplomate (un) dans *Ech.* Voir Index II : Stendhal.

Directeur de la poste de Guérande (le). Juste milieu qui lit les journaux :
B, II, 677; connaît la double identité de Mlle des Touches : 700.

Directeur d'une compagnie d'assurance (le). Explique à un économiste l'importance de la persuasion : *IG*, IV, 563.

Directeur de journal (un). Selon Lousteau, pour éviter d'être trompé, n'admet
dans son journal que des histoires d'atroces punitions subies par des

épouses coupables, et les apporte à la sienne pour la détourner de l'infidélité : _MD_, IV, 677.

Directeur de la poste d'Alençon (le). Procure à Chesnel une place dans la malle-poste de Brest à Paris : _CA_, IV, 1045.

Directeur du Panorama-Dramatique (le). Donne sa loge à Finot, Lousteau et L. de Rubempré, en 1821 : _IP_, V, 372, 377; son avis sur la pièce de du Bruel : 378; discussion avec Finot : 380-382; supplie Lucien d'avoir un regard pour Coralie, qui joue mal, sans quoi la pièce va tomber : 390.

Directeur de la Conciergerie (le) dans _SetM_. Voir GAULT (M.).

Directeur d'une des maisons centrales de Paris (le). Ne montre pas à lord Durham le quartier des _tantes;_ lui explique qu'il s'agit du troisième sexe : _SetM_, VI, 840.

Dix Mille (Société des). Son origine, ses buts; son trésorier en 1819 : _PG_, III, 190, 191. Association de malfaiteurs fondée entre 1815 et 1819 : son chef est Jacques Collin : _SetM_, VI, 832. En 1827, Marsay fait circuler le bruit que Manerville fait partie de cette bande : _CM_, III, 646.

Doctrinaire (un). Auquel il a manqué cent cinquante voix sur cent cinquante-cinq votants pour être élu; ami du narrateur : _AR_, XI, 120.

DOGUEREAU. Libraire à Paris rue du Coq, en 1821; « fait le roman » : _IP_, V, 303; accepte de lire _L'Archer de Charles IX_, que lui propose Lucien de Rubempré : 304; baisse ses prix à mesure qu'il grimpe les étages de Lucien : 306-308; a jadis payé deux cents francs un roman de Lousteau : 343.

DOISY. Portier de l'institution Lepître en 1814 : _Lys_, IX, 977.

Domestique de Mme Bontems (un petit). Costume et physionomie : _DF_, II, 52, 53.

Domestique de Gaston de Nueil (un). Envoyé par son maître porter un billet à Mme de Beauséant : _FA_, II, 490.

Domestique de Mlle de Pen-Hoël (le petit). Accompagne sa maîtresse chez les du Guénic : _B_, II, 663-667.

Domestique de la marquise de Rochefide (un) dans _B_. Voir ANTOINE.

Domestique de Taillefer (un). Vient annoncer à Victorine le duel mortel de son frère : _PG_, III, 211.

Domestique du chirurgien Béga (le). Vole à son maître des diamants et s'enfuit : _MD_, IV, 693.

Domestique de Godefroid de Beaudenord (un vieux). Son affection pour son maître : _MN_, VI, 346.

    Ant. nommé *VIRGILE : _MN_, VI, 346 (var. _h_).

Domestique de Mme Fontaine (la vieille). Lui sert de prévôt; fait entrer Mme Cibot : _CP_, VII, 589, 590.

Domestique du marquis de Chargebœuf (un). Vêtu en paysan, lui sert de cocher : _TA_, VIII, 609, 610.

Domestique du marquis de Chargebœuf (un). Parlant allemand, accompagne son maître lors de son voyage à Iéna : _TA_, VIII, 676, 677.

Domestique des Mortsauf (un). Annonce à Vandenesse et à Chessel l'absence du comte; mais la comtesse est là : _Lys_, IX, 992.

Domestique d'un gros bourgeois de Bruges (le). Armé jusqu'aux dents, accompagne son maître sur la barque du passeur d'Ostende : _JCF_, X, 313.

Domestique de Bartholoméo Belvidéro (un vieux). Annonce à don Juan l'agonie de son père : _ELV_, XI, 476.

Domestique d'Adolphe de Chodoreille (le). Lit les journaux de son maître et entrouvre ses lettres : _PMV_, XII, 34; flâne : 36; est à deux fins : 37.

Domestiques, ou en fait sans doute ordonnances, de deux des fils de celui qui sera curé de Saint-Lange (les). Viennent annoncer au père la mort de ses fils : _F30_, II, 1112.

Domestiques de Jules Desmarets (les). Rendent compte à leur maître de l'insistance d'Ida Gruget à le voir : _F_, V, 850.

DOMINIS (abbé de). Précepteur de Jacques de Mortsauf en 1817 : _Lys_, IX, 1111.

DOMMANGET (docteur). Accoucheur parisien, appelé d'urgence en 1840 auprès de sa cliente, Sabine du Guénic, qui présente une « révolution de lait » : _B_, II, 875, 877; alerté par la duchesse de Grandlieu, sauve la mise de Calyste : 878; son diagnostic : érysipèle : 879.

DONI (Massimilla) [née en 1800]. Née d'une noble famille de Florence, en 1800. Sa piété; accepte le mariage blanc que lui a imposé son mari : _Do.,_

X, 547; au printemps de 1820, séjourne à Rivalta, en compagnie d'Emilio Memmi : 545; suit « les firmans » de la célèbre Victorine : 546; rentre à Venise à l'automne pour l'ouverture de la saison théâtrale : 550; sa lettre à Emilio : 562; dans sa loge de la Fenice, commente le *Mosè* de Rossini : 587-607; pour sauver Emilio, elle doit devenir sa maîtresse : 617; Emilio se réveille dans ses bras : 618, 619; enceinte d'Emilio : 619. Invitée des Gandolphini en 1823 à Genève; y chante sa partie dans le quatuor *Mi manca la voce* : *AS*, I, 961, 962. En 1837, aux Champs-Élysées, entend les Gambara, jouant de la musique et faisant la quête : *Gam.*, X, 516; à leur accent, a reconnu des Vénitiens; décide de se charger de leur avenir : 516; les abîmes de souvenirs où la plonge la réflexion de Gambara sur les formes divines de l'amour féminin : 516.

Ant. *RECANATI (*Victoria) puis *CLARINA, remplacées par *CANE (Massimilla) dont le nom est changé ensuite en VARÈSE (Massimilla di) : *Gam.*, X, 516 (var. *b*); prénommée *Leona : *Do.*, X, 551 (var. *d*); *Giovannina : 554 (var. *a*), 559 (var. *a*), 585 (var. *a*); *FIESCHI (Giovannina) : 562 (var. *a*).

Donneur d'eau bénite de Saint-Sulpice (le). Protège les mendiants : *Bou.*, VIII, 174.

Donneur d'eau bénite dans une cathédrale flamande (un). Son horrible figure; réveille le narrateur : *JCF*, X, 327.

DORLONIA (duc). Voir TORLONIA.

Douairière de Bayeux (la). Converse sur Mme de Beauséant avec M. de Champignelles : *FA*, II, 468.

*Douairière (une). Nerveuse pendant un récit de l'abbé de Marolles chez les M*** : *Ep.T*, VIII, 1441.

Douairières (huit ou dix). Aperçues par Blondet enfant dans le Cabinet des Antiques; vision inoubliable : *CA*, IV, 976.

DOUBLET. Second clerc de Me Desroches en juin 1822 : *DV*, I, 851.

DOUBLON (Victor-Ange-Herménégilde). Huissier des frères Cointet à Angoulême en 1822 : *IP*, V, 589; présente un protêt à David Séchard, le 1er mai : 590; le sous-loup-cervier d'Angoulême : 592; assigna David le 3 juillet par-devant le tribunal d'Angoulême, en paiement des trois effets Métivier : 599; l'informe de la contrainte par corps, au début de septembre : 620.

*DOVER mère (lady). Tante de la baronne du Guénic : *B*, II, 730 (var. *a*).

*DOZANNE. Employé. Voir PAULMIER.

*DU BARTAS (M. et Mme). Frère et belle-sœur du suivant, remplacés par BRÉBIAN (Alexandre et Charlotte) : *IP*, V, 195 (var. *a*).

DU BARTAS (Adrien). Invité chez les Bargeton, à Angoulême, en 1821, le soir de la présentation de Lucien Chardon, spécialisé en musique dans les airs de basse-taille; passe pour être l'amant de Mme de Brébian : *IP*, V, 194.

DU BARTAS (Joséphine). Dite Fifine, femme du précédent, qu'elle accompagne à la soirée des Bargeton; ses prétentions; partage les goûts de son amie, Mme de Brébian, et joue à la Parisienne; les bonnes langues de la ville insinuent même qu'elle partage autre chose : *IP*, V, 194, 195.

DUBERGHE. Marchand de vins à Bordeaux. Vend à Nucingen, en 1815, cent cinquante mille bouteilles de Bordeaux : *MN*, VI, 338.

Ant. *DURBERGHE : *MN*, VI, 338 (var. *k*).

*DUBOIS. Médecin. Voir HAUDRY.

DUBOURDIEU (né en 1805). Peintre, présenté en 1845 à Gazonal; ses convictions humanitaires; portrait : *CSS*, VII, 1187; vient d'achever la figure allégorique de l'Harmonie, dans l'esprit de Fourier : 1188; est pour l'étendue de la production : 1189; ses opinions gâtent son talent : 1189-1190.

DU BOUSQUIER (né en 1761.) Cinquante-sept ans en 1818 : *VF*, IV, 932; portrait vers 1803 : 828, 829; biographie avant 1816 : natif d'Alençon, fils d'un lieutenant criminel, se met dans les affaires en 1789; entrepreneur de vivres de l'armée française de 1793 à 1799 : 826, 827; joue contre Bonaparte et s'y ruine après Marengo : 827; pendant la Révolution habite l'hôtel de Beauséant qu'il a acheté : 828. Il forme alors, avec Minoret et Hansard, une compagnie vivrière, dans laquelle il se ruinera plus tard : *ES*, XII, 539, 540. Au temps de sa splendeur, est l'amant de la danseuse-mime Flavie Minoret; il en a eu une fille naturelle, qu'il ne reconnaîtra jamais à la suite de sa ruine vers 1800 : *Bou.*, VIII, 40. De retour à Alençon

s'assurer de l'identité de la jeune femme qui trône dans une loge avec Nucingen : il s'agit bien de La Torpille, Esther Gobseck, devenue Mme de Champy : *SetM*, VI, 620. Chef de bureau avant 1830; mais, attaché de cœur à la branche aînée, démissionne à la révolution de Juillet : *Pr.B*, VII, 825. A un souper chez le banquier Taillefer, en octobre 1830, porte ironiquement un toast à Charles X, père de la liberté : *PCh.*, X, 101. Après sept ou huit ans de liaison, a secrètement épousé Tullia, de son vrai nom Claudine Chaffaroux : *Pr.B*, VII, 826, 827; ils habitent un hôtel particulier, rue de la Victoire : 828. Vaudevilliste habile, il met en œuvre les idées de Nathan; ensemble, ils ont inventé Florine : *FE*, II, 302. Chef de bataillon dans la Garde nationale, sa belle tenue dans une émeute, en 1835, lui valut la rosette d'officier de la Légion d'honneur; député, conseiller d'État et directeur : *Pr.B*, VII, 836; vers 1836, début des caprices de Claudine : 830; rallié à la monarchie de Juillet vers 1838, bénéficie d'une nouvelle pluie de titres et de dignités : 836. En 1839, il est pair de France : *Bou.*, VIII, 135. Assiste à une soirée chez Carabine en 1845 : *CSS*, VII, 1212.

Ant. *DUBREUIL puis *DUBRUEL : *IP*, V, 363 (var. *b*); *FINOT : *IP*, V, 471 (var. *a*); *DUBRUEL : *Pr.B*, VII, 829 (var. *a*); *DUBRUEL : *E*, VII, 944 (var. *e*), 962 (var. *c*).

*DU BRUEL, remplacé par son pseudonyme CURSY : *IP*, V, 391 (var. *a*), 398 (var. *f*); remplacé par COLLEVILLE comme chef de bureau : *E*, VII, 1073 (var. *a*), 1094 (var. *d*).

*DUBRUEL, après 1830, remplacé par DESROYS comme chef de division : *E*, VII, 1116 (var. *a*).

DU BRUEL (comtesse). Femme du précédent. Voir TULLIA.

*DUBREUIL. Voir DU BRUEL.

*DUBRUEL. Voir DU BRUEL.

DUBUT (la famille). Originaire de Caen. Un grand-père vendait de la toile; le père donne à ses trois fils le nom de trois de ses terres, dont il fait des savonnettes à vilain : Boisfrelon, Boislaurier et Boisfranc; une autre branche, à laquelle appartient Dubut de Caen, est restée dans le commerce : *EHC*, VIII, 315.

DUBUT DE BOISFRANC. Aîné des trois frères Dubut, président à la Cour des aides; Louis XVIII transfère son nom de Boisfranc à Dubut de Caen : *EHC*, VIII, 315.

DUBUT DE BOISFRELON (1736-1832). Frère du précédent, grand-oncle ou plutôt oncle de Mme de La Chanterie. Ancien conseiller au Parlement; retombé en enfance depuis la Révolution; meurt en 1832, à quatre-vingt-seize ans, rue Chanoinesse, dans l'appartement occupé plus tard par Godefroid : *EHC*, VIII, 229; a donné à Mme de La Chanterie l'argent nécessaire à l'acquisition de la maison : 317.

DUBUT DE BOISFRELON (Mme). Femme du précédent, tante du baron Lechantre de La Chanterie. Promet de léguer sa fortune à son neveu : *EHC*, VIII, 284.

DUBUT-BOISLAURIER. Frère des précédents. Capitaine de dragons : *EHC*, VIII, 315. Connu, dans la rébellion, sous le nom d'Auguste (prénom ou surnom ?); « chef supérieur » dans les rébellions de l'Ouest en 1808-1809. Rencontre le chevalier du Vissard : 293; habite Le Mans : 295; fugitif et contumace en 1809 : 303; a les ordres du roi pour soulever l'Ouest en 1809 et 1812; meurt, sans enfants, lieutenant général et gouverneur d'un château royal : 315; a jeté à la mer le traître Chaussard : 317.

DUBUT DE CAEN. Appartient à la branche des Dubut restés dans le commerce. Vers 1808, envoie un émissaire, Hiley, au chevalier du Vissard : *EHC*, VIII, 294; signale à Léveillé le départ du courrier de l'Ouest : 295; fugitif et contumace : 303; parent des trois frères Dubut : 315. Nommé grand-prévôt au Second Retour et procureur général sous le nom de Boisfranc; meurt premier président de Cour royale, ayant, par la grâce de Louis XVIII, pris le nom de M. de Boisfranc : 315.

Duc d'Empire (un). Affecte de ne pas connaître Mme Firmiani : *Fir.*, II, 145.

Duc (un). Homme de cour, froid et dévot, plastron de Charlotte, selon Marsay qui aime cette jeune veuve : *AEF*, III, 680; une de ses visites surprise par Marsay : 681; épouse la jeune veuve : 686; homme d'État qui a mille bizarreries apparentes liées à une nature exquise et aux exigences de son esprit, selon Bianchon, qui passe avec lui les dernières heures de la vie de Charlotte : 709, 710.

Duc (un). Sa fortune consiste en biens protestants confisqués lors de la révocation de l'édit de Nantes; convive du narrateur : *AR*, IX, 119.

　　Ant. *JENESAISQUOI (duc de) : *AR*, IX, 119 (var. *c*).

DU CHÂTELET (comte Sixte) [né en 1776). Agé de quarante-cinq ans en 1821 : *IP*, V, 162; portrait; né Sixte Châtelet, se qualifie en 1806; secrétaire des commandements d'une princesse impériale : 160; baron d'Empire; envoyé extraordinaire en Westphalie; en 1815, avec Montriveau en Égypte, revient un an avant; placé près de Barante : 161; nommé par lui directeur des contributions indirectes à Angoulême en 1821 : 160; projets sur Mme de Bargeton : 163; lui présente Lucien Chardon : 164; se mord les doigts d'avoir introduit ce loup dans sa bergerie : 235; le surprend aux pieds de Mme de Bargeton et la défend, de façon à la perdre : 240, 241; arrive à Paris sur ses traces, et se met à sa disposition : 259; rend visite à Mme de Sérisy, dans sa loge, à l'Opéra : 275; Montriveau le présente à Mme d'Espard : 279; article de Lousteau sur l'ex-beau du Potelet : 399; *baron Héron* dans un second article : 447; en 1822, nommé comte et préfet de la Charente : 523; épouse Mme de Bargeton en août et regagne Angoulême avec elle : 552; nommé gentilhomme ordinaire de la Chambre et conseiller d'État en service extraordinaire : 649. En 1824, au bal de l'Opéra, accompagné de Mme d'Espard, masquée, reçoit de Rubempré une leçon méritée; pauvreté de son blason : *SetM*, VI, 433; député d'Angoulême, au Centre, vient de voter avec la Droite contre le ministère : 435; parie un dîner contre Bixiou, et le perd : 443, 445. La même année, aux mercredis de Mme Rabourdin, rue Duphot : *E*, VII, 945. Fréquente en 1828 les réceptions de la marquise d'Espard : *In.*, III, 454.

　　*DU CHÂTELET (baron). Secrétaire particulier d'un ministre, remplacé à ce titre par LA BRIÈRE : *E*, VII, 958 (var. *a*).

DU CHÂTELET (comtesse Anaïs). Femme du précédent. Voir BARGETON (Mme de).

Duchesse napolitaine (une). Interlocutrice de Maximilien de Longueville au bal de l'ambassadeur de Naples en 1825. Lui explique comment on entend l'amour dans son pays : *BS*, I, 161.

*DU CHOSAL. Fils d'un émigré, nommé sous-préfet à La Ville-aux-Fayes après les Cent-Jours, en 1815 : *Le Grand Propriétaire*, IX, 1268.

DUCORMIER (Mlle). Gouvernante d'un vieux médecin de Tours en 1821; sa conversation avec le docteur Physidor : *MI*, XII, 721.

DU COUDRAI (M.). Conservateur des hypothèques à Alençon en 1816. Sa manie des calembours : *VF*, IV, 874; à surnommé le chevalier de Valois « Nérestan » : destitué pour cette plaisanterie sur intervention de la victime : 921, 922. Est destitué pour avoir mal voté : *CA*, IV, 1048. Retrouve sa place en juillet 1830 : *VF*, IV, 936. Au courant de l'arrestation de Victurnien d'Esgrignon en 1824 : *CA*, IV, 1048.

DU COUDRAI (Mme). Femme du précédent. Vieille femme insupportable, épousée pour sa fortune : *VF*, IV, 874; attablée à une table de whist chez Mlle Cormon en 1816 : 886; confidente de Mme du Bousquier : 936.

*DU COURROY. Juge d'instruction à Belley : *CF*, XII, 427.

*DU COURROY. Notaire à Belley : *CF*, XII, 428.

DU CROISIER. Notable d'Alençon. Fait solliciter la main de Mlle Armande d'Esgrignon par Me Chesnel, qui essuie un hautain refus : *CA*, IV, 969; sa haine de la famille d'Esgrignon remonte à cet échec : 970, 981; à couteaux tirés avec les habitués du Cabinet des Antiques, adopte les idées des « 221 » : 980; ses sourdes menées contre les d'Esgrignon, connues de Chesnel; le président du tribunal d'Alençon, M. du Ronceret, est l'un des piliers de son salon libéral : 999, 1000; se met à la disposition de Victurnien d'Esgrignon pour lui prêter de l'argent : 1024; sent sa vengeance mûrir, grâce aux lettres contractées par le jeune homme : 1026, 1027; en 1824, présente à Me Chesnel le compte débiteur de celui-ci, en lettres de change tirées sur lui, et en exige le paiement dans les quarante-huit heures : 1028; au courant des dettes de Victurnien par les Keller, avise le jeune homme, par lettre, qu'il ne lui avancera désormais plus rien; laisse intentionnellement, afin de le pousser à commettre un faux, une marge suffisante entre la dernière ligne de sa lettre et la signature : 1033; Victurnien tombant dans ce piège, sa vengeance est échue : 1038, 1039; porte plainte et prie Me Dupin, l'aîné, d'être son avocat : 1050; refuse de retirer sa plainte : 1053; expose à Me Chesnel ses ambitions politiques et dicte ses conditions, toutes acceptées d'avance; hormis le mariage de Victurnien d'Esgrignon avec Mlle Duval, sa nièce : 1055; mandé à comparaître devant le juge d'instruction Camusot : 1088; fait appel en Cour royale du jugement de non-lieu, et perd; son duel avec Victurnien, qu'il blesse assez grièvement : 1094; parvient enfin à ses fins et marie sa nièce à Victurnien d'Esgrignon, après la révolution de Juillet : 1096. Voir aussi Du Bousquier.

Ant. *Boutron-Boisset : *VF*, IV, 969 (var. *e*); *Boutron (M.), devenu *Boisset (baron de) : *CA*, IV, 970 (var. *e*).

Du Croisier (Mme). Femme du précédent. Voir Cormon (Rose).

Dudley (Lord). Vrai père du comte Henri de Marsay : *CM*, III, 642; *R*, IV, 518; *CA*, IV, 1022; *Lys*, IX, 1224. Amant de la célèbre marquise de Vordac, mère d'Henri, quand il vient en France la marier à un vieux gentilhomme, M. de Marsay : *FYO*, V, 1054; son second chef-d'œuvre, Euphémie Porraberil, née d'une grande dame espagnole; n'avise pas ses enfants des parentés qu'il créait partout : 1058. Vers 1815, fait cadeau à Henri d'un superbe pur-sang anglais : Sultan : *AEF*, III, 679. En 1816, se réfugie à Paris pour éviter les poursuites de la justice anglaise qui réprouve ses mœurs : *FYO*, V, 1058. En 1820, il vit en Angleterre avec les deux fils qu'il a de sa femme : *Lys*, IX, 1158; vient à Paris avec eux et, chez sa femme, sourit de Félix de Vandenesse; il est alors l'un des vieux hommes d'État les plus considérables de l'Angleterre : 1224. Au début de 1823, séduit par Florine dans son dernier rôle, vient de lui arranger un superbe appartement : *R*, IV, 518. Perd vingt mille francs au jeu contre son fils : *CA*, IV, 1022. En 1827, fait partie du ministère anglais : *CM*, III, 651. Ses qualités d'homme d'État, si rares en France, vantées par son fils naturel chez Mlle des Touches en 1831 : *AEF*, III, 677; reproche à la noblesse française de n'avoir pas su devenir un parti : 690. En 1833, se trouve par hasard au bal donné par sa femme : *FE*, II, 311. La même année, meuble à Mlle Hortense, qui le trompe avec Cérizet, un appartement rue de la Victoire : *HA*, VII, 794.

Ant. *Mac Claw Colchester : *FYO*, V, 1054 (var. *b*); prénommé **Henry : 1054 (var. *d*).

Dudley (lady) [née vers 1788]. Originaire du Lancashire, où les femmes meurent d'amour : *Lys*, IX, 1175; a dépassé trente ans en 1818 : 1146; portrait : 1144, 1145; Félix de Vandenesse lui est présenté à l'Élysée-Bourbon, pendant l'hiver 1817-1818 : 1141; sa morgue; célébrité de sa liaison avec Félix : 1142, 1143. Elle l'a spécialement formé : *FE*, I, 291. Au courant de l'idylle entre Félix et la comtesse de Mortsauf, corrompt le valet de Félix, qui perd son innocence dans ses bras : *Lys*, IX, 1144; elle a deux fils élevés par son mari en Angleterre : 1158; loue la Grenadière, près de Saint-Cyr-sur-Loire : 1173; son mépris anglais envers Félix qu'accompagne Mme de Mortsauf à un rendez-vous dans les Landes de Charlemagne : 1172; opinion de Mme de Mortsauf sur elle, et son opinion sur Mme de Mortsauf : 1173-1175; opinion de Vandenesse sur elle, sa fougue et son goût du monde et du scandale : 1187-1189; sa façon de rompre : 1224. Elle a fait mourir de chagrin lady Brandon : *MJM*, I, 361. En 1825, Émilie de Fontaine prend Clara de Longueville pour une parente de lady Dudley; plus tard, Émilie rencontre la vraie lady Dudley en compagnie de Félix de Vandenesse : *BS*, I, 136, 137. Femme de mon vrai père, confie Marsay à Manerville : *CM*, III, 642. Opinion de Rastignac en 1828 : les immenses plaisirs que peut procurer à un homme l'amour d'une telle femme : *In.*, III, 425. En 1829, Marsay pense qu'elle peut trouver une femme pour Savinien de Portenduère, dans quelque terrain d'alluvions de la Grande-Bretagne : *UM*, III, 865. En 1832, chez Mlle des Touches, défend la mémoire de la duchesse Charlotte : *AEF*, III, 688. Son rôle dans *Une fille d'Ève* : *Pré.FE*, II, 264. Jalouse des succès mondains de Félix de Vandenesse et de sa jeune femme, en 1832 : *FE*, II, 296; sa réponse à Marie de Vandenesse sur les différences entre un mari et un amant : 298; invite Nathan à son grand bal : 307; a habitué Félix à l'élégance anglaise : 309; son bal : 310-313; favorise l'aparté de Nathan avec Marie de Vandenesse, en jetant Félix dans les bras de Mme de Manerville : 312, 313; son regard de vipère sur Félix : 332; ne peut souffrir le vaudeville : 343. Chez la marquise d'Espard en 1833 : *SPC*, VI, 1000. Vers 1838, Mme Schontz se moque chez Lousteau du fameux *turban* de lady Dudley à qui elle trouve une ressemblance avec Mme de La Baudraye : *MD*, IV, 750.

Ant. réelle *ABERGAVENY (vicomtesse), elle-même remplaçant *Duchesse de ... (la) : *BS*, I, 137 (var. *a*).

Ant. *DUDLEY (lady), remplacée par CHAULIEU (duchesse de) : *MM*, I, 592 (var. *c*); *BRANDON (lady) : *In.*, III, 426 (var. *a*); *BRANSTON (lady), puis remplacée par FŒDORA : *PCh.*, X, 219 (var. *f*).

Ant. *DUDLEY (lady), au titre de parente par alliance de la réelle lady STANHOPE : *Lys*, IX, 1149 (var. *b*).

*DUDLEY (lady), remplacée par la marquise de VANDENESSE : *FE*, II, 301 (n. 3).

Duègne (une). Personnage inventé par Joseph Bridau de vieille femme de Zara, en Dalmatie, chargée de surveiller Zéna : *DV*, I, 792.

Duègne (une vieille). Sert d'entremetteuse entre le sculpteur Sarrasine et la Zambinella à Rome, en 1758; l'introduit dans la maison où l'attend un souper : *S*, VI, 1064.

DUFAU. Ancien notaire de Grenoble. Ruiné par une spéculation malheureuse, s'est installé dans le bourg du docteur Benassis vers 1824, au début de la prospérité de ce village; devenu juge de paix : *MC*, IX, 423; présenté à Genestas par le docteur Benassis, en 1829 : 498.

*DUFLOS (B.). Employé. Voir DUTOCQ.

DU GUA (comte). Tué par les Bleus à l'affaire de Quiberon en 1795; propriétaire du château du Plougal : *Vis.*, XII, 632.

DU GUA (comtesse) [née en 1757]. Femme du précédent; quarante-six ans en 1803 : *Vis.*, XII, 627. Portrait en 1799 : *Ch.*, VIII, 978. Femme criminelle : *Pré.PG*, III, 44. Veuve en 1795, elle se jette désespérément dans la lutte des Royalistes contre les Bleus : *Vis.*, XII, 632. En 1799, arrive à cheval sur le plateau de La Pèlerine, après l'engagement entre les Bleus et les Chouans : *Ch.*, VIII, 943; discussion avec le Gars : 944, 945; Marche-à-Terre lui donne sa part du butin prélevé dans la turgotine de Coupiau : 951, 952; consternée en s'apercevant que cet argent lui est personnellement adressé par sa mère : 953; annonce à son pseudo-fils, Montauran, l'arrivée d'une demoiselle de Verneuil à l'auberge des Trois-Maures; or, la vraie demoiselle de ce nom a été guillotinée, et Corentin l'estime trop jeune pour être la mère d'un fils de vingt ans : 977, 978; a usurpé l'identité de Mme du Gua-Saint-Cyr, qui vient d'être assassinée par les Chouans quelques jours auparavant : 987; avoue trente-huit ans, Hulot n'en croit rien : 991; a été la maîtresse de Charette : 993, 1037; ses instructions secrètes à Marche-à-Terre, concernant Mlle de Verneuil : 996; conseille à Montauran de feindre d'aimer Mlle de Verneuil : 1018; ameute les chefs chouans contre lui à La Vivetière : 1031, 1032; son vrai nom doit rester inconnu pour ne pas offenser une noble famille, déjà profondément affligée par les écarts de cette jeune femme : 1032; en conversation avec l'ancien garde-chasse de son mari : 1037; arrache à Mlle de Verneuil la lettre de Fouché lui donnant pleins pouvoirs : 1050, 1051; s'aperçoit que sa vengeance s'enfuit : 1060; envoie, quelques jours plus tard, sa carte, sous forme d'une balle, à Mlle de Verneuil, mais la manque : 1074; surnommée « la Grande Garce » et « la Jument de Charette » par les Chouans : 1082, 1085; commence à faire les honneurs du bal de Saint-James : 1132; assaut verbal avec Mlle de Verneuil : 1134, 1135; prétend que Montauran est fiancé à Diane d'Uxelles, alliance pour laquelle Sa Majesté lui a promis son appui : 1135; le comte de Bauvan la trouve fort à son goût : contrairement à Mlle de Verneuil, elle ne roucoule pas : 1206. Après l'échec de sa cause, s'est définitivement retirée en son château du Plougal en 1803 : *Vis.*, XII, 632; Pille-Miche et Marche-à-Terre sont ses gardes du corps; est amoureuse du chevalier du Vissard : 635; a partagé les dangers de Charette et du marquis de Montauran : 634; propose au chevalier du Vissard d'assassiner Bonaparte : 636; sa mère lui conserve une terre en Anjou; le comte de Bauvan, amoureux d'elle, lui demande sa main : 643 ; conversation avec Caboche, capturé par Marche-à-Terre et Pille-Miche : 645 ; reçoit Jacques Laserre : 647, 648.

Du Gua-Saint-Cyr (Mme). Assassinée par les Chouans en même temps que son fils, élève de l'École polytechnique, en 1799, près de Mortagne : *Ch.*, VIII, 987, 992 ; Mlle de Verneuil confirme au Gars que les *vrais* Gua-Saint-Cyr ont été tués quarante-huit heures auparavant : 993, 994.

Du Gua-Saint-Cyr (Mme). Nom usurpé par la comtesse du Gua, à l'auberge des Trois-Maures en 1799, après l'assassinat des *vrais* Gua-Saint-Cyr : *Ch.*, VIII, 987. Voir Du Gua (comtesse).

Du Gua-Saint-Cyr (aspirant). Voir Montauran (marquis Alphonse de).

Du Guénic (maison). La plus noble famille de Guérande ; son antiquité remonte aux Celtes ; dérive d'une branche commune avec les Du Guesclin : *B*, II, 643 ; les Guaisqlain sont issus des du Guaisnic, plus tard du Guénic : famille puissante avant les Capétiens ; blason et devise : 643-645 ; rappel de l'alliance recherchée par Du Guesclin avec les du Guénic alors que les Touches n'étaient pas encore écuyers : 684.

Du Guénic (baron Gaudebert-Calyste-Charles) [1763-1836]. Soixante-treize ans en 1836 ; portrait à cette époque : *B*, II, 651-653 ; l'un des grands barons de France, n'a qu'un supérieur, le roi ; habite sa ville natale, Guérande ; son blason : 644, 645 ; antiquité de sa famille : 643. Porte secours, en 1795, à la famille du Vissard, faisant passer Amédée et sa sœur en Hollande, et faisant ensevelir Mme du Vissard à Guérande : *Vis.*, XII, 639. Fait la guerre pour le roi dès que Vendée et Bretagne se sont soulevées ; prend auparavant la précaution de mettre ses biens à sa sœur Zéphirine : *B*, II, 650. Son nom de guerre, l'Intimé ; assiste à la réunion des chefs chouans à La Vivetière en 1799 ; questionne le Gars sur Mlle de Verneuil : *Ch.*, VIII, 1033, 1034 ; le seul, lors de la réunion des chefs chouans autour de Montauran, à ne pas revendiquer un poste en récompense de ses services : 1128 ; témoin de Montauran à son mariage avec Mlle de Verneuil, à Fougères : 1203. En relation avec Ragon et César Birotteau, qui servent d'intermédiaires aux Chouans à Paris : *CB*, VI, 58. A sous ses ordres le major Brigaut : *P*, IV, 38. En 1802, manquant d'être pris, revient à Guérande, puis passe en Irlande ; épouse une noble irlandaise, Fanny O'Brien, puis revient dans ses foyers en 1814 : *B*, II, 650, 651 ; retraité en 1814 avec le grade de colonel, la croix de Saint-Louis et une pension : 653 ; en 1815 a encore à défendre Guérande assiégée par le général Travot : 654 ; son instruction rudimentaire, hormis le blason et l'art militaire : 654. Vers 1823, le marquis d'Esgrignon estime que la Restauration ne l'a pas récompensé à la mesure de ses services : *CA*, IV, 998. En 1832, rejoint Madame en Vendée : *B*, II, 652 ; navré de voir son fils préférer Béatrix de Rochefide à Félicité des Touches : 805 ; ne voudrait pas mourir avant d'avoir vu son petit-fils : 829 ; tremble de voir sa race s'éteindre : 834 ; condamné par les médecins : 835 ; sa mort, au début de novembre 1836, après que son fils lui a solennellement promis de vivre et de lui obéir : 837.

Ant. *Renty (chevalier de) : *Ch.*, VIII, 1051 (var. *f*), 1130 (var. *b*), 1131 (var. *a*), 1203 (var. *h*).

Du Guénic (baronne) [née en 1792]. Femme du précédent. Née Fanny O'Brien, d'une noble et pauvre famille irlandaise ; descendante des rois d'Irlande : *B*, II, 665 ; vingt et un ans en 1813, date à laquelle elle épouse le baron ; débarque avec lui à Guérande au début de 1814 : 650, 651 ; portrait : 656, 657 ; conserve un riche parti pour Calyste, en Irlande : 676 ; la première à s'apercevoir du changement de caractère de son fils : 677 ; attend la succession d'une vieille tante, qui permettrait à Calyste d'épouser une héritière : 680 ; ses relations en Angleterre : 682 ; éprouve de la répulsion pour Béatrix et de la sympathie pour Félicité des Touches : 804 ; accompagne Mlle des Touches et son fils à Paris, huit jours après la mort de son mari, en 1836 : 838 ; accueille à Guérande sa belle-fille, Sabine : 850 ; son innocente réponse à celle-ci la rejette en plein drame, en lui prouvant l'infidélité de Calyste : 882.

Du Guénic (chevalier puis baron Gaudebert-Calyste-Louis) [né en 1814]. Fils unique des précédents. Né le 14 avril, jour de l'arrivée solennelle à Calais du roi Louis XVIII, d'où son prénom de Louis : *B*, II, 650 ; portrait en 1836 : 681 ; fait le coup de feu aux côtés de son père en 1832, lors

de vieillir à Guérande en compagnie de sa chienne, Thisbé ; partenaire attitré de la *mouche* vespérale chez les du Guénic : 668 ; donne des conseils à Calyste sur la manière de faire parvenir secrètement une lettre à une femme aimée : 785 ; en 1836, Mme du Guénic lui demande conseil au sujet de Calyste : 790, 791 ; avoue au jeune homme n'avoir aimé qu'une seule femme, l'amirale de Kergarouët : 832 ; lui offre sa maigre fortune, pour qu'il puisse aller retrouver celle qu'il aime : 833, 836.

Ant. anonyme : *Bo.*, I, 430 (var. *b* et n. 1).

DU HAUTOY (M. et Mme). De Saumur en 1819 : *EG*, III, 1068.

DU HAUTOY (Mlle). Fille des précédents. Belle et mal fagotée par sa mère, par jalousie : *EG*, III, 1068.

DU HAUTOY (Francis du). Portrait en 1821 : *IP*, V, 195 ; en 1804, nommé consul à Valence ; de passage à Angoulême, séduit Zéphirine, petite-fille de Mme de Cardenet, qui accouche clandestinement d'une fille de lui, dite Françoise de La Haye, avant d'épouser M. de Senonches : 588 ; en 1821, a quitté son consulat et habite Angoulême ; Mlle de La Haye lui ressemble : 195 ; espère marier sa fille à M. de Séverac : 637 ; le grand Cointet, au courant du secret de la naissance de sa fille, vient lui expliquer les motifs qui militent en faveur du mariage de Mlle de La Haye avec Petit-Claud : 636-638 ; conseille que Françoise, future Mme Petit-Claud, sollicite la protection de la comtesse du Châtelet, préfète d'Angoulême : 657.

DUINEFF. Nom franc, commun aux deux familles de Chargebœuf et de Cinq-Cygne : *TA*, VIII, 534.

DULMEN. Voir Index II : CROY-DULMEN.

•DUMAY (père). Assez méchant avocat de Vannes, avant la Révolution, devint président du tribunal révolutionnaire de cette ville et fut guillotiné après le 9 thermidor : *MM*, I, 483.

•DUMAY (Mme). Femme du précédent. Morte de chagrin après l'exécution de son mari, laissant un fils : *MM*, I, 483.

DUMAY (Anne-François-Bernard) [né en 1777]. Fils des précédents. Âgé de vingt-deux ans en 1799 : *MM*, I, 484 ; portrait en 1829 : 479 ; après la mort de sa mère, en 1799, allant se battre en Italie, se lie à Nice avec Charles Mignon : 483, 484 ; le retrouve à Waterloo et, au printemps de 1816, le suit au Havre : 486 ; part pour New York sur un navire armé par Mignon ; en revient avec une cargaison avantageuse et une femme américaine ; Mignon lui offre une petite maison, rue Royale au Havre ; devenu l'*alter ego* de Mignon aux appointements de trois mille six cents francs ; en 1824, il possède cinquante-huit mille francs ; Mignon le loge alors au Chalet, à Ingouville : 487 ; en 1826, après le krach Mignon, se charge de veiller sur la famille de son patron, pendant que celui-ci refait sa fortune aux Iles : 488, 489 ; Mignon lui a loué le Chalet à bail, la villa Mignon ayant été vendue à Vilquin : 475 ; refuse les offres de ce dernier pour résilier son bail, malgré son peu de fortune ; n'a que mille écus chez son banquier, Gobenheim : 477 ; travaille chez ce dernier depuis le départ de Mignon : 566 ; en 1829, Mme Mignon lui confie ses craintes au sujet de Modeste, qui a certainement une amourette : 494 ; première enquête négative : 480-483 ; Mignon lui annonce son prochain retour : 556 ; sa part sur les tractations de son patron : 557 ; donne sa démission à Gobenheim ; Modeste lui remet, par erreur, une lettre destinée à Canalis : 586, 587 ; fait irruption à Paris chez Canalis auquel il demande des explications : 590-594 ; après le retour de son patron, va habiter seul avec sa femme le Chalet, Mignon reprenant son ancienne villa : 628 ; s'occupe de l'affaire des *laisses* d'Hérouville, qu'il trouve faisable ; tente des démarches pour former une compagnie d'exploitation avec Gobenheim et Mignon : 707.

Ant. prénommé *François-Pierre-Bernard-Anne* : *MM*, I, 483 (var. *b*).

DUMAY (Mme) [née en 1793]. Femme du précédent. Âgée de trente-six ans en 1829 : *MM*, I, 483 ; Américaine, née miss Grummer, assez jolie ; possède environ quatre mille dollars lors de son mariage en 1816 ; perd tous ses enfants à leur naissance ; s'attache aux deux filles des Mignon : 487 ; partage les craintes de son mari, et sa surveillance, sur Modeste : 495 ; *Vitalis*, de Canalis, la fait bâiller : 649 ; et la guerre des soupirants de Modeste l'amuse ainsi que son mari : 590.

DUMETS. Petit clerc chez Me Desroches en 1822 : *DV*, I, 851.

DUNCKER. Pêcheur à Jarvis, en 1800 : *Sér.*, XI, 789.

tion : 923; en 1841, demande la main de Mme Schontz : 924; prend
même un peu d'avance, puisqu'il y a promesse de mariage : 932. Avec
Bixiou, achète un châle pour Mme Schontz : *Gau.*, VII, 852, 856. Sera
président, puis officier de la Légion d'honneur après un an, confirme
Rastignac à Maxime après avoir vu le garde des Sceaux : *B*, II, 933.
   Ant. prénommé *Félicien : *B*, II, 908 (var. *a*); *CA*, IV, 990 (var. *a*),
1000 (n. 1), 1076 (n. 1), 1084 (n. 3).

Du Ronceret (baronne du). Femme du précédent. Voir Schontz (Mme).

Du Rouvre (chevalier). Vieux garçon, devenu riche en trafiquant sur les
terres et les maisons : *FM*, II, 195. En 1835, a trente mille livres de rentes :
UM, III, 937. A cette époque, se met d'accord avec le marquis de Ronquerolles et Mme de Sérisy, beau-frère et belle-sœur de son frère aîné,
pour assurer l'avenir de la fille de ce dernier, Clémentine, leur nièce commune et leur unique héritière, à laquelle chacun assure dix mille francs
de rente au jour de son mariage : *FM*, II, 196.

Du Rouvre (marquis). Frère aîné du précédent. Possède son marquisat,
château de brique et pierre de taille, ferme, réserves, parc, jardins et
bois, dans les environs de Nemours : *UM*, III, 781, 949. En 1806, sa
belle-sœur Léontine de Ronquerolles, veuve du général Gaubert, épousant
Sérisy, comte d'Empire, un ci-devant, devient comte et chambellan de
l'Empereur : *DV*, I, 747. En 1829, ses biens sont grevés d'hypothèques :
UM, III, 781. En 1835, a presque entièrement dissipé une des plus belles
fortunes de la noblesse pour l'actrice Florine : *FM*, II, 195. Le greffier
usurier de Nemours qui a des lettres de change sur lui le poursuit; obligé
de vendre le Rouvre à Minoret-Levrault pour deux cent quatre-vingt-
quatre mille francs : *UM*, III, 947-949. En septembre sa fille épouse le
comte Laginski : *FM*, II, 195.

Du Rouvre (marquise). Femme du précédent. Née Ronquerolles, sœur du
marquis de Ronquerolles et de la comtesse de Sérisy : *FM*, II, 195.

Du Rouvre (Clémentine). Fille unique des précédents. Voir Laginska
(comtesse).

Durut (Jean-François) [?-1829]. Repris de justice, condamné à vingt ans
de travaux forcés en 1822 par la cour d'assises de Valenciennes. Menace
de mort sa maîtresse, Prudence Servien (Europe), qui a témoigné contre
lui; exécuté à Toulon en 1829 : *SetM*, VI, 586, 587; il a fallu quatre ans
pour que J. Collin réussisse à le faire attirer dans un piège : 587, 588.

Dutheil (Mgr). L'un des deux grands vicaires du diocèse de Limoges en
1829 : *CV*, I, 674; portrait à cette époque : 675; son grand caractère;
Mme Graslin devient son ouaille bien-aimée : 674; conseille à son évêque
de faire intervenir l'abbé Bonnet, curé de Montégnac, paroisse de J.-F. Tascheron, pour amener le condamné à mort à des sentiments plus chrétiens :
703; en août 1831, élevé à l'épiscopat; un de ses regards fait comprendre
à Véronique qu'il connaît son rôle dans l'affaire Tascheron : 748; archevêque en 1840, se rend à Limoges pour y sacrer un nouvel évêque, Mgr de
Rastignac, et rend visite à Mme Graslin, à Montégnac : 853, 854; son
intelligence, vraiment gallicane : le clergé français le porte unanimement
au cardinalat : 861; consent à la confession publique de Mme Graslin,
à laquelle il administre l'extrême-onction : 862, 870.

*Dutillet. Prête-nom pour les usuriers Gigonnet et Gobseck, remplacé
par Samanon : *E*, VII, 1039 (var. *a*).

Du Tillet (Ferdinand, dit) [né en 1793]. Né de père et mère inconnus,
au Tillet près des Andelys : *CB*, VI, 72; portrait en 1813 : 73; élevé par
le curé de la paroisse jusqu'en 1804, date de la mort de son protecteur;
en 1813 requiert du tribunal des Andelys un jugement pour faire passer
son acte de baptême des registres du presbytère sur ceux de la mairie et
obtient le droit de s'appeler Ferdinand du Tillet : 72; engagé par César
Birotteau au début de 1814 : 71; essaie de séduire Mme Birotteau, à
laquelle il écrit quelques lettres d'amour : 74; vole trois mille francs à
César qui feint de croire à une erreur de caisse; quinze jours plus tard il
entre chez un agent de change : 52, 74, 75; s'est juré de ne se marier qu'à
l'âge de quarante ans : 73; amant de Mme Roguin : 50; se lie avec les
grands banquiers, Keller, Nucingen : 76; avertit sa maîtresse, Mme Roguin,
du désastre financier qui menace son mari; origines de sa fortune : 87, 88;
Gobseck lui confie, ainsi qu'à des Lupeaulx, une délicate mission en

Allemagne durant les Cent-Jours; a découvert l'identité de la maîtresse de Roguin, la Belle Hollandaise : 88, 89; banquier à Paris au Second Retour; spécule sur les terrains de la Madeleine, décidé à « tuer » l'affaire pour s'adjuger un cadavre qu'il saura faire revivre : 90; prend un homme de paille, Claparon : 90; *HA*, VII, 780. En 1818, Mme César voit d'un mauvais œil l'intimité de Roguin avec « ce petit gueux » : *CB*, VI, 92; évite César à la Bourse : 53; lui a demandé jadis de lui avaliser des billets; sa haine du parfumeur date de ce bienfait : 76; ses conseils à Claparon : 147; invité au bal Birotteau : 164; rencontre César le 29 décembre 1818, devant la banque Keller : 215; emmène César chez lui, lui fait voir pour l'humilier son splendide appartement, et l'adresse à Nucingen, après avoir joui de sa confusion; conventions avec ce dernier selon que sa signature porte ou ne porte pas de point sur l'i du nom : 217-221; refuse quelques jours plus tard d'avancer de l'argent à César, et l'adresse à Gobseck : 235, 236; commente à la Bourse la faillite du parfumeur : 263; veut « la mort commerciale » de son ancien patron, et fait nommer des syndics en conséquence : 279; rachète les terrains de Birotteau, rue du Faubourg-du-Temple : 282; furieux de la faillite « honnête » de César, qu'il espérait plus catastrophique : 283. Banquier rue Joubert en 1822, en relation d'affaires avec Nucingen : *MR*, X, 352. Finot lui présente Lucien de Rubempré, qu'il invite chez lui : *IP*, V, 523. De la première couche de la finance parisienne : *Bou.*, VIII, 120; sa fortune date de sa spéculation sur les terrains de la Madeleine : 133. La mésestime secrète qui atteint sa banque : *EHC*, VIII, 232. En 1823, rend visite à Anselme Popinot, pour lui racheter son bail de la rue du Faubourg-du-Temple par où passera le futur canal Saint-Martin : *CB*, VI, 295; accepte les conditions draconiennes que Popinot met à cette cession : 296; félicite César réhabilité à la Bourse : 309. A la mort du baron d'Aldrigger, en 1823, Nucingen veut lui faire épouser Malvina; il se méfie : *MN*, VI, 358. Toujours amant de Mme Roguin en 1824 : *P*, IV, 68; un des loups-cerviers de la banque, allié avec Nucingen et les Keller : 119; député, soutient Tiphaine, nommé à Paris : 152. En 1824, à un mercredi de Mme Rabourdin : *E*, VII, 944, 945. Situation de fortune en 1826; Malvina d'Aldrigger s'en amourache : *MN*, VI, 365. Rappel, par Crottat, des ignobles moyens qu'il sait utiliser : *F30*, II, 1149. Ses raisons de repousser Malvina, exposées par Blondet : *MN*, VI, 366; fonde la maison Claparon, et l'utilise : 372. Banquier de Philippe Bridau fin 1828; il le ruine : *R*, IV, 538, 539. A cette époque, banquier royaliste reçu chez Mme d'Espard : *In.*, III, 454. Sa *part à goinfre* sur les actions Nucingen : *MN*, VI, 380; annonce à Werbrust la fuite de Nucingen à Bruxelles : 385; s'entend avec ce dernier; expose à Claparon les raisons profondes de la troisième liquidation Nucingen : 385, 386; conseille à Malvina d'Aldrigger d'épouser Desroches : 389; comprend que, comme les autres, il a été roulé par Nucingen dont il reconnaît le génie : 388. En octobre 1829, fait comprendre à Delphine de Nucingen que son mari devrait se faire examiner par un médecin : *SetM*, VI, 495; de concert avec Keller et Nucingen, à froidement conjuré la faillite de l'agent de change Jacques Falleix : 592; en compagnie de Florine, visite le nouvel hôtel d'Esther, rue Pigalle : 599; l'un des habitués de l'hôtel de Champy : 643. L'un des plus riches banquiers de Paris, épouse en 1831 la fille cadette du comte de Granville : *FE*, II, 274. Allusion à ce mariage : *MN*, VI, 366. A *acheté* sa femme, à laquelle il ne laisse pas cent francs à elle, et conserve sa vieille maîtresse, Mme Roguin : *FE*, II, 286. Assiste au second dîner d'Espard en juin 1833 : *SPC*, VI, 1000. Vient d'acheter, au Tillet, l'emplacement de l'ancien château, pour le rebâtir; assure que son fils sera comte : *FE*, II, 287; surprend sa femme en conversation avec sa sœur, la comtesse Félix de Vandenesse : 288; connaît parfaitement le motif qui amène chez lui sa belle-sœur : 289; habitué des dîners de Florine : 318, 319; son ambition en 1834, un siège législatif; fera les articles sur la Bourse et l'Industrie dans le nouveau journal qu'il va diriger avec Nathan : 324; fait tout pour évincer celui-ci : 344; lui prête de l'argent : 345; en exige le paiement immédiat, à la fin de décembre 1835, et adresse Nathan à Gigonnet : 352; furieux d'apprendre que Nathan s'est acquitté de sa dette : 369, 370. En 1836, vaut bien Nucingen, son complice, selon Finot; simple « petit carotteur », un chacal qui réussit par son odorat, selon Bixiou : *MN*, VI, 338, 339. Ses amis sont Finot, Lousteau, Desroches, Bixiou, Blondet, Couture, des Lupeaulx, Cursy, Nathan : *Pr.B*, VII, 827. En juillet 1838, chez Josépha : *Be.*, VII, 122; banquier du baron Montès de Montéjanos : 404. En 1839, banquier : *DA*, VIII, 790; ne croit pas Maxime de Trailles homme à se brûler la cervelle : 803; Rastignac fait signer à Maxime une lettre de change à l'ordre de du Tillet : 813. Rappel par La Peyrade, en 1840, de l'origine de sa fortune : *Bou.*, VIII, 133. Bavarde avec Maxime de Trailles sur le perron de *Tortoni* en 1841 : *B*, II, 914. En 1843 amant de Carabine, donne un dîner au *Rocher de Cancale* en l'honneur de Combabus : *Be.*, VII, 404, 405; invité au mariage Crevel-Marneffe : 399. En 1845, considéré comme un grand financier : *CP*, VII, 557. A lancé Adolphe dans des affaires véreuses : *PMV*, XII, 161. Alors très influent à la Chambre et gouverné par sa maîtresse, Carabine, qu'il a logée rue Saint-Georges : *CSS*, VII, 1159, 1160; député centre gauche, il tient table ouverte chez elle : 1210; soumissionne des actions de chemins de fer avec Nucingen : 1180. En 1846, les Hannequin de Jarente soucieux d'attirer chez eux ce « grand faiseur » de la politique : *FAu.*, XII, 614.

Ant. *TAILLEFER : *MR*, X, 352 (var. *e*).

*DU TILLET, remplacé par *GIGONNET : *CB*, VI, 282 (var. *d*).

DU TILLET (Mme Ferdinand) [née en 1814]. Femme du précédent. Née Marie-Eugénie de Granville. Agée de dix-sept ans en 1831, lors de son mariage : *FE*, II, 274 et 276. [Mais, selon *DF*, II, 79, elle n'est pas encore mariée en décembre 1833.] Sa triste jeunesse : *FE*, II, 275-277; décidée « à prendre pour mari le premier homme venu », afin de se libérer de la tutelle maternelle : 283; son mari a fait un mariage d'ambition, acheté par la quittance au contrat d'une dot considérable, non payée : 274, 275; en 1835 confie ses malheurs à sa sœur, la comtesse Félix de Vandenesse, et la console : 286, 287, 357; brave son mari et lui tient tête pour la première fois de sa vie : 370; se confie à Félix, son beau-frère, pour sauver sa sœur aînée : 371. Blondet fait allusion à son mariage en 1836 : *MN*, VI, 366. L'une des trois « Saintes Céciles » du vieux Schmucke, son professeur de piano : *CP*, VII, 526. Si jeune, et née Granville, souffre dès 1835, et encore en 1837, de se voir préférer une vieille femme de cinquante ans (Mme Roguin) : *FE*, II, 286; *MD*, IV, 741.

DUTOCQ (né en 1786). Agé de trente-huit ans en 1824; portrait à cette époque : *E*, VII, 961; employé de ministère, succède à Poiret aîné en 1814 : 962; en 1816, prend une couleur religieuse très foncée : 961; en 1824, habite un cinquième étage rue Saint-Louis-Saint-Honoré : 962; appartient à la Congrégation; commis d'ordre du bureau Rabourdin; espion de des Lupeaulx; son arrivée trop matinale, un jour de décembre : 961; raison de son avance, voler le travail de Rabourdin dont il fait tirer deux copies : 990, 991; expose à Bixiou son plan pour couler Rabourdin et le prie de faire la caricature de son chef, en boucher, coupant le cou à des poulets : 1001; remet à des Lupeaulx le projet volé : 1012; des Lupeaulx lui enjoint de déclencher un tollé général dans les bureaux en révélant le travail de Rabourdin, et ses notes sur les subordonnés : 1073, 1075; vient faire sa cour à Baudoyer, son nouveau chef : 1094. Retraité en 1830, a acheté le greffe d'une justice de paix et habite au 3ᵉ étage, rue Saint-Dominique-d'Enfer, chez Mlle Thuillier, sœur de son ancien collègue du ministère : *Bou.*, VIII, 24; a été récompensé de sa trahison par une somme secrètement versée qui lui a permis l'acquisition de son greffe : 47; froidement accueilli par Minard, devient son ennemi mortel : 49; a pour expéditionnaire Cérizet, avec lequel il pratique l'usure, les deux hommes partageant; ses affaires louches avec La Peyrade : 80; s'aperçoit que ce dernier est plus fort qu'il ne le croyait : 82; invité au grand dîner Thuillier où va se lancer la candidature de celui-ci au Conseil municipal : 102; doit encore vingt mille francs sur sa charge au mois de juillet 1840 : 144; rend visite à Cérizet, rue des Poules : leur conversation : 125-128.

Ant. *DUFLOS : *E*, VII, 961 (var. *a*), et *DUFLOS (B.) : 1546.

DUVAL. Riche maître de forges à Alençon en 1823. En relation d'affaires avec du Croisier, son parent : *CA*, IV, 1071.

DUVAL (Mlle). Fille du précédent, petite-nièce de du Croisier. Réunira quatre millions sur sa tête; son mariage avec Victurnien d'Esgrignon, condition *sine qua non* posée par du Croisier en 1824 au retrait de sa plainte en escroquerie contre Victurnien : *CA*, IV, 1055; Mme du Ronceret explique au substitut Sauvager que la main de Mlle Duval pourrait récompenser son zèle à servir les intérêts de du Croisier; chiffre de ses *espérances* : 1071, 1072; par son mariage avec Victurnien, en août 1830, devient marquise d'Esgrignon; dédaignée par son mari qui reprend sa vie de garçon à Paris : 1096.

Ant. *MOREL (Mlle) : *CA*, IV, 1055 (var. *f*).

DUVAL (le professeur). Chimiste réputé, chargé par Horace Bianchon de faire l'examen du sang de M. et Mme Crevel, atteints d'une mystérieuse maladie, en 1843 : *Be.*, VII, 431.

DU VAL-NOBLE (Suzanne, dite Mme) [née en 1799]. Agée de trente ans en 1829 : *SetM*, VI, 625. En 1816, beauté normande d'Alençon, ouvrière blanchisseuse chez Mme Lardot : *VF*, IV, 820; portrait à cette époque : 822, 823; alors parmi ses camarades, une des préférées du chevalier de Valois : 822; joue au chevalier la comédie de la maternité : 823, 824; se présente chez du Bousquier : 832; lui explique son désir de partir à Paris y cacher sa faute : 835, 836; dépitée de ne recevoir de lui que six cents francs, va conter sa prétendue maternité à Mme Granson, trésorière de la Société maternelle d'Alençon : 837, 838; emprunte sans doute son nom de guerre à la rue du Val-Noble, où demeure Mlle Cormon : 844, 845; s'installe à Paris sous ce pseudonyme et y devient vite une nouvelle Impéria : 845; a jadis entendu parler de la rencontre de Mlle de Verneuil avec le marquis de Montauran, à Alençon, en 1799 : 912; écrit à la Société maternelle pour avouer sa ruse et lui fait un don de mille francs : 913; de passage à Alençon vers 1817, va prier sur la tombe d'Athanase Granson, dont elle était secrètement amoureuse, et venge le chevalier de Valois en changeant « en fleurs de nénuphar les fleurs d'oranger » de Mme du Bousquier : 920, 921; protégée par un écrivain, qui l'épousera peut-être : 845. Maîtresse d'Hector Merlin en 1821; Lucien de Rubempré la rencontre, délicieusement mise, au *Rocher de Cancale* : *IP*, V, 416; il dîne avec elle en 1822, en compagnie de Coralie : 454; son « salon » : 493. En 1823, dans sa lettre à Nathan, Émile Blondet s'inquiète de l'avenir de ses pareilles : *Pay.*, IX, 59. Amie de Florentine, présente à l'une de ses soirées, en octobre 1825 : *DV*, I, 864. En 1827 l'agent de change Falleix l'installe dans une charmante maison, rue Saint-Georges : *CSS*, VII, 1210. Lorette célèbre : *R*, IV, 535. Citée en exemple à Esther Gobseck par Herrera en 1829 : *SetM*, VI, 570; la même année, son amant, Jacques Falleix, vient de faire faillite : 592; se trouve, de ce fait, « à pied » : 623, 624; revoit Esther à la Porte-Saint-Martin, à la première de *Richard d'Arlington* : 620; lui dit la pénible situation dans laquelle elle se trouve : 626; au bras de Th. Gaillard, croise aux Champs-Élysées le faux Samuel Johnson, Peyrade, qui la fait suivre par son mulâtre (Contenson) : 625, 626; depuis sa déconfiture, habite un hôtel meublé décent, rue Louis-le-Grand : 627; chichement entretenue depuis quelques jours par son nouveau Nabab, Johnson : 634; Esther lui cède son ancien appartement de la rue Taitbout : 637; habituée des soirées de Mme de Champy (Esther) au début de 1830 : 643; désespérée de la disparition de son Nabab qui va la remettre à pied : 676; Esther lui demande un service, lui procurer deux perles noires que vend Asie, et qui contiennent un poison foudroyant : 683; elle les lui remet : 688. En août 1832, après la mort du chevalier de Valois, rachète la tabatière du vieux gentilhomme, ornée du portrait de la princesse Goritza : *VF*, IV, 935. Amie intime de Florine à cette époque : *FE*, II, 318. L'une des lorettes les plus en vue, l'amie de Mme Schontz : *B*, II, 896; dépeint à la future baronne du Ronceret la tristesse d'Alençon : 922. Épouse Théodore Gaillard en 1838 : 902; *CSS*, VII, 1162; en 1845, reçoit Léon de Lora et Bixiou, promenant Gazonal dans Paris : 1162.

DU VISSARD (marquis). S'est fait un nom aux Indes : *Vis.*, XII, 638.

DU VISSARD (marquis). A la Restauration, en souvenir de la conduite héroïque de son frère cadet, Louis XVIII fait de lui un pair de France, un lieutenant dans la Maison rouge, puis un préfet : *EHC*, VIII, 315.

DU VISSARD (chevalier) [?-1795]. Frère du précédent, tué à l'affaire de Savenay; enterré provisoirement au pied d'un orme, il est inhumé plus tard à Guérande : *Vis.*, XII, 638, 639.

Du Vissard (Mme). Née O'Flaghan. Irlandaise. Meurt de fatigue et de douleur aux marais salants du Croisic : *Vis.*, XII, 638, 642 ; inhumée à Guérande par les soins du baron du Guénic : 639.

Du Vissard (Mlle). Sœur du précédent, muette de naissance. Devient sourde au siège d'Angers pour avoir entendu le canon de trop près : *Vis.*, XII, 638, 639.

Du Vissard (Charles-Amédée-Louis-Joseph Rifoël, chevalier) [1781-1809]. Frère cadet de la précédente : *Vis.*, XII, 638, 639 ; portrait : 637-640. Né au Vissard, commune de Saint-Mexme, près d'Ernée, en 1781 ; participe à tous les soulèvements vendéens : *EHC*, VIII, 293. Après la mort de son père en 1795, retourne chercher sa dépouille pour la transporter à Guérande ; prend part à la prise d'armes de Quiberon, puis à celle du marquis de Montauran en 1799 : *Vis.*, XII, 639. Présent à La Vivetière en 1799, invité du Gars, plaisante sur Mlle de Verneuil : *Ch.*, VIII, 1051 ; déjà perdu de dettes ; Montauran l'apprécie peu : 1090 ; suscite une querelle au début du bal de Saint-James : 1126 ; ses revendications, ses prétentions : 1126, 1127. Recueilli au Plougal, après la mort du Gars, par la comtesse du Gua ; y réside en 1803, âgé de vingt-deux ans : *Vis.*, XII, 639 ; connaît les périls et les batailles depuis l'âge de treize ans : 638 ; accepterait de tuer Bonaparte, mais en duel : 636 ; le *magnétisme* qu'il exerce, son don de plaire ; rêve de reprendre la lutte : 640 ; accueille J. Laserre (Cadoudal) au Plougal : 646. Introduit par le baron Bryond des Tours-Minières dans l'intimité de son ménage en 1807 ; son caractère aventureux : *EHC*, VIII, 309, 310 ; instigateur du complot contre la recette de Caen en 1808, se fait alors appeler Pierrot ; se cache d'habitude au château de Saint-Savin : 293 ; arrêté, est assisté dans son supplice par l'abbé de Vèze : 314.

    Ant. le réel *Cotterau : *Ch.*, VIII, 1126 (var. *a*, *b*, *d*, *e*, *f*).

    Ant. *Garde-chasse (le), puis *Brigaut : *Ch.*, VIII, 1051 (var. *h*) ; *Longuy (comte de)) : *Ch.*, VIII, 1127 (var. *a*), 1128 (var. *b*).

Duvivier. Bijoutier à Vendôme en 1809, mis en cause par Mme de Merret pour justifier sa possession d'un crucifix : *AEF*, III, 729.

Ecclésiastiques de province (des). Portrait : *FA*, II, 466.

Écrivain illustre (un). Homme de haut style et visant à être homme d'État ; son aparté champêtre avec la femme d'un opulent libraire parisien ; un commis de ce dernier, surprenant le spectacle, en déduit que l'article que son patron attend paraîtra le lendemain dans les *Débats* : *IP*, V, 450.

Écrivain public (un). Se voit dicter par le comte de Vandenesse une lettre anonyme pour Florine : *FE*, II, 372.

Écuyère du Cirque Olympique (une). Rivale de Malaga. Furieuse de voir celle-ci distinguée et entretenue par le capitaine Paz : *FM*, II, 226.

*Edmond. Homme timide avec les femmes, remplacé par *Marcel, lui-même remplacé par Marcas : *Pr.B*, VII, 822 (var. *d*).

Égyptien (l'). Voir Welff.

Élève du collège de Dublin (un). Joue le rôle de bourreau dans une farce macabre : *MI*, XII, 736.

Élèves du Collège de Vendôme (trois) : *LL*, XI, 601, 602.

Élisa. Prénom d'une héroïne de la XXIIe méditation, cause de *péripétie* : *Phy.*, XI, 1117, 1118.

*Émile. Remplacé par Derville : *Gb.*, II, 997 (var. *c*).

Émile, dans *PCh.* Voir Blondet (Émile).

*Émile. Remplacé par Werbrust : *MR*, X, 352 (var. *d*).

Employé au Muséum (un). Externe à la pension Vauquer, en 1819-1820 : *PG*, III, 73 ; participe aux plaisanteries *en rama* : 91 ; avec les autres convives exige le départ de Poiret et de la Michonneau : 224 ; sa facétie macabre sur le père Goriot : 286.

Employé aux malheurs à la Liste civile (l') : *Pr.B*, VII, 814, 815.

Employé supérieur de la préfecture de police (un). Dans une vision, Castanier l'aperçoit en conférence avec Nucingen : *MR*, X, 366.

Employé de l'octroi (un). Rit d'un mot de Caroline : *PMV*, XII, 40, 41.

Employé au château de Fontainebleau (un). Interroge le cocher de M. Bongrand : *Méf.*, XII, 415.

Esgrignon (Mgr d'). Archevêque. Massacré, sans nul doute, pendant la Révolution : *CA*, IV, 969, 993.

Esgrignon (marquis d'). Grand-père de Victurnien. D'un premier mariage, a un fils, Charles-Marie. D'un second mariage, contracté sur ses vieux jours avec la fille d'un traitant anobli sous Louis XIV, a une fille, Armande : *CA*, IV, 971.

Esgrignon (Charles-Marie-Victor-Ange, marquis d') [v. 1749-1830]. Fils du marquis précédent. Agé de quarante ans vers 1788 ou 1789 : *CA*, IV, 967, 978; soixante-sept ans en 1815 : 978; demi-frère d'Armande : 971. Son frère : *VF*, IV, 869. Marquis des Grignons selon d'anciens titres : *CA*, IV, 966; portrait en 1822 : 996, 997; sa conduite pendant la Révolution; il n'émigre pas, se cachant sur ses terres : 967. En relation en 1799 avec les chefs chouans, leur correspondant dans l'Orne : *Ch.*, VIII, 957; essaie vainement de prévenir Montauran du piège tendu par Fouché : 1032. N'est sous l'Empire que *le citoyen Carol* : *EHC*, VIII, 294 et 312. Ruiné par la Révolution; revient en France en octobre 1800 : *CA*, IV, 967; légitime propriétaire d'une maison à Alençon, ancien siège du Présidial; il la rachète à son détenteur; son mariage avec Mlle de Nouastre; un fils, Victurnien, dont la naissance provoque la mort de sa mère : 968; en 1815, chef du Cabinet des Antiques : 978. En 1816, le chevalier de Valois suppute sa possible intervention en sa faveur auprès de Mlle Cormon : *VF*, IV, 888. Ignore tout des frasques de Victurnien : *CA*, IV, 1030, 1031; chef des familles nobles d'Alençon, qui ont refusé de se rallier; ses adversaires ont surnommé son salon le Cabinet des Antiques : 973, 974; laissé dans l'ignorance de l'arrestation de Victurnien : 1091; meurt en août 1830, à Nonancourt, après avoir rendu ses devoirs à Charles X partant pour l'exil; ses dernières paroles : 1095, 1096.
  Ant. *Gordes (marquis de) : *VF*, IV, 869 (var. a).

Esgrignon (marquise d') [1778- v. 1801]. Femme du précédent, née Nouastre. Épouse le marquis lorsque, avec son père, elle revient d'émigration, en 1800, à l'âge de vingt-deux ans : *CA*, IV, 968; meurt en couches : 968.

Esgrignon (Victurnien, comte puis marquis d') [né v. 1801]. Né à Alençon « dans la deuxième année de notre siècle » : 969; mais a cinq ans en 1805 : *CA*, IV, 971; portrait en 1822 : 986; sa tante, Mlle Armande, remplace sa mère auprès de lui : 970, 971; espoir de sa maison, a pour précepteur un oratorien qui habite l'hôtel d'Esgrignon : 982; ses frasques de dix-huit à vingt et un ans coûtent près de quatre-vingt mille francs à Me Chesnel : 990; mis au courant, son père décide de l'envoyer à la Cour, à Paris : 995, 996. En 1822, félicite Lucien de Rubempré de venir à la Droite : *IP*, V, 515. Me Chesnel, à son départ pour Paris, lui remet une lettre pour son vieil ami, Me Sorbier : *CA*, IV, 1002-1004; pour son malheur, dès son arrivée à Paris, tombe dans le monde des roués; présenté à la Cour par ses parents, les ducs de Verneuil et de Lenoncourt : 1008, 1009; se loge rue du Bac; Me Cardot, successeur de Me Sorbier, lui avance sans discussion les sommes qu'il lui demande : 1009 1010. En visite vers 1822 chez la marquise d'Aiglemont : *F30*, II, 1139. Présenté par le vidame de Pamiers à Diane de Maufrigneuse, s'enflamme aussitôt d'amour pour elle : *CA*, IV, 1014, 1015; lui fait la cour; son emploi du temps : 1020. Vu à l'Opéra par Mlle de Chaulieu en 1823 : *MJM*, I, 293. À court d'argent, tire chez Keller frères sa première lettre de change sur du Croisier : *CA*, IV, 1022; son compte débiteur chez les Keller atteint bientôt deux cent mille francs pendant l'hiver 1823-1824 : 1026; commet un faux en utilisant le blanc au bas d'une lettre de du Croisier, laissé intentionnellement par ce dernier, avant sa signature, pour établir un *bon* de trois cent mille francs sur son compte : 1033, 1038, 1039; discussion monétaire avec sa maîtresse, Diane : 1037; reçoit la visite des recors et se réfugie rue de Grenelle, à l'hôtel du *Bon La Fontaine* : 1041, 1042; se cache chez Me Chesnel : 1042, 1043; son arrestation : 1047; le juge suppléant François Michu propose de le faire élargir : 1087; à l'interrogatoire de Camusot, raconte la fable que lui a enseignée Chesnel : 1089; bénéficie d'un non-lieu : 1092; rupture avec Diane, qui le méprise pour sa faiblesse de caractère : 1093; elle n'a, au reste, jamais aimé ce jeune sot, d'une sottise *départementale* : 956. Il a été son troisième amant : *SPC*, VI, 966. Assez grièvement blessé en duel par du Croisier : *CA*, IV, 1094; épouse la nièce de du Croisier,

Mlle Duval, dotée de trois millions de dot, et reprend bientôt à Paris sa vie de garçon, n'ayant gardé des mœurs d'autrefois que son indifférence pour sa femme : 1096. Rappel de la plainte en faux : *SetM*, VI, 720. Sauvé des galères grâce à Camusot de Marville : *CP*, VII, 644. Figure en 1832 sur l'album intitulé « le recueil de ses erreurs » par la princesse de Cadignan, fidèle à ses souvenirs : *SPC*, VI, 952; celle-ci fait allusion à la même époque au ridicule mariage de Victurnien avec une fille de forgeron : 956. Plaisantant avec Savinien de Portenduère en 1829, de Marsay lui fait remarquer que Victurnien n'a pas tenu plus de deux ans à Paris : *UM*, III, 863. Membre du Jockey-Club en 1837, et ami d'Arthur de Rochefide : *B*, II, 900; lié avec Maxime de Trailles, dédaigne Fabien du Ronceret qu'il a connu à Alençon : 920. En 1838, tente vainement d'enlever la cantatrice Josépha au baron Hulot d'Ervy : *Be.*, VII, 66; invité à sa pendaison de crémaillère : 122. *Bien rincé* par Antonia : *HA*, VII, 792.

Ant. *ESGRIGNY[1] (comte d'), puis remplacé par PORTENDUÈRE (vicomte de) : *E*, VII, 945 (var. *b*).

*ESGRIGNON (marquis d'). Protecteur de Malaga en 1843, remplacé par CARDOT (Me) : *HA*, VII, 1480 et 777.

ESGRIGNON (marquise d'). Femme du précédent. Voir DUVAL (Mlle).

ESGRIGNON (Mlle Marie-Armande-Claire d') [née en 1774]. Demi-sœur du marquis Charles-Marie-Victor-Ange. Issue du second mariage de son père, le marquis Carol : *CA*, IV, 971; âgée de vingt-sept ans en 1801 : 969; majeure, et donc âgée de vingt et un ans, onze ans avant 1805 : 971; son portrait à cette date, d'après Blondet qui, alors enfant, l'admirait : 971-973; sert de mère à son neveu Victurnien : 970, 971; en 1805, refuse la main de M. de La Roche-Guyon : 970; ce refus lui vaut du marquis d'Esgrignon ce compliment qui la *légitime :* « Vous êtes une Esgrignon, ma sœur! » : 971; a déjà refusé la main de du Croisier, qu'il avait eu le front de faire demander par Me Chesnel : 969. Reste fille afin de laisser toute sa fortune au marquis et à son neveu Victurnien : *VF*, IV, 901; l'abbé de Sponde lui avoue qu'il aurait préféré M. de Valois à du Bousquier comme mari pour sa nièce Mlle Cormon : 923. Part pour Paris vers 1824, pour arracher Victurnien des griffes de Diane de Maufrigneuse : *CA*, IV, 1032; descend à l'hôtel du *Bon La Fontaine*, rue de Grenelle, où Victurnien va la retrouver : 1042; toujours digne, revue par Blondet, à son passage à Alençon, vers 1842 : elle est alors âgée de soixante-sept ans, et se console dans la religion : 1096.

Ant. *GORDES (Mlle Armande de) : *VF*, IV, 829 (var. *b*), 931 (var. *a*).

*ESGRIGNY (comte d'). Voir ci-dessus ESGRIGNON (Victurnien d').

ESPARD (famille d'). Son histoire; vieille famille du Béarn, alliée aux Albret par les femmes; son blason et sa devise : *In.*, III, 482. Compte parmi les représentants du noble Faubourg : *Pay.*, IX, 151.

ESPARD (une demoiselle d'). Mme de Chodoreille regrette de ne pas être une d'Espard; le monde n'oserait pas la séparer de son mari : *PMV*, XII, 117.

Ant. une *MONTMORENCY : *PMV*, XII, 117 (var. *a*).

ESPARD (capitaine d'). Né Nègrepelisse, ami de Montluc; Charles IX l'aimait; ruiné par l'incendie de ses biens; Henri IV moyenne son mariage avec une demoiselle d'Espard et lui procure les domaines de cette maison qu'il dissipe : *In.*, III, 482.

ESPARD (Mme d'). Épouse du précédent. Née d'Espard, apporte en dot au capitaine de Nègrepelisse son nom et les domaines de sa maison : *In.*, III, 482.

ESPARD (marquis d'). Fils des précédents. Mis assez jeune à la tête de ses affaires par la mort de son père, qui ne lui laisse que des terres substituées de la maison d'Espard, grevées d'un douaire : *In.*, III, 482; particulièrement bien vu de Louis XIV qui, à la révocation de l'édit de Nantes, lui donne les terres de Nègrepelisse et de Gravenges, appartenant à la famille protestante des Jeanrenaud : 483, 484; cette fortune permet au jeune marquis d'épouser une Navarreins-Lansac : 484.

ESPARD (marquise d'). Femme du précédent. Née Navarreins-Lansac, de la

---

1. Nom réel.

branche cadette des Navarreins, alors beaucoup plus riche que la branche aînée, et dont elle est l'héritière : *In.*, III, 484.

Ant. née *GRANDLIEU : *In.*, III, 484 (var. *d*).

ESPARD (marquis d'). Fils des précédents. Un des plus considérables propriétaires de France ; peut donc épouser une Grandlieu : *In.*, III, 484.

ESPARD (marquise d'). Femme du précédent. Née Grandlieu, de la branche cadette : *In.*, III, 484.

Ant. née *UXELLES : *In.*, III, 484 (var. *f*).

ESPARD (Charles-Maurice-Marie-Andoche, troisième marquis d') [né en 1785]. Fils des précédents. Agé de vingt-six ans en 1811 : *In.*, III, 461 ; son portrait en 1828 : 476 ; doté de toutes les noblesses de la noblesse : 616 ; élevé par l'abbé Grosier, profond connaisseur de la Chine ; à vingt-cinq ans, il sait le chinois : 487 ; épouse Mlle de Blamont-Chauvry en 1811 : 422 et 461 ; Monsieur, futur Charles X, le tient en haute estime : 461 ; propriétaire de son hôtel, rue du Faubourg-Saint-Honoré, 104 : 443 ; au début de 1816, propose à sa femme d'aller vivre avec lui dans une de ses terres près de Briançon ; elle refuse ; il s'installe alors avec leurs deux fils rue de la Montagne-Sainte-Geneviève, 22 : 460 et 443. En 1821, on ignorait pourquoi il s'était séparé de sa femme et, en allant chez elle, ses pairs lui donnent tort : *IP*, V, 258. A la fin de 1824, sa femme et des Lupeaulx envisagent de le faire interdire : *E*, VII, 1068. En 1828, le juge Popinot est commis pour l'interroger, la requête en interdiction étant présentée : *In.*, III, 437 ; motifs : sa démence et son imbécillité sont prouvées par les faits qu'il se ruine pour Mme Jeanrenaud, vieille femme repoussante : 443 ; et pour la Chine dont il publie une *Histoire pittoresque* : 447 ; Popinot découvre la noblesse de sa vie dans le vieil hôtel Duperron : 471-473 ; et les motifs de sa retraite, et les restitutions qu'il juge devoir aux Jeanrenaud : 482-485 ; ainsi que les raisons de la publication sur la Chine avec son vieil ami Nouvion : 486-488. Souvenir de l'affaire : *VF*, IV, 906. L'avis de Bauvan et de Granville, éclairés par les confidences de Rubempré et appuyés par Sérizy, a modifié l'opinion du garde des Sceaux : non seulement le marquis n'a pas été interdit, mais sa femme « a eu sur les doigts » en de sévères attendus de la Cour : *SetM*, VI, 514, 515 ; en 1829 fait une visite de remerciement à Lucien de Rubempré : 514. En 1835, Félix de Vandenesse cite comme exemple d'union du bien et du mal, celle du marquis et de sa femme : *Lys*, IX, 1079. Camusot a bien failli faire interdire ce grand seigneur : *CP*, VII, 644.

Ant. *baron : *In.*, III, 1381 ; Charles-*Victurnien-Maurice-Andoche de *SAINT-AMANT : *In.*, III, 443 (var. *b*).

ESPARD (Jeanne-Clémentine-Athénaïs, marquise d') [née en 1795]. Née Blamont-Chauvry, âgée de trente-trois ans en 1828 : *In.*, III, 422 ; portrait à cette époque par Bianchon, pour qui elle est le type de la femme à la mode : 422-425 ; et telle que la découvrira le juge Popinot : 451-453 ; mariée à seize ans, en 1811 : 461. Nouvelle mariée en 1814, paie en vieux louis une facture de parfumerie chez Birotteau : *CB*, VI, 75. Au début de 1816, refuse de suivre son mari près de Briançon : *In.*, III, 460 ; ne consent pas à la restitution projetée par le marquis, quoique parfaitement au courant des très honorables motifs qui la commandent : 485 ; garde l'hôtel du faubourg Saint-Honoré, mais pas ses deux fils : 460 ; mène une vie retirée de 1816 à 1818 : 453. Sa mère, la princesse de Blamont-Chauvry, lui présente Félix de Vandenesse : *Lys*, IX, 1109. Assiste au bal de la vicomtesse de Beauséant, fin 1819 : *PG*, III, 77. Commence à se montrer à la Cour, mène un grand train de maison en 1820, devient « à la mode » en 1821 : *In.*, III, 451, 453. A l'Opéra, fin 1821, accueille dans sa loge Mme de Bargeton et Lucien de Rubempré : *IP*, V, 272-283 ; Mme de Bargeton est sa parente par les Nègrepelisse : 249. En 1822, son salon est le rendez-vous des roués : *CA*, IV, 1008 ; elle dispute la royauté de la mode à Diane de Maufrigneuse : 1014. Liée avec des Lupeaulx pour perdre Lucien : *IP*, V, 524. Au début de 1824, assiste masquée au bal de l'Opéra, accompagnée du comte Sixte du Châtelet : *SetM*, VI, 432, 433. Carlos Herrera déplore que Rubempré refuse d'être son amant ; elle l'eût très certainement fait « arriver » : 477. Son grand nom, envié par Mme Rabourdin : *E*, VII, 918 ; songe à faire interdire son mari aidée par des Lupeaulx : 1068. Liée avec Mme Firmiani : *Fir.*, II, 152. La même

678 (var. *d*). Ant. *L'Estorade (Mme de), puis remplacée par Montcornet (Mme de) : *AEF*, III, 678 (var. *a*); par Arthez (Daniel d') : *AEF*, III, 691 (var. *a*); par *Sérizy (marquise de) : *UM*, III, 862 (var. *b*); par Bargeton (Mme de) : *IP*, V, 399 (var. *c*).

*Espard (Mme d') : *Lys*, IX, 1109 (var. *a*).

Espard (comte Clément d') [né en 1813]. Fils aîné des précédents. Entre dans sa seizième année en 1828; a quitté le collège Henri-IV depuis six mois; son père l'initie aux mathématiques transcendantes : *In.*, III, 477. En 1829, Clotilde de Grandlieu songe à l'inviter avec son frère cadet, moyen infaillible de ne jamais voir sa mère : *SetM*, VI, 514.

Ant. prénommé *Gaspard* : *In.*, III, 446 (var. *e*).

Espard (Camille, vicomte d') [né en 1815]. Cadet du précédent. Âgé de treize ans en 1828 : *In.*, III, 460; en Rhétorique : 477. Pourrait être invité avec son frère aîné par les Grandlieu : *SetM*, VI, 514.

Espard (chevalier d'). Frère cadet du marquis Andoche; portrait en 1828 : *In.*, III, 457, 458; en cas d'interdiction de son frère aîné, serait le curateur des biens d'Andoche : 465. L'un des invités du dîner Nucingen en octobre 1829 : *SetM*, VI, 495; adressé à Camusot par sa belle-sœur à la nouvelle de l'arrestation de Lucien de Rubempré en février 1830 : 720. Assiste au dîner d'Arthez en juin 1833, chez sa belle-sœur : *SPC*, VI, 1000. En 1839, chez sa belle-sœur, observe la tristesse de Maxime de Trailles : *DA*, VIII, 803.

*Espard (Mlle d'). Ant. *Chamdour (Mlle), *Chandour (Mlle), *Champ-d'Ours, remplacée par Nègrepelisse (Mlle de). Voir Bargeton (Mme de).

Espion (un). Envoyé aux Aigues en 1823 par la police de Sûreté générale de Paris, à la demande du général de Montcornet; son enquête ne donna rien : *Pay.*, IX, 343.

Esther. Voir Gobseck (Esther van).

*Esther (comte d') : *Mes.*, II, 1368.

*Esther (Mme d'). Femme du précédent : *Mes.*, II, 1367.

Estival (abbé d'). Compatriote de Théodose de La Peyrade, prédicateur laid et onctueux; doit prêcher le carême de 1840 à Saint-Jacques-du-Haut-Pas : *Bou.*, VIII, 68.

Estourny (Georges-Marie d') [né en 1801]. Fils d'un huissier de Boulogne-sur-Seine nommé Destourny; âgé de vingt-trois ans en 1824; chevalier d'industrie, vit d'expédients : *SetM*, VI, 563, 564. Enlève Bettina-Caroline Mignon, fille d'un armateur du Havre; pour éviter un scandale, la famille déclare qu'on la soigne en montagne pour une maladie de poitrine : *MM*, I, 491, 492. Arrêté à Paris pour tricherie au jeu et illégalités : 492; *SetM*, VI, 594. Joueur, débauché, a coqueté avec Mme Vilquin pour séduire Bettina : *MM*, I, 503. Au temps de sa splendeur a « protégé » La Torpille pendant quelques mois; a commis un faux par lequel Carlos Herrera le tient : *SetM*, VI, 564; acoquiné avec Cérizet, son associé : 564; réfugié à Francfort au début de 1829, mais n'y est bientôt plus : 565; cherche à se procurer une pacotille pour les Indes : 566; *bon enfant* aux yeux des filles : 624, 625. En 1830, fait faillite avec Cérizet en juillet; en 1833, Bixiou se souvient l'avoir surnommé « la Méthode des cartes » : *HA*, VII, 781.

Ant. *Escherny : *MM*, I, 491 (var. *h*).

Estouteville (Georges d'). Amoureux de la comtesse de Saint-Vallier; prend le pseudonyme de Philippe Goulenoire pour se présenter à Me Cornélius en 1479 : *Cor.*, XI, 36, 37; sa première entrevue avec l'argentier de Louis XI, qui lui pose des questions sur Bruges et Gand : 38-40; sa chambre chez Cornélius : 41; s'introduit nuitamment dans la chambre de la comtesse de Saint-Vallier, à l'hôtel de Poitiers : 44; réussit à la revoir, alors qu'on l'emmène en prison : 48; son réveil désagréable, son identité réelle est reconnue par Tristan l'Ermite : 50.

Étienne et Cie. Négociants à Paris en relation d'affaires avec M. Guillaume, du *Chat-qui-pelote*, en 1821; ils viennent de faire leurs paiements en or, ce qui met en méfiance le vieux drapier : *MCP*, I, 61.

Étranger à la province (un). Parisien, admis dans un cénacle provincial : *FA*, II, 466.

Étudiant (un). Compare la vie de Mme Crochard et de sa fille à celle du lierre, ou à celle des paysans qui vivent et meurent ignorés : *DF*, II, 20.

Étudiant en droit (un). Faute d'un écu, il ne peut s'offrir la musique de Rossini au théâtre Favart, en 1831 : *PCh.*, X, 221.

Étudiants (deux). En 1827, admirent les habitués de la *table des philosophes* : *MI*, XII, 723, 751.

EUGÉNIE, dans *SetM*. Voir SERVIEN (Prudence).

EUPHRASIE. Courtisane et danseuse. Habite rue Feydeau en 1822. Un de ses soupirants, second clerc de Me Crottat, a besoin de cinq cents louis pour lui acheter un châle : *MR*, X, 386. Invitée par Taillefer en octobre 1830 pour distraire ses invités ; portrait ; paraît âgée de seize ans ; « le vice sans âme » : *PCh.*, X, 113, 114 ; conversation avec Blondet et Raphaël : 114-116 ; demande une parure de perles à Raphaël, devenu millionnaire : 210 ; en décembre 1830, est devenue la maîtresse de l'Antiquaire, qu'elle accompagne aux Italiens : 223. Amie de Florine, Tullia, etc., vers 1833 : *FE*, II, 318.
Ant. *SAUVAGE (Mme Euphrasie) : *MR*, X, 386 (var. *e* et *g*), 387 (var. *c*).

EUROPE. Voir SERVIEN (Prudence).

ÉVANGÉLISTA (M.) [?-1813]. Banquier espagnol, originaire de Lima, installé à Bordeaux au début du siècle ; meurt en 1813 : *CM*, III, 538, 539, 588 ; laisse une grosse fortune : 539, 554.
*ÉVANGÉLISTA : *Lys*, IX, « Castillan », 970 (var. *b*).

ÉVANGÉLISTA (Mme) [née en 1781]. Femme du précédent. Espagnole. Née Casa-Réal. Âgée de quarante ans en 1821 ; son portrait à cette époque : *CM*, III, 542, 543 ; descend du duc d'Albe : 549 ; veuve en 1813 à trente-deux ans : 538, 539 ; de 1813 à 1821, ne change rien à son train de vie : 539 ; tend ses rets afin de capturer Paul de Manerville pour sa fille Natalie : 540 ; son orgueil : 542, 543 ; lasse de Bordeaux en 1822, serait heureuse de jouer sa vie sur un plus grand théâtre : 544, 545 ; la baronne de Maulincour lui demande la main de Natalie pour Paul de Manerville en octobre 1822 : 552 ; elle lui doit le tiers de la fortune de son père ; hors d'état de s'acquitter, tremble d'avoir à rendre ses comptes de tutelle : 554 ; désirerait conserver quelques rentes : 556 ; heureuse de voir que les choses s'arrangent mieux qu'elle ne le pensait : 586 ; le *Discreto*, diamant de famille des Casa-Réal : 587 ; le soir de la signature du contrat de mariage donne une fête splendide, « la nuit des camélias » : 593 ; furieuse des conséquences du majorat obtenu par Me Mathias, jure de se venger sur son futur gendre : 595-598 ; se fait, dans ce but, aussi calculatrice et économe qu'elle a été insouciante et gaspilleuse : 604 ; déconseille à sa fille d'être mère : 610, 611 ; propose à Paul de remplacer Me Mathias dans la gestion de ses intérêts : 616 ; l'a si bien poursuivi de sa haine que son prête-nom, Lécuyer, fait saisir Manerville en 1827 : 640 ; sublime Mascarille en jupons, selon Marsay : 640.

ÉVANGÉLISTA (Natalie). Fille unique de la précédente. Voir MANERVILLE (comtesse Paul de).

ÉVELINA. Femme vertueuse : *Pré.PG*, III, 44. Elle est issue d'une famille très pieuse ; sa piété janséniste : *MC*, IX, 556 ; Benassis en est fortement épris : 560 ; il l'accompagne dans le Cantal : 561, 562 ; rompt avec son fiancé, sur l'ordre de sa famille : 565.

Évêque de Persépolis (l'). La jeune comtesse de Kergarouët fait son piquet, en 1827 : *BS*, I, 164.

Évêque de province (un). Ancien vicaire général, roturier, peu intelligent : *FA*, II, 465.

Évêque (un). Accompagne la dame et la demoiselle de Rupelmonde dans la barque du passeur d'Ostende : *JCF*, X, 313 ; bénit les flots en fureur en pensant à sa concubine qui l'attend avec quelque délicat festin : 317, 318 ; il est englouti, lourd de crimes et d'impiété : 320.

Évêque d'Angoulême (l'). Assiste, en mai 1821, à la réception de Mme de Bargeton : *IP*, V, 192 ; son lapsus involontaire, à propos de la mère de Lucien de Rubempré : 208 ; le reçoit à l'Évêché en septembre 1821 : 233 ; le 13 septembre 1822, Lucien, de retour à Angoulême, bavarde avec lui chez les Senonches : 677, 678.

Évêque de Limoges (l'). Reçoit, vers août 1829, son vicaire général, l'abbé Dutheil : *CV*, IX, 699, 700 ; gêné par les vertus de celui-ci : 674 ; lui préfère M. de Grancour, l'autre vicaire général : 675 ; se moque un peu de son secrétaire particulier, l'abbé Gabriel de Rastignac, dont il est parent : 701, 702 ; l'envoie quérir l'abbé Bonnet à Montégnac : 703 ; apprend que l'abbé Bonnet a réussi à convaincre le condamné à mort, J.-F. Tascheron : 737.

Excellence (une). Avise par lettre le comte de Fontaine de sa nomination au grade de maréchal de camp : *BS*, I, 110.

Exécuteur des hautes œuvres de Troyes (l'). Promet à Berthe de Cinq-Cygne et à Jean de Simeuse de faire tenir un coffret à Laurence de Cinq-Cygne : *TA*, VIII, 582.

Exécuteur des hautes œuvres d'Amboise (l'). Las de décapiter des gentils-hommes en 1560 : *Cath.*, XI, 306, 307.

Exécuteur des hautes œuvres républicaines de Brest (l'). Sa guillotine s'étant dérangée au moment d'exécuter Vigneron, il le félicite de bénéficier ainsi de vingt-quatre heures de délai ; réponse du condamné : *Ech.*, XII, 488[1].

---

*F. (Mme de), remplacée par *FŒDORA (comtesse), puis par ROCHEFIDE (Mme de) : *S*, VI, 1063 (var. *c*), 1075 (var. *a*).

Facteur de la poste d'Ingouville (le) : *MM*, I, 572.

Facteur des Messageries à Saumur (le). Accompagne Charles Grandet à la maison de son oncle Félix, à Saumur : *EG*, III, 1053, 1054 ; apporte de l'or à Grandet : 1151.

Facteur des Messageries (un). Apporte à Lousteau deux énormes bourriches de fleurs et de gibier envoyées par Mme de La Baudraye : *MD*, IV, 736.

Facteur des Messageries à Angoulême (un). Remet à Mme David Séchard la somme envoyée par son frère, Lucien de Rubempré : *IP*, V, 724.

FAILLE ET BOUCHOT. Commerçants parfumeurs, rivaux de César Birotteau. Ils viennent de « manquer » en 1818 ; Anselme Popinot rachète le stock de verrerie qu'ils ont commandé : *CB*, VI, 140.

FAIRFAX (miss). Pseudonyme utilisé par Vimeux vers 1824 : *E*, VII, 973.

FALCON (capitaine). Sert à Madrid en 1808 sous les ordres du colonel Hulot ; poursuit en vain un Espagnol qui épie le chirurgien Béga : *MP*, IV, 694[2].
    Ant. *LECAMUS (capitaine) : *MD*, IV, 694 (var. *a*).

FALCON (Jean). Voir BEAU-PIED.

*FALCON (Mlle). Sœur du précédent, cuisinière du maréchal Hulot en 1841 : *Be.*, VII, 338.

FALLEIX (les). Notables du quartier de la place Royale en 1837 : *Bou.*, VIII, 49.

FALLEIX (Jacques). Agent de change. Jules Desmarest lui revend sa charge en 1819 : *F*, V, 900. En 1824, Saillard dit qu'il a été « mis agent de change » par son frère : *E*, VII, 1035. Agent de change du baron de Nucingen, vient de disparaître en février 1829, le baron ayant, de concert avec du Tillet, « conjuré » sa ruine ; il venait de meubler une petite maison, rue Saint-Georges, pour sa maîtresse Mme du Val-Noble : *SetM*, VI, 592 ; en voyage au début de 1830 : 634 ; « Tu as tué Falleix », dit Esther à Nucingen ; mais c'est sans doute métaphoriquement : 686.

FALLEIX (Martin) [né en 1796]. Frère du précédent. Âgé de vingt-huit ans en 1824 : *E*, VII, 942 ; portrait à cette époque : 933. Son frère est agent de change en 1819 : *F*, V, 900. L'intérêt qu'il y trouve : *E*, V, 1035 ; Auvergnat, venu son chaudron sur le dos à Paris, employé chez les Brézac ; en 1823, commandité par Saillard, s'installe fondeur en cuivre au faubourg Saint-Antoine ; Mme Baudoyer le destine à sa fille : 933 ; habitué des dîners rituels des Saillard et des Baudoyer : 939 ; leur a été présenté par Gigonnet : 942 ; envoyé en Auvergne par Mme Baudoyer, en décembre 1824 : 1030 ; but de son voyage, racheter les terres autour de la propriété de des Lupeaulx qui procureront le cens électoral au secrétaire général Chardin des Lupeaulx, moyen infaillible de le tenir, et lui préparer la matière électorale : 1039, 1040 ; de retour à Paris, apporte à Gobseck les actes d'acquisition des terres de Chardin des Lupeaulx : 1064. Cité comme frère du précédent : *SetM*, VI, 592. En 1825, un brevet d'invention pour une découverte en fonderie et une médaille d'or à l'Exposition : *E*, VII, 933. En 1829, demande à Werbrust et du Tillet s'ils sont au courant de la troisième liquidation Nucingen : *MN*, VI, 386. En 1839, Thuillier renoue connaissance avec lui : *Bou.*, VIII, 49.

---

1. D'autres exécuteurs figurent à l'article Bourreau.

2. Si Balzac a voulu faire reparaître ici Jean Falcon, dit Beau-Pied (article suivant), qui servait déjà sous Hulot dans *Les Chouans*, le fait que plus tard, dans *La Cousine Bette*, il fait Beau-Pied domestique du maréchal Hulot empêche de l'assimiler à l'ancien officier.

FAMEUX-LAPIN. L'un des sobriquets de Paccard : *SetM*, VI, 547. Voir PAC-
CARD.

Familier de la petite vieille qui incarne l'Église dans le rêve du narrateur (le).
La sert en silence : *JCF*, X, 324, 327.

Fanandels (les Grands). Association de malfaiteurs fondée en 1816, groupant
l'aristocratie du bagne; ses coutumes : *SetM*, VI, 831; sa société annexe,
les Dix Mille; ont pour chef et trésorier Jacques Collin : 832.

FANCHETTE. Cuisinière du docteur Rouget en 1799, le cordon-bleu d'Issoudun : *R*, IV, 389; rend son tablier à J.-J. Rouget, le 15 avril 1806, après
la mort du docteur, ne voulant pas se trouver sous la coupe de la Rabouilleuse, que son jeune maître vient de sacrer servante-maîtresse : 400.
  Ant. *MARINETTE : *R*, IV, 389 (var. *f*).

FANJAT (docteur). Accueille le marquis d'Albon à l'hospice des Bons-Hommes,
et apprend de lui le nom de son compagnon évanoui, le colonel de Sucy.
Oncle de Stéphanie de Vandières, il s'efforce de la guérir de sa folie : *Ad.*,
X, 984, 985; ayant retrouvé la malheureuse en 1816, à Strasbourg, veillée
par le grenadier Fleuriot, les emmène en Auvergne, refaire leur santé :
1002; accueille Philippe de Sucy, et s'efforce de le calmer : 1004, 1006;
intervient à temps pour l'empêcher de tuer Stéphanie avant de se suicider :
1008; accepte l'idée que lui soumet le colonel, dans le but de guérir Stéphanie : 1011; assiste, impuissant, au retour à la raison et à la mort de
sa nièce, en janvier 1820 : 1013.

FANNY (Mlle). Fille du maître de maison, offre une tasse de café à Taillefer
après le récit du drame de *L'Auberge rouge* d'Andernach, retracé par
M. Hermann : *AR*, XI, 113; en conversation avec lui : 114.

FARGEAU (abbé). N'a enseigné au jeune chevalier du Vissard que la lecture, l'écriture et les quatre règles : *Vis.*, XII, 641.

*FARIAU (ant. *FARIAUD, voir éd. Garnier, p. 173, var. *a*), remplacé par
FARIO : *R*, IV, 379 (var. *a*), 408 (var. *c*).

FARIO. Marchand de grains à Issoudun depuis 1815; d'origine espagnole.
Portrait; quelque peu Maure; originaire de Grenade : *R*, IV, 410; entrepose
ses grains dans la vieille église des Capucins, à Issoudun : 433; la perte
de sa carriole : 378, 379; 410, 411; il jure de se venger : 449, 450; poignarde
Maxence, qui reconnaît son agresseur : 455; se lie avec Philippe Bridau
et lui dit ce qu'il sait des Chevaliers de la Désœuvrance : 479, 480; découvre
à Vatan un ancien troupier de Napoléon, qui a combattu sous les ordres
de Bridau et le servirait : 486; de sa mansarde, assiste au duel Bridau-
Gilet le 3 décembre 1822 : les deux « éclairs de feu et de vengeance »
qui jaillissent de ses yeux éblouissent Philippe : 508.
  Ant. *FARIAUD, puis *FARIAU : *R*, IV, 379 (var. *a*); *FARIAU : 408 (var. *c*).
  *FARIO : *R*, IV, 480 (var. *e*).

FAROUN. Vil Arabe, jaloux comme un tigre. Parie un *diadesté* contre sa
femme, Fatmé, et le perd : *Phy.*, XI, 1204.

FARRABESCHE (les). Vieille famille de Corrèze : *CV*, IX, 766; originaire de
Vizay, fermiers à Montégnac sous l'Empire : 770, 771.

FARRABESCHE (le capitaine) [1774-1796]. Aîné des trois frères. Âgé de vingt-
deux ans en 1796; tué à la bataille de Montenotte en sauvant l'armée et
le Petit Caporal : *CV*, IX, 766.

FARRABESCHE (sergent) [?-1805]. Frère du précédent. Sergent dans le premier régiment de la Garde; tué à la bataille d'Austerlitz : *CV*, IX, 767.

FARRABESCHE (Jacques) [né en 1790]. Frère cadet des précédents. Âgé de
six ans en 1796 : *CV*, IX, 767; portrait en 1831 : 765; en 1811, s'enfuit
pour échapper à la conscription; devenu réfractaire, il se joint à un parti
de chauffeurs de Tulle et de Brive, et passe pour avoir tué deux soldats
et trois gendarmes; aventures, vols, captures et évasions : 768, 769; a un
fils de Catherine Curieux : 770, 771; se livre sur les conseils du curé
Bonnet : 767; condamné à dix ans de travaux forcés : 766; conduite exemplaire au bagne : 770; gracié à la moitié de sa peine, revient en 1827 : 766;
demande son fils aux Curieux : 771; vit avec lui dans une chaumière isolée
sur la Roche-Vive : 772; les objets qu'il sculpte pour son fils : 776; rencontré par Mme Graslin : 764; elle décide d'en faire son fermier : 776;
rétabli dans ses droits de citoyen, grâce à Mme Graslin et à M. de Granville : 810; épouse Catherine Curieux en 1833 : 829.

FARRABESCHE (Mme). Femme du précédent. Voir CURIEUX (Catherine).

FARRABESCHE (Benjamin) [né en 1816]. Fils des précédents. Va sur ses quinze ans en novembre 1831 : *CV*, IX, 770; son portrait à cette époque : 773; retrouve sa mère de retour à Montégnac : 829.

*FARRE (Félicité des), puis *LA TOUCHE (Félicité). Voir TOUCHES (Félicité des).

FARRY, BREILMANN et Cie. Carrossiers. En 1822, équipent les diligences de ressorts carrés anglais : *DV*, I, 738, 742, 743; *EG*, III, 1121, 1127.
Ant. réel *ROBERT (Jean) : *EG*, III, 1121 (var. *i* et n. 2), 1127 (var. *c*).

Fat (un homme du genre). Fait le portrait de Mme Firmiani : *Fir.*, II, 144.

Fat (un). En 1841, prend le parti de Mme de Saint-Héréen contre la marquise douairière d'Aiglemont : *F30*, II, 1204.

FATMÉ. Femme de Faroun : *Phy.*, XI, 1204; rencontre dans le désert un philosophe arabe : 1202; lui prouve que les femmes connaissent des tours qu'il ignore : 1203; le sauve de sa périlleuse situation : 1204, 1205.

*FAUCHEUR (les). Bourgeois de La-Ville-aux-Fayes en 1815 : *Le Grand Propriétaire*, IX, 1263.

*FAUCHEUR junior. Marchand de rouenneries à La-Ville-aux-Fayes en 1814 : *Le Grand Propriétaire*, IX, 1267.

*FAUCHEUR-FAUCHEUR (les). Parents des précédents : *Le Grand Propriétaire*, IX, 1264.

*FAUCHEUR-MINORET (les). Parents des précédents : *Le Grand Propriétaire*, IX, 1264.

FAUCOMBE (famille de). En 1836, Félicité des Touches se connaît encore des cousines de ce nom; elles ont épousé des négociants et elle s'en désintéresse : *B*, II, 711.

FAUCOMBE (M. de) [1734-1814]. Âgé de soixante ans en 1794, accueille à Nantes sa petite-nièce, Félicité des Touches : *B*, II, 689; ne s'occupe plus que d'archéologie et laisse à sa jeune femme le gouvernement de ses affaires : 689; ignore que trois des livres qu'il croit avoir écrits sont en réalité l'œuvre de Félicité : 690; meurt en 1814 : 691.

FAUCOMBE (Mme de). Femme du précédent, dont elle gère les affaires. Adonnée aux plaisirs de l'époque impériale, se moque de sa nièce Félicité : *B*, II, 689.

FAUCOMBE (Mme de) [?-1794]. Tante de Félicité. Religieuse au couvent de Chelles. Accueille l'orpheline qu'elle emmène à sa terre familiale de Faucombe, avec trois autres religieuses; jetée en prison par la populace, est sauvée par le 9 thermidor, mais meurt peu de mois après, en 1794, de la frayeur qu'elle a éprouvée : *B*, II, 689; Félicité se souvient de son visage macéré : 692; elle a légué sa fortune à Félicité : 695.

*FAUNTLER (Lord puis Lady). Voir HOPWOOD (Lady Julia).

*FAUST (Henri). Voir WILFRID.

FAUSTINE (?-1813). Fille mère, originaire d'Argentan. Exécutée à Mortagne pour infanticide : *VF*, IV, 836.

FAVORI. Cheval de Natalie Évangélista en 1821 : *CM*, III, 558.

*FÉBURE (maréchal), ant. *VILMAN (maréchal), puis remplacé par VERNON (maréchal) : *B*, II, 908 (var. *a*).

FÉDELTA. Jument du poète Marie Gaston en 1835 : *MJM*, I, 387.

FÉLICIE. Femme de chambre de Mme Diard à Bordeaux en 1826 : *Ma.*, X, 1089; arrêtée par la police comme complice de Diard : 1091.

FÉLICITÉ. Enfant trouvée. Grosse fille louche et rousse, sert de cuisinière à Mme Vauthier, rue Notre-Dame-des-Champs, en 1836 : *EHC*, VIII, 332, 334.

FELINUS (von). Auteur de l'*Histoire de la succession du marquis de Carabas dans le fief de Cocquatrix;* incunable publié à Leyde, avec figures, chez les Elzévir, en 1499 : *AIH*, XII, 767, 768.

FÉLIX. Garçon de bureau de M. de Granville, en 1830 : *SetM*, VI, 903.

Femme du genre tracassier (une). Interdit à son mari (ou à son amant) d'aller chez Mme Firmiani : *Fir.*, II, 144.

Femme distinguée (une). Mariée à un avoué, habitant le Marais, ne s'occupe que du faubourg Saint-Germain : *Fir.*, II, 145.

Femme de Varsovie (une charmante). Aimée de Paz sans le savoir quand il avait dix-huit ans, raconte-t-il à la comtesse Laginska : *FM*, II, 240, 241.

Femme de Saumur (une). Fait à son mari l'éloge du père Grandet : *EG*, III, 1151.

Femme de chambre de Mme de Beauséant (la). Seule, avec le valet de chambre, à voir sa maîtresse abandonnée par M. de Nueil : *FA*, II, 500.

Femme de chambre de Béatrix de Rochefide (la). Sur la route des Touches, renseigne Calyste du Guénic sur la venue de Béatrix : *B*, II, 737, 738.

Femme de chambre de Mme d'Aiglemont (la). Accompagne sa maîtresse de Tours à Orléans : *F30*, II, 1069.

Femme de chambre de la baronne de Fontaine (la). Effraie Mme de La Baudraye par son élégance : *MD*, IV, 656, 657.

Femme de chambre d'une grande dame madrilène (la). Envoyée par sa maîtresse quérir le chirurgien Béga, dans le plus grand secret; se laisse courtiser par lui; son *méného* : *MD*, IV, 689-691; vient l'avertir que sa vie est menacée, et meurt elle-même empoisonnée : 695.

Femme de chambre de Mme d'Espard (la). Introduit Mme Camusot : *SetM*, VI, 874; porte un billet à la chancellerie; écoute à la porte : 875.

Femme de chambre de Josépha (la) : *Be.*, VII, 376.

Femme de chambre d'une épouse à migraines (la) : *Phy.*, XI, 1165.

Femme de chambre de Caroline de Chodoreille (la). Cause avec un valet de chambre : *PMV*, XII, 36.

Femme de chambre de Bettina Brézac (la). Allemande, a servi la mère de sa maîtresse; accompagne celle-ci au catéchisme : *GH*, XII, 402.

Femme de charge de Mme de Listomère (la). N'a pas cru que sa maîtresse lise une déclaration d'amour : *EF*, II, 175.

Femme de charge de la comtesse de Merret (la) : *AEF*, III, 717.

Femme de ménage de Mme de Rouville (la). Vieille sourde : *Bo.*, I, 418.

FENDANT. Premier commis des libraires Vidal et Porchon : *IP*, V, 496; portrait en 1821 : 498, 499; vers 1820, s'établit à son compte comme libraire, rue Serpente, avec Cavalier; plus rusé que son associé, c'est lui qui dirige les affaires : 496, 498; en 1822, traite avec Rubempré pour son roman, et lui demande d'en changer le titre pas assez commercial et Walter Scott : 499; *L'Archer de Charles IX*, publié sous un titre bizarre, n'a aucun succès; Fendant doit le vendre en bloc à des épiciers, avant de déposer son bilan : 541.

FENDANT ET CAVALIER. Maison de librairie, de 1820 à 1822. Voir ci-dessus et CAVALIER.

FÉRAUD (comte et comtesse). Voir FERRAUD.

*FÉRAUD (Mlle de). Épouse, en 1828, le fils du maréchal de Carigliano et de la duchesse : *DA*, VIII, 771 (var. *a*).

FERDINAND. Nom de guerre d'un chef chouan, présent au combat de La Pèlerine : *Ch.*, VIII, 944. Ami du baron du Guénic, qui ne s'est pas plus soumis que lui : *B*, II, 683. Le Cabinet des Antiques estime que la Restauration a été injuste envers lui : *CA*, IV, 998.

FERDINAND. Cousin d'Adolphe, assez bel homme; portrait : *PMV*, XII, 180; dîne avec Adolphe chez les Deschars : 90; emmène Caroline de Chodoreille, voilée, au bal du Ranelagh, afin de lui faire constater les infidélités d'Adolphe : 164; Caroline le croit malade : 176; son duel : 176; fait l'apologie d'Adolphe : 180.

FÉRET (Athanase). Troisième clerc dans l'étude de Me Bordin en 1787 : *DV*, I, 849.

FERGUS. Pâtre à Jarvis en 1800 : *Sér.*, XI, 789.

Fermiers près du Croisic (un couple de). Offrent leur lit à Béatrix après sa chute : *B*, II, 812.

Fermier des Cinq-Cygne (le). Voir BEAUVISAGE.

Fermier de M. Gravier (le) [?-1829]. Sa vie et ses funérailles : *MC.*, IX, 447, 450-453.

Fermière de M. Gravier (la). Femme du précédent. Préside au rituel de ses funérailles : *MC*, IX, 450-453.

FERRAGUS. Nom de plusieurs chefs de Dévorants : *Pré.H13*, V, 789.

FERRAGUS XXIII (Gratien-Henri-Victor-Jean-Joseph Bourignard, ou). Ancien entrepreneur de bâtiments, jadis fort riche et l'un des plus jolis garçons de Paris; il a été simple ouvrier et les compagnons de l'ordre des Dévorants l'ont élu pour chef sous le nom de Ferragus XXIII : *F*, V, 827; son portrait en 1819 : 815-817; par Vidocq, on sait qu'en 1806, il a été condamné à vingt ans de bagne; miraculeusement évadé; depuis recherché en vain quoique mêlé à nombre d'intrigues ténébreuses : 831.

En 1815, avec Marsay dans l'expédition à l'hôtel San-Réal : *FYO*, V, 1105. En 1819, habite rue Soly au coin de la rue des Vieux-Augustins : *F*, V, 818; aimé d'Ida Gruget, qu'il a jetée dans la prostitution : 819, 820; Mme Jules va le voir souvent mais, Maulincour l'ayant découvert, il déménage rue Joquelet : 827; Maulincour le rencontre en baron de Funcal, Portugais fort riche, au bal du Préfet de la Seine; il inocule par les chevaux une maladie mortelle à Maulincour : 832, 833; devenu Camuset : 865; sa lettre chiffrée à Mme Jules, interceptée par M. Jules et décryptée par Jacquet, révèle son adresse, 12, rue des Enfants-Rouges, chez Mme Gruget : 864, 865; il efface ses marques de forçat et soigne les brûlures avec un marquis qui lui pose des moxas (sans doute Ronquerolles), épié par J. Desmarest : 874, 875; Mme Jules est sa fille : 875-877; avait secrètement aidé à la fortune du ménage : sa fille n'avait su le secret de sa naissance qu'à la mort de sa mère : 884, 885; se retrouve avec Jules au chevet de sa fille très gravement malade : 887; dépose chez Desmarest l'urne de porphyre contenant les cendres de Mme Jules : 900; M. Jules l'aperçoit, vieillard horrible à voir, gardien du *cochonnet* des joueurs de boules du Luxembourg, en 1819 : 902.

Ant. prénommé *Adolphe au lieu d'Henri : *F*, V, 827 (var. *e*); avant Camuset, prend le nom de *Camusat : 865 (var. *a*), 869 (var. *e*), lui-même ant. *Jacques : 865 (var. *a*); appelé *Gracien par Marsay : *FYO*, V, 1105 (var. *d*).

*Ferrari (comte). Voir Ferraro ci-après.

Ferraro (colonel comte) [?-1812]. Camarade de régiment de Castanier. Ce dernier est le seul à l'avoir vu mourir en 1812, dans les marais de Zembin : *MR*, X, 353; Castanier décide de « chausser la pelure » du mort, pour s'enfuir en Angleterre en 1822; sa place est déjà retenue sous ce nom : 353-354.

Ant. *Ferrari (comte) : *MR*, X, 353 (var. *b*).

Ferraud ou Féraud[1] (comte) [né en 1781]. Âgé de vingt-six ans en 1807. Fils d'un ancien conseiller au Parlement de Paris, émigre pendant la Terreur; rentré en France sous le Consulat, refuse de servir Napoléon; vers 1808, épouse la veuve du colonel Chabert, riche, alors qu'il est sans fortune : *Col.*, III, 347; en 1814, commence à concevoir quelques regrets de son mariage : 349; en 1819, conseiller d'État et directeur général, d'une ambition dévorante; a pris pour secrétaire Delbecq, homme plus qu'habile : 348. Vers 1827, fait partie de l'équipe politique de de Marsay : *CM*, III, 647; âme de la coterie Gondreville : 652. Fréquente en 1828 les réceptions de la marquise d'Espard : *In.*, III, 454.

Ant. *Ferrand (comte)[2] : *Col.*, III, 318 (var. *e*), 333 (var. *e*).

Ferraud (comtesse). Née Rose Chapotel : *Col.*, III, 336; prise par son premier mari, le colonel Chabert, au Palais-Royal : 357; en 1807, à la mort officielle de Chabert, truque l'inventaire après décès : 341, 342; après dix-huit mois de veuvage, possède quarante mille livres de rente; vers août 1808, épouse le comte Ferraud, sans fortune, dans l'espoir d'être adoptée par le faubourg Saint-Germain : 347; en 1815, elle a deux enfants : 332; elle sait que Chabert a survécu : 333; dès 1814, son second mari a regretté de l'avoir épousée : 349; en 1819, elle habite un hôtel particulier rue de Varenne : 350; reçoit la visite de Derville qui lui arrache son secret et lui propose une transaction avec Chabert : 351-354; entrevue chez Derville avec Chabert : 357, 358; l'emmène dans sa propriété de Groslay : 359; sa conversation avec Delbecq sur les moyens de se débarrasser de lui édifie le vieux soldat, qui s'enfuit : 366; adresse à Derville une lettre accusant Chabert d'imposture, lorsque l'avoué lui adresse sa note d'honoraires : 368. Femme vertueuse : *Pré.PG*, III, 44. Invitée au bal de la vicomtesse de Beauséant au mois de novembre 1819 : *PG*, III, 77. Toujours bien en cour en 1824, malgré la mort de Louis XVIII : *E*, VII, 1057; est sa dernière maîtresse : 1061. Considérée en 1825 comme l'une des « reines de Paris » : *BS*, I, 164. En 1827, prend le parti de Natalie de Manerville contre Paul : *CM*, III, 645. En 1840, agréable mais trop dévote : *Col.*, III, 371.

---

1. Cette variante orthographique s'applique à tous les membres de la famille.
2. Nom réel.

Ant. *FERRAND (comtesse) : *Col.*, III, 319 (var. *a*), 324 (var. *b*), 328 (var. *c*).

Ant. la comtesse non nommée mais réelle **Du CAYLA : *E*, VII, 1057 (var. *d, e*, et n. 2), 1061 (var. *a*).

FERRAUD (Jules). Fils des précédents. Veut défendre sa mère contre le colonel Chabert, à Groslay, en 1819, la croyant menacée : *Col.*, III, 364.

FERRAUD (Mlle). Sœur du précédent. Taquinée par son frère : *Col.*, III, 364.

*FERRAUD (les). Ici *FÉRAUD, parmi ceux qui avaient, en 1815, la prétention d'appartenir au faubourg Saint-Germain : *Lys*, IX, 1109 (var. *a*).

FESSARD. Épicier à Saumur en 1819. Stupéfait de voir la Grande Nanon lui acheter de la bougie au lieu de chandelle, s'informe des raisons de cette dépense somptuaire : *EG*, III, 1085.

Ant. *GRONDARD : *EG*, III, 1085 (var. *e*).

FESSE-TOMBOURG (prince primat de). A pour chargé d'affaires à Paris le comte de Lessones : *AIH*, XII, 773.

Feuilletoniste (un). Contemple l'aparté champêtre d'un illustre écrivain, homme de haut style et visant à devenir homme d'État, conversant dans un fourré avec la femme d'un opulent libraire : *IP*, V, 450.

FICHET (les). Bourgeois d'Issoudun en 1822. Rendent visite aux Hochon : *R*, IV, 430.

Ant. *GRENOUILLOU (les) : *R*, IV, 430 (var. *b*).

FICHET (Mme). Riche bourgeoise d'Issoudun. En 1822, « aimée » par Goddet fils qui espère épouser la fille, en récompense de cette corvée : *R*, IV, 382, 383; rend visite aux Hochon, avec son mari et sa fille, pour « voir les Parisiens » : 430.

Ant. *COLLIN-MANDROT (Mme) : *R*, IV, 431 (var. *a*).

FICHET (Mlle). La plus riche héritière d'Issoudun. Maxence Gilet lui préfère la Rabouilleuse : *R*, IV, 383.

Ant. *BERTHAULD (Mlle) : *R*, IV, 382 (var. *d*).

*FIESCHI (Leona, puis Giovannina), remplacée par DONI (Massimilla) : *Do.*, X, 551 (var. *d*), 562 (var. *a*).

FIL-DE-SOIE. Sobriquet le plus connu du forçat Sélérier : *SetM*, VI, 827. En 1820, au moment de son arrestation par Bibi-Lupin, Vautrin le soupçonne de l'avoir vendu, et profère des menaces à son endroit : *PG*, III, 220; *SetM*, VI, 827; libéré (ou en rupture de ban) au début de 1830, il vient d'être transféré à la Conciergerie pour servir à identifier Jacques Collin : 808, 827; membre des Dix Mille et des Grands Fanandels : 833; trente noms, et autant de passeports : taille, portrait : 836, 837; fait la cour à La Pouraille, dont il espère hériter, afin de savoir où il a caché son butin : 837; en train d'expliquer au *mouton* Napolitas, dans le préau de la Conciergerie, les différences culinaires distinguant les trois bagnes, au point de vue de la teneur de leur soupe en gourganes : 838; reconnaît aussitôt Jacques Collin, malgré son déguisement en *sanglier*, à la façon dont *il tire la droite* : 839; il est rapidement repris en main par J. Collin : 842.

Fileuse (une vieille). En conversation avec Mme Courtecuisse chez Rigou : *Pay.*, IX, 252, 253.

Fille à marier (une). Fait l'éloge de la comtesse de Saint-Héréen : *F30*, II, 1204.

Fille de basse-cour au château de Presles (une). Aide Mme Moreau : *DV*, I, 810; stupéfaite d'apprendre que son maître a voyagé « en lapin » : 820.

FILLE AUX YEUX D'OR (la). Voir VALDÈS (Paquita).

Fille (une petite) : *CV*, IX, 839.

*Fille de basse-cour (une). Employée chez Michu : *TA*, VIII, 632 (var. *a*).

Fille du pâtissier de la Merceria (la). Vénitienne, aux petits soins pour Capraja : elle doit hériter du vieux gentilhomme : *Do.*, X, 580, 581.

Fille (une pauvre). Paysanne séduite par un grand seigneur libertin, accouche nuitamment d'un fils, dans la commune du Tillet, près des Andelys, et dépose le nouveau-né à la porte du curé, avant d'aller se noyer : *CB*, VI, 72, 73.

Fille publique (une). Parle de Marianna Gambara avec Giardini : *Gam.*, X, 514; s'inquiète de ses moyens d'existence : 515.

*FILLON. Domestique de Mgr d'Escalonde : *CF*, XII, 427.
*Fils d'un premier président à la Cour royale (le) : *BS*, I, 1216 ; remplacé par un jeune Américain, comme prétendant à la main d'Émilie de Fontaine : *BS*, I, 130.
Fils de famille d'Angoulême (un) : *IP*, V, 229.
Fils aîné du fermier de M. Gravier (le). A la mort de son père, chef de famille : *MC*, IX, 451.
Fils naturel du docteur Benassis (le). Confié par sa mère mourante à son père, Benassis, qui promet à l'agonisante de s'occuper désormais de lui : *MC*, IX, 551 ; sa mort, considérée par Benassis comme un avertissement divin : 569.
FINOT (M.). Chapelier à Paris, rue du Coq. En 1818, vieux chien, n'aimant en fait d'esprit que le trois-six : *CB*, VI, 138. Encore chapelier en 1821 : *IP*, V, 380. En 1845, il a vendu son fonds à Vital : *CSS*, VII, 1165.
FINOT (Andoche). Fils du précédent. Ami d'enfance de Félix Gaudissart. Portrait en 1818 : *CB*, VI, 154. Portrait en 1836 : *MN*, VI, 330. Est alors « dans la littérature » et « fait » les petits théâtres au *Courrier des spectacles* : *CB*, VI, 138 ; invité à la pendaison de crémaillère d'A. Popinot : 153, 154 ; rédige le prospectus de l'*Huile céphalique* : 156, 157. Son dénuement en 1818 : *IP*, V, 384. Invité au bal Birotteau : *CB*, VI, 164 ; son prospectus lui a rapporté mille écus, début de sa fortune ; le premier à deviner le pouvoir de l'Annonce ; il achète un journal : 206. Propriétaire d'un petit journal de théâtre en 1820 ; neveu du capitaine Giroudeau : *R*, IV, 309 ; explique à son oncle, amant de Florentine et qui désire la voir « danser son pas », que le jour où elle l'aura dansé, elle lui fera passer celui de sa porte : 311 ; propose à Philippe Bridau en 1821 de s'établir caissier du nouveau journal d'opposition qui va sortir, sous le patronage de la gauche : 313. La même année, directeur d'un journal rue Saint-Fiacre, a pour caissier Giroudeau ; ses ordres relativement aux *blancs* de ses rédacteurs : *IP*, V, 329, 330 ; il habite rue Feydeau : 333 ; opinion de Lousteau sur lui ; annonce qu'il va être nommé rédacteur en chef et directeur du nouvel hebdomadaire acheté par Dauriat qui lui en cède un tiers ; espère que Matifat lui en rachètera la moitié, au même prix : 379 ; sait que seule une révolution peut faire arriver un fils de chapelier : 380 ; en 1822, son journal est estimé cent mille francs : 384 ; reconnaissant par calcul : 390 ; engage Lucien en qualité de rédacteur et lui présente Merlin au *Rocher de Cancale* : 416 ; son affaire ayant réussi, est directeur et rédacteur en chef du journal de Dauriat, sans bourse délier : 423 ; hésite à abattre Rubempré, mais des Lupeaulx lui explique qu'il pourra compter ensuite sur la reconnaissance de Mmes de Bargeton et d'Espard : 523. En 1823, cosignataire avec Nathan, Bixiou, etc., d'une lettre humoristique adressée à Philippe Bridau : *R*, IV, 518. Au bal de l'Opéra, au carnaval de 1824, essaie de se réconcilier avec Lucien ; sa finesse, sous ses dehors lourds : *SetM*, VI, 435-438. Témoin au mariage de Philippe avec la Rabouilleuse, veuve de J.-J. Rouget : *R*, IV, 521. Fréquente en 1824 les mercredis de Mme Rabourdin, rue Duphot : *E*, VII, 945. Invité de Georges Marest au *Rocher de Cancale* en 1825 ; influent, il peut faire débuter Florentine à l'Opéra : *DV*, I, 863. En 1827, tente de frayer avec les dandys, les Rastignac, de Marsay, de Trailles, etc. : *UM*, III, 862. Rastignac présente Raphaël de Valentin à ce riche « proxénète littéraire » en 1830 ; ignorant et fin, il est susceptible de s'intéresser aux pseudo-*Mémoires* de la comtesse de Montbauron, la tante de Raphaël : *PCh.*, X, 165, 166 ; lui verse des arrhes : 171, 172. Fait partie du groupe d'amis de Lousteau : *Pr.B*, VII, 827. Ami de Gaudissart en 1831, ce fils de chapelier est en passe de devenir pair de France : *IG*, IV, 570. Habitué des dîners de Florine vers 1832 : *FE*, II, 319 ; encore derrière un petit journal en 1833 : 324. L'un des plus hardis cormorans éclos sur le pavé de Paris en 1836 : *MN*, VI, 330 ; dîne en cabinet particulier avec Bixiou, Blondet et Couture ; des quatre, il est le seul « parvenu, mais seulement au pied de l'échelle » : 330. Dinah de La Baudraye, maîtresse de Lousteau, consent enfin, en 1839, à le recevoir : *MD*, IV, 767. Propose à Mme Schontz de l'entretenir ; elle refuse, préférant garder sa « bonne pâte » d'Arthur de Rochefide : *B*, II, 903. Maxime de Trailles le prie d'arranger un déjeuner au *Café Anglais* avec Couture et Lousteau : 914 ; invité par Mme Schontz en 1841 : 918.

Ant. prénommé *Eugène : *E*, VII, 1056 (var. *a*); *HARANCOURT (M. d') : *CB*, VI, 155 (var. *a*), 204 (var. *b*), 205 (var. *a*); *MARIVAULT (M.) : *PCh.*, X, 167 (var. *b*), 168 (var. *f*), 172 (var. *a*).

Ant. *NATHAN : *IP*, V, 374 (var. *g*).

*FINOT, remplacé par NATHAN : *B*, II, 918 (var. *b*); par DU BRUEL : *IP*, V, 471 (var. *a*).

*FINOT : *UM*, III, 862 (var. *e*); *IP*, V, 534 (var. *f*).

FIRMIANI (né entre 1762 et 1773-1822). Receveur général. Quadragénaire en 1813 : *Fir.*, II, 151; pareil au troisième cheval qu'on ne voit jamais : 146; jadis receveur général dans le département de Montenotte : 142; meurt en Grèce, en 1822 : 159; en 1825, l'ambassade d'Autriche adresse enfin son testament à sa veuve : 160.

*FIRMIANI., remplacé par VISSEMBOURG : *FAu.*, XII, 614 (var. *b*).

FIRMIANI (Mme) [née en 1797]. Femme du précédent. Née Cadignan. Vingt-huit ans en 1825; mariée en 1813 : *Fir.*, II, 151; portrait en 1825 : 149, 150; nièce du vieux prince de Cadignan et cousine de Diane de Maufrigneuse : 145, 151; *SPC*, VI, 958. En relation de visites et de dîners avec Mme de Saint-Vandrille dès 1816 : *ES*, XII, 545. Assiste en novembre 1819 au bal donné par la vicomtesse de Beauséant : *PG*, III, 77. Devise avec la célèbre Camille Maupin, aux Tuileries, en 1821, lorsque Lucien de Rubempré la voit pour la première fois : *IP*, V, 271. En 1821, confie des lettres de recommandation pour deux ou trois de ses amies à Charles de Vandenesse, qui se rend au congrès de Laybach : *F30*, II, 1121; le présente à la marquise d'Aiglemont, le prévenant que la marquise est depuis quatre ans fidèle à un mort, lord Grenville : 1123, 1124. Invite Lucien de Rubempré en avril 1822 : *IP*, V, 522. En octobre 1822, reçoit Victurnien d'Esgrignon, récemment arrivé à Paris. Son salon, fréquenté par les *roués* : *CA*, IV, 1008. Mme X. Rabourdin, son amie, envie son nom célèbre : *E*, VII, 918; conseille à des Lupeaulx de rendre visite à Mme Rabourdin : 928; reçue partout, étant née Cadignan : 929. Une des reines de Paris après la disparition de la duchesse de Langeais, de 1820 à 1825 : *In.*, III, 453. En 1824, l'oncle d'Octave de Camps, M. de Bourbonne, se fait annoncer chez elle sous le nom de M. de Rouxellay : *Fir.*, II, 148, 149; elle l'éconduit poliment : 154; Octave révèle à son oncle qu'elle l'a épousé secrètement à Gretna-Green, et qu'elle l'encourage dans la probité qu'il met à restituer l'argent spolié aux Bourgneuf : 154-160; vient de recevoir, par l'ambassade d'Autriche, l'acte de décès de son mari, dressé par l'internonce d'Autriche à Constantinople; elle va enfin pouvoir épouser Octave, aux yeux du monde : 160, 161. Est officiellement mariée en décembre 1824 : *E*, VII, 1041; invitée à une soirée au ministère avec son amie, Mme Rabourdin : 1057. Une des reines de Paris en 1825 : *BS*, I, 164. Après son second mariage, résigne ce sceptre entre les mains de Diane de Maufrigneuse : *In.*, III, 453. En 1827, raconte à Marsay les histoires circulant sur le compte de Paul de Manerville : *CM*, III, 646. En relations mondaines avec les Grandlieu, vers 1829-1830 : *SetM*, VI, 507. En 1831, chez Mlle des Touches : *AEF*, III, 678. En 1834, amie sincère de Mme Félix de Vandenesse, met celle-ci en garde contre la curiosité du monde : *FE*, II, 306; la prévient des médisances qui courent déjà sur son compte : 333. Femme vertueuse : *Pré.PG*, III, 44.

Ant. *MARSIGLI (marquise), puis *VITAGLIANO (marquise) : *F30*, II, 1121 (var. *d*).

Ant. à Mme de Camps, *L'ESTORADE (Mme de) : *AEF*, III, 678 (var. *e*).

Ant. les réelles **O'DONNELL (comtesse), sœur de Delphine **GAY, future Mme de GIRARDIN (voir ce nom) : *IP*, V, 271 (var. *d* et n. 2). *RÉCAMIER (Mme) ou *DURAS (Mme de) ou DU CAYLA (Mme) : *E*, VII, 918 (var. *a*); *DELABARRE (Mme) : *E*, VII, 929 (var. *b*).

*FIRMIANI (Mme) : *Lys*, IX, 1109 (var. *a*).

FISCHER (les frères). Laboureurs lorrains, au pied des Vosges; pris par la Réquisition à l'armée du Rhin en 1792. Grâce à la protection de l'ordonnateur Hulot d'Ervy, ils passent en 1799 des charrois de l'armée à la tête d'une Régie d'urgence : *Be.*, VII, 74, 75; à la paix d'Amiens, Hulot leur obtient la fourniture des fourrages en Alsace : 75; ruinés par la pre-

Hulot : 344; dans les journaux qui, par ordre, étouffent l'affaire, il est désigné sous le nom de Wisch : 348.

FISCHTAMINEL (colonel comte de) [né en 1781]. Sous-lieutenant à dix-huit ans, en 1799 : *PMV*, XII, 131; colonel comte de l'Empire, mis en demi-solde en 1815, il se marie en 1817; portrait; a le tort d'être inoccupé : 129; une réflexion de Caroline lui apprend sa minotaurisation : 27.

FISCHTAMINEL (comtesse de). Donne un concert : *Phy.*, XI, 1093. Son petit dernier ressemble étonnamment à l'ami de la famille, comme le remarque innocemment Caroline : *PMV*, XII, 27; donne un grand bal; l'ami du narrateur y épie la conversation entre Caroline et Stéphanie : 103-106; maîtresse d'A. de Chodoreille : 122; Nina, pour son mari : 129; auteur d'un volume in-12 sur l'éducation des jeunes personnes, pastiche de Fénelon, moins le style : 137; par l'entremise de Mme Foullepointe, devient très intime avec Caroline : 174.

Ant. *PIERREFITTE (Mme Charles) : *PMV*, XII, 121 (var. *a*).

*FITZ-LOVEL (lord). Père de la seconde comtesse de Grandlieu : *Le Grand Propriétaire*, IX, 1266.

FITZ-WILLIAM (lord)[1]. Irlandais; oncle maternel de Calyste du Guénic. A épousé la sœur de la comtesse du Guénic, née O'Brien : *B*, II, 730.

FITZ-WILLIAM (Margaret). Fille du précédent; la baronne Gaudebert du Guénic songe à la marier avec son fils, Calyste : *B*, II, 730.

*FIZOT. Invité d'un dîner de la marquise d'Espard. Ant. le réel *GUIZOT : *IP*, V, 278 (var. *f*).

Flageolet (le). Aveugle de l'hospice des Quinze-Vingts. Camarade du père Canet, en 1820; joue avec lui dans un petit orchestre qu'ils ont organisé et se produit dans les bals populaires : *FC*, VI, 1023.

FLAMET. Conseiller au Parlement de Bretagne, père du suivant : *Ch.*, VIII, 1036.

FLAMET DE LA BILLARDIÈRE (baron). Voir LA BILLARDIÈRE (baron Flamet de).

Flâneur (un). Va aux soirées de Mme Firmiani : *Fir.*, II, 143.

*FLESSELLES (M. de), remplacé par RONQUEROLLES (M. de) : *F30*, II, 1082 (var. *a*).

FLEURANCE. Jeune premier de la troupe ambulante du sieur Picandure à Blois, en 1654. De bonne famille; lâche, peureux, nul, dépourvu de sens moral; ses bonnes fortunes; ses qualités d'acteur; a été le maître de Baron : *Fré.*, XII, 815-818; 816-818; dédaigne la Frélore : 821.

FLEURANT (la mère). Cabaretière au Croisic. Reçoit la visite de Pierre Cambremer, qui troque la pièce d'or remise par son fils pour de l'argent blanc : *Dr.*, X, 1174, 1175.

FLEUR DE GENÊT, dans *EHC*. Voir GRENIER (Charles).

FLEUR-DE-GENÊT. Cheval de courses, de l'écurie Rhétoré. Mme Schontz l'imagine battu d'une longueur par Lélia, de l'écurie Rochefide : *B*, II, 902.

FLEURIOT. Brigadier colossal, appartenant à la Garde impériale; menace le major de Sucy et lui tue sa jument d'armes en 1812, à Studzianska : *Ad.*, X, 990; pour s'excuser, lui explique que son chef, le général de Vandières, n'a, depuis deux jours, *rien dans le fanal* : 990; sa plaisanterie sur Bichette : 992; aide au sauvetage du comte de Vandières et de sa femme : 995-997; au passage de la Bérésina, le major lui confie les deux rescapés : 1001; en 1816, reconnaît la comtesse de Vandières dans une auberge de Strasbourg et la confie au docteur Fanjat, oncle de la jeune femme; il les accompagne en Auvergne, où il meurt peu après : 1001, 1002.

FLEURIOT (abbé). Chanoine de Saint-Gatien à Tours. Prononce l'éloge funèbre de Mlle Gauthereau : *DxA*, XII, 672, 699.

FLEURY. Commis au ministère des Finances en 1824, dans le bureau de Rabourdin. Bonapartiste, d'opinions centre-gauche; très entiché de son chef; portrait; ancien capitaine dans la Ligne; contrôleur, le soir, au Cirque Olympique : *E*, VII, 986; exprime son mépris à Dutocq; destitué à la fin de 1824, deviendra éditeur responsable : 1102.

*FLORA, actrice, remplacée par FLORINE : *FE*, II, 308 (var. *a*), 309 (var. *a*), 313 (var. *b*), 314 (var. *a* et *c*), 326 (var. *c*); figurante de l'Ambigu-Comique : *IP*, V, 344 (var. *f*).

1. Nom réel.

Ant. peut-être réelle *JENNY (voir *VERTPRÉ), puis remplacée par FLO-
RINE : *IP*, V, 344 (var. *c*).

FLORE. Femme de chambre de la baronne de V... Fort experte dans le mon-
tage des canezous : *Phy.*, XI, 1150, 1151.

FLORENT et CHANOR. Associés à la tête d'une maison où l'on fonde et
cisèle les bronzes riches et les services d'argenterie luxueux : *Be.*, VII,
113 ; Chanor est âgé : 115 ; en 1833, la cousine Bette place Steinbock
chez eux comme apprenti : 113. En 1843, la chaîne de montre et le pom-
meau de la canne de Brunner sont de leur création : *CP*, VII, 552.

Ant. à FLORENT et CHANOR le réel *PAILLARD (Victor) : *Be.*, VII, 253
(var. *b*) ; le réel *FROMENT-MEURICE : *CP*, VII, 553 (var. *a*).

FLORENT (Mme). Femme du bronzier. Sa présence dans un dîner constitue
un alibi pour Wenceslas : *Be.*, VII, 265.

FLORENTINAS Y CABIROLOS (marquise de las). Veuve d'un Grand d'Espagne,
née au Mexique, fille de créole ; en fait, Florentine : *DV*, I, 856.

FLORENTINE (Agathe-Florentine Cabirolle, dite) [née en 1804]. Âgée de
treize ans en 1817 : *DV*, I, 856 ; a pris pour nom de guerre Florentine :
836 ; fille d'une portière de la rue Pastourelle ; élève de Coulon en 1817,
remarquée par le vieux Cardot à la sortie de son cours de danse ; il lui
meuble un appartement rue de Crussol, avec femme de ménage et deux
cents francs par mois : 856. En 1819, toujours rue de Crussol avec sa mère,
Mme Cabirolle : *R*, IV, 310. Cardot est son premier amant : *MD*, IV, 738.
Il lui offre Vestris pour maître et, en 1820, elle débute dans un ballet ;
danseuse du théâtre de la Gaîté, elle trouve Cardot un vieux grigou ; il
porte son secours mensuel à cinq cents francs : *DV*, I, 857. Elle est alors la
maîtresse de Giroudeau ; ses appointements réguliers, et les autres : *R*,
IV, 309. Mesquinement entretenue par Cardot : *IP*, V, 392. En 1821,
amie de Florine, Tullia, Coralie et Mariette : *MD*, IV, 739. Remplace,
cette année-là, son amie Mariette Godeschal au théâtre de la Porte-Saint-
Martin : *R*, IV, 316. En 1822, première danseuse à la Gaîté, toujours
maîtresse du vieux Cardot, lui coûte moins cher qu'une femme légitime :
DV, I, 836, 837. La même année, reprend l'ancien appartement de Coralie
rue de Vendôme : *R*, IV, 351 ; *IP*, V, 511. Convive du souper de Florine
vers avril 1822, le soir de la première de *L'Alcade dans l'embarras*: *IP*, V,
395. Vient de débuter à l'Opéra, dans la nouvelle salle, par un pas de
trois avec Mariette et Tullia en 1823 : *R*, IV, 517. En 1825, pour sa majorité, Cardot dépense quarante-cinq mille francs pour la mettre sur un certain pied dans l'appartement de feu Coralie : *DV*, I, 857, 858 ; les cousins
Marest, invités à la fête donnée pour la circonstance, la donnent à Oscar
Husson pour marquise de Las Florentinas y Cabirolos : 855 et 864 ;
Georges Marest la courtise : 858. Vers 1827 se sépare de Giroudeau :
R, IV, 523 ; la même année, J.-J. Rouget prend chez elle le dernier repas
de sa vie, avant de trépasser dans les bras de Mlle Lolotte : 521. Amie
d'Esther Gobseck qui l'invite souvent chez elle, rue Saint-Georges, en
1829-1830 : *SetM*, VI, 643. Son monde en 1840 : *B*, II, 896.

Ant. anonyme : *IP*, V, 332 (var. *f*).

FLORIMOND (Mme). Mercière, rue Vieille-du-Temple, en 1845 : *CP*, VII,
629 ; a refusé d'épouser Me Fraisier : 630.

FLORINE (Sophie Grignoult, dite) [née v. 1805]. Vingt-huit ans en 1833 :
FE, II, 316. Portrait en 1822 : *IP*, V, 375. Portrait physique et moral en
1833 ; a la tête de Poppée : *FE*, II, 316-322 ; fille de Bretons : 317. Les
journalistes s'occupent déjà d'elle en 1818 : *CB*, VI, 205. A cette époque,
à treize ans, comparse ; débute à quinze ans sur un théâtre du Boulevard,
en 1820 : *FE*, II, 316. Alors maîtresse de Lousteau âgé de vingt-deux ans :
MD, IV, 771. Le marquis du Rouvre dissipe pour elle la plus grande
partie de sa fortune : *FM*, II, 195. Lousteau est encore son amant en 1822,
le droguiste Matifat assumant le rôle de *milord* : *IP*, V, 344 ; il vient de
meubler à l'artiste un appartement rue de Bondy : 350 ; débuts au Panorama-
Dramatique en 1822 ; auparavant comparse à la Gaîté : 372 ; ce qu'elle
coûte alors à Matifat : 375 ; Lousteau lui présente Lucien de Rubempré,
qu'elle trouve gentil comme une figure de Girodet : 376 ; donne à souper
aux journalistes de Finot et à des amis, le soir de la générale de *L'Alcade
dans l'embarras* : 393 ; son jeu dans cette pièce, d'après l'article de Lucien :
397 ; fait réussir l'affaire proposée par Finot à Lousteau en vue d'acheter

Raphaël de lui obtenir la protection du duc de Navarreins : 170; ignore
que Raphaël, dissimulé derrière une tenture, assiste à sa toilette du soir :
183, 184; a avec lui une longue conversation qui se termine par une rupture : 188-190; s'exhibe au théâtre Favart avec son nouveau favori, un
jeune pair de France : 224; Raphaël s'est vengé d'elle par un mot, dit à
l'Opéra, et devenu célèbre dans tous les salons parisiens : 224.
     Ant. *BRANSTON (lady), puis *DUDLEY (lady) : *PCh.*, X, 219 (var. *f*).
     *FŒDORA (comtesse). Ant. *F. (Mme de) puis remplacée par ROCHE-
FIDE (Mme de) : *S*, VI, 1063 (var. *c*), 1075 (var. *a*).
Fonctionnaire impérial (un ancien). Raconte l'histoire d'un paysan et d'un
     préfet : *Ech.*, XII, 484.
FONDRILLES (M. des). Voir JORRY DES FONGERILLES.
FONTAINE (comte de) [1764-1828]. Âgé de soixante ans en 1824 : *BS*, I,
     117; chef de l'une des plus anciennes familles du Poitou; ruiné par les
     confiscations; reste fidèle aux Bourbons : 109. Laissé pour mort, le
     13 décembre 1793, au combat des Quatre-Chemins : *Ch.*, VIII, 1061;
     son nom de guerre, Grand Jacques : 944; *B*, II, 674, 683; *CB*, VI, 162.
     L'un des plus célèbres chefs vendéens en 1799; soulève la Vendée : *Ch.*,
     VIII, 957; *CB*, VI, 58. Présent au combat de La Pèlerine : *Ch.*, VIII, 944;
     et à celui de La Vivetière : 1038; essaie de faire profiter le jeune et bouil-
     lant marquis de Montauran de son expérience; « convaincu de la nécessité
     de se résigner aux événements en gardant sa foi dans son cœur » : 1061.
     Compte dans sa division l'un des Chouans les plus féroces, Gabriel Bruce :
     EHC, VIII, 294. Refuse toutes les offres de Napoléon; se rend à Paris
     au Premier Retour : *BS*, I, 109; bien reçu et couvert de décorations par
     Louis XVIII, il juge cependant que ces grâces ne valent pas les sommes
     dépensées pour sa cause : 110; suit le roi à Gand : 112; grand prévôt en
     1815, use modérément de son terrible pouvoir; conseiller d'État au début
     de 1818, puis député, puis à la tête d'une administration dans le Domaine
     extraordinaire de la Couronne : 112, 113 (ou une Direction générale au
     ministère de la Maison du Roi : *CB*, VI, 268). Case avantageusement sa
     famille; trois fils et trois filles : la dernière, Émilie, reste seule à marier :
     BS, I, 113, 114. Invité par le parfumeur César Birotteau à son grand bal
     en 1818 : *CB*, VI, 101, 162; a connu César Birotteau commis du par-
     fumeur Ragon; l'un des favoris de Louis XVIII; promet de s'occuper de
     César qui, après avoir obtenu son concordat, sera casé à la Caisse d'amor-
     tissement en 1819 : 269. En 1822, fait obtenir au peintre Schinner une
     commande de plafonds pour le Louvre, sur la liste civile : *DV*, I, 788.
     En 1823, invité au bal d'accordailles d'Anselme Popinot avec Césarine
     Birotteau : *CB*, VI, 310. Vers la même époque, les habitués du Cabinet
     des Antiques estiment que ses pareils n'ont pas été récompensés selon leurs
     mérites : *CA*, IV, 998. En léger froid avec Louis XVIII auquel il a demandé
     de marier sa troisième fille, Émilie : *BS*, I, 114; souffre des exigences de
     celle-ci : 119; espère arriver à la pairie : 117; essaie vainement de raisonner
     Émilie, la mettant en garde contre son orgueil et ses prétentions : 121;
     au cours de l'hiver 1824-1825, redouble d'efforts pour marier Émilie : 124;
     devant son obstination, la laisse arbitre de son sort : 126-128; confirme
     sa décision devant sa famille : 131; obtient enfin la pairie dans la même
     conscription que Guiraudin de Longueville, en 1827 : 163. Meurt en 1828 :
     MD, IV, 656. Censé avoir fait obtenir au chevalier de Valois une pension
     de retraite : *VF*, IV, 819. En décembre 1824, des Lupeaulx rappelle le
     constant refus de ralliement à l'Empire du feu comte, mort quelques mois
     avant : *E*, VII, 1011 (il s'agit, évidemment, d'une erreur de chronologie,
     dont Balzac ne s'est pas avisé).
     Ant. *B. (duc de) : *VF*, IV, 888 (var. *e*); *LONGWY : *EHC*, VIII, 294
     (var. *c*).
     Ant. les réels *AUTICHAMP : *Ch.*, VIII, 957 (var. *a*); *CHÂTILLON :
     1061 (var. *c*).
     *FONTAINE (comte de) : *Lys*, IX, 1109 (var. *a*).
FONTAINE (comtesse de). Femme du précédent. Née Kergarouët : *BS*, I, 109;
     Rohan par sa mère : 118. Femme vertueuse : *Pré.PG*, III, 43. Elle n'ap-
     prouve pas les idées progressistes de son mari : *BS*, I, 118; a accepté la
     mésalliance de ses deux filles aînées, à condition que la troisième, Émilie,
     fasse un mariage digne de sa lignée : 118.

*Montmorency avant Rohan, par sa mère : *BS*, I, 118 (var. *a*), 1212.

Fontaine (Mlle de). Voir Planat de Baudry (Mme).

Fontaine (Mlle de). Deuxième fille du comte de Fontaine. Épouse un jeune et riche magistrat, récemment anobli par Louis XVIII : *BS*, I, 114; son beau-père avait vendu des fagots : 117.

    Ant. *Mallet (Mme Anna), devenue anonyme : *BS*, I, 1216.

Fontaine (vicomte puis comte de). Fils aîné du comte. Parvient à une place éminente dans la magistrature inamovible : *BS*, I, 113; président de Cour royale, épouse une demoiselle dont le père, deux à trois fois millionnaire, a fait le commerce du sel : 119. En soirée chez les Rabourdin en 1824 : *E*, VII, 944.

Fontaine (vicomtesse puis comtesse de). Femme du précédent. Ses origines roturières : *BS*, I, 119; s'amuse à éclipser Émilie, sa belle-sœur, par la richesse et le bon goût de ses toilettes et équipages : 119. Amie intime de la duchesse de Langeais, qu'elle hait cordialement; les deux femmes vivent sur un pied d'amitié armée : *DL*, V, 940. Chez les Rabourdin, en 1824 : *E*, VII, 1093.

Fontaine (baron puis vicomte de). Deuxième fils du comte. Simple capitaine avant la Restauration, obtient une légion après Gand; promu lieutenant général après l'affaire du Trocadéro : *BS*, I, 113. Moins fier que le duc d'Hérouville, s'est contenté d'épouser une demoiselle Mongenod : *MM*, I, 615; *BS*, I, 119. Beau-frère de Frédéric Mongenod; ses alliances : *EHC*, VII, 232.

Fontaine (baronne puis vicomtesse de) [née en 1799]. Femme du précédent. Née Mongenod : *BS*, I, 119. Âgée de dix-sept ans en 1816 : *EHC*, VIII, 275; par reconnaissance envers M. Alain, Mongenod lui offre sa main avec une dot de cinq cent mille francs; plein de bons sens, le vieillard refuse dignement : 275. Vers 1817, Mlle d'Hérouville, férue de noblesse, rejette cette alliance pour son neveu : *MM*, I, 615. Elle épouse, vers 1823, le baron de Fontaine; sa dot, un million : *EHC*, VIII, 276. Se croit dès lors aussi noble qu'une Kergarouët : *BS*, I, 119; se moque de sa belle-sœur, Émilie : 130.

    *Rohan (se croit aussi noble qu'une) avant Kergarouët : *BS*, I, 119 (var. *e*).

Fontaine (chevalier puis baron de). Troisième et dernier fils du comte. Sous-préfet puis maître des Requêtes au Conseil d'État; directeur d'une administration municipale de la ville de Paris : *BS*, I, 113; épouse Mlle Grosse-tête, fille unique du receveur général des finances de Bourges en 1823 : 119; *CV*, IX, 659. Est allié aux Grossetête : *EHC*, VIII, 232. A la mort de son père, en 1828, devient directeur général au ministère des Finances et se rend en Italie avec sa femme : *MD*, IV, 656.

Fontaine (Anna, baronne de). Femme du précédent. Née Anna Grosse-tête : *BS*, I, 119; *MD*, IV, 640; épouse en 1823 le dernier fils du comte de Fontaine; de passage à Sancerre en 1828, rend visite à son amie d'enfance, Dinah Piédefer, devenue baronne de La Baudraye; son élégance, qui tranche sur les allures provinciales de Dinah : 656, 657; tient Dinah au courant des modes parisiennes : 640; toise cette dernière, devenue la maîtresse de Lousteau, à une première représentation d'une pièce de Nathan en 1837; les deux femmes ne se saluent pas : 754.

Fontaine (Émilie de) [née en 1802]. Fille cadette du comte. Âgée de vingt-deux ans lors de l'hiver 1824-1825 : *BS*, I, 127; portrait à cette époque : 120, 121; entre dans le monde à quatorze ans : 115. En 1818, invitée avec sa famille au bal Birotteau à l'occasion de la libération du territoire; son impertinence : *CB*, VI, 163. En 1821, à dix-neuf ans, refuse de faire choix d'un mari : *BS*, I, 115; encouragée dans ses prétentions par sa mère : 118; et moquée par ses belles-sœurs et ses frères : 119; son dédain impertinent : 120; déclare ne vouloir épouser qu'un pair ou un fils de pair, à condition qu'en outre, certaines conditions physiques soient remplies par le candidat : 123; sa dot, ses exigences : 127; menace d'épouser son oncle, le vieil amiral comte de Kergarouët : 131; déclare que la question de son mariage la concerne uniquement : 131; au printemps 1825, décide d'aller au bal de Sceaux : 133; reconnaît en un jeune inconnu le type de perfection dont elle rêve : 134; commence à aimer Maximilien : 147; rompt avec lui lorsqu'elle le trouve dans un magasin en train de vendre de la toile :

156; pour la seconde fois, par orgueil, elle repousse Maximilien, à un bal chez l'ambassadeur de Naples : 161, 162; commence à témoigner de la sollicitude à son oncle et l'épouse en 1827 : *UM*, III, 861. Femme vertueuse : *Pré.PG*, III, 43. Au bal de la vicomtesse de Beauséant, citée parmi les femmes les plus élégantes de Paris : *PG*, III, 77. En 1828, le jeune Savinien de Portenduère lui fait une cour inutile : *UM*, III, 863, 864; son refus très sec, en 1829, à une demande de secours de la vicomtesse de Portenduère : 866, 867. Se remarie en 1836 avec Charles de Vandenesse : *B*, II, 674; la même année, Béatrice de Rochefide demande si la vicomtesse de Kergarouët, qu'elle rencontre à Guérande, est parente des Kergarouët dont la veuve vient d'épouser Charles de Vandenesse : 767. Belle-sœur de la comtesse Félix de Vandenesse, elle apprécie peu les comparaisons créées de ce fait : *FE*, II, 297.

Ant. *DUDLEY (lady), puis marquise de VANDENESSE : *FE*, II, 301 (n. 3).

FONTAINE (Mme) [née en 1767]. Tireuse de cartes et chiromancienne. Âgée de soixante-dix huit ans en 1845 : *CP*, VII, 590. Son portrait à cette époque : *CSS*, VII, 1191, 1192. Habite rue Vieille-du-Temple : *CP*, VII, 589; cuisinière de profession : 589; oracle de son quartier : 584; son vice, la loterie, jusqu'à la suppression de cette institution : *CSS*, VII, 1191; se fait vingt mille francs par an : 1190; tarifs : cinq francs, dix francs et le grand jeu à cent francs : 1193 et 1195. La Cibot prend le grand jeu : *CP*, VII, 590. Gazonal prend le jeu de cinq francs : *CSS*, VII, 1193.

FONTANGES (M. de). Amant d'une femme mariée (Mme de Chodoreille ?). Le mari, désireux d'être fixé sur sa minotaurisation éventuelle, tend à sa femme une *souricière à détente;* Fontanges est censé avoir un duel à propos d'une fille d'Opéra : *Phy.*, XI, 1094.

FONTANIEU (Mme). Amie de Mme Verrier, qui l'amène chez le fou Margaritis, à Vouvray, en 1831 : *IG*, IV, 581.

FONTANON (abbé) [né v. 1770]. Âgé d'environ trente-huit ans en novembre 1808 : *DF*, II, 62; portrait vers 1805 : 65; en 1822 : 44, 45; chanoine de la cathédrale de Bayeux, vers 1805 : 62; dirige les consciences de Mme et Mlle Bontems : 57; promu à Paris en novembre 1808; y retrouve son empire sur sa pénitente, Mme de Granville : 62; parvient à arracher à Mme Crochard le nom de l'amant de sa fille : 47; annonce à la comtesse de Granville, en mai 1822, la double vie menée par son mari : 72. Curé de Saint-Roch en 1824, prononce l'éloge funèbre de La Billardière; en relation avec le ménage Baudoyer : *E*, VII, 1033. Maurice de l'Hostal, en 1826, calme les appréhensions de M. de Granville; l'abbé Fontanon n'est plus curé de Saint-Paul : *H*, II, 546.

Ant. *FONTANON (abbé de) : *DF*, II, 44 (var. *d*); *GRANDVIGNEAU (abbé de) : *E*, VII, 1033 (var. *a*).

*FONTENILLE (Mlle de), remplacée par Mlle de CHARGEBŒUF : *MJM*, I, 202 (var. *c*); et par Mlle de VANDENESSE : *MJM*, I, 204 (var. *b*).

FORCALIER (baron de). Voir BEAUVOULOIR (Me).

FORTIN (Mme). Maîtresse de Montcornet, dont elle a une fille, Valérie : *Be.*, VII, 142.

FORTIN (Valérie). Fille de la précédente. Voir MARNEFFE (Mme).

FORZHEIM (comte de). Voir HULOT (maréchal).

Fosseur (le) [?-1807]. Journalier à Saint-Laurent-du-Pont, père de la Fosseuse. Sans doute fossoyeur; épouse par amour la femme de chambre d'une comtesse; meurt en 1807, de détresse, après la mort de sa femme : *MC*, IX, 486.

Fosseuse (la) [?-1807]. Femme du précédent. Belle personne, morte en accouchant de sa fille : *MC*, IX, 486.

Fosseuse (la) [née en 1807]. Fille des précédents. Femme vertueuse : *Pré.PG*, III, 44. Elle a vingt-deux ans en 1829 : *MC*, IX, 479; portrait moral à cette époque : 477-480; portrait physique : 482, 483; Benassis la gâte; raison de son surnom, la Fosseuse : 475; sa sensibilité maladive, très influençable par les modalités atmosphériques : 477; amoureuse de Benassis sans le savoir : 485; son histoire; son passé : 486, 487; renvoyée à seize ans d'une place : 487; mendie son pain en Savoie et couche dans une grange au village des Échelles : 587; grande admiratrice de Napoléon : 485; principale héritière du docteur Benassis en 1829 : 600.

Fossoyeur (un). Chargé d'enterrer le corps d'Ida Gruget : abordé par un inconnu, sans doute Ferragus : *F*, V, 899, 900.

*FOUCHER. Sculpteur. Remplacé par *STAGLOTZ, puis par STIDMAN : *B*, II, 908 (var. *a*).

FOUGÈRES. Voir GRASSOU (Pierre).

    *FOUGÈRES, remplacé par GRASSOU : *R*, IV, 349 (var. *c*).

FOULLEPOINTE (Charles). Agent de change à Paris. Quinquagénaire, ami des Fischtaminel, portrait : *PMV*, XII, 95, 96 ; ses nombreux impairs : 137.

FOULLEPOINTE (Mme). Femme du précédent. Amie des Fischtaminel, nouvelle voisine d'Adolphe de Chodoreille : *PMV*, XII, 94, 95 ; portrait ; trompe son mari avec un beau jeune homme blond : 96 ; en lui passe, comme à Mme Cornuel, la vivacité de ses traits d'esprit : 120 ; se moque d'Adolphe : 162.

FOUQUEREAU. Concierge des Desmarets en 1819, rue de Ménars : *F*, V, 847.
    Ant. prénommé *Jean : *F*, V, 847 (var. *d*).

FOURCHON [né en 1753]. Âgé de soixante-dix ans en 1823 : *Pay.*, IX, 72 ; portrait à cette époque : 70 ; veuf de bonne heure, fermier à *moitié* d'une terre de Ronquerolles ; il marie sa fille à l'aubergiste Tonsard, puis se remarie avec la boisson ; maître d'école à Blangy, puis piéton de la poste : 184 ; en 1821, entreprend la corderie, en petit : 84, 85 ; spécialiste de la *chasse à la loute* : 75, 76 ; clarinettiste et praticien à ses heures, ami de Vermichel : 85 ; donne de précieux conseils à Charles, le valet du comte de Montcornet : 106, 107 ; son plaidoyer pour les pauvres, devant Montcornet et ses hôtes : 117-120 ; mange à tous les râteliers : 177 ; complètement ivre, fait une arrivée remarquée au *Grand I Vert*, annonçant que le *Tapissier* exigera un certificat d'indigence pour le permis de glanage sur ses terres : 230.

FOURCHON (Philippine). Fille unique du précédent. Voir TONSARD (Mme F.).

FOURNILS (abbé des). Grand vicaire à Belley en 1816 : *CF*, XII, 453.
    Ant. *PILOUD : *CF*, XII, 454.

Fournisseur de bières de la paroisse Saint-François (le). Rend visite à Schmucke en 1845 ; énumère les diverses variétés de cercueils : *CP*, VII, 729.

Fournisseur des vivres (un). Un des Crésus de la Révolution, en faillite après un cen dessus dessous de Bourse ; mort à Bruxelles ; l'hôtel Laginski ne forme qu'une minime partie du jardin de sa propriété : *FM*, II, 201.

Fourrier (un). Envoyé d'Algérie à Hulot par Johann Fischer : *Be.*, VII, 293.

FOX. Le meilleur lévrier de Calyste du Guénic en 1836. Camille Maupin offre à Calyste d'être pour lui un Fox : *B*, II, 769.

FRAISIER (Me) [né en 1815]. Âgé de quarante ans en 1845 ; portrait à cette époque : *CP*, VII, 635 et 659 ; originaire de Mantes : 662 ; fils d'un cordonnier : 629 ; camarade de collège de Poulain : 628 ; devient docteur en droit : 643 ; grossoie chez l'avoué Couture : 628 ; chez l'avoué Desroches : 662 ; traite l'étude Levroux à Mantes ; déplaît à Olivier Vinet, procureur du roi à Mantes, à cause de Mme Vatinelle ; forcé de vendre ; ouvre un cabinet d'affaires à Paris : 663 ; d'avoué, il est tombé, en 1845, au rang d'homme de loi du Marais : 629 ; et voudrait être juge de paix : 643 ; installé rue de la Perle : 631 ; son ami Poulain lui adresse Mme Cibot : 628 ; elle va servir ses ambitions : 644 ; visite à la présidente Camusot de Marville : 661 ; il va servir ses ambitions : 668 ; il s'empare du testament de Pons et le remplace par une feuille blanche : 708 ; envoie Mme Cantinet, assistée de la Sauvage, pour aider Schmucke au moment du décès de Pons : 715 ; mandaté par le président Camusot de Marville, fait apposer les scellés chez Pons : 745 ; veut poursuivre Schmucke en captation d'héritage : 759 ; nommé juge de paix ; très intime chez les Camusot de Marville dans la maison du président qui lui doit, outre l'acquisition avantageuse de terrains et d'un cottage près de sa terre de Marville, sa nomination de député en 1846 : 763.

Française (la). Surnom péjoratif donné à Zéna Kropoli par ses compatriotes : *Pay.*, IX, 200.

FRANCHESSINI (colonel comte). Noble d'origine italienne : *PG*, III, 202 ; beau jeune homme, assez joueur, aimé par Vautrin, qui prend à son compte le faux en écriture qu'il a commis ; il s'engage après cette affaire, et se comporte parfaitement à la suite : 189 ; ancien colonel de l'armée de la Loire, sert en 1819-1820 dans la Garde royale ; n'étant pas de ces imbéciles qui tiennent à leurs opinions, il se fait ultra : 144 ; Vautrin vient de le charger d'ouvrir pour Rastignac la succession Taillefer : 202; tue le jeune Taillefer en duel, de deux pouces de fer dans le front, à la redoute de Clignancourt, en février 1820 : 215. Ami intime de Maxime de Trailles et du marquis de Ronquerolles : *Gb.*, II, 986.

*FRANCHESSINI, colonel, « Antinoüs vivant », amant de lady Brandon, père de ses enfants : *PG*, III, 266 (var. *e*); *Lys*, IX, 1109 (var. *a*).

FRANCINE, dans *Ch.* Voir COTTIN (Francine).

FRANÇOIS. Conducteur de la Touchard en 1822 : *DV*, I, 796.

FRANÇOIS (abbé). Curé de la cathédrale Notre-Dame à Alençon. Malgré sa piété, prête le serment constitutionnel; n'est pas reçu de ce fait chez les Cormon, dont les préférences vont au desservant de Saint-Léonard : *VF*, IV, 876; les royalistes veulent l'expulser de sa cure : 880; Mme Granson vient le trouver pour obtenir que son fils Athanase, qui vient de se suicider, ait une sépulture chrétienne : 919; reçu par du Bousquier qui le réconcilie avec le curé de Saint-Léonard; ce dernier coup du sort cause la mort de l'abbé de Sponde, oncle de Mme du Bousquier, ex-Mlle Cormon : 926.

FRANÇOIS. Premier valet de chambre du comte de Montcornet aux Aigues, en 1823 : *Pay.*, IX, 67.

FRANÇOISE. Vieille servante de la veuve Crochard; a déjà enterré trois maîtresses; espérant être couchée sur le testament de la quatrième en 1821, se montre fort dépitée d'apprendre que Mme Crochard a une fille, et que sa fortune n'est qu'en viager : *DF*, II, 45, 46.

FRAPPIER. Premier menuisier de Provins, Grande-Rue. A J. Brigaut pour « compagnon » en 1827 : *P*, IV, 99; peu après 1830, a la réputation de consulter plutôt sa cave que sa mémoire : 162.

FRAPPIER (Mme). Femme du précédent : raconte à Jacques Brigaut l'histoire des Rogron : *P*, IV, 99; recueille chez elle Mme Lorrain et Pierrette, après sa fuite de chez les Rogron, en 1827 : 140.

*FRASQUET, remplacé par *BRASQUET comme associé de *PALMA et, avec lui, remplacé par SAMANON : *E*, VII, 1045 (var. *d*).

FRÉDÉRIC. Fils naturel d'Adolphe de Chodoreille et de Suzanne Beauminet. En nourrice chez Mme Mahuchet : *PMV*, XII, 152; Mme de Chodoreille a été mise au courant de cette parenté : 156.

FRÉLORE (la) [née en 1634]. Comédienne. Native de Castelnaudary, qu'elle quitte en 1650, à l'âge de seize ans, pour suivre la troupe de comédiens ambulants du sieur Picandure : *Fré.*, XII, 820; portrait : 823, 824; maîtresse de Picandure pendant deux ans, de 1650 à 1652; amoureuse du jeune premier Fleurance, qui la dédaigne; le Gracioso de la troupe, Dévolio, prendrait volontiers la succession de son chef : 821; de passage à Blois en 1654; toujours amoureuse de Fleurance : 815; origine de son nom, selon Rabelais : 820; accepte « les soins » du Moufflon, sans aucune réciprocité, et résiste à ses bons conseils, ayant son métier dans le sang : 822.

FRELU (la grande). Paysanne bretonne des environs du Croisic. Enceinte des œuvres de Simon Gaudry; nourrit Pierrette Cambremer en même temps que son enfant : *Dr.*, X, 1173, 1174.

FRÉMIOT (Jean-Baptiste). Professeur. Domicilié 24, rue de la Montagne-Sainte-Geneviève en 1828; accepte de témoigner contre le marquis d'Espard, son voisin, dans le procès en interdiction intenté à ce dernier par Mme d'Espard : *In.*, III, 449.

FRENHOFER (?-1613). Peintre. Le seul élève que Mabuse ait voulu faire : *ChO*, X, 426; portrait : 414, 415; a eu le malheur de naître riche : 427; ami du peintre Porbus en décembre 1612 : 415; admire un tableau de sainte Marie l'Égyptienne, qu'il se propose de lui acheter; ses réserves : 416; corrige le tableau de Porbus en quelques touches : 420-422; l'emmène à son domicile avec Nicolas Poussin : 422; refuse de leur montrer son chef-d'œuvre inconnu, *la Belle Noiseuse* : 424; décidé à voyager pour trouver un modèle de femme dont il rêve : 430, 431; Poussin lui en propose un, sa maîtresse, Gillette; il accepte : 433, 434; se décide enfin à montrer son chef-d'œuvre aux deux peintres; ceux-ci ne voient sur la toile qu'un chaos de couleurs d'où émerge un pied nu parfait : 435; soupçonne les deux artistes de lui mentir pour le voler : 437, 438; brûle ses toiles et meurt dans la nuit, en mars 1613 : 438.

Frères de la Consolation (les). Œuvre charitable fondée en 1825 par Mme de La Chanterie et J.-J. Popinot; son siège social; M. Alain en explique le fonctionnement à Godefroid, candidat à l'initiation, en 1836 : *EHC*, VIII, 277.

Frère de la Doctrine chrétienne (un). Introduit à Blangy par l'abbé Brossette pour le seconder dans son office, et élever les enfants : *Pay.*, IX, 169.

FRESCONI. Italien. Installe à Paris, rue Notre-Dame-des-Champs, une entreprise de magnanerie, qui fait faillite en 1828; le libraire Barbet devient propriétaire du local : *EHC*, VIII, 333.

FRESQUIN. Conducteur des Ponts et Chaussées. Engagé par l'ingénieur Gérard, en 1832, pour surveiller les travaux de captation du torrent du Gabou, à Montégnac : *CV*, IX, 826, 827; y établit une ferme en 1838 : 834; nommé percepteur du canton de Montégnac, en 1843 : 835.

*FRIAND (abbé). A Sancerre : *MD*, IV, 669 (var. *c*).

Fripier-bouquiniste de Melun (un). Rachète les trois mille volumes de la bibliothèque du docteur Minoret en 1835 : *UM*, III, 927.

FRISCH (Samuel). Bijoutier juif, rue Sainte-Avoie en 1829 : assez filou; fournit à Europe de fausses reconnaissances du Mont-de-Piété, au nom d'Esther Gobseck, sur l'ordre de Vautrin : *SetM*, VI, 585.

FRITAUD (abbé). A Sancerre en 1836. Successeur de l'abbé Guinard : *MD*, IV, 669.

　　Ant. *GUINAUD (abbé) : *MD*, IV, 669 (var. *c*).

FRITOT. Le premier fabricant de châles de Paris, selon le premier commis de son concurrent, Gaudissart II : *Gau.*, IX, 852.

FROIDFOND (marquis de) [né en 1778]. Agé de cinquante ans en 1828 : *EG*, III, 1180; en 1818, vend au père Grandet sa terre et son château de Froidfond, pour une somme de trois millions, payée sous escompte : 1038; en ·1828, on pense à Saumur qu'il va épouser Eugénie : 1180; cette dernière veuve, sa famille commence à la cerner : 1199.

　　*FROIDFOND (marquis de). Ant. *VARDES (duc de), devenu le second mari d'Eugénie Grandet : *EG*, III, 1198 (var. *n*).

*FROIDFOND (Mlle de). Fille du précédent. Ant. **VARDES (Mlle de), dotée par Eugénie Grandet, devenue la seconde femme de son père, de quinze cent mille francs : *EG*, III, 1198 (var. *n*).

FROIDFOND (Mlle de). Nom donné à Eugénie Grandet, après la mort de ses parents, par les habitués de son salon : *EG*, III, 1179.

*FROIDFOND. Première savonnette à vilain de Cruchot. Voir BONFONS.

FROMAGET. Pharmacien à Arcis-sur-Aube en 1839. Ravi de cabaler contre les Keller : *DA*, VIII, 731; Simon Giguet le propose comme scrutateur à sa réunion électorale : 733; mécontent de n'être pas désigné en raison de l'intervention de Pigoult : 735.

FROMENTEAU. Fait partie de la *police du château* dès 1793; bras droit des gardes du commerce depuis 1830; en conférence avec Théodore Gaillard, en 1845, pour une poursuite contre un débiteur : *CSS*, VII, 1162-1164.

*FRONTENAC (comtesse de), remplacée par LISTOMÈRE (marquise de) : *Fir.*, II, 149 (var. *e*).

*FULGENCE. Ant. *R*** (Eugène de), puis *BRASSEUR (Eugène), remplacé par *BRIDAU (Eugène), puis par SOMMERVIEUX : *ES*, XII, 529 (n. 2).

Fumiste (un). Italien comme tous les fumistes; fils du fumiste Joseph, originaire de la vallée de Domodossola, comme tous les fumistes italiens; vit avec ses parents rue Saint-Lazare; épouserait bien Atala Judici : *Be.*, VII, 438 et 444.

FUNCAL (comte de). Voir FERRAGUS XXIII.

Furieux d'Issoudun (un). Ses menaces de mort à Joseph Bridau : *R*, IV, 462.

*G. (comtesse de), remplacée par *PRASLIN (marquise de), puis par UXELLES (marquise d') : *CB*, VI, 84 (var. *d*).

GABILLEAU. Déserteur du 17e de ligne, exécuté à Tulle; sa malchance : *CV*, IX, 769.

GABRIEL. Neveu d'Antoine, le doyen des garçons de bureau du ministère, qui l'a fait venir des Échelles en Savoie. Garçon de bureau affecté aux directeurs depuis dix ans en 1824; receveur de contremarques le soir, à un théâtre royal; marié à une blanchisseuse de fin en dentelles : *E*, VII, 960.

GABUSSON. Caissier du libraire Dauriat, au Palais-Royal, en 1821 : *IP*, V, 362.

GAILLARD (Théodore). Publiciste. Prend Suzanne du Val-Noble sous sa protection : *VF*, IV, 845. En 1822, convive d'un dîner de Mme du Val-Noble : *IP*, V, 454 ; fonde la même année *Le Réveil* avec Hector Merlin : 493 ; prend Rubempré pour rédacteur : 515. Au début de 1830, se promène aux Champs-Élysées, au bras de Mme du Val-Noble ; ancien amant de celle-ci, il l'épousera : *SetM*, VI, 625 ; traduit à sa compagne les propos tenus en anglais par le faux Samuel Johnson (Peyrade) à son « mulâtre » (Contenson) : 627. Invité de du Tillet au *Rocher de Cancale* ; est propriétaire d'un des plus importants journaux politiques : *Be.*, VII, 407. En 1845, gérant d'un journal ; habite rue de Ménars : *CSS*, VII, 1161, 1162 ; sa puissance : vingt-deux mille abonnés ; n'a plus le temps d'être poli : 1.65.

GAILLARD (Mme Théodore). Femme du précédent. Voir DU VAL-NOBLE (Suzanne).

GAILLARD. Ancien grognard de l'Empire, devenu sous-lieutenant, criblé de blessures, type du soldat-laboureur ; engagé par Michaud en 1821, comme garde forestier des Aigues : *Pay.*, IX, 170. 171 ; habite la porte de Couches, avec sa fille naturelle : 123, 171.

GAILLARD (Mlle). Fille du précédent. Mme Michaud lui fait porter du lait par la Péchina (août 1823) : *Pay.*, IX, 201.

GALARD (Mlle). Vieille fille de Besançon. En 1829, loue le premier étage de sa maison à Me Albert Savarus : *AS*, I, 926 ; sa réflexion au départ brusqué de son locataire, en 1834 : 1007.

GALARD (?-1817). Maraîcher à Auteuil. Père de Mme Lemprun ; sa fille, une fois veuve, est retournée vivre auprès de lui en 1815 ; meurt d'un accident : *Bou.*, VIII, 35.

*GALARDIN, remplacé par GALARDON qui suit.

GALARDON. Receveur des contributions à Provins en 1833. A épousé Mme Vve Guénée : *P*, IV, 53.
  Ant. *GALARDIN : *P*, IV, 53 (var. *i*).

GALARDON (Mme). Femme du précédent. Voir GUÉNÉE (Mme).

GALATHIONNE (prince). Russe. Impliqué dans une affaire de chantage, où il est question de ses diamants : *IP*, V, 501. En 1832, figure dans le « recueil des erreurs » de la princesse de Cadignan : *SPC*, VI, 952. En 1839, essaye d'enlever Mme Schontz, alors maîtresse d'Arthur de Rochefide, lui proposant de faire son bonheur ; celle-ci préfère Arthur aux risques d'être battue par le prince, resté boyard : *B*, II, 900, 901.

GALATHIONNE (princesse). Riche étrangère, appartenant à la haute société du faubourg Saint-Germain : *FE*, II, 298. En 1819, Marsay est dans sa loge aux Italiens : *PG*, III, 153 ; signe que Marsay abandonne Mme de Nucingen pour elle : 154. En 1833, en relation avec les Félix de Vandenesse : *FE*, II, 298.
  Ant. *BRANDON (Lady) : *PG*, III, 153 (var. *f*).

GALOPE-CHOPINE (Cibot, dit le Grand Cibot, dit) [?-1799]. Chouan. Habite en 1799 la ferme de Gibarry, dans la banlieue de Fougères : *Ch.*, VIII, 955 ; à la requête de Pille-Miche, le Gars lui a accordé la *surveillance* de Fougères ; ses deux défauts, le cidre, les gros sous : 1081 ; jouant double jeu, avertit M. d'Orgemont, menacé par Pille-Miche, qu'il n'y a plus, momentanément, de danger : 1091 ; envoyé en émissaire par le Gars à Mlle de Verneuil ; Corentin l'avertit du danger qu'il y a à servir à la fois les Blancs et les Bleus ; accueille chez lui Mlle de Verneuil et s'éclipse pour la laisser en tête à tête avec le Gars : 1150, 1151 ; ne comprend pas qui a pu déceler la présence du Gars chez lui ; lorsque sa femme le lui apprend, il se doute de ce qui va lui arriver : 1173 ; sauvagement décapité au couperet chez lui par Marche-à-Terre et Pille-Miche : 1174-1177.

GAMARD. Marchand de bois à Tours. Espèce de paysan parvenu : *CT*, IV, 208 ; a acheté sa maison de la Nation, pendant la Terreur : 183.

GAMARD (Sophie) [1774-1826]. Fille du précédent. Âgée de trente-huit ans en 1812 : *CT*, IV, 193 ; portrait à cette époque : 208, 209 ; son intérieur : 209 ; vieille fille dévote, propriétaire d'une maison à Tours, rue de la Psalette, en 1826 : depuis vingt ans, n'y loge que des ecclésiastiques : 183 ; en 1812, garde encore quelques prétentions : 193 ; son locataire, l'abbé Chapeloud, a l'art de savoir la prendre et de la complimenter : 193 ; ses ambitions, incomprises de l'abbé Birotteau lorsqu'il prend la succession de Chapeloud : 196, 197; en attribue l'échec à Birotteau : sa rancune, son despotisme : 197, 198; son triomphe au départ de l'abbé Birotteau, qu'elle spolie en vertu de l'acte qu'il a jadis signé, les yeux fermés : 222, 223; a raison, en droit : 229; ayant pris froid à la cathédrale, tombe malade et meurt; a désigné l'abbé Troubert comme son légataire universel : 240.

GAMBARA (Paolo) [né en 1790]. Compositeur italien. Agé de quarante ans en 1830; portrait à cette éopque : *Gam.*, X, 469, 470; fils d'un facteur d'instruments de musique, né à Crémone : 477; en 1800, à l'âge de dix ans, chassé par les Français, parcourt l'Italie : 477; arrivé à Venise à vingt-deux ans, y fait la connaissance d'un vieux noble vénitien, Capraja, féru de musique : 480; fiasco de son opéra *Les Martyrs* au théâtre de la Fenice, à Venise : 480, 481; voyage en Hongrie, en Allemagne où il est apprécié, mais où ses confrères, jaloux de son succès, suscitent devant lui des obstacles; vient alors à Paris, où on lui rit au nez et où il connaît la misère : 481, 482; se croit un grand compositeur : 466; a écrit un nouvel opéra, *Mahomet* : 471; en expose le sujet au comte Andrea Marcosini et l'exécute devant lui, ne produisant qu'une effroyable cacophonie : 486-494; inventeur d'un nouvel instrument de musique, le *panharmonicon* : 495; il y joue, à ravir, une musique sans fausses notes; les deux fenêtres de son intelligence : 496, 497; est emmené par Andrea à l'Opéra, voir jouer *Robert le Diable* : 499; lui en expose les grandes lignes mélodiques et le commente à son intention : 500-510; après la fuite de sa femme, Marianna, enlevée par Andrea, devient réparateur d'instruments de musique; la partition de ses opéras sert à envelopper du beurre : 513, 514; accueille Marianna sans un mot de reproche, à son retour, en 1837; chante aux Champs-Élysées avec elle, et mieux quand il est ivre, en s'accompagnant d'une guitare : 514, 515; rencontré et secouru par le prince et la princesse de Varèse : 516.

GAMBARA (Marianna). Femme du précédent, dont elle a fait la connaissance à Venise en 1812 ou peu après : *Gam.*, X, 481; son esquisse alors qu'elle est suivie, le 31 décembre 1830, par le comte Andrea Marcosini : 462, 463; prend ses repas chez le signor Giardini : 465; travaille « pour le monde de la borne » afin de nourrir son mari : 466; et tire l'aiguille pour les prostituées de la rue Froidmanteau : 482; Andrea lui explique le rôle qu'elle joue auprès de son mari : 483-485; constate que Gambara est une sorte de fou qui ne veut pas guérir : 513; suit le comte en Italie, de 1831 à 1836 : 513; au début de 1837, rentre de Turin à Paris en mendiant; elle est épuisée, ayant marché depuis Fontainebleau : 514; reprend la vie commune; chante avec son mari des fragments de ses partitions sur les Champs-Élysées, en demandant l'aumône : 514, 515; rencontre, providentielle pour le couple, de la princesse de Varèse, qui, à l'accent de Marianna, reconnaît en elle une Vénitienne : 516.

Gamin (un). En 1832, apporte à la princesse de Cadignan l'unique lettre que Michel Chrestien lui ait écrite : *SPC*, VI, 961.

GANDOLPHINI (prince). Nom réel, dans la nouvelle d'A. Savarus, *L'Ambitieux par amour*, du libraire Lamporani. Napolitain et ancien partisan du roi Murat, il vit en exil en Suisse : *AS*, I, 958; reconnu à Genève par Rodolphe, invite ce dernier à venir passer la soirée chez lui : 960; il le présente à Francesca : 961, 962; l'un des plus riches propriétaires de la Sicile : 964; réintégré dans ses biens en 1827 : 967.

GANDOLPHINI (Francesca, princesse). Femme du précédent. Héroïne de *L'Ambitieux par amour* d'Albert Savarus. Réfugiée en Suisse, sous le nom de Fanny Lovelace : *AS*, I, 945; âgée de dix-neuf ans en juillet 1824; mariée depuis trois ans : 948; née Colonna : 950; Tito lui apporte de bonnes nouvelles d'Italie : 954; ses opinions libérales : 956; ne permet pas à Rodolphe de l'accompagner à Genève : 957, 958; ses antécédents : 964.

GANIVET. Bourgeois d'Issoudun en 1822. Prend le parti de Philippe Bridau contre Maxence Gilet et le commandant Potel, qui le menace de lui faire ravaler sa langue : *R*, IV, 502, 503.

GANIVET (Mlle). Servante-maîtresse de M. Borniche-Héreau; a hérité de lui mille écus de rente en 1778 : *R*, IV, 399.

GANNERAC. Entrepreneur de roulage à Angoulême, dans le faubourg de l'Houmeau en 1822 : _IP_, V, 592; avec quelques gros négociants, commence à former à l'Houmeau un comité libéral : 672.

*GARANGEOT (né en 1776). Ancien avocat, intendant des Arcs. Passe aux adversaires de son maître, le marquis de Grandlieu, devient maire de La-Ville-aux-Fayes en 1815 : _Le Grand Propriétaire_, IX, 1268; en 1821, à quarante-cinq ans, il épouse sa veuve, née Massin-Brouet : 1271.

GARANGEOT. Musicien. Ami et cousin d'Héloïse Brisetout en 1845 : _CP_, VII, 701; elle sollicite pour lui le pupitre de Pons au théâtre de la Compagnie Gaudissart : 654, 655; Gaudissart le lui promet, s'il est capable de trousser en douze jours la musique de ballet des _Mohicans_ : 655; Pons n'en a pas voulu comme premier violon : 670.

GARCELAND. Maire de Provins en 1823 : _P_, IV, 51; reçoit parfois les Rogron : 55; gendre de M. Guépin : 52; père d'une fille qui a environ l'âge de Pierrette Lorrain : 80.
    Ant. *GARCELON : _P_, IV, 52 (var. _e_), 62 (var. _h_), 67 (var. _c_), 68 (var. _e_), 80 (var. _g_).

*GARCELON. Voir ci-dessus.

GARCENEAULT (M. de). Conseille à l'archevêque de Besançon de prendre pour avocat Me Albert Savarus dans son procès contre la préfecture du Doubs : _AS_, I, 927, 928.

Garçon apothicaire (un). Joli jeune provincial de tournure féminine, accusé à tort de relations coupables avec son patron : _MI_, XII, 732.

Garçon coiffeur (un). Prétend couper les cheveux à un portier chauve : _MI_, XII, 733.

Garçon de bureau de mairie (un). Appelle d'une voix glapissante Luigi Porta et Mlle Ginevra di Piombo, en 1816 : _Ven._, I, 1088.

Garçon de bureau de M. de Granville (le). Introduit le commissaire Garnery, en 1830 : _SetM_, VI, 928.

Garçon de bureau de mairie (un). Demande à la cantonade quels sont les témoins du décès Pons : _CP_, VII, 726.

Garçon du Café militaire d'Issoudun (le). A affaire en 1819 à trois officiers royalistes demandant _La Quotidienne_ puis à Gilet : _R_, IV, 372, 373.

Garçon de chambre de la maison de jeu du Palais-Royal (le) : _PCh._, X, 63.

*Garçon de charrue chez Michu (un) : _TA_ VIII, 632 (var. _a_).

Garçon d'écurie de Pierrotin (le). Auvergnat aux palettes blanches, larges comme des amandes : _DV_, I, 741, 742; est aussi son facteur : 742.

Garçon de ferme (un) [v. 1798-1820]. Assassin de son maître pour un motif futile; répare le brancard de la voiture qui l'emmène à Tours; exécuté : _Ech._, XII, 487, 488.

Garçon de magasin de Fario (le). Débauché par un mauvais drôle, se grise pendant que les Chevaliers de la Désœuvrance opèrent chez le grainetier : _R_, IV, 445.

Garçon d'un traiteur (un). Vient avec deux marmitons livrer un dîner à Gaudissart : _CB_, VI, 153.

Garçon de théâtre de Gaudissart (le). Annonce à ce dernier la visite de Mme Cibot, en 1845 : _CP_, VII, 650; cité : 757.

Garçon meunier (un). Indique à Genestas comment trouver Benassis : _MC_, IX, 399.

Garde au château de Presles (le). Ahuri par l'arrivée inopinée du comte de Sérisy : _DV_, I, 818.

Garde en forêt de Saint-Germain (un). Avec sa femme, chargé par Herrera d'héberger Esther : _SetM_, VI, 516.

Garde (le) du domaine du comte de Labranchoir en Dauphiné. Aurait tiré sur Butifer s'il l'avait entendu : _MC_, IX, 494.

Garde champêtre de Cinq-Cygne (le). Contribue à cerner la ferme de Michu : _TA_, VIII, 631.

Garde champêtre de Gondreville (le). Rencontre Marthe Michu qui vient de porter des provisions à Malin de Gondreville séquestré : _TA_, VIII, 652; témoin à charge au procès intenté aux parents de Mlle de Cinq-Cygne, soupçonnés de l'enlèvement de Malin de Gondreville : 662.

Garde champêtre de Benassis (le). Insiste pour que Goguelat, à la veillée, _raconte l'Empereur_ : _MC_, IX, 520.

Garde champêtre de Vincennes (un). Indisposé par une danse de Mme Schontz : _PMV_, XII, 41.

Garde-chasse du comte du Gua (l'ancien). Commande une compagnie de Chouans, en 1799 : *Ch.*, VIII, 1037.

*Garde-chasse du comte du Gua (l'ancien), remplacé par BRIGAUT (major) : *Ch.*, VIII, 1039 (var. *c*), 1129 (var. *a*), 1131 (var. *b*) ; remplacé par *BRIGAUT (major), puis par VISSARD (chevalier du) : *Ch.*, VIII, 1051 (var. *h*).

GARDE-A-PIED. Caporal au 6e de ligne. Le capitaine Bianchi lui emprunte son sabre, pour aller tuer une sentinelle espagnole en 1811 : *Ech.*, XII, 473.

Gardien de Zambinella (le). Grand homme sec et mystérieux, espèce de génie familier : *S*, VI, 1055.

Gargotier (un). Successeur de la mère Girard, rue de Tournon. Mme Vauthier lui envoie Godefroid, estimant que, gargote pour gargote, la sienne est meilleure que celle de Mme Machillot : *EHC*, VIII, 356, 357; Godefroid dîne chez lui pour vingt-cinq sous, parmi des compositeurs et correcteurs d'imprimerie : 364.

GARNERY. Commissaire aux délégations judiciaires, en février 1830. Envoyé par M. de Granville pour chercher les lettres compromettantes que Jacques Collin s'était engagé à restituer : *SetM*, VI, 926; les lui apporte : 928.

Gars (le). Voir MONTAURAN (marquis de).

GASNIER (né v. 1789). Ouvrier agricole dans le bourg du docteur Benassis en 1829; marié; inconsolable de la mort de son fils aîné; Benassis sauve une de ses petites-filles : *MC*, IX, 468.

GASSELIN (né en 1794). Quarante-deux ans en 1836; en place chez le baron du Guénic, à Guérande, depuis 1811; ses gages annuels : *B*, II, 660; en 1832, suit ses maîtres dans leur équipée auprès de la duchesse de Berry et reçoit dans l'épaule un coup de sabre destiné à Calyste : 655; domestique mâle de la maison, palefrenier et factotum : 649; va chercher une échelle pour tirer Béatrix de Rochefide de sa situation périlleuse : 811; en 1837, Sabine du Guénic veut l'emmener avec elle à Paris, ainsi que Mariotte : 849, 850; valet de Calyste à Paris après le mariage de ce dernier : 883.

GASTON (Louis) [v. 1806-v. 1834]. Âgé d'environ treize ans lorsque sa mère arrive à La Grenadière, en avril 1819 ou 1820 : *Gr.*, II, 425; l'aîné des deux fils adultérins de lady Brandon; portrait : 428; sa mère compte sur lui pour élever son frère cadet, Marie; il lui servira de tuteur : 433, 434; âgé de quatorze ans à la mort de sa mère, en juin 1819 ou 1820 : 435; ses progrès en mathématiques lui permettraient d'entrer à Polytechnique : 436; avant de mourir, sa mère lui remet douze mille francs; il en remettra dix mille à Annette, la vieille femme de charge, pour qu'elle s'occupe de son frère, et n'en gardera que deux mille pour lui : 440, 441; veille sa mère morte avec le vicaire de Saint-Cyr : 442; remet à Annette l'acte de naissance de Marie, dix mille francs, et conduit son cadet au collège de Tours; s'embarque quelques jours plus tard à Rochefort, sur la corvette l'*Iris*, en décembre : 443. Dans sa dernière lettre, annonce à son cadet sa nomination au grade de capitaine de vaisseau dans une république américaine : *MJM*, I, 361; meurt à Calcutta, vers 1834, en essayant de réaliser les restes de sa fortune, ébranlée par la faillite Halmer; a épousé aux Indes la veuve d'un riche négociant anglais : 396.

GASTON (Mme Louis) [née v. 1790]. Femme du précédent. Anglaise. Semble âgée de trente-six ans en 1836; portrait; avec ses deux enfants, habite rue de la Ville-l'Évêque; se fait appeler Mme Gaston; Mme Marie Gaston la croit maîtresse de son mari : *MJM*, I, 394; soutenue financièrement par son beau-frère : 397; celui-ci l'amène au Chalet, à Ville-d'Avray, avec ses deux enfants : 401.

GASTON (Marie) [né v. 1812]. Frère cadet de Louis et fils adultérin de lady Brandon. Âgé d'environ huit ans en 1820; portrait à cette époque : *Gr.*, II, 425, 428. Âgé de vingt-trois ans en 1833; portrait à cette époque : *MJM*, I, 360, 379. En novembre 1820, placé par son frère au collège de Tours : *Gr.*, II, 443. En sort en 1827; lady Dudley a fait mourir sa mère de chagrin; sans nouvelles de son frère aîné depuis 1830; recueilli par d'Arthez qui lui assure *la pâtée et la niche*; de 1828 à 1833, essaye de se faire un nom dans les lettres, soutenu par Daniel : *MJM*, I, 361, 362; commence

GAUCHER. Petit domestique des Michu en 1803 : *TA*, VIII, 506 ; sert d'espion au fermier Violette, indicateur de la police, et trahit ses maîtres pour de menus cadeaux : 518.

GAUDET. Second clerc de Me Desroches en 1824. Le maître clerc, Godeschal, lui conseille de partir de son propre mouvement afin d'éviter d'être renvoyé : *DV*, I, 845.

GAUDIN DE WITSCHNAU (baron) [?-1831]. Chef d'escadrons dans les grenadiers à cheval de la Garde impériale ; Napoléon lui confère le titre de baron et la dotation de Witschnau ; fait prisonnier par les Russes au passage de la Bérésina, a disparu quand Napoléon essaie de l'échanger ; il s'est, pense-t-on, évadé de Sibérie, vers les Indes ; sa femme et sa fille n'ont pas de nouvelles de lui : *PCh.*, X, 140, 141 ; de retour des Indes à la fin de 1830, richissime mais malade, achète un hôtel particulier, rue Saint-Lazare : 228, 232 ; meurt de phtisie pulmonaire : 255.

GAUDIN DE WITSCHNAU (Mme) [née v. 1786]. Femme du précédent. Quarante ans environ en 1826 ; pour vivre et élever sa fille Pauline, a pris la direction de l'hôtel Saint-Quentin, rue des Cordiers ; a Raphaël de Valentin pour locataire de 1827 à 1830 : *PCh.*, X, 136, 140 ; consultant les présages, prédit le retour et la fortune de son mari : 163 ; en 1830, va avec sa fille chercher au Havre son mari enfin revenu ; abandonne la gestion de son hôtel, gratuitement, à une vieille femme : 228.

GAUDIN DE WITSCHNAU (Pauline) [née v. 1812]. Fille unique des précédents. Femme criminelle : *Pré. PG*, III, 44. Agée d'environ quatorze ans quand Raphaël de Valentin la rencontre en 1826 : *PCh.*, X, 136 ; filleule de la princesse Borghèse ; secrètement amoureuse de Raphaël, le soigne dans sa mansarde et le secourt délicatement ; Raphaël lui donne des leçons : 140, 141 ; à son départ, il lui fait cadeau de son piano Érard : 163 ; est persuadée que la femme qu'aime Raphaël le tuera : 177 ; en décembre 1830, les deux jeunes gens se retrouvent, par hasard, aux Italiens ; elle lui donne rendez-vous à l'hôtel Saint-Quentin : 226, 227 ; ils sont maintenant fort riches tous deux : 228, 229 ; avoue à Raphaël les menues fraudes faites à son avantage : 230 ; habite chez ses parents, rue Saint-Lazare : 232 ; son mariage avec Raphaël est annoncé, au début de 1831 : 234 ; devient la maîtresse de Raphaël : 234, 235, 253 ; le retrouve, de retour du Mont-Dore ; tente vainement de se déchirer le sein, puis s'étrangler avec son châle pour le sauver ; elle perd la raison en le voyant mort : 291, 292.

GAUDISSART (Jean-François). Père de Félix, le célèbre commis voyageur : *CB*, VI, 136, 154 ; lui vante les charmes de la belle écaillère du *Cadran Bleu*, devenue Mme Cibot : *CP*, VII, 653.

GAUDISSART[1] (Félix) [né v. 1792 ou en 1796]. Fils du précédent. D'origine normande : *CB*, VI, 154 ; *IG*, IV, 594 ; trente-huit ans environ en 1830 : 572. Vingt-deux ans en 1818 : *CB*, VI, 136. Portrait en 1830 : *IG*, IV, 564, 565, 572. En 1838 : *CP*, VII, 650, 651. Compromis après les Cent-Jours dans la première conspiration bonapartiste, est sauvé grâce à l'intelligence du juge d'instruction J.-J. Popinot : *CB*, VI, 137. Il a, en effet, tenu en 1816, étant ivre, des propos imprudents sur une conspiration contre les Bourbons au café David ; dénoncé par le père Canquoëlle (Peyrade) il a été arrêté : *SetM*, VI, 529. Habite en 1818 rue des Deux-Écus ; déjà le plus habile commis voyageur de la capitale à cette époque ; prêt à rendre service à Anselme Popinot par reconnaissance envers son oncle le juge : *CB*, VI, 136-138 ; son bagout ; dîner de pendaison de crémaillère chez Anselme Popinot avec Finot, rue des Cinq-Diamants : 153, 154 ; quoique « pris de justice », invité au bal Birotteau : 164 ; fait de la publicité dans les journaux pour l'*Huile céphalique* d'A. Popinot ; est le Murat des voyageurs : 205, 206. En 1827, soi-disant commissionnaire en modes, achète très cher des fleurs artificielles à la comtesse Honorine de Bauvan, réfugiée rue Saint-Maur ; le juge Popinot s'entremet à ce propos avec le comte Octave : *H*, II, 572. Se bat en juillet 1830 : *IG*, IV, 575 ; dit l'*illustre Gaudissart*, roi des commis voyageurs, a pour spécialité *le chapeau* et accessoirement l'article de Paris, auquel il reste fidèle jusqu'en 1830 : 564, 565. En juillet 1830, son ami, le ministre Anselme Popinot, l'aperçoit de sa voiture : triste-à-patte, sans sous-pieds ; il lui offre des capitaux et

---

1. Orthographié Gaudissard dans *CP* et dans *F Au*.

GAZONAL (Léonie). Voir LORA (comtesse Didas y).

GAZONAL (Sylvestre Palafox-Castel-Gazonal, dit) [né en 1795]. Agé de cinquante ans en 1845 : *CSS*, VII, 1153, 1154; neveu de la mère de Léon de Lora; habitant une ville manufacturière des Pyrénées-Orientales, commandant de la Garde nationale et l'un des plus habiles fabricants du département : 1154, 1155; en 1840, écrit à Léon de Lora; de 1843 à 1844, suit un procès à son encontre que le préfet de son département a fait transporter au Conseil d'État et loge, dans un maigre garni, rue Croix-des-Petits-Champs : 1154; apprenant le retour d'Italie de Lora, va chez son cousin qui le fait inviter, par son valet, pour le lendemain, au *Café de Paris* pour le déjeuner; Lora se munit de Bixiou pour faire poser son cousin : 1155; à l'issue d'un déjeuner monstre, explique son affaire; Lora pense qu'il y a de la ressource et, pour lui prouver que tout est possible à Paris, va lui en faire connaître les rouages : 1156, 1157; un rat d'Opéra, Ninette : 1157; un directeur de journal, Théodore Gaillard : 1161-1165; un chapelier, Vital : 1165-1169; une revendeuse à la toilette, la Nourrisson : 1170-1174; un portier, Ravenouillet : 1175-1177; un usurier, Vauvinet : 1178-1181; un grand coiffeur, Marius V : 1182-1186; un grand peintre, Dubourdieu : 1187, 1190; une tireuse de cartes, Mme Fontaine : 1190-1195; divers députés à la Chambre : 1197-1202; un écrivain, Chodoreille : 1203-1205; un pédicure, Publicola Masson : 1206-1208; Jenny Cadine, maîtresse de Massol, conseiller d'État rapporteur du procès : 1208 et 1156, 1209; soirée chez Carabine : 1210-1212; Jenny Cadine lui fait gagner son procès : 1212-1213.

Gendarme (un). Habillé en bourgeois, chargé d'amener discrètement Peyrade à la préfecture de police en 1829 : *SetM*, VI, 557.

Gendarme (un faux). Vient chercher Peyrade déguisé en Anglais pour l'amener à la préfecture : *SetM*, VI, 632. Voir PACCARD.

Gendarme (un). Interpellé par Asie qui feint de prendre son neveu, le faux Carlos Herrera, pour l'aumônier de la prison en février 1830 : *SetM*, VI, 738.

Gendarme (un). En 1808, accompagne la voiture transportant la recette de Caen; attaqué, est blessé en se défendant : *EHC*, VIII, 298, 299.

Gendarme de la brigade de Donnery (un). Avec son brigadier, accourt lors de l'attaque de la voiture transportant des fonds; crie pour faire croire à un secours important : *EHC*, VIII, 298, 299.

Gendarme de la brigade d'Arcis (un), en 1803. Interroge Gothard, qui fait la bête : *TA*, VIII, 572.

Gendarme de la brigade d'Arcis (un), en 1803. Envoyé à Troyes d'urgence par Corentin : *TA*, VIII, 578.

Gendarme de la brigade d'Arcis (un), en 1803, dans *TA*. Voir WELFF.

Gendarme de la gendarmerie de l'armée (un). De service auprès de l'Empereur, la veille de la bataille d'Iéna. Accueille le marquis de Chargebœuf : *TA*, VIII, 678.

Gendarme (un), en 1813. Envoyé par le préfet chez un paysan pour guetter le fils réfractaire, se conduit avec humanité : *Ech.*, XII, 485.

Gendarmes (quatre). Arrêtent Joseph Bridau à Issoudun. L'un d'eux lui explique qu'ils sont menacés par la foule et que leur peau ne vaut pas grand-chose pour l'instant : *R*, IV, 461; un autre parle à la foule, hostile : 462.

*GENDEBIEN, négociant, remplacé par GRANDET (Victor-Ange-Guillaume) : *MN*, VI, 338 (var. *f*).

GENDRIN. Dessinateur. Locataire de Molineux, rue Saint-Honoré, en 1818; en difficultés avec son propriétaire, qui lui reproche ses mœurs dissolues : *CB*, VI, 110.

GENDRIN. Conseiller à la Cour royale au chef-lieu du département où est située La-Ville-aux-Fayes : *Pay.*, IX, 147; devenu président de chambre et grand faiseur de cette Cour royale : 183.

GENDRIN. Parent éloigné du précédent : *Pay.*, IX, 147; marié à l'une des filles de Mouchon aîné, il est le beau-frère de François Gaubertin : 181; juge au tribunal de première instance de La-Ville-aux-Fayes; devenu président en 1815 grâce au comte de Soulanges : 137; en 1823, espère marier son fils unique à la fille de Sarcus-Taupin, d'où antagonisme avec le notaire Lupin qui vise cette héritière pour son fils : 271.

lui préfère Renard, qui l'emmène en France en lui promettant le mariage : 580 ; Renard meurt à Lutzen en faisant jurer à Genestas d'épouser Judith et de s'occuper de son enfant, si elle en a un : 581 ; épouse Genestas et meurt deux jours après en 1814 : 582.

GENESTAS (Adrien) [né en 1813]. Fils de la précédente et du maréchal des logis Renard. Né à Strasbourg en octobre 1813 : *MC*, IX, 582 ; portrait en 1829 : 584, 585 ; en 1814, devient le fils adoptif de Genestas ; en 1815, en nourrice pendant les Cent-Jours : 582 ; mis au collège, il tombe malade ; les médecins de Paris conseillent la montagne : 583 ; Benassis l'examine, l'interroge ; décide de son traitement : 585 ; guéri par six mois de montagne : Benassis et Butifer font fait de lui un homme : 595 ; sa lettre à Genestas, l'informant de l'agonie et de la mort du docteur Benassis : 595-598.

GENEVIÈVE. Petite domestique des Phellion en mars 1840. Annonce La Peyrade : *Bou*., VIII, 90.

GENEVIÈVE. Vachère. A demi folle ; garde en 1819 l'hospice des Bonshommes ; amie de la comtesse Stéphanie de Vandières : *Ad*., X, 981 ; abandonnée par son fiancé, le maçon Dallot ; la seule à s'entendre avec Stéphanie : 1002 ; sa double vue : 1011, 1012.

*GENOUILHAC (M. de). Voir MARSAY.

GENOVESE (né en 1797). Ténor italien. Né à Bergame, âgé de vingt-trois ans en 1820 ; élève de Veluti ; passionnément épris de la cantatrice Clara Tinti : *Do*., X, 571 ; vient d'être engagé avec elle, pour la saison théâtrale de 1820-1821, au théâtre de la Fenice, à Venise : 549 ; le seul ténor dont la voix s'accorde avec le timbre de la Tinti : 561 ; inimitable dans la roulade : 581, 582 ; jaloux de la récente intimité de la Tinti avec Emilio Memmi : 599, 600 ; déraille et brame au lieu de chanter dans le duo du *Mosè* de Rossini : 596 ; excellent dans un duo avec la basse Carthagenova : 602 ; de plus en plus mauvais quand il chante avec la Tinti : 599 ; en explique les raisons sentimentales à Capraja : 611 ; nouveau triomphe dans *Semiramide* depuis que la Tinti se laisse à nouveau aimer : 619. Invité, en octobre 1823, à Genève à une soirée chez le prince Gandolphini. Chante avec la Tinti, la princesse Gandolphini et un prince italien exilé le fameux quatuor de *Mi manca la voce* : *AS*, I, 962.

GENTIL. Vieux domestique de Mme de Bargeton à Angoulême en 1821 : *IP*, V, 240 ; l'accompagne à Paris en septembre de la même année : 256 ; la sert dans son nouvel appartement, rue Neuve-du-Luxembourg : 261.

GENTIL. Valet de chambre du duc de Grandlieu en 1830. Va chercher Corentin : *SetM*, VI, 884.

Gentilhomme espagnol (un). Amant d'une grande dame madrilène, la fait accoucher, sous la menace, par le chirurgien-chef Béga, à Madrid, en 1808 : *MD*, IV, 689-693 ; prépare pour Béga un verre de limonade empoisonnée, que la cameriste empêche Béga de boire : 692 ; reconduit le chirurgien, sa besogne terminée, et en guise d'honoraires, lui glisse dans la poche des « diamants sur papier » : 693, 694.

Gentilhomme gascon (un). Conseille au comte Marcosini de faire au moins une orgie par mois : *Gam*., X, 464, 465.

Gentilhomme provençal (un). Prononce une philippique contre les femmes : *Phy*., XI, 1198.

GENTIL. Loueur de voitures à Besançon : vendit à Savarus, en 1835, la calèche de voyage de Mme de Saint-Vier : *AS*, I, 1007.

GENTILLET (Mme) [?-1806]. Grand-mère maternelle de Mme Félix Grandet : *EG*, III, 1031 ; Eugénie possédait trois quadruples d'or espagnols, don de la vieille dame : 1127.

Gentleman (un). Trop empressé auprès de lady Catesby : *Phy*., XI, 1113.

Gentleman de l'Ouest (un). Défend la morale : *Phy*., XI, 1062.

Geôlier du château de l'Escarpe (le). Rend visite à son prisonnier, le chevalier de Beauvoir, et lui propose des moyens d'évasion : *MD*, IV, 685, 686 ; tué par le chevalier, qui se méfie de lui : 687.

Geôlier de la prison d'Angoulême (un). Gros homme, qui garde David Séchard ; en province, on ne connaît pas de geôlier maigre : *IP*, V, 713, 714.

Geôlier de la prison de Venise (un), dans *FC*. Voir CARPI (Benedetto).

Geôlier de la prison de Limoges (un) : *CV*, IX, 734.

Geôlier de la prison d'Andernach (le) : *AR*, XI, 107.

GEORGES. Premier valet de chambre du baron de Nucingen en 1829 : *SetM*, VI, 493 ; parle beaucoup trop au gré de son maître : 543 ; a une maîtresse qui renseigne Herrera sur ce qui se passe chez le baron : 546 ; amène au baron la femme de chambre d'Esther, Eugénie (Europe) : 551 ; renvoyé pour avoir été trop bavard : 559.

GEORGES. Valet de chambre de la comtesse Fœdora en 1830. Sa maîtresse veut le renvoyer, pensant qu'il est amoureux : *PCh.*, X, 183.

GEORGES. Cocher de Mlle Gaudin de Witschnau en 1831 : *PCh.*, X, 233.

GEORGES, dans *DV*. Voir MAREST (Georges).

GÉRARD (Mme). Tenancière d'un hôtel garni décent, en 1829, rue Louis-le-Grand. Obligée autrefois par Mme du Val-Noble, est en bonnes relations avec elle, ainsi que ses deux filles : *SetM*, VI, 627, 628.

GÉRARD (?-1799). Adjudant-général du chef de demi-brigade Hulot en 1799 : *Ch.*, VIII, 917 ; accompagne Mlle de Verneuil à La Vivetière : se méfiant d'une souricière, envoie Beau-Pied à la Clé-des-Cœurs en reconnaissance : 1043 ; lâchement abattu par Pille-Miche : 1049.

GÉRARD (Grégoire) [né en 1802]. Âgé de vingt-quatre ans en 1826 : *CV*, IX, 797 ; portrait à la fin de 1831 : 809 ; fils d'un ouvrier charpentier : 794 ; protestant : 823 ; filleul de M. Grossetête qui paie ses études ; travaille pour entrer à l'École polytechnique : 794 ; en sort à vingt et un ans ; choisit les Ponts et Chaussées : 796 ; entre à l'École des Ponts et Chaussées ; en sort à vingt-quatre ans ; en 1828, ingénieur ordinaire dans une sous-préfecture : 797 ; ses critiques des Grandes Écoles, de l'administration, et du système du Concours : 797-806 ; ses désillusions l'ont porté en 1831 vers les doctrines nouvelles : 792, 793 ; proposé à Mme Graslin pour les travaux d'aménagement du torrent du Gabou par M. Grossetête : 792 ; présenté à la châtelaine de Montégnac, au mois de décembre 1831 : 808 ; pendant l'hiver 1831-1832, se livre en montagne à une prospection de l'opération projetée : 825, 826 ; construit le barrage du Gabou de juin à août 1833 : 832, 833 ; élu maire de Montégnac en 1838 : 834 ; Mme Graslin souhaite qu'il épouse Denise Tascheron : 844 ; y consent : 845 ; tuteur de Francis Graslin : 872.

    Ant. *GRANVILLE (M. de) comme tuteur du fils de Véronique Graslin : *CV*, IX, 872 (var. *b*).

    *GÉRARD. Marié à une petite-fille de *GROSSETÊTE : *CV*, IX, 835 (var. *c*).

GÉRARD (Mme Grégoire). Femme du précédent. Voir TASCHERON (Denise).

*GÉRENTE (M. de). Voir LUPEAULX.

*GERMINET. Domestique de Mme Chambrier : *CF*, XII, 427.

GIACOMO. Paysan corse. Affirmait que le petit Luigi Porta avait été sauvé de la vendetta des Piombo par Elisa Vanni : *Ven.*, I, 1038.

GIARDINI. Restaurateur napolitain établi rue Froidmanteau en 1831. Portrait : *Gam.*, X, 465 ; croit que sa gargote est la meilleure table de Paris ; piètre résultat de ses expériences antérieures : 467 ; à Rome, a failli empoisonner tout un Conclave avec sa cuisine : 472 ; comprend à demi-mot les désirs de son nouveau client, le comte Andréa Marcosini : 466 ; refuse la place qu'il lui propose en son château de Croatie, mais accepte son argent : 512 ; simple regrattier en 1837 : 514.

GIBOULARD (Gatienne). Fille d'un riche menuisier d'Auxerre. Sarcus-le-Riche refuse de l'avoir pour belle-fille : *Pay.*, IX, 208 ; le notaire Lupin propose de la lâcher sur Montcornet, à la fête de Soulanges, pour le séduire ; Rigou l'estime incapable de mener à bien cette tâche délicate : 280, 281.

GIGELMI. Le plus grand chef d'orchestre italien d'après le signor Giardini ; allure d'un marchand d'allumettes ; sa surdité : *Gam.*, X, 468 ; discussion sur la grande musique avec le comte A. Marcosini : 473.

*GIGON, remplacé par GIGONNET qui suit.

GIGONNET (1755-1835 ?). Surnom de l'escompteur-usurier Bidault, oncle paternel de Mme Saillard. Âgé de soixante-neuf ans en 1824 ; portrait à cette époque : *E*, VII, 938 ; d'origine auvergnate : 942 ; explication de ce surnom : 938 ; *CB*, VI, 264. Marchand de papier jusqu'en 1793, domicilié depuis cette époque rue Greneta ; escompteur du quartier Saint-Martin : *E*, VII, 938 ; en 1815, pendant les Cent-Jours, s'associe avec Werbrust et Gobseck pour faire racheter à l'étranger les créances de Louis XVIII :

dépeinte à Rodolphe en 1823 comme une Anglaise muette de quatorze ans, au service de Fanny Lovelace : *AS*, I, 942 ; Sicilienne : 955.

GINA. Femme de chambre du baron et de la baronne de l'Hostal à Gênes, en 1836 : *H*, II, 531.

*GINESTOUX. Voir GONDRIN.

GINETTA (la). Née en Corse ; complice de Calvi dans l'assassinat de la veuve Pigeau, à Nanterre : elle s'est glissée dans la maison par le haut du four et a ouvert la porte à Calvi : *SetM*, VI, 861 ; Jacques Collin va la faire rechercher : 913.

GIRARD. Usurier. Confrère de Gobseck en 1820 ; comme ses collègues, a « le ventre plein » des lettres de change de Maxime de Trailles, qu'il offre à 50 % de perte : *Gb.*, II, 986.

GIRARD. Faussaire en écritures. En 1830, Carlos Herrera lui dépêche Asie pour qu'il lui rédige un testament en faveur de Lucien de Rubempré en imitant la signature d'Esther Gobseck : *SetM*, VI, 693.

GIRARD (la mère). Tenancière d'une gargote, rue de Tournon. Vient de revendre son établissement en 1837 : *EHC*, VIII, 356, 357.

GIRARD (abbé). Grand-oncle d'Achille Malvaux. Auteur du célèbre *Décaméron de la jeunesse*, il vient de publier *Le Chemin du ciel* en 1846 : *FAu.*, XII, 606, 609 ; professeur au séminaire de Saint-Sulpice depuis le rétablissement du culte : 612, 617.

GIRARD (Mlle). Sœur du précédent : *FAu.*, XII, 617. Voir MALVAUX (Mme de).

GIRARDET (Me). Avoué de l'archevêché de Besançon en 1834 : *AS*, I, 929 ; Savarus propose de lui confier le procès Watteville contre la commune des Riceys ; il saura faire traîner les choses jusqu'après les élections : 991 ; assiste à la réunion électorale chez l'entrepreneur Boucher : 995 ; Savarus met ses affaires en ordre avec lui : 1007 ; apprend à M. de Grancey le nom du visiteur d'Albert, le prince Soderini : 1008.

*GIRAUD. Médecin huppé à La-Ville-aux-Fayes. En 1815, il est remplacé par Massin comme adjoint au maire, et on se sert de lui contre le marquis de Grandlieu pour un procès de bornage : *Le Grand Propriétaire*, IX, 1268.

GIRAUD (Léon) [1797- ?]. Âgé de quarante-huit ans en 1845 : *CSS*, VII, 1198. Membre du Cénacle dès 1819 ; invité par Mme Bridau au dîner fêtant le retour de Philippe du Champ d'Asile : *R*, IV, 306. Au Cénacle, il représente la philosophie : *IP*, V, 315 ; blâme Rubempré de sa volte-face dans le journalisme politique, et craint la suppression de la presse : 513, 514. En 1834, en visite chez d'Arthez avec Bianchon, Joseph Bridau et Ridal : *Per.*, XII, 368. En 1841, conseiller d'État, habitué du salon de Mme Marneffe : *Be.*, VII, 254. En 1845, député du Centre gauche, honnête et, selon Canalis, orateur filandreux : *CSS*, VII, 1201.

Ant. *ARTHEZ : *IP*, V, 419 (var. *f*).

*GIRAUD, remplacé par BRIDAU (Joseph) : *IP*, V, 419 (var. *g*).

*GIRAUD : *IP*, V, 419 (var. *a*).

GIREL. Banquier à Troyes pendant la Révolution. Royaliste, il joue au Jacobin ; correspondant de la banque Breintmayer, qui expédie des subsides aux jumeaux de Simeuse : *TA*, VIII, 562, 563 ; sa fille épouse François Michu : 684.

GIRIEX. Habitant de Vizay (Haute-Vienne). Après entente avec son cousin Farrabesche, il a feint de le livrer pour toucher la prime de cent louis : *CV*, IX, 768.

Ant. *GIRIEUX, habitant de Saint-Loup : *CV*, IX, 768 (var. *b*).

GIROFLE (la). Comédienne de la troupe du sieur Picandure, à Blois, en 1654 : *Fré.*, XII, 815 ; maîtresse du Moufflon : 822.

GIROUD (abbé). Confesseur de Mlle de Watteville, à Notre-Dame de Besançon : *AS*, I, 932.

GIROUDEAU (général) [né en 1772]. Âgé de quarante-huit ans en 1820 : *R*, IV, 309 ; portrait à cette époque : 350, 351. Oncle de Finot ; parti simple cavalier à l'armée de Sambre-et-Meuse : *IP*, V, 334. Met un an, en 1793, pour parvenir au grade de maréchal des logis : *PJV*, XII, 374. Cinq ans maître d'armes au 1er hussards, à l'armée d'Italie : *IP*, V, 334. Participe à la charge du colonel Chabert à Eylau, en février 1807 : *R*, IV, 312. Capitaine aux Dragons de la Garde impériale : *IP*, V, 333, 334. En 1813, Philippe Bridau fait ses premières armes avec lui : *R*, IV, 309. Retraité comme chef de bataillon : *IP*, V, 334. Philippe Bridau le retrouve en 1819 ; il est alors caissier du journal de son neveu Finot ; malgré sa laideur, est, en raison de la toute-puissance du journal, amant de Florentine : *R*, IV, 309 ; promet à Philippe de parler pour lui à Finot : 311, 346 ; essaie de « tirer une carotte » à Joseph Bridau et à sa mère : 350, 351 ; habite rue de Vendôme, au Marais : 511 ; en 1824, témoin au mariage de Philippe Bridau avec la Rabouilleuse : 521. Cerbère du journal de Finot en 1822, y accueille Rubempré : *IP*, V, 329. Éconduit par Philippe Bridau : *R*, IV, 523. En 1825, invité de Georges Marest au *Rocher de Cancale* : *DV*, I, 863 ; gagne contre lui à l'écarté : 867. Lâché par Florentine, veut reprendre du service ; mais Philippe Bridau refuse de le recommander, disant que c'est « un homme sans mœurs » : *R*, IV, 523. En disgrâce pendant toute la Restauration, a roulé dans la débauche ; en 1830, l'ancien commandant se réveille, au feu de l'émeute, sur les boulevards : *PJV*, XII, 373. Le 28 juillet 1830, commande une division d'assaillants contre Charles X ; colonel, puis général en Algérie en 1835, il ne pardonne pas ses avanies à Philippe Bridau et brise son avancement : *R*, IV, 540. Doit son grade à des services réels : *PJV*, XII, 373. Cite dans ses rapports la bravoure du major Oscar Husson : *DV*, I, 885. En 1841, commandant une division en Algérie, il accueille le jeune Robert de Sommervieux, engagé volontaire ; rappel de son passé : *PJV*, XII, 373, 374 ; suppose que Robert aura fait « quelque trou malheureux dans la lune » : 375.

*GIROUDEAU. A connu *BAUVAN : *PJV*, XII, 373 (var. *d*).

GIVRY (famille de). Son blason ; ses alliances : *MJM*, I, 325.

GOBAIN (Marie). Femme de chambre d'Honorine, comtesse de Bauvan. Sa discrétion à toute épreuve ; fait ses rapports au comte Octave : *H*, II, 556 ; ancienne cuisinière d'évêque : 557.

GOBENHEIM. Banquier au Havre. Portrait en 1829 de cet « apprenti gobe-or » : *MM*, I, 477-478 ; placé au Havre, chez Mignon, par les Keller pour apprendre le haut commerce maritime : 478 ; son programme, dicté par son oncle Gobenheim-Keller, de Paris, épouser une Keller : 497 ; banquier en 1829, devient l'associé de Mignon et de Dumay dans l'affaire des *laisses* d'Hérouville : 707. En 1841, à Paris, agent de change de Mme Schontz, fait valoir la fortune de la lorette depuis 1838 : *B*, II, 903 ; soupçonné par les amis de Mme Schontz d'être celui qu'elle cherche à épouser, mais reconnu innocent : 904.

GOBENHEIM-KELLER. Oncle du précédent. Chef de la grande maison de banque de Paris qui porte son nom : *MM*, I, 477. Beau-frère des Keller : *CB*, VI, 263 ; en 1819, du Tillet espère qu'il sera désigné comme juge-commissaire de la faillite Birotteau : 257 ; commente à la Bourse la faillite du parfumeur : 263 ; grâce à Lebas, ami de César Birotteau, il est remplacé par le négociant Camusot comme juge dans la faillite Birotteau : 279. Il souhaite que son neveu Gobenheim épouse une Keller : *MM*, I, 497.
Ant. *KELLER (Paul) : *CB*, VI, 257 (var. *b*).

GOBET (Mme). Cordonnière au Havre en 1829. A pour cliente Modeste Mignon : *MM*, I, 494.

*GOBILLARD, remplacé par *BOCQUIN, remplacé par MINARD fils : *PJV*, XII, 377 (var. *a*).

GOBSECK (Jean-Esther van) [v. 1740-1829]. Né dans les faubourgs d'Anvers d'une Juive et d'un Hollandais ; âgé d'environ soixante-seize ans en 1816 : *Gb.*, II, 966 ; portrait à cette époque : 964, 965 ; conversation monosyllabique : 965 ; *E*, VII, 1037-1040. Embarqué à dix ans pour les Indes où il reste vingt ans ; son séjour dans différentes parties de l'Amérique ; ses pérégrinations autour du monde : *Gb.*, II, 967 ; en 1763 à Pondichéry : 974. Lié dès l'an II (1793) avec Werbrust et Gigonnet : *E*, VII, 938 ; bailleur de fonds de l'opération des Lupeaulx pendant les Cent-Jours pour le rachat des créances de Louis XVIII à l'étranger : 921 ; *CB*, VI, 88, 89. Ami de son compatriote hollandais, l'usurier Werbrust : *E*, VII, 938. Fait partie de la seconde couche de la finance parisienne : *Bou.*, VIII, 120. Domicilié rue des Grès en 1816, voisin du jeune Derville, étudiant en droit ; ne paie que sept francs de contributions : *Gb.*, II, 970. Le Brutus des usuriers ; a pour petite-nièce la courtisane Sarah van Gobseck, dite la Belle Hollandaise : *CB*, VI, 88 ; au début de 1819, du Tillet conseille à César Birotteau de s'adresser à lui : 236 ; banquier comme le

bourreau de Paris est médecin ; une guillotine financière à 50 % : 243 ;
commente la faillite Birotteau en Bourse : 263 ; explique comment il a
été, pour une fois, dépossédé dans une faillite ; est le maître des Palma,
des Gigonnet, etc. : 276. A la fin de 1819, le père Goriot lui règle un billet
émis par sa fille de Restaud : *PG*, III, 83 ; rachète son titre de rente
viagère : 259. Tirade sur l'OR : *Gb.*, II, 969 ; consent à avancer des fonds
à Derville, à 13 %, prix d'ami, arrêté finalement à 15 % ; conditions draconiennes du contrat : 980, 981 ; chez la comtesse de Restaud, pour un
billet en 1819 : 972-974 ; apologie de l'usure ; les dix usuriers maîtres
de Paris : 976 ; conversation avec Trailles, l'éternel endetté : 985-987 ;
estime, devant Derville, les joyaux de la comtesse de Restaud ; il en offre
quatre-vingt mille francs, qu'il paie avec cinquante mille francs sur la
Banque et trente mille de lettres de change de Trailles ; sa joie d'avoir
joué un tour à ses collègues : 988-991 ; conversation avec le comte de
Restaud ; ses conseils : 992-994 ; explique à Derville pourquoi il lui a
fait payer de si gros intérêts : 995. Utilise Samanon, comme mouton, en
1822 : *IP*, V, 509. La même année, des Lupeaulx conseille à Portenduère
de s'adresser à lui pour un escompte doux et facile : *UM*, III, 863 ; alors
juif fameux : 792. Considéré en 1823 comme le type de l'avare, le Jésuite
de l'OR : *Pay.*, IX, 237. Habitué du *Café Thémis* ainsi que Gigonnet en
1824 : *E*, VII, 1034 ; fait remettre une lettre urgente à des Lupeaulx ;
reproduction de sa signature : 1063 ; se félicite, avec Gigonnet, du succès
de leur affaire sur des Lupeaulx : 1066. Éloge de sa probité par Derville ;
il conseille M. de Restaud : *Gb.*, II, 995 ; hérite en 1824 les biens et
l'hôtel de Restaud, dont il est le fidéi-commis ; il s'occupe de la gestion
des biens du comte au bénéfice du jeune Ernest de Restaud : 1008.
En 1827, Marsay considère Gobseck un velours en comparaison
de Mme Évangélista : *CM*, III, 640. En 1828, Bianchon fait allusion
à certains grands seigneurs faisant de l'usure mieux que le papa Gobseck :
In., III, 424. Nommé membre de la commission chargée de fixer les
indemnités dues par la République de Haïti aux colons français, établit
une société d'escompte sous les noms de Werbrust et Gigonnet, et partage avec eux : *Gb.*, II, 1009 ; son agonie, rue des Grès, en 1829 : 1009,
1010 ; dans son délire, laisse s'accumuler chez lui et périr les envois en
nature des grands propriétaires d'Haïti : 1010, 1011 ; meurt à quatre-
vingt-neuf ans : 978 ; il a auparavant pris la précaution de laisser des actes
en bonne et due forme, restituant au jeune comte de Restaud la fortune
que lui avait confiée son père : 1012, 1013. Cité comme avare exemplaire
par Mme du Val-Noble : *SetM*, VI, 655 ; au début de 1830, Mᵉ Derville
recherche son héritière, Esther van Gobseck, et remarque que la maîtresse de Rubempré, Mme Van Bogseck, a presque le même nom : 667 ;
si cette personne est réellement Esther, fille de la Belle Hollandaise, elle
héritera de lui sept millions : 691. En 1845, Bixiou compare cet usurier
de la vieille école à l'usurier moderne : Vauvinet : *CSS*, VII, 1178. Son
avarice, comparable à celle de son ami Magus : *CP*, VII, 594.

*GOBSECK, remplacé par GIGONNET : *CM*, III, 645 (var. *c*) ; *E*, VII, 1064
(var. *c, e*), 1066 (var. *a*).

GOBSECK (Sara van, ou Sarah) [?-1818]. Prostituée parisienne, dite la Belle
Hollandaise. Petite-nièce du précédent dans la famille duquel les femmes
ne se sont jamais mariées, et son unique héritière : *Gb.*, II, 966. Depuis
1815, maîtresse du notaire Roguin qu'elle ruine en 1818 ; auparavant
courtisane à Bruges, elle lui a été cédée par un de ses clients ; il l'a luxueu-
sement installée aux Champs-Élysées : *CB*, VI, 86 ; du Tillet obtient
d'elle qu'elle aime Roguin pour trente et non cinquante mille francs
par an : 87 ; proie d'un *infâme cancer*, nommé Maxime de Trailles ; du
Tillet découvre par hasard son vrai nom, sur un acte notarié : 88 ; abandonnée par Roguin, s'est réfugiée dans une maison mal famée du Palais-
Royal ; elle y est assassinée quinze jours plus tard, à la fin de 1818, par un
capitaine : 188. Autres allusions à cet assassinat : *Gb.*, II, 966 et *SetM*, VI,
441, 451 ; a, dans sa vie, mangé deux notaires et nourri Maxime de Trailles :
442. Même allusion à Trailles : *DA*, VIII, 803, 804. En 1829, Gobseck agonisant charge Me Derville de rechercher sa fille, *la Torpille* : *Gb.*, II, 1010.

Ant. *GOBSECK (Sara) : *Gb.*, II, 966 (var. *j*) ; mère d'un enfant de
Maxime de Trailles : *CB*, VI, 89 (var. *b*).

GOBSECK (Esther van) [1805 ou 1807-1830]. Fille de la précédente : *Gb.*,
II, 1010; *SetM*, VI, 442; *DA*, VIII, 803, 804. Agée de dix-neuf ans
en avril 1824 : *SetM*, VI, 453; ou de vingt-deux ans et demi en août 1829 :
570; portrait en 1824 : 463-466; sa chevelure blonde, comme celle de la
duchesse de Berry : 461 et 464; sa chevelure noire, et même noir bleu :
573 et 690. Surnommée la Torpille : *Gb.*, II, 1010. Raisons et justification
de ce surnom : *SetM*, VI, 445 et 459; fille de joie avec l'étoffe et la science
d'une grande courtisane : 440-442; ancien *rat* de des Lupeaulx : 440;
IP, V, 665. Allusion à son ancienne liaison avec ce dernier : *MN*, VI,
334. Amie de Florine : *FE*, II, 318. En septembre 1822, dîne en compagnie de Nathan, Blondet et Lousteau et envoie à Lucien de Rubempré,
qu'elle ne connaît pas encore, une montre en or qui ne va pas : *IP*, VI,
665. *Protégée* vers 1823, au temps de sa splendeur, par Georges d'Estourny : *SetM*, VI, 564. Maîtresse de Désiré Minoret-Levrault : *UM*,
III, 845 (mais voir 811, n. 2), 934. Amie de Finot, Bixiou, des Lupeaulx;
Florine et Florentine la proposent en 1823 à Philippe Bridau, désireux de
remplacer la Rabouilleuse par une fille plus souple : *R*, IV, 517. Vers
octobre 1823, pensionnaire d'une maison close tenue par Mme Meynardie; profitant de son jour de sortie, fait à la Porte-Saint-Martin la connaissance de Lucien de Rubempré : *SetM*, VI, 452; disparaît le lendemain
de chez Mme Meynardie, décidée à refaire son existence, honnêtement,
après avoir fait sa déclaration à la police : 452, 453; loge rue de Langlade :
448; au bal de l'Opéra, pour le Carnaval de 1824, à rendez-vous, masquée,
avec Lucien : 439; reconnue, malgré son déguisement, par Bixiou qui
la désigne en riant à ses amis comme étant la Torpille, elle s'enfuit : 445;
ramenée chez elle par Lucien de Rubempré; sa tentative de suicide, au
charbon : 449; retrouvée agonisante par le faux Carlos Herrera (Jacques
Collin) qui la sauve de la mort : 449-451; elle lui raconte son histoire :
451-453; il décide qu'elle recevra instruction et éducation dans une institution religieuse, mais devra provisoirement renoncer à voir Lucien : 460;
placée dans une célèbre maison religieuse, très aristocratique : 463; son
séjour comme pensionnaire de ce couvent : 466-472; commence à ressentir, avec effroi, les effets d'une carence sexuelle à laquelle elle n'est pas
habituée : 467, 468; exténuée par le combat contre le démon; les troubles
physiques qu'elle éprouve; le diagnostic du médecin : 469, 470; Herrera
l'emmène au *Rocher de Cancale*, puis à l'Opéra, pour tenter de vaincre
son obsession : 470; revient à la vie à l'annonce qu'elle reverra Lucien
le lendemain de son baptême : 471; dans une lettre, confie à Herrera la
profondeur de son amour pour Lucien : 479, 490; va habiter, rue Taitbout,
l'appartement anciennement occupé par Mlle de Bellefeuille : 480; Herrera décide qu'Esther sera Mme van Bogseck : 485; cette fausse identité
trompera Corentin : 550; de 1824 à 1829, elle vit un parfait amour avec
Lucien, et respecte le pacte conclu avec Carlos : 490; entrevue, de nuit,
par le baron de Nucingen, en calèche dans le bois de Vincennes, en août
1829 : 493; il fait tout pour retrouver sa ravissante inconnue : 494; au
mois d'octobre 1829, Carlos l'informe qu'elle devra se séparer pour quelques
jours de Lucien; sa confession amoureuse à Lucien, ses craintes : 516,
517; remplacée rue Taitbout par l'Anglaise : 545; Carlos lui expose nettement, sans ambiguïté, la situation critique dans laquelle se trouve Lucien
à cette époque et que, pour le sauver, elle devra accepter Nucingen pour
amant en lui soutirant autant d'argent que possible; elle ne sera, après
tout, que la vengeance de la veuve et de l'orphelin sur le banquier : 569,
570; selon les dires d'Asie, ayant eu son mobilier saisi, rue Taitbout, a
loué son appartement pour deux mois à une Anglaise : 573; présentée à
Nucingen, par Asie : 574; elle réintègre la rue Taitbout : 575; conformément aux ordres reçus, joue la comédie au baron, aidée par Europe : 581,
582; souffre de voir son amour sali : 597; explique à Nucingen qu'elle
serait heureuse s'il n'éprouvait pour elle qu'un amour paternel : 598, 599;
obtient de lui qu'il restera *père* pendant les quarante jours nécessaires à
l'aménagement de son hôtel, rue Saint-Georges : 599; à la demande de
promesse chirographaire du baron, répond « Prenez mon ours! » : 603; lui
récrit deux autres lettres, laissant pressentir sa fatale détermination : 603,
604; Carlos lui reproche son attitude envers le baron; elle cède pour éviter
le pire à Lucien : 611-613. Vers la même époque, Gobseck, à son lit de

mort, a chargé Derville de rechercher Esther, la fille de Sarah, qu'il a
rencontrée un soir, rue Vivienne : *Gb.*, II, 1010. Au début de janvier 1830,
emménage rue Saint-Georges : *SetM*, VI, 617 ; prend un nouveau nom de
guerre, Mme de Champy, du nom d'une petite terre que lui a achetée
Nucingen : 621 ; sa version de son absence de cinq ans de la vie parisienne : 622 ; entretien avec Mme du Val-Noble : 626, 627 ; en février 1830,
décide d' « ouvrir son établissement » pour le carnaval et de rendre le
baron heureux comme *un coq en plâtre* : 643 ; charge la Val-Noble d'acheter
à Asie deux perles noires contenant un poison foudroyant : 683 ; fait sur
sa levrette Roméo l'essai concluant de l'action foudroyante des perles
noires ; sa toilette de mariée pour le grand jour où elle a promis de se donner à Nucingen : 688 ; ses adieux et ses dernières recommandations à
Lucien : 689 ; ignore qu'elle hérite les sept millions de la succession Gobseck : 691 ; son suicide ; Europe retrouve son cadavre le lendemain de la
pendaison de crémaillère, rue Saint-Georges, et s'approprie la somme
laissée par Esther sous son oreiller, accompagnée d'une lettre pour Lucien :
692 ; un testament apocryphe, dicté par Herrera au faussaire Girard, est
glissé par Asie sous l'oreiller de la morte : 693 ; la portière de Lucien
de Rubempré remet au juge d'instruction Camusot la lettre écrite par
Esther à Lucien, le jour de sa mort, le lundi 13 mai 1830 : 758 ; cette
lettre innocente complètement Lucien et Herrera de l'accusation de
meurtre et de vol sur sa personne : 763 ; son monument funéraire au
Père-Lachaise, avec Lucien : 935. La tête exécuté par la maison Sonet et
Cie : *CP*, VII, 725. Évocation de son dramatique suicide en 1841 : *Be.*, VII,
307, 309. En 1845, Fraisier rappelle ses malheurs : *CP*, VII, 644. Bixiou,
la même année, rappelle qu'elle a fait faire au baron de Nucingen les
seules folies qu'il ait commises : *CSS*, VII, 1210.

 Ant. *VERMEIL (Fanny). Femme criminelle, héroïne de *La Torpille* :
Pré.PG, III, 43 ; *NINETTE : *MN*, VI, 334 (var. *h*).

 *ESTHER, remplacée par FLORINE : *UM*, III, 812 (var. *a*).

GODAIN. Oncle du Godain de Couches. Maçon à Soulanges ; en 1793, fait mas-
sacrer un marchand de vins, en l'accusant d'accaparement : *Pay.*, IX, 256.

GODAIN (la mère). Paysanne de Couches. L'huissier Brunet a reçu l'ordre
de saisir sa vache, coupable de déprédations dans les bois de Montcornet,
en 1823 : *Pay.*, IX, 100, 101.

GODAIN (1796- ?). Fils de la précédente. Âgé de vingt-sept ans en 1823 :
Pay., IX, 227 ; amant de Catherine Tonsard : 101 et 107 ; l'avare sans or ;
manouvrier et garçon taillandier ; réformé pour l'exiguïté de sa taille : 227 ;
offre à Tonsard, son futur beau-père, cinq cents francs par an de son cabaret,
le Grand I Vert : 227, 228 ; assuré d'avance de la compassion de la comtesse
de Montcornet à l'égard de Catherine, enceinte, a acheté un champ : 336 ;
épouse Catherine : 338.

GODAIN (Mme Catherine). Femme du précédent. Voir TONSARD (Catherine).

GODARD. Valet de la marquise d'Espard en 1830. Est envoyé porter un message à la Chancellerie : *SetM*, VI, 875.

GODARD (Joseph) [né en 1798]. Cousin de Mitral par sa mère ; commis au
ministère des Finances en 1824 ; alors âgé de vingt-six ans : *E*, VII, 964 ;
portrait à cette époque ; habite rue Richelieu, chez sa sœur : 965 ; habitué
des fêtes carillonnées des Saillard : 939 ; candidat à la main d'Élise Baudoyer :
964 ; opinion de X. Rabourdin sur cet incapable : 1083 ; vient féliciter son
nouveau chef de division, Isidore Baudoyer, en décembre 1824 : 1094.

 Ant. *VIOLARD (Jacob) : *E*, VII, 1546 ; *PATURIN : *E*, VII, 939 (var. *d*).

 *GODARD. Futur chef de bureau : *E*, VII, 1073 (var. *a*).

GODARD (Mlle). Sœur du précédent ; fleuriste rue Richelieu ; vit avec son
frère ; Dutocq espère trouver un trésor femelle chez elle : *E*, VII, 965.

GODARD (Manon). Femme de chambre de la baronne Henriette Bryond des
Tours-Minières. Conspire avec elle et aide les conjurés : *EHC*, VIII, 296,
303, 305 ; contumace, est condamnée à vingt-deux ans de réclusion : 296 ;
s'est livrée en 1809, pour pouvoir servir en prison la mère de sa maîtresse
exécutée : 314, est ensuite au service de Mme de La Chanterie, rue Chanoinesse ; fait visiter un appartement à Godefroid : 228-230 ; essaie d'empêcher
Bourlac d'entrer : 411.

GODDET (docteur). Le meilleur médecin d'Issoudun en 1822 ; ancien chirurgien-major au 3e régiment de ligne : *R*, IV, 381 ; soigne la blessure de

Maxence Gilet, attaqué par Fario : 455 ; sonde la plaie, qu'il juge sans gravité ; se donne de l'importance *en ne répondant pas encore* du blessé : 456 ;
assiste au duel de Philippe Bridau contre Maxence Gilet, le 3 décembre 1822,
en sa qualité d'ancien chirurgien-major : 506 ; soigne Philippe blessé par
Maxence d'un coup de sabre, et la Rabouilleuse : 510 ; *cafarde* avec sa
malade ; alléché par la promesse d'une récompense, prend le parti de Philippe : 511.

GODDET. Fils du précédent. L'un des Chevaliers de la Désœuvrance de
M. Gilet à Issoudun, en 1822 : *R*, IV, 381 ; amant de Mme Fichet ; la
récompense qu'il escompte de cette corvée : 382.

*GODDET, remplacé par BEAUSSIER fils : *R*, IV, 433 (var. *e*).

GODDET-HÉREAU. Banquier à Issoudun. Avec sa femme, fait partie des quatorze curieux se rendant chez les Hochon, « pour voir les Parisiens »
en juin 1822 : *R*, IV, 430.

    Ant. *GRENOUILLOU : *R*, IV, 430 (var. *b*).

GODEFROID (né v. 1806). Âgé de trente ans environ en septembre 1836 ;
contemple le panorama de Paris et de l'île de la Cité : *EHC*, VIII, 217 ;
fils d'un détaillant, entré en 1813, à l'âge de sept ans, à l'institution Liautard ; ses études achevées en 1821, se place chez un notaire tout en faisant
son droit, puis tâte de divers métiers ; orphelin de père vers 1831 : 219, 220 ;
dissipe la moitié de son patrimoine ; éprouve une grosse déception sentimentale, perd sa mère : 222 ; son attention est attirée par une annonce parue
dans *Les Petites Affiches* : 224 ; se trouve nez à nez, chez son banquier,
Mongenod, avec Mme de La Chanterie : 234 ; emménage rue Chanoinesse :
235, 236 ; première conversation avec Mme de La Chanterie : 242-246 ; il
devra apprendre la tenue des livres chez Mongenod, pour aider l'œuvre des
Frères de la Consolation : 251, 255 ; se décide à questionner M. Alain sur
son passé : 257, 258 ; une réflexion imprudente sur la peine de mort obligera M. Alain à lui retracer le passé et le martyre de Mme de La Chanterie : 281 ; son allégresse à la première mission qui lui est confiée, en
qualité d'initié, pendant l'hiver 1837-1838 : 327, 329 ; loue une chambre
rue Notre-Dame-des-Champs, chez Mme Vauthier : 329, 330 ; très habilement, la questionne sur son locataire, M. Bernard : 356-359 ; elle le
soupçonne d'être un commis de librairie chargé d'espionner le vieux Bernard : 358 ; présenté à la baronne Vanda de Mergi : 367 ; rend compte
de sa mission à Mme de La Chanterie : 379, 380 ; apprend de M. Nicolas
le vrai nom de M. Bernard, le baron Bourlac : 395 ; mis à la comptabilité
de l'Œuvre par Mme de La Chanterie, sous la direction de Mongenod :
405, 406 ; rencontré par la baronne de Mergi sur les Champs-Élysées, en
septembre 1838 : 407, 411 ; définitivement acquis à l'Ordre des Frères
de la Consolation : 413.

GODEFROID (né en 1288). Comte de Gand. Âgé de vingt ans en 1308 :
Pro., XI, 533 ; venu de Flandres à Paris pour y étudier à l'Université,
en 1308 : 530 ; loge chez le sergent Tirechair ; portrait : 533, 534. Intérêt
que lui porte l'apprentie de Jacqueline Tirechair : 527, 528, 531, 534,
535 ; idées mystiques de suicide ; se croit un ange banni du Ciel et veut
y retourner : 546, 547 ; se pend dans sa chambre ; sauvé par l'intervention
de l'étranger (Dante) qui habite la chambre voisine : 548 ; l'apprentie de
Mme Tirechair n'est autre que sa mère, la comtesse Mahaud ; leurs droits
au titre de comte de Gand viennent d'être reconnus par le roi : 555.

GODENARS (abbé de) [né en 1795]. Second vicaire général de l'archevêque de
Besançon en 1835 ; âgé de quarante ans ; ambitionne un évêché : *AS*, I,
1005.

GODESCHAL (Mariette). Voir MARIETTE.

    Ant. prénommée *Charlotte : *R*, IV, 311 (var. *a*).

GODESCHAL (né en 1803). Frère de la danseuse Mariette : *DV*, I, 843. Âgé de
trente-six ans en 1839 : *Bou.*, VIII, 55. Troisième clerc chez Derville en
1818 : *Col.*, III, 312 ; envoyé chez la comtesse Ferraud ; devenu second
clerc : 317. A cette époque, se lie avec Desroches, qui le trouve infatigable
au travail : *DV*, I, 843. Toujours chez Derville en février 1820, il habite
rue Vieille-du-Temple avec sa sœur : *R*, V, 310 ; en 1822, fin août, il passe
chez Desroches comme premier clerc : 470. Maître clerc : *MN*, VI, 356. A
cette époque, sa sœur amasse de quoi lui permettre de traiter dans dix ans
l'achat d'une étude : *DV*, I, 843 ; Desroches lui confie Oscar Husson qui,

grâce à lui, devient, en 1824, troisième clerc : 843-845 ; invente le registre architriclino-basochien de l'étude Desroches : 848 ; répare une première sottise d'Oscar : 859, 860 ; une seconde : 871. En 1828, toujours premier clerc de Desroches, rédige la requête de la marquise d'Espard ; ne paraît pas *très chinois* au juge J.-J. Popinot : *In.*, III, 448. Successeur de Derville, en 1839, est candidat à la main de Céleste Colleville ; évincé lorsque Minard informe Mlle Thuillier qu'il est le frère de la fameuse Mariette de l'Opéra : *Bou.*, VIII, 55 ; Théodose de La Peyrade le conseille à Thuillier comme avoué en 1840 : 153 ; successeur de Derville, a été dix ans premier clerc de Desroches, et habite rue Vivienne : 153, 154. En 1840, se rend avec Derville à Ris-Orangis : *Col.*, III, 371. En 1845, la présidente Camusot de Marville le dit successeur de Desroches ; il est son avoué : *CP*, VII, 692 ; il l'engage à se défier de Fraisier : 758.

    Ant. *HURÉ : *Col.*, III, 317 (var. *c*) ; *DERVILLE : *Col.*, III, 372 (var. *e*).

    *GODESCHAL, remplacé par HURÉ : *Col.*, III, 313 (var. *b*).

GODET. Malfaiteur (il y a eu un criminel réel de ce nom ; voir VI, 867, n. 1). Complice de La Pouraille et d'Arrache-Laine dans l'assassinat des époux Crottat, rue Boucher : *SetM*, VI, 869 ; a caché son *fade* chez sa sœur : 869, 913 ; arrêté par Vautrin, devenu l'adjoint de Bibi-Lupin, dans les premiers mois de 1830 : 935.

GODET (Mlle). Sœur du précédent. Honnête blanchisseuse de fin à Paris en 1830 ; sert sans le savoir de receleuse à son frère, ce qui pourrait lui valoir « cinq ans de *lorcefé* » : *SetM*, VI, 869 ; J. Collin a placé chez elle la Ginetta, pour qu'elle s'y impatronise : 913.

*GODET. Employé. Voir BIXIOU.

GODIN. Bourgeois parisien sur les boulevards en 1841. Sa discussion avec La Palférine et l'un de ses amis tourne à sa confusion : *Pr.B*, VII, 811.

GODIVET. Receveur de l'enregistrement à Arcis-sur-Aube en 1839. Scrutateur à la réunion électorale tenue par Simon Giguet : *DA*, VIII, 735.

GOGUELAT. Dauphinois. Soldat d'infanterie passé dans la Garde en 1812 ; décoré par Napoléon de la croix de la Légion d'honneur à Valoutina (28 août 1812) ; en 1829, il habite le bourg du docteur Benassis, chez la veuve d'un colporteur, avec Gondrin ; il est piéton de la poste du bourg, diseur de nouvelles du canton ; l'habitude des raconter en a fait l'orateur des veillées, le conteur en titre : *MC*, IX, 456 ; c'est lui qui, dans une grange, un soir, raconte l'histoire de Napoléon : 520-537.

    Ant. *MENOTI : *MC*, IX, 457 (var. *b*).

    *GOGUELAT, remplacé par BUTIFER : *MC*, IX, 598 (var. *a*).

GOGUELU. Dauphinois. Récemment « margaudée » par le Chouan Marie Lambrequin, tué au combat de La Pèlerine en 1799 : *Ch.*, VIII, 1081.

GOHIER. Orfèvre du roi en 1824. Il vend un ostensoir à Baudoyer qui, payant comptant, obtient un rabais : *E*, VII, 1033.

    Ant. le réel *CAHIER : *E*, VII, 1033 (var. *b*).

GOIX (les). Bouchers de la Halle, au XVI⁰ siècle. Ils soutiennent les Bourguignons ; l'un d'eux fut l'ancêtre maternel de Lecamus : *Cath.*, XI, 225, 231.

GOMEZ (capitaine). Commandant d'un brick espagnol, le *Saint-Ferdinand*, faisant voile sur Bordeaux : *F30*, II, 1181 ; attaqué par le corsaire l'*Othello* : on lui offre la vie sauve s'il capitule ; il refuse et est jeté à l'eau par les hommes du Capitaine parisien : 1187, 1188.

Gondolier (un). Sur ordre de la Tinti, annonce faussement à Emilio Memmi la présence de la duchesse Cataneo : *Do.*, X, 586.

Gondolier (un). Congratule de loin le mélomane Capraja : *Do.*, X, 604.

Gondoliers (deux). Croyant servir Venise, emmènent Facino Cane avec son complice et son butin : *FC*, VI, 1029.

GONDOIN. Semble être un collègue de l'Institut chez qui dîne Jorry des Fongerilles : *ES*, XII, 522 (ou de Saint-Vandrille : 538).

GONDRAND (abbé). Directeur de conscience de la duchesse de Langeais pendant le Carême de 1819 : *DL*, V, 968.

    Ant. GONDRAND *DE LUSIGNAC : *DL*, V, 968 (var. *a*).

GONDREVILLE (M. Malin, comte de) [né en 1759 ou en 1763]. Quatre-vingts ans en 1839 : *DA*, VIII, 767. Ou soixante-dix ans en 1833 : *TA*, VIII, 688 ; petit-fils d'un maçon de Troyes jadis employé par le marquis de Cinq-Cygne : 522. En 1787, avec son camarade de collège Grévin, arrive d'Arcis à Paris recommandé à Danton ; conventionnel en 1793, reste sagement

dans l'ombre jusqu'au 9 thermidor : *DA*, VIII, 766. Principal clerc de
Me Bordin en 1787 : *DV*, I, 849. En 1793, se rend auprès de la foule assié-
geant à Troyes l'hôtel de Cinq-Cygne; son dialogue avec Laurence et
les jumeaux Simeuse : *TA*, VIII, 521, 522; pendant la Terreur, est Malin
de l'Aube, représentant de son département à la Convention; caresse
Michu, régisseur de Gondreville : 507; le bruit court qu'il veut racheter
Gondreville dont, en 1800, il n'a payé que les droits d'enregistrement :
508, 509. Ses différents postes pendant la Révolution; partisan du Premier consul : *DA*, VIII, 766, 767. Épouse Mlle Sibuelle, fille d'un fournisseur millionnaire : 767; *TA*, VIII, 510; est tribun : 519, 694; participe
à la rédaction du Code civil; nommé conseiller d'État en 1800 par le
Premier consul : 510; *DA*, VIII, 767; se rend à Gondreville en 1800
pour prendre possession de la propriété qu'il a achetée sous le nom de
l'avocat Marion : 508, 693, 767. Achète un hôtel à Paris, faubourg
Saint-Germain : *TA*, VIII, 510; colloque avec Talleyrand, Fouché,
Sieyès et Carnot, le 13 juin 1800; le rôle qu'il joue à cette époque, bien
que sans fonction importante : 688, 692; entortillé par Fouché, rédige la
proclamation du gouvernement révolutionnaire, en cas d'échec de Bonaparte : 693; apprend la victoire de Bonaparte à Marengo : 693; en novembre
1803, se rend à Gondreville, consulter ses amis Marion et Grévin : 523;
explique à Grévin le double (ou triple) jeu qu'il joue; il est dans les secrets
des Bourbons : 524; sait que les jumeaux de Simeuse sont dans le pays,
et se méfie des sbires de Fouché : 526; au courant de ses activités, Fouché
a envoyé à Gondreville les policiers Corentin et Peyrade : 554; avertit
Corentin de la présence probable dans la région des jumeaux de Simeuse
et de leurs cousins, les Hauteserre : 555; appuie, à contrecœur, leur
demande de radiation de la liste des émigrés : 597; continue à craindre les
Simeuse et à le dire; il fait maintenir une surveillance à Arcis : 612; ancien
conventionnel et régicide, grand personnage de la Cour impériale en 1806;
le roi de l'Aube; sa biographie par le marquis de Chargebœuf, en visite
chez ses parents à Cinq-Cygne : 613, 614; son ambition en 1806, selon
M. de Chargebœuf, devenir comte de Gondreville : 615; vient d'arriver
à Gondreville pour la mi-carême de 1806, avec Grévin et Mme Marion :
618; enlevé par quatre inconnus masqués : 622, 623; but de cet enlèvement, ses agresseurs cherchent à Gondreville les preuves de la correspondance secrète qu'il entretient avec le comte de Lille, et des imprimés :
695; séquestré dans la cachette qui abrita trois ans auparavant les Simeuse
et les Hauteserre en forêt de Nodesme; reconnaît Marthe Michu venue
lui apporter des vivres : 650, 651; libéré par ses ravisseurs, se retrouve,
ignorant de ce qui s'est passé, sur la route de Troyes : 665; sa déposition
au Tribunal, favorable à Michu; il n'a pas reconnu l'odeur spécifique
de celui-ci : 668, 669. Son enlèvement l'a rendu célèbre : *PM*, II, 97;
sénateur en 1809, il donne un grand bal en son hôtel : 97; interrogé par
le général de Montcornet sur la jeune inconnue qui se trouve dans ses
salons, Mme de Soulanges, il lui assure ignorer son identité : 101; son
bel hôtel, chaussée d'Antin : 128. Après les Cent-Jours, en 1815, sa protection sauve du bannissement le colonel Giguet, d'Arcis-sur-Aube :
DA, VIII, 718; sous la Restauration, malgré l'influence du clan Cinq-
Cygne, sait contrebalancer en sous-main leur influence, grâce au secret
appui de Louis XVIII : 725. Marie l'une de ses filles au financier Keller,
vers 1819 : *DL*, V, 1014. Parrain de Cécile Beauvisage en 1820, impose
le prénom de Renée à l'enfant : *DA*, VIII, 756. Allié des Keller, François
ayant épousé une de ses filles en 1820; en 1822, pair constitutionnel, en
grande faveur auprès du roi : *CA*, IV, 981. Meneur d'une coterie qui a
pour âme le comte Ferraud, vers 1827 : *CM*, III, 652. L'un des invités
du dîner Nucingen, en octobre 1829 : *SetM*, VI, 495; peut faire obtenir
à Peyrade la place qu'il désire à la préfecture de police, en 1829 : 543;
il suffira de lui dire, ajoute Corentin, qu'il s'agit d'obliger l'un de ceux
qui, jadis, le débarrassèrent de MM. de Simeuse : 549. Sa richesse en
1831, comparable à celle de Nucingen : *S*, VI, 1044. Vers 1833, son apparition à une réception chez la princesse de Cadignan provoque le départ
de la marquise de Cinq-Cygne; Marsay rappelle qu'il a successivement
servi et trahi tous les régimes qui se sont succédé depuis sa jeunesse;
pair de Juillet en 1833, il a été très bien en cour sous Louis XVIII et

Louis-Philippe, mais Charles X lui battait froid : *TA*, VIII, 687; avec l'âge, a pris du tact; il s'excuse auprès de la princesse de Cadignan et s'esquive, ayant compris qu'il est de trop : 687, 688. Avance à Pigoult, successeur de Grévin, le prix de son cautionnement : *DA*, VIII, 728; sa fortune en 1839; a bien marié ses deux filles : 767.

Ant. le réel *ALIGRE (marquis d') : *S*, VI, 1044 (var. *b*).

Ant. *LIMONVILLE : *CM*, III, 625 (var. *b*); *GRANDVILLE, comme beau-père de KELLER : *DL*, V, 1014 (var. *a*); *« le plus vieux politique » anonyme : *E*, VII, 903 (var. *e*).

*GONDREVILLE : *EP*, VIII, 1595, 1596; estimé de Louis XVIII, renverse Decazes, conseille Villèle, mal avec Charles X, allié de Talleyrand, en grande faveur sous Louis-Philippe : *TA*, VIII, 684 (var. *c*); sous l'Empire, la Restauration : 695 (var. *a* et *b*); *DA*, VIII, 1599, 771 (var. *a*).

GONDREVILLE (comtesse Malin de). Femme du précédent. Née Sibuelle, mariée vers 1801 : *TA*, VIII, 510; fille d'un fournisseur millionnaire : 767. Ne sait cependant pas avec qui ses deux filles sont amoureuses ensemble : *PM*, VII, 99; la seule femme capable d'inviter des gens que personne ne connaît : 101.

GONDREVILLE (Mlles de). Filles des précédents. Voir KELLER (Mme François) et CARIGLIANO (duchesse de)[1].

GONDREVILLE (Charles de) [?-1823]. Frère des précédentes. Sous-lieutenant des dragons de Saint-Chamans; lié à Mme Colleville, vers 1818, père probable de son deuxième enfant; tué en Espagne : *Bou.*, VIII, 42.

GONDRIN (abbé). Ne prêchera pas le Carême à Saint-Jacques-du-Haut-Pas : *Bou.*, VIII, 68.

GONDRIN (né en 1774). Seul survivant rentré en France des pontonniers de la Bérésina. Agé de dix-huit ans en 1792; pris alors par la grande réquisition et incorporé dans l'artillerie; fait la campagne d'Égypte puis l'Allemagne dans la Garde comme pontonnier, enfin la Russie; en 1812, est l'un des quarante-deux poilus choisis par le général Éblé pour établir les ponts sur la Bérésina; revient en 1814 sourd, infirme; les Bourbons ne lui octroient ni croix, ni pension, ni retraite; rentre en 1815 au bourg; en 1829, persuadé que Napoléon vit toujours; il cure les fossés du bourg du docteur Benassis : *MC*, IX, 454-456; estime que Goguelat qui raconte l'Empereur ne parle pas assez des pontonniers de la Bérésina : 536, 537. Allusion à ce seul survivant des pontonniers du général Éblé, qui vit encore dans un village ignoré : *Ad.*, X, 988.

Ant. *GINESTOUX : *MC*, IX, 455 (var. *b*, *c*).

GONDUREAU. Voir BIBI-LUPIN.

GONORE (la). (Il a existé une femme de ce nom dans les milieux criminels du temps; voir VI, 867, n. 1.) Veuve du forçat Moïse, *largue* de La Pouraille, en 1830. Tenancière d'une maison close, rue Sainte-Barbe : *SetM*, VI, 867, 868; ignore que son *homme* a caché son *fade* dans sa *profonde* : 869; après la mort d'Esther Gobseck, héberge Paccard et Europe pour le compte de Mme de Saint-Estève : 908.

*GORDES (les), remplacés par les amis du chevalier de Valois : *VF*, IV, 910 (var. *c*); par les VERNEUIL : 934 (var. *c*).

*GORDES (Mme de) [née en 1790]. Riche veuve d'Alençon. A soixante mille livres de rente, dont elle dépense le tiers pour sa toilette. Très courtisée par Gabriel de Sponde : *La Fleur des Pois*, VF, IV, 1439-1441.

*GORDES (marquis de), remplacé par ESGRIGNON : *VF*, IV, 869 (var. *a*).

*GORDES (Armande de), remplacée par ESGRIGNON (Armande d') : *VF*, IV, 829 (var. *b*), 931 (var. *a*).

*GORDON (les). Famile de haute noblesse provinciale : *B*, II, 1459; remplacés par les VERNEUIL : 713 (var. *a*); *VF*, IV, 974 (var. *a*).

*GORDON (duc de). Voir VERNEUIL (duc Gaspard de).

GORENFLOT. Maçon à Vendôme en 1808. Veut épouser Rosalie, femme de chambre de la comtesse de Merret; le comte l'envoie quérir ses outils; il mure l'amant de la comtesse : *AEF*, III, 726-728.

GORIOT (Jean-Joachim) [1750 ?-1820]. Ancien négociant. Agé d'environ soixante-neuf ans en novembre 1819; portrait à cette époque : *PG*, III,

---

1. Un des lapsus chronologiques les plus éclatants de *La Comédie humaine* : d'après *MCP*, Mme de Carigliano est née en 1778, plus de vingt ans avant le mariage des Gondreville.

63, 64; ouvrier vermicellier avant la Révolution; en 1789, rachète le fonds
de son patron, victime du soulèvement, et s'établit rue de la Jussienne :
123; président de la Section Jussienne pendant la Révolution, et dans le
secret de la fameuse disette, vend ses farines dix fois leur prix; c'est l'origine de sa fortune : 114; resté veuf avec deux filles, développe le sentiment de la paternité jusqu'à la folie : 124; donne à ses filles une éducation
déraisonnable; les dote chacune de la moitié de sa fortune; devenues
comtesse de Restaud et baronne de Nucingen, elles insistent pendant
cinq ans pour qu'il abandonne son commerce : 125; il vend son fonds à
Muret; ses gendres refusent de le prendre chez eux : 126; aussitôt, en
1813, il se retire à la Maison Vauquer pour douze cents francs l'appartement et la pension : 63; Mme Vauquer lui découvre un revenu d'environ
huit à dix mille francs, ce qui lui donne des idées sur ce veuf : 64; vers
1814 reçoit des visites de ses deux filles, interprétées par Mme Vauquer
et Sylvie comme des visites de maîtresses : 70, 71; la veuve Vauquer passe
des espérances à la haine : 68; en 1815, il demande à passer au second
étage; sa pension se réduit à neuf cents francs; de Monsieur Corot, il
devient le père Goriot : 69; en 1819, émigre au troisième étage et réduit
encore ses frais : 55, 56; surpris par Rastignac en train de tordre une
pièce de vermeil, dans sa chambre : 78; vend ses couverts à l'orfèvre de
la rue Dauphine et va chercher chez Gobseck un billet à ordre qu'il renvoie, acquitté, à sa fille aînée, Mme de Restaud : 83, 84; les locataires de
la pension apprennent avec stupéfaction que le père Goriot est le père
d'une comtesse et d'une baronne : 119; le souffre-douleur des pensionnaires : 62, 63. Me Derville l'a beaucoup entendu parler de son client,
Maxime de Trailles : *Gb.*, II, 983. Se lie avec Rastignac parce que ce
dernier connaît ses filles : *PG*, III, 162; avec Delphine de Nucingen,
fin 1819, meuble à Rastignac un petit appartement rue d'Artois : 196;
vend ses rentes à cet effet : 230; le Christ de la Paternité : 231; reçoit
Delphine, qui se croit ruinée par son mari : 239-244; commence à ressentir
les premières affres de son mal : 244; visite intéressée de Mme de Restaud : 245-248; s'évanouit en assistant à un affrontement entre ses deux
filles : 252; Bianchon constate chez lui des symptômes d'un mauvais
pronostic : 254; sort malgré la défense de son médecin, pour aller vendre
à Gobseck son titre de rente viagère : 258, 259; son délire; les soins
qu'on lui prodigue : 259-260; repris par son délire : 271-279; sa mort;
son dernier mot : 284; en février 1820, seul avec Christophe, Rastignac
assiste à son enterrement : 289, 290. Cité par Bixiou : *MN*, VI, 380. Cité
par Mme Poiret (ex-Mlle Michonneau) en 1830 comme ayant habité la
pension Vauquer : *SetM*, VI, 757. Il est le père par excellence : *MM*, I,
486. Le père qui ne juge pas, qui aime, sans souci des convenances, si
complètement que son sentiment implique la maternité : *Pré.PG*, III, 46.
    *GORIOT : *CB*, VI, 49 (var. *b*).
GORIOT (Mme). Femme du précédent. Fille unique d'un riche fermier de la
    Brie; objet d'un amour sans bornes de la part de son mari; meurt après
    sept ans de mariage; deux filles, Anastasie et Delphine : *PG*, III, 124.
GORIOT (Anastasie). Fille aînée des précédents. Voir RESTAUD (comtesse de).
GORIOT (Delphine). Fille cadette des Goriot. Voir NUCINGEN (baronne de).
GORITZA (princesse). Charmante Hongroise, célèbre par sa beauté à la fin
    du règne de Louis XV; fait présent au chevalier de Valois d'une tabatière
    enrichie de sa miniature : *VF*, IV, 812; ce cadeau, fait au chevalier en
    1790, lui sourit depuis trente-six ans : 881; au mois d'avril 1830, à la
    vente après décès des objets ayant appartenu au chevalier, cette tabatière
    est acquise par Mme du Val-Noble : 935; racheté en 1832 par un jeune
    élégant, le précieux objet appartient depuis lors à une collection privée : 935.
    Ant. *SAPIÉHA[1] (princesse) : *VF*, IV, 1466.
GORJU (Mme). Femme du maire de Sancerre. En visite avec sa fille, en 1836,
    chez Mme de La Baudraye : *MD*, IV, 702; ne comprend rien à la conver-
    sation : 706, 714; songe à Bianchon comme gendre : 718.
GORJU (Euphémie). Fille de la précédente. Elle est nantie d'une assez belle
    dot, mais sa taille menace de tourner à la première grossesse; assiste à la
    soirée donnée par les La Baudraye en l'honneur de Lousteau et de Bian-

_____
    1. Nom réel.

chon, en 1836 : *MD*, IV, 718; sa mère songe un instant, en vain, à la marier à Bianchon : 718.

GOTHARD (né en 1788). Palefrenier de Mlle de Cinq-Cygne. Agé de quinze ans en 1803; tout dévoué à sa maîtresse : *TA*, VIII, 536; ancien vacher, est à son service en 1797; ses qualités : 539; vite devenu son émissaire secret; portrait : 539, 540; en 1803, suivant à la lettre les instructions de Michu, égare les gendarmes en s'enfuyant, puis se laisse capturer, et fait la bête : 559, 560, 561, 562, 571, 572; arrêté avec Michu, en 1806 : 631, 632; inculpé dans le procès Simeuse-Hauteserre-Michu, il est acquitté : 671. Rappel de ses activités en 1806 : *DA*, VIII, 731; intendant de Cinq-Cygne en 1836 : 776; recommande l'inconnu du « Mulet » à son beau-frère · 788.

    *GOTHARD. Interrogé par Lechesneau et Pigoult : *TA*, VIII, 638 (var. *c*); témoigne au procès Hauteserre-Simeuse : 662 (var. *b*).

GOTHARD (Mlle). Sœur du précédent. Voir POUPART (Mme).

GOUGES (Adolphe de). Pseudonyme utilisé par Henri de Marsay vers 1814 dans sa correspondance avec la Fille aux yeux d'or; il lui donne son adresse : 54, rue de l'Université : *FYO*, V, 1075

*GOUGES (Mlle de). D'une noble famille de Gascogne, mère de Marsay : *FYO*, V, 1054 (var. *d*). Voir MARSAY (comtesse de).

*GOUGES (Henri de). Fils de la précédente. Ant. *SAINT-GEORGES (*Georges, puis *Jacques puis Henry de), puis remplacé par MARSAY (Henri de) : *FYO*, V, 1054 (var. *d*).

GOUJET (abbé). Conseille aux Beauvisage, en 1792, de prénommer leur fils Philéas : *DA*, VIII, 751. Ancien abbé des Minimes, a pris pour retraite la cure de Cinq-Cygne. Ex-précepteur des jumeaux de Simeuse, habitué du château ainsi que sa sœur, vient y faire chaque soir son boston : *TA*, VIII, 544, 545; Corentin, en 1803, essaie vainement de le faire parler : 576, 577; appuie la demande en réintégration des jumeaux de Simeuse et des deux frères Hauteserre : 596, 597; vient les avertir en 1806 de l'imminence de leur arrestation et les supplie vainement de gagner la frontière : 634; Marthe Michu lui révèle avoir reçu une lettre, qu'elle croit être de son mari : 652; assiste Michu lors de son supplice : 683; nommé évêque de Troyes à la Restauration : 545.

    *GOUJET (abbé). Approuve la tactique de Bordin : *TA*, VIII, 645 (var. *c*); chargé par Bordin et par M. de Chargebœuf de surveiller le pays : 647 (var. *b*); *DA*, VIII, 1596.

GOUJET (Mlle) [née vers 1743]. Sœur du précédent. Elle tient leur ménage : *TA*, VIII, 544, 545; âgée d'environ soixante ans en 1803; portrait : 545, 546; en 1836, assignée avec son frère à la requête des accusés, se rend à Troyes : 653.

*GOULARD, procureur du roi dans une ville de province en 1838 : *EP*, VIII, 1596.

GOULARD. Ancien piqueur des Simeuse, maire de Cinq-Cygne en 1803. Enrichi par l'achat de biens nationaux (l'abbaye du Val-Preux) : *DA*, VIII, 746; *TA*, VIII, 551; ferme les yeux sur les activités suspectes de Mlle de Cinq-Cygne : 551; envoyé au château par Corentin, sous prétexte d'y donner l'alarme : 556; s'aperçoit du geste de défiance adressé par l'abbé Goujet à Mlle de Cinq-Cygne : 584; en mars 1806, offre sa caution à Mlle de Cinq-Cygne dont le refus fait de lui son mortel ennemi : 635. A la mort de sa femme va habiter Arcis-sur-Aube : *DA*, VIII, 746.

GOULARD (Mme) [?-avant 1815]. Femme du précédent. Riche marchande de Troyes dont le bien se trouve sur la commune de Cinq-Cygne : *TA*, VIII, 551. Après sa mort, son mari va habiter Arcis et met leur fils au Lycée impérial : *DA*, VIII, 746.

GOULARD (Antonin) [né v. 1806]. Fils des précédents. Sous-préfet d'Arcis en 1839 : *DA*, VIII, 716; camarade d'études de Simon Giguet : 746; a inutilement demandé la main de Cécile Beauvisage à la fin de 1838 : 721, 746; avec Frédéric Marest, Olivier Vinet et le juge Martener, représente le parti ministériel d'Arcis : 742; études à Paris, au Lycée impérial; chevalier de la Légion d'honneur, grâce à Malin de Gondreville : 746; conversation avec *l'inconnu* du Mulet (M. de Trailles) : 796-800.

    *GOULARD (Antonin) : *DA*, VIII, 1598-1601; rêve d'être GOULARD *D'EXILLY puis GOULARD *DE VALPREUX : 1600.

Gouvernante du docteur Minoret (la). Furieuse de ne pas suivre son maître à Nemours en 1815, donna à Zélie Minoret-Levrault des renseignements confidentiels sur la fortune du docteur : *UM*, III, 789.

Gouvernante d'un vieux garçon (la). En 1806, procure à un coiffeur l'achat en viager d'un immeuble rue Richelieu appartenant à son maître mourant; quarante ans plus tard, il vit toujours et elle l'a épousé : *CP*, VII, 572.

Gouverneur de Smyrne (le). Le faux Georges Czerni affirme avoir assisté à sa mise à mort, sur l'ordre du padisha Chosrew Pacha : *DV*, I, 784, 785.

*GRABERT. Voir GRIMBERT.

GRADOS. Usurier à Paris en 1818. Payé par le colonel Chabert des billets à ordre souscrits par Vergniaud : *Col.*, III, 345.

GRAFF (Johann). Hôtelier allemand. Ancien premier garçon de Gédéon Brunner à Francfort; tient à Paris, en 1845, l'hôtel du Rhin, rue du Mail; héberge Fritz Brunner et Wilhelm Schwab, à leur arrivée à Paris : *CP*, VII, 537.

GRAFF (Émilie). Fille unique du précédent. Épouse Wilhelm Schwab en 1845 : *CP*, VII, 538.

GRAFF (Wolfgang). Tailleur allemand. Frère de Johann. Établi rue Richelieu : *CP*, VII, 538; en 1835, engage W. Schwab comme teneur de livres, à six cents francs d'appointements : 537. En 1838, Bette Fischer conseille à Wenceslas Steinbock de se faire habiller par lui : *Be.*, VII, 137, 138. En 1845, étant sans enfant, toute sa fortune doit aller à sa nièce Émilie : *CP*, VII, 538.

*GRAFFET, remplacé par *GRASSET, puis par CAMUSOT : *CB*, VI, 279 (var. *b*).

*GRANCEY (duc de). Épouse, avant 1821, la fille du comte de Grandlieu, propriétaire des terres et châteaux d'Ars et de Grandlieu : *Le Grand Propriétaire*, IX, 1269.

GRANCEY (abbé de) [né en 1764). Âgé de soixante-dix ans en 1834 : *AS*, I, 930; en 1786, est devenu prêtre à vingt-deux ans par désespoir d'amour; en 1788, curé; en 1834, a refusé trois évêchés : 1001; vicaire général à Besançon; à une soirée chez les Watteville annonce le succès de l'avocat Savarus dans le procès Archevêché contre Préfecture, perdu en première instance : 915; ami du défunt archevêque; soupçonne un désaccord entre Mme de Watteville et sa fille : 925; fait l'éloge de Savarus : 927-929; pressent des secrets derrière le front de l'avocat : 929; accepte de soutenir secrètement la carrière politique de celui-ci : 975; sa prophétie, Savarus est un prêtre qui n'est pas dans son chemin : 985; Rosalie suggère à son père de lui faire demander l'aide de Savarus pour son procès contre la commune des Riceys : 989; sa visite à Me Savarus : 990, 991; suggère à Savarus de feindre d'épouser Sidonie de Chavoncourt, afin d'obtenir les voix légitimistes : 1002; devine enfin les ambitions de Rosalie : 1005, 1006; aux Rouxeys, en août 1836, pour tenter de réconcilier Mme de Watteville et Rosalie : 1010; cette dernière lui avoue avoir subtilisé la correspondance échangée entre Savarus et la duchesse d'Argaiolo : 1012; une lettre lui apprend que l'avocat s'est réfugié au monastère de la Grande-Chartreuse, où il accomplit son noviciat : 1015, 1016; en reçoit des nouvelles en novembre 1836 : 1016, 1017.

GRANCOUR (abbé de). Second vicaire général de l'évêché de Limoges en 1829. Son opposition de caractère avec l'abbé Dutheil : *CV*, IX, 675; assiste celui-ci, venu consulter l'évêque au sujet du procès Tascheron : 700.

Ant. *GRANDCOUR (abbé de) : *CV*, IX, 677 (var. *b*).

Grand d'Espagne (un). Mari trompé, et jaloux, en 1808 : *MD*, IV, 690; portrait en 1822 : 695; en 1808, ronfle pendant que sa femme accouche en présence de son amant : 692; caché dans un buisson, entend les propos imprudemment tenus par le chirurgien Béga : 694; endort à l'opium les amis de Béga, lui montre le bras coupé de sa femme et le tue d'un coup de stylet au cœur : 695; revu à Tours, en 1822, par le receveur général Gravier, à un bal chez Mme de Listomère; il est accompagné de sa femme : 696.

Grand seigneur libertin (un). Près des Andelys, séduit une paysanne qui va se noyer après avoir accouché d'un fils, du Tillet : *CB*, VI, 73.

Grand-Fils (le). Surnom chouan de François Lisieux : *EHC*, VIII, 294. Voir LISIEUX.

Grande dame anglaise (une). Dépravée; passe pour faire revenir les morts : *MI*, XII, 737.

Grande dame madrilène (une). Femme d'un Grand d'Espagne (voir cet article). Son accouchement clandestin, par Béga, à Madrid, en 1808, en présence de son amant : l'enfant étant mort, le chirurgien doit l'extraire par morceaux : *MD*, IV, 692; en 1822, rencontrée à Tours avec son mari; porte un bras artificiel; le *meneho* de son allure : 696.

GRANDE GARCE (la). Surnom donné par les Chouans à la comtesse du Gua : *Ch.*, VIII, 1082. Voir GUA (comtesse du).

GRANDEMAIN. Clerc de Me Desroches en 1822 : *DV*, I, 851.

GRANDET (Félix) [1749-1827]. Agé de quarante ans en 1789 : *EG*, III, 1030; portrait en 1819 : 1035, 1036. Avare comme le tigre est cruel : *Pay.*, IX, 237. En 1789, maître tonnelier, fort à son aise, sachant lire, écrire et compter; en 1790, épouse la fille d'un marchand de planches, Mlle de La Gaudinière : *EG*, III, 1030, 1031; en 1796, naissance de sa fille; maire de Saumur en 1799; révoqué en 1804 par Napoléon, qui n'aime pas les républicains; en 1806, recueille les importantes successions de Mme de La Gaudinière, de M. de La Bertellière et de Mme Gentillet : 1031; importance de ses biens au soleil; récolte sept à huit cents poinçons de vin, dans les bonnes années; dès 1816 on lui suppose déjà quatre millions en biens-fonds et autant en or : 1032-1034; en 1818 acquiert la terre de Froidfond : 1038; en novembre 1819, suicide de son frère Guillaume à Paris, qu'il n'a pas revu depuis bientôt vingt-trois ans; la lettre de Guillaume lui est apportée par le fils de ce dernier, Charles : 1063-1065; il annonce à son neveu la mort de son père, et sa ruine : 1093; sa récolte de 1819 bien vendue, payée en or : 1098; extorque aux Cruchot une consultation juridique sur la faillite de son frère qui peut être transformée avantageusement en liquidation : 1110-1116; le président de Bonfons, s'offrant à aller à Paris régler l'affaire mais demandant les frais de voyage, il amène le banquier des Grassins à s'en charger pour rien : 1117; une nuit, va vendre son or à Angers, où il a doublé, et place le produit de sa vente en rentes sur le Trésor : 1119-1121; cent mille livres de rentes achetées à quatre-vingts francs net : 1142; le 1er janvier 1820, Eugénie lui avoue qu'elle n'a plus le douzain de pièces d'or qu'il lui constitue; il la séquestre : 1149-1156; quelques mois plus tard, fait procéder au dépôt chez notaire des créances sur son frère rachetées à quarante-sept pour cent : 1143; en 1822, sa femme meurt, il obtient d'Eugénie sa renonciation à la succession : 1172, 1173; en 1823, fait arrêter le déficit de deux millions quatre cent mille francs de son frère à la moitié : 1144; vers 1824, vend ses titres de rente, à 115 francs alors, rachète pour deux millions quatre cent mille francs d'or qui s'ajoutent aux six cent mille francs d'intérêts composés : 1145; vers 1825, commence à initier sa fille à ses affaires : 1173; frappé de paralysie rapidement progressive à la fin de 1827, a mis sa fille au courant de sa fortune territoriale : 1174; son dernier geste d'avare, hanté par l'or, à son lit de mort : 1175.

GRANDET (Mme Félix) [1770 ?-1822]. Femme du précédent. Agée d'environ trente-six ans en 1806; née Mlle de La Gaudinière : *EG*, III, 1031; portrait en 1819 : 1046; mariée en 1790 : 1030; en 1820, déjà malade : 1152; la séquestration d'Eugénie aggrave son état : 1154; meurt en octobre 1822 : 1170. Femme vertueuse : *Pré.PG*, III, 43.

GRANDET (Eugénie) [née en 1796]. Fille unique des précédents. Agée de dix ans en 1806 : *EG*, III, 1031; portrait en 1819 : 1075, 1076; lors de sa fête et de son anniversaire, en novembre, son père lui donne une pièce d'or : 1045; en novembre 1819, sa vie et son cœur sont bouleversés par l'arrivée de son cousin Charles : 1077; elle lui offre son douzain, environ deux mille écus d'or : 1127-1129; échange avec lui une promesse de mariage : 1139-1141; sa transformation depuis qu'elle est amoureuse : 1146, 1147; le 1er janvier 1820, affronte son père et refuse de lui dire à qui elle a donné son or : 1153-1156; séquestrée dans sa chambre : 1155, 1156; renonce à l'héritage maternel en octobre 1822 : 1172; à la mort de son père, en 1827, le notaire Cruchot lui chiffre le montant de sa fortune : dix-sept millions : 1176; les Cruchot la cernent et l'appellent Mlle de Froidfond : 1178, 1179; au mois d'août 1827, reçoit enfin une lettre de Charles, et perd ses illusions : 1186; après le whist du soir, prie M. de Bonfons de rester, geste qui l'engage : 1193; lui propose un mariage blanc et lui demande d'aller, auparavant, remettre à son cousin la quittance de toutes les sommes dues par Guillaume Grandet : 1193-1195; épouse Cruchot de Bonfons : 1196; veuve à trente-trois ans, en 1829, continue, malgré ses

huit cent mille livres de rente, à vivre dans sa maison natale, à Saumur :
1198 ; ses œuvres charitables. Deviendra-t-elle marquise de Froidfond ? :
1198, 1199. Femme vertueuse : *Pré.PG*, III, 43.

    *FROIDFOND (marquise de) et, ant., *VARDES (duchesse de), en secondes
noces. Elle vit à Paris, où elle inspire un religieux respect ; elle dote de
quinze cent mille francs la fille du premier lit de son mari : *EG*, III,
1198 (var. *n*).

GRANDET (Victor-Ange-Guillaume) [?-1819]. Frère cadet de Félix : *EG*, III,
1064 ; riche marchand de vins en gros à Paris : 1038 ; épouse par amour la
fille naturelle d'un grand seigneur : 1064 ; a un fils, Charles ; député, maire
d'un arrondissement de Paris, colonel dans la Garde nationale, juge au
tribunal de commerce en 1815 : 1038. Son principal concurrent, la maison
Leclercq et Cie, vins, quai de Béthune : *Pay.*, IX, 134. Prévoyant sa proche faillite, Nucingen lui achète en 1815 cent cinquante mille bouteilles de
champagne à 1,50 franc la bouteille : *MN*, VII, 338. En 1819, ruiné par la
faillite du notaire Roguin, adresse son fils à son frère Félix, qu'il n'a pas
vu depuis 1796 ; lui annonce son suicide en novembre : *EG*, III, 1063-
1065. Cruchot lit dans le journal la nouvelle de son suicide : 1082, 1083.
    Ant. *GENDEBIEN : *MN*, VI, 338 (var. *j*).

GRANDET (Charles) [né en 1797]. Fils du précédent. Âgé de vingt-deux ans
en 1819 : *EG*, III, 1055 ; portrait à cette époque : 1057-1059 ; arrive à
Saumur par la diligence du Grand Bureau, en novembre 1819, et se présente chez son oncle Félix Grandet : 1055 ; sa surprise à l'aspect de la maison : 1069-1071 ; le lendemain, son oncle l'informe de la mort de son père
et de sa faillite : 1093 ; écrit à sa maîtresse, Annette, lui annonçant sa décision d'aller tenter la fortune aux Indes : 1122-1124 ; confie le soin de
liquider ses affaires à Paris à son ami Alphonse, et lui fait présent de son
cheval Briton : 1126, 1127 ; signe une renonciation à la succession paternelle devant le tribunal de Saumur : 1136 ; dit à Eugénie qu'il l'épousera
à son retour : 1139, 1140 ; quitte Saumur par la diligence de Nantes et
s'embarque sur un voilier à destination de Java, nanti d'une pacotille :
1141, 1142 et 1139 ; des Indes en Afrique, aux États-Unis, sous le pseudonyme de Carl Sepherd, fait fortune en vendant des nègres, des Chinois,
des enfants et possède dix-neuf cent mille francs quand il revient, en 1827 :
1180-1182 ; en sept ans, il n'a pas écrit une fois à sa cousine : 1180 pendant son retour sur la *Marie-Caroline*, liaison avec Mme d'Aubrion, qui a
une fille à marier : 1182, 1183 ; annonce ses fiançailles à Eugénie par lettre :
1186-1188 ; reçoit la visite du mandataire d'Eugénie, Cruchot de Bonfons,
qui lui remet une lettre et la quittance générale de la faillite Guillaume
Grandet et apprend le montant de la fortune d'Eugénie : 1194, 1195 ;
deviendra par son mariage vicomte d'Aubrion : 1183 ; reparaît à Paris en
comte d'Aubrion, comme les Dreux reparurent un jour en Brézé : 1184 ;
il est gentilhomme ordinaire de la chambre du roi : 1187. En 1829, il
implore l'amant de Delphine, Rastignac, de lui faire échanger son argent
contre les actions des mines de Wortschin : *MN*, VI, 388, 389 ; il perd
cinq cent mille francs dans la troisième liquidation Nucingen : 371 ; en
1836, Blondet évoque la faillite de son père : 338.
    Ant. prit pour pseudonyme *CHIPPART : *EG*, III, 1182 (var. *b*) ; il devint
d'abord *comte d'Aubrion : 1191 (var. *i*).

GRANDET (Mme Charles). Voir AUBRION (Mathilde d').

GRAND JACQUES. Voir FONTAINE (comte de).

*GRANDLIEU (famille de). Propriétaire, en 1815, depuis le ministère du cardi-
nal de Richelieu, de la terre et du château d'Ars, à seize lieues de Tours,
d'abord propriété du marquis d'O : *Le Grand Propriétaire*, IX, 1260 (et
n. 2), 1261.

*GRANDLIEU (marquis de) [1741-1821]. Représentant la famille précédente en
1815 ; il est alors âgé de soixante-quatorze ans : *Le Grand Propriétaire*, IX,
1265 ; grand fauconnier sous Louis XV[1] : 1265 ; il possède le castel de
Grandlieu[2] en Bretagne, près du lac de Grandlieu, d'où le nom de la
famille : 1270 ; et Ars, convoité par les bourgeois de La-Ville-aux-Fayes,
bourg proche : 1266 ; après la perte d'un procès de bornage en 1815, il

<hr>

1. Voir le réel ENTRAGUES (marquis d').
2. Ant. de *FITZ-JAMES : *Lys*, IX, 1054 (var. *b*).

passe le reste de sa vie à faire cadastrer la terre d'Ars : 1268, 1269; il meurt en 1821 : 1269.

*GRANDLIEU (comte puis marquis de) [1772- ?]. Fils unique du précédent. Âgé d'environ quarante-deux ans en 1815 : *Le Grand Propriétaire*, IX, 1264, 1267; lieutenant de mousquetaires avant la Révolution, il émigre à Coblentz : 1264; il se marie pendant l'émigration, d'abord à une Courtenvaux : 1265, puis à la fille de lord Fitz-Lovel, à Londres : 1265; ils ont un fils et une fille : 1267; à la première Restauration, il est nommé lieutenant à la Maison rouge, vient voir son père à Ars, puis, en 1815, lors des Cent-Jours suit Louis XVIII à Gand, avec sa famille : 1266; en 1821, la mort de son père le fait marquis et héritier d'Ars et Grandlieu : 1269; en froid avec Louis XVIII à la suite d'une malice de l'abbé Louchard : 1270; commence à aménager le château d'Ars vers mars 1822 : 1271; trop occupé à aller de Paris à Grandlieu et Ars, il ignore les intrigues de La-Ville-aux-Fayes : 1272.

*GRANDLIEU (miss Fitz-Lovel, devenue comtesse puis marquise de). Seconde femme du précédent : *Le Grand Propriétaire*, IX, 1266; en 1814, elle accompagne son mari à Ars où, faute de comfortable, elle se déplaît : 1267; après les aménagements, elle s'y installe pour l'été en 1823 : 1272.

*GRANDLIEU (vicomte de). Fils des précédents. En 1821, il a épousé une Noailles : *Le Grand Propriétaire*, IX, 1269.

*GRANDLIEU (Mlle de). Sœur du précédent. En 1821, elle est la femme du duc de Grancey : *Le Grand Propriétaire*, IX, 1269.

*GRANDLIEU (vicomte et vicomtesse de). Oncle et tante du comte de Grandlieu. A la Révolution, émigrés à Londres : *Le Grand Propriétaire*, IX, 1266.

GRANDLIEU (famille de). Vieille et bonne noblesse du duché de Bretagne : *EM*, X, 958; *SetM*, VI, 507. Au milieu du XVIIIe siècle, s'était scindée en deux branches : l'aînée, ducale, la cadette, vicomtale : *SetM*, VI, 505. La branche cadette est comtale : *EM*, X, 957, 958. Blason de la branche aînée, condamnée à l'extinction sous la Restauration, le duc, dernier du nom, n'ayant que des filles; armoiries de la branche cadette, écartelé de Navarreins : *SetM*, VI, 505. La branche ducale finit par cinq filles : *B*, II, 838. Pour le comte de Montcornet, fils d'un tapissier, la maison de Grandlieu représente le noble Faubourg où il brûle du désir d'être admis : *Pay.*, IX, 151. Ses alliances inconnues avec des familles de province, ignorées à cinquante lieues de distance, telles que les Sainte-Sévère, qui effleurent les Navarreins, les Grandlieu, etc. : *FA*, II, 464. Figure parmi les familles du faubourg Saint-Germain invitées en 1819 au bal Beauséant : *PG*, III, 77. Fait partie de l'équipe politique animée par Marsay vers 1827 : *CM*, III, 647; admirablement bien en cour : 652. Modeste Mignon estime, en 1829, qu'après tout, les Canalis n'ont pas à se comparer aux Grandlieu, etc. : *MM*, I, 515. L'impertinente réponse d'H. de Marsay à Philippe Bridau au sujet de la famille de Grandlieu : *R*, IV, 538. Son alliance avec Mlle des Touches : *B*, II, 691, 838; *In.*, III, 484.

   Ant. les réels *MONTMORENCY : *FA*, II, 464 (var. *a*); *NOIRMOUTIER : *EM*, X, 922 (var. *a*), 949 (var. *b*).

GRANDLIEU (duc Ferdinand de) [né en 1764]. Chef de la branche aînée, destinée à l'extinction, le duc n'ayant que des filles : *SetM*, VI, 505. Âgé de cinquante-cinq ans en 1819 : *DL*, V, 1012; oncle du duc de Langeais : 1008; il participe au conseil de famille réuni par la princesse de Blamont-Chauvry pour parer au scandale causé par la conduite de la duchesse de Langeais : 1010-1019. Il est l'objet des coquetteries de Napoléon à son retour d'émigration en 1804 : *SetM*, VI, 506. Intervient auprès de lui en 1804 en faveur des Simeuse et des Hauteserre : *TA*, VIII, 598. Ne renie pas l'Empereur en 1814; Louis XVIII a égard à cette fidélité dont le faubourg Saint-Germain fait un crime aux Grandlieu : *SetM*, VI, 506. Parent de Félicité des Touches, l'accueille à son arrivée à Paris en 1814; aux Cent-Jours suit les Bourbons à Gand : *B*, II, 691; rend visite à la duchesse en 1819 et lui reproche sa conduite : *DL*, V, 1010; à une soirée chez la duchesse de Berry, dément les bruits qui courent sur sa parente : 1022. Au mois de mars 1822, félicite Lucien de Rubempré de sa volte-face politique : *IP*, V, 515. En octobre de la même année, est un des deux qui présentent Victurnien d'Esgrignon au roi : *CA*, IV, 1009. Apprend à son ami le duc de Chaulieu, en 1829, que Canalis fait la cour à Modeste Mignon : *MM*, I, 687. Hôtel rue Saint-Dominique : *SetM*, VI, 499; son salon;

on y respire l'air de la Cour : 507; tient à distance Lucien de Rubempré qu'il n'a jamais consenti à recevoir à dîner, malgré les instances de son entourage, l'appelant dédaigneusement le sire de Rubempré : 509; daigne lui adresser la parole lorsqu'il vient de se rendre acquéreur de la terre de Rubempré, et l'admet à son whist : 639, 640; l'a déjà invité deux ou trois fois à dîner lorsqu'en 1830, à la suite d'une lettre anonyme, il lui refuse sa porte : 647-651; charge M. de Saint-Denis (Corentin) d'une mission secrète avec Me Derville : 662; ne s'intéresse qu'au whist et à la considération due aux Grandlieu : 662; reçoit la visite de Mme Camusot et de la duchesse de Maufrigneuse; la première lui annonce l'existence de lettres compromettantes écrites à Lucien de Rubempré par sa fille, Clotilde : 881, 882; envoie un valet quérir Corentin : 882. Figure sur le « recueil des erreurs » de Diane de Maufrigneuse : *SPC*, VI, 952. Pris par une attaque de goutte et seul, en 1841, accepte Maxime de Trailles comme partenaire de son whist : *B*, II, 909.

Ant. le réel *LUYNES (duc de) : *TA*, VIII, 598 (var. *c*).

Ant. *CASSAN (marquis de) : *DL*, V, 1008 (var. *b*), lui-même ant. *M. de … : 1010 (var. *f*) et 1011 (var. *i*), ou *L… (M. de) : 1014 (var. *d*), 1017 (var. *e*), 1019 (var. *b*), encore ant. *LANGEAIS-SAINT-MAURI (M. de) : 1022 (var. *d*) ou *LANGEAIS : 1024 (var. *c*).

GRANDLIEU (duchesse de). Femme du précédent. Portugaise, née d'Ajuda, de la branche aînée, alliée aux Bragance : *SetM*, VI, 506. Son salon, fréquenté en 1822 par les *roués* de Paris : *CA*, IV, 1008; sa réflexion railleuse sur la façon assez leste dont Diane de Maufrigneuse a happé Victurnien d'Esgrignon : 1019. En 1822, invite Lucien de Rubempré à l'un de ses raouts : *IP*, V, 522. Vers le milieu de 1829, alors qu'elle a quatre filles à marier, le bruit court du mariage de l'aînée avec Lucien de Rubempré : *SetM*, VI, 489; dans son salon, se montre excellente pour Lucien : 639; reçoit la visite de Diane de Maufrigneuse et de Mme Camusot; ses habitudes austères; sa piété : 881. En 1833, alors que le faubourg Saint-Germain s'est rallié, reçoit chez elle les célébrités nouvelles de l'art, de la science, etc., dont Mme Félix de Vandenesse : *FE*, II, 299. Sa parente, Félicité des Touches, lui écrit pour arranger un mariage entre son protégé, Calyste du Guénic, et Sabine de Grandlieu, en 1838 : *B*, II, 838, 839. La même année, s'entremet avec quelques dames charitables en vue de procurer un emploi à la baronne Hulot : *Be.*, VII, 365. La jeune vicomtesse de Portenduère vient la mettre au courant des malheurs de sa fille, Sabine du Guénic; elle confesse Sabine, qui lui avoue le chagrin que lui cause la liaison de Calyste avec la marquise de Rochefide : *B*, II, 877; a déjà consulté son mari et son gendre, d'Ajuda, en vue de tenter de tirer Calyste des griffes de Béatrix; elle devra aussi demander l'avis de son confesseur, l'abbé Brossette : 889; son entretien avec celui-ci; fait un vœu pour réussir : 891-894; prie Ajuda de lui amener Maxime de Trailles : 909; accepte le marché qu'il lui propose; elle recevra et patronnera la future comtesse de Trailles : 910. A l'occasion du mariage de Mlle Derville avec Antonin Bongrand, en 1842, offre au jeune ménage une toilette en argent : *Méf.*, XII, 422.

*GRANDLIEU (duchesse de), remplacée par TOUCHES (Mlle des) : *FE*, II, 298 (var. *b*); *CA*, IV, 1012 (var. *a*).

GRANDLIEU (Mlle de). Fille aînée des précédents; prend le voile en 1822 : *SetM*, VI, 506. Citée comme religieuse, sœur de Clotilde, sa cadette : *B*, II, 839.

GRANDLIEU (Clotilde-Frédérique de) [née en 1802 ou en 1805]. Deuxième fille des précédents : *B*, II, 839. Mais est appelée l'aînée : *SetM*, VI, 489, 496. Agée de trente-six ans en 1841 : *B*, II, 889. De vingt-sept ans en 1829 : *SetM*, VI, 506; portrait à cette époque; son esprit : 511, 512; son corsage plat, dont Esther se moque : 689, 759; alors le bruit court de son prochain mariage avec Lucien de Rubempré : 496; Lucien lui fait une cour habile et discrète : 499; se dédommage de ses privations par l'écriture; ses lettres, précieusement conservées par Carlos Herrera, comme une arme future : 501; arbore un petit mouchoir rose à son cou de cigogne; signal convenu avec Rubempré : 649; en larmes devant la rigueur paternelle : 649; part pour l'Italie en compagnie de Madeleine de Lenoncourt-Chaulieu : 651; a rendez-vous avec Lucien sur la route d'Italie, à Fontai-

nebleau : 689; lui confirme qu'elle ne se mariera qu'avec lui : 695; assiste
à son arrestation sur la route de Bourron; elle s'évanouit : 696; Herrera
possède ses lettres à Lucien de Rubempré, et le fait savoir au procureur
général, M. de Granville : 882. Sans se faire religieuse comme son aînée,
décide de ne pas se marier : *B*, II, 839; fidèle à un mort, ne craint plus
de rivale : 859.

GRANDLIEU (Joséphine de). Troisième fille du duc de Grandlieu. Épouse le
marquis d'Ajuda-Pinto, veuf en 1833 de Mlle de Rochefide : *SetM*, VI,
506. Brille, en 1841, dans la société de jeunes femmes qui comprend
Mmes de La Bastie, Georges de Maufrigneuse, de l'Estorade, etc. : *B*,
II, 910, 911.

GRANDLIEU (Sabine de). Sœur de la précédente. Voir DU GUÉNIC (Sabine).

GRANDLIEU (Marie-Athénaïs de) [née en 1820]. Cinquième et dernière
fille du duc de Grandlieu. Âgée de neuf ans en 1829; destinée au vicomte
Juste de Grandlieu, son cousin : *SetM*, VI, 506. Assiste au mariage de sa
sœur Sabine : *B*, II, 844; sur le point de se marier, à la fin du Carême de
1841; sa sœur Sabine lui donne d'utiles conseils de tactique conjugale :
B, II, 887, 888.

GRANDLIEU (Mlle de). Grand-tante de Félix de Vandenesse. Par son mariage,
marquise de Listomère : *Lys*, IX, 1045. Voir LISTOMÈRE (marquise de).

GRANDLIEU (comtesse de). De la branche cadette, comtale, des Grandlieu.
Arrive au château d'Hérouville en 1617 avec sa sœur, la marquise de
Noirmoutier, et sa fille, qui doit épouser Étienne d'Hérouville : *EM*,
X, 950, 957, 958; affirme au vieux duc qu'il est encore assez vert-galant
pour avoir une belle lignée : 960.

GRANDLIEU (Mlle de). Fille de la précédente. Destinée par le duc d'Hérouville à son fils Étienne : *EM*, X, 950; héritière des domaines d'une branche
cadette des Grandlieu : 958; Étienne étant mort brusquement, le duc lui
dit qu'il l'épousera : 960. Le mariage a en effet lieu, puisqu'il en naît une
postérité : *MM*, I, 626.

    Ant. *NOIRMOUTIER (marquise et Mlle de) : *EM*, X, 950 (var. *a* et *b*).

GRANDLIEU (vicomtesse de). Sœur du comte de Born : *Gb.*, II, 983. Veuve
en 1813, avec deux enfants, Juste et Camille; son blason : *SetM*, VI, 506.
Rentre d'émigration en 1814, avec les Bourbons : *Gb.*, II, 962; grâce à
son avoué, Me Derville, gagne son procès contre l'État et obtient la restitution d'une large part de ses biens : 963; le procès a sans doute lieu
en 1819, époque à laquelle Derville est en âge d'être avoué : 982. Godeschal, premier clerc de Derville, dicte à ses clercs l'assignation de la vicomtesse contre la Légion d'honneur, affaire pour compte d'étude, intentée
à forfait : *Col.*, III, 312, 319, 320. Assiste à une soirée chez Mlle des
Touches, en petit comité, en 1823 : *CA*, IV, 1019. Fait quelques observations à sa fille, Camille, sur sa conduite avec le jeune comte de Restaud :
Gb., II, 961, 962. En 1833, accueille la comtesse Félix de Vandenesse,
ayant été l'une des premières à ro·uvrir son salon, après la révolution de
Juillet : *FE*, II, 299. Cadeaux de mariage en 1838 à Sabine de Grandlieu :
B, II, 873. Et en 1842 à Mlle Derville : *Méf.*, XII, 422.

GRANDLIEU (Camille de) [née en 1812]. Fille de la précédente. Âgée de
dix-sept ans en 1830; réprimandée par sa mère pour sa conduite avec le
comte E. de Restaud : *Gb.*, II, 961, 962; heureuse de voir Me Derville
prendre le parti d'Ernest : 964; pourra bientôt l'épouser, le jeune homme
devant être dans peu de jours à la tête de la fortune de son père, que lui
a conservée Gobseck : 1012, 1013. Devenue Mme de Restaud, citée par
Maxime de Trailles, en 1841, parmi les dames de la haute société parisienne : *B*, II, 910, 911.

GRANDLIEU (vicomte Juste de). Frère de la précédente. En 1829, le faubourg
Saint-Germain regarde comme probable son mariage avec Marie-Athénaïs
de Grandlieu : *SetM*, VI, 506. Sa mère exige qu'il soit un beau-frère digne
de lui, car il sera un jour duc de Grandlieu et réunira les fortunes des deux
maisons : *Gb.*, II, 1013. Assiste au mariage de sa cousine, Sabine de Grandlieu, en 1838 : *B*, II, 844; épouse sa cousine en 1841 : 887.

GRANDLIEU (vicomtesse Juste de). Femme du précédent. Voir GRANDLIEU
(Marie-Athénaïs de).

GRANDLIEU (Mlle de). De la branche cadette. Voir ESPARD (marquise d').

    Ant. *UXELLES : *In.*, III, 484 (var. *f*).

*Grandlieu (Mlle de), remplacée par Navarreins-Lansac (Mlle de), devenue Espard (marquise d'). Voir ce nom.

*Grandlieu (Mme de). Ant. *Marigny (Mme de), puis remplacée par Lansac (Mme de) : *PM*, II, 112 (var. *a* et n. 1).

Grandlieu (Mlle de)[1]. Femme d'un roturier, préfet de l'Orne et chambellan de l'Empereur ; humblement, le préfet *l'*envoie en visite au Cabinet des Antiques, où il n'a pas accès : *CA*, IV, 974.
    Ant. *Saint-Aignan[2] (Mlle de) : *CA*, IV, 974 (var. *e*).

Grand-père maternel de M. Heurtaut (le). Bon vieillard, retombé en enfance, incapable de tester : *PMV*, XII, 23.

Grand vicaire de l'évêque d'Angoulême (le). En 1821 à la réception de Mme de Bargeton pour Lucien Chardon : *IP*, V, 192 ; explique à l'évêque l'ironie de son involontaire épigramme sur Mme Chardon : 209 ; a surnommé Mme de Bargeton la « Béatrice » de Lucien, nouveau Dante : 211.

Grands Fanandels (les). Association de malfaiteurs fondée en 1816 et groupant l'aristocratie du bagne, la fine fleur de la haute pègre. Sa filiale, la société des Dix Mille : *SetM*, VI, 831, 832 ; but ; conditions d'admission : 832 ; sa charte prévoit, semble-t-il, que les survivants héritent des morts, ce qui favorise Jacques Collin, caissier de l'association : 834, 835.

*Grandvigneau (M. de). Curé de Saint-Roch, remplacé par l'abbé Fontanon : *E*, VII, 1033 (var. *a*).

Grandville. Voir Granville[3].

*Grandville (Cécile, puis Marie-Cécile-Amélie), remplacée par Thirion (Amélie-Marie-Cécile) : *CA*, IV, 1077 (var. *g*).

*Grandville (Mlle de), devenue Mme Keller. Ant. *Bouvry (Mme), puis remplacée par Gondreville (Mlle de), devenue Mme Keller. Voir ce nom.

*Grandville (M. de). Beau-père de Keller, remplacé par Gondreville : *DL*, V, 1014 (var. *a*).

Granet. Gros bonnet bisontin. Obligé par Savarus, favorise sa candidature aux élections législatives de 1835 : *AS*, I, 995.

Granet. Adjoint de la mairie du IIe arrondissement en 1818. Collègue de César Birotteau. Invité au bal Birotteau en 1818, en compagnie de son épouse : *CB*, VI, 163.

*Granlieu (comte de). Noble de l'Angoumois, remplacé par *Marsay (comte de), lui-même remplacé par Maucombe (comte de), comme prote de Séchard à la Révolution : *IP*, V, 125 (var. *b*) ; pair de France à la Restauration : 125 (var. *e*).

Granson (Mme). Veuve d'un lieutenant-colonel d'artillerie, tué à Iéna ; vit à Alençon en compagnie de son fils unique Athanase, rue du Bercail : *VF*, IV, 837, 838 ; trésorière de la Société maternelle, reçoit la visite de Suzanne, du Val-Noble : 838 ; a deviné le secret amour voué par son fils à Mlle Cormon : ravie de colporter la nouvelle des frasques de du Bousquier : 842 ; arrière-petite-cousine de Mlle Cormon : 847 ; va trouver le curé assermenté d'Alençon, afin d'obtenir que la dépouille d'Athanase, suicidé, reçoive une sépulture chrétienne : 919.
    Ant. *Courlieu (Mme de) : *VF*, IV, 1471.

Granson (Athanase) [1793-1816]. Fils de la précédente. Âgé de vingt-trois ans en 1816 ; employé à la mairie d'Alençon : *VF*, IV, 838 ; ses talents, son génie, inemployés du fait de sa pauvreté : 838, 839 ; la muette passion qu'il éprouve pour Mlle Rose Cormon, sa parente éloignée : 840 ; apprend chez le président du Ronceret l'imminent mariage de Mlle Cormon : 910 ; se suicide en se jetant dans la Sarthe : 917 ; visite de Suzanne du Val-Noble sur sa tombe : elle le vengera à sa façon : 920. Cité : *E*, VII, 903.
    Ant. *Courlieu (Athanase de) : *VF*, IV, 1471.

Granville (comte de). Désire marier son fils unique, Roger, à une héritière de Bayeux : *DF*, II, 49 ; le renseigne sur la famille de la jeune fille qu'il lui destine : 51, 52 ; encore vert, très libertin d'Ancien Régime : 53.

Granville (comte Roger de) [né v. 1779]. Magistrat. Âgé d'environ vingt-six ans en 1805 : *DF*, II, 47 ; de cinquante-cinq ans en 1833 : 78 ; portrait

---

1. Sa place dans la famille de Grandlieu n'est pas précisée par le texte.
2. Nom réel.
3. Cette variante orthographique s'applique à tous les membres de la famille.

en 1805 : 22, 23. Petit-fils d'un ancien président au parlement de Normandie, fait ses études de droit sous la tutelle de Me Bordin : *TA*, VIII, 642. Avocat; en novembre 1805, a une conversation avec le Grand Juge, qui lui conseille vivement d'entrer dans la magistrature : *DF*, II, 47, 48; vit assez modestement à Paris : 49; nommé avocat général près la Cour impériale de la Seine au mois de décembre 1805 : 57; convoqué par son père à Bayeux pour y épouser une amie d'enfance devenue fille unique, Angélique Bontems : 49; son amour d'enfant pour sa « petite femme » : 50; aperçoit Angélique aux vêpres et sent renaître son amour, mais sa bigoterie l'effraie : 64, 65; commet l'énorme faute de prendre les prestiges du désir pour ceux de l'amour, et l'épouse à la fin de 1805 : 56, 57; le jeune couple s'installe à Paris, au rez-de-chaussée d'un hôtel du Marais : 57. Selon une autre chronologie, il est encore avocat en 1806 lorsque Bordin lui demande d'assumer la défense de Michu : *TA*, VIII, 642 (il sera nommé substitut du procureur général à Paris après le procès : 642); soupçonne une double vengeance, contre le sénateur Malin de Gondreville, et contre les accusés : 646; défend le seul Michu, clef de voûte du procès : 647; ne plaidera jamais que cette cause criminelle, mais elle lui fait un nom : son éloquence à la Berryer soulève l'auditoire : 663; est certain qu'il y a eu machination, mais laquelle ? : 670; en septembre 1806, vient de se marier et d'être nommé substitut du procureur général, lorsqu'il reçoit la visite de Bordin accompagnant le marquis de Chargebœuf; bien que convaincu de l'innocence de Michu, juge vain d'essayer de le sauver : 673, 674. En novembre 1808 sa vie conjugale, déjà malheureuse, est encore bouleversée par la nomination à Paris de l'ancien confesseur d'Angélique, l'abbé Fontanon : *DF*, II, 61, 62; par réaction contre la bigoterie de sa femme, décide de ne plus faire maigre : 64; s'éloigne de plus en plus d'Angélique et sauve ses fils de son emprise en les mettant au collège : 68; habite seul l'entresol de son hôtel : 69. Par une transaction convenue au bout de dix ans de mariage, les époux vivent séparés dans leur maison, le mari s'occupant des deux fils, la femme des deux filles : *FE*, II, 281. Au mois d'août 1815, est « le monsieur noir » qu'aperçoivent pour la première fois Mme et Mlle Crochard, rue du Tourniquet-Saint-Jean, et passe deux fois par jour devant leur fenêtre : *DF*, II, 22, 23; semble s'intéresser à ce qui se passe dans la chambre où travaillent les deux femmes : 24; emmène Caroline Crochard et sa mère passer l'après-midi à Montmorency : 28, 29; le « monsieur noir » devient M. Roger : 31; installe Caroline, devenue sa maîtresse, dans un petit appartement rue Taitbout, en 1816; vit heureux pendant six ans avec sa maîtresse et les deux enfants naturels qu'elle lui donne : 35, 39, 40. Propriétaire d'un immeuble rue Saint-Honoré, a pour locataire César Birotteau, qui l'invite à son bal en 1818 : *CB*, VI, 101 et 111; « la plus fameuse caboche » de la Cour royale, selon Me Derville : 163. Vers 1819, en compagnie de la comtesse, offre sa calèche à son ami le marquis d'Albon et au colonel de Sucy, en forêt de l'Isle-Adam : *Ad.*, X, 983. Retenu à Paris par son amour, il refuse vers 1821 la présidence d'une Cour royale en province : *DF*, II, 70; relancé chez Caroline, en 1822 par sa maîtresse qui lui reproche sa liaison adultérine : 73. Ses attendus élogieux pour César Birotteau, l'ancien failli, qu'il réhabilite solennellement en 1823 : *CB*, VI, 306. Aux mercredis de Mme Rabourdin en 1824 : *E*, VII, 944. La même année, est abandonné par Caroline : *DF*, II, 79. Ami vers la même époque de son collègue, le comte Octave de Bauvan : *H*, II, 541; forme avec le comte de Sérisy et Octave une commission dont Maurice de l'Hostal est le secrétaire : 545; dévoile devant Maurice les malheurs conjugaux de ses deux amis et les siens : 548. Allié des Grandlieu, de Marsay, etc., contre le parti prêtre, en 1827 : *CM*, III, 647; tient la magistrature, à laquelle appartiennent ses deux fils : 652. Ses attendus particulièrement défavorables à Mme d'Espard en 1828 dans son procès, gagné par le marquis : *SetM*, VI, 876; procureur général de la Cour royale de Paris en 1829; protège Lucien de Rubempré, grâce à Mme de Sérisy : 509; chez cette dernière Lucien lui révèle les dessous de la requête en interdiction de Mme d'Espard contre son mari : 513; rappel de ses amours avec Caroline de Bellefeuille, liaison connue de la police de sûreté : 548; comme par hasard, rencontre le juge d'instruction Camusot au début de 1830, chez un antiquaire; il plaide discrètement la cause de Lucien arrêté, qui est, à ses yeux, innocent : 728, 729 ; inquiet pour son ami, M. de Sérisy, fait appeler Camusot dans son cabinet : 778, 779 ; lit les procès-verbaux d'interrogatoire de Lucien et de Herrera, et fait comprendre à Camusot qu'il restera juge d'instruction toute sa vie : 779, 780 ; suggère à Mme de Sérisy de lire les interrogatoires de Lucien et de Herrera : 781, 782 ; fait l'impossible pour sauver Lucien et les Sérisy : 784, 786 ; mis au courant du suicide de Lucien : 794 ; hésite à signer l'ordre d'exécution du forçat Calvi, qui s'est déclaré innocent : 848 ; nouvel entretien avec Camusot : 888-892 ; ses angoisses de magistrat ; envoie sa voiture et ses gens suivre le convoi de Lucien : 891 ; tombe d'accord avec Camusot que l'inculpation de J. Collin-Herrera est impossible ; le forçat a trop d'atouts en main : 891, 892 ; son courage civil ; reste seul avec J. Collin : 896 ; assure à des Lupeaulx, mandaté par la Cour, que l'honneur de trois grandes familles sera sauf ; il rendra compte au roi, dans l'après-midi : 903, 904 ; Bibi-Lupin lui ramène J. Collin, qu'il vient d'arrêter dans les couloirs du Palais : 916 ; sa conversation avec J. Collin : 921-928 ; l'autorise à se rendre au Père-Lachaise, sur la tombe de Lucien de Rubempré : 927 ; annonce à J. Collin qu'il l'a désigné pour remplacer Bibi-Lupin, et qu'il a fait gracier Calvi, qui lui sera adjoint ; 934. Resté en place après la révolution de Juillet ; l'un des plus célèbres noms de la magistrature française, vient d'être fait pair de France, à la fin de 1830 : *FE*, II, 274, 275. En décembre 1833, habite rue Saint-Lazare ; sa présence insolite, à minuit, rue de Gaillon : *DF*, II, 77 ; rencontré par le docteur H. Bianchon ; désabusé de tout, il est alors premier président de la Cour : 77, 78 ; bouleversé d'entendre Bianchon évoquer la misère de Caroline ; il ne veut plus voir Bianchon, coupable de l'avoir soignée : 81, 82 ; à son retour chez lui, apprend par son fils cadet, le baron Eugène, l'arrestation de Charles Crochard, qui se dit son fils naturel ; il prie Eugène d'étouffer l'affaire et demande un congé illimité pour l'Italie : 83, 84 ; est alors le président à la Cour de cassation : 84. A marié une de ses filles au banquier du Tillet : *MN*, VI, 366. Poursuivi par la haine de Mme Camusot de Marville : *CP*, VII, 638.

Ant. prénommé *Victor, puis *Eugène : *DF*, II, 31 (var. *a*).

Ant. *GRANDVILLE : *DF*, II, 48 (var. *a*) ; *GAUTIER : *CB*, VI, 111 (var. *c*) ; *BORDIN : *TA*, VIII, 662 (var. *b*) ; *BUEIL (M. de) : *Ad.*, X, 983 (var. *c*).

Ant. le réel *MARCHANGY : *CB*, VI, 306 (var. *b*).

GRANVILLE (comtesse Roger de) [née en 1787]. Femme du précédent. Née Angélique Bontems, de Bayeux ; trente-cinq ans en 1822 : *DF*, II, 70 ; son mariage avec Roger de Granville est arrangé par le père de celui-ci ; elle a été la compagne des jeux d'enfance de son fiancé : 49 ; la plus jolie fille de Bayeux, mais « mortifiée par les jeûnes, par les prières, et [...] par sa mère » : 52 ; devient comtesse R. de Granville : 57. Le mariage a lieu en septembre 1806 : *TA*, VIII, 673. Le jeune ménage s'installe à Paris, à l'angle des rues Vieille-du-Temple et Neuve-Saint-François : *DF*, II, 57 ; son mauvais goût : 58 ; en 1808, est reprise par l'influence du chanoine Fontanon, son ancien confesseur à Bayeux, muté à Paris : 61, 62 ; sa lettre au Pape sur les devoirs conjugaux d'une chrétienne ; la réponse qu'elle reçoit : 64. En 1815, s'accorde avec son mari sur l'éducation de leurs enfants ; il s'occupera des garçons, elle des filles : *FE*, II, 281. Sa bigoterie croissante : *DF*, II, 65. En 1819 déplore l'équipée de la duchesse de Langeais : *DL*, V, 1010. Avec son mari, la même année, prête assistance au marquis d'Albon et à M. de Sucy : *Ad.*, X, 983. Prévenue par l'abbé Fontanon, confesseur de Mme Crochard mère, en 1822, va chercher son mari chez Caroline de Bellefeuille ; leur discussion : *DF*, II, 73-77. Élève ses filles dans la plus stricte obéissance religieuse : *FE*, II, 276 ; désireuse d'en faire des anges à la manière de Marie Alacoque : 276 ; après le mariage de ses filles, se retire à Bayeux, pour y achever ses jours entre des prêtres et des sacs d'écus : 359. Femme vertueuse : *Pré.PG*, III, 43.

Ant. *MONTIGNON (Mme de), née *CONSTELLUX, femme du président du tribunal : *DL*, V, 1010 (var. *b*) ; *BUEIL (Mme de) : *Ad.*, X, 983 (var. *c*).

GRANVILLE (vicomte de) [né en 1806]. Fils aîné des précédents. Âgé de vingt-cinq ans en 1831 : *CV*, IX, 748 ; nommé substitut à Limoges en 1828 ; conquis par Mme Graslin : 677 ; lui fait une cour assidue ; promu avocat général sur place en 1829 : 680; annonce à Mme Graslin que la justice tient l'assassin du père Pingret : 685; ne comprend pas les invites de Mme Graslin, désireuse de sauver J.-F. Tascheron : 694; nommé procureur général sur place en 1830, après le procès : 681; en 1831, refusé par Véronique Graslin, devenue veuve : 746. En 1833, nommé premier président à Orléans : *DF*, II, 79. En 1844, au chevet de Véronique mourante, il comprend le rôle qu'il a joué dans sa tragédie : 864.

*GRANVILLE, remplacé par GÉRARD, comme tuteur du fils de Véronique Graslin : *CV*, IX, 872 (var. *b*).

*GRANDVILLE (de) : *CV*, IX, 743 (var. *g*).

GRANVILLE (baron Eugène de). Frère cadet du précédent. Passe son enfance au collège, avec son frère aîné, jusqu'à l'âge de dix-huit ans ; fait ensuite son droit, logé chez son père ; n'assiste pas au mariage de ses sœurs, étant retenu en province par ses charges : *FE*, II, 281, 282. Procureur du roi à Paris en 1833 : *DF*, II, 79; attend le retour de son père, rue Saint-Lazare, pour lui annoncer l'arrestation de Charles Crochard, qui se dit son demi-frère ; il demande ses instructions au comte : 83; chargé d'étouffer l'affaire : 84.

*GRANDVILLE. Juge à Alençon : *CA*, IV, 159 (var. *d* et *g*), 1077 (var. *g*); remplacé par François MICHU : 1061 (var. *a*).

GRANVILLE (Marie-Angélique de) [née en 1808]. Sœur des précédents. Voir VANDENESSE (comtesse Félix de).

GRANVILLE (Marie-Eugénie de). Sœur cadette de la précédente. Voir DU TILLET (Mme).

*GRANVILLE (les) qui précèdent. Ici GRANDVILLE, cité parmi ceux qui, en 1815, avaient la prétention d'appartenir au faubourg Saint-Germain : *Lys*, IX, 1109 (var. *a*).

GRASLIN (Pierre) [1775-1831]. Banquier à Limoges. Âgé de quarante-sept ans en 1822 : *CV*, IX, 656; portrait à cette époque : 660, 661; Auvergnat arrivé à Limoges pour être commissionnaire, entré comme garçon de caisse à la banque Perret et Grossetête; en 1800, caissier; en 1810, associé; en 1822, maître de la banque et propriétaire d'une maison dans le quartier de la place des Arbres : 656; membre du Conseil général : 658; pressenti par Graslin pour sa fille, il s'engage à mettre dans la corbeille pour elle une terre de cinq cent mille francs et la propriété de sa maison de Limoges, meublée : 659; mariage en 1823, en avril : 664, 665; leur vie jusqu'en 1828 : 672, 673; alors membre du jury au procès Tascheron : 689; à la fin de 1829, rachète la forêt de Montégnac aux Navarreins pour cinq cent mille francs et en dote Véronique afin de respecter les clauses de son contrat de mariage : 743, 744; les événements de la révolution de Juillet altèrent sa santé et le ruinent : 746; il meurt en avril 1831 d'une maladie infectieuse; son ancien patron, Grossetête, parvient à sauver une partie de sa fortune : 746, 747.

GRASLIN (Mme) [1802-1844]. Femme du précédent. Née Véronique Sauviat, à Limoges, en mai 1802 : *CV*, IX, 646; portrait à neuf ans et après sa petite vérole : 648, 649; sa vie de treize ans jusqu'en 1823 : 652, 655; dot et espérances : le plus beau parti du Limousin : 663; présentation de Graslin : 661; mariage en avril : 664; en 1826, fait chambre à part : 673; amitié pour M. Grossetête : 668-670; en 1827, son père lui recommande en mourant son ancien ouvrier, Jean-François Tascheron : 685; en 1828, santé florissante : 676; en 1829, devenue la belle Mme Graslin : 680; en mars, après l'assassinat de Pingret, éprouve des malaises attribués à une grossesse déjà avancée : 684; en août accouche d'un fils, Francis, pendant que, sur la place, on guillotine Jean-François : 743; en juin 1831, après liquidation de la succession de son mari, elle refuse la main de M. de Granville, place sa fortune dans le 3 % et se retire dans son domaine de Montégnac : 746, 747; son ravissement de ne plus voir M. de Granville : 748; cri d'aveu à Mgr Dutheil : 751; accueillie à Montégnac par le curé du village, M. Bonnet, qui lui montre ses domaines, une plaine inculte : 748; plan de barrage : 782, 783; demande à M. Bonnet de l'entendre en confession générale : 791; au début de 1844 commence à donner des signes d'extrême faiblesse : 836; consultation de Bianchon, appelé par le docteur Roubaud; découverte d'un cilice : 857, 858; souhaite faire la confession publique de sa faute : 859, 860; Mgr Dutheil l'y autorise, comme aux premiers temps de l'Église : 861, 862 ; sa confession publique ; elle meurt absoute : 865-870 ; enterrée selon son désir, au cimetière de Montégnac, à côté du corps de Tascheron ; ses dispositions testamentaires : 871.

*Véronique : *CV*, IX, 641 (var. c).

GRASLIN (Francis) [né en 1829]. Fils adultérin de la précédente et de Jean-François Tascheron, né en août 1829 : *CV*, IX, 743 ; en 1831, après la liquidation de la fortune de son père, hérite une centaine de mille francs : 746 ; ressemble à Jean-François Tascheron : 839, 840 ; son précepteur est Ruffin : 834, 835 ; en 1844, à la mort de sa mère, son tuteur est Gérard : 872.

GRASSET, Garde du commerce, successeur de Louchard. En août 1838, arrête Steinbock et le conduit à Clichy : *Be.*, VII, 168.

*GRASSET. substitut. Ant. *GRAFFET, puis remplacé par CAMUSOT : *CB*, VI, 279 (var. b).

GRASSINS M. (des). Banquier à Saumur. S'occupe des fonds de Félix Grandet : *EG*, III, 1032 ; ancien quartier-maître de la Garde impériale, grièvement blessé à Austerlitz ; chevalier de la Légion d'honneur : 1050 ; en novembre 1819, se rend à Paris pour liquider la faillite Guillaume Grandet ; élu liquidateur par l'assemblée des créanciers, avec François Keller ; d'accord avec Félix Grandet, paie 47 % de leurs créances aux ayants droit : 1143 ; il reste à Paris où il s'est amouraché de Florine et se ruine : 1145 ; en juin 1827, va trouver Charles Grandet dont il vient d'apprendre le retour à Paris, pour parler des dettes de son père ; il est éconduit : 1184, 1185 ; Eugénie Grandet lui fait remettre cinquante mille francs pour ses soins à la liquidation de la succession Grandet : 1193.

*GRASSINS (M. des), remplacé par le receveur général comme dépositaire de deux millions et demi rapportés d'Angers par Grandet : *EG*, III, 1121 (var. c).

GRASSINS (Mme des) [née en 1779]. Femme du précédent. Âgée de quarante ans en 1819 ; portrait à cette époque : *EG*, III, 1050 ; espère marier son fils à Eugénie Grandet : 1037 ; avec ses amis à Saumur forme le parti des Grassinistes, opposé à celui des Cruchotins : 1036, 1037 ; après le départ de son mari pour Paris et ses incartades, assume seule la direction de la banque à Saumur : 1145 ; en 1828, avance contre les Cruchotins la candidature du marquis de Froidfond à la main d'Eugénie : 1180 ; alors associée à M. Corret : 1186. Femme vertueuse : *Pré.PG*, III, 43.

GRASSINS (Adolphe des) [né en 1796]. Fils des précédents. Âgé de vingt-trois ans en 1819 ; portrait à cette époque : *EG*, III, 1050 ; candidat à la main d'Eugénie Grandet : 1037 ; vient d'achever à Paris ses études de droit : 1050 ; rencontre Charles Grandet à Paris, à un bal chez les Nucingen : 1054 ; rejoint son père à Paris et y devient « fort mauvais sujet » : 1145.

Ant. prénommé *Eugène : *EG*, III, 1037 (var. g).

GRASSINS (Mlle des). Sœur du précédent : *EG*, III, 1052 ; l'inconduite paternelle, la fausse situation de sa mère à Saumur font qu'elle se marie mal : 1145.

GRASSOU. Paysan de Fougères, royaliste militant. En décorant son fils Pierre, en 1829, Charles X veut honorer le fils du paysan de 1799 : *PGr.*, VI, 1100.

GRASSOU (Pierre), dit Fougères (né en 1792 ou 1793). Peintre. Fils du précédent. Originaire de Fougères, d'où le surnom qu'il a reçu dans le monde artiste : *PGr.*, VI, 1092, 1096 ; âgé de vingt-sept ans en 1819 : 1098 ; ou de trente-sept ans en 1830 : 1101 ; portrait en 1832 : 1096 ; venu à Paris pour être commis chez un marchand de couleurs originaire de Mayenne ; d'un entêtement breton, tient à devenir peintre et prend un atelier rue des Martyrs : 1095-1097 ; son premier tableau, refusé au Salon de 1819, est acheté quinze francs par Élie Magus : 1097 ; Bridau et Schinner lui reprochent son manque d'originalité : 1099. Ami de Joseph Bridau, fréquente chez lui vers 1822 : *R*, IV, 345 ; Joseph lui fait prendre pour l'original une copie de Rubens, qu'il vient d'exécuter : 349 ; en 1828 trouve que la grande peinture est bien malade et compose toujours des croûtes goûtées des bourgeois : 525. En 1829, grâce à L. de Lora, Schinner et Bridau, un de ses tableaux, *La Toilette d'un Chouan condamné à mort en 1809*, est accepté au Salon et est acheté par Madame ; le roi le fait chevalier de la

*GRENOUILLOU (les). Bourgeois d'Issoudun, remplacés par les FICHET : *R*, IV, 430 (var. *b*).

*GRENOUILLOU (M.), remplacé par M. BEAUSSIER : *R*, IV, 425 (var. *a*).

GRENOUVILLE. Propriétaire d'un grand magasin de nouveautés, boulevard des Italiens, en 1842. Épouse Olympe Bijou; lui reconnaît une dot de trente mille francs de rentes au contrat : *Be.*, VII, 381; a fait sa connaissance dans la boutique de broderie Thoul et Bijou : 384.

GRENOUVILLE (Mme). Voir BIJOU (Olympe).

GRENVILLE (Arthur Ormond, puis lord) [mort en 1823]. Fils aîné de lord Grenville : *F30*, II, 1061; sur la levée de la Cise, en 1814, croise la calèche de Mme d'Aiglemont; portrait à cette époque : 1055, 1056; habite Montpellier depuis 1802; il a soigné et guéri sa tuberculose pulmonaire; sa cour muette à Julie : 1061, 1062; suit la calèche de la jeune femme à son départ de Tours; la sauve à Orléans : 1069, 1070; elle se souvient de lui avec nostalgie : 1076; en janvier 1820, est devenu lord Grenville : 1085; revoit Mme d'Aiglemont chez Mme de Sérizy : 1081; révèle à d'Aiglemont qu'il est médecin et lui offre de guérir sa femme : 1083; présenté officiellement par Victor à sa femme : 1085; en août 1821 à Moncontour : 1086; Julie le remercie de ses soins et le prie de s'éloigner, par crainte de succomber à l'amour qu'elle ressent pour lui; il a, par moments, le projet de tuer Victor d'Aiglemont : 1089, 1090; écrit à Julie : 1087; n'a pas quitté Paris et se présente chez elle en 1823 : 1097; lui avoue le projet qu'il a formé de la tuer et de se tuer ensuite; à la vue de Julie, ne songe plus qu'à mourir seul; mais elle lui avoue qu'elle l'aime aussi; il veut enlever Julie avec sa fille Hélène : 1099; caché par Julie dans son cabinet de toilette, à l'arrivée inopinée de son mari; elle lui écrase les doigts dans la rainure de la porte : 1100; on se perd en conjectures sur les causes de sa mort, quelques jours plus tard, pendant l'hiver de 1823 : 1102; en 1827, on dit dans les salons parisiens qu'il est mort pour sauver l'honneur de la marquise : 1124.

Ant. *STAUNTON (lord George) : *F30*, II, 1062 (var. *a*); *MELVILLE (lord) : 1124 (var. *c*).

GRÉVIN. Grand-père de Mme Lardot, blanchisseuse de fin à Alençon. Jadis corsaire, il a servi sous l'amiral de Simeuse; paralysé et sourd en 1816, il habite chez sa petite-fille : *VF*, IV, 821.

*GRÉVIN. Habitant d'une ville de province en 1838 : *EP*, VIII, 1596.

GRÉVIN (Me) [né en 1765]. Notaire. Âgé de cinquante ans en 1815 : *DA*, VIII, 753; portrait en 1839 : 768, 769. Second clerc de Me Bordin, en 1787 : *DV*, I, 849. Ses activités pendant la Révolution, avec Malin. Procureur-syndic d'Arcis-sur-Aube en 1793 : *DA*, VIII, 766. Prend part à la rédaction du code de brumaire an IV : *TA*, VIII, 625; *DA*, VIII, 770. Employé à l'Enregistrement à Troyes, en 1800, favorise les tripotages de Malin et l'acquisition par celui-ci de la terre de Gondreville; Malin le fait nommer notaire à Arcis: *TA*, VIII, 509; son entretien avec Malin, en novembre 1803, entendu par Michu : 523, 527; sa présence empêche Michu de tirer sur Malin : 527, 613. Maire d'Arcis de 1804 à 1814 et pendant les Cent-Jours; ensuite, chef de l'opposition libérale : *DA*, VIII, 723. Le jour de la mi-carême de 1806, jouant aux échecs avec Malin, à Gondreville, est témoin de son enlèvement par des inconnus masqués : *TA*, VIII, 623; dépêche le gendarme Welff au directeur du jury du tribunal : 626; accuse Michu et les Cinq-Cygne : 627; efface les traces de l'incendie, à Gondreville : 662. Veuf en 1814, marie sa fille à Philéas Beauvisage : *DA*, VIII, 753, 754; membre du comité libéral d'Arcis en 1815 : 719; son extrême susceptibilité, son seul défaut : 769; achète en 1831 l'hôtel de Beauséant, qu'il loue pour sept ans à des Anglais en 1832 : 773; en 1839, espère encore marier sa petite-fille, Cécile, à Charles Keller ou au marquis de Cinq-Cygne, mais pas à l'incapable Giguet : 771, 772.

*GRÉVIN. Gendre de *VARLET, remplacé par *VIOLETTE, fermiers de Gondreville, remplacé par *BEAUSÉANT, lui-même remplacé par *VARLET, médecin d'Arcis; notaire jusqu'en 1830; a tous les biens des *VIOLETTE : *DA*, VIII, 1600. Dans les secrets de Malin de Gondreville, selon Bordin : *TA*, VIII, 647 (var. *b*). Prénommé *Nicolas; il se retire en 1827 après vingt-trois ans d'exercice : *DA*, VIII, 750 (var. *b*); ses projets : 771 (var. *a*).

GRÉVIN (Mme). Femme du précédent, née Varlet : *DA*, VIII, 753 ; fille unique du médecin d'Arcis : 767. Le jour de la mi-carême 1806, bavarde au château de Gondreville avec Mme Marion, lors de l'enlèvement du sénateur Malin : *TA*, VIII, 622, 623 ; bâillonnée par cinq individus masqués : 623. Meurt vers 1813 : *DA*, VIII, 753.

GRÉVIN (Séverine). Fille unique des précédents. Voir BEAUVISAGE (Mme).

GRIBEAUCOURT (Mlle de). Vieille fille de Saumur. En 1819, amie des Cruchot : *EG*, III, 1118 ; intrigue pour que M. de Bonfons épouse Eugénie Grandet : 1179.

GRIFFITH (Miss) [née en 1787]. Demoiselle de compagnie de Louise de Chaulieu en 1823 : *MJM*, I, 197, 198 ; fille d'un ministre du culte, de mère noble, âgée de trente-six ans en 1823 ; recommandée aux Chaulieu par l'ambassadeur d'Angleterre. Louise de Chaulieu ne tarda guère à gouverner sa gouvernante : 208 ; lui ouvre son cœur : 210 ; opinion sur les Parisiens : 216 ; sa conception de la vertu : 233 ; sert de paravent à Louise dans ses rendez-vous nocturnes avec Felipe Henarez au fond du jardin de l'hôtel de Chaulieu : 281, 282.

GRIGNOULT (Sophie). Voir FLORINE.

　　Ant. prénommée *Thérèse : FE*, II, 316 (var. *b*).

*GRIMAUDAN (M. de). Député forcé de donner sa démission, devenu anonyme et président du tribunal de commerce : *E*, VII, 1065 (var. *a*).

GRIMBERT. Tenancier du bureau des Messageries royales de Ruffec, en 1819 : *PG*, III, 129.

　　Ant. *GRABERT : *PG*, III, 129 (var. *a*).

GRIMONT (abbé) [né en 1786]. Curé de Guérande en 1836. Alors âgé de cinquante ans ; portrait à cette époque : *B*, II, 662, 663 ; conseille au baron du Guénic d'aller à Paris chercher la récompense de ses services : 653 ; ses jeux de physionomie, qui le trahissent lorsqu'il a *Mistigris* à la mouche : 674 ; fait à Mme du Guénic le portrait moral de Félicité des Touches : 676 ; accorde créance aux commérages qui courent sur elle : 687 ; mandé aux Touches par Félicité : 833 ; le retentissante conversion de sa pénitente lui donne de l'avancement ; il est nommé vicaire général du diocèse de Nantes : 852.

GRIMPEL (docteur). Médecin de la pension Vauquer en 1820 : *PG*, III, 213.

GRINDOT. Architecte à Paris en 1817. Portrait en 1818 : *CB*, VI, 102 ; Grand Prix de Rome en 1814 ; de retour à Paris trois ans après, est chargé par César Birotteau, en octobre 1818, de la transformation de son appartement, rue Saint-Honoré : 98, 99 ; les dépenses qu'il envisage ; ses honoraires : 99, 100 ; invité au bal Birotteau : 164 ; au mois de janvier 1819, présente sa note à César, qui lui signe un effet à trois mois : 181, 182 ; auteur de délicieux dessins sur l'album de la baronne de Nucingen : 231 ; commente avec Lourdois la faillite Birotteau : 263. Ami de Schinner, qui lui a recommandé Joseph Bridau : *R*, IV, 451. Architecte à la mode depuis 1821, fait une fois par semaine le voyage de Presles dont M. de Sérisy lui a confié la restauration : *DV*, I, 750 ; prévient les Moreau de l'imminente arrivée à Presles de peintres d'ornement : 812, 813. En 1822, décore l'appartement loué par Matifat pour Florine, rue de Bondy : *IP*, V, 394. Cité par Butscha : *MM*, I, 580. Chargé par le baron de Nucingen de la décoration de l'hôtel qu'il destine à Esther Gobseck, rue Saint-Georges, en 1829 : *SetM*, VI, 600. Restaure en 1838 l'hôtel du Guénic, rue de Bourbon : *B*, II, 859. Chez Crevel, il exécute pour la millième fois son fameux salon blanc et or : *Be.*, VII, 156 ; arrange la garçonnière de Crevel, rue du Petit-Dauphin : 231. En 1839 « grand architecte en petits décors », fait de l'hôtel de Mme Schontz, rue La Bruyère, une petite bonbonnière : *B*, II, 901 ; rénove le rez-de-chaussée de Fabien du Ronceret, rue Blanche : 907. Croit travailler en 1840 pour le compte de Chaffaroux alors qu'il travaille pour celui de Claparon : *Bou.*, VIII, 136 ; en 1840-1841, s'est associé avec un notaire pour acheter des terrains à la Madeleine ; l'affaire échoue : 132 et 136 ; établit en juillet 1841 un forfait avec Thuillier pour l'achèvement de la maison de rapport que vient d'acheter Brigitte : 141. En 1843, aménage l'hôtel des Crevel, rue Barbet-de-Jouy ; commence à être supplanté par un concurrent plus jeune, Cleretti : *Be.*, VII, 398.

　　Ant. *ROHAULT : *CB*, VI, 49 (var. *c*) ; *ROUHAULT : 185 (var. *d*).

*GRINDOT. Charpentier, remplacé par THOREIN : *CB*, VI, 185 (var. *c*).

Gringalet (le). Surnom donné à l'abbé Brossette par les paysans de Couches :
   Pay., IX, 233.
Grisette (une). Harcèle les passants au Palais-Royal : *IP*, V, 358.
Grisette (une). Voisine d'Esther Gobseck. S'inquiète de son silence et lui
   sauve la vie lors de sa tentative de suicide en prévenant la portière : *SetM*,
   VI, 448.
Grisette (une). Un riche capitaliste qui l'a rencontrée sur les boulevards
   s'éprend d'elle, lui meuble un appartement, puis oublie son existence et
   ne la revoit pas ; elle tombe aussi bas qu'on peut tomber à Paris : *SetM*,
   VI, 550, 551.
Grisette (une). Remet innocemment une bouteille d'huile de Macassar à un
   portier chauve : *MI*, XII, 734.
Grisettes (deux). Échangent des commentaires sur le comte Marcosini, en
   1831 : *Gam.*, X, 460.
GRITTE (abréviation de Marguerite). Vieille domestique berrichonne des
   Hochon, à Issoudun, en 1822 : *R*, IV, 420 ; y sert à table : 427 ; interrogée
   par Lousteau-Prangin sur les allées et venues de Joseph Bridau : 460.
      Ant. *JEANNETTE : *R*, IV, 420 (var. *a*).
*GRIVEAULX (M. des). Maire de Belley : *CF*, XII, 428.
*GRIVEAULX (M. des). Fils du précédent. Capitaine de gendarmerie à Belley :
   CF, XII, 428.
*GRIVEAULX (M. des). Frère du précédent. Substitut à Belley : *CF*, XII,
   428.
GRIVEAULX (M. des). Frère du maire. Receveur des contributions à Belley :
   CF, XII, 428.
GRODNINSKY. Courlandais, mathématicien, chimiste et inventeur. Vénéré par
   Raphaël, fréquente en 1827 le *Café Voltaire* : *MI*, XII, 720, 721 ; y inter-
   vient dans les conversations : 723, 724, 727, 729, 731, 735, 737, 739, 743,
   751.
GROISON. Ancien sous-officier de cavalerie dans la Garde impériale. Engagé
   par Montcornet comme garde champêtre à Blangy en 1821 : *Pay.*, IX,
   167 ; marié par Montcornet à la fille d'un de ses métayers ; avertit le géné-
   ral des mauvaises dispositions des paysans : 168, 169 ; jalousé par Vau-
   doyer : 315.
      Ant. *VIOLLET : *Pay.*, IX, 167 (n. 1).
GROLLMANN (Dinah) : *UM*, III, 915. Voir MIROUËT (Mme Joseph).
*GROLLMANN. Nom de jeune fille de Mme Mignon, remplacé par WALLEN-
   ROD : *MM*, I, 484 (var. *e*).
*GRONDARD. Voir FESSARD.
Groom de Marie Gaston (le). Interrogé par Mme Marie Gaston sur la
   jument Fédelta, lui explique pourquoi l'animal est couvert d'écume :
   MJM, I, 387.
Groom de L. de Rubempré (le). Voir Tigre de Lucien de Rubempré (le).
Groom de F. de Vandenesse (le) : *Lys*, IX, 1151.
*GROSBOIS (M. de), remplacé par BEAUDENORD et, ant., *SÉRISY (M. de),
   SÉRISY (M.) : *BS*, I, 128 (var. *b*) ; *SÉRIZY (M. de) : *BS*, I, 1215.
GROS-JEAN, dans *EHC*. Voir BRUCE (Gabriel).
GROSLIER. Commissaire de police d'Arcis-sur-Aube en 1839. Annonce aux
   autorités de la ville la mort de Charles Keller en Algérie : *DA*, VIII, 743.
Gros monsieur (un). Sa démarche : *PVS*, XII, 285, 286.
GROSMORT (le fils de la mère). A Alençon, en 1816, porte un message à
   Mlle Cormon, au Prébaudet, de la part de l'abbé de Sponde : *VF*, IV,
   889.
*GROSMORT. Voir MATIFAT.
GROSSE-TÊTE. Surnom de Boirouge-Bongrand, marchand de merrain à San-
   cerre : *Boi.*, XII, 394.
GROSSETÊTE ET CIE. Banquiers à Limoges, alliés aux Mongenod et aux
   Fontaine : *EHC*, VIII, 252 ; *CV*, IX, 656. Voir PERRET ET GROSSETÊTE.
GROSSETÊTE. Banquier à Limoges, associé de Perret. En 1823, se retire ainsi
   que Perret, laissant la banque à leur ancien caissier, Graslin, devenu le
   troisième associé : *CV*, IX, 656 ; seul dans le secret des fiançailles de ce
   dernier : 662 ; lors du mariage avec Véronique Sauviat, se prend d'amitié
   pour elle : 665 ; après la mort de Graslin, dont la fortune a été gravement
   compromise par la révolution de 1830, conseille à Mme Graslin de placer

GUÉNÉE (Mlle). Deuxième fille de Mme Guénée. Voir MARTENER (Mme).

GUÉNÉE (Mlle). Puînée des filles Guénée. Voir AUFFRAY (Mme).

GUÉPIN (les). Propriétaires d'un commerce de mercerie, les Trois-Que-nouilles, rue Saint-Denis, à Paris. Y ont eu Denis Rogron pour premier commis à douze cents francs en 1780 : *P*, IV, 42; forment à Provins un véritable clan; leur petit-fils tient encore à Paris les Trois-Quenouilles; ont marié leur fille à M. Garceland, maire de Provins : 52; rentiers à Pro-vins en 1823, depuis douze ans : 55.

GUÉPIN (Mlle). Fille des précédents. Voir GARCELAND (Mme).

GUÉPIN. Condamné à dix ans de bagne pour vol et désertion, à l'âge de vingt-deux ans; compagnon de chaîne du forçat Farrabesche, qui l'estime plus étourdi que scélérat : *CV*, IX, 788; viendra à Montégnac pour y tra-vailler, à l'expiration de sa peine, avec l'autorisation de Mme Graslin : 832.

GUERBET. Procureur au Châtelet, prédécesseur de Me Jérôme-Sébastien Bor-din : *DV*, I, 849.

GUERBET. Percepteur à Soulanges depuis 1805 : *Pay.*, IX, 116, 117; portrait en 1823 : 270; frère du maître de poste de Couches, allié aux Gaubertin et aux Gendrin : 150; possède environ dix mille francs de rente : 271; donne dans la Pomologie : 270.

GUERBET. Fils du précédent : *Pay.*, IX, 184; juge d'instruction à La-Ville-aux-Fayes en 1823 : 104; neveu du Guerbet de Couches : 184; attend un siège de conseiller : 185.

GUERBET. Oncle du précédent. Maître de poste de Couches : *Pay.*, IX, 150; riche fermier, a épousé Mlle Mouchon : 181.

GUERBET (Mme). Femme du précédent. Née Mouchon, fille unique de Mou-chon, maître de poste à Couches, décédé en 1817 : *Pay.*, IX, 181.

*GUESDON. Receveur des contributions à Arcis : *DA*, VIII, 717 (var. *b*).

GUIBELIN. Nom patronymique des Troisville. Voir TROISVILLE (famille de).

Guide du général de Montriveau (le). Nubien, le conduit dans une excursion vers les sources du Nil : *DL*, V, 944-946; son endurance égale à son absence de pitié : 945.

GUILLAUME. Maître drapier à Paris, rue Saint-Denis, en 1811, à l'enseigne du Chat-qui-pelote; successeur de son beau-père Chevrel : *MCP*, I, 41; costume; portrait : 44, 45; ne veut pas marier sa fille cadette avant sa fille aînée : 52; son inventaire annuel : 59; discussion avec son premier commis, Joseph Lebas : 61-64; ne veut pas lui donner sa cadette, mais l'aînée : 63; explication orageuse avec sa femme : 66-68; ses filles mariées, Lebas lui succédant, se retire rue du Colombier : 71, 72; reçoit la visite d'Augustine : 80; se félicite de l'avoir mariée séparée de biens : 83. En 1818, César Birotteau l'estime un personnage marquant de son quartier : *CB*, VI, 49; avec sa femme, destiné à faire tapisserie au bal Birotteau : 164; commente à la Bourse la faillite Birotteau en 1819 : 263. Cité par Denis Rogron, en 1827, comme l'ancien propriétaire du Chat-qui-pelote : *P*, IV, 68. En 1829, fréquente le Café David, lieu de réunion des anciens commerçants du quartier des Bourdonnais : *SetM*, VI, 527.

GUILLAUME (Mme). Femme du précédent. Née Chevrel; portrait en 1811; appelée par le voisinage la sœur tourière : *MCP*, I, 48; cousine de Mme Roguin, la femme du notaire : 50 et *P*, IV, 68; son économie; ses idées arriérées : *MCP*, I, 46, 47, 50; elle autorise Augustine à visiter le Salon de peinture : 55; décide de s'y rendre à son tour pour y voir les toiles dont lui a parlé Mme Roguin : 57; a, au sujet du mariage de ses filles, la troisième discussion de sa vie avec son mari : 66, 67; après leurs mariages, rue du Colombier; reçoit la visite d'Augustine et s'indigne de l'attitude de son gendre : 80-84; méconnaît la mortelle douleur d'Augus-tine : 93. Invitée au bal Birotteau en 1818 : *CB*, VI, 164. Femme ver-tueuse : *Pré.PG*, III, 43.

GUILLAUME (Virginie). Fille des précédents. Voir LEBAS (Mme Joseph).

GUILLAUME (Augustine). Sœur cadette de la précédente. Voir SOMMER-VIEUX (Mme Théodore de).
  Ant. prénommée *Angélique : *MCP*, I, 51 (var. *a* et *b*).

GUILLAUME. Valet chez les d'Aiglemont en 1823 : *F30*, II, 1094.

*GUILLEMAIN. Invité d'un dîner chez la marquise d'Espard. Ant. le réel *VIL-LEMAIN : *IP*, V, 278 (var. *f*).

GUINARD (abbé). Prêtre à Sancerre en 1836. Les dévotes du lieu le comparent à l'abbé Fritaud, son collègue : *MD*, IV, 669.
   Ant. *RATOND (abbé) : *MD*, IV, 669 (var. *c*).
GUIRAUDIN. Voir LONGUEVILLE.
*GUSSOT. Voir BIXIOU.
GYAS (marquis de). Témoin de Natalie Évangélista à son mariage avec Paul de Manerville à Bordeaux, en 1822 : *CM*, III, 615.
GYAS (marquise de). Amie de Mme Évangélista : *CM*, III, 587; d'un air faussement apitoyé, s'attriste des bruits circulant dans la ville au sujet de la rupture du mariage de Natalie avec M. de Manerville, en 1822; une fille à marier : 591.

*H. (comtesse), puis *P. (comtesse). Voir LAGINSKA (comtesse).
H... (M. d'). Amant de Mme D... : *Phy.*, XI, 1131.
HABERT (abbé). Prêtre à Provins. Vicaire de l'abbé Péroux; passe pour appartenir à la Congrégation; chargé de préparer Pierrette Lorrain à sa première communion, à la fin de 1826; son ambition est de marier sa sœur à J.-J. Rogron : *P*, IV, 92, 93; pour contrecarrer son influence, Vinet fait courir le bruit qu'il est un prêtre libéral, ce qui l'oblige à cesser ses visites chez les Rogron; il s'y fait remplacer par sa sœur : 96; membre du Conseil de famille chargé en décembre 1827 de statuer sur la destitution de Rogron, tuteur de Pierrette : 150, 151.
HABERT (Céleste) [née en 1795]. Sœur du précédent. Vieille fille, âgée de trente-deux ans en 1827 : *P*, IV, 101; tient à Provins une pension pour demoiselles : 92; Sylvie Rogron se lie de plus en plus avec elle, au grand désespoir de Vinet et de Gouraud : 93; en 1827, éclaire son amie Sylvie, son aînée de dix ans, sur les dangers obstétricaux d'une maternité à quarante-deux ans : 101; consulte à ce sujet le docteur Martener, après avoir fait cacher Sylvie dans son cabinet de toilette, pour qu'elle entende leur entretien : 102.
Habilleuse de Coralie (l'). Une des rares personnes à suivre le convoi de l'artiste en août 1822 : *IP*, V, 549.
Habitants d'Alençon (quatre). Commentent le départ de Mlle Cormon pour le Prébaudet : *VF*, IV, 868.
Habitué du tripot du Palais-Royal (un). Prédit que R. de Valentin, après sa perte au jeu, va aller se jeter à l'eau : *PCh.*, X, 63.
HADOT (Mme). Bourgeoise de La Charité-sur-Loire. La présidente Boirouge la confond avec Mme Barthélemy-Hadot, romancière notoire; Mme de La Baudraye lui explique sa méprise : *MD*, IV, 710.
HALMER. Banquier à Calcutta. Sa faillite, peut avant 1830, cause celle du capitaine de vaisseau Louis Gaston, qui en meurt : *MJM*, I, 396.
HALPERSOHN (docteur Moïse) [né en 1782]. Polonais. Fils d'un marchand ambulant; son hérédité juive; cinquante-six ans en 1836; portrait à cette époque; réfugié à Paris, passe pour être un médecin empirique; ses cures extraordinaires; choisit ses malades : *EHC*, VIII, 375, 376; ses idées communistes : 378; habite rue Marbeuf, à Chaillot : 344; spécialiste des maladies désespérées : 376; diagnostique chez la maison de Mergi une plique polonaise : 388-390; les conditions qu'il pose pour accepter de la soigner; elle devra entrer dans sa maison de santé; ses prix : 389; porte plainte contre Auguste de Mergi, qui l'a volé; réussit à guérir Vanda : 407; retire sa plainte contre Auguste; révèle à Vanda la vérité sur le dénuement où a vécu sa famille : 409.
HANNEQUIN (Léopold) [né en 1799]. Le Léopold de *L'Ambitieux par amour*. Voyage en Suisse, avec Rodolphe, au mois de juillet 1823; son ami l'abandonne à Gersau, à la vue d'une ravissante inconnue : *AS*, I, 939. Notaire à Paris, a pour premier clerc Georges Marest en 1825 : *DV*, I, 854. En 1826, sa sœur, Mme de Malvault, tient son intérieur; il a deux filles et un fils de sa femme, née Albertine Becker : *FAu.*, XII, 604, 606; a donné cinquante mille francs pour payer les dettes de M. de Malvault : 619. Adjoint de mairie, marié et notaire en 1834 : *AS*, I, 973; prête à Savarus les sommes destinées à lui procurer le cens électoral : 985; reçoit une lettre d'Albert : 971-977; envoie un clerc à Besançon pour régler ses affaires lors du départ de son ami : 1014, 1015; en 1836 donne à l'abbé de Grancey des nouvelles d'Albert qui est entré en religion : 1015, 1016. Notaire des

Grandlieu en 1838, explique à la famille le contrat de mariage de Sabine et de Calyste : *B*, II, 840. En 1839, sa charge est déjà vendue à un jeune notaire : *Bou.*, VIII, 137. Ou cette vente a lieu en 1843 : *FAu.*, XII, 607. Ou elle n'est pas encore faite en 1845 : *CP*, VII, 713. En 1841, notaire du maréchal Hulot : *Be.*, VII, 351. En 1845, type du notaire honnête homme; a pour clientes Florine, Claudine du Bruel, Héloïse Brisetout qui le recommande à Pons, le trouve lourd et pédant, affirme qu'il n'a jamais eu de maîtresse et possède soixante mille francs de rente : *CP*, VII, 700, 701; Pons teste par-devant lui en annulant son précédent testament : 713. Après avoir dénigré toutes les femmes-auteurs, admire la sienne, qu'il estime très supérieure à Camille Maupin : 605; sa femme l'oblige à prendre le nom de Hannequin de Jarente; le couple habite alors un bel hôtel particulier, rue Louis-le-Grand; maire du XIe arrondissement en 1846, il brigue le titre de comte et la cravate de la Légion d'honneur : 607; propriétaire d'une ferme à Bobigny : 611.

HANNEQUIN DE JARENTE (Albertine). Femme du précédent. Fille de Me Becker, notaire, et nièce de l'usurier Becker; a hérité de lui la terre de Jarente; chagrine de n'être que la femme d'un notaire, après s'être fait appeler pendant deux ans Mme Hannequin de Jarente, signe H. de Jarente en 1846 : *FAu.*, XII, 607; est devenue bas-bleu vers quarante ans : 611; en 1846, tient, en son hôtel de la rue Louis-le-Grand, une « excellente auberge littéraire » : 607; tante d'Achille de Malvault, dite la Dixième Muse : 604; son œuvre littéraire; pousse à une littérature à la Genlis : 606, 607; Victor de Vernisset corrige ses vers, Lousteau sa prose : 612; serait ravie de marier une de ses filles à Claude Vignon : 615. Selon Héloïse Brisetout, en 1845, ne trompe pas son mari : *CP*, VII, 701.

   Ant. prénommée *Léopoldine : *FAu.*, XII, 604 (var. *b*).

HANNEQUIN (Léopoldine) [née en 1826]. Fille aînée des précédents. Vingt ans en 1846 : *FAu.*, XII, 605; portrait : 616; courtisée par Vernisset; le comte Anselme Popinot propose un autre candidat, Gaudissart, millionnaire et banquier : 615; un troisième est sur les rangs, Claude Vignon : 605.

HANNEQUIN (Mlle) [née en 1829]. Sœur de la précédente. Dix-sept ans en 1846. Vignon voudrait que Vernisset abandonne à son profit sa candidature à la main de Léopoldine et se contente d'elle : *FAu.*, XII, 605.

HANNEQUIN (Albert). Troisième et dernier enfant des Hannequin. En bas âge en 1846 : *FAu.*, XII, 607.

HANNEQUIN (Mlle Léopoldine). Sœur de Me Hannequin. Voir MALVAULT (Mme de).

Hanovrien (un jeune). Venu à Londres, a eu ses idées prises par un médecin anglais qui les a mises en bocal; sa guérison : *AIH*, XII, 769, 770.

HANSARD. Fournisseur aux armées. Un des associés de la compagnie Hansard, du Bousquier, Minoret. Réalise ses fonds en espèces et se fait agent de change; deux filles; meurt sous l'Empire : *ES*, XII, 539-541.

HANSARD (Mme). Femme du précédent. A la mort de son mari, vient habiter chez son gendre, Vernet, receveur général dans la Dyle; elle y fait beaucoup parler d'elle : *ES*, XII, 541; en 1814, paie les dettes de sa fille : 543, 544.

   Ant. *VITARD : *ES*, XII, 539 (n. 7).

HANSARD (Flore). Fille aînée des précédents. Voir JORRY DE SAINT-VANDRILLE (Mme) et MINORET (Mlle), devenue Mme Marmus de Saint-Vandrille.

HANSARD (Mlle). Sœur cadette de Flore. Voir VERNET (Mme).

HAPPE ET DUNCKER. Banquiers à Amsterdam. Férus de peinture, rachètent la galerie de tableaux de Claës, à Douai, vers 1813, par l'entremise de l'abbé de Solis : *RA*, X, 733; envoyé chez eux par son oncle, Emmanuel de Solis arrange l'affaire au mieux des intérêts des Claës : 745.

*HARAMBURE (Maurice d'), remplacé par HOSTAL (Maurice de l') : *H*, II, 536 (var. *g*).

*HARANCOURT (d'), remplacé par FINOT (Andoche) : *CB*, VI, 155 (var. *a*), 204 (var. *b*), 205 (var. *a*).

*HARDI. Ant. *HARDY; maréchal des logis, remplacé par le nourrisseur VERGNIAUD : *Ven.*, I, 1098 (var. *a*).

HARDOUIN (R. P.). Confesseur de Gillette, maîtresse du peintre Nicolas Poussin en 1612. Elle songe à le consulter afin de savoir s'il n'y a pas

quarante ans, en 1803 : *TA*, VIII, 544 ; a accepté sans regimber le nouvel
état de choses : 535 ; pressent que Laurence de Cinq-Cygne n'épousera
pas un Simeuse : 604 ; sera sans s'en douter l'arbitre de leur destinée un
soir, car celui des frères Simeuse à qui elle parlera le premier, après le
Benedicite, sera l'heureux élu à la main de Laurence : 621 ; désigne l'aîné
des jumeaux en s'adressant à lui : 633 ; reste trois mois malade chez M. de
Chargebœuf en 1806, après le verdict condamnant ses deux fils : 672.
*Hauteserre (Mme d'), soixante-seize ans en 1839 : *EP*, VIII, 1596.
Hauteserre (Robert et Adrien d'). Fils des précédents. Le contraste entre
eux, au physique comme au moral : *TA*, VIII, 602 ; servent dans l'armée
des Princes avec leurs cousins, les jumeaux de Simeuse, en 1803 ; retour
des quatre gentilshommes en France, pour participer à une conspiration
contre le Premier Consul, connu de la seule Laurence : 540 ; à l'insu de
leur parents, ont couché la nuit précédente à Cinq-Cygne : 541 ; Laurence
révèle à Michu qu'ils sont en route pour Paris, et qu'il les trouvera
au-dessus de Lagny : 567 ; cachés par lui en forêt de Nodesme : 589 ;
obtiennent leur radiation de la liste des émigrés au début de 1804 : 596 ;
arrêtés en mars 1806, par Lechesneau : 635 ; défendus ainsi que Gothard
par un avocat de Troyes, au procès en enlèvement du sénateur Malin de
Gondreville : 654 ; condamnés à dix ans de travaux forcés : 671 ; graciés
par l'Empereur, reçoivent un brevet de sous-lieutenant dans la cavalerie :
ils devront rejoindre leur corps à Bayonne ; leur destinée : 683, 684.
Allusion à leur procès : *DF*, II, 48. Voir Hauteserre (Robert d') et
Hauteserre (Adrien d').
Hauteserre (Robert d') [?-1812]. Aîné des fils Hauteserre. Brutal et sans
délicatesse : *TA*, VIII, 602 ; n'éprouve pour Laurence de Cinq-Cygne
que l'affection d'un parent et le respect d'un noble pour une jeune fille de
sa caste : 603 ; tué à l'attaque de la redoute de la Moskowa (7 septembre 1812), avec le grade de colonel de cavalerie : 683.
Hauteserre (Adrien d'), puis par mariage comte et ensuite marquis de
Cinq-Cygne (?-1829). Frère cadet du précédent. Amoureux de sa cousine,
Laurence ; âme tendre et douce : *TA*, VIII, 602 ; cache sa jalousie et garde
pour lui le secret de ses tortures : 666 ; nommé général de brigade à la
bataille de Dresde (26-27 août 1813) où il a été grièvement blessé ; ramené,
seul survivant des quatre cousins, à Cinq-Cygne ; épouse Laurence à la
fin de 1813 (ce mariage le fait comte de Cinq-Cygne, implicitement) : 534 ;
pair de France et marquis de Cinq-Cygne à la Restauration, lieutenant
général en 1816, chevalier de Saint-Louis ; achète un bel hôtel, rue du
Faubourg-du-Roule ; sa mort : 683, 684.
*Hauteserre (Mlle), remplacée par [*Saint] Cinq-Cygne, âgée de cinquante-
huit ans en 1839 : *EP*, VIII, 1596.
Hector. Ami de collège d'Adolphe, marié en Loire-Inférieure. Lettre que
lui écrit Adolphe : *PMV*, XII, 139.
Heinefettermach. Savant imaginaire, cité par un des convives de l'orgie
chez Taillefer : *PCh.*, X, 102.
Héloïse. Fille fictive que se prête le comte Paz, afin d'avoir un sujet de
conversation pour aborder Malaga : *FM*, II, 225.
Henarez (don Felipe). Voir Macumer (baron de).
Henarez (don Fernand). Frère cadet du précédent. Voir Soria.
Herbelot (Me). Second notaire à Arcis en 1839. Vit avec sa sœur : *DA*,
VIII, 782 ; sa remarque sur Roméo et Juliette ; selon Achille Pigoult,
n'est pas fort sur l'histoire du Moyen Age : 791.
Herbelot (Malvina) [née en 1809]. Sœur du précédent. Vieille fille aigre et
pincée ; trente ans en 1839 ; assiste avec son frère à la soirée de Mme Marion,
le soir de la réunion électorale de Simon Giguet : *DA*, VIII, 782.
Herbomez (M. d'). Chouan, natif de Mayenne, dit le Général-Hardi. Ancien
rebelle, complice du chevalier du Vissard, dans l'attaque de la recette
de Caen en 1808 ; l'un des principaux chefs de ce complot avec Hiley et
du Vissard : *EHC*, VIII, 294, 295 ; exécuté en 1809 : 314.
Herbomez (comte d'). Frère cadet du précédent, nommé comte et receveur
général en 1815, au Second Retour : *EHC*, VIII, 315.
*Heredia, remplacé par Feredia : *AEF*, III, 720 (var. *b*).
Heredia (comte). Une immense fortune espagnole ; s'entend avec le duc de
Soria pour le mariage de sa fille avec le fils aîné de son ami : *MJM*, I, 224.

HEREDIA (doña Maria). Fille du précédent. Voir SORIA (duchesse de).

HÉRISSON. Clerc chez Me Desroches en 1822 : *DV*, I, 851; au déjeuner de clercs offert par Mme Clapart pour l'intronisation de son fils, Oscar Husson : 853.

Héritier (l'). Voir RONCERET (Fabien du).

Héritiers d'une vieille avare d'Issoudun (les). Prévenus faussement de sa mort par les Chevaliers de la Désœuvrance, accourent, au nombre de quatre-vingts, pour l'apposition des scellés : *R*, IV, 375, 376.

Héritiers de la comtesse Van Ostroem (deux). Leurs émotions devant le comportement de leur tante, à son lit de mort : *Phy.*, XI, 907, 908.

HERMANN (né en 1779). Allemand; portrait : *AR*, IX, 89; en 1799, franc-tireur, capturé par les troupes françaises à Andernach; condamné à être fusillé; sauvé par l'intervention de son père; prend en pitié le sous-aide-major Prosper Magnan, son camarade de cachot : 106, 107; assiste à l'exécution de Prosper : 110; en 1802, rend visite à Mme Magnan, pour accomplir les dernières volontés du malheureux; celle-ci était morte de désespoir : 112, 113; pendant l'Empire, chef d'une importante maison de Nuremberg, invité à dîner par un banquier de Paris : 89; fait le récit du crime commis en 1799 à *L'Auberge rouge* : 92-112.

HÉRON (Me). Notaire à Issoudun. A pour clients le docteur Rouget, puis son fils Jean-Jacques : *R*, IV, 401; conseille au docteur de faire quelque chose pour Flore Brazier : 393; dresse le contrat de mariage de Borniche avec Mlle Hochon : 419; interdit à J.-J. Rouget la mutation qu'il envisage : 471; annonce aux petits-fils de M. Hochon les décisions de leur aïeul : 483, 484.

HÉROUVILLE (famille d'). Issue d'un huissier à verge de Robert de Normandie : *MM*, I, 683. Origine de ce nom, *Herus villa* : *EM*, X, 921. Race forte et fière, donna le fameux maréchal d'Hérouville à la royauté, des cardinaux à l'Église, des capitaines aux Valois, des preux à Louis XIV : *MM*, I, 616; faillit périr au XVIe siècle, du fait d'un avorton : 616. Ruinée pendant la Restauration, reste dans une obscurité qui équivaut à l'extinction : *CA*, IV, 1008. Les laisses d'Hérouville que le Conseil d'État leur accorde en 1830 sont à l'origine de la seconde fortune de la famille : *MM*, I, 619. Considérée en 1823 comme l'une des plus grandes familles de France : *Pay.*, IX, 151. C'est aussi l'opinion d'Olivier Vinet en 1839 : *DA*, VIII, 790.

HÉROUVILLE (cardinal d'). Grand-oncle de la comtesse Jeanne d'Hérouville; sa riche bibliothèque, réunie à Hérouville : *EM*, X, 879; *MM*, I, 530 et 535. Elle profita à son descendant, Étienne d'Hérouville, que sa mère destinait à la cléricature : *EM*, X, 906.

HÉROUVILLE (maréchal duc d') [1540 ou 1541- ?]. Dit le terrible maréchal, contemporain du roi Henri IV : *MM*, I, 530; et le Grand-Maréchal; comte, fait duc par Louis XIII : 616; a le physique d'un jaloux féroce : *EM*, X, 877; né en 1540 : trente-trois ans en 1573, au siège de La Rochelle : 869; ou en 1541 : cinquante ans en 1591 : 870; portrait; sa seule passion, une courtisane, la Belle Romaine; grièvement blessé à La Rochelle : 869, 870; n'admettra pas que sa jeune femme accouchât sept mois après son mariage : 872; ses propos avec le marquis de Verneuil : 872; soupçonne injustement sa femme d'infidélité et envoie quérir un homme de l'art, Beauvouloir, pour la délivrer : 878; décidé à tuer Étienne, l'enfant débile dont elle vient d'accoucher; il le considère comme illégitime : 892; titulaire du gouvernement de Champagne en 1593 avec promesse d'être fait duc et pair : 897; consent à ce qu'Étienne vive à condition de ne jamais le rencontrer : 898; le destine à la prêtrise : 900; ses titres en 1617 : 919; présente solennellement Étienne à sa *maison* : 922, 923; venge son fils Maximilien en tuant l'adversaire de celui-ci; décide de marier Étienne à Mlle de Grandlieu : 949; lui notifie sa décision : 958; rendu fou furieux par le refus opposé par Étienne, lève la main sur lui pour le tuer ainsi que Gabrielle Beauvouloir, que le jeune homme prétend épouser; les deux jeunes gens meurent d'effroi; épouse (à soixante-seize ou soixante-dix-sept ans) Mlle de Grandlieu, de la branche cadette : 959, 960. Se remarie à l'âge de quatre-vingt-deux ans, et, naturellement, sa famille se continue : *MM*, I, 616.

HÉROUVILLE (duchesse Jeanne d') [1574-v. 1607]. Première femme du précédent. Atteint à sa dix-huitième année en 1591; née Jeanne de Saint-Savin; seule héritière des deux branches de sa famille; portrait : *EM*, X, 870, 871; chastes amours enfantines avec son cousin Georges de Chaverny : 875, 876; sa mère la supplie d'épouser Hérouville, afin de sauver son cousin, huguenot emprisonné : 876, 877; l'horreur et la terreur qu'elle a de son mari : 866; sept mois après son mariage, ressent les douleurs de l'enfantement : 865; pour éviter que l'accoucheur ne la reconnaisse, son mari lui met un masque sur le visage : 881; accouche prématurément d'un enfant chétif, Étienne : 887; elle le veille et l'élève avec amour : 892, 893; après la naissance de son second fils, Maximilien, obtient de son mari qu'il dote Gertrude, sa belle bâtarde, qui épousera Antoine Beauvouloir : 894; sa mort : 911; ses dernières recommandations à Me Beauvouloir : 911. Femme vertueuse : *Pré.PG*, III, 44.

HÉROUVILLE (Étienne d'), duc de Nivron (1591-1617). Fils des précédents. Sa naissance prématurée : *EM*, X, 887; portrait à seize ans : 904; haï dès le berceau par son père qui, à tort, le croit bâtard : 892; son enfance heureuse, sous l'aile maternelle; sa sensibilité : 895-897, 902; vit seul, au bord de la mer, dans l'enceinte qui lui est réservée et dont il ne doit pas sortir sous peine de mort : 898, 901; son éducation, surveillée par sa mère et par Beauvouloir : 901; devient duc de Nivron en 1617, à la mort de son frère Maximilien : son père essaie de l'apprivoiser : 920, 921; Me Beauvouloir lui présente sa fille, Gabrielle : les deux enfants s'aiment dès leur première rencontre : 940, 941; courte idylle de cinq mois avec Gabrielle : 948; sommé par son père d'épouser Mlle de Grandlieu, lui tient tête; il ne veut avoir d'autre femme que celle qu'il aime : 958, 959; meurt de saisissement devant l'effroyable colère de son père, qui veut les tuer : 960.

Ant. *RUBEMPRÉ (marquis de), ant. *CONDRE (marquis de), puis BAUX-EN, remplacé par le duc de NIVRON : *EM*, X, 922 (var. *b*), prénommé *Étienne : 943 (var. *a*), 955 (var. *a*).

HÉROUVILLE (Maximilien d'), marquis de Saint-Sever (vers 1594-1617). Frère cadet du précédent; son éducation, tout orientée vers l'art militaire : *EM*, X, 900; haï de tous les gens du château pour sa brutalité et son instinct du mal; de plus en plus éloigné de sa mère et de son frère aîné, qu'il ne connaît pas : 907; en 1617, commande une compagnie d'arquebusiers; bien en cour, vient d'être fait duc de Nivron : 916; tué sur le pont du Louvre, en même temps que son protecteur le maréchal d'Ancre, en 1617 : 917.

HÉROUVILLE (duchesse d'). Seconde femme du maréchal duc. Voir la première GRANDLIEU (Mlle de), de la branche cadette.

HÉROUVILLE (maréchal duc d') [?-1819]. Dernier gouverneur de Normandie sous l'Ancien Régime : *MM*, I, 613; à la Révolution, émigre à Vienne où son fils naît en 1796 : 614; rentre avec le roi en 1814, ne retrouve que son château et sa sœur : 613, 614; meurt en ne laissant en tout que quinze mille francs de rente : 614, 615.

HÉROUVILLE (Mlle d'). Sœur du précédent. En 1829, vieille fille flottant entre trente et cinquante ans : *MM*, I, 535; habite le château familial pendant la Révolution : 613; entichée de noblesse, refuse pour son neveu de très beaux partis, comme Mlle Mongenod et Mlle de Nucingen entre 1817 et 1825 : 615; blesse Me Latournelle par ses préjugés : 636; à la réception du duc de Verneuil : 688, 690; croit son neveu fiancé à Modeste Mignon de La Bastie : 708.

HÉROUVILLE (duc d'), marquis de Saint-Sever, duc de Nivron, comte de Bayeux, vicomte d'Essigny (né en 1796). Fils et neveu des précédents. Grand écuyer de France, pair de France, chevalier de l'Ordre de l'Éperon et de la Toison d'Or, grand d'Espagne : *MM*, I, 613; portrait en 1829 : 616, 617; né à Vienne pendant l'émigration; fruit de l'automne de son père, rentre en France avec le roi en 1814; en 1819, à la mort de son père, hérite ses titres et fonctions : 614, 615. Eût pris pour premier gentilhomme de sa chambre le petit M. de La Baudraye s'il eût été quelque peu grand-duc de Bade : *MD*, IV, 643. Un des ducs qui présentent au roi le jeune Victurnien d'Esgrignon en 1822 : *CA*, IV, 1009. En 1829 on le dit fiancé avec Mlle Vilquin, la cadette : *MM*, I, 530; prétendant à la main de Modeste Mignon, ses titres : 612, 613; Charles X lui a alloué une pension comme aux autres pairs de France pauvres ; hôtel rue Saint-Thomas-du-Louvre, à la Grande-Écurie, dispose des voitures du roi : 615 ; grand écuyer mais petite taille : 617 ; délicat, plein d'esprit, amateur de femmes faciles ; amant de Fanny Beaupré et amoureux de Diane de Maufrigneuse : 617 ; admis à faire sa cour à Modeste : 617 ; La Brière et Canalis apprennent qu'il s'est mis sur les rangs : 619 ; présenté au Chalet par Me Latournelle : 636 ; raison ostensible de sa visite, l'affaire des laisses d'Hérouville : 637 ; invite M. Mignon à venir se rendre compte sur place : 637 ; sommes nécessaires à la mise en valeur des laisses d'Hérouville : 684 ; prie le duc de Grandlieu d'organiser une chasse à courre en Normandie, chez les Verneuil : 687 ; Modeste Mignon lui annonce son choix en faveur de La Brière et la formation d'une compagnie pour l'exploitation d'Hérouville : 707 ; témoin de Modeste Mignon à son mariage : 713. En 1838, richissime, le duc enlève Josépha au baron Hulot : *Be.*, VII, 66 ; charge l'architecte Cleretti de l'arrangement de l'hôtel particulier qu'il destine à Josépha, rue de La Ville-l'Évêque : 398 ; habite rue de Varennes : 134 ; apporte à Josépha, dans un cornet à dragées d'épicier, une inscription de trente mille livres de rentes : 227 ; avec Josépha invité de du Tillet et de Carabine au *Rocher de Cancale* en 1843 : 406, 407.

HÉROUVILLE (Hélène d'). Sœur du précédent. L'accompagne au Havre en 1829 : *MM*, I, 614, 618 ; devra sans doute prendre le voile, faute de dot : 655 ; invitée du duc de Verneuil à Rosembray : 690, 691.

HERRERA. Bâtard d'un grand seigneur espagnol, depuis longtemps abandonné par son père ; chargé d'une mission politique en France par le roi Ferdinand VII, il est assassiné dans une embuscade par le forçat Jacques Collin, réfugié en Espagne, vers 1820 : *SetM*, VI, 503 ; ses titres : 746 ; *IP*, V, 703.

HERRERA (le faux abbé Carlos). Voir COLLIN (Jacques).
    Ant. prénommé *Juan : *SetM*, VI, 463 (var. *b*).

HERVÉ. Instituteur, puis, après son mariage en 1822, proviseur du collège de La-Ville-aux-Fayes en 1824 : *Pay.*, IX, 184.

HERVÉ (Mme). Femme du précédent. Née Sibilet ; fille aînée du greffier de La-Ville-aux-Fayes ; mariée en 1822 : *Pay.*, IX, 184.

HEURTAUT. Père de Caroline de Chodoreille. Cinquante-neuf ans, chauve, autrefois libertin, vingt mille livres de rente : *PMV*, XII, 22 (n. 1), 23 ; brocardé par ses amis sur la grossesse de sa femme : 25 ; égoïste : 43.

HEURTAUT (Mme Alexandrine). Femme du précédent. Doit recueillir des héritages ; mère, à quarante-deux ans, d'un superbe garçon, ce qui lui redonne une seconde jeunesse : *PMV*, XII, 24-26 ; « grosse rose trémière à beaucoup de feuilles » : 38 ; promenade avec sa famille : 47-51 ; donne des conseils à son gendre : 91.

HEURTAUT (Caroline). Fille des précédents. Voir CHODOREILLE (Mme de).

HICLAR. Musicien à Paris en 1845. Dubourdieu voudrait qu'il compose une symphonie, destinée à mettre en valeur une de ses toiles, *L'Harmonie* : *CSS*, VII, 1189.

*HIERADA. Voir *JOSÉPHA.

HILEY, dit le Laboureur (?-1809). Chouan. Émissaire de Dubut de Caen ; connu comme voleur de diligences ; envoyé au château de Saint-Savin en 1808, pour y approcher les conjurés : *EHC*, VIII, 294 ; exécuté : 314.

HIPPOLYTE (?-1812). Aide de camp du général Éblé. Ami du major Philippe de Sucy : *Ad.*, X, 988, 989 ; à la Bérésina, aide son ami à sauver le général de Vandières et sa femme : 993-995 ; tué par les Russes : 996.

HIRAM (Josépha). Voir JOSÉPHA.

HOCHON (famille). Composée de cinq membres résidant à Issoudun en 1822 ; y est connue sous le sobriquet : « les cinq Hochon » : *R*, IV, 420.

HOCHON (né en 1737). Bourgeois d'Issoudun. Type de la parcimonie domestique : *Pay.*, IX, 237. Âgé de quatre-vingt-cinq ans en 1822 ; portrait à cette époque ; époux d'une demoiselle Lousteau ; après avoir permuté de Selles à Issoudun, comme receveur des Tailles, prend sa retraite vers 1786 ; trait d'avarice, la ficelle de Gritte : *R*, IV, 419, 420 ; a deux enfants, un fils, une fille, Mme Borniche ; en 1814, recueille son petit-fils François, orphelin, mais ne paie pas les dettes de sa bru décédée, en vertu d'un vieil adage de droit : 420 ; reçoit Joseph Bridau et sa mère, invités par sa femme, en 1822 : 424 ; le menu de leur arrivée : 426, 427 ; lorsque Joseph

Bridau est arrêté, craint d'être pillé, car il a de l'or dans sa cave ; augure mieux de Philippe Bridau, qui saura mater J.-J. Rouget : 474, 475 ; apprend de lui le rôle joué par ses petits-fils, chevaliers de la Désœuvrance : 480 ; par-devant Me Héron, leur rend ses comptes de tutelle : 484 ; conseille à Baruch Borniche d'aller à Vatan, d'accepter la procuration de J.-J. Rouget et de rester à Orléans, en lieu sûr : 495.

HOCHON (Mme) [née en 1750]. Femme du précédent. Née Maximilienne Lousteau, sœur du subdélégué d'Issoudun et marraine d'Agathe Rouget qu'elle considère comme sa fille : *R*, IV, 274, 423 ; âgée de soixante-douze ans en 1822 : 423 ; fille d'un premier commis des Aides, tourneur, comme Louis XVI était serrurier : 421 ; a pour neveu le journaliste Étienne Lousteau : 346 ; a marié sa fille à un Borniche : 419 ; de ses deux autres enfants, l'un est mort à une date indéterminée · 423 ; sa lettre d'invitation à Mme Bridau : 354, 355 ; supplie Philippe Bridau de porter pendant son duel une relique de sainte Solange : 507.

HOCHON (Mlle). Fille des précédents. Voir BORNICHE (Mme).

HOCHON (?-1813). Frère aîné de la précédente. Pris comme *garde d'honneur* en 1813, il est tué au combat de Hanau, le 30 octobre 1813, laissant une femme et un fils : *R*, IV, 420.

HOCHON (Mme) [?-1814]. Femme du précédent. Issue d'une famille riche ; meurt en 1814 à Strasbourg, laissant un fils, François, et des dettes, sa dot ayant été mangée par son mari ; son beau-père, le vieil Hochon, recueille l'enfant : *R*, IV, 420.

HOCHON (François) [né en 1798]. Fils des précédents. Âgé de vingt-quatre ans en 1822, habite à Issoudun chez son grand-père : *R*, IV, 424 ; « *un des cinq Hochon* » : 381 ; chevalier de la Désœuvrance ; fanatique de Maxence Gilet, ainsi que son cousin, Baruch Borniche : 380 ; chargé par Maxence d'espionner les faits et gestes des Parisiens, Joseph Bridau et sa mère : 413 ; envoyé à Poitiers par son grand-père faire son droit, en novembre 1822, pour le punir de ses exploits nocturnes : 485.

Hollandais (un). Habitant L'Isle-Adam en 1822, a joliment restauré le pavillon dit de Nogent : *DV*, I, 754.

Homme d'affaires de Félix de Vandenesse (l'). Très habile et délié, quoique honnête ; remplit une mission délicate auprès de Nathan : *FE*, II, 373.

Homme d'affaires de Félicité des Touches (l'). Vend la maison de sa cliente et lui en achète une autre : *B*, II, 838.

Homme à bonnes fortunes (un). Dandy, bel homme, manquant de cœur et d'esprit ; premier amant de Camille Maupin : *B*, II, 698 ; militaire : 709.

Homme de Saint-Laurent-du-Pont (un). En difficulté avec Taboureau à propos du prix de l'orge vendu d'avance : *MC*, IX, 437, 438.

Homme assassiné (l'). Son histoire racontée à la veillée par un paysan : *MC*, IX, 517-520.

Homme aux oncles (l'). Convive du banquier Taillefer, en octobre 1830. Fortement pris de boisson, explique aux convives la manière de tuer son oncle : *PCh.*, X, 101, 102.

Homme de science de l'Université de Louvain (un). Avec son clerc, prend place dans la barque du passeur d'Ostende : *JCF*, X, 313 ; envie le bourgmestre, qui ne s'aperçoit pas du danger : 316 ; englouti en se moquant des autres, faute d'avoir eu la foi : 320.

Homme de mauvaise mine (un). S'adresse au comte Marcosini et lui signale qu'il a « une tante » qui aime beaucoup les étrangers : *Gam.*, X, 463.

Homme (un). Sa démarche : *PVS*, XII, 286.

Homme (un). Semble composé de deux compartiments : *PVS*, XII, 287.

Homme affairé (un). Sa démarche : *PVS*, XII, 290.

HONORINE. Pupille du comte et de la comtesse de Bauvan : *H*, II, 550. Voir BAUVAN (comtesse Octave de).

HOOGWORST (Cornélius) [?-1483]. Gantois. Président du tribunal des Parchons : *Cor.*, XI, 39 ; commerçant des plus riches de Gand : 29 ; portrait en 1479 : 38 ; en 1470, fuit l'inimitié de Charles le Téméraire ; se réfugie auprès de Louis XI ; s'installe à Tours, rue du Mûrier : 29 et 32 ; argentier du roi : 24 ; lié avec les principales maisons de commerce de Flandre, de Venise et du Levant ; anobli par Louis XI : 29 ; nommé le tortionnaire et sa maison la Malemaison après la pendaison de plusieurs de ses apprentis accusés de l'avoir volé : 30-32 ; accuse un innocent, le faux Goulenoire, amant de la fille du roi : 44, 45 ; Louis XI lui démontre que, somnambule, il est son propre voleur : 65 ; se méfie désormais du roi, depuis qu'il se sait capable de le conduire à son trésor de treize cent mille écus : 68 ; se suicide d'un coup de rasoir ; sa mort coïncide à peu près avec celle du roi : 72.

HOOGWORST (Mlle Jeanne) [?-1479]. Sœur du précédent. Portrait en 1479 : *Cor.*, XI, 37 ; habite avec son frère : 30 ; meurt de saisissement quand il lui apprend être le voleur de son propre trésor : 68, 69.

HOPWOOD (lady Julia). En voyage sur le continent en 1819, prend pour femme de chambre Mlle Caroline, prénom sous lequel se cache la duchesse de Langeais ; s'en sépare à Cadix : *DL*, V, 1030.

    Ant. *FAUNTLER (lady) : *DL*, V, 1029 (var. *c*).

HOREAU (Jacques), dit le Stuart (?-1809). Ancien lieutenant à la soixante-neuvième demi-brigade. Recruté en 1808 par Hiley et d'Herbomez, affidé de Tinténiac, a déjà participé en 1793 à l'affaire de Quiberon : *EHC*, VIII, 294 ; condamné à mort en 1809 et guillotiné : 314.

HORTENSE (Mlle). Vers 1834, maîtresse du vieux lord Dudley qui la cache rue de la Victoire ; Cérizet, son amant de cœur, vend ses meubles à Trailles pour récupérer une créance : *HA*, VII, 794.

HOSTAL (baron Maurice de l') [né en 1802]. Consul. Âgé de trente-quatre ans en 1836 ; esquisse à cette époque : *H*, II, 528 ; neveu de l'abbé Loraux, curé des Blancs-Manteaux : 531 ; orphelin, vit chez le proviseur du collège Saint-Louis jusqu'à l'âge de dix-huit ans : 533 ; sa soif de théâtre : 533 ; reçu docteur en droit, à vingt-deux ans, en 1824 ; engagé comme secrétaire particulier par le comte Octave de Bauvan : 531, 532 ; nommé auditeur au Conseil d'État en 1826, puis maître des Requêtes, l'année suivante : 545 ; apprend enfin le secret de la tristesse du comte Octave que sa femme a quitté : 548 ; accepte de tenter de la ramener à son mari ; il s'installe à côté de chez elle, rue Saint-Maur, se donnant pour un amateur de dahlias ; le comte lui destine Mlle de Courteville, sa parente, qui l'éblouit : 560 ; première rencontre avec Honorine, en mai 1827 : 563 ; sa ressemblance avec Byron, notée par elle : 569 ; est d'avis que, pour faire sortir la tortue de sa carapace, il faut casser l'écaille : 571 ; Mlle de Courteville n'a plus aucun attrait pour lui : 584 ; en août 1827 parvient à réconcilier le comte et Honorine : 589 ; s'enfuit en Espagne pour ne pas enlever Honorine au comte ; il est nommé vice-consul : 589 ; consul général de France à Gênes en 1828 ; se marie en fin 1828 ou en juillet 1830 (voir p. 593, n. 1), après avoir reçu le faire-part de naissance du fils du comte Octave ; en 1832, une dernière lettre d'Honorine lui annonce sa fin prochaine : 592, 594 ; en 1836, il est marié depuis six ans à Onorina Pedrotti : 528 ; est fait baron et commandeur de la Légion d'honneur à l'occasion de son mariage, dans le second semestre de 1830 : 529 ; reçoit Camille Maupin, Léon de Lora et Claude Vignon à son consulat et leur raconte son histoire : 527 ; selon Camille Maupin, n'a pas encore deviné qu'Honorine l'aurait aimé ; mais sera malheureux, car sa femme a entendu son récit : 596.

    Ant. prénommé *Victorin : *H*, II, 534 (var. *d*) ; ant. *HARAMBURE (d') : 536 (var. *g*).

HOSTAL (baronne Maurice de l'). Femme du précédent. Née Onorina Pedrotti, fille d'un riche banquier génois ; sa dot ; a en 1836 un fils de six ans, une fille de quatre ans : *H*, II, 529, 530 ; s'est mariée en 1828 : 533 ; ou en 1830 : 528 ; à l'insu de son mari, l'entend évoquer son amour pour Honorine : 536.

Hôtelier (un). Propriétaire de l'auberge de La Belle-Étoile à Mansles, en 1829 : *SetM*, VI, 664 ; accueille Corentin et Me Derville, et les renseigne sur la famille Chardon : 665, 666.

Hôtelière (une). Femme du précédent. Sa conversation avec Corentin et Me Derville sur les habitants du pays : *SetM*, VI, 665, 666.

Hôtelière des Pyrénées (une). Loge la marquise d'Aiglemont et sa fille Moïna ; accueille une étrangère mourante avec un enfant qui se révélera être Hélène d'Aiglemont : *F30*, II, 1198-1199.

Hôtelière (une). Gérante de l'hôtel Saint-Quentin, à Paris, en 1831. Reprend l'hôtel que l'ancienne gérante, Mme Gaudin, redevenue riche et comtesse de Witschnau, lui laisse gratuitement ; dit à Raphaël de Valentin qu'il est attendu : *PCh.*, X, 228.

Hôtesse de Tascheron (l'). Ses réponses, en 1829, aux questions de la police, sur les mœurs de son jeune locataire : *CV*, IX, 686, 687.

Hôtesse d'une maison garnie (l'). Veuve d'un fermier général mort sur l'échafaud, ruinée, tient un garni du dernier ordre, rue des Moineaux; est une honnête femme; héberge vers 1793 la famille Mongenod : *EHC*, VIII, 264, 265; instruit M. Alain du départ de ses locataires : 269. Fera plus tard fortune dans son métier et sera locataire principale de sept maisons dans le quartier Saint-Roch : 264.

*Huber (Francisque). Voir Althor (Francisque).

Huet (Jacques). Clerc de l'étude Bordin en 1787 : *DV*, I, 849.

Hugret. Président d'une Cour royale au XVIe siècle, anobli par François Ier; ancêtre et souche des Hugret de Sérisy : *DV*, I, 746.

Huissier. Sans pitié, a tout saisi chez Malaga, selon ce qu'elle écrit à Paz : *FM*, II, 228.

Huissier de Provins (un). Accompagne Vinet qui veut faire autopsier Pierrette; menacé par Brigaut : *P*, IV, 47.

Huissier (un). Connu de Vautrin (l'abbé Carlos Herrera) et assez malhonnête, vient saisir en 1829 le mobilier d'Esther Gobseck, rue Taitbout : *SetM*, VI, 567.

Huissier du Palais de Justice (un). En 1830, propose à Asie, jouant le rôle de la marquise de San-Esteban, de la conduire à la Conciergerie : *SetM*, VI, 737.

Huissier de la Chambre des députés (un). Va chercher Léon Giraud, à la prière de Bixiou et L. de Lora, en 1845 : *CSS*, VII, 1197.

Huissier (un). Opère assez brutalement une saisie chez le baron Bourlac en 1838, à la requête de Métivier; explique sans aménité le but de sa visite au jeune Auguste de Mergi : *EHC*, VIII, 392, 393; payé par ce dernier : 400.

Hulot (maréchal). Comte de Forzheim (1766-1841). Agé de soixante-douze ans en 1838 : *Be.*, VII, 78; portrait en 1838 : 98. Portrait en 1799 : *Ch.*, VIII, 961, 962. Son passé glorieux : trente campagnes, vingt-sept blessures, la dernière à Waterloo : *Be.*, VII, 78. En 1799, chef de la soixante-douzième demi-brigade, dite la Mayençaise : *Ch.*, VIII, 1062; à cette époque, déjà ancien dans le métier, vieux chien de guérite, commande les deux départements de la Mayenne et de l'Ille-et-Vilaine; sa surprise, à La Pèlerine, devant l'empressement des réquisitionnaires de Fougères à obéir aux ordres de la République; soupçonne leur désir secret de se procurer des armes et prend ses dispositions pour rallier Alençon : 910, 911; ses craintes s'accroissent en arrivant au sommet du plateau de La Pèlerine, devant le retard des réquisitionnaires : 911; donne à ses deux subordonnés, Merle et Gérard, des nouvelles de la situation, et leur apprend qu'un ci-devant, le Gars, vient d'être envoyé en Bretagne comme chef des Chouans : 922, 923; a été alerté par Fouché : 930; attaqué par les Chouans : 930, 931; aperçoit le Gars; dirige le combat : 936-942. A Ernée, lit les proclamations de Bonaparte : 958-960; escorte en maugréant Corentin et Mlle de Verneuil : 963-965, 971; à l'auberge des Trois-Maures, à Alençon, se trouve nez à nez avec le Gars, qu'il croit reconnaître sous son uniforme républicain : 987, 988; il brise son épée et veut démissionner, plutôt que d'obéir à une femme : 989, 990; avoue à Mme du Gua qu'il a cru voir en l'aspirant du Gua-Saint-Cyr le marquis de Montauran : 991; discussion avec Mlle de Verneuil et Corentin : 1065-1067; vient aux nouvelles, après la réunion de Saint-James : 1147, 1148; mène un bataillon de contre-Chouans; son portrait sous ce déguisement : 1156; prend ses dernières dispositions à Fougères, contre une attaque nocturne des Chouans, pour délivrer leur chef : 1157; obtient de la femme de Galope-Chopine des renseignements sur la cachette de Montauran : 1162, 1163; son attaque, à laquelle Montauran échappe de justesse : 1168-1170; promet à Montauran, blessé à mort, d'exécuter ses dernières volontés : 1210. Il sauvera ses biens pour son jeune frère : *Be.*, VII, 353. Sa demi-brigade a cantonné à Alençon de 1798 à 1800 : *VF*, IV, 852. En 1808, à Madrid, vieux républicain et colonel, prie le chirurgien-chef Béga de raconter son histoire : *MD*, IV, 689. En 1809, colonel des grenadiers de la Garde, prend une redoute; est nommé comte de Forzheim par l'Empereur après cet exploit : *Be.*, VII, 338; de 1830 à 1834, commandant militaire des départements bretons : 78; vainc Madame en 1832 : 353; en 1838, pair de France, successeur probable de feu Montcornet au maréchalat;

celui-ci sur la vie menée par Hector : 63-68; sait que depuis vingt ans elle est trompée : 73; console Hector, qui vient d'être lâché par Joséha : 123, 124; heureuse de marier sa fille : 171; la console, lorsqu'elle apprend les infidélités de Wenceslas : 269; en 1841, la lettre adressée à son mari par son oncle, Johann Fischer, lui inflige un tressaillement continuel : 315; demande à Crevel les deux cent mille francs qui sauveraient sa famille du déshonneur : 320-331; départ d'Hector : 365; nommée inspectrice de bienfaisance; visite à Joséha : 376-386; perd connaissance à l'énoncé des menaces proférées par Valérie : 401; à la prière de Mme de La Chanterie, s'occupe de son œuvre de légalisation des mariages naturels : 436; visite aux Italiens fumistes de la rue Saint-Lazare : 438; retrouve Hector, devenu le père Vyder, passage du Soleil : 444, 445; le ramène chez son fils : 446; au début de décembre 1845, le surprend avec une fille de cuisine; ses dernières paroles à Hector, sur son lit de mort : 450, 451.

HULOT D'ERVY (baronne). Seconde femme du baron Hector. Née Agathe Piquetard, à Isigny; engagée par Mme Victorin Hulot au début de décembre 1845 : *Be.*, VII, 450; le baron Hulot lui promet le mariage, quand il sera libre; il l'épouse en effet, le 1er février 1846 : 451.

HULOT D'ERVY (Victorin). Fils aîné du baron Hector et de sa première femme, Adeline. Portrait en 1838 : *Be.*, VII, 97; en 1834, en prévision de son mariage, achète un des plus beaux immeubles de Paris, sur le boulevard, entre les rues de la Paix et Louis-le-Grand : 366; épouse en 1836 la fille de Crevel : 59 et 78; avocat, gagne trente mille francs par an; en 1837, député; en 1838, sa mère le voit ministre; il doit deux cent cinquante mille francs sur les cinq cent mille qu'a coûté son immeuble : 59, 60; pour payer l'usurier Vauvinet, qui a pour soixante mille francs de lettres de change de son père, en 1841, il va proposer sa garantie hypothécaire : 208, 209; veut créer avec Léon Giraud, chez les Conservateurs, un noyau de Progressistes : 254; rachète à Vauvinet les lettres de change de son père, sur hypothèque : 262, 263; reçoit du maréchal Cottin le fidéicommis du maréchal Hulot; réélu député centre gauche : 364; avocat du Contentieux de la Guerre, avocat consultant de la préfecture de police et conseil de la Liste civile : 366; recueille chez lui sa mère et sa sœur : 367; Mme de Saint-Estève lui propose de les débarrasser de Mme Marneffe : 386-388; refuse d'assister au mariage de son beau-père, Crevel, avec Mme Marneffe : 394; lui annonce que Valérie le trompe avec Wenceslas, s'engageant à lui en fournir les preuves : 395; reçoit le faux prêtre annoncé par Mme de Saint-Estève : 426; le lendemain de l'enterrement de Crevel, lui remet quatre-vingt mille francs : 435; en 1844, il est riche : 445; en 1846, apprend indirectement le remariage de son père : 451. En relations mondaines avec les Hannequin de Jarente en 1846 : *FAu.*, XII, 614.

HULOT D'ERVY (Mme Victorin). Femme du précédent. Née Célestine Crevel : *Be.*, VII, 59; mariée en 1836, avec une dot de cinq cent mille francs : 60; insignifiante et vulgaire; un fils en 1838 : 97; son père déplore son mariage, estimant qu'elle aurait pu devenir une vicomtesse Popinot sans les débordements de sa vie de garçon : 61; apprend du docteur Bianchon la gravité de la maladie de son père : 428, 429; hérite la terre de Presles et trente mille livres de rente en 1844 : 435; mène tout le ménage de son mari, de sa belle-sœur et de ses beaux-parents; en décembre 1845 prend une fille de cuisine, pour aider à l'office : 449, 450; ce qu'il en advient : 451.

HULOT D'ERVY. Fils des précédents, né en 1838 : *Be.*, VII, 97.

HULOT D'ERVY (Hortense). Fille du baron Hector et de la baronne Adeline Hulot d'Ervy. Voir STEINBOCK (comtesse).

HURÉ. Natif de Mortagne; clerc chez Me Derville, avoué à Paris, en 1818 : *Col.*, III, 313.

HUSSON (Mlle). Voir CARDOT (Mme).

HUSSON. Frère de la précédente. Riche fournisseur aux vivres-viandes sous le Directoire, l'un des cinq rois du moment; ruiné en 1802 par Napoléon, se suicide en se jetant dans la Seine; il laisse une femme, grosse d'un enfant adultérin, Oscar : *DV*, I, 760, 761.

HUSSON (Mme). Femme du précédent. Voir CLAPART (Mme).

HUSSON (Oscar) [né v. 1803]. Fils de la précédente. Âgé d'environ dix-neuf ans en 1822 : *DV*, I, 760, 761; portrait à cette époque : 761, 762;

enfance dans la maison de Madame Mère ; en 1815, obtient une demi-bourse au collège Henri-IV grâce aux démarches de Moreau très intimement lié avec sa mère avant sa naissance : 761, 762 ; en 1822, réclamé par Moreau, régisseur du château de Presles, embarqué par sa mère dans le coucou de Pierrotin : 757 ; moqué par Amaury Lupin et Georges Marest : 765 ; renie sa mère : 800 ; parle devant le comte de Sérisy, voyageant incognito, des maladies et des ridicules que donne à ce dernier l'inconduite de sa femme : 802, 803 ; mal accueilli par Mme Moreau : 817 ; traîné devant Sérisy, châtelain de Presles, incapable de demander pardon : 827, 828 ; renvoyé à Paris à Clapart qui le hait et à sa mère qu'il désespère : 828-831 ; son oncle Cardot paie ses études de droit : 840 ; Moreau le fait entrer chez l'avoué Desroches : 842 ; confié à Godeschal : 843, 844 ; à vingt ans, troisième clerc ; en juillet 1825, passe ses derniers examens : 845 ; en novembre, invité par les cousins Marest chez la marquise de Las Florentinas y Cabirolos : 855 ; chez Florentine, maîtresse de l'oncle Cardot, Fanny Beaupré lui fait perdre cinq cents francs que Desroches lui a confiés pour retirer un jugement : 866, 867 ; congédié par Desroches : 872 ; tire le n° 27 au sort ; incorporé dans le régiment de cavalerie du duc de Maufrigneuse, avec, comme sous-lieutenant, le fils du comte de Sérisy : 876 ; en 1830, maréchal des logis ; promu sous-lieutenant en février ; en juillet, passe au peuple : 878 ; lieutenant et décoré de la croix de la Légion d'honneur en août ; aide de camp de La Fayette qui le fait nommer capitaine en 1832 ; chef d'escadron en Afrique sous le duc d'Orléans ; en 1835, blessé à la Macta, sauve le vicomte de Sérisy qu'il ramène en France ; pardonné par le comte ; promu lieutenant-colonel et officier de la Légion d'honneur : 878 ; retraité, reprend la voiture de Pierrotin, avec sa mère, pour aller à Beaumont où il est nommé percepteur : 879, 880 ; Bridau le félicite, il a su sa conduite par son frère et le général Giroudeau ; vers la fin de l'hiver 1838, épouse Georgette Pierrotin ; avant de mourir, le comte de Sérisy lui obtient la recette de Pontoise : 887.

HUSSON (Mme Oscar). Femme du précédent. Née Georgette Pierrotin, à L'Isle-Adam ; épouse le colonel Husson nommé à la recette de Beaumont à la fin de l'hiver 1838 : *DV*, I, 887.

HUYSIUM (M. van). Ami du syndic Claës, au XVIe siècle ; célèbre sculpteur sur bois, de Bruges ; son chef-d'œuvre, la boiserie à quatorze cents personnages, représentant des scènes de la vie d'Artevelde, exécutée en soixante panneaux, pour Claës : *RA*, X, 666 ; ce chef-d'œuvre est racheté en 1830 par lord Spencer : 828.

HYACINTHE (Mgr), dans *CT*. Voir TROUBERT (abbé).

HYACINTHE, dans *Col.* Voir CHABERT.

*HYPPOLITE (Mme), remplacée par MEYNARDIE (Mme) : *SetM*, VI, 452 (var. d).

IDAMORE, dans *Be.* Voir CHARDIN.

Imprimeur de la *Revue de l'Est* (l'). Chez M. Boucher, assiste à la réunion pour la candidature d'A. Savarus : *AS*, I, 995.

Imprimeur (un). S'interroge sur le départ de M. Bongrand : *Méf.*, XII, 415.

Inconnu (un célèbre). Second amant de Félicité des Touches, amoureux de l'Italie ; son talent : *B*, II, 698.

Inconnu (le grand). Opiomane, client de Samanon, qui détient sa garde-robe, en 1821 : *IP*, V, 508 ; plus tard saint-simonien ; ses propos à Lousteau et Lucien de Rubempré : 509, 510 ; revu par Lucien chez Flicoteaux : 543.

Inconnu (un). Met en garde le sculpteur Sarrasine, à Rome, contre les dangers d'aimer Zambinella : *S*, VI, 1064.

Inconnu (un). Suit sœur Agathe, comme s'il l'espionnait : *Ep.T*, VIII, 434 ; sa vue fait blêmir de peur le pâtissier qui sert la religieuse : 437 ; se présente aux deux religieuses, à leur domicile : 441 ; demande à l'abbé de Marolles de célébrer une messe mortuaire : 443 ; l'écoute et la suit avec ferveur : 445, 446 ; leur remet une sainte et précieuse relique : 447 ; reconnu par l'abbé de Marolles, debout sur la charrette des condamnés, c'est *le bourreau* : 450. Voir SANSON (Charles-Henri) dans l'Index II.

Inconnu (un). Soi-disant ouvrier à Troyes, demande à parler à Marthe Michu de la part de son mari ; il lui remet une lettre de celui-ci, apocryphe, qui les perdra : *TA*, VIII, 649.

Inconnus (deux). A Madrid, enlèvent le chirurgien Béga : *MD*, IV, 689.
Incroyable (un). Sa requête à Lalande, après une éclipse : *PCh.*, X, 243.
Infirme (l'enfant). Petit mendiant amputé des deux mains, recueilli par la
   Fosseuse; malgré sa mutilation, parvient à lui dérober l'argent qu'elle
   avait dissimulé dans l'ourlet de sa robe : *MC*, IX, 589.
Infirmier (un). Promet au professeur Sinart de prolonger le malade qui
   l'intéresse : *ES*, XII, 524.
Ingénieur des Ponts et Chaussées d'Arcis (l'). Fait la cour à Mme Mollot,
   dans l'espoir d'épouser sa fille : *DA*, VIII, 780, 781.
Ingénieur des Ponts et Chaussées (un). Ami et collègue de Grégoire Gérard;
   le met en garde contre le danger des excès de zèle : *CV*, IX, 799.
Intendant (un vieil). Imaginé par le comte Octave pour expliquer la disparition d'Honorine qu'il est censé accompagner à La Havane avec deux
   vieilles femmes : *H*, II, 576.
Intendant des Aigues (l'). Employé pendant trente ans, quitte Mlle Laguerre
   vers 1791; enrichi par sa gestion du domaine : *Pay.*, IX, 128; envoyait
   à Paris environ trente mille francs par an : 129; prend la troisième part
   dans la Compagnie Minoret : 128.
Intime (l'). Surnom chouan du baron du Guénic. Voir Du Guénic (baron
   Gaudebert).
Invalide (un). Mari de la portière de Gobseck, rue des Grès. Garde la loge
   pendant que sa femme s'occupe du ménage de l'usurier : *Gb.*, II, 1009-1011.
Invité (un) : *RA*, X, 824.
Isemberg (maréchal duc d'). Joue à une table de bouillotte, en 1809, au
   bal du sénateur Malin de Gondreville; il s'y fait étriller : *PM*, II, 110.
   Ant. **Metternich : *PM*, II, 110 (var. *a*).
Italien en exil (un prince), dans *AS*. Voir, dans l'Index II, •Belgiojoso.
Italien (un jeune). Joue et gagne contre R. de Valentin dans un tripot du
   Palais-Royal, en octobre 1830 : *PCh.*, X, 60, 63.
Italien (un militaire). Tue un capitaine anglais dont il console peut-être
   la veuve et dont il nourrit le fils : *Ech.*, XII, 474.
Italienne (une). Femme d'un fumiste de la rue Saint-Lazare; en 1844,
   renseigne la baronne Hulot sur son mari devenu le père Vyder : *Be.*,
   VII, 438, 439.
Italiens (deux militaires). L'un, malade, est soigné par l'autre, qui est tué
   par un cosaque : *Ech.*, XII, 474, 475.
Izai. Jeune servante de la comtesse du Gua, au Plougal en 1803 : *Vis.*,
   XII, 635.

Jacmin (les). Famille de Honfleur, comportant sept branches : *MM*, I, 632.
Jacmin (Jean). Voir Butscha (Jean).
Jacmin (Philoxène). Native de Honfleur. Femme de chambre de la duchesse
   de Chaulieu en 1829; Butscha se trouve une mère fictive, née Jacmin,
   cousine de Philoxène : *MM*, I, 632.
   Ant. *Jacquemin : *MM*, I, 632 (var. *b*).
*Jacob. Cuisinier chez les Aldrigger : *MN*, VI, 359 (var. *f*).
*Jacob, remplacé par *Michaudier, puis par *Bouginier (Jean), puis
   par Lemulquinier : *RA*, X, 689 (var. *d*).
Jacométy. Greffier du directeur de la Conciergerie en 1830 : *SetM*, VI, 865.
Jacquelin (né en 1776). Domestique de Mlle Cormon en 1816, à Alençon :
   VF, IV, 852; entre au service de la vieille fille en 1794; portrait, occupa-
   tions; amant de Josette : 865; remporte les liqueurs de Mme Amphoux,
   offertes au célibataire M. de Troisville et non à l'homme marié : 904;
   devient le cocher de du Bousquier : 924.
Jacquelin (Mme). Femme du précédent. Voir Josette.
Jacques. Domestique de la vicomtesse de Beauséant en 1819 : *PG*, III,
   108. La suit à Courcelles : *FA*, II, 477; remet à G. de Nueil la réponse
   à sa lettre : 488; à Genève, toujours impassible : 491.
Jacques. Cocher d'un cabriolet de place. Amène le docteur Halpersohn
   chez Bourlac; déclare à la mère Vauthier que le docteur est le plus fameux
   médecin de Paris, en 1838 : *EHC*, VIII, 390.
*Jacques, puis *Camusat, puis Camuset, nom d'emprunt de Ferragus :
   F, V, 865 (var. *a*).
Jacquet (Claude-Joseph). Archiviste au ministère des Affaires étrangères,

1. Ailleurs, le gendre et successeur de Me Cardot est Berthier. Voir *Bou.*, VIII, 159 (n. 1).

Jeune femme (une). Tremble pour Louis Lambert en écoutant M. de Lessones : *AIH*, XII, 776.

Jeune fille d'Alençon (une). Séduite, se noie dans la rivière : *CA*, IV, 1048.

Jeune fille (une). Périt en deux ans de mariage, victime des débauches de son mari, dans *Lys*. Voir **TRAILLES (Mme Maxime de).

Jeune fille de Klagenfurt (une). Cajolée par le canonnier Lobbé : *Ech.*, XII, 494.

Jeune fille sublime (une). Rencontrée au bal par Adolphe de Chodoreille, et dont il rêve : *PMV*, XII, 58-61.

Jeune homme (un). Poussé par Mlle de Watteville, aborde la duchesse de Rhétoré à une soirée et, lui désignant Rosalie, se dit capable de lui expliquer les raisons de la retraite d'Albert Savarus : *AS*, I, 1018, 1019.

Jeune homme sans fortune (un). Placé chez le commissaire de police, fait espionner Honorine pour le compte de son mari : *H*, II, 576.

Jeune homme (un). Voyage en diligence avec Gaudissart, qui lui explique les mystères de la vie : *IG*, IV, 598.

*Jeune homme d'Alençon (un). Avec sa promise, remarque M. de Sponde et Mme de Gordes à la promenade : *La Fleur des pois*, IV, 1439.

*Jeune homme d'Alençon (un). Accompagnant un officier, le met en garde contre la tentation de souffleter M. de Gordes : *La Fleur des pois*, IV, 1440.

*Jeune homme d'Alençon (un). Admire les bottes et les gants de M. de Sponde : *La Fleur des pois*, IV, 1440, 1441.

*Jeune homme d'Alençon (un). Trouve M. de Sponde bien élégant et séduisant pour un père de famille : *La Fleur des pois*, IV, 1441.

Jeune homme (un). Habillé de façon assez équivoque, donne le bras à une grisette sur le boulevard : *SetM*, VI, 550.

Jeune homme (un ci-devant). En 1806, à cinquante-six ans, condamné par les docteurs Haudry et Desplein; un coiffeur, l'apprenant, achète en viager un immeuble qu'il possède rue de Richelieu; quarante ans plus tard, marié à sa gouvernante, il vit encore : *CP*, VII, 572.

Jeune homme (un). Donne à la lettre de change le nom de « pont-aux-ânes » : *HA*, VII, 780.

Jeune homme (un). A un duel avec La Palférine : *Pr.B*, VII, 813.

Jeune homme (un). En promenade aux Échelles avec sa sœur dans une jolie calèche; fait un compliment à la Fosseuse qui donnerait deux ans de sa vie pour le revoir : *MC*, IX, 590.

Jeune homme (un). Chez Taillefer, donne à boire à son gilet : *PCh.*, X, 104.

Jeune homme bouillant (un). Libéré du collège, voudrait, comme Chérubin, tout embrasser : *Phy.*, XI, 930.

Jeune homme charmant (un). Aime la femme d'un vieil avare; ensemble ils empoisonnent le mari; chacun cherche à innocenter l'autre; ils sont exécutés : *Phy.*, 1106, 1107.

Jeune homme (un). Raconte l'histoire de l'exécution du président Vigneron : *Ech.*, XII, 488.

Jeune homme (un). Vient demander à un portier chauve une mèche de ses cheveux : *MI*, XII, 733.

Jeune personne (une). Trouve M. Ferdinand charmant : *PMV*, XII, 182.

Jeunes dames de Nantes (trois). Sur le bateau de Nantes à Saint-Nazaire, se démènent pour se faire remarquer; jugées « affreuses bretonnes » par Sabine du Guénic : *B*, II, 854 (n. 1).

Jeunes filles de l'atelier Servin (les). En 1815, leurs portraits : *Ven.*, I, 1042, 1043.

Jeunes gens (deux). Accompagnant Émile, rencontrent Raphaël de Valentin sur le quai Voltaire; leur conversation : *PCh.*, X, 89-93.

Jeunes gens (deux). Sur le boulevard, se rencontrent et se demandent « Qui épousons-nous pour le moment ? » : *Phy.*, XI, 929.

JOBY. Voir PADDY.

JOHNSON (Samuel). Voir PEYRADE.

JOLIVARD. Locataire du premier étage de l'immeuble Pillerault, rue de Normandie, en 1845. Employé à l'Enregistrement, au Palais, se charge d'aller chercher Me Trognon pour son voisin, le cousin Pons : *CP*, VII, 688.

JONATHAS. Valet de chambre du marquis Raphaël de Valentin, en 1831.

Vieux paysan à peine civilisé par une domesticité de cinquante années : *PCh.*, X, 217; licencié par son maître, réduit à la misère en 1826; a quatre cents francs de rente viagère légués par la mère de Raphaël : 127, 128; redevient son intendant en 1830; les instructions très précises qu'il a reçues : 212, 213; reconnaît M. Porriquet, l'ancien précepteur de son maître : 213; admonesté par Raphaël pour l'avoir introduit sans en avoir reçu l'ordre : 219; à Aix-les-Bains soutient avec tendresse Raphaël qui descend de voiture lors de son duel : 274; veille sur lui au Mont-Dore, mais se fait chasser : 283, 284; ses tentatives, mal appréciées, pour le distraire : 290.

*Jondet. Voir Cornoiller.

Jordy (M. de) [?-1824]. Capitaine au Royal-Suédois, habitant Nemours, en 1815. Ancien préfet de l'École militaire, cache son passé et tressaille au nom abhorré de Robespierre : *UM*, III, 794, 795; habitué du salon du docteur Minoret : 815, 816; meurt en instituant Ursule Mirouët sa légataire universelle : 817.

Jorry de Saint-Vandrille[1] (Jean-Népomucène-Apollodore) [né en 1765 ou en 1771]. Illustre professeur. Trente ans en 1801 : *ES*, XII, 540; ou soixante-deux ans en 1827 : 534; portrait à cette époque : 533, 534; également appelé Marmus de Saint-Vandrille : 540 (n. 1); est de l'expédition d'Égypte; déjà de l'Institut en 1801, lors de son second mariage; habite alors rue de Beaune : 540; en 1804, après la seconde grossesse de sa femme, fait chambre à part et en est plus heureux : 540, 541; en 1810 ou 1811, s'établit rue Mazarine : 543; conversation avec Napoléon : 537; en 1814, va habiter 3, rue Duguay-Trouin : 532, 538, 543; sortie dans Paris; sa distraction : 534-539; polémique avec Sinard, à qui il rend cependant justice : 537, 538.

Jorry de Saint-Vandrille (Mme) [née en 1782 ou en 1783]. Femme du précédent. Née Flore Hansard; âgée de dix-huit ans en 1801, lors de son mariage : *ES*, XII, 540; quarante-cinq ans en 1827 : 545; portrait à cette époque : 545, 546; harpiste, élève de Nadermann : 540; deux grossesses, de son mari; un premier fils mort à dix-huit mois : 540; élèvera sept autres enfants : 540-545; ses cavaliers successifs, le capitaine Gouraud, l'amiral Joséphin, Sommervieux, le duc de Lenoncourt-Givry, Canalis : 541-545; célébrée par Canalis sous le nom de Sylvia : 545.

Jorry de Saint-Vandrille (Jules) [né v. 1803]. Fils des précédents. Nourri d'abord par sa mère : *ES*, XII, 541; cinq ans en nourrice, puis mis en pension : 542; sa mère, par admiration pour le capitaine Gouraud, le destine à la cavalerie : 542; sorti de l'École militaire en 1820, est capitaine en 1827 : 547; plus tard, colonel : 548.

Jorry de Saint-Vandrille (Camille) [né entre 1805 et 1808]. Frère du précédent. Sans doute fils du capitaine Gouraud; cinq ans en nourrice, puis boursier au Lycée impérial; sa mère, par admiration pour l'amiral Joséphin, le pousse à une carrière maritime : *ES*, XII, 542; mais, sous l'influence du duc de Lenoncourt, entre vers 1826 au séminaire de Saint-Sulpice; destiné à être secrétaire du cardinal de Latil : 547.

Jorry de Saint-Vandrille (Mlle) [née entre 1806 et 1809]. Sœur du précédent. Sans doute fille de l'amiral Joséphin; élevée dans les appartements impériaux; la débâcle de 1814 l'empêche d'avoir une place à Écouen, comme l'avait promis l'Impératrice : *ES*, XII, 543; éduquée à Saint-Denis : 547.

Jorry de Saint-Vandrille (Charles-Félix) [né v. 1812]. Frère de la précédente. Peut-être fils de l'amiral Joséphin (moins probablement de Sommervieux); naissance : *ES*, XII, 543; lieutenant de vaisseau en 1827 : 547; plus tard capitaine de vaisseau : 548.

Jorry de Saint-Vandrille (Mlle) [née v. 1813]. Sœur du précédent. Sans doute fille de Sommervieux; naissance : *ES*, XII, 543; éduquée à Saint-Denis : 547.

Jorry de Saint-Vandrille (Théodore) [né v. 1816]. Frère de la précédente. Sans doute fils de Sommervieux (moins probablement du duc de Lenoncourt); naissance : *ES*, XII, 544; goût pour la peinture : 547.

---

1. Pour ce personnage et toute sa famille, voir également Jorry des Fongerilles et Marmus de Saint-Leu, ainsi que l'introduction à *Entre savants* (XII, p. 503-519).

du *Guillaume Tell* de Rossini : 376 et 379; reçoit la baronne Hulot et
s'engage à retrouver Hulot qui a quitté Olympe : 378-385; invitée au
dîner offert au *Rocher de Cancale* par du Tillet et Carabine en l'honneur
de Combabus : 407; écrit à Adeline Hulot ce qu'elle a su du baron : 425.
Sa célèbre entrée en scène dans *Guillaume Tell* : *CP*, VII, 528; de
l'école de Florine, de Malaga, etc. : 697.

 Ant. *HIÉRADA (peut-être) : *Be.*, VII, 64 (var. *a*); *HIRAM (Miriam) :
66 (var. *a*).

 Ant. la réelle *GRISI, dans *Sémiramide* : *CP*, VII, 528 (var. *g*).

JOSÉPHIN. Vieux valet de chambre du jeune comte Victurnien d'Esgrignon
et du marquis. Introduit Chesnel chez le marquis : *CA*, IV, 388; accompagne son jeune maître à Paris en 1823 : 1002; le prévient que la justice
est venue l'arrêter : 1041; ouvre devant Me Chesnel le secrétaire et la
table du Victurnien : 1047.

JOSÉPHIN (amiral comte). Contre-amiral, attaché en 1809 au Bureau des
Longitudes; très lié avec Mme Jorry de Saint-Vandrille : *ES*, XII, 542;
nommé à Anvers en 1811, se marie au début de la Restauration : 543, 544;
frère naturel du duc de Lenoncourt; nommé vice-amiral, pair de France,
grand officier de la Légion d'honneur et commandeur de Saint-Louis
vers 1816 : 544.

JOSÉPHIN (comtesse). Femme du précédent. Petite-fille de Bordin, richissime
homme d'affaires de l'Ancien Régime : *ES*, XII, 544.

*JOSÉPHINE. Femme de chambre de Mme de Nucingen, remplacée par
THÉRÈSE : *FE*, II, 368, n. 1; *PG*, III, 147 (var. *c*).

JOSÉPHINE. Femme de chambre de Mme Jules Desmarets en 1819 : *F*,
V, 854.

JOSÉPHINE. Bonne des Thuillier en 1840. Brigitte Thuillier l'emmène chercher du vin à la cave : *Bou.*, VIII, 106.

JOSÉPHINE (Mlle). Jeune personne à qui Caroline de Chodoreille révèle
certaines des « misères » du mariage : *PMV*, XII, 120-124.

JOSETTE. Vieille gouvernante de Me Mathias à Bordeaux en 1827 : *CM*,
III, 619.

JOSETTE (née en 1780). Femme de chambre de Mlle Cormon. Prénommée
d'abord Pérotte : *VF*, IV, 852; âgée de trente-six ans en 1816; portrait à
cette époque; ne peut épouser son amant, Jacquelin, car leur maîtresse les
congédierait : 865; le mariage de Mlle Cormon lui permettra enfin d'épouser Jacquelin (elle est prénommée cette fois Mariette) : 915.

 Ant. *NANETTE : *VF*, IV, 1450.

JOSETTE. Femme de chambre de Diane de Maufrigneuse, au début de 1830.
Se permet de la réveiller et introduit dans sa chambre Mme Camusot :
SetM, VI, 877, 879.

JOSETTE (?-v. 1830). Cuisinière des Claës en 1812 : *RA*, X, 724; dévouée,
se voit confier la maison Claës en 1828, avec Martha et Lemulquinier,
en l'absence de M. et Mme de Solis ; sa mort : 827.

Joueur (un). Petit homme gras et réjoui, pour lequel parie Raphaël de Valentin; défend Raphaël contre le soupçon de n'avoir pas misé ; continue de
jouer pour lui et gagne : *PCh.*, X, 123, 124.

Joueur (un). Décoré, réclame quarante francs qui manquent au jeu : *PCh.*,
X, 124.

Joueurs (deux). Chez les Lanty, constatent qu'il manque de l'argent à la
table de jeu, et que la société est bien mêlée : *S*, VI, 1049.

Journalier (un) : *Lys*, IX, 1067.

Journaliste anglais (un). Parie que Paddy, le « tigre » d'un lord, est en réalité
une tigresse : *MN*, VI, 345.

Journaliste (un). Convive du gargotier Giardini en 1831. Dans la misère,
mais, selon Giardini, plein de talent et incorruptible : *Gam.*, X, 469; se
moque de Gambara : 471.

Journaliste (un). Cause dans un salon parisien : *Ech.*, XII, 483.

JUANA : *Lys*, IX, 1079. Voir DIARD (Mme).

JUDICI (?-1819). Fumiste italien. En 1789, arrive en France; sous Napoléon, l'un des premiers fumistes de Paris; meurt en laissant une belle
fortune : *Be.*, VII, 438.

JUDICI. Fils du précédent. Fumiste ruiné par les femmes : *Be.*, VII, 438;
boit et sacre : 440, 441.

JULIETTE. Prénom d'une des maîtresses d'A. de Chodoreille : *PMV*, XII, 164.
JULLIARD. Négociant à Paris, marchand de soie en bottes à l'enseigne du
Ver-Chinois, rue Saint-Denis. A eu jadis Sylvie Rogron pour première
demoiselle de boutique : *P*, IV, 42 ; se retire à Provins en 1811, fortune
faite : 54 ; l'une des trois grandes races de Provins : 52 ; achète la maison
du juge Tiphaine, dans la ville haute, en 1828 : 152.
JULLIARD (Mme). Femme du précédent. Née Péroux ; son frère est abbé
à Provins : *P*, IV, 52.
JULLIARD. Fils aîné des précédents. Marié à la fille unique d'un richissime
fermier. Se prend d'une passion subite, secrète et désintéressée pour la
belle Mme Tiphaine ; fine mouche, celle-ci le pousse à entreprendre un
journal, *La Ruche*, pour le maintenir à l'état d'Amadis : *P*, IV, 54.
JULLIARD (Mme). Femme du précédent. Son bon goût est imité par les
Rogron : *P*, IV, 51 ; a une fille, à peu près du même âge que Pierrette Lor-
rain : 80.
JULLIARD (Mlle). Fille des précédents. Son élégante toilette, copiée pour
Pierrette Lorrain sur les instructions des Rogron : *P*, IV, 80.
JUPITER. Chien de la meute royale, en 1829, favori du piqueur Laravine :
MM, I, 712.
JUSSIEU (Julien). Réquisitionnaire en 1793. Son interrogatoire par le maire
de Carentan qui croit reconnaître le fils de Mme de Dey, et le lui adresse :
Réq., XII, 1116, 1117 ; leur ressemblance extraordinaire fait qu'en l'accueillant, Brigitte, la femme de charge, croit aussi reconnaître son jeune
maître et que Mme de Dey elle-même se jette dans ses bras en l'embrassant, avant de reconnaître son erreur : 1118 ; est installé dans la chambre
d'Auguste de Dey, dont la mère ne veut plus le voir : 1119.
JUSTE (né en 1811). Étudiant en médecine à Paris en 1836. Partage la chambre
de Charles Rabourdin à l'hôtel Corneille : *ZM*, VIII, 830 ; interne des
hôpitaux en 1837, amène son patron au chevet de Zéphirin Marcas,
très gravement malade : 853, 854 ; quitte la France, jugée inhospita-
lière, pour aller exercer la médecine en Asie : 833.
JUSTIN. Valet de chambre du vidame de Pamiers en 1819. Portrait ; jadis son
prévôt de galanterie : *F*, V, 826, 827 ; chargé d'une discrète enquête par le
baron de Maulincour ; résultat de ses recherches : 827 ; avertit Ida Gruget
qu'elle a une rivale, Mme Jules : 853 ; paie de sa vie sa trop vive curiosité :
859, 860.
JUSTINE. Femme de chambre de la comtesse Fœdora vers 1829. Sa conversation avec sa maîtresse, qu'elle aide ensuite à se coucher : *PCh.*, X, 183,
184.
JUSTINE. Femme de chambre de Caroline de Chodoreille : *PMV*, XII,
142-146 ; portrait ; voudrait se faire épouser par Benoît, le valet de chambre
de son maître : 153 ; lutinée par Adolphe, le gifle : 162 ; renvoyée, épouse
le porteur d'eau Chavagnac et devient fruitière ; envoie à Caroline une
lettre anonyme dénonçant les amours d'Adolphe : 157.

KATT. Nourrice flamande de Lydie Peyrade. Elle est restée sa servante, rue
des Moineaux, à Paris, en 1829-1830 : *SetM*, VI, 536 ; annonce à Peyrade
l'enlèvement de la jeune fille en 1830 : 661 ; le confirme à Corentin : 677.
Passée au service de M. du Portail (Corentin), veille toujours sur Lydie
en 1841 : *Bou.*, VIII, 179.
KELLER frères. Maison de banque, de la *première couche* de la finance parisienne : *Bou.*, VIII, 120. Ses propriétaires sont trois frères [voir ci-après
François, Adolphe et *Keller (Paul) remplacé par Gobenheim-Keller],
alliés au comte Malin de Gondreville : *CA*, IV, 981. La mésestime secrète
qu'elle encourt : *EHC*, VIII, 232. Constitue avec ses confrères du Tillet,
Nucingen, etc., les vrais loups-cerviers de la banque : *P*, IV, 119. A pour
employé M. Lemprun, avant l'entrée de ce dernier à la Banque de France :
Bou., VIII, 35. Fritz Brunner y entre en qualité de commis : *CP*, VII,
537. Dirigée en 1819 par les deux frères François et Adolphe Keller ; la
façon dont ils se sont distribué les rôles ; l'escompteur Palma est le conseiller intime de la maison : *CB*, VI, 211, 212 ; la même année, commentant
ironiquement quelques-unes de leurs vilenies devant César Birotteau, du
Tillet n'hésite pas à les qualifier d'*égorgeurs* du commerce : 216. En 1822,
les seuls ports de lettres, dans leur correspondance avec le monde entier,

produisent vingt mille francs environ : *IP*, V, 595. La même année, remettent à Victurnien d'Esgrignon, sous escompte, les sommes qu'il demande, au vu de la lettre de change de du Bousquier : *CA*, IV, 1022; banquiers de du Bousquier à Paris : 926. La fortune d'un Keller, le renom d'un Desplein, deux choses que les nobles essaient encore de nier : *IP*, V, 183, 184; invitent à dîner le grand inconnu : 509. A la fin décembre 1823, Victurnien d'Esgrignon se trouve débiteur d'une somme de deux cent mille francs sur leurs livres : *CA*, IV, 1026; paient le faux mandat de trois cent mille francs que leur présente Victurnien : 1038, 1039; Me Chesnel étant venu à Paris enquêter sur la situation financière de Victurnien, la banque répond que les papiers réglant la situation du jeune homme sont entre les mains de du Bousquier : 1045. Avec la complicité de du Tillet et de Nucingen, ont, à la fin de 1829, conjuré la perte de Jacques Falleix : *SetM*, VI, 592. Gorgés de valeurs Nucingen, ont pris avis de leur oracle, Palma, et revendent à 10 % de perte, à la troisième liquidation Nucingen : *MN*, VI, 386. La même année, le Gobenheim du Havre, leur parent par Gobenheim-Keller, devrait épouser une Keller : *MM*, I, 497. En 1839 les gros bourgeois du corps électoral d'Arcis, qui, depuis 1816, ont donné leurs voix à François, se rebiffent à l'idée d'élire son fils à sa place : *DA*, VIII, 722; à la suite du décès de Charles Keller, la famille se rend à Arcis-sur-Aube, où le défunt était le candidat ministériel : 743.

Ant. un Keller était *CHENESSY ou *CHENNESSY, lui-même remplaçant *CHENÊREY : *IP*, V, 183 (var. *d*).

*KELLER, un des frères, remplacé par le duc de MAUFRIGNEUSE comme amant de Mariette : *DV*, I, 868 (var. *a*), 869 (var. *a*).

KELLER (François). Aîné des frères Keller; d'origine juive; parent de Gobenheim : *MM*, I, 477. Banquier célèbre; en 1809, joue gros jeu à une table de bouillotte chez Malin de Gondreville : *PM*, II, 110. Député d'Arcis-sur-Aube depuis 1816; il siège à gauche; toujours réélu depuis; gendre du sénateur Malin de Gondreville : *DA*, VIII, 722. L'orateur de la Chambre en 1818; son apologie, par Claparon : *CB*, VI, 149, 150. En 1819, liquidateur de la faillite Grandet avec le banquier des Grassins, de Saumur : *EG*, III, 1143. César Birotteau vient lui demander de l'aider au début de 1819 : *CB*, VI, 202; domicilié rue du Houssaye : 207; entrevue avec César; il le renvoie, avec de bonnes paroles, à son frère Adolphe : 210, 211; chargé de jouer de rôle de l'homme facile en affaires : 212. Dit le grand Keller, amant de Mme Colleville dès 1820, et père du troisième fils de celle-ci, François, qu'il protégera dans la vie : *Bou.*, VIII, 42. En 1822, brille parmi les dix-neuf de la gauche : *CA*, IV, 981. En 1823, le grand orateur de la Chambre, défenseur des droits du peuple : *Pay.*, IX, 166. Présente avec Nucingen un projet de loi pour supprimer la contribution foncière et la remplacer par des impôts de consommation : *E*, VII, 1058; en 1824, de notoriété publique, est encore l'amant de Mme Colleville : 917; crée des difficultés au ministre, à la Chambre, à la fin de 1824 : 1017. En octobre 1829, invité de Nucingen, s'inquiète de sa santé chancelante et lui explique qu'un homme de son importance ne doit pas mourir à l'improviste : *SetM*, VI, 495; dînant chez lui, à peu près à la même époque, Lucien de Rubempré affecte de n'y pas dîner dans le monde mais chez les banquiers : 513; dîne chez Nucingen avec son beau-père, Malin de Gondreville, en 1829 : 543; Corentin le considère comme un niais en politique : 559. Ce célèbre orateur de la gauche reste longtemps attaché à Mme Colleville : *Be.*, VII, 187. L'estime du monde lui a coûté fort cher : *SetM*, VI, 615. Courtise Josépha vers 1838; le baron Hulot lutte vainement avec lui pour tâcher de la conserver : *Be.*, VII, 66. Récemment nommé comte et pair, en 1839, lors du renouvellement du corps électoral, il songe à assurer à son fils Charles la succession de son siège législatif d'Arcis : *DA*, VIII, 722.

Ant. *anonyme : *EG*, III, 1143 (var. *b*).

Ant., avec *NUCINGEN, les réels *OUVRARD, *CŒUR (Jacques), *LAFFITTE : *E*, VII, 903 (var. *d*) et *OUVRARD : 1058 (var. *a*); *PERIER (Casimir) : *E*, VII, 1017 (var. *c*).

KELLER (comtesse François). Femme du précédent. Née Cécile Malin de Gondreville : *DL*, V, 1014; *CB*, VI, 211; *DA*, VIII, 722, 756, 767. Sœur de la duchesse de Carigliano : 767. Citée par César Birotteau, à la fin de 1818, comme une personne marquante : *CB*, VI, 49. Jeune mariée en 1819, le duc de Marigny venait de s'amouracher d'elle : *DL*, V, 1013, 1014. Marraine de Cécile Beauvisage, en 1820 : *DA*, VIII, 756; en 1839, elle a sombré dans la dévotion : 813.

Ant. prénommée *Hortense, puis *Aline, et veuve de François Keller : *EP*, VIII, 1595; née *GRANDVILLE (Mlle de), elle-même remplaçant *BOUVRY (Mme) : *DL*, V, 1014 (var. *a*); mère d'un fils et de deux filles : *DA*, VIII, 771 (var. *a*).

KELLER (vicomte Charles) [1809-1839]. Fils des précédents. Agé de trente ans en 1839; neveu du maréchal duc de Carigliano; son père compte lui céder son siège législatif d'Arcis : *DA*, VIII, 722; chef d'escadron en Algérie en 1839, attaché à l'état-major du prince royal : 722, 727; la nouvelle de sa mort parvient à Arcis le jour même de la réunion électorale de Simon Giguet : 743; le vieux Grévin pensait à lui pour sa petite-fille, Cécile Beauvisage : 771; son oraison funèbre, par Rastignac, « Il dansait si bien la mazurka! » : 812. La maison Sonet et Cie propose à sa famille comme monument funéraire le projet refusé en 1834 par la veuve de Marsay; il n'a pas davantage l'agrément de la famille; le travail est confié au sculpteur Stidmann : *CP*, VII, 739.

Ant. *CARIGLIANO, fils du maréchal et de sa seconde femme, l'aînée des filles Gondreville; puis prénommé *François, et mort en Afrique en 1835 : *DA*, VIII, 771 (var. *a*); *François : 771 (var. *d*).

*KELLER (Mlles). Les deux sœurs du précédent : *DA*, VIII, 771 (var. *a*).

KELLER (Adolphe). Frère cadet de François, oncle du précédent. Codirecteur de la banque Keller frères; le plus fin, vrai loup-cervier; esquisse; aussi cassant que son frère est aimable, il est chargé du rôle de l'homme difficile en affaires; en janvier 1819, interrompt une conversation avec Palma et reçoit froidement César Birotteau, qui se croit déjà sauvé après son entrevue avec François : *CB*, VI, 212; refuse d'aider Birotteau : 213-215; à la Bourse, quelques jours plus tard, se félicite de ne pas avoir soutenu le parfumeur : 263.

Ant. prénommé *Victor : *CB*, VI, 213 (var. *a*); son frère *Paul (ci-après).

*KELLER (Paul). Le troisième des frères Keller, vrai loup-cervier : *CB*, VI, 213 (var. *a*); remplacé par son frère Adolphe : 211 (var. *a*); par GOBENHEIM-KELLER : 257 (var. *b*); 263 (var. *b*).

KERGAROUËT (famille de). Une des plus vieilles de la Bretagne : *BS*, I, 107.

KERGAROUËT (amiral comte de) [v. 1753-v. 1835]. Agé de soixante-douze à soixante-treize ans en 1825 : *BS*, I, 163 et 142. Portrait au début de la Restauration : *Bo.*, I, 427, 428. Oncle d'Émilie de Fontaine dont la mère est née Kergarouët : *BS*, I, 131 et 107. Entre 1750 à 1770, Gobseck le connaît aux Indes : *Gb.*, II, 967. Commande *La Belle-Poule*, manœuvre *La Ville-de-Paris*, fait partie de la première expédition de Suffren et de la bataille d'Aboukir : 163; a fait vingt ans de galères conjugales avant la mort de sa femme vers 1794 en Russie : 163 et *Bo.*, I, 429. Avec pour capitaine de pavillon le chevalier du Halga : *B*, II, 667. Au début de la Restauration, ce voltigeur de Louis XIV paraît avoir cinquante ans : *Bo.*, I, 428; accompagné du chevalier du Halga, joue chaque soir au piquet chez sa vieille amie, la baronne Leseigneur de Rouville : 430; il perd pour aider la vieille dame, veuve de l'un de ses anciens officiers : 443; vient d'être promu vice-amiral, ses navigations terrestres à travers l'Allemagne et la Russie lui ayant été comptées comme des campagnes navales : 435. En 1822, protège toujours Adélaïde de Rouville, devenue Mme Schinner, et fait obtenir à son mari une commande de plafonds pour le Louvre : *DV*, I, 788. En 1825, la loi d'indemnité augmente sa fortune de vingt mille livres de rente environ : *BS*, I, 131; il a ainsi quatre-vingt mille livres de rentes : 143; taquine sa nièce Émilie de Fontaine sur ses prétentions en fait de mariage : 131; provoque un plan inconnu auquel elle s'intéresse pour entrer en relation avec lui; l'invite chez sa nièce Planat de Baudry : 138-144; Émilie, ayant cherché perdu Longueville, et atteint l'âge de vingt-cinq ans, il l'épouse en 1827 : 163. En 1829, grâce à lui, son petit-neveu Savinien de Portenduère entre dans la marine : *UM*, III, 896. Émilie est veuve en 1836 : *B*, II, 767.

Ant. *anonyme : *Bo.*, I, 441 (var. *a* et n. 1); *contre-amiral : *Bo.*, I, 443 (var. *a*).

KERGAROUËT (comtesse de) [1745-1794]. Première femme du .précédent. Sous l'Ancien Régime, innove à l'Opéra la coiffure dite à la Belle Poule ; le chevalier du Halga lui en fait compliment : *B*, II, 791 ; sa chienne, Thisbé, grand-mère de la Thisbé du chevalier, qu'il soigne en souvenir d'elles : 791 ; le seul amour, partagé, du chevalier du Halga ; tuée par le climat de Saint-Pétersbourg à quarante-neuf ans : 832. Vingt ans après, le chevalier est devenu le clair de lune de son mari : *Bo.*, I, 428, 429.

KERGAROUËT (comtesse de). Deuxième femme de l'amiral. Voir FONTAINE (Émilie de).

KERGAROUËT (Mlle de). Voir FONTAINE (comtesse de).

*KERGAROUËT (Mlle de). Voir KERGAROUËT-PLOËGAT.

KERGAROUËT (Mlle de). Voir PORTENDUÈRE (vicomtesse de).

*KERGAROUËT-PENHOËL (les), ant. les *KERGAROUËT de la branche des PER-HAVEN : *B*, II, 730 (var. *a*).

KERGAROUËT-PEN-HOËL (vicomte de). Vicomte de Kergarouët, tout court, Épouse la sœur cadette de Mlle de Pen-Hoël ; après son mariage, il a le front de faire suivre son nom de celui, beaucoup plus ancien, des Pen-Hoël ; par une juste punition du Ciel, il n'a que des filles qui ont de douze à vingt ans en 1836 : *B*, II, 664, 665 ; à Guérande, chez les du Guénic, on ne l'appelle jamais que Kergarouët, même les domestiques : 670. Promet sa protection au curé de Pen-Hoël en 1819, désireux de faire épouser la veuve Lorrain par le major Brigaut : *P*, IV, 38.

KERGAROUËT-PEN-HOËL (vicomtesse de) [née en 1789]. Femme du précédent. Née Pen-Hoël ; quarante-sept ans en 1836 : *B*, II, 761 ; portrait ; type de la provinciale : 760, 761 ; quatre filles : 665 ; tout heureuse d'être présentée à Mlle des Touches et à la marquise de Rochefide : 759 ; ses commérages à Nantes ; y raconte les mots qu'elle tient « de la célèbre Camille Maupin, *lui-même* » : 764 ; petite-nièce de l'amiral de Kergarouët, parente des Portenduère : 767.

KERGAROUËT-PEN-HOËL (Charlotte de) [née en 1821]. Fille de la précédente. Quinze ans en 1836 : *B*, II, 665 ; portrait à cette époque : 760 ; la favorite de sa tante, Mlle Jacqueline de Pen-Hoël : 665 ; destinée depuis l'enfance à Calyste du Guénic : 739 ; son arrivée à Guérande en 1836, par Saint-Nazaire : 759 ; ayant toujours rêvé de Calyste, manifeste son dépit de son indifférence : 760 ; il lui conseille de se chercher un autre fiancé, car il ne veut pas se marier : 830, 831 ; revient à Nantes, désespérée : 831.

KERGAROUËT-PLOËGAT (Mlle de). Épouse un Kergarouët, dont elle a une fille, devenue vicomtesse de Portenduère : *UM*, III, 859, 860.
    Ant. *KERGAROUËT (Mlle de) : *UM*, III, 860 (var. *e*).

KOLB. Alsacien. Homme de cinq pieds sept pouces ; garçon de peine chez les Didot ; pris par la conscription, fait son service à Angoulême ; reconnu à une revue par David Séchard qui l'engage à sa sortie de l'armée ; l'ex-cuirassier devenu ours sans savoir lire et écrire, amoureux de Marion, femme à tout faire chez les Séchard : *IP*, V, 563 ; en 1821, utilisé par Mme Séchard comme colporteur : 564 ; en septembre 1822, offre ses économies à Mme Séchard : 607 ; surprend chez l'huissier Doublon la conspiration en train contre son maître : 623 ; en 1827, devient régisseur de la Verberie : 731. Cité par la femme de l'aubergiste de Mansles : *SetM*, VI, 666 ; annonce aux Séchard un visiteur de Paris, à la fin de 1829 : 669.

KOUSKI. Polonais. Ancien lancier dans la Garde impériale ; domestique de Gilet à Issoudun depuis 1817 : *R*, IV, 407, 408 ; en 1832, annonce à Rouget, sur l'ordre de Gilet, que la Rabouilleuse vient de prendre la route de Vatan : 493 ; galope jusqu'à Vatan pour mettre Gilet au courant des récents événements survenus à Issoudun ; aussitôt remplacé chez Rouget par Benjamin, domestique de Philippe Bridau : 497.

KROPOLI (Zéna). Monténégrine de Zara. Séduite par le canonnier Auguste Niseron en 1809, elle suit son amant, et meurt à Vincennes, en donnant le jour à une fille, Geneviève, avant que les papiers nécessaires à son mariage soient arrivés : *Pay.*, IX, 200.

*L. (Mme). Remplacée par la baronne SCHINNER : *PMV*, XII, 113 (var. *b*).

*L... (Mme de), remplacée par *BELORGEY (marquise de), puis par LIS-TOMÈRE-LANDON (comtesse de) : *F30*, II, 1058 (var. *a*).

L... (Louise de). Voir V... (baronne).

L. (M. de). Auteur de *Rêves d'une jeune fille*, soupçonné par un mari perplexe : *Phy.*, XI, 1092.

*L... (M. de). Voir GRANDLIEU.

*L. (marquis de). Voir BEAUSÉANT.

L. (duchesse de). Mère du comte de ***. Sauve l'honneur de son fils, en instance de minotaurisation : *Phy.*, XI, 1109-1112.

*LABARIT. Voir LARABIT.

LA BASTIE (famille de). Voir MIGNON DE LA BASTIE.

LA BASTIE-LA BRIÈRE (vicomte et vicomtesse de). Voir MIGNON (Modeste) et LA BRIÈRE (Ernest).

LA BAUDRAYE (famille de). Lignée du Berry, dont le nom brilla aux Croisades et comprit notamment le fameux capitaine La Baudraye, dont les héritiers, huguenots, furent pendus et eurent leurs biens confisqués sous Louis XIV qui donna ses armes, son titre et son fief à l'échevin Milaud, de Sancerre, qui prit le nom de Milaud de La Baudraye : *MD*, IV, 632, 633.

LA BAUDRAYE (M. Milaud de). Échevin. Descendant de calvinistes, se convertit au catholicisme en 1685 à la révocation de l'Édit de Nantes ; anobli par le roi, hérite des armes et du fief des vrais La Baudraye : *MD*, IV, 632 ; sous Louis XV, d'écuyer, il devient chevalier et a assez de crédit pour placer son fils cornette dans les mousquetaires : 633.

LA BAUDRAYE II (chevalier Milaud de) [?-1745]. Fils du précédent. Cornette dans les mousquetaires du roi, tué à la bataille de Fontenoy, laissant un fils : *MD*, IV, 633.

LA BAUDRAYE III (M. Milaud de) [?-1802]. Fils du précédent. Fermier général sous Louis XVI ; émigre en 1790, emmenant ses capitaux ; de retour à Sancerre en 1800, ce Lucullus des Milaud rachète la terre de La Baudraye et meurt en laissant à un fils chétif un héritage entamé et des créances sur les plus illustres émigrés : *MD*, IV, 633.

LA BAUDRAYE (Mme Milaud de). Femme du précédent. De bonne noblesse, née Mlle de Castéran-La Tour ; meurt en émigration, peu avant 1800, ayant eu la patience d'élever un fils malingre, Jean-Athanase : *MD*, IV, 633.

LA BAUDRAYE IV (baron puis comte Jean-Athanase-Polydore Milaud de) [né en 1780]. Fils unique des précédents. Quarante-trois ans en 1823 : *MD*, IV, 634 ; portrait : 643, 644 ; né chétif, d'un sang épuisé de bonne heure ; après avoir hérité de son père, vivote de 1802 à 1815 : 633 ; vers 1822, essaie de monnayer les créances paternelles, et décide de se marier, à la fin de 1823 : 634 ; en 1824, heureux d'épouser Mlle Dinah Piédefer, des mains du cardinal-archevêque de Bourges : 635, 636, 649 ; désire prouver à son parent, le substitut Milaud, qu'il est capable de procréer ; premier voyage à Paris pour récupérer ses créances : 636 ; ses tractations avec des Lupeaulx ; les avantages, titres, fonctions et décorations qu'il en tire ; achète en 1827 le château d'Anzy : 638, 639 ; en 1829, érige en majorat le fief de La Baudraye, augmenté du domaine de La Hautoy et du château d'Anzy : 639 ; son avarice : 649, 650 ; ses menaces voilées à sa femme, en 1836 : 719 ; armes des néo-La Baudraye : 724 ; il les montre fièrement à Lousteau : 732 ; explique habilement l'absence de sa femme, qui s'est enfuie à Paris pour rejoindre Lousteau : 756 ; de passage à Paris, à la mi-carême 1840, la surprend, rentrant du bal de l'Opéra, costumée en débardeur : 767, 768 ; obtient sa procuration grâce à de mutuelles concessions : 769 ; s'embarque pour New York afin d'y recueillir la succession de Silas Piédefer, oncle de sa femme : 770 ; nommé pair de France, commandeur de la Légion d'honneur et comte en 1842 ; prie sa femme d'habiter à Paris l'hôtel qu'il vient d'acheter, rue de l'Arcade : 778 ; présenté à la Chambre des pairs, au palais du Luxembourg, par ses deux parrains, Nucingen et Montriveau : 782 ; Lousteau lui donne un second héritier : 766 ; retour à Sancerre, avec sa femme et ses enfants : 790 ; en 1844, les montre à son parent, le procureur général Milaud, qui répond ironiquement : 790, 791. Représente un nouveau type d'avare, l'avare « par esprit de famille » : *Pay.*, IX, 237.

    Ant. prénommé *Melchior au lieu de Polydore : *MD*, IV, 633 (var. *a*).

LA BAUDRAYE (comtesse Dinah de) [née en 1807]. Femme du précédent. Née Dinah Piédefer, âgée de douze ans à la mort de son père : *MD*, IV, 635 ; de trente-cinq ans en 1842 : 783 ; d'abord élevée dans la religion protestante elle est mise, après le décès de son père, au pensionnat des demoiselles Chamarolles, à Bourges, institution surtout fréquentée par les jeunes filles nobles, où elle a pour amie de cœur Anna Grossetête : 635, 640; « par ambition », se convertit au catholicisme en 1824, en abjurant devant l'archevêque de Bourges; épouse Milaud de La Baudraye en 1824, ou à la fin de 1823 : 635, 636, 649; premier séjour au château d'Anzy en 1835 avec son mari et sa mère : 639; la « femme supérieure » de Sancerre en 1836; habite à La Baudraye, à dix minutes de la ville, dans le faubourg de Saint-Satur : 632; bas-bleu honnie des femmes de Sancerre qui l'ont surnommée la Sapho de Saint-Satur : 642; sa collection de phrases et d'idées : 644; rachète le mobilier de J.-J. Rouget à Issoudun; passionnée de bric-à-brac : 645; fonde la Société littéraire de Sancerre : 646; a trois soupirants, M. de Chargebœuf, M. Gravier, M. de Clagny : 651; n'a pas encore trouvé d'amant, après avoir failli devenir, en 1829, la maîtresse du sous-préfet, M. de Chargebœuf, au moment où il est muté : 653, 654; s'encroûte progressivement dans sa vie provinciale : 654; la visite de son amie d'enfance Anna Grossetête, devenue baronne de Fontaine, maintenant parisienne, lui rend sensible cette déchéance : 656, 657; ses activités littéraires, signées Jan Diaz; sur les conseils de l'abbé Duret, a converti ses mauvaises pensées en poésies : 657, 658; dans sa préface, M. de Clagny a fait de Diaz le fils d'un prisonnier espagnol né à Bourges en 1807, comme elle : 662; en septembre 1836, accueille à Anzy Lousteau et le docteur Bianchon : 666, 667; goût pour les autographes : son album : 673; ne comprend pas les allusions voilées de son mari : 719; épisode de la robe d'organdi : 726, 727; devient la maîtresse de Lousteau : 731; son arrivée inopinée à Paris, chez Lousteau, en janvier 1837; elle est enceinte du journaliste; cette visite entraîne la rupture du mariage de Lousteau avec Mlle Cardot : 743, 744; Lousteau se résout à garder sa Didine : 751; rencontre M. de Clagny à une pièce de Nathan; la baronne de Fontaine feint de ne pas la voir : 754; a décidé d'être le bon génie de Lousteau bien qu'elle ait percé son insuffisance et sa piètre valeur morale : 758-761; accouche d'un fils, Polydore; les faire-part de Lousteau auxquels M. de Clagny en substitue d'autres : 762; devient la collaboratrice littéraire de son amant, et parfois écrit seule les nouvelles qu'il signe : 766; seconde grossesse en 1838 : 766. Fait la connaissance de Mme Schontz, ancienne maîtresse de Lousteau, à l'Ambigu-Comique : *B*, II, 925. Soumet à Nathan, en 1840, le manuscrit d'une nouvelle qui constitue la quasi-totalité d'*Un prince de la bohème* : *Pr.B*, VII, 807; elle connaît un ménage dans lequel la femme joue le rôle de du Bruel : 838. En 1842, lasse des infidélités et de la nullité de Lousteau, accepte que M. de Clagny s'entremette pour amener en vue d'une réconciliation : *MD*, IV, 777; après avoir payé les dettes de Lousteau, l'invite à un dîner d'adieu au *Rocher de Cancale*, en mai 1842, lui déclarant avoir « renversé la marmite » : 779. Dans sa fuite avec Lousteau, est restée à peu près honnête : *Be.*, VII, 187; sa liaison avec le journaliste, connue de tous en 1843 : 410. Nouvel et dernier entretien avec Lousteau, en son hôtel de la rue de l'Arcade; il obtient d'elle, en la suppliant, qu'elle paie ses nouvelles dettes et, pour la remercier, donne une nouvelle héritière à M. de La Baudraye : *MD*, IV, 789, 790.

LA BAUDRAYE (Polydore Milaud de) [né en 1837]. Fils adultérin de Mme de La Baudraye et du journaliste Lousteau; inscrit à l'état civil comme fils du baron et de la baronne de La Baudraye; filleul de Mme Piédefer et de M. de Clagny; héritier d'un des plus beaux majorats de France : *MD*, IV, 761-764; sa mère lui donne un frère en 1839 : 766; et une sœur en 1843 : 790.

*LABBÉ, remplacé par PERRACHE : *Bou.*, VIII, 173 (var. *e*).

LA BERGE (abbé de). Confesseur de Mme de Mortsauf : *Lys*, IX, 1104. Voir Index II.

LA BERTELLIÈRE (M. de) [?-1806]. Grand-père maternel de Mme Félix Grandet. Lieutenant des Gardes françaises : *EG*, III, 1040; offre à son arrière-petite-fille Eugénie vingt portugaises et cinq génovéfines d'or : 1127; son héritière est Mme Grandet : 1031.

    Ant. *CRUCHOT (M.) : *EG*, III, 1031 (var. *h*).

LA BERTELLIÈRE (Mlle de). Fille du précédent. Voir LA GAUDINIÈRE (Mme de).

La Billardière (baron Athanase-Jean-François-Michel Flamet de) [?-1824]. Fils d'un conseiller au Parlement de Bretagne, nommé Flamet : *Ch.*, VIII, 1036; portrait en 1799 : 895; aurait joué un rôle singulier dans l'affaire de Quiberon, selon Mlle de Verneuil : 1038; en 1799, présent au château de La Vivetière, en conversation criminelle avec Mme du Gua; négociateur des Chouans, il a la confiance des princes : 1036; à La Vivetière, partage le sage avis du comte de Fontaine, les temps ont changé; il est sur le point de retourner en Angleterre : 1061. Chouanne sous le pseudonyme du « Nantais » : *CB*, VI, 162; en relation avec le parfumeur Ragon, prédécesseur de Birotteau, pendant la Révolution : 58. Compagnon de chouannerie du chevalier de Valois, s'entremet à la Restauration pour lui faire obtenir une pension de cent écus : *VF*, IV, 819. Anobli au début de la Restauration, est témoin en 1814 au mariage de Thuillier, son subordonné au ministère des Finances : *Bou.*, VIII, 35. A la seconde restauration, grand prévôt en Corrèze : *E*, VII, 957. Maire du IIe arrondissement de Paris en 1815, est ravi de constater que César Birotteau se contente de sa place d'adjoint : *CB*, VI, 77; en novembre 1818, estime que les fonctionnaires représentant la Ville de Paris doivent, chacun dans la sphère de ses influences, célébrer la libération du territoire : 41; quand César reçoit sa nomination de chevalier de la Légion d'honneur, la lui annonce : 42; lui recommande l'architecte Grindot : 49; figure dans sa liste d'invités : 101; assiste au bal Birotteau avec son fils, en novembre 1818 : 163; Mme Birotteau, au début de 1819, vient lui expliquer les raisons de la faillite de César : la fuite du notaire Roguin; il promet d'agir : 268; particulièrement apprécié de Monsieur : 269. Vers 1820, nommé chef de division de ministère grâce à un parent député de la droite qui sera ministre en 1823 : *E*, VII, 901; ses titres en 1824 dans l'*Annuaire;* soigné en décembre par Desplein et Bianchon : 957; son éloge funèbre avant décès par Bixiou : 992-994; annonce officielle de son décès; ses antécédents, rappel par des Lupeaulx du Bruel, en vue de la rédaction de sa nécrologie : 1010, 1011; rédaction de Bixiou : 1022-1024; article du journal ministériel : 1032, 1033.

    Ant. *La Monardière : *CB*, VI, 41 (var. *e*).

La Billardière (Benjamin, chevalier de) [né en 1802]. Fils du précédent. Âgé de vingt-deux ans en 1824 : *E*, VII, 988; portrait à cette époque : 988. En 1818, invité avec son père au bal des Birotteau : *CB*, VI, 163. En 1824, surnuméraire au ministère, attend avec impatience la mort de son père pour hériter son titre, ses armes et sa devise : *E*, VII, 988; à la fin de l'année, après la mort du baron, nommé à la Commission du Sceau : 1010; prend la succession des titres et devient gentilhomme ordinaire de la Chambre : 1033.

La Blottière (Mlle Merlin de). Vieille dévote de Tours. Amie de Mme de Listomère en 1826; reçoit l'abbé Birotteau, qui fait chez elle son boston, chaque soir : *CT*, IV, 196.

*La Bourdaisière. Voir Trailles.

Laboureur (un). Bisaïeul maternel de Louis Lambert. Consulte sa femme, morte, pour l'affaire de succession qui occupe ses petits-enfants : *LL*, XI, 635, 636.

Labranchoir (comte de). Propriétaire terrien dans les Alpes du Dauphiné : *MC*, IX, 494.

La Brière (Ernest de) [né en 1800]. Âgé de vingt-sept ans en 1827 : *MM*, I, 518; portrait en 1829 : 575, 576; né à Toulouse d'une famille alliée à un ministre qui le prend sous sa protection : 575. En 1824, il est son secrétaire particulier au ministère, et devenu un personnage occulte et puissant : *E*, VII, 958; mais ne peut rien pour Rabourdin, sinon reprocher au ministre d'avoir laissé déshonorer cet homme exemplaire : 1115; reste en place pendant tout le ministère de son parent : 958. Ce dernier tombe en 1827; alors placé à la Cour des comptes comme conseiller référendaire : *MM*, I, 518; il se fait le secrétaire bénévole de Canalis, parce qu'il croit à l'avenir promis à la prétendue intelligence politique du poète : 518; en 1829, habite rue Chantereine : 590; désabusé sur Canalis; lit la première lettre adressée à Canalis par Modeste Mignon; Canalis lui propose de répondre à sa place; accepte : 519-522; répond par une lettre cachetée aux armes de Canalis : 522-524; correspondance entre ce faux Canalis

et Mlle O. d'Este.-M. : 526-585; voyage au Havre pour s'assurer de
l'identité de Mlle d'Este : 529; ses aveux à M. Mignon de La Bastie,
de retour des Indes : 597-599; prêt à épouser Modeste sans dot : 598;
invité au Havre ainsi que Canalis; Modeste devra décider entre les candidats à sa main : 599; première entrevue avec Modeste, qui le méprise
d'avoir usurpé le nom de Canalis : 626; Butscha devient son allié : 631,
632; explication avec Modeste sur les lettres qu'il lui a écrites : 693;
invité avec les La Bastie, Canalis et le duc d'Hérouville à la chasse à
courre de Rosembray : 696-713; Modeste lui offre enfin sa main : 712,
713; il l'épouse en février 1830; fait à cette occasion vicomte de La Bastie-
La Brière par lettres patentes : 713, 714.

　　Ant. prénommé *Eugène : *E*, VII, 958 (var. *b*).

　　Ant. *DU CHÂTELET (baron), comme secrétaire particulier du ministre :
E, VII, 958 (var. *d*).

*LA BRIÈRE (Charles-Ernest-Eugène). Fils aîné du précédent : *MM*, I,
713 (var. *g*).

LABROSSE (Exupère). Greffier au tribunal de première instance du Havre :
MM, I, 470; a deux filles, dont une meurt en bas âge : 496; adopte
Butscha, enfant naturel abandonné : 472; impose son prénom normand
à son petit-fils : 471.

LABROSSE (Agnès). Fille du précédent. Voir LATOURNELLE (Mme Babylas).

LA CHANTERIE (M. Lechantre de) [?-v. 1789]. De très vieille noblesse normande remontant à Philippe Auguste; peu avant la Révolution, vient de
redorer son blason dans une affaire de fournitures à l'armée de Hanovre;
possesseur du petit fief de La Chanterie, sis entre Caen et Saint-Lô;
demande et obtient pour son fils la main de Mlle de Champignelles :
EHC, VIII, 283; sa mort : 285.

LA CHANTERIE (Henri Lechantre baron de) [1763-1802]. Fils unique du
précédent; fait les quatre cents coups à Paris avant son mariage : *EHC*,
VIII, 283; maître des requêtes au Grand Conseil en 1788, à vingt-cinq
ans; donne quittance d'une dot non touchée à la signature de son contrat
de mariage avec Mlle de Champignelles; le fief est érigé en baronnie,
grâce aux alliances de sa belle-famille : 283, 284; en 1789, ruiné par la
Révolution et par ses dettes de jeu, abandonne sa jeune femme et disparaît; devient l'un des plus féroces présidents du tribunal révolutionnaire de Normandie; emprisonné à la chute de Robespierre, s'évade
grâce à la complicité de sa femme qui se substitue à lui, comme le fit
Mme de La Valette, et retourne à ses vices : 284, 285; sa conduite infâme :
meurt en sûreté chez sa femme; bigame, il laisse deux femmes ruinées :
286.

LA CHANTERIE (baronne Lechantre de) [née en 1772). Femme du précédent.
Née Barbe-Philiberte de Champignelles, de la branche cadette de Champignelles : *EHC*, VIII, 283; âgée de seize ans en 1788 : 283; portrait en
1836 : 228; destinée d'abord à prendre le voile, se marie en 1788, après la
renonciation d'usage à la légitime; accouche d'une fille, au début de 1789;
abandonnée par son mari avec sa fille en bas âge, doit travailler pour
vivre et se fait corsetière : 284, 285; fait évader son mari de la prison de
Bayeux, en 1794 : 285; vers 1803, M. de Boisfrelon, de retour d'émigration, lui remet un fidéicommis de son beau-père, décédé en émigration
en 1789; de retour en Normandie avec sa fille : 286; vient habiter le château de Saint-Savin dans l'arrondissement de Mortagne : 293; marie sa
fille en 1807 au baron Polydore Bryond des Tours-Minières : 286; impliquée avec celle-ci dans le procès des chauffeurs de Mortagne en 1808,
sous le nom de dame Lechantre : 292, 293; sa culpabilité dans l'affaire,
selon le rapport du procureur général Bourlac : 304; condamnée l'année
suivante à vingt-trois ans de réclusion par la cour de justice de Caen,
purge sa peine à la prison de Bicêtre, près de Rouen; grâce au subterfuge
utilisé par sa fille, guillotinée en 1810, elle croit pendant longtemps celle-ci
vivante et n'apprend sa mort qu'en 1814 : 313, 314; démarches des Champignelles et des Beauséant pour améliorer son sort : 314; présentée au roi
en 1814 par MM. de Verneuil, de Beauséant et de Champignelles : 315;
commence son œuvre de bienfaisance à Paris en 1819 : 318; habite rue
Chanoinesse : 224; son compte* en banque chez Mongenod à cette
époque : 233; rencontre son nouveau locataire chez Mongenod : 234;

ses habitudes monastiques : 238; Godefroid s'interroge sur son passé : 255, 256; M. Alain révèle au néophyte son histoire : 282; accorde enfin son pardon au baron Bourlac, venu l'implorer à genoux, en 1838 : 412; en 1840, fonde une autre association charitable, destinée à marier chrétiennement des filles qui ont omis d'aviser le curé et le maire de leur mariage en détrempe; engage à cet effet la baronne Hulot : *Be.*, VII, 435. Allusion au procès de 1809, à propos du baron Bourlac : *Pay.*, IX, 188.

LA CHANTERIE (Henriette Lechantre de). Fille des précédents. Voir BRYOND DES TOURS-MINIÈRES (baronne).

LACHAPELLE. Greffier à la police judiciaire, à Paris. En 1820, dresse le procès verbal d'arrestation de Vautrin, à la pension Vauquer : *PG*, III, 218.

*LACRAMPE, naturaliste, remplacé par LAVRILLE : *PCh.*, X, 238 (var. *e*).

LACROIX. Restaurateur à Issoudun. En 1822, tenancier d'une auberge sise place du Marché : *R*, IV, 491; tous les ans, le 2 décembre, les bonapartistes du lieu y célèbrent le banquet du couronnement : 503.

*LACROIX (Mme). Vieille femme attachée depuis longtemps à Mme de Maulincour, chargée par Auguste de le nourrir : *F*, V, 825 (var. *a*).

LAFERTÉ (Nicolas) [?-1799]. Chouan de la paroisse de Marignay, tué au combat de La Pèlerine : *Ch.*, VIII, 1118.

LAFEUILLÉE (né en 1616). Acteur de la troupe du sieur Picandure, stationnée à Blois en 1654 : *Fré.*, XII, 815; fidèle compagnon de Fleurance; discret sur sa vie antérieure; portrait; joue « les utilités » : 816, 817; trouve son compte à veiller au bonheur de Fleurance; bretteur et buveur; joueur sachant corriger le hasard : 818; envoyé par son maître dans le Perche, y acheter des chevaux : 819; façon dont il s'est grimé pour ne pas être reconnu; loge dans un taudis de la ville haute, A l'ange gardien : 820.

LAFIN-DE-DIEU. Propriétaire d'une campagne sur le lac de Genève, louée à la vicomtesse de Beauséant, de 1821 à 1824 : *AS*, I, 958.

*LA FRAISIÈRE. Voir TRAILLES.

LA GARDE (Mme de). Voir AQUILINA.

LA GAUDINIÈRE (Mme de) [1770-1806]. Mère de Mme Félix Grandet. Fille de M. de La Bertellière, riche marchand de planches : *EG*, III, 1031.

LA GAUDINIÈRE (Mlle de). Fille de la précédente. Voir GRANDET (Mme Félix).

LAGINSKA (comtesse douairière) [?-v. 1832]. Née Radziwill; mère du comte Adam Mitgislas Laginski : *FM*, II, 199; en 1830, au moment de l'insurrection, hypothèque ses biens d'une somme immense, prêtée par deux maisons juives et placée dans les fonds français : 199; meurt en Angleterre, à Londres, soignée par son fils et par le comte Paz : 208.

LAGINSKA (comtesse) [née en 1814]. Belle-fille de la précédente. Née Clémentine du Rouvre, fille unique du marquis du Rouvre : *FM*, II, 195; vingt-quatre ans en 1838 : 236; portrait : 205. Nièce de la comtesse de Sérisy : *DV*, I, 884; *SetM*, VI, 674. Celle-ci a reporté sur elle toutes ses affections depuis la mort de son fils, en 1836 : *FM*, II, 195; sera également héritière de son oncle le marquis de Ronquerolles : 195; *UM*, III, 936, 937; selon Goupil, pourrait faire arriver son mari à la députation : 811; Goupil essaie de la faire marier à Savinien de Portenduère pour évincer Ursule Mirouët : 937. Rastignac conseille à Lucien de Rubempré d'envisager de l'épouser; Mme de Sérisy, par vengeance contre les Grandlieu, le soutiendrait (Rastignac lui donne par erreur le prénom de Clémence) : *SetM*, VI, 674. Sur le point d'épouser un riche comte polonais : *UM*, III, 948. Épouse le comte Adam Laginski : *DV*, I, 884; *FM*, II, 195, 204; dès 1836, l'une des reines de Paris; invite à dîner le comte Paz, intendant de son mari, qu'elle vient de découvrir, et l'emmène ensuite au spectacle; tente de le séduire; il feint la bêtise : 206, 212; commence à faire entre Paz et son mari des comparaisons peu flatteuses pour ce dernier : 218; pour y mettre fin, Paz s'arrange pour que le comte Adam lui fasse lire une lettre que lui a adressée Malaga : 229; soigne Laginski avec Paz : 238; comprend trop tard le magnifique amour que Paz lui a voué : 240; sauvée par lui d'une tentative d'enlèvement par le comte de La Palférine, en 1842 : 243. Vers 1843, amie dévouée du vieux Bongrand et de Mme Savinien de Portenduère : *Méf.*, XII, 419.
Ant. *H. (comtesse), puis *P. (comtesse), puis *L. (comtesse), remplacée par comtesse Ladislas : *FM*, II, 241 (var. *d*).

Paroles. En 1838, cet hôtel désaffecté est le siège social de la maison
Rivet, successeur de Pons frères, brodeurs de la Cour impériale : *Be.*
VII, 153.

Ant. *BÉTHUNE (maison de[1]) : *Ep.T*, VIII, 442 (var. *e*).

LANGEAIS (Mlle Agathe de). Voir AGATHE (sœur).

LANGEAIS (duc de) [?-1813]. Émigre en 1793; l'abbé de Marolles lui écrit
pour qu'il avise aux moyens de faire sortir de France sa parente, en religion sœur Agathe : *Ep.T*, VIII, 440. Sous l'Empire, reste attaché aux
Bourbons et, fidèle à la vieille politique de sa famille, marie son fils aîné
à la fille d'un duc; meurt quelques mois après : *DL*, V, 936.

Ant. *LORGE (duc de)[1] : *Ep.T*, VIII, 440 (var. *c*).

LANGEAIS (duc de) [?-v. 1823]. Fils aîné du précédent. En 1813, épouse
la fille du duc de Navarreins : *DL*, V, 936; en 1818, commande une division militaire; séparé de cœur et de fait d'avec sa femme : 937; en 1819,
son oncle Grandlieu le juge avare et personnel en diable : 1017; sa mort :
1031.

LANGEAIS (duchesse Antoinette de) [1795-1823]. Femme du précédent. Fille
du duc de Navarreins; âgée de dix-huit ans lors de son mariage, en 1813 :
DL, V, 936; vingt-deux ans en 1818 : 936; portrait en 1819 : 947, 948.
Pendant la Révolution, avec sa grand-mère à Grandvilliers : *PG*, V, 114.
Épousée pauvre : *DL*, V, 936; au début de la Restauration, le type le
plus complet de sa caste : 934. Vers 1817, de la société du Petit-Château :
937 et *Lys*, IX, 1109. En 1818, une place près d'une princesse lui permet
de vivre à Paris, séparée de fait de son mari commandant une division
militaire, et dont elle est séparée de cœur : *DL*, V, 937. Son goût fait la
loi : *F*, V, 800. Rencontre l'homme à la mode, le général marquis de
Montriveau : *DL*, V, 940; décide d'en faire un de ses amants : 947; première visite de Montriveau : 952-954; avertie du danger par le vidame de
Pamiers : 959, 960; époque civile et époque religieuse de ses manèges :
968; la religion dure trois mois : 973. En octobre 1819, chez la vicomtesse
de Beauséant, lui révèle l'imminence du mariage d'Ajuda-Pinto : *PG*, V,
110; raconte à Rastignac l'histoire de Goriot et de ses filles : 113, 114.
A cette époque, succède à la vicomtesse de Beauséant, comme reine de
Paris, sceptre repris ensuite par Mme Firmiani : *In.*, III, 453. Montriveau,
rendu soupçonneux par Ronquerolles, fait une dernière tentative et la
quitte : *DL*, V, 981-986; au bal de Mme de Sérisy : 989; la menace de
Montriveau, *Ne touchez pas à la hache* : 989; enlevée de façon mystérieuse :
991; brûle pour celui qu'elle a dédaigné; ses lettres restent sans réponse :
1005; se compromet en envoyant sa voiture stationner devant la demeure
de Montriveau : 1009; au conseil de famille présidé par la princesse de
Blamont-Chauvry, déclare vouloir que tout Paris la croie chez lui : 1010;
1016-1022; vient d'hériter de sa grand-mère maternelle : 1017. Au début
de 1820, ses adieux à la vicomtesse de Beauséant qui quitte le monde
après avoir été abandonnée par Ajuda; lui confie qu'elle tente un dernier
effort auprès de Montriveau et si elle échoue, elle ira dans un couvent :
PG, III, 267. Charge le vidame de Pamiers d'un dernier message pour
Montriveau : *DL*, V, 1024, 1025; attend en vain et quitte Paris : 1028,
1029; recherchée sans succès par Montriveau et ses amis, après sa disparition : 1029, 1030; sous le nom de Caroline, accompagne lady Hopwood
jusqu'à Cadix : 1030. Vers le début d'octobre 1821, la marquise d'Espard
évoque le souvenir de la duchesse, disparue comme une étoile filante :
IP, V, 276. Montriveau l'a brisée sous son pied : *CA*, IV, 1041. En
1823, Montriveau, assistant à un *Te Deum* dans un couvent de carmélites
d'une petite île espagnole, soupçonne que c'est une Française qui joue
à l'orgue une musique imprégnée du *Mosè* de Rossini et d'un rappel de
Fleuve du Tage dont la duchesse interprétait pour lui le prélude à Paris :
DL, V, 908-910; il reconnaît sa voix : 915; se fait recevoir au parloir :
917; entrevue avec celle qui est sœur Thérèse; quoique veuve, elle refuse
de le suivre : 919-923; il décide de l'enlever : 1031-1036; monte une expédition avec les Treize; elle est morte : 1035; ils emportent son cadavre et
l'immergent, un boulet à chaque pied : 1036, 1037. En 1838, Rastignac
vante à Bianchon les immenses plaisirs que pouvait apporter l'amour

___

1. Nom réel.

d'une telle femme : *In.*, III, 425. Le monde estime qu'en fuyant avec Conti, Mme de Rochefide a voulu la copier pour obtenir sa célébrité : *SPC*, VI, 958 ; *B*, II, 827. Femme criminelle : *Pré.PG*, III, 44.

Ant. *BRANDON (lady) : *In.*, III, 426 (var. *a*) ; *duchesse de *** : *F*, V, 800 (var. *a*).

*LANGEAIS (duchesse de) : *SPC*, VI, 998 (var. *c*).

LANGEAIS (duc de). L'un des représentants du parti prêtre en 1827, soutien de la Grande Aumônerie. Combattu à boulets rouges par le parti dirigé par le comte Henri de Marsay : *CM*, III, 647.

LANGEAIS (Mlle de) [née en 1799]. Fille du marquis de Langeais. En 1829, Rastignac estime que ce laideron de trente ans, sans dot, est une femme à laquelle peut prétendre Philippe Bridau, avec ses deux cent mille livres de rentes : *R*, IV, 538, 539.

*LANGEAIS, remplacé par *CASSAN (marquis de), puis par GRANDLIEU (duc de). Voir ce nom.

*LANGEAIS-SAINT-MAURI (M. de), remplacé par *CASSAN (marquis de), puis par GRANDLIEU (duc de). Voir ce nom.

LANGLUMÉ. Meunier à Blangy. Moud gratis le grain du père Niseron : *Pay.*, IX, 115 ; adjoint du général de Montcornet, maire de Blangy, depuis 1821 : 169 ; tripote des affaires avec Rigou : 247.

Ant. *BOURON : *Pay.*, IX, 115 (n. 2).

LANNO (Jean). Contrebandier de Pontorson. « Chouan des mers » ; a servi sous Suffren et d'Estaing : *Vis.*, XII, 641 ; s'il n'y a plus d'espoir dans les Princes, Amédée du Vissard ira se mettre sous ses ordres : 642.

LANSAC (famille de). Branche cadette de la maison de Navarreins, les Navarreins-Lansac : *In.*, III, 484. Ses armes : *PM*, II, 116.

LANSAC (duchesse de) [née v. 1744]. Vieille tante de la comtesse de Soulanges : *PM*, II, 112, 113 ; portrait en 1809 ; sa science du monde ; assiste alors au bal Gondreville : 113, 114 ; appartient à la branche cadette des Navarreins ; jadis maîtresse de Louis XV, d'où son titre de duchesse à brevet : 116 ; au bal, dissuade Mme de Vaudrémont de s'attacher à Martial de La Roche-Hugon, et lui conseille de s'intéresser plutôt au général de Montcornet : 118, 119 ; prêche la jeune femme pour l'éloigner définitivement du général de Soulanges et de Martial : 121 ; prie Soulanges de la ramener chez elle, pour favoriser la manœuvre de sa nièce : 122, 129.

Ant. *MARIGNY (duchesse de), puis* GRANDLIEU (duchesse de) : *PM*, II, 112 (var. *a* et n. 1).

LANSAC (Mlle de). Amie de couvent de Mlle de Cadignan : *Ech.*, XII, 481.

LANTIMÈCHE (papa). Surnom donné par Cérizet à un homme qui paraît avoir soixante-dix ans, l'une de ses pratiques de la rue des Poules : *Bou.*, VIII, 127.

LANTY (famille de). Plusieurs fois millionnaire, polyglotte, d'origine inconnue, totalement mystérieuse, en relation avec les quatre parties du monde ; muette sur son histoire énigmatique : *S*, VI, 1044-1046.

*LANTY (les). Une des familles qui avaient la prétention d'être du faubourg Saint-Germain, en 1815 : *Lys*, IX, 1109 (var. *a*).

LANTY (comte de). Chef de la famille en 1830. Il donne alors une fête d'un luxe insolent dans l'hôtel de Carigliano qu'il a acheté dix ans auparavant : *S*, VI, 1044 ; petit, laid, grêlé, sombre et ennuyeux, rit rarement et passe pour un profond politique ; très discret sur ses antécédents : 1046.

LANTY (comtesse de) [née en 1794]. Femme du précédent. Nièce de Zambinella : *S*, VI, 1075 ; âgée de trente-six ans en 1830 ; sa beauté : 1045. Invitée au bal de la vicomtesse de Beauséant en 1819 : *PG*, III, 77.

LANTY (Marianina de) [née en 1814]. Fille des précédents. Agée de seize ans en 1830 ; sa beauté ; la perfection de son chant : *S*, VI, 1045 ; ses touchantes attentions pour le vieux Zambinella : 1055 ; qui se révèle être son grand-oncle : 1075.

LANTY (vicomte Filippo de). Frère cadet de la précédente. Vivante image de l'Antinoüs. Portrait ; le meilleur parti de France : *S*, VI, 1046.

LA PALFÉRINE (famille Rusticoli de). Branche française des Rusticoli, maison de Toscane déjà brillante en 1100 pour avoir fourni deux papes et révolutionné deux fois le royaume de Naples ; dépossédés de leur souveraineté en Toscane, des Rusticoli suivent en France Catherine de Médicis ;

alors parents des d'Este; alliés aux Guise; Charles IX leur octroie le comté de La Palférine; Henri IV le rend au duc de Savoie mais leur laisse le titre, leur blason fleurdelysé et leur devise. Frondeurs; aimés de Mazarin; amoindris sous Louis XIV; ruinés sous Louis XV : *Pr.B*, VII, 810, 811.

LA PALFÉRINE (comte Rusticoli de). Sous le règne de Louis XV, dévore le reste de sa fortune avec Mlle Laguerre, qu'il met à la mode avant Bouret : *Pr.B*, VII, 810.

LA PALFÉRINE (comte Rusticoli de) [?-1809]. Fils du précédent. En 1789, officier sans fortune, a le bon esprit de s'appeler Rusticoli; durant les guerres d'Italie, épouse une filleule de la comtesse Albani; colonel et commandant de la Légion d'honneur, nommé comte par Napoléon et surnommé le comte refait, d'autant qu'il a une légère scoliose; général de brigade; mort général de division après Wagram : *Pr.B*, VII, 810.

LA PALFÉRINE (comtesse Rusticoli de). Femme du précédent. Née Capponi, filleule de la comtesse Albani : *Pr.B*, VII, 810.

LA PALFÉRINE (Gabriel-Jean-Anne-Victor-Benjamin-Georges-Ferdinand-Charles-Édouard Rusticoli, comte de) [né en 1812]. Fils unique des précédents. Âgé de vingt-deux ans en 1834; portrait à cette époque : *Pr.B*, VII, 817; selon Nathan, si pauvre qu'il est secouru par la Liste civile : 815; et digne d'être le roi de la Bohème, si la Bohème pouvait souffrir un roi : 810; sa lettre de rupture à Antonia : 815, 816; errant le long de sa canne, en 1834, rencontre Claudine du Bruel : 816; il devient sa vraie passion : 819; en 1837, elle achève de réaliser le programme qu'il lui a imposé, elle est comtesse, femme d'un pair de France : 836, 837. En 1838, parmi les invités, tous grands seigneurs, de Josépha : *Be.*, VII, 122. En 1841, chez Malaga : *HA*, VII, 778. Alors soupçonné d'être le second Arthur de Mme Schontz : *B*, II, 904; hélé par le comte Maxime de Trailles sur le boulevard, il accepte la mission que lui propose le roi des coupe-jarrets; ses dettes à cette époque : 914-916; dîne chez Mme Schontz; Maxime de Trailles lui explique qu'il aura à séduire en quinze jours Béatrix de Rochefide; Nathan est chargé de le présenter à la marquise : 920; sa transformation, grâce aux subsides fournis par Trailles; il paie ses dettes, est reçu au Gramont et au Jockey-Club; il publie une nouvelle aux *Débats* : 927; à la sortie des Italiens, sauve Béatrix de l'humiliation en lui offrant son bras, alors que Calyste du Guénic, au bras de sa femme, ne peut lui venir en aide : 930; se retrouve avec Calyste chez Béatrix et s'arrange pour brouiller les deux amants : 931; après avoir goûté à Béatrix, estime que, si Arthur lui revient, il sera joliment volé : 933; sa réponse à d'Ajuda : 935; rompt avec Béatrix, et la renvoie à son mari : 936-938; explique à Calyste que Rochefide a pardonné à sa femme, ils vont reprendre la vie conjugale : 940. En janvier 1842, tente d'enlever la comtesse Laginska; l'intervention du comte Paz sauve la jeune femme de ce péril : *FM*, II, 243. En 1843, un des invités de Carabine et de du Tillet au *Rocher de Cancale* : *Be.*, VII, 407. En 1845, cité comme le séduisant La Palférine : *CP*, VII, 593.

LA PEYRADE (famille de). Vieille famille du Comtat-Venaissin. Sa branche cadette, pauvre, possède la petite terre de La Peyrade : *SetM*, VI, 530. Blason et devise; la branche aînée est Peyrade, la cadette, Peyrade des Canquoëlles; les deux branches héritent l'une de l'autre : *Bou.*, VIII, 165.

LA PEYRADE (M. de). Le plus jeune frère du policier Peyrade; père de onze enfants : *Bou.*, VIII, 64.

LA PEYRADE (Charles-Marie-Théodose de) [né en 1813]. Fils du précédent. Âgé de vingt-sept ans en février 1840; portrait; sa tartuferie : *Bou.*, VIII, 61-63; origines; arrivé à Paris trois jours après la mort de son oncle Peyrade; un ami du défunt, Corentin, lui donne à cette époque cent louis pour qu'il fasse ses études de droit : 64. Selon *SetM*, toutefois, arrive à Paris en 1829, quelques mois avant l'empoisonnement de son oncle par Asie : *SetM*, VI, 541. Y est entré par la porte d'Italie avec cinq cents francs en poche, venant du Vaucluse, en quête de son oncle : *Bou.*, VIII, 77. Au début de 1830 demande des nouvelles de son oncle à la préfecture de police : *SetM*, VI, 636. Reçu licencié en droit en 1832, il néglige de se faire inscrire au barreau : *Bou.*, VIII, 63; l'année suivante, collabore en qualité de rédacteur politique à un journal ministériel, géré par Cérizet : 64; en 1837, Cérizet et Dutocq le font chanter : 143; se fait inscrire au barreau en 1838 : 63; avocat des pauvres, ne plaide qu'en justice de paix : 59; locataire des Thuillier, rue Dominique-d'Enfer, en 1839, assiste en 1840 à une réception chez ses propriétaires; discussion politique avec Olivier Vinet : 57, 58; a découvert la secrète ambition de Thuillier, la Légion d'honneur : 66; fait à Mme Colleville une cour intéressée : 67, 68; sa visite à Phellion, en mars 1840, au sujet de l'élection de Thuillier au Conseil municipal : 91-93; entretien avec Mlle Brigitte Thuillier; il lui fait part de son désir d'épouser Modeste Colleville, qu'il aime : 129-131; discussion avec Cérizet, qui le tient par ses lettres de change : 142 et 147; visite à Godeschal afin d'obtenir le désistement de Sauvaignou : 154, 155; reçoit sommation de Louchard, garde du commerce, pour le compte de Cérizet : 167; il paie rubis sur l'ongle, à la grande fureur de l'usurier : 167, 168; expose son plan à Mlle Thuillier : 132; par ses propos dévots, s'attire un instant la sympathie de Modeste, qui aime pourtant Félix Phellion : 165; ses manœuvres; conversation avec Desroches, puis avec Cérizet : 166-171.

LA PEYRADE (Mlle de). Aux dires mensongers de Théodose de La Peyrade, cette jeune fille, appartenant à la branche aînée, a épousé en 1783 un avocat voltairien. Forcée par son mari, à la Révolution, de jouer le rôle de déesse de la Liberté, elle est devenue folle et en est morte : *Bou.*, VIII, 165, 166.

LA PEYRADE (Lydie de). Voir PEYRADE (Lydie).

LA PEYRADE DES CANQUOËLLES. Voir PEYRADE.

Lapin blanc (le). Surnom donné à Minard par Bixiou : *E*, VII, 978. Voir MINARD (Auguste).

*LA PLAINE (Ernest de). Jeune officier. Soupirant de Mme d'Esther : *Mes.*, II, 1366.

LA POURAILLE (né en 1785). Surnom du forçat Dannepont. Âgé de quarante-cinq ans en 1830; portrait à cette époque; alors célébrité des trois bagnes et l'un des auteurs de l'assassinat des époux Crottat, son troisième; sûr d'être condamné à mort : *SetM*, VI, 827, 866; un des Dix mille : 833; butin retiré de ce meurtre : 546; aborde le faux Carlos Herrera dans le préau de la Conciergerie : 840; repris en main par Jacques Collin, retrouve aussitôt sa pleine confiance en son *dab* : 842; lui nomme ses complices et lui indique l'emplacement de sa cache : 868, 869; accepte de prendre à son compte l'affaire Pigeau pour sauver Calvi; Collin lui promet une condamnation à vie au bagne d'où il pourra s'évader : 870, 871.

Laquais de Sarrasine (le). Envoyé par son maître louer pour la saison une loge proche de la scène où se produit Zambinella : *S*, VI, 1062.

LARABIT (docteur). En compagnie du docteur H. Bianchon et du professeur Angard, soigne la crise nerveuse de la baronne Hulot d'Ervy en 1843 : *Be.*, VII, 402.

Ant. *LABARIT : *Be.*, VII, 402 (var. *b*).

LARAVINE. Second chef piqueur des équipages royaux en 1829. Son chien favori est Jupiter : *MM*, I, 712.

LARAVINIÈRE. Cabaretier aux environs de Mortagne en 1808. Dévoué au chevalier du Vissard : *EHC*, VIII, 294; condamné à cinq ans de réclusion en 1809 : 314.

LARDOT (Mme). Née Grévin : *VF*, IV, 821; blanchisseuse de fin à Alençon en 1816, rue du Cours; loge le chevalier de Valois, pour qui on assure qu'elle a des bontés : 815; compte parmi ses ouvrières la belle Suzanne, la future Suzanne du Val-Noble : 820.

LAROCHE (né en 1763). Type du paysan envieux. Vieil ouvrier vigneron, ivrogne et paresseux; un des délinquants habituels faisant l'objet des procès-verbaux de Courtecuisse; hait les châtelains des Aigues : *Pay.*, IX, 312, 313.

LA ROCHE (Mme de). Veuve. En 1824, habite avec son fils rue du Roi-Doré; sa pension : *E*, VII, 949.

LA ROCHE (Sébastien de). Fils de la précédente. Commis surnuméraire au ministère des Finances en 1824; type du surnuméraire pauvre, fait la besogne du Bruel : *E*, VII, 949; copie au bureau le grand travail de son chef, Xavier Rabourdin : 950; s'évanouit en apprenant que son travail a été volé : 1086; démissionne sur le conseil de Rabourdin qui se charge de son avenir : 1101.

Ant. *BERNARD, *LEUVE : *E*, VII, 1546.

LA ROCHE-GUYON (M. de). D'une des plus anciennes familles d'Alençon; se voit, en 1805, refuser la main de Mlle d'Esgrignon, quoique sa famille lui soit alliée : *CA*, IV, 970; de retour d'émigration en 1804, refuse de se rallier : 973.

LA ROCHE-HUGON (baron puis comte Martial de). Maître des requêtes au Conseil d'État en 1809 et administrateur; s'intéresse à l'inconnue du bal Gondreville, la comtesse de Soulanges : *PM*, II, 98; sa science de l'intrigue, son impassibilité; antécédents : 103; est l'heureux amant de Mme de Vaudrémont depuis huit jours, mais lorgne vers Mme de Soulanges : 109; assure la vieille duchesse de Lansac de son dévouement : 115, 116; apprend de Mme de Vaudrémont le nom de sa belle inconnue : 121; il invite à danser cette dernière qui accepte : 124; après le quadrille, l'emmène dans un boudoir, et lui donne le diamant qu'il porte au doigt : 126, 127; elle lui explique qu'elle accepte le cadeau parce que ce diamant est le sien : 127. Conseiller d'État en 1816, ami du comte de Montcornet qu'il connaissait depuis 1804. Déjà préfet sous Napoléon, l'est encore en 1821, dans le département de La-Ville-aux-Fayes : *Pay.*, IX, 166, 167; destitué en 1822, se lance dans l'opposition et devient l'un des coryphées du côté gauche : 187. L'un des roués parisiens, qui en octobre 1822 accueillent Victurnien d'Esgrignon : *CA*, IV, 1008. De l'équipe politique du comte Henri de Marsay en 1827 : *CM*, III, 647; ministre en Allemagne et pair de France à cette époque : 651. Assidu du salon de la marquise d'Espard en 1828 : *In.*, III, 454. La révolution de 1830 l'amène au pouvoir avec Rastignac et de Marsay : *FE*, II, 306; en 1833, beau-frère de Rastignac, et ministre : 312; fréquente le salon des Montcornet : 306. Ambassadeur en 1839 : *DA*, VIII, 803. Compte en 1840 parmi les personnages les plus importants du gouvernement; Cérizet l'aperçoit en grande conversation avec le mystérieux M. du Portail (Corentin) : *Bou.*, VIII, 179. On lui a promis la succession du baron Hulot d'Ervy au ministère de la Guerre en 1841 : *Be.*, VII, 348. A la même époque, membre du Jockey-Club et ami d'A. de Rochefide (1841) : *B*, II, 900.

*LA ROCHE-HUGON. Ant. le réel *GÉRARD (baron), au titre de titulaire d'un salon parisien, puis remplacé par COLLEVILLE (Mme) : *E*, VII, 918 (var. *a*).

LA ROCHE-HUGON (comtesse Martial de). Femme du précédent. Voir RASTIGNAC (Laure-Rose et Agathe de).

LA ROCHELLE, dans *PCh*. Voir AQUILINA.

LA RODIÈRE (Stéphanie de) [née en 1810]. Agée de vingt-deux ans en 1831; sa dot : *FA*, II, 493, 494; portrait : 498; épouse Gaston de Nueil en 1831 : enceinte un mois plus tard : 500; vient d'écorcher un *Caprice* d'Hérold au moment du suicide de son mari : 502.

LAROSE (?-1799). Caporal dans la demi-brigade Hulot en 1799. Envoyé en éclaireur au plateau de La Pèlerine : *Ch.*, VIII, 926; tué par Marche-à-Terre en même temps que Vieux-Chapeau : 931, 932, 1044.

Ant. *VIEUX-CHAPEAU : *Ch.*, VIII, 926 (var. *b*).

LA ROULANDIÈRE (M. de). Président du tribunal de Viviers. Fils d'un magistrat d'Aix-en-Provence; portrait : *PMV*, XII, 110, 111.

LA ROULANDIÈRE (Claire de). Femme du précédent. Épouse et fille de magistrats, née Jugault. Sa lettre à son amie d'enfance, Mme de Chodoreille : *PMV*, XII, 110-112.

LA ROULIE (Jacquin). Chef piqueur du prince de Cadignan en 1829; sa dispute avec John Barry : *MM*, I, 711.

Ant. *JACQUIN BAT-LA-ROUTE : *MM*, I, 711 (var. *b*).

LARSONNIÈRE (M. et Mme de). De la haute société de Saumur en 1819. Mme des Grassins se propose de les inviter à un dîner, en l'honneur de Charles Grandet : *EG*, III, 1068.

LASERRE (Jacques). Déposé par mer au Plougal, le 20 juillet 1803, par un brick anglais, pour y rencontrer la comtesse du Gua et le chevalier du Vissard : y arrive à la nage : *Vis.*, XII, 645, 646; il est lieutenant général au service du roi de France et se présente comme M. J. Laserre, marchand de cochons à Amiens (sans doute G. Cadoudal : voir p. 648, n. 1, et Index II) : 647.

La Thaumassière (M. de). Jeune propriétaire rural, le dandy de Sancerre en 1836. Perd toutes ses chances de consoler Dinah de La Baudraye, ayant eu le malheur de bâiller au quatrième exposé qu'elle fait sur la philosophie kantienne : *MD*, IV, 647.

*La Touche (Félicité), ant. *Farre (Félicité des), puis remplacée par Touches (Félicité des) : *B*, II, 688 (var. *a*).

*Latour (général), remplacé par Montcornet (général de) : *MD*, IV, 689 (var. *b*).

*Latour-Chauvry (princesse de). Voir Blamont-Chauvry (princesse de).

Latournelle (Simon-Babylas) [né en 1777]. Âgé de quarante ans en 1807 : *MM*, I, 490 ; portrait en 1829 : 471, 472 ; en 1807, premier clerc chez un notaire du Havre ; en 1817, Mignon lui prête cent mille francs pour racheter l'étude, la plus belle de la ville : 490 ; en 1826, annonce avec Dumay et Gobenheim, que la maison Mignon suspend ses paiements : 489 ; en 1828, rachète la maison de Dumay rue Royale : 491 ; en 1829, en octobre, montant à Ingouville où il va voir ses amis Dumay, explique à son fils le rôle que ce dernier doit tenir dans la manœuvre imaginée par Dumay pour surprendre le secret de Modeste Mignon : 469, 470 ; à la fin de 1829, chargé par le duc d'Hérouville de faire des ouvertures à Mignon, de retour des Indes : 612, 613 ; mandaté en Provence par M. Mignon pour y acheter des terres, sera de retour au Havre pour le mariage de Modeste : 713.

Latournelle (Mme). Femme du précédent. Née Agnès Labrosse ; portrait en 1829 ; mariée à trente-trois ans avec une dot de soixante mille francs ; mère à trente-cinq ans sept mois : *MM*, I, 470, 471 ; fille du greffier du tribunal : 472 ; dévote : 480 ; c'est elle qui conduit Modeste à l'église et l'en ramène tous les dimanches : 495.

Latournelle (Exupère). Fils unique des précédents. En 1829, va commencer son droit à Paris : *MM*, I, 470.

Laudigeois. Employé de mairie en 1824. Joue le jeudi soir à la bouillotte chez Phellion : *E*, VII, 969. Vers 1840, présenté chez les Thuillier par Phellion ; employé à la mairie du XIIe arrondissement, guigne la place de secrétaire, que lui souffle Colleville : *Bou.*, VIII, 49 ; invité à la sauterie Thuillier en mars 1840 : 99.
Ant. *Lobligeois (le libéral) : *E*, VII, 1546.

*Launais (M. et Mme des). Voir Vanneaux (M. et Mme des).

Laure (Mlle). Élève du peintre Servin, en 1815. Amie de Ginevra di Piombo : *Ven.*, I, 1047 ; seule à la défendre : 1060 ; sur l'ordre de sa mère, doit quitter l'atelier Servin : 1062, 1063.

Laurent. Valet de chambre du comte Henri de Marsay. Chargé par son maître de prendre contact avec le facteur Moinot, qui distribue le courrier, rue Saint-Lazare : *FYO*, V, 1066 ; apprend de ce dernier le nom de la jeune fille à laquelle s'intéresse le comte : 1067.

Laurent. Garçon de bureau au ministère depuis dix ans en 1824. Neveu d'Antoine, qui l'a placé auprès des chefs de bureau ; venu des Échelles en Savoie et marié à une blanchisseuse de fin ; receveur de contremarques, le soir, dans un théâtre royal : *E*, VII, 960.
*Laurent après 1830 : *E*, VII, 1116 (var. *a*).

Laurent (?-1812). Vieux soldat appartenant au 5e chasseurs. Blessé, les pieds gelés, est trouvé mort après l'accident de la voiture dans laquelle Sucy amène le général de Vandières et sa femme aux ponts de la Bérésina : *Ad.*, X, 991, 996, 997.

Laveuses (deux). Leurs propos, entendus par Mme Michaud à la source d'Argent en 1823, la font frémir : *Pay.*, IX, 195.

Lavienne. Vieux domestique du juge J.-J. Popinot en 1828. Fait pour son maître : *In.*, III, 435, 436.

*Laville-Gacon (M. de). Neveu et héritier de *Porcher (comte), voisin de la marquise de San-Réal remplacé par Nucingen : *FYO*, V, 1069 (var. *b*).

Lavrille. Éminent zoologiste, professeur au Muséum d'histoire naturelle. Reçoit en 1831 la visite de Raphaël de Valentin ; portrait : *PCh.*, X, 238 ; ne s'intéresse qu'aux canards ; auteur d'une savante monographie du genre Anas ; expose à son visiteur les propriétés du chagrin : 238-241 ; en déses-

LEBRUN (le citoyen), dans *MD*. Voir BEAUVOIR (chevalier de).

LEBRUN (docteur). Médecin de la Conciergerie en 1830. Chargé d'examiner le pseudo-chanoine Carlos Herrera, qui se dit malade; donne son opinion sur ses cicatrices : *SetM*, VI, 751, 752; constate le décès de Lucien de Rubempré; opinion sur le *magnétisme* du docteur Bouvard : 809-812. Médecin du théâtre de la Compagnie Gaudissart en 1845 : *CP*, VII, 652.

LEBRUN. Chef de division au ministère de la Guerre, direction Hulot d'Ervy, en 1838 : *Be.*, VII, 126.

LEBRUN. Sous-lieutenant à la demi-brigade Hulot, en septembre 1799. Commande l'arrière-garde au combat de La Pèlerine : *Ch.*, VIII, 926; capitaine trois mois plus tard, envoyé par son chef à Florigny, pour surveiller les Chouans : 1158.

LEBRUN (Me). Jeune avocat parisien. Portrait : *Phy.*, XI, 1096; comment il évite l'invasion du Minotaure : 1097, 1098.

LEBRUN (Anna). Femme du précédent. Amoureuse de M. Adolphe, premier commis d'un agent de change; portrait : *Phy.*, XI, 1096; ses relations avec le jeune employé : 1097, 1098.

LEBRUN (Mme). Nom d'emprunt d'une jeune femme issue d'une riche famille de Marseille. Mariée au comte de ***, chef d'escadron des grenadiers de la Garde; enceinte de son cousin, supplie vainement le docteur Bianchon de la faire avorter; sous ce nom, elle s'est réfugiée à l'hôtel de Picardie, petit hôtel borgne de la rue de Seine, où un chirurgien malhabile la massacre : *Ech.*, XII, 477-479.

LECAMUS (né en 1500). Pelletier. Âgé de soixante ans en 1560 : *Cath.*, XI, 223; portrait : 223, 224; syndic des pelletiers de Paris depuis 1540, domicilié rue de la Vieille-Pelleterie; fournisseur des deux reines Catherine de Médicis et Marie Stuart : 208; description de sa maison : 209; Ambroise Paré lui doit d'avoir pu se livrer à ses études : 224; sa prudence, égale à sa fortune : 223, 224, 226; ses ambitions cachées pour son fils : 225; le sait calviniste, mais ferme les yeux, jouant sur les deux tableaux, au cas où la France se verrait obligée de manger de la vache à Colas : 225, 226; surprend le rendez-vous de Christophe avec le prince de Condé, sur la Seine : 227; lui donne des conseils de prudence : 228, 229; ira le chercher à Blois s'il est sans nouvelles de lui : 229; quartenier du palais : 257; l'un de ses ancêtres, un Goix, tenait pour les Bourguignons, l'autre, un Lecamus, pour les Armagnacs; ils paraissaient s'arracher la peau devant le monde, mais s'entendaient en famille : 231; se rend à Amboise chercher des nouvelles de son fils : 301; la reine mère lui ordonne de se faire élire député du Tiers État : 308; député du Tiers aux États d'Orléans, loge chez Tourillon; décidé à sauver la tête de son fils : 312, 313; reçoit la visite de Ruggieri, astrologue de Catherine; celui-ci l'envoie en ambassade chez Ambroise Paré : 314, 317; conversation avec le premier chirurgien du roi : 319-321; marguillier de sa paroisse, Saint-Pierre-aux-Bœufs : 362; voudrait faire de son fils un conseiller au Parlement : 365; vend sa maison à son commis et acquiert pour son fils une maison rue Saint-Pierre-aux-Bœufs : 368, 369; offre au roi Charles IX le gobelet d'argent ciselé dans lequel il boit : 371.

LECAMUS (Mme). Femme du précédent : *Cath.*, XI, 211; et catholique enragée : 222, 223; ne décolère pas d'avoir un fils huguenot : 226, 227.

LECAMUS (Christophe) [né en 1538]. Fils des précédents, âgé de vingt-deux ans en 1560. Soupçonné d'incliner vers le calvinisme; reconnu par Chaudieu, plénipotentiaire de Calvin : *Cath.*, XI, 213, 214; portrait : 216, 217; entrevue avec le prince de Condé et La Renaudie, dans une barque, sous le Pont-au-Change : 214-222; étudiant à la faculté de droit, se destine au barreau; filleul du président de Thou : 225; son arrivée à Blois : 256; remet aux deux reines leurs fourrures et à Catherine le traité donné par Théodore de Bèze : 277, 278; surprise par Marie Stuart en train de le cacher, Catherine comprend qu'elle ne peut le sauver; elle le livre : 281-283; incarcéré avec un prétendu capitaine qui cherche à le faire parler : 286-288; subit stoïquement la torture : 290-296; Catherine s'arrange pour lui prouver l'intérêt qu'elle lui porte : 295; transféré à Orléans, sur ordre des Guise : 308, 309; fait un signe d'adieu au prince de Condé, qui prouve leur collusion : 330; délivré après le Tumulte d'Orléans, est reçu avocat au Parlement de Paris à l'avènement de Charles IX : 351; en convalescence, soigné par sa fiancée, Babette Lallier, et par Ambroise Paré : 362 ; refuse encore d'abjurer sa foi : 363 ; flotte entre Condé et Catherine : 364 ; l'offre ridicule du prince de Condé, peu reconnaissant : 366 ; reçoit la visite de Chaudieu qui lui suggère un nouvel attentat contre le duc de Guise ; il refuse : 367, 368 ; la reine mère Catherine et le roi assistent à la signature de son contrat de mariage avec Babette Lallier : 370, 371 ; devenu catholique, pourra traiter de la charge du bonhomme Groslay, conseiller au Parlement : 370 ; avenir de sa famille : 372, 373. Voir Index II.

LECAMUS (Mme). Femme du précédent. Voir LALLIER (Babette).

LECAMUS (Joseph), baron de Tresnes. Ancien magistrat ; conseiller à la Cour royale, en retraite depuis août 1830, il est en 1836 l'un des Frères de la Consolation, affilié à l'œuvre de Mme de La Chanterie sous le nom de M. Joseph ; esquisse à cette époque : *EHC*, VIII, 241 ; sera le censeur du traité de jurisprudence de M. Bernard sur l'*Esprit des lois modernes ;* selon M. Bernard un des plus beaux caractères du temps, digne des plus beaux jours des anciens parlements : 391 ; s'aperçoit que ce légiste n'est autre que le baron Bourlac : 395[1].

*LECAMUS (capitaine), remplacé par FALCON (capitaine) : *MD*, IV, 694 (var. *a*).

LECANAL. Nom de famille du comte de Lessones, l' « homme-idée » : *AIH*, XII, 773. Voir LESSONES (comte de).

LECHANTRE (Mme), dans *EHC*. Voir LA CHANTERIE (baronne de).

LECHESNEAU. Directeur du jury d'accusation de Troyes, en 1806, dans le procès d'enlèvement du sénateur, par des inconnus masqués. Créature du sénateur Malin de Gondreville ; ses énormes pouvoirs ; antécédents : *TA*, VIII, 625 ; ancien procureur général en Italie, cassé par l'Empereur, en raison de sa liaison avec une grande dame de Turin : 625, 626.
Ant. *LECHESNEAULT : *TA*, VIII, 626 (var. *d*).

*LECHIEN. Remplacé par LEDAIM : *Boi.*, XII, 394 (n. 1).

LECLERCQ et Cie. Entrepôt et courtage des vins, quai de Béthune ; antagoniste de la maison Grandet à Paris : *Pay.*, IX, 134, 135.

LECLERCQ. Commissionnaire en vins, fait la banque. Gère la fortune de Mlle Laguerre et de Gaubertin, de manière fructueuse pour lui et pour l'intendant des Aigues, dont il épouse la fille en 1816 : *Pay.*, IX, 134, 135 ; député centre gauche du département de La-Ville-aux-Fayes ; nommé régent de la Banque de France en 1823 : 182 ; a promis à Gaubertin de lui céder son siège législatif, dès que la Recette générale du département sera vacante : 185.

LECLERCQ (Mme). Femme du précédent. Née Jenny Gaubertin, fille du régisseur des Aigues ; mariée en 1816 : *Pay.*, IX, 134 ; dot de deux cent mille francs : 135.

LECLERCQ (Mlle). Fille des précédents. Voir VIGOR aîné (Mme).

LECLERCQ. Frère cadet du banquier. Receveur à La-Ville-aux-Fayes : *Pay.*, IX, 183.

LECŒUR (Me). Titulaire de la meilleure des deux études d'huissier de Nemours : *UM*, III, 954 ; sa succession est guignée par Goupil, en 1832, mais les Minoret-Levrault se refusent à avancer à ce dernier la somme nécessaire à son acquisition : 908 ; Goupil pense traiter avec lui de son étude à la mi-juillet 1835, puis se ravise, ayant trouvé mieux : 954, 958.

LECOMTE. Nom sous lequel le comte de Sérisy voyage dans le coucou de Pierrotin forgé sur la méprise des autres voyageurs à partir du « Monsieur le comte » de Pierrotin ; cette méprise favorise son anonymat : *DV*, I, 772.

LECOQ. M. Guillaume, du *Chat-qui-pelote*, se targue d'avoir su deviner à temps son imminente faillite : *MCP*, I, 62, 71 ; retiré des affaires, le vieux commerçant reparle de la faillite Lecoq, sa bataille de Marengo : 80.

LÉCUYER (Me). Premier clerc de Me Solonet, notaire à Bordeaux, puis son successeur. En 1827, les lettres de change de Manerville sont protestées à sa requête ; prête-nom peut-être de Mme Évangélista : *CM*, III, 640.
Ant. *LEDHUY, lui-même ant. *NOGUIER : *CM*, III, 640 (var. *a*).

1. Dans les deux derniers passages cités, appelé M. Nicolas par erreur.

1. Nom réel.

*LENONCOURT (duc de), remplacé par NAVARREINS (duc de) : *SPC*, VI, 383 (var. *a*).

LENONCOURT-CHAULIEU (marquis de Chaulieu, devenu duc de). Fils du duc de Chaulieu, frère cadet du duc de Rhétoré. En garnison, vers 1822, à Orléans : *MJM*, I, 205 ; comte et capitaine de cavalerie à Fontainebleau en 1825 : 308 ; en mars 1826, militaire de fantaisie auquel la fortune de sa sœur Louise permet de constituer un majorat de quarante mille francs de rente ; il va épouser Mlle de Mortsauf, héritière des Lenoncourt-Givry dont il portera noms, titres et armes par autorisation royale : 325. Encore marquis de Chaulieu, à l'hôtel de Grandlieu : *SetM*, VI, 507. En 1827, année de son mariage, le roi lui donne la survivance de la charge de premier gentilhomme de la chambre de son beau-père, le comte de Mortsauf : *MJM*, I, 343. En 1835, duc de Lenoncourt-Chaulieu, lors de la mort de sa sœur : 402. Ami du marquis de Rochefide, fréquente le Jockey-Club : *B*, II, 900. En 1838, chez Josépha, à la pendaison de crémaillère de l'artiste dans l'hôtel particulier que vient de lui offrir le duc d'Hérouville : *Be.*, VII, 122. Sa femme et lui sont en relation avec les du Guénic : *B*, II, 860.

LENONCOURT-CHAULIEU (duchesse de) [née en 1805]. Femme du précédent. Née Madeleine de Mortsauf. Agée de neuf ans en 1814 ; portrait à cette époque : *Lys*, IX, 1000 ; en 1820 : 1154 ; destinée par sa mère à Félix de Vandenesse : 1042 ; esprit moqueur : 1046 ; surnommée la Mignonne par les paysans du domaine : 1062 ; ses troubles durant l'hiver 1817-1818 : 1140 ; femme à quinze ans ; lors de l'agonie de sa mère, hait Félix de Vandenesse : 1154 ; sa mère morte, le repousse définitivement : 1222, 1223. En mars 1826, la mort de son frère la fait unique héritière de son grand-père, le duc de Lenoncourt-Givry ; son mariage avec le comte de Chaulieu est arrangé ; elle lui apporte les noms, titres et armes, blason et devise des Lenoncourt-Givry et, dit-on, plus de cent mille livres de rente : *MJM*, I, 325 ; mariée en 1827 ; bontés de Charles X à cette occasion rapportée par Louise de Macumer, devenue sa belle-sœur : 343. En 1829, assiste à la chasse à courre des Verneuil, à Rosembray : *MM*, I, 690. Son mari sera un jour duc de Lenoncourt-Chaulieu : *SetM*, VI, 507. Au début de 1830, doit accompagner en Italie sa parente, Clotilde de Grandlieu, que sa famille désire éloigner de Lucien de Rubempré : 674 ; à Bourron, dans la berline qui les emmène, consent à ce que Clotilde ait un dernier entretien avec Lucien : 695. En 1835, avisée par la comtesse de l'Estorade de l'état désespéré de sa belle-sœur, Mme Marie Gaston : *MJM*, I, 401, 402. Amie de Sabine du Guénic, en 1839 : *B*, II, 860. En 1841, s'occupe de procurer une place d'inspectrice de bienfaisance à la baronne Hulot : *Be.*, VII, 365.

    Ant. prénommée *Magdeleine puis *Madelaine : *Lys*, IX, 1639 et 1043 (var. *a*), 1054 (var. *a*), 1062 (var. *a*), 1133 (var. *a*), 1137 (var. *a*), 1140 (var. *c*), 1150 (var. *a*), 1199 (var. *a*), 1219 (var. *a*), 1223 (var. *a*) ; mais Madeleine [*sic*] : 1134 (var. *a*), 1141 (var. *a*).

LENONCOURT-GIVRY (maison de). Souche des précédents ; formée des maisons respectives de Lenoncourt et de Givry ; deux beaux blasons et une sublime devise, selon Louise de Macumer : *MJM*, I, 325. Menacée d'extinction dès l'Empire, faute d'héritier mâle : *Lys*, IX, 990. En 1827, par ordonnance de Charles X, ses titres et armes passent au fils cadet du duc de Chaulieu qui épouse Mlle de Mortsauf, unique héritière de son dernier représentant (qui suit) : *MJM*, I, 325.

LENONCOURT-GIVRY (duc Henri, de) [?-1836]. Dernier représentant des maisons de Lenoncourt et de Givry : *MJM*, I, 325. De la plus haute noblesse, allié à la marquise d'Uxelles : *CB*, VI, 84. A la marquise d'Espard : *IP*, V, 258. Perd tous ses biens à la Révolution ; habite son château de Givry dans le Maine ; en 1804, y accueille le comte de Mortsauf de retour d'émigration ; le marie à sa fille : *Lys*, IX, 1010 ; en 1814, nommé pair de France par Louis XVIII auprès duquel il reprend son service ; recouvre deux forêts : 1039 ; n'a pas de fils : 1028 ; son héritier à la pairie est son petit-fils Jacques de Mortsauf : 1039 ; pendant les Cent-Jours à Gand, accompagné de Félix de Vandenesse : 1098. Vers 1815, amoureux de Mme Jorry de Saint-Vandrille ; en 1816, premier gentilhomme du roi : *ES*, XII, 544. Ami du chevalier de Valois : *VF*, IV,

819. En novembre 1818, son fournisseur, César Birotteau, songe à l'inviter à son bal : *CB*, VI, 101 ; présentée par M. de La Billardière, Mme Birotteau vient le supplier au début de 1819 d'intervenir en faveur de César auprès du roi ; habite alors rue Saint-Dominique : 268. En 1820, informe le roi de la gravité de l'état de sa fille, la comtesse de Mortsauf : *Lys*, IX, 1191. En 1822, félicite Lucien de Rubempré de lâcher les libéraux et de venir à la droite : *IP*, V, 515. La même année, très en faveur auprès du souverain, est un des ducs qui lui présentent le jeune Victurnien d'Esgrignon ; la lettre que lui adresse à ce sujet son vieil ami, le marquis d'Esgrignon, lui arrache un sourire : *CA*, IV, 1007, 1009 ; en 1823, le crédit dont il jouit auprès du roi fait réfléchir le juge d'instruction Camusot, chargé d'une enquête sur les abus de confiance du jeune homme : 1052. A l'avènement de Charles X, penche vers la dévotion et cesse de protéger Mme de Saint-Vandrille : *ES*, XII, 545 ; lui a promis que le jeune Camille, entré au séminaire de Saint-Sulpice, serait plus tard secrétaire particulier du cardinal de Latil : 547. En 1826, son unique descendante et héritière est sa petite-fille, Madeleine de Mortsauf, car son petit-fils Jacques se meurt : *MJM*, I, 325. En 1827, bête noire de Marsay aux yeux duquel il représente le *parti niais* : *CM*, III, 647 ; appartient à la coterie de la marquise de Listomère : 645. Au début de 1830, se rend auprès du roi pour tenter de sauver l'honneur de trois grandes familles, menacé par les lettres compromettantes détenues par Vautrin : *SetM*, VI, 887. En soirée chez la princesse de Cadignan, vers 1833, lorsque Marsay explique les dessous ténébreux de l'enlèvement du sénateur Malin de Gondreville, en 1806 : *TA*, VIII, 686. Le baron du Guénic apprend sa mort en lisant *La Quotidienne* : *B*, II, 673.

Ant. le réel BLACAS (duc de) : *VF*, IV, 819 (var *a*).

*LENONCOURT, remplacé par CADIGNAN : *CA*, IV, 1077 (var. *g*), 1079 (var. *a*) ; par NAVARREINS : *SPC*, VI, 983 (var. *a*), 984 (var. *a*).

LENONCOURT-GIVRY (duchesse Henri de) [née en 1758]. Femme du précédent. Agée de cinquante-six ans en 1814 ; portrait : *Lys*, IX, 1044 ; perd ses enfants mâles et ne pardonne pas à la survivante d'être une fille : 1028 ; nerveuse, tyrannique, pratiquant une blessante ironie : 1029 ; en 1814, apporte à sa fille les cent mille francs de sa dot impayée : 1039 ; Félix de Vandenesse lui plaît : 1045 ; ne devine pas les raisons de la vie solitaire de sa fille : 1047 ; reçoit Vandenesse à son arrivée à Paris, sans rien parler de sa fille : 1098 ; c'est par elle que Blanche de Mortsauf apprend la liaison de Félix avec lady Dudley : 1149. En 1818, cliente de *La Reine des Roses* : *CB*, VI, 162 ; César Birotteau se demande alors s'il doit l'inviter à son bal, avec le duc : 101 ; Constance, plus fine, se moque de cette prétentieuse idée : 162 ; le luxe des salons de Ferdinand du Tillet, seul capable d'égaler les siens aux yeux de César : 217. Donne, en février 1824, un bal auquel assiste Louise de Chaulieu : *MJM*, I, 246.

**LENONCOURT (Mme de) : *Lys*, IX, 1047 (var. *b*), 1203 (var. *d*),

LENONCOURT-GIVRY (Blanche-Henriette de). Fille des précédents. Voir MORTSAUF (comtesse de).

LENORMAND. Commis greffier à la Cour de justice de Paris en 1827. Prête-nom du comte Octave de Bauvan qui est réel propriétaire de la maison de la rue Saint-Maur, abritant Honorine : *H*, II, 575.

LÉON. Sous-officier. Amant de cœur d'Aquilina, maîtresse de Castanier en 1822 : *MR*, X, 361 ; en service dans un régiment de ligne en garnison à Paris : 366 ; découvert dans le cabinet d'Aquilina par Castanier qui lui prédit sa tragique destinée : 371 ; est l'un des quatre sergents de La Rochelle arrêtés par la police, pour complot contre les Bourbons : 371, 373.

Ant. *SAMUEL, remplacé par *RICHARD : *MR*, X, 363 (var. *e*), *RICHARD : 361 (var. *b*), 366 (var. *b*).

LEPAS. Aubergiste à Vendôme sous l'Empire. Selon le désir de Férédia, déclare aux autorités qu'il s'est sans doute évadé : *AEF*, III, 722.

LEPAS (Mme). Veuve du précédent. En 1821, raconte au docteur Horace Bianchon ce qu'elle sait de la comtesse de Merret : *AEF*, III, 719-729.

Ant. *LEBAS (Mme) : *AEF*, III, 719 (var. *a*).

LEPRESSOIR (Me). Notaire des libéraux à Alençon, en 1816. Rédige le contrat de mariage de du Bousquier avec Rose Cormon : *VF*, IV, 913. Son premier clerc rachète l'étude de Me Chesnel en 1823 : *CA*, IV, 1043.

LEPRINCE (?-v. 1820). Ancien commissaire-priseur. Veuf, père d'une fille unique, qu'il marie : *E*, VII, 899, 900 ; ruiné par la seconde liquidation Nucingen, il meurt deux ans après avoir vu La Billardière préféré à son gendre, X. Rabourdin, comme chef de division aux Finances : 901.
    Ant. *LEGARDEUR : *E*, VII, 899 (var. *f*).

LEPRINCE (Mme) [?-1814]. Artiste, transmet ses talents à sa fille, et des prétentions excessives ; meurt un an après le mariage de celle-ci : *E*, VII, 900.

LEPRINCE (Célestine). Fille des précédents. Voir RABOURDIN (Mme Xavier).

LEROI (Mme). Mère du Chouan Marche-à-Terre. A été, selon l'abbé Gudin, guérie de ses douleurs par sainte Anne d'Auray, en récompense des exploits de son fils : *Ch.*, VIII, 1119.

LEROI (Pierre). Fils de la précédente. Voir MARCHE-À-TERRE.

LESCAULT (Catherine). Courtisane. Connue sous le pseudonyme de la belle Noiseuse ; modèle du peintre Frenhofer, vers 1602 : *ChO*, X, 430, 432, 435.

LESCHEVILLE (M. de). Cousin de l'abbé Bouju ; ancien caissier de Baudard de Saint-James, trésorier de la Marine : *MI*, XII, 725 ; amant de Mme Bouju ; à la mort de celle-ci, son cousin entre dans les ordres, lui léguant sa fortune : 728.

*LESCHEVIN. Maire d'une ville de province en 1838. Ministériel, secrétaire lors d'un scrutin ; ant. scrutateur, remplacé par *BEAUVISAGE : *EP*, VIII, 1596.

LESEIGNEUR DE ROUVILLE (baron). Capitaine de vaisseau, mort à Batavia des blessures reçues au cours d'un combat naval inégal avec le *Revenge* : *Bo.*, I, 426 ; jadis camarade de combat de l'amiral de Kergarouët : 435.

LESEIGNEUR DE ROUVILLE (baronne). Veuve du précédent. Portrait : *Bo.*, I, 424, 425 ; habite rue de Surène : 416 ; soigne son voisin, un jeune peintre, Hippolyte Schinner : 415 ; vit pauvrement, la pension due à son mari lui ayant été refusée par le Directoire et par les Bourbons : 426 ; joue tous les soirs au piquet avec l'amiral de Kergarouët et le chevalier du Halga : 418, 427, 428 ; l'amiral perdant toujours, Schinner la soupçonne de vivre du jeu : 430 et 435 ; sa fierté ne laisse à l'amiral que ce moyen de la secourir : 443. Femme vertueuse : *Pré.PG*, III, 43.

LESEIGNEUR DE ROUVILLE (Adélaïde). Fille des précédents. Voir SCHINNER (baronne).

LESOURD. Procureur du Roi à Provins en 1823 : *P*, IV, 52 ; mandé par le président Tiphaine, au sujet de la procédure à adopter pour l'examen de la plainte déposée par Mme Lorrain contre le subrogé tuteur de Pierrette, J.-J. Rogron : 144 ; neveu de Tiphaine, lui succède en 1828 à la présidence du tribunal de Provins ; sa place est occupée par un protégé du garde des Sceaux : 152.

LESOURD (Mme). Femme du précédent, née Guénée : *P*, IV, 53 ; cliente de l'architecte des Rogron : 52.

LESPANOU. Ancien sergent-major des armées impériales. Enfant du pays, venu de l'hospice de Belley, engagé à l'âge de quinze ans, incorporé en 1810 dans le régiment du capitaine Sautereau : *CF*, XII, 464 ; factotum du colonel Sautereau, qu'il accompagne dans la diligence Bourg-Belley en janvier 1816 : 461.

LESSONES (M. Lecanal, comte de). En visite, en 1825, dans un salon parisien. Portrait à cette époque ; est l' « homme-idée » : *AIH*, XII, 771 ; appartient au corps diplomatique au titre de chargé d'affaires du prince Primat de Fesse-Tombourg ; son nom de famille, Lecanal : 773 ; déclare approuver entièrement les théories que vient d'exposer Louis Lambert : 775 ; sa propre théorie sur les Idées : 775 ; raconte l'histoire de l'idée du canal de l'Essonne sous Henri IV : 779-790 ; est reconnu par Louis Lambert pour être non un homme, mais une idée : 790.

*LEUVE. Voir LA ROCHE (Sébastien de).

L'ESTORADE (famille de). Maison provençale : *MJM*, I, 118 ; son domaine, dans la vallée de Gémenos : 221. Grande famille : *MM*, I, 706.

L'ESTORADE (baron, puis comte de) [?-1827]. Vieux gentilhomme provençal, riche et avare : *MJM*, I, 218 ; ses rentes en 1821 : 219 ; sa bastide, au débouché de la vallée de Gémenos, la Campade : 220, 222 ; comte en 1826 : 328 ; mort en janvier 1827 : 338.

L'ESTORADE (baronne de) [?-1814]. Femme du précédent. Meurt de chagrin d'être sans nouvelles de son fils : *MJM*, I, 218.

L'Estorade (Louis, comte de) [né en 1786]. Fils des précédents. Âgé de trente-sept ans en octobre 1823; son portrait à cette époque : *MJM*, I, 220; garde d'honneur de l'Empereur, fait prisonnier par les Russes à Leipzig en 1813 : 218; rentre de captivité alors qu'on le croyait mort : 218; épouse Renée de Maucombe, en décembre 1823 : 236; membre du Conseil général des Bouches-du-Rhône et chevalier de la Légion d'honneur en 1824 : 339; la promotion de son père en fait un vicomte de l'Estorade, en 1826 : 328; comte au décès de son père, en 1827 : 338; président de chambre à la Cour des comptes, pair de France et grand officier de la Légion d'honneur en 1833 : 372, 373.

Ant. prénommé *Jacques : *MJM*, I, 221 (var. *a*).

L'Estorade (Renée, comtesse de) [née en 1805]. Femme du précédent. Née Renée de Maucombe. Âgée de dix-sept ans en octobre 1823 : *MJM*, I, 220; sort du couvent des Carmélites de Blois vers août 1823, en même temps que Louise de Chaulieu avec laquelle, dès lors, elle correspond : 195; demandée, sans dot, pour Louis de L'Estorade : 219; mariée en décembre : 236; idées sur le mariage : 250, 251; ses conditions à son mari, elle se donnera six ans au heure : 252-255; accouche en décembre 1825 de son premier enfant, Armand-Louis : 314; se donne trente ans en 1833 : 374; vient de faire enquêter sur Mme Louis Gaston, ce qui lui permet de rassurer, trop tard, son amie d'enfance : 396-398; en 1835 assiste aux derniers moments de Louise : 403. Une des « reines de Paris » en 1836; amie de la comtesse Laginska : *FM*, II, 199, 200; et de la vicomtesse Savinien de Portenduère : *UM*, III, 987. Issue d'une grande famille de Provence : *MM*, I, 706. De la haute société parisienne en 1841 : *B*, II, 910.

Ant. *Vicomtesse, au lieu de comtesse : *MJM*, I, 338 (var. *h*).

*L'Estorade (Mme de), remplacée par *Espard (marquise d') puis par Montcornet (Mme de) : *AEF*, III, 678 (var. *a*); par Camps (Mme de) : *AEF*, III, 678 (var. *e*).

L'Estorade (Armand-Louis de) [né en 1825]. Fils des précédents. Né en décembre 1825; le baron et la baronne de Macumer acceptent d'être ses parrain et marraine : *MJM*, I, 314, 315; émoi de sa mère devant ses crises de convulsions, d'origine dentaire : 339-342; treize ans en 1835; élève au collège Henri-IV : 373; premier prix de version latine au Concours général, premier de thème et de vers latins au collège Henri-IV en 1835 : 375; sa mère pense qu'il sera référendaire à la Cour des comptes : 373.

L'Estorade (Athénaïs de) [née en 1827]. Sœur cadette du précédent : *MJM*, I, 345; mais onze ans en octobre 1835 : 373.

L'Estorade (René de) [né en 1828]. Frère de la précédente. Sa naissance : *MJM*, I, 373; sa volonté de fer : 376.

Letellier (Mme). Remplacée par la baronne Schinner : *PMV*, XII, 137 (var. *a*).

Léveillé (Jean-François) [?-1809]. Notaire à Alençon sous l'Empire. Surnommé le Confesseur; sert d'intermédiaire entre les exécutants et les chefs du complot de 1808; leur fournit les armes nécessaires : *EHC*, VIII, 294, 295; Dubut lui signale le départ de la recette de l'Orne : 295; condamné à mort en 1809, est exécuté le jour même : 314.

*Levrault. Voir Levroux.

Levrault (les). Une des quatre familles qui, sous Louis XI, composent la bourgeoisie de Nemours; à l'origine, des fermiers : *UM*, III, 782. Voir Minoret-Levrault (les).

*Levrault (Mlle), remplacée par Levrault-Crémière (Zélie). Voir ci-dessous et Minoret-Levrault (Zélie).

*Levrault (Mlle). Future *Bongrand (Mme), et belle-fille du juge Honoré : *UM*, III, 905 (var. *b*).

Levrault-Crémière. Propriétaire de la plus belle auberge de Nemours. Cède celle-ci en 1801, en dot, à sa fille Zélie : *UM*, III, 786.

Levrault-Crémière (Zélie). Fille du précédent. Voir Minoret-Levrault (Mme).

Ant. *Levrault (Mlle) : *UM*, III, 771 (var. *a*).

Levrault-Crémière. Ancien meunier devenu royaliste; maire de Nemours en 1829 : *UM*, III, 802; destitué après les Trois Glorieuses; remplacé par Crémière-Dionis : 902.

LEVRAULT-CRÉMIÈRE (Mlle). Fille unique du précédent. Ses espérances; Zélie Minoret-Levrault n'en veut cependant point pour épouse de son fils, Désiré : *UM*, III, 845; malgré son million ne vaut pas Ursule Mirouët, sans dot : 854; épousera peut-être le fils de Bongrand : 902, 903.
 Ant. *MASSIN junior (fille de M. et Mme) : *UM*, III, 845 (var. *b*).
*LEVRAULT-DIONIS, remplacé par DIONIS : *UM*, III, 803 (var. *a*).
LEVRAULT-LEVRAULT (?-1813). Marchand de fers à Paris. Sa mort; le docteur Minoret rachète sa maison de Nemours, dite la Folie-Levrault, sise rue des Bourgeois : *UM*, III, 787.
 Ant. *MASSIN junior : *UM*, III, 787 (var. *b*); *MASSIN (feu) : 850 (var. *c*).
LEVRAULT-LEVRAULT (fils aîné). Fils du précédent. Boucher à Nemours en 1829 : *UM*, III, 802.
LEVRAULT-MINORET (?-1814). Fermier à Montereau en 1813. Épouse une Crémière-Levrault-Dionis, dont il a une fille; sa mort à la vue de sa ferme incendiée : *UM*, III, 790.
 Ant. *MINORET junior, neveu du docteur. Voir MINORET-LEVRAULT.
LEVRAULT-MINORET (Mlle). Fille du précédent. Voir MASSIN-LEVRAULT (Mme).
*LEVRAUT (les). Bourgeois de La-Ville-aux-Fayes, en 1815 : *Le Grand Propriétaire*, IX, 1263.
*LEVRAUT-GRANDSIRE. Propriétaire de la poste aux chevaux de La-Ville-aux-Fayes en 1815 : *Le Grand Propriétaire*, IX, 1264.
*LEVRAUT-MINORET (les). Branche des Levraut : *Le Grand Propriétaire*, IX, 1263.
LEVROUX. Ancien avoué à Mantes avec lequel Fraisier a traité pour son étude : *CP*, VII, 662 (var. *c*).
*LHUILLIER. Employé. Voir THUILLIER.
Libraire (un). Procure huit élèves à Felipe Henarez, réfugié à Paris : *MJM*, I, 226.
Libraire opulent (un). Fête les principaux rédacteurs des journaux de Paris à sa campagne; sa femme se promène avec un illustre écrivain, de haut style et visant à devenir homme d'État; son premier commis, un Allemand, en déduit que le grand article attendu paraîtra le lendemain dans les *Débats* : *IP*, V, 450.
Libraire (le) [né en 1767]. Soixante ans en 1827 : *MI*, XII, 722; pseudonyme transparent d'un des habitués du *Café Voltaire*, à la table des philosophes, en 1827; ancien commis de Briasson. Fait l'escompte... à 24 % : 722.
Lieutenant d'armes (un). Au service de Louis XI. Chargé par le roi de surveiller Me Cornélius, rend compte de sa mission : *Cor.*, XI, 65.
Lieutenant d'artillerie (un). Envoyé à Klagenfurt en 1809, auprès du général Rusca : *Ech.*, XII, 492; n'augure rien de bon de son premier contact avec lui; ses observations au canonnier Lobbé : 495; Rusca lui explique ses raisons de fusiller certains francs-tireurs : 496, 497.
Lieutenant de gendarmerie d'Issoudun (le). Accompagne le juge d'instruction et le procureur du roi chez J.-J. Rouget, puis chez les Hochon, en 1822 : *R*, IV, 458; craint les réactions de la foule, hostile à Joseph Bridau : 459; Joseph le complimente ironiquement sur la façon dont il protège l'innocence : 461, 462.
Lieutenant de gendarmerie d'Arcis (le). En 1803, vient rendre compte à Corentin du déroulement des événements : *TA*, VIII, 587.
Lieutenant de l'Othello (le). Participe activement à l'abordage du Saint-Ferdinand; veut jeter par-dessus bord le général d'Aiglemont qui est sauvé par l'intervention du Capitaine parisien : *F30*, II, 1185-1188.
Lieutenant de vaisseau (un). Converse avec Louis Gaston, sur le pont de Tours : *Gr.*, II, 436, 437.
Lieutenant-colonel (un). Retraité, a servi dans les armées impériales; caissier dans un journal; portrait : *Ech.*, XII, 489; ses amours avec Clarisse : sa façon toute personnelle de soigner l'agonisante : 491.
Lieutenant général en retraite (un). Oncle du chef d'une « famille royale » de province; homme de cour, a combattu sous le maréchal de Richelieu : *FA*, II, 464.
LIEVEN D'HERDE. Négociant de Gand. Son frère vient d'être ruiné en 1479 : *Cor.*, XI, 39.
*LIMONVILLE. Voir GONDREVILLE.

LINA (duc de). Noble Milanais. Amant de la Marana, il l'exhibe en splendide appareil, sur le Corso : *Ma.*, X, 1050.

Lingère (une). En relations commerciales, en 1825, avec la maison Palma, Werbrust et Cie, cause involontaire de la rupture entre Mlle de Fontaine et Maximilien : *BS*, I, 156.

LISA. Prénom de l'une des maîtresses d'Adolphe de Chodoreille : *PMV*, XII, 164.

LISETTE. Prénom donné à sa maîtresse par le policier Fromenteau en 1845, en souvenir de la Lisette de Béranger : *CSS*, VII, 1164.

LISIEUX (François) [?-1808]. Réfractaire de la Mayenne, dit le Grand-Fils. Recruté en 1808 par Hiley et d'Herbomez pour l'attaque du courrier de Caen : *EHC*, VIII, 294; arrêté, il meurt pendant l'instruction : 303.

LISTOMÈRE (famille de). L'impertinence s'y compte dans la dot des enfants : *Lys*, IX, 981. En relation avec M. de Bourbonne : *Fir.*, II, 148.

LISTOMÈRE (baronne de) [?-1827]. Veuve d'un lieutenant général : *CT*, IV, 226; en relation avec l'abbé François Birotteau, qui vient souvent faire son whist chez elle : 182; elle le reçoit le mercredi soir : 188. En 1819, prête de l'argent à l'abbé Birotteau : *CB*, VI, 255. De passage à Tours en 1823, le financier Gravier rencontre à un bal chez elle l'assassin du chirurgien-chef Béga et sa femme : *MD*, IV, 696. Recueille chez elle, dans sa villa L'Alouette, l'abbé Birotteau chassé de son domicile par la vindicte de Mlle Gamard : *CT*, IV, 226; furieux de cette générosité, l'abbé Troubert lance contre elle une campagne de calomnies, attribuant à des causes presque criminelles l'affection qu'elle porte à son neveu : 228; les conseils que lui donne amicalement M. de Bourbonne : 233; convainc l'abbé Birotteau d'abandonner ses poursuites contre Mlle Gamard : 235; sa conversation, pleine de sous-entendus, avec l'abbé Troubert : 237-240; meurt en léguant une petite rente à l'abbé Birotteau : 242. Femme vertueuse : *Pré.PG*, III, 43.

LISTOMÈRE (baron de) [né en 1790]. Neveu de la précédente. Trente-six ans en 1826 : *CT*, IV, 230; lieutenant de vaisseau à cette date ; encourage l'abbé Birotteau à ne pas céder à Mlle Gamard : 215; a le tort de dire, bien haut, qu'il se moque de l'abbé Troubert : 229, 230; s'étant mis à dos la Grande Aumônerie, il n'est pas promu capitaine de corvette : 231; poursuivi par la haine du vicaire général, devra, pour ne pas entraver définitivement sa carrière, attaquer Birotteau en captation d'héritage, en 1827; ayant fait sa soumission, il sera nommé capitaine de vaisseau : 243.

LISTOMÈRE (comtesse de). En visite chez l'ambassadeur d'Autriche à Paris, en juin 1839, converse avec Maxime de Trailles qui feint de prendre un vif intérêt à sa conversation, alors qu'il écoute celle de Rastignac avec le ministre de l'Intérieur : *DA*, VIII, 812 (var. *a*).
    Ant. *GUÉNIC (baronne du) : *DA*, VIII, 812 (var. *a*).

LISTOMÈRE (Mlle de). Voir VANDENESSE (marquise douairière de).

LISTOMÈRE (marquise douairière de). Née Grandlieu : *Lys*, IX, 1045; grand-tante de Félix et de Charles de Vandenesse, habite l'île Saint-Louis sous l'Empire; Félix dîne rituellement chez elle, vers 1809 : 979.

LISTOMÈRE (marquis de). Fils de la précédente. Épouse vers 1817 une demoiselle de Vandenesse : *Lys*, IX, 1109. Homme insignifiant, le meilleur mari de France, surnommé le *temps couvert*; il vote *bien* : *EF*, II, 171, 172. Explique à Mme d'Espard les origines de Lucien Chardon, se disant de Rubempré, fils d'apothicaire : *IP*, V, 282. Présente M. de Bourbonne à Mme Firmiani : *Fir.*, II, 149. Député, demande au ministre de la Marine, en 1827, les raisons de la mesure disciplinaire qui vient de frapper son neveu, le baron de Listomère, puis les explique à ce dernier : *CT*, IV, 231, 232; craint que le fait de soutenir ce parent ne compromette sa candidature à la pairie : 232. En 1828, député bien en cour, il attend la pairie : *EF*, II, 171; introduit le baron de Rastignac, qu'il trouve à sa porte : 177; attribue à une gastrite la mélancolie de sa femme : 179, 180.

LISTOMÈRE (marquise de). Née Vandenesse. Portrait en 1828 : *EF*, II, 172. Son « pied espagnol » : *MJM*, I, 204; *F30*, II, 1139. Enfant, cherche parfois à consoler son frère Félix des rigueurs maternelles : *Lys*, IX, 982; se marie vers 1817 : 1109. Ou en 1821, puisqu'elle a sept ans de mariage en 1828 : *EF*, II, 169; femme à principes, vertueuse par calcul : 169. Assiste au bal de la vicomtesse de Beauséant en 1819 : *PG*, III, 77. Son salon, fréquenté par les roués de Paris en 1822 : *CA*, IV, 1008. Ainsi Rastignac en 1822 : *IP*, V, 280. Invitée des soirées du mardi de la femme du ministre en 1824 : *E*, VII, 1057. En 1827, sœur de Félix de Vandenesse, prend le parti de Natalie de Manerville contre son mari : *CM*, III, 645. En 1828, chez la marquise d'Espard : *In.*, III, 454. Danse avec Rastignac, un mois avant la visite qu'il lui fait, en 1828 : *EF*, II, 172, 173 ; sa femme de chambre lui remet une lettre de Rastignac, dont la lecture la rend rêveuse ; elle décide cependant de lui consigner sa porte : 175 ; rougit en se trouvant en sa présence, dans son salon, où son mari vient de l'introduire : 177 ; apprend de lui, avec un certain dépit, que la lettre d'amour qu'elle a reçue ne lui était pas destinée : 178 ; sa gastrite, consécutive à cette méprise, masquant ses regrets : 179, 180. Jalouse de sa belle-sœur, la comtesse Félix de Vandenesse, qu'elle a d'abord patronnée dans le monde : *FE*, II, 296, 297 ; est devenue son ennemie intime : 297. En relation de visites vers 1828 avec la marquise d'Aiglemont, dont l'intrigue avec son frère, Charles de Vandenesse, commence à être connue : *F30*, II, 1139. Femme vertueuse : *Pré. PG*, III, 44.

Ant. *comtesse de ***: *EF*, II, 171 (var. *a*).

*LISTOMÈRE (marquise de). Donne en décembre 1832 une soirée à laquelle assiste la baronne de Retzau : *B*, II, 1458.

LISTOMÈRE-LANDON (comtesse de) [v. 1744-1814]. Ci-devant comtesse, habite Tours, Grand-Rue, en 1814. Portrait à cette époque ; environ soixante-dix ans ; son neveu, le colonel d'Aiglemont, lui confie la garde de sa jeune femme : *F30*, II, 1057 ; sa lecture préférée : 1058 ; perce aisément le secret de Julie d'Aiglemont, qu'elle confesse avec finesse : 1063-1066 ; la marquise (lapsus de Balzac) lui promet de former son housard de mari : 1066, 1067 ; meurt de joie, d'une goutte remontée au cœur, lors de l'entrée à Tours du duc d'Angoulême : 1070.

Ant. *BELORGEY (marquise de) : *F30*, II, 1057 (var. *b*).

LIVINGSTON. Fabricant de machines. En 1818, fournit à César Birotteau une presse hydraulique destinée à l'extraction de l'huile de noisette : *CB*, VI, 46.

Ant. *SPIEGHALTER, puis le réel *WAGNER : *CB*, VI, 96 (var. *b*).

*LIVRY (M. de). Ami de M. de Granville. Remplacé par le Cercle des Étrangers : *DF*, II, 78 (var. *d*).

LOBBÉ. Canonnier d'une batterie envoyée en renfort au général Rusca par Marmont, au Tyrol autrichien, en 1809 ; d'origine provençale, surnommé La Perruque : *Ech.*, XII, 494.

*LOBLIGEOIS (le libéral). Voir LAUDIGEOIS.

LOFFICIAL. Voir THOMAS (dit l'Official).

LOLOTTE (Mlle). L'une des plus belles *marcheuses* de l'Opéra, en octobre 1823. Habite rue Saint-Georges ; chargée par Philippe Bridau d'achever le vieux J.-J. Rouget, qui trouve dans ses bras, après une orgie chez Florentine, « l'agréable mort illustrée plus tard, dit-on, par un maréchal de France » : *R*, IV, 520, 521 ; vend son appartement, tout meublé, à la Rabouilleuse, devenue Mme Philippe Bridau, en 1824 : 521.

LOLOTTE (Mlle). Voir TOPINARD (Mme).

LONGUEVILLE (famille de). Famille éteinte depuis 1793, à l'estimation de l'amiral de Kergarouët. Son dernier descendant, le duc de Rostein-Limbourg, de la branche cadette, est mort sur l'échafaud : *BS*, I, 150.

LONGUEVILLE (M. Guiraudin, vicomte de) [?-1829]. Né Guiraudin : *BS*, I, 163 ; avant la Révolution, procureur ; à la Restauration, prend la particule ; en 1825, député ; riche, car il a des intérêts chez Palma, Werbrust et Cie ; vise la pairie : 155, 156 ; sa terre de Longueville rapporte cent mille livres de rente : 160 ; en 1827, nommé pair et fait vicomte : 163 ; sa mort : 164.

**LONGUEVILLE (Mme de). Femme du précédent : *BS*, I, 162 (var. *a*).

LONGUEVILLE (Auguste Guiraudin de) [1793-v. 1828]. Fils aîné du vicomte. Âgé de trente-deux ans en 1825 ; son père espère alors le marier à la fille d'un ministre et la dote de cinquante mille livres de rente : *BS*, I, 155 ; en 1826, au bal de l'ambassade de Naples ; alors secrétaire d'ambassade à Vienne ; danse avec Émilie de Fontaine et comprend qu'elle est la personne que son frère aime : 159-161 ; ce dernier dédaigné, il le venge par

à son mariage avec Mlle Hulot d'Ervy : 185, 186. En 1839, célèbre, continue à retourner les proverbes comme au temps de sa jeunesse : *R*, IV, 540, 541. En 1840, sa réputation ayant atteint les Pyrénées-Orientales, reçoit une lettre de son cousin Gazonal : *CSS*, VII, 1154. Vers 1841, lié avec Bixiou ; les deux amis se soupçonnent mutuellement et à tort d'être « le second Arthur de la Schontz » : *B*, II, 904. Vient de décorer l'appartement de Jenny Cadine, rue Blanche : 907. Censé assister avec Wenceslas, en 1841, à un dîner chez Florent et Chanor : *Be.*, VII, 265. En 1843, invité au mariage de Crevel avec Mme Marneffe : 399 ; alors le plus grand peintre de paysages et de marines ; un des responsables du surnom de Combabus donné à Montès de Montéjanos : 408. Cette année-là part pour l'Italie ; rentre en 1845 : *CSS*, VII, 1154, 1155 ; en 1845, célèbre peintre de paysage, possède une charmante maison rue de Berlin où il voisine avec Bridau et Schinner ; membre de l'Institut ; officier de la Légion d'honneur ; a vingt-mille francs de rentes, ses toiles se paient au poids de l'or ; invite Gazonal au bal des artistes : 1153 ; invite Gazonal au Café de Paris, et se munit de Bixiou pour faire poser son cousin : 1155 ; les deux Parisiens montrent au provincial l'étendue et le nombre de leurs connaissances de Paris et de ses habitants : 1156-1212 ; et lui font gagner son procès : 1212, 1213. L'un des plus méchants hommes d'esprit, selon Caroline Heurtault, aurait dénigré A. de Chodoreille : *PMV*, XII, 114.

Ant. *BEAUMONT : *B*, II, 908 (var. *a*) ; nommé seulement *LÉON, peintre débutant : *CSS*, VII, 1165-1169 et 1700-1704.

Ant., avec Schinner, le réel *DIAZ : *SetM*, VI, 618 (var. *c*).

LORA (Mlle Urraca y). Vieille tante paternelle du précédent. Restée au pays, en Roussillon ; y vit encore en 1845 : *CSS*, VII, 1154.

LORAIN. Portier à Paris : *E*, VII, 977.

LORAIN (Mme). Femme du précédent. Garde son petit-fils Minard quand sa fille et son gendre sortent le soir : *E*, VII, 978.

LORAIN (Zélie). Fille des précédents. Voir MINARD (Mme).

LORAUX (abbé) [1752-1830]. Âgé de soixante-douze ans en 1824 : *H*, II, 531. Oncle de Maurice de l'Hostal : *H*, II, 531. Confesseur de Mme Bridau depuis 1806 : *R*, IV, 527. De Mme Guillaume vers 1812 ; il est alors vicaire de Saint-Sulpice : *MCP*, I, 83. De César Birotteau dès 1813 : *CB*, VI, 68 ; invité au bal Birotteau en novembre 1818 : 165 ; sa sainteté : 171 ; console César, acculé à la faillite, au début de 1819 : 259, 260. Curé des Blancs-Manteaux depuis 1819 : *H*, II, 531. Au chevet de Mme Descoings mourante en décembre 1821 : *R*, IV, 342. Oscar Husson se targue fausse-ment de l'avoir pour précepteur, en 1822, et le dit vicaire de Saint-Sul-pice : *DV*, I, 801. En 1822, s'arrange pour faire obtenir une place dans un bureau de loterie à sa pénitente, Mme Bridau : *R*, IV, 344. En 1823, assiste aux derniers moments de César Birotteau : *CB*, VI, 311, 312. Confesseur d'une altesse royale en 1824, donne un protecteur, le comte de Bauvan, à son neveu Maurice de l'Hostal : *H*, II, 531 ; sa visite à Honorine : 586, 587. En 1828, appelé au chevet de Mme Bridau, mou-rante : *R*, IV, 527. Sa mort : *H*, II, 593.

Ant. *CHARBONNEAU : *MCP*, I, 83 (var. *b*).

*LORGE (duc de), remplacé par LANGEAIS (duc de) : *Ep.T*, VIII, 440 (var. *c*).

LORRAIN (?-1826). Marchand de bois détaillant à Pen-Hoël, dans le marais vendéen. Son commerce périclite peu à peu et, en 1814, la faillite Collinet le ruine ; a recueilli sa bru, Mme Lorrain, et sa petite-fille, Pierrette : *P*, IV, 37 ; retiré avec sa femme et Pierrette à l'institution Saint-Jacques, à Nantes : 38, 39 ; y meurt : 91.

LORRAIN (Mme) [?-1829]. Femme du précédent. Grand-mère de Pierrette Lorrain : *P*, IV, 37 ; portrait : 140 ; à la mort de sa belle-fille, en 1819, garde Pierrette : 38 ; elle demande aux Rogron de prendre Pierrette avec eux à Provins ; ils finissent par accepter : 66 ; à la mort de son mari, en 1826, les Rogron l'obligent à assurer à Pierrette la nue-propriété de sa maison par une donation entre vifs : 91 ; ravie de la lettre de Brigaut, l'appelant à Provins : 131, 132 ; vient d'être remboursée par M. Collinet, récemment réhabilité ; accourt à Provins ; son visage exprime la colère divine ; elle retire de force Pierrette des mains des Rogron, aidée par Brigaut : 140, 141 ; meurt à Paris : 160.

LORRAIN (commandant) [?-1814]. Fils des précédents. Capitaine dans la

MCP, I, 65. Chargé de repeindre l'appartement de Birotteau, en novembre 1818; sa fortune : *CB*, VI, 141; en 1819, invité au bal Birotteau, avec sa femme et sa fille : 164; commente la faillite de César : 263; intégralement remboursé par le parfumeur en mai 1821 : 294.

LOURDOIS (Mlle). Fille du précédent. Voir CROTTAT (Mme Alexandre).

LOURSON (Mme). Annonce sans ménagements à son oncle, Desgranges, la faillite du receveur général des finances de Tours, en 1789; il en meurt sur le coup : *MI*, XII, 745.

LOUSTEAU. Commis des Aides à Issoudun. Dans les années 1770 à 1780, cède à la mode en se distrayant à faire du tournage sur bois : *R*, IV, 421.

LOUSTEAU (?-1800). Fils du précédent. Subdélégué d'Issoudun en 1792, vient de quitter la ville; soupçonné par le docteur Rouget, bien à tort, d'être le père d'Agathe : *R*, IV, 273; passe en outre pour être celui de Maxence Gilet : 367; sa mort : 367.

LOUSTEAU (Mme). Femme du précédent. En 1836, après sa mort, un de ses vieux amis est en relation avec Mme de La Baudraye : *MD*, IV, 667.

LOUSTEAU (Mlle). Sœur et belle-sœur des précédents. Voir HOCHON (Maximilienne).

LOUSTEAU (Étienne) [né en 1798 ou 1799] Fils du subdélégué et neveu de Mme Hochon : *R*, IV, 346. Né à Sancerre; trente-sept ans en 1836; portrait à cette époque : *MD*, IV, 667; quarante-deux ans en 1840 : 770; arrive à Paris en 1820 (y est depuis seize ans en 1836) : 667. Ou en 1819; originaire du Berry : *IP*, V, 297. En relation d'amitié avec Philippe Bridau en 1821 : *R*, IV, 316. Sorti, comme tant d'autres, du sein de la bourgeoisie : *B*, II, 723, 724. Vers octobre 1821, dîne chez Flicoteaux les jours de vaches maigres; s'y lie avec Lucien de Rubempré : *IP*, V, 297; rédacteur d'un petit journal, où il rend compte des livres nouveaux et des pièces de boulevard : 298; Lucien, qui le revoit chez Flicoteaux, lui lit ses sonnets : 336, 338-341; raconte à Lucien ses débuts à Paris : 343; vit avec Florine, aux dépens du droguiste Matifat : 344. Septième amant de celle-ci, en 1821, se croit le premier : *FE*, II, 319. Tirade sur le journalisme : *IP*, V, 341-348; loge rue de la Harpe; propose à Lucien de l'emmener à la première de *L'Alcade dans l'embarras* au Panorama-Dramatique : 348; en 1822, avec Ducange, à une pièce jouée à la Gaîté : 362; Finot lui propose la place de rédacteur en chef de son nouveau journal, s'il parvient à lui procurer l'option de Matifat : 379; l'affaire réussit, grâce à Florine : 423; *R*, IV, 346. Opinion sur lui, à cette époque, d'Émile Blondet : *IP*, V, 485; explique à Lucien la technique du chantage : 500, 501. Sa maîtresse, Florine, vient de le quitter pour se mettre en ménage avec Nathan : *R*, IV, 517. Vers septembre 1822, s'acquitte de la commande vestimentaire passée d'Angoulême par Lucien : *IP*, V, 665. En 1824, au bal de l'Opéra, intervient dans la discussion surgie entre Finot, Blondet et Bixiou au sujet de la nouvelle conquête de Lucien : *SetM*, VI, 442; venu à Paris pour y devenir un grand écrivain, se trouve encore un impuissant folliculaire en 1829 : 437; opinion sur L. de Rubempré : 443; l'un des invités d'Esther Gobseck à la même époque : 643. En 1831, ayant reçu le service de presse des œuvres de Jan Diaz, il se méfie, quoique cité comme condisciple du poète décédé; plus prudent que Nathan, il écrit à Sancerre pour prendre des renseignements : *MD*, IV, 662, 663. L'un des habitués du salon de Florine, vers 1833 : *FE*, II, 319; écrira le feuilleton du nouveau journal que va créer Nathan : 324; est l'envieux par excellence : 348. Au temps où elle l'aimait, Mme Schontz, dit-elle, dépensait douze mille francs par an : *B*, II, 904. Invité de Cardot chez Malaga, vers 1833 : *HA*, VII, 777. Va passer ses vacances à Sancerre, en septembre 1836, avec Bianchon : *MD*, IV, 667; feuilletoniste distingué, il est au plus haut degré de la mode et signe les feuilletons d'un journal à mille abonnés : 631, 632; invité avec Bianchon au château d'Anzy par Dinah de La Baudraye : 668; pour éprouver Dinah et M. de Clagny, propose à Bianchon de raconter, après le dîner, d'effroyables histoires de maris trompés; remet à la maîtresse de maison un de ses poèmes intitulé « Spleen » : 677, 678; raconte l'histoire du chevalier de Beauvoir : 682-687; tente la jalousie de Dinah : 699; appelé le Manfred du feuilleton : 700; s'amuse aux dépens des invités des La Baudraye avec les maculatures des épreuves d'*Olympia ou les Vengeances romaines* : 703;

froisse délibérément la robe d'organdi de Dinah : 726; altercation avec Gatien Boirouge : 728; devient l'amant de Mme de La Baudraye : 730, 731; littérairement : un faiseur, ou un homme de métier : 733; ses petits profits à Paris; habite rue des Martyrs, depuis 1833 : 733, 734; à la fin de décembre 1836, sa maîtresse, Mme Schontz, lui propose une bonne affaire, la main de Félicie Cardot, jeune fille enceinte, en « dividende anticipé » : 737-739; il accepte; outre la Schontz il a une autre maîtresse, une marquise : 736, 739; reçoit la visite impromptue de Dinah, arrivant de Sancerre, qui lui annonce sa prochaine paternité : 743; surpris avec Dinah par Mme Cardot, sa future belle-mère : 744; prie son ami Bixiou de venir lui faire une scène à domicile : 745; son mariage avec Mlle Cardot étant rompu, décide de garder Didine qui ferait, après tout, une riche veuve : 750, 751; le faire-part de naissance du jeune La Baudraye : 762; Dinah devient sa collaboratrice attitrée, écrivant parfois entièrement ses feuilletons; il s'habitue facilement à ce mode d'existence : 766. Vers 1838, vend à Fabien du Ronceret le manuscrit d'un discours : *B*, II, 908. Vers juillet de la même année, assiste à la pendaison de crémaillère d'Héloïse Brisetout : *Be.*, VII, 120, 121. A la mi-carême 1840, las de Dinah qui l'épie, dispose de sa soirée en faveur d'une nouvelle maîtresse, Fanny Beaupré : *MD*, IV, 767; les comptes de son ménage avec Dinah commencent à se balancer : 769. Le ménage a besoin d'argent : *Pr.B*, VII, 807; trouve à Cursy l'air pédant et une attitude de bureaucrate : 827. En 1841, a toujours pour maîtresse Mme de La Baudraye : *B*, II, 925. Lasse à son tour de son amant, Dinah « renverse la marmite » en mai 1842 et lui offre un dîner d'adieu au *Rocher de Cancale* : *MD*, IV, 779-782. Allusion à sa liaison avec Dinah : *Be.*, VII, 187. En 1843, au mariage de Crevel avec Mme Marneffe : 399. De plus en plus endetté vers mai 1843, tente une démarche auprès de Dinah afin de renouer avec elle; à cette occasion, il fait à M. de La Baudraye l'honneur d'une troisième paternité : *MD*, IV, 789-790. Devenu pique-assiette littéraire, invité par du Tillet au *Rocher de Cancale* : *Be.*, VII, 407. Dîne la même année au *Café Anglais* avec Couture, Finot et Maxime de Trailles : *B*, II, 914. En 1845 est coiffé par Vital, qui lui invente des chapeaux : *CSS*, VII, 1167; vient de s'associer avec Ridal dans la direction d'un théâtre après avoir emprunté trente mille francs à l'usurier Vauvinet : 1179. En décembre 1846, sort du *Café Riche* en compagnie de quelques amis, Bixiou, Vernisset et Vignon : *FAu.*, XII, 603; rend visite à Achille de Malvaux : 608; corrige la prose de la Dixième Muse, Mme H. de Jarente : 612.

Ant. prénommé *Émile : *FE*, II, 319 (var. *d*), 324 (var. *c*); *B*, II, 723 (var. *c*); *IP*, V, 297 (var. *e*), 298 (var. *a*), 339 (var. *c*).

Ant. *VERNOU : *SetM*, VI, 442 (var. *a*).

*LOUSTEAU : *IP*, V, 446 (var. *b*).

LOUSTEAU-PRANGIN. Juge au tribunal d'Issoudun. Rend visite aux Hochon, en 1822, pour voir les Parisiens, accompagné de sa femme : *R*, IV, 430; assiste au dîner offert par J.-J. Rouget à Joseph Bridau : 442; parent éloigné du feu subdélégué Lousteau : 455.

LOUSTEAU-PRANGIN. Fils du précédent. L'un des Chevaliers de la Désœuvrance; informe son père de la tentative d'assassinat dont Maxence Gilet vient d'être l'objet : *R*, IV, 455.

LOVELACE (miss Fanny). L'un des pseudonymes de la princesse Gandolphini dans la nouvelle autobiographique publiée par A. Savarus : *AS*, I, 942.

LUCAS. Domestique de Mme de l'Estorade en 1833 : *MJM*, I, 373.

LUCIOT. Surnom de Mirouët-Boirouge-Bongrand, marchand de fers et aciers à Sancerre : *Boi.*, XII, 394.

LUDOVICO. Amant de la comtesse Élisa Pernetti, de Milan : *Phy.*, XI, 1073.

LUGOL. Concierge du château du Plougal en 1803 : *Vis.*, XII, 635.

LUMIGNON (le père). Surnom donné à Rivet par le sculpteur Stidmann : *Be.*, VII, 115.

LUPEAULX (M. Chardin des). Anobli sous Louis XV. Blason, devise : *E*, VII, 1115, 1116.

LUPEAULX (comte Clément Chardin des) [né en 1785]. Fils du précédent. Âgé de trente-neuf ans, va accomplir sa quarantième année à la fin de décembre 1824 : *E*, VII, 920; portrait à cette époque : 925, 926. Né Chardin, s'est qualifié d'après sa ferme des Lupeaulx : *IP*, V, 482. Entre

1814 et 1815, rachète pour Gobseck, Werbrust et Gigonnet, près de trois millions des dettes les plus criardes de Louis XVIII, à vingt pour cent ; nommé maître des requêtes, chevalier de Saint-Louis et officier de la Légion d'honneur : *E*, VII, 921. En 1815, auditeur au Conseil d'État, va en Allemagne pendant les Cent-Jours, avec du Tillet, racheter les titres des dettes contractées par les princes durant l'émigration ; dans un but politique il laisse à Gobseck et à d'autres usuriers le bénéfice pécuniaire de cette opération : *CB*, VI, 88, 89. Peu après, a pour « rat » la Torpille, qu'il met dans ses meubles : *MN*, VI, 334 ; *SetM*, VI, 440 ; *IP*, V, 665. Vers 1819, Annette le trouve peu honorable mais son pouvoir oblige à le ménager ; juge Charles Grandet un niais d'avoir été mal pour lui : *EG*, III, 1125. En 1822, secrétaire général d'un ministère, en relation avec Desroches, qui lui rend souvent service : *R*, IV, 354. Desroches l'a tiré d'affaire dans une position compromise : *MN*, V, 665. Toujours en 1822, est une des « erreurs » de Mme Colleville qui lui croit plus de crédit qu'il n'en a pour obtenir l'avancement de son mari, et se fâche des soins qu'il rend à Mme Rabourdin : *Bou.*, VIII, 44. Compte à cette époque parmi les roués de Paris : *CA*, IV, 1008 ; maître des requêtes en faveur, est des soirées intimes de Mlle des Touches : 1019. Aux soirées du ministre d'Allemagne en France où il retrouve Rubempré, déjà rencontré chez Mme du Val-Noble : *IP*, V, 485 et 454 ; dès cette époque, la marquise d'Espard prédit qu'il sera comte : 482 ; selon Lousteau, il est perpétuellement occupé de négociations avec les journaux de change : 501 ; félicite Rubempré de venir à la droite : 515 ; joue contre Rubempré pour Mmes d'Espard et de Bargeton, et met Finot dans son jeu : 522-525 ; est l'inventeur de l'anecdote sur la femme du garde des Sceaux : 537. En 1823, son neveu est sous-préfet de La-Ville-aux-Fayes : *Pay.*, IX, 51. La même année, monnaye pour le compte du duc de Navarreins les dettes de celui-ci envers La Baudraye en lui proposant une transaction : *MD*, IV, 637, 638. Vers la même époque, donne l'adresse de quelques usuriers à Savinien de Portenduère, à court d'argent : *UM*, III, 863. En 1824, estime qu'il n'y a plus d'opinions, mais seulement des intérêts ; essaie de renouer des relations avec Rubempré : *SetM*, VI, 435 ; juge la Torpille une maîtresse trop chère : 442 ; toujours secrétaire général d'un ministère : 443. A la fin de 1824, outre cette place et celle de maître des requêtes, il a une sinécure à la Garde nationale, une inspection dans la Maison du Roi, et il est commissaire du gouvernement près d'une société anonyme ; il veut être député, mais loin de pouvoir payer le cens, il ne possède, outre sa bicoque des Lupeaulx, que trente mille francs de dettes : *E*, VII, 922 ; tout ce que lui promet son ministre est une place à l'Académie des inscriptions et belles-lettres : 923 ; son travail et ses relations, notamment avec les journalistes, les coulisses, les écrivains et les artistes : 924 ; Mme Rabourdin croit pouvoir jouer ce roué politique pour faire nommer son mari à la place de chef de division de feu La Billardière : 926 ; Saillard, beau-père de Baudoyer, candidat à la même place, apprend son désir d'être député : 932 ; note de Rabourdin sur lui : 1012 ; fait inviter les Rabourdin chez le ministre ; pendant la soirée, Gobseck et Gigonnet, oncle de Mme Baudoyer, le font appeler pour lui apprendre que son ministre lui cache une élection partielle en vue ; et lui annoncent qu'ils ont racheté toutes ses créances et acquis les terres qui lui procurent le cens électoral ; ils demandent en échange la place de La Billardière pour Baudoyer : 1063-1065 ; hésite et sacrifie Rabourdin et sa femme : 1097 ; accepte de renoncer à l'élection contre le titre de comte et le paiement de ses dettes que lui offre son ministre : 1115. Au dîner Nucingen en août 1829 : *SetM*, VI, 495 ; Herrera dit à Rubempré d'aller le trouver pour se faire recommander par lui à Desroches : 589. Ami de du Bruel en 1829 : *Pr.B*, VII, 827. Au début de 1830, député et secrétaire général de la Présidence du Conseil, demande audience au procureur général, M. de Granville, au sujet de l'affaire Rubempré : *SetM*, VI, 903.

Ant. *GÉRENTE (M. de) : *EG*, III, 1125 (var. *a*) ; *BÉRINES (marquis de) : *CA*, IV, 1019 (var. *f*).

*LUPEAULX (M. des), commissaire du gouvernement vers 1826 : *MN*, VI, 379 (var. *h*) ; *EP*, VIII, 1596.

LUPEAULX (M. des). Neveu du précédent. Sous-préfet de La-Ville-aux-Fayes en 1823, depuis 1819 : *Pay.*, IX, 51 ; chasse, selon Fourchon, à la fille de Gaubertin : 74 ; mari désigné d'Élise Gaubertin depuis 1819 : 182 ; joue au whist chez les Montcornet, aux Aigues, en mai 1824 ; ses conseils au général : 343, 344.

LUPIN. Dernier intendant de la famille de Soulanges : *Pay.*, IX, 134 ; adjoint au maire de Soulanges, régisseur des terres des comtes de Soulanges en 1823 : 185 ; a fait des folies pour la belle Junie Socquart : 292.

*LUPIN : *Pay.*, IX, 299 (var. *a*).

LUPIN (Me) [né en 1778]. Notaire. Fils du précédent : *Pay.*, IX, 134. Agé de quarante-cinq ans en 1823 ; portrait à cette époque : 262 ; en 1804, établi notaire à Soulanges par Gaubertin ; en 1815, tente de lui obtenir les Aigues : 134, 135 ; en 1823, un fils unique, Amaury, étudiant en droit à Paris, qu'il destine à Élise Gaubertin : 145 ; épris de Mme Sarcus-le-Riche qui passe pour l'avoir distingué dans sa jeunesse : 183, 184 ; notaire de Rigou qui lui assure le tiers de sa clientèle : 247, 248 ; habite Soulanges, rue de la Fontaine : 256 ; chargé d'affaires de la famille de Soulanges : 261 ; aussi riche que Rigou : 263 ; chargé par ce dernier de sonder Sarcus-le-Riche sur les menées de Montcornet à la Préfecture : 280 ; comme tous les beaux, a fini par un attachement quasi conjugal à la belle Euphémie Plissoud : 264.

LUPIN (Mme). Femme du précédent. Surnommée Bébelle ; héritière en sabots et bas bleus d'un marchand de sel, enrichi par la Révolution ; nourrit une passion platonique pour le premier clerc de son mari, Bonnac : *Pay.*, IX, 263.

LUPIN (Amaury). Fils unique des précédents. Un des don Juan de la vallée de l'Avonne : *Pay.*, IX, 263 ; envoyé chez Me Crottat, notaire à Paris, se lie avec Georges Marest qui l'entraîne à faire folies et dettes : 145. En 1822, accompagne Marest au départ du coucou de Pierrotin et se moque avec lui d'Oscar Husson : *DV*, I, 765. Amoureux d'Adeline Sarcus ; la trouve mariée quand il revient à Soulanges : *Pay.*, IX, 145 ; s'amourache de Marie Tonsard : 210 ; désespoir de son père : 263 ; supplie ce dernier de le laisser retourner à Paris : 264.

*Amaury : *Pay.*, IX, 299 (var. *a*).

*LUPIN (Me), remplacé par HÉRON : *R*, IV, 483 (var. *b*).

LUREUIL (Mlle). Actrice au théâtre de l'Odéon en 1827. Maîtresse de Th. Ormond, poitrinaire, qu'elle a achevé : *MI*, XII, 722, 723.

*LUSIGNAC (abbé Gondrand de). Voir GONDRAND.

*LUSTRAC (M. de). Remplacé par BOURGAREL : *PMV*, XII, 115 (var. *c*), 119 (var. *b*).

LUSTRAC (vicomte de). Ex-beau de l'Empire, amateur de femmes, dit « l'Amadis Omnibus » : *PMV*, XII, 125, 126 ; veuf et sans enfant : 127 ; lié avec les Fischtaminel : 135.

LUSTRAC (vicomtesse de). Femme du précédent. Prend pour amant son secrétaire intime ; le mari pardonne, la passion de sa femme étant purement physique ; elle est morte : *PMV*, XII, 127, 128.

Lycéen (un jeune homme du genre). Hardi entre hommes et timide à huis clos ; adore Mme Firmiani : *Fir.*, II, 143, 144.

M. (docteur) : *Phy.*, XI, 1092.

M. (comtesse de). Raconte, dans un salon parisien, la scabreuse histoire d'*Ecce Homo* : *Ech.*, XII, 480-482.

*M... (Ernest de), remplacé par RASTIGNAC (Eugène de) : *EF*, II, 173 (var. *d*).

*M*** (famille de). Du faubourg Saint-Germain : *Ep.T*, VIII, 1440.

*M*** (M. de). Reçoit chez lui, sous l'Empire, l'abbé de Marolles : *Ep.T*, VIII, 1441.

*M*** (Mme de). Femme du précédent. Conseille la prudence à l'abbé de Marolles : *Ep.T*, VIII, 1441.

*MAC CLAW COLCHESTER. Voir DUDLEY (lord).

MÂCHEFER (Mlle). Directrice d'une célèbre maison d'éducation du faubourg Saint-Honoré : *PMV*, XII, 103.

MACHILLOT (Mme). Gargotière dans le quartier de l'Observatoire. Le prix de pension chez elle n'est que de trente sous par jour à condition de payer au mois ; fait à dîner pour quinze personnes : *EHC*, VIII, 355 ; Mme Vauthier déconseille à Godefroid d'aller dîner chez elle : 356.

MACUMER (Felipe Henarez, duc de Soria, baron de) [v. 1796-1829]. Agé
de vingt-six à vingt-huit ans en 1823; portrait à cette époque : *MJM*,
I, 234, 235; descendant d'Abencérage : 223; Grand d'Espagne : 224;
en 1823, opposant de Ferdinand d'Espagne, se réfugie dans sa baronnie
en Sardaigne : 223; laisse ses titres de duc, biens, charges, et sa fiancée
Maria Heredia, à son cadet Fernand; en septembre, vit à Paris, rue Hillerin-
Bertin, sous le nom de Henarez, et donne des leçons d'espagnol : 226,
227; en janvier 1824, a pour élèves le duc de Chaulieu et sa fille Louise :
230; intéresse cette dernière : 233-236; Talleyrand révèle son identité :
246, 247; confirmée par le premier secrétaire de l'ambassade d'Espagne :
262, 263; dissuadé d'épouser Louise par Marsay : 294; en 1825, mariage
à minuit, à l'église Sainte-Valère : 303; en 1826, projets d'exploitations
en Sardaigne : 331; les ajourne pour Louise : 335; sa mort : 355. En
octobre : *SetM*, VI, 510.

MACUMER (Louise, baronne de). Femme du précédent. Voir CHAULIEU
(Louise de).

Madame de ***. Ses confidences à Mme de Fischtaminel : *PMV*, XII, 141.

*MADELEINE. Prénom supprimé de la femme de chambre de Louise Gaston :
MJM, I, 381 (var. *e*).

MADELEINE. Femme de chambre de Mme Camusot. Voir VIVET (Madeleine).

MADELEINE, dans *SetM*. Voir CALVI (Théodore).

MADOU (Mme Angélique). Ancienne revendeuse de marée, casée dans le
fruit sec depuis 1808; marchande de noisettes en gros en 1818; portrait;
domiciliée rue Perrin-Gasselin : *CB*, VI, 114; taille en haut et en large;
fait affaire avec César Birotteau : 116; alertée par Gigonnet, qui lui
annonce l'imminence de la faillite du parfumeur, au début de 1819 :
264, 265; vient relancer Birotteau : 265-267; intégralement remboursée
par Birotteau, capital et intérêts, en mai 1821 : 293.

MAGALHENS (famille). De la noblesse douaisienne. Me Pierquin espère être
admis dans cette famille très fermée, s'il épouse Marguerite van Claës :
RA, X, 808.

MAGNAN (Mme). De la bourgeoisie de Beauvais, médiocrement riche; ses
vœux pour son fils : *AR*, XI, 93 et 102; accusé, il prévoit qu'elle mourra
de chagrin : 108; meurt avant la paix d'Amiens, de 1804 : 112, 113.

MAGNAN (Prosper) [1779-1799]. Fils de la précédente. Agé de vingt ans
en 1799; chirurgien sous-aide-major détaché à l'armée Augereau; arrive
à Andernach, le 20 octobre 1799, avec son camarade Taillefer : *AR*, XI,
92, 93; ses mauvaises pensées en apprenant le montant de la fortune de
Walhenfer : 101, 102; rêve au crime; est à un doigt de l'accomplir; va
prendre l'air, puis se recouche : 102-104; se réveille accusé d'avoir assassiné Walhenfer : 104, 105; craint d'avoir agi dans une crise de somnambulisme : 107; accepte sa condamnation puisqu'il a été coupable en pensée :
108, 109; prie son compagnon de prison, l'Allemand Hermann, d'aller
voir sa mère à Beauvais pour lui dire qu'il était innocent : 111; le désespoir
de sa dernière nuit, avant son exécution : 112.

MAGNAN (Prosper). Homonyme du précédent. Jeune étourdi, censé avoir
un duel avec M. de Fontanges; il s'agit d'une souricière à détente inventée
par un mari jaloux : *Phy.*, XI, 1094.

Magnétiseur (un). Chez Mme d'Espard, prétend prouver que le vieillard
vivant chez les Lanty est Cagliostro : *S*, VI, 1048.

MAGUS (Élias ou Élie) [né en 1771]. Agé de soixante-quinze ans en 1845 :
CP, VII, 596; portrait à cette époque : 598. Hollando-Belge-Flamand :
PGr., VI, 1097; en 1819, venu de Bordeaux, débute à Paris, habite boulevard Bonne-Nouvelle où est sa boutique, brocante les tableaux; paie
quinze francs la première toile qu'il achète à Grassou, un pastiche de
Greuze : 1095, 1097; lui commande des intérieurs flamands, une leçon
d'anatomie, un paysage : 1098. A la même époque, achète les copies de
maîtres de Ginevra da Porta : *Ven.*, I, 1095. En 1822, confie à Bridau un
Rubens pour qu'il en exécute la copie : *R*, IV, 349. A la fin de l'année,
à Bordeaux, expertise les diamants de Mme Évangélista : *CM*, III, 588-
590. En 1891, achète pour une bouchée de pain l'hôtel de Maulaincourt,
chaussée des Minimes : *CP*, VII, 594. En 1832, l'usurier des toiles, surnommé Ulysse-Lageingeole par Grassou, paie les toiles de ce dernier
deux ou trois cents francs; ce vieux bois d'Allemagne qui passe pour un

homme lui procure la clientèle des Vervelle : *PGr.*, VI, 1093, 1094; depuis
1819, il a acheté environ deux cents tableaux à Grassou : 1101; cent cinquante forment la galerie de Vervelle qu'il les a achetés comme originaux
de maîtres : 1110. Jusqu'en 1835, année où il se retire, brocante diamants,
tableaux, dentelles, sculptures, vieilles orfèvreries; amasse une immense
fortune; devenu plus fort que les experts du Louvre : *CP*, VII, 593-
594; en 1845, possède une collection de chefs-d'œuvre de premier ordre
achetés par toute l'Europe : 594; valant trois millions : 598; le doreur
Servais et Moret, restaurateur de tableaux (voir Index II), travaillent pour
lui; brocante toujours : 595; son seul adversaire, Pons : 599; amené par le
brocanteur Rémonencq, visite clandestinement le Musée Pons et propose
le rachat des chefs-d'œuvre à la Cibot : 611-615; seconde visite, reconnu
par Pons qui se rend compte qu'il en veut à ses trésors et peut tout
acheter car il est dix fois millionnaire : 682; avec Rémonencq, s'engage à
prendre en bloc la collection de Pons pour neuf cent mille francs payés
comptant : 692; aussi puissant sur la place de Londres qu'à Paris : 743;
selon le comte Popinot, le chef des tableaumanes, dont la galerie devrait être
acquise à sa mort si la France consent à sacrifier sept à huit millions : 764.
MAGUS (Noémie). Fille du précédent, fleur de sa vieillesse; sa beauté; ses
gardiens en 1845 : *CP*, VII, 595; sa dot, placée en actions des chemins
de fer d'Orléans : 678, 679.
MAHAUT (comtesse). En 1308, travaille à Paris, rue du Port-Saint-Landry,
en qualité de repasseuse : *Pro.*, XI, 527; est chez la femme du sergent
Tirechair; doit révéler son identité au sergent, pour éviter qu'il ne
dénonce son fils : 534, 535; mère de Godefroid, comte de Gand : 555.
MAHOUDEAU (Mme). Amie de Mme Vernou en 1821. Escompte à Félicien
Vernou ses effets de librairie : *IP*, V, 425. En 1840, amie de Mme Car-
dinal qu'elle accompagne au théâtre Bobino : *Bou.*, VIII, 172.
MAHUCHET (Mme). Cordonnière pour femmes en 1845. Amie de Mme Nour-
risson : *CSS*, VII, 1172. Nourrice de Frédéric, fils naturel d'Adolphe :
PMV, XII, 152.
MAILLÉ (duchesse de)[1]. Cousine du chevalier de Beauvoir : *MD*, IV, 685.
*MAINGAUD. Avoué. Remplacé par DESROCHES : *F30*, II, 1150 (var. *c*).
Maire d'un arrondissement de Paris (le). Il marie Luigi da Porta et Ginevra
di Piombo, dont la situation le rend improbateur et sévère : *Ven.*, I, 1088.
Maire de Saint-Lange (le). N'est pas reçu quand il vient présenter ses
hommages à la marquise d'Aiglemont, en 1820 : *F30*, II, 1104.
Maire d'Issoudun (le). Donne une place à Maxence Gilet : *R*, IV, 370;
dîne chez J.-J. Rouget : 442.
Maire de Marsac (le). Vient chaque soir chez les Séchard, en 1830, pour
jouer au boston : *SetM*, VI, 667.
Maire de Montégnac (le). Ancien fermier de Saint-Léonard, peu instruit,
aidé par l'huissier de la justice de paix : *CV*, IX, 812.
Maire de Carentan (le). Croit que Mme de Dey cache un prêtre insermenté :
Réq., X, 1110; donne au réquisitionnaire Jussieu un billet de logement
au nom de la comtesse de Dey, croyant qu'il s'agit du fils de cette der-
nière : 1116.
Maître de mathématiques de Calyste du Guénic (le). Trouvé difficilement
parmi les employés de Saint-Nazaire : *B*, II, 679.
Maître de musique de Nantes (un). Le meilleur de la ville, donne des leçons
à Félicité des Touches : *B*, II, 690.
Maître d'école (un). Victime des envahissements du clergé. Devient l'éditeur
responsable du journal d'opposition de Vinet; donne des leçons à Pierrette
Lorrain : *P*, IV, 86, 87.
Maître de dessin de Blondet (le). Lui fait copier d'après l'antique des têtes
coiffées comme Mlle d'Esgrignon : *CA*, IV, 972.
Maître des cérémonies (le). Fonctionnaire chargé de l'ordonnancement des
obsèques, dirige en 1845 le convoi de Pons : *CP*, VII, 731-734.
*Maître des cérémonies napolitain (un). Règle l'enterrement de Mme de
Chamaranthe : *DxA*, XII, 1083.
Maître d'hôtel de Taillefer (le). Annonce après le dîner qu'on peut passer
au salon : *PCh.*, X, 109.

1. Nom réel.

Maîtresse de Georges, valet de chambre de Nucingen (la). Renseigne Herrera sur Nucingen : *SetM*, VI, 546.

Maîtresse du bourreau avant la Révolution (une). Le faux officier de paix (Herrera) prétend qu'elle a aussi été sa maîtresse, et raconte une anecdote à son sujet : *SetM*, VI, 635.

Maîtresse de d'Arthez (une). Femme assez belle, mais sans instruction, sans manières ; quoique cachée, elle est sa seule maîtresse connue avant qu'il devienne l'amant de la princesse de Cadignan : *SPC*, VI, 963-965. Appelée sa bonne par les amis de d'Arthez : *Per.*, XII, 368.

Maîtresse de maison (une). La souricière irrésistible est mise en œuvre chez elle : *Phy.*, XI, 1092.

Maîtresse du logis dans un salon parisien (la) : *Ech.*, XII, 473, 480, 489.

Maîtresse de maison dans un salon parisien (la) : *AIH*, XII, 769, 770, 773, 778.

Major des chasseurs du Cantal (le). Comment il aida à la minotaurisation d'un avoué normand : *Phy.*, XI, 1155.

MALAGA (Marguerite Turquet, dite) [née en 1817]. Agée de vingt ans en 1837 : *FM*, II, 224 ; en septembre 1836, écuyère au cirque Bouthor, aperçue à la fête de Saint-Cloud par le comte Paz : 224 ; description imaginaire que Paz fait d'elle à la comtesse Laginska : 222, 223. Son amant d'alors est un petit criquet de musicien, âgé de dix-huit ans : *MD*, IV, 738. En 1837, retrouvée par Paz, écuyère au Cirque Olympique : *FM*, II, 222 ; habite un cinquième étage, rue des Fossés-du-Temple ; l'été, double la plus illustre écuyère du cirque ; l'hiver, comparse dans un théâtre du boulevard : 224 ; consent à se faire entretenir par le comte Paz, sans se douter qu'elle ne sera que sa fausse maîtresse ; il lui meuble un petit appartement : 225 ; lasse de cette situation anormale, l'envoie promener au bout de trois mois : 227 ; en mars 1838, aperçue au bal Musard, dansant un galop effréné avec le comte Paz ; la police les expulse : 234 ; avoue à Paz être devenue la maîtresse du comte Laginski : 242. Citée par Maxime de Trailles comme une maîtresse dispendieuse : *B*, II, 896 ; son avidité au gain : 918. Ferdinand fréquente chez elle : *PMV*, XII, 177. Au début de 1837, a pour milord le notaire Cardot ; confie à Mme Schontz que la fille de Cardot, Félicie, est enceinte des œuvres du premier clerc : *MD*, IV, 737, 738 ; Mme Schontz l'avertit des malheurs survenus à Lousteau, dont le mariage a avorté : 746. En juillet 1838, invitée par Josépha à sa pendaison de crémaillère : *Be.*, VII, 122 ; a enseigné à celle-ci l'art de plumer les vieillards : 65 ; a la franchise d'afficher sa profession : 188 ; en 1843, se voit arracher par Carabine le sceptre du treizième arrondissement : 404 ; invitée par Carabine et du Tillet au *Rocher de Cancale* : 407. A la même époque, habite près de Notre-Dame-de-Lorette, surtout connue sous son nom de guerre, devenue l'Aspasie du Cirque Olympique, toujours maîtresse de Me Cardot : *HA*, VII, 777-778 ; a femme de chambre, cuisinière, et des dettes : 779 ; pour payer son menuisier engage un pari contre Cardot : 786 ; gagne : 794. En 1845, connue de Mme Nourrisson ; Lora prétend être de ceux qui l'ont faite ce qu'elle est : *CSS*, VII, 1174. A toujours Cardot pour milord, selon Héloïse Brisetout : *CP*, VII, 701. Ferdinand la connaît : *PMV*, XII, 177 (peut-être réelle : voir Index II).

Ant. *CORA : *FM*, II, 223 (var. *a*), 227 (var. *c*), 228 (var. *a*), 229 (var. *b*), 235 (var. *c*), 239 (var. *b*), 240 (var. *a*).

*MALAGA : *CP*, VII, 697 (var. *b*) ; maîtresse d'*ESGRIGNON (marquis d'), remplacé par CARDOT (Me) : *HA*, VII, 1480 et 777.

MALASSIS (Jeanne). Servante de Pingret en 1829. Assassinée avec son maître par Tascheron : *CV*, IX, 682, 683 ; en se débattant, a cassé le ressort de sa montre, arrêtée à deux heures du matin, heure du crime : 688.

MALFATTI (docteur). Médecin du duc Cataneo, à Venise, en 1820. Doit avoir une consultation avec un célèbre médecin français appelé par son malade : *Do.*, X, 571.

MALIN. Voir GONDREVILLE.

MALLET (?-1809). Gendarme. En 1808, chargé d'arrêter chez le sieur Pannier la dame Bryond, succombe à ses séductions ainsi que son collègue Ratel : *EHC*, VIII, 302 ; ses aveux : 304 ; guillotiné : 314.

*MALLET (Mme Anna). Voir FONTAINE.

MALVAULT, dans *FAu.* Voir MALVAUX.

MALVAUT (Fanny). Jeune ouvrière. En 1816, habite rue Montmartre, deux pièces très propres; portrait : *Gb.*, II, 974, 975; acquitte un billet à ordre à Gobseck, rubis sur l'ongle : 971, 972; épouse l'avoué Derville : 978. En 1818 arrive chez les Birotteau, « en quatre bateaux » selon Césarine, pour être invitée au grand bal que doit donner le parfumeur; jolie; a jadis travaillé en linge rue Montmartre et confectionné des chemises pour César : *CB*, VI, 162; invitée avec son mari au bal Birotteau : 164. En 1824, hérite de l'un de ses oncles, fermier enrichi; cette manne imprévue aide son mari à se libérer plus vite de sa dette envers Gobseck : *Gb.*, II, 982.

MALVAUX ou MALVAULT (né en 1780 ou en 1786). Deux ans de moins que sa femme : *FAu.*, XII, 618; fils d'un fermier général guillotiné pendant la Révolution : 617; receveur des Finances à Meaux : 610; épouse en 1812 Mlle Hannequin, sœur d'un notaire parisien; nommé à la recette particulière de Meaux par la protection du cardinal Maury, ami de son oncle maternel, l'abbé Girard; hypothèque sa maison de Meaux et une petite ferme donnée par sa mère; aime les arts et les artistes, surtout les actrices; ruiné par le jeu et les femmes, abandonne sa femme en 1823 et s'enfuit aux États-Unis avec une figurante de l'Opéra, laissant un déficit et cinquante mille francs de fausses lettres de change; sa femme paie, en vendant ses biens : 617-619.

MALVAUX (Mme) ou MALVAULT (née en 1782 ou en 1788). Femme du pré-cédent. Née Hannequin; cinquante-huit ans en 1846 : *FAu.*, XII, 604; ou quarante ans en 1822, à la naissance de son fils : 618; portrait en 1846 : 615, 616; a été une mère pour son frère Léopold; musicienne, sculpteur, peut-être auteur; son mariage : 617, 618; quittée en 1823 par son mari, ruinée, elle tient le ménage de son frère : 618, 619.

MALVAUX (Achille) ou MALVAULT ou de MALVAUX (né en 1822 ou 1823). Fils des précédents. Naissance : *FAu.*, XII, 618; portrait : 610; habite rue de la Michodière; neveu de Mme Hannequin de Jarente : 604; reçoit la visite de Claude Vignon, Lousteau et Vernisset en décembre 1846 : 608; veut être docteur en droit, et médite un livre sur la *Théorie du pouvoir moderne;* a peut-être l'étoffe d'un autre d'Arthez : 611; a été clerc chez son oncle, Me Hannequin, pendant toutes ses études de droit : 619,

MANCINI (M. de). Jeune noble italien, blond, faible, à moitié femme, adoré par la Marana, qui lui réclame pour sa fille une fortune et son nom : *Ma.*, X, 1048, 1049.

MANCINI (Maria-Juana-Pepita de) [née en 1793]. Fille du précédent. Agée de dix-huit ans en 1811 : *Ma.*, X, 1044; les espoirs mis en elle par sa mère, la Marana, célèbre courtisane italienne : 1048, 1049; confiée par sa mère aux Lagounia, à Tarragone : 1049; les ardeurs juvéniles qu'elle tient de sa mère; séduite par le capitaine Montefiore : 1053, 1054, 1059; se voit déjà marquise de Montefiore : 1063; furieuse de la lâcheté de son amant, laisse sa mère libre de le tuer : 1065; accepte dédaigneusement de devenir Mme Diard : 1066; n'éprouve aucun amour pour son mari : 1067; sa résignation : 1074; son tact, qui finit par irriter son mari : 1075; deux enfants, Juan et Francisque : 1077; peu à peu délaissée, se réfugie dans les soucis de l'éducation de ses fils : 1082, 1083; Diard lui avoue son crime; elle lui conseille de se tuer et lui présente un pistolet : 1090, 1091; sur son refus, fait elle-même justice : 1091; le médecin-légiste, qui a compris les mobiles de son geste, constate le meurtre et conclut au suicide : 1093; se réfugie en Espagne avec ses enfants; dernière entrevue avec sa mère, mourante, à Bordeaux : 1093, 1094. Citée par F. de Vandenesse dans sa lettre à Nathalie : *Lys*, IX, 1079. Femme vertueuse : *Pré.PG*, III, 44.

MANERVILLE (comte de) [1732-1813]. Agé de soixante-dix-neuf ans en 1811. Gentilhomme normand, propriétaire en Bessin; se fait gascon quand son ami le maréchal de Richelieu, gouverneur de Guyenne, lui fait épouser une héritière de Bordeaux; en 1774, achète la charge de major des Gardes de la Porte; en 1790, émigre à la Martinique, où sa femme a des intérêts; de retour à Bordeaux, retrouve ses propriétés intactes, parfaitement gérées par Me Mathias : *CM*, III, 527; avare, tyrannique envers son fils, lui fait donner une éducation désuète et lui laisse une fortune considérable en capitaux et terres : 528, 529; sa mort : 527.

MANERVILLE (comtesse de) [?-1810]. Femme du précédent. Une des plus riches héritières de Bordeaux : *CM*, III, 527; apparentée aux Maulincourt : 544; propriétaire du château de Lanstrac au moment de son mariage : 527; vers 1786, fait acheter par Mathias, alors troisième clerc de Me Chesneau, notaire à Bordeaux, un hôtel particulier dans cette ville, le clos de Belle-Rose, et les fermes du Grassol et du Guadet : 620; sa mort : 527.

MANERVILLE (comte Paul de) [né en 1794]. Fils unique des précédents. Âgé de trente-trois ans en 1827 : *CM*, III, 619; portrait en 1821 : 537, 538; petit-neveu de la baronne de Maulincour : 552; vers la fin de 1810, sort du collège de Vendôme : 527; son éducation d'un autre siècle; sevré de plaisirs par la tyrannie et l'avarice de son père; en 1813, ce dernier mort, laisse la gestion de ses biens au vieux notaire de famille, Mathias, et, pendant six ans, fait le tour de l'Europe comme attaché d'ambassade à Naples puis secrétaire à Madrid, à Londres : 529. En avril 1815, il est à Paris, rue de la Pépinière : *FYO*, V, 1075; reflet de Marsay qui l'éblouit : 1062; lui apprend ce qu'il sait de la Fille aux yeux d'or : 1064, 1065. En 1821, devenu lion, fait à l'Opéra, en compagnie de Marsay et de Vandenesse, échange d'airs insolents avec Rubempré : *IP*, V, 454; de ceux qui tiennent le haut du pavé, invité chez le ministre d'Allemagne à Paris : 479. A la fin de 1821, est un homme élégant, mais pas un homme à la mode : *CM*, III, 530; a dépensé pour cela sept cent mille francs : 529; décide de retourner à Bordeaux et de se marier : 530; son ami Marsay lui déconseille le mariage, sans le convaincre : 530-536; installé à Bordeaux, devient, d'après l'expression trouvée pour lui par une vieille marquise, *la fleur de pois* : 537; s'éprend dès son arrivée de la reine de Bordeaux, Mlle Évangélista : 538; passe bientôt tout son temps à l'hôtel Évangélista : 545; en 1822, au commencement de l'hiver, fait demander la main de Natalie par sa grand-tante, la baronne de Maulincour qui lui conseille de prendre leur vieux notaire, Me Mathias, pour son contrat de mariage : 552; énoncé par ce dernier de ses biens meubles et immeubles : 563; Me Solonet, notaire des Évangélista, jauge sa nullité : 599; accepte les propositions de Mme Évangélista et, le lendemain de la soirée du contrat, épouse Natalie : 617. En 1824, parmi les célébrités d'un mercredi de Mme Xavier Rabourdin : *E*, VI, 910. Vers 1824-1825, Émilie de Fontaine le juge inépousable parce qu'il est blond, fat et qu'il zézaie : *BS*, I, 128. En novembre 1827, cinq ans après son mariage, se retrouve à Bordeaux chez Me Mathias; il est ruiné : *CM*, III, 619, 620; va s'embarquer pour Calcutta sur la *Belle-Amélie*; espère pouvoir refaire sa fortune en sept ans aux Indes, sous le nom de M. Camille : 621; depuis son mariage, a fait deux millions de dettes, dans lesquelles Natalie entre pour cinq cent mille francs : 622, 623; conserve des illusions sur sa belle-mère; de lui-même, a proposé la séparation de biens à Natalie : 623, 624; le ménage n'a pas d'enfant; sa lettre à sa femme : 628-631; mariage de Marsay; il lui loue son hôtel pour six ans, et lui transfère pour quatre ans les revenus de son majorat, représentant les 150 000 francs que vient de lui avancer Henri : 637-639; reçoit, trop tard, alors que son bateau a quitté Bordeaux, la réponse de Marsay, qui lui ouvre enfin les yeux sur la machination montée par sa belle-mère et Natalie : 639.

Ant. *MONTALANT (M. de) : *BS*, I, 128 (var. *a*), 1215; *François puis *MARIE (M.) ant. à M. Camille : *CM*, III, 621 (var. *f*).

**MANERVILLE : *Lys*, IX, « un mari » 970 (var. *a*); comme parent des *MAULINCOURT : 1109 (var. *a*).

MANERVILLE (comtesse Paul de) [née en 1802]. Femme du précédent. Née Natalie Évangélista. Âgée de onze ans en 1813 à la mort de son père : *CM*, III, 539; son portrait en 1822 : 548, 549; à dix-neuf ans, semble le plus riche parti de Bordeaux; mène une vie de luxe qui effraie les candidats au mariage : 539, 540; la haute société de Bordeaux lui attribue une dot d'un million, et pousse vers elle Paul de Manerville : 541; en 1822, Paul demande sa main : 552; a droit au tiers de la fortune de son père, douze cent mille francs que sa mère est hors d'état de payer : 554; le contrat de mariage signé : 593-603; sa mère la considère ruinée : 604; lui déconseille d'avoir des enfants : 609, 610; mariage en novembre, à minuit, aux flambeaux : 617; la revanche de sa mère commence : 618;

en 1827, ce petit crocodile habillé en femme a ruiné son mari : 619; ses dettes : 622; réponse à la lettre d'adieu de son mari : 631-636; se dit enceinte : 633; refuse sa garantie à de Marsay : 639; aime à la folie Félix de Vandenesse depuis plusieurs années selon Marsay : 641. Sur ses instances, Félix lui envoie le long récit de sa vie : *Lys*, IX, 969; sa réponse railleuse envoyée à Félix : 1226-1229. Le 31 décembre 1830, vient d'accorder un rendez-vous galant au comte Andrea Marcosini, auquel du reste il ne se rendra pas : *Gam.*, X, 462. Clôt la carrière amoureuse de Félix de Vandenesse : *FE*, II, 291; reste jalouse du bonheur de Félix, marié : lady Dudley, à son bal, en 1833, la met dans les bras de Félix pour favoriser l'aparté de Nathan avec Marie de Vandenesse : 312.

*MANERVILLE (comtesse de), remplacée par *ROCHEGUDE(Mme de), puis par ROCHEFIDE (Mme de) : *FE*, II, 298 (var. *c*).

MANETTE. Femme de charge de la comtesse de Mortsauf, à Clochegourde, seule à la suppléer auprès de ses enfants : *Lys*, IX, 1062; son dévouement : 1203.

MANON, dans *EHC*. Voir GODARD (Manon).

MANON-LA-BLONDE. Fille publique qui existait réellement une fille de ce nom). Chargée par Théodore Calvi de *laver* chez des receleurs les produits d'un vol. Filée par ordre de Bibi-Lupin, qui la sait fort amoureuse de Calvi : *SetM*, VI, 854.

MANSEAU. Aubergiste aux Échelles. Homme bon, loge la Fosseuse; refuse qu'elle lui paie un chien qu'elle aime : *MC*, IX, 587-589.

MANSEAU (Mme). Femme du précédent. Ne peut souffrir la Fosseuse, qu'elle chasse à cause d'un chien : *MC*, IX, 587; fait une scène à son mari qui veut donner ce chien à la Fosseuse et empoisonne le petit animal : 589.

MARAIST. Propriétaire dont le marquis d'Espard devient le locataire en 1815, pour un appartement dans le vieil hôtel qu'il possède rue de la Montagne-Sainte-Geneviève : *In.*, III, 446; vieille bâtisse nommée qu'elle au XVIIIe siècle l'hôtel Duperron : 471; vers 1828, fait saisir les meubles du marquis : 446.

MARANA (Gertrude). Voir BEAUVOULOIR (Mme Gertrude).

MARANA (la) [1775-1826]. Courtisane. Femme criminelle : *Pré.PG*, III, 43. Âgée de trente-six ans en 1811 : *Ma.*, X, 1060; aussi célèbre par sa beauté que par sa piété ; son histoire : 1046-1049; sa longue hérédité de filles publiques, de femme en femme, depuis le Moyen Age : 1047; a juré sur l'autel de faire de sa fille, Juana, une créature vertueuse; son amour maternel : 1047, 1048; n'a revu sa fille que trois fois depuis sa fuite de Venise : 1049; en 1811, poussée par un pressentiment, arrive d'Italie à toutes guides, la rejoindre à Tarragone : 1060; fait irruption dans la chambre de Juana, qu'elle trouve dans les bras de Montefiore : 1063; le menace de son stylet, puis le poignarde, mais la lame glisse sur l'épaulette : 1064, 1065; laisse Juana libre d'épouser Diard, et disparaît : 1066; meurt pendant qu'on la transporte à l'hospice de Bordeaux, sur un brancard ; dernière entrevue avec sa fille : 1094.
Ant. *VIRGINIE puis remplacée à nouveau par VIRGINIE : *Dés.*, VIII, 1231 (var. *b*).

MARANA (Juana). Fille de la précédente : *Ma.*, X, 1048. Voir MANCINI (Juana de).

*MARBOUTIN. Voir JEANRENAUD.

MARCAS (Zéphirin) [1803-1838]. Né en Bretagne, à Vitré : *ZM*, VIII, 841; trente-cinq ans en 1838 : 830; portrait en 1836 : 834, 835; le « quelque chose de fatal » que le Z de son nom a imprimé à sa destinée : 829, 930; études gratuites dans un séminaire; docteur en droit : 841; première rencontre avec Charles Rabourdin en novembre 1836; surnommé par ses jeunes voisins « les ruines de Palmyre » : 835; s'astreint à des travaux de copie pour gagner sa vie : 837; lie connaissance avec Juste et Charles, au carnaval de 1837 : 838, 839; leur raconte sa vie; a créé de toutes pièces un ministre : 841-846; idées sur la révolution de Juillet : 847, 848; sa misogynie : 849; nouvelle entrevue avec le ministre qui lui doit tout : 850; tâte de nouveau du pouvoir; il en revient gravement malade : 853; sa mort, d'une fièvre nerveuse, au mois de janvier 1838; son convoi au cimetière du Montparnasse; jeté à la fosse commune : 853, 854. Sa timidité envers les femmes : *Pr.B*, VII, 822.

Ant. *MARCEL, lui-même ant. *EDMOND, comme homme timide : *Pr.B*, VII, 822 (var. *d*).

*MARCEL. Voir MARCAS, ci-dessus.

MARCELLIN (abbé). Curé d'Ingouville en 1829. Modeste Mignon l'imagine la mariant : *MM*, I, 583.

MARCELLOT (Me). Avoué à Arcis-sur-Aube en 1839. Proposé comme scrutateur par Simon Giguet, avec Fromaget, lors de sa réunion électorale, ce qui amène une objection de Me Pigoult : *DA*, VIII, 733; est mécontent de ne pas avoir été désigné : 735.

*MARCHAGNY (comtesse de), remplacée par VANDIÈRES (comtesse de) : *Ad.*, X, 983 (var. *g*); prénommée *Julie : 994 (var. *b*), 1003 (var. *b*).

MARCHAND (commandant Victor). Fils d'un épicier parisien. Chef de bataillon pendant la guerre d'Espagne, commande la petite garnison française de Menda en 1808; assiste au bal donné par le marquis de Léganès; épris de Clara de Léganès; inquiet, le soir de la Saint-Jacques, devant l'inobservation du couvre-feu par les habitants : *Ve.*, X, 1134; furieux du meurtre de sa sentinelle et de se trouver sans arme; poursuivi par les frères de Clara, il en est averti par elle, et leur échappe; rend compte du massacre au général G..t..r. : 1135, 1136; révèle à Clara le marché imposé par son chef, la vie à celui des fils du marquis qui exécutera toute sa famille : 1138, 1139; elle refuse de l'épouser et préfère mourir : 1142.

Marchand d'éventails (un vieux). Prédit le malheur d'Augustine de Sommervieux : *MCP*, I, 72.

Marchand de drap de Saumur (un). Voisin de Félix Grandet; plaisante avec lui : *EG*, III, 1151; son opinion sur la grande Nanon : 1177.

Marchand de sel de Saumur (un). Estime que Nanon peut avoir des enfants : *EG*, III, 1177.

Marchand de la rue Saint-Honoré (un). Évoque le bal Birotteau : *CB*, VI, 302.

Marchand de vins de Nanterre (un). Parent de la veuve Pigeau; la conseille pour placer son héritage; arrêté avec sa femme après l'assassinat de la veuve, mais reconnu innocent : *SetM*, VI, 851, 853, 855.

Marchand de bric-à-brac (un). Installé en 1838, place du Carrousel; Steinbock lui a confié un groupe sculpté à vendre : *Be.*, VII, 92; sa boutique : 125; Hortense Hulot chez lui : 128, 129; chez les Hulot : 133, 134.

Marchand de vins de Soulanges (le). Ses malheurs; sa fin tragique : *Pay.*, IX, 256.

Marchand de Douai (un). Renseigne le valet de chambre d'Emmanuel de Solis sur Balthazar Claës : *RA*, X, 828.

Marchand allemand (un petit) [?-1809]. Établi à Ulm; malgré sa misère apparente, laisse une fortune à sa fille Bettina, devenue Mme Brézac : *GH*, XII, 401.

Ant. *BETHMANN : *GH*, XII, 401 (var. *a*).

Marchande de chaussures (une). Installée galerie Marchande, au Palais; loue aussi des robes et des toges; devant l'air égaré de Mme de Sérizy, la croit folle : *SetM*, VI, 795.

*Marchands de vin de la Belgique (les) : *EG*, III, 1047 (var. *b*).

Marchands d'habits de Paris (un des). Manque une affaire sur la garde-robe de La Palférine à cause de Claudine : *Pr.B*, VII, 815.

MARCHE-À-TERRE. Nom de guerre du Chouan Pierre Leroi : *Ch.*, VIII, 1119; portrait en 1799 : 914, 915; aperçu par le chef de demi-brigade Hulot, à la montée de La Pèlerine, fait très mauvaise impression : 916; siffle trois fois de façon convenue, en imitant le *chuin* de la chouette : 927; s'esquive sans être atteint : 931; surnomme Coupiau, Mène-à-Bien : 956; surveille et protège le Gars, à Alençon, *Aux Trois Maures* : 972, 973; reçoit des instructions meurtrières de la comtesse du Gua : 996; revoit son ancienne fiancée, Francine Cottin : 997; avec ses Chouans, attaque la voiture où cheminent Mlle de Verneuil et Montauran, pour permettre au chevalier de Valois d'alerter le Gars : 1015-1018; conversation avec Mme du Gua : 1030; puis avec Pille-Miche : 1041; emmène Marie de Verneuil à Pille-Miche, pour plaire à Francine, et la laisse échapper : 1057, 1058; prend Mlle de Verneuil en blanc pour le fantôme de Marie Lambrequin ressuscité : 1077, 1080; avec Pille-Miche, exécute Galope-Chopine pour trahison, en sa ferme du val de Gibarry : 1175-1177. Aide à l'assassinat du courrier de Mortagne en 1799 : *EHC*, VIII,

MARIE-JEANNE. Servante de Mme Madou, en 1818. Menacée par sa maîtresse d'une « giroflée à cinq feuilles » si elle ne se dépêche pas : *CB*, VI, 265.

MARIETTE (née en 1798). Femme de chambre de Mme et Mlle de Watteville à Besançon en 1834 : *AS*, I, 933; âgée de trente-six ans en 1834; du dernier bien avec Jérôme, le valet d'Albert Savarus : 968, 969; épouse Jérôme en 1836 et devient femme de chambre de Rosalie, aux Riceys : 1009, 1010.

MARIETTE. Cuisinière de Mlle Cormon, à Alençon, en 1816; à son service depuis 1801 : *VF*, IV, 865; épouse Jacquelin : 915; reléguée fille de cuisine, un cuisinier venu de Paris ayant été engagé : 924.

    Ant. *PEROTTE : *VF*, IV, 1450.

MARIETTE. Cuisinière des Hulot d'Ervy en 1841 : *Be.*, VII, 203.

MARIETTE. Jeune paysanne, au service de la Fosseuse en 1829 : *MC*, IX, 587.

MARIETTE (M.). De Tours. Atteint de ramollissement cérébral, meurt brusquement, à la suite d'une émotion trop vive : *MI*, XII, 746.

MARIETTE (Marie Godeschal, dite) [née en 1804]. Âgée de seize ans en 1820 : *R*, IV, 310. Sœur du clerc d'avoué Godeschal : *MN*, VI, 356. En 1820, élève de Vestris; amie de Florentine; désireuse de débuter au Panorama-Dramatique, compte pour être engagée sur une haute protection : *R*, IV, 310; en février 1820 devient la maîtresse de Philippe Bridau; « mariage en détrempe » : 311; débute en 1820 à la Porte-Saint-Martin aux côtés de la Bégrand; on parle déjà pour elle d'un engagement à l'Opéra : 315; y débute en janvier 1821; refuse la main de Philippe, prend pour amant sérieux un duc très brillant, Maufrigneuse, et part pour Londres, en mai 1821, y exploiter les lords : 316, 317. En 1822, déjà fameuse danseuse, elle amasse pour que son frère puisse traiter pour une étude dans dix ans : *DV*, I, 843. Une personne dont les journalistes s'occupent : *CB*, VI, 205. Le journal de Finot est dur pour elle : *IP*, V, 329; invitée par Coralie et Rubempré : 470. En ce temps, est avec Coralie, Tullia, Florine et Florentine comme les cinq doigts de la main : *MD*, IV, 739. En 1823, danse à l'Opéra, avec Tullia et Florentine, un pas de trois : *R*, II, 517; toujours protégée par Maufrigneuse : 518. Toujours liée avec Florine et Florentine : *FE*, II, 318. Premier sujet de l'Opéra avec Tullia : *DV*, I, 857; Tullia est une de ses rivales à l'Opéra : 863. A cette époque, Blondet s'interroge sur leur sort futur : *Pay.*, IX, 55. En 1824, des Lupeaulx enjoint aux journalistes de ne jamais écrire que Mariette a mal dansé : *E*, VII, 962. En 1825, toujours premier sujet à l'Opéra, toujours protégée par Maufrigneuse : *DV*, I, 868. Esther rappelle son mot sur les suicides ratés et recommencés : *SetM*, VI, 516; citée par Carlos Herrera à Esther, en 1829, comme bel exemple de femme richement entretenue : 570; avec Tullia, assiste à la première de *Richard d'Arlington* à la Porte-Saint-Martin : 620; trouve qu'Esther fait « trop sa tête » : 621. Son état de danseuse entretenue, funeste à son frère, l'avoué, candidat à la main de Céleste Colleville : *Bou.*, VIII, 55. En 1838, citée comme célèbre lorette : *B*, II, 896; casse du sucre sur le dos de sa collègue, Mme Schontz : 902. Héloïse Brisetout est de son école : *CP*, VII, 697; en 1845, encore illustre premier sujet de l'Opéra : 699.

    Ant. prénommée *Charlotte et dite *CARLOTTA : *R*, IV, 311 (var. *a*).

    Ant. les réelles *MONTESSU (Mme) : *IP*, V, 329 (var. *d*); *VICTORINE : *E*, VII, 924 (var. *a*).

    *MARIETTE : *CP*, VII, 697 (var. *b*).

MARIGNY (famille de). Hérite le château de Rosembray par une alliance avec une demoiselle Cottin. Le château, propriété de famille de Verneuil, en 1829, avait été bâti sous Louis XIV : *MM*, I, 695.

MARIGNY (duc de). Marquis, l'un des favoris de Louis XIV, qui en fit un duc, d'où sa devise : *Sol nobis benignus : *MM*, I, 695.

MARIGNY (duchesse douairière de) [?-1819]. Née Cottin, fille d'un fermier général; apporta en dot à son mari le château de Rosembray : *MM*, I, 695. Fort malade en 1819, le duc de Chaulieu demande de ses nouvelles au duc de Navarreins : on vient de l'administrer; ayant fait ses partages de son vivant, a donné sa terre de Guébriant en rente viagère à sa nièce, Mme de Soulanges : *DL*, V, 1013.

    Ant. *VALIGNY (Mme de) : *DL*, V, 1013 (var. *d*).

fait prendre en flagrant délit avec Hulot dans la garçonnière de Crevel : 303-309 ; empêche Crevel de secourir Mme Hulot : 331-337 ; son accouchement prématuré : 368 ; au moment de son mariage avec Crevel, partage en outre ses faveurs entre Steinbock et le baron Montès de Montéjanos : 397, 398 ; la Nourrisson explique à Montès de Montéjanos ce que Valérie appelle prendre son café, pâté des Italiens : 415 ; surprise dans les bras de Wenceslas, par le baron Montès de Montéjanos : 423 ; deux jours plus tard, épouse Crevel et ses quatre-vingt mille francs de rente, en 1843 : 422 ; revoit son Brésilien malgré les avertissements de Reine, sa femme de chambre : 423, 424 ; son agonie, décrite par Bianchon à Mme Victorin Hulot : 430 ; sait que c'est Montès qui l'a tuée ; veut « faire le bon Dieu » par sa mort : 433.

MARNEFFE (Stanislas). Fils unique des précédents. En 1841, dans une pension où l'on prend Bette pour sa mère car elle seule s'occupe de lui : *Be.*, VII, 274 ; pour Hulot, le petit *monstrico* : 276 ; scrofuleux, aura, à sa majorité, l'hôtel Crevel, rue Barbet-de-Jouy, et vingt-quatre mille francs de rente : 435.

MAROLLES (abbé de). En 1793, réfugié chez le farouche Jacobin Mucius Scævola : *Ep.T*, VIII, 447 ; rassure deux religieuses : 439 ; prêtre non assermenté, a échappé aux assassins des Carmes : 442 ; célèbre l'office des morts à la mémoire de Louis XVI : 445, 446 ; conversation avec un inconnu : 446, 447 ; peu après le 9 thermidor, recommence à circuler dans Paris ; sa première visite est pour le magasin de *La Reine des Roses* : 450 ; dans l'homme qui accompagne au supplice la charrette des condamnés, il reconnaît l'inconnu Sanson, qui lui a fait célébrer les deux messes anniversaires pour la mort du roi, et s'évanouit dans les bras de Mme Ragon : 450.

MARONIS (Mgr de) [?-1812]. Précepteur d'Henri de Marsay. Pressent l'avenir de son élève ; l'éducation, un peu spéciale, qu'il donne à son pupille : *FYO*, V, 1055 ; meurt évêque en 1812, après avoir, l'année précédente, fait émanciper Henri : 1056, 1057 ; a fait de son élève un athée : 1057.

*Marquis de ..., remplacé par *NAVAILLES (marquis de), puis par LENONCOURT (duc de) : *Ch.*, VIII, 1105 (var. *a*).

Marquis (un). Émigré, ami du comte de Nocé ; ses confidences au narrateur : *Phy.*, XI, 1071, 1072.

Marquise (une). Femme du précédent ; souffre des froideurs et de l'impuissance de son mari : *Phy.*, XI, 1072.

Marquise (une vieille). Du faubourg Saint-Germain de Bordeaux. Son langage et ses façons Ancien Régime font la loi ; en 1821, c'est elle qui donne à Manerville le nom de *la fleur des pois* qui s'attache à lui : *CM*, III, 537.

Marquise (une). Maîtresse d'Étienne Lousteau. Femme de lettres, assez libre, lui rend parfois visite à l'improviste, voilée, le soir, et fouille dans ses tiroirs : *MD*, IV, 736 ; Lousteau lui écrit pour lui exposer ses raisons de se marier : 739.

MARRON (abbé). Curé de Marsac en 1822. Envoyé auprès de sa mère et de sa sœur par Rubempré pour annoncer son retour : *IP*, V, 557 ; s'acquitte de cette mission ; rend compte à Lucien : 642, 643.

MARRON (le docteur). Neveu du précédent. Médecin à Marsac en 1822 ; beau-père de Postel, pharmacien à l'Houmeau : *IP*, V, 558 ; soigne Rubempré, tombé malade sur le chemin du retour et réfugié chez le meunier Courtois ; annonce à Lucien que David Séchard est en prison pour une traite impayée : 556 ; soigne et enterre un vieux général, propriétaire de La Verberie, à Marsac : 729. Médecin des Séchard à Marsac en 1829 : *SetM*, VI, 665 ; habitué de leur boston du soir : 667.

MARRON (Léonie). Fille du précédent. Voir POSTEL (Mme).

*MARSAY (comte de), noble du pays de Foix, remplaçant *GRANLIEU (comte de), puis remplacé par MAUCOMBE (comte de), comme prote de Séchard à la Révolution : *IP*, V, 125 (var. *b*).

MARSAY (comte de). Épouse une jeune fille séduite par lord Dudley et reconnaît l'enfant de ce dernier pour sien, moyennant l'usufruit d'une rente de cent mille francs attribuée à ce fils putatif ; mange et boit la rente après avoir confié l'enfant à sa sœur : *FYO*, V, 1054, 1055.

MARSAY (Mlle de). Sœur du précédent. Élève l'enfant de lord Dudley et

de sa belle-sœur, avec grand soin; lui donne, sur une maigre pension
allouée par son frère, l'abbé de Maronis pour précepteur; est la vraie
mère d'Henri qui l'aime malgré sa laideur; pieuse, elle est heureuse de
mourir; Henri la pleure pour lui-même et lui fait élever un joli tombeau
au Père-Lachaise : *CM*, III, 1055, 1056.

MARSAY (comtesse de) [née en 1769]. Femme du comte. Âgée de cinquante-
huit ans en 1827 : *CM*, III, 648. Séduite jeune par lord Dudley qui
la marie au vieux comte de Marsay après la naissance de leur fils Henri;
s'occupe fort peu de l'enfant en un temps où la fidélité n'est pas de mode;
élégante, jolie, universellement adorée; après la mort du comte de Marsay,
se remarie au marquis de Vordac : *FYO.*, V, 1054, 1055. En 1827, après
trente-cinq ans d'oubli, se trouve assez vieille pour penser à son fils et
lui ménager un riche mariage : *CM*, III, 647, 648.

  Ant. *MARSAY (Mme de) : *FYO*, V, 1054 (var. *c*), née *GOUGES
(Mlle de), d'une noble famille de Gascogne : 1054 (var. *d*).

MARSAY (comte Henri de) [1792-1833 ou 1834]. Fils de la précédente. Âgé
de trente-cinq ans en 1827 : *CM*, III, 647. Portrait en 1821 : *IP*, V, 277.
Âgé de vingt-deux ans en 1814; portrait à cet âge : *FYO*, V, 1057; né à
Paris, fils naturel de lord Dudley qui lui fait donner un nom par le vieux
comte de Marsay auquel il marie la mère d'Henri; pourvu dès lors par son
vrai père de cent mille francs de rentes : 1054; abandonné aux soins de
Mlle de Marsay, élevé par l'abbé de Maronis qui lui donne une forte
éducation complétée, non dans les églises, mais dans les salons, les coulisses : 1055; à seize ans, peut jouer un homme de quarante ans : 1056.
A dix-sept ans, déjà ami de Ronquerolles : *AEF*, III, 678; monte Sultan,
beau cheval que lord Dudley lui a envoyé d'Angleterre : 679; il aime
pour la première fois et pour la dernière; dupé par Charlotte, jeune veuve
qui a six ans de plus que lui, détrompé, joue à son tour cette coquette;
son cœur et son esprit se forment là pour toujours : 679-680; s'étant
découvert le sang-froid qu'il juge la qualité primordiale de l'homme
d'État, il se reconnaît dès lors homme d'État : 688, 677, 682.

  1815. Investi d'un pouvoir inconnu; peut condamner et faire exécuter
tout homme ou femme qui l'offense : *FYO*, V, 1085; rencontre, en avril,
la fille aux yeux d'or, aux Tuileries : 1063, 1064; la suit rue Saint-Lazare :
1066; lui demande un rendez-vous sous le nom d'Adolphe de Gouges
qui demeure rue de l'Université, nº 54 : 1074, 1075; elle le fait habiller
en femme et devient sa maîtresse : 1091; à leur deuxième rencontre,
entrevoit la vérité : 1100; convaincu, veut la tuer; désarmé par Christemio : 1103; de retour pour se venger, accompagné de quelques-uns des
Treize, trouve Paquita baignant dans son sang : 1105, 1106; la meurtrière, la marquise de San-Réal, et lui se ressemblent comme deux
Ménechmes; ils ont le même père, lord Dudley : 1108.

  1818. Client de *La Reine des Roses* en 1818; Mme Birotteau se demande
si elle doit l'inviter à son grand bal : *CB*, VI, 162; pour soixante mille
francs, achète Coralie, vierge, à sa mère, et l'abandonne peu après : *IP*,
V, 388, 398; *SetM*, VI, 572.

  1819. Alors amant de Delphine de Nucingen, lui rend visite, le 12 janvier 1819 : *CB*, VI, 233. Se promène aux Tuileries avec Montriveau,
alors qu'on croit ce dernier avec la duchesse de Langeais : *DL*, V, 1009,
1010; chez la duchesse de Berry, dément les bruits injurieux qui courent
sur la duchesse de Langeais : 1022. La même année, donne de bons et
inutiles conseils à son ami Manerville; son programme : il se mariera à
quarante ans, après son premier accès de goutte, avec une veuve de
trente-six : *CM*, III, 530-536. Un des illustres impertinents de l'époque :
PG, III, 77; avec les femmes un véritable monstre, le libertin jeune :
182; quitte Delphine de Nucingen : 116; en décembre, aux Italiens,
dans la loge de la princesse Galathionne, au grand dépit de Delphine :
153, 154. A un bal chez le préfet de la Seine, affirme au baron de Maulincour que Ferragus est un riche Portugais, M. de Funcal : *F*, V, 833.

  1820. Roi des dandies : *IP*, V, 389. Avec Ronquerolles et Montriveau,
reste lié à un misérable qui a fait périr sa jeune femme en deux ans de
mariage, parce que ce dernier sert leurs projets politiques : *Lys*, IX,
1193; Félix de Vandenesse s'en est fait un ennemi mortel : 1225; chez
lord Dudley lorsque Félix s'y présente, revenant de Clochegourde; ce

dernier constate que les enfants d'Annabella Dudley lui ressemblent : 1224.

1821. Maxime de Trailles se vante devant l'usurier Gobseck d'être parmi ses amis intimes : *Gb.*, II, 986. A l'Opéra en octobre, avec Montriveau, lorgne Lucien de Rubempré et Mme de Bargeton, récemment arrivés à Paris : *IP*, V, 277, 278; constate que Rastignac se lance comme un cerf-volant : 280.

1822. Premier au royaume de la fashion : *IP*, V, 479; pour Coralie, un monstre : 463 En visite, vers 1822, chez la marquise d'Aiglemont : *F30*, II, 1139. Témoin, avec Rastignac, de Rubempré dans son duel avec Michel Chrestien : *IP*, V, 538, 539; guide Rastignac en politique : 490. Possède quatorze chevaux : *CA*, IV, 1020; terrible pour les hommes, délicat pour les femmes, selon Mme de Maufrigneuse : 1041; roué parisien, conseille à Victurnien d'Esgrignon de se mettre à la hauteur de son époque : 1008; invité du vidame de Pamiers au *Rocher de Cancale* : 1011; seul encore à connaître à fond Diane de Maufrigneuse : 1014; donne vingt mille francs à Victurnien, prenant plaisir à le voir « s'enfonçant »; lui expose le détail des dettes de la belle Diane : 1022, 1023.

1823. Un des Treize; aide Montriveau dans sa tentative d'enlèvement de la duchesse de Langeais : *DL*, V, 1036, 1037. Le roi des Ribauds, selon Louise de Chaulieu : *MJM*, I, 293. Dans la sphère parisienne, l'homme qui plaît aux jolies femmes : *Pay.*, IX, 219.

1824. En Orient avec Montriveau, Ronquerolles et quelques autres des Treize : *CM*, III, 641. Sur un brick de commerce parti de Marseille l'année d'avant : *DL*, V, 1031.

1825. Beau nom, bel homme, bel avenir et cent mille francs de rentes, selon la baronne de Fontaine : *BS*, I, 130.

1827. Aborde la politique : *CM*, III, 646; dans les eaux de Talleyrand, contre le parti prêtre, avec Ronquerolles, Montriveau, les Grandlieu, La Roche-Hugon, Sérizy, Féraud, Granville, tous prêts à s'allier à La Fayette, aux Orléanistes, à la gauche qu'il juge autant de gens à égorger au lendemain de la victoire : 647; puissance de chacun de ses partenaires, appui de Carigliano et du croupion de l'Empire, ainsi que de la coterie Gondreville, et de son vrai père, lord Dudley, alors membre du cabinet anglais : 651, 652; possède à cette époque cent cinquante mille livres de rentes et une réserve de deux cent mille francs : 647; épouse Dinah Stevens qui lui apporte un million de dot, un majorat en terres de deux cent cinquante mille francs et un hôtel particulier : 649; lettre à Manerville pour le dissuader de partir en faisant le jeu de Mme Évangélista et de Natalie, maîtresse de son ennemi politique Félix de Vandenesse : 639-646.

1828. Fréquente le salon de la marquise d'Espard : *In.*, III, 454. Avec quelques dandys, chez Finot : *UM*, III, 862. Annonce à Rastignac le proche mariage de Philippe Bridau, comte de Brambourg, avec Mlle de Soulanges; son injurieuse repartie à Philippe, dont il est l'invité : *R*, IV, 537, 538. S'est marié tout récemment : *SetM*, VI, 492.

1829. Opinion sur Canalis qu'il n'aime pas : *MM*, I, 516, 623. Sa réserve, sa froideur célèbres, copiées par Lucien de Rubempré; Marsay a la petitesse de s'en taquiner : *SetM*, VI, 487, 488; soupçonne, derrière la façade de Lucien, la présence de quelqu'un de très fort : 490; fait comprendre à Delphine de Nucingen, chez laquelle il dîne, en octobre 1829, que son mari doit se soigner : 495; opinion sur Lucien de Rubempré : 496. Ses conseils à Savinien de Portenduère : *UM*, III, 864-866. Asie annonce à Peyrade, pour l'abattre, que sa fille, Lydie, a été enlevée et promise à de Marsay : *SetM*, VI, 661.

1831. Nommé premier ministre; en décembre, il l'est au moins depuis six mois[1] : *AEF*, III, 676; à un raout chez Félicité des Touches, met à découvert l'un des replis les plus secrets du cœur féminin : 674; premier ministre depuis six mois, a déjà donné des preuves de capacités supérieures : 676, 677.

1832. Figure sur le recueil des erreurs de Diane de Maufrigneuse :

[1]. Cette précision apparaît dans un passage d'abord publié dans *L'Artiste* en décembre 1831.

SPC, VI, 952; il a été son premier amant : 966; premier ministre, lui a inconsciemment servi de paravent pendant qu'on conspirait chez elle contre son propre gouvernement : 955. Opinion sur la noblesse française : *B*, II, 872. Utilise Maxime de Trailles pour sa politique : *HA*, VII, 783. Maxime, son seul rival en élégance, tenue et esprit : *B*, II, 914. Il est le seul à comprendre Maxime : *DA*, VIII, 803.

1833. Pendant son ministère, a réparé les fautes de ses prédécesseurs en utilisant Maxime de Trailles dans des missions secrètes : *DA*, VIII, 805; *SPC*, VI, 1001. Admirablement servi par Ronquerolles pendant son court ministère : *FM*, II, 219. Sa sévère opinion, comme premier ministre, sur le journaliste Nathan, qu'il juge sans esprit de suite : *FE*, II, 303. Cause dans un salon avec Mmes de Cadignan et d'Espard, le duc de Rhétoré, Blondet : *Com. sal.*, XII, 349. Très malade en mai 1833 : *SPC*, VI, 956. La même année, président du Conseil, rend visite à la princesse de Cadignan; il mourra l'année suivante : *TA*, VIII, 686; chez la princesse, révèle les ténébreux dessous de l'affaire d'enlèvement du sénateur Malin de Gondreville et évoque les événements qui se déroulèrent au ministère des Relations extérieures, en juin 1800, quelques jours avant la bataille de Marengo : 688-695; il sait que les cinq assaillants masqués du sénateur Malin étaient des agents de la Police générale de l'Empire, aux ordres de Fouché : 695.

1834[1]. Opinion sur Émile Blondet; il estime que la ligne courbe est, en politique, le plus court chemin des ambitieux : *FE*, II, 306; avant-dernière apparition dans le monde à un bal chez lady Dudley : 310; dernière apparition quelques jours plus tard à un thé de la marquise d'Espard : 335; il meurt deux mois après le bal de lady Dudley en laissant une réputation d'homme d'État immense : 310. Éloge posthume, par Mme Schontz : *B*, II, 933. Ce qui a peut-être manqué à ce grand politique : *SPC*, VI, 961. Il fut le seul homme d'État qu'ait eu la monarchie de Juillet : *DA*, VIII, 804. Rastignac est son héritier direct en politique, selon Émile Blondet : *MN*, VI, 332; il fut une mécanique de Birmingham selon Bixiou : 381. Principales phases de sa vie : *Pré.FE*, II, 264.

Ant. *GENOUILHAC (M. de) : *DL*, V, 985 (var. *b*), et *CROIXMARE (M. de) : 1010 (var. *d*), 1022 (var. *c*); ant. né *GOUGES (Henry de), lui-même avant *SAINT-GEORGES (*Georges, *Jacques puis Henry de) : *FYO*, V, 1054 (var. *d*).

*MARSAY, remplacé, comme railleur, par BLONDET : *MM*, I, 624 (var. *c*); remplacé par NATHAN comme correspondant de Blondet : *Pay*, IX, 50 (var. *d*); par RASTIGNAC : *MR*, X, 352 (var. *c*).

*MARSAY : *UM*, III, 862 (var. *d*); *Pay.*, IX, 50 (var. *f*).

MARSAY (comtesse Henri de) [1791- ?]. Femme du précédent. Née Dinah Stevens, Anglaise; âgée de trente-six ans en 1827; seule héritière d'un vieil oncle brasseur; voyage par économie depuis 1820; avec sa fortune, Marsay escompte avoir quatre cent mille livres de revenu, avec ses seules propriétés, en 1829 : *CM*, III, 648, 649. Après la mort de son mari, fait exécuter par le sculpteur Stidmann le monument funéraire de Marsay, le projet Sonet ne lui ayant pas convenu : *CP*, VII, 739.

*MARSIGLI (marquise), remplacée par *VITAGLIANO (marquise), puis par FIRMIANI (Mme) : *F30*, II, 1121 (var. *d*).

MARTELLENS. Orientaliste. Correspondant du professeur Lavrille, auquel il a indiqué la signification du mot *châagri* : *PCh.*, X, 241.

MARTENER. L'un des hommes les plus instruits de Provins; très lié avec le vieux juge Desfondrilles, l'archéologue : *P*, IV, 64.

MARTENER (docteur). Fils du précédent : *P*, IV, 64; médecin à Provins en 1827 : 30; explique à Mlle Habert les dangers d'un premier accouchement à quarante-deux ans comme c'est le cas pour Sylvie Rogron : 102; appelé chez le menuisier Frappier pour examiner Pierrette Lorrain, demande en consultation le docteur Bianchon, de Paris; scandalisé de l'impéritie des Rogron : 141, 142; d'accord avec Bianchon pour faire trépaner Pierrette : 152; a renoncé à exercer à Paris, effrayé par l'atroce activité de la ville et par l'insensibilité qu'y acquièrent les médecins : 153;

---

1. La chronologie de Balzac est trop flottante, notamment dans *Une fille d'Ève*, pour permettre de déterminer à coup sûr si de Marsay meurt en 1833 ou en 1834.

l'état de la jeune fille s'aggravant, ose proposer à Desplein une lithotritie : 156.

Ant. *MARTINET : *P*, IV, 53 (var. *h*).

MARTENER (Mme). Femme du précédent. Née Guénée : *P*, IV, 53 ; se moque de Sylvie Rogron chez les Tiphaine : 58.

MARTENER. Fils des précédents. Originaire de Provins ; bon jeune homme, assez lourd, mais plein de capacités, protégé du procureur général Vinet : *DA*, VIII, 745 ; juge d'instruction à Arcis-sur-Aube en 1839 ; ses fonctions officielles l'empêchent d'assister à la réunion électorale tenue par Simon Giguet : 716.

MARTHA (?-v. 1829). Femme de chambre de Mme Balthazar van Claës : *RA*, X, 701 ; la suit depuis sa sortie du couvent : 724 ; en 1819, accompagne Félicie van Claës dans son voyage à Paris : 795 ; meurt à la tâche pendant une absence de Mme de Solis qui lui a confié, ainsi qu'à Josette et à Lemulquinier, la charge de la maison Claës : 827.

MARTHE (sœur). Carmélite à Blois en 1823 : *MJM*, I, 235.

MARTHE (sœur). [née v. 1733]. Née Beauséant. Soixante ans en 1793 : *Ep.T*, VIII, 440 ; entrée en religion, sous le nom de sœur Marthe, avant la tourmente révolutionnaire, elle fut chassée de son couvent des Chelles par les événements de 1792 : 439-441 ; réfugiée à Paris, le 22 janvier 1793, lendemain de l'exécution de Louis XVI, donne sa dernière pièce d'or pour obtenir des hosties d'un pâtissier : 434 ; est suivie malgré elle par un inconnu, Sanson, jusque dans le modeste logement qu'elle occupe avec sœur Agathe et l'abbé de Marolles, chez Mucius Scævola : 437-439 ; Sanson leur donne un mouchoir trempé du sang de Louis XVI : 447, 448, 450.

MARTHE (sœur). Sœur grise à Limoges. De 1809 à 1813, apprend le rudiment à Véronique Sauviat et la soigne lorsque l'enfant contracte la variole : *CV*, IX, 647, 648.

MARTIN. Messager faisant le service de la patache Bourg-Belley en 1816 : *CF*, XII, 458 ; conseille au colonel Sautereau de ne pas se mettre mal avec le président Chambrier : 461, 464.

MARTIN (veuve) [née en 1791]. Âgée de trente-huit ans en 1829 : *MC*, IX, 394 ; veuve depuis 1827 : 394 ; élève cinq enfants de l'hospice : 393 ; sa conversation avec Genestas : 393-395 ; revue par Genestas en décembre 1829 : 599.

MARTIN (v. 1754-1816). Cabaretier à Nemours. Trente-huit ans vers 1792 ; pendant la Révolution, fait rapidement fortune en acceptant d'entreposer des vins : *GS*, XII, 409 ; député au Corps législatif sous l'Empire jusqu'en 1814 ; meurt peu après son échec à la Chambre introuvable : 410.

MARTIN (Mme). Femme du précédent. Fille d'un acquéreur de biens nationaux, mort avant 1800 ; se marie sous la Révolution ; un fils : *GS*, XII, 409.

MARTIN DE CHARMEIL (né en 1793). Fils des précédents ; sept ans en 1800 ; auditeur au Conseil d'État en 1814, ministre de France aux États-Unis en 1815 ; de retour à Nemours en 1816, voit mourir son père et hérite de lui ; malgré ses prix d'excellence au lycée, triple sot, suffisant et important : *GS*, XII, 410.

MARTINEAU l'aîné. Garde des Mortsauf en 1814 : *Lys*, IX, 1067 ; il est question de lui bâtir une ferme, à La Commanderie : 1103 ; accueille Mme de Mortsauf, ses enfants et Félix de Vandenesse, à Pont-de-Ruan : 1124, 1125.

MARTINEAU cadet. Frère du précédent : *Lys*, IX, 1067 ; le plus probe des métiviers de Mme de Mortsauf, qui désire en faire le régisseur des deux nouvelles fermes achetées par son mari : 1065 ; tenant de la ferme de La Baude : 1103.

MARTINEAU. Fils de Martineau l'aîné. Destiné par Mme de Mortsauf à remplacer prochainement son père, lorsqu'on aura bâti La Commanderie : *Lys*, IX, 1103.

*MARTINET (docteur), remplacé par MARTENER (docteur) : *P*, IV, 53 (var. *h*).

MARY (miss). Nurse anglaise de Mme de l'Estorade en 1826 : *MJM*, I, 327.

MASCHE-FER IV. Nom d'un chef de Dévorants : *Pré.H13*, V, 789.

Masque au bal de l'Opéra en 1824 (un), dans *SetM*. Voir COLLIN (Jacques).

*MASSÉNAT. Voir BUTIFER.

*MASSIAC (baron [*marquis] de). Voir RASTIGNAC (chevalier de).

*MASSIAC (Eugène de). Voir RASTIGNAC (Eugène de).

II, 344. Avocat stagiaire au début de 1830, plus occupé de la *Gazette des Tribunaux*, où il est rédacteur, que de ses clients ; se met aimablement à la disposition d'Asie, affublée en douairière du faubourg Saint-Germain, et la conduit devant le guichet de la Conciergerie : *SetM*, VI, 736 ; par l'entremise de M. de Chargebœuf, reçoit les instructions de M. de Granville, sur les informations à faire passer dans son journal au sujet de la mort de Lucien de Rubempré : 786 ; rédige une note pour la *Gazette*, camouflant le suicide en rupture d'anévrisme : 797. En octobre 1830, devenu républicain, faute d'une syllabe devant son nom, assiste au banquet Taillefer : *PCh.*, X, 99, 100. En 1831, avocat-journaliste, ne veut être que garde des Sceaux ; reçoit son compatriote Ravenouillet et lui procure son premier cordon de portier : *CSS*, VII, 1176, 1177. En 1832, Blondet promet à Raoul Nathan l'appui de Massol, avocat et futur garde des Sceaux : *FE*, II, 324 ; associé de Nathan à son journal : fait tout pour l'évincer de la direction ; son arrivisme ; obéit passivement aux suggestions de du Tillet et de Nucingen : 344. En 1841, maître des requêtes au Conseil d'État, sur le point de passer conseiller, en remplacement du baron Hulot d'Ervy : *Be.*, VII, 348 ; en 1843, au mariage de Crevel avec Mme Marneffe : 399 ; un des convives du dîner offert par du Tillet au *Rocher de Cancale* : 407. En 1845, préside la session du Conseil d'État qui va s'occuper du procès Gazonal : *CSS*, VII, 1156 ; amant de Jenny Cadine : 1209 ; Lora et Bixiou lui présentent Gazonal : 1212.

MASSON. Agréé près le Tribunal de commerce de Paris, ami de Desroches : *IP*, V, 597.

Ant. *SIGNOL : *IP*, V, 597 (var. *b*).

MASSON (Publicola) [né en 1795]. Pédicure. Âgé de cinquante ans en 1845 ; sa ressemblance avec Marat : *CSS*, VII, 1206 ; auteur d'un *Traité de corporistique* : fait les cors par abonnement : 1196 ; ses projets révolutionnaires : trouve que les Montagnards n'ont pas assez *émondé* l'ordre social : 1207.

Matelot (un). S'efforce de consoler le jeune Louis Gaston, novice à bord de la corvette l'*Iris* : *Gr.*, II, 443.

Matelot de l'Othello (un). Paraît remplir les fonctions de contremaître ; confère avec ses officiers sur la conduite à tenir à l'égard du Saint-Ferdinand : *F30*, II, 1186.

Matelot de l'Othello (un). Manque de respect en paroles envers Hélène d'Aiglemont ; malgré le pardon qu'elle lui accorde, est jeté à la mer par l'équipage : *F30*, II, 1192.

Matelot de la Belle-Amélie (un). Bas-Breton ; Me Mathias lui remet une lettre urgente pour un passager, M. Camille (Paul de Manerville). Prudent, afin de conserver ce client, la lui remet sans en souligner l'urgence : *CM*, III, 626, 627.

Matelot du Saint-Ferdinand (un). Voyant le corsaire l'*Othello* gagner sur le Saint-Ferdinand, exprime son désespoir dans un langage énergique : *F30*, II, 1182.

Matelot du Saint-Ferdinand (un autre). Proclame à deux reprises la suprématie du Capitaine parisien : *F30*, II, 1183 ; en compagnie du timonier, fraternise avec les corsaires après l'abordage : 1187.

Mathématicien (un). Un des Treize ; calcule les données des travaux à exécuter pour enlever de son couvent espagnol la sœur Thérèse, ex-duchesse de Langeais, en 1823 : *DL*, V, 1033.

Mathématicien anglais (un). Raconte à Tschœrn l'histoire d'un chimiste : *MI*, XII, 737.

MATHIAS (Me) [né en 1753]. Notaire à Bordeaux, sa ville natale. Âgé de soixante-neuf ans en 1822 : *CM*, III, 559 ; portrait en 1822 : 559-561 ; troisième clerc en 1787 : 620 ; en 1790, clerc de Me Chesneau, notaire à Bordeaux ; le comte de Manerville, sur le point d'émigrer, lui confie la gestion de ses biens en Gascogne : 527 ; en 1813, règle la succession du feu comte dont le fils, Paul, lui confie ses intérêts : 529 ; en 1822, chargé d'établir le contrat de Paul de Manerville avec Natalie Évangélista : 553 ; expose à Me Solonet, notaire des Évangélista, les droits de Paul de Manerville : 563 ; discussion : 562-578 ; propose la constitution d'un *majorat* : 578, 579 ; explique à Mme Évangélista, le soir de la signature, les conséquences juridiques d'un majorat : 596 ; en 1827, veuf, ayant vendu son étude, vit seul avec sa gouvernante : 619; deux enfants : une fille, mariée, et un fils, magistrat : 620; accompagne Paul de Manerville, ruiné, à la Belle-Amélie : 625.

Ant. *GRATIAS : *CM*, III, 552 (var. *c*).

MATHIAS (Mme) [?-1826]. Femme du précédent. Morte depuis un an quand Manerville, ruiné, prend sa chambre lors de son passage à Bordeaux en 1827 : *CM*, III, 619.

MATHILDE. Rivale de Jenny Courand, maîtresse de l'illustre Gaudissart : *IG*, IV, 569.

MATHILDE. Amie de Caroline de Chodoreille : *PMV*, XII, 119.

*MATHON (M. de). Original d'Alençon. Agé de quarante-cinq ans au plus, fait le mourant pour bien placer son argent en viager; toléré par M. de Sponde chez Mme de Gordes : *La Fleur des pois*, IV, 1440.

MATHURINE. Vieille fille, originaire des Vosges, parente de la cousine Bette du côté maternel; ancienne cuisinière de l'évêque de Nancy; engagée en 1841 par Valérie Marneffe, rue Vaneau : *Be.*, VII, 198.

MATIFAT. Droguiste. Portrait : *CB*, VI, 174; personnage marquant dans son quartier, a l'estime de César Birotteau en 1818 : 19; du cercle d'amis de ce dernier dès 1813, fournisseur de *La Reine des Roses*; a son magasin rue des Lombards, commandité par les Cochin : 68; invité au bal Birotteau avec sa famille : 163; entretient une maîtresse : 174; à la Bourse, commente la faillite de César, début 1819 : 263. En 1820, fait partie d'un groupe de noceurs et a pour maîtresse Florine : *R*, IV, 316. En 1821, en onze mois, Florine lui a déjà coûté soixante mille francs : *IP*, V, 375, 376; l'a installée dans un appartement, rue de Bondy, décoré par Grindot : 394; à Lousteau, amant de cœur de Florine, Finot demande de lui faire acheter pour trente mille francs un sixième de l'hebdomadaire qu'il fonde : 379; Florine fait réussir l'affaire, Lousteau est rédacteur en chef aux dépens du droguiste qui prononce le seul bon mot de sa vie pour l'occasion : 423; abandonne Florine et Lousteau : 495. En 1822, s'associe avec Joseph Cardot : *DV*, I, 834. En 1824, associé de Cochin; Bixiou rappelle qu'il avait fait un an de Florine; Colleville établit l'anagramme de son nom : *E*, VII, 1003. Habite rue du Cherche-Midi en 1829; Bixiou l'évoque : *MN*, VI, 366, 367; guéri par Florine du genre Régence, spécule afin de ressentir des émotions; sa bonté pour ses nièces : 367, 368; ses pertes en 1829, à la troisième liquidation Nucingen : 371, 386, 387. En 1845, actionnaire du théâtre de la Cie Gaudissart : *CP*, VII, 651.

Ant. *MATIFAT DE LUZARCHES : *P*, IV, 161 (n. 2).

Ant. *POPINOT comme associé de Joseph Cardot : *DV*, I, 834 (var. *b*); *GROSMORT : *E*, VII, 1074 (var. *a*).

*MATIFAT, remplacé par VERNOU : *IP*, V, 377 (var. *a*); par GOURAUD : *CP*, VII, 651 (var. *n*).

MATIFAT (Mme). Femme du précédent. Sa toilette au bal Birotteau en 1818; son manque de distinction : *CB*, VI, 174. Verrait bien sa fille épouser un avoué; sa campagne à Luzarches; aime les arts : *MN*, VI, 366, 367.

MATIFAT (Mlle) [née en 1816]. Fille des précédents. Agée de vingt-cinq ans en 1831 : *P*, IV, 161; en 1827, sa dot est de cinquante mille écus : 161. En 1829, couchée en joue par Mme Desroches pour son fils et par les Cochin, pour Adolphe : *MN*, VI, 366, 367; son éducation bourgeoise : 366; désire se marier au plus vite; Bixiou veut lui révéler le grand mystère de la vie mais les Matifat lui ferment leur porte : 368. Épouse, en 1831, le général Gouraud : *P*, IV, 161; *MN*, VI, 368.

*MAUBRION (marquis de), remplacé par POMBRETON (marquis de) : *VF*, IV, 1468; remplacé par *HAUBRION, puis par POMBRETON : 818 (var. *f*).

MAUCOMBE (famille de). Provençale : *MM*, I, 706. Déjà célèbre sous le roi René : *MJM*, I, 339.

MAUCOMBE (comte de). Provençal. Propriétaire du château de Maucombe, orgueil de la vallée de Gémenos; en 1823, a deux fils, une fille qu'il va marier sans dot, des gens à vieilles livrées galonnées, un vieux carrosse : *MJM*, I, 219; sa fille mariée, il lui fait lire Bonald : 272; en septembre 1826, va se présenter à la députation : 336; en janvier 1827, élu, siège entre le centre et la droite, et veut être marquis : 339.

MAUCOMBE (comtesse de). Femme du précédent : *MJM*, I, 218.

MAUCOMBE (Jean de). Fils des précédents. A sa majorité, reconnaît avoir reçu de ses parents une avance d'hoirie équivalant à un tiers d'héritage, excellent moyen de tourner l'infâme Code civil du sieur Buonaparte : *MJM*, I, 219.

MAUCOMBE (Renée de). Sœur aînée du précédent. Voir L'ESTORADE (comtesse de).

MAUCOMBE (M. de). Frère cadet des deux précédents. En 1827, sa sœur craint que leur père ne postule quelque faveur pour lui, restreignant ainsi les bontés escomptées de Charles X : *MJM*, I, 339.

MAUCOMBE (comte de). Noble marseillais. De 1793 à 1795, obligé de se cacher, prote du vieil imprimeur Séchard, à Angoulême; il retrouve son successeur évêque et pair à la Restauration : *IP*, V, 125.
   Ant. *MARSAY (comte de). Noble du pays de Foix, lui-même remplaçant *GRANLIEU (comte de), noble de l'Angoumois : *IP*, V, 125 (var. *b*).

MAUFRIGNEUSE (famille de). Pour être reçu chez elle, Montcornet laperait la boue du pont Royal : *Pay.*, IX, 151. En 1839, à Arcis-sur-Aube, Achille Pigoult déplore de voir ce nom accolé à ceux d'un Nucingen, d'un du Tillet dans des spéculations cotées à la Bourse : *DA*, VIII, 790. Le fils aîné des princes de Cadignan porte le titre de duc de Maufrigneuse : *SPC*, VI, 949, 950.

MAUFRIGNEUSE (duc de) [né v. 1777]. Trente-six ans en 1814 : *SPC*, VI, 983; mais trente-huit ans lors de son mariage en 1814 : 990; portrait : 982. Fils du vieux prince de Cadignan : *SetM*, VI, 507. Cousin de Mme Firmiani, une Cadignan par sa mère : *Fir.*, II, 145. En 1814, épouse Diane d'Uxelles, fille de sa propre maîtresse, la duchesse d'Uxelles; lui donne un fils : *SPC*, VI, 983; sa femme et lui mènent leur vie séparément : 983, 984; criblé de dettes, les a éteintes en épousant Diane; comme les campagnes des militaires, ses trente-huit ans comptent double : 990. En 1819, au cercle de la duchesse de Berry, dément les bruits courant sur la duchesse de Langeais : *DL*, V, 1022. La même année, avec le duc de Rhétoré, procure à Bixiou, qu'il a connu par des danseuses, une place d'employé de ministère : *E*, VII, 975. Protège la danseuse Mariette, en 1821 : *R*, IV, 323; vers juillet 1821, demande pour Philippe Bridau une place dans son régiment : 324. Le chevalier de Valois propose de lui recommander Victurnien d'Esgrignon : *CA*, IV, 996; est parmi les ducs qui présentent Victurnien au roi, en octobre 1822 : 1009; séparé de sa femme, vit à son régiment où il fait des économies pour payer ses dettes : 1023. Tient à cette époque le haut du pavé de la fashion : *IP*, V, 479. Toujours amant de Mariette au début de 1823 : *R*, IV, 518; accueille Philippe Bridau dans son régiment; il lui doit bien cela, lui ayant pris sa maîtresse quelques années auparavant : 522. En 1825, invité chez Florentine avec Mariette : *DV*, I, 868, 869; à cette époque, à la tête d'un régiment de cavalerie dans la Garde royale où il a sous ses ordres le vicomte de Sérisy et Oscar Husson : 876, 877. Habitué du salon des Grandlieu en 1829 : *SetM*, VI, 510. Courtisé par Canalis à la même époque : *MM*, I, 706; a introduit le comte de Brambourg dans l'intimité du Dauphin : 621; menin du Dauphin en février 1830, il est colonel de cavalerie de la Garde royale : 720. Envoyé à Saint-Cloud, le 28 août 1830, avec le comte de Brambourg, pour y tenir conseil : *R*, IV, 539.
   Ant. *KELLER, comme protecteur de Mariette : *DV*, I, 868 (var. *a*), 869 (var. *a*).
   Ant. les réels *AUMONT (duc d') ou **LA ROCHEFOUCAULD (Sosthène, vicomte de) : *E*, VII, 1089 (var. *a*).

MAUFRIGNEUSE (duchesse Diane de). Femme du précédent. Voir CADIGNAN (princesse Diane de).

MAUFRIGNEUSE (duc Georges de) [né en 1813]. Fils des précédents : *B*, II, 860. Agé de dix-neuf ans en 1832 : *SPC*, VI, 951; choyé par sa mère; prend à son service Toby, l'ex-tigre de feu Beaudenord : 953; court séjour en Vendée en 1832, au moment de l'équipée de la duchesse de Berry : 955; dîne avec sa mère chez la marquise d'Espard : 969. Son mariage est projeté vers 1833 avec Berthe de Cinq-Cygne : *TA*, VIII, 686. Elle ne le hait pas : *SPC*, VI, 956. Leur mariage aurait pu ne pas se faire, à cause de la rencontre, chez sa mère, de la marquise de Cinq-Cygne avec Malin de Gondreville : *TA*, VIII, 687. Épouse Berthe vers

1838 : *DA*, VIII, 773. Le jeune ménage est très lié avec celui de Calyste du Guénic : *B*, II, 860.

MAUFRIGNEUSE (duchesse Georges de). Voir CINQ-CYGNE (Berthe de).

*MAUFRIGNEUSE (duchesse de) : *DA*, VII i, 1600.

MAUGRÉDIE (docteur). Au chevet de Raphaël de Valentin, mandé par Bianchon, en mars 1831 ; représentant l'éclectisme railleur : *PCh.*, X, 256, 257. Il s'en tient aux faits : 258 ; pour lui, le racornissement du cuir fait le désespoir de la médecine comme celui des jolies femmes : 258.

MAULAINCOURT (famille de). Propriétaire d'un hôtel, chaussée des Minimes, racheté en 1831 par Magus pour une bouchée de pain : *CP*, VII, 594.

*MAULINCOURT (les). Parents des Manerville : *Lys*, IX, 1109 (var. *a*).

MAULINCOURT (famille Charbonnon de). Peu ancienne ; fondée au XVIIIe siècle par l'achat d'une charge de conseiller au Parlement de Paris devenue présidence : *F*, V, 800.

MAULINCOURT (baronne Charbonnon de) [?-1819]. Née Mlle de Rieux : *F*, V, 848. Douairière du faubourg Saint-Germain ; entêtée et noble, à la Révolution, refuse d'émigrer ; incarcérée ; sauvée par le 9 thermidor ; en 1804, reprend son petit-fils, unique rejeton de la famille, et l'élève : 800 ; à la Restauration, cultive avec le vidame de Pamiers une amitié éternelle fondée sur des liens sexagénaires : 801 ; en 1819 une lettre anonyme, signée F., lui révèle l'espionnage indigne auquel s'abaisse son petit-fils : 830 ; en train de mourir de chagrin devant l'état désespéré de celui-ci : 882 ; enterrée quelques jours avant lui : 896. Grand-tante de Paul de Manerville, c'est elle qui demande pour lui la main de Natalie Évangélista, et conseille Me Mathias pour le contrat (l'action se passant en 1822, on note ici une erreur de chronologie) : *CM*, III, 552 ; Mathias évoque sa respectable mémoire en 1827 : 897.

MAULINCOURT (baron Auguste Charbonnon de) [1796-1819]. Petit-fils de la précédente. Âgé de dix-huit ans en 1814 : *F*, V, 800 ; portrait en 1819 : 801 ; en 1804, repris par sa grand-mère qui élève l'orphelin ; en 1814, entre dans la Maison-Rouge ; en 1815, suit les princes à Gand ; au retour officier dans les Gardes du corps, puis dans la Ligne : 800. En 1816, dédaigné par la duchesse de Langeais, recueilli par la comtesse de Sérisy : *DL*, V, 1009. En 1819, chef d'escadron d'un régiment de cavalerie dans la Garde royale : *F*, V, 800 ; décoré de la croix de la Légion d'honneur sans avoir jamais combattu : 801. Compte parmi les illustres impertinents de l'époque : *PG*, III, 77. Par sa grand-mère appartient au faubourg Saint-Germain, ce qui lui donne une belle position : *CM*, III, 544. A cette époque, nourrit une passion silencieuse pour Mme Jules : *F*, V, 803, 804 ; l'espionne : 813 ; découvre l'existence de Ferragus dans la vie de Mme Jules : 818-821 ; échappe à deux attentats : 823 ; découvre l'identité de Ferragus : 827 ; provoqué en duel par Ronquerolles à un bal chez la duchesse de Berry et laissé pour mort : 828, 829 ; à une soirée chez le préfet de la Seine, Ferragus lui inocule par les cheveux une maladie mortelle : 832, 833 ; accuse Mme Jules de ces attaques : 834 ; la dénonce à M. Jules : 845, 846 ; est devenu un cadavre vivant quand Jules Desmarets vient lui demander raison de ses actes : 882 ; enterré au Père-Lachaise quelques jours après Mme Jules et peu après sa grand-mère : 896.
Ant. *MAULINCOURT : *PG*, III, 77 (var. *e*) ; *MOLINCOURT : *F*, V, 800 (var. *g*).
*MAULINCOURT : *DL*, V, 1005 (var. *c*).

MAUNY (baron de). Assassiné à Versailles, d'un coup de hache, dans la nuit du réveillon, par Victor, qui deviendra le Capitaine parisien : *F30*, II, 1167 ; il semble s'agir d'un acte de vengeur ou de justicier : 1167 ; il avait des crimes sur la conscience : 1173.

MAUPIN (Camille). Voir TOUCHES (Félicité des).

MAURICE. Valet du comte de Restaud en 1819 : *PG*, III, 95, 96. Toujours en place en 1824, a pris le parti de la comtesse : *Gb.*, II, 1003, 1004.
Ant. *JOSEPH : *Gb.*, II, 1004 (var. *a*).

*MAURICEY, remplacé par TAILLEFER. Voir ce nom.

*MAURICEY (Mme). Voir TAILLEFER.

*MAURICEY (Joséphine). Voir TAILLEFER (Victorine).

MAURIN (abbé). Ancien curé de Loches, chanoine de la cathédrale de Tours au début du XIXᵉ siècle ; peu avant 1816 il loge chez Mme Berger : *PC*, XII, 798.

Mauvais drôle d'Issoudun (un). Sans doute un des chevaliers de la Désœuvrance ; débauche le garde-magasin de Fario : *R*, IV, 445.

MÉDAL. Savetier, ami de Robespierre, président de la section du Temple pendant la Révolution ; antécédents ; après le 9 thermidor, reprend son ancienne profession ; concierge de l'hôtel Fouquet en 1824 : *Th.*, XII, 588 ; en 1800, considère que la République est flambée ; l'année suivante, épouse Sophie Bara : 589 ; élève brutalement son fils : 590.

MÉDAL (Mme). Femme du précédent. Voir BARA (Mlle).

MÉDAL (Robert) [né en 1803]. Fils des précédents. Comédien. Sa naissance : *Th.*, XII, 589 ; petit clerc chez son oncle maternel, l'huissier Bara, en 1824 ; initié par la cuisinière, mène une vie peu vertueuse : 591, 592 ; féru de théâtre, connaît tout le répertoire ; en 1829, rendu à sa famille : 591, 592 ; Talma lui prédit le plus grand avenir théâtral : 593 ; va demander un engagement au père Léonard, imprésario : 593, 594. Considéré en 1845 comme le plus grand acteur français : *CP*, VII, 598.

Ant. le réel *LEMAÎTRE (Frédérick) : *CP*, VII, 598 (var. *c*).

Médecin de Besançon (le). Mandé aux Riceys, auprès du baron de Watteville, en 1836 : *AS*, I, 1011.

Médecin (un). Le plus savant de ceux qui ont été appelés en consultation auprès du comte Laginski (pourrait être Bianchon) ; estime que la vie du patient est entre les mains de ses gardes-malades : *FM*, II, 235, 236.

Médecin de Saint-Cyr-sur-Loire (le). Soigne Mme Willemsens, à La Grenadière, lors de sa dernière maladie : *Gr.*, II, 438.

Médecin de Guérande (un). Soigne Béatrix de Rochefide : *B*, II, 812 ; rappelé en octobre 1836 au chevet de Calyste du Guénic, souffrant d'une fièvre lente, demande en consultation les deux plus fameux médecins de Nantes : 834.

Médecin du comte de Restaud (le). Est entièrement dans les intérêts de Mme de Restaud : *Gb.*, II, 1000.

Médecin élève de Gall (un). En 1819, au chevet de Goriot avec Bianchon et deux médecins des hôpitaux, à la pension Vauquer : *PG*, III, 269.

Médecin de Nemours (un). En 1815, sachant le whist, devient avec le juge Bongrand et M. de Jordy un familier du docteur Minoret ; mais ses occupations empêchent son assiduité : *UM*, III, 797, 798 ; à une soirée, défend Ursule attaquée par les héritiers du docteur : 870-872 ; après la mort de Minoret, vient trois fois par jour auprès d'Ursule en danger de mort : 946.

Médecin des sœurs (le). Conseille à Mme Gruget d'envoyer la Rabouilleuse à l'hospice : *R*, IV, 534, 535.

Médecin des La Baudraye (le). Admirateur de Dinah : *MD*, IV, 646.

Médecin d'Angoulême (le). Soigne Mme David Séchard, victime d'une syncope : *IP*, V, 685.

Médecin (un). Appelé au pensionnat de jeunes filles où Herrera a placé Esther Gobseck qui ne se laisse pas examiner à fond par lui : *SetM*, VI, 469 ; il veut l'envoyer en Italie ; devant le refus de Herrera, prévoit qu'elle mourra : 470.

Médecin de la Mairie (le). Vient constater le décès du policier Peyrade en février 1830 : *SetM*, VI, 680, 681 ; et un peu plus tard celui de Lucien de Rubempré : 809.

Médecin de la prison de la Force (le). Ne croit pas à la feinte maladie de Carlos Herrera : *SetM*, VI, 730.

Médecin du quartier Saint-Marcel (un). Cérizet lui fait examiner le vieux Poupillier ; son pronostic : *Bou.*, VIII, 183.

Médecin de Tours (un). Examine Félix de Vandenesse en 1814 : *Lys*, IX, 980.

Médecin (un). Invité du notaire de Raphaël de Valentin en octobre 1830 ; explique devant Raphaël le régime qui a guéri un pulmonique : *PCh.*, X, 217.

Médecin des eaux, à Aix-les-Bains (le). Portrait : *PCh.*, X, 267 ; examine Raphaël de Valentin et semble s'intéresser à son cas, lui expliquant la théorie du phlogistique et lui déconseillant les eaux d'Aix, sous prétexte qu'il y brûlerait ses poumons ; est en réalité envoyé par les autres malades : 268, 269.

Médecin du Mont-Dore (un). Convoqué par Jonathas, vient rôder auprès de Raphaël de Valentin, l'examinant à la dérobée : *PCh.*, X, 285, 286.

Médecin français (un habile). Élève de Magendie, de Cuvier, de Dupuytren, de Broussais : *Do.*, X, 610 ; appelé en consultation auprès du duc Cataneo, à Venise : 571 ; sa conversation avec la duchesse Cataneo, au théâtre de la Fenice : 573-578 ; admirateur de Gall : 576 ; Massimilla Doni lui explique la beauté de la musique de Rossini : 587, 588, 589-610 ; Vendramini lui conte les chastes amours d'Emilio et de la duchesse : 610 ; réconcilie les deux amants, en sauvant Emilio et en guérissant Genovese : 617, 618.

Médecin de L'Isle-Adam (un). Appelé par M. d'Albon pour soigner Philippe de Sucy, craint une lésion au cerveau, et le veille lui-même ; lui permet le lendemain de revoir d'Albon : *Ad.*, X, 984.

Médecin de Bordeaux (un). Éloigne Mme Diard du cadavre de son mari : *Ma.*, X, 1092 ; comprend qu'elle l'a tué pour ses crimes, conclut à la mort par suicide : 1093.

Médecin de Carentan (un). Royaliste in petto, entre dans le jeu de l'ami de Mme de Dey, et discute de la spécificité du traitement de la goutte par le procédé de Tronchin : *Réq.*, X, 1109, 1112.

Médecin de la maison de Lorraine (le). Chargé en 1560 d'examiner Christophe Lecamus, afin de savoir si son état autorise le supplice de la question : *Cath.*, XI, 290 ; essaie de lui arracher son secret, pour compromettre Catherine de Médicis : 296.

Médecin des Eaux (le), à Aix. Raphaël le consulte : *PCh.*, X, 267-269.
Ant., un Italien : *PCh.*, X, 269 (var. *b*).

*Médecin des Eaux (le). Remplacé par le président du Cercle : *PCh.*, X, 265 (var. *d*).

Médecin (un grand). Ses conseils à Caroline : *PMV*, XII, 98-101.

Médecin (un jeune). Futur Bianchon, appelé par Adolphe de Chodoreille au chevet de Caroline, s'aperçoit qu'elle n'a rien : *PMV*, XII, 172, 173.

Médecin de Clermont (un). En 1821, conseille avec succès à Bettina Brézac les exercices violents : *GH*, XII, 403.

Médecin (un). Participe à une conversation dans un salon : *Ech.*, XII, 472.

Médecin parisien (un). Mystifié, croit trouver la plique chez un portier chauve : *MI*, XII, 734.

Médecin anglais (un). Traite un excentrique à son insu : *MI*, XII, 737, 738.

*Médecin napolitain (un). Assiste à l'autopsie de Mme de Chamaranthe : *DxA*, XII, 1082.

Médecins parisiens (trois). Assistent à l'autopsie d'Esther Gobseck : *SetM*, VI, 694.

Médecins de François II (les trois). Opposés à la trépanation proposée par Ambroise Paré ; le roi en meurt : *Cath.*, XI, 330, 333.

MELCION (Joséphine). Écrit à l'abbé de Vèze pour lui demander quelques renseignements sur son enfance, le priant de lui répondre poste restante, à Paris : *PC*, XII, 805.

MELIN. Cabaretier dévoué au chevalier du Vissard, en 1808 : *EHC*, VIII, 294 ; condamné pour ce délit à cinq ans de réclusion en 1809 : 314.

*MELLET (Mme de). Voir MERRET (Mme de).

MELMOTH (sir John) [?-1823]. Anglais mystérieux. Portrait en 1823 ; à cette époque, surgit aux yeux de Castanier, stupéfait, dans les bureaux fermés de la banque Nucingen, pour y encaisser une lettre de change de cinq cent mille francs : *MR*, X, 350, 351 ; le concierge Picquoiseau assure à Castanier ne pas l'avoir vu entrer : 353 ; un pouvoir satanique le rend invulnérable : 364, 365 ; au théâtre, intime à Castanier l'ordre de le présenter à Mme de La Garde : 365 ; démonstration de son pouvoir : 365-367 ; échange son âme avec celle de Castanier, qu'il dote de sa puissance : 369, 370 ; habite rue Férou, près de Saint-Sulpice : 377 ; sa mort, en odeur de sainteté : 377, 378 ; comment se perd son pouvoir satanique : 386, 387.

*MELVILLE (lord), remplacé par GRENVILLE (lord) : *F30*, II, 1124 (var. *c*).

Membres de la conférence sur la théorie du lit conjugal (deux) : *Phy.*, XI, 1061-1063.

MEMMI (les). Famille patricienne de Venise. Héritière du titre de Marco-Facino Cane : *FC*, VI, 1031 ; *Do.*, X, 550. Voir CANE-MEMMI.

Mendiant (un petit). Se fait donner deux sous par le professeur Jorry de Saint-Vandrille (ou Marmus de Saint-Leu), mais n'en donne qu'un à sa mère qui rôde dans la rue Mazarine avec un enfant à la mamelle : *ES*, XII, 536, 553.

Mène-à-Bien. Voir Coupiau.

*Menoti. Voir Goguelat.

*Méo (docteur). Appelé auprès de Mme Jules Desmarets; remplacé par Desplein, puis par Desplein et Haudry : *F*, V, 856 (var. *d*), 873 (var. *f*).

Ménétrier aveugle (un). Anime près de Cosne une fête villageoise qu'interrompt un orage; image fantastique d'un souhait de Raphaël de Valentin : *PCh.*, X, 287.

Menuisier (un). Entrepreneur en bâtiments, a Sauvaignou comme premier ouvrier; tombe en faillite : *Bou.*, VIII, 156.

*Mercier. Habitant d'une ville de province en 1838 : *EP*, VIII, 1596.

Mercier de Soulanges (le) : *Pay.*, IX, 289.

Mère de Rodolphe (la). Spirituelle Parisienne dans *L'Ambitieux par amour* d'A. Savarus : *AS*, I, 940, 941; meurt en juillet 1823 : 947.

*Mère de Jules (la). Dame d'Alençon, refuse à son fils un gilet pareil à celui de M. de Sponde : *La Fleur des pois*, IV, 1440.

*Mère de Sophie (la). Dame d'Alençon, voudrait une pèlerine comme celle de Mme de Gordes : *La Fleur des pois*, IV, 1440.

Mère de Paquita Valdès (la). Esclave achetée en Géorgie pour sa beauté, a déjà vendu une fois sa fille : *FYO*, V, 1081; trouve le cadavre de Paquita; sa maîtresse paie son silence : 1108.

Mère de Marthe Michu (la). Veuve d'un tanneur de Troyes, vit à Gondreville, chez son gendre : *TA*, VIII, 502; se demande quels sont les deux inconnus qui entrent à Gondreville : 513; aide son gendre à se créer un alibi : 593, 594; victime de l'astuce de Corentin : 649.

Mère d'Évelina (la). Janséniste appartenant à la Petite Église; pendant le trajet avec Benassis vers le château patrimonial, note les changements survenus chez sa fille : *MC*, IX, 557, 563.

Mère d'un pêcheur du Croisic (la). Servante d'un homme de loi; entend la confession de Pierre Cambremer à son patron : *Dr.*, X, 1171.

Mère de famille (une) : *PMV*, XII, 182.

Mergi (M. de). Magistrat. Conseiller à la Cour impériale, préside la Cour spéciale de justice criminelle de 1809, chargée de juger les chauffeurs de Mortagne; sous la Restauration procureur général et royaliste fanatique; son acharnement envers Mme de La Chanterie et sa fille : *EHC*, VIII, 316; préside plus tard la Cour royale de Rouen : 396.

Mergi (baron de). Fils du précédent. Épouse Vanda Bourlac, fille d'un collègue de son père : *EHC*, VIII, 316, 396.

Mergi (Vanda de) [née en 1800]. Femme du précédent. Trente-huit ans en 1838 : *EHC*, VIII, 389. Fille du soi-disant M. Bernard : 336; la mystérieuse maladie dont elle souffre depuis des années : 337-341; ignore la misère dans laquelle se débat son père : 352, 353; interrogée par le docteur Halpersohn sur son hérédité : 388; elle a dans le corps, selon lui, une humeur nationale dont il faut la délivrer : 389; transportée à la clinique Halpersohn, à Chaillot, pour y être débarrassée de sa plique polonaise : 390; M. Godefroid apprend enfin son identité réelle : 396; guérie par Halpersohn, M. Godefroid la rencontre sur les Champs-Élysées, au bras de son fils, en septembre 1838 : 407.

Mergi (baron Auguste de) [né en 1821]. Fils des précédents. Âgé de seize ans au début de 1837 : *EHC*, VIII, 342; élève de philosophie au collège Louis-le-Grand : 345; accueille chez son grand-père les trois huissiers chargés de verbaliser : 391, 392; l'alerte à la maison de santé de la rue de Chaillot, où est soignée sa mère : 393; affolé par la menace qui pèse sur sa famille, vole quatre mille francs sur la cheminée d'Halpersohn : 399, 400; s'accuse du vol : 401; arrêté, il est conduit à la Conciergerie : 403; relâché, le médecin ayant retiré sa plainte; par égard pour son père, grâce à M. Joseph, son dossier est détruit : 409; chargé par son grand-père, le baron Bourlac, de retrouver l'adresse de Mme de La Chanterie : 411.

Merle (?-1799). Capitaine à la 72e demi-brigade, en 1799. Portrait à cette époque : *Ch.*, VIII, 1045; ami du commandant Hulot : 921; envoyé par Hulot à Mlle de Verneuil : 995; quelque peu amoureux de la jeune femme : 1045; gracié par Montauran à La Vivetière; pour sauf-conduit, ce dernier lui donne son gant : 1054; il est néanmoins abattu par Pille-Miche : 1056.

Merlin (Hector). Journaliste. Portraits en 1821 : *IP*, V, 329, 330 et 416,

417; alors venu de Limoges, médiocre, habile, servile, fait la politique du centre droit et travaille dans le petit journal de Finot : 346, 347; s'y trouvant mal payé, prive un soir le journal de copie : 330 et 389; amant de Mme du Val-Noble; avec elle au souper de Florine; le plus dangereux des journalistes présents : 416; prépare pendant l'hiver 1821-1822, avec Théodore Gaillard, la fondation du journal *Le Réveil* : 493.

Ant. *VERNOU, lui-même ant. *SAINT-JEAN VERDELIN : *IP*, V, 346 (var. *f*); *VERNOU : *IP*, V, 444 (var. *d*, *e*), 447 (var. *a*, *e*), 462 (var. *e*); *JULES : *IP*, V, 436 (var. *d*).

*MERLIN, remplacé par un rédacteur inconnu de Rubempré : *IP*, V, 434 (var. *c*); remplacé par VERNOU : *IP*, V, 442 (var. *c*), 446 (var. *c*), 456 (var. *c*), 457 (var. *b*).

*MERLIN : *IP*, V, 475 (var. *a*), 536 (var. *a*).

MERLIN DE LA BLOTTIÈRE (Mlle). Vieille fille dévote de Tours, amie de l'abbé Birotteau, en 1826 : *CT*, IV, 196.

MERRET (comte de) [?-1816]. Gentilhomme picard; la tête près du bonnet : *AEF*, III, 719; châtelain de La Grande Bretèche, aux environs de Ven-dôme; en février 1814, va voir sa femme, un soir, à son retour du cercle : 724, 725; soupçonne la présence d'un amant dans le cabinet attenant à la chambre : 725; la comtesse ayant juré sur le crucifix qu'il n'y avait personne, il en fait murer la porte par le maçon Gorenflot : 727, 728; reste pendant vingt jours dans la chambre à côté de laquelle est emmuré Bagos de Férédia : 729; meurt à Paris, deux mois avant l'installation de Me Regnault à Vendôme : 714, 715.

Ant. *MELLET. Voir ci-dessous.

MERRET (comtesse Joséphine de) [?-1816]. Portrait en 1816 avant sa mort : *AEF*, III, 716; originaire du Vendômois : 719; au mois de février 1814, reçoit tardivement la visite de son mari, qu'elle croit couché : 725; jure sur le Christ qu'il n'y a personne dans l'alcôve attenant à sa chambre : 726; surprise par le comte au moment où elle cherche à aérer le cabinet qu'il vient de faire murer : 728; après le drame de l'emmurement, fait démeubler La Grande Bretèche et va vivre dans son château de Merret : 715; en 1816, mourante, elle fait appeler le notaire de Vendôme, Me Regnault : 714, 715; ses dispositions testamentaires relatives à La Grande Bretèche : 717, 718. Allusion au drame de La Grande Bretèche : *MD*, IV, 688.

Ant. *MELLET (Mme de) : *AEF*, III, 713 (var. *c*); *MÉRÉ (Mme de), femme criminelle : *Pré.PG*, III, 43.

MERSKTUS. Banquier à Douai. En 1819, réclame à B. Claës le paiement immédiat d'une lettre de change : *RA*, X, 780.

Métayer tourangeau (un) [?-1820]. Assassiné par son garçon de ferme, pour un motif futile : *Ech.*, XII, 487.

Méthodiste (une). Veuve d'un Anglais philanthrope et marchand d'opium, revend son hôtel au comte Laginski : *FM*, II, 201.

Méthodiste anglais (un). Ses propos à la conférence sur le lit conjugal : *Phy.*, XI, 1063.

MÉTIVIER. Marchand de papiers à Paris, rue Serpente, en 1822 : *IP*, V, 322; en même temps papetier-imprimeur, commissionnaire en papeterie et banquier : 584; correspondant parisien de David Séchard : 322; reçoit le beau-frère de ce dernier, Rubempré, porteur de trois faux billets à ordre sur lesquels il a imité la signature de David; les lui escompte : 544, 545; de mèche avec les Cointet d'Angoulême, poursuit à outrance Rubem-pré : 596; en possession du brevet de Séchard, Cointet s'abouche avec lui pour accaparer le marché du papier des journaux en un an : 726; de 1823 à 1833, il a, sans concurrence possible, la fourniture des journaux de Paris et constitue la fortune la plus considérable du commerce de la papeterie : 727. En 1824, avec sa trogne de vieux portier, au café Thémis en compagnie de Gobseck, Gigonnet et Mitral : *E*, VII, 1037, 1038; manipule un journal d'opposition en faveur de Baudoyer, avec Chabois-seau : 1040.

Ant. *PALMA : *E*, VII, 1037 (var. *d*).

MÉTIVIER. Neveu du précédent. Marchand de papiers en gros, locataire de Mlle Thuillier, rue Saint-Dominique-d'Enfer : *Bou.*, VIII, 24; successeur de son oncle; épouserait bien une de ses cousines : 54. Associé de Barbet en 1837 : les deux complices font surveiller M. Bernard par la mère Vauthier : *EHC*, VIII, 358; fait saisir M. Bernard : 392.

MEYNARDIE (Mme). Tenancière d'une maison close, employant Ida Gruget : *F*, V, 819. En 1823, comptait la Torpille parmi ses pensionnaires, qui avaient droit à un jour de sortie par semaine : *SetM*, VI, 452.

　　　Ant. *HYPPOLITE (Mme) : *SetM*, VI, 452 (var. *d*).

MEYRAUX (docteur) [?-1830]. Ami de Louis Lambert en 1819, chargé par celui-ci de développer ses idées : *LL*, XI, 652. Membre du Cénacle, en 1822, y représente la biologie; émeut la célèbre dispute entre Cuvier et Geoffroy Saint-Hilaire quelques mois avant sa mort (en 1830 par conséquent) : *IP*, V, 317; a porté un pronostic fatal sur le cas de Louis Lambert, qu'il soignait avec Horace Bianchon : 419, 420.

　　　*MEYRAUX : *IP*, V, 419 (var. *a*).

MICHAUD (Justin) [?-1823]. Sous-lieutenant des armées impériales : *Pay.*, IX, 123, 124; portrait en 1823 : 121, 122; chevalier de la Légion d'honneur : 122; ancien maréchal des logis-chef aux cuirassiers de la Garde sous Montcornet; en 1821, engagé, alors qu'il est en demi-solde, comme garde aux Aigues par Montcornet : 170; se marie avant de prendre son poste : 172; s'installe, en 1822, à la Lanterne de la porte d'Avonne : 190; en 1823, garde général des Aigues : 127; conseille au général d'enclore de murs sa propriété : 176; lui fait comprendre qu'il a un ennemi à domicile, Sibilet : 177; mort de son lévrier, Prince, égorgé par le Tonsard : 331, 332; à la fin de novembre, va quérir de nuit le docteur Gourdon, à Soulanges, pour accoucher sa femme : 339; son cheval rentre seul à l'écurie et son cadavre est retrouvé, la colonne vertébrale brisée d'une balle tirée par Tonsard : 340, 341.

MICHAUD (Mme) [?-1823]. Née Olympe Chazet. Portrait en 1823; fille de fermiers des environs d'Alençon; devenue en 1821 première femme de chambre de la comtesse de Montcornet : *Pay.*, IX, 192; a ses secrets : 108; mariée en 1821 : 172; en 1823, inquiète pour son mari de la haine des paysans : 194, 195; inquiète pour la Péchina de la passion de cette enfant pour Justin : 197-200; en août, enceinte de trois mois : 198; en novembre, son mari assassiné, elle meurt en accouchant : 341.

*MICHAUDIER. Ant. *JACOB, puis remplacé par *BOUGINIER (Jean), puis par LEMULQUINIER : *RA*, X, 657 (var. *b*).

MICHEL. Homme de peine du cabaretier Socquard, en 1823. Ses gages annuels : *Pay.*, IX, 296, 297.

*MICHELETTE. Ouvrière à Belley : *CF*, XII, 427.

*MICHON. Remplacé par *MICHU, substitut, puis par *VAVIN : *EP*, VIII, 1596.

MICHONNEAU (Christine-Michelle). Voir POIRET (Mme). Femme de Poiret aîné.

　　　Ant. *VÉROLLEAU (Mlle) : *PG*, III, 56 (var. *a*), 132 (var. *a*).

MICHU (?-1806). Ancien garde général de la famille de Simeuse. Portrait : *TA*, VIII, 503; assiste à l'exécution de ses maîtres; gendre d'un tanneur de Troyes; président du club des Jacobins d'Arcis : 507; après la mort de son beau-père, devient le bouc émissaire des rancunes de la région; il se raidit dans son mutisme : 507; depuis 1789 habite le pavillon dit de Cinq-Cygne dans le parc de Gondreville : 504; en 1800, supplie l'avocat Marion de lui vendre Gondreville; le menace de mort devant son refus : 509, 510; son surnom, Judas : 511; décidé à tuer Malin, il se méfie de son domestique, Gaucher : 519; entretien avec les deux policiers (Corentin et Peyrade) venus en mission à Gondreville en 1803 : 514-516; surprend la conversation entre Malin de Gondreville et Grévin et modifie ses plans : 527; grise le fermier Violette pour le sonder et se procurer un alibi : 528, 529; fait prévenir Mlle de Cinq-Cygne du danger couru par les jumeaux de Simeuse : 532; l'emmène en forêt de Nodesme : 564; révèle à la jeune fille qu'il est le gardien de la fortune des Simeuse; sa conduite depuis dix ans : 562, 563; va chercher les jumeaux de Simeuse et leurs cousins à Lagny et les cache en forêt de Nodesme : 567, 568; questionné par Corentin, essaie de l'attirer du côté de l'étang du château, mais l'espion se méfie : 594, 595; renvoyé par Malin de Gondreville, devient fermier de toutes les réserves de Cinq-Cygne : 595; délivre les quatre émigrés : 599; son inquiétude au sujet des gens qu'il voit rôder dans le pays, dès février 1806 : 616; sur le conseil des Simeuse, vend ses terres au fermier de Beauvisage; le jour de la mi-carême 1806 restitue à ses maîtres l'or enseveli en forêt depuis 1790 : 617, 618; Lechesneau signe son mandat d'amener : 629; vient d'achever de murer l'or des Simeuse lorsqu'il est arrêté chez lui par Pigoult : 631; son costume et son regard au début du procès : 655; il est condamné à mort : 671; son pourvoi est rejeté : 673; Laurence de Cinq-Cygne le visite dans sa prison : 675; elle intervient en vain pour lui auprès de Napoléon : 681; il la revoit avant son supplice au cours duquel il est assisté par l'abbé Gouget : 682, 683. La plus grande partie des terres de Beauvisage provient de la vente Michu en 1806 : *DA*, VIII, 751.

    *MICHU : *DA*, VIII, 1600.

MICHU (Marthe) [?-1806]. Femme du précédent. Fille d'un tanneur de Troyes; son père, président du Club révolutionnaire de la ville, l'oblige à se costumer en Déesse de la Liberté : *TA*, VIII, 507; d'éducation catholique, a dû épouser Michu, par ordre de son père : 511; sa mère vit avec eux : 506; en 1803 le voyant fourbir son fusil et le charger, le questionne sur ses intentions : 502; l'accompagne au château de Cinq-Cygne et comprend enfin à quelle cause Michu a voué sa vie : 532; alerte Mlle de Cinq-Cygne, qu'elle fait fuir : 557; croit à la culpabilité de Michu dans l'enlèvement du sénateur Malin; reçoit la visite d'un inconnu, qui lui remet une lettre apocryphe soi-disant envoyée par son mari : 649, 650; ne la montre que cinq jours plus tard, à l'abbé Gruget : 652; arrêtée après les révélations du sénateur Malin : 666; avoue connaître la cachette de la forêt : 667; meurt de douleur dans sa prison, en mai 1806, vingt jours après la condamnation de son mari : 672.

MICHU (François) [né en 1793]. Fils des précédents. Agé de dix ans en 1803 : *TA*, VIII, 512; gamin adroit et rusé, sert d'espion à son père : 512; exécute avec intelligence ses instructions : 530, 531; rapporte à Laurence de Cinq-Cygne son alliance, complétée; explique en patois comment le brigadier d'Arcis a été retrouvé sur la route, désarçonné : 589; protégé de Laurence et avocat en 1817, il est nommé juge suppléant à Alençon en 1819; à sa majorité, reçoit une inscription de douze mille francs de rente de la famille de Cinq-Cygne; épousera Mlle Girel, de Troyes : 684. Juge suppléant à Alençon en 1824, est destiné à briller à Paris : *CA*, IV, 1060, 1061; fait son tribunal comme un enfant ses devoirs et s'acquitte à merveille de son rôle de magistrat fashionable : 1070; gagné à la cause des d'Esgrignon : 1086; six mois après le non-lieu de Victurnien d'Esgrignon, il est nommé chevalier de la Légion d'honneur et procureur du roi : 1093, 1094. Procureur du roi à Arcis-sur-Aube en 1827 : *TA*, VIII, 684. Y est appelé après la mort de Louis XVIII comme président du tribunal : *DA*, VIII, 725; exerce toujours ces fonctions en 1839 : 787.

    Ant. *GRANDVILLE (Eugène de) : *CA*, IV, 1061 (var. *a*).

    *MICHU. Président du tribunal d'une ville de province en 1838; ant. *MICHON; ant. *Substitut et remplacé par *VAVIN : *EP*, VIII, 1596.

    *MICHU : *DA*, VIII, 1600.

MICHU (Mme François). Femme du précédent. Née Girel, fille d'un banquier de Troyes, en relation avec la famille de Cinq-Cygne : *TA*, VIII, 684. A Arcis, vit dans une tour d'ivoire : *DA*, VIII, 801.

MIGEON. Portier de Lousteau, rue des Martyrs, en 1836 : *MD*, IV, 742; s'entremet pour engager les bijoux de Mme de La Baudraye : 757.

MIGEON (Paméla) [née en 1822]. Fille du précédent. Quatorze ans en 1836 : *MD*, IV, 746; introduit chez Lousteau, en son absence, Mme Cardot et sa fille : 742; essaie d'en avertir Lousteau : 743; engagée par Lousteau pour être la femme de chambre de Dinah de La Baudraye : 746.

*MIGNON. Notaire dans une ville de province en 1838 : *EP*, VIII, 1596.

*MIGNON. Juge de paix à Arcis : *DA*, VIII, 717 (var. *b*).

*MIGNON (Henriette). Voir SIGNOL (Henriette).

MIGNON (Charles). Voir MIGNON DE LA BASTIE (comte Charles).

MIGNON DE LA BASTIE (famille) Fondée par un preux d'Auvergne : *MM*, I, 583; a donné à la France le cardinal Mignon[1]; implante son fief comtal

1. Voir MIGNON, à l'Index II.

dans le Comtat Venaissin : 483; blason, avec un chapeau de cardinal pour cimier, et devise : 583; le comté de La Bastie vendu après le 9 thermidor : 483.

MIGNON DE LA BASTIE (comte). Propriétaire du fief de La Bastie à la Révolution. Pour le sauver, devient le citoyen Mignon et coupe des têtes; disparaît pour se cacher au 9 thermidor; inscrit sur la liste des émigrés; son comté vendu, le château déshonoré; découvert à Orange, massacré avec femme et enfants à l'exception de Charles : *MM*, I, 483.

MIGNON DE LA BASTIE (comte Charles) [né en 1776]. Fils du précédent. Agé de vingt-trois ans en 1799; esquisse à cette époque : *MM*, I, 484; caché par son père dans les Hautes-Alpes, échappe au massacre d'Orange, et reste le seul survivant de l'illustre famille à laquelle Paris doit la rue et l'hôtel Mignon; caché dans une vallée du mont Genèvre de 1795 à 1799; engagé en 1799 dans les armées de la République, fit la connaissance, à Nice, de Dumay; en 1804, épouse, à Francfort-sur-le-Main, Bettina Wallenrod, en 1812, officier de la Légion d'honneur, major d'un régiment de cavalerie, fait prisonnier par les Russes, envoyé en Sibérie; en 1814, en revient à pied; rencontre Dumay en route; en 1815, au moment où Napoléon débarque en France, arrive à Francfort et retrouve sa femme, en deuil de son père : 485; légèrement blessé à Waterloo, sauve Dumay; se retire sur la Loire : 483-486; en 1816, réalise ses rentes et se rend au Havre, s'y fixe et y achète une maison rue Royale; envoie Dumay à New York avec un chargement de soieries de Lyon, achetées à bas prix; à son retour acquiert une villa à Ingouville et le loge rue Royale : 486, 487; a loué à Dumay le chalet attenant à sa villa : 475; aide le notaire Latournelle en 1817 : 490; doit liquider en janvier 1826, les banques américaines ayant manqué; s'expatrie pour refaire sa fortune : 488, 489; ses pertes : 579; avait auparavant vendu ses propriétés à Vilquin, son antagoniste sur la place : 475; en 1829, annonce son retour à Dumay; il a gagné sept millions à faire le commerce de l'opium, d'Asie Mineure à Canton, et ramène une cargaison d'un tiers d'or, un tiers de bonnes valeurs, un tiers d'indigo : 556-558; ses vues d'avenir, racheter la terre de La Bastie et constituer un majorat : 557; entrevue à Paris, à l'hôtel des Princes, avec Ernest de La Brière, qui se confesse à lui; il l'invite au Havre avec Canalis : 597-599; rachète à Vilquin, ruiné à son tour, son ancienne villa à Ingouville : 628, 629; invité par le duc de Verneuil et le prince de Cadignan, avec Modeste et ses trois soupirants, à une grande chasse royale à Rosembray, du 7 au 10 novembre 1829 : 690; prie Modeste de se prononcer avant cette chasse : 691, 692; va s'occuper de l'affaire des laisses d'Hérouville : 707; autorisé par ordonnance royale à transmettre à Ernest de La Brière les titres et armes de La Bastie : 713.

MIGNON DE LA BASTIE (comtesse). Femme du précédent. Née Bettina Wallenrod, à Francfort-sur-le-Main : *MM*, I, 484, 485; épouse Charles en 1804 : 484; lui donne quatre enfants, deux fils et deux filles; en 1812, seules survivent celles-ci; en 1815, en deuil de son père, retrouve son mari et vient en France, au Havre, avec lui : 485, 486; vers 1827, après la mort de sa fille Bettina, perd la vue et, son mari au loin, reporte toute sa tendresse sur sa fille Modeste : 491-493; en 1829, devine que Modeste est amoureuse à sa façon de chanter : 560; s'évanouit en apprenant la correspondance de Modeste avec Canalis : 588; opérée par Desplein en décembre, après l'examen que ce dernier vient effectuer au Havre : 640 et 713; approuve le choix que Modeste fait de La Brière : 713.

Ant. *GROLLMANN, nom de jeune fille, remplacé par WALLENROD : *MM*, I,484 (var. *e*).

MIGNON DE LA BASTIE (Bettina-Caroline) [1805-1827]. Fille des précédents. Agée de vingt-deux ans quand elle meurt en 1827 : *MM*, I,491; portrait : 492, 493; à la fin de 1826, séduite et enlevée par un Parisien, Georges d'Estourny : 491, 492; cachée par ce joueur à Paris, aimée six mois : 503; abandonnée lors de la ruine de son père par son séducteur, par ailleurs condamné pour fraudes au jeu et en fuite, revient mourir dans la maison paternelle : 492; confidences et recommandations à sa sœur avant de mourir : 503, 504; en 1829, son père, rentrant des Indes, la croyait toujours en vie : 557.

MIGNON DE LA BASTIE (Marie-Modeste) [née en 1808]. Sœur cadette de la précédente. Agée de vingt ans en 1829 ; née à Francfort-sur-le-Main : *MM*, I, 485 ; son portrait à cette époque : 481, 482 ; en 1825, fiancée à Francisque Althor qui rompt en 1826 lors de la liquidation de Mignon : 501 ; une lithographie représentant Canalis fait courir son imagination ; elle demande des renseignements à son éditeur et lui écrit : 510-514 ; correspondance entre elle et le faux Canalis, Ernest de La Brière : 522-529 ; en juillet 1829, aperçue à sa fenêtre par Ernest, venu incognito au Havre : 529 ; suite de la correspondance : 531-554 ; fait venir le faux Canalis au Havre et, déguisée, le voit sans être vue : 554 et 577 ; joue une mélodie de sa composition, sur un poème de Canalis : 561-566 ; son secret découvert : 587 ; son père lui apprend la vérité sur Canalis et La Brière : 608 ; le duc d'Hérouville entre dans la compétition : 617 ; l'héritière entre le vrai et le faux Canalis, ce dernier méprisé : 626-630 ; l'héritière à Rosembray, les 7, 8, 9 et 10 novembre 1829, à la grande chasse organisée pour elle chez les Verneuil à la demande du duc : 691 ; y acquiert une perfection de manières qui, sans la rencontre de l'élite, lui aurait manqué toute sa vie : 706 ; se décide en faveur de La Brière : 712, 713 ; en février 1830, l'épouse et devient vicomtesse de La Bastie-La Brière, par la grâce de Charles X qui signe au contrat et confère ce titre par lettres patentes : 713. En 1838, une des dames qui procurent à la baronne Hulot une place d'inspectrice de bienfaisance : *Be.*, VII, 365. En 1841, citée par Trailles parmi les personnalités du faubourg Saint-Germain : *B*, II, 310.

Mignon d'Henri III (un). Son opinion sur la virtuosité à la dague de certaine dame de la Cour : *EM*, X, 871.

Mignonne. Maîtresse du Provençal, dans *Dés.* Voir Virginie.

Mignonne. Panthère femelle du désert de Haute-Égypte. Aperçue par le Provençal : *Dés.*, VIII, 1223, 1224 ; description : 1224, 1225 ; accepte les caresses du soldat et le suit : 1226 ; tue et mange le cheval de celui-ci : 1227 ; le sauve des sables mouvants du Nil : 1228, 1229 ; s'habitue à répondre au surnom qu'il lui a donné, Mignonne, au premier appel : 1231 ; il la tue, par suite d'un malentendu : 1232.

Mignonnet (commandant) [né en 1782]. Officier. Quarante ans en novembre 1822 : *R*, IV, 475 ; ancien élève de l'École polytechnique ; ex-capitaine d'artillerie de la Garde impériale ; habite Issoudun depuis 1815 ; ne fraie pas avec Maxence Gilet dont il réprouve la conduite scandaleuse ; ami du capitaine Carpentier, l'un des rares libéraux de la ville : 370, 371 ; prend le parti de Philippe Bridau contre Gilet, et devient son ami : 476-479, 488 ; assiste au banquet bonapartiste et, désigné par Philippe, est un de ses témoins dans le duel : 503-507.

Milady (une). Loue son mari de sa circonspection lors du renvoi de Paddy : *MN*, VI, 345.

Milaud (les). Calvinistes enragés. Une branche, convertie à la révocation de l'Édit de Nantes, anoblie : *MD*, IV, 632 ; une branche restée roturière, enrichie dans le commerce de la coutellerie : 636.

Milaud. Tige des Milaud de La Baudraye. Voir La Baudraye.

Milaud. Magistrat. De la branche roturière des Milaud ; protégé par Marchangy : *MD*, IV, 636. En septembre 1822, premier substitut à Angoulême, donne des conseils à Mme Ève Séchard, dont le mari est en difficulté avec les frères Cointet : *IP*, V, 618-620 ; nommé procureur du roi à Nevers en septembre 1822 : 638. Mais simple substitut à Nevers en 1823 ; espère qu'un jour le château de La Baudraye lui reviendra, le comte Milaud de La Baudraye étant sans enfant : *MD*, IV, 636 ; en 1844, procureur général d'une cour de justice, il rencontre sur le mail le comte Polydore de La Baudraye, promenant *ses* enfants et l'accueille d'un mot ironique : 791.

Milaud (Mme). Femme du précédent, originaire de Nevers. Au mois de septembre 1822, à Angoulême, accouche d'un fils ; gardée par Mme Chardon, mère d'Ève Séchard et de Lucien de Rubempré : *IP*, V, 618.

Milaud de La Baudraye (comte et comtesse). Voir La Baudraye.

Miley. Receveur de l'enregistrement à Arcis-sur-Aube en 1839. Fonde de grands espoirs sur Simon Giguet, qu'il voit déjà garde des Sceaux : *DA*, VIII, 779.

Militaire (un). Prend part à une conversation sur la femme honnête : *Phy.*, XI, 930.

Millet. Épicier à Paris. En rapport avec Mme de La Chanterie ; son annonce dans les *Petites Affiches*, en 1836, scelle la destinée de l'irrésolu M. Godefroid : *EHC*, VIII, 224.

Milord (un). Maître du tigre Paddy, doit le renvoyer : *MN*, VI, 344, 345.

Milord (un). En conversation avec J.-J. Popinot en 1845 : *CP*, VII, 763, 764 ; neveu de Wadmann : 765.

MILORD. Chien de Sébastien de Chamaranthe. Fait peur au père Coudreux, qui lui décharge son parapluie sur la tête : *DxA*, XII, 677.

MINARD (Auguste-Jean-François) [né en 1802]. Âgé de vingt-deux ans en 1824 ; portrait à cette époque : *E*, VII, 978 ; expéditionnaire au ministère, du bureau Baudoyer ; cherche l'idée qui lui procurerait une prompte fortune ; surnommé par Bixiou le lapin blanc : 977, 978 ; à la fin de 1824, démissionne pour se lancer dans l'industrie : 1106. Quitte l'Administration en 1827, pour devenir industriel en denrées coloniales ; sa rapide réussite : *Bou.*, VIII, 47, 48 ; l'anagramme de Colleville sur son nom : 67 ; les lieux communs de ce parvenu : 49, 50. La fameuse maison Minard a commencé par la vente de marchandises avariées : *MN*, VI, 377. Vend à bon marché du thé et du chocolat falsifié ; enrichi, devient distillateur et fait, honorablement, en grand, un commerce commencé en petit, avec indélicatesse ; le plus riche négociant du quartier Maubert, en 1835, habite alors rue des Maçons-Sorbonne ; maire de son arrondissement, juge au Tribunal de commerce et officier de la Légion d'honneur en 1839 ; *Bou.*, VIII, 47, 48 ; veut bien marier son fils et hante le salon des Thuillier afin d'estimer les espérances de Modeste Colleville : 49. Un des maires les plus riches de Paris en 1845 : *CP*, VII, 651.

Ant. prénommé *Jacques puis *Népomucène : *E*, VII, 977 (var. *c*).

MINARD (Mme). Femme du précédent. Née Zélie Lorain, fille de portière. Élève au Conservatoire, danseuse, chanteuse, actrice, enfin fleuriste chez Mlle Godard, gagne cinq cents francs et, préservée du vice par la peur, reste sage jusqu'à son mariage : *E*, VII, 977. En 1835, femme arrivée, porte des diamants aux bals de la Cour ; heureuse de fréquenter les Thuillier et les Colleville : *Bou.*, VIII, 48 ; malgré l'âge et la réussite est toujours la cuisinière épousée par son maître : 50.

MINARD (Julien). Fils aîné des précédents : *E*, VII, 977. Avocat : *Bou.*, VIII, 48 ; passe pour un homme supérieur dans le milieu des Thuillier : 49 ; souffre de la vulgarité de son père : 50. Défend habilement en correctionnelle, en 1839, et fait acquitter le jeune Robert de Sommervieux accusé d'escroquerie : *PJV*, XII, 377.

Ant. *GOBILLARD, puis *BOCQUIN : *PJV*, XII, 377 (var. *a*).

MINARD (Prudence). Sœur cadette du précédent. En bas âge en 1824 : *E*, VII, 977. Fait la connaissance de Modeste Colleville chez les Thuillier : *Bou.*, VIII, 48 ; l'illustre Gaudissart espère l'épouser ; l'un des plus riches partis de la capitale, en 1845 : *CP*, VII, 651.

MINARD (Louis). Réfractaire ; l'un des sept bandits recrutés en 1808 par Hiley et d'Herbomez pour l'attaque du courrier de l'Ouest : *EHC*, VIII, 294 ; guillotiné en 1809 : 314.

MINETTE (Mlle). Artiste lyrique au théâtre du Vaudeville en 1822 : *IP*, V, 348.

Ministre de la Marine (un) de la Restauration. Refuse une pension à la baronne Leseigneur de Rouville : *Bo.*, I, 426, 427.

Ministre de la Restauration (un). En 1814, épris de Mme Évangélista ; en 1816, ayant retrouvé titres et pairie, rompt ; devient ministre ; sous l'influence de la jettatura de l'Espagnole, se ruinera complètement : *CM*, III, 544.

Ministre d'Allemagne à Paris pendant la Restauration (un). En 1822, chez Florine : *IP*, V, 401 ; en relation avec le salon Montcornet, Blondet ; sa bonhomie calme ; cite un mot de Blücher : 402, 403 ; la presse, selon lui, défara les monarchies : 403 ; admire la richesse intellectuelle de la France : 407 ; sa bonhomie cache sa redoutable finesse : 484.

Ant. *Diplomate (le) : *IP*, V, 425 (var. *d*).

*Ministre (le), remplacé par RHÉTORÉ : *IP*, V, 395 (var. *g*), 400 (var. *b*), 403 (var. *e*), 464 (var. *a*).

Ministre des Finances (le). En 1824, sa carrière, sa position : *E*, VII, 1014-1017 ; attaqué à la Chambre par François Keller : 1017 ; veut empêcher des Lupeaulx d'être député : 932 ; son parti veut la nomination de Baudoyer ou l'avancement de Colleville : 1046 ; promet la nomination de

montre Minoret-Levrault s'emparant de la lettre qui lui était destinée le jour de sa mort : 959, 960; dernière apparition, en septembre 1836, pour annoncer la mort de Désiré Minoret-Levrault : 986.

MINORET (Mme) [?-1793]. Femme du précédent. Née Ursule Mirouët; musicienne, comme son père; se marie en 1778 : *UM*, III, 784; perd plusieurs enfants à leur naissance : 813; meurt après avoir vu passer la charrette conduisant Mme Roland à l'échafaud : 785.

MINORET (Mlle) [née en 1772]. Danseuse mime de l'Opéra, sous le Consulat; entretenue par le vivrier du Bousquier au temps de sa prospérité; illustre et protégée par un prince, en 1815 : *Bou.*, VIII, 40; à cette date, après avoir marié sa fille, elle se retire à la campagne, à l'âge de quarante-trois ans : 41.

MINORET (Flavie). Fille de la précédente. Voir COLLEVILLE (Mme).

*MINORET junior, neveu du docteur, remplacé par LEVRAULT-MINORET : *UM*, III, 790 (var *c*).

*MINORET-CRÉMIÈRE. Notaire de La-Ville-aux-Fayes en 1815 : *Le Grand Propriétaire*, IX, 1263, 1264.

*MINORET-FAUCHEUR (les). Branche des Minoret de La-Ville-aux-Fayes : *Le Grand Propriétaire*, IX, 1264.

*MINORET-FAVREL. Propriétaire d'une entreprise de transports entre Tours et Châteauroux : *Le Grand Propriétaire*, IX, 1264.

*MINORET-GRANDIN. Président du tribunal de La-Ville-aux-Fayes en 1815, maire à la seconde Restauration : *Le Grand Propriétaire*, IX, 1268.

*MINORET-MINORET. Branche des Minoret de La-Ville-aux-Fayes : *Le Grand Propriétaire*, IX, 1263.

*MINORET-MINORET (Mlle). Épouse vers 1821 le nouveau notaire de La-Ville-aux-Fayes, Mitouflet : *Le Grand Propriétaire*, IX, 1271.

MINORET-LEVRAULT (François) [né en 1769]. Neveu du docteur Minoret, fils de son frère aîné : *UM*, I, 786; portrait en 1829 : 770, 771; alors maître de poste à Nemours : 770; depuis 1789, la Révolution aidant, a gagné à cette date trente mille livres de rentes : 772; un des trois héritiers collatéraux du docteur : 772; nommé adjoint du maire de Nemours en juillet 1830 : 800; en février 1835, vole la lettre par laquelle le docteur Minoret, mourant, assure l'avenir d'Ursule; brûle la lettre et le testament qui déshérite les trois héritiers légitimes : 913-917; vend son fonds et rachète la maison du docteur Minoret : 927; prend en grippe sa victime, Ursule : 929; en 1836, l'abbé Chaperon le met au courant des rêves prémonitoires d'Ursule : 963, 964; avoue son larcin à sa femme : 974; par repentir, après la mort de son fils, en janvier 1837, donne le château du Rouvre et vingt-quatre mille francs de rentes à Ursule et devient marguillier de sa paroisse : 986. Rappel de son forfait, le vol d'un testament, sans témoin : *Bou.*, VIII, 180.

Ant. *MASSIN : *UM*, III, 919 (var. *a*).

*MINORET « junior », remplacé par LEVRAULT-MINORET : *UM*. III, 800 (var. *e*); remplacé par sa femme : 919 (var. *c*), 961 (var. *b*); remplacé par MASSIN, greffier : 918 (var. *e*).

MINORET-LEVRAULT (Mme François) [?-1841]. Femme du précédent. Née Zélie Levrault-Crémière : *UM*, III, 786; portrait en 1829 : 803, 804; en 1801, se marie en apportant en dot la poste aux chevaux et la plus belle auberge de Nemours : 786; en 1829, ses préparatifs pour l'arrivée de son fils, reçu licencié en droit : 774; pour lui, elle a déjà refusé mieux qu'Ursule Mirouët : la fille du maire : 845; en 1836, son mari lui ayant avoué son vol au détriment d'Ursule, pour apaiser le remords de François, va trouver Ursule et lui propose la main de Désiré : 974, 975; convoquée à Fontainebleau par le procureur du roi, avoue le vol commis par son mari au préjudice d'Ursule : 983; devenue folle après la mort accidentelle de son fils, est internée à la maison de santé du docteur Blanche et y meurt en 1841 : 986.

Ant. née *LEVRAULT (Mlle) : *UM*, III, 771 (var. *a*); *MINORET, son mari : 919 (var. *c*), 961 (var. *b*).

MINORET-LEVRAULT (Désiré) [1805-1836]. Fils unique des précédents. Portrait en 1829 : *UM*, III, 807; en 1815, demi-boursier au collège Louis-le-Grand en 1815 : 790; en 1829, passe sa licence en droit : 774; arrive à Nemours : 807; amoureux de Florine, dédaigne Ursule Mirouët : 811;

avec son ami Goupil, fonde un comité libéral à Nemours pour les élections de 1830; à la prise de l'Hôtel de Ville, aux journées de Juillet; nommé chevalier de la Légion d'honneur et substitut à Fontainebleau : 902; chez le sous-préfet de Fontainebleau, affirme à Savinien n'avoir jamais pensé à épouser Ursule : 967, 968; informe ses parents de son intention de rendre raison au vicomte de Portendüère, qui l'a provoqué en duel : 972-974; mis au courant du vol commis par son père, en 1835 : 984; victime d'un accident de diligence; amputé des deux jambes : 984, 985; meurt quelques jours plus tard : 986.

MIRAH (Josépha). Voir JOSÉPHA.

MIRAULT. Tige des Mirault de Bargeton. Voir BARGETON Ier.

MIRAULT (les). Branche de la famille revenue au négoce après la ruine de Bargeton III, et installée à Bordeaux : *IP*, V, 153.

MIROUËT (les)[1]. Une des trois familles d'artisans protestants de Sancerre : *Boi.*, XII, 390.

MIROUËT (Valentin) [?-1785]. Fameux claveciniste et facteur d'instruments, un de nos plus célèbres organistes; mort en laissant un fils naturel, reconnu, Joseph, qu'il recommande à son gendre, à son lit de mort; son fonds de commerce racheté par Érard : *UM*, III, 812.

Ant. prénommé *Jean-Joseph-Guillaume-Anastase : *UM*, III, 843 (var. *a*).

MIROUËT (Ursule). Fille du précédent. Voir MINORET (Mme).

MIROUËT (Joseph) [1766-1814]. Fils naturel du claveciniste. Chanteur et compositeur, plein de talent; débute aux Italiens; s'enfuit en Allemagne avec une jeune fille; se marie à quarante ans; ruine sa femme; s'engage dans un régiment français; meurt de misère à Paris : *UM*, III, 812, 813.

MIROUËT (Mme Joseph) [?-1814]. Femme du précédent. Allemande, née Dinah Grollmann : *UM*, III, 915; de Hambourg; folle de musique; en 1806, épouse le musicien Joseph Mirouët qui la ruine; en 1814, meurt en donnant le jour à Ursule : 812, 813.

MIROUËT (Ursule) [née en 1814]. Fille des précédents. Agée de dix mois au début de 1815 : *UM*, III, 790; portrait en 1829 : 808, 809; orpheline, née à Paris : 813; le 5 février : 879; filleule du docteur Minoret : 801; élevée par lui et par la Bougival : 798, 799; très pieuse, amène le docteur à Dieu, et à l'église, au grand émoi des héritiers légaux de son parrain, en 1829 : 775; selon Désiré Minoret, n'a aucun droit à sa succession, de par le Code civil : 843; par un somnambule, le docteur découvre qu'elle aime Savinien de Portendüère : 830; s'engage à lui : 899; à la mort de son parrain, chassée de sa maison par les héritiers, se réfugie avec la Bougival à l'auberge de La Vieille Porte : 920; sur les conseils de Bongrand, achète une modeste maison, Grand-Rue : 922, 923; reçoit deux lettres anonymes, œuvres de Goupil : 937, 938; contracte une fièvre nerveuse : 946; reçoit une lettre imitant l'écriture de l'abbé Chaperon : 947; très malade, reçoit la visite de Mme de Portendüère : 950, 951; première apparition du spectre de son parrain : 959, 960; après la troisième apparition, se confie à l'abbé Chaperon : 960, 961; quatrième apparition; le spectre de Minoret lui prédit la mort de Désiré Minoret si le père de ce dernier ne restitue par les sommes qu'il a volées : 970; met l'abbé Chaperon au courant de ce dernier avertissement : 970; en janvier 1837 épouse Savinien; Minoret lui assure au contrat la possession de sa terre du Rouvre et vingt-quatre mille livres de rentes sur le Grand-Livre : 986; s'installe à Paris où son mari vient d'acheter un bel hôtel faubourg Saint-Germain : 987. Une des trois Saintes Céciles du vieux Schmucke : *CP*, VII, 526. A un fils vers 1839 : *Méf.*, XII, 419. Très liée avec Sabine du Guénic, en 1840 : *B*, II, 873; celle-ci la fait appeler lors de sa dispute avec Calyste, 875; avise la duchesse de Grandlieu des ennuis de ménage de sa fille : 877. L'une des reines de Paris en 1842 : *FM*, II, 199, 200. Ses talents de chanteuse : *AEF*, III, 673. En octobre 1841, de retour au Rouvre après un voyage de dix-huit mois en Italie, offre les bijoux de la corbeille de mariage du fils Bongrand avec Mlle Derville : *Méf.*, XII, 419, 422.

Ant. *VANDENESSE (Mme [la marquise] de) : *AEF*, III, 709 (var. *b*).

---

1. Le nom est orthographié Mirouet, sans tréma, dans *Boi.*

MIROUËT. Boulanger à Sancerre; épouse Marie Boirouge dont il a un fils, Célestin : *Boi.*, XII, 392, 393.

MIROUËT (Mme). Femme du précédent. Voir BOIROUGE (Marie).

MIROUËT (Célestin) [?-1810]. Fils des précédents. Premier garçon de son oncle Espérance Boirouge, cabaretier à l'enseigne du Fort-Samson; mène une vie dissipée avec une fille de Sancerre; en 1800, rachète le fonds de son oncle; meurt après une faillite de dix mille francs, laissant une petite fille de dix ans, Ursule, réduite à la mendicité : *Boi.*, XII, 393.

MIROUËT (Mme Célestin). Femme du précédent, native de Sancerre. En 1800, lui donne une fille, Ursule, puis abandonne le domicile conjugal pour devenir la maîtresse d'un colonel; figurante au théâtre Montansier elle meurt dans la misère : *Boi.*, XII, 393.

MIROUËT (Ursule) [née en 1800]. Fille des précédents. Née à Paris et recueillie en 1810 par son arrière-grand-oncle, le père Boirouge, de Sancerre : *Boi.*, XII, 393.

MIROUËT-BOIROUGE-BONGRAND. Mari de la fille aînée de Joseph Boirouge. Voir LUCIOT.

MIROUËT-BONGRAND. L'une des familles de Sancerre : *Boi.*, XII, 390.

MIRR, dans *FE*. Prononciation de Schmucke pour MÜRR (voir ce nom).

Misanthrope sceptique (un). Sa discussion orageuse avec Émile Blondet au banquet de Taillefer : *PCh.*, X, 104, 105.

MISTIGRIS. Voir LORA (Léon de).

MISTIGRIS. Chat de la pension Vauquer en 1819-1820 : *PG*, III, 82; sa disparition provoque l'émoi : 235.

MITANT (Mme). Paysanne de Couches en 1823, en instance de saisie : *Pay.*, IX, 100, 101.

MITOUFLET. Ancien grenadier de la Garde impériale, aubergiste à Vouvray en 1831, à l'enseigne du Soleil d'Or, a épousé une riche vigneronne; héberge l'illustre Gaudissart : *IG*, IV, 577; l'avise que son client, Margaritis, qui vient de lui vendre du vin, est fou à lier : 594; s'arrange pour éviter que le duel entre Vernier et Gaudissart ne tourne mal : 596, 597.

MITOUFLET. Huissier du maréchal Cottin au ministère de la Guerre en 1841 : *Be.*, VII, 312.

MITRAL. Oncle maternel d'Isidore Baudoyer : *E*, VII, 938; portrait en 1824 : 939. En 1818, huissier à Paris; César Birotteau l'invite à son bal : *CB*, VI, 165; en 1819, instrumente pour Molineux : 245. En 1824, voudrait se retirer à L'Isle-Adam : *E*, VII, 938; ami de Gigonnet; escompte les valeurs du commerce dans son coin, comme Gigonnet dans le sien : 938, 939; accompagne Élisabeth Baudoyer au café Thémis pour monter le piège financier contre des Lupeaulx avec ses amis Gobseck, Gigonnet : 1036-1040; va leur annoncer la réussite : 1071.

MITRAL (Mlle). Sœur du précédent. Voir BAUDOYER (Mme).

MIZERAI. Gargotier à Paris en 1836, rue Michel-le-Comte. Prix du repas : neuf sous : *ZM*, VIII, 837.

Modèle (un). Femme nue dont la présence chez Chaudet horrifie Mme Bridau : *R*, IV, 293.

MODINIER. Vieux domestique des Watteville : *AS*, I, 985, 986; explique à Rosalie les motifs du procès qui oppose son père à la commune des Riceys : 988.

Moine mendiant. *Be.* Voir COLLIN (Jacques).

MOINOT. Facteur des postes. Renseigne le domestique d'Henri de Marsay sur la fille aux yeux d'or : *FYO*, V, 1067; habite 11, rue des Trois-Frères; une femme et quatre enfants : 1069.

MOÏSE. Juif, ancien chef des rouleurs du Midi. En ménage avec la Gonore; à sa mort, la Pouraille prend la succession de sa *largue* : *SetM*, VI, 867.

MOÏSE. Professeur de piano à Troyes, en 1839. Mme Beauvisage compte le faire venir tous les jours à Arcis, pour donner des leçons à sa fille Cécile : *DA*, VIII, 773.

MOLINA (famille de). Noble lignée espagnole; ses deux branches : *RA*, X, 662.

*MOLINCOURT. Voir MAULINCOUR.

MOLINEUX (Jean-Baptiste). Propriétaire. Portrait : *CB*, VI, 105-109. En 1815, assigne les deux dames Crochard, rue du Tourniquet-Saint-Jean : *DF*, II, 27. Possède un autre immeuble rue de Surène : *Bo.*, I, 420. Un autre rue Saint-Honoré, en 1818 : *CB*, VI, 53; domicilié cour Batave;

type de petit rentier grotesque qui n'existe qu'à Paris : 105 ; les conditions locatives qu'il impose à César Birotteau en 1818 : 111, 112 ; invité à son bal : 164 ; lui annonce huit jours plus tard la disparition de Cayron : 182 ; prévient César qu'il le poursuivra par huissier, le 16 janvier 1819, si son loyer n'est pas payé le quinze : 244, 245 ; nommé agent de la faillite Birotteau par le Tribunal de commerce : 270 ; ses habitudes au café David : 280. Fréquente le même café en 1829 : *SetM*, VI, 527.

Ant. *propriétaire anonyme : *Bo.*, I, 420 (var. *c*) ; *BIGOT, puis *RIGOLET, puis *DUPUY : *DF*, II, 27 (var. *b*) ; *MOLINIER : *CB*, VI, 181 (var. *e*).

MOLLOT. Greffier du tribunal d'Arcis-sur-Aube en 1839 : *DA*, VIII, 733 ; élu scrutateur à la réunion électorale tenue par Simon Giguet, approuve la proposition Pigoult : 735 ; ancien premier clerc de Me Grévin ; a acheté sa charge avec la dot de sa femme : 778.

MOLLOT (Mme). Née Lambert fille d'un juge au tribunal de Troyes. Sa curiosité : *DA*, VIII, 778 ; rappelle à Antonin Goulard le montant de la dot et des espérances de sa fille, en 1839 : 779, 780 ; converse avec Vinet et A. Pigoult sur l'inconnu de l'hôtel du Mulet : 782-785.

MOLLOT (Ernestine). Fille unique des précédents. La beauté d'Arcis, amie de Cécile Beauvisage ; toute son ambition, et celle de ses parents, est son mariage avec le sous-préfet Antonin Goulard : *DA*, VIII, 778.

*MONFREY. Médecin à Belley : *CF*, XII, 428.

*MONFREY (Mme). Femme du précédent : *CF*, XII, 428.

*MONFREY (Mlle). Voir CORIOL (Mme) : *CF*, XII, 428.

MONGENOD (maison). Établissement bancaire. Ant. *NUCINGEN (maison) : *FAu.*, XII, 614 (var. *d*).

MONGENOD (?-1787). Avocat au grand conseil. Laisse à son fils cinq à six mille livres de rente : *EHC*, VIII, 261.

MONGENOD (1770-1827 ou 1833). Fils du précédent. Vingt-huit ans en 1798 ; éduqué aux Grassins, il y prend les mœurs polies des aristocrates : *EHC*, VIII, 260, 261 ; son amitié d'enfance avec M. Alain : 259-261 ; en 1798, son costume trahit une horrible mais décente misère ; Alain lui prête, sans vouloir de reçu, cent louis d'or : 262, 263 ; a perdu sa fortune dans un journal, *La Sentinelle*, met ses espoirs dans un opéra-comique, *Les Péruviens*, qui sera un échec à Feydeau : 263, 269 ; habite rue des Moineaux : 263, 264 ; est aussi débiteur de Me Bordin et de Barillaud : 266 ; charge Bordin d'une reconnaissance de dette pour Alain et s'embarque pour les États-Unis : 267 ; avant son départ, en 1799, se justifie devant Alain : 270 ; de retour d'Amérique en 1816, richissime, il rapporte sa part à Alain, et lui offre la main de sa fille : 274, 275 ; fonde, vers 1816-1817, la banque Mongenod et Cie, rue de la Victoire : 232, 233. De la première couche de la finance parisienne : *Bou.*, VIII, 120. Banquier de M. Godefroid : *EHC*, VIII, 232. De Charles Mignon : *MM*, I, 490. Du marquis d'Espard : *In.*, III, 444. De Philippe Bridau : *R*, IV, 521. De Mme de La Baudraye et de sa mère : *MD*, IV, 790. En janvier 1819, commente à la Bourse la faillite Birotteau, qui l'étonne : *CB*, VI, 263-264. En novembre 1822, Hochon, d'Issoudun, place chez lui Baruch Borniche : *R*, IV, 484, 485. Créancier de Malvaux en fuite, en 1823 : *FAu.*, XII, 618, 619. En 1824, Philippe Bridau dépose à sa banque les fonds de la succession J.-J. Rouget : *R*, IV, 521. En 1828, va marier sa nièce au chef d'escadron Jeanrenaud : *In.*, III, 444. La même année, Dumay charge sa banque d'un envoi d'argent à M. Mignon : *MM*, I, 490 ; Charles Mignon le prévient de New York d'un paiement à effectuer : 557 ; autorisé à donner à La Brière l'adresse de M. Mignon à Paris, en 1829 : 584 ; sa banque est alors rue Chantereine : 590 ; indique à La Brière le montant de la fortune de Charles Mignon : 595. Sa parenté avec les familles Grossetête, Planat de Baudry, de Fontaine, de Vandenesse, lui vaut la confiance des premières maisons de la vieille noblesse : *EHC*, VIII, 233 ; meurt à l'âge de soixante-trois ans (donc en 1833 ; Balzac place ce décès en 1827, mais la première date s'accorde mieux avec les autres indications) : 276.

Ant. *SULLIVAN (Luc) : *In.*, III, 444 (var. *b*) ; *CHIFFREVILLE : *CB*, VI, 264 (var. *a*).

*MONGENOD. Part pour les Indes après avoir séduit une fille Minoret : *ES*, XII, 540 (n. 2).

MONGENOD (Charlotte) [née en 1780]. Femme du précédent. Agée de trente-six ans en janvier 1816 : *EHC*, VIII, 274; première rencontre avec M. Alain, en 1798, alors qu'elle est dans la misère et a dû vendre ses cheveux : 264, 265; part pour les États-Unis avec son père, avant son mari : 267; en 1836, veuve, continue à diriger avec ses deux fils la banque Mongenod et Cie : 233, 234; sa charité : 276.

MONGENOD (Mlle). Fille des précédents. Voir FONTAINE (baronne de).

MONGENOD (Frédéric) [né v. 1801]. Frère de la précédente. Né aux États-Unis : *EHC*, VIII, 274. Trente-cinq ans environ en 1836. Chef de la maison Mongenod et Cie après le décès de son père; portrait : 233; son violon d'Ingres : 233; suggère à M. Godefroid d'apprendre la tenue des livres : 251.

MONGENOD (Louis) [né v. 1811]. Frère du précédent. Né aux États-Unis : *EHC*, VIII, 274; dix ans de moins que son frère, qui le forme; converse, à la banque, avec Mme de La Chanterie en 1836 : 233.

*MONGENOD (les) : *FAu*., XII, 614 (var. *d*).

*MONGORGIER. Tapissier du comte Laginski : *FM*, II, 226 (n. 3).

MONISTROL. Auvergnat. En 1844, marchand de cuivres, ferrailles, meubles rue de Lappe; vend au cousin Pons un éventail peint par Watteau : *CP*, VII, 512, 513; en 1845, tient boutique boulevard Beaumarchais : 541.

*MONSAURIN (Mlle de), remplacée par Amélie THIRION. Voir CAMUSOT DE MARVILLE (Mme).

Monsieur noir (le), dans *DF*. Voir GRANVILLE (comte Roger de).

*MONTALANT (M. de). Voir MANERVILLE (Paul de).

MONTAURAN (marquis Alphonse de) [1782-1799]. Avoue dix-sept ans en 1799 : *Ch.*, VIII, 1005; portrait à cette époque : 975; sa devise : 1061; dit le Gars, désigné par le comte de Lille comme chef des Chouans : 957. Cité comme le Gars par César Birotteau en 1819 : *CB*, VI, 162. Par le baron du Guénic en 1836 : *B*, II, 683. César Birotteau le connaît en 1795 : *CB*, VI, 58. En 1799, prend le nom d'aspirant du Gua-Saint-Cyr; loge aux Trois-Maures avec sa prétendue mère, en fait Mme du Gua : *Ch.*, VIII, 976; conversation tendue avec le colonel Hulot; il est sauvé par Mlle de Verneuil : 987 et 989; reproche à Mme du Gua de sembler ne plus vouloir venger Charette, qu'elle a eu à ses pieds : 993, en septembre 1799, le commandant de demi-brigade Hulot apprend qu'un ci-devant plein de talent, surnommé le Gars, vient de débarquer en Morbihan pour fomenter une nouvelle révolte des Chouans : 922; est aperçu par Hulot, qui fonce sur lui, au combat de La Pèlerine; il est sauvé par ses Chouans : 935, 936; veut rentrer seul à La Vivetière, désapprouvant les mœurs de brigandage de ses troupes : 945; se présente à Mlle de Verneuil en qualité de vicomte de Bauvan : 1009; mis en garde envers cette jeune femme par le chevalier de Valois puis par Mme du Gua : 1017, 1018; à La Vivetière, donne imprudemment sa parole de gentilhomme que Marie et son escorte n'ont rien à craindre des Chouans : 1029; sa famille est alliée à la famille de Verneuil : 1034; sa rage en écoutant une réflexion d'un nouvel arrivé, Bauvan : 1047, 1048; insulte les deux officiers républicains : 1049; laisse partir Marie : 1052, 1053; pour sauf-conduit, donne à Merle son propre gant, croyant le sauver : 1054; sym-pathise avec le comte de Fontaine, qui n'a pas la rusticité des autres chefs chouans et leur manque de vergogne : 1061; sa richesse, ignorée de Mlle de Verneuil : 1089; attaque Fougères, défendue par Hulot, avec ses Chouans : 1093; le comte de Bauvan l'estime trop jeune pour avoir vu Versailles dans sa splendeur : 1107; les querelles et l'âpreté au gain de ses partisans le rebutent : 1126-1130; au bal de Saint-James, exhibe les lettres patentes du roi, lui donnant toute autorité sur les départements de l'Ouest, et les jette au feu, voulant être suivi de ses troupes pour lui-même : 1130; reproche à Bauvan son attitude à La Vivetière : prêt à lui demander raison : 1134; le roi le destine à Mlle d'Uxelles : 1135; épisode du char-bon ardent : 1138, 1139; reconquis par Marie, est prêt à la suivre : 1141; elle lui fait le récit de sa vie : 1143-1146; avoue à Francine son amour pour Marie : 1147; manque de peu d'être pris par les Bleus chez Galope-Chopine : 1168, 1169; épouse Marie, à Fougères; ses deux témoins : Bauvan, du Guénic : 1203-1206; tué le lendemain par les Bleus : 1209; ses dernières volontés qu'il exprime au commandant Hulot; ses derniers moments : 1210. A eu le major Brigaut sous ses ordres : *P*, IV, 38. Mme du Gua et le chevalier du Vissard ont partagé ses dangers : *Vis.*, XII, 634. Organisateur de la révolte de 1799 : *EHC*, VIII, 294; rappel des circonstances de sa mort : 307. A été livré par sa maîtresse et tué : *VF*, IV, 852; rappel de son séjour à l'auberge du More [pour les Trois-Maures] à Alençon où, en 1799, il a rencontré l'espionne de Fouché, Marie de Verneuil : 912. Soutenu dans sa lutte par la comtesse de Bauvan : *CA*, IV, 998. Le baron du Guénic fait allusion à sa mort à Fougères qu'il place par erreur en 1800 : *B*, II, 740.

*MONTAURAN : *TA*, VIII, 695 (var. *a*).

MONTAURAN (marquise de). Femme du précédent. Voir VERNEUIL (Marie de).

MONTAURAN (marquis Nicolas de). Frère d'Alphonse. Portrait en 1836 : *EHC*, VIII, 240. Le marquis d'Esprignon estime que la Restauration a été ingrate envers des hommes comme lui, qui ont lutté courageusement pour la Cause : *CA*, IV, 998. En 1836, colonel de gendarmerie en retraite avec le grade de maréchal de camp. Frère de la Consolation, sous le nom de M. Nicolas : *EHC*, VIII, 241; chargé de lire le manuscrit de M. Bernard[1] : 394, 395. En 1841, tient à assister aux obsèques du vieil et loyal ennemi de son frère, le maréchal Hulot : *Be.*, VII, 353.

MONTBAURON (marquise de). Tante de Raphaël de Valentin qui écrit ses *Mémoires* supposés : *PCh.*, X, 166.

MONTCORNET (comte de) [1774-1838]. Maréchal de France. Fils d'un ébéniste du faubourg Saint-Antoine : *Pay.*, IX, 151. Agé de trente-cinq ans en 1809 : *PM*, II, 102; esquisse à cette époque : 102, 103. Portrait en 1823 : *Pay.*, IX, 61, 62; en 1809, charge à Essling, à la tête de ses cuirassiers : 151. Général en 1808 à Madrid : *MD*, IV, 689. Colonel des cuirassiers de la Garde en 1809, ce qui lui donne rang de général de brigade : *PM*, II, 118; s'intéresse à une jeune inconnue, au bal du sénateur Malin de Gondreville : 99; dépité de se découvrir un rival en la personne de Martial de La Roche-Hugon, son camarade de collège : 100, 101, 103; interroge Malin sur l'inconnue, la comtesse de Soulanges : 101; menace ironiquement Martial de La Roche-Hugon d'entreprendre la conquête de Mme de Vaudrémont : 102, 103; perd le pari qu'il vient de faire : 110, 124; se rabat sur Mme de Vaudrémont : 112, 113; la duchesse de Lansac a travaillé pour lui auprès de celle-ci : 120; se moque de Martial avec elle : 128; n'épouse pas Mme de Vaudrémont, car elle meurt tragiquement : 129, 130. Nommé comte de l'Empire; ses armes et sa devise : *Pay.*, IX, 151; l'Empereur lui permet une fructueuse intendance en Poméranie : 136; au cours de 1814, il a une liaison avec Mme Fortin dont naît, l'année suivante, Valérie : *Be.*, VII, 102. En 1814, livre son corps d'armée aux Bourbons : *Pay.*, IX, 136 et *CA*, IV, 1011. En 1815, nommé pair; suit Napoléon pendant les Cent-Jours; à la seconde Restauration, pair en disgrâce, et militaire mis hors cadre : *Pay.*, IX, 136; en 1816, se rend acquéreur du château des Aigues, en Bourgogne : 60; acquisition faite contre le triumvirat formé par l'intendant du domaine, Gaubertin, le notaire Lupin et l'ex-gendarme Soudry devenu maire de Soulanges : 135; surnommé aussitôt le Tapissier à cause de son père : 178; conserve Gaubertin comme intendant : 135; le prend la main dans le sac, lève la main sur lui et le chasse ignominieusement : 136, 137; il le remplace par Sibilet en 1817 : 149, 150; son vieux camarade, le général comte de Soulanges, lui refuse la main de sa fille, alléguant une trop grande différence d'âge; ils sont brouillés de ce fait : 281; en 1818, il possède les Aigues, un magnifique hôtel à Paris, rue Neuve-des-Mathurins : 141; et soixante mille francs de rentes outre son traitement de lieutenant général en disponibilité; en 1819, il épouse Mlle de Troisville : 151. Un mariage mal vu des nobles du Cabinet des Antiques, qui estiment que la famille de Troisville se galvaude : *CA*, IV, 983, 1067. De retour aux Aigues en janvier 1819, après son mariage, arrangé par la duchesse de Carigliano : *Pay.*, IX, 151, 152; en 1820, il a le cordon de Saint-Louis : 152; en 1821, les difficultés créés par Gaubertin dans ses marchés de bois l'obligent à revenir aux Aigues

---

1. C'est en fait à M. Joseph (Lecamus de Tresnes), juriste, que Balzac a voulu confier cette tâche; mais il a confondu les deux noms.

plus tôt que prévu : 153; Sibilet lui conseille de transiger : 154-161; par La Roche-Hugon, se fait nommer maire de Blangy : 167; comment il s'aliène Rigou : 165, 166; ignore tout de la puissance du maire de La-Ville-aux-Fayes et des intérêts qu'il brasse : 185, 186; en 1823, fait l'impossible pour découvrir l'assassin du garde général Michaud : 340-343; en 1824, le sous-préfet des Lupeaulx lui conseille de vendre les Aigues : 343, 344; averti par Bonnébault que sa tête était mise à prix : 345; vend les Aigues, qui sont dépecées : 346. En octobre 1829, dîne avec sa femme chez Nucingen : *SetM*, VI, 495. Après 1830, considéré comme un vieil habitué du Vaudeville : *HA*, VII, 102. Reprend du service, commande une division : *Pay.*, IX, 346. Nommé maréchal, en 1836, marie sa fille naturelle, Valérie Fortin, avec Marneffe, employé du ministère de la Guerre, au moyen d'une dot de vingt mille francs : *Be.*, VII, 102. Meurt en 1837 : *Pay.*, IX, 346. Enterré au Père-Lachaise : *Be.*, VII, 134; reste dans la mémoire du commerce parisien, car il payait recta : 154; sa statue par Steinbock, vivement critiquée par les journaux, en 1841 : 240.

Ant. *Latour : *MD*, IV, 689 (var. *b*); *P... (général), comme habitué du Vaudeville : *HA*, VII, 788 (var. *c*).

*Montcornet (comtesse de) : *Pay.*, IX, 299 (var. *a*).

Montcornet (comtesse de) [née en 1797]. Femme du précédent. Née Virginie de Troisville, en Russie : *Pay.*, IX, 55, 126; âgée de quarante ans en 1837 : 346. Fille du vicomte de Troisville, d'Alençon : *CA*, IV, 983; *IP*, V, 483; et de la princesse Sherbelloff : 481; *Pay.*, VIII, 152. Fait la connaissance d'Émile Blondet à Alençon, entre 1816 et 1818; leur amitié semblable à celle de Paul et de Virginie; amie de la mère d'Émile, jure à celle-ci de la protéger plus tard, et tient noblement parole : *CA*, IV, 1067. Épouse le lieutenant général comte de Montcornet au début de 1819 : *Pay.*, IX, 151. Son mariage avec Montcornet manque brouiller les Troisville avec les d'Esgrignon : *CA*, IV, 983. En 1820, aux Aigues pour la première fois : *Pay.*, IX, 153; ignore que son mari est le fils d'un tapissier : 178. Une des reines de Paris depuis son mariage : *BS*, I, 164. Maîtresse d'Émile Blondet dès 1818 : *SPC*, VI, 958. L'est en 1822 : *CA*, IV, 1011. La même année, le ministre d'Allemagne à Paris, en visite chez elle, revoit Blondet : *IP*, V, 402; charge Émile d'inviter Rubempré : 455. En 1823, accueille Émile Blondet aux Aigues pour un long séjour : *Pay.*, IX, 55, 63; songe à remplacer Olympe par la Péchina, qui a de la discrétion : 200; est d'avis de vendre les Aigues en 1824 : 344. En 1825, Lucien de Rubempré fréquente assidûment son célèbre salon : *SetM*, VI, 489; sa liaison avec Blondet est connue de tous : 437. S'entremet pour le mariage d'Arthur de Rochefide avec Béatrix de Castéran : B, II, 712. En 1831, chez Mlle des Touches : *AEF*, III, 678. L'année suivante, Mme d'Espard feint de s'attendrir sur sa longue liaison avec Blondet : *SPC*, VI, 958; dîne avec Blondet, Rastignac et d'Arthez chez Mme d'Espard : 969-976. À l'une des seules maisons aristocratiques ouvertes : *FE*, II, 299; sa liaison avec Blondet peut ouvrir à celui-ci les portes de l'aristocratie : 312. Durant l'hiver 1837, Blondet reçoit d'elle une lettre cachetée en noir; elle est veuve : *Pay.*, IX, 346. Elle épouse Blondet en 1842 : *CA*, IV, 1096.

Ant. *Espard (marquise d'), elle-même avant *L'Estorade : *AEF*, III, 678 (var. *a*).

*Montcornet (comtesse de), remplacée par *Rochegude (marquise de), elle-même devenue Rochefide (marquise de) : *AEF*, III, 691 (var. *c*).

*Montcornet (comtesse de) : *IP*, V, 534 (var. *e*).

Montefiore (marquis de) [?-1826]. Officier au 6e de ligne, en 1811 à la prise de Tarragone. Sa mauvaise réputation; son surnom : *Ma.*, X, 1039; capitaine d'habillement, ami de Diard : 1040; son pari, perdu, avec le capitaine Bianchi : 1038, 1041; loge chez Perez de Lagounia, ayant aperçu le brillant regard que lui a décoché Juana : 1041, 1042; pour s'attirer la sympathie de son hôte, dit pis que pendre de l'Empereur : 1043; se prétend marié : 1063; surpris par la Marana, mère de Juana, en conversation intime avec cette dernière; menacé d'un stylet, il appelle au secours : 1064; à la suite de cette affaire, doit quitter son régiment : 1070; en 1826, se rend aux eaux des Pyrénées; il y revoit Diard qui joue contre lui et perd : 1085; attiré à Bordeaux par son ancien ami, qui dit vouloir lui payer sa dette de jeu, il est assassiné par lui : 1085-1087.

MONTÉJANOS (baron Henri Montès de). Brésilien, d'origine portugaise; portrait en 1843 : *Be.*, VII, 210, 211; passion de Mme Marneffe en 1837; repart pour le Brésil : 149; revient en 1843; son arrivée inopinée dans le salon des Marneffe; Valérie lui affirme être enceinte de lui : 281; comparé à un papillon Catoxantha et surnommé Combabus : 403, 404; invité à dîner au *Rocher de Cancale* par du Tillet et sa maîtresse Carabine : 405; la Nourrisson lui fournit les preuves de la duplicité de Valérie : 413; ayant constaté le flagrant délit, met au point sa vengeance, qui est de communiquer à Crevel et à Valérie une maladie brésilienne pire qu'un poison : 417; assiste au mariage de Crevel et de Valérie; reçu un mois plus tard par Valérie, qui a éloigné son mari et Wenceslas : 423, 424; effets de sa vengeance : 428, 429, 431-433.

*MONTIFREY (M. de). De Belley : *CF*, XII, 428.

*MONTIGNON (Mme de). Née *CONSTELLUX; femme du président du tribunal, remplacée par GRANVILLE (comtesse de) : *DL*, V, 1010 (var. *b*).

MONTPERSAN (abbé de). Chanoine de Saint-Denis. En visite chez son neveu, en 1819, lors de l'arrivée inopinée du narrateur : *Mes.*, II, 403, 404.

MONTPERSAN (comte de). Neveu du précédent. Châtelain de province; périodiquement battu aux élections législatives; portrait : *Mes.*, II, 400, 401; sa boulimie : 404.

Ant. *V*** (comte de) : *Mes.*, II, au château de *MONTPERS, 398 (var. *b*), 399 (var. *a*).

MONTPERSAN (comtesse de). Femme du précédent. Elle reçoit en 1819 la visite du narrateur, chargé pour elle d'un message de son amant, mortellement blessé dans un accident de diligence : *Mes.*, II, 398; portrait : 401; le narrateur vient au nom de celui qui l'appelle Juliette : 403; il lui apprend la fatale nouvelle : 403; lui remet les lettres qu'elle avait écrites au défunt : 406; elle aide discrètement le narrateur, en prétextant une commission à porter à Paris : 407. Femme criminelle : *Pré.PG*, III, 43.

Ant. *V*** (comtesse de) : *Mes.*, II, 398 (var. *b*), 399 (var. *a*).

MONTPERSAN (Mlle de). Fille des précédents. Annonce à sa mère la visite d'un inconnu (le narrateur) : *Mes.*, II, 399; s'amuse de voir son père se mettre en flagrant délit de désobéissance à son régime : 404.

MONTRIVEAU (marquis de) [?-1799]. Général. Un des ci-devant qui servent la République; tué aux côtés de Joubert, le 17 août 1799, à Novi : *DL*, V, 940; de bonne noblesse bourguignonne, allié aux Rivaudoult d'Arschoot : 1014; chevalier des Ordres, encyclopédiste : 1014.

MONTRIVEAU (comte de). Frère cadet du précédent. Émigre à Saint-Pétersbourg, où il a des parents et où le vidame de Pamiers le rencontre pendant l'émigration et constate qu'il mange tous les jours dix douzaines d'huîtres; y meurt : *DL*, V, 1014.

MONTRIVEAU (marquis Armand de). Fils du marquis. Général; portrait en 1818 : *DL*, V, 946, 947. Bonaparte le place, orphelin dénué de fortune, à Châlons; il entre dans l'artillerie : 940, 941. Lieutenant en 1812 : *AEF*, III, 703. En 1813 assiste à la capture de Louis de l'Estorade par les Russes, à Leipzig : *MJM*, I, 218. En 1814, simple chef d'escadron, mis en demi-solde : *DL*, V, 941; colonel à Waterloo, blessé; quitte peu après la France pour accomplir un voyage d'exploration en Haute-Égypte et en Afrique centrale. A pour compagnon, au départ, Sixte du Châtelet, dont il est séparé par des événements bizarres : *IP*, V, 161. Prisonnier des Maures pendant deux ans; s'évade; ses aventures le rendent l'homme du jour à son retour à Paris, vers le milieu de 1819; rétabli dans ses titres et dignités : *DL*, V, 942, 943; habite rue de Seine, près de la Chambre des pairs : 1009; en visite chez la vicomtesse de Fontaine, y est présenté à la duchesse de Langeais : 940; tombe éperdument amoureux de la duchesse : 950, 951; discrète allusion à son appartenance aux Treize devant la duchesse : 963. Au bal de la vicomtesse de Beauséant en novembre 1819, donne à Rastignac sa première leçon sur le monde : *PG*, III, 77. Après sept mois de soins, décidé à tout exiger d'Antoinette : *DL*, V, 973, 974; son ami Ronquerolles lui donne son avis sur la duchesse et des conseils qu'il tente en vain : 982, 983; rappelle la phrase célèbre du gardien de Westminster : « Ne touchez pas à la hache » : 989; l'enlève au cours d'un bal chez Mme de Sérisy ; la menace de lui faire imprimer sur le front une croix de Lorraine, mais lui fait grâce : 990-999. Continue à ne pas voir la duchesse : *PG*, III, 110 ; ne paraît pas au bal d'adieu de la vicomtesse de Beauséant, pour les mêmes raisons : 267. Par le vidame de Pamiers, reçoit et lit le dernier appel de la duchesse, la manque ; elle disparaît : 1024-1029 ; résolu à fouiller tous les couvents du monde pour la retrouver : 1030. Connu comme l'auteur de la perte de la duchesse de Langeais, et l'un des rois de Paris en 1821, retrouve Châtelet à l'Opéra : *IP*, V, 277-279. En 1823, assiste à un *Te Deum* dans le couvent de carmélites d'une petite île espagnole de la Méditerranée, reconnaît, à sa façon de toucher de l'orgue et à sa voix, la duchesse de Langeais, entrée au couvent : *DL*, V, 908 ; demande et obtient l'autorisation de voir la sœur Thérèse, carmélite déchaussée : 917 ; la supplie de le suivre ; elle refuse : 923 ; se rend à Marseille, y frète un brick et, avec les Treize, monte une expédition destinée à enlever la sœur Thérèse : 1031 ; son brick bat pavillon des États-Unis : 1031 ; pénètre dans le couvent : 1035 ; dans la cellule de sœur Thérèse, il ne trouve que son cadavre, le transporte sur son bateau, puis l'immerge : 1035, 1037. Le voyage se poursuit en Orient : *CM*, III, 641. En 1823, la duchesse de Maufrigneuse rappelle qu'il a brisé la duchesse comme Othello brise Desdemona : *CA*, IV, 1041. Chez la marquise d'Espard en 1828 : *In.*, III, 454. En 1827, fait partie de l'équipe politique de Marsay : *CM*, III, 647 ; alors lieutenant général, futur ministre de la Guerre ; ses talents d'orateur : 651. En 1831, à une soirée chez Mlle des Touches : *AEF*, III, 702 ; raconte une histoire survenue pendant la retraite de Russie : 703-709. Vers la même époque, rend des soins à la belle Bathilde Rogron, née de Chargebœuf, en attendant la mort de son imbécile de mari : *P*, IV, 161. En 1833, figure dans le « recueil des erreurs » de la princesse de Cadignan : *SPC*, VI, 952. A jadis connu les La Baudraye, à Bourges : *MD*, IV, 783 ; sera le parrain du comte Polydore de La Baudraye à la Cour des pairs, en 1842 : 782. Selon F. de Vandenesse, connaît et continue de fréquenter l'auteur des malheurs de lady Brandon : *Lys*, IX, 1193.

Prénommé *Maurice : DL*, V, 945 (var. *a, c*).

*MONTSOREAU (duchesse de). Ant. *SAULIEU (duchesse de), puis devenue *BEAUJEU (duchesse de), puis *CHAULIEU (duchesse de), puis SÉRIZY (Mme de) : *SetM*, VI, 443 (var. *b*).

MORAND. Libraire, quai des Augustins à Paris, en 1837. Ancien commis de Barbet et Métivier, est resté leur créature : *EHC*, VIII, 359 ; sa récente offre à M. Bernard (le baron Bourlac) : 359.

MOREAU. Procureur en province avant la Révolution, procureur-syndic à Versailles en 1789. Sauve les biens de la famille de Sérisy ; dantoniste, poursuivi par la haine de Robespierre qui le fait périr à Versailles : *DV*, I, 751.

MOREAU (né en 1772). Fils du précédent. Âgé de cinquante ans en 1822 ; portrait à cette époque : *DV*, I, 808 ; en 1797, trempe dans une conspiration contre le Premier Consul ; M. de Sérisy le fait évader : 751 ; alors amant de Mme Husson, enceinte ; il ne peut l'épouser et doit quitter la France : 761 ; en 1804, Sérisy obtient sa grâce, le fait entrer dans les bureaux, puis le prend comme secrétaire ; il épouse la femme de chambre de Mme de Sérisy et demande la régie de la terre de Presles qui appartient à Sérisy : 751 ; sans un écu en 1806, il fait fortune en dix-sept ans : 745 ; en 1822, il a environ deux cent quatre-vingt mille francs : 753 ; s'occupe de l'ex-Mme Husson, devenue Mme Clapart, et d'Oscar qu'il fait venir à Presles : 757, 758 ; au même moment, s'allie au fermier Léger pour gruger le comte de Sérisy dans la vente de la ferme des Moulineaux : 753, 797 ; veut se retirer, fortune faite, à L'Isle-Adam, et y obtenir un poste de juge de paix : 753, 754 ; se découvre ses infamies et, surtout, les confidences faites à Mme Clapart sur sa vie intime rendues publiques par Oscar Husson, qu'il chasse : 821-824 ; s'installe à Paris, faubourg du Roule, et fonde avec MM. Léger et Margueron une société de vente de biens : 841, 842 ; place Oscar Husson chez son avoué Desroches : 842, 843 ; à la dernière incartade d'Oscar, conseille d'en faire un soldat : 874. En octobre 1830, convive du banquier Taillefer : *PCh.*, X, 100. En 1838, il est propriétaire du château de Pointel, député de l'Oise et devenu

Moreau de l'Oise, le fameux centrier : *DV*, I, 884; et beau-père de Canalis : 881.

*Moreau de Grèves, remplacé par Moreau de l'Oise : *DV*, I, 1442.

Moreau (Mme Estelle) [née v. 1786]. Femme du précédent. Agée d'environ
trente-six ans en 1822; portrait à cette époque : *DV*, I, 811, 812; originaire de Saint-Lô : 752; femme de chambre de la comtesse de Sérisy
avant son mariage : 751; ce fait, rappelé par Mme de Reybert, engendre
une profonde inimitié : 812; déteste Oscar Husson, fils de l'ancienne
maîtresse de son mari : 763, 814; en 1838, n'a pas désarmé : 886.

Moreau (Jacques). Fils aîné des précédents. Annonce l'arrivée d'Oscar
Husson à sa mère : *DV*, I, 808; et celle de Bridau et Mistigris : 814.

*Moreau, comme notaire à Paris : *DV*, I, 1442.

Moreau cadet (né en 1807). Frère du précédent : *DV*, I, 808.

*Moreau, comme receveur général à Pau : *DV*, I, 1443.

Moreau (Mlle). Sœur des précédents. Devenue la femme de Canalis après
la révolution de Juillet : *DV*, I, 881; grâce à une dot d'environ deux millions : 884; accompagne ses parents avec son mari, en 1837, au château de
Pointel : 881.

*Camusot (prévue comme Mme). Belle-fille du pair de France : *DV*,
I, 1442.

Moreau. Principal tapissier d'Alençon en 1816, habitant la porte de Séez :
VF, IV, 894, 895.

Moreau (les). Couple de vieux cultivateurs, miséreux, habitant le bourg du
docteur Benassis en 1829; portraits : *MC*, IX, 460-462; oncle de Jacques
Colas : 460.

Ant. *Moriceau (les), remplaçant *Morisseau (les) : *MC*, IX, 462
(var. *a*).

Moreau-Malvin. Boucher à Paris, récemment décédé en 1819. Sa tombe
voisine avec celle de Mme Jules Desmarets au Père-Lachaise : *F*, V,
896.

*Morel (Mlle). Fille d'un maître de forges; remplacée par Mlle Duval :
CA, IV, 1055 (var. *f*).

*Moriceau (les). Ant. *Morisseau (les), puis remplacé par Moreau (les) :
MC, IX, 462 (var. *g*).

Morillon (R. P.). Précepteur du jeune Gabriel van Claës à Douai en 1812 :
RA, X, 705.

*Morillon. Tanneur. Président du district de Mondoubleau pendant la
Révolution. Il sauve la bibliothèque du marquis de Saint-Hérem. Il meurt
de bonne heure : *Pré.Ch.*, VIII, 1672.

*Morillon (Victor) [né en 1788]. Fils du précédent. Né à Mondoubleau,
en Vendômois; ses médiocres études sous la férule d'un ex-oratorien;
aime la lecture et la solitude : *Pré.Ch.*, VIII, 1672; rencontré errant dans
la campagne en 1814 par un professeur au collège de Vendôme, qui est
frappé d'admiration devant l'extraordinaire culture de ce jeune paysan en
haillons : 1673; ne quitte son village de Saumarys que pour aller à Mondoubleau; une difformité des pieds le sauve de la conscription; on crée
pour lui une chaire de professeur de langues orientales au collège de
Vendôme : 1675; son exaltation à la lecture de Walter Scott : 1676; est
l'auteur du *Gars*, l'un de ses premiers ouvrages; sa lettre au narrateur :
1677-1682; a également écrit *Le Capitaine des Boutefeux* : 1682.

Morin (Mme). Recueille, en 1807, la Fosseuse orpheline et l'élève; morte
avant 1823 : *MC*, IX, 587.

*Morisseau (les), remplacés par *Moriceau (les) puis ces derniers par
Moreau (les) : *MC*, IX, 462 (var. *g*).

Mortsauf (famille de). Famille historique de Touraine, dont la fortune
date de Louis XI; origine du nom[1]; blason et devise : *Lys*, IX, 989, 990;
son écusson date des croisades : 1008.

Mortsauf (comte de) [né en 1769]. Agé de quarante-cinq ans en 1814;
portrait à cette époque : *Lys*, IX, 1002; en 1792, émigre, sert dans l'armée
des Princes, jusqu'en Hongrie : 1008, 1009; en 1802, après des années
de misères de la guerre, d'amours de bas étage, rentre en France, ruiné
de toutes les manières; hébergé chez le duc de Lenoncourt, il épouse sa

---

1. Contée dans « Les Joyeulsetez du Roy Loys le Unzième », des *Contes drolatiques*.

fille : 1009, 1010; vit à Clochegourde : 989; peu de fortune : 990; ses deux enfants tarés par son passé augmentent ses dispositions maladives : 1011; en 1814, accueille Félix de Vandenesse : 1001; à la première Restauration, reçoit le brevet de maréchal de camp, la croix de Saint-Louis et une pension : 1038; laisse percer son mauvais caractère : 1050, 1051; achète la Cassine et la Rhétorière : 1063; ses colères brutales, ses accusations contre sa femme : 1071, 1072; hait en Napoléon le meurtrier du duc d'Enghien, tout en admirant son génie militaire : 1092; se croit atteint d'un cancer du pylore : 1113; ses idées fixes : 1116-1119; prend froid sous un noyer; sauvé par le docteur Deslandes : 1125, 1126; soigné par sa femme et par Vandenesse : 1127; dernier entretien avec Vandenesse; vit encore en 1827 : 1221. La figure de l'Émigré : *MM*, I, 616.

*MORTSAUF : *Lys*, IX, 1062 (var. *b*), 1066 (var. *c*), 1073 (var. *a*).

MORTSAUF (comtesse de) [1785-1820]. Née Blanche-Henriette de Lenoncourt-Givry, au château de Givry : *Lys*, IX, 1010; âgée de trente-cinq ans en octobre 1820 : 1201; portrait en 1814 : 995-998; son enfance malheureuse avec une mère qui lui reproche d'être une fille : 1028; sa mère d'adoption, la duchesse de Verneuil : 1010; mariée en 1802, venant habiter Clochegourde, se rapproche de cette tante, qui meurt bientôt après; le coup de foudre de la naissance de son fils, né maladif; de même sa fille : 1010; sa vie près d'un mari dont le caractère s'aigrit : 1011, 1012 en 1814, à Tours, lors de la fête donnée en l'honneur du duc d'Angoulême, un enfant, Félix de Vandenesse, se jette sur ses belles épaules : 984; quelques jours plus tard, son voisin, M. de Chessel, lui présente Félix, qu'elle reconnaît; elle les prie à dîner : 992, 993; premier entretien sérieux avec Félix : 1025; a eu la même enfance malheureuse que lui : 1028, 1029; lui réserve l'un de ses prénoms, Henriette : 1036; en 1814, reçoit de sa mère le montant de sa dot, non payée à son mariage, et que le comte n'avait pas réclamée : 1039; envisage de marier Félix avec Madeleine : 1042; refuse de quitter Clochegourde, à cause de la santé de ses deux enfants : 1046; conseille à Félix d'aller construire son avenir à Paris; leurs adieux : 1080, 1081; sa lettre au jeune homme, ses conseils de vie : 1084-1097. Vers cette époque, cliente de César Birotteau, et sa protectrice : *CB*, VI, 84, 262. Recommande Félix à sa cousine, Mme d'Espard : *IP*, V, 277. A pour confesseur le chanoine de La Berge; ses visions : *Lys*, IX, 1104; à la mort de son directeur de conscience, en 1817, prend pour confesseur l'abbé François Birotteau : 1121; mise au courant de l'aventure de Félix avec lady Dudley, l'accueille froidement à Clochegourde : 1149; Félix remarque son teint jaune paille et s'en inquiète : 1153; se meurt lentement d'inanition, d'un cancer de l'estomac : 1191, 1192; dans le délire qui précède son agonie, laisse échapper ses remords de ne pas s'être donnée à Félix, et regrette la vie : 1202, 1203; sa fin chrétienne, en octobre 1820 : 1210; sa lettre à Félix, remise après sa mort, dans laquelle elle avoue son amour : 1214-1220. Sa mort en pleine lucidité, parmi les morts surprenantes, admirable : *CP*, VII, 696. En 1828, le marquis de Listomère lit dans *La Gazette de France* l'annonce de son décès : *EF*, II, 178.

MORTSAUF (Jacques de) [1803-1826]. Fils aîné des précédents. Âgé de onze ans en 1814 : *Lys*, IX, 1067; mêmes symptômes de faiblesse que sa sœur : 1001; condamné dès sa naissance : 1011; Félix de Vandenesse propose à sa mère de surveiller son éducation : 1041; son père le voit déjà, plus tard, duc de Lenoncourt-Mortsauf : 1061; sa première leçon d'équitation : 1068; tombe malade pendant les Cent-Jours : 1098; durant l'hiver de 1817-1818, le médecin parle de précautions à prendre pour sa poitrine : 1140; ses hémoptysies; il se sait condamné et montre à Félix son mouchoir ensanglanté : 1205. Héritier des biens et titres des Lenoncourt, il meurt en mars 1826 : *MJM*, I, 325.

MORTSAUF (Madeleine de). Sœur du précédent. Voir LENONCOURT-CHAULIEU (duchesse de).

MOUCHE (né en 1811). Âgé de douze ans en 1823, aide son grand-père, le vieux Fourchon, dans ses chasses « à la loute » *Pay.*, IX, 72, 110; apprenti cordier chez son aïeul, à ses moments perdus; fils naturel d'une des filles naturelles de Fourchon : 85; ses ascendants : père tué en 1812 pendant la campagne de Russie; mère morte de chagrin, avant d'avoir été épousée avec les papiers : 109 ; ne sera pas soldat, n'étant pas inscrit sur les papiers du gouvernement : 111.

MOUCHON aîné (?-1804). Ancien conventionnel : *Pay.*, IX, 129 ; député : 181 ; régisseur des biens des Ronquerolles ; célèbre pour son intégrité, meurt sans un sou : 168 ; sa vie ; les mariages de ses deux filles, uniees l'une à F. Gaubertin, l'autre à Gendrin ; sa mort : 181.

MOUCHON (Isaure). Fille du précédent. Voir GAUBERTIN (Mme Félix).

MOUCHON (Mlle). Sœur de la précédente. Voir GENDRIN (Mme).

MOUCHON cadet (?-1817). Frère de Mouchon aîné. Maître de poste à Couches, il meurt en laissant une fille unique, qui épouse le fermier Guerbet : *Pay.*, IX, 181.

MOUCHON (abbé) [né en 1756]. Benjamin de Mouchon aîné et de Mouchon cadet. Âgé de soixante-sept ans en 1823 ; curé de La-Ville-aux-Fayes avant la Révolution ; réfractaire, retrouve sa cure à la reprise du culte ; riche, très estimé malgré son avarice ; refuse à plusieurs reprises la cure de la préfecture du département : *Pay.*, IX, 181.

MOUFFLON (le) [né en 1614]. Comédien. Né à Paris ; quarante ans en 1654 ; fils d'un chaussetier-pourpointier ; portrait ; assistant à une représentation de *Mirame*, se passionne pour le théâtre ; s'engage à Meaux, en 1642, dans la troupe du sieur Picandure, qui le baptise le Moufflon ; le seul honnête homme de la bande, aime en secret la Frélore : *Fré.*, XII, 821-823 ; s'oppose au projet de Lafeuillée, qui peut nuire à la Frélore : 815 ; le seul à s'apercevoir de l'amour que la Frélore porte à Fleurance : 821 ; son jeu ; assez bon diseur : 823.

MOUGIN. Nom de MARIUS V. Voir ce nom.

MOUILLERON. Procureur du roi à Issoudun en 1822. Cousin de tout le monde dans la ville : *R*, IV, 363 ; détache le commissaire de police et le brigadier avec un gendarme pour enquêter sur l'attentat commis contre Maxence Gilet ; se rend chez Hochon pour continuer son enquête : 458 ; estime que si Philippe Bridau et Maxence Gilet, lors de leur duel, s'étaient tués l'un l'autre, c'eût été un bon débarras pour le gouvernement : 510.

MOUMOUTTE. Femme d'un homme politique ; furieuse de ce sobriquet, donné par son mari : *PMV*, XII, 132, 133.

MOUSQUETON. Surnom donné à Carabine par Mme Nourrisson : *CSS*, VII, 1174.

Mousses de l'Othello (deux). Attachent les pieds des prisonniers du Saint-Ferdinand : *F30*, II, 1187.

MULQUINIER. Diminutif pour LEMULQUINIER (voir ce nom).

*MURALT. Voir MURET qui suit.

MURET. Successeur du père Goriot dans son commerce de pâtes alimentaires ; en 1819, donne à Rastignac des renseignements sur son prédécesseur : *PG*, III, 126.

   Ant. *MURALT : *PG*, III, 126 (var. *b*).

MÜRR. Nom donné par Schmucke à son chat, d'après un roman d'Hoffmann : *FE*, II, 366.

Muse (la dixième). Surnom donné par Lousteau à Mme de La Baudraye : *MD*, IV, 735. Et par Claude Vignon à Mme Hannequin de Jarente : *FAu.*, XII, 604.

Musicien (un). « Petit criquet » amant de Malaga en 1836 : *MD*, IV, 738.

Musicien de Crémone (un), dans *Do.* Voir GAMBARA.

*NANETTE., remplacée par JOSETTE : *VF*, IV, 1450.

NANON (née en 1768). Gardeuse de vaches devenue servante. Âgée de cinquante-sept ans en novembre 1819 ; portrait à cette époque ; dite la Grande Nanon ; entrée chez les Grandet à vingt-deux ans, féodalement exploitée par son maître : *EG*, III, 1041, 1042 ; en 1819, complice d'Eugénie pour gâter le cousin Charles : 1060, 1071, 1076, 1077, 1089, 1108 ; avec le garde Cornoiller, complice de Grandet pour la sortie nocturne de l'or : 1120 ; pour un transport de fonds : 1142 ; Grandet mort, pourvue de six cents francs de rentes en économie et d'un viager de douze cents francs donné par Eugénie, devient à cinquante-neuf ans Mme Cornoiller et, nommée femme de confiance par Eugénie, règne sur la maison et les deux servantes de sa maîtresse : 1176, 1177. Femme vertueuse : *Pré.PG*, III, 43.

Nantais (le). Surnom sous lequel chouanna La Billardière : *CB*, VI, 162.

NAPOLITAS. Secrétaire de Bibi-Lupin en 1830 : *SetM*, VI, 847 ; joue le rôle d'un jeune faussaire fils de famille à son premier coup ; mêlé aux prisonniers, interroge Fil-de-Soie sur la nourriture dans les divers bagnes : 838 ; Jacques Collin, dès le premier coup d'œil, se méfie avec raison de ce mouton : 844, 857.

*NARJOT. Chef de bureau à la sous-préfecture d'Arcis : *DA*, VIII, 717 (var. *b*).

Narrateur (le)[1]. Dans la diligence Paris-Moulins, en 1819, échange des confidences avec un jeune homme inconnu ; mortellement blessé par la chute du véhicule, ce dernier le charge d'un message confidentiel pour sa maîtresse : *Mes.*, II, 395-398. Vers 1824, sur les bords de la Bièvre, assiste impuissant au drame qui coûte la vie au jeune Charles d'Aiglemont : *F30*, II, 1143-1148. En 1836, soupant en cabinet particulier chez Véry, entend la conversation animée soutenue par Bixiou, Blondet, Finot et Couture ; à leurs voix, il a reconnu l'identité des interlocuteurs ; ceux-ci retracent l'histoire de la banque Nucingen : *MN*, VI, 329-332. En 1836, raconte l'histoire de Marco-Facino Cane : *FC*, VI, 1019-1032. En 1830, assiste à une soirée chez les Lanty, et y fait à la jeune femme qu'il courtise (Mme de Rochefide) le récit des tragiques aventures du sculpteur Sarrasine : *S*, VI, 1043-1076. En 1830, avec une femme, assiste à une séance de la ménagerie Martin ; explique que, lors d'une précédente visite, un assistant, le Provençal, lui a raconté son histoire : *Dés.*, VIII, 1219. En 1831, croit, comme tous les esprits superstitieux de la Flandre y ont cru, à l'apparition de Jésus-Christ sur les flots, en Flandre : *JCF*, X, 312 ; séjourne à Ostende en 1830 : 321 ; suit la femme desséchée : 324 ; la reconnaît : 325 ; déclare que « Croire c'est VIVRE » : 327. En 1830, chercheur de tableaux sociaux, assiste au dîner d'un banquier de Paris ; remarque un des convives : *AR*, XI, 91, 92 ; note le comportement de ce dernier, nommé Taillefer, pendant le récit d'un crime jadis commis à *L'Auberge rouge* d'Andernach : 95-110 ; par deux questions, découvre qu'il est le criminel, dont Victorine est la fille : 113, 115 ; organise un dîner de onze hommes d'expérience et neuf jeunes gens pour résoudre la question de savoir s'il peut épouser quand même Victorine qu'il aime et dont le père vient de mourir : 118-122. En août 1786, à un souper chez Mme Baudard de Saint-James : *Cath.*, IX, 444, 446 ; entend le récit de deux rêves ; celui de Robespierre qui a rencontré en rêve Catherine de Médicis : 447-459 ; celui de Marat, entré en rêve dans un corps humain : 455, 456. En 1811, âgé de douze ans, interne au collège de Vendôme, surnommé le Poète : *LL*, IX, 603 ; sa vie au collège où il est alors en quatrième : 597-600 ; ses camarades Barchou de Penhoën, Dufaure : 602 ; seul ami de Lambert qui vient d'entrer : 606 ; contredit Louis qui est spiritualiste : 615 ; discute Swedenborg dont la phraséologie de mystériographe le séduit moins que Louis : 616-618 ; en 1812, promenade à Rochambeau : 620 ; cette année, ses propres manuscrits sont détruits par le père Haugoult en même temps que le *Traité de la volonté* de Lambert : 624 ; six mois plus tard, attaqué d'une fièvre produisant une sorte de coma, quitte le collège et Lambert : 657 ; les deux années de collège avec Lambert auront été les seules années heureuses de sa vie : 657 ; plus tard, recherche trace de son ami et de ses œuvres ; retrouve son oncle et ses lettres, en 1823, et apprend que Lambert est fou : 659, 678 ; sa visite à Lambert : 680-684 ; influence de cette entrevue sur le *lit* conjugal : *Phy.*, XI, 1060-1063 ; raconte l'affaire Bourgarel : *PMV*, XII, 119. En 1831, fait le récit d'une conversation entre onze heures et minuit : *Éch.*, XII, 474-498 ; demande des précisions sur l'histoire d'*Ecce homo* : 482, 483 ; raconte lui-même une curieuse histoire de résignation d'un assassin : 486-488. Rencontre souvent un grand vieillard dans les parages de l'Institut en 1827 : *SMA*, XII, 341 ; lié avec le jeune écrivain logeant rue Mazarine : 342 ; le jeune Anglais alcoolique qu'il rencontre au Café de Londres, rue Jacob : 343. Est à Rome en octobre 1828 : *FD*, XII, 501 ; ou à Genève : 502.

*Narrateur de la préface du *Gars* (le). Ami de Victor Morillon, qui lui écrit : *Pré.Ch.*, VIII, 1677.

---

1. Voir l'avertissement des Index, p. 1137.

*Narrateur de *Louis Lambert* (le) : *LL*, XI, 1492-1495, 589 (var. *d*), 692
(var. *e*); *père du narrateur (le) : *LL*, XI, 603 (var. *c*); *parents du narrateur (les) : *LL*, XI, 606 (var. *c*).

NARZICOFF (princesse). Hypothétique grande dame russe, inventée par le
marchand de châles : *Gau.*, VII, 855.

NATHAN. Brocanteur juif, mort en banqueroute dans les premiers jours de
son mariage : *FE*, II, 332.

NATHAN (Mme). Femme du précédent. Catholique, elle a fait de son fils
un chrétien : *FE*, II, 332.

NATHAN (Raoul). Fils des précédents. Journaliste, auteur dramatique, romancier. Portrait en 1835 : *FE*, II, 299-301. Cache soigneusement ses origines :
FE, II, 332. En 1821, Lousteau estime que sa réussite rapide et celle de
Canalis sont des faits dissemblables et qui ne se renouvelleront pas : *IP*,
V, 341; à la fin de l'année, chez Dauriat, libraire-éditeur; vient de sortir
un beau livre qui lui a rapporté quinze cents francs et un seul article
dans les *Débats;* humble et flatteur avec Blondet, son critique : 364. Alors
célébrité issue de la bourgeoisie : *B*, II, 723, 724. En 1822, fait les petits
théâtres à la *Gazette : IP*, V, 373; sous le pseudonyme de Raoul, avec
Cursy, fait jouer au Panorama-Dramatique *L'Alcade dans l'embarras* : 391.
A la fin de l'année, Florine abandonne pour lui son amant, Étienne Lousteau : *R*, IV, 517. Amoureux d'elle depuis six mois, il la décide en sa
faveur par la promesse d'un engagement au Gymnase : *IP*, V, 517; il
l'installe magnifiquement rue Hauteville : 518. Vers la même époque,
Philippe Bridau offre à son frère, Joseph, de le lui présenter à l'Opéra :
R, IV, 347. Fait partie du *Réveil : IP*, V, 515, 516; revend à Finot son
petit sixième du journal de Dauriat : 518. Témoin au mariage de Philippe
Bridau avec Mme J.-J. Rouget, la Rabouilleuse : *R*, IV, 521. En août 1823,
reçoit de Blondet, en villégiature aux Aigues, une longue lettre : *Pay.*,
IX, 50. En 1824, avec Canalis, de ceux qui écrivent leur propre
éloge : *E*, VII, 1035. Sait la misère dans laquelle se débat la Torpille :
SetM, VI, 440; au bal de l'Opéra, au carnaval de 1824, se joint au
groupe des journalistes intrigués par le manège de deux masques;
dans l'un d'eux, il reconnaît Lucien de Rubempré : 443. Tient une table
de vingt et un chez Florentine, en 1825 : *DV*, I, 864; invité chez elle avec
Florine : 869. Vers 1829, fréquente l'hôtel de Champy : *SetM*, VI, 643.
Florine est toujours sa passion : *UM*, III, 811. Fait par Dauriat, qui a fait
aussi Canalis : *MM*, I, 512. En 1830, au reçu du service de presse des
œuvres de Jan Diaz, est dupé par la notice biographique et consacre un
élogieux article à ce poète fictif : *MD*, VI, 663. Évoqué au cours de Taillefer d'octobre 1830, un des convives prétend qu'il n'écrit pas lui-même
ses œuvres : *PCh.*, X, 102; il figure d'ailleurs à ce banquet : 105. Présenté
par Émile Blondet à la comtesse Félix de Vandenesse vers mars 1833 :
FE, II, 299. Dîne chez la marquise d'Espard, en juin 1833 : *SPC*, VI,
1000. Sa vie, rappelée en février 1835, sa production littéraire : *FE*, II,
302, 303; son manque d'esprit de suite, que lui reproche Marsay : 303;
ennemi de la nouvelle dynastie; critique politique des personnages arrivés
au pouvoir : 305; envoûte la comtesse de Vandenesse : 306; flirte avec
elle au bal de lady Dudley : 312, 313; ses deux domiciles, l'un, personnel,
passage Sandrié, celui de ses créanciers et des importuns, et l'autre, le
vrai, chez Florine : 313, 314; malgré l'avis défavorable de Blondet, est
décidé à créer un journal politique quotidien dont il sera le maître absolu :
323; baptême du nouveau quotidien chez Florine, d'un nom en *al* : 325;
après la vente de son mobilier pour financer l'affaire, Florine ira s'installer
chez son amant, passage Sandrié : 326; revoit Marie de Vandenesse chez
la marquise d'Espard : 332; difficulté d'un flirt avec une femme du monde
pour un homme occupé; il commence à s'endetter : 334-338; consacre
un bel article nécrologique à de Marsay : 342; du Tillet, son codirecteur,
le tient par le licou de la lettre de change : 345; poursuivi à outrance par
Gigonnet, qu'actionne du Tillet, en février 1835, songe au suicide : 353;
sa lettre d'adieu à Marie, qui se précipite à son journal, rue Feydeau, et
le sauve de la mort : 355, 356; il est transporté dans un hôtel garni de la
rue du Mail, sous le nom de Quillet : 157, 158; baptisé Charnathan par
du Tillet : 362; épilogue de son amour; Marie est sauvée du déshonneur
par son mari : 380, 381. Opinion de Mlle des Touches sur lui en 1836 :

« charlatan d'extérieur et de bonne foi » : *B*, II, 718. En 1836 est redevenu l'ami de Lousteau : *MD*, IV, 734; Mme de La Baudraye assiste à la première représentation d'un de ses drames, en 1837 : 754. Publie *La Perle de Dol*, roman que Mme de Mergi lit avec intérêt : *EHC*, VIII, 373. Le 25 mai 1837 annonce à son collaborateur théâtral, Marie Gaston, que l'une de leurs pièces, signée Nathan et MM***, va être jouée : *MJM*, I, 392, 393. Refuse d'abord de rendre à M. de Clagny le billet de faire-part de la naissance de Polydore de La Baudraye, mais cède finalement : *MD*, IV, 762-764; reçu chez Lousteau par Dinah de La Baudraye à la fin de 1829 : 767. Au mois d'octobre 1840, aux Variétés, dans la loge de Mme de Rochefide, le soir où elle revoit du Guénic : *B*, II, 861. Invité de Cardot chez Malaga, en 1840 : *HA*, VII, 777, 778. Donne un souper chez Florine : *B*, II, 902; invité par Mme Schontz à la prière de Maxime de Trailles : 918; chargé de présenter *La Palférine* à Béatrix de Rochefide : 920. Assez lié avec celle-ci : *Pr.B*, VII, 808, 811. Fait l'éloge de La Palférine devant Mme de Rochefide : *B*, II, 927, 928. Comment il découvre le nom de la maîtresse de La Palférine, Claudine du Bruel : *Pr.B*, VII, 834. Invité de du Tillet et Carabine au *Rocher de Cancale* en 1843 : *Be.*, VII, 404. Régularise sa situation en épousant Florine : *CSS*, VII, 1211.

Ant. *FINOT : *B*, II, 918 (var. *b*); *NUCINGEN : *UM*, III, 812 (var. *a*); *COUTURE : *SetM*, VI, 443 (var. *f* et *i*); *MARSAY : *Pay.*, IX, 50 (var. *d*). *NATHAN (Raoul). Courtise Mme de Retzau : *B*, II, 1461; remplacé par FINOT : *IP*, V, 374 (var. *g*); par RUBEMPRÉ : *IP*, V, 516 (var. *a*). *NATHAN : *IP*, V, 534 (var. *f*).

NATHAN (Mme Raoul). Voir FLORINE.

*NATHAN (Mme). Artiste peintre : *B*, II, 1461 (voir aussi p. 1443).

NAVARREINS (famille de). Une des plus vieilles et des plus nobles familles de France; deux branches : *In.*, III, 484. Au XIIᵉ siècle, propriétaire de Montégnac : *CV*, IX, 712; seigneurie qui, à cette époque, est l'une des plus riches mouvances du royaume : 744. Depuis Louis XIV, sous le règne duquel elle est devenue ducale, a eu pour principe de ne pas aliéner ses titres et ses alliances; ses filles doivent, tôt ou tard, avoir leur tabouret à la Cour : *DL*, V, 936. D'aussi haute noblesse que les Esgrignon, les Cadignan, les Blamont-Chauvry : *CA*, IV, 982. Qu'est Canalis par rapport à eux ? : *MM*, I, 515. Ce qu'aurait fait Montcornet pour être reçu chez eux : *Pay.*, IX, 151. Certaines familles nobles de province, inconnues à cinquante lieues de distance, touchent par leurs alliances à quelque grande famille comme les Navarreins : *FA*, II, 464. Pas encore rentrée d'émigration en 1809 : *PM*, II, 116. En 1818, en procès contre les Hospices, a pris pour avoué Me Derville : *Col.*, III, 320. En relation de bon voisinage avec les Grandlieu : *SetM*, VI, 507; l'écu des vicomtes de Grandlieu est écartelé de Navarreins : 505. Citée avec admiration et respect par Mme de Chodoreille : *PMV*, XII, 117. Alliée aux Espard, soutenait la marquise contre son mari en 1821 : *IP*, V, 258. En 1843, l'hôtel de Navarreins, rue du Bac, étant à vendre, Crevel songe à s'en rendre acquéreur pour l'offrir à sa future femme, Valérie Marneffe : *Be.*, VII, 372.

Ant. les réels *CRÉQUI : *FA*, II, 464 (var. *a*); *LAROCHEFOUCAULT¹ : *CV*, IX, 712 (var. *a*).

*NAVARREINS (famille de) : *B*, II, 713 (var. *b*); *Lys*, IX, 1109 (var. *a*).

NAVARREINS (une demoiselle de). Ant. une *MONTMORENCY : *CA*, IV, 982 (var. *e*).

NAVARREINS (un). Ant. un *ROHAN : *PMV*, XII, 117 (var. *a*).

NAVARREINS (duc de) [né en 1764]. Chef de la branche aînée sous la Restauration; âgé de cinquante-cinq ans en 1819; portrait : *DL*, V, 1011, 1012. Débiteur du fermier général Milaud de La Baudraye en 1793 : *MD*, IV, 636. N'étant pas rentré d'émigration en 1809, ses biens ont été confisqués et mis sous la juridiction du Domaine extraordinaire : *PM*, II, 116. Malgré les avances de Napoléon, reste fidèle aux Bourbons : *DL*, V, 936. A épousé en premières noces la fille du vieux prince de Cadignan, qui a pu difficilement lui rendre ses comptes : *SPC*, VI, 982, 983. Ami du chevalier de Valois : *VF*, IV, 819. Recommande le jeune du Bruel pour une

---

1. Famille réelle : les La Rochefoucauld. La graphie du nom, donnée par Balzac, était usuelle sous sa plume et fréquente en son temps.

place dans un ministère, en 1816 : *R*, IV, 300. Encore en procès contre les Hospices de Paris en 1818, a heureusement pour avoué Me Derville : *Col.*, III, 320. En 1819, du conseil de famille réuni pour examiner la conduite de sa fille, la duchesse de Langeais : *DL*, V, 1010; se voit reprocher par celle-ci de l'avoir mariée en la sacrifiant à des intérêts : 1017; chez la duchesse de Berry, dément les bruits qui commencent à courir sur sa fille : 1022. En 1822, le chevalier de Valois offre de lui recommander le jeune Victurnien d'Esgrignon se rendant à Paris : *CA*, IV, 996; avec quelques autres gentilshommes, le présente au roi : 1009. La même année, félicite Lucien de Rubempré de venir à la Droite : *IP*, V, 515. Son crédit à la Cour fait réfléchir le juge Camusot lors du dépôt de la plainte en escroquerie déposée contre le jeune Victurnien d'Esgrignon par du Bousquier en 1823 : *CA*, IV, 1052. En 1823 le baron de La Baudraye essaie vainement de monnayer ses créances sur lui : *MD*, IV, 634; il lui expédie des Lupeaulx qui négocie l'échange de ces créances contre l'octroi de la recette de Sancerre et la Légion d'honneur; il est alors premier gentilhomme de la Chambre : 636-638. Cousin du père de Raphaël de Valentin : *PCh.*, X, 122. En février 1824, au bal du carnaval, Mme d'Espard, reconnue par L. de Rubempré, vient se mettre sous sa protection : *SetM*, VI, 433. Un des chefs du parti prêtre en 1827 : *CM*, III, 647. Désirant sa protection, la comtesse Fœdora le fait pressentir par Raphaël de Valentin, vers la même époque : *PCh.*, X, 170; reçoit fort mal ce dernier, croyant qu'il vient en quémandeur; son accueil se fait cordial lorsque le jeune homme lui en a exposé les motifs : 173. En 1829, apprend par hasard les circonstances mystérieuses ayant accompagné la fuite de sa fille, dix ans auparavant : *DL*, V, 1030. Pressentant les événements de 1830, vend sa forêt domaniale de Montégnac à M. Graslin : *CV*, IX, 743. En visite chez la princesse de Cadignan, en 1833, le jour où de Marsay révèle les dessous de l'affaire d'enlèvement du sénateur Malin de Gondreville : *TA*, VIII, 686.

Ant. les réels *AVARAY (duc d') : *VF*, IV, 819 (var. *a*); *CA*, IV, 996 (var. *a*); *NAVAILLES (duc de) : *PCh.*, X, 122 (var. *e*), 170 (var. *b*).

Ant. *LENONCOURT (duc de) : *SPC*, VI, 983 (var. *a*), 984 (var. *a*). *NAVARREINS (duc de) : *R*, IV, 317 (var. *b*).

NAVARREINS (Antoinette de). Fille du précédent. Voir LANGEAIS (duchesse Antoinette de).

NAVARREINS (duchesse de). Née Cadignan : *SPC*, VI, 982, 983; tante de Georges de Maufrigneuse, elle verse un secours à sa nièce, la princesse de Cadignan, dont la situation de fortune est précaire depuis la révolution de Juillet : 954. Fait obtenir à la baronne Hulot d'Ervy un poste d'inspectrice de bienfaisance en 1841 : *Be.*, VII, 365.

NAVARREINS-LANSAC (les). Branche cadette des Navarreins : *In.*, III, 484. Son blason : *PM*, II, 116.

NAVARREINS-LANSAC (Mlle de). Voir Espard (marquise d').

Ant. *GRANDLIEU (Mlle de) : *In.*, III, 484 (var. *d*).

NAVARREINS-LANSAC (famille de). Branche cadette des Navarreins : *In.*, III, 484. Son blason : *PM*, II, 116.

Négociant de Besançon (un). Juré aux assises de Besançon et frappé de l'éloquence de Me Albert Savarus, lui confie ses intérêts : *AS*, I, 927.

Négociant de Carentan (un). Frère du maire de Carentan en 1793; discute des causes de l'indisposition de la comtesse de Dey : *Réq.*, X, 1110; ami de la comtesse, l'alerte sur les bruits courant à son égard; elle lui dit la vérité : il partage son anxiété et l'aide de son mieux : 1111, 1112.

NÈGREPELISSE (famille de). Une des premières de France : *MM*, I, 515. Une des plus antiques du midi de la France; un Nègrepelisse fut otage de Saint Louis; deux branches à partir d'Henri IV : *In.*, III, 482. Aînée, Nègrepelisse d'Espard, et cadette, Nègrepelisse : *IP*, V, 153; donc alliée aux d'Espard : 249. Son blason en abîme sur le leur : *In.*, III, 482.

NÈGREPELISSE (capitaine de). Ami de Monluc, ruiné par l'incendie de ses biens pendant les guerres de Religion; Henri IV lui fit épouser une demoiselle d'Espard : *In.*, III, 482; meurt après avoir dissipé la fortune de sa femme; biens en terre, étendus à vingt-deux clochers : 482, 483.

NÈGREPELISSE (comte de) [né en 1741]. Cadet d'un cadet. Vit sur la terre de sa femme, le castel d'Escarbas, près de Barbezieux; en 1805, marie sa fille Anaïs à M. de Bargeton : *IP*, V, 153-156; en 1821, témoin de son gendre dans son duel avec Chandour : 243, 246; en 1822, maire de l'Escarbas grâce aux relations de sa fille, comtesse du Châtelet, fait comte, pair de France et croix de Saint-Louis; représentera le grand collège d'Angoulême aux prochaines élections : 650.

NÈGREPELISSE (Marie-Louise-Anaïs de). Fille du précédent. Voir BARGETON (Mme de).

    Ant. *ESPARD (Mlle d'), elle-même remplaçant *CHAMDOUR (Mlle), *CHANDOUR (Mlle), *CHAMP-D'OURS (Mlle) : *IP*, V, 153 (var. *c*).

NÈGREPELISSE (comte de). Titre porté par l'aîné des enfants d'Espard : *In.*, III, 477.

NÉPOMUCÈNE. Petit domestique de la mère Vauthier, portière rue Notre-Dame-des-Champs en 1836 : *EHC*, VIII, 332; avertit M. Bernard de la visite de la police à son domicile : 402; en février 1838, a planté là sa patronne : 406.

NEPTUNE. Cheval de selle du commandant Genestas, en 1829 : *MC*, IX, 469.

NÉRAUD (docteur). Médecin à Provins. Épouse la veuve Auffray vers 1817; dévore sa fortune : *P*, IV, 37; en 1827, antagoniste de son confrère Martener; l'un des rares libéraux de la ville : 69; passe pour avoir fait mourir sa femme de chagrin; obligé d'assister à la consultation entre Bianchon, Desplein et Martener au sujet de Pierrette Lorrain, doit signer l'accablant procès-verbal faisant état des sévices subis par la jeune fille : 147.

    Ant. *NÉROT, puis *NÉRON : *P*, IV, 37 (var. *b*); *CABIROL : 102 (var. *b*).

NÉRAUD (Mme). Femme du précédent. Voir AUFFRAY (Mme).

NÉRESTAN[1]. Surnom donné par M. du Coudrai au chevalier de Valois : *VF*, IV, 922.

*NÉRON (docteur). Ant. *NÉROT, puis remplacé par NÉRAUD : *P*, IV, 37 (var. *b*).

*NÉROT (docteur), remplacé par *NÉRON, puis par NÉRAUD : *P*, IV, 37 (var. *b*).

*Neveu de la vicomtesse de Chamaranthe (le). Amoureux de sa tante; assiste à son autopsie, près de Naples, et assiste son cousin Sébastien : *DxA*, XII, 1081-1084.

NEZ-RESTANT[1]. Sobriquet donné à un vieux fourrier des armées impériales qui avait eu le nez gelé pendant la campagne de Russie : *MC*, IX, 516.

Niais (un). Affirme que Mme Firmiani est une ancienne actrice des Italiens : *Fir.*, II, 145.

NICOLAS. Voir MONTAURAN (marquis Nicolas de).

NICOLLE. Homme de peine et valet d'écurie du docteur Benassis en 1829 : *MC*, IX, 398, 411; dernier propos avec son maître : 596.

    Ant. *JOSEPH : *MC*, IX, 515 (var. *d*).

Nièce du curé de Saint-Léonard (la). Admire l'esprit du chevalier de Valois : *VF*, IV, 887.

NINETTE (Mlle) [née en 1832]. *Petit rat* à l'Opéra en 1845. Bixiou fait observer qu'à treize ans elle est déjà un vieux rat : *CSS*, VII, 1157, 1158.

*NINETTE, remplacée par la Torpille : *MN*, VI, 334 (var. *h*).

NIOLLANT (abbé) [?-1802]. Élève de l'abbé Roze, réfugié au castel d'Escarbas, chez M. de Nègrepelisse, pendant la Révolution : *IP*, V, 153; donne à la fille de ce dernier, Anaïs, une remarquable éducation : 153, 154; meurt en 1802, avant le mariage de la jeune fille, qu'il eût sans doute déconseillé : 155.

    Ant. *VIOLANT : *IP*, V, 153 (var. *e*).

NISARD (Dom). Vieil ecclésiastique. Ancien bénédictin de Marmoutiers; élève son neveu (ou petit-neveu), Sébastien de Chamaranthe : *DxA*, XII, 674, 675.

NISERON (abbé) [1719-v. 1792]. Âgé de soixante-douze ans en 1791 : *Pay.*, IX, 241; oncle de Jean-François Niseron; curé de Blangy sous l'Ancien Régime; un seul héritier, son neveu : 221, 222; sa succession guignée par sa nièce; a pris en 1789 une jolie servante, Arsène; en 1791, offre asile à dom Rigou, bénédictin défroqué; sa succession de quarante et

---

1. Voir, dans l'Index II, NÉRESTAN.

quelques mille livres en 1791; il en déshérite son seul héritier, son neveu, au profit d'Arsène, croyant à un complot de ses proches : 241, 242; sa mort : 246, 247.

NISERON (Jean-François) [né en 1751]. Neveu du précédent. Agé de soixante-douze ans en 1823 : *Pay.*, IX, 115; esquisse en 1823; il est l'Aristide de Blangy : 221, 223; à la Révolution, préside le club des Jacobins de La-Ville-aux-Fayes; juré au tribunal révolutionnaire du district; croit à la République de Rousseau : 221; recueille sa petite-fille orpheline en 1810; en 1823, bedeau, sacristain, fossoyeur, sonneur et chantre à Blangy : 114; toujours républicain : 98; déclare à Rigou qu'il le tuera s'il attente à l'honneur de sa petite-fille : 204.

NISERON (Mme) [?-1794]. Comble d'attentions l'oncle abbé; meurt de chagrin de la mort de sa fille : *Pay.*, IX, 241, 242.

NISERON (Geneviève) [1780-1794]. Fille des précédents. Portrait en 1791; par espièglerie cache le soufflet de l'oncle abbé dans le lit de sa servante; son père en sera déshérité; sa mort : *Pay.*, IX, 241, 242.

NISERON (Auguste) [1772-1810]. Frère de la précédente. En 1793, pris par la grande réquisition; en 1809, canonnier en Dalmatie; séduit à Zara une Monténégrine, Zéna Kropoli; rentre avec elle en France; ne peut l'épouser car elle meurt avant l'arrivée des papiers; tué à Montereau : *Pay.*, IX, 200, 201.

NISERON (Geneviève), dite la Péchina (née en 1810). Fille du précédent et de la Dalmate Zéna Kropoli : *Pay.*, IX, 242; âgée de treize ans en 1813; portrait à cette époque : 210-212; élevée par son grand-père à Blangy : 201; *Piccina* donne la Péchina : 114; aide Mme Michaud en 1823; aime Michaud sans le savoir : 197; guettée par Rigou : 204, 212; attaquée par Nicolas et Catherine Tonsard : 207-215; sauvée, son cri à Michaud : 216.

NIVRON (duc de). Voir HÉROUVILLE (Étienne et Maximilien d').

Ant. *RUBEMPRÉ (marquis de). Voir ce nom.

NOËL. Greffier du juge d'instruction J.-J. Popinot en 1828. L'accompagne chez le marquis d'Espard : *In.*, III, 481.

*NOGUIER, avoué, remplacé par *LEDHUY puis par LÉCUYER : *In.*, III, 640 (var. *a*).

NOIRMOUTIER (marquise de). Sœur de la comtesse de Grandlieu en 1617 : *EM*, X, 950.

*NOIRVILLE (M. et Mme) : *PMV*, XII, 869-871.

Nonce apostolique en Espagne en 1823 (le). Consent à servir d'intermédiaire entre Felipe de Soria et son frère Fernand, par l'entremise de Mgr Bemboni : *MJM*, I, 259.

Normande (une femme apparemment). Femme à tout faire de Samanon : *IP*, V, 508.

NOSWELL (Mistress *sic*). Anglaise. En 1841, descendue à l'hôtel Lawson, à Paris; achète un châle Sélim et une voiture : *Gau.*, VII, 852-856.

Notaire de M. Guillaume (le) : *MCP*, I, 44.

Notaire de Beaumont-sur-Oise (le). S'arrange avec Moreau et le père Léger pour flouer le comte de Sérisy : *DV*, I, 822, 824.

Notaire du duc d'Hérouville à Bayeux (le) : *MM*, I, 613.

Notaire parisien (un). Accompagne Me Roguin chez le baron di Piombo, ayant à lui signifier une sommation respectueuse : *Ven.*, I, 1081-1084.

Notaire de Mlle des Touches (le). Donne des permissions pour visiter les Touches : *B*, II, 700.

Notaire de Nemours (un). Prédécesseur de Dionis. En 1813, chargé de la vente de la Folie-Levrault au docteur Minoret : *UM*, III, 788; meurt en 1815 : 788.

Notaire parisien du docteur Minoret (le) : *UM*, III, 801; il approuve le conseil donné au docteur par le juge Bongrand : 875; il a bien fait valoir les économies du docteur : 916.

Ant. réel. Voir *CHODRON, *GILLET, *NOËL.

Notaire de Bourges (un). Reçoit une procuration de J.-J. Rouget à Maxence Gilet : *R*, IV, 448.

Notaire de Bourges (le principal). Reçoit la visite de J.-J. Rouget, désireux de faire un emprunt sur ses propriétés : *R*, IV, 448.

Notaire de Sceaux (le). Ami de Pillerault; les deux hommes ménagent une surprise à César Birotteau : *CB*, VI, 292.

Notaire ami du narrateur (un). Refuse de lui donner son avis sur l'opportunité de son mariage avec Mlle Taillefer : *AR*, XI, 119.

Notaire parisien (un jeune). Associé avec un architecte, spéculation illicite ; a un prête-nom pour le rachat d'un immeuble : *Bou.*, VIII, 132 ; successeur de Me Hannequin, a voulu courir à la fortune au lieu d'y marcher ; sa charge est mise en vente : 137 ; reçoit la visite de Cérizet : 145, 146.

Notaire (un). Rachète à Claparon le traité du diable, et le revend à un entrepreneur : *MR*, X, 385.

Notaires (deux affreux). Un petit, un grand. Discutent du contrat de mariage des Chodoreille : *PMV* XII, 22.

NOUASTRE (famille de). De la haute noblesse de France : *EHC*, VIII, 287. Refuse de se rallier à Napoléon (ici Nouâtre) : *CA*, IV, 968.

    Ant. *NOUÂTRE : *VF*, IV, 973 (n. 4).

NOUASTRE (baron de). Rentré d'émigration avec sa fille en 1800, meurt de chagrin deux mois plus tard, après avoir marié sa fille au marquis d'Esgrignon : *CA*, IV, 968.

    Ant. *NOUÂTRE : *VF*, IV, 968 (var. *f*).

NOUASTRE (Mlle de). Voir ESGRIGNON (marquise d').

*NOUÂTRE (famille de), remplacée par NOUASTRE : *VF*, IV, 973 (n. 4).

*NOUÂTRE (baron de), remplacé par NOUASTRE (baron de) : *VF*, IV, 968 (var. *f*).

Nourrice de Gabrielle Beauvouloir (la). Accompagne sa jeune maîtresse au château d'Hérouville en 1617 : *EM*, X, 935, 936 ; entend les menaces proférées par le baron d'Artagnon : 954, 956.

NOURRISSON (Mme). Femme de confiance du maréchal de France, prince d'Ysembourg. Trouve sa vocation de marchande à la toilette sous l'Empire à la vue d'une comtesse acculée aux expédients pour acheter une robe de bal : *CSS*, VII, 1174 ; sans doute installée en 1820 : 1170. Revendeuse à la toilette, rue Neuve-Saint-Marc, en 1829 ; gérante d'un établissement appartenant à Asie (Jacqueline Collin) : *SetM*, VI, 568 ; connue aussi sous le nom de Mme de Saint-Estève : 740 ; propriétaire d'une maison de tolérance rue Sainte-Barbe, sous le nom de Mme de Saint-Estève ou Mme Saint-Estève ; Jacqueline Collin la fait racheter par les Paccard, en 1830 : 908, 909 ; Asie lui vend Lydie Peyrade : 932. En 1843, Asie emprunte son nom dans son plan contre Mme Marneffe ; elle est principale locataire d'une maison de rendez-vous dans le pâté des Italiens ; et toujours marchande à la toilette, rue Neuve-Saint-Marc : *Be.*, VII, 419. En 1845, l'usurière des rats, des marcheuses ; sa boutique : *CSS*, VII, 1170.

NOURRISSON (Mme). Voir COLLIN (Jacqueline).

NOUVION (comte de). Vieil ami du marquis d'Espard. Ruiné à son retour d'émigration ; éditeur de l'*Histoire pittoresque de la Chine* : *In.*, III, 486, 487.

*NUCINGEN et compagnie (MM. de). Remplacés par le baron de Nucingen : *MR*, X, 351 (var. *a*) ; *NUCINGEN (Maison), remplacée par la Maison MONGENOD : *FAu.*, XII, 614 (var. *d*).

NUCINGEN (baron Frédéric de) [né en 1763]. Banquier. Juif allemand : *CB*, VI, 232. Âgé de soixante-six ans passés en octobre 1829 : *SetM*, VI, 575. Selon Blondet, fils de quelque juif alsacien, converti par ambition ; réflexion du banquier Ouvrard à son endroit : *MN*, VI, 338. À douze ans, en 1775, commis à la banque Aldrigger, de Strasbourg : *SetM*, VI, 577. Origine de sa fortune selon Bixiou ; encore inconnu en 1804, suspend alors ses paiements ; première liquidation Nucingen ; sa banque, sise dans le quartier Poissonnière, désintéresse ses clients avec des valeurs mortes et reprend ses paiements : *MN*, V, 338.

    1808. Déjà baron du Saint-Empire ; épouse la fille du vermicellier Goriot, Delphine ; trente mille francs de rentes pour dot : *PG*, III, 125.

    1813. Goriot vend son commerce après cinq ans de pression de sa part, et de la part de sa femme et des Restaud ; refuse de le prendre chez lui ; son beau-père se retire à la pension Vauquer : *PG*, III, 125, 126, 63.

    1815. Engage du Tillet comme employé, sur la recommandation de Roguin : *CB*, VI, 76. La seconde liquidation Nucingen ; il réunit ses capitaux, avant Waterloo, et achète des fonds, puis liquide à la crise avec des actions des mines de Wortschin, acquises à 20 % au-dessous du prix auquel il les émet lui-même; en affaires avec Guillaume Grandet et avec Duberghe : *MN*, VI, 338. Sa seconde liquidation ruine l'ancien commissaire-priseur Leprince : *E*, VII, 901. Dès 1815 a compris que l'argent n'est une puissance qu'en quantités disproportionnées, et jalouse les Rothschild; riche de cinq millions, il veut en posséder le double : *MN*, VI, 369; emploie ouvertement cinq millions dans une affaire, en Amérique, calculée pour que les profits ne soient qu'à longue échéance : 369-371.

1818. Cité par César Birotteau comme une personne qui marque dans son quartier : *CB*, VI, 49.

1819. Commente la faillite de César en Bourse : *CB*, VI, 263. Adolphe des Grassins se souvient avoir rencontré Charles Grandet à un bal chez lui : *EG*, III, 1054. Description de son hôtel, rue Saint-Lazare : *PG*, III, 168; cité par la duchesse de Langeais comme un banquier dont le nom est allemand et qui a épousé une fille Goriot : 112; la vicomtesse de Beauséant, invitant sa femme, fait comprendre qu'elle ne veut pas le recevoir : 235. A pour agent de change Jules Desmarets : *F*, V, 805; ce dernier assiste à un grand bal chez lui : 810. Banquier de Ragon, qu'il a intéressé aux mines de Wortschin : *CB*, VI, 93; sa convention secrète avec du Tillet : 220, 221; donne à César de l'eau bénite de Cour : 221; le reçoit le 12 janvier : à cette époque il a déjà liquidé deux fois : 230, 231; conserve à dessein « l'horrible prononciation des juifs allemands qui se flattent de parler français » : 232. Son hôtel, mitoyen de l'hôtel San-Réal : *FYO*, V, 1069. Laisse sa femme sans argent de poche : *PG*, III, 172; donne à sa maîtresse, une fille d'Opéra, les mensualités qu'il refuse à sa femme : 173; sa goutte, Goriot espère qu'elle le tuera en lui remontant sur l'estomac : 198.

1820. Joue à sa femme la comédie de la ruine : *PG*, III, 240, 241; monnaie la liaison de cette dernière avec Rastignac : 243; en février, refuse un secours pour enterrer le père Goriot; sa voiture suit, vide, le convoi : 288, 289. Au début de leur liaison, Delphine et Eugène le trouvent bon; ses idées sur les femmes, selon Bixiou : *MN*, VI, 332, 333; a su exploiter Rastignac, plus maniable que de Marsay; parfois, il feint de soupçonner quelque chose, reliant ainsi les deux amants par une peur commune : 333. A un bal chez lui, Maxime de Trailles perd dix mille francs : *Gb.*, II, 986.

1821-1822. Assiste à un dîner chez Mme du Val-Noble; les comptes de retour de sa banque paient, à eux seuls, la voiture, la loge aux *Italiens* et les toilettes de la baronne : *IP*, V, 454; pour la marquise d'Espard qui refuse de le recevoir, un brocanteur en grand; s'impose par sa fortune et peu scrupuleux sur les moyens de l'augmenter; se donne mille peines pour faire croire à son dévouement pour les Bourbons : 276.

1822. Est l'un des directeurs de la banque Nucingen et Cie : *MR*, X, 348; a été fournisseur avant d'être banquier : 349; son caissier Castanier lui rend ses comptes : il le remplace par un bon Allemand : 374. De 1822 à 1829, utilisera Claparon comme homme de paille : *HA*, VII, 780. Fera la fortune de Rastignac : *CA*, IV, 1017. Seul à connaître la fortune du baron d'Aldrigger : *MN*, VI, 356; est le banquier d'Aldrigger en 1823 : 359, 360; opinion sur ce dernier : 359.

1823. Maître en avarice; élève les fraudes de l'argent à la hauteur de la politique : *Pay.*, IX, 237; aime l'or et en manie toujours dans ses deux poches à la fois : 306. Propose avec F. Keller un projet de loi pour remplacer la contribution foncière par les impôts de consommation : *E*, VII, 1058.

1824. Partisan des emprunts gouvernementaux : *E*, VII, 1053; le Napoléon de la finance : 1058.

1825-1827. Avoirs de quelques-uns de ses clients, vers 1825 : *MN*, VI, 371; les actions inventées par lui vers 1826 fléchissent en 1827; abattues en 1830, elles remonteront en 1832 : 379; choisit Rastignac, son collaborateur conjugal, pour amorcer sa troisième liquidation : 380, 381.

1827. Prend le parti de Natalie contre Paul de Manerville : *CM*, III, 645. Troisième liquidation fictive, avec l'aide de Claparon, de Rastignac; provoque la panique en partant pour la Belgique et en faisant répandre le bruit d'une suspension de ses paiements; rachète au taux le plus bas, en sous-main; fait prononcer la séparation de biens entre sa femme et lui; revient, ne dément aucun bruit, achète un domaine de deux millions; ruine Beaudenord, d'Aiglemont, Matifat, etc. : *MN*, VI, 381-390.

1828. Enfin reçu par la marquise d'Espard : *In.*, III, 454. Mlle d'Hérouville trouve la fortune du baron trop turpidement amassée pour marier son neveu avec Mlle de Nucingen : *MM*, I, 615. Soutient le président Tiphaine, député de Provins, son collègue à la Chambre : *P*, IV, 152.

1829. Assiste, le 16 janvier, à un grand dîner offert par le comte Philippe de Brambourg, qui vient de lui confier ses fonds : *R*, IV, 539. Lâche Claparon et rachète ses actions : *MN*, VI, 389-390; *HA*, VII, 780. En août, revenant à Paris de la terre d'un banquier étranger, il croise dans le bois de Vincennes la calèche d'une ravissante inconnue : *SetM*, VI, 492, 493; n'avoue que soixante ans : 575; ne s'intéresse plus aux femmes, surtout à la sienne : 494; quinze jours après sa rencontre du bois de Vincennes, il n'a pas pu retrouver l'inconnue; il tombe malade, fièvre, spleen, amaigrissement : 494, 495; en octobre, Bianchon et Desplein, invités à dîner par Mme de Nucingen, l'examinent à son insu et ne s'expliquent son état que par l'amour : 495-497; il note la remarque faite par Bianchon, que Lucien de Rubempré semble connaître son inconnue; il la fait rechercher, sans succès, par Louchard : 498, 499; a toujours son hôtel rue Saint-Lazare : 499; convoque Louchard : 519, 520; puis Contenson : 522, 525-527; entrevue avec Peyrade, ménagée par Contenson; reprend espoir : 542-544; Corentin lui annonce avoir retrouvé la trace de l'inconnue : 548; sa toilette préparatoire, qui provoque les moqueries de sa femme : 551, 552; achète trente mille francs le droit de se cacher dans la chambre d'Europe : 553, 554; croyant rencontrer Esther, se trouve devant une belle Anglaise : 554, 555; reçoit une lettre anonyme : 560; Asie lui promet de lui procurer Esther : va marchander sa livraison : 571; accepte de payer cent mille francs : 572; double sa dose de pilules : 574; ses références à la Bible : 578; mal couché sur un divan, fait un rêve compliqué : 579, 580; règle les dettes d'Esther pour lui éviter Sainte-Pélagie : 582; prie Contenson et Louchard de garder le secret sur l'affaire : 583; désormais sûr d'obtenir Esther, se relance dans la spéculation et la banque : 590; conjure la perte de Jacques Falleix dont il va racheter hôtel, bail, rue Saint-Georges : 592, 593; sa déclaration d'amour à Esther; promesse de simple paternité de quarante jours : 598, 599; se traite lui-même de jobard, il ne peut être un père éternel; fait visiter à du Tillet et Florine le petit hôtel aménagé pour Esther : 599.

1830. Type de l'homme très riche : *S*, VI, 1044. Au début de l'année, se résout à traiter « l'affaire de son mariage » avec Esther par correspondance, pour obtenir d'elle un engagement chirographaire. La réponse laconique d'Esther : « Prenez mon ours » : *SetM*, VI, 600-603; trône avec elle dans une avant-scène à la Porte-Saint-Martin : 620; se considère de plus en plus comme un jobard : 643; fait don à Esther d'une inscription de trente mille livres de rentes à 3 % sur le Grand-Livre : 685; apprend qu'Esther vient de faire vendre cette inscription et qu'elle hérite de sept millions : 690, 691; après sa première et unique nuit d'amour avec elle, il revient chez elle et trouve son cadavre; après avoir pensé à un suicide, il croit à un assassinat par les domestiques pour vol : 692; porte plainte; la justice arrive rue Saint-Georges : 693, 694; il a offert à Esther deux millions si elle consentait à l'aimer comme elle aimait Rubempré : 762; considéré par Corentin comme « un étang à pièces d'or » : 885. La révolution de Juillet fait de lui un pair de France, grand officier de la Légion d'honneur; sûr des Ordonnances, a vendu tous ses fonds, qu'il replace lorsque le 3 % fut à 45; rafle ainsi trois millions à Philippe Bridau, en jouant contre lui à la baisse alors que, sottement, Philippe jouait à la hausse : *MN*, VI, 390, 391; *R*, IV, 539. Aide Beaudenord, ruiné, à retrouver sa place au ministère des Finances; explique à son confrère, Cointet, qu'il n'a jamais pu faire la fortune des Aldrigger : *MN*, VI, 391.

1831. A une soirée chez Mlle des Touches : *AEF*, III, 688.

1833. Un des invités de la marquise d'Espard en juin : *SPC*, VI, 1000. Remue des millions avec du Tillet; leurs combinaisons, pires que des assassinats selon Mme du Tillet : *FE*, II, 287; las de son hôtel de la rue Saint-Lazare, construit un palais; futur pair de France, va laisser son siège législatif à du Tillet : 288, 289; habitué des dîners chez Florine :

318, 319; élu député « dans une espèce de bourg pourri » : 344. Trailles lui gagne mille écus au jeu : _HA_, VII, 790.

1835. Seule à Paris, sa salle à manger peut rivaliser avec celle des Laginski : _FM_, II, 203.

1836. Estimé à seize ou dix-huit millions : _MN_, VI, 390.

1837. On mange mieux chez Mme Schontz que chez lui : _B_, II, 900.

1838. Chez Josépha, en juillet : _Be._, VII, 122; prête de l'argent au baron Hulot d'Ervy par l'entremise de Vauvinet, sous garantie d'une assurance-vie : 178; témoin de Mlle Hulot à son mariage avec Steinbock : 182. Deux millions de rentes en 1838 : _EHC_, VIII, 377.

1839. Pair de France et beau-père de Rastignac : _DA_, VIII, 803.

1841. Rappel de ce que lui a coûté sa passion pour Esther : _Be._, VII, 307; toujours insatiable : 366.

1842. Présente à la Chambre haute un nouveau pair, le comte de La Baudraye : _MD_, IV, 782.

1845. Avec du Tillet, soumissionne des actions de chemins de fer : _CSS_, VII, 1180; Bixiou estime que, jadis, Esther Gobseck lui a fait faire les seules bêtises qu'il ait jamais faites : 1210. La même année on considère F. Brunner comme son futur rival : _CP_, VII, 557.

1846. Les Hannequin de Jarente essaient de l'attirer à leurs réceptions : _FAu._, XII, 614.

Ant. juif *polonais, remplacé par juif allemand : _CB_, VI, 232 (var. _b_).

Ant. amphitryon anonyme : *_F_, V, 810 (var. _c_); *PORCHER (comte) : _FYO_, V, 1069 (var. _b_); *TRAILLES : _CP_, VII, 593 (var. _b_); NUCINGEN et compagnie (MM. de) : _MR_, X, 351 (var. _a_).

Ant. les réels *CUSTINE : _FM_, II, 203 (n. 2); *ROTHSCHILD : _B_, II, 900 (var. _a_); *LAFFITTE : _Gb._, II, 986 (var. _j_); *OUDINOT (maréchal) : _EG_, III, 1054 (var. _d_), 1062 (var. _b_); avec KELLER, *OUVRARD, *CŒUR (Jacques), *LAFFITTE : _E_, VII, 903 (var. _d_), *OUVRARD : 1058 (var. _a_).

*NUCINGEN, amant d'*Esther Gobseck, remplacé par NATHAN, amant de Florine : _UM_, III, 812 (var. _a_); subrogé-tuteur des filles d'Aldrigger : _MN_, VI, 361 (var. _c_); de l'école américaine en finance : 369 (var. _s_).

Nucingen des casquettes (le). Un ouvrier parisien : _MN_, VI, 377.

NUCINGEN (baronne Frédéric de) [née en 1792]. Femme du précédent. Née Delphine Goriot, sœur cadette d'Anastasie de Restaud. Âgée de trente-six ans en 1828 : _In._, III, 421; _PG_, III, 112; portrait en 1819 : 153; mariée en 1808; trente mille francs de rentes en dot; aime l'argent, raison de son choix du banquier; accepte que ce dernier refuse qu'elle reçoive ostensiblement son père chez elle : 125, 126. En 1819, à un bal chez elle, informe le baron de Maulincour de l'absence de Mme Jules : _F_, V, 804, 805. Célèbre par ses somptueux appartements, raffole de Grindot qui fait des dessins sur son album; mais pas admise au faubourg Saint-Germain : _CB_, VI, 230, 231. Alors jalouse de sa sœur qui est reçue au faubourg Saint-Germain; s'est faite l'esclave de Marsay pour y entrer et, selon Mme de Beauséant, sera la maîtresse de Rastignac pour une invitation à l'hôtel de Beauséant : _PG_, III, 116; au bal des Carigliano : 147; en octobre, le marquis d'Ajuda lui présente Rastignac, aux Italiens : 154; invite Rastignac, le fait jouer pour elle au Palais-Royal pour rembourser Marsay : 168-175; rompt avec Marsay : 174, 175; meuble avec son père une garçonnière pour Rastignac rue d'Artois : 196-198; offre à Rastignac une montre de Bréguet : 198; en février 1820, au chevet de son père malade, scène avec sa sœur : 249, 250; devient la maîtresse de Rastignac, la veille du bal de la vicomtesse de Beauséant : 256; passerait sur le corps de son père pour aller à ce bal : 262; son père meurt pendant que Nucingen lui fait une scène à propos de l'argent qu'elle lui demande pour Goriot : 285; le soir de l'enterrement, après avoir lancé son défi à Paris, Rastignac dîne chez elle : 290. En octobre 1821, à l'Opéra avec Rastignac dans la loge de la duchesse de Langeais qu'elle a reprise : _IP_, V, 276; cette loge, sa toilette et sa voiture payés par les seuls frais de retour de la bande : 595; la réussite de Rastignac grâce à elle, citée par Rubempré à Carlos Herrera : 695. En 1822, Castanier lui fait remettre une de ses deux clefs de la caisse de la banque comme c'est l'habitude en cas d'absence du baron : _MR_, X, 351, 352; en conversation avec Rastignac à l'arrivée de Castanier : 352. En 1824, Mme Rabourdin voudrait marcher de pair avec elle : *E*, VII, 918; invitée aux mardis du ministre : 1057. A fait de Rastignac un banquier, constate ironiquement Mlle Émilie de Fontaine : *BS*, I, 128. En 1826, à l'un de ses bals, Beaudenord rencontre sa future femme, Isaure d'Aldrigger : *MN*, VI, 351, 352; conformément au scénario monté par son mari, va demander la séparation de biens d'avec lui : 384; rachète les actions vendues par Beaudenord et sa famille : 390. En 1827, en relations mondaines avec la comtesse Fœdora : *PCh.*, X, 147. En 1828, toujours maîtresse de Rastignac qui commençait à être las de cette vieille liaison : *In.*, III, 421, 422. Lui écrivant, Rastignac se trompe d'adresse : *EF*, II, 176; Mme de Listomère sait les attaches de Rastignac avec elle : 179. Mme d'Espard se refuse toujours à la recevoir, mais reçoit son mari : *In.*, III, 454. En août 1829 ne comprend rien à la soudaine mélancolie de son mari : *SetM*, VI, 495; affecte de nommer Mlle de Grandlieu Clotilde, comme si, née Goriot, elle hantait cette société : 496; son sourire entendu lorsque le docteur Bianchon l'interroge sur les possibilités amoureuses du baron : 497; feint d'être jalouse d'Esther Gobseck : 544; donne des conseils à son mari pour l'aider à séduire Esther : 552, 604; citée par Vautrin à Camusot à propos de sa liaison avec Rastignac : 757; lors d'une tempête a crié : « Mon Dieu, sauvez-moi, et plus jamais! » : 879, 880. En octobre 1830, trône aux Italiens avec sa fille, aux côtés de Rastignac, qui est au désespoir de ne pouvoir la quitter pour aller voir la belle inconnue, Pauline Gaudin : *PCh.*, X, 225. En 1831, à une soirée chez Mlle des Touches : *AEF*, III, 678-688. Vers 1832, amie de Mme du Tillet : *FE*, II, 288; celle-ci lui demande d'aider sa sœur, Marie de Vandenesse : 358, 361; remboursée par Félix de Vandenesse de l'argent qu'elle a avancé à Marie : 372. En 1833, la marquise d'Espard évoque sa longue liaison avec Rastignac : *SPC*, VI, 958. Sa séparation d'avec Rastignac s'effectue alors convenablement : *MN*, VI, 332; est la fortune de Rastignac; femme remarquable joignant l'audace à la prévision : 334. Citée par le Dr Halpersohn : *EHC*, VIII, 390. En 1838, marie sa fille à Rastignac; en 1839, est enfin reçue chez la marquise d'Espard : *DA*, VIII, 804. Femme criminelle : *Pré.PG*, III, 44.

Ant. *B. (vicomtesse de) : *EF*, II, 176 (var. *g*), 179 (var. *a*); *hôtesse anonyme : *F*, V, 804 (var. *g*), 805 (var. *a*); *WALSHAM (Mme) : *E*, VII, 1057 (var. *f*), 1062 (var. *a*).

*NUCINGEN (Mme de) : *Pr.B*, VII, 838 (var. *a*).

*NUCINGEN (les) qui précèdent. Parmi ceux qui, en 1815, avaient la prétention d'appartenir au faubourg Saint-Germain : *Lys*, IX, 1109 (var. *a*).

NUCINGEN (Augusta de). Fille des précédents. Sa mère commence à la montrer dans le monde en 1829 : *SetM*, VI, 495; est adorée de son père : 598, 601. Vers la même époque, il est question d'un mariage entre Augusta et le duc d'Hérouville, déjà arrangé par le roi; férue de noblesse, Mlle d'Hérouville refuse : *MM*, I, 615. Devient comtesse Eugène de Rastignac en 1838 : *DA*, VIII, 804; l'année suivante, jeune mariée, fait les honneurs du salon de la marquise d'Espard : 803. Fait partie de la haute société des jeunes femmes parisiennes vers 1840-1841 : *B*, II, 910, 911. S'occupe en 1841 de trouver une place d'inspectrice de bienfaisance à la baronne Hulot d'Ervy : *Be.*, VII, 365.

NUCINGEN ET CIE. Mésestime secrète dans laquelle elle est tenue, comme les autres banques parisiennes, la banque Mongenod exceptée : *EHC*, VIII, 232. Citée par Olivier Vinet comme honorable en 1839 : *DA*, VIII, 790. De la première couche de la finance parisienne : *Bou.*, VIII, 120. Avec les banques du Tillet et Keller, rend des services au gouvernement; leurs chefs, vrais loups-cerviers de la Banque, connaissent tout Paris : *P*, IV, 119. Nucingen, banquier rue Saint-Lazare, a un associé, Werbrust : *MR*, X, 348, 352; la maison est en relations d'affaires avec la banque Watschildine, de Londres : 349, 352.

NUEIL (comte de) [?-v. 1825]. Meurt en même temps que son fils aîné. Ce décès oblige son fils cadet, le baron Gaston, à rentrer de Suisse en France : *FA*, II, 492.

NUEIL (comtesse de). Femme du précédent. Veuve en 1825. Personne roide qui ne reçoit pas la vicomtesse de Beauséant, maîtresse de son fils : *FA*, II, 493; parvient à marier Gaston à Mlle de La Rodière : 498, 500.

NUEIL (vicomte (?) de) [?-v. 1825]. Fils aîné des précédents. Poitrinaire, semble dès 1822 « devoir être bientôt enseveli, pleuré, oublié » : *FA*, II, 467 ; meurt trois ans plus tard : 492.

Nueil (baron, puis comte Gaston de) [1799 ou 1800-1831]. Frère du précédent. Agé en 1822 de vingt-deux ans : *FA*, II, 489 ; ou de vingt-trois : 467 ; convalescence en Normandie au mois d'avril 1822, hébergé par sa cousine, Mme de Sainte-Sévère : 463 ; situation de fortune ; son frère aîné, poitrinaire, est condamné : 467 ; intrigué par les propos méchants tenus sur Mme de Beauséant, est pris du désir de faire sa connaissance : 470 ; s'adresse au parent de cette dernière, le marquis de Champignelles, se prétendant chargé d'un message pour elle : 472 ; séduit par le triple éclat de sa beauté, de son malheur et de sa noblesse : 477 ; lui avoue son subterfuge : elle l'éconduit : 477 ; suit à la trace, étape par étape, de Courcelles à Genève, la berline de la vicomtesse, et parvient à ses fins : 491. Vit avec elle à Genève : leur bonheur tranquille est envié par Rodolphe (A. Savarus) : *AS*, I, 965. En 1825, la mort de son père les oblige à rentrer en France. La vicomtesse va habiter une terre voisine, à Valleroy : *FA*, II, 492, 493 ; sa mère insiste pour qu'il cesse de mener une existence en marge de la société et qu'il se marie : 498 ; sa lettre embarrassée à Mme de Beauséant ; elle lui rend sa liberté ; il épouse Mlle de La Rodière et est très bien pour elle, mais reste rêveur et pensif : 499, 500 ; essaie de renouer avec la vicomtesse : 502 ; sur son refus, se tue d'un coup de fusil de chasse : 502.

Ant. prénommé *Joseph) : *FA*, II, 463 (var. *c*).

Nueil (comtesse Gaston de). Femme du précédent. Voir La Rodière (Stéphanie de).

O.....y (Mme d') : *Phy.*, XI, 1198.
O'Brien (Fanny). Voir Du Guénic (baronne).
Octave (le comte), dans *Honorine*. Voir Bauvan (comte Octave de).
O d'Este-M. Signature adoptée en 1829 par Modeste Mignon de La Bastie dans sa correspondance avec celui qu'elle croit être le poète Canalis : *MM*, I, 514.
Officier de police (un). Vient arrêter Vautrin à la pension Vauquer, en février 1820 : *PG*, III, 217.
Officier de dragons à Bourges (un). Père réel de Maxence Gilet : *R*, IV, 367.
Officier d'Alençon (un). Amoureux fou de Mme de Gordes : *La Fleur des pois*, IV, 1440.
Officier (un). Accompagne Napoléon à la veille de la bataille d'Iéna, en 1806, et répond aux questions de Mlle de Cinq-Cygne : *TA*, VIII, 679.
Officier (un). Veut attaquer à main armée le Premier Consul, en 1799 (probablement Cadoudal : voir Index I) : *Ch.*, VIII, 1037.
Officier de marine qui n'est jamais sorti de Brest (un). Au banquet Taillefer, en octobre 1830, loue Napoléon d'avoir au moins laissé de la gloire : *PCh.*, X, 101.
Officier (un). A moitié ivre, parie que le général G...t...r. n'a pas ordonné l'exécution de la famille de Léganès par un de ses membres : *Ver.*, X, 1142.
Officier des Gardes écossaises (un). Chargé par Louis XI d'aller inviter à dîner sa fille, la comtesse de Saint-Vallier, et son gendre : *Cor.*, XI, 51.
Officier (un). Son opinion sur le mariage projeté par le narrateur : *AR*, XI, 105, 106.
Officiers royalistes (trois). Sortis de la Maison Rouge et appartenant à un bataillon de Bourges. Au café militaire d'Issoudun, déchirent ostensiblement *Le Constitutionnel*, réclamant à la gérante des journaux royalistes ; leur duel à mort avec Maxence Gilet, Renard et Potel : *R*, IV, 372, 373.
O'Flaghan (Mlle). Voir Du Vissard (Mme).
O'Flaharty (Martin) [?-1828]. Frère de la marquise de Valentin. Major dans l'armée des Indes. Meurt à Calcutta en août 1828 ; un seul héritier, son neveu, Raphaël de Valentin : *PCh.*, X, 208.
O'Flaharty (Barbe-Marie). Sœur du précédent. Voir Valentin (marquise de).

Ant. prénommée Barbe-Marie-*Charlotte : *PCh.*, X, 208 (var. *b*).

Oignard. Premier clerc de Me Bordin en 1806 : *DV*, I, 850.
Olivet (Me). Avoué à Angoulême. Vendit sa charge à son premier clerc, Petit-Claud, en 1822 : *IP*, V, 585.

OLIVIER. Piqueur de Charles X. En 1838, portier de Mme Marneffe, rue du Doyenné : *Be.*, VII, 190.

OLIVIER (Mme). Femme du précédent. Lingère de Charles X. Attachée à la fortune des Marneffe, les suit rue Vaneau ; trois enfants : *Be.*, VII, 190 ; laisse sciemment aux mains d'Hortense Steinbock une lettre à remettre en mains propres à Wenceslas : 277.

OLIVIER. Fils aîné des précédents. Exempté de service militaire, grâce à l'appui du baron Hulot : *Be.*, VII, 190 ; troisième clerc chez un notaire, en 1843 : 221 ; amant de Reine, femme de chambre de Mme Marneffe : 222.

OLIVIER. Gendarme de la brigade d'Arcis-sur-Aube en 1803. Pince Catherine, la femme de chambre de Mlle de Cinq-Cygne, en train de fuir sans trop de hâte, selon les consignes données par Michu : *TA*, VIII, 571.

Oncle maternel de M. Heurtaut (un). Podagre ; a toujours adoré sa petite-nièce Caroline qui le choie ; deux cent mille francs de rente à léguer : *PMV*, XII, 23.

OOSTERLINCK. Banquier de Bruges. En 1479, en relations d'affaires avec maître Cornélius : *Cor.*, XI, 36.

Orang-Outang (un). Cet anthropoïde vit à Cassan, dans le parc d'un fermier général ; mélomane ; devenu dangereux ; on l'abat : *Phy.*, XI, 952, 953.

Oratorien (un). Oncle de l'abbé Chapeloud, lui a légué une collection in-folio des Pères de l'Église : *CT*, IV, 185.

•Ordonnateur des pompes funèbres (un). Voir Maître des cérémonies (le).

Orfèvre (un). En 1819, établi rue Dauphine. Goriot lui vend son argenterie : *PG*, III, 83.

ORGEMONT (abbé d') [?-1795]. Prêtre breton assermenté. Il a renié Dieu aux yeux des Chouans : *Ch.*, VIII, 1082 ; le premier recteur à s'être ainsi déshonoré ; en 1799, son frère conserve son cadavre enterré debout, dans du mortier, dans un recoin de sa maison, depuis 1795, pour pouvoir l'enterrer plus tard lorsque les passions seraient calmées : 1087.

ORGEMONT (M. d'). Frère du précédent. Banquier à Fougères en 1799. Portrait : *Ch.*, VIII, 949. Voyage dans la turgotine attaquée par les Chouans à La Pèlerine ; pressé de questions et brutalisé par Marche-à-Terre, avoue sa véritable identité après avoir tenté de se faire passer pour un pauvre marchand de toile nommé Jacques Pinaud ; pour avoir acheté des biens d'Église, l'abbaye de Juvigny, il est frappé par les Chouans d'une rançon de trois cents écus de six francs : 954, 955 ; il devra la remettre à Galope-Chopine à la ferme de Gibarry ; les Chouans, qui ne l'ont pas fouillé, ne voient pas l'or dissimulé dans ses bottes : 955, 956 ; prisonnier des Chouans, et torturé par Pille-Miche et Marche-à-Terre, pour n'avoir pas payé à temps la rançon exigée : 1080-1083 ; délivré par Mlle de Verneuil, dont l'apparition le sauve ; il la sauve en même temps en lui ouvrant une cache, où ils disparaissent : 1084 ; a jadis prêté de l'argent à Mme du Gua : 1085, 1086 ; fasciné par la beauté de Marie, lui offre son cœur, et sa main : 1088 ; lui donne le mot de passe avec Galope-Chopine : 1091. A un parent éloigné, marchand de couleurs à Paris, originaire de Mayenne : *PGr.*, VI, 1096.

*ORGEMONT (M. d'). Personnage en projet dont on ne sait rien : *Ch.*, VIII, 1662 ; lui ou son fils en relation avec Fouché : 1667.

*ORGEMONT (Jules d'). Fils du précédent : *Ch.*, VIII, 1662. Lui ou son père en relation avec Fouché : 1667.

Original (un). Affirme qu'on peut aller jouer sans crainte chez Mme Firmiani, car il n'y a pas de socques dans son antichambre : *Fir.*, II, 145.

ORMOND (l'Honorable Arthur). Voir GRENVILLE (lord).

ORMOND (Théophile) [?-1827]. Irlandais, très byronien ; portrait ; passion pour Ballanche, Moore et O'Connell ; fiancé à miss Julia Marmaduke ; phtisique, entretient Mlle Lureuil, de l'Odéon, qui l'achève ; à sa mort, il lui laisse une rente : *MI*, XII, 722.

Orphelin (un). Recommandé par Louis XI à maître Cornélius : *Cor.*, XI, 30 ; soupçonné à tort d'un vol de diamants, il est pendu : 31.

ORSONVAL (Mme d'). Relation des Cruchot comme des Grassins, à Saumur : *EG*, III, 1118 ; en 1828, essaie de marier Eugénie Grandet avec Cruchot de Bonfons : 1179.

*ORTHEZ. Voir ARTHEZ.

OSSIAN. Laquais du perruquier Marius V, en 1845 : *CSS*, VII, 1184, 1186.

Page de la comtesse de Saint-Vallier (le). Tout acquis à Georges d'Estou-
teville : *Cor.*, XI, 23 ; avertit sa maîtresse du danger couru par ce dernier :
25 ; prévient le prisonnier qu'on va s'occuper de lui : 51, 52.
Paillasse du cirque Bouthor (le), en 1838. Dit au comte Paz que Malaga
est un enfant trouvé, volé peut-être : *FM*, II, 224.
PALAFOX. Voir GAZONAL.
Palefrenier du cirque Bouthor (un), en 1838. Donne pour dix francs à Thaddée
Paz l'adresse de Malaga : *FM*, II, 224.
Palefrenier de Lucien de Rubempré (le) : *SetM*, VI, 488.
PALMA. Banquier, fondateur de la banque Palma et Cie, peu estimée sur la
place de Paris : *EHC*, VIII, 232. De la seconde couche de la finance
parisienne : *Bou.*, VIII, 120. Travaille presque toujours avec Gobseck ;
banquier du faubourg Poissonnière : *CB*, VI, 89 ; conseiller intime des
Keller en 1818 : 212 ; commente à la Bourse du commerce la faillite
Birotteau au début de 1819 : 263. Confrère de Gobseck : *Gb.*, II, 981 ;
comme ses confrères, a en 1820 « le ventre plein » des lettres de change
de Maxime de Trailles et les offre à qui veut, à 50 % de perte : 986. D'un
mouton Samanon ; l'un des crocodiles nageant sur la place de Paris, en
1821 : *IP*, V, 509. En 1825, sous la raison sociale MM. Palma, Werbrust
et Cie, rue du Sentier, n° 5, font principalement commerce de mousselines,
calicots et toiles peintes en gros ; le député Longueville a un intérêt dans
leur maison : *BS*, I, 155 ; à cette époque, la maison spécule aux Indes ou
au Mexique et on la dit à moitié ruinée par cette spéculation : 155, 156.
En 1828, rend l'escompte facile à Savinien de Portenduère : *UM*, III,
863. En 1829, associé avec une maison de banque pour une spéculation
au Brésil : *BS*, I, 159. Son autorité en Bourse ; a été pendant dix ans
l'associé de Werbrust sans qu'un nuage s'élevât entre eux : *MN*, VI, 384,
385 ; oracle des Keller, gorgé d'actions Nucingen ; chargé par Werbrust
de répandre en Bourse le bruit de la prochaine liquidation Nucingen : 386 ;
avec Werbrust et du Tillet, est l'un des seuls à comprendre que Nucingen
vient de les rouler : 388.
    Ant. *BRUMMER (Georges), associé à *SCHILKEN (voir WERBRUST) et
Cie, banquiers : *BS*, I, 155 (var. *a*).
    *PALMA, associé à *BRASQUET (ant. *FRASQUET), remplacé par SAMANON :
E, VII, 1045 (var. *d*) ; remplacé par MÉTIVIER : *E*, VII, 1037 (var. *d*).
    *PALMA : *E*, VII, 921 (var. *g*), 1040 (var. *b*).
PALUZZI (chevalier de). Personnage du roman fictif *Olympia ou les Vengeances
romaines* : *MD*, IV, 705.
PAMIERS (vidame de) [né en 1752]. Âgé de soixante-sept ans en 1819 : *F*,
V, 801. Cousin de la duchesse de Langeais : *DL*, V, 1024. Ancien commandeur de l'ordre de Malte ; en 1819, cultive un lien sexagénaire avec la
baronne de Maulincour : *F*, V, 801 ; ci-devant *monstre* avec les femmes :
802. Chez la duchesse de Berry, dément les bruits qui courent sur la
duchesse de Langeais : *DL*, V, 1022 ; transmet à Montriveau la dernière
lettre de la duchesse et passe la dernière soirée à Paris de sa cousine avec
elle : 1024, 1025. Consulté par Auguste de Maulincour, les utiles et inutiles
conseils qu'il lui donne : *F*, V, 825, 826 ; assiste à l'entretien entre Jules
Desmarets et Auguste de Maulircour : 859-861. Opinion sur Montriveau :
DL, V, 959, 960. Rappel de son amitié pour la baronne de Maulincour,
en 1822 : *CM*, III, 544. Est un chevalier de Valois, à la dixième puissance :
richesse, position mondaine, discrétion : *CA*, IV, 1011 ; invite Victurnien
d'Esgrignon à dîner au cabaret avec de Marsay, Rastignac et Blondet ;
estime qu'il ne doit pas y avoir plus de six convives à un dîner : 1011, 1012.
Habitué du salon des Grandlieu, en 1829 : *SetM*, VI, 507.
    Ant. le réel **TALLEYRAND : *DL*, V, 960 (var. *a* et 959, var. *a*).
PANNIER. Négociant à Alençon en 1808. Complice des chauffeurs de Mortagne : *EHC*, VIII, 301 ; trésorier des rebelles depuis 1794 : 301 ; condamné
à vingt ans de travaux forcés, il est marqué et envoyé au bagne en 1809 :
314 ; il y meurt de chagrin : 315.
PARADIS (né en 1829). Tigre de Maxime de Trailles en 1839. Défraie la
chronique d'Arcis : *DA*, VIII, 786 ; son âge ; son aplomb : 788, 789 ;
introduit Antonin Goulard et ses compagnons : 796, 797 ; conversation
avec son maître : 799.
Parasite (un vieux). Opinion sur la manière dont la comtesse Moïna de

Saint-Héréen traite sa mère, Mme d'Aiglemont : *F30*, II, 1203, 1204.

Parent supposé des Aldrigger (un). Son mot, aux obsèques du baron : *MN*, VI, 357.

Parisien (un). Cousin d'un petit propriétaire morvandiau; lui donne une paire de mouchettes : *Méf.*, XII, 424, 425.

Parisienne (une). Exilée en province : ses propos sur Mme Graslin et J.-F. Tascheron : *CV*, IX, 697, 698.

*PARME (prince de). Frère du duc *YSEMBOURG, fils cadet du feu maréchal *VILMAN, puis *FÉBURE; remplacé par CHIAVARI (prince de), frère de Vissembourg : *B*, II, 908 (var. *a*).

PARQUOI (François) [?-1799]. Chouan de la paroisse de Marignay. Tué au combat de La Pèlerine, en septembre 1799 : *Ch.*, VIII, 1118.

Parvenu (un riche). Met à haut prix une alliance avec une demoiselle de Kergarouët, sans fortune, qui lui préfère le comte de Fontaine : *BS*, I, 109.

PASCAL (abbé). Aumônier de la prison de Limoges en 1829 : *CV*, IX, 696.

Passant (un). Sa question aux obsèques du baron d'Aldrigger : *MN*, VI, 357.

Passeur (un). Fait le service entre l'île de Cadzant et Ostende. Au départ, donne du cor : *JCF*, X, 312; ses encouragements à ses hommes : 314; au moment du naufrage, s'attache à son bateau, tel un rémora : 320; rejeté sur un rocher, il est sauvé par l'HOMME, c'est-à-dire Jésus-Christ : 321.

PASTELOT (abbé). Prêtre de la paroisse de Saint-François, au Marais. En 1845, envoyé par l'abbé Duplanty, veille la dépouille mortelle du cousin Pons : *CP*, VII, 722, 723.

PASTOUREAU (Jean-François). Paysan du bourg administré par Benassis : *MC*, IX, 501.

*PASTUREAU. Grand-père de M. de Chessel dont le nom vient de l'achat de la terre de Chessel en Charolais : *Lys*, IX, 1008 (var. *a*).

Pâtissier parisien (un). En 1793, fournit de pain azyme, à prix d'or, une aristocrate inconnue; disposé d'abord à être bienveillant à son égard, il est pris de panique en reconnaissant l'homme qui semble la surveiller, Sanson, et la chasse avec violence : *Ep.T*, VIII, 434-437.

Pâtissier vénitien (un). Établi dans la Merceria, tient prêt le dîner de Capraja : *Do.*, X, 580.

Pâtissière (une). Femme du pâtissier parisien. Plus méfiante que son mari, le glace par ses craintes : *Ep.T*, VIII, 434-437.

Pâtissière (une jeune). Fille du pâtissier vénitien. S'occupe de Capraja avec dévouement et désintéressement entre douze et vingt-six ans; belle et sage, hérite des millions de Capraja : *Do.*, X, 580, 581.

PATRAT (Me). Notaire à Fougères. En 1799, le banquier d'Orgemont est son client : *Ch.*, VIII, 1091.

PATRIOTE. Nom donné par Mlle de Verneuil, vers 1799, à un singe apprivoisé : *Ch.*, VIII, 968.

PATRIS (Antoinette). Voir BOUGIVAL (la).

Patron de barque du Havre (un). Estime minime la fortune de l'armateur Mignon : *MM*, I, 666, 667.

*PATUREAU, employé. Voir CHAZELLE.

*PATURIN, employé. Voir GODARD.

PAUL. Domestique de Me Petit-Claud à Angoulême, en 1822 : *IP*, V, 730.

PAULINE. Femme de chambre de la marquise d'Aiglemont en 1824 : *F30*, II, 1101; semble passée au service de Moïna de Saint-Héréen en 1844 : 1199.

PAULMIER. Employé dans un ministère. Antagoniste du commis Chazelle; célibataire; bavard; sa visite au libraire Dauriat : *E*, VII, 981.

Ant. *DOZANNE : *E*, VII, 988 (var. *f*).

Pauvre (un vieux). Demande la charité à Raphaël de Valentin, plus pauvre que lui, en octobre 1830 : *PCh.*, X, 66, 67.

Pauvre diable londonien (un). Fou, enfermé, pense que son âme lui a été soutirée par un enchanteur; la récupère et guérit : *MI*, XII, 738, 739.

Pauvres du XIIe arrondissement en 1828 (les). A l'audience du juge Popinot; portraits : *In.*, III, 437, 438.

Pauvresse (une). Prend passage sur la barque du passeur d'Ostende : *JCF*,

X, 314, 315; marche sur les flots derrière l'HOMME, Jésus; sauvée parce qu'elle a eu la foi : 320.

Payeur général des armées (un ancien). Candidat à la recette de Sancerre, y a droit, mais n'a aucune chance ; le poste sera donné, affirme des Lupeaulx, à M. de La Baudraye, qui n'y a aucun droit, pour payer sa compréhension dans l'affaire des dettes du duc de Navarreins : *MD*, IV, 638.

Paysan (un). Accusé de faux aux assises du Doubs en 1834. Désigné d'office, Savarus le fait acquitter : *AS*, I, 927.

Paysan (un). Apporte un pli au citoyen du Gua-Saint-Cyr, à Alençon, en 1799 : *Ch.*, VIII, 976.

Paysan (un). Avec son fils âgé de dix ans, prend passage sur la barque du passeur d'Ostende à l'île Cadzant : *JCF*, X, 314; ils seront sauvés, ayant la foi : 320.

Paysan (un). En 1813, a un fils réfractaire; plaide sa cause à la préfecture; trouve son fils mort de faim, et apporte le cadavre au préfet : *Ech.*, XII, 484-486.

Paysanne (une). Femme du précédent. Se dispute avec son mari : *Ech.*, XII, 485.

Paysanne (une). Malgré la défense du docteur Benassis, a donné une trempette au vin à son mari, au risque de le tuer, estimant qu'il faut nourrir la maladie : *MC*, IX, 467.

Paysanne du bourg de Benassis (une). A la vallée, dans la grange, s'étonne que Goguelat ait pu réchapper au désastre de la Moskowa : *MC*, IX, 537.

Paysanne (une vieille). En 1830, le garçon de boutique du vieil antiquaire du quai Voltaire lui confie un moment le magasin : *PCh.*, X, 74.

Paysanne bretonne (une). Interrogée par Pauline de Villenoix, lui répond qu'elle « fait du bois » avec de la bouse de vache séchée : *Dr.*, X, 1165.

PAZ (comte Thaddée) [né en 1806]. Noble polonais, ami et intendant volontaire du comte Laginski en 1836 : *FM*, II, 203, 204; façon de prononcer son nom qui est Paz ou Paç : 204; six ans de plus que Laginski : 208; portrait : 205, 206. A dix-huit ans, amoureux d'une charmante femme de Varsovie, prétend-il : 240, 241; origines. Son odyssée en 1832 : sauvé des Russes, puis des Prussiens par le comte Laginski : 207, 208; son dévouement : 209, 210; amoureux de la comtesse Laginska depuis 1832 : 214; a surpris le coup d'œil complice échangé entre Ronquerolles et sa sœur Mme de Sérisy; les conclusions qu'il en tire : 219, 220; se donne une « fausse maîtresse », l'écuyère Malaga : 221, 222; ses conventions avec celle-ci : 224, 225; laisse, exprès, lire par Laginski la lettre de Malaga : 228, 229; anéanti du trop grand succès de sa ruse, tombe malade en janvier 1838 : 230, 231; au bal Musard, Malaga et lui, déguisés en sauvagesse et en Robert Macaire, défilent dans le galop sous les yeux de la comtesse Laginska : 234; n'y pouvant plus tenir, annonce à son ami qu'il le quitte : il est censé se rendre en Russie, pour y servir le tzar : 238; resté en réalité à Paris, sauve la comtesse Laginska, en passe d'être enlevée par La Palférine : 243. En 1838, assiste au mariage de son compatriote, le comte Wenceslas Steinbock, avec Mlle Hulot d'Ervy : *Be.*, VII, 186.

Pêcheur du Croisic (un). Fils d'un aveugle. Sa rencontre avec le narrateur et Pauline au bord de la mer; portrait : *Dr.*, X, 1161; se résigne à la modicité de ses gains; a échappé au service militaire, faute d'un pouce de taille : 1163, 1164; les deux jeunes gens lui achètent sa pêche en lui en donnant volontairement cent fois ce qu'elle vaut : 1162, 1163; leur raconte l'histoire de Pierre Cambremer, l'Homme-au-vœu : 1167-1176.

*Pêcheur napolitain (un). S'indigne de l'attitude de Sébastien de Chamaranthe à l'enterrement de sa mère : *DxA*, XII, 1083.

PÉCHINA (la). Voir NISERON (Geneviève).

PEDROTTI (comte) [?-1831]. Banquier à Gênes. Une fille unique : *H*, II, 528; anobli par le roi de Sardaigne : premier et dernier comte de sa lignée, meurt en janvier 1831; sa fortune échoit à sa fille : 529.

PEDROTTI (Onorina). Fille du précédent. Voir HOSTAL (baronne Maurice de l').

Peintre (un jeune). Ami de Sommervieux. Préfère la *Transfiguration* de Raphaël au paradis d'Augustine de Sommervieux : *MCP*, I, 75.

Peintre en bâtiment (un). Refait l'appartement de Godefroid chez Mme de La Chanterie : *EHC*, VIII, 236.

Peintre en bâtiment (un). Est, en 1822, l'avant-dernier possesseur du pacte diabolique de John Melmoth : *MR*, X, 386 ; s'en débarrasse, en donnant dix mille francs, au profit du second clerc de Me Crottat : 387.

Peintres (plusieurs). Dessinent et causent dans un salon parisien en 1840 : *Ech.*, XII, 476.

PELLETIER (?-1829). Paysan du bourg de Benassis. Meurt après vingt-cinq ans de mariage ; le rite de la veillée de son corps : *MC*, IX, 445, 446.

PELLETIER (Mme). Femme du précédent. Reçoit les condoléances à la mort de son mari et veille à ce que chacun verse deux sous pour l'enterrement : *MC*, IX, 444, 445.

PELLETIER (Jacques) [né en 1807]. Fils des précédents. Âgé de 22 ans en 1829 ; son père mort, va devoir travailler pour deux : *MC*, IX, 444, 445.

PÉNÉLOPE. Vieille jument normande, bai brun, appartenant à Mlle Rose Cormon ; sert depuis dix-huit ans ; est adorée de tous les habitants de la maison Cormon : *VF*, IV, 865 ; il semble que sa maîtresse ait reporté sur elle sa maternité rentrée : 866 ; surprise par les coups de fouet que, par ordre, lui administre Jacquelin : 891 ; réalise le souhait féroce formulé par Mlle Cormon, en crevant d'une pleurésie gagnée quarante jours avant le mariage de sa maîtresse : 894 et 914.

PEN-HOËL (les), ant. *PER-HAVEN, puis *PENHOËL, branche des Kergarouët : *B*, II, 730 (var. *a*).

PEN-HOËL (Jacqueline de) [née en 1779]. Née à Guérande. Majeure depuis 1800 ; portrait ; allure : *B*, II, 664 ; d'ancienne noblesse, blason de sa famille ; admirée à dix lieues à la ronde pour sa proverbiale avarice ; laissera sa fortune à celle de ses quatre nièces qui épousera Calyste du Guénic : 663 ; estimation de sa fortune ; sa favorite est Charlotte : 664, 665 ; ses ruses au jeu de la mouche : 673, 674 ; a des réticences à monter dans la voiture de Mlle des Touches, qu'elle appelle la carriole du diable : 759.

PEN-HOËL (Mlle de). Sœur cadette de la précédente. Voir KERGAROUËT-PEN-HOËL (vicomtesse de).

Pensionnaire de Mme Vauquer (un). Imite le père Goriot flairant son pain : *PG*, III, 287.

Percepteur des Contributions d'Alençon (le). Adresse toujours au marquis d'Esgrignon des avertissements ainsi libellés : « A M. Carol (ci-devant des Grignons) » : *CA*, IV, 974.

*PER-HAVEN. Voir PEN-HOËL.

PERNETTI (comtesse Élisa). Milanaise, maîtresse de Ludovico : *Phy.*, XI, 1073.

PÉROTTE, dans *VF*. Voir JOSETTE.

PÉROUX (abbé). Curé à Provins en 1823. A une sœur mariée, Mme Julliard : *P*, IV, 52.

*PÉROUX : *P*, IV, 126 (var. *f*).

PÉROUX (Mlle). Voir JULLIARD (Mme).

PERRACHE. Portier rue Honoré-Chevallier en 1840. Est également cordonnier ; petit et bossu ; alerte Mme Cardinal sur l'état de son oncle Poupillier : *Bou.*, VIII, 173.

Ant. *LABBÉ : *Bou.*, VIII, 173 (var. *a*).

PERRACHE (Mme). Femme du précédent. Veille Poupillier : *Bou.*, VIII, 173 ; renseigne Cérizet sur leur mystérieux voisin, M. du Portail : 180.

PERRAULT. Traiteur parisien : *PMV*, XII, 164.

PERRET. Banquier de Limoges, associé de Grossetête, puis, avec ce dernier, associé avec Pierre Graslin, leur caissier. En 1822, se retire à la campagne, et laisse Graslin gérer les fonds moyennant un léger intérêt : *CV*, IX, 656.

PERRET (Mme). Femme du précédent. En 1829, lors de la découverte du châle brûlé par Denise Tascheron, dit en souriant qu'elle va vérifier sa garde-robe : *CV*, IX, 742.

PERROTET. Fermier du père Grandet à Saumur, en 1819. En retard sur le paiement de ses fermages : *EG*, III, 1138.

*PERROTIN, remplacé par PIERROTIN (voir ce nom).

PERSÉPOLIS (évêque de). En 1827, dans un salon du faubourg Saint-Germain. Réserve l'argent perdu par Émilie de Kergarouët au piquet à ses petits séminaires : *BS*, I, 164, 165.

Personne (une jeune). Son admiration pour Ferdinand : *PMV*, XII, 182.

Personnels (un homme classé parmi les). Déconseille à un ami de fréquenter le salon littéraire de Mme Firmiani : *Fir.*, II, 143.

par égard pour sa fille, Valentine, quitte son nom déshonoré et reprend celui de Canquoëlle; grâce à Corentin, seul ami resté fidèle, il trouve un emploi au Mont-de-Piété. Corentin continue à l'utiliser, en sous-main, dans de délicates affaires secrètes (voir aussi *SetM*, VI, 533); chef de bureau en 1816 : *VV*, XII, 360, 361. Il est le seul agent à pouvoir faire impunément de la police pour le compte d'un particulier : *SetM*, VI, 534. De 1826 à 1829 a commencé à « enrayer » : 535; mais aime encore à chanter *La mère Godichon* : 536. En 1816, après la découverte, grâce à lui, d'un complot bonapartiste où avait trempé Gaudissart, Corentin a vainement essayé de le faire réintégrer : 533, 534; habite encore rue des Marais-Saint-Germain en 1822 : *VV*, XII, 360. A la mort de Louis XVIII perd le bénéfice d'être l'espion ordinaire du roi; en 1829, convoite le poste de chef de bureau des Renseignements de la Préfecture de police : *SetM*, VI, 534, 535; Contenson vient le trouver en 1829 au café David, où il tient ses assises depuis 1811, et passe pour un inoffensif vieillard : 527; Contenson lui parle d'une affaire proposée par le baron de Nucingen : 539; Nucingen lui explique ce qu'il désire; Peyrade lui apprend que, pendant sept ans, il a dirigé la contre-police de Louis XVIII : 542-544; durement réprimandé par le préfet de police qui l'accuse de se mêler de la police privée sur plainte de Lucien de Rubempré et de M. de Sérisy; sa pension est supprimée : 557, 558; sa science du déguisement; costumé en Anglais, avec Contenson déguisé en mulâtre pour domestique, arpente les Champs-Élysées, écoutant la conversation entre Mme du Val-Noble et Esther Gobseck : 625, 626; sous le nom de Samuel Johnson, prend pension à l'hôtel Mirabeau; Paccard, grimé, vient l'y relancer de la part du préfet de police, et il se trouve nez à nez, dans un fiacre, avec Carlos Herrera costumé en officier de paix : 632; sauvé par l'intervention de Corentin qui a reconnu Carlos Herrera sous son déguisement : 638; invité à dîner par Esther avec Mme du Val-Noble dont il est devenu le protecteur : 654; y boit, stimulé par Bixiou : 658; se retrouve dans une mansarde, prisonnier, face à Asie masquée, qui lui apprend l'enlèvement de Lydie : 660; conditions mises à sa libération : 661; décidé à s'y plier, se rend chez Corentin sans le trouver : 662; désespéré de cette absence continue à jouer son rôle de Nabab : 673; rend à Nucingen son dîner chez Mme du Val-Noble, rue Taitbout; ses invités : 674; trouve dans sa serviette un papier lui rappelant que le délai de dix jours vient d'expirer : 674, 675; gobe la cerise empoisonnée que lui sert Paccard, sur une plombière; apprenant par Contenson le retour de Lydie, et son état, pousse un juron qui le trahit : 675, 676; Asie l'avise d'avoir à envoyer chercher les sacrements : 677; retrouve Lydie violée et meurt : 679. (Voir *SAINT-SIMON.)

PEYRADE (Mme) [née en 1784]. Femme du précédent. Voir RIDAL (Valentine).

PEYRADE (Valentine) [née v. 1807]. Fille des précédents. Née à Milan; en 1809, habite avec son père, divorcé, rue des Marais-Saint-Germain : *VV*, XII, 359, 360.

PEYRADE (Lydie) [née en 1809]. Agée de vingt et un ans en 1830 : *SetM*, VI, 540; portrait : 539; fille naturelle du policier Peyrade et d'une actrice célèbre; habite chez son père, rue des Moineaux, en 1829 : 535; élève de Schmucke : ses talents de musicienne; sait aussi laver une *seppia* : 538; son adoration pour L. de Rubempré, entrevu aux Tuileries alors qu'il donne le bras à Mme de Sérisy : 540; enlevée sur ordre de Vautrin, pour se venger de Peyrade qui se mêle de ses agissements, mise « en maison » : 660, 661; l'agent n⁰ 27 signale à Peyrade que Lydie vient de rentrer chez elle dans un état affreux : 675; retrouvée par Corentin, alors qu'elle erre au hasard dans Paris après s'être enfuie, violée, de la maison où on la séquestrait : 677, 678; est devenue folle : 678; Bianchon conseille son envoi dans une maison de santé : si, en accouchant, elle ne recouvre pas la raison, elle restera folle mélancolique : 682; a été vendue à la Nourrisson, propriétaire de la maison de tolérance de la rue Sainte-Barbe : 932. En 1840, habite rue Honoré-Chevalier chez M. du Portail (Corentin) qui l'a recueillie; toujours soignée par la vieille Katt : *Bou.*, VIII, 173, 179; la concierge Mme Perrache révèle à Cérizet que la jeune femme s'appelle Peyrade; il fait le rapprochement avec Théodose de La Peyrade, sa bête noire : 180, 181.

*PEZZI (Onorina), remplacée par PEDROTTI (Onorina). Voir HOSTAL (baronne Maurice de l').

PHANTASMA (docteur) [né en 1754]. Soixante-treize ans en 1827; portrait : *MI*, XII, 719, 720. Natif de Dijon, vient à Paris au moment des discussions sur le magnétisme; fréquente le *Café Voltaire* en 1827, à la *table des philosophes* : 719; habite depuis trente-huit ans rue de Condé, la maison jadis occupée par Beaumarchais; 719; 720; appelé en consultation auprès de Mme Bouju, mourante : 728.

Pharmacien (un). Camarade d'internat du docteur Poulain, chargé par ce dernier d'exploiter des pilules purgatives analogues à celles de Morrisson; amoureux d'une figurante de l'Ambigu-Comique, il fait faillite et part pour le Mexique, emportant les économies de Poulain; le brevet d'invention, mis à son nom, enrichit son successeur : *CP*, VII, 624.

Pharmacien (un). Propriétaire d'un immeuble rue du Mont-Blanc : *MI*, XII, 731; installé dans le faubourg Saint-Honoré; à la suite de démêlés avec un de ses locataires, est calomnié et doit quitter le quartier : 732, 733.

PHELLION (né en 1779). Âgé de quarante-cinq ans en 1824 : *E*, VII, 968; portrait à cette époque : 971. Portrait en 1839 : *Bou.*, VIII, 89, 90. En 1824, commis rédacteur de ministère au bureau Rabourdin; sergent-major de la Garde nationale; enseigne l'histoire et la géographie le soir aux jeunes filles du pensionnat de Mlles Lagrave; habite rue du Faubourg-Saint-Jacques; famille et intérieur; publie des *Catéchismes* historique et géographique vendus chez le libraire de l'Université (voir aussi *Bou.*, VIII, 90); professe un grand respect pour le Gouvernement, pour son chef Rabourdin, et pour sa besogne : *E*, VII, 968-970; reste fidèle à Rabourdin dans le malheur : 1101. En 1831, achète une maison impasse des Feuillantines, dans le faubourg Saint-Jacques; l'année suivante, menant son bataillon de la Garde nationale à l'attaque de Saint-Merry, il a les larmes aux yeux à l'idée de tirer sur des Français égarés (les insurgés), mais n'a pas l'occasion de le faire, étant arrivé trop tard, ce qui lui vaut l'estime de son quartier mais lui coûte la Légion d'honneur : *Bou.*, VIII, 88, 89; en 1839, l'un des hommes « les plus considérables » de son arrondissement; retraité; situation de famille : 47; commensal habituel des Thuillier : 46-48; ses ridicules de badaud parisien : 50; donne ses soins, son temps, mais pas son argent; son girouettisme de bourgeois moyen : 51; reçoit la visite inopinée de Théodose de La Peyrade : 90; dîne chez Thuillier : 96.

PHELLION (Mme). Femme du précédent. En 1824, professeur de piano au pensionnat de Mlles Lagrave où sa fille est élevée gratis et où son mari enseigne et dîne le soir : *E*, VII, 968, 969. En 1833, fréquente les Thuillier et se méfie de La Peyrade : *Bou.*, VIII, 90.

PHELLION (Mlle). Fille des précéd. ts. Voir BARNIOL (Mme).

PHELLION (Félix) [né en 1816]. Frère de la précédente. Âgé de vingt-trois ans en 1839; portrait à cette époque : *Bou.*, VIII, 55, 56. En 1824, au collège Henri-IV avec une demi-bourse procurée par Rabourdin : *E*, VII, 968; destiné par son père à l'Administration : 969, 970. En 1839, professeur de mathématiques dans un collège royal, s'adonne aux mathématiques pures : *Bou.*, VIII, 47; Mme Thuillier voit favorablement l'amour qu'il voue à Modeste Colleville : 55, 56; son athéisme : 68, 69; est un futur candidat de l'Académie des sciences : 116; ses discussions religieuses avec Modeste, désireuse de convertir ce déiste *in petto* : 162-164; consent à lire l'*Imitation de Jésus-Christ* pour sécher les larmes de sa fiancée : 163.

PHELLION (Marie-Théodore). Frère cadet du précédent. En 1824, grâce à Rabourdin, demi-boursier au collège Henri-IV : *E*, VII, 968; destiné par son père à l'École polytechnique : 970. En 1839, élève à l'École des ponts et chaussées : *Bou.*, VIII, 47.

Philanthrope (un). Marchand d'opium. Chassé d'Angleterre; propriétaire d'un hôtel particulier, rue de la Pépinière; mort à Paris de Paris : *FM*, II, 200, 201.

PHILIPPART (MM.). Porcelainiers à Limoges. En 1829, concurrents de la manufacture de Graslin; un de leurs ouvriers est Tascheron : *CV*, IX, 685.

PHILIPPE. Valet de chambre de la princesse de Vaudrémont puis, en 1823, de la petite-fille de cette dernière, Louise de Chaulieu qu'il va chercher au couvent de Blois avant d'entrer à son service : *MJM*, I, 197, 206; en 1833, majordome de Louise, devenue Mme Marie Gaston : 365.

Philosophe (le), dans *SetM*. Voir BRYOND des TOURS-MINIÈRES.

Philosophe (un). Proclame que même si le comte de Lanty était un voleur, il épouserait bien sa fille : *S*, VI, 1045.

Philosophe (un). Au banquet Taillefer, en 1830, frissonne en songeant aux malheurs qui amènent là les courtisanes : *PCh.*, X, 111.

Philosophe arabe (un). Auteur d'un traité relatant les tours joués par le sexe faible au sexe fort. Fathmé lui en joua un autre, inédit : *Phy.*, XI, 1202-1204.

PHYSIDOR (docteur) [né en 1800]. Médecin phrénologiste, né à la Ville-aux-Dames (Touraine); vingt-sept ans en 1827; fréquente alors le *Café Voltaire* à la *table des philosophes;* ses maîtres dans les hôpitaux : *MI*, XII, 719; estime qu'avec le calcul il n'y a plus que trois jeux possibles : 724; sa visite au vieux médecin turonais : leur conversation sur la « pensée qui tue » : 742, 743.

PICANDURE. Directeur d'une troupe de comédiens ambulants séjournant à Blois en avril 1654, au *Soleil d'Or;* raisons pour lesquelles la plupart des provinces lui étaient interdites; joue les pères nobles, les financiers, les perruques et les manteaux; silencieux sur son passé; ses multiples connaissances : *Fré.*, XII, 818, 819; amant de la Girofle; s'est attaché le Mouflon par d'habiles flatteries : 822.

    Ant. *PIQUANDURE : *Fré.*, XII, 818 (var. *b*), 821 (var. *a*).

PICANDURE (Mlle). Femme du précédent. Premier rôle dans la troupe sous le nom de Rosalinde : *Fré.*, XII, 819; maîtresse jalouse de Dévolio : 821.

PICHARD (Mlle) [?-1791]. Servante maîtresse de l'abbé Niseron en 1789; transporta ses droits sur sa nièce, Arsène : *Pay.*, IX, 241.

PICQUOISEAU (comtesse). Veuve du colonel comte de ce nom; amie de Mme de l'Ambermesnil et censée devoir bientôt prendre pension chez Mme Vauquer, vers 1813 : *PG*, III, 66.

PIÉDEFER (les). Artisans huguenots au XVIe siècle dont le nom vient de l'un de ces sobriquets bizarres que se donnaient les soldats de la Réforme; honnêtes drapiers au XVIIe siècle : *MD*, IV, 634.

PIÉDEFER (Abraham) [?-v. 1786]. Marchand drapier à Sancerre. Huguenot. Fait, sous Louis XVI, de mauvaises affaires et meurt à peu près ruiné, laissant deux fils, Moïse et Silas : *MD*, IV, 634.

PIÉDEFER (Moïse) [?-1819]. Fils du précédent. A son départ pour les Indes, son cadet, Silas, lui abandonne sa part d'héritage paternel. Fait fortune pendant la Révolution en achetant des biens d'Église et abattant des abbayes comme ses ancêtres; il meurt dans une situation compromise par des spéculations agricoles, laissant une veuve et une fillette de douze ans, Dinah : *MD*, IV, 634, 635.

PIÉDEFER (Mme Moïse). Femme du précédent. Portrait en 1836 : *MD*, IV, 672; Catholique, fille d'un Conventionnel guillotiné : 634, 635; « dévote à grandes heures », possède, indivis avec sa fille, le domaine de La Hautoy : 635; après le mariage de Dinah, vient habiter chez son gendre, M. de La Baudraye, abandonnant à celui-ci le domaine de La Hautoy contre une rente viagère : 639; en 1837, à la prière de sa fille, lui envoie quelques subsides, du linge, de l'argenterie et une cuisinière : 758; vient à Paris aider sa fille en couches : 761; lui reproche de vivre dans le péché : 772; réussit enfin à la ramener à son mari : 777; Dinah lui cache la dernière visite de Lousteau : 790.

PIÉDEFER (Silas) [?-v. 1840]. Frère cadet de Moïse. A la mort de son père, en 1786, s'embarque pour les Indes, abandonnant à son aîné sa part d'héritage : *MD*, IV, 634; après avoir fait et perdu plusieurs fortunes dans divers pays, meurt à New York en laissant une grosse fortune à sa nièce, Dinah. M. de La Baudraye se charge d'aller prendre lui-même possession de l'héritage aux États-Unis : 768, 769.

    Ant. prénommé *Tobie : *MD*, IV, 634 (var. *b*).

PIÉDEFER (Dinah). Fille des précédents. Voir LA BAUDRAYE (comtesse Dinah de).

PIERQUIN (les). Famille belge comportant deux branches, les Pierquin d'Anvers et les Pierquin de Douai, celle-là alliée aux Claës : *RA*, X, 692; et aux Des Raquets : 706, 825.

PIERQUIN (Me) [né en 1779 ou en 1786]. Notaire à Douai. Agé de vingt-six ans en 1812 : *RA*, X, 692 ; ou de quarante ans en 1819 : 796 ; portrait : 703, 704 ; notaire des Claës en 1812 et un peu leur parent, le grand-père de Balthazar ayant épousé une Pierquin d'Anvers ; révèle à Mme Claës l'étendue des dettes de Balthazar : 692 ; la prévient que la ruine menace la famille : 695, 696 ; sa nullité ; convoite la main de Marguerite Claës : 703, 704 ; à la mort de Mme Claës en 1816, évalue *in petto* « les propres » de la défunte ; Marguerite reste un bon parti : 757, 758 ; ses vaines tentatives auprès de celle-ci : 760-762 ; devant son échec, se rabat sur la cadette, Félicie : 806, 807 ; offre intéressée aux Claës : refus de Marguerite : 806, 807 ; ses espérances : 808 ; demande à Marguerite la main de Félicie et offre même sa bourse ; sa célèbre réponse, plus tard, à une invitation du commandant du camp de Saint-Omer : 811, 812 ; épouse Félicie en janvier 1825 : 821, 822 ; fait bâtir un bel hôtel, vend sa charge et hérite de son oncle Des Raquets : 825.

Pierquin (Mme). Femme du précédent. Voir Claës (Félicie van).

Pierquin (docteur). Frère et beau-frère des précédents : *RA*, X, 747. Médecin à Douai. Mandé d'urgence en 1813 au chevet de Mme Claës : 735 ; assiste Balthazar Claës à son lit de mort en 1832 : 834.

Pierre (?-1814). Pauvre ouvrier, né de parents inconnus, mort à Bougival vers 1814, laissant enceinte sa femme Antoinette dite la Bougival : *UM*, III, 799.

Pierre. Assassin, condamné à mort par la cour d'Issoudun ; célèbre par la conclusion que le président des Assises a tirée du débat : *R*, IV, 363.

*Pierrefitte (Mme Charles). Remplacée par Mme de Fischtaminel : *PMV*, XII, 121 (var. *a*).

Pierrot, dans *EHC*. Voir Du Vissard (chevalier).

Pierrotin (né en 1782). Son nom doit être un surnom. Âgé de quarante ans en 1822 ; portrait à cette époque ; fils d'un conducteur de voiture de L'Isle-Adam à Paris ; en 1815, licencié de la cavalerie ; succède à son père ; se marie ; s'associe avec un collègue pour l'exploitation de la ligne : *DV*, I, 736, 737 ; rivalisent avec les Touchard puis avec les Toulouse : 734, 735 ; comme toutes les messageries, ont leurs bureaux au *Lion d'Argent*, au faubourg Saint-Denis : 740, 741 ; en 1822, pour lutter contre la concurrence, commande une voiture, verse deux mille francs ; pour l'avoir doit verser encore mille francs qui lui manquent, ainsi que cinq cents francs, prix d'un nouveau cheval : 742, 743 ; un seul voyage les lui procure, car il transporte le comte de Sérisy ; lui promet de respecter son *cognito* : 744, 772 ; Sérisy lui offre les mille francs qui lui manquent s'il sait se taire : 798 ; en 1837, devenu l' « entrepreneur des services de la vallée de l'Oise » : 879 ; bourgeois aisé de Beaumont, y tient un hôtel où descendent les voyageurs : 882 ; en 1838, marie sa fille à Oscar Husson et lui donne cent cinquante mille francs de dot : 887.

Ant. *Perrotin : *DV*, I, 736 (var. *a*).

Pierrotin (Mme). Femme du précédent. Fille d'un petit aubergiste : *DV*, I, 737.

Pierrotin (Mlle). Fille des précédents. Voir Husson (Mme Oscar).

Pietro. Domestique des Piombo, ainsi que Jean : *Ven.*, I, 1078.

Ant. *Jean : *Ven.*, I, 1078 (var. *a*).

Pigeau (?-1827). Maître carrier à Nanterre, s'y est construit une maison. Il y meurt : *SetM*, VI, 852.

Pigeau (Mme) [?-1829]. Veuve du précédent. Sans enfant, vit avec une seule servante : *SetM*, VI, 851, 852 ; assassinée ainsi que sa servante durant l'hiver : 853 ; les magistrats se perdent en conjectures sur la façon dont les meurtriers ont opéré : 854.

Pigeron. Habitant d'Auxerre. Tracasse sa femme, selon Gourdon ; mort avant 1823 ; on soupçonne sa femme de l'avoir empoisonné : *Pay.*, IX, 288.

Pigeron (Mme). Femme du précédent. Petit esprit et grande scélérate, selon Mme Vermut ; après son procès, qui ne semble pas avoir abouti à une condamnation, quitte la ville : *Pay.*, IX, 288.

Pigoult (né en 1753). Juge de paix. Âgé de quatre-vingt-six ans en 1839 : *DA*, VIII, 737. Ancien premier clerc de l'étude où ont été Grévin et Malin : *TA*, VIII, 627 ; en fonctions à Arcis ; chargé en 1806 d'établir les bases de l'instruction de M. Lechesneau après le rapt du sénateur Malin de Gondreville ; nommé, en juin 1806, président du tribunal d'Arcis :

627; ou juge de paix de la Révolution aux premières années de la Restauration : 728; à la réunion électorale tenue par Giguet en 1839 : 737.

PIGOULT. Fils du précédent. Bonnetier à Arcis-sur-Aube en 1814. Ayant acheté du coton en pleine hausse, il fait de mauvaises affaires et meurt ruiné, d'une prétendue apoplexie, dans des circonstances mal élucidées; on pense qu'il s'est suicidé : *DA*, VIII, 728, 751, 752.

PIGOULT (Achille) [né v. 1807]. Fils et petit-fils des précédents. Né à Arcis-sur-Aube; âgé d'environ trente-deux ans en 1839; clerc chez Me Grévin pendant dix-huit ans: *DA*, VIII, 728; rachète l'étude de son patron grâce au cautionnement fourni par le comte de Gondreville; habite place de l'Église; le plus occupé des notaires du pays en 1839; accompagne le maire, Philéas Beauvisage, à la réunion électorale de Simon Giguet; portrait : 728; participe activement à la réunion : 729-741; encore garçon, attend un riche mariage de la bienveillance de ses protecteurs Grévin et Gondreville : 728; créature de Malin de Gondreville, espion du parti Gondreville chez S. Giguet : 729; accuse ce dernier d'ingratitude, prend la défense de Gondreville et propose la candidature de Charles Keller : 737; opposé à Simon Giguet : 747.

    Ant. *GIGOULT : *DA*, VIII, 779 (var. *a*).

PILLE-MICHE (Jean Cibot, dit) [?-1809]. Chouan. Portrait : *Ch*., VIII, 948; laissé en arrière des Chouans par Marche-à-Terre, à La Pèlerine, pour sauver leur courrier, en 1799 : 943; joue au « patriote » dans la turgotine de Coupiau : 948-951; accueilli par les rires de ses camarades, qui saluent le succès de l'opération : 951; contribue à rançonner d'Orgemont : 954, 955; sa macabre plaisanterie sur les Bleus massacrés à La Vivetière : 1040, 1041; Mme du Gua lui donne Marie de Verneuil, il en fera ce qu'il voudra; sa lubricité étant vaincue par sa cupidité, il la vend à Marche-à-Terre : 1052, 1057, 1058; abat le capitaine Merle, malgré le sauf-conduit du Gars : 1056; se prépare à torturer le banquier d'Orgemont : 1082; avec Marche-à-Terre, exécute Galope-Chopine : 1177. Garde du corps de Mme du Gua en 1803, au château du Plougal : *Vis*., XII, 635; avec Marche-à-Terre, vient de capturer un suspect : 644. A participé en 1808 à l'attaque du courrier de Mortagne : *EHC*, VIII, 294; sa tentative d'évasion, qui échoua de peu : 317; guillotiné en 1809 : 314.

PILLERAULT (Claude-Joseph) [né v. 1764]. Octogénaire en 1844 : *CP*, VII, 520. Quincaillier, quai de la Ferraille, en 1799, à l'enseigne de La Cloche d'or : *CB*, VI, 61, 117; perd sa femme, son fils et un fils adoptif; portrait : 117; vend son fonds, en 1814, à son commis : 118 (ce dernier s'appelle Coquelin : 164); retraité en 1814 : 118; habite rue des Bourdonnais : 105; son appartement; description : 120; oncle de Mme César Birotteau, estime que César a le viel « en pompe » : 42; Roguin lui propose d'entrer dans sa spéculation des terrains de la Madeleine : 45; aime les Birotteau « comme ses petits boyaux » : 47; reste le seul parent de Mme César en 1818 : 117; antécédents; sa probité; habitué du café David : 117, 118; ses opinions d'extrême gauche; son dîner trimestriel chez le traiteur Roland : 119; conseille César Birotteau : 121, 122; invité au bal Birotteau ainsi que ses propriétaires : 164; lui explique que sa faillite est inévitable : 199; s'oppose à ce qu'Anselme Popinot se sacrifie vainement : 251, 252; expose à sa nièce la situation de César : il ne l'estime pas catastrophique; tente une dernière démarche auprès de Gigonnet avec Anselme Popinot : 256, 257; s'offre à aider Mme Madou, qui reconnaît bien « son vieux Brutus »; il héberge César : 267; l'accompagne chez Molineux : 279; s'arrange pour lui éviter l'avanie de l'« assemblée » : il n'y aura personne, sauf quelques amis : 284, 285; paie les fonds de Birotteau : 292; assiste à sa réhabilitation et à sa mort tragique en 1823 : 305-312. Propriétaire d'un immeuble, rue de Normandie, en 1844 : *CP*, VII, 519, 520; a jadis été soigné et guéri par le docteur Poulain; grand-oncle maternel de la comtesse Popinot : 623; ce dernier vient l'examiner deux fois par mois; est pour les Popinot un oncle à succession : 639.

    Ant. prénommé *Jean-Claude-*Sébastien : *CB*, VI, 117 (var. *c*).

PILLERAULT (Constance-Barbe-Joséphine). Nièce du précédent. Voir BIROTTEAU (Mme César).

*PILOUD (abbé). De Belley : *CF*, XII, 427. Remplacé par FOURNILS (des): *CF*, XII, 428.

*PILOUD. Neveu du précédent, procureur du roi à Belley : *CF*, XII, 427.

PIMENTEL (marquis de). Le plus riche propriétaire des environs d'Angoulême. Sa femme et lui possèdent ensemble un revenu de deux cent quarante mille livres de rente et passent l'hiver à Paris ; assiste en 1821 à la soirée des Bargeton : *IP*, V, 196 ; en 1822, Senonches est son invité : 654.
Ant. *VIDEIX (M. de) : *IP*, V, 196 (var. *b*).

PIMENTEL (marquise de). Femme du précédent. En 1821, avec lui à la soirée des Bargeton : *IP*, V, 196 ; en 1822, à la soirée de fiançailles de Mlle de La Haye et de Petit-Claud chez Mme de Senonches ; souhaite que son mari soit élevé à la pairie : 658.

*PINAU. Paysan breton : *Ch.*, VIII, 1662.

PINAUD (Jacques). Nom d'emprunt du banquier d'Orgemont : *Ch.*, VIII, 954.

PINGRET. Avare, rentier, habitant faubourg Saint-Étienne, dans la banlieue de Limoges ; en 1829, assassiné avec sa servante par J.-F. Tascheron : *CV*, IX, 682, 683.

PINSON. Capitaine d'habillement au 1er bataillon de Chasseurs d'Afrique en 1841 : *PJV*, XII, 374.

PIOMBO[1] (baron Bartholoméo) [né en 1738]. Âgé de soixante-dix-sept ans en 1815 ; portrait à cette époque : *Ven.*, I, 1065, 1066 ; en 1800 : 1035, 1036 ; un des quatre Piombo de Corse : 1038 ; en 1793, aide Mme Bonaparte à fuir de Corse à Marseille ; tutoie Napoléon et Lucien : 1038, 1039 ; en 1799, sa maison brûlée ainsi que sa vigne, à Longone, et son fils tué par les Porta qu'il va tuer, à l'exception du petit Luigi ; il fuit avec sa femme et sa fille ; vers octobre 1800, arrive à pied aux Tuileries, demande l'aide des Bonaparte ; Napoléon juge qu'il sera dévoué, Lucien lui donne une bourse : 1035, 1039, 1040 ; pendant l'Empire, assure des missions délicates ; nommé baron ; Madame Mère achète ses propriétés en Corse pour qu'il puisse acquérir à Paris l'hôtel de Portenduère ; en 1814, conseille à Napoléon de se débarrasser de trois hommes qui le perdent ; à la première Restauration quitte sa place : 1066, 1067 ; en 1815, coopère au retour de l'île d'Elbe : 1045 ; à la seconde Restauration, renonce à porter la Légion d'honneur ; possède seulement trente mille livres de rentes : 1066 ; Ginevra, sa fille, lui présente l'homme qu'elle veut épouser ; il découvre que c'est Luigi Porta : 1076 ; le jour de la majorité de sa fille, chasse les notaires venus lui faire les actes respectueux : 1082-1084 ; refuse de revoir sa fille ; en 1821, Luigi lui apporte la chevelure de Ginevra morte : 1102.

PIOMBO (baronne Élisa) [v. 1745-?]. Femme du précédent. Septuagénaire en 1815 ; portrait à cette époque ; mariée depuis quarante ans : *Ven.*, I, 1069 ; découvre la ressemblance de Luigi avec Nina Porta : 1076 ; aide sa fille chassée de la maison paternelle : 1085 ; intercède trop tard : 1101.
Ant. nommée *Maria : *Ven.*, I, 1072 (var. *c*).

PIOMBO (Grégorio) [?-1800]. Fils des précédents, tué par les Porta : *Ven.*, I, 1038.

PIOMBO (Ginevra). Sœur du précédent. Voir PORTA (Mme Luigi).

PIQUETARD (Agathe). Voir HULOT D'ERVY (baronne).

Piqueur de la maison de Lenoncourt (un). Assiste à la première leçon d'équitation de Jacques de Mortsauf : *Lys*, IX, 1068 ; suit le convoi de Mme de Mortsauf : 1211.

PICQUOISEAU (veuve du colonel comte). Pratique promise à Mme Vauquer par la fausse comtesse de l'Ambermesnil : *PG*, III, 66.
Ant. nommée *PICQUOISEAUD, *CHAMPOISEAUD : *PG*, III, 66 (var. *e*).

PIQUOIZEAU. Concierge de la banque Nucingen et Cie en 1822 : *MR*, X, 347 ; Castanier le morigène d'avoir laissé entrer John Melmoth, alors que les guichets de la banque sont fermés, mais il proteste de son innocence : 352.

PLANAT DE BAUDRY. Receveur général ; son mariage avec la fille aînée du comte de Fontaine, au début de la Restauration, conclu par une de ces phrases royales qui ne coûtent rien et valent des millions : *BS*, I, 114 ; achète, vers 1824, une maison de campagne près de Sceaux, où il reçoit

_____

1. Ce personnage et les membres de sa famille sont appelés indifféremment Piombo ou di Piombo par Balzac.

sa famille : 132. Allié aux Mongenod par les Fontaine : *EHC*, VIII, 232.

PLANAT DE BAUDRY (Mme). Femme du précédent. Aînée du comte de Fontaine : *BS*, I, 114; elle propose pour mari un jeune Américain immensément fortuné à sa sœur Émilie : 130.

 Ant. *BONNEVAL (Mme) : *BS*, I, 130 (var. *c*) et, avant, *BONNEVAL (Eugénie [de *rayé*]) : *BS*, I, 1216.

PLANCHETTE (professeur). Ami du professeur Jorry des Fongerilles (ou Marmus de Saint-Leu); habite Passy; membre de l'Académie des Sciences en 1827 : *ES*, XII, 526, 556. Son confrère Lavrille lui adresse Raphaël de Valentin, en 1831 : *PCh.*, X, 242; n'est pas décoré, ne sachant pas « enluminer ses calculs » : 242, 243; expose à son visiteur les lois de la mécanique et celles de la compressibilité : 243, 244; l'emmène chez Spieghalter : 248; constate avec stupéfaction que la peau de chagrin de Raphaël se moque des lois de la physique : 249; le conduit au chimiste Japhet : 250; décide avec ce dernier de tenir secrètes leurs expériences négatives sur le talisman de Raphaël : on se moquerait d'eux! : 251.

*PLANTA (Fanny), remplacée par ROGUIN (Mathilde) : *Ven.*, I, 1044 (var. *c, d*).

Planteur d'osier (un) : *MC*, IX, 415.

PLANTIN. Ami de Blondet. Ambitionne une place de maître des requêtes, et trempe dans une revue, en 1834 : *FE*, II, 324.

PLISSOUD. Huissier-audiencier de la justice de paix de Soulanges. En 1823, le second après Brunet; mari complaisant : *Pay.*, IX, 264; s'occupe aussi d'assurances; soutenu par Brunet peu désireux de le voir vendre sa charge à un successeur plus actif : 276.

 *PLISSOUD : *Pay.*, IX, 299 (var. *a*).

PLISSOUD (Mme). Femme du précédent. Née Euphémie Wattebled, fille d'épicier; maîtresse de Me Lupin et *reine* de la seconde société de Soulanges : *Pay.*, IX, 257, 264.

 *PLISSOUD (Euphémie) : *Pay.*, IX, 299 (var. *a*).

PLOËRGAT. Voir KERGAROUËT-PLOËRGAT.

*PLOUMET. Ant. le réel *SOUMET, remplacé par *PLUMET, comme invité d'un dîner de la marquise d'Espard : *IP*, V, 278 (var. *f*).

*PLUMET. Ant. *PLOUMET. Voir ci-dessus.

*PLUMET. Avoué. Voir DESROCHES.

*POCHARD (Mme). Garde-malade. Voir GRUGET (Mme).

Poète (le). Surnom ironiquement donné au narrateur par ses condisciples du collège de Vendôme : *LL*, XI, 603.

Poète (un jeune) [?-vers 1828]. Tué par les révélations d'un vieil abbé : *SMA*, XII, 342, 343.

*Poète anonyme (un grand), remplacé par CANALIS. Voir ce nom.

POIDEVIN. Second clerc de l'étude Bordin en 1806 : *DV*, I, 850.

POINCET. Écrivain public et interprète. Le type de *l'homme malheureux* parisien; son portrait; en 1815, demeure au Palais de Justice; traduit à Marsay les instructions de Paquita Valdès, communiquées par le mulâtre Christemio : *FYO*, V, 1076.

POIREAU (le). Surnom donné à Poiret jeune : *PG*, III, 81.

POIREL (abbé). Seul concurrent de l'abbé François Birotteau au canonicat du chapitre de Saint-Gatien de Tours en 1826 : *CT*, III, 182; occupe chez Mlle Gamard la chambre de l'abbé Troubert : 222; nommé chanoine à la place de Birotteau : 223.

POIRET (Mme). Veuve d'un commis des Fermes. Son inconduite incite ses deux fils à rester célibataires; morte à l'hôpital de Troyes : *E*, VII, 984.

POIRET aîné. Fils de la précédente. Portrait en 1819 : *PG*, III, 58. Né à Troyes; écrasé de besogne sous Robert Lindet pour organiser le *Maximum;* sous la Restauration, commis d'ordre au ministère : *E*, VII, 984; en 1814, mis à la retraite, se retire dans une pension bourgeoise : 962. En 1819, pensionnaire à la maison Vauquer : *PG*, III, 55; au Jardin des Plantes avec Mlle Michonneau, en conciliabule avec un homme de la police, aperçu par Bianchon : 165; rappelle qu'il a été témoin à décharge dans l'affaire Ragoulleau contre dame Morin : 194; en février 1820, la Michonneau chassée de la maison Vauquer par tous les pensionnaires, il l'accompagne : 223, 224. En 1824, toujours à la maison Vauquer où son frère cadet vient parfois dîner avec lui : *E*, VII, 982. En 1828, Bianchon a vu dans la haute société des êtres nuls, des Poiret, chamarrés de cordons : *In.*, III, 424. En 1830, est le mari de Mlle Michonneau, et est confiné au lit : *SetM*, VI, 755.

Ant. prénommé *Pierre : *SetM*, VI, 755 (var. *a*).

POIRET (Mme) [né en 1779]. Femme du précédent. Née Christine-Michelle Michonneau ; âgée de cinquante et un ans en 1830 : *SetM*, VI, 755. Portrait en 1819 : *PG*, III, 57, 58 ; à cette époque vit d'une rente viagère de mille francs qu'elle prétend tenir d'un vieillard qu'elle aurait soigné ; retirée à la pension Vauquer : 58 ; accompagnée de Poiret aîné, au rendez-vous donné par M. Gondureau, de la police, au Jardin des Plantes : 187 ; accepte de droguer Vautrin : 192 ; gagne trois mille francs avec la claque qui fait apparaître les marques de forçat de Vautrin : 213 ; chassée par tous les pensionnaires de la mère Vauquer : 221-223 ; va s'installer chez la rivale de cette dernière, Mme Buneaud : 224. Pour Bianchon, qui l'évoque en 1828, une des monstruosités de Paris : *In.*, III, 424. En 1830, épouse de Poiret aîné, et logeuse en garnis, rue des Poules : *SetM*, VI, 755 ; confrontée avec Vautrin en 1830, elle le reconnaît, après hésitation, à sa palatine, quoiqu'elle ait grisonné : 756. Veuve en 1840, tient encore son garni, rue des Poules, et a pour locataire Cérizet : *Bou.*, 120, 121 ; met dix mille francs à la disposition de ce dernier pour l'achat d'une maison : 146. Femme criminelle : *Pré.PG*, III, 44.

POIRET jeune (née en 1771). Frère de Poiret aîné. Âgé de cinquante-deux ans en 1824 : *E*, VII, 985 ; portrait : 982, 983 ; né à Troyes ; travaille au *Maximum* pendant l'an II, année où il entre au ministère : 984, 982. En 1822, ami de Clapart ; va quelquefois le soir jouer aux dominos chez ce dernier : *DV*, I, 829. En 1824, commis avec mille écus de traitement annuel ; habite rue du Martroi, tient les livres de la maison Camusot et d'une maison de nouveautés le matin et le soir : 982 ; dîne par abonnement au *Veau-qui-tette* ; joue aux dominos au café David : 983, 984 ; mis à la retraite à la fin de l'année : 1075 ; grâce aux boutons de sa redingote, arrachés un à un, Bixiou lui fait comprendre ce qu'est un employé : 1106-1110. Retraité, a gardé la nostalgie de ses cartons : *Bou.*, VIII, 29.

Aut. *BERNARDIE : *E*, VII, 1546.

*POIVRIER. Caissier ; remplacé par CASTANIER : *MR*, X, 349 (var. *d*).

POLIGNAC. Nom donné par les postillons aux mauvais chevaux en 1829 : *UM*, III, 774.

POLISSARD. Marchand de bois, adjudicataire des bois de Ronquerolles en 1821. Sur la recommandation de Gaubertin, engage Vaudoyer, congédié des Aigues, en qualité de garde-vente : *Pay.*, IX, 167, 168.

Politiques (de jeunes). Conversent chez les Lanty : *S*, VI, 1045.

POMBRETON (marquis de). Ancien lieutenant aux Mousquetaires noirs, a rendu une forte somme à son vieil ami Valois, selon ce dernier : *VF*, IV, 819 ; le *Courrier de l'Orne*, aux ordres de du Bousquier, fait allusion à ce personnage qu'il prétend mythique : 932. La succession Pombreton, histoire de chantage, évoquée par Lousteau en 1822 : *IP*, V, 501.

Ant. *MAUBRION : *VF*, IV, 1468 ; *MAUBRION, puis *HAUBRION : 818 (var. *f*).

POMPONNE (la). Surnom de Mme Toupinet, marchande des quatre-saisons : *In.*, III, 439.

Ant. *SIMONNE (la) : *In.*, III, 439 (var. *c*).

*PONCELET (Firmin), remplacé par BORNICHE (Baruch) : *R*, IV, 380 (cf. éd. Garnier, p. 496, n. 1).

PONS (Sylvain) [v. 1784-1845]. Âgé d'environ soixante ans en 1844 : *CP*, VII, 483 ; portrait à cette époque : 484-486 ; monstre-né, venu de parents trop âgés : 495 ; musicien, grand prix de Rome, couronné par l'Institut ; reste à Rome jusqu'en 1810 ; étapes de sa vie de musicien ; de 1810 à 1814, compose des romances alors célèbres : 487, 488 ; en 1815 et 1816, fait représenter deux ou trois opéras : 487 ; en 1824, dernières romances ; après 1830, devient chef d'orchestre d'un théâtre de boulevard dirigé par Gaudissard : 487, 500 ; donne des leçons particulières et dans des pensionnats : 649 ; en 1844, totalement oublié, fait à des prix médiocres la musique de pièces de théâtre : 489 ; étapes de sa vie de gourmet ; de 1810 à 1816, trop d'invitations : 492 ; de 1816 à 1826, va chez n'importe qui ; de 1826 à 1836, se maintient en rendant des services : 493 ; de 1836 à 1843, pique-assiette ; en 1844, réduit à sa parenté qu'il compte large, savoir : 1° le fils de sa cousine germaine, première femme de Camusot, le président Camusot de Marville, son petit-cousin et seul parent ; 2° le père de ce dernier, le vieux Camusot, député ; 3° le beau-frère de ce dernier, le notaire Cardot, frère de la deuxième femme de Camusot ; 4° le gendre de ce dernier, le notaire Berthier ; enfin les Chiffreville et les Popinot, cousins des parents de son petit-cousin : 503, 504 ; outre ses qualités de musicien et de gourmet, celle de collectionneur ; accumule, à partir de 1811, des chefs-d'œuvre constituant un musée caché à tous les regards dont le catalogue atteint, en 1844, le numéro 1907 : 488-490 ; en 1834, rencontre Schmucke ; en 1835, ils commencent à vivre ensemble : 496 ; en 1836, ils s'installent rue de Normandie : 499, 522 ; leur portière, Mme Cibot, devient leur femme de ménage à raison de douze francs cinquante par mois pour lui qui, dînant en ville, n'est pas nourri : 523 ; en octobre 1844, ayant découvert un éventail peint par Watteau, l'apporte à la femme de son petit-cousin, la présidente de Marville qui, non plus que sa fille Cécile, ne l'aime pas : 506-509 ; subit les doléances de la présidente qui, faute d'une dot de plus de cent mille francs, ne marie pas sa fille : 515, 516, 506 ; subit une grossière mystification et quitte la place : 518, 519 ; décide de prendre ses repas avec Schmucke : 526 ; Popinot prend son parti ; excuses des Marville : 541, 542 ; songe à marier Cécile à Frédéric Brunner : 548 ; leur fait les honneurs du Musée Pons : 552, 553 ; rendu responsable par la présidente de l'échec du mariage de Cécile avec Brunner : 562 ; devant la réprobation de ses amis, ameutés par la présidente, commence une hépatite : 569 ; sa vie est entre les mains de ceux qui le soignent, déclare le docteur Poulain : 573 ; entre en fureur, en apprenant que Gaudissart va donner sa place à l'incapable Garengeot : 670 ; au milieu de son délire, reconnaît Magus, introduit chez lui par la Cibot : 681 ; s'évanouit en constatant la disparition de ses plus belles toiles : 684 ; comprenant la scélératesse de la Cibot, met Schmucke en garde : 685-687 ; son plan pour assurer sa succession au pauvre Schmucke : 695 ; dicte devant Me Trognon, notaire, un testament olographe : 698 ; dispositions du testament ; il surprend la Cibot en flagrant délit de vol : 707-709 ; annule son testament de la veille, et en dicte un second en présence de deux témoins, par-devant Me Hannequin, constituant Schmucke son légataire universel : 713 ; refuse l'opération proposée par le docteur Poulain : 716 ; sa mort : 719.

PONS (Mlle). Cousine germaine du précédent. Voir CAMUSOT (Mme).

PONS FRÈRES. Maison de broderie fondée en 1789 par les parents de Sylvain Pons. Ils en deviennent plus tard commanditaires et s'adjoignent le frère de M. Pons, père de la future première Mme Camusot : *CP*, VII, 503. Raison sociale des frères Pons, brodeurs de la Cour impériale ; sur recommandation du baron Hulot d'Ervy, Élisabeth Fischer y est engagée en 1809 en qualité d'apprentie : *Be.*, VII, 81 ; en 1814, revendent leur maison à M. Rivet : 82. Ou en 1815 : *CP*, VII, 503.

Ant. la réelle maison *DALLEMAGNE : *Be.*, VII, 81 (var. *i*).

*PONT-CARRÉ (marquis de), remplacé par VERNEUIL (marquis de) : *EM*, X, 872 (var. *a*).

PONTIVY (Mlle de). Voir NOCÉ (comtesse de).

POPINOT (les). L'une des trois familles protestantes de la bourgeoisie de Sancerre, au XVIIIᵉ siècle : *Boi.*, XII, 390 ; tige de diverses familles : 390. Gatien Boirouge est cousin du docteur Horace Bianchon par les Popinot : *MD*, IV, 667. En 1818, César Birotteau les estime personnages marquants de leur quartier : *CB*, VI, 49 ; quatre membres de la famille invités au bal Birotteau : 163.

POPINOT aîné. Échevin de Sancerre au XVIIIᵉ siècle. Son portrait, peint par La Tour, orne le salon de Mme Ragon : *CB*, VI, 226 ; trois enfants : deux fils et une fille : 82.

POPINOT (Anselme). Fils aîné du précédent, commerçant en laines brutes à Sancerre ; un frère, Jean-Jules, et une sœur : *CB*, VI, 82 ; meurt ruiné, laissant un fils, Anselme, à la charge des Ragon et du juge Popinot : 82.

POPINOT (Mme Anselme) [?-1797]. Femme du précédent. Morte en couches en 1797 : *CB*, VI, 82.

POPINOT (Mlle). Fille de l'échevin de Sancerre. Voir RAGON (Mme).

POPINOT (Jean-Jules) [?-1840]. Frère cadet d'Anselme et de la précédente :

POPINOT (comte Anselme) [né en 1795 ou 1797]. Neveu des précédents.
Dix-neuf ans en 1814 : *CB*, VI, 74; ou vingt et un ans en 1818 : 83. Portrait : pied-bot, comme Byron, W. Scott et Talleyrand : 82; sa mère étant
morte en couches, l'enfant est confié à Mme Ragon; caissier, en 1814, à
La Reine des Roses : 74; en 1818, son patron, César Birotteau, projette
d'installer « le petit Anselme » à la tête d'une succursale, dans la rue des
Lombards : 47; ses beaux cheveux seraient, selon César, une bonne réclame
pour un produit comagène : 52; amoureux transi de Césarine Birotteau :
elle est pour lui la véritable Reine des roses : 82, 83; César a d'autres vues
pour sa fille; il lui confie son projet de le mettre à la tête d'une maison de
droguerie : 93-95; loue une boutique, rue des Cinq-Diamants : 123; charge
Félix Gaudissart de sa publicité : 136, 137; exhibe sa trouvaille devant
César : des flacons d'un modèle inédit : 139; pendaison de crémaillère avec
Finot et Gaudissart : 153, 154; ce dernier propose le nom d'*huile césarienne*
pour le nouveau produit : 155; la surprise qu'il offre à César pour son
nouvel appartement : 169; est directeur de la maison A. Popinot et Cie :
181; en 1819, fait de la publicité par voie d'affiches pour son *huile céphalique* : 203, 204; ignore encore tout des malheurs de Birotteau : 204; reçoit
sa visite, intéressée : 224, 225; avoue enfin son amour à Césarine : il veut
aider son futur beau-père : 227, 229; son oncle, le juge J.-J. Popinot, lui
déconseille d'aider financièrement César, qui ne pourra pas tenir : 246,
247; essaie encore de le tirer d'affaire, mais Pillerault s'y oppose à son
tour : 251, 252; se voit refuser par César, failli, la main de Césarine : 261;
prend Mme César pour caissière : 270; rachète les droits de Birotteau
sur sa maison de droguerie : 282; ses affaires prospérant, achète un terrain,
faubourg Saint-Marceau, pour y installer une nouvelle fabrique : 287; se
désiste de son bail, courant encore pour quinze ans, en faveur du Tillet,
moyennant soixante mille francs : 295, 296; en 1823, la part de César
dans ses bénéfices va lui permettre de se réhabiliter, condition mise par
lui, en 1819, à son autorisation de mariage; a aidé pécuniairement Crevel,
au moment de l'achat de *La Reine des Roses*, à la condition qu'il respecte
l'ancien appartement des Birotteau : 297, 298; signature de son contrat
de mariage, chez Me Crottat : 304; son bal de noces dans l'ancien appartement de César, en 1823 : comment il finit : 311, 312. En 1826, droguiste
en exercice, selon l'expression de Bixiou, fait partie de la société Matifat :
MN, VI, 367. Habitué du café David, lieu de réunion des commerçants
du Marais : *SetM*, VI, 527. Pair de France et comte à la révolution de
Juillet; a déjà été deux fois ministre : *CP*, VII, 500. En avril 1831, vient
d'être nommé ministre du Commerce, après avoir été deux fois député
du IVe arrondissement; dîne avec Louis-Philippe : *IG*, IV, 570, 571.
Encore ministre du Commerce en 1834, procure à Sylvain Pons le bâton
de chef d'orchestre de la Compagnie Gaudissart : *CP*, VII, 500. Fréquente
chez les Minard vers 1837 : *Bou.*, VIII, 48. Toujours ministre du Commerce en 1838, n'est pas fier selon Crevel : *Be.*, VII, 60, 61; le chemin
qu'il a parcouru depuis 1818; son mariage avec Césarine sans un liard de
dot : 71; ministre du Commerce et de l'Agriculture : 92; amateur d'art,
achète un groupe de Wenceslas Steinbock, à cire perdue : 141; témoin au
mariage de ce dernier avec Hortense Hulot d'Ervy : 182. Ministre du
Commerce, député maire de Paris, l'un « des hommes les plus influents
de la dynastie », marie sa fille au grand Cointet en 1842 : *IP*, V, 731, 732.
A été longtemps le coq de la grosse droguerie; rappel de ses titres et fonctions en 1844 : *CP*, VII, 504; devenu collectionneur, habite rue Basse-du-
Rempart : 505; ancien président du Tribunal de commerce, a été successivement député, ministre, comte et pair : 510; se trouve nez à nez avec
le cousin Pons à qui il reproche de négliger ses dîners : 541, 542; assiste,
chez les Camusot de Marville, à la présentation de Frédéric Brunner :
557; tient Pons pour responsable de l'échec du mariage de Cécile et lui
tourne le dos : 566; fait obtenir au docteur Poulain la place qu'il guignait :
623; a pour médecin Horace Bianchon : 623; reconnaît le flair artistique d'Élie Magus : 763, 764. En 1846, présente Gaudissart, qui vient
de fonder une banque, à Mme Hannequin de Jarente : *FAu.*, XII, 615.
*POPINOT, remplacé par MATIFAT : *DV*, I, 834 (var. *b*); par VINET :
Bou., VIII, 56 (var. *e*).
POPINOT (comtesse Anselme) [v. 1801- ?]. Femme du précédent. Née Césa-

rine Birotteau. En décembre 1818, elle a dix-huit ans et sa beauté surprend Grindot : *CB*, VII, 102; portrait : 103; elle a reçu une éducation soignée : 69 et 104; elle trahit son amour pour Anselme Popinot, en rougissant, alors qu'elle a en horreur Alexandre Crottat, que ses parents lui destinent : 132, 44; chargée par son père de noter les noms des invités à son bal : 163; consacre ses économies à acheter des livres pour la bibliothèque de César : 166; se déclare prête à entrer comme vendeuse dans quelque magasin pour aider son père, après sa déconfiture : 267; grâce à Lebas, trouve une place de mille écus, nourrie et logée, dans la plus riche maison de nouveautés de Paris, sorte de gérance qui lui donne le pas sur la première demoiselle : 269; signature de son contrat de mariage avec Anselme, par-devant Me Crottat : 304. Épousée sans un liard de dot par Anselme, ce qui provoque l'admiration de Crevel : *Be.*, VII, 71. Opinion sur Mme du Bruel, l'ex-danseuse Tullia, vers 1834 : *Pr.B*, VII, 828. S'occupe de faire obtenir à la baronne Hulot d'Ervy un poste d'inspectrice de bienfaisance en 1841 : *Be.*, VII, 365. Comme son mari, partage les griefs du cousin Pons dans son différend avec la Présidente : *CP*, VII, 542; accepte les accusations de Mme de Marville contre Pons quand la Présidente vient lui offrir pour son fils la main de Cécile, refusée par Brunner, mais accompagnée d'une belle dot : 563, 564.

POPINOT (vicomte). Fils des précédents. Médiocrement intéressé par les charmes de Cécile Camusot de Marville : *CP*, VII, 506; l'épouse cependant en 1845 et sa future belle-mère compte dans les avantages de la dot de sa fille qu'il puisse se nommer Popinot de Marville : 567.
    Ant. prénommé *Constant : *Bou.*, VIII, 56 (var. *d*).
    *POPINOT (Constant), remplacé par VINET (Olivier) : *Bou.*, VIII, 56 (var. *d* et n. 1).

POPINOT (vicomtesse). Femme du précédent. Voir CAMUSOT DE MARVILLE (Cécile).

POPINOT (Me). Frère cadet du précédent. Ami de Victorin Hulot, commente avec ce dernier le second mariage du baron Hulot d'Ervy, en 1846 : *Be.*, VII, 451.

POPINOT (Mlle). Sœur des précédents. Projet de mariage avec le conseiller Lebas en 1838 : *Be.*, VII, 164. Épouse Boniface Cointet en 1842 : *IP*, V, 731, 732.

POPINOT (Mlle). Épouse Marie Boirouge, juge au tribunal de Sancerre : *Boi.*, XII, 393. Voir BOIROUGE-POPINOT (Mme).

POPINOT-BIANCHON (les). L'une des familles de Sancerre : *Boi.*, XII, 390.

POPINOT-BOIROUGE-BONGRAND, dit Souverain. Gendre de Boirouge-Bongrand. A Sancerre, tient le bureau des diligences et est directeur des assurances : *Boi.*, XII, 394.

POPINOT-CHANDIER (les). De souche protestante; l'une des familles de Sancerre : *Boi.*, XII, 390; en 1825, le président Boirouge-Popinot hérite une maison provenant de la succession Popinot-Chandier, et la loue à la *Société littéraire* que vient de créer Mme de La Baudraye : *MD*, IV, 646; il en a hérité par sa femme, née Popinot-Chandier : 665.

POPINOT-CHANDIER (Mme). Assiste à une réception chez les La Baudraye, en 1836, au château d'Anzy : *MD*, IV, 702, 703; cousine de Mme Boirouge : 703 (voir aussi Mme CHANDIER).

POPINOT-CHANDIER. Fils de la précédente; en visite en 1836 chez Mme de La Baudraye : *MD*, IV, 703.

POPINOT-CHANDIER (Mlle). Épouse le président Boirouge : *MD*, IV, 665.

POPINOT-MIROUËT (les). Du troisième clan de Sancerre, engendré par les alliances entre bourgeois et artisans : *Boi.*, XII, 390.

POPOLE. Filleul de Mme Madou en 1818. Entendant César Birotteau parler de monopole, l'excellente femme croit que son filleul a encore fait quelque bêtise : *CB*, VI, 115.

*PORCHER. Libraire. Voir PORCHON.

*PORCHER (baron). Oncle de *LAVILLE-GACON (M. de), à qui il laisse en mourant, au début de 1815, son hôtel voisin de celui de la marquise de San-Réal; remplacé par NUCINGEN : *FYO*, V, 1069 (var. *b*), 1075 (var. *b*).

PORCHON. Libraire-commissionnaire à Paris en 1821, associé de Vidal : *IP*, V, 301; refuse d'éditer le roman historique de Lucien de Rubempré : 303.
    Ant. *PORCHER : *IP*, V, 301 (var. *b*, *c*, *f*), 305 (var. *e*).

PORTENDUÈRE (amiral comte de). Fameux sous l'Ancien Régime, lieutenant
général des armées navales du roi, rival des Suffren, des Kergarouët,
des Guichen et des Simeuse; grand-père du comte, grand-oncle du
vicomte qui possède à Nemours un pastel de Latour le représentant :
UM, III, 859, 860. Vers 1765, le docteur Minoret l'a rencontré à Paris
chez MM. de Malesherbes et de Buffon : 873. Au temps de sa jeunesse
aventureuse, Gobseck l'a connu, aux Indes semble-t-il : *Gb.*, II, 967.
Le chevalier du Halga s'est honoré jadis de son amitié : *B*, II, 667.
PORTENDUÈRE (comte Luc-Savinien de) [né v. 1789]. Petit-fils du précédent.
Agé d'environ quarante ans en 1829; représente la branche aînée; fort
riche; député de l'Isère à cette époque; possède le château de Portenduère
dans le Dauphiné et a racheté l'hôtel de Portenduère à Paris, avec les
indemnités de la loi Villèle; y passe ses hivers avec sa femme et ses trois
enfants; soixante mille livres de rentes : *UM*, III, 860, 861; refuse de
payer les dettes de son cousin Savinien, propose de lui trouver une héritière : 867-868.
PORTENDUÈRE (comtesse de). Femme du précédent. Riche : *UM*, III, 860;
deux fils et une fille; trouve Savinien, cousin de son mari, charmant;
avec son mari connaît plusieurs filles d'argent très riches que Savinien
pourrait épouser : 867.
PORTENDUÈRE (vicomte de). Capitaine de vaisseau dans la marine royale,
père de Savinien : *UM*, III, 859; le docteur Minoret considère comme
possible de l'avoir rencontré à Paris vers 1765 avec l'amiral, chez MM. de
Buffon et de Malesherbes : 873; pendant la guerre de l'Indépendance,
protège La Havane contre une attaque anglaise; fait chevalier des Ordres
par le roi d'Espagne en récompense de ce haut fait, en 1776; proposé
pour être chef d'escadre en 1789, la Révolution empêche cette promotion; il émigre : 882; après sa mort, sa veuve fait de sa chambre de
Nemours un reposoir : 881, 882.
PORTENDUÈRE (vicomtesse de). Femme du précédent. Née Mlle de Kergarouët; sa mère était Kergarouët-Ploërgat : *UM*, III, 859; portrait en
1829 : 810, 811; deux cent mille francs de dot : 882; représente la noblesse
inconnue de province : 781; possède aux environs de Nemours une ferme
qui lui rapporte quatre mille sept cents francs de rente : 782; et à Nemours
même la maison où elle demeure, rue des Bourgeois : 782-788; en 1829,
a un revenu de trois cents livres par an : 859; et un fils qu'elle veut garder
près d'elle et marier à une demoiselle d'Aiglemont : 861; Savinien est en
prison à Paris pour plus de cent mille francs de dettes : 846; conseillée
par le curé Chaperon, accepte l'aide du docteur Minoret : 873; lui signe
une obligation de cent mille francs hypothéqués sur ses biens : 881;
Savinien libéré, aigre envers le docteur et Ursule Mirouët : 886-889; refuse
son consentement au mariage de Savinien avec Ursule : 909; commence
à s'amadouer et invite Ursule : 931; reçoit une lettre anonyme, due à
Goupil, lui conseillant pour son fils l'alliance de Mlle du Rouvre : 937;
va voir Ursule, malade : 950; en janvier 1837, consent au mariage de son
fils avec Ursule; donne sa maison aux bonnes sœurs de Nemours et va
habiter avec ses enfants le château du Rouvre : 986, 987.
    Ant.*KERGAROUËT (Mlle de) : *UM*, III, 860 (var. *e*).
PORTENDUÈRE (vicomte Savinien de) [né en 1806]. Fils unique des précédents.
Agé de vingt-trois ans en 1829 : *UM*, III, 861, 858. En 1824, à Paris, à
un mercredi de Mme Rabourdin : *E*, VII, 945; à La Billardière fils qui
trouve son blason trop chargé, répond qu'il ne l'a pas fait faire : 988.
A la même époque, dédaigné par Émilie de Fontaine, avec laquelle il est
apparenté, parce qu'il est un enfant et qu'il danse mal : *BS*, I, 128. En
1827, quitte tout à fait Nemours, s'installe à Paris : *UM*, III, 861; s'y
lie avec Rastignac, Rubempré, Trailles, Blondet, Marsay; fait une cour
ruineuse à Mme de Sérizy, tombe amoureux fou d'Émilie, devenue
comtesse de Kergarouët; des Lupeaulx l'adresse à Gobseck, Gigonnet,
Palma pour trouver de l'argent : 862, 863; en 1829, écroué à Sainte-
Pélagie pour cent dix-sept mille francs de dettes : 864; fait, en prison, de
saines réflexions et rentre à Nemours, le docteur Minoret ayant payé ses
dettes : 877; s'éprend d'Ursule dans la diligence qui les ramène à Nemours :
879; se heurte à l'entêtement granitique de sa mère lorsqu'il lui fait part
de son intention d'épouser Ursule : 885; demande la protection de l'amiral

de Kergarouët pour s'engager dans la marine : 896 ; s'embarque à Toulon pour l'expédition d'Alger : 901 ; en février 1832, enseigne de vaisseau, chevalier de la Légion d'honneur, revient à Nemours ; démissionne et se fiance à Ursule, malgré le refus maternel : 905, 906 ; va voir Désiré Minoret-Levrault, substitut à Fontainebleau, et lui demande raison des actes de son père : 956 ; ses témoins : MM. de Soulanges et de Trailles : 973 ; épouse Ursule, au mois de janvier 1837 ; forme vite avec elle le couple le plus heureux de Paris : 986, 987. Le mot de Florine à son sujet, à propos de son séjour forcé à Sainte-Pélagie : *SetM*, VI, 624. Très lié en 1839 avec le baron Calyste du Guénic : *B*, II, 860 ; les deux jeunes ménages partagent les frais d'une loge aux Italiens ; Savinien sert de paravent à Calyste, lors de sa liaison avec Béatrix de Rochefide, en 1840 ; domicile rue des Saints-Pères : 872, 873. Passe dix-huit mois en Italie avec sa femme : *Méf.*, XII, 419 ; débarque à Marseille en octobre 1841 et va villé-giaturer en son château du Rouvre ; on parle de l'élever à la pairie ; siège depuis 1837 au Conseil général de Seine-et-Marne : 417 ; protège le jeune ménage Bongrand : 422.

Ant. *COMINES (M. de) : *BS*, I, 128 (var. *d*) ; *COMINES (M. de) : *BS*, I, 1215 ; *ESGRIGNON (comte d') lui-même, ant., *ESGRIGNY[1] : *E*, VII, 945 (var. *b*) ; *L.... (prince de) : *E*, VII, 988 (var. *c*).

PORTENDUÈRE (vicomtesse Savinien de). Femme du précédent. Voir MIROUËT (Ursule).

Porteur d'eau (un). Auvergnat. Soigné par Desplein, en 1821, lui envoie ensuite tous ses amis : *Ath.*, III, 390.

Portier de Mme Louis Gaston, rue de la Ville-l'Évêque (le). Renseigne Mme Gaston : *MJM*, I, 394, 395.

Portier de Desplein et de Bourgeat, rue des Quatre-Vents (le). Cordonnier allemand logé dans une soupente ; garde la malle de Desplein tant que celui-ci n'a pas acquitté les frais de port : *Ath.*, III, 394, 397.

Portier de l'orchestre du Panorama-Dramatique (le). Introduit Lucien de Rubempré et Lousteau dans les coulisses du théâtre : *IP*, V, 372, 373.

Portier du cimetière du Père-Lachaise (le). Discussion avec Jacquet : *F*, V, 896, 897.

Portier de Montriveau, rue de Seine (le). Voit, ainsi que son épouse, une belle femme qui pleure à la porte du général : *DL*, V, 1009, 1029.

Portier du baron de Nucingen, rue Saint-Lazare (le). Dit au facteur Moinot la façon dont sont dressés les chiens de garde de l'hôtel San-Réal : *FYO*, V, 1067, 1069.

Portier de l'immeuble de la rue Taitbout (le). Interrogé en 1830 par Conten-son, au sujet d'Esther Gobseck : *SetM*, VI, 629.

Portier de Josépha, rue Chauchat (le). Avise le baron Hulot que Josépha vient de déménager : *Be.*, VII, 120.

Portier de l'hôtel de Picardie (le). Avertit le docteur Bianchon du décès de la comtesse de *** : *Ech.*, XII, 479.

Portier de la rue du Mont-Blanc (un). Cordonnier, ancien révolutionnaire ; portrait : *MI*, XII, 729, 730 ; se démêlés avec un locataire dont les amis montent contre lui de cruelles farces, qui le rendent fou : 731-735.

Portière du peintre Schinner (la). Lui donne des renseignements sur les habitudes et la vie des dames de Rouville : *Bo.*, I, 418, 419.

Portière de Gobseck (la). Mariée à un invalide. Femme de confiance et ménagère du vieil avare : *Gb.*, II, 1009.

Portière du marquis d'Espard (la). Introduit le juge d'instruction J.-J. Popi-not chez son locataire : *In.*, III, 478.

Portière de Mme Gruget, rue des Enfants-Rouges, n° 12 (la). Renseigne M. Jules Desmarets : *F*, V, 865-867.

Portière d'Esther Gobseck, rue de Langlade (la), en 1824. Alertée par une grisette et inquiète du silence d'Esther, est rassurée par l'arrivée d'un prêtre (Carlos Herrera) : *SetM*, VI, 448, 449.

Portière du quai Malaquais (une). Apporte au juge d'instruction Camusot la lettre adressée à Lucien par Esther, et pour laquelle elle a payé dix sous de port : *SetM*, VI, 757, 758.

1. Nom réel.

Portière de Fraisier, 9, rue de la Perle (la). Mari cordonnier; deux enfants : *CP*, VII, 632.

Portière du théâtre Gaudissart (la). Conversation avec sa collègue, la Cibot : *CP*, VII, 649, 650.

Portière de Melmoth (la). Accueille Castanier au domicile mortuaire de Melmoth : le premier pour le frère du défunt : *MR*, X, 377.

Portière de Ferdinand (la). Vient annoncer à Caroline que Ferdinand s'est battu en duel le matin : *PMV*, XII, 177.

Portière de la rue du Mont-Blanc (une). En participant à une farce, achève de rendre fou un portier voisin : *MI*, XII, 735.

Positif (le). Explique tout par des chiffres, notamment la situation de Mme Firmiani : *Fir.*, II, 142.

POSTEL. Pharmacien, Grande-Rue, faubourg de l'Houmeau, à Angoulême, successeur de Chardon en 1821 : *IP*, V, 140, 141; portrait; amoureux d'Ève Chardon : 179; son désespoir d'apprendre ses fiançailles avec David Séchard : 225; avance de l'argent à Lucien lors de son départ à Paris : 254; épouse la fille du docteur Marron : 555; en 1822, attend la succession de l'abbé Marron : 558; membre du Tribunal de commerce d'Angoulême, contresigne le jugement condamnant David Séchard : 559; son enseigne, le nom de son prédécesseur ôté, porte PHARMACIE, comme à Paris : 644. Cité : *SetM*, VI, 669.

POSTEL (Mme). Femme du précédent. Née Léonie Marron. En 1822, nourrit un enfant qui lui ressemble à ses père et mère : *IP*, V, 558.

Postillon du colonel d'Aiglemont (le). Casse un des traits de l'attelage de la calèche du colonel : *F30*, II, 1052; n'aime pas les Anglais : 1055.

Postillon d'un cabriolet de poste (le). Amène M. de Troisville chez Mlle Cormon; grisé par Jacquelin : *VF*, IV, 897.

Postillon (un). Conducteur du panier à salade de la préfecture de police au début de 1830. Prend à partie la marchande des quatre-saisons (Asie) qui obstrue le passage de son véhicule avec sa poussette : *SetM*, VI, 706.

Postillon (un). Avertit l'hôtelier des Trois Maures qu'il lui amène deux voyageuses nanties d'une escorte de Bleus : *Ch.*, VIII, 972; Marche-à-Terre le charge de conduire Mlle de Verneuil et sa femme de chambre en sûreté : 1058.

Postillon (un). Parmi ceux qui conduisent l'abbé Gabriel de Rastignac à la cure de Montégnac; sa réponse railleuse à l'abbé, qui se plaint de sa lenteur : *CV*, IX, 705.

POSTILLON I, II et III. Surnoms donnés par Goupil aux jeunes postillons engagés par le maître de poste Minoret-Levrault et chargés d'un service supplémentaire auprès de Zélie. Elle les établissait après sept ans de bons et loyaux services : *UM*, III, 804.

Postillons (quatre). Ont des rubans à leurs chapeaux; le duc de Grandlieu les paie pour les leur faire enlever, mais ils les remettent peu après : *B*, II, 844.

Postillons (deux). Assistent, de loin, au duel qui oppose R. de Valentin à M. Charles, à Aix-les-Bains, en 1831 : *PCh.*, X, 275, 276.

POTASSE (les). Sobriquet donné aux Protez par Mme Schontz : *MD*, IV, 738. Par Théodose de La Peyrade : *Bou.*, VIII, 104.

POTEL (commandant). D'Issoudun; ami « *quand même* » de Maxence Gilet : *R*, IV, 370, 371; en 1819, l'assiste dans un duel avec trois officiers de la Maison Rouge; blessé mortellement son adversaire, qui meurt le lendemain : 373; reproche à Maxence de compromettre la Garde impériale : 490, 491; ses menaces à Ganivet, qui a pris le parti du colonel Bridau : 502.

POTELET. Voir DU CHÂTELET.

POUGAUD (la petite). Fille d'un marin de Bourg-de-Batz. A l'œil crevé par Jacques Cambremer : *Dr.*, X, 1172.

POULAIN (?-1820). Culottier. En 1805, s'installe rue d'Orléans : *CP*, VII, 620, 621; à sa mort, son fonds vaut environ vingt mille francs : 621.

POULAIN (Mme) [née en 1778]. Femme du précédent. Âgée de soixante-sept ans en 1845; ouvrière culottière; parle en S comme la Cibot en N; en 1820, place environ vingt mille francs tirés de la vente du fonds de culottier de son mari au premier ouvrier de ce dernier; en tire onze cents francs de rente; élève son fils en travaillant pour environ trente sous par jours; en 1845, vit avec lui, devenu médecin, dans l'appartement de la

---

1. Nom réel.

réfractaire, mort ou vif; le paysan lui apporte peu après, sur son dos, le cadavre de ce dernier : *Ech.*, XII, 484-486.

Préfet de police de Paris (le), en octobre 1829. Donne à Nucingen de bons renseignements sur le policier Peyrade : *SetM*, VI, 542; fait ses excuses à Lucien de Rubempré qui, appuyé par le comte de Sérisy, vient se plaindre des agissements irréguliers de Peyrade : 557; révèle au directeur général de la police le nom des deux plaignants dans l'affaire Peyrade : 630; sa note confidentielle à Camusot sur Herrera-Vautrin et sur Lucien de Rubempré : 723-725. (Voir Préfet de police, à l'Index II.)

PRÉLARD. Premier commis d'un quincaillier en gros. Épouse la Rousse vers 1821 et rachète l'affaire de son patron; père de deux enfants en 1830, est adjoint du maire du quartier aux Fleurs : *SetM*, VI, 907; établi à l'enseigne du Bouclier d'Achille : 926.

PRÉLARD (Mme). Femme du précédent. Surnommée la Rousse. Ancienne modiste établie quai aux Fleurs, jadis *largue* d'Auguste, un des Dix Mille, exécuté en 1819; avec l'assentiment de J. Collin, trésorier de l'association qui lui a remis sa part du testament d'Auguste, vingt et quelques mille francs, elle est remariée en 1821; le cas échéant, sert de boîte aux lettres à Collin, qui utilise ses services en 1830 : *SetM*, VI, 906, 907.

Première du théâtre de l'Ambigu (une jeune), en 1822. Évite une gaffe au régisseur : *IP*, V, 463.

Préposé au vestiaire (un). Vieillard blême, cerbère de la maison de jeu, sise 51, Palais-Royal, en 1830, réclame son chapeau à Raphaël; portrait : *PCh.*, X, 57, 58; à la sortie, le trouve trop fatigué pour mériter intérêt : 64.

Président du tribunal de commerce de Besançon (le), en 1835. Ami du directeur de la *Revue de l'Est*, charge Me Albert Savarus de la défense de ses intérêts : *AS*, I, 995.

Président du tribunal de commerce de Paris (le). Député du centre droit, forcé de donner sa démission en décembre 1824 : *E*, VII, 930, 1065.

Ant. *GRIMAUDAN (M. de), député : *E*, VII, 1065 (var. *a*).

Président du tribunal de Besançon (le), en 1834. Beau-frère de Mme de Chavoncourt. Nomme Savarus d'office, à l'arrivée de ce dernier à Besançon, pour défendre un paysan à peu près imbécile : *AS*, I, 996, 997.

Président du tribunal de première instance de la Seine (le), en 1828. Commet le juge Popinot à l'instruction du procès en interdiction intenté à son mari par la marquise d'Espard : *In.*, III, 492; après avoir dîné chez le garde des Sceaux, retire l'affaire à Popinot et la confie à Camusot : 493.

Président du tribunal d'Issoudun (le). Au temps où il était juge d'instruction, sa réflexion à un condamné à mort le rend célèbre : *R*, IV, 363.

Président de la première chambre (le). Fait observer au juge Camusot qu'il vient d'élargir un mort, L. de Rubempré s'étant suicidé : *SetM*, VI, 799, 800.

Président de la cour d'assises de l'Aube (le), en 1806. Ses interventions au procès Michu-Simeuse-Hauteserre : *TA*, VIII, 654, 657, 665, 667; procède aux interrogatoires; résume les débats avec impartialité : 671.

Président de la cour d'assises, apparemment à Douai (le). Lors du procès Durut, s'efforce en vain de rassurer Prudence Servien : *SetM*, VI, 587.

Président d'une conférence sur le lit à roulettes (le). Confie au narrateur l'édition originale des lettres de la Palatine : *Phy.*, XI, 1061.

Président d'un débat sur le budget de l'amour (le). Rappelle à l'ordre un gentilhomme provençal : *Phy.*, XI, 1198.

Président du Cercle d'Aix (le). Devrait interdire l'entrée à Raphaël : *PCh.*, X, 265.

Ant. le *médecin des Eaux : *PCh.*, X, 265 (var. *d*).

Prêtre (un vieux). Célèbre le mariage de Luigi Porta avec Ginevra di Piombo : *Ven.*, I, 1089, 1090.

Prêtre (un respectable). Enseigne aux sœurs Grandville la grammaire, la langue française, l'histoire, la géographie et un peu d'arithmétique : *FE*, II, 276.

Prêtre de Saint-Cyr-sur-Loire (un vieux). Administre le viatique à Mme Willemsens : *Gr.*, II, 441, 442.

Prêtre de Saint-Étienne-du-Mont (un). Après la messe célébrée avec un autre prêtre dans une petite chappelle, accompagne la dépouille mortelle

Réq., X, 1108; lui fait écrire par sa femme pour l'engager à recevoir comme à l'ordinaire : 1110.

Professeur au collège de Vendôme (un). Voir BRUET.

Professeur de mathématiques du narrateur (un ancien). Devant son ex-élève, démontre à sa femme que le budget du ménage ne permet pas de lui offrir une croix de diamants : *Phy.*, XI, 1011-1013.

Professeur de piano (un). Demoiselle à lunettes, professeur de solfège et de piano; fatigue d'exercices les demoiselles de Granville : *FE*, II, 278.

Professeur d'histoire (un). Trouve plausible le mot d'un prêtre sur le mort qui a un tic : *Ech.*, XII, 484.

Professeuse (Mme la). Femme du professeur de mathématiques du narrateur : *Phy.*, XI, 1012-1015.

    Ant. *M... (Mme de) : *Phy.*, XI, 1012 (var. *c*), 1015 (var. *b*).

*Promise d'un jeune homme d'Alençon (la). Regarde M. de Gordes, qui ne lui plairait pas, mais qui a de beaux yeux : *La Fleur des pois*, IV, 1439.

PRON. Professeur de rhétorique dans un collège dirigé par des prêtres, invité des Thuillier en mars 1840; est avec sa femme une des fleurs du salon Phellion, et jouit d'une grande influence dans son quartier; danse, quoique professeur : *Bou.*, VIII, 114, 115.

PRON (Mme). Femme du précédent. Née Barniol. Directrice du pensionnat de jeunes filles des demoiselles Lagrave, auxquelles elle a succédé, et dont elle était la plus habile et la plus ancienne des sous-maîtresses avant son mariage : *Bou.*, VIII, 98; en visite chez les Thuillier en mars 1840, y amène deux de ses pensionnaires : 114.

Propriétaire (un). Sans cœur, fait tout saisir par huissier chez Malaga : *FM*, II, 228.

Propriétaire (un). Son opinion sur le mariage éventuel du narrateur avec Mlle Taillefer : *AR*, XI, 119.

*Propriétaire de Schinner et des dames Leseigneur de Rouville (le). Ancien chef au ministère de la Guerre sous Carnot, remplacé par MOLINEUX : *Bo.*, I, 420 (var. *c*).

Propriétaire de Mme Bridau (le). Accepte des travaux : *R*, IV, 299; reprend ses appartements successifs : 307, 392.

Propriétaire morvandiau (un petit). Reçoit un cousin parisien, qui lui donne une paire de mouchettes : *Méf.*, XII, 424, 425.

PROTEZ. De la maison Protez et Chiffreville. Marié à la fille cadette de Cardot : *DV*, I, 834. Associé de Chiffreville; invité au bal Birotteau en novembre 1818 : *CB*, VI, 163.

PROTEZ (Mme). Femme du précédent. Née Marianne Cardot, seconde fille du négociant; sa dot : *DV*, I, 834.

PROTEZ ET CHIFFREVILLE. Marchands de produits chimiques à Paris. Fournisseurs de Balthazar Claës depuis 1809, lui adressent leur mémoire de frais, en 1812; leur probité reconnue rassure Mme Claës : *RA*, X, 692, 693; en août 1812, Balthazar Claës reste leur débiteur d'une somme de trente mille francs : 695. Amis de César Birotteau en 1813 : *CB*, VI, 68. Balthazar leur doit encore trente mille francs en 1825, pour de nouveaux produits; ils le menacent de poursuites : *RA*, X, 817, 818; leur facture est honorée par Marguerite Claës : 818.

PROUST. Clerc de notaire chez Me Bordin en 1806 : *DV*, I, 850.

Provéditeur de Venise (le). Recherche Bianca Sagredo : *FC*, VI, 1027; la surprend dans les bras de Facino Cane, qui le blesse grièvement et est incarcéré : 1027.

Provençal (le). Ancien militaire, amputé de la jambe droite. Assiste au spectacle de la ménagerie Martin, à côté du narrateur : *Dés.*, VIII, 1219; fait prisonnier par les Maugrabins lors de l'expédition Desaix en Haute-Égypte, en 1798; s'évade après avoir coupé ses liens : 1220; prisonnier du désert, se nourrit de dattes; réveillé, dans la grotte où il s'est réfugié, par le ronflement d'une panthère : 1222, 1223; l'apprivoise; la surnomme Mignonne : 1227, 1228; ses caresses : 1230, 1231; elle le blesse à la cuisse; se croyant à tort en danger, il la tue; ses autres campagnes; délivré par des soldats qui ont vu son signal : 1232.

Proviseur du lycée Saint-Louis vers 1815 (le). Chargé par l'abbé Loraux de diriger les études de Maurice de l'Hostal : *H*, II, 533.

Proviseur du lycée d'Angoulême (le). Révèle à du Châtelet les poèmes de

Lucien Chardon : *IP*, V, 164, 165 ; compare Lucien à J.-B. Rousseau : 172 ; en septembre 1822, au banquet en l'honneur du retour de Lucien, porte un toast à ce dernier : 667.

Proviseur du lycée Saint-Louis en 1829 (le). Digne prêtre, conseille au commandant Genestas de retirer du collège son fils adoptif Adrien : *MC*, IX, 585.

*PRUDENT (Stéphane). Commissaire de police en province en 1838 : *EP*, VIII, 1595.

*PURIEU. Habitant d'une ville de province en 1838 : *EP*, VIII, 1596.

Puritain (un). De l'espèce assez semblable au père Deans, invité par le narrateur pour décider de la question de son mariage, pose la question finale : *Phy.*, XI, 118, 122.

PYTHAGORE. Surnom donné à Louis Lambert par ses condisciples du collège de Vendôme : *LL*, XI, 604.

QUÉLUS (abbé de). Chez Mme de Chessel, en 1814 : *Lys*, IX, 994.

QUEVERDO. Intendant des propriétés de Felipe Hénarez en Sardaigne en 1823 ; lui sauve la vie en l'envoyant chercher en Espagne par une barque montée par des pêcheurs : *MJM*, I, 223, 224.

QUILLET (François). Garçon de bureau de Nathan, à son journal, en 1836. Mme Félix de Vandenesse achète son silence, après le suicide manqué de Raoul : *FE*, II, 358.

*R... (M.). Ant. le réel *ROMIEU ; remplacé par *MARSAY, puis par BLONDET : *Pr.B*, VII, 816 (var. *g*).

*R*** (Eugène de), remplacé par *BRASSEUR (Eugène), puis par *FULGENCE, par *BRIDAU (Eugène), par SOMMERVIEUX : *ES*, XII, 529 (n. 2).

*R... (Mme). Dame de Blois, en relation avec Louis Lambert et Pauline de Villenoix : *LL*, XI, 662 (var. *c*).

*R*** (Eugène de), remplacé par *BRASSEUR (Eugène), par *FULGENCE, puis par *BRIDAU (Eugène) : *ES*, XII, 529 (n. 2).

RABOURDIN (Xavier) [né en 1784]. Âgé de quarante ans en 1824 : *E*, VII, 898 ; portrait à cette époque : 898, 899 ; de père inconnu ; commis surnuméraire au ministère à seize ans, en 1800 ; sous-chef de bureau à vingt-quatre ans, en 1808 ; chef de bureau l'année suivante, à vingt-cinq ans ; vers cette époque, l'occulte protection qui le soutenu cesse de se manifester : 899. En 1811, en relation avec les Guillaume : *MCP*, I, 50. En 1813, se marie avec la fille du commissaire-priseur Leprince, Célestine, à laquelle son père a déclaré que son futur serait Rabourdin de quelque chose avant d'avoir quarante ans : *E*, VII, 1054, 899, 900. En 1814, témoin de Thuillier à son mariage : *Bou.*, VIII, 35. En 1818, la place de chef de division qu'il attend est donnée à La Billardière ; il gagne à cette époque huit mille francs par an : *E*, VII, 901. La même année, chef de bureau sous La Billardière, invité avec sa femme au bal des Birotteau : *CB*, VI, 163. En 1820, deux ans après la nomination de La Billardière, son beau-père meurt ruiné : *E*, VII, 901 ; en 1824, habite rue Duphot où le train de vie de sa femme absorbe et au-delà leurs douze mille livres de revenus : 902 ; achève un plan de réformes administratives et financières commencé en 1821 : 905-913, 916 ; La Billardière étant mourant, sa place lui est due : 929 ; l'autre chef de bureau de la division est Baudoyer dont il accepte une invitation sur six : 939 ; l'employé Dutocq, dont il a deux fois empêché la destitution, vole son plan et le fait autographier : 991 ; pour parer à une mauvaise interprétation du document, demande au ministre une audience qui, prise pour intempestive exigence à la place de La Billardière qui vient de mourir, est refusée : 1013, 1014 ; définitivement sacrifié par des Lupeaulx qui aime sa femme, mais le hait plus encore, il démissionne et brûle tout son travail : 1097 ; sa femme lui avoue devoir trente mille francs ; il lui promet la richesse, pour dans dix ans, grâce à l'industrie dans laquelle il va se lancer : 1099 ; son anagramme par Colleville : 996, 997 ; sa caricature par Bixiou : 1100 ; en 1830, revient dans son ancien ministère pour régler une affaire : 1115. En 1834, Bixiou se vante encore d'avoir tué Rabourdin par une caricature : *MN*, VI, 375. En 1840, Thuillier rappelle à ses amis l'affaire Rabourdin : *Bou.*, VIII, 51.

Ant. un *cousin anonyme des Guillaume : *MCP*, I, 50 (var. *b*).

*RABOURDIN : *MN*, VI, quitte Paris 356 (var. *j*); *E*, VII, 1116 (var. *a*).
RABOURDIN (Mme Xavier) [née en 1796]. Femme du précédent. Née Célestine Leprince : *E*, VII, 900; âgée de vingt-huit ans en 1824 : 1052; portrait à cette époque : 945; dix-sept ans en 1813; esquisse à cette époque où, malgré ses réticences au nom de son futur, elle se marie avec le chef de bureau Rabourdin : 900. En 1818, sa beauté est remarquée au bal des Birotteau : *CB*, VI, 173. A la même époque, elle place le reste de sa dot en terres : *E*, VII, 901; en 1824, ses ambitions, son train de maison : 917, 918; devenue la Célimène de la rue Duphot : 928; décide de jouer les Lupeaulx : 926; les invités d'un de ses mercredis, en décembre : 944, 945; ce soir-là, reçoit de des Lupeaulx des confidences qui lui font croire la partie gagnée : 953; visite matinale de des Lupeaulx au sujet du plan de son mari qu'elle dénigre sans le connaître : 1048-1051; invité à l'un des mardis intimes du ministre, son succès : 1061-1063; piégée par des Lupeaulx : 1068, 1069; Baudoyer nommé, son dernier mercredi : 1095-1097; à la démission de son mari, avec trente-deux mille francs de dettes, réduite à quatre mille livres de rente : 1098. En 1828, toujours une bourgeoise pour Rastignac : *In.*, III, 423. Détestée de Mme Colleville, furieuse de voir cette mijaurée, n'avoir jamais accepté de venir à ses concerts : *Bou.*, VIII, 44.
    Ant. prénommée *Octavie : *E*, VII, 1546 (*ms.*, page de titre).
    Ant. *BOUVRY (Mme) : *In.*, III, 423 (var. *b*); née *LEGARDEUR : *E*, VII, 900 (var. *a*).
RABOURDIN (Charles) [né en 1815]. Fils des précédents. Agé de neuf ans en 1824; alors boursier à part entière : *E*, VII, 902. En 1836, achève son droit, partage sa chambre avec son camarade Juste, étudiant en médecine; lie connaissance avec Z. Marcas : *ZM*, VIII, 830; fournit à celui-ci du linge, obtenu gratuitement des libéralités d'une lingère avec laquelle il a musardé durant le Carnaval : 853; dégoûté de la France, s'embarque au Havre à destination de la Malaisie, pour y chercher fortune : 854.
RABOURDIN (Mlle) [née en 1817]. Sœur du précédent. Agée de sept ans en 1824 : *E*, VII, 902.
    Ant. prénommée *Clotilde : *E*, VII, 926 (var. *f*).
RADZIWILL, dans *FM*. Voir LAGINSKA (comtesse douairière), et l'Index II.
RAGON (né en 1749). Agé de soixante-dix ans en 1819 : *CB*, VI, 286; parfumeur à Paris, rue Saint-Honoré, sous l'Ancien Régime, fournisseur de la Cour; portrait en 1819 : 144; grâce à lui, César Birotteau possède la recette de la poudre de la feue reine : 42; prend César Birotteau pour commis, en 1793 : 55. Propriétaire de *La Reine des Fleurs* sous la Terreur, y reçoit la visite de l'abbé de Marolles : *Ep.T*, VIII, 450. Ancien parfumeur de Marie-Antoinette, confie à César son admiration pour les tyrans déchus, puis l'initie au secret de *La Reine des Roses*, quartier général des Chouans à Paris : *CB*, VI, 57, 58; après le 19 brumaire, désespère de la cause royale et vend son fonds à son premier commis : 58, 59; avec sa femme et le juge Popinot, élève bien son neveu Anselme Popinot : 133; par reconnaissance pour lui et pour sa femme, César veut ouvrir une succursale et la confier à Anselme : 47; fait partie du petit cercle d'amis des Birotteau : 68; a participé à l'opération préconisée par Roguin sur les terrains de la Madeleine : 45; ses idées sur les concordats : 79; en remboursement de fonds placés chez Nucingen, a dû prendre des actions dans les mines de Wortschin : 93; habite rue du Petit-Bourbon-Saint-Sulpice; description de l'appartement : 226; assiste César dans l'épreuve qu'il redoute, l'assemblée de ses créanciers, puis l'amène chez Anselme Popinot : 285, 286.
RAGON (Mme). Femme du précédent. Née Popinot, sœur aînée du juge J.-J. Popinot : *CB*, VI, 68. Portrait en 1819 : 144. Renseigne l'abbé de Marolles, le 25 janvier 1795, sur l'identité de l'homme qui conduit les condamnés au supplice : *Ep.T*, VIII, 450. Conserve pieusement dans son salon un pastel de La Tour représentant son père, l'échevin de Sancerre : *CB*, VI, 226.
RAGONNINS (les). Surnom quelque peu protecteur donné aux Ragon par César Birotteau : *CB*, VI, 47.
RAGUET. Garçon de peine de César Birotteau en 1818 : *CB*, VI, 81; garde le magasin pendant le dîner de César : 131.

RALLEAU (le père). L'un des surnoms pris par Sélérier. Voir FIL-DE-SOIE.
RAMACHARD (Constantine). Relation parisienne de Mme de Chodoreille; son
amitié _bleue_ : _PMV_, XII, 114.
Ramoneur savoyard (un jeune). En 1830, demande « la carita » à R. de Valen-
tin, qui lui abandonne ses derniers sous : _PCh._, X, 66, 67.
RAPARLIER. Notaire à Douai : _RA_, X, 822; dit « Raparlier l'oncle » : 821;
lit les contrats de mariage des enfants Claës en janvier 1825 : 822, 823.
RAPARLIER. Neveu du précédent. Huissier-priseur à Douai en 1816 : _RA_,
X, 768.
RAPHAËL. Habitué de la _table des philosophes_, au _Café Voltaire_, en 1827 :
_MI_, XII, 721. Voir VALENTIN (Raphaël de).
*RAPHAËL, remplacé par BIANCHON (Horace) : _EF_, II, 174 (var. _c_). N'est
pas nécessairement le même que le précédent.
Rapin (un). Contrefait un portier chauve et lui suscite un sosie chevelu :
_MI_, XII, 734.
Rapins de l'atelier Chaudet (les). Se moquent de Joseph Bridau : _R_, IV,
289-291; font une chanson sur Mme Bridau : 294.
RAQUETS (M. des) [?-1825]. Oncle de Me Pierquin. Détenteur d'une célèbre
recette de _soupe au thym_ : _RA_, X, 706; meurt en laissant à son neveu
des trésors lentement amassés : 825.
RASTIGNAC (famille de). De la branche cadette, d'autant plus pauvre au
XIXe siècle que le vice-amiral s'est ruiné au service du roi : _PG_, III, 99.
Habite une gentilhommière sur le domaine de Rastignac près de Ruffec :
_IP_, V, 694, 695. En 1819, ce domaine produit un revenu d'environ trois
mille francs, par ses vignes, sur lequel revenu sont prélevés douze cents
francs envoyés à Paris pour Eugène, le fils aîné : _PG_, III, 74. Plus tard,
Bixiou rappellera sa pauvreté d'alors : _MN_, VI, 332.
  ●●RASTIGNAC (famille de). Famille ambitieuse : _CV_, IX, 726 (var. _d_).
RASTIGNAC (chevalier de). Vice-amiral. Avant la Révolution, commande le
Vengeur; épouse une demoiselle de Marcillac, dont il a une fille, devenue
Mme de Clarimbault, aïeule maternelle de la vicomtesse de Beauséant;
grand-oncle d'Eugène : _PG_, III, 99.
  Ant. *MASSIAC (baron [*marquis] de), contre-amiral, grand-père de
*MASSIAC (Eugène de) : _PG_, III, 99 (var. _c_).
RASTIGNAC (baron de). Neveu du précédent. En 1819, propriétaire du manoir
de Rastignac; ses vignes rendent environ trois mille francs et sa famille
se compose, outre sa femme, de deux filles et trois fils; la tante de sa
femme, Mme de Marcillac, demeure avec eux : _PG_, III, 74. En 1821,
à la soirée de Mme de Bargeton à Angoulême où il est venu avec sa femme,
la tante de sa femme, et ses deux filles dans la calèche du marquis et de
la marquise de Pimentel, ses voisins : _IP_, V, 196.
RASTIGNAC (baronne de). Femme du précédent. En 1819, son fils aîné lui
écrit, pour lui demander de l'argent; sa réponse : _PG_, III, 120, 121, 126,
127. En 1821, à la soirée de Mme de Bargeton, à Angoulême : _IP_, V, 196.
Semble veuve en 1836 puisque son fils Eugène lui a laissé l'usufruit du
domaine : _MN_, VI, 332.
RASTIGNAC (Eugène-Louis de)[1] [né en 1799]. « Fils aîné du baron et de la
baronne de Rastignac, né à Rastignac, département de la Charente, en
1799; vient à Paris en 1819 faire son droit, habite la maison Vauquer,
y connaît Jacques Collin, dit Vautrin, et s'y lie avec Horace Bianchon,
le célèbre médecin. Il aime Mme Delphine de Nucingen, au moment
où elle est abandonnée par de Marsay, fille d'un sieur Goriot, ancien
marchand vermicellier dont Rastignac paye l'enterrement. » Tels sont les
prénoms, dates, origines et débuts dans le monde du personnage, selon
Balzac lui-même, au commencement de la notice qu'il lui a consacré :
Pré.FE, II, 265. Cela fait un court résumé du _Père Goriot_, dont on peut
extraire aussi un portrait, en 1819 : _PG_, III, 60; et les éléments de ses
succès futurs; rencontres avec : la vicomtesse de Beauséant, lointaine
parente : 76; la comtesse de Restaud, autre fille Goriot; le marquis de
Montriveau : 77; le comte de Restaud : 98; Trailles : 99; Ajuda-Pinto :
106; la duchesse de Langeais : 110; Vautrin lui propose de rendre fille
unique Victorine Taillefer, contre vingt pour cent de sa dot : 142; à un
bal chez la duchesse de Carigliano : 150; c'est aux Italiens qu'il rencontre
Delphine de Nucingen : 152; et Nucingen : 157; entre Delphine et Victo-

rine, pose à Bianchon la question du mandarin : 164, 165 ; choisit pour la vie du Chinois bien que Victorine ait trois millions : 165, 196, 212 ; Delphine lui paie une montre de Bréguet : 198 ; adieux de Vautrin : 221 ; Delphine lui paie une garçonnière, rue d'Artois : 226, 227 ; adieux de la vicomtesse de Beauséant : 267 ; adieux de Goriot : 271-279 ; c'est la montre de Bréguet qui paie médecines, bière et enterrement au début de 1820 : 279 ; et c'est en devant vingt sous au garçon de peine de la maison Vauquer et avec Delphine en perspective qu'il défie Paris : « A nous deux maintenant ! » : 290 ; « Comment réussirez-vous, si vous n'escomptez pas votre amour ? », lui a dit Vautrin ; et : « Méprisez donc les hommes et voyez les mailles par où l'on peut passer à travers le réseau du code » : 145.

1820. Il ne croit à aucune vertu, et décide de jouer le monde, armé de pied en cap par l'Égoïsme : *MN*, VI, 381 ; il plaît à Nucingen qui l'exploite en lui laissant toutes les charges de son ménage : 333.

1821. Avec Delphine dans une loge à l'Opéra : *IP*, V, 276 ; Marsay juge qu'il se lance comme un cerf-volant ; le voilà chez la marquise de Listomère : 280 ; en 1822, chez le ministre d'Allemagne à Paris, parmi les jeunes gens qui tiennent le haut du pavé de la mode : 479 ; le plus célèbre des viveurs, le plus spirituel de l'époque en attendant d'entrer, conduit par Marsay, dans la carrière politique où il se distinguera : 490 ; habite maintenant rue Taitbout, dîne au *Café Anglais* avec Marsay et tous deux grisent Rubempré la veille de son duel où ils sont ses témoins : 539. En conversation avec Mme de Nucingen lorsque Castanier vient remettre à celle-ci les clefs de la banque ; il passe pour être son amant : *MR*, X, 352.

1822. En octobre, l'un des roués parisiens : *CA*, IV, 1008 ; dîne au *Rocher de Cancale*, invité par le vidame de Pamiers avec Victurnien d'Esgrignon, de Marsay et Blondet : 1011.

1824. Rencontre au bal de l'Opéra avec le masque qui protège Rubempré : les ordres impératifs qu'il en reçoit : *SetM*, VI, 434 ; le masque (J. Collin) lui exprime sa satisfaction d'avoir été si vite obéi : 435 ; fait en public l'éloge de Lucien : 443, 444 ; explique au masque les raisons du surnom de la Torpille, donné à Esther Gobseck : 445 ; continue à soutenir Lucien, « par ordre » : 495, 496 ; a jadis résisté à la tentation, là où, plus faible, Lucien a succombé : 504 ; se sait condamné à mort par Vautrin, en cas d'indiscrétion : 505. A la fin de l'année, le comte de Fontaine le propose comme mari à sa fille Émilie qui le refuse, Mme de Nucingen ayant fait de lui un banquier : *BS*, I, 128.

1826. A un bal chez Mme de Nucingen, vante Isaure d'Aldrigger à son ami Beaudenord : *MN*, VI, 352 ; sa théorie sur le mariage ; origine de sa fortune selon Bixiou : 368, 369.

1827. Agent en partie inconscient de la troisième liquidation Nucingen ; « collaborateur conjugal » du financier, qui lui fait jouer le rôle de compère, sans lui confier entièrement son plan : *MN*, VI, 381 ; quelques jours avant la troisième liquidation Nucingen, confie à Beaudenord que le banquier est parti à Bruxelles, pour liquider : 383, 384 ; a gagné quatre cent mille francs à la troisième liquidation Nucingen, sans y rien comprendre : 388. Un des élégants consultés par Portenduère : *UM*, III, 862 ; le sort de Sainte-Pélagie ; quand on a un nom, si l'on commet l'énorme faute de s'y faire mettre, il ne faut pas y rester : 864.

1828. Bilan avec Bianchon ; en huit ans, le plus clair de ce qu'il a gagné est d'avoir marié ses sœurs ; il a vingt mille livres de rentes ; Nucingen l'a roué ; il a de l'ambition ; Delphine a trente-six ans et ne peut le mener nulle part ; contrairement à la marquise d'Espard ; « une femme du monde mène à tout, elle est le diamant avec lequel un homme coupe toutes les vitres » : *In.*, III, 421-425 ; mais si dans la conquête de cette femme, il aperçoit un ministère, c'est elle qui se sert de lui ; dangereux début : 455 ; la marquise doit cent mille écus : « que fais-tu dans cette galère ? » : 468. Une de ses sœurs est mariée à Martial de La Roche-Hugon : *Be.*, VII, 348. Cette année-là, l'évêque de Limoges, auquel l'attachent des liens de famille, prend comme secrétaire particulier son plus jeune frère Gabriel, déjà destiné aux plus hautes dignités de l'Église : *CV*, IX, 701. La même année, « danse » avec la marquise de Listomère ; écrit deux lettres, l'une destinée à son notaire, l'autre à Mme de Nucingen : *EF*, II, 172-174 ;

adresse celle-ci, par erreur, à Mme de Listomère; sa visite d'excuses à la marquise : 176-179; ses vingt-cinq ans expliquent les fautes de psychologie féminine qu'il vient de commettre : 179. Dînant avec Bixiou au *Rocher de Cancale*, lui annonce l'imminent mariage de Philippe Bridau avec Mlle de Soulanges : *R*, IV, 537.

1829. En octobre, fait comprendre à Delphine qu'elle devrait faire examiner son mari par Bianchon et Desplein : *SetM*, VI, 495; à la fin de l'année, devient un habitué de l'hôtel d'Esther Gobseck, rue Saint-Georges : 643. Se lie d'amitié avec Raphaël de Valentin et présente son nouvel ami à la comtesse Fœdora : *PCh.*, X, 144, 145.

1830. Au *Café de Paris*, présente Raphaël à Finot; exige sa commission sur une affaire, pour en faire bénéficier Raphaël : *PCh.*, X, 165-167; doit épouser une petite veuve alsacienne : 167; y renonce, elle a moins de rentes que prévu, et six doigts au pied gauche : 192; on redoute son épée, qui vaut sa langue : 180, 181; expose à Raphaël les inconvénients des divers modes de suicide et tente de l'entraîner au jeu; sur son refus, joue seul les cent écus de Raphaël : 191-193; partage aussitôt le gain avec lui : 194, 195; aux Italiens, aux côtés de Delphine et de sa fille, regrette de ne pouvoir aller près d'une belle inconnue, Pauline Gaudin : 225. Chargé par les Grandlieu d'annoncer à Rubempré la rupture de son projet de mariage avec Clotilde de Grandlieu : *SetM*, VI, 673, 674; cité par Mme Poiret comme commensal de Vautrin en 1819, à la pension Vauquer; Jacques Collin suggère au juge d'instruction Camusot de le confronter avec lui : 757; hérite de Lucien de Rubempré une toilette en or : 788; J. Collin le félicite d'avoir assisté à l'inhumation de Lucien : 929. Vers octobre 1830, aperçoit son ami Raphaël de Valentin aux Bouffons, la veille de sa disparition : *PCh.*, X, 89.

1831. Vers la fin de l'année, chez Mlle des Touches : *AEF*, III, 691; avec, entre autres, Nucingen et Delphine : 688; et Marsay, premier ministre depuis six mois : 676.

1833. Est sur le point d'épouser la fille unique des Nucingen : *FE*, II, 311, 312; fait partie des gens arrivés, et fréquente chez la comtesse de Montcornet : 306; assiste aux soupers de Florine : 318, 319. Rompt avec Delphine : *MN*, VI, 332, 333. Sous-secrétaire d'État : *FE*, II, 311, 312; *SPC*, VI, 962. A cette fonction dans le ministère de Marsay : *TA*, VIII, 686. Elle constitue son début dans la politique : *DA*, VIII, 804. Ami de Marsay : *SPC*, VI, 962. Alors en soirée chez la princesse de Cadignan : *TA*, VIII, 686. Figure, dans le recueil des erreurs de la princesse de Cadignan : *SPC*, VI, 952; sa longue liaison avec Delphine, évoquée par Mme d'Espard : 958; a été présenté à d'Arthez par Bianchon : 962; met en garde d'Arthez contre les prodigalités de la princesse de Cadignan : 976; assiste, chez Mme d'Espard, au dîner offert à d'Arthez : 1000.

1834. Tombe avec le ministère, qu'a disloqué la mort de Marsay : *FE*, II, 349. Fait cause commune avec Nucingen et du Tillet contre Nathan : *FE*, II, 353. Opinion sur le comte Laginski : *FM*, II, 197.

1835. Nouveaux bruits de mariage avec Mlle de Nucingen : *FE*, II, 368; explique à Delphine de Nucingen la faute qu'elle a commise, et qui a sauvé Nathan : 369; conversation avec Félix de Vandenesse : 372. Est pour Tullia un exemple frappant de noblesse : *Pr.B*, VII, 836.

1836. Dans une conversation à bâtons rompus au restaurant, avec Blondet, Bixiou et Couture, Finot fait son éloge et l'estime l'héritier direct de Marsay; origines de sa fortune; tirant le diable par la queue en 1819, il a quarante mille livres de rentes en 1836 et a richement établi ses deux sœurs, laissant à sa mère l'usufruit du domaine; en passe de devenir ministre et pair de France : *MN*, VI, 332; « gentleman qui sait le jeu » : 334; il ne croit à aucune vertu, mais à des circonstances où l'homme est vertueux : 381. Admiré par Calyste du Guénic : *B*, II, 729.

1838. Cité par Bette comme un homme important : *Be.*, VII, 92; invité par Josépha à sa pendaison de crémaillère : 122; sous-secrétaire d'État, achète une œuvre de W. Steinbock et lui promet un atelier au dépôt des marbres du Gros-Caillou : 141; témoin de ce dernier à son mariage : 182. Épouse Augusta de Nucingen : *DA*, VIII, 804. Son mariage : *Pré.P*, IV, 23, 24.

1839. Son ascension vertigineuse; comte presque malgré lui, ministre pour la seconde fois, un frère évêque, un beau-frère ambassadeur, : *DA*, VIII, 803; rappel de sa longue liaison avec Delphine de Nucingen; vingt ans de travaux forcés selon Trailles : 809; confie à ce dernier ses idées sur la politique et sur le ministère de bouche-trou dont il fait partie : 810, 811; habite rue de Bourbon un splendide hôtel, offert par son beau-père : 812; au début d'avril, seul encore à connaître la mort de Charles Keller, comte et à M. de Trailles une mission secrète à Arcis : 812, 813.

1841. Une future promotion de son beau-frère La Roche-Hugon donne l'occasion de le citer dans un fait-Paris : *Be.*, VII, 348. La même année, ami du marquis de Rochefide, membre du Jockey-Club : *B*, II, 900; intervient auprès du garde des Sceaux, à la prière de Maxime de Trailles, pour l'avancement rapide du jeune Fabien du Ronceret : 933.

1842. Son influence : *Méf.*, XII, 417, 422.

1845. Comte, pair de France, ministre de la Justice; trois cent mille livres de rentes : *CSS*, VII, 1199.

1846. Les inutiles efforts déployés par Mme Hannequin de Jarente pour l'attirer à ses soirées : *FAu.*, XII, 614.

Ant. *RASTIGNAC (Eugène) : *PCh.*, X, 180 (var. *c*); *SALUCES (M. de) : *BS*, I, 128 (var. *c*), 1215; *Ernest de M... : *EF*, II, 173 (var. *d*); *MASSIAC (Eugène de) : *PG*, III, 56 (var. *d*); *Ernest : *In.*, III, 421 (var. *d*); *VANDENESSE (marquis de) : *AEF*, III, 691 (var. *d*); *MARSAY : *MR*, X, 352 (var. *c*).

*RASTIGNAC : *Pr.B*, VII, 838 (var. *a*); *Pay.*, IX, 50 (var. *f*).

RASTIGNAC (comtesse Eugène de). Femme du précédent. Voir NUCINGEN (Augusta de).

*RASTIGNAC (« la jeune baronne » de), « folle » de La Palférine, remplacée par ROCHEFIDE (marquise de) : *Pr.B*, VII, 838 (var. *a*).

RASTIGNAC (Laure-Rose de) [née en 1801]. Aînée des sœurs d'Eugène. Dix-huit ans en 1819 : *PG*, III, 137; écrit à son frère et lui envoie ses économies : 128-130; se trouve dépensière; coquette, 128. En visite chez les Bargeton en 1821, avec ses parents : *IP*, V, 196; converse avec A. du Bartas sur Rossini : 198; admire les poèmes de Lucien Chardon : 210.

RASTIGNAC (Agathe de) [née en 1802]. Sœur de la précédente; dix-sept ans en 1819, assez grosse : *PG*, III, 128, 137. Avec sa sœur chez les Bargeton en 1821 : *IP*, V, 196.

RASTIGNAC (Laure-Rose et Agathe de). Toutes deux dotées par leur frère Eugène : *MN*, VI, 332; et cela grâce aux quatre cent mille francs qu'il a tirés de la troisième liquidation Nucingen, en 1827 : 388. Toutes deux mariées dès 1828 : *In.*, III, 422. L'une d'elles — on ignore laquelle — a épousé Martial de La Roche-Hugon : *Pré.FE*, II, 266; *FE*, II, 312; *Be.*, VII, 348; *DA*, VIII, 803. Le nom du mari de l'autre sœur n'apparaît nulle part dans *La Comédie humaine;* mais c'est un ministre : *Pré.FE*, II, 266; et sans doute un noble puisqu'elle est, comme sa sœur, « noblement mariée » : *MN*, VI, 332.

RASTIGNAC (Henri de) [né en 1804]. Frère cadet des précédentes. Agé de quinze ans à la fin de 1819, selon Vautrin : *PG*, III, 137; son comportement et celui de son jeune frère, selon sa sœur Laure : 129.

RASTIGNAC (Mgr Gabriel de) [né en 1805 ou en 1809]. Le plus jeune des frères d'Eugène : *Pré.FE*, II, 266. Agé de dix ans en 1819, selon Vautrin : *PG*, III, 137. Mais, selon Balzac, nommé évêque de Limoges en 1832 : *Pré.FE*, II, 266. A vingt-sept ans : *FE*, II, 312. Esquisse en 1828 : *CV*, IX, 705; l'abbé Gabriel est alors secrétaire particulier de son parent l'évêque de Limoges : 701; voit Tascheron en prison, soupçonne l'identité de sa complice, et va chercher l'abbé Bonnet à Montégnac : 704. Son accession à l'épiscopat, en 1832, excite la jalousie de Nathan : *FE*, II, 312. Vers 1838, son frère compte cette nomination parmi ses propres réussites : *DA*, VIII, 803. En 1844, sacré à Limoges par l'archevêque Deltheil : *CV*, IX, 853.

RATEL. Gendarme en Normandie. Comme son collègue Mallet, il succombe aux séductions de Mme Bryond des Tours-Minières dont il favorise la fuite en 1808 au lieu de l'arrêter : *EHC*, VIII, 302; se suicide pendant l'instruction : 304.

*RATOND (abbé), remplacé par GUINARD (abbé) : *MD*, IV, 669 (var. *c*).

RAVENOUILLET. Portier 112, rue de Richelieu, en 1845. Portrait; a soixante et onze locataires, dont Bixiou: leur fait des prêts à trente pour cent : *CSS*, VII, 1174, 1175, 1170; arrivé à Paris en 1831, Massol lui procure son premier cordon : 1176, 1177.

RAVENOUILLET (Lucienne). Fille du précédent. En 1845, élève du Conservatoire de musique et, selon Lora, larve de cigale : *CSS*, VII, 1176.

*RECANATI (Victoria, princesse), remplacée par *CLARINA, puis par *CANE (Massimilla, c'est-à-dire Massimilla CANE-MEMMI) : *Gam.*, X, 516 (var. *b*).

Receveur des contributions de Guérande (le). L'un des lettrés du canton, a raconté à l'abbé Gaudron les excentricités de Mlle des Touches : *B*, II, 687.

Receveur des contributions d'Issoudun (le). A sa cheminée truquée par les Chevaliers de la Désœuvrance : *R*, IV, 375.

Récollet (un jeune). Chargé de surveiller les ouvriers édifiant l'échafaud destiné à l'exécution du prince de Condé : *Cath.*, XI, 321.

Recors (un). Chargé d'amener W. Steinbock à Clichy en 1838; compte sur sa générosité : *Be.*, VII, 168.

Recors (cinq). Accompagnent Louchard venu arrêter Esther; portraits : *SetM*, VI, 580.

Recteur de Guérande (le). Accueille la jeune baronne du Guénic en 1838 : *B*, II, 851.

Recteur de Saint-Georges (le). Doit venir dire une messe chez Montauran : *Ch.*, VIII, 1173.

Recteur de Piriac (le). Convoqué pour recevoir la confession de Jacques Cambremer : *Dr.*, VII, 1175.

Rédacteur parisien (un). Réclamé par la préfecture de Besançon en 1834, pour le journal juste-milieu; débute par un premier-Besançon de l'école du Charivari; on lui conseille d'être plutôt aussi dur à digérer que *La Revue des Deux Mondes* : *AS*, I, 920, 921.

Rédacteur (un). Inconnu de Rubempré, qu'il tutoie : *IP*, V, 434; très amoureux de Fanny Beaupré en 1821, il désire garder le compte rendu théâtral de la Porte-Saint-Martin : 436.

Réfractaire picard (un). Agé de vingt ans, possesseur de quelques arpents de terre. Pour l'épouser, Ursule, cuisinière des Ragon, abandonne son jeune amant, César Birotteau : *CB*, VI, 56.

Réfractaire (un). S'est refusé à la conscription de 1813 et a fui : *Ech.*, XII, 484; meurt d'inanition dans une forêt; son père l'y trouve et apporte son cadavre au préfet : 485, 486.

Réfugié politique italien (un). Hôte de Giardini, se moque du musicien Gambara : *Gam.*, X, 471.

Régisseur de Mlle des Touches (le). Dans le secret de la gloire de Camille Maupin : *B*, II, 700.

Régisseur de Saint-Lange (le). Voir MASSIN-MASSIN.

Régisseur de l'Ambigu-Comique (le). En 1822, envoie promener Rubempré qu'il ne connaît pas encore : *IP*, V, 463; la jeune première le renseigne : 463.

REGNAULT (Me). Notaire à Vendôme en 1821. Exécuteur testamentaire de la comtesse de Merret; son tic : *AEF*, III, 713; premier clerc de Me Roguin, à Paris, a acheté une charge à Vendôme, en 1816; trois mois après, mandé au chevet de Mme de Merret : 714; en 1866 ses héritiers doivent entrer en possession de la Grande Bretèche, si les clauses du testament ont été respectées : 718.

RÉGULUS. Garçon coiffeur chez Marius V, en 1845 : *CSS*, VII, 1183.

Relieur d'Issoudun (un pauvre). Victime d'apparitions et méfaits diaboliques organisés par les Chevaliers de la Désœuvrance : *R*, IV, 374, 375.

Religieuse (une). Montre à ses élèves un âne « dans toute sa gloire », leur affirmant : *Ecce homo !* : *Ech.*, XII, 481, 482.

Religieuses (trois). Accompagnent leur supérieure à Faucombe : *B*, II, 689.

RÉMONENCQ (?-1846). Auvergnat. Esquisse en 1845 : *CP*, VII, 576; commissionnaire à Paris à partir de 1825; travaille jusqu'en 1831 pour les marchands de curiosités du boulevard Beaumarchais, notamment pour Monistrol, et pour les chaudronniers de la rue de Lappe; en 1831, s'installe à son compte rue de Normandie, dans l'ancien Café de Normandie : 575,

576, 574 ; d'abord ferrailleur, il améliore d'année en année sa marchandise et, en 1845, il est depuis peu arrivé à l'état de marchand de curiosités ; il connaît la valeur du Musée de Pons, locataire dans la même maison : 521 ; Pons malade il « allume » la Cibot et va s'entendre avec Magus : 578 ; avec ce dernier visite clandestinement le Musée Pons grâce à la Cibot : 611 ; allumé à son tour, se demande comment la rendre veuve : 656 ; l'enrichit en grugeant Schmucke : 698 ; la rend veuve en procurant à Cibot des tisanes au vert-de-gris : 688, 689 ; en 1846, a épousé la Cibot avec contrat qui donne tous les biens au dernier vivant, a acheté un magnifique magasin boulevard de la Madeleine ; prépare un petit verre de vitriol pour sa femme et, cette dernière l'ayant déplacé, c'est lui qui l'avale : 765.

RÉMONENCQ (Mme). Femme du précédent. Voir CIBOT (Mme).

RÉMONENCQ (Mlle). Sœur du ferrailleur. Auvergnate, arrive à pied à Paris en 1834 ; esquisse ; venue à la demande de son frère dont le fonds augmente de valeur ; garde la boutique et fait marcher le ménage pour douze sous par jour qu'elle gagne en cousant et en filant : *CP*, VII, 575.

RENARD (capitaine). Ancien capitaine de voltigeurs dans la Grande Armée : *R*, IV, 504 ; en demi-solde depuis la Restauration, aima quand même de Maxence Gilet ; habite faubourg de Rome, à Issoudun : 370, 371 ; en 1819, dans un duel avec un officier de la Maison Rouge, blesse son adversaire mais reçoit lui-même un coup d'épée : 373 ; témoin de Maxence Gilet, avec le commandant Potel, dans son duel avec Philippe Bridau en 1822 : 506.

RENARD. Épicier à Paris à la tête d'un gros commerce sous l'Empire et la Restauration : *MC*, IX, 580 ; en 1815, refuse de s'occuper de Judith, maîtresse de son fils, et de leur enfant : 582.

RENARD (maréchal des logis) [?-1813]. Fils du précédent. Élevé pour être notaire, pris par la conscription : *MC*, IX, 580 ; en 1813, après la retraite de Moscou, maréchal des logis ; cantonné avec Genestas dans une petite ville de Pologne dans une famille juive : 578 ; séduit une des filles, Judith, qu'aime Genestas, la ramène en France : 580 ; blessé à mort par un Cosaque, confie à Genestas Judith et son enfant, si elle en a un : 581.

RENÉ. Petit domestique de du Bousquier à Alençon en 1806 : *VF*, IV, 832 ; reste au service de du Bousquier après le mariage de ce dernier avec Mlle Cormon, en qualité de groom : 924.

Rentier (un). S'interroge sur le sort de Mme Crochard et de sa fille : *DF*, II, 20.

*RENTY (chevalier de), remplacé par BRIGAUT (major) : *Ch.*, VIII, 1034 (var. *b* et n. 1) ; par DU GUÉNIC (baron) : 1051 (var. *f*), 1130 (var. *b*), 1131 (var. *a*), 1203 (var. *h*) ; par DU VISSARD (chevalier) : 1135 (var. *b*).

Répétiteur vieux et savant (un). En 1835 à la Crampade pour faire travailler Armand de l'Estorade : *MJM*, I, 373.

Répétiteur (un). Externe à la pension Vauquer en 1820 ; se moque du couple Michonneau-Poiret : *PG*, III, 224 ; tire la leçon de la mort du père Goriot : 287.

RESTAUD (commandant de). Officier de marine. Sous l'Ancien Régime, a commandé le *Warwick* : *PG*, III, 99.

RESTAUD (comte de) [v. 1775 ou v. 1785-1824]. Petit-fils du précédent. Âgé de trente-cinq ans environ en février 1820 : *Gb.*, II, 991 ; à peine âgé de cinquante ans en 1824 : 1003 ; esquisse : 991. Habite, à Paris, un hôtel de la rue du Helder : *PG*, III, 94 ; *Gb.*, II, 971. Terre à Verteuil, en Charente : *PG*, III, 101. En 1816, s'étonne de la présence de l'usurier Gobseck chez sa femme : *Gb.*, II, 974. En 1819, en novembre, cette dernière reçoit et lui présente Eugène de Rastignac, parent de la vicomtesse de Beauséant : *PG*, III, 98 ; un aparté de sa femme avec Trailles lui donne de l'humeur : 100 ; Rastignac ayant prononcé les mots de « père Goriot », lui fait consigner sa porte : 102 ; en février 1820, sait tout sur la liaison de sa femme avec Trailles et que, pour payer ses dettes, elle a vendu à Gobseck tous les diamants de famille auxquels il tient : 245, 246. Il arrive chez Gobseck après le départ de sa femme et de Trailles : *Gb.*, II, 991 ; avec l'avoué Derville présent, fait préparer le rachat des diamants donne, le lendemain écoute la proposition de Gobseck d'un fidéicommis et ne tressaille qu'à une question de Gobseck sur le nombre de ses enfants : 993, 994. Les diamants recouvrés, confond sa femme, lui fait avouer que des trois enfants qui portent son nom seul son fils aîné, Ernest, est de lui, et exige qu'elle signe la vente de ses biens quand il le lui demandera : *PG*, III, 246, 247 ; sa femme résistant, il l'empêche de sortir et quelques jours plus tard, Goriot étant mourant, répond à Rastignac venu le chercher qu'elle n'ira auprès de son père qu'après avoir fait son devoir envers lui et son fils : 280 ; le soir même, il est maître de sa fortune : 286. Va alors chez Derville le prier de préparer les actes de cession de tous ses biens à Gobseck, ainsi qu'une contre-lettre par laquelle ce dernier s'oblige à rendre cette fortune à son seul fils aîné à sa majorité : *Gb.*, II, 995, 996 ; en 1824, alerté par Gobseck qui le dit à la mort, Derville lui rend visite : 998 ; interdit sa chambre à sa femme et à ses deux derniers enfants, qu'il sait illégitimes : 999 ; à l'agonie au début de décembre 1824, remet à son fils aîné un paquet cacheté destiné à Me Derville : 1004 ; ce paquet ne parviendra pas à son destinataire : 1005, 1006 ; ses deux derniers enfants, illégitimes, Pauline et Georges : 1005 ; sa mort : 1006 ; les armes de sa famille : 1013.

RESTAUD (comtesse Anastasie de). Femme du précédent et fille aînée du père Goriot : *PG*, III, 112, 113. Portraits ; en 1816 : *Gb.*, II, 972, 973. En 1819 : *PG*, III, 77 ; éducation déraisonnable ; dot de trente mille francs de rente ; choisit un mari noble pour accéder aux hautes sphères sociales ; se marie vers 1808, cinq ans avant l'entrée de son père à la maison Vauquer : 125, 126. En 1816, maîtresse de Maxime de Trailles dont elle paie les dettes ; l'usurier Gobseck se présente à son domicile, rue du Helder, pour encaisser une lettre de change de mille francs ; donne, en paiement, un diamant que Gobseck estime douze cents francs : *Gb.*, II, 971-974. En 1819, remarquée en novembre par Rastignac au bal de la vicomtesse de Beauséant : *PG*, III, 77 ; en haut de la roue, le lendemain au bas de l'échelle, allant à pied chez Gobseck qui a un billet à ordre qu'elle ne peut acquitter : 86, 87 ; Goriot vend un plat en vermeil pour dégager ce billet : 83, 84 ; en décembre, visite de Rastignac qui gêne son tête-à-tête avec Trailles ; devient sèche aux mots de « père Goriot » dits par Rastignac : 96-102 ; comme sa sœur, a pratiquement renié son père : 112-115 ; enviée par sa sœur parce qu'elle a été présentée à la Cour et reçue par le Faubourg Saint-Germain : 116 ; rouvre son salon à Rastignac qui perce dans le grand monde : 187 ; en 1820, au commencement de janvier, note un changement chez Trailles, croit qu'il va se brûler la cervelle et finit par apprendre qu'il doit cent mille francs : 245, 246. Au début de février, retourne chez Gobseck où elle est rejointe par Trailles qui lui fait un nouveau chantage au suicide ; elle paie ce qu'il doit en vendant tous ses diamants : *Gb.*, II, 987-991. Le surlendemain, confondue par son mari, contrainte de lui avouer que, de ses trois enfants, seul l'aîné est de lui, et mise en demeure de signer la vente de ses biens à son mari : *PG*, III, 245-247 ; le jour même vient voir son père car Trailles doit encore douze mille francs : 248 ; scène violente avec sa sœur parce que Goriot a dépensé tout ce qui lui restait pour elle : 249, 250 ; feint de revenir par affection, et, en fait, pour l'endos du billet à ordre : 253 ; pour une robe de bal, revient voir son père qui engage son viager : 258, 259 ; selon Rastignac, elle « a escompté jusqu'à la mort de son père » ; au bal Beauséant porte tous ses diamants, sans doute pour la dernière fois, sur ordre de son mari : 259, 266 ; puis enfermée par lui qui, Goriot mourant, refuse qu'elle sorte avant d'avoir fait son devoir envers son fils et lui-même : 279, 280 ; arrive trop tard, Goriot est mort ; son mari est maître de sa fortune et Trailles l'a abandonnée : 285, 286. En décembre 1824, cherche l'endroit où son mari, mourant, a pu cacher l'acte avantageant son fils aîné : *Gb.*, II, 1007 ; brûle la contre-lettre qui protégeait ses enfants, croyant ainsi anéantir le testament de son mari : 1007 ; a fait mentir la devise des Restaud : « RES TUTA » : 1013 ; a enfin compris l'indignité de Maxime de Trailles et expie par des larmes de sang ses fautes passées : 1000. L'une des reines de Paris en 1825 : *BS*, I, 164. En 1826, donne un bal où doit se rendre Isaure d'Aldrigger : *MN*, VI, 353. Reçoit la comtesse Fœdora : *PCh.*, X, 147. Lors de la mort de Gobseck, à la fin de 1829, les dispositions testamentaires du comte de Restaud constituent, pour elle et ses deux enfants adultérins, des dots et des parts suffisantes : *Gb.*, II, 1012, 1013 ; citée sans aménité à sa fille par la vicomtesse de Grandlieu, peu désireuse de voir Camille épouser Ernest de Restaud : 961, 962. Maxime de Trailles a causé ses malheurs après avoir mangé la fortune de la *Belle Hollandaise* : *DA*, VIII, 804. Femme criminelle : *Pré.PG*, III, 43.

Ant. prénommée *Émilie : *Gb.*, II, 974 (var. *a*), 990 (var. *l*).

*RESTAUD (les) qui précédent, cités parmi ceux qui, en 1815, avaient la prétention d'appartenir au Faubourg Saint-Germain : *Lys*, IX, 1109 (var. *a*).

RESTAUD (comte Ernest de). Fils aîné des précédents, le seul légitime : *Gb.*, II, 1006. Sa mère elle-même l'avoue : *PG*, III, 247. En décembre 1824, son père lui confie un paquet à envoyer à Derville, mais la comtesse l'empêche de mener à bien cette mission : *Gb.*, II, 1004, 1005; en visite en 1829 chez la vicomtesse de Grandlieu, dont il aime la fille, Camille; cette idylle est mal vue de la vicomtesse, le jeune homme ayant une mère mal née : 961, 962; hérite la fortune paternelle, gérée par Gobseck qui la lui transfère à sa mort, en 1830, par des actes bien en règle : 1012, 1013.

RESTAUD (comtesse Ernest de). Femme du précédent. Voir GRANDLIEU (Camille de).

RESTAUD (Georges et Pauline de). Enfants adultérins de la comtesse Anastasie, fruits de ses amours avec Maxime de Trailles plus jeunes qu'Ernest : *Gb.*, II, 1005.

*RETZAU (baron de) [né en 1773]. D'origine allemande. Habite rue de l'Université; a servi Charles X pendant l'émigration; ambassadeur, puis ministre d'État, membre du conseil privé : *B*, II, 1458, 1459.

*RETZAU (baronne Emma de) [née en 1807]. Femme du précédent : *B*, II, 1458; cent mille écus de dot; originale : 1459; quitte Paris de 1830 à 1832 : 1460; en visite chez Mme Nathan : 1461.

REYBERT (M. de) [né en 1772]. Âgé de cinquante ans en 1822 : *DV*, I, 824; du pays messin : 756; entre dans l'armée en 1796 : 755; sert dans le 7e d'artillerie : 756; retraite, comme capitaine, de six cents francs, à partir de 1816; vit à Presles avec sa famille : 755; froissé par Moreau, le régisseur du château, veut se venger et prendre sa place et dans ce dessein l'étudie pendant trois ans : 754, 755; en 1822, le comte de Sérisy chasse Moreau, lui donne sa place : 823; en 1838, l'a toujours : 882.

REYBERT (Mme de). Femme du précédent. Née Mlle de Corroy, de la noblesse du pays messin; portrait : *DV*, I, 756; en 1818, apprend à la contrée de Presles que Mme Moreau, femme du régisseur du château, a été femme de chambre; dès lors en butte aux avanies : 812; en 1822, vient à Paris dévoiler au comte de Sérisy les manigances de Moreau, dans l'affaire des Moulineaux à l'encontre des intérêts de Sérisy; et demande la place de Moreau pour son mari : 755.

REYBERT (Mlle de). Fille des précédents. Voir LÉGER (Mme).

RHÉTORÉ (Alphonse de Chaulieu, duc de). Fils aîné du duc et de la duchesse de Chaulieu; jugé par sa sœur Louise en 1822 : *MJM*, I, 205, 214, 230; habite l'hôtel familial, sort beaucoup : 198. En 1819, avec Maufrigneuse, procure une place dans un ministère à Bixiou qu'il a connu par des danseuses : *E*, VII, 975. En 1821, amant de la danseuse Tullia; invité chez Florine avec elle et son compagnon de sorties nocturnes, le ministre d'Allemagne à Paris : *IP*, V, 395. Vers la même époque, voit souvent Philippe Bridau chez Tullia : *R*, IV, 522. En 1822, conseille à Rubempré de passer aux royalistes et souhaite que la presse soit muselée : *IP*, V, 464. En 1823, toujours lié à Tullia : *R*, IV, 518. Cette année-là prend le parti de sa sœur qui ne veut pas être religieuse : *MJM*, I, 205; rongé de n'être rien dans l'État, sans charge à la Cour : 214; en janvier 1824, toujours assidu aux représentations de Tullia : 230. En décembre de cette année, du Bruel le voit souvent chez Tullia : *E*, VII, 963. C'est vers cette période que la passion de Tullia pour lui décline, tandis qu'elle s'attache à du Bruel; reste cependant son amant sérieux car il est devenu directeur des Beaux-Arts : *Pr.B*, VII, 826. En 1826, sa sœur étant une femme à la mode, il daigne la regarder comme une supériorité : *MJM*, I, 325. En 1829, chez les Verneuil à Rosembray, remarquable par ce ton qui réunit impertinence et sans-gêne : *MM*, I, 704; lui et le prince de Loudon passent pour les premiers tireurs du Faubourg Saint-Germain : 709. En 1830, assidu du salon des Grandlieu; s'y montre l'adversaire déterminé de

Lucien de Rubempré, qu'il jalouse : *SetM*, VI, 507; ne lui répond que par un salut : 648, 649; raconte à Mme de Sérisy, au début de 1830, l'affront infligé à Lucien, qui s'est vu interdire l'accès de l'hôtel de Grandlieu : 652, 653. En 1831, vers la fin de l'année, chez Mlle des Touches à un raout : *AEF*, III, 710. En 1833, figure sur le recueil des erreurs de la princesse de Cadignan : *SPC*, VI, 952. En 1835, averti de la mort imminente de sa sœur Louise : *MJM*, I, 402. Froid railleur; légitimiste; jaloux de Marsay; pour piquer celui-ci au vif, s'apprête à raconter dans un salon l'histoire d'une duchesse, devant Mmes de Cadignan et d'Espard, et Blondet : *Com. sal.*, XII, 349. En 1836, en mai, son mariage avec la duchesse d'Argaiolo, née princesse Soderini, est célébré avec beaucoup d'éclat à Florence : *AS*, I, 1010, 1011. Vers 1840, son ménage est l'ami du ménage de Calyste du Guénic : *B*, II, 860; propriétaire d'une écurie de courses; son cheval, Fleur-de-Genêt, battu d'une longueur par Lélia, de l'écurie Rochefide, se plaît à imaginer Mme Schontz : 902.

Ant. *VANDENESSE (comte de) : *AEF*, III, 710 (var. *a*); *Ministre d'Allemagne à Paris (le) : *IP*, V, 395 (var. *g*), 400 (var. *b*), 403 (var. *e*), 464 (var. *a*).

Ant. les réels **LA ROCHEFOUCAULD (Sosthène, vicomte de) : *E*, VII, 963 (var. *c*); ou *AUMONT (duc d') : 1089 (var. *a*).

RHÉTORÉ (duchesse de). Femme du précédent. Née princesse Soderini et veuve du duc d'Argaiolo. Voir ARGAIOLO (duchesse Francesca d').

RICARD (Vve). Propriétaire d'une maison à Nemours, rachetée en 1835 par Ursule Mirouët, après le décès du docteur Minoret : *UM*, III, 901.

*RICHARD. Amant d'Aquilina; ant. *SAMUEL, puis remplacé par LÉON : *MR*, X, 363 (var. *e*); remplacé par LÉON : 361 (var. *b*), 366 (var. *b*).

*RICHELIEU (vicomte de), remplacé par *AUMALE (duc d')[1] : *Ch.*, VIII, 1662.

RIDAL (Fulgence). Ami de Joseph Bridau, membre du Cénacle en 1819 : *R*, IV, 306; va fréquemment chez lui, avec les autres membres du Cénacle : 530. En 1821, « le chien du régiment » pour ses amis du Cénacle, auteur dramatique paresseux et fécond : *IP*, V, 316, 317. En 1834, en visite chez d'Arthez avec Bianchon, Joseph Bridau et Giraud : *Per.*, XII, 368. En 1845, vieux vaudevilliste très protégé par le Gouvernement, il s'associe avec Lousteau dans la direction d'un théâtre : *CSS*, VII, 1179.

Ant. *BRIDAU (Joseph) : *IP*, V, 472 (var. *e*).

*RIDAL : *IP*, V, 419 (var. *a*), 471 (var. *a*).

RIDAL (M. et Mme). D'une honnête famille de la bourgeoisie parisienne; reçoivent les doléances de leur fille Valentine et de leur gendre Peyrade aussitôt après le mariage : *VV*, XII, 358, 359.

RIDAL (Valentine) [née en 1784]. Parisienne, belle, fausse, froide et spirituelle; épouse le policier Peyrade en 1806; déteste son mari et a honte de lui; par suite, prend sa fille en aversion; divorce et épouse le duc de Belgirate qu'elle aime : *VV*, XII, 358-360.

RIEUX (Mlle de). Voir MAULINCOUR (baronne de).

RIFFÉ. Commis expéditionnaire au ministère des Finances en 1824, service du personnel : *E*, VII, 1074.

RIFOËL (Charles-Amédée). Voir DU VISSARD (Rifoël, chevalier).

RIGANSON. Voir BIFFON (le).

*RIGAUDIN. Nom prévu pour Bixiou, mais emprunté au personnage de *La Maison en loterie* (voir ce titre et le nom de RIGAUDIN dans les Index II et III) : *E*, VII, 974.

*RIGOLET. Propriétaire; ant. *BIGOT, remplacé par *DUPUY, puis par MOLINEUX : *DF*, II, 27 (var. *b*).

RIGOU (Grégoire) [né en 1754]. Âgé de soixante-sept ans en 1821; portrait à cette époque : *Pay.*, IX, 242, 243; les calembours sur son nom, et surtout Grigou (G. Rigou) : 243; bénédictin, dom Rigou est hébergé en 1791 par l'abbé Niseron avec le frère Jean : 241; en l'an Ier de la République, épouse Mlle Arsène, ex-servante-maîtresse de Niseron, curé de Blangy, dont elle vient d'hériter; 165; peu après achète comme demeure le beau presbytère de Blangy que, devenu maire de Blangy, il refusera de restituer : 238; en 1815, l'administration royaliste obligée de le garder comme maire

---

1. Noms réels.

faute d'un autre homme capable de le remplacer : 165; à partir de 1816, Montcornet, devenu châtelain des Aigues, fait la faute de l'éviter : 166; en 1817, se brouille avec le nouveau curé de Blangy, l'abbé Brossette; l'affaire, devenue politique, tourne à son avantage : d'usurier haï, il passe pour le protecteur du peuple : 166, 167; en 1821, destitué de ses fonctions de maire à la requête de Montcornet; reste conseiller municipal, fait tout pour susciter des ennuis au général, qu'il hait : 167, 169; la même année, devient beau-père de Soudry fils, procureur du roi à Soulanges : 241; en 1823, cet usurier des campagnes possède sept mille francs de rentes chez Leclercq et Cie, cent cinquante mille francs d'hypothèques, quatorze mille francs de revenus fonciers et son trésor secret est un X inconnu : 247; il est l'avare jouisseur : 237; recherche les petites filles au-dessous de quinze ans : 203; outre sa servante Annette, prise à seize ans et qu'il renverra quand elle en aura dix-neuf, comme les neuf qui l'ont précédée depuis 1795, il a un sérail dans la vallée; et des esclaves, ses débiteurs auxquels il extorque des corvées gratis : 245, 246; forme un triumvirat avec Gaubertin et Soudry contre Montcornet : 248; leur but, forcer Montcornet à vendre les Aigues pour les racheter; craint d'être joué par Gaubertin : 279, 284; pour monter les paysans contre Montcornet lui fait suggérer par Sibilet d'employer les gendarmes pour réglementer le glanage : 251; Montcornet tombant dans le piège, l'estime perdu et va avertir Soudry : 278; suggère que Dieu ferait bien de rappeler Michaud, l'honnête garde des Aigues : 279; lecteur du *Constitutionnel*, prédit que les majorats disparaîtront, et les châteaux : 302, 303; partage d'avance les Aigues, peut mettre huit cent mille francs dans l'achat, gardera les bois pour sa part : 308; l'achat du domaine sera fait en son nom : 309; en 1824, Michaud assassiné, les Aigues sont vendues par lots, tous dépréciés et tous adjugés à lui seul; le lendemain, le partage est fait entre Gaubertin et lui : 346.

*RIGOU : *Pay.*, IX, 299 (var. *a*).

RIGOU (Mme Grégoire). Femme du précédent. Portrait en 1823 et trente-cinq ans plus tôt : *Pay.*, IX, 240, 241; prénommée Arsène; nièce de Mlle Pichard, servante-maîtresse du curé Niseron qui, en 1788, lui cède ses droits auprès du curé : 788; ce dernier meurt en 1792, elle hérite sans contestation : 222; en l'an Ier, épouse l'apostat Rigou : 165; en 1823, réduit à l'état de servante de son mari : 240.

RIGOU (Mlle Arsène). Fille des précédents. Sa naissance détruit la beauté de sa mère, qu'elle hérite un peu ainsi que l'esprit sournois de son père; en 1821 mariée sans dot au fils Soudry, procureur du roi à Soulanges : *Pay.*, IX, 241, 242.

RILLIÈRE (vicomte de). Député de Belley (Ain) en 1816; deux fils. Émigré, est rétabli dans ses biens par Napoléon; membre du Corps législatif; ami d'enfance de Mgr d'Escalonde, il appartient en 1816 à la Chambre introuvable : *CF*, XII, 454.

Ant. *AVRILA (comte d'), puis RILLIÈRE (*comte de) : *CF*, XII, 428.

*RILLIÈRE (comtesse de). Née d'Yzambal. Femme du précédent : *CF*, XII, 428.

Ant. *DES LAURIERS (Mlle) : *CF*, XII, 428.

RILLIÈRE (abbé de). Fils aîné du précédent; auditeur de rote à Rome, graine de cardinal : *CF*, XII, 454.

RILLIÈRE (vicomte de) [né en 1793]. Frère cadet du précédent. Sous-préfet de Belley en 1816, commandeur de la Légion d'honneur : *CF*, XII, 454.

RINALDO. Personnage du roman fictif *Olympia ou les Vengeances romaines* : *MD*, IV, 705, 707, 709-713, 716, 717.

RIVABARELLA (la). Courtisane de Ferrare. Invitée de don Juan Belvidéro : *ELV*, XI, 482.

RIVAUDOULT D'ARSCHOOT (les). Famille noble de Galicie, de la branche Dulmen[1]. Apparentés à eux par leur bisaïeul, les Montriveau hériteraient leurs biens et titres s'ils finissaient : *DL*, V, 1014.

RIVET (Achille). Successeur de Pons frères, brodeurs de la Cour impériale, en 1814 : *Be.*, VII, 82; *CP*, VII, 503. Resté rue des Mauvaises-Paroles, dans l'ancien hôtel de Langeais : *Be.*, VII, 153; juge au tribunal de com-

---

1. Voir dans l'Index II, ARSCHOTT et CROŸ-DULMEN.

renvoie le narrateur : 1075. A la fin de 1831, a un raout chez Félicité des Touches : *AEF*, III, 691. A la même époque, fait la connaissance du compositeur Gennaro Conti : *B*, II, 717. Appartient vers 1832 au gratin du noble Faubourg; sa réponse à la comtesse Félix de Vandenesse sur les maris et les amants : *FE*, II, 298. S'enfuit en Italie avec le ténor Conti, vers 1833 : *B*, II, 721. Mme d'Espard estime que la jeune femme n'est qu'une petite sotte désireuse de singer la vicomtesse de Beauséant et la duchesse de Langeais : *SPC*, VI, 958. En 1836, informe Félicité des Touches de son imminente arrivée au manoir des Touches : *B*, II, 712; Félicité lui présente Calyste du Guénic : 740, 741; ravie d'avance de faire du mal à son amie : 772; orageuse explication avec celle-ci : 799-803; Calyste tente de la précipiter à la mer du haut d'un rocher puisqu'elle se refuse à lui; un arbuste l'arrête providentiellement dans sa chute : 810, 811; commence à aimer celui qui a voulu la tuer et mourir avec elle : 814; Conti vient la chercher aux Touches : 821; reprise par lui, quitte Guérande en sa compagnie : 826; Félicité analyse, pour l'édification de Calyste, la fausseté, la nullité de Béatrix : 827, 828. Aventure avec G. de Beaudenord, citée par Bixiou en 1836 : *MN*, VI, 346. Revue aux Variétés par Calyste, marié, en octobre 1840; il lui rend visite dans sa loge où se trouvent Canalis et Nathan : *B*, II, 861; habite alors rue de Chartres, près du parc Monceau : 865, 867; reçoit la visite de Calyste, dont elle devient la maîtresse : 870; fait tout pour que Sabine du Guénic sache que Calyste la trompe avec elle : 871; depuis son retour à Paris n'a pas encore trouvé le temps d'aller voir son fils : 912; au temps de sa splendeur, a refusé de recevoir Maxime de Trailles, qui lui en garde une dent : 913; en 1841, Nathan lui fait un tel éloge de La Palférine qu'elle le prie de le lui présenter : 927. Avide de renseignements sur la vie du prince de la bohème en 1837 : *Pr.B*, VII, 811; folle de La Palférine depuis le récit fait par Nathan des aventures du prince de la bohème avec Claudine du Bruel : 838; allusion, par Mme de La Baudraye, à son aventure avec La Palférine : 807. Après un incident des Italiens, commence à prendre Calyste en grippe : *B*, II, 929; devient la maîtresse de La Palférine, qui s'en lasse vite : 933; revient à son mari; opinion de Maxime de Trailles sur Béatrix : « une marquise d'Espard sans sa profondeur politique » : 940.

Ant. prénommée *Marie-Béatrix : *B*, II, 1447.

Ant. *MANERVILLE (Mme de), puis *ROCHEGUDE (marquise de) : *FE*, II, 298 (var. *c*); *ROCHEGUDE (marquise de) : *B*, II, 712 (var. *c*), 754 (var. *a*), 822 (var. *a*), 842 (var. *c*); *MONTCORNET (comtesse de), puis ROCHEFIDE (marquise de) : *AEF*, III, 691 (var. *c*); *F*** (Mme de), puis *FEDORA (comtesse) : *S*, VI, 1063 (var. *c*).

Ant. *RASTIGNAC (Mme Eugène de), comme amoureuse de La Palférine : *Pr.B*, VII, 838 (var. *a*).

ROCHEFIDE (comte de) [né v. 1829]. Fils des précédents. Douze ans bientôt en 1841 : *B*, II, 912; depuis 1836, Mme Schontz, maîtresse de son père, s'occupe de lui avec passion; il l'appelle sa « petite maman » : 901 et 912.

*ROCHEGARD (comte de). Voir AUBRION.

*ROCHEGOURD (comte de). Voir AUBRION.

ROCHEGUDE (marquis de). Sa fortune. Coralie fait remarquer à Camusot, à la fin de 1821, que ce gentilhomme lui avait proposé depuis deux mois de lui offrir un coupé : *IP*, V, 392.

ROCHEGUDE (Mlle de). Citée comme étant la première femme du marquis d'Ajuda : *SetM*, VI, 506. Voir ROCHEFIDE (Berthe de).

*ROCHEGUDE (marquise de). Ant. *MANERVILLE (Mme de), puis remplacée par ROCHEFIDE (marquise de) : *FE*, II, 298 (var. *c*); ant. *MONTCORNET (comtesse de), puis remplacée par ROCHEFIDE (marquise de) : *AEF*, III, 691 (var. *c*).

*ROCHEGUDE (marquise de), remplacée par ROCHEFIDE (marquise de) : *B*, II, 712 (var. *c*), 754 (var. *a*), 822 (var. *a*), 842 (var. *c*); *DL*, V, 961 (var. *b*).

*ROCHEGUDE-TAROST (Mlle de). *ROCHEGUDE-CHAROST (Mlle de). Voir ROCHEFIDE (Berthe de).

*RODAT. Assureur en province en 1838 : *EP*, VIII, 1596.

RODOLPHE. Héros de *l'Ambitieux par amour*, nouvelle autobiographique publiée dans la *Revue de l'Est* par A. Savarus : *AS*, I, 940; essaie d'aborder l'Italienne et reçoit un coup de stylet de la muette : 945; apprend la mort

de sa mère, née en 1780 ; cette mauvaise nouvelle provoque chez lui une
fièvre nerveuse : 947 ; visite de reconnaissance aux Lovelace : s'éprend
de Francesca ; arrive à Genève, à la fin d'octobre 1823 ; Francesca est la
princesse Gandolphini : 958, 959 ; passe tout l'hiver à Genève et rentre
en France au printemps de 1824 : 966 ; trois ans se passent dans une vaste
entreprise : 966 ; à la chute du ministère Villèle, passe trois mois à la villa
Gandolphini ; sa barque ayant sombré avec la révolution de Juillet, devient
ambitieux par amour : 966, 967.

ROGER, dans *DF*. Voir GRANVILLE (comte Roger de).

ROGER (général). Directeur du personnel au ministère de la Guerre en 1841 :
Be., VII, 282 ; met en garde son vieil ami le baron Hulot d'Ervy contre
une hostilité grandissante : ses conseils : 282, 283.

ROGRON (?-v. 1820). Aubergiste à Provins, ancien charretier : *P*, IV, 41 ;
portrait : 40 ; marié à Mlle Auffray ; à la mort de son beau-père, boit la
majeure partie de l'héritage et vend son auberge : 36 ; ses idées sur l'éducation des enfants : 41 ; décédé depuis un an lorsque parvient à son adresse
la lettre des Lorrain : 39 ; sa mort : 46.

ROGRON (Mme) [née en 1743]. Femme du précédent. Fille du premier lit de
l'épicier Auffray ; sa laideur ; mariée à l'aubergiste en 1759, à l'âge de seize
ans ; cinquante ans de plus que sa demi-sœur, Mme Lorrain, née en 1793 :
P, IV, 36.

ROGRON (Sylvie) [née en 1781 ou en 1785]. Fille aînée des précédents. Quarante ans en 1821 : *P*, IV, 42 ; ou quarante-deux ans en 1827 : 101 ; portrait à cette époque : 32, 33 ; portrait par Mme Tiphaine : 56 ; envoyée en
apprentissage à Paris à l'âge de treize ans, chez des Provinois ; seconde
demoiselle de magasin, sept ans plus tard, chez Julliard, marchand de
soie en bottes, au Ver-Chinois : 41, 42 ; première demoiselle à vingt et
un ans ; mille francs d'appointements ; en 1815, s'associe à son frère Denis
pour acheter à Mme Guénée son fonds de mercerie de la Sœur-de-Famille :
42 ; vers 1822, son frère et elle reçoivent une lettre des Lorrain, leur
demandant de se charger de leur jeune cousine Pierrette ; elle y répond
négativement : 49, 50 ; les deux associés revendent leur fonds à leur première demoiselle de magasin en 1823 et retournent à Provins, y vivre de
leurs rentes : 50 ; ne réussissent guère dans la société bourgeoise de la
ville : 57 ; quatorze mois après, ne voient déjà plus personne de ceux
qu'elle appelle la clique Tiphaine, ne fréquentant que des petits boutiquiers, des gens tarés et des bonapartistes : 62, 63 ; en 1824, se souvient
de l'existence de Pierrette Lorrain et décide de la faire venir à Provins :
66 ; alertée par la chanson de Brigaut, apparaît à sa fenêtre et l'aperçoit ;
portrait : 32, 33 ; courtisée par le baron Gouraud, intéressé par sa fortune :
69 ; Vinet fait valoir ses forces : 90, 91 ; devient dévote, en voyant les miracles
accomplis par l'abbé Habert sur le caractère de Pierrette : 92 ; voudrait
bien goûter aux joies du mariage, mais en redoute les conséquences :
101 ; écoute en cachette la conversation de Mlle Habert et du docteur
Martener sur les dangers que présenterait un accouchement pour elle :
102 ; sa passion exacerbée de vieille fille pour le colonel lui fait jalouser
Pierrette : 105 ; essaie de lui voler la lettre qu'elle vient de recevoir de
Brigaut : 136 ; se dispute avec elle et la brutalise : 137 ; Vinet lui explique
de quelle sanction pénale elle est justiciable : 144, 145 ; devra abandonner
la nue-propriété de ses biens à son frère par une donation entre vifs : 145.

ROGRON (Jérôme-Denis) [né en 1783]. Frère cadet de la précédente : *P*,
IV, 40 ; portrait : 42, 43 ; mercier à Paris : 39 ; né à Provins ; trente-huit ans
en 1821 : 42 ; envoyé à Paris en apprentissage chez M. Guépin, mercier
rue Saint-Denis, aux Trois-Quenouilles ; premier commis à dix-huit ans :
42 ; portrait en 1821 : 32, 33 ; s'est associé avec sa sœur depuis 1815 ; son art de
ficeler un paquet : 42, 43 ; se retire à Provins, avec sa sœur, en 1823 : 50 ;
cautionne la feuille libérale du pays, *le Courrier de Provins* : 89, 90 ; nommé
tuteur de Pierrette Lorrain, à la mort du grand-père de la fillette : 91 ;
amoureux de la belle Bathilde de Chargebœuf en 1827 : 116 ; publication
des bans de son mariage : 145 ; il la célèbre au début de 1828 ; sur le conseil
de Vinet, fait opposition à la décision du conseil de famille lui retirant la
tutelle de Pierrette : 152 ; nommé receveur général après 1830 : 161.

ROGRON (Mme). Femme du précédent. Voir CHARGEBŒUF (Bathilde de).

ROGUIN (Me). [né en 1761]. Notaire à Paris. En 1818, est âgé de cinquante-sept ans, et a vingt-cinq ans de notariat (donc depuis 1793) : *CB*, VI, 47; portrait en 1818; notaire des Ragon, a rédigé en 1800 le contrat de mariage de César Birotteau avec Mlle Pillerault : 62. Vers 1804, essaie vainement d'inciter Bridau père à contester les actes par lesquels le docteur Rouget, beau-père de celui-ci, a spolié sa fille Agathe : *R*, IV, 280. Chargé vers 1809 de liquider la succession du colonel Chabert; son premier clerc, Crottat, se souvient très bien de la visite du colonel : *Col.*, III, 334. Notaire de la veuve Descoings vers 1811 : *R*, IV, 283, 286. Paie une dette de jeu avec de vieux louis donnés par du Tillet, ce qui permet à César Birotteau de découvrir l'escroquerie commise à son préjudice par du Tillet en 1814 : *CB*, VI, 75. En 1816, s'amourache de la Belle Hollandaise : 86. Notaire de Ginevra Piombo en 1816, fait au baron Piombo des sommations respectueuses; furieux, la vieux Corse manque le faire passer par la fenêtre : *Ven.*, I, 1081-1083. La même année son premier clerc, Me Regnault, le quitte pour racheter une étude à Vendôme : *AEF*, III, 714; sa punaisie; Mme César Birotteau, qui ne l'aime pas, juge qu'il doit avoir de maîtresses qui le ruinent : *CB*, VI, 49, 50; démêlés conjugaux; son second ménage en ville : 85, 86; aperçu par César Birotteau, à huit heures du matin, sortant de chez sa maîtresse : 84; a commis l'imprudence de mettre du Tillet au courant de ses difficultés financières : 87; lui remet les cent mille francs déposés par César : 90; conseils à son premier clerc, Crottat, au sujet de son mariage avec Césarine Birotteau : 161; vient de proposer à César Birotteau une spéculation sur les terrains de la Madeleine : 45; invité à dîner par César pour la signature de l'affaire des terrains : 149; est invité à son bal, en novembre 1818 : 164; prend la fuite après avoir abandonné sa maîtresse : 187, 188; se réfugie en Suisse : 91. Sa faillite frauduleuse amène celle de Guillaume Grandet, qui se suicide : *EG*, III, 1083. Elle gêne considérablement sa cliente, Mme Bridau : *R*, IV, 30. *Manque* en 1819 en emportant huit cent mille francs : *Col.*, III, 336. Ruine la maison Birotteau : *P*, IV, 68; on ne parle jamais de lui à Provins : 52. Cette faillite fameuse porte un grand coup à la considération du notariat : *Bou.*, VIII, 133. Il a, malheureusement pour le corps des notaires, une cruelle célébrité : *MD*, IV, 741.

Ant. *VERNIER : *MCP*, I, 68 (var. *a*); *notaire anonyme : *Ven.*, I, 1081 (var. *b*); *EG*, III, 1063 (var. *g*); *A : *EG*, III, 1083 (var. *a*).

Ant. le réel. *CHODRON : *AEF*, III, 714 (var. *e*).

ROGUIN (Mme) [née v. 1782 ou après]. Femme du précédent. Cinquante ans passés en 1833 : *FE*, II, 286. Et encore en 1836 : *MD*, IV, 741. Née Chevrel, fille unique d'un banquier : *CB*, VI, 85. Cousine de Mme Guillaume, du *Chat-qui-pelote* : *MCP*, I, 50; *P*, IV, 68. Veut demander le divorce dès le lendemain de son mariage, à cause de la punaisie de son mari; pour conserver sa dot, ce dernier consent à toutes ses exigences : *CB*, VI, 85, 86. Emmène Augustine Guillaume au Salon de peinture en 1811, et y voit le portrait d'Augustine peint par Sommervieux : *MCP*, I, 55; parle de cette toile à Mme Guillaume : 56; arrange le mariage d'Augustine avec Sommervieux : 68, 69. En 1815, dénigre le peintre Servin devant la mère de Mlle Laure : *Ven.*, I, 1063. Pratique de Caroline Crochard en décembre 1815 : *DF*, II, 27. Rencontre le banquier du Tillet chez les Birotteau : *CB*, VI, 76; est sa maîtresse vers 1818 : 50. Ou depuis 1820 selon Mme Cardot : *MD*, IV, 741. Rogron rappelle cette liaison : *P*, IV, 68. Du Tillet l'avertit du désastre financier qui menace son mari; elle prend ses dispositions en conséquence : *CB*, VI, 87, 88; invitée au bal Birotteau en novembre 1818; sa toilette probable : 164; a une maison de campagne à Nogent-sur-Marne où du Tillet vient la voir, en 1819 : 234; rencontrée dans la rue, en brillant équipage, par Mme César Birotteau à pied : 269. Encore maîtresse du Tillet en 1823 : *MN*, VI, 357. Riche femme d'un ancien notaire de Paris, dont on ne parle jamais à Provins : *P*, IV, 52; cette fine commère fait ce qu'elle veut de son amant : 119. Âgée de cinquante ans passés, le domine encore, en 1833 : *FE*, II, 286.

Ant. *VERNIER (Mme) : *MCP*, I, 55 (var. *a*); *CHIGNARD (Mme) : *DF*, II, 27 (var. *c*); *T. (Mme) : *P*, IV, 143 (var. *c*).

ROGUIN (Mathilde ou Mélanie). Fille des précédents. Voir TIPHAINE (Mme).

Ant. *PLANTA (Fanny) : *Ven.*, I, 1044 (var. *c*, *d*); *DERVILLE (Mlle) : *P*, IV, 52 (var. *i*).

*ROHAULT, remplacé par GRINDOT : *CB*, VI, 49 (var. *c*). Voir aussi *ROUHAULT.

*ROLLAND. Habitant d'une ville de province en 1838 : *EP*, VIII, 1596.

ROMANTIQUES (le plus élégant de tous les). Au foyer des Italiens, en 1831, fait une réflexion railleuse sur l'antiquaire et Euphrasie : *PCh.*, X, 223.

ROMÉO. Mâle de la levrette Juliette. Tombe foudroyé aux pieds d'Esther, après avoir happé la boule de verre noir qu'elle vient de lui lancer, pour se rendre compte de ses effets : *SetM*, VI, 688.

ROMETTE (la). Voir PACCARD (Jéromette).

RONQUEROLLES (famille de). Ses terres domaniales, situées en Bourgogne, tenues par Mouchon, régisseur avant la Révolution : *Pay.*, IX, 51, 181. Citée à propos de Mme de Sérisy, née Ronquerolles : *DV*, I, 749; *SetM*, VI, 507.

RONQUEROLLES (marquis de). Frère de la comtesse de Sérisy : *DV*, I, 803; *UM*, III, 862; *F30*, II, 1082; *SetM*, VI, 743. Déjà lié en 1815 avec Henri de Marsay; se rencontrant aux Champs-Élysées, les deux hommes se comprennent d'un coup d'œil : *FYO*, V, 1058. Client de *la Reine des Roses* en 1818; Mme Birotteau se demande si elle doit l'inviter à son bal : *CB*, VI, 162. Invoque le prétexte d'une incorrection faite à sa sœur, la comtesse de Sérisy, pour provoquer en duel le baron de Maulincour : *F*, V, 828; sur le terrain, refuse d'admettre les excuses de son adversaire, qu'il blesse grièvement, en 1819 : 829; soigne son chef, Ferragus, chez la mère Gruget : 874. La même année, dégrise Montriveau de son amour pour la duchesse de Langeais; en public, les deux hommes affichent de l'aversion l'un pour l'autre : *DL*, V, 980, 981; révèle à Montriveau les roueries des femmes du noble Faubourg : 981-983. Illustre impertinent de l'époque; son opinion sur la comtesse de Restaud : *PG*, III, 77. En 1820, ami intime de Maxime de Trailles : *Gb.*, II, 986. La même année se moque de Victor d'Aiglemont, qui joue au mari incompris : *F30*, II, 1082, 1083; lui demande des nouvelles de sa femme : 1101. Roué parisien, en octobre 1822, fait partie des relations de Victurnien d'Esgrignon : *CA*, IV, 1008. Invité au souper du ministre allemand en 1822; félicite Lucien de Rubempré d'avoir fait sa paix avec la marquise d'Espard : *IP*, V, 484. Participe avec Montriveau à la tentative d'enlèvement de la sœur Thérèse, en 1823 : *DL*, V, 1036, 1037. Propriétaire foncier en Bourgogne dans le Morvan, en 1823 : *Pay.*, IX, 51; *FM*, II, 217. Alors que les Soulanges restent comtes, les Ronquerolles, bien en cour, ont été élevés au marquisat : *Pay.*, 128; en relations d'affaires avec Félix Gaubertin : 157; député centre gauche, en 1823, toujours assuré de son siège électoral à La-Ville-aux-Fayes; protecteur acquis de la famille Mouchon : 182, 183. Fait, vers 1826, un voyage en Orient : *CM*, III, 641; de la future équipe politique d'Henry de Marsay en 1827 : 647; ministre d'État, membre du Conseil privé : 651. Assidu du salon de la marquise d'Espard et de celui de la marquise d'Aiglemont en 1828 : *In.*, III, 454. Ami politique du général d'Aiglemont : *Lys*, IX, 1193, 1194. Assiste, à la fin de 1831, à un raout chez Mlle des Touches; a bien connu la duchesse Charlotte de *** : *AEF*, III, 678. Figure dans le recueil des erreurs de la princesse de Cadignan : *SPC*, VI, 952. Oncle maternel de Clémentine du Rouvre, perd ses deux fils du choléra en 1832; avec sa sœur et le chevalier du Rouvre, assurera l'avenir de Clémentine du Rouvre : *FM*, II, 195, 196. Sa fortune : *UM*, III, 937. Soutient Marsay pendant son ministère : *FM*, II, 219; dînant chez sa nièce, observe son manège, et en conclut, *in petto*, que Laginski sera bientôt trompé : 219, 220; partant en mission secrète pour la Russie, y fait nommer son neveu le comte Paz : 238. Ami du marquis A. de Rochefide, et membre du Jockey-Club en 1841 : *B*, II, 900. Protégera le ménage Bongrand : *Méf.*, XII, 422.

Ant. *FLESSELLES (M. de) : *F30*, II, 1082 (var. *a*).
    *RONQUEROLLES : *PG*, III, 116 (var. *d*).
    *RONQUEROLLES, remplacé par SÉRISY : *PG*, III, 110 (var. *d*).

RONQUEROLLES (Mlles de). Sœurs du précédent. Voir DU ROUVRE (marquise) et SÉRISY (comtesse Hugret de).

*ROQUENARD. Commis voyageur; remplacé par LAMARD : *IG*, IV, 575 (var. *b*).

ROSALIE. Femme de chambre d'Estelle Moreau en 1822 : *DV*, I, 816, 817.

ROSALIE. Femme de chambre de la comtesse de Merret à La Grande Bretèche, en 1816 : *AEF*, III, 714; son maître lui intime l'ordre de taire les raisons pour lesquelles il l'envoie chercher le maçon Gorenflot : 726; il achète son silence : 727; aidée de la comtesse, essaie de démolir le mur derrière lequel se trouve Bagos de Férédia : 728; femme de chambre à l'hôtellerie Lepas, à Vendôme, après la mort de sa maîtresse : 723; en 1821, confessée par le docteur H. Bianchon, sur l'oreiller : elle lui dit ce qu'elle sait du drame de La Grande Bretèche : 723, 724.

ROSALINDE. Voir PICANDURE (Mlle).

ROSE. Femme de chambre de Louise de Chaulieu en 1823 : *MJM* I, 203; placée sous les ordres directs de Miss Griffith, elle partage sa chambre : 208.

ROSE (Mlle). Fille du « cousin du Morvan » en 1842 : *Méf.*, XII, 425.

ROSINA (?-1812). Femme d'un capitaine d'artillerie de la Garde et maîtresse du colonel de son mari; sa mort, imputable au Doigt de Dieu : *AEF*, III, 706-708.

ROSTANGES (M. de). Amant présumé de Mme de V. : *Phy.*, XI, 1151.

ROSTEIN-LIMBOURG (duc de) [?-1793]. Dernier représentant de la branche cadette des Longueville, meurt sur l'échafaud : *BS*, I, 1116.

ROUBAUD (docteur) [né en 1804]. De l'École de médecine de Paris, médecin à Montégnac en 1831, à l'âge de vingt-sept ans : *CV*, IX, 810, n'a pas réussi à Limoges, où il s'est heurté à des clients inébranlables; choisi par l'abbé Bonnet pour médecin de Montégnac, y exerce depuis dix-huit mois; disciple de Desplein; son irréligion, à tendances panthéistes : 810, 811; comprend Mme Graslin : 811; cette dernière gravement malade en mai 1844, part chercher un consultant à Paris : 841; informe les amis de Mme Graslin du pronostic fatal porté par le docteur Bianchon : 856; édifié par la confession publique de sa patiente, retrouve la foi : 870; selon les dispositions testamentaires de Mme Graslin, devient premier médecin de l'Hospice des Tascherons, à Montégnac : 871.

ROUGEOT. Gros cheval, hors d'âge, principal moteur du coucou de Pierrotin en 1822 : *DV*, I, 739; un autre cheval est déjà commandé pour le remplacer : 743; camarade d'écurie de la jument Bichette : 773.

ROUGET (docteur) [1729-1805]. Né à Issoudun; soixante-dix ans en 1799 : *R*, IV, 386; médecin à Issoudun en 1792; profondément malicieux; époux d'une demoiselle Descoings dont il a deux enfants; un fils, Jean-Jacques, et une fille, Agathe, sa cadette de dix ans, non attendue du père, quoiqu'il soit médecin : 272; dans sa jeunesse, étudie la chimie chez Rouelle : 400; raisons de sa brouille avec son ami, le subdélégué Lousteau; envoie Agathe à Paris chez son beau-frère, l'épicier Descoings : 273; se rend à Paris pour faire rédiger, à sa façon, le contrat de mariage de sa fille; sa fortune en 1799, selon les calculateurs d'Issoudun; depuis son veuvage, mène à huis clos une vie débauchée : 276; on lui attribue, à tort, la paternité de Maxence Gilet; flatté, il paie jusqu'à sa mort la pension au collège du jeune drôle : 367; en septembre 1799, découvre la jeune Flore Brazier, occupée à *rabouiller* un ruisseau à écrevisses, et la prend à son service : 386, 387; habite, place Saint-Jean, une maison héritée de sa femme : 389; sa splendide collection de tableaux dont il ignore la valeur : 389; éduque Flore, à sa façon : 392; voudrait bien en faire sa maîtresse : 398; en 1804, six mois avant sa mort, vend une partie de ses biens à son fils, afin de l'avantager : 278; meurt en juillet 1805 : 276-400; ne laisse rien à Flore par testament : 393.

Ant. *BONNET : *R*, IV, 276 (var. *a*).

ROUGET (Mme) [?-1799]. Femme du précédent. Née Descoings; malingre, ce qui est peut-être pour le docteur Rouget une raison de l'épouser : *R*, IV, 272; après l'envoi de sa fille Agathe à Paris, en 1792, devient l'amie de la marraine de celle-ci, Mme Hochon : 273, 274; dépérit peu à peu : 274; meurt après avoir hérité de ses parents : 276; la mort de son frère l'a instituée seule héritière; deux enfants : Jean-Jacques et Agathe : 272.

ROUGET (Jean-Jacques) [né en 1765, 1766 en 1768-1823]. Fils des précédents. Né à Issoudun; cinquante-sept ans en 1822 : *R*, IV, 355; majeur, donc âgé de vingt-cinq ans, en 1791 : 393; mais trente-sept ans à la mort de son père, en 1805 : 394; ressemble à son père mais en mal; sa mauvaise éducation : 274; en juillet 1804, son père lui vend une partie de ses biens, à titre d'héritier préférentiel; il hérite le reste à la mort du docteur en

Rubempré : 272, 273; dénoncé comme Chardon, fils d'apothicaire : 280, 283; renié par Naïs chapitrée par Mme d'Espard : 284, 285; s'installe dans un hôtel garni, rue de Cluny : 290; lettre de rupture avec Naïs; lettre à sa sœur : 290-294; prend ses repas chez Flicoteaux et y fait la connaissance de Lousteau : 292, 297; se lie avec Daniel d'Arthez : 310, 311; ce dernier lui donne, à propos de *L'Archer de Charles IX*, une leçon d'art romanesque : 312, 313; est admis au Cénacle : 315; déjà las de sa misère, se sent attiré par le journalisme que ses amis lui déconseillent : 327; va au petit journal de Finot : 329; reçoit de Giroudeau sa première leçon de journalisme : 333-335; abandonne d'Arthez pour Lousteau : 336; lit ses sonnets à Lousteau : 338-341; en reçoit une seconde leçon sur le monde de la presse et de la littérature : 337, 341, 348; Barbet : 351-354; Finot : 351; chez Dauriat : 361-367; opinion sur la poésie du libraire, auquel il laisse son manuscrit : 368-370; au Panorama-Dramatique pour la première de *L'Alcade dans l'embarras;* séduit Coralie : 370-382; écrit son premier article sur *L'Alcade dans l'embarras* : 396-399; stupéfie les invités de Florine : il est admis au journal de Finot : 400; devient l'amant de Coralie : 409, 410; loue un petit appartement, rue Charlot, pour conserver les apparences : 430. Ami de Joseph Bridau, a pour maîtresse Coralie en 1821 : *R*, IV, 326, 327. Écrit un article contre Nathan qui constitue sa petite vengeance envers Dauriat : *IP*, V, 442; nouvelle leçon de Lousteau sur la littérature : 442-444; Émile Blondet lui en donne une sur l'art de se contredire : 459-461; Dauriat achète *Les Marguerites* : 461; son roman historique, corrigé par d'Arthez : 418, 419; écrit sur Châtelet-Potelet et Mme de Bargeton-la-Seiche un article vengeur : 462, 456; ses nouveaux articles sur Nathan, signés C., L., puis Rubempré : 460, 462; offre chez Coralie un grand dîner où il est couronné de roses : 470-476; Rhétoré lui conseille de passer aux royalistes pour obtenir du roi l'ordonnance qui lui octroierait titre et nom de ses ancêtres maternels : 264; même conseil de Mme d'Espard : 482; joue : 489, 491; paresse et s'endette : 492; en mars 1822, engagé pour *Le Réveil* royaliste qui va paraître : 493; vend *L'Archer de Charles IX* cinq mille francs à Fendoni et Cavalier qui paient en effets à termes : 499, 500; Barbet, Chaboisseau, Samanon les refusent : 504, 506, 509; perd le peu qu'il en tire à Frascati : 510; Coralie saisie, s'installe avec elle rue de la Lune : 511; sa perte voulue par tous les confrères : 518, 519; et, orchestrée par les Lupeaulx, voulue par Mmes d'Espard et de Bargeton : 523-525; obligé d'échiner le grand ouvrage de d'Arthez : 528-530; l'article contre le garde des Sceaux, demandé par Finot, ruine les illusions d'être comte de Rubempré : 536-538; duel avec Chrestien qui le blesse, Bianchon le soigne pendant deux mois pour une fièvre nerveuse grave : 539-541; échec de *L'Archer de Charles IX*, qui finit chez les colporteurs : 541; sans argent, imite la signature de son beau-frère, David Séchard, et libelle à son ordre trois billets qu'il fait endosser par Métivier : 544, 545; en mai poursuivi par l'huissier de Métivier : 596, 597; mort de Coralie : 547; pour payer son enterrement compose en la veillant des chansons à boire : 547-549; à la fin d'août pour retourner à Angoulême, vend ses habits, perd ce qu'il en tire à Frascati; part avec vingt francs que Bérénice, la servante de Coralie, va gagner pour lui sur le trottoir du Boulevard : 551; à Mansle, s'éveille au milieu des paquets d'une calèche où il s'était glissé dans la nuit et qui transporte le comte Sixte du Châtelet, nouveau préfet d'Angoulême, et sa femme Louise, ex-Mme de Bargeton : 552, 553; retour à Angoulême : 643, 644; ravi du « Premier-Angoulême » chantant ses louanges : 648; invité par du Châtelet à dîner à la Préfecture le 15 septembre 1822 : 651; Petit-Claud l'invite à un banquet offert par les anciens élèves du collège d'Angoulême : 659; comprend qu'il a perdu David; lettre d'adieu à Ève : 685-687; rumine des idées de suicide : 688; rencontre avec l'abbé Carlos Herrera : 690; ce dernier lui donne l'argent nécessaire pour sauver les Séchard : 708; il arrive trop tard : 724, 725. Vers octobre 1823, à la Porte-Saint-Martin, fait la rencontre d'Esther Gobseck, alors pensionnaire de la maison de tolérance de Mme Meynardie : *SetM*, VI, 452; au bal de l'Opéra du carnaval de 1824, est abordé par Sixte du Châtelet, qui lui donne son ancien nom de Chardon; réplique ironique de Lucien : 432, 433; le masque qui s'attache à ses pas (J. Collin) explique à Rastignac que Lucien est désormais protégé par l'Église : 434; par vanité, accepte la poignée de main de Finot, la caresse de Blondet : 437; doit l'ordonnance dont il se targue à l'action occulte de l'Église; partage, rue Cassette, l'appartement de l'abbé Carlos Herrera : 472, 473; passe pour l'enfant naturel de ce dernier, dont il ne connaît que depuis quelques jours la vraie identité; en 1825, quinze mois après la disparition d'Esther, continue à la chercher : 474, 475; sa neurasthénie : 476; Esther lui est rendue par Herrera : 480; ne redeviendra marquis de Rubempré que le jour où il aura épousé une fille de grande maison : 482; depuis son retour à Paris, est devenu aussi distant et réservé que de Marsay; succès de la nouvelle édition de *L'Archer de Charles IX* et des *Marguerites* : 487, 488. Vers 1824, assidu des mercredis de Mme Xavier Rabourdin : E, VII, 944. En 1826, reprend l'appartement de Beaudenord, quai Malaquais : *SetM*, VI, 488; son emploi du temps; refuse de fréquenter le salon de Mme d'Espard et déjoue la curiosité : 488, 489; sa vie secrète, rue Taitbout, avec Esther, depuis 1825 : 490; « pour ainsi dire dans le giron de la Grande Aumônerie et dans l'intimité de quelques femmes amies de l'archevêque de Paris »; a des liaisons avec Mme de Maufrigneuse, puis avec Mme de Sérisy : 492. Figure en bonne place sur le recueil des erreurs de la princesse de Cadignan : *SPC*, VI, 952; Diane l'a consciencieusement adoré mais l'a cédé à Mme de Sérisy, car « il aimait une fille » : 956. Mme de Sérisy l'a arraché à Diane de Maufrigneuse : *MM*, I, 702, 703; Canalis estime que son cas : poète et joli garçon, est une exception : 520. A un déjeuner chez Finot, en 1827, avoue à Savinien de Portenduère que, comme lui, il s'endette : *UM*, III, 862. Au milieu de l'année 1829, bruits de fiançailles avec Clotilde de Grandlieu : *SetM*, VI, 489; assiste, en octobre 1829, à un dîner Nucingen, au cours duquel le baron parle de son inconnue : 495, 497; le sourire qui lui échappe alors est remarqué par le baron et par Rastignac : 499; devra pour se marier acheter une terre de trente mille livres de revenu : 496; la devise de sa maison : *Quid me continebit?* : 499; Herrera l'a mis peu à peu au courant de son propre passé : 504; n'est que toléré chez les Grandlieu : 509; il y a été introduit par Diane de Maufrigneuse; le duc se méfie de lui, malgré l'influence de la Grande Aumônerie; soutenu par Clotilde et la duchesse; ses ennemis dans la place : 507; donne aux journaux dévoués à la Congrégation de remarquables articles signés L., et écrit des brochures politiques, sans objection du salon Grandlieu à son mariage avec Clotilde, de quoi vit-il ? ses explications embarrassées chez les Sérisy : 509; son *distinguo* entre « le monde » et « la banque » : 513; chez les Sérisy, devant MM. de Bauvan et de Granville, expilque les dessous du procès en interdiction intenté à son mari par son ennemie, Mme d'Espard : 513, 876; regrette de devoir « trouver sa femme en deux volumes » : 518; aperçu aux côtés de Mme de Sérisy par Lydie Peyrade; elle rêve d'un mari comme Lucien : 540; sur les conseils d'Herrera, se fait présenter au préfet de police par M. de Sérisy et se plaint de l'espionnage dont il est l'objet : 556, 557; faible et avide, plein « de tendresse dans le cœur et de lâcheté dans le caractère », accepte qu'Herrera l'écarte pour expliquer à Esther ce qu'il attend d'elle : 569; Herrera lui explique ce qu'il devra faire chez Desroches pour le rachat des terres de Rubempré : 589; vient d'acquérir le vieux château de Rubempré; son avoué a fini par y joindre pour un million de propriétés : 612; admis enfin au whist du duc de Grandlieu, a l'esprit de perdre : 640; éconduit Corentin qui tente de le faire chanter : 642; se voit refuser la porte de l'hôtel de Grandlieu : 647, 648; Rastignac lui annonce que cette interdiction est définitive : 673, 674; en mai 1830, dernier entretien avec Esther, la veille du suicide de la courtisane, dont il est l'objet : 556, 557; faible et avide, plein « de tendresse dans le cœur et de lâcheté dans le caractère », accepte qu'Herrera l'écarte pour 689, 690; arrêté par les gendarmes sur la route d'Italie, à Grez, et incarcéré à la Force, au secret : 696; allait être nommé secrétaire intime du premier ministre : 696, 700; intérêt suscité par son arrestation : 700; écroulement de ses ambitions : 716; sa fiche signalétique, transmise au juge Camusot par la préfecture de police : 724, 725; son interrogatoire par Camusot; dit la vérité et révèle la vraie identité d'Herrera : 768-773; comprend, trop tard, la bévue qu'il vient de commettre : 773; apprend qu'il est le seul héritier des huit millions d'Esther Gobseck : 774; hanté par l'idée du suicide, rédige son testament et adresse en même temps une rétractation à Camusot, une lettre explicative à M. de Granville, et une autre à

Herrera : 787-791 ; se suicide en se pendant avec sa cravate, le 15 mai 1830 : 794 ; conduit au Père-Lachaise par quelques amis, dont Rastignac et Jacques Collin : 929 ; son monument funéraire, ordonné pour lui et pour Esther est l'un des plus beaux du Père-Lachaise ; le terrain appartient à Jacques Collin : 935. Ce tombeau est édifié par la maison Sonet et Cie : *CP*, VII, 725 ; Mme Camusot de Marville est, en partie, responsable de son suicide : 638, 644. Allusion à ce « grand homme de province » : *PMV*, XII, 107.

  Ant. *NATHAN : *IP*, V, 516 (var. *a*).

RUFFARD. Dit Arrachelaine, malfaiteur et policier (il y a eu réellement un criminel de ce nom, inspecteur de police). Agent de Bibi-Lupin en 1830 ; sa complicité dans l'assassinat des époux Crottat : *SetM*, VI, 869 ; a caché son *fade* dans la chambre de la Gonore, qu'il tient ainsi : 869 ; chargé par le commissaire Garnery d'arrêter Jacques Collin : 930 ; livré par J. Collin, devenu l'adjoint de Bibi-Lupin : 934, 935.

RUFFIN (né en 1815). Vingt-cinq ans en 1840 ; choisi par Mgr Dutheil, à cette époque, comme précepteur de Francis Graslin : *CV*, IX, 834, 835.

Ruines de Palmyre (les). Surnom donné à Zéphyrin Marcas par Juste et Charles Rabourdin : *ZM*, VIII, 835.

RUPELMONDE (dame de). Prend place dans la barque du passeur d'Ostende : *JCF*, X, 313 ; ses fiefs ; sa peur lorsque la tempête s'élève, demande une absolution à l'évêque qui l'accompagne ; si Dieu veut l'appeler à lui, ce sera pour son bonheur, suggère le jeune cavalier qui accompagne sa fille : 317 ; lourde de crimes peut-être, mais surtout d'incrédulité et de fausse dévotion, coule au fond de la mer : 320.

RUPELMONDE (demoiselle de). Fille de la précédente. Indignée de périr avec des misérables ; son jeune cavalier lui offre de la sauver ; elle l'écoute : *JCF*, X, 313, 317 ; entraînée dans l'abîme avec lui : 320.

RUPT (comtes de). Très vieille famille de la Comté : *AS*, I, 930 ; étymologie de ce nom : 914.

RUPT (Clotilde de). Voir WATTEVILLE (baronne de).

Russe (une). Stidmann sculpte pour elle la pomme d'une cravache qu'elle ne peut payer et que La Brière achète pour Modeste Mignon : *MM*, I, 664.

  Ant. *Anglaise (une) : *MM*, I, 664 (var. *a*).

RUSTICOLI. Voir LA PALFÉRINE.

*S. (maréchal), remplacé par CARIGLIANO (maréchal de) : *S*, VI, 1044 (var. *a* et n. 1).

SABATIER. Alcoolique, mort, selon Mme Cibot, d'une « imbustion spontanée » : *CP*, VII, 604.

SABATIER (Mme) [née en 1809]. Femme du précédent. Âgée de trente-six ans en 1845 ; marchande de mules au Palais de Justice, jusqu'à la démolition, entre 1837 et 1840, de la galerie marchande, ensuite gardienne de femmes en couches, domiciliée rue Barre-du-Bec : *CP*, VII, 603, 604.

SABATIER. Agent de la police de sûreté à Paris, subordonné de Corentin en 1803 : *TA*, VIII, 578.

Sacristain de Saint-Sulpice (le). Renseigne Bianchon sur la date approximative de la fondation, par Desplein, de sa messe trimestrielle : *Ath.*, III, 392.

Sacristain (un). Imité par Bixiou, dans son geste de chasser les pauvres à l'enterrement du baron d'Aldrigger, en 1826 : *MN*, VI, 357, 358.

SAGREDO (1730-1760). Riche sénateur de Venise. Surprenant sa femme avec Facino Cane, il se bat avec lui ; son adversaire l'étrangle : *FC*, VI, 1026.

SAGREDO (signora) [1742-entre 1765 et 1770]. Femme du précédent. Née Bianca Vendramini, âgée de dix-huit ans en 1760 ; après la mort de son mari, elle refuse de suivre Marco Facino Cane, obligé de fuir Venise : *FC*, VI, 1026 ; lorsqu'il revient, elle le cache chez elle et connaît six mois de bonheur avec lui ; recherchée par le Provéditeur qui les surprend, elle aide Marco à se défendre contre lui, et reçoit plusieurs blessures : 1027 ; favorise la fuite de son amant, qu'elle rejoint à Smyrne : 1029 ; morte à Madrid : 1030.

SAILLARD. Caissier du ministère en 1824 ; esquisse à cette époque : *E*, VII, 931 ; marié en 1791 ; entré au Trésor comme teneur de livres en 1795 :

931-934; en 1804, achète pour quarante mille francs un hôtel particulier, place Royale, dont il occupe le rez-de-chaussée; place son argent par sommes de cinq mille francs chez son notaire : 934. En 1818, considéré par César Birotteau comme personne marquante de son quartier : *CB*, VI, 49; les Matifat avaient multiplié les démarches pour que sa femme et lui soient invités au bal Birotteau : 163, 164. En 1824, sa fille mariée à l'employé Baudoyer avec une dot de trente-six mille francs, possède soixante mille francs placés chez le fondeur en cuivre auvergnat Falleix; appointements quatre mille cinq cents francs : 934; sa maison vaut alors cent mille francs, rapporte huit mille francs de loyers; avec ce qu'il gagne chez Falleix, a un revenu d'au moins dix-sept mille livres de rente : 935; sa charge par Bixiou : 931, 932; note de Rabourdin : 1083. Après 1830, renoue avec les Thuillier : *Bou.*, VIII, 49; en 1838, est maire du quartier Saint-Antoine : 55. En 1846, fleur de la bourgeoisie parisienne, fréquente chez les Hannequin de Jarente : *FAu.*, XII, 614.

  Ant. *BAUDOYER : *Bou.*, VIII, 55 (var. *d*).

SAILLARD (Mme) [née en 1767]. Née Bidault, âgée de cinquante-sept ans en 1824; portrait à cette époque; son avarice : *E*, VII, 936; fille d'un marchand de meubles établi sous les piliers des Halles; mariée en 1791; hérite de sa mère environ cinquante mille francs : 934; en 1804, obtient un bureau de papier timbré et prend une servante : 935. En 1819, malgré plusieurs tentatives, n'a pas encore réussi à arracher son oncle Gigonnet au logement qu'il occupe, rue Greneta, pour le loger chez elle : *CB*, VI, 258. Ni en 1824 : *E*, VII, 938.

SAILLARD (Élisabeth). Fille des précédents. Voir BAUDOYER (Mme Isidore).

*SAINT-AMANT (Charles-Victurnien-Maurice-Marie-Andoche de). Voir ESPARD (Charles-Maurice-Marie-Andoche, marquis d').

SAINT-DENIS (M. de). Voir CORENTIN.

SAINT-ESTÈVE (M. de). Voir CORENTIN.

*SAINT-ESTÈVE (Mme de). Voir COLLIN (Jacqueline).

SAINT-ESTÈVE (Mme de). Voir NOURRISSON (Mme).

SAINT-FONDRILLE (Mme de). Femme de l'illustre savant avec laquelle Thuillier voudrait se lier, en 1840; moyen diplomatique de laisser La Peyrade converser librement avec Brigitte Thuillier : *Bou.*, VIII, 129 (n. 2).

*SAINT-GEORGES (*Georges, *Jacques puis Henry de), remplacé par *GOUGES (Henry de), lui-même remplacé par MARSAY (Henri de) : *FYO*, V, 1054 (var. *d*).

SAINT-GERMAIN (M. de). Voir PEYRADE.

  Ant. *SAINT-SIMON (M. de) : *SetM*, VI, 542 (var. *a*).

*SAINT-HÉRÉEN dans *MJM*, remplacé par CANALIS (voir ce nom).

SAINT-HÉRÉEN (comte de). Héritier d'une des plus illustres familles de France; époux de Moïna d'Aiglemont : *F30*, II, 1202; absent de Paris, en mission politique depuis six mois, en décembre 1843 : 1208.

SAINT-HÉRÉEN (comtesse Moïna de). Voir AIGLEMONT (Moïna d').

  Ant. *SAINT-HÉREM (Mme de) : *FE*, II, 298 (var. *d*).

*SAINT-HÉREM (marquis de). Pendant la Révolution, sauve ses biens et sa bibliothèque grâce à M. Morillon, président du district de Mondoubleau : *Pré.Ch.*, VIII, 1672; a pour héritier M. de Veyne : 1674.

*SAINT-HÉREM (Mme de). Ant. *SAINT-HÉRÉEN (Mme de), puis remplacée à nouveau par elle : *FE*, II, 298 (var. *d*).

*SAINT-JEAN VERDELIN. Voir VERNOU.

SAINT-SAVIN (M. de) [?-v. 1590]. Président de la Cour royale de Rouen, sous Henri IV. Meurt au moment de la guerre civile. Compréhensif pour sa fille : *EM*, X, 874-876.

SAINT-SAVIN (Mme de) [?-v. 1590]. Femme du précédent. Le souvenir ému que sa fille a d'elle : *EM*, X, 874; supplie de sauver son cousin Georges de Chaverny en épousant le comte d'Hérouville. Est mourante à cette date : 877.

SAINT-SAVIN (Jeanne de). Fille des précédents. Voir HÉROUVILLE (duchesse Jeanne d').

SAINT-SAVIN (Mlle de). Tante de la précédente, supérieure des Clarisses de Rouen : *EM*, X, 874; recueille Gertrude Marana, fille de la Belle Romaine et du comte d'Hérouville : 894.

SAINT-SEVER (marquis de). Voir HÉROUVILLE (Maximilien d').

1. Noms réels.

SAUTELOUP. Greffier de la Conciergerie en 1830. Avise le condamné à mort Calvi du rejet de son pourvoi : *SetM*, VI, 848.

SAUTEREAU (?-1813). Huissier à Belley, où son père avait une maison, pendant l'Empire. A un fils, légitimé plus tard : *CF*, XII, 462, 463 ; meurt dans la misère : 463.

    Ant. *CHAMBRIER, et notaire : *CF*, XII, 428.

SAUTEREAU (Mme) [?-1813]. Femme du précédent. Née Chambrier ; meurt à peu près en même temps que son mari : *CF*, XII, 462, 463.

SAUTEREAU (colonel baron) [né v. 1779 ou en 1785]. Fils des précédents, enfant de l'amour. Né à Belley ; trente ans en 1815 : *CF*, XII, 455 ; environ trente-six ans en 1816 : 461 ; défend la Catalogne en 1813 : 462, 463 ; chef d'état-major de Soult à la bataille de Toulouse : 456 ; lieutenant des Gardes du corps, rallie son régiment en arrière de Mont-Saint-Jean : 462 ; nommé général par l'Empereur : 456 ; licencié à Tours, en 1815, après Waterloo, et mis en demi-solde : 462 ; sous le coup d'un mandat de dépôt en décembre 1815 comme compromis dans la conspiration du 20 mars ; conversation avec le maréchal Gérard : 455, 456 ; en janvier 1816, envoyé en résidence surveillée à Belley, voyage dans la diligence Bourg-Belley, avec son domestique : 462 ; se nomme au président Chambrier, pendant le trajet : 462 ; ce dernier lui apprend la mort de ses parents ; il possède encore une maison à Belley, grâce à Chambrier : 463.

SAUVAGE (Mme). Nourrice de Fraisier puis sa femme de charge quand il est devenu avocat : *CP*, VII, 635, 633 ; portrait en 1845 : 634 ; agréée comme femme de peine par Schmucke, par l'entremise de Mme Cantinet, pendant l'agonie du cousin Pons : 715, 718 ; fait la toilette mortuaire de Pons et l'ensevelit : 719, 720 ; aura son bureau de tabac pour prix de sa collaboration aux intérêts de la présidente de Marville : 760.

*SAUVAGE (Mme), remplacée par *SAUVAGE (Euphrasie), puis par EUPHRA-SIE : *MR*, X, 386 (var. *e* et *g*), 387 (var. *c*).

*SAUVAGEOT. Juge au Tribunal d'Alençon. Voir CAMUSOT DE MARVILLE.

*SAUVAGET. Juge au Tribunal d'Alençon. Voir CAMUSOT DE MARVILLE.

SAUVAGER (né en 1799). Premier substitut à Alençon. Vingt-cinq ans en 1824 ; son ambition ; apprend par une indiscrétion où se cache le jeune Victurnien d'Esgrignon, le fait arrêter : *CA*, IV, 1048-1050 ; omet de consulter son chef, le procureur du roi, retenu à Paris par la session des Chambres : 1059 ; arrivé à son grade à force de servilisme ministériel : 1071 ; envoyé en Corse après le non-lieu obtenu par Victurnien : 1094.

SAUVAGNEST (Me). Successeur de Me Bordin, prédécesseur supposé de Desroches : *DV*, I, 848.

SAUVAIGNOU. Marchandeur. Le premier à poursuivre Claparon : *Bou.*, VIII, 148, 149 ; Marseillais, premier ouvrier d'un entrepreneur de maçonnerie ; nature de son activité ; son patron ayant failli, il se fait reconnaître comme créancier de l'immeuble par jugement du Tribunal de commerce et prend inscription : 156 ; se désiste en faveur de Thuillier, sur les conseils de Me Théodose de La Peyrade : 157.

SAUVIAT (Jérôme-Baptiste) [né en 1748 ou en 1751-1827]. Auvergnat. Agé de quarante-neuf ans en 1797 : *CV*, IX, 643 ; ou de soixante-dix ans en 1821 (1822 par erreur : cf. p. 659) : 655 ; portrait à cette époque : 645, 646 ; lié dans sa jeunesse avec Brézac : 645 ; illettré : 644 ; chineur forain à partir de 1792 ; en 1793, achète un château vendu comme bien national, le dépèce ; est, ainsi, pionnier de la Bande Noire : 643 ; à cette époque, resté pieux, condamné à mort pour avoir favorisé la fuite d'un évêque, s'évade de prison : 647 ; toujours chineur devient en outre chaudronnier en 1795 ; en 1796, s'installe ferrailleur à Limoges ; en 1797, épouse la fille d'un chaudronnier dont l'héritage lui permettra d'acheter la maison qu'il loue : 643 ; va tous les ans à Paris déposer ses disponibilités dans la maison Brézac, colonne de la Bande Noire, qui gère ses fonds : 645 ; en décembre 1821, visite au banquier Graslin : 656 ; en février 1822, annonce que Graslin épouse sa fille Véronique : 659 ; lui donne une dot de sept cent cinquante mille francs ; garde une rente de huit mille francs : 662 ; après le mariage, liquide ses affaires, vend sa maison à la ville ; achète une maison de campagne dans la banlieue de Limoges, à dix minutes du faubourg Saint-Martial ; manque y périr d'ennui ; en 1823, devient surveillant d'une manufacture de porcelaine que son gendre vient d'acquérir :

665; meurt d'une gangrène à la suite d'une légère blessure qu'il ne veut pas soigner : 666.

Sauviat (Mme) [née en 1763]. Femme du précédent. Auvergnate, née Mlle Champagnac; âgée de soixante-six ans en 1829 : *CV*, IX, 685; esquisse en 1797 : 642; en mai 1802, accouche de Véronique, la nourrit au sein pendant deux ans : 646; aussi pieuse que son mari : 647; veuve en 1827, garde sa petite maison de campagne : 666; au mois de mars 1829, vient tenir compagnie à sa fille, Mme Graslin, enceinte, pendant l'instruction du procès Tascheron : 684, 685; suit Véronique à Montégnac : 747; comprend immédiatement quand sa fille est frappée à mort : 840; sa douleur : 848, 849; le fardeau qu'elle a porté, révélé par sa fille : 866-867; la fait enterrer avec Tascheron : 871.

*Sauviat (la) : *CV*, IX, 872 (var. *b*).

Sauviat (Véronique). Fille des précédents. Voir Graslin (Mme Pierre).

Savant (un). Ses réflexions au banquet Taillefer en 1830 : *PCh.*, X, 103, 106, 208.

Savant (un). Dans un salon parisien, commente les pertes au jeu : *Ech.*, XII, 472.

Savants (deux jeunes). Élèves l'un de Lavrille, l'autre de Japhet. Viennent travailler avec Victorin Beauregard chez Jorry des Fongerilles; trouvent chacun un emploi grâce au baron Total : *ES*, XII, 530.

Savaron de Savarus (Albert). Voir Savarus (Albert).

Savaron de Savarus (famille). Vieille et noble famille de Belgique : *AS*, I, 926. Me Pierquin n'y était pas reçu; alliances de cette famille : *RA*, X, 808.

Savaron de Savarus (Mlle). Dernière descendante de la famille, éteinte après elle; riche héritière en Brabant en 1834 : *AS*, I, 926.

Savaron de Savarus (comte). Grand seigneur belge : *AS*, I, 940; amateur de la fameuse soupe au thym : *RA*, X, 706, 707.

Savarus (Albert) [né en 1799]. Fils naturel du précédent : *AS*, I, 940, 926; âgé de trente-cinq ans en 1834 : 929; portrait à cette époque : 928, 929; antécédents avant son arrivée à Besançon, sous le nom de Rodolphe, selon sa nouvelle autobiographique *L'Ambitieux par amour* : 938-967; maître des requêtes au Conseil d'État en 1828, à Paris; secrétaire particulier d'un ministre : 975; arrive à Besançon en 1834; gagne en appel le procès Archevêché contre Préfecture du Doubs, perdu par un confrère en première instance : 915; demeure rue du Perron, chez Mlle Galard : 926; fait grande impression sur M. de Grancey, vicaire général de l'archevêché : 928; quatre des principaux négociants de la ville lui confient la gestion de leur contentieux; fonde la *Revue de l'Est* dont il se réserve la direction : 936; y publie *L'Ambitieux par amour*, signé A. S. : 937, 938; ses lettres à la duchesse d'Argaiolo : 978-983; au mois d'octobre 1834, achète une maison à Besançon, pour avoir le cens électoral et, à cet effet, emprunte de l'argent à son ami, Me Hannequin : 985; à la prière de M. de Grancey, consentira à s'occuper du procès Watteville après les élections, mais refusera toujours d'épouser Rosalie, car il est marié, moralement : 991; expose son programme électoral devant le comité Boucher : 997; son brusque départ, après la visite du prince Soderini : 1005-1008; avise M. de Grancey qu'il renonce à sa candidature législative : 1006; court vainement pendant sept mois après la duchesse, pour apprendre à la fin son mariage avec le duc de Rhétoré; désespéré, il entre à la Trappe de la Grande Chartreuse sous le nom de frère Albert, en 1836 : 1015, 1016.

Sbires (trois). Assassinent le sculpteur Sarrasine à coups de stylet; l'un d'eux l'avertit qu'il exécute les ordres du cardinal Cicognara : *S*, VI, 1074.

Scævola (Muciusj. Ancien piqueur du prince de Conti. Sous la Terreur, plâtrier, et farouche Jacobin en apparence, mais secrètement attaché aux Bourbons, est propriétaire d'une maison faubourg Saint-Martin où il héberge deux religieuses, sœur Marthe et sœur Agathe, ainsi que l'abbé de Marolles : *Ep.T*, VIII, 447; a fait obtenir des cartes civiques aux deux femmes et les protège : 448.

Scherbelloff (princesse). Voir Sherbellof.

*Schilken. Voir Werbrust.

Schiltz (colonel) [?-1814]. Vieux soldat de l'Empire, père de Joséphine (la petite Aurélie). Chef d'audacieux partisans alsaciens, manque sauver l'Empereur pendant la campagne de France, et meurt à Metz, pillé, volé, ruiné : *B*, II, 897.

SCHILTZ (Mme). Femme du précédent. D'origine allemande, née Barnheim de Bade. Épouse le colonel vers 1804 et lui donne une fille ; meurt avant 1814 : *B*, II, 897, 899.

SCHILTZ (Joséphine). Voir SCHONTZ (Mme).

SCHINNER (Mlle). Fille d'un fermier alsacien. Abusée par un homme riche, refuse ses aumônes et élève seule son fils : *Bo.*, I, 417 ; chez les dames de Rouville avec Kergarouët : 442, 443.

SCHINNER (baron Hippolyte) [né en 1794]. Fils de la précédente. Agé de vingt-cinq ans quand il obtient la Légion d'honneur, en 1819 : *Bo.*, I, 417 et *DV*, I, 787. En 1815, peintre déjà connu, commence à sortir du besoin ; habite rue des Champs-Élysées et prend un atelier rue de Surène : *Bo.*, I, 416 ; un soir, tombe d'une échelle ; évanoui, secouru par Adélaïde de Rouville et sa mère, ses voisines : 414-416 ; remis, va les remercier et propose de refaire le portrait de feu le capitaine de vaisseau de Rouville : 419-426 ; ses sentiments et ceux d'Adélaïde évoluent vers l'amour : 432 ; commence à soupçonner Mme de Rouville de tricher au jeu : 434 ; refuse de faire le portrait de Kergarouët, car il n'est pas portraitiste : 435 ; disparition de sa bourse au piquet de Mme de Rouville : 436 ; soupçons sur Adélaïde, attisés par les ragots de camarades : 437-439 ; résiste huit jours et retourne la voir, et retrouve son argent dans une bourse neuve qu'elle lui a brodée ; la demande en mariage : 442. En 1815, se lie avec Bridau et Bixiou : *R*, IV, 297 ; en 1816, dirige un atelier dans lequel travaille Bridau : 299. Second professeur de Pierre Grassou ; la puissante et magnifique couleur qui le distingue : *PGr.*, VI, 1095 ; en 1819, consulté par son ancien élève, lui montre les défauts du tableau que le Salon vient de refuser : 1096, 1097. La même année, fait chevalier de la Légion d'honneur : *DV*, I, 787 ; l'amiral de Kergarouët lui fait avoir par le comte de Fontaine la décoration des plafonds de deux salles du Louvre, payée trente mille francs : 787, 788. En mai 1822, confie à Joseph Bridau un travail à exécuter chez le comte de Sérisy, au château de Presles : *R*, IV, 318. Recommande Léon de Lora et Bridau aux Moreau : *DV*, I, 813 ; allant à Presles dans le coucou de Pierrotin, Bridau se fait passer pour le grand Schinner : 781. En 1824, habitué des mercredis de Mme Rabourdin : *E*, VII, 944 ; propose à Rabourdin d'intervenir en sa faveur auprès de M. de Sérisy : 1092. Un des illustrateurs des œuvres de Canalis : *MM*, I, 512. La princesse Gandolphini lui fait peindre deux fois son portrait, l'original pour Rodolphe, la copie pour Emilio : *AS*, I, 966. En 1828, encourage Joseph Bridau à peindre une grande œuvre : *R*, IV, 525. Fait admettre au Salon de 1829 un tableau de Pierre Grassou : *PGr.*, VI, 1099, 1100. Avec Léon de Lora, fin 1829, décore l'hôtel offert par le baron de Nucingen à Esther : *SetM*, VI, 618. Déjà membre de l'Institut en 1832 : *PGr.*, VI, 1102. Peint les plafonds de l'hôtel Laginski en 1836 : *FM*, II, 201 ; peint des tableaux de facture hollandaise : 202. En 1845, possède une maison rue de Berlin : *CSS*, VII, 1153. Caroline de Chodoreille est reçue chez lui ; il est alors baron : *PMV*, XII, 111.

   Ant. prénommé *Jules : *Bo.*, I, 417 (var. *a*).

   Ant. les peintres réels : *BOULANGER : *FM*, II, 201 (var. *b*) ; *MEISSONNIER : 202 (var. *b*) ; *GROS : *PGr.*, VI, 1095 (var. *e*) ; avec Lora, *DIAZ : *SetM*, VI, 618 (var. *c*).

SCHINNER (baronne). Femme du précédent. Née Adélaïde Leseigneur de Rouville. Portrait : *Bo.*, I, 414, 415 ; trouve Schinner inanimé : lui explique ce qui lui est arrivé quand il reprend connaissance : 415 ; ne portait pas le nom de sa mère : de ce fait, le jeune peintre vit entre la jeune fille et lui quelques similitudes de position : 418 ; accueille Schinner venu la remercier de ses soins : 420, 422 ; leur intimité amoureuse grandissante : 432 ; leur réconciliation : 440, 441 ; elle lui fait présent de la bourse brodée à son intention : 442. Épousée par amour ; protégée par l'amiral de Kergarouët, contribue ainsi à la commande faite à son mari pour les plafonds du Louvre : *DV*, I, 788 ; fêtée à Presles et aux environs, avec son mari, en 1822 : 813. En relations mondaines avec le ménage Chodoreille et très bien avec Adolphe ; son esprit, son influence, ses liaisons avec des hommes célèbres : *PMV*, XII, 113 ; surnommée la Sévigné du billet : 137. Femme vertueuse : *Pré.PG*, III, 43.

Ant. *L. (Mme) : *PMV*, XII, 113 (var. *b*); *LETELLIER (Mme) : 137 (var. *a*).

SCHMUCKE ou SCHMUKE[1] (Wilhelm) [?-1846]. Pianiste et compositeur de musique, arrivé à Paris en 1814 : *CP*, VII, 496, 497. Portrait en 1835; ex-maître de chapelle du margrave d'Anspach; choisi en 1818 par la comtesse de Granville pour enseigner le piano à ses deux filles Marie-Angélique et Marie-Eugénie : *FE*, II, 278 ; il les a surnommées ses « Saintes-Céciles » : 280; habite rue de Nevers, au coin du quai, avec son chat Mürr : 361, 363-365. En 1824, donne une fois par semaine, à Nemours, une leçon de piano à Ursule Mirouët : *UM*, III, 819; le docteur Minoret fait son éloge à Savinien de Portenduère; en 1826, habite toujours près du quai Conti : 890, 891. Enseigne aussi le piano à Lydie Peyrade : *SetM*, VI, 538. En 1834, fait la connaissance de Sylvain Pons à une distribution des prix : *CP*, VII, 496; devient copiste au théâtre de Gaudissard : 501. En 1835, accepte de signer, les yeux fermés, à la demande de Marie-Angélique de Vandenesse, des traites destinées à sauver Nathan : *FE*, II, 366; reçoit la visite de la comtesse de Vandenesse le 17 février 1835; son jargon allemand, analogue à celui du baron de Nucingen : 365-367. La même année, se lie avec Pons pour le reste de sa vie : *CP*, VII, 496; en 1836, s'installe avec son ami rue de Normandie; les deux *casse-noisettes* pour le quartier : 499; au théâtre, outre la copie des partitions tient le piano à l'orchestre, ainsi que divers instruments : 501, 502; arrangements domestiques du théâtre : 523, 524; rend hommage à ses trois Saintes Céciles, Mmes du Tillet, de Vandenesse et de Portenduère : 526; rêve au moyen de guérir Pons de sa gastrolâtrie devenue vice : 503; croit l'avoir repris tout à lui, après l'affront fait à Pons chez les Marville : 528; après le second affront, soigne Pons, fait avec lui une promenade fatale à son ami : 565-569; le soigne et le remplace à son travail : 600; la Cibot l'oblige à vendre des tableaux de Pons : 677; il touche cinq mille francs pour ce qui en vaut vingt fois autant : 678-687; surprend la Cibot en flagrant délit de vol : 709; légataire universel de Pons : 713; donne mandat à Tabareau de s'occuper des obsèques : 730; reçoit Fraisier et Vitel venus faire apposer les scellés : 745; incapable de lutter, s'installe chez Topinard : 748-750; Gaudissart lui conseille de traiter avec les héritiers Pons : 755; à la lecture de la venimeuse assignation que lui fait signifier Fraisier, il est frappé d'une congestion séreuse au cerveau : 763; il meurt, deux jours après, sans avoir repris connaissance; enterré à côté de son ami Pons, au Père-Lachaise : 763.

Ant. prénommé *Godfroid, puis *Gottlieb : *CP*, VII, 707 (var. *b*).
Ant. *SMUCH, *SCHMUCH, *BIDERKER : *FE*, II, 278 (var. *e*).

SCHONTZ (Mme Aurélie) [née en 1805]. Nom de guerre pris en 1805 par « une Béatrix du quartier Saint-Georges » : *B*, II, 893; en réalité née Joséphine Schiltz, fille de colonel, placée à neuf ans, en 1814, à Saint-Denis, orpheline de père et de mère, par ordre de l'Empereur, elle est filleule de l'Impératrice : 897; y reste sous-maîtresse jusqu'en 1827; aborde la vie aventureuse des courtisanes sous le nom de Mme Schontz; raisons de son pseudonyme, la Petite-Aurélie : 896. Joyeuse et perverse fille, maîtresse d'Adolphe de Chodoreille, indispose le garde-champêtre de Vincennes par ses danses risquées : *PMV*, XII, 41; est aussi la maîtresse de Ferdinand : 177. Vers 1834-1835, habitant rue de Berlin, elle rencontre, au bal Valentino, le marquis Arthur de Rochefide qui l'invite à danser un galop : *B*, II, 897, 898. Lorette, au moment de sa rencontre avec le marquis, elle est la maîtresse du journaliste Étienne Lousteau, et habite rue Fléchier; elle vend déjà très cher l'usufruit de sa beauté tout en en conservant la nue-propriété au journaliste, son ami de cœur : *MD*, IV, 735; vers la mi-décembre 1836, indique à Lousteau un mariage inespéré avec une jeune fille qui a commis une faute, Félicie Cardot : 737; se charge d'avertir Malaga, maîtresse de Cardot, du malheur arrivé à Lousteau; la visite inopinée de sa future belle-mère a tout détruit : 746; annonce à son amant que son mariage avec Félicie est rompu et qu'elle l'abandonne,

---

1. SCHMUKE dans *FE* et *SetM*, SCHMUCKE dans *UM* et *CP*.

elle aussi, car Arthur fait bien les choses : 749, 750. Les quatre saisons du bonheur qu'elle donne à ce dernier; son éducation soignée; première saison d'une durée de dix mois, rue Coquenard : *B*, II, 898-903. Amie de Josépha, lui a donné de sages conseils sur l'art de plumer les vieillards : *Be.*, VII, 65; assiste en juillet 1838 à sa pendaison de crémaillère, rue de la Ville-l'Évêque, avec Arthur : 122; affiche sa profession : 188. Deuxième saison de sa liaison avec Rochefide; appartement rue Neuve-Saint-Georges, meubles splendides, argenterie, voiture et tigre : *B*, II, 899, 900. Brille rue Saint-Georges : *CSS*, VII, 1210. Troisième saison, deux ans plus tard; elle a refusé de faire le bonheur du prince Galathionne; s'occupe du fils d'Arthur et de sa propre fortune; petit hôtel rue La Bruyère loué par Arthur, vraie bonbonnière arrangée par Grindot : *B*, II, 901-903; célèbre dans le monde des Fanny Beaupré, des Val-Noble : 896; l'abbé Brossette conseille à la duchesse de Grandlieu de faire œuvre pie en mariant Mme Schontz pour éloigner d'elle son amant, qui pourra ainsi renouer avec sa femme : 893; femme de confiance d'Arthur, elle se permet de protéger de petits jeunes gens : 901; quatrième saison d'accoutumance; Rochefide lui offre l'hôtel de la rue La Bruyère : 903; en 1841, n'accepte plus à ses soirées que les gens présentés; opinion sur l'aristocratie; voudrait bien, comme Mme du Bruel, faire une fin en se mariant : 903, 904; vertueuse par calcul; Couture lui présente Fabien du Ronceret en 1841 : 904, 905; comprend que, si elle ne peut bâter l'un, ce sera l'autre : 908; elle confie à Fabien le secret de sa naissance et le chiffre de sa fortune, mais celui-ci ne saisit pas l'allusion, se croyant aimé pour lui-même : 909; reçoit la visite de Maxime de Trailles : 918; il la met au courant de la combinaison ourdie pour arracher Calyste du Guénic à Mme de Rochefide et raccommoder celle-ci avec son mari, elle devra renvoyer Arthur et épousera Fabien : 921, 922. Sa rupture en train avec Arthur de Rochefide, évoquée par Nathan : *Pr.B*, VII, 838. Elle pose ses conditions : *B*, II, 922; sa rupture avec Arthur : 925-927; permet à Fabien de prendre un acompte, les bans étant publiés : 932; congédie définitivement Arthur; va épouser Fabien qu'elle suivra en province dans son nouveau poste : 932, 933. F. du Ronceret et Bixiou se rendent chez un marchand de la rue Richelieu pour lui acheter un châle : *Gau.*, VII, 856. Elle reçoit d'Arthur un cadeau d'adieu de trois cent mille francs; se prétendant éclairée par la grâce, habitera chez sa belle-mère à Alençon : 933. En 184..., soi-disant occupé de l'affaire Chaumontel, Adolphe de Chodoreille lui adresse à domicile des victuailles et des vins, ou les fait adresser à l'*hôtel du Congrès* où il lui donne des rendez-vous; une facture trouvée par Mme de Chodoreille met celle-ci au courant : *PMV*, XII, 164. En 1841, mariée en province, la lorette n'est plus la maîtresse de Stidmann : *Be.*, VII, 248; Josépha explique à Hulot qu'elle a agi envers lui comme Aurélie envers Rochefide : 360. En 1845, sa maison de la rue Saint-Georges est habitée par Carabine, tandis qu'elle est devenue Mme la présidente du Ronceret : *CSS*, VII, 1210, 1211.

    Ant. *ANTONIA : *B*, II, 894 (var. *c*).

SCHWAB (Wilhem). Allemand : *CP*, VII, 531, 545; en 1835, boit et mange ses cent mille francs d'héritage avec son ami Brunner, à Strasbourg; s'installe avec lui à Paris chez l'hôtelier Graff qui le place chez son frère tailleur comme teneur de livres à six cents francs; en 1837, devient en outre flûte à l'orchestre de Pons : 536, 537; en 1845, vers la fin de janvier, joue pour la dernière fois car il épouse la nièce du tailleur, Émilie; avec sa dot, cinq cent mille francs donnés par Brunner, et les capitaux de ce dernier, fonde la maison de banque Brunner, Graff et Cie, au capital de deux millions cinq cent mille francs, installée dans un hôtel particulier de la rue Richelieu appartenant au tailleur : 531, 538, 545; un mois plus tard, le banquet de ses noces : 545-548; quelques semaines après, témoin à la dictée du second testament de Pons à Me Hannequin : 713.

SCHWAB (Mme Wilhem). Femme du précédent. Née Émilie Graff; fille du propriétaire de l'Hôtel du Rhin, rue du Mail, nièce et unique héritière de Graff, tailleur rue de Richelieu; deux cent cinquante mille francs de dot : *CP*, VII, 538.

Sculpteur (un). Perd ou gagne au jeu : *Ech.*, XII, 471, 472; son opinion sur l'histoire de Clarisse : 491.

de fortune de Lucien de Rubempré à la demande du duc de Grandlieu : 667, 668.

SÉCHARD (Mme David) [née en 1804]. Femme du précédent. Née Ève Chardon. Agée d'environ vingt-six ans en 1830 : *SetM*, VI, 668. Portrait en mai 1821 : *IP*, V, 179; travaille chez Mme Prieur, blanchisseuse de fin, faubourg de l'Houmeau, et dirige les ouvrières : 141; David Séchard, ami d'enfance de son frère, s'éprend d'elle : 142; le pharmacien Postel, successeur de son père, voudrait l'épouser : 179; se marie avec David vers octobre 1821 : 251, 252; annonce à son frère qu'elle est enceinte : 323; prend en main les affaires de son mari; imprime l'*Almanach des Bergers* en utilisant Kolb comme colporteur : 564, 565; tente de mettre David en garde contre les agissements de Cérizet : 569; loue aux Cointet une partie du matériel de l'imprimerie : 574, 575; apprend de Rastignac, de passage à Angoulême, les fautes commises par son frère; écrit à d'Arthez dont la réponse la brise : 577-581; sur le conseil de Petit-Claud, demande la séparation de biens d'avec David : 609; fait bon accueil à Lucien, de retour à Angoulême en septembre 1822, mais se défie de lui : 647; reçoit trop tard quinze mille francs de son frère, à la fin de 1822 et, l'imprimerie vendue, s'installe à Marsac : 724, 725; en 1829, à la Verberie, avec ses deux fils et sa fille : 731, 732. En octobre 1829, Lucien la désigne sous le nom de Mme Séchard de Marsac : *SetM*, VI, 496; au début de 1830, Herrera suggère à Lucien de lui demander de déclarer lui avoir prêté de l'argent en vue de son mariage : 589; ses enfants sont les héritiers de Lucien : 787.

SÉCHARD (Lucien) [né en 1822]. Fils aîné des précédents : *IP*, V, 604. A pour précepteur le curé de Marsac en 1829 : *SetM*, VI, 667; hérite de son oncle, Lucien de Rubempré, en 1830 : 787.

Second premier clerc de Me Cardot (le), dans *MD*. Voir BERTHIER (Me).

Secrétaire de l'ambassadeur d'Espagne (le), en 1823. Raconte à Louise de Chaulieu une action sublime de l'ex-duc de Soria : *MJM*, I, 262, 263.

Secrétaire de mairie parisienne (un), en 1816. Lit les actes de mariage de Luigi Porta avec Mlle Piombo; les témoins sont là et les actes respectueux ont été légalement faits : *Ven.*, I, 1088.

Secrétaire de l'ambassade de France à Rome (le). Accompagne son chef au déjeuner offert à Gênes par le consul général, M. de l'Hostal, en l'honneur de Félicité des Touches et de ses amis en 1836 : *H*, II, 526, 527.

Secrétaire du comte Octave (le). Prédécesseur de Maurice de l'Hostal. Surpris par le comte à ouvrir un meuble avec une fausse clef, est congédié : *H*, II, 558.

*Secrétaire particulier du préfet de l'Orne (le). Conseille à un commandant d'épouser Mme de Gordes. N'est reçu chez elle que les jours de bal : *La Fleur des pois*, IV, 1440.

Secrétaire du baron de Nucingen (le). Adressé par son maître à l'espion Contenson en 1829 : *SetM*, VI, 520-522.

Secrétaire d'ambassade (un). Donne au narrateur son avis sur l'opportunité d'un mariage de ce dernier avec Mlle Taillefer : *AR*, XI, 118, 120.

Secrétaire général d'une compagnie d'assurance (le). Explique à Gaudissart les secrets de la profession : *IG*, IV, 567, 568.

Secrétaire général du ministère de la Justice (le). En 1822, admoneste Rubempré, auteur d'un article injurieux contre son chef : *IP*, V, 537.

Secrétaire général d'une préfecture (le). Exige d'un pauvre métayer, en 1813, qu'il lui livre son fils, réfractaire : *Ech.*, XII, 484, 485.

SÉGAUD (Me). Successeur de Petit-Claud à Angoulême en 1823 : *IP*, V, 730; oblige Cérizet à vendre son imprimerie : 732.

SÉLÉRIER. Voir FIL-DE-SOIE.

SENONCHES (comte Jacques de). Présent à la réception des Bargeton en l'honneur de Lucien de Rubempré en 1821; portrait; vit en bonne intelligence avec l'ami de la maison, M. du Hautoy : *IP*, V, 195; achète l'hôtel de la rue du Minage à la mort de M. de Bargeton : 636, 637.

SENONCHES (comtesse de). Femme du précédent. Prénommée Zéphirine, dite Zizine; portrait en 1821; *IP*, V, 195; en 1804, séduite par Francis du Hautoy, dont elle a une fille, nommée Françoise de La Haye, élevée chez sa grand-mère, Mme de Cardanet; mariée, la prend chez elle comme filleule :

588; en 1821, chez les Bargeton à leur grande soirée, avec son mari Francis, Françoise : 195; marie sa « filleule » à Petit-Claud : 653.

SENTINELLE espagnole (une). Tuée par Bianchi, qui mange son cœur pour gagner un pari : *Ech.*, XII, 473.

SENTINELLE vénitienne (une). Gagnée par un sac d'or, laisse fuir Facino Cane et son complice : *FC*, VI, 1029.

SEPHERD (Carl). Nom de Charles Grandet pendant sa carrière de négrier : *EG*, III, 1182.

SÉRAPHÎTÜS-SÉRAPHÎTA (1783-1800). Mystérieux et double personnage, né à Jarvis (Norwège) en 1783 : *Sér.*, XI, 785, 786; portrait en 1800 : 741; considéré par Becker, Wilfrid, David comme une jeune fille : Séraphîta; et par Minna comme un homme : Séraphîtüs : 747, 748; Séraphîtüs accompagne Minna, en mai 1800, au *Bonnet de glace*, sommet du Fahlberg, dans une course à skis : 736-749; son pouvoir médiumnique sur Minna : 737, 738; son don de Spécialité : 794; repousse l'amour de Wilfrid : 749, 750; l'endort comme *il* a endormi Minna : *elle* aime Wilfrid mais ne peut être à lui : 753, 754; sa première enfance : 787; reçoit la visite des deux Becker et de Wilfrid : elle sait qu'ils vont l'interroger; ses réponses : 804-829; emmène Wilfrid et Minna aux chutes de la Sieg : 833, 834; son *assomption céleste :* Minna et Wilfrid comprennent enfin son unité sous sa double apparence : 851.

    Ant. *ZARAPHITUS : *Sér.*, XI, 740 (n. 1).

*SÉRAPHÎTZ remplacé par SÉRAPHÎTA : *Sér.*, XI, 747 (var. *a*), 755 (var. *a*), 832 (var. *f*).

SÉRAPHÎTZ (baron de) [?-1792]. Cousin de Swedenborg et père de Séraphîtüs-Séraphîta : *Sér.*, XI, 767; son nom, Séraphîtz, suivant un vieil usage suédois, avait repris la désinence latine *üs;* très lié avec Swedenborg : 784, 785; son plus ardent disciple; pour obéir aux ordres d'En-Haut, cherche, parmi les femmes, un Esprit Angélique que Swedenborg lui découvrit dans une vision, la fille d'un cordonnier de Londres; leurs noces célestes, à Jarvis; en 1783, à l'âge de vingt-six ans, la baronne conçut un enfant, Séraphîtüs-Séraphîta : 785; sa vision de Swedenborg mort, qui se manifeste à Jarvis, dans la chambre des époux : 785, 786; expire en même temps que sa femme, sans douleur ni maladie visible, à l'heure qu'il avait prédite, en 1792, lorsque l'enfant fut âgé de neuf ans : 787.

SÉRISY ou SÉRIZY[1] (famille Hugret de). Issue du président Hugret, anobli sous François Ier; blason et devise : *DV*, I, 746.

SÉRISY (M. Hugret de) [?-1794]. Président d'un parlement avant 1789 : *DV*, I, 747; possède le château de Presles, dans la vallée de l'Oise; ses aménagements : 809; sa terre de Sérisy est près d'Arpajon; à la Révolution, y reste avec son fils : 747; leurs vies et biens sont sauvés par Moreau, procureur-syndic à Versailles : 751; respecté par tous, soigné par son fils, meurt en 1794 : 747.

SÉRISY (comte Hugret de) [1765-1843 ?]. Fils du précédent. Âgé de vingt-deux ans en 1787 : *DV*, I, 747; portrait en 1822 : 773, 774; dès 1787, conseiller d'État au Grand Conseil; à la Révolution, n'émigre pas et reste à Sérisy avec son père qu'il soigne jusqu'à sa mort; vers 1794, élu au Conseil des Cinq-Cents; après le Dix-Huit Brumaire, placé par Bonaparte au Conseil d'État, puis nommé ministre; devient l'un des rouages les plus actifs de l'organisation administrative due à Napoléon; à cette époque, le fils du procureur-syndic de Versailles qui les a sauvés, son père et lui, à la Révolution, est condamné à mort pour un attentat contre le Premier Consul; il fait évader Moreau à temps : 751; en 1804, à l'avènement de Napoléon, est nommé comte et sénateur de l'Empire; puis proconsul dans deux différents royaumes : 747; dont l'Illyrie : 790; à cette époque obtient la grâce de Moreau, le prend comme secrétaire : 751; en 1806, se marie avec la sœur du marquis de Ronquerolles et de la marquise du Rouvre et fait nommer le mari de cette dernière, le ci-devant marquis, comte d'Empire et chambellan : 747; son secrétaire Moreau tombe amoureux d'une femme de chambre de sa femme; il installe le jeune ménage à Presles où Moreau devient son régisseur : 751; en 1814, sa santé délabrée par ses travaux, résigne tous ses emplois; cet acte interprété comme une

---

1. Cette variante orthographique s'applique à tous les membres de la famille.

disgrâce infligée par Napoléon; à la première Restauration, se rallie à Louis XVIII, qui le nomme pair, ministre d'État et le charge de ses affaires privées; en 1815, ne va pas à Gand, ne rejoint pas Napoléon; au Second Retour, redevient membre du Conseil privé du Roi, est nommé vice-président du Conseil d'État, liquidateur des indemnités : 747-748; travaille de quatre heures du matin à neuf heures du soir, heure à laquelle il se couche; abondamment décoré : 748; peu heureux en ménage : 748, 749. En 1819, en relation avec la vicomtesse de Beauséant et Montriveau : *PG*, III, 110. En mai 1821, charge le peintre Schinner d'exécuter des travaux d'embellissement fort bien payés dans son château de Presles : *R*, IV, 318; l'année suivante, Schinner lui recommande son ami Joseph Bridau : 451; pair instructeur du procès de Philippe Bridau; l'avoué Desroches obtient de lui qu'il consente à un changement de résidence pour la surveillance de police dont l'inculpé serait l'objet : 467, 468. Habite alors à Paris un hôtel rue de la Chaussée-d'Antin; fait beaucoup de frais à Presles : *DV*, I, 745; veut acheter une ferme en enclave dans son domaine, les Moulineaux, appartenant à Margueron. de Beaumont-sur-Oise, exploitée par Léger; confie l'affaire à son notaire Crottat et à son avoué Derville qui, doutant de l'honnêteté de Moreau, lui conseille d'aller en personne sur place voir Margueron et signer l'acte de vente : 749, 750; après la visite de Mme de Reybert, ennemie de Moreau, décide d'aller en secret à Presles : 755, 756; prend le coucou de Pierrotin, s'assure de sa discrétion et passe pour un M. Lecomte : 772, 774; son incognito lui permet de découvrir l'indélicatesse de Moreau qui veut faire acheter en sous-main les Moulineaux deux cent soixante mille francs pour les lui revendre trois cent soixante mille francs : 797; et, par la sottise d'Oscar Husson, les indiscrétions de Moreau sur ses infirmités et sur sa vie conjugale, ce qu'il ne peut pardonner : 802, 803, 822; Moreau est chassé, Reybert mis à sa place, l'affaire des Moulineaux réglée : 823, 826; dit à Joseph Bridau, venu travailler à Presles, qu'il peut compter sur lui : 824, 825. Interviendra en faveur de Philippe Bridau comme il l'a promis à Joseph · *R*, IV, 467, 468. En 1823, son beau-frère, le marquis de Ronquerolles, est député Centre gauche de La-Ville-aux-Fayes : *Pay.*, IX, 183. En 1824, très lié avec les comtes de Grandville et de Bauvan : *H*, II, 541; mène le même genre de vie que lui : 532. Ministre d'État : *E*, VII, 1092. Sa protection permet à Oscar Husson d'entrer en 1825 dans le régiment du duc de Maufrigneuse sous les ordres de son fils, le vicomte de Sérisy : *DV*, I, 876. En 1826, toujours vice-président du Conseil d'État : *H*, II, 545; motif de sa tristesse, sa femme ne veut pas vivre avec lui : 548. En 1827, fait partie de l'équipe politique qu'anime Henri de Marsay : *CM*, III, 647; mène le Conseil d'État, où il est indispensable : 652. En 1828, l'un des habitués du salon de la marquise d'Espard : *In.*, III, 454. Appuie auprès du garde des Sceaux la thèse de MM. de Granville et de Bauvan dans le procès en interdiction intenté par sa femme au marquis d'Espard : *SetM*, VI, 513, 514; en 1829, présente Lucien de Rubempré au préfet de police, et appuie sa plainte : 556, 557; ses titres en 1830; son vieil ami, le procureur général, M. de Granville, est préoccupé pour lui, par l'affaire Rubempré dans laquelle est compromise Mme de Sérisy, dont il reste amoureux « quand même » : 779; arrive dans le cabinet du magistrat au moment où la comtesse vient de jeter au feu les interrogatoires de Lucien : 783; désigné par L. de Rubempré comme son exécuteur testamentaire; le défunt lui lègue sa bibliothèque : 787, 788; son héroïsme devant la réaction de la comtesse à l'annonce du suicide de son amant, Lucien : 795, 796; Mme d'Espard le hait, le sachant l'un des responsables de la perte de son procès : 876. En 1835, perd son fils unique dans l'affaire de la Macta; ce dernier ayant été arraché aux mains des Arabes et ramené en France par Oscar Husson, il se regarde comme son débiteur : *DV*, I, 878; en 1838, finit par guérir de ses maladies de peau; et par quitter sa femme pour mourir en paix : 883; vit à Presles où il se promène en voiture dans son parc; sa femme vient le voir une fois par mois : 884; avant sa mort, obtient la recette de Pontoise pour Oscar Husson : 887. En 1842, il est un des protecteurs d'Augustin Bongrand : *Méf.*, XII, 422. Le domaine de Presles est mis en vente par sa femme en mars 1843 : *Be.*, VII, 368, 369.

Sérisy (comtesse Hugret de) [née en 1785]. Femme du précédent. Née Clara-Léontine de Ronquerolles[1]. Agée de quarante-cinq ans en 1830 : *SetM*, VI, 742; portrait à cette époque : 743. Épouse Gaubert, un des plus illustres généraux républicains; en 1805, le perd, hérite de lui; en 1806, se remarie au sénateur de Sérisy : *DV*, I, 747; abuse de son amour pour elle, antérieur à leur mariage; trop libre; ingrate avec charme : 748, 749. En 1818, favorise un duel, arrangé par les Treize, entre son frère et Maulincour, qui a été son amant : *F*, V, 828. A la même époque, donne un grand bal au cours duquel quelques Treize enlèvent la duchesse de Langeais : *DL*, V, 988, 991, 1001; en 1819, maîtresse de Victor d'Aiglemont : 1005; Maulincour médit chez elle de la duchesse de Langeais : 1009. En novembre, au bal de la vicomtesse de Beauséant : *PG*, III, 77. En janvier 1820, d'Aiglemont lui présente sa femme, à l'une de ses soirées : *F30*, II, 1078-1081. En 1821, le baron du Châtelet propose à Mme de Bargeton de la présenter chez elle : *IP*, V, 259; est alors reçue partout malgré ses aventures et, selon la marquise d'Espard, les hommes les plus redoutables sont ses amis : 275, 276. En 1822, mène son mari et son ancien adorateur, d'Aiglemont : *DV*, I, 803. Son salon est un des rendez-vous des *roués* de Paris : *CA*, IV, 1008; ses prétentions à dire « des mots » : 1019. En 1824, au bal de l'Opéra, Rastignac prend pour elle Esther masquée et accompagnée par Lucien de Rubempré : *SetM*, VI, 443; lui a voué un amour immodéré : 496. Invitée à déjeuner en 1826 par Godefroid de Beaudenord, peu avant son mariage avec Malvina d'Aldrigger : *MN*, VI, 383. Amoureuse de Lucien depuis 1827 : *SetM*, VI, 743; elle l'enlève à la duchesse de Maufrigneuse : 492. En 1827, encore considérée comme une femme élégante, quoique sa beauté ait brillé sous l'Empire; Savinien de Portenduère lui fait la cour : *UM*, III, 862; il n'ose pas lui avouer son manque de fortune; elle le trcompe : 863. Souffle Rubempré à Diane de Maufrigneuse; vengeance raffinée de celle-ci : *MM*, I, 702, 703. Malgré sa naissance, elle n'a jamais pu se faire admettre chez les Grandlieu : *SetM*, VI, 507; aperçue aux Tuileries, au bras de Lucien, par Lydie Peyrade : 540; paraît aux Italiens, presque toujours en sa compagnie : 644; assiste à son manège avec Esther et lui fait grise mine : 652, 653; pour se venger des Grandlieu, pourrait marier Lucien avec sa nièce, Mlle du Rouvre : 674; sa douleur, en mai 1830, à la nouvelle de l'arrestation de Lucien : 722; reçoit chez elle, rue de la Chaussée-d'Antin la visite de la duchesse de Maufrigneuse, qu'accompagne Asie : 742; *aime*, pour la première fois de sa vie; indécision sur le nombre de ses aventures; a eu, jadis, un attachement de dix ans pour le marquis d'Aiglemont; franche dans sa dépravation, culte pour les mœurs de la Régence : 742, 743; M. de Bauvan l'introduit dans le cabinet de M. de Granville : 780; jette au feu les interrogatoires de Lucien, au nez de Camusot, stupéfait de ce crime de lèse-justice : 783, 784; ayant entendu le rapport du directeur de la Conciergerie, se précipite pour porter secours à Lucien et a la force de briser une grille de fer : 794, 795; s'évanouit à la vue de son cadavre : 796; on craint pour sa raison : 874, 875; veillée par son mari, Bauvan et Granville : 888; J. Collin lui sauve la raison en lui remettant une lettre de Lucien : 933. En 1831, à une soirée chez Mlle des Touches : *AEF*, III, 678. En 1833, la princesse de Cadignan assure lui avoir, jadis, volontiers cédé Lucien de Rubempré : *SPC*, VI, 956. En 1835, perd son fils unique, blessé à la Macta et mort à Toulon où elle vient le chercher : *DV*, I, 878. Dès lors son unique héritière est sa nièce Clémentine, fille de sa sœur mariée au marquis du Rouvre : *UM*, III, 937. En septembre, lui donne dix mille francs de rente lors de son mariage avec Laginski : *FM*, II, 195, 196; en 1836, en visite chez sa nièce, comprend que celle-ci est amoureuse du comte Paz et que le torchon brûle avec le comte Laginski : 219, 220. En 1838, son mari l'a quittée; elle va le voir une fois par mois à Presles : *DV*, I, 883, 884. En mars 1843, vend Presles qui sera acheté par Crevel : *Be.*, VII, 369.

*Ant. Roulay (Mme de) : *F. 30*,II, 1078 (var. *b*); *Touches (Mlle des), elle-même avant *Espard (marquise d') : *AEF*, III, 678 (var. *d*); *Espard (marquise d') : *UM*, III, 862 (var. *b*); *Saulieu (duchesse

---

1. Elle est en fait appelée tantôt Clara, tantôt Léontine.

de), puis *MONTSOREAU (duchesse de), puis *BEAUJEU (duchesse de), puis *CHAULIEU (duchesse de) : *SetM*, VI, 443 (var. *b*).

*SÉRIZY (Mme de). Ant. *VIEUXMESNIL (Mme de), puis remplacée par MAUFRIGNEUSE (Mme de) : *DL*, V, 947 (var. *c*); par BEAUSÉANT (Mme de) : 957 (var. *b*); par CADIGNAN (princesse de) : *SetM*, VI, 897 (var. *b*).

*SÉRIZY (Mme de) : *DL*, V, 1005 (var. *c*); *Lys*, IX, 1109 (var. *a*).

SÉRISY (vicomte de) [?-1835]. Fils unique des précédents. En 1825, sort dans les derniers de l'École polytechnique; nommé sous-lieutenant dans le régiment de cavalerie du duc de Maufrigneuse : *DV*, I, 876; y aura sous ses ordres le jeune Oscar Husson : 876. En 1829, vers la fin de l'année, officier de la Compagnie des Gardes d'Havré, arrive de Rosny chez le duc de Verneuil, à Rosembray, pour excuser MADAME, qui ne pourra assister à la chasse du Grand Veneur; alors amoureux de la duchesse de Maufrigneuse, qui ne souffre ses attentions que pour bien mettre en valeur l'âge de la mère du jeune homme : *MM*, I, 702, 703. En 1835, colonel; grièvement blessé à l'affaire de la Macta; ramené par Oscar Husson, il meurt à Toulon des suites de ses blessures : *DV*, I, 878, 885. Est le dernier à figurer dans le « recueil des erreurs » de la princesse de Cadignan : *SPC*, VI, 952.

Ant. *RONQUEROLLES : *PG*, III, 110 (var. *d*).

*SÉRIZY (M. de) : *BS*, I, 1215; successivement devenu *SÉRISY (M.), SÉRISY (M. de), *GROSBOIS (M. de) et BEAUDENORD (M. de) : *BS*, I, 125 (var. *b*).

SERPOLINI (l'abbé). Corse, confesseur de Caroline, et gastronome : *PMV*, XII, 147.

Serrurier de la rue Guénégaud (un). Appelé par Philippe Bridau pour ouvrir la porte de Mme Descoings : *R*, IV, 333.

Serruriers (deux). Leur discussion animée, rue Massillon, entendue par M. Godefroid : *EHC*, VIII, 247, 248; serruriers de la rue Mouffetard : 249.

SERVAIS. Procureur du roi à Melun en 1841; muté à cette époque et remplacé par Olivier Vinet : *Méf.*, XII, 421, 422.

Servante des Guillaume (la) : *MCP*, I, 52, 53; sert d'intermédiaire entre Augustine Guillaume et Théodore de Sommervieux, qui l'a gagnée à prix d'or : 58.

Servante d'hôtel (une). Remet à Ginevra di Piombo, en 1816, de la part de sa mère, plusieurs malles contenant du linge, etc. : *Ven.*, I, 1085.

Servante de M. et Mme de Montpersan (une grosse). Donne au narrateur des renseignements trop vagues pour lui permettre de trouver Mme de Montpersan dans son parc : *Mes.*, II, 399.

Servante du juge Bongrand (la vieille). Veille au départ de son maître, et répond aux questions des curieux : *Méf.*, XII, 416, 417.

Servante de la veuve Pigeau (la). Étranglée, en même temps que sa maîtresse, à Nanterre, par Théodore Calvi : *SetM*, VI, 853.

SERVIEN (Prudence) [née en 1806]. Dite Europe. Son véritable état civil : *SetM*, VI, 587; née à Valenciennes : 586; âgée de vingt-trois ans en 1829 : 596; portrait : 485; entrée en fabrique à sept ans en 1813, perd sa vertu à douze ans, en 1818; mère l'année suivante : 586; en 1822, témoigne devant la cour d'assises de Douai contre le forçat Durut, qui menace de la *buter*; se cache à Paris en 1823; y fait la connaissance de Paccard : 586, 587; engagée par J. Collin, comme femme de chambre d'Esther Gobseck : il lui promet de la débarrasser de Durut : 482, 587; sortie « de la boue », a peur d'y rentrer : 486; reçoit de Collin ses dernières recommandations au sujet de « l'Anglaise », en 1829 : 545; sera Eugénie pour le baron de Nucingen : 550; convoquée par lui à son domicile : ses simagrées pour s'y rendre : 551; accueille Nucingen rue Taitbout : ses conseils : 578, 579; son art de la savate : 580; Contenson estime avoir reçu un coup de pied *sent* son Saint-Lazare : 584; comédie bien réglée avec Esther pour escroquer le baron : 582; sa fierté de recevoir les félicitations de Carlos; il l'informe que Durut, son ancien amant, a été exécuté à Toulon : 584, 585, 587; donne à Nucingen des conseils intéressés au sujet des dettes d'Esther : 594, 595; introduit Lucien de Rubempré chez Esther : 689; si Esther hérite, le règne de Nucingen est bien fini, elle le lui dit; vole l'argent laissé par Esther sous son oreiller, avant son suicide : 692; s'enfuit avec Paccard, et l'argent : 692, 693; Collin l'estime responsable de

son arrestation et de la mort de Lucien : 814; retrouvée par Asie : 909;
convoquée avec Paccard par Jacques Collin : 907; soi-disant filleule
d'Asie : 906; sert de femme de chambre chez Mme Prélard chez qui
J. Collin et Asie viennent la chercher; se retrouve dans un fiacre avec
Paccard, aux ordres de Collin : 907; il lui a trouvé une belle situation :
« abbesse » de la maison de passe de la rue Sainte-Barbe, appartenant à
Asie et jusqu'alors gérée par la Gonore; elle s'y réfugie avec Paccard
après le suicide d'Esther : 908, 909; chargée par J. Collin de replacer
dans le matelas d'Esther les billets de banque qu'elle a volés : 910.
    Ant. prénommée *Modeste* : *SetM*, VI, 587 (var. *a*).

SERVIN (né en 1775). Âgé de quarante ans en 1815; professeur de dessin à
Paris sous l'Empire; le premier à ouvrir un « atelier » de peinture, où il
n'acceptait que des élèves sélectionnées : *Ven.*, I, 1040; les deux groupes
politiques de son atelier, dirigés l'un par Amélie Thirion, l'autre par
Mathilde Roguin : 1042-1044; cache un proscrit, Luigi Porta, dans une
soupente attenant à son atelier; Ginevra da Piombo surprend son secret :
1049; parce qu'il protège l'amour des deux jeunes gens, peu à peu abandonné par toutes ses élèves : 1062. Ancien professeur de dessin de Pierre
Grassou : *PGr.*, VI, 1095. En 1845, Camusot de Marville s'étonne que
sa femme, jadis l'une des meilleures élèves du peintre, ignore Watteau :
CP, VII, 540.
    Ant. le réel* GRANGER : *PGr.*, VI, 1095 (var. *d*).

SERVIN (Mme). Femme du précédent. Fille d'un général sans fortune;
épousée par inclination : *Ven.*, I, 1040; un peu collet monté : 1065; refuse
d'héberger Ginevra da Piombo et son fiancé : 1085.

Serviteur de M. Guillaume (le). Au moins aussi âgé que la vénérable enseigne
parlante du *Chat-qui-pelote* : *MCP*, I, 43.

Serviteur de don Juan Belvidéro (un). Crie au miracle en voyant son maître
ressuscité par l'élixir de longue vie : *ELV*, XI, 492.

SÉVERAC (M. de) [né en 1762]. Gentilhomme campagnard des environs
d'Angoulême; âgé de cinquante-neuf ans en 1821; portrait à cette époque;
veuf; sans enfants : *IP*, V, 196, 197; porte un matin son mémoire sur la
culture des vers à soie chez l'imprimeur Séchard, à Angoulême : 148; le
soir même, à la soirée de Mme de Bargeton; entrepris par Mme du Brossard qui a une fille à marier : 197, 198.

SHERBELLOFF (princesse). Grande dame russe, marie sa fille au vicomte
de Troisville, émigré en Russie, en 1800 : *VF*, IV, 903, 931; *CA*, IV, 1067.
Lègue à sa petite-fille, la comtesse de Montcornet, la blancheur excessive
des femmes du Nord : *IP*, V, 481.

SHERBELLOFF (princesse). Fille de la précédente. Voir TROISVILLE (vicomtesse de).

SIBILET. Greffier du tribunal de première instance de La-Ville-aux-Fayes :
Pay., IX, 144; cousin de Gaubertin par sa femme : 184; ses six enfants,
en 1823 : Adolphe, l'aîné, est régisseur des Aigues : 113, 144; le deuxième,
commissaire de police de La-Ville-aux-Fayes depuis 1821; le troisième,
une fille, a épousé l'instituteur Hervé; le quatrième, principal clerc de
Me Corbinet, et son successeur désigné; un cinquième, employé aux
Domaines, en passe de devenir receveur de l'Enregistrement; une fille,
enfin, âgée de seize ans, et fiancée au capitaine Corbinet : 184.
    SIBILET : *Pay.*, IX, 299 (var. *a*).

SIBILET (Mme). Femme du précédent. Née Gaubertin-Vallat, cousine de
Gaubertin : *Pay.*, IX, 184.

SIBILET (Adolphe) [né en 1789]. Fils des précédents. Âgé de vingt-cinq ans
lors de son mariage, et de vingt-huit quand, trois ans plus tard, il devient
régisseur des Aigues en 1817 : *Pay.*, IX, 144; portrait en 1823 : 113; en
1814, clerc de notaire puis, après son mariage, employé au Cadastre; en
1817, père de deux enfants; suggéré par Mme Soudry à Gaubertin pour
remplacer ce dernier aux Aigues : 144; engagé dans des conditions qui
lui font une situation égale à celle d'un sous-préfet de première classe :
149; installé vers la fin de l'automne 1817 : 151; reste d'abord probe et,
en 1821, expose à Montcornet l'inexpugnable situation de Gaubertin dans
le pays et conseille de capituler en se réconciliant avec lui : au besoin de
vendre les Aigues et de quitter le pays : 154-158; à son avis, il lui faudrait
au moins quatre gardes, au lieu d'un seul, pour garder ses bois : 160;

dès son arrivée, Michaud découvre sa vraie nature, et qu'il pousse Montcornet à des mesures de rigueur qui irritent le pays : 174; convoqué par
Rigou qui lui montre que son intérêt est de trahir Montcornet : 249-251;
jusqu'au bout, sait rester un serviteur dont il n'y a rien à dire : 334.

SIBILET (Mme). Femme du précédent. Née Adeline Sarcus. En 1814, amoureuse d'Amaury Lupin, épouse Sibilet : *Pay.*, IX, 145; en 1817, vit presque
toujours chez ses parents, pendant les voyages obligés de son mari; a
deux enfants : 144; son aspect dispose favorablement Montcornet à prendre
son mari comme régisseur : 147; une des trois paroissiennes de l'abbé
Brossette : 155.

SIBILET (Mlle). Sœur du greffier. Voir VIGOR (Mme).

SIBUELLE. Riche fournisseur aux armées. Assez déconsidéré; marie sa fille
à Malin de Gondreville et est ensuite, avec Marion, nommé corceveur
général de l'Aube, vers 1806 : *TA*, VIII, 510.

SIGNOL (Henriette). Fille de petits vignerons des environs de Sarlat, apprentie
blanchisseuse de Basine Clerget en 1822; Cérizet lui a promis le
mariage : *IP*, V, 681; lui révèle la cachette de David Séchard : 683, 684.
Ant. *MIGNON (Henriette) : *IP*, V, 681 (var. *a*).

*SIGNOL, agréé, remplacé par MASSON : *IP*, V, 597 (var. *b*).

SIMEUSE (famille de). Propriétaire, avant la Révolution, de la magnifique
terre de Simeuse et de celle de Gondreville, son véritable nom est Ximeuse :
TA, VIII, 503, 504; *DA*, VIII, 767. Grandeur et décadence; sa devise :
TA, VIII, 506; en 1792, son hôtel à Troyes est pillé par la populace :
520.

SIMEUSE (marquis de). Gouverneur de Gien, pour les Guise, en 1560. Commande une compagnie des troupes de François de Guise : *Cath.*, XI,
318, 324, 325.

SIMEUSE (marquis de). Dit « le Grand Marquis ». Vieux Bourguignon, vieux
Guisard, vieux ligueur puis vieux frondeur; sous Louis XIV, se refuse
à venir à la Cour et épouse la comtesse de Cinq-Cygne; bâtisseur de
Gondreville, vend Simeuse au duc de Lorraine : *TA*, VIII, 504.

SIMEUSE (vice-amiral de). Fils du précédent. Dissipe les économies paternelles sous Louis XV; chef d'escadre puis vice-amiral, répare les folies
de sa jeunesse par d'éclatants services : *TA*, VIII, 504. Commande aux
Indes néerlandaises entre 1750 et 1770; y connaît Gobseck : *Gb.*, II, 967;
y a eu sous ses ordres le vieux Grévin, d'Alençon : *VF*, IV, 821. Rival des
Kergarouët, des Suffren, des Portenduère, etc. : *UM*, III, 860.
Ant. le réel *ESTAING (M. d') : *VF*, IV, 821 (var. *c*).

SIMEUSE (Jean, marquis de) [?-1792]. Fils du précédent. Propriétaire du
domaine de Gondreville à la Révolution; guillotiné à Troyes, laissant
deux jumeaux, émigrés à l'armée de Condé : *TA*, VIII, 504; s'est déjà
défait de ses biens, auparavant, en 1790 : 506; a confié sa postérité à la
comtesse de Cinq-Cygne : 520; sa femme et lui, avant leur exécution,
écrivent une lettre à Laurence de Cinq-Cygne en y joignant des mèches
de leurs cheveux pour leurs fils : 582.

SIMEUSE (marquise de) [?-1792]. Femme du précédent. Née Berthe de Cinq-
Cygne. Guillotinée en même temps que son mari, à Troyes, en 1792 :
TA, VIII, 506; sa dernière lettre : 582.

SIMEUSE (Paul-Marie et Marie-Paul, dits les jumeaux de) [1774-1808]. Âgés
de dix-huit ans en 1792; leur ressemblance de Ménechmes : *TA*, VIII,
520, 601; le premier venu, Paul-Marie, est marquis de Simeuse en tant
qu'aîné : 520, 606; le cadet, Marie-Paul; en 1792, à Troyes, les deux
jumeaux défendent ensemble l'hôtel de Cinq-Cygne, assiégé par la populace : 520, 521; émigrent ensuite en Prusse, à l'armée du prince de Condé :
522; tous deux amoureux de leur cousine, Laurence de Cinq-Cygne;
en 1794, à la veille de la bataille d'Andernach, lui écrivent avant le combat;
le cadet, Marie-Paul, lui avoue son amour; l'aîné semble résigné d'avance
à céder sa place à son frère, de caractère plus enjoué : 583; rentrent en
France par l'Alsace, la Lorraine et la Champagne en novembre 1803 avec
leurs cousins Hauteserre, pour participer à un complot contre le Premier
Consul : 540; passent la nuit du 14 au 15 novembre 1803 cachés dans la
cabane d'un garde-vente, en forêt de Nodesme : 541; rejoints à Lagny
par Michu, qui les avise de la découverte du complot et les cache en forêt
de Nodesme, dans un souterrain : 591; adressent une demande en radia-

tion de la liste des émigrés, en 1804, et rentrent à Cinq-Cygne, sept mois plus tard : 596, 601 ; refusent tout rapport, même épistolaire, avec Malin de Gondreville : 613 ; leurs dispositions réciproques en faveur de celui des deux frères qui épousera Laurence ; celle-ci leur explique de quelle façon, le soir même, le sort les départagera, après le *Benedicite* : 620, 621 ; le sort désigne l'aîné, Paul-Marie, Mme de Hauteserre lui ayant adressé la parole en premier : 633 ; arrêtés par Lechesneau, à Cinq-Cygne, le jour de la mi-carême 1806 : 635 ; condamnés à vingt-quatre ans de travaux forcés ; leur pourvoi est rejeté en septembre 1806 : 671, 673 ; graciés par l'Empereur en octobre ; on leur apporte leur brevet de sous-lieutenant de cavalerie, avec ordre de rejoindre Bayonne ; tués côte à côte, chefs d'escadron, sous les yeux de Napoléon à la bataille de Somo-Sierra le 30 novembre 1808 ; leur dernier cri : 682, 683. Corentin rappelle qu'il a débarrassé d'eux Malin de Gondreville : *SetM*, VI, 549 ; l'affaire Simeuse, cette bataille de Marengo de l'espionnage : 919. Allusion à Bordin, qui a plaidé leur procès : *EHC*, VIII, 292. A M. de Granville qui, en défendant Michu, s'est acquis une grande notoriété lors de leur procès : *DF*, II, 48.
  Ant. *XIMEUSE (les) : *DA*, VIII, 1600.
SIMON. Commis greffier au Palais de Justice en 1825 : *DV*, I, 855.
SIMON. Domestique du président Chambrier à Belley, en 1816 : *CF*, XII, 460.
*SIMONNE (la). Voir POMPONNE (la).
SIMONNIN (né en 1804). Petit clerc chez Me Derville en 1818, âgé de treize à quatorze ans : *Col.*, III, 311 ; la mimique irrévérencieuse par laquelle il accueille le visiteur au vieux carrick, le colonel Chabert : 315.
SINARD (baron). Ancien élève de Marmus de Saint-Leu, devenu son antagoniste ; membre de l'Académie des sciences ; maigre, ce qui pour Marmus explique qu'il soit « une machine à fiel » tout en étant homme de génie : *ES*, XII, 554, 555. Son autorité à l'Académie des sciences : *MN*, VI, 384. Appelé en 1830 avec Desplein et Bianchon au chevet de la comtesse de Sérisy : *SetM*, VI, 888. (Voir aussi SINUS et TOTAL.)
  Ant. le réel *ARAGO : *MN*, VI, 384 (var. *f*).
SINET (Sérafine). Voir CARABINE.
SINOT (Me). Avoué des royalistes d'Arcis, en 1839 ; n'assiste pas à la réunion électorale de Simon Giguet : *DA*, VIII, 744 ; opposé à sa candidature : 747.
SINUS (baron). Savant, membre de l'Académie des sciences ; a une querelle scientifique avec Jorry de Saint-Vandrille, qui voit en lui un courtisan du pouvoir mais un homme de génie : *ES*, XII, 537, 538.
SOBOLEWSKA (comtesse Vanda). Polonaise, originaire de la province de Pinska, épousa le général Tarlowski ; grand-mère de Vanda de Mergi : *EHC*, VIII, 388.
SOCQUARD. Propriétaire du Café de la Paix à Soulanges et de son annexe, le bal Tivoli : *Pay.*, IX, 96, 283 ; son célèbre vin cuit, au secret jalousement gardé : 97 ; abonné au *Constitutionnel*, l'abonnement étant supporté par vingt personnes : 165 ; apologie de son vin cuit par Geneviève Tonsard : 209 ; peut porter onze cents pesants : Alcide de naissance, doux comme un agneau : 275 ; sous l'Empire, son Café de la Guerre était de tout repos ; depuis qu'en l'honneur des Bourbons il a été baptisé Café de la Paix on s'y bat tous les jours : 286, 287 ; le seul de la région à posséder billard et liqueurs fines : 292.
  *SOCQUARD : *Pay.*, IX, 299 (var. *a*).
SOCQUARD (Junie). Femme du précédent. Surnommée la belle cafetière, sous l'Empire ; son mari lui doit son café, Tivoli et un clos de vigne ; le notaire Lupin a fait des folies pour elle ; puis Gaubertin, qui lui doit certainement son fils naturel, le petit Bournier : *Pay.*, IX, 292.
SOCQUARD (Aglaé) [née en 1801). Fille des précédents, âgée de vingt-deux ans en 1823 : *Pay.*, IX, 294 ; courtisée par Bonnébault qui rêve d'épouser ses gros sous : 218, 229 ; sa dispute avec Marie Tonsard : 293, 294 ; déjà aussi forte que Mme Vermichel : 294.
SODERINI (prince). Père de la duchesse d'Argaiolo. En 1836, descendu à l'*Hôtel National*, à Besançon, se présente chez Albert Savarus pour lui réclamer le portrait de sa fille, peint par Schinner, et ses lettres : *AS*, I, 1006, 1008.
SODERINI (princesse). Voir ARGAIOLO (duchesse d').

Sœur grise de Provins (une). Un flacon d'éther à la main, accompagne Pierrette emportée sur un brancard : *P*, IV, 149.

Soldat (un). Sa réflexion à un *Te Deum* célébré en l'honneur du général de Montriveau : *DL*, V, 910.

Soldat de la Grande Armée (un). Renseigne Mlle de Cinq-Cygne sur le nom de la rivière qu'elle aperçoit ; c'est la Saale : *TA*, VIII, 678.

Soldat parisien (un). Ses menaces au major de Sucy : *Ad.*, X, 995.

Soldat (un). Sa réflexion à un officier pendant la retraite de Russie : *Ad.*, X, 1000.

Soldat (un). Annonce à Dante Alighieri que sa proscription a cessé : *Pro.*, XI, 554.

Soldats (deux). S'irritent de l'attitude du sous-aide-major Prosper Magnan, qu'ils traitent de lâche : *AR*, XI, 106.

Soldats (deux). Leurs plaisanteries à l'adresse de Christophe Lecamus : *Cath.*, XI, 258.

SOLDET (Augustin Boirouge-Soldet, dit). Fils du maître de poste de Sancerre ; courtise Ursule Mirouët : *Boi.*, XII, 397.

SOLIS (abbé de) [v. 1733-1818]. D'origine espagnole, né à Grenade, octogénaire en 1813 ; successivement dominicain, grand pénitencier de Tolède puis vicaire général de l'archevêque de Malines ; en 1793, à l'invasion de la Belgique par les Français, se réfugie à Douai auprès de Mme Claës. Ses penchants mystiques : *RA*, X, 738, 739 ; directeur de conscience de Mme Balthazar van Claës en 1813 : 730 ; s'entremet auprès de MM. Happe et Duncker, d'Amsterdam, pour la vente de la collection de tableaux de Balthazar : 733 ; protégé par le vieux duc de Casa-Réal, aurait atteint aux plus hautes dignités ecclésiastiques sans la Révolution française ; a pour élève le jeune duc de Casa-Réal, mort en 1805 : 738 ; met en sécurité chez lui le produit de la vente des tableaux de la galerie Claës, afin de le conserver à sa pénitente : 745 ; meurt en décembre 1818 : 777 ; les trois branches de sa maison ; ses titres et substitutions reviennent à son neveu, Emmanuel de Solis : 826.

SOLIS Y NOURHO (Emmanuel de) [né vers 1793]. Neveu du précédent, aimé en secret par Marguerite Claës, orphelin de bonne heure : *RA*, X, 738 ; son éducation sévère et même claustrale : 739 ; rend à Marguerite son amour : 740, 741 ; sa pauvreté ; en 1813, étudie pour être professeur ; espère devenir un jour principal d'un collège en Flandre, n'ayant pas la vocation sacerdotale : 743 ; s'intéresse principalement à l'histoire : 744 ; chargé par son oncle de la vente de la galerie Claës : 745 ; son amour pour Marguerite mûrit lentement : 747, 748 ; professe l'histoire et la philosophie au collège de Douai ; chargé de prévenir Balthazar de la gravité de l'état de sa femme, en février 1816 : 751 ; sa réserve devant Marguerite, après son deuil : 763 ; espère pouvoir conduire Gabriel Claës jusqu'à Polytechnique : 766, 767 ; proviseur du lycée de Douai en 1818 : 772 ; met à la disposition de Marguerite le fidéicommis de son oncle : 785 ; hérite de lui et se fiance avec Marguerite : 808, 809 ; l'épouse, en janvier 1825 : 821, 822 ; démissionne de ses fonctions d'Inspecteur général de l'Université et reste à Douai : 826 ; seul héritier et dernier survivant de la maison de Solis, en 1828, rachète le comté de Nourho ; de 1828 à 1830, voyage en Espagne avec sa femme ; y apprend, à Cadix, les dernières excentricités de son beau-père et rentre en France : 826, 827.

SOLIS Y NOURHO (Mme de). Femme du précédent. Voir CLAËS (Marguerite van).

SOLONET (Me) [né en 1788]. Âgé de vingt-sept ans en 1815 : *CM*, III, 555 ; portrait en 1822 : 561, 562 ; notaire à Bordeaux ; chevalier de la Légion d'honneur en 1815, après la seconde Restauration à laquelle il contribue activement : 555 ; en 1822, notaire de Mme Évangélista ; amoureux de sa cliente ; appelé par elle pour dresser le contrat de mariage de Natalie, sa fille : 555 ; type du nouveau notariat par opposition à Me Mathias, notaire de Manerville, le futur, et son adversaire dans le duel qui va se jouer entre ces deux *condottieri* matrimoniaux : 559-561 ; expose à son adversaire ses idées sur le contrat de mariage à établir : 562 ; leur discussion : 562-582 ; explique à Mme Évangélista ce qu'est un *majorat* : 581 ; reprend la discussion avec Mathias en le reconduisant : 582, 583 ; Mme Évangélista lui reproche de s'être laissé berner par Me Mathias ; répond que les effets du majorat seront nuls si le jeune couple n'a pas d'héritier mâle : 598-600 ; témoin au mariage de Natalie avec Manerville : 615 ; en novembre 1827, sur les rangs pour l'acquisition de l'hôtel Manerville, à Bordeaux ; se retire et épouse une mulâtresse riche à millions : 623 ; procure des hommes de paille à Mme Évangélista, dont son premier clerc, Lécuyer : 640.

SOLVET. Amant de Caroline de Bellefeuille, aux crochets de qui il vit en 1833 ; gibier de correctionnelle : *DF*, II, 80, 81.

SOMMERVIEUX (chevalier de). Père du suivant : *MCP*, I, 67.

Ant. *comte : *MCP*, I, 67 (var. *a*).

SOMMERVIEUX (baron Théodore de). Vient d'obtenir le Grand Prix de Rome de peinture, vers 1804 : *MCP*, I, 53. Ami des Malvaux, peint, vers 1805, un portrait de Mlle Hannequin, rival de la *Corinne* de Gérard : *FAu.*, XII, 618. En 1811, examine avec enthousiasme la façade du *Chat-qui-pelote*, rue Saint-Denis : *MCP*, I, 39 ; amoureux d'Augustine Guillaume, peint son portrait, de mémoire, et demande l'avis de Girodet : 54 ; obtient le Grand Prix du Salon : 54 ; rencontre Augustine au Salon et lui déclare son amour : 55 ; retire ses tableaux après la visite de la jeune fille : 57 ; la guette à la messe de Saint-Leu : 65 ; fait baron et chevalier de la Légion d'honneur par l'Empereur : 68 ; autorisé à faire sa cour à Augustine : 70 ; l'épouse à Saint-Leu : 71, 72 ; après une lune de miel d'un an, se lasse de sa femme, trop ignorante et d'idées étroites : 73, 78 ; peint des femmes nues, à la grande indignation de ses beaux-parents : 92 ; amant de la duchesse de Carigliano : 92 ; dans un accès de fureur, détruit le portrait d'Augustine : 93. De 1812 à 1814 Mme Marmus de Saint-Leu lui fait oublier la duchesse : *ES*, XII, 543 ; elle en a sans doute un fils, Théodore, qui a « du goût pour la peinture » : 547. Lebas cite avec effroi l'histoire du mariage de sa belle-sœur avec le peintre : *CB*, VI, 70. En 1824, auteur des motifs de l'ostensoir d'or de Gohier, offert par Baudoyer à l'église Saint-Paul : *E*, VII, 1033. Grassou a vainement essayé d'apprendre de lui l'art de la Composition : *PGr.*, VI, 1095. Un des illustrateurs des œuvres de Canalis, éditées par Dauriat : *MM*, I, 512.

Ant. prénommé *Henry puis *Henri : *MCP*, I, 58 (var. *b*) ; *R*** (Eugène, etc.), puis *BRASSEUR (Eugène), puis *FULGENCE, puis *BRIDAU (Eugène) : *ES*, XII, 529 (n. 2).

Ant. les réels *DEVÉRIA (les), puis *LETHIÈRE, puis *GROS : *PGr.*, VI, 1095 (var. *h*) ; *FRAGONARD : *E*, VII, 1033 (var. *c*) ; *GIRODET : *FAu.*, XII, 618 (var. *a*).

SOMMERVIEUX (baronne de) [1793-1820]. Née Augustine Guillaume à Paris, rue Saint-Denis : *MCP*, I, 71 ; âgée de dix-huit ans en 1811 ; portrait à cette époque : 48, 49 et 43 ; pendant huit mois guettée par Sommervieux, amoureux, qui fait son portrait : 53, 54 ; le rencontre au Salon où son portrait est exposé : 55 ; correspond avec lui en secret : 58 ; découverte d'où orages : 66, 67 ; dotée de cent mille écus, avec séparation de biens, mariage à Saint-Leu : 71, 72 ; s'installe rue des Trois-Frères : 72 ; a un fils, qu'elle nourrit : 73 ; détonne dans le milieu que fréquente son mari : 74 ; en 1814, le désaccord avec Théodore s'accentue : 75 ; se cultive : 77 ; visite à sa sœur, puis à ses parents, qui ne comprennent rien à ses scrupules : 78-84 ; va chez la duchesse de Carigliano, maîtresse de son mari : 87-91 ; dernière scène avec son mari : 92. Invitée en 1818 au bal Birotteau ; souffrante, elle se meurt de chagrin : *CB*, VI, 161 ; son beau-frère, Lebas, cite avec effroi son exemple : 70. Morte à vingt-sept ans ; inhumée au cimetière Montmartre : *MCP*, I, 93. Femme vertueuse : *Pré.PG*, III, 43.

Ant. les réels *DEVÉRIA, puis *LETHIÈRE, puis *GROS : *PGr.*, VI, 1095 (var. *h*).

SOMMERVIEUX (Robert de) [né en 1811]. Naissance : *MCP*, I, 73. Trente ans en 1841 : *P3V*, XII, 374, 375 ; en seconde année à Saint-Cyr en juillet 1830 ; n'y rentre pas : 375 ; en 1839, sur plainte de Barbier, libraire, et Biddin, bijoutier, est traduit en correctionnelle ; défendu par Me Minard, il est renvoyé des fins de la plainte ; le tribunal compense les dépens entre les deux parties : 376, 377 ; le 2 novembre 1841, engagé volontaire au 1er bataillon de Chasseurs d'Afrique, se présente au général Giroudeau, porteur d'une lettre de recommandation du Gouverneur général de l'Algérie : 373 ; bientôt nommé maréchal des logis, une action d'éclat le fait passer dans les spahis, dans la division du général chargé de poursuivre Abd el-Kader, en 1842 : 375; sous-lieutenant après l'affaire de la smala de l'Émir, en 1843, et chevalier de la Légion d'honneur; victime d'un chantage d'une feuille d'extrême gauche, il demande une mission périlleuse : 376, 377; nommé lieutenant et blessé après un brillant fait d'armes; souffrances morales : 377, 378.

Ant. *BAUVAN (comte Robert de) : *PJV*, XII, 373 (var. *b*).

SOMNAMBULE (une). Endormie par le grand swerdenbogien; ses révélations au docteur Minoret sur l'emploi du temps d'Ursule, au même moment, à Nemours : *UM*, III, 828, 829-832; seconde séance de sommeil somnambulique : 833, 834.

SOMNAMBULES (deux). L'une vieille et l'autre jeune, aux prises avec les Ruggieri : *Cath.*, XI, 418-423.

SONET. Marbrier, associé de Vitelot : *CP*, VII, 738; fondateur de la maison Sonet et Cie, entrepreneurs de monuments funéraires; en 1830, exécute le tombeau de Rubempré et d'Esther, au Père-Lachaise : 725; un projet refusé, en 1834, par la veuve de Marsay puis, en 1839, par la famille Keller est proposé à Schmucke en 1845 pour le tombeau de Pons : 738, 739.

SONET (Mme). Femme du précédent. Aidée par Mme Vitelot, donne des soins au vieux Schmucke, terrassé par l'émotion aux obsèques du cousin Pons : *CP*, VII, 738.

*SOPHIE. Jeune personne d'Alençon, admire la pèlerine de Mme de Gordes : *La Fleur des pois*, IV, 1440.

*SOPHIE. Cuisinière des Ragon; remplacée par URSULE : *CB*, VI, 56 (var. *c*).

SOPHIE. Cuisinière cordon-bleu du comte Anselme Popinot; fin gastronome, le cousin Pons regrette ses carpes du Rhin : *CP*, VII, 531.

SORBIER (Me). Un des plus anciens notaires de Paris. Vieil ami de Me Chesnel, lui écrit pour lui recommander Victurnien d'Esgrignon, qui arrive à Paris : *CA*, IV, 1002; est mort lorsque Victurnien se présente à son étude : 1009. Notaire prédécesseur de Cardot, il avait pour clients les Saillard, qui plaçaient leur argent chez lui par petites tranches de cinq mille francs : *E*, VII, 934.

Ant. le réel *LAISNÉ (Me). Notaire du quartier Saint-Antoine : *E*, VII, 934 (var. *g*).

SORBIER (Mme). En 1822, Me Chesnel, en envoyant à Paris le jeune d'Esgrignon, compte un peu sur sa tutelle morale : *CA*, IV, 1002; « veuve très peu poétique », se contente de remettre la lettre du vieux notaire au successeur du défunt, Me Cardot : 1009.

SORIA (maison de). Ducale. La dernière maison hispano-mauresque de Grenade; son domaine de Macumer vient des Sarrasins : *MJM*, I, 223; issue d'Abencérages convertis au christianisme : 246.

SORIA (duc de). Grand d'Espagne. En 1806, chez Talleyrand à Valencay avec ses deux fils à la suite du roi d'Espagne : *MJM*, I, 246.

SORIA (duchesse Clara de). Femme du précédent. Préfère son fils cadet Fernand à l'aîné Felipe : *MJM*, I, 227.

SORIA (don Felipe Henarez, duc de). Fils des précédents. Voir MACUMER.

SORIA (don Fernand Henarez, duc de). Frère cadet du précédent. En 1823, Grand d'Espagne et duc de Soria par suite de l'abandon que Felipe lui fait de ses titres, charges et biens : *MJM*, I, 224; doit épouser Marie Heredia, d'accord avec lui pour lui envoyer deux millions à Felipe : 258, 259; en 1827 à Paris; Louise, sa belle-sœur, le trouve généreux mais enfant gâté : 344; en 1829, accourt près de son frère qui meurt : 356; en octobre 1829, après l'avoir soigné à Chantepleurs, vient apprendre sa mort à la duchesse de Chaulieu : *SetM*, VI, 510.

SORIA (duchesse Fernand de). Femme du vieux comte Heredia qui la destine à Felipe, duc de Soria; aime Fernand : *MJM*, I, 224; en 1825, va l'épouser : 258; en 1827, sa belle-sœur, Louise de Macumer, la juge l'une des plus belles femmes de l'Europe, mais bête : 343, 344; en 1829, au chevet de Felipe qui meurt : 356. Avec son mari à Chantepleurs puis chez la duchesse de Grandlieu : *SetM*, VI, 510.

SORMANO. Nom du farouche personnage dépeint par Albert Savarus sous le nom féminin de Gina dans sa nouvelle autobiographique, *L'Ambitieux par amour*; ce nom fit sourire la duchesse d'Argaiolo : *AS*, I, 981.

SOUCHET. Agent de change à Paris. En 1819, fait faillite et entraîne la chute de Guillaume Grandet, qui se suicide : *EG*, III, 1083.

fille ; commande l'artillerie en Espagne, en 1823 : 281. En 1827, lieutenant général d'artillerie ; attend le bâton de maréchal : *R*, IV, 523, 524. Le gagne à Cadix ; on le lui donne en 1826 : *Pay.*, IX, 282 ; trois enfants : deux fils et une fille : 303. En 1827, Philippe Bridau, comte de Brambourg, courtise sa plus jeune fille : *R*, IV, 523 ; Bixiou, déguisé en prêtre, lui révèle les fâcheux antécédents de son futur gendre ; le mariage projeté est rompu : 538.

*SOULANGES (M. de) : *Pay.*, IX, 299 (var. *a*).

SOULANGES (Hortense, comtesse de). Femme du précédent. Est *l'inconnue* du bal Gondreville, en 1809 ; portrait : *PM*, II, 98 ; son air malheureux : 98, 120 ; petite-nièce de la duchesse de Lansac ; mariée depuis trente mois et trompée depuis quinze ; un enfant : 119 ; accepte l'invitation de Martial de La Roche-Hugon et danse la Trénis avec lui : 124 ; récupère le diamant porté par le jeune homme, qu'elle lui appartient : 127 ; se réconcilie avec son mari : 129. Nièce de la duchesse de Marigny, qui lui laisse, contre une rente viagère, sa terre de Guébriant : *DL*, V, 1013. En 1823, n'est pas à Soulanges, ayant accompagné son mari en Espagne : *Pay.*, IX, 282. Femme vertueuse : *Pré.PG*, III, 43.

SOULANGES (vicomte de). Fils des précédents, vraisemblablement. Chef d'escadron de hussards à Fontainebleau en 1836, pressenti par Savinien de Portenduère pour être son témoin dans un duel avec le substitut Désiré Minoret-Levrault : *UM*, III, 972, 973.

SOULANGES (Amélie de). Fille cadette des Soulanges : *R*, IV, 523. Sa main est demandée par le général comte de Montcornet, ami de son père ; ce dernier refuse, alléguant une trop grande différence d'âge : *Pay.*, IX, 281. Un second projet de mariage, avec le comte Philippe de Brambourg, en 1827, échoue aussi : *R*, IV, 538.

SOULANGES-HAUTEMER (marquis de). De la branche cadette des Soulanges, qui s'éteint avec lui. En 1602, impliqué dans la conspiration de Biron, il est décapité ; la comtesse de Moret, qui ambitionne sa terre des Aigues, l'obtient à cette occasion : *Pay.*, IX, 284.

SOULAS (comte Amédée-Sylvain-Jacques de) [né en 1809]. Né à Besançon ; âgé de vingt-cinq ans en 1834 : *AS*, I, 919 ; d'origine espagnole, son nom s'écrivait Souleyaz au temps de leur occupation de la Comté ; d'une famille alliée au cardinal de Granvelle : 917 ; en 1834, le seul lion de la ville à posséder un tigre, Babylas : 917, 918 ; son budget, très étudié ; ses occupations : 917-919 ; fier d'être le seul à porter des sous-pieds : 920 ; s'est mis sous l'aile protectrice de la dévote baronne de Watteville, n'osant pas répondre aux invites des grisettes ; on voit en lui le futur époux de Rosalie : 922 ; beaucoup plus loin de son but qu'il ne se l'imagine : 926 ; épouse la mère : 1018 ; constate qu'il faut épouser une dévote pour en connaître les désagréments : 1019.

SOULAS (comtesse Amédée de). Femme du précédent. Voir WATTEVILLE (baronne de).

Sous-chef de la police de Paris (le) en 1819. Promet au vidame de Pamiers de s'occuper de la protection du baron de Maulincour : *F*, V, 831.

Sous-lieutenant (un ancien). Ancien officier de la Grande Armée. Cultive un marais dans le Haut-Baltan ; au banquet du 2 décembre 1822, à Issoudun, prédit qu'il y aura des sabres dégainés sous peu : *R*, IV, 503.

Sous-préfet d'Issoudun (le). S'attire l'inimitié des Chevaliers de la Désœuvrance ; les tours qu'ils lui jouent, ainsi qu'à sa femme. Doit demander son déplacement : *R*, IV, 376.

Sous-préfet de Sancerre (le). Remplaçant à Sancerre M. de Chargebœuf, ne sait pas plaire à Mme de La Baudraye et contribue à la défaite de M. de Clagny ; nommé préfet en récompense : *MD*, IV, 666 ; ravi de la réponse du docteur Bianchon, refusant, en 1836, de se porter candidat aux élections législatives : 702 ; assiste à la soirée des La Baudraye au château d'Anzy : 711.

*Sous-préfet de La-Ville-aux-Fayes (le). Homme de l'Empire, piqué de n'être pas reçu par le marquis de Grandlieu au château d'Ars, en 1814, souffle le feu entre la ville et le château : *Le Grand Propriétaire*, IX, 1267 ; en 1815, il est remplacé par M. du Chosal : 1268.

Sous-prieur de San Lucar (le). Se demande ce qui se passe dans la châsse du Bienheureux don Juan Belvidéro, lors de sa canonisation : *ELV*, XI, 495.

SOUVERAIN. Voir POPINOT-BOIROUGE-BONGRAND.

SPARCHMANN (docteur). Chirurgien allemand de l'hôpital d'Heilsberg en 1807. Sauve le colonel Chabert et fait dresser procès-verbal des conditions dans lesquelles il est sorti vivant du charnier d'Eylau : *Col.*, III, 327.

SPIEGHALTER. Mécanicien. Est installé à Paris, rue de la Santé; inventeur d'une puissante presse hydraulique; essaie vainement d'étendre la peau de chagrin de Raphaël de Valentin; la presse casse : *PCh.*, X, 248, 249.
   *SPIEGHALTER, remplacé par le réel *WAGNER, puis par LIVINGSTON : *CB*, VI, 96 (var. *b*).

SPONDE (M. de). Grand-père maternel de Mlle Rose Cormon. Élu député de la noblesse aux États de 1789, il refuse cet honneur : *VF*, IV, 847.

SPONDE (abbé de) [v. 1746-1819]. Âgé d'environ soixante-dix ans en 1816 : *VF*, IV, 861; ancien grand vicaire de l'évêché de Séez; oncle maternel de Mlle Cormon; sa vie ascétique : 847; vite excédé du mariage de celle-ci avec du Bousquier, s'en ouvre à Mlle d'Esgrignon : 923; horrifié de trouver chez du Bousquier à la fois un relaps, l'abbé François, et l'abbé Couturier; il en meurt : 926. « Ce saint » évoqué devant sa nièce par Chesnel : *CA*, IV, 1056.

*SPONDE (Mgr de). Venu des Pays-Bas. Ami du P. La Chaise, obtient sous Louis XIV l'évêché d'Alençon : *La Fleur des pois*, IV, 1443.

*SPONDE (capitaine de). Frère cadet du précédent. Épouse une fille noble du Perche dont il a un enfant : *La Fleur des pois*, IV, 1443.

*SPONDE (M. de). Petit-fils du précédent. Officier aux Indes sous M. de Lally, s'y marie par amour; revenu en France, meurt de chagrin après avoir perdu sa femme : *La Fleur des pois*, IV, 1443.

*SPONDE (Mme de). Femme du précédent. Créole; suit son mari en France et y meurt peu après, laissant un fils unique : *La Fleur des pois*, IV, 1443.

*SPONDE (Gabriel de). Fils des précédents. Dernier rejeton d'une des plus illustres familles de la Belgique, arrière-petit-neveu d'un évêque d'Alençon : *La Fleur des pois*, IV, 1443; orphelin très jeune, est élevé par une vieille parente; lié avec la famille Bonaparte sous le Directoire; secrétaire général de la préfecture d'Alençon : 1444; endetté, se résout, à vingt-quatre ans, à épouser Mlle Cormon : 1445, a d'elle quatre enfants : 1441; en mai 1819, bien que sa femme soit mourante, fait ostensiblement la cour à la belle Mme de Gordes : 1439.

*SPONDE (Mme de). Femme du précédent. Femme vertueuse : *Pré.PG*, III, 43. Voir *CORMON (Mlle).

*STACPOOLE. Sa succession suffit à faire la fortune d'un avoué : *MN*, VI, 366 (var. *e*).

*STAGLOTZ. Sculpteur. Remplacé par STIDMANN : *B*, II, 904 (var. *d*); ant. *FOUCHER, puis remplacé par STIDMANN : 908 (var. *a*).

*STAUNTON (lord George), remplacé par GRENVILLE (lord) : *F30*, II, 1062 (var. *a*).

STEINBOCK (comte Wenceslas) [né en 1809]. Polonais, né en Livonie à Prelie : *Be.*, VII, 110; âgé de vingt-neuf ans en 1838 : 88; portrait à cette époque : 128; en 1830, professeur de beaux-arts dans un gymnase de Varsovie dont les élèves, en novembre, commencent la révolte contre Constantin, vice-roi de Pologne, auquel il doit sa place; se bat puis s'enfuit à pied à travers l'Allemagne et arrive à Paris en 1833 : 88; petit-neveu du comte Wenceslas Steinbock, un des généraux de Charles XII de Suède : 89; en 1833, tentative de suicide; elle échoue grâce à l'intervention de sa voisine, Lisbeth Fischer : 110; placé par cette dernière apprenti ciseleur chez Florent et Chanor; y fait la connaissance du sculpteur Stidmann : 113; en 1838, las de la vie que lui fait mener Lisbeth, se livre à une seconde tentative de suicide : 117, 118; lui offre un cachet en argent ciselé, qu'elle montre à Hortense Hulot comme preuve de l'existence de celui qu'elle nomme son amoureux : 90; a réalisé un *Samson*, groupe en bronze que, grâce à Hortense, il présente au baron Hulot d'Ervy : 133-136; lancé par celui-ci, connaît le succès en quelques jours et vend son *Samson* au comte Anselme Popinot : 141; refuse d'épouser Bette : 166; elle se venge en le faisant incarcérer à Clichy : 168, 169; libéré par Stidmann : 174; épouse Hortense Hulot : 182; leur appartement, rue Saint-Dominique : 239; sa statue équestre du maréchal de Montcornet, critiquée en 1841 : 240; réapparition de sa paresse native : 243; le duc d'Hérouville lui commande un dessert; s'endette : 247, 250; aux abois, promet à Bette d'aller voir Mme Marneffe : 250, 251; elle lui commande sa statue, en Dalila : 259, 260; la revoit et provoque une crise de nerfs de sa femme : 267; Mme Marneffe lui écrit qu'elle attend un enfant de lui et s'arrange pour que sa lettre tombe aux mains d'Hortense : 275-277; toujours amant de Valérie, qui l'entretient, en 1843 : 395; témoin à son mariage avec Crevel : 399; son rendez-vous galant, avec elle, pâté des Italiens, surpris par Montès de Montéjanos : 413, 414; las de Valérie, en mai 1843 réintègre le domicile conjugal, rue Louis-le-Grand : 423, 424; ne fait plus rien : il est devenu critique d'art : 449. Un des artistes qui décorent l'hôtel Laginski : *FM*, II, 202. Sculpteur, « célèbre pour ses avortements autant que par l'éclat de ses débuts »; fréquente chez les Hannequin de Jarente en 1846; raconte à Claude Vignon l'histoire de Mme de Malvault : *FAu.*, XII, 617.

Ant. le réel *SEGUIN (Gérard) : *FM*, II, 202 (var. c).

STEINBOCK (comtesse). Femme du précédent. Née Hortense Hulot d'Ervy. Portrait en 1838 : *Be.*, VII, 79, 80; à cette date, Crevel fait échouer son mariage avec le conseiller Lebas en disant que sa dot de deux cent mille francs ne sera pas payée et que son père est ruiné : 61; promet un cadeau à la cousine Bette si elle lui fournit les preuves de l'existence de son *amoureux*, W. Steinbock : 89; conduit son père à la boutique qui expose les œuvres de Steinbock : 125; décide de voler son amoureux à sa cousine : 132; dispositions paternelles pour son mariage : 173; épouse Wenceslas : 182; s'installe rue Saint-Dominique près de l'esplanade des Invalides : 182; découvre qu'elle est trompée : 265; quitte le domicile conjugal; sa lettre à Wenceslas : 278, 279; lui pardonne : 424; avec son mari et son fils, s'installe dans l'immeuble de son frère : 366; son frère place sur sa tête l'argent du fidéicommis du maréchal Hulot : 449.

Ant. prénommée *Hedwige : *Be.*, VII, 56 (var. f).

STEINBOCK (Wenceslas) [né en 1839]. Fils des précédents : *Be.*, VII, 239, 266.

STEINGEL. Fils naturel du général (réel) de ce nom. Engagé par le comte de Montcornet en qualité de garde-chasse aux Aigues en 1821 : *Pay.*, IX, 170.

STELLA. Jument favorite de Mlle de Cinq-Cygne en 1803 : *TA*, VIII, 585; son pedigree : 567; grâce aux soins de Durieu, ne crèvera pas de la course éperdue que lui a imposée sa maîtresse : 586.

STÉPHANIE. Amie de pension de Caroline de Chodoreille au pensionnat de Mlle Mâchefer : *PMV*, XII, 103-106.

STEVENS (Dinah). Voir MARSAY (comtesse Henri de).

STIDMANN. Sculpteur ornemaniste. En 1829, exécute une pomme de cravache en or, représentant une chasse au renard, commandée par une Russe qui ne peut la payer et achetée par La Brière pour Modeste Mignon : *MM*, I, 664. En 1833, principal sculpteur de Florent et Chanor; forme Steinbock : *Be.*, VII, 113. En 1834, exécute le monument de Marsay pour le Père-Lachaise : *CP*, VII, 739. En 1835, en passe de faire arriver l'art de l'orfèvrerie à la perfection; regrette Steinbock qui l'a quitté, prétend qu'on va lui gâter la main à ramasser des écus et traite Rivet de vieux Père Lumignon : *Be.*, VII, 114, 115; en 1838, sort Wenceslas de Clichy et paie ses dettes : 174, 175; assiste au mariage de son ami avec Hortense Hulot : 185, 186. En 1839 exécute le monument de Charles Keller pour le Père-Lachaise : *CP*, VII, 739. Auteur de la garniture de cheminée de Mme Marneffe : *Be.*, VII, 189; en 1841, déçu par le Montcornet de Wenceslas : 240; à cette époque, n'est plus, depuis quelques mois, l'amant de Mme Schontz; Valérie Marneffe intrigue pour l'avoir à ses soirées; il consolerait volontiers Hortense Hulot : 248; par inadvertance, révèle à Hortense que Wenceslas dîne chez Valérie Marneffe : 266. La même année, rival de Victor de Vernisset; ils accusent chacun l'autre, à tort, d'être son rival heureux auprès de Mme Schontz, dans le rôle de « second Arthur » : *B*, II, 904. Exécute les sculptures de l'appartement de Jenny Cadine, rue Blanche : 907. En 1843, témoin au mariage de Valérie avec Crevel : *Be.*, VII, 399. Membre de l'Institut en 1845 : *CSS*, VII, 1188.

Ant. *STAGLOTZ : *B*, II, 904 (var. d); *FOUCHER, puis *STAGLOTZ : 408 (var. a).

Ant. le réel *PAILLARD (Victor) : *Be.*, VII, 189 (var. a); et le réel *DAVID D'ANGERS : *CP*, VII, 739 (var. a, b).

STOPFER (les). Suisses, anciens tonneliers à Neuchâtel, louent à Rodolphe une chambre meublée à Gersau : *AS*, I, 941, 942.

STUART (le), dans *EHC*. Voir HOREAU (Jacques).

Substitut de Viviers (le). Partenaire habituel du whist de M. de La Roulandière : *PMV*, XII, 110.

SUCY (général comte Philippe de) [1789-1830]. Agé de trente ans en 1819, mais en paraît quarante; portrait : *Ad.*, X, 975, 976; major de cavalerie à Studzianska en novembre 1812; protège des dangers le général comte de Vandières et sa femme, Stéphanie, dont il est épris : 988-996; blessé à l'épaule en défendant Hippolyte : 996; amène le général et sa femme jusqu'au pont de la Bérésina; les confie au grenadier Fleuriot, cousin d'un de ses hommes; voit le général décapité par un glaçon; sa femme lui crie : « Adieu! »; il s'évanouit : 1000, 1001; en septembre 1819, promu colonel, chasse en forêt de L'Isle-Adam avec le marquis d'Albon : 974; s'évanouit à la vue d'une inconnue en qui il reconnaît Stéphanie : 983; la retrouve folle, à l'hospice des Bons-Hommes; elle ne le reconnaît pas et se sauve : 1003-1005; expose au docteur Fanjat le projet qu'il a conçu pour lui rendre la raison : 1010, 1011; la revoit, guérie et aimante pendant un court instant où elle le reconnaît, avant de mourir : 1013; en 1830, est général; passe pour un homme aimable et gai, mais ne se marie pas; se brûle la cervelle au début de 1830, Dieu lui ayant retiré son appui : 1013, 1014.

Suisse d'une église parisienne (le). Quête pour les besoins de l'église à l'enterrement du baron d'Aldrigger : *MN*, VI, 357.

Suisse de Saint-Sulpice (le). Opinion sur le vieux Poupillier : *Bou.*, VIII, 175.

Suisse de l'hôtel de Valentin (le). Les ordres stricts qu'il a reçus de défendre la porte du marquis Raphaël de Valentin : *PCh.*, X, 212.

*SULLIVAN (Luc). Banquier. Remplacé par MONGENOD : *In.*, III, 444 (var. *b*).

SULTAN. Pur-sang anglais, cadeau de lord Dudley à son fils naturel, Henri de Marsay : *AEF*, III, 679.

Supérieure des Carmélites de Blois (la). Voir *CHAULIEU (Mlle de).

Supérieure des Carmélites d'un couvent d'une île espagnole (la) en 1823. Consent à l'entrevue de Montriveau avec sœur Thérèse et y assiste : *DL*, V, 917; ordonne à sœur Thérèse de réintégrer sa cellule, puis renonce : 919, 920; sœur Thérèse lui avoue connaître Montriveau : 923.

Supérieure d'une célèbre maison d'éducation (la). Juge Esther édifiante : *SetM*, VI, 466; fait venir pour elle un médecin, puis Herrera : 469, 470.

Surveillant à la Conciergerie en 1830 (un). Conduit le docteur Lebrun auprès de Carlos Herrera, simulant la maladie : *SetM*, VI, 812, 815, 816.

SUZANNE (Mlle) : *VF*, IV, 820. Voir VAL-NOBLE (Suzanne du).

SUZETTE. Femme de chambre de la duchesse de Langeais en 1819 : *DL*, V, 969.

SUZON. Vieux valet de chambre du comte Maxime de Trailles. En 1833, se laisse rouler par Cérizet qui parvient à forcer sa consigne : *HA*, VII, 784.

SYLVIA. Prénom sous lequel Canalis célébrait Mme de Saint-Vandrille dans ses vers : *ES*, XII, 545.

SYLVIE. Cuisinière de la pension Vauquer en 1819 : *PG*, III, 55; aide Rastignac et Bianchon à soigner le père Goriot : 282-285; s'empare du médaillon d'or du défunt, que Rastignac lui enlève, pour le remettre dans la bière : 289.

Syndic d'une faillite dans laquelle est compromis Adolphe de Chodoreille (le). Se permet quelques privautés en recevant Mme de Chodoreille : *PMV*, XII, 160, 161.

*T. (Mme), remplacée par Mme ROGUIN : *P*, IV, 143 (var. *c*).

T... (marquis de). Vieux marquis émigré, ruiné par la Révolution; portrait : *Phy.*, IX, 1071; ami du marquis de Nocé; rencontre le narrateur : 1189; leur conversation sur l'amour : 1190-1194.

T... (marquise de). Femme du précédent. Portrait : *Phy.*, XI, 1189.

T... (M. de). Un physique éteint : *Phy.*, XI, 1134, 1135; se moque du conteur : 1143.

T... (Mme de). Femme du précédent : *Phy.*, XI, 1143; amie intime de la comtesse de ***; semble avoir quelques projets sur le narrateur : 1132; l'emmène vers une destination inconnue; son mari les accueille mal : 1133, 1134; leur aventure : 1135-1143.

TABAREAU. Huissier à la justice de paix, en 1845, ami de Me Fraisier : *CP*, VI, 629; assigne Pons et Schmucke devant le tribunal, en paiement de l'argent soi-disant dû à la Cibot : 677 ; conseillé par la Sauvage, Schmucke accepte qu'il s'occupe de la succession Pons : 729.

TABAREAU (Mlle). Fille du précédent. En 1845, Fraisier est candidat à sa main : *CP*, VII, 691 ; grande, rousse et poitrinaire ; propriétaire d'une maison, place Royale, en 1845, du chef de sa mère : 694 ; Mme de Marville promet infiniment mieux que *la fille à Tabareau* à Fraisier en 1846 : 763.

TABOUREAU. Ancien journalier devenu usurier ; habitant le bourg du docteur Benassis : *MC*, IX, 436 ; devenu processif au prorata de ses gains : 436 ; plaide le faux auprès de Benassis, pour savoir le vrai : 438, 439.

*TACHERON. Voir TASCHERON.

TAILLEFER (Jean-Frédéric) [v. 1779-1831]. Âgé d'environ vingt ans en 1799 : *AR*, XI, 92 ; esquisse à cette époque : 95 ; portrait en 1831 : 91 ; issu d'une famille bourgeoise, modérément riche, de Beauvais ; étudiant en médecine, pris en 1799 par la conscription ; envoyé en qualité de chirurgien sous-aide-major à l'armée Augereau, ainsi que son ami Prosper Magnan : 92, 93 ; en octobre, arrive de nuit à *l'Auberge rouge*, près d'Andernach : 95, 96 ; offre son lit à Walhenfer : 101 ; l'assassine et s'enfuit, laissant accuser du meurtre Prosper Magnan : 105, 108 ; fait la campagne de Wagram dans les vivres : 113. En 1819, millionnaire, principal associé de la banque Frédéric Taillefer et Cie : *PG*, III, 144. Il ne peut plus avoir d'enfants : *AR*, XI, 91 ; *PG*, III, 144 ; il croit avoir des raisons de ne pas reconnaître sa fille, Victorine, réfugiée à la pension Vauquer : 59 ; Vautrin évalue sa fortune à trois millions : 84 ; Vautrin connaît son passé et sait qu'il veut laisser toute sa fortune à son fils : 143, 144 ; ce dernier, tué en duel, il envoie chercher Victorine à la pension Vauquer par un valet : 211 ; garde sa fille chez lui : 224, 225. En 1826, interrogé par Desroches sur la fortune du défunt à l'enterrement du baron d'Aldrigger : *MN*, VI, 355 ; vend trois cent mille francs de valeurs Nucingen avec vingt pour cent de perte : 386. Le cœur a failli naguère à Rastignac pour saisir ses millions, dit Herrera : *SetM*, VI, 434. Offre un grand banquet à la rédaction du nouveau journal politique qu'il vient de fonder en octobre 1830 : *PCh.*, X, 91, 92 ; son hôtel particulier, rue Joubert : 93 ; les bruits qui circulent sur son compte : 96 ; son rire satanique, image du crime sans remords : 206 ; trône au théâtre Favart en décembre 1830 avec sa maîtresse, Aquilina : 225. En 1831, dîne chez un banquier ; un convive allemand, Hermann, conte le crime de *l'Auberge rouge* : *AR*, XI, 89, 92-112 ; il donne des signes de trouble pendant le récit : 95, 98, 102, 104, 105, 110 ; questionné par le narrateur, se coupe : 113, 115 ; a une violente crise nerveuse : 115, 116 ; sujet à ce mal depuis une trentaine d'années ; il aurait gagné aux armées ; a des crises surtout en automne ; soigné par le docteur Brousson : 116, 117 ; faire-part de sa mort : 121.

    Ant. *MAURICEY (Jean-Frédéric) : *AR*, XI, 95 (var. *d*), 121 (var. *c*).

*TAILLEFER : *MN*, VI, « ce gros assassin » 357 (var. *d*) ; roulé par. Nucingen : 387 (var. *j*) ; remplacé par DU TILLET : *MR*, X, 352 (var. *e*)

TAILLEFER (Mme) [?-v. 1815]. Première femme du précédent. Épousée sans fortune, prétend son mari : *PG*, III, 90 ; avec une belle fortune dont, malheureusement, il n'a pas été question au contrat, affirme sa parente Mme Couture : 207 ; mère de Victorine que son mari croit avoir des raisons de ne pas reconnaître ; morte de désespoir chez Mme Couture, vers 1815 ; en 1819, Mme Couture prend soin de Victorine depuis quatre ans : 59, 60 ; sa dernière lettre à son mari, acceptée des mains de Victorine par ce dernier en 1819 : 90.

    Ant. *MAURICEY (Mme), femme du précédent et mère de *Joséphine : *AR*, XI, 115 (var. *b*) ; remplacée par la fille du banquier Taillefer : 116 (var. *a*, *b*, *c*), 117 (var. *b*).

TAILLEFER (Mme). Seconde femme du banquier. Épousée par spéculation ; néanmoins extrêmement heureuse : *AR*, XI, 91.

TAILLEFER (Michel-Frédéric) [?-1820]. Fils du banquier : *PG*, III, 202, 211 ; seul reconnu par son père qui a dénaturé sa fortune pour la transmettre à lui seul : 59 ; n'aide ni ne vient voir sa sœur une seule fois en quatre ans : 60 ; Vautrin prépare sa succession : 144 ; provoqué, il va se battre en duel à la redoute de Clignancourt ; confiant, car il est très fort à l'épée : 195, 196 ; blessé au front par le colonel Franchessini, comme l'annonce *Le Pilote* : 215 ; meurt : 224.

Ant. prénommé seulement *Victurnien : PG*, III, 202 (var. *g*), 211 (var. *c*).

TAILLEFER (Victorine). Sœur du précédent. Portrait en 1819 : *PG*, III, 59; ressemble à son père : 90; ce dernier croit avoir des raisons de ne pas la reconnaître; en 1819, vit depuis quatre ans avec Mme Couture, parente éloignée de sa mère qu'elle a perdue; alors à la pension Vauquer; reçoit six cents francs par an du banquier qui l'a déshéritée : 59, 60; visite annuelle à son père, dont la porte lui reste fermée; ignorée par son frère : 60; en 1819, enfin reçue, fort mal; peut néanmoins donner à son père le testament de sa mère : 90; son frère mort, aurait enfin la succession de sa mère, plus de trois cent mille francs : 203; serait une des plus riches héritières de Paris : 215; amoureuse de Rastignac : 163, 183; son père l'envoie chercher lors de l'agonie de son frère : 215; la garde, avec Mme Couture, après la mort de son frère : 224, 225. En 1830, Mme Poiret rappelle qu'elle a habité autrefois la pension Vauquer : *SetM*, VI, 757. En 1831, au dîner d'un banquier; le narrateur l'a déjà vue au bal de l'ambassadeur de Naples, fraîche émoulue du couvent : *AR*, XI, 115; aimée du narrateur; fille d'assassin, peut-il l'épouser? : 118-122. Femme vertueuse : *Pré.PG*, III, 44.

Ant. *MAURICEY (Joséphine) : *AR*, XI, 115 (var. *a*) 118 (var. *c*), et 122 (var. *g*); **MAURICEY (Mme), sa mère : 116 (var. *a*, *b*, *c*), 117 (var. *b*).

Tailleur du jeu (le). Sa phrase rituelle, au tripot du Palais-Royal : *PCh.*, X, 61; semble souhaiter bonne chance à Raphaël de Valentin, le nouveau venu : 63.

Tanneur de Troyes (un). Caractère à la Saint-Just, président du tribunal révolutionnaire de Troyes; beau-père de Michu; mêlé à la conspiration de Babeuf, il se suicide : *TA*, VIII, 507.

Tante de Mme du Guénic (la). Irlandaise; sa nièce attend d'elle quelque bien qui servirait à marier Calyste : *B*, II, 680.

Tante maternelle de Crevel (la). Chargée par son neveu de veiller sur Joségpha : *Be.*, VII, 253.

Tapissier (le). Surnom donné à Montcornet par les paysans des Aigues : *Pay.*, IX, 100; raisons de ce surnom : 178.

TARLOWSKI (général). Polonais, ancien officier d'ordonnance de l'Empereur; beau-père du baron Bourlac : *EHC*, VIII, 337, 338; opinion peu flatteuse du docteur Halpersohn sur cet imbécile : 378; marié à une Sobolewska de Pinska : 388.

TARNOWICKI (Roman). Général polonais. Réfugié en France en 1836, y habite un petit hôtel particulier, rue Marbeuf, à Chaillot, avec le docteur Halpersohn : *EHC*, VIII, 344.

TASCHERON (les). Famille paysanne de Montégnac. En 1829, composée de deux grands-parents; du père et de la mère, de quatre fils et trois filles, dont deux mariées, et de cinq petits-enfants : *CV*, IX, 717, 718; le fils aîné alors condamné à mort pour assassinat, vendent leur bien : 721; avant de quitter le pays, leur repas d'adieux : 721-724; partent par Le Havre : 739; fondent Tascheronville dans l'Ohio, aux États-Unis; en 1841, très prospères; les grands-parents et une fille sont morts : 842, 843.

Ant. *CACHERON (les), famille de maçons qui, l'argent du crime restitué, émigre à La Nouvelle-Orléans : *CV*, IX, 739 (var. *c*).

TASCHERON (né v. 1781). Paysan de Montégnac. Âgé d'environ quarante-huit ans en 1829; portrait à cette époque : *CV*, IX, 723; autorise ses enfants Denise et Louis-Marie à le rejoindre avec du retard au Havre puisqu'ils veulent restituer l'argent volé par son fils aîné; a maudit ce dernier : 739; fonde Tascheronville dans l'Ohio, un village devenu une ville en 1844 : 842.

TASCHERON (Mme). Femme du précédent. Croit son fils Jean-François innocent : *CV*, IX, 724; avec sa fille Denise dans la cellule du condamné à mort : 733-737; meurt avant 1841 aux États-Unis : 842.

TASCHERON (Jean-François) [1806-1829]. Fils des précédents. Âgé de vingt-trois ans en 1829 : *CV*, IX, 693; portrait à cette époque : 732, 733; ouvrier porcelainier, travaillant à l'ancienne fabrique de M. Graslin avant d'être engagé par un concurrent, M. Philippart; ses bons antécédents : 685; arrêté à la limite du département alors qu'il se dispose à fuir en Amérique :

687 ; son mutisme à l'instruction ; ne révèle pas le nom de la femme pour laquelle il a tué : 689 ; son procès se juge aux assises de Limoges en 1829 : 681 ; condamné à mort pour l'assassinat du vieux Pingret et de sa servante : 694 ; rejet de son pourvoi : 698 ; entrevue avec l'abbé Bonnet, sa mère et sa sœur : 733-737 ; exécuté après sa confession : 739 ; enterré au cimetière de Montégnac ; en 1844, Véronique Graslin est ensevelie auprès de lui, après avoir publiquement confessé qu'il avait volé et tué pour elle, qui l'aimait : 866, 871.

Ant. *CACHERON : *CV*, IX, 1531 ; *CACHERON remplacé par *TACHERON : *CV*, IX, 681 (n. 2).

*TASCHERON : *CV*, IX, 641 (var. *c*).

TASCHERON (Denise). Sœur du précédent ; arrêtée pour complicité dans l'assassinat de Pingret ; son mutisme : *CV*, IX, 688, 689 ; témoin au procès, pèse ses paroles : 695 ; accompagne à Limoges l'abbé Bonnet : 726 ; sa visite à l'avocat de Jean-François : 740, 741 ; en septembre 1829, selon les indications du condamné, récupère dans une île de la Vienne, avec son frère Louis-Marie, l'argent volé qui sera restitué aux ayants droit : 741, 742 ; en mai 1844, arrive de New York à Montégnac ; retentissement de cette arrivée sur l'état de Mme Graslin, qui l'entend appeler Francis « dear brother » : 840, 841 ; entretien avec l'abbé Bonnet : 842, 843 ; vit seule à la chartreuse de Montégnac servie par Mme Farrabesche : 845 ; présentée à l'ingénieur Gérard par Mme Graslin, qui désire qu'il l'épouse ; elle lui révèle son passé, il accepte : 844, 845 ; M. de Granville la reconnaît, lors de la confession publique de Mme Graslin et comprend enfin le drame de 1829 : 864 ; épouse l'ingénieur Gérard en septembre 1844 : 872.

TASCHERON (Louis-Marie). Après l'exécution de son frère Jean-François, revient à Limoges avec Denise, en septembre 1829 : *CV*, IX, 739 ; sur les indications de celle-ci, plonge dans la Vienne pour y récupérer l'or volé et le restituer : 741, 742.

TAULERON (Jérôme-François) [né en 1812]. Âgé de vingt ans en 1832 ; recarreleur de souliers ; quitte Paris en 1832 pour rentrer dans sa province natale, l'Auvergne : *HP*, XII, 573 ; s'étant arrêté dans un *bouchon* des environs de Clermont, s'éprend d'une jeune Auvergnate, Charlotte, fille du cabaretier : 574, 575.

TAUPIN (abbé). Âgé de soixante-dix ans en 1823 ; curé de Soulanges. Y vit, retiré dans sa cure comme un rat dans son fromage ; très aimé de la médiocratie avonnaise ; cousin de Sarcus et du meunier : *Pay.*, IX, 271.

TAUPIN (Mlle). Nièce du précédent. Voir GOURDON (Mme).

TEMNINCK (les). Famille de Bruxelles : *RA*, X, 675. Parents de Mme Évangélista, de Bordeaux, et des Claës : *CM*, III, 558. Le duché de Casa-Réal est dans leur famille : *RA*, X, 678.

TEMNINCK (Joséphine de). Voir CLAËS (Mme).

TEMNINCK (M. de), duc de Casa-Réal (?-1805). Frère cadet de Mme Balthazar van Claës ; sa sœur lui sacrifie sa fortune : *RA*, X, 675, 676 ; devenu duc de Casa-Réal, fait à sa sœur, en 1795, de magnifiques présents de mariage : 678 ; meurt sans laisser d'héritiers ; d'après les lois espagnoles, sa sœur ne peut succéder à ses biens immobiliers : 683.

Témoin (un). Assiste à l'altercation entre Maxence Gilet et Fario ; ravi de constater que l'amant de la Rabouilleuse a enfin trouvé à qui parler : *R*, IV, 412.

Témoin (un). Assiste M. Charles dans son duel mortel avec Raphaël de Valentin, à Aix-les-Bains, en 1831 : *PCh.*, X, 275.

THÉODOSE. Petit-neveu du père Canquoëlle, alias Peyrade : *SetM*, VI, 541. Voir LA PEYRADE (Théodose de).

*THÉRÈSE. Femme de chambre de la comtesse de ***. Remplacée par *CLÉMENTINE, puis par CAROLINE : *EF*, II, 175 (var. *d*).

THÉRÈSE. Femme de chambre de la baronne de Nucingen ; en 1819 renseignait le père Goriot, qui la rémunérait, sur les faits et gestes de sa patronne : *PG*, III, 147. Toujours en place en 1835 : *FE*, II, 368.

Ant. *JOSÉPHINE : *FE*, II, 368 (n. 1) ; *PG*, III, 147 (var. *c*).

THÉRÈSE. Femme de chambre de Béatrix de Rochefide vers 1834, avant sa fuite avec 'Conti : *B*, II, 720.

*THÉRÈSE. Femme de chambre de la baronne de Retzau en décembre 1832 : *B*, II, 1460.

THÉRÈSE. Femme de chambre de Mme Rabourdin en 1824 : _E_, VII, 1048.

THÉRÈSE (sœur). Voir LANGEAIS (duchesse de).

THIBON (baron) Chef du Comité d'escompte au Tribunal de commerce de Paris en 1819, ami de César Birotteau : _CB_, VI, 210.

THIRION (?-1834). Serviteur de Louis XVIII. Pendant l'exil, le suit partout : _CA_, IV, 1073. En 1815, huissier du cabinet de Louis XVIII : _Ven._, I, 1043. En 1818, ami des Ragon; invité avec sa femme et sa fille au grand bal donné par César Birotteau en l'honneur de la libération du territoire : _CB_, VI, 163. En 1824, huissier par quartier de Louis XVIII : _CA_, IV, 1073. Reste huissier sous Charles X; meurt en même temps que sa femme, laissant environ cent cinquante mille francs à leur fille unique : _CP_, VII, 505.

THIRION (Marie-Cécile-Amélie). Fille du précédent. Voir CAMUSOT DE MARVILLE (Mme).

    Ant. *GRANVILLE (Cécile de) : Ant. *MONSAURIN (Mlle de) : _Ven._, I 1043 (var. _a_); _CA_, IV, 1077 (var. _g_).

THISBÉ. Chienne du chevalier du Halga : _B_, II, 668; petite-fille de Thisbé, chienne de l'amirale de Kergarouët; âgée de dix-huit ans en 1836; le chevalier a reporté sur cet animal la vive affection qu'il portait à l'amirale : 791.

THOMAS. Oncle de Francine Cottin. Mlle de Verneuil rachète sa maison, pour la donner à sa protégée : _Ch._, VIII, 998.

THOMAS. Vieux marinier, l'un des rameurs du passeur d'Ostende au XVIe siècle. Admet une pauvresse à bord, pour l'amour de Dieu : _JCF_, X, 314; sa foi chancelant lors du naufrage, il tombe trois fois dans la mer. Au dernier essai il marche sur l'eau et est sauvé : 320.

THOREC. Anagramme d'Hector. Voir HULOT D'ERVY (baron Hector).

THOREIN. Gros entrepreneur de charpente à Paris en 1818. Travaille pour l'architecte Grindot; chargé de la réfection de l'appartement de César Birotteau, rue du Faubourg-Saint-Honoré : _CB_, VI, 185.

    Ant. *GRINDOT : _CB_, VI, 185 (var. _c_).

THORNTHON. Cheval du duc de Grandlieu. Excellent pour la chasse; malade en 1819; le duc craint de le perdre : _DL_, V, 1013.

THOUL. Anagramme d'Hulot : _Be._, VII, 359; à la tête de la maison de broderie Thoul et Bijou, rue Saint-Maur : 363. Voir HULOT D'ERVY (baron Hector).

THUILLIER (?-1814). Premier concierge au ministère : _E_, VII, 960. Retraité en 1806, il meurt quatre ans après sa femme, dont il a eu deux enfants pour l'éducation desquels il a dépensé tous ses gains : _Bou._, VIII, 29.

THUILLIER (Mme) [?-1810]. Femme du précédent. Lors de la retraite de son mari, vit avec lui sur sa seule pension, car ils n'ont pas d'économies : _Bou._, VIII, 29.

THUILLIER (Mlle Marie-Jeanne-Brigitte) [née en 1785 ou 1787]. Fille aînée des précédents, âgée de vingt-sept ans à la mort de son père; mais en 1814, a des rentes gagnées en quinze ans de travail, et elle a commencé à travailler à quatorze ans; cela lui donne vingt-neuf ans : _Bou._, VIII, 33; portrait : 37; son adoration pour son frère auquel elle a été, cependant, sacrifiée; son caractère indépendant : 33; s'installe à son compte, rue Vineuse, en 1799, comme confectionneuse de sacs pour la Banque; son rapide succès; revend sa clientèle en 1814 et va habiter rue d'Argenteuil avec son frère : 33; entre 1815 et 1830, capitalise sou à sou grâce à ses prêts usuraires : 36. Fait l'escompte en 1824 : _E_, VII, 980. Dans le second semestre de 1830 achète une maison rue Saint-Dominique-d'Enfer : _Bou._, VIII, 23; continue à faire l'escompte en 1839, et possède à la Banque de France au moins deux cent mille francs : 53, 54; son grand dîner, à l'occasion de la candidature municipale de son frère : 103; ses acquisitions profitables dans le trois pour cent après l'achat par Thuillier de l'immeuble du quartier de la Madeleine : 141.

THUILLIER (Louis-Jérôme) [né en 1789 ou 1791]. Frère de la précédente. Son cadet de quatre ans; portrait : _Bou._, VIII, 31. Échappe aux conscriptions à cause de sa myopie : 29; abandonne ses études à la classe de seconde, son père ayant réussi à le caser dans les bureaux : 30-32; y entre en 1801; en 1827, à la chute de Villèle, il comptera vingt-six ans de service : 28; sa _main_ superbe, sa nullité : 30; le beau Thuillier; ses succès féminins : 31; gagne 1 800 F, en 1814; épouse Modeste Lemprun : 34, 35. En 1818, fait faire des démarches par les Matifat pour être invité au bal Birotteau, avec sa femme : *CB*, VI, 163, 164. « Attentif » de Mme Colleville en 1820-8211 : *E*, VII, 979; *Bou.*, VIII, 43; remplacé auprès d'elle par des Lupeaulx à la fin de 1821 : 43, 44; père réel de Modeste Colleville : 43. En 1824, à la division La Billardière, bureau Rabourdin, où il est commis principal et inséparable ami de Colleville et de Flavie Colleville qui, dit-on, accepte ses soins : *E*, VII, 960, 979. En 1827, nommé sous-chef; en 1830, mis à la retraite après la révolution de Juillet; logé avec sa femme et sa sœur dans un petit troisième, rue d'Argenteuil; dans le second semestre, va, avec elles, s'installer rue Saint-Dominique-d'Enfer : *Bou.*, VIII, 23, 28; cache le vide de son cerveau par des banalités : 51; la plaie cachée qui le ronge; il envie la croix de Colleville : 66; en juillet 1840, devient propriétaire d'un immeuble du quartier de la Madeleine : 140, 141; La Peyrade veut en faire un conseiller général, premier pas vers un siège au Parlement : 84; élu conseiller municipal à une écrasante majorité le 30 avril 1840, en remplacement de feu J.-J. Popinot : 137.

Ant. *LHUILLIER : *E*, VII, 979 (var. *b*).

THUILLIER (Mme) [née en 1793]. Née Modeste Lemprun; âgée de quarante-six ans en 1839 : *Bou.*, VIII, 39; se marie à la fin de 1814; les témoins de son mariage : 35; sa fortune en 1818, grossie des successions Lemprun et Galard : 35, 36; sa piété, son effacement : 36, 37; toujours stérile en 1839 après vingt-cinq ans de mariage : 39; *E*, VII, 979. Malgré un pèlerinage à Notre-Dame-de-Liesse, fin 1820 : *Bou.*, VIII, 42; s'est aperçue de l'amour que Félix Phellion a pour sa filleule, Modeste Colleville : 55.

TIENNETTE (1789-?). Sans doute Étiennette. Vieille domestique bretonne de la vicomtesse de Portenduère, à Nemours, en 1819 : *UM*, III, 869.

Tigre de Ferdinand du Tillet (le). Gros comme le poing; sert le déjeuner de du Tillet devant Birotteau : *CB*, VI, 218.

Tigre de Lucien de Rubempré (le) : *SetM*, VI, 480; sans doute le même que celui qui est appelé son groom, et fait entrer Corentin : 641.

Timonier du Saint-Ferdinand (le). Lors de l'apparition de l'Othello, manœuvre pour favoriser l'action du corsaire, en mettant le brick en travers : *F30*, II, 1183; jeté à la mer par son capitaine, rallie à la nage le bord de l'Othello : 1185; fraternise avec les corsaires, prouvant ainsi qu'il était à la solde du Capitaine parisien : 1187.

TINTI (Clara) [née en 1803]. Cantatrice. Simple servante d'auberge à douze ans, sa voix merveilleuse surprend le duc Cataneo, de passage; il la prend sous sa protection et veille jalousement à son éducation : *Do.*, X, 549, 550; débuts à Rome à l'âge de seize ans, en 1819 : 550; engagée au théâtre de la Fenice, à Venise, pour la saison d'hiver en novembre 1820 : 549; le duc Cataneo loue pour elle l'hôtel Memmi : 559; son fou rire en apercevant Émilio Memmi couché dans son lit : 556, 557; met le duc à la porte et devient la maîtresse d'Émilio : 557, 560; comment elle fait vibrer le vieux duc : 561, 562; enlève Émilio au palais Vendramini : 586; fait une scène à Génovèse, lui reprochant sa jalousie : 599, 600; se croit aimée d'Émilio : 615; consent, par amour pour lui, à céder sa place à la duchesse Cataneo : 618; se console avec Génovèse : 619. En 1823, à Genève, ce dernier et deux autres partenaires chantent avec elle le fameux quatuor *Mi manca la voce* : *AS*, I, 961.

TIPHAINE (?-1828). Père du président. Ses avances d'hoirie à sa fille aînée, Mme Guénée : *P*, IV, 53; sa mort : 152.

TIPHAINE (président). Notable de Provins en 1823 et président du tribunal de la ville; chef du clan conservateur : *P*, IV, 52; aux élections de 1826 ne l'emporte que de deux voix sur le candidat libéral, l'avocat Vinet : 96; les termes de son arrêté, dans l'affaire Lorrain : 148; député du centre, se trouve à Paris au moment de la réunion du conseil de famille Lorrain : 151; nommé juge au tribunal de première instance de la Seine grâce à l'appui du groupe financier de du Tillet et à Mme Roguin; hérite de son père en 1828 et vend sa belle maison de la ville haute à M. Julliard : 152; rallié après 1830 à la dynastie de Juillet, et nommé premier président de Cour royale; réconcilié avec Vinet et *la belle Mme Rogron* : 161.

TIPHAINE (Mme) [née en 1801]. Femme du précédent. Fille unique du notaire Roguin. Prénommée Mathilde : *Ven.*, I, 1044. Ou Mélanie, et a vingt-deux ans en 1823 : *P*, IV, 53. De l'atelier Servin en 1815, malicieux oracle du groupe *républicain* des élèves de ce peintre : *Ven.*, I, 1044; couvre de sarcasmes le côté *droit* : 1049; prend toujours la défense de Ginevra : 1060; cesse bientôt, sur ordre maternel, de travailler chez Servin : 1061. Après la séparation de ses parents en fin 1818, sa mère ne la veut pas près d'elle et ne la tire de son pensionnat que quelques jours avant son mariage; fille unique, délicate, jolie et spirituelle, épouse en 1823 le président Tiphaine; elle vit à Provins, s'y tenant « fort bien », bien qu'elle s'y considère comme « en exil »; elle espère que son mari sera vite nommé à Paris : *P*, IV, 52, 53; s'efforce de plaire et y réussit : 53; la première à trouver les Rogron impossibles à fréquenter : 55, 56; décrit la maison des Rogron à la société de Provins : 58-62; ses origines bourgeoises rappelées par Rogron; mariée en province par sa mère pour cacher ses relations coupables avec le banquier du Tillet : 68; mère d'une fillette, à peu près de l'âge de Pierrette Lorrain : 80; fait nommer son mari député, le pousse à Paris : 119; la première place à Provins lui est prise par « la belle Mme Rogron » née Chargebœuf : 152; vit en bonne intelligence avec Mme Rogron : 161.

Ant. *DERVILLE (Mlle), fille de l'avoué : *P*, IV, 52 (var. *i*).

*TIPHAINE (Mme), remplacée par Mme MARTENER : *P*, IV, 84 (var. *a*).

TIPHAINE (Mlle). Belle-sœur de la précédente. Voir GUÉNÉE (Mme).

TIRECHAIR (Joseph). Sergent du guet à Paris en 1308. Le chapitre de Notre-Dame l'autorise, en 1301, à se bâtir une maison en bordure de la Seine, rue du Pont-Saint-Landry : *Pro.*, XI, 525.

TIRECHAIR (Mme Jacqueline). Femme du précédent et lingère du chapitre de Notre-Dame : *Pro.*, XI, 527; rabrouée à cause de son apprenti repasseuse, s'explique avec son mari : 528, 529.

Tireurs de sable (deux). Aperçoivent le cadavre d'Ida Gruget, échoué sur la berge de la Seine : *F*, V, 898; le déclarent au maire du village : 899.

TITO. Homme de confiance des Colonna, dans *L'Ambitieux par amour* : *AS*, I, 954; fait la liaison entre eux et les Argaiolo, réfugiés politiques à Gersau; leur apprend qu'ils ne sont plus en danger : 954, 955.

TOBY. Voir PADDY.

TONNELET (Me). Principal clerc d'un notaire de Grenoble. Établit une étude dans le bourg de Benassis : *MC*, IX, 426; épouse Mlle Gravier : 498.

TONSARD (Mme) [née en 1745]. Mère du cabaretier Tonsard, aux Aigues. Âgée de soixante-dix-huit ans en 1823 : *Pay.*, IX, 87, 313; prise en flagrant délit de vol par le garde Vatel : 103; tire à la courte paille avec la mère Bonnébault afin de savoir laquelle des deux se fera prendre en flagrant délit de *cerclage* et gagnera ainsi les cinq cents francs promis; incarcérée à Auxerre : 335, 336; condamnée à cinq ans de prison : 338.

TONSARD (François) [né en 1773]. Fils de la précédente. Âgé de cinquante ans en 1823; portrait à cette époque : *Pay.*, IX, 92; ouvrier jardinier aux Aigues; Mlle Laguerre lui donne un arpent de vigne : 83; en 1795, sauvé de la réquisition par Gaubertin : 84; ouvre alors le Grand-I-Vert : 89; en 1796, se marie : 84; tire ses revenus de sa femme et de ses enfants : 87; de sa vigne et du *hallebotage* : 89; en 1823, assassine le garde général Michaud d'une balle qui lui fracasse la colonne vertébrale; on ne peut l'arrêter, son alibi étant inattaquable : 339, 340.

*TONSARD : *Pay.*, IX, 299 (var. *a*).

TONSARD (Mme). Femme du précédent. Née Philippine Fourchon. Esquisse; caractère et moyens; épice sa cuisine : *Pay.*, IX, 84, 86, 87; aide sa belle-mère à se débarrasser du garde Vatel en aveuglant ce dernier avec une poignée de cendres et en le poussant hors du Grand-I-Vert : 104.

TONSARD (Jean-Louis) [né v. 1801]. Fils aîné de la précédente. Réformé en 1821 grâce à Soudry, pour une paralysie du bras droit, malgré l'habileté avec laquelle il se sert de sa main : *Pay.*, IX, 205; passe pour être un peu le fils de Gaubertin; le finaud de la famille; amant de la servante de Rigou : 234.

TONSARD (Nicolas) [né v. 1803]. Frère du précédent. En 1823, tire un mauvais numéro : *Pay.*, IX, 205; portrait à cette époque : 215; le plus mauvais drôle de la commune : 198; tente de violer la Péchina avec l'aide de sa sœur Catherine : 214; tuerait bien un des gardes des Aigues : 228; notamment Michaud : 232; probablement pourvoyeur de Rigou en petites filles : 204; peut être sauvé de la conscription au prix d'un de ses doigts, proposition de Rigou : 298.

TONSARD (Catherine). Sœur des précédents. Portrait en 1823 : *Pay.*, IX, 207; aimée de Godain, cause avec Charles, valet des Aigues : 107; avec Rigou : 205; peut-être avec son frère Nicolas, « Caïn et sa femme » : 215; pour extorquer de l'argent à la comtesse de Montcornet, se dit enceinte de Godain : 321, 322; épouse Godain : 338.

TONSARD (Marie). Sœur de la précédente. Comme elle, imite les mœurs faciles de sa mère : *Pay.*, IX, 90; amoureuse de Bonnébault : 101; dédaigne Amaury Lupin : 219; jalouse de sa rivale auprès de Bonnébault, Aglaé Socquart : 235; pousse Bonnébault à abattre Montcornet : 345.

*Marie : *Pay.*, IX, 299 (var. *a*).

TOPINARD (né v. 1805). Âgé d'environ quarante ans en 1845 : *CP*, VII, 752; habite cité Bordin avec Lolotte et leurs trois enfants : 750-752; gagiste au théâtre de Gaudissard : 734; lui et Lolotte, aussi gagiste, gagnent ensemble neuf cents francs par an : 752, 753; rend ses devoirs à la dépouille mortelle du cousin Pons; tient un des cordons du poêle : 734; défend Schmucke : 737, 738; reçoit de son directeur une perruque soignée; hébergera le pianiste : 750; Gaudissard va lui donner la place de Baudrand : 757; musicien qui vient d'être victime d'un transport au cerveau : 763; devient caissier et épouse Lolotte : 765.

TOPINARD (Rosalie) [née v. 1815]. Femme du précédent. En 1845, quoique mère de leurs trois enfants, elle ne l'a pas épousé; elle est alors âgée d'environ trente ans; surnommée Lolotte : *CP*, VII, 752; son prénom est cependant Rosalie : 758; avant d'être la maîtresse de Topinard, a été celle du directeur du théâtre failli, prédécesseur de Gaudissard, et coryphée des chœurs : 752; gardée et, en 1845, devenue ouvreuse : 739; souhaite avoir cent cinquante francs pour les frais qu'entraîneraient le mariage avec Topinard et la légitimation de leurs enfants : 752; accueille Schmucke et lui offre sa chambre : 754; le soigne jusqu'à sa mort : 763; épousée : 765.

TOPINARD (Olga) [née en 1840]. Second enfant des précédents. Âgée de cinq ans en 1845; blonde, elle rappelle l'Allemagne à Schmucke : *CP*, VII, 753; ce dernier demande trois mille francs pour elle à Gaudissard afin de lui constituer une dot : 756, 758.

TORPILLE (la). Voir GOBSECK (Esther).

Ant. *NINETTE : *MN*, VI, 334 (var. *h*).

TOTAL (baron Richard-David-Léon) [né v. 1768]. Environ soixante ans en 1828 : *ES*, XII, 525; physiologiste illustre; ses innombrables titres, son activité; portrait : 523-525; aide les protégés de des Fongerilles, et lui rend hommage : 530, 531; en 1828, croit régner sans partage et imposer son système contre celui de des Fongerilles : 531.

Ant. *TROISDENIER : *ES*, XII, 524 (n. 1), *BADENIER : 521, 522; et *BADENUS : 508.

TOTAL (baronne). Femme du précédent. Grande et belle, de l'École anglaise, protestante, et stérile : *ES*, XII, 525.

*TOUCARD. Capitaine au long cours, gendre de Vilquin. Remplacé par Francisque ALTHOR : *MM*, I, 530 (var. *a*).

TOUCHES (famille des). Vieille famille de Bretagne; son blason, sa devise : *B*, II, 852; sa noblesse est cependant plus récente que celle des du Guénic : 684; alliée aux Grandlieu : 373; *SetM*, VI, 507.

TOUCHES (M. des) [?-1792]. Major aux Gardes de la porte, en 1792; tué sur les marches des Tuileries en combattant pour défendre le roi : *B*, II, 688.

TOUCHES (Mme des) [?-1792]. Née Mlle de Faucombe. Ayant perdu son mari et son fils, massacrés par les révolutionnaires, meurt de chagrin vers octobre 1792, après avoir confié sa fille Félicité à sa sœur, supérieure du couvent de Chelles : *B*, II, 689.

TOUCHES (chevalier des) [?-1792]. Frère aîné de Félicité. Garde du corps, il est massacré au couvent des Carmes durant les journées de septembre 1792 : *B*, II, 688, 689.

TOUCHES (Félicité des) [née en 1791]. Âgée de vingt et un ans en 1812;

orpheline en 1793[1] ; portrait : *B*, II, 693-697. Alliée des Grandlieu : *SetM*, VI, 507. Sa première enfance : *B*, II, 688-690 ; recueillie en 1794 par son grand-oncle, M. de Faucombe, qui ne s'occupe guère de son éducation ; surmenée, malade de la poitrine, se soigne par la pratique du cheval et du monde : 689, 690 ; dégoûtée de son expérience mondaine, commence l'étude du piano avec un maître de Nantes, puis avec Steibelt ; a composé les quelques opéras qu'on attribue faussement à Conti : 690 ; sa fortune en 1812, à sa majorité : 691 ; après la mort de son oncle et tuteur, se rend à Paris en 1814, et y vit pendant les Cent-Jours dans l'hôtel de ses parents, les Grandlieu ; au Second Retour achète un des plus beaux hôtels de la rue du Mont-Blanc : 691, 692 ; en 1817, à l'âge de vingt-sept ans, perd sa virginité, par hygiène : 692, 693 ; les déceptions de ses deux premières expériences amoureuses avec un dandy et un homme d'esprit ; abandonnée à Rome en 1820 par son second amant qui l'a, cependant, formée littérairement : 698 ; rentre à Paris avec sa troisième conquête, le ténor Conti ; raconte sa passion trompée dans un roman autobiographique qu'on compare à *Adolphe;* continue à être reçue dans le monde car elle sait respecter les convenances : 698, 699 ; après sa première déception sentimentale, en 1818, se réfugie en son château des Touches : 700 ; y fait un deuxième séjour en 1820 avec Conti ; elle y séjourne cinq ou six fois entre 1818 et 1835 : 700. Dès 1822, écrivain éminent : Rubempré l'admire de loin, aux Tuileries : *IP*, V, 271 ; très riche, possède déjà l'un des salons les plus remarquables de Paris et désire rencontrer Lucien : 480, 481 ; l'invite à l'un de ses dîners du mercredi : 488. Assez liée avec Mme de Saint-Vandrille de 1816 à 1822 : *ES*, XII, 545. Alors âgée de trente ans selon Marsay : *IP*, V, 488 ; dans le monde on prédit déjà qu'elle épousera Rubempré : 522 ; illustre hermaphrodite, promet à Lucien de donner le principal rôle de sa prochaine pièce à l'actrice Coralie : 536 ; en juillet, vient secourir Lucien, ruiné ; arrive trop tard : 549. En 1823, a un salon comparable aux « anciens bureaux d'esprit », mais vernissé de morale monarchique : *CA*, IV, 1012 ; y accueille la nouvelle recrue des roués, Victurnien d'Esgrignon, qui est présenté à Diane de Maufrigneuse : 1014. Célèbre dès 1824 selon Maurice de l'Hostal : *H*, II, 533. En 1825, félicite Lucien de Rubempré, reparu à Paris, du succès de ses livres : *SetM*, VI, 488. En 1828, soutient puissamment le peintre Joseph Bridau : *R*, IV, 524, 525. Considérée dès cette époque comme une des reines de Paris : *BS*, I, 164. Avec Conti au dîner Nucingen d'octobre 1829 : *SetM*, VI, 495. En 1830, après la révolution de Juillet, malgré l'opposition muette du Faubourg Saint-Germain, garde un salon, ainsi que la marquise d'Espard : *AEF*, III, 674. Ses rivales en Berry après la révolution de 1830 : *MD*, IV, 662 ; son *Nouveau Prométhée* cité par M. de Clagny : 718 ; Dinah de La Baudraye passe à Sancerre pour sa rivale : 730. En 1831, son salon célèbre est le dernier asile de l'esprit français : *AEF*, III, 674 ; lors d'une de ses soirées réunissant des réputations européennes, Marsay raconte comment il se découvrit homme politique, et Bianchon conte le drame de la Grande Bretèche : 675, 677-688, 710-729. En 1833, sa réponse à la question posée par son amie, Marie de Vandenesse, sur l'amour : *FE*, II, 298 ; son salon recrute alors les célébrités de l'art, de la science, des lettres et de la politique : 299. En relations mondaines avec d'Arthez et Rastignac : *SPC*, VI, 977 ; en 1834, ravie d'être débarrassée du ténor Conti, que lui a enlevé la marquise de Rochefide : 957, 958. En 1835, entendant son nom de Maupin, le baron du Guénic se demande un instant si elle ne descend pas d'une vieille famille normande : *B*, II, 684 ; à un séjour aux Touches, rejette l'amour de Calyste du Guénic ; le trouve ignorant comme une carpe : 685 ; ses activités littéraires sous le nom de Camille Maupin ; comparée à Clara Gazul (Mérimée) et à George Sand : 687, 688 ; description de son château des Touches : 702-705. Au début de 1836, voyage en Italie avec Léon de Lora et Claude Vignon ; reçue par le consul général de France à Gênes, le baron Maurice de l'Hostal, écoute son récit : *H*, II, 527 ; considère le comte Octave de Bauvan comme un assassin : 595 ; a vite compris qu'Honorine de Bauvan aimait Maurice :

---

1. Ou en 1792 d'après le contexte historique : voir p. 689, n. 1.

TOUSARD (Reine). Femme de chambre de Mme Marneffe, rue Vaneau, de
1841 à 1845. Avait « des bontés » pour le fils Olivier : *Be.*, VII, 222;
Mme de Saint-Estève achète sa conscience : 403; menacée d'être envoyée
à la Salpêtrière si elle parle, en 1843 : 424.

TRAILLES (comte Maxime de) [né en 1791 ou en 1793]. Ancienneté de sa
famille; son blason : *B*, II, 911. Portrait en 1816 : *Gb.*, II, 974. Agé de
vingt-six ans en 1819 : *PG*, III, 104. Quarante-huit ans en 1839 : *DA*,
VIII, 803; portrait à cette époque : 807, 808; page de l'Empereur en 1803,
à l'âge de douze ans : 804; *CB*, VI, 88. L'un des Treize : *DA*, VIII, 805.
Est, en 1814-1815, l' « infâme cancer » qui gruge la Belle Hollandaise :
CB, VI, 88; *SetM*, VI, 442. Un de ces garnements politiques nécessaires
à tout bon gouvernement, très joueur : *CB*, VI, 89. Grand spécialiste du
vaudeville des fausses dettes : *SetM*, VI, 567. En 1816, arrive chez la
comtesse de Restaud au moment où Gobseck en sort : *Gb.*, II, 974. En
1818, client de l'usurier Gigonnet, victime du coup de la frégate, spécialité
de ce dernier : *CM*, III, 645. En 1819, vers la fin de l'année, son intimité
avec Anastasie de Restaud, remarquée par Rastignac : *PG*, III, 96-101;
tireur redoutable; se laisse toujours insulter pour tirer le premier : 98;
en 1820, au début de janvier, commence un chantage au suicide avec
Anastasie; elle a déjà payé pour lui beaucoup de lettres de change : 246;
Nucingen apprend au Cercle qu'il a cent mille francs de lettres de change
et qu'il va être poursuivi : 238. A ce moment, à un déjeuner de garçons,
fait la connaissance de Derville; sa réputation alors, « bon à tout et propre
à rien », formulée par le comte de Born et confirmée par Derville : *Gb.*,
II, 983; essaie de gagner les bonnes grâces de ce dernier : 984; lui rappelle qu'il lui a promis de l'amener chez Gobseck : 985; conversation avec
le vieil usurier; lui présente Anastasie de Restaud : 986-988; fait à Anastasie un nouveau chantage au suicide : 990. Au début de février, ses cent
mille francs de lettres de change ainsi payées et Anastasie perdue aux
yeux de son mari qui a tout découvert, réclame encore douze mille francs
de dettes de jeu, sous peine d'être emprisonné à Sainte-Pélagie : *PG*, III,
245, 248; comme elle est incapable de l'aider, et qu'en outre, elle n'est
pas sa seule maîtresse, il l'abandonne : 286. Part alors pour l'Angleterre :
Gb., II, 999. En 1822, à Paris, un des roués de la capitale, accueille Victurnien d'Esgrignon : *CA*, IV², 1008. Coralie désire que son amant, Lucien
de Rubempré, l'efface par son élégance : *IP*, V, 463; tient le haut du pavé
de la fashion : 479. En 1824, roué par excellence : *E*, VII, 903. Vers
1828, explique à Savinien de Portenduère que les dettes sont la commandite de l'expérience : *UM*, III, 862. Assidu du salon de la marquise
d'Espard en 1828 : *In.*, III, 454; soupe, à la fin de la même année, chez
le comte de Brambourg, Philippe Bridau : *R*, IV, 538. Figure en bonne
place sur le recueil des erreurs de la princesse de Cadignan : *SPC*, VI,
952; considéré en 1833 comme un coupe-jarret politique : 996; dîne
chez la marquise d'Espard en 1833; craint et méprisé; agent secret de
de Marsay : 1000, 1001; *HA*, VII, 779, 780; opinion de Desroches :
paye ses dettes, mais à sa façon, et à son heure : 780; sa science de la
jurisprudence commerciale : 780; sa renommée de « grand gant jaune » :
788; à cette époque, Cérizet tente de récupérer la créance Coutelier, de
trois mille deux cents francs soixante-quinze, qu'il a sur lui; l'écondit;
Cérizet prétend qu'il sera payé avant six mois : 785; à la même époque,
éprouve une passion de quinquagénaire pour Antonia, loue pour elle,
rue Coquenard, un cabinet de lecture : 783, 786; déguisé en Denisart,
Cérizet récupère sa créance; il est défait sous les yeux d'Hortense, maîtresse de lord Dudley et, semble-t-il, une de ses intimes connaissances :
794. En 1834, son opinion sur le comte Laginski : *FM*, II, 197, 198.
En 1836, un des témoins pressentis par Savinien de Portenduère dans
le duel qu'il doit avoir avec le substitut Désiré Minoret-Levrault : *UM*,
III, 973. En juillet 1838, invité de Josépha à sa pendaison de crémaillère
rue de la Ville-l'Évêque : *Be.*, VII, 122. Arrivé depuis deux jours incognito à Arcis-sur-Aube en 1839 et descendu à l'Auberge du Mulet; on
s'interroge en ville sur son identité : *DA*, VIII, 774; ses faits et gestes
sont épiés de tous; son allure aristocratique, son tigre : 775; Mme Mollot
lui donne cinquante ans : 780; il est comte, le domestique du sous-préfet
ayant décrit à son maître les armoiries de son cabriolet : 786; doit souper

au château de Cinq-Cygne après avoir déjeuné à Gondreville : 788; devise de sa maison : 787; conçoit des visées sur la main de Cécile Beauvisage : 799; son entrevue avec le sous-préfet Antonin Goulard : 797-800; rappel de ses antécédents : 803-809; la monarchie de Juillet a mal reconnu ses services à cause de ses exigences : 805; a eu le tort de vouloir faire chanter plusieurs fois le ministère; sa vie depuis la mort de son ami Marsay; en 1839, toujours hanté par la menace d'un séjour à Clichy, pense à « faire une fin » : 806; ses ambitions, un poste diplomatique, une riche alliance : 810; en 1839, envoyé en mission secrète à Arcis à la mort de Charles Keller : 812, 813. En 1841, membre du Jockey-Club, est l'ami d'Arthur de Rochefide : *B*, II, 900; présenté à la duchesse de Grandlieu, par Ajuda-Pinto : 909, 910; elle lui explique ce qu'elle souhaite; il pose ses conditions : 910; veut *désenbonnetdecotonner* sa future femme : 911; ne dissimule pas à la duchesse de Grandlieu les difficultés de sa tâche : 911-913; fait arranger par Finot un déjeuner au *Café Anglais* pour tirer ses plans de bataille, et attend le passage de La Palférine : 914; lui révèle son plan : 916; dit à Mme Schontz, maîtresse en titre de Rochefide, ce qu'on attend d'elle : 921, 922; a surnommé Mlle des Touches « l'aubergiste de la littérature » : 919; fait l'amour comme Grisier fait des armes : 934; se marie en 1841, et proclame qu'il sera fidèle à sa femme; opinion sur Béatrix de Rochefide : 940. Son mariage : *P*, IV, 22, 23. Nathan rappelle qu'il a réussi à brouiller Rochefide avec Mme Schontz pour le raccommoder avec sa femme : *Pr.B*, VII, 838. En 1842, un des protecteurs d'Augustin Bongrand : *Méf.*, XII, 422. Vers 1843, achète la garçonnière de Crevel, rue du Dauphin : *Be.*, VII, 419. En 1845, député ministériel; sa conception de la vérité en politique : *CSS*, VII, 1200; en passe de devenir ambassadeur : 1201. En 1846, les Hannequin de Jarente s'efforcent de l'attirer à leurs réceptions : *FAu.*, XII, 614.

Ant. *LA BOURDAISIÈRE (M. de), *LA FRAISIÈRE (M. de) : *PG*, III, 98 (var. *a*); « le plus habile homme d'affaires » anonyme : *E*, VII, 903 (var. *f*).

*TRAILLES (Maxime de) : *MN*, VI, 357 (var. *h*); *Lys*, IX, 1193 (var. *d*); *EP*, VIII, 1595, les voix aux élections pour « M. de Tr. » 1596.

**TRAILLES (Mme de). Femme du précédent, morte en deux ans de mariage, victime des débauches de son mari : *Lys*, IX, 1193 (var. *d*).

TRAILLES (comtesse Maxime de). Voir BEAUVISAGE (Cécile).

TRANS (Mlle de). *Petite araignée* bordelaise, en quête de mari vers 1822, selon Mme Évangélista : *CM*, III, 592.

Ant. *B (Mlle) : *CM*, III, 592 (var. *a*).

TRANSON. Négociant en poteries de la rue de Lesdiguières. Voisin des Saillard au banc de la fabrique de l'église Saint-Paul; lui et sa femme ont arrangé le mariage d'Isidore Baudoyer : *E*, VII, 938; en décembre 1824, ils viennent le féliciter de sa double promotion : 1093.

*TRANSON, remplacé par l'abbé GAUDRON : *E*, VII, 1031 (var. *a*), 1033 (var. *d*).

Treize (les). Association secrète, fondée sous l'Empire : *Pré.H13*, V, 787; son chef est Ferragus, déjà chef de Dévorants : 789; parmi ses membres, outre leur chef, les marquis de Ronquerolles *(F, DL, FYO)* et de Montriveau *(DL, FYO)*, les comtes H. de Marsay *(F, FYO, DL, CM)* et Maxime de Trailles *(DA)*, un profond mathématicien *(DL)*, un chirurgien *(DL)*. Commencée dans un but de plaisir, d'amusement, l'association tourne à la politique vers 1825 : *DA*, VIII, 805. Allusion de Marsay aux Treize, en 1827, dans sa lettre à Manerville : *CM*, III, 652.

Treize (un des). Balzac tient de lui les révélations qu'il apporte sur l'organisation, les aventures et les héros de l'association; son portrait : *Pré.H13*, V, 788.

TREMPE-LA-SOUPE IX. Nom d'un chef de Dévorants : *Pré.H13*, V, 789; ce nom figure souvent dans les surnoms des galériens ramant au service du roi : 790.

TROGNON (Me). Notaire à Paris en 1845; ami de Fraisier : *CP*, VII, 629; habite rue Saint-Louis : 888; Pons lui dicte un testament olographe : 695; et lui lègue un tableau d'Abraham Mignon : 708.

TROISVILLE (famille de). Famille ancienne et puissante. A la Restauration,

comporte trois branches ; la branche aînée, représentée par le marquis de
Troisville, pair de France, chef du nom et des armes ; une seconde branche
représentée par deux députés budgétivores et pourvus d'une nombreuse
lignée ; une troisième, représentée par le vicomte de Troisville, entré au
service de la Russie en 1789, revenu d'émigration en 1815 : *Pay.*, IX, 151,
152. Appartient à la haute noblesse d'Alençon : *EHC*, VIII, 287. Alliée
aux Castéran, aux Verneuil, aux Esgrignon : *B*, II, 713. Supposée se
connaître en blason et en noblesse : *VF*, IV, 819 ; a ses biens entre Alençon
et Mortagne : 891. En relation avec les chefs chouans dès 1799 et leurs
correspondants dans l'Orne : *Ch.*, VIII, 957. Devient pendant la Révolution la famille Guiblein, comme les Esgrignon furent les Carol : *EHC*,
VIII, 312. Le nom se prononce Tréville : *VF*, IV, 983. A pour gardes-
chasse les frères Chaussard : *EHC*, VIII, 297. L'une des rares familles
qui ne s'est pas ralliée à son retour d'émigration : *CA*, IV, 973, 974 ;
familière du Cabinet des Antiques en 1822 : 983 ; se sont *galvaudés* en
mariant une demoiselle de Troisville au comte de Montcornet : 983 ; ne
reçoit pas le président du Ronceret : 999 ; on compte deux Troisville pairs
de France en 1822 ; un autre fait partie du Grand Collège électoral : 993.
TROISVILLE (marquis de). Pair de France, chef du nom et des armes en
1822 : *Pay.*, IX, 152 ; son gendre, le comte de Castéran, vient d'être
nommé préfet du département de La Ville-aux-Fayes : 187. Deux enfants ;
grand propriétaire terrien dans le Perche : *VF*, IV, 895.
TROISVILLE (amiral vicomte de). Chef d'escadre sous Louis XV et un des
meilleurs amis de l'abbé de Sponde : *VF*, IV, 890.
TROISVILLE (vicomte de). Petit-fils du précédent : *VF*, IV, 890 ; portrait :
898. Entre au service de Russie en 1789 ; se marie à la princesse Sherbelloff ; ne revient d'émigration qu'en 1815 ; deux fils, trois filles : *Pay.*,
IX, 152. Annonce à M. de Sponde son retour à Alençon, où il a l'intention de se retirer en 1816 ; l'abbé envoie un exprès prévenir sa nièce, qui
villégiature au Prébaudet : *VF*, IV, 889, 890 ; M. de Sponde le présente
à sa nièce, Mlle Cormon : 898 ; elle tremble de le voir mépriser sa maison ; elle s'imagine déjà mariée avec lui : 896 ; marié depuis seize ans à
la fille de la princesse Sherbelloff, qui lui a donné quatre enfants (cinq
selon *Pay.*) ; Mlle Cormon, qui le croit célibataire, se trouve mal à cette
nouvelle : 903 ; achète la maison de du Bousquier : 912 ; après le mariage
de Mlle Cormon avec du Bousquier, fréquente chez les Esgrignon : 922.
En 1819, accueille favorablement Montcornet et lui accorde la main de
sa fille Virginie : *Pay.*, IX, 152 ; en mai 1824, séjourne aux Aigues : 343.
TROISVILLE (vicomtesse de). Née princesse Sherbelloff : *VF*, IV, 903. Riche
d'environ un million : *Pay.*, IX, 152. Est parmi celles qui provoquent les
confidences de Mme du Bousquier sur son mariage : *VF*, IV, 931. A du
sang russe dans les veines : *CA*, IV, 1067.
TROISVILLE (Virginie de). Fille aînée des précédents. Voir MONTCORNET
(comtesse de).
TROISVILLE (Mlle de). Sœur cadette de la précédente. Voir CASTÉRAN
(comtesse de).
TROMPE-LA-MORT. Voir COLLIN (Jacques).
TROUBERT (Mgr Hyacinthe) [né en 1776]. Âgé de cinquante ans en 1826 :
CT, IV, 202 ; portrait : 201 ; le personnage le plus important de la province où il représente la Congrégation : 232 ; loge depuis 1812 à Tours
chez Mlle Gamard : 184 ; en 1826, profite des mauvaises dispositions de
sa logeuse envers l'abbé Birotteau pour le couler dans son esprit : 198 ;
hait Mme de Listomère, qui ne le reçoit pas : 200 ; s'installe dans l'ancien
logement de Birotteau : 221 ; nommé vicaire général de l'archevêque de
Tours : 232 ; sa conversation, pleine de sous-entendus, avec Mme de Listomère : 237-240 ; nommé évêque de Troyes sous le nom de Mgr Hyacinthe,
en 1827 : 242 ; renonce, du moins en apparence, à l'héritage de Mlle Gamard : 243 ; fait déplacer Birotteau à la cure de Saint-Symphorien, puis le
fait interdire pour captation d'héritage : 242, 243. Toujours évêque de
Troyes en 1839, vient d'être invité à passer quelques jours au château de
Cinq-Cygne : *DA*, VIII, 787.
TROUSSENARD (docteur). Médecin de la famille Mignon, au Havre, en 1825.
Ne démentit pas les bruits attribuant à une maladie de poitrine la disparition de Bettina Mignon : *MM*, I, 492.

Ant. *Boussenard, lui-même ant. *Bourgenon : *MM*, I, 492 (var. *e*).

Tschoern. Allemand, poète et grand politique ; l'un des habitués de la *table des philosophes* au *Café Voltaire*, en 1827 ; portrait : *MI*, XII, 721 ; raconte l'histoire d'un excentrique anglais : 737-739.

Tullia (Claudine Chaffaroux, dite) [née en 1799]. Née à Nanterre. Nièce d'un ancien charpentier, devenu entrepreneur en bâtiment : *Pr.B*, VII, 826, 834 ; âgée de trente ans en 1829 ; habite alors, rue Chauchat, un petit hôtel particulier : 826 ; premier sujet de danse à l'Opéra de 1817 à 1827, période durant laquelle elle doit son ascendant à plusieurs protecteurs connus, le duc de Rhétoré, un célèbre directeur des Beaux-Arts, des diplomates, de riches étrangers : 825, 826. En 1818, voit beaucoup son amie, Mme Colleville : *Bou.*, VIII, 41 ; explique à Thuillier qu'une femme ne peut jamais aimer un sot : 43. Artiste célèbre : *CB*, VI, 205. Vers 1821 est avec Florine et Coralie, Florentine et Mariette comme « les cinq doigts de la main » : *MD*, IV, 739 ; *DV*, I, 857. En 1821, en relation avec Philippe Bridau : *R*, IV, 316. Cette année-là procure à Finot cent abonnements qu'elle impose au chant, à l'orchestre et au corps de ballet de l'Opéra : *IP*, V, 394 ; invitée avec le duc de Rhétoré chez Florine, le soir de la première de *L'Alcade dans l'embarras* : 395 ; en 1822, soupçonnée d'être peu cruelle pour du Bruel, invitée sans son duc au dîner donné par Rubempré chez Coralie : 470, 471. En 1823, danse à l'Opéra dans un pas de trois avec Mariette et Florentine qui fait là ses débuts : *R*, IV, 517 ; encore maîtresse de Rhétoré à cette époque : 518. Émile Blondet s'interroge sur l'avenir de ses pareilles : *Pay.*, IX, 59. Vers 1823, au déclin de sa passion pour Rhétoré, commence sa liaison avec du Bruel : *Pr.B*, VII, 826. En janvier 1824, Rhétoré l'aime toujours et assiste à toutes ses représentations : *MJM*, I, 230. En 1824, à la fin de l'année, habite la même maison que Florine : *E*, VII, 963 ; du Bruel est l'amant de cœur et se croit préféré à l'amant en titre, le brillant duc de Rhétoré : 964. À cette époque, le duc est directeur des Beaux-Arts et du Bruel souffre sa passion pour elle : *Pr.B*, VII, 826. En 1825, invitée avec du Bruel, Mariette, Florine assorties de leurs amants, chez Florentine : *DV*, I, 869 ; une de ses rivales à l'Opéra est alors Mariette : 863. En 1829, se met elle-même à la retraite, à trente ans : *Pr.B*, VII, 826. Citée à Esther Gobseck par Carlos Herrera comme un exemple à suivre : *SetM*, VI, 570 ; en 1830, assiste à une représentation de la Porte-Saint-Martin où Nucingen exhibe pour la première fois Esther Gobseck : 620 ; connue autrefois d'Esther, est parmi celles qui l'ont surnommée Jeanne d'Arc : 621, 622 ; renoue connaissance avec elle : 622 ; invitée par elle, rue Pigalle : 643. Comme Florine est devenue Mme Nathan, Tullia fait une fin en épousant du Bruel : *CSS*, VII, 1211. Elle se marie vers 1830, après une liaison de sept ans : *Pr.B*, VII, 826 ; quitte alors son hôtel rue Chauchat : 826 ; s'installe rue de la Victoire dans un petit hôtel particulier : 828 ; remarquée par La Palférine sur le boulevard, en 1834 : 816 ; il l'aborde et l'accompagne chez sa parente, Mme de Bonfalot : 817 ; La Palférine devient son grand amour : 818, 819 ; ses lettres au prince de la bohème : 820-822 ; c'est pour lui plaire qu'elle pousse son mari à la féroce activité à laquelle Paris doit le vaudeville dix-huitième siècle : 829 ; hérite de son oncle Chaffaroux, l'entrepreneur : 836. En 1834, toujours amie de Florine : *FE*, II, 318. En 1838, peut enfin mettre sur ses cartes de visite son titre de comtesse du Bruel : *Pr.B*, VII, 836. En 1839 a hérité de son oncle Chaffaroux : *Bou.*, VIII, 135 ; reçoit la visite de Mme Colleville et de Théodose de La Peyrade, qui la prient de leur donner un mot pour son oncle l'entrepreneur Chaffaroux : 166. Mme Schontz, en 1841, serait heureuse d'être, comme Tullia, mariée par-devant M. le Maire et M. le Curé : *B*, II, 904.

Ant. *Maria : *IP*, V, 394 (var. *e*), 403 (var. *d*), 464 (var. *a*), 471 (var. *a*).

Ant. la réelle *Julia : *E*, VII, 963 (var. *b*).

*Tulhoye (M. de). Voir Tulloye qui suit.

Tulloye. Propriétaire d'un pré dans la banlieue d'Angoulême. Le duel Bargeton-Chandour s'y déroule en 1821 ; le nom donne lieu depuis à un calembour : *IP*, V, 246.

Ant. *Tulhoye (M. de) : *IP*, V, 246 (var. *b*).

*Turpenay. Voir Chamarante.

TURQUET (Marguerite). Voir MALAGA.
TUTANUS XIII. Nom de plusieurs chefs des Dévorants : *Pré.H13*, V, 789.
Tuteur du narrateur (le). Opinion sur l'éventualité de son mariage avec
　　Mlle Taillefer : *AR*, XI, 119, 120.
Tyrolien (un). Artisan cordonnier, installé dans le bourg du docteur Benassis :
　　MC, IX, 425.

URBAIN. Ancien cavalier, au service de Soudry en 1823 : *Pay.*, IX, 275.
URRACA. Vieille nourrice espagnole et domestique de Felipe Henarez : *MJM*,
　　I, 225 ; Fernand, duc de Soria, l'envoie en 1823 à Paris rejoindre Felipe,
　　en lui confiant deux millions à remettre à ce dernier : 259.
URSULE. Cuisinière. Grosse Picarde en service chez les Ragon sous la Révo-
　　lution ; déniaise César Birotteau : *CB*, VI, 56 ; l'abandonne au bout de
　　deux ans pour épouser un Picard de vingt ans, réfractaire : 59.
　　　Ant. *SOPHIE : *CB*, VI, 56 (var. *c*).
URSULE. Gouvernante de l'abbé Bonnet, en 1829 : *CV*, IX, 714, 720, 721.
　　　Ant. *MARIANNE : *CV*, IX, 1532.
UXELLES (maison d'). L'une des plus grandes maisons de France : *CA*, IV,
　　982. Alliée aux Lenoncourt : *CB*, VI, 84. En 1827, doit vendre son château
　　d'Anzy, près de Sancerre, pour faire face aux prodigalités de la duchesse
　　de Maufrigneuse : *MD*, IV, 639 ; blason de la famille, à Anzy : 732.
UXELLES (une demoiselle d'), ant. une réelle *LORGES *(sic)*, puis une réelle
　　*CRILLON : *CA*, IV, 982 (var. *e*).
*UXELLES (Mlle d'), remplacée par GRANDLIEU (Mlle de) devenue ESPARD
　　(marquise d') : *In.*, III, 484 (var. *f*).
UXELLES (marquise d'). Parente des Lenoncourt ; morte avant 1818 ; mar-
　　raine de César Birotteau : *CB*, VI, 84 ; plus proche parente de la princesse
　　de Blamont-Chauvry que des Lenoncourt : 162.
　　　Ant. *G. (comtesse de), puis *PRASLIN (marquise de)[1] : *CB*, VI, 84 (var. *d*).
UXELLES (Mlle d'). Promise pour femme au marquis de Montauran par le
　　comte de Lille, le futur Louis XVIII : *Ch.*, VIII, 1135.
　　　Ant. *R. (Mlle de), R*** (Mlle de), *ROHAN (Mlle de)[1] : *Ch.*, VIII,
　　1135 (var. *a*).
UXELLES (duchesse douairière d') [née v. 1769]. Agée de quarante-cinq ans
　　au mariage de Diane vers 1814 ; est devenue dévote cinq ans auparavant :
　　SPC, VI, 984 ; maîtresse du duc de Maufrigneuse, lui fait épouser sa
　　propre fille, Diane : 983 ; bien qu'avare, adresse régulièrement un secours
　　à sa fille, devenue princesse de Cadignan : 954. L'*oracle* du salon des
　　Grandlieu vers 1829 : *SetM*, VI, 507.
UXELLES (Diane d'). Fille de la précédente. Voir CADIGNAN (princesse de).
*UXELLES (duchesse d'). Tante de Mme de Mortsauf, remplacée par VER-
　　NEUIL (duchesse de) : *Lys*, IX, 1010 (var. *b*).

V... ou de V... (baron) [1772-v. 1817]. Commissaire-ordonnateur puis
　　intendant militaire, fort riche. A quarante ans, en 1812, épouse Louise
　　de L... : *Phy.*, XI, 1148, 1149 ; en 1816, fait la cour à une amie de sa femme,
　　Émilie B... : 1149 ; à cette époque, a trois enfants et une maison de cam-
　　pagne à Saint-Prix : 1149, 1150 ; meurt d'une hépatite, sans s'être douté
　　de la participation de sa femme au plan qui l'avait mis à mal : 1153.
V... ou de V... (baronne) [née en 1794]. Femme du précédent. Née Louise
　　de L..., fille d'un officier tué à Wagram ; se marie à sa sortie d'Écouen,
　　en 1812 : *Phy.*, XI, 1148 ; amie d'enfance d'Émilie B... : 1149 ; trois enfants
　　en quatre ans de mariage : 1150 ; maîtresse de M. de Rostanges : 1151,
　　1153 ; de mèche avec Émilie B... : 1151.
V... (marquis de). Aimé par Mme de T... : *Phy.*, XI, 1133, 1141.
*V*** (comte et comtesse de), remplacés par *MONTPERS, puis par MONT-
　　PERSAN (comte et comtesse de) : *Mes.*, II, 398 (var. *a* et *b*), 399 (var. *a*).
V*** (vicomte de). Maître des requêtes au Conseil d'État. Ses précautions
　　contre l'invasion du Minotaure : *Phy.*, XI, 1050 ; elles se révèlent vaines :
　　1058, 1059.
V*** (vicomtesse de). Femme du précédent. Le bonheur tient à un cheveu :
　　Phy., XI, 1050-1059.

　　1. Nom réel.

V...Y (Mme). Femme à la mode. Pourquoi elle garde une très jolie femme de chambre, malgré tous les défauts de celle-ci : *Phy.*, XI, 1155, 1156.

Vachère de Mme Marie Gaston (la). Son emploi, ses attributions : *MJM*, I, 382.

VAILLANT (Mme). Femme de ménage du vieux Pillerault, rue des Bourdonnais, en 1818 : *CB*, VI, 121; attention que son maître a pour elle : 120. Est peut-être la même que la femme de ménage du narrateur, alors logé rue de Lesdiguières; mariée à un ouvrier ébéniste; trois enfants; ses gages mensuels, sa fidélité au narrateur, qui ne peut aussi aussi généreux avec elle qu'il le souhaiterait : *FC*, VI, 1021.

*VALDENOIR, remplacé par CLAPARON : *MR*, X, 383 (var. *a* et *b*), 384 (var. *a*).

VALDÈS (Paquita) [v. 1793-1815]. Âgée d'environ vingt-deux ans en 1815 : *FYO*, V, 1064; portrait à cette époque : 1064, 1065; fille d'une esclave achetée en Géorgie américaine : 1081; née à La Havane : 1093; amenée des Antilles par Margarita-Euphemia Porraberil, d'abord à Madrid puis à Paris quand cette dernière, mariée au duc de San-Réal, s'installe en 1806 à l'hôtel San-Réal, rue Saint-Lazare : 1058, 1067; gardée par la duègne doña Concha Marialva : 1068; en 1815, aux Tuileries où elle est appelée la Fille aux yeux d'or, fascinée par Henri de Marsay : 1063, 1064; fait répondre à la lettre de ce dernier par son père nourricier Christémio et un interprète d'espagnol : 1076, 1077, 1083; premier rendez-vous; parle l'anglais avec Marsay; l'avertit qu'ils ont seulement douze jours à eux : 1081; constate une ressemblance de voix et d'ardeur : 1083; second rendez-vous dans un boudoir construit pour l'amour, la jalousie; aucun son ne s'en échappe; on pourrait y assassiner : 1089; habille Marsay en femme : 1091; vierge mais pas innocente : 1091; devenue sa maîtresse, sait qu'elle mourra : 1092; appelé Mariquita par elle, Marsay comprend et se jure de la tuer : 1102-1105; une semaine plus tard, avec Ferragus, il arrive pour accomplir sa vengeance; trop tard, car Paquita meurt, poignardée par Mariquita; celle-ci étant la demi-sœur de Marsay, ce dernier constate qu'elle était fidèle au sang : 1105-1108. Femme criminelle : *Pré.PG*, III, 44.

 Ant. dite la *Fille aux yeux jaunes : *FYO*, V, 1064 (var. *c*), et prénommée *Pepita : 1074 (var. *a*).

VALENTIN (marquis de) [?-1826]. Chef d'une famille d'ascendance impériale romaine, selon une plaisanterie d'Émile : *PCh.*, X, 99; père de Raphaël; sa sévérité : 121; confie une bourse à son fils au bal du duc de Navarreins aussitôt après, lui fait une pension : 122-125; ancienneté de sa famille, originaire d'Auvergne; ses déboires : 125, 126; ruiné par le décret Villèle sur les déchéances; meurt en novembre 1826 : 127.

VALENTIN (marquise de). Née Barbe-Marie O'Flaherty : *PCh.*, X, 208; héritière d'une grande maison : 125; la Restauration lui rend des biens considérables, qui seront perdus par son mari, trop procé rier : 125, 126; meurt (de la poitrine : 209) vers 1814 : 125; enterrée dans une île au milieu de la Loire : 127; son fils doit vendre cette île en 1819 : 201.

 Ant. prénommée Barbe-Marie-Charlotte : *PCh.*, X, 208 (var. *b*).

VALENTIN (marquis Raphaël de) [1804-1831]. Âgé de vingt-deux ans en 1826 : *PCh.*, X, 127. Vingt-trois ans en 1827 : *MI*, XII, 721. Portraits : *PCh.*, X, 61, 62; *MI*, XII, 721, 722. Blason; ascendance : *PCh.*, X, 99; son enfance jusqu'à l'âge de dix-sept ans : 120; tenu très sévèrement jusqu'à sa majorité : 121, 122; gagne au jeu chez le duc de Navarreins, son parent : 122, 124; montant de l'héritage paternel, en 1826 : 127; décide que cette somme doit le faire vivre durant trois ans, à raison d'un franc par jour, et établit son budget en conséquence : 133, 134; loge à l'hôtel de Saint-Quentin chez Mme Gaudin : 136; projets : une comédie et sa *Théorie de la volonté* : 138; offre de servir de précepteur à Pauline Gaudin : 141. En 1827 habitué de la *table des philosophes* au Café Voltaire; loge rue des Cordiers : *MI*, XII, 721, 722. En décembre 1829, rencontre Rastignac qui le présente à la comtesse Fœdora, dont il tombe amoureux : *PCh.*, X, 145, 148; elle le fait souffrir : 157; fait cadeau à Pauline de son piano Erard : 163; traité avec Finot que lui présente Rastignac, au sujet des mémoires fictifs de sa tante Mme de Montbauron : 165, 166; reçu froidement par le duc de Navarreins, qui croit à une visite intéressée, mais change ensuite d'attitude : 173; décide de se cacher dans la chambre de Fœdora et de la surprendre : 179; entend sa conversation

(Mlle de Verneuil) qu'il a rencontrée à Alençon, aux *Trois-Maures* : 1017. Au début de l'Empire, accueille sans méfiance le baron des Tours-Minières : *EHC*, VIII, 288 ; « Adonis en retraite » en 1816 ; ses belles manières ; les vieilles anecdotes sur le règne de Louis XV qu'il conte avec talent ; ses petits ridicules ; son « foie chaud » : *VF*, IV, 812-815 ; habite un modeste logement, rue du Cours, chez Mme Lardot ; ses maigres ressources, qu'il tire honnêtement du jeu ; origine de sa rente de six cents livres : 816, 817 ; est soupçonné de s'adresser à lui-même une pension trimestrielle sous le couvert d'un M. de Pombreton ; services rendus à la cause royale ; son ambition secrète : 818, 819 ; aimé des grisettes, à qui il sait plaire ; la jeune Suzanne (du Val-Noble) lui joue la comédie de la maternité : 820, 823, 824 ; il n'est pas dupe et lui conseille de faire endosser cette prétendue grossesse à son ennemi, du Bousquier : 826 ; ignore le tort considérable que l'apparente pureté de ses mœurs lui fait auprès de Mlle Cormon : 875 ; se voit déjà son mari et député, maire d'Alençon : 888, 889 ; décidé à faire sa demande, perd un temps précieux à s'adoniser, et apprend le succès de son concurrent, du Bousquier : 906, 909 ; très affecté par cet échec, décline peu à peu ; son surnom, Nérestan : 921, 922. L'un des habitués du Cabinet des Antiques en 1822 : *CA*, IV, 982, 983 ; est, pour Alençon, le CHEVALIER, comme, à la Cour, le comte d'Artois était MONSIEUR : 979 ; énumère au marquis d'Esgrignon les puissantes relations qu'il a gardées à la Cour : 996 ; devine l'identité de Mme de Maufrigneuse déguisée en homme, et verse pour elle sa dernière larme d'admiration pour le beau sexe : 1093 ; doutes sur l'existence de M. de Pombreton, répandus par vengeance par du Bousquier : 932 ; meurt avec la monarchie, peu de jours après avoir accompagné jusqu'à Cherbourg le roi partant en exil : 934.

VANDENESSE (famille de). Du noble Faubourg : *Pay.*, IX, 151. Alliée aux Mongenod par les Fontaine : *EHC*, VIII, 232. Amie de M. de Bourbonne : *Fir.*, II, 148. Sa fière devise : *Lys*, IX, 1066.

VANDENESSE (abbé de). Grand-oncle des enfants Vandenesse ; membre du Conseil privé en 1814. Félix ignore son existence que lui apprend la duchesse de Lenoncourt : *Lys*, IX, 1045.

VANDENESSE (marquis de) [?-1827]. Chef du titre et des armes : *Lys*, IX, 976 ; à la Révolution, dévoué aux Bourbons, conspire et joue un rôle grand et dangereux : 1001 ; en 1793, en relation avec Lepître lors de la tentative d'enlever Marie-Antoinette du Temple : 976 ; après le Dix-Huit Brumaire, jugeant tout perdu va vivre en province : 1001 ; à Tours : 979 ; accepte des accusations dont a imméritées : 1001 ; en 1809, ôte son fils Félix du collège de Pont-le-Voy pour le mettre à Paris en pension chez Lepître et élève du lycée Charlemagne : 976, 977 ; peu avant le retour des Bourbons, se préoccupe de son fils aîné Charles, alors dans la diplomatie impériale ; va le rejoindre à Paris : 979 ; y est lors du Premier Retour en avril et mai 1814 : 982 ; redevient aussitôt marquis : 1045 ; plus indulgent que sa femme envers Félix : 977 ; comme elle, ne le reconnaît comme son fils que lorsqu'il a réussi : 1109. Meurt en novembre 1827 : *CM*, III, 654.

• *VANDENESSE, au titre de père de Félix : *Lys*, IX, 977 (var. *b*), 982 (var. *a*), 986 (var. *a*), 1045 (var. *b*).

VANDENESSE (marquise de). Femme du précédent. Née Listomère ; esquisse : *Lys*, IX, 981 ; délaisse son fils Félix : 971 ; son amour est pour Charles : 973 ; première entrevue avec Félix en 1811 après douze ans de séparation : 977, 978 ; le ramène de Paris à Tours en 1814 : 980, 981 ; en mai, le charge de représenter la famille à la réception du duc d'Angoulême par la Municipalité : 982. Rappel de son despotisme envers son fils Félix : *FE*, II, 291.

• VANDENESSE (comtesse de), au titre de mère de Félix : *Lys*, IX, 977 (var. *b*), 981 (var. *b*), 982 (var. *a*), 1045 (var. *b*).

VANDENESSE (Charles, comte puis marquis[1] de) [1789- ?]. Fils aîné des précédents. Âgé de cinq ans de plus que Félix qui a vingt ans en 1814 : *Lys*, IX, 973, 979, 981 ; le privilégié de son père, l'amour de sa mère, l'espoir de sa famille : 973 ; dans la diplomatie impériale en 1814 ; son père vient l'avertir de l'imminence du retour des Bourbons : 979 ; dès les

---

1. Parfois resté comte, par inadvertance de Balzac : *F30*, II, 1153 (n. 1).

premiers temps de la première Restauration, déjà dans la diplomatie des Bourbons : 1045; son frère lui trouve de la morgue à son égard : 1097; en 1815, suit la Cour à Gand pendant les Cent-Jours : 1098; envoyé au congrès de Vienne (1815) : 1099; en 1817, prend ombrage des succès de son cadet : 1109. En 1818, client de la parfumerie Birotteau; Mme Birotteau se demande si elle doit l'inviter à son bal : *CB*, VI, 162. En 1819, illustre impertinent, assiste au bal de la vicomtesse de Beauséant en novembre : *PG*, III, 77. Maxime de Trailles à cette époque fait valoir à Gobseck qu'il est son ami : *Gb.*, II, 986. Mme Firmiani lui remet quelques lettres pour des amies de Naples; il vient d'être désigné pour le congrès de Laybach : *F30*, II, 1121; elle le présente à la marquise d'Aiglemont : 1123, 1124; fait à celle-ci une cour de plus en plus pressante : 1127; ne veut plus la quitter et démissionne : 1141; elle répond enfin à son amour : 1141. Les soins qu'il lui donne la sauvent de la mort : *Lys*, IX, 1194. Est le diplomate qui lui a fait danser la valse de *Faust* : *MN*, VI, 349. En 1822, l'un des roués parisiens, l'un des élégants de la capitale : *CA*, IV, 1008; *IP*, V, 463; y tient avec son frère le haut du pavé de la fashion : 479. Assiste à une soirée chez Mlle des Touches, en novembre : *CA*, IV, 1019. En 1825, en procès contre Félix, a pour avoué Desroches : *DV*, I, 855; désire vendre en détail la terre de Vandenesse alors que Félix s'y oppose : 872. En 1827, il règne toujours dans le salon de Mme d'Aiglemont : *CM*, III, 645; du parti prêtre avec son frère, les ducs de Lenoncourt, de Navarreins, de Langeais et la Grande Aumônerie : 647; en novembre, son père meurt : 645. En deuil de son père, deux à trois ans après la mort dramatique de son fils Charles d'Aiglemont, reçoit la visite de son notaire, Me Crottat, qui accumule gaffe sur gaffe : *F30*, II, 1148; exaspéré par ses impairs, le met à la porte : 1153. En 1828, fréquente le salon de la marquise d'Espard : *In.*, III, 454. En 1829, chez les Grandlieu avec son frère : *SetM*, VI, 507. En 1833, au dîner en l'honneur de Daniel d'Arthez chez Mme d'Espard : *SPC*, VI, 1000. En août 1836, est marié à la veuve de l'amiral de Kergarouët : *B*, II, 767; *FE*, II, 275. En 1844, Mme d'Aiglemont reste intimement liée avec lui : *F30*, II, 1209.

Ant. *M. de ... : *F30*, II, 1176 (var. *a*).

*VANDENESSE (marquis de), remplacé par VANDENESSE (comte de) : *AEF*, III, 689 (var. *h*), 691 (var. *a*).

**VANDENESSE, au titre de frère de Félix : *Lys*, IX, 1045 (var. *b*).

VANDENESSE (Émilie de). Femme du précédent. Voir FONTAINE.

*VANDENESSE (Mme de), remplacée par PORTENDUÈRE (Mme de) : *AEF*, III, 709 (var. *b*).

VANDENESSE (Alfred de). Fils des précédents. Roué parisien en 1844, s'intéresse beaucoup à la jeune comtesse Moïna de Saint-Héréen, qu'il ignore être sa sœur adultérine : *F30*, II, 1208, 1209; feint pour elle une passion conçue dès l'enfance : 1209; la marquise d'Aiglemont aperçoit la trace de ses pas dans le sable de l'allée conduisant à la chambre de Moïna : 1213.

VANDENESSE (vicomte puis comte Félix-Amédée de) [né en 1794]. Second fils du marquis et de la marquise. Agé de vingt ans en 1814 : *Lys*, IX, 979, 981; son enfance malheureuse : 970; sa passion d'enfant pour son étoile : 972; placé externe dans une pension de Tours à cinq ans : 973; reste de 1801 à 1809 sans voir sa famille, au collège des Oratoriens de Pont-le-Voy, classe des pas latins : 974; à quinze ans, en 1809, il entre à la pension Lepître, au Marais : 976; élève au lycée Charlemagne : 977; prend à dix-neuf ans sa première inscription de Droit, en 1813 : 978; idées de suicide, à Tours : 981; chargé par sa mère de représenter la famille à la réception donnée par la municipalité en l'honneur du duc d'Angoulême, en l'hôtel Papion, lors du Premier Retour : 982, 983; fasciné par la beauté d'une inconnue, l'embrasse fougueusement dans le dos, entre les épaules : 984; son étoile est devenue une femme : 985; son itinéraire, de Tours à Frapesle : 986, 987; en visite chez M. de Chessel, à Frapesle : 989; présenté par M. de Chessel à son inconnue du bal; c'est la comtesse de Mortsauf, châtelaine de Clochegourde : 995; apprend le tric-trac avec le comte : 1021; avoue sa passion à Mme de Mortsauf; leur pacte secret : 1027, 1034, 1035; songe à entrer en religion : elle l'en dissuade : 1041, 1042; lui réserve sa fille, Madeleine : 1042; quitte Clochegourde fin août 1814 : 1081; reçoit de Mme de Mortsauf des conseils, dans une lettre qu'il emporte : 1084-1097 ; en 1815, suit la Cour à Gand au 20 mars ; présenté au roi par le duc de Lenoncourt, père de Mme de Mortsauf, il est chargé d'une mission secrète en Vendée, dont il s'acquitte avec bonheur : 1098, 1099 ; au Second Retour, Louis XVIII le nomme maître des requêtes et en fait son secrétaire particulier : 1107, 1108 ; introduit par la princesse de Blamont-Chauvry dans la société du petit château : 1109. Sa Majesté l'a surnommé Mlle de Vandenesse et M. Caton : 1115, 1110 ; a six mois de congé, en 1817, qu'il va passer à Clochegourde : 1110 ; la maladie du comte de Mortsauf l'éclaire sur les sentiments de Mme de Mortsauf : 1125 ; pendant l'hiver 1817-1818, rencontre lady Dudley dans les salons de l'Élysée-Bourbon : 1141 ; lady Dudley règne en maîtresse sur son corps, mais Mme de Mortsauf est l'épouse de l'âme : 1146 ; son second prénom, Amédée, réservé à lady Arabelle : 1168. En 1818, client de La Reine des Roses : *CB*, VI, 162, 268. Mme Birotteau se demande si elle doit l'inviter à son bal : 162. En 1819, Maxime de Trailles soutient à Gobseck qu'il est son ami : *Gb.*, II, 986. Alors illustre impertinent, convié au bal Beauséant, en novembre : *PG*, III, 77. En octobre 1820, à l'annonce de la gravité de l'état de Mme de Mortsauf, se précipite à Clochegourde : *Lys*, IX, 1191 ; le docteur Origet, qu'il rencontre, lui donne de fort mauvaises nouvelles : 1192 ; la revoit : 1200 ; l'enterre : 1211, 1212 ; lit sa dernière lettre : 1214-1220 ; Madeleine le hait : 1222, 1223 ; Arabelle aussi : 1224 ; et Marsay : 1225. En 1821, à l'Opéra ; il est celui des deux Vandenesse qui a causé l'éclat de lady Dudley ; dans la loge de la marquise d'Espard, à l'entracte : *IP*, V, 277 ; puis dans celle de sa sœur, Mme de Listomère : 280 ; au début de 1822, à l'Opéra, échange avec Rubempré quelques airs insolents : 454, 455 ; est alors l'un des deux secrétaires particuliers du roi : 482. Depuis son équipée avec lady Dudley, Louis XVIII l'appelle Mylord : *Lys*, IX, 1191. En 1823, Louise de Chaulieu le prie d'interroger le prince de Talleyrand au sujet d'un éventuel séjour de Macumer à Valençay, en 1809 : *MJM*, I, 246. En 1823, accepte de recommander César Birotteau au roi et rend visite à cette intention au comte de Fontaine : *CB*, VI, 268, 269 ; annonce à César que le roi lui fait dire de porter à nouveau la Légion d'honneur, et lui envoie six mille francs : 299, 300 ; assiste à sa réhabilitation solennelle : 310. Sa fidélité à Mme de Mortsauf évoquée en 1824 par la duchesse de Maufrigneuse : *CA*, IV, 1041 ; prête son passeport à Diane de Maufrigneuse qui, costumée en homme, se rend à Alençon pour sauver Victurnien d'Esgrignon : 1077, 1078. Rencontré en 1825 par Émilie de Fontaine en compagnie de lady Dudley, aux environs de Châtenay : *BS*, I, 137, 138. En procès avec son frère Charles, a pour avoué Me Derville ; il est plus puissant que son aîné, l'ambassadeur : *DV*, I, 855 ; s'oppose à ce que Charles vende en détail la terre de Vandenesse : 872. En 1827, épris de belle passion pour Natalie de Manerville, comme le sait le mari de cette dernière : *CM*, III, 639 ; Natalie, selon Marsay, l'aime à la folie : 641 ; il est homme de fer puisqu'il a résisté au choc de lady Dudley : 642. Natalie lui demande une confession de sa vie : *Lys*, IX, 969, 970 ; lui envoie ses imposants souvenirs : 970-1226 ; s'est trompé en l'aimant : 1226. En novembre, son père meurt, il devient comte : *CM*, III, 645 ; appartient avec son frère et les ducs de Lenoncourt, de Navarreins et de Langeais, et la Grande Aumônerie, au parti prêtre : 647. En 1828, fréquente le salon de la marquise d'Espard : *In.*, III, 445. A la fin de la même année, épouse Mlle Marie-Angélique de Granville, la fille aînée du procureur général : *FE*, II, 275 ; « déporté à la Chambre des pairs aux derniers jours de Charles X » : 290. Habitué du salon des Grandlieu en 1829 : *SetM*, VI, 507. A longtemps subi le despotisme d'une mère et a été formé par lady Dudley : *FE*, II, 291 ; après son mariage, le jeune couple va habiter rue du Rocher ; initie peu à peu sa femme aux généalogies, au monde, aux choses de la vie : 292 ; risque sa vie aux journées de Juillet 1830 en traversant les flots populaires pour proposer des médiations : 296 ; ne se doutait pas, à son mariage, que sa couronne de pair se retrouverait après la révolution de Juillet sur la tête de son beau-frère et qu'il serait affligé d'un du Tillet pour beau-frère : 275. En 1831, est à une soirée chez Mlle des Touches : *AEF*, III, 689. En 1833, participe au dîner offert par Mme d'Espard et où est invité d'Arthez : *SPC*, VI, 1000. Entend, chez Mme de Cadi-

gnan, les révélations d'Henri de Marsay sur l'affaire d'enlèvement du
sénateur Malin de Gondreville : *TA*, VIII, 686. Opinion sur Nathan en
1833 : *FE*, II, 309; à une réception chez elle, vers 1834, lady Dudley lui
met malignement dans les bras la comtesse de Manerville, afin de favoriser
l'aparté de Marie de Vandenesse avec Nathan : 312; n'a pas changé d'opinion sur Nathan : 349, 350; sa belle-sœur, Mme du Tillet, la met au
courant du flirt qui s'est ébauché entre Marie et Raoul Nathan; il promet
de tout arranger : 371; rembourse Mme de Nucingen des sommes prêtées
à Marie : 372; au bal de l'Opéra, déguisé, prouve à Florine la trahison de
son amant, Nathan, et récupère les lettres d'amour de sa femme : 380. Le
lecteur de *La Comédie humaine* découvre le personnage du *Lys* après celui
d'*Une fille d'Ève* : Pré.*FE*, II, 264, 265.

Ant. *VANDENESSE (marquis de) : *AEF*, III, 689 (var. *h*), 691 (var. *d*).

*VANDENESSE (Félix de). A une soirée donnée pour son mariage en
décembre 1832 (mais voir l'article précédent où il a lieu en 1828), chez
sa sœur Mme de Listomère, assiste la baronne de Retzau : *B*, II, 1458.

*VANDENESSE, remplacé par RHÉTORÉ (duc de) : *AEF*, III, 710 (var. *a*);
remplacé par CANALIS : *IP*, V, 279 (var. *a*, *c*).

VANDENESSE (comtesse Félix de) [née en 1808]. Femme du précédent, née
Marie-Angélique de Granville. Agée de vingt ans en 1828, lors de son
mariage : *FE*, II, 276; en 1818, son père exige pour sa sœur et elle les
leçons d'un bon maître de musique, l'Allemand Schmucke : 278; sa triste
jeunesse, sous la férule maternelle : 275-277. Raisons de l'intimité des
deux sœurs : *DF*, II, 79; *FE*, II, 275. A une soirée chez Mlle des Touches
en 1831 : *AEF*, III, 703. En soirée chez la princesse de Cadignan, en
1833 : *TA*, VIII, 686. Vers 1835 vient demander à sa sœur, Mme du Tillet,
de l'aider : *FE*, II, 287; habite rue du Rocher : 292; à vingt-cinq ans,
trop heureuse, souhaite rencontrer « quelque loup dans la bergerie » :
294; ses ennemies intimes, ses deux belles-sœurs : 297; demande, en
petit comité, quelle différence il y a entre un mari et un amant; les réponses
qu'elle s'attire : 298; devient amoureuse de Nathan : 307; mais cet amour
reste innocent et pur : 327; ils se retrouvent chez lady Dudley : 309, 310;
raillée par ses amies en raison de son attachement pour Nathan : 343;
se précipite rue Feydeau pour sauver Nathan, qui vient de tenter de se
suicider : 356; en février 1835, fait signer des lettres de change à son
vieux maître de piano, le vieux Schmucke : 365, 366; remercie son mari
de sa bonté et du tact avec lequel il l'a sauvée de l'abîme où elle allait
sombrer : 377. Fleur du Paris de 1836, amie de la comtesse Laginska :
FM, II, 199, 200. En 1837, assiste à une représentation d'un drame de
Nathan : *MD*, IV, 754; a failli faire les dernières folies pour Nathan,
et les voilà séparés à ne pas se reconnaître, dit M. de Clagny à Dinah de
La Baudraye : 756. Ses amies en 1841 : *B*, II, 910, 911. L'une des trois
Saintes Céciles du pianiste Schmucke : *CP*, VII, 526.

VANDENESSE (Mlle de). Sœur de Charles et Félix. Voir LISTOMÈRE (marquise de).

Ant. *FONTENILLE (Mlle de) : *MJM*, I, 204 (var. *b*).

VANDENESSE (Mlle de). Sœur cadette de la précédente. S'entend souvent
avec elle pour persécuter son frère Félix : *Lys*, IX, 972.

*VANDENESSE (Mlle de), au titre de sœur cadette de Félix : *Lys*, IX,
1045 (var. *b*).

VANDIÈRES (général comte de) [?-1812]. Retombé en enfance, au cours de
la retraite de Russie; protégé des dangers par le major de Sucy : *Ad.*, X,
991; juché avec sa femme sur un radeau, pour la traversée de la Bérésina,
il est décapité par un glaçon : 1001.

VANDIÈRES (comtesse Stéphanie de) [?-1820]. Femme vertueuse : Pré.*PG*,
III, 44. Compagne d'enfance du major Philippe de Sucy, qui la retrouve,
mariée, pendant la retraite de Russie, en 1812 : *Ad.*, X, 990; sauvée malgré
elle, par Philippe : 994; sur la Bérésina, assiste impuissante à la mort
tragique de son mari et devient folle; perd de vue Philippe resté sur la
rive orientale du fleuve : 1001; vient de Moulins, on la dit démente : 983;
aperçue en 1819 par le colonel de Sucy dans le parc de l'hospice des Bons-
Hommes : 979; son oncle, le docteur Fanjat, raconte au colonel l'histoire
de la malheureuse, de 1812 à 1816 : 985-1002; ne prononce plus qu'un
seul mot, toujours le même : « Adieu! » : 1002; ne reconnaît pas Philippe :

1005; se réaccoutume peu à peu à lui : 1007; mise devant une reconstitution de la tragique scène de 1812, recouvre un instant sa lucidité, reconnaît Philippe dont elle prononce le nom, et meurt : 1012, 1013.

Ant. *MARCHAGNY (Mme de) : *Ad.*, X, 983 (var. *g*), prénommée *Julie : 983 (var. *i*), 944 (var. *b*), 1003 (var. *b*).

VANIÈRE. Jardinier de Valentin. Lui apporte triomphalement, à la fin de février 1831, la peau de chagrin qu'il a trouvée dans le puits : *PCh.*, X, 236.

*VANIN. Voir GOUPIL.

VANNEAULX (M. et Mme des). Petits rentiers de Limoges. Habitent rue des Cloches, ont deux enfants : *CV*, IX, 683, 684; en 1829, Mme des Vanneaulx est la nièce et seule héritière de Pingret, assassiné avec sa domestique : 682, 683; ils voudraient récupérer l'héritage volé par son assassin; offrent vingt pour cent de prime : 697; cet argent, repêché dans la Vienne, leur est restitué : 743.

Ant. *LAUNAIS (M. et Mme des) : *CV*, IX, 682 (var. *b*), 697 (var. *d*).

VANNI (Élisa). Corse, voisine des Porta. Après la vendetta des Piombo contre les Porta, sauve la vie du petit Luigi : *Ven.*, I, 1038.

VANNIER. Conscrit recruté à Fougères en 1799 par le chef de demi-brigade Hulot. Envoyé par lui à la rencontre des Fougerais, les ramène à son chef, à l'attaque de La Pèlerine : *Ch.*, VIII, 937.

Vannier (un ouvrier). Introduit par Benassis dans le bourg qu'il administre; épouse une femme de Saint-Laurent-du-Pont : *MC*, IX, 415.

VARÈSE (Emilio CANE-MEMMI, prince de). Voir CANE-MEMMI (Emilio).

VARÈSE (Massimilla Cane-Memmi, princesse de). Femme du précédent. Voir DONI (Massimilla).

*VARDES (duc de)[1], remplacé par *FROIDFOND (marquis de), comme second mari d'Eugénie Grandet : *EG*, III, 1198 (var. *n*).

**VARDES (Mlle de). Fille du précédent. Remplacée par **FROIDFOND (Mlle de) dotée de quinze cent mille francs par Eugénie Grandet, devenue la seconde femme de son père : *EG*, III, 1198 (var. *n*).

*VARLET (les). Fermiers de Gondreville ; remplacés par *VIOLETTE (les) : *DA*, VIII, 1600.

VARLET (docteur) [1739-1815]. Médecin à Arcis-sur-Aube pendant quarante ans. Âgé de soixante-seize ans en 1815 : *DA*, VIII, 753, 754. Appelé par les Michu en novembre 1803 auprès du brigadier Giguet, blessé dans de mystérieuses circonstances : *TA*, VIII, 592. Sa fille est mariée au notaire Grévin ; sa mort : *DA*, VIII, 754.

Ant. *BEAUSÉANT : *DA*, VIII, 1600.

VARLET (docteur). Fils du précédent. Le premier médecin d'Arcis en 1839. Membre du comité libéral ; beau-frère de Grévin : *DA*, VIII, 719.

VARONÈSE (la). Courtisane de Ferrare : *ELV*, XI, 482 ; maîtresse de don Juan ; ses menaces s'il l'abandonne : 475.

VARTSCHILD (ou plutôt FARTSCHILD pour tenir compte de la prononciation de Nucingen). Richissime banquier : *SetM*, VI, 520.

Ant. *ROSTCHILD : *SetM*, VI, 520 (var. *d*).

VASSAL. Troisième clerc chez Me Desroches en 1822. Invité par Godeschal au *Cheval Rouge* en juin 1822, afin de célébrer la remise des archives de l'étude : *DV*, I, 851.

VATEL. Enfant de troupe, capitaine de voltigeurs ; engagé par Montcornet en 1821 comme garde-chasse : *Pay.*, IX, 170 ; prend la vieille Tonsard en flagrant délit de vol ; aveuglé avec de la cendre au moment où il pénètre au Grand-I-Vert pour appréhender la délinquante : 103-106.

VATINELLE (Me). Notaire à Mantes ; grâce à Fraisier il double la valeur de son étude : *CP*, VII, 693.

VATINELLE (Mme). Femme du précédent. Courtisée à la fois, vers 1824-1828, par le procureur du roi, Olivier Vinet, et par l'avocat Fraisier : *CP*, VII, 662 ; fort dépensière : 694.

VATTEBLED. Épicier à Soulanges en 1823. De la « seconde société » de la ville : *Pay.*, IX, 257.

Ant. *WATTEBLED : *Pay.*, IX, 299 (var. *a*).

VATTEBLED (Mlle Euphémie). Fille du précédent. Voir PLISSOUD (Mme).

VAUCHELLES (M. de). De Besançon. Camarade de collège du comte Amédée

---

1. Nom réel.

de Soulas et du fils Chavoncourt; ambitionne la main de Victoire, l'aînée des demoiselles de Chavoncourt, qui a des espérances : *AS*, I, 994.

VAUDOYER. Garde champêtre de Couches en 1821. Mis à pied pour incapacité : *Pay.*, IX, 165; remplacé par Groison : 167. Gaubertin lui procure la place de garde-vente de M. Polissard : 167, 168; lance l'idée, au Grand-I-Vert, de faire l'affaire du garde général Michaud : 232; tenu par Soudry : 310; hait Michaud, qu'il désigne une fois encore à la vengeance des paysans : 315.

   Ant. *AUDOYER : *Pay.*, IX, 165 (var. *a*), 167 (n. 2).
   *VAUDOYER : *Pay.*, IX, 168 (var. *a*).

VAUDRÉMONT (comtesse de) [1787-1810]. Jeune veuve, fort riche et très courtisée, âgée de vingt-deux ans en 1809; au bal Malin de Gondreville, guette les réactions de Martial de La Roche-Hugon, son mari désigné : *PM*, II, 101, 102; reine de la mode, sait garder sa fraîcheur; arrive à onze heures du soir, conduite par le colonel comte de Soulanges : 104, 105; du *dernier bien* avec Martial; depuis huit jours, trompe son amant, Soulanges : 109; Montcornet vient lui faire la cour : 112, 113; va aux nouvelles auprès de la vieille duchesse de Lansac : 116; avec Montcornet, se moque de Martial de La Roche-Hugon : 128; sa fin tragique en 1810, au bal du prince de Schwarzenberg, à l'ambassade d'Autriche : 129, 130.

VAUMERLAN (baronne de). Relation fictive de la comtesse de l'Ambermesnil et locataire de Mme Vauquer en 1815 : *PG*, III, 66.

   Ant. *VAUMERLAND : *VOMERLAND : *PG*, III, 66 (var. *d*).

VAUQUER (Mme) [née en 1765]. Née « de Conflans ». Âgée de quarante-huit ans effectifs en 1813, mais n'en acceptant que trente-neuf : *PG*, III, 63, 64; portrait en 1819 : 54, 55; à cette époque, tient depuis quarante ans, à Paris, une pension bourgeoise établie rue Neuve-Sainte-Geneviève : 49; pension destinée, selon son enseigne, aux deux sexes et autres : 51; un garçon de peine, Christophe, et une cuisinière : 56; a des pensionnaires externes, abonnés pour trente francs par mois au dîner : 55; sept pensionnaires internes; au premier, Mme Couture et Mlle Taillefer; au second, Poiret et Vautrin; au troisième, Mlle Michonneau, Rastignac et le père Goriot : 55, 56; à son arrivée, en 1813, ce dernier lui donne des idées, occasionne des frais, notamment le lancement d'un prospectus qui attire une baronne et une comtesse, fausses, et une totale déconvenue qui lui fait prendre en aversion son pensionnaire qui, en outre, se ruine pour des créatures prétendument ses filles : 63-71; s'en entretient souvent avec Vautrin : 83, 86, 89; qu'elle trouve agréable : 168; invitée par lui à une représentation du *Mont sauvage*, se corsète jusqu'au risque d'explosion : 203, 207; le lendemain est la grande journée dont il sera éternellement question dans ses conversations : 210; arrestation de Vautrin, qui est, en fait, le forçat Jacques Collin : 219; expulsion par les pensionnaires de la Michonneau et de Poiret, dénonciateurs du forçat : 222-224; départ de Victorine Taillefer, reconnue par son père, et de Mme Couture : 224, 225; Rastignac et Goriot annoncent leur départ : 234; et son chat Mistigris disparaît : 235. En 1824, Poiret aîné habite la pension et son frère y dîne quelquefois : *E*, VII, 982. Au bal de l'Opéra en 1824, le *masque mystérieux* (Vautrin) rappelle à Rastignac l'existence du « poulailler » de la maman Vauquer : *SetM*, VI, 434. En 1828, sortant de chez la marquise d'Espard, Bianchon et Rastignac évoquent son souvenir : *In.*, III, 423, 424. Femme vertueuse, mais avec un doute : *Pré.PG*, III, 44.

VAURÉMONT (prince de). Son portrait n'est pas dans la chambre de sa femme qui, malade, lui fait dire de n'entrer qu'en dernière extrémité, c'est-à-dire avec le médecin et les médicaments : *MJM*, I, 200.

VAURÉMONT (princesse de) [?-1817]. Femme du précédent. Une des femmes de la cour du temps de Louis XV les plus célèbres par son esprit et sa beauté : *MJM*, I, 202; maîtresse du roi dont le portrait est face au sien dans son appartement : 200; son portrait physique et moral d'après son appartement : 198-203; connaît Richelieu : 200; Talleyrand est, en 1816, le plus assidu de ses vieux amis; à cette époque, séparée de sa petite-fille Louise de Chaulieu, lui promet qu'elle sera indépendante; confie son testament à Talleyrand; fait défendre à Louise de prononcer des vœux : 202; sa mort : 199; laisse cinq cent mille francs à Louise qui, en 1822, produisent environ quarante mille francs de rente : 206-207.

*VERDELIN (Mathieu). Fils du précédent. Rédacteur de la feuille d'annonces d'une ville de province en 1838 : *EP*, VIII, 1596.

VERDORET (Félix). Relation parisienne, dépourvue d'intérêt, d'Adolphe de Chodoreille : *PMV*, XII, 114.

*VERDUN (M. et Mme de), remplacés par AIGLEMONT (M. et Mme d') : *F30*, II, 1155 (var. *a*).

VERGNIAUD (Louis). Soldat à la campagne d'Égypte : *Col.*, III, 340. Maréchal des logis de hussards sous l'Empire; en 1816, loueur de voitures, possède quelques fiacres; témoin de mariage de Luigi Porta : *Ven.*, I, 1086. En 1818, nourrisseur, rue du Petit-Banquier, dans le faubourg Saint-Marceau, loge le colonel Chabert : *Col.*, III, 336. En 1820, impliqué dans un complot bonapartiste, il est en prison : *Ven.*, I, 1097. Fait faillite; devient cocher de cabriolet : *Col.*, III, 367.

    Ant. *HARDI ou *HARDY : *Ven.*, I, 1098 (var. *a*).

VERMANTON. Philosophe cynique. L'un des habitués des dîners de Mme Schontz en 1841; on le soupçonne, parmi d'autres, d'être le « second Arthur » de la lorette; il est ensuite lavé de ce soupçon : *B*, II, 904.

*VERMEIL (Fanny). Femme criminelle, héroïne de *La Torpille* [voir GOBSECK (Esther Van)] : *Pré.PG*, III, 43.

VERMICHEL (Michel-Jean-Jérôme Vert, dit). Portrait en 1823 : *Pay.*, IX, 99; ex-violoniste au régiment de Bourgogne, ménétrier de Soulanges; son surnom est d'un usage si général qu'il est utilisé dans les actes officiels par l'huissier audiencier de la justice de paix de Soulanges : 85; son amitié avec le père Fourchon, compte vingt ans de bouteille : 85, 86; en 1823, ses multiples fonctions à Soulanges : 99.

VERMICHEL (Mme). Femme du précédent. Taille et poids; portrait : *Pay.*, IX, 99; on l'estime les quatre cinquièmes de son mari, et non sa moitié : 100.

VERMINI (Mlle). Voir CYRUS-KAROLA (comtesse de).

VERMOND ou VERMONT (baronne). Sœur de Mme Jorry de Saint-Vandrille; son mari a été fait baron grâce à Mme de Saint-Vandrille : *ES*, XII, 545-547. Voir aussi VERNET (baronne).

VERMUT. Apothicaire à Soulanges en 1823, frère cadet de Mme Sarcus : *Pay.*, IX, 144; chimiste distingué, le pâtiras du salon Soudry : 270; son expertise dans l'affaire Pigeron; il a trouvé de l'arsenic dans les viscères du mort : 288; Rigou lui demande conseil sur la façon de provoquer l'apparition d'un panaris : 297.

VERMUT (Mme). Femme du précédent. Le boute-en-train de Soulanges : *Pay.*, IX, 271; fait, selon les mauvaises langues, « de l'esprit » avec le greffier Gourdon : 288.

VERMUT (Mlle). Fille des précédents. Voir SARCUS (Mme).

VERNAL (abbé). Chef chouan. Agite la Vendée en 1799 : *Ch.*, VIII, 957.

    Ant. le réel abbé BERNIER : *Ch.*, VIII, 957 (var. *a*).

VERNET (baron). Agent de change à Paris sous l'Empire, mari de Mlle Hansard : *ES*, XII, 540; receveur général de la Dyle en 1804; vend sa charge : 544; à son retour, fonde la banque Mongenod et Cie, en 1814 : 541; baron en 1816 grâce au duc de Lenoncourt : 545.

VERNET (baronne). Femme du précédent; également appelée Vermont : *ES*, XII, 545; ou Vermond : 547; sœur de Mme Jorry de Saint-Vandrille (ou Marmus de Saint-Leu); demeure faubourg Poissonnière : 535, 540, 552; invite Marmus à dîner chez elle en 1827; il oublie de s'y rendre : 539, 559. Voir VERMOND.

VERNEUIL (famille de). Vieille famille noble des environs d'Alençon. Refuse de se rallier à l'Empire : *CA*, IV, 973. Alliée aux Castéran : *B*, II, 713. Appartient au noble Faubourg : *Pay.*, IX, 151. En 1839, laisse accoler son nom à la Bourse à celui d'un Nucingen, d'un du Tillet, etc. : *DA*, VIII, 790. Le splendide hôtel de Verneuil, situé entre les rues de la Paix et Louis-le-Grand, a été dépecé. Un magnifique pavillon, débris de ses splendeurs, est racheté en 1834 par Victorin Hulot : *Be.*, VII, 366.

    Ant. *GORDON (les) : *B*, II, 713 (var. *a*); *VF*, IV, 974 (var. *a*); *GORDES (les) : *VF*, IV, 934 (var. *c*).

VERNEUIL (marquis de). Seigneur bas-normand, ami du comte d'Hérouville, en 1591; plaisante avec lui, à Bayeux, sur la légitimité des enfants nés sept mois après le mariage : *EM*, X, 872.

sance de Corentin, qui s'attache à elle; a accepté en 1799 la mission d'espionne confiée par Fouché : 1145; le chef de demi-brigade Hulot reçoit l'ordre de faire accompagner cette *belle inconnue* jusqu'à Mortagne : 961; se moque de son compagnon de voyage, Corentin; son brusque changement de fortune inquiète sa fidèle Francine : 968; peu fière de la mission qui lui a été confiée : 969; Hulot sait son nom : une ci-devant! : 971; Mme du Gua rappelle à Montauran que la vraie Mlle de Verneuil a péri sur l'échafaud : 978; à l'Hôtel du Maure, à Alençon, accepte l'invitation du citoyen du Gua Saint-Cyr (Montauran) : 981, 982; sauve la vie du jeune homme en montrant à Hulot son ordre de mission : 989, 990; son œillade de complicité amoureuse au faux du Gua Saint-Cyr : 993; avoue à Francine son brusque coup de foudre pour le jeune homme : 994; continue son voyage avec Mme du Gua et le Gars : 999; se promène seule avec lui : 1002-1009; lui avoue qu'elle connaît sa véritable identité et va se charger de le protéger : 1008, 1009; le met en garde contre Corentin : 1009; comprend qu'elle aime pour la première fois de sa vie et que le faux vicomte de Bauvan n'est autre que le marquis de Montauran, dont elle admire le sang-froid : 1020-1022; Montauran la conduit à La Vivetière, et lui promet qu'elle y sera en sûreté avec ses deux compagnons : 1022; lui présente ses invités : 1035-1038; un arrivant (le comte de Bauvan) médit d'elle devant Montauran en racontant une histoire graveleuse : 1047; Mme du Gua lui arrache son ordre de mission, dont elle donne lecture aux assistants : 1050, 1051; « donnée » à Pille-Miche par Mme du Gua; pleine de haine pour Montauran, elle essaie de le tuer : 1052, 1053; à la prière de Francine, Marche-à-Terre la rachète à Pille-Miche : 1057; parvient à s'enfuir dans une carriole, avec la Clef-des-Cœurs : 1059, 1060; sa répugnance devant Corentin : 1063; libre, songe à se venger du Gars : 1064; va se loger dans la Tour du Papegaut à Fougères : 1071; Mme du Gua essaie encore une fois de la tuer : la balle qu'elle lui destinait la manque de peu : 1074; revoit de loin Montauran : 1075; se réfugie chez M. d'Orgemont : 1078; son apparition providentielle sauve ce dernier, torturé par Pille-Miche : 1083, 1084; le vieil usurier lui indique, en cas d'extrême danger, la maison de Galope-Chopine et le mot de passe : 1091; prise entre les Bleus et les Chouans, décide d'aller se réfugier à la ferme de Gibarry, chez Galope-Chopine : 1096; confie son prisonnier, M. de Bauvan, à Beau-Pied : 1101; entrevue à Fougères avec son prisonnier, le comte de Bauvan, devant Hulot : 1104-1107; le fait libérer sous condition : 1108; se rend avec Francine au bal de Saint-James, conduites par Galope-Chopine : 1111, 1112; y reconnaît Montauran : 1141; quand il l'accompagne à Mortagne, lui fait l'aveu de son passé : 1143-1146; le revoit chez Galope-Chopine, et le protège : 1165; trompée par un faux message rédigé par Corentin et signé Montauran, jure sa perte : 1190, 1191; ivre de vengeance, fait prendre à Hulot toutes les dispositions nécessaires pour le perdre : 1193; comprend trop tard que Corentin les a joués et que Montauran ne l'a pas trahie : 1203; leur mariage, à Fougères : 1205, 1206; elle sait qu'elle n'a plus que six heures à vivre : 1207; tente de sauver son mari en revêtant ses habits : 1209; meurt à ses côtés, abattue en tentant de s'enfuir de Fougères avec lui; ses dernières paroles : 1209, 1210. En 1817, de passage à Alençon, Mlle du Val-Noble veut revoir l'Auberge du Maure où s'est ébauché jadis le roman d'amour du marquis de Montauran et de la belle espionne de Fouché : *VF*, IV, 912. Est « la belle créature » pour laquelle s'est fait tuer le Gars : *B*, II, 740. Femme criminelle : *Pré.PG*, III, 44.

Ant. *AUMALE (Mlle d'), dans *Ch*. Voir à ce nom.

VERNIER. Ancien teinturier. Petit rentier retiré à Vouvray en 1831; le boute-en-train du pays : *IG*, IV, 577; reçoit la visite de l'illustre Gaudissart, qui lui fait l'article; pour se moquer de lui, il l'adresse au fou Margaritis : 577-581; furieux d'avoir été mystifié, Gaudissart lui demande raison et fait sauter sa perruque : 595, 596; leur duel, sans gravité : 597.

VERNIER (Mme). Femme du précédent. Amie de Mme Margaritis : *IG*, IV, 580, 581.

VERNIER (Claire). Fille des précédents. Déjeune avec ses parents : *IG*, IV, 577; reçoit la perruque de son père sur la tête lors de l'altercation qu'il a avec Gaudissart : 596.

est appelée Mme de Fougères; adore son mari, auquel elle donne deux enfants : 1110, 1111.

Vervelle (Mlle). Vieille fille, sœur d'Anténor; invitée à Ville-d'Avray lors de la présentation de Pierre Grassou à la famille : *PGr.*, VI, 1109.

Veuve (une). Habite rue Hillerin-Bertin en 1823, où elle prend des pensionnaires, dont le baron de Macumer : *MJM*, I, 226.

Veuve d'un philanthrope anglais, marchand d'opium (la). Méthodiste; elle vend au comte Laginski l'hôtel bâti par son mari : *FM*, II, 201.

Veuve (une). M. de Clagny raconte son histoire. D'une extrême dévotion; son mari a disparu en 1816, à Saint-Pierre-des-Corps ; on découvre qu'elle l'a tué et dépecé, et a jeté les morceaux dans la Loire, mais a gardé la tête, trop lourde; condamnée et exécutée à Tours : *MD*, IV, 697, 698.

Veuve d'un colporteur (la). Habitant le bourg de Benassis, loge et nourrit Goguelat et Gendrin qui, en compensation, lui remettent tout ce qu'ils gagnent : *MC*, IX, 457.

Veuve alsacienne (une). Jeune et jolie, un peu grasse, très romantique; cinquante mille livres de rentes, le plus joli pied et la plus jolie main de la terre; Rastignac dit en 1830 à Raphaël de Valentin qu'il songe à l'épouser : *PCh.*, X, 167; il y renonce, s'étant aperçu qu'elle n'a que dix-huit mille francs de rente, et six doigts au pied gauche : 192.

Veuve d'un capitaine anglais (la). Peut-être consolée par l'Italien qui a tué· son mari : *Ech.*, XII, 474.

*Veyne (M. de). Maire de Mondoublleau. Renseigne le vieux professeur au collège de Vendôme sur Victor Morillon; héritier du marquis de Saint-Hérem, aide Victor dans ses études en lui prêtant des livres : *Pré.Ch.*, VIII, 1674, 1675; désapprouve les efforts de M. Buet pour faire venir Victor au collège de Vendôme : 1675, 1677.

Veyraz (abbé). Grand vicaire de Mgr d'Escalonde à Belley en 1816, ainsi que l'abbé des Fournils : *CF*, XII, 453.

Vèze (abbé de). Prêtre à Mortagne en 1809, assiste Mme Bryond des Tours-Minières avant et pendant son supplice : *EHC*, VIII, 314; placé auprès du cardinal archevêque de Paris en 1836 : 317; loge alors chez Mme de La Chanterie, rue du Cloître-Notre-Dame : 238; catéchise M. Godefroid : 255. On craint qu'il n'ait la poitrine malade : *PC*, XII, 799; sensation causée par son apparition en chaire, à Saint-Gatien de Tours, lors du Carême, et par son prône : 800, 801; prêche à la cathédrale d'Angoulême : 804; reçoit une lettre de femme signée Joséphine Melcion; il aurait été un enfant abandonné, prénommé Emmanuel, élevé par un mercier de La Rochefoucauld et mis au séminaire d'Angoulême : 805.

Vicaire de Saint-Cyr-sur-Loire · (le). Veille la dépouille mortelle de Mme Willemsens : *Gr.*, II, 442.

Vicaire de Nemours (le). Désigné par l'abbé Chaperon pour servir de précepteur à Savinien de Portenduère : *UM*, III, 861.

Vicaire de Saint-Sulpice (le). Met Benassis en face de ses responsabilités : *MC*, IX, 553.

Vicaire de Saint-Étienne de Limoges (le). Sait qu'il peut toujours s'adresser aux Sauviat : *CV*, IX, 647; Véronique ne lit que les livres qu'il lui désigne : 650; conseille à la Sauviat de la marier : 655.

Vicaire général de l'évêque d'Angoulême (le). Assiste à la soirée des Bargeton en mai 1821 : *IP*, V, 192; son mot sur Mme de Bargeton, la Béatrix d'un nouveau Dante, Lucien Chardon : 211.

Vicomte de ***. Habitant La Charité-sur-Loire : *Mes.*, II, 398; ses confidences au narrateur : 396, 397; portrait; mortellement blessé dans un accident de diligence : 397, 398 ; il était l'amant de la comtesse de Montpersan, qu'il appelait Juliette : 399.

*Vicomte (un), remplacé par Trailles (comte Maxime de) : *Gb.*, II, 983 (var. *a*).

Vicomte de ***. Neveu du comte de Nocé. Manque de peu minotauriser son oncle : *Phy.*, XI, 1034-1036.

Victoire. Femme de chambre de la comtesse de Restaud en 1819. Veut récupérer mille francs avancés à sa maîtresse : *PG*, III, 258, 259.

Victoire. Cuisinière de Coralie, rue de Vendôme, en 1821. Espionne, et rend compte à Camusot : *IP*, V, 409.

Victoire. Servante de Claparon en 1819. Sa « Léonarde » : *CB*, VI, 241.

VICTOR. Dit le Capitaine parisien. Se présente au pavillon habité par le général d'Aiglemont, à Versailles, une nuit de Noël, demandant asile et protection pour deux heures : *F30*, II, 1162, 1163; le marquis acquiesce à sa demande, de mauvais gré, et l'enferme dans une chambre : 1164; Hélène d'Aiglemont, sur l'ordre de sa mère, va le voir : 1168; apparaît au milieu du salon : 1171; le magnétisme de son regard : 1172; s'éloigne, emmenant Hélène, selon la volonté exprimée par celle-ci : 1173-1177; est le Capitaine parisien, commandant le corsaire colombien l'Othello : 1182; s'étant emparé du vaisseau le Saint-Ferdinand, sauve à son tour la vie du général d'Aiglemont, son captif, qui reconnaît en lui le ravisseur de sa fille : 1188; son apologie par Hélène (seule occurrence où il soit appelé Victor) : 1191; espère pouvoir rentrer en France avec Hélène quelques années plus tard, lorsqu'il y aura prescription; rend la liberté au général et lui donne un million : 1195, 1196. Périt dans un naufrage avec trois de ses enfants : 1200.

VIDAL. Commissionnaire en librairie à Paris en 1821, associé de Porchon, quai des Augustins. Éconduit Lucien de Rubempré venu lui proposer son roman : *IP*, V, 300-303; auparavant, a eu Fendant pour premier commis : 496.

*VIDEIX (M. de). Voir PIMENTEL (marquis de).

Vieillard miséreux (un). Reçoit du jeune Armand de l'Estorade une trompette en cadeau : *MJM*, I, 354.

Vieillard du genre Observateur (un). Fait le portrait de Mme Firmiani : *Fir.*, II, 145, 146.

Vieillard (un mystérieux), dans *S*. Voir ZAMBINELLA.

*Vieillard de Tours (un petit). Ami du père de Félix de Vandenesse, auquel il prête un habit pour un bal en 1814 : *Lys*, IX, 982 (var. *a*).

Vieillard (un). Narre à l'auteur de la *Physiologie du mariage* l'histoire de la comtesse Van Ostroëm : *Phy.*, XI, 907, 908.

Vieillard (un). A la conférence sur l'adoption du lit à roulettes, lit un passage de la lettre de la Palatine à la princesse de Galles : *Phy.*, XI, 1060, 1061.

Vieillard (un). Cause dans un salon parisien : *Ech.*, XII, 483, 484.

Vieillard autrichien septuagénaire (un). Soupçonné par Rusca d'être un franc-tireur, est attaché à l'affût d'un canon et doit ainsi marcher avec l'armée; sauvé de la mort par un lieutenant : *Ech.*, XII, 497.

Vieillards de Tours (un ou deux). Épousent les passions et le caquetage de leurs servantes; fréquentent les mêmes maisons que Mlle Gamard et Troubert : *CT*, IV, 226, 227.

Vieillards du Cabinet des Antiques (les). Description : *CA*, IV, 976, 977.

Vieillards (trois). Habitués du salon de jeu du Palais-Royal; portraits : *PCh.*, X, 60; un d'eux regrette de n'avoir pas misé contre Raphaël de Valentin : 63.

Vieillards de Klagenfurt (deux). Odieusement brimés par le canonnier Lobbé : *Ech.*, XII, 495.

Vieille dame parente d'Honorine (une). Imaginée par le comte Octave pour expliquer la disparition de sa femme; est supposée être à La Havane : *H*, II, 576.

Vieille dame dévote d'Issoudun (une). Victime des farces des chevaliers de la Désœuvrance, tombe malade : *R*, IV, 375.

Vieille dame avare d'Issoudun (une). Les chevaliers de la Désœuvrance annoncent sa mort par plaisanterie : *R*, IV, 375.

*Vieille dame parente des Sponde (une). Élève Gabriel de Sponde, dont elle s'amourache et qu'elle gâte; meurt sans avoir fait de testament, et en ne lui laissant que douze cents francs de rente : *La Fleur des pois*, IV, 1444.

Vieille dame (une). Mystifiée, cherche à acheter à un portier des cheveux de Louis XVI et de Marie-Antoinette : *MI*, XII, 734.

Vieille femme (une). Attachée depuis longtemps à Mme de Maulincour, est chargée par Auguste de la nourrir : *F*, V, 824, 825.
 Ant. *LACROIX (Mme) : *F*, V, 825 (var. *a*).

Vieille femme en haillons (une). Sa réflexion à Raphaël de Valentin contribue peut-être à le sauver du suicide : *PCh.*, X, 65.

Vieille femme (une). Incarnation de l'Église, apparaît en rêve au narrateur; semble un instant rajeunie avant de disparaître : *JCF*, X, 324-327.

Vieille femme (une). Commente méchamment le tutoiement de Caroline de Chodoreille par son mari : *PMV*, XII, 135.

Vieille femme napolitaine (une). S'indigne de l'attitude de Sébastien de Chamaranthe à l'enterrement de sa mère : *DxA*, XII, 1083.

Vieille fille (une). Enseigne la broderie à Caroline Crochard : *DF*, II, 32.

Vieille fille (une). Enseigne le dessin aux sœurs Granville : *FE*, II, 276.

Vieille fille de Limoges (une). Estime que la restitution du trésor de Pingret compromettrait l'amie du criminel, J.-F. Tascheron : *CV*, IX, 697.

Vieilles dames (deux). Femmes d'anciens magistrats, s'entretiennent des origines familiales de Mme Firmiani : *Fir.*, II, 145.

Vieilles femmes (trois). Relations de Mme Crochard, assistent à ses derniers moments : *DF*, II, 44-47.

Vieilles filles de Tours (cinq ou six). Scrutent les démarches d'autrui ; fréquentent les mêmes maisons que Mlle Gamard et Troubert : *CT*, IV, 227.

VIEILLE GARDE. Voir PACCARD.

Vierge (la petite). Nom de Véronique Sauviat, vers 1810 : *CV*, IX, 648.

*VIEUMESNIL ou VIEUXMESNIL (marquis et marquise de), remplacés par AIGLEMONT (marquis et marquise d') : *F30*, II, 1124 (var. *b*), 1127 (var. *c*).

*VIEUXMESNIL (Mme de), remplacée par *SÉRIZY (Mme de), puis par MAU-FRIGNEUSE (Mme de) : *DL*, V, 947 (var. *c*).

*VIEUX-CHAPEAU. Surnom de LAROSE (caporal) : *Ch.*, VIII, 926 (var. *b*).

VIEUX-CHAPEAU. Surnom d'un bleu de la demi-brigade Hulot en 1799. Tué par Marche-à-Terre, à La Pèlerine : *Ch*, VIII, 931, 932 ; Beau-Pied se souvient avec horreur de cet événement : 1044.

VIEUX-CHÊNE. Voir VAUTHIER.

VIGNEAU. Tuilier-briquetier au bourg du docteur Benassis en 1829 ; installé dans le bourg quatre ans auparavant, en 1825 : *MC*, IX, 470 ; difficultés au début de son exploitation : 470 ; achète la tuilerie en 1828 : 471, 472.

VIGNEAU (Mme). Femme du précédent. En 1829, vient de se trouver mal : *MC*, IX, 435 ; la cause de cette indisposition, elle est en fin de grossesse : 473 ; ancienne femme de chambre de Mme Gravier : 471.

*VIGNEUL (?-1830). Maréchal de logis de Cadignan. Tué en juillet ; remplacé par un anonyme : *SPC*, VI, 961 (var. *a*).

VIGNOL. L'un des acteurs à s'être partagé la succession de Potier. Débute au Panorama-Dramatique en 1821 : *IP*, V, 372.

Ant. le réel *BOUFFÉ : *IP*, V, 372 (var. *b*).

VIGNON (Claude) [né en 1799]. Âgé de trente-sept ans en 1836 : *B*, II, 722[1] ; portrait : 722-724. Élève d'Hoffman ; ami de Nathan en 1821 : *IP*, V, 364 ; soupe chez Florine après la première de *L'Alcade dans l'embarras* : 395 ; opinion sur le journalisme : 406, 407 ; seul critique qui n'ait pas été hostile à Lucien de Rubempré en 1822 ; son jugement sur lui : 544. En octobre 1830, convive du banquet Taillefer ; sorte d'esclave, acheté pour faire du Bossuet à dix sous la ligne : *PCh.*, X, 99. Fréquente les dîners de Florine en 1833 : *FE*, II, 318, 319. De passage à Gênes en mai 1836, déjeune chez le consul général de France : *H*, II, 527. Amant de Mlle des Touches, séjourne avec elle au château des Touches, à Guérande, en septembre 1836 : *B*, II, 701 ; a la petitesse d'être jaloux de Calyste du Guénic : 745 ; révèle à ce dernier qu'il est aimé de Félicité : 748 ; prouve à Félicité qu'elle est amoureuse de Calyste : 750 ; quitte Guérande en compagnie de Conti : 756 ; son mot sur Conti, à l'Opéra : 822. Parallèle entre Lousteau et lui : *MD*, IV, 761. Fréquente en 1841 chez Mme Schontz : *B*, II, 902 ; soupçonné à tort d'être son « second Arthur » : 904 ; manifeste le désir de faire la connaissance du comte Maxime de Trailles : 918 ; celui-ci le complimente ironiquement, Félicité des Touches l'a traité en Louis XIV : 919. En 1841, secrétaire du maréchal de Wissembourg, ministre de la Guerre, assidu du salon de Mme Marneffe : *Be.*, VII, 190 ; amoureux transi de celle-ci : 195 ; lui présente le sculpteur Stidmann : 248 ; a sombré dans la politique ; son opinion sur Valérie : 254, 255 ; consacre un article élogieux à la *Dalila* de Wenceslas Steinbock dans la *Revue des Beaux-Arts* : 317 ; vient d'être

---

1. Dans *B*, II, 710, Camille Maupin dit qu'elle a treize ans de plus que lui ; elle est née en 1791, ce qui le ferait naître en 1804 ; mais peut-être est-ce un mensonge qui fait partie de sa stratégie à l'égard de Calyste du Guénic.

nommé maître des requêtes au Conseil d'État en août 1841, place qu'il ambitionnait : 348, 190; en 1843, témoin au mariage de Valérie avec Crevel : 399; ancien professeur de grec, explique aux lorettes l'histoire de Combabus : 404. En 1845, rapporteur pour le procès Gazonal au Conseil d'État; est quelque chose à la Sorbonne : *CSS*, VII, 1157; les modifications de forme de son chapeau, selon les fluctuations de sa fortune politique; ses sinécures : 1168. En décembre 1846, soupe au *Café Riche* : *FAu.*, XII, 603; alors toujours secrétaire du prince de Wissembourg et professeur au Collège de France, membre de l'Académie des Sciences morales et politiques : 604, 605; Mme Hannequin de Jarente est très désireuse d'avoir à ses soirées ce Prince de la critique, *cornac* du président du Conseil : 615; candidat à la main d'une des demoiselles de Jarente : 617.

Ant. *VERNOU : *FE*, II, 324 (var. *f*).

*VIGNON, remplacé par BLONDET : *IP*, V, 362 (var. *d*).

VIGOR (aîné). Titulaire de la poste aux chevaux de La-Ville-aux-Fayes en 1823 et commandant de la Garde nationale : *Pay.*, IX, 184.

VIGOR (Mme). Femme du précédent. Née Leclerc : *Pay.*, IX, 184.

VIGOR. Frère et beau-frère des précédents. Lieutenant de gendarmerie à La-Ville-aux-Fayes en 1823 : *Pay.*, IX, 184; le général de Montcornet l'invite à déjeuner aux Aigues : 317; convient avec lui de l'envoi sur place d'un agent de la Sûreté de Paris : 342.

VIGOR (Mme). Femme du précédent. Née Sibilet, sœur du greffier de La-Ville-aux-Fayes : *Pay.*, IX, 184.

VIGOR fils. Fils des précédents. Juge suppléant au tribunal de première instance de La-Ville-aux-Fayes, en 1823 : *Pay.*, IX, 184.

VILLAINE (baron de). Jeune magistrat d'origine bourgeoise; créé baron par le roi Louis XVIII qui lui fait épouser la seconde fille du comte de Fontaine : *BS*, I, 114; son père a vendu des fagots : 116, 117; se moque des prétentions de sa belle-sœur, Émilie de Fontaine : 130.

VILLAINE (baronne de). Femme du précédent. Voir FONTAINE (Mlle de).

*VILLAINES (M. de). Neveu d'un pair de France : *Le Conseil*, II, 1369.

*VILLAINES (Auguste de), conteur de « La Grande Bretèche », remplacé par BIANCHON : *AEF*, III, 723 (var. *f* et n. 1).

VILLAVICIOSA (princesse). Personnage du roman fictif *Olympia ou les Vengeances romaines* : *MD*, IV, 716.

VILLEMOT. Premier clerc de Me Tabareau, huissier à Paris, en 1845 : *CP*, VII, 729.

*VILLEMSENS (Mme), remplacée par WILLEMSENS (Mme) : *Gr.*, II, 425 (var. *e*).

*VILLENOIX (M. de). Marié à *SALOMON (Mlle) [voir ce nom]; père légitime de Pauline : *LL*, IX, 658 (var. *a*).

VILLENOIX (Salomon, baron de). Fils d'un riche Juif, nommé Salomon. Élevé par sa mère dans la religion catholique, acquiert la terre de Villenoix, savonnette à vilain; il lègue sa terre et sa fortune à sa fille naturelle, Pauline : *LL*, XI, 658.

Ant. une *fille. Voir *SALOMON (Mlle), mère légitime de Pauline.

VILLENOIX (Pauline Salomon de) [née en 1800]. Agée de vingt ans en 1820; son portrait, sa beauté juive : *LL*, XI, 658, 659; rencontrée à Blois par Louis Lambert; y occupe une situation fausse, à cause de son ascendance israélite : 658. Ange gardien de Louis, villégiature avec lui au Croisic : *Dr.*, X, 1159-1167; écoute à ses côtés l'histoire de « l'homme au vœu » : 1170-1176; demande à Louis de l'écrire : 1178. Vient chercher à Paris son fiancé, Louis Lambert, devenu subitement fou : *LL*, XI, 679; a contracté, à la longue, la folie de son amant : 681; il expire dans ses bras : 684; l'enterre dans son parc de Villenoix; n'y habite plus depuis 1824 : 692; rappel de ses voyages en Suisse et en Bretagne avec son fiancé : 684. « Vieille amie » de l'abbé Birotteau, habite Tours en 1824 : *CT*, IV, 195; sa vie de dévouement : 220; venue habiter Tours après la mort de L. Lambert : 221. Femme vertueuse : *Pré.PG*, III, 44.

Ant. fille légitime de *SALOMON (Mlle), femme d'un *VILLENOIX (M. de) : *LL*, XI, 658 (var. *a*); *SALOMON (Mlle) : *CT*, IV, 195 (var. *g*).

VILLEPLAINE (Adolphe de). Ami du comte de ***, conseiller général, qu'il minotaurise : *Phy.*, XI, 1181, 1182.

*VILMAN (maréchal), remplacé par *FÉBURE (maréchal), puis par VERNON (maréchal) : *B*, II, 908 (var. *a*).

VILQUIN. Riche armateur du Havre : *MM*, I, 529 ; concurrent de Charles Mignon : 475 ; en 1826, profite de la faillite de ce dernier pour acheter sa villa d'Ingouville : 490 ; oublie de faire résilier le bail de Dumay : 475 ; en 1827, offre vainement à ce dernier de le résilier ; lui propose sans plus de succès une jolie habitation en toute propriété : 477 ; en octobre 1829, Mignon lui rachète son ancienne villa par une vente à réméré : 628, 629.

VILQUIN (Mme). Femme du précédent. Coquette avec Georges d'Estourny, avant qu'il enlève Bettina-Caroline Mignon : *MM*, I, 503.

VILQUIN (Mlle). Fille aînée des précédents. Voir ALTHOR (Mme Francisque).

VILQUIN (Mlle). Sœur de la précédente. En 1829, on parle au Havre de son mariage possible avec le jeune duc d'Hérouville : *MM*, I, 530 ; pas assez riche pour lui : 614.

VILQUIN fils. Frère des précédentes. Modeste Mignon n'aurait jamais consenti à s'abaisser jusqu'à lui : *MM*, I, 508.

VIMEUX (Adolphe) [né en 1799]. Âgé de vingt-cinq ans en 1824 : *E*, VII, 971 ; portrait à cette époque ; 971, 972 ; fils d'un greffier d'une justice de paix, dans le Nord ; employé de bureau sous Rabourdin : 972 ; surnommé le pigeon Villiaume : 973.

VINET. Avocat à Provins (au moins depuis 1815 si on en juge par la date de naissance de son fils Olivier) ; portrait : *P*, IV, 70-72 ; seul représentant de l'opposition libérale à Provins, avec le général baron Gouraud : 56 ; personnage taré : 63 ; a séduit sa femme, une demoiselle de Chargebœuf, obligeant les parents à la lui donner en mariage : 70 ; prend le parti des Rogron contre Pierrette ; en 1825, fonde le *Courrier de Provins*, grâce à la caution fournie par Rogron : 89, 90 ; fait valoir les biens de Rogron : 90, 91 ; candidat libéral aux élections législatives de 1826, il ne lui manque que deux voix pour l'emporter sur le candidat ministériel, le président Tiphaine : 96 ; ayant percé à jour le jeu de l'abbé Habert, il contre-attaque ; se jure que Sylvie Rogron épousera Bathilde de Chargebœuf : 103, 104 ; déconseille à Sylvie Rogron d'épouser Gouraud, l'aiguillant sur le vieux Desfondrilles : 134, 135 ; amadoue Gouraud, furieux de ces manœuvres, en lui promettant un riche mariage : 135, 136 ; en 1827, cuisine Sylvie Rogron pour apprendre la vérité sur les sévices qu'elle a fait subir à Pierrette Lorrain ; ne consentira à la soigner que si Jérôme-Denis épouse Bathilde : 145 ; introduit contre Brigaut et Mme Lorrain un référé en détournement de mineure : 146 ; défend Rogron devant le conseil de famille (décembre 1827) : 148, 149 ; élu député de Provins aux élections de 1830 et nommé procureur général d'une cour de province : 161. Procureur général, au pouvoir depuis la révolution de Juillet ; toujours député de Provins, en 1839, l'arc-boutant du centre à la Chambre : *DA*, VIII, 744 ; sera bientôt garde des Sceaux et pair de France, selon Mme Marion : 794. Procureur général en 1840, en passe de devenir ministre de la Justice ; une confidence de Cardot lui apprend le chiffre des espérances de Céleste Colleville : il songe à la faire épouser à son fils : *Bou.*, VIII, 56, 57 ; rêve de la simarre : 57 ; a pris désormais les opinions de la noblesse : 60. En 1842, Petit-Claud, le procureur général de la cour d'Angoulême, est aussi fameux que lui : *IP*, V, 732. En 1845, procureur général depuis seize ans, orateur du centre, dix fois désigné pour endosser la simarre de garde de Sceaux ; ne cache pas son mépris pour le président Camusot de Marville : *CP*, VII, 665. Avocat général à la Cour royale de Paris en 1846, fréquente avec son fils les Hannequin de Jarente : *FAu.*, XII, 614.

Ant. *POPINOT (Anselme) : *Bou*, VIII, 56 (var. *e*).

VINET (Mme). Femme du précédent. Née Mlle de Chargebœuf. Subornée par son futur mari qu'elle doit épouser ; vit seule à Provins, repoussée par sa famille ; un enfant : *P*, IV, 70, 71 ; puis deux : 120 ; blonde, timide, effacée : 84. En passe d'être la femme d'un garde des Sceaux en 1839 : *DA*, VIII, 794.

VINET (Olivier) [né en 1816]. Né à Provins, âgé de vingt-trois ans en 1839 : *DA*, VIII, 744 ; substitut à Arcis-sur-Aube en 1839 : 716 ; espère être nommé procureur du roi à Versailles, marchepied d'un poste à Paris : 744 ; serait un candidat possible à la main de Cécile Beauvisage, mais le vieux Grévin le trouve trop exigeant ; trop de caractère : 772 ; conversation avec Mme Mollot sur le mystérieux comte, Maxime de Trailles : 780, 781 ; Goulard le met au courant de son entretien avec Maxime : 802.

Procureur du roi à Mantes, courtise Mme Vatinelle; par jalousie envers Fraisier, son heureux adversaire, le fait trébucher dans une méchante affaire et brise sa carrière : *CP*, VII, 662, 663. Muté en qualité de procureur du roi de Château-Chinon à Melun au début de 1841 : *Méf.*, XII, 421, 422. En visite chez les Thuillier en février 1840; vient d'être nommé substitut à Paris; intéressé par la dot de Modeste Colleville : *Bou.*, VIII, 56, 57. Substitut à Paris depuis 1844; petit magistrat, un peu *séco* : *CP*, VII, 665. En visite avec son père, en 1846, chez les Hannequin de Jarente : *FAu.*, XII, 614.

Ant. *POPINOT (Constant) : *Bou.*, VIII, 56 (var. *d*).

*VIOLANT (abbé). Voir NIOLLANT.

*VIOLARD (Jacob). Employé. Voir GODARD (Joseph).

*VIOLETTE (*Achille). Notaire, successeur de Grévin : *EP*, VIII, 1596.

*VIOLETTE (M. et Mme). Fermiers de Gondreville, beaux-parents de Grévin; remplacés par *VARLET (les); Grévin a tous leurs biens : *DA*, VIII, 1600.

VIOLETTE. Fermier de Grouage. Portrait; créature du commissaire de police d'Arcis; en 1803, espionne Michu, aidé par Gaucher, le petit domestique de celui-ci : *TA*, VIII, 516-518; Michu l'enivre et lui tire les vers du nez, le laissant ivre-mort : 527-530; saoul comme une grive, mais certain de ne pas avoir dormi : 588; le jour de la mi-carême 1806, sortant de Gondreville au galop, aperçoit Mlle de Cinq-Cygne : 622; assailli et bâillonné par un individu masqué : 623; met Grévin au courant de ces événements, accusant les Simeuse et son ennemi Michu d'avoir fait le coup, aidés par Mlle de Cinq-Cygne : 624.

VIOLETTE (Jean). Petit-fils du précédent : *DA*, VIII, 757. Fabricant de bas, rachète la maison Beauvisage en 1837 : 737; Mme Philéas Beauvisage se dispose à le faire assigner par huissier : 762.

VIOLLET. Brigadier de gendarmerie à La-Ville-aux-Fayes, successeur du brigadier Soudry en 1821 : *Pay.*, IX, 173; client de Socquart, au Café de la Paix : 276.

*VIOLLET : *Pay.*, IX, 299 (var. *a*).

*VIOLLET. Garde champêtre. Voir GROISON.

Violon (un). Aveugle des Quinze-Vingts. Camarade de Facino Cane, qu'il accompagne dans les bals populaires : *FC*, VI, 1023.

*VIRGILE. Domestique de Beaudenord. Remplacé par un vieux domestique : *MN*, VI, 346 (var. *h*).

VIRGINIE. Femme de chambre de Mme Ferdinand du Tillet en 1835 : *FE*, II, 370.

VIRGINIE (Mlle). Marchande de modes à Paris. Selon sa concurrente, Mme Bastienne, n'est qu'une saveteuse, incapable d'inventer une forme : *IP*, V, 332; citée : 384.

VIRGINIE. Cuisinière des Birotteau en 1818. Retient César jusqu'à ce qu'il ait pris son café : *CB*, VI, 105.

VIRGINIE. Ancienne maîtresse du Provençal, passionnée et jalouse. Il donnera à sa panthère son surnom, Mignonne : *Dés.*, VIII, 1231.

*VIRGINIE, remplacée par *MARANA (la), puis par elle-même : *Dés.*, VIII, 1231 (var. *b*).

VIRLAZ. Fourreur juif à Leipzig, oncle maternel et tuteur de Fritz Brunner : *CP*, VII, 533, 534.

VISSEMBOURG. Voir WISSEMBOURG.

VITAGLIANI. Ténor italien de la troupe de Zambinella à Rome, en 1758. Sa repartie au sculpteur Sarrasine, qui ne peut alors en comprendre le double sens : *S*, VI, 1066.

*VITAGLIANO (marquise), ant. *MARSIGLI (marquise), puis remplacée par Mme FIRMIANI : *F30*, II, 1121 (var. *d*).

VITAL. Successeur de Finot, fabricant de chapeaux : *CSS*, VII, 1165; portrait; quarante mille francs de rentes : 1166; le Luther des chapeaux : 1169.

VITAL (Mme). Femme du précédent. Assiste et admire son mari : *CSS*, VII, 1166.

*VITARD, remplacé par HANSARD : *ES*, XII, 539 (n. 7).

VITEL (né en 1776). Âgé de soixante-neuf ans en 1845 : *CP*, VII, 643; juge de paix à Paris en 1845, en relation avec Fraisier : 629; ce dernier espère lui succéder : 643; instrumente chez le cousin Pons après la mort du musicien : 745-750; démissionne pour céder sa place à Fraisier : 760.

VITEL (Mlle). Petite-fille du précédent. Fraisier s'occupe d'un mariage entre elle et le docteur Poulain, en 1845 : *CP*, VII, 691, 694.

VITELOT. Artiste dessinateur en monuments funéraires, associé de la maison Sonet et Cie, marbriers, face au Père-Lachaise : *CP*, VII, 738.

VITELOT (Mme). Femme du précédent. Aide Mme Sonet à soigner le vieux Schmucke, évanoui sur la tombe du cousin Pons, en 1845 : *CP*, VII, 738.

VITREMONT. Bourgeois de Viviers, meurt en laissant une fortune : *PMV*, XII, 110.

VITSCHNAU. Voir GAUDIN DE WITSCHNAU.

Vivandière parisienne (une). Bianchi l'aime et lui a promis mille écus, qu'il gagnera en mangeant le cœur d'un soldat espagnol : *Ech.*, XII, 474.

VIVET (Madeleine). Femme de chambre des Camusot de Marville en 1822 : *CA*, IV, 1079. Et encore en 1829 : *SetM*, VI, 721, 799. En 1844, couperosée, espère devenir Mme Pons : *CP*, VII, 506, 507; obligée de faire des excuses au cousin Pons : 543, 544.

Voisin de F. Grandet (un), à Saumur. Suppose Nanon capable de faire des enfants : *EG*, III, 1177.

Voisin de F. Grandet (un autre). Juge Nanon riche : *EG*, III, 1177.

Voisin au spectacle de l'ex-maîtresse du bourreau (le). Sa réflexion à sa compagne, selon Carlos Herrera : *SetM*, VI, 635.

Voisine de la Pelletier (la) : *MC*, IX, 444, 445.

Voisine de table du narrateur (la). Le renseigne sur la fortune et les antécédents de Taillefer : *AR*, XI, 91; se renseigne auprès de M. Hermann sur la destinée de Prosper Magnan : 112.

Voisine d'une femme que son mari appelle « Moumoutte » (la). Commente cette vulgarité : *PMV*, XII, 132, 133.

VOLFGANG. Caissier allemand du baron de Nucingen à partir de 1822 : *MR*, X, 374. L'est encore en 1829 : *SetM*, VI, 583; confident du baron : 590, 593 (n'est nommé que là). A les mêmes fonctions vers 1835; connaît Schmucke : *FE*, II, 368. Est peut-être le premier commis mentionné dans : *CB*, VI, 230.

Voltigeur de Louis XIV (un). Surnom commun au vieil amiral de Kergarouët et à quelques *vieux débris*, ses contemporains : *Bo.*, I, 428.

*VOMERLAND (baronne de). Voir VAUMERLAND.

VORDAC (marquis de). Épouse la mère adultérine d'Henri de Marsay : *FYO*, V, 1054.

VORDAC (marquise de). Femme du précédent. Voir MARSAY (comtesse de).

VOUILLON (Lucienne). Bas-bleu qui menace Caroline de Chodoreille de son amitié : *PMV*, XII, 114.

VULPATO (la). Amie de la duchesse Cataneo. Lui présente Emilio Memmi en 1819 : *Do.*, X, 548; conseille à son amie d'aimer Emilio : 567, 568.

VYDER. Anagramme d'Ervy utilisé en 1844 par le baron Hulot : *Be.*, VII, 437, 438.

WADMANN. Anglais, propriétaire d'herbages et d'un cottage mitoyens de la propriété normande des Marville; en 1845, retourne en Angleterre; la présidente charge Fraisier de racheter ces biens pour eux : *CP*, VII, 693.

WALHENFER (?-1799). Allemand, propriétaire d'une manufacture d'épingles aux environs de Neuwied. Venant d'Aix-la-Chapelle, se présente, de nuit, au propriétaire de l'Auberge Rouge, le 20 octobre 1799, à Andernach : *AR*, XI, 97, 98; parle imprudemment de la fortune contenue dans sa valise : 101; décapité pendant la nuit par Frédéric Taillefer : 104, 105.

WALLENROD-TUSTALL-BARTENSTILD (baron de) [1742-1815]. Banquier allemand de Francfort-sur-le-Main. Marie sa fille unique, Bettina, au lieutenant Charles Mignon de La Bastie, en 1804 : *MM*, I, 484; meurt à Francfort en 1815, ruiné par ses spéculations sur les cotons : 485, 486.

    Ant. WALLENROD-TUSTALL-*BARTENSTEIN : *MM*, I, 485 (var. *d*), 486 (var. *a*).

WALLENROD-TUSTALL-BARTENSTILD (Bettina). Voir MIGNON DE LA BASTIE (comtesse).

*WALSHAM (Mme). Voir NUCINGEN (Mme de).

WATSCHILDINE (maison). Banque londonienne, en relations d'affaires avec la banque Nucingen, de Paris, en 1821 : *MR*, X, 349, 353.

    Ant. le réel *BARING : *MR*, X, 349 (var. *g*), 353 (var. *d*).

du Sentier, mousselines, calicots et toiles peintes en gros, en 1825 ; emploie Maximilien de Longueville : *BS*, I, 155. Lié d'amitié avec le baron d'Aldrigger : *MN*, VI, 356 ; en 1827, a été dix ans l'associé de Palma ; du Tillet lui annonce la fuite de Nucingen à Bruxelles : 385 ; participe activement aux manœuvres financières de Nucingen qu'il est un des seuls, après coup, à comprendre : 386-388.

Ant. *SCHILKEN, associé à *BRUMMER (au lieu de PALMA) et Cie, banquiers : *BS*, I, 155 (var. *a*) ; *ÉMILE : *MR*, X, 352 (var. *d*).

*WERBRUST : *MN*, VI, 356 (var. *j*).

WIERZCHOWNIA (Adam de). Gentilhomme polonais. Communique à Balthazar Claës, en 1809, sa passion de la chimie ; son histoire : *RA*, X, 714 ; idées sur la chimie unitaire et la recherche de l'ABSOLU : 715-718 ; en 1812, grièvement blessé et soigné à Dresde, fait parvenir de ses nouvelles à Balthazar et lui soumet quelques idées qui, depuis leur dernier entretien, lui sont venues au sujet de l'ABSOLU : 725, 726.

WILFRID (né en 1763). Âgé de trente-six ans en 1799 ; son passé ; portrait : *Sér.*, XI, 792-794. Séraphîtüs conseille à Minna de garder pour lui ses paroles d'amour : 740 ; rend visite à Séraphîta : 748 ; lui dit son désespoir de ne pas être aimé d'elle : 750-752 ; visite au pasteur Becker ; se considère comme *enchanté* par Séraphîta : 757, 760 ; ses soupçons sur la nature de Séraphîtüs-Séraphîta ; ange ou démon ? : 762, 763 ; le pasteur Becker lui explique Swedenborg en entier : 765 ; continue à prendre Séraphîta pour une jeune fille : 833 ; lui expose son rêve de puissance : 836, 837 ; avec Minna, assiste à l'*assomption* de Séraphîtüs-Séraphîta : 851 ; épousera Minna, sur le conseil de cet esprit angélique : 859, 860.

Ant. *FAUST (Henri) : *Sér.*, XI, 729 (var. *b*), 740 (n. 1).

WILLEMSENS (Mme). Voir BRANDON (lady).

Ant. *VILLEMSENS (Mme) : *Gr.*, II, 425 (var. *e*).

WIMPHEN (Louisa de). Amie d'enfance de Julie d'Aiglemont qu'elle a connue à Écouen. Elle lui annonce en 1814 son prochain mariage et Julie la met en garde dans une lettre : *F30*, II, 1063 ; en mars 1825, est en soirée chez la marquise d'Aiglemont, deux ans après la disparition de lord Grenville ; fort heureuse en ménage : 1094, 1095.

WIMPHEN (M. de). Mari de la précédente. Vient chercher sa femme chez les d'Aiglemont, et s'y trouve en présence de lord Grenville : *F30*, II, 1098.

WIRTH. Valet de chambre du baron d'Aldrigger, Alsacien comme ses maîtres : *MN*, VI, 353 ; chargé par le défunt baron de veiller sur sa famille : 360 ; un Gaspard allemand : 363 ; après le mariage d'Isaure d'Aldrigger avec Godefroid de Beaudenord, passe avec sa femme à leur service : 390.

WISSEMBOURG ou VISSEMBOURG[1] (maréchal Cottin, duc ou prince de) [né en 1771]. Âgé de soixante-dix ans en 1821 : *Be.*, VII, 340 ; esquisse à cette époque : 340, 341. Fils aîné du maréchal Vernon et frère du prince de Chiavari : *B*, II, 908. Sous l'Empire, rachète au vivrier Minoret son hôtel particulier de la rue Louis-le-Grand : *FAu.*, XII, 613, 614. En 1809, il est servi par la veuve Vauthier : *EHC*, VIII, 344. Ensuite, il fait l'acquisition d'un autre hôtel particulier, rue de Varennes : *FAu.*, XII, 614. En 1815, réorganise les services d'intendance de l'armée avec la collaboration du baron Hulot : *Be.*, VII, 76. Président d'une société jardinière en 1838 : *B*, II, 907, 908. En 1838, ministre de la Guerre, commande au sculpteur W. Steinbock la statue équestre du feu maréchal de Montcornet : *Be.*, VII, 141 ; témoin d'Hortense Hulot pour son mariage avec Wenceslas : 182 ; Hulot vient le supplier de nommer Marneffe au poste qu'il convoite : 310, 311 ; dernier survivant en 1841 de la première promotion des maréchaux de l'Empire : 311, 312 ; a pour secrétaire particulier Claude Vignon en 1841 : 190 ; *FAu.*, XII, 604. En 1842, président du Conseil : *Be.*, VII, 343 ; vient de confondre le baron Hulot qui a volé l'État et lui conseille le suicide : 341 ; son ami le maréchal Hulot, frère d'Hector, lui restitue sur sa cassette l'argent dont son frère a frustré l'État : 352 ; il remet cette somme, en fidéicommis, à Victorin Hulot : 364 ; en 1843, toujours président du Conseil, promet à Victorin l'aide de la police contre Valérie Marneffe : 375, 376. En 1848, toujours président du Conseil, a conservé le même secrétaire particulier, Vignon : *FAu.*,

1. Avec un V dans *B*, *FAu.* ; avec un W dans *Be.*, *EHC*.

XII, 615. Voir aussi ISEMBERG, YSEMBOURG : bien que rien n'atteste expressément leur identité, il est peu probable que Balzac ait voulu créer plusieurs personnages différents portant des titres et des noms si proches.
Ant. *YSEMBOURG, frère du prince de *Parme, de feu le maréchal *VIL-MAN puis *FÉBURE : *B*, II, 908 (var. *a*) ; *FIRMIANI : *FAu.*, XII, 614 (var. *b*).
WITSCHNAU. Voir GAUDIN DE WITSCHNAU.

XANDROT. Surnom donné par César Birotteau à Alexandre Crottat : *CB*, VI, 161.
XIMEUSE. Voir SIMEUSE.
*XIMEUSE (les). Grévin les a fait périr, dans le temps : *DA*, VIII, 1600.

YSEMBOURG (maréchal prince d'). Le Condé de la République. Eut jadis Mme Nourrisson comme femme de confiance : *CSS*, VII, 1174.
*YSEMBOURG (maréchal prince d'). Voir WISSEMBOURG.
YUNG. Fournisseur aux armées impériales, beau-père supposé de Georges Czerni, alias Georges Marest : *DV*, I, 780.
*YZAMBAL (Mlle). Voir RILLIÈRE (comtesse de) : *CF*, XII, 428.
Ant. *DES LAURIERS : *CF*, XII, 428.

ZAMBINELLA (la) [1738- ?]. Prima donna au théâtre d'*Argentina* à Rome en 1758 : *S*, VI, 1059, 1060 ; en l'entendant chanter, le sculpteur Sarrasine en devient aussitôt follement amoureux : 1061 ; par jeu, lui sourit pendant le spectacle : 1063 ; protégée par le cardinal Cicognara, badine et soupe avec Sarrasine : 1065-1067 ; il l'entraîne dans un boudoir ; elle le menace d'un poignard : 1068 ; essaie de l'éloigner : créature maudite, lui explique-t-elle, le bonheur lui est interdit : 1069 ; le prince Chigi explique à Sarrasine que la Zambinella n'est pas une femme, mais un castrat : 1072 ; enlevée par Sarrasine, qui est décidé à se venger : 1073 ; il hésite à la supprimer puis dédaigne ce meurtre ; il est assassiné par les sbires du cardinal Cicognara : 1074 ; longtemps après, semble centenaire ; grand-oncle de Marianina de Lanty : 1075 ; son apparition dans les salons des Lanty donne le frisson aux femmes : 1047 ; pris parfois pour Cagliostro ou le comte de Saint-Germain : 1048 ; attentions de Marianina et de sa famille à son égard : 1048, 1049 ; portrait en 1825 : 1051-1053 ; l'Adonis de Vien, dans le boudoir des Lanty, n'est autre que son portrait : 1054.
*ZARAPHITUS. Voir SÉRAPHÎTA.
ZÉNA. Grecque de Zara, en Monténégro. Maîtresse du faux Schinner, selon le récit de Joseph Bridau : *DV*, I, 791 ; empoisonne son vieux mari ; condamnée à deux ans de réclusion dans un couvent : 793.
*ZOÉ. Femme de chambre de la duchesse de Maufrigneuse ; remplacée, ailleurs, par Anice : *DA*, VIII, 773 (var. *c*).

INDEX DES PERSONNES RÉELLES
ET DES PERSONNAGES HISTORIQUES
OU DE LA MYTHOLOGIE,
DE LA LITTÉRATURE ET DES BEAUX-ARTS
CITÉS PAR BALZAC
DANS « LA COMÉDIE HUMAINE »

Index établi par Anne-Marie Meininger[1]
avec le concours de Pierre Citron

A* (Mme d'). Voir ABRANTÈS.

A*** (vicomte d'). Voir ARLINCOURT.

AARON, frère aîné de Moïse; personnage de *Mosè*, de Rossini : *Do.*, X, 591, 594, 603.

Aaroun al Raschid du bagne (l'). Voir Haroun al Raschid.

ABD EL KADER ('Abd al-Qādir el-Hādjdj, ou) [1808-1883], émir algérien : *DA*, VIII, 743; *PMV*, XII, 174; *PJV*, XII, 375, « l'Émir » 376.

Abd-el-Kader en cire (un), Lousteau, selon Mme Schontz : *MD*, IV, 739.

*ABDALLAH, pacha de Damas, chef des Turcs à la bataille de Nazareth : *MC*, IX, « un pacha » 525.

ABDOLLAH (Abū Bakr, nommé auparavant) [v. 570-634], père d''A'icha, beau-père et successeur de Mahomet; personnage du *Mahomet* de Gambara : *Gam.*, X, 490, 492, 493.

ABEILARD. Voir ABÉLARD.

ABEL, personnage biblique, second fils d'Adam et Ève, frère de Caïn : *IP*, V, 704; *SetM*, VI, 789, 819; *Lys*, IX, 1149.

*ABEL : *IG*, IV, 1328, 1331.

ABÉLARD (Pierre) [1079-1142], théologien et philosophe : *In.*, III, « Abeilard » 427.

*ABEILARD, remplacé par ORIGÈNE : *LL*, XI, 679 (var. *a*).

Abélard volontaire (un), Montès de Montéjanos : *Be.*, VII, 404 (n. 1).

*ABERGAVENNY (vicomtesse), peut-être Mary Robinson, belle-fille du suivant; ici substituée à la *duchesse de ..., puis remplacée par lady Dudley : *BS*, I, « Abergaveny » 137 (var. *d*).

1. Cet index a été établi à partir de dictionnaires nationaux et spécialisés et, surtout, les primant pour remédier aux erreurs et lacunes qu'ils comportent, aussi souvent que possible à partir de documents d'archives et d'état civil. Le monde réel de Balzac, et en particulier le monde de ses contemporains illustres ou obscurs qui devait nécessairement être privilégié ici, est aussi bien parisien que provincial et, même, étranger. Mes recherches dans un cadre aussi vaste appelaient aide et compréhension que m'ont assurées : à la Bibliothèque Polonaise, Mlle Borkowska et M. Borowski; au British Council, Mr. Peter Grout; aux Landesarchiv d'Autriche, le Dr. Silvia Petrin; aux Generallandesarchiv de Karlsruhe, le Dr. Schwartzmaier; aux Archives de l'État de Genève, Mme M. Tripet, et aux Archives de l'État de Neuchâtel, M. J. Courvoisier; aux Archives de France, Mme Jean Favier, de nombreux directeurs d'archives départementales et leurs collaboratrices et collaborateurs, ainsi que Mlle Marie-Antoinette Menier, à la section Outre-Mer; à la Bibliothèque nationale, M. François Lesure, M. Roger Pierrot, Mme Marie Avril; aux Archives de Paris, M. J.-Y. Ribaud, Mme Ch. Demeulenacre; à la Comédie-Française, Mme Sylvie Chevalley; à la Bibliothèque nordique, M. J. Firino; les services de recherches du Louvre, des Arts décoratifs et du Service historique de l'Armée; M. Jean Adhémar, M. et Mme Francis Ambrière, M. Étienne Arnaud, M. André Cambier, M. Raffaele de Cesare, M. Devauchelle et M. Gaston Saffroy. À tous, je veux dire ici ma gratitude.

A.-M. MEININGER.

ADRIEN ou HADRIEN (Publius Aelius Hadrianus, ou) [v. 76-138], empereur romain : *MM*, I, 484.

AGAMEMNON, roi légendaire d'Argos ; peint par Guérin : *Phy.*, XI, 1065.

AGAR, personnage biblique, concubine d'Abraham : *DF*, II, 72 (n. 2) ; *CB*, VI, 232 ; *Lys*, IX, 1169 ; *Sér.*, XI, 850 ; *Phy.*, XI, 914.

Agar, surnom que se donne Héloïse Brisetout : *Be.*, VII, 160.

Agar (une), Mme Rigou : *Pay.*, IX, 299.

AGNELET (l'), personnage du *Dit de Maître Pathelin* : *Hist.Lys*, IX, 946.

AGNÈS (la belle). Voir SOREL (Agnès).

AGNÈS, personnage de *L'École des femmes*, de Molière : *AS*, I, 931, 932 ; *MD*, VI, 677 ; *VF*, IV, 859 ; *PMV*, XII, 119.

Agnès religieuse (une), préférée à une Célimène en herbe par les hommes jeunes : *FE*, II, 283.

Agnès catholique (une), Mlle Cormon : *VF*, IV, 859.

Agnès romantique (une), Mme de Maufrigneuse en joue le rôle : *CA*, IV, 1015.

AGRIPPA (Heinrich-Cornelius Agrippa von Nettesheim, dit) [1486-1535], écrivain allemand, soldat, médecin : *RA*, X, 718 ; *Cath.*, XI, 382 ; *MI*, XII, 743.

  *AGRIPPA : *Cath.*, XI, 378 (var. *a*), 421 (var. *d*).

AGRIPPINE la jeune (15-59), quatrième femme de l'empereur Claude ; personnage du *Britannicus*, de Racine : *R*, IV, 403 (voir aussi *DESŒILLETS).

*AGUADO (Alejandro-José-María-León-Pedro-Pablo-Raimondo-Luis-Gonzalo, dit, en France, Alexandre-Marie), marquis de Las Marismas, vicomte de Monterico (1784-1842), financier espagnol naturalisé français en 1828 ; vraisemblablement visé ici : *CP*, VII, un « financier bien connu, dont la galerie était vantée, visitée et gravée » 637.

AGUESSEAU (Henri-François d') [1668-1751], magistrat et littérateur : *PVS*, XII, 300.

AHRIMAN. Voir ARIMANE.

'A'ICHA (v. 614-678), fille d'Abū Bakr, troisième femme de Mahomet ; héroïne du *Mahomet* de Gambara : *Gam.*, X, 490, 492.

AIGNAN (Étienne) [1773-1824], littérateur, académicien, collaborateur de *La Minerve française ;* premier mari de Mme Louis BOIGUES (voir ce nom) : *IP*, V, 152, 444.

*AIGREFEUILLE (Fulcrand-Jean-Joseph, marquis d') [1745-1818], magistrat, gastronome : *DF*, II, 47 (var. *e* et n. 4).

AIGUILLON (Emmanuel-Armand de Vignerot du Plessis de Richelieu, duc d') [1720-1788], gouverneur général de Bretagne : *Pré.Ch.*, VIII, 899, 900 (n. 1), 901.

*ALACIEL : *Phy.*, XI, « la Fiancée de Mamolin » 1010 (n. 3).

ALACOQUE (sainte Marie). Voir MARGUERITE-MARIE ALACOQUE (sainte) et Index III.

ALADIN, personnage des *Mille et une Nuits* : *Ven.*, I, 1048 ; *EHC*, VIII, 256.

Aladins qui se laissent emprunter leur lampe (les), les intelligences exploitées : *SetM*, VI, 436.

*ALAIN, personnage de *L'École des femmes*, de Molière : *Be.*, VII, 319 (n. 1).

ALBANE (Francesco Albani, dit l') [1578-1660], peintre italien : *R*, IV, 441 ; *Ma.*, X, 1041.

  Sainte Famille : *R*, IV, 388.

  Vierge : *Ma.*, X, 1041.

ALBANI (comtesse). Voir ALBANY (comtesse d').

ALBANY (Anne de La Tour de Boulogne, devenue duchesse d'), sœur de Madeleine, la femme de Laurent de Médicis et la mère de Catherine : *Cath.*, XI, 190.

ALBANY (John Stewart ou Stuart, duc d') [v. 1481-1536], régent d'Écosse, oncle de Catherine de Médicis par sa femme Anne de La Tour (ci-dessus) ; négocia le mariage de sa nièce en 1533 : *Cath.*, XI, 184-186, 188, 189, 199.

ALBANY (Louise-Maximilienne-Caroline zu Stolberg-Geldern, devenue comtesse d') [1752-1824], Autrichienne, chanoinesse puis femme de Charles-Édouard Stuart, maîtresse de Vittorio Alfieri puis du peintre F. Fabre : *Pr.B*, VII, « comtesse Albani » 810.

ALBE (Fernando Alvarez de Toledo, duc d') [1507-1582], homme de guerre et homme d'État espagnol : *PM*, II, 119 ; *CM*, III, 549, 587, 641 ; *SPC*,

Alexandre de la patente (des) [1] : *FM*, II, 197.

Alexandre de foire (des) [1] : *Fré.*, XII, 812.

ALEXANDRE Ier (Aleksandr Pavlovič ou) [1777-1825], empereur de Russie de 1801 à sa mort : •*MM*, I, « un Russe » 243; *DV*, I, 776; *B*, II, 668; *In.*, III, 452; *VF*, IV, 911; *Be.*, VII, 349; *E*, VII, 940; •*MC*, IX, 530.

ALEXANDRE VI (Rodrigo Borgia) [1431-1503], élu pape en 1492 : *CT*, IV, 244; *Pré.H13*, V, 789; *FYO*, V, 1035; *TA*, VIII, « Borgia » 692.
  Ant. *RICHELIEU : *CT*, IV, 244 (var. *g*).
  ••*ALEXANDRE : *TA*, VIII, « Borgia » 1476; *ELV*, XI, « le pape Borgia » 475 (var. *a*).
  *ALEXANDRE, remplacé par le duc d'URBIN : *ELV*, XI, 484 (var. *a*).

ALI ('Ali Ibn Abi Talib, dit) [v. 600-661], cousin et gendre de Mahomet : *MM*, I, 517; personnage du *Mahomet* de Gambara : *Gam.*, X, 490-493.

ALI DE TÉBÉLEN (1741-1822), aventurier turc devenu pacha de Janina : *DV*, I, 776 (n. 6), 777, 779, 780, 782-784, 825, 882; *IP*, V, 158; *F*, V, 825.

ALIBERT (Jean-Louis, baron) [1766-1837], médecin : *DV*, I, 802; *CB*, VI, 95 (n. 1).
  *ALIBERT, remplacé par Desplein : *E*, VII, 957 (var. *g*).

ALICE ou ALIX BRAND, évoquée par W. Scott dans *La Dame du lac* : *Pré.CH*, I, 16 (n. 2).

ALICE, personnage de *Robert le Diable*, opéra de Meyerbeer : *Be.*, VII, 95; *Gam.*, X, 500, 504, 506-509.

•ALICE BRIDGENORTH : *FM*, II, 223 (n. 1).

ALIGHIERI. Voir DANTE.

ALIGRE (Étienne) [1550-1635], garde des Sceaux et chancelier de France sous Louis XIII; ou son fils Étienne (1592-1677), qui eut les mêmes fonctions sous Louis XIV : *AIH*, XII, 779.

*ALIGRE (Étienne, marquis d') [1770-1847], financier; remplacé ici par le comte de Gondreville : *S*, VI, 1044 (var. *b*).

ALIPANTIN (saint) : *Cath.*, XI, 263 (n. 3).

ALLEGRAIN (Christophe-Gabriel) [1710-1795], sculpteur : *S*, VI, 1072.

ALLORI (Cristofano) [1577-1621], peintre florentin : *FE*, II, 273; *Be.*, VII, 378 (n. 3).
  Judith : *Be.*, VII, 378.

ALMAVIVA (comte), personnage du *Barbier de Séville* et du *Mariage de Figaro*, de Beaumarchais : *IP*, V, 397; •*Bou.*, VIII, « Lindor » 33 (n. 3); *Gam.*, X, 461; *Phy.*, XI, 1034.

*Almaviva (les), plus forts que les Figaro : *B*, II, 938 (var. *c*).

ALMAVIVA (comte), personnage du *Barbier de Séville*, de Rossini : *Do.*, X, 615.

•ALMAVIVA (comtesse), femme du personnage de Beaumarchais : *MC*, IX, la « marraine » 490. (Voir aussi ROSINE.)

•ALTHEN (Jean). Voir le PERSAN.

AMADIS, héros d'*Amadis de Gaule*, roman adapté du portugais par Herberay des Essarts : *Pré.CH*, I, 10; *P*, IV, 54; •*CA*, IV, 1018 (n. 2).

Amadis (un) : *AS*, I, 963.

Amadis de Provins (l'), Julliard : *P*, IV, 56.

Amadis à vide (un), Vimeux : *E*, VII, 973.

Amadis-omnibus (l'), M. de Lustrac : *PMV*, XII, 126, 135.

Amadis (les), amants rêvés par Béatrix de Rochefide : *B*, II, 788.

Amadis des fabliaux (les) : *Phy.*, XI, 981.

AMALTHÉE, femme de Pharaon dans le *Mosè* de Rossini : *Do.*, X, 603.

Ambassadeur [2] d'Autriche à Paris (l'), en 1810, dans *PM*. Voir •SCHWARTZENBERG.

Ambassadeur d'Autriche à Paris (l'), entre 1830 et 1834 : *FE*, II, 296; *Gam.*, X, 468. Dans la réalité, le comte Apponyi (1782-1852).

Ambassadeur d'Espagne en France (l'), sous Henri IV : *MM*, I, 654.

---

1. Pour ces sens figurés, usant d'une expression toute faite, on peut se demander si cette dernière renvoie originellement à Alexandre le Grand ou à Alexandre le Paphlagonien, imposteur de l'Antiquité qui montrait ses prétendus miracles sur les places publiques.

2. Voir aussi Ministres plénipotentiaires.

Ambassadeur d'Espagne à Paris (l'), en 1783 : *RA*, X, 674. Dans la réalité, le comte d'Aranda.

Ambassadeur d'Espagne à Paris (l'), en 1821 : *CM*, III, 587. Dans la réalité, le marquis de Santa-Cruz.

Ambassadeur d'Espagne à Paris (l'), en 1824 et 1825 : *MJM*, I, 249. Dans la réalité, le duc de San-Carlos puis le comte de la Puebla del Maestre.

*Ambassadeur de France à Constantinople (l'), en 1836 ; remplacé par un ambassadeur : *B*, II, 712 (var. *a*). Dans la réalité, le vice-amiral baron Roussin.

Ambassadeur de France à Rome (l'), en 1824, dans *MJM*. Voir LAVAL (duc de).

Ambassadeur de France à Vienne (l'), en 1825 : *BS*, I, 159. Dans la réalité, le marquis de Caraman.

Ambassadeur de France dans un pays d'Orient : *B*, II, 712.
    Ant. *CLOT-BEY, et *Ambassadeur de France à Constantinople (l') : *B*, II, 712 (var. *a*).

Ambassadeur de France en Sardaigne (l'), en 1836 : *H*, II, 527, 595. Dans la réalité, le marquis Hippolyte de Gueulluy de Rumigny, frère de l'aide de camp de Louis-Philippe.

Ambassadeur de Grande-Bretagne à Paris (l'), en 1819, en 1823, en 1829 : *MJM*, I, 208 ; *MM*, I, 688 ; *PG*, III, 107. Dans la réalité, le chevalier Stuart devenu, en 1829, lord Stuart of Rothesay.
    Ant. *POZZO : *PG*, III, 107 (var. *a*).

Ambassadeur de Naples à Paris (l'), en 1825 : *BS*, I, 158. Dans la réalité, le prince de Castelcicala.

*Ambassadeur de Portugal (l'), en 1821 : *R*, IV, 316 (var. *d*). Dans la réalité, le marquis de Marialva.

Ambassadeur de Portugal à Paris (l'), sous Choiseul : *F*, V, 864.

*Ambassadeur de Russie (l'), en 1824 ; remplacé par l'ambassade d'Autriche. Voir *POZZO DI BORGO.

Ambassadeur de Sardaigne à Paris (l'), en 1824 : *MJM*, I, 277, 308. Dans la réalité, le marquis Alfieri de Sostegno.

Ambassadeur de Turquie à Paris (l'), peu avant juin 1802 : *Gau.*, VII, 854. Dans la réalité, personne.

Ambassadeurs (trois) de François Ier, assassinés sur l'ordre de Charles Quint : *Cath.*, XI, 181, 192.

Ambassadeurs d'Écosse, de Portugal, de Venise, de Ferrare, d'Angleterre (les), et autres, au mariage de Catherine de Médicis : *Cath.*, XI, 191.

Ambassadeurs d'Espagne, d'Angleterre, de l'Empire et de Pologne, en France (les), en 1560 : *Cath.*, XI, 334.

AMBOISE (Georges d') [1460-1510], cardinal, ministre de Louis XII : *Cath.*, XI, 241.

AMBOISE (Georges d') [1488-1550], neveu du précédent, cardinal : *Cath.*, XI, 196.

AMÉNOFI, personnage du *Mosè* de Rossini ; sœur d'Aaron : *Do.*, X, 598.

Ami du narrateur (un), et sa femme : *Phy.*, XI, 1011, 1013-1015.

AMIGO (Josefa, dite Josepha puis Joséphine), cantatrice espagnole, entrée aux Italiens avec sa sœur Rosaria en 1823 ; elle fit une carrière de seconde donna : *SetM*, VI, 615 (n. 4).

Amiral de la Flotte britannique (l'), en 1845, dans *CP*. Voir *WHITSHED.

AMOROS (Francisco) [1769-1848], colonel espagnol, introducteur de la gymnastique en France ; fondateur d'établissements à Paris : *R*, IV, 374 (n. 1) ; *CSS*, VII, 1164 (n. 3).

AMOUR, divinité latine : *DF*, II, 36, 40 ; *CB*, VI, 217.

AMPÈRE (André-Marie) [1775-1836], physicien et mathématicien : *PVS*, XII, 269 (n. 3).

AMPHION, personnage mythologique, fils de Jupiter et d'Antiope : *Phy.*, XI, 953.

AMPHITRYON, roi légendaire de Thèbes.

Amphitryon (un) : *SetM*, VI, 439.

AMPHOUX (Madeleine Achard, devenue Mme Amphoux-Chassevent, dite Mme) [1707-1812], distillatrice à Bordeaux ; associée de Marie Brisard : *VF*, IV, 897, 902, 904 ; *CB*, VI, 226 ; *Bou.*, VIII, 111 ; *Pay.*, IX, 244 ; *Vis.*, XII, 644.

AMROU ('Amr, dit ici) [?-663], compagnon de Mahomet; personnage du *Mahomet* de Gambara : *Gam.*, X, 491.

AMY ROBSART. Voir ROBSART.

AMYOT (Jacques) [1513-1593], humaniste; percepteur puis grand aumônier de Charles IX et d'Henri III; évêque : *CA*, IV, 1044; *Cath.*, XI, 262-264, *265, 268, 351-355, 385; *PVS*, XII, 292.

A... N. (M.). Voir NETTEMENT.

*ANCELOT (Jacques-Arsène-Polycarpe-François) [1794-1854], littérateur; remplacé par *Didelot : *IP*, V, 278 (var. *f*).

ANCHISE, fils de Priam, père d'Énée.

Anchise (le père), surnom du petit domestique de La Palférine : *Pr.B*, VII, 815 (n. 3).

ANCKARSTROËM (Jakob-Johan) [1762-1792], gentilhomme suédois; assassin de Gustave III avec d'autres conjurés, au cours d'un bal; il périt sur l'échafaud : *TA*, VIII, « Ankarstroëm » 557.

ANCRE (Concino Concini, marquis d') [1575-1617], aventurier italien, devenu favori et ministre de Marie de Médicis, et maréchal de France : *AEF*, III, 677; *IP*, V, 495, 695, 696; *EM*, X, 916, 917, 925; *Cath.*, XI, 394, 442; *AIH*, XII, 788.

ANCRE (Leonora Dori, dite Galigaï, devenue la signora Concini, marquise et dite la maréchale d') [v. 1576-1617], femme du précédent; nourrice de Marie de Médicis et restée sa confidente : *SetM*, VI, 709; *Cath.*, XI, 442.

Ancre (un prétendue maréchale d'), Mme Jeanrenaud : *In.*, III, 469.

ANDELOT (d'). Voir COLIGNY (François de).

ANDIGNÉ (Louis-Marie-Auguste-Fortuné, comte d') [1765-1857], officier de marine, émigré, puis chef chouan : *Ch.*, VIII, 1089 (n. 1 de la p. 1090).

ANDOUILLETTES (l'abbesse des), personnage de *Tristram Shandy*, de Sterne : *PCh.*, X, 233 (n. 2).

ANDRIEUX (François-Guillaume-Jean-Stanislas) [1759-1833], professeur de littérature au Collège de France et académicien : *DV*, I, 801 (n. 1); *FE*, II, 321 (n. 2); *PG*, III, 74 (n. 1); *IP*, V, « un poète » 311; *Pay.*, IX, 266; *Gam.*, X, 496.

Cécile et Térence : IP, V, 311.

ANDROMÈDE, fille de Céphée et de Cassiopée, sauvée d'un dragon envoyé par Neptune.

Andromède (une pauvre), Félicité des Touches, selon elle-même : *B*, II, 719.

Ânesse de Balaam (l') : *IP*, V, 461; *CV*, IX, 702.

Ange (un) qui donna de l'eau à Agar : *CB*, VI, 232.

ANGÉLIQUE, personnage du *Joueur*, de Regnard : *SetM*, VI, 599.

ANGÉLIQUE, personnage de *Roland furieux*, de l'Arioste : *CM*, III, 652; *MD*, IV, 650; *VF*, IV, 935; *IP*, V, 208; *ChO*, X, 431.

*ANGLADE (marquise d'), personnage de *La Famille d'Anglade ou le Vol*, mélodrame de Dupetit-Méré et Fournier : *DV*, I, 865.

Anglaise (une jeune), dans *MM*. Voir *CRÉBILLON (Mme).

Anglaise (une jeune), possédant le don de double vue : *LL*, XI, 634.

*Anglaise (une jeune) « morte à la fleur de l'âge », « dont je n'écrirai jamais l'histoire »; remplacée par « une femme » qui pourrait être Mme de BERNY (voir ce nom) : *LL*, XI, 644 (var. *g* et n. 1).

*ANGLÈS (Jules, comte) [1778-1828], préfet de police de 1815 à 1821 : *PG*, III, 192 (n. 1); *F*, V, 891-893.

ANGO (Jean Angot ou) [1480-1551], armateur de Dieppe qui aida François Ier à s'armer contre l'Angleterre : *SetM*, VI, 591; *Cath.*, XI, 309.

ANGOULÊME (Henri de Valois, comte d') [1557-1586], bâtard d'Henri II de France et de lady Fleming; grand prieur : *Cath.*, XI, 199.

ANGOULÊME (Charles de Valois, comte d'Auvergne puis duc d') [1573-1650], bâtard de Charles IX et de Marie Touchet; marié en premières noces à Charlotte de Montmorency et, en secondes noces, à Françoise de Nargonne (qui suit) : *Cath.*, XI, 378, 379, *407, 417, *418, *425, *438, *439, *440, *441, 442.

*ANGOULÊME : *Cath.*, XI, 307 (var. *f*), 378 (var. *a*), 412 (var. *b*).

**ANGOULÊME (Françoise de Nargonne, devenue duchesse d') [1644-1713], fille du baron de Mareuil; seconde femme du précédent en février 1644 : *Cath.*, XI, 307 (var. *f*).

ANGOULÊME (Louis-Antoine de Bourbon, duc d') [1775-1844], fils aîné du comte d'Artois, Dauphin de France à dater de l'avènement de son père au trône, en 1824, sous le nom de Charles X; il commanda l'expédition française en Espagne en 1823.

Relations avec les personnages de « La Comédie humaine » : Aiglemont : *F30*, II, 1104. Baudoyer : *E*, VII, 1076. Bridau (Philippe) : *R*, IV, 522-524, 526; *SetM*, VI, 621. Colleville : *E*, VII, 995. Gondrin : *MC*, IX, 459. Grassou : *PGr.*, VI, 1100, 1101. Listomère-Landon (comtesse de) : *F30*, II, 1070. Macumer : *MJM*, I, 269. Maufrigneuse : *SetM*, VI, 621, 720; *SPC*, VI, 983. Mortsauf : *Lys*, IX, 990. Savarus : *AS*, I, 993.

Histoire : *MJM*, I, 225, 233, 246; *DF*, II, 17; *DL*, V, 908; *Lys*, IX, 982.

ANGOULÊME (Marie-Thérèse-Charlotte de Bourbon, Madame Royale, devenue duchesse d') [1778-1851], fille de Louis XVI et de Marie-Antoinette, et dite « l'orpheline du Temple »; cousine germaine du précédent et devenue sa femme; Dauphine à dater de l'avènement au trône de son beau-père Charles X.

Relations avec les personnages de « La Comédie humaine », comme duchesse d'Angoulême : Cinq-Cygne : *TA*, VIII, 551. Desplein : *Ath.*, III, 392. Esgrignon (Victurnien d') : *CA*, IV, 1009. La Chanterie (Mme de) : *EHC*, VIII, 318. Loraux (abbé) : *CB*, VI, 171. *Comme Dauphine :* Baudoyer : *E*, VII, 943, 944, 1035, 1036, 1076. Bauvan : *H*, II, 532. Brazier (Flore) : *R*, IV, 524. Bridau (Philippe) : *R*, IV, 523, 524. Brigaut : *P*, IV, 160. Canalis : *MM*, I, 591. Clapart (Mme) : *DV*, I, 877. Colleville (les) : *Bou.*, VIII, 44. Espard (Mme d') : *SetM*, VI, 874. Gaudron (abbé) : *DV*, I, 877; *E*, VII, 943, 944, 1035, 1036. Grassou : *PGr.*, VI, 1100. Husson (Oscar) : *DV*, I, 877. La Billardière fils : *E*, VII, 988. Phellion : *E*, VII, 969. Savarus : *AS*, I, 993.

Histoire : *MM*, I, 702; •*DxA*, XII, 695 (n. 5).

ANJOU (comtes d'), titulaires du comté érigé par Charles le Chauve en 864, au bénéfice de Robert le Fort : *Cath.*, XI, 234.

ANJOU (François, duc d'). Voir ALENÇON.

ANJOU (Henri, duc d'), frère du précédent. Voir HENRI III.

ANKARSTROËM. Voir ANCKARSTROËM.

•ANNA, sœur de Didon : *Bo.*, I, 429; *B*, II, 729. (Voir Index III.)

•ANNA IVANOVNA (1693-1740), fille du tsar Ivan V; devenue duchesse de Courlande en épousant, en 1710, Friedrich-Wilhelm Kettler, duc de Courlande; puis, comme nièce de Pierre le Grand, impératrice de Russie de 1730 jusqu'à sa mort : *IP*, V, « une jolie femme » 693, « l'impératrice Anne » 694; *Phy.*, XI, 935.

ANNE (sainte), femme de saint Joachim et mère de la Vierge Marie. Ici, sainte Anne d'Auray, vénérée en Bretagne : *Ch.*, VIII, 937, 942, 943, 952, 963, 997, 998, 1056, 1081, 1084, 1085, 1111, 1119, 1120, 1162; *CV*, IX, 776.

ANNE D'AUTRICHE (1601-1666), fille de Philippe III d'Espagne et infante d'Espagne; devenue par son mariage avec Louis XIII, en 1615, reine de France; régente de 1643 à 1661 : •*IP*, V, « La Reine » 495; *F*, V, 839; *SetM*, VI, •473, 474; *Cath.*, XI, 450; *Phy.*, XI, 1200; •*PVS*, XII, 221 (n. 1).

ANNE DE BEAUJEU (Anne de France, devenue dame de Beaujeu, duchesse de Bourbon, et dite) [1461-1522], fille aînée de Louis XI et femme du connétable Pierre de Beaujeu, duc de Bourbon, avec qui elle gouverna comme régente pendant la minorité de son frère, le futur Charles VIII : *Cor.*, XI, 52, 56.

ANNE DE BRETAGNE (1477-1514), fille du duc François II de Bretagne; devenue reine de France en épousant, en 1491, Charles VIII, puis, en 1499, Louis XII : *Ch.*, VIII, 1070; *Cath.*, XI, 236, 237.

*ANNE DE BRETAGNE : *Ch.*, VIII, 1073 (var. *a*), 1185 (var. *a*).

ANNIBAL (Hannibal, ou) [247-183 av. J.-C.], général carthaginois : *TA*, VIII, 690; *Cath.*, XI, 165.

*ANNIBAL : *TA*, VIII, 1474.

ANSBACH (Carolina von Brandburg-) [1683-1737], fille du margrave de Brandebourg-Ansbach devenue en 1707 princesse électrice de Hanovre par son mariage avec le prince Georg-August, puis, en 1717, princesse de Galles quand son beau-père devint George Ier d'Angleterre : *Phy.*, XI, « Caroline d'Anspach » 1060.

ANSBACH (margrave d'). La principauté d'Ansbach appartint à la Prusse de 1791 à 1806 et à la Bavière de 1806 à 1814; il n'y avait donc pas de margrave d'Ansbach dans les vingt années qui ont précédé la venue de Schmucke en France : *FE*, II, « le margrave d'Anspach » 278.

ANSELME, personnage de *L'Étourdi*, de Molière.

Anselme, surnom donné au faux Canalis par Modeste Mignon : *MM*, I, 548.

ANSELME DE SAINTE-MARIE (Pierre de Guibours, dit le Père) [1625-1694], généalogiste : *UM*, III, 782.

ANTÉE, géant mythologique, fils de Neptune et de la Terre; étouffé par Hercule : *Bou.*, VIII, 151.

ANTHOINE DE SAINT-JOSEPH (Fortuné) [1795-1853], neveu des femmes de Joseph Bonaparte et de Bernadotte; juge au tribunal de Ire Instance de la Seine et l'un des propriétaires de la *Revue de Paris; «* M. de Saint-Joseph » : *Hist.Lys*, IX, 954, 955, « Antoine de Saint-Joseph » 957.

•ANTIER (Benjamin) [1787-1870], auteur dramatique.
  L'Auberge des Adrets : F, V, 895; *SetM*, VI, 919; •*DA*, VIII, 740 (n. 1).

ANTIGONE, fille d'Œdipe, sœur d'Étéocle et de Polynice; condamnée à mort par Créon, roi de Thèbes.

Antigone d'un ambassadeur (l'), Louise de Chaulieu, selon elle-même : *MJM*, I, 230.

ANTIN (Louis-Antoine de Gondrin de Pardaillan, marquis puis duc d') [1665-1736], fils du marquis et de la marquise de Montespan : *E*, VII, 955.

ANTINOÜS (?- v. 130), favori de l'empereur Hadrien : *MM*, I, 484; *SPC*, VI, 951; *ELV*, XI, 492; *SMA*, XII, 343. (Voir aussi Index III.)

Antinoüs (un), Lucien de Rubempré, selon la princesse de Cadignan : *SPC*, VI, 956.

*Antinoüs vivant (un), le colonel Franchessini : *PG*, III, 266 (var. e).

•ANTIOCHOS Ier Soter (324-262 av. J.-C.), roi séleucide, époux de sa belle-mère STRATONICE (voir ce nom), aimée de COMBABUS (voir ce nom) : *Be.*, VII, « un roi d'Assyrie, de Perse, Bactriane, Mésopotamie » 404.

•ANTIOCHUS, roi de Comagène; personnage de *Bérénice*, de Racine : *CB*, VI, 95.

ANTIOPE. Voir Index III.

ANTOINE (Marcus-Antonius, ou Marc) [83-30 av. J.-C.], général romain; il épousa Cléopâtre VII après avoir répudié Octavie : *Phy.*, XI, 1072.

ANTOINE (saint) [251-356], anachorète égyptien : *Pré.Ch.*, VIII, 1674; *PCh.*, X, 139; *Phy.*, XI, 1156; *DxA*, XII, 669.

ANTOINE DE SAINT-JOSEPH. Voir ANTHOINE.

ANTONIO, personnage de *Venise sauvée*, d'Otway : •*R*, IV, « le Sénateur » 403; *Phy.*, XI, 1071.

*ANTONY, héros-titre d'un drame d'Alexandre Dumas : F, V, 809 (var. f).

ANVILLE (Jean-Baptiste Bourguignon d') [1697-1782], géographe et cartographe : *Be.*, VII, 404 (n. 2).

ANYTOS, accusateur de Socrate : *MD*, IV, « Anytus » 681.

APOLLON, dieu de la Lumière, des Arts et de la Divination : *BS*, I, 135; *VF*, IV, 823. (Voir aussi Index III.)

Apollon marié (un) : *MM*, I, 546.

Apollon-Poiret, sobriquet donné à Poiret aîné par les pensionnaires de la maison Vauquer : *PG*, III, 224.

*Apollon militaire (une sorte d') : *FYO*, V, 1044 (var. a).

Apollon du Belvédère (l'), Rubempré, selon Florine : *IP*, V, 376.

Apollon du Belvédère (un), Thuillier ne l'est pas, selon lui-même : *Bou.*, VIII, 42.

Apollon du Belvédère (des), des séducteurs : *Pré.E*, VII, 893.

APOLLONIOS DE TYANE (?-97), néo-pythagoricien, moraliste et mage d'Asie Mineure : *CP*, VII, 644; *LL*, XI, 634; *Sér.*, XI, 802.
  Ant. *Magnétiseur (un) : *CP*, VII, 644 (var. c).

•APPERT (Benjamin-Nicolas-Marie) [1797- ?], philanthrope, emprisonné pour avoir aidé des prisonniers peu avant le temps du récit : *MI*, XII, 729 (n. 4).

AQUILINA, personnage de *Venise sauvée*, d'Otway : R, IV, 403; •*PCh.*, X, 113 (n. 1); *MR*, X, 355; *Phy.*, XI, 1071.
  *AQUILINA : *MR*, X, 353 (var. d).

ARGUS (un ou des), ceux qui épient : *MCP*, I, 58 ; *BS*, I, 146 ; *FYO*, V, 1075 ; *DA*, VIII, 755 ; *Cath.*, XI, 242 ; *Phy.*, XI, 968, 969.

ARIANE, fille de Minos et de Pasiphaë ; abandonnée par Thésée : *PG*, III, 117.

Arianes (des), des maîtresses abandonnées : *UM*, III, 779.

ARIANNE (Alberic Caraffa, duc d'Ariano, ou d'), présent au procès de Montecùccoli : *Cath.*, XI, 191.

ARIEL, personnage de *La Tempête*, de Shakespeare : *Be.*, VII, 119.
  *ARIEL : *Be.*, VII, 164 (var. *a*).
Ariel, Pauline, selon Raphaël de Valentin : *PCh.*, X, 140.

ARIMANE ou, plutôt, AHRIMAN, le prince du Mal dans la religion de Zoroastre : *Phy.*, XI, 1204.

ARIOSTE (Ludovico Ariosto, dit l') [1474-1533], poète italien : *VF*, IV, 935 ; *IP*, V, 208 ; *Do.*, X, 617 ; *ChO*, X, 431 ; *PVS*, XII, 278.
  •*Roland furieux.*
    ANGÉLIQUE : *CM*, III, 652 ; *MD*, IV, 650 ; *VF*, IV, 935 ; *IP*, V, 208.
    ASTOLPHE : *Dr.*, X, 1160.
    MÉDOR : *CM*, III, 652 ; *MD*, IV, 650 ; *VF*, IV, 935 ; *SetM*, VI, 833.
    ROLAND : *Pré.CH*, I, 10 ; *FE*, II, 333 ; *VF*, IV, 935, 936.
    SACRIPANT : *R*, IV, 329.

ARISTIDE le Juste (v. 540-v. 468 av. J.-C.).
  *ARISTIDE : *MD*, IV, 1364.
Aristide (un), Birotteau, selon les syndics de sa famille : *CB*, VI, 278.
Aristide champenois (l'), Grévin : *DA*, VIII, 723.
Aristide de Blangy (l'), Niseron : *Pay.*, IX, 223.
Aristide inconnu (un), Pons : *CP*, VII, 568.
Aristide (des), des hommes intègres : *IP*, V, 405.

ARISTIDE (saint), Athénien du IIe siècle, auteur d'une *Apologie* en faveur des chrétiens qu'il présenta à l'empereur Hadrien.

Aristide (saint), surnom donné au curé Bonnet par l'évêque d'Angoulême : *CV*, IX, 703.

ARISTOPHANE (Aristophanes, ou) [v. 450-v. 388 av. J.-C.], poète comique grec : *CP*, VII, 587.

Aristophane (un nouvel) : *Pré.IP*, V, 112.

ARISTOTE (Aristoteles, ou) [384-322 av. J.-C.], philosophe grec ; fondateur de l'école péripatéticienne et précepteur d'Alexandre : *MM*, I, 614 ; *Ath.*, III, 386 ; *MD*, IV, 760 ; *SetM*, VI, 459 (n. 1), 605 ; *Pré.E*, VII, 883 ; *PMV*, XII, 46, 170 ; *PVS*, XII, 278 ; *ES*, XII, 525.

ARLEQUIN, personnage de la comédie italienne : *MN*, VI, 342 ; *Phy.*, XI, 956, 1026 ; *PVS*, XII, 295.

ARLINCOURT (Charles-Victor Prévôt, vicomte d') [1789-1856], littérateur : *IP*, V, 300 « l'auteur du *Solitaire* » 370, « le vicomte d'A*** » 400 (n. 2), « l'auteur du *Solitaire* » 436.
  *ARLINCOURT : *IP*, V, 164 (var. *c*).
  Ipsiboë : *IP*, V, 157.
  Le Solitaire : *PG*, III, 203 ; *IP*, V, 300, 331, 332, 370, 436.
  Le Solitaire, remplacé par *Ipsiboë* : *IP*, V, 158 (var. *a*).
    ÉLODIE : *PG*, III, 203 ; *IP*, V, 331 ; *Be.*, VII, 383.

ARMAGNAC (Georges d') [v. 1501-1585], prélat et diplomate : *E*, VII, 897.

ARMAND (Armand-Benoît Roussel, dit) [1773-1852], comédien ; de la troupe de la Comédie-Française de 1795 à 1830 : *SetM*, VI, 508.

*ARMANDE, personnage des *Femmes savantes*, de Molière : article sur *Phy.*, XI, 1761.

ARMIDE, héroïne de *Jérusalem délivrée*, du Tasse : *DV*, I, 865 ; *Pay.*, IX, 67 ; *Lys*, IX, 1224 ; *PMV*, XII, 84.

ARNAL (Étienne) [1794-1872], acteur comique qui renouvela le personnage vaudevillesque du Jocrisse : *MD*, IV, 674, « Beaucoup de tuyaux de cheminée qui me tombent sur la tête, comme dit Arnal » 747 (même citation sans son nom : •*CB*, VI, 235) ; *Be.*, VII, 236 (n. 1).

ARNAUD (les), famille qui compte, outre ses jansénistes, Robert Arnauld d'Andilly (1589-1679), avocat, et son fils, Simon Arnauld, marquis de Pomponne (1618-1699), homme d'État : *Cath.*, XI, 225.

•ARNAULT (Antoine-Vincent) [1766-1834], littérateur, académicien ; gendre de « la Camille d'André Chénier », Mme de •BONNEUIL (voir ce nom).
  Germanicus : *IP*, V, 335.

•ARNIM (Karl-Joachim-Friedrich-Ludwig, dit Achim von) [1781-1831], nouvelliste allemand, éditeur de chants populaires : *MM*, I, 541.

ARNIM (Élisabeth-Katharina-Ludovica-Magdalena, dite Bettina, Brentano, devenue Mme von) [1785-1859], Allemande, femme du précédent, correspondante de Goethe : *MM*, I, 541-543 ; *Goethe et Bettina*, I, 1333-1335.

ARNOLPHE, personnage de *L'École des femmes*, de Molière : *DV*, I, 803 ; *FE*, II, 283 ; *B*, II, 912 ; *MD*, IV, 677.

　*ARNOLPHE : *MM*, I, 549 (var. *a*) ; *MD*, IV, 1368.

ARNOULD (Sophie) [1744-1803], cantatrice à l'Opéra ; interprète, notamment, de Gluck : *S*, VI, 1059 ; *Be.*, VII, 106, 187 ; *Pr.B*, VII, 828 ; *Phy.*, XI, 1035.

　*ARNOULD : *MD*, IV, 1380.

Arnould (une Sophie), Suzanne du Val-Noble : *VF*, IV, 822.

AROUET. Voir VOLTAIRE.

ARSCHOTT (les d') famille noble issue d'un petit-fils de Bela II, roi de Hongrie, tige des CROŸ, HARVÉ (voir ces noms) : *DL*, V, « Arschoot » 1014.

ARSÈNE, héroïne de *La Belle Arsène*, de Monsigny et Favart : *CB*, VI, 244 ; •*Pay.*, IX, 222 (n. 1).

Arsène (la belle), Mme Rigou : *Pay.*, IX, 222, 241.

ARSINOÉ, personnage du *Misanthrope*, de Molière : *CM*, III, 592 ; *PCh.*, X, 157.

ARTAXERXÈS (465-423 av. J.-C.), roi de Perse. Voir Index III : *Thémistocle refusant les présents d'Artaxerxès*.

ARTÉMISE II (IVe siècle av. J.-C.), reine d'Halicarnasse, femme de Mausole.

Arthémise d'Éphèse (une pauvre), Julie d'Aiglemont : *F30*, II, 1121.

ARTEVELDE (Jacob van) [1290-1345], doyen des brasseurs à Gand : *RA*, X, 666 (n. 1), 670.

*ARTHUYS (les frères), Amable, lieutenant général au bailliage d'Issoudun, et son cadet, dit de Genevraie : *R*, IV, 362 (var. *e* et n. 3).

Artiste en cheveux (un), dans *AEF*. Voir •FRINGANT.

ARTOIS (comte d'). Voir CHARLES X.

ASHTON (lady), personnage de *La Fiancée de Lammermoor*, de W. Scott : *Pré.CA*, IV, 964.

•ASHTON (sir William), mari de la précédente : *Pré.CA*, IV, « le chancelier d'Écosse » 964.

ASMODÉE, démon des plaisirs impurs, selon la Bible ; personnage du *Diable boiteux*, de Lesage.

Asmodée parisien (l'), des Lupeaulx : *E*, VII, 927.

ASPASIE (2e moitié du Ve siècle av. J.-C.), courtisane grecque ; amie et conseillère de Périclès.

Aspasie du Directoire (l'), Mme Husson : *DV*, I, 761, 819, 877, 881.

Aspasie transformée en une Lucrèce (une), Mme Marneffe, selon Crevel : *Be.*, VII, 398.

Aspasie du Cirque Olympique (l'), Marguerite Turquet, dite Malaga : *HA*, VII, 778.

Aspasies du quartier Notre-Dame-de-Lorette (les) : *B*, II, 896 (n. 3).

ASSAS (Louis, chevalier d') [1733-1760], capitaine, tué en Westphalie pour avoir alerté ses propres troupes : *FM*, II, 230.

Assassins de Kléber et du duc d'Orange (les), dans *MI*. Voir SULEYMAN et GÉRARD.

ASSUÉRUS (Xerxès Ier, Artaxerxès, ou), roi de Perse, ici désigné par son nom biblique, qui répudia Vasthi pour épouser Esther, nièce de Mardochée ; personnage d'*Esther*, de Racine : *Phy.*, XI, 921. (Voir ARTAXERXÈS, XERXÈS Ier).

ASTAROTH, déesse de certains peuples sémitiques : *MR*, X, 387 (n. 4). (Voir aussi Index I.)

ASTOLPHE, personnage de *Roland furieux*, de l'Arioste : *Dr.*, X, 1160 (n. 1).

ATALA, héroïne d'*Atala*, partie du *Génie du christianisme*, de Chateaubriand : *PG*, III, citée à tort par Mme Vauquer 203 ; *DxA*, XII, 683.

ATALANTE, héroïne de la mythologie grecque, célèbre pour la rapidité de sa course et pour son agilité : *Phy.*, XI, 1026.

ATÉ, divinité malfaisante de la mythologie grecque : *SetM*, VI, 644.

••ATHALIE (IXe siècle av. J.-C.), fille du roi d'Israël, Achab, et de la reine Jézabel ; belle-fille de Josaphat roi de Juda ; devenue reine de Juda d'environ 841 à 835 avant J.-C.; héroïne d'*Athalie*, de Racine : *MN*, VI, extrait de son rôle avec « Dieu des Juifs, tu l'emportes! » 385 (var. *e*).

ATLAS, divinité grecque, fils de Japet et de Clyméné; condamné par Zeus à soutenir sur ses épaules la voûte du ciel : *UM*, III, 771.

ATRÉE, fils de Pélops; roi de Mycènes : *Phy.*, XI, 1039.

ATRI (Andrea d'Acquaviva, duc d'), chevalier de l'Ordre; présent au procès de Montecùccoli : *Cath.*, XI, « Atrie » 191.

ATRIDES (les), postérité d'Atrée : *AEF*, III, 712; *EG*, III, 1148.

ATTILA (?-453), roi des Huns; défait aux Champs catalauniques par Aétius, Mérovée et Théodoric : *SetM*, VI, 789, 810; *LL*, XI, 649; *ACE*, XII, 844.

Attila de la bonneterie (l'), Beauvisage : *DA*, VIII, 750.

AUBE (M. d'). Voir RICHER D'AUBE.

AUBER (Daniel-François-Esprit) [1782-1871], compositeur : *FM*, II, 233; •*MN*, VI, 330; *CP*, VII, 488.
  Chant d'une jeune fille : *MM*, I, 549, 561 (n. 2), 563-566.
  Gustave III : *FM*, II, 233; *MN*, VI, 330.
  La Muette de Portici : •*IG*, IV, 594 (n. 1); *Pré.PCh.*, X, 55.

*AUBIGNÉ (les), famille noble : *CA*, IV, 1093 (var. *a*).

AUBIGNÉ (Théodore-Agrippa d') [1552-1630], homme de guerre calviniste, écrivain; ami d'Henri IV : *E*, VII, 1047; *Cath.*, XI, 368.
  Aventures du baron de Fæneste : *VF*, IV, 818.

AUBIGNÉ (Françoise d'), petite-fille du précédent. Voir MAINTENON.

AUBRIOT (Hugues) [?-1382], prévôt des marchands de Paris : *Cath.*, XI, 209.

AUBRY (le Père), personnage d'*Atala*, de Chateaubriand : *PMV*, XII, 98 (n. 2).

AUBRY (François) [1747-1798], conventionnel, successeur de Carnot au Comité de Salut public : *PG*, III, 141.

•AUDINOT (Nicolas-Médard) [1732-1801], compositeur et dramaturge.
  Le Tonnelier : *EG*, III, 1149 (n. 2).

AUDRAN. Dynastie de graveurs lyonnais comportant, pour l'essentiel, Karl (1594-1674), son frère Claude Ier (1597-1674), dessinateurs et graveurs; Germain (1631-1710), graveur, et Gérard (1640-1703), dessinateur et graveur, tous deux fils de Claude Ier; Benoît Ier (1661-1721), dessinateur, graveur et éditeur, Jean (1667-1756), graveur, et Louis (1670-1712), graveur, tous trois fils de Germain; par Benoît II (1695-1772), dessinateur et graveur, fils de Jean; Prosper-Gabriel (1744-1819), graveur, fils de Michel : *B*, II, 703; *E*, VII, 962.

*AUDRY (Charles-Louis-François) [1741-1829], ex-médecin consultant de l'Empereur; remplacé par HAUDRY : *CB*, VI, 190 (var. *d*).

AUFRÉDI (les), armateurs de La Rochelle : *SetM*, VI, « Auffredi » 591 (n. 1).

*AUGER (Hippolyte-Nicolas-Just) [1797-1881], littérateur : •*IG*, IV, 1332 (n. 1); *PVS*, XII, 249 (var. *a* et n. 1 de la p. 250).

AUGER (Louis-Simon) [1772-1829], littérateur, académicien et censeur : *IP*, V, 515.

AUGEREAU (Pierre-François-Charles), duc de Castiglione (1757-1816), maréchal de France : *AR*, XI, 92, 94, 107; *Phy.*, XI, 1165.

AUGUSTE (Caius Julius Caesar Octavianus Augustus, ou) [63 av. J.-C.-14], empereur romain, nommé d'abord Octave, puis Octavien, puis Auguste après sa victoire sur Antoine à Actium en 27; personnage du *Cid*, de Corneille : *PCh.*, X, 69; au second titre : *Bou.*, VIII, 56.

AUGUSTE II le Fort (1670-1733), d'abord électeur de Saxe en 1694 sous le nom de Frédéric-Auguste Ier, puis roi de Pologne en 1697 sous le nom d'Auguste II : *FM*, II, 223; *PG*, III, 79.

AUGUSTE III (1696-1763), d'abord électeur de Saxe sous le nom de Frédéric-Auguste II, puis roi de Pologne en 1733 sous le nom d'Auguste III : *UM*, III, 1134.

AUGUSTE (Mme), couturière; peut-être Mme Auguste-Labry : *SetM*, VI, 585, 609.

AUGUSTIN (saint) [354-430], évêque d'Hippone : *H*, II, 578; *UM*, III, 838.

AUGUSTIN (Jean-Baptiste-Jacques) [1759-1832], émailleur et miniaturiste : *Be.*, VII, 145.

•AULNOY (Marie-Catherine Le Jumel de Barneville, devenue baronne d'Aulnoy, dite Mme), puis baronne de Gadagne (v. 1650-1705), romancière.

•*Finette Cendron* : *Phy.*, XI, 1013 (n. 1). Voir Fine Oreille.

Hippolyte, comte de Douglas : *MCP*, I, 51.

•*Le Prince Lutin* : *MM*, I, 495.

Le Serpentin vert : *Pr.B*, VII, 808.

Aumale (Claude II de Lorraine, duc d') [1526-1573], frère cadet de François de Lorraine, duc de Guise, et gendre de Diane de Poitiers : *Cath.*, XI, 193, 198.

Aumale (Louise de Brézé, devenue duchesse d'), seconde fille de Diane de Poitiers et femme du précédent : *Cath.*, XI, 193, 196, •198, 202.

*Aumale (Henri-Eugène-Philippe d'Orléans, duc d') [1822-1897], quatrième fils de Louis-Philippe : *B*, II, 908 (var. *a*).

*Aumont (Louis-Marie-Céleste, duc de Piennes, puis duc d') [1762-1831], premier gentilhomme de la Chambre de Charles X à la fin de 1824 : *E*, VII, remplacé par le duc de Chaulieu 962 (var. *d*), cité avec « le Maréchal » et « le vicomte » et remplacé avec eux par le duc de Rhétoré et le duc de Maufrigneuse 1089 (var. *a*).

Aurangzeb (Mohi-ud-Din Mohammed, dit Alamgir Ier, ou Awrangzib, ou) [1618-1707], descendant de Tamerlan, dernier des empereurs mogols de l'Inde : *Sér.*, XI, 837.

    Ant. *Tamerlan : *Sér.*, XI, 837 (var. *b*).

Aurélie (sainte), vierge honorée à Strasbourg : *B*, II, 897.

Autichamp (Charles-Marie-Auguste-Joseph de Beaumont, comte d') [1770-1859], un des chefs de l'insurrection vendéenne puis, sous la Restauration, lieutenant général et inspecteur général de l'infanterie : *CA*, IV, 1008 ; *Ch.*, VIII, 1061 (n. 1 de la p. 957).

    *Autichamp, remplacé par le comte de Fontaine : *Ch.*, VIII, 957 (var. *a*).

Autriche (maison d') : *BS*, I, 120 ; *IP*, V, 702 ; *CB*, VI, 151 ; *Pay.*, IX, 61 ; *MC*, IX, 390 ; *Cath.*, XI, 407.

Auvergne (comte d'). Voir Angoulême (Charles de Valois, duc d').

Avaray (Claude-Antoine, duc de Bésiade et d') [1740-1829], lieutenant général ; député aux États généraux, arrêté sous la Terreur, libéré au 9 Thermidor, émigré ; un des favoris de Louis XVIII qui le fit lieutenant général en 1814 ; pair héréditaire en 1815 ; duc en 1817, premier chambellan en 1820 : *CA*, IV, 1007.

    *Avaray : *VF*, IV, 1468.

    *Avaray, remplacé par le duc de Navarreins : *VF*, IV, 819 (var. *a*) ; *CA*, IV, 996 (var. *a*).

Avenelles (Pierre des), avocat au Parlement de Paris, calviniste fidèle pressenti par La Renaudie en 1560, il dénonça la conspiration d'Amboise à Milet ; secrétaire du duc de Guise : *Cath.*, XI, 255, 361.

Avicenne (Abū-Ali al-Hussein ibn Abdullah ibn Sinā, ou) [980-1037], médecin perse : *Phy.*, XI, 963.

Avila (Marguerite d'), fille du grand connétable de Chypre, Antoine d'Avila, et fille d'honneur de Catherine de Médicis : *Cath.*, XI, « Davila » 263.

Avrigny (Charles-Joseph Lœillard d') [v. 1760-1823], littérateur : *IP*, V, 152 (n. 1).

•Avril (Pierre-Victor) [1811-1836], assassin, complice de Lacenaire : *EHC*, VIII, 280 (n. 2).

Ayelle (Victoire d'), fille de Francisque d'Ayala, gentilhomme napolitain réfugié en France ; une des filles à la suite de la reine mère, Catherine de Médicis ; pour Balzac, « Dayelle » : *Cath.*, XI, 259, 266, 267, 276, 277, 279, 280, 303, 334.

Aymon (les quatres fils), personnages-titre d'un roman de chevalerie du XIIIe siècle : *Hist.Lys*, IX, 928.

Azara (don José-Nicolas de) [1731-1804], diplomate espagnol ; ambassadeur d'Espagne à Paris de 1798 jusqu'à sa mort : *Pré.TA*, VIII, 485.

B*** (marquis de), personnage des *Amours du chevalier de Faublas*, de Louvet de Couvray : *Phy.*, XI, 1040.

B*** (marquise de), femme du précédent dans le même roman : *Mes.*, II, 401.

Baader (Franz-Xaver von) [1765-1841], philosophe allemand : *Do.*, X, 565 (n. 2).

BAAL, divinités diverses et, plus particulièrement, le dieu cananéen Hadad : *B*, II, 679; *Phy.*, XI, 926.

BABA, personnage de farces populaires au début du XIXᵉ siècle, peut-être dérivé de l'expression « comme baba », d'origine onomatopéique, attestée dès 1790 : *PG*, III, 213; *R*, IV, 488.

BABENHAUSEN (princes von), branche des FUGGER (voir ce nom), devenue comtale le 4 novembre 1530 par Charles Quint, érigée en principauté de Fugger-Babenhausen le 1ᵉʳ août 1803 : *MN*, VI, 340.

*BABENHAUSEN : *Le Grand Propriétaire*, IX, 1260.

BABEUF (François-Noël, dit Gracchus) [1760-1797], théoricien et révolutionnaire : *TA*, VIII, 507, 650.

BACCHANTES (les), personnages de la mythologie grecque; héroïnes-titre d'une tragédie d'Euripide : *Phy.*, XI, 1166 (n. 5).

BACCHUS, dieu gréco-romain de la Vigne et du Vin : *P*, IV, 40; *IP*, V, 548; *Be.*, VII, 420; *MC*, IX, 570; *CV*, VII, 813; *LL*, XI, 656. Jurons : •*MD*, IV, « *Corpo di Bacco* » 713; *Gam.*, X, 494; *Ech.*, XII, « corpo di Baccho » 473. (Voir aussi Index III.)

BACH (Johann-Sebastian) [1685-1750], compositeur allemand : *Gam.*, X, 475; *Do.*, X, 589.

BACKHUYSEN. Voir BAKHUYZEN.

BACLE (Pierre) [1714-1731], ami de J.-J. Rousseau; apprenti horloger : *DV*, I, 767 (n. 1).

BACON (Francis), baron Verulam, vicomte St. Albans (1561-1626), écrivain philosophe, et lord chancelier d'Angleterre : *Cath.*, XI, 338; *LL*, XI, 630, 631; *PVS*, XII, 223, 278.

BADE (Ludwig-Wilhelm-August, grand-duc de) [1763-1830] : *MM*, I, 683; *PG*, III, 168; *MD*, IV, 643.

BADEBEC, personnage de *Gargantua* et de *Pantagruel*, de Rabelais : *CT*, IV, « Badbec » 187.

BAÏF (Antoine de) [1532-1589], un des poètes de la Pléiade : *Cath.*, XI, 262.

Bailli (l'interrogant), personnage de *L'Ingénu*, de Voltaire : *B*, II, 720; *In.*, III, 461.

*Bailli (l'interrogant) : *B*, II, 1460.

*BAILLOT (Pierre-Marie-François-de-Sales) [1771-1841], violoniste : *Pré.Ch.*, VIII, 1681.

•BAILLY (Jean-Sylvain) [1736-1793], astronome, rédacteur d'un *Rapport sur le magnétisme animal* (voir Index III) : *UM*, III, 821 (n. 6).

BAKER (Henry) [1698-1774], poète et naturaliste anglais; gendre de Defoe : *Phy.*, XI, 1062.

BAKHUYZEN (Ludolf) [1631-1708], peintre hollandais de marines, portraitiste et graveur : *CP*, VII, « Backhuysen » 553.

BALAAM, personnage biblique; un des prophètes moabites : *CA*, IV, 1089 (n. 1); *IP*, V, 244, 461; *CV*, IX, 702; *Sér.*, XI, 830.

Balafrés (les deux). Voir les ducs François et Henri de GUISE.

BALAGNY (Jean de Montluc, seigneur de) [1545 ?-1603], bâtard de l'évêque Jean de Montluc, légitimé en 1567 : *EM*, X, 871 (n. 2), 922.

BALAINE (Alexis-Bruno) [v. 1759-1828], restaurateur; fondateur du *Rocher de Cancale*, 61, rue Montorgueil et 2, rue Mandar, repris par BORREL (voir ce nom) en 1816 : *DV*, I, 863.

•BALISSON DE ROUGEMONT (Michel-Nicolas Balisson, baron de Rougemont, dit) [1781-1840], littérateur et auteur dramatique.

•*La Femme innocente, malheureuse et persécutée* : *PG*, III, 84 (n. 3).

BALLANCHE (Pierre-Simon) [1776-1847], philosophe et mystique : *IG*, IV, 590; *VF*, IV, 936; •*PCh.*, X, 99 (n. 4); *LL*, XI, 602; *MI*, XII, 722, 729; *PVS*, XII, 259; *AIH*, XII, 775.

*BALLANCHE : *LL*, XI, 599 (var. *e*).

*Ballanche de la médecine (le), Caméristus : *PCh.*, X, 257 (var. *f*).

BALLET (Claude-Louis-Auguste) [1798-1823], victime de CASTAING (voir ce nom) : *E*, VII, 1028 (n. 1).

BALLET (Daniel-Hippolyte) [1799-1823], frère du précédent, victime aussi de Castaing : *E*, VII, 1028.

BALSAMO. Voir CAGLIOSTRO.

BALTHAZAR (Bel-Shar-Usur, ou) [?-539 av. J.-C.], corégent de Babylone; tué par les troupes de Cyrus : *DV*, I, 863; *AS*, I, 978; *EG*, III, 1099;

1. Voir au tome I, dans la Chronologie, pages LXXVII et LXXVIII.

2. Cette liste comprend tous les titres d'œuvres, d'ébauches et de projets que l'on peut trouver dans la présente édition soit cités par Balzac dans ses œuvres et préfaces, soit ceux figurant dans les documents procurés par les appendices critiques : extraits de correspondance, annonces relevées sur des couvertures de publications, pages de titres manuscrites, variantes, etc. Seules les œuvres citées dans leur propre préface n'ont pas été prises en compte. Les titres provisoires d'œuvres ou de fragments sont suivis des titres définitifs, mis entre crochets, de l'œuvre à laquelle ils se rattachent.

Madame la Ressource [ou *Une marchande à la toilette*, intégré dans *Les Comédiens sans le savoir*] : CSS, VII, 1671, 1672.

Maison Nucingen (La) : Pré.FE, II, 266 ; Pré.CB, VI, 35, 1130 ; Pré.SetM, VI, 427 ; SetM, VI, 923 ; Pré.E, VII, 890, 893.

Maître Cornélius : Pré.PG, III, 44.

Maîtresse de notre colonel (La) [intégré dans *Autre étude de femme*] : AEF, III, 1489.

Malices d'une femme vertueuse (Les) [*Un adultère rétrospectif*, 3e partie de *Béatrix*] : B, II, 1453.

Marana (Les) : Pré.PG, III, 44.

Marana (Les) : DL, V, 987 (var. a).

Marana (Les). *Scène de la vie parisienne* : EG, III, 1177 (var. h).

Marchande à la toilette ou *Madame la Ressource en 1844 (Une)*. *Les Comédies qu'on peut voir gratis à Paris* [intégré dans *Les Comédiens sans le savoir*] : CSS, VII, 1704.

Marguerite de Sponde [*La Vieille Fille* et *La Recherche de l'Absolu*] : VF, IV, 1438 ; RA, X, 1564.

Martyr calviniste (Le) [2e partie de *Sur Catherine de Médicis*] : Cath., XI, 176 (var. a), 266 (var. b).

Massimilla Doni : Pré.FE, II, 270, 271.

Méchancetés d'un saint (Les) [*Madame de La Chanterie*, 1re partie de *L'Envers de l'histoire contemporaine*] : Pré.SetM, VI, 426 ; EHC, VIII, 1323.

Médecin de campagne (Le) : Pré.CH, I, 12, 17 ; Pré.B, II, 636 ; Pré.PG, III, 44 ; Pré.IP, V, 115 ; Pré.CV, IX, 637-639 ; Hist.Lys, IX, 922, 925, 940, 941, 949, 951, 952.

Méfaits d'un procureur du roi (Les) : CP, VII, 1377.

Melmoth réconcilié : Pré.PG, III, 44.

Même histoire [*La Femme de trente ans*] : Pré.F30, II, 1037 ; F30, II, 1587 ; Pré.PG, III, 43.

Mémoires d'une jeune fille [*Mémoires de deux jeunes mariées*] : MJM, I, 1246.

Mémoires d'une jeune mariée [*Mémoires de deux jeunes mariées*] : Hist.Lys, IX, 940, 941, 951, 965 ; RA, X, 1572.

Mémoires de deux jeunes mariées : B, II, 845.

Ménage de garçon en province (Un) [*La Rabouilleuse*] : R, IV, 357 (var. c).

Mendiant (Le) : MC, IX, 1416.

Message (Le) : Pré.PG, III, 43 ; Hist.Lys, IX, 956.

Message (Le) : FM, II, 200 (var. b).

Messe de l'athée (La) : FM, II, 200 (var. b).

Messe en 1793 (Une) [*Un épisode sous la Terreur*] : Ep.T, VIII, 433 (var. a).

Mitouflet (Les) ou *Les Mitouflet ou l'Élection en province* [*Le Député d'Arcis*] : Pré.CA, IV, 960 ; DA, VIII, 1601.

Modeste [*Les Petits Bourgeois*] : Bou., VIII, 1239.

•*Modeste Mignon*, allusion possible : Pré.IP, V, le tableau « d'un port de mer » 117.

Modeste Mignon ou les Trois Amoureux : MM, I, 469 (var. a).

Mœurs d'autrefois [1re partie de *Béatrix*] : B, II, 637 (var. a).

Monde des savants (Le) [*Entre savants*] : Pré.SetM, VI, 426.

Monde du théâtre (Le) [*Le Théâtre comme il est*] : Pré.SetM, VI, 426.

Monde politique (Le) : Pré.SetM, VI, 426.

Monnaie d'une belle-fille (La) [début d'*À combien l'amour revient aux vieillards*, 2e partie de *Splendeurs et misères des courtisanes*] : SetM, VI, 1310, 1311.

Monographie de la vertu : Pré.CH, I, 19 ; Bou., VIII, 124 ; PVS, XII, 305.

Monographie de la vertu : ELV, XI, 474 (var. a), 485 (var. c) ; LL, XI, 589 (var. a).

Monsieur Coquelin : CSS, VII, 1671.

Morale du bal de l'Opéra : CSS, VII, 1671.

Mort d'un ambitieux (La) [*Z. Marcas*] : ZM, VIII, 829 (var. a).

***BALZAC : *MM*, I, 553 (var. *b*) ; *ELV*, XI, 474 (var. *a*).
BALZAC (Laure-Sophie), devenue Mme Eugène Surville (1800-1871), sœur
du précédent. Dédicataire d'*Un début dans la vie* : *DV*, I, 733 (n. 1), et,
peut-être, des *Proscrits* : *Pro.*, XI, 525 (n. 1) ; •*PVS*, XII, « ma sœur »
268.
*BALZAC (Laurence-Sophie), devenue Mme Amand Michaut de Saint-
Pierre de Montzaigle (1802-1825), sœur des précédents. Dédicataire possible, elle aussi, pour *Les Proscrits* : *Pro.*, X, « Almae Sorori » 525.
BALZAC (Henri-François) [1807-1858], frère des précédents. Dédicataire du
Bal de Sceaux : *BS*, I, 109 (n. 1).
BANCAL (Catherine Burguière, Vve) [1769-1845], tenancière d'une maison
louche à Rodez où fut assassiné FUALDÈS (voir ce nom) : *In.*, III, 457.
Bande noire (la), nom donné à une ou plusieurs compagnies de spéculateurs qui, après la Révolution et jusqu'à la fin de la Restauration, au moins,
achetèrent châteaux et couvents et les démolirent pour en vendre en
détail tous les matériaux de construction, les décorations intérieures, les
ferronneries, ferrailles, et les terres démembrées : *MM*, I, 677 ; *Fir.*, II,
148 ; *CT*, IV, 185 (n. 2) ; *CP*, VII, 490 ; *Pay.*, IX, 346 ; *MC*, IX, 643,
645.
*Bande noire (une), formée à Nemours par Dionis, Crémière le receveur,
Massin, Minoret-Levrault : *UM*, III, 909 (var. *a*).
BANDÈLLO (Matteo) [1485-1561], conteur italien : •*FE*, II, 273 (n. 3) ; *Pré.CA*,
IV, 963 ; *PP*, VII, 53 ; *E*, VII, 897, 898.
•*Novelle* : *PP*, VII, 53 ; *E*, VII, 897.
Roméo et Juliette : *E*, VII, 897.
BANDINELLI (Bartolommeo di Michelangelo de' Brandini, dit Baccio) [1493-
1560], sculpteur italien : *CP*, VII, 612 (n. 3), 741.
BANDONI (Giovanni-Battista, dit Jean-Baptiste) [v. 1792-1849], chapelier
italien, installé 4, rue Neuve-Montmorency lors de l'action, puis 26, rue
Neuve-Vivienne : *E*, VII, 976.
Banquier de Paris (un), ami de CHARLES (voir ce nom), pendant la Restaura-
tion ; non identifié : *Phy.*, XI, 953.
Banquiers de Paris (les), ruinés par la crise de 1825-1826 : *MM*, I, 491.
*Banquiers (les), spéculateurs sur les sucres, sous la Restauration : *IG*, IV,
1335 ; *CB*, VI, 216 (var. *a*).
BANQUO, personnage de *Macbeth*, de Shakespeare : *DA*, VIII, 807 ; *PCh.*,
X, 181.
BAOUR-LORMIAN (Pierre-Marie-François-Louis) [1770-1854], poète, auteur
dramatique, académicien ; collaborateur du *Pilote* : *IP*, V, 444.
BAPTISTE, personnage de niais dans les parades de saltimbanques, illustré
par DEBURAU (voir ce nom).
Baptiste (tranquille comme) : *F30*, II, 1046 ; *MC*, IX, 529.
BAPTISTE aîné (Nicolas-Baptiste Anselme, dit) [1761-1835], comédien, de la
troupe de la Comédie-Française de 1793 à 1828 : *IP*, V, 299.
BAPTISTE cadet (Paul-Eustache Anselme, dit) [1765-1839], frère du précé-
dent ; comédien, de la troupe de la Comédie-Française de 1792 à 1822 :
IP, V, 299 ; *Pay.*, IX, 77.
*BARA (Vve), oiselière dont la boutique se trouvait, au moment où
elle a été évoquée, 12, boulevard Bonne-Nouvelle : *Phy.*, XI, 1039
(var. *a*).
BARANTE (Amable-Guillaume-Prosper Brugière, baron de) [1782-1866],
homme politique, historien et publiciste : *IP*, V, 160 (n. 1), 161.
*BARANTE : *IP*, V, 278 (var. *f*).
•BARBA (Jean-Nicolas) [1769-1846], libraire installé de la Révolution à 1840
au Palais-Égalité, successivement devenu Palais du Tribunat, Palais Impérial et Palais-Royal, galerie du pourtour du Théâtre-Français puis galerie

642; *FE*, II, 280; *B*, II, 691, 725; *UM*, III, 870, 871; *P*, IV, 155; *IP*, V, 170; *CB*, VI, 311; *SetM*, VI, 469, 540; *CP*, VII, 498; *Lys*, IX, 1055; *PCh.*, X, 122; *Gam.*, X, 471, 473, 474, 479, 480, 492; *Do.*, X, 587, 589, 604.

Ant. *MÉHUL : *FC*, VI, 1022 (var. *b*).

Ant. *MOZART : *LL*, XI, 650 (var. *b*).

*BEETHOVEN : *UM*, III, 891 (var. *a*).

    Symphonies : *SetM*, VI, 469; *PCh.*, X, 111.

    Cinquième symphonie : *CB*, VI, 179, 180, 311; *Gam.*, X, 473; *Do.*, X, 603.

    *Sixième symphonie, remplacée par *Dernière pensée*, de Reissiger : *UM*, III, 891 (var. *a*).

    Septième symphonie : *UM*, III, 870.

BEGEARSS, personnage de *La Mère coupable*, de Beaumarchais : *Cath.*, XI, 168 (n. 4).

BÉGRAND (Mme), une des six premières danseuses de la Porte-Saint-Martin seulement en 1823 : *R*, IV, 315.

BELABRE (Jacques Lecoigneux, marquis de) [?-1651], président au Parlement de Paris, chancelier de Gaston d'Orléans : *R*, IV, nommé par erreur au lieu sans doute de Florimond du Puy, seigneur de Vatan (qui soutint un siège et fut exécuté en 1612) 388; *Cath.*, XI, « Lecoigneux » 225.

BELGIOJOSO (Maria-Cristina-Beatrice-Teresa-Barbara-Leopolda-Clotilde-Melchiora-Camilla-Giulia-Margherita-Laura Trivulzio, devenue princesse) [1808-1872]. Dédicataire de *Gaudissart II* : *Gau.*, VII, 847 (n. 1). *MJM*, I, 363 (n. 1); *PP*, VII, 53.

*BELGIOJOSO D'ESTE (Emilio, prince Barbiano di) [1800-1858], mari de la précédente qui le quitta en 1828; s'exila comme elle; ténor amateur d'exception : *AS*, I, « un célèbre prince italien » 962.

BÉLISAIRE (Belisarius, ou) [v. 505-565], général byzantin : *B*, II, 723 (n. 1).

BÉLISE, personnage des *Femmes savantes*, de Molière : *MM*, I, 542.

BELLART (Nicolas-François) [1761-1826], magistrat, député, conseiller d'État; procureur général près la Cour royale de Paris de 1816 à sa mort : *MD*, IV, le procureur général qui demanda « la tête des sergents de La Rochelle » 681; *SetM*, VI, 537; *MR*, X, 366, 371.

*BELLART : *CB*, VI, 306 (var. *e*).

Belle au bois dormant (la), héroïne-titre d'un conte de Perrault : *F30*, II, 1045; *Ad.*, X, 978; *PVS*, XII, 259.

BELLEGARDE (Roger de Saint-Lary et de Termes, seigneur puis duc de) [1562-1646], grand écuyer, favori d'Henri III, Henri IV et Louis XIII : *Be.*, VII, 164 (n. 2).

BELLE-ISLE (Charles-Louis-Auguste Foucquet, comte puis duc de), duc de Gisors (1684-1761), maréchal de France et diplomate : *AIH*, XII, « Bellisle » 779.

BELLE ROMAINE (la), courtisane entretenue à Paris par Henri II; à la mort de ce dernier, plusieurs historiens la donnent pour maîtresse du cardinal de Lorraine et relatent l'épisode évoqué par Balzac : *Cath.*, XI, 201 (voir aussi Index I).

BELLEVILLE (Mme de). Voir TOUCHET (Marie).

BELLINI (Giovanni) [1426-1516], peintre vénitien : *R*, IV, « Jean Bellin » 388; *SetM*, VI, « Gian-Bellini » 445; *Do.*, X, 550, 619.

    Tête de Christ : *R*, IV, 388.

    Vierge à l'enfant : *SetM*, VI, 445.

BELLINI (Vincenzo) [1801-1835], compositeur italien : *CP*, VII, 498.

Ant. *TITIEN : *R*, IV, 338 (var. *e*).

*BELLINI : *MN*, VI, 358 (var. *d*).

    I Capuletti ed i Montecchi : *DA*, VIII, 790. Voir CAPULETTI, MONTECCHI.

    I Puritani e i Cavalieri : *MJM*, I, 370; *SetM*, VI, 615; *EHC*, VIII, 370.

    La Sonnambula : *MJM*, I, 403.

BELLISLE. Voir BELLE-ISLE.

BELLIZARD (Michel-Ferdinand Clayeux, beau-fils reconnu de Claude-Charles Billard-Bellizard, dit) [1799- ?], commis puis commis-voyageur en librairie, devenu en 1820 libraire à Saint-Pétersbourg où, en 1825, il fut nommé libraire de la Cour, et où il fonda deux revues, *Le Journal des enfants* et

fermier général François Bergeret, avec lequel Balzac le confond, et beau-frère de Jean Pâris de Marmontel, marquis de BRUNOY (voir ce nom); receveur général de la généralité de Montauban; propriétaire du château de Cassan et, en 1780, du château de Nointel : *DV*, I, 809; *SetM*, VI, 460 (n. 1); *Phy.*, XI, 952.

BERGHES SAINT-WINOCK (Charles-Alphonse, prince duc de) [1791-1864], brigadier de la Garde, gentilhomme de la Chambre du Roi : *SetM*, VI, « le prince de Bergues » 710 (n. 6).

BERLIOZ (Hector) [1803-1869], compositeur. Dédicataire de *Ferragus* : *F*, V, 793 (n. 1); *MD*, IV, 673.
   *BERLIOZ, comme dédicataire d'*Illusions perdues* : *IP*, V, 1119.

BERNADOTTE (Jean-Baptiste), prince et duc de Ponte-Corvo (1763-1844), général, ministre de la Guerre du 2 juillet au 11 novembre 1799, ambassadeur à Vienne, maréchal de France; adopté par le roi Carl XIII de Suède, il devint Suédois et prince héritier du trône de Suède en 1810 puis roi, en 1818, sous le nom de Carl XIV John (Charles XIV Jean) : *F30*, II, 1041; *PG*, III, 133; *VF*, IV, 827, 828, 929; *Be.*, VII, 341; *Pré.TA*, VIII, 485; *Ch.*, VIII, 922 (n. 1), 929; *MC*, IX, 529; *Lys*, IX, 1141; *AR*, XI, 93.
   *BERNADOTTE : *Ch.*, VIII, 922 (var. *b*).
   *BERNADOTTE, remplacé par DUBOIS-CRANCÉ : *Ch.*, VIII, *930 (var. *a*), 1051 (var. *a*).

BERNARD. Voir PALISSY.

BERNARD (saint) [1090-1153], mystique et réformateur, fondateur de Clairvaux et de l'ordre cistercien : *H*, II, 594.

BERNARD (Samuel) [1651-1739], banquier, anobli en 1699 par Louis XIV, conseiller d'État sous Louis XV : *MN*, VI, 340; *LL*, XI, 650.

BERNARD DU GRAIL (Charles de) [1804-1850], littérateur. Dédicataire de *Sarrasine* : *S*, VI, 1043 (n. 1).
   *BERNARD : *AS*, I, 920 (var. *a* et n. 2).

BERNARDIN DE SAINT-PIERRE (Jacques-Henri) [1737-1814], écrivain : *MM*, I, 513; *PG*, III, 206; *CB*, VI, 104, 166; *Pré.E*, VII, 887; *CSS*, VII, 1204; *CV*, IX, le « Génie » 654, 660; *PVS*, XII, 268.
   Paul et Virginie : *PG*, III, 206; *P*, IV, 98; *Pré.CA*, IV, 963; *Pré.E*, VII, 891; *Bou.*, VIII, 69; *Pay.*, IX, 290; *CV*, IX, 653, *654, *660.
      PAUL : *Pré.CH*, I, 10; *P*, IV, 77; *CA*, IV, 1067; *IP*, V, 648; *SetM*, VI, 486; *CV*, IX, 654; *PVS*, XII, 268; *DxA*, XII, 679, 701.
      VIRGINIE : *Pré.CH*, I, 10; *P*, IV, 77; *CA*, IV, 1067; *IP*, V, 648; *SetM*, VI, 486; *PVS*, XII, 268; *DxA*, XII, 679, 701.

BERNIER (Étienne-Alexandre) [1762-1806], prêtre et chef chouan : *CB*, VI, 58; *Ch.*, VIII, 1061 (n. 1); *Vis.*, XII, 637, 638.
   *BERNIER, remplacé par l'abbé Vernal : *Ch.*, VIII, 957 (var. *a*).

BERNUS (Géraud) [1795-1859], voiturier, puis bijoutier à Guérande : *B*, II, 642 (n. 2), 756, 758.

*BERNY (Louise-Antoinette-Laure Hinner, devenue Mme de) [1777-1836], fille de Philip-Josef-Johann Hinner (1755-1784), compositeur autrichien, harpiste et cithariste, devenu musicien ordinaire de Louis XVI et musicien de la Chambre de Marie-Antoinette dont il était aussi le professeur de harpe, et de sa femme Marguerite-Louise-Émilie Quelpée de La Borde (1760-1837), femme de chambre de Marie-Antoinette; filleule de Louis XVI et de Marie-Antoinette (d'où son prénom Antoinette, son prénom usuel), cette dernière représentée à son baptême par Laure-Auguste de Fitz-James, princesse de Chimay (d'où son prénom Laure, que lui donnait Balzac); la *Dilecta* de Balzac. Dédicataire de *Louis Lambert* : *LL*, XI, 589 (n. 1). *PCh.*, X, 293 (n. 1); *LL*, XI, 644 (n. 1).

BERNY (Lucien-Alexandre-Alexandre, dit Alex de) [1809-1881], fils de la précédente; fondeur-typographe, successeur de Balzac comme associé de Laurent à la tête de la fonderie Laurent, en 1828, qui deviendra la société de fonderie Deberny et Cie. Dédicataire de *Madame Firmiani* : *Fir.*, II, 141 (n. 1).

BÉROALDE DE VERVILLE (François-Vatable) [1558-1612], écrivain : *IG*, IV, 576; *Pré.E*, VII, 892; *Phy.*, XI, « Verville » 1172; *Éch.*, XII, 482 (n. 3); *DxA*, XII, 675.

BERQUIN (Arnaud) [1747-1791], littérateur moralisant pour enfants : *PMV*, XII, 137; *FAu.*, XII, 606.

*Berquin de la poésie (un), remplacé par un *Berquin de l'aristocratie puis par un Dorat de sacristie, Canalis : *MM*, I, 513 (var. *d*).

BERRI ou BERRY (Marguerite de France, duchesse de) [1523-1574], fille de François Ier, femme d'Emmanuel-Philibert, duc de Savoie, en 1559; protectrice de L'Hospital et amie de Catherine de Médicis : *Cath.*, XI, 249.

*BERRY (Marie-Françoise-Élisabeth d'Orléans, duchesse de) [1695-1719] : *P*, IV, 64 (var. *c*).

BERRY (Charles-Ferdinand d'Artois, duc de) [1778-1820], second fils du futur Charles X; assassiné par Louvel : *R*, IV, 314; *IP*, V, 486; *DL*, V, 937; *Pay.*, IX, 152; *Lys*, IX, 1140; *Ma.*, X, 1073 (n. 1).

    *BERRY : *Lys*, IX, 1142 (var. *b*).

BERRY (Marie-Caroline-Ferdinande-Louise de Bourbon, princesse des Deux-Siciles, devenue duchesse de), puis comtesse Lucchesi-Palli (1798-1870), fille de Ferdinand Ier, roi des Deux-Siciles, femme du précédent, nièce de Marie-Amélie, la femme de Louis-Philippe; devenue Madame en 1824 à l'avènement au trône de son beau-père Charles X; mère du comte de Chambord, en faveur duquel Charles X abdiqua en 1830, elle tenta de détrôner Louis-Philippe en 1832 à partir de la Vendée dont elle espérait le soulèvement; son expédition échoua, elle fut dénoncée, emprisonnée à la forteresse de Blaye où elle accoucha d'une fille, événement qui la contraignit à contracter son second mariage.

    Relations avec les personnages de « La Comédie humaine » : Bridau (Philippe) : *R*, IV, 525. Cadignan (prince de) : *MM*, I, 980. Cadignan (princesse de) : voir Maufrigneuse. Canalis : *MM*, I, 591. Carigliano (duchesse de) : *PG*, III, 153. Chaulieu : *MM*, I, 587, 688. Du Guénic : *B*, II, 652, 666. Espard (marquise d') : *In.*, III, 422; *SetM*, VI, 874. Esther : *SetM*, VI, 464. Évangélista (Mme) : *CM*, III, 614. Florine : *EG*, III, 1145. Frères de la Consolation (les) : *EHC*, VIII, 277, 318. Gasselin : *B*, II, 666. Grandlieu (duc de) : *DL*, V, 1022. Grandlieu (duchesse de) : *B*, II, 892. Grassou : *PGr.*, VI, 1100. Hulot : *Be.*, VII, 353. La Chanterie (Mme de) : *EHC*, VIII, 277, 318. Marsay : *DL*, V, 1022. Maufrigneuse (duc de) : *DL*, V, 1022; *SetM*, VI, 720. Maufrigneuse (duchesse de) : *MM*, I, 690; *SPC*, VI, 954, 955. Maufrigneuse (Georges de) : *SPC*, VI, 955. Maulincourt : *F*, V, 828. Navarreins (duc de) : *DL*, V, 1022. Pamiers (vidame de) : *DL*, V, 1022. Phellion : *E*, VII, 1100. Un dessinateur, *peut-être réel* : *MI*, XII, 730.

    Histoire : *MM*, I, 687 (n. 2), 702; *In.*, III, 456; *DL*, V, 932, 938; *Be.*, VII, 353; **E.*, VII, « le Petit-Château » 1057 (n. 1).

    *BERRY (duchesse de) : *Lys*, IX, 1203 (var. *d*).

BERRYER (Pierre-Antoine) [1790-1868], avocat et homme politique : *AS*, I, 927, 995, 999, 1004; *CA*, IV, 1050; *Bou.*, VIII, 113 (n. 1); *TA*, VIII, 663; *ZM*, VIII, 842 (n. 1).

*BERTALL (Albert d'Arnoux, dit) [1820-1882], dessinateur, graveur, lithographe; son pseudonyme aurait été suggéré par Balzac : *PMV*, XII, 150 (var. *a*).

BERTHE ou BERTRADE (?-783), dite au grand pied; femme de Pépin le Bref.

Berthe (une coiffure à la) : *UM*, III, 808.

*BERTHELIER (Philibert) [1470-1519], magistrat genevois; il défendit Genève contre le duc de Savoie, Charles III, et, pris pendant le sac de la ville, il fut pendu : *Cath.*, XI, « Berthereau » 191.

BERTHIER (Louis-Alexandre), prince de Neuchâtel, prince de Wagram (1753-1815), maréchal de France, ministre de la Guerre, grand veneur : *MCP, I, le « Vice-Connétable » 69; *VF*, IV, 823; *MN*, VI, 380; *E*, VII, 920; *TA*, VIII, 679, 680, 682; *Ch.*, VIII, *959 (n. 1), 1068 (n. 1), *1149; *Ad.*, X, 988 (n. 2).

    Ant. **BONAPARTE (Lucien) : *MCP*, I, 69 (var. *a*).

    *BERTHIER : *In.*, III, 431 (var. *c*).

    *BERTHIER, remplacé par DUROC : *TA*, VIII, 675 (var. *a*).

*Berthier (un), petit prince de Wagram du Napoléon ministériel, des Lupeaulx : *E*, VII, 925.

BERTHIER (Marie-Élisabeth-Amélie-Françoise de Bavière, devenue Mme),

BLÜCHER (Gebhard-Leberecht von) [1742-1819], général prussien : *VF*, IV, 906; *IP*, V, 402, 403, 408.

BOBÈCHE (Jean-Antoine-Anne Mandelart, dit) [1791-1841 ?], pitre : *IP*, V, 405.

BOBINO (Charles Saix, dit) [v. 1784-1859], créateur en 1822 du Théâtre forain du Luxembourg installé rue Madame, 7, et dès lors plus connu sous le nom de théâtre Bobino : *IP*, V, 436.

BOCAGE (Jean-Denis Barbié du) [1760-1826], géographe : *Be.*, VII, 404 (n. 2).

BOCARMÉ (Ida-Hélène-Caroline-Louise-Fortunée-Claire-Eugénie du Chasteler, devenue comtesse de Visart de) [1797-1872]. Dédicataire du *Colonel Chabert* : *Col.*, III, 311 (n. 1).

BOCCACE (Giovanni Boccaccio, ou) [1313-1375], conteur italien : *H*, II, 526; *Pré.P*, IV, 27; *MD*, IV, 759; *Pré.CA*, IV, 960, 963; *E*, VII, 897, 898; *Cath.*, XI, 263; *PMV*, XII, 107.
   Célèbres dames : *Cath.*, XI, 263.
   Contes ou *Novelle* : *Pré.CA*, IV, 963; *E*, VII, 897, 898.
   •*Décaméron.*
      •ALACIEL : *Phy.*, IX, 1010 (n. 3).
      MAMOLIN : *Phy.*, IX, 1010.

BODARD DE SAINT-JAMES. Voir BAUDARD DE VAUDÉSIR.

BŒHM (Jakob) [157 5-1624], théosophe et mystique allemand : *MR*, X, 387, •388 (n. 3); *Pré. Livre mystique*, XI, 504, 505; *Pro.*, XI, 538; *LL*, XI, 618; *Sér.*, XI, 779; •*AIH*, XII, 769 (n. 2).
   De la triple vie de l'homme : *MR*, X, 388.

BOERHAAVE (Hermann) [1668-1738], chimiste et médecin hollandais : *PVS*, XII, « Boërhave » 301.

BOHAIN (Alexandre-Victor) [1805-1856], littérateur, auteur dramatique, publiciste, propriétaire de *Figaro*, directeur de théâtres, fondateur de *L'Europe littéraire*, de *L'Époque*, de *La Semaine* et, à Londres, du *Courrier de l'Europe* : *Hist.Lys*, IX, 951.
   •*BOHAIN, vraisemblablement : *IG*, IV, « ce petit homme frêle [...] capitaux » 1334.

BOHIER (Thomas) [?-1524], chambellan de Charles VIII, général des Finances de Normandie; il fit construire le château de Chenonceaux en 1515 : *Cor.*, XI, 72; *Cath.*, XI, 200.
   •BOHIER (Antoine), fils du précédent : *Cath.*, XI, 200 (n. 2).

BOHIER (François) [1500-1569], frère du précédent; évêque de Saint-Malo : *Cath.*, XI, 200.

•BOIELDIEU (François-Adrien) [1775-1834], compositeur.
   *BOYELDIEU, remplacé par ROSSINI : *BS*, I, 148 (var. *b*).
   Le Calife de Bagdad : *PG*, III, 188.
      BONDO CANI (Il) : *PG*, III, 188; •*AEF*, III, 713 (n. 2); •*Phy.*, XI, 1163 (n. 3).
   •*La Dame blanche* : •*R*, IV, 348; •*CA*, IV, 1016; *Gam.*, X, 513; •*Ad.*, X, 979 (n. 2).
      •LA DAME BLANCHE : *CA*, IV, 1016; *Ad.*, X, 979.
      •GEORGE BROWN : *R*, IV, 348 (n. 1).
   Ma Tante Aurore : *Pré.TA*, VIII, 488.

•BOIGNE (Benoît Le Borgne, comte de) [1741-1830], général savoisien au service de Mahadaji Sindhia, puis du roi de Sardaigne; retiré à Chambéry : •*Gb.*, II, « ce Savoyard » 967; •*ZM*, VIII, 833 (n. 4).

•BOIGNE (Charlotte-Éléonore-Marie-Adélaïde d'Osmond, devenue comtesse de) [1781-1866], femme du précédent : *In.*, III, 454 (n. 1).
   •OSMOND (Mlle d') : *Gb.*, II, 967 (var. *c*).

*BOIGUES (les), famille issue d'un ferrailleur auvergnat, Pierre (1752-1820), fondateur à Paris, 12, rue des Minimes, d'une société pour le commerce des métaux et la spéculation immobilière, exploitée au moment de l'action par ses fils Guillaume (1786-1825), Raymond (1791-1845), Bertrand dit Meillard (1794-1845), Guillaume dit Émile (1805-1885) et dirigée par l'aîné Jean-Louis (1784-1838), maître de forges, associé de Bronzac à Imphy, propriétaire de Fourchambault, député de la Nièvre à partir de 1828 : *E*, VII, 1038 (var. *a*), remplacé par les Brézac 1038 (var. *b* et n. 1 de la p. 933).

BOILEAU-DESPRÉAUX (Nicolas Boileau, dit) [1636-1711], écrivain : *Note*

Bossuet à dix sous la ligne (du), Claude Vignon en fait : *PCh.*, X, 39.
Bossuet des circulaires (le), l'employé doué : *E*, VII, 1007.
    Ant. *Musset (le) : *E*, VII, 1007 (var. *a*).
BOTHWELL (James Hepburn, comte de), duc d'Orney et de Shetland (v. 1536-1578), complice de Darnley dans le meurtre de Rizzio, puis complice du meurtre de Darnley et, ensuite, troisième mari de Marie Stuart : *Phy.*, XI, 1119.
BOTOT (François-Marie) [1757-1838], expert dentiste qui commercialisa l'eau dentifrice inventée en 1777 par son oncle Marie-Sébastien, et vendue au moment de l'action rue Coq-Héron, 5 : *CSS*, VII, 1182.
•BOTTICELLI (Alessandro di Marina Filipepi, dit) [1444 ou 1445-1510], peintre florentin.
    •*La Naissance de Vénus* : *Gam.*, X, 553 (n. 2).
BOUCHARDON (Edme) [1698-1762], sculpteur : *S*, VI, 1058, 1059, 1064.
BOUCHER (François) [1703-1770], peintre : *DF*, II, 59; *MD*, IV, 646; *CP*, VII, 513; *Pay.*, IX, 57, 259.
•BOUCHER-DESNOYERS (Auguste-Gaspard-Louis, baron) [1779-1857], premier graveur du Roi sous Charles X qui le fit baron.
    •*Le Général Bonaparte*, gravé d'après Robert Lefèvre : *IP*, V, 308.
••BOUCHERY (Émile-Auguste) [1810- ?], littérateur et publiciste : *FYO*, I, un des « MM. de Cobentzell » 1064 (var. *b* et n. 1).
BOUCICAUT (Jean Le Meingre, sire de) [v. 1366-1421], homme de guerre, formé par du Guesclin, maréchal de France en 1382 : *IG*, IV, 576.
BOUDDHA (Siddharta, nommé ensuite Gautama, surnommé « le Sage » ou) [v. 563-483 av. J.-C.], prince d'une tribu du Népal, les Sakya, d'où son autre nom, Sakyamuni, « le Sage des Sakya »; adversaire du brahmanisme, il fonda la religion qui porte son nom, le bouddhisme : *LL*, XI, 656.
Bouddha chrétien (le), et le Bouddha du Nord, SWEDENBORG : *Pré.CH*, I, 16; *LL*, XI, 656.
•BOUDHORS (Marguette-Rose-Delphine Richard, devenue Mme) [1803- ?], femme d'un officier qu'elle quitta pour vivre avec CARREL (voir ce nom) : *H*, II, 597 (n. 1).
BOUFFÉ (Hugues-Marie-Désiré) [1800-1888], acteur comique; il débuta en 1822 au Panorama-Dramatique : *MD*, IV, 674; *IP*, V, 391, 396, 397; *HA*, VII, 794.
BOUFFLERS (Louis-François, marquis de) [1714-1751], officier général des gardes de Stanislas Leszczyński quand ce dernier fut souverain des duchés de Bar et de Lorraine : *Phy.*, XI, 1178.
•BOUFFLERS (Marie-Françoise-Catherine de Beauvau-Craon, devenue marquise de) [1711-1786], femme du précédent, favorite du roi Stanislas : *Phy.*, XI, 1178.
•BOUFFLERS (Catherine-Stanislas, marquis et dit chevalier de) [1738-1815], fils de la précédente; poète.
    •*La Boulangère* : *CB*, VI, 178 (n. 3); *Bou.*, VIII, 118 (n. 2), 119.
BOUGNIOL. Voir BOUNIOL.
•BOUILLÉ (François-Marie-Michel, dit Francis, de) [1779-1853], littérateur.
    •*Le Chant français* : *IP*, V, « Vive le Roi, vive la France! » 667.
    ••*Le Chant français* : *IP*, V, 211 (var. *c*).
BOUILLON (Godefroi IV de Boulogne, dit Godefroi de), duc de Basse-Lorraine (v. 1061-1100), chef de la première croisade, roi de Jérusalem élu, il prit le titre d'avoué du Saint-Sépulcre.
Bouillon (un « Godefroid » de), Godefroid : *EHC*, VIII, 363.
BOUILLON (les), famille ducale fondée par Robert de La Marck : *Cath.*, XI, 203.
•BOUILLON (Françoise de Brézé, devenue dame de La Marck et duchesse de) [?-1574], fille de Diane de Poitiers; mariée en 1538 : *Cath.*, XI, 193, 195.
BOUILLON (Robert IV de La Marck, premier duc de), prince de Sedan (1492-1556), mari de la précédente, et, donc, gendre de Diane de Poitiers; maréchal de France; il conquit la seigneurie de Bouillon sur Charles Quint et fut fait duc de Bouillon en 1547 : *Cath.*, XI, 193, 198.
•BOUILLON (Louise-Henriette-Françoise de Lorraine-Harcourt, devenue duchesse de) [?-1737], rivale et meurtrière d'Adrienne LECOUVREUR (voir ce nom) : *FE*, II, 326 (n. 2).

Caïn de Camille Maupin (le frère), George Sand, selon C. Maupin : *B*, II, 699.

*Caïn de la politique (le), BERTIN aîné : *IG*, IV, 1331 (n. 1).

Caïn et sa femme, Nicolas et Catherine Tonsard, selon Blondet : *Pay.*, IX, 215.

*Caïn de la politique (les frères), les BERTIN : *IG*, IV, 1328 (n. 1 et de la p. 1331).

Caissier du Trésor (le), dans *Be.* Voir *KESNER et *MATHÉO.

Caissier du Trésor (le), dans *MR.* Voir *MATHÉO.

CAJETANI. Voir CAETANI.

CALAF, personnage des *Mille et un Jours*, de Pétis de La Croix : *IP*, V, 346.

CALDERON DE LA BARCA (Pedro) [1600-1681], dramaturge espagnol : *MD*, IV, 759 ; *DL*, V, 947 ; *Pré.E*, VII, 888.

　　*CALDERON : *CM*, III, 552 (var. *a*).

CALEB, personnage de *La Fiancée de Lammermoor*, de W. Scott.

　　*CALEB : *Pré.Ch.*, VIII, 1676.

Caleb d'Alsace (un vieux), Wirth : *MN*, VI, 360.

CALIBAN, personnage de *La Tempête*, de Shakespeare : *UM*, III, 770 ; *Be.*, VII, 119.

　　*CALIBAN : *Be.*, VII, 164 (var. *a*).

Caliban femelle (une espèce de), une vieille paysanne : *PCh.*, X, 68.

*Calibans parisiens (des), remplacés par des Dolibans : *PG*, III, 124 (var. *a*).

CALIFE (le). Voir HAROUN AL-RACHID.

CALIGULA (Caius Caesar, dit) [v. 12-41], empereur romain de 37 à sa mort : *F*, V, 840 ; *SetM*, VI, 881.

CALLOT (Jacques) [1592-1635], dessinateur et graveur : *DF*, II, 82 ; *R*, IV, 352 ; *E*, III, 962 ; *Pay.*, IX, 323 ; *Fré.*, XII, 811, 820.

CALMET (Augustin) [1672-1757], bénédictin de la congrégation de Saint-Vanne : *PCh.*, X, 241.

CALONNE (Charles-Alexandre de) [1734-1802], contrôleur général des Finances de 1783 à 1787 : *VF*, IV, par erreur « Beaujon » 908 (n. 1) ; *Hist.Lys*, IX, 444-448, *449, 454-456, *457.

　　*CALONNE : *Cath.*, XI, 1269.

CALOTIN. Voir SIEYÈS.

CALVIN, frère du suivant, tailleur : *Cath.*, XI, 338 (ou *relieur : var. *b*).

CALVIN (Jean) [1509-1564], théologien et réformateur : *Pré.CH*, I, 14 ; *Goethe et Bettina*, I, 1334 ; *Pré.IP*, V, 120 ; *Cath.*, XI, 166, 169, 193, 214, 215, 217, 230, 252-254, 297, 304, 320, 335-350, 355, 358, « votre maître » 359, 360, 361, 367, 368, 372, 386, 452 ; *AIH*, XII, 776.

　　*CALVIN : *Cath.*, XI, 176 (var. *a*), 341 (var. *c*).

CALYPSO, nymphe, reine de l'île d'Ogygie ; personnage de nombreuses œuvres épiques de *L'Odyssée* jusqu'à *Télémaque*, de Fénelon : *MM*, I, 521 ; *PG*, III, 53 ; *MD*, IV, 673 (n. 2) ; *Be.*, VII, 249 ; *AIH*, XII, 778 (n. 1).

CALYSTE (saint), peut-être saint Calixte, pape, martyr en 222 ; il y a trois autres saints de ce nom : *B*, II, 648, 650.

　　*CALYSTE : *B*, II, 740 (var. *c*).

CAMARGO (Maria-Anna Cuppi, dite de Cupis de Camargo, ou la) [1710-1770], danseuse belge, premier sujet à l'Opéra de Paris : *AEF*, III, 702 ; *Pr.B*, VII, 826 (n. 5).

*CAMARGO (la), personnage des *Marrons du feu*, de Musset : *Ma.*, X, 1048 (var. *d*).

CAMBACÉRÈS (Jean-Jacques-Régis de), duc de Parme (1753-1829), deuxième consul puis archichancelier de l'Empire, ministre de la Justice aux Cent-Jours : *DF*, II, 47 (n. 2 et 4), 48 ; *In.*, III, 431 ; *CA*, IV, 1064 (n. 1) ; *SetM*, VI, 531 ; *Be.*, VII, 101 ; *TA*, VIII, *525, 597, 598, 626, 640, 673, 681, 689, *692 ; *PCh.*, X, 97 (n. 1) ; *AIH*, XII, 774.

　　*CAMBACÉRÈS : *TA*, VIII, 1473.

CAMERON (John) [v. 1579-1625], théologien et pasteur écossais ; il fut professeur au séminaire protestant de Saumur, puis titulaire d'une chaire à Montpellier : *Cath.*, XI, 346.

CAMERON (Richard) [1648-1680], réformateur écossais, fondateur de la secte des Covenanters, dits les Caméroniens : *Cath.*, XI, 340.

CAMILLE, nom donné par André de Chénier à sa maîtresse, Mme de *BONNEUIL (voir ce nom).

CARABOSSE, fée malfaisante et bossue des contes, reprise par Perrault : *Be.*, VII, 256 ; *E*, VII, 1060 ; *Bou.*, VIII, 108.

CARACALLA (Marcus-Aurelius-Antoninus Bassianus, dit) [188-217], empereur romain de 211 à sa mort.

Caracalla (une coiffure à la) : *MCP*, I, 41.

CARAMAN. Voir RIQUET.

CARCADO (Adélaïde-Raymonde de Malézieu de Mennevil, devenue comtesse de Kercado ou, selon l'usage du XVIIIe s., de) [1754- ?], troisième femme de Louis-Gabriel Le Sénéchal, comte de Carcado ; fondatrice, en 1803, d'une institution pour jeunes personnes abandonnées, rue Garancière, 12 : *MD*, IV, 786.

CARCEL (Bertrand-Guillaume) [1750-1812], inventeur d'une lampe à huile : *UM*, III, 780 ; *IP*, V, 350 ; *MR*, X, 348 ; *Pré. Livre mystique*, XI, 508.
*CARCEL : *VF*, IV, 1452 ; *IP*, V, 166 (var. c) ; *Lys*, IX, 998 (2e §, 7e ligne : « Une lampe » ; ant. : « Une lampe Carcel » ; cf. éd. Garnier, var. e de la p. 44).

CARDAN (Girolamo ou Geronimo) [1501-1579], médecin, mathématicien et astrologue italien : *UM*, III, 838, 839, 962 ; *Cath.*, XI, 252, 382, 448 ; *LL*, XI, 634 ; *PVS*, XII, 301 ; *MI*, XII, 743.

CARDILLAC, personnage de *Mademoiselle de Scudéry*, chronique du règne de Louis XIV, d'Hoffmann, et d'un mélodrame, *Cardillac ou le Quartier de l'Arsenal*, de Béraud et Chandezon.

Cardillac de la critique (le), A. PICHOT (voir ce nom) : *Hist.Lys*, IX, 944 (n. 1).

CARDON (Joannes-Bernardus, devenu Jean-Bernard) [1754-1832], Flamand, négociant en toiles à Gand puis manufacturier en tabac à Paris, devenu homme d'affaires parisien et, notamment, directeur des papeteries de Buges et de Langlée en 1812 et leur propriétaire en 1818 à la suite de la faillite de LÉORIER-DELISLE (voir ce nom) : *IP*, V, 220.

CARDONE (les), famille espagnole, originaire de l'Aragon : *E*, VII, 897.

CARÊME (Marie-Antoine) [1784-1833], cuisinier, notamment chez Talleyrand : *Goethe et Bettina*, I, 1334 ; *SetM*, VI, 442, 484, 518 ; *Be.*, VII, 319 ; *CSS*, VII, 1186 ; *AR*, XI, 89.

Carêmes en jupon (les) de province : *R*, IV, 400.

Caricature parisienne (la), ant. *GAVARNI : *F*, V, 852 (var. d).

Caricaturiste (le), ant. *MONNIER : *F*, V, 851 (var. a).

Caricaturistes (les), ant. *CHARLET et *MONNIER : *BS*, I, 134 (var. a).

*CARIGNAN (une), membre de la branche cadette de la maison de Savoie, princière et apanagée en Piémont ; remplacée ici par une Cadignan : *Fir.*, II, 145 (var. b).

CARISSIMI (Giacomo) [1605-1674], compositeur italien, auteur de nombreux oratorios : *Gam.*, X, 475 (n. 2).

CARLIN (Carlo Bertinazzi, dit) [1713-1783], arlequin : *Phy.*, XI, 1037, 1038.

CARLONE (Giovanni-Battista) [1592-1677], peintre italien : *B*, II, 718 (n. 3).

CARLOVINGIENS (les), issus de Charles Martel, souche de souverains français, germaniques et italiens aux IXe et Xe siècles : *Cath.*, XI, 245 ; *PVS*, XII, 301.
*CARLOVINGIENS : *CB*, VI, 81 (var. a).

•CARMOUCHE (Pierre-François-Adolphe) [1797-1868], auteur dramatique.
  La Neige ou l'Éginard de campagne : *PVS*, XII, 269.
    •JULIEN et •PATAUD : *PVS*, XII, 269 (n. 2).

*CARNÉ (Louis-Marcein, comte de) [1804-1876], diplomate, homme politique légitimiste, historien : *B*, II, 908 (var. a).

CARNOT (Lazare-Nicolas-Marguerite, comte) [1753-1823], général, mathématicien, conventionnel, créateur des quatorze armées de la République ; ministre de la Guerre du 2 avril au 8 octobre 1800, ministre de l'Intérieur aux Cent-Jours : *Ven.*, I, 1067 (n. 1) ; *TA*, VIII, 689-693.
  *CARNOT : *TA*, VIII, 527 (var. a), 1473-1476, *1477.

CAROLINE (Caroline Ponsonby, devenue Mrs. W. Lamb, nommée ici) [1785-1828], femme de lettres anglaise et maîtresse de Byron : *FE*, II, 315.

*CAROLINE (la reine), non identifiée : *Phy.*, XI, 1073 (var. a).

•CAROLINE DE BRUNSWICK (Carolina-Amelia-Elizabeth von Brunswick-Wolfenbüttel, ou) [1768-1821], devenue princesse de Galles puis reine

CERBÈRE (un triste), préposé au vestiaire au tripot du Palais-Royal : *PCh.*, X, 58.

CÈRE (Jean-Paul de), Romain présent au procès de Montecùccoli : *Cath.*, XI, 191.

CÉRÈS, déesse romaine de l'Agriculture, des Moissons : *FE*, II, 363.

CÉRISIER. Voir GRISIER.

CERVANTÈS SAAVEDRA (Miguel de) [1547-1616], écrivain espagnol : *IP*, V, 208, 293; *SetM*, VI, 664, 830; *CP*, VII, 485; *Pré.E*, VII, 888, 889; *Pré.TA*, VIII, 499; *Lys*, IX, 1013; *RA*, X, 830; *Ma.*, X, 1089, 1092; *Pro.*, XI, 538; *PMV*, XII, 108; *AIH*, XII, 778.
  *CERVANTÈS : *MJM*, I, 263 (var. *a*); *Pré.Ch.*, VIII, 1678.
  Don Quichotte : *MJM*, I, 234; •*VF*, IV, 915 (n. 1); *IP*, V, 293; *Lys*, IX, 1013; •*Pro.*, XI, 538 (n. 1).
  DON QUICHOTTE : *Pré.CH*, I, 10; •*MJM*, I, 220 (n. 2); *MM*, I, 515; *DV*, I, 792; *PG*, III, 144; *IP*, V, 208; *F*, V, 817; •*CB*, VI, 276; •*SetM*, VI, le « chevalier de la Manche » 475; *CP*, VII, 485, 596; *EHC*, VIII, 335, •336; *Pré.TA*, VIII, 499; *Pré.Ch.*, VIII, 900; •*Lys*, IX, le « pauvre chevalier castillan » 1013, 1228; *PCh.*, X, 242 (n. 1).
  *DON QUICHOTTE : *Pré.Ch.*, VIII, 1678.
  DULCINÉE : •*R*, IV, 310; *IP*, V, 239; •*SetM*, VI, 475 (n. 1); *Be.*, VII, 163.
  GAMACHE : *VF*, IV, 915.
  MAMBRIN : *DL*, V, 1023.
  SANCHO PANÇA : *IP*, V, 573; *DL*, V, 1023; *MN*, VI, 351; *CP*, VII, 596; *PCh.*, X, 242; *Phy.*, XI, 1053, 1195.

CÉSAR (Caïus Julius Caesar, ou) [100-44 av. J.-C.], patricien romain, triumvir, consul, proconsul de la Gaule cisalpine et de la Narbonnaise, conquérant de la Gaule en 58-51; dictateur, consul à vie puis empereur à Rome : *MJM*, I, 631; *AS*, I, 955; *Pré.FE*, II, 267; *AEF*, III, 701; *R*, IV, 358, 406, 433; *CA*, IV, 966; *IP*, V, 174, 494; *F*, V, 829; *CB*, VI, 141, 141; *Bou.*, VIII, 164; *MC*, IX, 390, 508; *Do.*, X, 550; *Dr.*, X, 1259; *Cath.*, XI, 172, 244, 257; *LL*, XI, 649; *PVS*, XII, 291, 300; *ACE*, XII, 844.
  **CÉSAR : *MC*, IX, « à Rome, le Napoléon d'autrefois » 530 (var. *a*).

César (la femme de), femme insoupçonnable : *MJM*, I, 294; *In.*, III, 492.

César de la Grande Armée (le), NAPOLÉON.

César de boutique (les) : *FM*, II, 197.

CÉSARS (les), les douze premiers empereurs romains : *CB*, VI, 141; *SetM*, VI, 441; *MC*, IX, 530.
  *CÉSARS : *MD*, IV, 1360.

CÉSONIE (?-41), femme de Caligula, assassinée avec lui : *F*, V, 840.

CETHEGUS (Caïus Cornelius), riche romain, amant de la courtisane Praecia : *SetM*, VI, « Céthégus » 459.

CHABOT (François) [1759-1794], capucin défroqué, conventionnel; il se fit blesser en juillet 1792 par six affidés pour faire accuser la cour d'un attentat sur un député du peuple : *IP*, V, 478; *CSS*, VII, 1208.

CHABOT (Philippe), comte de Charny et de Buzençois (1480-1543), amiral de France : *Cath.*, XI, 192.

•CHABROL DE CROUSOL (André-Jean, comte de) [1771-1836], administrateur, homme politique, ministre de la Marine et des Colonies du 4 août 1821 au 3 mars 1828 : *CT*, IV, 231.

•CHABROL DE VOLVIC (Gilbert-Joseph-Gaspard, comte de) [1773-1843], frère du précédent, préfet de la Seine de 1812 à 1830 : *F*, V, 832; *CB*, VI, 42, 163; *VV*, XII, 361.
  Ant. *Grand Aumônier de France (le) : *CB*, VI, 42 (var. *c*).

*CHAIGNIEAU jeune (Jean-Nicolas) [v.1759-1842], imprimeur, breveté de 1818 à 1834, à qui Laurens aîné cédait en 1826 le droit à l'impression du *Constitutionnel* au détriment de Balzac, alors acheteur du brevet de Laurens; installé rue Saint-André-des-Arts, 42 : *FYO*, V, 1043 (var. *d*).

CHAIX D'EST-ANGE (Gustave-Louis-Adolphe-Victor-Charles) [1800-1876], avocat et homme politique; avocat de Buloz, Bonnaire, au nom de la *Revue de Paris*, contre Balzac : *Hist.Lys*, IX, •919, 921, •937, •938, « une des lumières du barreau » 939, •942, •948, •949, •950, •956.
  **Défenseur de LA RONCIÈRE (voir ce nom) : *Hist.Lys*, IX, 942 (var. *c*).

embastillé en 1788; blessé à l'armée de Condé; pris à l'affaire de Quiberon, évadé, nommé général en second de l'armée de Scepeaux et, en 1799,
nommé par Monsieur au commandement de l'ancienne armée de Scepeaux; chargé en 1810 de licencier les divisions royalistes de Bretagne;
à Londres jusqu'en 1815, date à laquelle il rentre en France avec Lucien
Bonaparte : *Ch.*, VIII, 957.

    *CHÂTILLON, remplacé par le comte de Fontaine : *Ch.*, VIII, 1061
(var. *c*).

•CHATTERTON (Thomas) [1752-1770], poète anglais; héros de *Chatterton*,
poème de Latouche, puis de *Chatterton*, drame de Vigny assez éloigné de
la réalité. C'est plutôt au personnage réel que Balzac fait référence en évo-
quant « ses bienfaiteurs » (voir •BECKFORD et •NORTH) : *IP*, V, 164.

    Pamphlets : *IP*, V, 164.

CHAUDET (Antoine-Denis) [1763-1810], sculpteur et peintre; élève de David:
R, IV, 289-294.

    Ant. *HOUDON : *R*, IV, 287 (var. *f*), 289 (var. *c*).

    •*Napoléon*, statue de la colonne Vendôme : *R*, IV, 290 (n. 3); *FYO*,
V, 1052; *Be.*, VII, 369; *PVS*, XII, 224 (n. 1).

CHAUDIEU. Voir CHANDIEU.

CHAULNES (Mme de), non identifiée; s'il s'agit d'une contemporaine de
Pierre de Giac, elle vécut sous Charles VII : *PVS*, XII, 221.

CHAULNES (Louis-Auguste d'Albert de Chevreuse, duc de), vidame d'Amiens
(1676-1744), maréchal de France : *Phy.*, XI, 1177.

CHAULNES (Marie-Anne-Romaine de Beaumanoir-Lavardin, devenue
duchesse de) [1688-1745], femme du précédent : *Phy.*, XI, 1177.

CHAUMEAU (Jean), historien du Berry au XVIᵉ siècle : *R*, IV, 358 (n. 5).

•CHAUVEAU-LAGARDE (Claude) [1756-1841], avocat, défenseur de Marie-
Antoinette, de Madame Élisabeth et, notamment, de Charlotte Corday :
EHC, VIII, 316.

CHAUVELIN (François-Bernard, marquis de) [1766-1832], diplomate, homme
politique : *R*, IV, 531 (n. 2).

CHAUVET (François), professeur de lycée à Angers, installé comme teinturier
à Saumur, il y devint « Chevalier de la Liberté » et prit part au complot
de Berton; condamné à mort par contumace dès avril 1822 : *Bou.*, VIII,
79 (n. 3).

CHAVIGNY (Léon Bouthillier, comte de) [1608-1652], conseiller d'État,
secrétaire d'État aux Affaires étrangères, ambassadeur à Milan, membre
du conseil de Régence; agent de Richelieu; disgracié en 1648 : *TA*, VIII,
554.

•CHAZET (André-René-Polydore Alissan de) [1775-1844], littérateur.
    La Cendrillon des écoles ou le Tarif des prix : *MCP*, I, 60 (n. 1).

Chef de la police particulière de Paris (le), en 1819. Voir •HENRY.

Chef de la police de sûreté (le). Voir *VIDOCQ et Gondureau.

Chef du *Café des Anglais* (le), en 1819 : *PG*, III, 266. Dans la réalité, M. Chevreuil.

CHELIUS (Maximilian-Joseph von) [1794-1876], ophtalmologiste allemand;
professeur à Heidelberg : *EHC*, VIII, 376.

CHENAVARD (Claude-Aimé) [1798-1838], peintre, ornemaniste : *PVS*, XII,
316.

CHENAVARD (Paul-Marc-Joseph) [1807-1895], peintre : *CP*, VII, 489 (n. 1
de la p. 490).

CHÉNIER (André-Marie de) [1762-1794], poète; guillotiné : *FE*, II, 303;
UM, III, 839; *R*, IV, 275; *IP*, V, 147, 148, 176, 185, 199, 201, 202, 208,
229, 231; *Pré.E*, VII, 893; *PCh.*, X, 131.

    *CHÉNIER : *LL*, XI, 602 (var. *d*).

    L'Aveugle : *IP*, V, 147, 199.

    Élégie, sans doute celle *Au chevalier de Pange* : *Pré.E*, VII, 893.

    Élégies : *IP*, V, 147, 201, 209.

    Ïambes : *IP*, V, 147, 200.

    Le Jeune Malade : *IP*, V, 147, 199; •*Pré.PCh.*, X, 54 (n. 6).

    **Le Jeune Malade : *B*, II, 828 (var. *b*).

    *Le Mendiant : *IP*, V, 200 (var. *a*).

    Néère : *UM*, III, 839; *IP*, V, 147, 201.

    Œuvres complètes : *IP*, V, 147, 199.

Chéniers (des André), ant. des *Byron : *Phy.*, XI, 966 et var. *a*.
CHÉNIER (Marie-Joseph-Blaise de) [1764-1811], frère du précédent, poète : *UM*, III, 786; *IP*, V, 201; *Pré.E*, VII, 889 (n. 2); *Cath.*, XI, 355.
  *Charles IX : *Cath.*, XI, 355, 356.
CHÉRIN (Bernard) [1718-1785] et son fils Louis-Nicolas-Henri (1762-1799), héraldistes, historiographes et généalogistes des Ordres du Roi : *MD*, IV, 629; *Pr.B*, VII, 836.
CHÉRUBIN, personnage du *Mariage de Figaro*, de Beaumarchais : *B*, II, 706; *PG*, III, 157; *VF*, IV, 842; *FYO*, V, 1057; *E*, VII, 945; *MC*, IX, 490 (n. 1); *Phy.*, XI, 930.
  *CHÉRUBIN : *B*, II, 706 (var. *a*).
Chérubin, Calyste du Guénic : *B*, II, 731.
Chérubin, Pons, selon la Cibot : *CP*, VII, 647, 683.
Chérubins (des) : *Phy.*, XI, 1039.
Chevalier à la triste figure (le). Voir DON QUICHOTTE.
CHEVERUS (Jean-Louis-Madeleine Lefebure de) [1768-1836], cardinal : *SetM*, VI, 727.
Cheverus au petit degré (un), le curé d'Alençon : *VF*, IV, 876.
CHEVET (Germain-Charles) [?-1832], d'abord jardinier rue Popincourt, 12, il ouvrit en 1793 un établissement de traiteur-restaurateur rue de Clichy, puis, sous le Directoire, il devint marchand de comestibles au Palais-Royal, galerie vitrée, 220, puis galerie de Chartres; aux diverses périodes où il est cité, sa maison était tenue, par lui et après lui, par ses fils Charles-François, Jean-Baptiste et Joseph-Charles, et par le gendre de ce dernier, Charles Gütig, associés à Beauvais : *DV*, I, 868, 869; *Ven.*, I, 1041; *H*, II, 542; *Gb.*, II, 1012; *IP*, V, 357, 401, 402; *CB*, VI, 166, 167, 172, 184, 310; *SetM*, VI, 617, 619; *Be.*, VII, 158; *E*, VII, 972; *Phy.*, XI, 1181; *PMV*, XII, 76.
CHICOT (Jean-Antoine d'Anglerais, dit) [v. 1540-1591], fou d'Henri III : *Cath.*, XI, 298-300.
CHIGI (prince), non identifié : *S*, VI, 1072.
CHILDE HAROLD, héros du *Pèlerinage de Childe Harold*, de Byron : *H*, II, 573; *PCh.*, X, 217.
Childe Harold (un ou des) : *MM*, I, 507; *Pré.PCh.*, X, 54.
CHIMAUX, voleur. Voir Index I.
CHIMÈNE, personnage du *Cid*, de Corneille : *MJM*, I, 233.
CHIMÈRE, monstre de la mythologie grecque, tué par Bellérophon : *MM*, I, 510; *FM*, II, 243; *FA*, II, 488; *FYO*, V, 1080; *Sér.*, XI, 757.
CHINON (prince de). Voir RICHELIEU (Armand-Emmanuel, duc de).
Chirurgien de l'Hôtel-Dieu (le premier), en 1835 et en 1836 : *MJM*, I, 399; *UM*, III, 985. Dans la réalité, Philibert-Joseph Roux (1780-1854).
Chirurgien en chef de l'hôpital Cochin (le), en 1820 : *PG*, III, 282. Dans la réalité, Denis-François-Noël Guerbois (1775-1838).
Chirurgien ou médecin de l'Empire (un), « prodigieusement spirituel », non identifié : *Ath.*, III, 388.
CHIVERNI (Philippe Hurault, comte de) [1528-1599], magistrat chargé de plusieurs missions par Catherine de Médicis : *Cath.*, XI, un des « trois seigneurs » 244, 247-252, un des « quatre conseillers » 254, 256, 257, 318, 354, 355, 377, 391.
  *CHIVERNI : *Cath.*, XI, 378 (var. *a*).
CHLOÉ, héroïne de *Daphnis et Chloé*, de Longus : *Pré.CH*, I, 10; *Lys*, IX, 1202; *DxA*, XII, 679, 701. (Voir Index III.)
Chloés (des) : *Be.*, VII, 257.
CHLORIS, nom donné à leurs belles, réelles ou imaginaires, par de nombreux poètes élégiaques ou galants, en Grèce dans l'Antiquité, en France aux XVIIe et XVIIIe siècles : *MD*, IV, 633.
*Chloris (une), remplacée par une Béatrix : *FE*, II, 308 (var. *b*).
Chloris vagabondes ou imaginaires (des) : *Phy.*, XI, 953.
CHODERLOS DE LACLOS. Voir LACLOS.
*CHODRON (Claude-François), notaire à Paris du 19 août 1794 jusqu'au 23 juin 1836; remplacé par Me Roguin : *AEF*, III, 714 (var. *e*); substitué à Me *GILLET, puis remplacé successivement par Me *NOËL et par un notaire anonyme : *UM*, III, 801 (var. *e*).
CHODRUC-DUCLOS (Émile Duclos, dit) [v. 1774-1842], excentrique, sur-

COLLÉ (Charles) [1709-1783], chansonnier et auteur de comédies : *DV*, I, 836.

COLLET (Anthelme) [1785-1840], escroc : *SetM*, VI, 732 (n. 1).

COLLIAU (Valentin), représentant, au moment de l'action, une lignée de lingères et lingers fondateurs, avant la Révolution de 1789, du *Père de famille*, 1, rue Neuve-des-Petits-Champs : *°R*, IV, 330 (n. 1) ; *IP*, V, 414.

•COLLIN D'HARLEVILLE (Jean-François) [1755-1806], auteur comique.
  °Le Vieux Célibataire. Voir ÉVERARD (Mme).

COLLINET, musicien, joueur de flageolet, instrument qu'il perfectionna en y ajoutant des clefs ; professeur et marchand de musique : *CB*, VI, 180 (n. 2), 184, 310.

COLLONGE, voleur. Voir Index I.

COLLOT D'HERBOIS (Jean-Marie) [1750-1796], ancien comédien, conventionnel, membre du Comité de Salut public : *CSS*, VII, 1208.

COLOMB (Cristobal Colon, ou Christophe) [1451 ?-1506], navigateur d'origine génoise : *Pré.CH*, I, 17 ; *MM*, I, 501, 508 ; *AEF*, III, 697 ; *IP*, V, 175 ; *Cath.*, XI, 433 ; *LL*, XI, 655.

Colomb de Rubempré (le Christophe), Dauriat : *IP*, V, 475.

COLOMBINE, personnage de la comédie italienne.

Colombine (une délicieuse), Malaga, selon Paz : *FE*, II, 223.

•COLON (Jenny) [1808-1842], cantatrice, aimée de Nerval : *H*, II, 558 (n. 2).

Colonel commandant la place de Tours (le), en 1800 : *Pré.TA*, VIII, 499.

COLONNA (les), noble famille romaine remontant au Xᵉ siècle, dont le premier du nom fut Piero, fils de Gregorio, comte de Tusculum ; illustrée par un pape, des cardinaux, des capitaines, et par sa haine héréditaire contre les Orsini : *AS*, I, 952, 958 ; *E*, VII, 897 ; *Do.*, X, 610 ; *Cath.*, XI, 182.

COLUMB ou COLOMBE (Michel) [1430-1512], sculpteur : *Be.*, VII, 245 ; *Cath.*, XI, 237.

COMBABUS, favori d'Antiochos Iᵉʳ : *Be.*, VII, 404 (n. 1).

Combabus, surnom de Montès de Montéjanos : *Be.*, VII, 404, 407, 411, 413.

COMBES (Jean-Alexandre-Edmond) [1812-1848], voyageur : *PVS*, XII, 319.
  •*Voyage en Abyssinie* : *PVS*, XII, 319 (n. 3).

Commandant de Smyrne (le), vers 1817 : *TA*, I, 785, 826.

Commandant de la caserne de Blois (le), en 1832 : *Cath.*, XI, 241.

COMMANDEUR (la statue du), personnage de la légende de don Juan, présent notamment dans les *Don Juan* de Molière et de Mozart : *In.*, III, 458 ; *AEF*, III, 712 ; *CT*, IV, 209 ; *CA*, IV, 1034 ; *MN*, VI, 344 ; •*SPC*, VI, « la statue de pierre » 982 ; *Gau.*, VII, 852.

Commandeurs (la statue des), mot d'auteur : *DxA*, XII, 695.

*COMMINGES, héros du roman de Mme de Tencin, *Mémoires du comte de Comminges* ; remplacé par RANCÉ : *Lys*, IX, 1201 (var. *b*).

Commis de la Guerre, nommé MICHEL : *SetM*, VI, 728 (n. 1).

Commissaire (le), personnage des spectacles de marionnettes : *ZM*, VIII, 843.

COMTE (Louis-Christian-Emmanuel-Apollinaire) [1788-1859], prestidigitateur et ventriloque : *UM*, III, 825 (n. 2).

COMUS [?-1820], escamoteur : *UM*, III, 825 (n. 1) ; *Fré.*, XII, 812.

CONCINI. Voir ANCRE.

CONDÉ (maison de), branche de la maison de Bourbon dont la tige fut Louis Iᵉʳ de Bourbon, prince de Condé (1530-1569), et qui finit avec Louis-Henri-Joseph (voir plus loin) : *CA*, IV, 996, 1049 ; *IP*, V, 166 ; *TA*, VIII, 504, 527, 536, 554, 694 ; *EM*, X, 921 ; *Cath.*, XI, 415.

CONDÉ (Louis Iᵉʳ de Bourbon, prince de), marquis de Conti (1530-1569), frère cadet du père d'Henri IV, Antoine de Bourbon, roi de Navarre ; chef du parti calviniste à la mort d'Antoine ; tué à la bataille de Jarnac : *Cath.*, XI, le premier des « deux princes de Condé » 169, 202, 203, « un inconnu » 214 et 215, 218, 219, « Monseigneur » 220, 221, 223, 227, 228, 242, 244, « le bossu » 250, 251, 252, 255, 277, 283, 285, 286, 288, 289, 291, 292, 294, 295, 297-301, 303-307, 308, un des « deux chefs de la maison de Bourbon » 309, 310-316, 318, 319, 321, 324, 326, 329, 330, 331, 333-335, 347, 350-352, 358, 361, 362, 364-367.
  *CONDÉ : *Cath.* XI, 296 (var. *a*), 297 (var. *a*), « le prince navarrais » 307 (var. *a*), 308 (var. *f*).

*ÉMILIE : *MJM*, I, 250 (var. *d*).
OCTAVE : *IP*, V, 457.
•*Héraclius : MM*, I, 673 (n. 1).
•*Horace : Be.*, VII, 122 (n. 2).
•*Médée.*
MÉDÉE : *MJM*, I, 316; *FE*, II, 352; *DL*, V, 935; *MC*, IX, 390;
•*CV*, IX, 696.
•*Nicomède.*
NICOMÈDE : *SetM*, VI, 920.
•*Polyeucte : Pré.PCh.*, X, 55.
•*Pompée : VF*, IV, 926 (n. 2).
•*Rodogune : MM*, I, 549 (n. 1).
CORNEILLE (Thomas) [1625-1701], frère du précédent; poète et dramaturge :
Fré., XII, 812.
CORNÉLIE (Cornelia, ou) [v. 180-v. 110 av. J.-C.], fille de Scipion l'Africain,
femme du consul Tiberius Sempronius Gracchus, mère des Gracques :
MJM, I, 374 (n. 2); •*B*, II, 876 (n. 1); *In.*, III, 453.
Cornélies (des), à l'opposé des Marions Delormes : *Phy.*, XI, 1004.
CORNELIUS (Peter von) [1784-1867], peintre allemand : *CP*, VII, 548.
CORNER. Voir CORNARO.
CORNUEL (Anne-Marie Bigot, devenue Mme) [1605-1694], femme d'esprit :
SetM, VI, 605; *PMV*, XII, 120.
CORNWALLIS (Charles, marquis of) [1738-1805], gouverneur général et
commandant en chef en Inde de 1786 à 1798 et en 1805 : *Gb.*, II,
967.
CORRÈGE (Antonio Allegri, dit il Corregio, ou le) [v. 1489 ou en 1494-
1534], peintre italien : *DF*, II, 52; *R*, IV, 389; *Be.*, VII, 186; *CP*, VII,
612, 615; *Pré.E*, VII, 883; *Bou.*, VIII, 67; *PCh.*, X, 74; *ChO*, X, 431;
•*DxA*, XII, 695 (n. 7).
Ant. *RAPHAËL : *DF*, II, 52 (var. *a*).
*CORRÈGE : *ChO*, X, 418 (var. *a*).
*CORRÈGE, remplacé par RAPHAËL : *SetM*, VI, 464 (var. *f*).
*CORRÈGE, remplacé par BARTHOLOMEO DELLA PORTA : *CP*, VII, 612
(var. *b*).
Antiope : *CP*, VII, 614.
CORSSE (Jean-Baptiste Labenette, dit) [1759-1815], comédien, créateur du
rôle de Mme Angot; acteur et directeur au théâtre de l'Ambigu à partir
de 1800 : *Th.*, XII, 594.
CORSSE (Henriette-Bastienne Ponsignon, devenue Mme Labenette et dite
Mme), femme du précédent, joua les duègnes aux théâtres Montansier et
de l'Ambigu : *Th.*, XII, 594.
CORTÈS (Hernán) [1485-1547], conquérant espagnol : *Cath.*, XI, « Cor-
tez » 218; *Vis.*, XII, 637.
Cortez littéraire (un), Rubempré : *IP*, V, 255.
*CORTOT (Jean-Pierre) [1787-1843], sculpteur : *PVS*, XII, 238 (var. *a*
et n. 1).
CORVETTO (Louis-Emmanuel, comte) [1756-1821], avocat italien, devenu
financier et administrateur français, ministre des Finances du 26 sep-
tembre au 7 décembre 1815 : *Do.*, X, 578.
*CORVETTO : *RA*, X, 802 (var. *e*).
Code du commerce : CB, VI, 279.
•COSNIER (Hugues) [?-v. 1629], ingénieur, premier constructeur du canal
de Briare, achevé par Boutheroüe et Guyon : *CV*, IX, « le constructeur
du canal de Briare, sous Henri IV » 799.
COSTA (Michele) [1810-1884], compositeur italien.
•*Malek-Adel.*
MALEK-ADEL : *Méf.*, XII, « Malek-Adhel » 424.
COSTE (Jean-François) [1741-1819], premier médecin de l'armée américaine
pendant la guerre de l'Indépendance, médecin-chef de la Grande Armée
de 1803 à 1807 : *AR*, XI, 93 (n. 3).
COSTER (Laurens-Jaszoon) [1405-1484], imprimeur hollandais : *IP*, V, 219
(n. 2).
COTTEREAU (les frères), appelés aussi les frères Chouan, insurgés royalistes
dans le Bas-Maine. Ils étaient quatre : Jean (1757-1794), François, dit le

Grand-Chevau (1762-1794), Pierre, dit Pierre-qui-mouche (1756-1794), René, dit Faraud (qui suit) : *Ch.*, VIII, 919, •926 (n. 2).

COTTEREAU (René) [?-1846], seul survivant des précédents : *Ch.*, VIII, •1126 (n. 1 et 3), 1127, 1129.

*COTTEREAU : *Ch.*, VIII, 1126 (var. *a, b, d, e, f*).

*COTTEREAU, remplacé par le chevalier du Vissard : *Ch.*, VIII, 1126 (var. *a* et *b*).

Cottereaux (les), partisans d'Henry II au XIIᵉ siècle : *R*, IV, 359.

COTTIN (Marie Rusteau, devenue Mme) [1773-1807], romancière : *CB*, V, 104.

•*Mathilde : Méf.*, XII, 424 (n. 5). Voir MALEK-ADEL, MATHILDE.

COULON (Jean-François) [1764-1836], professeur de danse à l'Opéra de 1808 à 1830 : *DV*, I, 858; *Phy.*, XI, 1012.

Country Gentleman (le gentilhomme campagnard ou), confondu avec un universitaire cité dans *The Spectator*, d'Addison : *MD*, IV, 871 (n. 1).

COUPIGNY (André-François de) [1766-1835], chansonnier, en vogue sous l'Empire, apprécié par la reine Hortense : *Th.*, XII, 594.

•COURCY (Frédéric de) [1795-1862], auteur dramatique sous le pseudonyme de Frédéric utilisé, notamment, pour les pièces écrites en collaboration avec Scribe et jouées au Gymnase pendant la Restauration; pour celles représentées pendant la période approximative de l'action, il n'est pas possible de préciser à laquelle il est fait ici allusion : *IP*, V, « Frédéric » 435 et 436.

Ant. *JULES : *IP*, V, 436 (var. *a*).

•*La Demoiselle et la Dame*, ou •*Les Eaux du Mont-d'Or : IP*, V, « une pièce avec Scribe » 435.

Coureur de Marathon (le) [?-490 av. J.-C.) : *PVS*, XII, 299.

COURIER (Paul-Louis Courier de Méré, dit Paul-Louis) [1772-1825], helléniste, écrivain, pamphlétaire : *IG*, IV, 576; *IP*, V, 358, 718; *CB*, VI, 119; •*E*, VII, 1007 (n. 2), 1008; *CSS*, VII, 1204; *Pay.*, IX, 132; *DxA*, XII, 675.

*COURIER : *Scène de village*, IX, 1420.

•*Simple discours : E*, VII, 1007 (n. 2).

COURLANDE (Friedrich-Wilhelm Kettler von Nesselrode, duc de) [1692-1711], dernier duc de Courlande de la branche Kettler : *IP*, V, 693, 694.

COURLANDE (duc et duchesse de). Voir BIREN.

•COURVOISIER (Jean-Joseph-Antoine) [1775-1835], militaire, émigré, magistrat sous l'Empire, député sous la Restauration, garde des Sceaux du 8 août 1829 au 18 mai 1830 : *SetM*, VI, 721, 804, 808, 876.

COUSIN (Victor) [1792-1867], philosophe : •*Pré.CH*, I, 10 (n. 6); *DV*, I, 779; •*FE*, II, 312 (n. 4); *IP*, V, 153, 443; *MN*, VI, 339; •*LL*, XI, 649 (n. 1) et 1497; *PVS*, XII, 217, •279 (n. 1); *MI*, XII, 721.

*COUSIN : *PVS*, XII, 279 (var. *b*).

•*COUSIN : *IG*, IV, 1331 (n. 2).

*COUSIN, remplacé par un professeur de philosophie allemande : *B*, II, 718 (n. 5).

Cours d'histoire de la philosophie : PVS, XII, 217.

*Cousin de la médecine (le Victor), Caméristus : *PCh.*, X, 257 (var. *f*).

•COUSSIN, cuir de Flore Brazier remplacé par le nom exact, POUSSIN : *R*, IV, 452 (var. *b*).

*COUSSIN (Pierre-Joseph) [v. 1768-1823], professeur qui, associé à Hyacinthe-Laurent *LEFÈVRE (voir ce nom), dirigea un pensionnat pour garçons installé dans l'hôtel Salé, rue de Thorigny, 7, devenu institution en 1808; cet établissement fut cédé en 1813 à Ganser et Beuzelin (voir la Chronologie, t. I, p. LXXXII, LXXXIII); remplacé ici, avec son associé, par LEPITRE (voir ce nom) : *Lys*, IX, la variante manque à la première mention de « Lepitre » 978 (cf. éd. Garnier, var. *b* de la p. 16).

*COUTARD (Louis-François, comte) [1769-1852], général, commandant la place de Paris de 1822 à 1830 : *LL*, XI, 599 (var. *e*).

COYCTIER (Jacques) [v. 1440-1506], premier médecin et chirurgien de Louis XI, puis président de la Chambre des comptes, concierge et bailli du Palais sous Louis XI, Charles VIII et Louis XII : *Cor.*, XI, 44, 53-56, •61, •64, 66, 67, 72.

dont était aussi issue la branche d'ARSCHOTT (voir ce nom) : *DL*, V, 1014 (var. c) [voir aussi HARVÉ].

CRUZOË (le chancelier). Voir DAMBRAY.

•CUAUHTEMOC (v. 1495-1525), dernier empereur aztèque ; Cortez le fit torturer lors du siège de Mexico-Tenochtitlàn en 1521, et le fit assassiner quatre ans plus tard ; au XIXe siècle, son nom était déjà déformé en France de diverses manières ; pour Balzac, « Guatimozin » (voir ce nom) : *Lys*, IX, le « Cacique » 1053.
  *GUATIMOZIN, remplacé par le Cacique : *Lys*, IX, 1053 (var. b).

CUJAS (Jacques) [1520-1590], jurisconsulte : *CM*, III, 559 ; *PVS*, XII, 295.

CUNIN-GRIDAINE (Laurent Cunin, dit) [1778-1859], industriel, ministre de l'Agriculture et du Commerce du 12 mars 1839 au 1er mars 1840, puis du 29 octobre 1840 au 23 février 1848 : *Gau.*, VII, 856 (n. 2).

CUNNINGHAM, nom porté par plusieurs des officiers de la Garde écossaise qui servit les rois de France pendant près de cent ans ; un capitaine de ce nom figure auprès de Louis XI dans *Quentin Durward*, de W. Scott : *Cor.*, XI, « Conyngham » 58 (voir Index I).

CUPIDON, dieu romain de l'Amour : *MD*, IV, 720 ; *IP*, V, 503 ; *MN*, VI, 350.

Curé de la cathédrale Notre-Dame (le), à Alençon : *VF*, IV, 876 (n. 2).

Curé de Denain (un) : *VF*, IV, 906 (n. 3).

Curé de Saint-Roch (le), en 1824 : *E*, VII, 1031, 1034. Dans la réalité, M. Marduel.

Curé de Gross-Aspern (le), en 1835 : *Pay.*, IX, 61.

CURTIUS (Marcus) [?-362 ?], Romain qui, selon Tite-Live, se précipita dans un gouffre du Forum pour apaiser les Dieux : *CB*, VI, 91 ; *Be.*, VII, 245 (n. 5).

CURTIUS (Philippe-Guillaume-Mathé) [1737-1794], médecin suisse, créateur vers 1780 d'un *Cabinet de cire* au Palais-Royal et, en 1783, d'un second établissement de figures de cire nommé *Caverne des grands voleurs* puis *Chambre des horreurs*, situé boulevard du Temple et tenu, au moment de l'action, par Foulon ; Curtius était l'oncle maternel de Marie Gresholtz, devenue Mme Tussaud (1760-1850) : *Col.*, III, 318, 321.

CUSTINE (Adam-Philippe, comte de) [1740-1793], général ; guillotiné : *Vis.*, XII, 636 ; *MI*, XII, 746 (n. 1).

CUSTINE (Astolphe-Louis-Léonor, marquis de) [1790-1857], fils du précédent, écrivain. Dédicataire de *L'Auberge rouge* : *AR*, XI, 89 (n. 1). *Pré.E*, VII, 884-888, 890-892.
  *CUSTINE, comme dédicataire du *Colonel Chabert* : *Col.*, III, 311 (n. 1).
  *CUSTINE, remplacé par Nucingen : *FM*, II, 203 (n. 2).
  L'Espagne sous Ferdinand VII : *Pré.E*, VII, 884, *885-*887, *892.
  •*Mémoires et voyages* : *DxA*, XII, 693 (n. 2).

CUVIER (Georges-Chrétien-Frédéric-Dagobert, baron) [1769-1832], naturaliste, conseiller d'État, professeur d'Histoire naturelle au Collège de France : *Pré.CH*, I, 7 (n. 5), 8 (n. 9) ; *MCP*, I, 45 ; *MM*, I, 550, 642 ; *DV*, I, 734 ; *Gloire et malheur*, I, 1180 ; *FE*, II, 276, *312 ; *B*, II, 710 ; *PG*, III, peut-être •74, 163, 193 ; *Ath.*, III, 386 ; *In.*, III, 433 ; *MD*, IV, 759 ; *IP*, V, 147, 317, 604, 648 ; *SetM*, VI, 733 ; *SPC*, VI, 988 ; *CP*, VII, 587 ; *Pré.E*, VII, 883 ; *Pay.*, IX, 264, 272 ; *PCh.*, X, 74, 75 ; *LL*, XI, 621, 625, •648 (n. 5) ; *PVS*, XII, 237, 262, 276 ; *MI*, XII, 720.
  *CUVIER : *TA*, VIII, 577 (var. a) ; *Do.*, X, 574 (var. c) ; *RA*, X, 658 (var. a) ; *LL*, XI, 636 (var. f).
  *CUVIER, remplacé par Desplein : *IP*, V, 183 (var. e).

Cuvier futur (un), David Séchard : *IP*, V, 176.

Cuvier de l'élégance (les Georges) : *PVS*, XII, 238.

CYBÈLE, mère des dieux dans les mythologies grecque et romaine : *HP*, XII, 574.

CYBO (Innocenzo) [1491-1550], fils de Madeleine de Médicis, cardinal ; créé cardinal-diacre par Léon X en 1513 : *Cath.*, XI, « Cibo » 181.

CYNTHIE, dame romaine, inspiratrice de Properce : *SetM*, VI, 441.

CYPIERRE (Philibert de Marcilly, seigneur de) [?-1565], nommé gouverneur de Charles IX en 1560 : *Cath.*, XI, 261, 262, 264, 310, 314, 323, 353, 354, 372, 385.
  *CYPIERRE : *Cath.*, XI, 412 (var. g

DANTON (Georges-Jacques) [1759-1794], avocat au Conseil du Roi, puis fondateur du club des Cordeliers, montagnard, membre du Comité de Salut public; guillotiné : *DV*, I, 751; *B*, II, 927; *UM*, III, 825; *IP*, V, 317; *DL*, V, 934; *FYO*, V, 1048; *SetM*, VI, 710; *DA*, VIII, 739, 766; *Ch.*, VIII, 963, 968, 970, 1145 (n. 1), 1154; *MC*, IX, 511; *Cath.*, XI, 191; *PVS*, XII, 291.

    Ant. *ROBESPIERRE : *Ch.*, VIII, 968 (var. *b*).

    *DANTON : *IG*, IV, 1335; *Ch.*, VIII, 1662.

DANTZIG (duc de). Voir LEFEBVRE.

DANVILLE. Voir DAMVILLE.

DAPHNIS, héros de *Daphnis et Chloé*, de Longus : *Pré.CH*, I, 10; *DxA*, XII, 679, 701. (Voir Index III.)

DARBO fils, fabricant de biberons, installé passage Choiseul, 86 : *Pré.FE*, II, 269.

DARÈS, Phrygien, dans *L'Énéide*.

*Darès (un), remplacé par un Achille, Me Solonet : *CM*, III, 580 (var. *b* et n. 1).

DARU (Pierre-Antoine-Noël-Bruno, comte) [1767-1829], conseiller d'État, intendant général de la Maison militaire puis de la Liste civile, commissaire général de la Grande Armée, ministre secrétaire d'État à partir du 17 avril 1811 puis administrateur de la Guerre du 20 novembre 1813 au 31 mars 1814 : *Ven.*, I, 1066 (n. 1 de la p. 1067).

*DAUMIER (Honoré) [1808-1879], peintre, lithographe, sculpteur.

    Caricature, attribuée à Bixiou : *E*, VIII, 1100 (n. 1).

DAUMONT ou D'AUMONT (attelage à la), nommé d'après le duc d'AUMONT (voir ce nom) qui en introduisit la mode en France : *DV*, I, 744, 746.

DAUPHIN (François de Valois, le) [1518-1536], fils aîné de François Ier; sa mort fut imputée à son échanson, Montecùccoli : *Cath.*, XI, 184, 189-192, 327, 330.

DAUPHIN (Louis de Bourbon, dit Monseigneur, ou le Grand) [1661-1711], fils de Louis XIV et de la reine Marie-Thérèse : *Pay.*, IX, 53, 56.

DAUPHIN (le), dans *MI*. Voir LOUIS XVII.

DAUPHIN (le), pour la Restauration. Voir ANGOULÊME (duc d').

DAUPHINE (la), pour la Restauration. Voir ANGOULÊME (duchesse d').

DAVID (v. 1015-970 ? av. J.-C.), deuxième roi hébreu, auteur des *Psaumes* : *FE*, II, 325; *CM*, III, 592; *UM*, III, 820; *R*, IV, 392; *MD*, IV, 680; *MR*, X, 378 (n. 1); *Do.*, X, 594; *Cath.*, XI, 220; *Sér.*, XI, 787; *ACE*, XII, 844.

    Psaumes : *MD*, IV, 680; *MR*, X, 378 (n. 1); *Do.*, X, 594.

DAVID (Félicien) [1810-1876], compositeur : *CP*, VII, 488.

DAVID (Louis-Jacques) [1748-1825], premier peintre de l'Empereur; conventionnel, régicide pour avoir voté la mort de Louis XVI, il fut exilé à la Restauration : *MCP*, I, 41; *DV*, I, 791; *DF*, II, 58; *F30*, II, 325; *IP*, V, 505; *SetM*, VI, 533; *CP*, VII, 486, 540; *Pay.*, IX, 104; *Ve.*, X, 1139 (n. 3); *ES*, XII, 542.

    *DAVID : *CB*, VI, 130 (var. *b*).

    Les Licteurs rapportant à Brutus : *F30*, II, 1190 (n. 4).

    Les Sabines : *Pay.*, IX, 104.

DAVID D'ANGERS (Pierre-Jean David, dit) [1788-1856], sculpteur. Dédicataire du *Curé de Tours* : *CT*, IV, 181. *H*, II, 530; *MD*, IV, 673; *CP*, VII, 488; *Pay.*, IX, 207; *PCh.*, X, 94 (n. 2); *PVS*, XII, 238.

    *DAVID : *IP*, V, 350 (var. *b*).

    *DAVID, remplacé par Stidmann : *CP*, VII, 739 (var. *a* et *b*).

    La Liberté : *Pay.*, IX, 207 (n. 1).

DAVILA (Mlle). Voir ÁVILA.

DAVIN, secrétaire de Sully. Peut-être imaginaire : *AIH*, XII, 786 (n. 1).

DAVIN (Félix) [1807-1836], littérateur; il ébaucha pour Balzac les *Introductions* aux *Études de mœurs* et aux *Études philosophiques* : *Pré.CH*, I, 18 (n. 3); *Pré.PG*, III, 47; *Pré. Livre mystique*, XI, 502.

DAVOUT (Anne-Louis-Nicolas), duc d'Auerstaedt, prince d'Essling (1770-1823), maréchal de France : *R*, IV, 297, *369 (n. 2); *MC*, IX, 591.

DAVY (Sir Humphrey) [1778-1829], chimiste anglais : *IP*, V, 147.

DAWES (Sophie Clarke, devenue Mrs.), puis baronne de Feuchères (1795-

1841), maîtresse du dernier des Condé : •*AEF*, III, 691 (n. 1); *R*, IV, 394 (n. 2).

*DAWES (Sophie) : *R*, IV, 386 (var. *b*).

DAYELLE. Voir AYELLE.

•DEANS (Douce Davie), personnage de *La Prison d'Édimbourg*, de W. Scott : *PG*, III, 158; *VF*, IV, 925 (n. 1); *Pré.TA*, VIII, 496.

DEANS (Effie), fille du précédent : *Pré.CH*, I, 16; *B*, II, 731; *MN*, VI, 344.

DEANS (Jeanie), sœur de la précédente : *Pré.CH*, I, 10; *PG*, III, 158; *VF*, IV, 925; *Pré.TA*, VIII, 496; *CV*, IX, 695; *AR*, XI, 122.

•DEBELLEYME (Louis-Marie) [1787-1862], magistrat, député, préfet de police du 6 janvier 1828 au 8 août 1829 puis président du Tribunal de Iʳᵉ instance de la Seine jusqu'en 1857 : *In.*, III, le dernier des « trois présidents qu'eut successivement le tribunal de la Seine » sous la Restauration 432; comme préfet de police : *SetM*, VI, 543, 556, « ancien magistrat » par erreur pour Mangin 557, 558, 561, 562; *Hist.Lys*, IX, « le président du tribunal » 935.

DE BROSSES (Charles) [1709-1777], premier président au Parlement de Bourgogne, écrivain : *SetM*, VI, 801; *PVS*, XII, 300; *MI*, XII, 727 (n. 1).

•DEBURAU (Jean-Gaspard) [1802-1846], mime au théâtre des Funambules, longtemps connu sous le nom de BAPTISTE, d'après l'un de ses premiers rôles : *PCh.*, X, 176 (n. 1).

DECAMPS (Alexandre-Gabriel) [1803-1860], peintre de genre et d'histoire, graveur, lithographe : *FE*, II, 315 (n. 1); *In.*, III, 457, 458; *PGr.*, VI, 1092 (n. 2); *CP*, VII, 488.

*DECAMPS, remplacé par GREUZE : *FAu.*, XII, 608 (var. *b*).
　Le Café turc : *PGr.*, VI, 1092.
　Les Enfants à la fontaine : *PGr.*, VI, 1092.
　Joseph : *PGr.*, VI, 1092.
　Le Supplice des crochets : *PGr.*, VI, 1092.

DECAZES (Élie, comte puis duc) [1780-1860], avocat, magistrat, secrétaire des commandements de Madame Mère, préfet de police le 7 juillet 1815, ministre de la Police générale du 24 septembre 1815 au 29 décembre 1818, ministre de l'Intérieur du 29 décembre 1818 au 19 novembre 1819, président du Conseil et ministre de l'Intérieur du 19 novembre 1819 au 20 février 1820, ambassadeur à Londres en 1820 et 1821; favori de Louis XVIII; sous Louis-Philippe grand référendaire de la Chambre des pairs de 1834 à 1848 : •*PG*, III, 188 (n. 1), 189, 190, 192; •*In.*, III, 454 (n. 2); *AEF*, III, 720; *R*, IV, 314; *CA*, IV, 977, 1008; *IP*, V, 400; *F*, V, « le ministre de l'Intérieur » 892, 893; *CB*, VI, 209; *CSS*, VII, 1163; *TA*, VIII, 687; •*CF*, XII, « le ministre de la Police » 455; *DxA*, XII, 664.

*DECAZES : *CB*, VI, 263 (var. *a*); *TA*, VIII, 684 (var. *c*).

*DECAZES, remplacé par •RICHELIEU : *IP*, V, 259 (var. *b*).

DECIUS (Publius Decius Mus, ou), consul romain, ou son fils ou son petit-fils, tous trois ayant donné leur vie pour sauver leur patrie, le premier à Veseris (340 av. J.-C.), le deuxième à Sertinum (295 av. J.-C.), le troisième à Asculum (279 av. J.-C.) : *MJM*, I, 379.

Decius (deux), FRANTZ et VIRIOT : *Pré.TA*, VIII, 497.

Decius femelles (des) : *Phy.*, XI, 947.

DÉDALE, personnage légendaire, architecte du labyrinthe de Crète : *B*, II, « Dedalus » 846; *CA*, IV, 1002.

DEFERMON DES CHAPELLIÈRES (Joseph-Jacques, comte) [1752-1831], avocat, député, président de la Constituante, commissaire de la trésorerie en 1797, directeur de la Dette publique et ministre d'État en 1807 : *VF*, IV, « M. de Fermon » 828 (n. 1).

•DEFOE (Daniel) [1660-1731], romancier anglais.
　Robinson Crusoé : *LL*, XI, 602.
　　ROBINSON : *Pré.CH*, I, 10; *Ch.*, VIII, 1113; *Pay.*, IX, 1291.
　　*ROBINSON : *Dés.*, VIII, 1222 (var. *a*).
　　•VENDREDI : *H*, II, 569.
　　•VENDREDI : *Dés.*, VIII, 1222 (var. *a*).

DÉJAZET (Pauline-Virginie) [1798-1875], comédienne : *CSS*, VII, 1212 (n. 1).

Déjazet inédite (une), Héloïse Brisetout : *Be.*, VII, 160.

DENYS le jeune (Dionysios, ou) [v. 367-344 av. J.-C.], second tyran de Syracuse : *MJM*, I, 226 (n. 3).

Denys à Corinthe (une espèce de), le surveillant du Collège de la Trinité, à Dublin : *MI*, XII, 736.

DÉODATUS, LOUIS XIV (voir à BUSSY-RABUTIN).

Député (un éloquent) de la Restauration, qui s'était « fait imprimer à la presse » sous la Restauration ; non identifié : *Hist.Lys*, IX, 930.

Député qui proposa le rétablissement du divorce (le), en 1830, dans *DxA*. Voir SCHONEN.

Députés (les Deux cent vingt et un) de 1830 : *AS*, I, 993 (n. 1).

Députés (les dix-sept) de la Gauche, sous la Restauration : *CB*, VI, 108 (n. 2).

•DE QUINCEY (Thomas) [1785-1859], écrivain anglais, auteur des *Confessions d'un mangeur d'opium : Do.*, X, « un Anglais » 574.

Derviche des *Mille et Une Nuits* (un) : *FC*, VI, 1019.

DERVILLE, nom d'un personnage de comédie, notamment dans *Sophie et Derville* (Mlle de Saint-Léger, 1788), *Honorine ou la Femme difficile à vivre* (Radet, 1795), *Le Collatéral* (Picard, 1799, repris en 1830), *L'Intérieur de l'étude* (Scribe, 1821), *L'Adjoint et l'avoué* (A. Romieu, 1824), *Le Duel* (Th. Leclercq, 1824), *Paris et Bruxelles ou le Chemin à la mode* (Théaulon, Étienne et Gondelier, 1826), *Le Bal de l'avoué* (Duflot et Roche, 1839) : *CA*, IV, 966 ; *FD*, XII, 502 (n. 1).

DESAIX DE VEYGOUX (Louis-Charles-Antoine) [1768-1800], général : *AEF*, III, 701 ; *VF*, IV, 827 (n. 5) ; *CA*, IV, 1057 ; *Dés.*, VIII, 1220 (n. 1) ; *Vis.*, XII, 642, 643.

DÉSAUGIERS (Marc-Antoine-Madeleine) [1772-1827], chansonnier et vaudevilliste, en outre administrateur du théâtre du Vaudeville de 1815 à 1822, puis quelque temps en 1827 : *FYO*, V, 1072 ; *Gau.*, VII, 848 (n. 4).
   •*La Chatte merveilleuse* : *MCP*, I, 60 (n. 1).

DESBORDES-VALMORE (Marceline-Félicité-Josèphe Desbordes, devenue Mme Valmore et dite Marceline) [1786-1859], poète. Dédicataire de *Jésus-Christ en Flandre* : *JCF*, X, 311 (n. 1).

DESCARTES (René) [1596-1650], écrivain et philosophe : *FM*, II, 216 ; *IG*, IV, 576 ; *IP*, V, 177 ; *F*, V, 804 ; *TA*, VIII, 649 ; *PCh.*, X, 77, 150 ; *Cath.*, XI, 339 ; *LL*, XI, 628 ; *PVS*, XII, 223 ; *ES*, XII, 525.
   DESCARTES : Pré. Livre mystique, XI, 505 (var. *a*) ; *LL*, XI, 650 (var. *b*), 1501.

Descartes (des) : *Phy.*, XI, 966.

•DESCHAMPS (Jean-Marie) [v. 1750-1826], littérateur.
   Le Laboureur chinois : E, VII, 937.

DESDÉMONA, personnage d'*Othello*, de Shakespeare : *MJM*, I, 229 ; *AEF*, III, 682 ; *CA*, IV, 1041 ; •*PMV*, XII, 88.

DESDÉMONE, personnage d'*Otello*, de Rossini : *F30*, II, 1081.

DESFORGES (Pierre-Jean-Baptiste Choudard, dit) [1746-1806], acteur et auteur : *MD*, IV, 708 (n. 2).
   •*Le Sourd ou l'Auberge pleine.*
      •OLIBAN : *PG*, III, 124 (n. 1), 196.

•DESGRAVIERS-BERTHELOT (François Ganivet, baron) [1768-1812], officier général, commandant à l'Ouest avant Marceau : *Ch.*, VIII, 1131 (n. 1).

DESLON (Charles-Nicolas) [1750-1786], médecin : *UM*, III, 823 (n. 7) ; *MI*, XII, 720.

DESMALTER. Voir JACOB DESMALTER.

DESMARES, cafetier, frère de la comédienne Thérèse-Nicole Desmares ; fondateur d'un café politique royaliste qui portait son nom, proche de la Chambre, et qui ferma en 1867 : *AC*, XII, 833.

•DESŒILLETS (Alix Faviot ou Faviolle, devenue Mme) [v. 1621-1670], créatrice du rôle d'Agrippine, dans *Britannicus : R*, IV, 403.

•DESPRÉS (Jean-Baptiste-Denis) [1752-1832], auteur dramatique et administrateur.
   Le Laboureur chinois : E, VII, 937.

DESQUERDES. Voir CRÈVECŒUR.

DESROZIERS, imprimeur à Moulins ; publiait *L'Art en province*, revue à laquelle collaborait A. Borget, ami de Balzac : *MD*, IV, « Desrosiers » 662.

Directeurs successifs du théâtre du Panorama-Dramatique (les), de 1820 à 1823 : *IP*, V, les « deux administrations » 372. Dans la réalité, Jean-Pierre Alaux (1793-1858), peintre, inventeur des néoramas et décorateur de théâtre, puis Langlois de Saint-Montant ; M. Chedel, ensuite, dut liquider.

Directeurs du Directoire exécutif (les), en septembre 1799, dans *Ch.* : BARRAS, depuis le début, le 1er novembre 1795 ; GOHIER, depuis le 17 juin 1799 ; MOULIN, depuis le 30 juin 1799 ; ROGER-DUCOS, depuis le 29 juin 1799 ; SIEYÈS, depuis le 16 mai 1799. (Voir ces noms.)

*Directeurs du collège de Vendôme (les), vers 1810. Voir *DESSAIGNES et MARESCHAL.

Disciple de Swedenborg (le) : *Sér.*, XI, peut-être Saint-Martin 774 (n. 2), Daillant de La Touche 779 (n. 1).

Disciples d'Emmaüs (les), Cléophas et Clopas : *Sér.*, XI, par erreur « trois » 804, 805.

Distrait (le). Voir MÉNALQUE.

DIXON (capitaine), officier de marine anglais ; il avait Swedenborg à son bord en 1758 ; selon d'autres sources, cet officier se nommait Mason : *Sér.*, XI, 768.

DÖHLER (Theodor von) [1814-1856], compositeur et pianiste autrichien : *CP*, VII, « Dœhler » 497.

DOLCI (Carlo ou Carlino) [1616-1686], peintre florentin : *FE*, II, 273 ; *PCh.*, X, 144 ; *Do.*, X, 545 ; *EM*, X, 870.

DOLCINI (les), famille noble de Mantoue : *E*, VII, 897.

DOLIBAN. Voir OLIBAN.

DOMAT (Jean) [1625-1696], jurisconsulte ; confident et ami de Pascal : *AIH*, XII, 779.

DOMINIQUIN (Domenico Zampieri, dit il Domenichino, ou le) [1581-1641], peintre italien : *DF*, II, 52 ; *R*, IV, 388 ; *PGr.*, VI, 1101 ; *CP*, VII, 615.
    La Communion de saint Jérôme : *Bou.*, VIII, 152.
    Enfants entourés de fleurs, sans doute *Le Triomphe de l'amour* : *CP*, VII, 615.
    Saint Jérôme : *R*, IV. 388.

DOMITIEN (Titus Flavius Domitianus, ou) [51-96], empereur romain de 81 à sa mort : *CB*, VI, 178 (n. 1) ; *SetM*, VI, 629 ; *E*, VII, 940.

DON JUAN, personnage légendaire du séducteur, originaire d'Espagne : *CM*, III, 645 ; *Pré.P*, IV, 23 ; *FYO*, V, 1101 ; *Pay.*, IX, 219 ; *ELV*, XI, 473.

Don Juan littéraire (un), Canalis : *MM*, I, 611.

Don Juan (un), Félix de Vandenesse n'en est pas un : *FE*, II, 291.

Don Juan femelle (une sorte de), Camille Maupin : *B*, II, 698, 699.

Don Juan en casquette (un), Cérizet : *IP*, V, 566.

Don Juan femelle (un), Diane de Cadignan selon les invités de Mme d'Espard : *SPC*, VI, 982.

Don Juan des tableaux (le), Magus : *CP*, VII, 594.

Don Juan malgré lui (le), Jérôme Thuillier : *Bou.*, VIII, 31, 33.

Don Juan de la vallée de l'Avonne (le), Amaury Lupin : *Pay.*, IX, 263.

Don Juan de la vallée de l'Avonne (les) : *Pay.*, IX, 87.

*Don Juan financier (un), Valdenoir : *MR*, X, 383 (var. *b*).

DON JUAN, personnage-titre d'un poème de Byron : *H*, II, 573 ; *Phy.*, XI, 1040, 1116.
    *DON JUAN : *H*, II, 527 (var. *c*).

DON JUAN, personnage-titre d'une comédie de Molière : *AEF*, III, 712 ; *IP*, V, 662 ; *ELV*, XI, 486.

DON JUAN, personnage-titre d'un opéra de Mozart : *FM*, II, 214 ; *Gam.*, X, 509.

DON QUICHOTTE, personnage-titre d'un roman de Cervantès : *Pré.CH.*, I, 10 ; *MJM*, I, « le chevalier de la Triste Figure » 220 ; *MM*, I, 515 ; *DV*, I, 792 ; *PG*, III, 144 ; *IP*, V, 208 ; *F*, V, 817 ; *SetM*, VI, « le chevalier de la Manche » 475 ; *CP*, VII, 485, 596 ; *EHC*, VIII, 335 ; *Pré.TA*, VIII, 499 ; *Pré.Ch.*, VIII, 900 ; *Lys*, IX, le « pauvre chevalier castillan » 1013 ; *PCh.*, X, 242.

Don Quichotte (un), le créancier légitime et sérieux : *CB*, VI, 276.

Don Quichotte terrible (un), le baron Bourlac : *EHC*, VIII, 335.

*Don Quichotte (un air de), Félix de Vandenesse l'a, selon Natalie de Manerville : *Lys*, IX, le « chevalier de la Triste Figure » 1228.

DONATELLO (Donato di Niccolo di Betto Bardi, dit) [v. 1386-1466], sculpteur florentin : *Be.*, VII, 90.

DONATI (les), famille florentine, de la faction des Guelfes : *Pro.*, XI, 553.

DONI (Maddalena et Angelo). Voir Index III.

•DONIZETTI (Gaetano) [1797-1848], compositeur italien.
  Lucia di Lammermoor : *B*, II, 929.

DORAT (Claude-Joseph) [1734-1780], poète : *Pay.*, IX, 150 ; *Phy.*, XI, 1144 ; *AIH*, XII, 776.

Dorat de sacristie (un), Canalis : *MM*, I, 513.
  Ant. *BERQUIN (un) : *MM*, I, 513 (var. *d*).

DORET (Louis) [1789-1866], enseigne de vaisseau qui proposa à Napoléon de forcer le blocus de Rochefort par la flotte anglaise pour l'emmener aux États-Unis : *MC*, IX, 592.
  Ant. *COLLET, capitaine : *MC*, IX, 592 (var. *c*).

DORIA (les), famille noble de Gênes dont les premiers membres connus sont Martino et Gherardo, attestés en 1110 : *E*, VII, 897 ; *Do.*, X, 544, 610.

DORIA (Andrea), prince de Melfi (1466-1560), amiral de la flotte de François Ier en 1524, il passa au service de Charles Quint : *Cath.*, XI, 180.

DORINE, suivante de Marianne dans *Tartuffe*, de Molière : *CP*, VII, 577 ; *CSS*, VII, 1174 ; *HP*, XII, 572.

Dorine du bagne (la), Asie : *SetM*, VI, 742.

Dorine (un type de), une prostituée : *HP*, XII, 572, 580.

•DORUS (Julie-Aimée van Steenkiste-), devenue Mme Gras (1813-1896), cantatrice : *Gam.*, X, 506 (n. 2).

•DORVAL (Marie-Thomase-Amélie Delaunay, dite Bourdais du nom de sa mère, devenue la femme d'Allan dit Dorval, et dite Marie), puis Mme Jean-Toussaint Merle (1798-1849), artiste dramatique : *Postface H13*, V, 1111 (n. 2).
  *DORVAL : *FM*, II, 211 (var. *b*), 223 (var. *a*).

•DORVIGNY (Louis-François Archambault, dit) [1742-1812], auteur et acteur comique.
  Les Battus paient l'amende : *MN*, VI, 342 (n. 3).

*DOSNE (Alexis-André) [1781-1849], receveur général et beau-père de THIERS (voir ce nom) : *CP*, VII, 490 (var. *f*).

DOU. Voir Dow.

DOUBLET DE PERSAN (Marie-Anne Legendre, devenue Mme) [1677-1771], tint un salon dans sa retraite du couvent des Filles-Saint-Thomas, nommé « la Paroisse » par ses fidèles, Piron, Voisenon, notamment : *AEF*, III, 702.

DOUGAL, personnage de *Trilby*, de Nodier : *F*, V, 838.

•DOUMERC (Louis-Auguste-Marie) [1776-1838], frère de Joséphine DELANNOY (voir ce nom), banquier puis munitionnaire général des vivres et des armées ; peut-être désigné ici : *Phy.*, XI, « M. D... », munitionnaire général » 1149.

DOW (Gerrit Dou ou Dov, ou Gérard) [1613-1675], peintre hollandais de genre et de portraits, graveur : *B*, II, 651 ; *F30*, II, 1190 ; *CA*, IV, 1069 ; *PGr.*, VI, 1100, 1106, 1110 ; *CV*, IX, 653 ; *PCh.*, X, 74, 78 ; *RA*, X, « Dou » 684.
  La Femme hydropique : *PGr.*, VI, 1100.
  Le Peseur d'or : *CA*, IV, 1069 ; *PCh.*, X, 78.

DOYEN (Pierre-Gabriel) [1750-1831], entrepreneur de peinture, devenu fondateur d'un théâtre bourgeois installé d'abord à la Boule-Rouge, puis rue Notre-Dame-de-Nazareth en 1791, sous le nom de Théâtre d'Émulation, dit Théâtre Doyen, qu'il transféra ensuite rue Transnonain, 12, où cet établissement disparut en 1834 après les massacres qui eurent lieu dans son immeuble et dont fut victime, notamment, le peintre-vitrier Daubigny, successeur de son entreprise et mari de sa petite-fille : *Th.*, XII, 587, 591-594.
  *DOYEN : *Th.*, XII, 593 (var. *a*).

*DOZE (Léocadie-Aimée), Mme Roger de Beauvoir (1823-1859), comédienne, de la troupe de la Comédie-Française de 1839 jusqu'à son mariage, puis femme de lettres : *FM*, II, 223 (var. *a*).

DRAPER (Elizabeth Sclater, devenue Mrs. Daniel Draper, dite Eliza) [1744-1778], aimée de Sterne ; elle se sépara de son mari (qui l'avait trompée

avec sa femme de chambre, Mrs. Leeds) mais aux Indes et six ans après sa
rencontre avec Sterne : *MM*, I, 508; *Phys.*, XI, 1063.

DRESCHOCK. Voir DREYSCHOCK.

DREUX (les), famille comtale de Normandie devenue marquisale et Dreux-
Brézé à partir de l'union de Louis de Brézé, comte de Maulévrier, avec
Catherine de Brézé, dans la première moitié du XVIe siècle : *EG*, III, 1184.
    Ant. *ROHAN-CHABOT : *EG*, III, 1184 (var. *a*).

DREYSCHOCK (Alexander) [1818-1869], compositeur et pianiste de Bohême :
CP, VII, « Dreschok » 497.

DROLLING (Martin) [1752-1817], peintre d'intérieurs et de genre : *F30*, II,
1190; *PGr.*, VI, 1095.

DROUOT (Antoine, comte) [1774-1847], officier général, pair sous l'Empire
et sous Louis-Philippe : *Ven.*, I, 1066 (n. 1 de la p. 1067).

DRYASDUST, personnage des préfaces d'*Ivanhoé* et des *Fortunes de Nigel*,
de W. Scott : *Pré.E*, VII, « Dryadust » 879.

DU BARRY (Jeanne Bécu, devenue par adoption Marie-Jeanne Gomard de
Vaubernier, puis par mariage comtesse) [1743-1793], favorite de Louis XV;
guillotinée : *VF*, IV, 881, 882; *F*, V, une des « deux quasi-reines » 851;
DL, V, 1020; *SetM*, VI, 440; *FC*, VI, 1030; *S*, VI, 1045; *Be.*, VII, 74;
Pay., IX, 59; *PCh.*, X, 69.
    *DU BARRY : *P*, IV, 64 (var. *c*).

Du Barry (une), Esther peut le devenir, selon Jacques Collin : *SetM*, VI,
479.

Du Barry (être), style de vie libre, selon Crevel : *Be.*, VII, 234.

*DU BELLAY (Guillaume), seigneur de Langey (1491-1543), général : *Cath.*,
XI, 187 (n. 3), 191 (n. 1).
    Mémoires : *Cath.*, XI, 187 (n. 3), 188, 189, 191 (n. 1 de la p. 190).

Du BELLAY (Joachim) [1522-1560], poète : *Cath.*, XI, 262.

DU BOCAGE (Jean-Denis Barbié) [1760-1825], cartographe : *Be.*, VII, 402
(n. 2).

DUBOIS dans *DxA*. Voir DUBREUIL.

DUBOIS (Antoine, baron) [1756-1837], médecin, accoucheur de Marie-Louise,
fondateur de la Maison Dubois à Paris : *Ath.*, III, 390 (n. 2); *R*, IV, 351,
537; *PMV*, XII, 48; *PVS*, XII, 265.

DUBOIS (Guillaume) [1656-1723], cardinal, premier ministre du Régent en
1822 : *MD*, IV, 747 (n. 2); *Be.*, VII, 323 (n. 1).

Dubois (être abbé), style de vie libre, selon Crevel : *Be.*, VII, 434.

*DUBOIS (Jean-Baptiste) [1778- ?], vaudevilliste.
    La Cendrillon des écoles : *MCP*, I, 60 (n. 1).

DUBOIS (Louis-Nicolas-Pierre-Joseph, comte) [1758-1845], magistrat; préfet de police de 1800 à 1810, rival souvent malheureux de Fouché : *IP*,
V, 501; *SetM*, VI, 526; *Pré.TA*, VIII, 487; *TA*, VIII, *521, *525, 552,
*573, 597.
    *DUBOIS, remplacé par FOUCHÉ : *TA*, VIII, 598 (var. *a*).

DUBOIS DE CRANCÉ (Edmond-Louis-Alexis) [1747-1814], officier général,
conventionnel, membre du Comité de Salut public, régicide, ministre de
la Guerre du Directoire, du 12 septembre au 10 novembre 1799, donc
avant que Laplace ne soit ministre de la Guerre : *Ch.*, VIII, « Dubois »
1051 (n. 2).
    Ant. *BERNADOTTE : *Ch.*, VIII, « le Ministre de la Guerre » 930 (var. *a*),
1051 (var. *a*).

DU BOURG (Anne) [1522-1559], conseiller au Parlement de Paris en 1557,
il plaida auprès d'Henri II la cause des calvinistes; brûlé pour hérésie :
Cath., XI, 213, 214, 223, 225.

DUBREUIL, médecin : *CP*, VII, 536; *Phy.*, XI, 1193; *DxA*, XII, par erreur
« Dubois » 682 (n. 2).

DUBUFE (Claude-Marie) [1790-1864], peintre de portraits et d'histoire :
PGr., VI, 1100.

DUBUISSON (Jean-Baptiste-René Jacquelin-) [1770-1836], médecin aliéniste :
IG, IV, 579 (n. 2).

DUC (Philippe). Voir DUCO.

DUCANGE (Victor-Henri-Joseph Brahain, dit) [1783-1833], littérateur : *IP*,
V, 300-302, 351, 362, 469.
    Agathe ou le Petit Vieillard de Calais : *IP*, V, 302.

Agathe ou le Petit Vieillard, remplacé par *Inductions morales*, de Kératry : *IP*, V, 300 (var. *d*).

 Calas : *IP*, V, 469.

 Léonide ou la Vieille de Suresne : *IP*, V, 300-302.

 Trente ans ou la Vie d'un joueur : *R*, IV, 472 ; •*Ma*., X, 1082 (n. 2).

DU CAYLA (Zoé-Victoire Taloo, devenue comtesse de Baschi) [1784-1850], favorite de Louis XVIII : *FA*, II, 464 (n. 2) ; •*IP*, V, 390 (n. 1), « Octavie » 536 (n. 2), 537.

 **DU CAYLA (Mme) : *MJM*, I, « une Comtesse » 1242.

 **DU CAYLA (Mme), remplacée par la comtesse Féraud : *E*, VII, 1057 (var. *d* et n. 2), 1061 (var. *a*).

 **DU CAYLA (Mme), remplacée par la marquise d'Espard : *E*, VII, 1070 (var. *a* et *b* et n. 3).

 *DU CAYLA (Mme), et *RÉCAMIER (Mme), *DURAS (Mme de), remplacées par Mme Firmiani, Mme d'Espard, Mme d'Aiglemont, Mme de Carigliano : *E*, VII, 918 (var. *b*).

DU CERCEAU (Jacques Androuet, dit) [v. 1510-1585], architecte du Roi : *IP*, V, 506, 507.

 •*Les plus excellents bâtiments de France* : *IP*, V, 506, 507.

DU CERCEAU (Jean-Antoine) [1670-1730], père jésuite, polygraphe : *Pré.FE*, II, 261.

 •*La Nouvelle Ève* : *Pré.FE*, II, 261 (n. 3).

DU CHASTEL ou DUCHÂTEL (Tanneguy) [?-1477], fils du chambellan du duc de Bretagne, neveu du chef Armagnac ; chambellan de Charles VII dont il paya les obsèques, bien qu'il fût en disgrâce : *Cath*., XI, 335.

 *DU CHASTEL : *Cath*., XI, 378 (var. *a*).

DU CHASTELER (Jean-Gabriel-Joseph-Albert, marquis) [1763-1825], général belge, devenu feld-maréchal au service d'Autriche ; oncle de Mme de BOCARMÉ (voir ce nom) : *Éch*., XII, « général Chasteler » 492.

DU CHÂTELET (Émilie Le Tonnelier de Breteuil, devenue marquise) [1706-1749], femme de lettres : *PVS*, III, 294.

DUCIS (Jean-François) [1733-1816], poète tragique : *Pré.PCh*., X, 48 ; *ES*, XII, 543.

DUCLER (les), famille d'Essonne (aujourd'hui Corbeil-Essonne), fondatrice d'une entreprise de messageries desservant Corbeil, Essonne, Nemours, Montargis, Fontainebleau et le Gâtinais, partant de la rue Dauphine, 26, à Paris ; devenue à la date de l'action l'Entreprise Lenoir-Ducler et Peigné jeune : *UM*, III, 774.

DUCLOS (Charles Pinot-) [1704-1772], moraliste et historien : *F30*, II, 1059 ; *IP*, V, 172.

DUCLOS (Charles-Louis-Antoine Jacquet-) [1798-1875], clerc d'avoué à l'étude Guillonnet-Merville (voir la Chronologie pour 1816, t. I, p. LXXXIII), où il se lia avec Balzac ; entré le 1er avril 1820 aux Archives, section judiciaire, au Palais de Justice, comme surnuméraire puis comme secrétaire-commis du 1er mai 1820 au 1er janvier 1846, date à laquelle il devint commis-archiviste, et archiviste le 1er février 1852, puis sous-chef des Archives du Palais, en fait le 1er avril 1859, en titre le 1er janvier 1862 : *DV*, I, 851.

DUCO (Filippa), Piémontaise, maîtresse du futur Henri II dont elle eut Diane de France : *EM*, X, « Philippe Duc » 931 (n. 2).

*DUCOMMUN, fontainier, breveté pour des fontaines à filtres de charbon pour épurer les eaux, installé rue Ventadour, 1 ; remplacé ici par « l'industrie » : *F*, V, 850 (var. *g*).

DUCRAY-DUMINIL (François-Guillaume) [1761-1819], littérateur : *MM*, I, 496.

•DUCROS (Simon) [XVIIe siècle], écrivain.

 Mémoires de Henri, dernier duc de Montmorency : *UM*, III, 962.

DU DEFFAND (Marie de Vichy-Chamrond, devenue marquise) [1697-1780] : *AEF*, III, 702 ; *PVS*, XII, 294.

DUFAURE (Armand-Jules-Stanislas) [1798-1881], avocat, ministre de Louis-Philippe : *LL*, XI, 602.

DU FOU (Jean), seigneur de Montbazon ; grand échanson de France ; la seigneurie de Montbazon lui venait de sa femme, Jeanne de La Rochefoucauld, héritière du titre qui, après eux, passa aux Rohan par le mariage de leur fille avec Louis III de Rohan, bisaïeul de Louis VI de Rohan, en faveur duquel la seigneurie de Montbazon fut érigée en comté; ici, « Dufou » : *Cor.*, XI, 54, 56.

•Du Fresnay (Marie-Louise-Françoise, dite Maria, Daminois, devenue Mme) [1809-1892]. Dédicataire d'*Eugénie Grandet* : *EG*, III, « Maria » 1027 (n. 1).

Dughet. Voir Guaspre.

*Dugommier (Jacques-François Coquille, dit) [1738-1794], général : *Ven.*, I, 1541.

Du Guesclin (les), ancienne famille de Bretagne : *B*, II, 643 (n. 3), 644.

Du Guesclin (Bertrand) [1320-1380], connétable de France : *B*, II, 645, 652, 684; *EHC*, VIII, 252; *Cath.*, XI, 234, 411.
  •Du Guesclin : *B*, II, 740 (var. *c*).

Du Halde (Jean-Baptiste) [1674-1743], jésuite, littérateur, géographe : *IP*, V, 221 (n. 1).

•Du Lau (Jean-Marie) [1738-1792], archevêque d'Arles : *CV*, IX, « Dulau » 719 (n. 1).

Dulcinée, personnage de *Don Quichotte*, de Cervantès : *IP*, V, 239; •*SetM*, VI, 475 (n. 1).

Dulcinée de Giroudeau (la), Florentine : *R*, IV, 310.

Dulcinée pour Nucingen (une), Esther, selon Peyrade : *SetM*, VI, 540.

Dulcinée d'Hulot (la), Mme Marneffe, selon Crevel : *Be.*, VII, 163.

•Du Lude (Guy de Daillon, comte) [?-1585], sénéchal d'Anjou; marié depuis 1558 avec Jacqueline Motier de La Fayette à l'époque où il était évoqué : *Cath.*, XI, 265 (var. *b*).

Du Maine (Louis-Auguste de Bourbon, duc) [1670-1736], fils naturel de Louis XIV et de Mme de Montespan : *DL*, V, 924 (n. 4).

•Dumanoir (Philippe-François Pinel du Manoir, dit) [1806-1865], auteur dramatique.
  •*Une fille d'Ève* : *Pré.FE*, II, 261 (n. 4).

Dumas (Alexandre Dumas Davy de La Pailleterie, dit Alexandre ou Alex) [1802-1870], écrivain : *Hist.Lys*, IX, 959-961, 967; *AIH*, XII, 785.
  **•*Antony* : *Le Conseil*, II, vraisemblablement la « pièce » 1365-1367
  Postface *H13*, V, « la pièce » 1111 (n. 2).
    *Antony : *F*, V, 809 (var. *f*).
  **•Mme d'Hervey : *Le Conseil*, II, 1366.
    Richard d'Arlington : *SetM*, VI, 619, 620, 628.
  •*La Tour de Nesles* : *B*, II, 687 (n. 2).

Dumbiedikes. Voir Laird (le).

Duméril (André-Marie-Constant) [1774-1860], naturaliste : *Phy.*, XI, 922.
  Zoologie analytique : *Phy.*, XI, 922.

•Dumersan (Théophile Marion du Mersan, dit) [1780-1849], auteur dramatique.
  Les Anglaises pour rire : *AS*, I, 916.
  •*Les Cuisinières* : *CB*, VI, 137 (voir Flore).
  Les Saltimbanques : *Goethe et Bettina*, I, 1334; *E*, VII, 947; *CSS*, VII, 1162, 1163, 1208.
    Bilboquet : *E*, VII, 947.

Dumouriez (Charles-François Dumouriez du Perrier, dit) [1739-1823], officier général, ministre des Relations extérieures du 10 mars au 12 juin 1792, puis de la Guerre du 12 juin au 23 juillet 1792, commandant l'armée des Ardennes puis du Nord : *Vis.*, XII, 636 (n. 4).

Dundas (Henry), premier vicomte Melville (1742-1811), homme politique anglais, ami de Pitt : *DV*, I, 864 (n. 1); *TA*, VIII, 554 (n. 2).

Dupaty (Emmanuel-Félicité-Charles) [1775-1851], poète, auteur dramatique : *ES*, XII, 542.

•Duperré (Victor-Guy, baron) [1775-1846], amiral, ministre de la Marine du 22 novembre 1834 au 6 septembre 1836, du 12 mars 1839 au 1er mars 1840, et du 29 octobre 1840 au 7 février 1843 : *UM*, III, 901 (n. 2).

Du Perron (Jacques Davy) [1556-1681], cardinal, fils d'un ministre réformé, il abjura : *In.*, III, 471; *Bou.*, VIII, 120 (n. 2).

Dupetit-Méré (Frédéric) [1785-1827], auteur dramatique : *IP*, V, 469.
  La Famille d'Anglade : *DV*, I, 865.

déposé, puis roi de 1471 à sa mort ; chef du parti de la Rose blanche de la maison d'York : *Cor.*, XI, 31.

ÉGÉRIE, nymphe, conseillère légendaire du roi de Rome, Numa Pompilius : *MJM*, I, 347 ; *P*, IV, 75 ; *SPC*, VI, 966.

Égérie de Crevel (l'), Mme Marneffe : *Be.*, VII, 327.

Égérie d'un ministre (l'), Mme Fontaine : *CSS*, VII, 1195.

*Égérie d'un Numa constitutionnel (l'), Mme de *Brascatane pour le duc de *Vernon : *MJM*, I, 1242.

ÉGINHARD (Einhard, ou) [v. 770-840], secrétaire de Charlemagne : *Phy.*, XI, 938 (n. 6) ; *PVS*, XII, 269 (n. 1).

ÉGISTHE, amant de Clytemnestre : *Phy.*, XI, 1065.

ÉGLANTINE. Voir FABRE D'ÉGLANTINE.

EGMONT (Lamoral, comte d'), prince de Gavre (1522-1568), capitaine général des Flandres, décapité sur l'ordre du duc d'Albe, et dont Goethe fit le héros de sa tragédie *Le Comte d'Egmont* : *MM*, I, 497 ; *Cath.*, XI, 264.

EGMONT (Sophie-Jeanne-Armande-Élisabeth-Septimanie de Vignerot du Plessis de Richelieu, devenue comtesse d'), marquise de Pignatelli (1740-1773) : *RA*, X, 674 (n. 4) ; *PVS*, XII, 221.

Égyptien (un), assassin de Kléber, le Turc Suleyman : *MC*, IX, 526 (n. 1).

EICHORN (Johann-Conrad) [1718-1790], naturaliste allemand : *Phy.*, XI, 1062.

EISEN (Charles-Dominique-Joseph) [1720-1778], graveur, peintre et dessinateur : *F*, V, 868.

ELBÉE (Maurice Gigot d') [1752-1794], général vendéen : *B*, II, 650 ; *Lys*, IX, 1018 ; *Vis.*, XII, 638.

ELCIA, personnage de *Mosè*, de Rossini : *Do.*, X, 593, 595-598, 603-605, 607.

Électeur (l') du Palatinat. Voir CHARLES-THÉODORE.

Électeur (un) d'Allemagne qui pensionna la veuve de Luther. Il s'agit de Johann-Friedrich Ier, dit le Magnifique (1503-1554), Électeur de Saxe de 1532 à 1547 : *Cath.*, XI, 341.

ÉLÉONORE D'AUTRICHE (1498-1558), fille de Philippe Ier d'Espagne et de Jeanne de Castille, sœur de Charles Quint, reine du Portugal en premières noces, puis reine de France après son remariage, en 1530, avec François Ier : *Cath.*, XI, « la reine » 189, 190.

ÉLIANTE, personnage du *Misanthrope*, de Molière : *FE*, II, 300 ; *CP*, VII, 492.

ÉLIEN, dit le Sophiste, compilateur grec du IIIe siècle : *Phy.*, XI, 963, 1025.

ÉLISABETH Ire (Elizabeth, ou) [1533-1603], fille d'Henri VIII et d'Anne Boleyn, reine d'Angleterre et d'Irlande de 1558 à sa mort : *Pay.*, IX, dans *Kenilworth* 62 ; *Cath.*, XI, 345.

*Elizabeth (une reine), Bathilde Rogron ; ant. *Catherine II (une), puis remplacée par une petite Catherine de Médicis : *P*, IV, 119 (var. c).

Élisabeth du ménage (la reine), Brigitte Thuillier : *Bou.*, VIII, 39, 56.

ÉLISABETH D'AUTRICHE (Elizabeth, ou) [1554-1592], fille de Maximilien II, femme du roi de France Charles IX, reine de France : *Cath.*, XI, 376-378, « dona Isabel » 379, 380, « sa femme » 387, une des « deux reines » 388, « sa femme » 391, 392, « sa femme » 393, 402, « votre femme » 407, « la reine » 411, « la reine » 424.

*ÉLISABETH : *Cath.*, XI, 375 (var. c), 378 (var. a), 414 (var. b).

ÉLISABETH DE VALOIS (1545-1568), fille de Catherine de Médicis et d'Henri II, troisième femme de Philippe II, roi d'Espagne ; reine d'Espagne : *Cath.*, XI, 192, 199, une des « deux filles » 382, 383.

*ÉLISABETH : *Cath.*, XI, 378 (var. a).

ÉLISABETH DE FRANCE (Élisabeth-Philippine-Marie-Hélène de Bourbon, ou) [1764-1794], sœur de Louis XVI, Louis XVIII, Charles X, dite Madame Élisabeth ; guillotinée : *SetM*, VI, 713, 715 ; *EHC*, VIII, 412.

•ÉLISABETH FARNÈSE (1692-1766), fille d'Odoard II et petite-fille de Ranuce II, duc de Parme et de Plaisance ; devenue reine d'Espagne par son mariage avec Philippe V, en 1714 : *Phy.*, XI, « la reine d'Espagne » 1060, « la reine » 1061.

ÉLISÉE († vers 835 av. J.-C.), prophète juif, disciple d'Élie : *Sér.*, XI, 773.

ELLENBOROUGH (Edward Law, baron), puis vicomte Southam puis premier comte Ellenborough (1790-1871), lord du Sceau privé en 1828-1829, gouverneur général de l'Inde en 1841-1844, premier lord de l'Amirauté en 1846 : SetM, VI, 858.

**ELLENBOROUGH (Jane-Elizabeth Digby, devenue lady) [1807-1881], seconde femme du précédent, maîtresse de Félix SCHWARTZENBERG (voir ce nom), divorcée en 1830, maîtresse de Louis Ier de Bavière, remariée en 1832 à Karl-Theodor-Herbert, baron von Venningen, puis, plus tard, au cheikh Medjwal el Mizrab : In., III, 456 (var. a).

ELLÉNORE, personnage d'*Adolphe*, de B. Constant : •B, II, 773 ; MD, IV, 765, 775, 780, 781.

ELLEVIOU (François) [1769-1842], ténor : ES, XII, 542.

ELMIRE, femme d'Orgon, personnage du *Tartuffe*, de Molière : SetM, VI, 505 ; Be., VII, 57.

ÉLODIE, héroïne du *Solitaire*, du vicomte d'Arlincourt : PG, III, 203 ; IP, V, 331 ; Be., VII, 383 (n. 2).

ELSCHOËT (Jean-Jacques-Marie-Carl-Vital, dit Carle) [1797-1856], sculpteur, élève de Bosio : FM, II, 201 ; FE, II, 315.

ELSSLER (Franziska, dite Fanny) [1810-1884], danseuse autrichienne ; elle débuta à Paris en 1834 : FM, II, « Essler » 222 ; MD, IV, 700 (n. 3) ; SetM, VI, 494 ; CSS, VII, 1160 (n. 1 de la p. 1161) ; PMV, XII, 99 (n. 2).
  *ELSSLER : Pr.B, VII, « Fanny Essler » 818 (var. e).

ELZÉVIR (les Elsevier, ou), dynastie de libraires, éditeurs et imprimeurs hollandais qui compta quinze représentants depuis Louis (v. 1546-1617) jusqu'à Daniel (1626-1680) : IP, V, 124 ; AIH, XII, 768.

Émile, héros d'*Émile ou De l'éducation*, de J.-J. Rousseau : FYO, V, 1059.

*ÉMILIE, personnage de *Cinna*, de Corneille : MJM, I, 250 (var. d).

EMPÉDOCLE (v. 490 av. J.-C.- ?), philosophe grec : PVS, XII, 265.

ENAKIM (les), descendants du géant Enak qui habitaient le sud de la terre de Chanaan : Sér., XI, 775, 800.

*ENDYMION, personnage de la mythologie grecque : Sér., XI, « le berger » 753 (n. 1). (Voir Index III.)

ENGHIEN (Louis-Antoine-Henri de Bourbon-Condé, duc d') [1772-1804], fils du dernier des Condé : CA, IV, 1049 ; TA, VIII, 525, 538, 596, 614, 694 ; Lys, IX, 1092.
  *ENGHIEN : TA, VIII, 596 (var. a), 1478.

ENTELLE, Troyen.
  *Entelle (un), remplacé par un Nestor : CM, III, 580 (var. b).

ENTRAGUES (Charles de Balzac, marquis d'). Voir BALZAC (Charles).

ENTRAGUES (marquise d'). Voir TOUCHET (Marie).

ENTRAGUES (marquis d'Antragues ou d'), le dernier du nom, fut grand fauconnier non sous Louis XV mais sous Louis XVI où il avait d'abord été capitaine-colonel des Cent-Suisses à la Maison du Roi, avant d'être nommé grand fauconnier, d'abord en survivance du duc de La Vallière, de 1777 à 1780 : Hist.Lys, IX, 929.

ENTRAGUES (Mlle d'), fille du précédent, devenue Mme de Saint-Priest, selon Balzac ; il s'agit vraisemblablement d'une erreur à partir d'une confusion sur une union Saint-Priest et Antraigues, c'est-à-dire le mariage d'une Saint-Priest, fille de l'intendant du Languedoc et sœur du ministre de Louis XVI, Marie-Jeanne-Sophie Guignard de Saint-Priest (1737-1806), avec Alexandre-Jules de Launai, comte d'Antraigues (v. 1692-1765) : Hist.Lys, IX, 929.

ÉPAMINONDAS (v. 418-362 av. J.-C.), général thébain : Pr.B, VII, 813.

ÉPERNON (Jean-Louis de Nogaret de La Vallette, duc d') [1554-1642], favori d'Henri III, amant de Marie de Médicis : EM, X, 922 ; Cath., XI, 169, 241 ; LL, XI, 630.

ÉPHESTION. Voir HÉPHESTION.

ÉPICTÈTE (Ier siècle apr. J.-C.), philosophe stoïcien : Lys, IX, 1020.

Épictète des Mouchards (l'), Contenson : SetM, VI, 539.

Épictète amoureux (un), d'Arthez : SPC, VI, 985.

ÉPICURE (341-270 av. J.-C.), philosophe grec : IP, V, 548 ; MC, IX, 570 ; Do., X, 614 ; Phy., XI, 1079.

ÉRARD (Sébastien) [1752-1831], facteur d'instruments de musique : UM, III, 812 ; Bou., VIII, 91 ; PCh., X, 163.

ÉRASME (Desiderius Erasmus, ou) [v. 1466-1536], humaniste hollandais : LL, XI, 630.

ÉROS, dieu grec de l'Amour : *Pay.*, IX, 62; •*PMV*, XII, 171.
ÉROSTRATE, incendiaire du temple de Diane à Éphèse en 356 av. J.-C.
Érostrates (des), certains philanthropes : *Pay.*, IX, 49.
ESCARS ou DES CARS (Jean-François, baron puis duc d') [1747-1822], premier
  maître d'hôtel de Louis XVIII : *PG*, III, 151 (n. 1).
ESCHYLE (525-456 av. J.-C.), poète tragique grec : *LL*, XI, 649.
  •*Prométhée enchaîné* : *PCh.*, X, 217 (n. 1).
•ESCOBAR Y MENDOZA (Antonio) [1589-1669], casuiste jésuite espagnol :
  ZM, VIII, 851 (n. 2).
  Dictionnaire des cas de conscience : *AR*, XI, 121; •*PVS*, XII, 236.
ESCULAPE ou ASKLEPIOS, dieu grec de la Médecine : *BS*, I, 133; *B*, II, 935.
Esculape (l') de Mme Poulain, son fils : *CP*, VII, 621.
Esculape (un fils d'), MARAT : *Cath.*, XI, 446.
Esculape (un), un médecin : *Phy.*, XI, 1158, 1160.
ÉSON, roi d'Iolcos, père de Jason selon la mythologie grecque : *Hist.Lys*,
  IX, 955.
ÉSOPE (VIᵉ siècle av. J.-C.), fabuliste grec : *PMV*, XII, 107.
ESPESSE (M. d'), conseiller au Parlement, l'un des juges du procès intenté
  au prince de Condé en 1560 : *Cath.*, XI, 311.
ESPOZ Y MINA. Voir MINA.
ESQUERDES (d'). Voir CRÈVECŒUR D'ESQUERDES.
ESQUIROL (Jean-Étienne-Dominique) [1772-1840], médecin aliéniste, élève
  de Pinel : *IG*, IV, 579 (n. 2); *LL*, XI, 679.
ESSARTS (Nicolas Herberay des) [?-1557], officier, écrivain, traducteur
  d'*Amadis de Gaule*, de Garcia Ordoñez de Montalvo : *Cath.*, XI, 262.
ESTAING (Charles-Henri, comte d') [1729-1794], lieutenant général des armées
  navales du Roi : *B*, II, 668; *Gb.*, II, 967; *Vis.*, XII, 641.
  Ant. *SUFFREN : *B*, II, 668 (var. *a*).
  *ESTAING, remplacé par Simeuse : *VF*, IV, 821 (var. *c*).
ESTE (Maison d'), famille princière qui régna sur Ferrare du XIIIᵉ siècle
  à la fin du XVIᵉ, et sur Modène et Reggio du Moyen Âge à la fin du
  XVIIIᵉ siècle : *MM*, I, 528; *Pr.B*, VII, 809; *Cath.*, XI, 245; *ELV*, XI,
  474-475.
ESTE (Hippolyte d') [1509-1591], fils d'Alphonse d'Este, duc de Ferrare;
  fait cardinal par le pape Alexandre VI à quinze ans et dit le cardinal de
  Ferrare; présent au procès de Montecùccoli : *Cath.*, XI, 191.
ESTE (Leonora d'), sœur du duc de Ferrare, Alfonso II (1533-1597), qu'une
  légende, reprise par Goethe et Modeste Mignon, donne pour avoir été
  aimée par le Tasse : *MM*, I, 528.
ESTELLE, héroïne d'*Estelle et Némorin*, de Florian : *DxA*, XII, 676 (n. 5).
ESTERHÁZY DE GALÁNTHA (Miklós, prince) [1765-1833], Hongrois, maréchal
  de camp dans l'armée autrichienne : *Lys*, IX, 1009.
ESTHER, nièce de Mardochée, seconde femme d'Assuérus, reine de Perse :
  Phy., XI, 921.
ESTIENNE (Henri) [v. 1531-1608], fils de Robert, helléniste; peut-être l'auteur
  du *Discours merveilleux* : *Cath.*, XI, •197 (voir Index III), 201, 244.
ESTISSAC (Louis, baron d'), chef de la maison d'Estissac, en Périgord :
  Cath., XI, 202.
ESTISSAC (Jeanne d'), fille du précédent, femme de François de Vendôme,
  vidame de Chartres : *Cath.*, XI, 202.
ESTOILLE. Voir L'ESTOILLE.
ESTOUTEVILLE (Marie de Bourbon-Vendôme, devenue duchesse d') : *Cath.*,
  XI, 196.
ESTRÉES (Gabrielle d'), épouse de Nicolas d'Amerval, créée duchesse de
  Beaufort (1573-1599), favorite d'Henri IV : •*CA*, IV, 973 (n. 3); *Be.*,
  VII, 164 (n. 2); *Ch.*, VIII, 1104 (n. 2). (Voir *Gabrielle*, dans l'In-
  dex III.)
ÉTAMPES (Anne de Pisseleu d'Heilly, duchesse d') [1508-1578], maîtresse
  de François Iᵉʳ : *SPC*, VI, 958; *Cath.*, XI, 190, 193, 200, 224, « une
  favorite » 225.
  *ÉTAMPES (duchesse d') : *Cath.*, XI, 413 (var. *b*).
•ÉTAMPES (Jean de Brosse, comte puis duc d'), mari de la précédente en
  1536 et gouverneur de Bretagne : *Cath.*, XI, « le chef de la maison de
  Brosse » 190.

ÉTANGES (Julie d'). Voir JULIE.

ÉTIENNE (saint), lapidé à Jérusalem en 33 apr. J.-C. : *EM*, X, 920.

ÉTIENNE (Charles-Guillaume) [1777-1845], homme politique, académicien, auteur dramatique et publiciste attaché, notamment, à *La Minerve française*, au *Mercure du XIXe siècle* puis au *Constitutionnel* : *IP*, V, 152, 444.
  *ÉTIENNE : *FYO*, V, 1043 (var. *d*).

ÉTOURDI (L'), héros-titre d'une comédie de Molière : *E*, VII, 1049.

EUGÈNE (François Orsatelli, dit le colonel) [1768-1811], Corse enrôlé à dix-neuf ans dans le Royal-Corse, licencié en 1793, réintégré dans les troupes cisalpines ; à la formation de la Légion Italienne, en 1805, nommé colonel à la tête de ce corps par Napoléon qui lui imposa le nom d'Eugène, son nom d'Orsatelli, signifiant « ourson », étant devenu incompatible avec sa fonction ; en stationnement à l'île d'Elbe avec la Légion Italienne jusqu'à la fusion de cette dernière dans le 6e de Ligne en 1807 ; nommé général de brigade ; mortellement blessé à Valls, lors du siège de Tarragone ; mort le 12 mai, seize jours avant la reddition de cette ville : *Ma.*, X, 1037 ; *Ech.*, XII, 474.

EUGÈNE (Eugène de Savoie-Carignan, dit le prince) [1663-1736], généralissime des armées autrichiennes : *VF*, IV, 906 ; *CA*, IV, 991 ; *ACE*, XII, 843.

EUGÈNE (le prince). Voir BEAUHARNAIS.

EUMÉNIDES (les), déesses infernales de la Vengeance, dans la mythologie grecque.

Euménide (une), une femme mariée : *Phy.*, XI, 1082.

EUTERPE, muse de la musique : *CP*, VII, 488.
  *EUTERPE : *Phy.*, XI, 1056 (var. *c*).

ÉVANGÉLISTE (l'). Voir JEAN (saint).

ÉVANGÉLISTES (les), Marc, Matthieu, Luc et Jean : *MC*, IX, 572.

ÈVE : *BS*, I, 155 ; *MM*, I, 481, 501 ; *Fir.*, II, 177 ; *FE*, II, 280, 294 ; *B*, II, 712, 714, 856, 870 ; *F30*, II, 1065 ; *P*, IV, 103 ; *IG*, IV, 563 ; *MD*, IV, 649 ; *IP*, V, 217, 403 ; *CB*, VI, 310 ; *SetM*, VI, 789, 819 ; *Be.*, VII, 75, 218 ; *EHC*, VIII, 367 ; *Sér.*, XI, 749 ; *Phy.*, XI, 915, « notre mère commune » 994, 1021, 1075 ; *PVS*, XII, 288 ; *DxA*, XII, 683.
  *ÈVE : *CSS*, III, 1157 (var. *b*).

Ève, la Femme : *DV*, I, 816 ; *Be.*, VII, 224.

Ève (une fille d') : *MJM*, I, 212 ; *MM*, I, 523, 534, 583 ; *R*, IV, 386 ; *SetM*, VI, 883 ; *Ch.*, VIII, 970 ; *CV*, IX, 663 ; *Lys*, IX, 1228 ; *PCh.*, X, 203 ; *RA*, X, 682.

Ève catholique (l') : *MJM*, I, 266.

Ève de la rue du Rocher (la pauvre), Marie de Vandenesse : *FE*, II, 308.

Ève de G. de Nueil (l'), Mme de Beauséant : *FA*, II, 497.

Ève des coulisses (l'), ant. l'*ÈVE de la rue Vendôme, Coralie : *IP*, V, 418 (et var. *d*).

Ève de Crevel (l'), Mme Marneffe : *Be.*, VII, 232.

Ève et Adam dans leur paradis, Mme Marneffe et Steinbock : *Be.*, VII, 421.

Ève régénérée (l'), MARIE (la Vierge) : *PCh.*, X, 71.

*Ève céleste (une) : *MJM*, I, 1245.

Èves tombées (des) : *Be.*, VII, 129.

ÈVE, personnage du *Paradis perdu*, de Milton : *MD*, IV, 680.

Évêque d'Angoulême (l'), en 1821 : *IP*, V, 192 (voir Index I). Dans la réalité, Mgr Dominique Lacombe.

Évêque de Cahors (l'), au temps du Bandello. Voir *LUZECH.

Évêque de Grenoble (l'), vers 1819 : *MC*, IX, 404. Dans la réalité, Mgr Claude Simon (v. 1744-1825).

Évêque de Léon (l') : *MN*, VI, 391 (n. 1). Dans la réalité, Jean-François de La Marche (1729-1806).

Évêque de Limoges (l'), en 1829 : *CV*, IX, 679 (voir Index I). Dans la réalité, Mgr Prosper de Tournefort.

Évêques de Marseille et de Meaux (les). Voir BELSUNCE et BOSSUET.

ÉVERARD (Mme), personnage de gouvernante cherchant à se faire épouser dans *Le Vieux Célibataire*, de Collin d'Harleville.

Éverard (une) : *B*, II, 900 ; *CP*, VII, « Mme Évrard » 572.

Éverard d'Issoudun (une Mme), Flore Brazier : *R*, IV, 418.

Éverard (une Mme), la Cibot : *CP*, VII, « Mme Évrard » 572.

*ÉVERAT, bottier; remplacé ici par « l'industriel » : *Phy.*, XI, 938 (var. *d*).
ÉVERAT (Adolphe-Auguste) [1801- ?], imprimeur, successeur de son père, rue du Cadran, 16, en 1828; breveté à Paris de 1832 à 1840 : *Hist.Lys*, IX, 932, 947.
EYCK (Jan van) [1385 ?-1441], peintre flamand : *Be.*, VII, 196; *CP*, VII, 512, 553.
EYMERY (Alexis-Blaise) [1774-1854], littérateur, libraire rue Mazarine, 30; éditeur de *La Minerve française* de 1818 à 1820 : *IP*, V, 363.
EZZELIN, personnage de *Lara*, de Byron : *CM*, III, 646.

*F... (comte de), remplacé par le comte de M..., ministre de la Marine sous Louis XVI : *Ech.*, XII, 481 (var. *a*).
FABERT (Abraham) [1599-1662], maréchal de France : *Be.*, VII, 186.
FABIUS Cunctator (Marcus Fabius Buteo, ou) [v. 275-303 av. J.-C.], vain-quit Hannibal grâce à une guerre d'escarmouches, après l'écrasement des Romains à Cannes : *IP*, V, 609.
Fabius en robe de chambre (un), M. de Bourbonne : *CT*, IV, 217.
FABRE D'ÉGLANTINE (Philippe-François-Nazaire) [1755-1794], écrivain, homme politique; guillotiné : *PGr*, VI, « Églantine » 1096.
    *L'Intrigue épistolaire : *PGr*, VI, 1096 (n. 1).
FÆNESTE (baron de), héros des *Aventures du baron de Fæneste*, d'Agrippa d'Aubigné : *VF*, IV, 818.
FAGON (Guy-Crescent) [1638-1718], premier médecin de Louix XIV à partir de 1693 : *Phy.*, XI, 1158.
*Faillis en province ayant entraîné la compromission de magistrats (des), probablement les frères Emmin, droguistes à Besançon : *CB*, VI, 277 (n. 1).
Faiseur (le bon), ant. *WALKER : *BS*, I, 135 (et var. *a*).
Faiseurs d'articles (des), passés au Conseil d'État après la révolution de Juillet : *FE*, II, 3. Il peut s'agir de *SAINT-MARC-GIRARDIN, ou de *KÉRA-TRY, de THIERS et, peut-être, surtout de *BAUDE (voir ces noms).
FALCON (Marie-Cornélie) [1812-1897], cantatrice à l'Opéra : *B*, II, 825.
*FALIERO (Angiolina), femme du héros de *Marino Faliero*, de Byron : *MI*, XII, 731.
*FALIERO (Elena), femme du héros de *Marino Faliero*, de Casimir Dela-vigne : *MI*, XII, 731.
FALIERO (Marino), héros-titre d'œuvres de Byron et de Casimir Delavigne : *MI*, XII, 731.
FALSTAFF, personnage d'*Henry VI* et des *Joyeuses Commères de Windsor*, de Shakespeare (voir *FASTOLF) : *Cath.*, XI, 168.
FANCHETTE, personnage des *Deux Jaloux*, de J.-B. Vial : *PG*, III, 195, 219.
FAREL (Guillaume) [1489-1565], théologien, disciple puis adversaire de Cal-vin : *Cath.*, XI, 337, 338.
FARINELLI (Carlo Broschi, dit) [1705-1782], castrat italien : *MM*, I, 642.
*FASTOLF (John, fait sir John) [1380-1459], soldat de fortune anglais, devenu chevalier pendant la seconde partie de la guerre de Cent Ans; c'est d'après son nom que Shakespeare forma celui de FALSTAFF (voir plus haut), qu'il substitua à celui qu'il avait d'abord représenté et nommé, le réel sir John Oldcastle (v. 1378-1417), gentilhomme anglais conspira-teur : *Cath.*, XI, « Falstaff » 168.
FAUBLAS, héros des *Aventures du chevalier de Faublas*, de Louvet de Couvray : *EG*, III, 1067; *Phy.*, XI, 1040.
Faublas en herbe (un), Victurnien d'Esgrignon : *CA*, IV, 987.
FAUCHE-BOREL (Abram-Louis) [1762-1829], Suisse, fils de l'éditeur-libraire de Neuchâtel, Samuel Fauche (1732-1803) qui édita Bonnet; associé de son père, breveté en 1786, établi à son compte en 1788; à partir de 1795, agent de Louis XVIII en exil; il se suicida : *ES*, X, 536, 554.
FAUCHER (Constantin et Jacques-Marie-François-Étienne, dit César) [1760-1815], généraux, dits « les jumeaux de La Réole », victimes de la Terreur blanche, fusillés : *IP*, V, 157; *E*, V, 1077.
FAUST, personnage-titre d'une tragédie de Goethe : *Pré.P*, IV, 23; *Pré.H13*, V, 787; *FYO*, V, 1101; *PCh.*, X, 76, 222; *Phy.*, XI, 905; *MI*, XII, 721, 730.
Faust (une espèce de), Sarrasine l'est un peu : *S*, VI, 1047.
FAUST, dans *IP* et *PVS*. Voir FUST.

I, 347; *Fir.*, II, 142; *FE*, II, 294; *Phy.*, XI, 1021; *HP*, XII, 574; *DxA*, XII, 676, 679.
•*Estelle.*
ESTELLE : *DxA*, XII, 676 (n. 5).
•*Gonzalve de Cordoue.* Voir GONZALVE DE CORDOUE : *MJM*, I, 233 (n. 4).
FLORICOUR, personnage de comédies, notamment dans *La Feinte par amour* (Dorat, 1773, repris en 1817) et dans *Le Ci-devant jeune homme* (Merle et Brazier, 1812) : *CA*, IV, 966.
FLORVILLE (Mlle), comédienne, avec l'emploi de sixième amoureuse au Panorama-Dramatique : *IP*, V, « une actrice » 373, 374, 375.
Ant. *CORALIE : *IP*, V, 374 (var. *a*).
FLOURENS (Pierre-Jean-Marie) [1794-1867], professeur d'anatomie puis de physiologie comparée au Muséum en 1832, puis au Collège de France en 1835 : *PVS*, XII, 277 (n. 3).
*FLOURENS : *PG*, III, 269 (var. *e*); *Do.*, X, 610 (var. *d*).
FODOR (Joséphine), devenue Mme Mainvielle-Fodor (1789-1870), cantatrice : *MJM*, I, 245; *PG*, III, 165; *S*, VI, 1045.
*FODOR (la Mainvielle-), ant. *SONTAG, et remplacée par la MALIBRAN : *TA*, VIII, 606 (var. *a*).
*FOIX (maison de) : *In.*, III, 482 (var. *a*).
FOIX (Françoise de Grailly-), devenue dame de Chateaubriand (1495-1537), maîtresse de François Iᵉʳ de 1519 à 1525 : *Phy.*, XI, 985.
FOIX-GRAILLY ou, plutôt, GRAILLY-FOIX (les), maison issue des deux mariages, au XIVᵉ siècle, de Blanche de Foix avec Jean II de Grailly, et de son frère Archambaud de Grailly avec Isabelle de Foix : *CA*, IV, 1008.
FOIX-GRAILLY. Voir GRAILLY.
FOLARD (Charles, chevalier de) [1669-1753], ingénieur militaire et homme de guerre successivement sous le duc de Vendôme, Charles XII de Suède et le maréchal de Berwick : *DL*, V, 937; *Cath.*, XI, 165.
FOLMON (Jacques-Marie Rouzet, comte de) [1743-1820], conventionnel, membre des Cinq-Cents; il fit sortir de prison la veuve de Philippe-Égalité et lever le séquestre sur ses biens en 1794, la rejoignit en exil et, avec le titre d'intendant, ne la quitta plus, et, probablement, l'épousa : *VF*, IV, 928.
FONTAINE (Pierre-François-Léonard) [1762-1853], architecte de Napoléon, Louis XVIII, Charles X et Louis-Philippe, puis de la République et de Napoléon III : •*MJM*, I, 200; *IP*, V, 358, l'architecte du Palais-Royal 361; *CB*, VI, 99.
FONTANES (Jean-Pierre-Louis, marquis de) [1757-1821], poète et homme d'État : *UM*, III, 790 (n. 4); *ES*, XII, 542.
•*FONTANEY (Antoine). Voir FEELING (lord).
FONTENELLE (Bernard Le Bovier de) [1657-1757], neveu de Corneille, écrivain : *Gb.*, II, 965; *MD*, IV, 633; *CV*, IX, 667; *PVS*, XII, 240, 293, 294, 298; *ES*, XII, 525; *AIH*, XII, 779.
*FONTENELLE, remplacé par MAZARIN : *SetM*, VI, 605 (var. *d*).
•*Du bonheur : *PVS*, XII, 298 (n. 2).
•*Histoire des oracles : *CP*, VII, 556 (n. 1); *Sér.*, XI, 789 (n. 1).
FORBIN (Louis-Nicolas-Philippe-Auguste, comte de) [1777-1841], peintre, graveur, archéologue, écrivain : *Be.*, VII, 76 (n. 1); *CP*, VII, 540.
FORBIN-JANSON (Charles-Auguste-Marie-Joseph, comte de) [1785-1844], évêque de Nancy, missionnaire : *FM*, II, 203.
FORFELIER (Jules-Antoine-Gabriel) [1807-1886], gérant puis directeur de *L'Écho de la Jeune France* de 1833 à 1836, puis avocat : *Hist.Lys*, IX, •948, 949.
Forgeron (le), personnage nommé Henry Smith dans *La Jolie Fille de Perth*, de W. Scott : *R*, IV, 371.
FORNARINA (Margherita Luti, dite la), modèle et maîtresse de Raphaël : *SetM*, VI, 475 (n. 2), 494; *SPC*, VI, 964; *PVS*, XII, 243. (Voir Index III.)
FORTIA D'URBAN (François, marquis) [1756-1843], érudit : *Cath.*, XI, 165.
FOSSEUSE (Françoise de Montmorency, demoiselle de Fosseux, dite la Belle) [1566- ?], fille d'honneur de la reine Margot et maîtresse d'Henri IV : *Cath.*, XI, 263.
FOSSIN (Jean-Baptiste) [1786- ?], joaillier installé d'abord avec son père,

1864), fille du duc et de la duchesse de Berry, sœur aînée du duc de Bordeaux : *PMV*, XII, 25.

FRANCESCA. Voir RIMINI.

FRANÇOIS Ier (François, comte d'Angoulême, puis duc de Valois, puis) [1494-1547], fils de Charles d'Orléans ; cousin de Louis XII et son gendre, il lui succéda et fut roi de France de 1515 à sa mort ; beau-père de Catherine de Médicis, grand-père de François II, Charles IX, Henri III : *DV*, I, 76 ; *B*, II, 911 ; *In.*, III, 427 ; *R*, IV, 302 ; *MD*, VI, 733 ; *IP*, V, 313 ; *SetM*, VI, 709 ; *SPC*, VI, 950 ; *Be.*, VII, 244, 410 ; *Pré.E*, VII, 889 ; *Cor.*, XI, 52, 73 ; *Cath.*, XI, 178, 180, 184, •186-•189, 190, •192, 193, 195, 196, 199, 200, 202, 223, •224, 225, 235-241, 245, 264, 271, 275, •301, •323, •327, •333, •353, 442 ; *Pré. Livre mystique*, XI, 508 ; *Méf.*, XII, 425.

   *FRANÇOIS Ier : *Le Grand Propriétaire*, IX, 1260.

FRANÇOIS II (1544-1560), fils aîné d'Henri II et de Catherine de Médicis ; roi de France de 1559 à sa mort ; marié à Marie Stuart : *Cath.*, XI, 174, 175, 201, •202, •211, •219, •228, •231, •232, 237, 240, 242, 243, 246, •249, •250, •252, •254, •256, •257, •259, •260, 261, 265, •266-•268, 269-272, •273, •274, •276, •279, •280, 281, •284-•288, •294, •297, •298, 299, •300, •301, •303, •305-•310, 311, •312, •313, •316, •317, •318, 319, •320-•331, 332, •333, •334, 335, •354, •355, 382, 383, 388, 389.

   *FRANÇOIS II : *Cath.*, XI, 258 (var. *a*), •307 (var. *f*), 327 (var. *a*), 378 (var. *a*).

FRANÇOIS II (1768-1835), empereur d'Autriche de 1804 à sa mort, après avoir été l'empereur du Saint-Empire François Ier de 1792 à 1806 ; beau-père de Napoléon : *PM*, II, 130 ; •*FC*, VI, 1031 ; •*MC*, IX, 534.

FRANÇOIS D'ASSISE (saint) [v. 1182-1226], fondateur de l'ordre des Franciscains : *PVS*, XII, 236.

   *FRANÇOIS D'ASSISE (saint), remplacé par Robert d'ARBRISSEL : *Phy.*, XI, 1149 (var. *a*).

FRANÇOIS DE SALES (saint) [1567-1622], évêque de Genève, fondateur de l'ordre de la Visitation : *B*, II, 852, 891 ; *VF*, IV, 870.

   *Introduction à la vie dévote : *VF*, IV, 870 (n. 1).

FRANÇOIS MOOR. Voir MOOR (Franz).

FRANÇOISE. Voir RIMINI.

FRANCONI (Antonio) [1738-1836] et ses fils (Laurent-Antoine) [1776-1849], (Jean-Girard-Henri, dit Minette) [1779-1849], dynastie équestre, fondateur et continuateurs du cirque Franconi devenu ensuite le Cirque Olympique dont leur nom constituait la désignation : *FM*, II, 222 ; *F*, V, 853, 871 ; *MN*, VI, 344 ; *E*, VII, 936.

Franconi (le Roi-), MURAT : *PVS*, XII, 256.

FRANKLIN (Benjamin) [1706-1790], imprimeur, éditeur, auteur, inventeur, homme d'État et diplomate des États-Unis : *IP*, V, 437 (n. 2) ; *Be.*, VII, 106.

FRANTZ (Nicolas-Jacques) [1787- ?], avocat : *Pré.TA*, VIII, 494 (n. 2), 495-498, 500.

   *Aperçu historique, politique et statistique sur l'organisation de la Prusse : *Pré.TA*, VIII, « un remarquable document » 500.

FRA PAOLO. Voir SARPI.

FRAYSSINOUS (Denis-Antoine-Luc, comte) [1765-1841], évêque d'Hermopolis ; ministre des Affaires ecclésiastiques du 26 août 1824 au 3 mars 1828 : *DV*, I, 801 ; •*CT*, IV, 282 ; •*E*, VII, 1096 (n. 2) ; •*MR*, X, 378 (n. 4), 379 (n. 1).

   *Défense du christianisme : *MR*, X, 378 (n. 4).

FRÉDÉGONDE, femme de Chilpéric Ier, reine de Neustrie, adversaire de Brunehaut : *Cath.*, XI, 169.

FRÉDÉRIC, pseudonyme utilisé par les auteurs dramatiques suivants : COURCY (voir ce nom pour *IP*), DUPETIT-MÉRÉ, LEMAÎTRE (voir ces noms), PRIEUR et LA ROCHEFOUCAULD-LIANCOURT.

FRÉDÉRIC LE GRAND (Frederick II, ou) [1712-1786], roi de Prusse de 1740 à 1768 : *MM*, I, 516 ; *UM*, III, 805 ; *CA*, IV, 991 ; *IP*, V, 494 ; *MN*, VI, 350 ; *SetM*, VI, 590 ; •*CP*, VII, 594 ; *Pré.E*, VII, •885, 889, « Son Éminence » •1032 et •1036 ; *TA*, VIII, 610 ; *Phy.*, XI, 1076 ; •*Sér.*, XI, le « frère » de « la reine de Suède » 768, 770, 771 ; *Phy.*, XI, 1076 ; *PVS*, XII, 291 ; *HP*, XII, 577 ; *ACE*, XII, 843.

Fust (Johann) [v. 1400-1466], imprimeur allemand de Mayence; associé de Gutenberg et Schöffer; pour Balzac, « Faust » : *IP*, V, « Faust » 219; *PVS*, XII, 266.

G..T...R. Voir •Gauthier.
Gabriel (archange) : *H*, II, 571; *IP*, V, 702; *Gam.*, X, 488, 490.
Gabriel (Jacques-Ange) [1698-1782], architecte : *Pay.*, IX, 257 (n. 1).
Gaëte (Martin-Michel-Charles Gaudin, duc de) [1756-1841], administrateur, ministre des Finances sous Napoléon, créateur de la Banque de France, puis son gouverneur de 1820 à 1834 : *Pr.B*, VII, 811.
Gail (Sophie-Edmée Garre, devenue Mme) [1775-1819], musicienne : *ES*, XII, 529 (n. 1), 542.
  •*Les Deux Jaloux* : *PG*, III, 195, 219.
•Gaillardet (Théodore-Frédéric) [1808-1882], auteur dramatique.
  La Tour de Nesle, avec Alex. Dumas : *B*, II, 687.
Galatée, fille de Nérée et de Doris dans la mythologie grecque, préféra Acis à Polyphème : *MN*, VI, 382.
Galatée d'Homère (la), Hélène, selon Raphaël de Valentin : *PCh.*, X, 142.
Galien (v. 130-v. 200), médecin grec : *MM*, I, 642; *Ath.*, III, 386.
Galignani (Jean-Antoine) [1796-1873], (William) [1798-1882], éditeurs et libraires anglais naturalisés français, installés, au moment de l'action, rue Vivienne, 18 : *MJM*, I, 226.
Galilée (Galileo Galilei, ou) [1564-1642], astronome, mathématicien, physicien italien : *Pré.CH*, I, 17; Shh, THE, 548;
  *Galilée : *Cath.*, XI, 378 (var. *a*), 422 (var. *c*).
Galitzine (Karolina-Tatiana, comtesse Walewska, devenue comtesse Stanisław Chodkiewicz puis, divorcée, princesse Galičyn, ou) [1778-1846], Polonaise; de son second mariage avec le prince Alexandre Sergueiévitch Galitzine (1789-1856), général major de l'armée russe, elle avait eu un enfant phtisique et, pour le soigner, elle et le prince avaient acheté le château de Genthod, près de Genève. Dédicataire d'*Un drame au bord de la mer* : *Dr.*, X, « princesse Caroline Gallitzin de Genthod » 1159.
Gall (Franz-Joseph) [1758-1828], anatomiste, physiologiste allemand : *Pré.CH*, I, 17 (n. 2); *PG*, III, 91, 94, 269; *CM*, III, 548; *UM*, III, 770 (n. 5), 821, 824; •*SetM*, VI, « L'homme aux bosses » 487; *E*, VII, 974; *TA*, VIII, 502; *PCh.*, X, 138; *Do.*, X, 576; *RA*, X, 671; *LL*, XI, 623, 631; *Phy.*, XI, 1044; *PVS*, XII, 251, 283; *Ech.*, XII, 486.
  *Gall : *Do.*, X, 574 (var. *c*); *Réq.*, X, 1120 (var. *a*).
*Galle, bronzier, fabricant de lustres, girandoles, surtouts; installé, au moment où il est cité, rue Richelieu, 93; et, alors, fournisseur du Garde-meubles; ant. *Thomire, puis remplacé par Thomire : *PCh.*, X, 107 (var. *a*).
Gallerana (signora), comtesse de Bergame, dédicataire d'un conte du Bandello : *E*, VII, 897.
Galles (prince de). Voir George IV.
Galles (princesse de). Voir Ansbach.
Gallitzin de Genthod (princesse). Voir Galitzine.
Galt (John) [1799-1839], romancier écossais : *IP*, V, 498.
Galvani (Luigi) [1737-1798], médecin, physicien italien : *Do.*, X, 578; *RA*, X, 700.
Gamache, personnage de *Don Quichotte*, de Cervantès : *VF*, IV, 915.
Ganganelli. Voir Clément XIV.
Gannal (Jean-Nicolas) [1791-1852], pharmacien, chimiste; auteur d'un procédé d'embaumement par l'acétate d'alumine qui lui valut un prix Montyon en 1835 : *CP*, VII, 728.
*Ganneron (Auguste-Victor-Hippolyte) [1792-1847], négociant, député et pair de France sous Louis-Philippe : *PVS*, XII, 279 (var. *b*).
•Garat (Dominique-Joseph, comte) [1749-1833], avocat au Parlement, ministre de la Justice en 1792 lors du procès de Louis XVI, ambassadeur : *In.*, III, 432; *Pr.B*, VII, « Grand-Juge » (ant. *ministre de la Justice) 828 (var. *c* et n. 1).
Garat (Marie Sainjal, devenue comtesse) [1763 ?-1847], femme du précédent : *Pr.B*, VII, 828.
Garat (Dominique-Pierre-Jean) [1764-1823], neveu du comte, chanteur et

GAVAULT (Sylvain-Pierre-Bonaventure) [1794-1866], avoué près le Tribunal de Ire instance de la Seine de 1822 à 1842, date à laquelle Picard reprit son étude, rue Sainte-Anne, 16 : *Pay.*, IX, 49 (n. 1).

GAY (Claude) [1781-1830], bottier installé, à l'époque de l'action, rue de la Michodière, 20 : *IP*, V, 428.

GAY (Marie-Françoise Nichault de La Valette, devenue Mme Liottier, puis Mme) [1776-1852], femme de lettres sous le nom de Sophie Gay : *Note SVpriv.*, I, 1174; *ES*, XII, 542.
> Anatole : *Note SVpriv.*, I, 1174.
> •*Léonie de Monbreuse.*
> MONBREUSE (les) : *CA*, IV, 966.

**GAY (Delphine), fille de la précédente. Voir GIRARDIN (Mme Émile de).

**GAY (Élisa-Louise), devenue Mme O'Donnell (1800-1841), sœur de la précédente; remplacée ici, avec elle, par Mme Firmiani : *IP*, V, 271 (var. *d* et n. 2).

GAYANT, personnage légendaire de Douai : *RA*, X, 663 (n. 1), 675.

GAY-LUSSAC (Joseph-Louis) [1778-1850], chimiste, physicien : *PCh.*, X, 79; *RA*, X, 700.

GAZUL (Clara). Voir MÉRIMÉE.

GENCE (Jean-Baptiste-Modeste de) [1755-1840], littérateur, biographe de Saint-Martin : *LL*, XI, 595.

GENÈ (Giuseppe) [1800-1847], zoologue italien : *Pay.*, IX, « Genêt » 319 (n. 2).

Général envoyé à Issoudun (le), en 1830, dans *R.* Voir PETIT.

Général considéré comme le taon d'Abd el Kader (le), dans *PJV.* Voir LAMORICIÈRE.

GENEST (saint) [?-286], comédien, martyr; patron des comédiens : *FE*, II, 320 (n. 1).

GENEST (Charles-Claude) [1639-1719], abbé, secrétaire du duc du Maine, académicien : *E*, VII, 980.

GENÊT. Voir GENÈ.

GENEVIÈVE (sainte) [v. 422-v. 502], patronne de Paris : *DV*, I, 849, 850; *RA*, X, 663.
> *GENEVIÈVE (sainte) : *MN*, VI, 368 (var. *c*).

GENGIS-KHAN (Temujin ou Temurchin, dit Chinggis-Khan, ou) [1167 ?-1227], khan suprême des Chinggis, nom primitif des Mongols, fondateur du premier empire mongol : *Sér.*, XI, 837; *ACE*, XII, 844.

*GÉNIE (Jean-Antoine-Auguste) [1796-1870], chef de cabinet de Guizot aux ministères de l'Instruction publique et, au moment même où il est nommé, des Affaires étrangères : *E*, VII, 959 (var. *a*).

*GÉNIOLE (Alfred-André) [1813-1861], peintre de genre et portraitiste; remplacé ici par le « dessinateur » : *F*, V, 851 (var. *b*).

GENLIS (Charles-Alexis Brûlard, comte de), marquis de Sillery (1736-1793), maréchal de camp, affidé de Philippe-Égalité; guillotiné : *IP*, V, 474.

GENLIS (Caroline-Stéphanie-Félicité Ducrest de Saint-Aubin), devenue comtesse de), marquise de Sillery (1746-1830), femme du précédent; nommée par Philippe-Égalité « gouverneur » de ses enfants, notamment du futur Louis-Philippe; femme de lettres : *MD*, IV, 710; *Cath.*, XI, 449, 455; *FAu.*, XII, 607.
> Ant. *G. (Mme de) : *Cath.*, XI, 449 (var. *b*), 455 (var. *c*).

•GENOUDE (Antoine-Eugène Genoud, dit de) [1792-1849], publiciste, rédacteur au *Conservateur*, fondateur du *Défenseur* avec Lamennais, directeur de *L'Étoile* puis de la *Gazette de France* (voir ces titres dans l'Index III); annobli en 1822, veuf en 1834, prêtre en 1836 : *E*, VII, 1032.
> **GENOUDE : *E*, VII, 1030 (var. *d*).

GENTIL (René), commis des Finances sous François Ier; pendu : *SetM*, VI, 728 (n. 1).

•GENTIL DE CHAVAGNAC (Michel-Joseph) [1767-1846], chansonnier et auteur dramatique.
> *La Chatte merveilleuse ou la Petite Cendrillon* : *MCP*, I, 60 (n. 1).

GENTILIS (Gian-Valentino) [1520-1566], hérésiarque italien, continuateur de l'arianisme; chassé d'Italie il se réfugia à Genève : *Cath.*, XI, 339.

GENTZ (Friedrich von) [1764-1832], publiciste prussien : *MD*, IV, 700 (n. 3); *SetM*, VI, 494; *E*, VII, 912 (n. 2); *TA*, VIII, 554.

GOLDSMITH (Oliver) [v. 1730-1774], écrivain irlandais : *MM*, I, 508; *Ech.*, XII, 484; *DxA*, XII, 689.
 Le Vicaire de Wakefield : *EHC*, VIII, 318; *Phy.*, XI, 970; *Ech.*, XII, 484 (n. 1).
  BURCHELL : *Phy.*, XI, 970.
GOLIATH, personnage biblique, géant adversaire de David : *UM*, III, 820; *Cath.*, XI, 220.
Goliath (un), Philippe Bridau, selon Bixiou : *R*, IV, 538.
GONDI (les), Florentins venus en France à la suite de Catherine de Médicis : *Cath.*, XI, 195.
GONDI (Albert de), seigneur de Retz (1522-1602), maréchal de France en 1567 : *Cath.*, XI, 247-252, un des « quatre conseillers » 254, 257, 258, 317, 323, 327, 352, 354, 355, 359, 375-377, 388, 392, 393, 397-400, 404, 412, 441.
 *GONDI : *Cath.*, XI, 375 (var. *c*), 378 (var. *a*).
GONDI (Charles de), seigneur de La Tour (1536-1574), grand maître de la garde-robe de Charles IX, général des galères : *Cath.*, XI, 247-252, un des « quatre conseillers » 254, 317, 323, 327, 352, 354, 355, 370, 371, 375, 377, 388, 392, 393, 397-400, 404, 412, 441.
 *GONDI : *Cath.*, XI, 375 (var. *c*), 378 (var. *a*).
GONIN (maître), membre d'une famille de prestidigitateurs célèbres, le premier sous François Ier, le dernier sous Louis XIII.
Gonin (un tour de maître), une habile manigance : *R*, IV, 303; *MN*, VI, 356.
Gonin (un maître), Maxence Gilet, selon M. Hochon : *R*, IV, 439.
GONORE (la), femme du voleur Godet. Voir Index I.
GONZAGUE (Ferrante I de Gonzaga, ou), comte de Guastalla (1507-1557), Mantouan, commandant les troupes de Charles Quint : *Cath.*, XI, 186, 189, 191.
GONZAGUE (Annibale de), Mantouan, présent au procès de Montecùccoli : *Cath.*, XI, 191.
GONZALVE DE CORDOUE (1443-1515), général espagnol et personnage-titre d'un roman de Florian. Il est difficile de savoir auquel se réfère Balzac : *MJM*, I, 233 (n. 4).
GORGONES (une des), monstres femelles de la mythologie grecque, au nombre de trois, dont Méduse : *Phy.*, XI, 1116.
GOSSE (Étienne) [1773-1834], littérateur, poète dramatique, collaborateur du *Miroir* et fondateur de *La Pandore* : *IP*, V, 444.
GOSSELIN (Charles) [1795-1859], libraire-éditeur, breveté en 1822, établi d'abord rue Saint-Germain-des-Prés, 9, et, au moment où il est cité, propriétaire d'un fonds vendu par Louis-Toussaint Cellot, rue Jacob, 30, depuis le 14 mai 1836 : *Hist.Lys*, IX, 921.
 **GOSSELIN : *LL*, XI, « Le libraire » 589 (var. *a*).
*GOT (Émile-Gaspard) [1795- ?], maire à Paris et bailleur de fonds pour *L'Europe littéraire* : *Hist.Lys*, IX, 952.
 *GOT : *Hist.Lys*, IX, 953 (var. *a*).
GOUJON (Jean) [v. 1510-1568 ?], architecte et sculpteur : *MD*, IV, 646; *Be.*, VII, 74, 245; *E*, VII, 944; *PCh.*, X, 73.
 *GOUJON : *Le Grand Propriétaire*, IX, 1261.
 Vénus : *Be.*, VII, 74; *E*, VII, 944.
GOURNAY (Marie Le Jars de) [v. 1566-1645], la « fille d'alliance » de Montaigne : *MM*, I, 543.
GOURVILLE (Jean Hérault de) [1625-1703], conseiller d'État : *Be.*, VII, 358.
Gouverneur général des Indes à Calcutta (le), en 1825 : *CM*, III, 639. Dans la réalité, sir Edward Paget.
GOUVION-SAINT-CYR (Laurent, marquis de) [1764-1830], maréchal de France, ministre de la Guerre du 9 juillet au 24 septembre 1815, puis du 12 septembre 1817 au 19 novembre 1819 : *R*, IV, 522.
GOYA Y LUCIENTES (Francisco José de) [1746-1828], peintre espagnol : *CP*, VII, 708.
GOZLAN (Léon) [1803-1866], littérateur. Dédicataire d'*Autre étude de femme* : *AEF*, III, 673 (n. 1). *R*, IV, 315; *MD*, IV, 784; *Hist.Lys*, IX, 961, 967; *Cath.*, XI, 233 (n. 1), 240 (n. 3).
 *GOZLAN : *Hist.Lys*, IX, 961 (var. *a*); *Cath.*, XI, 233 (var. *c*), 240 (var. *a*).

GROTIUS (Hugo de Groot, dit) [1583-1645], juriste, diplomate hollandais.
Grotius, surnom donné à Derville par Gobseck : *Gb.*, II, 980, 1010.
•GROUVELLE (Laure) [1802- ?], fille du secrétaire de la Convention qui lut à Louis XVI son arrêt de mort ; républicaine, aimée d'Étienne ARAGO (voir ce nom), impliquée dans le complot d'Hubert en 1837, incarcérée en août 1838 à la prison de Montpellier, transférée en avril 1843 pour hypomanie à l'asile d'aliénés du docteur Rech ; vraisemblablement visée ici : *CSS*, VII, « une magnifique Mme Roland » 1208.
GRUET (Jacques) [?-1547], théologien suisse, luthérien ; décapité à Genève pour menaces contre Calvin : *Cath.*, XI, 339.
GUASPRE (Gaspard Dughet, dit Gaspard Poussin, ou le) [1615-1675], peintre italien, fils de parents français, et beau-frère de Poussin : *Be.*, VII, 121.
GUATIMOZIN. Voir CUAUHTEMOC.
Guatimozin de la Montagne (le), MOREY : *ZM*, VIII, 841.
GUBETTA, personnage de *Lucrèce Borgia*, d'Hugo.
Gubetta, surnom d'Hulot, donné par Crevel : *Be.*, VII, 235.
Gubetta, surnom de Bixiou, donné par Vauvinet : *CSS*, VII, 1181.
GUDIN (Jean-Antoine-Théodore, baron) [1802-1880], peintre : *F30*, II, 1190 (n. 1) ; •*MI*, XII, le « peintre distingué » qui donne des leçons à « un homme de lettres [•SUE] » 731 et 732.
•GUÉBRIANT (Armande-Françoise Acton de Marsais, devenue Mme Jean-Baptiste Budes de), maîtresse du maréchal de Richelieu : *Pr.B*, VII, 816 (n. 3).
GUÉMÉNÉ (Henri-Louis-Marie de Rohan, prince de) [1745-1807], grand chambellan de Louis XVI en 1775, il fit une faillite de trente-trois millions en 1782 ; émigré, il mourut en Allemagne : *Cath.*, XI, « Guéménée » 443.
GUÉRIN (Pierre-Narcisse, baron) [1774-1833], peintre d'histoire : *Bo.*, I, 424 ; *B*, II, 729 ; *SPC*, VI, 975 ; *CP*, VII, 540 ; *Phy.*, XI, 1065.
•*Clytemnestre* : *Phy.*, XI, 1065 (n. 3).
•*Énée racontant à Didon les malheurs de la ville de Troie* : *Bo.*, I, 429 (n. 3) ; *B*, II, 729 (n. 1) ; *SPC*, VI, 975 (n. 1).
*GUERNON-RANVILLE (Martial-Côme-Annibal-Perpétue-Magloire, comte de) [1787-1866], magistrat, ministre des Affaires ecclésiastiques et de l'Instruction publique du 8 août 1829 au 29 juillet 1830 : *P*, IV, « Guernon de Ranville » 118 (var. b).
GUERS, nom patronymique, selon H. de Balzac, de son « homonyme littéraire » nommé, en fait, Guez et dit de BALZAC (voir ce nom) : *Hist.Lys*, IX, 930.
GUICHEN (Luc-Urbain du Bouexic, comte de) [1712-1790], lieutenant général des armées navales françaises : *UM*, III, 860 (n. 1).
GUIDE (Guido Reni, dit le) [1575-1642], peintre, aquafortiste italien : *F30*, II, 1205 ; *P*, IV, 162 ; *RA*, X, 741 (n. 1).
Portrait présumé de *Beatrice Cenci* : *F30*, II, 1205 ; *P*, IV, 162.
GUIDOBONI (les), famille noble de Tortone : *E*, VII, 897.
•GUIDOBONI-VISCONTI (Frances-Sarah Lovell, devenue comtesse) [1804-1883]. Dédicataire de *Béatrix* : *B*, II, 637 (n. 1).
GUILLAUME Ier (Willem, ou) [1772-1843], roi des Pays-Bas et grand-duc de Luxembourg, de 1815 à 1840 ; roi de Belgique de 1815 à 1830 ; désigné comme roi de ces pays par le Congrès de Vienne, il dut abdiquer successivement ses deux couronnes : •*Be.*, VII, peut-être 412 (n. 1) ; *PVS*, XII, 313 (n. 2).
GUILLAUME Ier le Conquérant (Guillaume, duc de Normandie, puis) [1027 ou 1028-1087], bâtard de Robert le Diable, duc de Normandie ; duc de Normandie à partir de 1035 puis roi d'Angleterre à partir de 1087 : *B*, II, 740.
*GUILLAUME LE CONQUÉRANT : *EM*, X, 1714, 1716.
GUILLAUME III (Willem III Hendrik, prince d'Orange, comte de Nassau, devenu William III, ou) [1660-1702], roi d'Angleterre et d'Écosse à partir de 1689, après avoir été stadhouder des Provinces-Unies ; marié à MARIE II STUART, il usurpa le trône de son beau-père, JACQUES II (voir ces noms) : *Pré.CH*, I, 15 ; •*E*, VII, 1014.
•GUILLAUME IV (William, ou) [1765-1837], roi de Hanovre, de Grande-Bretagne et d'Irlande de 1830 à sa mort ; dernier souverain britannique

l'Université à la fin de l'Empire; secrétaire général du ministère de l'Intérieur et attaché au comité de censure pendant la première Restauration et une partie des Cent-Jours; destitué, il rejoint Louis XVIII à Gand et participe à la rédaction du *Moniteur;* secrétaire général du ministère de la Justice de septembre 1815 à mai 1816; maître des requêtes, conseiller d'État, directeur général de l'administration départementale et communale; destitué de sa chaire d'histoire en 1825 pour opposition au cabinet Villèle, remis en place par Martignac en janvier 1828, député, un des « 221 » en 1830; sous Louis-Philippe, ministre de l'Intérieur dès le 31 juillet jusqu'au 28 octobre 1830, ministre de l'Instruction publique du 11 octobre 1832 au 5 février 1836, puis du 6 septembre 1836 au 15 avril 1837, ambassadeur à Londres de mars à octobre 1840, ministre des Affaires étrangères depuis le 26 octobre 1840 et président du Conseil depuis le 19 septembre 1847 jusqu'au 23 février 1848 : •*Be.*, VII, 327 (n. 1); •*ZM*, VIII, 846 (n. 3); *Hist.Lys*, IX, 926; •*Pré. Livre mystique*, XI, 508, 509 (n. 1); •*LL*, XI, le professeur qui « prouve assez victorieusement que les Communes étaient les Communes » 649.

GUIZOT : E, VII, 959 (var. *a*).

•*GUIZOT : IG*, IV, 1331 (n. 2).

*GUIZOT, remplacé par *FIZOT : IP*, V, 278 (var. *f*).

GULLIVER, héros des *Voyages de Gulliver*, de Swift : *IP*, V, 236.

GULNARE, héroïne du *Corsaire*, de Byron : *MM*, I, 508; *R*, IV, 404.

*GURTH, personnage d'*Ivanhoe*, de W. Scott : *Pré.Ch.*, VIII, 1676.

Gurth esclaves amoureux (les), M. de Clagny est l'un d'eux pour Dinah de La Baudraye : *MD*, IV, 733.

•GUSTAVE III (Gustav, ou) [1746-1792], roi de Suède de 1771 à sa mort : *CM*, III, 598. (Voir Index III.)

GUTENBERG (Johann Gensfleisch, dit) [v. 1398-1468], inventeur allemand de l'imprimerie en Europe : *IP*, V, « Guttemberg » 219.

GUTHRIE (William) [1708-1770], historien et géographe écossais : *AS*, I, 923 (n. 1).

GUYON (Jeanne-Marie Bouvier de La Motte, devenue Mme Guyon du Chesnoy, dite Mme) [1648-1717], mystique : *B*, II, 891 (n. 2); *Pré.PG*, III, 41; *RA*, X, 739 (n. 2); *Pré. Livre mystique*, XI, 504, 505; *Pro.*, XI, 538; *LL*, XI, 594, 618.

•GUYON DU CHESNOY (Jacques) [?-1676], mari de la précédente : *Pré.PG*, III, 41.

GUYONNET-MERVILLE. Voir GUILLONNET-MERVILLE.

H... (comte), vraisemblablement le comte Anders-Johan von Höpken (1712-1789), homme d'État suédois, chef du parti favorable à l'alliance avec la France, protecteur de Swedenborg : *Sér.*, XI, 770.

HABENECK (François-Antoine) [1781-1849], chef d'orchestre, violoniste : *CB*, VI, 179; *SetM*, VI, 469, 690.

•HACQUART (André-François), libraire, breveté en 1820, imprimeur de 1792 à 1824, breveté en 1816, établi rue Gît-le-Cœur, 8, imprimeur de la Chambre des députés et président du Tribunal de commerce de Paris; ruiné par la crise de 1825, il dut déposer son bilan : *MM*, I, 491; *CB*, VI, 272.

HADOT (Mme). Voir BARTHÉLEMY-HADOT.

HADRIEN. Voir ADRIEN.

HÆNDEL (Georg-Friedrich) [1685-1759], compositeur allemand : *Gam.*, X, 509, 513; *Do.*, X, 589.

HAFIZ (Shamsuddin Mohammed) [v. 1325-1389 ou 1390], poète persan : *FYO*, V, 1091.

HAFSA, fille d'Omar, femme de Mahomet en 624; personnage du *Mahomet* de Gambara : *Gam.*, X, 490, 492.

HAHNEMANN (Christian-Friedrich-Samuel) [1755-1843], médecin allemand, créateur de l'homéopathie : *UM*, III, 821 (n. 3).

HAÏDÉE, personnage de *Don Juan*, de Byron : *Fir.*, II, 152.

HAKIM (Abu 'Ali Mansur al-) [985-1021], sixième calife fatimide, fondateur de la secte des Druses : *Phy.*, XI, 1029.

HALLER (Albrecht von) [1708-1777], médecin, physiologiste, botaniste suisse : *Pré.CH*, I, 9.

HAMBACH, peut-être HAMBERGER (Georg-Erhard) [1697-1755], physicien allemand : *ES*, XII, 521.

HAMILTON (Emma Lyon, devenue lady) [v. 1765-1815], Anglaise, femme de l'ambassadeur d'Angleterre à Naples, devenue la maîtresse de l'amiral Nelson : *CM*, III, 643 (n. 2).

HAMLET, personnage-titre d'un drame de Shakespeare : *MM*, I, 546; *CB*, VI, 248; *Lys*, IX, 1142; *Sér.*, XI, 763.

Hamlet catholique (un), LOUIS XIII : *MM*, I, 576.

HAMMER-PURGSTALL (Joseph, baron von) [1774-1856], orientaliste, diplomate autrichien. Dédicataire du *Cabinet des Antiques* : *CA*, IV, 965 (n. 1).
   Histoire de l'Empire ottoman : *CA*, IV, 965.

HANOVRE (maison de), à la tête d'un électorat fondé en 1692 et devenu royaume en 1814; depuis 1714 jusqu'à 1901, maison royale d'Angleterre, de George Ier à William IV puis à la nièce de ce dernier, Victoria : *DL*, V, 930.

*HANSKA (comtesse Ewelina Rzewuska, devenue Mme), puis Mme Honoré de Balzac (1801-1882), Polonaise[1]. Dédicataire de *Modeste Mignon* : *MM*, I, 469 (n. 1); des *Petits Bourgeois : Bou.*, VIII, 21 (n. 1); de *Séraphîta: Sér.*, XI, 727 (var. c). *P*, IV, 29; *PC*, XII, 801 (n. 1, et var. b et n. 2 de la p. 802).

HANSKA (Anna), devenue comtesse Mniszech (1828-1915), fille de la précédente. Dédicataire de *Pierrette : P*, IV, 29 (n. 1).

*HANSKI (Wenceslaw) [1778-1841], Polonais, père de la précédente ; maréchal de la noblesse du gouvernement de Volhynie; seigneur de Puliny, en Volhynie, et seigneur de Hornostajpol et de Wierzchownia dans le gouvernement de Kiew; épousa Ewelina, comtesse Rzewuska en 1819 : *P*, IV, 29.

HARDY (Alexandre) [1570-1631], poète dramatique : *Phy.*, XI, 905; *Fré.*, XII, 812, 824.

HAREL, personnage non identifié : *Th.*, XII, 594 (n. 1).

HARLAY (Achille III de), comte de Beaumont, seigneur de Grosbois [1639-1712], premier président de 1689 à 1701 : *Hist.Lys*, IX, 924; *TA*, VIII, 634; *AIH*, XII, 779.

HARLOWE (Clarisse). Voir CLARISSE HARLOWE.

Harlowe (une vraie famille), la famille de L'Estorade, selon Louise de Macumer : *MJM*, I, 330.

HARMODIOS (?-514 av. J.-C.), Athénien qui, avec Aristogiton, tua Hipparque, frère du tyran Hippias, et passe à tort pour un héros de la Liberté : *TA*, VIII, « Harmodius » 557.

*HAROUN AL-RASCHID (Harun al-Rashid, ou) [766-809], cinquième calife abasside de 786 à sa mort; mis en scène dans de nombreux contes des *Mille et Une Nuits : Pré.FE*, II, 262; *EHC*, VIII, 322.

Haroun al-Raschid du Bagne (l'), Jacques Collin : *SetM*, VI, « Aaroun al Raschid » 547.

HARPAGON, personnage de *L'Avare*, de Molière : *R*, IV, 426; *MD*, IV, 740; *CB*, VI, 243; *SPC*, VI, 954; *CP*, VII, 575; *CV*, IX, 644.

Harpagon sensuel (un), Rigou : *Pay.*, IX, 242.

Harpagons de la domination (les), CALVIN, PITT, LUTHER, ROBESPIERRE : *Cath.*, XI, 341.

HARRIS (Mrs.), Anglaise impliquée dans un procès en adultère : *Phy.*, XI, 1063.

*HASAN IBN AL-SABBÂH. Voir le VIEUX DE LA MONTAGNE.

HASTINGS (Lord Francis Rawdon-Hastings, premier marquis of) [1754-1826], gouverneur général de l'Inde de 1813 à 1823 : *Gb.*, II, 967.

HATZFELD (Ludwig-Franz, prince von) [1756-1827], général, diplomate prussien : *EHC*, VIII, 311 (n. 1).

HAUGOU (François-Sylvain-Nicolas) [1768-1828], ancien oratorien, régent du collège de Vendôme au moment où Balzac y était pensionnaire (voir la Chronologie, t. I, p. LXXXI), puis, de 1819 à 1823, directeur d'un pensionnat de garçons à Vendôme ; le romancier écrit invariablement « Haugoult » :

---

1. Aucun document n'atteste les prénoms de Constance-Victoire de la dédicace des *Petits Bourgeois*; quant à son titre de comtesse, elle le tenait de naissance et non de par son mariage.

HILLER (Ferdinand) [1811-1855], compositeur allemand, pianiste, chef d'orchestre, critique musical : *CP*, VII, 497.

HIPPOCRATE (406-353 ou 356 av. J.-C.), médecin grec : *MM*, I, 642 ; *Ath.*, III, 386 ; *IP*, V, 548 ; *CP*, VII, 587 ; *ES*, XII, 525 ; *MI*, XII, 720.

Hippocrate de sa sœur (l'), Longueville : *BS*, I, 144.

Hippocrate (quelque) : *Do.*, X, 555.

Hippocrate du seizième siècle (l'), Ambroise PARÉ : *Cath.*, XI, 313.

HIPPOLYTE, fils de Thésée ; personnage de *Phèdre*, de Racine : *Be.*, VII, 262.

HOBBES (Thomas) [1588-1679], philosophe anglais : *Pré.CH*, I, 12 ; *Cath.*, XI, 180 ; *Phy.*, XI, 1010.

HOCHE (Louis-Lazare) [1768-1797], général républicain : *E*, VII, 1024 ; *Ch.*, VIII, 909 (n. 2), 920, 926, 1131 ; *Vis.*, XII, 642, 643.

*HOCHE : *Ven.*, I, 1541.

HOFFMAN (François-Benoît) [1760-1828], dramaturge, critique attaché, dès 1808, au *Journal des Débats* : *IP*, V, « Hoffmann » 364.

*Ariodant : *VF*, IV, 888 (n. 2).

HOFFMANN (Ernst-Theodor-Wilhelm) [1776-1822], écrivain, compositeur, critique musical, peintre, magistrat allemand : *Pré.FE*, II, 271 ; *FE*, II, 278 (n. 2) ; *UM*, III, 812 ; *CA*, IV, 976 ; *IP*, V, 316, 359, 507 ; *SetM*, VI, 447 ; *CP*, VII, 489, 497 ; *E*, VII, 954, 956 ; *Pré.TA*, VIII, 496 ; *Hist.Lys*, IX, 960 ; *Pay.*, IX, 1291 ; *Pré.PCh.*, X, 47 ; *Gam.*, X, 453 ; *AR*, XI, 90 ; *ELV*, XI, par erreur au lieu de Steele 473 (n. 1) ; *MI*, XII, 737 ; *Fré.*, XII, 811.

*HOFFMANN : *H*, II, 526 (var. c) ; *MD*, IV, 1360 ; *Pré.H13*, V, 787 (var. a) ; *CP*, VII, 591 (var. b) ; *PCh.*, X, 179 (var. a).

Le Casse-Noisette et le Roi des rats : *MI*, XII, 737.

*Le Chat Mürr.

KREISLER : *MD*, IV, 1360 ; *CP*, VII, 489.

MÜRR : *FE*, II, 366 ; *MD*, IV, 1360.

Le Conseiller Krespel, titré aussi *Antonia* et *Le Violon de Crémone*.

KRESPEL : *ES*, XII, 523 (n. 6).

*Contes fantastiques : *H*, II, 526 (var. c) ; *CP*, VII, 591 (var. b).

L'Homme au sable : *MI*, XII, 737.

Mademoiselle de Scudéry : *Hist.Lys*, IX, 944. Voir CARDILLAC.

Maître Floh : *MI*, XII, 737.

Le Petit Zach : *MI*, XII, 737.

La Princesse Brambilla : *PCh.*, X, 199 (n. 3).

*BRAMBILLA : *PCh.*, X, 179 (var. a).

HOGARTH (William) [1697-1764], peintre anglais, graveur : *R*, IV, 352.

HOHENLOHE (Leopold-Alexander, prince von) [1794-1850], mystique allemand : *PCh.*, X, 262 (n. 2).

HOLBACH (Paul-Henri-Dietrich, baron d') [1723-1789], philosophe : *UM*, III, 784 ; *S*, VI, 1060 ; *Be.*, VII, 434.

Le Bon Sens du curé Meslier : *UM*, III, 800 (n.3) ; *CB*, VI, 108 (n. 3).

HOLBEIN le Jeune (Hans) [1497 ?-1543], peintre allemand : *MM*, I, 500 ; *Be.*, VII, 121 ; *CP*, VII, 489 ; *ChO*, X, 417 ; *RA*, X, 684.

*HOLBEIN, remplacé par MIREVELT : *MM*, I, 478 (var. e).

HOLTEI (Karl von) [1798-1880], écrivain allemand : *Gam.*, X, 500.

Robert le Diable : *Gam.*, X, 500.

HOLZSCHUHER (Hieronymus) [1469-1529], bourgmestre et conseiller d'État de Nuremberg : *CP*, VII, « Holzschuer » 612 et 613. (Voir Index III.)

HOMÈRE (v. 850 av. J.-C.), poète épique grec, classiquement auteur de *L'Iliade* et de *L'Odyssée* : *MJM*, I, 379 ; *MM*, I, 594 ; *Pré.PG*, III, 38 ; *MD*, IV, 680 ; *IP*, V, 457 ; *Pré.F*, V, 788 ; *FYO*, V, 1107 ; *S*, VI, 1057, 1064 ; *PP*, VII, 53 ; *Be.*, VII, 245, 246 ; *Pré.E*, VII, 888 ; *MC*, IX, 466 ; *PCh.*, X, 142 ; *Gam.*, X, 511 ; *Sér.*, XI, 805 ; *PMV*, XII, 145 ; *PVS*, XII, 263, 278 ; *MI*, XII, 720.

*HOMÈRE, remplacé par BYRON.

L'Iliade : *MM*, I, 645 ; *PG*, III, 265 ; *Be.*, VII, 281 ; *PVS*, XII, 263.

ACHILLE : *CM*, III, 565, 580, 582 ; *IP*, V, 457, 462 ; *Pré.H13*, V, 787 ; *FYO*, V, 1107 ; *CV*, IX, 850 ; *PCh.*, X, 104.

HECTOR : *IP*, V, 457 ; *FYO*, V, 1107 ; *CV*, IX, 850.

HÉLÈNE : *MD*, IV, 680 ; *PCh.*, X, 142.

ISABEL. Voir ÉLISABETH D'AUTRICHE.

ISABELLE, personnage de *Robert le Diable*, de Meyerbeer : *B*, II, 922; *Gam.*, X, 505, 506, 508, 510; *PMV*, XII, 170.
   *ISABELLE : *P*, IV, 33 (var. *g*).

ISABELLE LA CATHOLIQUE (1451-1504), reine de Castille de 1474 à sa mort, mariée en 1469 à Ferdinand, roi d'Aragon : *Pr.B*, VII, 836; *E*, VII, 957.

ISABEY (Jean-Baptiste) [1767-1855], peintre, dessinateur, miniaturiste, lithographe : *PM*, II, 101; *ES*, XII, 542; *FAu.*, XII, 618.

ISAÏE, le premier des quatre grands prophètes juifs : *Lys*, IX, 1028; *RA*, X, 715; *Sér.*, XI, 777, 779, 784, 850.

*ISAUUN, héros du *Calife de Bagdad*, de Boieldieu. Voir BONDO CANI (Il).

ISIS, déesse des anciens Égyptiens, sœur et femme d'Osiris : *R*, IV, 358; *Cath.*, XI, 440. (Voir Index III.)

ISIS, personnage de *La Statue voilée*, de Schiller : *B*, II, 696.

ISLE-ADAM (maison de L'), fondée par Raoul, seigneur de Villiers, tige des maisons de Villiers, de Livry et de Chailly : *DV*, I, 735 (n. 3).

*ISOUARD. Voir NICOLÓ.

ISRAËL, fils d'Isaac et de Rébecca, nommé Jacob puis, après sa lutte avec l'ange du Seigneur, Israël, nom donné ensuite par extension à sa descendance, les douze tribus issues de ses douze fils qui formèrent le peuple juif : *MJM*, I, 289; *CM*, III, 621; *P*, IV, 40; *Do.*, X, 590; *ELV*, XI, 484; *Pro.*, XI, 537, 541; *Sér.*, XI, 727, 825, 831; *Boi.*, XII, 395.
   *JACOB : article sur *Phy.*, XI, 1762.

Italien (un célèbre prince), dans *AS*. Voir BELGIOJOSO.

Italienne (une belle princesse), dans *MJM*. Voir BELGIOJOSO.

Italienne (une jeune) qui parlait quarante-deux langues à douze ans : *Sér.*, XI, 832.

Italiens groupés autour de Napoléon (un des). Voir *ALDINI.

IVANHOE, personnage-titre d'un roman de Walter Scott : *Pré.CH*, I, 10; *VF*, IV, 912.

IXION, personnage de la mythologie grecque, roi des Lapithes : *Do.*, X, 610 (n. 3); *Cath.*, XI, 434; *Phy.*, XI, 1167.

Ixion de la gloire (un), Chodoreille : *CSS*, VII, 1202.

JABLONOWSKI (les), famille noble de Pologne : *FM*, II, « Iablonoski » 196.

JACOB, fils d'Isaac et de Rébecca. Voir ISRAËL.

JACOB-DESMALTER (François-Honoré-Georges Jacob, dit) [1770-1841], ébéniste de l'Empereur puis, jusqu'à sa mort, directeur de la maison Jacob-Desmalter fondée sous le Directoire par son père, Georges Jacob, établi sous Louis XV et l'un des principaux créateurs du style Louis XVI en ameublement; aux époques de l'action, établi rue Meslay, 57 : *R*, IV, 284; *Be.*, VII, 202; *CP*, VII, 486.

JACOTOT (Jean-Joseph) [1770-1840], pédagogue : *PVS*, XII, 217 (n. 2), 223.

JACOTOT (Mme). Voir JAQUOTOT.

JACQUARD (Joseph-Marie) [1752-1834], inventeur du métier à tisser qui porte son nom; pour Balzac, « Jacquart » : *MM*, I, 642; *CSS*, VII, 1167.

Jacquart de la papeterie (le), David Séchard : *IP*, V, 583.

JACQUES (saint) [?-62], l'un des douze apôtres, martyr : *F30*, II, 1182; *Ve.*, X, 1134.

JACQUES Ier (James VI Stuart, puis James ou) [1566-1625], fils de Marie Stuart et de son second mari, Henry Stewart, lord Darnley; roi d'Écosse de 1567 à sa mort, roi de Grande-Bretagne et d'Irlande de 1603 à sa mort : *Phy.*, XI, 973.

JACQUES II (James Stuart, duc d'York, puis James VII d'Écosse et James ou) [1633-1701], roi de Grande-Bretagne, d'Irlande et d'Écosse de 1685 à 1688, détrôné par sa fille Marie II Stuart : *DV*, I, 862.

JACQUES III (James III Stuart, ou) [1452-1488], roi d'Écosse de 1460 à sa mort : *Cath.*, XI, 185.

JACQUES (maître). Voir MAÎTRE JACQUES.

JACQUES BONHOMME, le paysage français : *Cath.*, XI, 222 (n. 2); *PVS*, XII, 221, 225, 251.

*JACQUET. Voir DUCLOS.

JAFFIER, personnage de *Venise sauvée*, d'Otway : *PG*, III, 186; *IP*, V, 707; *Pré.H13*, V, 791.

JAGGERNAUT (Jagannàtha, ou), nom signifiant « Seigneur du monde » donné à Vishnou ; à Ballabpur, dans l'Ouest Bengale, et surtout à Puri, dans l'Orissa, son effigie est tous les ans promenée sur le rath (char) de bois : *PG*, III, 50 (n. 1).

JAMERAY-DUVAL. Voir DUVAL.

JAN. Voir LAURENT-JAN.

JANEST. Voir JEANNEST.

JANIN (Jules-Gabriel) [1804-1874], romancier, critique : •*IP*, V, sans doute le « jeune homme » du *Journal des Débats* 450 ; *Hist.Lys*, IX, 959-961, 963, 967 ; •*PCh.*, X, 94 (n. 2) ; *DxA*, XII, 679, 682 (n. 6).
— **JANIN : *IG*, IV, 1333 (n. 2 et 8) ; *F*, V, 851 (var. *e*).
— *L'Âne mort et la femme guillotinée : F*, V, 851 (var. *e*).
— •Article sur *Les Quatre Stuart*, de Chateaubriand, peut-être : *IP*, V, 450.
    Le Chemin de traverse : Hist.Lys, IX, 959.

*JANISSET (Alexandre-Frédéric) [v. 1793-1836], commis voyageur puis bijoutier établi au Palais-Royal, galerie de pierre, 126, puis passage des Panoramas, 61 ; à la date de l'action, son établissement, transféré rue Richelieu, 112, était tenu par sa veuve, Élisabeth Colomb, devenue Mme Rollac ; remplacé ici par FROMENT-MEURICE : *Gau.*, VII, 851 (var. *d*).

JANOT, personnage de benêt créé par Dorvigny dans *Les Battus paient l'amende*, et devenu un type ; parfois appelé Jeannot : *IP*, V, 434 ; *MN*, VI, 342 (n. 3) ; *CP*, VII, 575.

JANSENIUS (Otto Jansen, dit) [1558-1638], évêque d'Ypres, théologien hollandais : *MC*, IX, 552.

JANSSEN (Jacques Janssens, dit) [v. 1783-1821], bottier belge installé à Paris rue Neuve-des-Bons-Enfants, 3, et dont la boutique était tenue, à la date de l'action, par sa veuve, Adélaïde : *MJM*, I, 207.

JANUS, personnage mythique ayant deux visages, dieux des Portes de Rome : *MM*, I, 694 ; *IP*, V, 434, 457 ; *Pay.*, IX, 286 ; *PMV*, XII, 103.

JAPET, père de Prométhée : *PG*, III, « Japhet » 58 (n. 1).

JAPHET, troisième fils de Noé : *UM*, III, 783.

JAQUOTOT (Marie-Victoire) [1772-1855], peintre sur porcelaine : *F30*, II, 1189 ; *PCh.*, X, « Jacotot » 69.

JARNAC (Guy Chabot, baron de) [1509-apr. 1572], gentilhomme connu pour son duel victorieux de 1547 contre La Châtaigneraie : *VF*, IV, 531 ; *MN*, VI, 335, 337, 340 ; *SetM*, VI, 590 ; *E*, VII, 1081 ; *Cath.*, XI, 203, 264 ; *PMV*, XII, 22.

*JARNOVIC (Pierre-Louis Hus-Desforges, dit) [1773-1838], violoncelliste : *PréCh.*, VIII, « Jarnovick » 1681.

JAUCOURT (Arnail-François, comte puis marquis de) [1757-1852], militaire, émigré, membre du gouvernement provisoire du 1er avril 1814, ministre de la Marine et des Colonies du 9 juillet au 26 septembre 1815 ; ami de Mme de Staël : *DL*, V, 1021 (n. 1) ; *S*, VI, 1045 (n. 2).

JAY (Antoine) [1770-1854], littérateur, publiciste notamment au *Mercure de France*, et l'un des fondateurs de *La Minerve française* et du *Constitutionnel* : *IP*, V, 366, 444.

JEAN (saint), l'un des douze apôtres : *Pré.CH*, I, 17 ; *DF*, II, 67 ; *CM*, III, 579 ; *UM*, III, 819, 837 ; *IP*, V, (pour *Saint Jean dans Pathmos* : 183, 185, 208, 211), •« l'évangéliste » 559 ; *Pré.Ch.*, VIII, 1674 ; *CV*, IX, 870 ; *PCh.*, X, 70, 163 ; *EM*, X, 874, 920 ; *Ma.*, X, 1089 ; *Réq.*, X, 1114 ; *Pré. Livre mystique*, XI, 504, 506 ; *Sér.*, XI, 761, 774, 780, •830 ; *SMA*, XII, 343 ; *PC*, XII, 800. (Voir Index III.)
— **JEAN (saint) : *Sér.*, XI, 784 (var. *b*).
    Évangile selon saint Jean : DF, II, 67 ; *PCh.*, X, 163 ; •*JCF*, X, 326 (n. 2) ; •*Gam.*, X, 514 (n. 2) ; *Réq.*, X, 1114 ; *PC*, XII, 800.
    L'Apocalypse : ELV, XI, 488 ; *Sér.*, XI, 773, 780, 784, 830.
— *L'Apocalypse : LL*, XI, 602 (var. *d*) ; *Sér.*, XI, 766 (var. *e*).

Jean (un saint), l'abbé Loraux : *H*, II, 577.

Jean de procession (coiffé comme un saint), le chevalier de Valois et Rubempré : *VF*, VII, 875 ; *IP*, V, 272.

Jean (nu comme un saint) : *CB*, VI, 50 ; *RA*, X, 761.

Jean (de la Saint-), Olivier Vinet, selon Mme Minard : *Bou.*, VIII, 60.

Jean (le jour ou les herbes de la Saint-) : *MC*, IX, 394, 594.

Jésuite (un), renvoyé par Montesquieu à l'article de la mort, le père Routh : *Be.*, VII, 435 (n. 2).

JÉSUS-CHRIST[1] (Jésus, le Christ, Notre Seigneur, le Sauveur, le Rédempteur, le Messie, etc.).

Relations avec les personnages fictifs. Mme de Grandville, selon son mari, son épouse : *DF*, II, 74. Prié par la duchesse de Grandlieu : *B*, II, 890. Le colonel Franchessini le remettrait en croix : *PG*, III, 145. Pierrette l'aime comme un céleste fiancé : *P*, IV, 92. Michel Chrestien croit à sa religion : *IP*, V, 318. Les religieuses d'un couvent espagnol (dont Mme de Langeais) renaîtront épouses du Christ : *DL*, V, 912. Aurait accordé sa grâce à Esther : *SetM*, VI, 454. Olivier et sa femme le remettraient en croix pour Hulot et Mme Marneffe : *Be.*, VII, 190. A Robespierre pour continuateur, selon Desroys : *E*, VII, 987. Fourchon croit en lui : *Pay.*, IX, 73. Evelina est à lui : *MC*, IX, 567 ; Benassis est pénétré de sa pensée : 572. Protagoniste de Jésus-Christ en Flandre : *JCF*, X, 312-314, 316-321. Il sera l'époux de Juana de Mancini, croit-elle : *Ma.*, X, 1066. Cosme Ruggieri croit à sa divinité : *Cath.*, XI, 428. Louis Lambert : « à Jésus la croix, à moi la mort obscure » : *LL*, XI, 655.

Analogies avec les personnages fictifs. Collin a fait pour Lucien ce que Dieu aurait fait pour sauver son fils : *SetM*, VI, 898. La princesse de Cadignan marche sur les flots de la calomnie comme Jésus sur le lac de Tibériade : *SPC*, VI, 973. Rabourdin, serein comme Jésus sous la couronne d'épines : *E*, VII, 1100. Bourlac souffre la passion du Christ : *EHC*, VIII, 359. La femme Martin s'est faite mère comme Jésus s'est fait homme : *MC*, IX, 395.

Visage : FE, II, 278, 300.

Le monde avant lui : Pré.FE, II, 262 ; *CP*, VII, 536 ; *CV*, IX, 760.

En son temps : VF, IV, 871.

Vie. Fils de Marie : *R*, IV, 277. Naissance : *R*, IV, 341 ; *EHC*, VIII, 219 ; *MC*, IX, 394 ; *Pré. Livre mystique*, XI, 506. Joseph n'était pas son père : *MD*, IV, 681. « Il bambino » : *S*, VI, 1067. Avec les apôtres : *CP*, VIII, 325. Neuf années seulement de sa vie sont connues : *LL*, XI, 657. *Passion.* Chemin de croix : *EHC*, VIII, 246. La Croix : *Ch.*, VIII, 975, 1120 ; *Pay.*, IX, 161 ; *MC*, IX, 583 ; *CV*, IX, 851 ; *Lys*, IX, 1195 ; *Cath.*, XI, 423. « Pardonne-leur, car ils ne savent ce qu'ils font » : *PVS*, XII, 253. Descente de croix : *SetM*, VI, 713. Ensevelissement : *P*, IV, 143 ; *CA*, IV, 1043 ; *SetM*, VI, 899. Mot sur la résurrection : *E*, VII, 955. Celle des Maries qui ne croit pas à sa mort : *CV*, IX, 718. Apparition après sa mort : *UM*, III, 838, 961. Rédemption : *CV*, IX, 756.

Action et enseignement. Immoral comme Socrate, renversait ou réformait une Société : *Pré.CH*, I, 14. A créé la notion d'adultère, selon le comte Octave : *H*, II, 547. Le magnétisme, sa science favorite : *UM*, III, 822 ; guérissait les hommes : 826. A proclamé l'égalité des hommes devant Dieu, selon Gaudissart : *IG*, IV, 590. Voulait le scandale, selon Herrera : *IP*, V, 706. Sa morale est la morale universelle : *Bou.*, VIII, 163. Dévouement, selon Benassis : *MC*, IX, 466. Après lui, l'Europe n'a pas eu de législateur, selon Gérard : *CV*, IX, 795 ; n'a pas eu le temps de formuler un gouvernement, selon Clousier : 825. A consacré le triomphe de l'esprit sur la matière, selon Émile : *PCh.*, X, 109. Guérisons magnétiques : *LL*, XI, 640 ; donna l'exemple de l'obéissance passive : 642 ; a eu les mêmes principes que les autres fondateurs de religions, selon Lambert : 656. A voulu laisser le monde aux hommes : *Sér.*, XI, 774 ; apparition à trois disciples : 804 ; pourrait éclairer l'obscurité des sciences : 823. Sa religion est un code de morale et de politique : *Phy.*, XI, 1002.

Culte. Communion : *SetM*, VI, 479 ; *CV*, IX, 870 ; *Lys*, IX, 1036 ; *PCh.*, X, 92. Imitation de Jésus : *EHC*, VIII, 323. La confession instituée par ses disciples : *CV*, IX, 860. Sainte Thérèse voyait en lui son époux : *EM*, X, 930. Le protestantisme, sa vraie doctrine, selon Chaudieu : *Cath.*, XI, 360. Luther a évité de se donner pour un second Jésus : *Pré. Livre mystique*, XI, 503 ; le mysticisme procède de lui par saint Jean : 504. La

---

1. Les références bibliques précises ne figurent pas ici, mais à l'article « Bible » (Index III), auquel nous renvoyons le lecteur, sans nous dissimuler que certains choix peuvent sembler arbitraires. (Cet article a été établi par Pierre CITRON.)

tradition de sa parole selon les premiers chrétiens : *Sér.*, XI, 787. Les martyrs se vouaient à lui : *AIH*, XII, 775.

À l'époque moderne. Selon Gaudissart, a fait son temps et doit être remplacé par Saint-Simon : *IG*, IV, 590. Les temps intermédiaires entre lui et Descartes : *LL*, XI, 628 ; lui, Mahomet et Luther ont coloré différemment le cercle où les jeunes nations ont fait leur évolution : 650. Tant qu'une jeune fille n'aime pas un homme, elle essaie ses forces avec Jésus : *DxA*, XII, 670.

Invocations et jurements. Eugénie Grandet : « Au nom du Christ ! » : *EG*, III, 1168. Mme Madou : « Jésus ! » : *CB*, VI, 266. J. Collin : « Jésus ! » : *SetM*, VI, 713. Bourlac : « Au nom de Jésus ! » : *EHC*, VIII, 412 ; Mme de La Chanterie : « Par Jésus ! » : 412. Frenhofer : « Par le sang, par la tête, par le corps du Christ ! » : *ChO*, X, 438. Martha : « Corps du Christ ! » : *RA*, X, 734.

Voir Index III, articles Bible, Christ, *Imitation de Jésus-Christ.*

JÉSUS-CHRIST. Éternel symbole des anges terrestres persécutés : *MD*, IV, 1364. N'a jamais maudit Judas : *TA*, VIII, 533 (var. *c*). Clarina rendrait le Christ amoureux : *Do.*, X, 556 (var. *e*). *Juron.* Le narrateur : « Par le corps du Christ ! » : *DxA*, XII, 1082.

Sens figurés. Gambara se croit le Messie de la régénération musicale : *Gam.*, X, 477. Mme Diard, avec ses enfants, est une Vierge entre son fils et saint Jean : *Ma.*, X, 1089.

Jeunes-France (les), groupe d'écrivains romantiques exagérés, formé vers 1830, qui devint un parti politique dont les membres se distinguaient par des opinions exaltées et une mise généralement moyenâgeuse : *FE*, II, 299 (n. 5) ; *DxA*, XII, 691 (n. 2).

*JÉZABEL (IXe siècle av. J.-C.), femme d'Achab, roi d'Israël ; mère d'Athalie : *Cath.*, XI, 307 (var. *a*).

*Jézabel, nom donné à CATHERINE DE MÉDICIS par Théodore de BÈZE : *Cath.*, XI, 307 (var. *a*).

JIMÉNES DE CISNEROS. Voir XIMÉNÈS.

JOB, personnage biblique : *H*, II, 569 ; *B*, II, 768 ; *IP*, V, 347 ; *SPC*, VI, 951 ; *EHC*, VIII, 319 ; *Lys*, IX, 1029, 1125.

JOBLOT (Louis), micrographe du XVIIIe siècle : *Phy.*, XI, 1062.

JOCONDE (la). Voir MONA LISA.

JOCRISSE, personnage de farces, popularisé à partir de 1792 par plusieurs pièces de Dorvigny : *VF*, IV, 832 ; *CP*, VII, 575, 652.

*JOCRISSE : *Scène de village*, IX, 1421.

JOHANNOT (Tony) [1803-1852], graveur, peintre de genre et d'histoire ; d'une famille française fixée en Allemagne depuis la Révocation de l'Édit de Nantes, né en Hesse : *AIH*, XII, 780.

JOLLY (Adrien-Jean-Baptiste Muffat, dit) [1773-1839], auteur dramatique et comédien : *PVS*, XII, « Joly » 287 (n. 1).

JOLY DE FLEURY (Jean-François) [1718-1802], contrôleur général des Finances, ministre des Finances après Necker : *PVS*, XII, 221 (n. 1 de la p. 222).

JOMMELLI (Niccolo) [1714-1774], compositeur italien : *S*, VI, « Jomelli » 1060.

Ant. *PAESIELLO : *S*, VI, 1060 (var. *a*).

JOSEPH, fils de Jacob et de Rachel, vendu par ses frères à Putiphar dont la femme chercha en vain à le tenter ; devenu ministre du pharaon : *SetM*, VI, 578.

JOSEPH (saint), époux de la Vierge Marie, charpentier : *PG*, III, 78 ; *MD*, IV, 681 ; *EHC*, VIII, 375 ; *CV*, IX, 776 ; *Phy.*, XI, 1052 ; *PMV*, XII, 181.

JOSEPH. Voir BONAPARTE.

JOSEPH (François Le Clerc du Tremblay, dit le père) [1577-1638], capucin surnommé l' « Éminence grise » pour son rôle de conseiller auprès du cardinal de Richelieu : *CA*, IV, 1037 ; *SetM*, VI, 474 (n. 1) ; *E*, VII, 920.

JOSEPH II (1741-1790), fils de François Ier d'Autriche et de Marie-Thérèse, frère de Marie-Antoinette ; empereur germanique dès sa naissance à sa mort et corégent des États des Habsbourg de 1765 à sa mort : *VF*, IV, 881, 882.

JULES II (Giuliano della Rovere) [1445-1513], pape élu le 1er novembre 1503 : *Pré.H13*, V, 789; *•E*, VII, 1014; *•Lys*, IX, 1043; *Cath.*, XI, 180; *ELV*, XI, 487, •488, 490.

JULIA (doña), personnage de *Don Juan*, de Byron : *Fir.*, II, 152; *Phy.*, XI, 1040.

*JULIA (Julie-Antoinette Devarenne, dite) [v. 1802-1880 ?], danseuse à l'Opéra, passée en 1823 du corps de ballet dans les doubles, puis en 1825 dans les remplaçantes, premier sujet en 1828; mise à la retraite le 1er octobre 1838; remplacée ici par Tullia : *E*, VII, 963 (var. *b* et *d*, et n. 1).

JULIE (39-14 av. J.-C.), fille d'Auguste et de Scribonia : •*Be.*, VII, 245 (n. 2); *PCh.*, X, par erreur au lieu de Délia 70.

JULIE D'ÉTANGES, héroïne de *Julie ou la Nouvelle Héloïse*, de J.-J. Rousseau : *Pré.CH*, I, 10; *MJM*, I, 260; *MM*, I, 544; *MD*, IV, 660; *IP*, V, 460; *Phy.*, XI, 1007, 1026.

Julie d'Étanges (une), Modeste Mignon, selon son père : *MM*, I, 603.

Julie (un fichu à la) : *CB*, VI, 145.

JULIEN L'APOSTAT (331-363), empereur romain de 361 à sa mort; neveu de Constantin, il abandonna la religion chrétienne : *DA*, VIII, 798.

JULIETTE, héroïne de *Roméo et Juliette*, de Shakespeare : *MM*, I, 548; *Ven.*, I, 1089; *SetM*, VI, •688, 787; *DA*, VIII, 791.
    *JULIETTE : *RA*, X, 659 (var. *a*).

Juliette du voyageur tué (la), Mme de Montpersan : *Mes.*, II, 399.

JULIETTE, modiste non identifiée : *IP*, V, 262.

JUNON, femme de Jupiter dans la mythologie gréco-romaine : *Do.*, X, 548. (Voir Index III.)

Junon (une), la femme légitime : *VF*, IV, 823.

JUNOT. Voir ABRANTÈS.

JUPITER, roi des Dieux dans la mythologie gréco-romaine : *FE*, II, 331; *VF*, IV, 823; *CB*, VI, 280; *SetM*, VI, 600; *S*, VI, 1050; *Be.*, VII, 175; *Do.*, X, 548; *Dr.*, X, 1169; *Sér.*, XI, 800. (Voir Index III.)

Jupiter du ministère (le), Hulot d'Ervy : *Be.*, VII, 143.

Jupiter d'une Danaé bourgeoise (le), Hulot d'Ervy avec Mme Marneffe : *Be.*, VII, 179.

Jupiter, nom donné à CALVIN par Théodore de Bèze : *Cath.*, XI, 349.

JUSSIEU (Antoine-Laurent de) [1748-1836], botaniste, créateur de la classification naturelle des plantes : *MM*, I, 516.

JUSTINE, personnage des *Amours du chevalier de Faublas*, de Louvet de Couvray : *Phy.*, XI, 1040.

JUSTINIEN Ier le Grand (Flavius Petrus Sabbatius Justinianus, ou) [483-565], empereur byzantin de 527 à sa mort; il fit rédiger les *Pandectes* : *UM*, III, 831.

JUVÉNAL (Decimus Junius Juvenalis, ou) [v. 60-v. 140], satiriste et poète latin : *PG*, III, 61, 268; *Pré.IP*, V, 120 (n. 3); *SetM*, VI, 571.
    *JUVÉNAL : *IG*, IV, 1334.
    •*Satires* : *Pré.IP*, V, 120 (n. 3); *E*, VII, « Inde irae » 173.

JUVÉNAL DES URSINS (Guillaume) [1400-1472], chancelier de France : *Cor.*, XI, 26 (n. 1).

KAERSENS LERS (Cornelia), dite femme Monet (1780-1814), Anversoise, prostituée du Palais-Royal; assassinée par SERRE DE SAINT-CLAIR (voir ce nom) : *Ma.*, X, 1078.

KAÏFAKATADARY, personnage littéraire non identifié : *Phy.*, XI, 943 (n. 1).

*KALED, personnage de *Lara*, de Byron : *MM*, I, 508 (n. 1).

KALKBRENNER (Friedrich-Wilhelm-Michael) [1785-1849], compositeur et pianiste allemand : *CP*, VII, 497.

KANT (Immanuel) [1724-1804], philosophe allemand : *Pré.CH*, I, 12; *MD*, IV, 647; *VF*, IV, 923; *IP*, V, 443, 563; *CV*, IX, 807; *PCh.*, X, 106, 167 (n. 2); *Cath.*, XI, 339; *PMV*, XII, 47; *PVS*, XII, 230 (n. 4); *MI*, XII, 721.
    *KANT : *DL*, V, 1037 (var. *c*).
    La Critique de la raison pure : *MN*, VI, •335, 364.

KARDOUAN, lézard dans *Le Songe d'Or*, de Nodier : *PVS*, XII, « Kardououn » 296.

KARR (Peter-Heinrich, devenu Pierre-Henry) [1784-1843], compositeur et professeur de piano, Bavarois d'origine; père d'Alphonse Karr : *CP*, VII, 497.

KATCOMB, restaurateur anglais, installé rue Neuve-des-Petits-Champs : *E*, VII, 972 (n. 1).

    Ant. *LUCAS : *E*, VII, 972 (var. *a*).

KELLERMANN (François-Étienne) [1770-1835], officier général : *VF*, IV, 827, 906; *CA*, IV, 1057; *IP*, V, 697, 698.

KEMPFER (Englebert) [1651-1716], médecin et naturaliste allemand : *IP*, V, 221.

KEPLER (Johannes) [1571-1630], astronome allemand : *FM*, II, 216; *E*, VII, 948; *PVS*, XII, 272.

KÉRATRY (Augustin-Hilarion, comte de) [1769-1859], littérateur, publiciste au *Courrier français*, puis député libéral pendant la Restauration, vice-président au Conseil d'État et pair sous Louis-Philippe : *FE*, II, un des « faiseurs d'articles passés au Conseil d'État » 312; *IP*, V, 300; *Pré.Ch.*, VIII, 900.

    *KÉRATRY : *E*, VII, 963 (var. *f*).

    Inductions morales, ant. *Le Petit Vieillard de Calais* : *IP*, V, 300 (var. *d*).

KERCADO (comtesse de). Voir CARCADO.

*KERGARIOU (Joseph-François-René-Marie-Pierre, comte de) [1779-1849], parent d'un commandant de *La Belle Poule* sous l'Ancien régime; préfet de Tours lors de l'action : *Ech.*, XII, 484 (n. 4).

KERNOCK, héros de *Kernock le pirate*, d'E. Sue : *DxA*, XII, 682.

*KESNER (Charles-Jean-Rodolphe) [?-1834], caissier général du Trésor, jugé par contumace pour un déficit de quatre millions cinq cent mille francs, en 1832; mort à Londres; remplacé ici, avec *MATHÉO (voir ce nom), par « ce caissier du Trésor » : *Be.*, VII, « Kessner » 342 (var. *a* et n. 3).

*KETTLER. Voir COURLANDE.

*KHADIJA (?-619), veuve de La Mecque, première femme de Mahomet : *IP*, V, 141. (Voir aussi CADHIGE, pour le *Mahomet* de Gambara.)

KHALED (Khalid Ibn-al-Walid, ou) [?-642], général arabe; personnage du *Mahomet* de Gambara : *Gam.*, X, 490, 491.

KHOSREW-PACHA. Voir CHOSREW-PACHA.

KLAGMAN (Jean-Baptiste-Jules) [1810-1867], sculpteur-décorateur; élève de Feuchère et de Ramey fils : *FM*, II, « Klagmann » 201.

KLÉBER (Jean-Baptiste) [1753-1800], officier général; assassiné au Caire : *DL*, V, 946; *MC*, IX, 526; *MI*, XII, 735.

KLOPSTOCK (Friedrich-Gottlieb) [1724-1803], poète allemand : *Sér.*, XI, 769; *Phy.*, XI, 1121; *GH*, XII, 402.

    La Messiade : *GH*, XII, 402.

KNIP (Pauline Rifer de Courcelles, devenue Mme Josef-August) [1781-1851], peintre d'oiseaux : *Phy.*, XI, 1021.

    Les Pigeons : *Phy.*, XI, 1021.

KNOX (John) [v. 1514-1572], principal doctrinaire et historien de la Réforme écossaise : *CV*, IX, 814; *Cath.*, XI, 215.

KOCK (Charles-Paul de) [1794-1871], romancier : *IP*, V, 351, 362; *DxA*, XII, 696 (n. 6).

    André le Savoyard : *DxA*, XII, 696 (n. 6).

KÖNIGSMARK (comtesse Maria-Aurora von) [1662-1728], maîtresse de Frédéric-Auguste de Saxe, le futur Auguste II de Pologne; peut-être citée par erreur : *IP*, V, 271 (n. 1); *DL*, V, 1021.

*KÖNIGSMARK (comte Philipp-Christoph von) [1662-1694], frère de la précédente et amant de Sophia-Dorothea, femme du prince électeur de Hanovre et futur George Ier d'Angleterre; peut-être cité par erreur : *IP*, V, 271 (n. 1); *DL*, V, 1021 (n. 2).

KOSCIUSZKO (Tadeuz Andrzej Bonawentura) [1746-1817], patriote polonais : *Be.*, VII, « Kosciusko » 111 (n. 1).

KOSLOWSKA (Sofka Kosloffska, ou Sophie), devenue Mme Charles Falcon de Cimier (1817-1878); fille naturelle d'un Russe et d'une Italienne, le prince Piotr Kosloffski et Giovanna-Relegrina-Angela Rebora; pupille, après la mort de son père, de la grande-duchesse Hélène. Dédicataire de *La Bourse* : *Bo.*, I, 413.

le meurtre d'un garçon de recettes : *MD*, IV, 673 ; •*SetM*, VI, 698 ; •*EHC*, VIII, 280 (n. 2).
  *LACENAIRE : *SetM*, VI, 698 (var. *f*).
LACÉPÈDE (Bernard-Germain-Étienne de La Ville-sur-Illion, comte de) [1756-1825], naturaliste, grand chancelier de la Légion d'honneur sous le Directoire et l'Empire, puis pendant les Cent-Jours : *CB*, VI, 163 (n. 1), 167, 172, 173, 233, •310.
*LA CHAISE (François d'Aix de) [1624-1709], jésuite, confesseur de Louis XIV : *La Fleur des pois*, IV, 1443.
LA CHALOTAIS (Louis-René de Caradeuc de) [1701-1785], procureur général au Parlement de Bretagne : *Pré.Ch.*, VIII, 899, 900 (n. 1), 901.
LA CHAMBRE (maison de), famille noble de Bresse : *Cath.*, XI, 189.
•LA CHAMBRE (Philippe de) [?-1550], évêque de Bologne ; grand-oncle maternel de Catherine de Médicis, fait cardinal le 7 novembre 1533 à l'occasion du mariage de cette dernière : *Cath.*, XI, « le cardinal de Boulogne » 189 et 196.
LA CHÂTAIGNERAIE (François de Vivonne, seigneur de) [1520-1547], adversaire de Jarnac dans un duel où il mourut : *MN*, VI, 335 ; *Cath.*, XI, 192, 203.
LA CHAUX (Mlle de), évoquée par Diderot dans *Ceci n'est pas un conte* pour sa passion pour le médecin GARDEIL (voir ce nom) ; ici, « Delachaux » : *MD*, IV, 766 ; *PP*, VII, 54.
  *DELACHAUX : *LL*, XI, 589 (var. *d*), 1493.
LACHEVARDIÈRE (Alexandre) [1795-1855], imprimeur, associé de Louis-Toussaint Cellot depuis 1815 et son successeur, breveté de 1823 à 1834, installé rue du Colombier, 30 : *IP*, V, 221.
•LACLOS (Pierre Choderlos de) [1741-1803], officier général, écrivain.
    Les Liaisons dangereuses : *EG*, III, 1067 ; *FYO*, V, 1097 ; *Be.*, VII, 230.
    *MERTEUIL (Mme de) : *Be.*, VII, 286.
LACOMBE (Mme), associée de Chanteclair et Vouges dans l'entreprise de diligences dont le privilège fut supprimé par Turgot : *Ch.*, VIII, 946.
LADISLAS I⁰ʳ ARPAD (saint) [v. 1040-1095], roi de Hongrie.
Ladislas (un), Thuillier, selon sa sœur : *Bou.*, VIII, 38.
LADOUCETTE (Jean-Charles-François, baron de) [1770-1848], administrateur, préfet de la Moselle en 1814, député en 1834 : *Pré.TA*, VIII, 494.
LADVOCAT (Charles) [1790-1845], libraire installé, sous la Restauration, au Palais-Royal, galerie de bois, 197 puis 195, à l'enseigne de *À la Colonne*, et ensuite, après leur disparition en 1828, quai Malaquais, 23 : *IP*, V, 300, 361, 449.
  *LADVOCAT : *IP*, V, 494 (var. *a*).
  *LADVOCAT, remplacé par Dauriat : *E*, VII, 981 (var. *a*).
LAENSBERG (Mathieu), pseudonyme d'un auteur d'almanachs, en 1636 : *PVS*, XII, 239. Voir aussi Mathieu (un).
LAFARGE (Joachim) [1748-1839], économiste, promoteur d'une tontine : *TA*, VIII, 536 (n. 2).
•LAFARGE (Charles Pouch-) [1811-1840], maître de forges en Corrèze ; assassiné par la suivante : *PMV*, XII, 133 (n. 1).
LAFARGE (Marie-Fortunée Cappelle, devenue Mme) [1816-1852], seconde femme du précédent qu'elle épousa en août 1839 et commença à empoisonner en décembre de la même année ; condamnée aux travaux forcés à perpétuité : *TA*, VIII, 639 (n. 1) ; •*PMV*, XII, 133 (n. 1).
LA FAYETTE (Marie-Paul-Yves-Roch-Gilbert du Mottier, marquis de) [1757-1834], général, homme politique, sous la Restauration dans l'opposition ; ici, toujours « Lafayette » : *BS*, I, 117 ; *MJM*, I, par erreur pour Puyraveau 398 ; *DV*, I, 878 ; *Fir.*, II, 145 (n. 1) ; *PG*, III, 144 ; *CM*, III, 647 ; •*UM*, III, 902 (n. 3) ; *IP*, V, 516 ; *FYO*, V, 1072 ; *CB*, VI, 119 ; *PCh.*, X, 105 ; *Cath.*, XI, 171 ; *GH*, XII, 402 ; *GS*, XII, 410.
    Ant. *MANUEL : *BS*, I, 117 (var. *d*).
    *LAFAYETTE : *FYO*, V, 1044 (var. *a*) ; *MN*, VI, 358 (var. *d*) ; *E*, VII, 1116 (var. *a*).
LAFFEMAS (Isaac de), sieur de Humont (v. 1587-1657), lieutenant civil de la Prévôté de Paris : *Cath.*, XI, 171.
LAFFITTE (Jacques) [1767-1844], banquier, député d'opposition de 1816 à juillet 1830 ; président du Conseil et ministre des Finances du

2 novembre 1830 au 13 mars 1831 ; ensuite failli et de nouveau député :
PG, III, 201 ; *EG*, III, 1034 ; *R*, IV, 313 ; *CA*, IV, 979 ; •*F*, V, l'homme
de « la Banque » qui faisait des « conspirations » sous la Restauration
puis « s'assiérait sur le trône » sans prévoir ses « faillites » 810 ; *Pr.B*, VII,
812 ; *E*, VII, 987 ; *DA*, VIII, 738 ; *HP*, XII, 578.

    LAFFITTE : IP, V, 510 (var. *b*).

    LAFFITTE, remplacé par Nucingen : Gb., II, 986 (var. *j*).

    *LAFFITTE, *OUVRARD, *CŒUR, remplacés par Nucingen et *Keller :
E*, VII, 903 (var. *d*).

Laffitte de Provins (le), Vinet : *P*, IV, 90.

Laffitte au petit pied (un), du Bousquier : *VF*, IV, 927.

Laffitte de son arrondissement (le), Gazonal, selon Lora : *CSS*, VII, 1205.

LAFFITTE (Jean-Baptiste) [1775-1843], frère du précédent, agent de change
et fondateur avec CAILLARD (voir ce nom) des *Messageries générales de
France*, communément dites *Messageries Laffitte-Caillard : IG*, IV, 598 ;
DxA, XII, 668.

    *LAFFITTE et *CAILLARD : E*, VII, 987 (var. *h*), 1116 (var. *a*).

LAFLEUR, valet de comédies de Godard d'Aucour et de Destouches, au
XVIIIᵉ siècle : *IP*, V, 622 ; *SetM*, VI, 522 ; *MI*, XII, 730 (n. 1).

    LA FLEUR : CSS, VII, 1696.

LAFLEUR (Antoine), tambour dans l'armée française qui accompagna Sterne
en France et en Italie ; nommé dans *Un voyage sentimental : Phy.*, XI,
950 (n. 2).

LAFON (Pierre Rapenouille, dit) [1773-1846], tragédien, de la troupe de la
Comédie-Française de 1800 à 1830 : *CB*, VI, 138 ; *Bou.*, VIII, 92 (n. 2).

•LAFON (Marcelin) [1800-1838], ténor : *Gam.*, X, 502 (n. 2).

*LAFONT (Charles-Philippe) [1781-1839], comédien avec l'emploi de jeune
premier, et, surtout, violoniste : *Pré.Ch.*, VIII, « Lafond » 1681.

LAFONT (Pierre-Chéri) [1801-1873], comédien : *MD*, IV, 704 (n. 1).

LAFONTAINE (August-Heinrich) [1758-1831], romancier allemand : *EG*, III,
1136 ; *CP*, VII, 532, 558.

LA FONTAINE (Jean de) [1621-1695], écrivain fabuliste et conteur : *MJM*,
I, 313 ; *MM*, I, 615 ; *B*, II, 615 ; *UM*, III, 862, 936 ; *EG*, III, 1040 ;
CA, IV, 965 ; *IP*, V, 127, 511 ; *CB*, VI, 166 ; *MN*, VI, 341 ; *SetM*, VI,
605 ; *CP*, VII, 496, 536, 651 ; *Pr.B*, VII, 823 ; *Pré.E*, VII, 888, 889 ; *CSS*,
VII, 1181 ; *Lys*, IX, 1063 ; *Cath.*, XI, 235-237, 241 ; *ELV*, XI, 473 ; *Phy.*,
XI, 1125 ; *PMV*, XII, 108 ; *PVS*, XII, 273 ; *Méf.*, XII, 418 ; *HP*, XII,
573 ; *DxA*, XII, 675.

    LA FONTAINE : B, II, 940 (var. *b*) ; *Fré.*, XII, 812 (var. *a*) ; *PVS*,
XII, 956.

    Contes : IP, V, 127. (Pour le détail, voir Index III.)

    Fables : MM, I, 615 ; *EG*, III, 1040 ; *VF*, IV, 850. (Pour le détail,
voir Index III.)

    Fables : B, II, 940 (var. *b*) ; *Lys*, IX, 975 (var. *a*).

    •*Lettre à la duchesse de Bouillon : B*, II, 829 (n. 1).

LAFORÊT ou, plutôt, LA FOREST, nom donné par Molière à ses servantes,
successivement Louise Lefebvre, veuve Jorand, morte en 1668, puis
Renée Vannier : *DV*, I, 815 ; *Lys*, IX, 1108.

Laforêt (une grosse), la maîtresse de d'Arthez, selon Blondet : *SPC*, VI, 965.

•LAFOSSE (Antoine de), seigneur d'Aubigny (v. 1653-1708), dramaturge.

    Manlius Capitolinus : IP, V, 453 ; *SetM*, VI, 479.

LAGEINGEOLE, personnage de *L'Ours et le Pacha*, de Scribe.

    LAGEINGEOLE : PCh., X, 190 (var. *d*).

Lageingeole, un des surnoms donnés à Magus par Grassou : *PGr.*, VI, 1094.

LAGLAISIÈRE (Léonard), comédien, fondateur de la première agence dramatique ; non identifié : *Th.*, XII, •593, 594 (n. 7).

LAGRANGE (Louis, comte de) [1736-1813], mathématicien né à Turin : *Do.*,
X, 578 ; *PVS*, XII, 276.

LAGUERRE (Marie-Joséphine ou Marie-Sophie) [1755-1783], première cantatrice à l'Opéra avant la Révolution : *Pr.B*, VII, 810. *Vie romanesque :
Pay.*, IX, •57, 59 (n. 1), 60, 64, 129-131, 149, •150, 201, 256, 258, 260,
•261, 264, « Sophie » 279 (n. 1).

LA HARPE (Jean-François Delharpe, ou Delaharpe, dit de) [1739-1803],
critique, poète : *UM*, III, 786 (n. 2) ; *CB*, VI, 166.

foucauld, duc de Liancourt, puis duc de La Rochefoucault, dit de) [1747-1827], philanthrope : *Bou.*, VIII, 62 (n. 2).

LA ROCHEJAQUELEIN (Auguste du Vergier, comte de) [1783-1868], maréchal de camp, il prit part à l'expédition d'Espagne : *CA*, IV, « Larochejaquelein » 1008.

LA ROCHEJAQUELEIN (Henri du Vergier, comte de) [1772-1794], frère du précédent, chef vendéen; aussi « Larochejaquelein » : *B*, II, 650; *Vis.*, XII, 638.

LA ROCHE-SUR-YON (Charles de Bourbon, prince de) [1515-1565], fils de Louis Ier de Bourbon et de Louise, comtesse de Montpensier et dauphine d'Auvergne : *Cath.*, XI, 188.

LA ROCHE-SUR-YON (Philippe de Montespedon, devenue princesse de) [?-1578], femme du précédent en secondes noces après son veuvage de René de Montéjan, maréchal de France : *Cath.*, XI, 196.

*LA RONCIÈRE (Émile-François-Guillaume Clément de La Roncière Le Noury, ou de) [1804-1874], officier; accusé d'avoir abusé de la fille du commandant de l'École de cavalerie de Saumur, il fut condamné à dix ans de réclusion à l'issue d'un procès où il était défendu par Chaix d'Est-Ange, en 1835 : *Hist.Lys*, IX, « Laroncière » 942 (var. *c*).

LA ROSA. Voir MARTINEZ DE LA ROSA.

LA ROVERE. Voir JULES II.

LARREY (Dominique-Jean, baron) [1766-1842], chirurgien en chef de la Grande Armée : *UM*, III, 789 (n. 3).

LA SABLIÈRE (Marguerite Hessein, devenue Mme de Rambouillet de) [1636-1693], une des protectrices de La Fontaine : *Pré.E*, VII, 889.

LA SAGUE (Jacques), serviteur du prince de Condé; ici « Lasagne » : *Cath.*, XI, 312 (n. 2), 326, 351.

*LA SALE (Antoine de) [v. 1388-apr. 1461], conteur.
   Le Petit Jehan de Saintré.
      LA DAME DES BELLES COUSINES : *PCh.*, X, 294.
   Les Quinze Joies du mariage : Article sur *Phy.*, XI, 1761.

LASCA (Anton-Francesco Grazzini, dit le) [1503-1583], poète italien : *Pré.CA*, IV, 962.

*LAS CASAS (Bartolomé de) [1474-1566], dominicain espagnol, devenu évêque de Chiapas, dit l'Apôtre des Indes : *PVS*, XII, 240 (n. 4).

*LAS CASES (les), famille représentée au XVIIIe siècle, à Lavaur, par le marquis François-Hyacinthe (1733-1780), et à Paris, par sa sœur, Jeanne-Marque de Las Cases, devenue en août 1765 la comtesse Gabriel de Berny (1739-1802), la belle-mère de la *Dilecta* (voir Mme de *BERNY*); et, au début du XIXe siècle, par Alexandre-François-Jacques-Marc (1769-1836), et par Emmanuel (qui suit); ce dernier prétendait que sa famille descendait de celle de l'Apôtre des Indes : *PMV*, XII, 240 (n. 4).

LAS CASES (Marie-Joseph-Emmanuel-Dieudonné, comte de) [1766-1842], cousin germain d'Étienne-Charles-Gabriel de Berny, le mari de la *Dilecta* (voir *BERNY*), officier de marine, chambellan de Napoléon qu'il suivit à Sainte-Hélène, mémorialiste : *IP*, V, 586.
   Mémorial de Sainte-Hélène : *Cath.*, XI, 168.

LASSAILLY (Charles) [1806-1843], littérateur, quelque temps secrétaire de Balzac : *CSS*, VII, 1192 (n. 1).
   Le Camélia : *IP*, V, 340 (n. 1).
   Le Chardon : *IP*, V, 517 (var. *a*).
   La Pâquerette : *IP*, V, 338 (n. 2).

LASSONNE (les), sous Louis XV, connus par Joseph-Marie-François de Lassonne, médecin de la reine : *AIH*, XII, « Lassone » 774 (n. 1).

*LA THAUMASSIÈRE (Gaspard Thaumac de) [1621-1712], jurisconsulte : *MD*, IV, 647 (n. 1).

LATHUILE, fondateur d'un estaminet à son nom, établi à la barrière de Clichy, aujourd'hui la place Clichy : *Bou.*, VIII, 175.

LATIL (Jean-Baptiste-Marie-Anne-Antoine, duc de) [1761-1839], cardinal, archevêque de Reims : *ES*, XII, 547 (n. 2).

LATOUCHE (Hyacinthe-Joseph-Alexandre Thabaud de Latouche, dit Henri de) [1785-1851], écrivain : *FE*, II, 304 (n. 3); *Pré.IP*, V, 113; *IP*, V, 147 (n. 2); *Ma.*, X, 1052 (n. 1); *PMV*, XII, 108 (n. 2); *DxA*, XII, 693.
   **LATOUCHE : *PCh.*, X, « un poète » 179 (var. *a*).

•*De la camaraderie littéraire* : *FE*, II, 304 (n. 3); *Pré.IP*, V, 113 (n. 2) *PMV*, XII, 108 (n. 2).

•*Fragoletta.*

FRAGOLETTA : •*PCh.*, X, 179 (n. 2); *DxA*, XII, 693.

*FRAGOLETTA : *PCh.*, X, 179 (var. *a*).

HAUTEVILLE : *DxA*, XII, 693.

Préface des *Œuvres d'A. Chénier* : *IP*, V, 147 (n. 2).

LATOUR (Mme), marchande de modes établie, à l'époque où elle est citée, rue Neuve-des-Petits-Champs, 25 : *CA*, IV, 1023.

LA TOUR (Maurice-Quentin de) [1704-1788], pastelliste : *UM*, III, 860; *VF*, IV, 850; *CB*, VI, 226; *CP*, VII, 552; *PCh.*, X, 69.

LA TOUR (maison de), famille noble d'Auvergne, seigneuriale, comtale en 1389 par le mariage de Bertrand IV de La Tour avec Marie héritière des comtes d'Auvergne et de Boulogne; divisée en plusieurs branches, notamment celle des Turenne et celle des Bouillon : *Cath.*, XI, 190.

LA TOUR DE BOULOGNE (Anne de). Voir ALBANY (duchesse d').

LA TOUR DE BOULOGNE (Jeanne de), seconde femme d'Aymar de Poitiers (voir SAINT-VALLIER), mère de Jean de Poitiers, grand-mère de Diane de Poitiers : *Cath.*, XI, 185.

LA TOUR DE BOULOGNE (Madeleine de) [1501-1519], fille de Jean III de La Tour, comte d'Auvergne, et de Jeanne de Bourbon; femme de Laurent II de Médicis et mère de Catherine de Médicis : *Cath.*, XI, « Madeleine de la Tour d'Auvergne » 178, 185.

LATREILLE (Pierre-André) [1762-1833], entomologiste : *Pay.*, IX, 319.

•*Histoire naturelle et iconographique des insectes* : *Pay.*, IX, 319 (n. 2).

LAUBARDEMONT (Jean Martin de) [v. 1590-1653], magistrat : *In.*, III, 493 (n. 1); *Pré.TA*, VIII, 499; *CV*, IX, 668; *Cath.*, XI, 171.

•LAUGIER (Jean-Nicolas) [1785-1875], peintre, graveur, élève de Girodet. *Héro et Léandre* : *CB*, VI, 52 (n. 1), 123, 124, 169, 204, 206, 284.

LAUNOY (Jean) [1603-1678], abbé, théologien, ami d'Arnaud : *Cath.*, XI, 167.

*LAURAGUAIS (Louis-Léon-Félicité de Brancas, comte de) [1733-1824], un des amants de Sophie Arnould : *MD*, IV, 1380.

LAURE DE NOVES (Laura di Audiberto de Noves, ou), devenue dame de Sade (v. 1308-1348), noble provençale, célébrée par Pétrarque : *FM*, II, 230; *FE*, II, 308, 381; *B*, II, 820; *IP*, V, 455; *Lys*, IX, 1035, 1045, 1081, 1083, 1127; *EM*, X, 926.

Laure (une), Mme de Bargeton : *IP*, V, 238, 462, 492.

Laure d'Étienne d'Hérouville (la), Gabrielle Beauvouloir : *EM*, X, 942.

LAURENT, personnage de *Tartuffe*, de Molière : *E*, VII, 1074.

LAURENT (saint) [?-258], martyr : *In.*, III, 465; *Be.*, VII, 322; *E*, VII, 903; *TA*, VIII, 547; *DxA*, XII, 678.

LAURENT-JAN (Alphonse-Jean Laurent, dit) [1808-1877], dessinateur, peintre-décorateur, publiciste, critique littéraire : *Be.*, VII, « Jan » 304 (n. 1); •*Phy.*, XI, vraisemblablement « un indigène des coulisses » (avec une allusion à sa liaison avec MALAGA : voir ce nom) 1028.

**LAURENTIE (Pierre-Sébastien) [1793-1876], publiciste à *La Quotidienne*, fondateur du *Courrier de l'Europe* et du *Rénovateur* : *IG*, IV, 1330 (n. 1).

LAURISTON (Jean-Alexandre-Bernard Law, marquis de) [1768-1828], maréchal de France, ministre de la Maison du roi du 1er novembre 1821 au 4 août 1824, grand veneur : •*R*, IV, 521 (n. 1); •*SetM*, VI, 645 (n. 2); *DxA*, XII, 676.

LAUTHERBOURG (Philipp-Jakob II Lutherbourg ou Loutherbourg, devenu Jacques-Philippe de) [1740-1812], peintre de paysages, d'animaux, de batailles et d'histoire, peintre du Roi sous Louis XVI : *S*, VI, 1072.

LAUTOUR-MÉZERAY (Saint-Charles, dit Charles) [1801-1861], publiciste puis préfet : *PVS*, XII, 259 (n. 1 de la p. 260), 284.

*LAUTOUR-MÉZERAY : *IG*, IV, 566 (var. *d*); *Pré.H13*, V, 787 (var. *a*); *F*, V, 793 (var. *a*); *FYO*, V, un des « MM. de Cobentzell » 1064 (var. *b* et n. 1); *PVS*, XII, 227 (var. *a* et n. 2).

Journal des enfants : *IG*, IV, 569.

LAUZUN (Antonin-Nompar de Caumont La Force, duc de) [1632-1723], lieutenant général et commandant en chef de la Maison du roi, disgracié

en 1665 puis définitivement en 1671 pour sa liaison avec la Grande Made-
moiselle : *VF*, IV, 908 ; *DA*, VIII, 807 (n. 1) ; *Th.*, XII, 588.
    Ant. *RICHELIEU (maréchal de) : *VF*, IV, 908 (var. *c*) ; ant. *TALLEY-
RAND puis *BUCKINGHAM : *DA*, VIII, 807 (var. *c*).
LAUZUN (Armand-Louis de Gontaut, duc de), puis duc de Biron (1747-
1793), général ; guillotiné : *AEF*, III, 688 (n. 2) ; *VF*, IV, 812 ; *IP*, V,
680 ; *DL*, V, 1020 ; *Pr.B*, VII, 811 ; *Ch.*, VIII, 1107 (n. 1).
Lauzun de l'École de Droit (les) : *PCh.*, X, 152.
LAVAL (Anne-Alexandre-Joseph, duc de Montmorency-Laval, dit duc de)
[1747-1817], maréchal de camp en 1791, émigré : *Cath.*, XI, 445.
LAVAL (Anne-Pierre-Adrien, duc de Montmorency-Laval, dit duc de), duc
de San Fernando Luis (1768-1837), fils du précédent ; maréchal de camp
en 1814, ministre d'État et ambassadeur de Louis XVIII à Rome :
•*MJM*, I, 259, 337 ; *DL*, V, 930 ; *PVS*, XII, 279 (n. 2).
LA VALETTE (Antoine-Marie Chamant, comte de) [1769-1830], officier, admi-
nistrateur, directeur général des Postes pendant les Cent-Jours ; condamné
à mort, évadé de la prison de la Conciergerie grâce à sa femme qui prit sa
place ; gracié en 1820, sa femme était devenue folle : *IP*, V, 157 ; *SetM*,
VI, 712.
LA VALETTE (Émilie-Louise de Beauharnais, devenue comtesse de) [1780-
1855], femme du précédent, cousine germaine de Jérôme et Hortense de
Beauharnais : *EHC*, VIII, 285 (n. 5).
LAVALLÉE-POUSSIN (Étienne de) [1733-1793], peintre d'histoire : *CP*, VII,
490.
LA VALLIÈRE (Françoise-Louise de La Baume Le Blanc, devenue duchesse
de) [1644-1710], favorite de Louis XIV puis carmélite : *MJM*, I, 196
(n. 5), 198 ; *PG*, III, 236 ; *MD*, IV, 782 ; *DL*, V, •933 (n. 3), 1027 ; *MN*,
VI, 350 ; *SPC*, VI, 958 ; *PCh.*, X, 289 ; *RA*, X, 658, 681 ; *PVS*, XII,
257 ; *ES*, XII, 540.
•La Vallière (une), Camille Maupin retirée dans un couvent, a traité Claude
Vignon « en Louis XIV », selon Trailles : *B*, II, 919.
LA VALLIÈRE (Louis-César de La Baume Le Blanc, duc de) [1708-1780],
petit-neveu de la précédente, brigadier d'infanterie en 1740, grand fau-
connier à partir de 1748 (avec, à partir de 1777, en survivance, le marquis
d'ENTRAGUES : voir ce nom) : *Phy.*, XI, 996, 997.
LA VALLIÈRE (Anne-Julie-Françoise de Crussol d'Uzès, devenue duchesse
de), femme du précédent : *Phy.*, XI, 996, 997.
LAVATER (Johann-Caspar) [1741-1801], théologien suisse, philosophe, poète,
inventeur de la physiognomonie : *Pré.CH*, I, 17 (n. 2) ; *DF*, II, 22 ; *CM*,
III, 548 ; *UM*, III, 824 ; *TA*, VIII, 502 ; *Pay.*, IX, 93 ; *CV*, IX, 733 ;
PCh., X, 138 ; *RA*, X, 672 ; *LL*, XI, 623, 631 ; *Phy.*, XI, 1044 ; *PVS*,
XII, 251, 262, 276, 301.
    Physiognomonie : *Phy.*, XI, 1044.
LAVOISIER (Antoine-Laurent de) [1743-1794], chimiste, fermier général sup-
pléant au moment de la Révolution et, à ce titre, guillotiné : *RA*, X, 674
(n. 8), 675, 714, 715, 717, 718 ; *Cath.*, XI, 446, 454, 456 ; *LL*, XI, 636.
    *LAVOISIER : *RA*, X, 718 (var. *a*).
LAW (John) [1671-1729], financier écossais, créateur de la Compagnie des
Indes ; organisateur d'un système d'effets bancaires qui provoqua une
banqueroute pendant la Régence : *CB*, VI, 221 ; *MN*, VI, 340, 371, 389 ;
E, VII, 913, 1053.
Law faubourien (un), un ouvrier : *MN*, VI, 377.
*Law (des petits), les affairistes : *MN*, VI, 369 (var. *f*).
LAWRENCE (Sir Thomas) [1769-1830], portraitiste anglais : *FE*, II, 312 ;
SetM, VI, 442.
LAWSONS, hôtelier anglais, établi, à la date de l'action, à l'angle des rues
Saint-Honoré, 323, et de Rivoli, 24, à l'enseigne de l'*Hôtel garni Bedford* :
Gau., VII, « Lawson » 856.
LAZARE (saint), personnage ressuscité par le Christ : *MI*, XII, 728. (Voir
aussi à REMBRANDT.)
Lazare (un), le serviteur David : *Sér.*, XI, 798.
LÉANDRE, amoureux grec légendaire d'Héro. Voir Index III à *Héro*.
LÉANDRE, personnage de la comédie italienne, type du fils de famille, repris
par Molière : *MD*, IV, 745.

LENOIR (Richard). Voir RICHARD-LENOIR.
LENONCOURT (Robert de) [?-1561], cardinal, nommé en 1538 : *Cath.*, XI, 196.
LENORMAND (Marie-Anne-Adélaïde) [1772-1843], cartomancienne et libraire, établie rue de Tournon, 5, où elle vendait ses propres ouvrages : *SetM*, VI, 606 (n. 2); *CP*, VII, 584 (n. 1); 589; *CSS*, VII, 1190 (n. 2 et n. 1 de la p. 1191).
LE NÔTRE (André Le Nostre, ou) [1613-1700], jardinier des Tuileries, puis contrôleur général des bâtiments et jardins du Roi; créateur des jardins dits à la française : *MM*, I, 696.
LÉON X (Giovanni de' Medici) [1475-1521], élu pape en 1513, second fils de Laurent le Magnifique : *MM*, I, 592; *Be.*, VII, 244; *Pré.E*, VII, 883; *Cath.*, XI, 177, 178, 192, 250; *LL*, XI, 649; *HP*, XII, 577. (Voir Index III.)
•LÉON XII (Annibale Sermattei della Genga) [1760-1829], élu pape en septembre 1823 : *DL*, V, 908, 916, 922.
LÉONARD (saint) [VIᵉ siècle], ami de saint Rémi qui le convertit au christianisme : *Ch.*, VIII, 1070.
LÉONARD (Jean-François Antier, dit) [1758-1794], coiffeur de Marie-Antoinette, par brevet accordé par la reine le 6 novembre 1778 et cédé à Bernard Le Beau le 2 juillet 1787 : *Th.*, XII, 593 (n. 3).
LÉONARD DE VINCI. Voir VINCI.
LÉONARDE, personnage de *Gil Blas*, de Lesage, ou de *La Caverne*, opéra-comique de J.-F. Lesueur, tiré de *Gil Blas* : *FE*, II, 287 (n. 1).
Léonarde de l'Ordre des Chevaliers de la Désœuvrance (la), la Cognette : *R*, IV, 378.
Léonarde (une vraie), Victoire, la servante de Claparon : *CB*, VI, 241.
Léonarde de Raphaël de Valentin (la), sa domestique, selon ses amis : *PCh.*, X, 89.
Léonarde de Giardini (la), sa femme : *Gam.*, X, 465.
LÉONORE D'ESTE. Voir ESTE.
LÉOPOLD (ordre de), ordre autrichien créé en 1808 par l'empereur François Iᵉʳ, ou ordre belge créé en 1832 par Léopold Iᵉʳ : *Pr.B*, VII, 836.
LÉOPOLD Iᵉʳ (Georg-Christian-Friedrich von Saxen-Coburg-Gotha, devenu) [1790-1865], roi des Belges élu, du 4 juin 1831 à sa mort; successivement gendre du futur George IV d'Angleterre puis, veuf, gendre de Louis-Philippe en 1832 : *Hist.Lys*, IX, 931 (voir un Saxe-Cobourg).
LÉORIER-DELISLE (Pierre-Alexandre) [1744-1826], manufacturier, directeur puis propriétaire d'une fabrique de papier à Langlée, près de Montargis, fondateur de la papeterie de Buges, proche de la précédente; inventeur de procédés nouveaux en matière de pâte à papier à base de matières végétales communes, notamment chardons et orties; endetté par ses recherches, un long procès avec son créancier CARDON (voir ce nom) le contraignit en 1812 à céder à ce dernier la direction de ses fabriques et, en 1818, leur propriété et celle de ses inventions : *IP*, V, 220.
LE PAGE (Henri), arquebusier, fournisseur du Roi, titulaire de 1822 à 1842 d'un établissement fondé en 1716, acheté par Pierre Le Page en 1746, et tenu par Jean, neveu de Pierre et père d'Henri, de 1789 à 1822; installé rue Richelieu, 13, Le Page possédait en outre une canonnerie et un champ de tir rue des Gourdes, aux Champs-Élysées : *PCh.*, X, « Lepage » 272.
LEPAUTRE (Jean Le Paultre ou) [1618-1682], dessinateur et graveur de décorations architecturales, un des principaux créateurs du style Louis XIV, et non Louis XV; sous le règne de ce dernier roi, Jacques Lepautre, dessinateur et graveur d'architectures, grava des plans pour de nombreux bâtiments, notamment l'Hôtel Carnavalet et le dôme des Invalides : *CP*, VII, « Lepeautre » 490.
*LE PAYS (René) [1634 ou 1636-1690], poète : *Ch.*, VIII, 956 (var. *c*).
  *Amitiés, amours et amourettes : *Ch.*, VIII, 956 (var. *c*).
  *•Portrait de M. Le Pays : *Ch.*, VIII, 956 (var. *c* et n. 2).
  *•Zélotyde, histoire galante : *Ch.*, VIII, 980 (var. *b*).
LEPÈRE (Victor), pharmacien installé depuis 1786 place Maubert, 27; inventeur et exploitant de la *Mixture brésilienne* : *DxA*, XII, 696 (n. 1).
LEPINAY. Voir L'ESPINAY.
LEPITRE (Jacques-François) [1764-1821], professeur et directeur d'une école secondaire avec pensionnat rue Saint-Louis-au-Marais, 9, au moment

LOVELACE (Robert), personnage de *Clarisse Harlowe*, de Richardson : *Pré.CH*,
  I, 10, 17; *MJM*, I, 266; *MM*, I, 533; *AS*, I, 942; *H*, II, 558; *CA*, IV,
  997; *IP*, V, 457; *FYO*, V, 1070; *Be.*, VII, 245, 333; *Pr.B*, VII, 809;
  PCh., X, 153; *Ma.*, X, 1053.
Lovelace (le), La Roche-Hugon le fait : *PM*, II, 102.
Lovelace (un), Ferragus : *F*, V, 827.
Lovelace à cuirs d'une épopée moderne (le), Jérôme-François Tauleron
  peut le devenir : *HP*, XII, 573.
Lovelace de comptoir (des) : *BS*, I, 135.
    Ant. *Adonis (des) : *BS*, I, 135 (var. *b*).
Lovelaces de la vallée de l'Avonne (un des), Nicolas Tonsard : *Pay.*, IX,
  206, 235.
LOWE (sir Hudson) [1769-1844], officier anglais qui fut, notamment, com-
  mandant de l'île de Caprée, anobli en 1814, puis gouverneur de l'île de
  Sainte-Hélène pendant la captivité de Napoléon : *R*, IV, 506 (n. 1); *DL*,
  V, 1032.
LOYAL (Monsieur), personnage de *Tartuffe*, de Molière : *Th.*, XII, 591.
LOYOLA (saint Ignacio Lopez de) [1491-1556], fondateur de l'ordre des
  Jésuites : *Cath.*, XI, 339; *ES*, XII, 527.
*LOZÈS, professeur d'escrime, installé, à la date où il était nommé, rue
  des Grès-Saint-Jacques, 9; substitué à *BERTRAND, puis remplacé par
  Cérisier (voir GRISIER) : *PCh.*, X, 272 (var. *b*).
LUBOMIRSKI (les), famille noble polonaise : *FM*, II, « Lubermiski » 196.
LUC (saint), évangéliste, auteur du troisième *Évangile* et des *Actes des
  Apôtres* : *Sér.*, XI, 777, 782. (Voir Index III.)
    Évangile : *Sér.*, XI, 777.
LUC, dans *Cath.* Voir DELUC.
*LUCAIN (Marcus Annaeus Lucanus, ou) [39-65], poète latin.
    La Pharsale : *E*, VII, 1101 (n. 1).
*LUCAS, restaurateur, tenancier d'une *English eating house* sise rue de la
  Madeleine, 10; remplacé ici par KATCOMB : *E*, VII, 972 (var. *a*).
LUCE DE LANCIVAL (Jean-Charles-Julien) [1764-1810], littérateur : *CSS*,
  VII, 1204; *Pay.*, IX, 266.
*LUCHET (Auguste) [1809-1872], littérateur et publiciste : *Hist.Lys*, IX,
  953 (var. *a*).
LUCIEN (v. 125-v. 192), rhéteur et philosophe grec : *PMV*, XII, 107.
LUCIFER. Voir SATAN.
LUCRÈCE (?-509 av. J.-C.), patricienne romaine qui se tua après avoir été
  outragée par un des fils de Tarquin le Superbe : *H*, II, 571, 579,
  591.
Lucrèce fausse (une), Mme de La Baudraye : *MD*, IV, 728.
Lucrèce (une), après avoir été une Aspasie, Mme Marneffe, selon Crevel :
  Be., VII, 398.
LUCULLUS (Lucius Licinus) [v. 106-v. 57 av. J.-C.], général romain : *LL*,
  XI, 650.
Lucullus du Sénat de l'Empire (un des), Gondreville : *PM*, II, 97.
Lucullus des Milaud (le), La Baudraye père : *MD*, IV, 633.
Lucullus sans faste, de Blangy (le), G. Rigou : *Pay.*, IX, 246, 273.
Lucullus (des) : *Ath.*, III, 395; *Cath.*, XI, 382.
Lucullus modernes (les petits) : *PCh.*, X, 92.
LUINI (Bernardino) [v. 1480-1522], peintre italien : *Pay.*, IX, 55.
    Le Mariage de la Vierge : *Pay.*, IX, 55.
LULLI (Giovanni-Battista, devenu Jean-Baptiste) [1632-1687], compositeur
  italien, devenu surintendant de la musique de la chambre du Roi, sous
  Louis XIV : *AS*, I, cité par erreur (voir *BURNEY et, dans l'Index III,
  God save the King) 916; *Gam.*, X, 475; *Do.*, X, 587.
*LURIEU (Jules-Joseph-Gabriel de) [1792-1869], auteur dramatique.
    Gil Blas de Santillane : *FC*, VI, 1030 (n. 1).
LUSIGNAN (les), maison noble du Poitou, attestée dès le Xe siècle : *Cath.*,
  XI, 234.
    *LUSIGNAN (les), remplacés par les Cadignan : *FA*, II, 464 (var. *a*).
LUTHER (Martin) [v. 1483-1546], théologien et réformateur allemand : *Pré.CH*,
  I, 14; *Goethe et Bettina*, I, 1334; *VF*, IV, 916; *Pré.IP*, V, 120; *Pré.E*,
  VII, 889; *CSS*, VII, 1169; *CV*, IX, 814; *Cath.*, XI, 166, 180, 215, 253,

Machiavels en jupons (des), Mme Marneffe en est le type : *Be.*, VII, 188.

Machiavels élevés en 1793 (les), les profiteurs de la Révolution : *TA*, VIII, 688.

MACK (Karl), baron von Leiberich (1752-1828), général autrichien, battu plusieurs fois par Napoléon, notamment à Ulm : *Phy.*, XI, 1126.

MACPHERSON (James) [1736-1796], poète écossais : *Pré.H13*, V, 788 ; *Hist.Lys*, IX, 956.
> •*Ossian : B*, II, 862 ; *MN*, VI, 357 (n. 2) ; *PCh.*, X, 110 ; *Ad.*, X, 982.
> FINGAL : *IP*, V, 204 (n. 2).
> MALVINA : *IP*, V, 204 (n. 2) ; •*MN*, VI, 357 (n. 3).
> OSSIAN : *Pré.CH*, I, 10 ; *Pré.H13*, V, 788.

MACRIN (Jean-Salomon, dit Salmon) [1490-1557], poète néo-latin ; secrétaire de l'archevêque de Bourges, Antoine Bohier, puis, grâce au cardinal du Bellay, valet de chambre de François Ier : *Cath.*, XI, 200.

•MAC TAVISH (Elspat), personnage du récit « La Veuve des Highlands » des *Chroniques de la Canongate*, de W. Scott : *CP*, VII, « cette mère » 531.

•MAC TAVISH (Hamish), fils de la précédente : *CP*, VII, 531 (n. 2).

MADAME (Henriette-Anne d'Angleterre, devenue duchesse d'Orléans, dite) [1644-1670], fille de Charles Ier d'Angleterre et d'Henriette-Marie de France, première femme de Philippe Ier, duc d'Orléans, dit Monsieur, et frère cadet de Louis XIV : *Cath.*, XI, 195, 245.

•MADAME (Élisabeth-Charlotte, palatine de Bavière, devenue duchesse d'Orléans, dite) [1652-1722], seconde femme de Monsieur, duc d'Orléans ; dite aussi la Palatine ; mère du Régent : *In.*, III, 471 ; *Phy.*, XI, 1060 (n. 2), 1061 (n. 1).
> *Fragments de lettres originales de Madame : Phy.*, XI, 1061.

MADAME. Voir BERRY (duchesse de).

MADAME MÈRE. Voir BONAPARTE (Letizia).

MADELEINE ou MAGDELEINE (sainte Marie-), courtisane de Magdala en Galilée qui, après avoir pleuré ses péchés, s'attacha à Jésus : *MM*, I, 523 ; *AS*, I, 1000 ; *CA*, IV, 1042 ; *IP*, V, 678 ; *DL*, V, 1029 ; *SetM*, VI, 449, •461, 479, 595 ; *Be.*, VII, 334, 335 ; *E*, VII, 1098 ; *CV*, IX, 756, 776 ; *Lys*, IX, 1033, 1125 ; *RA*, X, 735 ; *PMV*, XII, 124.
> *MAGDELEINE : IP*, V, 422 (var. d).

Madeleine (pleurer comme une ou des) : *PG*, III, 203 ; *UM*, III, 846 ; *EG*, III, 1096 ; *CV*, IX, 789.

Madeleine irréprochable (une), Mme Hulot : *Be.*, VII, 203.

Madeleine, Mme Graslin pour le curé Bonnet : *CV*, IX, 755.

Madeleine sans amours ni fêtes (une), Mme de Mortsauf, selon Félix de Vandenesse : *Lys*, IX, 1125.

MADEMOISELLE (Anne-Marie-Louise d'Orléans, duchesse de Montpensier, dite la Grande) [1627-1693], fille de Gaston d'Orléans, cousine germaine de Louis XIV contre lequel elle fit tirer le canon lors de la Fronde ; peut-être mariée en secret à Lauzun : *PG*, III, 263 ; *VF*, IV, 908 ; *IP*, V, 495.

MADHADJY-SINDIAH. Voir MAHADAJI SHINDHIA.

MAFFEI (Clara Carrara-Spinelli, devenue comtesse) [1814-1886]. Dédicataire de *La Fausse Maîtresse : FM*, II, 195 (n. 1).

MAGENDIE (François) [1783-1855], physiologiste, médecin en chef de l'Hôtel-Dieu nommé en 1830, professeur au Collège de France : *Do.*, X, 610 ; •*LL*, XI, vraisemblablement le professeur « du Collège de France » contre celui « de l'École de Médecine » (voir BROUSSAIS) 648 ; *PVS*, XII, 277, 310 ; *MI*, XII, 738.
> *MAGENDIE, remplacé (logiquement pour la date de l'action : 1820) par « un médecin en chef de l'Hôtel-Dieu » : *PG*, III, 269.

Magistrat parisien (un), bailleur de fonds de la deuxième *Europe littéraire*, dans *Hist.Lys*. Voir •GOT.

Magistrats d'une Cour royale (des), compromis dans une faillite d'un commerçant chez lequel ils avaient des comptes courants ; vraisemblablement, de magistrats de Besançon, compromis par la faillite des frères Emmin, droguistes : *CB*, VI, 277 (n. 1).

MAHADAJI SINDHIA, prince régnant de Gwalior de 1745 à 1794, avec l'aide du Savoyard BOIGNE (voir ce nom) : *Gb.*, II, « Madhadjy-Sindiah » 967 ; •*ZM*, VIII, 833 (n. 4).

Médicis, première femme d'Henri IV et, à ce titre, reine de Navarre de 1589 à 1599, date de sa répudiation; dite « la reine Margot » : *Be.*, VII, 100; *E*, VII, 897; *Cath.*, XI, 240, 241, 261, 263, 379, •382, 383, 386, •405, •406.

*MARGUERITE : *Cath.*, XI, 378 (var. *a*).

MARGUERITE-MARIE ALACOQUE (Marguerite, dite Marie, Alacoque, devenue sainte) [1647-1690], visitandine, extatique et visionnaire : *FE*, II, 276 (n. 3); *Phy.*, XI, 1020 (et Index III).

MARIA. Voir Du FRESNAY.

MARIANNE, personnage de *Tartuffe*, de Molière : *DxA*, XII, 678.

MARIANA (Juan de) [1537-1624], jésuite espagnol, historien : *Cath.*, XI, 192 (n. 4).

MARIE (sainte), femme de Cléophas : *CV*, IX, 718.

MARIE (la Vierge) : *Pré.CH*, I, 16; *Ven.*, I, 1038; *DF*, II, 53; *H*, II, 563; *B*, II, 657, 678, 890, 893; *Ath.*, III, 391, 392, 400; *CM*, III, 643; *UM*, III, 834; *EG*, III, 1043, 1072, 1076, 1146, 1147; *CT*, IV, 238, 243; *R*, IV, 277; *MD*, IV, 660, 711; *VF*, IV, 886; *IP*, V, « Virgen del Pilar » 691; *FYO*, V, 1082; *SetM*, VI, 453, 899; *S*, VI, 1067; *Be.*, VII, 152, 220, 438; *E*, VII, 1054, 1086; *Ch.*, VIII, 955, 969, 970, 1083, 1163, 1172, 1173; *Pay.*, IX, 230; *MC*, IX, 590; *CV*, IX, 651, 716, 718, 776, 783, •851; *Lys*, IX, 1029, 1067; *PCh.*, X, 71, 209, 222, 223; *JCF*, X, 316, 317, 319; *MR*, X, 381; *Cor.*, XI, 18, 23, 43, « Notre-Dame de Cléry » 60, 66, 70; *Sér.*, XI, 775. (Voir Index III à : Vierge.)

*MARIE : *MJM*, I, 1245; *Ch.*, VIII, 1664, 970 (var. *a*), 1129 (var. *b*), 1134 (var. *c*); *DxA*, XII, 1083.

*MARIE, remplacée par sainte ANNE d'AURAY : *Ch.*, VIII, 937 (var. *b*), 1085 (var. *b*), 1111 (var. *a*).

•Marie (la petite Vierge), surnom de Véronique Sauviat : *CV*, IX, 648, 652.

•Marie (sage comme une sainte Vierge), Catherine Curieux, selon Colorat : *CV*, IX, 770.

•Marie de Clochegourde (la Vierge), Mme de Mortsauf, selon Natalie de Manerville : *Lys*, IX, 1226.

**Marie (une Vierge), remplacée par *l'Apollon du Belvédère : *Lys*, IX, 1227 (var. *j*).

•Marie de l'Espagne (la Vierge), Juana de Mancini : *Ma.*, X, 1045.

MARIE l'Égyptienne (sainte) [?-v. 421], femme d'Alexandrie qui, après avoir mené une vie dissolue, se convertit à Jérusalem et alla vivre dans un désert : *ChO*, X, 416; *AIH*, XII, 789.

•MARIE D'ANGLETERRE (Mary Tudor, ou) [1496-1533], fille d'Henry VII et sœur d'Henry VIII; par son mariage avec Louis XII de France, reine de France de son couronnement, le 5 novembre 1514, à la mort du roi, le 1er janvier 1515 : *R*, IV, 519 (n. 2); *Be.*, VII, 193 (n. 1).

MARIE DE MÉDICIS (1573-1642), seconde femme d'Henri IV en 1600 et, à ce titre, reine de France de 1600 à 1610, puis régente jusqu'en 1617 pendant la minorité de son fils Louis XIII : •*MM*, I, 576; *In.*, III, 470; *VF*, IV, 847; •*IP*, V, « une reine » 695; •*SetM*, VI, « la mère de son maître » 473; *ChO*, X, 414, 416; *EM*, X, 916; *Cath.*, XI, 169, 176, 177, 241; *LL*, XI, 630; •*Phy.*, XI, « une mère » 1147; •*PVS*, XII, 220 (n. 4); *AIH*, XII, 788 (n. 2).

MARIE STUART (Mary Ire Stuart, ou) [1542-1587], reine d'Écosse, puis reine de France par son mariage avec François II; belle-fille de Catherine de Médicis, nièce des Guise; veuve en 1560, elle se maria successivement avec lord Darnley puis avec Bothwell, assassin du précédent, elle abdiqua en 1567; décapitée sur ordre d'Elizabeth Ire d'Angleterre : *MM*, I, 699; *SetM*, VI, 614; *Cath.*, XI, 185, 199, 208, 211, 219, 220, 225, 228, 237, 240-243, •245, 246, 250-252, 256, 257, 259-261, 264, 266-286, 300-304, 307, 313, 320, 323, 327, 330-335, •345, •362; *Phy.*, XI, 973 (n. 1), 1119.

*MARIE STUART : *Cath.*, XI, 265 (var. *b*), 274 (var. *b*), 296 (var. *a*), 307 (var. *f*), 378 (var. *a*).

•MARIE II STUART (1662-1694), fille aînée de Jacques II d'Angleterre; femme de Guillaume III de Nassau; son père abdiqua en 1688 et son mari, sous le nom de William III, elle, sous le nom de Mary II, furent déclarés conjointement souverains d'Angleterre : *DV*, I, 862.

•MARIE-AMÉLIE (Maria-Amalia de Bourbon, devenue duchesse d'Orléans,

puis) [1782-1866], fille de Ferdinand Ier des Deux-Siciles; duchesse d'Orléans du 25 novembre 1809, date de son mariage avec Louis-Philippe,
duc d'Orléans, jusqu'au 9 août 1830; reine des Français du 9 août 1830
au 24 février 1848 : *DL*, I, 934.

MARIE-ANTOINETTE (Marie-Antoinette-Josèphe-Jeanne, archiduchesse d'Autriche, devenue) [1755-1793], fille de François Ier et de Marie-Thérèse
d'Autriche, devenue en 1770 Dauphine de France par son mariage avec
le futur Louis XVI; reine de France de 1774 à 1791, puis reine des Français
jusqu'en 1792; guillotinée : *B*, II, 664; •*Ath.*, III, 395 (n. 3); *IP*, V, 708;
CB, VI, •42, 57, 66, 144; SetM, VI, •710, •713, •715, 737, 793, 914;
CP, VII, 511, 512; *EHC*, VIII, 412; *TA*, VIII, 544, 551; *Ch.*, VIII,
1118; *Lys*, IX, 976; •*PCh.*, X, 165, 167; *Cath.*, XI, 200, •443; •*Phy.*,
XI, 1021 (n. 9); *Th.*, XII, 593; *MI*, XII, 734, 746, •748, •749.

•MARIE-ÉLISABETH DE FRANCE (1572-1578), fille de Charles IX et d'Élisabeth d'Autriche : *Cath.*, XI, 378, 387, 407, 411.

MARIE-LOUISE (Marie-Louise de Habsbourg, archiduchesse d'Autriche, devenue), ensuite, par mariages, comtesse von Neipperg puis comtesse de
Bombelles (1791-1847), fille de François II d'Autriche, nièce de la précédente; devenue, par son union avec Napoléon, impératrice des Français
en 1810; mère du roi de Rome; nommée duchesse de Parme après l'abdication : •*PM*, II, 95, 130; *H*, II, 558; *CM*, III, 576; *CA*, IV, 1069;
CB, VI, 165; •*MC*, IX, 530, 535; *PMV*, XII, 48; *ES*, XII, 543.

•MARIE-LOUISE DE PARME (1751-1819), femme de Charles IV d'Espagne,
reine d'Espagne de 1788 à 1808 : *MN*, VI, 380; *Lys*, IX, 1136.

MARIE-THÉRÈSE (1717-1780), fille de Charles VI d'Autriche, reine de Hongrie et de Bohême puis, de 1745 à sa mort, impératrice d'Autriche; femme
de l'empereur François Ier, mère de Joseph II et de Léopold II et, entre
autres filles, de Marie-Antoinette : *SetM*, VI, 914.

•MARIE-THÉRÈSE D'AUTRICHE (1638-1683), fille de Philippe IV d'Espagne,
femme de Louis XIV : *PVS*, XII, 221 (n. 1).

MARIETTE. Voir MARIOTTE.

MARIGNY (Enguerrand de) [1260-1315], surintendant des Finances de Philippe le Bel; pendu à Montfaucon : *AIH*, XII, 788.

MARIGNY (les), famille représentée au temps du Bandello par Jacques de
Châtillon, seigneur de Marigny (?-1562) : *E*, VII, 897.

MARIGNY (Abel-François Poisson, devenu marquis de Vandières, puis marquis de) [1727-1781], frère de la marquise de Pompadour; directeur général des Bâtiments, arts et manufactures du Roi : *S*, VI, 1059; *CP*, VII,
487.

MARINO FALIERO, personnage d'œuvres de Byron et de C. Delavigne. Voir
FALIERO.

MARION DELORME. Voir DELORME.

MARIOTTE (Edme) [v. 1620-1648], prêtre et physicien : *PVS*, XII, « Mariette »
260 (n. 2).

MARIUS (Caïus) [157-86 av. J.-C.], général et consul romain : *MJM*, I, 242;
CA, IV, 1096; *Be.*, VII, 260; *CV*, IX, 820; *LL*, XI, 631; *PMV*, XII, 87.
Marius sur des ruines (un ou des) : *MM*, I, 507; *PG*, III, 232; *IP*, V,
175.

MARIVAUX (Pierre de) [1688-1763], auteur dramatique : *SetM*, VI, 522.
  *MARIVAUX : *CSS*, VII, 1696.
    •*Les Fausses Confidences.*
      ARAMINTE : *PCh.*, X, 157.
      FRONTIN : voir ce nom.
    *FRONTIN (les) : *CSS*, VII, 1696.
  •*Le Jeu de l'amour et du hasard : *MM*, I, 608 (n. 1).

MARLBOROUGH (John Churchill, premier duc de) [1650-1722], capitaine
général des armées anglaises; héros de chanson sous le nom de « Mal-
brough » : *Be.*, VII, 370; •*MC*, IX, 490; *Cath.*, XI, 168, 350.

MARMONT (Auguste-Frédéric-Louis Viesse de), duc de Raguse (1774-1852),
maréchal de France de l'Empire, pair de la Restauration, major général de
la Garde nationale et gouverneur de la division militaire de Paris en 1830,
lors de la Révolution : *Ech.*, XII, 492.

MARMONTEL (Jean-François) [1723-1799], écrivain : *MM*, I, 519; *DxA*, XII,
679; *AIH*, XII, 776.

de l'hôtel du *Lion d'Argent*, rue du Faubourg-Saint-Denis, 51 : *DV*, I, 736 (n. 1).

•MAUCOMBLE (Mme), femme du précédent : *DV*, I, 741.

MAUPEOU (René-Nicolas-Charles-Augustin de) [1714-1792], magistrat devenu chancelier de France de 1768 à 1774; mort juge de paix : *Pay.*, IX, 58.

MAUREPAS (Jean-Frédéric Phélypeaux, comte de) [1701-1781], secrétaire d'État et ministre sous le Régent, Louis XV et Louis XVI, en disgrâce de 1749 à 1774 : *Phy.*, IX, 1068.

    Quatrain sur Mme de Pompadour : *Phy.*, XI, 1068.

••MAURICE (Jean-Charles-François-Maurice Descombes, dit Charles) [1782-1869], fonctionnaire, auteur dramatique, publiciste et critique dramatique, fondateur et rédacteur du *Journal des théâtres* devenu la publication ci-après : *IG*, IV, probablement le « gros garçon qui, depuis vingt ans, vole tout ce qu'il touche » 1330.

    Le Courrier des théâtres : *IP*, V, 298 (var. *a*), 336 (var. *f*), 343 (var. *b*). (Voir aussi *Le Courrier* dans l'Index III.)

MAURY (Jean-Siffrein) [1746-1817], cardinal, député à la Constituante : *Hist.Lys*, IX, 922; *FAu.*, XII, 617.

Mauvais Garçons (les nouveaux), les Chevaliers de la Désœuvrance, d'après le roman de ce titre (voir Index III) : *R*, IV, 366.

    *Mauvais garçons (ces) : *R*, IV, 379 (var. *c*).

MAXIMILIEN Ier (Maximilian von Habsburg, devenu) [1459-1519], archiduc d'Autriche, empereur germanique de 1493 à sa mort : *E*, VII, 897; *HP*, XII, 577.

•MAXIMILIEN Ier JOSEPH (Maximilian-Joseph von Palatinate-Zweibrücken, devenu) [1756-1825], successeur de Charles-Théodore en 1799 à l'Électorat de Bavière, fait roi de Bavière par Napoléon le 1er janvier 1806, et ainsi premier roi de Bavière de la dynastie Wittelsbach : *LL*, XI, 650.

MAYENNE (Charles de Lorraine, duc de) [1554-1611], frère puîné d'Henri de Guise et son successeur comme chef de la Ligue : *Cath.*, XI, 174.

MAYER. Voir MEYER (Leopold von).

MAYER (Karl) [1799-1862], pianiste et compositeur allemand : *CP*, VII, « Meyer » 496.

MAYEUX, personnage de petit bourgeois créé par Charles-Joseph Traviès de Villers, dit Traviès (1804-1859), portraitiste et caricaturiste, notamment à *La Caricature* et au *Charivari*; devenu populaire, ce type fut repris par nombre d'auteurs de textes ou de dessins satiriques : *IG*, IV, 570.

MAYGRIER (Jacques-Pierre) [1771-1835], médecin accoucheur, professeur d'anatomie et de physiologie; il habita, notamment, rue des Marais-Saint-Germain, 18 (voir la Chronologie pour 1826, t. I, p. LXXXVII) : *PVS*, XII, 265 (n. 2).

*MAYNARD (Félix) [1813-1858], littérateur : *Hist.Lys*, IX, « M. de Maynard » 953 (var. *a*).

MAZARIN (Giulio Mazzarini, dit Jules) [1602-1661], Italien devenu en France premier ministre de Louis XIII et de Louis XIV, cardinal, et favori d'Anne d'Autriche : *B*, II, 824; *UM*, III, 885, par erreur « Ximenes » 913 (n. 1); *R*, IV, 283; *MN*, VI, 379; *SetM*, VI, 474, 605; *Pr.B*, VII, 810; *E*, VII, 1014, 1096; *DA*, VIII, 807; *ZM*, VIII, 842, 848; *Cath.*, XI, 203, 341; *Fré.*, XII, 813, 820; *ACE*, XII, 844.

    Ant. *FONTENELLE : *SetM*, VI, 605 (var. *d*).

    *MAZARIN : *Cath.*, XI, 176 (var. *a*).

Mazarin (des moustaches ou virgule à la) : *MM*, I, 575; *PCh.*, X, 221; *PMV*, XII, 180.

MAZARIN (la nièce de). Voir •MANCINI.

MAZEPA (Ivan Stepanovič) [1644 ?-1709], hetman des Cosaques de 1687 à sa fuite en Turquie, après la bataille de Poltava, en 1709. Ici « Mazeppa », héros d'un poème de Byron et de tableaux d'Horace Vernet : voir Index III.

    Le Charlatanisme : *Pré.IP*, V, 1113.

•MAZÈRES (Édouard-Joseph-Ennemond) [1796-1866], auteur dramatique.

MÉCÈNE (Caïus Maecenas, ou) [entre 74 et 64 av. J.-C.-8], homme d'État romain sous Auguste, protecteur des lettres : *IP*, V, 367, 453.

Mécène de Florentine (le), Camusot : *DV*, I, 836, 856.

*Mécène (un illustre), Marcosini, selon Gambara : *Gam.*, X, 512 (var. *a*).

Mécènes parisiens (les) : *Be.*, VII, 320.

*Meckel (Johann-Friedrich) [1714-1774], médecin allemand : *IP*, V, 147 (var. *c*).

Médecin de l'Hôtel-Dieu (le premier), en 1835 : *MJM*, I, 399. Dans la réalité, Victor Bally (1775-1866).

Médecin écossais (un célèbre), cité dans *DV*. Voir *Willan.

Médecin en chef de l'hôpital Cochin (le), en 1820 : *PG*, III, 258, 269, 270, 282. Dans la réalité, René-Joseph-Hyacinthe Bertin (1767-1827), spécialiste des maladies vénériennes.

Médecin en chef de l'Hôtel-Dieu (un), en 1820; ant. *Magendie (voir ce nom) : *PG*, III, 269 (var. *e*).

Médecin criminel (un), dans *CM* et *SetM*. Voir Castaing.

Médecin ou chirurgien de l'Empire (un), « prodigieusement spirituel », non identifié : *Ath.*, III, 688.

Médecin (un savant), dans *VF*. Voir Parent-Duchâtelet.

Médecin toxicologue (un), dans *F*. Voir *Orfila.

Médecin de la mairie du IIIe arrondissement, dont dépendait la rue Joquelet : *F*, V, 832.

Médecin de la préfecture de police (le), en 1819 : *F*, V, 832. Dans la réalité, le chevalier Coutanceau.

Médecin « arrêté par la mort » (un), dans *SetM*. Voir Georget ou Parent-Duchâtelet.

Médecin (un), dédicataire de *Roméo et Juliette*, du Bandello; non identifié : *E*, VII, 897.

*Médecin allemand et sa femme (un) : *Ech.*, XII, 489 (var. *a*).

Médée, magicienne légendaire du cycle des Argonautes; personnage-titre d'une tragédie de P. Corneille et plutôt citée à cet égard : *MJM*, I, 316 (n. 1); *FE*, II, 352; *DL*, V, 935; *MC*, IX, 390.

Médée limousine (la), Véronique Graslin : *CV*, IX, 696.

Médicis (maison de' Medici, ou de), famille guelfe de Florence, apparue au XIIIe siècle avec Chiarissimo I di Giambono de' Medici, membre du conseil général de la cité; sa fortune fut définitivement établie au XIVe siècle, à partir du banquier Giovanni di Averardo III, dit Giovanni di Bicci, père de Cosimo et Lorenzo (voir plus loin), tous deux souches des plus illustres branches de cette famille qui donna ducs et grands-ducs de Toscane de 1531 à 1737 : *EG*, III, 1037; *IP*, V, 696, 701, 702; *SetM*, VI, 591; *Pr.B*, VII, 809; *E*, VII, 897; *Do.*, X, 610; *Cath.*, XI, 177, 178, 181-186, 189, 190, 193-195, 245, 270, 271, 381, 385, 406, 407, 422, 440, 442. (Voir Index III.)

*Médicis, leurs armes : *IP*, V, 171 (var. *f*); *Cath.*, XI, 378 (var. *a*).

Médicis (Averardo de' Medici, ou Averard de), gonfalonier élu en 1314 : *Cath.*, XI, 177.

Médicis (Salvestro, dit Chiarissimo III, de), un des six fils du précédent; grand-père de Cosme l'Ancien et Laurent, et non leur père; en outre, confondu avec le suivant car il ne fut pas gonfalonier : *Cath.*, XI, 177.

Médicis (Salvestro di Alamanno di Lippi II de) [?-1388], gonfalonier élu pour la première fois en 1351, puis en mai 1378 et déposé en 1382 : *Cath.*, XI, 177.

*Médicis (Giovanni di Averardo III, dit Giovanni di Bicci de) [1360-1429], fils de Salvestro, dit Chiarissimo III, et père de Côme l'Ancien et Laurent, qui suivent; un des plus riches banquiers d'Italie : *Cath.*, XI, 177.

Médicis (Lorenzo, ou Laurent de) [1395-1440], fils aîné du précédent; souche de Lorenzino, de Cosme Ier, de Marie de Médicis : *Cath.*, I, 177.

Médicis (Cosimo, ou Cosme l'Ancien, de) [1389-1464], frère du précédent; souche de Laurent le Magnifique, de Julien II, Laurent II, Alexandre et Catherine, et des papes Léon X et Clément VII : *Cath.*, XI, 177.

Médicis (Lorenzo Ier, dit Laurent le Magnifique, de) [1449-1492], petit-fils de Cosme l'Ancien; marié à Clarice Orsini qui lui donna trois fils et quatre filles; chef de la république de Florence, il eut à déjouer la conspiration des Pazzi qui coûta la vie à son frère, en 1478 : *Cath.*, XI, 177.

Médicis (Giuliano, ou Julien Ier de) [1453-1478], frère du précédent, assassiné par les Pazzi le 26 avril 1478 dans la cathédrale de Florence : *Cath.*, XI, 178.

Médicis (Giovanni, ou Jean de) [1475-1521], deuxième fils de Laurent le Magnifique. Voir Léon X.

1804 à sa mort : *DV*, I, « Mohammed » 779 (n. 2), « le pacha d'Égypte » 786 ; *IP*, V, 158 (n. 2).

MÉHUL (Étienne-Nicolas) [1763-1817], compositeur : *ES*, XII, 542.
   *MÉHUL, remplacé par BEETHOVEN : *FC*, VI, 1022 (var. *b*).
   •*Ariodant* : *VF*, IV, 888 (n. 2).

MEISSONIER (Jean-Louis-Ernest) [1815-1891], peintre d'histoire et de genre, portraitiste, sculpteur et graveur ; pour Balzac, « Meissonnier » : *R*, IV, 352 ; *IP*, V, 587 ; *CP*, VII, 488.
   *MEISSONNIER, remplacé par Schinner : *FM*, II, 202 (var. *b*).

MELAS (Michael-Friedrich-Benedikt, baron von) [1730-1806], général autrichien ; pour Balzac, « Mélas » : *VF*, IV, 827 (n. 6) ; *TA*, VIII, 691, 692.
   *MÉLAS : *TA*, VIII, 1475, 1476.

MÉLESVILLE (Aimé-Honoré-Joseph Duveyrier, dit) [1787-1865], auteur dramatique.
   •*La Neige ou l'Éginard de campagne*. Voir Maréchal ferrant (le).
   Valentine : *MD*, IV, 688.

MELMOTH, personnage-titre d'un roman de Maturin : *Pré.H13*, V, 787 ;
   •*SetM*, VI, 813 (n. 1) ; *ELV*, XI, 487.

Melmoth parisien (un des), Ferragus : *F*, V, 901.

MELPHE (Gian Caraccioli, prince de Melfi, ou de) [1480-1550], Italien passé au service de la France, maréchal ; présent au procès de Montecùccoli : *Cath.*, XI, 191.

MÉLUSINE, fée qui pouvait se transformer en partie en serpent, souvent évoquée dans les romans de chevalerie : *Ch.*, VIII, 1184 (n. 1).

MEMBRÉ, personnage de *Mosè*, de Rossini : *Do.*, X, 594.

MEMMIUS (les), nom illustré dans la Rome antique notamment par Caïus Memmius, orateur et tribun qui intervint dans la guerre de Numidie, assassiné en 100 avant Jésus-Christ ; et par Caïus Memmius Gemellus, orateur du Iᵉʳ siècle avant Jésus-Christ, dédicataire de *De natura rerum* de Lucrèce, et qui finit ses jours à Mytilène : *Do.*, X, 550.

MÉNADES (les), les Bacchantes : *Phy.*, XI, 1166 (n. 5).

•MÉNALQUE, le « Distrait » des *Caractères*, de La Bruyère : *VF*, IV, 871 (n. 3).
   **MÉNALQUE : *Le Conseil*, II, 1368.

MENDELSSOHN (Jakob-Ludwig-Felix Mendelssohn-Bartholdy, ou) [1809-1847], compositeur allemand : *CP*, VII, 496.

Mendiant du Roi (le), personnage de *L'Antiquaire*, de W. Scott : *CA*, IV, 985 (n. 2).

MENDIZABAL (Juan-Alvarez) [1790-1853], ministre espagnol, président du Conseil, démissionnaire en 1836 après avoir dissous les Cortès : *Hist.Lys*, IX, 958.

MÉNECHMES (les), jumeaux, personnages-titre d'une comédie de Plaute ; repris par Regnard.
   Ménechmes (deux), la marquise de San-Réal et Marsay : *FYO*, V, 1108.
   Ménechmes (de véritables), Marie-Paul et Paul-Marie de Simeuse : *TA*, VIII, 605.

MÉNESTRIER (Claude-François) [1631-1705], jésuite, érudit et historien : *Cath.*, XI, 165.

MÉNEVAL (Claude-François) [1778-1850], secrétaire de Joseph Bonaparte puis de Napoléon : *MM*, I, « Menneval » 517.

**MÉNIÈRE (Prosper) [1801-1862], médecin en chef de l'hospice des Sourds-Muets ; médecin de la duchesse de Berry à Blaye ; peut-être évoqué, et remplacé par Bianchon : *PCh.*, X, 259 (var. *a* et n. 1 de la p. 257).

MENTOR, précepteur de Télémaque selon *L'Odyssée* : *Pay.*, IX, 86.

Mentor collectif (un), le Cénacle : *IP*, V, 415.

Mentor de Rubempré et de Peyrade (le), Herrera : *SetM*, VI, 562, 637.

Mentor femelle de Steinbock (le), Bette : *Be.*, VII, 107.

Mentor (un), Hulot fils, selon Crevel : *Be.*, VII, 369.

MÉPHISTOPHÉLÈS, une des incarnations du Diable : *MM*, I, 472 ; *PGr.*, VI, 1094 ; *Be.*, VII, 386 ; *CP*, VII, 681 ; *PCh.*, X, 78, 91 ; *PMV*, XII, 118, 139 ; *MI*, XII, 730.

Méphistophélès à cheval (un), Philippe Bridau, selon Bixiou : *R*, IV, 535.

Méphistophélès dangereux (un), des Lupeaulx : *E*, VII, 925.

Méphistophélès de Thuillier (le), La Peyrade : *Bou.*, VIII, 96.

MÉPHISTOPHÉLÈS, personnage du *Faust* de Delacroix : *PMV*, XII, 118.

MÉPHISTOPHÉLÈS, personnage de *Faust*, de Goethe : *UM*, III, 777, 941 ; *CP*, VII, 532 ; *PCh.*, X, 222 ; *Phy.*, XI, 905 ; *MI*, XII, 730.

MERCIER, passementier établi, à la date de l'action, rue Saint-Denis, 135 ; sergent de la Garde nationale : *P*, IV, 69 (n. 1) ; *IP*, V, 516, 718 ; *Bou.*, VIII, 79 (n. 3).

MERCIER (Louis-Sébastien) [1740-1814], littérateur : *IP*, V, 581 ; *CB*, VI, 105 ; *Pré.PCh.*, X, 48.
   Tableau de Paris : *IP*, V, 581.

MERCIER (Pierre) [1778-1800], dit La Vendée, un des chefs royalistes de l'Ouest : *P*, IV, 38 ; *Ch.*, VIII, 1035 (n. 1).

MERCURE, dieu du Commerce, des Voleurs et des Voyageurs, messager des dieux : *MCP*, I, 45 ; *MR*, X, 388.
   *MERCURE : *MR*, X, 388 (var. *a*).

MERCY D'ARGENTEAU (Florimund, comte von) [1727-1794], diplomate autrichien, notamment ambassadeur à Versailles lors du règne de Marie-Antoinette : *Phy.*, XI, 1072 ; *PVS*, XII, 289 (n. 3).

MÈRE GODICHON (la). Voir GODICHON.

MEREAUX. Voir MEYRANX.

*MÉRILHOU (Joseph) [1788-1856], jurisconsulte ; ministre de la Justice du 27 décembre 1830 au 13 mars 1831 : *FE*, II, 344 (n. 2).

MÉRIMÉE (Prosper) [1803-1870], écrivain : *Goethe et Bettina*, I, 1334 ; *B*, II, 688 (n. 3) ; *Hist.Lys*, IX, 960, 962.
   La Double Méprise : Goethe et Bettina, I, 1334.
   Théâtre de Clara Gazul : B, II, 688 (n. 3).

MERLIN (Philippe-Antoine, comte), dit Merlin de Douai (1754-1828), jurisconsulte, magistrat ; dit le Prince des Jurisconsultes : *TA*, VIII, 673 (n. 2) ; *PMV*, XII, 53.

MERLIN (Maria de la Merced Santa Cruz y Montalvo, comtesse de Jaruco devenue comtesse) [1789-1852], bru du précédent. Dédicataire des *Marana : Ma.*, X, 1037 (n. 1). *B*, II, 918 (n. 1).

MERTEUIL (Mme de), personnage des *Liaisons dangereuses*, de Choderlos de Laclos.

Merteuil bourgeoise (une Mme de), Valérie Marneffe : *Be.*, VII, 286.
   Ant. *Ninon bourgeoise (une) : *Be.*, VII, 286 (var. *a*).

MÉRU (Charles de Montmorency, seigneur de), un des fils du connétable Anne de Montmorency ; amiral de France : *Cath.*, XI, « Moret » 265.

*MERVILLE (Pierre-François Camus, dit) [1781-1853], acteur puis auteur dramatique ; Louis XVIII lui fit une pension de douze cents francs quand la représentation de sa comédie, dont ce roi avait demandé qu'elle bénéficie d'un tour de faveur, fut arrêtée par l'incendie de l'Odéon, le 20 mars 1818 : *IP*, V, 310.
   La Famille Glinet ou les Premiers Temps de la Ligue : IP, V, « une comédie en cinq actes » 310.

*MERVILLE (Jeanne-Gertrude Denizot, devenue Mme), femme du précédent : *IP*, V, 310.

*MÉRY (Joseph) [1798-1865], écrivain : *Hist.Lys*, IX, 961, 967 ; *PMV*, XII, 145 (n. 1).

MESLIER (Jean) [1677-1733], prêtre : *CB*, VI, 108 (n. 3).

MESMER (Franz-Anton) [1734-1815], médecin et mystique allemand, un des théoriciens du magnétisme : *In.*, III, 445 (n. 1) ; *UM*, III, 821 (n. 2), 822, 823, 825 ; *SetM*, VI, 810 ; *PCh.*, X, 138 ; *LL*, XI, 623, 631 ; *Sér.*, XI, 767 ; *PVS*, XII, 270, 276 ; *MI*, XII, 720.
   *MESMER : *UM*, III, 824 (var. *h*).

MESSALINE (Valeria Messallina, ou) [v. 25-48], troisième femme de l'empereur romain Claude : *MCP*, I, 92 ; *Phy.*, XI, 1080.

Messaline (une), la duchesse de Maufrigneuse paraît son contraire : *CA*, IV, 1016.

Messaline (une), s'agite au-dedans d'Esther : *SetM*, VI, 469.

Messaline (une), l'Église : *JCF*, X, 326.

Messie (le). Voir JÉSUS-CHRIST et, pour l'Islam, voir MODY.

Métaphysiciens (certains), dans *Pré.CH*. Voir COUSIN.

METSU (Gabriel Metsue, ou) [1629-1667], peintre hollandais de genre ; pour Balzac, « Metzu » : *Gb.*, II, 964 ; *PGr.*, VI, 1099, 1110 ; *Be.*, VII, 121 ; *CP*, VII, 710, 711, 742.

METTERNICH (Clemens-Lothar-Wenzel, prince von Metternich-Winneburg, ou prince de) [1773-1859], diplomate et homme d'État autrichien; notamment, ambassadeur à Paris de 1806 à 1809, ministre des Affaires étrangères jusqu'en 1821 et chancelier d'Autriche du 25 mai 1821 au 13 mars 1848 : •*PM*, II, 103 (n. 1); *H*, II, 546; *AEF*, III, 676, 701; *UM*, III, 821; *CB*, VI, 151; *SetM*, VI, 494; *S*, VI, 1046; •*E*, VII, 912 (n. 2), 1051 (n. 1); *TA*, VIII, 554; *ZM*, VIII, 847, 848; *PCh.*, X, 92; *Phy.*, XI, 1018, 1052.
  *METTERNICH : *Bo.*, I, 420 (var. *b*); *E*, VII, 1041 (var. *d*).
  **METTERNICH : *E*, VII, 1051 (var. *a*).
  **METTERNICH, remplacé par Isemberg : *PM*, II, 110 (var. *a*).
•METTERNICH (Antonia, baronne von Leykam et comtesse Beilstein, devenue princesse von) [1806-1829], fille du baron Christoph-Ambros von Leykam et de la femme de ce dernier, l'artiste napolitaine Antonia Pedrella; devenue la deuxième femme du précédent : *E*, VII, 1051.
  *LEYKAM (Mlle) : *E*, VII, 1041 (var. *d*).
METZU. Voir METSU.
MEULEN (Adam-Frans van der) [1632-1690], peintre flamand de batailles : *MM*, I, 712; *Pay.*, IX, « Vandermeulen » 162.
MEYER. Voir MAYER.
MEYER (Leopold von) [1816- ?], pianiste autrichien : *CP*, VII, « Léopold Mayer » 497.
MEYERBEER (Jakob Liebmann Meyer Beer, dit Giacomo) [1791-1864], compositeur allemand : *B*, II, 717, 718; *MD*, IV, 673; •*IP*, V, 706 (n. 1); *Hist.Lys*, IX, 932; *Gam.*, X, 499-511.
  *MEYERBEER : *MN*, VI, « Meyer Beer » 385 (var. *e*); *CP*, VII, 571 (var. *e*).
  Robert le Diable : *B*, II, 708, 922; *IP*, V, 706; *Be.*, VII, 95; *Gam.*, X, 499-510; *PMV*, XII, 170.
    ALICE : *Be.*, VII, 95; *Gam.*, X, 500, 504, 506-509.
    BERTRAM : *Gam.*, X, 500, 505-507.
    ISABELLE : *B*, II, 922; *Gam.*, X, 505, 506, 508, 510; *PMV*, XII, 170.
    *ISABELLE : *P*, IV, 33 (var. *g*).
    RAIMBAUT : *Gam.*, X, 504, 506.
    ROBERT : *Gam.*, X, 501, 504-510.
  Robert le Diable : *P*, IV, 33 (var. *g*); •*CP*, VII, 571 (var. *e*).
MEYRANX (Pierre-Stanislas) [1790-1832], médecin et naturaliste : •*LL*, XI, « Meyraux » 652 (n. 1 et var. *a*); *PVS*, XII, « Mereaux » 276 (n. 4).
MICHAUD (Joseph-François) [1767-1839], historien, biographe, publiciste; notamment, principal rédacteur de *La Quotidienne* dès la Restauration et l'un des fondateurs en 1806 de la *Biographie universelle* : *MD*, IV, •662, 722 (n. 3); *IP*, V, 152; *ES*, XII, 542.
  Ant. *GUIRAUD : *IP*, V, 152 (var. *b* et n. 1).
  •*Biographie universelle* : *MD*, IV, 662.
MICHEL (saint), archange : *MM*, I, 700; *AS*, I, 1001; *Ch.*, VIII, 996; *MR*, X, 354; *Gam.*, X, 506; *Ma.*, X, 1057; *Phy.*, XI, 917.
MICHEL-ANGE (Michelangelo Buonarroti, dit) [1475-1564], peintre, sculpteur, architecte, ingénieur et poète italien : *MCP*, I, 53; *MM*, I, 519; *FE*, II, 315; *H*, II, 529, 530; *CA*, IV, 1025; *S*, VI, 1058, 1059; *Be.*, VII, 92, 245, 266; *CP*, VII, 612; *EHC*, VIII, 252; *CV*, IX, 715; *PCh.*, X, 73, 223; *ChO*, X, 431, 432; *Do.*, X, 554, 619; *RA*, X, 658; *Phy.*, XI, 1065; *PVS*, XII, 270; *VV*, XII, 355; *HP*, XII, 574.
  *MICHEL-ANGE : *Cath.*, XI, 307 (var. *f*).
  Notre-Dame de Grâce : *Cath.*, XI, 307 (var. *f*).
  Le Penseur : *Be.*, VII, 245.
  Tombeaux des Médicis, *Le Jour* et *La Nuit* : *H*, II, 529, 530; *Do.*, X, 619.
Michel-Ange (du), il y en a chez Paz, selon Clémentine Laginska : *FM*, II, 211.
Michel-Ange du chêne vert, ou du bois (le), BRUSTOLON : *MD*, IV, 646; *CP*, VII, 554.
Michel-Ange de la Bretagne (le), COLUMB : *Cath.*, XI, 237.
MICHOT (Antoine Michaut, dit) [1765-1826], comédien, de la troupe de la Comédie-Française de 1791 à 1821 : *IP*, V, 299; *Pay.*, IX, 77.
MICKIEWICZ (Adam) [1798-1855], poète et patriote polonais; exilé après

MINARD (1505 ?-1559), président à mortier au Parlement de Paris : *Cath.*, XI, 212, 215, 228, 273, 329, 347, *349, 368.

MINERVE, déesse de la Sagesse et des Arts dans la mythologie gréco-romaine : *S*, VI, 1050.

MINETTE (Jeanne-Marie-Françoise Ménestrier, dite Mlle), devenue Mme Margueritte (1789-1853), comédienne au théâtre du Vaudeville de 1813 à 1827, puis au théâtre du Gymnase ; maîtresse de Clément-Marc Osmont du Tillet, puis femme du directeur de la Compagnie du Gaz : *IP*, V, 348.

Ministre de Louis XVI (un fameux), non identifié : *Pay.*, IX, 268.

Ministre des Affaires ecclésiastiques (le), en 1826, dans *CT*. Voir FRAYSSI-NOUS.

*Ministre des Affaires étrangères (le), en 1819 : *F*, V, « ton ministre » 892. Dans la réalité, Jean-Joseph-Paul-Augustin, marquis Dessolle (1767-1828).

Ministre des Finances (le), en septembre 1819, dans *RA*. Voir LOUIS.

Ministre des Finances (le), en 1823, dans *MD*. Voir VILLÈLE.

Ministre de la Guerre (le), à la fin de 1799, dans *Ch.* Voir BERNADOTTE, DUBOIS DE CRANCÉ, BERTHIER.

Ministre de la Guerre (le), en 1814 : *DL*, V, 942. Dans la réalité, le général Pierre Dupont, devenu comte Dupont de Létang (1765-1840).

Ministre de la Guerre (le), en janvier 1816, dans *CF*. Voir FELTRE.

Ministre de la Guerre (le), en 1821 : *R*, IV, 324. Dans la réalité, le général Marie-Victor-Nicolas Fay, marquis de La Tour-Maubourg (1768-1850).

Ministre de la Guerre (le), en 1823, dans *R*. Voir VICTOR.

Ministre de la Guerre (le), à la fin de 1823 ou au début de 1824 : *DL*, V, 1031. Dans la réalité, Ange-Hyacinthe-Maxime, baron de Damas-Cor-maillon (1775-1862).

Ministre de la Guerre (le), au printemps 1829 : *MC*, IX, 459. Dans la réalité, Louis-Victor, vicomte de Caux-Blacquetot (1775-1845).

Ministre de l'Instruction publique (le), en 1837 : *EHC*, VIII, 408. Dans la réalité, Narcisse-Achille, comte de Salvandy (1795-1856).

Ministre de l'Intérieur (le), en 1801, dans *ES*. Voir BONAPARTE (Lucien) ou CHAPTAL.

Ministre de l'Intérieur (le), en 1805, dans *TA*. Voir CHAPTAL.

Ministre de l'Intérieur (le), en 1819, dans *F*. Voir DECAZES.

Ministre de l'Intérieur (le), en 1825, dans *PGr.* Voir MARTIGNAC.

Ministre de l'Intérieur (le), en 1843 : *Be.*, VII, 389. Dans la réalité, Charles-Marie Tanneguy, comte Duchâtel (1803-1867).

Ministre de la Justice (le). Voir Garde des Sceaux.

Ministre de la Marine (un), sous Louis XVI, comte de M... ; non identifié : *Ech.*, XII, 480, 481.

    Ant. *F... (comte de) : *Ech.*, XII, 481 (var. *a*).

Ministre de la Marine (le), en 1826, dans *CT*. Voir *CHABROL DE CROUSOL.

Ministre de la Marine (le), à la fin de 1829 : *UM*, III, 896, 898. Dans la réalité, Charles Lemercier de Longpré, baron d'Haussez (1778-1854).

*Ministre de la Police (ie), en 1799, dans *Ch.*, et dans *TA*. Voir FOUCHÉ et LAPPARENT.

Ministre de la Police (le), en 1803 : *TA*, VIII, 510, 524 (n. 1), 529, 552 (n. 1). Dans la réalité, il n'y en avait pas.

Ministre de la Police (le), en 1806, dans *TA*. Voir FOUCHÉ.

Ministre de la Police générale (le), en 1811, dans *VV*. Voir SAVARY.

Ministre de la Police générale (le), en 1819, dans *CF*. Voir DECAZES.

Ministre des Relations extérieures (le), en 1800, dans *TA*. Voir TALLEYRAND.

Ministre plénipotentiaire de France à Berlin (le), en 1822-1823 : *MJM*, I, 219. Dans la réalité, François-Joseph-Maximilien Gérard, comte de Rayneval (1778-1836).

Ministre plénipotentiaire de Prusse en France (le), en 1822 : *IP*, V, 376. Dans la réalité, le comte August-Friedrich-Ferdinand von Goltz (1765-1832).

Ministres d'Henri IV (trois), dont le président Jeannin : *MM*, I, 654 (n. 1).

Ministres plénipotentiaires de France au congrès de Laybach (un des), soit BLACAS (voir ce nom), soit Auguste-Pierre-Louis, comte Ferron de La

MONTLOSIER (François-Dominique Reynaud, comte de) [1755-1838], député, essayiste politique : *IP*, V, 648 ; *CV*, IX, 698.

MONTLUC ou MONLUC (Blaise de Lasseran Massencome, seigneur de) [1502-1577], maréchal de France : *In.*, III, 482.

Montlucs (des), des exterminateurs de réformés : *Cath.*, XI, 449.

MONTLUC (Jean de), neveu du précédent. Voir BALAGNY.

•MONTMIGNON (Jean-Baptiste) [1737-1824], théologien.
    Lettres édifiantes : *AS*, I, 923 ; *FE*, II, 276 ; *CV*, IX, 651.

MONTMORENCY (les), famille de seigneurs féodaux dont la filiation remonte à 955 et dont la seigneurie en Île-de-France fut érigée en duché-pairie en 1551 : *AEF*, III, 692 ; *UM*, III, 783 ; *MD*, IV, 748 ; *CA*, IV, 971 ; *Hist.Lys*, IX, 928 ; *Cath.*, XI, 203. (Voir aussi Index I.)

•MONTMORENCY (un) : *IG*, IV, 1334.

MONTMORENCY (Anne de) [1492-1567], connétable de France sous François Ier, Henri II, Charles IX : *EM*, X, 931 ; *Cath.*, XI, 169, 188, 189, 194, 195, 197, •201, 220, •228, 244, 249, 251, •280, 318, •324, •325, •327, •329, 332, •333, •334, 335, 336, •347, 350, •357-•359, 360, 376, 385, 401.

•MONTMORENCY (Madeleine de Savoie, devenue duchesse de), fille de René, bâtard de Savoie, femme du précédent et dite « la connétable » : *Cath.*, XI, 190, 196.

MONTMORENCY (François de) [1530-1579], fils aîné des précédents, gouverneur de Paris et de l'Île-de-France en 1556, grand maître en 1558, maréchal de France en 1559 : *EM*, X, 931 (n. 2).

MONTMORENCY (Diane, légitimée de France, devenue duchesse de Castro-Farnèse, puis maréchale de) [1539-1619], bâtarde d'Henri II et d'une Piémontaise, Filippa Duco ; elle épousa en 1553 Orazio Farnese, duc de Castro, qui fut tué quelques mois plus tard à la défense d'Hesdin, puis, en secondes noces, femme du précédent : •*EM*, X, 931 ; *Cath.*, XI, « Montmorency-Damville » 196.

*DIANE DE GAND : *EM*, X, 931 (var. a).

MONTMORENCY (Henri II, duc de) [1595-1632], petit-fils d'Anne, neveu de François, fils d'Henri Ier et de sa seconde femme Louise de Budos et, par sa mère, neveu d'Antoine-Hercule de Budos, marquis de Portes ; maréchal de France ; décapité après sa défaite à Castelnaudary : *UM*, III, 962, 963 ; *Cath.*, XI, 202.

MONTMORENCY (Anne-Louis-Christian, prince de Montmorency-Tancarville, communément dit prince de) [1769-1844], grand d'Espagne de première classe : *DL*, V, 925.

MONTPENSIER (Louis II de Bourbon, duc de), prince de La Roche-sur-Yon (1513-1588), créé duc de Montpensier en 1538 : *Cath.*, XI, 188.

MONTPENSIER (Jacqueline de Longwy, devenue duchesse de) [?-1561], première femme du précédent : *Cath.*, XI, « l'aînée » 196.

MONTPENSIER (Catherine-Marie de Lorraine-Guise, devenue duchesse de) [1552-1596], fille de François de Lorraine, sœur des Guise, le duc Henri Ier le Balafré et le cardinal Louis de Lorraine, chefs de la Ligue ; seconde femme de Louis II de Bourbon : *CP*, VII, 692.

MONTPENSIER (Renée d'Anjou, devenue duchesse de), belle-fille de Louis II et de Jacqueline de Longwy ; mariée en 1556 : *Cath.*, XI, « la jeune » 196.

MONTRÉSOR. Voir BASTARNY.

MONTRÉSOR, prévôt de l'Hôtel du Roi, exécuteur des sentences : *Cath.*, XI, 286, •288, 289, 290, •291, •292, 295, •303.

MONTYON (Jean-Baptiste Auguet, baron de) [1733-1820], philanthrope, fondateur de plusieurs prix à son nom ; pour Balzac, « Monthyon » : *B*, II, 903 ; *Be.*, VII, 336 (n. 3).

Monthyon (prix) : *Pré.PG*, III, 39 ; *Be.*, VII, 197, 404 ; *CP*, VII, 531, 549, 654 ; *CSS*, VII, 1175 ; *PVS*, XII, 289 ; *FAu.*, XII, 606.

*Monthion (prix) : *MC*, IX, 1432.

MONVEL (Jacques-Marie Boutet, dit) [1745-1812], auteur dramatique et comédien, de la troupe de la Comédie-Française de 1770 à 1806 ; père de Mlle Mars : *FE*, II, 321 ; *Bou.*, VIII, 56.

•MOOR (Maximilian von), personnage des *Brigands*, de Schiller : *Phy.*, XI, 1160 (n. 3).

•Moor (Franz von), fils du précédent : *Fir.*, II, confondu avec le suivant 148; *Pré.PCh.*, X, 48.
•Moor (Karl von), frère du précédent : *Phy.*, XI, 1160 (n. 3).
Moor (un Charles), un arrière-cousin d'Octave de Camps : *Fir.*, II, 148.
Moore (Thomas) [1779-1852], poète irlandais : *MM*, I, 505, 649; *SetM*, VI, 813; *MI*, XII, 722.
   Les Amours des anges : MM, I, 649; •*SetM*, VI, 813 (n. 1).
More de Venise (le). Voir Othello.
•Moreau (Jean-Baptiste-Martin), dit Moreau de la Seine (1791-1873), notaire à Paris du 22 janvier 1825 au 30 décembre 1854, devenu maire du VIIe arrondissement en 1832 : *FYO*, V, 1049.
•Moreau (Jean-François) [v. 1760-1844], magistrat, président du Tribunal de Ire instance de la Seine de 1821 à 1829, puis conseiller à la Cour de cassation jusqu'en 1843 : *In.*, III, le deuxième des « trois présidents qu'eut successivement le tribunal de la Seine » pendant la Restauration : 432, 443, 449, 491-493.
Moreau (Jean-Victor) [1763-1813], général, complice de Pichegru et Cadoudal dans la conspiration contre Bonaparte en 1804, mortellement blessé dans les rangs russes à la bataille de Dresde : *Pré.TA*, VIII, 485; *TA*, 524, 525, 567, 595, 596, 691; *Ch.*, VIII, 929.
   Moreau : TA, VIII, 527 (var. *a*), 562 (var. *b*), 596 (var. *a*), 638 (var. *a*), 1475, 1479.
•Moreau de Commagny (Charles-François-Jean-Baptiste) [1783-1832], auteur dramatique.
   Le Comédien d'Étampes : MR, X, 365.
•Morel de Chédeville (Étienne) [1747-1814], auteur dramatique et administrateur.
   Le Laboureur chinois : E, VII, 937.
Morellet (André) [1729-1819], ecclésiastique, économiste; un des rédacteurs de l'*Encyclopédie : UM*, III, 784 (n. 4), 786, 805.
Moret. Voir Méru.
Moret (Jacqueline de Bueil, devenue comtesse de) [v. 1589-1651], maîtresse d'Henri IV : *Pay.*, IX, •56, 161 (n. 4), 162, 284.
Moret (Victor-Auguste), dit aussi Moret-Sartrouville (1794-1859), peintre et restaurateur de tableaux : *CP*, VII, 593, 595, 599.
Moreton-Chabrillan (Jacques-Henri-Sébastien-César, comte de) [1752-1793], lieutenant général : *DA*, VIII, « Moreton de Chabrillant » 766 (n. 1).
Morey (Pierre) [1775-1836], sellier-bourrelier, complice de Fieschi; guillotiné : *ZM*, VIII, 841 (n. 1).
   Morey : Be., VII, 435 (var. *d*).
Morey monarchiques (des) : *Cath.*, XI, 191.
Morgan (sir Henry) [v. 1635-1688], boucanier devenu député-gouverneur de la Jamaïque : *Pré.H13*, V, 787; *Lys*, IX, 999; *Cath.*, XI, 218.
Morin (Jeanne-Marie-Victoire Tarin, veuve), condamnée aux travaux forcés en 1812 pour escroquerie et tentative d'assassinat : *PG*, III, 194 (n. 1); *TA*, VIII, 639.
Morison (James) [1770-1840], inventeur anglais de pilules purgatives : *CP*, VII, « Morisson » 624 (n. 2).
Mornay. Voir Duplessis-Mornay.
Morosini (les), famille noble de Venise : *Do.*, X, 544.
Mort dans la Vie (la), être fantastique évoqué par Coleridge dans la *Chanson du vieux marin :* •*Cath.*, XI, 421 (n. 1); *Phy.*, XI, (par erreur, de Crabbe) 1054 (n. 4).
Mortemart (les), famille de la Marche devenue marquisale, puis ducale en 1650 : *UM*, III, 783.
Moscheles (Isack, dit Ignaz) [1794-1870], compositeur et pianiste de Bohême : *MM*, I, « Moschélès » 642.
   Ant. *Listz : MM*, I, 642 (var. *a*).
•Moulin (Jean-François-Auguste) [1752-1810], général, Directeur du 30 juin 1799 au 19 Brumaire an VII : *Ch.*, VIII, 922, 929, 930.
Mozart (Wolfgang-Amadeus) [1756-1791], compositeur autrichien : *FE*, II, 280; *CA*, IV, 1034; *IP*, V, 317; *SetM*, VI, 690; *CP*, VII, 496, 498; *PCh.*, X, 122; *Do.*, X, 587, 598; *Gam.*, X, 473, 479, 488, 502, 503, 509, 511; *Dr.*, X, 1169; *ELV*, XI, 487.

*MOZART, ant. *ROSSINI, puis remplacé par BEETHOVEN : *LL*, XI, 655 (var. *b*).

Don Juan : *FM*, II, 214; *CA*, IV, 1034; *DL*, V, 972; *MN*, VI, 353; *Gam.*, X, 473, 488, 502, 503, 509; *Do.*, X, 587, 598; *Dr.*, X, 1168 (n. 1). Voir COMMANDEUR.
  DON JUAN : *FM*, II, 214; *CA*, IV, 1034; *Gam.*, X, 509.
  ZERLINE : *MN*, VI, 353.
Les Noces de Figaro : *EG*, III, 1188 (n. 1).
Requiem : *Gam.*, X, 473.

MULLER (Johann-Friedrich-Wilhelm von) [1782-1816], dessinateur allemand, graveur au burin : *CB*, VI, 96.
  Vierge de Raphaël, la *Madone de Saint-Sixte* : *CB*, VI, 96.

MÜLLER (Othon-Frederick) [1730-1784], naturaliste danois : *Pré.CH*, I, « Muller » 9 (n. 4); *Phy.*, XI, 1062.

*MURAD BEY (v. 1750-1801), chef des mameloucks vaincu aux Pyramides en 1798 : *MC*, IX, « le mamelouk » 524.

MURAT (Joachim), grand-duc de Berg et de Clèves, prince de Ponte-Corvo (1767-1815), maréchal de France et grand amiral, roi de Naples du 15 juillet 1808 au 19 mai 1815; fusillé à Pizzo : *MM*, I, 508; *DV*, I, 783; *AS*, I, 958; *Ven.*, I, 1037; *PM*, II, 97; *Fir.*, II, 146; *B*, II, 718; *PG*, III, 133; *Col.*, III, 323; *R*, IV, 540; *IG*, IV, 583; *MD*, IV, 688, 689; *MN*, VI, 334; *Be.*, VII, 213, 243; *TA*, VIII, 616, 682; *MC*, IX, 537, 593; *Ma.*, X, 1060 (n. 2); *PVS*, XII, 256; *HP*, XII, 577.
  Ant. *FULTON : *MM*, I, 508 (var. *a*).

Murat des voyageurs (le), Gaudissart : *CB*, VI, 206.

Murat (un second), le colonel EUGÈNE : *Ma.*, X, 1037.

MURAT (Caroline Bonaparte, devenue Mme), femme du précédent. Voir BONAPARTE.

MURILLO (Bartolomé Esteban) [1617-1868], peintre espagnol : *MM*, I, 500; *F30*, II, 1205; *R*, IV, 293, 352; *MD*, IV, 696; *PGr.*, VI, 1110; *Be.*, VII, 121; *CP*, VII, 489; *Pay.*, IX, 323; *PCh.*, X, 74, 153; *Do.*, X, 566, 616; *RA*, X, 678; *Ma.*, X, 1045; *Ve.*, X, 1139.
  L'Immaculée conception : *PCh.*, X, 153 (n. 4).
  Mater dolorosa : *F30*, II, 1205 (n. 2).

MÜRR, chat des *Contes fantastiques* d'Hoffmann : *FE*, II, 366 (n. 1).
  *MÜRR : *MD*, IV, 1360.

MURRAY (John) [1778-1843], éditeur de Londres, fondateur de la *Quarterly Review* en 1809 : *H*, II, 572 (n. 2).

MUSARD (Philippe, dit Napoléon) [1793-1859], chef d'orchestre, compositeur; animateur dès 1822 des Concerts des Champs-Élysées en plein air, fondateur en 1833 des Concerts des Champs-Élysées d'hiver, rue Saint-Honoré, et, en 1836, d'un bal à son nom, installé rue Vivienne : *FM*, II, 233, 234; *B*, II, 898; *ZM*, VIII, 833 (n. 7), *853 (n. 2); *PMV*, XII, 34.

MUSCHENBROEK. Voir MUSSCHENBROEK.

MUSES (les) : *IP*, V, 649; *Be.*, VII, 243; *Pay.*, IX, 267.

MUSSCHENBROCK (Petrus van) [1692-1761], physicien hollandais : *PVS*, XII, « Muschenbroek » 277.

MUSSET (Louis-Charles-Alfred de) [1810-1857], écrivain : *AS*, I, 917; *UM*, III, 865.
  *MUSSET : *Ma.*, X, 1048 (var. *d*).
  Avez-vous vu dans Barcelone : *AS*, I, 917; *MN*, VI, 353, 380.
  Contes d'Espagne et d'Italie : *AS*, I, 917; *UM*, III, 865; *MN*, VI, 353.
  Les Marrons du feu : *UM*, III, 865.
  **Les Marrons du feu.*
    CAMARGO et RAFAËL GARUCI : *Ma.*, X, 1048 (var. *d*).

*Musset des circulaires (le), remplacé par le Bossuet des circulaires : *E*, VII, 1007 (var. *a*).

*Musset (Mme), surnom donné à Mme de Mortsauf par Natalie de Manerville; remplacé par le nom de l'héroïne : *Lys*, IX, à la deuxième mention de Mme de Mortsauf à partir du début de la lettre 1226 (cf. éd. Garnier, var. *b* de la p. 330).

MUSSON (Pierre) [1739-1820], portraitiste, peintre de la Cour sous Louis XVI, devenu sous l'Empire un mystificateur quasi professionnel pour dîners et soirées : *SetM*, VI, 626; *Phy.*, XI, 1054; *Th.*, XII, 594.

N... (famille de), « où les bonnes manières sont conservées traditionnellement » et à laquelle appartient la comtesse de L. : *Phy.*, XI, 1109.

NABUCHODONOSOR (Nebuchadrezzar II, ou), roi de Babylone de 605 à 562 avant Jésus-Christ : *P*, IV, 67 ; *SetM*, VI, 644 ; *PMV*, XII, 33.

Nabuchodonosor, Raphaël de Valentin ivre, selon lui-même : *PCh.*, X, 203, 205.

NACQUART (Jean-Baptiste) [1780-1854], médecin. Dédicataire du *Lys dans la vallée* : *Lys*, IX, 969 (n. 2). *Hist.Lys*, IX, 935.

NADERMAN (François-Joseph) [1773-1835], harpiste : *ES*, XII, 540 (n. 4) ; *FAu.*, XII, 618.

*NAIGEON (Jean-Claude) [1753-1832], peintre de genre et de portraits ; remplacé ici par NATOIRE : *MN*, VI, 367 (var. *a*).

•Nain mystérieux (le), personnage nommé Elshie, héros du *Nain noir*, de W. Scott : *MM*, I, 472 (n. 4).

NAPOLÉON Ier (Napoléon Bonaparte, devenu) [1769-1821], empereur des Français[1].

A. RAPPORTS AVEC LES PERSONNAGES FICTIFS

1. Actions

a. Directoire. Blesse César Birotteau sur les marches de Saint-Roch : *CB*, VI, 58 (n. 3 et 4), 101, 113, 129, 135, 142, 161, 215 ; effets de sa rancune à la suite de cette journée : 63, 88. Sauvé à Montenotte par Farrabesche aîné : *CV*, IX, 766. En 1799, Hulot veut lui donner sa démission : *Ch.*, VIII, 990, 992 ; Mlle de Verneuil est prise pour sa femme : 1009 ; Montauran lui donne des inquiétudes : 1022 ; Cottereau veut traiter avec lui : 1127, 1129 ; Marie de Verneuil a pu venir pour traiter avec lui : 1136 ; elle parle à Montauran de lui faire sa soumission : 1166.

b. Consulat. Au 18 Brumaire, donne à Sérisy le Conseil d'État à réorganiser : *DV*, I, 747 ; Moreau conspire contre lui : 751. En 1800, rapports avec Piombo : *Ven.*, I, 1036, 1037, 1039. Place Montriveau à l'école de Châlons : *DL*, V, 940. Du Bousquier a joué contre lui à Marengo : *VF*, IV, 827 (n. 3). Malin le complimente après Marengo : *TA*, VIII, 639. Facino Cane lui adresse vainement des notes sur le trésor de Venise : *FC*, VI, 1031. En 1802, ruine le fournisseur Husson : *DV*, I, 760. Place Malin de Gondreville au Conseil d'État : *TA*, VIII, 508, 509 ; lui trouve un air de zèle : 523 ; ce n'est pas sous lui que Malin sera inquiété : 527 ; les Simeuse sont accusés de conspirer contre lui : 563 ; Laurence ne pense qu'à son renversement : 538, 541, 545, 557, 569 ; Fouché lui cache l'affaire Malin : 554 ; est un des seuls à en savoir quelque chose : 573 ; voudrait empêcher les Simeuse de se perdre : 574 ; Corentin se dit à ses ordres : 575 ; l'abbé Goujet vante ses qualités : 576 ; allusion de Corentin à ceux qui ont voulu le tuer : 584 ; convoque Malin : 597 ; Malin le trahirait, selon M. de Chargebœuf : 614 ; destitue Lechesneau : 626, 630 ; est prévenu de l'enlèvement de Malin : 627 ; fait radier les Simeuse de la liste des proscrits : 629 ; furieux de la séquestration de Malin : 639. Réintègre Mgr d'Escalonde comme évêque de Belley : *CF*, XII, 453.

c. Empire. En 1804, nomme Bridau père chef de division à l'Intérieur : *R*, IV, 277. Crée Sérisy comte et sénateur, puis proconsul de deux royaumes : *DV*, I, 747 ; nomme le marquis du Rouvre comte et chambellan : 747. En 1805, le docteur Minoret devient son médecin consultant : *UM*, III, 789, 844 ; *AC*, XII, 833, 834. En 1806, les rivaux de M. de Granville pourraient nuire à celui-ci auprès du « patron » : *DF*, II, 48. Surpris par la coalition de 1806, oublie l'affaire Simeuse : *TA*, VIII, 640 ; les Simeuse ont été mêlés aux attentats contre lui : 662 ; il faut lui demander leur grâce : 672, 674, 676, 677 ; Talleyrand lui écrit à ce sujet : 675 ; reçoit Laurence et M. de Chargebœuf à la veille de la bataille d'Iéna : 680-682. Peyrade espère être nommé par lui en Piémont : *VV*, XII, 358. En 1807, à Eylau, envoie deux chirurgiens pour tenter de sauver Chabert, dont on lui a annoncé la mort : *Col.*, III, 323 ; fera tenir ses condoléances à la « veuve » de Chabert : 352 ; la favorise financièrement : 352. Nomme Hulot intendant général des armées en Espagne : *Be.*, VII, 56. Genestas le rencontre la veille de Friedland : *MC*, IX, 591. En 1808, va combler

[1]. Cette notice a été établie par P. CITRON.

d'honneurs Bridau père : *R*, IV, 279 ; le trouve irremplaçable : 279 ; pensionne sa veuve : 280 ; et ses deux fils : 286. Les Simeuse meurent sous ses yeux à Somo-Sierra : *TA*, VIII, 683. En 1809, est en vain convié par Malin à un bal : *PM*, II, 97 ; protège Martial de La Roche-Hugon : 103, 112 ; M. de Soulanges est de ses favoris : 105 ; fait son éloge : 111 ; La Roche-Hugon propose à Mme de Lansac de l'appuyer auprès de lui : 116 ; La Roche-Hugon veut le singer, selon Mme de Vaudrémont : 117 ; veut marier Mme de Vaudrémont : 117. Favorise le comte Ferraud lors de son mariage avec la comtesse Chabert : *Col.*, III, 347 ; signe au contrat de mariage : 370. Crée le général Hulot comte de Forzheim : *Be.*, VII, 56, 338. Apprend les agissements de Bryond des Tours-Minières : *EHC*, VIII, 287 ; a fait grâce au chevalier du Vissard : 293 ; refuse celle de Bryond : 312, 313 ; gracie Chaussard et Vauthier, agents doubles : 314. En Espagne, voudra sans doute faire fusiller Marchand : *Ve.*, X, 1136. En 1811, Montefiore se dit persécuté par lui : *Ma.*, X, 1043, 1061 ; et le maudit : 1044. Mme de Staël veut lui arracher Louis Lambert : *LL*, XI, 595. Rétablit le comte de Rillière dans ses biens : *CF*, XII, 454. En 1812, Charles Mignon espère être nommé par lui comte et colonel : *MM*, I, 484. Donne la croix à Goguelat sur le champ de bataille de Valoutina : *MC*, IX, 456. Propose d'échanger Gaudin contre des prisonniers russes : *PCh.*, X, 140. Fait transférer à Strasbourg des officiers supérieurs, dont Castanier : *MR*, X, 349. En 1813, Mlle de Chastillonest ne l'a encore jamais vu : *F30*, II, 1042 ; il fait à Duroc une réflexion sur elle : 1047 ; Victor d'Aiglemont est son officier d'ordonnance : 1048, 1072, 1154 ; charge d'Aiglemont de porter ses ordres au maréchal Soult : 1057. Philippe Bridau assiste à la revue : *R*, IV, 296 ; Desroches souhaite que Dieu le conserve : 295 ; envoie Philippe Bridau à Saint-Cyr : 296. En 1814, est quitté par Sérisy, mais lui rend justice : *DV*, I, 747 ; Mareît prétend avoir été décoré par lui à Montereau : 778. Piombo lui conseille de se débarrasser des traîtres : *Ven.*, I, 1066 (n. 3). Les partisans de Schiltz ont failli le sauver pendant la campagne de France : *B*, II, 897 ; il met Joséphine Schiltz à Saint-Denis : 897. Nomme Philippe Bridau capitaine après la bataille de La Fère-Champenoise : 296 ; le prend pour aide de camp : 297 ; l'a comme officier d'ordonnance : 296, 300, 311, 347, 468, 469, 477 ; lui fait porter ses ordres à Montmirail : 312 ; à Montereau : 329, 352, 438, 472. Donne de l'avancement à Genestas : *MC*, IX, 582. Décore M. de Fischtaminel sur le champ de bataille : *PMV*, XII, 129. Nomme Martin auditeur au Conseil d'État, puis ministre aux États-Unis : *GS*, XII, 410. En 1815, Piombo coopère à son retour de l'île d'Elbe : *Ven.*, I, 1045. Est rejoint à Lyon par Philippe Bridau, et lui donne de l'avancement : *R*, IV, 297 ; décore Maxence Gilet à Fleurus : 369 ; l'a dans sa garde : 440 ; lui a donné un fusil de chasse : 434 ; aurait eu en lui un secours précieux : 492. Donne de l'avancement à Charles Mignon : *MM*, I, 486. Est prévenu par Sérisy de sa fidélité aux Bourbons : *DV*, I, 748. À Waterloo, Porta combat près de lui : *Ven.*, I, 1076. Après Waterloo, Genestas l'accompagne à Paris, puis à Rochefort : *MC*, IX, 591, 592. Joseph Bridau pense qu'il reviendra peut-être encore une fois : *R*, IV, 300.

— À des dates mal déterminées : décore et va anoblir Sommervieux : *MCP*, I, 68 ; admire le portrait d'Augustine de Sommervieux : 69 ; son gouvernement évoqué par la duchesse de Carigliano : 89. Offre des places à M. de Fontaine, qui les refuse : *BS*, I, 109. Sérisy l'a servi, et lui a des obligations : *DV*, I, 778 ; envoie Sérisy en Illyrie : 790 ; Sérisy a passé pour lui des cent et quelques nuits : 822 ; a eu Cardot pour fournisseur : 834. Nomme Piombo en poste diplomatique à l'étranger : *Ven.*, I, 1066 ; cherche à marier Ginevra di Piombo : 1072. Grandet de Paris espère, par sa grâce, s'allier à une famille ducale : *EG*, III, 1038. A le préfet de l'Orne comme chambellan : *CA*, IV, 974 ; par haine des républicains, préfère du Ronceret à Blondet pour présider le tribunal d'Alençon : 1064 ; mais donne la croix à Blondet comme horticulteur, sur intervention de Marie-Louise : 1069. A Gillé comme imprimeur : *IP*, V, 132 ; a montré le bâton de maréchal au sous-lieutenant marquis de Cante-Croix : 159 ; Sixte du Châtelet échappe à toutes les conscriptions : 160 ; utilise Châtelet comme envoyé extraordinaire : 161 ; se privera maladroitement de lui : 172. Rend des forêts à la princesse de Blamont-Chauvry : *DL*, V, 1011.

B. DANS L'HISTOIRE

1. Caractéristiques personnelles

a. Physique. Homme comme les autres, selon Bianchon : *PG*, III, 165 ; *MD*, IV, 674. Comme les autres, dépendait de son état physique : *Phy.*, XI, 1024. Silhouette : *F30*, II, 1046. Maigre dans sa jeunesse, gros dans son âge mûr : *Bou.*, VIII, 49 ; *ES*, XII, 537, 554. Regard : *CB*, VI, 210. Yeux bleus, cheveux châtains : *SPC*, VI, 978. Physionomie : *TA*, VIII, 680. Belle main : *MC*, IX, 593.

— Attitudes : *MN*, VI, 383. Bon cavalier : *CB*, VI, 69. Port de tête : *PVS*, XII, 291.

— Faiblesses. Usage du tabac : *DV*, I, 778 ; *CB*, VI, 69 ; *Bou.*, VIII, 52 ; *PMV*, XII, 105. Dysurie : *Phy.*, XI, 1024.

— Costume : *F30*, II, 1046 ; *TA*, VIII, 680 ; *Pay.*, IX, 172 ; *PVS*, XII, 224.

b. Généralités morales. Inexplicable dans son universalité et ses contradictions, selon Canalis : *AEF*, III, 700, 701. Formé par la misère : *CA*, IV, 391 et *ACE*, XII, 843. Contradictions : *IP*, V, 702. Génie insulaire : *Ma.*, X, 1071. Génie italien : *Cath.*, XI, 180.

c. Idées. A le fatalisme pour religion : *VF*, IV, 911 ; *SetM*, VI, 487 et *E*, VII, 995. N'aime pas les républicains : *EG*, III, 1031. Très ami du costume : *Be.*, VII, 81. A des idées bien philosophiques, selon une dame : *Ech.*, XII, 475.

d. Défauts. Sa pensée emprunte la forme de la guerre : *MM*, I, 626. Ne peut se passer de guerroyer : *F30*, II, 1061. A exigé de son peuple des souffrances énormes : *MM*, I, 626. Coléreux : *Ven.*, I, 1070. Impatient : *F30*, II, 1043. Ingrat : *IP*, V, 698, 702 ; capable de trahison : 702. Trop plein d'amour-propre : *TA*, VIII, 553, 675 ; méfiant : 553 ; mal élevé : 600 ; prude : 630. Hypocrite et rampant : *E*, VII, 1092. Médiocre orateur : *DA*, VIII, 717. Utilise mal les hommes : *CV*, IX, 797. Moralisant : *PMV*, XII, 127, 128.

— Jaloux du génie littéraire : *AEF*, III, 700. Persécutait les idéologues : *DL*, V, 970. Aurait, par rationalisme mal compris, fait enfermer un inventeur : *CP*, VII, 585. A eu la faiblesse d'épargner Fouché, Talleyrand et Pozzo di Borgo, selon Canalis : *AEF*, III, 701. Aveugle quand il sévit contre Fouché et Talleyrand : *SetM*, VI, 531.

e. Qualités. Génie militaire : *MM*, I, 642 ; *F30*, II, 1045 ; *MD*, IV, 674 ; *TA*, VIII, 554, 675 ; *Phy.*, XI, 1126. Générosité envers ses fidèles : *Ven.*, I, 1066 ; envers M.-J. Chénier : *Pré.E*, VII, 889. Gratitude : *Be.*, VII, 178 ; *Pré.TA*, VIII, 497. Sang-froid : *F30*, II, 1046 ; *AEF*, III, 678 ; sens de l'organisation : 692. Énergie : même lui aurait été engourdi par Issoudun : *R*, IV, 363 ; par Esther : *SetM*, VI, 441. Ambition : *IG*, IV, 576. Prend son bien dès qu'il le voit : *VF*, IV, 839. Oublie et reprend à volonté ses pensées : *CA*, IV, 1036 ; cache ses hésitations : 1037. Ne se serait pas laissé ennuyer par les journalistes : *IP*, V, 333. S'endort dans les crises : *CB*, VI, 198. Calme dans les difficultés : *Be.*, VII, 213 ; libre de son action : 310, 311. Devine les hommes : *MC*, IX, 481 ; *CV*, IX, 803. Volonté : *MC*, IX, 514. Agit en silence : *ELV*, XI, 487. Logique : *PMV*, XII, 47 ; homme de mouvement : 300.

2. Grandeur, gloire, légende

A su fondre les choses et les hommes : *BS*, I, 117. Génie, selon Renée de Maucombe : *MJM*, I, 221. Sa gloire a fait tuer des maréchaux en herbe : *MM*, I, 510 ; grand homme : 518 ; son règne sert de préface au siècle : 620. Son nom sur son tombeau représente les annales d'un peuple : *Ven.*, I, 1088. Géant : *B*, II, 706, 707. Adoration pour lui : *F30*, II, 1045, 1046 ; *R*, IV, 331. Doutes sur sa mort : *CT*, IV, 205. Son étoile : *IG*, IV, 572. Orgueil de sa famille, de son pays, de son peuple : *IP*, V, 175 ; n'a pas dû sa carrière à la chance : 522 ; demi-dieu de la France : 697 ; s'est égalé à son siècle : 701. Son nom, son cortège de gloire : *DL*, 905 ; vit au milieu d'une tempête d'hommes : 941. N'est qu'un poème : *CB*, VI, 81 ; son brillant *avoir* : 153. Homme d'action multiplié par homme de pensée : *SetM*, VI, 605. Grandeur de son empire : *Be.*, VII, 81 ; immortel : 105 ; sa grandeur : 360. Un élément de sa légende : *E*, VII, 986 ;

l'idole impériale : 1024. Colleville reconnaît qu'il n'est pas Napoléon : *Bou.*, VIII, 43 ; adoration pour lui : 57 ; que dirait-il en voyant le pouvoir aux mains des épiciers, pense Thuillier : 99. Idole du peuple : *Pré.TA*, VIII, 486 ; *TA*, VIII, 640. A montré son génie dès sa jeunesse : *ZM*, VIII, 848. Son génie : *DA*, VIII, 752. Habileté politique : *Ch.*, VIII, 1153. A détruit l'étonnement dans l'âme de ses soldats : *MC*, IX, 387 ; est une religion : 414 ; aurait été un dieu, sans Waterloo : 434 ; un dieu pendant la campagne de France : 435 ; le jour de sa fête : 456 ; Gondrin devine ce qui est dit de lui : 457 ; vu par le peuple : 495 ; se trouve au bout de toute délibération : 511 ; dieu du peuple : 515 ; les gens simples veulent entendre parler de lui : 520 ; son histoire racontée par Goguelat : 520-537. En avance sur son siècle, n'a pas été compris : *CV*, IX, 815. Gloire : *PCh.*, X, 79, 101 ; Valentin s'imagine « général, empereur » : 131 ; ses pensées conduisent son siècle : 150 ; son sceptre, un levier pour le monde : 276. Son génie : *Ma.*, X, 1074. Un des plus grands hommes : *Dr.*, X, 1159. Symbole de son siècle : *PVS*, XII, 224 ; son aigle : 296. Protégé par la puissance divine : *Vis.*, XII, 637.

— Surnoms : l'autre » : *Ven.*, I, 1090 ; *DF*, II, 33 ; *R*, IV, 512 (n. 2) ; *IP*, V, 333 ; *MC*, IX, 459 ; *CV*, IX, 766 ; *CF*, XII, 464 ; *Ech.*, XII, 490 (n. 1). « Le petit caporal » : *DF*, II, 33 ; *CV*, IX, 766. « Le petit tondu » : *R*, IV, 504 ; *MC*, IX, 457. « Kébir-Bounaberdis » : *MC*, IX, 523 ; « l'homme » : 525.

— Légende inverse. Disparaît devant l'écrivain qui se fait la voix de son siècle : *Pré.IP*, V, 120. Est presque passé ogre : *Cath.*, XI, 168.

3. Relations

a. Famille : E, VII, 1006 ; *MC*, IX, 528. Sa mère : *DV*, I, 762 ; *Ven.*, I, 1067. Ses frères et sœurs : *Be*, VII, 81. Ses sœurs : *DF*, II, 53 ; *HA*, VII, 788. Une de ses sœurs : *IP*, V, 191. Son frère Lucien : *Ven.*, I, 1037. Sa belle-fille, Hortense de Beauharnais : *DF*, II, 31 ; *HA*, VII, 793.

b. Les femmes. Se subordonne à sa maîtresse : *Pr.B*, VII, 813. Misogynie : *ZM*, VIII, 849. A eu des successeurs là où il a aimé : *LL*, XI, 681.

— Joséphine. A mis longtemps à apercevoir Napoléon sous Bonaparte : *MJM*, I, 362. Avait parfois des embarras qu'elle n'osait dire à son mari : *FE*, II, 288 ; une lettre de Napoléon à elle chez Florine : 315. Ses débordements racontés par du Bousquier : *VF*, IV, 828. Mariage : *IP*, V, 699 ; *E*, VII, 1092. Napoléon a été ridicule de vouloir l'épouser, selon Nucingen : *MN*, VI, 333. Son amour admiratif, maternel, lâche, pour Napoléon : *Be.*, VII, 73. La maxime « on se fait jolie femme » la rendait souvent fausse : *RA*, X, 712.

— Marie-Louise. Napoléon trois jours avant de l'épouser : *H*, II, 558. Le mariage : *PM*, II, 96, 130 ; *CB*, VI, 165. Ce mariage a enrichi Napoléon, mais l'a perdu : *CM*, III, 576. L'Autrichienne : *MC*, IX, 550.

— Napoléon et son fils, le roi de Rome : *R*, IV, 293, 505, 506 ; *PMV*, XII, 48.

4. Mots et opinions

Pour les rois et les hommes d'État, il y a une petite et une grande morale : *Pré.CH*, I, 15. Les grands artistes interceptent à volonté la communication que la nature a mise entre les sens et la pensée : *FE*, II, 314 ; on ne fait pas de jeunes républiques avec de vieilles monarchies : 322 (n. 3). Les curés devraient être les chefs moraux de la population, et les juges de paix naturels : *B*, II, 663 ; l'infortune est la sage-femme du génie : 698 ; sera là pour pourvoir les filles de ses légionnaires : 897 ; et les membres de l'Institut : 897. Une femme-auteur sans génie est une femme comme il n'en faut pas : *AEF*, III, 700. Il faut laver son linge sale en famille : *EG*, III, 1138 ; *IP*, V, 700 ; qui peut tout dire, arrive à tout faire : 327 ; les crimes collectifs n'engagent personne : 405 ; la plaisanterie est comme le coton qui, filé trop fin, casse : 475. Même expression appliquée à une personne : *MN*, VI, 339. L'eau-de-vie est un indice d'improbité : *IP*, V, 586 ; les affaires faciles ne se font jamais : 665. Ses paroles du haut du Santon : *MN*, VI, 380. Un homme « carré de base comme de hauteur » : *Be.*, VII, 321. Rien n'est volé, tout se paie : *Pay.*, IX, 194. C'est surtout dans l'imagination que la puissance de l'inconnu est incommensurable : *CV*, IX, 696. Le Piémont est le glacis des Alpes : *Gam.*, X, 499. Opinion sur le passage des Alpes par Hannibal : *Cath.*, XI, 165 ; l'histoire de France doit avoir un volume ou mille : 187. Possibilités d'évolution du mariage : *Phy.*, XI, 903 ; la femme, âme de dentelle : 996 ; l'adultère, affaire de canapé : 1058 ; après échange d'âme ou de transpiration, rien ne doit séparer les époux : 1074 ; estime plus ou moins une femme au nombre de ses enfants : 1076 ; si l'homme ne vieillissait pas, ne lui voudrait pas de femme : 1201. La guerre est un état naturel : *PVS*, XII, 307 (n. 2). « Mangeons les Russes » : *AIH*, XII, 777.

5. *Événements*

L'histoire jusqu'à lui : *Cath.*, XI, 442. Place dans l'histoire, vue par Louis Lambert : *LL*, XI, 649.

a. Enfance : *MC*, IX, 520, 521.

b. Révolution et Directoire. Sauvé du parti anglais en Corse : *Ven.*, I, 1040. Souffre aux Tuileries en voyant Louis XVI se défendre mal : *AS*, I, 973. Avant qu'il ait le pouvoir : *Bo.*, I, 426. Dompte la sédition en vendémiaire : *AS*, I, 973. Affaire de l'église Saint-Roch : *CB*, VI, 58 (n. 3 et 4), 101, 113, 129, 135, 142, 161, 215. A fusillé des Parisiens : *Be.*, VII, 124 ; *Bou.*, VIII, 52 (n. 5). Montagnard sans y croire : *IP*, V, 572. Aubry a failli l'envoyer aux colonies : *PG*, III, 141.

— Première campagne d'Italie : *Pay.*, IX, 170. Discipline imposée à ses troupiers : *Ch.*, VIII, 362. Victoires à Arcole et sur Wurmser : *CM*, III, 643. Siège de Mantoue : *Be.*, VII, 213 ; *MC*, IX, 521, 522. Préliminaires de Léoben : *B*, II, 910 (n. 1). Anéantit la république de Venise : *FC*, VI, 1030.

— Campagne d'Égypte : *Be.*, VII, 176 ; *Dés.*, VIII, 1222 ; *MC*, IX, 522-526. Un gendarme l'y a suivi : *TA*, VIII, 591. Ne part pas pour les Indes : *ZM*, VIII, 852. Son magique retour : *Ch.*, VIII, 957.

— Dirige Brune contre les Anglais en Hollande : *Ch.*, VIII, 1061.

— Met fin à la Révolution : *E*, VII, 980. Abandonne la République : *Ch.*, VIII, 920. Le 18 Brumaire : *DA*, VIII, 717 ; *Ch.*, VIII, 957, 1153 ; *MC*, IX, 526 ; *PMV*, XII, 87 (n. 1).

c. Consulat. Sous Bonaparte : *In.*, III, 484 ; *CT*, IV, 205 ; *Pay.*, IX, 60. Proclamation aux populations de l'Ouest : *Ch.*, VIII, 958-960 ; admiré par Hulot : 964 ; Cadoudal (?) veut se défaire de lui : 1037 (n. 3) ; pas de traités des chefs chouans avec lui : 1061 ; propositions que lui font les Bourbons : 1089 ; lutte contre les Chouans : 1094, 1132 ; est un Marceau plus heureux que son devancier : 1131 ; devrait laisser les policiers combattre les Chouans, selon Hulot : 1149 ; son habileté : 1152. Empressé de pacifier la France : *VF*, IV, 682. Sa pacification de l'Ouest : *Vis.*, XII, 632 ; médite une descente contre l'Angleterre : 641.

— Seconde campagne d'Italie. Passage du Grand-Saint-Bernard : *SetM*, VI, 610 ; *TA*, VIII, 690. Consultation sur lui entre les ministres avant Marengo : *TA*, VIII, 688-694. Partie jouée secrètement contre lui avant Marengo : *VF*, IV, 827. Marengo : *CA*, IV, 1057 ; *IP*, V, 697 ; *EHC*, VIII, 270 ; *TA*, VIII, 548, 692 ; *MC*, IX, 526, 527. Les ralliés après Marengo : *DA*, VIII, 766.

— Ses ennuis racontés par du Bousquier : *VF*, IV, 828. Un des trois consuls : *TA*, VIII, 521 ; *Vis.*, XII, 637. Châles que lui offre Sélim : *Gau.*, VII, 852, 854, 855. Idole du peuple, futur empereur : *TA*, VIII, 526 ; revalorise la fonction de conseiller d'État : 510 ; militairement puissant, est dans la période ascendante : 526. Accorde une amnistie aux émigrés : *Lys*, IX, 1009. Attentat contre lui rue Saint-Nicaise : *TA*, VIII, 525, 526, 548 ; complot de Polignac et Rivière : 525, 526, 532, 538, 540, 557, 563, 584, 662 ; conspiration de Cadoudal : 541 ; ses actes conservateurs rassurent : 541, 546 ; l'Église lui doit trop pour ne pas le protéger : 549 ; refuse de traiter avec les Bourbons : 548 ; réforme la police : 552 ; ne veut pas faire d'exceptions à la loi : 575 ; opère des radiations sur la liste des émigrés : 663 ; *Ch.*, VIII, 485, 486. Joué par Fouché et Talleyrand pour l'exécution du duc d'Enghien : *TA*, VIII, 694. Joué par Fouché : *Pré.TA*, VIII, 485, 486 ; Clément de Ris lui est attaché : 485 ; Bourmont accusé à tort de l'avoir trahi : 490 ; Viriot cherche en vain à l'éclairer : 499. Fait arrêter les Anglais après la rupture du traité d'Amiens : *F30*, II, 1055, 1061.

d. Empire. Sous Napoléon : *IP*, V, 219, 333; *Be.*, VII, 438; *CP*, VII, 610; *TA*, VIII, 513; *Pay.*, IX, 266, 291, 292; *Lys*, IX, 977.

— Sénatus-consulte et plébiscite qui feront de lui un empereur : *TA*, VIII, 596; on le nomme Majesté avant d'en connaître le résultat : 597; le pape viendra le sacrer : 596. Le sacre : *R*, IV, 280; *IP*, V, 969; *TA*, VIII, 609; nul ne peut savoir ce qui en adviendra : 611. Accession au pouvoir : *Lys*, IX, 1001.

— La cour. Apogée en novembre 1809 : *PM*, II, 95-97. Les robes à queue des ducs : *AEF*, III, 689. Une ancienne femme de chambre, Mme Garat, y est reçue : *Pr.B*, VII, 828. On dit Sa Majesté à Bonaparte, ironise Mlle de Cinq-Cygne : *TA*, VIII, 616. Donne ordre à la duchesse d'Abrantès de recevoir la future reine de Westphalie : *PVS*, XII, 241.

— Les femmes sous son règne. Sa doctrine à cet égard : *MJM*, I, 331. Leur engouement pour les militaires concorde avec ses vues : *PM*, II, 96; les grandes familles vont produire leurs héritières devant ses prétoriens : 97. Les femmes-auteurs : *AEF*, III, 700; *MD*, IV, 710. La poésie des courtisanes lui manque : *SetM*, VI, 441. Éducation : *EHC*, VIII, 219.

— Politique étrangère. Les traités entre l'Europe et lui, des armistices : *PM*, II, 96; quand il fait des conquêtes, il les garde : 102. Sa lutte avec Pitt : *E*, VII, 1014. L'Angleterre est machiavélique à son égard, selon Phellion : *Bou.*, VIII, 51. Création du royaume de Hollande en 1810 : *VV*, XII, 359.

— Politique intérieure. S'y intéresse : *R*, IV, 279. Benjamin Constant lui fait la guerre : *IP*, V, 370; muselle la presse : 406. Le Corps législatif : *MC*, IX, 511; *CV*, IX, 823. Conserve l'idée de la Convention : *ES*, XII, 537, 554.
Jaloux d'attirer la noblesse : *BS*, I, 117. Aime la noblesse : *PM*, II, 111; *TA*, VIII, 575. La haute noblesse lui fait de l'opposition muette : *B*, II, 717. Création de la noblesse d'Empire : *AEF*, III, 689; *TA*, VIII, 615; *Pay.*, IX, 167. Permet aux émigrés ralliés de refaire leur fortune : *CA*, IV, 973.

— Politique économique. Les toiles de Jouy : *CP*, VII, 622. Décret sur les cotons : *DA*, VIII, 752. Prospérité : *Th.*, XII, 589.

— Politique religieuse. Jaloux de doter l'Église : *BS*, II, 117. Rétablit le culte catholique : *CT*, IV, 184; *IP*, V, 125. A de la difficulté à trouver des prêtres : *R*, IV, 392. Fait, par politique, beaucoup de capucinades, selon Saint-Vandrille : *ES*, XII, 537.

— Politique judiciaire.

— Généralités. Œuvre législative : *EHC*, VIII, 361. Le Code Napoléon (civil, pénal, criminel) : *MJM*, I, 219; *FM*, II, 195; *CA*, IV, 1092; *SetM*, VI, 700, 715; *Be.*, VII, 369; *TA*, VIII, 361; *Phy.*, XI, 903, 904, 1201. Élections : *Pré.CH*, I, 14.

— La magistrature. Réorganisation de la justice : *In.*, III, 431; *TA*, VIII, 625, 626, 642. Le Conseil d'État : *H*, II, 546; *TA*, VIII, 625; *CV*, IX, 823; *Phy.*, XI, 903, 1201. Le Parquet : *DF*, II, 49. Rétablissement des magistrats d'une cour unique dans le monde [la Cour des comptes] : *E*, VII, 1113. Les commissions militaires : *CA*, IV, 995. Déportation des mauvais sujets de l'armée : *Ech.*, XII, 474. Son rôle sous l'Empire, évoqué à propos du procès La Chanterie : *EHC*, VIII, 297, 303, 305, 307-311.

— Politique administrative.

— Généralités. Magnifique organisation de la France sous son règne : *DV*, I, 747. A retardé l'influence pesante de la bureaucratie : *E*, VII, 907; a créé l'administration, de l'état-major : 1104. Grand administrateur : *MC*, IX, 481. Son expérience restreint le caractère bavard des Français : *CV*, IX, 815.

— Finance. La Dette publique : *CB*, VI, 58. Le crédit : *E*, VII, 913. Les rentes : *HP*, XII, 580.

— Police : *SetM*, VI, 531; *Be.*, VII, 389; *CSS*, VII, 1163; *EHC*, VIII, 307, 308; *TA*, VIII, 552.

— Préfets : *CA*, IV, 974; *Be.*, VII, 299; *Ma.*, X, 1074. Sous-préfets : *CF*, XII, 454.

— Le Cadastre, œuvre de géant ordonnée par un géant : *MM*, I, 530.

— Travaux. Le Louvre : *Be.*, VII, 99. Les aménagements de Paris : *EHC*, VIII, 217; *HP*, XII, 576.

— Établissements publics. Il les dote : *Gb.*, II, 963. L'Institut : *B*, II, 897; Saint-Denis : 897. Saint-Cyr : *R*, IV, 296.

— Arts. Protège Chaudet : *R*, IV, 291.

— Décorations. La Réunion : *R*, IV, 279. La Légion d'honneur : *CF*, XII, 460.

— Collaborateurs.

— Généralités. Recherche les capacités : *DV*, I, 761. Les jeunes gens : *FYO*, V, 1049; *Pr.B*, VII, 808; *E*, VII, 911, 1014; *ZM*, VIII, 847. Les hommes d'énergie : *MC*, IX, 401. Personne ne se croit obligé par le serment envers lui : *TA*, VIII, 553. A écarté les gens supérieurs : *DA*, VIII, 811. A imposé le respect, dans sa cour, à ses sujets qui avaient été ses égaux : *Ma.*, X, 1074. Ceux qui l'ont suivi : *Pay.*, IX, 345.

— Personnes. Murat, Lannes, Rapp : *Ven.*, I, 1037; Fouché, Talleyrand, Clarke, qui le trahissent : 1066 (n. 3). Roustan : *F30*, II, 1043. Un courtisan : *Ath.*, III, 388. Bertrand : *R*, IV, 448. Un de ses confidents, qui a un œil de pie [Bourrienne] : *IP*, V, 586; Kellermann, tenu à l'écart : 697; Kellermann, Fouché, Talleyrand, écartés : 698. Berthier : *E*, VII, 920. Clément de Ris : *Pré.TA*, VIII, 485. Duroc : *TA*, VIII, 554. Un des Italiens [ALDINI] groupés autour de lui : *Pay.*, IX, 58. Junot, Narbonne : *MC*, IX, 464; Murat : 537. Vivant Denon : *Phy.*, XI, 1132 (n. 2). Fouché, exilé : *VV*, XII, 360.

— Adversaire. L'abbé de Pradt : *Cath.*, XI, 168.

— Histoire militaire.

— Généralités. Dévouement de l'armée : *SetM*, VI, 842. Aime les militaires : *TA*, VIII, 574. Pour qu'ils se battent sous les yeux ont du bonheur : *PJV*, XII, 374. Les armées : *Ech.*, XII, 489. Les soldats, ce canevas d'un million d'hommes sur lequel il a peint le tableau de l'Empire : *MM*, I, 484; leur dévouement : 568; leur bravoure : 593; *MR*, X, 353. Sont les pilotis sur lesquels il a essayé de fonder son Empire : *MM*, I, 626; leurs physionomies : 710; *F30*, II, 1169. Ceux qui sont loin de lui avancent difficilement : *DV*, I, 755. Son prestige auprès d'eux : *Ven.*, I, 1046; *Pay.*, IX, 223. Uniformes : *PM*, II, 96. Le coût en sang des batailles : *Ath.*, III, 391. Les chenapans dans l'armée : *R*, IV, 473. Les marches rapides qu'il leur ordonne : *IP*, V, 331. Les soldats ignorés qui l'ont sauvé : *F*, V, 863. Engouement de l'Europe pour eux : *DA*, VIII, 719. Franchise et gaieté : *Dés.*, VIII, 1219. A détruit l'étonnement dans leur âme : *MC*, IX, 387; a trié des soldats de bronze dans trois générations : 458; père de ses soldats, les a conduits partout : 459. A surnommé un régiment « le Terrible » : *PMV*, XII, 140.

Les officiers d'ordonnance : *F30*, II, 1047, 1154. Les officiers supérieurs : *VF*, IV, 860. Les généraux : *SetM*, VI, 500; *Pay.*, IX, 135. Les maréchaux : *R*, IV, 300; *Pay.*, IX, 136. La Garde : *P*, IV, 116; *Be.*, VII, 239. La ligne : *Ma.*, X, 1038. L'artillerie, qu'il craint : *DL*, V, 941. Qu'il n'aime pas : *PM*, II, 111. D'où il vient : *Ech.*, XII, 439. Les aigles : *R*, IV, 331. Rapports des militaires avec les femmes : *PM*, II, 96; *F30*, II, 1066; *R*, IV, 512; *VF*, IV, 860.

— Déroulement jusqu'en 1813. Campagnes : *IP*, V, 334. Victoires : *Be.*, VII, 243. Champs de bataille : *MC*, IX, 387.

Camp de Boulogne : *Ath.*, III, 387; *LL*, IX, 682. Austerlitz : *MC*, IX, 456. Iéna : *TA*, VIII, 672-682. Eylau : *Col.*, III, 323; *MC*, IX, 521, 529. Campagne d'Autriche : *R*, IV, 368; *Be.*, VII, 338. Wagram : *EHC*, VIII, 294; *TA*, VIII, 688; *Pay.*, IX, 61, 62, 200; *MC*, IX, 529; proclamation de mai 1809 : 398. Expédition du Tyrol : *Ech.*, XII, 492. Walcheren : *SetM*, VI, 531. Guerre d'Espagne : *AEF*, III, 704, 705, 720; *MD*, IV, 688; *IP*, V, 158; *EHC*, VIII, 294; *TA*, VIII, 683; *DA*, VIII, 751; *Ma* , X, 1038; *Ve.*, X, 1136, 1138. Campagne de Russie : *MM*, I, 568; *R*, IV, 296; *MD*, IV, 660; *IP*, V, 526; *EHC*, VIII, 313; *MC*, IX, 456, 531-533, 578; *CV*, IX, 815; *MR*, X, 349; *Ad.*, X, 987, 1010. Conspiration de Malet : *MC*, IX, 533. Dernière revue en 1813 : *F30*, II, 1041-1049. Levées d'hommes : *R*, IV, 296;

VF, IV, 854; *CB*, VI, 72; *SetM*, VI, 500, 686; *Ech.*, XII, 484. En 1813, négocie l'échange de Vandamme : *Be.*, VII, 349. Campagne de 1813 : *F30*, II, 1041; *MC*, IX, 534, 580, 581; *CV*, IX, 815, 816.
— Fin de l'Empire. Campagne de France : *MM*, I, 486; *Ven.*, I, 1066; *B*, II, 691, 897; *UM*, III, 788; *R*, IV, 296, 312, 472; *CA*, IV, 977; *SetM*, VI, 695; *DA*, VIII, 751-753; *MC*, IX, 435; *Lys*, IX, 979; *PMV*, XII, 93. S'il avait gagné : *Pré.TA*, VIII, 498. Chute : *B*, II, 691; *ZM*, VIII, 846. On voulait le forcer à traiter la paix : *IP*, V, 692. Première abdication : *F30*, II, 1068; *PG*, III, 233; *Col.*, III, 331; *R*, IV, 296; *SetM*, VI, 695; *DA*, VIII, 753; *MC*, IX, 535; *RA*, X, 746.
Les Cent-Jours : *MJM*, I, 226; *B*, II, 692; *R*, IV, 369; *CA*, IV, 978; *PCh.*, X, 217. Débarquement à Cannes : *MM*, I, 485. Ou à Fréjus : *Phy.*, XI, 1114. Le retour : *PG*, III, 233; *MC*, IX, 481; *Lys*, IX, 983. L'armée qu'il improvise alors : *Be.*, VII, 347. Waterloo : *B*, II, 692; *CM*, III, 653; *SetM*, VI, 822; *Pay.*, IX, 224; *MC*, IX, 434, 456, 536; *Lys*, IX, 1100.
Seconde abdication : *R*, IV, 305; *SetM*, VI, 872; *Bou.*, VIII, 66; *Pré.TA*, VIII, 495. Fuite : *Lys*, IX, 1100. Captivité sur le *Bellérophon* : *Ven.*, I, 1045.
— Après la fin de l'Empire.
— Sainte-Hélène : *AS*, I, 973; *FE*, II, 354; *Col.*, III, 370; *R*, IV, 331; *PCh.*, X, 196; *PMV*, XII, 129; *PVS*, XII, 230 (n. 3). Fidélité de Bertrand : *R*, IV, 448. A babillé comme une pie sur son rocher : *ZM*, VIII, 841. Dernière période : *CV*, IX, 858. Mort : *R*, IV, 520; *MD*, IV, 634; *Bou.*, VIII, 50.
— En France, après sa chute : *DV*, I, 761; *Ven.*, I, 1056; *PG*, III, 233; *MC*, IX, 481. Ses soldats sont persécutés : *MM*, I, 486. Il n'est pas reconnu comme empereur par les bureaux : *E*, VII, 996.
Croyance à son retour : *R*, IV, 300; *IP*, V, 485; *MC*, IX, 456. Après ses campagnes, lassitude devant la littérature de guerre : *MM*, I, 496. Un de ses anciens préfets dans le besoin : *PG*, III, 171.
— Après sa mort : *IP*, V, 672; *Pré.H13*, V, 787; *Be.*, VII, 151; *Pay.*, IX, 268. Son nom écrit sur son tombeau : *Ven.*, I, 1070. Groupes et complots bonapartistes : *R*, IV, 298, 309, 372, 486, 503-505. Doutes sur sa mort : *CT*, IV, 205; *R*, IV, 505; *VV*, XII, 361. Le faubourg Saint-Germain doit se fouiller pour trouver la monnaie de Napoléon : *DL*, V, 931. Fouché recommande à Louis XVIII de se coucher dans ses draps : *Hist.Lys*, IX, 930. Le retour des cendres : *Ech.*, XII, 475 (n. 1). Un portier est censé avoir de ses cheveux : *MI*, XII, 734. Résurrection imaginée : *CP*, VII, 484. Future histoire imaginée : *Gau.*, VII, 850.

*NAPOLÉON Ier.

A. RAPPORTS AVEC LES PERSONNAGES FICTIFS

Sérisy : *DV*, I, 1442. Piombo : *Ven.*, I, 1541-1543. Maurice de Montriveau : *Les Amours d'une laide*, V, 1471. Mlles de Langeais et de Beauséant : *Ep.T*, VIII, 1140. Corentin : *TA*, VIII, 695 (var. *a*). Félix de Vandenesse : *Lys*, IX, 982 (var. *a*). Genestas : *MC*, IX, 591 (var. *a*). Montcornet : *Pay.*, IX, 1291.

B. DANS L'HISTOIRE

— Force qui déborde : *RA*, X, 659 (var. *a*). Volonté, pour Louis Lambert : *LL*, XI, 631 (var. *f*). Pénétration : *Phy.*, XI, 1045 (var. *a*). Dithyrambe à son sujet : *Ech.*, XII, 475 (var. *a*). Singé par Taglioni : *FM*, II, 220 (n. 2).
— Mots. L'échange des transpirations : *CM*, III, 1432. Il faut abattre ou achever le Duomo de Milan : *Be.*, VII, 100 (var. *b*). La force de l'inconnu est incommensurable : *CV*, IX, 730 (var. *b*).
— Événements.
— Révolution et Consulat. Lors du 10 août : *RA*, X, 728 (var. *e*). Sous le Consulat, politique à l'égard du culte : *Ep.T*, VIII, 1440. Des émigrés : *TA*, VIII, 1479; conspiration : 527 (var. *a*). Consul à vie : *VF*, IV, 1446.
— Empire. Sous Napoléon : *Pay.*, IX, 1291. Se fait nommer empereur : *La Fleur des pois*, IV, 1442; son gouvernement en 1804 : 1444. Les intérêts que son règne soulève : *Ep.T*, VIII, 1440. Opposition : *B*,

II, 1458. N'a pu faire perdre son auréole à la devise républicaine : *Cath.*, XI, 176 (var. *a*). La Garde nationale : *Phy.*, XI, 1020 (var. *a*). Un de ses sous-préfets : *Le Grand Propriétaire*, IX, 1268. Travaux du Louvre : *Be.*, VII, 100 (var. *b*). Ses maréchaux : *Lys*, IX, 1042 (var. *a*). Campagnes : *Pré.Ch.*, VIII, 1673. Waterloo : *TA*, VIII, 580 (var. *a*). Sainte-Hélène : *CB*, VI, 81 (var. *a*).

Représentations plastiques. Voir Index III.

Sens figurés

Le prince de Cadignan, grand veneur, le Napoléon des forêts : *MM*, I, 711. Vautrin, le Bonaparte des voleurs : *PG*, III, 208. Nucingen, le Napoléon de la finance : *CB*, VI, 241. Hulot pour sa femme, le Napoléon de sa Joséphine : *Be.*, VII, 124. Le ministre de des Lupeaulx, le Napoléon ministériel : *E*, VII, 925. Marcas, nouveau Bonaparte : *ZM*, VIII, 842. Benassis, le Napoléon de sa vallée : *MC*, IX, 701. Un compositeur de contredanses, le Napoléon des petits airs : *Gam.*, X, 473.

Musard, le Napoléon du carnaval : *FM*, II, 233. Boucicaut, le Napoléon de son temps : *IG*, IV, 576. Ouvrard, le Napoléon de la finance : *CB*, VI, 241.

Des Napoléons inconnus : *FYO*, V, 1042. Des Napoléons : *Phy.*, XI, 966. La république aboutit toujours à quelque Napoléon : *PCh.*, X, 105.
*Napoléon de la finance (le), Ouvrard, remplacé par François Keller et Nucingen : *E*, VII, 1058 (var. *a*).
*Napoléon (un), César, le Napoléon d'autrefois : *MC*, IX, 530 (var. *a*).

Napoléon II (François-Charles-Joseph Bonaparte, devenu), puis duc de Reichstadt (1811-1832), fils du précédent, nommé roi de Rome à sa naissance, reconnu empereur par une partie de la Chambre à la seconde abdication de son père en 1815, puis colonel d'un régiment autrichien : *R*, IV, *293, 519; *IP*, V, « le fils de l'autre » 333; *CP*, VII, 605; *MC*, IX, *539, 535; *PMV*, XII, 48, 49; *ES*, III, 543.
*Napoléon II : *Le Grand Propriétaire*, IX, 1270.
Narbonne-Lara (Louis-Marie-Jacques-Amalric, comte de) [1755-1813], ministre de la Guerre du 6 décembre 1791 au 10 mars 1792, général et diplomate sous l'Empire, ami de Mme de Staël : *MC*, IX, 464 (n. 2).
Narcisse, personnage de la mythologie grecque : *MM*, I, 579, 623; *B*, II, 734.
Narsès (v. 478-v. 578), eunuque byzantin, général de Justinien Ier : *B*, II, 723 (n. 1).
Natoire (Charles-Joseph) [1700-1777], peintre et graveur : *MN*, VI, 367. Ant. *Naigeon : *MN*, VI, 367 (var. *a*).
Nattier (Mme), marchande de plumes et de fleurs artificielles, plumassière-fleuriste de la Cour, installée, aux dates de l'action, rue Richelieu, 85 : *DV*, I, 813; *CA*, IV, 1023; *F*, V, « un magasin de fleurs, près de la rue de Ménars » 799, 805.
Nausicaa, personnage de *L'Odyssée* : *CB*, VI, 154.
*Navailles (duc ou marquis de), ou, plus exactement, comme représentant en 1830 de la famille noble de ce nom en Béarn, et donc proche de la ville de Navarreinx, Paul-Édouard de La Batut, comte de Navailles (1789-1864); remplacé par *Lenoncourt (duc de) : *Ch.*, VIII, 1105 (var. *a*), 1144 (var. *c*); ant. N*** (duc de), puis remplacé par Navarreins (duc de) : *PCh.*, X, 122 (var. *e*), 170 (var. *b*).
Navarre (maison de), royaume rattaché à l'Espagne au IXe siècle, la Navarre fut réunie à la France en 1285 par le mariage de Jeanne Ire, reine de Navarre, avec Philippe le Bel dont la petite-fille, Jeanne de France, fille de Louis X le Hutin, devint reine de la Navarre qui entra dans la maison d'Évreux par son mariage avec Philippe III, comte d'Évreux; par mariages successifs, la Navarre passa ensuite aux maisons de Foix, d'Aragon et d'Albret, puis à la maison de Bourbon par le mariage de Jeanne d'Albret avec Antoine de Bourbon : *Cath.*, XI, 218, 221, 266, 352, 356.
Navarre (Charles de). Voir Charles de Navarre.
Navarre (Henri de). Voir Henri IV.
Navarre (reine de). Voir Albret (Jeanne d'), Marguerite d'Angoulême, Marguerite de Valois.

NEY (Michel), duc d'Elchingen, prince de la Moskowa (1769-1815), maréchal de France sous l'Empire; fusillé à la seconde Restauration après condamnation par la Chambre des pairs : *DV*, I, 776; *Ven.*, I, 1052 (n. 1); *E*, VII, 1077; *Ve.*, X, 1134, 1137; *ES*, XII, 531.

NICOBULE (IVe s. av. J.-C.), Athénien : *PVS*, XII, 263.

NICODÈME, personnage des farces populaires : *MM*, I, 689; *CP*, VII, 575.

NICOLAS (les clercs de saint) : *Pré.TA*, VIII, 488 (n. 3).

NICOLAS Ier (Nikolai Pavlovič, ou) [1796-1855], empereur de Russie de 1825 à sa mort : *FM*, II, 196, 198, 238, 243; *In.*, III, 452; *Be.*, VII, •112, 169; •*Pr.B*, VII, 808; •*E*, VII, 958; *PCh.*, X, •147, •170, 236.
*NICOLAS : *FM*, II, 198 (var. *c*).

Nicolas (une taille un peu trop empereur), celle de Mme de Chodoreille, selon elle-même : *PMV*, XII, 112.

NICOLET (Jean-Baptiste) [1728-1796], comédien, fondateur et directeur du spectacle des Grands Danseurs du Roi devenu théâtre de la Gaîté en 1791 : *R*, IV, 441; *IG*, IV, 593; *CP*, VII, 574; *PVS*, XII, 316.

NICOLO (Nicolò Isouard, dit) [1775-1818], compositeur maltais établi à Paris : *CP*, VII, 492.
•*Joconde ou les Coureurs d'aventures* : *PG*, III, 82 (n. 3), 83-85; *IG*, IV, 590 (n. 1); *SetM*, VI, 919 (n. 2).
•*Le Tonnelier* : *EG*, III, 1149 (n. 2).

NICOMÈDE, personnage-titre d'une tragédie de P. Corneille : *SetM*, VI, 920.

NIEBUHR (Carsten) [1733-1815], voyageur allemand : *PCh.*, X, 240 (n. 5).

NIEBUHR (Barthold-Georg) [1776-1831], fils du précédent, historien allemand : *PCh.*, X, 240 (n. 5).

*NIEUWENTYT (Bernhard) [1654-1718], mathématicien et médecin hollandais, auteur de *L'Existence de Dieu démontrée par les merveilles de la nature* : *MN*, VI, « Nieuwentitt » 354 (var. *a*).

NINON DE LENCLOS (Anne de Lenclos, dite) [1620-1705], femme de lettres et d'esprit : *MM*, I, 506; *B*, II, 699; *MD*, IV, 753; *VF*, IV, 845; *MN*, VI, 354; *SetM*, VI, 441, 564; *Be.*, VII, 74, 80, 84, 358; *Ma.*, X, 1047.
*NINON DE LENCLOS : *JCF*, X, 325 (var. *f*); *Phy.*, XI, 1021 (var. *a*).

Ninon II, surnom donné à Mme Schontz par Rochefide : *B*, II, 903, 920.

Ninon cariée, surnom donné à Mlle Michonneau par les pensionnaires de la maison Vauquer : *PG*, III, 220.

Ninon II, Esther aurait pu l'être, selon Blondet : *SetM*, VI, 441.

Ninon (une), Esther peut le devenir, selon Herrera : *SetM*, VI, 479.

Ninon (Mme de Maintenon dans la jupe de), Mme Marneffe, selon Claude Vignon : *Be.*, VII, 255.

*Ninon (une), remplacée par Mme de Merteuil, Mme Marneffe, selon Be., VII, 286 (var. *a*).

Ninons de la borne (les), les prostituées : *MN*, VI, 378.

NIOBÉ, reine légendaire de Phrygie dans la mythologie grecque, changée en statue par Zeus (voir Index III).

Niobé de marbre (une), Mme de Beauséant : *PG*, III, 264.

Niobé chrétienne (une), Mme de Mortsauf, selon Félix de Vandenesse : *Lys*, IX, 1083.

Niobé (des) : *MM*, I, 478.

NISARD (Jean-Marie-Napoléon-Désiré) [1806-1888], critique : *Hist.Lys*, IX, 960.

NIVERNOIS (duchesse de). Voir NEVERS.

NIVERNOIS (Louis-Jules-Barbon Mancini-Mazarin, duc de) [1716-1798], ambassadeur à Londres, littérateur : *MD*, IV, 633.

*NOAILLES (une demoiselle de la maison de), remplacée par une *LUYNES, elle-même remplacée par une *Courtenvaux comme femme d'un comte de *Grandlieu : *Le Grand Propriétaire*, IX, 1265.

*NOAILLES (une), femme d'un vicomte de *Grandlieu : *Le Grand Propriétaire*, IX, 1269.

NOBILI (Leopoldo) [1787-1835], physicien italien : *PVS*, XII, 277 (n. 2).

NOBLET (Marie-Élisabeth, dite Lise) [1803-1852], danseuse à l'Opéra où elle était entrée en 1817 et où la rejoignit la seconde de ses sœurs, Félicité, dite Mlle Alexis et devenue Mme Pierre-Auguste Dupont; nommée premier sujet en 1823 : *Pr.B*, VII, 826.

NOCÉ (comte de) [v. 1735- ?], ancien émigré, non identifié; peut-être un

Les Métamorphoses : •*CA,* IV, 1002 (n. 1); *SetM,* VI, 439; *EM,* X, 867.
OXENSTIERNA (Axel Gustafson, comte Oxenstjerna, ou) [1583-1654], homme d'État suédois : *PVS,* XII, « Oxenstiern » 261.

*P... (marquis de). Voir *PUISAYE.
PACHA, adversaire de Junot à Nazareth (le), dans *MC.* Voir •ABDALLAH.
Pacha de Janina (le), dans *DV.* Voir ALI DE TÉBÉLEN.
PACINI (Giovanni) [1796-1867], compositeur italien : *Do.,* X, 604 (n. 2).
Padischa (le), dans *DV.* Voir MAHMOUD.
PAËR (Ferdinando) [1771-1839], compositeur italien : *CP,* VII, 492; *FAu.,* XII, 618.
PAËSIELLO (Giovanni) [1741-1816], compositeur italien : *FE,* II, 280; *B,* II, 718; *Do.,* X, 587.
    Ant. •PERGOLÈSE : *Do.,* X, 587 (var. *a*).
    •PAËSIELLO, remplacé par JOMELLI : *S,* VI, 1060 (var. *a*).
PAETUS (Caecina) [?-42], conspirateur romain : *FA,* II, 488 (n. 1).
PAGANINI (Niccolò) [1782-1840], compositeur et violoniste italien : *MM,* I, 642; *FE,* II, 308 (n. 1); *B,* II, 717, 921; *In.,* III, 457; *UM,* III, 890; *Be.,* VII, 246; *CP,* VII, 705; *CSS,* VII, 1185; *ZM,* VIII, 839 (n. 1); *Gam.,* X, 497; *Do.,* X, 578, 612; *RA,* X, 658; *PVS,* XII, 262, 270; *AIH,* XII, 772, 773; *Fré.,* XII, 812.
    •*Variations* sur la prière de *Mosè,* de Rossini : *FE,* II, 308 (n. 1).
Paganini (un), tous les siècles ont eu le leur : *Fré.,* XII, 812.
PAGNEST (Amable-Louis-Claude) [1790-1819], peintre de portraits, élève de David : *CP,* VII, 488.
*PAILLARD (Alexandre-Victor) [1805-1886], bronzier, établi, à l'époque où il est cité, rue de la Perle, 3, puis à partir de 1847, rue Saint-Claude, 2 *bis* à 8, où l'un de ses ateliers sera repris par Barbedienne, et un temps boulevard Beaumarchais, 105, jusqu'en 1870, date de sa retraite : *Be.,* VII, remplacé par Stidmann 189 (var. *a*), remplacé par Florent et Chanor 253 (var. *b*).
PAILLASSE, acrobate parodiste.
Paillasses involontaires (les), les passants ridicules des rues de Paris : *PVS,* XII, 290.
PAIX (prince de la). Voir •GODOY.
PALAMÈDE, personnage mythologique, roi d'Eubée; considéré comme l'inventeur du jeu d'échecs : *Pay.,* IX, 267.
PALATINE (la). Voir MADAME.
PALESTRINA (Giovanni Pierluigi da) [1525-1594], compositeur italien de musique religieuse : *Gam.,* X, 473.
PALISSY (Bernard) [v. 1510-v. 1589], potier, émailleur, peintre, verrier, agronome, paléontologiste, écrivain et huguenot; pour Balzac, « Bernard de Palissy » : *MD,* IV, 646; *IP,* V, 175, 604; *MC,* IX, 500; *PCh.,* X, 68; *RA,* X, 706; *EM,* X, 929, •931; *Cath.,* XI, 423; •*LL,* XI, « Bernard » 625; *PVS,* XII, 276; *ES,* XII, 525.
    *PALISSY : *Cath.,* XI, 378 (var. *a*).
PALLADIO (Andrea) [1508-1580], architecte italien : *CV,* IX, 804; *Do.,* X, 545.
PALLAS, déesse de la Sagesse dans la mythologie grecque.
Pallas (une), sujet de pendule et mythe : *CB,* VI, 109.
PALLAS (Peter-Simon) [1741-1811], naturaliste et voyageur allemand : *PCh.,* X, 240 (n. 2), 241.
PALLAVICINI (les), famille noble italienne remontant à Oberto, attesté en 1143, et dont les branches principales furent génoises et parmesanes : *E,* VII, 897.
PALMA (les deux) : Jacopo ou Jacomo de Antonio de Negreto Palma, dit le Vieux (v. 1480-1528), peintre italien d'histoire, et son petit-neveu, Jacopo Palma, dit le Jeune (1544-1628), aussi peintre d'histoire : *Do.,* X, 550.
•PAMFILI (Olimpia Maidalchini, devenue la signora) [1594-1657], noble romaine : *Be.,* VII, « la signora Olympia » 74.
PAN, personnage de la mythologie grecque, fils d'Hermès : *Cath.,* XI, 434.
•PANCKOUCKE (Charles-Joseph) [1736-1798], libraire, écrivain, fondateur du *Moniteur* et de l'*Encyclopédie méthodique.*

Ant. *CATULLE : *MN*, VI, 349 (var. *k*).

PARQUES (les), divinités du Destin dans la mythologie romaine : *CM*, III, 595; *CP*, VII, 590.

PARRY (sir William-Edward) [1790-1855], explorateur de l'Arctique, capitaine à l'époque où il est cité, il sera nommé vice-amiral en 1852 : *Phy.*, XI, 967.

PASCAL (Blaise) [1623-1662], mathématicien, physicien, philosophe, écrivain : *F30*, II, 1136; *UM*, III, 838; *MD*, IV, 680; *CB*, VI, 66, 149; *SetM*, VI, 605; *Pr.B*, VII, 813; *E*, VII, 948; *Bou.*, VIII, 69; *EHC*, VIII, 252; *CV*, IX, 795; *PCh.*, X, 244, 246, 247 (n. 1); 248; *LL*, XI, 609, 636, 649.
  *PASCAL : *B*, II, 881 (var. *b*); article sur *Phy.*, XI, 1762.
  • *Traité de l'équilibre des liqueurs* : *PCh.*, X, 247 (n. 1).
  Pensées : *UM*, III, 838; •*CB*, VI, 149 (n. 2); •*Pr.B*, VII, 813 (n. 1).
  Les Provinciales : *MD*, IV, 680; *PCh.*, X, 247.

PASQUALIS (Martinez) [1715-1779], mystique portugais, maître de la secte des Illuminés, nommés les Martinistes : *Pro.*, XI, 538.

PASQUIER (les), lignée de magistrats allant du XVIe au XIXe siècle, du chancelier Étienne (1529-1615) au duc Étienne-Denis qui suit : *Cath.*, XI, 225; *AIH*, XII, 779.
  *PASQUIER (les) : *Gloire et malheur*, I, 1181.

PASQUIER (Étienne-Denis, baron puis duc) [1767-1862], conseiller au Parlement en 1787, maître des requêtes en 1806, procureur général au conseil du Sceau, conseiller d'État, préfet de police du 8 février 1810 jusqu'à la fin de l'Empire, directeur général des Ponts et Chaussées à la première Restauration, ministre de la Justice et garde des Sceaux à la seconde, du 9 juillet au 26 septembre puis du 19 janvier 1817 au 29 décembre 1818, ministre des Affaires étrangères du 19 novembre 1819 au 14 décembre 1821, député de 1815 à 1820, pair en 1821, président de la Chambre des pairs dès la Révolution de 1830, chancelier de France en 1837, fait baron par Napoléon, refait baron par Louis XVIII, et fait duc par Louis-Philippe : •*In.*, III, 432; •*AEF*, III, « le garde des Sceaux » 714; *CA*, IV, 1008; *IP*, V, 400; *E*, VII, 955; •*MC*, IX, « le préfet de police » 533; •*Phy.*, XI, « Un préfet de police » 1102; *AIH*, XII, 774.
  Ant. **RÉGNIER : *In.*, III, « le Grand Juge » 432 (var. *a*).

PASSALACQUA (Joseph), archéologue : *MN*, VI, 390 (n. 2).

PASTA (Giuditta-Maria-Costanza Negri, devenue Mme) [1797-1865], cantatrice italienne : *MM*, I, 506; *FM*, II, 222; *F30*, II, 1081; *IP*, V, 534, 575, 678; *Gam.*, X, 480; *PVS*, XII, 271, 312.
  *PASTA, remplacée par la SONTAG : *TA*, VIII, 606 (var. *a*).

•PASTORET (Claude-Joseph-Pierre, marquis de) [1755-1840], magistrat, sénateur d'Empire, professeur du droit de la nature et des gens au Collège de France et peut-être cité à ces titres, nommé chancelier de France en 1829 : *FE*, II, 312; *PG*, III, 74; *SetM*, VI, 779 (n. 1).

PASTORET (Amédée-David, marquis de) [1791-1857], fils du précédent. Dédicataire de *Sur Catherine de Médicis* : *Cath.*, XI, 165 (n. 1).
  *PASTORET : *Cath.*, XI, 176 (var. *a*).

PASTOUREL, voleur. Voir Index I.

PATELIN ou PATHELIN, héros de *La Farce* (voir Index III) : *Fré.*, XII, 813.

PATER (Jean-Baptiste-Joseph) [1695-1736], peintre de fêtes galantes : *CP*, VII, 509.

PATRU (Olivier) [1604-1681], avocat, académicien : *AIH*, XII, 779.

PAUL (saint) [v. 10-67], apôtre, martyr : *Pré.CH*, I, 12 (n. 4); *UM*, III, 840; *Pr.B*, VII, 818; *EHC*, VIII, 256, 319, 324, 387; *CV*, IX, 731, 760; *Lys*, IX, 1161; *PCh.*, X, 106; *Cath.*, XI, 348; *Pré. Livre mystique*, XI, 506; *Pro.*, XI, 541, 543; *Sér.*, XI, 773, 781, 825; *PC*, XII, 800.
  •*Épître aux Éphésiens* : *Cath.*, XI, 173 (n. 1).
  Épître aux Corinthiens (première), appelée, pour son chapitre XIII, épître sur la Charité : *EHC*, VIII, 256, 319, •324, •387; •*CV*, IX, 731; •*PC*, XII, 800.

PAUL. Voir MALATESTA (Paolo).

•PAUL Ier (1754-1801), empereur de Russie de 1796 à 1801; assassiné : *PVS*, XII, « le grand-duc » 289.

PAUL, personnage de *Paul et Virginie*, de Bernardin de Saint-Pierre : *Pré.CH*,

PERPIGNAN (Israël) [1778-1846], bohème, séide, notamment, de Marie Dorval; il finit fonctionnaire à la censure : *Th.*, XII, 594.
PERRAULT (Charles) [1628-1703], écrivain, auteur des *Contes de fées* : *FE*, II, 313; *H*, II, 568; *PCh.*, X, 101; *Cath.*, XI, 207; *PVS*, XII, 259.
   •*Barbe-Bleue.*
     BARBE-BLEUE : *B*, II, 853.
     BARBE-BLEUE (une des femmes de) : *B*, II, 856.
   •*La Belle au bois dormant.*
     La Belle : *F30*, II, 1045; *Ad.*, X, 978; *PVS*, XII, 259.
   •*Cendrillon.*
     CENDRILLON et la Fée : *P*, IV, 121.
   Le Chat botté : *PVS*, XII, 259.
     CARABAS : *AIH*, XII, 767.
   Peau d'Âne : *PCh.*, X, 141.
   •*Le Petit Poucet.*
     POUCET et l'Ogre : *Ma.*, X, 1043.
   Riquet à la Houppe : *Pré.PCh.*, X, 54.
PERRETTE, héroïne de la fable *La Laitière et le pot au lait*, de La Fontaine : *MM*, I, 560; *Pay.*, IX, 202.
PERRIN (Louise-Charlotte Deschazel, dite Mlle Poussaint, devenue Mme) [1800-1822], comédienne au Vaudeville puis au Gymnase : *IP*, V, 387.
PERRONET (Jean-Rodolphe) [1708-1794], ingénieur des Ponts et Chaussées : *Fir.*, II, « Peyronnet » 149; *Pay.*, IX, « Perronnet » 257; *CV*, IX, 804.
PERRY (James) et Cie, fabricants de plumes à écrire de Manchester avec succursale de vente à Paris située, au moment de l'action, rue Richelieu, 92 : *CM*, III, 649.
Persan (Joannis Althen, dit le) [1711-1774], agronome arménien : *IP*, V, 584.
*PERSE (Aulus Persius Flaccus) [34-62], poète satirique latin : *IG*, IV, 1330.
PERSÉE, héros de la mythologie grecque, fils de Zeus et de Danaé.
Persée d'une pauvre Andromède (le), Béatrix délivrant Félicité des Touches de Conti, selon Félicité : *B*, II, 719.
•PERSIL (Jean-Charles) [1785-1870], avocat, député libéral à la fin de la Restauration, procureur général près la Cour royale de Paris de novembre 1830 au 4 avril 1834, ministre de la Justice et des Cultes de cette date au 22 février 1836, puis du 6 septembre 1836 au 15 avril 1837, directeur de l'Hôtel des monnaies de 1840 à 1848 : *FE*, II, 344 (n. 2); *MD*, IV, un des « procureurs généraux [...] qui font tomber aujourd'hui la tête des républicains » 681.
*PERSUIS (Louis-Luc Loiseau de) [1769-1819], compositeur : *IP*, V, 211 (var. c).
   Vive le Roi, vive la France ! : *IP*, V, 667.
   **Vive le Roi, vive la France* : *IP*, V, 211 (var. c).
PÉRUGIN (Pietro Vannucci, dit il Perugino, ou le) [1446 ou 1447?-1523], peintre italien : *AS*, I, 923; *R*, IV, 389, 442.
   Ant. *POUSSIN : *R*, IV, 442 (var. d).
   *PÉRUGIN : *ChO*, X, 437 (var. a).
PESCARA (Fernando-Francisco de Avalos, marquis de) [1489-1525], condottiere italien d'origine espagnole; pour Balzac, « Pescaire » : *MM*, I, 543, 548; •*P*, IV, 98; •*Ma.*, X, 1048.
PESCARA (Vittoria Colonna, devenue marquise de) [1492-1547], femme du précédent, Italienne, poète; pour Balzac, « Pescaire » : *MM*, I, 543, •548; *P*, IV, 98; *Be.*, VII, 319; *Ma.*, X, 1048.
   *PESCAIRE (marquise de), remplacée par la marquise de SPINOLA : *CA*, IV, 1031 (var. a).
•PÉTIS DE LA CROIX (François) [1653-1713], orientaliste, adaptateur de contes orientaux.
   Les Mille et Un Jours : *BS*, I, 120; *B*, II, 716; *IP*, V, 346.
     ABOUL-CASEM : *Dr.*, X, 1161 (n. 3).
     CALAF : *IP*, V, 346.
     •TOURANDOCTE : *IP*, V, 346.
   Les Mille et un Jours : *IP*, V, 694 (var. a).
•PETIT (Jean-Martin, baron) [1772-1856], général : *R*, IV, 360 (n. 1).
Petit Manteau (le). Voir •CHAMPION.

739; *ZM*, VIII, 848, 849; *Ch.*, VIII, 922, 939; *Pay.*, IX, 130; *PCh.*, X, 92; *Cath.*, XI, 341; *PVS*, XII, 283.

Pitt et Cobourg, surnom des royalistes : *FYO*, V, 1060; *Ch.*, VIII, 941.

PIXÉRECOURT (René-Charles Guilbert de) [1773-1844], dramaturge : *MD*, IV, 707; *E*, VII, 951 (n. 1).
   *PIXÉRECOURT : *IP*, V, 469 (var. *a*).
   Le Mont sauvage : *PG*, III, 203.
   Les Ruines de Babylone : *DV*, I, 857, 868.

PIXIS (Johann-Peter) [1788-1874], compositeur allemand : *CP*, VII, 497.

PIZARRO (Francisco) [v. 1475-1541], conquistador espagnol en Amérique du Sud; ici, « Pizarre » : *PCh.*, X, 71; *Cath.*, XI, 217; *PVS*, XII, 262; *Vis.*, XII, 637.
   *PIZARRE : *PCh.*, X, 100 (var. *f*).

PLAISIR (Louis-Noël) [1784- ?], coiffeur ordinaire de Mgr le duc d'Angoulême, établi, à l'époque de l'action, rue Richelieu, 108 : *DF*, II, 36 (n. 1).

PLANARD (François-Antoine-Eugène de) [1783-1853], auteur dramatique : *E*, VII, 951 (n. 1).

PLANCHE (Jean-Baptiste-Gustave) [1808-1857], essayiste, critique : *MD, IV, 775 (n. 1); *Hist.Lys*, IX, 937, 962, 963; **PCh.*, X, 94 (n. 2).
   *PLANCHE : *MD*, IV, 780 (var. *a*).

PLANCHER (Pierre-René-François Plancher de La Noé, dit) [1779-1844], successivement typographe, commissionnaire en librairie, libraire-éditeur et, à ce titre, établi rue Poupée, 7, de 1817 à 1820, puis, jusqu'en 1824, quai Saint-Michel : *Col.*, III, 339.

PLANTAGENET (maison de), issue de Geoffroi V le Bel, surnommé Plantagenêt, comte d'Anjou, et de l'impératrice Matilda, elle régna sur l'Angleterre depuis leur fils, Henry II (1154-1189), jusqu'à Richard II (1377-1399) : *IP*, V, 696; *Cath.*, XI, 234.

PLANTIN (Christophe) [1514-1589], imprimeur français établi à Anvers : *IG*, IV, 576; *IP*, V, 124.

PLATON (429-347 av. J.-C.), philosophe grec, disciple de Socrate et maître d'Aristote : *B*, II, 657; *SetM*, VI, 459; *Pr.B*, VII, 816; *Lys*, IX, 1124; *EM*, X, 948 (n. 1), 951; *LL*, XI, 649; *Phy.*, XI, 1079.
   *Le Banquet : *Lys*, IX, 1124 (n. 1).
   *Phédon : *BS*, I, 114 (n. 1).

Platon moderne (un), Grodninsky : *MI*, XII, 721.

Platon (des) : *IP*, V, 405.

PLAUTE (Maccus ou Maccius Plautus, ou) [254-184 av. J.-C.], poète comique latin : *IP*, V, 293.
   *Les Ménechmes : *FYO*, V, 1108 (n. 1); *TA*, VIII, 601.

PLOTIN (Plotinus, ou) [v. 205-270], philosophe romain : *UM*, III, 838; *LL*, XI, 634.

PLUTARQUE (v. 50-v. 125), historien grec auquel il est fait référence seulement pour qualifier de héros dignes de lui des personnages fictifs, Mme Lorrain, Me Choisnel, Me Chesnel, Blondet père, par dérision des journalistes, et Rubempré, Jacquet, Birotteau, Rabourdin, Genestas, et deux personnages réels, FRANTZ et VIRIOT (voir ces noms) : *P*, IV, 153; *VF*, IV, 913; *CA*, IV, 1025, 1068; *IP*, V, 405, 458; *F*, V, 892; *CB*, VI, 94; *E*, VII, 1088; *Pré.TA*, VIII, 500; *MC*, IX, 576.
   *PLUTARQUE (un homme de), Paz, selon Clémentine Laginska : *FM*, II, 232 (var. *c*).

PLUVINEL (Antoine) [1556-1620], maître d'équitation de Louis XIII : *PVS*, XII, 295 (n. 3).

PMÉJA. Voir PECHMÉJA.

Poète « crevé à l'hôpital » (un), dans *CA*. Voir GILBERT.

Poète retrouvé par un poète (un), dans *IP*. Voir A. CHÉNIER et LATOUCHE.

Poète protégé par la Cour qui songeait à fonder le journal *Le Réveil* (un), dans *IP*. Voir HUGO.

Poète de ce temps-ci (un grand), non identifié : *Be.*, VII, 242.

Poète envié par Charles IX (le), dans *Cath.* Voir RONSARD.

Poète (un ravissant), non identifié : *Phy.*, XI, 1188.

Poissarde vénitienne, aimée de BYRON (la), dans *PMV*. Voir COGNI.

POISSON DE MARIGNY. Voir MARIGNY.

POMONE, déesse des Fruits et des Jardins dans la mythologie romaine : *IP*, V, 622.

POMPADOUR (Jeanne-Antoinette Poisson, devenue Mme Lenormand d'Étiolles, puis nommée marquise de) [1721-1764], favorite de Louis XV : *MM*, I, 616; *FE*, II, 202; *B*, II, 901; *MD*, IV, 774, 782; *F*, V, une des « deux quasi-reines » 851; *SetM*, VI, 474; *S*, VI, 1059; *CP*, VII, 487, 510, 513, 514, 539, 544, 764; *Pré.PCh.*, X, 49; *RA*, X, 681; *Cath.*, XI, 199, 200. (Voir Index III.)
   *POMPADOUR : *B*, II, 800 (var. *c*); *P*, IV, 64 (var. *c*).

Pompadour en loques, sobriquet donné à la Michonneau par les pensionnaires de la Maison Vauquer : *PG*, III, 220.

Pompadour du prince de la spéculation (la), Esther auprès de Nucingen : *SetM*, VI, 643.

Pompadour (être), style de vie libre, selon Crevel : *Be.*, VII, 158, 230, 234.

Pompadour (la France-), définition de Pons pour une époque de l'art : *CP*, VII, 490.

Pompadour (une jolie petite), jolie femme atteinte d'un mal rédhibitoire : *Phy.*, XI, 1068 (n. 3).

Pompadour (être), un ami de LOUIS XVIII l'est nécessairement : *PMV*, XII, 179.

Pompadours de village (des) : *Phy.*, XI, 925.

POMPÉE (Cneius Pompeius Magnus, ou) [106-48 av. J.-C.], général et homme d'État romain : *UM*, III, 813; *SetM*, VI, 459; *Phy.*, XI, 1057.

POMPIGNAN (Jean-Jacques Lefranc, marquis de) [1709-1784], poète : *CP*, VII, 535; *Phy.*, XI, Rousseau mis par erreur 1065 (n. 2 de la p. 1067).
   Ode sur la mort de Jean-Baptiste Rousseau : *CP*, VII, 535; *Phy.*, XI, 1065 (n. 6), 1067 (n. 2).

PONCHARD (Jean-Frédéric-Auguste) [1789-1866], ténor, professeur au Conservatoire de Paris : *R*, IV, 348.

PONIATOWSKI (Stanisław), devenu Stanislas II Auguste (1732-1798), favori de Catherine II de Russie de 1755 à 1757, puis dernier roi de Pologne de 1764 à 1795 : *FM*, II, 197.

PONIATOWSKI (Józef, devenu Joseph, prince) [1762-1813], neveu du précédent, général polonais devenu maréchal de France : *EHC*, VIII, 378; *MC*, IX, 537. (Voir Index III.)

PONSONBY (lord John, vicomte) [v. 1770-1855], amant de Harriett Wilson : *Ma.*, X, « Ponsomby » 1048 (n. 1).

PONTIS DE SAINTE-HÉLÈNE. Voir COIGNARD.

PONTORMO (Jacopo Carucci, ou) [1494-1556 ou 1557], peintre italien : *CV*, IX, 850 (n. 1).
   La Chasteté chrétienne : *CV*, IX, 850.

POPOCAMBOU, personnage de l'*Histoire du roi de Bohême et de ses sept châteaux*, de Nodier : *PVS*, XII, 250 (n. 2).

POPPÉE (?-65), femme de Néron qui la tua à coups de pied quand elle était enceinte : *FE*, II, 316; *DL*, V, 979; *Phy.*, XI, 1056.

POQUELIN. Voir MOLIÈRE.

PORBUS. Voir POURBUS.

PORCIA (Alfonso-Serafino, prince di) [1801-1878]. Dédicataire de *Splendeurs et misères des courtisanes* : *SetM*, VI, 429 (n. 1). *PP*, VII, 53.

PORCIA (Serafina), sœur du précédent. Voir SAN SEVERINO.

PORETTE (Marguerite) [?-1310], femme du Hainaut, brûlée pour hérésie à Paris : *Pro.*, XI, 529 (n. 3).

PORPHYRE (Malchus, dit Porphyry, ou) [v. 234-v. 304], historien et néo-platonicien originaire de Syrie : *LL*, XI, 634.

PORTA. Voir BARTOLOMMEO DELLA PORTA.

PORTAL (Antoine, baron) [1742-1832], premier médecin du Roi sous Louis XVIII et Charles X, fondateur et premier président de l'Académie de médecine, professeur d'anatomie au Collège de France : *PG*, III, peut-être 74; *PVS*, XII, 214 (n. 5).

*PORTALIS (Jean-Étienne-Marie) [1745-1807], jurisconsulte, ministre des Cultes et de l'Intérieur du 10 juillet 1804 à sa mort, et l'un des rédacteurs du Code civil : *UM*, III, 851.

*PORTALIS (Joseph-Marie, comte) [1778-1858], fils du précédent, magistrat, diplomate, conseiller d'État, directeur de la Librairie sous l'Empire,

Préfet de l'Aube (le), en 1806 : *TA*, VIII, 600, 627. Dans la réalité, M. Bruslé.
Préfet de l'Aube (le), en 1839 : *TA*, VIII, 798. Dans la réalité, M. Gabriel.
Préfet de la Charente (le), en 1821-1822 : *IP*, V, 196. Dans la réalité, M. Moreau (voir Index I).
Préfet du Doubs (le), en 1835, dans *AS*. Voir •TOURANGIN.
Préfet de la Haute-Vienne (le), à la fin de 1829 : *CV*, IX, 743. Dans la réalité, M. Coster (voir Index I).
Préfet d'Indre-et-Loire (le), sous Bonaparte, dans *CT*. Voir •POMMEREUL.
Préfet d'Indre-et-Loire (le), en 1813, dans *DxA*. Voir KERGARIOU.
Préfet des Pyrénées-Orientales (le), en 1842 : *CSS*, VII, 1154-1157. Dans la réalité, M. Vaïsse.
Préfet de la Seine (le), en 1812, dans *VV* ; en 1818 et en 1819, dans *CB* et *F*. Voir •CHABROL DE VOLVIC.
Préfet de police (le), rival de Fouché, dans *IP;* en place lors de l'attentat de Cadoudal, dans *SetM*. Voir DUBOIS.
Préfet de police qui se laisse enfermer lors d'une conspiration (le), et celui qui fait construire une petite baraque sur chaque place de fiacres, dans *MC* et *Phy*. Voir PASQUIER.
Préfet de police (le), en 1819, dans *PG* et *F*. Voir •ANGLÈS.
Préfet de police (le), d'octobre 1829 à mai 1830, dans *SetM*, •DEBELLEYME, par erreur, et •MANGIN (voir ces noms, et voir aussi l'Index I).
Préfet de police (le), en 1835, dans *MJM*. Voir GISQUET.
Préfet de police (le), en 1843, dans *Be*. Voir •DELESSERT (Gabriel).
Président de la Chambre des députés (le), en 1819 : *EG*, III, 1083. Dans la réalité, Simon Ravez (1770-1849).
Président de la Cour royale de Douai (le), en 1812 : *RA*, X, 707.
Président de la Cour royale de Douai (le), en 1825 : *RA*, X, 822. Dans la réalité, M. Deforest de Quartdeville (Eugène-Nicolas) [1762-1839].
Président de la Cour royale de Paris (le), en 1823, en 1844, dans *CB* et *CP*. Voir •SÉGUIER.
•Président de Cour royale (le fils d'un), remplacé par un Américain : *BS*, I, 130 et 1216.
Président du Conseil (le), vers 1817, dans *IP*. Voir RICHELIEU.
Président du Conseil (le), en 1843, dans *Be*. Voir SOULT.
Président du tribunal de Iʳᵉ instance de la Seine (le), en 1828, dans *In*. Voir •MOREAU et Index I.
Président du tribunal (le), en 1836, lors du procès du *Lys*. Voir •DEBELLEYME.
Présidents (les) qu'eut successivement le tribunal de la Seine pendant la Restauration, dans *In*. Voir •TRY, •MOREAU, •DEBELLEYME.
Président du tribunal de commerce de Besançon (le), en 1835 : *AS*, I, 195. Dans la réalité, M. Brétillot père (voir Index I).
Président du tribunal de commerce de Paris (le), en 1825, ruiné par la crise, obligé de déposer son bilan, dans *MM* et *CB*. Voir •HACQUART.
PRÊTRE GÉNOIS (Bernardo Strozzi, dit il Capucino ou il Prete Genovese, ou le) [1581-1644], peintre italien d'histoire et de portraits : *Do.*, X, 545.
PRÊTRE JEAN (le), personnage légendaire du Moyen Âge : *CT*, IV, 237 (n. 1).
PRÉVOST (Antoine-François Prévost d'Exiles, dit l'abbé) [1697-1763], prêtre, écrivain : *Be.*, VII, 245.
   Le Doyen de Killerine : *F*, V, 801.
   •*Manon Lescaut* : *MM*, I, 505 ; *Pré.CA*, IV, 963 ; *SetM*, VI, 698.
   DES GRIEUX : *Bo.*, I, 439.
   MANON LESCAUT : *Pré.CH*, I, 10 ; •*Bo.*, I, 439 (n. 3) ; *IP*, V, 347 ; *Be.*, VII, 245, •257.
PRÉVOST (Mme), marchande de fleurs artificielles et de plumes, établie aux dates où elle est citée, rue Richelieu, 10, plumassière fleuriste de la duchesse d'Angoulême : *MN*, VI, 349 ; *SetM*, VI, 617.
Prévôt de Paris (le), sous Henri III : *B*, II, 728.
PRIAPE, divinité phallique romaine : *Pré.*, X, 70.
Prieur des Dominicains de Milan (le), au temps de Vinci : *Pré.E*, VII, 891.
Prince, accusé à tort par les journaux allemands d'avoir tué sa femme (un), dans *Hist.Lys*. Voir •SCHÖNBURG-HARTENSTEIN.
Prince royal (le). Voir •ORLÉANS.
Prince russe (un), dans *FM*. Voir •TUFIAKIN.

*Prince (je ne sais quel), exclu de chez Sophie Arnould ; il s'agit du prince d'Hénin : *MD*, IV, 1380.

PRINCE CHARMANT (le), personnage de conte de fées : *MM*, I, 572 ; *Be.*, VII, 87.

PRINCE DE LA PAIX (le). Voir GODOY.

Princesse (une), maîtresse de Richelieu, dans *Pr.B.* Voir *GUÉBRIANT.

Princesse attaquée par les journaux allemands (une), dans *Hist.Lys.* Voir *SCHÖNBURG-HARTENSTEIN.

Princesse d'Allemagne qui a légué sa fortune à un lieutenant (une), peut-être Marie-Cunégonde, princesse de Saxe, morte à Dresde le 3 mars 1826 : *Phy.*, XI, 938.

Princesse polonaise (une), qui sauve un chef-d'œuvre d'architecture. Voir *CZARTORISKA.

PROBUS (Marcus Aurelius) [232-282], empereur romain de 276 à sa mort : *R*, IV, 358.

Procureur au Châtelet (le), malmené lors de la première représentation du *Mariage de Figaro*, M. Pernot : *DA*, VIII, 766 (n. 1).

Procureur du roi en Algérie (le), en 1841 : *Be.*, VII, 293, 298, 343, 344. Dans la réalité, M. Henriot.

Procureur du roi à Fontainebleau (le), en 1830 : *SetM*, VI, 696. Dans la réalité, M. Amyot.

Procureur du Roi (le), en 1821, dans *MR*. Voir BELLART.

*Procureur général au procès des sergents de La Rochelle (le), en 1822, dans *MD*. Voir BELLART.

Procureur général (le), en 1844 : *CP*, VII, 557-559, 565. Dans la réalité, Michel-Pierre-Alexis Hébert (1799-1887).

Procureurs généraux aux procès des républicains (les), en 1832 et en 1834, dans *MD*. Voir *MARTIN DU NORD et *PERSIL.

Professeur au Collège de France (un), dans *PG*. Voir ANDRIEUX, TISSOT, ainsi que PASTORET père, PORTAL, THÉNARD, SILVESTRE DE SACY.

Professeur de mathématiques du narrateur (un ancien) : *Phy.*, XI, 1011-1015 (voir plus loin Professeuse).

Professeur de philosophie (un), dans *LL*. Voir COUSIN.

Professeur de philosophie allemande (un) : *B*, II, 718.
　　　Ant. *COUSIN : *B*, II, 718 (n. 1).

Professeur de toxicologie (le plus célèbre), dans *F*. Voir *ORFILA.

Professeurs au Muséum et rue Saint-Jacques (des), dans *LL*. Voir CUVIER et GEOFFROY SAINT-HILAIRE.

Professeurs à l'École de Médecine et au Collège de France (des), dans *LL*. Voir BROUSSAIS et MAGENDIE.

Professeurs faisant l'histoire des mots et expliquant les Communes (les), dans *LL*. Voir VILLEMAIN et GUIZOT.

Professeurs devenus pairs de France (des), dans *FE*. Voir COUSIN, SILVESTRE DE SACY, VILLEMAIN, ainsi que CUVIER, PASTORET père, PORTAL, THÉNARD ; on peut encore citer, pour l'époque de l'action, Cordier (Pierre-Antoine) [1777-1861], professeur de géologie ; Gay-Lussac (Joseph-Louis) [1778-1850], professeur de physique ; Poinsot (Louis) [1779-1859] et Poisson (Denis-Simon, baron) [1781-1840], professeurs à l'École polytechnique ; Rossi (Pellegrin-Louis-Édouard, comte) [1787-1848], professeur de droit.

Professeuse (Mme la), femme de l'ancien professeur de mathématiques du narrateur : *Phy.*, XI, 1011-1015.
　　　Ant. *M... (Mme de) : *Phy.*, XI, 1012 (var. *c*), 1015 (var. *b*).

PROMÉTHÉE, héros de la mythologie grecque ; héros de *Prométhée enchaîné*, d'Eschyle : *IP*, V, 323 ; *Be.*, VII, 245 ; *CV*, IX, 732 ; *ChO*, X, 417 ; *RA*, X, 718 ; *Cath.*, XI, 433. (Voir Index III.)
　　　*PROMÉTHÉE : *Hist.Lys*, IX, 923 (var. *a*).

Prométhée enchaîné (le), NAPOLÉON déchu : *PCh.*, X, 217.

PROPERCE (Sextus Propertius, ou) [v. 50 av. J.-C.-v. 15], poète latin : *SetM*, VI, 441.

Propriétaire du château de Cassan (le), en 1819 ; il s'agit de Louis-Hyppolite CHARLES, propriétaire de Cassan de 1804 à 1828 ; aide de camp de Leclerc à Milan, sa longue liaison avec Joséphine, alors Mme Bonaparte depuis peu, y commença ; arrêté, il manqua être fusillé de ce fait ; Joséphine en fit un vivrier, associé de Louis Bodin et, devenue impératrice, continua à l'aimer : *Phy.*, XI, 952, 953.

Propriétaire de Gross-Aspern (le). Le lieu où se déroulèrent les combats appartenait à l'abbaye de Melk : *Pay.*, IX, 61.

PROSPERO, personnage de *La Tempête*, de Shakespeare : *Be.*, VII, 119.

PROTÉE, dieu marin de la mythologie grecque qui avait le don de prophétie et le pouvoir de changer de forme : *F*, V, 851.

Protée de la civilisation (le), l'ouvrier parisien : *FYO*, V, 1044.

Protée (un), l'Auvergnat brocanteur : *CP*, VII, 575.

Protée (un), la forme en peinture : *ChO*, X, 418.

Protée de la correspondance (un) : *Phy.*, XI, 1095.

PROUST, marchand de chiffons en gros ; non identifié : *IP*, V, 220.

PRUDHOMME (Monsieur, puis Joseph), personnage reparaissant des œuvres de Monnier, les *Scènes populaires* et *La Famille improvisée*, aux périodes où il est cité : *VF*, IV, 877 ; *MN*, VI, 329 ; *Hist.Lys*, IX, 943.

•*PRUDHOMME (Joseph) : *FYO*, V, 1061 (var. *b*).

PRUD'HON (Pierre, dit Pierre-Paul) [1758-1823], peintre d'histoire et de portraits ; pour Balzac, « Prudhon » : *Bo.*, I, 414 ; *Ven.*, I, 1044 ; *FAu.*, XII, 608.

•• *La Justice et la vengeance divines poursuivant le crime* : *Be.*, VII, 392 (var. *b* et n. 3).

PRUSSE (prince de). Voir FRÉDÉRIC II et LOUIS-FERDINAND.

PSALMISTE (le). Voir DAVID.

*PSAUME (Étienne) [1769-1828], bibliographe : *PVS*, XII, 263 (n. 5).

PSYCHÉ, enlevée par l'Amour dans la mythologie grecque : *DF*, II, 26, 40 ; *FM*, II, 227 ; *CB*, VI, 217.

*Publiciste (un), qui « a pris pour dix mille francs de passeports et observé les pays étrangers pour le compte de la France » : *E*, VII, 1008 (var. *a*). À la date de cette allusion, il pourrait s'agir de LOÈVE-VÉIMARS (voir ce nom), envoyé en Russie par Thiers en 1840.

PUBLICOLA (Publius Valerius) [?-503 av. J.-C.], un des fondateurs de la République romaine : *CP*, VII, 628.

PUGACHEV (Emeljan Ivanovič Pugačev, ou) [1741-1775], cosaque du Don qui, grâce à sa ressemblance avec le tsar Pierre III, se fit passer pour ce dernier et souleva les Cosaques contre Catherine II ; décapité ; ici, « Pugatcheff » : *SetM*, VI, 790, 820.

PUGET (Pierre) [1620-1694], peintre, sculpteur, architecte : *Be.*, VII, 245.

*PUISAIE (Joseph-Geneviève, comte de) [1755-1827], maréchal de camp en 1791, réorganisateur de la Chouannerie, passé à Londres en septembre 1794 d'où il monta avec Pitt et le comte d'Artois l'expédition de Quiberon dans laquelle il eut le commandement des royalistes de l'intérieur ; nommé marquis ici par confusion avec son frère, le marquis Antoine-Charles-André-René (1752-1849), chef royaliste dans le Perche : *Ch.*, VIII, « le marquis de P... » 1038 (var. *g*).

PUTTINATI (Alessandro) [1801-1872], sculpteur italien. Dédicataire de *La Vendetta* : *Ven.*, I, 1035 (n. 1).

•PUYRAVEAU (Pierre-François Audry de) [1783-1852], industriel, député d'opposition, il joua un rôle important dans la révolution de Juillet : *ZM*, VIII, 854 (n. 3).

PUYSÉGUR (Armand-Marie-Jacques Chastenet, marquis de) [1751-1825], lieutenant général, mesmérien : *UM*, III, 823 (n. 2).

PYGMALION, sculpteur légendaire de Chypre : *Goethe et Bettina*, I, 1335 ; *S*, VI, 1061 ; *PCh.*, X, 141 ; *ChO*, X, 425.

PYLADE, ami d'Oreste : *SetM*, VI, 532 ; *CP*, VII, 536.

Pylade de Canalis (le), La Brière : *MM*, I, 627.

Pylade (un), un ami : *Ath.*, III, 389.

Pylade, Colleville pour Oreste-Thuillier : *Bou.*, VIII, 32.

PYRRHON (IVe s. av. J.-C.), philosophe grec : *PCh.*, X, 119.

PYRRHOS, personnage mythologique, fils d'Achille, époux d'Andromaque et fondateur du royaume d'Épire ; personnage de nombreuses tragédies et, notamment, d'*Andromaque*, de Racine, « Pyrrhus » et plutôt cité à ce titre : *Hist.Lys*, IX, 933 ; *FD*, XII, 502.

PYTHAGORE (Pythagoras, ou) [VIe s. av. J.-C.], philosophe, mathématicien grec : *IP*, V, 244 (n. 1) ; *CP*, VII, 587 ; *E*, VII, 994 ; *Bou.*, VIII, 163 ;

LL, XI, 649; *PVS*, XII, 293; *VV*, XII, 355-357; *AIH*, XII, 779; *Fré.*, XII, 812, 813.

*RACINE : *IP*, V, 516 (var. *c*); *Robert l'obligé*, VIII, 1340.
   Andromaque : •*MJM*, I, 360 (n. 1); *MD*, IV, 680.
      PYRRHUS : *FD*, XII, 502.
   Athalie : *AS*, I, 916; •*Be.*, VII, 325 (n. 3).
   •*Athalie : *MN*, VI, 385 (var. *e*).
   •*Bajazet* : *MD*, IV, 674 (n. 1); *Be.*, VII, 435 (n. 1).
   Bérénice : *MJM*, I, 285; *CB*, VI, 95; •*Be.*, VII, 179 (n. 1).
     •ANTIOCHUS et •BÉRÉNICE : *CB*, VI, 95.
   Britannicus : *DV*, I, 850; *Pr.B*, VII, 811; *Lys*, IX, 978.
     AGRIPPINE : *R*, IV, 403.
     NÉRON : *DV*, I, 850; *Col.*, III, 319; *Lys*, IX, 811; *Th.*, XII, 593.
   Mithridate : *MD*, IV, 680.
   Phèdre : *MD*, IV, 680; *IP*, V, 706; •*Be.*, VII, 131 (n. 1), 179 (n. 1), 358 (n. 4); •*AR*, XI, 119 (n. 2).
   •*Phèdre : *Robert l'obligé*, VIII, 1340.
     HIPPOLYTE et PHÈDRE : *Be.*, VII, 262.
   *Phèdre : *Le Conseil*, II, 1366, 1367; •*EHC*, VIII, 1340.
   •*Les Plaideurs* : *EG*, III, 1117 (n. 1).
   •*Les Plaideurs* : *Pré.Ch.*, VIII, 1677.
   •*Sur l' « Aspar » de M. de Fontenelle* : *PVS*, XII, 293 (n. 2).
   La Thébaïde ou les Frères ennemis : *SPC*, VI, 992.
RACINE (Louis) [1692-1763], fils du précédent, écrivain : *CB*, VI, 69 (n. 2).
RADCLIFFE (Ann Ward, devenue Mrs.) [1764-1823], romancière anglaise : *AEF*, III, 718; *MD*, IV, 689 (n. 1), 706, 718; *IP*, V, 304; *Pré.H13*, V, 788; *FYO*, V, 1078; *S*, VI, 1046; *DxA*, XII, 667.
  *RADCLIFFE : *MD*, IV, 709 (var. *a*); *Pré.Ch.*, VIII, 1678.
  Le Confessional des Pénitents noirs : *H*, II, 537; *MD*, IV, 706.
     SCHEDONI : *MD*, IV, 706.
•RADET (Jean-Baptiste) [1751-1830], auteur dramatique.
  La Maison en loterie : *MM*, I, 667; *P*, IV, 123; *IP*, V, 426.
     RIGAUDIN : *MM*, I, « Trigaudin » 667; *P*, IV, 123; *IP*, V, 426; *Pr.B*, VII, « Trigaudin » 811.
RADZIWILL (les), une des plus anciennes familles de Lithuanie et de Pologne, attestée depuis le XIVᵉ siècle : *FM*, II, 196, 199.
RADZIWILL (Karol II Stanisław, prince) [1734-1790], adversaire de Catherine II de Russie : *Pré.TA*, VIII, 499.
RAFFET (Denis-Auguste-Marie) [1804-1860], peintre de batailles, graveur, dessinateur, lithographe : *R*, IV, 352.
RAGOULLEAU, victime de la veuve Morin : *PG*, III, 194 (n. 1).
RAIMBAUT, personnage de *Robert le Diable*, de Meyerbeer : *Gam.*, X, 504, 506.
RAMEAU (Jean-Philippe) [1683-1764], compositeur : *Do.*, X, 587.
•RAMEAU (Jean-François) [1716-apr. 1767], neveu du précédent, compositeur : *MN*, VI, 331.
RAMORNY, personnage de *La Jolie Fille de Perth*, de W. Scott : *MD*, IV, 780.
RAMPONEAUX (Jean), cabaretier à la Courtille au XVIIIᵉ siècle : *SetM*, VI, « Ramponneau » 606 (n. 3).
RAMSÈS II. Voir SÉSOSTRIS.
RAMUS (Pierre La Ramée, dit) [1515-1572], humaniste, mathématicien, philosophe : *PMV*, XII, 47.
RANCÉ (Armand-Jean Le Bouthillier de) [1626-1700], abbé de la Trappe : *Lys*, IX, 1201.
  Ant. *COMMINGES (comte de) : *Lys*, IX, 1201 (var. *b*).
  *RANCÉ : *Do.*, X, 574 (var. *c*).
RAPHAËL, archange : *SetM*, VI, 580.
RAPHAËL (Raffaello ou Raphaello ou Raphaeel Santi ou Sanzi ou Sanzio, ou Raphael Urbinas, ou) [1483-1520], peintre, dessinateur, sculpteur, architecte italien : *Pré.CH.*, I, 17; *MCP*, I, 43, 53, 54; *MJM*, I, 369; *MM*, I, 481, 482, 500, 519; *DV*, I, 791; *AS*, I, 957; *FE*, II, 273, 311; *H*, II, 563; *B*, II, 722; *F30*, II, 1190; *AEF*, III, 694; *UM*, III, 770, 863; *EG*, III, 1076; *Pré.P*, IV, 27; *P*, IV, 129; *R*, IV, 277, 293, 357, 381, 389; *MD*, IV, 668; *CA*, IV, 1016, 1025, 1040; *IP*, V, 123, 186;

RAUNAY (Jean-Louis-Albéric, baron de) [?-1560], fils d'un ancien gouverneur du roi de Navarre, huguenot ; décapité lors du tumulte d'Amboise *Cath.*, XI, 305.

RAVAILLAC (François) [1578-1610], ancien frère convers, assassin d'Henri IV ; décapité : *Cath.*, XI, 169, 241 ; *MI*, XII, 735.
　*RAVAILLAC : *TA*, VIII, 557 (var. *b*).

RAVENSWOOD, personnage de *La Fiancée de Lammermoor*, de W. Scott : *Pré. CA*, IV, 964.

RAVEZ (Simon) [1770-1849], avocat, député en 1816, président de la Chambre de 1819 à 1824, magistrat : *PVS*, XII, 220 (n. 1).

RAVRIO (Antoine-André) [1759-1814], sculpteur, ciseleur, médailleur, établi sous le Directoire rue de la Ferronnerie, à l'enseigne du *Lion d'Or* : *PM*, II, 101 (n. 2).

RAYNAL (Guillaume-Thomas-François) [1713-1796], abbé, historien, philosophe : *IP*, V, 437 ; *Pré.E*, VII, 888.
　Histoire philosophique [...] des deux Indes : *IP*, V, 437.

R.D.S.J.D.A. Voir REGNAUD DE SAINT-JEAN-D'ANGÉLY.

RÉAUMUR (René-Antoine Ferchault de) [1683-1757], naturaliste, physicien : *Pré.CH*, I, 9 ; *PG*, III, 74 ; *CP*, VII, 532.

RÉBECCA, personnage d'*Ivanhoé*, de W. Scott : *FE*, II, 313 ; *VF*, IV, 912 ; *IP*, V, 208.

REBEL (François) [1701-1775], compositeur, directeur de l'Opéra avec Francœur de 1757 à 1766 : *Bou.*, VIII, 40 (n. 1).

•RÉCAMIER (Joseph-Claude-Anthelme) [1774-1852], médecin à l'Hôtel-Dieu, professeur au Collège de France et à la Faculté de médecine sous la Restauration : *PCh.*, X, 257 (n. 3).

RÉCAMIER (Jeanne-Françoise-Julie-Adélaïde, dite Juliette, Bernard, devenue Mme) [1777-1849], belle-sœur du précédent : *AEF*, III, 702 ; *Be.*, VII, 75.
　*RÉCAMIER (Mme), *DURAS (Mme de), *DU CAYLA (Mme), remplacées par Mme Firmiani, Mme d'Espard, Mme d'Aiglemont, Mme de Carigliano : *E*, VII, 918 (var. *b*).

Rédacteurs du Code civil ou Code Napoléon (les). Voir •BIGOT DE PRÉAMENEU, •MALEVILLE, •PORTALIS, TRONCHET.

REDGAUNTLET, personnage-titre d'un roman de W. Scott : *AEF*, III, 705.

REDOUTÉ (Pierre-Joseph) [1759-1840], peintre de fleurs, dessinateur, lithographe ; professeur de Marie-Antoinette, Joséphine, Marie-Louise, Marie-Amélie : *Phy.*, XI, 1021.
　Les Roses : *Phy.*, XI, 1021.

RÉGENT (le). Voir ORLÉANS (Philippe II d').

•REGNARD (Jean-François) [1655-1709], auteur comique.
　•*Le Distrait* : *VF*, IV, 871 (n. 3).
　•*Le Joueur* : *Ad.*, X, 973 (n. 3).
　Le Joueur : *Pré.Ch.*, VIII, 1677.
　　ANGÉLIQUE : *SetM*, VI, 599.
　　LA RESSOURCE (Mme) : *Pré.SetM*, VI, 426 (n. 1) ; •*SetM*, VI, 568 (n. 1), 734.
　　•VALÈRE : *SetM*, VI, « le Joueur » 599.
　Le Légataire universel : *Bou.*, VIII, 149 ; •*Pré.Ch.*, VIII, 1677 (n. 3).
　Le Légataire universel, remplacé par *Le Joueur.*
　•*Les Ménechmes* : *FYO*, V, 1108.

•REGNAUD DE SAINT-JEAN-D'ANGÉLY (Augustine-Françoise-Éléonore Guesnon de Bonneuil, devenue comtesse) [1775-1857], femme du suivant et fille de la Camille d'A. Chénier (voir •BONNEUIL) : *Phy.*, XI, « Mme la comtesse R.D.S.J.D.A. » 1132.

REGNAUD DE SAINT-JEAN-D'ANGÉLY (Michel-Louis-Étienne, comte) [1761-1819], député à la Constituante, ministre d'État aux Cent-Jours ; ici, « Regnaud » : *DV*, I, 849 ; *Pay.*, IX, 58.

REGNAULD aîné, pharmacien établi, à l'époque où il est cité, rue Caumartin, 45, où il vendait sa pâte pectorale balsamique ; pharmacien breveté du duc d'Angoulême ; ici, « Regnault » : *CB*, VI, 205, 206.
　*REGNAULT : *E*, VII, 978 (var. *b*).

REGNAULT (Émile) [1811-1863], gérant de *La Chronique de Paris* et sur le

RÉVEILLON (Jean-Baptiste) [v. 1725-1811], fabricant de papiers peints dont la production fut arrêtée par la destruction de son atelier en 1789, puis reprise par Jacquemart : *Bo.*, I, 421 (n. 3); *FE*, II, 351; *Lys*, IX, 1005.

REY (Marc-Michel), éditeur de Jean-Jacques Rousseau à Amsterdam : *Pré.E*, VII, 887.

RHEA, dans la mythologie grecque, l'épouse de Cronos : *Pay.*, IX, « Rhée » 268.

RHODOPE (Rhodopis, ou) [VIᵉ s. av. J.-C.], courtisane grecque, citée par Hérodote : *VF*, IV, 845; *SetM*, VI, 441; *Ma.*, X, 1047 (n. 5).

RIARIO (une), dédicataire du Bandello : *E*, VII, 897.

*RIBADENEYRA (Gaspar de) [1611-1675], jésuite, théologien espagnol.
  Les Vies des Saints : *MJM*, I, 197; *CV*, IX, 651.

*RICCI (Lorenzo) [1703-1775], général des Jésuites, auteur des « paroles pontificales » : *DL*, V, 925 (n. 2).

RICCOBONI (Marie-Jeanne Laboras de Mézières, devenue Mme) [1714-1792], comédienne et romancière : *CB*, VI, 104.

RICHARD Iᵉʳ Cœur de Lion (1157-1199), comte de Poitou, roi d'Angleterre de 1189 à sa mort : *R*, IV, 358, 359, 379; héros de *Richard en Palestine*, de W. Scott : *EHC*, VIII, 376 (n. 3); héros de *Richard Cœur de Lion*, de Grétry : *PG*, III, 199, 200.

RICHARD III Crouchback (1452-1485), roi d'Angleterre de 1483 à sa mort; personnage-titre d'un drame de Shakespeare et plutôt cité à cet égard : *R*, IV, 515 (n. 1); *VF*, IV, 892, 930; *ZM*, VIII, 843 (n. 2); *RA*, X, 785 (n. 1).

Richard III (un), Bette, pour Mme Marneffe : *Be.*, VII, 152.

RICHARD-LENOIR (François Richard, dit) [1765-1839], manufacturier; en 1797, il s'associait avec un industriel d'Alençon, Lenoir-Dufresne (Jean-Daniel-Guillaume-Joseph) [1768-1806], pour fonder la première filature de coton en France et, en 1799, des fabriques de cotonnades, sous la raison sociale qui devint son nom; il fut ruiné en 1814 par la suppression des droits sur les cotons : *MN*, VI, 376 (n. 1); *Pré.TA*, VIII, 498 (n. 4).

RICHARDSON (Samuel) [1689-1761], romancier anglais : *MJM*, I, 239 (n. 2); *AS*, I, 942; *IP*, V, 457; *FYO*, V, 1092; *Be.*, VII, 245.
  Clarisse Harlowe : *MJM*, I, 266, *330; *MM*, I, 533; *CB*, VI, 276; *MN*, VI, 351; *Pré.Lys*, IX, 915; *PCh.*, X, 153.
    CLARISSE : *Pré.CH*, I, 10, 17; *MJM*, I, 239, 293; *MM*, I, 533, 554, 595; *H*, II, 558; *B*, II, 912; *AEF*, III, 682; *UM*, III, 950; *IP*, V, 208, 313, 347, 457; *FYO*, V, 1070; *Lys*, IX, 1038.
    *CLARISSE : *Pré.H13*, V, 788 (var. *c*).
      LOVELACE : *Pré.CH*, I, 10, 17; *BS*, I, 135; *MJM*, I, 266; *MM*, I, 533; *AS*, I, 942; *PM*, II, 102; *H*, II, 558; *CA*, IV, 997; *IP*, V, 457; *F*, V, 827; *FYO*, V, 1070; *Be.*, VII, 245, 333; *Pr.B*, VII, 809; *Pay.*, IX, 206, 235; *PCh.*, X, 153; *Ma.*, X, 1053; *HP*, XII, 573.
  Histoire de Charles Grandisson.
    GRANDISSON : *F*, V, *803, 827; *CP*, VII, 495.

RICHE, cafetier-restaurateur, propriétaire du café à son nom situé à l'angle du boulevard des Italiens, 8, et de la rue Lepelletier, 1; ant. *VACHETTE : *FAu.*, XII, 603 (var. *a*).

RICHELIEU (les), famille noble dont le nom patronymique est du Plessis : *Hist.Lys*, IX, 928.

*RICHELIEU (les) : *EM*, X, 922 (var. *a*).

RICHELIEU (François du Plessis, seigneur de) [1548-1590], grand prévôt de France en 1578, conseiller d'État en 1585, capitaine des gardes du corps d'Henri IV : *Pay.*, IX, 128.

RICHELIEU (Armand-Jean du Plessis, duc de), puis duc de Fronsac (1585-1642), fils du précédent, cardinal en 1622, principal ministre à partir de 1624 : *FE*, II, 303; *Gb.*, II, 983; *In.*, III, 470; *CM*, III, 555; *AEF*, III, 677; *CA*, IV, 992, 1008, 1013, 1037; *IP*, V, 695, 696, 698, 701, 702; *DL*, V, 1012; *FYO*, V, 1096; *MN*, VI, 379; *SetM*, VI, 473, 474, 790, 820; *Be.*, VII, 84; *CP*, VII, 585, 668; *Pr.B*, VII, 810; *E*, VII, 911, 920, 980, 1014, 1015, 1070, 1096; *Bou.*, VIII, 97; *TA*, VIII, 504, 554; *DA*, VIII, 807; *ZM*, VIII, 847; *Pay.*, IX, *128, 140, 222, 246; *PCh.*, X, 99, 276; *EM*, X, 921, 922; *Cath.*, XI, 169, 191, 197, 203, 216, 245, 341, 343, 407, 449, 453; *Phy.*, XI, 1147; *AIH*, XII, 788, 789; *Fré.*, XII, 811, 812; *ACE*, XII, 843.

dit le Boiteux; évoquée dans *L'Enfer*, de Dante : *IP*, V, 208; *Lys*, IX, 1127; *Do.*, X, « Françoise » 546 (n. 4).

RIQUET DE CARAMAN (les), famille noble du Languedoc d'où sont issus les seigneurs de Bonrepos et les comtes et ducs de Caraman : *Hist.Lys*, IX, 928.

RIQUET (Pierre-Paul), baron de Bonrepos (1604-1680), ingénieur; constructeur du canal du Midi : *CV*, IX, 759, 800, 804; *AIH*, XII, 779.

RIS (Clément de). Voir CLÉMENT DE RIS.

RITA et CHRISTINA (mars-novembre 1829), sœurs siamoises italiennes : *FE*, II, 283 (n. 1).

RIVAROL (Antoine Rivarol, dit comte de) [1753-1801], écrivain, publiciste : *MJM*, I, 347 (n. 1); *Bo.*, I, 428; *FE*, II, 294; •*CB*, VI, allusion à son mot sur les « quarante » 155; *SetM*, VI, 690; *Pr.B*, VII, 812.
   *RIVAROL : *Pré.Ch.*, VIII, 1668.

RIVAZ (Joseph de), prêtre, chronologiste : *Cath.*, XI, 165.

RIVIÈRE (Charles-François Riffardeau, duc de) [1763-1828], émigré, conspirateur avec Cadoudal contre Bonaparte en 1804, condamné à mort puis déporté, maréchal de camp et ambassadeur en 1814, lieutenant général et capitaine des gardes du roi en 1815, ambassadeur à Constantinople de 1816 à 1820, gouverneur du duc de Bordeaux de 1826 à sa mort : *DV*, I, 784; *R*, IV, 428 (n. 2); *CA*, IV, 1007 (n. 2); *CB*, VI, 80 (n. 1); *Pré.TA*, VIII, 493; *TA*, VIII, 525, 540,˙567, 596, 597, 675; *PMV*, XII, 49.
   *RIVIÈRE : *CA*, IV, 996 (var. *a*); *TA*, VIII, 562 (var. *b*), 598 (var. *b*).

RIZZIO (David Riccio, ou) [v. 1533-1566], Turinois, successivement musicien, valet de chambre, secrétaire, favori de Marie Stuart; assassiné sur l'ordre de Darnley : *B*, II, 870 (n. 1); *Ma.*, X, 1040; *Phy.*, XI, 973, 1119.

*ROB-ROY, héros-titre d'un roman de W. Scott : *EHC*, VIII, 292 (var. *c*).

ROBAIS (Josse Vanrobais ou van) [v. 1630-v. 1685], manufacturier d'origine flamande, établi en France à la demande de Colbert : *IP*, V, 584.

ROBERSPIERRE. Voir ROBESPIERRE.

ROBERT, restaurateur, attaché à la Banque des Jeux, installée à l'établissement nommé *Frascati* jusqu'à la suppression des jeux à la fin de 1837 : *IP*, V, 584.

ROBERT Ier le Diable ou le Magnifique (?-1035), duc de Normandie, père de Guillaume le Conquérant; héros de légendes populaires, dès le XIIe siècle, jusqu'à l'opéra de Meyerbeer, et cité à ce titre : *MM*, I, 683; *IP*, V, 564; *Gam.*, X, 501, 504-510; *Cath.*, XI, 234. (Voir Index III.)

*ROBERT (Jean), loueur de cabriolets impasse de la Pompe, 21, retiré au moment de l'action, alors que son fils Alexis était carrossier boulevard Poissonnière, 27, et son autre fils, Louis-Charles, sellier-carrossier rue Cadet, 11; associés en société gérée après 1830 par le seul Alexis, rue Cadet, fabricant de voitures et sociétaire-gérant de la fabrique de roues par procédés mécaniques; remplacé ici par Farry, Breilmann et Cie : *EG*, III, 1121 (var. *i*), 1127 (var. *c*).

ROBERT (Léopold-Louis) [1794-1835], peintre et graveur suisse : *P*, IV, 75.
   •*Les Moissons dans les marais Pontins :* P, IV, 75 (n. 1).
   •*Les Vendanges de Toscane :* Pré.Ch., VIII, 1678 (n. 1).

ROBERT (Nicolas-Louis) [1671-1828], directeur de la papeterie Didot-Saint-Léger, à Essonnes : *IP*, V, 219 (n. 6).

ROBERT D'ARBRISSEL (1047-1117), moine, fondateur de l'abbaye de Fontevrault en 1101 : *SetM*, VI, 615 (n. 3); *Phy.*, XI, 1049 (n. 1).

ROBERT MACAIRE, personnage principal de *L'Auberge des Adrets*, d'Antier, Lacoste et Chaponnier, puis de *Robert Macaire*, d'Antier, Lacoste, Frédérick Lemaître, Alhoy et Overnay : *R*, IV, 328; *F*, V, 896; *SetM*, VI, par erreur pour Wormspire 920 (n. 1 de la p. 919); *DA*, VIII, 740; *PMV*, XII, 47.
   *ROBERT MACAIRE : *CM*, III, 646 (var. *b* et *d*).

Robert Macaire (déguisement en), Paz l'adopte pour un bal : *FM*, II, 234.

Robert Macaire (un vieux), Nucingen, selon Finot : *MN*, VI, 358.

Robert Macaire, surnom donné à Schmucke par Gaudissart : *CP*, VII, 756.

Robert Macaire (petit), surnom donné à Paradis par Trailles : *DA*, VIII, 797.

ROBERTET (Florimond), seigneur d'Alluyes (1533-1569), premier secrétaire d'État en 1559, marié en 1557 à Mlle de Piennes : *Cath.*, XI, 263, 264, 266, 281, 286, 324, 325, 329, 331, 332, 334.

ROBESPIERRE (Maximilien-François-Marie-Isidore de) [1758-1794], avocat,

*Rohan (les), devenus *Chabot, remplacés par les Dreux devenus Brézé : *EG*, III, 1184 (var. *a*).

Rohan (Françoise de), dite Mlle de La Garnache, nommée duchesse de Loudun (1536-1591), fille d'honneur de Catherine de Médicis, elle eut un enfant de Jacques de Savoie, duc de Nemours, qui fut appelé Nemours-La Garnache ; Henri III de France érigea en sa faveur la seigneurie de Loudun en duché : *Cath.*, XI, 265, 361.

Rohan (Henri-Louis-Marie de). Voir Guéméné.

Rohan (Louis-René-Édouard, prince de) [1734-1803], cardinal, grand aumônier de France, compromis par l'affaire du collier : *Hist.Lys*, IX, 929 ; *Cath.*, XI, •444, •445, 446, •447.

Rohan-Chabot (Anne-Louis, duc de), prince de Léon (1789-1869) : *PVS*, XII, 279 (n. 3).

Roi d'Assyrie, de Perse, Bactriane, Mésopotamie (un), et sa femme, dans *Be.* Voir *Antiochos Ier et *Stratonice.

Roi d'Espagne (le), dans *MJM*, *MM*, *AEF*. Voir Ferdinand VII.

Roi d'Espagne (le), dans *AEF*, *MN*. Voir Charles IV.

Roi d'Espagne (le), dans *E.* Voir Charles Quint.

Roi et Reine d'Espagne (les), dans *Phy.* Voir Philippe V et Élisabeth Farnèse.

Roi d'Orient (un), dans *FYO.* Voir *Schariar.

Roi de Bohême (le), dans *E.* Voir Ferdinand Ier.

Roi de Bohême (le), héros de l'*Histoire du roi de Bohême et de ses sept châteaux*, de Nodier : *DxA*, XII, 694.

Roi de France (un), affligé de punaisie ; non identifié : *CB*, VI, 85.

Roi de Hollande (feu le), dans *Be.* Voir Guillaume Ier et Bonaparte (Louis).

Roi de l'Écriture Sainte, dans *R.* Voir Salomon.

Roi de Rome (le). Voir Napoléon II.

Roi de Sardaigne (le), dans *MJM*, *H.* Voir *Charles-Félix.

Roi de Siam (le), supposé avoir envoyé une ambassade à Louis XIV : *RA*, IV, 728 (n. 1).

Roi de Suède (un), dans *PG.* Voir Bernadotte.

Roi de Perse (un), dans *UM*, *Boi.* Voir Shiram.

Rok, oiseau fabuleux des contes orientaux dont il est question dans *Les Mille et Une Nuits* : *Pr.B*, VII, 837.

Roland (?-778), neveu de Charlemagne, paladin : *Phy.*, IX, 953 ; héros de légendes, telles que *La Chanson de Roland*, et d'œuvres, telles que *Roland furieux*, de l'Arioste ; c'est plutôt à ce dernier titre qu'il est cité : *Pré.CH*, I, 10 ; *FE*, II, 333 ; *CM*, III, 643 (n. 4) ; *VF*, IV, 935, 936 ; *Be.*, VII, 418 ; *CP*, VII, 568.

Roland de La Platière (Jean-Marie) [1734-1793], conventionnel ; ministre de l'Intérieur du 23 mars au 13 juin 1792, puis du 10 août 1792 au 22 janvier 1793 ; il se suicida après l'exécution de sa femme : *R*, IV, 275.

**Roland : *R*, IV, 276 (var. *a*).

Roland de La Platière (Marie-Jeanne, dite Manon, Phlipon, devenue Mme) [1754-1793], femme du précédent ; guillotinée : *UM*, III, 785.

Roland (une magnifique Mme), sans doute Laure Grouvelle : *CSS*, VII, 1208.

Rolland, traiteur-restaurateur installé sous le Consulat rue du Marché-de-l'Apport, 4, puis rue du Hasard (rue Thérèse), 6, où l'établissement était tenu, aux moments où il est cité, par son successeur, Chauchard : *DV*, I, 850 ; *CB*, VI, 119.

Rollet, vraisemblablement le caissier de la *Revue de Paris* : *Hist.Lys*, IX, 938.

Rollin (Charles) [1661-1741], humaniste, historien : *Be.*, VII, 64 ; *PCh.*, X, 212 ; *Phy.*, XI, 936.

   Histoire ancienne : *Be.*, VII, 404.

   •*Traité de la manière d'étudier et d'enseigner les belles-lettres* : *PCh.*, X, 212 (n. 1).

Romaine (une célèbre), Claudia : *R*, IV, 277 (n. 2).

Romans (Mlle), maîtresse de Louis XV ; ici « Mlle de Romans » : *F30*, II, 1155 ; *R*, IV, 391 (n. 1), 392 ; *Be.*, VII, 64 ; *Do.*, X, 550.

Rome (roi de). Voir Napoléon II.

•*Les Mauvais Garçons* : R, IV, 366 (n. 3).

ROYER-COLLARD (Pierre-Paul) [1763-1845], publiciste, philosophe, membre des Cinq-Cents, un des chefs du comité royaliste sous le Directoire et le Consulat, conseiller d'État et député à partir de 1815, chef spirituel des Doctrinaires et de l'opposition royaliste, réélu en 1827, président de la Chambre de 1828 à la Révolution de 1830, député jusqu'à sa mort : *DV*, I, 801; *DL*, V, 932; *MN*, VI, 335, 342; *SetM*, VI, 774; *E*, VII, 1009.

**ROYER-COLLARD : *IG*, IV, 1331 (n. 2).

ROZE (président). Voir ROSE.

ROZE (Nicolas) [1745-1819], prêtre, compositeur et pédagogue, maître de chapelle à Angers puis à Paris où il finit comme bibliothécaire du Conservatoire : *IP*, V, 153.

RUBENS (Peter-Paul) [1577-1640], peintre, graveur, diplomate flamand : *MJM*, I, 365, 369; *MM*, I, 500; *FE*, II, 310; *Pré.P*, IV, 27; *R*, IV, 293, 349, 350, 389; *VF*, IV, 822; *CB*, VI, 103; *MN*, VI, 344; *PGr.*, VI, 1106, 1109, 1110; *Be.*, VII, 193; *CP*, VII, 521, 678, 708; *Pré.E*, VII, 883; *Bou.*, VIII, 67, 169; *Pay.*, IX, 55, 162, 240; *ChO*, X, 414, 420; *RA*, X, 683; *PMV*, XII, 69; *FAu.*, XII, 603.

Ant. *MIGNARD : *R*, IV, 389 (var. *b*).

*RUBENS : *SetM*, VI, 443 (var. *a*).

*RUBENS, remplacé par PRUD'HON : *Ven.*, I, 1044 (var. *b*).

•*Le Combat des amazones* : *Pay.*, IX, 55 (n. 3).

Descente de croix : *CP*, VII, 708.

Tableau imprécis : *R*, IV, 317 (var. *b*), 349 (var. *d*).

RUBINI (Gian-Battista) [1795-1854], ténor italien : *B*, II, 719, 826, 883, 929; *MD*, IV, 673; *CSS*, VII, 1184 (n. 1); *EHC*, VIII, 369 (n. 1), 370; *PVS*, XII, 274 (n. 1).

*RUBINI : *PMV*, XII, 88 (var. *b*).

RUFFARD, policier et voleur. Voir Index I.

RUGGIERI le Vieux, dans *Cath.* Voir Index I.

RUGGIERI (Cosme) [?-1615], Florentin, astrologue de Catherine de Médicis à la cour de France; impliqué dans le complot de La Mole et Coconas, envoyé aux galères puis rentré en grâce : *EM*, X, 884; *Cath.*, XI, 246, •248, 252, 276, 314-317, 321, 327, 354, 381, 384, 386, 387, 396, 397, 399, 403, 404, 408, •412, •416, •417, 418, 420-423, •424, •425, 426-429, 436-442.

*Claude, ant. à Cosme : *Cath.*, XI, 418 (var. *f*).

*RUGGIERI : *Cath.*, XI, 378 (var. *a*), 408 (var. *a*), 418 (var. *f*).

RUGGIERI (Laurent), frère fictif du précédent, dans *Cath.* Voir Index I.

•RULHIÈRE (Claude Carloman de) [1734-1794], historien, poète : *PVS*, XII, 293 (n. 3).

RUSCA (Jean-Baptiste-Dominique, baron) [1759-1814], médecin des hôpitaux de Monaco, devenu général et gouverneur de Carinthie : *Ech.*, XII, 492 (n. 2), 493-498.

*RUSCA : *Ech.*, XII, 498 (var. *a*).

Russe (un prince), dans *FM.* Voir TUFIAKIN.

Russe (une jeune et belle), rivale de Catherine II auprès de Momonov. Voir •CHTCHERBATOVA.

•RUTH HEATHCOTE, héroïne des *Puritains d'Amérique*, de Cooper : *SetM*, VI, 467 (n. 2).

RUYSCH (Frederich) [1638-1731], professeur d'anatomie et de botanique à Amsterdam, et peintre de fleurs : *PCh.*, X, 72 (n. 1).

RUYSDAËL (Salomon van) [v. 1600-1670], peintre paysagiste hollandais; il peut s'agir aussi du suivant : *DV*, I, 790; *Be.*, VII, 121; *CP*, VII, 489; *CSS*, VII, 1153; *RA*, X, 683.

*RUYSDAËL (Jacob Isaakszoon Ruisdael, ou) [1628 ou 1629-1682], neveu du précédent, peintre, paysagiste mais moins exclusivement que son oncle, aquafortiste : *E*, VII, 962 (var. *a*).

RZEWUSKI (les), famille comtale de Pologne, dont le nom, attesté dès 1541, était tiré d'une localité de Podlasie, et qui avait pour devise *Quo quia virtutis*; trois généraux et un homme d'État l'avaient illustrée aux XVIIᵉ et XVIIIᵉ siècles et, au XIXᵉ siècle, le comte Wenceslas, dit l'Émir, patriote et orientaliste, cousin de Mme Hanska, et le frère de cette dernière, Henri, romancier et poète : *FE*, II, 196.

1053, le « Philosophe Inconnu » 1079, 1132; •*MR*, X, 388 (n. 2); *Pré. Livre mystique*, XI, 503, 504; *Pro.*, XI, 538; *LL*, XI, 595; *Sér.*, XI, •774 (n. 2), 784; *MI*, XII, 744.

 SAINT-MARTIN : Pré. Livre mystique, IX, 505 (var. *a*), 508 (var. *a*).
 •*L'Homme de désir : Lys*, IX, 1132 (n. 1).
 •*Le Ministère de l'homme-esprit : Lys*, IX, 1011 (n. 1).
 •*Œuvres : FE*, II, 279 (n. 2).

SAINT-MICHEL (H.-C. de). Voir PICHOT.

SAINT-NON (Jean-Claude Richard de) [1727-1791], abbé, dessinateur, graveur à l'eau-forte et à l'aquatinte; c'est avec l'aide d'un groupe important de peintres, d'architectes et de graveurs qu'il publia de 1781 à 1786 les cinq volumes du *Voyage : DxA*, XII, 693.
 Voyage pittoresque [...] de Naples et de Sicile : DxA, XII, 693.

SAINT-POL (François de Bourbon-Vendôme, comte de) [?-1545], troisième fils du dernier comte de Bourbon-Vendôme et de Françoise de Luxembourg; il prit ce titre à la mort de son père, en 1495 : *Cath.*, XI, 188.

SAINT-PREUX, personnage de *La Nouvelle Héloïse*, de J.-J. Rousseau : *MJM*, I, 266; *B*, II, 912; *CA*, IV, 997; *Be.*, VII, 223; *Pr.B*, VII, 809.

Saint-Preux d'Émilie de Fontaine (le), Longueville, selon l'amiral de Kergarouët : *BS*, I, 155.

Saint-Preux crasseux (un), Jérôme-François Tauleron : *HP*, XII, 573.

SAINT-PRIEST (François-Emmanuel Guignard, comte de) [1735-1821], ambassadeur en 1763, ministre de l'Intérieur en 1790, émigré, ministre de Louis XVIII en exil, lieutenant général en 1814 (pour la parenté entre lui et les ENTRAGUES, voir à ce dernier nom) : *Hist.Lys*, IX, 929.

SAINT-SIMON (Claude-Henri de Rouvroy, comte de), marquis de Sandricourt (1760-1825), philosophe, économiste : *IG*, IV, 568, 576, 590; *IP*, V, 221, 477; *Bou.*, VIII, 62; *PVS*, XII, 217, 227.
 SAINT-SIMON : Do., X, 574 (var. *c*).

Saint-Simoniens (les) : *IP*, V, 509; *CV*, IX, 695, 807; *Pré. Livre mystique*, XI, 503.

SAINT-SIMON (Maximilien-Henri de Rouvroy, marquis de) [1720-1799], officier, écrivain : *Cath.*, XI, 165 (n. 3).

SAINT-VALLIER (Aymar de Poitiers, comte de), grand-père de Diane de Poitiers par son fils Jean qu'il eut, non d'une bâtarde de Louis XI, mais de sa seconde femme, Jeanne de La Tour : *Cor.*, XI, •18-•20, 21, 22, •23, •24, 25, 26, •27, 44, •50, •51, 56-61, 72.

SAINT-VALLIER (Marie de Sassenage, comtesse de) [?-1468], fille de Louis XI et de Noble-Felise, baronne de Sassenage; femme du précédent en juin 1467, morte en couches. Elle ne fut pas la mère de Jean et ses aventures, ici, sont imaginaires : *Cor.*, XI, •18-•21, 22-26, 28, 34, 35, 42, 44, 47, 48, 50-52, 54-61, 72, 73.

SAINT-VALLIER (Jean de Poitiers, seigneur de). Voir POITIERS.

SAINT-VICTOR (abbé de), joyeuseté : *Cath.*, XI, 187 (n. 2).

SAINTE-AULAIRE (Louis-Clair, comte Beaupoil de) [1778-1854], ingénieur géographe en 1796, chambellan de Napoléon, préfet en 1813, député en 1815, ambassadeur à partir de 1831; auteur d'une *Histoire de la Fronde* : *TA*, VIII, 687 (n. 1).

SAINTE-BEUVE (Charles-Augustin) [1804-1869], romancier et critique : •*MD*, IV, 714 (n. 1); *Pr.B*, VII, 812, 814, 816; *Hist.Lys*, IX, 960; •*DxA*, XII, peut-être 686 (n. 2).
 SAINTE-BEUVE : Pr.B, VII, 814 (var. *a*).
 **SAINTE-BEUVE : Hist.Lys*, IX, « on » 958 (var. *d*).
 •*Article sur « La Recherche de l'Absolu » : Pré.PG*, III, 37 (n. 5).
 •*Consolations : DxA*, XII, peut-être 686 (n. 2).
 **Poètes et romanciers [...] « La Recherche de l'Absolu » : Hist.Lys*, IX, 958 (var. *d*).
 •*Port-Royal : Pr.B*, VII, 812 (n. 3).
 •*Vie et poésies de Joseph Delorme : PMV*, XII, 70 (n. 3).

Sainte-Beuve (le), une nouvelle langue française, selon Nathan : *Pr.B*, VII, 813.

*Sainte-Beuve (le), remplacé par « le patois philosophique » : *AS*, I, 921 (var. *a*).

SAINTE-CROIX (Charles-Marie-Robert d'Escorches, comte de) [1782-1810], général de cavalerie : *Pay.*, IX, 62 (n. 1).

SALADIN Ier (Salāh al-Din Yùsuf, ou) [1138-1193], sultan d'Égypte à partir de 1171 et de Syrie à partir de 1174; personnage de *Richard en Palestine*, de W. Scott : *EHC*, VIII, 376 (n. 3).

*SALIERI (Antonio) [1750-1825], compositeur italien.
    Les Danaïdes : *IP*, V, 267, *283 (n. 1), *284.

SALISBURY (James Cecil, septième comte et premier marquis of) [1748-1823] : *IP*, V, 583.

SALOMON, fils de David, roi d'Israël d'environ 974 à environ 937 avant Jésus-Christ : *R*, IV, 414; *CA*, IV, 975; *IP*, V, 228; *CP*, VII, 525; *MC*, IX, 524; *PCh.*, X, 82, 203, 240; *PVS*, XII, 302.
    *SALOMON : *Do.*, X, 574 (var. *c*).

SALVERTE (Anne-Joseph-Eusèbe Baconnière de) [1771-1839], philosophe, écrivain, député à partir de 1828 jusqu'en 1834 : *PCh.*, X, 199 (n. 2).

Samaritaine (la), pécheresse d'après l'Évangile : *Gam.*, X, 514 (n. 2); *Do.*, X, 563.

SAMSON, juge des Hébreux, capturé par les Philistins : *B*, II, 783; *In.*, III, 468; *R*, IV, 433; *Be.*, VII (sujet pour une sculpture de Steinbock), 92, 137, 141, 147, « l'Hercule juif » 259, 260, 261, 273; *RA*, X, 728.

Samson populaire (le), le communisme : *Pay.*, IX, 141.

SAMUEL, juge et prophète d'Israël : *Sér.*, XI, 1192.

SÁNCHEZ (Tomás) [1550-1610], jésuite et canoniste espagnol : *EG*, III, 1192; *Pré.PCh.*, X, 50; *Phy.*, XI, 915.
    De matrimonio ou, plus exactement, *Disputaciones de sancto matrimonii sacramento* : *EG*, III, 1192 (n. 2); *Pré.PCh.*, X, 50; *Phy.*, XI, 915.

SANCHO PANÇA, personnage de *Don Quichotte*, de Cervantès : *IP*, V, 573; *DL*, V, 1023; *MN*, VI, 351; *CP*, VII, 596; *PCh.*, X, 242; *Phy.*, XI, 1053, 1195.

SAND (Amantine-Aurore-Lucile Dupin, devenue baronne Dudevant, dite George) [1804-1876], écrivain. Dédicataire des *Mémoires de deux jeunes mariées* : *MJM*, I, 195 (n. 2), après avoir peut-être dû être dédicataire du *Père Goriot* : *PG*, III, 49 (n. 1). *AS*, I, 924; *B*, II, 688, 699, 700, « l'illustre écrivain » qui fume le « narghilé » 712; *MD*, IV, 632, 661, 662, 668, 673; *Hist.Lys*, IX, 962; *PVS*, XII, 322; *FAu.*, XII, 607 (n. 2).
    *SAND : *PMV*, XII, 178 (var. *b* et *c*).
    Le Compagnon du Tour de France : *HP*, XII, 573 (n. 2).
    Indiana : *B*, II, 814.
    Jacques : *B*, II, remplacé par *Leone Leoni* 814 (var. *a*); *PMV*, XII, 178 (var. *b*).
    Leone Leoni : *MD*, IV, 718.
    Leone Leoni, remplacé par *Indiana* : *B*, II, 814 (var. *a*).
    Le Péché de M. Antoine : *PMV*, XII, 178 (var. *b*).

SAND (Karl-Ludwig) [1795-1820], patriote allemand, assassin de Kotzebue : *MI*, XII, 735.

SANDEAU (Léonard-Sylvain-Jules) [1811-1883], romancier, auteur dramatique, académicien : *Hist.Lys*, IX, 936.

SANDELS (Samuel) [1724-1784], Suédois, conseiller au Collège des Mines, auteur d'un *Éloge d'E. Swedenborg* prononcé le 7 octobre 1772 dans la salle de la Noblesse pour l'Académie des sciences de Stockholm : *Sér.*, XI, « M. de Sandel » 772.

SAN-SEVERINI, famille noble de Crema : *E*, VII, 897.

*SAN-SEVERINO (Faustino, comte Vimercati Sanseverino Tadini, ou) [1801-1878], mari de la suivante : *E*, VII, 897.

SAN-SEVERINO (Serafina, princesse Porcia, devenue comtesse) [1808- ?]. Dédicataire des *Employés* : *E*, VII, 897 (n. 1). *PP*, VII, 53; *E*, VII, 898.

SANSON, dynastie d'exécuteurs des hautes œuvres en fonction à Paris de 1688 à 1847 : Charles (1635-1707), qui épousa Marguerite Jouënne, fille du bourreau de Rouen, devint le valet puis le successeur de son beau-père, puis bourreau de Paris de 1688 à 1699; son fils Charles (1681-1726) fut bourreau de 1699 à sa mort; le fils de ce Charles, Charles-Jean-Baptiste (1719-1778), nommé à sept ans, fut bourreau de 1737 à 1754 et, après lui, ceux qui suivent qui héritèrent, avec la charge, le surnom de « Charlot » donné à leurs ancêtres d'après leur prénom : *SetM*, VI, 858.

Scévola grotesque (un), Peyrade : *TA*, VIII, 581.
SCALIGER (Giulio-Cesare Scaligero, ou) [1485-1558], philosophe et médecin italien : *E*, VII, 897; *LL*, XI, 630.
SCAPIN, personnage de comédies, venu de la comédie italienne : *Pré.IP*, V, 116; *CB*, VI, 73; *SetM*, VI, 440; *MI*, XII, 730.
SCAPIN, héros des *Fourberies de Scapin*, de Molière : *R*, IV, 379, 447; *CB*, VI, 276; *CP*, VII, 577 ; *Ch.*, VIII, 1191; *Fré.*, XII, 816.
Scapin d'amoureux (ce), La Brière, selon M. Mignon : *MM*, I, 597.
Scapin émérite (un), Justin, valet du vidame de Pamiers : *F*, V, 826.
SCARLATTI (Alessandro) [1660-1725], compositeur italien : *Gam.*, X, « Scarlati » 475 (n. 1).
SCARRON (Paul) [1610-1660], poète burlesque et premier mari de Mme de Maintenon : *UM*, III, 885; *Pr.B*, VII, 816; *Phy.*, XI, 963; *Th.*, XII, 587; *Fré.*, XII, 811.
   Le Roman comique : *Fré.*, XII, 811 (n. 1).
SCARRON (la veuve). Voir MAINTENON.
SCEPEAUX (Marie-Paul Boisguignon, vicomte de) [1769-1821], chef vendéen qui fit sa soumission à Hoche en 1796 : *Vis.*, XII, 637.
SCÉVOLA. Voir SCÆVOLA.
SCEY (les), famille noble de la Comté, branche des Bauffrémont, dont le plus connu des représentants, au moment où elle est citée, le comte Pierre-Georges de Scey-Montbéliard (1771-1847), fut préfet du Doubs aux deux Restaurations, puis député : *AS*, I, 920.
SCHAHABAHAM, personnage du pacha dans *L'Ours et le Pacha*, de Scribe et Saintine; pour Balzac, « Shahabaham » :
Shahabaham hébété (un), le public des théâtres : *IG*, IV, 567.
Shahabaham de la Chambre (un des), *SCHONEN* : *DxA*, XII, 695.
*SCHAHRIAR, sultan de Perse, de la dynastie des Sassanides; héros des *Mille et Une Nuits* : *Pré.FE*, II, 264; *FYO*, V, vraisemblablement « ce roi d'Orient qui demandait qu'on lui créât un plaisir » 1082.
SCHEDONI, personnage du *Confessionnal des Pénitents noirs*, d'Ann Radcliffe : *H*, II, 537 (n. 2); *MD*, IV, 703.
SCHEELE (Carl-Willem) [1742-1786], chimiste suédois : *ES*, XII, 521 (n. 2).
*SCHEFFER (Ary) [1795-1858], fils d'un Allemand et d'une Hollandaise, peintre d'histoire, de genre et de portraits, graveur, sculpteur, lithographe : *Ech.*, XII, 498 (var. *b*).
   Marguerite à la fontaine : *Ech.*, XII, 498 (var. *b*).
*SCHEFFER (Jean-Gabriel) [1797-1876], peintre suisse de genre et de portraits, lithographe : *CT*, IV, « Quelques dessinateurs » 237.
   Ce qu'on dit et *Ce qu'on pense* : *CT*, IV, 237. (Voir Index III.)
SCHÉHÉRAZADE, personnage des *Mille et Une Nuits* : *Pré.FE*, II, 264.
*SCHELLING (Friedrich-Wilhelm-Joseph von) [1775-1854], philosophe allemand : *DL*, V, 1037 (var. *c*).
SCHIKANEDER (Emanuel) [1751-1812], écrivain, librettiste allemand : *Gam.*, X, 500 (n. 2).
SCHILLER (Johann-Christoph-Friedrich von) [1759-1805], écrivain allemand : *MM*, I, 497, 505; *B*, II, 696; *F30*, II, 1160; *IP*, V, 147; *CV*, IX, 668; *Hist.Lys*, IX, 919; *Pré.PCh.*, X, 48; *PCh.*, X, 167; *Phy.*, XI, 1160; *GH*, XII, 402.
   *SCHILLER : *IP*, V, 159 (var. *d*).
   Les Brigands : *Fir.*, II, 148 (n. 4); *Phy.*, XI, 1160.
      *CARL VON MOOR : *Fir.*, II, 148 (n. 4).
      *FRANZ VON MOOR : *Fir.*, II, par erreur « Charles » 148; *Pré.PCh.*, X, 48; *Phy.*, XI, 1160 (n. 3).
      *MAXIMILIAN VON MOOR : *Phy.*, XI, 1160 (n. 3).
   Guillaume Tell : *F30*, II, 1160.
      GUILLAUME TELL et JEAN LE PARRICIDE : *F30*, II, 1160.
   Lettres sur « Don Carlos » : *Hist.Lys*, IX, 919 (n. 2).
   La Statue voilée.
      ISIS : *B*, II, 696.
SCHLEGEL (August-Wilhelm von) [1767-1845], poète, commentateur et traducteur allemand : *PP*, VII, 53.
SCHNETZ (Jean-Victor) [1787-1870], peintre d'histoire, de genre et de por-

ROBIN DES BOIS. Voir ce nom.
*WAMBA : *Pré.Ch.*, VIII, 1676.
La Jolie Fille de Perth : *R*, IV, 371 ; *MD*, IV, 780.
    SIR JOHN RAMORNY : *MD*, IV, 780.
    •HENRY SMITH : *R*, IV, le « Forgeron » 371.
Kenilworth : *UM*, III, 811 ; •*Hist.Lys*, IX, 949 (n. 2).
*KENILWORTH : *F30*, II, 1154 (n. 4).
    AMY ROBSART : *UM*, III, 811 ; *DxA*, XII, 683.
    ÉLISABETH Ire : *Pay.*, IX, 62.
    VARNEY : *UM*, III, 811.
    *VARNAY : *F30*, II, 1154 (n. 4).
•*Le Monastère.*
    CLUTTERBUCK : *Pré.E*, VII, 879 ; *Phy.*, XI, 1063.
•*Le Nain noir* : *MM*, I, 472 (n. 4).
    •ELSHIE (le nain) : *MM*, I, 472.
Péveril du Pic : *FM*, II, 223.
    •ALICE BRIDGENORTH : *FM*, II, 223 (n. 1).
    FENELLA : *Pré.E*, VII, 880.
•*Le Pirate.*
    MINNA : *B*, II, 731.
Préface (une), dans *Postface H13*. Voir *Les Chroniques de la Canongate.*
Préfaces : *Pré.E*, VII, 880.
La Prison d'Édimbourg : *MN*, IV, 344 ; *Pré.TA*, VIII, 496.
    •DADDY RAT : *Pré.Ch.*, VIII, 1676.
    •DOUCE-DAVIE DEANS : *PG*, III, 158 ; *VF*, IV, 925 (n. 1) ; *Pré. TA*, VIII, 496.
    EFFIE DEANS : *Pré.CH*, I, 16 ; *B*, II, 731 ; *MN*, VI, 344.
    JEANIE DEANS : *Pré.CH*, I, 10 ; *PG*, III, 158 ; *VF*, IV, 925 ; *Pré.TA*, VIII, 496 ; *CV*, IX, 695 ; *AR*, XI, 122.
    Le Laird de Dumbiedikes : *Pré.E*, VII, 880 ; *Pré.PCh.*, X, 53.
•*Les Puritains d'Écosse* : *MD*, IV, 630 (n. 3) ; •*Pay.*, IX, 1291 (n. 2) ; *Cath.*, XI, 340 (n. 3).
    CLAVERHOUSE : *Pré.CH*, I, 10.
    OLD MORTALITY : *MD*, IV, 646 ; •*CP*, VII, 725 (n. 1) ; •*Bou.*, VIII, 22.
    *OLD MORTALITY : *H*, II, 531 (var. g).
Quentin Durward : *Cor.*, XI, 52.
•*Redgauntlet.*
    REDGAUNTLET : *AEF*, III, 705.
Richard en Palestine : *EHC*, VIII, 376.
    •RICHARD CŒUR DE LION : *EHC*, VIII, 376.
    SALADIN : *EHC*, VIII, 376.
Rob Roy : *TA*, VIII, 536.
    DIANA VERNON : *EHC*, VIII, 306 ; *TA*, VIII, 536 ; *GH*, XII, 403.
    *Rob Roy : *EHC*, VIII, 292 (var. c).
•*Waverley.*
    FERGUS : *EHC*, VIII, 306.
SCRIBE (Augustin-Eugène) [1791-1861], auteur dramatique : *MD*, IV, 673, 759 ; *IP*, V, 366, 435 ; *SetM*, VI, 603 ; *PGr.*, VI, 1094 ; *E*, VII, 951 ; *Hist.Lys*, IX, 960 ; •*Pré.PCh.*, X, 48 (n. 2) ; •*Phy.*, XI, 1158 (n. 3) ; *Ep.T*, XII, 433.
    *SCRIBE : *B*, II, 848 (var. c) ; *CP*, VII, 571 (var. e) ; *AR*, XI (var. b).
    **SCRIBE : *IG*, IV, 1333 (n. 4).
    *SCRIBE, remplacé par les collaborateurs de Nathan : *PCh.*, X, 102 (var. h).
    •*La Camaraderie* : *Pré.IP*, V, 113 (n. 2).
    Le Charlatanisme : *IP*, V, 113.
    La Dame blanche : *Gam.*, X, 513.
        •LA DAME BLANCHE : *CA*, XI, 1015 ; *Ad.*, X, 979.
        •GEORGE BROWN : *R*, IV, 348 (n. 1).
    •*La Demoiselle et la Dame* ou •*Les Eaux du Mont-d'Or* : *IP*, V, « Frédéric a une pièce avec Scribe » 435.
    •*Gustave III ou le Bal masqué* : *FM*, II, 233 ; *MN*, VI, 330.
    L'Héritière : *MM*, I, 618.

Le Jeune Médecin ou, plus exactement, *Le Jeune Docteur* : *Phy.*, XI, 1158 (n. 3).

 La Muette de Portici : •*IG*, IV, 594 (n. 1) ; *Pré.PCh.*, X, 55.

 •*L'Ours et le Pacha* : *SetM*, VI, 603 (n. 1).

  •*LAGEINGEOLE* : *PGr.*, VI, 1094 (n. 2).

  LAGEINGEOLE : *PCh.*, X, 190 (var. *d*).

  •*SHAHABAHAM* : *IG*, IV, 567 (n. 2) ; *DxA*, XII, 695 (n. 1).

 Robert le Diable : *Gam.*, X, 500.

 •*Le Tête-à-tête ou Trente lieues en poste* : *B*, II, 848 (var. *c*) ; *MD*, IV, 722 (var. *a*).

 Valentine : *MD*, IV, 688.

*Scribe qui précéda le siècle de Louis XIV (le), LOPEZ DE VÉGA : *Fré.*, XII, 812 (var. *b*).

SCUDÉRY (Madeleine de) [1607-1701], romancière : *B*, II, 684.

 Artamène ou le Grand Cyrus : *MJM*, I, 267 ; *B*, II, 788.

SEBALD (Sebaldus, devenu saint) [?-v. 760], fils d'un roi de Danemark ; cité pour son tombeau par P. VISCHER (voir ce nom) : *Do.*, X, 619.

•SÉBASTIANI (Horace-François-Bastien, comte), comte de La Porta (1772-1851), maréchal de France de l'Empire, ministre des Affaires étrangères du 17 novembre 1830 au 11 octobre 1832 : *CB*, VI, 279 (n. 1).

SEBASTIANO DEL PIOMBO (Sebastiano Luciani ou dé Lucianis, devenu Fra) [v. 1485-1547], peintre italien d'histoire et de portraits, et, par charge, scelleur des bulles pontificales : *CP*, VII, 489, 553, 612, 684, 741.

 Le Chevalier de Malte : *CP*, VII, 612, 677, 684, 741. (Voir Index III.)

 Portrait du Bandinello, par erreur : *CP*, VII, 612 (n. 3), 741.

*SÉBASTIEN (saint) [IIIe s.], officier romain originaire de Narbonne, martyr à Rome ; patron des archers : *Ech.*, XII, 498 (var. *a*).

*SÉBASTIENNE (sainte), personnage mythique : *Fré.*, XII, 822 (var. *c*).

Secrétaire à l'ambassade d'Espagne à Paris (le), en 1824 : *MJM*, I, 262.

Secrétaire général du Ministère de la Justice (le), en 1822 : *IP*, V, 537. Dans la réalité, le baron Louis-André Pichon (1771-1850), dont le chef de division était l'ami de Balzac, Germeau.

Secrétaire particulier du ministre des Affaires étrangères (le), en 1819 : *F*, V, 892.

Secrétaire particulier du ministre de l'Intérieur (le), en 1819 : *F*, V, 892. Dans la réalité, le baron Trigant de La Tour.

Secrétaire de la Grande Aumônerie (le), en 1824 : *E*, VII, 1032 (n. 1), 1034, 1036. Dans la réalité, l'abbé Godinot-Desfontaines.

Secrétaire italien de l'Opéra-Comique (le), en 1825 : *Th.*, XII, 594. Dans la réalité, le poste n'était pas pourvu à cette époque. Il est possible qu'il y ait confusion à partir des deux scènes lyriques de Paris et qu'il s'agisse du poète et librettiste italien Luigi Balochi (1766-1832), établi à Paris en 1802 et très longtemps fonctionnaire à l'administration du Théâtre-Italien.

SEDAINE (Michel-Jean) [1719-1797], auteur dramatique : *VF*, IV, 850.

 Le Déserteur : *VF*, IV, 850.

 •*Épître à mon habit* : *IP*, V, 666 (n. 2).

 •*Le Philosophe sans le savoir* : *F*, V, 863 (n. 3).

 •*Richard Cœur de Lion* : *PG*, III, 199 (n. 3).

 Rose et Colas : *DF*, II, 54.

SEDAN (prince de). Voir BOUILLON.

SÉGUIER (Pierre), seigneur de Sorez (1504-1580), président à mortier au Parlement de Paris : *Cath.*, XI, 225.

•SÉGUIER (Antoine-Jean-Matthieu, baron) [1768-1848], président de la Cour royale de Paris de 1802 à sa mort : *CB*, VI, 308 ; *CP*, VII, 557-559, 565.

•SÉGUIN (Armand) [1868-1835], chimiste, économiste, financier : *PVS*, XII, 280 (n. 1), 281.

*SEGUIN (Jean-Alfred-Gérard Seguin, dit Gérard) [1805-1875], portrai-tiste et illustrateur ; remplacé par Steinbock : *FM*, II, 202 (var. *c*).

SEGUIN (Marc) [1786-1875], ingénieur d'Annonay ; en 1801, il obtient un brevet d'invention pour sa fabrication de papier avec de la paille, puis en 1824 pour les ponts suspendus et en 1827 pour la chaudière tubulaire : *IP*, V, 583.

SÉGUR (Louis-Philippe, comte de) [1753-1830] ou son frère, le vicomte

Joseph-Alexandre (1756-1805), tous deux auteurs de romances : *FYO*, V, 1072.

SÉIDE, esclave affranchi, fidèle compagnon de Mahomet : *R*, IV, 278 ; *SetM*, VI, 505 ; *CV*, IX, 688.

Séide de Desplein (le), Bianchon : *Ath.*, III, 389.

Séide de David Séchard (le), Cérizet à ses débuts : *IP*, V, 566.

Séides de du Bousquier (les), les libéraux d'Alençon : *VF*, IV, 876.

SÉLÉRIER, voleur. Voir Index I.

SELIM III (1761-1808), sultan ottoman, successeur de son oncle Abdul Hamid I en 1789 : *Gau.*, VII, 852, 854 ; *MC, IX, « le Grand Turc » 523.

SELVES (M. de). Voir SÈVES.

SEM, personnage biblique, fils de Noé, tige des Sémites selon la *Genèse* : *UM*, III, 783.

SEMBLANÇAY (Jacques de Beaune, baron de) [1457-1527], financier, banquier de Louis XII et de François Ier : *IG*, IV, 576 ; *SetM*, VI, 710, 728 ; *Cor.*, XI, 64 ; *AIH*, XII, 788.

*SEMBLANÇAY : *IG*, IV, 576 (var. *a*) ; *Le Grand Propriétaire*, IX, 1260.

SÉMIRAMIS, reine légendaire de Babylone et créatrice des jardins suspendus : *Do.*, X, 567 ; *ACE*, XII, 844 ; héroïne de *Sémiramide* de Rossini et citée à ce titre : *F30*, II, 1084 ; *Do.*, X, 557 ; *HP*, XII, 572.

Sémiramis du Nord (la), CATHERINE II de Russie : *MM*, I, 686.

Sémiramis (une pose de) : *SetM*, VI, 609.

Sémiramis (un type de), une prostituée : *HP*, XII, 572, 580.

SÉMONVILLE (Charles-Louis Huguet, marquis de) [1759-1839], magistrat sous l'Ancien Régime, ambassadeur en 1793, prisonnier en Autriche et échangé contre Madame Royale (future duchesse d'Angoulême) en 1795, conseiller d'État, sénateur et ministre d'État de l'Empire, conseiller de Louis XVIII, nommé dès le début du règne de ce dernier, le 4 juin 1814, grand référendaire de la Chambre des pairs, grand référendaire honoraire en 1834 ; surnommé « le vieux chat » : *AIH*, XII, 779.

*SÉMONVILLE et *HUGUET, remplacés par CHÂTILLON et ODET : *Hist.Lys*, IX, 929 (var. *b*).

*SÉNANCOUR (Étienne Pivert de) [1770-1846], écrivain : *MM*, I, 508.

Oberman : *MJM*, I, 312 ; *MM*, I, 508 ; *Pré.PG*, III, 42 ; *IP*, V, 347.

*OBERMANN : *IP*, V, 347 (var. *e*).

SENAR (Gabriel-Jérôme) [1760-1796], avocat ; juge ordinaire civil, criminel, de police et gruyer de la châtellenie de Saché ; procureur à Tours en 1791 ; secrétaire-rédacteur aux Comités de Salut public et de Sûreté générale à Paris de décembre 1793 à mars 1794 : *Lys*, IX, « Sénard » 991.

SÉNATEUR (le), personnage de *Venise sauvée*, d'Otway. Voir ANTONIO.

SÉNÈQUE le Philosophe (Lucius Annaeus Seneca, ou) [v. 4 av. J.-C.-65], philosophe, précepteur de Néron : *Cath.*, XI, 184.

SÉRAPHIN (Séraphin-Dominique François, dit) [1747-1800], fondateur en 1776 d'un théâtre de marionnettes et d'ombres chinoises à son nom, installé d'abord au jardin Lannion puis, en 1784, au Palais-Royal, galerie de pierre, 121 ; l'établissement fut exploité après lui par son neveu, Joseph François, puis par le gendre de ce dernier, Paul Royer, après la mort de son beau-père en 1844 ; transféré boulevard Montmartre en 1858, il ferma en 1870 : *IG*, IV, 591 ; *Phy.*, XI, 969.

Sergents de La Rochelle (les quatre) : BORIES (Jean-François-Louis-Clair) [1795-1822], sergent-major, POMIÈS (Jean-Joseph) [1776-1822], RAOULX (Marius-Claude-Bonaventure) [1793-1822], GOUBIN (Thomas-Charles-Paul) [1798-1822], sergents au 45e régiment de ligne ; guillotinés pour complot : *R*, IV, 476 ; *MD*, IV, 681 ; *E*, VII, 1077 ; *PCh.*, X, 113 ; *MR, X, 366 (n. 3), 371 (n. 2 et 3) ; *DxA*, XII, 665.

Serpent (le), personnage du *Paradis perdu*, de Milton : *MD*, IV, 680.

*SERRE (Anne-Philippine-Marie-Josèphe d'Huart, devenue comtesse de) [1794-1875], femme du suivant : *IP*, V, 536 (n. 2), 537.

*SERRE (Pierre-François-Hercule, comte de) [1776-1824], avocat, magistrat, député, garde des Sceaux du 29 décembre 1818 au 14 décembre 1821 ; ambassadeur à Naples jusqu'à sa mort : *DF*, II, 70 ; *IP*, V, 493, 524, 525, 535, 536 (n. 2), 537, 538.

*SERRE DE SAINT-CLAIR (Antoine) [1787-1815], capitaine de grenadiers, il assassina le 14 novembre 1814 une fille du Palais-Royal, Cornélie Kaer-

•*Le Marchand de Venise*.
 SHYLOCK : •*FE*, II, 369; •*IP*, V, 354; *CB*, VI, 107; *E*, VII, 1094.
Othello : *AEF*, III, 681; •*SetM*, VI, 484; •*Phy*., XI, 1119.
 DESDEMONA : *MJM*, I, 229; *AEF*, III, 682; *CA*, IV, 1041; •*PMV*, XII, 88.
 IAGO : *H*, II, 585; *B*, II, 912; *Be*., VII, 152.
 OTHELLO : *MJM*, I, 229; *MM*, I, 679; *H*, II, 544, 585; *B*, II, 912; •*F30*, II, 1182; *AEF*, III, 679, 681-683; *CA*, IV, 1041; *DL*, V, 984; *FYO*, V, 1075; *SetM*, VI, 484; •*SPC*, VI, 994; *Be*., VII, 210, 223, •397, •413; •*Phy*., XI, 1050, 1119; *PMV*, XII, 88, •181.
•*Richard III*.
 •MARGARET : *R*, IV, 515.
 RICHARD : *R*, IV, 515; *VF*, IV, 892, 930; *Be*., VII, 152; *ZM*, VIII, 843; *RA*, X, 785.
•*Roméo et Juliette*.
 CAPULET (les) : *Do*., X, 610.
 JULIETTE : *MM*, I, 548; *Ven*., I, 1089; •*Mes*., II, 399; *SetM*, VI, 688, 787; *DA*, VIII, 791; *Lys*, IX, 1142.
 MONTAIGU (les) : *Do*., X, 610.
 ROMÉO : *MM*, I, 548; *Ven*., I, 1089; *SetM*, VI, 688, 787; *DA*, VIII, 791; *Lys*, IX, 1142.
 *ROMÉO : *RA*, X, 659 (var. *a*).
La Tempête : *Be*., VII, 119.
 ARIEL : *Be*., VII, 119; •*PCh*., X, 140.
 *ARIEL : *Be*., VII, 164 (var. *a*).
 CALIBAN : *UM*, III, 770; *Be*., VII, 119; •*PCh*., X, 68.
 *CALIBAN : •*PG*, III, 124 (var. *a*); *Be*., VII, 164 (var. *a*).
 PROSPERO : *Be*., VII, 119.
SHANDY (famille), personnages de *Tristram Shandy*, de Sterne : *Pay*., IX, 1291.
SHANDY (Gauthier), père du héros : *Phy*., XI, 961-964, •1069, •1172.
 *SHANDY : *Ech*., XII, 498 (var. *a*).
SHANDY (Mme), femme du précédent : *Ven*., I, 1069; *Lys*, IX, 1228; *Phy*., XI, 962, 1069, 1172.
Shandy (une Mme), une femme inconsistante, selon Natalie de Manerville : *Lys*, IX, 1228.
SHANDY (Tobie), frère de Gauthier, oncle du héros : *Pré.CH*, I, 10; *Bo*., I, 429; *MM*, I, 681; *AEF*, III, 714; *SPC*, VI, 977; *EHC*, VIII, 259; *Phy*., XI, 961-964.
 *TOBIE SHANDY : *Pré.Ch*., VIII, 1679.
SHANDY (Tristram), le héros : *Phy*., XI, 1172, 1197.
SHEARSMITH (Richard), perruquier à Londres, Great Bath Street, 32, Aukenwell; logeur de Swedenborg qui mourut chez lui après avoir prédit à Elizabeth Reynolds, future femme du perruquier, le jour exact de sa mort, ce dont elle témoigna sous la foi du serment par acte établi le 24 novembre 1775 : *Sér*., XI, 786.
SHELLEY (Mary Wollstonecraft, devenue Mrs.) [1797-1851], fille naturelle de William Godwin, enlevée à seize ans par Shelley et devenue sa seconde femme; romancière : *MD*, IV, « Mistriss Shelley » 718.
 Frankenstein : *MD*, IV, 718.
SHERIDAN (Richard-Brindsley-Butler) [1751-1816], auteur dramatique, puis homme politique anglais : *ZM*, VIII, 848; *PVS*, XII, 230, 311.
SHERIDAN Junior. Voir PICHOT.
•SHIRAM, roi pour lequel le sage Sissa aurait inventé le jeu d'échecs : *UM*, III, 783 (n. 5); *Boi*., XII, 391 (n. 6).
SHYLOCK, personnage du *Marchand de Venise*, de Shakespeare : *CB*, VI, 107; *E*, VII, 1094.
Shylock, sobriquet donné à Gigonnet par du Tillet : *FE*, II, 369.
Shylock, sobriquet donné à Barbet par Lousteau : *IP*, V, 354.
SIBYLLE, nom de devineresses pour les Grecs et les Romains; notamment la Sibylle de Cumes.
Sibylle d'écume (la), Mme de LIEVEN : *Be*., VII, 327 (n. 1).
Sicambre (fier), surnom donné au docteur Bouvard par Minoret : *UM*, III, 833.

SOULIÉ (Melchior-Frédéric) [1800-1847], romancier, auteur dramatique : _Hist.Lys_, IX, 961, 967.

SOULT (Nicolas-Jean-de-Dieu), duc de Dalmatie et prince d'Eckmühl (1769-1851), maréchal de France de l'Empire, rallié à Louis XVIII en 1814, rallié à Napoléon en 1815, exilé de 1816 à 1819, renommé duc et pair par Charles X, rallié à Louis-Philippe, ministre de la Guerre du 17 novembre 1830 au 11 octobre 1832, président du Conseil et ministre de la Guerre du 11 octobre 1832 au 18 juillet 1834, président du Conseil et ministre des Affaires étrangères du 12 mars 1839 au 1er mars 1840, président du Conseil et ministre de la Guerre à partir du 29 octobre 1840 jusqu'au 19 septembre 1847 pour la présidence et jusqu'au 10 novembre 1845 pour la Guerre : _DV_, I, 778; _F30_, II, 1056, 1057; •_Ath._, III, 393 (n. 3); _MD_, IV, 730; •_Be._, VII, 386; _Pré.TA_, VIII, 495; •_Ma._, X, 1041 (n. 2); _CF_, XII, 456.

SOUMET (Alexandre) [1788-1845], poète académicien : _IP_, V, 152.
  *SOUMET : _IP_, V, 164 (var. _c_).
  *SOUMET, remplacé par *PLOUMET, puis par *PLUMET : _IP_, V, 278 (var. _f_).

Sous-préfet à Vendôme (le), en 1816 : _AEF_, III, 722. Dans la réalité, M. de Beaumont.

Sous-préfet à Provins (le), en 1827 : _P_, IV, 94. Dans la réalité, M. Dupré.

*Sous-préfet à Arcis-sur-Aube (le), en 1806 : _TA_, VIII, 629 (var. _b_).

SOUVAROV. Voir SUVÓROV.

SPACHMANN (Jakob-Friedrich, devenu Jacques-Frédéric) [1807-1850], relieur originaire du Wurtemberg, établi à Paris en 1835 successivement rue Coquenard, rue Neuve-des-Petits-Champs et rue de Tournon : _Hist.Lys_, IX, 934.

SPALLANZANI (Lazzaro) [1729-1799], prêtre et biologiste italien : _Pré.CH_, I, 9 (n. 4); _RA_, X, 700; _Phy._, XI, 1062; _PVS_, XII, 277.

SPARTACUS (?-71 av. J.-C.), esclave des Romains, il fomenta une révolte qui dura deux ans à partir de 73 avant Jésus-Christ : _FE_, II, 291; _Phy._, XI, 953.

Spectre (le), père d'Hamlet, de Shakespeare. Voir CLAUDIUS.

SPENCER (Lord George-John, second comte) [1758-1834], homme d'État et collectionneur anglais : _CP_, VII, 484; _RA_, X, 828 (n. 3).

SPHINX (le), monstre fabuleux : _Goethe et Bettina_, I, 1335; _B_, II, 799; _Phy._, XI, 1048; _PMV_, XII, 30, 31.

SPINOLA (les), famille gibeline de Gênes : _Do._, X, 544.

SPINOLA (marquise de) [?-1505], dame génoise qui s'éprit de Louis XII lors de l'entrée de ce roi à Gênes en 1502 : _CA_, IV, 1031.
  Ant. *PESCAIRE (marquise de) : _CA_, IV, 1031 (var. _a_).

SPINOZA (Baruch, devenu, lors de son abandon du judaïsme, Benedictus) [1632-1677], philosophe hollandais; ici, « Spinosa » : _MM_, I, 510; _FM_, II, 216; _UM_, III, 837; _Be._, VII, 260; _Pré.E_, VII, 888; _PCh._, X, 106; _Cath._, XI, 180, 193, 194, 339; _IL_, XI, 679.
  *SPINOSA : _LL_, XI, 1501.

STAËL (Anne-Louise-Germaine Necker, devenue baronne de Stael-Holstein et dite Mme de) [1766-1817], écrivain : _MJM_, I, 210, 231; _MM_, I, 506, 533; _FE_, II, 298; _Pré.B_, II, 387; _B_, II, 688, 699, 750; _MD_, IV, 644, 662, 710, 753, 757; _VF_, IV, 911; _Pré.IP_, V, 120; _IP_, V, 370, 460; _SetM_, VI, 761; _E_, VII, 904; _Ch._, VIII, 917; _LL_, XI, 590, 595, 596, 601, 604, 606, « Corinne » 612, 619, 644; _Phy._, XI, 992, 1022; _FAu._, XII, 618.
  *STAËL (Mme de) : _B_, II, 1459; _IG_, IV, 571 (var. _a_); _LL_, XI, 1494, 1495.
  Corinne ou l'Italie : _MJM_, I, 210, 272; _Pré.CA_, IV, 963; _IP_, V, 173, 460; _LL_, XI, 596; _PVS_, XII, 306.
    CORINNE : _Pré.CH_, I, 10; _MM_, I, 536; _IP_, V, 347, •455; •_LL_, XI, 612.
    *CORINNE : _DL_, V, 923 (var. _d_); _LL_, XI, 1493.
  De l'Allemagne : •_Pré.B_, II, 636 (n. 1); _LL_, XI, 601.

STAHL (Georg-Ernst) [1660-1734], médecin animiste allemand; ici, « Sthall » : _RA_, X, 718 (n. 2); _MI_, XII, 743.

STÅLAMMAR (Carl-Leonard) [1736-1797], officier suédois : _Sér._, XI, « Charles-Léonhard de Stahlhammer » 770, •771.

•*BS*, I, 112 (n. 1); *MJM*, I, 202, 246, 247, 325; *MM*, I, 599; *AS*, I, 920; •*Ven.*, I, un des « trois hommes » (avec Fouché et Feltre) dont Napoléon aurait dû « se débarrasser » 1066; •*PM*, II, 103 (n. 1); *Fir.*, II, 144; *FM*, II, 219; *FE*, II, 312; *H*, II, 557; *Gb.*, II, 964; *PG*, III, 94, 144; *Col.*, III, 349; •*In.*, III, 453, 454 (n. 1); •*CM*, III, 647 (n. 1); *AEF*, III, 676, 690, 701; *VF*, IV, 828, 878; *CA*, IV, 1049, 1092; *IP*, V, 423, 485, 698, 705; *F*, V, 817; *DL*, V, 931, 933, 959, 1013; *FYO*, V, 1072; *CB*, VI, 82; *SetM*, VI, 531, 918; *HA*, VII, 785; *Pr.B*, VII, 813; *Gau.*, VII, 848, •849; *E*, VII, 1096; *Bou.*, VIII, 128; *Pré.TA*, VIII, •484 (n. 2), •485, 492, •493; *TA*, VIII, 526, 553, 554, 596, 598, 674, 676, 680, 681, 687, •688-•692, 693, 694; *DA*, VIII, 739, 742, 766, 818; *Ch.*, VIII, 929, 1006; *Hist.Lys*, IX, 929; •*Lys*, IX, 1089 (n. 1), peut-être « Un des hommes qui, dans l'autre siècle, [...] a dominé son époque » 1093 et 1094; *PCh.*, X, 92; •*ELV*, XI, 487; *Phy.*, XI, 1011; *PVS*, XII, 245, 281; *AIH*, XII, 774.

  *TALLEYRAND : *PM*, II, 111 (var. *a*); *TA*, VIII, 527 (var. *a*), 673 (var. *c*), 684 (var. *c*), 1473-1476, 1478; *DA*, VIII, 807 (var. *c*).

  **TALLEYRAND : *IG*, IV, 1331 (n. 3).

  **TALLEYRAND, le « vieux diplomate », remplacé par le vidame de Pamiers : *DL*, V, 960 (var. *a*).

  *TALLEYRAND, remplacé par *BUCKINGHAM, puis par LAUZUN : *DA*, VIII, 807 (var. *c*).

Talleyrand de sa famille (le), l'abbé Cruchot : *EG*, III, 1037.

Talleyrand du pays (le prince de), le chevalier de Valois : *VF*, IV, 887.

Talleyrand femelle (un), la princesse de Blamont-Chauvry : *DL*, V, 1011.

TALLEYRAND (Catherine-Noël Worlée, devenue Mrs. Grand, puis, après un divorce, duchesse de), princesse de Bénévent (1762-1835), femme du précédent qui, ayant reçu un bref de sécularisation, l'épousa en 1802 : •*VF*, III, 349 (n. 3); •*VF*, IV, 878 (n. 2); •*CA*, IV, « Mme Grandt » 1093; *TA*, VIII, 675.

TALLIEN (Jean-Lambert) [1767-1820], conventionnel, commissaire de la Convention en Bretagne, organisateur du 9 Thermidor, membre des Cinq-Cents, consul à Alicante après le 18 Fructidor : *E*, VII, 1024 (n. 2); *DA*, VIII, 766; *AIH*, XII, 774.

  *TALLIEN : *Ch.*, VIII, 970 (var. *b*).

TALLIEN (Maria-Juana-Iñigo-Teresa de Cabarrus, devenue la marquise Davin de Fontenay, puis, en secondes noces, Mme) et, divorcée, en troisièmes noces, princesse de Chimay (1773-1835), fille de l'ambassadeur d'Espagne en France avant la Révolution; femme du précédent qui pour la sauver de l'échafaud provoqua le 9 Thermidor, et surnommée, pour cela, Notre-Dame de Thermidor : *IP*, V, 699; *SetM*, VI, 441; *Be.*, VII, 74; •*E*, VII, « une influence féminine » 905; •*PVS*, XII, 238 (n. 4).

  *TALLIEN (Mme) : *Ch.*, VIII, 970 (var. *b*).

TALMA (François-Joseph) [1763-1826], tragédien, de la troupe de la Comédie-Française de 1787 à sa mort : *DV*, I, dans NÉRON, 850; *DF*, II, 80; *FE*, II, 314, 321; *B*, II, 695; *Col.*, III, dans NÉRON, 319; *MD*, IV, dans LEICESTER, 789; *IP*, V, 299, 368, dans MANLIUS, 453; *FYO*, V, dans OTHELLO (de Ducis), 1075; *CB*, VI, 69; *SetM*, VI, dans MANLIUS, 479, dans NICOMÈDE, 920; *E*, VII, 1077; *Bou.*, VIII, 52 (n. 6), 128; *Lys*, IX, dans •NÉRON, 978; *RA*, X, 823; *Phy.*, XI, 1083; *ES*, XII, 542; *Th.*, XII, 587, 591, dans NÉRON, 593.

  *TALMA, remplacé par la CATALANI : *MM*, I, 642 (var. *d*).

TALMONT (Antoine-Philippe de La Trémoïlle, prince de) [1765-1794], commandant en chef la cavalerie royaliste en Vendée; décapité à Laval : *Cath.*, XI, 192.

  *TALMONT (prince de), remplacé par le prince de Loudon : *B*, II, 650 (var. *c*).

TAMBURINI (Antonio) [1800-1876], baryton italien : *EHC*, VIII, 770 (n. 1); *PVS*, XII, 274 (n. 1).

*TAMERLAN (Timur i Leng, ou) [1336-1405], roi de Transoxiane et conquérant; remplacé ici par AURENG-ZEB : *Sér.*, XI, 837 (var. *b*).

TAMISIER (Maurice) [1810- ?], voyageur : *PVS*, XII, 319.

  •*Voyage en Abyssinie* : *PVS*, XII, 319 (n. 3).

TANRADE, confiseur-distillateur établi vers 1730 et dont les descendants continuèrent l'activité, avant la Révolution rue de Sèze, 5, au moment de l'action rue de Choiseul, 5, puis rue Vignon, 18 : *CB*, VI, 167 (n. 2), 185.

*Tanrade : *CB*, VI, 184 (var. *d*).

Tantale, roi de Lydie dans la mythologie grecque : *AS*, I, 977; *PM*, II, 102; *Gb.*, II, 973; *PG*, III, 263; *Be.*, VII, 191; *Do.*, X, 601.

*Tantale : *Ch.*, VIII, 1020 (var. *e*).

Tantales (des patients), les jeunes gens à Paris : *PG*, III, 152.

Tantales modernes (un des), un joueur : *PCh.*, X, 60.

Tantales parisiens (les), ceux qui veulent suivre la mode : *PVS*, XII, 254.

*Tarquin (les), dynastie romaine : *MD*, IV, 1360.

Tarquin (Lucius Tarquinius Priscus, ou) [616-578 av. J.-C.], cinquième roi de Rome qui aurait régné de 569 à sa mort.

Tarquin (un), Luther : *Cath.*, XI, 246.

*Tarquin (une conception à la) : *Le Grand Propriétaire*, IX, 1268.

Tartuffe, personnage-titre d'une comédie de Molière; ici, « Tartufe » : *Ath.*, III, 393; *P*, IV, 83; *Pré.IP*, V, 116; *IP*, V, 404, 637; *CB*, VI, 741; *SetM*, VI, 505; *Be.*, VII, 57; *CP*, VII, 571, 624, 710; *Bou.*, VIII, 21, 66, 67; *Pay.*, IX, 131.

Tartufe (un), Paz, selon Laginski en plaisantant : *FM*, II, 213.

Tartufe, injure adressée à Pierrette par Sylvie Rogron : *P*, IV, 130.

Tartufe, cousin germain de La Peyrade, selon Phellion : *Bou.*, VIII, 90.

Tartufe politique (le) : *SetM*, VI, 592.

Tartufe, qualificatif de Chodoreille par sa femme : *PMV*, XII, 156.

Tartufes (des), les saints anglais, selon Théophile Ormond : *MI*, XII, 731.

Tasse (Torquato Tasso, dit le) [1544-1595], poète italien que sa sympathie pour le calvinisme fit enfermer par Alfonso II de Ferrare, et non une passion prétendue pour Leonora d'Este; héros de *Torquato Tasso*, de Goethe, et des *Lamentations du Tasse*, de Byron : *MM*, I, 508, 520, 528, 657; *PG*, III, 233; *IP*, V, 325; *Be.*, VII, 245; *RA*, X, 830; *Sér.*, XI, 769.

   Jérusalem délivrée : *Gam.*, X, 487, 506; •*Sér.*, XI, l'épopée du Tasse 769.

   Armide : *DV*, I, 865; *Pay.*, IX, 67; *Lys*, IX, 1224; *PMV*, XII, 84.

Tavannes (Gaspard de Saulx, seigneur de) [1509-1573], maréchal de France : *Cath.*, XI, 377, 380, 391-394, 397, 399, 400, 404, 412, 413, 418-423.

*Tavannes : *Cath.*, XI, 375 (var. *c*), 378 (var. *a*).

•Taylor (Isidore-Justin-Séverin, baron) [1789-1879], polytechnicien, officier, dessinateur, graveur, littérateur; commissaire royal près le Théâtre-Français à partir de 1824, puis, à partir de 1838, inspecteur des Beaux-Arts et, plus tard, sénateur.

   Bertram ou le Pirate : *IP*, V, 373 (n. 1).

Télémaque, fils d'Ulysse et de Pénélope; héros de nombre d'œuvres de *L'Odyssée* au *Télémaque*, de Fénelon : *MM*, I, 521; •*PG*, III, 53; *Pay.*, IX, 86.

Télémaque (des), des amoureux, selon Bette : *Be.*, VII, 249.

Téligny (Louis de) [?-1572], gendre de l'amiral de Coligny, égorgé avec lui lors de la Saint-Barthélemy; ses restes furent exhumés et jetés à la rivière en 1617 sur ordre de l'évêque de Castries : *Cath.*, XI, 280.

Tell (Guillaume). Voir Guillaume Tell.

Templier (un), supplicié sous Philippe le Bel : *P*, IV, 137 (n. 1).

•Tencin (Claudine-Alexandrine Guérin de) [1685-1749], romancière.

   Mémoires du comte de Comminges : *MCP*, I, 51.

   Comminges : *Lys*, IX, 1201 (var. *c* et n. 1).

Teniers le Vieux (David) [1582-1649], peintre et graveur flamand; ou, plus probablement, son fils aîné David Teniers le Jeune (1610-1690), peintre d'histoire, de mœurs, de portraits et graveur : *DF*, II, 82; *FE*, II, 343; *AEF*, III, 719; *Be.*, VII, 121; *Pay.*, IX, 323; *PCh.*, X, 72; *RA*, X, 684.

*Teniers : *Pré.Ch.*, VIII, 1678.

Terburg (Gerard Ter Borch) [1617-1681], peintre hollandais de genre et de portraits : *F30*, II, 1190; *PGr.*, VI, 1106, 1110; *Be.*, VII, 138; *CV*, IX, 653; *RA*, X, 683, 728.

Terme, dieu de la mythologie romaine, protecteur des limites : *FE*, II, 379; *IP*, V, 376; *F*, V, 901; *Ch.*, VIII, 1106.

Ternaux (Louis-Guillaume, baron) [1763-1833], manufacturier, introducteur en France des chèvres du Tibet, député libéral de 1818 à 1822, et de 1827 à 1830 : *IG*, IV, 573 (n. 2); *IP*, V, 724; *F*, V, 852; *SetM*, VI, 450.

TERPSICHORE, muse de la danse.

Terpsichore villageoise (le palais de la), le bal de Sceaux : *BS*, I, 133.

TERRAIL (chevalier du). Voir BAYARD.

TERRASSE père (Nicolas-François) [1777-1824], chef de la section judiciaire des Archives au Palais de justice, à l'époque de l'action ; ou son fils, Auguste-Nicolas (1775-1851), aussi archiviste au Palais à cette époque : *DV*, I, 851.

TERRAY (Joseph-Marie) [1715-1778], abbé, contrôleur des finances : *CB*, VI, 73; *MN*, VI, 376.

THALBERG (Sigismund) [1812-1871], compositeur et pianiste autrichien; fils naturel du prince Dietrichstein : *CP*, VII, 497.

THELLUSSON (Georges-Tobie) [1728-1776], Genevois, financier à Paris, rue Michel-le-Comte; il avait pour commis Necker avec lequel il s'associa : *Bou.*, VIII, « Thélusson » 35.

THÉMIS, déesse de la Justice dans la mythologie grecque : *DV*, I, 853; *Pay.*, IX, 267, 269.

THÉMISTOCLE (v. 525-v. 460 av. J.-C.), général et homme d'État athénien. Voir Index III.

•THÉNARD (Louis-Jacques, baron) [1774-1857], professeur de chimie au Collège de France, pair de France; peut-être évoqué à ces titres : *FE*, II, 312; *PG*, III, 74.

THÉOCRITE (v. 310-250 av. J.-C.), poète grec : *Pay.*, IX, 205.

   L'Oaristys : *Pay.*, IX, 205.

THÉODORE (saint) [IVe s.], patron des soldats : *Do.*, X, 611.

THÉODOSE Ier le Grand (v. 347-395), empereur romain de 379 à sa mort : *Bou.*, VIII, 152.

THÉRÈSE D'AVILA (Teresa de Cepeda, devenue sainte) [1515-1582], religieuse espagnole, réformatrice du Carmel : *MJM*, I, 385; *MM*, I, 645; *FM*, II, 216; *H*, II, 594; *CT*, IV, 188; *Bi.*, V, 916, 917; *Be.*, VII, 143; *Pré.Ch.*, VIII, 1674; *RA*, X, 738; *EM*, X, 930; *Ma.*, X, 1045; *LL*, XI, 594, 639; *PVS*, XII, 236; *DxA*, XII, 670. (Voir Index III.)

   •THÉRÈSE (sainte) : *DL*, V, 905 (var. *c*); *Lys*, IX, 1115 (var. *a*).

   •*Le Chemin de la perfection* : *DL*, V, 905 (var. *c* et n. 2).

THÉRÈSE. Voir LEVASSEUR.

THÉRET, commissaire expert en ventes publiques pour les dentelles, marchand de curiosités établi, à la date de l'action, rue Basse-du-Rempart, 36 : *CP*, VII, 593.

THIBAUD (les). Voir CHAMPAGNE.

THIBAUT Ier le Tricheur ou le Vieux (Thibaut, comte de Blois et de Chartres, dit) [?-v. 978] : *Cath.*, XI, « Thibault » 234 (n. 2).

THIBON (Louis-Charles, baron) [1761-1837], premier sous-gouverneur de la Banque de France : *CB*, VI, 210.

THIERRY (Amédée-Simon-Dominique) [1797-1873], historien, préfet puis maître des requêtes sous Louis-Philippe : *CA*, IV, 966; *Cath.*, XI, 344.

THIERRY (Jacques-Nicolas-Augustin) [1795-1856], frère du précédent, historien : *CA*, IV, 966; •*Cath.*, XI, 344.

   •*Lettres sur l'histoire de France* : *Cath.*, XI, 344 (n. 1).

THIERS (Louis-Adolphe) [1797-1877], historien, publiciste, homme d'État; rédacteur au *Constitutionnel*, fondateur du *National*, puis, après la révolution de Juillet, député, conseiller d'État, sous-secrétaire d'État aux Finances pendant le ministère Laffitte du 4 novembre 1830 au 13 mars 1831, ministre de l'Intérieur du 11 octobre au 31 décembre 1832, date à laquelle il passe au Commerce et aux Travaux publics jusqu'au 18 juillet 1834, ministre de l'Intérieur du 18 juillet au 10 novembre 1834, puis du 18 novembre 1834 au 12 mars 1835, président du Conseil et ministre des Affaires étrangères du 22 février au 6 septembre 1836 et, de nouveau, du 1er mars au 29 octobre 1840, mis à l'écart jusqu'à la Révolution de 1848 : *Pré.E*, VII, 890; •*E*, VII, 1011 (n. 4); *CSS*, VII, •1202 (n. 1), 1205; *Bou.*, VIII, •77 (n. 2), 140 (n. 2); *DA*, VIII, 726, 734; 742; *ZM*, VIII, 842, •846 (n. 1 de la p. 847); *Hist.Lys*, IX, 926, 961; •*Pré. Livre mystique*, XI, 509 (n. 1 et 2).

   •*Histoire de la Révolution française* : *E*, VII, 1011 (n. 4).

THOMAS (saint), un des douze apôtres : *Fir.*, II, 148 ; *P*, IV, 34 ; •*EHC*, VIII, « un incrédule » 325 ; *MC*, IX, 415 ; *Hist.Lys*, IX, 961 ; *Phy.*, XI, 1169.

THOMAS (Mme), marchande de modes établie, au moment de l'action, rue des Filles-Saint-Thomas, 23 : *SetM*, VI, 616.

THOMÉ (marquis de), commentateur de Swedenborg : *Sér.*, XI, 766 (n. 3).

THOMIRE (Pierre-Philippe) [1751-1843], ciseleur-bronzier des têtes couronnées, de Catherine II de Russie et Louis XVI à Napoléon, Louis XVIII et Charles X ; sa fabrique était située rue Boucherat, 7, et son magasin boulevard Poissonnière, 2, puis rue Blanche, 45, en 1830 et, à la fin de sa vie, rue de la Chaussée-d'Antin, 51 : *IP*, V, 394 ; *PCh.*, X, 107.

*THOMIRE, remplacé par *GALL puis remis : *PCh.*, X, 107 (var. *a*).

THORÉ (Guillaume de Montmorency, seigneur de) [?-1594], des fils du connétable Anne de Montmorency ; il fit souvent cause commune avec les Réformés : *Cath.*, XI, 265, 325.

THORWALDSEN (Bertel) [1768-1844], sculpteur danois : *CV*, IX, 675.
  *Les Douze Apôtres : *CV*, IX, 675.

*THOU (les de), lignée de magistrats allant de Christophe (qui suit) et son fils Jacques-Auguste (qui suit), au fils de ce dernier, François-Auguste (1607-1642), l'ami de Cinq-Mars : *Gloire et malheur*, I, 1181.

THOU (Christophe de) [1508-1582], premier président au Parlement de Paris en 1562 : *Cath.*, XI, 175, 223, 225 (n. 1), 227, 286, 311, 313, 337, 351, 355, 363, 369, 370, •372.

THOU (Jacques-Auguste de) [1553-1617], fils du précédent, président au Parlement, diplomate, administrateur, écrivain : *Cath.*, IX, par erreur 225 (n. 1), 389 ; *AIH*, XII, 779.

THOUVENIN aîné (Joseph) [1791-1834], relieur et doreur établi en 1813 rue Saint-Victor, 36, ensuite rue Mazarine, 34, et passage Dauphine dans la rue Dauphine, 36 :, *CB*, VI, 166 (n. 1) ; *CP*, VII, 595.

THUCYDIDE (v. 465-395 av. J.-C.), historien grec : *S*, VI, 1057.

THÜRHEIM (comtesse Louisa von) [1788-1864], chanoinesse autrichienne. Dédicataire d'*Une double famille* : *DF*, II, « Turheim » 17 (n. 1).

THYESTE, personnage de la mythologie grecque, fils de Pélops et d'Atrée : *Phy.*, XI, 1039.

TIBÈRE (Tiberius Claudius Nero, ou) [42 av. J.-C.-37], empereur romain : *MD*, IV, 681 ; *Pré.IP*, V, 120 ; *Pré.TA*, VIII, 499 ; *TA*, VIII, 692 ; *Pay.*, IX, 246 ; *MC*, IX, 508 ; *ELV*, XI, 488 ; *DxA*, XII, 665.

*TIBÈRE : *TA*, VIII, 1476.

Tibère de la vallée de l'Avonne (le), G. Rigou : *Pay.*, IX, 248.

TIBULLE (Albius Tibullus, ou) [54 av. J.-C.-19], poète latin : *IP*, V, 208 ; *SetM*, VI, 441 ; *PCh.*, X, 70 ; *EM*, X, 948 ; •*Cath.*, XI, 348 ; *Phy.*, XI, 1181.

TIEPOLO (les), famille de Venise qui compta plusieurs doges : *SetM*, VI, 591 ; *Do.*, X, 545.

TINTÉNIAC (Alphonse, chevalier de) [v. 1764-1795], un des chefs royalistes de la Chouannerie ; il fit plusieurs voyages en Angleterre avant d'être parmi ceux qui commandèrent l'insurrection vendéenne : *EHC*, VIII, 294 ; *Vis.*, XII, 638.

TINTORET (Jacopo ou Giacomo Robusti, dit il Furioso ou il Tintoretto, ou le) [1518-1594], peintre italien d'histoire, de fresques et de portraits : *Do.*, X, 545, 550.

TIPPOU-SAÏB (Tipu Sahib, ou) [1750-1799], fils d'Haydar Ali, sultan de Mysore ; ici, « Tippo-Saeb » : *Gb.*, II, 967 ; •*S*, VI, 1043 (n. 3) ; *Vis.*, XII, 641.

TISSOT (Pierre-François) [1768-1854], académicien, professeur de poésie au Collège de France et publiciste, collaborateur notamment de *La Minerve française* puis du *Constitutionnel*, et propriétaire-directeur du *Pilote* : *PG*, III, •74 (n. 1), 215 ; *IP*, V, 152, 444 ; *Pr.B*, VII, 809.

*TISSOT : *R*, IV, 313 (n. 1).

*TISSOT, remplacé par le fictif *Chatelain, lui-même remplacé par un anonyme habitué du *Café Minerve* : *R*, IV, 314 (var. *c*).

TITAN, personnage de la mythologie romaine, fils d'Uranus, frère aîné de Saturne, père des Titans.

Titan (un), Montcornet, selon Blondet : *Pay.*, IX, 62.

Titan (un), Claës : *RA*, X, 798, 799.

TRIM (caporal), personnage de *Tristram Shandy*, de Sterne : *Bo.*, I, 429; *B*, II, 762; *AEF*, III, 714; *FYO*, V, 1063; *E*, VII, 929; *•PCh.*, X, 57 (n. 1); *Phy.*, XI, 962; *PMV*, XII, 109; *•PVS*, XII, 261 (n. 6).

TRIPET, marchand de tableaux non identifié : *Fir.*, II, 144 (n. 2).

TRIPIER (Nicolas-Jean-Baptiste) [1765-1840], avocat, magistrat : *PMV*, XII, 53 (n. 1).

TRISTAN, personnage de légendes du Moyen Âge, lié à Yseult.

Tristan des fabliaux (les) : *Phy.*, XI, 981.

TRISTAN. Voir L'HERMITE.

TRISTRAM SHANDY. Voir SHANDY.

TRIVULZIO (les), famille noble originaire de Milan au XIᵉ siècle, illustrée par plusieurs grands capitaines et, au XIXᵉ siècle, par la princesse BELGIOJOSO (voir ce nom) : *AS*, I, 952; *Cath.*, XI, « Trivulce » 191.

TRIVULZIO (Giangiacomo), marquis de Vigevano (1448-1518), général milanais nommé gouverneur du Milanais par Louis XII : *CA*, IV, « Trivulce » 1031 (n. 1).

•TRIVULZIO (Gian-Francesco). Voir VIGEVANO.

TROMP (docteur), vraisemblablement une plaisanterie, car *La Leçon d'anatomie* de Rembrandt représente la leçon de Tulp : *PGr.*, VI, 1109.

TRONCHET (François-Denis) [1726-1806], jurisconsulte, magistrat, un des défenseurs de Louis XVI à la Convention, puis un des quatre rédacteurs du Code civil : *•UM*, III, 851; *Phy.*, XI, 1200.

TRONCHIN (Théodore) [1709-1781], médecin suisse : *Réq.*, X, 1112 (n. 1).

Tronchin (un bureau à la) : *In.*, III, 479.

TROPHONIOS, héros de la mythologie grecque; il passait pour avoir un oracle souterrain en Béotie : *LL*, XI, « Trophonius » 623.

TROPLONG (Raymond-Théodore) [1795-1869], magistrat, auteur d'un *Droit civil expliqué* : *CV*, IX, 813.

TROUSSEAU (Armand) [1801-1867], élève de Bretonneau à Tours, devenu médecin de l'Hôtel-Dieu de Paris à partir de 1832, et titulaire de la chaire de thérapeutique et de matière médicale de 1839 à 1852 : *MI*, XII, 719 (n. 2).

TROUVÉ (Claude-Joseph, baron) [1768-1860], publiciste, administrateur et ministre plénipotentiaire sous l'Empire, imprimeur à la Restauration, puis administrateur sous Charles X : *Hist.Lys*, IX, 930.

TRUDON père et fils, ciriers-marchands de bougies, fournisseurs du Roi, entrepreneurs de la manufacture royale d'Antony; établis, au moment de l'action, rue de l'Arbre-Sec, 54 : *CB*, VI, 168.

TRUMEAUX, épicier condamné aux travaux forcés, en 1812, pour empoisonnement à l'arsenic : *TA*, VIII, 639.

TRY (Bertrand) [1754-1821], président du Tribunal de Iʳᵉ instance de Paris, puis conseiller à la Cour de cassation : *•In.*, III, le premier des « trois présidents qu'eut successivement le tribunal de la Seine » sous la Restauration 432; *SetM*, VI, 528.

•TUFIAKIN (Piotr Ivanovič, prince) [1769-1845], Russe établi à Paris : *FM*, II, 198 (n. 1).

TULOU (Jean-Louis) [1786-1865], flûtiste, première flûte aux Italiens puis à l'Opéra, professeur au Conservatoire, compositeur : *SPC*, VI, 986.

TURC (le Grand). Voir SELIM III.

TURCARET, personnage-titre d'une comédie de Lesage : *Pré.IP*, V, 116; *Pré.SetM*, VI, 426; *SetM*, VI, 521; *CP*, VII, 650.

*TURCARET : *MN*, VI, 337 (var. *k*).

Turcaret (un air), l'air de Finot, selon Lousteau : *IP*, V, 467.

Turcaret (un gros), Finot, selon Bixiou : *MN*, VI, 346.

Turcaret, le souverain : *SetM*, VI, 592.

Turcaret (un), Nucingen, selon Esther : *SetM*, VI, 620, 687.

Turcarets (les), Cardot appartient à leur race : *DV*, I, 836.

Turcarets de l'époque (les), ceux qui mêlent les plaisirs aux affaires : *CB*, VI, 76.

TURENNE (Henri de La Tour-d'Auvergne, vicomte de) [1611-1675], maréchal général : *PG*, III, 185; *SetM*, VI, 903; *SPC*, VI, 983, 987; *Be.*, VII, 143; *CP*, VII, 511; *Bou.*, VIII, 95; *ZM*, VIII, 848; *MR*, X, 346; *AR*, XI, 94; *Vis.*, XII, 643 (n. 1).

TURGOT (Anne-Robert-Jacques), baron de L'Aulne (1727-1781), économiste, contrôleur général des Finances en 1774, renvoyé en mai 1776 : *Ch.*, VIII, 946; *AIH*, XII, 779.

TURHEIM. Voir THÜRHEIM.

TURPIN DE CRISSÉ (Lancelot-Théodore, comte de) [1782-1859], peintre de genre, de paysages, d'architectures, et littérateur : *CP*, VII, 540.

TYCHOBRAHÉ. Voir BRAHÉ.

ULYSSE, légendaire roi d'Ithaque; un des héros de *L'Iliade*, de *L'Odyssée*, et de *Télémaque*, de Fénelon : *FA*, II, 468 (n. 1); *PG*, III, 53; *MD*, IV, 673; *Be.*, VII, 249; *DxA*, XII, 669.

Ulysse, sobriquet donné à Magus par Grassou : *PGr.*, VI, 1094.

UNGARO (Girolamo), marchand italien, dédicataire du Bandello : *E*, VII, 897.

URANIE, muse de l'astronomie : *Phy.*, XI, 1012.

URBAN. Voir FORTIA D'URBAN.

URBIN (duc d'). Voir MÉDICIS (Laurent II).

URBIN (duchesse d'), femme du précédent. Voir LA TOUR DE BOULOGNE (Madeleine).

•URFÉ (Honoré d') [1567-1625], romancier.
    L'Astrée : *MJM*, I, 267.

URGÈLE, fée dans *Ce qui plaît aux dames*, conte de Voltaire.

Urgèle (cette bonne fée), la Misère : *CP*, VII, 537.

URSINI. Voir ORSINI.

URSINS (Juvénal des). Voir JUVÉNAL DES URSINS.

*URSINS (Anne-Marie de La Trémoïlle-Noirmoutiers, devenue princesse de Chalais, puis, en secondes noces, duchesse de Bracciano et, veuve, dite princesse des) [1642-1722], après son premier mariage avec Adrien-Blaise de Talleyrand, prince de Chalais, et le second avec Flavio Orsini, duc de Bracciano, accompagna Marie-Louise de Savoie en Espagne lors du mariage de cette dernière avec Philippe V, et devint, sous le titre de camerera mayor de la reine, toute-puissante de 1704 à sa chute de 1714 : *SetM*, VI, 474 (var. *g*).

URSULE (sainte) [?-452], martyre à Cologne : *UM*, III, 834.

UXELLES (Jacques du Blé, marquis d') [?-1629], maréchal de camp : *UM*, III, 962.

UZÈS (Jean-Charles de Crussol, marquis d'Acier, puis duc d') [1675-1739], à qui l'on dut la fontaine Montmartre : *DL*, V, 924.

UZÈS (François-Emmanuel, duc de Crussol d') [1756-1843], petit-fils du précédent; c'est lui qui fit bâtir sous Louis XV, et non sous Louis XIV, l'hôtel situé rue Montmartre, 176, que lui et « sa famille » quittèrent définitivement lors de leur émigration : *DL*, V, 924.

V. (le baron de V., ou), commissaire ordonnateur puis intendant militaire : *Phy.*, XI, 1148-1153.

V. (le comte) « qui a sur sa canne un diamant de six mille francs », non identifié : *Hist.Lys*, IX, 927.

*VACHETTE, limonadier qui reprit en 1824 le *Café Mathon*, rue de la Harpe, 81, dont il fit le *Café Vachette;* remplacé ici par RICHE : *FAu.*, XII, 603 (var. *a*).

VADÉ (Jean-Joseph) [1719-1757], poète poissard : *DV*, I, 836.
    Dans les gardes françaises : *EG*, III, 1133.

VAFFLARD (Pierre-Louis Wafflard, puis), fondeur et graveur de caractères d'imprimerie établi de 1796 à 1825 cour Chanoinesse, 2 : *IP*, V, « Vaflard » 132.

VALDES Y FLORES (Gayetano) [1767-1835], amiral espagnol, gouverneur de Cadix en 1823, homme d'État; ici, « Valdez » : *MJM*, I, 223 (n. 3), 246.

VALENCIANA (Obregon, marquis de), propriétaire de terrains argentifères au Mexique : *Pré.P*, IV, 24.

VALENS (Flavius) [328-378], empereur romain de 364 à sa mort : *PCh.*, X, 99.

•VALENTIN. Voir Homme à la poupée (l').

VALENTIN (Jean de Boulogne ou de Boullongne, dit Moïse) [1591-1632], peintre d'histoire et de genre; pour Balzac, « le Valentin » : *CT*, IV, 190, 230.
    Vierge : *CT*, IV, 190, 230.

VALENTINO (Henri-Justin-Joseph) [1785-1865], chef d'orchestre de l'Opéra, puis, jusqu'en 1834, de l'Opéra-Comique ; il remplaça Musard à partir du 15 octobre 1838 à la tête de l'orchestre de ses concerts d'hiver de l'établissement de la rue Saint-Honoré (situé à l'emplacement des nᵒˢ 247 à 251 actuels), devenu en 1841 la succursale d'hiver du bal Mabille : *FM*, II, 234 ; *B*, II, 898.

VALENTINOIS (les), famille comtale dont le titre, après son extinction, fut érigé en duché-pairie par Henri II, en 1548, pour Diane de Poitiers : *PCh.*, X, 99 (n. 3).

VALENTINOIS (duchesse de). Voir DIANE DE POITIERS.

VALÈRE, personnage de *Tartuffe*, de Molière : *DxA*, XII, 678.

VALÉRIE (sainte) : *Be.*, VII, 335.

VALERIUS PUBLICOLA. Voir PUBLICOLA.

*Valet de chambre de Mme de Staël (le), riche de trente mille livres de rente : *IG*, IV, 571 (var. *a*).

*VALETTE (Hélène-Marie-Félicité de), devenue Mme Gougeon (1803-1873). Dédicataire radiée du *Curé de village* : *CV*, IX, 641 (var. *a*).

Validé (une) : *MJM*, I, 667 (n. 1) ; *Ven.*, I, 1069.

VALOIS (les), maison royale de France, issue du deuxième fils de Philippe le Hardi, Charles, père de Philippe, devenu le roi Philippe VI en 1328 ; elle s'éteignit avec le troisième fils régnant d'Henri II et de Catherine de Médicis, Henri III, en 1589 : *MM*, I, 530 ; *Ven.*, I, 1034 ; *VF*, IV, 811, 934 ; *CA*, IV, 994, 1008 ; *DL*, V, 1017 ; *SetM*, VI, 708 ; *Pr.B*, VII, 810, 812 ; *EHC*, VIII, 217 ; *TA*, VIII, 504 ; *Cath.*, XI, 170, 174, 176, 216, 219, 234, 237, 239, 242, 250, 265, 286, 320, 328, *345, 379, 382, 389, 390, 405-407, 411, 429, 440, 442.

    Ant. *BOURBONS : *Ven.*, I, 1035 (var. *b*).

*VALOIS : *Cath.*, XI, 283 (var. *a*), 313 (var. *a*), 378 (var. *a*), 413 (var. *b*).

VALOIS (Charles de). Voir ANGOULÊME.

VALOIS (Élisabeth de). Voir ÉLISABETH.

VALOIS (Henri de). Voir ANGOULÊME.

VALOIS (Marguerite de). Voir MARGUERITE.

VALOIS (Louis de), libertin du XVIIIᵉ siècle, non identifié : *AEF*, III, 688 (n. 1).

VALOIS-SAINT-RÉMY (les), branche des Valois issue d'Henri, fils naturel d'Henri II et Nicole de Savigny : *VF*, IV, 811.

*Vampire (le), surnom de lord Ruthwèn, héros du *Vampire*, de Polidori (et non de Byron) : *Ad.*, X, 979 (var. *a*).

VANDAMME (Dominique-Joseph-René), comte d'Unebourg (1770-1830), général de l'Empire : *Be.*, VII, 349 (n. 2).

**VANDERBURCH (Louis-Émile) [1794-1862], littérateur, dramaturge ; coauteur avec Romieu, sous le pseudonyme de vicomtesse de Chamilly, des *Scènes contemporaines* : *SetM*, VI, 343 (var. *b* et n. 1).

VANDERMEULEN. Voir MEULEN.

*VAREZ (François) [v. 1780-1857 ?], dramaturge, régisseur général du théâtre de l'Ambigu jusqu'en 1827, puis du théâtre de la Gaîté jusqu'en 1849.
    Calas : *IP*, V, 469.

*VARIN (Charles Voirin, dit) [1798-1869], auteur comique.
    Les Saltimbanques : *Goethe et Bettina*, I, 1334 ; *E*, VII, 947 ; *CSS*, VII, 1162, 1163, 1208.
        BILBOQUET : *E*, VII, 947.

VARNEY, personnage de *Kenilworth*, de W. Scott : *UM*, III, 811.

*VARNAY : *F30*, II, 1154 (n. 4).

*VATOUT (Jean) [1792-1848], historiographe et administrateur ; sous-préfet destitué sous la Restauration, il devint bibliothécaire du duc d'Orléans en 1822 ; après 1830, il resta celui de Louis-Philippe et fut député pendant la monarchie de Juillet.
    Aventures de la fille d'un roi : *IP*, V, 358 (n. 2).

VAUBAN (Sébastien Le Prestre, marquis de) [1633-1707], gouverneur de la citadelle de Lille. maréchal de France en 1705 : *CV*, IX, 797, 799, 802, 804 ; *Cath.*, XI, 233 ; *PMV*, XII, 64.
    *VAUBAN : *Le Grand Propriétaire*, IX, 1261.
    Traité de l'attaque : *PMV*, XII, 64 (n. 1).

VAUBLANC (Vincent-Marie Viénot, comte de) [1756-1845], député à la

Vénus (cheveux de) : *EG*, III, 1075; *CV*, IX, 712; *Dr.*, X, 1162.
Vénus des carrefours (la) : *R*, IV, 324; *CP*, VII, 495.
Vénus-Titien (une), Flore Brazier : *R*, IV, 434.
Vénus du Titien (une), Suzanne du Val-Noble : *VF*, IV, 822.
Vénus du parisien (la), Paris : *FYO*, V, 1045.
Vénus, sujet de pendule : *CB*, VI, 170.
Vénus, équivalent probable de la Vénus des carrefours : *E*, VII, 949.
Vénus (les) sculptées par les Grecs : *S*, VI, 1060.
Vénus (des), des femmes belles : *MM*, I, 645; *Be.*, VII, 75.
Verazi (Mattia) [xviiiᵉ s.], librettiste italien : *Gam.*, X, « Vesari » 500 (n. 5).
Verdier, fabricant et marchand de cannes et fouets, installé, aux époques où il est cité, rue Richelieu, 95 : *MJM*, I, 390; *IP*, V, 285.
Vergniaud (Pierre-Victurnien) [1753-1793], conventionnel, girondin; guillotiné : *Gb.*, II, 976.
Vermandois (Louis, légitimé de France, comte de) [1667-1683], fils naturel de Louis XIV et de Louise de La Vallière : *PG*, III, 236 (n. 1).
Vermond (Matthieu-Jacques de) [v. 1735-1797], abbé, précepteur de l'archiduchesse Marie-Antoinette : *IP*, V, « Vermont » 708.
Vernet (Charles-Edme) [1789-1848], comédien, pendant quarante ans au théâtre des Variétés : *PVS*, XII, 269.
Vernet (Claude-Joseph, dit Joseph) [1714-1789], peintre de paysage et de marines, graveur à l'eau-forte : *MCP*, I, 67; *FAu.*, XII, 608.
    Ant. *Vernet (Horace) : *FAu.*, XII, 608 (var. *d*).
Vernet (Antoine-Charles-Horace, dit Charlot ou Carle) [1758-1836], fils du précédent, peintre d'histoire, de chevaux, caricaturiste : *R*, IV, 285.
    *Revue sur la place du Carrousel : *R*, IV, 285 (n. 1).
Vernet (Émile-Jean-Horace, dit Horace) [1789-1863], fils du précédent, peintre d'histoire et de sujets militaires, et lithographe : *DV*, I, 779; *E*, VII, 969; *Bou.*, VIII, par erreur « Charlet » 175 (n. 1); *EHC*, VIII, 354.
    *Vernet (Horace), remplacé par Joseph : *FAu.*, XII, 608 (var. *d*).
    *La Barrière de Clichy, défense de Paris en 1814 : *P*, IV, 60; *Bou.*, VIII, 175 (n. 1).
    *Le Massacre des Mamelucks : *DV*, I, 779.
    Mazeppa (les deux gravures de) : *P*, IV, 60; *E*, VII, 969.
    *Napoléon pointant lui-même un canon : *P*, IV, 60.
    *Poniatowski sautant dans l'Elster : *FM*, II, 223; *P*, IV, 60; *EHC*, VIII, 354.
    *Portrait de l'Empereur : *EHC*, VIII, 354.
    *Le Soldat laboureur, peut-être : *R*, IV, 313; *CB*, VI, 173.
Véro (Benoît) [v. 1781-1840], charcutier établi, au moment de l'action, rue Montesquieu, 1; en 1826, associé à un autre charcutier, Dodat, il avait fait ouvrir la galerie qui porte leurs deux noms : *HP*, XII, 571 (n. 9), 580.
Véron (Louis-Désiré) [1798-1867], médecin, publiciste, fondateur de la *Revue de Paris*, directeur de l'Opéra de mars 1831 à la fin de 1835, administrateur puis gérant du *Constitutionnel* : *Hist.Lys*, IX, 942, 960, 962.
    **Véron : *IG*, IV, 1330 (n. 3).
Véronèse (Paolo Caliari, dit) [1528-1588], peintre italien : *R*, IV, 389; *IP*, V, 507; *Pay.*, IX, 162; *Do.*, X, 417; *ChO*, X, 550.
    Ant. *Jouvenet : *R*, IV, 389 (var. *a*).
    *Lazare : *R*, IV, 389.
Vertot (René Aubert de) [1655-1735], abbé, historien : *Ven.*, I, 1055 (n. 2); *Pré.PCh.*, X, 48 (n. 4); *ES*, XII, 530.
*Vertpré (Françoise-Fanny Vausgien, dite Jenny), devenue Mme Carmouche (1797-1865), comédienne; remplacée ici par Fanny Beaupré : *IP*, V, 436 (var. *b*). Peut-être *Jenny, remplacée par *Flora devenue Florine : *IP*, V, 344 (var. *c*).
Vertumne, dieu latin qui présidait aux Saisons.
Vertumnes (des), des démons : *Sér.*, XI, 791, 799.
Vert-Vert, perroquet dont le nom sert de titre à un poème badin de Gresset : *Phy.*, XI, 986.
Verville. Voir Béroalde.
Véry (Jean-Baptiste) [1749-1809] et son frère, Jean-François (v. 1759-1826),

1833, ministre de l'Instruction publique du 12 mars 1839 au 1ᵉʳ mars 1840, puis du 29 octobre 1840 au 1ᵉʳ février 1845 : •*MJM*, I, 216, 217 (n. 1); •*FE*, II, 312 (n. 4); *IP*, V, 152, 444; •*FYO*, V, un « rédacteur de journal, roué d'intrigues, que le Roi a fait pair de France » 1049; •*CP*, VII, 598 (n. 2); •*LL*, XI, le professeur qui « fait l'histoire des mots sans penser aux idées » 649; *PVS*, XII, •279 (n. 1), 291.

    *VILLEMAIN : *PVS*, XII, 279 (var. *b*).

    **VILLEMAIN : *IG*, IV, 1331 (n. 2).

    *VILLEMAIN, remplacé par *Guillemain : *IP*, V, 278 (var. *f*).

VILLEMONGIS. Voir BRIQUEMAUT.

VILLEROY (maison de), seigneuriale avec Nicolas I de Neufville, seigneur de Villeroy (?-1549), secrétaire du Roi et des finances, trésorier de France et conseiller du Roi, puis avec son fils Nicolas II (?-1594), secrétaire des Finances en 1539, trésorier de l'Extraordinaire des guerres, lieutenant général au gouvernement de l'Île-de-France, prévôt des marchands en 1568, puis avec Nicolas III (qui suit), fils du précédent; devenue ducale avec Nicolas IV (1597-1685), maréchal et père de François (qui suit) : *Cath.*, XI, 377; *AIH*, XII, 779.

VILLEROY (Nicolas III de Neufville, seigneur de) [1543-1617], secrétaire d'État sous Charles IX, Henri III, Henri IV et Louis XIII : •*CA*, IV, 1008; *E*, VII, 1070; *Cath.*, XI, 377, 391, 393, 403; *AIH*, XII, 786-788.

    *VILLEROY : *Cath.*, XI, 378 (var. *a*).

VILLEROY (François de Neufville, duc de) [1644-1730], arrière-petit-fils du précédent; maréchal de France, ministre d'État en 1714, chef du conseil royal des Finances, gouverneur de Louis XV de 1717 à 1722 : *CA*, IV, 1008 (n. 10); *AIH*, XII, 788, 789.

VILLIAUME (Claude) [1780-1832], agent d'affaires qui fonda, en 1808, une agence à son nom pour, notamment, les personnes désirant « se placer, s'associer, se marier », établie, au moment de l'action, rue Neuve-Saint-Eustache, 46.

    Ant. *SAXE-COBOURG, remplacé par *WILLIAUME devenu le pigeon-Villiaume : *E*, VII, 973 (var. *a* et n. 1).

Villiaume (le pigeon-), sobriquet donné à Vimeux par les autres employés : *E*, VII, 973.

VIMERCATI. Voir BOLOGNINI.

VINCENT DE PAUL (saint) [1581-1660], aumônier de Marguerite de Valois, fondateur des Lazaristes et des Filles de la Charité, de l'œuvre des Enfants trouvés, notamment, et aumônier des galères : *EHC*, VIII, 258, •259.

Vincent de Paul des ouvriers pauvres (le), le juge Popinot : *In.*, III, 434; *Bou.*, VIII, 92.

VINCI (Leonardo da) [1452-1519], peintre italien : *MCP*, I, 54; *MM*, I, 482; *AS*, I, 949; *Gb.*, II, 973; *R*, IV, 388; *SetM*, VI, 494; *SPC*, VI, 959; *CP*, VII, par erreur pour Solari 612 (n. 3), 614; *Pré.E*, VII, 883, 891, 893; *CV*, IX, 800, 804; *Do.*, X, 545, 551.

    *VINCI : *EM*, X, 932 (var. *c*).

    *La Belle Ferronnière : *MJM*, I, 1244.

    *La Cène : *Pré.E*, VII, 891.

    Charles VIII, par erreur : *CP*, VII, 612 (n. 3).

    Hérodiade (une des) : *Gb.*, II, 973 (n. 1).

    La Joconde ou *Mona Lisa* : *AS*, I, 949; •*MN*, VI, 352; *CP*, VII, 614; *Lys*, IX, 996; *Do.*, X, 551. Voir aussi MONA LISA.

    *Vierges : *R*, IV, 388; *Pré.E*, VII, 883.

VIOLE (Guillaume de), conseiller au Parlement : *Cath.*, XI, 311, 330.

VIRGILE (Publius Virgilius Maro) [70-19 av. J.-C.], poète latin : *MM*, I, 519; *FM*, II, 198; *PG*, III, 106, 224; *R*, IV, 494; •*MD*, IV, 709; *IP*, V, 208, 327; *Be.*, VII, 245; *Pay.*, IX, 65, 84, 267; *Lys*, IX, 1125; •*Pro.*, XI, 550, 551 (n. 1), 552-554; *PMV*, XII, 169; *PVS*, XII, 211, 263, 283.

    *VIRGILE : *IP*, V, 419 (var. *a*); *SPC*, VI, 955 (var. *b*).

    Bucoliques ou *Églogues* : •*FM*, II, 198 (n. 3); •*PG*, III, 224 (n. 2); •*Pré.P*, IV, 27 (n. 2); •*R*, IV, 493 (n. 1); •*Pré.CB*, VI, 35 (n. 3); *E*, VII, 998; •*Gam.*, X, 462 (n. 3); •*PMV*, XII, 169 (n. 3).

    L'Énéide : *UM*, III, 822; •*MD*, IV, « dux femina facti » 631; •*CB*, VI, 229 (n. 1); •*PGr.*, VI, 1094 (n. 1); •*Lys*, IX, 1125 (n. 2); •*PCh.*, X,

213 (n. 1); •*Phy.*, XI, 992 (n. 1); •*PVS*, XII, 211 (n. 1), 226 (n. 1), 263 (n. 1), 283 (n. 3).

••*L'Énéide* : *IG*, IV, « quos ego » 1335; *SPC*, VI, « dux femina facti » 955 (var. *b*).

    CAMILLE : *MD*, IV, 709.

  •NEPTUNE : *PVS*, XII, 283 (n. 3).

  *NEPTUNE : *IG*, IV, 1335.

  •*Géorgiques* : *PG*, III, 106 (n. 1); *IP*, V, 208 (n. 1); *PVS*, XII, 240 (n. 5).

VIRGINIE, personnage de *Paul et Virginie*, de Bernardin de Saint-Pierre : *Pré.CH*, I, 10; *P*, IV, 77; *CA*, IV, 1067; *IP*, V, 648; *SetM*, VI, 486; *DxA*, XII, 679, 701.

Virginies (des), des femmes aimées vertueuses : *PVS*, XII, 268.

VIRIOT (Pierre-François) [1773-1860], officier puis juge militaire de 1791 à 1802, date à laquelle il fut destitué; instructeur au service du prince d'Issembourg, qui le nomma colonel, en 1807; dans les corps francs pendant les Cent-Jours : *TA*, VIII, •483, 494 (n. 2), 495, 496 (n. 1), 497, 498, 499 (n. 2), 500.

VISAGIER (Jean) [1510-1542], poète qui publia sous les noms de Vulteïus ou Voûté des épigrammes auxquelles il est fait allusion : *Cath.*, I, « Jean Voûté » 200.

  •*Les Hendécasyllabes* : *Cath.*, XI, « son recueil » 200 (n. 1).

•VISCHER le Vieux (Peter) [v. 1460-1529], sculpteur et fondeur en bronze de Nuremberg.

  Tombeau de saint Sébald, de la St-Sebaldus Kirche : *Do.*, X, 619.

VISCONTI (les), famille noble de Milan, régnante sur le Milanais de 1277 à 1447, gibeline; elle prétendait descendre du roi Desiderius; son premier représentant connu fut Ottone, vicomte de Milan, qui s'illustra à la première croisade et, pour le XIXe siècle, il faut citer ici un descendant de Barnabò, gouverneur de Milan au XIVe siècle, le comte Emilio, mari de la comtesse GUIDOBONI-VISCONTI (voir ce nom) : *AS*, I, 952; *FC*, VI, 1024; *E*, VII, 897; *Do.*, X, 610; *Cath.*, XI, 417.

*VISCONTI (Gian-Galeazzo) [1351-1402], duc de Milan et de Lombardie; c'est à son initiative que fut construit le Dôme de Milan : *CV*, IX, 693.

VISCONTI ED ATELLANA (Ippolita), dédicataire du Bandello : *E*, VII, 897.

VITELLIUS (15-69), empereur romain : *SetM*, VI, 529.

VITROLLES (Eugène-François-Auguste d'Arnaud, baron de) [1774-1854], émigré, baron d'Empire et agent royaliste; secrétaire d'État, secrétaire du Conseil nommé par le comte d'Artois le 15 avril 1814 et jusqu'au 20 mars 1815, reconduit dans ces fonctions dans le cabinet Talleyrand du 9 juillet au 26 septembre 1815, ministre plénipotentiaire en Toscane en 1827 : *CA*, IV, 1008.

•VIVANT-DENON (Vivant-Dominique, baron Denon, dit) [1747-1826], peintre, graveur, lithographe, écrivain : *Phy.*, IX, 1132 (n. 2).

  •*Point de lendemain* : *Phy.*, IX, 1132-1144.

•VIVONNE (Antoinette-Louise de Mesmes de Roissy, devenue duchesse de) [1641-1709], femme du suivant : *Phy.*, XI, 997.

VIVONNE (Louis-Victor de Rochechouart, duc de) [1636-1688], frère de Mme de Montespan, maréchal en 1675 : *Phy.*, XI, 997, 998.

VOISIN. Voir VOYSIN DE LA NOIRAYE.

VOLANGE (Maurice-François Rochet, dit) [1756-1808], comédien qui connut son plus grand succès au théâtre des Variétés-Amusantes en 1779 : *Cath.*, XI, 455.

•VOLLAND (Louise-Henriette, dite Sophie) [1716-1784], correspondante de Diderot : *MM*, I, 659 (n. 1); *F*, V, 839.

VOLNEY (Constantin-François de Chassebœuf, comte de) [1757-1820], savant, historien, idéologue, écrivain : *E*, VII, 987.

  •*Les Ruines ou Méditations sur la chute des empires* : *ZM*, VIII, 835 (n. 1).

*VOLNYS (Mme). Voir FAY.

VOLTA (Alessandro, comtè) [1745-1827], physicien italien : *SetM*, VI, 878; *Do.*, X, 578; *RA*, X, 695, 700, 779, 805, 823.

VOLTAIRE (François-Marie Arouet, dit) [1694-1778], écrivain : *MM*, I, 517, 641, 647, 662; *DV*, I, 767, 780, 836; *PM*, II, 115; *Fir.*, II, 149; *Pré.FE*,

George III d'Angleterre, commandant en chef de l'armée britannique à partir de 1793 : *PVS*, XII, 240.

YOUNG (Edward) [1683-1765], poète anglais : *H*, II, 569; *F*, V, 810; *AC*, XII, 833.

   Les Nuits : *F*, V, 810; *AC*, XII, 833.

ZAÏRE, personnage-titre d'une tragédie de Voltaire.

Zaïre, Héloïse Brisetout avec Orosmane-Crevel : *Be.*, VII, 158.

ZAJĄCZEK (Alexandrine Pernet, devenue princesse) [v. 1747-1845], danseuse française qui épousa le général polonais Jósef Zajączek (fait prince russe par l'empereur Alexandre en 1818 et bras droit de Constantin en Pologne) : *In.*, III, « Zayonscek » 451, 452; *SetM*, VI, « Zayonchek » 620.

ZAMET (Sebastiano) [1549-1614], financier italien : *SetM*, VI, 606 (n. 2); *EM*, X, 922 (n. 1).

ZÉNON DE CITIUM (v. 335-v. 264 av. J.-C.), philosophe grec, fondateur du stoïcisme : *MC*, IX, 570.

ZÉPHIRIN (saint), pape d'environ 199 à 217 : *ZM*, VIII, 830.

ZÉPHYR, nom du Vent d'Ouest dans la mythologie grecque : *DV*, I, 869; *SetM*, VI, « Zéphire » 445.

ZERLINE, personnage de *Don Juan*, de Mozart : *MN*, VI, 353 (n. 1).

ZIMMERMANN (Pierre-Joseph-Guillaume) [1785-1853], pianiste, compositeur, professeur : *CP*, VII, « Zimmerman » 497.

ZINGARELLI (Nicolà-Antonio) [1752-1837], compositeur italien : *B*, II, 746; *PCh.*, X, 174.

   Roméo et Juliette : *MJM*, I, 267; *B*, II, 746 (voir *Di tanti palpiti* dans l'Index III).

ZOPPI (Carlo-Ambrogio-Bartolommeo) [v. 1753-1825], successeur, en l'an X, des Procope père, Procope fils, Dubuisson et Cusin à la tête du café Procope fondé en 1686 par Francesco Procopio dei Coltelli, qui le tint jusqu'en 1716, rue des Fossés-Saint-Germain (de l'Ancienne-Comédie actuelle), 13 ; il ajouta, en 1810, un « cabinet littéraire » et le nomma le *Café Zoppi* de 1816 à 1821, date à laquelle il se retira : *Ath.*, III, 395.

ZOROASTRE (Zarathushtra, ou) [fin du VIIe s.-VIe s. av. J.-C.], réformateur de la religion iranienne antique : *LL*, XI, 656; *Sér.*, XI, 825.

ZURBARAN (Francisco) [1598-1664], peintre espagnol : *SetM*, VI, 456; *Do.*, X, 616.

ZWINGLI (Huldreich) [1484-1531], prêtre et théologien suisse, doctrinaire principal de la Réforme dite de Zurich : *CV*, IX, « Zwingle » 814.

INDEX DES ŒUVRES CITÉES
PAR BALZAC
DANS « LA COMÉDIE HUMAINE »

établi par Pierre Citron,
avec le concours d'Anne-Marie Meininger

*Abbé Troubert (L'), titre antérieur du *Curé de Tours*, de Balzac : *Pré.P*, IV, 22.
Abdeker ou l'Art de conserver sa beauté, ouvrage anonyme d'Antoine Le Camus : *CB*, VI, 63 (n. 1).
*Aberbak, lapsus de Balzac pour *Abdeker* : *CB*, VI, 63 (var. *f*).
Abraham quitté par un ange, sujet d'un tableau de Rembrandt — peut-être *L'Ange Raphaël quittant Tobie* (Louvre) : *Phy.*, XI, 993 (n. 1).
*Absolution (L'), projet de Balzac : *Hist.Lys*, IX, 957 (n. 2).
Ab uno disce omnes, citation d'Horace, *Odes*, II, 20, v. 19 : *PMV*, XII, 149 (n. 1).
*Actrice en voyage (Une), projet de Balzac : *Catalogue*, I, CXXIV.
Adam, tableau de Mabuse ; allusion possible à l'un des *Adam et Ève* appartenant respectivement aux musées de Brême et de Bruxelles, ou à l'un des *Péché originel* appartenant respectivement aux musées de Berlin, de Francfort, de Worlitz et à l'Albertina de Vienne : *ChO*, X, 423, 426.
*Adam-le-Rêveur, titre initial d'*Adam-le-Chercheur*, de Balzac : *AC*, XII, 827.
Adieu, de Balzac : *Pré.PG*, III, 44.
Adolphe, roman de Benjamin Constant (1815) : *MJM*, I, 210 ; *B*, II, 699, 750, 773 ; *MD*, IV, 697, 748, *765, 775, 780 ; *Pré.CA*, IV, 963 ; *Pré.E*, VII, 891.
    ADOLPHE : *Pré.CH*, I, 10 ; *MD*, IV, 765, 780, 781 ; *IP*, V, 347.
    ELLÉNORE : *MD*, IV, 765, 775, 780, 781.
    *Adolphe : *MD*, IV, 774 (var. *a*).
*Adoration des Mages, de Raphaël : un des « trois tableaux de chevalet du Vatican » : *Be.*, VII, 127 (n. 1).
*Adultères sous roche (Les), titre supprimé du premier volet de *La Lune de miel* (actuellement *Un adultère rétrospectif*, IIIe partie de *Béatrix*) : *B*, II, 1456.
A Elle, poème de Balzac ; ant. *A une jeune fille* : *IP*, V, 203, 204 (n. 1).
*Affaire secrète (Une), titre antérieur d'*Une ténébreuse affaire*, de Balzac : *TA*, VIII, 1473.
Agathe ou le Petit Vieillard de Calais, roman de Ducange (1813) : *IP*, V, 302 (n. 1).
    Le Petit Vieillard de Calais, remplacé par *Inductions morales* de Kératry : *IP*, V, 300 (var. *d*).
Ahasvérus, poème dramatique en prose d'Edgar Quinet (1833) : *CSS*, VII, 1197 (n. 1).
Aladin ou la Lampe merveilleuse, conte des *Mille et Une Nuits* : *H*, II, 534.
    ALADIN : *SetM*, VI, 436.
Albo notanda lapillo (« A marquer d'une pierre blanche ») : *MM*, I, 620.
Album, vraisemblablement l'*Album anecdotique*, périodique disparu après la condamnation de son seizième numéro, le 23 avril 1833 : *Hist.Lys*, IX, 944.
Album historique et anecdotique, ouvrage publié et peut-être écrit par Balzac (1827) : *BS*, I, 112 (n. 1).
Alcoran. Voir Coran.

Amours élevant en l'air des branches de lys, sur une cheminée Louis XV : *Pay.*, IX, 259.

Amours en marbre blanc (quatre), tenant des conques et couronnés d'un panier plein de raisins : *Pay.*, IX, 256.

Amours forcés (Les), titre antérieur de *Béatrix*, de Balzac : *B*, II, 1441, 1457.

•*Amphitryon*, comédie de Molière d'après Plaute : *Mes.*, II, 399 (n. 1).

 SOSIE : *Mes.*, II, 399 (n. 1). Voir aussi l'Index II.

Anacharsis, plus exactement *Voyage du jeune Anacharsis en Grèce*, roman de l'abbé J.-J. Barthélemy : *Pré.CH*, I, 10 (n. 1).

Anaconda, histoire indienne (L'), nouvelle de M. G. Lewis, publiée dans *Romantic tales* (1808), et traduite en 1822 à la suite de *Blanche et Osbright* : *IP*, V, 157.

Analyse des corps enseignants, autre titre d'*Anatomie des corps enseignants*, de Balzac : *PVS*, XII, 303; *ACE*, XII, 841 (n. 1).

Anatole, roman de Sophie Gay (1815) : Note en fin des *Scènes de la vie privée*, I, 1174.

Anatomie des corps enseignants, de Balzac : *Pré.CH*, I, 19; *ACE*, XII, 841 (n. 1).

•*André le Savoyard*, roman de Paul de Kock : *DxA*, XII, 616 (n. 6).

Andromaque, tragédie de Racine : •*MJM*, I, 360 (n. 1); *MD*, IV, 680.

 PYRRHUS : *FD*, XII, 502.

Ane mort et la Femme guillotinée (L'), roman de Jules Janin (1829) : *F*, V, 851 (var. *e*).

Ane portant des reliques (L'), fable de La Fontaine : *FA*, II, 465 (n. 2); •*E*, VII, 1049 (n. 1).

Ane vert (L'), œuvre collective des membres de l'Académie du collège de Vendôme : *LL*, XI, 601 (n. 4 et 6).

Angelo Doni, portrait de Raphaël : *Be.*, VII, 127.

Ange tenant un bénitier, sculpture d'Antonin Moine : *FE*, II, 315 (n. 2).

Anglais en Espagne (Les), projet de Balzac : *Catalogue*, I, cxxv.

Anglaises pour rire ou la Table et le Logement (Les), vaudeville en un acte de Sewrin et Dumersan, créé le 26 décembre 1814 aux Variétés : *AS*, I, 916 (n. 5).

•*Annales ecclesiastici*, de Baronius : *AIH*, XII, 781.

Années d'apprentissage de Wilhelm Meister (Les) [Wilhelm Meisters Lehrjahre], premier des romans de Goethe connus sous le titre général de *Wilhelm Meister*. Voir *Wilhelm Meister*.

Annonciation, de Raphaël : un des « trois tableaux de chevalet du Vatican » : *Be.*, VII, 127 (n. 1).

Annuaire (L'). Voir *Almanach royal*.

Annuaire du Bureau des longitudes. Publication officielle créée en 1797 : *MI*, XII, 737.

Antinoüs, statues romaines du Vatican et du Capitole : *IP*, V, 260; *FC*, VI, 1046.

Antinoüs (un), remplacé par un des « plus illustres marbres de la Grèce » : *IP*, V, 388 (var. *c*).

Antiope (L'), tableau du Corrège (Louvre) : *CP*, VII, 614-615.

Antiquaire (L'), roman de Walter Scott (1816) : *CA*, IV, 985 (n. 2).

 Fille du Lord (La) [Isabelle Wardour] : *CA*, IV, 985 (n. 2).

 Lord (Le) [Sir Arthur Wardour] : *CA*, IV, 985 (n. 2).

 Mendiant du Roi (Le) [Edie Ochiltree] : *CA*, IV, 985 (n. 2).

Antiquités d'Herculanum et de Pompéi, de L. Barré : *Phy.*, XI, 186 (n. 3).

**Antony*, drame en cinq actes d'Alexandre Dumas, créé à la Porte-Saint-Martin le 3 mai 1831 : *Le Conseil*, II, 1365-1367; *Postface 13*, V, 1111 (n. 2).

 ANTONY : *F*, V, 809 (var. *f*).

 MME D'HERVEY : *Le Conseil*, II, 1366; *Postface 13*, V, 1111 (n. 2).

•*Aperçu historique, politique et statistique sur l'organisation de la Prusse*, de Frantz : *Pré.TA*, VIII, 500.

Apocalypse révélée (L'), de Swedenborg : *Sér.*, XI, 773, 780.

Apollon (une représentation d') : *Ven.*, I, 1042.

Apollon du Belvédère, statue grecque, placée au Vatican dans la cour du Belvédère : selon Canalis, « un élégant poitrinaire qui doit se ménager » :

---

1. Également personnage de *Robert Macaire*.

1. Bien qu'Almaviva, Bartholo, Bazile et surtout Figaro figurent dans plusieurs pièces de Beaumarchais ainsi que dans les opéras-comiques de Rossini et de Mozart, et qu'ils soient devenus des types, ils ont été créés dans *Le Barbier de Séville*; aussi faisons-nous figurer ici toutes leurs occurrences, sauf celles qui appartiennent avec certitude à une autre œuvre.

Belle Ferronnière (La), portrait présumé de Lucrezia Crivelli par Léonard de Vinci, appartenant au musée du Louvre : *Lys*, IX, 1163.

**Belle Ferronnière (La)* : *MJM*, I, 1244.

Benedicite : *MC*, IX, 499.

Bérénice, tragédie de Racine : *MJM*, I, 285 ; *CB*, VI, 95 ; **Be.*, VII, 179 (n. 1).

      ANTIOCHUS (roi de Comagène) : *CB, VI, 95.

      BÉRÉNICE : *CB*, VI, 95.

Bergers d'Arcadie (Les), tableau de Poussin, appartenant au Louvre : *Pay.*, IX, 191.

**Berthe la repentie*, un des *Contes drolatiques* de Balzac : *DL*, V, 987 (var. *a*).

Bertram ou le Château de Saint-Aldobrand, tragédie en cinq actes de Maturin : *IP, V, 373 (n. 1) ; *Pré.PCh.*, X, 47.

Bertram ou le Pirate, mélodrame en trois actes de Raimond (Taylor et, non nommés, Pichat et Nodier), créé le 26 novembre 1822 au Panorama-Dramatique : *IP*, V, 373.

Bestimmung des Menschen (Die). Voir *Destination de l'homme*.

Bianca Capello, portrait par le Bronzino : *Be.*, VII, 74 (n. 2).

Bible (La)[1].

Appellations générales

    Bible (texte)[2] : *MD*, IV, 681 ; *VF*, IV, 871 ; *IP*, V, 403 ; *SetM*, VI, 494, 578 ; *Be.*, VII, 260 ; *Lys*, IX, 1176 ; *EM*, X, 867 ; *LL*, XI, 589, 594, 640-642 ; *LL*, XI, 641 ; *Sér.*, XI, 766, 786 ; *Phy.*, XI, 921 ; *PVS*, XII, 295.

    Bible (volume) : *PCh.*, X, 163 ; *Réq.*, X, 1114.

    Bible (lecture de la Bible) : *MI*, XII, 722.

    Écriture sainte (L') : *PCh.*, X, 240 (n. 3).

    Livres sacrés (Les) Pro., XI, 540.

    Ancien Testament (L') : *R*, IV, 392 ; *Be.*, VII, 147 ; *LL*, XI, 589.

    Pentateuque (Le) : *Pré. Livre mystique*, XI, 504.

    Genèse. Be., VII, 260 ; *Sér.*, XI, 766, 784. « Croissez et multipliez » : *Phy.*, XI, 956 (n. 4) ; Ève insatisfaite du paradis : *Phy.*, XI, 1075 ; Abel et Caïn : *Lys*, IX, 1149 (n. 1) ; Généalogies : *UM*, III, 783 (n. 4) et *Boi.*, XII, 391 (n. 5) ; tour de Babel : *PP*, VII, 54 ; sacrifice d'Abraham : *PMV*, XII, 50 ; Agar : *CB*, VI, 232 (n. 1), *Lys*, IX, 1169 (n. 1), et *Phy.*, XI, 914 ; Loth : *PMV*, XII, 33.

    Exode. La manne : *Lys*, IX, 1058 (n. 1) ; « L'esprit de Dieu passa devant sa face » : *PCh.*, X, 124 (n. 1) ; Moïse : *Sér.*, XI, 783.

    Nombres. ELV, XI, 490 (n. 3) ; *Sér.*, XI, 766.

    Juges. Samson et les rennes : *R*, IV, 433 ; Samson détruisant le temple : *B*, II, 783 ; « Shibboleth » : *ZM*, VIII, 846 (n. 1) ; Dan : *Lys*, IX, 1058 (n. 1).

    Rois. Épisode de la reine de Saba : *SetM*, VI, 610.

    Chroniques. Nabuchodonosor : *SetM*, VI, 644.

    Maccabées. Ch., VIII, 1120.

    Isaïe. Épisode du charbon : *Lys*, IX, 976 (n. 1) et *RA*, X, 715. *Sér.*, XI, 779 (référence inexacte), 784 (vraie référence : II, 19).

    Ézéchiel. Ma., X, 1076 (n. 1).

    Psaumes[3]. *MD*, IV, 680.

    Ps. XVII, 8, et XXVIII, 6 : *Do.*, X, 594.

---

1. Au sens moderne, le terme désigne l'ensemble des deux Testaments. Balzac semble souvent, quand il l'emploie, n'avoir en vue que l'Ancien Testament ; mais une incertitude subsiste parfois. — Il a été impossible de placer ici tous les personnages bibliques (Adam, Moïse, etc.) ; ils n'y sont, en principe, que s'il s'agit d'épisodes bibliques de leur vie, ou si leur caractère biblique est évoqué. — Le signe de l'allusion (•) n'a pas été utilisé dans cet article. Il aurait prêté à confusion : allusion à la Bible, à telle de ses subdivisions, à son texte ? Une pratique claire ne pouvait être dégagée.

2. Ne sont relevées ici que les occurrences où il s'agit de la Bible en général, sans référence à un passage ; dans les autres cas, même si le mot Bible figure dans le texte de Balzac, on n'en trouvera la référence que plus loin, à propos des différents livres de la Bible.

3. Tous les psaumes sont cités dans la numérotation de la Vulgate.

---

1. Les références au texte biblique ne sont données que lorsqu'elles ne figurent pas dans les notes de la présente édition. — L'ordre suivi est celui des Évangiles. Voir aussi l'article Jésus (Index II).

•*Cardillac ou le Quartier de l'Arsenal*, de A.-N. Béraud et Chandezon.
    CARDILLAC : *Hist.Lys*, IX, 944.
Caricature à propos de la souscription nationale en faveur du banquier
    Laffitte. Insérée dans *La Caricature* du 28 mars 1833 (planche n° 260),
    elle représentait Louis-Philippe devant un guichet de « Souscription pour
    Mr Laffitte » et disant : *Je souscris pour l'ami à qui je dois. Voilà cent sous,*
    rendez-moi cinq francs; elle était signée J^s A., c'est-à-dire Jacques Arago :
    Pr.B, VII, 812.
Caricature attribuée à Bixiou (en fait de Daumier) : *E*, VII, 1100 (n. 1).
*Casimir Savarus, projet de Balzac : *AS*, I, 1506.
Casse-noisette et le Roi des rats, conte d'Hoffmann (1816) : *MI*, XII, 737.
Castigat ridendo mores (« Elle corrige les mœurs en riant »), devise de la comé-
    die, écrite par Santeul pour l'arlequin Dominique : *Pré.IP*, V, 113; *IP*,
    V, 123.
•*Catherine de Médicis*, portrait non identifié : *Cath.*, XI, 447.
*Catherine de Médicis expliquée, titre antérieur de *Sur Catherine de Médicis*,
    de Balzac : *Cath.*, XI, 1257.
•*Catilinaires*, nom donné aux quatre harangues prononcées par Cicéron
    contre Catilina en 63 av. J.-C. : *Phy.*, XI, 953 (n. 5).
•*Caverne (La)*, opéra-comique de Lesueur, livret de Dercy.
    LÉONARDE : *FE*, II, 287 (n. 1).
•*Cécile et Térence* [, épître à mon respectable ami Jean-François Ducis.],
    poème d'Andrieux publié dans ses *Œuvres* en 1818 : « la belle pensée
    d'un poète » : *IP*, V, 311.
Ceci n'est pas un conte, œuvre de Diderot : *PP*, VII, 54.
    DELACHAUX (Mlle) [plus exactement DE LA CHAUX] : *MD*, IV, 766.
    GARDANE (plus exactement GARDEIL) : *MD*, IV, 766.
Célèbres Dames de Boccace (Les), recueil publié de 1360 à 1374 sous le titre
    De claris mulieribus : *Cath.*, XI, 263.
*Célibataires (Les), titre antérieur du *Curé de Tours*, de Balzac : *Pré.PG*,
    III, 43; *Pré.P*, IV, 22.
Cendrillon, conte de Perrault.
    CENDRILLON : *P*, IV, 121.
    Fée (la) : *P*, IV, 121.
Cendrillon « aux Variétés », en 1810, peut être soit *La Cendrillon des écoles*
    ou le Tarif des prix, comédie-vaudeville en un acte et en prose de Chazet
    et Dubois, créée le 10 novembre; soit *La Chatte merveilleuse ou la Petite*
    Cendrillon (signalée en note) : *MCP*, I, 60 (n. 1).
Cène (La) [La Cena], fresque de Léonard de Vinci au monastère de Santa
    Maria delle Grazie, à Milan, commandée par Ludovico Sforza, dit Il
    Moro (le More) : *Pré.E*, VII, 891.
Cenerentola (La), opéra-comique de Rossini (1817) : *Cath.*, XI, 207.
*Cent Contes drolatiques (Les), de Balzac : *DL*, V, 987 (var. *a*).
Cent Nouvelles nouvelles (Les), recueil de contes attribué sans preuves à
    Antoine de La Sale, mais qui n'est ni de Louis XI ni de Charles le Témé-
    raire, comme l'écrit Balzac : *Pré.CA*, IV, 963.
    •« Deux Mules noyées (Les) » : *Be.*, VII, 666.
•*Ce qui plaît aux dames*, conte et ballet-pantomime de Voltaire :
    URGÈLE (la fée) : *CP*, VII, 537.
Ce qu'on dit et ce qu'on pense, titre d'une soixantaine de lithographies publiées
    à partir de 1828, et du recueil dans lequel les réunit ensuite leur auteur,
    J.-G. Scheffer, qui lui donna comme sous-titre : *Petites scènes du monde* :
    CT, IV, 237.
*Ce qu'on peut voir en dix minutes au passage de l'Opéra, projet de Balzac :
    CSS, VII, 1671.
César Birotteau, de Balzac : *Pré.E*, VII, 893.
    *César Birotteau, de Balzac : *Ad.*, X, 973 (var. *b*).
•*Chameau et les Bâtons flottants (Le)*, fable de La Fontaine : *DA*, VIII,
    799; *VV*, XI, 377 (n. 2).
•Chanson de Bussy-Rabutin sur Louis XIV dont le premier vers était « Que
    Déodatus est heureux » : *In.*, III, 484 (n. 1).
Chanson de Polichinelle : *IP*, V, 594 (n. 1).
•*Chanson de Roland (La)*, chanson de geste : *Pré.CH*, I, 10.
•*Chanson du vieux marin*. Voir *Vieux marin*.

---

1. À l'exclusion des chants d'église et des airs tirés d'opéras, opéras-comiques, etc.

Dernière pensée, valse pour piano attribuée à Weber, mais composée, en réalité, par K. G. Reissiger : *UM*, III, 841.

*Dernière pensée « de Weber », substituée à la **Symphonie pastorale* de Beethoven, puis remplacée par *Le Songe de Rousseau* d'Hérold : *UM*, III, 891 (var. *a*).

*Dernière Revue de Napoléon (La), titre d'un texte figurant dans *La Femme de trente ans*, de Balzac : *F30*, II, 1585.

*Dernière Transformation de Vautrin (La), titre antérieur de *La Dernière Incarnation de Vautrin* (*Splendeurs et misères des courtisanes*, IV) : *SetM*, VI, 1312.

Dernier Jour d'un condamné (Le), roman de Hugo (1829) : *MM*, I, 495; *MD*, IV, 775; •*SetM*, VI, 849 (n. 1); •*Be.*, VII, 304 (n. 2); *CV*, IX, 696; •*PCh.*, X, 199 (n. 5).

*Dernier Napoléon (Le), de Balzac; inséré dans *La Peau de chagrin* : *PCh.*, X, 57 (var. *b*).

•*Descente de croix*, tableau de Raphaël (galerie Borghèse de Rome) dit, par erreur, *Portement de croix* (voir ce titre) : *Be.*, VII, 127 (n. 1).

Descente de croix, triptyque de Rubens (cathédrale d'Anvers). Dans la fiction, Pons en possède l'esquisse : *CP*, VII, 708.

Déserteur (Le), opéra-comique de Monsigny, livret de Sedaine : *VF*, IV, 850.

•*Destination de l'Homme (La)* [*Die Bestimmung des Menschen*], œuvre de Fichte, publiée en 1800, et dont la traduction par Barchou de Penhoën parut en 1833 : *LL*, XI, 602.

*Deux Ambitieux (Les), projet de Balzac : *Catalogue*, I, cxxiv.

Deux Amis (Les), fable de La Fontaine : *IP*, V, 319; *CP*, VII, 496, 536; •*Boi.*, XII, 418 (n. 3).

•**Deux Amis (Les)*, fable de La Fontaine : *FM*, II, 205 (n. 1).

*Deux Apôtres (Les), bas-relief de Thorvaldsen : *CV*, IX, 675.

*Deux Frères (Les), titre antérieur de la première partie de *La Rabouilleuse* : *R*, IV, 1209-1213.

Deux Frères ennemis (Les). Voir *Thébaïde (La)*.

•*Deux Jaloux (Les)*, comédie en un acte de J.-B.-C. Vial, musique de Mme Gail, créée à l'Opéra-Comique le 27 mars 1813 : *PG*, III, 195, 219.

•*Deux Mules noyées (Les)*, conte des *Cent Nouvelles Nouvelles*, attribuées par Balzac à Louis XI : *CP*, VII, 666 (n. 1 de la p. 667).

*Deux Musiciens (Les), titre antérieur du *Cousin Pons*, de Balzac : *Be.*, VII, 53 (var. *a*); *CP*, VII, 483 (var. *a*).

Deux Pigeons (Les), fable de La Fontaine : *B*, II, 941; •*Pay.*, IX, 66 (n. 2); *RA*, X, 675.

*Deux Pigeons (Les), fable de La Fontaine : *CP*, VII, 524 (var. *c*).

Deux Rencontres (Les), cinquième partie de *La Femme de trente ans*, de Balzac : *Pré.F30*, II, 1037, 1038.

•*Deux Rêves (Les)*, IIIe partie de *Sur Catherine de Médicis*, de Balzac : *Cath.*, XI, 172 (n. 1).

Deux Sculpteurs (Les), projet de Balzac : *Pré.FE*, II, 266.

Devin de village (Le), intermède de J.-J. Rousseau : *Bou.*, VIII, 40 (n. 1).

*Devineresse (Une), titre antérieur de *La Tireuse de cartes*, texte intégré dans *Les Comédiens sans le savoir*, de Balzac : *CSS*, VII, 1672.

De viris, en fait *De viris illustribus urbis Romae* (*Sur les Romains illustres*), ouvrage historique de Lhomond pour latinistes débutants (v. 1775) : *Gb.*, II, 961; *PCh.*, X, 93.

*Devoir d'une femme (Le), titre antérieur d'*Adieu*, de Balzac : *Ad.*, X, 973 (var. *a*).

*Diable à Paris (Le), recueil illustré publié en livraisons par Hetzel à partir du 9 avril 1844 pour former 2 vol. : *Gau.*, VII, 850.

*Dialogue de Catherine de Médicis et de Robespierre, titre envisagé pour *Sur Catherine de Médicis*, de Balzac : *Cath.*, XI, 176 (var. *a*).

Dialogue de Sylla et d'Eucrate, de Montesquieu : *Cath.*, XI, 180; *LL*, XI, 640.

*Dialogue philosophique et politique sur les perfections du XIXe siècle, projet de Balzac : *Catalogue*, I, cxxv.

Diane (une représentation de) : *Ven.*, I, 1042.

Diane [d'Éphèse?], statue antique : *SetM*, VI, 463.

Domine, salvum fac regem. Prière chantée le dimanche dans les églises : *B*, II, 663 ; *Ep.T*, VIII, 446 (n. 1) ; *Ch.*, VIII, 1121.

Dom Juan, de Molière : *CA*, IV, 1034.

DOM JUAN : *AEF*, III, 712 ; *IP*, V, 662 ; *ELV*, XI, 486.

MONSIEUR DIMANCHE : *Gb.*, II, 976 ; *IP*, V, 662 ; *EHC*, VIII, 350 ; *ELV*, XI, 486.

SGANARELLE : *CA*, IV, 1024 (l. 34).

Statue du Commandeur (La)[1] : *AEF*, III, 713 ; *CT*, IV, 209 ; *CA*, IV, 1034 ; *MN*, VI, 344 ; *SPC*, VI, 982 ; *Gau.*, VII, 852 ; *DxA*, XII, 695.

Doni (Maddalena et Angelo), portrait d'un couple de riches Florentins par Raphaël, appartenant à la galerie Pitti : *MM*, I, « Margherita Doni », 481 ; *Be.*, VII, 127 (n. 1) ; *Do.*, X, 559 (n. 1).

Don Juan, poème inachevé de Byron, publié aussitôt après sa mort en 1824 : *Fir.*, II, 152 ; *Phy.*, XI, 1119.

DON JUAN : *H*, II, 573 ; *Phy.*, XI, 1040, 1116.

DONA JULIA : *Fir.*, II, 152 ; *Phy.*, XI, 1040.

HAÏDÉE : *Fir.*, II, 152.

*Don Juan

DON JUAN : *H*, II, 527 (var. *c*).

Don Juan (Don Giovanni), opéra de Mozart, livret de Da Ponte : *CA*, IV, 1034 ; *Gam.*, X, 473, 488, 502, 503, 509 ; *Do.*, X, 598.

Les « mille e tre » : *FM*, II, 214 (n. 1).

« Andiamo mio ben » : *DL*, V, 972 (n. 1) ; *Dr.*, X, 1168.

DON JUAN : *Gam.*, X, 509.

Statue du Commandeur (La)[2].

ZERLINE : **DL*, V, 972 (n. 1) ; *MN*, VI, 353 (n. 1).

Don Quichotte ou *L'Ingénieux Hidalgo Don Quichotte de la Manche (El Ingenioso Hidalgo Don Quixote de la Mancha)*, roman de Cervantès : *IP*, V, 293 ; *Pro.*, XI, 538 (n. 1) ; *Phy.*, XI, 963.

DON QUICHOTTE : *Pré.CH*, I, 10 ; *MJM*, I, 220 (n. 2), 234 ; *MM*, I, 515 ; *DV*, I, 792 ; *PG*, III, 144 ; *IP*, V, 208 ; *F*, V, 817 ; *CB*, VI, 276 ; *SetM*, VI, 475 ; *CP*, VII, 485, 596 ; *EHC*, VIII, 335, 336 ; *Pré.TA*, VIII, 499 ; *Lys*, IX, **1013* (le pauvre chevalier castillan), **1228* (le chevalier de la Triste Figure) ; *PCh.*, X, 242 (n. 1).

*DON QUICHOTTE : *Pré.Ch.*, VIII, 1678.

DULCINÉE : *R*, IV, 310 ; *VF*, IV, 880 ; *IP*, V, 239 ; *SetM*, VI, 475 (n. 1), 540 ; *Be.*, VII, 163.

GAMACHE : *VF*, IV, 915.

MAMBRIN : *DL*, V, 1023.

SANCHO PANÇA : *IP*, V, 573 ; *DL*, V, 1023 ; *MN*, VI, 351 (n. 3) ; *CP*, VII, 596 ; *PCh.*, X, 242 (n. 1) ; *Phy.*, XI, 1053 (n. 2), 1195.

Dormez, mes chères amours ! refrain d'une romance dont paroles et musique étaient d'Amédée de Beauplan. Le vers, inexactement donné par Balzac, se retrouve sous deux formes : *Dormez donc, mes chères amours !* et *Dormez, dormez, chères amours !* : *PG*, III, 203.

*Dormez, mes chères amours ! *IP*, V, 211 (var. *c*).

Double famille (Une), de Balzac : *Bou.*, VIII, 21.

Double Liégeois (Le), almanach annuel : *IP*, V, 133 (n. 3).

*Double Ménage (Le), titre antérieur d'*Une double famille*, de Balzac : *DF*, II, 1221.

*Double Méprise (La), nouvelle de Mérimée (1833) : *Goethe et Bettina*, I, 1334.

*Doutes historiques sur la vie et le règne de Richard III [Historic Doubts on the Life and Reign of King Richard the Third], de Walpole : *Cath.*, XI, 168 (n. 1).

*Doutes sur les opinions reçues dans la société, de Mlle de Sommery : *DL*, V, 923 (var. *d* et n. 1 de la page 1484).

Doyen de Killerine (Le), roman inachevé de l'abbé Prévost : *F*, V, 801.

1. Il est impossible de déterminer si Balzac songe à cette apparition chez Molière ou chez Mozart, ou (plus probablement) à la légende telle qu'elle est exprimée par l'un et l'autre.

2. Voir la note à *Dom Juan*.

BRELOQUE : *PCh.*, X, 119 (var. *a*).
**Histoire et le Roman (L')*, projet de Balzac : *Catalogue*, I, cxxiv.
**Histoire intellectuelle de Louis Lambert*, titre antérieur de *Louis Lambert*, de Balzac : *AR*, XI, 89 (var. *a*); *LL*, XI, 589 (var. *a*); *Sér.*, XI, 792 (var. *b*).
•*Histoire naturelle*, de Buffon.
   Citations :
      « L'amour est dans le toucher » : *Pay.*, IX, 211 ;
      « Les molécules organiques » : *Pré.CH*, I, 8 (n. 3).
      Théorie de la terre : *Sér.*, XI, 766.
•*Histoire naturelle et iconographique des insectes coléoptères d'Europe*, de Latreille et Dejean (1822) : *Pay.*, IX, 319 (n. 2).
Histoire philosophique des Indes ou, plus exactement, *Histoire philosophique et politique des établissemens et du commerce des Européens dans les deux Indes*, de l'abbé Raynal (6 vol., Amsterdam, 1770; 3ᵉ éd. avec les contributions de Diderot, 1780) : *IP*, V, 437.
•*Histoires d'Hérodote* : *Pré.IP*, V, 116 (n. 1).
•*Historique du procès auquel a donné lieu le Lys dans la vallée*, de Balzac : *Pré.CH*, I, 20 (n. 1).
Holtschuher (Portrait de Hieronymus), portrait par Dürer, appartenant au musée de Berlin : *CP*, VII, 612, sa gravure 613 (n. 1).
•*Homme (L')*, poème de Lamartine, dans *Méditations poétiques* : *MCP*, I, 53 (n. 1).
Homme au gant (L'), tableau de Titien (Louvre) : *CP*, VII, 612.
Homme au sable (L'), conte d'Hoffmann (1817) : *MI*, XII, 737.
•*Homme de désir (L')*, de Saint-Martin (1790) : *Lys*, IX, 1132 (n. 1).
**Homme estimable, l'exécrable artiste (L')*, titre antérieur de *Pierre Grassou*, de Balzac : *PGr.*, VI, 1091 (var. *a*).
**Honnête Artiste (L')*, titre antérieur de *Pierre Grassou*, de Balzac : *PGr.*, VI, 1091 (var. *a*).
Honorine, de Balzac : *SetM*, VI, 786.
Hôpital et le Peuple (L'), de Balzac : *CSS*, VII, 1671.
•*Horace*, tragédie de Corneille.
   Parodie d' « Albe vous a nommé, je ne vous connais plus » : *Be.*, VII, 122 (n. 2).
Huron (Le). Voir *Ingénu (L')*.
Hussards de la Garde (Les), chanson sur un air de Piccinni : *Pay.*, IX, 235.
Hymne à saint Jean : *UM*, III, 819 (n. 3).

•*Iambes (Les)*, recueil de poèmes de Aug. Barbier. « La Cuve » : *CB*, VI, 201 (n. 1).
Iambes de A. Chénier dans l'édition de Latouche : « les deux derniers » (le IIIᵉ commençant par : « Que promet l'avenir ? », le IVᵉ commençant par : « Comme un dernier rayon », en fait deux fragments du même poème, n. 11 des *Iambes* dans l'éd. Dimoff) : *IP*, V, 147, 200.
•*Idylles*, d'A. Chénier.
   « Aveugle (L') », ant. *« Le Mendiant » : *IP*, V, 200 (var. *a*).
   « Jeune Malade (Le) » : *IP*, V, 147, 199; *Pré.PCh.*, X, 54.
   *« Jeune Malade (Le) » : *B*, II, 828 (var. *b*).
   « Jeune Tarentine (La) », « dans le goût ancien » : *IP*, V, 147, 201.
   *« Mendiant (Le) », remplacé par « L'Aveugle » : *IP*, V, 200 (var. *a*).
   « Néère » : *UM*, III, 839; *IP*, V, 147, 201.
Ile de Sainte-Hélène (L'), diorama de Daguerre : *PVS*, XII, 263 (n. 2).
Iliade (L'), poème attribué à Homère : *MM*, I, 645; *PG*, III, 265; *MD*, IV, 680; *IP*, V, 708; *Be.*, VII, 281; *Cath.*, XI, 341.
   ACHILLE : •*CM*, III, 565, 580, 582; *IP*, V, 457, 462; •*Pré.H13*, V, 787; *FYO*, V, 1107.
   HECTOR : *IP*, V, 457; *FYO*, V, 1107; *CV*, IX, 850.
   HÉLÈNE : *MD*, IV, 680; *PCh.*, X, 142; *Phy.*, XI, 915.
   •NESTOR : *CM*, III, 565, 580, 582.
   **Iliade (L')*, remplacée par *Robinson Crusoé* : *LL*, XI, 602 (var. *d*).
   Iliade (une) : *IP*, V, 708; *Cath.*, XI, 341.
Illusions perdues, de Balzac : *Pré.FE*, II, 264; *Introduction SVprov.*, III, 1521; *Pré.CA*, IV, 960; *Pré.SVparis.*, V, 1410; *SetM*, VI, 563, 851; *Pré.E*, VII, 893.

1. Voir *Barbier de Séville (Le)*, et la note, pour les personnages communs aux deux comédies.

•*Ménechmes (Les,)* titre d'une comédie de Plaute et d'une autre de Regnard : « deux Ménechmes » (Marsay et la marquise de San Real) : *FYO*, V, 1108.
Mercure de France, d'abord intitulé *Le Mercure galant* lors de sa fondation en 1672, cet organe changea plusieurs fois de titre et porta celui de *Mercure de France* de 1724 à juin 1790 et de l'an VII à janvier 1818; interdit et remplacé par *La Minerve française*, il reparut en *Mercure de France et chronique de Paris* de juillet 1819 à février 1820 puis, après une nouvelle disparition, en *Mercure du XIXᵉ siècle* de 1823 à 1827 et en *Mercure de France au XIXᵉ siècle* de 1827 à 1832; parfois appelé simplement le *Mercure* par Balzac : *UM*, III, 784 (n. 8); *IP*, V, 458; *Pay.*, IX, 150.
    Mercure de France (Le), remplacé par *La Minerve* puis par *Le Conservateur* puis par les *Débats* : *IP*, V, 362 (var. *e*), remplacé par « un journal hebdomadaire » 363 (var. *d*), remplacé par « Le journal hebdomadaire » 365 (var. *a*), remplacé par le « journal hebdomadaire » 366 (var. *d*); *FYO*, V, 1090 (var. *f*).
Mère coupable (La), de Beaumarchais. Voir *Autre Tartuffe ou la Mère coupable (L')*.
Mère de Dieu (La), tableau d'Ingres. Voir *Vœu de Louis XIII (Le)*.
Mère Godichon (La), chanson grivoise attribuée au graveur Alexandre Pothey et publiée dans le *Nouveau Parnasse satirique* (t. III, p. 162) : *DV*, I, 836, 840, 856, 857, 868; *SetM*, VI, 536.
Message (Le), de Balzac : *Pré.PG*, III, 43; *Hist.Lys*, IX, 956.
    Message (Le), de Balzac : *FM*, II, 200 (var. *b*).
Messe, de Miroir : *IP*, V, 162.
    Messe de l'athée (La), de Balzac : *FM*, II, 200 (var. *b*).
•*Messe en 1793 (Une)*, titre antérieur d'*Un épisode sous la Terreur*, de Balzac : *Ép.T*, VIII, 433 (var. *a*).
Messéniennes (Les), poésies de Casimir Delavigne parues pour l'essentiel de 1818 à 1824 : *IP*, V, 452.
Messiade (La), poème épique de Klopstock : *GH*, XII, 402 (n. 1).
Métamorphoses (Les), poème d'Ovide : *SetM*, VI, 439; *EM*, X, 867.
•*Métromanie (La)*, comédie de Piron : « Le bon sens du maraud quelquefois m'épouvante » : *CA*, IV, 1013 (n. 2); même allusion, « le bon sens de cet enfant m'épouvante » : *IP*, V, 400.
    Métromanie (La) : *Pré.Ch.*, VIII, 1677.
Meunier, son fils et l'âne (Le), fable de La Fontaine : *Hist.Lys*, IX, 930.
Milan.
    Duomo (le) : *Be.*, VII, 157; *CV*, IX, 693.
    Scala (théâtre de la) : *Do.*, X, 568, 569.
Mille et Une Nuits (Les), recueil de contes d'origine persane et traduits de l'arabe par Antoine Galland (1704-1717) : *MJM*, I, 266 (n. 4); *MM*, I, 506; *FM*, II, 226; *Pré.FE*, II, 262; *H*, II, 534; *F30*, II, 1158; *CA*, IV, 972¹; *IP*, V, 493¹, 503²; *SetM*, VI, 491; *SPC*, VI, 994; *FC*, VI, 1019, 1025; *Pré.E*, VII, 886; *E*, VII, 1052; *EHC*, VIII, 322; *PCh.*, X, 179; *Do.*, X, 553; *RA*, X, 681; *LL*, XI, 600, 665; *Sér.*, XI, 802; *Phy.*, XI, 943, 1021; *PMV*, XII, 108.
    GIAFAR : *SetM*, VI, 547.
    ROK (l'oiseau) : *Pr.B*, VII, 837.
        •SCHARIAR : vraisemblablement « ce roi d'Orient qui demandait qu'on lui créât un plaisir » : *FYO*, V, 1082.
    Aladin ou la Lampe merveilleuse : *H*, II, 534; *S*, VI, 1045.
        ALADIN : *Ven.*, I, 1048; *SetM*, VI, 436; *EHC*, VIII, 256.
    Ali-Baba ou les Quarante Voleurs : •*MR*, X, 348; •*PVS*, XII, 278.
    Mille et Une Nuits (Les) : *IP*, V, 694 (var. *a*).
        GIAFAR : *SetM*, VI, 587 (var. *f*).
Mille et Un Jours (Les), contes persans publiés par l'orientaliste François Pétis de La Croix de 1710 à 1712 : *BS*, I, 120; *B*, II, 716; *IP*, V, 346.
    ABOUL-CASEM : *Dr.*, X, 1161 (n. 3).
    CALAF : *IP*, V, 346.
        •TOURANDOCTE : *IP*, V, 346.

---

1. Le mot est en réalité de Rachel.
2. Sur cette montre dont l'aventure est digne des *Mille et Une Nuits*, voir Regnault-Narin, *Chronique indiscrète* [...], p. 310-311.

Mille et un jours : IP, V, 694 (var. *a*).

Minerve [française] (La), recueil semi-périodique, fondé pour remplacer *Le Mercure de France* interdit, paru de février 1818 à mars 1820 : *IP*, V, 363, 369.

Minerve (La), substituée au *Mercure de France* puis remplacée par *Le Conservateur* remplacé par les *Débats : IP*, V, 362 (var. *e*); *Pay.*, IX, 1266.

•*Ministère de l'homme-esprit*, œuvre de Louis-Claude de Saint-Martin (1802) : *Lys*, IX, 1011 (n. 1).

•*Mirabeau répondant au marquis de Dreux-Brézé*, tableau de Nicolas-Auguste Hesse, lauréat du concours sur ce sujet décrété par un arrêté du 25 septembre 1830. Racheté à l'Assemblée nationale en 1850 par Amiens, il fait partie des collections de son musée sous le titre de *Séance royale des États généraux (23 juin 1789) : Pr.B*, VII, 811.

Mirame, tragédie du cardinal de Richelieu : *Fré.*, XII, 821 (n. 1).

Miroir [des spectacles, des lettres, des mœurs et des arts] *(Le)*, journal qui part du 15 février 1821 au 24 juin 1823 : *IP*, V, 486, 516, 537; *E*, VII, 1061.

Miroir (Le), remplacé par « les Libéraux » : *IP*, V, 374 (var. *b*); *Pay.*, IX, 1266.

Misanthrope (Le), comédie de Molière : *MJM*, I, 324; •*MM*, I, 545; *MN*, VI, 363.
    ALCESTE : *MM*, I, 527, •545; •*Fir.*, II, 153; •*FE*, II, 304; *PG*, III, 158; *CM*, III, 575; *MD*, IV, 785; *IP*, V, 208; 457; *Pré.CB*, VI, 35; *SetM*, VI, •437, 624; *CP*, VII, 568, 624; *Lys*, IX, 1088; *PMV*, XII, 103.
    ARSINOÉ : *CM*, III, 592; *PCh.*, X, 157.
    CÉLIMÈNE : *BS*, I, 120; *MJM*, I, 324; *Fir.*, I, 153; •*FE*, II, 283; *B*, II, 931; *CM*, III, 592; *CA*, IV, 1036, 1093; *IP*, V, 282; *Be.*, VII, 257; *E*, VII, 928; *DA*, VIII, 760; *PMV*, XII, 135.
    ÉLIANTE : *FE*, II, 300; *CP*, VII, 492.
    ORONTE : *MM*, I, 548.
    PHILINTE : *FE*, II, 304; *MD*, IV, 785; *Pré.IP*, V, 116, 457; *IP*, V, 457; *Pré.CB*, VI, 35; *SetM*, VI, 437; *Pay.*, IX, 135; *Lys*, IX, 1088; *PMV*, XII, 103.

Missel de Charles Quint, à Vienne : *SetM*, VI, 618.

Mithridate, tragédie de Racine : *MD*, IV, 680.

Mitouflet (Les), ou *Les Mitouflet ou l'Élection en province*, titres antérieurs du *Député d'Arcis*, de Balzac : *Pré.CA*, IV, 960; *DA*, VIII, 1601.

Mnémosyne, statue grecque : *F30*, II, 1134.

•*Modeste*, titre antérieur des *Petits Bourgeois*, de Balzac : *Bou.*, VIII, 1239.

•*Modeste Mignon*, de Balzac; allusion possible dans « le tableau [...] d'un port de mer » : *Pré.IP*, V, 117.

Modeste Mignon ou les Trois Amoureux, titre antérieur de *Modeste Mignon*, de Balzac : *MM*, I, 469 (var. *a*).

Mœurs d'autrefois, titre antérieur des *Personnages*, Ire partie de *Béatrix*, de Balzac : *B*, II, 637 (var. *a*).

•*Moine (Le)*, roman noir de Lewis (1796) : *H*, II, 537.
    LA NONNE SANGLANTE : *Be.*, VII, 196 (n. 1).

Moïse ou *Moïse en Égypte*, opéra de Rossini. Voir *Mosè in Egitto*.

•*Moïse*, poème de Vigny publié en 1826 dans *Poèmes antiques et modernes* : *Phy.*, XI, 1159 (n. 1).
    MOÏSE : *B*, II, 751 (n. 2).

Moïse devant le buisson d'Horeb, fresque de Raphaël (Stances du Vatican) : *SetM*, VI, 613.

Moissonneurs (Les), en fait *Les Moissons dans les Marais Pontins*, tableau de Léopold Robert : *P*, IV, 75 (n. 1).

Monastère (Le), roman de W. Scott (1820) :
    CLUTTERBUCK, auteur fictif de l'épître liminaire : *Pré.E*, VII, 879; *Phy.*, XI, 1063.

Moncontour (château de) : *F30*, II, 1085.

•*Monde comme il est (Le)*, roman d'Astolphe de Custine (1835) : *Th.*, XII, 584 (n. 2).

Monde des savants (Le), titre antérieur d'*Entre savants*, œuvre inachevée de Balzac : *Pré.SetM*, VI, 426.

Monde du théâtre (Le), titre antérieur de *Le Théâtre comme il est*, œuvre projetée de Balzac : *Pré.SetM*, VI, 426.

Monde politique (Le), œuvre projetée de Balzac : *Pré.SetM*, VI, 426.

Moniteur universel (Gazette nationale ou Le), quotidien fondé par Charles-Joseph Panckoucke ; cet organe officiel du gouvernement parut à partir du 5 mai 1789 : *FE*, II, 344 ; *EG*, III, 1058 ; *R*, IV, 299, 354 ; *CB*, VI, 209 ; *E*, VII, 930, 982 (n. 4) ; *CSS*, VII, 1197 ; *Bou.*, VIII, 135 ; *EHC*, VIII, 290 ; *Pré.TA*, VIII, 488, 494 ; *Phy.*, XI, 1071 ; *Méf.*, XII, 421, 426.

Moniteur : Le Grand Propriétaire, IX, 1266.

Monna Lisa. Voir *Joconde (La)*.

Monnaie d'une belle fille (La), titre antérieur du début d'*A combien l'amour revient aux vieillards*, IIᵉ partie de *Splendeurs et misères des courtisanes* : *SetM*, VI, 1311.

Monnaie d'une belle fille (La), titre prévu pour une IIIᵉ partie (sur cinq) du futur *Splendeurs et misères des courtisanes*, de Balzac : *SetM*, VI, 1310.

Monographie de la vertu, de Balzac : *Pré.CH*, I, 19 ; *Bou.*, VIII, 124 ; *PVS*, XII, 305.

Monographie de la vertu, de Balzac : *ELV*, XI, 474 (var. *a*), 485 (var. *c*) ; *LL*, XI, 589 (var. *a*).

Monsieur Coquelin, de Balzac : *CSS*, VII, 1671.

Monsieur de Pourceaugnac, comédie de Molière.

    POURCEAUGNAC : *Pay.*, IX, 270.

Mont sauvage ou le Solitaire (ou le Duc de Bourgogne) [Le], mélodrame en trois actes de Guilbert de Pixérécourt, créé à la Gaîté le 12 juillet 1821 : *PG*, III, 203.

Morale du bal de l'Opéra : *CSS*, VII, 1671.

Mort d'un ambitieux (La), titre antérieur de *Z. Marcas*, de Balzac : *ZM*, VIII, 829 (var. *a*).

Mort d'une mère (La), titre antérieur de *La Vieille Fille*, de Balzac : *VF*, IV, 1438 (voir aussi *RA*, X, 1564).

Mort et le Bûcheron (La), fable de La Fontaine : *B*, II, 882.

Moscou, projet de Balzac : *Catalogue*, I, cxxv.

Mosè in Egitto, opéra en trois actes de Rossini, livret de Tottola, créé à Naples en 1818 et à Paris en 1822. Refait en quatre actes sur un livret de Balocchi et Jouy en 1827, sous le titre de *Moïse et Pharaon ou le Passage de la mer Rouge* : *MJM*, I, 403 ; •*AS*, I, 962 (n. 1) ; *Fir.*, II, 149 (n. 3) ; *FE*, II, 308 (n. 1) ; *PG*, III, 260 (n. 1) ; *DL*, V, 909 ; *EHC*, VIII, 384 (n. 2) ; *Gam.*, X, 510 ; *Do.*, X, 570, 584, 586-599, 602-608, 615 (n. 3) ; *PVS*, XII, 274 (n. 1) ; *Vis.*, XII, 630.

    AARON : *Do.*, X, 591, 594, 603.

    AMALTHÉE : *Do.*, X, 603.

    AMÉNOFI : *Do.*, X, 598.

    ELCIA : *Do.*, X, 593, 595-598, 603-605, 607.

    MOÏSE : *FE*, II, 308 ; *PG*, III, 260 ; *EHC*, VIII, 384 ; *Do.*, X, 588-591, 594, 598, 599, 604, 607.

    MOÏSE : *Do.*, X, 588-591, 594, 598, 599, 604, 607.

    OSIRIDE : *Do.*, X, 594-596, 603, 604.

    PHARAON : *Do.*, X, 590, 593-595, 597, 598, 604.

Mouvement (Le), « journal politique des besoins nouveaux », organe républicain : *IG*, IV, 563 (n. 1), 571, 573, 574.

Moyen Age (style).

    Architecture : *B*, II, 648, 649 ; *TA*, VIII, 531, 532 ; *RA*, X, 663-665.

    Décoration, mobilier, sculpture : *B*, II, 646 ; *PG*, III, 59, 205 ; *MD*, IV, 649 ; *HA*, VII, 790 ; *CV*, IX, 675 ; *Lys*, IX, 1154 ; *PCh.*, X, 69, 71, 148, 149, 152 ; *Ma.*, X, 1042.

Muette de Portici (La), opéra d'Auber, livret de Scribe et Delavigne (1829) : •*IG*, IV, 594 (n. 1) ; *Pré.PCh.*, X, 55.

Musée des familles (Le) : *IG*, IV, 1330 (n. 2).

Muse [française] (La), publication royaliste : *IP*, V, 164 (var. *c* et n. 1).

Musique mise à la portée de tout le monde (La), de Fétis (1830) : *Gam.*, X, 478 (n. 2).

Mystères de Paris (Les), roman d'Eugène Sue (1842-1843) : *R*, IV, 392 (n. 2) ; *Pré.IP*, V, 121.

1. Il peut aussi s'agir d'une référence au *Télémaque* de Fénelon (voir cet article).

et les paroles au comte Alexandre de Laborde (1810) : *PG*, III, 224;
MN, VI, 355; *CP*, VII, 545; *Ad.*, X, 1007.
Partisans (Les), projet de Balzac : *Catalogue*, I, cxxv.
•*Passion dans le désert (Une)*, de Balzac : *Pré.PCh.*, X, 53.
Pater noster (Notre Père), oraison chrétienne : *SetM*, IV, 463; *PCh.*, X, 108.
Pathologie de la vie sociale, de Balzac : *Pré.CH*, I, 19; *Phy.*, XI, 1161.
Patriote (Le), en fait : *Le Patriote franc-comtois*, quotidien politique fondé en mars 1832 : *AS*, I, 920.
Paul et Virginie, roman de Bernardin de Saint-Pierre : *PG*, III, 205; *P*, IV, 98; *Pré.CA*, IV, 963; *Pré.E*, VII, 891; *Bou.*, VIII, 69; *CV*, IX, 653, 654, « le livre de Bernardin de Saint-Pierre » 660.
     PAUL : *Pré.CH*, I, 10; *P*, IV, 77; *CA*, IV, 1067; *IP*, V, 648; *SetM*, VI, 486; *CV*, IX, 654; *PVS*, XII, 268; *DxA*, XII, 679, 701.
     VIRGINIE : *Pré.CH*, I, 10; *P*, IV, 77; *CA*, IV, 1067; *IP*, V, 648; *SetM*, VI, 486; *DxA*, XII, 679, 701.
Pauvre de Montlhéry (Le), roman de Charles Rabou (1841) : *Pré.SetM*, VI, 425.
« Pauvres moutons, toujours on vous tondra », refrain d'une chanson de Béranger : •*SetM*, VI, 686; *CP*, VII, 757.
Paysan du Danube (Le), fable de La Fontaine : •*Pay.*, IX, 222 (n. 2); *Éch.*, XII, 484 (n. 3); *DxA*, XII, 675.
     •*Paysan du Danube (Le)* : *PVS*, XII, 936.
Paysan perverti (Le), roman de Restif de La Bretonne : *DxA*, XII, 666.
Paysans. Scène de la vie de campagne (Les), titre antérieur des *Paysans*, de Balzac : *Pay.*, IX, 50 (var. c).
Peau-d'Ane, conte de Perrault : *PCh.*, X, 141.
Peau de chagrin (La), de Balzac : *Pré.CH*, I, 19; *Pré.Fe*, II, 270, 271; *Pré.PG*, III, 40, 44; *Pré.IP*, V, 110.
Peau de chagrin (La). Titre initial du *Talisman*, Iʳᵉ partie de *La Peau de chagrin* : *PCh.*, X, 57 (var. b).
Péché de M. Antoine (Le), roman de George Sand (1847) : *PMV*, XII, 178 (var. b et n. 1 de la var.).
Pédagogie d'Aristote. Balzac veut sans doute parler de l'*Éthique à Nicomaque* : *PMV*, XII, 171.
Peines de cœur d'un loup-cervier (Les), titre antérieur de la fin d'*A combien l'amour revient aux vieillards*, IIᵉ partie de *Splendeurs et misères des courtisanes* : *SetM*, VI, 1311.
Peines de cœur d'un millionnaire (Les), titre antérieur de la fin d'*A combien l'amour revient aux vieillards*, IIᵉ partie de *Splendeurs et misères des courtisanes* : *SetM*, VI, 1311.
•*Peintre (Le)*, poème de Girodet : *MCP*, I, 54 (n. 1).
Pèlerinage de Childe Harold (Le) [*Childe Harold's Pilgrimage*], poème de Byron (1812). Voir *Childe Harold*.
Pénissière (La), projet de Balzac : *Catalogue*, I, cxxv.
Pensées (Les), de Pascal : *UM*, III, 838; •*CB*, VI, 149 (n. 2); » l'entredeux » : •*Pr.B*, VII, 813 (n. 1).
Pensées, maximes et anecdotes, de Chamfort. Voir *Maximes*.
Penseur (Le), statue de Michel-Ange : *Be.*, VII, 245.
Pensionnat de demoiselles (Un), projet de Balzac : *Catalogue*, I, cxxiii.
Père Canet (Le), titre antérieur de *Facino Cane*, de Balzac : *FC*, VI, 1019 (var. a).
Père Goriot (Le), de Balzac : *Pré.P*, IV, 22, 25; *Pré.CA*, IV, 962; *SetM*, VI, 832, 851; *Pré.CB*, VI, 1129; *Hist.Lys*, IX, 938, 940, 958.
Pères de l'Église (collection des) : *CT*, IV, 185.
Perroquet de Walter Scott (Le), recueil de nouvelles de A. Pichot (1834) : *Hist.Lys*, IX, 942, 947, 964.
Persévérance d'amour, un des *Contes drolatiques* de Balzac : *Hist.Lys*, IX, 954.
Peseur d'or (Le), tableau de Gérard Dou : *CA*, IV, 1069; *PCh.*, X, 78.
Petit Carême (Le), de Massillon : *PMV*, XII, 68; *PC*, XII, 801.
Petites affiches [de Paris ou Journal d'annonces générales, d'indications et de correspondance] (Les), journal d'annonces fondé en 1633 et qui prit divers titres au cours des siècles; celui que donne Balzac est en usage depuis nivôse an VIII : *CP*, VII, 569; *Pr.B*, VII, 834; *EHC*, VIII, 224.

1. Certains dictionnaires l'appellent à tort *I Puritani di Scozia*.

une des « deux Revues » 937, 955-957, une des « deux *Revues* » 959, 962, une des « *Revues* » 963 ; PCh., X, 106.

Ant. *Le Globe : PCh.*, X, 106 (var. *g*).

Revue des Deux Mondes : Hist.Lys, IX, 958 (var. *d*).

Revue encyclopédique [, ou *Analyse raisonnée des productions les plus remarquables dans la littérature, les sciences et les arts*, par une réunion de membres de l'Institut et d'autres hommes de lettres : MM. Andrieux, Amaury-Duval, Barbier du Bocage, Degérando, Alex. de Laborde, Émeric Duval, Lacépède, Langlois, Lanjuinais, Lemercier, Naudet et autres], sous la direction de Jullien de Paris, puis d'Hippolyte Carnot et Pierre Leroux ; cette publication parut du 1er janvier 1819 à 1833 ; saint-simonienne à partir de 1830 : *IP*, V, 321 (n. 1).

Revue étrangère. [*Choix d'articles de la littérature, des sciences et des arts.*], revue publiée à Saint-Pétersbourg de 1832 à 1863 et dirigée, au moment où elle est évoquée ici, par F. Clayeux, dit Bellizard : *Hist.Lys*, IX, 933-935, 959, 961, 963, 965.

Rhadamiste et Zénobie, tragédie de Crébillon : *Phy.*, XI, 990 (n. 3).

Rhin [, *lettres à un ami*] (*Le*), de Victor Hugo : *CSS*, VII, 1205 (n. 1).

Richard III, drame historique de Shakespeare.

    •MARGARET : *R*, IV, 515.

    RICHARD III : *R*, IV, 515 (n. 1) ; *VF*, IV, 892, 930 ; *Be.*, VII, 152 ; *ZM*, VIII, 843 (n. 2).

Richard Cœur de Lion, opéra-comique de Grétry, livret de Sedaine, créé à l'Opéra-Comique en 1784 : *PG*, III, 199, 200 (n. 3).

Richard d'Arlington, drame d'Alexandre Dumas : *SetM*, VI, 619 (n. 1), 620, 628.

Richard en Palestine [*The Talisman*], roman de Walter Scott (1825) : *EHC*, VIII, 376 (n. 3).

    RICHARD CŒUR DE LION : *EHC*, VIII, 376.

    SALADIN : *EHC*, VIII, 376.

Riquet à la Houppe, conte de Perrault : *Pré.PCh.*, X, 54.

Robert le Diable [*Robert der Teufel*], drame de Holtei : *Gam.*, X, 500 (n. 4).

Robert le Diable, opéra de Meyerbeer, livret de Scribe et G. Delavigne (1831) : *B*, II, 708 (n. 2), 922 (n. 1) ; *IP*, V, 706 ; *Be.*, VII, 95 ; *Gam.*, X, 499-510 (et notes diverses dans ces 12 pages).

    ALICE : *Be.*, VII, 95 ; *Gam.*, X, 500, 504, 506-509.

    BERTRAM : *Gam.*, X, 500, 504-509.

    ISABELLE : *Gam.*, X, 505, 506, 508, 510 ; *PMV*, XII, 170.

    RAIMBAUT : *Gam.*, X, 504, 506.

    ROBERT : *Gam.*, X, 501, 504-510.

    Robert le Diable : *P*, IV, 33 (var. *g*).

    ••*Robert le Diable*, « L'or est une chimère » : *CP*, VII, 571 (var. *e*).

Robert l'obligé, titre antérieur de *Madame de La Chanterie*, Ire partie de *L'Envers de l'histoire contemporaine*, de Balzac : *EHC*, VIII, 1340.

Robert Macaire, mélodrame d'Antier, Saint-Amand et Frédérick Lemaître (1834) :

    BERTRAND : *PMV*, XII, 47.

    ROBERT MACAIRE[1] : *FM*, II, 234 ; *R*, IV, 328 (n. 1) ; *MN*, VI, 358 (n. 3) ; *SetM*, VI, 920 (n. 1 de la p. 919) ; *DA*, VIII, 797 ; *PMV*, XII, 47.

    •WORMSPIRE (confondu avec Robert Macaire dans *L'Auberge des Adrets*) : *SetM*, VI, 920.

    Robert Macaire.

    BERTRAND : *MN*, VI, 362 (var. *m* et n. 1 de la p. 363) [?].

Robin des bois ou les Trois Balles, adaptation très infidèle du *Freischütz* de Weber, par Castil-Blaze et Sauvage.

    ROBIN DES BOIS : *MD*, IV, 679 (n. 1), 699 ; *S*, VI, 1047.

Robinson Crusoé [*The Life and Strange Surprising Adventures of Robinson Crusoe*], roman de Daniel Defoe : *Pay.*, IX, 1291 ; substitué à l'*Iliade* : *LL*, XI, 602.

    ROBINSON CRUSOÉ : *Pré.CH*, I, 10 ; •*H*, II, 569 ; *Ch.*, VIII, 1113.

    VENDREDI : *H*, II, 569.

_____

1. Également personnage de *L'Auberge des Adrets*.

Saint Jean dans le désert, tableau de Raphaël (musée des Offices, à Florence) : *Be.*, VII, 127 (n. 1).

Saint Jean-Baptiste (un) sculpté en bois et horriblement peint : *CV*, IX, 716.

Saint Jérôme, tableau du Dominiquin : *R*, IV, 388.

Saint Luc faisant le portrait de la Vierge, tableau de Raphaël (académie de Rome) : *Be.*, VII, 127 (n. 1).

Saint Pierre de tableaux, de peintres (un) : *AS*, I, 928; *In.*, III, 437; *Pay.*, IX, 221.

Saint-Ronan's Well. Voir *Eaux de Saint-Ronan (Les)*.

Saint Symphorien, tableau d'Ingres : *Hist.Lys*, IX, 932.

•*Salamandre (La)*, roman d'Eugène Sue (1832) : *FD*, XII, 501 (n. 6).

Saltimbanques (Les), comédie-parade en trois actes de Varin et Dumersan, créée au théâtre des Variétés le 25 janvier 1838 : *Goethe et Bettina*, I, 1334; *CSS*, VII, 1162, 1163, 1208.

    BILBOQUET : *E*, VII, 947.

**Samuel Bernard et Jacques Bolgarely* [pour Borgarelli], projet de Balzac : *Ven.*, I, 1537.

•*Satires*, de Boileau : *Phy.*, XI, 942 (n. 5).

    « Sur les femmes » (satire x) : *CM*, III, 532, 535; *Phy.*, XI, 942 (n. 5) [?].

*Satires, de Boileau.

    « Sur les femmes » : article sur *Phy.*, XI, 1761.

Satires, d'Horace.

    Citations : *hoc erat in votis* : *CT*, IV, 183 (n. 3); *Bou.*, VIII, 87; *disjecti membra poetae* : *F*, V, 839 (n. 3); *O Rus* : *Pay.*, IX, 123 (n. 3); *de te fabula narratur* : *Pay.*, IX, 190 (n. 3); *mens divinior* : *Pré.PCh.*, X, 54 (n. 2); *LL*, XI, 594 (n. 4); *foenum habet in cornu* : *Phy.*, XI, 942 (n. 4); *est modus in rebus* : *PVS*, XII, 301 (n. 2).

*Satires, d'Horace.

    Citation : *mutato nomine* : *Phy.*, XI, 921 (var. *a* et n. 1 de la p. 1783).

•*Satires*, de Juvénal : *Pré.IP*, V, 120 (n. 3); *inde irae* : *E*, VII, 173.

•*Satiricon*, roman de Pétrone : *Pré.CH*, I, 9 (n. 8).

•*Savant (Le)*, projet de Balzac : *CSS*, VII, 1671.

**Savants (Les)*, titre antérieur et postérieur d'*Entre savants*, de Balzac : *PGr.*, VI, 1557; *ES*, XII, 514.

•*Savetier et le Financier (Le)*, fable de La Fontaine : *HP*, XII, 573.

**Scène de boudoir (Une)*, de Balzac, intégrée dans *Autre étude de femme* : *AEF*, III, 1490 (var. *b*).

•*Scène de village*, de P.-L. Courier : *Pay.*, IX, 1420.

*Scène de village, de Balzac : *MC*, IX, 1416.

Scènes de la vie de campagne, de Balzac : *Pré.CH*, I, 18, 19; *Pré.FE*, II, 265; *Pré.IP*, V, 109.

Scènes de la vie de province, de Balzac : *Pré.CH*, I, 18; *Pré.FE*, II, 264; *Pré.PG*, III, 40; *Pré.P*, IV, 27; *Pré.CA*, IV, 361; *Pré.IP*, V, 117, 119; *Pré.SVparis.*, V, 1410; *SetM*, VI, 720; *Pay.*, IX, 143.

**Scènes de la vie du monde*, projet de Balzac : I, 1143.

Scènes de la vie militaire, de Balzac : *Pré.CH*, I, 18, 19; *R*, IV, 271; *Pré.IP*, V, 109; *Pré.TA*, VIII, 496; *Pré.Ch.*, VIII, 903; •*Pay.*, IX, 1290, 1291.

Scènes de la vie parisienne, de Balzac : *Pré.CH*, I, 18; *Pré.FE*, II, 261, 264; *B*, II, 907, 927; *Pré.PG*, III, 40; *Pré.SetM*, VI, 426; *SetM*, VI, 534.

    **Scènes de la vie parisienne*, de Balzac : *B*, II, 915 (var. *a*); *EG*, III, 1177 (var. *h*).

Scènes de la vie politique, de Balzac : *Pré.CH*, I, 15, 18, 19; *Pré.FE*, II, 266; *Pré.P*, IV, 23; *Pré.IP*, V, 109, 117; *Pré.SVparis.*, V, 1410; *Pré.SetM*, VI, 426; *SetM*, VI, 534.

Scènes de la vie privée, de Balzac : *Pré.CH*, I, 18; *Pré.FE*, II, 261, 262, 266; *Pré.B*, II, 634; *Introduction SVprov.*, III, 1520; *SetM*, VI, 779, 786; *Pr.B*, VI, 838; *CSS*, VII, 1152; *Bou.*, VIII, 21; *Pay.*, IX, 142.

    **Scènes de la vie privée*, de Balzac : *LL*, XI, 1493, 1503.

Scènes populaires, par Henry Monnier (1830-1835).

    MONSIEUR PRUDHOMME : *VF*, IV, 877; *MN*, VI, 329 (n. 3); *Hist.Lys*, IX, 743.

    « Garde-malade (la) ».

    Célibataire (le) [M. LASSERRE] : *PMV*, XII, 61 (n. 1).

1. Voir aussi *Odyssée*.
2. Dans ce passage, Mentor et Télémaque peuvent aussi venir de *l'Odyssée*.

I. Identifiées avec précision

a. Antiques

  Vénus accroupie (musée du Vatican) : *SetM*, VI, 450 ; *Ch.*, VIII, 1079.
  Vénus Callipyge (musée de Naples) : *B*, II, 695 ; « la callipyge » : *SetM*, VI, 463, 545 ; *PVS*, XII, 287.
  Vénus de la Tribune (Florence, Offices) : *CP*, VI, 999.
  Vénus de Médicis (Florence) : *VF*, IV, 823 ; *MN*, VI, 349.
  Vénus de Milo (Louvre). Mme Birotteau lui ressemble : *EG*, III, 1075 ; *CB*, VI, 80 ; *PCh.*, X, 151.

b. Modernes

  Vénus sortant du bain, de Jean Goujon, d'après Diane de Poitiers : *Be.*, VII, 74 ; *E*, VII, 945.
  Vénus, de Canova, d'après Pauline Borghèse, sœur de Napoléon : *SetM*, VI, 878.

II. Attribuées à un artiste, mais non identifiées avec précision

  Vénus, de Houdon ; peut-être s'agit-il de la *Vestale* ou de la *Diane* du Louvre : *Hist.Lys*, IX, 957.
  Vénus, de Pradier ; il en existe plusieurs : *Hist.Lys*, IX, 957.

III. Non identifiées

  Vénus à la tortue, sujet de pendule : *PCh.*, X, 194 (n. 1) ; *PVS*, XII, 227.
  Vénus (une) en plâtre : *Ven.*, I, 1041.
  Vénus (torse de), trouvé dans les décombres d'une ville incendiée : *ChO*, X, 436.
Verdugo (El), de Balzac : *Pré.PG*, III, 47.
Versailles.
    Château : *Pay.*, IX, 52, 54, 55 ; *CV*, IX, 750.
    Écuries : *Bou.*, VIII, 25.
    Grand Canal : *MM*, I, 696.
    Pavillon de Mlle de Romans : *F30*, II, 1155.
•*Ver-Vert*, poème badin de Gresset.
    VER-VERT : *Phy.*, XI, 986 (et n. 1, p. 987).
Vicaire de Wakefield (Le), ou plutôt *Le Pasteur de Wakefield (The Vicar of Wakefield)*, roman de Goldsmith : *EHC*, VIII, 318 ; *Phy.*, XI, 970 ; *Ech.*, XII, 484 (n. 1).
    BURCHELL : *Phy.*, XI, 970.
Victoires et conquêtes ou, plus exactement, *Victoires, conquêtes, désastres, revers et guerres civiles des Français de 1792 à 1815*, « par une société de militaires et de gens de lettres », ouvrage publié en 29 volumes de 1817 à 1823 et 34 volumes de 1828 à 1829 : *Col.*, III, 323 (n. 2) ; *IP*, V, 367 ; *CB*, VI, 173 (n. 1) ; *E*, VII, 986.
Vie de femme (Une), de Balzac, intégrée dans *La Femme de trente ans* : Introduction *SVprov.*, III, 1520.
Vie de Gargantua et de Pantagruel (La), de Rabelais : *IP*, V, 127 ; « épopée satirique », « Bible de l'incrédulité » : *Pré.E*, VII, 882 ; le grand ouvrage de Rabelais : •*Lys*, IX, 1060 ; *Cath.*, XI, 169.
    Abbaye de Thélème : *IG*, IV, 576 ; *Pay.*, IX, 1291.
    Dive bouteille : *PCh.*, X, 108 (n. 3).
    Écolier limousin : *Phy.*, XI, 930 (n. 2).
    Microcosme : *CP*, VII, 987 (n. 1).
    Paroles gelées : *SetM*, VI, 447 (n. 1) ; *Phy.*, XI, 916 (n. 4).
    Citations diverses : *ELV*, XI, 476 (n. 2) ; *Phy.*, XI, 916 (n. 4), 917 (n. 4-6), 930 (n. 1 et 2), 950 (n. 4).
        BADEBEC : *CT*, IV, 187.
        GARGANTUA : *CT*, IV, 187 ; *FYO*, V, 1045.
        PANTAGRUEL : *CT*, IV, 187 ; *Phy.*, XI, 911, 917.
        PANURGE : *Pré.CH*, I, 10 ; *R*, IV, 374 ; *CA*, IV, 1036 ; *Phy.*, XI, 911, 917 ; *PMV*, XII, 162.
    Vie de Gargantua et de Pantagruel (La).
        L'abbaye de Thélème, *Pantagruel* : *PCh.*, X, 294 (var. *i*).

INDEX DES ŒUVRES
DES PERSONNAGES FICTIFS
DE « LA COMÉDIE HUMAINE »

Index établi par Pierre Citron et Anne-Marie Meininger[1]

1. Il n'a pas été tenu compte dans cet Index des articles, des feuilletons, des brochures dont le sujet est inconnu, des livres dont la nature n'est pas précisée par Balzac.

BIBLIOGRAPHIE GÉNÉRALE

Il ne saurait être question, en appendice à une édition de *La Comédie humaine,* de donner une bibliographie complète. Le recensement exhaustif des livres et articles concernant l'œuvre et la personne de Balzac représenterait plusieurs dizaines de milliers de références. La présente Bibliographie, quoique large, demeure nécessairement sélective.

Chaque roman ou nouvelle, dans cette édition, comportant, à la suite des Notes, des Indications bibliographiques, nous avons exclu les ouvrages qui traitent exclusivement d'un roman ou d'une nouvelle en particulier, comme les études de Suzanne J. Bérard sur *Illusions perdues,* de Bernard Guyon sur *Le Médecin de campagne* ou de Pierre Laubriet sur *Le Chef-d'œuvre inconnu.*

Nous avons dû renoncer, sauf exception, à mentionner les articles, pour ne citer que des livres. *L'Année balzacienne* signale dans ses volumes annuels les articles qui ont été publiés depuis 1960 et a classé dans une suite de tables, en 1979, tous ceux qu'elle a elle-même fait paraître depuis sa fondation à cette même date de 1960. En outre, la première section de notre Bibliographie générale fait une ample place aux bibliographies courantes et aux répertoires qui permettront de compléter, si nécessaire, les références produites ici.

Sauf dans la description des éditions (section II), le lieu de publication n'est pas indiqué quand il s'agit de Paris.

I

INSTRUMENTS D'INFORMATION

A. CATALOGUE DE MANUSCRITS

Catalogue général des bibliothèques publiques de France. Tome LII. Chantilly. Bibliothèque Spoelberch de Lovenjoul, par Georges Vicaire. Paris, Bibliothèque nationale, 1960. La plupart des manuscrits de Balzac sont conservés dans cette Fondation, dite Collection Lovenjoul, qui appartient à l'Institut de France.

B. BIBLIOGRAPHIES LITTÉRAIRES RÉTROSPECTIVES ET COURANTES

VICAIRE (Georges) : *Manuel de l'amateur de livres du XIXᵉ siècle...,* t. I, A. Rouquette, 1894. (Réimpression en facsimilé, Genève, Slatkine, 1974.) Bibliographie descriptive des éditions dans l'ordre des publications. Quelques références critiques.

TALVART (Hector) et PLACE (Joseph) : *Bibliographie des auteurs modernes de langue française,* t. II, Chronique des Lettres, 1929. Bibliographie descriptive des éditions, analogue à celle de Vicaire, suivie de très nombreuses références d'ouvrages et d'articles critiques.

THIEME (Hugo P.) : *Bibliographie de la littérature française de 1800 à 1930,* t. I, Droz, 1930. (Réimpression, Genève, Slatkine, 1971.) Continué par :

DRÉHER (S.) et ROLLI (M.) : *Bibliographie de la littérature française (1930-1939),* Droz, 1948. (Réimpression, Genève, Slatkine, 1976.) Continué par :

DREVET (Marguerite) : *Bibliographie de la littérature française (1940-1949),* Droz, 1954.

Ces trois dernières bibliographies, après avoir énuméré chronologiquement les éditions (notices très brèves), donnent, dans le même ordre, ouvrages, puis articles critiques.

Rancœur (René) : *Bibliographie de la littérature française.* A. Colin, à partir de 1953. (Annuel.)

Klapp (Otto) : *Bibliographie d'histoire littéraire française,* Frankfurt am Main, V. Klostermann, à partir de 1960. (Les tomes I-VI concernent les publications de 1956 à 1968. Annuel ensuite.)

C. BIBLIOGRAPHIES SPÉCIALISÉES

Spoelberch de Lovenjoul (Charles de) : *Histoire des œuvres de H. de Balzac,* Calmann-Lévy, 1879. (2e éd., augmentée, 1886; 3e éd., "entièrement revue et corrigée à nouveau", 1888. Réimpression en fac-similé, Genève, Slatkine, 1968.) Inventaire détaillé des prépublications et des premières éditions. Choix d'ouvrages et d'articles critiques. Ce livre demeure fondamental, malgré son ancienneté.

Royce (William Hobart) : *A Balzac Bibliography. Writings relative to the life and works of Honoré de Balzac [-Indexes to A Balzac Bibliography],* Chicago, University Press, 1930, 2 vol. (Réimpression en fac-similé en un volume, New York, Kraus Reprints, 1969.) 4 010 références critiques (livres et articles), en dépit de nombreuses lacunes dans le relevé des articles publiés du vivant de Balzac et après sa mort.

Van der Perre (Paul) : *Les Préfaçons belges. Bibliographie des véritables originales d'Honoré de Balzac publiées en Belgique.* Bruxelles, l'auteur, 1940.

George (Albert J.) : *Books by Balzac. A check list of books by Honoré de Balzac compiled from the papers of William Hobart Royce.* Syracuse (État de New York, U.S.A.), Syracuse University Press, 1960.

Cosson (Annie-Lucienne) : *Vingt ans de bibliographie balzacienne (1948-1967),* University of Missouri, 1970. Ce travail universitaire d'accès difficile prend la suite de la Bibliographie de Marguerite Drevet et recense, en particulier, de nombreuses publications suscitées par le centenaire de la mort de Balzac, antérieurement au début des bibliographies courantes, mises en train depuis 1953.

Paevskaia (A. V.) et Dantchenko (V. T.) : *[Honoré de Balzac. Bibliographie des éditions et des travaux russes, 1830-1964],* Moscou, Korriga, 1965. (En russe, 3 615 références.)

Bellos (David) : *Balzac criticism in France, 1850-1900. The making of a reputation,* Oxford, Clarendon Press, 1976. (Contient, p. 201-259 : *Bibliography of Balzac criticism, 1850-1900,* liste chronologique comblant de nombreuses lacunes de Royce et de Thieme pour la production française.)

Dirkx (Henri) : « Répertoire des éditions signées de Balzac, originales et remaniées », *Le Livre et l'Estampe,* nᵒˢ 75-102, 1973-1980. (Bibliographie bibliophilique très précise.)

« Bibliographie balzacienne » [par J.-A. Ducourneau, R. Pierrot, R. Rancœur]. *L'Année balzacienne,* à partir de 1961. (Annuel.)

D. RÉPERTOIRES

Antérieurement aux Index réunis dans le présent volume ont été publiés des répertoires de personnages que nous mentionnons pour mémoire :

CERFBERR (Anatole) et CHRISTOPHE (Jules) : *Répertoire de « La Comédie humaine » de H. de Balzac,* Calmann-Lévy, 1887.

LOTTE (Fernand) : *Dictionnaire biographique des personnages fictifs de « La Comédie humaine »,* J. Corti, 1952-1956, 2 vol. (Nouvelle édition, 1967.)

LOTTE (Fernand) : *Index de « La Comédie humaine »,* Gallimard, Bib. de la Pléiade, ancienne édition, t. XI (1959, revu et corrigé en 1965).

Répertoires divers, dans l'ordre chronologique de publication :

Armorial de « La Comédie humaine », présenté par Fernand Lotte, Garnier, 1963, 65 ill.

RASER (George B.) : *A Guide to Balzac's Paris,* Impr. de France, 1964.

HOFFMANN (Léon-François) : *Répertoire géographique de « La Comédie humaine »,* J. Corti, 1965-1968, 2 vol. I. *L'Étranger.* II. La *Province.*

LONGAUD (Félix) : *Dictionnaire de Balzac,* Larousse, 1969.

ZÉLICOURT (Gaston de) : *Le Monde de « La Comédie humaine ». Clefs pour l'œuvre romanesque de Balzac.* Seghers, 1979. (Analyse des romans, présentés dans un ordre chronologique.)

E. EXPOSITIONS

Exposition commémorative du cent cinquantième anniversaire de Balzac. Du 20 mai au 20 juin 1949. Librairie Pierre Berès, 1949, 632 numéros, ill.

Balzac alençonnais. Catalogue de l'Exposition des Archives départementales, 14 mai-2 juin 1949, par J.-J. Launay et R. Jouanne. Alençon, Poulet-Malassis, 1949, 158 numéros.

Balzac et son œuvre dans son temps et le nôtre. Exposition organisée à l'hôtel de ville de Tours [mai 1949]. Tours, Arrault, 1949, 999 numéros, ill.

Balzac à Vendôme. Exposition du cent-cinquantième anniversaire. Vendôme, 1949. [Catalogue par Jean Martin-Demézil.] Tours, Gibert-Clarey, 1949, 140 numéros, ill.

Honoré de Balzac, 1799-1850. Exposition organisée pour commémorer le centenaire de sa mort. [Catalogue par Roger Pierrot, Jean Adhémar et Jacques Lethève. Préface de Julien Cain.] Bibliothèque nationale, 1950, 878 numéros, ill.

Balzac à Saché. Catalogue [du musée de Saché] par Paul Métadier. Tours, Impr. centrale, 1961, 152 numéros, ill. (Nouvelle édition 1979, 192 numéros, ill.)

Guide de la maison de Balzac [par André Chancerel]. Maison de Balzac [1963], ill.

De Balzac à Jules Verne. Un grand éditeur du XIXe siècle : P.-J. Hetzel. [Exposition organisée à la Bibliothèque nationale à l'occasion de la donation des archives Hetzel. Catalogue par Marie Cordroc'h avec la collaboration de Marie-Laure Chastang et de Roger Pierrot.] Bibliothèque nationale, 1966, ill. Trente numéros concernent Balzac.

« La Comédie humaine » et ses objets [catalogue par Robert Mesuret de l'exposition organisée au musée Paul Dupuy]. Toulouse, musée Paul Dupuy, 1970, 168 numéros, ill.

Stendhal et Balzac à Nantes et au pays nantais. Exposition organisée à l'occasion du 8e Congrès international stendhalien. Nantes, mai 1971. [Textes de Francis Ambrière, V. Del Litto, Madeleine Fargeaud, Roger Pierrot. Catalogue par Luce Courville.] Nantes, Bibliothèque municipale, 1971, 538 numéros, ill.

Les Portraits de Balzac connus et inconnus. [Exposition à la Maison de Balzac, février-avril 1971. Catalogue par Christian Galantaris et Jacqueline Sarment. Préface de Patrice Boussel.] Maison de Balzac, 1971, 181 numéros, ill.

Balzac et l'administration. [Exposition à la Maison de Balzac, 15 mars-18 mai 1974. Catalogue par Jacqueline Sarment. Préface de Patrice Boussel.] Maison de Balzac, 1974, 139 numéros, ill.

Balzac et la médecine de son temps. [Exposition à la Maison de Balzac, 5 mai-29 août 1976. Catalogue par Jacqueline Sarment. Préface de Patrice Boussel.] Maison de Balzac, 1976, 124 numéros, ill.

Le Parisien chez lui au XIXe siècle, 1814-1914. [Exposition aux Archives nationales, Hôtel de Rohan, novembre 1976-avril 1977. « Mythe et réalité de Paris dans la littérature romanesque du XIXe siècle », par Madeleine Fargeaud. Chapitre sur « le Paris de Balzac ».] Archives nationales, 1976, 688 numéros, ill.

Le Spectacle et la Fête au temps de Balzac, 23 novembre 1978-25 février 1979. [Catalogue par Jacqueline Sarment. Préface de Francis Ambrière.] Maison de Balzac, 1978, 175 numéros, ill.

Balzac et le Berry. Exposition réalisée par Thierry Bodin et présentée par la Société des Amis d'Honoré de Balzac à la Maison de Balzac, [puis] au château de Saché [et] au château de Nohant (*Le Courrier balzacien,* nouv. série, n° 10, octobre 1980, 164 n°s).

Quinzaine Balzac en Vendômois, novembre 1980. [Catalogue]. Brochure Presses Universitaires de France, 1980, 237 numéros, ill.

F. REVUES

Le Balzac. Journal mensuel. 5 numéros ont paru de septembre 1884 à janvier 1885; une nouvelle série a eu 4 numéros de novembre 1900 à septembre 1901. Les rédacteurs avaient pris pour pseudonymes des noms de personnages de *La Comédie humaine.*

Le Balzacien, « bulletin littéraire de la Société nationale des Amis de Balzac ». 5 numéros ont paru de janvier 1912 à juin 1913. Devenu *Le Balzacien,* « bulletin mensuel des travaux et de la propagande de la Maison de Balzac » : 2 numéros sont datés de mai et juin 1918.

Les Cahiers balzaciens, publiés par Marcel Bouteron, La Cité des Livres, puis éditions Lapina, 1923-1928 (8 volumes). Nombreux textes inédits. (Réimpression en fac-similé, Genève, Slatkine, 1969, 2 vol.)

Le Courrier balzacien, rédacteurs en chef Jean-A. Ducourneau et Léon Gédéon, 10 numéros de décembre 1948 à 1950. Il fut l'organe « des années Balzac », celle du cent-cinquantenaire de la naissance et celle du centenaire de la mort. Une nouvelle série paraît irrégulièrement depuis 1964, par les soins de la Société des Amis de Balzac.

Les Études balzaciennes, directeur Jean-A. Ducourneau. Elles ont pris, en 1951, le relais du *Courrier balzacien* de 1948-1950. De mars 1951 à mars 1960 ont paru 10 numéros.

Balzac à Saché, « bulletin de la Société Honoré de Balzac de Touraine », présidée par Paul Métadier, n°s 1-10 [1951-1964], n°s 11-14 [1968-1980].

L'Année balzacienne. Revue annuelle, publiée aux éditions Garnier. Organe du Groupe d'études balzaciennes. Fondée en 1960 (directeur : Jean Pommier; rédacteur en chef : Pierre-Georges Castex). De 1960 à 1979 ont paru vingt volumes, représentant des milliers de pages d'inédits, d'études critiques, de documentation, d'informations. Des tables générales figurent à la fin du 20e volume, paru en 1979. Une nouvelle série a été ouverte en 1980.

II

ÉDITIONS

Cette Bibliographie générale ne comprend pas les éditions séparées des romans publiés du vivant de Balzac, qui ont été signalées dans les notices concernant chaque œuvre. Nous nous sommes efforcé de classer les éditions collectives de façon à montrer comment a été constituée *La Comédie humaine*.

A. AVANT L'ÉDITION FURNE

Tableau général

ÉTUDES DE MŒURS [Titre apparaissant en 1834].

1830. Scènes de la vie privée.	1re édition. 2 volumes			

1830. Scènes de la vie privée. 1re édition. 2 volumes
1832.   —   —   2e   —   4   —
1834-35. —   —   3e   —   4   —
1839.   —   —   [4e] —   2   —
1834-37. Scènes de la vie de province. 1re édition. 4 volumes
1839.   —   —   [2e] —   2   —
1834-35. Scènes de la vie parisienne. 1re édition. 4 volumes
1839.   —   —   [2e] —   2   —

Les *Scènes de la vie politique, militaire* et *de campagne* n'apparaissent pas groupées avant *La Comédie humaine*.

ÉTUDES PHILOSOPHIQUES [Titre apparaissant en 1835].

1831. La Peau de chagrin, roman philosophique. 2 volumes.
1831. Romans et contes philosophiques, 2e édition. 3 volumes.
1831. Romans et contes philosophiques, 3e édition. 3 volumes.
1832. Nouveaux contes philosophiques. 1 volume.
1833. Romans et contes philosophiques, 4e édition. 4 volumes.
1835. Le Livre mystique. 2 volumes.
1835-40. Études philosophiques. 20 volumes.

Détail des éditions

Nous indiquons, précédées du sigle *B.F.*, les dates d'enregistrement à la *Bibliographie de la France,* qui, sans donner les dates certaines de mise en vente, sont plus précises que de simples millésimes.

Scènes de la vie privée, publiée par M. Balzac *[sic]*, auteur du *Dernier Chouan ou la Bretagne en 1800.* — Paris, Mame et Delaunay-Vallée, Levavasseur, 1830. 2 vol. in-8°.

I. Préface. La Vendetta. Les Dangers de l'inconduite [Gobseck]. Le Bal de Sceaux.
II. Gloire et malheur [La Maison du chat-qui-pelote]. La Femme vertueuse [Une double famille]. La Paix du ménage. Note.
(*B.F.*, 10-IV-1830.)

Scènes de la vie privée, par M. de Balzac. Seconde édition. — Paris, Mame-Delaunay, 1832. 4 vol. in-8°.

I-II. Même contenu que l'édition de 1830.
III. Le Conseil [Le Message, suivi de La Grande Bretèche]. La Bourse. Le Devoir d'une femme [Adieu]. Les Célibataires [Le Curé de Tours].
IV. Note de l'éditeur. Le Rendez-vous. La Femme de trente ans. Le Doigt de Dieu. Les Deux Rencontres. L'Expiation [ces cinq récits sont devenus La Femme de trente ans]. (*B.F.*, 26-V-1832.)

Études de mœurs au XIXe siècle. 1834-1837.

12 volumes, divisés en 3 séries et publiés en 6 livraisons. La 1re livraison comportait les volumes V et VI; la 2e, les volumes X et XI; la 3e, les volumes III et IV; la 4e, les volumes I et XII; la 5e, les volumes II et IX; la 6e, les volumes VII et VIII.

I. Scènes de la vie privée, par M. de Balzac. Premier volume, avec une introduction aux Études de mœurs par M. Félix Davin. Le Bal de Sceaux. Gloire et malheur [La Maison du chat-qui-pelote]. La Vendetta. — Paris, Madame Charles-Béchet, 1835. In-8°.
(*B.F.*, 4-VII-1835.)

II. Scènes de la vie privée... Troisième édition, entièrement refondue. Deuxième volume. — Paris, Madame Charles-Béchet, 1835. In-8°.
La Fleur des pois [Le Contrat de mariage]. La Paix du ménage.
(*B.F.*, 28-XI-1835.)

III. Scènes de la vie privée... Troisième édition, revue, corrigée et entièrement refondue. Troisième volume. — Paris, Madame Charles-Béchet, 1834. In-8º.

La Recherche de l'Absolu.

(*B.F.,* 25-X-1834, mais déjà annoncé dans le *Feuilleton* de la *B.F.* du 20-IX.)

IV. Scènes de la vie privée... Quatrième volume. — Paris, Madame Charles-Béchet, 1834. In-8º.

Même histoire [La Femme de trente ans].

(*B.F.,* 25-X-1834, mais déjà annoncé dans le *Feuilleton* de la *B.F.* du 20-IX.)

V. Scènes de la vie de province... Premier volume. — Paris, Madame Charles-Béchet, 1834. In-8º.

Eugénie Grandet.

(*B.F.,* 15-II-1834, mais mis en vente vers le 12 décembre 1833.)

VI. Scènes de la vie de province... Deuxième volume. — Paris, Madame Charles-Béchet, 1834. In-8º.

Le Message. Les Célibataires [Le Curé de Tours]. La Femme abandonnée. La Grenadière. L'Illustre Gaudissart.

(*B.F.,* 15-II-1834, mais mis en vente vers le 12 décembre 1833.)

VII. Scènes de la vie de province... Troisième volume. — Paris, Werdet, 1837. In-8º.

La Grande Bretèche ou les Trois Vengeances [Fin de Autre étude de femme et fragments recueillis dans La Muse du département]. La Vieille Fille.

(*B.F.,* 11-II-1837.)

VIII. Scènes de la vie de province... Quatrième volume. — Paris, Werdet, 1837. In-8º.

Illusions perdues [1re partie.]

(*B.F.,* 11-II-1837.)

IX. Scènes de la vie parisienne... Premier volume. — Paris, Madame Charles-Béchet, 1835. In-8º.

La Femme vertueuse [Une double famille]. La Bourse. Le Papa Gobseck.

(*B.F.,* 28-XI-1835.)

X. Scènes de la vie parisienne... Deuxième volume. — Paris, Madame Charles-Béchet, 1834. In-8º.

Les Marana. Histoire des Treize. 1. Ferragus, chef des dévorants.

(*B.F.,* 19-IV-1834.)

XI. Scènes de la vie parisienne... Troisième volume. — Paris, Madame Charles-Béchet, 1834. In-8º.

Histoire des Treize. 2. Ne touchez pas la hache [La Duchesse de Langeais]. 3. La Fille aux yeux d'or [début]. (*B.F.*, 19-IV-1834.)

XII. Scènes de la vie parisienne... Quatrième volume. — Paris, Madame Charles-Béchet, 1835. In-8º.

La Fille aux yeux d'or [fin]. Note. Profil de marquise [Étude de femme]. Sarrasine. Madame Firmiani. La Comtesse à deux maris [Le Colonel Chabert].

(*B.F.*, *Feuilleton* du 2-V-1835, seul annoncé, quoique livré avec le volume I.)

Plusieurs volumes de cette suite ont fait l'objet de réimpressions ou de nouvelles éditions, dues à Mme Béchet ou à Werdet, par exemple le quatrième (Werdet, 1837, voir notre tome II, p. 1587-1590).

Scènes de la vie privée. Nouvelle édition revue et corrigée. [4e édition.] — Paris, Charpentier, 1839, 2 vol. in-12.

I. Le Bal de Sceaux. Gloire et malheur [La Maison du chat-qui-pelote]. La Fleur des pois [Le Contrat de mariage]. La Paix du ménage.
II. La Vendetta. Même histoire [La Femme de trente ans].
(*B.F.*, 5-X-1839.)

Scènes de la vie de province. Nouvelle édition revue et corrigée. [2e édition.] — Paris, Charpentier, 1839. 2 vol. in-12.

I. Les Célibataires [Le Curé de Tours]. La Femme abandonnée. Illusions perdues [1re partie].
II. La Vieille Fille. La Grenadière. Le Message. La Grande Bretèche ou les Trois Vengeances. L'Illustre Gaudissart.
(*B.F.*, 9-XI-1839.)

Scènes de la vie parisienne. Nouvelle édition revue et corrigée. [2e édition.] — Paris, Charpentier, 1839. 2 vol. in-12.

I. La Comtesse à deux maris [Le Colonel Chabert]. Madame Firmiani. Sarrasine. Le Papa Gobseck. La Bourse.
II. La Femme vertueuse [Une double famille]. Profil de marquise [Étude de femme]. L'Interdiction. Les Marana.
(*B.F.*, 7-XII-1839.)

La Peau de chagrin, roman philosophique, par M. de Balzac. — Paris, C. Gosselin, 1831, 2 vol. in-8º.

Romans et contes philosophiques, par M. de Balzac. Seconde édition. — Paris, C. Gosselin, 1831, 3 vol. in-8º.

I. Introduction [par Philarète Chasles]. La Peau de chagrin.
II. La Peau de chagrin [suite et fin]. Sarrasine. La Comédie du diable. El Verdugo.

III. L'Enfant maudit [1ʳᵉ partie]. L'Élixir de longue vie. Les Proscrits. Le Chef-d'œuvre inconnu. Le Réquisitionnaire. Étude de femme. Les Deux Rêves [Sur Catherine de Médicis, 3ᵉ partie]. Jésus-Christ en Flandre. L'Église [suite du précédent].
(*B.F.*, 24-IX-1831.)

ROMANS ET CONTES PHILOSOPHIQUES, par M. de Balzac. Troisième édition. — Paris, C. Gosselin, 1831, 3 vol. in-8°. Édition identique à la précédente.
(Non enregistré à la *B.F.*).

En juin 1832, une nouvelle édition intitulée *Contes philosophiques* réunissait en 2 volumes les 12 contes et l'introduction de Chasles afin de permettre aux acheteurs de *La Peau de chagrin, roman philosophique* de compléter leur édition. (*B.F.*, 16-VI-1832.)

NOUVEAUX CONTES PHILOSOPHIQUES, par M. de Balzac. — Paris, C. Gosselin, 1832. In-8°.

Maître Cornélius. Madame Firmiani. L'Auberge rouge. Louis Lambert.
(*B.F.*, 20-X-1832.)

ROMANS ET CONTES PHILOSOPHIQUES, par M. de Balzac. Quatrième édition revue et corrigée. — Paris, C. Gosselin, 1833. 4 vol. in-8°.

I-II. Introduction. La Peau de chagrin.
III-IV. Les 12 contes parus en 1831 et repris en 1832.
(*B.F.*, 2-III-1833.)

LE LIVRE MYSTIQUE, par M. de Balzac. — Paris, Werdet, 1ᵉʳ décembre 1835, 2 vol. in-8°.

I. Préface. Les Proscrits. Histoire intellectuelle de Louis Lambert.
II. Séraphîta.
(*B.F.*, 12-XII-1836.)

Une deuxième édition a été publiée à la date du 15 janvier 1836. (*B.F.*, 20-II-1836.)

ÉTUDES PHILOSOPHIQUES, par M. de Balzac, 1835-1840, 10 volumes.

1ʳᵉ livraison, tomes I-V

I. Introduction aux Études philosophiques, par M. Félix Davin. La Peau de chagrin, 1ᵉʳ volume... — Paris, Werdet, 1835. In-12.
II. La Peau de chagrin. Deuxième volume... — Paris, Werdet, 1835. In-12.

III. La Peau de chagrin. Troisième volume... — Paris, Werdet, 1835. In-12.

IV. La Peau de chagrin (fin). Adieu. — Paris, Werdet, 1835. In-12.

V. Le Réquisitionnaire. El Verdugo. L'Élixir de longue vie. Un drame au bord de la mer. — Paris, Werdet, 1835. In-12.

(*B.F.*, 3-I-1835, mais mis en vente dès décembre 1834.)

2e livraison, tomes XI, XXII, XXIII, XXIV et XXV.

XI. Maître Cornélius. — Paris, Werdet, 1836. In-12.

XXII. Jésus-Christ en Flandre. Melmoth réconcilié. L'Église. — Paris, Werdet, 1836. In-12.

XXIII. Histoire intellectuelle de Louis Lambert... — Paris, Werdet, 1836. In-12.

XXIV. Histoire intellectuelle de Louis Lambert (suite et fin). L'Interdiction (inédit). — Paris, Werdet, 1836. In-12.

XXV. L'Interdiction (suite et fin). — Paris, Werdet, 1836. In-12.

(*B.F.*, 24-IX-1836.)

3e livraison, tomes XII, XIII, XV XVI et XVII.

XII. La Messe de l'athée (inédit). Les Deux Rêves. Facino Cane (inédit). Les Martyrs ignorés. — Paris, Delloye et Lecou, 1837. In-12.

XIII. Le Secret des Ruggieri. — Paris, Werdet, 1836. In-12 (la couverture porte : Delloye et Lecou, 1837).

XV. L'Enfant maudit. Première partie : Comment vécut la mère. — Paris, Werdet, 1836. In-12 (la couverture porte : Delloye et Lecou, 1837).

XVI. L'Enfant maudit. Deuxième partie : La Perle brisée. Une passion dans le désert. — Paris, Werdet, 1836. In-12 (la couverture porte : Delloye et Lecou, 1837).

XVII. L'Auberge rouge. Le Chef-d'œuvre inconnu. — Paris, Delloye et Lecou, 1837. In-12.

(*B.F.*, 8-VII-1837.)

4e livraison, tomes XIX, XX ,XXI, XXVIII et XXIX.

XIX. Le Livre des douleurs... I. Gambara. — Paris, H. Souverain, 1840. In-12.

XX. Le Livre des douleurs... II. Les Proscrits. Massimilla Doni I. — Paris, H. Souverain, 1840. In-12.

XXI. Le Livre des douleurs... III. Massimilla Doni II. — Paris, H. Souverain, 1840. In-12.

XXVIII. Le Livre des douleurs... IV. Séraphîta I. — Paris, H. Souverain, 1840. In-12.

XXIX. Le Livre des douleurs... V. Séraphîta II. — Paris, H. Souverain, 1840. In-12.

(N'est pas enregistrée à la *B.F.*; mise en vente le 4-VI-1840. Les tomes XIX et XX ont été imprimés dès 1837.)

(L'édition devait comprendre 6 livraisons de 5 volumes. Les tomes VI-X, XIV, XVIII, XXVI-XXVII et XXX n'ont jamais paru. Il existe des couvertures de relais avec une tomaison modifiée pour constituer une série de 1 à 20.)

B. « LA COMÉDIE HUMAINE »

De cette édition d'abord prévue en 12 volumes, 16 volumes parurent de 1842 à 1846. Un volume complémentaire fut publié en 1848. Après la mort de Balzac, la librairie Houssiaux réimprima les 17 volumes et en ajouta 3 nouveaux.

I. Scènes de la vie privée. Tome I. Avant-propos. La Maison du chat-qui-pelote. Le Bal de Sceaux. La Bourse. La Vendetta. Madame Firmiani. Une double famille. La Paix du ménage. La Fausse Maîtresse. Étude de femme. Albert Savarus. — Paris, Furne, J.-J. Dubochet et Cie, J. Hetzel et Paulin, 1842. In-8°. (8 gravures.)

(*B.F.*, 1ʳᵉ livraison, 23-IV-1842. Le volume, annoncé sans l'Avant-propos, 25-VI-1842.)

II. Scènes de la vie privée. Tome II. Mémoires de deux jeunes mariées. Une fille d'Ève. La Femme abandonnée. La Grenadière. Le Message. Gobseck. Autre étude de femme. — Paris, Furne [etc.], 1842. In-8°. (8 gravures.)

(*B.F.*, 3-IX-1842.)

III. Scènes de la vie privée. Tome III. La Femme de trente ans. Le Contrat de mariage. Béatrix. — Paris, Furne [etc.], 1842. In-8°. (8 gravures.)

(*B.F.*, 19-XI-1842.)

IV. Scènes de la vie privée. Tome IV. Béatrix (dernière partie). La Grande Bretèche. Modeste Mignon. Honorine. Un début dans la vie. — Paris, Furne [etc.], 1845. In-8°. (8 gravures.)

(Enregistré en retard à la *B.F.*, 21-XI-1846.)

V. Scènes de la vie de province. Tome I. Ursule Mirouët. Eugénie Grandet. Les Célibataires : Pierrette. — Paris, Furne [etc.], 1843. In-8°. (8 gravures.)

(*B.F.*, 15-IV-1843.)

VI. Scènes de la vie de province. Tome II. Les Célibataires : Le Curé de Tours. Un ménage de garçon [La Rabouilleuse]. Les Parisiens en province : L'Illustre Gaudissart, La Muse du département. — Paris, Furne [etc.], 1843. In-8°. (8 gravures.)

(*B.F.*, 13-V-1843.)

VII. Scènes de la vie de province. Tome III. Les Rivalités : La Vieille Fille, Le Cabinet des Antiques. Le Lys dans la vallée. — Paris, Furne [etc.], 1844. In-8º. (8 gravures.)

(*B.F.,* 28-IX-1844.)

VIII. Scènes de la vie de province. Tome IV. Illusions perdues; 1re partie : Les Deux Poètes, 2e partie : Un grand homme de province à Paris, 3e partie : Ève et David. — Paris, Furne [etc.], 1843. In-8º. (8 gravures.)

(*B.F.,* 29-VII-1843.)

IX. Scènes de la vie parisienne. Tome I. Histoire des Treize; 1er épisode : Ferragus, 2e épisode : La Duchesse de Langeais, 3e épisode : La Fille aux yeux d'or. Le Père Goriot. — Paris, Furne [etc.], 1843. In-8º. (8 gravures.)

(*B.F.,* 28-IX-1844.)

X. Scènes de la vie parisienne. Tome II. Le Colonel Chabert. Facino Cane. La Messe de l'athée. Sarrasine. L'Interdiction. Histoire de la grandeur et de la décadence de César Birotteau. — Paris, Furne [etc.], 1844. In-8º. (8 gravures.)

(*B.F.,* 28-IX-1844.)

XI. Scènes de la vie parisienne. Tome XI [*sic* pour III]. La Maison Nucingen. Pierre Grassou. Les Secrets de la princesse de Cadignan. Les Employés ou La Femme supérieure. Splendeurs et misères des courtisanes; 1re partie : Esther heureuse, 2e partie : À combien l'amour revient aux vieillards. — Paris, Furne [etc.], 1844. In-8º. (8 gravures.)

(*B.F.,* début du volume : 28-IX-1844, fin : 21-XI-1846.)

XII. Scènes de la vie parisienne et Scènes de la vie politique. Tome XII *[sic]*. Splendeurs et misères des courtisanes; 3e partie : Où mènent les mauvais chemins. Un prince de la bohème. Esquisse d'homme d'affaires. Gaudissart II. Les Comédiens sans le savoir. Scènes de la vie politique : Un épisode sous la Terreur. Une ténébreuse affaire. Z. Marcas. L'Envers de l'histoire contemporaine [1re partie]. — Paris, Furne [etc.], 1846. In-8º. (6 gravures.)

(Mis en vente en août 1846, d'après *Feuilleton* de la *B.F.* du 1-VIII-1846. — *Le Député d'Arcis* a été ajouté dans la réimpression faite en 1865.)

XIII. Scènes de la vie militaire et Scènes de la vie de campagne. Les Chouans. Une passion dans le désert. Le Médecin de campagne. Le Curé de village. — Paris, Furne [etc.], 1845. In-8º. (Il n'y a pas de gravures); Houssiaux en a donné 6 pour la réimpression de 1855.

(Enregistré en retard à la *B.F.,* 21-XI-1846.)

XIV. Études philosophiques. Tome I. La Peau de chagrin.

Jésus-Christ en Flandre. Melmoth réconcilié. Le Chef-
d'œuvre inconnu. La Recherche de l'Absolu. — Paris,
Furne [etc.], 1845. In-8⁰. (10 gravures.)
(Mis en vente en août 1846, d'après le *Feuilleton* de la *B.F.*
du 1-VIII-1846.)

XV. Études philosophiques. Tome II. Massimilla Doni.
Gambara. L'Enfant maudit. Les Marana. Adieu. Le Réqui-
sitionnaire. El Verdugo. Un drame au bord de la mer.
L'Auberge rouge. L'Élixir de longue vie. Maître Cornélius.
Sur Catherine de Médicis; 1ʳᵉ partie : Le Martyr calviniste.
— Paris, Furne [etc.], 1845. In-8⁰. (6 gravures.)
(Mis en vente en août 1846, d'après le *Feuilleton* de la *B.F.*
du 1-VIII-1846.)

XVI. Études philosophiques et Études analytiques. Sur
Catherine de Médicis; 2ᵉ partie : La Confidence des Ruggieri, 3ᵉ partie : Les Deux Rêves. Les Proscrits. Louis
Lambert. Séraphîta. Études analytiques : Physiologie du
mariage. — Paris, Furne [etc.], 1846. In-8⁰. (6 gravures.)
Mis en vente en août 1846, d'après le *Feuilleton* de la *B.F.*
du 1-VIII-1846.)

XVII. Scènes de la vie parisienne. Les Parents pauvres;
1ʳᵉ partie : La Cousine Bette; 2ᵉ partie : Le Cousin Pons.
— Paris, Furne et Cie, 1848. In-8⁰. (D'abord sans gravures. 5 gravures ont été mises en vente, à part, en 1852.)
(*B.F.*, 18-XI-1848.)

(Après avoir réimprimé en 1853-1855 les 17 volumes précédents, Houssiaux compléta l'édition de *La Comédie
humaine* et y ajouta le *Théâtre* et les *Contes drolatiques*.)

XVIII. Scènes de la vie parisienne. Scènes de la vie politique. Scènes de la vie de campagne. Études analytiques.
Splendeurs et misères des courtisanes; 4ᵉ partie : Dernière
Incarnation de Vautrin. L'Envers de l'histoire contemporaine; 2ᵉ épisode : L'Initié. Les Paysans. Petites misères
de la vie conjugale. — Paris, A. Houssiaux, 1855. In-8⁰.
(16 gravures.)

XIX. Théâtre de H. de Balzac. Vautrin. Les Ressources
de Quinola. Paméla Giraud. La Marâtre. — Paris, A. Houssiaux, 1855. In-8⁰. (4 gravures.)
(*Le Faiseur* a été ajouté dans la réimpression faite en 1865.)

XX. Les Contes drolatiques... — On les vend à Paris,
chez Alexandre Houssiaux, 1855. In-8⁰. (5 gravures.)
(Cette édition a été réimprimée plusieurs fois, en 1865,
1868, 1874, 1877, 1891, 1924.)

C. PRINCIPALES ÉDITIONS POSTHUMES

ŒUVRES ILLUSTRÉES DE BALZAC. — Paris, Marescq et Cie, 1851-1853. 10 vol. in-4º.

(Éditions illustrées par Beaucé, Staal, Meissonier, Bertall, Tony Johannot, Célestin Nanteuil, E. Lampsonius, Henri Monnier, Daumier, Andrieux, etc. Impression sur deux colonnes. Les deux derniers volumes contiennent les *Œuvres de jeunesse*. — Édition plusieurs fois réimprimée, notamment chez Michel Lévy en 1867 et 1868.)

ŒUVRES COMPLÈTES DE H. DE BALZAC. — Paris, Michel Lévy [puis Calmann-Lévy], 1869-1876. 24 vol. in-8º.

I-IV. Scènes de la vie privée.
V-VII. Scènes de la vie de province.
VIII-XI. Scènes de la vie parisienne.
XII-XIV. Scènes de la vie militaire. Scènes de la vie politique. Scènes de la vie de campagne.
XV-XVII. Études philosophiques. Études analytiques.
XVIII. Théâtre.
XIX. Les Contes drolatiques.
XX-XXIII. Œuvres diverses.
XXIV. Correspondance.

(Édition dite « Édition définitive ». Première édition réunissant les Œuvres diverses et la Correspondance. Le texte suit (en partie) l'exemplaire « Furne corrigé ». L'*Histoire des Œuvres de Balzac* du vicomte de Spoelberch de Lovenjoul est le complément de cette édition plusieurs fois réimprimée.)

ŒUVRES COMPLÈTES DE HONORÉ DE BALZAC... Texte révisé et annoté par Marcel Bouteron et Henri Longnon. Illustrations de Charles Huard, gravées sur bois par Pierre Gusman. — Paris, L. Conard, 1912-1940. 40 volumes in-8º.

I-XXXIII. La Comédie humaine.
XXXIV-XXXV. Théâtre.
XXXVI-XXXVII. Les Contes drolatiques.
XXXVIII-XL. Œuvres diverses.
(Première édition annotée.)

LA COMÉDIE HUMAINE. Texte établi par Marcel Bouteron. — Paris, Gallimard, 1935-1937. 10 vol. in-16 (Bib. de la Pléiade). En appendice au 10e vol. : Œuvres ébauchées [I].

CONTES DROLATIQUES, précédés de LA COMÉDIE HUMAINE (Œuvres ébauchées, II. Préfaces). Établissement du texte, notices et notes par Roger Pierrot. Index de *La Comédie humaine* par Fernand Lotte. — Paris, Gallimard, 1959 (Bib. de la Pléiade). 11ᵉ volume, complétant l'édition précédente. — 2ᵉ éd., revue et corrigée, 1965.

Cette première édition de *La Comédie humaine* dans la Bibliothèque de la Pléiade est remplacée par la présente édition, en 12 volumes.

ŒUVRES COMPLÈTES ILLUSTRÉES DE BALZAC. — Givors, A. Martel, 1946-1951. 31 vol. in-8°.
(Notices de Maurice Bardèche.)

LA COMÉDIE HUMAINE. Notices d'Albert Prioult. — Paris, F. Hazan, 1947-1953. 13 vol. parus, in-16. (Édition inachevée.)

L'ŒUVRE DE BALZAC publiée dans un ordre nouveau sous la direction d'Albert Béguin et de Jean-A. Ducourneau. — Paris, Formes et reflets, 1950-1953. 16 vol. in-8°.

(Chaque œuvre est précédée d'une préface par un écrivain contemporain. Notices d'Henri Evans. T. I-XII. La Comédie humaine. T. XIII. Contes drolatiques, Vautrin, Le Faiseur. T. XIV. Œuvres diverses. T. XV. Préfaces [et 3 romans de jeunesse.] T. XVI. Correspondance. Le Paris de Balzac, textes choisis par Patrice Boussel. Répertoire des personnages de La Comédie humaine, par Charles Lecour. Chronologie de La Comédie humaine, par Fernand Lotte.)

ŒUVRES CHOISIES. Édition publiée sous les auspices de la Commission nationale du centenaire de la mort de Balzac. Avant-propos de Marcel Bouteron. Introduction de Jean Pommier. — Paris, Imprimerie nationale, 1950-1952. In-8°, 10 vol.

(Textes choisis extraits de l'édition précédente, avec les préfaces de Balzac.)

ŒUVRES COMPLÈTES. Édition nouvelle établie par la Société des Études balzaciennes [sous la direction de Maurice Bardèche]. Paris, Club de l'Honnête Homme, 1955-1963. 28 vol. in-8°.

(Édition comprenant une illustration documentaire, des notices et des fragments inédits. — Nouvelle édition revue et corrigée en 24 vol., *ibid.,* 1968-1971.)

LES ŒUVRES DE BALZAC. Édition préfacée et annotée par Roland Chollet. — Lausanne, Éd. Rencontre, 1958-1962. 30 vol.

(T. I-XXIV. La Comédie humaine. Édition classée dans

l'ordre de publication des romans et nouvelles. T. XXV-XXX, Contes drolatiques, Théâtre et 4 romans de jeunesse.)

Œuvres complètes illustrées. Préface de Philippe Bertault. — Paris, G. Le Prat, 1960-1961. 3 vol. in-4°.

Romans de jeunesse. Publiés sous la direction de Jean-A. Ducourneau. — Paris, les Bibliophiles de l'originale, 1961-1963. 15 vol. in-16. Fac-similé des 8 romans publiés de 1822 à 1825. En complément de cette édition, *Aux sources de Balzac, les Romans de jeunesse,* par P. Barbéris.

La Comédie humaine. Préface de Pierre-Georges Castex. Présentation et notes de Pierre Citron. — Paris, Éd. du Seuil, 1965-1966. 7 vol. in-8°. *(L'Intégrale.)*

(Préface pour chaque œuvre. Rétablissement des chapitres. Intercalation des ébauches selon le catalogue de 1845 ou à la fin de chaque série de Scènes.)

Œuvres complètes illustrées. Publiées sous la direction de Jean-A. Ducourneau. — Paris, les Bibliophiles de l'originale, 1965-1976. 30 vol. in-8°.

I-XVI. La Comédie humaine. Fac-similé de l'exemplaire corrigé par Balzac de l'édition Furne-Hetzel de 1842-1846 (« Furne corrigé ». Voir ci-dessus) avec transcription des corrections.

XVII. Fac-similé du t. XVII de 1848, dont l'exemplaire corrigé par Balzac n'a pas été retrouvé.

XVIII-XIX. La Comédie humaine. Œuvres ne figurant pas dans l'édition Furne-Hetzel. Pathologie de la vie sociale. Ébauches pour « La Comédie humaine ». Préfaces.

XX. Les Cent Contes drolatiques. Memento, introduction, notes, bibliographie par Roland Chollet, glossaire par J. Wayne Conner.

XXI-XXIII. Théâtre. Texte établi et annoté par René Guise.

XXIV-XXVI. Romans et Contes. Études analytiques. Code pénal des honnêtes gens. Caricatures, Croquis et Fantaisies. Portraits, Physiologies et Monographies. Œuvres historiques.

[XXIX-XXXII]. Lettres à Madame Hanska. Textes réunis, classés et annotés par Roger Pierrot.

Les volumes XXVII et XXVIII, qui devaient être consacrés à la fin des « Œuvres diverses », n'ont pas été publiés.

D. CORRESPONDANCE

Éditions anciennes

CORRESPONDANCE. Paris, Calmann-Lévy, 1876, 2 vol. in-12 (ou 1 vol. in-8°, t. XXIV des *Œuvres complètes,* voir C).

LETTRES À L'ÉTRANGÈRE. Paris, Calmann-Lévy, 1899-1950, 4 vol. in-8° (édition inachevée).

LETTRES À SA FAMILLE (1809-1850). Publiées avec une introduction et des notes par Walter Scott Hastings. Paris, Albin Michel, 1950 in-8°.

CORRESPONDANCE AVEC ZULMA CARRAUD. Édition revue et augmentée. Notes et commentaires par Marcel Bouteron. Paris, Gallimard, 1951, in-8°.

L'ŒUVRE DE BALZAC... T. XVI. Correspondance... (voir C).

Éditions globales récentes

CORRESPONDANCE. Textes réunis, classés et annotés par Roger Pierrot. Paris, Garnier, 1960-1969, 5 vol. in-16, ill.

(2 902 lettres de Balzac ou reçues par lui et documents divers, à l'exclusion des *Lettres à Madame Hanska.* En tête du premier volume, histoire de la publication des éditions précédentes et sources manuscrites. — Supplément de 15 lettres dans *L'Année balzacienne 1972.*)

LETTRES À MADAME HANSKA. Première édition intégrale établie sur les manuscrits de Balzac. Textes réunis, classés et annotés par Roger Pierrot. Paris, Éd. du Delta [ou Les Bibliophiles de l'originale], 1967-1971. 4 vol. in-8°, ill.

(414 lettres à Mme Hanska [1832-1848], 28 lettres aux Mniszech, 2 à Hanski, 1 au comte Nesselrode; 2 de « l'Étrangère », 18 des Mniszech; en appendice, 14 lettres de Mme Hanska à sa fille et « Inventaire » du mobilier de Balzac dans son hôtel de la rue Fortunée.)

III

LA FORTUNE BIOGRAPHIQUE
ET CRITIQUE

Voici, dans l'ordre chronologique, les principaux écrits des pionniers de la critique balzacienne, publiés de 1851 à 1914.

DESNOIRESTERRES (Gustave) : *Honoré de Balzac,* P. Permain, 1851. (Reprend des articles publiés dans *L'Ordre* du 11 au 13 septembre 1850.)

Les Femmes de H. de Balzac : types, caractères et portraits [choisis et commentés par Laure Surville]. Précédé d'une notice biographique par le bibliophile Jacob [suivi du discours prononcé par Victor Hugo sur la tombe de Balzac, le 22 août 1850]. Mme Veuve L. Janet, 1851.

BASCHET (Armand) : *Les Physionomies littéraires de ce temps. Honoré de Balzac.* Essai sur l'homme et sur l'œuvre. Avec notes historiques par Champfleury. D. Giraud et J. Dagneau, 1852. (2e éd. augmentée d'une brochure publiée l'année précédente.)

CLÉMENT DE RIS (Comte L.) : *Portraits à la plume,* E. Didier, 1853. (« Honoré de Balzac », p. 291-333.)

SAND (George) : *Notice biographique* [de Balzac] en tête du tome Ier de *La Comédie humaine,* A. Houssiaux, 1853. (Reproduit dans G. Sand, *Impressions et souvenirs,* Michel Lévy, 1873.)

MIRECOURT (Eugène de) : *Les Contemporains : Balzac,* J.-P. Roret, 1854.

GOZLAN (Léon) : *Balzac en pantoufles,* Michel Lévy et J. Hetzel, 1856.

[HUGO (Mme Victor)] : « Honoré de Balzac », *La Revue française,* 10 et 20 juin 1856.

Balzac : sa vie, son œuvre. Biographie, par Théophile Gautier. *Analyse critique de « La Comédie humaine »,* par Hippolyte Taine. Bruxelles, Dumont, 1858. (Textes de Gautier parus dans *L'Artiste* du 28 mars au 2 mai 1858; textes de Taine, dans le *Journal des Débats* du 3 février au 3 mars 1858.) Repris dans GAUTIER (Théophile) : *Honoré de Balzac,* Poulet-Malassis et de Broise, 1859, et dans TAINE (Hippolyte) :

Nouveaux essais de critiques et d'histoire, Hachette, 1865. (« Étude sur Balzac », p. 63-170.)

SURVILLE (Laure) : *Balzac : sa vie et ses œuvres, d'après sa correspondance,* Librairie nouvelle, 1858. (Reprend des articles parus dans la *Revue de Paris* du 1er mai au 1er juin 1856. Mis en vente en novembre 1857, bien que daté de 1858. Repris en préface à l'édition in-8º de la *Correspondance* en 1876.)

LAMARTINE (Alphonse de) : *Cours familier de littérature,* chez l'auteur, 1859. (T. XVIII, p. 106-108 et 273-527. Repris sous le titre : *Balzac et ses œuvres,* M. Lévy, 1866).

WERDET (Edmond) : *Portrait intime de Balzac : sa vie, son humeur et son caractère,* E. Dentu, A. Silvestre, 1859. (Réimpression en fac-similé, L'Arche du Livre, 1970.)

CHAMPFLEURY : *Grandes figures d'hier et d'aujourd'hui,* Poulet-Malassis et de Broise, 1861. (Reprend des articles de la *Gazette de Champfleury,* 1er novembre et 1er décembre 1856.)

GOZLAN (Léon) : *Balzac chez lui. Souvenirs des Jardies,* Michel Lévy, 1862. (Ce texte et celui de 1856 ont reparu en un volume en 1886.)

PAGÈS (Alphonse) : *Balzac moraliste,* M. Lévy, 1866.

CHAMPFLEURY : *Documents pour servir à la biographie de Balzac, Balzac propriétaire,* A. Patay, 1875.

CHAMPFLEURY : *Documents pour servir à la biographie de Balzac. Balzac au collège,* A. Patay, 1878. (Reprend un article publié dans *Le Musée universel,* 23 novembre 1872.)

CHAMPFLEURY : *Documents pour servir à la biographie de Balzac. Balzac : sa méthode de travail,* A. Patay, 1879. (Reprend deux articles publiés dans *Le Musée universel,* 3 mai 1873 et 24 janvier 1874.)

WERDET (Edmond) : *Souvenirs de la vie littéraire,* Dentu, 1879. (Sur Balzac, p. 19-110.)

SPOELBERCH DE LOVENJOUL (Charles de) : *Un dernier chapitre de l'histoire des œuvres de Balzac,* Dentu, 1880.

ZOLA (Émile) : *Le Roman expérimental,* Charpentier, 1880. (Sur Balzac, *passim.* Reprise de divers articles.)

ZOLA (Émile) : *Documents littéraires,* Charpentier, 1881. (Reprise de trois articles concernant Balzac.)

ZOLA (Émile) : *Les Romanciers naturalistes,* Charpentier, 1881. (Reprise de divers articles.)

LACROIX (Paul) : « Simple histoire de mes relations avec Balzac », *Le Livre, bibliographie ancienne,* 10 mai 1882, p. 151-161; 10 juin 1882, p. 167-189; 10 septembre, p. 270-287.

BRUNETIÈRE (Ferdinand) : *Le Roman naturaliste,* Calmann-Lévy, 1883. (Reprise de trois articles concernant Balzac.)

DU PONTAVICE DE HEUSSEY (Robert) : *Balzac en Bretagne,* Rennes, chez l'auteur. (Paru auparavant dans *Le Livre, bibliographie rétrospective,* 10 septembre 1885.)

SECOND (Albéric) : *Le Tiroir aux souvenirs,* Dentu, 1886. (Sur

Balzac, p. 1-52, 173-175, 351. Reprise de cinq articles publiés de 1852 à 1885.)

FAGUET (Émile) : *Études littéraires sur le XIXᵉ siècle*, Lecène et Oudin, 1887. (Sur Balzac, p. 413-453.)

FAURE (Dr Henri) : *La France en éveil : Balzac et le temps présent,* C. Marpon et E. Flammarion, 1888.

FERRY (Gabriel) : *Balzac et ses amies,* Calmann-Lévy, 1888.

CABAT (Augustin) : *Études sur l'œuvre d'Honoré de Balzac,* Didier, Perrin, 1889.

BARRIÈRE (Marcel) : *L'Œuvre d'Honoré de Balzac. Étude littéraire et philosophique sur « La Comédie humaine »,* Calmann-Lévy, 1890.

AUGER (Hippolyte) : *Mémoires* (1810-1859). Publiés par Paul Cottin. Aux bureaux de *La Revue rétrospective,* 1891. (Sur Balzac, *passim.*)

LEMER (Julien) : *Balzac. Sa vie, son œuvre,* L. Sauvaitre, 1892.

AUDEBRAND (Philibert) : *Mémoires d'un passant,* Calmann-Lévy, 1893. (Sur Balzac, p. 71-95.)

FLAT (Paul) : *Essais sur Balzac,* Plon, 1893.

FLAT (Paul) : *Seconds essais sur Balzac,* Plon, 1894.

Pages choisies des grands écrivains : H. de Balzac. Introduction par G. Lanson : Balzac d'après sa correspondance, Colin, 1895.

SPOELBERCH DE LOVENJOUL (Charles de) : *Un roman d'amour,* Calmann-Lévy, 1896. (Études balzaciennes.)

SPOELBERCH DE LOVENJOUL (Charles de) : *Autour de Honoré de Balzac,* Calmann-Lévy, 1897. (Études balzaciennes.)

BIRÉ (Edmond) : *Honoré de Balzac,* Champion, 1897.

ALEXANDRE (Arsène) : *Le Balzac de Rodin,* Floury, 1898.

FRAY-FOURNIER (A.) : *Balzac à Limoges,* Limoges, Veuve H. Ducourtieux, 1898.

CABANÈS (Dr Auguste) : *Balzac ignoré,* A. Charles, 1899. (2ᵉ édition revue et augmentée, A. Michel [1911].)

HANOTAUX (Gabriel) et VICAIRE (Georges) : *La Jeunesse de Balzac. Balzac imprimeur, 1825-1828,* Ferroud, 1903. (Nouvelle édition, augmentée de la Correspondance de Balzac et de Mme de Berny, *ibid.,* 1921.)

LE BRETON (André) : *Balzac : l'homme et l'œuvre,* A. Colin, 1905. (Nouvelles éditions, 1922 et 1923.)

BRUNETIÈRE (Ferdinand) : *Honoré de Balzac,* Calmann-Lévy, 1906. (Plusieurs réimpressions.)

BERTAUT (Jules) : *Balzac anecdotique,* E. Sansot. 1908.

RUXTON (Geneviève) : *La Dilecta de Balzac. Madame de Berny et Balzac,* Plon, 1909.

SÉCHÉ (Alphonse) et BERTAUT (Jules) : *La Vie anecdotique et pittoresque des grands écrivains : Balzac,* L. Michaud [1910].

FAGUET (Émile) : *Balzac,* Hachette, 1913. (Les Grands Écrivains français.)

ROYAUMONT (Louis de) : *Pro Domo (La Maison de Balzac),* Figuière, 1914.

IV

BIOGRAPHIES
ET ICONOGRAPHIES

Voici un choix limité d'ouvrages concernant la vie de Balzac, publiés depuis 1920. On voudra bien se souvenir que les témoignages des contemporains rappelés ci-dessus (voir III) demeurent souvent précieux. Les éditions récentes de la *Correspondance* et des *Lettres à Madame Hanska* (voir II, D) sont essentielles. Le *Calendrier de la vie de Balzac* commencé dans *Les Études balzaciennes* et poursuivi dans *L'Année balzacienne,* ainsi que la *Chronologie* qui figure en tête du 1er volume de la présente édition donnent un cadre commode. Maintes études de détails sont à rechercher dans des articles recensés par les bibliographies rétrospectives et courantes. Enfin, pour l'iconographie, les catalogues d'expositions (voir I, E) sont fort utiles.

GIGLI (Giuseppe) : *Balzac in Italia,* Milano, Trèves, 1920.

ARRIGON (L.-J.) : *Les Débuts littéraires d'Honoré de Balzac,* Perrin, 1924.

JARRY (Paul) : *Le Dernier Logis de Balzac,* S. Kra, 1924.

BENJAMIN (René) : *La Prodigieuse Vie d'Honoré de Balzac,* Plon, 1925 (nombreuses réimpressions).

ARRIGON (L.-J.) : *Les Années romantiques d'Honoré de Balzac,* Perrin, 1927.

CLOUZOT (R.) et VALENSI (R.) : *Le Paris de « La Comédie humaine ». Balzac et ses fournisseurs,* Le Goupy, 1927.

[LAMBINET (Victor)] : *Balzac mis à nu.* Publié par Charles Léger, Gaillandre, 1928.

SÉGU (Frédéric) : *Un maître de Balzac méconnu : H. de Latouche,* Les Belles-Lettres, 1928.

ABRAHAM (Pierre) : *Balzac. Recherches sur la création intellectuelle,* Rieder, 1929 (avec une importante iconographie).

BOUTERON (Marcel) : *La Véritable Image de Mme Hanska,* Lapina, 1929.

BOUVIER (René) : *Balzac homme d'affaires,* Champion, 1930.

JARBLUM (Irène) : *Balzac et la femme étrangère,* De Boccard, 1931.

ARRIGON (L.-J.) : *Balzac et « la Contessa »*, Éd. des Portiques [1932].

MARIX (Thérèse) : *Histoire d'une amitié. Franz Liszt et Honoré de Balzac*, Impr. réunies, 1934.

BOUVIER (René) et MAYNIAL (Édouard) : *Les Comptes dramatiques de Balzac*, Sorlot, 1938.

KORWIN-PIOTROWSKA (Sophie de) : *L'Étrangère. Éveline Hanska de Balzac*, A. Colin, 1938.

AUBRÉE (Étienne) : *Balzac à Fougères*, Perrin, 1939.

BILLY (André) : *Vie de Balzac*, Flammarion, 1944. 2 vol. ill. (2e éd. 1947, *ibid.*; nouvelle éd. sous le titre : *Balzac*, Club des éditeurs, 1959.)

GROSSMANN (Leonid) : *Balzac en Russie*, O. Zeluck, 1946 (trad. abrégée d'une étude publiée en U.R.S.S. en 1937).

ZWEIG (Stefan) : *Balzac : a biography*, New York, Viking Press, 1946 (trad. française par Fernand Delmas, A. Michel, 1950).

ARRAULT (Albert) : *Mme de Berny éducatrice de Balzac*, Tours, Arrault, 1949.

ARRAULT (Albert) : *Mme Hanska le dernier amour de Balzac*, Tours, Arrault, 1949.

BOUVIER (René) et MAYNIAL (Édouard) : *De quoi vivait Balzac ?* Éd. des Deux Rives, 1949.

GUIGNARD (Romain) : *Balzac et Issoudun*, Issoudun, H. Gaignault, 1949.

BERTAUT (Jules) : *La Vie privée de Balzac*, Hachette, 1950.

MÉTADIER (Paul) : *Saché dans la vie et l'œuvre de Balzac*, Tours, Gibert-Clarey, 1950 (réimpressions chez Calmann-Lévy).

DESCAVES (Pierre) : *Les Cent Jours de M. de Balzac*, Calmann-Lévy, 1950.

DESCAVES (Pierre) : *Le Président Balzac*, R. Laffont, 1951.

BOUTERON (Marcel) : *Études balzaciennes*, Jouve, 1954.

FARGEAUD (Madeleine) : « Autour de Balzac et de Marceline Desbordes-Valmore », *Revue des Sciences humaines*, avril-juin 1956.

HUNT (Herbert J.) : *Balzac. A biography*, London, The Athlone Press, 1957.

FOLMAN (Michel) : *Honoré de Balzac moine et amant*, Genève, l'auteur, 1959.

FARGEAUD (Madeleine) : « Laurence la mal aimée », *L'Année balzacienne 1961*.

FARGEAUD (Madeleine) et PIERROT (Roger) : « Henry le trop aimé », *L'Année balzacienne* 1961.

DUCOURNEAU (Jean-A.) : *Album Balzac. Iconographie réunie et commentée*, 486 illustrations, Gallimard, 1962.

PERROD (Pierre-Antoine) : *En marge de « La Comédie humaine »*. Préface de Jean Pommier. Lyon, Henneuse, 1962.

LETHÈVE (Jacques) : « Les Portraits de Balzac. Essai de répertoire iconographique », *L'Année balzacienne 1963*.

GÉDÉON (Léon) : « Les Origines du beau-frère de Balzac », *Les Lettres françaises,* 18 et 25 avril 1963.

MÉTADIER (Paul) : *Balzac au petit matin,* La Palatine, 1964.

MAUROIS (André) : *Prométhée ou la Vie de Balzac,* Hachette, 1965, ill. (nouvelle éd., Flammarion, 1974, ill.).

MÉTADIER (Paul) : *Balzac en Touraine.* Introduction de Pierre-Georges Castex. Photographies de Robert Thuillier. Hachette, 1968 (Albums littéraires de la France).

SAVANT (Jean) : *Louise la Mystérieuse ou l'Essentiel de la vie de Balzac.* 1re[-6e] partie. Cahiers de l'Académie d'histoire, 4e série, cahiers nos 25-30, 1972, ill.

MAURICE (Jacques) : *Histoire de la Vallée du « Lys » : synthèse historique,* l'Auteur, 1973.

PRITCHETT (V. S.) : *Balzac,* London, Chatto and Windus, 1973, ill. en couleurs.

DE CESARE (Raffaelle) : *Miserie e splendori di Balzac nel dicembre 1836,* Milano, Vita e Pensiero, 1977 (conclusion d'une série de 12 études sur la vie et les œuvres de Balzac, en 1836, mois par mois, publiées dans des revues depuis 1959).

V

GRANDES PERSPECTIVES

Nous avons réuni dans cette section de notre Bibliographie des ouvrages d'ensemble sur des aspects particuliers de la création balzacienne. Tous sont volumineux et ont marqué des étapes de la connaissance.

BALDENSPERGER (Fernand) : *Orientations étrangères chez Honoré de Balzac,* Champion, 1927.

BARRIÈRE (Pierre) : *Honoré de Balzac et la tradition littéraire classique,* Hachette, 1928.

MILATCHITCH (Douchan Z.) : *Le Théâtre de Honoré de Balzac,* Hachette, 1930.

BLANCHARD (Marc) : *La Campagne et ses Habitants dans l'œuvre de Balzac,* Champion, 1931. (Réimpression, Genève, Slatkine, 1980.)

KORVIN-PIOTROWSKA (Sophie de) : *Balzac et le monde slave. Mme Hanska et l'œuvre balzacienne,* Champion, 1933.

PRIOULT (Albert) : *Balzac avant « La Comédie humaine »,* G. Courville, 1936.

BARDÈCHE (Maurice) : *Balzac romancier. La formation de l'art du roman chez Balzac jusqu'à la publication du « Père Goriot » (1820-1835),* Plon, 1940. (Réimpression, Genève, Slatkine, 1967.) Sous le titre *Balzac romancier* a été publiée en 1943 chez le même éditeur une version abrégée de cet ouvrage, qui « ne s'adresse plus seulement aux érudits, mais à tous les lecteurs de Balzac ».

BERTAULT (Abbé Philippe) : *Balzac et la religion,* Boivin, 1942. (Nouvelle édition, imprimée sur le texte original, mais augmentée d'errata et d'addenda, avec une préface de Jacques Givry, Genève, Slatkine, 1980.)

GUYON (Bernard) : *La Pensée politique et sociale de Balzac,* A. Colin, 1947. (Réimpression, avec une postface, *ibid.,* 1967.)

MARCEAU (Félicien) : *Balzac et son monde,* Gallimard, 1955. (Édition revue et augmentée, 1971.)

HUNT (Herbert J.) : *Balzac's « Comédie humaine »,* London, Athlone press, 1959. (Nouvelle édition, 1965.)

LE YAOUANC (Moïse) : *Nosographie de l'humanité balzacienne,* Maloine, 1959.

CITRON (Pierre) : *La Poésie de Paris dans la littérature française de Rousseau à Baudelaire,* Éd. de Minuit, 1961, 2 vol. (au t. II, « La Poésie du Paris de Balzac »).

DELATTRE (Geneviève) : *Les Opinions littéraires de Balzac,* P.U.F., 1961.

DONNARD (Jean-Hervé) : *Les Réalités économiques et sociales dans « La Comédie humaine »,* A. Colin, 1961.

LAUBRIET (Pierre) : *L'Intelligence de l'art chez Balzac,* Didier, 1961.

WURMSER (André) : *La Comédie inhumaine,* Gallimard, 1964. (Édition définitive, 1970.)

NYKROG (Per) : *La Pensée de Balzac dans « La Comédie humaine ». Esquisse de quelques concepts clés,* Copenhague, Munksgaard; Paris, Klincksieck, 1965.

FARGEAUD (Madeleine) : *Balzac et « La Recherche de l'Absolu »,* Hachette, 1968.

BARBÉRIS (Pierre) : *Balzac et le mal du siècle,* Gallimard, 1970, 2 vol.

BARBÉRIS (Pierre) : *Le Monde de Balzac,* Arthaud, 1971.

GAUTHIER (Henri) : *L'Homme intérieur dans la vision de Balzac,* Université de Lille III, 1973, 2 vol.

FORTASSIER (Rose) : *Les Mondains de « La Comédie humaine »,* Klincksieck, 1974.

PUGH (Anthony R.) : *Balzac's recurring characters,* Toronto, University Press, 1974.

KANES (Martin) : *Balzac's Comedy of words,* Princeton, University Press, 1975.

FRAPPIER-MAZUR (Lucienne) : *L'Expression métaphorique dans « La Comédie humaine ». Domaine social et physiologique,* Klincksieck, 1976.

JACQUES (Georges) : *Paysages et structures dans « La Comédie humaine »,* Louvain, Publications universitaires, 1976.

TRITTER (Jean-Louis) : *Le Langage philosophique dans les œuvres de Balzac,* A.-G. Nizet, 1976.

MICHEL (Arlette) : *Le Mariage et l'Amour dans l'œuvre romanesque d'Honoré de Balzac,* Champion, 1976, 4 vol.

MICHEL (Arlette) : *Le Mariage chez Honoré de Balzac. Amour et féminisme,* Les Belles-Lettres, 1978.

BARDÈCHE (Maurice) : *Balzac,* Julliard, 1980.

VI

DIVERS CHEMINS
DE LA CRITIQUE

Dans l'immense bibliothèque d'ouvrages qui concernent l'œuvre de Balzac, on a choisi largement, afin de dresser un panorama très varié. L'ordre chronologique, adopté pour cette section comme pour les précédentes, permet de saisir les tendances, les modes et les progrès de la connaissance.

CURTIUS (Ernst Robert) : *Balzac*, Bonn, F. Cohen, 1923. (Trad. française par Henri Jourdan, Grasset, 1933.)

BELLESSORT (André) : *Balzac et son œuvre*, Perrin, 1924. (Nouvelle édition, 1937.)

LOUIS (Paul) : *Les Types sociaux chez Balzac et Zola*, Éd. du Monde moderne, 1925.

PRESTON (Ethel) : *Recherches sur la technique de Balzac*, Presses françaises, 1926.

BARRIÈRE (Pierre) : *Balzac. Les Romans de jeunesse*, Hachette, 1928.

ABRAHAM (Pierre) : *Recherches sur la création intellectuelle. Créatures chez Balzac*, Gallimard, 1931. (Nouvelle édition, 1949).

DARGAN (E. Preston) : *Studies in Balzac's realism*, Chicago, The University of Chicago Press, 1932.

ALAIN : *En lisant Balzac*, Laboratoire Martinet, 1935. (Nouvelle édition sous le titre *Avec Balzac*, Gallimard, 1937, puis dans *Les Arts et les Dieux*, Bibl. de la Pléiade.)

FERGUSON (Muriel B.) : *La Volonté dans « La Comédie humaine » de Balzac*, Courville, 1935.

SCOTT (Mary W.) : *Art and artists in Balzac's Comédie humaine*, Chicago, 1937.

WENGER (J.) : *The Province and the provinces in the work of Honoré de Balzac*, Princeton, 1937.

CÉSARI (Paul) : *Étude critique des passions dans l'œuvre de Balzac*, Presses modernes, 1938.

STEVENSON (N. W.) : *Paris dans « La Comédie humaine » de Balzac*, Courville, 1938.

MAYER (Gilbert) : *La Qualification affective dans les romans de Balzac*, Droz, 1940.

DARGAN (E. Preston) et WEINBERG (Bernard) : *The Evolution of Balzac's Comédie humaine,* Chicago, Illinois University Press, 1942, 2 vol.

ARRAULT (Albert) : *La Touraine de Balzac,* Tours, Arrault, 1943.

ÉMERY (Léon) : *Balzac. Les Grands Thèmes de « La Comédie humaine »,* Éd. Balzac, 1943.

FERNANDEZ (Ramon) : *Balzac,* Stock, 1943. (Nouvelle éd. sous le titre *Balzac ou l'Envers de la création romanesque,* Grasset, 1979.)

BONNET-ROY (Dr Flavien) : *Balzac, les médecins, la médecine et la science,* Les Horizons de France, 1944.

MAURIAC (Claude) : *Aimer Balzac.* Préface de François Mauriac, La Table Ronde, 1945.

ATKINSON (Geoffroy) : *Les Idées de Balzac,* Genève, Droz, 1949, 5 vol. (citations classées par thèmes).

BÉGUIN (Albert) : *Balzac visionnaire,* Genève, Skira, 1946. (Nouvelle édition 1950.)

BERTAULT (Philippe) : *Balzac. L'homme et l'œuvre,* Boivin, 1946. (Hatier, nouvelle édition, 1968, avec une orientation bibliographique à jour en 1967.)

BORY (Jean-Louis) : *Balzac-Vautrin.* Textes choisis précédés d'un essai : *Balzac et les Ténèbres.* La Jeune Parque, 1947.

CISELET (Alice) : *Un grand bibliophile. Le vicomte de Spoelberch de Lovenjoul,* Paris-Bruxelles, Éditions universitaires, 1948.

Balzac et la Touraine : Congrès d'histoire littéraire tenu à Tours du 28 au 31 mai 1949. Tours, Gibert-Clarey, 1949.

BOUSSEL (Patrice) : *Les Restaurants de « La Comédie humaine »,* Éd. de la Tournelle, 1950.

FOREST (H. U.) : *L'Esthétique du roman balzacien,* P.U.F., 1950.

HOURDIN (Georges) : *Balzac romancier des passions,* Éd. du Temps présent, 1950.

PEYTEL (Adrien) : *Balzac juriste romantique,* Ponsot, 1950.

PONCEAU (Amédée) : *Paysages et destins balzaciens,* M. Daubin, 1950. (Nouvelles éditions, Éd. Jupiter, 1959; Beauchesne, 1974.)

PROUST (Marcel) : *Le Balzac de M. de Guermantes,* Neuchâtel, Ides et Calendes, 1950. (Repris dans les différentes éditions du *Contre Sainte-Beuve.*)

POULET (Georges) : *Études sur le temps humain.* I [-II. *La Distance intérieure*], Plon, 1950-1952, 2 vol. (Importants chapitres sur Balzac.)

UNESCO : *Hommage à Balzac,* Mercure de France, 1950.

Europe, numéro spécial, juillet-août 1950.

Revue d'histoire littéraire de la France, numéros spéciaux, avril-juin et juillet-septembre 1950.

Revue de littérature comparée, numéro spécial, avril-juin 1950.

Revue des sciences humaines, numéro spécial, janvier-juin 1950.

CASTEX (Pierre-Georges) : *Le Conte fantastique en France de Nodier à Maupassant,* J. Corti, 1951. (Chapitre sur Balzac.)

Balzac : Le Livre du centenaire, Flammarion, 1952.

ÉMERY (Léon) : *Balzac en sa création,* Lyon, Audin [1952].

LUKACS (Georg) : *Balzac und der französische Realismus,* Berlin, Aufbau Verlag, 1952. (Trad. française : *Balzac et le réalisme français,* F. Maspéro, 1967.)

BERTAULT (Philippe) : *Introduction à Balzac,* Odilis, 1953.

ROGERS (S.) : *Balzac and the novel,* Madison, University of Wisconsin Press, 1953.

SMITH (S. R. B.) : *Balzac et l'Angleterre,* Londres, 1953.

SCHNEIDER (Pierre) : *La Voie vive,* Éd. de Minuit, 1953.

POMMIER (Jean) : *Créations en littérature,* Hachette, 1955.

PRADALIÉ (Georges) : *Balzac historien,* P.U.F., 1955.

DAGNEAUD (R.) : *Les Éléments populaires dans le Lexique de « La Comédie humaine »,* Les Belles-Lettres, 1956.

LÉCUYER (Raymond) : *Balzac et Rabelais,* Les Belles-Lettres, 1956.

PICON (Gaëtan) : *Balzac par lui-même,* Éd. du Seuil, 1956. *(Écrivains de toujours.)*

Revue d'histoire littéraire de la France, numéro spécial, octobre-décembre 1956.

EIGELDINGER (Marc) : *La Philosophie de l'art chez Balzac,* Genève, P. Cailler, 1957.

CHEVALIER (Louis) : *Classes laborieuses et classes dangereuses à Paris pendant la première moitié du XIX⁰ siècle,* Plon, 1958. (Deux chapitres concernent Balzac.)

GUYON (Bernard) : « Balzac "invente" les *Scènes de la vie de province* », *Mercure de France,* juillet 1958, p. 465-493.

ROBINSON (Judith) : *Alain lecteur de Balzac et de Stendhal,* J. Corti, 1958.

VOUGA (Daniel) : *Balzac malgré lui,* J. Corti, 1958.

Balzac, Textes de Béatrice Beck, Jules Bertaut, Jean-Louis Bory, Jean-Claude Brisville, Michel Butor, Marie-Jeanne Durry, Jean Duvignaud, Claude Mauriac, Samuel de Sacy, Gilbert Sigaux. Hachette, 1959, ill. (Coll. *Génies et Réalités.*)

BOREL (Jacques) : *Personnages et destins balzaciens. La création littéraire et ses sources anecdotiques,* J. Corti, 1959.

BORY (Jean-Louis) : *Pour Balzac et quelques autres,* Julliard, 1959.

TEULER (Gabriel) : *Du côté de chez Balzac,* Debresse, 1958.

TORRES BODET (Jaime) : *Balzac,* Mexico, 1959.

DESCAVES (Pierre) : *Balzac dramatiste,* La Table Ronde, 1960.

CANFIELD (A. G.) : *The Reappearing characters in Balzac's « Comédie humaine »,* Chapell Hill, University of North Carolina Press, 1961. (Nouvelle édition d'un article publié dans la *R.H.L.F.* en 1934.)

CASTEX (Pierre-Georges) . *Nouvelles et contes de Balzac,* C.D.U., 1961, 2 vol.

GRACQ (Julien) : *Préférences,* J. Corti, 1961.

PICON (Gaëtan) : *L'Usage de la lecture, II,* Mercure de France, 1961. (Chapitre sur Balzac.)

POULET (Georges) : *Les Métamorphoses du cercle,* Plon, 1961. (Chapitre sur Balzac.)

DETHARÉ (Vincent) : *Images et pèlerinages littéraires,* La Colombe, 1962. (Chapitre Balzac et le Berry.)

BARDÈCHE (Maurice) : *Une lecture de Balzac,* Les Sept Couleurs, 1964.

OLIVER (E. J.) : *H. de Balzac,* London, Macmillan, 1964.

ALLEMAND (André) : *Honoré de Balzac. Création et passion,* Plon, 1965.

ALLEMAND (André) : *Unité et structure de l'univers balzacien,* Plon, 1965.

BÉGUIN (Albert) : *Balzac lu et relu,* Éd. du Seuil, 1965. (Réédition du *Balzac visionnaire* de 1946 et de préfaces pour l'édition du Club français du livre.)

Europe, numéro spécial, janvier-février 1965. (Actes du Colloque Balzac tenu à la Mutualité en 1964.)

VÄLIKANGAS (Olli) : *Les Termes d'appellation et d'interpellation dans « La Comédie humaine »,* Helsinki, Société néophilologique, 1965.

TAKAYAMA (Tetsuo) : *Les Œuvres romanesques avortées de Balzac (1829-1842),* Tokyo; Paris, J. Corti, 1966.

POMMIER (Jean) : *Dialogues avec le passé,* A.-G. Nizet, 1967. (Deux chapitres concernent Balzac.)

DES LOGES (Stéphanie) : *L'Art structural de la narration dans la nouvelle de Balzac,* Wroclaw, 1967.

HEMMINGS (F. W. J.) : *Balzac. An interpretation of « La Comédie humaine »,* New York, Randon House, 1967. (Nouvelle édition, 1973.)

FAILLIE (Marie-Henriette) : *La Femme et le Code civil dans « La Comédie humaine »,* Didier, 1968.

KEMPF (Roger) : *Sur le corps romanesque,* Éd. du Seuil, 1968. (Chapitre concernant Balzac.)

BESSER (Gretchen R.) : *Balzac's Concept of Genius,* Genève, Droz, 1969.

BONARD (Olivier) : *La Peinture dans la création balzacienne,* Genève, Droz, 1969.

BOLSTER (Richard) : *Stendhal, Balzac et le féminisme romantique,* Minard, 1970.

RICHARD (Jean-Pierre) : *Études sur le romantisme,* Éd. du Seuil, 1970. (Chapitre concernant Balzac.)

BARBÉRIS (Pierre) : *Balzac. Une mythologie réaliste,* Larousse, 1971.

BILODEAU (François) : *Balzac et le jeu des mots,* Montréal, les Presses de l'Université, 1971.

BOREL (Jacques) : *Médecine et psychiatrie balzaciennes,* J. Corti, 1971.

Balzac and the 19th Century. Studies in French literature presented to Herbert J. Hunt. Leicester, University Press, 1972.

AMBLARD (Marie-Claude) : *L'Œuvre fantastique de Balzac. Sources et philosophie,* Didier, 1972.

BARBÉRIS (Pierre) : *Mythes balzaciens,* A. Colin, 1972.

BERRY (Madeleine) : *Balzac,* Éd. universitaires, 1972.

Stendhal et Balzac. Actes du 7e Congrès international stendhalien. (Tours, 26-29 septembre 1969.) Aran, Éd. du Grand-Chêne, 1972.

VANNIER (Bernard) : *L'Inscription du corps. Pour une sémiotique du portrait balzacien,* Klincksieck, 1972.

GUISE (René) : *Balzac. 1. La Société. 2. L'Individu,* Hatier, 1972-1973, 2 vol. (Thema Anthologie.)

BARBÉRIS (Pierre) : *Lectures du réel,* Éd. Sociales, 1973.

FOREST (Jean) : *L'Aristocratie balzacienne,* J. Corti, 1973.

ION (Angela) : *Balzac,* Bucarest, Université de Bucarest, 1973 (en français).

Littérature et Société. Recueil d'études en l'honneur de Bernard Guyon, Desclée de Brouwer, 1973.

MC CORMICK (Diana Festa) : *Les Nouvelles de Balzac,* A.-G. Nizet, 1973.

YUCEL (Tahsin) : *Figures et messages dans « La Comédie humaine »,* Mame, 1973. (Coll. Univers sémiotique.)

LOWRIE (Joyce O.) : *The Violent mystic. Thematics of retributions and expiation in Balzac, Barbey d'Aurevilly, Bloy and Huysmans,* Genève, Droz, 1974.

ROY (Claude) : *Les Soleils du romantisme,* Gallimard, 1974. (Chapitre concernant Balzac.)

BOREL (Jacques) : *Proust et Balzac,* J. Corti, 1975.

PARIS (Jean) : *Univers parallèle II,* Éd. du Seuil, 1975 (Chapitre concernant Balzac.)

BELLOS (David) : *Balzac criticism in France 1850-1900. The making of a reputation,* Oxford, Clarendon Press, 1976.

ESNEVAL (Aurée d') : *Balzac et la provinciale à Paris,* Nouvelles éditions latines, 1976.

KEMPF (Roger) : *Mœurs. Ethnologie et fiction,* Éd. du Seuil, 1976. (Sur Balzac, *passim.*)

MARCEAU (Félicien) : *Les Personnages de « La Comédie humaine »,* Gallimard, 1977, ill.

IMBERT (Patrick) : *Sémiotique de la description balzacienne,* Ottawa, Éd. de l'Université, 1978.

PRENDERGAST (Christopher) : *Balzac. Fiction and melodrama,* London, E. Arnold, 1978.

RAYMOND (Marcel) : *Romantisme et rêverie,* J. Corti, 1978. (Chapitre concernant Balzac.)

Stendhal et Balzac, II. La Province dans le roman. Actes du 8e congrès international balzacien, Nantes, 27-29 mai 1971. Nantes, Société nantaise d'études littéraires, 1978.

Stendhal-Balzac. Actes du 11ᵉ congrès international stendhalien (Auxerre, 1976). Grenoble, Presses universitaires, 1978.

SUSSMANN (Hava) : *Balzac et « Les Débuts dans la vie ». Étude sur l'adolescence dans « La Comédie humaine »,* A.-G. Nizet, 1978.

WINGARD (Kristina) : *Les Problèmes des couples mariés dans « La Comédie humaine »,* Uppsala, Almqvist, 1978.

Revue des sciences humaines, numéro spécial, préparé par C. Duchet, 1979 (fasc. 3).

SAINT-PAULIEN : *Napoléon-Balzac et l'empire de « La Comédie humaine »,* A. Michel, 1979.

BARBÉRIS (Pierre) : *Le Prince et le Marchand,* Fayard, 1980.

ROGER PIERROT.

TABLES

TABLE GÉNÉRALE
DE « LA COMÉDIE HUMAINE »

TOME I

ÉTUDES DE MŒURS

SCÈNES DE LA VIE PRIVÉE

TOME II

SCÈNES DE LA VIE PRIVÉE [*suite*]

TOME III

SCÈNES DE LA VIE PRIVÉE [*fin*]

SCÈNES DE LA VIE DE PROVINCE

TOME IV

SCÈNES DE LA VIE DE PROVINCE [*suite*]

LES CÉLIBATAIRES

LES PARISIENS EN PROVINCE

LES RIVALITÉS

TOME V

TOME VI

TOME VII

TOME VIII

TOME IX

SCÈNES DE LA VIE DE CAMPAGNE

TOME X

ÉTUDES PHILOSOPHIQUES

TOME XI

ÉTUDES PHILOSOPHIQUES *[fin]*

SUR CATHERINE DE MÉDICIS

ÉTUDES ANALYTIQUES

TOME XII

ÉTUDES ANALYTIQUES [fin]

PATHOLOGIE DE LA VIE SOCIALE

Ébauches rattachées à « La Comédie humaine »

ÉTUDES DE MŒURS

SCÈNES DE LA VIE PRIVÉE

SCÈNES DE LA VIE DE PROVINCE

TABLE ALPHABÉTIQUE DES TITRES
DE « LA COMÉDIE HUMAINE »

Les titres des romans de Balzac sont composés en romain; ceux des œuvres ébauchées en italique. Nous avons composé en petites capitales les titres généraux sous lesquels Balzac a, parfois, regroupé plusieurs de ses romans.

Le chiffre romain renvoie au tome; le chiffre arabe, à la page.

TABLE DES MATIÈRES
DU TOME XII

ÉTUDES ANALYTIQUES *(fin)*

Ébauches rattachées
à « La Comédie humaine »

ÉTUDES DES MŒURS :

SCÈNES DE LA VIE PRIVÉE

SCÈNES DE LA VIE DE PROVINCE

SCÈNES DE LA VIE DE CAMPAGNE

ÉTUDES PHILOSOPHIQUES

ÉTUDES ANALYTIQUES

Ce volume, faisant partie
d'une nouvelle édition
de La Comédie humaine,
et portant le numéro deux cent quatre-vingt-douze
de la « Bibliothèque de la Pléiade »
publiée aux Éditions Gallimard,
a été achevé d'imprimer
sur bible des Papeteries Jeand'heurs
le 8 septembre 1981
sur les presses
de l'Imprimerie Mame
à Tours.
La reliure a été exécutée
par Babouot, à Lagny.

N° d'édition : 28510. Dépôt légal : 3ᵉ trimestre 1981.
Imprimé en France.